FRANZ KAFKA · SÄMTLICHE WERKE

FRANZ KAFKA

Sämtliche Werke

p

Lizenzausgabe mit freundlicher Genehmigung der
Melzer Verlag GmbH, Neu Isenburg 2006
für Parragon Books Ltd

Satz & Layout: Bernhard Heun, Rüssingen
Druck: GGP Media GmbH, Pößneck

ISBN: 1-40547-598-6

Diese Ausgabe erscheint bei

Parragon Books Ltd
Queen Street House
4 Queen Street
Bath BA1 1HE, UK

Inhaltsübersicht

DER PROZESS

ERSTES KAPITEL

Verhaftung
Gespräch mit Frau Grubach
Dann Fräulein Bürstner

Jemand mußte Josef K. verleumdet haben, denn ohne daß er etwas Böses getan hätte, wurde er eines Morgens verhaftet. Die Köchin der Frau Grubach, seiner Zimmervermieterin, die ihm jeden Tag gegen acht Uhr früh das Frühstück brachte, kam diesmal nicht. Das war noch niemals geschehen. K. wartete noch ein Weilchen, sah von seinem Kopfkissen aus die alte Frau, die ihm gegenüber wohnte und die ihn mit einer an ihr ganz ungewöhnlichen Neugierde beobachtete, dann aber, gleichzeitig befremdet und hungrig, läutete er. Sofort klopfte es und ein Mann, den er in dieser Wohnung noch niemals gesehen hatte, trat ein. Er war schlank und doch fest gebaut, er trug ein anliegendes schwarzes Kleid, das, ähnlich den Reiseanzügen, mit verschiedenen Falten, Taschen, Schnallen, Knöpfen und einem Gürtel versehen war und infolgedessen, ohne daß man sich darüber klar wurde, wozu es dienen sollte, besonders praktisch erschien. »Wer sind Sie?« fragte K. und saß gleich halb aufrecht im Bett. Der Mann aber ging über die Frage hinweg, als müsse man seine Erscheinung hinnehmen, und sagte bloß seinerseits: »Sie haben geläutet?« »Anna soll mir das Frühstück bringen«, sagte K. und versuchte, zunächst stillschweigend, durch Aufmerksamkeit und Überlegung festzustellen, wer der Mann eigentlich war. Aber dieser setzte sich nicht allzulange seinen Blicken aus, sondern wandte sich zur Tür, die er ein wenig öffnete, um jemandem, der offenbar knapp hinter der Tür stand, zu sagen: »Er will, daß Anna ihm das Frühstück bringt.« Ein kleines Gelächter im Nebenzimmer folgte, es war nach dem Klang nicht sicher, ob nicht mehrere Personen daran beteiligt waren. Obwohl der fremde Mann dadurch nichts erfahren haben konnte, was er nicht schon früher gewußt hätte, sagte er nun doch zu K. im Tone einer Meldung: »Es ist unmöglich.« »Das wäre neu«, sagte K., sprang aus dem Bett und zog rasch seine Hosen an. »Ich will doch sehen, was für Leute im Nebenzimmer sind und wie Frau Grubach diese Störung mir gegenüber verantworten wird.« Es fiel ihm zwar gleich ein, daß er das nicht hätte laut sagen müssen und daß er dadurch gewissermaßen ein Beaufsichtigungsrecht des Fremden anerkannte, aber es schien ihm jetzt nicht wichtig. Immerhin faßte es der Fremde so auf, denn er sagte: »Wollen Sie nicht lieber hierbleiben?« »Ich will weder hierbleiben, noch von Ihnen angesprochen werden, solange Sie sich mir nicht vorstellen.« »Es war gut gemeint«, sagte der Fremde und öffnete nun freiwillig die Tür. Im Nebenzimmer, in das K. langsamer eintrat, als er wollte, sah es auf den ersten Blick fast genau so aus wie am Abend vorher. Es war das Wohnzimmer der Frau Grubach, vielleicht war in diesem mit Möbeln, Decken, Porzellan und Fotografien überfüllten Zimmer heute ein wenig mehr Raum als sonst, man erkannte das nicht gleich, um so weniger, als die Hauptveränderung in der Anwesenheit eines Mannes bestand, der beim offenen Fenster mit einem Buch saß, von dem er jetzt aufblickte, »Sie hätten in Ihrem Zimmer bleiben sollen! Hat es Ihnen denn Franz nicht gesagt?« »Ja, was wollen Sie denn?« sagte K. und sah von der neuen Bekanntschaft zu dem mit Franz Benannten, der in der Tür stehengeblieben war, und dann wieder zurück. Durch das offene Fenster erblickte man wieder die alte Frau, die mit wahrhaft greisenhafter Neugierde zu dem jetzt gegenüberliegenden Fenster getreten war, um auch weiterhin alles zu sehen. »Ich will doch Frau Grubach«, sagte K., machte eine Bewegung, als reiße er sich von den zwei Männern los, die aber weit von ihm entfernt standen, und wollte weitergehen. »Nein«, sagte der Mann beim Fenster, warf das Buch auf ein Tischchen und stand auf. »Sie dürfen nicht weggehen, Sie sind ja verhaftet.« »Es sieht so aus«, sagte K. »Und warum denn?« fragte er dann. »Wir sind nicht dazu bestellt, Ihnen das zu sagen. Gehen Sie in Ihr Zimmer und warten Sie. Das Verfahren ist nun einmal eingeleitet, und Sie werden alles zur richtigen Zeit erfahren. Ich gehe über meinen Auftrag hinaus, wenn ich Ihnen so freundschaftlich zurede. Aber ich hoffe, es hört es niemand sonst als Franz, und der ist selbst gegen alle Vorschrift freundlich zu Ihnen. Wenn Sie auch weiterhin so viel Glück haben wie bei der Bestimmung Ihrer Wächter, dann können Sie zuversichtlich sein.« K. wollte sich setzen, aber nun sah er, daß im ganzen Zimmer keine Sitzgelegenheit war, außer dem Sessel beim Fenster. »Sie werden noch einsehen, wie wahr das alles ist«, sagte Franz und ging gleichzeitig mit dem andern Mann auf ihn zu. Besonders der letztere überragte K. bedeutend und klopfte ihm öfters auf die Schulter. Beide prüften K.s Nachthemd und sagten, daß er jetzt ein viel schlechteres Hemd werde anziehen müssen, daß sie aber dieses Hemd wie auch seine übrige Wäsche aufbewahren und, wenn seine Sache günstig ausfallen sollte, ihm wieder zurückgeben würden. »Es ist besser, Sie geben die Sachen uns als ins Depot«, sagten sie, »denn im Depot kommen öfters Unterschleife vor und außerdem verkauft man dort alle Sachen nach einer gewissen Zeit, ohne Rücksicht, ob das betreffende Verfahren zu Ende ist oder nicht. Und wie lange dauern doch derartige Prozesse, besonders in letzter Zeit! Sie bekämen dann schließlich allerdings vom Depot den Erlös, aber dieser Erlös ist erstens an sich schon gering, denn beim Verkauf entscheidet nicht die Höhe des Angebotes, sondern die Höhe der Bestechung, und weiter verringern sich solche Erlöse erfahrungsgemäß, wenn sie von Hand zu Hand und von Jahr zu Jahr weitergegeben werden.« K. achtete auf diese Reden kaum, das Verfügungsrecht über seine Sachen, das er vielleicht noch besaß, schätzte er nicht hoch ein, viel wichtiger war es ihm, Klarheit über seine Lage zu bekommen; in Gegenwart dieser Leute konnte er aber nicht einmal nachdenken, immer wieder stieß der Bauch des zweiten Wächters – es konnten ja nur Wächter sein – förmlich freundschaftlich an ihn, sah er aber auf, dann erblickte er ein zu diesem dicken Körper gar nicht passendes trockenes, knochiges Gesicht mit starker, seitlich gedrehter Nase, das sich über ihn hinweg mit dem anderen Wächter verständigte. Was waren denn das für Menschen? Wovon sprachen sie? Welcher Behörde gehörten sie an? K. lebte doch in einem Rechtsstaat, überall herrschte Friede, alle Gesetze bestanden aufrecht, wer wagte, ihn in seiner Wohnung zu überfallen? Er neigte stets dazu, alles möglichst leicht zu nehmen, das

Schlimmste erst beim Eintritt des Schlimmsten zu glauben, keine Vorsorge für die Zukunft zu treffen, selbst wenn alles drohte. Hier schien ihm das aber nicht richtig, man konnte zwar das Ganze als Spaß ansehen, als einen groben Spaß, den ihm aus unbekannten Gründen, vielleicht weil heute sein dreißigster Geburtstag war, die Kollegen in der Bank veranstaltet hatten, es war natürlich möglich, vielleicht brauchte er nur auf irgendeine Weise den Wächtern ins Gesicht zu lachen, und sie würden mitlachen, vielleicht waren es Dienstmänner von der Straßenecke, sie sahen ihnen nicht unähnlich – trotzdem war er diesmal, förmlich schon seit dem ersten Anblick des Wächters Franz, entschlossen, nicht den geringsten Vorteil, den er vielleicht gegenüber diesen Leuten besaß, aus der Hand zu geben. Darin, daß man später sagen würde, er habe keinen Spaß verstanden, sah K. eine ganz geringe Gefahr, wohl aber erinnerte er sich – ohne daß es sonst seine Gewohnheit gewesen wäre, aus Erfahrungen zu lernen – an einige, an sich unbedeutende Fälle, in denen er zum Unterschied von seinen Freunden mit Bewußtsein, ohne das geringste Gefühl für die möglichen Folgen, sich unvorsichtig benommen hatte und dafür durch das Ergebnis gestraft worden war. Es sollte nicht wieder geschehen, zumindest nicht diesmal; war es eine Komödie, so wollte er mitspielen.

Noch war er frei. »Erlauben Sie«, sagte er und ging eilig zwischen den Wächtern durch in sein Zimmer. »Er scheint vernünftig zu sein«, hörte er hinter sich sagen. In seinem Zimmer riß er gleich die Schubladen des Schreibtischs auf, es lag dort alles in großer Ordnung, aber gerade die Legitimationspapiere, die er suchte, konnte er in der Aufregung nicht gleich finden. Schließlich fand er seine Radfahrlegitimation und wollte schon mit ihr zu den Wächtern gehen, dann aber schien ihm das Papier zu geringfügig und er suchte weiter, bis er den Geburtsschein fand. Als er wieder in das Nebenzimmer zurückkam, öffnete sich gerade die gegenüberliegende Tür und Frau Grubach wollte dort eintreten. Man sah sie nur einen Augenblick, denn kaum hatte sie K. erkannt, als sie offenbar verlegen wurde, um Verzeihung bat, verschwand und äußerst vorsichtig die Tür schloß. »Kommen Sie doch herein«, hatte K. gerade noch sagen können. Nun aber stand er mit seinen Papieren in der Mitte des Zimmers, sah noch auf die Tür hin, die sich nicht wieder öffnete, und wurde erst durch einen Anruf der Wächter aufgeschreckt, die bei dem Tischchen am offenen Fenster saßen und, wie K. jetzt erkannte, sein Frühstück verzehrten. »Warum ist sie nicht eingetreten?« fragte er. »Sie darf nicht«, sagte der große Wächter. »Sie sind doch verhaftet.« »Wie kann ich denn verhaftet sein? Und gar auf diese Weise?« »Nun fangen Sie also wieder an«, sagte der Wächter und tauchte ein Butterbrot ins Honigfäßchen. »Solche Fragen beantworten wir nicht.« »Sie werden sie beantworten müssen«, sagte K. »Hier sind meine Legitimationspapiere, zeigen Sie mir jetzt die Ihrigen und vor allem den Verhaftbefehl.« »Du lieber Himmel!« sagte der Wächter. »Daß Sie sich in Ihre Lage nicht fügen können und daß Sie es darauf angelegt zu haben scheinen, uns, die wir Ihnen jetzt wahrscheinlich von allen Ihren Mitmenschen am nächsten stehen, nutzlos zu reizen!« »Es ist so, glauben Sie es doch«, sagte Franz, führte die Kaffeetasse, die er in der Hand hielt, nicht zum Mund, sondern sah K. mit einem langen, wahrscheinlich bedeutungsvollen, aber unverständlichen Blick an. K. ließ sich, ohne es zu wollen, in ein Zwiegespräch der Blicke mit Franz ein, schlug dann aber doch auf seine Papiere und sagte: »Hier sind meine Legitimationspapiere.« »Was kümmern uns denn die?« rief nun schon der große Wächter. »Sie führen sich ärger auf als ein Kind. Was wollen Sie denn? Wollen Sie Ihren großen, verfluchten Prozeß dadurch zu einem raschen Ende bringen, daß Sie mit uns, den Wächtern, über Legitimation und Verhaftbefehl diskutieren? Wir sind niedrige Angestellte, die sich in einem Legitimationspapier kaum auskennen und die mit Ihrer Sache nichts anderes zu tun haben, als daß sie zehn Stunden täglich bei Ihnen Wache halten und dafür bezahlt werden. Das ist alles, was wir sind, trotzdem aber sind wir fähig, einzusehen, daß die hohen Behörden, in deren Dienst wir stehen, ehe sie eine solche Verhaftung verfügen, sich sehr genau über die Gründe der Verhaftung und die Person des Verhafteten unterrichten. Es gibt darin keinen Irrtum. Unsere Behörde, soweit ich sie kenne, und ich kenne nur die niedrigsten Grade, sucht doch nicht etwa die Schuld in der Bevölkerung, sondern wird, wie es im Gesetz heißt, von der Schuld angezogen und muß uns Wächter ausschicken. Das ist Gesetz. Wo gäbe es da einen Irrtum?« »Dieses Gesetz kenne ich nicht«, sagte K. »Desto schlimmer für Sie«, sagte der Wächter. »Es besteht wohl auch nur in Ihren Köpfen«, sagte K., er wollte sich irgendwie in die Gedanken der Wächter einschleichen, sie zu seinen Gunsten wenden oder sich dort einbürgern. Aber der Wächter sagte nur abweisend: »Sie werden es zu fühlen bekommen.« Franz mischte sich ein und sagte: »Sieh, Willem, er gibt zu, er kenne das Gesetz nicht, und behauptet gleichzeitig, schuldlos zu sein.« »Du hast ganz recht, aber ihm kann man nichts begreiflich machen«, sagte der andere. K. antwortete nichts mehr; muß ich, dachte er, durch das Geschwätz dieser niedrigsten Organe – sie geben selbst zu, es zu sein – mich noch mehr verwirren lassen? Sie reden doch jedenfalls von Dingen, die sie gar nicht verstehen. Ihre Sicherheit ist nur durch ihre Dummheit möglich. Ein paar Worte, die ich mit einem mir ebenbürtigen Menschen sprechen werde, werden alles unvergleichlich klarer machen als die längsten Reden mit diesen.

Er ging einige Male in dem freien Raum des Zimmers auf und ab, drüben sah er die alte Frau, die einen noch viel älteren Greis zum Fenster gezerrt hatte, den sie umschlungen hielt. K. mußte dieser Schaustellung ein Ende machen: »Führen Sie mich zu Ihrem Vorgesetzten«, sagte er. »Wenn er es wünscht; nicht früher«, sagte der Wächter, der Willem genannt worden war. »Und nun rate ich Ihnen«, fügte er hinzu, »in Ihr Zimmer zu gehen, sich ruhig zu verhalten und darauf zu warten, was über Sie verfügt werden wird. Wir raten Ihnen, zerstreuen Sie sich nicht durch nutzlose Gedanken, sondern sammeln Sie sich, es werden große Anforderungen an Sie gestellt werden. Sie haben uns nicht so behandelt, wie es unser Entgegenkommen verdient hätte, Sie haben vergessen, daß wir, mögen wir auch sein was immer, zumindest jetzt Ihnen gegenüber freie Männer sind, das ist kein kleines Übergewicht. Trotzdem sind wir bereit, falls Sie Geld haben, Ihnen ein kleines Frühstück aus dem Kaffeehaus drüben zu bringen.«

Ohne auf dieses Angebot zu antworten, stand K. ein Weilchen lang still. Vielleicht würden ihn die beiden, wenn er die Tür des folgenden Zimmers oder gar die Tür des

Vorzimmers öffnete, gar nicht zu hindern wagen, vielleicht wäre es die einfachste Lösung des Ganzen, daß er es auf die Spitze trieb. Aber vielleicht würden sie ihn doch packen und, war er einmal niedergeworfen, so war auch alle Überlegenheit verloren, die er jetzt ihnen gegenüber in gewisser Hinsicht doch wahrte. Deshalb zog er die Sicherheit der Lösung vor, wie sie der natürliche Verlauf bringen mußte, und ging in sein Zimmer zurück, ohne daß von seiner Seite oder von Seite der Wächter ein weiteres Wort gefallen wäre.

Er warf sich auf sein Bett und nahm vom Waschtisch einen schönen Apfel, den er sich gestern abend für das Frühstück vorbereitet hatte. Jetzt war er sein einziges Frühstück und jedenfalls, wie er sich beim ersten großen Bissen versicherte, viel besser, als das Frühstück aus dem schmutzigen Nachtcafé gewesen wäre, das er durch die Gnade der Wächter hätte bekommen können. Er fühlte sich wohl und zuversichtlich, in der Bank versäumte er zwar heute vormittag seinen Dienst, aber das war bei der verhältnismäßig hohen Stellung, die er dort einnahm, leicht entschuldigt. Sollte er die wirkliche Entschuldigung anführen? Er gedachte es zu tun. Würde man ihm nicht glauben, was in diesem Fall begreiflich war, so konnte er Frau Grubach als Zeugin führen oder auch die beiden Alten von drüben, die wohl jetzt auf dem Marsch zum gegenüberliegenden Fenster waren. Es wunderte K., wenigstens aus dem Gedankengang der Wächter wunderte es ihn, daß sie ihn in das Zimmer getrieben und ihn hier allein gelassen hatten, wo er doch zehnfache Möglichkeit hatte, sich umzubringen. Gleichzeitig allerdings fragte er sich, diesmal aus seinem Gedankengang, was für einen Grund er haben könnte, es zu tun. Etwa weil die zwei nebenan saßen und sein Frühstück abgefangen hatten? Es wäre so sinnlos gewesen, sich umzubringen, daß er, selbst wenn er es hätte tun wollen, infolge der Sinnlosigkeit dazu nicht imstande gewesen wäre. Wäre die geistige Beschränktheit der Wächter nicht so auffallend gewesen, so hätte man annehmen können, daß auch sie, infolge der gleichen Überzeugung, keine Gefahr darin gesehen hätten, ihn allein zu lassen. Sie mochten jetzt, wenn sie wollten, zusehen, wie er zu einem Wandschränkchen ging, in dem er einen guten Schnaps aufbewahrte, wie er ein Gläschen zuerst zum Ersatz des Frühstücks leerte und wie er ein zweites Gläschen dazu bestimmte, sich Mut zu machen, das letztere nur aus Vorsicht für den unwahrscheinlichen Fall, daß es nötig sein sollte.

Da erschreckte ihn ein Zuruf aus dem Nebenzimmer derartig, daß er mit den Zähnen ans Glas schlug. »Der Aufseher ruft Sie!« hieß es. Es war nur das Schreien, das ihn erschreckte, dieses kurze, abgehackte, militärische Schreien, das er dem Wächter Franz gar nicht zugetraut hätte. Der Befehl selbst war ihm sehr willkommen. »Endlich!« rief er zurück, versperrte den Wandschrank und eilte sofort ins Nebenzimmer. Dort standen die zwei Wächter und jagten ihn, als wäre das selbstverständlich, wieder in sein Zimmer zurück. »Was fällt Euch ein?« riefen sie. »Im Hemd wollt Ihr vor den Aufseher? Er läßt Euch durchprügeln und uns mit!« »Laßt mich, zum Teufel!« rief K., der schon bis zu seinem Kleiderkasten zurückgedrängt war, »wenn man mich im Bett überfällt, kann man nicht erwarten, mich im Festanzug zu finden.« »Es hilft nichts«, sagten die Wächter, die immer, wenn K. schrie, ganz ruhig, ja fast traurig wurden und ihn dadurch verwirrten oder gewissermaßen zur Besinnung brachten. »Lächerliche Zeremonien!« brummte er noch, hob aber schon einen Rock vom Stuhl und hielt ihn ein Weilchen mit beiden Händen, als unterbreite er ihn dem Urteil der Wächter. Sie schüttelten die Köpfe. »Es muß ein schwarzer Rock sein«, sagten sie. K. warf daraufhin den Rock zu Boden und sagte – er wußte selbst nicht, in welchem Sinne er es sagte –: »Es ist doch noch nicht die Hauptverhandlung.« Die Wächter lächelten, blieben aber bei ihrem: »Es muß ein schwarzer Rock sein.«

»Wenn ich dadurch die Sache beschleunige, soll es mir recht sein«, sagte K., öffnete den Kleiderkasten, suchte lange unter den vielen Kleidern, wählte sein bestes schwarzes Kleid, ein Jackettkleid, das durch seine Taille unter den Bekannten fast Aufsehen gemacht hatte, zog nun auch ein anderes Hemd hervor und begann, sich sorgfältig anzuziehen. Im geheimen glaubte er, eine Beschleunigung des Ganzen damit erreicht zu haben, daß die Wächter vergessen hatten, ihn zum Bad zu zwingen. Er beobachtete sie, ob sie sich vielleicht daran doch erinnern würden, aber das fiel ihnen natürlich gar nicht ein, dagegen vergaß Willem nicht, Franz mit der Meldung, daß sich K. anziehe, zum Aufseher zu schicken.

Als er vollständig angezogen war, mußte er knapp vor Willem durch das leere Nebenzimmer in das folgende Zimmer gehen, dessen Tür mit beiden Flügeln bereits geöffnet war. Dieses Zimmer wurde, wie K. genau wußte, seit kurzer Zeit von einem Fräulein Bürstner, einer Schreibmaschinistin, bewohnt, die sehr früh in die Arbeit zu gehen pflegte, spät nach Hause kam und mit der K. nicht viel mehr als die Grußworte gewechselt hatte. Jetzt war das Nachttischchen von ihrem Bett als Verhandlungstisch in die Mitte des Zimmers gerückt, und der Aufseher saß hinter ihm. Er hatte die Beine übereinandergeschlagen und einen Arm auf die Rückenlehne des Stuhles gelegt.

In einer Ecke des Zimmers standen drei junge Leute und sahen die Fotografien des Fräulein Bürstner an, die in einer an der Wand aufgehängten Matte steckten. An der Klinke des offenen Fensters hing eine weiße Bluse. Im gegenüberliegenden Fenster lagen wieder die zwei Alten, doch hatte sich ihre Gesellschaft vergrößert, denn hinter ihnen, sie weit überragend, stand ein Mann mit einem auf der Brust offenen Hemd, der seinen rötlichen Spitzbart mit den Fingern drückte und drehte. »Josef K.?« fragte der Aufseher, vielleicht nur um K.s zerstreute Blicke auf sich zu lenken. K. nickte. »Sie sind durch die Vorgänge des heutigen Morgens wohl sehr überrascht?« fragte der Aufseher und verschob dabei mit beiden Händen die wenigen Gegenstände, die auf dem Nachttischchen lagen, die Kerze mit Zündhölzchen, ein Buch und ein Nadelkissen, als seien es Gegenstände, die er zur Verhandlung benötige. »Gewiß«, sagte K., und das Wohlgefühl, endlich einem vernünftigen Menschen gegenüberzustehen und über seine Angelegenheit mit ihm sprechen zu können, ergriff ihn. »Gewiß, ich bin überrascht, aber ich bin keineswegs sehr überrascht.« »Nicht sehr überrascht?« fragte der Aufseher und stellte nun die Kerze in die Mitte des Tischchens, während er die anderen Sachen um sie gruppierte. »Sie mißverstehen mich vielleicht«, beeilte sich K. zu bemerken. »Ich meine« – hier unterbrach sich K. und sah sich nach einem Sessel um. »Ich kann mich doch setzen?« fragte er. »Es ist nicht üblich«, antwortete der Aufseher.

»Ich meine«, sagte nun K. ohne weitere Pause, »ich bin allerdings sehr überrascht, aber man ist, wenn man dreißig Jahre auf der Welt ist und sich allein hat durchschlagen müssen, wie es mir beschieden war, gegen Überraschungen abgehärtet und nimmt sie nicht zu schwer. Besonders die heutige nicht.« »Warum besonders die heutige nicht?« »Ich will nicht sagen, daß ich das Ganze für einen Spaß ansehe, dafür scheinen mir die Veranstaltungen, die gemacht wurden, doch zu umfangreich. Es müßten alle Mitglieder der Pension daran beteiligt sein und auch Sie alle, das ginge über die Grenzen eines Spaßes. Ich will also nicht sagen, daß es ein Spaß ist.« »Ganz richtig«, sagte der Aufseher und sah nach, wieviel Zündhölzchen in der Zündhölzchenschachtel waren. »Andererseits aber«, fuhr K. fort und wandte sich hierbei an alle und hätte gern sogar die drei bei den Fotografien sich zugewendet, »andererseits aber kann die Sache auch nicht viel Wichtigkeit haben. Ich folgere das daraus, daß ich angeklagt bin, aber nicht die geringste Schuld auffinden kann, wegen deren man mich anklagen könnte. Aber auch das ist nebensächlich, die Hauptfrage ist, von wem bin ich angeklagt? Welche Behörde führt das Verfahren? Sind Sie Beamte? Keiner hat eine Uniform, wenn man nicht Ihr Kleid« – hier wandte er sich an Franz – »eine Uniform nennen will, aber es ist doch eher ein Reiseanzug. In diesen Fragen verlange ich Klarheit, und ich bin überzeugt, daß wir nach dieser Klarstellung voneinander den herzlichsten Abschied werden nehmen können.« Der Aufseher schlug die Zündhölzchenschachtel auf den Tisch nieder. »Sie befinden sich in einem großen Irrtum«, sagte er. »Diese Herren hier und ich sind für Ihre Angelegenheit vollständig nebensächlich, ja wir wissen sogar von ihr fast nichts. Wir könnten die regelrechtesten Uniformen tragen, und Ihre Sache würde um nichts schlechter stehen. Ich kann Ihnen auch durchaus nicht sagen, daß Sie angeklagt sind oder vielmehr, ich weiß nicht, ob Sie es sind. Sie sind verhaftet, das ist richtig, mehr weiß ich nicht. Vielleicht haben die Wächter etwas anderes geschwätzt, dann ist es eben nur Geschwätz gewesen. Wenn ich nun aber auch Ihre Fragen nicht beantworte, so kann ich Ihnen doch raten, denken Sie weniger an uns und an das, was mit Ihnen geschehen wird, denken Sie lieber mehr an sich. Und machen Sie keinen solchen Lärm mit dem Gefühl Ihrer Unschuld, es stört den nicht gerade schlechten Eindruck, den Sie im übrigen machen. Auch sollten Sie überhaupt im Reden zurückhaltender sein, fast alles, was Sie vorhin gesagt haben, hätte man auch, wenn Sie nur ein paar Worte gesagt hätten, Ihrem Verhalten entnehmen können, außerdem war es nichts für Sie übermäßig Günstiges.«

K. starrte den Aufseher an. Schulmäßige Lehren bekam er hier von einem vielleicht jüngeren Menschen? Für seine Offenheit wurde er mit einer Rüge bestraft? Und über den Grund seiner Verhaftung und über deren Auftraggeber erfuhr er nichts? Er geriet in eine gewisse Aufregung, ging auf und ab, woran ihn niemand hinderte, schob seine Manschetten zurück, befühlte die Brust, strich sein Haar zurecht, kam an den drei Herren vorüber, sagte: »Es ist ja sinnlos«, worauf sich diese zu ihm umdrehten und ihn entgegenkommend, aber ernst ansahen und machte endlich wieder vor dem Tisch des Aufsehers halt. »Der Staatsanwalt Hasterer ist mein guter Freund«, sagte er, »kann ich ihm telefonieren?« »Gewiß«, sagte der Aufseher, »aber ich weiß nicht, welchen Sinn das haben sollte, es müßte denn sein, daß Sie irgendeine private Angelegenheit mit ihm zu besprechen haben.« »Welchen Sinn?« rief K., mehr bestürzt als geärgert. »Wer sind Sie denn? Sie wollen einen Sinn und führen dieses Sinnloseste auf, das es gibt? Ist es nicht zum Steinerweichen? Die Herren haben mich zuerst überfallen, und jetzt sitzen oder stehen sie hier herum und lassen mich vor Ihnen die Hohe Schule reiten. Welchen Sinn es hätte, an einen Staatsanwalt zu telefonieren, wenn ich angeblich verhaftet bin? Gut, ich werde nicht telefonieren.« »Aber doch«, sagte der Aufseher und streckte die Hand zum Vorzimmer aus, wo das Telefon war, »bitte, telefonieren Sie doch.« »Nein, ich will nicht mehr«, sagte K. und ging zum Fenster. Drüben war noch die Gesellschaft beim Fenster und schien nur jetzt dadurch, daß K. ans Fenster herangetreten war, in der Ruhe des Zuschauens ein wenig gestört. Die Alten wollten sich erheben, aber der Mann hinter ihnen beruhigte sie. »Dort sind auch solche Zuschauer«, rief K. ganz laut dem Aufseher zu und zeigte mit dem Zeigefinger hinaus. »Weg von dort«, rief er dann hinüber. Die drei wichen auch sofort ein paar Schritte zurück, die beiden Alten sogar noch hinter den Mann, der sie mit seinem breiten Körper deckte und, nach seinen Mundbewegungen zu schließen, irgend etwas auf die Entfernung hin Unverständliches sagte. Ganz aber verschwanden sie nicht, sondern schienen auf den Augenblick zu warten, in dem sie sich unbemerkt wieder dem Fenster nähern könnten. »Zudringliche, rücksichtslose Leute!« sagte K., als er sich ins Zimmer zurückwendete. Der Aufseher stimmte ihm möglicherweise zu, wie K. mit einem Seitenblick zu erkennen glaubte. Aber es war ebensogut möglich, daß er gar nicht zugehört hatte, denn er hatte eine Hand fest auf den Tisch gedrückt und schien die Finger ihrer Länge nach zu vergleichen. Die zwei Wächter saßen auf einem mit einer Schmuckdecke verhüllten Koffer und rieben ihre Knie. Die drei jungen Leute hatten die Hände in die Hüften gelegt und sahen ziellos herum. Es war still wie in irgendeinem vergessenen Büro. »Nun, meine Herren«, rief K., es schien ihm einen Augenblick lang, als trage er alle auf seinen Schultern, »Ihrem Aussehen nach zu schließen, dürfte meine Angelegenheit beendet sein. Ich bin der Ansicht, daß es am besten ist, über die Berechtigung oder Nichtberechtigung Ihres Vorgehens nicht mehr nachzudenken und der Sache durch einen gegenseitigen Händedruck einen versöhnlichen Abschluß zu geben. Wenn auch Sie meiner Ansicht sind, dann bitte –« und er trat an den Tisch des Aufsehers hin und reichte ihm die Hand. Der Aufseher hob die Augen, nagte an den Lippen und sah auf K.s ausgestreckte Hand; noch immer glaubte K., der Aufseher werde einschlagen. Dieser aber stand auf, nahm einen harten, runden Hut, der auf Fräulein Bürstners Bett lag, und setzte sich ihn vorsichtig mit beiden Händen auf, wie man es bei der Anprobe neuer Hüte tut. »Wie einfach Ihnen alles scheint!« sagte er dabei zu K., »wir sollten der Sache einen versöhnlichen Abschluß geben, meinten Sie? Nein, nein, das geht wirklich nicht. Womit ich andererseits durchaus nicht sagen will, daß Sie verzweifeln sollen. Nein, warum denn? Sie sind nur verhaftet, nichts weiter. Das hatte ich Ihnen mitzuteilen, habe es getan und habe auch gesehen, wie Sie es aufgenommen haben. Damit ist es für heute genug und wir können uns verabschieden, allerdings nur vorläufig. Sie werden wohl jetzt in die Bank gehen wollen?« »In die

Bank?« fragte K., »ich dachte, ich wäre verhaftet.« K. fragte mit einem gewissen Trotz, denn obwohl sein Handschlag nicht angenommen worden war, fühlte er sich, insbesondere seitdem der Aufseher aufgestanden war, immer unabhängiger von allen diesen Leuten. Er spielte mit ihnen. Er hatte die Absicht, falls sie weggehen sollten, bis zum Haustor nachzulaufen und ihnen seine Verhaftung anzubieten. Darum wiederholte er auch: »Wie kann ich denn in die Bank gehen, da ich verhaftet bin?« »Ach so«, sagte der Aufseher, der schon bei der Tür war, »Sie haben mich mißverstanden. Sie sind verhaftet, gewiß, aber das soll Sie nicht hindern, Ihren Beruf zu erfüllen. Sie sollen auch in Ihrer gewöhnlichen Lebensweise nicht gehindert sein.« »Dann ist das Verhaftetsein nicht sehr schlimm«, sagte K. und ging nahe an den Aufseher heran. »Ich meinte es niemals anders«, sagte dieser. »Es scheint aber dann nicht einmal die Mitteilung der Verhaftung sehr notwendig gewesen zu sein«, sagte K. und ging noch näher. Auch die anderen hatten sich genähert. Alle waren jetzt auf einem engen Raum bei der Tür versammelt. »Es war meine Pflicht«, sagte der Aufseher. »Eine dumme Pflicht«, sagte K. unnachgiebig. »Mag sein«, antwortete der Aufseher, »aber wir wollen mit solchen Reden nicht unsere Zeit verlieren. Ich hatte angenommen, daß Sie in die Bank gehen wollen. Da Sie auf alle Worte aufpassen, füge ich hinzu: ich zwinge Sie nicht, in die Bank zu gehen, ich hatte nur angenommen, daß Sie es wollen. Und um Ihnen das zu erleichtern und Ihre Ankunft in der Bank möglichst unauffällig zu machen, habe ich diese drei Herren, Ihre Kollegen, hier zu Ihrer Verfügung gestellt.« »Wie?« rief K. und staunte die drei an. Diese so uncharakteristischen, blutarmen, jungen Leute, die er immer noch nur als Gruppe bei den Fotografien in der Erinnerung hatte, waren tatsächlich Beamte aus seiner Bank, nicht Kollegen, das war zu viel gesagt und bewies eine Lücke in der Allwissenheit des Aufsehers, aber untergeordnete Beamte aus der Bank waren es allerdings. Wie hatte K. das übersehen können? Wie hatte er doch hingenommen sein müssen von dem Aufseher und den Wächtern, um diese drei nicht zu erkennen! Den steifen, die Hände schwingenden Rabensteiner, den blonden Kullich mit den tiefliegenden Augen und Kaminer mit dem unausstehlichen, durch eine chronische Muskelzerrung bewirkten Lächeln. »Guten Morgen«, sagte K. nach einem Weilchen und reichte den sich korrekt verbeugenden Herren die Hand. »Ich habe Sie gar nicht erkannt. Nun werden wir also an die Arbeit gehen, nicht?« Die Herren nickten lachend und eifrig, als hätten sie die ganze Zeit über darauf gewartet, nur als K. seinen Hut vermißte, der in seinem Zimmer liegengeblieben war, liefen sie sämtlich hintereinander, ihn holen, was immerhin auf eine gewisse Verlegenheit schließen ließ. K. stand still und sah ihnen durch die zwei offenen Türen nach, der letzte war natürlich der gleichgültige Rabensteiner, der bloß einen eleganten Trab angeschlagen hatte. Kaminer überreichte den Hut, und K. mußte sich, wie dies übrigens auch öfters in der Bank nötig war, ausdrücklich sagen, daß Kaminers Lächeln nicht Absicht war, ja daß er überhaupt absichtlich nicht lächeln konnte. Im Vorzimmer öffnete dann Frau Grubach, die gar nicht sehr schuldbewußt aussah, der ganzen Gesellschaft die Wohnungstür, und K. sah, wie so oft, auf ihr Schürzenband nieder, das so unnötig tief in ihren mächtigen Leib einschnitt. Unten entschloß sich K., die Uhr in der Hand, ein

Automobil zu nehmen, um die schon halbstündige Verspätung nicht unnötig zu vergrößern. Kaminer lief zur Ecke, um den Wagen zu holen, die zwei anderen versuchten offensichtlich, K. zu zerstreuen, als plötzlich Kullich auf das gegenüberliegende Haustor zeigte, in dem eben der große Mann mit dem blonden Spitzbart erschien und, im ersten Augenblick ein wenig verlegen darüber, daß er sich jetzt in seiner ganzen Größe zeigte, zur Wand zurücktrat und sich anlehnte. Die Alten waren wohl noch auf der Treppe. K. ärgerte sich über Kullich, daß dieser auf den Mann aufmerksam machte, den er selbst schon früher gesehen, ja den er sogar erwartet hatte. »Schauen Sie nicht hin!« stieß er hervor, ohne zu bemerken, wie auffallend eine solche Redeweise gegenüber selbständigen Männern war. Es war aber auch keine Erklärung nötig, denn gerade kam das Automobil, man setzte sich und fuhr los. Da erinnerte sich K., daß er das Weggehen des Aufsehers und der Wächter gar nicht bemerkt hatte, der Aufseher hatte ihm die drei Beamten verdeckt und nun wieder die Beamten den Aufseher. Viel Geistesgegenwart bewies das nicht, und K. nahm sich vor, sich in dieser Hinsicht genauer zu beobachten. Doch drehte er sich noch unwillkürlich um und beugte sich über das Hinterdeck des Automobils vor, um möglicherweise den Aufseher und die Wächter noch zu sehen. Aber gleich wendete er sich wieder zurück und lehnte sich bequem in die Wagenecke, ohne auch nur den Versuch gemacht zu haben, jemanden zu suchen. Obwohl es nicht den Anschein hatte, hätte er gerade jetzt Zuspruch nötig gehabt, aber nun schienen die Herren ermüdet. Rabensteiner sah rechts aus dem Wagen, Kullich links, und nur Kaminer stand mit seinem Grinsen zur Verfügung, über das einen Spaß zu machen leider die Menschlichkeit verbot.

In diesem Frühjahr pflegte K. die Abende in der Weise zu verbringen, daß er nach der Arbeit, wenn dies noch möglich war – er saß meistens bis neun Uhr im Büro –, einen kleinen Spaziergang allein oder mit Beamten machte und dann in eine Bierstube ging, wo er an einem Stammtisch mit meist älteren Herren gewöhnlich bis elf Uhr beisammensaß. Es gab aber auch Ausnahmen von dieser Einteilung, wenn K. zum Beispiel vom Bankdirektor, der seine Arbeitskraft und Vertrauenswürdigkeit sehr schätzte, zu einer Autofahrt oder zu einem Abendessen in seiner Villa eingeladen wurde. Außerdem ging K. einmal in der Woche zu einem Mädchen namens Elsa, die während der Nacht bis in den späten Morgen als Kellnerin in einer Weinstube bediente und während des Tages nur vom Bett aus Besuche empfing.

An diesem Abend aber – der Tag war unter angestrengter Arbeit und vielen ehrenden und freundschaftlichen Geburtstagswünschen schnell verlaufen – wollte K. sofort nach Hause gehen. In allen kleinen Pausen der Tagesarbeit hatte er daran gedacht; ohne genau zu wissen, was er meinte, schien es ihm, als ob durch die Vorfälle des Morgens eine große Unordnung in der ganzen Wohnung der Frau Grubach verursacht worden sei und daß gerade er nötig sei, um die Ordnung wiederherzustellen. War aber einmal diese Ordnung hergestellt, dann war jede Spur jener Vorfälle ausgelöscht und alles nahm seinen alten Gang wieder auf. Insbesondere von den drei Beamten war nichts zu befürchten, sie waren wieder in die große Beamtenschaft der Bank versenkt, es war keine Veränderung an ihnen zu bemerken. K. hatte sie öfters einzeln und gemeinsam in sein Büro berufen, zu keinem andern Zweck, als um sie zu beobachten; immer hatte er sie befriedigt entlassen können.

Als er um halb zehn Uhr abends vor dem Hause, in dem er wohnte, ankam, traf er im Haustor einen jungen Burschen, der dort breitbeinig stand und eine Pfeife rauchte. »Wer sind Sie?« fragte K. sofort und brachte sein Gesicht nahe an den Burschen, man sah nicht viel im Halbdunkel des Flurs. »Ich bin der Sohn des Hausmeisters, gnädiger Herr«, antwortete der Bursche, nahm die Pfeife aus dem Mund und trat zur Seite. »Der Sohn des Hausmeisters?« fragte K. und klopfte mit seinem Stock ungeduldig den Boden. »Wünscht der gnädige Herr etwas? Soll ich den Vater holen?« »Nein, nein«, sagte K., in seiner Stimme lag etwas Verzeihendes, als habe der Bursche etwas Böses ausgeführt, er aber verzeihe ihm. »Es ist gut«, sagte er dann und ging weiter, aber ehe er die Treppe hinaufstieg, drehte er sich noch einmal um.

Er hätte geradewegs in sein Zimmer gehen können, aber da er mit Frau Grubach sprechen wollte, klopfte er gleich an ihre Tür an. Sie saß mit einem Strickstrumpf am Tisch, auf dem noch ein Haufen alter Strümpfe lag. K. entschuldigte sich zerstreut, daß er so spät komme, aber Frau Grubach war sehr freundlich und wollte keine Entschuldigung hören, für ihn sei sie immer zu sprechen, er wisse sehr gut, daß er ihr bester und liebster Mieter sei. K. sah sich im Zimmer um, es war wieder vollkommen in seinem alten Zustand, das Frühstücksgeschirr, das früh auf dem Tischchen beim Fenster gestanden hatte, war auch schon weggeräumt. »Frauenhände bringen doch im stillen viel fertig«, dachte er, er hätte das Geschirr vielleicht auf der Stelle zerschlagen, aber gewiß nicht hinaustragen können. Er sah Frau Grubach mit einer gewissen Dankbarkeit an. »Warum arbeiten Sie noch so spät?« fragte er. Sie saßen nun beide am Tisch, und K. vergrub von Zeit zu Zeit seine Hand in die Strümpfe. »Es gibt viel Arbeit«, sagte sie, »während des Tages gehöre ich den Mietern; wenn ich meine Sachen in Ordnung bringen will, bleiben mir nur die Abende.« »Ich habe Ihnen heute wohl noch eine außergewöhnliche Arbeit gemacht?« »Wieso denn?« fragte sie, etwas eifriger werdend, die Arbeit ruhte in ihrem Schoße. »Ich meine die Männer, die heute früh hier waren.« »Ach so«, sagte sie und kehrte wieder in ihre Ruhe zurück, »das hat mir keine besondere Arbeit gemacht.« K. sah schweigend zu, wie sie den Strickstrumpf wieder vornahm. Sie scheint sich zu wundern, daß ich davon spreche, dachte er, sie scheint es nicht für richtig zu halten, daß ich davon spreche. Desto wichtiger ist es, daß ich es tue. Nur mit einer alten Frau kann ich davon sprechen. »Doch, Arbeit hat es gewiß gemacht«, sagte er dann, »aber es wird nicht wieder vorkommen.« »Nein, das kann nicht wieder vorkommen«, sagte sie bekräftigend und lächelte K. fast wehmütig an. »Meinen Sie das ernstlich?« fragte K. »Ja«, sagte sie leiser, »aber vor allem dürfen Sie es nicht zu schwer nehmen. Was geschieht nicht alles in der Welt! Da Sie so vertraulich mit mir reden, Herr K., kann ich Ihnen ja eingestehen, daß ich ein wenig hinter der Tür gehorcht habe und daß mir auch die beiden Wächter einiges erzählt haben. Es handelt sich ja um Ihr Glück und das liegt mir wirklich am Herzen, mehr als mir vielleicht zusteht, denn ich bin ja bloß die Vermieterin. Nun, ich habe also einiges gehört, aber ich kann nicht sagen, daß es etwas besonders Schlimmes war. Nein. Sie sind zwar verhaftet, aber nicht so wie ein Dieb verhaftet wird. Wenn man wie ein Dieb verhaftet wird, so ist es schlimm, aber diese Verhaftung –. Es kommt mir wie etwas Gelehrtes vor, entschuldigen Sie, wenn ich etwas Dummes sage, es kommt mir wie etwas Gelehrtes vor, das ich zwar nicht verstehe, das man aber auch nicht verstehen muß.«

»Es ist gar nichts Dummes, was Sie gesagt haben, Frau Grubach, wenigstens bin auch ich zum Teil Ihrer Meinung, nur urteile ich über das Ganze noch schärfer als Sie und halte es einfach nicht einmal für etwas Gelehrtes, sondern überhaupt für nichts. Ich wurde überrumpelt, das war es. Wäre ich gleich nach dem Erwachen, ohne mich durch das Ausbleiben der Anna beirren zu lassen, aufgestanden und ohne Rücksicht auf irgend jemand, der mir in den Weg getreten wäre, zu Ihnen gegangen, hätte ich diesmal ausnahmsweise etwa in der Küche gefrühstückt, hätte mir von Ihnen die Kleidungsstücke aus meinem Zimmer bringen lassen, kurz, hätte ich vernünftig gehandelt, so wäre nichts weiter geschehen, es wäre alles, was werden wollte, erstickt worden. Man ist aber so wenig vorbereitet. In der Bank zum Beispiel bin ich vorbereitet, dort könnte mir etwas Derartiges unmöglich geschehen, ich habe dort einen eigenen Diener, das allgemeine Telefon und das Bürotelefon stehen vor mir auf dem Tisch, immerfort kommen Leute, Parteien und Beamte, außerdem aber und vor allem bin ich dort immerfort im Zusammenhang der Arbeit, daher geistesgegenwärtig, es würde mir geradezu ein Vergnügen machen, dort einer solchen Sache gegenübergestellt zu werden. Nun, es ist vorüber und ich wollte eigentlich auch gar nicht mehr darüber sprechen, nur Ihr Urteil, das Urteil einer vernünftigen Frau, wollte ich hören und bin sehr froh, daß wir darin übereinstimmen. Nun müssen Sie mir die Hand reichen, eine solche Übereinstimmung muß durch Handschlag bekräftigt werden.«

Ob sie mir die Hand reichen wird? Der Aufseher hat mir die Hand nicht gereicht, dachte er und sah die Frau anders als früher, prüfend an. Sie stand auf, weil auch er aufgestanden war, sie war ein wenig befangen, weil ihr nicht alles, was K. gesagt hatte, verständlich gewesen war. Infolge dieser Befangenheit sagte sie aber etwas, was sie gar nicht wollte und was auch gar nicht am Platze war: »Nehmen Sie es doch nicht so schwer, Herr K.«, sagte sie, hatte Tränen in der Stimme und vergaß natürlich auch den Handschlag. »Ich wüßte nicht, daß ich es schwer nehme«, sagte K., plötzlich ermüdet und das Wertlose aller Zustimmungen dieser Frau einsehend.

Bei der Tür fragte er noch: »Ist Fräulein Bürstner zu Hause?« »Nein«, sagte Frau Grubach und lächelte bei dieser trockenen Auskunft mit einer verspäteten vernünftigen Teilnahme. »Sie ist im Theater. Wollten Sie etwas von ihr? Soll ich ihr etwas ausrichten?« »Ach, ich wollte nur ein paar Worte mit ihr reden.« »Ich weiß leider nicht, wann sie kommt; wenn sie im Theater ist, kommt sie gewöhnlich spät.« »Das ist ja ganz gleichgültig«, sagte K. und drehte schon den gesenkten Kopf der Tür zu, um wegzugehen, »ich wollte mich nur bei ihr entschuldigen, daß ich heute ihr Zimmer in Anspruch genommen habe.« »Das ist nicht nötig, Herr K., Sie sind zu rücksichtsvoll, das Fräulein weiß ja von gar nichts, sie war seit dem frühen Morgen noch nicht zu

Hause, es ist auch schon alles in Ordnung gebracht, sehen Sie selbst.« Und sie öffnete die Tür zu Fräulein Bürstners Zimmer. »Danke, ich glaube es«, sagte K., ging dann aber doch zu der offenen Tür. Der Mond schien still in das dunkle Zimmer. Soviel man sehen konnte, war wirklich alles an seinem Platz, auch die Bluse hing nicht mehr an der Fensterklinke. Auffallend hoch schienen die Polster im Bett, sie lagen zum Teil im Mondlicht. »Das Fräulein kommt oft spät nach Hause«, sagte K. und sah Frau Grubach an, als trage sie die Verantwortung dafür. »Wie eben junge Leute sind!« sagte Frau Grubach entschuldigend. »Gewiß, gewiß«, sagte K., »es kann aber zu weit gehen.« »Das kann es«, sagte Frau Grubach, »wie sehr haben Sie recht, Herr K. Vielleicht sogar in diesem Fall. Ich will Fräulein Bürstner gewiß nicht verleumden, sie ist ein gutes, liebes Mädchen, freundlich, ordentlich, pünktlich, arbeitsam, ich schätze das alles sehr, aber eines ist wahr, sie sollte stolzer, zurückhaltender sein. Ich habe sie in diesem Monat schon zweimal in entlegenen Straßen und immer mit einem andern Herrn gesehen. Es ist mir sehr peinlich, ich erzähle es, beim wahrhaftigen Gott, nur Ihnen, Herr K., aber es wird sich nicht vermeiden lassen, daß ich auch mit dem Fräulein selbst darüber spreche. Es ist übrigens nicht das Einzige, das sie mir verdächtig macht.« »Sie sind auf ganz falschem Weg«, sagte K. wütend und fast unfähig, es zu verbergen, »übrigens haben Sie offenbar auch meine Bemerkung über das Fräulein mißverstanden, so war es nicht gemeint. Ich warne Sie sogar aufrichtig, dem Fräulein irgend etwas zu sagen, Sie sind durchaus im Irrtum, ich kenne das Fräulein sehr gut, es ist nichts davon wahr, was Sie sagten. Übrigens, vielleicht gehe ich zu weit, ich will Sie nicht hindern, sagen Sie ihr, was Sie wollen. Gute Nacht.« »Herr K.«, sagte Frau Grubach bittend und eilte K. bis zu seiner Tür nach, die er schon geöffnet hatte, »ich will ja noch gar nicht mit dem Fräulein reden, natürlich will ich sie vorher noch weiter beobachten, nur Ihnen habe ich anvertraut, was ich wußte. Schließlich muß es doch im Sinne jedes Mieters sein, wenn man die Pension rein zu erhalten sucht, und nichts anderes ist mein Bestreben dabei.« »Die Reinheit!« rief K. noch durch die Spalte der Tür, »wenn Sie die Pension rein erhalten wollen, müssen Sie zuerst mir kündigen.« Dann schlug er die Tür zu, ein leises Klopfen beachtete er nicht mehr.

Dagegen beschloß er, da er gar keine Lust zum Schlafen hatte, noch wachzubleiben und bei dieser Gelegenheit auch festzustellen, wann Fräulein Bürstner kommen würde. Vielleicht wäre es dann auch möglich, so unpassend es sein mochte, noch ein paar Worte mit ihr zu reden. Als er im Fenster lag und die müden Augen drückte, dachte er einen Augenblick sogar daran, Frau Grubach zu bestrafen und Fräulein Bürstner zu überreden, gemeinsam mit ihm zu kündigen. Sofort aber erschien ihm das entsetzlich übertrieben, und er hatte sogar den Verdacht gegen sich, daß er darauf ausging, die Wohnung wegen der Vorfälle am Morgen zu wechseln. Nichts wäre unsinniger und vor allem zweckloser und verächtlicher gewesen.

Als er des Hinausschauens auf die leere Straße überdrüssig geworden war, legte er sich auf das Kanapee, nachdem er die Tür zum Vorzimmer ein wenig geöffnet hatte, um jeden, der die Wohnung betrat, gleich vom Kanapee aus sehen zu können. Etwa bis elf Uhr lag er ruhig, eine Zigarre rauchend, auf dem Kanapee. Von da ab hielt er es aber nicht mehr dort aus, sondern ging ein wenig ins Vorzimmer, als könne er dadurch die Ankunft des Fräulein Bürstner beschleunigen. Er hatte kein besonderes Verlangen nach ihr, er konnte sich nicht einmal genau erinnern, wie sie aussah, aber nun wollte er mit ihr reden und es reizte ihn, daß sie durch ihr spätes Kommen auch noch in den Abschluß dieses Tages Unruhe und Unordnung brachte. Sie war auch schuld daran, daß er heute nicht zu Abend gegessen und daß er den für heute beabsichtigten Besuch bei Elsa unterlassen hatte. Beides konnte er allerdings noch dadurch nachholen, daß er jetzt in das Weinlokal ging, in dem Elsa bedienstet war. Er wollte es auch noch später nach der Unterredung mit Fräulein Bürstner tun.

Es war halb zwölf vorüber, als jemand im Treppenhaus zu hören war. K., der, seinen Gedanken hingegeben, im Vorzimmer so, als wäre es sein eigenes Zimmer, laut auf und ab ging, flüchtete hinter seine Tür. Es war Fräulein Bürstner, die gekommen war. Fröstelnd zog sie, während sie die Tür versperrte, einen seidenen Schal um ihre schmalen Schultern zusammen. Im nächsten Augenblick mußte sie in ihr Zimmer gehen, in das K. gewiß um Mitternacht nicht eindringen durfte; er mußte sie also jetzt ansprechen, hatte aber unglücklicherweise versäumt, das elektrische Licht in seinem Zimmer anzudrehen, so daß sein Vortreten aus dem dunklen Zimmer den Anschein eines Überfalls hatte und wenigstens sehr erschrecken mußte. In seiner Hilflosigkeit und da keine Zeit zu verlieren war, flüsterte er durch den Türspalt: »Fräulein Bürstner.« Es klang wie eine Bitte, nicht wie ein Anruf. »Ist jemand hier?« fragte Fräulein Bürstner und sah sich mit großen Augen um. »Ich bin es«, sagte K. und trat vor. »Ach, Herr K.!« sagte Fräulein Bürstner lächelnd. »Guten Abend«, und sie reichte ihm die Hand. »Ich wollte ein paar Worte mit Ihnen sprechen, wollen Sie mir das jetzt erlauben?« »Jetzt?« fragte Fräulein Bürstner, »muß es jetzt sein? Es ist ein wenig sonderbar, nicht?« »Ich warte seit neun Uhr auf Sie.« »Nun ja, ich war im Theater, ich wußte doch nichts von Ihnen.« »Der Anlaß für das, was ich Ihnen sagen will, hat sich erst heute ergeben.« »So, nun ich habe ja nichts Grundsätzliches dagegen, außer daß ich zum Hinfallen müde bin. Also kommen Sie auf ein paar Minuten in mein Zimmer. Hier könnten wir uns auf keinen Fall unterhalten, wir wecken ja alle und das wäre mir unseretwegen noch unangenehmer als der Leute wegen. Warten Sie hier, bis ich in meinem Zimmer angezündet habe, und drehen Sie dann hier das Licht ab.« K. tat so, wartete dann aber noch bis Fräulein Bürstner ihn aus ihrem Zimmer nochmals leise aufforderte zu kommen. »Setzen Sie sich«, sagte sie und zeigte auf die Ottomane, sie selbst blieb aufrecht am Bettpfosten trotz der Müdigkeit, von der sie gesprochen hatte; nicht einmal ihren kleinen, aber mit einer Überfülle von Blumen geschmückten Hut legte sie ab. »Was wollten Sie also? Ich bin wirklich neugierig.« Sie kreuzte leicht die Beine. »Sie werden vielleicht sagen«, begann K., »daß die Sache nicht so dringend war, um jetzt besprochen zu werden, aber –« »Einleitungen überhöre ich immer«, sagte Fräulein Bürstner. »Das erleichtert meine Aufgabe«, sagte K. »Ihr Zimmer ist heute früh, gewissermaßen durch meine Schuld, ein wenig in Unordnung gebracht worden, es geschah durch fremde Leute gegen meinen Willen und doch, wie gesagt, durch meine Schuld; dafür wollte ich um Entschuldigung bitten.« »Mein

Zimmer?« fragte Fräulein Bürstner und sah statt des Zimmers K. prüfend an. »Es ist so«, sagte K., und nun sahen beide einander zum erstenmal in die Augen, »die Art und Weise, in der es geschah, ist an sich keines Wortes wert.« »Aber doch das eigentlich Interessante«, sagte Fräulein Bürstner. »Nein«, sagte K. »Nun«, sagte Fräulein Bürstner, »ich will mich nicht in Geheimnisse eindrängen, bestehen Sie darauf, daß es uninteressant ist, so will ich auch nichts dagegen einwenden. Die Entschuldigung, um die Sie bitten, gebe ich Ihnen gern, besonders da ich keine Spur einer Unordnung finden kann.« Sie machte, die flachen Hände tief an die Hüften gelegt, einen Rundgang durch das Zimmer. Bei der Matte mit den Fotografien blieb sie stehen. »Sehen Sie doch!« rief sie. »Meine Fotografien sind wirklich durcheinandergeworfen. Das ist aber häßlich. Es ist also jemand unberechtigterweise in meinem Zimmer gewesen.« K. nickte und verfluchte im stillen den Beamten Kaminer, der seine öde, sinnlose Lebhaftigkeit niemals zähmen konnte. »Es ist sonderbar«, sagte Fräulein Bürstner, »daß ich gezwungen bin, Ihnen etwas zu verbieten, was Sie sich selbst verbieten müßten, nämlich in meiner Abwesenheit mein Zimmer zu betreten.« »Ich erklärte Ihnen doch, Fräulein«, sagte K. und ging auch zu den Fotografien, »daß nicht ich es war, der sich an Ihren Fotografien vergangen hat; aber da Sie mir nicht glauben, so muß ich also eingestehen, daß die Untersuchungskommission drei Bankbeamte mitgebracht hat, von denen der eine, den ich bei nächster Gelegenheit aus der Bank hinausbefördern werde, die Fotografien wahrscheinlich in die Hand genommen hat. Ja, es war eine Untersuchungskommission hier«, fügte K. hinzu, da ihn das Fräulein mit einem fragenden Blick ansah. »Ihretwegen?« fragte das Fräulein. »Ja«, antwortete K. »Nein!« rief das Fräulein und lachte. »Doch«, sagte K., »glauben Sie denn, daß ich schuldlos bin?« »Nun, schuldlos ...« sagte das Fräulein, »ich will nicht gleich ein vielleicht folgenschweres Urteil aussprechen, auch kenne ich Sie doch nicht, es muß doch schon ein schwerer Verbrecher sein, dem man gleich eine Untersuchungskommission auf den Leib schickt. Da Sie aber doch frei sind – ich schließe wenigstens aus Ihrer Ruhe, daß Sie nicht aus dem Gefängnis entlaufen sind – so können Sie doch kein solches Verbrechen begangen haben.« »Ja«, sagte K., »aber die Untersuchungskommission kann doch eingesehen haben, daß ich unschuldig bin oder doch nicht so schuldig, wie angenommen wurde.« »Gewiß, das kann sein«, sagte Fräulein Bürstner sehr aufmerksam. »Sehen Sie«, sagte K., »Sie haben nicht viel Erfahrung in Gerichtssachen.« »Nein, das habe ich nicht«, sagte Fräulein Bürstner, »und habe es auch schon oft bedauert, denn ich möchte alles wissen, und gerade Gerichtssachen interessieren mich ungemein. Das Gericht hat eine eigentümliche Anziehungskraft, nicht? Aber ich werde in dieser Richtung meine Kenntnisse sicher vervollständigen, denn ich trete nächsten Monat als Kanzleikraft in ein Advokatenbüro ein.« »Das ist sehr gut«, sagte K., »Sie werden mir dann in meinem Prozeß ein wenig helfen können.« »Das könnte sein«, sagte Fräulein Bürstner, »warum denn nicht? Ich verwende gern meine Kenntnisse.« »Ich meine es auch im Ernst«, sagte K., »oder zumindest in dem halben Ernst, in dem Sie es meinen. Um einen Advokaten heranzuziehen, dazu ist die Sache doch zu kleinlich, aber einen Ratgeber könnte ich gut brauchen.« »Ja, aber wenn ich Ratgeber sein soll, müßte ich wissen, worum es sich handelt«, sagte Fräulein Bürstner. »Das ist eben der Haken«, sagte K., »das weiß ich selbst nicht.« »Dann haben Sie sich also einen Spaß aus mir gemacht«, sagte Fräulein Bürstner übermäßig enttäuscht, »es war höchst unnötig, sich diese späte Nachtzeit dazu auszusuchen.« Und sie ging von den Fotografien weg, wo sie so lange vereinigt gestanden hatten. »Aber nein, Fräulein«, sagte K., »ich mache keinen Spaß. Daß Sie mir nicht glauben wollen! Was ich weiß, habe ich Ihnen schon gesagt. Sogar mehr als ich weiß, denn es war gar keine Untersuchungskommission, ich nenne es so, weil ich keinen anderen Namen dafür weiß. Es wurde gar nichts untersucht, ich wurde nur verhaftet, aber von einer Kommission.« Fräulein Bürstner saß auf der Ottomane und lachte wieder. »Wie war es denn?« fragte sie. »Schrecklich«, sagte K., aber er dachte jetzt gar nicht daran, sondern war ganz vom Anblick des Fräulein Bürstner ergriffen, die das Gesicht auf eine Hand stützte – der Ellbogen ruhte auf dem Kissen der Ottomane – während die andere Hand langsam die Hüfte strich. »Das ist zu allgemein«, sagte Fräulein Bürstner. »Was ist zu allgemein?« fragte K. Dann erinnerte er sich und fragte: »Soll ich Ihnen zeigen, wie es gewesen ist?« Er wollte Bewegung machen und doch nicht weggehen. »Ich bin schon müde«, sagte Fräulein Bürstner. »Sie kamen so spät«, sagte K. »Nun endet es damit, daß ich Vorwürfe bekomme, es ist auch berechtigt, denn ich hätte Sie nicht mehr hereinlassen sollen. Notwendig war es ja auch nicht, wie es sich gezeigt hat.« »Es war notwendig, das werden Sie erst jetzt sehn«, sagte K. »Darf ich das Nachttischchen von Ihrem Bett herrücken?« »Was fällt Ihnen ein?« sagte Fräulein Bürstner, »das dürfen Sie natürlich nicht!« »Dann kann ich es Ihnen nicht zeigen«, sagte K. aufgeregt, als füge man ihm dadurch einen unermeßlichen Schaden zu. »Ja, wenn Sie es zur Darstellung brauchen, dann rücken Sie das Tischchen nur ruhig fort«, sagte Fräulein Bürstner und fügte nach einem Weilchen mit schwächerer Stimme hinzu: »Ich bin so müde, daß ich mehr erlaube, als gut ist.« K. stellte das Tischchen in die Mitte des Zimmers und setzte sich dahinter. »Sie müssen sich die Verteilung der Personen richtig vorstellen, es ist sehr interessant. Ich bin der Aufseher, dort auf dem Koffer sitzen zwei Wächter, bei den Fotografien stehen drei junge Leute. An der Fensterklinke hängt, was ich nur nebenbei erwähne, eine weiße Bluse. Und jetzt fängt es an. Ja, ich vergesse mich. Die wichtigste Person, also ich, stehe hier vor dem Tischchen. Der Aufseher sitzt äußerst bequem, die Beine übereinandergelegt, den Arm hier über die Lehne hinunterhängend, ein Lümmel sondergleichen. Und jetzt fängt es also wirklich an. Der Aufseher ruft, als ob er mich wecken müßte, er schreit geradezu, ich muß leider, wenn ich es Ihnen begreiflich machen will, auch schreien, es ist übrigens nur mein Name, den er so schreit.« Fräulein Bürstner, die lachend zuhörte, legte den Zeigefinger an den Mund, um K. am Schreien zu hindern, aber es war zu spät. K. war zu sehr in der Rolle, er rief langsam: »Josef K.!«, übrigens nicht so laut, wie er gedroht hatte, aber doch so, daß sich der Ruf, nachdem er plötzlich ausgestoßen war, erst allmählich im Zimmer zu verbreiten schien.

Da klopfte es an die Tür des Nebenzimmers einigemal, stark, kurz und regelmäßig. Fräulein Bürstner erbleichte und legte die Hand aufs Herz. K. erschrak deshalb besonders stark, weil er noch ein Weilchen ganz unfähig gewesen war, an etwas anderes zu denken als an die Vorfälle des Morgens und an das Mädchen, dem er sie vorführte. Kaum hatte er sich gefaßt, sprang er zu Fräulein Bürstner und nahm ihre Hand. »Fürchten Sie nichts«, flüsterte er, »ich werde alles in Ordnung bringen. Wer kann es aber sein? Hier nebenan ist doch nur das Wohnzimmer, in dem niemand schläft.« »Doch«, flüsterte Fräulein Bürstner an K.s Ohr, »seit gestern schläft hier ein Neffe von Frau Grubach, ein Hauptmann. Es ist gerade kein anderes Zimmer frei. Auch ich habe es vergessen. Daß Sie so schreien mußten! Ich bin unglücklich darüber.« »Dafür ist gar kein Grund«, sagte K. und küßte, als sie jetzt auf das Kissen zurücksank, ihre Stirn. »Weg, weg«, sagte sie und richtete sich eilig wieder auf, »gehen Sie doch, gehen Sie doch, was wollen Sie, er horcht doch an der Tür, er hört doch alles. Wie Sie mich quälen!« »Ich gehe nicht früher«, sagte K., »als Sie ein wenig beruhigt sind. Kommen Sie in die andere Ecke des Zimmers, dort kann er uns nicht hören.« Sie ließ sich dorthin führen. »Sie überlegen nicht«, sagte er, »daß es sich zwar um eine Unannehmlichkeit für Sie handelt, aber durchaus nicht um eine Gefahr. Sie wissen, wie mich Frau Grubach, die in dieser Sache doch entscheidet, besonders da der Hauptmann ihr Neffe ist, geradezu verehrt und alles, was ich sage, unbedingt glaubt. Sie ist auch im übrigen von mir abhängig, denn sie hat eine größere Summe von mir geliehen. Jeden Ihrer Vorschläge über eine Erklärung für unser Beisammen nehme ich an, wenn es nur ein wenig zweckentsprechend ist, und verbürge mich, Frau Grubach dazu zu bringen, die Erklärung nicht nur vor der Öffentlichkeit, sondern wirklich und aufrichtig zu glauben. Mich müssen Sie dabei in keiner Weise schonen. Wollen Sie verbreitet haben, daß ich Sie überfallen habe, so wird Frau Grubach in diesem Sinne unterrichtet werden und wird es glauben, ohne das Vertrauen zu mir zu verlieren, so sehr hängt sie an mir.« Fräulein Bürstner sah, still und ein wenig zusammengesunken, vor sich auf den Boden. »Warum sollte Frau Grubach nicht glauben, daß ich Sie überfallen habe?« fügte K. hinzu. Vor sich sah er ihr Haar, geteiltes, niedrig gebauschtes, fest zusammengehaltenes, rötliches Haar. Er glaubte, sie werde ihm den Blick zuwenden, aber sie sagte in unveränderter Haltung: »Verzeihen Sie, ich bin durch das plötzliche Klopfen so erschreckt worden, nicht so sehr durch die Folgen, die die Anwesenheit des Hauptmannes haben könnte. Es war so still nach Ihrem Schrei, und da klopfte es, deshalb bin ich so erschrocken, ich saß auch in der Nähe der Tür, es klopfte fast neben mir. Für Ihre Vorschläge danke ich, aber ich nehme sie nicht an. Ich kann für alles, was in meinem Zimmer geschieht, die Verantwortung tragen, und zwar gegenüber jedem. Ich wundere mich, daß Sie nicht merken, was für eine Beleidigung für mich in Ihren Vorschlägen liegt, neben den guten Absichten natürlich, die ich gewiß anerkenne. Aber nun gehen Sie, lassen Sie mich allein, ich habe es jetzt noch nötiger als früher. Aus den wenigen Minuten, um die Sie gebeten haben, ist nun eine halbe Stunde und mehr geworden.« K. faßte sie bei der Hand und dann beim Handgelenk: »Sie sind mir aber nicht böse?« sagte er. Sie streifte seine Hand ab und antwortete: »Nein, nein, ich bin niemals und niemandem böse.« Er faßte wieder nach ihrem Handgelenk, sie duldete es jetzt und führte ihn so zur Tür. Er war fest entschlossen, wegzugehen. Aber vor der Tür, als hätte er nicht erwartet, hier eine Tür zu finden, stockte er, diesen Augenblick benützte Fräulein Bürstner, sich loszumachen, die Tür zu öffnen, ins Vorzimmer zu schlüpfen und von dort aus K. leise zu sagen: »Nun kommen Sie doch, bitte. Sehen Sie« – sie zeigte auf die Tür des Hauptmanns, unter der ein Lichtschein hervorkam – »er hat angezündet und unterhält sich über uns.« »Ich komme schon«, sagte K., lief vor, faßte sie, küßte sie auf den Mund und dann über das ganze Gesicht, wie ein durstiges Tier mit der Zunge über das endlich gefundene Quellwasser hinjagt. Schließlich küßte er sie auf den Hals, wo die Gurgel ist, und dort ließ er die Lippen lange liegen. Ein Geräusch aus dem Zimmer des Hauptmanns ließ ihn aufschauen. »Jetzt werde ich gehen«, sagte er, er wollte Fräulein Bürstner beim Taufnamen nennen, wußte ihn aber nicht. Sie nickte müde, überließ ihm, schon halb abgewendet, die Hand zum Küssen, als wisse sie nichts davon, und ging gebückt in ihr Zimmer. Kurz darauf lag K. in seinem Bett. Er schlief sehr bald ein, vor dem Einschlafen dachte er noch ein Weilchen über sein Verhalten nach, er war damit zufrieden, wunderte sich aber, daß er nicht noch zufriedener war; wegen des Hauptmanns machte er sich für Fräulein Bürstner ernstliche Sorgen.

ZWEITES KAPITEL

Erste Untersuchung

K. war telefonisch verständigt worden, daß am nächsten Sonntag eine kleine Untersuchung in seiner Angelegenheit stattfinden würde. Man machte ihn darauf aufmerksam, daß diese Untersuchungen regelmäßig, wenn auch vielleicht nicht jede Woche, so doch häufiger einander folgen würden. Es liege einerseits im allgemeinen Interesse, den Prozeß rasch zu Ende zu führen, anderseits aber müßten die Untersuchungen in jeder Hinsicht gründlich sein und dürften doch wegen der damit verbundenen Anstrengung niemals allzulange dauern. Deshalb habe man den Ausweg dieser rasch aufeinanderfolgenden, aber kurzen Untersuchungen gewählt. Die Bestimmung des Sonntags als Untersuchungstag habe man deshalb vorgenommen, um K. in seiner beruflichen Arbeit nicht zu stören. Man setze voraus, daß er damit einverstanden sei, sollte er einen anderen Termin wünschen, so würde man ihm, so gut es ginge, entgegenkommen. Die Untersuchungen wären beispielsweise auch in der Nacht möglich, aber da sei wohl K. nicht frisch genug. Jedenfalls werde man es, solange K. nichts einwende, beim Sonntag belassen. Es sei selbstverständlich, daß er bestimmt erscheinen müsse, darauf müsse man ihn wohl nicht erst aufmerksam machen. Es wurde ihm die Nummer des Hauses genannt, in dem er sich einfinden solle, es war ein Haus in einer entlegenen Vorstadtstraße, in der K. noch niemals gewesen war.

K. hängte, als er diese Meldung erhalten hatte, ohne zu antworten, den Hörer an; er war gleich entschlossen, Sonntag hinzugehen, es war gewiß notwendig, der Prozeß kam in Gang und er mußte sich dem entgegenstellen, diese erste Untersuchung sollte auch die letzte sein. Er stand noch nachdenklich beim Apparat, da hörte er hinter sich die Stimme des Direktor-Stellvertreters, der telefonieren wollte, dem aber K. den Weg verstellte. »Schlechte Nachrichten?« fragte der Direktor-Stellvertreter leichthin, nicht um etwas zu erfahren, sondern um K. vom Apparat wegzubringen. »Nein, nein«, sagte K., trat beiseite, ging aber nicht weg. Der Direktor-Stellvertreter nahm den Hörer und sagte, während er auf die telefonische Verbindung wartete, über das Hörrohr hinweg: »Eine Frage, Herr K.: Möchten Sie mir Sonntag früh das Vergnügen machen, eine Partie auf meinem Segelboot mitzumachen? Es wird eine größere Gesellschaft sein, gewiß auch Ihre Bekannten darunter. Unter anderem Staatsanwalt Hasterer. Wollen Sie kommen? Kommen Sie doch!« K. versuchte, darauf achtzugeben, was der Direktor-Stellvertreter sagte. Es war nicht unwichtig für ihn, denn diese Einladung des Direktor-Stellvertreters, mit dem er sich niemals sehr gut vertragen hatte, bedeutete einen Versöhnungsversuch von dessen Seite und zeigte, wie wichtig K. in der Bank geworden war und wie wertvoll seine Freundschaft oder wenigstens seine Unparteilichkeit dem zweithöchsten Beamten der Bank erschien. Diese Einladung war eine Demütigung des Direktor-Stellvertreters, mochte sie auch nur in Erwartung der telefonischen Verbindung über das Hörrohr hinweg gesagt sein. Aber K. mußte eine zweite Demütigung folgen lassen, er sagte: »Vielen Dank! Aber ich habe leider Sonntag keine Zeit, ich habe schon eine Verpflichtung.« »Schade«, sagte der Direktor-Stellvertreter und wandte sich dem telefonischen Gespräch zu, das gerade hergestellt worden war. Es war kein kurzes Gespräch, aber K. blieb in seiner Zerstreutheit die ganze Zeit über neben dem Apparat stehen. Erst als der Direktor-Stellvertreter abläutete, erschrak er und sagte, um sein unnützes Dasein nur ein wenig zu entschuldigen: »Ich bin jetzt antelefoniert worden, ich möchte irgendwo hinkommen, aber man hat vergessen, mir zu sagen, zu welcher Stunde.« »Fragen Sie doch noch einmal nach«, sagte der Direktor-Stellvertreter. »Es ist nicht so wichtig«, sagte K., obwohl dadurch seine frühere, schon an sich mangelhafte Entschuldigung noch weiter verfiel. Der Direktor-Stellvertreter sprach noch im Weggehen über andere Dinge. K. zwang sich auch zu antworten, dachte aber hauptsächlich daran, daß es am besten sein werde, Sonntag um neun Uhr vormittags hinzukommen, da zu dieser Stunde an Werktagen alle Gerichte zu arbeiten anfangen.

Sonntag war trübes Wetter. K. war sehr ermüdet, da er wegen einer Stammtischfeierlichkeit bis spät in die Nacht im Gasthaus geblieben war, er hätte fast verschlafen. Eilig, ohne Zeit zu haben, zu überlegen und die verschiedenen Pläne, die er während der Woche ausgedacht hatte, zusammenzustellen, kleidete er sich an und lief, ohne zu frühstücken, in die ihm bezeichnete Vorstadt. Eigentümlicherweise traf er, obwohl er wenig Zeit hatte, umherzublicken, die drei an seiner Angelegenheit beteiligten Beamten, Rabensteiner, Kullich und Kaminer. Die ersten zwei fuhren in einer Elektrischen quer über K.s Weg, Kaminer aber saß auf der Terrasse eines Kaffeehauses und beugte sich gerade, als K. vorüberkam, neugierig über die Brüstung. Alle sahen ihm wohl nach und wunderten sich, wie ihr Vorgesetzter lief, es war irgendein Trotz, der K. davon abgehalten hatte, zu fahren, er hatte Abscheu vor jeder, selbst der geringsten fremden Hilfe in dieser seiner Sache, auch wollte er niemanden in Anspruch nehmen und dadurch selbst nur im allerentferntesten einweihen; schließlich hatte er aber auch nicht die geringste Lust, sich durch allzu große Pünktlichkeit vor der Untersuchungskommission zu erniedrigen. Allerdings lief er jetzt, um nur möglichst um neun Uhr einzutreffen, obwohl er nicht einmal für eine bestimmte Stunde bestellt war.

Er hatte gedacht, das Haus schon von der Ferne an irgendeinem Zeichen, das er sich selbst nicht genau vorgestellt hatte, oder an einer besonderen Bewegung vor dem Eingang schon von weitem zu erkennen. Aber die Juliusstraße, in der es sein sollte und an deren Beginn K. einen Augenblick lang stehenblieb, enthielt auf beiden Seiten fast ganz einförmige Häuser, hohe, graue, von armen Leuten bewohnte Miethäuser. Jetzt, am Sonntagmorgen, waren die meisten Fenster besetzt, Männer in Hemdärmeln lehnten dort und rauchten oder hielten kleine Kinder vorsichtig und zärtlich an den Fensterrand. Andere Fenster waren hoch mit Bettzeug angefüllt, über dem flüchtig der zerraufte Kopf einer Frau erschien. Man rief einander über die Gasse zu, ein solcher Zuruf bewirkte gerade über K. ein großes Gelächter. Regelmäßig verteilt befanden sich in der langen Straße kleine, unter dem Straßenniveau liegende, durch ein paar Treppen erreichbare Läden mit verschiedenen Lebensmitteln. Dort gingen Frauen aus und ein oder standen auf den Stufen und plauderten. Ein Obsthändler, der seine Waren zu den Fenstern hinauf empfahl, hätte, ebenso unaufmerksam wie K., mit seinem Karren diesen fast niedergeworfen. Eben begann ein in besseren Stadtvierteln ausgedientes Grammophon mörderisch zu spielen.

K. ging tiefer in die Gasse hinein, langsam, als hätte er nun schon Zeit oder als sähe ihn der Untersuchungsrichter aus irgendeinem Fenster und wisse also, daß sich K. eingefunden habe. Es war kurz nach neun. Das Haus lag ziemlich weit, es war fast ungewöhnlich ausgedehnt, besonders die Toreinfahrt war hoch und weit. Sie war offenbar für Lastfuhren bestimmt, die zu den verschiedenen Warenmagazinen gehörten, die jetzt versperrt den großen Hof umgaben und Aufschriften von Firmen trugen, von denen K. einige aus dem Bankgeschäft kannte. Gegen seine sonstige Gewohnheit sich mit allen diesen Äußerlichkeiten genauer befassend, blieb er auch ein wenig am Eingang des Hofes stehen. In seiner Nähe auf einer Kiste saß ein bloßfüßiger Mann und las eine Zeitung. Auf einem Handkarren schaukelten zwei Jungen. Vor einer Pumpe stand ein schwaches, junges Mädchen in einer Nachtjoppe und blickte, während das Wasser in ihre Kanne strömte, auf K. hin. In einer Ecke des Hofes wurde zwischen zwei Fenstern ein Strick gespannt, auf dem die zum Trocknen bestimmte Wäsche schon hing. Ein Mann stand unten und leitete die Arbeit durch ein paar Zurufe.

K. wandte sich der Treppe zu, um zum Untersuchungszimmer zu kommen, stand dann aber wieder still, denn außer dieser Treppe sah er im Hof noch drei verschiedene Treppenaufgänge und überdies schien ein kleiner Durchgang am Ende des Hofes noch in einen zweiten Hof zu führen. Er ärgerte sich, daß man ihm die Lage des Zimmers nicht näher bezeichnet hatte, es war doch eine sonderbare Nachlässigkeit oder Gleichgültigkeit, mit der man ihn behandelte, er beabsichtigte, das sehr laut und deutlich festzustellen. Schließlich stieg er doch die Treppe hinauf und spielte in Gedanken mit einer Erinnerung an den Ausspruch des Wächters Willem, daß das Gericht von der Schuld angezogen werde, woraus eigentlich folgte, daß das Untersuchungszimmer an der Treppe liegen mußte, die K. zufällig wählte.

Er störte im Hinaufgehen viele Kinder, die auf der Treppe spielten und ihn, wenn er durch ihre Reihe schritt, böse ansahen. »Wenn ich nächstens wieder hergehen sollte«, sagte er sich, »muß ich entweder Zuckerwerk mitnehmen, um sie zu gewinnen, oder den Stock, um sie zu prügeln.« Knapp vor dem ersten Stockwerk mußte er sogar ein Weilchen warten, bis eine Spielkugel ihren Weg vollendet hatte, zwei kleine Jungen mit den verzwickten Gesichtern erwachsener Strolche hielten ihn indessen an den Beinkleidern; hätte er sie abschütteln wollen, hätte er ihnen wehtun müssen, und er fürchtete ihr Geschrei.

Im ersten Stockwerk begann die eigentliche Suche. Da er doch nicht nach der Untersuchungskommission fragen konnte, erfand er einen Tischler Lanz – der Name fiel ihm ein, weil der Hauptmann, der Neffe der Frau Grubach, so hieß – und wollte nun in allen Wohnungen nachfragen, ob hier ein Tischler Lanz wohne, um so die Möglichkeit zu bekommen, in die Zimmer hineinzusehen. Es zeigte sich aber, daß das meistens ohne weiteres möglich war, denn fast alle Türen standen offen und die Kinder liefen ein und aus. Es waren in der Regel kleine, einfenstrige Zimmer, in denen auch gekocht wurde. Manche Frauen hielten Säuglinge im Arm und arbeiteten mit der freien Hand auf dem Herd. Halbwüchsige, scheinbar nur mit Schürzen bekleidete Mädchen liefen am fleißigsten hin und her. In allen Zimmern standen die Betten noch in Benützung, es lagen dort Kranke oder noch Schlafende oder Leute, die sich dort in Kleidern streckten. An den Wohnungen, deren Türen geschlossen waren, klopfte K. an und fragte, ob hier ein Tischler Lanz wohne. Meistens öffnete eine Frau, hörte die Frage an und wandte sich ins Zimmer zu jemandem, der sich aus dem Bett erhob. »Der Herr fragt, ob ein Tischler Lanz hier wohnt.« »Tischler Lanz?« fragte der aus dem Bett. »Ja«, sagte K., obwohl sich hier die Untersuchungskommission zweifellos nicht befand und daher seine Aufgabe beendet war. Viele glaubten, es liege K. sehr viel daran, den Tischler Lanz zu finden, dachten lange nach, nannten einen Tischler, der aber nicht Lanz hieß, oder einen Namen, der mit Lanz eine ganz entfernte Ähnlichkeit hatte, oder sie fragten bei Nachbarn oder begleiteten K. zu einer weit entfernten Tür, wo ihrer Meinung nach ein derartiger Mann möglicherweise in Aftermiete wohne oder wo jemand sei, der bessere Auskunft als sie selbst geben könne. Schließlich mußte K. kaum mehr selbst fragen, sondern wurde auf diese Weise durch die Stockwerke gezogen. Er bedauerte seinen Plan, der ihm zuerst so praktisch erschienen war. Vor dem fünften Stockwerk entschloß er sich, die Suche aufzugeben, verabschiedete sich von einem freundlichen, jungen Arbeiter, der ihn weiter hinaufführen wollte, und ging hinunter. Dann aber ärgerte ihn wieder das Nutzlose dieser ganzen Unternehmung, er ging nochmals zurück und klopfte an die erste Tür des fünften

Stockwerkes. Das erste, was er in dem kleinen Zimmer sah, war eine große Wanduhr, die schon zehn Uhr zeigte. »Wohnt ein Tischler Lanz hier?« fragte er. »Bitte«, sagte eine junge Frau mit schwarzen, leuchtenden Augen, die gerade in einem Kübel Kinderwäsche wusch, und zeigte mit der nassen Hand auf die offene Tür des Nebenzimmers.

K. glaubte in eine Versammlung einzutreten. Ein Gedränge der verschiedensten Leute – niemand kümmerte sich um den Eintretenden – füllte ein mittelgroßes, zweifenstriges Zimmer, das knapp an der Decke von einer Galerie umgeben war, die gleichfalls vollständig besetzt war und wo die Leute nur gebückt stehen konnten und mit Kopf und Rücken an die Decke stießen. K., dem die Luft zu dumpf war, trat wieder hinaus und sagte zu der jungen Frau, die ihn wahrscheinlich falsch verstanden hatte: »Ich habe nach einem Tischler, einem gewissen Lanz, gefragt?« »Ja«, sagte die Frau, »gehen Sie, bitte, hinein.« K. hätte ihr vielleicht nicht gefolgt, wenn die Frau nicht auf ihn zugegangen wäre, die Türklinke ergriffen und gesagt hätte: »Nach Ihnen muß ich schließen, es darf niemand mehr hinein.« »Sehr vernünftig«, sagte K., »es ist aber jetzt schon zu voll.« Dann ging er aber doch wieder hinein.

Zwischen zwei Männern hindurch, die sich unmittelbar bei der Tür unterhielten – der eine machte mit beiden, weit vorgestreckten Händen die Bewegung des Geldaufzählens, der andere sah ihm scharf in die Augen –, faßte eine Hand nach K. Es war ein kleiner, rotbäckiger Junge. »Kommen Sie, kommen Sie«, sagte er. K. ließ sich von ihm führen, es zeigte sich, daß in dem durcheinanderwimmelnden Gedränge doch ein schmaler Weg frei war, der möglicherweise zwei Parteien schied; dafür sprach auch, daß K. in den ersten Reihen rechts und links kaum ein ihm zugewendetes Gesicht sah, sondern nur die Rücken von Leuten, welche ihre Reden und Bewegungen nur an Leute ihrer Partei richteten. Die meisten waren schwarz angezogen, in alten, lang und lose hinunterhängenden Feiertagsröcken. Nur diese Kleidung beirrte K., sonst hätte er das Ganze für eine politische Bezirksversammlung angesehen.

Am anderen Ende des Saales, zu dem K. geführt wurde, stand auf einem sehr niedrigen, gleichfalls überfüllten Podium ein kleiner Tisch, der Quere nach aufgestellt, und hinter ihm, nahe am Rand des Podiums, saß ein kleiner, dicker, schnaufender Mann, der sich gerade mit einem hinter ihm Stehenden – dieser hatte den Ellbogen auf die Sessellehne gestützt und die Beine gekreuzt – unter großem Gelächter unterhielt. Manchmal warf er den Arm in die Luft, als karikiere er jemanden. Der Junge, der K. führte, hatte Mühe, seine Meldung vorzubringen. Zweimal hatte er schon, auf den Fußspitzen stehend, etwas auszurichten versucht, ohne von dem Mann oben beachtet worden zu sein. Erst als einer der Leute oben auf dem Podium auf den Jungen aufmerksam machte, wandte sich der Mann ihm zu und hörte hinuntergebeugt seinen leisen Bericht an. Dann zog er seine Uhr und sah schnell nach K. hin. »Sie hätten vor einer Stunde und fünf Minuten erscheinen sollen«, sagte er. K. wollte etwas antworten, aber er hatte keine Zeit, denn kaum hatte der Mann ausgesprochen, erhob sich in der rechten Saalhälfte ein allgemeines Murren. »Sie hätten vor einer Stunde und fünf Minuten erscheinen sollen«, wiederholte nun der Mann mit erhobener

Stimme und sah nun auch schnell in den Saal hinunter. Sofort wurde auch das Murren stärker und verlor sich, da der Mann nichts mehr sagte, nur allmählich. Es war jetzt im Saal viel stiller als bei K.s Eintritt. Nur die Leute auf der Galerie hörten nicht auf, ihre Bemerkungen zu machen. Sie schienen, soweit man oben in dem Halbdunkel, Dunst und Staub etwas unterscheiden konnte, schlechter angezogen zu sein als die unten. Manche hatten Polster mitgebracht, die sie zwischen den Kopf und die Zimmerdecke gelegt hatten, um sich nicht wundzudrücken.

K. hatte sich entschlossen, mehr zu beobachten als zu reden, infolgedessen verzichtete er auf die Verteidigung wegen seines angeblichen Zuspätkommens und sagte bloß: »Mag ich zu spät gekommen sein, jetzt bin ich hier.« Ein Beifallklatschen, wieder aus der rechten Saalhälfte, folgte. Leicht zu gewinnende Leute, dachte K. und war nur gestört durch die Stille in der linken Saalhälfte, die gerade hinter ihm lag und aus der sich nur ganz vereinzeltes Händeklatschen erhoben hatte. Er dachte nach, was er sagen könnte, um alle auf einmal oder, wenn das nicht möglich sein sollte, wenigstens zeitweilig auch die anderen zu gewinnen.

»Ja«, sagte der Mann, »aber ich bin nicht mehr verpflichtet, Sie jetzt zu verhören« – wieder das Murren, diesmal aber mißverständlich, denn der Mann fuhr, indem er den Leuten mit der Hand abwinkte, fort, – »ich will es jedoch ausnahmsweise heute noch tun. Eine solche Verspätung darf sich aber nicht mehr wiederholen. Und nun treten Sie vor!« Irgend jemand sprang vom Podium hinunter, so daß für K. ein Platz frei wurde, auf den er hinaufstieg. Er stand eng an den Tisch gedrückt, das Gedränge hinter ihm war so groß, daß er ihm Widerstand leisten mußte, wollte er nicht den Tisch des Untersuchungsrichters und vielleicht auch diesen selbst vom Podium hinunterstoßen.

Der Untersuchungsrichter kümmerte sich aber nicht darum, sondern saß recht bequem auf seinem Sessel und griff, nachdem er dem Mann hinter ihm ein abschließendes Wort gesagt hatte, nach einem kleinen Anmerkungsbuch, dem einzigen Gegenstand auf seinem Tisch. Es war schulheftartig, alt, durch vieles Blättern ganz aus der Form gebracht. »Also«, sagte der Untersuchungsrichter, blätterte in dem Heft und wandte sich im Tone einer Feststellung an K., »Sie sind Zimmermaler?« »Nein«, sagte K., »sondern erster Prokurist einer großen Bank.« Dieser Antwort folgte bei der rechten Partei unten ein Gelächter, das so herzlich war, daß K. mitlachen mußte. Die Leute stützten sich mit den Händen auf ihre Knie und schüttelten sich wie unter schweren Hustenanfällen. Es lachten sogar einzelne auf der Galerie. Der ganz böse gewordene Untersuchungsrichter, der wahrscheinlich gegen die Leute unten machtlos war, suchte sich an der Galerie zu entschädigen, sprang auf, drohte der Galerie, und seine sonst wenig auffallenden Augenbrauen drängten sich buschig, schwarz und groß über seinen Augen.

Die linke Saalhälfte war aber noch immer still, die Leute standen dort in Reihen, hatten ihre Gesichter dem Podium zugewendet und hörten den Worten, die oben gewechselt wurden, ebenso ruhig zu wie dem Lärm der anderen Partei, sie duldeten sogar, daß einzelne aus ihren Reihen mit der anderen Partei hie und da gemeinsam vorgingen. Die Leute der linken Partei, die übrigens weniger zahlreich waren, mochten im Grunde ebenso unbedeutend sein wie die der rechten Partei, aber die Ruhe ihres Verhaltens ließ sie bedeutungsvoller erscheinen. Als K. jetzt zu reden begann, war er überzeugt, in ihrem Sinne zu sprechen.

»Ihre Frage, Herr Untersuchungsrichter, ob ich Zimmermaler bin – vielmehr, Sie haben gar nicht gefragt, sondern es mir auf den Kopf zugesagt –, ist bezeichnend für die ganze Art des Verfahrens, das gegen mich geführt wird. Sie können einwenden, daß es ja überhaupt kein Verfahren ist, Sie haben sehr recht, denn es ist ja nur ein Verfahren, wenn ich es als solches anerkenne. Aber ich erkenne es also für den Augenblick jetzt an, aus Mitleid gewissermaßen. Man kann sich nicht anders als mitleidig dazu stellen, wenn man es überhaupt beachten will. Ich sage nicht, daß es ein liederliches Verfahren ist, aber ich möchte Ihnen diese Bezeichnung zur Selbsterkenntnis angeboten haben.«

K. unterbrach sich und sah in den Saal hinunter. Was er gesagt hatte, war scharf, schärfer, als er es beabsichtigt hatte, aber doch richtig. Es hätte Beifall hier oder dort verdient, es war jedoch alles still, man wartete offenbar gespannt auf das Folgende, es bereitete sich vielleicht in der Stille ein Ausbruch vor, der allem ein Ende machen würde. Störend war es, daß sich jetzt die Tür am Saalende öffnete, die junge Wäscherin, die ihre Arbeit wahrscheinlich beendet hatte, eintrat und trotz aller Vorsicht, die sie aufwendete, einige Blicke auf sich zog. Nur der Untersuchungsrichter machte K. unmittelbare Freude, denn er schien von den Worten sofort getroffen zu werden. Er hatte bisher stehend zugehört, denn er war von K.s Ansprache überrascht worden, während er sich für die Galerie aufgerichtet hatte. Jetzt, in der Pause, setzte er sich allmählich, als sollte es nicht bemerkt werden. Wahrscheinlich um seine Miene zu beruhigen, nahm er wieder das Heftchen vor.

»Es hilft nichts«, fuhr K. fort, »auch Ihr Heftchen, Herr Untersuchungsrichter, bestätigt, was ich sage.« Zufrieden damit, nur seine ruhigen Worte in der fremden Versammlung zu hören, wagte es K. sogar, kurzerhand das Heft dem Untersuchungsrichter wegzunehmen und es mit den Fingerspitzen, als scheue er sich davor, an einem mittleren Blatte hochzuheben, so daß beiderseits die engbeschriebenen, fleckigen, gelbrandigen Blätter hinunterhingen. »Das sind die Akten des Untersuchungsrichters«, sagte er und ließ das Heft auf den Tisch hinunterfallen. »Lesen Sie darin ruhig weiter, Herr Untersuchungsrichter, vor diesem Schuldbuch fürchte ich mich wahrhaftig nicht, obwohl es mir unzugänglich ist, denn ich kann es nur mit zwei Fingern anfassen und würde es nicht in die Hand nehmen.« Es konnte nur ein Zeichen tiefer Demütigung sein oder es mußte zumindest so aufgefaßt werden, daß der Untersuchungsrichter nach dem Heftchen, wie es auf den Tisch gefallen war, griff, es ein wenig in Ordnung zu bringen suchte und es wieder vornahm, um darin zu lesen.

Die Gesichter der Leute in der ersten Reihe waren so gespannt auf K. gerichtet, daß er ein Weilchen lang zu ihnen hinuntersah. Es waren durchwegs ältere Männer, einige waren weißbärtig. Waren vielleicht sie die Entscheidenden, die die ganze Versammlung beeinflussen konnten, welche auch durch die Demütigung des Untersuchungsrichters sich nicht aus der Regungslosigkeit bringen ließ, in welche sie seit K.s Rede versunken war?

»Was mir geschehen ist«, fuhr K. fort, etwas leiser als früher, und suchte immer wieder die Gesichter der ersten Reihe ab, was seiner Rede einen etwas fahrigen Ausdruck gab, »was mir geschehen ist, ist ja nur ein einzelner Fall und als solcher nicht sehr wichtig, da ich es nicht sehr schwer nehme, aber es ist das Zeichen eines Verfahrens, wie es gegen viele geübt wird. Für diese stehe ich hier ein, nicht für mich.«

Er hatte unwillkürlich seine Stimme erhoben. Irgendwo klatschte jemand mit erhobenen Händen und rief. »Bravo! Warum denn nicht? Bravo! Und wieder Bravo!« Die in der ersten Reihe griffen hier und da in ihre Bärte, keiner kehrte sich wegen des Ausrufs um. Auch K. maß ihm keine Bedeutung bei, war aber doch aufgemuntert; er hielt es jetzt gar nicht mehr für nötig, daß alle Beifall klatschten, es genügte, wenn die Allgemeinheit über die Sache nachzudenken begann und nur manchmal einer durch Überredung gewonnen wurde.

»Ich will nicht Rednererfolg«, sagte K. aus dieser Überlegung heraus, »er dürfte mir auch nicht erreichbar sein. Der Herr Untersuchungsrichter spricht wahrscheinlich viel besser, es gehört ja zu seinem Beruf. Was ich will, ist nur die öffentliche Besprechung eines öffentlichen Mißstandes. Hören Sie: Ich bin vor etwa zehn Tagen verhaftet worden, über die Tatsache der Verhaftung selbst lache ich, aber das gehört jetzt nicht hierher. Ich wurde früh im Bett überfallen, vielleicht hatte man – es ist nach dem, was der Untersuchungsrichter sagte, nicht ausgeschlossen – den Befehl, irgendeinen Zimmermaler, der ebenso unschuldig ist wie ich, zu verhaften, aber man wählte mich. Das Nebenzimmer war von zwei groben Wächtern besetzt. Wenn ich ein gefährlicher Räuber wäre, hätte man nicht bessere Vorsorge treffen können. Diese Wächter waren überdies demoralisiertes Gesindel, sie schwätzten mir die Ohren voll, sie wollten sich bestechen lassen, sie wollten mir unter Vorspiegelungen Wäsche und Kleider herauslocken, sie wollten Geld, um mir angeblich ein Frühstück zu bringen, nachdem sie mein eigenes Frühstück vor meinen Augen schamlos aufgegessen hatten. Nicht genug daran. Ich wurde in ein drittes Zimmer vor den Aufseher geführt. Es war das Zimmer einer Dame, die ich sehr schätze, und ich mußte zusehen, wie dieses Zimmer meinetwegen, aber ohne meine Schuld, durch die Anwesenheit der Wächter und des Aufsehers gewissermaßen verunreinigt wurde.

Es war nicht leicht, ruhig zu bleiben. Es gelang mir aber, und ich fragte den Aufseher vollständig ruhig – wenn er hier wäre, müßte er es bestätigen –, warum ich verhaftet sei. Was antwortete nun dieser Aufseher, den ich jetzt noch vor mir sehe, wie er auf dem Sessel der erwähnten Dame als eine Darstellung des stumpfsinnigsten Hochmuts sitzt? Meine Herren, er antwortete im Grunde nichts, vielleicht wußte er wirklich nichts, er hatte mich verhaftet und war damit zufrieden. Er hat sogar noch ein übriges getan und in das Zimmer jener Dame drei niedrige Angestellte meiner Bank gebracht, die sich damit beschäftigten, Fotografien, Eigentum der Dame, zu betasten und in Unordnung zu bringen. Die Anwesenheit dieser Angestellten hatte natürlich noch einen andern Zweck, sie sollten, ebenso wie meine Vermieterin und ihr Dienstmädchen, die Nachricht von meiner Verhaftung verbreiten, mein öffentliches Ansehen schädigen und insbesondere in der Bank meine Stellung erschüttern. Nun ist nichts davon, auch nicht im geringsten, gelungen, selbst meine Vermieterin, eine ganz einfache Person – ich will ihren Namen hier in ehrendem Sinne nennen, sie heißt Frau Grubach –, selbst Frau Grubach war verständig genug, einzusehen, daß eine solche Verhaftung nicht mehr bedeutet, als einen Anschlag, den nicht genügend beaufsichtigte Jungen auf der Gasse ausführen. Ich wiederhole, mir hat das Ganze nur Unannehmlichkeiten und vorübergehenden Ärger bereitet, hätte es aber nicht auch schlimmere Folgen haben können?«

Als K. sich hier unterbrach und nach dem stillen Untersuchungsrichter hinsah, glaubte er zu bemerken, daß dieser gerade mit einem Blick jemandem in der Menge ein Zeichen gab. K. lächelte und sagte: »Eben gibt hier neben mir der Herr Untersuchungsrichter jemandem von Ihnen ein geheimes Zeichen. Es sind also Leute unter Ihnen, die von hier oben dirigiert werden. Ich weiß nicht, ob das Zeichen jetzt Zischen oder Beifall bewirken sollte, und verzichte dadurch, daß ich die Sache vorzeitig verrate, ganz bewußt darauf, die Bedeutung des Zeichens zu erfahren. Es ist mir vollständig gleichgültig, und ich ermächtige den Herrn Untersuchungsrichter öffentlich, seine bezahlten Angestellten dort unten, statt mit geheimen Zeichen, laut mit Worten zu befehligen, indem er etwa einmal sagt: »Jetzt zischt!« und das nächste Mal: »Jetzt klatscht!«

In Verlegenheit oder Ungeduld rückte der Untersuchungsrichter auf seinem Sessel hin und her. Der Mann hinter ihm, mit dem er sich schon früher unterhalten hatte, beugte sich wieder zu ihm, sei es, um ihm im allgemeinen Mut zuzusprechen oder um ihm einen besonderen Rat zu geben. Unten unterhielten sich die Leute leise, aber lebhaft. Die zwei Parteien, die früher so entgegengesetzte Meinungen gehabt zu haben schienen, vermischten sich, einzelne Leute zeigten mit dem Finger auf K., andere auf den Untersuchungsrichter. Der neblige Dunst im Zimmer war äußerst lästig, er verhinderte sogar eine genauere Beobachtung der Fernerstehenden. Besonders für die Galeriebesucher mußte er störend sein, sie waren gezwungen, allerdings unter scheuen Seitenblicken nach dem Untersuchungsrichter, leise Fragen an die Versammlungsteilnehmer zu stellen, um sich näher zu unterrichten. Die Antworten wurden im Schutz der vorgehaltenen Hände ebenso leise gegeben.

»Ich bin gleich zu Ende«, sagte K. und schlug, da keine Glocke vorhanden war, mit der Faust auf den Tisch; im Schrecken darüber fuhren die Köpfe des Untersuchungsrichters und seines Ratgebers augenblicklich auseinander: »Mir steht die ganze Sache fern, ich beurteile sie daher ruhig, und Sie können, vorausgesetzt, daß Ihnen an diesem angeblichen Gericht etwas gelegen ist, großen Vorteil davon haben, wenn Sie mir zuhören. Ihre gegenseitigen Besprechungen dessen, was ich vorbringe, bitte ich Sie für späterhin zu verschieben, denn ich habe keine Zeit und werde bald weggehen.«

Sofort war es still, so sehr beherrschte K. schon die Versammlung. Man schrie nicht mehr durcheinander wie am Anfang, man klatschte nicht einmal mehr Beifall, aber man schien schon überzeugt oder auf dem nächsten Wege dazu.

»Es ist kein Zweifel«, sagte K. sehr leise, denn ihn freute das angespannte Aufhorchen der ganzen Versammlung, in dieser Stille entstand ein Sausen, das aufreizender war als der verzückteste Beifall, »es ist kein Zweifel, daß hinter allen Äußerungen dieses Gerichtes, in meinem Fall also hinter der Verhaftung und der heutigen Untersuchung, eine große Organisation sich befindet. Eine Organisation, die nicht nur bestechliche Wächter, läppische Aufseher und Untersuchungsrichter, die günstigsten Falles bescheiden sind, beschäftigt, sondern die weiterhin jedenfalls eine Richterschaft hohen und höchsten Grades unterhält, mit dem zahllosen, unumgänglichen Gefolge von Dienern, Schreibern, Gendarmen und anderen Hilfskräften, vielleicht sogar Henkern, ich scheue vor dem Wort nicht zurück. Und der Sinn dieser großen Organisation, meine Herren? Er besteht darin, daß unschuldige Personen verhaftet werden und gegen sie ein sinnloses und meistens, wie in meinem Fall, ergebnisloses Verfahren eingeleitet wird. Wie ließe sich bei dieser Sinnlosigkeit des Ganzen die schlimmste Korruption der Beamtenschaft vermeiden? Das ist unmöglich, das brächte auch der höchste Richter nicht einmal für sich selbst zustande. Darum suchen die Wächter den Verhafteten die Kleider vom Leib zu stehlen, darum brechen Aufseher in fremde Wohnungen ein, darum sollen Unschuldige, statt verhört, lieber vor ganzen Versammlungen entwürdigt werden. Die Wächter haben nur von Depots erzählt, in die man das Eigentum der Verhafteten bringt, ich wollte einmal diese Depotplätze sehen, in denen das mühsam erarbeitete Vermögen der Verhafteten fault, soweit es nicht von diebischen Depotbeamten gestohlen ist.«

K. wurde durch ein Kreischen vom Saalende unterbrochen, er beschattete die Augen, um hinsehen zu können, denn das trübe Tageslicht machte den Dunst weißlich und blendete. Es handelte sich um die Waschfrau, die K. gleich bei ihrem Eintritt als eine wesentliche Störung erkannt hatte. Ob sie jetzt schuldig war oder nicht, konnte man nicht erkennen. K. sah nur, daß ein Mann sie in einen Winkel bei der Tür gezogen hatte und dort an sich drückte. Aber nicht sie kreischte, sondern der Mann, er hatte den Mund breit gezogen und blickte zur Decke. Ein kleiner Kreis hatte sich um beide gebildet, die Galeriebesucher in der Nähe schienen darüber begeistert, daß der Ernst, den K. in die Versammlung eingeführt hatte, auf diese Weise unterbrochen wurde. K. wollte unter dem ersten Eindruck gleich hinlaufen, auch dachte er, allen würde daran gelegen sein, dort Ordnung zu schaffen und zumindest das Paar aus dem Saal zu weisen, aber die ersten Reihen vor ihm blieben ganz fest, keiner rührte sich, und keiner ließ K. durch. Im Gegenteil, man hinderte ihn, alte Männer hielten den Arm vor, und irgendeine Hand – er hatte nicht Zeit, sich umzudrehen – faßte ihn hinten am Kragen. K. dachte nicht eigentlich mehr an das Paar, ihm war, als werde seine Freiheit eingeschränkt, als mache man mit der Verhaftung ernst, und er sprang rücksichtslos vom Podium hinunter. Nun stand er Aug in Aug dem Gedränge gegenüber. Hatte er die Leute richtig beurteilt? Hatte er seiner Rede zuviel Wirkung zugetraut? Hatte man sich verstellt, solange er gesprochen hatte, und hatte man jetzt, da er zu den Schlußfolgerungen kam, die Vorstellung satt? Was für Gesichter rings um ihn! Kleine, schwarze Äuglein huschten hin und her, die Wangen hingen herab, wie bei Versoffenen, die langen Bärte waren steif und schütter, und griff man in sie, so war es, als bilde man bloß Krallen, nicht als griffe man in Bärte. Unter den Bärten aber – und das war die eigentliche Entdeckung, die K. machte – schimmerten am Rockkragen Abzeichen in verschiedener Größe und Farbe. Alle hatten diese Abzeichen, soweit man sehen konnte. Alle gehörten zueinander, die scheinbaren Parteien rechts und links, und als er sich plötzlich umdrehte, sah er die gleichen Abzeichen am Kragen des Untersuchungsrichters, der, die Hände im Schoß, ruhig hinuntersah. »So«, rief K. und warf die Arme in die Höhe, die plötzliche Erkenntnis wollte Raum, »ihr seid ja alle Beamte, wie ich sehe, ihr seid ja die korrupte Bande, gegen die ich sprach, ihr habt euch hier gedrängt, als Zuhörer und Schnüffler, habt scheinbare Parteien gebildet, und eine hat applaudiert, um mich zu prüfen, ihr wolltet lernen, wie man Unschuldige verführen soll! Nun, ihr seid nicht nutzlos hier gewesen, hoffe ich, entweder habt ihr euch darüber unterhalten, daß jemand die Verteidigung der Unschuld von euch erwartet hat, oder aber – laß mich oder ich Schlage«, rief K. einem zitternden Greis zu, der sich besonders nahe an ihn geschoben hatte – »oder aber ihr habt wirklich etwas gelernt. Und damit wünsche ich euch Glück zu euerem Gewerbe.« Er nahm schnell seinen Hut, der am Rande des Tisches lag, und drängte sich unter allgemeiner Stille, jedenfalls der Stille vollkommenster Überraschung, zum Ausgang. Der Untersuchungsrichter schien aber noch schneller als K. gewesen zu sein, denn er erwartete ihn bei der Tür. »Einen Augenblick«, sagte er. K. blieb stehen, sah aber nicht auf den Untersuchungsrichter, sondern auf die Tür, deren Klinke er schon ergriffen hatte. »Ich wollte Sie nur darauf aufmerksam machen«, sagte der Untersuchungsrichter, »daß Sie sich heute – es dürfte Ihnen noch nicht zu Bewußtsein gekommen sein – des Vorteils beraubt haben, den ein Verhör für den Verhafteten in jedem Falle bedeutet.« K. lachte die Tür an, »Ihr Lumpen«, rief er, »ich schenke euch alle Verhöre«, öffnete die Tür und eilte die Treppe hinunter. Hinter ihm erhob sich der Lärm der wieder lebendig gewordenen Versammlung, welche die Vorfälle wahrscheinlich nach Art von Studierenden zu besprechen begann.

DRITTES KAPITEL

Im leeren Sitzungssaal · Der Student · Die Kanzleien

K. wartete während der nächsten Woche von Tag zu Tag auf eine neuerliche Verständigung, er konnte nicht glauben, daß man seinen Verzicht auf Verhöre wörtlich genommen hatte, und als die erwartete Verständigung bis Samstagabend wirklich nicht kam, nahm er an, er sei stillschweigend in das gleiche Haus für die gleiche Zeit wieder vorgeladen. Er begab sich daher Sonntags wieder hin, ging diesmal geradewegs über

Treppen und Gänge; einige Leute, die sich seiner erinnerten, grüßten ihn an ihren Türen, aber er mußte niemanden mehr fragen und kam bald zu der richtigen Tür. Auf sein Klopfen wurde ihm gleich aufgemacht, und ohne sich weiter nach der bekannten Frau umzusehen, die bei der Tür stehenblieb, wollte er gleich ins Nebenzimmer. »Heute ist keine Sitzung«, sagte die Frau. »Warum sollte keine Sitzung sein?« fragte er und wollte es nicht glauben. Aber die Frau überzeugte ihn, indem sie die Tür des Nebenzimmers öffnete. Es war wirklich leer und sah in seiner Leere noch kläglicher aus als am letzten Sonntag. Auf dem Tisch, der unverändert auf dem Podium stand, lagen einige Bücher. »Kann ich mir die Bücher anschauen?« fragte K., nicht aus besonderer Neugierde, sondern nur, um nicht vollständig nutzlos hier gewesen zu sein. »Nein«, sagte die Frau und schloß wieder die Tür, »das ist nicht erlaubt. Die Bücher gehören dem Untersuchungsrichter.« »Ach so«, sagte K. und nickte, »die Bücher sind wohl Gesetzbücher, und es gehört zu der Art dieses Gerichtswesens, daß man nicht nur unschuldig, sondern auch unwissend verurteilt wird.« »Es wird so sein«, sagte die Frau, die ihn nicht genau verstanden hatte. »Nun, dann gehe ich wieder«, sagte K. »Soll ich dem Untersuchungsrichter etwas melden?« fragte die Frau. »Sie kennen ihn?« fragte K. »Natürlich«, sagte die Frau, »mein Mann ist ja Gerichtsdiener.« Erst jetzt merkte K., daß das Zimmer, in dem letzthin nur ein Waschbottich gestanden war, jetzt ein völlig eingerichtetes Wohnzimmer bildete. Die Frau bemerkte sein Staunen und sagte: »Ja, wir haben hier freie Wohnung, müssen aber an Sitzungstagen das Zimmer ausräumen. Die Stellung meines Mannes hat manche Nachteile.« »Ich staune nicht so sehr über das Zimmer«, sagte K. und blickte sie böse an, »als vielmehr darüber, daß Sie verheiratet sind.« »Spielen Sie vielleicht auf den Vorfall in der letzten Sitzung an, durch den ich Ihre Rede störte?« fragte die Frau. »Natürlich«, sagte K., »heute ist es ja schon vorüber und fast vergessen, aber damals hat es mich geradezu wütend gemacht. Und nun sagen Sie selbst, daß Sie eine verheiratete Frau sind.« »Es war nicht zu Ihrem Nachteil, daß Ihre Rede abgebrochen wurde. Man hat nachher noch sehr ungünstig über sie geurteilt.« »Mag sein«, sagte K. ablenkend, »aber Sie entschuldigt das nicht.« »Ich bin vor allen entschuldigt, die mich kennen«, sagte die Frau, »der, welcher mich damals umarmt hat, verfolgt mich schon seit langem. Ich mag im allgemeinen nicht verlockend sein, für ihn bin ich es aber. Es gibt hierfür keinen Schutz, auch mein Mann hat sich schon damit abgefunden; will er seine Stellung behalten, muß er es dulden, denn jener Mann ist Student und wird voraussichtlich zu größerer Macht kommen. Er ist immerfort hinter mir her, gerade ehe Sie kamen, ist er fortgegangen.« »Es paßt zu allem anderen«, sagte K., »es überrascht mich nicht.« »Sie wollen hier wohl einiges verbessern?« fragte die Frau langsam und prüfend, als sage sie etwas, was sowohl für sie als für K. gefährlich war. »Ich habe das schon aus Ihrer Rede geschlossen, die mir persönlich sehr gut gefallen hat. Ich habe allerdings nur einen Teil gehört, den Anfang habe ich versäumt und während des Schlusses lag ich mit dem Studenten auf dem Boden. – Es ist ja so widerlich hier«, sagte sie nach einer Pause und faßte K.s Hand. »Glauben Sie, daß es Ihnen gelingen wird, eine Besserung zu erreichen?« K. lächelte und drehte seine Hand ein wenig in ihren weichen Händen. »Eigentlich«, sagte er, »bin ich nicht dazu angestellt, Besserungen hier zu erreichen, wie Sie sich ausdrücken, und wenn Sie es zum Beispiel dem Untersuchungsrichter sagten, würden Sie ausgelacht oder bestraft werden. Tatsächlich hätte ich mich auch aus freiem Willen in diese Dinge gewiß nicht eingemischt, und meinen Schlaf hätte die Verbesserungsbedürftigkeit dieses Gerichtswesens niemals gestört. Aber ich bin dadurch, daß ich angeblich verhaftet wurde – ich bin nämlich verhaftet –, gezwungen worden, hier einzugreifen, und zwar um meinetwillen. Wenn ich aber dabei auch Ihnen irgendwie nützlich sein kann, werde ich es natürlich sehr gerne tun. Nicht etwa nur aus Nächstenliebe, sondern außerdem deshalb, weil auch Sie mir helfen können.« »Wie könnte ich denn das?« fragte die Frau. »Indem Sie mir zum Beispiel die Bücher dort auf dem Tisch zeigen.« »Aber gewiß«, rief die Frau und zog ihn eiligst hinter sich her. Es waren alte, abgegriffene Bücher, ein Einbanddeckel war in der Mitte fast zerbrochen, die Stücke hingen nur durch Fasern zusammen. »Wie schmutzig hier alles ist«, sagte K. kopfschüttelnd, und die Frau wischte mit ihrer Schürze, ehe K. nach den Büchern greifen konnte, wenigstens oberflächlich den Staub weg. K. schlug das oberste Buch auf, es erschien ein unanständiges Bild. Ein Mann und eine Frau saßen nackt auf einem Kanapee, die gemeine Absicht des Zeichners war deutlich zu erkennen, aber seine Ungeschicklichkeit war so groß gewesen, daß schließlich doch nur ein Mann und eine Frau zu sehen waren, die allzu körperlich aus dem Bilde hervorragten, übermäßig aufrecht dasaßen und sich infolge falscher Perspektive nur mühsam einander zuwendeten. K. blätterte nicht weiter, sondern schlug nur noch das Titelblatt des zweiten Buches auf, es war ein Roman mit dem Titel: »Die Plagen, welche Grete von ihrem Manne Hans zu erleiden hatte.« »Das sind die Gesetzbücher, die hier studiert werden«, sagte K., »von solchen Menschen soll ich gerichtet werden.« »Ich werde Ihnen helfen«, sagte die Frau. »Wollen Sie?« »Könnten Sie denn das wirklich, ohne sich selbst in Gefahr zu bringen? Sie sagten doch vorhin, Ihr Mann sei sehr abhängig von Vorgesetzten.« »Trotzdem will ich Ihnen helfen«, sagte die Frau, »kommen Sie, wir müssen es besprechen. Über meine Gefahr reden Sie nicht mehr, ich fürchte die Gefahr nur dort, wo ich sie fürchten will. Kommen Sie.« Sie zeigte auf das Podium und bat ihn, sich mit ihr auf die Stufe zu setzen. »Sie haben schöne dunkle Augen«, sagte sie, nachdem sie sich gesetzt hatten, und sah K. von unten ins Gesicht, »man sagt mir, ich hätte auch schöne Augen, aber Ihre sind viel schöner. Sie fielen mir übrigens gleich damals auf, als Sie zum erstenmal hier eintraten. Sie waren auch der Grund, warum ich dann später hierher ins Versammlungszimmer ging, was ich sonst niemals tue und was mir sogar gewissermaßen verboten ist.« Das ist also alles, dachte K., sie bietet sich mir an, sie ist verdorben wie alle hier rings herum, sie hat die Gerichtsbeamten satt, was ja begreiflich ist, und begrüßt deshalb jeden beliebigen Fremden mit einem Kompliment wegen seiner Augen. Und K. stand stillschweigend auf, als hätte er seine Gedanken laut ausgesprochen und dadurch der Frau sein Verhalten erklärt. »Ich glaube nicht, daß Sie mir helfen können«, sagte er, »um mir wirklich zu helfen, müßte man Beziehungen zu hohen Beamten haben – Sie aber kennen gewiß nur die niedrigen Angestellten, die sich hier in Mengen herumtreiben. Diese kennen Sie gewiß sehr gut und könnten bei ihnen auch manches durchsetzen, das bezweifle ich nicht, aber das Größte, was man bei ihnen durchsetzen könnte, wäre für den endgültigen Ausgang des Prozesses gänzlich belanglos. Sie aber hätten sich dadurch doch einige Freunde verscherzt. Das will ich nicht. Führen Sie Ihr bisheriges Verhältnis zu diesen Leuten weiter, es scheint mir nämlich, daß es Ihnen unentbehrlich ist. Ich sage das nicht ohne Bedauern, denn, um Ihr Kompliment doch auch irgendwie zu erwidern, auch Sie gefallen mir gut, besonders wenn Sie mich wie jetzt so traurig ansehen, wozu übrigens für Sie gar kein Grund ist. Sie gehören zu der Gesellschaft, die ich bekämpfen muß, befinden sich aber in ihr sehr wohl, Sie lieben sogar den Studenten, und wenn Sie ihn nicht lieben, so ziehen Sie ihn doch wenigstens Ihrem Manne vor. Das konnte man aus Ihren Worten leicht erkennen.« »Nein!« rief sie, blieb sitzen und griff nach K.s Hand, die er ihr nicht rasch genug entzog. »Sie dürfen jetzt nicht weggehen, Sie dürfen nicht mit einem falschen Urteil über mich weggehen! Brächten Sie es wirklich zustande, jetzt wegzugehen? Bin ich wirklich so wertlos, daß Sie mir nicht einmal den Gefallen tun wollen, noch ein kleines Weilchen hierzubleiben?« »Sie mißverstehen mich«, sagte K. und setzte sich, »wenn Ihnen wirklich daran liegt, daß ich hier bleibe, bleibe ich gern, ich habe ja Zeit, ich kam doch in der Erwartung her, daß heute eine Verhandlung sein werde. Mit dem, was ich früher sagte, wollte ich Sie nur bitten, in meinem Prozeß nichts für mich zu unternehmen. Aber auch das muß Sie nicht kränken, wenn Sie bedenken, daß mir am Ausgang des Prozesses gar nichts liegt und daß ich über eine Verurteilung nur lachen werde. Vorausgesetzt, daß es überhaupt zu einem wirklichen Abschluß des Prozesses kommt, was ich sehr bezweifle. Ich glaube vielmehr, daß das Verfahren infolge Faulheit oder Vergeßlichkeit oder vielleicht sogar infolge Angst der Beamtenschaft schon abgebrochen ist oder in der nächsten Zeit abgebrochen werden wird. Möglich ist allerdings auch, daß man in Hoffnung auf irgendeine größere Bestechung den Prozeß scheinbar weiterführen wird, ganz vergeblich, wie ich heute schon sagen kann, denn ich besteche niemanden. Es wäre immerhin eine Gefälligkeit, die Sie mir leisten könnten, wenn Sie dem Untersuchungsrichter oder irgend jemandem sonst, der wichtige Nachrichten gern verbreitet, mitteilten, daß ich niemals und durch keine Kunststücke, an denen die Herren wohl reich sind, zu einer Bestechung zu bewegen sein werde. Es wäre ganz aussichtslos, das können Sie ihnen offen sagen. Übrigens wird man es vielleicht selbst schon bemerkt haben, und selbst wenn dies nicht sein sollte, liegt mir gar nicht so viel daran, daß man es jetzt schon erfährt. Es würde ja dadurch den Herren nur Arbeit erspart werden, allerdings auch mir einige Unannehmlichkeiten, die ich aber gern auf mich nehme, wenn ich weiß, daß jede gleichzeitig ein Hieb für die anderen ist. Und daß es so wird, dafür will ich sorgen. Kennen Sie eigentlich den Untersuchungsrichter?« »Natürlich«, sagte die Frau, »an den dachte ich sogar zuerst, als ich Ihnen Hilfe anbot. Ich wußte nicht, daß er nur ein niedriger Beamter ist, aber da Sie es sagen, wird es wahrscheinlich richtig sein. Trotzdem glaube ich, daß der Bericht, den er nach oben liefert, immerhin einigen Einfluß hat. Und er schreibt soviel Berichte. Sie sagen, daß die Beamten faul sind, alle gewiß nicht, besonders dieser Untersuchungsrichter nicht, er schreibt sehr viel.

Letzten Sonntag zum Beispiel dauerte die Sitzung bis gegen Abend. Alle Leute gingen weg, der Untersuchungsrichter aber blieb im Saal, ich mußte ihm eine Lampe bringen, ich hatte nur eine kleine Küchenlampe, aber er war mit ihr zufrieden und fing gleich zu schreiben an. Inzwischen war auch mein Mann gekommen, der an jenem Sonntag gerade Urlaub hatte, wir holten die Möbel, richteten wieder unser Zimmer ein, es kamen dann noch Nachbarn, wir unterhielten uns noch bei einer Kerze, kurz, wir vergaßen den Untersuchungsrichter und gingen schlafen. Plötzlich in der Nacht, es muß schon tief in der Nacht gewesen sein, wache ich auf, neben dem Bett steht der Untersuchungsrichter und blendet die Lampe mit der Hand ab, so daß auf meinen Mann kein Licht fällt, es war unnötige Vorsicht, mein Mann hat einen solchen Schlaf, daß ihn auch das Licht nicht geweckt hätte. Ich war so erschrocken, daß ich fast geschrien hätte, aber der Untersuchungsrichter war sehr freundlich, ermahnte mich zur Vorsicht, flüsterte mir zu, daß er bis jetzt geschrieben habe, daß er mir jetzt die Lampe zurückbringe und daß er niemals den Anblick vergessen werde, wie er mich schlafend gefunden habe. Mit dem allem wollte ich Ihnen nur sagen, daß der Untersuchungsrichter tatsächlich viele Berichte schreibt, insbesondere über Sie, denn Ihre Einvernahme war gewiß einer der Hauptgegenstände der sonntäglichen Sitzung. Solche langen Berichte können aber doch nicht ganz bedeutungslos sein. Außerdem aber können Sie doch auch aus dem Vorfall sehen, daß sich der Untersuchungsrichter um mich bewirbt und daß ich gerade jetzt in der ersten Zeit, er muß mich überhaupt erst jetzt bemerkt haben, großen Einfluß auf ihn haben kann. Daß ihm viel an mir liegt, dafür habe ich jetzt auch noch andere Beweise. Er hat mir gestern durch den Studenten, zu dem er viel Vertrauen hat und der sein Mitarbeiter ist, seidene Strümpfe zum Geschenk geschickt, angeblich dafür, daß ich das Sitzungszimmer aufräume, aber das ist nur ein Vorwand, denn diese Arbeit ist doch nur meine Pflicht und für sie wird mein Mann bezahlt. Es sind schöne Strümpfe, sehen Sie« – sie streckte die Beine, zog die Röcke bis zum Knie hinauf und sah auch selbst die Strümpfe an –, »es sind schöne Strümpfe, aber doch eigentlich zu fein und für mich nicht geeignet.«

Plötzlich unterbrach sie sich, legte ihre Hand auf K.s Hand, als wolle sie ihn beruhigen, und flüsterte: »Still, Berthold sieht uns zu.« K. hob langsam den Blick. In der Tür des Sitzungszimmers stand ein junger Mann, er war klein, hatte nicht ganz gerade Beine und suchte sich durch einen kurzen, schütteren, rötlichen Vollbart, in dem er die Finger fortwährend herumführte, Würde zu geben. K. sah ihn neugierig an, es war ja der erste Student der unbekannten Rechtswissenschaft, dem er gewissermaßen menschlich begegnete, ein Mann, der wahrscheinlich auch einmal zu höheren Beamtenstellen gelangen würde. Der Student dagegen kümmerte sich um K. scheinbar gar nicht, er winkte nur mit einem Finger, den er für einen Augenblick aus seinem Barte zog, der Frau und ging zum Fenster, die Frau beugte sich zu K. und flüsterte: »Seien Sie mir nicht böse, ich bitte Sie vielmals, denken Sie auch nicht schlecht von mir, ich muß jetzt zu ihm gehen, zu diesem scheußlichen Menschen, sehen Sie nur seine krummen Beine an. Aber ich komme gleich zurück, und dann gehe ich mit Ihnen, wenn Sie mich mitnehmen, ich gehe, wohin Sie wollen, Sie können mit mir tun, was

Sie wollen, ich werde glücklich sein, wenn ich von hier für möglichst lange Zeit fort bin, am liebsten allerdings für immer.« Sie streichelte noch K.s Hand, sprang auf und lief zum Fenster. Unwillkürlich haschte noch K. nach ihrer Hand ins Leere. Die Frau verlockte ihn wirklich, er fand trotz allem Nachdenken keinen haltbaren Grund dafür, warum er der Verlockung nicht nachgehen sollte. Den flüchtigen Einwand, daß ihn die Frau für das Gericht einfange, wehrte er ohne Mühe ab. Auf welche Weise konnte sie ihn einfangen? Blieb er nicht immer so frei, daß er das ganze Gericht, wenigstens soweit es ihn betraf, sofort zerschlagen konnte? Konnte er nicht dieses geringe Vertrauen zu sich haben? Und ihr Anerbieten einer Hilfe klang aufrichtig und war vielleicht nicht wertlos. Und es gab vielleicht keine bessere Rache an dem Untersuchungsrichter und seinem Anhang, als daß er ihnen diese Frau entzog und an sich nahm. Es könnte sich dann einmal der Fall ereignen, daß der Untersuchungsrichter nach mühevoller Arbeit an Lügenberichten über K. in später Nacht das Bett der Frau leer fand. Und leer deshalb, weil sie K. gehörte, weil diese Frau am Fenster, dieser üppige, gelenkige, warme Körper im dunklen Kleid aus grobem, schwerem Stoff, durchaus nur K. gehörte.

Nachdem er auf diese Weise die Bedenken gegen die Frau beseitigt hatte, wurde ihm das leise Zwiegespräch am Fenster zu lang, er klopfte mit den Knöcheln auf das Podium und dann auch mit der Faust. Der Student sah kurz über die Schulter der Frau hinweg nach K. hin, ließ sich aber nicht stören, ja drückte sich sogar eng an die Frau und umfaßte sie. Sie senkte tief den Kopf, als höre sie ihm aufmerksam zu, er küßte sie, als sie sich bückte, laut auf den Hals, ohne sich im Reden wesentlich zu unterbrechen. K. sah darin die Tyrannei bestätigt, die der Student nach den Klagen der Frau über sie ausübte, stand auf und ging im Zimmer auf und ab. Er überlegte unter Seitenblicken nach dem Studenten, wie er ihn möglichst schnell wegschaffen könnte, und es war ihm daher nicht unwillkommen, als der Student, offenbar gestört durch K.s Herumgehen, das schon zeitweilig zu einem Trampeln ausgeartet war, bemerkte: »Wenn Sie ungeduldig sind, können Sie weggehen. Sie hätten auch schon früher weggehen können, es hätte Sie niemand vermißt. Ja, Sie hätten sogar weggehen sollen, und zwar schon bei meinem Eintritt, und zwar schleunigst.« Es mochte in dieser Bemerkung alle mögliche Wut zum Ausbruch kommen, jedenfalls lag darin aber auch der Hochmut des künftigen Gerichtsbeamten, der zu einem mißliebigen Angeklagten sprach. K. blieb ganz nahe bei ihm stehen und sagte lächelnd: »Ich bin ungeduldig, das ist richtig, aber diese Ungeduld wird am leichtesten dadurch zu beseitigen sein, daß Sie uns verlassen. Wenn Sie aber vielleicht hergekommen sind, um zu studieren – ich hörte, daß Sie Student sind, so will ich Ihnen gerne Platz machen und mit der Frau weggehen. Sie werden übrigens noch viel studieren müssen, ehe Sie Richter werden. Ich kenne zwar Ihr Gerichtswesen noch nicht sehr genau, nehme aber an, daß es mit groben Reden allein, die Sie allerdings schon unverschämt gut zu führen wissen, noch lange nicht getan ist.« »Man hätte ihn nicht so frei herumlaufen lassen sollen«, sagte der Student, als wolle er der Frau eine Erklärung für K.s beleidigende Rede geben, »es war ein Mißgriff. Ich habe es dem Untersuchungsrichter gesagt. Man hätte ihn zwischen den Verhören zumindest in seinem Zimmer halten sollen. Der Untersuchungsrichter ist manchmal unbegreiflich.« »Unnütze Reden«, sagte K. und streckte die Hand nach der Frau aus, »kommen Sie.« »Ach so«, sagte der Student, »nein, nein, die bekommen Sie nicht«, und mit einer Kraft, die man ihm nicht zugetraut hätte, hob er sie auf einen Arm und lief mit gebeugtem Rücken, zärtlich zu ihr aufsehend, zur Tür. Eine gewisse Angst vor K. war hierbei nicht zu verkennen, trotzdem wagte er es, K. noch zu reizen, indem er mit der freien Hand den Arm der Frau streichelte und drückte. K. lief ein paar Schritte neben ihm her, bereit, ihn zu fassen und, wenn es sein mußte, zu würgen, da sagte die Frau: »Es hilft nichts, der Untersuchungsrichter läßt mich holen, ich darf nicht mit Ihnen gehen, dieses kleine Scheusal«, sie fuhr hierbei dem Studenten mit der Hand übers Gesicht, »dieses kleine Scheusal läßt mich nicht.« »Und Sie wollen nicht befreit werden!« schrie K. und legte die Hand auf die Schulter des Studenten, der mit den Zähnen nach ihr schnappte. »Nein!« rief die Frau und wehrte K. mit beiden Händen ab, »nein, nein, nur das nicht, woran denken Sie denn! Das wäre mein Verderben. Lassen Sie ihn doch, o bitte, lassen Sie ihn doch. Er führt ja nur den Befehl des Untersuchungsrichters aus und trägt mich zu ihm.« »Dann mag er laufen und Sie will ich nie mehr sehen«, sagte K. wütend vor Enttäuschung und gab dem Studenten einen Stoß in den Rücken, daß er kurz stolperte, um gleich darauf, vor Vergnügen darüber, daß er nicht gefallen war, mit seiner Last desto höher zu springen. K. ging ihnen langsam nach, er sah ein, daß das die erste zweifellose Niederlage war, die er von diesen Leuten erfahren hatte. Es war natürlich kein Grund, sich deshalb zu ängstigen, er erhielt die Niederlage nur deshalb, weil er den Kampf aufsuchte. Wenn er zu Hause bliebe und sein gewohntes Leben führte, war er jedem dieser Leute tausendfach überlegen und konnte jeden mit einem Fußtritt von seinem Wege räumen. Und er stellte sich die allerlächerlichste Szene vor, die es zum Beispiel geben würde, wenn dieser klägliche Student, dieses aufgeblasene Kind, dieser krumme Bartträger vor Elsas Bett knien und mit gefalteten Händen um Gnade bitten würde. K. gefiel diese Vorstellung so, daß er beschloß, wenn sich nur irgendeine Gelegenheit dafür ergeben sollte, den Studenten einmal zu Elsa mitzunehmen.

Aus Neugierde eilte K. noch zur Tür, er wollte sehen, wohin die Frau getragen wurde, der Student würde sie doch nicht etwa über die Straßen auf dem Arm tragen. Es zeigte sich, daß der Weg viel kürzer war. Gleich gegenüber der Wohnung führte eine schmale hölzerne Treppe wahrscheinlich zum Dachboden, sie machte eine Wendung, so daß man ihr Ende nicht sah. Über diese Treppe trug der Student die Frau hinauf, schon sehr langsam und stöhnend, denn er war durch das bisherige Laufen geschwächt. Die Frau grüßte mit der Hand zu K. hinunter und suchte durch Auf- und Abziehen der Schultern zu zeigen, daß sie an der Entführung unschuldig sei, viel Bedauern lag aber in dieser Bewegung nicht. K. sah sie ausdruckslos wie eine Fremde an, er wollte weder verraten, daß er enttäuscht war, noch auch, daß er die Enttäuschung leicht überwinden könne.

Die zwei waren schon verschwunden, K. aber stand noch immer in der Tür. Er mußte annehmen, daß ihn die Frau nicht nur betrogen, sondern mit der Angabe, daß sie zum Untersuchungsrichter getragen werde, auch belogen habe. Der Untersuchungsrichter würde doch nicht auf dem Dachboden sitzen und warten. Die Holztreppe erklärte nichts, so lange man sie auch ansah. Da bemerkte K. einen kleinen Zettel neben dem Aufgang, ging hinüber und las in einer kindlichen, ungeübten Schrift: »Aufgang zu den Gerichtskanzleien.« Hier auf dem Dachboden dieses Miethauses waren also die Gerichtskanzleien? Das war keine Einrichtung, die viel Achtung einzuflößen imstande war, und es war für einen Angeklagten beruhigend, sich vorzustellen, wie wenig Geldmittel diesem Gericht zur Verfügung standen, wenn es seine Kanzleien dort unterbrachte, wo die Mietsparteien, die schon selbst zu den Ärmsten gehörten, ihren unnützen Kram hinwarfen. Allerdings war es nicht ausgeschlossen, daß man Geld genug hatte, daß aber die Beamtenschaft sich darüber warf, ehe es für Gerichtszwecke verwendet wurde. Das war nach den bisherigen Erfahrungen K.s sogar sehr wahrscheinlich, nur war dann eine solche Verlotterung des Gerichtes für einen Angeklagten zwar entwürdigend, aber im Grunde noch beruhigender, als es die Armut des Gerichtes gewesen wäre. Nun war es K. auch begreiflich, daß man sich beim ersten Verhör schämte, den Angeklagten auf den Dachboden vorzuladen und es vorzog, ihn in seiner Wohnung zu belästigen. In welcher Stellung befand sich doch K. gegenüber dem Richter, der auf dem Dachboden saß, während er selbst in der Bank ein großes Zimmer mit einem Vorzimmer hatte und durch eine riesige Fensterscheibe auf den belebten Stadtplatz hinuntersehen konnte! Allerdings hatte er keine Nebeneinkünfte aus Bestechungen oder Unterschlagungen und konnte sich auch vom Diener keine Frau auf dem Arm ins Büro tragen lassen. Darauf wollte K. aber, wenigstens in diesem Leben, gerne verzichten.

K. stand noch vor dem Anschlagzettel, als ein Mann die Treppe heraufkam, durch die offene Tür ins Wohnzimmer sah, aus dem man auch das Sitzungszimmer sehen konnte, und schließlich K. fragte, ob er hier nicht vor kurzem eine Frau gesehen habe. »Sie sind der Gerichtsdiener, nicht?« fragte K. »Ja«, sagte der Mann, »ach so, Sie sind der Angeklagte K., jetzt erkenne ich Sie auch, seien Sie willkommen.« Und er reichte K., der es gar nicht erwartet hatte, die Hand. »Heute ist aber keine Sitzung angezeigt«, sagte dann der Gerichtsdiener, als K. schwieg. »Ich weiß«, sagte K. und betrachtete den Zivilrock des Gerichtsdieners, der als einziges amtliches Abzeichen neben einigen gewöhnlichen Knöpfen auch zwei vergoldete Knöpfe aufwies, die von einem alten Offiziersmantel abgetrennt zu sein schienen. »Ich habe vor einem Weilchen mit Ihrer Frau gesprochen. Sie ist nicht mehr hier. Der Student hat sie zum Untersuchungsrichter getragen.« »Sehen Sie«, sagte der Gerichtsdiener, »immer trägt man sie mir weg. Heute ist doch Sonntag, und ich bin zu keiner Arbeit verpflichtet, aber nur, um mich von hier zu entfernen, schickt man mich mit einer jedenfalls unnützen Meldung weg. Und zwar schickt man mich nicht weit weg, so daß ich die Hoffnung habe, wenn ich mich sehr beeile, vielleicht noch rechtzeitig zurückzukommen. Ich laufe also, so sehr ich kann, schreie dem Amt, zu dem ich geschickt wurde, meine Meldung durch den Türspalt so atemlos zu, daß man sie kaum verstanden haben wird, laufe wieder zurück, aber der Student hat sich noch mehr beeilt als ich, er hatte allerdings auch einen kürzeren Weg, er mußte nur die Bodentreppe hinunterlaufen. Wäre ich nicht so abhängig, ich hätte den Studenten schon längst hier an der Wand zerdrückt. Hier neben dem Anschlagzettel. Davon träume ich immer. Hier, ein wenig über dem Fußboden, ist er festgedrückt, die Arme gestreckt, die Finger gespreizt, die krummen Beine zum Kreis gedreht, und ringsherum Blutspritzer. Bisher war es aber nur Traum.« »Eine andere Hilfe gibt es nicht?« fragte K. lächelnd. »Ich wüßte keine«, sagte der Gerichtsdiener. »Und jetzt wird es ja noch ärger, bisher hat er sie nur zu sich getragen, jetzt trägt er sie, was ich allerdings längst erwartet habe, auch zum Untersuchungsrichter.« »Hat denn Ihre Frau gar keine Schuld dabei«, fragte K., er mußte sich bei dieser Frage bezwingen, so sehr fühlte auch er jetzt die Eifersucht. »Aber gewiß«, sagte der Gerichtsdiener, »sie hat sogar die größte Schuld. Sie hat sich ja an ihn gehängt. Was ihn betrifft, er läuft allen Weibern nach. In diesem Hause allein ist er schon aus fünf Wohnungen, in die er sich eingeschlichen hat, hinausgeworfen worden. Meine Frau ist allerdings die Schönste im ganzen Haus, und gerade ich darf mich nicht wehren.« »Wenn es sich so verhält, dann gibt es allerdings keine Hilfe«, sagte K. »Warum denn nicht?« fragte der Gerichtsdiener. »Man müßte den Studenten, der ein Feigling ist, einmal, wenn er meine Frau anrühren will, so durchprügeln, daß er es niemals mehr wagt. Aber ich darf es nicht, und andere machen mir den Gefallen nicht, denn alle fürchten seine Macht. Nur ein Mann wie Sie könnte es tun.« »Wieso denn ich?« fragte K. erstaunt. »Sie sind doch angeklagt«, sagte der Gerichtsdiener. »Ja«, sagte K., »aber desto mehr müßte ich doch fürchten, daß er, wenn auch vielleicht nicht Einfluß auf den Ausgang des Prozesses, so doch wahrscheinlich auf die Voruntersuchung hat.« »Ja, gewiß«, sagte der Gerichtsdiener, als sei die Ansicht K.s genau so richtig wie seine eigene. »Es werden aber bei uns in der Regel keine aussichtslosen Prozesse geführt.« »Ich bin nicht Ihrer Meinung«, sagte K., »das soll mich aber nicht hindern, gelegentlich den Studenten in Behandlung zu nehmen.« »Ich wäre Ihnen sehr dankbar«, sagte der Gerichtsdiener etwas förmlich, er schien eigentlich doch nicht an die Erfüllbarkeit seines höchsten Wunsches zu glauben. »Es würden vielleicht«, fuhr K. fort,»auch noch andere Ihrer Beamten und vielleicht sogar alle das gleiche verdienen.« »Ja, ja«, sagte der Gerichtsdiener, als handle es sich um etwas Selbstverständliches. Dann sah er K. mit einem zutraulichen Blick an, wie er es bisher trotz aller Freundlichkeit nicht getan hatte, und fügte hinzu: »Man rebelliert eben immer.« Aber das Gespräch schien ihm doch ein wenig unbehaglich geworden zu sein, denn er brach es ab, indem er sagte: »Jetzt muß ich mich in der Kanzlei melden. Wollen Sie mitkommen?« »Ich habe dort nichts zu tun«, sagte K. »Sie können die Kanzleien ansehen. Es wird sich niemand um Sie kümmern.« »Ist es denn sehenswert?« fragte K. zögernd, hatte aber große Lust, mitzugehen. »Nun«, sagte der Gerichtsdiener, »ich dachte, es würde Sie interessieren.« »Gut«, sagte K. schließlich, »ich gehe mit.« Und er lief schneller als der Gerichtsdiener die Treppe hinauf.

Beim Eintritt wäre er fast hingefallen, denn hinter der Tür war noch eine Stufe. »Auf das Publikum nimmt man nicht viel Rücksicht«, sagte er. »Man nimmt überhaupt keine Rücksicht«, sagte der Gerichtsdiener, »sehen Sie nur hier das Wartezimmer.« Es war ein langer Gang, von dem aus roh gezimmerte Türen zu den einzelnen Abteilungen des Dachbodens führten. Obwohl kein unmittelbarer Lichtzutritt bestand, war es doch nicht vollständig dunkel, denn manche Abteilungen hatten gegen den Gang zu statt einheitlicher Bretterwände bloße, allerdings bis zur Decke reichende Holzgitter, durch die einiges Licht drang und durch die man auch einzelne Beamte sehen konnte, wie sie an Tischen schrieben oder geradezu am Gitter standen und durch die Lücken die Leute auf dem Gang beobachteten. Es waren, wahrscheinlich weil Sonntag war, nur wenig Leute auf dem Gang. Sie machten einen sehr bescheidenen Eindruck. In fast regelmäßigen Entfernungen voneinander saßen sie auf den zwei Reihen langer Holzbänke, die zu beiden Seiten des Ganges angebracht waren. Alle waren vernachlässigt angezogen, obwohl die meisten nach dem Gesichtsausdruck, der Haltung, der Barttracht und vielen, kaum sicherzustellenden kleinen Einzelheiten den höheren Klassen angehörten. Da keine Kleiderhaken vorhanden waren, hatten sie die Hüte, wahrscheinlich einer dem Beispiel des anderen folgend, unter die Bank gestellt. Als die, welche zunächst der Tür saßen, K. und den Gerichtsdiener erblickten, erhoben sie sich zum Gruß, da das die Folgenden sahen, glaubten sie auch grüßen zu müssen, so daß alle beim Vorbeigehen der beiden sich erhoben. Sie standen niemals vollständig aufrecht, der Rücken war geneigt, die Knie geknickt, sie standen wie Straßenbettler. K. wartete auf den ein wenig hinter ihm gehenden Gerichtsdiener und sagte: »Wie gedemütigt die sein müssen.« »Ja«, sagte der Gerichtsdiener, »es sind Angeklagte, alle, die Sie hier sehn, sind Angeklagte.« »Wirklich!« sagte K. »Dann sind es ja meine Kollegen.« Und er wandte sich an den nächsten, einen großen, schlanken, schon fast grauhaarigen Mann. »Worauf warten Sie hier?« fragte K. höflich. Die unerwartete Ansprache aber machte den Mann verwirrt, was um so peinlicher aussah, da es sich offenbar um einen welterfahrenen Menschen handelte, der anderswo gewiß sich zu beherrschen verstand und die Überlegenheit, die er sich über viele erworben hatte, nicht leicht aufgab. Hier aber wußte er auf eine so einfache Frage nicht zu antworten und sah auf die anderen hin, als seien sie verpflichtet, ihm zu helfen, und als könne niemand von ihm eine Antwort verlangen, wenn diese Hilfe ausbliebe. Da trat der Gerichtsdiener hinzu und sagte, um den Mann zu beruhigen und aufzumuntern: »Der Herr hier fragt ja nur, worauf Sie warten. Antworten Sie doch.« Die ihm wahrscheinlich bekannte Stimme des Gerichtsdieners wirkte besser: »Ich warte –« begann er und stockte. Offenbar hatte er diesen Anfang gewählt, um ganz genau auf die Fragestellung zu antworten, fand aber jetzt die Fortsetzung nicht. Einige der Wartenden hatten sich genähert und umstanden die Gruppe, der Gerichtsdiener sagte zu ihnen: »Weg, weg, macht den Gang frei.« Sie wichen ein wenig zurück, aber nicht bis zu ihren früheren Sitzen. Inzwischen hatte sich der Gefragte gesammelt und antwortete sogar mit einem kleinen Lächeln: »Ich habe vor einem Monat einige Beweisanträge in meiner Sache gemacht und warte auf die Erledigung.« »Sie scheinen sich ja viele Mühe zu geben«, sagte K. »Ja«, sagte der Mann, »es ist ja meine Sache.« »Jeder denkt nicht so wie Sie«, sagte K., »ich zum Beispiel bin auch angeklagt, habe aber, so wahr ich selig werden will, weder einen Beweisantrag gestellt, noch auch sonst irgend etwas Derartiges unternommen. Halten Sie denn das für nötig?« »Ich weiß nicht genau«, sagte der Mann wieder in vollständiger Unsicherheit; er glaubte offenbar, K. mache mit ihm einen Scherz, deshalb hätte er wahrscheinlich am liebsten, aus Furcht, irgendeinen neuen Fehler zu machen, seine frühere Antwort ganz wiederholt, vor K.s ungeduldigem Blick aber sagte er nur: »Was mich betrifft, ich habe Beweisanträge gestellt.« »Sie glauben wohl nicht, daß ich angeklagt bin?« fragte K. »O bitte, gewiß«, sagte der Mann, und trat ein wenig zur Seite, aber in der Antwort war nicht Glaube, sondern nur Angst. »Sie glauben mir also nicht?« fragte K. und faßte ihn, unbewußt durch das demütige Wesen des Mannes aufgefordert, beim Arm, als wolle er ihn zum Glauben zwingen. Aber er wollte ihm nicht Schmerz bereiten, hatte ihn auch nur ganz leicht angegriffen, trotzdem schrie der Mann auf, als habe K. ihn nicht mit zwei Fingern, sondern mit einer glühenden Zange erfaßt. Dieses lächerliche Schreien machte ihn K. endgültig überdrüssig; glaubte man ihm nicht, daß er angeklagt war, so war es desto besser; vielleicht hielt er ihn sogar für einen Richter. Und er faßte ihn nun zum Abschied wirklich fester, stieß ihn auf die Bank zurück und ging weiter. »Die meisten Angeklagten sind so empfindlich«, sagte der Gerichtsdiener. Hinter ihnen sammelten sich jetzt fast alle Wartenden um den Mann, der schon zu schreien aufgehört hatte, und schienen ihn über den Zwischenfall genau auszufragen. K. entgegen kam jetzt ein Wächter, der hauptsächlich an einem Säbel kenntlich war, dessen Scheide, wenigstens der Farbe nach, aus Aluminium bestand. K. staunte darüber und griff sogar mit der Hand hin. Der Wächter, der wegen des Schreiens gekommen war, fragte nach dem Vorgefallenen. Der Gerichtsdiener suchte ihn mit einigen Worten zu beruhigen, aber der Wächter erklärte, doch noch selbst nachsehen zu müssen, salutierte und ging weiter mit sehr eiligen, aber sehr kurzen, wahrscheinlich durch Gicht abgemessenen Schritten.

K. kümmerte sich nicht lange um ihn und die Gesellschaft auf dem Gang, besonders da er etwa in der Hälfte des Ganges die Möglichkeit sah, rechts durch eine türlose Öffnung einzubiegen. Er verständigte sich mit dem Gerichtsdiener darüber, ob das der richtige Weg sei, der Gerichtsdiener nickte, und K. bog nun wirklich dort ein. Es war ihm lästig, daß er immer einen oder zwei Schritte vor dem Gerichtsdiener gehen mußte, es konnte wenigstens an diesem Ort den Anschein haben, als ob er verhaftet vorgeführt werde. Er wartete also öfters auf den Gerichtsdiener, aber dieser blieb gleich wieder zurück. Schließlich sagte K., um seinem Unbehagen ein Ende zu machen: »Nun habe ich gesehen, wie es hier aussieht, ich will jetzt weggehen.« »Sie haben noch nicht alles gesehen«, sagte der Gerichtsdiener vollständig unverfänglich. »Ich will nicht alles sehen«, sagte K., der sich übrigens wirklich müde fühlte, »ich will gehen, wie kommt man zum Ausgang?« »Sie haben sich doch nicht schon verirrt?« fragte der Gerichtsdiener erstaunt. »Sie gehen hier bis zur Ecke und dann rechts den Gang hinunter geradeaus zur Tür.« »Kommen Sie mit«, sagte K., »zeigen Sie mir den Weg, ich werde ihn verfehlen, es sind hier so viele Wege.« »Es ist der einzige Weg«, sagte der Gerichtsdiener nun schon vorwurfsvoll, »ich kann nicht wieder mit Ihnen zurückgehen, ich muß doch meine Meldung vorbringen und habe schon viel Zeit durch Sie versäumt.« »Kommen Sie mit!« wiederholte K. jetzt schärfer, als habe er endlich den Gerichtsdiener auf einer Unwahrheit ertappt. »Schreien Sie doch nicht so«, flüsterte der Gerichtsdiener, »es sind ja hier überall Büros. Wenn Sie nicht allein zurückgehen wollen, so gehen Sie noch ein Stückchen mit mir oder warten Sie hier, bis ich meine Meldung erledigt habe, dann will ich ja gern mit Ihnen wieder zurückgehen.« »Nein, nein«, sagte K., »ich werde nicht warten, und Sie müssen jetzt mit mir gehen.« K. hatte sich noch gar nicht in dem Raum umgesehen, in dem er sich befand, erst als jetzt eine der vielen Holztüren, die ringsherum standen, sich öffnete, blickte er hin. Ein Mädchen, das wohl durch K.s lautes Sprechen herbeigerufen war, trat ein und fragte: »Was wünscht der Herr?« Hinter ihr in der Ferne sah man im Halbdunkel noch einen Mann sich nähern. K. blickte den Gerichtsdiener an. Dieser hatte doch gesagt, daß sich niemand um K. kümmern werde, und nun kamen schon zwei, es brauchte nur wenig und die Beamtenschaft wurde auf ihn aufmerksam, würde eine Erklärung seiner Anwesenheit haben wollen. Die einzig verständliche und annehmbare war die, daß er Angeklagter war und das Datum des nächsten Verhörs erfahren wollte, gerade diese Erklärung aber wollte er nicht geben, besonders da sie auch nicht wahrheitsgemäß war, denn er war nur aus Neugierde gekommen oder, was als Erklärung noch unmöglicher war, aus dem Verlangen, festzustellen, daß das Innere dieses Gerichtswesens ebenso widerlich war wie sein Äußeres. Und es schien ja, daß er mit dieser Annahme recht hatte, er wollte nicht weiter eindringen, er war beengt genug von dem, was er bisher gesehen hatte, er war gerade jetzt nicht in der Verfassung, einem höheren Beamten gegenüberzutreten, wie er hinter jeder Tür auftauchen konnte, er wollte weggehen, und zwar mit dem Gerichtsdiener oder allein, wenn es sein mußte.

Aber sein stummes Dastehen mußte auffallend sein, und wirklich sahen ihn das Mädchen und der Gerichtsdiener derartig an, als ob in der nächsten Minute irgendeine große Verwandlung mit ihm geschehen müsse, die sie zu beobachten nicht versäumen wollten. Und in der Türöffnung stand der Mann, den K. früher in der Ferne bemerkt hatte, er hielt sich am Deckbalken der niedrigen Tür fest und schaukelte ein wenig auf den Fußspitzen, wie ein ungeduldiger Zuschauer. Das Mädchen aber erkannte doch zuerst, daß das Benehmen K.s in einem leichten Unwohlsein seinen Grund hatte, sie brachte einen Sessel und fragte: »Wollen Sie sich nicht setzen?« K. setzte sich sofort und stützte, um noch besseren Halt zu bekommen, die Ellbogen auf die Lehnen. »Sie haben ein wenig Schwindel, nicht?« fragte sie ihn. Er hatte nun ihr Gesicht nahe vor sich, es hatte den strengen Ausdruck, wie ihn manche Frauen gerade in ihrer schönsten Jugend haben. »Machen Sie sich darüber keine Gedanken«, sagte sie, »das ist hier nichts Außergewöhnliches, fast jeder bekommt einen solchen Anfall, wenn er zum erstenmal herkommt. Sie sind zum erstenmal hier? Nun ja, das ist also nichts Außergewöhnliches. Die Sonne brennt hier auf das Dachgerüst, und das heiße Holz macht die Luft so dumpf und schwer. Der Ort ist deshalb für Büroräumlichkeiten nicht sehr geeignet, so große Vorteile er allerdings sonst bietet. Aber was die Luft betrifft, so ist sie an Tagen großen Parteienverkehrs, und das ist fast jeder Tag, kaum mehr atembar. Wenn Sie dann noch bedenken, daß hier auch vielfach Wäsche zum Trocknen ausgehängt wird – man kann es den Mietern nicht gänzlich untersagen –, so werden Sie sich nicht mehr wundern, daß Ihnen ein wenig übel wurde. Aber man gewöhnt sich schließlich an die Luft sehr gut. Wenn Sie zum zweiten- oder drittenmal herkommen, werden Sie das Drückende hier kaum mehr spüren. Fühlen Sie sich schon besser?« K. antwortete nicht, es war ihm zu peinlich, durch diese plötzliche Schwäche den Leuten hier ausgeliefert zu sein, überdies war ihm, da er jetzt die Ursachen seiner Übelkeit erfahren hatte, nicht besser, sondern noch ein wenig schlechter. Das Mädchen merkte es gleich, nahm, um K. eine Erfrischung zu bereiten, eine Hakenstange, die an der Wand lehnte, und stieß damit eine kleine Luke auf, die gerade über K. angebracht war und ins Freie führte. Aber es fiel so viel Ruß herein, daß das Mädchen die Luke gleich wieder zuziehen und mit ihrem Taschentuch die Hände K.s vom Ruß reinigen mußte, denn K. war zu müde, um das selbst zu besorgen. Er wäre gern hier ruhig sitzengeblieben, bis er sich zum Weggehen genügend gekräftigt hatte, das mußte aber um so früher geschehen, je weniger man sich um ihn kümmern würde. Nun sagte aber überdies das Mädchen: »Hier können Sie nicht bleiben, hier stören wir den Verkehr –« K. fragte mit den Blicken, welchen Verkehr er denn hier störe – »Ich werde Sie, wenn Sie wollen, ins Krankenzimmer führen. Helfen Sie mir, bitte«, sagte sie zu dem Mann in der Tür, der auch gleich näher kam. Aber K. wollte nicht ins Krankenzimmer, gerade das wollte er ja vermeiden, weiter geführt zu werden, je weiter er kam, desto ärger mußte es werden. Ich kann schon gehen«, sagte er deshalb und stand, durch das bequeme Sitzen verwöhnt, zitternd auf. Dann aber konnte er sich nicht aufrecht halten. »Es geht doch nicht«, sagte er kopfschüttelnd und setzte sich seufzend wieder nieder. Er erinnerte sich an den Gerichtsdiener, der ihn trotz allem leicht hinausführen könnte, aber der schien schon längst weg zu sein, K. sah zwischen dem Mädchen und dem Mann, die vor ihm standen, hindurch, konnte aber den Gerichtsdiener nicht finden.

»Ich glaube«, sagte der Mann, der übrigens elegant gekleidet war und besonders durch eine graue Weste auffiel, die in zwei langen, scharfgeschnittenen Spitzen endigte, »das Unwohlsein des Herrn geht auf die Atmosphäre hier zurück, es wird daher am besten und auch ihm am liebsten sein, wenn wir ihn nicht erst ins Krankenzimmer, sondern überhaupt aus den Kanzleien hinausführen.« »Das ist es«, rief K. und fuhr vor lauter Freude fast noch in die Rede des Mannes hinein, »mir wird gewiß sofort besser werden, ich bin auch gar nicht so schwach, nur ein wenig Unterstützung unter den Achseln brauche ich, ich werde Ihnen nicht viel Mühe machen, es ist ja auch kein langer Weg, führen Sie mich nur zur Tür, ich setze mich dann noch ein wenig auf die Stufen und werde gleich erholt sein, ich leide nämlich gar nicht unter solchen Anfällen, es kommt mir selbst überraschend. Ich bin doch auch Beamter und an Büroluft gewöhnt, aber hier scheint es doch zu arg, Sie sagen es selbst. Wollen Sie also die Freundlichkeit haben, mich ein wenig zu führen, ich habe nämlich Schwindel, und es wird mir schlecht, wenn ich allein aufstehe.« Und er hob die Schultern, um es den beiden zu erleichtern, ihm unter die Arme zu greifen.

Aber der Mann folgte der Aufforderung nicht, sondern hielt die Hände ruhig in den Hosentaschen und lachte laut. »Sehen Sie«, sagte er zu dem Mädchen, »ich habe also doch das Richtige getroffen. Dem Herrn ist nur hier nicht wohl, nicht im allgemeinen.« Das Mädchen lächelte auch, schlug aber dem Mann leicht mit den Fingerspitzen auf den Arm, als hätte er sich mit K. einen zu starken Spaß erlaubt. »Aber was denken Sie denn«, sagte der Mann noch immer lachend, »ich will ja den Herrn wirklich hinausführen.« »Dann ist es gut«, sagte das Mädchen, indem sie ihren zierlichen Kopf für einen Augenblick neigte. »Messen Sie dem Lachen nicht zuviel Bedeutung zu«, sagte das Mädchen zu K., der, wieder traurig geworden, vor sich hinstarrte und keine Erklärung zu brauchen schien, »dieser Herr – ich darf Sie doch vorstellen?« (der Herr gab mit einer Handbewegung die Erlaubnis) – »dieser Herr also ist der Auskunftgeber. Er gibt den wartenden Parteien alle Auskunft, die sie brauchen, und da unser Gerichtswesen in der Bevölkerung nicht sehr bekannt ist, werden viele Auskünfte verlangt. Er weiß auf alle Fragen eine Antwort, Sie können ihn, wenn Sie einmal Lust dazu haben, daraufhin erproben. Das ist aber nicht sein einziger Vorzug, sein zweiter Vorzug ist die elegante Kleidung. Wir, das heißt die Beamtenschaft, meinten einmal, man müsse den Auskunftgeber, der immerfort, und zwar als erster mit Parteien verhandelt, des würdigen ersten Eindrucks halber, auch elegant anziehen. Wir anderen sind, wie Sie gleich an mir sehen können, leider sehr schlecht und altmodisch angezogen; es hat auch nicht viel Sinn, für die Kleidung etwas zu verwenden, da wir fast unaufhörlich in den Kanzleien sind, wir schlafen ja auch hier. Aber, wie gesagt, für den Auskunftgeber hielten wir einmal schöne Kleidung für nötig. Da sie aber von unserer Verwaltung, die in dieser Hinsicht etwas sonderbar ist, nicht erhältlich war, machten wir eine Sammlung – auch Parteien steuerten bei – und wir kauften ihm dieses schöne Kleid und noch andere. Alles wäre jetzt vorbereitet, einen guten Eindruck zu machen, aber durch sein Lachen verdirbt er es wieder und erschreckt die Leute.« »So ist es«, sagte der Herr spöttisch, »aber ich verstehe nicht, Fräulein, warum Sie dem Herrn alle unsere Intimitäten erzählen oder besser, aufdrängen, denn er will sie ja gar nicht erfahren. Sehen Sie nur, wie er, offenbar mit seinen eigenen Angelegenheiten beschäftigt, dasitzt.« K. hatte nicht einmal Lust, zu widersprechen, die Absicht des Mädchens mochte eine gute sein, sie war vielleicht darauf gerichtet, ihn zu zerstreuen oder ihm die Möglichkeit zu geben, sich zu sammeln, aber das Mittel war verfehlt. »Ich mußte ihm Ihr Lachen erklären«, sagte das Mädchen. »Es war ja beleidigend.« »Ich glaube, er würde noch ärgere Beleidigungen verzeihen, wenn ich ihn schließlich hinausführe.« K. sagte nichts, sah nicht einmal auf, er duldete es, daß die zwei über ihn wie über eine Sache verhandelten, es war ihm sogar am liebsten. Aber plötzlich fühlte er die Hand des Auskunftgebers an einem Arm und die Hand des Mädchens am anderen. »Also auf, Sie schwacher Mann«, sagte der Auskunftgeber. »Ich danke Ihnen beiden vielmals«, sagte K., freudig überrascht, erhob sich langsam und führte selbst die fremden Hände an die Stellen, an denen er die Stütze am meisten brauchte. »Es sieht so aus«, sagte das Mädchen leise in K.s Ohr, während sie sich dem Gang näherten, »als ob mir besonders viel daran gelegen wäre, den Auskunftgeber in ein gutes

Licht zu stellen, aber man mag es glauben, ich will doch die Wahrheit sagen. Er hat kein hartes Herz. Er ist nicht verpflichtet, kranke Parteien hinauszuführen, und tut es doch, wie Sie sehen. Vielleicht ist niemand von uns hartherzig, wir wollten vielleicht alle gern helfen, aber als Gerichtsbeamte bekommen wir leicht den Anschein, als ob wir hartherzig wären und niemandem helfen wollten. Ich leide geradezu darunter.« »Wollen Sie sich nicht hier ein wenig setzen?« fragte der Auskunftgeber, sie waren schon im Gang und gerade vor dem Angeklagten, den K. früher angesprochen hatte. K. schämte sich fast vor ihm, früher war er so aufrecht vor ihm gestanden, jetzt mußten ihn zwei stützen, seinen Hut balancierte der Auskunftgeber auf den gespreizten Fingern, die Frisur war zerstört, die Haare hingen ihm in die schweißbedeckte Stirn. Aber der Angeklagte schien nichts davon zu bemerken, demütig stand er vor dem Auskunftgeber, der über ihn hinwegsah, und suchte nur seine Anwesenheit zu entschuldigen. »Ich weiß«, sagte er, »daß die Erledigung meiner Anträge heute noch nicht gegeben werden kann. Ich bin aber doch gekommen, ich dachte, ich könnte doch hier warten, es ist Sonntag, ich habe ja Zeit und hier störe ich nicht.« »Sie müssen das nicht so sehr entschuldigen«, sagte der Auskunftgeber, »Ihre Sorgsamkeit ist ja ganz lobenswert, Sie nehmen hier zwar unnötigerweise den Platz weg, aber ich will Sie trotzdem, solange es mir nicht lästig wird, durchaus nicht hindern, den Gang Ihrer Angelegenheit genau zu verfolgen. Wenn man Leute gesehen hat, die ihre Pflicht schändlich vernachlässigten, lernt man es, mit Leuten, wie Sie sind, Geduld zu haben. Setzen Sie sich.« »Wie er mit den Parteien zu reden versteht«, flüsterte das Mädchen. K. nickte, fuhr aber gleich auf, als ihn der Auskunftgeber wieder fragte: »Wollen Sie sich nicht hier niedersetzen?« »Nein«, sagte K., »ich will mich nicht ausruhen.« Er hatte das mit möglichster Bestimmtheit gesagt, in Wirklichkeit hätte es ihm sehr wohlgetan, sich niederzusetzen. Er war wie seekrank. Er glaubte auf einem Schiff zu sein, das sich in schwerem Seegang befand. Es war ihm, als stürze das Wasser gegen die Holzwände, als komme aus der Tiefe des Ganges ein Brausen her, wie von überschlagendem Wasser, als schaukle der Gang in der Quere und als würden die wartenden Parteien zu beiden Seiten gesenkt und gehoben. Desto unbegreiflicher war die Ruhe des Mädchens und des Mannes, die ihn führten. Er war ihnen ausgeliefert, ließen sie ihn los, so mußte er hinfallen wie ein Brett. Aus ihren kleinen Augen gingen scharfe Blicke hin und her, ihre gleichmäßigen Schritte fühlte K., ohne sie mitzumachen, denn er wurde fast von Schritt zu Schritt getragen. Endlich merkte er, daß sie zu ihm sprachen, aber er verstand sie nicht, er hörte nur den Lärm, der alles erfüllte und durch den hindurch ein unveränderlicher hoher Ton, wie von einer Sirene, zu klingen schien. »Lauter«, flüsterte er mit gesenktem Kopf und schämte sich, denn er wußte, daß sie laut genug, wenn auch für ihn unverständlich, gesprochen hatten. Da kam endlich, als wäre die Wand vor ihm durchrissen, ein frischer Luftzug ihm entgegen, und er hörte neben sich sagen: »Zuerst will er weg, dann aber kann man ihm hundertmal sagen, daß hier der Ausgang ist, und er rührt sich nicht.« K. merkte, daß er vor der Ausgangstür stand, die das Mädchen geöffnet hatte. Ihm war, als wären alle seine Kräfte mit einemmal zurückgekehrt, um einen Vorgeschmack der Freiheit zu gewinnen, trat er gleich auf eine

Treppenstufe und verabschiedete sich von dort aus von seinen Begleitern, die sich zu ihm hinabbeugten. »Vielen Dank«, wiederholte er, drückte beiden wiederholt die Hände und ließ erst ab, als er zu sehen glaubte, daß sie, an die Kanzleiluft gewöhnt, die verhältnismäßig frische Luft, die von der Treppe kam, schlecht ertrugen. Sie konnten kaum antworten, und das Mädchen wäre vielleicht abgestürzt, wenn nicht K. äußerst schnell die Tür geschlossen hätte. K. stand dann noch einen Augenblick still, strich sich mit Hilfe eines Taschenspiegels das Haar zurecht, hob seinen Hut auf, der auf dem nächsten Treppenabsatz lag – der Auskunftgeber hatte ihn wohl hingeworfen – und lief dann die Treppe hinunter, so frisch und in so langen Sprüngen, daß er vor diesem Umschwung fast Angst bekam. Solche Überraschungen hatte ihm sein sonst ganz gefestigter Gesundheitszustand noch nie bereitet. Wollte etwa sein Körper revolutionieren und ihm einen neuen Prozeß bereiten, da er den alten so mühelos ertrug? Er lehnte den Gedanken nicht ganz ab, bei nächster Gelegenheit zu einem Arzt zu gehen, jedenfalls aber wollte er – darin konnte er sich selbst beraten – alle künftigen Sonntagvormittage besser als diesen verwenden.

VIERTES KAPITEL

Die Freundin des Fräulein Bürstner

In der nächsten Zeit war es K. unmöglich, mit Fräulein Bürstner auch nur wenige Worte zu sprechen. Er versuchte auf die verschiedenste Weise, an sie heranzukommen, sie aber wußte es immer zu verhindern. Er kam gleich nach dem Büro nach Hause, blieb in seinem Zimmer, ohne das Licht anzudrehen, auf dem Kanapee sitzen und beschäftigte sich mit nichts anderem, als das Vorzimmer zu beobachten. Ging etwa das Dienstmädchen vorbei und schloß die Tür des scheinbar leeren Zimmers, so stand er nach einem Weilchen auf und öffnete sie wieder. Des Morgens stand er um eine Stunde früher auf als sonst, um vielleicht Fräulein Bürstner allein treffen zu können, wenn sie ins Büro ging. Aber keiner dieser Versuche gelang. Dann schrieb er ihr einen Brief sowohl ins Büro als auch in die Wohnung, suchte darin nochmals sein Verhalten zu rechtfertigen, bot sich zu jeder Genugtuung an, versprach, niemals die Grenzen zu überschreiten, die sie ihm setzen würde, und bat nur, ihm die Möglichkeit zu geben, einmal mir ihr zu sprechen, besonders da er auch bei Frau Grubach nichts veranlassen könnte, solange er sich nicht vorher mit ihr beraten habe, schließlich teilte er ihr mit, daß er den nächsten Sonntag während des ganzen Tages in seinem Zimmer auf ein Zeichen von ihr warten werde, das ihm die Erfüllung seiner Bitte in Aussicht stellen oder das ihm wenigstens erklären solle, warum sie die Bitte nicht erfüllen könne, obwohl er doch versprochen habe, sich in allem ihr zu fügen. Die Briefe kamen nicht zurück, aber es erfolgte auch keine Antwort. Dagegen gab es Sonntag ein Zeichen, dessen Deutlichkeit genügend war. Gleich früh bemerkte K. durch das Schlüsselloch eine besondere Bewegung im Vorzimmer, die sich bald aufklärte. Eine Lehrerin des Französischen, sie war übrigens eine Deutsche und hieß Montag, ein schwaches, blasses, ein wenig hinkendes Mädchen, das bisher ein eigenes Zimmer bewohnt hatte, übersiedelte in das Zimmer des Fräulein Bürstner. Stundenlang sah man sie durch das Vorzimmer schlürfen. Immer war noch ein Wäschestück oder ein Deckchen oder ein Buch vergessen, das besonders geholt und in die neue Wohnung hinübergetragen werden mußte.

Als Frau Grubach K. das Frühstück brachte – sie überließ, seitdem sie K. so erzürnt hatte, auch nicht die geringste Bedienung dem Dienstmädchen –, konnte sich K. nicht zurückhalten, sie zum erstenmal seit fünf Tagen anzusprechen. »Warum ist denn heute ein solcher Lärm im Vorzimmer?« fragte er, während er den Kaffee eingoß, »könnte das nicht eingestellt werden? Muß denn gerade am Sonntag aufgeräumt werden?« Obwohl K. nicht zu Frau Grubach aufsah, bemerkte er doch, daß sie, wie erleichtert, aufatmete. Selbst diese strengen Fragen K.s faßte sie als Verzeihung oder als Beginn der Verzeihung auf. »Es wird nicht aufgeräumt, Herr K.«, sagte sie, »Fräulein Montag übersiedelt nur zu Fräulein Bürstner und schafft ihre Sachen hinüber.« Sie sagte nichts weiter, sondern wartete, wie K. es aufnehmen und ob er ihr gestatten würde, weiterzureden. K. stellte sie aber auf die Probe, rührte nachdenklich den Kaffee mit dem Löffel und schwieg. Dann sah er zu ihr auf und sagte: »Haben Sie schon Ihren früheren Verdacht wegen Fräulein Bürstner aufgegeben?« »Herr K.«, rief Frau Grubach, die nur auf diese Frage gewartet hatte, und hielt K. ihre gefalteten Hände hin. »Sie haben eine gelegentliche Bemerkung letzthin so schwer genommen. Ich habe ja nicht im entferntesten daran gedacht, Sie oder irgend jemand zu kränken. Sie kennen mich doch schon lange genug, Herr K., um davon überzeugt sein zu können. Sie wissen gar nicht, wie ich die letzten Tage gelitten habe! Ich sollte meine Mieter verleumden! Und Sie, Herr K., glaubten es! Und sagten, ich solle Ihnen kündigen! Ihnen kündigen!« Der letzte Ausruf erstickte schon unter Tränen, sie hob die Schürze zum Gesicht und schluchzte laut.

»Weinen Sie doch nicht, Frau Grubach«, sagte K. und sah zum Fenster hinaus, er dachte nur an Fräulein Bürstner und daran, daß sie ein fremdes Mädchen in ihr Zimmer aufgenommen hatte. »Weinen Sie doch nicht«, sagte er nochmals, als er sich ins Zimmer zurückwandte und Frau Grubach noch immer weinte. »Es war ja damals auch von mir nicht so schlimm gemeint. Wir haben eben einander gegenseitig mißverstanden. Das kann auch alten Freunden einmal geschehen.« Frau Grubach rückte die Schürze unter die Augen, um zu sehen, ob K. wirklich versöhnt sei. »Nun ja, es ist so«, sagte K. und wagte nun, da, nach dem Verhalten der Frau Grubach zu schließen, der Hauptmann nichts verraten hatte, noch hinzuzufügen: »Glauben Sie denn wirklich, daß ich mich wegen eines fremden Mädchens mit Ihnen verfeinden könnte?« »Das ist es ja eben, Herr K.«, sagte Frau Grubach, es war ihr Unglück, daß sie, sobald sie sich nur irgendwie freier fühlte, gleich etwas Ungeschicktes sagte. »Ich frage mich immerfort: Warum nimmt sich Herr K. so sehr des Fräulein Bürstner an? Warum zankt er ihretwegen mit mir, obwohl er weiß, daß mir jedes böse Wort von ihm den Schlaf nimmt? Ich habe ja über das Fräulein nichts anderes gesagt, als was ich mit eigenen Augen gesehen habe.« K. sagte dazu nichts, er hätte sie mit dem ersten Wort aus dem Zimmer jagen müssen, und das wollte er nicht. Er begnügte sich damit, den Kaffee zu trinken und Frau Grubach ihre Überflüssigkeit fühlen zu lassen. Draußen hörte man wieder den schleppenden Schritt des Fräulein Montag, welche das ganze Vorzimmer durchquerte. »Hören Sie es?« fragte K. und zeigte mit der Hand nach der Tür. »Ja«, sagte Frau Grubach und seufzte, »ich wollte ihr helfen und auch vom Dienstmädchen helfen lassen, aber sie ist eigensinnig, sie will alles selbst übersiedeln. Ich wundere mich über Fräulein Bürstner. Mir ist es oft lästig, daß ich Fräulein Montag in Miete habe, Fräulein Bürstner aber nimmt sie sogar zu sich ins Zimmer.« »Das muß Sie gar nicht kümmern«, sagte K. und zerdrückte die Zuckerreste in der Tasse. »Haben Sie denn dadurch einen Schaden?« »Nein«, sagte Frau Grubach, »an und für sich ist es mir ganz willkommen, ich bekomme dadurch ein Zimmer frei und kann dort meinen Neffen, den Hauptmann, unterbringen. Ich fürchtete schon längst, daß er Sie in den letzten Tagen, während derer ich ihn nebenan im Wohnzimmer wohnen lassen mußte, gestört haben könnte. Er nimmt nicht viel Rücksicht.« »Was für Einfälle!« sagte K. und stand auf, »davon ist ja keine Rede. Sie scheinen mich wohl für überempfindlich zu halten, weil ich diese Wanderungen des Fräulein Montag – jetzt geht sie wieder zurück – nicht vertragen kann.« Frau Grubach kam sich recht machtlos vor. »Soll ich, Herr K., sagen, daß sie den restlichen Teil der Übersiedlung aufschieben soll? Wenn Sie wollen, tue ich es sofort.« »Aber sie soll doch zu Fräulein Bürstner übersiedeln!« sagte K. »Ja«, sagte Frau Grubach, sie verstand nicht ganz, was K. meinte. »Nun also«, sagte K., »dann muß sie doch ihre Sachen hinübertragen.« Frau Grubach nickte nur. Diese stumme Hilflosigkeit, die äußerlich nicht anders aussah als Trotz, reizte K. noch mehr. Er fing an, im Zimmer vom Fenster zur Tür auf und ab zu gehen und nahm dadurch Frau Grubach die Möglichkeit, sich zu entfernen, was sie sonst wahrscheinlich getan hätte.

Gerade war K. einmal wieder bis zur Tür gekommen, als es klopfte. Es war das Dienstmädchen, welches meldete, daß Fräulein Montag gern mit Herrn K. ein paar Worte sprechen möchte und daß sie ihn deshalb bitte, ins Eßzimmer zu kommen, wo sie ihn erwarte. K. hörte das Dienstmädchen nachdenklich an, dann wandte er sich mit einem fast höhnischen Blick nach der erschrockenen Frau Grubach um. Dieser Blick schien zu sagen, daß K. diese Einladung des Fräulein Montag schon längst vorausgesehen habe und daß sie auch sehr gut mit der Quälerei zusammenpasse, die er diesen Sonntagvormittag von den Mietern der Frau Grubach erfahren mußte. Er schickte das Dienstmädchen zurück mit der Antwort, daß er sofort komme, ging dann zum Kleiderkasten, um den Rock zu wechseln und hatte als Antwort für Frau Grubach, welche leise über die lästige Person jammerte, nur die Bitte, sie möge das Frühstücksgeschirr schon forttragen. »Sie haben ja fast nichts angerührt«, sagte Frau Grubach. »Ach, tragen Sie es doch weg!« rief K., es war ihm, als sei irgendwie allem Fräulein Montag beigemischt und mache es widerwärtig.

Als er durch das Vorzimmer ging, sah er nach der geschlossenen Tür von Fräulein Bürstners Zimmer. Aber er war nicht dorthin eingeladen, sondern in das Eßzimmer, dessen Tür er aufriß, ohne zu klopfen.

Es war ein sehr langes, aber schmales, einfenstriges Zimmer. Es war dort nur so viel Platz vorhanden, daß man in den Ecken an der Türseite zwei Schränke schief hatte aufstellen können, während der übrige Raum vollständig von dem langen Speisetisch eingenommen war, der in der Nähe der Tür begann und bis knapp zum großen Fenster reichte, welches dadurch fast unzugänglich geworden war. Der Tisch war bereits gedeckt, und zwar für viele Personen, da am Sonntag fast alle Mieter hier zu Mittag aßen.

Als K. eintrat, kam Fräulein Montag vom Fenster her an der einen Seite des Tisches entlang K. entgegen. Sie grüßten einander stumm. Dann sagte Fräulein Montag, wie immer den Kopf ungewöhnlich aufgerichtet: »Ich weiß nicht, ob Sie mich kennen.« K. sah sie mit zusammengezogenen Augen an. »Gewiß«, sagte er, »Sie wohnen doch schon längere Zeit bei Frau Grubach.« »Sie kümmern sich aber, wie ich glaube, nicht viel um die Pension«, sagte Fräulein Montag. »Nein«, sagte K. »Wollen Sie sich nicht setzen?« sagte Fräulein Montag. Sie zogen beide schweigend zwei Sessel am äußersten Ende des Tisches hervor und setzten sich einander gegenüber. Aber Fräulein Montag stand gleich wieder auf, denn sie hatte ihr Handtäschchen auf dem Fensterbrett liegengelassen und ging es holen; sie schleifte durch das ganze Zimmer. Als sie, das Handtäschchen leicht schwenkend, wieder zurückkam, sagte sie: »Ich möchte nur im Auftrag meiner Freundin ein paar Worte mit Ihnen sprechen. Sie wollte selbst kommen, aber sie fühlt sich heute ein wenig unwohl. Sie möchten sie entschuldigen und mich statt ihrer anhören. Sie hätte ihnen auch nichts anderes sagen können, als ich Ihnen sagen werde. Im Gegenteil, ich glaube, ich kann Ihnen sogar mehr sagen, da ich doch verhältnismäßig unbeteiligt bin. Glauben Sie nicht auch?«

»Was wäre denn zu sagen?« antwortete K., der dessen müde war, die Augen des Fräulein Montag fortwährend auf seine Lippe gerichtet zu sehen. Sie maßte sich dadurch eine Herrschaft schon darüber an, was er erst sagen wollte. »Fräulein Bürstner will mir offenbar die persönliche Aussprache, um die ich sie gebeten habe, nicht bewilligen.« »Das ist es«, sagte Fräulein Montag, »oder vielmehr, so ist es gar nicht, Sie drücken es sonderbar scharf aus. Im allgemeinen werden doch Aussprachen weder bewilligt, noch geschieht das Gegenteil. Aber es kann geschehen, daß man Aussprachen für unnötig hält, und so ist es eben hier. Jetzt, nach Ihrer Bemerkung, kann ich ja offen reden. Sie haben meine Freundin schriftlich oder mündlich um eine Unterredung gebeten. Nun weiß aber meine Freundin, so muß ich wenigstens annehmen, was diese Unterredung betreffen soll, und ist deshalb aus Gründen, die ich nicht kenne, überzeugt, daß es niemandem Nutzen bringen würde, wenn die Unterredung wirklich zustande käme. Im übrigen erzählte sie mir erst gestern und nur ganz flüchtig davon, sie sagte hierbei, daß auch Ihnen jedenfalls nicht viel an der Unterredung liegen könne, denn Sie wären nur durch einen Zufall auf einen derartigen Gedanken gekommen und würden selbst auch ohne besondere Erklärung, wenn nicht schon jetzt, so doch sehr bald die Sinnlosigkeit des Ganzen erkennen. Ich antwortete darauf, daß das richtig sein mag, daß ich es aber zur vollständigen Klarstellung doch für vorteilhaft hielte, Ihnen eine ausdrückliche Antwort zukommen zu lassen. Ich bot mich an, diese Aufgabe zu übernehmen, nach einigem Zögern gab meine Freundin mir nach. Ich hoffe, nun aber auch in Ihrem Sinne gehandelt zu haben; denn selbst die kleinste Unsicherheit in der geringfügigsten Sache ist doch immer quälend, und wenn man sie, wie in diesem Falle, leicht beseitigen kann, so soll es doch besser sofort geschehen.« »Ich danke Ihnen«, sagte K. sofort, stand langsam auf, sah Fräulein Montag an, dann über den Tisch hin, dann aus dem Fenster – das gegenüberliegende Haus stand in der Sonne – und ging zur Tür. Fräulein Montag folgte ihm ein paar Schritte, als vertraue sie ihm nicht ganz. Vor der Tür mußten aber beide zurückweichen, denn sie öffnete sich, und der Hauptmann Lanz trat ein. K. sah ihn zum erstenmal aus der Nähe. Er war ein großer, etwa vierzigjähriger Mann mit braungebranntem, fleischigem Gesicht. Er machte eine leichte Verbeugung, die auch K. galt, ging dann zu Fräulein Montag und küßte ihr ehrerbietig die Hand. Er war sehr gewandt in seinen Bewegungen. Seine Höflichkeit gegen Fräulein Montag stach auffallend von der Behandlung ab, die sie von K. erfahren hatte. Trotzdem schien Fräulein Montag K. nicht böse zu sein, denn sie wollte ihn sogar, wie K. zu bemerken glaubte, dem Hauptmann vorstellen. Aber K. wollte nicht vorgestellt worden, er wäre nicht imstande gewesen, weder dem Hauptmann noch Fräulein Montag gegenüber irgendwie freundlich zu sein, der Handkuß hatte sie für ihn zu einer Gruppe verbunden, die ihn unter dem Anschein äußerster Harmlosigkeit und Uneigennützigkeit von Fräulein Bürstner abhalten wollte. K. glaubte jedoch, nicht nur das zu erkennen, er erkannte auch, daß Fräulein Montag ein gutes, allerdings zweischneidiges Mittel gewählt hatte. Sie übertrieb die Bedeutung der Beziehung zwischen Fräulein Bürstner und K., sie übertrieb vor allem die Bedeutung der erbetenen Aussprache und versuchte, es gleichzeitig so zu wenden als ob es K. sei, der alles übertreibe. Sie sollte sich täuschen, K. wollte nichts übertreiben, er wußte, daß Fräulein Bürstner ein kleines Schreibmaschinenfräulein war, das ihm nicht lange Widerstand leisten sollte. Hierbei zog er absichtlich gar nicht in Berechnung, was er von Frau Grubach über Fräulein Bürstner erfahren hatte. Das alles überlegte er, während er kaum grüßend das Zimmer verließ. Er wollte gleich in sein Zimmer gehen, aber ein kleines Lachen des Fräulein Montag, das er hinter sich aus dem Eßzimmer hörte, brachte ihn auf den Gedanken, daß er vielleicht beiden, dem Hauptmann wie Fräulein Montag, eine Überraschung bereiten könnte. Er sah sich um und horchte, ob in irgendeinem der umliegenden Zimmer eine Störung zu erwarten wäre, es war überall still, nur die Unterhaltung aus dem Eßzimmer war zu hören und aus dem Gang, der zur Küche führte, die Stimme der Frau Grubach. Die Gelegenheit schien günstig, K. ging zur Tür von Fräulein Bürstners Zimmer und klopfte leise. Da sich nichts rührte, klopfte er nochmals, aber es erfolgte noch immer keine Antwort. Schlief sie? Oder war sie wirklich unwohl? Oder verleugnete sie sich nur deshalb, weil sie ahnte, daß es nur K. sein konnte, der so leise klopfte? K. nahm an, daß sie sich verleugne, und klopfte stärker, öffnete schließlich, da das Klopfen keinen Erfolg hatte, vorsichtig und nicht ohne das Gefühl, etwas Unrechtes und überdies Nutzloses zu tun, die Tür. Im Zimmer war niemand. Es erinnerte übrigens kaum mehr an das Zimmer, wie es K. gekannt hatte. An der Wand waren nun zwei Betten hintereinander aufgestellt, drei Sessel in der Nähe der Tür waren mit Kleidern und Wäsche überhäuft, ein Schrank stand offen. Fräulein Bürstner war wahrscheinlich fortgegangen, während Fräulein Montag im Eßzimmer auf K. eingeredet hatte. K. war dadurch nicht sehr bestürzt, er hatte kaum mehr erwartet, Fräulein Bürstner so leicht zu treffen, er hatte diesen Versuch fast nur aus Trotz gegen Fräulein Montag gemacht. Um so peinlicher war es ihm aber, als er, während er die Tür wieder schloß, in der offenen Tür des Eßzimmers Fräulein Montag und den Hauptmann sich unterhalten sah. Sie standen dort vielleicht schon, seitdem K. die Tür geöffnet hatte, sie vermieden jeden Anschein, als ob sie K. etwa beobachteten, sie unterhielten sich leise und verfolgten K.s Bewegungen mit den Blicken nur so, wie man während eines Gesprächs zerstreut umherblickt. Aber auf K. lagen diese Blicke doch schwer, er beeilte sich, an der Wand entlang in sein Zimmer zu kommen.

FÜNFTES KAPITEL

Der Prügler

Als K. an einem der nächsten Abende den Korridor passierte, der sein Büro von der Haupttreppe trennte – er ging diesmal fast als der letzte nach Hause, nur in der Expedition arbeiteten noch zwei Diener im kleinen Lichtfeld einer Glühlampe –, hörte er hinter einer Tür, hinter der er immer nur eine Rumpelkammer vermutet hatte, ohne sie jemals selbst gesehen zu haben, Seufzer ausstoßen. Er blieb erstaunt stehen und horchte noch einmal auf, um festzustellen, ob er sich nicht irrte – es wurde ein Weilchen still, dann waren es aber doch wieder Seufzer. – Zuerst wollte er einen der Diener holen, man konnte vielleicht einen Zeugen brauchen, dann aber faßte ihn eine derart unbezähmbare Neugierde, daß er die Tür förmlich aufriß. Es war, wie er richtig vermutet hatte, eine Rumpelkammer. Unbrauchbare, alte Drucksorten, umgeworfene leere Tintenflaschen lagen hinter der Schwelle. In der Kammer selbst aber standen drei Männer, gebückt in dem niedrigen Raum. Eine auf einem Regal festgemachte Kerze gab ihnen Licht. »Was treibt ihr hier?« fragte K., sich vor Aufregung überstürzend, aber nicht laut. Der eine Mann, der die anderen offenbar beherrschte und zuerst den Blick auf sich lenkte, stak in einer Art dunkler Lederkleidung, die den Hals bis tief zur Brust und die ganzen Arme nackt ließ. Er antwortete nicht. Aber die zwei anderen riefen: »Herr! Wir sollen geprügelt werden, weil du dich beim Untersuchungsrichter über uns beklagt hast.« Und nun erst erkannte K., daß es wirklich die

Wächter Franz und Willem waren, und daß der dritte eine Rute in der Hand hielt, um sie zu prügeln. »Nun«, sagte K. und starrte sie an, »ich habe mich nicht beklagt, ich habe nur gesagt, wie es sich in meiner Wohnung zugetragen hat. Und einwandfrei habt ihr euch ja nicht benommen.« »Herr«, sagte Willem, während Franz sich hinter ihm vor dem dritten offenbar zu sichern suchte, »wenn Ihr wüßtet, wie schlecht wir bezahlt sind, Ihr würdet besser über uns urteilen. Ich habe eine Familie zu ernähren, und Franz hier wollte heiraten, man sucht sich zu bereichern, wie es geht, durch bloße Arbeit gelingt es nicht, selbst durch die angestrengteste. Euere feine Wäsche hat mich verlockt, es ist natürlich den Wächtern verboten, so zu handeln, es war unrecht, aber Tradition ist es, daß die Wäsche den Wächtern gehört, es ist immer so gewesen, glaubt es mir; es ist ja auch verständlich, was bedeuten denn noch solche Dinge für den, welcher so unglücklich ist, verhaftet zu werden? Bringt er es dann allerdings öffentlich zur Sprache, dann muß die Strafe erfolgen.« »Was ihr jetzt sagt, wußte ich nicht, ich habe auch keineswegs eure Bestrafung verlangt, mir ging es um ein Prinzip.« »Franz«, wandte sich Willem zum anderen Wächter, »sagte ich dir nicht, daß der Herr unsere Bestrafung nicht verlangt hat? Jetzt hörst du, daß er nicht einmal gewußt hat, daß wir bestraft werden müssen.« »Laß dich nicht durch solche Reden rühren«, sagte der dritte zu K., »die Strafe ist ebenso gerecht als unvermeidlich.« »Höre nicht auf ihn«, sagte Willem und unterbrach sich nur, um die Hand, über die er einen Rutenhieb bekommen hatte, schnell an den Mund zu führen, »wir werden nur gestraft, weil du uns angezeigt hast. Sonst wäre uns nichts geschehen, selbst wenn man erfahren hätte, was wir getan haben. Kann man das Gerechtigkeit nennen? Wir zwei, insbesondere aber ich, hatten uns als Wächter durch lange Zeit sehr bewährt – du selbst mußt eingestehen, daß wir, vom Gesichtspunkt der Behörde gesehen, gut gewacht haben – wir hatten Aussicht, vorwärtszukommen und wären gewiß bald auch Prügler geworden wie dieser, der eben das Glück hatte, von niemandem angezeigt worden zu sein, denn eine solche Anzeige kommt wirklich nur sehr selten vor. Und jetzt, Herr, ist alles verloren, unsere Laufbahn beendet, wir werden noch viel untergeordnetere Arbeiten leisten müssen, als es der Wachdienst ist, und überdies bekommen wir jetzt diese schrecklich schmerzhaften Prügel.« »Kann denn die Rute solche Schmerzen machen?« fragte K. und prüfte die Rute, die der Prügler vor ihm schwang. »Wir werden uns ja ganz nackt ausziehen müssen«, sagte Willem. »Ach so«, sagte K. und sah den Prügler genau an, er war braun gebrannt wie ein Matrose und hatte ein wildes, frisches Gesicht. »Gibt es keine Möglichkeit, den beiden die Prügel zu ersparen?« fragte er ihn. »Nein«, sagte der Prügler und schüttelte lächelnd den Kopf. »Zieht euch aus!« befahl er den Wächtern. Und zu K. sagte er: »Du mußt ihnen nicht alles glauben, sie sind durch die Angst vor den Prügeln schon ein wenig schwachsinnig geworden. Was dieser hier, zum Beispiel« – er zeigte auf Willem – »über seine mögliche Laufbahn erzählt hat, ist geradezu lächerlich. Sieh an, wie fett er ist – die ersten Rutenstreiche werden überhaupt im Fett verlorengehen. – Weißt du, wodurch er so fett geworden ist? Er hat die Gewohnheit, allen Verhafteten das Frühstück aufzuessen. Hat er nicht auch dein Frühstück aufgegessen? Nun, ich sagte es ja. Aber ein Mann mit einem solchen Bauch kann nie und nimmer mehr Prügler werden, das ist ganz ausgeschlossen.« »Es gibt auch solche Prügler«, behauptete Willem, der gerade seinen Hosengürtel löste. »Nein«, sagte der Prügler und strich ihm mit der Rute derartig über den Hals, daß er zusammenzuckte, »du sollst nicht zuhören, sondern dich ausziehen.« »Ich würde dich gut belohnen, wenn du sie laufen läßt«, sagte K. und zog, ohne den Prügler nochmals anzusehen – solche Geschäfte werden beiderseits mit niedergeschlagenen Augen am besten abgewickelt – seine Brieftasche hervor. »Du willst wohl dann auch mich anzeigen«, sagte der Prügler, »und auch noch mir Prügel verschaffen. Nein, nein!« »Sei doch vernünftig«, sagte K., »wenn ich gewollt hätte, daß diese beiden bestraft werden, würde ich sie doch jetzt nicht loskaufen wollen. Ich könnte einfach die Tür hier zuschlagen, nichts weiter sehen und hören wollen und nach Hause gehen. Nun tue ich das aber nicht, vielmehr liegt mir ernstlich daran, sie zu befreien; hätte ich geahnt, daß sie bestraft werden sollen oder auch nur bestraft werden können, hätte ich ihre Namen nie genannt. Ich halte sie nämlich gar nicht für schuldig, schuldig ist die Organisation, schuldig sind die hohen Beamten.« »So ist es!« riefen die Wächter und bekamen sofort einen Hieb über ihren schon entkleideten Rücken. »Hättest du hier unter deiner Rute einen hohen Richter«, sagte K. und drückte, während er sprach, die Rute, die sich schon wieder erheben wollte, nieder, »ich würde dich wahrhaftig nicht hindern, loszuschlagen, im Gegenteil, ich würde dir noch Geld geben, damit du dich für die gute Sache kräftigst.« »Was du sagst, klingt ja glaubwürdig«, sagte der Prügler, »aber ich lasse mich nicht bestechen. Ich bin zum Prügeln angestellt, also prügle ich.« Der Wächter Franz, der vielleicht in Erwartung eines guten Ausgangs des Eingreifens von K. bisher ziemlich zurückhaltend gewesen war, trat jetzt, nur noch mit den Hosen bekleidet, zur Tür, hing sich niederkniend an K.s Arm und flüsterte: »Wenn du für uns beide Schonung nicht durchsetzen kannst, so versuche wenigstens, mich zu befreien. Willem ist älter als ich, in jeder Hinsicht weniger empfindlich, auch hat er schon einmal vor ein paar Jahren eine leichte Prügelstrafe bekommen, ich aber bin noch nicht entehrt und bin doch zu meiner Handlungsweise nur durch Willem gebracht worden, der im Guten und Schlechten mein Lehrer ist. Unten vor der Bank wartet meine arme Braut auf den Ausgang, ich schäme mich ja so erbärmlich.« Er trocknete mit K.s Rock sein von Tränen ganz überlaufenes Gesicht. »Ich warte nicht mehr«, sagte der Prügler, faßte die Rute mit beiden Händen und hieb auf Franz ein, während Willem in einem Winkel kauerte und heimlich zusah, ohne eine Kopfwendung zu wagen. Da erhob sich der Schrei, den Franz ausstieß, ungeteilt und unveränderlich, er schien nicht von einem Menschen, sondern von einem gemarterten Instrument zu stammen, der ganze Korridor tönte von ihm, das ganze Haus mußte es hören. »Schrei nicht«, rief K., er konnte sich nicht zurückhalten, und während er gespannt in die Richtung sah, aus der die Diener kommen mußten, stieß er an Franz, nicht stark, aber doch stark genug, daß der Besinnungslose niederfiel und im Krampf mit den Händen den Boden absuchte; den Schlägen entging er aber nicht, die Rute fand ihn auch auf der Erde; während er sich unter ihr wälzte, schwang sich ihre Spitze regelmäßig auf und ab. Und schon erschien in der Ferne ein Diener und ein paar Schritte hinter ihm ein zweiter. K. hatte schnell die Tür zugeworfen, war zu einem der Hoffenster getreten und öffnete es. Das Schreien hatte vollständig aufgehört. Um die Diener nicht herankommen zu lassen, rief er: »Ich bin es!« »Guten Abend, Herr Prokurist!« rief es zurück. »Ist etwas geschehen?« »Nein, nein«, antwortete K., »es schreit nur ein Hund auf dem Hof.« Als die Diener sich doch nicht rührten, fügte er hinzu: »Sie können bei Ihrer Arbeit bleiben.« Um sich in kein Gespräch mit den Dienern einlassen zu müssen, beugte er sich aus dem Fenster. Als er nach einem Weilchen wieder in den Korridor sah, waren sie schon weg. K. aber blieb nun beim Fenster, in die Rumpelkammer wagte er nicht zu gehen und nach Hause gehen wollte er auch nicht. Es war ein kleiner viereckiger Hof, in den er hinuntersah, ringsherum waren Büroräume untergebracht, alle Fenster waren jetzt schon dunkel, nur die obersten fingen einen Widerschein des Mondes auf. K. suchte angestrengt mit den Blicken in das Dunkel eines Hofwinkels einzudringen, in dem einige Handkarren ineinandergefahren waren. Es quälte ihn, daß es ihm nicht gelungen war, das Prügeln zu verhindern, aber es war nicht seine Schuld, daß es nicht gelungen war, hätte Franz nicht geschrien – gewiß, es mußte sehr weh getan haben, aber in einem entscheidenden Augenblick muß man sich beherrschen – hätte er nicht geschrien, so hätte K., wenigstens sehr wahrscheinlich, noch ein Mittel gefunden, den Prügler zu überreden. Wenn die ganze unterste Beamtenschaft Gesindel war, warum hätte gerade der Prügler, der das unmenschlichste Amt hatte, eine Ausnahme machen sollen, K. hatte auch gut beobachtet, wie ihm beim Anblick der Banknote die Augen geleuchtet hatten, er hatte mit dem Prügeln offenbar nur deshalb Ernst gemacht, um die Bestechungssumme noch ein wenig zu erhöhen. Und K. hätte nicht gespart, es lag ihm wirklich daran, die Wächter zu befreien; wenn er nun schon angefangen hatte, die Verderbnis dieses Gerichtswesens zu bekämpfen, so war es selbstverständlich, daß er auch von dieser Seite eingriff. Aber in dem Augenblick, wo Franz zu schreien angefangen hatte, war natürlich alles zu Ende. K. konnte nicht zulassen, daß die Diener und vielleicht noch alle möglichen Leute kämen und ihn in Unterhandlungen mit der Gesellschaft in der Rumpelkammer überraschten. Diese Aufopferung konnte wirklich niemand von K. verlangen. Wenn er das zu tun beabsichtigt hätte, so wäre es ja fast einfacher gewesen, K. hätte sich selbst ausgezogen und dem Prügler als Ersatz für die Wächter angeboten. Übrigens hätte der Prügler diese Vertretung gewiß nicht angenommen, da er dadurch, ohne einen Vorteil zu gewinnen, dennoch seine Pflicht schwer verletzt hätte, und wahrscheinlich doppelt verletzt hätte, denn K. mußte wohl, solange er im Verfahren stand, für alle Angestellten des Gerichts unverletzlich sein. Allerdings konnten hier auch besondere Bestimmungen gelten. Jedenfalls hatte K. nichts anderes tun können, als die Tür zuschlagen, obwohl dadurch auch jetzt noch für K. durchaus nicht jede Gefahr beseitigt blieb. Daß er noch zuletzt Franz einen Stoß gegeben hatte, war bedauerlich und nur durch seine Aufregung zu entschuldigen.

In der Ferne hörte er die Schritte der Diener; um ihnen nicht auffällig zu werden, schloß er das Fenster und ging in der Richtung zur Haupttreppe. Bei der Tür zur Rumpelkammer blieb er ein wenig stehen und horchte. Es war ganz still. Der Mann konnte die Wächter totgeprügelt haben, sie waren ja ganz in seine Macht gegeben. K. hatte schon die Hand nach der Klinke ausgestreckt, zog sie dann aber wieder zurück. Helfen konnte er niemandem mehr, und die Diener mußten gleich kommen; er gelobte sich aber, die Sache noch zur Sprache zu bringen und die wirklich Schuldigen, die hohen Beamten, von denen sich ihm noch keiner zu zeigen gewagt hatte, soweit es in seinen Kräften war, gebührend zu bestrafen. Als er die Freitreppe der Bank hinunterging, beobachtete er sorgfältig alle Passanten, aber selbst in der weiteren Umgebung war kein Mädchen zu sehen, das auf jemanden gewartet hätte. Die Bemerkung Franzens, daß seine Braut auf ihn warte, erwies sich als eine allerdings verzeihliche Lüge, die nur den Zweck gehabt hatte, größeres Mitleid zu erwecken.

Auch noch am nächsten Tage kamen K. die Wächter nicht aus dem Sinn; er war bei der Arbeit zerstreut und mußte, um sie zu bewältigen, noch ein wenig länger im Büro bleiben als am Tag vorher. Als er auf dem Nachhausewege wieder an der Rumpelkammer vorbeikam, öffnete er sie wie aus Gewohnheit. Vor dem, was er statt des erwarteten Dunkels erblickte, wußte er sich nicht zu fassen. Alles war unverändert, so wie er es am Abend vorher beim Öffnen der Tür gefunden hatte. Die Drucksorten und Tintenflaschen gleich hinter der Schwelle, der Prügler mit der Rute, die noch vollständig ausgezogenen Wächter, die Kerze auf dem Regal, und die Wächter begannen zu klagen und riefen: »Herr!« Sofort warf K. die Tür zu und schlug mit den Fäusten gegen sie, als sei sie dann fester verschlossen. Fast weinend lief er zu den Dienern, die ruhig an den Kopiermaschinen arbeiteten und erstaunt in ihrer Arbeit innehielten. »Räumt doch endlich die Rumpelkammer aus!« rief er. »Wir versinken ja im Schmutz!« Die Diener waren bereit, es am nächsten Tag zu tun. K. nickte, jetzt spät am Abend konnte er sie nicht mehr zu der Arbeit zwingen, wie er es eigentlich beabsichtigt hatte. Er setzte sich ein wenig, um die Diener ein Weilchen lang in der Nähe zu behalten, warf einige Kopien durcheinander, wodurch er den Anschein zu erwecken glaubte, daß er sie überprüfe, und ging dann, da er einsah, daß die Diener nicht wagen würden, gleichzeitig mit ihm wegzugehen, müde und gedankenlos nach Hause.

SECHSTES KAPITEL

Der Onkel · Leni

Eines Nachmittags – K. war gerade vor dem Postabschluß sehr beschäftigt – drängte sich zwischen zwei Dienern, die Schriftstücke hineintrugen, K.s Onkel Karl, ein kleiner Grundbesitzer vom Lande, ins Zimmer. K. erschrak bei dem Anblick weniger, als er schon vor längerer Zeit bei der Vorstellung vom Kommen des Onkels erschrocken war. Der Onkel mußte kommen, das stand bei K. schon etwa einen Monat lang fest.

Schon damals hatte er ihn zu sehen geglaubt, wie er, ein wenig gebückt, den eingedrückten Panamahut in der Linken, die Rechte schon von weitem ihm entgegenstreckte und sie mit rücksichtsloser Eile über den Schreibtisch hinreichte, alles umstoßend, was ihm im Wege war. Der Onkel befand sich immer in Eile, denn er war von dem unglücklichen Gedanken verfolgt, bei seinem immer nur eintägigen Aufenthalt in der Hauptstadt müsse er alles erledigen können, was er sich vorgenommen hatte, und dürfte überdies auch kein gelegentlich sich darbietendes Gespräch oder Geschäft oder Vergnügen sich entgehen lassen. Dabei mußte ihm K., der ihm als seinem gewesenen Vormund besonders verpflichtet war, in allem möglichen behilflich sein und ihn außerdem bei sich übernachten lassen. »Das Gespenst vom Lande« pflegte er ihn zu nennen.

Gleich nach der Begrüßung – sich in den Fauteuil zu setzen, wozu ihn K. einlud, hatte er keine Zeit – bat er K. um ein kurzes Gespräch unter vier Augen. »Es ist notwendig«, sagte er, mühselig schluckend, »zu meiner Beruhigung ist es notwendig.« K. schickte sofort die Diener aus dem Zimmer, mit der Weisung, niemand einzulassen. »Was habe ich gehört, Josef?« rief der Onkel, als sie allein waren, setzte sich auf den Tisch und stopfte unter sich, ohne hinzusehen, verschiedene Papiere, um besser zu sitzen. K. schwieg, er wußte, was kommen würde, aber, plötzlich von der anstrengenden Arbeit entspannt, wie er war, gab er sich zunächst einer angenehmen Mattigkeit hin und sah durch das Fenster auf die gegenüberliegende Straßenseite, von der von seinem Sitz aus nur ein kleiner, dreieckiger Ausschnitt zu sehen war, ein Stück leerer Häusermauer zwischen zwei Geschäftsauslagen. »Du schaust aus dem Fenster!« rief der Onkel mit erhobenen Armen, »um Himmels willen, Josef, antworte mir doch! Ist es wahr, kann es denn wahr sein?« »Lieber Onkel«, sagte K. und riß sich von seiner Zerstreutheit los, »ich weiß ja gar nicht, was du von mir willst.« »Josef«, sagte der Onkel warnend, »die Wahrheit hast du immer gesagt, soviel ich weiß. Soll ich deine letzten Worte als schlimmes Zeichen auffassen?« »Ich ahne ja, was du willst«, sagte K. folgsam, »du hast wahrscheinlich von meinem Prozeß gehört.« »So ist es«, antwortete der Onkel, langsam nickend, »ich habe von deinem Prozeß gehört.« »Von wem denn?« fragte K. »Erna hat es mir geschrieben«, sagte der Onkel, »sie hat ja keinen Verkehr mit dir, du kümmerst dich leider nicht viel um sie, trotzdem hat sie es erfahren. Heute habe ich den Brief bekommen und bin natürlich sofort hergefahren. Aus keinem anderen Grund, aber es scheint ein genügender Grund zu sein. Ich kann dir die Briefstelle, die dich betrifft, vorlesen.« Er zog den Brief aus der Brieftasche. »Hier ist es. Sie schreibt: ›Josef habe ich schon lange nicht gesehen, vorige Woche war ich einmal in der Bank, aber Josef war so beschäftigt, daß ich nicht vorgelassen wurde; ich habe fast eine Stunde gewartet, mußte dann aber nach Hause, weil ich Klavierstunde hatte. Ich hätte gern mit ihm gesprochen, vielleicht wird sich nächstens eine Gelegenheit finden. Zu meinem Namenstag hat er mir eine große Schachtel Schokolade geschickt, es war sehr lieb und aufmerksam. Ich hatte vergessen, es Euch damals zu schreiben, erst jetzt, da Ihr mich fragt, erinnere ich mich daran. Schokolade, müßt Ihr wissen, verschwindet nämlich in der Pension sofort, kaum ist man zum Bewußtsein dessen gekommen, daß man mit Schokolade beschenkt worden ist, ist sie auch schon weg. Aber was Josef betrifft, wollte ich Euch noch etwas sagen. Wie erwähnt, wurde ich in der Bank nicht zu ihm vorgelassen, weil er gerade mit einem Herrn verhandelte. Nachdem ich eine Zeitlang ruhig gewartet hatte, fragte ich einen Diener, ob die Verhandlung noch lange dauern werde. Er sagte, das dürfte wohl sein, denn es handle sich wahrscheinlich um den Prozeß, der gegen den Herrn Prokuristen geführt werde. Ich fragte, was denn das für ein Prozeß sei, ob er sich nicht irre, er aber sagte, er irre sich nicht, es sei ein Prozeß, und zwar ein schwerer Prozeß, mehr aber wisse er nicht. Er selbst möchte dem Herrn Prokuristen gerne helfen, denn dieser sei ein guter und gerechter Herr, aber er wisse nicht, wie er es anfangen sollte, und er möchte nur wünschen, daß sich einflußreiche Herren seiner annehmen würden. Dies werde auch sicher geschehen, und es werde schließlich ein gutes Ende nehmen, vorläufig aber stehe es, wie er aus der Laune des Herrn Prokuristen entnehmen könne, gar nicht gut. Ich legte diesen Reden natürlich nicht viel Bedeutung bei, suchte auch den einfältigen Diener zu beruhigen, verbot ihm, anderen gegenüber davon zu sprechen, und halte das Ganze für ein Geschwätz. Trotzdem wäre es vielleicht gut, wenn Du, liebster Vater, bei Deinem nächsten Besuch der Sache nachgehen wolltest, es wird Dir leicht sein, Genaueres zu erfahren und, wenn es wirklich nötig sein sollte, durch Deine großen, einflußreichen Bekanntschaften einzugreifen. Sollte es aber nicht nötig sein, was ja das wahrscheinlichste ist, so wird es wenigstens Deiner Tochter bald Gelegenheit geben, Dich zu umarmen, was sie freuen würde.« – Ein gutes Kind«, sagte der Onkel, als er die Vorlesung beendet hatte, und wischte einige Tränen aus den Augen fort. K. nickte, er hatte infolge der verschiedenen Störungen der letzten Zeit vollständig Erna vergessen, sogar ihren Geburtstag hatte er vergessen, und die Geschichte von der Schokolade war offenbar nur zu dem Zweck erfunden, um ihn vor Onkel und Tante in Schutz zu nehmen. Es war sehr rührend, und mit den Theaterkarten, die er ihr von jetzt ab regelmäßig schicken wollte, gewiß nicht genügend belohnt, aber zu Besuchen in der Pension und zu Unterhaltungen mit einer kleinen achtzehnjährigen Gymnasiastin fühlte er sich jetzt nicht geeignet. »Und was sagst du jetzt?« fragte der Onkel, der durch den Brief alle Eile und Aufregung vergessen hatte und ihn noch einmal zu lesen schien. »Ja, Onkel«, sagte K., »es ist wahr.« »Wahr?« rief der Onkel. »Was ist wahr? Wie kann es denn wahr sein? Was für ein Prozeß? Doch nicht ein Strafprozeß?« »Ein Strafprozeß«, antwortete K. »Und du sitzt ruhig hier und hast einen Strafprozeß auf dem Halse?« rief der Onkel, der immer lauter wurde. »Je ruhiger ich bin, desto besser ist es für den Ausgang«, sagte K. müde, »fürchte nichts.« »Das kann mich nicht beruhigen!« rief der Onkel, »Josef, lieber Josef, denke an dich, an deine Verwandten, an unsern guten Namen! Du warst bisher unsere Ehre, du darfst nicht unsere Schande werden. Deine Haltung«, er sah K. mit schief geneigtem Kopfe an, »gefällt mir nicht, so verhält sich kein unschuldig Angeklagter, der noch bei Kräften ist. Sag mir nur schnell, worum es sich handelt, damit ich dir helfen kann. Es handelt sich natürlich um die Bank?« »Nein«, sagte K. und stand auf, »du sprichst aber zu laut, lieber Onkel, der Diener steht wahrscheinlich an der Tür und horcht. Das ist mir unangenehm. Wir wollen lieber weggehen. Ich werde dir dann alle Fragen, so gut es geht, beantworten. Ich weiß sehr gut, daß ich der Familie Rechenschaft schuldig bin.« »Richtig!« schrie der Onkel, »sehr richtig, beeile dich nur, Josef, beeile dich!« »Ich muß nur noch einige Aufträge geben«, sagte K. und berief telefonisch seinen Vertreter zu sich, der in wenigen Augenblicken eintrat. Der Onkel, in seiner Aufregung, zeigte ihm mit der Hand, daß K. ihn habe rufen lassen, woran auch sonst kein Zweifel gewesen wäre. K., der vor dem Schreibtisch stand, erklärte dem jungen Mann, der kühl, aber aufmerksam zuhörte, mit leiser Stimme unter Zuhilfenahme verschiedener Schriftstücke, was in seiner Abwesenheit heute noch erledigt werden müsse. Der Onkel störte, indem er zuerst mit großen Augen und nervösem Lippenbeißen dabeistand, ohne allerdings zuzuhören, aber der Anschein dessen war schon störend genug. Dann aber ging er im Zimmer auf und ab und blieb hie und da vor dem Fenster oder vor einem Bild stehen, wobei er immer in verschiedene Ausrufe ausbrach, wie: »Mir ist es vollständig unbegreiflich!« oder »Jetzt sagt mir nur, was soll denn daraus werden!« Der junge Mann tat, als bemerke er nichts davon, hörte ruhig K.s Aufträge bis zu Ende an, notierte sich auch einiges und ging, nachdem er sich vor K. wie auch vor dem Onkel verneigt hatte, der ihm aber gerade den Rücken zukehrte, aus dem Fenster sah und mit ausgestreckten Händen die Vorhänge zusammenknüllte. Die Tür hatte sich noch kaum geschlossen, als der Onkel ausrief: »Endlich ist der Hampelmann weggegangen, jetzt können doch auch wir gehen. Endlich!« Es gab leider kein Mittel, den Onkel zu bewegen, in der Vorhalle, wo einige Beamte und Diener herumstanden und die gerade auch der Direktor-Stellvertreter kreuzte, die Fragen wegen des Prozesses zu unterlassen. »Also, Josef«, begann der Onkel, während er die Verbeugungen der Umstehenden durch leichtes Salutieren beantwortete, »jetzt sag mir offen, was es für ein Prozeß ist.« K. machte einige nichtssagende Bemerkungen, lachte auch ein wenig, und erst auf der Treppe erklärte er dem Onkel, daß er vor den Leuten nicht habe offen reden wollen. »Richtig«, sagte der Onkel, »aber jetzt rede.« Mit geneigtem Kopf, eine Zigarre in kurzen, eiligen Zügen rauchend, hörte er zu.

»Vor allem, Onkel«, sagte K., »handelt es sich gar nicht um einen Prozeß vor dem gewöhnlichen Gericht.« »Das ist schlimm«, sagte der Onkel. »Wie?« sagte K. und sah den Onkel an. »Daß das schlimm ist, meine ich«, wiederholte der Onkel. Sie standen auf der Freitreppe, die zur Straße führte; da der Portier zu horchen schien, zog K. den Onkel hinunter; der lebhafte Straßenverkehr nahm sie auf. Der Onkel, der sich in K. eingehängt hatte, fragte nicht mehr so dringend nach dem Prozeß, sie gingen sogar eine Zeitlang schweigend weiter. »Wie ist es aber geschehen?« fragte endlich der Onkel, so plötzlich stehenbleibend, daß die hinter ihm gehenden Leute erschreckt auswichen. »Solche Dinge kommen doch nicht plötzlich, sie bereiten sich seit langem vor, es müssen Anzeichen dessen gewesen sein, warum hast du mir nicht geschrieben? Du weißt, daß ich für dich alles tue, ich bin ja gewissermaßen noch dein Vormund und war bis heute stolz darauf. Ich werde dir natürlich auch jetzt noch helfen, nur ist es jetzt, wenn der Prozeß schon im Gange ist, sehr schwer. Am besten wäre es jedenfalls, wenn du dir jetzt einen kleinen Urlaub nimmst und zu uns aufs Land kommst.

Du bist auch ein wenig abgemagert, jetzt merke ich es. Auf dem Land wirst du dich kräftigen, das wird gut sein, es stehen dir ja gewiß Anstrengungen bevor. Außerdem aber wirst du dadurch dem Gericht gewissermaßen entzogen sein. Hier haben sie alle möglichen Machtmittel, die sie notwendigerweise automatisch auch dir gegenüber anwenden; auf das Land müßten sie aber erst Organe delegieren oder nur brieflich, telegrafisch, telefonisch auf dich einzuwirken suchen. Das schwächt natürlich die Wirkung ab, befreit dich zwar nicht, aber läßt dich aufatmen.« »Sie könnten mir ja verbieten, wegzufahren«, sagte K., den die Rede des Onkels ein wenig in ihren Gedankengang gezogen hatte. »Ich glaube nicht, daß sie das tun werden«, sagte der Onkel nachdenklich, »so groß ist der Verlust an Macht nicht, den sie durch deine Abreise erleiden.« »Ich dachte«, sagte K. und faßte den Onkel unterm Arm, um ihn am Stehenbleiben hindern zu können, »daß du dem Ganzen noch weniger Bedeutung beimessen würdest als ich, und jetzt nimmst du es selbst so schwer.« »Josef«, rief der Onkel und wollte sich ihm entwinden, um stehenbleiben zu können, aber K. ließ ihn nicht, »du bist verwandelt, du hattest doch immer ein so richtiges Auffassungsvermögen, und gerade jetzt verläßt es dich? Willst du denn den Prozeß verlieren? Weißt du, was das bedeutet? Das bedeutet, daß du einfach gestrichen wirst. Und daß die ganze Verwandtschaft mitgerissen oder wenigstens bis auf den Boden gedemütigt wird. Josef, nimm dich doch zusammen. Deine Gleichgültigkeit bringt mich um den Verstand. Wenn man dich ansieht, möchte man fast dem Sprichwort glauben: ›Einen solchen Prozeß haben, heißt ihn schon verloren haben‹.«

»Lieber Onkel«, sagte K., »die Aufregung ist so unnütz, sie ist es auf deiner Seite und wäre es auch auf meiner. Mit Aufregung gewinnt man die Prozesse nicht, laß auch meine praktischen Erfahrungen ein wenig gelten, so wie ich deine, selbst wenn sie mich überraschen, immer und auch jetzt sehr achte. Da du sagst, daß auch die Familie durch den Prozeß in Mitleidenschaft gezogen würde – was ich für meinen Teil durchaus nicht begreifen kann, das ist aber Nebensache –, so will ich dir gerne in allem folgen. Nur den Landaufenthalt halte ich selbst in deinem Sinne nicht für vorteilhaft, denn das würde Flucht und Schuldbewußtsein bedeuten. Überdies bin ich hier zwar mehr verfolgt, kann aber auch selbst die Sache mehr betreiben.« »Richtig«, sagte der Onkel in einem Ton, als kämen sie jetzt endlich einander näher, »ich machte den Vorschlag nur, weil ich, wenn du hier bliebst, die Sache von deiner Gleichgültigkeit gefährdet sah und es für besser hielt, wenn ich statt deiner für dich arbeitete. Willst du es aber mit aller Kraft selbst betreiben, so ist es natürlich weit besser.« »Darin wären wir also einig«, sagte K. »Und hast du jetzt einen Vorschlag dafür, was ich zunächst machen soll?« »Ich muß mir natürlich die Sache noch überlegen«, sagte der Onkel, »du mußt bedenken, daß ich jetzt schon zwanzig Jahre fast ununterbrochen auf dem Lande bin, dabei läßt der Spürsinn in diesen Richtungen nach. Verschiedene wichtige Verbindungen mit Persönlichkeiten, die sich hier vielleicht besser auskennen, haben sich von selbst gelockert. Ich bin auf dem Land ein wenig verlassen, das weißt du ja. Selbst merkt man es eigentlich erst bei solchen Gelegenheiten. Zum Teil kam mir deine Sache auch unerwartet, wenn ich auch merkwürdigerweise nach Ernas Brief schon etwas Derartiges ahnte und es heute bei deinem Anblick fast mit Bestimmtheit wußte. Aber das ist gleichgültig, das Wichtigste ist jetzt, keine Zeit zu verlieren.« Schon während seiner Rede hatte er, auf den Fußspitzen stehend, einem Automobil gewinkt und zog jetzt, während er gleichzeitig dem Wagenlenker eine Adresse zurief, K. hinter sich in den Wagen. »Wir fahren jetzt zum Advokaten Huld«, sagte er, »er war mein Schulkollege. Du kennst den Namen gewiß auch? Nicht? Das ist aber merkwürdig. Er hat doch als Verteidiger und Armenadvokat einen bedeutenden Ruf. Ich aber habe besonders zu ihm als Menschen großes Vertrauen.« »Mir ist alles recht, was du unternimmst«, sagte K., obwohl ihm die eilige und dringliche Art, mit der der Onkel die Angelegenheit behandelte, Unbehagen verursachte. Es war nicht sehr erfreulich, als Angeklagter zu einem Armenadvokaten zu fahren. »Ich wußte nicht«, sagte er, »daß man in einer solchen Sache auch einen Advokaten zuziehen könne.« »Aber natürlich«, sagte der Onkel, »das ist ja selbstverständlich. Warum denn nicht? Und nun erzähle mir, damit ich über die Sache genau unterrichtet bin, alles, was bisher geschehen ist.« K. begann sofort zu erzählen, ohne irgend etwas zu verschweigen, seine vollständige Offenheit war der einzige Protest, den er sich gegen des Onkels Ansicht, der Prozeß sei eine große Schande, erlauben konnte. Fräulein Bürstners Namen erwähnte er nur einmal und flüchtig, aber das beeinträchtigte nicht die Offenheit, denn Fräulein Bürstner stand mit dem Prozeß in keiner Verbindung. Während er erzählte, sah er aus dem Fenster und beobachtete, wie sie sich gerade jener Vorstadt näherten, in der die Gerichtskanzleien waren, er machte den Onkel darauf aufmerksam, der aber das Zusammentreffen nicht besonders auffallend fand. Der Wagen hielt vor einem dunklen Haus. Der Onkel läutete gleich im Parterre bei der ersten Tür; während sie warteten, fletschte er lächelnd seine großen Zähne und flüsterte: »Acht Uhr, eine ungewöhnliche Zeit für Parteienbesuche. Huld nimmt es mir aber nicht übel.« Im Guckfenster der Tür erschienen zwei große, schwarze Augen, sahen ein Weilchen die zwei Gäste an und verschwanden; die Tür öffnete sich aber nicht. Der Onkel und K. bestätigten einander gegenseitig die Tatsache, die zwei Augen gesehen zu haben. »Ein neues Stubenmädchen, das sich vor Fremden fürchtet«, sagte der Onkel und klopfte nochmals. Wieder erschienen die Augen, man konnte sie jetzt fast für traurig halten, vielleicht war das aber auch nur eine Täuschung, hervorgerufen durch die offene Gasflamme, die nahe über den Köpfen stark zischend brannte, aber wenig Licht gab. »Öffnen Sie«, rief der Onkel und hieb mit der Faust gegen die Tür, »es sind Freunde des Herrn Advokaten!« »Der Herr Advokat ist krank«, flüsterte es hinter ihnen. In einer Tür am andern Ende des kleinen Ganges stand ein Herr im Schlafrock und machte mit äußerst leiser Stimme diese Mitteilung. Der Onkel, der schon wegen des langen Wartens wütend war, wandte sich mit einem Ruck um, rief: »Krank? Sie sagen, er ist krank?« und ging fast drohend, als sei der Herr die Krankheit, auf ihn zu. »Man hat schon geöffnet«, sagte der Herr, zeigte auf die Tür des Advokaten, raffte seinen Schlafrock zusammen und verschwand. Die Tür war wirklich geöffnet worden, ein junges Mädchen – K. erkannte die dunklen, ein wenig hervorgewälzten Augen wieder – stand in langer, weißer Schürze im Vorzimmer und hielt eine Kerze in der

Hand. »Nächstens öffnen Sie früher!« sagte der Onkel statt einer Begrüßung, während das Mädchen einen kleinen Knicks machte. »Komm, Josef«, sagte er dann zu K., der sich langsam an dem Mädchen vorüberschob. »Der Herr Advokat ist krank«, sagte das Mädchen, da der Onkel, ohne sich aufzuhalten, auf eine Tür zueilte. K. staunte das Mädchen noch an, während es sich schon umgedreht hatte, um die Wohnungstür wieder zu versperren, es hatte ein puppenförmiges gerundetes Gesicht, nicht nur die bleichen Wangen und das Kinn verliefen rund, auch die Schläfen und die Stirnränder. »Josef!« rief der Onkel wieder, und das Mädchen fragte er: »Es ist das Herzleiden?« »Ich glaube wohl«, sagte das Mädchen, es hatte Zeit gefunden, mit der Kerze voranzugehen und die Zimmertür zu öffnen. In einem Winkel des Zimmers, wohin das Kerzenlicht noch nicht drang, erhob sich im Bett ein Gesicht mit langem Bart. »Leni, wer kommt denn?« fragte der Advokat, der, durch die Kerze geblendet, die Gäste nicht erkannte. »Albert, dein alter Freund ist es«, sagte der Onkel. »Ach, Albert«, sagte der Advokat und ließ sich auf die Kissen zurückfallen, als bedürfe es diesem Besuch gegenüber keiner Verstellung. »Steht es wirklich so schlecht?« fragte der Onkel und setzte sich auf den Bettrand. »Ich glaube es nicht. Es ist ein Anfall deines Herzleidens und wird vorübergehen wie die früheren.« »Möglich«, sagte der Advokat leise, »es ist aber ärger, als es jemals gewesen ist. Ich atme schwer, schlafe gar nicht und verliere täglich an Kraft.« »So«, sagte der Onkel und drückte den Panamahut mit seiner großen Hand fest aufs Knie. »Das sind schlechte Nachrichten. Hast du übrigens die richtige Pflege? Es ist auch so traurig hier, so dunkel. Es ist schon lange her, seit ich zum letztenmal hier war, damals schien es mit freundlicher. Auch dein kleines Fräulein hier scheint nicht sehr lustig, oder sie verstellt sich.« Das Mädchen stand noch immer mit der Kerze nahe bei der Tür; soweit ihr unbestimmter Blick erkennen ließ, sah sie eher K. an als den Onkel, selbst als dieser jetzt von ihr sprach. K. lehnte an einem Sessel, den er in die Nähe des Mädchens geschoben hatte. »Wenn man so krank ist wie ich«, sagte der Advokat, »muß man Ruhe haben. Mir ist es nicht traurig.« Nach einer kleinen Pause fügte er hinzu: »Und Leni pflegt mich gut, sie ist brav.« Den Onkel konnte das aber nicht überzeugen, er war sichtlich gegen die Pflegerin voreingenommen, und wenn er auch dem Kranken nichts entgegnete, so verfolgte er doch die Pflegerin mit strengen Blicken, als sie jetzt zum Bett hinging, die Kerze auf das Nachttischchen stellte, sich über den Kranken hinbeugte und beim Ordnen der Kissen mit ihm flüsterte. Er vergaß fast die Rücksicht auf den Kranken, stand auf, ging hinter der Pflegerin hin und her, und K. hätte es nicht gewundert, wenn er sie hinten an den Rökken erfaßt und vom Bett fortgezogen hätte. K. selbst sah allem ruhig zu, die Krankheit des Advokaten war ihm sogar nicht ganz unwillkommen, dem Eifer, den der Onkel für seine Sache entwickelt hatte, hatte er sich nicht entgegenstellen können, die Ablenkung, die dieser Eifer jetzt ohne sein Zutun erfuhr, nahm er gerne hin. Da sagte der Onkel, vielleicht nur in der Absicht, die Pflegerin zu beleidigen: »Fräulein, bitte, lassen Sie uns ein Weilchen allein, ich habe mit meinem Freund eine persönliche Angelegenheit zu besprechen.« Die Pflegerin, die noch weit über den Kranken hingebeugt war und gerade das Leintuch an der Wand glättete, wendete nur den Kopf und sagte sehr ruhig, was einen auffallenden Unterschied zu den vor Wut stockenden und dann wieder überfließenden Reden des Onkels bildete: »Sie sehen, der Herr ist so krank, er kann keine Angelegenheiten besprechen.« Sie hatte die Worte des Onkels wahrscheinlich nur aus Bequemlichkeit wiederholt, immerhin konnte es selbst von einem Unbeteiligten als spöttisch aufgefaßt werden, der Onkel aber fuhr natürlich wie ein Gestochener auf. »Du Verdammte«, sagte er im ersten Gurgeln der Aufregung noch ziemlich unverständlich, K. erschrak, obwohl er etwas Ähnliches erwartet hatte, und lief auf den Onkel zu, mit der bestimmten Absicht, ihm mit beiden Händen den Mund zu schließen. Glücklicherweise erhob sich aber hinter dem Mädchen der Kranke. Der Onkel machte ein finsteres Gesicht, als schlucke er etwas Abscheuliches hinunter, und sagte dann ruhiger: »Wir haben natürlich auch noch den Verstand nicht verloren; wäre das, was ich verlange, nicht möglich, würde ich es nicht verlangen. Bitte, gehen Sie jetzt!« Die Pflegerin stand aufgerichtet am Bett, dem Onkel voll zugewendet, mit der einen Hand streichelte sie, wie K. zu bemerken glaubte, die Hand des Advokaten. »Du kannst vor Leni alles sagen«, sagte der Kranke, zweifellos im Ton einer dringenden Bitte. »Es betrifft mich nicht«, sagte der Onkel, »es ist nicht mein Geheimnis.« Und er drehte sich um, als gedenke er in keine Verhandlungen mehr einzugehen, gebe aber noch eine kleine Bedenkzeit. »Wen betrifft es denn?« fragte der Advokat mit erlöschender Stimme und legte sich wieder zurück. »Meinen Neffen«, sagte der Onkel, »ich habe ihn auch mitgebracht.« Und er stellte vor: »Prokurist Josef K.« »Oh«, sagte der Kranke viel lebhafter und streckte K. die Hand entgegen, »verzeihen Sie, ich habe Sie gar nicht bemerkt. Geh, Leni«, sagte er dann zu der Pflegerin, die sich auch gar nicht mehr wehrte, und reichte ihr die Hand, als gelte es einen Abschied für lange Zeit. »Du bist also«, sagte er endlich zum Onkel, der, auch versöhnt, nähergetreten war, »nicht gekommen, mir einen Krankenbesuch zu machen, sondern du kommst in Geschäften.« Es war, als hätte die Vorstellung eines Krankenbesuchs den Advokaten bisher gelähmt, so gekräftigt sah er jetzt aus, blieb ständig auf einem Ellbogen aufgestützt, was ziemlich anstrengend sein mußte, und zog immer wieder an einem Bartstrahn in der Mitte seines Bartes. »Du siehst schon viel gesünder aus«, sagte der Onkel, »seit diese Hexe draußen ist.« Er unterbrach sich, flüsterte: »Ich wette, daß sie horcht!« und er sprang zur Tür. Aber hinter der Tür war niemand, der Onkel kam zurück, nicht enttäuscht, denn ihr Nichthorchen erschien ihm als eine noch größere Bosheit, wohl aber verbittert: »Du verkennst sie«, sagte der Advokat, ohne die Pflegerin weiter in Schutz zu nehmen; vielleicht wollte er damit ausdrücken, daß sie nicht schutzbedürftig sei. Aber in viel teilnehmenderem Tone fuhr er fort: »Was die Angelegenheit deines Herrn Neffen betrifft, so würde ich mich allerdings glücklich schätzen, wenn meine Kraft für diese äußerst schwierige Aufgabe ausreichen könnte; ich fürchte sehr, daß sie nicht ausreichen wird, jedenfalls will ich nichts unversucht lassen; wenn ich nicht ausreiche, könnte man ja noch jemanden anderen beiziehen. Um aufrichtig zu sein, interessiert mich die Sache zu sehr, als daß ich es über mich bringen könnte, auf jede Beteiligung zu verzichten. Hält es mein Herz nicht aus, so wird es doch wenigstens hier eine würdige Gelegenheit finden, gänzlich zu versagen.« K. glaubte, kein Wort dieser ganzen Rede zu verstehen, er sah den Onkel an, um dort eine Erklärung zu finden, aber dieser saß, mit der Kerze in der Hand, auf dem Nachttischchen, von dem bereits eine Arzneimittelflasche auf den Teppich gerollt war, nickte zu allem, was der Advokat sagte, war mit allem einverstanden und sah hie und da auf K. mit der Aufforderung zu gleichem Einverständnis hin. Hatte vielleicht der Onkel schon früher dem Advokaten von dem Prozeß erzählt? Aber das war unmöglich, alles, was vorhergegangen war, sprach dagegen. »Ich verstehe nicht –«, sagte er deshalb. »Ja, habe vielleicht ich Sie mißverstanden?« fragte der Advokat ebenso erstaunt und verlegen wie K. »Ich war vielleicht voreilig. Worüber wollten Sie denn mit mir sprechen? Ich dachte, es handle sich um Ihren Prozeß?« »Natürlich«, sagte der Onkel und fragte dann K.: »Was willst du denn?« »Ja, aber woher wissen Sie denn etwas über mich und meinen Prozeß?« fragte K. »Ach so«, sagte der Advokat lächelnd, »ich bin doch Advokat, ich verkehre in Gerichtskreisen, man spricht über verschiedene Prozesse, und auffallendere, besonders wenn es den Neffen eines Freundes betrifft, behält man im Gedächtnis. Das ist doch nichts Merkwürdiges.« »Was willst du denn?« fragte der Onkel K. nochmals. »Du bist so unruhig.« »Sie verkehren in diesen Gerichtskreisen?« fragte K. »Ja«, sagte der Advokat. »Du fragst wie ein Kind«, sagte der Onkel. »Mit wem sollte ich denn verkehren, wenn nicht mit Leuten meines Faches?« fügte der Advokat hinzu. Es klang so unwiderleglich, daß K. gar nicht antwortete. »Sie arbeiten doch bei dem Gericht im Justizpalast, und nicht bei dem auf dem Dachboden«, hatte er sagen wollen, konnte sich aber nicht überwinden, es wirklich zu sagen. »Sie müssen doch bedenken«, fuhr der Advokat fort, in einem Tone, als erkläre er etwas Selbstverständliches überflüssigerweise und nebenbei, »Sie müssen doch bedenken, daß ich aus einem solchen Verkehr auch große Vorteile für meine Klientel ziehe, und zwar in vielfacher Hinsicht, man darf nicht einmal immer davon reden. Natürlich bin ich jetzt infolge meiner Krankheit ein wenig behindert, aber ich bekomme trotzdem Besuch von guten Freunden vom Gericht und erfahre doch einiges. Erfahre vielleicht mehr als manche, die in bester Gesundheit den ganzen Tag bei Gericht verbringen. So habe ich zum Beispiel gerade jetzt einen lieben Besuch.« Und er zeigte in eine dunkle Zimmerecke. »Wo denn?« fragte K. in der ersten Überraschung fast grob. Er sah unsicher herum; das Licht der kleinen Kerze drang bis zur gegenüberliegenden Wand bei weitem nicht. Und wirklich begann sich dort in der Ecke etwas zu rühren. Im Licht der Kerze, die der Onkel jetzt hochhielt, sah man dort, bei einem kleinen Tischchen, einen älteren Herrn sitzen. Er hatte wohl gar nicht geatmet, daß er so lange unbemerkt geblieben war. Jetzt stand er umständlich auf, offenbar unzufrieden damit, daß man auf ihn aufmerksam gemacht hatte. Es war, als wolle er mit den Händen, die er wie kurze Flügel bewegte, alle Vorstellungen und Begrüßungen abwehren, als wolle er auf keinen Fall die anderen durch seine Anwesenheit stören und als bitte er dringend wieder um die Versetzung ins Dunkel und um das Vergessen seiner Anwesenheit. Das konnte man ihm nun aber nicht mehr zugestehen. »Ihr habt uns nämlich überrascht«, sagte der Advokat zur Erklärung und winkte dabei dem Herrn aufmunternd zu, näherzukommen, was dieser langsam, zögernd herumblickend und doch mit einer gewissen Würde tat, »der Herr Kanzleidirektor – ach so, Verzeihung, ich habe nicht vorgestellt – hier mein Freund Albert K., hier sein Neffe, Prokurist Josef K., und hier der Herr Kanzleidirektor – der Herr Kanzleidirektor also war so freundlich, mich zu besuchen. Den Wert eines solchen Besuches kann eigentlich nur der Eingeweihte würdigen, welcher weiß, wie der Herr Kanzleidirektor mit Arbeit überhäuft ist. Nun, er kam aber trotzdem, wir unterhielten uns friedlich, soweit meine Schwäche es erlaubte, wir hatten zwar Leni nicht verboten, Besuche einzulassen, denn es waren keine zu erwarten, aber unsere Meinung war doch, daß wir allein bleiben sollten, dann aber kamen deine Fausthiebe, Albert, der Herr Kanzleidirektor rückte mit Sessel und Tisch in den Winkel, nun aber zeigt sich, daß wir möglicherweise, das heißt, wenn der Wunsch danach besteht, eine gemeinsame Angelegenheit zu besprechen haben und sehr gut wieder zusammenrücken können. – Herr Kanzleidirektor«, sagte er mit Kopfneigen und unterwürfigem Lächeln und zeigte auf einen Lehnstuhl in der Nähe des Bettes. »Ich kann leider nur noch ein paar Minuten bleiben«, sagte der Kanzleidirektor freundlich, setzte sich breit in den Lehnstuhl und sah auf die Uhr, »die Geschäfte rufen mich. Jedenfalls will ich nicht die Gelegenheit vorübergehen lassen, einen Freund meines Freundes kennenzulernen.« Er neigte den Kopf leicht gegen den Onkel, der von der neuen Bekanntschaft sehr befriedigt schien, aber infolge seiner Natur Gefühle der Ergebenheit nicht ausdrücken konnte und die Worte des Kanzleidirektors mit verlegenem, aber lautem Lachen begleitete. Ein häßlicher Anblick! K. konnte ruhig alles beobachten, denn um ihn kümmerte sich niemand, der Kanzleidirektor nahm, wie es seine Gewohnheit schien, da er nun schon einmal hervorgezogen war, die Herrschaft über das Gespräch an sich, der Advokat, dessen erste Schwäche vielleicht nur dazu hatte dienen sollen, den neuen Besuch zu vertreiben, hörte aufmerksam, die Hand am Ohre zu, der Onkel als Kerzenträger – er balancierte die Kerze auf seinem Schenkel, der Advokat sah öfter besorgt hin – war bald frei von Verlegenheit und nur noch entzückt, sowohl von der Art der Rede des Kanzleidirektors als auch von den sanften, wellenförmigen Handbewegungen, mit denen er sie begleitete. K., der am Bettpfosten lehnte, wurde vom Kanzleidirektor vielleicht sogar mit Absicht vollständig vernachlässigt und diente den alten Herren nur als Zuhörer. Übrigens wußte er kaum, wovon die Rede war und dachte bald an die Pflegerin und an die schlechte Behandlung, die sie vom Onkel erfahren hatte, bald daran, ob er den Kanzleidirektor nicht schon einmal gesehen hatte, vielleicht sogar in der Versammlung bei seiner ersten Untersuchung. Wenn er sich auch vielleicht täuschte, so hätte sich doch der Kanzleidirektor den Versammlungsteilnehmern in der ersten Reihe, den alten Herren mit den schütteren Bärten, vorzüglich eingefügt.

Da ließ ein Lärm aus dem Vorzimmer, wie von zerbrechendem Porzellan, alle aufhorchen. »Ich will nachsehen, was geschehen ist«, sagte K. und ging langsam hinaus, als gebe er den anderen noch Gelegenheit, ihn zurückzuhalten. Kaum war er ins Vorzimmer getreten und wollte sich im Dunkel zurechtfinden, als sich auf die Hand, mit der er die Tür noch festhielt, eine kleine Hand legte, viel kleiner als K.s Hand, und die Tür leise schloß. Es war die Pflegerin, die hier gewartet hatte. »Es ist nichts geschehen«, flüsterte sie, »ich habe nur einen Teller gegen die Mauer geworfen, um Sie herauszuholen.« In seiner Befangenheit sagte K.: »Ich habe auch an Sie gedacht.« »Desto besser«, sagte die Pflegerin, »kommen Sie.« Nach ein paar Schritten kamen sie zu einer Tür aus mattem Glas, welche die Pflegerin vor K. öffnete. »Treten Sie doch ein«, sagte sie. Es war jedenfalls das Arbeitszimmer des Advokaten; soweit man im Mondlicht sehen konnte, das jetzt nur einen kleinen, viereckigen Teil des Fußbodens an jedem der drei großen Fenster erhellte, war es mit schweren, alten Möbelstücken ausgestattet. »Hierher«, sagte die Pflegerin und zeigte auf eine dunkle Truhe mit holzgeschnitzter Lehne. Noch als er sich gesetzt hatte, sah sich K. im Zimmer um, es war ein hohes, großes Zimmer, die Kundschaft des Armenadvokaten mußte sich hier verloren vorkommen. K. glaubte, die kleinen Schritte zu sehen, mit denen die Besucher zu dem gewaltigen Schreibtisch vorrückten. Dann aber vergaß er dies und hatte nur noch Augen für die Pflegerin, die ganz nahe neben ihm saß und ihn fast an die Seitenlehne drückte. »Ich dachte«, sagte sie, »Sie würden von selbst zu mir herauskommen, ohne daß ich Sie erst rufen müßte. Es war doch merkwürdig. Zuerst sahen Sie mich gleich beim Eintritt ununterbrochen an und dann ließen Sie mich warten. Nennen Sie mich übrigens Leni«, fügte sie noch rasch und unvermittelt zu, als solle kein Augenblick dieser Aussprache versäumt werden. »Gern«, sagte K., »was aber die Merkwürdigkeit betrifft, Leni, so ist sie leicht zu erklären. Erstens mußte ich doch das Geschwätz der alten Herren anhören und konnte nicht grundlos weglaufen, zweitens aber bin ich nicht frech, sondern eher schüchtern, und auch Sie, Leni, sahen wahrhaftig nicht so aus, als ob Sie in einem Sprung zu gewinnen wären.« »Das ist es nicht«, sagte Leni, legte den Arm über die Lehne und sah K. an, »aber ich gefiel Ihnen nicht und gefalle Ihnen auch wahrscheinlich jetzt nicht.« »Gefallen wäre ja nicht viel«, sagte K. ausweichend. »Oh!« sagte sie lächelnd und gewann durch K.s Bemerkung und diesen kleinen Ausruf eine gewisse Überlegenheit. Deshalb schwieg K. ein Weilchen. Da er sich an das Dunkel im Zimmer schon gewöhnt hatte, konnte er verschiedene Einzelheiten der Einrichtung unterscheiden. Besonders fiel ihm ein großes Bild auf, das rechts von der Tür hing, er beugte sich vor, um es besser zu sehen. Es stellte einen Mann im Richtertalar dar; er saß auf einem hohen Thronsessel, dessen Vergoldung vielfach aus dem Bilde hervorstach. Das Ungewöhnliche war, daß dieser Richter nicht in Ruhe und Würde dort saß, sondern den linken Arm fest an Rücken- und Seitenlehne drückte, den rechten Arm aber völlig frei hatte und nur mit der Hand die Seitenlehne umfaßte, als wolle er im nächsten Augenblick mit einer heftigen und vielleicht empörten Wendung aufspringen, um etwas Entscheidendes zu sagen oder gar das Urteil zu verkünden. Der Angeklagte war wohl zu Füßen der Treppe zu denken, deren oberste, mit einem gelben Teppich bedeckte Stufen noch auf dem Bilde zu sehen waren. »Vielleicht ist das mein Richter«, sagte K. und zeigte mit einem Finger auf das Bild. »Ich kenne ihn«, sagte Leni und sah auch zum Bilde auf, »er kommt öfters hierher. Das Bild stammt aus seiner Jugend, er kann aber niemals dem Bilde auch nur ähnlich gewesen sein, denn er ist fast winzig klein. Trotzdem hat er sich auf dem Bild so in die Länge ziehen lassen, denn er ist unsinnig eitel, wie alle hier. Aber auch ich bin eitel und sehr unzufrieden damit, daß ich Ihnen gar nicht gefalle.« Auf die letzte Bemerkung antwortete K. nur damit, daß er Leni umfaßte und an sich zog, sie lehnte still den Kopf an seine Schulter. Zu dem Übrigen aber sagte er: »Was für einen Rang hat er?« »Er ist Untersuchungsrichter«, sagte sie, ergriff K.s Hand, mit der er sie umfaßt hielt, und spielte mit seinen Fingern. »Wieder nur Untersuchungsrichter«, sagte K. enttäuscht, »die hohen Beamten verstecken sich. Aber er sitzt doch auf einem Thronsessel.« »Das ist alles Erfindung«, sagte Leni, das Gesicht über K.s Hand gebeugt, »in Wirklichkeit sitzt er auf einem Küchensessel, auf dem eine alte Pferdedecke zusammengelegt ist. Aber müssen Sie denn immerfort an Ihren Prozeß denken?« fügte sie langsam hinzu. »Nein, durchaus nicht«, sagte K., »ich denke wahrscheinlich sogar zu wenig an ihn.« »Das ist nicht der Fehler, den Sie machen«, sagte Leni, »Sie sind zu unnachgiebig, so habe ich es gehört.« »Wer hat das gesagt?« fragte K., er fühlte ihren Körper an seiner Brust und sah auf ihr reiches, dunkles, fest gedrehtes Haar hinab. »Ich würde zuviel verraten, wenn ich das sagte«, antwortete Leni. »Fragen Sie, bitte, nicht nach Namen, stellen Sie aber Ihren Fehler ab, seien Sie nicht mehr so unnachgiebig, gegen dieses Gericht kann man sich ja nicht wehren, man muß das Geständnis machen. Machen Sie doch bei nächster Gelegenheit das Geständnis. Erst dann ist die Möglichkeit zu entschlüpfen gegeben, erst dann. Jedoch selbst das ist ohne fremde Hilfe nicht möglich, wegen dieser Hilfe aber müssen Sie sich nicht ängstigen, die will ich Ihnen selbst leisten.« »Sie verstehen viel von diesem Gericht und von den Betrügereien, die hier nötig sind«, sagte K. und hob sie, da sie sich allzu stark an ihn drängte, auf seinen Schoß. »So ist es gut«, sagte sie und richtete sich auf seinem Schoß ein, indem sie den Rock glättete und die Bluse zurechtzog. Dann hing sie sich mit beiden Händen an seinen Hals, lehnte sich zurück und sah ihn lange an. »Und wenn ich das Geständnis nicht mache, dann können Sie mir nicht helfen?« fragte K. versuchsweise. Ich werbe Helferinnen, dachte er fast verwundert, zuerst Fräulein Bürstner, dann die Frau des Gerichtsdieners und endlich diese kleine Pflegerin, die ein unbegreifliches Bedürfnis nach mir zu haben scheint. Wie sie auf meinem Schoß sitzt, als sei es ihr einzig richtiger Platz! »Nein«, antwortete Leni und schüttelte langsam den Kopf, »dann kann ich Ihnen nicht helfen. Aber Sie wollen ja meine Hilfe gar nicht, es liegt Ihnen nichts daran, Sie sind eigensinnig und lassen sich nicht überzeugen.« »Haben Sie eine Geliebte?« fragte sie nach einem Weilchen. »Nein«, sagte K. »Oh doch«, sagte sie. »Ja wirklich«, sagte K., »denken Sie nur, ich habe sie verleugnet und trage doch sogar ihre Fotografie bei mir.« Auf ihre Bitten zeigte er ihr eine Fotografie Elsas, zusammengekrümmt auf seinem Schoß, studierte sie das Bild. Es war eine Momentfotografie. Elsa war nach einem Wirbeltanz aufgenommen, wie sie ihn in dem Weinlokal gern tanzte, ihr Rock flog noch im Faltenwurf der Drehung um sie her, die Hände hatte sie auf die festen Hüften gelegt und sah mit straffem Hals lachend zur Seite; wem ihr Lachen galt, konnte man aus dem Bild nicht erkennen. »Sie ist stark geschnürt«, sagte Leni und zeigte auf die Stelle, wo dies ihrer Meinung nach zu sehen war. »Sie gefällt mir nicht, sie ist unbeholfen und roh. Vielleicht ist sie aber Ihnen gegenüber sanft und freundlich, darauf könnte man nach dem Bilde schließen. So große, starke Mädchen wissen oft nichts anderes, als sanft und freundlich zu sein. Würde sie sich aber für Sie opfern können?« »Nein«, sagte K., »sie ist weder sanft und freundlich, noch würde sie sich für mich opfern können. Auch habe ich bisher weder das eine noch das andere von ihr verlangt, ja, ich habe noch nicht einmal das Bild so genau angesehen wie Sie.« »Es liegt Ihnen also gar nicht viel an ihr«, sagte Leni, »sie ist also gar nicht Ihre Geliebte.« »Doch«, sagte K. »Ich nehme mein Wort nicht zurück.« »Mag sie also jetzt Ihre Geliebte sein«, sagte Leni, »Sie würden sie aber nicht sehr vermissen, wenn Sie sie verlören oder für jemand anderen, zum Beispiel für mich, eintauschten.« »Gewiß«, sagte K. lächelnd, »das wäre denkbar, aber sie hat einen großen Vorteil Ihnen gegenüber, sie weiß nichts von meinem Prozeß, und selbst wenn sie etwas davon wüßte, würde sie nicht daran denken. Sie würde mich nicht zur Nachgiebigkeit zu überreden suchen.« »Das ist kein Vorteil«, sagte Leni. »Wenn sie keine sonstigen Vorteile hat, verliere ich nicht den Mut. Hat sie irgendeinen körperlichen Fehler?« »Einen körperlichen Fehler?« fragte K. »Ja«, sagte Leni, »ich habe nämlich einen solchen kleinen Fehler, sehen Sie.« Sie spannte den Mittel- und Ringfinger ihrer rechten Hand auseinander, zwischen denen das Verbindungshäutchen fast bis zum obersten Gelenk der kurzen Finger reichte. K. merkte im Dunkel nicht gleich, was sie ihm zeigen wollte, sie führte deshalb seine Hand hin, damit er es abtaste. »Was für ein Naturspiel«, sagte K. und fügte, als er die ganze Hand überblickt hatte, hinzu: »Was für eine hübsche Kralle«. Mit einer Art Stolz sah Leni zu, wie K. staunend immer wieder ihre zwei Finger auseinanderzog und zusammenlegte, bis er sie schließlich flüchtig küßte und losließ. »Oh!« rief sie aber sofort, »Sie haben mich geküßt!« Eilig, mit offenem Mund erkletterte sie mit den Knien seinen Schoß. K. sah fast bestürzt zu ihr auf. Jetzt, da sie ihm so nahe war, ging ein bitterer, aufreizender Geruch wie von Pfeffer von ihr aus, sie nahm seinen Kopf an sich, beugte sich über ihn hinweg und biß und küßte seinen Hals, biß selbst in seine Haare. »Sie haben mich eingetauscht!« rief sie von Zeit zu Zeit, »sehen Sie, nun haben Sie mich eingetauscht!« Da glitt ihr Knie aus, mit einem kleinen Schrei fiel sie fast auf den Teppich, K. umfaßte sie, um sie noch zu halten, und wurde zu ihr hinabgezogen. »Jetzt gehörst du mir«, sagte sie.

»Hier hast du den Hausschlüssel, komm, wann du willst«, waren ihre letzten Worte, und ein zielloser Kuß traf ihn noch im Weggehen auf den Rücken. Als er aus dem Haustor trat, fiel ein leichter Regen, er wollte in die Mitte der Straße gehen, um vielleicht Leni noch beim Fenster erblicken zu können, da stürzte aus einem Automobil, das vor dem Hause wartete und das K. in seiner Zerstreutheit gar nicht bemerkt hatte, der Onkel, faßte ihn bei den Armen und stieß ihn gegen das Haustor, als wolle er ihn dort festnageln. »Junge«, rief er, »wie konntest du nur das tun! Du hast deiner Sache, die auf gutem Wege war, schrecklich geschadet. Verkriechst dich mit einem kleinen, schmutzigen Ding, das überdies offensichtlich die Geliebte des Advokaten ist, und bleibst stundenlang weg. Suchst nicht einmal einen Vorwand, verheimlichst nichts, nein, bist ganz offen, läufst zu ihr und bleibst bei ihr. Und unterdessen sitzen wir beisammen, der Onkel, der sich für dich abmüht, der Advokat, der für dich gewonnen werden soll, der Kanzleidirektor vor allem, dieser große Herr, der deine Sache in ihrem jetzigen Stadium geradezu beherrscht. Wir wollen beraten, wie dir zu helfen wäre, ich muß den Advokaten vorsichtig behandeln, dieser wieder den Kanzleidirektor, und du hättest doch allen Grund, mich wenigstens zu unterstützen. Statt dessen bleibst du fort. Schließlich läßt es sich nicht verheimlichen, nun, es sind höfliche, gewandte Männer, sie sprechen nicht davon, sie schonen mich, schließlich können aber auch sie sich nicht mehr überwinden, und da sie von der Sache nicht reden können, verstummen sie. Wir sind minutenlang schweigend dagesessen und haben gehorcht, ob du nicht doch endlich kämest. Alles vergebens. Endlich steht der Kanzleidirektor, der viel länger geblieben ist, als er ursprünglich – wollte, auf, verabschiedet sich, bedauert mich sichtlich, ohne mir helfen zu können, wartet in unbegreiflicher Liebenswürdigkeit noch eine Zeitlang in der Tür, dann geht er. Ich war natürlich glücklich, daß er weg war, mir war schon die Luft zum Atmen ausgegangen. Auf den kranken Advokaten hat alles noch stärker eingewirkt, er konnte, der gute Mann, gar nicht sprechen, als ich mich von ihm verabschiedete. Du hast wahrscheinlich zu seinem vollständigen Zusammenbrechen beigetragen und beschleunigst so den Tod eines Mannes, auf den du angewiesen bist. Und mich, deinen Onkel, läßt du hier im Regen – fühle nur, ich bin ganz durchnäßt – stundenlang warten und mich in Sorgen abquälen.«

SIEBTES KAPITEL

Advokat · Fabrikant · Maler

An einem Wintervormittag – draußen fiel Schnee im trüben Licht – saß K. trotz der frühen Stunde schon äußerst müde in seinem Büro. Um sich wenigstens vor den unteren Beamten zu schützen, hatte er dem Diener den Auftrag gegeben, niemanden von ihnen einzulassen, da er mit einer größeren Arbeit beschäftigt sei. Aber statt zu arbeiten, drehte er sich in seinem Sessel, verschob langsam einige Gegenstände auf dem Tisch, ließ dann aber, ohne es zu wissen, den ganzen Arm ausgestreckt auf der Tischplatte liegen und blieb mit gesenktem Kopf unbeweglich sitzen.

Der Gedanke an den Prozeß verließ ihn nicht mehr. Öfters schon hatte er überlegt, ob es nicht gut wäre, eine Verteidigungsschrift auszuarbeiten und bei Gericht einzureichen. Er wollte darin eine kurze Lebensbeschreibung vorlegen und bei jedem irgendwie wichtigeren Ereignis erklären, aus welchen Gründen er so gehandelt hatte, ob diese Handlungsweise nach seinem gegenwärtigen Urteil zu verwerfen oder zu billigen war und welche Gründe er für dieses oder jenes anführen konnte. Die Vorteile einer solchen Verteidigungsschrift gegenüber der bloßen Verteidigung durch den übrigens auch sonst nicht einwandfreien Advokaten waren zweifellos. K. wußte ja gar nicht, was der Advokat unternahm; viel war es jedenfalls nicht, schon einen Monat lang hatte er ihn nicht mehr zu sich berufen, und auch bei keiner der früheren Besprechungen hatte K. den Eindruck gehabt, daß dieser Mann viel für ihn erreichen könne. Vor allem hatte er ihn fast gar nicht ausgefragt. Und hier war doch so viel zu fragen. Fragen war die Hauptsache. K. hatte das Gefühl, als ob er selbst alle hier nötigen Fragen stellen könnte. Der Advokat dagegen, statt zu fragen, erzählte selbst oder saß ihm stumm gegenüber, beugte sich, wahrscheinlich wegen seines schwachen Gehörs, ein wenig über den Schreibtisch vor, zog an einer Bartsträhne innerhalb seines Bartes und blickte auf den Teppich nieder, vielleicht gerade auf die Stelle, wo K. mit Leni gelegen war. Hier und da gab er K. einige leere Ermahnungen, wie man sie Kindern gibt. Ebenso nutzlose wie langweilige Reden, die K. in der Schlußabrechnung mit keinem Heller zu bezahlen gedachte. Nachdem der Advokat ihn genügend gedemütigt zu haben glaubte, fing er gewöhnlich an, ihn wieder ein wenig aufzumuntern. Er habe schon, erzählte er dann, viele ähnliche Prozesse ganz oder teilweise gewonnen. Prozesse, die, wenn auch in Wirklichkeit vielleicht nicht so schwierig wie dieser, äußerlich noch hoffnungsloser waren. Ein Verzeichnis dieser Prozesse habe er hier in der Schublade – hierbei klopfte er an irgendeine Lade des Tisches –, die Schriften könne er leider nicht zeigen, da es sich um Amtsgeheimnisse handle. Trotzdem komme jetzt natürlich die große Erfahrung, die er durch alle diese Prozesse erworben habe, K. zugute. Er habe natürlich sofort zu arbeiten begonnen, und die erste Eingabe sei schon fast fertiggestellt. Sie sei sehr wichtig, weil der erste Eindruck, den die Verteidigung mache, oft die ganze Richtung des Verfahrens bestimme. Leider, darauf müsse er K. allerdings aufmerksam machen, geschehe es manchmal, daß die ersten Eingaben bei Gericht gar nicht gelesen würden. Man lege sie einfach zu den Akten und weise darauf hin, daß vorläufig die Einvernahme und Beobachtung des Angeklagten wichtiger sei als alles Geschriebene. Man fügt, wenn der Petent dringlich wird, hinzu, daß man vor der Entscheidung, sobald alles Material gesammelt ist, im Zusammenhang natürlich, alle Akten, also auch diese erste Eingabe, überprüfen wird. Leider sei aber auch dies meistens nicht richtig, die erste Eingabe werde gewöhnlich verlegt oder gehe gänzlich verloren, und selbst wenn sie bis zum Ende erhalten bleibt, werde sie, wie der Advokat allerdings nur gerüchtweise erfahren hat, kaum gelesen. Das alles sei bedauerlich, aber nicht ganz ohne Berechtigung. K. möge doch nicht außer acht lassen, daß das Verfahren nicht öffentlich sei, es kann, wenn das Gericht es für nötig hält, öffentlich werden, das Gesetz aber schreibt Öffentlichkeit nicht vor. Infolgedessen sind auch die Schriften des Gerichts, vor allem die Anklageschrift, dem Angeklagten und seiner Verteidigung unzugänglich, man weiß daher im allgemeinen nicht oder wenigstens nicht genau, wogegen sich die erste Eingabe zu richten hat, sie kann daher eigentlich nur zufälligerweise etwas enthalten, was für die Sache von Bedeutung ist. Wirklich zutreffende und beweisführende Eingaben kann man erst später ausarbeiten, wenn im Laufe der Einvernahmen des Angeklagten die einzelnen Anklagepunkte und ihre Begründung deutlicher hervortreten oder erraten werden können. Unter diesen Verhältnissen ist natürlich die Verteidigung in einer sehr ungünstigen und schwierigen Lage. Aber auch das ist beabsichtigt. Die Verteidigung ist nämlich durch das Gesetz nicht eigentlich gestattet, sondern nur geduldet, und selbst darüber, ob aus der betreffenden Gesetzesstelle wenigstens Duldung herausgelesen werden soll, besteht Streit. Es gibt daher strenggenommen gar keine vom Gericht anerkannten Advokaten, alle, die vor diesem Gericht als Advokaten auftreten, sind im Grunde nur Winkeladvokaten. Das wirkt natürlich auf den ganzen Stand sehr entwürdigend ein, und wenn K. nächstens einmal in die Gerichtskanzleien gehen werde, könne er sich ja, um auch das einmal gesehen zu haben, das Advokatenzimmer ansehen. Er werde vor der Gesellschaft, die dort beisammen sei, vermutlich erschrecken. Schon die ihnen zugewiesene enge, niedrige Kammer zeige die Verachtung, die das Gericht für diese Leute hat. Licht bekommt die Kammer nur durch eine kleine Luke, die so hochgelegen ist, daß man, wenn man hinausschauen will, wo einem übrigens der Rauch eines knapp davor gelegenen Kamins in die Nase fährt und das Gesicht schwärzt, erst einen Kollegen suchen muß, der einen auf den Rücken nimmt. Im Fußboden dieser Kammer – um nur noch ein Beispiel für diese Zustände anzuführen – ist nun schon seit mehr als einem Jahr ein Loch, nicht so groß, daß ein Mensch durchfallen könnte, aber groß genug, daß man mit einem Bein ganz einsinkt. Das Advokatenzimmer liegt auf dem zweiten Dachboden; sinkt also einer ein, so hängt das Bein in den ersten Dachboden hinunter, und zwar gerade in den Gang, wo die Parteien warten. Es ist nicht zuviel gesagt, wenn man in Advokatenkreisen solche Verhältnisse schändlich nennt. Beschwerden an die Verwaltung haben nicht den geringsten Erfolg, wohl aber ist es den Advokaten auf das strengste verboten, irgend etwas in dem Zimmer auf eigene Kosten ändern zu lassen. Aber auch diese Behandlung der Advokaten hat ihre Begründung. Man will die Verteidigung möglichst ausschalten, alles soll auf den Angeklagten selbst gestellt sein. Kein schlechter Standpunkt im Grunde, nichts wäre aber verfehlter, als daraus zu folgern, daß bei diesem Gericht die Advokaten für den Angeklagten unnötig sind. Im Gegenteil, bei keinem anderen Gericht sind sie so notwendig wie bei diesem. Das Verfahren ist nämlich im allgemeinen nicht nur vor der Öffentlichkeit geheim, sondern auch vor dem Angeklagten. Natürlich nur soweit dies möglich ist, es ist aber in sehr weitem Ausmaß möglich. Auch der Angeklagte hat nämlich keinen Einblick in die Gerichtsschriften, und aus den Verhören auf die ihnen zugrundeliegenden Schriften zu schließen, ist sehr schwierig, insbesondere aber für den Angeklagten, der doch befangen ist und alle möglichen Sorgen hat, die ihn zerstreuen. Hier greift nun die Verteidigung ein. Bei den Verhören dürfen im allgemeinen Verteidiger nicht anwesend sein, sie müssen daher nach den Verhören, und zwar möglichst noch an der Tür des Untersuchungszimmers, den Angeklagten über das Verhör ausforschen und diesen oft schon sehr verwischten Berichten das für die Verteidigung Taugliche entnehmen. Aber das Wichtigste ist dies nicht, denn viel kann man auf diese Weise nicht erfahren, wenn natürlich auch hier wie überall ein tüchtiger Mann mehr erfährt als andere. Das Wichtigste bleiben trotzdem die persönlichen Beziehungen des Advokaten, in ihnen liegt der Hauptwert der Verteidigung. Nun habe ja wohl K. schon seinen eigenen Erlebnissen entnommen, daß die allerunterste Organisation des Gerichtes nicht ganz vollkommen ist, pflichtvergessene und bestechliche Angestellte aufweist, wodurch gewissermaßen die strenge Abschließung des Gerichtes Lücken bekommt. Hier nun drängt sich die Mehrzahl der Advokaten ein, hier wird bestochen und ausgehorcht, ja es kamen, wenigstens in früherer Zeit, sogar Fälle von Aktendiebstählen vor. Es ist nicht zu leugnen, daß auf diese Weise für den Augenblick einige sogar überraschend günstige Resultate für den Angeklagten sich erzielen lassen, damit stolzieren auch diese kleinen Advokaten herum und locken neue Kundschaft an, aber für den weiteren Fortgang des Prozesses bedeutet es entweder nichts oder nichts Gutes. Wirklichen Wert aber haben nur ehrliche persönliche Beziehungen, und zwar mit höheren Beamten, womit natürlich nur höhere Beamten der unteren Grade gemeint sind. Nur dadurch kann der Fortgang des Prozesses, wenn auch zunächst nur unmerklich, später aber immer deutlicher beeinflußt werden. Das können natürlich nur wenige Advokaten, und hier sei die Wahl K.s sehr günstig gewesen. Nur noch vielleicht ein oder zwei Advokaten könnten sich mit ähnlichen Beziehungen ausweisen wie Dr. Huld. Diese kümmern sich allerdings um die Gesellschaft im Advokatenzimmer nicht und haben auch nichts mit ihr zu tun. Um so enger sei aber die Verbindung mit den Gerichtsbeamten. Es sei nicht einmal immer nötig, daß Dr. Huld zu Gericht gehe, in den Vorzimmern der Untersuchungsrichter auf ihr zufälliges Erscheinen warte und je nach ihrer Laune einen meist nur scheinbaren Erfolg erziele oder auch nicht einmal diesen. Nein, K. habe es ja selbst gesehen, die Beamten, und darunter recht hohe, kommen selbst, geben bereitwillig Auskunft, offene oder wenigstens leicht deutbare, besprechen den nächsten Fortgang der Prozesse, ja sie lassen sich sogar in einzelnen Fällen überzeugen und nehmen die fremde Ansicht gern an. Allerdings dürfe man ihnen gerade in dieser letzten Hinsicht nicht allzusehr vertrauen, so bestimmt sie ihre neue, für die Verteidigung günstige Absicht auch aussprechen, gehen sie doch vielleicht geradewegs in ihre Kanzlei und geben für den nächsten Tag einen Gerichtsbeschluß, der gerade das Entgegengesetzte enthält und vielleicht für den Angeklagten noch viel strenger ist als ihre erste Absicht, von der sie gänzlich abgekommen zu sein behaupteten. Dagegen könne man sich natürlich nicht wehren, denn das, was sie zwischen vier Augen gesagt haben, ist eben auch nur zwischen vier Augen gesagt und lasse keine öffentliche Folgerung zu, selbst wenn die Verteidigung nicht auch sonst bestrebt sein müßte, sich die Gunst der Herren zu erhalten. Andererseits sei es allerdings auch richtig, daß die Herren nicht etwa nur aus Menschenliebe oder aus freundschaftlichen Gefühlen sich mit der Verteidigung, natürlich nur mit einer sachverständigen Verteidigung, in Verbindung setzen, sie sind vielmehr in gewisser Hinsicht auch auf sie angewiesen. Hier mache sich eben der Nachteil einer Gerichtsorganisation geltend, die selbst in ihren Anfängen das geheime Gericht festsetzt. Den Beamten fehlt der Zusammenhang mit der Bevölkerung, für die gewöhnlichen, mittleren Prozesse sind sie gut ausgerüstet, ein solcher Prozeß rollt fast von selbst auf seiner Bahn ab und braucht nur hier und da einen Anstoß, gegenüber den ganz einfachen Fällen aber, wie auch gegenüber den besonders schwierigen sind sie oft ratlos, sie haben, weil sie fortwährend, Tag und Nacht, in ihr Gesetz eingezwängt sind, nicht den richtigen Sinn für menschliche Beziehungen, und das entbehren sie in solchen Fällen schwer. Dann kommen sie zum Advokaten um Rat, und hinter ihnen trägt ein Diener die Akten, die sonst so geheim sind. An diesem Fenster hätte man manche Herren, von denen man es am wenigsten erwarten würde, antreffen können, wie sie geradezu trostlos auf die Gasse hinaussahen, während der Advokat an seinem Tisch die Akten studierte, um ihnen einen guten Rat geben zu können. Übrigens könne man gerade bei solchen Gelegenheiten sehen, wie ungemein ernst die Herren ihren Beruf nehmen und wie sie über Hindernisse, die sie ihrer Natur nach nicht bewältigen können, in große Verzweiflung geraten. Ihre Stellung sei auch sonst nicht leicht, man dürfe ihnen nicht Unrecht tun und ihre Stellung nicht für leicht ansehen. Die Rangordnung und Steigerung des Gerichtes sei unendlich und selbst für den Eingeweihten nicht absehbar. Das Verfahren vor den Gerichtshöfen sei aber im allgemeinen auch für die unteren Beamten geheim, sie können daher die Angelegenheiten, die sie bearbeiten, in ihrem ferneren Weitergang kaum jemals vollständig verfolgen, die Gerichtssache erscheint also in ihrem Gesichtskreis, ohne daß sie oft wissen, woher sie kommt, und sie geht weiter, ohne daß sie erfahren, wohin. Die Belehrung also, die man aus dem Studium der einzelnen Prozeßstadien, der schließlichen Entscheidung und ihrer Gründe schöpfen kann, entgeht diesen Beamten. Sie dürfen sich nur mit jenem Teil des Prozesses befassen, der vom Gesetz für sie abgegrenzt ist, und wissen von dem Weiteren, also von den Ergebnissen ihrer eigenen Arbeit, meist weniger als die Verteidigung, die doch in der Regel fast bis zum Schluß des Prozesses mit dem Angeklagten in Verbindung bleibt. Auch in dieser Richtung also können sie von der Verteidigung manches Wertvolle erfahren. Wundere sich K. noch, wenn er alles dieses im Auge behalte, über die Gereiztheit der Beamten, die sich manchmal den Parteien gegenüber in – jeder mache diese Erfahrung – beleidigender Weise äußert. Alle Beamten seien gereizt, selbst wenn sie ruhig scheinen. Natürlich haben die kleinen Advokaten besonders viel darunter zu leiden. Man erzählt zum Beispiel folgende Geschichte, die sehr den Anschein der Wahrheit hat. Ein alter Beamter, ein guter, stiller Herr, hatte eine schwierige Gerichtssache, welche besonders durch die Eingaben des Advokaten verwickelt worden war, einen Tag und eine Nacht ununterbrochen studiert – diese Beamten sind tatsächlich fleißig, wie niemand sonst. – Gegen Morgen nun, nach vierundzwanzigstündiger, wahrscheinlich nicht sehr ergiebiger Arbeit, ging er zur Eingangstür, stellte sich dort in Hinterhalt und warf jeden Advokaten, der eintreten wollte, die Treppe hinunter. Die Advokaten sammelten sich unten auf dem Treppenabsatz und berieten, was sie tun sollten; einerseits haben sie keinen eigentlichen Anspruch darauf, eingelassen zu werden, können daher rechtlich gegen den Beamten kaum etwas unternehmen und müssen sich, wie schon erwähnt, auch hüten, die Beamtenschaft gegen sich aufzubringen. Andererseits aber ist jeder nicht bei Gericht verbrachte Tag für sie verloren, und es lag ihnen also viel daran einzudringen. Schließlich einigten sie sich darauf, daß sie den alten Herrn ermüden wollten. Immer wieder wurde ein Advokat ausgeschickt, der die Treppe hinauflief und sich dann unter möglichstem, allerdings passivem Widerstand hinunterwerfen ließ, wo er dann von den Kollegen aufgefangen wurde. Das dauerte etwa eine Stunde, dann wurde der alte Herr, er war ja auch von der Nachtarbeit schon erschöpft, wirklich müde und ging in seine Kanzlei zurück. Die unten wollten es erst gar nicht glauben und schickten zuerst einen aus, der hinter der Tür nachsehen sollte, ob dort wirklich leer war. Dann erst zogen sie ein und wagten wahrscheinlich nicht einmal zu murren. Denn den Advokaten – und selbst der Kleinste kann doch die Verhältnisse wenigstens zum Teil übersehen – liegt es vollständig ferne, bei Gericht irgendwelche Verbesserungen einführen oder durchsetzen zu wollen, während – und dies ist sehr bezeichnend – fast jeder Angeklagte, selbst ganz einfältige Leute, gleich beim allerersten Eintritt in den Prozeß an Verbesserungsvorschläge zu denken anfangen und damit oft Zeit und Kraft verschwenden, die anders viel besser verwendet werden könnten. Das einzig Richtige sei es, sich mit den vorhandenen Verhältnissen abzufinden. Selbst wenn es möglich wäre, Einzelheiten zu verbessern – es ist aber ein unsinniger Aberglaube –, hätte man bestenfalls für künftige Fälle etwas erreicht, sich selbst aber unermeßlich dadurch geschadet, daß man die besondere Aufmerksamkeit der immer rachsüchtigen Beamtenschaft erregt hat. Nur keine Aufmerksamkeit erregen! Sich ruhig verhalten, selbst wenn es einem noch so sehr gegen den Sinn geht! Einzusehen versuchen, daß dieser große Gerichtsorganismus gewissermaßen ewig in der Schwebe bleibt und daß man zwar, wenn man auf seinem Platz selbständig etwas ändert, den Boden unter den Füßen sich wegnimmt und selbst abstürzen kann, während der große Organismus sich selbst für die kleine Störung leicht an einer anderen Stelle – alles ist doch in Verbindung – Ersatz schafft und unverändert bleibt, wenn er nicht etwa, was sogar wahrscheinlich ist, noch geschlossener, noch aufmerksamer, noch strenger, noch böser wird. Man überlasse doch die Arbeit dem Advokaten, statt sie zu stören. Vorwürfe nützen ja nicht viel, besonders wenn man ihre Ursachen in ihrer ganzen Bedeutung nicht begreiflich machen kann, aber gesagt müsse es doch werden, wieviel K. seiner Sache durch das Verhalten gegenüber dem Kanzleidirektor geschadet habe. Dieser einflußreiche Mann sei aus der Liste jener, bei denen man für K. etwas unternehmen könne, schon fast zu streichen. Selbst flüchtige Erwähnungen des Prozesses überhöre er mit deutlicher Absicht. In manchem seien ja die Beamten wie Kinder. Oft können sie durch Harmlosigkeiten, unter die allerdings K.s Verhalten leider nicht gehöre, derartig verletzt werden, daß sie selbst mit guten Freunden zu reden aufhören, sich von ihnen abwenden, wenn sie ihnen begegnen, und ihnen in allem möglichen entgegenarbeiten. Dann aber einmal, überraschenderweise ohne besonderen Grund, lassen sie sich durch einen kleinen Scherz, den man nur deshalb wagt, weil alles aussichtslos scheint, zum Lachen bringen und sind versöhnt. Es sei eben gleichzeitig schwer und leicht, sich mit ihnen zu verhalten, Grundsätze dafür gibt es kaum. Manchmal sei es zum Verwundern, daß ein einziges Durchschnittsleben dafür hinreiche, um so viel zu erfassen, daß man hier mit einigem Erfolg arbeiten könne. Es kommen allerdings trübe Stunden, wie sie ja jeder hat, wo man glaubt, nicht das geringste erzielt zu haben, wo es einem scheint, als hätten nur die von Anfang an für einen guten Ausgang bestimmten Prozesse ein gutes Ende genommen, wie es auch ohne Mithilfe geschehen wäre, während alle anderen verlorengegangen sind, trotz allem Nebenherlaufen, aller Mühe, allen kleinen, scheinbaren Erfolgen, über die man solche Freude hatte. Dann scheint einem allerdings nichts mehr sicher, und man würde auf bestimmte Fragen hin nicht einmal zu leugnen wagen, daß man ihrem Wesen nach gut verlaufende Prozesse gerade durch die Mithilfe auf Abwege gebracht hat. Auch das ist ja eine Art Selbstvertrauen, aber es ist das einzige, das dann übrigbleibt. Solchen Anfällen – es sind natürlich nur Anfälle, nichts weiter – sind Advokaten besonders dann ausgesetzt, wenn ihnen ein Prozeß, den sie weit genug und zufriedenstellend geführt haben, plötzlich aus der Hand genommen wird. Das ist wohl das Ärgste, das einem Advokaten geschehen kann. Nicht etwa durch den Angeklagten wird ihnen der Prozeß entzogen, das geschieht wohl niemals, ein Angeklagter, der einmal einen bestimmten Advokaten genommen hat, muß bei ihm bleiben, geschehe was immer. Wie könnte er sich überhaupt, wenn er einmal Hilfe in Anspruch genommen hat, allein noch erhalten? Das geschieht also nicht, wohl aber geschieht es manchmal, daß der Prozeß eine Richtung nimmt, wo der Advokat nicht mehr mitkommen darf. Der Prozeß und der Angeklagte und alles wird dem Advokaten einfach entzogen; dann können auch die besten Beziehungen zu den Beamten nicht mehr helfen, denn sie selbst wissen nichts. Der Prozeß ist eben in ein Stadium getreten, wo keine Hilfe mehr geleistet werden darf, wo ihn unzugängliche Gerichtshöfe bearbeiten, wo auch der Angeklagte für den Advokaten nicht mehr erreichbar ist. Man kommt dann eines Tages nach Hause und findet auf seinem Tisch alle die vielen Eingaben, die man mit allem Fleiß und mit den schönsten Hoffnungen in dieser Sache gemacht hat, sie sind zurückgestellt worden, da sie in das neue Prozeßstadium nicht übertragen werden dürfen, es sind wertlose Fetzen. Dabei muß der Prozeß noch nicht verloren sein, durchaus nicht, wenigstens liegt kein entscheidender Grund für diese Annahme vor, man weiß bloß nichts mehr von dem Prozeß und wird auch nichts mehr von ihm erfahren. Nun sind ja solche Fälle glücklicherweise Ausnahmen, und selbst wenn K.s Prozeß ein solcher Fall sein sollte, sei er doch vorläufig noch weit von solchem Stadium entfernt. Hier sei aber noch reichliche Gelegenheit für Advokatenarbeit gegeben, und daß sie ausgenützt werde, dessen dürfe K. sicher sein. Die Eingabe sei, wie erwähnt, noch nicht überreicht, das eile aber auch nicht, viel wichtiger seien die einleitenden Besprechungen mit maßgebenden Beamten, und die hätten schon stattgefunden. Mit verschiedenem Erfolg, wie offen zugestanden werden soll. Es sei viel besser, vorläufig Einzelheiten nicht zu verraten, durch die K. nur ungünstig beeinflußt und allzu hoffnungsfreudig oder allzu ängstlich gemacht werden könnte, nur so viel sei gesagt, daß sich einzelne sehr günstig ausgesprochen und sich auch sehr bereitwillig gezeigt haben, während andere sich weniger günstig geäußert, aber doch ihre Mithilfe keineswegs verweigert haben. Das Ergebnis sei also im ganzen sehr erfreulich, nur dürfe man daraus keine besonderen Schlüsse ziehen, da alle Vorverhandlungen ähnlich beginnen und durchaus erst die weitere Entwicklung den Wert dieser Vorverhandlungen zeigt. Jedenfalls sei noch nichts verloren, und wenn es noch gelingen sollte, den Kanzleidirektor trotz allem zu gewinnen – es sei schon verschiedenes zu diesem Zweck eingeleitet –, dann sei das Ganze – wie die Chirurgen sagen – eine reine Wunde, und man könne getrost das Folgende erwarten.

In solchen und ähnlichen Reden war der Advokat unerschöpflich. Sie wiederholten sich bei jedem Besuch. Immer gab es Fortschritte, niemals aber konnte die Art dieser Fortschritte mitgeteilt werden. Immerfort wurde an der ersten Eingabe gearbeitet, aber sie wurde nicht fertig, was sich meistens beim nächsten Besuch als großer Vorteil herausstellte, da die letzte Zeit, was man nicht hätte voraussehen können, für die Übergabe sehr ungünstig gewesen wäre. Bemerkte K. manchmal, ganz ermattet von den Reden, daß es doch, selbst unter Berücksichtigung aller Schwierigkeiten, sehr langsam vorwärtsgehe, wurde ihm entgegnet, es gehe gar nicht langsam vorwärts, wohl aber wäre man schon viel weiter, wenn K. sich rechtzeitig an den Advokaten gewendet hätte. Das hatte er aber leider versäumt, und diese Versäumnis werde auch noch weitere Nachteile bringen, nicht nur zeitliche.

Die einzige wohltätige Unterbrechung dieser Besuche war Leni, die es immer so einzurichten wußte, daß sie dem Advokaten in Anwesenheit K.s den Tee brachte. Dann stand sie hinter K., sah scheinbar zu, wie der Advokat, mit einer Art Gier tief zur Tasse hinabgebeugt, den Tee eingoß und trank, und ließ im geheimen ihre Hand von K. erfassen. Es herrschte völliges Schweigen. Der Advokat trank. K. drückte Lenis Hand, und Leni wagte es manchmal, K.s Haare sanft zu streicheln. »Du bist noch hier?« fragte der Advokat, nachdem er fertig war. »Ich wollte das Geschirr wegnehmen«, sagte Leni, es gab noch einen letzten Händedruck, der Advokat wischte sich den Mund und begann mit neuer Kraft auf K. einzureden.

War es Trost oder Verzweiflung, was der Advokat erreichen wollte? K. wußte es nicht, wohl aber hielt er es für feststehend, daß seine Verteidigung nicht in guten Händen war. Es mochte ja alles richtig sein, was der Advokat erzählte, wenn es auch durchsichtig war, daß er – sich möglichst in den Vordergrund stellen wollte und wahrscheinlich noch niemals einen so großen Prozeß geführt hatte, wie es K.s Prozeß seiner Meinung nach war. Verdächtig aber blieben die unaufhörlich hervorgehobenen persönlichen Beziehungen zu den Beamten. Mußten sie denn ausschließlich zu K.s Nutzen ausgebeutet werden? Der Advokat vergaß nie zu bemerken, daß es sich nur um niedrige Beamte handelte, also um Beamte in sehr abhängiger Stellung, für deren Fortkommen gewisse Wendungen der Prozesse wahrscheinlich von Bedeutung sein konnten. Benützten sie vielleicht den Advokaten dazu, um solche für den Angeklagten natürlich immer ungünstige Wendungen zu erzielen? Vielleicht taten sie das nicht in jedem Prozeß, gewiß, das war nicht wahrscheinlich, es gab dann wohl wieder Prozesse, in deren Verlauf sie dem Advokaten für seine Dienste Vorteile einräumten, denn es mußte ihnen ja auch daran gelegen sein, seinen Ruf ungeschädigt zu erhalten. Verhielt es sich aber wirklich so, in welcher Weise würden sie bei K.s Prozeß eingreifen, der, wie der Advokat erklärte, ein sehr schwieriger, also wichtiger Prozeß war und gleich anfangs bei Gericht große Aufmerksamkeit erregt hatte? Es konnte nicht sehr zweifelhaft sein, was sie tun würden. Anzeichen dessen konnte man ja schon darin sehen, daß die erste Eingabe noch immer nicht überreicht war, obwohl der Prozeß schon Monate dauerte und daß sich alles, den Angaben des Advokaten nach, in den Anfängen befand, was natürlich sehr geeignet war, den Angeklagten einzuschläfern und hilflos zu erhalten, um ihn dann plötzlich mit der Entscheidung zu überfallen oder wenigstens mit der Bekanntmachung, daß die zu seinen Ungunsten abgeschlossene Untersuchung an die höheren Behörden weitergegeben werde.

Es war unbedingt nötig, daß K. selbst eingriff. Gerade in Zuständen großer Müdigkeit, wie an diesem Wintervormittag, wo ihm alles willenlos durch den Kopf zog, war diese Überzeugung unabweisbar. Die Verachtung, die er früher für den Prozeß gehabt hatte, galt nicht mehr. Wäre er allein in der Welt gewesen, hätte er den Prozeß leicht mißachten können, wenn es allerdings auch sicher war, daß dann der Prozeß überhaupt nicht entstanden wäre. Jetzt aber hatte ihn der Onkel schon zum Advokaten gezogen, Familienrücksichten sprachen mit; seine Stellung war nicht mehr vollständig unabhängig von dem Verlauf des Prozesses, er selbst hatte unvorsichtigerweise mit einer gewissen unerklärlichen Genugtuung vor Bekannten den Prozeß erwähnt, andere hatten auf unbekannte Weise davon erfahren, das Verhältnis zu Fräulein Bürstner schien entsprechend dem Prozeß zu schwanken – kurz, er hatte kaum mehr die Wahl, den Prozeß anzunehmen oder abzulehnen, er stand mitten darin und mußte sich wehren. War er müde, dann war es schlimm.

Zu übertriebener Sorge war allerdings vorläufig kein Grund. Er hatte es verstanden, sich in der Bank in verhältnismäßig kurzer Zeit zu seiner hohen Stellung emporzuarbeiten und sich, von allen anerkannt, in dieser Stellung zu erhalten, er mußte jetzt nur diese Fähigkeiten, die ihm das ermöglicht hatten, ein wenig dem Prozeß zuwenden, und es war kein Zweifel, daß es gut ausgehen müßte. Vor allem war es, wenn etwas erreicht werden sollte, notwendig, jeden Gedanken an eine mögliche Schuld von vornherein abzulehnen. Es gab keine Schuld. Der Prozeß war nichts anderes als ein großes Geschäft, wie er es schon oft mit Vorteil für die Bank abgeschlossen hatte, ein Geschäft, innerhalb dessen, wie das die Regel war, verschiedene Gefahren lauerten, die eben abgewehrt werden mußten. Zu diesem Zwecke durfte man allerdings nicht mit Gedanken an irgendeine Schuld spielen, sondern den Gedanken an den eigenen Vorteil möglichst festhalten. Von diesem Gesichtspunkt aus war es auch unvermeidlich, dem Advokaten die Vertretung sehr bald, am besten noch an diesem Abend, zu entziehen. Es war zwar nach seinen Erzählungen etwas Unerhörtes und wahrscheinlich sehr Beleidigendes, aber K. konnte nicht dulden, daß seinen Anstrengungen in dem Prozeß Hindernisse begegneten, die vielleicht von seinem eigenen Advokaten veranlaßt waren. War aber einmal der Advokat abgeschüttelt, dann mußte die Eingabe sofort überreicht und womöglich jeden Tag darauf gedrängt werden, daß man sie berücksichtige. Zu diesem Zwecke würde es natürlich nicht genügen, daß K. wie die anderen im Gang saß und den Hut unter die Bank stellte. Er selbst oder die Frauen oder andere Boten mußten Tag für Tag die Beamten überlaufen und sie zwingen, statt durch das Gitter auf den Gang zu schauen, sich zu ihrem Tisch zu setzen und K.s Eingabe zu studieren. Von diesen Anstrengungen dürfte man nicht ablassen, alles müßte organisiert und überwacht werden, das Gericht sollte einmal auf einen Angeklagten stoßen, der sein Recht zu wahren verstand.

Wenn sich aber auch K. dies alles durchzuführen getraute, die Schwierigkeit der Abfassung der Eingabe war überwältigend.

Früher, etwa noch vor einer Woche, hatte er nur mit einem Gefühl der Scham daran denken können, daß er einmal genötigt sein könnte, eine solche Eingabe selbst zu machen; daß dies auch schwierig sein konnte, daran hatte er gar nicht gedacht. Er erinnerte sich, wie er einmal an einem Vormittag, als er gerade mit Arbeit überhäuft war, plötzlich alles zur Seite geschoben und den Schreibblock vorgenommen hatte, um versuchsweise den Gedankengang einer derartigen Eingabe zu entwerfen und ihn vielleicht dem schwerfälligen Advokaten zur Verfügung zu stellen, und wie gerade in diesem Augenblick die Tür des Direktionszimmers sich öffnete und der Direktor-Stellvertreter mit großem Gelächter eintrat. Es war für K. damals sehr peinlich gewesen, obwohl der Direktor-Stellvertreter natürlich nicht über die Eingabe gelacht hatte, von der er nichts wußte, sondern über einen Börsenwitz, den er eben gehört hatte, einen Witz, der zum Verständnis eine Zeichnung erforderte, die nun der Direktor-Stellvertreter, über K.s Tisch gebeugt, mit K.s Bleistift, den er ihm aus der Hand nahm, auf dem Schreibblock ausführte, der für die Eingabe bestimmt gewesen war.

Heute wußte K. nichts mehr von Scham, die Eingabe mußte gemacht werden. Wenn er im Büro keine Zeit für sie fand, was sehr wahrscheinlich war, dann mußte er sie zu Hause in den Nächten machen. Würden auch die Nächte nicht genügen, dann mußte er einen Urlaub nehmen. Nur nicht auf halbem Wege stehenbleiben, das war nicht nur in Geschäften, sondern immer und überall das Unsinnigste. Die Eingabe bedeutete freilich eine fast endlose Arbeit. Man mußte keinen sehr ängstlichen Charakter haben und konnte doch leicht zu dem Glauben kommen, daß es unmöglich war, die Eingabe jemals fertigzustellen. Nicht aus Faulheit oder Hinterlist, die den Advokaten allein an der Fertigstellung hindern konnten, sondern weil in Unkenntnis der vorhandenen Anklage und gar ihrer möglichen Erweiterungen das ganze Leben in den kleinsten Handlungen und Ereignissen in die Erinnerung zurückgebracht, dargestellt und von allen Seiten überprüft werden mußte. Und wie traurig war eine solche Arbeit überdies. Sie war vielleicht geeignet, einmal nach der Pensionierung den kindisch gewordenen Geist zu beschäftigen und ihm zu helfen, die langen Tage hinzubringen. Aber jetzt, wo K. alle Gedanken zu seiner Arbeit brauchte, wo jede Stunde, da er noch im Aufstieg war und schon für den Direktor-Stellvertreter eine Drohung bedeutete, mit größter Schnelligkeit verging und wo er die kurzen Abende und Nächte als junger Mensch genießen wollte, jetzt sollte er mit der Verfassung dieser Eingabe beginnen. Wieder ging sein Denken in Klagen aus. Fast unwillkürlich, nur um dem ein Ende zu machen, tastete er mit dem Finger nach dem Knopf der elektrischen Glocke, die ins Vorzimmer führte. Während er ihn niederdrückte, blickte er zur Uhr auf. Es war elf Uhr, zwei Stunden, eine lange, kostbare Zeit, hatte er verträumt und war natürlich noch matter als vorher. Immerhin war die Zeit nicht verloren, er hatte Entschlüsse gefaßt, die wertvoll sein konnten. Die Diener brachten außer verschiedener Post zwei Visitenkarten von Herren, die schon längere Zeit auf K. warteten. Es waren gerade sehr wichtige Kundschaften der Bank, die man eigentlich auf keinen Fall hätte warten lassen sollen. Warum kamen sie zu so ungelegener Zeit, und warum, so schienen wieder die Herren hinter der geschlossenen Tür zu fragen, verwendete der fleißige K. für Privatangelegenheiten die beste Geschäftszeit? Müde von dem Vorhergegangenen und müde das Folgende erwartend, stand K. auf, um den ersten zu empfangen.

Es war ein kleiner, munterer Herr, ein Fabrikant, den K. gut kannte. Er bedauerte, K. in wichtiger Arbeit gestört zu haben, und K. bedauerte seinerseits, daß er den Fabrikanten so lange hatte warten lassen. Schon dieses Bedauern aber sprach er in derartig mechanischer Weise und mit fast falscher Betonung aus, daß der Fabrikant, wenn er nicht ganz von der Geschäftssache eingenommen gewesen wäre, es hätte bemerken müssen. Statt dessen zog er eilig Rechnungen und Tabellen aus allen Taschen, breitete sie vor K. aus, erklärte verschiedene Posten, verbesserte einen kleinen Rechenfehler, der ihm sogar bei diesem flüchtigen Überblick aufgefallen war, erinnerte K. an ein ähnliches Geschäft, das er mit ihm vor etwa einem Jahr abgeschlossen hatte, erwähnte nebenbei, daß sich diesmal eine andere Bank unter größten Opfern um das Geschäft bewerbe, und verstummte schließlich, um nun K.s Meinung zu erfahren. K. hatte auch tatsächlich im Anfang die Rede des Fabrikanten gut verfolgt, der Gedanke an das wichtige Geschäft hatte dann auch ihn ergriffen, nur leider nicht für die Dauer, er war bald vom Zuhören abgekommen, hatte dann noch ein Weilchen zu den lauteren Ausrufen des Fabrikanten mit dem Kopf genickt, hatte aber schließlich auch das unterlassen und sich darauf eingeschränkt, den kahlen, auf die Papiere hinabgebeugten Kopf anzusehen und sich zu fragen, wann der Fabrikant endlich erkennen werde, daß seine ganze Rede nutzlos sei. Als er nun verstummte, glaubte K. zuerst wirklich, es geschehe dies deshalb, um ihm Gelegenheit zu dem Eingeständnis zu geben, daß er nicht fähig sei, zuzuhören. Nur mit Bedauern merkte er aber an dem gespannten Blick des offenbar auf alle Entgegnungen gefaßten Fabrikanten, daß die geschäftliche Besprechung fortgesetzt werden müsse. Er neigte also den Kopf wie vor einem Befehl und begann mit dem Bleistift langsam über den Papieren hin- und herzufahren, hier und da hielt er inne und starrte eine Ziffer an. Der Fabrikant vermutete Einwände, vielleicht waren die Ziffern wirklich nicht feststehend, vielleicht waren sie nicht das Entscheidende, jedenfalls bedeckte der Fabrikant die Papiere mit der Hand und begann von neuem, ganz nahe an K. heranrückend, eine allgemeine Darstellung des Geschäftes. »Es ist schwierig«, sagte K., rümpfte die Lippen und sank, da die Papiere, das einzig Faßbare, verdeckt waren, haltlos gegen die Seitenlehne. Er blickte sogar nur schwach auf, als sich die Tür des Direktionszimmers öffnete und dort, nicht ganz deutlich, etwa wie hinter einem Gazeschleier, der Direktor-Stellvertreter erschien. K. dachte nicht weiter darüber nach, sondern verfolgte nur die unmittelbare Wirkung, die für ihn sehr erfreulich war. Denn sofort hüpfte der Fabrikant vom Sessel auf und eilte dem Direktor-Stellvertreter entgegen, K. aber hätte ihn noch zehnmal flinker machen wollen, denn er fürchtete, der Direktor-Stellvertreter könnte wieder verschwinden. Es war unnütze Furcht, die Herren trafen einander, reichten einander die Hände und gingen gemeinsam auf K.s Schreibtisch zu. Der Fabrikant beklagte sich, daß er beim Prokuristen so wenig Neigung für das Geschäft gefunden habe, und zeigte auf K., der sich unter dem Blick des Direktor-Stellvertreters wieder über die Papiere beugte. Als dann die beiden sich an den Schreibtisch lehnten und der Fabrikant sich daran machte, nun den Direktor-Stellvertreter für sich zu erobern, war es K., als werde über seinem Kopf von zwei Männern, deren Größe er sich übertrieben vorstellte, über ihn selbst verhandelt. Langsam suchte er mit vorsichtig aufwärts gedrehten Augen zu erfahren, was sich oben ereignete, nahm vom Schreibtisch, ohne hinzusehen, eines der Papiere, legte es auf die flache Hand und hob es allmählich, während er selbst aufstand, zu den Herren hinauf. Er dachte hierbei an nichts Bestimmtes, sondern handelte nur in dem Gefühl, daß er sich so verhalten müßte, wenn er einmal die große Eingabe fertiggestellt hätte, die ihn gänzlich entlasten sollte. Der Direktor-Stellvertreter, der sich an dem Gespräch mit aller Aufmerksamkeit beteiligte, sah nur flüchtig auf das Papier, überlas gar nicht, was dort stand, denn was dem Prokuristen wichtig war, war ihm unwichtig, nahm es aus K.s Hand, sagte: »Danke, ich weiß schon alles« und legte es ruhig wieder auf den Tisch zurück. K. sah ihn verbittert von der Seite an. Der Direktor-Stellvertreter aber merkte es gar nicht oder wurde, wenn er es merkte, dadurch nur aufgemuntert, lachte öfters laut auf, brachte einmal durch eine schlagfertige Entgegnung den Fabrikanten in deutliche Verlegenheit, aus der er ihn aber sofort riß, indem er sich selbst einen Einwand machte, und lud ihn schließlich ein, in sein Büro hinüberzukommen, wo sie die Angelegenheit zu Ende führen könnten. »Es ist eine sehr wichtige Sache«, sagte er zu dem Fabrikanten, »ich sehe das vollständig ein. Und dem Herrn Prokuristen« – selbst bei dieser Bemerkung redete er eigentlich nur zum Fabrikanten – »wird es gewiß lieb sein, wenn wir es ihm abnehmen. Die Sache verlangt ruhige Überlegung. Er aber scheint heute sehr überlastet zu sein, auch warten ja einige Leute im Vorzimmer schon stundenlang auf ihn.« K. hatte gerade noch genügend Fassung, sich vom Direktor-Stellvertreter wegzudrehen und sein freundliches, aber starres Lächeln nur dem Fabrikanten zuzuwenden, sonst griff er gar nicht ein, stützte sich, ein wenig vorgebeugt, mit beiden Händen auf den Schreibtisch wie ein Kommis hinter dem Pult und sah zu, wie die zwei Herren unter weiteren Reden die Papiere vom Tisch nahmen und im Direktionszimmer verschwanden. In der Tür drehte sich noch der Fabrikant um, sagte, er verabschiede sich noch nicht, sondern werde natürlich dem Herrn Prokuristen über den Erfolg der Besprechung berichten, auch habe er ihm noch eine andere kleine Mitteilung zu machen.

Endlich war K. allein. Er dachte gar nicht daran, irgendeine andere Partei vorzulassen, und nur undeutlich kam ihm zu Bewußtsein, wie angenehm es sei, daß die Leute draußen in dem Glauben waren, er verhandle noch mit dem Fabrikanten und es könne aus diesem Grunde niemand, nicht einmal der Diener, bei ihm eintreten. Er ging zum Fenster, setzte sich auf die Brüstung, hielt sich mit der Hand an der Klinke fest und sah auf den Platz hinaus. Der Schnee fiel noch immer, es hatte sich noch gar nicht aufgehellt.

Lange saß er so, ohne zu wissen, was ihm eigentlich Sorgen machte, nur von Zeit zu Zeit blickte er ein wenig erschreckt über die Schulter hinweg zur Vorzimmertür, wo er irrtümlicherweise ein Geräusch zu hören geglaubt hatte. Da aber niemand kam, wurde er ruhiger, ging zum Waschtisch, wusch sich mit kaltem Wasser und kehrte mit freierem Kopf zu seinem Fensterplatz zurück. Der Entschluß, seine Verteidigung selbst in die Hand zu nehmen, stellte sich ihm schwerwiegender dar, als er ursprünglich angenommen hatte. Solange er die Verteidigung auf den Advokaten überwälzt hatte, war er doch noch vom Prozeß im Grunde wenig betroffen gewesen, er hatte ihn von der Ferne beobachtet und hatte unmittelbar von ihm kaum erreicht werden können, er hatte nachsehen können, wann er wollte, wie seine Sache stand, aber er hatte auch den Kopf wieder zurückziehen können, wann er wollte. Jetzt hingegen, wenn er seine Verteidigung selbst führen würde, mußte er sich – wenigstens für den Augenblick – ganz und gar dem Gericht aussetzen, der Erfolg dessen sollte ja für später seine vollständige und endgültige Befreiung sein, aber um diese zu erreichen, mußte er sich vorläufig jedenfalls in viel größere Gefahr begeben als bisher. Hätte er daran zweifeln wollen, so hätte ihn das heutige Beisammensein mit dem Direktor-Stellvertreter und dem Fabrikanten hinreichend vom Gegenteil überzeugen können. Wie war er doch dagesessen, schon vom bloßen Entschluß, sich selbst zu verteidigen, gänzlich benommen? Wie sollte es aber später werden? Was für Tage standen ihm bevor! Würde er den Weg finden, der durch alles hindurch zum guten Ende führte? Bedeutete nicht eine sorgfältige Verteidigung – und alles andere war sinnlos –, bedeutete nicht eine sorgfältige Verteidigung gleichzeitig die Notwendigkeit, sich von allem anderen möglichst abzuschließen? Würde er das glücklich überstehen? Und wie sollte ihm die Durchführung dessen in der Bank gelingen? Es handelte sich ja nicht nur um die Eingabe, für die ein Urlaub vielleicht genügt hätte, obwohl die Bitte um einen Urlaub gerade jetzt ein großes Wagnis gewesen wäre, es handelte sich doch um einen ganzen Prozeß, dessen Dauer unabsehbar war. Was für ein Hindernis war plötzlich in K.s Laufbahn geworfen worden!

Und jetzt sollte er für die Bank arbeiten? – Er sah auf den Schreibtisch hin. – Jetzt sollte er Parteien vorlassen und mit ihnen verhandeln? Während sein Prozeß weiterrollte, während oben auf dem Dachboden die Gerichtsbeamten über den Schriften dieses Prozesses saßen, sollte er die Geschäfte der Bank besorgen? Sah es nicht aus wie eine Folter, die, vom Gericht anerkannt, mit dem Prozeß zusammenhing und ihn begleitete? Und würde man etwa in der Bank bei der Beurteilung seiner Arbeit seine besondere Lage berücksichtigen? Niemand und niemals. Ganz unbekannt war ja sein Prozeß nicht, wenn es auch noch nicht ganz klar war, wer davon wußte und wieviel. Bis zum Direktor-Stellvertreter aber war das Gerücht hoffentlich noch nicht gedrungen, sonst hätte man schon deutlich sehen müssen, wie er es ohne jede Kollegialität und Menschlichkeit gegen K. ausnützen würde. Und der Direktor? Gewiß, er war K. gut gesinnt, und er hätte wahrscheinlich, sobald er vom Prozeß erfahren hätte, soweit es an ihm lag, manche Erleichterungen für K. schaffen wollen, aber er wäre damit gewiß nicht durchgedrungen, denn er unterlag jetzt, da das Gegengewicht, das K. bisher gebildet hatte, schwächer zu werden anfing, immer mehr dem Einfluß des Direktor-Stellvertreters, der außerdem auch den leidenden Zustand des Direktors zur Stärkung der eigenen Macht ausnützte. Was hatte also K. zu erhoffen? Vielleicht schwächte er durch solche Überlegungen seine Widerstandskraft, aber es war doch auch notwendig, sich selbst nicht zu täuschen und alles so klar zu sehen, als es augenblicklich möglich war.

Ohne besonderen Grund, nur um vorläufig noch nicht zum Schreibtisch zurückkehren zu müssen, öffnete er das Fenster. Es ließ sich nur schwer öffnen, er mußte mit beiden Händen die Klinke drehen. Dann zog durch das Fenster in dessen ganzer Breite und Höhe der mit Rauch vermischte Nebel in das Zimmer und füllte es mit einem leichten Brandgeruch. Auch einige Schneeflocken wurden hereingeweht. »Ein häßlicher Herbst«, sagte hinter K. der Fabrikant, der vom Direktor-Stellvertreter kommend unbemerkt ins Zimmer getreten war. K. nickte und sah unruhig auf die Aktentasche des Fabrikanten, aus der dieser nun wohl die Papiere herausziehen würde, um K. das Ergebnis der Verhandlungen mit dem Direktor-Stellvertreter mitzuteilen. Der Fabrikant aber folgte K.s Blick, klopfte auf seine Tasche und sagte, ohne sie zu öffnen: »Sie wollen hören, wie es ausgefallen ist. Ich trage schon fast den Geschäftsabschluß in der Tasche. Ein reizender Mensch, Ihr Direktor-Stellvertreter, aber durchaus nicht ungefährlich.« Er lachte, schüttelte K.s Hand und wollte auch ihn zum Lachen bringen. Aber K. schien es nun wieder verdächtig, daß ihm der Fabrikant die Papiere nicht zeigen wollte, und er fand an der Bemerkung des Fabrikanten nichts zum Lachen. »Herr Prokurist«, sagte der Fabrikant, »Sie leiden wohl unter dem Wetter? Sie sehen heute so bedrückt aus.« »Ja«, sagte K. und griff mit der Hand an die Schläfe, »Kopfschmerzen, Familiensorgen.« »Sehr richtig«, sagte der Fabrikant, der ein eiliger Mensch war und niemanden ruhig anhören konnte, »jeder hat sein Kreuz zu tragen.« Unwillkürlich hatte K. einen Schritt gegen die Tür gemacht, als wolle er den Fabrikanten hinausbegleiten, dieser aber sagte: »Ich hätte, Herr Prokurist, noch eine kleine Mitteilung für Sie. Ich fürchte sehr, daß ich Sie gerade heute damit vielleicht belästige, aber ich war schon zweimal in der letzten Zeit bei Ihnen und habe es jedesmal vergessen. Schiebe ich es aber noch weiterhin auf, verliert es wahrscheinlich vollständig seinen Zweck. Das wäre aber schade, denn im Grunde ist meine Mitteilung vielleicht doch nicht wertlos.« Ehe K. Zeit hatte zu antworten, trat der Fabrikant nahe an ihn heran, klopfte mit dem Fingerknöchel leicht an seine Brust und sagte leise: »Sie haben einen Prozeß, nicht wahr?« K. trat zurück und rief sofort: »Das hat Ihnen der Direktor-Stellvertreter gesagt!« »Ach nein«, sagte der Fabrikant, »woher sollte denn der Direktor-Stellvertreter es wissen?« »Und Sie?« fragte K. schon viel gefaßter. »Ich erfahre hie und da etwas von dem Gericht«, sagte der Fabrikant, »das betrifft eben die Mitteilung, die ich Ihnen machen wollte.« »So viel Leute sind mit dem Gericht in Verbindung!« sagte K. mit gesenktem Kopf und führte den Fabrikanten zum Schreibtisch. Sie setzten sich wieder wie früher und der Fabrikant sagte: »Es ist leider nicht sehr viel, was ich Ihnen mitteilen kann. Aber in solchen Dingen soll man nicht das geringste vernachlässigen. Außerdem drängt es mich aber, Ihnen irgendwie zu helfen, und sei meine Hilfe noch so bescheiden. Wir waren doch bisher gute Geschäftsfreunde, nicht? Nun also.« K. wollte sich wegen seines Verhaltens bei der heutigen Besprechung entschuldigen, aber der Fabrikant duldete keine Unterbrechung, schob die Aktentasche hoch unter die Achsel, um zu zeigen, daß er Eile habe, und fuhr fort: »Von Ihrem Prozeß weiß ich durch einen gewissen Titorelli. Es ist ein Maler, Titorelli ist nur sein Künstlername, seinen wirklichen Namen kenne ich gar nicht einmal. Er kommt schon seit Jahren von Zeit zu Zeit in mein Büro und bringt kleine Bilder mit, für die ich ihm – er ist fast ein Bettler – immer eine Art Almosen gebe. Es sind übrigens hübsche Bilder, Heidelandschaften und dergleichen. Diese Verkäufe – wir hatten uns schon beide daran gewöhnt – gingen ganz glatt vor sich. Einmal aber wiederholten sich diese Besuche doch zu oft, ich machte ihm Vorwürfe, wir kamen ins Gespräch, es interessierte mich, wie er sich allein durch Malen erhalten könne, und ich erfuhr nun zu meinem Staunen, daß seine Haupteinnahmequelle das Porträtmalen sei. ›Er arbeite für das Gericht‹, sagte er. »Für welches Gericht‹? fragte ich. Und nun erzählte er mir von dem Gericht. Sie werden sich wohl am besten vorstellen können, wie erstaunt ich über diese Erzählungen war. Seitdem höre ich bei jedem seiner Besuche irgendwelche Neuigkeiten vom Gericht und bekomme so allmählich einen gewissen Einblick in die Sache. Allerdings ist Titorelli geschwätzig, und ich muß ihn oft abwehren, nicht nur, weil er gewiß auch lügt, sondern vor allem, weil ein Geschäftsmann wie ich, der unter den eigenen Geschäftssorgen fast zusammenbricht, sich nicht noch viel um fremde Dinge kümmern kann. Aber das nur nebenbei. Vielleicht – so dachte ich jetzt – kann Ihnen Titorelli ein wenig behilflich sein, er kennt viele Richter, und wenn er selbst auch keinen großen Einfluß haben sollte, so kann er Ihnen doch Ratschläge geben, wie man verschiedenen einflußreichen Leuten beikommen kann. Und wenn auch diese Ratschläge an und für sich nicht entscheidend sein sollten, so werden sie doch, meiner Meinung nach, in Ihrem Besitz von großer Bedeutung sein. Sie sind ja fast ein Advokat. Ich pflege immer zu sagen: Prokurist K. ist fast ein Advokat. Oh, ich habe keine Sorgen wegen Ihres Prozesses. Wollen Sie nun aber zu Titorelli gehen? Auf meine Empfehlung hin wird er gewiß alles tun, was ihm möglich ist. Ich denke wirklich, Sie sollten hingehen. Es muß natürlich nicht heute sein, einmal, gelegentlich. Allerdings sind Sie – das will ich noch sagen – dadurch, daß ich Ihnen diesen Rat gebe, nicht im geringsten verpflichtet, auch wirklich zu Titorelli hinzugehen. Nein, wenn Sie Titorelli entbehren zu können glauben, ist es gewiß besser, ihn ganz beiseite zu lassen. Vielleicht haben Sie schon einen ganz genauen Plan, und Titorelli könnte ihn stören. Nein, dann gehen Sie natürlich auf keinen Fall hin! Es kostet gewiß auch Überwindung, sich von einem solchen Burschen Ratschläge geben zu lassen. Nun, wie Sie wollen. Hier ist das Empfehlungsschreiben und hier die Adresse.«

Enttäuscht nahm K. den Brief und steckte ihn in die Tasche. Selbst im günstigsten Falle war der Vorteil, den ihm die Empfehlung bringen konnte, unverhältnismäßig kleiner als der Schaden, der darin lag, daß der Fabrikant von seinem Prozeß wußte und daß der Maler die Nachricht weiterverbreitete. Er konnte sich kaum dazu zwingen, dem Fabrikanten, der schon auf dem Weg zur Tür war, mit ein paar Worten zu danken. »Ich werde hingehen«, sagte er, als er sich bei der Tür vom Fabrikanten verabschiedete, »oder ihm, da ich jetzt sehr beschäftigt bin, schreiben, er möge einmal zu mir ins Büro kommen.« »Ich wußte ja«, sagte der Fabrikant, »daß Sie den besten Ausweg finden würden. Allerdings dachte ich, daß Sie es lieber vermeiden wollen, Leute wie diesen Titorelli in die Bank einzuladen, um mit ihm hier über den Prozeß zu sprechen. Es ist auch nicht immer vorteilhaft, Briefe an solche Leute aus der Hand zu geben. Aber Sie haben gewiß alles durchgedacht und wissen, was Sie tun dürfen.« K. nickte und begleitete den Fabrikanten noch durch das Vorzimmer. Aber trotz äußerlicher Ruhe war er über sich sehr erschrocken; daß er Titorelli schreiben würde, hatte er eigentlich nur gesagt, um dem Fabrikanten irgendwie zu zeigen, daß er die Empfehlung zu schätzen wisse und die Möglichkeiten, mit Titorelli zusammenzukommen, sofort überlege, aber wenn er Titorellis Beistand für wertvoll angesehen hätte, hätte er auch nicht gezögert, ihm wirklich zu schreiben. Die Gefahren aber, die das zur Folge haben könnte, hatte er erst durch die Bemerkung des Fabrikanten erkannt. Konnte er sich auf seinen eigenen Verstand tatsächlich schon so wenig verlassen? Wenn es möglich war, daß er einen fragwürdigen Menschen durch einen deutlichen Brief in die Bank einlud, um von ihm, nur durch eine Tür vom Direktor-Stellvertreter getrennt, Ratschläge wegen seines Prozesses zu erbitten, war es dann nicht möglich und sogar sehr wahrscheinlich, daß er auch andere Gefahren übersah oder in sie hineinrannte? Nicht immer stand jemand neben ihm, um ihn zu warnen. Und gerade jetzt, wo er mit gesammelten Kräften auftreten sollte, mußten derartige, ihm bisher fremde Zweifel an seiner eigenen Wachsamkeit auftreten! Sollten die Schwierigkeiten, die er bei Ausführung seiner Büroarbeit fühlte, nun auch im Prozeß beginnen? Jetzt allerdings begriff er es gar nicht mehr, wie es möglich gewesen war, daß er an Titorelli hatte schreiben und ihn in die Bank einladen wollen.

Er schüttelte noch den Kopf darüber, als der Diener an seine Seite trat und ihn auf drei Herren aufmerksam machte, die hier im Vorzimmer auf einer Bank saßen. Sie warteten schon lange darauf, zu K. vorgelassen zu werden. Jetzt, da der Diener mit K. sprach, waren sie aufgestanden, und jeder wollte eine günstige Gelegenheit ausnützen, um sich vor den anderen an K. heranzumachen. Da man von seiten der Bank so rücksichtslos war, sie hier im Wartezimmer ihre Zeit verlieren zu lassen, wollten auch sie keine Rücksicht mehr üben. »Herr Prokurist«, sagte schon der eine. Aber K. hatte sich vom Diener den Winterrock bringen lassen und sagte, während er ihn mit Hilfe des Dieners anzog, allen dreien: »Verzeihen Sie, meine Herren, ich habe augenblicklich leider keine Zeit, Sie zu empfangen. Ich bitte Sie sehr um Verzeihung, aber ich habe einen dringenden Geschäftsgang zu erledigen und muß sofort weggehen. Sie haben ja selbst gesehen, wie lange ich jetzt aufgehalten wurde. Wären Sie so freundlich, morgen oder wann immer wiederzukommen? Oder wollen wir die Sachen vielleicht telefonisch besprechen? Oder wollen Sie mir vielleicht jetzt kurz sagen, worum es sich handelt, und ich gebe Ihnen dann eine ausführliche schriftliche Antwort. Am besten wäre es allerdings, Sie kämen nächstens.« Diese Vorschläge K.s brachten die Herren, die nun vollständig nutzlos gewartet haben sollten, in solches Staunen, daß sie einander stumm ansahen. »Wir sind also einig?« fragte K., der sich nach dem Diener umgewendet hatte, der ihm nun auch den Hut brachte. Durch die offene Tür von K.s

Zimmer sah man, wie sich draußen der Schneefall sehr verstärkt hatte. K. schlug daher den Mantelkragen in die Höhe und knöpfte ihn hoch unter dem Halse zu.

Da trat gerade aus dem Nebenzimmer der Direktor-Stellvertreter, sah lächelnd K. im Winterrock mit den Herren verhandeln und fragte: »Sie gehen jetzt weg, Herr Prokurist?« »Ja«, sagte K. und richtete sich auf, »ich habe einen Geschäftsgang zu machen.« Aber der Direktor-Stellvertreter hatte sich schon den Herren zugewendet. »Und die Herren?« fragte er. »Ich glaube, sie warten schon lange.« »Wir haben uns schon geeinigt«, sagte K. Aber nun ließen sich die Herren nicht mehr halten, umringten K. und erklärten, daß sie nicht stundenlang gewartet hätten, wenn ihre Angelegenheiten nicht wichtig wären und nicht jetzt, und zwar ausführlich und unter vier Augen, besprochen werden müßten. Der Direktor-Stellvertreter hörte ihnen ein Weilchen zu, betrachtete auch K., der den Hut in der Hand hielt und ihn stellenweise von Staub reinigte, und sagte dann: »Meine Herren, es gibt ja einen sehr einfachen Ausweg. Wenn Sie mit mir vorlieb nehmen wollen, übernehme ich sehr gerne die Verhandlungen statt des Herren Prokuristen. Ihre Angelegenheiten müssen natürlich sofort besprochen werden. Wir sind Geschäftsleute wie Sie und wissen die Zeit von Geschäftsleuten richtig zu bewerten. Wollen Sie hier eintreten?« Und er öffnete die Tür, die zu dem Vorzimmer seines Büros führte.

Wie sich doch der Direktor-Stellvertreter alles anzueignen verstand, was K. jetzt notgedrungen aufgeben mußte! Gab aber K. nicht mehr auf, als unbedingt nötig war? Während er mit unbestimmten und, wie er sich eingestehen mußte, sehr geringen Hoffnungen zu einem unbekannten Maler lief, erlitt hier sein Ansehen eine unheilbare Schädigung. Es wäre wahrscheinlich viel besser gewesen, den Winterrock wieder auszuziehen und wenigstens die zwei Herren, die ja nebenan doch noch warten mußten, für sich zurückzugewinnen. K. hätte es vielleicht auch versucht, wenn er nicht jetzt in seinem Zimmer den Direktor-Stellvertreter erblickt hätte, wie er im Bücherständer, als wäre es sein eigener, etwas suchte. Als K. sich erregt der Tür näherte, rief er: »Ach, Sie sind noch nicht weggegangen!« Er wandte ihm sein Gesicht zu, dessen viele straffe Falten nicht Alter, sondern Kraft zu beweisen schienen, und fing sofort wieder zu suchen an. »Ich suche eine Vertragsabschrift«, sagte er, »die sich, wie der Vertreter der Firma behauptet, bei Ihnen befinden soll. Wollen Sie mir nicht suchen helfen?« K. machte einen Schritt, aber der Direktor-Stellvertreter sagte: »Danke, ich habe es schon gefunden«, und kehrte mit einem großen Paket Schriften, das nicht nur die Vertragsabschrift, sondern gewiß noch vieles andere enthielt, wieder in sein Zimmer zurück.

»Jetzt bin ich ihm nicht gewachsen«, sagte sich K., »wenn aber meine persönlichen Schwierigkeiten einmal beseitigt sein werden, dann soll er wahrhaftig der erste sein, der es zu fühlen bekommt, und zwar möglichst bitter.« Durch diesen Gedanken ein wenig beruhigt, gab K. dem Diener, der schon lange die Tür zum Korridor für ihn offenhielt, den Auftrag, dem Direktor gelegentlich die Meldung zu machen, daß er sich auf einem Geschäftsgang befinde, und verließ, fast glücklich darüber, sich eine Zeitlang vollständiger seiner Sache widmen zu können, die Bank.

Er fuhr sofort zum Maler, der in einer Vorstadt wohnte, die jener, in welcher sich die Gerichtskanzleien befanden, vollständig entgegengesetzt war. Es war eine noch ärmere Gegend, die Häuser noch dunkler, die Gassen voll Schmutz, der auf dem zerflossenen Schnee langsam umhertrieb. Im Hause, in dem der Maler wohnte, war nur ein Flügel des großen Tores geöffnet, in den anderen aber war unten in der Mauer eine Lücke gebrochen, aus der gerade, als sich K. näherte, eine widerliche, gelbe, rauchende Flüssigkeit herausschoß, vor der sich einige Ratten in den nahen Kanal flüchteten. Unten an der Treppe lag ein kleines Kind bäuchlings auf der Erde und weinte, aber man hörte es kaum infolge des alles übertönenden Lärms, der aus einer Klempnerwerkstätte auf der anderen Seite des Torganges kam. Die Tür der Werkstätte war offen, drei Gehilfen standen im Halbkreis um irgendein Werkstück, auf das sie mit den Hämmern schlugen. Eine große Platte Weißblech, die an der Wand hing, warf ein bleiches Licht, das zwischen zwei Gehilfen eindrang und die Gesichter und Arbeitsschürzen erhellte. K. hatte für alles nur einen flüchtigen Blick, er wollte möglichst rasch hier fertig werden, nur den Maler mit ein paar Worten ausforschen und sofort wieder in die Bank zurückgehen. Wenn er hier nur den kleinsten Erfolg hatte, sollte das auf seine heutige Arbeit in der Bank noch eine gute Wirkung ausüben. Im dritten Stockwerk mußte er seinen Schritt mäßigen, er war ganz außer Atem, die Treppen, ebenso wie die Stockwerke, waren übermäßig hoch, und der Maler sollte ganz oben in einer Dachkammer wohnen. Auch war die Luft sehr drückend, es gab keinen Treppenhof, die enge Treppe war auf beiden Seiten von Mauern eingeschlossen, in denen nur hier und da fast ganz oben kleine Fenster angebracht waren. Gerade als K. ein wenig stehenblieb, liefen ein paar kleine Mädchen aus einer Wohnung heraus und eilten lachend die Treppe weiter hinauf. K. folgte ihnen langsam, holte eines der Mädchen ein, das gestolpert und hinter den anderen zurückgeblieben war, und fragte es, während sie nebeneinander weiterstiegen: »Wohnt hier ein Maler Titorelli?« Das Mädchen, ein kaum dreizehnjähriges, etwas buckliges Mädchen, stieß ihn darauf mit dem Ellbogen an und sah von der Seite zu ihm auf. Weder ihre Jugend noch ihr Körperfehler hatte verhindern können, daß sie schon ganz verdorben war. Sie lächelte nicht einmal, sondern sah K. ernst mit scharfem, aufforderndem Blicke an. K. tat, als hätte er ihr Benehmen nicht bemerkt, und fragte: »Kennst du den Maler Titorelli?« Sie nickte und fragte ihrerseits: »Was wollen Sie von ihm?« K. schien es vorteilhaft, sich noch schnell ein wenig über Titorelli zu unterrichten: »Ich will mich von ihm malen lassen«, sagte er. »Malen lassen?« fragte sie, öffnete übermäßig den Mund, schlug leicht mit der Hand gegen K., als hätte er etwas außerordentlich Überraschendes oder Ungeschicktes gesagt, hob mit beiden Händen ihr ohnedies sehr kurzes Röckchen und lief, so schnell sie konnte, hinter den andern Mädchen her, deren Geschrei schon undeutlich in der Höhe sich verlor. Bei der nächsten Wendung der Treppe aber traf K. schon wieder alle Mädchen. Sie waren offenbar von der Buckligen von K.s Absicht verständigt worden und erwarteten ihn. Sie standen zu beiden Seiten der Treppe, drückten sich an die Mauer, damit K. bequem zwischen ihnen durchkomme, und glätteten mit der Hand ihre Schürzen. Alle Gesichter, wie auch diese

Spalierbildung, stellten eine Mischung von Kindlichkeit und Verworfenheit dar. Oben, an der Spitze der Mädchen, die sich jetzt hinter K. lachend zusammenschlossen, war die Bucklige, welche die Führung übernahm. K. hatte es ihr zu verdanken, daß er gleich den richtigen Weg fand. Er wollte nämlich geradeaus weitersteigen, sie aber zeigte ihm, daß er eine Abzweigung der Treppe wählen müsse, um zu Titorelli zu kommen. Die Treppe, die zu ihm führte, war besonders schmal, sehr lang, ohne Biegung, in ihrer ganzen Länge zu übersehen und oben unmittelbar vor Titorellis Tür abgeschlossen. Diese Tür, die durch ein kleines, schief über ihr eingesetztes Oberlichtfenster im Gegensatz zur übrigen Treppe verhältnismäßig hell beleuchtet wurde, war aus nicht übertünchten Balken zusammengesetzt, auf die der Name Titorelli mit roter Farbe in breiten Pinselstrichen gemalt war. K. war mit seinem Gefolge noch kaum in der Mitte der Treppe, als oben, offenbar veranlaßt durch das Geräusch der vielen Schritte, die Tür ein wenig geöffnet wurde und ein wahrscheinlich nur mit einem Nachthemd bekleideter Mann in der Türspalte erschien. »Oh!« rief er, als er die Menge kommen sah, und verschwand. Die Bucklige klatschte vor Freude in die Hände, und die übrigen Mädchen drängten hinter K., um ihn schneller vorwärtszutreiben.

Sie waren aber noch nicht einmal hinaufgekommen, als oben der Maler die Tür gänzlich aufriß und mit einer tiefen Verbeugung K. einlud, einzutreten. Die Mädchen dagegen wehrte er ab, er wollte keine von ihnen einlassen, sosehr sie baten und sosehr sie versuchten, wenn schon nicht mit seiner Erlaubnis, so gegen seinen Willen einzudringen. Nur der Buckligen gelang es, unter seinem ausgestreckten Arm durchzuschlüpfen, aber der Maler jagte hinter ihr her, packte sie bei den Röcken, wirbelte sie einmal um sich herum und setzte sie dann vor die Tür bei den anderen Mädchen ab, die es, während der Maler seinen Posten verlassen hatte, doch nicht gewagt hatten, die Schwelle zu überschreiten. K. wußte nicht, wie er das Ganze beurteilen sollte, es hatte nämlich den Anschein, als ob alles in freundschaftlichem Einvernehmen geschehe. Die Mädchen bei der Tür streckten, eines hinter dem anderen, die Hälse in die Höhe, riefen dem Maler verschiedene scherzhaft gemeinte Worte zu, die K. nicht verstand, und auch der Maler lachte, während die Bucklige in seiner Hand fast flog. Dann schloß er die Tür, verbeugte sich nochmals vor K., reichte ihm die Hand und sagte, sich vorstellend: »Kunstmaler Titorelli.« K. zeigte auf die Tür, hinter der die Mädchen flüsterten, und sagte: »Sie scheinen im Hause sehr beliebt zu sein.« »Ach, die Fratzen!« sagte der Maler und suchte vergebens sein Nachthemd am Halse zuzuknöpfen. Er war im übrigen bloßfüßig und nur noch mit einer breiten, gelblichen Leinenhose bekleidet, die mit einem Riemen festgemacht war, dessen langes Ende frei hin und her schlug. »Diese Fratzen sind mir eine wahre Last«, fuhr er fort, während er vom Nachthemd, dessen letzter Knopf gerade abgerissen war, abließ, einen Sessel holte und K. zum Niedersetzen nötigte. »Ich habe eine von ihnen – sie ist heute nicht einmal dabei – einmal gemalt, und seitdem verfolgen mich alle. Wenn ich selbst hier bin, kommen sie nur herein, wenn ich es erlaube, bin ich aber einmal weg, dann ist immer zumindest eine da. Sie haben sich einen Schlüssel zu meiner Tür machen lassen, den sie untereinander verleihen. Man kann sich kaum vorstellen, wie lästig das ist. Ich komme zum Beispiel mit einer Dame, die ich malen soll, nach Hause, öffne die Tür mit meinem Schlüssel und finde etwa die Bucklige dort beim Tischchen, wie sie sich mit dem Pinsel die Lippen rot färbt, während ihre kleinen Geschwister, die sie zu beaufsichtigen hat, sich herumtreiben und das Zimmer in allen Ecken verunreinigen. Oder ich komme, wie es mir erst gestern geschehen ist, spätabends nach Hause – entschuldigen Sie, bitte, mit Rücksicht darauf meinen Zustand und die Unordnung im Zimmer –, also ich komme spätabends nach Hause und will ins Bett steigen, da zwickt mich etwas ins Bein, ich schaue unter das Bett und ziehe wieder so ein Ding heraus. Warum sie sich so zu mir drängen, weiß ich nicht, daß ich sie nicht zu mir zu locken suche, dürften Sie eben bemerkt haben. Natürlich bin ich dadurch auch in meiner Arbeit gestört. Wäre mir dieses Atelier nicht umsonst zur Verfügung gestellt, ich wäre schon längst ausgezogen.« Gerade rief hinter der Tür ein Stimmchen, zart und ängstlich: »Titorelli, dürfen wir schon kommen?« »Nein«, antwortete der Maler. »Ich allein auch nicht?« fragte es wieder. »Auch nicht«, sagte der Maler, ging zur Tür und sperrte sie ab.

K. hatte sich inzwischen im Zimmer umgesehen, er wäre niemals selbst auf den Gedanken gekommen, daß man dieses elende kleine Zimmer ein Atelier nennen könnte. Mehr als zwei lange Schritte konnte man der Länge und Quere nach kaum hier machen. Alles, Fußboden, Wände und Zimmerdecke, war aus Holz, zwischen den Balken sah man schmale Ritzen. K. gegenüber stand an der Wand das Bett, das mit verschiedenfarbigem Bettzeug überladen war. In der Mitte des Zimmers war auf einer Staffelei ein Bild, das mit einem Hemd verhüllt war, dessen Ärmel bis zum Boden baumelten. Hinter K. war das Fenster, durch das man im Nebel nicht weiter sehen konnte als über das mit Schnee bedeckte Dach des Nachbarhauses.

Das Umdrehen des Schlüssels im Schloß erinnerte K. daran, daß er bald hatte weggehen wollen. Er zog daher den Brief des Fabrikanten aus der Tasche, reichte ihn dem Maler und sagte: »Ich habe durch diesen Herrn, Ihren Bekannten, von Ihnen erfahren und bin auf seinen Rat hin gekommen.« Der Maler las den Brief flüchtig durch und warf ihn aufs Bett. Hätte der Fabrikant nicht auf das bestimmteste von Titorelli als von seinem Bekannten gesprochen, als von einem armen Menschen, der auf seine Almosen angewiesen war, so hätte man jetzt wirklich glauben können, Titorelli kenne den Fabrikanten nicht oder wisse sich an ihn wenigstens nicht zu erinnern. Überdies fragte nun der Maler: »Wollen Sie Bilder kaufen oder sich selbst malen lassen?« K. sah den Maler erstaunt an. Was stand denn eigentlich in dem Brief? K. hatte es als selbstverständlich angenommen, daß der Fabrikant in dem Brief den Maler davon unterrichtet hatte, daß K. nichts anderes wollte, als sich hier wegen seines Prozesses zu erkundigen. Er war doch gar zu eilig und unüberlegt hierhergelaufen! Aber er mußte jetzt dem Maler irgendwie antworten und sagte mit einem Blick auf die Staffelei: »Sie arbeiten gerade an einem Bild?« »Ja«, sagte der Maler und warf das Hemd, das über der Staffelei hing, dem Brief nach auf das Bett. »Es ist ein Porträt. Eine gute Arbeit, aber noch nicht ganz fertig.« Der Zufall war K. günstig, die Möglichkeit, vom Gericht zu reden, wurde ihm förmlich dargeboten, denn es war offenbar das Porträt eines Richters. Es war übrigens dem Bild im Arbeitszimmer des Advokaten auffallend ähnlich. Es handelte sich hier zwar um einen ganz anderen Richter, einen dicken Mann mit schwarzem, buschigem Vollbart, der seitlich weit die Wangen hinaufreichte, auch war jenes Bild ein Ölbild, dieses aber mit Pastellfarben schwach und undeutlich angesetzt. Aber alles übrige war ähnlich, denn auch hier wollte sich gerade der Richter von seinem Thronsessel, dessen Seitenlehnen er festhielt, drohend erheben. »Das ist ja ein Richter«, hatte K. gleich sagen wollen, hielt sich dann aber vorläufig noch zurück und näherte sich dem Bild, als wolle er es in den Einzelheiten studieren. Eine große Figur, die in der Mitte der Rückenlehne des Thronsessels stand, konnte er sich nicht erklären und fragte den Maler nach ihr. Sie müsse noch ein wenig ausgearbeitet werden, antwortete der Maler, holte von einem Tischchen einen Pastellstift und strichelte mit ihm ein wenig an den Rändern der Figur, ohne sie aber dadurch für K. deutlicher zu machen. »Es ist die Gerechtigkeit«, sagte der Maler schließlich. »Jetzt erkenne ich sie schon«, sagte K., »hier ist die Binde um die Augen und hier die Waage. Aber sind nicht an den Fersen Flügel und befindet sie sich nicht im Lauf?« »Ja«, sagte der Maler, »ich mußte es über Auftrag so malen, es ist eigentlich die Gerechtigkeit und die Siegesgöttin in einem.« »Das ist keine gute Verbindung«, sagte K. lächelnd, »die Gerechtigkeit muß ruhen, sonst schwankt die Waage, und es ist kein gerechtes Urteil möglich.« »Ich füge mich darin meinem Auftraggeber«, sagte der Maler. »Ja gewiß«, sagte K., der mit seiner Bemerkung niemanden hatte kränken wollen. »Sie haben die Figur so gemalt, wie sie auf dem Thronsessel wirklich steht.« »Nein«, sagte der Maler, »ich habe weder die Figur noch den Thronsessel gesehen, das alles ist Erfindung, aber es wurde mir angegeben, was ich zu malen habe.« »Wie?« fragte K., er tat absichtlich, als verstehe er den Maler nicht völlig, »es ist doch ein Richter, der auf dem Richterstuhl sitzt?« »Ja«, sagte der Maler, »aber er ist kein hoher Richter und ist niemals auf einem solchen Thronsessel gesessen.« »Und läßt sich doch in so feierlicher Haltung malen? Er sitzt ja da wie ein Gerichtspräsident.« »Ja, eitel sind die Herren«, sagte der Maler. »Aber sie haben die höhere Erlaubnis, sich so malen zu lassen. Jedem ist genau vorgeschrieben, wie er sich malen lassen darf. Nur kann man leider gerade nach diesem Bilde die Einzelheiten der Tracht und des Sitzes nicht beurteilen, die Pastellfarben sind für solche Darstellungen nicht geeignet.« »Ja«, sagte K., »es ist sonderbar, daß es in Pastellfarben gemalt ist.« »Der Richter wünschte es so«, sagte der Maler, »es ist für eine Dame bestimmt.« Der Anblick des Bildes schien ihm Lust zur Arbeit gemacht zu haben, er krempelte die Hemdärmel aufwärts, nahm einige Stifte in die Hand, und K. sah zu, wie unter den zitternden Spitzen der Stifte anschließend an den Kopf des Richters ein rötlicher Schatten sich bildete, der strahlenförmig gegen den Rand des Bildes verging. Allmählich umgab dieses Spiel des Schattens den Kopf wie ein Schmuck oder eine hohe Auszeichnung. Um die Figur der Gerechtigkeit aber blieb es bis auf eine unmerkliche Tönung hell, in dieser Helligkeit schien die Figur besonders vorzudringen, sie erinnerte kaum mehr an die Göttin der Gerechtigkeit, aber auch nicht an die des Sieges, sie sah jetzt vielmehr vollkommen wie die Göttin der Jagd aus.

Die Arbeit des Malers zog K. mehr an, als er wollte; schließlich aber machte er sich doch Vorwürfe, daß er so lange schon hier war und im Grunde noch nichts für seine eigene Sache unternommen hatte. »Wie heißt dieser Richter?« fragte er plötzlich. »Das darf ich nicht sagen«, antwortete der Maler, er war tief zum Bild hinabgebeugt und vernachlässigte deutlich seinen Gast, den er doch zuerst so rücksichtsvoll empfangen hatte. K. hielt das für eine Laune und ärgerte sich darüber, weil er dadurch Zeit verlor. »Sie sind wohl ein Vertrauensmann des Gerichtes?« fragte er. Sofort legte der Maler die Stifte beiseite, richtete sich auf, rieb die Hände aneinander und sah K. lächelnd an. »Nur immer gleich mit der Wahrheit heraus«, sagte er, »Sie wollen etwas über das Gericht erfahren, wie es ja auch in Ihrem Empfehlungsschreiben steht, und haben zunächst über meine Bilder gesprochen, um mich zu gewinnen. Aber ich nehme das nicht übel, Sie konnten ja nicht wissen, daß das bei mir unangebracht ist. Oh, bitte!« sagte er scharf abwehrend, als K. etwas einwenden wollte. Und fuhr dann fort: »Im übrigen haben Sie mit Ihrer Bemerkung vollständig recht, ich bin ein Vertrauensmann des Gerichtes.« Er machte eine Pause, als wolle er K. Zeit lassen, sich mit dieser Tatsache abzufinden. Man hörte jetzt wieder hinter der Tür die Mädchen. Sie drängten sich wahrscheinlich um das Schlüsselloch, vielleicht konnte man auch durch die Ritzen ins Zimmer hineinsehen. K. unterließ es, sich irgendwie zu entschuldigen, denn er wollte den Maler nicht ablenken, wohl aber wollte er nicht, daß der Maler sich allzusehr überhebe und sich auf diese Weise gewissermaßen unerreichbar mache, er fragte deshalb: »Ist das eine öffentlich anerkannte Stellung?« »Nein«, sagte der Maler kurz, als sei ihm dadurch die weitere Rede verschlagen. K. wollte ihn aber nicht verstummen lassen und sagte: »Nun, oft sind derartige nicht anerkannte Stellungen einflußreicher als die anerkannten.« »Das ist eben bei mir der Fall«, sagte der Maler und nickte mit zusammengezogener Stirn. »Ich sprach gestern mit dem Fabrikanten über Ihren Fall, er fragte mich, ob ich Ihnen nicht helfen wollte, ich antwortete: ›Der Mann kann ja einmal zu mir kommen‹, und nun freue ich mich, Sie so bald hier zu sehen. Die Sache scheint Ihnen ja sehr nahezugehen, worüber ich mich natürlich gar nicht wundere. Wollen Sie vielleicht zunächst Ihren Rock ablegen?« Obwohl K. beabsichtigte, nur ganz kurze Zeit hierzubleiben, war ihm diese Aufforderung des Malers doch sehr willkommen. Die Luft im Zimmer war ihm allmählich drückend geworden, öfters hatte er schon verwundert auf einen kleinen, zweifellos nicht geheizten Eisenofen in der Ecke hingesehen, die Schwüle im Zimmer war unerklärlich. Während er den Winterrock ablegte und auch noch den Rock aufknöpfte, sagte der Maler, sich entschuldigend: »Ich muß Wärme haben. Es ist hier doch sehr behaglich, nicht? Das Zimmer ist in dieser Hinsicht sehr gut gelegen.« K. sagte nichts dazu, aber es war eigentlich nicht die Wärme, die ihm Unbehagen machte, es war vielmehr die dumpfe, das Atmen fast behindernde Luft, das Zimmer war wohl schon lange nicht gelüftet. Diese Unannehmlichkeit wurde für K. dadurch verstärkt, daß ihn der Maler bat, sich auf das Bett zu setzen, während er selbst sich auf den einzigen Stuhl des Zimmers vor der Staffelei niedersetzte. Außerdem schien es der Maler mißzuverstehen, warum K. nur am Bettrand blieb, er bat vielmehr, K. möchte es sich bequem machen und ging, da K. zögerte, selbst hin und drängte ihn tief in die Betten und Polster hinein. Dann kehrte er wieder zu seinem Sessel zurück und stellte endlich die erste sachliche Frage, die K. alles andere vergessen ließ. »Sie sind unschuldig?« fragte er. »Ja«, sagte K. Die Beantwortung dieser Frage machte ihm geradezu Freude, besonders da sie gegenüber einem Privatmann, also ohne jede Verantwortung erfolgte. Noch niemand hatte ihn so offen gefragt. Um diese Freude auszukosten, fügte er noch hinzu: »Ich bin vollständig unschuldig.« »So«, sagte der Maler, senkte den Kopf und schien nachzudenken. Plötzlich hob er wieder den Kopf und sagte: »Wenn Sie unschuldig sind, dann ist ja die Sache sehr einfach.« K.s Blick trübte sich, dieser angebliche Vertrauensmann des Gerichtes redete wie ein unwissendes Kind. »Meine Unschuld vereinfacht die Sache nicht«, sagte K. Er mußte trotz allem lächeln und schüttelte langsam den Kopf. »Es kommt auf viele Feinheiten an, in denen sich das Gericht verliert. Zum Schluß aber zieht es von irgendwoher, wo ursprünglich gar nichts gewesen ist, eine große Schuld hervor.« »Ja, ja gewiß«, sagte der Maler, als störe K. unnötigerweise seinen Gedankengang. »Sie sind aber doch unschuldig?« »Nun ja«, sagte K. »Das ist die Hauptsache«, sagte der Maler. Er war durch Gegengründe nicht zu beeinflussen, nur war es trotz seiner Entschiedenheit nicht klar, ob er aus Überzeugung oder nur aus Gleichgültigkeit so redete. K. wollte das zunächst feststellen und sagte deshalb: »Sie kennen ja gewiß das Gericht viel besser als ich, ich weiß nicht viel mehr, als was ich darüber, allerdings von ganz verschiedenen Leuten, gehört habe. Darin stimmten aber alle überein, daß leichtsinnige Anklagen nicht erhoben werden und daß das Gericht, wenn es einmal anklagt, fest von der Schuld des Angeklagten überzeugt ist und von dieser Überzeugung nur schwer abgebracht werden kann.« »Schwer?« fragte der Maler und warf eine Hand in die Höhe. »Niemals ist das Gericht davon abzubringen. Wenn ich hier alle Richter nebeneinander auf eine Leinwand male und Sie werden sich vor dieser Leinwand verteidigen, so werden Sie mehr Erfolg haben als vor dem wirklichen Gericht.« »Ja«, sagte K. für sich und vergaß, daß er den Maler nur hatte ausforschen wollen.

Wieder begann ein Mädchen hinter der Tür zu fragen: »Titorelli, wird er denn nicht schon bald weggehen?« »Schweigt!« rief der Maler zur Tür hin, »seht ihr denn nicht, daß ich mit dem Herrn eine Besprechung habe?« Aber das Mädchen gab sich damit nicht zufrieden, sondern fragte: »Du wirst ihn malen?« Und als der Maler nicht antwortete, sagte sie noch: »Bitte, mal ihn nicht, einen so häßlichen Menschen.« Ein Durcheinander unverständlicher zustimmender Zurufe folgte. Der Maler machte einen Sprung zur Tür, öffnete sie bis zu einem Spalt – man sah die bittend vorgestreckten, gefalteten Hände der Mädchen – und sagte: »Wenn ihr nicht still seid, werfe ich euch alle die Treppe hinunter. Setzt euch hier auf die Stufen und verhaltet euch ruhig.« Wahrscheinlich folgten sie nicht gleich, so daß er kommandieren mußte: »Nieder auf die Stufen!« Erst dann wurde es still.

»Verzeihen Sie«, sagte der Maler, als er zu K. wieder zurückkehrte. K. hatte sich kaum zur Tür hingewendet, er hatte es vollständig dem Maler überlassen, ob und wie er ihn in Schutz nehmen wollte. Er machte auch jetzt kaum eine Bewegung, als sich der Maler zu ihm niederbeugte und ihm, um draußen nicht gehört zu werden, ins

Ohr flüsterte: »Auch diese Mädchen gehören zum Gericht.« »Wie?« fragte K., wich mit dem Kopf zur Seite und sah den Maler an. Dieser aber setzte sich wieder auf seinen Sessel und sagte halb im Scherz, halb zur Erklärung: »Es gehört ja alles zum Gericht.« »Das habe ich noch nicht bemerkt«, sagte K. kurz, die allgemeine Bemerkung des Malers nahm dem Hinweis auf die Mädchen alles Beunruhigende. Trotzdem sah K. ein Weilchen lang zur Tür hin, hinter der die Mädchen jetzt still auf den Stufen saßen. Nur eines hatte einen Strohhalm durch eine Ritze zwischen den Balken gesteckt und führte ihn langsam auf und ab.

»Sie scheinen noch keinen Überblick über das Gericht zu haben«, sagte der Maler, er hatte die Beine weit auseinandergestreckt und klatschte mit den Fußspitzen auf den Boden. »Da Sie aber unschuldig sind, werden Sie ihn auch nicht benötigen. Ich allein hole Sie heraus.« »Wie wollen Sie das tun?« fragte K. »Da Sie doch vor kurzem selbst gesagt haben, daß das Gericht für Beweisgründe vollständig unzugänglich ist.« »Unzugänglich nur für Beweisgründe, die man vor dem Gericht vorbringt«, sagte der Maler und hob den Zeigefinger, als habe K. eine feine Unterscheidung nicht bemerkt. »Anders verhält es sich aber damit, was man in dieser Hinsicht hinter dem öffentlichen Gericht versucht, also in den Beratungszimmern, in den Korridoren oder zum Beispiel auch hier, im Atelier.« Was der Maler jetzt sagte, schien K. nicht mehr so unglaubwürdig, es zeigte vielmehr eine große Übereinstimmung mit dem, was K. auch von anderen Leuten gehört hatte. Ja, es war sogar sehr hoffnungsvoll. Waren die Richter durch persönliche Beziehungen wirklich so leicht zu lenken, wie es der Advokat dargestellt hatte, dann waren die Beziehungen des Malers zu den eitlen Richtern besonders wichtig und jedenfalls keineswegs zu unterschätzen. Dann fügte sich der Maler sehr gut in den Kreis von Helfern, die K. allmählich um sich versammelte. Man hatte einmal in der Bank sein Organisationstalent gerühmt, hier, wo er ganz allein auf sich gestellt war, zeigte sich eine gute Gelegenheit, es auf das Äußerste zu erproben. Der Maler beobachtete die Wirkung, die seine Erklärung auf K. gemacht hatte und sagte dann mit einer gewissen Ängstlichkeit: »Fällt es Ihnen nicht auf, daß ich fast wie ein Jurist spreche? Es ist der ununterbrochene Verkehr mit den Herren vom Gericht, der mich so beeinflußt. Ich habe natürlich viel Gewinn davon, aber der künstlerische Schwung geht zum großen Teil verloren.« »Wie sind Sie denn zum erstenmal mit den Richtern in Verbindung gekommen?« fragte K., er wollte zuerst das Vertrauen des Malers gewinnen, bevor er ihn geradezu in seine Dienste nahm. »Das war sehr einfach«, sagte der Maler, »ich habe diese Verbindung geerbt. Schon mein Vater war Gerichtsmaler. Es ist das eine Stellung, die sich immer vererbt. Man kann dafür neue Leute nicht brauchen. Es sind nämlich für das Malen der verschiedenen Beamtengrade so verschiedene, vielfache und vor allem geheime Regeln aufgestellt, daß sie überhaupt nicht außerhalb bestimmter Familien bekannt werden. Dort in der Schublade zum Beispiel habe ich die Aufzeichnungen meines Vaters, die ich niemandem zeige. Aber nur wer sie kennt, ist zum Malen von Richtern befähigt. Jedoch, selbst wenn ich sie verlöre, blieben mir noch so viele Regeln, die ich allein in meinem Kopfe trage, daß mir niemand meine Stellung streitig machen könnte. Es will doch jeder Richter so gemalt werden, wie die alten, großen Richter gemalt worden sind, und das kann nur ich.« »Das ist beneidenswert«, sagte K., der an seine Stellung in der Bank dachte. »Ihre Stellung ist also unerschütterlich?« »Ja, unerschütterlich«, sagte der Maler und hob stolz die Achseln. »Deshalb kann ich es auch wagen, hier und da einem armen Manne, der einen Prozeß hat, zu helfen.« »Und wie tun Sie das?« fragte K., als sei es nicht er, den der Maler soeben einen armen Mann genannt hatte. Der Maler aber ließ sich nicht ablenken, sondern sagte: »In Ihrem Fall zum Beispiel werde ich, da Sie vollständig unschuldig sind, folgendes unternehmen.« Die wiederholte Erwähnung seiner Unschuld wurde K. schon lästig. Ihm schien es manchmal, als mache der Maler durch solche Bemerkungen einen günstigen Ausgang des Prozesses zur Voraussetzung seiner Hilfe, die dadurch natürlich in sich selbst zusammenfiel. Trotz diesen Zweifeln bezwang sich aber K. und unterbrach den Maler nicht. Verzichten wollte er auf die Hilfe des Malers nicht, dazu war er entschlossen, auch schien ihm diese Hilfe durchaus nicht fragwürdiger als die des Advokaten zu sein. K. zog sie jener sogar bei weitem vor, weil sie harmloser und offener dargeboten wurde.

Der Maler hatte seinen Sessel näher zum Bett gezogen und fuhr mit gedämpfter Stimme fort: »Ich habe vergessen, Sie zunächst zu fragen, welche Art der Befreiung Sie wünschen. Es gibt drei Möglichkeiten, nämlich die wirkliche Freisprechung, die scheinbare Freisprechung und die Verschleppung. Die wirkliche Freisprechung ist natürlich das Beste, nur habe ich nicht den geringsten Einfluß auf diese Art der Lösung. Es gibt meiner Meinung nach überhaupt keine einzelne Person, die auf die wirkliche Freisprechung Einfluß hätte. Hier entscheidet wahrscheinlich nur die Unschuld des Angeklagten. Da Sie unschuldig sind, wäre es wirklich möglich, daß Sie sich allein auf Ihre Unschuld verlassen. Dann brauchen Sie aber weder mich noch irgendeine andere Hilfe.«

Diese geordnete Darstellung verblüffte K. anfangs, dann aber sagte er ebenso leise wie der Maler: »Ich glaube, Sie widersprechen sich.« »Wie denn?« fragte der Maler geduldig und lehnte sich lächelnd zurück. Dieses Lächeln erweckte in K. das Gefühl, als ob er jetzt daran gehe, nicht in den Worten des Malers, sondern in dem Gerichtsverfahren selbst Widersprüche zu entdecken. Trotzdem wich er aber nicht zurück und sagte: »Sie haben früher die Bemerkung gemacht, daß das Gericht für Beweisgründe unzugänglich ist, später haben Sie dies auf das öffentliche Gericht eingeschränkt, und jetzt sagen Sie sogar, daß der Unschuldige vor dem Gericht keine Hilfe braucht. Darin liegt schon ein Widerspruch. Außerdem aber haben Sie früher gesagt, daß man die Richter persönlich beeinflussen kann, stellen aber jetzt in Abrede, daß die wirkliche Freisprechung, wie Sie sie nennen, jemals durch persönliche Beeinflussung zu erreichen ist. Darin liegt der zweite Widerspruch.« »Diese Widersprüche sind leicht aufzuklären«, sagte der Maler. »Es ist hier von zwei verschiedenen Dingen die Rede, von dem, was im Gesetz steht, und von dem, was ich persönlich erfahren habe, das dürfen Sie nicht verwechseln. Im Gesetz, ich habe es allerdings nicht gelesen, steht natürlich einerseits, daß der Unschuldige freigesprochen wird, andererseits steht dort aber nicht, daß die Richter beeinflußt werden können. Nun habe aber ich gerade das

Gegenteil dessen erfahren. Ich weiß von keiner wirklichen Freisprechung, wohl aber von vielen Beeinflussungen. Es ist natürlich möglich, daß in allen mir bekannten Fällen keine Unschuld vorhanden war. Aber ist das nicht unwahrscheinlich? In so vielen Fällen keine einzige Unschuld? Schon als Kind hörte ich dem Vater genau zu, wenn er zu Hause von Prozessen erzählte, auch die Richter, die in sein Atelier kamen, erzählten vom Gericht, man spricht in unseren Kreisen überhaupt von nichts anderem; kaum bekam ich die Möglichkeit, selbst zu Gerichte zu gehen, nützte ich sie immer aus, unzählbare Prozesse habe ich in wichtigen Stadien angehört und, soweit sie sichtbar sind, verfolgt, und – ich muß es zugeben – nicht einen einzigen wirklichen Freispruch erlebt.« »Keinen einzigen Freispruch also«, sagte K., als rede er zu sich selbst und zu seinen Hoffnungen. »Das bestätigt aber die Meinung, die ich von dem Gericht schon habe. Es ist also auch von dieser Seite zwecklos. Ein einziger Henker könnte das ganze Gericht ersetzen.« »Sie dürfen nicht verallgemeinern«, sagte der Maler unzufrieden, »ich habe ja nur von meinen Erfahrungen gesprochen.« »Das genügt doch«, sagte K., »oder haben Sie von Freisprüchen aus früherer Zeit gehört?« »Solche Freisprüche«, antwortete der Maler, »soll es allerdings gegeben haben. Nur ist es sehr schwer, das festzustellen. Die abschließenden Entscheidungen des Gerichts werden nicht veröffentlicht, sie sind nicht einmal den Richtern zugänglich, infolgedessen haben sich über alte Gerichtsfälle nur Legenden erhalten. Diese enthalten allerdings sogar in der Mehrzahl wirkliche Freisprechungen, man kann sie glauben, nachweisbar sind sie aber nicht. Trotzdem muß man sie nicht ganz vernachlässigen, eine gewisse Wahrheit enthalten sie wohl gewiß, auch sind sie sehr schön, ich selbst habe einige Bilder gemalt, die solche Legenden zum Inhalt haben.« »Bloße Legenden ändern meine Meinung nicht«, sagte K., »man kann sich wohl auch vor Gericht auf diese Legenden nicht berufen?« Der Maler lachte. »Nein, das kann man nicht«, sagte er. »Dann ist es nutzlos, darüber zu reden«, sagte K., er wollte vorläufig alle Meinungen des Malers hinnehmen, selbst wenn er sie für unwahrscheinlich hielt und sie anderen Berichten widersprachen. Er hatte jetzt nicht die Zeit, alles, was der Maler sagte, auf die Wahrheit hin zu überprüfen oder gar zu widerlegen, es war schon das Äußerste erreicht, wenn er den Maler dazu bewog, ihm in irgendeiner, sei es auch in einer nicht entscheidenden Weise zu helfen. Darum sagte er: »Sehen wir also von der wirklichen Freisprechung ab, Sie erwähnten aber noch zwei andere Möglichkeiten.« »Die scheinbare Freisprechung und die Verschleppung. Um die allein kann es sich handeln«, sagte der Maler. »Wollen Sie aber nicht, ehe wir davon reden, den Rock ausziehen? Es ist Ihnen wohl heiß.« »Ja«, sagte K., der bisher auf nichts als auf die Erklärungen des Malers geachtet hatte, dem aber jetzt, da er an die Hitze erinnert worden war, starker Schweiß auf der Stirn ausbrach. »Es ist fast unerträglich.« Der Maler nickte, als verstehe er K.s Unbehagen sehr gut. »Könnte man nicht das Fenster öffnen?« fragte K. »Nein«, sagte der Maler. »Es ist bloß eine feste eingesetzte Glasscheibe, man kann es nicht öffnen.« Jetzt erkannte K., daß er die ganze Zeit über darauf gehofft hatte, plötzlich werde der Maler oder er zum Fenster gehen und es aufreißen. Er war darauf vorbereitet, selbst den Nebel mit offenem Mund einzuatmen. Das Gefühl, hier von der Luft vollständig abgesperrt zu sein, verursachte ihm Schwindel. Er schlug leicht mit der Hand auf das Federbett neben sich und sagte mit schwacher Stimme: »Das ist ja unbequem und ungesund.« »Oh nein«, sagte der Maler zur Verteidigung seines Fensters, »dadurch, daß es nicht aufgemacht werden kann, wird, obwohl es nur eine einfache Scheibe ist, die Wärme hier besser festgehalten als durch ein Doppelfenster. Will ich aber lüften, was nicht sehr notwendig ist, da durch die Balkenritzen überall Luft eindringt, kann ich eine meiner Türen oder sogar beide öffnen.« K., durch diese Erklärung ein wenig getröstet, blickte herum, um die zweite Tür zu finden. Der Maler bemerkte das und sagte: »Sie ist hinter Ihnen, ich mußte sie durch das Bett verstellen.« Jetzt erst sah K. die kleine Tür in der Wand. »Es ist eben hier alles viel zu klein für ein Atelier«, sagte der Maler, als wolle er einem Tadel K.s zuvorkommen. »Ich mußte mich einrichten, so gut es ging. Das Bett vor der Tür steht natürlich an einem sehr schlechten Platz. Der Richter zum Beispiel, den ich jetzt male, kommt immer durch die Tür beim Bett, und ich habe ihm auch einen Schlüssel von dieser Tür gegeben, damit er, auch wenn ich nicht zu Hause bin, hier im Atelier auf mich warten kann. Nun kommt er aber gewöhnlich früh am Morgen, während ich noch schlafe. Es reißt mich natürlich immer aus dem tiefsten Schlaf, wenn sich neben dem Bett die Tür öffnet. Sie würden jede Ehrfurcht vor den Richtern verlieren, wenn Sie die Flüche hörten, mit denen ich ihn empfange, wenn er früh über mein Bett steigt. Ich könnte ihm allerdings den Schlüssel wegnehmen, aber es würde dadurch nur ärger werden. Man kann hier alle Türen mit der geringsten Anstrengung aus den Angeln brechen.« Während dieser ganzen Rede überlegte K., ob er den Rock ausziehen sollte, er sah aber schließlich ein, daß er, wenn er es nicht tat, unfähig war, hier noch länger zu bleiben, er zog daher den Rock aus, legte ihn aber über die Knie, um ihn, falls die Besprechung zu Ende wäre, wieder anziehen zu können. Kaum hatte er den Rock ausgezogen, rief eines der Mädchen: »Er hat schon den Rock ausgezogen!« Und man hörte, wie sich alle zu den Ritzen drängten, um das Schauspiel selbst zu sehen. »Die Mädchen glauben nämlich«, sagte der Maler, »daß ich Sie malen werde und daß Sie sich deshalb ausziehen.« »So«, sagte K., nur wenig belustigt, denn er fühlte sich nicht viel besser als früher, obwohl er jetzt in Hemdärmeln dasaß. Fast mürrisch fragte er: »Wie nannten Sie die zwei anderen Möglichkeiten?« Er hatte die Ausdrücke schon wieder vergessen. »Die scheinbare Freisprechung und die Verschleppung«, sagte der Maler. »Es liegt an Ihnen, was Sie davon wählen. Beides ist durch meine Hilfe erreichbar, natürlich nicht ohne Mühe, der Unterschied in dieser Hinsicht ist der, daß die scheinbare Freisprechung eine gesammelte zeitweilige, die Verschleppung eine viel geringere, aber dauernde Anstrengung verlangt. Zunächst also die scheinbare Freisprechung. Wenn Sie diese wünschen sollten, schreibe ich auf einem Bogen Papier eine Bestätigung Ihrer Unschuld auf. Der Text für eine solche Bestätigung ist mir von meinem Vater überliefert und ganz unangreifbar. Mit dieser Bestätigung mache ich nun einen Rundgang bei den mir bekannten Richtern. Ich fange also etwa damit an, daß ich dem Richter, den ich jetzt male, heute abend, wenn er zur Sitzung kommt, die Bestätigung vorlege. Ich lege ihm die Bestätigung vor, erkläre ihm, daß Sie unschuldig sind, und verbürge mich für

Ihre Unschuld. Das ist aber keine bloß äußerliche, sondern eine wirkliche, bindende Bürgschaft.« In den Blicken des Malers lag es wie ein Vorwurf, daß K. ihm die Last einer solchen Bürgschaft auferlegen wolle. »Das wäre ja sehr freundlich«, sagte K. »Und der Richter würde Ihnen glauben und mich trotzdem nicht wirklich freisprechen?« »Wie ich schon sagte«, antwortete der Maler. »Übrigens ist es durchaus nicht sicher, daß jeder mir glauben würde, mancher Richter wird zum Beispiel verlangen, daß ich Sie selbst zu ihm hinführe. Dann müßten Sie also einmal mitkommen. Allerdings ist in einem solchen Falle die Sache schon halb gewonnen, besonders da ich Sie natürlich vorher genau darüber unterrichten würde, wie Sie sich bei dem betreffenden Richter zu verhalten haben. Schlimmer ist es bei den Richtern, die mich – auch das wird vorkommen – von vornherein abweisen. Auf diese müssen wir, wenn ich es auch an mehrfachen Versuchen gewiß nicht fehlen lassen werde, verzichten, wir dürfen das aber auch, denn einzelne Richter können hier nicht den Ausschlag geben. Wenn ich nun auf dieser Bestätigung eine genügende Anzahl von Unterschriften der Richter habe, gehe ich mit dieser Bestätigung zu dem Richter, der Ihren Prozeß gerade führt. Möglicherweise habe ich auch seine Unterschrift, dann entwickelt sich alles noch ein wenig rascher als sonst. Im allgemeinen gibt es aber dann überhaupt nicht mehr viel Hindernisse, es ist dann für den Angeklagten die Zeit der höchsten Zuversicht. Es ist merkwürdig, aber wahr, die Leute sind in dieser Zeit zuversichtlicher als nach dem Freispruch. Es bedarf jetzt keiner besonderen Mühe mehr. Der Richter besitzt in der Bestätigung die Bürgschaft einer Anzahl von Richtern, kann Sie unbesorgt freisprechen und wird es, allerdings nach Durchführung verschiedener Formalitäten, mir und anderen Bekannten zu Gefallen zweifellos tun. Sie aber treten aus dem Gericht und sind frei.« »Dann bin ich also frei«, sagte K. zögernd. »Ja«, sagte der Maler, »aber nur scheinbar frei oder, besser ausgedrückt, zeitweilig frei. Die untersten Richter nämlich, zu denen meine Bekannten gehören, haben nicht das Recht, endgültig freizusprechen, dieses Recht hat nur das oberste, für Sie, für mich und für uns alle ganz unerreichbare Gericht. Wie es dort aussieht, wissen wir nicht und wollen wir nebenbei gesagt, auch nicht wissen. Das große Recht, von der Anklage zu befreien, haben also unsere Richter nicht, wohl aber haben sie das Recht, von der Anklage loszulösen. Das heißt, wenn Sie auf diese Weise freigesprochen werden, sind Sie für den Augenblick der Anklage entzogen, aber sie schwebt auch weiterhin über Ihnen und kann, sobald nur der höhere Befehl kommt, sofort in Wirkung treten. Da ich mit dem Gericht in so guter Verbindung stehe, kann ich Ihnen auch sagen, wie sich in den Vorschriften für die Gerichtskanzleien der Unterschied zwischen der wirklichen und der scheinbaren Freisprechung rein äußerlich zeigt. Bei einer wirklichen Freisprechung sollen die Prozeßakten vollständig abgelegt werden, sie verschwinden gänzlich aus dem Verfahren, nicht nur die Anklage, auch der Prozeß und sogar der Freispruch sind vernichtet, alles ist vernichtet. Anders beim scheinbaren Freispruch. Mit dem Akt ist keine weitere Veränderung vor sich gegangen, als daß er um die Bestätigung der Unschuld, um den Freispruch und um die Begründung des Freispruchs bereichert worden ist. Im übrigen aber bleibt er im Verfahren, er wird, wie es der ununterbrochene Verkehr der Gerichtskanzleien erfordert, zu den höheren Gerichten weitergeleitet, kommt zu den niedrigeren zurück und pendelt so mit größeren und kleineren Schwingungen, mit größeren und kleineren Stockungen auf und ab. Diese Wege sind unberechenbar. Von außen gesehen, kann es manchmal den Anschein bekommen, daß alles längst vergessen, der Akt verloren und der Freispruch ein vollkommener ist. Ein Eingeweihter wird das nicht glauben. Es geht kein Akt verloren, es gibt bei Gericht kein Vergessen. Eines Tages – niemand erwartet es – nimmt irgendein Richter den Akt aufmerksamer in die Hand, erkennt, daß in diesem Fall die Anklage noch lebendig ist, und ordnet die sofortige Verhaftung an. Ich habe hier angenommen, daß zwischen dem scheinbaren Freispruch und der neuen Verhaftung eine lange Zeit vergeht, das ist möglich, und ich weiß von solchen Fällen, es ist aber ebensogut möglich, daß der Freigesprochene vom Gericht nach Hause kommt und dort schon Beauftragte warten, um ihn wieder zu verhaften. Dann ist natürlich das freie Leben zu Ende.« »Und der Prozeß beginnt von neuem?« fragte K. fast ungläubig. »Allerdings«, sagte der Maler, »der Prozeß beginnt von neuem, es besteht aber wieder die Möglichkeit, ebenso wie früher, einen scheinbaren Freispruch zu erwirken. Man muß wieder alle Kräfte zusammennehmen und darf sich nicht ergeben.« Das letztere sagte der Maler vielleicht unter dem Eindruck, den K., der ein wenig zusammengesunken war, auf ihn machte. »Ist aber«, fragte K., als wolle er jetzt irgendwelchen Enthüllungen des Malers zuvorkommen, »die Erwirkung eines zweiten Freispruchs nicht schwieriger als die des ersten?« »Man kann«, antwortete der Maler, »in dieser Hinsicht nichts Bestimmtes sagen. Sie meinen wohl, daß die Richter durch die zweite Verhaftung in ihrem Urteil zuungunsten des Angeklagten beeinflußt werden? Das ist nicht der Fall. Die Richter haben ja schon beim Freispruch diese Verhaftung vorgesehen. Dieser Umstand wirkt also kaum ein. Wohl aber kann aus zahllosen sonstigen Gründen die Stimmung der Richter sowie ihre rechtliche Beurteilung des Falles eine andere geworden sein, und die Bemühungen um den zweiten Freispruch müssen daher den veränderten Umständen angepaßt werden und im allgemeinen ebenso kräftig sein wie die vor dem ersten Freispruch.« »Aber dieser zweite Freispruch ist doch wieder nicht endgültig«, sagte K. und drehte abweisend den Kopf. »Natürlich nicht«, sagte der Maler, »dem zweiten Freispruch folgt die dritte Verhaftung, dem dritten Freispruch die vierte Verhaftung und so fort. Das liegt schon im Begriff des scheinbaren Freispruchs.« K. schwieg. »Der scheinbare Freispruch scheint Ihnen offenbar nicht vorteilhaft zu sein«, sagte der Maler, »vielleicht entspricht Ihnen die Verschleppung besser. Soll ich Ihnen das Wesen der Verschleppung erklären?« K. nickte. Der Maler hatte sich breit in seinen Sessel zurückgelehnt, das Nachthemd war weit offen, er hatte eine Hand daruntergeschoben, mit der er über die Brust und die Seiten strich. »Die Verschleppung«, sagte der Maler und sah einen Augenblick vor sich hin, als suche er eine vollständig zutreffende Erklärung, »die Verschleppung besteht darin, daß der Prozeß dauernd im niedrigsten Prozeßstadium erhalten wird. Um dies zu erreichen, ist es nötig, daß der Angeklagte und der Helfer, insbesondere aber der Helfer in ununterbrochener persönlicher Fühlung mit dem Gericht bleibt. Ich wiederhole, es ist hierfür kein solcher Kraftaufwand nötig wie bei der

Erreichung eines scheinbaren Freispruchs, wohl aber ist eine viel größere Aufmerksamkeit nötig. Man darf den Prozeß nicht aus den Augen verlieren, man muß zu dem betreffenden Richter in regelmäßigen Zwischenräumen und außerdem bei besonderen Gelegenheiten gehen und ihn auf jede Weise sich freundlich zu erhalten suchen; ist man mit dem Richter nicht persönlich bekannt, so muß man durch bekannte Richter ihn beeinflussen lassen, ohne daß man etwa deshalb die unmittelbaren Besprechungen aufgeben dürfte. Versäumt man in dieser Hinsicht nichts, so kann man mit genügender Bestimmtheit annehmen, daß der Prozeß über sein erstes Stadium nicht hinauskommt. Der Prozeß hört zwar nicht auf, aber der Angeklagte ist vor einer Verurteilung fast ebenso gesichert, wie wenn er frei wäre. Gegenüber dem scheinbaren Freispruch hat die Verschleppung den Vorteil, daß die Zukunft des Angeklagten weniger unbestimmt ist, er bleibt vor dem Schrecken der plötzlichen Verhaftungen bewahrt und muß nicht fürchten, etwa gerade zu Zeiten, wo seine sonstigen Umstände dafür am wenigsten günstig sind, die Anstrengungen und Aufregungen auf sich nehmen zu müssen, welche mit der Erreichung des scheinbaren Freispruchs verbunden sind. Allerdings hat auch die Verschleppung für den Angeklagten gewisse Nachteile, die man nicht unterschätzen darf. Ich denke hierbei nicht daran, daß hier der Angeklagte niemals frei ist, das ist er ja auch bei der scheinbaren Freisprechung im eigentlichen Sinne nicht. Es ist ein anderer Nachteil. Der Prozeß kann nicht stillstehen, ohne daß wenigstens scheinbare Gründe dafür vorliegen. Es muß deshalb im Prozeß nach außen hin etwas geschehen. Es müssen also von Zeit zu Zeit verschiedene Anordnungen getroffen werden, der Angeklagte muß verhört werden, Untersuchungen müssen stattfinden und so weiter. Der Prozeß muß eben immerfort in dem kleinen Kreis, auf den er künstlich eingeschränkt worden ist, gedreht werden. Das bringt natürlich gewisse Unannehmlichkeiten für den Angeklagten mit sich, die Sie sich aber wiederum nicht zu schlimm vorstellen dürfen. Es ist ja alles nur äußerlich, die Verhöre beispielsweise sind also nur ganz kurz, wenn man einmal keine Zeit oder keine Lust hat, hinzugeben, darf man sich entschuldigen, man kann sogar bei gewissen Richtern die Anordnungen für eine lange Zeit im voraus gemeinsam festsetzen, es handelt sich im Wesen nur darum, daß man, da man Angeklagter ist, von Zeit zu Zeit bei seinem Richter sich meldet.« Schon während der letzten Worte hatte K. den Rock über den Arm gelegt und war aufgestanden. »Er steht schon auf!« rief es sofort draußen vor der Tür. »Sie wollen schon fortgehen?« fragte der Maler, der auch aufgestanden war. »Es ist gewiß die Luft, die Sie von hier vertreibt. Es ist mir sehr peinlich. Ich hätte Ihnen auch noch manches zu sagen. Ich mußte mich ganz kurz fassen. Ich hoffe aber, verständlich gewesen zu sein.« »Oh ja«, sagte K., dem von der Anstrengung, mit der er sich zum Zuhören gezwungen hatte, der Kopf schmerzte. Trotz dieser Bestätigung sagte der Maler, alles noch einmal zusammenfassend, als wolle er K. auf den Heimweg einen Trost mitgeben: »Beide Methoden haben das Gemeinsame, daß sie eine Verurteilung des Angeklagten verhindern.« »Sie verhindern aber auch die wirkliche Freisprechung«, sagte K. leise, als schäme er sich, das erkannt zu haben. »Sie haben den Kern der Sache erfaßt«, sagte der Maler schnell. K. legte die Hand auf seinen Winterrock, konnte sich aber nicht einmal entschließen, den Rock anzuziehen. Am liebsten hätte er alles zusammengepackt und wäre damit an die frische Luft gelaufen. Auch die Mädchen konnten ihn nicht dazu bewegen, sich anzuziehen, obwohl sie, verfrüht, einander schon zuriefen, daß er sich anziehe. Dem Maler lag daran, K.s Stimmung irgendwie zu deuten, er sagte deshalb: »Sie haben sich wohl hinsichtlich meiner Vorschläge noch nicht entschieden. Ich billige das. Ich hätte Ihnen sogar davon abgeraten, sich sofort zu entscheiden. Die Vorteile und Nachteile sind haarfein. Man muß alles genau abschätzen. Allerdings darf man auch nicht zuviel Zeit verlieren.« »Ich werde bald wiederkommen«, sagte K., der in einem plötzlichen Entschluß den Rock anzog, den Mantel über die Schulter warf und zur Tür eilte, hinter der jetzt die Mädchen zu schreien anfingen. K. glaubte, die schreienden Mädchen durch die Tür zu sehen. »Sie müssen aber Wort halten«, sagte der Maler, der ihm nicht gefolgt war, »sonst komme ich in die Bank, um selbst nachzufragen.« »Sperren Sie doch die Tür auf«, sagte K. und riß an der Klinke, die die Mädchen, wie er an dem Gegendruck merkte, draußen festhielten. »Wollen Sie von den Mädchen belästigt werden?« fragte der Maler. »Benützen Sie doch lieber diesen Ausgang«, und er zeigte auf die Tür hinter dem Bett. K. war damit einverstanden und sprang zum Bett zurück. Aber statt die Tür dort zu öffnen, kroch der Maler unter das Bett und fragte von unten: »Nur noch einen Augenblick; wollen Sie nicht noch ein Bild sehen, das ich Ihnen verkaufen könnte?« K. wollte nicht unhöflich sein, der Maler hatte sich wirklich seiner angenommen und versprochen, ihm weiterhin zu helfen, auch war infolge der Vergeßlichkeit K.s über die Entlohnung für die Hilfe noch gar nicht gesprochen worden, deshalb konnte ihn K. jetzt nicht abweisen und ließ sich das Bild zeigen, wenn er auch vor Ungeduld zitterte, aus dem Atelier wegzukommen. Der Maler zog unter dem Bett einen Haufen ungerahmter Bilder hervor, die so mit Staub bedeckt waren, daß dieser, als ihn der Maler vom obersten Bild wegzublasen suchte, längere Zeit atemraubend K. vor den Augen wirbelte. »Eine Heidelandschaft«, sagte der Maler und reichte K. das Bild. Es stellte zwei schwache Bäume dar, die weit voneinander entfernt im dunklen Gras standen. Im Hintergrund war ein vielfarbiger Sonnenuntergang. »Schön«, sagte K., »ich kaufe es.« K. hatte unbedacht sich so kurz geäußert, er war daher froh, als der Maler, statt dies übelzunehmen, ein zweites Bild vom Boden aufhob. »Hier ist ein Gegenstück zu diesem Bild«, sagte der Maler. Es mochte als Gegenstück beabsichtigt sein, es war aber nicht der geringste Unterschied gegenüber dem ersten Bild zu merken, hier waren die Bäume, hier das Gras und dort der Sonnenuntergang. Aber K. lag wenig daran. »Es sind schöne Landschaften«, sagte er, »ich kaufe beide und werde sie in meinem Büro aufhängen« »Das Motiv scheint Ihnen zu gefallen«, sagte der Maler und holte ein drittes Bild herauf, »es trifft sich gut, daß ich noch ein ähnliches Bild hier habe.« Es war aber nicht ähnlich, es war vielmehr die völlig gleiche Heidelandschaft. Der Maler nützte diese Gelegenheit, alte Bilder zu verkaufen, gut aus. »Ich nehme auch dieses noch«, sagte K. »Wieviel kosten die drei Bilder?« »Darüber werden wir nächstens sprechen«, sagte der Maler. »Sie haben jetzt Eile, und wir bleiben doch in Verbindung. Im übrigen freut es mich, daß Ihnen die Bilder gefallen, ich werde

Ihnen alle Bilder mitgeben, die ich hier unten habe. Es sind lauter Heidelandschaften, ich habe schon viele Heidelandschaften gemalt. Manche Leute weisen solche Bilder ab, weil sie zu düster sind, andere aber, und Sie gehören zu ihnen, lieben gerade das Düstere.« Aber K. hatte jetzt keinen Sinn für die beruflichen Erfahrungen des Bettelmalers. »Packen Sie alle Bilder ein!« rief er, dem Maler in die Rede fallend, »morgen kommt mein Diener und wird sie holen.« »Es ist nicht nötig«, sagte der Maler. »Ich hoffe, ich werden Ihnen einen Träger verschaffen können, der gleich mit Ihnen gehen wird.« Und er beugte sich endlich über das Bett und sperrte die Tür auf. »Steigen Sie ohne Scheu auf das Bett«, sagte der Maler, »das tut jeder, der hier hereinkommt.« K. hätte auch ohne diese Aufforderung keine Rücksicht genommen, er hatte sogar schon einen Fuß mitten auf das Federbett gesetzt, da sah er durch die offene Tür hinaus und zog den Fuß wieder zurück. »Was ist das?« fragte er den Maler. »Worüber staunen Sie?« fragte dieser, seinerseits staunend. »Es sind die Gerichtskanzleien. Wußten Sie nicht, daß hier Gerichtskanzleien sind? Gerichtskanzleien sind doch fast auf jedem Dachboden, warum sollten sie gerade hier fehlen? Auch mein Atelier gehört eigentlich zu den Gerichtskanzleien, das Gericht hat es mir aber zur Verfügung gestellt.« K. erschrak nicht so sehr darüber, daß er auch hier Gerichtskanzleien gefunden hatte, er erschrak hauptsächlich über sich, über seine Unwissenheit in Gerichtssachen. Als eine Grundregel für das Verhalten eines Angeklagten erschien es ihm, immer vorbereitet zu sein, sich niemals überraschen zu lassen, nicht ahnungslos nach rechts zu schauen, wenn links der Richter neben ihm stand – und gerade gegen diese Grundregel verstieß er immer wieder. Vor ihm dehnte sich ein langer Gang, aus dem eine Luft wehte, mit der verglichen die Luft im Atelier erfrischend war. Bänke waren zu beiden Seiten des Ganges aufgestellt, genauso wie im Wartezimmer der Kanzlei, die für K. zuständig war. Es schienen genaue Vorschriften für die Einrichtung von Kanzleien zu bestehen. Augenblicklich war der Parteienverkehr hier nicht sehr groß. Ein Mann saß dort halb liegend, das Gesicht hatte er auf der Bank in seine Arme vergraben und schien zu schlafen; ein anderer stand im Halbdunkel am Ende des Ganges. K. stieg nun über das Bett, der Maler folgte ihm mit den Bildern. Sie trafen bald einen Gerichtsdiener – K. erkannte jetzt schon alle Gerichtsdiener an dem Goldknopf, den diese an ihrem Zivilanzug unter den gewöhnlichen Knöpfen hatten – und der Maler gab ihm den Auftrag, K. mit den Bildern zu begleiten. K. wankte mehr, als er ging, das Taschentuch hielt er an den Mund gedrückt. Sie waren schon nahe am Ausgang, da stürmten ihnen die Mädchen entgegen, die also K. auch nicht erspart geblieben waren. Sie hatten offenbar gesehen, daß die zweite Tür des Ateliers geöffnet worden war und hatten den Umweg gemacht, um von dieser Seite einzudringen. »Ich kann Sie nicht mehr begleiten!« rief der Maler lachend unter dem Andrang der Mädchen. »Auf Wiedersehen! Und überlegen Sie nicht zu lange!« K. sah sich nicht einmal nach ihm um. Auf der Gasse nahm er den ersten Wagen, der ihm in den Weg kam. Es lag ihm daran, den Diener loszuwerden, dessen Goldknopf ihm unaufhörlich in die Augen stach, wenn er auch sonst wahrscheinlich niemandem auffiel. In seiner Dienstfertigkeit wollte sich der Diener noch auf den Kutschbock setzen. K. jagte ihn aber hinunter. Mittag war schon längst vorüber, als K. vor der Bank ankam. Er hätte gern die Bilder im Wagen gelassen, fürchtete aber, bei irgendeiner Gelegenheit genötigt zu werden, sich dem Maler gegenüber mit ihnen auszuweisen. Er ließ sie daher in sein Büro schaffen und versperrte sie in die unterste Lade seines Tisches, um sie wenigstens für die allernächsten Tage vor den Blicken des Direktor-Stellvertreters in Sicherheit zu bringen.

ACHTES KAPITEL

Kaufmann Block · Kündigung des Advokaten

Endlich hatte sich K. doch entschlossen, dem Advokaten seine Vertretung zu entziehen. Zweifel daran, ob es richtig war, so zu handeln, waren zwar nicht auszurotten, aber die Überzeugung von der Notwendigkeit dessen überwog. Die Entschließung hatte K. an dem Tage, an dem er zum Advokaten gehen wollte, viel Arbeitskraft entzogen, er arbeitete besonders langsam, er mußte sehr lange im Büro bleiben, und es war schon zehn Uhr vorüber, als er endlich vor der Tür des Advokaten stand. Noch ehe er läutete, überlegte er, ob es nicht besser wäre, dem Advokaten telefonisch oder brieflich zu kündigen, die persönliche Unterredung würde gewiß sehr peinlich werden. Trotzdem wollte K. schließlich auf sie nicht verzichten, bei jeder anderen Art der Kündigung würde diese stillschweigend oder mit ein paar förmlichen Worten angenommen werden, und K. würde, wenn nicht etwa Leni einiges erforschen könnte, niemals erfahren, wie der Advokat die Kündigung aufgenommen hatte und was für Folgen für K. diese Kündigung nach der nicht unwichtigen Meinung des Advokaten haben könnte. Saß aber der Advokat K. gegenüber und wurde er von der Kündigung überrascht, so würde K., selbst wenn der Advokat sich nicht viel entlocken ließ, aus seinem Gesicht und seinem Benehmen alles, was er wollte, leicht entnehmen können. Es war sogar nicht ausgeschlossen, daß er überzeugt wurde, daß es doch gut wäre, dem Advokaten die Verteidigung zu überlassen und daß er dann seine Kündigung zurückzog.

Das erste Läuten an der Tür des Advokaten war, wie gewöhnlich, zwecklos. »Leni könnte flinker sein«, dachte K. Aber es war schon ein Vorteil, wenn sich nicht die andere Partei einmischte, wie sie es gewöhnlich tat, sei es, daß der Mann im Schlafrock oder sonst jemand zu belästigen anfing. Während K. zum zweitenmal den Knopf drückte, sah er nach der anderen Tür zurück, diesmal aber blieb auch sie geschlossen. Endlich erschienen an dem Guckfenster der Tür des Advokaten zwei Augen, es waren aber nicht Lenis Augen. Jemand schloß die Tür auf, stemmte sich aber vorläufig noch gegen sie, rief in die Wohnung zurück: »Er ist es!« und öffnete erst dann vollständig. K. hatte gegen die Tür gedrängt, denn schon hörte er, wie hinter ihm in der Tür der anderen Wohnung der Schlüssel hastig im Schloß gedreht wurde. Als sich daher die Tür vor ihm endlich öffnete, stürmte er geradezu ins Vorzimmer und sah noch, wie durch den Gang, der zwischen den Zimmern hindurchführte, Leni, welcher der Warnungsruf des Türöffners gegolten hatte, im Hemd davonlief. Er blickte ihr ein Weilchen nach und sah sich dann nach dem Türöffner um. Es war ein kleiner, dürrer Mann mit Vollbart, er hielt eine Kerze in der Hand. »Sie sind hier angestellt?« fragte K. »Nein«, antwortete der Mann, »ich bin hier fremd, der Advokat ist nur mein Vertreter, ich bin hier wegen einer Rechtsangelegenheit.« »Ohne Rock?« fragte K. und zeigte mit einer Handbewegung auf die mangelhafte Bekleidung des Mannes. »Ach, verzeihen Sie!« sagte der Mann und beleuchtete sich selbst mit der Kerze, als sähe er selbst zum erstenmal seinen Zustand. »Leni ist Ihre Geliebte?« fragte K. kurz. Er hatte die Beine ein wenig gespreizt, die Hände, in denen er den Hut hielt, hinten verschlungen. Schon durch den Besitz eines starken Überrocks fühlte er sich dem mageren Kleinen sehr überlegen. »Oh Gott«, sagte der und hob die eine Hand in erschrokkener Abwehr vor das Gesicht, »nein, nein, was denken Sie denn?« »Sie sehen glaubwürdig aus«, sagte K. lächelnd, »trotzdem – kommen Sie.« Er winkte ihm mit dem Hut und ließ ihn vor sich gehen. »Wie heißen Sie denn?« fragte K. auf dem Weg. »Block, Kaufmann Block«, sagte der Kleine und drehte sich bei dieser Vorstellung nach K. um, stehenbleiben ließ ihn aber K. nicht. »Ist das Ihr wirklicher Name?« fragte K. »Gewiß«, war die Antwort, »warum haben Sie denn Zweifel?« »Ich dachte, Sie könnten Grund haben, Ihren Namen zu verschweigen«, sagte K. Er fühlte sich so frei, wie man es sonst nur ist, wenn man in der Fremde mit niedrigen Leuten spricht, alles, was einen selbst betrifft, bei sich behält, nur gleichmütig von den Interessen der anderen redet, sie dadurch vor sich selbst erhöht, aber auch nach Belieben fallen lassen kann. Bei der Tür des Arbeitszimmers des Advokaten blieb K. stehen, öffnete sie und rief dem Kaufmann, der folgsam weitergegangen war, zu: »Nicht so eilig! Leuchten Sie hier!« K. dachte, Leni könnte sich hier versteckt haben, er ließ den Kaufmann alle Winkel absuchen, aber das Zimmer war leer. Vor dem Bild des Richters hielt K. den Kaufmann hinten an den Hosenträgern zurück. »Kennen Sie den?« fragte er und zeigte mit dem Zeigefinger in die Höhe. Der Kaufmann hob die Kerze, sah blinzelnd hinauf und sagte: »Es ist ein Richter.« »Ein hoher Richter?« fragte K. und stellte sich seitlich vor den Kaufmann, um den Eindruck, den das Bild auf ihn machte, zu beobachten. Der Kaufmann sah bewundernd aufwärts. »Es ist ein hoher Richter«, sagte er. »Sie haben keinen großen Einblick«, sagte K. »Unter den niedrigen Untersuchungsrichtern ist er der niedrigste.« »Nun erinnere ich mich«, sagte der Kaufmann und senkte die Kerze, »ich habe es auch schon gehört.« »Aber natürlich«, rief K., »ich vergaß ja, natürlich müssen Sie es schon gehört haben.« »Aber warum denn, warum denn?« fragte der Kaufmann, während er sich, von K. mit den Händen angetrieben, zur Tür fortbewegte. Draußen auf dem Gang sagte K.: »Sie wissen doch, wo sich Leni versteckt hat?« »Versteckt?« sagte der Kaufmann, »nein, sie dürfte aber in der Küche sein und dem Advokaten eine Suppe kochen.« »Warum haben Sie das nicht gleich gesagt?« fragte K. »Ich wollte Sie ja hinführen, Sie haben mich aber wieder zurückgerufen«, antwortete der Kaufmann, wie verwirrt durch die widersprechenden Befehle. »Sie glauben wohl sehr schlau zu sein«, sagte K., »führen Sie mich also!« In der Küche war K. noch nie gewesen, sie war überraschend groß und reich ausgestattet. Allein der Herd war dreimal so groß wie gewöhnliche Herde, von dem übrigen sah man keine Einzelheiten, denn die Küche wurde jetzt nur von einer kleinen Lampe beleuchtet, die beim Eingang hing. Am Herd stand Leni in weißer Schürze, wie immer, und leerte Eier in einen Topf aus, der auf einem Spiritusfeuer stand. »Guten Abend, Josef«, sagte sie mit einem Seitenblick. »Guten Abend«, sagte K. und zeigte mit einer Hand auf einen abseits stehenden Sessel, auf den sich der Kaufmann setzen sollte, was dieser auch tat. K. aber ging ganz nahe hinter Leni, beugte sich über ihre Schulter und fragte: »Wer ist der Mann?« Leni umfaßte K. mit einer Hand, die andere quirlte die Suppe, zog ihn nach vorn zu sich und sagte: »Es ist ein bedauernswerter Mensch, ein armer Kaufmann, ein gewisser Block. Sieh ihn nur an.« Sie blickten beide zurück. Der Kaufmann saß auf dem Sessel, auf den ihn K. gewiesen hatte, er hatte die Kerze, deren Licht jetzt unnötig war, ausgepustet und drückte mit den Fingern den Docht, um den Rauch zu verhindern. »Du warst im Hemd«, sagte K. und wendete ihren Kopf mit der Hand wieder dem Herd zu. Sie schwieg.

»Er ist dein Geliebter?« fragte K. Sie wollte nach dem Suppentopf greifen, aber K. nahm ihre beiden Hände und sagte: »Nun antworte!« Sie sagte: »Komm ins Arbeitszimmer, ich werde dir alles erklären.« »Nein«, sagte K., »ich will, daß du es hier erklärst.« Sie hing sich an ihn und wollte ihn küssen. K. wehrte sie aber ab und sagte: »Ich will nicht, daß du mich jetzt küßt.« »Josef«, sagte Leni und sah K. bittend und doch offen in die Augen, »du wirst doch nicht auf Herrn Block eifersüchtig sein. – Rudi«, sagte sie dann, sich an den Kaufmann wendend, »so hilf mir doch, du siehst, ich werde verdächtigt, laß die Kerze.« Man hätte denken können, er hätte nicht achtgegeben, aber er war vollständig eingeweiht. »Ich wüßte auch nicht, warum Sie eifersüchtig sein sollten«, sagte er wenig schlagfertig. »Ich weiß es eigentlich auch nicht«, sagte K. und sah den Kaufmann lächelnd an. Leni lachte laut, benützte die Unaufmerksamkeit K.s, um sich in seinen Arm einzuhängen, und flüsterte: »Laß ihn jetzt, du siehst ja, was für ein Mensch er ist. Ich habe mich seiner ein wenig angenommen, weil er eine große Kundschaft des Advokaten ist, aus keinem andern Grund. Und du? Willst du noch heute mit dem Advokaten sprechen? Er ist heute sehr krank, aber wenn du willst, melde ich dich doch an. Über Nacht bleibst du aber bei mir, ganz gewiß. Du warst auch schon so lange nicht bei uns, selbst der Advokat hat nach dir gefragt. Vernachlässige den Prozeß nicht! Auch ich habe dir Verschiedenes mitzuteilen, was ich erfahren habe. Nun aber zieh fürs erste deinen Mantel aus!« Sie half ihm, sich auszuziehen, nahm ihm den Hut ab, lief mit den Sachen ins Vorzimmer, sie anzuhängen, lief dann wieder zurück und sah nach der Suppe. »Soll ich zuerst dich anmelden oder ihm zuerst die Suppe bringen?« »Melde mich zuerst an«, sagte K. Er war ärgerlich, er hatte ursprünglich beabsichtigt, mit Leni seine Angelegenheit, insbesondere die fragliche Kündigung, genau zu besprechen, die Anwesenheit des Kaufmanns hatte ihm aber die Lust dazu genommen. Jetzt aber hielt er seine Sache doch für zu wichtig, als daß dieser kleine Kaufmann vielleicht entscheidend eingreifen sollte, und so rief er Leni, die schon auf dem Gang war, wieder zurück. »Bring ihm doch zuerst die Suppe«, sagte er, »er soll sich für die Unterredung mit mir stärken, er wird es nötig haben.« »Sie sind auch ein Klient des Advokaten«, sagte, wie zur Feststellung, der Kaufmann leise aus seiner Ecke. Es wurde aber nicht gut aufgenommen. »Was kümmert Sie denn das?« sagte K., und Leni sagte: »Wirst du still sein. – Dann bringe ich ihm also zuerst die Suppe«, sagte Leni zu K. und goß die Suppe auf einen Teller. »Es ist dann nur zu befürchten, daß er bald einschläft, nach dem Essen schläft er bald ein.« »Das, was ich ihm sagen werde, wird ihn wacherhalten«, sagte K., er wollte immerfort durchblicken lassen, daß er etwas Wichtiges mit dem Advokaten zu verhandeln beabsichtige, er wollte von Leni gefragt werden, was es sei, und dann erst sie um Rat fragen. Aber sie erfüllte pünktlich bloß die ausgesprochenen Befehle. Als sie mit der Tasse an ihm vorüberging, stieß sie absichtlich sanft an ihn und flüsterte: »Wenn er die Suppe gegessen hat, melde ich dich gleich an, damit ich dich möglichst bald wiederbekomme.« »Geh nur«, sagte K., »geh nur.« »Sei doch freundlicher«, sagte sie und drehte sich in der Tür mit der Tasse nochmals ganz um.

K. sah ihr nach; nun war es endgültig beschlossen, daß der Advokat entlassen würde, es war wohl auch besser, daß er vorher mit Leni nicht mehr darüber sprechen konnte; sie hatte kaum den genügenden Überblick über das Ganze, hätte gewiß abgeraten, hätte möglicherweise K. auch wirklich von der Kündigung diesmal abgehalten, er wäre weiterhin in Zweifel und Unruhe geblieben, und schließlich hätte er nach einiger Zeit seinen Entschluß doch ausgeführt, denn dieser Entschluß war allzu zwingend. Je früher er aber ausgeführt wurde, desto mehr Schaden wurde abgehalten. Vielleicht wußte übrigens der Kaufmann etwas darüber zu sagen.

K. wandte sich um, kaum bemerkte das der Kaufmann, als er sofort aufstehen wollte. »Bleiben Sie sitzen«, sagte K. und zog einen Sessel neben ihn. »Sind Sie schon ein alter Klient des Advokaten?« fragte K. »Ja«, sagte der Kaufmann, »ein sehr alter Klient.« »Wieviel Jahre vertritt er Sie denn schon?« fragte K. »Ich weiß nicht, wie Sie es meinen«, sagte der Kaufmann, »in geschäftlichen Rechtsangelegenheiten – ich habe ein Getreidegeschäft – vertritt mich der Advokat schon, seit ich das Geschäft übernommen habe, also etwa seit zwanzig Jahren, in meinem eigenen Prozeß, auf den Sie wahrscheinlich anspielen, vertritt er mich auch seit Beginn, es ist schon länger als fünf Jahre. Ja, weit über fünf Jahre«, fügte er dann hinzu und zog eine alte Brieftasche hervor, »hier habe ich alles aufgeschrieben; wenn Sie wollen, sage ich Ihnen die genauen Daten. Es ist schwer, alles zu behalten. Mein Prozeß dauert wahrscheinlich schon viel länger, er begann kurz nach dem Tod meiner Frau, und das ist schon länger als fünfeinhalb Jahre.« K. rückte näher zu ihm. »Der Advokat übernimmt also auch gewöhnliche Rechtssachen?« fragte er. Diese Verbindung der Gerichte und Rechtswissenschaften schien K. ungemein beruhigend. »Gewiß«, sagte der Kaufmann und flüsterte dann K. zu: »Man sagt sogar, daß er in diesen Rechtssachen tüchtiger ist als in den anderen.« Aber dann schien er das Gesagte zu bereuen, er legte K. eine Hand auf die Schulter und sagte: »Ich bitte Sie sehr, verraten Sie mich nicht.« K. klopfte ihm zur

Beruhigung auf den Schenkel und sagte: »Nein, ich bin kein Verräter.« »Er ist nämlich rachsüchtig«, sagte der Kaufmann. »Gegen einen so treuen Klienten wird er gewiß nichts tun«, sagte K. »Oh doch«, sagte der Kaufmann, »wenn er aufgeregt ist, kennt er keine Unterschiede, übrigens bin ich ihm nicht eigentlich treu.« »Wieso denn nicht?« fragte K. »Soll ich es Ihnen anvertrauen?« fragte der Kaufmann zweifelnd. »Ich denke, Sie dürfen es«, sagte K. »Nun«, sagte der Kaufmann, »ich werde es Ihnen zum Teil anvertrauen, Sie müssen mir aber auch ein Geheimnis sagen, damit wir uns gegenüber dem Advokaten gegenseitig festhalten.« »Sie sind sehr vorsichtig«, sagte K., »aber ich werde Ihnen ein Geheimnis sagen, das Sie vollständig beruhigen wird. Worin besteht also Ihre Untreue gegenüber dem Advokaten?« »Ich habe«, sagte der Kaufmann zögernd und in einem Ton, als gestehe er etwas Unehrenhaftes ein, »ich habe außer ihm noch andere Advokaten.« »Das ist doch nichts so Schlimmes«, sagte K., ein wenig enttäuscht. »Hier ja«, sagte der Kaufmann, der noch seit seinem Geständnis schwer atmete, infolge K.s Bemerkung aber mehr Vertrauen faßte. »Es ist nicht erlaubt. Und am allerwenigsten ist es erlaubt, neben einem sogenannten Advokaten auch noch Winkeladvokaten zu nehmen. Und gerade das habe ich getan, ich habe außer ihm noch fünf Winkeladvokaten.« »Fünf«, rief K., erst die Zahl setzte ihn in Erstaunen, »fünf Advokaten außer diesem?« Der Kaufmann nickte: »Ich verhandle gerade noch mit einem sechsten.« »Aber wozu brauchen Sie denn soviel Advokaten?« fragte K. »Ich brauche alle«, sagte der Kaufmann. »Wollen Sie mir das nicht erklären?« fragte K. »Gern«, sagte der Kaufmann. »Vor allem will ich doch meinen Prozeß nicht verlieren, das ist doch selbstverständlich. Infolgedessen darf ich nichts, was mir nützen könnte, außer acht lassen; selbst wenn die Hoffnung auf Nutzen in einem bestimmten Falle nur ganz gering ist, darf ich sie auch nicht verwerfen. Ich habe deshalb alles, was ich besitze, auf den Prozeß verwendet. So habe ich zum Beispiel alles Geld meinem Geschäft entzogen, früher füllten die Büroräume meines Geschäfts fast ein Stockwerk, heute genügt eine kleine Kammer im Hinterhaus, wo ich mit einem Lehrjungen arbeite. Diesen Rückgang hat natürlich nicht nur die Entziehung des Geldes verschuldet, sondern mehr noch die Entziehung meiner Arbeitskraft. Wenn man für seinen Prozeß etwas tun will, kann man sich mit anderem nur wenig befassen.« »Sie arbeiten also auch selbst bei Gericht?« fragte K. »Gerade darüber möchte ich gern etwas erfahren.« »Darüber kann ich nur wenig berichten«, sagte der Kaufmann, »anfangs habe ich es wohl auch versucht, aber ich habe bald wieder davon abgelassen. Es ist zu erschöpfend und bringt nicht viel Erfolg. Selbst dort zu arbeiten und zu unterhandeln, hat sich wenigstens für mich als ganz unmöglich erwiesen. Es ist ja dort schon das bloße Sitzen und Warten eine große Anstrengung. Sie kennen ja selbst die schwere Luft in den Kanzleien.« »Wieso wissen Sie denn, daß ich dort war?« fragte K. »Ich war gerade im Wartezimmer, als Sie durchgingen.« »Was für ein Zufall das ist!« rief K., ganz hingenommen und die frühere Lächerlichkeit des Kaufmanns ganz vergessend. »Sie haben mich also gesehen! Sie waren im Wartezimmer, als ich durchging. Ja, ich bin dort einmal durchgegangen.« »Es ist kein so großer Zufall«, sagte der Kaufmann, »ich bin dort fast jeden Tag.« »Ich werde nun wahrscheinlich auch öfters hingehen müssen«, sagte K., »nur werde ich wohl kaum mehr so ehrenvoll aufgenommen werden wie damals. Alle standen auf. Man dachte wohl, ich sei ein Richter.« »Nein«, sagte der Kaufmann, »wir grüßten damals den Gerichtsdiener. Daß Sie ein Angeklagter sind, das wußten wir. Solche Nachrichten verbreiten sich sehr rasch.« »Das wußten Sie also schon«, sagte K., »dann erschien Ihnen aber mein Benehmen vielleicht hochmütig. Sprach man sich nicht darüber aus?« »Nein«, sagte der Kaufmann, »im Gegenteil. Aber das sind Dummheiten.« »Was für Dummheiten denn?« fragte K. »Warum fragen Sie danach?« sagte der Kaufmann ärgerlich. »Sie scheinen die Leute dort noch nicht zu kennen und werden es vielleicht unrichtig auffassen. Sie müssen bedenken, daß in diesem Verfahren immer wieder viele Dinge zur Sprache kommen, für die der Verstand nicht mehr ausreicht, man ist einfach zu müde und abgelenkt für vieles, und zum Ersatz verlegt man sich auf den Aberglauben. Ich rede von den anderen, bin aber selbst gar nicht besser. Ein solcher Aberglaube ist es zum Beispiel, daß viele aus dem Gesicht des Angeklagten, insbesondere aus der Zeichnung der Lippen, den Ausgang des Prozesses erkennen wollen. Diese Leute also haben behauptet, Sie würden, nach Ihren Lippen zu schließen, gewiß und bald verurteilt werden. Ich wiederhole, es ist ein lächerlicher Aberglaube und in den meisten Fällen durch die Tatsachen auch vollständig widerlegt, aber wenn man in jener Gesellschaft lebt, ist es schwer, sich solchen Meinungen zu entziehen. Denken Sie nur, wie stark dieser Aberglaube wirken kann. Sie haben doch einen dort angesprochen, nicht? Er konnte Ihnen aber kaum antworten. Es gibt natürlich viele Gründe, um dort verwirrt zu sein, aber einer davon war auch der Anblick Ihrer Lippen. Er hat später erzählt, er hätte auf Ihren Lippen auch das Zeichen seiner eigenen Verurteilung zu sehen geglaubt.« »Meine Lippen?« fragte K., zog einen Taschenspiegel hervor und sah sich an. »Ich kann an meinen Lippen nichts Besonderes erkennen. Und Sie?« »Ich auch nicht«, sagte der Kaufmann, »ganz und gar nicht.« »Wie abergläubisch diese Leute sind!« rief K. aus. »Sagte ich es nicht?« fragte der Kaufmann. »Verkehren sie denn soviel untereinander und tauschen sie ihre Meinungen aus?« sagte K. »Ich habe mich bisher ganz abseits gehalten.« »Im allgemeinen verkehren sie nicht miteinander«, sagte der Kaufmann, »das wäre nicht möglich, es sind ja so viele. Es gibt auch wenig gemeinsame Interessen. Wenn manchmal in einer Gruppe der Glaube an ein gemeinsames Interesse auftaucht, so erweist er sich bald als ein Irrtum. Gemeinsam läßt sich gegen das Gericht nichts durchsetzen. Jeder Fall wird für sich untersucht, es ist ja das sorgfältigste Gericht. Gemeinsam kann man also nichts durchsetzen, nur ein einzelner erreicht manchmal etwas im geheimen; erst wenn es erreicht ist, erfahren es die anderen; keiner weiß, wie es geschehen ist. Es gibt also keine Gemeinsamkeit, man kommt zwar hie und da in den Wartezimmern zusammen, aber dort wird wenig besprochen. Die abergläubischen Meinungen bestehen schon seit alters her und vermehren sich förmlich von selbst.« »Ich sah die Herren dort im Wartezimmer«, sagte K., »ihr Warten kam mir so nutzlos vor.« »Das Warten ist nicht nutzlos«, sagte der Kaufmann, »nutzlos ist nur das selbständige Eingreifen. Ich sagte schon, daß ich jetzt außer diesem noch fünf Advokaten habe. Man sollte doch glauben – ich selbst glaubte es zuerst –, jetzt könnte ich ihnen die Sache vollständig überlassen. Das wäre aber ganz falsch. Ich kann sie ihnen weniger überlassen, als wenn ich nur einen hätte. Sie verstehen das wohl nicht?« »Nein«, sagte K. und legte, um den Kaufmann an seinem allzu schnellen Reden zu hindern, die Hand beruhigend auf seine Hand, »ich möchte Sie nur bitten, ein wenig langsamer zu reden, es sind doch lauter für mich sehr wichtige Dinge, und ich kann Ihnen nicht recht folgen.« »Gut, daß Sie mich daran erinnern«, sagte der Kaufmann, »Sie sind ja ein Neuer, ein Junger. Ihr Prozeß ist ein halbes Jahr alt, nicht wahr? Ja, ich habe davon gehört. Ein so junger Prozeß! Ich aber habe diese Dinge schon unzähligemal durchgedacht, sie sind mir das Selbstverständlichste auf der Welt.« »Sie sind wohl froh, daß Ihr Prozeß schon so weit fortgeschritten ist?« fragte K., er wollte nicht geradezu fragen, wie die Angelegenheiten des Kaufmanns stünden. Er bekam aber auch keine deutliche Antwort. »Ja, ich habe meinen Prozeß fünf Jahre lang fortgewälzt«, sagte der Kaufmann und senkte den Kopf, »es ist keine kleine Leistung.« Dann schwieg er ein Weilchen. K. horchte, ob Leni nicht schon komme. Einerseits wollte er nicht, daß sie kommt, denn er hatte noch vieles zu fragen und wollte auch nicht von Leni in diesem vertraulichen Gespräch mit dem Kaufmann angetroffen werden, andererseits aber ärgerte er sich darüber, daß sie trotz seiner Anwesenheit so lange beim Advokaten blieb, viel länger, als zum Reichen der Suppe nötig war. »Ich erinnere mich noch an die Zeit genau«, begann der Kaufmann wieder, und K. war gleich voll Aufmerksamkeit, »als mein Prozeß etwa so alt war wie jetzt Ihr Prozeß. Ich hatte damals nur diesen Advokaten, war aber nicht sehr mit ihm zufrieden.« Hier erfahre ich ja alles, dachte K. und nickte lebhaft mit dem Kopf, als könne er dadurch den Kaufmann aufmuntern, alles Wissenswerte zu sagen. »Mein Prozeß«, fuhr der Kaufmann fort, »kam nicht vorwärts, es fanden zwar Untersuchungen statt, ich kam auch zu jeder, sammelte Material, erlegte alle meine Geschäftsbücher bei Gericht, was, wie ich später erfuhr, nicht einmal nötig war, ich lief immer wieder zum Advokaten, er brachte auch verschiedene Eingaben ein –.« »Verschiedene Eingaben?« fragte K. »Ja, gewiß«, sagte der Kaufmann. »Das ist mir sehr wichtig«, sagte K., »in meinem Fall arbeitet er noch immer an der ersten Eingabe. Er hat noch nichts getan. Ich sehe jetzt, er vernachlässigt mich schändlich.« »Daß die Eingabe noch nicht fertig ist, kann verschiedene berechtigte Gründe haben«, sagte der Kaufmann. »Übrigens hatte es sich bei meinen Eingaben später gezeigt, daß sie ganz wertlos waren. Ich habe sogar eine durch das Entgegenkommen eines Gerichtsbeamten selbst gelesen. Sie war zwar gelehrt, aber eigentlich inhaltlos. Vor allem sehr viel Latein, das ich nicht verstehe, dann seitenlange allgemeine Anrufungen des Gerichtes, dann Schmeicheleien für einzelne bestimmte Beamte, die zwar nicht genannt waren, die aber ein Eingeweihter jedenfalls erraten mußte, dann Selbstlob des Advokaten, wobei er sich auf geradezu hündische Weise vor dem Gericht demütigte, und endlich Untersuchungen von Rechtsfällen aus alter Zeit, die dem meinigen ähnlich sein sollten. Diese Untersuchungen waren allerdings, soweit ich ihnen folgen konnte, sehr sorgfältig gemacht. Ich will auch mit diesem allen kein Urteil über die Arbeit des Advokaten abgeben, auch war die Eingabe, die ich gelesen habe, nur eine unter mehreren, jedenfalls aber, und davon will ich jetzt sprechen, konnte ich damals in meinem

Prozeß keinen Fortschritt sehen.« »Was für einen Fortschritt wollten Sie denn sehen?« fragte K. »Sie fragen ganz vernünftig«, sagte der Kaufmann lächelnd, »man kann in diesem Verfahren nur selten Fortschritte sehen. Aber damals wußte ich das nicht. Ich bin Kaufmann und war es damals noch viel mehr als heute, ich wollte greifbare Fortschritte haben, das Ganze sollte sich zum Ende neigen oder wenigstens den regelrechten Aufstieg nehmen. Statt dessen gab es nur Einvernehmungen, die meist den gleichen Inhalt hatten; die Antworten hatte ich schon bereit wie eine Litanei; mehrmals in der Woche kamen Gerichtsboten in mein Geschäft, in meine Wohnung oder wo sie mich sonst antreffen konnten; das war natürlich störend (heute ist es wenigstens in dieser Hinsicht viel besser, der telefonische Anruf stört viel weniger), auch unter meinen Geschäftsfreunden, insbesondere aber unter meinen Verwandten, fingen Gerüchte von meinem Prozeß sich zu verbreiten an, Schädigungen gab es also von allen Seiten, aber nicht das geringste Anzeichen sprach dafür, daß auch nur die erste Gerichtsverhandlung in der nächsten Zeit stattfinden würde. Ich ging also zum Advokaten und beklagte mich. Er gab mir zwar lange Erklärungen, lehnte es aber entschieden ab, etwas in meinem Sinne zu tun, niemand habe Einfluß auf die Festsetzung der Verhandlung, in einer Eingabe darauf zu dringen – wie ich es verlangte –, sei einfach unerhört und würde mich und ihn verderben. Ich dachte: Was dieser Advokat nicht will oder kann, wird ein anderer wollen und können. Ich sah mich also nach anderen Advokaten um. Ich will es gleich vorwegnehmen: keiner hat die Festsetzung der Hauptverhandlung verlangt oder durchgesetzt, es ist, allerdings mit einem Vorbehalt, von dem ich noch sprechen werde, wirklich unmöglich, hinsichtlich dieses Punktes hat mich also dieser Advokat nicht getäuscht; im übrigen aber hatte ich es nicht zu bedauern, mich noch an andere Advokaten gewendet zu haben. Sie dürften wohl von Dr. Huld auch schon manches über die Winkeladvokaten gehört haben, er hat sie Ihnen wahrscheinlich als sehr verächtlich dargestellt, und das sind sie wirklich. Allerdings unterläuft ihm immer, wenn er von ihnen spricht und sich und seine Kollegen zu ihnen in Vergleich setzt, ein kleiner Fehler, auf den ich Sie ganz nebenbei auch aufmerksam machen will. Er nennt dann immer die Advokaten seines Kreises zur Unterscheidung die ›großen Advokaten‹. Das ist falsch, es kann sich natürlich jeder ›groß‹ nennen, wenn es ihm beliebt, in diesem Fall aber entscheidet doch nur der Gerichtsgebrauch. Nach diesem gibt es nämlich außer den Winkeladvokaten noch kleine und große Advokaten. Dieser Advokat und seine Kollegen sind jedoch nur die kleinen Advokaten, die großen Advokaten aber, von denen ich nur gehört und die ich nie gesehen habe, stehen im Rang unvergleichlich höher über den kleinen Advokaten als diese über den verachteten Winkeladvokaten.« »Die großen Advokaten?« fragte K. »Wer sind denn die? Wie kommt man zu ihnen?« »Sie haben also noch nie von ihnen gehört«, sagte der Kaufmann. »Es gibt kaum einen Angeklagten, der nicht, nachdem er von ihnen erfahren hat, eine Zeitlang von ihnen träumen würde. Lassen Sie sich lieber nicht dazu verführen. Wer die großen Advokaten sind, weiß ich nicht, und zu ihnen kommen kann man wohl gar nicht. Ich kenne keinen Fall, von dem sich mit Bestimmtheit sagen ließe, daß sie eingegriffen hätten. Manchen verteidigen sie, aber durch eigenen Willen kann man das nicht erreichen, sie verteidigen nur den, den sie verteidigen wollen. Die Sache, deren sie sich annehmen, muß aber wohl über das niedrige Gericht schon hinausgekommen sein. Im übrigen ist es besser, nicht an sie zu denken, denn sonst kommen einem die Besprechungen mit den anderen Advokaten, deren Ratschläge und deren Hilfeleistungen so widerlich und nutzlos vor, ich habe es selbst erfahren, daß man am liebsten alles wegwerfen, sich zu Hause ins Bett legen und von nichts mehr hören wollte. Das wäre aber natürlich wieder das Dümmste, auch hätte man im Bett nicht lange Ruhe.« »Sie dachten damals also nicht an die großen Advokaten?« fragte K. »Nicht lange«, sagte der Kaufmann und lächelte wieder, »vollständig vergessen kann man sie leider nicht, besonders die Nacht ist solchen Gedanken günstig. Aber damals wollte ich ja sofortige Erfolge, ich ging daher zu den Winkeladvokaten.«

»Wie ihr hier beieinander sitzt!« rief Leni, die mit der Tasse zurückgekommen war und in der Tür stehenblieb. Sie saßen wirklich eng beisammen, bei der kleinsten Wendung mußten sie mit den Köpfen aneinanderstoßen, der Kaufmann, der, abgesehen von seiner Kleinheit, auch noch den Rücken gekrümmt hielt, hatte K. gezwungen, sich auch tief zu bücken, wenn er alles hören wollte. »Noch ein Weilchen!« rief K. Leni abwehrend zu und zuckte ungeduldig mit der Hand, die er noch immer auf des Kaufmanns Hand liegen hatte. »Er wollte, daß ich ihm von meinem Prozeß erzähle«, sagte der Kaufmann zu Leni. »Erzähle nur, erzähle«, sagte diese. Sie sprach mit dem Kaufmann liebevoll, aber doch auch herablassend, K. gefiel das nicht; wie er jetzt erkannt hatte, hatte der Mann doch einen gewissen Wert, zumindest hatte er Erfahrungen, die er gut mitzuteilen verstand. Leni beurteilte ihn wahrscheinlich unrichtig. Er sah ärgerlich zu, als Leni jetzt dem Kaufmann die Kerze, die er die ganze Zeit über festgehalten hatte, abnahm, ihm die Hand mit ihrer Schürze abwischte und dann neben ihm niederkniete, um etwas Wachs wegzukratzen, das von der Kerze auf seine Hose getropft war. »Sie wollten mir von den Winkeladvokaten erzählen«, sagte K. und schob, ohne eine weitere Bemerkung, Lenis Hand weg. »Was willst du denn?« fragte Leni, schlug leicht nach K. und setzte ihr Arbeit fort. »Ja, von den Winkeladvokaten«, sagte der Kaufmann und fuhr sich über die Stirn, als denke er nach. K. wollte ihm nachhelfen und sagte: »Sie wollten sofortige Erfolge haben und gingen deshalb zu den Winkeladvokaten.« »Ganz richtig«, sagte der Kaufmann, setzte aber nicht fort. »Er will vielleicht vor Leni nicht davon sprechen«, dachte K., bezwang seine Ungeduld, das Weitere gleich jetzt zu hören, und drang nun nicht mehr weiter in ihn.

»Hast du mich angemeldet?« fragte er Leni. »Natürlich«, sagte diese, »er wartet auf dich. Laß jetzt Block, mit Block kannst du auch später reden, er bleibt doch hier.« K. zögerte noch. »Sie bleiben hier?« fragte er den Kaufmann, er wollte dessen eigene Antwort, er wollte nicht, daß Leni vom Kaufmann wie von einem Abwesenden sprach, er war heute gegen Leni voll geheimen Ärgers. Und wieder antwortete nur Leni: »Er schläft hier öfters.« »Schläft hier?« rief K., er hatte gedacht, der Kaufmann werde hier nur auf ihn warten, während er die Unterredung mit dem Advokaten rasch erledigen würde, dann aber würden sie gemeinsam fortgehen und alles gründlich und ungestört besprechen. »Ja«, sagte Leni, »nicht jeder wird wie du, Josef, zu beliebiger Stunde beim Advokaten vorgelassen. Du scheinst dich ja gar nicht darüber zu wundern, daß dich der Advokat trotz seiner Krankheit noch um elf Uhr nachts empfängt. Du nimmst das, was deine Freunde für dich tun, doch als gar zu selbstverständlich an. Nun, deine Freunde oder zumindest ich, tun es gerne. Ich will keinen anderen Dank und brauche auch keinen anderen, als daß du mich lieb hast.« »Dich liebhaben?« dachte K. im ersten Augenblick, erst dann ging es ihm durch den Kopf. »Nun ja, ich habe sie lieb.« Trotzdem sagte er, alles andere vernachlässigend: »Er empfängt mich, weil ich sein Klient bin. Wenn auch dafür noch fremde Hilfe nötig wäre, müßte man bei jedem Schritt immer gleichzeitig betteln und danken.« »Wie schlimm er heute ist, nicht?« fragte Leni den Kaufmann. »Jetzt bin ich der Abwesende«, dachte K. und wurde fast sogar auf den Kaufmann böse, als dieser, die Unhöflichkeit Lenis übernehmend, sagte: »Der Advokat empfängt ihn auch noch aus anderen Gründen. Sein Fall ist nämlich interessanter als der meine. Außerdem aber ist sein Prozeß in den Anfängen, also wahrscheinlich noch nicht sehr verfahren, da beschäftigt sich der Advokat noch gern mit ihm. Später wird das anders werden.« »Ja, ja«, sagte Leni und sah den Kaufmann lachend an, »wie er schwatzt! Ihm darfst du nämlich«, hierbei wandte sie sich an K., »gar nichts glauben. So lieb er ist, so geschwätzig ist er. Vielleicht mag ihn der Advokat auch deshalb nicht leiden, jedenfalls empfängt er ihn nur, wenn er in Laune ist. Ich habe mir schon viel Mühe gegeben, das zu ändern, aber es ist unmöglich. Denke nur, manchmal melde ich Block an, er empfängt ihn aber erst am dritten Tag nachher. Ist Block aber zu der Zeit, wenn er vorgerufen wird, nicht zur Stelle, so ist alles verloren und er muß von neuem angemeldet werden. Deshalb habe ich Block erlaubt, hier zu schlafen, es ist ja schon vorgekommen, daß er in der Nacht um ihn geläutet hat. Jetzt ist also Block auch in der Nacht bereit. Allerdings geschieht es jetzt wieder, daß der Advokat, wenn es sich zeigt, daß Block da ist, seinen Auftrag, ihn vorzulassen, manchmal widerruft.« K. sah fragend zum Kaufmann hin. Dieser nickte und sagte, so offen wie er früher mit K. gesprochen hatte, vielleicht war er zerstreut vor Beschämung: »Ja, man wird später sehr abhängig von seinem Advokaten.« »Er klagt ja nur zum Schein«, sagte Leni. »Er schläft ja hier sehr gern, wie er mir schon oft gestanden hat.« Sie ging zu einer kleinen Tür und stieß sie auf. »Willst du sein Schlafzimmer sehen?« fragte sie. K. ging hin und sah von der Schwelle aus in den niedrigen fensterlosen Raum, der von einem schmalen Bett vollständig ausgefüllt war. In dieses Bett mußte man über den Bettpfosten steigen. Am Kopfende des Bettes war eine Vertiefung in der Mauer, dort standen, peinlich geordnet, eine Kerze, Tintenfaß und Feder sowie ein Bündel Papiere, wahrscheinlich Prozeßschriften. »Sie schlafen im Dienstmädchenzimmer?« fragte K. und wendete sich zum Kaufmann zurück. »Leni hat es mir eingeräumt«, antwortete der Kaufmann, »es ist sehr vorteilhaft.« K. sah ihn lange an; der erste Eindruck, den er von dem Kaufmann erhalten hatte, war vielleicht doch der richtige gewesen; Erfahrungen hatte er, denn sein Prozeß dauerte schon lange, aber er hatte diese Erfahrungen teuer bezahlt. Plötzlich ertrug K. den Anblick des Kaufmanns nicht mehr. »Bring ihn doch ins Bett!« rief er Leni zu, die ihn gar nicht zu verstehen schien. Er selbst aber wollte zum Advokaten gehen und durch die Kündigung sich nicht nur vom Advokaten, sondern auch von Leni und dem Kaufmann befreien. Aber noch ehe er zur Tür gekommen war, sprach ihn der Kaufmann mit leiser Stimme an: »Herr Prokurist«, K. wandte sich mit bösem Gesicht um. »Sie haben Ihr Versprechen vergessen«, sagte der Kaufmann und streckte sich von seinem Sitz aus bittend K. entgegen.»Sie wollten mir noch ein Geheimnis sagen.« »Wahrhaftig«, sagte K. und streifte auch Leni, die ihn aufmerksam ansah, mit einem Blick, »also hören Sie: es ist allerdings fast kein Geheimnis mehr. Ich gehe jetzt zum Advokaten, um ihn zu entlassen.« »Er entläßt ihn!« rief der Kaufmann, sprang vom Sessel und lief mit erhobenen Armen in der Küche umher. Immer wieder rief er: »Er entläßt den Advokaten!« Leni wollte gleich auf K. losfahren, aber der Kaufmann kam ihr in den Weg, wofür sie ihm mit den Fäusten einen Hieb gab. Noch mit den zu Fäusten geballten Händen lief sie dann hinter K., der aber einen großen Vorsprung hatte. Er war schon in das Zimmer des Advokaten eingetreten, als ihn Leni einholte. Die Tür hatte er hinter sich fast geschlossen, aber Leni, die mit dem Fuß den Türflügel offenhielt, faßte ihn beim Arm und wollte ihn zurückziehen. Aber er drückte ihr Handgelenk so stark, daß sie unter einem Seufzer ihn loslassen mußte. Ins Zimmer einzutreten, wagte sie nicht gleich, K. aber versperrte die Tür mit dem Schlüssel.

»Ich warte schon sehr lange auf Sie«, sagte der Advokat vom Bett aus, legte ein Schriftstück, das er beim Licht einer Kerze gelesen hatte, auf das Nachttischchen und setzte sich eine Brille auf, mit der er K. scharf ansah. Statt sich zu entschuldigen, sagte K.: »Ich gehe bald wieder weg.« Der Advokat hatte K.s Bemerkung, weil sie keine Entschuldigung war, unbeachtet gelassen und sagte: »Ich werde Sie nächstens zu dieser späten Stunde nicht mehr vorlassen.« »Das kommt meinem Anliegen entgegen«, sagte K. Der Advokat sah ihn fragend an. »Setzen Sie sich«, sagte er. »Weil Sie es wünschen«, sagte K., zog einen Sessel zum Nachttischchen und setzte sich. »Es schien mir, daß Sie die Tür abgesperrt haben«, sagte der Advokat. »Ja«, sagte K., »es war Lenis wegen.« Er hatte nicht die Absicht, irgend jemanden zu schonen. Aber der Advokat fragte: »War sie wieder zudringlich?« »Zudringlich?« fragte K. »Ja«, sagte der Advokat, er lachte dabei, bekam einen Hustenanfall und begann, nachdem dieser vergangen war, wieder zu lachen. »Sie haben doch wohl ihre Zudringlichkeit schon bemerkt?« fragte er und klopfte K. auf die Hand, die dieser zerstreut auf das Nachttischchen gestützt hatte und die er jetzt rasch zurückzog. »Sie legen dem nicht viel Bedeutung bei«, sagte der Advokat, als K. schwieg, »desto besser. Sonst hätte ich mich vielleicht bei Ihnen entschuldigen müssen. Es ist eine Sonderbarkeit Lenis, die ich ihr übrigens längst verziehen habe und von der ich auch nicht reden würde, wenn Sie nicht eben jetzt die Tür abgesperrt hätten. Diese Sonderbarkeit, Ihnen allerdings müßte ich sie wohl am wenigsten erklären, aber Sie sehen mich so bestürzt an und deshalb tue ich es, diese Sonderbarkeit besteht darin, daß Leni die meisten Angeklagten schön findet. Sie hängt sich an alle, liebt alle, scheint allerdings auch von allen geliebt zu werden; um mich zu unterhalten, erzählt sie mir dann, wenn ich es erlaube, manchmal davon. Ich bin über das Ganze nicht so erstaunt, wie Sie es zu sein scheinen. Wenn man den richtigen Blick dafür hat, findet man die Angeklagten wirklich oft schön. Das allerdings ist eine merkwürdige, gewissermaßen naturwissenschaftliche Erscheinung. Es tritt natürlich als Folge der Anklage nicht etwa eine deutliche, genau zu bestimmende Veränderung des Aussehens ein. Es ist doch nicht wie bei anderen Gerichtssachen, die meisten bleiben in ihrer gewöhnlichen Lebensweise und werden, wenn sie einen guten Advokaten haben, der für sie sorgt, durch den Prozeß nicht behindert. Trotzdem sind diejenigen, welche darin Erfahrung haben, imstande, aus der größten Menge die Angeklagten, Mann für Mann, zu erkennen. Woran? werden Sie fragen. Meine Antwort wird Sie nicht befriedigen. Die Angeklagten sind eben die Schönsten. Es kann nicht die Schuld sein, die sie schön macht, denn – so muß wenigstens ich als Advokat sprechen – es sind doch nicht alle schuldig, es kann auch nicht die richtige Strafe sein, die sie jetzt schon schön macht, denn es werden doch nicht alle bestraft, es kann also nur an dem gegen sie erhobenen Verfahren liegen, das ihnen irgendwie anhaftet. Allerdings gibt es unter den Schönen auch besonders schöne. Schön sind aber alle, selbst Block, dieser elende Wurm.«

K. war, als der Advokat geendet hatte, vollständig gefaßt, er hatte sogar zu den letzten Worten auffallend genickt und sich so selbst die Bestätigung seiner alten Ansicht gegeben, nach welcher der Advokat ihn immer und so auch diesmal durch allgemeine Mitteilungen, die nicht zur Sache gehörten, zu zerstreuen und von der Hauptfrage, was er an tatsächlicher Arbeit für K.s Sache getan hatte, abzulenken suchte. Der Advokat merkte wohl, daß ihm K. diesmal mehr Widerstand leistete als sonst, denn er verstummte jetzt, um K. die Möglichkeit zu geben, selbst zu sprechen, und fragte dann, da K. stumm blieb: »Sind Sie heute mit einer bestimmten Absicht zu mir gekommen?« »Ja«, sagte K. und blendete mit der Hand ein wenig die Kerze ab, um den Advokaten besser zu sehen, »ich wollte Ihnen sagen, daß ich Ihnen mit dem heutigen Tage meine Vertretung entziehe.« »Verstehe ich Sie recht?« fragte der Advokat, erhob sich halb im Bett und stützte sich mit einer Hand auf die Kissen. »Ich nehme es an«, sagte K., der straff aufgerichtet, wie auf der Lauer, dasaß. »Nun, wir können ja auch diesen Plan besprechen«, sagte der Advokat nach einem Weilchen.

»Es ist kein Plan mehr«, sagte K. »Mag sein«, sagte der Advokat, »wir wollen aber trotzdem nichts übereilen.« Er gebrauchte das Wort »wir«, als habe er nicht die Absicht, K. freizulassen, und als wolle er, wenn er schon nicht sein Vertreter sein dürfte, wenigstens sein Berater bleiben. »Es ist nicht übereilt«, sagte K., stand langsam auf und trat hinter seinen Sessel, »es ist gut überlegt und vielleicht sogar zu lange. Der Entschluß ist endgültig.« »Dann erlauben Sie mir nur noch einige Worte«, sagte der Advokat, hob das Federbett weg und setzte sich auf den Bettrand. Seine nackten, weißhaarigen Beine zitterten vor Kälte. Er bat K., ihm vom Kanapee eine Decke zu reichen. K. holte die Decke und sagte: »Sie setzten sich ganz unnötig einer Verkühlung aus.« »Der Anlaß ist wichtig genug«, sagte der Advokat, während er mit dem Federbett den Oberkörper umhüllte und dann die Beine in die Decke einwickelte. »Ihr Onkel ist mein Freund, und auch Sie sind mir im Laufe der Zeit lieb geworden. Ich gestehe das offen ein. Ich brauche mich dessen nicht zu schämen.« Diese rührseligen

Reden des alten Mannes waren K. sehr unwillkommen, denn sie zwangen ihn zu einer ausführlicheren Erklärung, die er gern vermieden hätte, und sie beirrten ihn außerdem, wie er sich offen eingestand, wenn sie allerdings auch seinen Entschluß niemals rückgängig machen konnten. »Ich danke Ihnen für Ihre freundliche Gesinnung«, sagte er, »ich erkenne auch an, daß Sie sich meiner Sache so sehr angenommen haben, wie es Ihnen möglich ist und wie es Ihnen für mich vorteilhaft scheint. Ich jedoch habe in der letzten Zeit die Überzeugung gewonnen, daß das nicht genügend ist. Ich werde natürlich niemals versuchen, Sie, einen soviel älteren und erfahreneren Mann, von meiner Ansicht überzeugen zu wollen; wenn ich es manchmal unwillkürlich versucht habe, so verzeihen Sie mir, die Sache aber ist, wie Sie sich selbst ausdrückten, wichtig genug, und es ist meiner Überzeugung nach notwendig, viel kräftiger in den Prozeß einzugreifen, als es bisher geschehen ist.« »Ich verstehe Sie«, sagte der Advokat, »Sie sind ungeduldig.« »Ich bin nicht ungeduldig«, sagte K. ein wenig gereizt und achtete nicht mehr soviel auf seine Worte. »Sie dürften bei meinem ersten Besuch, als ich mit meinem Onkel zu Ihnen kam, bemerkt haben, daß nur an dem Prozeß nicht viel lag, wenn man mich nicht gewissermaßen gewaltsam an ihn erinnerte, vergaß ich ihn vollständig. Aber mein Onkel bestand darauf, daß ich Ihnen meine Vertretung übergebe, ich tat es, um ihm gefällig zu sein. Und nun hätte man doch erwarten sollen, daß mir der Prozeß noch leichter fallen würde als bis dahin, denn man übergibt doch dem Advokaten die Vertretung, um die Last des Prozesses ein wenig von sich abzuwälzen. Es geschah aber das Gegenteil. Niemals früher hatte ich so große Sorgen wegen des Prozesses wie seit der Zeit, seitdem Sie mich vertreten. Als ich allein war, unternahm ich nichts in meiner Sache, aber ich fühlte es kaum, jetzt dagegen hatte ich einen Vertreter, alles war dafür eingerichtet, daß etwas geschehe, unaufhörlich und immer gespannter erwartete ich Ihr Eingreifen, aber es blieb aus. Ich bekam von Ihnen allerdings verschiedene Mitteilungen über das Gericht, die ich vielleicht von niemandem sonst hätte bekommen können. Aber das kann mir nicht genügen, wenn mir jetzt der Prozeß, förmlich im geheimen, immer näher an den Leib rückt.« K. hatte den Sessel von sich gestoßen und stand, die Hände in den Rocktaschen, aufrecht da. »Von einem gewissen Zeitpunkt der Praxis an«, sagte der Advokat leise und ruhig, »ereignet sich nichts wesentlich Neues mehr. Wie viele Parteien sind in ähnlichen Stadien der Prozesse ähnlich wie Sie vor mir gestanden und haben ähnlich gesprochen!« »Dann haben«, sagte K., »alle diese ähnlichen Parteien ebenso recht gehabt wie ich. Das widerlegt mich gar nicht.« »Ich wollte Sie damit nicht widerlegen«, sagte der Advokat, »ich wollte aber noch hinzufügen, daß ich bei Ihnen mehr Urteilskraft erwartet hätte als bei den anderen, besonders da ich Ihnen mehr Einblick in das Gerichtswesen und in meine Tätigkeit gegeben habe, als ich es sonst Parteien gegenüber tue. Und nun muß ich sehen, daß Sie trotz allem nicht genügend Vertrauen zu mir haben. Sie machen es mir nicht leicht.« Wie sich der Advokat vor K. demütigte! Ohne jede Rücksicht auf die Standesehre, die gewiß gerade in diesem Punkte am empfindlichsten ist. Und warum tat er das? Er war doch dem Anschein nach ein vielbeschäftigter Advokat und überdies ein reicher Mann, es konnte ihm an und für sich weder an dem

Verdienstentgang noch an dem Verlust eines Klienten viel liegen. Außerdem war er kränklich und hätte selbst darauf bedacht sein sollen, daß ihm Arbeit abgenommen werde. Und trotzdem hielt er K. so fest! Warum? War es persönliche Anteilnahme für den Onkel oder sah er K.s Prozeß wirklich für so außerordentlich an und hoffte, sich darin auszuzeichnen, entweder für K. oder – diese Möglichkeit war eben niemals auszuschließen – für die Freunde beim Gericht? An ihm war nicht zu erkennen, so rücksichtslos ihn auch K. ansah. Man hätte fast annehmen können, er warte mit absichtlich verschlossener Miene die Wirkung seiner Worte ab. Aber er deutete offenbar das Schweigen K.s für sich allzu günstig, wenn er jetzt fortfuhr: »Sie werden bemerkt haben, daß ich zwar eine große Kanzlei habe, aber keine Hilfskräfte beschäftige. Das war früher anders, es gab eine Zeit, wo einige junge Juristen für mich arbeiteten, heute arbeite ich allein. Es hängt dies zum Teil mit der Änderung meiner Praxis zusammen, indem ich mich immer mehr auf Rechtssachen von der Art der Ihrigen beschränke, zum Teil mit der immer tieferen Erkenntnis, die ich von diesen Rechtssachen erhielt. Ich fand, daß ich diese Arbeit niemandem überlassen dürfe, wenn ich mich nicht an meinen Klienten und an der Aufgabe, die ich übernommen hatte, versündigen wollte. Der Entschluß aber, alle Arbeit selbst zu leisten, hatte die natürlichen Folgen: ich mußte fast alle Ansuchen um Vertretungen abweisen und konnte nur denen nachgeben, die mir besonders nahegingen – nun, es gibt ja genug Kreaturen, und sogar ganz in der Nähe, die sich auf jeden Brocken stürzen, den ich wegwerfe. Und außerdem wurde ich vor Überanstrengung krank. Aber trotzdem bereue ich meinen Entschluß nicht, es ist möglich, daß ich mehr Vertretungen hätte abweisen sollen, als ich getan habe, daß ich aber den übernommenen Prozessen mich ganz hingegeben habe, hat sich als unbedingt notwendig herausgestellt und durch die Erfolge belohnt. Ich habe einmal in einer Schrift den Unterschied sehr schön ausgedrückt gefunden, der zwischen der Vertretung in gewöhnlichen Rechtssachen und der Vertretung in diesen Rechtssachen besteht. Es hieß dort: der Advokat führt seinen Klienten an einem Zwirnsfaden bis zum Urteil, der andere aber hebt seinen Klienten gleich auf die Schultern und trägt ihn, ohne ihn abzusetzen, zum Urteil und noch darüber hinaus. So ist es. Aber es war nicht ganz richtig, wenn ich sagte, daß ich diese große Arbeit niemals bereue. Wenn sie, wie in Ihrem Fall, so vollständig verkannt wird, dann, nun dann bereue ich fast.« K. wurde durch diese Reden mehr ungeduldig als überzeugt. Er glaubte irgendwie aus dem Tonfall des Advokaten herauszuhören, was ihn erwartete, wenn er nachgäbe, wieder würden Vertröstungen beginnen, die Hinweise auf die fortschreitende Eingabe, auf die gebesserte Stimmung der Gerichtsbeamten, aber auch auf die großen Schwierigkeiten, die sich der Arbeit entgegenstellten, – kurz, all das bis zum Überdruß Bekannte würde hervorgeholt werden, um K. wieder mit unbestimmten Hoffnungen zu täuschen und mit unbestimmten Drohungen zu quälen. Das mußte endgültig verhindert werden, er sagte deshalb: »Was wollen Sie in meiner Sache unternehmen, wenn Sie die Vertretung behalten?« Der Advokat fügte sich sogar dieser beleidigenden Frage und antwortete: »In dem, was ich für Sie bereits unternommen habe, weiter fortfahren.« »Ich wußte es ja«, sagte K., »nun ist aber jedes weitere Wort überflüssig.« »Ich werde noch einen Versuch machen«, sagte der Advokat, als geschehe das, was K. erregte, nicht K., sondern ihm. »Ich habe nämlich die Vermutung, daß Sie nicht nur zu der falschen Beurteilung meines Rechtsbeistandes, sondern auch zu Ihrem sonstigen Verhalten dadurch verleitet werden, daß man Sie, obwohl Sie Angeklagter sind, zu gut behandelt oder, richtiger ausgedrückt, nachlässig, scheinbar nachlässig behandelt. Auch dieses letztere hat seinen Grund; es ist oft besser, in Ketten, als frei zu sein. Aber ich möchte Ihnen doch zeigen, wie andere Angeklagte behandelt werden, vielleicht gelingt es Ihnen, daraus eine Lehre zu nehmen. Ich werde jetzt nämlich Block vorrufen, sperren Sie die Tür auf und setzen Sie sich hier neben den Nachttisch!« »Gerne«, sagte K. und tat, was der Advokat verlangt hatte; zu lernen war er immer bereit. Um sich aber für jeden Fall zu sichern, fragte er noch: »Sie haben aber zur Kenntnis genommen, daß ich Ihnen meine Vertretung entziehe?« »Ja«, sagte der Advokat, »Sie können es aber heute noch rückgängig machen.« Er legte sich wieder ins Bett zurück, zog das Federbett bis zum Kinn und drehte sich der Wand zu. Dann läutete er.

Fast gleichzeitig mit dem Glockenzeichen erschien Leni, sie suchte durch rasche Blicke zu erfahren, was geschehen war; daß K. ruhig beim Bett des Advokaten saß, schien ihr beruhigend. Sie nickte K., der sie starr ansah, lächelnd zu. »Hole Block«, sagte der Advokat. Statt ihn aber zu holen, trat sie nur vor die Tür, rief. »Block! Zum Advokaten!« und schlüpfte dann, wahrscheinlich weil der Advokat zur Wand abgekehrt blieb und sich um nichts kümmerte, hinter K.s Sessel. Sie störte ihn von nun ab, indem sie sich über die Sessellehne vorbeugte oder mit den Händen, allerdings sehr zart und vorsichtig, durch sein Haar fuhr und über seine Wangen strich. Schließlich suchte K. sie daran zu hindern, indem er sie bei einer Hand erfaßte, die sie ihm nach einigem Widerstreben überließ.

Block war auf den Anruf hin gleich gekommen, blieb aber vor der Tür stehen und schien zu überlegen, ob er eintreten sollte. Er zog die Augenbrauen hoch und neigte den Kopf, als horche er, ob sich der Befehl, zum Advokaten zu kommen, wiederholen würde. K. hätte ihn zum Eintreten aufmuntern können, aber er hatte sich vorgenommen, nicht nur mit dem Advokaten, sondern mit allem, was hier in der Wohnung war, endgültig zu brechen und verhielt sich deshalb regungslos. Auch Leni schwieg. Block bemerkte, daß ihn wenigstens niemand verjage und trat auf den Fußspitzen ein, das Gesicht gespannt, die Hände auf dem Rücken verkrampft. Die Tür hatte er für einen möglichen Rückzug offengelassen. K. blickte er gar nicht an, sondern immer nur das hohe Federbett, unter dem der Advokat, da er sich ganz nahe an die Wand geschoben hatte, nicht einmal zu sehen war. Da hörte man aber seine Stimme: »Block hier?« fragte er. Diese Frage gab Block, der schon eine große Strecke weitergerückt war, förmlich einen Stoß in die Brust und dann einen in den Rücken, er taumelte, blieb tief gebückt stehen und sagte: »Zu dienen.« »Was willst du?« fragte der Advokat, »du kommst ungelegen.« »Wurde ich nicht gerufen?« fragte Block mehr sich selbst als den Advokaten, hielt die Hände zum Schutze vor und war bereit, wegzulaufen. »Du wurdest gerufen«, sagte der Advokat, »trotzdem kommst du ungelegen.« Und nach einer Pause fügte er hinzu: »Du kommst immer ungelegen.« Seitdem der Advokat sprach, sah Block nicht mehr auf das Bett hin, er starrte vielmehr irgendwo in eine Ecke und lauschte nur, als sei der Anblick des Sprechers zu blendend, als daß er ihn ertragen könnte. Es war aber auch das Zuhören schwer, denn der Advokat sprach gegen die Wand, und zwar leise und schnell. »Wollt Ihr, daß ich weggehe?« fragte Block. »Nun bist du einmal da«, sagte der Advokat. »Bleib!« Man hätte glauben können, der Advokat habe nicht Blocks Wunsch erfüllt, sondern ihm, etwa mit Prügeln, gedroht, denn jetzt fing Block wirklich zu zittern an. »Ich war gestern«, sagte der Advokat, »beim dritten Richter, meinem Freund, und habe allmählich das Gespräch auf dich gelenkt. Willst du wissen, was er sagte?« »Oh bitte«, sagte Block. Da der Advokat nicht gleich antwortete, wiederholte Block nochmals die Bitte und neigte sich, als wolle er niederknien. Da fuhr ihn aber K. an: »Was tust du?« rief er. Da ihn Leni an dem Ausruf hatte hindern wollen, faßte er auch ihre zweite Hand. Es war nicht der Druck der Liebe, mit dem er sie festhielt, sie seufzte auch öfters und suchte ihm die Hände zu entwinden. Für K.s Ausruf aber wurde Block gestraft, denn der Advokat fragte ihn: »Wer ist denn dein Advokat?« »Ihr seid es«, sagte Block. »Und außer mir?« fragte der Advokat. »Niemand außer Euch«, sagte Block. »Dann folge auch niemandem sonst«, sagte der Advokat. Block erkannte das vollständig an, er maß K. mit bösen Blicken und schüttelte heftig gegen ihn den Kopf. Hätte man dieses Benehmen in Worte übersetzt, so wären es grobe Beschimpfungen gewesen. Mit diesem Menschen hatte K. freundschaftlich über seine eigene Sache reden wollen! »Ich werde dich nicht mehr stören«, sagte K., in den Sessel zurückgelehnt. »Knie nieder oder krieche auf allen vieren, tue, was du willst. Ich werde mich darum nicht kümmern.« Aber Block hatte doch Ehrgefühl, wenigstens gegenüber K., denn er ging, mit den Fäusten fuchtelnd, auf ihn zu, und rief so laut, als er es nur in der Nähe des Advokaten wagte: »Sie dürfen nicht so mit mir reden, das ist nicht erlaubt. Warum beleidigen Sie mich? Und überdies noch hier, vor dem Herrn Advokaten, wo wir beide, Sie und ich, nur aus Barmherzigkeit geduldet sind? Sie sind kein besserer Mensch als ich, denn Sie sind auch angeklagt und haben auch einen Prozeß. Wenn Sie aber trotzdem noch ein Herr sind, dann bin ich ein ebensolcher Herr, wenn nicht gar ein noch größerer. Und ich will auch als ein solcher angesprochen werden, gerade von Ihnen. Wenn Sie sich aber dadurch für bevorzugt halten, daß Sie hier sitzen und ruhig zuhören dürfen, während ich, wie Sie sich ausdrücken, auf allen vieren krieche, dann erinnere ich Sie an den alten Rechtsspruch: für den Verdächtigen ist Bewegung besser als Ruhe, denn der, welcher ruht, kann immer, ohne es zu wissen, auf einer Waagschale sein und mit seinen Sünden gewogen werden.« K. sagte nichts, er staunte nur mit unbeweglichen Augen diesen verwirrten Menschen an. Was für Veränderungen waren mit ihm nur schon in der letzten Stunde vor sich gegangen! War es der Prozeß, der ihn so hin und her warf und ihn nicht erkennen ließ, wo Freund und wo Feind war? Sah er denn nicht, daß der Advokat ihn absichtlich demütigte und diesmal nichts anderes bezweckte, als sich vor K. mit seiner Macht zu brüsten und sich dadurch vielleicht auch K. zu unterwerfen? Wenn Block aber nicht fähig war, das zu erkennen oder wenn er den Advokaten so sehr fürchtete, daß ihm jene Erkenntnis nichts helfen konnte, wie kam es, daß er doch wieder so schlau oder so kühn war, den Advokaten zu betrügen und ihm zu verschweigen, daß er außer ihm noch andere Advokaten für sich arbeiten ließ? Und wie wagte er es, K. anzugreifen, da dieser doch gleich sein Geheimnis verraten konnte? Aber er wagte noch mehr, er ging zum Bett des Advokaten und begann, sich nun auch dort über K. zu beschweren: »Herr Advokat«, sagte er, »habt Ihr gehört, wie dieser Mann mit mir gesprochen hat? Man kann noch die Stunden seines Prozesses zählen, und schon will er mir, einem Mann, der fünf Jahre im Prozesse steht, gute Lehren geben. Er beschimpft mich sogar. Weiß nichts und beschimpft mich, der ich, soweit meine schwachen Kräfte reichen, genau studiert habe, was Anstand, Pflicht und Gerichtsgebrauch verlangt.« »Kümmere dich um niemanden«, sagte der Advokat, »und tue, was dir richtig scheint.« »Gewiß«, sagte Block, als spreche er sich selbst Mut zu, und kniete unter einem kurzen Seitenblick nun knapp beim Bett nieder. »Ich knie schon, mein Advokat«, sagte er. Der Advokat schwieg aber. Block streichelte mit einer Hand vorsichtig das Federbett. In der Stille, die jetzt herrschte, sagte Leni, indem sie sich von K.s Händen befreite: »Du machst mir Schmerzen. Laß mich. Ich gehe zu Block.« Sie ging hin und setzte sich auf den Bettrand. Block war über ihr Kommen sehr erfreut, er bat sie gleich durch lebhafte, aber stumme Zeichen, sich beim Advokaten für ihn einzusetzen. Er benötigte offenbar die Mitteilungen des Advokaten sehr dringend, aber vielleicht nur zu dem Zweck, um sie durch seine übrigen Advokaten ausnutzen zu lassen. Leni wußte wahrscheinlich genau, wie man dem Advokaten beikommen könne, sie zeigte auf die Hand des Advokaten und spitzte die Lippen wie zum Kuß. Gleich führte Block den Handkuß aus und wiederholte ihn, auf eine Aufforderung Lenis hin, noch zweimal. Aber der Advokat schwieg noch immer. Da beugte sich Leni über den Advokaten hin, der schöne Wuchs ihres Körpers wurde sichtbar, als sie sich so streckte, und strich, tief zu seinem Gesicht geneigt, über sein langes, weißes Haar. Das zwang ihm nun doch eine Antwort ab. »Ich zögere, es ihm mitzuteilen«, sagte der Advokat, und man sah, wie er den Kopf ein wenig schüttelte, vielleicht, um des Druckes von Lenis Hand mehr teilhaftig zu werden. Block horchte mit gesenktem Kopf, als übertrete er durch dieses Horchen ein Gebot. »Warum zögerst du denn?« fragte Leni. K. hatte das Gefühl, als höre er ein einstudiertes Gespräch, das sich schon oft wiederholt hatte, das sich noch oft wiederholen würde und das nur für Block seine Neuheit nicht verlieren konnte. »Wie hat er sich heute verhalten?« fragte der Advokat, statt zu antworten. Ehe sich Leni darüber äußerte, sah sie zu Block hinunter und beobachtete ein Weilchen, wie er die Hände ihr entgegenhob und bittend aneinander rieb. Schließlich nickte sie ernst, wandte sich zum Advokaten und sagte: »Er war ruhig und fleißig.« Ein alter Kaufmann, ein Mann mit langem Bart, flehte ein junges Mädchen um ein günstiges Zeugnis an. Mochte er dabei auch Hintergedanken haben, nichts konnte ihn in den Augen eines Mitmenschen rechtfertigen. K. begriff nicht, wie der Advokat daran hatte denken können, durch diese Vorführung ihn zu gewinnen. Hätte er ihn nicht schon früher verjagt, er hätte es durch diese Szene erreicht. Er entwürdigte fast den Zuseher. So bewirkte also die Methode des Advokaten, welcher K. glücklicherweise nicht lange genug ausgesetzt gewesen war, daß der Klient schließlich die ganze Welt vergaß und nur auf diesem Irrweg zum Ende des Prozesses sich fortzuschleppen hoffte. Das war kein Klient mehr, das war der Hund des Advokaten. Hätte ihm dieser befohlen, unter das Bett wie in eine Hundehütte zu kriechen und von dort aus zu bellen, er hätte es mit Lust getan. Als sei K. beauftragt, alles, was hier gesprochen wurde, genau in sich aufzunehmen, an einem höheren Ort die Anzeige davon zu erstatten und einen Bericht abzulegen, hörte er prüfend und überlegen zu. »Was hat er während des ganzen Tages getan?« fragte der Advokat. »Ich habe ihn«, sagte Leni, »damit er mich bei der Arbeit nicht störe, in dem Dienstmädchenzimmer eingesperrt, wo er sich ja gewöhnlich aufhält. Durch die Lücke konnte ich von Zeit zu Zeit nachsehen, was er machte. Er kniete immer auf dem Bett, hatte die Schriften, die du ihm geliehen hast, auf dem Fensterbrett aufgeschlagen und las in ihnen. Das hat einen guten Eindruck auf mich gemacht; das Fenster führt nämlich nur in einen Luftschacht und gibt fast kein Licht. Daß Block trotzdem las, zeigte mir, wie folgsam er ist.« »Es freut mich, das zu hören«, sagte der Advokat. »Hat er aber auch mit Verständnis gelesen?« Block bewegte während dieses Gesprächs unaufhörlich die Lippen, offenbar formulierte er die Antworten, die er von Leni erhoffte. »Darauf kann ich natürlich«, sagte Leni, »nicht mit Bestimmtheit antworten. Jedenfalls habe ich gesehen, daß er gründlich las. Er hat den ganzen Tag über die gleiche Seite gelesen und beim Lesen den Finger die Zeilen entlang geführt. Immer, wenn ich zu ihm hineinsah, hat er geseufzt, als mache ihm das Lesen viel Mühe. Die Schriften, die du ihm geliehen hast, sind wahrscheinlich schwer verständlich.« »Ja«, sagte der Advokat, »das sind sie allerdings. Ich glaube auch nicht, daß er etwas von ihnen versteht. Sie sollen ihm nur eine Ahnung davon geben, wie schwer der Kampf ist, den ich zu seiner Verteidigung führe. Und für wen führe ich diesen schweren Kampf? Für – es ist fast lächerlich, es auszusprechen – für Block. Auch was das bedeutet, soll er begreifen lernen. Hat er ununterbrochen studiert?« »Fast ununterbrochen«, antwortete Leni, »nur einmal hat er mich um Wasser zum Trinken gebeten. Da habe ich ihm ein Glas durch die Luke gereicht. Um acht Uhr habe ich ihn dann herausgelassen und ihm etwas zu essen gegeben.« Block streifte K. mit einem Seitenblick, als werde hier Rühmendes von ihm erzählt und müsse auch auf K. Eindruck machen. Er schien jetzt gute Hoffnungen zu haben, bewegte sich freier und rückte auf den Knien hin und her. Desto deutlicher war es, wie er unter den folgenden Worten des Advokaten erstarrte: »Du lobst ihn«, sagte der Advokat. »Aber gerade das macht es mir schwer, zu reden. Der Richter hatte sich nämlich nicht günstig ausgesprochen, weder über Block selbst, noch über seinen Prozeß.« »Nicht günstig?« fragte Leni. »Wie ist das möglich?« Block sah sie mit einem so gespannten Blick an, als traue er ihr die Fähigkeit zu, jetzt noch die längst ausgesprochenen Worte des Richters zu seinen Gunsten zu wenden. »Nicht günstig«, sagte der Advokat. »Er war sogar unangenehm berührt, als ich von Block zu sprechen anfing. ›Reden Sie nicht von Block‹, sagte er. ›Er ist mein Klient‹, sagte ich. ›Sie lassen sich mißbrauchen‹, sagte er. ›Ich halte seine Sache nicht für verloren‹, sagte ich. ›Sie lassen sich mißbrauchen‹, wiederholte er. ›Ich glaube es nicht‹, sagte ich. ›Block ist im Prozeß fleißig und immer hinter seiner Sache her. Er wohnt fast bei mir, um immer auf dem laufenden zu sein. Solchen Eifer findet man nicht immer. Gewiß, er ist persönlich nicht angenehm, hat häßliche Umgangsformen und ist schmutzig, aber in prozessualer Hinsicht ist er untadelhaft.« Ich sagte untadelhaft, ich übertrieb absichtlich. Darauf sagte er: »Block ist bloß schlau. Er hat viel Erfahrung angesammelt und versteht es, den Prozeß zu verschleppen. Aber seine Unwissenheit ist noch viel größer als seine Schlauheit. Was würde er wohl dazu sagen, wenn er erführe, daß sein Prozeß noch gar nicht begonnen hat, wenn man ihm sagte, daß noch nicht einmal das Glockenzeichen zum Beginn des Prozesses gegeben ist.‹ Ruhig, Block«, sagte der Advokat, denn Block begann sich gerade auf unsicheren Knien zu erheben und wollte offenbar um Aufklärung bitten. Es war jetzt das erstemal, daß sich der Advokat mit ausführlichen Worten geradezu an Block wendete. Mit müden Augen sah er halb ziellos, halb zu Block hinunter, der unter diesem Blick wieder langsam in die Knie zurücksank. »Diese Äußerung des Richters hat für dich gar keine Bedeutung«, sagte der Advokat. »Erschrick doch nicht bei jedem Wort. Wenn sich das wiederholt, werde ich dir gar nichts mehr verraten. Man kann keinen Satz beginnen, ohne daß du einen anschaust, als ob jetzt dein Endurteil käme. Schäme dich hier vor meinem Klienten! Auch erschütterst du das Vertrauen, das er in mich setzt. Was willst du denn? Noch lebst du, noch stehst du unter meinem Schutz. Sinnlose Angst! Du hast irgendwo gelesen, daß das Endurteil in manchen Fällen unversehens komme, aus beliebigem Munde, zu beliebiger Zeit. Mit vielen Vorbehalten ist das allerdings wahr, ebenso wahr aber ist es, daß mich deine Angst anwidert und daß ich darin einen Mangel des notwendigen Vertrauens sehe. Was habe ich denn gesagt? Ich habe die Äußerung eines Richters wiedergegeben. Du weißt, die verschiedenen Ansichten häufen sich um das Verfahren bis zur Undurchdringlichkeit. Dieser Richter zum Beispiel nimmt den Anfang des Verfahrens zu einem anderen Zeitpunkt an als ich. Ein Meinungsunterschied, nichts weiter. In einem gewissen Stadium des Prozesses wird nach altem Brauch ein Glockenzeichen gegeben. Nach der Ansicht dieses Richters beginnt damit der Prozeß. Ich kann dir jetzt nicht alles sagen, was dagegen spricht, du würdest es auch nicht verstehen, es genüge dir, daß viel dagegen spricht.« Verlegen fuhr Block unten mit den Fingern durch das Fell des Bettvorlegers, die Angst wegen des Ausspruchs des Richters ließ ihn zeitweise die eigene Untertänigkeit gegenüber dem Advokaten vergessen, er dachte dann nur an sich und drehte die Worte des Richters nach allen Seiten. »Block«, sagte Leni in warnendem Ton und zog ihn am Rockkragen ein wenig in die Höhe. »Laß jetzt das Fell und höre dem Advokaten zu.«

Dieses Kapitel wurde nicht vollendet.

NEUNTES KAPITEL

Im Dom

K. bekam den Auftrag, einem italienischen Geschäftsfreund der Bank, der für sie sehr wichtig war und sich zum erstenmal in dieser Stadt aufhielt, einige Kunstdenkmäler zu zeigen. Es war ein Auftrag, den er zu anderer Zeit gewiß für ehrend gehalten hätte, den er aber jetzt, da er nur mit großer Anstrengung sein Ansehen in der Bank noch wahren konnte, widerwillig übernahm. Jede Stunde, die er dem Büro entzogen wurde, machte ihm Kummer; er konnte zwar die Bürozeit bei weitem nicht mehr so ausnützen wie früher, er brachte manche Stunden nur unter dem notdürftigsten Anschein wirklicher Arbeit hin, aber desto größer waren seine Sorgen, wenn er nicht im Büro war. Er glaubte dann zu sehen, wie der Direktor-Stellvertreter, der ja immer auf der Lauer gewesen war, von Zeit zu Zeit in sein Büro kam, sich an seinen Schreibtisch setzte, seine Schriftstücke durchsuchte, Parteien, mit denen K. seit Jahren fast befreundet gewesen war, empfing und ihm abspenstig machte, ja vielleicht sogar Fehler aufdeckte, von denen sich K. während der Arbeit jetzt immer aus tausend Richtungen bedroht sah und die er nicht mehr vermeiden konnte. Wurde er daher einmal, sei es in noch so auszeichnender Weise, zu einem Geschäftsweg oder gar zu einer kleinen Reise beauftragt – solche Aufträge hatten sich in der letzten Zeit ganz zufällig gehäuft –, dann lag immerhin die Vermutung nahe, daß man ihn für ein Weilchen aus dem Büro entfernen und seine Arbeit überprüfen wolle oder wenigstens, daß man im Büro ihn für leicht entbehrlich halte. Die meisten dieser Aufträge hätte er ohne Schwierigkeiten ablehnen können, aber er wagte es nicht, denn, wenn seine Befürchtung auch nur im geringsten begründet war, bedeutete die Ablehnung des Auftrags Geständnis seiner Angst. Aus diesem Grunde nahm er solche Aufträge scheinbar gleichmütig hin und verschwieg sogar, als er eine anstrengende zweitägige Geschäftsreise machen sollte, eine ernstliche Verkühlung, um sich nur nicht der Gefahr auszusetzen, mit Berufung auf das gerade herrschende regnerische Herbstwetter von der Reise abgehalten zu werden. Als er von dieser Reise mit wütenden Kopfschmerzen zurückkehrte, erfuhr er, daß er dazu bestimmt sei, am nächsten Tag den italienischen Geschäftsfreund zu begleiten. Die Verlockung, sich wenigstens dieses eine Mal zu weigern, war sehr groß, vor allem war das, was man ihm hier zugedacht hatte, keine unmittelbar mit dem Geschäft zusammenhängende Arbeit, aber die Erfüllung dieser gesellschaftlichen Pflicht gegenüber dem Geschäftsfreund war an sich zweifellos wichtig genug, nur nicht für K., der wohl wußte, daß er sich nur durch Arbeitserfolge erhalten könne und daß es, wenn ihm das nicht gelänge, vollständig wertlos war, wenn er diesen Italiener unerwarteterweise sogar bezaubern sollte; er wollte nicht einmal für einen Tag aus dem Bereich der Arbeit geschoben werden, denn die Furcht, nicht mehr zurückgelassen zu werden, war zu groß, eine Furcht, die er sehr genau als übertrieben erkannte, die ihn aber doch beengte. In diesem Fall allerdings war es fast unmöglich, einen annehmbaren Einwand zu erfinden. K.s Kenntnis des Italienischen war zwar nicht sehr groß, aber immerhin genügend; das Entscheidende aber war, daß K. aus früherer Zeit einige kunsthistorische Kenntnisse besaß, was in äußerst übertriebener Weise dadurch in der Bank bekanntgeworden war, daß K. eine Zeitlang, übrigens auch nur aus geschäftlichen Gründen, Mitglied des Vereins zur Erhaltung der städtischen Kunstdenkmäler gewesen war. Nun war aber der Italiener, wie man gerüchteweise erfahren hatte, ein Kunstliebhaber, und die Wahl K.s zu seinem Begleiter war daher selbstverständlich.

Es war ein sehr regnerischer, stürmischer Morgen, als K. voll Ärger über den Tag, der ihm bevorstand, schon um sieben Uhr ins Büro kam, um wenigstens einige Arbeit noch fertigzubringen, ehe der Besuch ihn allem entziehen würde. Er war sehr müde, denn er hatte die halbe Nacht mit dem Studium einer italienischen Grammatik verbracht, um sich ein wenig vorzubereiten; das Fenster, an dem er in der letzten Zeit viel zu oft zu sitzen pflegte, lockte ihn mehr als der Schreibtisch, aber er widerstand und setzte sich zur Arbeit. Leider trat gerade der Diener ein und meldete, der Herr Direktor habe ihn geschickt, um nachzusehen, ob der Herr Prokurist schon hier sei; sei er hier, dann möge er so freundlich sein und ins Empfangszimmer hinüberkommen, der Herr aus Italien sei schon da. »Ich komme schon«, sagte K., steckte ein kleines Wörterbuch in die Tasche, nahm ein Album der städtischen Sehenswürdigkeiten, das er für den Fremden vorbereitet hatte, unter den Arm und ging durch das Büro des Direktor-Stellvertreters in das Direktionszimmer. Er war glücklich darüber, so früh ins Büro gekommen zu sein und sofort zur Verfügung stehen zu können, was wohl niemand ernstlich erwartet hatte. Das Büro des Direktor-Stellvertreters war natürlich noch leer wie in tiefer Nacht, wahrscheinlich hatte der Diener auch ihn ins Empfangszimmer berufen sollen, es war aber erfolglos gewesen. Als K. ins Empfangszimmer eintrat, erhoben sich die zwei Herren aus den tiefen Fauteuils. Der Direktor lächelte freundlich, offenbar war er sehr erfreut über K.s Kommen, er besorgte sofort die Vorstellung, der Italiener schüttelte K. kräftig die Hand und nannte lächelnd irgend jemanden einen Frühaufsteher. K. verstand nicht genau, wen er meinte, es war überdies ein sonderbares Wort, dessen Sinn K. erst nach einem Weilchen erriet. Er antwortete mit einigen glatten Sätzen, die der Italiener wieder lachend hinnahm, wobei er mehrmals mit nervöser Hand über seinen graublauen, buschigen Schnurrbart fuhr. Dieser Bart war offenbar parfümiert, man war fast versucht, sich zu nähern und zu riechen. Als sich alle gesetzt hatten und ein kleines, einleitendes Gespräch begann, bemerkte K. mit großem Unbehagen, daß er den Italiener nur bruchstückweise verstand. Wenn er ganz ruhig sprach, verstand er ihn fast vollständig, das waren aber nur seltene Ausnahmen, meistens quoll ihm die Rede aus dem Mund, er schüttelte den Kopf wie vor Lust darüber. Bei solchen Reden aber verwickelte er sich regelmäßig in irgendeinen Dialekt, der für K. nichts Italienisches mehr hatte, den aber der Direktor nicht nur verstand, sondern auch sprach, was K. allerdings hätte voraussehen können, denn der Italiener stammte aus Süditalien, wo auch der Direktor einige Jahre gewesen war. Jedenfalls erkannte K., daß ihm die Möglichkeit, sich mit dem Italiener zu verständigen, zum größten Teil genommen war, denn auch dessen Französisch war nur schwer verständlich, auch verdeckte der Bart die Lippenbewegungen, deren Anblick vielleicht zum Verständnis geholfen hätte. K. begann viel Unannehmlichkeiten vorauszusehen, vorläufig gab er es auf, den Italiener verstehen zu wollen – in der Gegenwart des Direktors, der ihn so leicht verstand, wäre es unnötige Anstrengung gewesen –, und er beschränkte sich darauf, ihn verdrießlich zu beobachten, wie er tief und doch leicht in dem Fauteuil ruhte, wie er öfters an seinem kurzen, scharf geschnittenen Röckchen zupfte und wie er einmal mit erhobenen Armen und lose in den Gelenken bewegten Händen irgend etwas darzustellen versuchte, das K. nicht begreifen konnte, obwohl er vorgebeugt die Hände nicht aus den Augen ließ. Schließlich machte sich bei K., der sonst unbeschäftigt, nur mechanisch mit den Blicken dem Hin und Her der Reden folgte, die frühere Müdigkeit geltend, und er ertappte sich einmal zu seinem Schrecken, glücklicherweise noch rechtzeitig, dabei, daß er in der Zerstreutheit gerade hatte aufstehen, sich umdrehen und weggehen wollen. Endlich sah der Italiener auf die Uhr und sprang auf. Nachdem er sich vom Direktor verabschiedet hatte, drängte er sich an K., und zwar so dicht, daß K. seinen Fauteuil zurückschieben mußte, um sich bewegen zu können. Der Direktor, der gewiß an K.s Augen die Not erkannte, in der er sich gegenüber diesem Italienisch befand, mischte sich in das Gespräch, und zwar so klug und so zart, daß es den Anschein hatte, als füge er nur kleine Ratschläge bei, während er in Wirklichkeit alles, was der Italiener, unermüdlich ihm in die Rede fallend, vorbrachte, in aller Kürze K. verständlich machte. K. erfuhr von ihm, daß der Italiener vorläufig noch einige Geschäfte zu besorgen habe, daß er leider auch im ganzen nur wenig Zeit haben werde, daß er auch keinesfalls beabsichtige, in Eile alle Sehenswürdigkeiten abzulaufen, daß er sich vielmehr – allerdings nur, wenn K. zustimme, bei ihm allein liege die Entscheidung – entschlossen habe, nur den Dom, diesen aber gründlich, zu besichtigen. Er freue sich ungemein, diese Besichtigung in Begleitung eines so gelehrten und liebenswürdigen Mannes – damit war K. gemeint, der mit nichts anderem beschäftigt war, als den Italiener zu überhören und die Worte des Direktors schnell aufzufassen – vornehmen zu können, und er bitte ihn, wenn ihm die Stunde gelegen sei, in zwei Stunden, etwa um zehn Uhr, sich im Dom einzufinden. Er selbst hoffe, um diese Zeit schon bestimmt dort sein zu können. K. antwortete einiges Entsprechende, der Italiener drückte zuerst dem Direktor, dann K., dann nochmals dem Direktor die Hand und ging, von beiden gefolgt, nur noch halb ihnen zugewendet, im Reden aber noch immer nicht aussetzend, zur Tür. K. blieb dann noch ein Weilchen mit dem Direktor beisammen, der heute besonders leidend aussah. Er glaubte, sich bei K. irgendwie entschuldigen zu müssen und sagte sie standen vertraulich nahe beisammen, zuerst hätte er beabsichtigt, selbst mit dem Italiener zu gehen, dann aber er gab keinen näheren Grund an – habe er sich entschlossen, lieber K. zu schicken. Wenn er den Italiener nicht gleich im Anfang verstehe, so müsse er sich dadurch nicht verblüffen lassen, das Verständnis komme sehr rasch, und wenn er auch viel überhaupt nicht verstehen sollte, so sei es auch nicht so schlimm, denn für den Italiener sei es nicht gar so wichtig, verstanden zu werden. Übrigens sei K.s Italienisch überraschend gut, und er werde sich gewiß ausgezeichnet mit der Sache abfinden. Damit war K. verabschiedet. Die Zeit, die ihm noch freiblieb, verbrachte er damit, seltene Vokabeln, die er zur Führung im Dom benötigte, aus dem Wörterbuch herauszuschreiben. Es war eine äußerst lästige Arbeit, Diener brachten die Post, Beamte kamen mit verschiedenen Anfragen und blieben, da sie K. beschäftigt sahen, bei der Tür stehen, rührten sich aber nicht weg, bevor sie K. angehört hatte, der Direktor-Stellvertreter ließ es sich nicht entgehen, K. zu stören, kam öfters herein, nahm ihm das Wörterbuch aus der Hand und blätterte offenbar ganz sinnlos darin, selbst Parteien tauchten, wenn sich die Tür öffnete, im Halbdunkel des Vorzimmers auf und verbeugten sich zögernd sie wollten auf sich aufmerksam machen, waren aber dessen nicht sicher, ob sie gesehen wurden –, das alles bewegte sich um K. als um seinen Mittelpunkt, während er selbst die Wörter, die er brauchte, zusammenstellte, dann im Wörterbuch suchte, dann herausschrieb, dann ihre Aussprache übte und schließlich auswendig zu lernen versuchte. Sein früheres gutes Gedächtnis schien ihn aber ganz verlassen zu haben, manchmal wurde er auf den Italiener, der ihm diese Anstrengung verursachte, so wütend, daß er das Wörterbuch unter Papieren vergrub, mit der festen Absicht, sich nicht mehr vorzubereiten, dann aber sah er ein, daß er doch nicht stumm mit dem Italiener vor den Kunstwerken im Dom auf und ab gehen könne, und er zog mit noch größerer Wut das Wörterbuch wieder hervor.

Gerade um halb zehn Uhr, als er weggehen wollte, erfolgte ein telefonischer Anruf. Leni wünschte ihm guten Morgen und fragte nach seinem Befinden, K. dankte eilig und bemerkte, er könne sich jetzt unmöglich in ein Gespräch einlassen, denn er müsse in den Dom. »In den Dom?« fragte Leni. »Nun ja, in den Dom.« »Warum denn in den Dom?« sagte Leni. K. suchte es ihr in Kürze zu erklären, aber kaum hatte er damit angefangen, sagte Leni plötzlich: »Sie hetzen dich.« Bedauern, das er nicht herausgefordert und nicht erwartet hatte, vertrug K. nicht, er verabschiedete sich mit zwei Worten, sagte aber doch, während er den Hörer an seinen Platz hängte, halb zu sich, halb zu dem fernen Mädchen, das es nicht mehr hörte: »Ja, sie hetzen mich.«

Nun war es aber schon spät, es bestand schon fast die Gefahr, daß er nicht rechtzeitig ankam. Im Automobil fuhr er hin, im letzten Augenblick hatte er sich noch an das Album erinnert, das er früh zu übergeben keine Gelegenheit gefunden hatte und das er deshalb jetzt mitnahm. Er hielt es auf seinen Knien und trommelte darauf unruhig während der ganzen Fahrt. Der Regen war schwächer geworden, aber es war feucht, kühl und dunkel, man würde im Dom wenig sehen, wohl aber würde sich dort, infolge des langen Stehens auf den kalten Fliesen, K.s Verkühlung sehr verschlimmern. Der Domplatz war ganz leer, K. erinnerte sich, daß es ihm schon als kleinem Kind aufgefallen war, daß in den Häusern dieses engen Platzes immer fast alle Fenstervorhänge herabgelassen waren. Bei dem heutigen Wetter war es allerdings verständlicher als sonst. Auch im Dom schien es leer zu sein, es fiel natürlich niemandem ein, jetzt hierherzukommen. K. durchlief beide Seitenschiffe, er traf nur ein altes Weib, das, eingehüllt in ein warmes Tuch, vor einem Marienbild kniete und es anblickte. Von weitem sah er dann noch einen hinkenden Diener in einer Mauertür verschwinden. K. war pünktlich gekommen, gerade bei seinem Eintritt hatte es zehn geschlagen, der Italiener war aber noch nicht hier. K. ging zum Haupteingang zurück, stand dort eine Zeitlang unentschlossen und machte dann im Regen einen Rundgang um den Dom, um nachzusehen, ob der Italiener nicht vielleicht bei irgendeinem Seiteneingang warte. Er war nirgends zu finden. Sollte der Direktor etwa die Zeitangabe mißverstanden haben? Wie konnte man auch diesen Menschen richtig verstehen? Wie es aber auch sein mochte, jedenfalls mußte K. zumindest eine halbe Stunde auf ihn warten. Da er müde war, wollte er sich setzen, er ging wieder in den Dom, fand auf einer Stufe einen kleinen, teppichartigen Fetzen, zog ihn mit der Fußspitze vor eine nahe Bank, wickelte sich fester in seinen Mantel, schlug den Kragen in die Höhe und setzte sich. Um sich zu zerstreuen, schlug er das Album auf, blätterte darin ein wenig, mußte aber bald aufhören, denn es wurde so dunkel, daß er, als er aufblickte, in dem nahen Seitenschiff kaum eine Einzelheit unterscheiden konnte.

In der Ferne funkelte auf dem Hauptaltar ein großes Dreieck von Kerzenlichtern, K. hätte nicht mit Bestimmtheit sagen können, ob er sie schon früher gesehen hatte. Vielleicht waren sie erst jetzt angezündet worden. Die Kirchendiener sind berufsmäßige Schleicher, man bemerkt sie nicht. Als sich K. zufällig umdrehte, sah er nicht weit hinter sich eine hohe, starke, an einer Säule befestigte Kerze gleichfalls brennen. So schön das war, zur Beleuchtung der Altarbilder, die meistens in der Finsternis der Seitenaltäre hingen, war das gänzlich unzureichend, es vermehrte vielmehr die Finsternis. Es war vom Italiener ebenso vernünftig als unhöflich gehandelt, daß er nicht gekommen war, es wäre nichts zu sehen gewesen, man hätte sich damit begnügen müssen, mit K.s elektrischer Taschenlampe einige Bilder zollweise abzusuchen. Um zu versuchen, was man davon erwarten könnte, ging K. zu einer nahen Seitenkapelle, stieg ein paar Stufen bis zu einer niedrigen Marmorbrüstung und, über sie vorgebeugt, beleuchtete er mit der Lampe das Altarbild. Störend schwebte das ewige Licht davor. Das erste, was K. sah und zum Teil erriet, war ein großer, gepanzerter Ritter, der am äußersten Rande des Bildes dargestellt war. Er stützte sich auf sein Schwert, das er in den kahlen Boden vor sich – nur einige Grashalme kamen hie und da hervor – gestoßen hatte. Er schien aufmerksam einen Vorgang zu beobachten, der sich vor ihm abspielte. Es war erstaunlich, daß er so stehenblieb und sich nicht näherte. Vielleicht war er dazu bestimmt, Wache zu stehen. K., der schon lange keine Bilder gesehen hatte, betrachtete den Ritter längere Zeit, obwohl er immerfort mit den Augen zwinkern mußte, da er das grüne Licht der Lampe nicht vertrug. Als er dann das Licht über den übrigen Teil des Bildes streichen ließ, fand er eine Grablegung Christi in gewöhnlicher Auffassung, es war übrigens ein neueres Bild. Er steckte die Lampe ein und kehrte wieder zu seinem Platz zurück.

Es war nun schon wahrscheinlich unnötig, auf den Italiener zu warten, draußen war aber gewiß strömender Regen, und da es hier nicht so kalt war, wie K. erwartet hatte, beschloß er, vorläufig hierzubleiben. In seiner Nachbarschaft war die große Kanzel, auf ihrem kleinen, runden Dach waren halb liegend zwei leere, goldene Kreuze angebracht, die einander mit ihrer äußersten Spitze überquerten. Die Außenwand der Brüstung und der Übergang zur tragenden Säule war von grünem Laubwerk gebildet, in das kleine Engel griffen, bald lebhaft, bald ruhend. K. trat vor die Kanzel und untersuchte sie von allen Seiten, die Bearbeitung des Steines war überaus sorgfältig, das tiefe Dunkel zwischen dem Laubwerk und hinter ihm schien wie eingefangen und festgehalten, K. legte seine Hand in eine solche Lücke und tastete dann den Stein vorsichtig ab, von dem Dasein dieser Kanzel hatte er bisher gar nichts gewußt. Da bemerkte er zufällig hinter der nächsten Bankreihe einen Kirchendiener, der dort in einem hängenden, faltigen, schwarzen Rock stand, in der linken Hand eine Schnupftabakdose hielt und ihn betrachtete. Was will denn der Mann? dachte K. Bin ich ihm verdächtig? Will er ein Trinkgeld? Als sich aber nun der Kirchendiener von K. bemerkt sah, zeigte er mit der Rechten, zwischen zwei Fingern hielt er noch eine Prise Tabak, in irgendeiner unbestimmten Richtung. Sein Benehmen war fast unverständlich, K. wartete noch ein Weilchen, aber der Kirchendiener hörte nicht auf, mit der Hand etwas zu zeigen und bekräftigte es noch durch Kopfnicken. »Was will er denn?« fragte K. leise, er wagte es nicht, hier zu rufen; dann aber zog er die Geldtasche und drängte sich durch die nächste Bank, um zu dem Mann zu kommen. Doch dieser machte sofort eine abwehrende Bewegung mit der Hand, zuckte die Schultern und hinkte davon. Mit einer ähnlichen Gangart, wie es dieses eilige Hinken war, hatte K. als Kind das Reiten auf Pferden nachzuahmen versucht. »Ein kindischer Alter«, dachte K., »sein Verstand reicht nur noch zum Kirchendienst aus. Wie er stehenbleibt, wenn ich stehe, und wie er lauert, ob ich weitergehen will.« Lächelnd folgte K. dem Alten durch das ganze Seitenschiff fast bis zur Höhe des Hauptaltars, der Alte hörte nicht auf, etwas zu zeigen, aber K. drehte sich absichtlich nicht um, das Zeigen hatte keinen anderen Zweck, als ihn von der Spur des Alten abzubringen. Schließlich ließ er wirklich von ihm, er wollte ihn nicht zu sehr ängstigen, auch wollte er die Erscheinung, für den Fall, daß der Italiener doch noch kommen sollte, nicht ganz verscheuchen.

Als er in das Hauptschiff trat, um seinen Platz zu suchen, auf dem er das Album liegengelassen hatte, bemerkte er an einer Säule, fast angrenzend an die Bänke des Altarchors, eine kleine Nebenkanzel, ganz einfach, aus kahlem, bleichem Stein. Sie war so klein, daß sie aus der Ferne wie eine noch leere Nische erschien, die für die Aufnahme einer Heiligenstatue bestimmt war. Der Prediger konnte gewiß keinen vollen Schritt von der Brüstung zurücktreten. Außerdem begann die steinerne Einwölbung der Kanzel ungewöhnlich tief und stieg, zwar ohne jeden Schmuck, aber derartig geschweift in die Höhe, daß ein mittelgroßer Mann dort nicht aufrecht stehen konnte, sondern sich dauernd über die Brüstung vorbeugen mußte. Das Ganze war wie zur Qual des Predigers bestimmt, es war unverständlich, wozu man diese Kanzel benötigte, da man doch die andere, große und so kunstvoll geschmückte zur Verfügung hatte.

K. wäre auch diese kleine Kanzel gewiß nicht aufgefallen, wenn nicht oben eine Lampe befestigt gewesen wäre, wie man sie kurz vor einer Predigt bereitzustellen pflegt. Sollte jetzt etwa eine Predigt stattfinden? In der leeren Kirche? K. sah an der Treppe hinab, die an die Säule sich anschmiegend zur Kanzel führte und so schmal war, als sollte sie nicht für Menschen, sondern nur zum Schmuck der Säule dienen. Aber unten an der Kanzel, K. lächelte vor Staunen, stand wirklich der Geistliche, hielt die Hand am Geländer, bereit aufzusteigen, und sah auf K. hin. Dann nickte er ganz leicht mit dem Kopf, worauf K. sich bekreuzigte und verbeugte, was er schon früher hätte tun sollen. Der Geistliche gab sich einen kleinen Aufschwung und stieg mit kurzen, schnellen Schritten die Kanzel hinauf. Sollte wirklich eine Predigt beginnen? War vielleicht der Kirchendiener doch nicht so ganz vom Verstand verlassen und hatte K. dem Prediger zutreiben wollen, was allerdings in der leeren Kirche äußerst notwendig gewesen war? Übrigens gab es ja noch irgendwo vor einem Marienbild ein altes Weib, das auch hätte kommen sollen. Und wenn es schon eine Predigt sein sollte, warum wurde sie nicht von der Orgel eingeleitet? Aber die blieb still und blinkte nur schwach aus der Finsternis ihrer großen Höhe.

K. dachte daran, ob er sich jetzt nicht eiligst entfernen sollte, wenn er es jetzt nicht tat, war keine Aussicht, daß er es während der Predigt tun könnte, er mußte dann bleiben, solange sie dauerte, im Büro verlor er soviel Zeit, auf den Italiener zu warten, war er längst nicht mehr verpflichtet, er sah auf seine Uhr, es war elf. Aber konnte denn wirklich gepredigt werden? Konnte K. allein die Gemeinde darstellen? Wie, wenn er ein Fremder gewesen wäre, der nur die Kirche besichtigen wollte? Im Grunde war er auch nichts anderes. Es war unsinnig, daran zu denken, daß gepredigt werden sollte, jetzt um elf Uhr, an einem Werktag, bei gräßlichstem Wetter. Der Geistliche – ein Geistlicher war es zweifellos, ein junger Mann mit glattem, dunklem Gesicht – ging offenbar nur hinauf, um die Lampe zu löschen, die irrtümlich angezündet worden war.

Es war aber nicht so, der Geistliche prüfte vielmehr das Licht und schraubte es noch ein wenig auf, dann drehte er sich langsam der Brüstung zu, die er vorn an der kantigen Einfassung mit beiden Händen erfaßte. So stand er eine Zeitlang und blickte, ohne den Kopf zu rühren, umher. K. war ein großes Stück zurückgewichen und lehnte mit den Ellbogen an der vordersten Kirchenbank. Mit unsicheren Augen sah er irgendwo, ohne den Ort genau zu bestimmen, den Kirchendiener, mit krummem Rücken, friedlich, wie nach beendeter Aufgabe, sich zusammenkauern. Was für eine Stille herrschte jetzt im Dom! Aber K. mußte sie stören, er hatte nicht die Absicht, hierzubleiben; wenn es die Pflicht des Geistlichen war, zu einer bestimmten Stunde, ohne Rücksicht auf die Umstände, zu predigen, so mochte er es tun, es würde auch ohne K.s Beistand gelingen, ebenso wie die Anwesenheit K.s die Wirkung gewiß nicht steigern würde. Langsam setzte sich also K. in Gang, tastete sich auf den Fußspitzen an der Bank hin, kam dann in den breiten Hauptweg und ging dort ganz ungestört, nur daß der steinerne Boden unter dem leisesten Schritt erklang und die Wölbungen schwach, aber ununterbrochen, in vielfachem, gesetzmäßigem Fortschreiten davon widerhallten. K. fühlte sich ein wenig verlassen, als er dort, vom Geistlichen vielleicht beobachtet, zwischen den leeren Bänken allein hindurchging, auch schien ihm die Größe des Doms gerade an der Grenze des für Menschen noch Erträglichen zu liegen. Als er zu seinem früheren Platz kam, haschte er förmlich, ohne weiteren

Aufenthalt, nach dem dort liegengelassenen Album und nahm es an sich. Fast hatte er schon das Gebiet der Bänke verlassen und näherte sich dem freien Raum, der zwischen ihnen und dem Ausgang lag, als er zum erstenmal die Stimme des Geistlichen hörte. Eine mächtige, geübte Stimme. Wie durchdrang sie den zu ihrer Aufnahme bereiten Dom! Es war aber nicht die Gemeinde, die der Geistliche anrief, es war ganz eindeutig, und es gab keine Ausflüchte, er rief: »Josef K.!«

K. stockte und sah vor sich auf den Boden. Vorläufig war er noch frei, er konnte noch weitergehen und durch eine der drei kleinen, dunklen Holztüren, die nicht weit vor ihm waren, sich davonmachen. Es würde eben bedeuten, daß er nicht verstanden hatte, oder daß er zwar verstanden hatte, sich aber darum nicht kümmern wollte. Falls er sich aber umdrehte, war er festgehalten, denn dann hatte er das Geständnis gemacht, daß er gut verstanden hatte, daß er wirklich der Angerufene war und daß er auch folgen wollte. Hätte der Geistliche nochmals gerufen, wäre K. gewiß fortgegangen, aber da alles still blieb, solange K. auch wartete, drehte er doch ein wenig den Kopf, denn er wollte sehen, was der Geistliche jetzt mache. Er stand ruhig auf der Kanzel wie früher, es war aber deutlich zu sehen, daß er K.s Kopfwendung bemerkt hatte. Es wäre ein kindliches Versteckenspiel gewesen, wenn sich jetzt K. nicht vollständig umgedreht hätte. Er tat es und wurde vom Geistlichen durch ein Winken des Fingers näher gerufen. Da jetzt alles offen geschehen konnte, lief er – er tat es auch aus Neugierde und um die Angelegenheit abzukürzen – mit langen, fliegenden Schritten der Kanzel entgegen. Bei den ersten Bänken machte er halt, aber dem Geistlichen schien die Entfernung noch zu groß, er streckte die Hand aus und zeigte mit dem scharf gesenkten Zeigefinger auf eine Stelle knapp vor der Kanzel. K. folgte auch darin, er mußte auf diesem Platz den Kopf schon weit zurückbeugen, um den Geistlichen noch zu sehen. »Du bist Josef K.«, sagte der Geistliche und erhob eine Hand auf der Brüstung in einer unbestimmten Bewegung. »Ja«, sagte K., er dachte daran, wie offen er früher immer seinen Namen genannt hatte, seit einiger Zeit war er ihm eine Last, auch kannten jetzt seinen Namen Leute, mit denen er zum erstenmal zusammenkam, wie schön war es, sich zuerst vorzustellen und dann erst gekannt zu werden. »Du bist angeklagt«, sagte der Geistliche besonders leise. »Ja«, sagte K., »man hat mich davon verständigt.« »Dann bist du der, den ich suche«, sagte der Geistliche. »Ich bin der Gefängniskaplan.« »Ach so«, sagte K. »Ich habe dich hierher rufen lassen«, sagte der Geistliche, »um mit dir zu sprechen.« »Ich wußte es nicht«, sagte K. »Ich bin hierhergekommen, um einem Italiener den Dom zu zeigen.« »Laß das Nebensächliche«, sagte der Geistliche. »Was hältst du in der Hand? Ist es ein Gebetbuch?« »Nein«, antwortete K., »es ist ein Album der städtischen Sehenswürdigkeiten.« »Leg es aus der Hand«, sagte der Geistliche. K. warf es so heftig weg, daß es aufklappte und mit zerdrückten Blättern ein Stück über den Boden schleifte. »Weißt du, daß dein Prozeß schlecht steht?« fragte der Geistliche. »Es scheint mir auch so«, sagte K. »Ich habe mir alle Mühe gegeben, bisher aber ohne Erfolg. Allerdings habe ich die Eingabe noch nicht fertig.« »Wie stellst du dir das Ende vor?« fragte der Geistliche. »Früher dachte ich, es müsse gut enden«, sagte K., »jetzt zweifle ich daran manchmal selbst. Ich weiß nicht, wie es enden wird. Weißt du es?« »Nein«, sagte der Geistliche, »aber ich fürchte, es wird schlecht enden. Man hält dich für schuldig. Dein Prozeß wird vielleicht über ein niedriges Gericht gar nicht hinauskommen. Man hält wenigstens vorläufig deine Schuld für erwiesen.« »Ich bin aber nicht schuldig«, sagte K., »es ist ein Irrtum. Wie kann denn ein Mensch überhaupt schuldig sein. Wir sind hier doch alle Menschen, einer wie der andere.« »Das ist richtig«, sagte der Geistliche, »aber so pflegen die Schuldigen zu reden.« »Hast auch du ein Vorurteil gegen mich?« fragte K. »Ich habe kein Vorurteil gegen dich«, sagte der Geistliche. »Ich danke dir«, sagte K., »alle anderen aber, die an dem Verfahren beteiligt sind, haben ein Vorurteil gegen mich. Sie flößen es auch den Unbeteiligten ein. Meine Stellung wird immer schwieriger.« »Du mißverstehst die Tatsachen«, sagte der Geistliche, »das Urteil kommt nicht mit einem Mal, das Verfahren geht allmählich ins Urteil über.« »So ist es also«, sagte K. und senkte den Kopf. »Was willst du nächstens in deiner Sache tun?« fragte der Geistliche. »Ich will noch Hilfe suchen«, sagte K. und hob den Kopf, umzusehen, wie der Geistliche es beurteile. »Es gibt noch gewisse Möglichkeiten, die ich nicht ausgenützt habe.« »Du suchst zuviel fremde Hilfe«, sagte der Geistliche mißbilligend, »und besonders bei Frauen. Merkst du denn nicht, daß es nicht die wahre Hilfe ist?« »Manchmal und sogar oft könnte ich dir recht geben«, sagte K., »aber nicht immer. Die Frauen haben eine große Macht. Wenn ich einige Frauen, die ich kenne, dazu bewegen könnte, gemeinschaftlich für mich zu arbeiten, müßte ich durchdringen. Besonders bei diesem Gericht, das fast nur aus Frauenjägern besteht. Zeig dem Untersuchungsrichter eine Frau aus der Ferne, und er überrennt, um nur rechtzeitig hinzukommen, den Gerichtstisch und den Angeklagten.« Der Geistliche neigte den Kopf zur Brüstung, jetzt erst schien die Überdachung der Kanzel ihn niederzudrücken. Was für ein Unwetter mochte draußen sein? Das war kein trüber Tag mehr, das war schon tiefe Nacht. Keine Glasmalerei der großen Fenster war imstande, die dunkle Wand auch nur mit einem Schimmer zu unterbrechen. Und gerade jetzt begann der Kirchendiener, die Kerzen auf dem Hauptaltar, eine nach der anderen, auszulöschen. »Bist du mir böse?« fragte K. den Geistlichen. »Du weißt vielleicht nicht, was für einem Gericht du dienst.« Er bekam keine Antwort. »Es sind doch nur meine Erfahrungen«, sagte K. Oben blieb es noch immer still. »Ich wollte dich nicht beleidigen«, sagte K. Da schrie der Geistliche zu K. hinunter: »Siehst du denn nicht zwei Schritte weit?« Es war im Zorn geschrien, aber gleichzeitig wie von einem, der jemanden fallen sieht und, weil er selbst erschrocken ist, unvorsichtig, ohne Willen schreit.

Nun schwiegen beide lange. Gewiß konnte der Geistliche in dem Dunkel, das unten herrschte, K. nicht genau erkennen, während K. den Geistlichen im Licht der kleinen Lampe deutlich sah. Warum kam der Geistliche nicht herunter? Eine Predigt hatte er ja nicht gehalten, sondern K. nur einige Mitteilungen gemacht, die ihm, wenn er sie genau beachtete, wahrscheinlich mehr schaden als nützen würden. Wohl aber schien K. die gute Absicht des Geistlichen zweifellos zu sein, es war nicht unmöglich, daß er sich mit ihm, wenn er herunterkäme, einigen würde, es war nicht unmöglich, daß er von ihm einen entscheidenden und annehmbaren Rat bekäme, der ihm zum Beispiel zeigen würde, nicht etwa wie der Prozeß zu beeinflussen war, sondern wie man aus dem Prozeß ausbrechen, wie man ihn umgehen, wie man außerhalb des Prozesses leben könnte. Diese Möglichkeit mußte bestehen, K. hatte in der letzten Zeit öfters an sie gedacht. Wußte aber der Geistliche eine solche Möglichkeit, würde er sie vielleicht, wenn man ihn darum bat, verraten, obwohl er selbst zum Gerichte gehörte und obwohl er, als K. das Gericht angegriffen hatte, sein sanftes Wesen unterdrückt und K. sogar angeschrien hatte.

»Willst du nicht herunterkommen?« sagte K. »Es ist doch keine Predigt zu halten. Komm zu mir herunter.« »Jetzt kann ich schon kommen«, sagte der Geistliche, er bereute vielleicht sein Schreien. Während er die Lampe von ihrem Haken löste, sagte er: »Ich mußte zuerst aus der Entfernung mit dir sprechen. Ich lasse mich sonst zu leicht beeinflussen und vergesse meinen Dienst.«

K. erwartete ihn unten an der Treppe. Der Geistliche streckte ihm schon von einer oberen Stufe im Hinuntergehen die Hand entgegen. »Hast du ein wenig Zeit für mich?« fragte K. »Soviel Zeit, als du brauchst«, sagte der Geistliche und reichte K. die kleine Lampe, damit er sie trage. Auch in der Nähe verlor sich eine gewisse Feierlichkeit aus seinem Wesen nicht. »Du bist sehr freundlich zu mir«, sagte K., sie gingen nebeneinander im dunklen Seitenschiff auf und ab. »Du bist eine Ausnahme unter allen, die zum Gericht gehören. Ich habe mehr Vertrauen zu dir als zu irgend jemandem von ihnen, so viele ich schon kenne. Mit dir kann ich offen reden.« »Täusche dich nicht«, sagte der Geistliche. »Worin sollte ich mich denn täuschen?« fragte K. »In dem Gericht täuschst du dich«, sagte der Geistliche, »in den einleitenden Schriften zum Gesetz heißt es von dieser Täuschung: Vor dem Gesetz steht ein Türhüter. Zu diesem Türhüter kommt ein Mann vom Lande und bittet um Eintritt in das Gesetz. Aber der Türhüter sagt, daß er ihm jetzt den Eintritt nicht gewähren könne. Der Mann überlegt und fragt dann, ob er also später werde eintreten dürfen. »Es ist möglich«, sagt der Türhüter, »jetzt aber nicht«. Da das Tor zum Gesetz offensteht wie immer und der Türhüter beiseite tritt, bückt sich der Mann, um durch das Tor in das Innere zu sehen. Als der Türhüter das merkt, lacht er und sagt: ›Wenn es dich so lockt, versuche es doch, trotz meinem Verbot hineinzugehen. Merke aber: Ich bin mächtig. Und ich bin nur der unterste Türhüter. Von Saal zu Saal stehen aber Türhüter, einer mächtiger als der andere. Schon den Anblick des dritten kann nicht einmal ich mehr vertragen.‹ Solche Schwierigkeiten hat der Mann vom Lande nicht erwartet, das Gesetz soll doch jedem und immer zugänglich sein, denkt er, aber als er jetzt den Türhüter in seinem Pelzmantel genauer ansieht, seine große Spitznase, den langen, dünnen, schwarzen, tartarischen Bart, entschließt er sich doch, lieber zu warten, bis er die Erlaubnis zum Eintritt bekommt. Der Türhüter gibt ihm einen Schemel und läßt ihn seitwärts von der Tür sich niedersetzen. Dort sitzt er Tage und Jahre. Er macht viele Versuche, eingelassen zu werden und ermüdet den Türhüter durch seine Bitten. Der Türhüter stellt öfters kleine Verhöre mit ihm an, fragte ihn nach seiner Heimat aus und nach vielem anderen, es sind aber teilnahmslose Fragen, wie sie große Herren stellen, und zum Schlusse sagte er ihm immer wieder, daß er ihn noch nicht einlassen könne. Der Mann, der sich für seine Reise mit vielem ausgerüstet hat, verwendet alles, und sei es noch so wertvoll, um den Türhüter zu bestechen. Dieser nimmt zwar alles an, aber sagt dabei: »Ich nehme es nur an, damit du nicht glaubst, etwas versäumt zu haben.« Während der vielen Jahre beobachtete der Mann den Türhüter fast ununterbrochen. Er vergißt die anderen Türhüter, und dieser erste scheint ihm das einzige Hindernis für den Eintritt in das Gesetz. Er verflucht den unglücklichen Zufall in den ersten Jahren laut, später, als er alt wird, brummt er nur noch vor sich hin. Er wird kindisch, und da er in dem jahrelangen Studium des Türhüters auch die Flöhe in seinem Pelzkragen erkannt hat, bittet er auch die Flöhe, ihm zu helfen und den Türhüter umzustimmen. Schließlich wird sein Augenlicht schwach, und er weiß nicht, ob es um ihn wirklich dunkler wird oder ob ihn nur die Augen täuschen. Wohl aber erkennt er jetzt im Dunkel einen Glanz, der unverlöschlich aus der Türe des Gesetzes bricht. Nun lebt er nicht mehr lange. Vor seinem Tode sammeln sich in seinem Kopfe alle Erfahrungen der ganzen Zeit zu einer Frage, die er bisher an den Türhüter noch nicht gestellt hat. Er winkt ihm zu, da er seinen erstattenden Körper nicht mehr aufrichten kann. Der Türhüter muß sich tief zu ihm hinunterneigen, denn die Größenunterschiede haben sich sehr zuungunsten des Mannes verändert. ›Was willst du denn jetzt noch wissen?‹ fragt der Türhüter, ›du bist unersättlich.‹ ›Alle streben doch nach dem Gesetz‹, sagt der Mann, ›wie kommt es, daß in den vielen Jahren niemand außer mir Einlaß verlangt hat?‹ Der Türhüter erkennt, daß der Mann schon am Ende ist, und um sein vergehendes Gehör noch zu erreichen, brüllt er ihn an: ›Hier konnte niemand sonst Einlaß erhalten, denn dieser Eingang war nur für dich bestimmt. Ich gehe jetzt und schließe ihn.‹«

»Der Türhüter hat also den Mann getäuscht«, sagte K. sofort, von der Geschichte sehr stark angezogen. »Sei nicht übereilt«, sagte der Geistliche, »übernimm nicht die fremde Meinung ungeprüft. Ich habe dir die Geschichte im Wortlaut der Schrift erzählt. Von Täuschung steht darin nichts.« »Es ist aber klar«, sagte K., »und deine erste Deutung war ganz richtig. Der Türhüter hat die erlösende Mitteilung erst dann gemacht, als sie dem Manne nicht mehr helfen konnte.« »Er wurde nicht früher gefragt«, sagte der Geistliche, »bedenke auch, daß er nur Türhüter war, und als solcher hat er seine Pflicht erfüllt.« »Warum glaubst du, daß er seine Pflicht erfüllt hat?« fragte K., »er hat sie nicht erfüllt. Seine Pflicht war es vielleicht, alle Fremden abzuwehren, diesen Mann aber, für den der Eingang bestimmt war, hätte er einlassen müssen.« »Du hast nicht genug Achtung vor der Schrift und veränderst die Geschichte«, sagte der Geistliche. »Die Geschichte enthält über den Einlaß ins Gesetz zwei wichtige Erklärungen des Türhüters, eine am Anfang, eine am Ende. Die eine Stelle lautet: daß er ihm jetzt den Eintritt nicht gewähren könne, und die andere: Dieser Eingang war nur für dich bestimmt. Bestände zwischen diesen beiden Erklärungen ein Widerspruch, dann hättest du recht, und der Türhüter hätte den Mann getäuscht. Nun besteht aber kein Widerspruch. Im Gegenteil, die erste Erklärung deutet sogar auf die zweite hin. Man könnte fast sagen, der Türhüter ging über seine Pflicht hinaus, indem er dem Mann eine zukünftige Möglichkeit des Einlasses in Aussicht stellte. Zu jener Zeit scheint es nur seine Pflicht gewesen zu sein, den Mann abzuweisen, und tatsächlich wundern sich viele Erklärer der Schrift darüber, daß der Türhüter jene Andeutung überhaupt gemacht hat, denn er scheint die Genauigkeit zu lieben und wacht streng über sein Amt. Durch viele Jahre verläßt er seinen Posten nicht und schließt das Tor erst ganz zuletzt, er ist sich der Wichtigkeit seines Dienstes sehr bewußt, denn er sagt: ›Ich bin mächtig‹, er hat Ehrfurcht vor den Vorgesetzten, denn er sagt: ›Ich bin nur der unterste Türhüter‹, er ist nicht geschwätzig, denn während der vielen Jahre stellt er nur, wie es heißt, ›teilnahmslose Fragen‹, er ist nicht bestechlich, denn er sagt über ein Geschenk: ›Ich nehme es nur an, damit du nicht glaubst, etwas versäumt zu haben, er ist, wo es um Pflichterfüllung geht, weder zu rühren noch zu erbittern, denn es heißt von dem Mann, ›er ermüdet den Türhüter durch sein Bitten‹, schließlich deutet auch sein Äußeres auf einen pedantischen Charakter hin, die große Spitznase und der lange, dünne, schwarze, tartarische Bart. Kann es einen pflichttreueren Türhüter geben? Nun mischen sich aber in den Türhüter noch andere Wesenszüge ein, die für den, der Einlaß verlangt, sehr günstig sind und welche es immerhin begreiflich machen, daß er in jener Andeutung einer zukünftigen Möglichkeit über seine Pflicht etwas hinausgehen konnte. Es ist nämlich nicht zu leugnen, daß er ein wenig einfältig und im Zusammenhang damit ein wenig eingebildet ist. Wenn auch seine Äußerungen über seine Macht und über die Macht der anderen Türhüter und über deren sogar für ihn unerträglichen Anblick – ich sage, wenn auch alle diese Äußerungen an sich richtig sein mögen, so zeigt doch die Art, wie er diese Äußerungen vorbringt, daß seine Auffassung durch Einfalt und Überhebung getrübt ist. Die Erklärer sagen hierzu: ›Richtiges Auffassen einer Sache und Mißverstehen der gleichen Sache schließen einander nicht vollständig aus.‹ Jedenfalls aber muß man annehmen, daß jene Einfalt und Überhebung, so geringfügig sie sich vielleicht auch äußern, doch die Bewachung des Eingangs schwächen, es sind Lücken im Charakter des Türhüters. Hinzu kommt noch, daß der Türhüter seiner Naturanlage nach freundlich zu sein scheint, er ist durchaus nicht immer Amtsperson. Gleich in den ersten Augenblicken macht er den Spaß, daß er den Mann trotz dem ausdrücklich aufrechterhaltenen Verbot zum Eintritt einlädt, dann schickt er ihn nicht etwa fort, sondern gibt ihm, wie es heißt, einen Schemel und läßt ihn seitwärts von der Tür sich niedersetzen. Die Geduld, mit der er durch alle die Jahre die Bitten des Mannes erträgt, die kleinen Verhöre, die Annahme der Geschenke, die Vornehmheit, mit der er es zuläßt, daß der Mann neben ihm laut den unglücklichen Zufall verflucht, der den Türhüter hier aufgestellt hat – alles dieses läßt auf Regungen des Mitleids schließen. Nicht jeder Türhüter hätte so gehandelt. Und schließlich beugt er sich noch auf einen Wink hin tief zu dem Mann hinab, um ihm Gelegenheit zur letzten Frage zu geben. Nur eine schwache Ungeduld – der Türhüter weiß ja, daß alles zu Ende ist – spricht sich in den Worten aus: ›Du bist unersättlich.‹ Manche gehen sogar in dieser Art der Erklärung noch weiter und meinen, die Worte ›Du bist unersättlich‹ drücken eine Art freundschaftlicher Bewunderung aus, die allerdings von Herablassung nicht frei ist. Jedenfalls schließt sich so die Gestalt des Türhüters anders ab, als du es glaubst.« »Du kennst die Geschichte genauer als ich und längere Zeit«, sagte K. Sie schwiegen ein Weilchen. Dann sagte K.: »Du glaubst also, der Mann wurde nicht getäuscht?« »Mißverstehe mich nicht«, sagte der Geistliche, »ich zeige dir nur die Meinungen, die darüber bestehen. Du mußt nicht zuviel auf Meinungen achten. Die Schrift ist unveränderlich, und die Meinungen sind oft nur ein Ausdruck der Verzweiflung darüber. In diesem Falle gibt es sogar eine Meinung, nach welcher gerade der Türhüter der Getäuschte ist.« »Das ist eine weitgehende Meinung«, sagte K. »Wie wird sie begründet?« »Die Begründung«, antwortete der Geistliche, »geht von der Einfalt des Türhüters aus. Man sagt, daß er das Innere des Gesetzes nicht kennt, sondern nur den Weg, den er vor dem Eingang immer wieder abgehen muß. Die Vorstellungen, die er von dem Innern hat, werden für kindlich gehalten, und man nimmt an, daß er das, wovor er dem Manne Furcht machen will, selbst fürchtet. Ja, er fürchtet es mehr als der Mann, denn dieser will ja nichts anderes als eintreten, selbst als er von den schrecklichen Türhütern des Innern gehört hat, der Türhüter dagegen will nicht eintreten, wenigstens erfährt man nichts darüber. Andere sagen zwar, daß er bereits im Innern gewesen sein muß, denn er ist doch einmal in den Dienst des Gesetzes aufgenommen worden, und das könne nur im Innern geschehen sein. Darauf ist zu antworten, daß er wohl auch durch einen Ruf aus dem Innern zum Türhüter bestellt worden sein könnte und daß er zumindest tief im Innern nicht gewesen sein dürfte, da er doch schon den Anblick des dritten Türhüters nicht mehr ertragen kann. Außerdem aber wird auch nicht berichtet, daß er während der vielen Jahre außer der Bemerkung über die Türhüter irgend etwas von dem Innern erzählt hätte. Es könnte ihm verboten sein, aber auch vom Verbot hat er nichts erzählt. Aus alledem schließt man, daß er über das Aussehen und die Bedeutung des Innern nichts weiß und sich darüber in Täuschung befindet. Aber auch über den Mann vom Lande soll er sich in Täuschung befinden, denn er ist diesem Mann untergeordnet und weiß es nicht. Daß er den Mann als einen Untergeordneten behandelt, erkennt man aus vielem, das dir noch erinnerlich sein dürfte. Daß er ihm aber tatsächlich untergeordnet ist, soll nach dieser Meinung ebenso deutlich hervorgehen. Vor allem ist der Freie dem Gebundenen übergeordnet. Nun ist der Mann tatsächlich frei, er kann hingehen, wohin er will, nur der Eingang in das Gesetz ist ihm verboten, und überdies nur von einem einzelnen, vom Türhüter. Wenn er sich auf den Schemel seitwärts vom Tor niedersetzt und dort sein Leben lang bleibt, so geschieht dies freiwillig, die Geschichte erzählt von keinem Zwang. Der Türhüter dagegen ist durch sein Amt an seinen Posten gebunden, er darf sich nicht auswärts entfernen, allem Anschein nach aber auch nicht in das Innere gehen, selbst wenn er es wollte. Außerdem ist er zwar im Dienst des Gesetzes, dient aber nur für diesen Eingang, also auch nur für diesen Mann, für den dieser Eingang allein bestimmt ist. Auch aus diesem Grunde ist er ihm untergeordnet. Es ist anzunehmen, daß er durch viele Jahre, durch ein ganzes Mannesalter gewissermaßen nur leeren Dienst geleistet hat, denn es wird gesagt, daß ein Mann kommt, also jemand im Mannesalter, daß also der Türhüter lange warten mußte, ehe sich sein Zweck erfüllte, und zwar so lange warten mußte, als es dem Mann beliebte, der doch freiwillig kam. Aber auch das Ende des

Dienstes wird durch das Lebensende des Mannes bestimmt, bis zum Ende also bleibt er ihm untergeordnet. Und immer wieder wird betont, daß von alledem der Türhüter nichts zu wissen scheint. Daran wird aber nichts Auffälliges gesehen, denn nach dieser Meinung befindet sich der Türhüter noch in einer viel schwereren Täuschung, sie betrifft seinen Dienst. Zuletzt spricht er nämlich vom Eingang und sagt: ›Ich gehe jetzt und schließe ihm, aber am Anfang heißt es, daß das Tor zum Gesetz offensteht wie immer, steht es aber immer offen, immer, das heißt unabhängig von der Lebensdauer des Mannes, für den es bestimmt ist, dann wird es auch der Türhüter nicht schließen können. Darüber gehen die Meinungen auseinander, ob der Türhüter mit der Ankündigung, daß er das Tor schließen wird, nur eine Antwort geben oder seine Dienstpflicht betonen oder den Mann noch im letzten Augenblick in Reue und Trauer setzen will. Darin aber sind viele einig, daß er das Tor nicht wird schließen können. Sie glauben sogar, daß er, wenigstens am Ende, auch in seinem Wissen dem Manne untergeordnet ist, denn dieser sieht den Glanz, der aus dem Eingang des Gesetzes bricht, während der Türhüter als solcher wohl mit dem Rücken zum Eingang steht und auch durch keine Äußerung zeigt, daß er eine Veränderung bemerkt hätte.« »Das ist gut begründet«, sagte K., der einzelne Stellen aus der Erklärung des Geistlichen halblaut für sich wiederholt hatte. »Es ist gut begründet, und ich glaube nun auch, daß der Türhüter getäuscht ist. Dadurch bin ich aber von meiner früheren Meinung nicht abgekommen, denn beide decken sich teilweise. Es ist unentscheidend, ob der Türhüter klar sieht oder getäuscht wird. Ich sagte, der Mann wird getäuscht. Wenn der Türhüter klar sieht, könnte man daran zweifeln, wenn der Türhüter aber getäuscht ist, dann muß sich seine Täuschung notwendig auf den Mann übertragen. Der Türhüter ist dann zwar kein Betrüger, aber so einfältig, daß er sofort aus dem Dienst gejagt werden müßte. Du mußt doch bedenken, daß die Täuschung, in der sich der Türhüter befindet, ihm nichts schadet, dem Mann aber tausendfach.« »Hier stößt du auf eine Gegenmeinung«, sagte der Geistliche. »Manche sagen nämlich, daß die Geschichte niemandem ein Recht gibt, über den Türhüter zu urteilen. Wie er uns auch erscheinen mag, ist er doch ein Diener des Gesetzes, also zum Gesetz gehörig, also dem menschlichen Urteil entrückt. Man darf dann auch nicht glauben, daß der Türhüter dem Manne untergeordnet ist. Durch seinen Dienst auch nur an den Eingang des Gesetzes gebunden zu sein, ist unvergleichlich mehr, als frei in der Welt zu leben. Der Mann kommt erst zum Gesetz, der Türhüter ist schon dort. Er ist vom Gesetz zum Dienst bestellt, an seiner Würdigkeit zu zweifeln, hieße am Gesetz zweifeln.« »Mit dieser Meinung stimme ich nicht überein«, sagte K. kopfschüttelnd, »denn wenn man sich ihr anschließt, muß man alles, was der Türhüter sagt, für wahr halten. Daß das aber nicht möglich ist, hast du ja selbst ausführlich begründet.« »Nein«, sagte der Geistliche, »man muß nicht alles für wahr halten, man muß es nur für notwendig halten.« »Trübselige Meinung«, sagte K. »Die Lüge wird zur Weltordnung gemacht.«

K. sagte das abschließend, aber sein Endurteil war es nicht. Er war zu müde, um alle Folgerungen der Geschichte übersehen zu können, es waren auch ungewohnte Gedankengänge, in die sie ihn führte, unwirkliche Dinge, besser geeignet zur Besprechung für die Gesellschaft der Gerichtsbeamten als für ihn. Die einfache Geschichte war unförmlich geworden, er wollte sie von sich abschütteln, und der Geistliche, der jetzt ein großes Zartgefühl bewies, duldete es und nahm K.s Bemerkung schweigend auf, obwohl sie mit seiner eigenen Meinung gewiß nicht übereinstimmte.

Sie gingen eine Zeitlang schweigend weiter, K. hielt sich eng neben dem Geistlichen, ohne zu wissen, wo er sich befand. Die Lampe in seiner Hand war längst erloschen. Einmal blinkte gerade vor ihm das silberne Standbild eines Heiligen nur mit dem Schein des Silbers und spielte gleich wieder ins Dunkel über. Um nicht vollständig auf den Geistlichen angewiesen zu bleiben, fragte ihn K.: »Sind wir jetzt nicht in der Nähe des Haupteinganges?« »Nein«, sagte der Geistliche, »wir sind weit von ihm entfernt. Willst du schon fortgehen?« Obwohl K. gerade jetzt nicht daran gedacht hatte, sagte er sofort: »Gewiß, ich muß fortgehen. Ich bin Prokurist einer Bank, man wartet auf mich, ich bin nur hergekommen, um einem ausländischen Geschäftsfreund den Dom zu zeigen.« »Nun«, sagte der Geistliche, und reichte K. die Hand, »dann geh.« »Ich kann mich aber im Dunkel allein nicht zurechtfinden«, sagte K. »Geh links zur Wand«, sagte der Geistliche, »dann weiter die Wand entlang, ohne sie zu verlassen, und du wirst einen Ausgang finden.« Der Geistliche hatte sich erst ein paar Schritte entfernt, aber K. rief schon sehr laut: »Bitte, warte noch!« »Ich warte«, sagte der Geistliche. »Willst du nicht noch etwas von mir?« fragte K. »Nein«, sagte der Geistliche. »Du warst früher so freundlich zu mir«, sagte K., »und hast mir alles erklärt, jetzt aber entläßt du mich, als läge dir nichts an mir.« »Du mußt doch fortgehen«, sagte der Geistliche. »Nun ja«, sagte K., »sieh das doch ein.« »Sieh du zuerst ein, wer ich bin«, sagte der Geistliche. »Du bist der Gefängniskaplan«, sagte K. und ging näher zum Geistlichen hin, seine sofortige Rückkehr in die Bank war nicht so notwendig, wie er sie dargestellt hatte, er konnte recht gut noch hierbleiben. »Ich gehöre also zum Gericht«, sagte der Geistliche. »Warum sollte ich also etwas von dir wollen. Das Gericht will nichts von dir. Es nimmt dich auf, wenn du kommst, und es entläßt dich, wenn du gehst.«

ZEHNTES KAPITEL

Ende

Am Vorabend seines einunddreißigsten Geburtstages – es war gegen neun Uhr abends, die Zeit der Stille auf den Straßen – kamen zwei Herren in K.s Wohnung. In Gehröcken, bleich und fett, mit scheinbar unverrückbaren Zylinderhüten. Nach einer kleinen Förmlichkeit bei der Wohnungstür wegen des ersten Eintretens wiederholte sich die gleiche Förmlichkeit in größerem Umfange vor K.s Tür. Ohne daß ihm der

Besuch angekündigt gewesen wäre, saß K., gleichfalls schwarz angezogen, in einem Sessel in der Nähe der Tür und zog langsam neue, scharf sich über die Finger spannende Handschuhe an, in der Haltung, wie man Gäste erwartet. Er stand gleich auf und sah die Herren neugierig an. »Sie sind also für mich bestimmt?« fragte er. Die Herren nickten, einer zeigte mit dem Zylinderhut in der Hand auf den anderen. K. gestand sich ein, daß er einen anderen Besuch erwartet hatte. Er ging zum Fenster und sah noch einmal auf die dunkle Straße. Auch fast alle Fenster auf der anderen Straßenseite waren schon dunkel, in vielen die Vorhänge herabgelassen. In einem beleuchteten Fenster des Stockwerkes spielten kleine Kinder hinter einem Gitter miteinander und tasteten, noch unfähig, sich von ihren Plätzen fortzubewegen, mit den Händchen nacheinander. »Alte, untergeordnete Schauspieler schickt man um mich«, sagte sich K. und sah sich um, um sich nochmals davon zu überzeugen. »Man sucht auf billige Weise mit mir fertig zu werden.« K. wendete sich plötzlich ihnen zu und fragte: »An welchem Theater spielen Sie?« »Theater?« fragte der eine Herr mit zukkenden Mundwinkeln den anderen um Rat. Der andere gebärdete sich wie ein Stummer, der mit dem widerspenstigsten Organismus kämpft. »Sie sind nicht darauf vorbereitet, gefragt zu werden«, sagte sich K. und ging seinen Hut holen.

Schon auf der Treppe wollten sich die Herren in K. einhängen, aber K. sagte: »Erst auf der Gasse, ich bin nicht krank.« Gleich aber vor dem Tor hängten sie sich in ihn in einer Weise ein, wie K. noch niemals mit einem Menschen gegangen war. Sie hielten die Schultern eng hinter den seinen, knickten die Arme nicht ein, sondern benützten sie, um K.s Arme in ihrer ganzen Länge zu umschlingen, unten erfaßten sie K.s Hände mit einem schulmäßigen, eingeübten, unwiderstehlichen Griff. K. ging straff gestreckt zwischen ihnen, sie bildeten jetzt alle drei eine solche Einheit, daß, wenn man einen von ihnen zerschlagen hätte, alle zerschlagen gewesen wären. Es war eine Einheit, wie sie fast nur Lebloses bilden kann.

Unter den Laternen versuchte K. öfters, so schwer es bei diesem engen Aneinander ausgeführt werden konnte, seine Begleiter deutlicher zu sehen, als es in der Dämmerung seines Zimmers möglich gewesen war. »Vielleicht sind es Tenöre«, dachte er im Anblick ihres schweren Doppelkinns. Er ekelte sich vor der Reinlichkeit ihrer Gesichter. Man sah förmlich noch die säubernde Hand, die in ihre Augenwinkel gefahren, die ihre Oberlippe gerieben, die die Falten am Kinn ausgekratzt hatte.

Als K. das bemerkte, blieb er stehen, infolgedessen blieben auch die andern stehen; sie waren am Rand eines freien, menschenleeren, mit Anlagen geschmückten Platzes. »Warum hat man gerade Sie geschickt!« rief er mehr, als er fragte. Die Herren wußten scheinbar keine Antwort, sie warteten mit dem hängenden, freien Arm, wie Krankenwärter, wenn der Kranke sich ausruhen will. »Ich gehe nicht weiter«, sagte K. versuchsweise. Darauf brauchten die Herren nicht zu antworten, es genügte, daß sie den Griff nicht lockerten und K. von der Stelle wegzuheben versuchten, aber K. widerstand. »Ich werde nicht mehr viel Kraft brauchen, ich werde jetzt alle anwenden«, dachte er. Ihm fielen die Fliegen ein, die mit zerreißenden Beinchen von der Leimrute wegstrebten. »Die Herren werden schwere Arbeit haben.«

Da stieg vor ihnen aus einer tiefergelegenen Gasse auf einer kleinen Treppe Fräulein Bürstner zum Platz empor. Es war nicht ganz sicher, ob sie es war, die Ähnlichkeit war freilich groß. Aber K. lag auch nichts daran, ob es bestimmt Fräulein Bürstner war, bloß die Wertlosigkeit seines Widerstandes kam ihm gleich zum Bewußtsein. Es war nichts Heldenhaftes, wenn er widerstand, wenn er jetzt den Herren Schwierigkeiten bereitete, wenn er jetzt in der Abwehr noch den letzten Schein des Lebens zu genießen versuchte. Er setzte sich in Gang, und von der Freude, die er dadurch den Herren machte, ging noch etwas auf ihn selbst über. Sie duldeten es jetzt, daß er die Wegrichtung bestimmte, und er bestimmte sie nach dem Weg, den das Fräulein vor ihnen nahm, nicht etwa, weil er sie einholen, nicht etwa, weil er sie möglichst lange sehen wollte, sondern nur deshalb, um die Mahnung, die sie für ihn bedeutete, nicht zu vergessen. »Das einzige, was ich jetzt tun kann«, sagte er sich, und das Gleichmaß seiner Schritte und der Schritte der beiden anderen bestätigte seine Gedanken, »das einzige, was ich jetzt tun kann, ist, bis zum Ende den ruhig einteilenden Verstand behalten. Ich wollte immer mit zwanzig Händen in die Welt hineinfahren und überdies zu einem nicht zu billigenden Zweck. Das war unrichtig. Soll ich nun zeigen, daß nicht einmal der einjährige Prozeß mich belehren konnte? Soll ich als ein begriffsstutziger Mensch abgehen? Soll man mir nachsagen dürfen, daß ich am Anfang des Prozesses ihn beenden wollte und jetzt, an seinem Ende, ihn wieder beginnen will? Ich will nicht, daß man das sagt. Ich bin dafür dankbar, daß man mir auf diesem Weg diese halbstummen, verständnislosen Herren mitgegeben hat und daß man es mir überlassen hat, mir selbst das Notwendige zu sagen.«

Das Fräulein war inzwischen in eine Seitengasse eingebogen, aber K. konnte sie schon entbehren und überließ sich seinen Begleitern. Alle drei zogen nun in vollem Einverständnis über eine Brücke im Mondschein, jeder kleinen Bewegung, die K. machte, gaben die Herren jetzt bereitwillig nach, als er ein wenig zum Geländer sich wendete, drehten auch sie sich in ganzer Front dorthin. Das im Mondlicht glänzende und zitternde Wasser teilte sich um eine kleine Insel, auf der, wie zusammengedrängt, Laubmassen von Bäumen und Sträuchern sich aufhäuften. Unter ihnen, jetzt unsichtbar, führten Kieswege mit bequemen Bänken, auf denen K. in manchem Sommer sich gestreckt und gedehnt hatte. »Ich wollte ja gar nicht stehenbleiben«, sagte er zu seinen Begleitern, beschämt durch ihre Bereitwilligkeit. Der eine schien dem anderen hinter K.s Rücken. einen sanften Vorwurf wegen des mißverständlichen Stehenbleibens zu machen, dann gingen sie weiter.

Sie kamen durch einige ansteigende Gassen, in denen hie und da Polizisten standen oder gingen; bald in der Ferne, bald in nächster Nähe. Einer mit buschigem Schnurrbart, die Hand am Griff des Säbels, trat wie mit Absicht nahe an die nicht ganz unverdächtige Gruppe. Die Herren stockten, der Polizeimann schien schon den Mund zu öffnen, da zog K. mit Macht die Herren vorwärts. Öfters drehte er sich vorsichtig um, ob der Polizeimann nicht folgte; als sie aber eine Ecke zwischen sich und dem Polizeimann hatten, fing K. zu laufen an, die Herren mußten trotz großer Atemnot auch mitlaufen.

So kamen sie rasch aus der Stadt hinaus, die sich in dieser Richtung fast ohne Übergang an die Felder anschloß. Ein kleiner Steinbruch, verlassen und öde, lag in der Nähe eines noch ganz städtischen Hauses. Hier machten die Herren halt, sei es, daß dieser Ort von allem Anfang an ihr Ziel gewesen war, sei es, daß sie zu erschöpft waren, um noch weiter zu laufen. Jetzt ließen sie K. los, der stumm wartete, nahmen die Zylinderhüte ab und wischten sich, während sie sich im Steinbruch umsahen, mit den Taschentüchern den Schweiß von der Stirn. Überall lag der Mondschein mit seiner Natürlichkeit und Ruhe, die keinem anderen Licht gegeben ist.

Nach Austausch einiger Höflichkeiten hinsichtlich dessen, wer die nächsten Aufgaben auszuführen habe – die Herren schienen die Aufträge ungeteilt bekommen zu haben –, ging der eine zu K. und zog ihm den Rock, die Weste und schließlich das Hemd aus. K. fröstelte unwillkürlich, worauf ihm der Herr einen leichten, beruhigenden Schlag auf den Rücken gab. Dann legte er die Sachen sorgfältig zusammen, wie Dinge, die man noch gebrauchen wird, wenn auch nicht in allernächster Zeit. Um K. nicht ohne Bewegung der immerhin kühlen Nachtluft auszusetzen, nahm er ihn unter den Arm und ging mit ihm ein wenig auf und ab, während der andere Herr den Steinbruch nach irgendeiner passenden Stelle absuchte. Als er sie gefunden hatte, winkte er, und der andere Herr geleitete K. hin. Es war nahe der Bruchwand, es lag dort ein losgebrochener Stein. Die Herren setzten K. auf die Erde nieder, lehnten ihn an den Stein und betteten seinen Kopf obenauf. Trotz aller Anstrengung, die sie sich gaben, und trotz allem Entgegenkommen, das ihnen K. bewies, blieb seine Haltung eine sehr gezwungene und unglaubwürdige. Der eine Herr bat daher den anderen, ihm für ein Weilchen das Hinlegen K.s allein zu überlassen, aber auch dadurch wurde es nicht besser. Schließlich ließen sie K. in einer Lage, die nicht einmal die beste von den bereits erreichten Lagen war. Dann öffnete der eine Herr seinen Gehrock und nahm aus einer Scheide, die an einem um die Weste gespannten Gürtel hing, ein langes, dünnes, beiderseitig geschärftes Fleischermesser, hielt es hoch und prüfte die Schärfe im Licht. Wieder begannen die widerlichen Höflichkeiten, einer reichte über K. hinweg das Messer dem anderen, dieser reichte es wieder über K. zurück. K. wußte jetzt genau, daß es seine Pflicht gewesen wäre, das Messer, als es von Hand zu Hand über ihm schwebte, selbst zu fassen und sich einzubohren. Aber er tat es nicht, sondern drehte den noch freien Hals und sah umher. Vollständig konnte er sich nicht bewähren, alle Arbeit den Behörden nicht abnehmen, die Verantwortung für diesen letzten Fehler trug der, der ihm den Rest der dazu nötigen Kraft versagt hatte. Seine Blicke fielen auf das letzte Stockwerk des an den Steinbruch angrenzenden Hauses. Wie ein Licht aufzuckt, so fuhren die Fensterflügel eines Fensters dort auseinander, ein Mensch, schwach und dünn in der Ferne und Höhe, beugte sich mit einem Ruck weit vor und streckte die Arme noch weiter aus. Wer war es? Ein Freund? Ein guter Mensch? Einer, der teilnahm? Einer, der helfen wollte? War es ein einzelner? Waren es alle? War noch Hilfe? Gab es Einwände, die man vergessen hatte? Gewiß gab es solche. Die Logik ist zwar unerschütterlich, aber einem Menschen, der leben will, widersteht sie nicht. Wo war der Richter, den er nie gesehen hatte? Wo war das hohe Gericht, bis zu dem er nie gekommen war? Er hob die Hände und spreizte alle Finger.

Aber an K.s Gurgel legten sich die Hände des einen Herrn, während der andere das Messer ihm tief ins Herz stieß und zweimal dort drehte. Mit brechenden Augen sah noch K., wie die Herren, nahe vor seinem Gesicht, Wange an Wange aneinandergelehnt, die Entscheidung beobachteten. »Wie ein Hund!« sagte er, es war, als sollte die Scham ihn überleben.

DAS SCHLOSS

DAS ERSTE KAPITEL

Es war spätabends, als K. ankam. Das Dorf lag in tiefem Schnee. Vom Schloßberg war nichts zu sehen, Nebel und Finsternis umgaben ihn, auch nicht der schwächste Lichtschein deutete das große Schloß an. Lange stand K. auf der Holzbrücke, die von der Landstraße zum Dorf führte, und blickte in die scheinbare Leere empor.

Dann ging er, ein Nachtlager suchen; im Wirtshaus war man noch wach, der Wirt hatte zwar kein Zimmer zu vermieten, aber er wollte, von dem späten Gast äußerst überrascht und verwirrt, K. in der Wirtsstube auf einem Strohsack schlafen lassen. K. war damit einverstanden. Einige Bauern waren noch beim Bier, aber er wollte sich mit niemandem unterhalten, holte selbst den Strohsack vom Dachboden und legte sich in der Nähe des Ofens hin. Warm war es, die Bauern waren still, ein wenig prüfte er sie noch mit den müden Augen, dann schlief er ein. Aber kurze Zeit darauf wurde er schon geweckt. Ein junger Mann, städtisch angezogen, mit schauspielerhaftem Gesicht, die Augen schmal, die Augenbrauen stark, stand mit dem Wirt neben ihm. Die Bauern waren auch noch da, einige hatten ihre Sessel herumgedreht, um besser zu sehen und zu hören. Der junge Mensch entschuldigte sich sehr höflich, K. geweckt zu haben, stellte sich als Sohn des Schloßkastellans vor und sagte dann: »Dieses Dorf ist Besitz des Schlosses, wer hier wohnt oder übernachtet, wohnt oder übernachtet gewissermaßen im Schloß. Niemand darf das ohne gräfliche Erlaubnis. Sie aber haben eine solche Erlaubnis nicht oder haben sie wenigstens nicht vorgezeigt.«

K. hatte sich halb aufgerichtet, hatte die Haare zurechtgestrichen, blickte die Leute von unten her an und sagte: »In welches Dorf habe ich mich verirrt? Ist denn hier ein Schloß?«

»Allerdings«, sagte der junge Mann langsam, während hier und dort einer den Kopf über K. schüttelte, »das Schloß des Herrn Grafen Westwest.«

»Und man muß die Erlaubnis zum Übernachten haben?« fragte K., als wolle er sich davon überzeugen, ob er die früheren Mitteilungen nicht vielleicht geträumt hätte.

»Die Erlaubnis muß man haben«, war die Antwort, und es lag darin ein großer Spott für K., als der junge Mann mit ausgestrecktem Arm den Wirt und die Gäste fragte: »Oder muß man etwa die Erlaubnis nicht haben?«

»Dann werde ich mir also die Erlaubnis holen müssen«, sagte K. gähnend und schob die Decke von sich, als wolle er aufstehen.

»Ja von wem denn?« fragte der junge Mann.

»Vom Herrn Grafen«, sagte K., »es wird nichts anderes übrigbleiben.«

»Jetzt um Mitternacht die Erlaubnis vom Herrn Grafen holen?« rief der junge Mann und trat einen Schritt zurück.

»Ist das nicht möglich?« fragte K. gleichmütig. »Warum haben Sie mich also geweckt?«

Nun geriet aber der junge Mann außer sich. »Landstreichermanieren!« rief er. »Ich verlange Respekt vor der gräflichen Behörde! Ich habe Sie deshalb geweckt, um Ihnen mitzuteilen, daß Sie sofort das gräfliche Gebiet verlassen müssen.«

»Genug der Komödie«, sagte K. auffallend leise, legte sich nieder und zog die Decke über sich. »Sie gehen, junger Mann, ein wenig zu weit, und ich werde morgen noch auf Ihr Benehmen zurückkommen. Der Wirt und die Herren dort sind Zeugen, soweit ich überhaupt Zeugen brauche. Sonst aber lassen Sie es sich gesagt sein, daß ich der Landvermesser bin, den der Graf hat kommen lassen. Meine Gehilfen mit den Apparaten kommen morgen im Wagen nach. Ich wollte mir den Marsch durch den Schnee nicht entgehen lassen, bin aber leider einigemal vom Weg abgeirrt und deshalb erst so spät angekommen. Daß es jetzt zu spät war, im Schloß mich zu melden, wußte ich schon aus eigenem, noch vor Ihrer Belehrung. Deshalb habe ich mich auch mit diesem Nachtlager hier begnügt, das zu stören Sie die – gelinde gesagt – Unhöflichkeit hatten. Damit sind meine Erklärungen beendet. Gute Nacht, meine Herren.« Und K. drehte sich zum Ofen hin. »Landvermesser?« hörte er noch hinter seinem Rücken zögernd fragen, dann war allgemeine Stille. Aber der junge Mann faßte sich bald und sagte zum Wirt in einem Ton, der genug gedämpft war, um als Rücksichtnahme auf K.s Schlaf zu gelten, und laut genug, um ihm verständlich zu sein: »Ich werde telefonisch anfragen.« Wie, auch ein Telefon war in diesem Dorfwirtshaus? Man war vorzüglich eingerichtet. Im einzelnen überraschte es K., im ganzen hatte er es freilich erwartet. Es zeigte sich, daß das Telefon fast über seinem Kopf angebracht war, in seiner Verschlafenheit hatte er es übersehen. Wenn nun der junge Mann telefonieren mußte, dann konnte er beim besten Willen K.s Schlaf nicht schonen, es handelte sich nur darum, ob K. ihn telefonieren lassen sollte, er beschloß, es zuzulassen. Dann hatte es aber freilich auch keinen Sinn, den Schlafenden zu spielen, und er kehrte deshalb in die Rückenlage zurück. Er sah die Bauern scheu zusammenrücken und sich besprechen, die Ankunft eines Landvermessers war nichts Geringes. Die Tür der Küche hatte sich geöffnet, türfüllend stand dort die mächtige Gestalt der Wirtin, auf den Fußspitzen näherte sich ihr der Wirt, um ihr zu berichten. Und nun begann das Telefongespräch. Der Kastellan schlief, aber ein Unterkastellan, einer der Unterkastellane, ein Herr Fritz, war da. Der junge Mann, der sich als Schwarzer vorstellte, erzählte, wie er K. gefunden, einen Mann in den Dreißigern, recht zerlumpt, auf einem Strohsack ruhig schlafend, mit einem winzigen Rucksack als Kopfkissen, einen Knotenstock in Reichweite. Nun sei er ihm natürlich verdächtig gewesen, und da der Wirt offenbar seine Pflicht vernachlässigt hatte, sei es seine, Schwarzers, Pflicht gewesen, der Sache auf den Grund zu gehen. Das Gewecktwerden, das Verhör, die pflichtgemäße Androhung der Verweisung aus der Grafschaft habe K. sehr ungnädig aufgenommen, wie es sich schließlich gezeigt habe, vielleicht mit Recht, denn er behaupte, ein vom Herrn Grafen bestellter Landvermesser zu sein. Natürlich sei es zumindest formale Pflicht, die Behauptung nachzuprüfen, und Schwarzer bitte deshalb Herrn Fritz, sich in der Zentralkanzlei zu erkundigen, ob ein Landvermesser dieser Art wirklich erwartet werde, und die Antwort gleich zu telefonieren.

Dann war es still, Fritz erkundigte sich drüben, und hier wartete man auf die Antwort. K. blieb wie bisher, drehte sich nicht einmal um, schien gar nicht neugierig, sah vor sich hin. Die Erzählung Schwarzers in ihrer Mischung von Bosheit und Vorsicht gab ihm eine Vorstellung von der gewissermaßen diplomatischen Bildung, über die im Schloß selbst kleine Leute wie Schwarzer leicht verfügten. Und auch an Fleiß ließen sie es dort nicht fehlen; die Zentralkanzlei hatte Nachtdienst. Und gab offenbar sehr schnell Antwort, denn schon klingelte Fritz. Dieser Bericht schien allerdings sehr kurz, denn sofort warf Schwarzer wütend den Hörer hin. »Ich habe es ja gesagt!« schrie er. »Keine Spur von Landvermesser, ein gemeiner, lügnerischer Landstreicher, wahrscheinlich aber Ärgeres.« Einen Augenblick dachte K., alle, Schwarzer, Bauern, Wirt und Wirtin, würden sich auf ihn stürzen. Um wenigstens dem ersten Ansturm auszuweichen, verkroch er sich ganz unter die Decke. Da läutete das Telefon nochmals, und, wie es K. schien, besonders stark. Er steckte langsam den Kopf wieder hervor. Obwohl es unwahrscheinlich war, daß es wieder K. betraf, stockten alle, und Schwarzer kehrte zum Apparat zurück. Er hörte dort eine längere Erklärung ab und sagte dann leise: »Ein Irrtum also? Das ist mir recht unangenehm. Der Bürochef selbst hat telefoniert? Sonderbar, sonderbar. Wie soll ich es dem Herrn Landvermesser erklären?«

K. horchte auf. Das Schloß hatte ihn also zum Landvermesser ernannt. Das war einerseits ungünstig für ihn, denn es zeigte, daß man im Schloß alles Nötige über ihn wußte, die Kräfteverhältnisse abgewogen hatte und den Kampf lächelnd aufnahm. Es war aber andererseits auch günstig, denn es bewies, seiner Meinung nach, daß man ihn unterschätzte und daß er mehr Freiheit haben würde, als er hätte von vornherein hoffen dürfen. Und wenn man glaubte, durch diese geistig gewiß überlegene Anerkennung seiner Landvermesserschaft ihn dauernd in Schrecken halten zu können, so täuschte man sich; es überschauerte ihn leicht, das war aber alles.

Dem sich schüchtern nähernden Schwarzer winkte K. ab; ins Zimmer des Wirtes zu übersiedeln, wozu man ihn drängte, weigerte er sich, nahm nur vom Wirt einen Schlaftrunk an, von der Wirtin ein Waschbecken mit Seife und Handtuch und mußte gar nicht erst verlangen, daß der Saal geleert wurde, denn alles drängte mit abgewendeten Gesichtern hinaus, um nicht etwa morgen von ihm erkannt zu werden. Die Lampe wurde ausgelöscht, und er hatte endlich Ruhe. Er schlief tief, kaum ein-, zweimal von vorüberhuschenden Ratten flüchtig gestört, bis zum Morgen.

Nach dem Frühstück, das, wie überhaupt K.s ganze Verpflegung, nach Angabe des Wirts vom Schloß bezahlt werden sollte, wollte er gleich ins Dorf gehen. Aber da der Wirt, mit dem er bisher in Erinnerung an sein gestriges Benehmen nur das Notwendigste gesprochen hatte, mit stummer Bitte sich immerfort um ihn herumdrehte, erbarmte er sich seiner und ließ ihn für ein Weilchen bei sich niedersetzen.

»Ich kenne den Grafen noch nicht«, sagte K., »er soll gute Arbeit gut bezahlen, ist das wahr? Wenn man, wie ich, so weit von Frau und Kind reist, dann will man auch etwas heimbringen.«

»In dieser Hinsicht muß sich der Herr keine Sorge machen, über schlechte Bezahlung hört man keine Klage.« »Nun«, sagte K., »ich gehöre ja nicht zu den Schüchternen und kann auch einem Grafen meine Meinung sagen, aber in Frieden mit den Herren fertig zu werden ist natürlich weit besser.«

Der Wirt saß K. gegenüber am Rand der Fensterbank, bequemer wagte er sich nicht zu setzen und sah K. die ganze Zeit über mit großen, braunen, ängstlichen Augen an. Zuerst hatte er sich an K. herangedrängt, und nun schien es, als wolle er am liebsten weglaufen. Fürchtete er, über den Grafen ausgefragt zu werden? Fürchtete er die Unzuverlässigkeit des »Herrn«, für den er K. hielt? K. mußte ihn ablenken. Er blickte auf die Uhr und sagte: »Nun werden bald meine Gehilfen kommen, wirst du sie hier unterbringen können?«

»Gewiß, Herr«, sagte er, »werden sie aber nicht mit dir im Schlosse wohnen?«

Verzichtete er so leicht und gern auf die Gäste und auf K. besonders, den er unbedingt ins Schloß verwies?

»Das ist noch nicht sicher«, sagte K., »erst muß ich erfahren, was für eine Arbeit man für mich hat. Sollte ich zum Beispiel hier unten arbeiten, dann wird es auch vernünftiger sein, hier unten zu wohnen. Auch fürchte ich, daß mir das Leben oben im Schlosse nicht zusagen würde. Ich will immer frei sein.«

»Du kennst das Schloß nicht«, sagte der Wirt leise.

»Freilich«, sagte K., »man soll nicht verfrüht urteilen. Vorläufig weiß ich ja vom Schloß nichts weiter, als daß man es dort versteht, sich den richtigen Landvermesser auszusuchen. Vielleicht gibt es dort noch andere Vorzüge.« Und er stand auf, um den unruhig seine Lippen beißenden Wirt von sich zu befreien. Leicht war das Vertrauen dieses Mannes nicht zu gewinnen.

Im Fortgehen fiel K. an der Wand ein dunkles Porträt in einem dunklen Rahmen auf. Schon von seinem Lager aus hatte er es bemerkt, hatte aber in der Entfernung die Einzelheiten nicht unterschieden und geglaubt, das eigentliche Bild sei aus dem Rahmen fortgenommen und nur ein schwarzer Rückendeckel sei zu sehen. Aber es war doch ein Bild, wie sich jetzt zeigte, das Brustbild eines etwa fünfzigjährigen Mannes. Den Kopf hielt er so tief auf die Brust gesenkt, daß man kaum etwas von den Augen sah, entscheidend für die Senkung schien die hohe, lastende Stirn und die starke, hinabgekrümmte Nase. Der Vollbart, infolge der Kopfhaltung am Kinn eingedrückt, stand weiter unten ab. Die linke Hand lag gespreizt in den vollen Haaren, konnte aber den Kopf nicht mehr heben. »Wer ist das?« fragte K. »Der Graf?« K. stand vor dem Bild und blickte sich gar nicht nach dem Wirt um. »Nein«, sagte der Wirt, »der Kastellan.« »Einen schönen Kastellan haben sie im Schloß, das ist wahr«, sagte K., »schade, daß er einen so mißratenen Sohn hat.« – »Nein«, sagte der Wirt, zog K. ein wenig zu sich herunter und flüsterte ihm ins Ohr: »Schwarzer hat gestern übertrieben, sein Vater ist nur ein Unterkastellan und sogar einer der letzten.« In diesem Augenblick kam der Wirt K. wie ein Kind vor. »Der Lump!« sagte K. lachend, aber der Wirt lachte nicht mit, sondern sagte: »Auch sein Vater ist mächtig.« – »Geh!« sagte K. »Du hältst jeden für mächtig. Mich etwa auch?« – »Dich«, sagte er schüchtern, aber ernsthaft, »halte ich nicht für mächtig.« – »Du verstehst also doch recht gut zu beobachten«, sagte K., »mächtig bin ich nämlich, im Vertrauen gesagt, wirklich nicht. Und habe infolgedessen vor den Mächtigen wahrscheinlich nicht weniger Respekt als du, nur bin ich nicht so aufrichtig wie du und will es nicht immer eingestehen.« Und K. klopfte dem Wirt, um ihn zu trösten und sich geneigter zu machen, leicht auf die Wange. Nun lächelte er doch ein wenig. Er war wirklich ein Junge mit seinem weichen, fast bartlosen Gesicht. Wie war er zu seiner breiten, ältlichen Frau gekommen, die man nebenan hinter einem Guckfenster, weit die Ellenbogen vom Leib, in der Küche hantieren sah? K. wollte aber jetzt nicht mehr weiter in ihn dringen, das endlich bewirkte Lächeln nicht verjagen. Er gab ihm also nur noch einen Wink, ihm die Tür zu öffnen, und trat in den schönen Wintermorgen hinaus.

Nun sah er oben das Schloß deutlich umrissen in der klaren Luft und noch verdeutlicht durch den alle Formen nachbildenden, in dünner Schicht überall liegenden Schnee. Übrigens schien oben auf dem Berg viel weniger Schnee zu sein als hier im Dorf, wo sich K. nicht weniger mühsam vorwärts brachte als gestern auf der Landstraße. Hier reichte der Schnee bis zu den Fenstern der Hütten und lastete gleich wieder auf dem niedrigen Dach, aber oben auf dem Berg ragte alles frei und leicht empor, wenigstens schien es so von hier aus.

Im ganzen entsprach das Schloß, wie es sich hier von der Ferne zeigte, K.s Erwartungen. Es war weder eine alte Ritterburg noch ein neuer Prunkbau, sondern eine ausgedehnte Anlage, die aus wenigen zweistöckigen, aber aus vielen eng aneinander stehenden niedrigen Bauten bestand; hätte man nicht gewußt, daß es ein Schloß sei, hätte man es für ein Städtchen halten können. Nur einen Turm sah K., ob er zu einem Wohngebäude oder einer Kirche gehörte, war nicht zu erkennen. Schwärme von Krähen umkreisten ihn.

Die Augen auf das Schloß gerichtet, ging K. weiter, nichts sonst kümmerte ihn. Aber im Näherkommen enttäuschte ihn das Schloß, es war doch nur ein recht elendes Städtchen, aus Dorfhäusern zusammengetragen, ausgezeichnet nur dadurch, daß vielleicht alles aus Stein gebaut war; aber der Anstrich war längst abgefallen, und der Stein schien abzubröckeln. Flüchtig erinnerte sich K. an sein Heimatstädtchen; es stand diesem angeblichen Schlosse kaum nach. Wäre es K. nur auf die Besichtigung angekommen, dann wäre es schade um die lange Wanderschaft gewesen und er hätte vernünftiger gehandelt, wieder einmal die alte Heimat zu besuchen, wo er schon so lange nicht gewesen war. Und er verglich in Gedanken den Kirchturm der Heimat mit dem Turm dort oben. Jener Turm, bestimmt, ohne Zögern geradewegs nach oben sich verjüngend, breitdachig, abschließend mit roten Ziegeln, ein irdisches Gebäude – was können wir anderes bauen? – aber mit höherem Ziel als die niedrige Häusermenge und mit klarerem Ausdruck, als ihn der trübe Werktag hat. Der Turm hier oben – es war der einzig sichtbare –, der Turm eines Wohnhauses, wie es sich jetzt zeigte, vielleicht des Hauptschlosses, war ein einförmiger Rundbau, zum Teil gnädig von Efeu verdeckt, mit kleinen Fenstern, die jetzt in der Sonne aufstrahlten – etwas Irrsinniges hatte das –, und einem söllerartigen Abschluß, dessen Mauerzinnen unsicher, unregelmäßig, brüchig, wie von ängstlicher oder nachlässiger Kinderhand gezeichnet, sich in den blauen Himmel zackten. Es war, wie wenn ein trübseliger

Hausbewohner, der gerechterweise im entlegensten Zimmer des Hauses sich hätte eingesperrt halten sollen, das Dach durchbrochen und sich erhoben hätte, um sich der Welt zu zeigen.

Wieder stand K. still, als hätte er im Stillestehen mehr Kraft des Urteils. Aber er wurde gestört. Hinter der Dorfkirche, bei der er stehengeblieben war – es war eigentlich nur eine Kapelle, scheunenartig erweitert, um die Gemeinde aufnehmen zu können –, war die Schule. Ein niedriges, langes Gebäude, merkwürdig den Charakter des Provisorischen und des sehr Alten vereinigend, lag es hinter einem umgitterten Garten, der jetzt ein Schneefeld war. Eben kamen die Kinder mit dem Lehrer heraus. In einem dichten Haufen umgaben sie den Lehrer, alle Augen blickten auf ihn, unaufhörlich schwatzten sie von allen Seiten, K. verstand ihr schnelles Sprechen gar nicht. Der Lehrer, ein junger, kleiner, schmalschulteriger Mensch, aber ohne daß es lächerlich wurde, sehr aufrecht, hatte K. schon von der Ferne ins Auge gefaßt, allerdings war außer seiner Gruppe K. der einzige Mensch weit und breit. K., als Fremder, grüßte zuerst, gar einen so befehlshaberischen kleinen Mann. »Guten Tag, Herr Lehrer«, sagte er. Mit einem Schlag verstummten die Kinder, diese plötzliche Stille als Vorbereitung für seine Worte mochte wohl dem Lehrer gefallen. »Ihr sehet das Schloß an?« fragte er sanftmütiger, als K. erwartet hatte, aber in einem Tone, als billige er nicht das, was K. tue. »Ja«, sagte K., »ich bin hier fremd, erst seit gestern abend im Ort.« – »Das Schloß gefällt Euch nicht?« fragte der Lehrer schnell. »Wie?« fragte K. zurück, ein wenig verblüfft, und wiederholte in milderer Form die Frage: »Ob mir das Schloß gefällt? Warum nehmt Ihr an, daß es mir nicht gefällt?« – »Keinem Fremden gefällt es«, sagte der Lehrer. Um hier nichts Unwillkommenes zu sagen, wendete K. das Gespräch und fragte: »Sie kennen wohl den Grafen?« – »Nein«, sagte der Lehrer und wollte sich abwenden. K. gab aber nicht nach und fragte nochmals: »Wie? Sie kennen den Grafen nicht?« – »Wie sollte ich ihn kennen?« sagte der Lehrer leise und fügte laut auf Französisch hinzu: »Nehmen Sie Rücksicht auf die Anwesenheit unschuldiger Kinder.« K. holte daraus das Recht zu fragen: »Könnte ich Sie, Herr Lehrer, einmal besuchen? Ich bleibe längere Zeit hier und fühle mich schon jetzt ein wenig verlassen; zu den Bauern gehöre ich nicht und ins Schloß wohl auch nicht.« – »Zwischen den Bauern und dem Schloß ist kein großer Unterschied«, sagte der Lehrer. »Mag sein«, sagte K., »das ändert an meiner Lage nichts. Könnte ich Sie einmal besuchen?« – »Ich wohne in der Schwanengasse beim Fleischhauer.« Das war nun zwar mehr eine Adresenangabe als eine Einladung, dennoch sagte K.: »Gut, ich werde kommen.« Der Lehrer nickte und zog mit den gleich wieder losschreienden Kinderhaufen weiter. Sie verschwanden bald in einem jäh abfallenden Gäßchen.

K. aber war zerstreut, durch das Gespräch verärgert. Zum erstenmal seit seinem Kommen fühlte er wirkliche Müdigkeit. Der weite Weg hierher schien ihn ursprünglich gar nicht angegriffen zu haben, wie war er durch die Tage gewandert, ruhig, Schritt für Schritt! – Jetzt aber zeigten sich doch die Folgen der übergroßen Anstrengung, zur Unzeit freilich. Es zog ihn unwiderstehlich hin, neue Bekanntschaften zu suchen, aber jede neue Bekanntschaft verstärkte die Müdigkeit. Wenn er sich in seinem heutigen Zustand zwang, seinen Spaziergang wenigstens bis zum Eingang des Schlosses auszudehnen, war übergenug getan.

So ging er wieder vorwärts, aber es war ein langer Weg. Die Straße nämlich, die Hauptstraße des Dorfes, führte nicht zum Schloßberg, sie führte nur nahe heran, dann aber, wie absichtlich, bog sie ab, und wenn sie sich auch vom Schloß nicht entfernte, so kam sie ihm doch auch nicht näher. Immer erwartete K., daß nun endlich die Straße zum Schloß einlenken müsse und nur, weil er es erwartete, ging er weiter; offenbar infolge seiner Müdigkeit zögerte er, die Straße zu verlassen, auch staunte er über die Länge des Dorfes, das kein Ende nahm, immer wieder die kleinen Häuschen und vereisten Fensterscheiben und Schnee und Menschenleere – endlich riß er sich los von dieser festhaltenden Straße, ein schmales Gäßchen nahm ihn auf, noch tieferer Schnee, das Herausziehen der einsinkenden Füße war eine schwere Arbeit, Schweiß brach ihm aus, plötzlich stand er still und konnte nicht mehr weiter.

Nun, er war ja nicht verlassen, rechts und links standen Bauernhütten. Er machte einen Schneeball und warf ihn gegen ein Fenster. Gleich öffnete sich die Türe – die erste sich öffnende Türe während des ganzen Dorfweges – und ein alter Bauer, in brauner Pelzjoppe, den Kopf seitwärts geneigt, freundlich und schwach, stand dort. »Darf ich ein wenig zu Euch kommen?« sagte K., »ich bin sehr müde.« Er hörte gar nicht, was der Alte sagte, dankbar nahm er es an, daß ihm ein Brett entgegengeschoben wurde, das ihn gleich aus dem Schnee rettete, und mit ein paar Schritten stand er in der Stube.

Eine große Stube im Dämmerlicht. Der von draußen Kommende sah zuerst gar nichts. K. taumelte gegen einen Waschtrog, eine Frauenhand hielt ihn zurück. Aus einer Ecke kam viel Kindergeschrei. Aus einer anderen Ecke wälzte sich Rauch und machte aus dem Halblicht Finsternis. K. stand wie in Wolken. »Er ist ja betrunken«, sagte jemand. »Wer seid Ihr?« rief eine herrische Stimme und wohl zu dem Alten gewendet: »Warum hast du ihn hereingelassen? Kann man alles hereinlassen, was auf den Gassen herumschleicht?« – »Ich bin der gräfliche Landvermesser«, sagte K. und suchte sich so vor den noch immer Unsichtbaren zu verantworten. »Ach, es ist der Landvermesser«, sagte eine weibliche Stimme, und nun folgte eine vollkommene Stille. »Ihr kennt mich?« fragte K. »Gewiß«, sagte noch kurz die gleiche Stimme. Daß man K. kannte, schien ihn nicht zu empfehlen.

Endlich verflüchtigte sich ein wenig der Rauch, und K. konnte sich langsam zurechtfinden. Es schien ein allgemeiner Waschtag zu sein. In der Nähe der Türe wurde Wäsche gewaschen. Der Rauch war aber aus der anderen Ecke gekommen, wo in einem Holzschaff, so groß, wie K. noch nie eines gesehen hatte – es hatte etwa den Umfang von zwei Betten –, in dampfendem Wasser zwei Männer badeten. Aber noch überraschender, ohne daß man genau wußte, worin das Überraschende bestand, war die rechte Ecke. Aus einer großen Lücke, der einzigen in der Stubenrückwand, kam dort, wohl vom Hof her, bleiches Schneelicht und gab dem Kleid einer Frau, die tief in der Ecke in einem hohen Lehnstuhl müde fast lag, einen Schein wie von Seide. Sie trug einen Säugling an der Brust. Um sie herum spielten ein paar Kinder, Bauernkinder, wie zu sehen war, sie aber schien nicht zu ihnen zu gehören, freilich, Krankheit und Müdigkeit macht auch Bauern fein.

»Setzt Euch!« sagte der eine der Männer, ein Vollbärtiger, überdies mit einem Schnauzbart, unter dem er den Mund schnaufend immer offenhielt, zeigte, komisch anzusehen, mit der Hand über den Rand des Kübels auf eine Truhe hin und bespritzte dabei K. mit warmem Wasser das ganze Gesicht. Auf der Truhe saß schon, vor sich hin dämmernd, der Alte, der K. eingelassen hatte. K. war dankbar, sich endlich setzen zu dürfen. Nun kümmerte sich niemand mehr um ihn. Die Frau beim Waschtrog, blond, in jugendlicher Fülle, sang leise bei der Arbeit, die Männer im Bad stampften und drehten sich, die Kinder wollten sich ihnen nähern, wurden aber durch mächtige Wasserspritzer, die auch K. nicht verschonten, immer wieder zurückgetrieben, die Frau im Lehnstuhl lag wie leblos, nicht einmal auf das Kind an ihrer Brust blickte sie hinab, sondern unbestimmt in die Höhe.

K. hatte sie wohl lange angesehen, dieses sich nicht verändernde schöne, traurige Bild, dann aber mußte er eingeschlafen sein, denn als er, von einer lauten Stimme gerufen, aufschreckte, lag sein Kopf an der Schulter des Alten neben ihm. Die Männer hatten ihr Bad beendet, in dem sich jetzt die Kinder, von der blonden Frau beaufsichtigt, herumtrieben, und standen angezogen vor K. Es zeigte sich, daß der schreierische Vollbärtige der Geringere von den zweien war. Der andere nämlich, nicht größer als der Vollbärtige und mit viel geringerem Bart, war ein stiller, langsam denkender Mann von breiter Gestalt, auch das Gesicht breit, den Kopf hielt er gesenkt. »Herr Landvermesser«, sagte er, »hier könnt Ihr nicht bleiben. Verzeiht die Unhöflichkeit.« – »Ich wollte auch nicht bleiben«, sagte K., »nur ein wenig mich ausruhen. Das ist geschehen, und nun gehe ich.« – »Ihr wundert Euch wahrscheinlich über die geringe Gastfreundlichkeit«, sagte der Mann, »aber Gastfreundlichkeit ist bei uns nicht Sitte, wir brauchen keine Gäste.« Ein wenig erfrischt vom Schlaf, ein wenig hellhöriger als früher, freute sich K. über die offenen Worte. Er bewegte sich freier, stützte seinen Stock einmal hier, einmal dort auf, näherte sich der Frau im Lehnstuhl, war übrigens auch der körperlich Größte im Zimmer.

»Gewiß«, sagte K., »wozu brauchtet ihr Gäste. Aber hier und da braucht man doch einen, zum Beispiel mich, den Landvermesser.« – »Das weiß ich nicht«, sagte der Mann langsam, »hat man Euch gerufen, so braucht man Euch wahrscheinlich, das ist wohl eine Ausnahme, wir aber, wir kleinen Leute, halten uns an die Regel, das könnt Ihr uns nicht verdenken.« – »Nein, nein«, sagte K., »ich habe Euch nur zu danken, Euch und allen hier.« Und unerwartet für jedermann kehrte sich K. förmlich in einem Sprunge um und stand vor der Frau. Aus müden, blauen Augen blickte sie K. an, ein seidenes, durchsichtiges Kopftuch reichte ihr bis in die Mitte der Stirn hinab, der Säugling schlief an ihrer Brust. »Wer bist du?« fragte K. Wegwerfend – es war undeutlich, ob die Verächtlichkeit K. oder ihrer eigenen Antwort galt – sagte sie: »Ein Mädchen aus dem Schloß.«

Das alles hatte nur einen Augenblick gedauert, schon hatte K. rechts und links einen der Männer und wurde, als gäbe es kein anderes Verständigungsmittel, schweigend, aber mit aller Kraft zur Tür gezogen. Der Alte freute sich über irgend etwas dabei und klatschte in die Hände. Auch die Wäscherin lachte bei den plötzlich wie toll lärmenden Kindern.

K. aber stand bald auf der Gasse, die Männer beaufsichtigten ihn von der Schwelle aus. Es fiel wieder Schnee; trotzdem schien es ein wenig heller zu sein. Der Vollbärtige rief ungeduldig: »Wohin wollt Ihr gehen? Hier führt es zum Schloß, hier zum Dorf!« Ihm antwortete K. nicht, aber zu dem anderen, der ihm trotz seiner Überlegenheit der Umgänglichere schien, sagte er: »Wer seid Ihr? Wem habe ich für den Aufenthalt zu danken?« – »Ich bin der Gerbermeister Lasemann«, war die Antwort, »zu danken habt Ihr aber niemandem.« – »Gut«, sagte K., »vielleicht werden wir noch zusammenkommen.« – »Ich glaube nicht«, sagte der Mann. In diesem Augenblick rief der Vollbärtige mit erhobener Hand: »Guten Tag, Artur, guten Tag, Jeremias!« K. wandte sich um, es zeigten sich in diesem Dorf also doch noch Menschen auf der Gasse! Aus der Richtung vom Schlosse her kamen zwei junge Männer von mittlerer Größe, beide sehr schlank, in engen Kleidern, auch im Gesicht einander sehr ähnlich. Die Gesichtsfarbe war ein dunkles Braun, von dem ein Spitzbart in seiner besonderen Schwärze dennoch abstach. Sie gingen bei diesen Straßenverhältnissen erstaunlich schnell, warfen im Takt die schlanken Beine. »Was habt ihr?« rief der Vollbärtige. Man konnte sich nur rufend mit ihnen verständigen, so schnell gingen sie und hielten nicht ein. »Geschäfte!« riefen sie lachend zurück. »Wo?« – »Im Wirtshaus.« – »Dorthin gehe auch ich!« schrie K. auf einmal mehr als alle anderen, er hatte großes Verlangen, von den zweien mitgenommen zu werden; ihre Bekanntschaft schien ihm zwar nicht sehr ergiebig, aber gute, aufmunternde Wegbegleiter waren sie offenbar. Sie hörten K.s Worte, nickten jedoch nur und waren schon vorüber.

K. stand noch immer im Schnee, hatte wenig Lust, den Fuß aus dem Schnee zu heben, um ihn ein Stückchen weiter in die Tiefe zu senken; der Gerbermeister und sein Genosse, zufrieden damit, K. endgültig hinausgeschafft zu haben, schoben sich langsam, immer nach K. zurückblickend, durch die nur wenig geöffnete Tür ins Haus, und K. war mit dem ihn einhüllenden Schnee allein. »Gelegenheit zu einer kleinen Verzweiflung«, fiel ihm ein, »wenn ich nur zufällig, nicht absichtlich hier stünde.

Da öffnete sich in der Hütte linker Hand ein winziges Fenster; geschlossen hatte es tiefblau ausgesehen, vielleicht im Widerschein des Schnees, und war so winzig, daß, als es jetzt geöffnet war, nicht das ganze Gesicht des Hinausschauenden zu sehen war, sondern nur die Augen, alte, braune Augen. »Dort steht er«, hörte K. eine zittrige Frauenstimme sagen. »Es ist der Landvermesser«, sagte eine Männerstimme. Dann trat der Mann zum Fenster und fragte nicht unfreundlich, aber doch so, als sei ihm daran gelegen, daß auf der Straße vor seinem Haus alles in Ordnung sei: »Auf wen wartet Ihr?« – »Auf einen Schlitten, der mich mitnimmt«, sagte K. »Hier kommt kein Schlitten«, sagte der Mann, »hier ist kein Verkehr.« – »Es ist doch die Straße, die zum Schloß führt«, wendete K. ein. »Trotzdem, trotzdem«, sagte der Mann mit einer gewissen Unerbittlichkeit, »hier ist kein Verkehr.« Dann schwiegen beide. Aber der

Mann überlegte offenbar etwas, denn das Fenster, aus dem Rauch strömte, hielt er noch immer offen. »Ein schlechter Weg«, sagte K., um ihm nachzuhelfen.

Er aber sagte nur: »Ja freilich.«

Nach einem Weilchen sagte er aber doch: »Wenn Ihr wollt, fahre ich Euch mit meinem Schlitten.« – »Tut das, bitte«, sagte K. erfreut, »wieviel verlangt Ihr dafür?« – »Nichts«, sagte der Mann. K. wunderte sich sehr. »Ihr seid doch der Landvermesser«, sagte der Mann erklärend, »und gehört zum Schloß. Wohin wollt Ihr denn fahren?« – »Ins Schloß«, sagte K. schnell. »Dann fahre ich nicht«, sagte der Mann sofort. »Ich gehöre doch zum Schloß«, sagte K., des Mannes eigene Worte wiederholend. »Mag sein«, sagte der Mann abweisend. »Dann fahrt mich also zum Wirtshaus«, sagte K. »Gut«, sagte der Mann, »ich komme gleich mit dem Schlitten.« Das Ganze machte nicht den Eindruck besonderer Freundlichkeit, sondern eher den einer Art sehr eigensüchtigen, ängstlichen, fast pedantischen Bestrebens, K. von dem Platz vor dem Hause wegzuschaffen.

Das Hoftor öffnete sich, und ein kleiner Schlitten für leichte Lasten, ganz flach, ohne irgendwelchen Sitz, von einem schwachen Pferdchen gezogen, kam hervor, dahinter der Mann, gebückt, schwach, hinkend, mit magerem, rotem, verschnupftem Gesicht, das besonders klein erschien durch einen fest um den Kopf gewickelten Wollschal. Der Mann war sichtlich krank und nur, um K. wegbefördern zu können, war er doch hervorgekommen. K. erwähnte etwas Derartiges, aber der Mann winkte ab. Nur daß er der Fuhrmann Gerstäcker war, erfuhr K., und daß er diesen unbequemen Schlitten genommen habe, weil er gerade bereitstand und das Hervorziehen eines anderen zuviel Zeit gebraucht hätte. »Setzt Euch«, sagte er und zeigte mit der Peitsche hinten auf den Schlitten. »Ich werde mich neben Euch setzen«, sagte K. »Ich werde gehen«, sagte Gerstäcker. »Warum denn?« fragte K. »Ich werde gehen«, wiederholte Gerstäcke und bekam einen Hustenanfall, der ihn so schüttelte, daß er die Beine in den Schnee stemmen und mit den Händen den Schlittenrand halten mußte. K. sagte nichts weiter, setzte sich hinten auf den Schlitten, der Husten beruhigte sich langsam und sie fuhren.

Das Schloß dort oben, merkwürdig dunkel schon, das K. heute noch zu erreichen gehofft hatte, entfernte sich wieder. Als sollte ihm aber doch noch zum vorläufigen Abschied ein Zeichen gegeben werden, erklang dort ein Glockenton, fröhlich beschwingt, eine Glocke, die wenigstens einen Augenblick lang das Herz erbeben ließ, so, als drohe ihm – denn auch schmerzlich war der Klang – die Erfüllung dessen, wonach es sich unsicher sehnte. Aber bald verstummte diese große Glocke und wurde von einem schwachen, eintönigen Glöckchen abgelöst, vielleicht noch oben, vielleicht aber schon im Dorfe. Dieses Geklingel paßte freilich besser zu der langsamen Fahrt und dem jämmerlichen, aber unerbittlichen Fuhrmann.

»Du«, rief K. plötzlich – sie waren schon in der Nähe der Kirche, der Weg ins Wirtshaus nicht mehr weit, K. durfte schon etwas wagen –, »ich wundere mich sehr, daß du auf deine eigene Verantwortung mich herumzufahren wagst, darfst du denn das?« Gerstäcker kümmerte sich nicht darum und schritt ruhig weiter neben dem Pferdchen. »He!« rief K., ballte etwas Schnee vom Schlitten zusammen und traf Gerstäcker damit voll ins Ohr. Nun blieb dieser stehen und drehte sich um; als ihn K. aber nun so nahe bei sich sah – der Schlitten hatte sich noch ein wenig weitergeschoben –, diese gebückte, gewissermaßen mißhandelte Gestalt, das rote müde, schmale Gesicht mit irgendwie verschiedenen Wangen, die eine flach, die andere eingefallen, den offenen, aufhorchenden Mund, in dem nur ein paar vereinzelte Zähne waren, mußte er das, was er früher aus Bosheit gesagt hatte, jetzt aus Mitleid wiederholen, ob Gerstäkker nicht dafür, daß er K. transportierte, gestraft werden könne. »Was willst du?« fragte Gerstäcker verständnislos, erwartete aber auch keine weitere Erklärung, rief dem Pferdchen zu, und sie fuhren wieder.

DAS ZWEITE KAPITEL

Als sie – K. erkannte es an einer Wegbiegung – fast beim Wirtshaus waren, war es zu seinem Erstaunen schon völlig finster. War er so lange fort gewesen? Doch nur ein, zwei Stunden etwa nach seiner Berechnung, und am Morgen war er fortgegangen, und kein Essenbedürfnis hatte er gehabt, und bis vor kurzem war gleichmäßige Taageshelle gewesen, erst jetzt die Finsternis. »Kurze Tage, kurze Tage!« sagte er zu sich, glitt vom Schlitten und ging dem Wirtshaus zu.

Oben auf der kleinen Vortreppe des Hauses stand, ihm sehr willkommen, der Wirt und leuchtete mit erhobener Laterne ihm entgegen. Flüchtig an den Fuhrmann sich erinnernd, blieb K. stehen, irgendwo hustete es im Dunkeln, das war er. Nun, er würde ihn ja nächstens wiedersehen. Erst als er oben beim Wirt war, der demütig grüßte, bemerkte er zu beiden Seiten der Tür je einen Mann. Er nahm die Laterne aus der Hand des Wirts und beleuchtete die zwei; es waren die Männer, die er schon getroffen hatte und die Artur und Jeremias angerufen worden waren. Sie salutierten jetzt. In Erinnerung an seine Militärzeit, an diese glücklichen Zeiten, lachte er. »Wer seid ihr?« fragte er und sah vom einen zum anderen. »Euere Gehilfen«, antworteten sie. »Es sind die Gehilfen«, bestätigte leise der Wirt. »Wie?« fragte K. »Ihr seid meine alten Gehilfen, die ich nachkommen ließ, die ich erwarte?« Sie bejahten es. »Das ist gut«, sagte K. nach einem Weilchen, »es ist gut, daß ihr gekommen seid.« – »Übrigens«, sagte K. nach einem weiteren Weilchen, »ihr habt euch sehr verspätet, ihr seid sehr nachlässig.« »Es war ein weiter Weg«, sagte der eine. »Ein weiter Weg«, wiederholte K., »aber ich habe euch getroffen, wie ihr vom Schlosse kamt.« – »Ja« sagten sie, ohne weitere Erklärung. »Wo habt ihr die Apparate?« fragte K. »Wir haben keine«, sagten sie. »Die Apparate, die ich euch anvertraut habe«, sagte K. »Wir haben keine«, wiederholten sie. »Ach, seid ihr Leute!« sagte K., »versteht ihr etwas von Landvermessung?« – »Nein«, sagten sie. »Wenn ihr aber meine alten Gehilfen seid, müßt ihr doch das verstehen«, sagte K. und schob sie vor sich ins Haus.

Sie saßen dann zu dritt ziemlich schweigsam in der Wirtsstube beim Bier, an einem kleinen Tischchen, K. in der Mitte, rechts und links die Gehilfen. Sonst war nur ein Tisch mit Bauern besetzt, ähnlich wie am Abend vorher. »Es ist schwer mit euch«, sagte K. und verglich wie schon öfters ihre Gesichter, »wie soll ich euch denn unterscheiden? Ihr unterscheidet euch nur durch die Namen, sonst seid ihr einander ähnlich wie« – er stockte, unwillkürlich fuhr er dann fort –, »sonst seid ihr einander ja ähnlich wie Schlangen.« Sie lächelten. »Man unterscheidet uns sonst gut«, sagten sie zur Rechtfertigung. »Ich glaube es«, sagte K., »ich war ja selbst Zeuge dessen, aber ich sehe nur mit meinen Augen, und mit denen kann ich euch nicht unterscheiden. Ich werde euch deshalb wie einen einzigen Mann behandeln und beide Artur nennen, so heißt doch einer von euch. Du etwa?« – fragte K. den einen. »Nein«, sagte dieser, »ich heiße Jeremias.« – »Es ist ja gleichgültig«, sagte K., »ich werde euch beide Artur nennen. Schicke ich Artur irgendwohin, so geht ihr beide, gebe ich Artur eine Arbeit, so macht ihr sie beide, das hat zwar für mich einen großen Nachteil, daß ich euch nicht für eine gesonderte Arbeit verwenden kann, aber dafür den Vorteil, daß ihr für alles, was ich euch auftrage, gemeinsam ungeteilt die Verantwortung tragt. Wie ihr untereinander die Arbeit aufteilt, ist mir gleichgültig, nur ausreden dürft ihr euch nicht aufeinander, ihr seid für mich ein einziger Mann.« Sie überlegten das und sagten: »Das wäre uns recht unangenehm.« – »Wie denn nicht«, sagte K., »natürlich muß euch das unangenehm sein, aber es bleibt so.« Schon ein Weilchen lang hatte K. einen der Bauern den Tisch umschleichen sehen, endlich entschloß er sich, ging auf einen Gehilfen zu und wollte ihm etwas zuflüstern. »Verzeiht«, sagte K., schlug mit der Hand auf den Tisch und stand auf, »dies sind meine Gehilfen, und wir haben jetzt eine Besprechung. Niemand hat das Recht, uns zu stören.« – »Oh bitte, oh bitte«, sagte der Bauer ängstlich und ging rücklings zu seiner Gesellschaft zurück.

»Dieses müßt ihr vor allem beachten«, sagte K. dann wieder sitzend. »Ihr dürft mit niemandem ohne meine Erlaubnis sprechen. Ich bin hier ein Fremder, und wenn ihr meine alten Gehilfen seid, dann seid auch ihr Fremde. Wir drei Fremden müssen deshalb zusammenhalten, reicht mir daraufhin eure Hände.« Allzu bereitwillig streckten sie sie K. entgegen. »Laßt euch die Pratzen«, sagte er, »mein Befehl aber gilt. Ich werde jetzt schlafen gehen und auch euch rate ich, das zu tun. Heute haben wir einen Arbeitstag versäumt, morgen muß die Arbeit sehr frühzeitig beginnen. Ihr müßt einen Schlitten zur Fahrt ins Schloß verschaffen und um sechs Uhr hier vor dem Haus mit ihm bereitstehen.« – »Gut«, sagte der eine. Der andere aber fuhr dazwischen: »Du sagst: Gut, und weißt doch, daß es unmöglich ist.« – »Ruhe«, sagte K., »ihr wollt wohl anfangen, euch voneinander zu unterscheiden.« Doch nun sagte auch schon der erste: »Er hat recht, es ist unmöglich, ohne Erlaubnis darf kein Fremder ins Schloß.« – »Wo muß man um die Erlaubnis ansuchen?« – »Ich weiß nicht, vielleicht beim Kastellan.« – »Dann werden wir dort telefonisch ansuchen, telefoniert sofort an den Kastellan, beide!« Sie liefen zum Apparat, erlangten die Verbindung – wie sie sich dort drängten! Im Äußerlichen waren sie lächerlich folgsam – und fragten, ob K. mit ihnen morgen ins Schloß kommen dürfe. Das »Nein!« der Antwort hörte K. bis zu seinem Tisch. Die

Antwort war aber noch ausführlicher, sie lautete: »Weder morgen noch ein andermal.« – »Ich werde selbst telefonieren«, sagte K. und stand auf. Während K. und seine Gehilfen bisher, abgesehen von dem Zwischenfall des einen Bauern, wenig beachtet worden waren, erregte seine letzte Bemerkung allgemeine Aufmerksamkeit. Alle erhoben sich mit K., und obwohl sie der Wirt zurückzudrängen suchte, gruppierten sie sich beim Apparat in engem Halbkreis um ihn. Es überwog bei ihnen die Meinung, daß K. gar keine Antwort bekommen werde. K. mußte sie bitten, ruhig zu sein, er verlange nicht, ihre Meinungen zu hören.

Aus der Hörmuschel kam ein Summen, wie K. es sonst beim Telefonieren nie gehört hatte. Es war, wie wenn sich aus dem Summen zahlloser kindlicher Stimmen – aber auch dieses Summen war keines, sondern war Gesang fernster, allerfernster Stimmen –, wie wenn sich aus diesem Summen in einer geradezu unmöglichen Weise eine einzige hohe, aber starke Stimme bilde, die an das Ohr schlug, so, wie wenn sie fordere, tiefer einzudringen als nur in das armselige Gehör. K. horchte, ohne zu telefonieren, den linken Arm hatte er auf das Telefonpult gestützt und horchte so.

Er wußte nicht wie lange; so lange, bis ihn der Wirt am Rock zupfte, ein Bote sei für ihn gekommen. »Weg!« schrie K. unbeherrscht, vielleicht in das Telefon hinein, denn nun meldete sich jemand. Es entwickelte sich folgendes Gespräch: »Hier Oswald, wer dort?« rief es, eine strenge, hochmütige Stimme, mit einem kleinen Sprachfehler, wie es K. schien, den sie über sich selbst hinaus durch eine weitere Zugabe von Strenge auszugleichen versuchte. K. zögerte, sich zu nennen, dem Telefon gegenüber war er wehrlos, der andere konnte ihn niederdonnern, die Hörmuschel weglegen, und K. hatte sich einen vielleicht nicht unwichtigen Weg versperrt. K.s Zögern machte den Mann ungeduldig. »Wer dort?« wiederholte er und fügte hinzu: »Es wäre mir sehr lieb, wenn dortseits nicht soviel telefoniert würde, erst vor einem Augenblick ist telefoniert worden.« K. ging auf diese Bemerkung nicht ein und meldete mit einem plötzlichen Entschluß: »Hier der Gehilfe des Herrn Landvermessers.« »Welcher Gehilfe? Welcher Herr? Welcher Landvermesser?« K. fiel das gestrige Telefongespräch ein. »Fragen Sie Fritz«, sagte er kurz. Es half, zu seinem eigenen Erstaunen. Aber mehr noch als darüber, daß es half, staunte er über die Einheitlichkeit des Dienstes dort. Die Antwort war: »Ich weiß schon. Der ewige Landvermesser. Ja, ja. Was weiter? Welcher Gehilfe?« »Josef«, sagte K. Ein wenig störte ihn hinter seinem Rücken das Murmeln der Bauern; offenbar waren sie nicht damit einverstanden, daß er sich nicht richtig meldete. K. hatte aber keine Zeit, sich mit ihnen zu beschäftigen, denn das Gespräch nahm ihn sehr in Anspruch. »Josef« fragte es zurück. »Die Gehilfen heißen«, – eine kleine Pause, offenbar verlangte er die Namen jemandem anderen ab – »Artur und Jeremias.« »Das sind die neuen Gehilfen«, sagte K. »Nein, das sind die alten.« ... »Es sind die neuen, ich aber bin der alte, der dem Herrn Landvermesser heute nachkam.« – »Nein!« schrie es nun. »Wer bin ich also?« fragte K., ruhig wie bisher. Und nach einer Pause sagte die gleiche Stimme mit dem gleichen Sprachfehler und war doch wie eine andere tiefere, achtungswertere Stimme: »Du bist der alte Gehilfe.«

K. horchte dem Stimmklang nach und überhörte dabei fast die Frage: »Was willst du?« Am liebsten hätte er den Hörer schon weggelegt. Von diesem Gespräch erwartete er nichts mehr. Nur gezwungen fragte er noch schnell: »Wann darf mein Herr ins Schloß kommen?« – »Niemals«, war die Antwort. »Gut«, sagte K. und hing den Hörer an.

Die Bauern hinter ihm waren schon ganz nahe an ihn herangerückt. Die Gehilfen waren, mit vielen Seitenblicken nach ihm, damit beschäftigt, die Bauern von ihm abzuhalten. Es schien aber nur Komödie zu sein, auch gaben die Bauern, von dem Ergebnis des Gesprächs befriedigt, langsam nach. Da wurde ihre Gruppe von hinten mit raschem Schritt von einem Mann geteilt, der sich vor K. verneigte und ihm einen Brief übergab. K. behielt den Brief in der Hand und sah den Mann an, der ihm im Augenblick wichtiger schien. Es bestand eine große Ähnlichkeit zwischen ihm und den Gehilfen, er war so schlank wie sie, ebenso knapp gekleidet, auch so gelenkig und flink wie sie, aber doch ganz anders. Hätte K. doch lieber ihn als Gehilfen gehabt! Ein wenig erinnerte er ihn an die Frau mit dem Säugling, die er beim Gerbermeister gesehen hatte. Er war fast weiß gekleidet, das Kleid war wohl nicht aus Seide, es war ein Winterkleid wie alle anderen, aber die Zartheit und Feierlichkeit eines Seidenkleides hatte es. Sein Gesicht war heil und offen, die Augen übergroß. Sein Lächeln war ungemein aufmunternd; er fuhr mit der Hand über sein Gesicht, so, als wolle er dieses Lächeln verscheuchen, doch gelang ihm das nicht. »Wer bist du?« fragte K. »Barnabas heiße ich«, sagte er. »Ein Bote bin ich.« Männlich und doch sanft öffneten und schlossen sich seine Lippen beim Reden. »Gefällt es dir hier?« fragte K. und zeigte auf die Bauern, für die er noch immer nicht an Interesse verloren hatte und die er mit ihren förmlich gequälten Gesichtern – der Schädel sah aus, als sei er oben platt geschlagen worden, und die Gesichtszüge hatten sich im Schmerz des Geschlagenwerdens gebildet –, ihren wulstigen Lippen, ihren offenen Mündern zusahen, aber doch auch wieder nicht zusahen, denn manchmal irrte ihr Blick ab und blieb, ehe er zurückkehrte, an irgendeinem gleichgültigen Gegenstande haften, und dann zeigte K. auch auf die Gehilfen, die einander umfaßt hielten, Wange an Wange lehnten und lächelten, man wußte nicht, ob demütig oder spöttisch, er zeigte ihm diese alle, so, als stellte er ein ihm durch besondere Umstände aufgezwungenes Gefolge vor und erwartete – darin lag Vertraulichkeit, auf die kam es K. an –, daß Barnabas ständig unterscheiden werde zwischen ihm und ihnen. Aber Barnabas nahm – in aller Unschuld freilich, das war zu erkennen – die Frage gar nicht auf, ließ sie über sich ergehen, wie ein wohlerzogener Diener ein für ihn nur scheinbar bestimmtes Wort des Herrn, blickte nur im Sinne der Frage umher, begrüßte durch Handwinken Bekannte unter den Bauern und tauschte mit den Gehilfen ein paar Worte aus, das alles frei und selbständig, ohne sich mit ihnen zu vermischen. K. kehrte – abgewiesen, aber nicht beschämt – zu dem Brief in seiner Hand zurück und öffnete ihn. Sein Wortlaut war: »Sehr geehrter Herr! Sie sind, wie Sie wissen, in die herrschaftlichen Dienste aufgenommen. Ihr nächster Vorgesetzter ist der Gemeindevorsteher des Dorfes, der Ihnen auch alles Nähere über Ihre Arbeit und die Lohnbedingungen mitteilen wird und dem Sie auch Rechenschaft schuldig sein werden. Trotzdem werde aber auch ich Sie nicht aus den Augen verlieren. Barnabas, der Überbringer dieses Briefes, wird von Zeit zu Zeit bei Ihnen nachfragen, um Ihre Wünsche zu erfahren und mir mitzuteilen. Sie werden mich immer bereit finden, Ihnen, soweit es möglich ist, gefällig zu sein. Es liegt mir daran, zufriedene Arbeiter zu haben.« Die Unterschrift war nicht leserlich, beigedruckt aber war ihr: Der Vorstand der X. Kanzlei. »Warte!« sagte K. zu dem sich verbeugenden Barnabas, dann rief er den Wirt, daß er ihm ein Zimmer zeige, er wollte mit dem Brief eine Zeitlang allein sein. Dabei erinnerte er sich daran, daß Barnabas bei aller Zuneigung, die er für ihn hatte, doch nichts anderes als ein Bote war, und ließ ihm Bier geben. Er gab acht, wie er es annehmen würde, er nahm es offenbar sehr gern an und trank sogleich. Dann ging K. mit dem Wirt. In dem Häuschen hatte man für K. nichts als ein kleines Dachzimmer bereitstellen können, und selbst das hatte Schwierigkeiten gemacht, denn man hatte zwei Mägde, die bisher dort geschlafen hatten, anderswo unterbringen müssen. Eigentlich hatte man nichts anderes getan, als die Mägde weggeschafft, das Zimmer war sonst wohl unverändert, keine Bettwäsche zu dem einzigen Bett, nur ein paar Polster und eine Pferdedecke in dem Zustand, wie alles nach der letzten Nacht zurückgeblieben war. An der Wand ein paar Heiligenbilder und Fotografien von Soldaten. Nicht einmal gelüftet war worden, offenbar hoffte man, der neue Gast werde nicht lange bleiben, und tat nichts dazu, ihn zu halten. K. war aber mit allem einverstanden, wickelte sich in die Decke, setzte sich an den Tisch und begann bei einer Kerze, den Brief nochmals zu lesen.

Er war nicht einheitlich, es gab Stellen, wo mit ihm wie mit einem Freien gesprochen wurde, dessen eigenen Willen man anerkennt, so war die Überschrift, so war die Stelle, die seine Wünsche betraf. Es gab aber wieder Stellen, wo er offen oder versteckt als ein kleiner, vom Sitz jenes Vorstandes kaum bemerkbarer Arbeiter behandelt wurde, der Vorstand mußte sich anstrengen, »ihn nicht aus den Augen zu verlieren«, sein Vorgesetzter war nur der Dorfvorsteher, dem er sogar Rechenschaft schuldig war, sein einziger Kollege war vielleicht der Dorfpolizist. Das waren zweifellos Widersprüche, sie waren so sichtbar, daß sie beabsichtigt sein mußten. Den einer solchen Behörde gegenüber wahnwitzigen Gedanken, daß hier Unentschlossenheit mitgewirkt habe, streifte K. kaum. Vielmehr sah er darin eine ihm offen dargebotene Wahl, es war ihm überlassen, was er aus den Anordnungen des Briefes machen wollte, ob er Dorfarbeiter mit einer immerhin auszeichnenden, aber nur scheinbaren Verbindung mit dem Schloß sein wolle oder aber scheinbarer Dorfarbeiter, der in Wirklichkeit sein ganzes Arbeitsverhältnis von den Nachrichten des Barnabas bestimmen ließ. K. zögerte nicht zu wählen, hätte auch ohne die Erfahrungen, die er schon gemacht hatte, nicht gezögert. Nur als Dorfarbeiter, möglichst weit den Herren vom Schloß entrückt, war er imstande, etwas im Schloß zu erreichen, diese Leute im Dorfe, die noch so mißtrauisch gegen ihn waren, würden zu sprechen anfangen, wenn er, wo nicht ihr Freund, so doch ihr Mitbürger geworden war, und war er einmal ununterscheidbar von Gerstäcker oder Lasemann – und sehr schnell mußte das geschehen, davon hing alles ab –, dann erschlossen sich ihm gewiß mit einem Schlag alle Wege, die ihm, wenn es nur auf die Herren oben und ihre Gnade angekommen wäre, für immer nicht nur versperrt, sondern unsichtbar geblieben wären. Freilich, eine Gefahr bestand, und sie war in dem Brief genug betont, mit einer gewissen Freude war sie dargestellt, als sei sie unentrinnbar. Es war das Arbeitersein. Dienst, Vorgesetzter, Arbeit, Lohnbestimmungen, Rechenschaft, Arbeiter, davon wimmelte der Brief, und selbst, wenn anderes, Persönlicheres gesagt war, war es von jenem Gesichtspunkt aus gesagt. Wollte K. Arbeiter werden, so konnte er es werden, aber dann in allem furchtbaren Ernst, ohne jeden Ausblick anderswohin. K. wußte, daß nicht mit wirklichem Zwang gedroht war, den fürchtete er nicht und hier am wenigsten, aber die Gewalt der entmutigenden Umgebung, der Gewöhnung an Enttäuschungen, die Gewalt der unmerklichen Einflüsse jedes Augenblicks, die fürchtete er allerdings, aber mit dieser Gefahr mußte er den Kampf wagen. Der Brief verschwieg ja auch nicht, daß K., wenn es zu Kämpfen kommen sollte, die Verwegenheit gehabt hatte, zu beginnen; es war mit Feinheit gesagt, und nur ein unruhiges Gewissen – ein unruhiges, kein schlechtes – konnte es merken, es waren die drei Worte »wie Sie wissen« hinsichtlich seiner Aufnahme in den Dienst. K. hatte sich gemeldet, und seither wußte er, wie sich der Brief ausdrückte, daß er aufgenommen war.

K. nahm ein Bild von der Wand und hing den Brief an den Nagel; in diesem Zimmer würde er wohnen, hier sollte der Brief hängen.

Dann stieg er in die Wirtsstube hinunter. Barnabas saß mit den Gehilfen bei einem Tischchen. »Ach, da bist du«, sagte K. ohne Anlaß, nur weil er froh war, Barnabas zu sehen. Er sprang gleich auf. Kaum war K. eingetreten, erhoben sich die Bauern, um sich ihm zu nähern, es war schon ihre Gewohnheit geworden, ihm immer nachzulaufen. »Was wollt ihr denn immerfort von mir?« rief K. Sie nahmen es nicht übel und drehten sich langsam zu ihren Plätzen zurück. Einer sagte im Abgehen zur Erklärung, leichthin, mit einem undeutbaren Lächeln, das einige andere aufnahmen: »Man hört immer etwas Neues«, und er leckte sich die Lippen, als sei das Neue eine Speise. K. sagte nichts Versöhnliches, es war gut, wenn sie ein wenig Respekt vor ihm bekamen, aber kaum saß er bei Barnabas, spürte er schon den Atem eines Bauern im Nacken; er kam, wie er sagte, das Salzfaß zu holen, aber K. stampfte vor Ärger auf, der Bauer lief denn auch ohne Salzfaß weg. Es war wirklich leicht, K. beizukommen, man mußte zum Beispiel nur die Bauern gegen ihn hetzen, ihre hartnäckige Teilnahme schien ihm böser als die Verschlossenheit der anderen, und außerdem war es auch Verschlossenheit, denn hätte K. sich zu ihrem Tisch gesetzt, wären sie gewiß dort nicht sitzengeblieben. Nur die Gegenwart des Barnabas hielt ihn ab, Lärm zu machen. Aber er drehte sich doch noch drohend nach ihnen um, auch sie waren ihm zugekehrt. Wie er sie aber so dasitzen sah, jeden auf seinem Platz, ohne sich miteinander zu besprechen, ohne sichtbare Verbindung untereinander, nur dadurch miteinander verbunden, daß sie alle auf ihn starrten, schien es ihm, als sei es gar nicht Bosheit, was sie ihn verfolgen ließ; vielleicht wollten sie wirklich etwas von ihm und konnten es nur nicht sagen, und war es nicht das, dann war es vielleicht nur Kindlichkeit, die hier zu Hause zu sein schien; war nicht auch der Wirt kindlich, der ein Glas Bier, das er irgendeinem

Gast bringen sollte, mit beiden Händen hielt, stillstand, nach K. sah und einen Zuruf der Wirtin überhörte, die sich aus dem Küchenfensterchen vorgebeugt hatte?

Ruhiger wandte sich K. an Barnabas, die Gehilfen hätte er gern entfernt, fand aber keinen Vorwand. Übrigens blickten sie still auf ihr Bier. »Den Brief«, begann K., »habe ich gelesen. Kennst du den Inhalt?« – »Nein«, sagte Barnabas, sein Blick schien mehr zu sagen als seine Worte. Vielleicht täuschte sich K. hier im Guten, wie bei den Bauern im Bösen, als das Wohltuende seiner Gegenwart blieb. »Es ist auch von dir in dem Brief die Rede, du sollst nämlich hie und da Nachrichten zwischen mir und dem Vorstand vermitteln, deshalb hatte ich gedacht, daß du den Inhalt kennst.« – »Ich bekam«, sagte Barnabas, »nur den Auftrag, den Brief zu übergeben, zu warten, bis er gelesen ist und, wenn es dir nötig scheint, eine mündliche oder schriftliche Antwort zurückzubringen.« – »Gut«, sagte K., »es bedarf keines Schreibens, richte dem Herrn Vorstand – wie heißt er denn? Ich konnte die Unterschrift nicht lesen.« – »Klamm«, sagte Barnabas. »Richte also Herrn Klamm meinen Dank für die Aufnahme aus wie auch für seine besondere Freundlichkeit, die ich als einer, der sich hier noch gar nicht bewährt hat, zu schätzen weiß. Ich werde mich vollständig nach seinen Absichten verhalten. Besondere Wünsche habe ich heute nicht.« Barnabas, der genau aufgemerkt hatte, bat, den Auftrag vor K. wiederholen zu dürfen. K. erlaubte es, Barnabas wiederholte alles wortgetreu. Dann stand er auf, um sich zu verabschieden.

Die ganze Zeit über hatte K. sein Gesicht geprüft, nun tat er es zum letztenmal. Barnabas war etwa so groß wie K., trotzdem schien sein Blick sich zu K. zu senken, aber fast demütig geschah das, es war unmöglich, daß dieser Mann jemanden beschämte. Freilich, er war nur ein Bote, kannte nicht den Inhalt der Briefe, die er auszutragen hatte, aber auch sein Blick, sein Lächeln, sein Gang schien eine Botschaft zu sein, mochte er auch von dieser nichts wissen. Und K. reichte ihm die Hand, was ihn offenbar überraschte, denn er hatte sich nur verneigen wollen.

Gleich, als er gegangen war – vor dem Öffnen der Türe hatte er noch ein wenig mit der Schulter an der Tür gelehnt und mit einem Blick, der keinem einzelnen mehr galt, die Stube umfaßt –, sagte K. zu den Gehilfen: »Ich hole aus dem Zimmer meine Aufzeichnungen, dann besprechen wir die nächste Arbeit.« Sie wollten mitgehen. »Bleibt!« sagte K. Sie wollten noch immer mitgehen. Noch strenger mußte K. den Befehl wiederholen. Im Flur war Barnabas nicht mehr. Aber er war doch eben jetzt weggegangen. Doch auch vor dem Haus – neuer Schnee fiel – sah K. ihn nicht. Er rief: »Barnabas!« Keine Antwort. Sollte er noch im Haus sein? Es schien keine andere Möglichkeit zu geben. Trotzdem schrie K. noch aus aller Kraft den Namen. Der Name donnerte durch die Nacht. Und aus der Ferne kam nun doch eine schwache Antwort. So weit war also Barnabas schon. K. rief ihn zurück und ging ihm gleichzeitig entgegen; wo sie einander trafen, waren sie vom Wirtshaus nicht mehr zu sehen.

»Barnabas«, sagte K. und konnte ein Zittern seiner Stimme nicht bezwingen, »ich wollte dir noch etwas sagen. Ich merke dabei, daß es doch recht schlecht eingerichtet ist, daß ich nur auf dein zufälliges Kommen angewiesen bin, wenn ich etwas aus dem Schloß brauche. Wenn ich dich jetzt nicht zufällig noch erreicht hätte – wie du fliegst, ich dachte du wärest noch im Haus –, wer weiß, wie lange ich auf dein nächstes Erscheinen hätte warten müssen.« – »Du kannst ja«, sagte Barnabas, »den Vorstand bitten, daß ich immer zu bestimmten, von dir angegebenen Zeiten komme.« – »Auch das würde nicht genügen«, sagte K., »vielleicht will ich ein Jahr lang gar nichts sagen lassen, aber gerade eine Viertelstunde nach deinem Weggehen etwas Unaufschiebbares.« – »Soll ich also«, sagte Barnabas, »dem Vorstand melden, daß zwischen ihm und dir eine andere Verbindung hergestellt werden soll als durch mich?« – »Nein, nein«, sagte K., »ganz und gar nicht, ich erwähnte diese Sache nur nebenbei, diesmal habe ich dich ja noch glücklich erreicht.« – »Wollen wir«, sagte Barnabas, »ins Wirtshaus zurückgehen, damit du mir dort den neuen Auftrag geben kannst?« Schon hatte er einen Schritt weiter zum Haus hin gemacht. »Barnabas«, sagte K., »es ist nicht nötig, ich gehe ein Stückchen Wegs mit dir.« – »Warum willst du nicht ins Wirtshaus gehen?« fragte Barnabas. »Die Leute stören mich dort«, sagte K., »die Zudringlichkeit der Bauern hast du selbst gesehen.« – »Wir können in dein Zimmer gehen«, sagte Barnabas. »Es ist das Zimmer der Mägde«, sagte K., »schmutzig und dumpf –, um dort nicht bleiben zu müssen, wollte ich ein wenig mit dir gehen; du mußt nur«, fügte K. hinzu, um sein Zögern endgültig zu überwinden, »mich in dich einhängen lassen, denn du gehst sicherer.« Und K. hing sich an seinen Arm. Es war ganz finster, sein Gesicht sah K. gar nicht, seine Gestalt undeutlich, den Arm hatte er, schon ein Weilchen vorher, zu ertasten gesucht.

Barnabas gab nach, sie entfernten sich vom Wirtshaus. Freilich fühlte K., daß er trotz größter Anstrengung gleichen Schritt mit Barnabas zu halten nicht imstande war, seine freie Bewegung hinderte, und daß unter gewöhnlichen Umständen schon an dieser Nebensächlichkeit alles scheitern müsse, gar in Seitengassen wie jener, wo K. am Vormittag im Schnee versunken war und aus der er nur von Barnabas getragen herauskommen konnte. Doch hielt er solche Besorgnisse jetzt von sich fern, auch tröstete es ihn, daß Barnabas schwieg; wenn sie schweigend gingen, dann konnte doch auch für Barnabas nur das Weitergehen selbst den Zweck ihres Beisammenseins bilden.

Sie gingen, aber K. wußte nicht, wohin; nichts konnte er erkennen. Nicht einmal, ob sie schon an der Kirche vorübergekommen waren, wußte er. Durch die Mühe, welche ihm das bloße Gehen verursachte, geschah es, daß er seine Gedanken nicht beherrschen konnte. Statt auf das Ziel gerichtet zu bleiben, verwirrten sie sich. Immer wieder tauchte die Heimat auf, und Erinnerungen an sie erfüllten ihn. Auch dort stand auf dem Hauptplatz eine Kirche, zum Teil war sie von einem alten Friedhof und dieser von einer hohen Mauer umgeben. Nur sehr wenige Jungen hatten diese Mauer erklettert, auch K. war es noch nicht gelungen. Nicht Neugier trieb sie dazu, der Friedhof hatte vor ihnen kein Geheimnis mehr. Durch seine kleine Gittertür waren sie schon oft hineingekommen, nur die glatte, hohe Mauer wollten sie bezwingen. An einem Vormittag – der stille, leere Platz war von Licht überflutet, wann hatte K. ihn je früher oder später so gesehen? – gelang es ihm überraschend leicht; an einer Stelle, wo er schon oft abgewiesen worden war, erkletterte er, eine kleine Fahne zwischen den

Zähnen, die Mauer im ersten Anlauf. Noch rieselte Gerölle unter ihm ab, schon war er oben. Er rammte die Fahne ein, der Wind spannte das Tuch, er blickte hinunter und in die Runde, auch über die Schulter hinweg, auf die in der Erde versinkenden Kreuze; niemand war jetzt und hier größer als er. Zufällig kam dann der Lehrer vorüber, trieb K. mit einem ärgerlichen Blick hinab. Beim Absprung verletzte sich K. am Knie, nur mit Mühe kam er nach Hause, aber auf der Mauer war er doch gewesen. Das Gefühl dieses Sieges schien ihm damals für ein langes Leben einen Halt zu geben, was nicht ganz töricht gewesen war, denn jetzt, nach vielen Jahren in der Schneenacht am Arm des Barnabas, kam es ihm zu Hilfe.

Er hing sich fester ein, fast zog ihn Barnabas, das Schweigen wurde nicht unterbrochen. Von dem Weg wußte K. nur, daß sie, nach dem Zustand der Straße zu schließen, noch in keine Seitengasse eingebogen waren. Er gelobte sich, durch keine Schwierigkeit des Weges oder gar durch die Sorge um den Rückweg sich vom Weitergehen abhalten zu lassen. Um schließlich weitergeschleift werden zu können, würde seine Kraft wohl noch ausreichen. Und konnte denn der Weg unendlich sein? Bei Tag war das Schloß wie ein leichtes Ziel vor ihm gelegen, und der Bote kannte gewiß den kürzesten Weg.

Da blieb Barnabas stehen. Wo waren sie? Ging es nicht mehr weiter? Würde Barnabas K. verabschieden? Es würde ihm nicht gelingen. K. hielt Barnabas' Arm fest, daß es ihn fast selbst schmerzte. Oder sollte das Unglaubliche geschehen sein, und sie waren schon im Schloß oder vor seinen Toren? Aber sie waren ja, soweit K. wußte, gar nicht gestiegen. Oder hatte ihn Barnabas einen so unmerklich ansteigenden Weg geführt? »Wo sind wir?« fragte K. leise, mehr sich als ihn. »Zu Hause«, sagte Barnabas ebenso. »Zu Hause?« – »Jetzt aber gib acht, Herr, daß du nicht ausgleitest. Der Weg geht abwärts.« – »Abwärts?« – »Es sind nur ein paar Schritte«, fügte er hinzu, und schon klopfte er an eine Tür.

Ein Mädchen öffnete; sie standen an der Schwelle einer großen Stube fast im Finstern, denn nur über einem Tisch links im Hintergrunde hing eine winzige Öllampe. »Wer kommt mit dir, Barnabas?« fragte das Mädchen. »Der Landvermesser«, sagte er. »Der Landvermesser«, wiederholte das Mädchen lauter zum Tisch hin. Daraufhin erhoben sich dort zwei alte Leute, Mann und Frau, und noch ein Mädchen. Man begrüßte K., Barnabas stellte ihm alle vor, es waren seine Eltern und seine Schwestern Olga und Amalia. K. sah sie kaum an, man nahm ihm den nassen Rock ab, um ihn beim Ofen zu trocknen. K. ließ es geschehen.

Also nicht sie waren zu Hause, nur Barnabas war zu Hause. Aber warum waren sie hier? K. nahm Barnabas zur Seite und fragte: »Warum bist du nach Hause gegangen? Oder wohnt ihr schon im Bereich des Schlosses?« – »Im Bereich des Schlosses?« wiederholte Barnabas, als verstehe er K. nicht. »Barnabas«, sagte K., »du wolltest doch aus dem Wirtshaus ins Schloß gehen.« – »Nein, Herr«, sagte Barnabas, »ich wollte nach Hause gehen; ich gehe erst früh ins Schloß, ich schlafe niemals dort.« – »So«, sagte K., »du wolltest nicht ins Schloß gehen, nur hierher.« – Matter schien ihm sein Lächeln, unscheinbarer er selbst. – »Warum hast du mir das nicht gesagt?« – »Du hast mich nicht gefragt, Herr«, sagte Barnabas, »du wolltest mir nur noch einen Auftrag geben, aber weder in der Wirtsstube noch in deinem Zimmer, da dachte ich, du könntest mir den Auftrag ungestört hier bei meinen Eltern geben. Sie werden sich alle gleich entfernen, wenn du es befiehlst; auch könntest du, wenn es dir bei uns besser gefällt, hier übernachten. Habe ich nicht recht getan?« K. konnte nicht antworten. Ein Mißverständnis war es also gewesen, ein gemeines, niedriges Mißverständnis, und K. hatte sich ihm ganz hingegeben. Hatte sich bezaubern lassen von des Barnabas enger, seidenglänzender Jacke, die dieser jetzt aufknöpfte und unter der ein grobes, grauschmutziges, viel geflicktes Hemd erschien über der mächtigen, kantigen Brust eines Knechtes. Und alles ringsum entsprach dem nicht nur, überbot es noch, der alte, gichtische Vater, der mehr mit Hilfe der tastenden Hände als der sich langsam schiebenden, steifen Beine vorwärts kam, die Mutter mit auf der Brust gefalteten Händen, die wegen ihrer Fülle auch nur die winzigsten Schritte machen konnte. Beide, Vater und Mutter, gingen schon, seitdem K. eingetreten war, aus ihrer Ecke auf ihn zu und hatten ihn noch lange nicht erreicht. Die Schwestern, Blondinen, einander und dem Barnabas ähnlich, aber mit härteren Zügen als Barnabas, große, starke Mägde, umstanden die Ankömmlinge und erwarteten von K. irgendein Begrüßungswort. Er konnte aber nichts sagen; er hatte geglaubt, hier im Dorf habe jeder für ihn Bedeutung, und es war wohl auch so, nur gerade diese Leute hier bekümmerten ihn gar nicht. Wäre er imstande gewesen, allein den Weg ins Wirtshaus zu bewältigen, er wäre gleich fortgegangen. Die Möglichkeit, früh mit Barnabas ins Schloß zu gehen, lockte ihn gar nicht. Jetzt in der Nacht, unbeachtet, hätte er ins Schloß dringen wollen, von Barnabas geführt, aber von jenem Barnabas, wie er ihm bisher erschienen war, einem Mann, der ihm näher war als alle, die er bisher hier gesehen hatte, und von dem er gleichzeitig geglaubt hatte, daß er weit über seinen sichtbaren Rang hinaus eng mit dem Schloß verbunden war. Mit dem Sohn dieser Familie aber, zu der er völlig gehörte und mit der er schon beim Tisch saß, mit einem Mann, der bezeichnenderweise nicht einmal im Schloß schlafen durfte, an seinem Arm am hellen Tag ins Schloß zu gehen, war unmöglich, war ein lächerlich hoffnungsloser Versuch.

K. setzte sich auf eine Fensterbank, entschlossen, dort auch die Nacht zu verbringen und keinen Dienst sonst von der Familie in Anspruch zu nehmen. Die Leute aus dem Dorf, die ihn wegschickten oder die vor ihm Angst hatten, schienen ihm ungefährlicher, denn sie verwiesen ihn im Grund auf ihn selbst, halfen ihm, seine Kräfte gesammelt zu halten; solche scheinbare Helfer aber, die ihn, statt ins Schloß, dank einer kleinen Maskerade, in ihre Familien führten, lenkten ihn ab, ob sie nun wollten oder nicht, arbeiteten an der Zerstörung seiner Kräfte. Einen einladenden Zuruf vom Familientisch beachtete er gar nicht, mit gesenktem Kopf blieb er auf seiner Bank.

Da stand Olga auf, die sanftere der Schwestern, auch eine Spur mädchenhafter Verlegenheit zeigte sie, kam zu K. und bat ihn, zum Tisch zu kommen. Brot und Speck sei dort vorbereitet, Bier werde sie noch holen. »Von wo?« fragte K. »Aus dem Wirtshaus«, sagte sie. Das war K. sehr willkommen. Er bat sie, kein Bier zu holen, aber ihn ins Wirtshaus zu begleiten, er habe dort noch wichtige Arbeiten liegen. Es stellte sich nun aber heraus, daß sie nicht so weit, nicht in sein Wirtshaus gehen wollte, sondern in ein anderes, viel näheres, den Herrenhof. Trotzdem bat K., sie begleiten zu dürfen, vielleicht, so dachte er, findet sich dort eine Schlafgelegenheit; wie sie auch sein mochte, er hätte sie dem besten Bett hier im Hause vorgezogen. Olga antwortete nicht gleich, blickte sich nach dem Tisch um. Dort war der Bruder aufgestanden, nickte bereitwillig und sagte: »Wenn der Herr es wünscht.« Fast hätte K. diese Zustimmung dazu bewegen können, seine Bitte zurückzuziehen, nur Wertlosem konnte jener zustimmen. Aber als nun die Frage besprochen wurde, ob man K. in das Wirtshaus einlassen werde, und alle daran zweifelten, bestand er doch dringend darauf, mitzugehen, ohne sich aber die Mühe zu nehmen, einen verständlichen Grund für seine Bitte zu erfinden; diese Familie mußte ihn hinnehmen, wie er war, er hatte gewissermaßen kein Schamgefühl vor ihr. Darin beirrte ihn nur Amalia ein wenig mit ihrem ernsten, geraden, unrührbaren, vielleicht auch etwas stumpfen Blick.

Auf dem kurzen Weg ins Wirtshaus – K. hatte sich in Olga eingehängt und wurde von ihr, er konnte sich nicht anders helfen, fast so gezogen wie früher von ihrem Bruder – erfuhr er, daß dieses Wirtshaus eigentlich nur für Herren aus dem Schloß bestimmt sei, die dort, wenn sie etwas im Dorf zu tun hätten, äßen und sogar manchmal übernachteten. Olga sprach mit K. leise und wie vertraut, es war angenehm, mit ihr zu gehen, fast so wie mit dem Bruder. K. wehrte sich gegen das Wohlgefühl, aber es bestand.

Das Wirtshaus war äußerlich sehr ähnlich dem Wirtshaus, in dem K. wohnte. Es gab im Dorf wohl überhaupt keine großen äußeren Unterschiede, aber kleine Unterschiede waren doch gleich zu merken, die Vortreppe hatte ein Geländer, eine schöne Laterne war über der Tür befestigt. Als sie eintraten, flatterte ein Tuch über ihren Köpfen, es war eine Fahne mit den gräflichen Farben. Im Flur begegnete ihnen gleich, offenbar auf einem beaufsichtigenden Rundgang befindlich, der Wirt; mit kleinen Augen, prüfend oder schläfrig, sah er K. im Vorübergehen an und sagte: »Der Herr Landvermesser darf nur bis in den Ausschank gehen.« – »Gewiß«, sagte Olga, die sich K.s gleich annahm, »er begleitet mich nur.« K. aber, undankbar, machte sich von Olga los und nahm den Wirt beiseite. Olga wartete unterdessen geduldig am Ende des Flurs. »Ich möchte hier gerne übernachten«, sagte K. »Das ist leider unmöglich«, sagte der Wirt. »Sie scheinen es noch nicht zu wissen. Das Haus ist ausschließlich für die Herren vom Schloß bestimmt.« – »Das mag Vorschrift sein«, sagte K., »aber mich irgendwo in einem Winkel schlafen zu lassen, ist gewiß möglich.« – »Ich würde Ihnen außerordentlich gern entgegenkommen«, sagte der Wirt, »aber auch abgesehen von der Strenge der Vorschrift, über die Sie nach Art eines Fremden sprechen, ist es auch deshalb undurchführbar, weil die Herren äußerst empfindlich sind; ich bin überzeugt, daß sie unfähig sind, wenigstens unvorbereitet, den Anblick eines Fremden zu ertragen; wenn ich Sie also hier übernachten ließe und Sie durch einen Zufall – und die Zufälle sind immer auf seiten der Herren – entdeckt würden, wäre nicht nur ich verloren, sondern auch Sie selbst. Es klingt lächerlich, aber es ist wahr.« Dieser hohe, fest zugeknöpfte Herr, der, die eine Hand gegen die Wand gestemmt, die andere in die

Hüfte, die Beine gekreuzt, ein wenig zu K. herabgeneigt, vertraulich zu ihm sprach, schien kaum mehr zum Dorf zu gehören, wenn auch noch sein dunkles Kleid nur bäuerisch festlich aussah. »Ich glaube Ihnen vollkommen«, sagte K., »und auch die Bedeutung der Vorschrift unterschätze ich gar nicht, wenn ich mich auch ungeschickt ausgedrückt habe. Nur auf eines will ich Sie noch aufmerksam machen; ich habe im Schloß wertvolle Verbindungen und werde noch wertvollere bekommen, sie sichern Sie gegen jede Gefahr, die durch mein Übernachten hier entstehen könnte, und bürgen Ihnen dafür, daß ich imstande bin, für eine kleine Gefälligkeit vollwertig zu danken.« – »Ich weiß«, sagte der Wirt und wiederholte nochmals: »Das weiß ich.« Nun hätte K. sein Verlangen nachdrücklich stellen können, aber gerade diese Antwort des Wirtes zerstreute ihn, deshalb fragte er nur: »Übernachten heute viele Herren vom Schloß hier?« – »In dieser Hinsicht ist es heute vorteilhaft«, sagte der Wirt gewissermaßen lockend. »Es ist nur ein Herr geblieben.« Noch immer konnte K. nicht drängen, hoffte nun auch schon, fast aufgenommen zu sein; so fragte er nur noch nach dem Namen des Herrn. »Klamm«, sagte der Wirt nebenbei, während er sich nach seiner Frau umdrehte, welche in sonderbar abgenützten, veralteten, mit Rüschen und Falten überladenen, aber feinen städtischen Kleidern herangerauscht kam. Sie wollte den Wirt holen, der Herr Vorstand habe irgendeinen Wunsch. Ehe der Wirt aber ging, wandte er sich noch an K., als habe nicht mehr er selbst, sondern K. wegen des Übernachtens zu entscheiden. K. konnte aber nichts sagen, besonders der Umstand, daß gerade sein Vorgesetzter hier war, verblüffte ihn. Ohne daß er es sich selbst ganz erklären konnte, fühlte er sich Klamm gegenüber nicht so frei wie sonst gegenüber dem Schloß; von ihm hier ertappt zu werden, wäre für K. zwar kein Schrecken im Sinne des Wirtes, aber doch eine peinliche Unzukömmlichkeit gewesen, so etwa, als würde er jemandem, dem er zu Dankbarkeit verpflichtet war, leichtsinnig einen Schmerz bereiten; dabei bedrückte es ihn schwer, zu sehen, daß sich in solcher Bedenklichkeit offenbar schon die gefürchteten Folgen des Untergeordnetseins, des Arbeiterseins, zeigten und daß er nicht einmal hier, wo sie deutlich auftraten, imstande war, sie niederzukämpfen. So stand er, zerbiß sich die Lippen und sagte nichts. Noch einmal, ehe der Wirt in einer Tür verschwand, sah er zu K. zurück. Dieser sah ihm nach und ging nicht von der Stelle, bis Olga kam und ihn fortzog. »Was wolltest du vom Wirt?« fragte Olga. »Ich wollte hier übernachten«, sagte K. »Du wirst doch bei uns übernachten«, sagte Olga verwundert. »Ja, gewiß«, sagte K. und überließ ihr die Deutung der Worte.

DAS DRITTE KAPITEL

Im Ausschank, einem großen, in der Mitte völlig leeren Zimmer, saßen an den Wänden bei Fässern und auf ihnen einige Bauern, die aber anders aussahen als die Leute in K.s Wirtshaus. Sie waren reinlicher und einheitlicher in graugelblichen, groben Stoff gekleidet, die Jacken waren gebauscht, die Hosen anliegend. Es waren kleine, auf den ersten Blick einander sehr ähnliche Männer mit flachen, knochigen und doch rundwangigen Gesichtern. Alle waren ruhig und bewegten sich kaum, nur mit den Blicken verfolgten sie die Eintretenden, aber langsam und gleichgültig. Trotzdem übten sie, weil es so viele waren und weil es so still war, eine gewisse Wirkung auf K. aus. Er nahm wieder Olgas Arm, um damit den Leuten sein Hiersein zu erklären. In einer Ecke erhob sich ein Mann, ein Bekannter Olgas, und wollte auf sie zugehen, aber K. drehte sie mit dem eingehängten Arm in eine andere Richtung. Niemand außer ihr konnte es bemerken, sie duldete es mit einem lächelnden Seitenblick.

Das Bier wurde von einem jungen Mädchen ausgeschenkt, das Frieda hieß. Ein unscheinbares, kleines, blondes Mädchen mit traurigen Augen und mageren Wangen, das aber durch ihren Blick überraschte, einen Blick von besonderer Überlegenheit. Als dieser Blick auf K. fiel, schien es ihm, daß dieser Blick schon K. betreffende Dinge erledigt hatte, von deren Vorhandensein er selbst noch gar nicht wußte, von deren Vorhandensein aber der Blick ihn überzeugte. K. hörte nicht auf, Frieda von der Seite anzusehen, auch als sie schon mit Olga sprach. Freundinnen schienen Olga und Frieda nicht zu sein, sie wechselten nur wenige kalte Worte. K. wollte nachhelfen und fragte deshalb unvermittelt: »Kennen Sie Herrn Klamm?« Olga lachte auf. »Warum lachst du?« fragte K. ärgerlich. »Ich lache doch nicht«, sagte sie, lachte aber weiter. »Olga ist noch ein recht kindisches Mädchen«, sagte K. und beugte sich weit über den Schreibtisch, um nochmals Friedas Blick fest auf sich zu ziehen. Sie aber hielt ihn gesenkt und sagte leise: »Wollen Sie Herrn Klamm sehen?« K. bat darum. Sie zeigte auf eine Tür, gleich links neben sich. »Hier ist ein kleines Guckloch, hier können Sie durchsehen.« – »Und die Leute hier?« fragte K. Sie warf die Unterlippe auf und zog K. mit einer ungemein weichen Hand zur Tür. Durch das kleine Guckloch, das offenbar zu Beobachtungszwecken gebohrt worden war, übersah er fast das gesamte Nebenzimmer.

An einem Schreibtisch in der Mitte des Zimmers, in einem bequemen Rundlehnstuhl, saß, grell von einer vor ihm niederhängenden Glühlampe beleuchtet, Herr Klamm. Ein mittelgroßer, dicker, schwerfälliger Herr. Das Gesicht war noch glatt, aber die Wangen senkten sich doch schon mit dem Gewicht des Alters ein wenig hinab. Der schwarze Schnurrbart war lang ausgezogen. Ein schief aufgesetzter, spiegelnder Zwicker verdeckte die Augen. Wäre Herr Klamm völlig beim Tisch gesessen, hätte K. nur sein Profil gesehen; da ihm aber Klamm stark zugedreht war, sah er ihm voll ins Gesicht. Den linken Ellbogen hatte Klamm auf dem Tisch liegen, die rechte Hand, in der er eine Virginia hielt, ruhte auf dem Knie. Auf dem Tisch stand ein Bierglas; da die Randleiste des Tisches hoch war, konnte K. nicht genau sehen, ob dort irgendwelche Schriften lagen, es schien ihm aber, als wäre er leer. Der Sicherheit halber bat er Frieda, durch das Loch zu schauen und ihm darüber Auskunft zu geben. Da sie aber vor kurzem im Zimmer gewesen war, konnte sie K. ohne weiteres bestätigen, daß dort keine Schriften lagen. K. fragte Frieda, ob er schon weggehen müsse, sie aber sagte, er könne hindurchschauen, solange er Lust habe. K. war jetzt mit Frieda allein, Olga hatte, wie er flüchtig feststellte, doch den Weg zu ihrem Bekannten gefunden, saß hoch auf einem Faß und strampelte mit den Füßen. »Frieda«, sagte K. flüsternd, »kennen Sie Herrn Klamm sehr gut?« – »Ach ja«, sagte sie. »Sehr gut.« Sie lehnte neben K. und ordnete spielerisch, wie K. jetzt erst auffiel, ihre leichte, ausgeschnittene, cremefarbige Bluse, die wie fremd auf ihrem armen Körper lag. Dann sagte sie: »Erinnern Sie sich nicht an Olgas Lachen?« – »Ja, die Unartige«, sagte K. »Nun«, sagte sie versöhnlich, »es war Grund zum Lachen. Sie fragten, ob ich Klamm kenne, und ich bin doch« – hier richtete sie sich unwillkürlich ein wenig auf, und wieder ging ihr sieghafter, mit dem, was gesprochen wurde, gar nicht zusammenhängender Blick über K. hin –, »ich bin doch seine Geliebte.« – »Klamms Geliebte«, sagte K. Sie nickte. »Dann sind Sie«, sagte K. lächelnd, um nicht allzuviel Ernst zwischen ihnen aufkommen zu lassen, »für mich eine respektable Person.« – »Nicht nur für Sie«, sagte Frieda freundlich, aber ohne sein Lächeln aufzunehmen. K. hatte ein Mittel gegen ihren Hochmut und wandte es an; er fragte: »Waren Sie schon im Schloß?« Es verfing aber nicht, denn sie antwortete: »Nein, aber ist es nicht genug, daß ich hier im Ausschank bin?« Ihr Ehrgeiz war offenbar toll, und gerade an K., so schien es, wollte sie ihn sättigen. »Freilich«, sagte K., »hier im Ausschank, Sie verstehen ja die Arbeit des Wirtes.« – »So ist es«, sagte sie, »und begonnen habe ich als Stallmagd im Wirtshaus ›Zur Brücke‹.« – »Mit diesen zarten Händen?« sagte K. halb fragend, und wußte selbst nicht, ob er nur schmeichelte oder auch wirklich von ihr bezwungen war. Ihre Hände allerdings waren klein und zart; aber man hätte sie auch schwach und nichtssagend nennen können. »Darauf hat damals niemand geachtet«, sagte sie, »und selbst jetzt –« K. sah sie fragend an. Sie schüttelte den Kopf und wollte nicht weiterreden. »Sie haben natürlich«, sagte K., »Ihre Geheimnisse, und Sie werden über sie nicht mit jemandem reden, den Sie eine halbe Stunde lang kennen und der noch keine Gelegenheit hatte, Ihnen zu erzählen, wie es sich eigentlich mit ihm verhält.« Das war nun aber, wie sich zeigte, eine unpassende Bemerkung, es war, als hätte er Frieda aus einem ihm günstigen Schlummer geweckt. Sie nahm aus der Ledertasche, die sie am Gürtel hängen hatte, ein Hölzchen, verstopfte damit das Guckloch, sagte zu K., sichtbar sich bezwingend, um ihn von der Änderung ihrer Gesinnung nichts merken zu lassen: »Was Sie betrifft, so weiß ich doch alles, Sie sind der Landvermesser«, fügte dann hinzu: »Nun muß ich aber an die Arbeit«, und ging an ihren Platz hinter dem Ausschanktisch, während sich von den Leuten hier und da einer erhob, um sein leeres Glas von ihr füllen zu lassen. K. wollte noch einmal unauffällig mit ihr sprechen, nahm deshalb von einem Ständer ein leeres Glas und ging zu ihr. »Nur eines noch, Fräulein Frieda«, sagte er, »es ist außerordentlich und eine auserlesene Kraft ist dazu nötig, sich von einer Stallmagd zum Ausschankmädchen vorzuarbeiten, ist damit aber für einen solchen Menschen das endgültige Ziel erreicht? Unsinnige Frage. Aus Ihren Augen, lachen Sie mich nicht aus, Fräulein Frieda, spricht nicht so sehr der vergangene, als der zukünftige Kampf. Aber die Widerstände der Welt sind groß, sie werden größer mit den größeren Zielen, und es ist keine Schande, sich die Hilfe selbst eines kleinen, einflußlosen, aber ebenso kämpfenden Mannes zu sichern. Vielleicht könnten wir einmal in Ruhe miteinander sprechen, nicht von so vielen Augen angestarrt.« – »Ich weiß nicht, was Sie wollen«, sagte sie, und in ihrem Ton schienen diesmal gegen ihren Willen nicht die Siege ihres Lebens, sondern die unendlichen Enttäuschungen mitzuklingen. »Wollen Sie mich vielleicht von Klamm abziehen? Du lieber Himmel!« und sie schlug die Hände zusammen. »Sie haben mich durchschaut«, sagte K., wie ermüdet von soviel Mißtrauen, »gerade das war meine geheimste Absicht. Sie sollten Klamm verlassen und meine Geliebte werden. Und nun kann ich ja gehen. Olga!« rief K. »Wir gehen nach Hause.« Folgsam glitt Olga vom Faß, kam aber nicht gleich von den sie umringenden Freunden los. Da sagte Frieda leise, drohend K. anblickend: »Wann kann ich mit Ihnen sprechen?« – »Kann ich hier übernachten?« fragte K. »Ja«, sagte Frieda. »Kann ich gleich hierbleiben?« – »Gehen Sie mit Olga fort, damit ich die Leute hier wegschaffen kann. In einem Weilchen können Sie dann kommen.« – »Gut«, sagte K. und wartete ungeduldig auf Olga. Aber die Bauern ließen sie nicht, sie hatten einen Tanz erfunden, dessen Mittelpunkt Olga war, im Reigen tanzten sie herum, und immer bei einem gemeinsamen Schrei trat einer zu Olga, faßte sie mit einer Hand fest um die Hüften und wirbelte sie einige Male herum, der Reigen wurde immer schneller, die Schreie, hungrig, röchelnd, wurden allmählich fast ein einziger. Olga, die früher den Kreis hatte lachend durchbrechen wollen, taumelte nur noch mit aufgelöstem Haar von einem zum anderen. »Solche Leute schickt man mir her«, sagte Frieda und biß im Zorn an ihren dünnen Lippen. »Wer ist es?« fragte K. »Klamms Dienerschaft«, sagte Frieda. »Immer wieder bringt er dieses Volk mit, dessen Gegenwart mich zerrüttet. Ich weiß kaum, was ich heute mit Ihnen, Herr Landvermesser, gesprochen habe; war es etwas Böses, verzeihen Sie es, die Gegenwart dieser Leute ist schuld daran, sie sind das Verächtlichste und Widerlichste, was ich kenne, und ihnen muß ich das Bier in die Gläser füllen. Wie oft habe ich Klamm schon gebeten, sie zu Hause zu lassen; muß ich die Dienerschaft anderer Herren schon ertragen, er könnte doch Rücksicht auf mich nehmen, aber alles Bitten ist umsonst, eine Stunde vor seiner Ankunft stürmen sie immer schon herein, wie das Vieh in den Stall. Aber nun sollen sie wirklich in den Stall, in den sie gehören. Wären Sie nicht da, würde ich die Tür hier aufreißen, und Klamm selbst müßte sie hinaustreiben.« – »Hört er sie denn nicht?« fragte K. »Nein«, sagte Frieda. »Er schläft.« – »Wie!« rief K. »Er schläft? Als ich ins Zimmer gesehen habe, war er doch noch wach und saß beim Tisch.« – »So sitzt er noch immer«, sagte Frieda, »auch als Sie ihn gesehen haben, hat er schon geschlafen. Hätte ich Sie denn sonst hineinsehen lassen? Das war seine Schlafstellung, die Herren schlafen sehr viel, das kann man kaum verstehen. Übrigens, wenn er nicht so viel schliefe, wie könnte er diese Leute ertragen? Nun werde ich sie aber selbst hinaustreiben müssen.« Sie nahm eine Peitsche aus der Ecke und sprang mit einem einzigen hohen, nicht ganz sicheren Sprung, so wie etwa ein Lämmchen springt, auf die Tanzenden zu. Zuerst wandten sie sich gegen sie, als sei eine neue Tänzerin angekommen, und tatsächlich sah es einen Augenblick lang so aus, als wolle Frieda die Peitsche fallen lassen, aber dann hob sie sie wieder. »Im Namen Klamms«, rief sie, »in den Stall! Alle in den Stall!« Nun sahen sie, daß es ernst war; in einer für K. unverständlichen Angst begannen sie, in den Hintergrund zu drängen, unter dem Stoß der ersten ging dort eine Tür auf, Nachtluft wehte herein, alle verschwanden mit Frieda, die sie offenbar über den Hof in den Stall trieb.

In der nun plötzlich eingetretenen Stille aber hörte K. Schritte vom Flur. Um sich irgendwie zu sichern, sprang er hinter das Ausschankpult, unter welchem die einzige Möglichkeit sich zu verstecken war. Zwar war ihm der Aufenthalt im Ausschank nicht verboten, aber da er hier übernachten wollte, mußte er vermeiden, jetzt noch gesehen zu werden. Deshalb glitt er, als die Tür wirklich geöffnet wurde, unter den Tisch. Dort entdeckt zu werden war freilich auch nicht ungefährlich, immerhin war dann die Ausrede nicht unglaubwürdig, daß er sich vor den wildgewordenen Bauern versteckt habe. Es war der Wirt. »Frieda!« rief er und ging einige Male im Zimmer auf und ab.

Glücklicherweise kam Frieda bald und erwähnte K. nicht, klagte nur über die Bauern und ging, in dem Bestreben K. zu suchen, hinter das Pult. Dort konnte K. ihren Fuß berühren und fühlte sich von jetzt an sicher. Da Frieda K. nicht erwähnte, mußte es der Wirt schließlich tun. »Und wo ist der Landvermesser?« fragte er. Er war wohl überhaupt ein höflicher, durch den dauernden und verhältnismäßig freien Verkehr mit weit Höhergestellten fein erzogener Mann, aber mit Frieda sprach er in einer besonders achtungsvollen Art, das fiel vor allem deshalb auf, weil er trotzdem im Gespräch nicht aufhörte, Arbeitgeber gegenüber einer Angestellten zu sein, gegenüber einer recht kecken Angestellten überdies. »Den Landvermesser habe ich ganz vergessen«, sagte Frieda und setzte K. ihren kleinen Fuß auf die Brust. »Er ist wohl schon längst fortgegangen.« – »Ich habe ihn aber nicht gesehen«, sagte der Wirt, »und war fast die ganze Zeit über im Flur.« – »Hier ist er aber nicht«, sagte Frieda kühl. »Vielleicht hat er sich versteckt«, sagte der Wirt, »nach dem Eindruck, den ich von ihm hatte, ist ihm manches zuzutrauen.« – »Diese Kühnheit wird er doch wohl nicht haben«, sagte Frieda und drückte stärker ihren Fuß auf K. Etwas Fröhliches, Freies war in ihrem Wesen, was K. früher gar nicht bemerkt hatte, und es nahm ganz unwahrscheinlich überhand, als sie plötzlich lachend mit den Worten: »Vielleicht ist er hier unten versteckt«, sich zu K. hinabbeugte, ihn flüchtig küßte und wieder aufsprang und betrübt sagte: »Nein, er ist nicht hier.« Aber auch der Wirt gab Anlaß zum Erstaunen, als er nun sagte: »Es ist mir sehr unangenehm, daß ich nicht mit Bestimmtheit weiß, ob er fortgegangen ist. Es handelt sich nicht nur um Herrn Klamm, es handelt sich um die Vorschrift. Die Vorschrift gilt aber für Sie, Fräulein Frieda, so wie für mich. Für den Ausschank haften Sie, das übrige Haus werde ich noch durchsuchen. Gute Nacht! Angenehme Ruhe!« Er konnte das Zimmer noch gar nicht verlassen haben, schon hatte Frieda das elektrische Licht ausgedreht und war bei K. unter dem

Pult. »Mein Liebling! Mein süßer Liebling!« flüsterte sie, aber rührte K. gar nicht an, wie ohnmächtig vor Liebe lag sie auf dem Rücken und breitete die Arme aus, die Zeit war wohl unendlich vor ihrer glücklichen Liebe, sie seufzte mehr als sang irgendein kleines Lied. Dann schrak sie auf, da K. still in Gedanken blieb, und fing an, wie ein Kind ihn zu zerren: »Komm, hier unten erstickt man ja!« Sie umfaßten einander, der kleine Körper brannte in K.s Händen, sie rollten in einer Besinnungslosigkeit, aus der sich K. fortwährend, aber vergeblich, zu retten suchte, ein paar Schritte weit, schlugen dumpf an Klamms Tür und lagen dann in den kleinen Pfützen Biers und dem sonstigen Unrat, von dem der Boden bedeckt war. Dort vergingen Stunden, Stunden gemeinsamen Atems, gemeinsamen Herzschlags, Stunden, in denen K. immerfort das Gefühl hatte, er verirre sich oder er sei so weit in der Fremde, wie vor ihm noch kein Mensch, einer Fremde, in der selbst die Luft keinen Bestandteil der Heimatluft habe, in der man vor Fremdheit ersticken müsse und in deren unsinnigen Verlockungen man doch nichts tun könne als weiter gehen, weiter sich verirren. Und so war es wenigstens zunächst für ihn kein Schrecken, sondern ein tröstliches Aufdämmern, als aus Klamms Zimmer mit tiefer, befehlend-gleichgültiger Stimme nach Frieda gerufen wurde. »Frieda«, sagte K. in Friedas Ohr und gab so den Ruf weiter. In einem förmlich eingeborenen Gehorsam wollte Frieda aufspringen, aber dann besann sie sich, wo sie war, streckte sich, lachte still und sagte: »Ich werde doch nicht etwa gehen, niemals werde ich zu ihm gehen«. K. wollte dagegensprechen, wollte sie drängen, zu Klamm zu gehen, begann die Reste ihrer Bluse zusammenzusuchen, aber er konnte nichts sagen, allzu glücklich war er, Frieda in seinen Händen zu halten, allzu ängstlich-glücklich auch, denn es schien ihm, wenn Frieda ihn verlasse, verlasse ihn alles, was er habe. Und als sei Frieda gestärkt durch K.s Zustimmung, ballte sie die Faust, klopfte mit ihr an die Tür und rief: »Ich bin beim Landvermesser! Ich bin beim Landvermesser!« Nun wurde Klamm allerdings still. Aber K. erhob sich, kniete neben Frieda und blickte sich im trüben Vormorgenlicht um. Was war geschehen? Wo waren seine Hoffnungen? Was konnte er nun von Frieda erwarten, da alles verraten war? Statt vorsichtigst, entsprechend der Größe des Feindes und des Zieles, vorwärtszugehen, hatte er sich hier eine Nacht lang in den Bierpfützen gewälzt, deren Geruch jetzt betäubend war. »Was hast du getan?« sagte er vor sich hin. »Wir beide sind verloren.« – »Nein«, sagte Frieda, »nur ich bin verloren, doch ich habe dich gewonnen. Sei ruhig. Sieh aber, wie die zwei lachen.« – »Wer?« fragte K. und wandte sich um. Auf dem Pult saßen seine beiden Gehilfen, ein wenig übernächtig, aber fröhlich; es war die Fröhlichkeit, welche treue Pflichterfüllung gibt. »Was wollt ihr hier?« schrie K., als seien sie an allem schuld. Er suchte ringsherum die Peitsche, die Frieda abends gehabt hatte. »Wir mußten dich doch suchen«, sagten die Gehilfen, »da du nicht herunter zu uns in die Wirtsstube kamst; wir suchten dich dann bei Barnabas und fanden dich endlich hier. Hier sitzen wir die ganze Nacht. Leicht ist ja der Dienst nicht.« – »Ich brauche euch bei Tag, nicht in der Nacht«, sagte K., »fort mit euch.« – »Jetzt ist es ja Tag«, sagten sie und rührten sich nicht. Es war wirklich Tag, die Hoftüre wurde geöffnet, die Bauern mit Olga, die K. ganz vergessen hatte, strömten herein. Olga war lebendig wie am Abend, so übel auch ihre Kleider und Haare zugerichtet waren, schon in der Tür suchten ihre Augen K. »Warum bist du nicht mit mir nach Hause gegangen?« sagte sie, fast unter Tränen. »Wegen eines solchen Frauenzimmers!« sagte sie dann und wiederholte das einige Male. Frieda, die für einen Augenblick verschwunden war, kam mit einem kleinen Wäschebündel zurück. Olga trat traurig beiseite. »Nun können wir gehen«, sagte Frieda; es war selbstverständlich, daß sie das Wirtshaus »Zur Brücke« meinte, in das sie gehen sollten. K. mit Frieda, hinter ihnen die Gehilfen, das war der Zug. Die Bauern zeigten viel Verachtung für Frieda, es war selbstverständlich, weil sie sie bisher streng beherrscht hatte; einer nahm sogar einen Stock und tat so, als wolle er sie nicht fortlassen, ehe sie über den Stock springe; aber ihr Blick genügte, um ihn zu vertreiben. Draußen im Schnee atmete K. ein wenig auf. Das Glück, im Freien zu sein, war so groß, daß es diesmal die Schwierigkeit des Wegs erträglich machte; wäre K. allein gewesen, wäre er noch besser gegangen. Im Wirtshaus ging er gleich in sein Zimmer und legte sich aufs Bett, Frieda machte sich daneben auf dem Boden ein Lager zurecht. Die Gehilfen waren mit eingedrungen, wurden vertrieben, kamen dann aber durchs Fenster wieder herein. K. war zu müde, um sie nochmals zu vertreiben. Die Wirtin kam eigens herauf, um Frieda zu begrüßen, wurde von Frieda »Mütterchen« genannt; es gab eine unverständlich herzliche Begrüßung mit Küssen und langem Aneinanderdrücken. Ruhe war in dem Zimmerchen überhaupt wenig, öfters kamen auch die Mägde in ihren Männerstiefeln hereingepoltert, um irgend etwas zu bringen oder zu holen. Brauchten sie etwas aus dem mit verschiedenen Dingen vollgestopften Bett, zogen sie es rücksichtslos unter K. hervor. Frieda begrüßten sie als ihresgleichen. Trotz dieser Unruhe blieb doch K. im Bett, den ganzen Tag und die ganze Nacht. Kleine Handreichungen besorgte ihm Frieda. Als er am nächsten Morgen sehr erfrischt endlich aufstand, war es schon der vierte Tag seines Aufenthalts im Dorf.

DAS VIERTE KAPITEL

Er hätte gern mit Frieda vertraulich gesprochen, aber die Gehilfen, mit denen übrigens Frieda hie und da auch scherzte und lachte, hinderten ihn daran durch ihre bloße, aufdringliche Gegenwart. Anspruchsvoll waren sie allerdings nicht, sie hatten sich in einer Ecke auf dem Boden auf zwei alten Frauenröcken eingerichtet. Es war, wie sie mit Frieda besprachen, ihr Ehrgeiz, den Herrn Landvermesser nicht zu stören und möglichst wenig Raum zu brauchen, sie machten in dieser Hinsicht, immer freilich unter Lispeln und Kichern, verschiedene Versuche, verschränkten Armen und Beinen, kauerten sich gemeinsam zusammen, in der Dämmerung sah man in ihrer Ecke nur ein großes Knäuel. Trotzdem aber wußte man leider aus den Erfahrungen bei Tageslicht, daß es sehr aufmerksame Beobachter waren, immer zu K. herüberstarrten, sei es auch, daß sie in scheinbar kindlichem Spiel etwa ihre Hände als Fernrohre verwendeten und ähnlichen Unsinn trieben oder auch nur herüberblinzelten und hauptsächlich mit der Pflege ihrer Bärte beschäftigt schienen, an denen ihnen sehr viel gelegen war und die sie unzähligemal der Länge und Fülle nach miteinander verglichen und von Frieda beurteilen ließen.

Oft sah K. von seinem Bett aus dem Treiben der drei in völliger Gleichgültigkeit zu.

Als er sich nun kräftig genug fühlte, das Bett zu verlassen, eilten alle herbei, ihn zu bedienen. So kräftig, sich gegen ihre Dienste wehren zu können, war er noch nicht, er merkte, daß er dadurch in eine gewisse Abhängigkeit von ihnen geriet, die schlechte Folgen haben konnte, aber er mußte es geschehen lassen. Es war auch gar nicht sehr unangenehm, bei Tisch den guten Kaffee zu trinken, den Frieda geholt hatte, sich am Ofen zu wärmen, den Frieda geheizt hatte, die Gehilfen in ihrem Eifer und Ungeschick die Treppen hinab- und herauflaufen zu lassen, um Waschwasser, Seife, Kamm und Spiegel zu bringen und schließlich, weil K. einen leisen, dahin deutbaren Wunsch ausgesprochen hatte, auch ein Gläschen Rum.

Inmitten dieses Befehlens und Bedientwerdens sagte K., mehr aus behaglicher Laune als in der Hoffnung auf einen Erfolg: »Geht nun weg, ihr zwei, ich brauche vorläufig nichts mehr und will allein mit Fräulein Frieda sprechen.« Und als er nicht gerade Widerstand auf ihren Gesichtern sah, sagte er noch, um sie zu entschädigen: »Wir drei gehen dann zum Gemeindevorsteher, wartet unten in der Stube auf mich.« Merkwürdigerweise folgten sie, nur daß sie vor dem Weggehen noch sagten: »Wir könnten auch hier warten.« Und K. antwortete: »Ich weiß es, aber ich will es nicht.«

Ärgerlich aber und in gewissem Sinne doch auch willkommen war es K., als Frieda, die sich gleich nach dem Weggehen der Gehilfen auf seinen Schoß setzte, sagte: »Was hast du, Liebling, gegen die Gehilfen? Vor ihnen müssen wir keine Geheimnisse haben. Sie sind treu.« – »Ach, treu«, sagte K., »sie lauern mir fortwährend auf, es ist sinnlos, aber abscheulich.« – »Ich glaube dich zu verstehen«, sagte sie und hing sich an seinen Hals und wollte noch etwas sagen, konnte aber nicht weitersprechen; und weil der Sessel gleich neben dem Bette stand, schwankten sie hinüber und fielen hin. Dort lagen sie, aber nicht so hingegeben wie damals in der Nacht. Sie suchte etwas, und er suchte etwas, wütend, Grimassen schneidend, sich mit dem Kopf einbohrend in der Brust des anderen, suchten sie, und ihre Umarmungen und ihre sich aufwerfenden Körper machten sie nicht vergessen, sondern erinnerten sie an die Pflicht, zu suchen; wie Hunde verzweifelt im Boden scharren, so scharrten sie an ihren Körpern; und hilflos, enttäuscht, um noch letztes Glück zu holen, fuhren manchmal ihre Zungen breit über des anderen Gesicht. Erst die Müdigkeit ließ sie still und einander dankbar werden. Die Mägde kamen dann auch herauf. »Sieh, wie die hier liegen«, sagte eine und warf aus Mitleid ein Tuch über sie.

Als sich später K. aus dem Tuch freimachte und umhersah, waren – das wunderte ihn nicht – die Gehilfen wieder in ihrer Ecke, ermahnten, mit dem Finger auf K. zeigend, einer den anderen zum Ernst und salutierten; aber außerdem saß dicht beim

Bett die Wirtin und strickte an einem Strumpf, eine kleine Arbeit, welche wenig paßte zu ihrer riesigen, das Zimmer fast verdunkelnden Gestalt. »Ich warte schon lange«, sagte sie und hob ihr breites, von vielen Altersfalten durchzogenes, aber in seiner großen Masse doch noch glattes, vielleicht einmal schönes Gesicht. Die Worte klangen wie ein Vorwurf, ein unpassender, denn K. hatte ja nicht verlangt, daß sie komme. Er bestätigte daher nur durch Kopfnicken ihre Worte und setzte sich aufrecht. Auch Frieda stand auf, verließ aber K. und lehnte sich an den Sessel der Wirtin. »Könnte nicht, Frau Wirtin«, sagte K. zerstreut, »das, was Sie mir sagen wollen, aufgeschoben werden, bis ich vom Gemeindevorsteher zurückkomme. Ich habe eine wichtige Besprechung dort.« – »Diese ist wichtiger, glauben Sie mir, Herr Landvermesser«, sagte die Wirtin, »dort handelt es sich wahrscheinlich nur um eine Arbeit, hier aber handelt es sich um einen Menschen, um Frieda, meine liebe Magd.« – »Ach so«, sagte K., »dann freilich; nur weiß ich nicht, warum man diese Angelegenheit nicht uns beiden überläßt.« – »Aus Liebe, aus Sorge«, sagte die Wirtin und zog Friedas Kopf, die stehend nur bis zur Schulter der sitzenden Wirtin reichte, an sich. »Da Frieda zu Ihnen ein solches Vertrauen hat«, sagte K., »kann auch ich nicht anders. Und da Frieda erst vor kurzem meine Gehilfen treu genannt hat, so sind wir ja Freunde unter uns. Dann kann ich Ihnen also, Frau Wirtin, sagen, daß ich es für das beste halten würde, wenn Frieda und ich heiraten, und zwar sehr bald. Leider, leider werde ich Frieda dadurch nicht ersetzen können, was sie durch mich verloren hat, die Stellung im Herrenhof und die Freundschaft Klamms.« Frieda hob ihr Gesicht, ihre Augen waren voll Tränen, nichts von Sieghaftigkeit war in ihnen. »Warum ich? Warum bin ich gerade dazu ausersehen?« – »Wie?« fragten K. und die Wirtin gleichzeitig. »Sie ist verwirrt, das arme Kind«, sagte die Wirtin, »verwirrt vom Zusammentreffen zu vielen Glücks und Unglücks.« Und wie zur Bestätigung dieser Worte stürzte sich Frieda jetzt auf K., küßte ihn wild, als sei niemand sonst im Zimmer, und fiel dann weinend, immer noch ihn umarmend, vor ihm in die Knie. Während K. mit beiden Händen Friedas Haar streichelte, fragte er die Wirtin: »Sie scheinen mir recht zu geben?« – »Sie sind ein Ehrenmann«, sagte die Wirtin, auch sie hatte Tränen in der Stimme, sah ein wenig verfallen aus und atmete schwer; trotzdem fand sie noch die Kraft, zu sagen: »Es werden jetzt nur gewisse Sicherungen zu bedenken sein, die Sie Frieda geben müssen, denn wie groß auch nun meine Achtung vor Ihnen ist, so sind Sie doch ein Fremder, können sich auf niemanden berufen, Ihre häuslichen Verhältnisse sind hier unbekannt. Sicherungen sind also nötig, das werden Sie einsehen, lieber Herr Landvermesser, haben Sie doch selbst hervorgehoben, wieviel Frieda durch die Verbindung mit Ihnen immerhin auch verliert.« – »Gewiß, Sicherungen, natürlich«, sagte K., »die werden am besten wohl vor dem Notar gegeben werden, aber auch andere gräfliche Behörden werden sich ja vielleicht noch einmischen. Übrigens habe auch ich noch vor der Hochzeit unbedingt etwas zu erledigen. Ich muß mit Klamm sprechen.« – »Das ist unmöglich«, sagte Frieda, erhob sich ein wenig und drückte sich an K., »was für ein Gedanke!« – »Es muß sein«, sagte K. »Wenn es mir unmöglich ist, es zu erwirken, mußt du es tun.« – »Ich kann nicht, K., ich kann nicht«, sagte Frieda, »niemals wird

Klamm mit dir reden. Wie kannst du nur glauben, daß Klamm mit dir reden wird!« – »Und mit dir würde er reden?« fragte K. »Auch nicht«, sagte Frieda, »nicht mit dir, nicht mit mir, es sind bare Unmöglichkeiten.« Sie wandte sich an die Wirtin mit ausgebreiteten Armen: »Sehen Sie nur, Frau Wirtin, was er verlangt.« »Sie sind eigentümlich, Herr Landvermesser«, sagte die Wirtin und war erschreckend, wie sie jetzt aufrechter dasaß, die Beine auseinandergestellt, die mächtigen Knie vorgetrieben durch den dünnen Rock. »Sie verlangen Unmögliches.« – »Warum ist es unmöglich?« fragte K. »Das werde ich Ihnen erklären«, sagte die Wirtin in einem Ton, als sei diese Erklärung nicht etwa eine letzte Gefälligkeit, sondern schon die erste Strafe, die sie austeilte, »das werde ich Ihnen gern erklären. Ich gehöre zwar nicht zum Schloß und bin nur eine Frau und bin nur eine Wirtin, hier in einem Wirtshaus letzten Ranges – es ist nicht letzten Ranges, aber nicht weit davon –, und so könnte es sein, daß Sie meiner Erklärung nicht viel Bedeutung beilegen, aber ich habe in meinem Leben die Augen offen gehabt und bin mit vielen Leuten zusammengekommen und habe die ganze Last der Wirtschaft allein getragen, denn mein Mann ist zwar ein guter Junge, aber ein Gastwirt ist er nicht, und was Verantwortlichkeit ist, wird er nie begreifen. Sie zum Beispiel verdanken es doch nur seiner Nachlässigkeit – ich war an dem Abend schon müde zum Zusammenbrechen –, daß Sie hier im Dorf sind, daß Sie hier auf dem Bett in Frieden und Behagen sitzen.« – »Wie?« fragte K., aus einer gewissen Zerstreutheit aufwachend, aufgeregt mehr von der Neugierde als von Ärger. »Nur seiner Nachlässigkeit verdanken Sie es!« rief die Wirtin nochmals, mit gegen K. ausgestrecktem Zeigefinger. Frieda suchte sie zu beschwichtigen. »Was willst du«, sagte die Wirtin mit rascher Wendung des ganzen Leibes. »Der Herr Landvermesser hat mich gefragt, und ich muß ihm antworten. Wie soll er es denn sonst verstehen, was uns selbstverständlich ist, daß Herr Klamm niemals mit ihm sprechen wird, was sage ich ›wird‹, niemals mit ihm sprechen kann. Hören Sie, Herr Landvermesser! Herr Klamm ist ein Herr aus dem Schloß, das bedeutet schon an und für sich, ganz abgesehen von Klamms sonstiger Stellung, einen sehr hohen Rang. Was sind nun aber Sie, um dessen Heiratseinwilligung wir uns hier so demütig bewerben! Sie sind nicht aus dem Schloß, Sie sind nicht aus dem Dorfe, Sie sind nichts. Leider aber sind Sie doch etwas, ein Fremder, einer, der überzählig und überall im Weg ist, einer, wegen dessen man immerfort Scherereien hat, wegen dessen man die Mägde ausquartieren muß, einer, dessen Absichten unbekannt sind, einer, der unsere liebste kleine Frieda verführt hat und dem man sie leider zur Frau geben muß. Wegen alles dessen mache ich Ihnen ja im Grunde keine Vorwürfe. Sie sind, was Sie sind; ich habe in meinem Leben schon zuviel gesehen, als daß ich nicht noch diesen Anblick ertragen sollte. Nun aber stellen Sie sich vor, was Sie eigentlich verlangen. Ein Mann wie Klamm soll mit Ihnen sprechen! Mit Schmerz habe ich gehört, daß Frieda Sie hat durchs Guckloch schauen lassen, schon als sie das tat, war sie von Ihnen verführt. Sagen Sie doch, wie haben Sie überhaupt Klamms Anblick ertragen? Sie müssen nicht antworten, ich weiß es, Sie haben ihn sehr gut ertragen. Sie sind ja gar nicht imstande, Klamm wirklich zu sehen, das ist nicht Überhebung meinerseits, denn ich selbst bin es auch nicht imstande. Klamm soll mit Ihnen sprechen, aber er spricht doch nicht einmal mit Leuten aus dem Dorf, noch niemals hat er selbst mit jemandem aus dem Dorf gesprochen. Es war ja die große Auszeichnung Friedas, eine Auszeichnung, die mein Stolz sein wird bis an mein Ende, daß er wenigstens Friedas Namen zu rufen pflegte und daß sie zu ihm sprechen konnte nach Belieben und die Erlaubnis des Gucklochs bekam, gesprochen aber hat er auch mit ihr nicht. Und daß er Frieda manchmal rief, muß gar nicht die Bedeutung haben, die man dem gerne zusprechen möchte, er rief einfach den Namen ›Frieda‹ – wer kennt seine Absichten? –, daß Frieda natürlich eilends kam, war ihre Sache, und daß sie ohne Widerspruch zu ihm gelassen wurde, war Klamms Güte, aber daß er sie geradezu gerufen hätte, kann man nicht behaupten. Freilich, nun ist auch das, was war, für immer dahin. Vielleicht wird Klamm noch den Namen ›Frieda‹ rufen, das ist möglich, aber zugelassen wird sie zu ihm gewiß nicht mehr, ein Mädchen, das sich mit Ihnen abgegeben hat. Und nur eines, nur eines kann ich nicht verstehen mit meinem armen Kopf, daß ein Mädchen, von dem man sagte, es sei Klamms Geliebte – ich halte das übrigens für eine sehr übertriebene Bezeichnung –, sich von Ihnen auch nur berühren ließ.«

»Gewiß, das ist merkwürdig«, sagte K., und nahm Frieda, die sich, wenn auch mit gesenktem Kopf, gleich fügte, zu sich auf den Schoß, »es beweist aber, glaube ich, daß sich auch sonst nicht alles genauso verhält, wie Sie glauben. So haben Sie zum Beispiel gewiß recht, wenn Sie sagen, daß ich vor Klamm ein Nichts bin; und wenn ich jetzt auch verlange, mit Klamm zu sprechen, und nicht einmal durch Ihre Erklärungen davon abgebracht bin, so ist damit noch nicht gesagt, daß ich imstande bin, den Anblick Klamms ohne dazwischenstehende Tür auch nur zu ertragen, und ob ich nicht schon bei seinem Erscheinen aus dem Zimmer renne. Aber eine solche, wenn auch berechtigte Befürchtung ist für mich noch kein Grund, die Sache nicht doch zu wagen. Gelingt es mir aber, ihm standzuhalten, dann ist es gar nicht nötig, daß er mit mir spricht, es genügt mir, wenn ich den Eindruck sehe, den meine Worte auf ihn machen, und machen sie keinen oder hört er sie gar nicht, habe ich doch den Gewinn, frei vor einem Mächtigen gesprochen zu haben. Sie aber, Frau Wirtin, mit Ihrer großen Lebens- und Menschenkenntnis, und Frieda, die noch gestern Klamms Geliebte war – ich sehe keinen Grund, von diesem Wort abzugehen –, können mir gewiß leicht die Gelegenheit verschaffen, mit Klamm zu sprechen; ist es auf keine andere Weise möglich, dann eben im Herrenhof, vielleicht ist er auch heute noch dort.«

»Es ist unmöglich«, sagte die Wirtin, »und ich sehe, daß Ihnen die Fähigkeit fehlt, es zu begreifen. Aber sagen Sie doch, worüber wollen Sie denn mit Klamm sprechen?« – »Über Frieda natürlich«, sagte K.

»Über Frieda?« fragte die Wirtin verständnislos und wandte sich an Frieda. »Hörst du, Frieda, über dich will er, er, mit Klamm, mit Klamm sprechen.«

»Ach«, sagte K., »Sie sind, Frau Wirtin, eine so kluge, achtungeinflößende Frau, und doch erschreckt Sie jede Kleinigkeit. Nun also, ich will über Frieda mit ihm sprechen, das ist doch nicht so sehr ungeheuerlich als vielmehr selbstverständlich. Denn Sie irren gewiß auch, wenn Sie glauben, daß Frieda von dem Augenblick an, wo ich auftrat, für Klamm bedeutungslos geworden ist. Sie unterschätzen ihn, wenn Sie das glauben. Ich fühle gut, daß es anmaßend von mir ist, Sie in dieser Hinsicht belehren zu wollen, aber ich muß es doch tun. Durch mich kann in Klamms Beziehung zu Frieda nichts geändert worden sein. Entweder bestand keine wesentliche Beziehung – das sagen eigentlich diejenigen, welche Frieda den Ehrennamen Geliebte nehmen –, nun, dann besteht sie auch heute nicht; oder aber sie bestand, wie könnte sie dann durch mich, wie Sie richtig sagten, ein Nichts in Klamms Augen, wie könnte sie dann durch mich gestört sein. Solche Dinge glaubt man im ersten Augenblick des Schrekkens, aber schon die kleinste Überlegung muß das richtigstellen. Lassen wir übrigens doch Frieda ihre Meinung hierzu sagen.«

Mit in die Ferne schweifendem Blick, die Wange an K.s Brust, sagte Frieda: »Es ist gewiß so, wie Mütterchen sagt: Klamm will nichts mehr von mir wissen. Aber freilich nicht deshalb, weil du, Liebling, kamst, nichts Derartiges hätte ihn erschüttern können. Wohl aber, glaube ich, ist es sein Werk, daß wir uns dort unter dem Pult zusammengefunden haben; gesegnet, nicht verflucht sei die Stunde.« – »Wenn es so ist«, sagte K. langsam, denn süß waren Friedas Worte, er schloß ein paar Sekunden lang die Augen, um sich von den Worten durchdringen zu lassen, »wenn es so ist, ist noch weniger Grund, sich vor einer Aussprache mit Klamm zu fürchten.«

»Wahrhaftig«, sagte die Wirtin und sah K. von hoch herab an, »Sie erinnern mich manchmal an meinen Mann, so trotzig und kindlich wie er sind Sie auch. Sie sind ein paar Tage im Ort, und schon wollen Sie alles besser kennen als die Eingeborenen, besser als ich alte Frau und als Frieda, die im Herrenhof so viel gesehen und gehört hat. Ich leugne nicht, daß es möglich ist, einmal auch etwas ganz gegen die Vorschriften und gegen das Althergebrachte zu erreichen; ich habe etwas Derartiges nicht erlebt, aber es gibt angeblich Beispiele dafür, mag sein; aber dann geschieht es gewiß nicht auf die Weise, wie Sie es tun, indem man immerfort ›Nein, nein‹ sagt und nur auf seinen Kopf schwört und die wohlmeinendsten Ratschläge überhört. Glauben Sie denn, meine Sorge gilt Ihnen? Habe ich mich um Sie gekümmert, solange Sie allein waren? Obwohl es gut gewesen wäre und manches sich hätte vermeiden lassen. Das einzige, was ich damals meinem Mann über Sie sagte, war: ›Halte dich von ihm fern.‹ Das hätte auch heute noch für mich gegolten, wenn nicht Frieda jetzt in Ihr Schicksal mit hineingezogen worden wäre. Ihr verdanken Sie – ob es Ihnen gefällt oder nicht – meine Sorgfalt, ja sogar meine Beachtung. Und Sie dürfen mich nicht einfach abweisen, weil Sie mir, der einzigen, die über der kleinen Frieda mit mütterlicher Sorge wacht, streng verantwortlich sind. Möglich, daß Frieda recht hat und alles, was geschehen ist, der Wille Klamms ist; aber von Klamm weiß ich jetzt nichts; ich werde niemals mit ihm sprechen, er ist mir gänzlich unerreichbar; Sie aber sitzen hier, halten meine Frieda und werden – warum soll ich es verschweigen? – von mir gehalten. Ja, von mir gehalten, denn versuchen Sie es, junger Mann, wenn ich Sie auch aus dem Hause weise, irgendwo im Dorf ein Unterkommen zu finden, und sei es in einer Hundehütte.«

»Danke«, sagte K., »das sind offene Worte, und ich glaube Ihnen vollkommen. So unsicher ist also meine Stellung und damit zusammenhängend auch die Stellung Friedas.«

»Nein!« rief die Wirtin wütend dazwischen. »Friedas Stellung hat in dieser Hinsicht gar nichts mit Ihrer zu tun. Frieda gehört zu meinem Haus, und niemand hat das Recht, ihre Stellung hier eine unsichere zu nennen.«

»Gut, gut«, sagte K., »ich gebe Ihnen auch darin recht, besonders da Frieda aus mir unbekannten Gründen zuviel Angst vor Ihnen zu haben scheint, um sich einzumischen. Bleiben wir also vorläufig nur bei mir. Meine Stellung ist höchst unsicher, das leugnen Sie nicht, sondern strengen sich vielmehr an, es zu beweisen. Wie bei allem, was Sie sagen, ist auch dieses nur zum größten Teil richtig, aber nicht ganz. So weiß ich zum Beispiel von einem recht guten Nachtlager, das mir freisteht.«

»Wo denn? Wo denn?« riefen Frieda und die Wirtin, so gleichzeitig und so begierig, als hätten sie die gleichen Beweggründe für ihre Frage. – »Bei Barnabas«, sagte K.

»Die Lumpen!« rief die Wirtin. »Die abgefeimten Lumpen! Bei Barnabas! Hört ihr –« und sie wandte sich nach der Ecke, die Gehilfen aber waren schon längst hervorgekommen und standen Arm in Arm hinter der Wirtin, die jetzt, als brauche sie einen Halt, die Hand des einen ergriff, »hört ihr, wo sich der Herr herumtreibt, in der Familie des Barnabas! Freilich, dort bekommt er ein Nachtlager, ach, hätte er es doch lieber dort gehabt als im Herrenhof. Aber wo wart denn ihr?«

»Frau Wirtin«, sagte K., noch ehe die Gehilfen antworteten, »es sind meine Gehilfen, Sie aber behandeln sie so, wie wenn es Ihre Gehilfen, aber meine Wächter wären. In allem anderen bin ich bereit, höflichst über Ihre Meinungen zumindest zu diskutieren, hinsichtlich meiner Gehilfen aber nicht, denn hier liegt die Sache doch zu klar! Ich bitte Sie daher, mit meinen Gehilfen nicht zu sprechen, und wenn meine Bitte nicht genügen sollte, verbiete ich meinen Gehilfen, Ihnen zu antworten.«

»Ich darf also nicht mit euch sprechen«, sagte die Wirtin, und alle drei lachten, die Wirtin spöttisch, aber viel sanfter, als K. es erwartet hatte, die Gehilfen in ihrer gewöhnlichen, viel und nichts bedeutenden, jede Verantwortung ablehnenden Art.

»Werde nur nicht böse«, sagte Frieda, »du mußt unsere Aufregung richtig verstehen. Wenn man will, verdanken wir es nur Barnabas, daß wir jetzt einander gehören. Als ich dich zum erstenmal im Ausschank sah – du kamst herein, eingehängt in Olga –, wußte ich zwar schon einiges über dich, aber im ganzen warst du mir doch völlig gleichgültig. Nun, nicht nur du warst mir gleichgültig, fast alles, fast alles war mir gleichgültig. Ich war ja auch damals mit vielem unzufrieden, und manches ärgerte mich, aber was war das für eine Unzufriedenheit und was für ein Ärger! Es beleidigte mich zum Beispiel einer der Gäste im Ausschank, sie waren ja immer hinter mir her – du hast die Burschen dort gesehen, es kamen aber noch viel ärgere, Klamms Dienerschaft war nicht die ärgste –, also einer beleidigte mich, was bedeutete mir das? Es war mir, als sei es vor vielen Jahren geschehen oder als sei es gar nicht mir geschehen oder als hätte ich es nur erzählen hören oder als hätte ich selbst es schon vergessen. Aber ich kann es nicht beschreiben, ich kann es mir nicht einmal mehr vorstellen, so hat sich alles geändert, seitdem Klamm mich verlassen hat.«

Und Frieda brach ihre Erzählung ab, traurig senkte sie den Kopf, die Hände hielt sie gefaltet im Schoß.

»Sehen Sie«, rief die Wirtin, und sie tat es so, als spreche sie nicht selbst, sondern leihe nur Frieda ihre Stimme, sie rückte auch näher und saß nun knapp neben Frieda, »sehen Sie nun, Herr Landvermesser, die Folgen ihrer Taten, und auch Ihre Gehilfen, mit denen ich ja nicht sprechen darf, mögen zu ihrer Belehrung zusehen! Sie haben Frieda aus dem glücklichsten Zustand gerissen, der ihr je beschieden war, und es ist Ihnen vor allem deshalb gelungen, weil Frieda mit ihrem kindlich übertriebenen Mitleid es nicht ertragen konnte, daß Sie an Olgas Arm hingen und so der Barnabasschen Familie ausgeliefert schienen. Sie hat Sie gerettet und sich dabei geopfert. Und nun, da es geschehen ist und Frieda alles, was sie hatte, eingetauscht hat für das Glück, auf Ihrem Knie zu sitzen, nun kommen Sie und spielen es als Ihren großen Trumpf aus, daß Sie einmal die Möglichkeit hatten, bei Barnabas übernachten zu dürfen. Damit wollen Sie wohl beweisen, daß Sie von mir unabhängig sind. Gewiß, wenn Sie wirklich bei Barnabas übernachtet hätten, wären Sie so unabhängig von mir, daß Sie im Nu, aber allerschleunigst, mein Haus verlassen müßten.«

»Ich kenne die Sünden der Barnabasschen Familie nicht«, sagte K., während er Frieda, die wie leblos war, vorsichtig aufhob, langsam auf das Bett setzte und selbst aufstand, »vielleicht haben Sie darin recht, aber ganz gewiß hatte ich recht, als ich Sie ersucht habe, unsere Angelegenheiten, Friedas und meine, uns beiden allein zu überlassen. Sie erwähnten damals etwas von Liebe und Sorge, davon habe ich dann aber weiter nicht viel gemerkt, desto mehr aber von Haß und Hohn und Hausverweisung. Sollten Sie es darauf angelegt haben, Frieda von mir oder mich von Frieda abzubringen, so war es ja recht geschickt gemacht; aber es wird Ihnen doch, glaube ich, nicht gelingen, und wenn es Ihnen gelingen sollte, so werden Sie es – erlauben Sie auch mir einmal eine dunkle Drohung – bitter bereuen. Was die Wohnung betrifft, die Sie mir gewähren – Sie können damit nur dieses abscheuliche Loch meinen –, so ist es durchaus nicht gewiß, daß Sie es aus eigenem Willen tun, vielmehr scheint darüber eine Weisung der gräflichen Behörde vorzuliegen. Ich werde nun dort melden, daß mir hier gekündigt worden ist, und wenn man mir dann eine andere Wohnung zuweist, werden Sie wohl befreit aufatmen, ich aber noch tiefer. Und nun gehe ich in dieser und in anderen Angelegenheiten zum Gemeindevorstand; bitte, nehmen Sie sich wenigstens Friedas an, die Sie mit Ihren sozusagen mütterlichen Reden übel genug zugerichtet haben.«

Dann wandte er sich an die Gehilfen. »Kommt!« sagte er, nahm den Klammschen Brief vom Haken und wollte gehen. Die Wirtin hatte ihm schweigend zugesehen, erst als er die Hand schon auf der Türklinke hatte, sagte sie: »Herr Landvermesser, noch etwas gebe ich Ihnen mit auf den Weg, denn welche Reden Sie auch führen mögen und wie Sie mich auch beleidigen wollen, mich alte Frau, so sind Sie doch Friedas künftiger Mann. Nur deshalb sage ich es Ihnen, daß Sie hinsichtlich der hiesigen Verhältnisse entsetzlich unwissend sind, der Kopf schwirrt einem, wenn man Ihnen zuhört, und wenn man das, was Sie sagen und meinen, in Gedanken mit der wirklichen Lage vergleicht. Zu verbessern ist diese Unwissenheit nicht mit einem Male und vielleicht gar nicht; aber vieles kann besser werden, wenn Sie mir nur ein wenig glauben und sich diese Unwissenheit immer vor Augen halten. Sie werden dann zum Beispiel sofort gerechter gegen mich werden und zu ahnen beginnen, was für einen Schrecken ich durchgemacht habe – und die Folgen des Schreckens halten noch an –, als ich erkannt habe, daß meine liebste Kleine gewissermaßen den Adler verlassen hat, um sich der Blindschleiche zu verbinden, aber das wirkliche Verhältnis ist ja noch viel schlimmer, und ich muß es immerfort zu vergessen suchen, sonst könnte ich kein ruhiges Wort mit Ihnen sprechen. Ach, nun sind Sie wieder böse. Nein, gehen Sie noch nicht, nur diese Bitte hören Sie noch an: Wohin Sie auch kommen, bleiben Sie sich dessen bewußt, daß Sie hier der Unwissendste sind, und seien Sie vorsichtig; hier bei uns, wo Friedas Gegenwart Sie vor Schaden schützt, mögen Sie sich dann das Herz freischwätzen, hier können Sie uns dann zum Beispiel zeigen, wie Sie mit Klamm zu sprechen beabsichtigen; nur in Wirklichkeit, nur in Wirklichkeit, bitte, bitte, tun Sie's nicht!«

Sie stand auf, ein wenig schwankend vor Aufregung, ging zu K., faßte seine Hand und sah ihn bittend an. »Frau Wirtin«, sagte K., »ich verstehe nicht, warum Sie wegen einer solchen Sache sich dazu erniedrigen, mich zu bitten. Wenn es, wie Sie sagen, für mich unmöglich ist, mit Klamm zu sprechen, so werde ich es eben nicht erreichen, ob man mich bittet oder nicht. Wenn es aber doch möglich sein sollte, warum soll ich es dann nicht tun, besonders da dann mit dem Wegfall Ihres Haupteinwandes auch Ihre weiteren Befürchtungen sehr fraglich werden. Freilich, unwissend bin ich, die Wahrheit bleibt jedenfalls bestehen, und das ist sehr traurig für mich; aber es hat doch auch den Vorteil, daß der Unwissende mehr wagt, und deshalb will ich die Unwissenheit und ihre gewiß schlimmen Folgen gerne noch ein Weilchen tragen, solange die Kräfte reichen. Diese Folgen aber treffen doch im wesentlichen nur mich, und deshalb vor allem verstehe ich nicht, warum Sie bitten. Für Frieda werden Sie doch gewiß immer sorgen, und verschwinde ich gänzlich aus Friedas Gesichtskreis, kann es doch in Ihrem Sinn nur ein Glück bedeuten. Was fürchten Sie also? Sie fürchten doch nicht etwa – dem Unwissenden scheint alles möglich«, hier öffnete K. schon die Tür –, »Sie fürchten doch nicht etwa für Klamm?« Die Wirtin sah ihm schweigend nach, wie er die Treppe hinabeilte und die Gehilfen ihm folgten.

DAS FÜNFTE KAPITEL

Die Besprechung mit dem Vorsteher machte K. fast zu seiner eigenen Verwunderung wenig Sorgen. Er suchte es sich dadurch zu erklären, daß nach seinen bisherigen Erfahrungen der amtliche Verkehr mit den gräflichen Behörden für ihn sehr einfach gewesen war. Das lag einerseits daran, daß hinsichtlich der Behandlung seiner Angelegenheit offenbar ein für allemal ein bestimmter, äußerlich ihm sehr günstiger

Grundsatz ausgegeben worden war, und andererseits lag es an der bewunderungswürdigen Einheitlichkeit des Dienstes, die man besonders dort, wo sie scheinbar nicht vorhanden war, als eine besonders vollkommene ahnte. K. war, wenn er manchmal nur an diese Dinge dachte, nicht weit davon entfernt, seine Lage zufriedenstellend zu finden, obwohl er sich immer nach solchen Anfällen des Behagens schnell sagte, daß gerade darin die Gefahr lag.

Der direkte Verkehr mit den Behörden war ja nicht allzu schwer, denn die Behörden hatten, so gut sie auch organisiert sein mochten, immer nur im Namen entlegener, unsichtbarer Herren entlegene, unsichtbare Dinge zu verteidigen, während K. für etwas lebendigst Nahes kämpfte, für sich selbst; überdies, zumindest in der allerersten Zeit, aus eigenem Willen, denn er war der Angreifer; und nicht nur er kämpfte für sich, sondern offenbar noch andere Kräfte, die er nicht kannte, aber an die er nach den Maßnahmen der Behörden glauben konnte. Dadurch nun aber, daß die Behörden K. von vornherein in unwesentlichen Dingen – um mehr hatte es sich bisher nicht gehandelt – weit entgegenkamen, nahmen sie ihm die Möglichkeit kleiner, leichter Siege und mit dieser Möglichkeit auch die zugehörige Genugtuung und die aus ihr sich ergebende, gut begründete Sicherheit für weitere größere Kämpfe. Statt dessen ließen sie K., allerdings nur innerhalb des Dorfes, überall durchgleiten, wo er wollte, verwöhnten und schwächten ihn dadurch, schalteten hier überhaupt jeden Kampf aus und verlegten ihn dafür in das außeramtliche, völlig unübersichtliche, trübe, fremdartige Leben. Auf diese Weise konnte es, wenn er nicht immer auf der Hut war, wohl geschehen, daß er eines Tages trotz aller Liebenswürdigkeit der Behörden und trotz der vollständigen Erfüllung aller so übertrieben leichten amtlichen Verpflichtungen, getäuscht durch die ihm erwiesene scheinbare Gunst, sein sonstiges Leben so unvorsichtig führte, daß er hier zusammenbrach und die Behörde, noch immer sanft und freundlich, gleichsam gegen ihren Willen, aber im Namen irgendeiner ihm unbekannten öffentlichen Ordnung kommen mußte, um ihn aus dem Weg zu räumen. Und was war es eigentlich hier, jenes sonstige Leben? Nirgends noch hatte K. Amt und Leben so verflochten gesehen wie hier, so verflochten, daß es manchmal scheinen konnte, Amt und Leben hätten ihre Plätze gewechselt. Was bedeutete zum Beispiel die bis jetzt nur formelle Macht, welche Klamm über K.s Dienst ausübte, verglichen mit der Macht, die Klamm in K.s Schlafkammer in aller Wirklichkeit hatte. So kam es, daß hier ein etwas leichtsinnigeres Verfahren, eine gewisse Entspannung, nur direkt gegenüber den Behörden am Platze war, während sonst aber immer große Vorsicht nötig war, ein Herumblicken nach allen Seiten, vor jedem Schritt.

Seine Auffassung der hiesigen Behörden fand K. zunächst beim Vorsteher sehr bestätigt. Der Vorsteher, ein freundlicher, dicker, glattrasierter Mann, war krank, hatte einen schweren Gichtanfall und empfing K. im Bett. »Das ist also unser Herr Landvermesser«, sagte er, wollte sich zur Begrüßung aufrichten, konnte es aber nicht zustande bringen und warf sich, entschuldigend auf die Beine zeigend, wieder zurück in die Kissen. Eine stille, im Dämmerlicht des kleinfenstrigen, durch Vorhänge noch verdunkelten Zimmers fast schattenhafte Frau brachte K. einen Sessel und stellte ihn zum Bett. »Setzen Sie sich, setzen Sie sich, Herr Landvermesser«, sagte der Vorsteher, »und sagen Sie mir Ihre Wünsche.« K. las den Brief Klamms vor und knüpfte einige Bemerkungen daran. Wieder hatte er das Gefühl der außerordentlichen Leichtigkeit des Verkehrs mit den Behörden. Sie trugen förmlich jede Last, alles konnte man ihnen auferlegen, und selbst blieb man unberührt und frei. Als fühle das in seiner Art auch der Vorsteher, drehte er sich unbehaglich im Bett. Schließlich sagte er: »Ich habe, Herr Landvermesser, wie Sie ja gemerkt haben, von der ganzen Sache gewußt. Daß ich selbst noch nichts veranlaßt habe, hat seinen Grund erstens in meiner Krankheit und dann darin, daß Sie so lange nicht kamen, ich dachte schon, Sie seien von der Sache abgekommen. Nun aber, da Sie so freundlich sind, selbst mich aufzusuchen, muß ich Ihnen freilich die volle, unangenehme Wahrheit sagen. Sie sind als Landvermesser aufgenommen, wie Sie sagen; aber leider, wir brauchen keinen Landvermesser. Es wäre nicht die geringste Arbeit für ihn da. Die Grenzen unserer kleinen Wirtschaften sind abgesteckt, alles ist ordentlich eingetragen. Besitzwechsel kommt kaum vor, und kleine Grenzstreitigkeiten regeln wir selbst. Was soll uns also ein Landvermesser?« K. war, ohne daß er allerdings früher darüber nachgedacht hätte, im Innersten davon überzeugt, eine ähnliche Mitteilung erwartet zu haben. Eben deshalb konnte er gleich sagen: »Das überrascht mich sehr. Das wirft alle meine Berechnungen über den Haufen. Ich kann nur hoffen, daß ein Mißverständnis vorliegt.« – »Leider nicht«, sagte der Vorsteher, »es ist so, wie ich sage.« – »Aber wie ist das möglich!« rief K. »Ich habe doch diese endlose Reise nicht gemacht, um jetzt wieder zurückgeschickt zu werden!« – »Das ist eine andere Frage«, sagte der Vorsteher, »die ich nicht zu entscheiden habe, aber wie jenes Mißverständnis möglich war, das kann ich Ihnen allerdings erklären. In einer so großen Behörde wie der gräflichen kann es einmal vorkommen, daß eine Abteilung dieses angeordnet, die andere jenes, keine weiß von der anderen, die übergeordnete Kontrolle ist zwar äußerst genau, kommt aber ihrer Natur nach zu spät, und so kann immerhin eine kleine Verwirrung entstehen. Immer sind es freilich nur winzigste Kleinigkeiten wie zum Beispiel Ihr Fall. In großen Dingen ist mir noch kein Fehler bekannt geworden, aber die Kleinigkeiten sind oft auch peinlich genug. Was nun Ihren Fall betrifft, so will ich Ihnen, ohne Amtsgeheimnisse zu machen – dazu bin ich nicht genug Beamter, ich bin Bauer und dabei bleibt es –, den Hergang offen erzählen. Vor langer Zeit, ich war damals erst einige Monate Vorsteher, kam ein Erlaß, ich weiß nicht mehr von welcher Abteilung, in welchem in der den Herren dort eigentümlichen kategorischen Art mitgeteilt war, daß ein Landvermesser berufen werden solle, und der Gemeinde aufgetragen war, alle für seine Arbeiten notwendigen Pläne und Aufzeichnungen bereitzuhalten. Dieser Erlaß kann natürlich nicht Sie betroffen haben, denn das war vor vielen Jahren, und ich hätte mich nicht daran erinnert, wenn ich nicht jetzt krank wäre und im Bett über die lächerlichsten Dinge nachzudenken Zeit genug hätte.« – »Mizzi«, sagte er, plötzlich seinen Bericht unterbrechend, zu der Frau, die noch immer in unverständlicher Tätigkeit durch das Zimmer huschte, »bitte, sieh dort im Schrank nach, vielleicht findest du den Erlaß.« – »Er ist nämlich«, sagte er erklärend zu K., »aus meiner ersten Zeit, damals habe ich noch alles aufgehoben.« Die Frau öffnete gleich den Schrank, K. und der Vorsteher sahen zu. Der Schrank war mit Papieren vollgestopft. Beim Öffnen rollten zwei große Aktenbündel heraus, welche rund gebunden waren, so wie man Brennholz zu binden pflegt, die Frau sprang erschrocken zur Seite. »Unten dürfte es sein, unten«, sagte der Vorsteher, vom Bett aus dirigierend. Folgsam warf die Frau, mit beiden Armen die Akten zusammenfassend, alles aus dem Schrank, um zu den unteren Papieren zu gelangen. Die Papiere bedeckten schon das halbe Zimmer. »Viel Arbeit ist geleistet worden«, sagte der Vorsteher nickend, »und das ist nur ein kleiner Teil. Die Hauptmasse habe ich in der Scheune aufbewahrt, und der größte Teil ist allerdings verlorengegangen. Wer kann das alles zusammenhalten! In der Scheune ist aber noch sehr viel.« – »Wirst du den Erlaß finden können?« wandte er sich dann wieder zu seiner Frau. »Du mußt einen Akt suchen, auf dem das Wort ›Landvermesser‹ blau unterstrichen ist.« – »Es ist zu dunkel hier«, sagte die Frau, »ich werde eine Kerze holen«, und sie ging über die Papiere hinweg aus dem Zimmer. »Meine Frau ist mir eine große Stütze«, sagte der Vorsteher, »in dieser schweren Amtsarbeit, die doch nur nebenbei geleistet werden muß. Ich habe zwar für die schriftlichen Arbeiten noch eine Hilfskraft, den Lehrer, aber es ist trotzdem unmöglich, fertig zu werden, es bleibt immer viel Unerledigtes zurück, das ist dort in jenem Kasten gesammelt«, und er zeigte auf einen anderen Schrank. »Und gar, wenn ich jetzt krank bin, nimmt es überhand«, sagte er und legte sich müde, aber doch auch stolz zurück. »Könnte ich nicht«, sagte K., als die Frau mit der Kerze zurückgekommen war und vor dem Kasten kniend den Erlaß suchte, »Ihrer Frau beim Suchen helfen?« Der Vorsteher schüttelte lächelnd den Kopf. »Wie ich schon sagte, ich habe keine Amtsgeheimnisse vor Ihnen; aber Sie selbst in den Akten suchen zu lassen, so weit kann ich denn doch nicht gehen.« Es wurde jetzt still im Zimmer, nur das Rascheln der Papiere war zu hören, der Vorsteher schlummerte vielleicht sogar ein wenig. Ein leises Klopfen an der Tür ließ K. sich umdrehen. Es waren natürlich die Gehilfen. Immerhin waren sie schon ein wenig erzogen, stürmten nicht gleich ins Zimmer, sondern flüsterten zunächst durch die ein wenig geöffnete Tür: »Es ist uns zu kalt draußen.« – »Wer ist es?« fragte der Vorsteher aufschreckend. »Es sind nur meine Gehilfen«, sagte K., »ich weiß nicht, wo ich sie auf mich warten lassen soll, draußen ist es zu kalt, und hier sind sie lästig.« – »Mich stören sie nicht«, sagte der Vorsteher freundlich. »Lassen Sie sie hereinkommen. Übrigens kenne ich sie ja. Alte Bekannte.« – »Mir aber sind sie lästig«, sagte K. offen, ließ den Blick von den Gehilfen zum Vorsteher und wieder zurück zu den Gehilfen wandern und fand aller drei Lächeln ununterscheidbar gleich. »Wenn ihr aber nun schon hier seid«, sagte er dann versuchsweise, »so bleibt und helft dort der Frau Vorsteher einen Akt zu suchen, auf dem das Wort ›Landvermesser‹ blau unterstrichen ist.« Der Vorsteher erhob keinen Widerspruch. Was K. nicht durfte, die Gehilfen durften es, sie warfen sich auch gleich auf die Papiere, aber sie wühlten mehr in den Haufen, als daß sie suchten, und während einer eine Schrift buchstabierte, riß sie ihm der andere immer aus der Hand. Die Frau dagegen kniete vor dem leeren Kasten, sie schien gar nicht mehr zu suchen, jedenfalls stand die Kerze sehr weit von ihr.

»Die Gehilfen«, sagte der Vorsteher mit einem selbstzufriedenen Lächeln, so als gehe alles auf seine Anordnungen zurück, aber niemand sei imstande, das auch nur zu vermuten, »sie sind Ihnen also lästig, aber es sind doch Ihre eigenen Gehilfen.« – »Nein«, sagte K. kühl, »sie sind mir erst hier zugelaufen.« – »Wie denn, zugelaufen«, sagte der Vorsteher, »zugeteilt worden, meinen Sie wohl.« – »Nun denn, zugeteilt worden«, sagte K. »Sie könnten aber ebensogut herabgeschneit sein, so bedenkenlos war diese Zuteilung.« – »Bedenkenlos geschieht hier nichts«, sagte der Vorsteher, vergaß sogar den Fußschmerz und setzte sich aufrecht. »Nichts«, sagte K., »und wie verhält es sich mit meiner Berufung?« – »Auch Ihre Berufung war wohl erwogen«, sagte der Vorsteher, »nur Nebenumstände haben verwirrend eingegriffen, ich werde es Ihnen an Hand der Akten nachweisen.« – »Die Akten werden ja nicht gefunden werden«, sagte K. »Nicht gefunden?« rief der Vorsteher. »Mizzi, bitte, such ein wenig schneller! Ich kann Ihnen jedoch zunächst die Geschichte auch ohne Akten erzählen. Jenen Erlaß, von dem ich schon sprach, beantworteten wir dankend damit, daß wir keinen Landvermesser brauchen. Diese Antwort scheint aber nicht an die ursprüngliche Abteilung, ich will sie A nennen, zurückgelangt zu sein, sondern irrtümlicherweise an eine andere Abteilung B. Die Abteilung A blieb also ohne Antwort, aber leider bekam auch B nicht unsere ganze Antwort; sei es, daß der Akteninhalt bei uns zurückgeblieben war, sei es, daß er auf dem Weg verlorengegangen ist – in der Abteilung selbst gewiß nicht, dafür will ich bürgen –, jedenfalls kam auch in der Abteilung B nur ein Aktenumschlag an, auf dem nichts weiter vermerkt war, als daß der einliegende, leider in Wirklichkeit aber fehlende Akt von der Berufung eines Landvermessers handle. Die Abteilung A wartete inzwischen auf unsere Antwort, sie hatte zwar Vermerke über die Angelegenheit, aber wie das begreiflicherweise öfters geschieht und bei der Präzision aller Erledigungen geschehen darf, verließ sich der Referent darauf, daß wir antworten würden und daß er dann entweder den Landvermesser berufen oder nach Bedürfnis weiter über die Sache mit uns korrespondieren würde. Infolgedessen vernachlässigte er die Vormerke, und das Ganze geriet bei ihm in Vergessenheit. In der Abteilung B kam aber der Aktenumschlag an einen wegen seiner Gewissenhaftigkeit berühmten Referenten, Sordini heißt er, ein Italiener; es ist selbst mir einem Eingeweihten, unbegreiflich, warum ein Mann von seinen Fähigkeiten in der fast untergeordneten Stellung gelassen wird. Dieser Sordini schickte uns natürlich den leeren Aktenumschlag zur Ergänzung zurück. Nun waren aber seit jenem ersten Schreiben der Abteilung A schon viele Monate, wenn nicht Jahre vergangen; begreiflicherweise, denn wenn, wie es die Regel ist, ein Akt den richtigen Weg geht, gelangt er an seine Abteilung spätestens in einem Tag und wird am gleichen Tag noch erledigt; wenn er aber einmal den Weg verfehlt – und er muß bei der Vorzüglichkeit der Organisation den falschen Weg förmlich mit Eifer suchen, sonst findet er ihn nicht –, dann, dann dauert es freilich sehr lange. Als wir daher Sordinis Note bekamen, konnten wir uns an die Angelegenheit nur noch ganz unbestimmt erinnern, wir waren damals nur zwei für die Arbeit, Mizzi und ich, der Lehrer war mir damals noch nicht zugeteilt, Kopien bewahrten wir nur in den wichtigsten Angelegenheiten auf, kurz, wir konnten nur sehr unbestimmt antworten, daß wir von einer solchen Berufung nichts wüßten und daß nach einem Landvermesser bei uns kein Bedarf sei.«

»Aber«, unterbrach sich hier der Vorsteher, als sei er im Eifer des Erzählens zu weit gegangen oder als sei es wenigstens möglich, daß er zu weit gegangen sei, »langweilt Sie die Geschichte nicht?«

»Nein«, sagte K. »Sie unterhält mich.«

Darauf der Vorsteher: »Ich erzähle es Ihnen nicht zur Unterhaltung.«

»Es unterhält mich nur dadurch«, sagte K., »daß ich einen Einblick in das lächerliche Gewirre bekomme, welches unter Umständen über die Existenz eines Menschen entscheidet.«

»Sie haben noch keinen Einblick bekommen«, sagte ernst der Vorsteher, »und ich kann Ihnen weiter erzählen. Von unserer Antwort war natürlich ein Sordini nicht befriedigt. Ich bewundere den Mann, obwohl er für mich eine Qual ist. Er mißtraut nämlich jedem, auch wenn er zum Beispiel irgend jemanden bei unzähligen Gelegenheiten als den vertrauenswürdigsten Menschen kennengelernt hat, mißtraut er ihm bei der nächsten Gelegenheit, wie wenn er ihn gar nicht kenne oder richtiger, wie wenn er ihn als Lumpen kenne. Ich halte das für richtig, ein Beamter muß so vorgehen; leider kann ich diesen Grundsatz meiner Natur nach nicht befolgen, Sie sehen ja, wie ich Ihnen, einem Fremden, alles offen vorlege, ich kann eben nicht anders. Sordini dagegen faßte unserer Antwort gegenüber sofort Mißtrauen. Es entwickelte sich nun eine große Korrespondenz. Sordini fragte, warum es mir plötzlich eingefallen sei, daß kein Landvermesser berufen werden solle; ich antwortete mit Hilfe von Mizzis ausgezeichnetem Gedächtnis, daß doch die erste Anregung von Amts wegen ausgegangen sei (daß es sich um eine andere Abteilung handelte, hatten wir natürlich schon längst vergessen); Sordini dagegen: warum ich diese amtliche Zuschrift erst jetzt erwähne; ich wiederum: weil ich mich erst jetzt an sie erinnert habe; Sordini: das sei sehr merkwürdig; ich: das sei gar nicht merkwürdig bei einer so lange sich hinziehenden Angelegenheit; Sordini: es sei doch merkwürdig, denn die Zuschrift, an die ich mich erinnert habe, existiere nicht; ich: natürlich existiere sie nicht, weil der ganze Akt verlorengegangen sei; Sordini: es müßte aber doch ein Vormerk hinsichtlich jener ersten Zuschrift bestehen, der aber bestehe nicht. Da stockte ich, denn daß in Sordinis Abteilung ein Fehler unterlaufen sei, wagte ich weder zu behaupten noch zu glauben. Sie machen vielleicht, Herr Landvermesser, Sordini in Gedanken den Vorwurf, daß ihn die Rücksicht auf meine Behauptung wenigstens dazu hätte bewegen sollen, sich bei anderen Abteilungen nach der Sache zu erkundigen. Gerade das aber wäre unrichtig gewesen, ich will nicht, daß an diesem Manne auch nur in Ihren Gedanken ein Makel bleibt. Es ist ein Arbeitsgrundsatz der Behörde, daß mit Fehlermöglichkeiten überhaupt nicht gerechnet wird. Dieser Grundsatz ist berechtigt durch die vorzügliche Organisation des Ganzen, und er ist notwendig, wenn äußerste Schnelligkeit der Erledigung erreicht werden soll. Sordini durfte sich also bei anderen Abteilungen gar nicht erkundigen, übrigens hätten ihm diese Abteilungen gar nicht geantwortet, weil sie gleich gemerkt hätten, daß es sich um Ausforschung einer Fehlermöglichkeit handle.«

»Erlauben Sie, Herr Vorsteher, daß ich Sie mit einer Frage unterbreche«, sagte K., »erwähnten Sie nicht früher einmal eine Kontrollbehörde? Die Wirtschaft ist ja nach Ihrer Darstellung eine derartige, daß einem bei der Vorstellung, die Kontrolle könnte ausbleiben, übel wird.«

»Sie sind sehr streng«, sagte der Vorsteher. »Aber vertausendfachen Sie Ihre Strenge, und sie wird noch immer nichts sein, verglichen mit der Strenge, welche die Behörde gegen sich selbst anwendet. Nur ein völlig Fremder kann Ihre Frage stellen. Ob es Kontrollbehörden gibt? Es gibt nur Kontrollbehörden. Freilich, sie sind nicht dazu bestimmt, Fehler im groben Wortsinn herauszufinden, denn Fehler kommen ja nicht vor, und selbst, wenn einmal ein Fehler vorkommt, wie in Ihrem Fall, wer darf denn endgültig sagen, daß es ein Fehler ist.«

»Das wäre etwas völlig Neues!« rief K.

»Mir ist es etwas sehr Altes«, sagte der Vorsteher. »Ich bin nicht viel anders als Sie selbst davon überzeugt, daß ein Fehler vorgekommen ist, und Sordini ist infolge der Verzweiflung darüber schwer erkrankt, und die ersten Kontrollämter, denen wir die Aufdeckung der Fehlerquelle verdanken, erkennen hier auch den Fehler. Aber wer darf behaupten, daß die zweiten Kontrollämter ebenso urteilen und auch die dritten und weiterhin die anderen?«

»Mag sein«, sagte K., »in solche Überlegungen will ich mich doch lieber nicht einmischen, auch höre ich ja zum erstenmal von diesen Kontrollämtern und kann sie natürlich noch nicht verstehen. Nur glaube ich, daß hier zweierlei unterschieden werden müsse: nämlich erstens das, was innerhalb der Ämter vorgeht und was dann wieder amtlich so oder so aufgefaßt werden kann, und zweitens meine wirkliche Person, ich, der ich außerhalb der Ämter stehe und dem von den Ämtern eine Beeinträchtigung droht, die so unsinnig wäre, daß ich noch immer an den Ernst der Gefahr nicht glauben kann. Für das erstere gilt wahrscheinlich das, was Sie, Herr Vorsteher, mit so verblüffender, außerordentlicher Sachkenntnis erzählen, nur möchte ich aber dann auch ein Wort über mich hören.«

»Ich komme auch dazu«, sagte der Vorsteher, »doch könnten Sie es nicht verstehen, wenn ich nicht noch einiges vorausschickte. Schon daß ich jetzt die Kontrollämter erwähnte, war verfrüht. Ich kehre also zu den Unstimmigkeiten mit Sordini zurück. Wie erwähnt, ließ meine Abwehr allmählich nach. Wenn aber Sordini auch nur den geringsten Vorteil gegenüber irgend jemandem in den Händen hat, hat er schon gesiegt, denn nun erhöht sich noch seine Aufmerksamkeit, Energie, Geistesgegenwart; und er ist für den Angegriffenen ein schrecklicher, für die Feinde des Angegriffenen ein herrlicher Anblick. Nur weil ich in anderen Fällen auch dieses letztere erlebt habe, kann ich so von ihm erzählen, wie ich es tue. Übrigens ist es mir noch nie gelungen, ihn mit Augen zu sehen, er kann nicht herunterkommen, er ist zu sehr mit Arbeit überhäuft, sein Zimmer ist mir so geschildert worden, daß alle Wände mit Säulen von großen, aufeinandergestapelten Aktenbündeln verdeckt sind, es sind dies nur Akten, die Sordini gerade in Arbeit hat, und da immerfort den Bündeln Akten entnommen und eingefügt werden und alles in großer Eile geschieht, stürzen diese Säulen immerfort zusammen, und gerade dieses fortwährende, kurz aufeinanderfolgende Krachen ist für Sordinis Arbeitszimmer bezeichnend geworden. Nun ja, Sordini ist ein Arbeiter, und dem kleinsten Fall widmet er die gleiche Sorgfalt wie dem größten.«

»Sie nennen, Herr Vorsteher«, sagte K., »meinen Fall immer einen der kleinsten, und doch hat er viele Beamte sehr beschäftigt, und wenn er vielleicht auch anfangs sehr klein war, so ist er doch durch den Eifer von Beamten von Herrn Sordinis Art zu einem großen Fall geworden. Leider, und sehr gegen meinen Willen, denn mein Ehrgeiz geht nicht dahin, große, mich betreffende Aktensäulen entstehen und zusammenkrachen zu lassen, sondern als kleiner Landvermesser bei einem kleinen Zeichentisch ruhig zu arbeiten.«

»Nein«, sagte der Vorsteher, »es ist kein großer Fall. In dieser Hinsicht haben Sie keinen Grund zur Klage, es ist einer der kleinsten Fälle unter den kleinen. Der Umfang der Arbeit bestimmt nicht den Rang des Falles, Sie sind noch weit entfernt vom Verständnis für die Behörde, wenn Sie das glauben. Aber selbst wenn es auf den Umfang der Arbeit ankäme, wäre Ihr Fall einer der geringsten, die gewöhnlichen Fälle, also jene ohne sogenannte Fehler, geben noch viel mehr und freilich auch viel ergiebigere Arbeit. Übrigens wissen Sie ja noch gar nichts von der eigentlichen Arbeit, die Ihr Fall verursachte, von der will ich ja erst erzählen. Zunächst ließ mich nun Sordini aus dem Spiel, aber seine Beamten kamen, täglich fanden protokollarische Verhöre angesehener Gemeindemitglieder im Herrenhof statt. Die meisten hielten zu mir, nur einige wurden stutzig; die Frage der Landvermessung geht einem Bauern nahe, sie witterten irgendwelche geheime Verabredungen und Ungerechtigkeiten, fanden überdies einen Führer, und Sordini mußte aus ihren Angaben die Überzeugung gewinnen, daß, wenn ich die Frage im Gemeinderat vorgebracht hätte, nicht alle gegen die Berufung eines Landvermessers gewesen wären. So wurde eine Selbstverständlichkeit – daß nämlich kein Landvermesser nötig ist – immerhin zumindest fragwürdig gemacht. Besonders zeichnete sich hierbei ein gewisser Brunswick aus – Sie kennen ihn wohl nicht –, er ist vielleicht nicht schlecht, aber dumm und phantastisch, er ist ein Schwager von Lasemann.«

»Vom Gerbermeister?« fragte K. und beschrieb den Vollbärtigen, den er bei Lasemann gesehen hatte. »Ja, das ist er«, sagte der Vorsteher. »Ich kenne auch seine Frau«, sagte K., ein wenig aufs Geratewohl. »Das ist möglich«, sagte der Vorsteher und verstummte.

»Sie ist schön«, sagte K., »aber ein wenig bleich und kränklich. Sie stammt wohl aus dem Schloß?« Das war halb fragend gesagt.

Der Vorsteher sah auf die Uhr, goß Medizin auf einen Löffel und schluckte sie hastig.

»Sie kennen im Schloß wohl nur die Büroeinrichtungen?« fragte K. grob.

»Ja«, sagte der Vorsteher mit einem ironischen und doch dankbaren Lächeln. »Sie sind auch das Wichtigste. Und was Brunswick betrifft: Wenn wir ihn aus der Gemeinde ausschließen könnten, wären wir fast alle glücklich und Lasemann nicht am wenigsten. Aber damals gewann Brunswick einigen Einfluß, ein Redner ist er zwar nicht, aber ein Schreier, und auch das genügt manchen. Und so kam es, daß ich gezwungen wurde, die Sache dem Gemeinderate vorzulegen, übrigens zunächst Brunswicks einziger Erfolg, denn natürlich wollte der Gemeinderat mit großer Mehrheit von einem Landvermesser nichts wissen. Auch das ist nun schon jahrelang her, aber die ganze Zeit über ist die Sache nicht zur Ruhe gekommen, zum Teil durch die Gewissenhaftigkeit Sordinis, der die Beweggründe sowohl der Majorität als auch der Opposition durch die sorgfältigsten Erhebungen zu erforschen suchte, zum Teil durch die Dummheit und den Ehrgeiz Brunswicks, der verschiedene persönliche Verbindungen mit den Behörden hat, die er mit immer neuen Erfindungen seiner Phantasie in Bewegung brachte. Sordini allerdings ließ sich von Brunswick nicht täuschen, wie könnte Brunswick Sordini täuschen? – Aber eben um sich nicht täuschen zu lassen, waren neue Erhebungen nötig, und noch ehe sie beendigt waren, hatte Brunswick schon wieder etwas Neues ausgedacht, sehr beweglich ist er ja, es gehört das zu seiner Dummheit. Und nun komme ich auf eine besondere Eigenschaft unseres behördlichen Apparates zu sprechen. Entsprechend seiner Präzision ist er auch äußerst empfindlich. Wenn eine Angelegenheit sehr lange erwogen worden ist, kann es, auch ohne daß die Erwägungen schon beendet wären, geschehen, daß plötzlich blitzartig an einer unvorhersehbaren und auch später nicht mehr auffindbaren Stelle eine Erledigung hervorkommt, welche die Angelegenheit, wenn auch meistens sehr richtig, so doch immerhin willkürlich abschließt. Es ist, als hätte der behördliche Apparat die Spannung, die jahrelange Aufreizung durch die gleiche, vielleicht an sich geringfügige Angelegenheit nicht mehr ertragen und aus sich selbst heraus, ohne Mithilfe der Beamten, die Entscheidung getroffen. Natürlich ist kein Wunder geschehen, und gewiß hat irgendein Beamter die Erledigung geschrieben oder eine ungeschriebene Entscheidung getroffen, jedenfalls aber kann, wenigstens von uns aus, von hier aus, ja selbst vom Amt aus nicht festgestellt werden, welcher Beamte in diesem Fall entschieden hat, und aus welchen Gründen. Erst die Kontrollämter stellen das viel später fest; wir aber erfahren es nicht mehr, es würde übrigens dann auch kaum jemanden noch interessieren. Nun sind, wie gesagt, gerade diese Entscheidungen meistens vortrefflich, störend ist an ihnen nur, daß man, wie es gewöhnlich die Sache mit sich bringt, von diesen Entscheidungen zu spät erfährt und daher inzwischen über längst entschiedene Angelegenheiten noch immer leidenschaftlich berät. Ich weiß nicht, ob in Ihrem Fall eine solche Entscheidung ergangen ist – manches spricht dafür, manches dagegen –; wenn es aber geschehen wäre, so wäre die Berufung an Sie geschickt worden, und Sie hätten die große Reise hierher gemacht, viel Zeit wäre dabei vergangen, und inzwischen hätte noch immer Sordini hier in der gleichen Sache bis zur Erschöpfung gearbeitet, Brunswick intrigiert, und ich wäre von beiden gequält worden. Diese Möglichkeit deute ich nur an, bestimmt aber weiß ich folgendes: Ein Kontrollamt entdeckte inzwischen, daß aus der Abteilung A vor vielen Jahren an die Gemeinde eine Anfrage wegen eines Landvermessers ergangen sei, ohne daß bisher eine Antwort gekommen wäre. Man fragte neuerlich bei mir an, und nun war freilich die ganze Sache aufgeklärt, die Abteilung A begnügte sich mit meiner Antwort, daß kein Landvermesser nötig sei, und Sordini mußte erkennen, daß er in diesem Falle nicht zuständig gewesen war und, freilich schuldlos, so viele unnütze, nervenzerstörende Arbeit geleistet hatte. Wenn nicht neue Arbeit von allen Seiten sich herangedrängt hätte wie immer und wenn nicht Ihr Fall doch nur ein sehr kleiner Fall gewesen wäre – man kann fast sagen, der kleinste unter den kleinen –, so hätten wir wohl alle aufgeatmet, ich glaube, sogar Sordini selbst. Nur Brunswick grollte, aber das war nur lächerlich. Und nun stellen Sie sich, Herr Landvermesser, meine Enttäuschung vor, als jetzt, nach glücklicher Beendigung der ganzen Angelegenheit – und auch seither ist schon wieder viel Zeit verflossen –, plötzlich Sie auftreten und es den Anschein bekommt, als sollte die Sache wieder von vorn beginnen. Daß ich fest entschlossen bin, dies, soweit es an mir liegt, auf keinen Fall zuzulassen, das werden Sie wohl verstehen?«

»Gewiß«, sagte K., »noch besser aber verstehe ich, daß hier ein entsetzlicher Mißbrauch mit mir, vielleicht sogar mit den Gesetzen getrieben wird. Ich werde mich für meine Person dagegen zu wehren wissen.«

»Wie wollen Sie das tun?« fragte der Vorsteher.

»Das kann ich nicht verraten«, sagte K.

»Ich will mich nicht aufdrängen«, sagte der Vorsteher, »nur gebe ich Ihnen zu bedenken, daß Sie in mir – ich will nicht sagen, einen Freund, denn wir sind ja völlig Fremde – aber gewissermaßen einen Geschäftsfreund haben. Nur daß Sie als Landvermesser aufgenommen werden, lasse ich nicht zu; sonst aber können Sie sich immer mit Vertrauen an mich wenden, freilich in den Grenzen meiner Macht, die nicht groß ist.«

»Sie sprechen immer davon«, sagte K., »daß ich als Landvermesser aufgenommen werden soll, aber ich bin doch schon aufgenommen. Hier ist Klamms Brief.«

»Klamms Brief«, sagte der Vorsteher. »Er ist wertvoll und ehrwürdig durch Klamms Unterschrift, die echt zu sein scheint, sonst aber – doch ich wage es nicht, mich allein dazu zu äußern. – Mizzi!« rief er, und dann: »Aber was macht ihr denn?«

Die so lange unbeachteten Gehilfen und Mizzi hatten offenbar den gesuchten Akt nicht gefunden, hatten dann alles wieder in den Schrank sperren wollen, aber es war ihnen wegen der ungeordneten Überfülle der Akten nicht gelungen. Da waren wohl die Gehilfen auf den Gedanken gekommen, den sie jetzt ausführten. Sie hatten den Schrank auf den Boden gelegt, alle Akten hineingestopft, hatten sich dann mit Mizzi auf die Schranktüre gesetzt und suchten jetzt so, sie langsam niederzudrücken.

»Der Akt ist also nicht gefunden«, sagte der Vorsteher. »Schade, aber die Geschichte kennen Sie ja schon, eigentlich brauchen wir den Akt nicht mehr, übrigens wird er gewiß noch gefunden werden, er ist wahrscheinlich beim Lehrer, bei dem noch sehr viele Akten sind. Aber komm nun mit deiner Kerze her, Mizzi, und lies mir diesen Brief«

Mizzi kam und sah nun noch grauer und unscheinbarer aus, als sie auf dem Bettrand saß und sich an den starken, lebenerfüllten Mann drückte, der sie umfaßt hielt. Nur ihr kleines Gesicht fiel jetzt im Kerzenlicht auf, mit klaren, strengen, nur durch den Verfall des Alters gemilderten Linien. Kaum hatte sie in den Brief geblickt, faltete sie leicht die Hände. »Von Klamm«, sagte sie. Sie lasen dann gemeinsam den Brief, flüsterten ein wenig miteinander, und schließlich, während die Gehilfen gerade »Hurra!« riefen, denn sie hatten endlich die Schranktür zugedrückt, und Mizzi sah still dankbar zu ihnen hin, sagte der Vorsteher:

»Mizzi ist völlig meiner Meinung, und nun kann ich es wohl auszusprechen wagen. Dieser Brief ist überhaupt keine amtliche Zuschrift, sondern ein Privatbrief. Das ist schon an der Überschrift: ›Sehr geehrter Herr!‹ deutlich erkennbar. Außerdem ist darin mit keinem Worte gesagt, daß Sie als Landvermesser aufgenommen sind, es ist vielmehr nur im allgemeinen von herrschaftlichen Diensten die Rede, und auch das ist nicht bindend ausgesprochen, sondern Sie sind nur aufgenommen ›wie Sie wissen‹, das heißt, die Beweislast dafür, daß Sie aufgenommen sind, ist Ihnen auferlegt. Endlich werden Sie in amtlicher Hinsicht ausschließlich an mich, den Vorsteher, als Ihren nächsten Vorgesetzten verwiesen, der Ihnen alles Nähere mitteilen soll, was ja zum größten Teil schon geschehen ist. Für einen, der amtliche Zuschriften zu lesen versteht und infolgedessen nichtamtliche Briefe noch besser liest, ist das alles überdeutlich. Daß Sie, ein Fremder, das nicht erkennen, wundert mich nicht. Im ganzen bedeutet der Brief nichts anderes, als daß Klamm persönlich sich um Sie zu kümmern beabsichtigt für den Fall, daß Sie in herrschaftliche Dienste aufgenommen werden.«

»Sie deuten, Herr Vorsteher«, sagte K., »den Brief so gut, daß schließlich nichts anderes übrigbleibt als die Unterschrift auf einem leeren Blatt Papier. Merken Sie nicht, wie Sie damit Klamms Namen, den Sie zu achten vorgeben, herabwürdigen?«

»Das ist ein Mißverständnis«, sagte der Vorsteher. »Ich verkenne die Bedeutung des Briefes nicht, ich setze ihn durch meine Auslegung nicht herab, im Gegenteil. Ein Privatbrief Klamms hat natürlich viel mehr Bedeutung als eine amtliche Zuschrift; nur gerade die Bedeutung, die Sie ihm beilegen, hat er nicht.«

»Kennen Sie Schwarzer?« fragte K.

»Nein«, sagte der Vorsteher, »du vielleicht, Mizzi? Auch nicht. Nein, wir kennen ihn nicht.«

»Das ist merkwürdig«, sagte K., »er ist der Sohn eines Unterkastellans.«

»Lieber Herr Landvermesser«, sagte der Vorsteher, »wie soll ich denn alle Söhne aller Unterkastellane kennen?«

»Gut«, sagte K., »dann müssen Sie mir also glauben, daß er es ist. Mit diesem Schwarzer hatte ich noch am Tage meiner Ankunft einen ärgerlichen Auftritt. Er erkundigte sich dann telefonisch bei dem Unterkastellan namens Fritz und bekam die Auskunft, daß ich als Landvermesser aufgenommen sei. Wie erklären Sie sich das, Herr Vorsteher?«

»Sehr einfach«, sagte der Vorsteher, »Sie sind eben noch niemals mit unseren Behörden in Berührung gekommen. Alle diese Berührungen sind nur scheinbar, Sie aber halten sie infolge Ihrer Unkenntnis der Verhältnisse für wirklich. Und was das Telefon betrifft: Sehen Sie, bei mir, der ich wohl wahrlich genug mit den Behörden zu tun habe, gibt es kein Telefon. In Wirtsstuben und dergleichen, da mag es gute Dienste leisten, so etwa wie ein Musikautomat, mehr ist es auch nicht. Haben Sie schon einmal hier telefoniert, ja? Nun also, dann werden Sie mich vielleicht verstehen. Im Schloß funktioniert das Telefon offenbar ausgezeichnet; wie man mir erzählt hat, wird dort ununterbrochen telefoniert, was natürlich das Arbeiten sehr beschleunigt. Dieses ununterbrochene Telefonieren hören wir in den hiesigen Telefonen als Rauschen und Gesang, das haben Sie gewiß auch gehört. Nun ist aber dieses Rauschen und dieser Gesang das einzig Richtige und Vertrauenswerte, was uns die hiesigen Telefone übermitteln, alles andere ist trügerisch. Es gibt keine bestimmte telefonische Verbindung mit dem Schloß, keine Zentralstelle, welche unsere Anrufe weiterleitet; wenn man von hier aus im Schloß anruft, läutet es dort bei allen Apparaten der untersten Abteilungen oder vielmehr, es würde bei allen läuten, wenn nicht, wie ich bestimmt weiß, bei fast allen dieses Läutewerk abgestellt wäre. Hier und da aber hat ein übermüdeter Beamter das Bedürfnis, sich ein wenig zu zerstreuen, besonders am Abend oder bei Nacht, und schaltet das Läutewerk ein; dann bekommen wir Antwort, allerdings eine Antwort, die nichts ist als Scherz. Es ist das ja auch sehr verständlich. Wer darf denn Anspruch erheben, wegen seiner privaten kleinen Sorgen mitten in die wichtigsten und immer rasend vor sich gehenden Arbeiten hineinzuläuten? Ich begreife auch nicht, wie selbst ein Fremder glauben kann, daß, wenn er zum Beispiel Sordini anruft, es auch wirklich Sordini ist, der ihm antwortet. Vielmehr ist es wahrscheinlich ein kleiner Registrator einer ganz anderen Abteilung. Dagegen kann es allerdings in auserlesener Stunde geschehen, daß, wenn man den kleinen Registrator anruft, Sordini selbst die Antwort gibt. Dann freilich ist es besser, man läuft vom Telefon weg, ehe der erste Laut zu hören ist.«

»So habe ich das allerdings nicht angesehen«, sagte K., »diese Einzelheiten konnte ich nicht wissen; viel Vertrauen hatte ich zu diesen telefonischen Gesprächen nicht und war mir immer bewußt, daß nur das wirkliche Bedeutung hat, was man geradezu im Schloß erfährt oder erreicht.«

»Nein«, sagte der Vorsteher, an einem Wort sich festhaltend, »wirkliche Bedeutung kommt diesen telefonischen Antworten durchaus zu, wie denn nicht? Wie sollte eine Auskunft, die ein Beamter aus dem Schloß gibt, bedeutungslos sein? Ich sagte es schon gelegentlich des Klammschen Briefes; alle diese Äußerungen haben keine amtliche Bedeutung; wenn Sie ihnen amtliche Bedeutung zuschreiben, gehen Sie in die Irre; dagegen ist ihre private Bedeutung in freundschaftlichem oder feindseligem Sinne sehr groß, meist größer, als eine amtliche Bedeutung jemals sein könnte.«

»Gut«, sagte K., »angenommen, daß sich alles so verhält, dann hätte ich also eine Menge guter Freunde im Schloß; genau besehen, war schon damals vor vielen Jahren der Einfall jener Abteilung, man könnte einmal einen Landvermesser kommen lassen, ein Freundschaftsakt mir gegenüber, und in der Folgezeit reihte sich dann einer an den anderen, bis ich dann, allerdings zu bösem Ende, hergelockt wurde und man mir mit dem Hinauswurf droht.«

»Es ist eine gewisse Wahrheit in Ihrer Auffassung«, sagte der Vorsteher, »Sie haben darin recht, daß man die Äußerungen des Schlosses nicht wortwörtlich hinnehmen darf. Aber Vorsicht ist doch überall nötig, nicht nur hier, und desto nötiger, je wichtiger die Äußerung ist, um die es sich handelt. Was Sie dann aber vom Herlocken sagten, ist mir unbegreiflich. Wären Sie meinen Ausführungen besser gefolgt, dann müßten Sie doch wissen, daß die Frage Ihrer Hierherberufung viel zu schwierig ist, als daß wir sie hier im Laufe einer kleinen Unterhaltung beantworten könnten.«

»So bleibt dann das Ergebnis«, sagte K., »daß alles sehr unklar und unlösbar ist, bis auf den Hinauswurf.«

»Wer wollte wagen, Sie hinauszuwerfen, Herr Landvermesser?« sagte der Vorsteher. »Eben die Unklarheit der Vorfragen verbürgt Ihnen die höflichste Behandlung, nur sind Sie dem Anschein nach zu empfindlich. Niemand hält Sie hier zurück, aber das ist doch kein Hinauswurf.«

»Oh, Herr Vorsteher«, sagte K., »nun sind wieder Sie es, der manches allzu klar sieht. Ich werde Ihnen einiges davon aufzählen, was mich hier zurückhält: die Opfer, die ich brachte, um von zu Hause fortzukommen, die lange, schwere Reise, die begründeten Hoffnungen, die ich mir wegen der Aufnahme hier machte, meine vollständige Vermögenslosigkeit, die Unmöglichkeit, jetzt wieder eine andere entsprechende Arbeit zu Hause zu finden, und endlich, nicht zum wenigsten, meine Braut, die eine Hiesige ist.«

»Ach, Frieda«, sagte der Vorsteher ohne jede Überraschung. »Ich weiß. Aber Frieda würde Ihnen überallhin folgen. Was freilich das übrige betrifft, so sind hier allerdings gewisse Erwägungen nötig, und ich werde darüber im Schloß berichten. Sollte eine Entscheidung kommen oder sollte es vorher nötig werden, Sie noch einmal zu verhören, werde ich Sie holen lassen. Sind Sie damit einverstanden?«

»Nein, gar nicht«, sagte K., »ich will keine Gnadengeschenke vom Schloß, sondern mein Recht.«

»Mizzi«, sagte der Vorsteher zu seiner Frau, die noch immer an ihn gedrückt dasaß und traumverloren mit Klamms Brief spielte, aus dem sie ein Schiffchen geformt hatte, erschrocken nahm es ihr K. jetzt fort. »Mizzi, das Bein fängt mich wieder sehr zu schmerzen an, wir werden den Umschlag erneuern müssen.«

K. erhob sich. »Dann werde ich mich also empfehlen«, sagte er. »Ja«, sagte Mizzi, die schon eine Salbe zurechtmachte, »es zieht auch zu stark.« K. wandte sich um; die Gehilfen hatten, in ihrem immer unpassenden Diensteifer, gleich auf K.s Bemerkung hin beide Türflügel geöffnet. K. konnte, um das Krankenzimmer vor der mächtig eindringenden Kälte zu bewahren, nur flüchtig vor dem Vorsteher sich verbeugen. Dann lief er, die Gehilfen mit sich reißend, aus dem Zimmer und schloß schnell die Tür.

DAS SECHSTE KAPITEL

Vor dem Wirtshaus erwartete ihn der Wirt. Ohne gefragt zu werden, hätte er nicht zu sprechen gewagt, deshalb fragte ihn K., was er wolle. »Hast du schon eine neue Wohnung?« fragte der Wirt, zu Boden sehend. »Du fragst im Auftrage deiner Frau«, sagte K., »du bist wohl sehr abhängig von ihr?« – »Nein«, sagte der Wirt, »ich frage nicht in ihrem Auftrag. Aber sie ist sehr aufgeregt und unglücklich deinetwegen, kann nicht arbeiten, liegt im Bett und seufzt und klagt fortwährend.« – »Soll ich zu ihr gehen?« fragte K. »Ich bitte dich darum«, sagte der Wirt, »ich wollte dich schon vom Vorsteher holen, horchte dort an der Tür, aber ihr wart im Gespräch, ich wollte nicht stören, auch hatte ich Sorge wegen meiner Frau, lief wieder zurück, sie ließ mich aber nicht zu sich, so blieb mir nichts übrig, als auf dich zu warten.« – »Dann komm also schnell«,sagte K., »ich werde sie bald beruhigen.« – »Wenn es nur gelingen wollte«, sagte der Wirt.

Sie gingen durch die lichte Küche, wo drei oder vier Mägde, jede weit von der anderen, bei ihrer zufälligen Arbeit im Anblick K.s förmlich erstarrten. Schon in der Küche hörte man das Seufzen der Wirtin. Sie lag in einem durch eine leichte Bretterwand von der Küche abgetrennten, fensterlosen Verschlag. Er hatte nur Raum für ein großes Ehebett und einen Schrank. Das Bett war so aufgestellt, daß man von ihm aus die ganze Küche übersehen und die Arbeit beaufsichtigen konnte. Dagegen war von der Küche aus im Verschlag kaum etwas zu sehen. Dort war es ganz finster, nur das weiß-rote Bettzeug schimmerte ein wenig hervor. Erst wenn man eingetreten war und die Augen sich eingewöhnt hatten, unterschied man Einzelheiten.

»Endlich kommen Sie«, sagte die Wirtin schwach. Sie lag auf dem Rücken ausgestreckt, der Atem machte ihr offenbar Beschwerden, sie hatte das Federbett zurückgeworfen. Sie sah im Bett viel jünger aus als in den Kleidern, aber ein Nachthäubchen aus zartem Spitzengewebe, das sie trug, obwohl es zu klein war und auf ihrer Frisur schwankte, machte die Verfallenheit des Gesichtes mitleiderregend. »Wie hätte ich kommen sollen?« sagte K. sanft. »Sie haben mich doch nicht rufen lassen.« – »Sie hätten mich nicht so lange warten lassen sollen«, sagte die Wirtin mit dem Eigensinn des Kranken. »Setzen Sie sich«, sagte sie und zeigte auf den Bettrand, »ihr anderen geht aber fort. Außer den Gehilfen hatten sich inzwischen auch die Mägde eingedrängt. »Ich will auch fortgehen, Gardena«, sagte der Wirt. K. hörte zum erstenmal den Namen der Frau. »Natürlich«, sagte sie langsam und, als sei sie mit anderen Gedanken beschäftigt, fügte sie zerstreut hinzu: »Warum solltest denn gerade du bleiben?« Aber als sich alle in die Küche zurückgezogen hatten – auch die Gehilfen folgten diesmal gleich, allerdings waren sie hinter einer Magd her –, war Gardena doch aufmerksam genug, um zu erkennen, daß man aus der Küche alles hören konnte, was hier gesprochen wurde, denn der Verschlag hatte keine Tür, und so befahl sie allen, auch die Küche zu verlassen. Es geschah sofort.

»Bitte«, sagte dann Gardena, »Herr Landvermesser, gleich vorn im Schrank hängt ein Umhängetuch, reichen Sie es mir, ich will mich damit zudecken, ich ertrage das

Federbett nicht, ich atme so schwer.« Und als ihr K. das Tuch gebracht hatte, sagte sie: »Sehen Sie, das ist ein schönes Tuch, nicht wahr?« K. schien es ein gewöhnliches Wolltuch zu sein, er befühlte es nur aus Gefälligkeit noch einmal, sagte aber nichts. »Ja, es ist ein schönes Tuch«, sagte Gardena und hüllte sich ein. Sie lag nun friedlich da; alles Leid schien von ihr genommen zu sein, ja sogar ihre vom Liegen in Unordnung gebrachten Haare fielen ihr ein, sie setzte sich für ein Weilchen auf und verbesserte die Frisur ein wenig rings um das Häubchen. Sie hatte reiches Haar.

K. wurde ungeduldig und sagte: »Sie ließen mich, Frau Wirtin, fragen, ob ich schon eine andere Wohnung habe.« – »Ich ließ Sie fragen?« sagte die Wirtin. »Nein, das ist ein Irrtum.« – »Ihr Mann hat mich eben jetzt danach gefragt.« – »Das glaube ich«, sagte die Wirtin, »ich bin mit ihm geschlagen. Als ich Sie nicht hier haben wollte, hat er Sie hier gehalten, jetzt, da ich glücklich bin, daß Sie hier wohnen, treibt er Sie fort. So ähnlich macht er es immer.« – »Sie haben also«, sagte K., »Ihre Meinung über mich so sehr geändert? In ein, zwei Stunden?« – »Ich habe meine Meinung nicht geändert«, sagte die Wirtin, wieder schwächer, »reichen Sie mir Ihre Hand. So. Und nun versprechen Sie mir, völlig aufrichtig zu sein, auch ich will es Ihnen gegenüber sein.« – »Gut«, sagte K., »wer wird aber anfangen?« – »Ich«, sagte die Wirtin. Es machte nicht den Eindruck, als wolle sie K. damit entgegenkommen, sondern als sei sie begierig, als erste zu reden.

Sie zog eine Fotografie unter dem Polster hervor und reichte sie K. »Sehen Sie dieses Bild an«, sagte sie bittend. Um es besser zu sehen, machte K. einen Schritt in die Küche, aber auch dort war es nicht leicht, etwas auf dem Bild zu erkennen, denn dieses war vom Alter ausgebleicht, vielfach gebrochen, zerdrückt und fleckig. »Es ist in keinem sehr guten Zustand«, sagte K. »Leider, leider«, sagte die Wirtin, »wenn man es durch Jahre immer bei sich herumträgt, wird es so. Aber wenn Sie es genau ansehen, werden Sie doch alles erkennen, ganz gewiß. Ich kann Ihnen übrigens helfen, sagen Sie mir, was Sie sehen, es freut mich sehr, von dem Bild zu hören. Was also?« – »Einen jungen Mann«, sagte K. »Richtig«, sagte die Wirtin, »und was macht er?« – »Er liegt, glaube ich, auf einem Brett, streckt sich und gähnt.« Die Wirtin lachte. »Das ist ganz falsch«, sagte sie. »Aber hier ist doch das Brett, und hier liegt er«, beharrte K. auf seinem Standpunkt. »Sehen Sie doch genauer hin«, sagte die Wirtin ärgerlich, »liegt er wirklich?« – »Nein«, sagte nun K., »er liegt nicht, er schwebt und, nun sehe ich es, es ist gar kein Brett, sondern wahrscheinlich eine Schnur, und der junge Mann macht einen Hochsprung.« – »Nun also«, sagte die Wirtin erfreut, »er springt, so üben die amtlichen Boten. Ich habe ja gewußt, daß Sie es erkennen werden. Sehen Sie auch sein Gesicht?« – »Vom Gesicht sehe ich nur sehr wenig«, sagte K., »er strengt sich offenbar sehr an, der Mund ist offen, die Augen zusammengekniffen, und das Haar flattert.« – »Sehr gut«, sagte die Wirtin anerkennend. »Mehr kann einer, der ihn nicht persönlich gesehen hat, nicht erkennen. Aber es war ein schöner Junge; ich habe ihn nur einmal flüchtig gesehen und werde ihn nie vergessen.« – »Wer war es denn?« fragte K. »Es war«, sagte die Wirtin, »der Bote, durch den Klamm mich zum ersten Male zu sich berief.«

K. konnte nicht genau zuhören, er wurde durch Klirren von Glas abgelenkt. Er fand gleich die Ursache der Störung. Die Gehilfen standen draußen im Hof, hüpften im Schnee von einem Fuß auf den anderen. Sie taten, als wären sie glücklich, K. wiederzusehen; vor Glück zeigten sie ihn einander und tippten dabei immerfort an das Küchenfenster. Auf eine drohende Bewegung K.s ließen sie sofort davon ab, suchten einander zurückzudrängen, aber einer entwischte gleich dem anderen, und schon waren sie wieder beim Fenster. K. eilte in den Verschlag, wo ihn die Gehilfen von außen nicht sehen konnten und er sie nicht sehen mußte. Aber das leise, wie bittende Klirren der Fensterscheibe verfolgte ihn auch dort noch lange.

»Wieder einmal die Gehilfen«, sagte er der Wirtin zu seiner Entschuldigung und zeigte hinaus. Sie aber achtete nicht auf ihn, das Bild hatte sie ihm fortgenommen, angesehen, geglättet und wieder unter das Polster geschoben. Ihre Bewegungen waren langsamer geworden, aber nicht vor Müdigkeit, sondern unter der Last der Erinnerung. Sie hatte K. erzählen wollen und hatte ihn vergessen über der Erzählung. Sie spielte mit den Fransen ihres Tuches. Erst nach einem Weilchen blickte sie auf, fuhr sich mit der Hand über die Augen und sagte: »Auch dieses Tuch ist von Klamm. Und auch das Häubchen. Das Bild, das Tuch und das Häubchen, das sind drei Andenken, die ich an ihn habe. Ich bin nicht jung wie Frieda, ich bin nicht so ehrgeizig wie sie, auch nicht so zartfühlend, sie ist sehr zartfühlend; kurz, ich weiß mich in das Leben zu schicken, aber das muß ich eingestehen, ohne die drei Dinge hätte ich es hier nicht so lange ausgehalten, ja, ich hätte es wahrscheinlich keinen Tag hier ausgehalten. Diese drei Andenken scheinen Ihnen vielleicht gering, aber sehen Sie: Frieda, die so lange mit Klamm verkehrt hat, besitzt gar kein Andenken, ich habe sie gefragt, sie ist zu schwärmerisch und auch zu ungenügsam; ich dagegen, die nur dreimal bei Klamm war – später ließ er mich nicht mehr rufen, ich weiß nicht, warum –, habe doch wie in Vorahnung der Kürze meiner Zeit diese Andenken mitgebracht. Freilich, man muß sich darum kümmern, Klamm selbst gibt nichts, aber wenn man dort etwas Passendes liegen sieht, kann man es sich ausbitten.«

K. fühlte sich unbehaglich gegenüber diesen Geschichten, sosehr sie ihn auch betrafen.

»Wie lange ist denn das alles her?« fragte er seufzend.

»Über zwanzig Jahre«, sagte die Wirtin. »Weit über zwanzig Jahre.«

»So lange hält man Klamm die Treue«, sagte K. »Sind Sie sich aber, Frau Wirtin, dessen auch bewußt, daß Sie mir mit solchen Geständnissen, wenn ich an meine zukünftige Ehe denke, schwere Sorgen machen?«

Die Wirtin fand es ungebührlich, daß sich K. mit seinen Angelegenheiten hier einmischen wollte, und sah ihn erzürnt von der Seite an.

»Nicht so böse, Frau Wirtin«, sagte K. »Ich sagte ja kein Wort gegen Klamm, aber ich bin doch durch die Macht der Ereignisse in gewisse Beziehungen zu Klamm getreten; das kann der größte Verehrer Klamms nicht leugnen. Nun also. Infolgedessen muß ich bei Klamms Erwähnung immer auch an mich denken, das ist nicht zu ändern. Übrigens, Frau Wirtin« – hier faßte K. ihre zögernde Hand –, »denken Sie daran, wie schlecht unsere letzte Unterhaltung ausgefallen ist und daß wir diesmal in Frieden auseinandergehen wollen.«

»Sie haben recht«, sagte die Wirtin und beugte den Kopf, »aber schonen Sie mich. Ich bin nicht empfindlicher als andere, im Gegenteil, jeder hat empfindliche Stellen, ich habe nur diese eine.«

»Leider ist es gleichzeitig auch die meine«, sagte K., »ich aber werde mich gewiß beherrschen; nun aber erklären Sie mir, Frau Wirtin, wie soll ich in der Ehe diese entsetzliche Treue gegenüber Klamm ertragen, vorausgesetzt, daß auch Frieda Ihnen darin ähnlich ist?«

»Entsetzliche Treue?« wiederholte die Wirtin grollend. »Ist es denn Treue? Treu bin ich meinem Mann, aber Klamm? Klamm hat mich einmal zu seiner Geliebten gemacht, kann ich diesen Rang jemals verlieren? Und wie Sie es bei Frieda ertragen sollen? Ach, Herr Landvermesser, wer sind Sie denn, der so zu fragen wagt?«

»Frau Wirtin«, sagte K. warnend.

»Ich weiß«, sagte die Wirtin, sich fügend, »aber mein Mann hat solche Fragen nicht gestellt. Ich weiß nicht, wer unglücklich zu nennen ist, ich damals oder Frieda jetzt. Frieda, die mutwillig Klamm verließ, oder ich, die er nicht mehr hat rufen lassen. Vielleicht ist es doch Frieda, wenn sie es auch noch nicht in vollem Umfang zu wissen scheint. Aber meine Gedanken beherrschte doch mein Unglück damals ausschließlicher, denn immerfort mußte ich mich fragen und höre im Grunde auch heute noch nicht auf, so zu fragen: Warum ist das geschehen? Dreimal hat dich Klamm rufen lassen und zum viertenmal nicht mehr und niemals mehr zum viertenmal! Was beschäftigte mich damals mehr? Worüber konnte ich denn sonst mit meinem Mann sprechen, den ich damals kurz nachher heiratete? Bei Tag hatten wir keine Zeit, wir hatten dieses Wirtshaus in einem elenden Zustand übernommen und mußten es in die Höhe zu bringen suchen, aber in der Nacht? Jahrelang drehten sich unsere nächtlichen Gespräche nur um Klamm und die Gründe seiner Sinnesänderung. Und wenn mein Mann bei diesen Unterhaltungen einschlief, weckte ich ihn, und wir sprachen weiter.«

»Nun werde ich«, sagte K., »wenn Sie erlauben, eine sehr grobe Frage stellen.«

Die Wirtin schwieg.

»Ich darf also nicht fragen«, sagte K., »auch das genügt mir.«

»Freilich«, sagte die Wirtin, »auch das genügt Ihnen, und das besonders. Sie mißdeuten alles, auch das Schweigen. Sie können eben nicht anders. Ich erlaube Ihnen zu fragen.«

»Wenn ich alles mißdeute«, sagte K., »mißdeute ich vielleicht auch meine Frage, vielleicht ist sie gar nicht so grob. Ich wollte nur wissen, wie Sie Ihren Mann kennengelernt haben und wie dieses Wirtshaus in Ihren Besitz gekommen ist?«

Die Wirtin runzelte die Stirn, sagte aber gleichmütig: »Das ist eine sehr einfache Geschichte. Mein Vater war Schmied, und Hans, mein jetziger Mann, der Pferdeknecht bei einem Großbauern war, kam öfters zu meinem Vater. Es war damals nach der letzten Zusammenkunft mit Klamm, ich war sehr unglücklich und hätte es eigentlich nicht sein dürfen, denn alles war ja korrekt vor sich gegangen, und daß ich nicht mehr zu Klamm durfte, war eben Klamms Entscheidung, war also korrekt; nur die Gründe waren dunkel, in denen durfte ich nicht forschen, aber unglücklich hätte ich nicht sein dürfen. Nun, ich war es doch und konnte nicht arbeiten und saß in unserem Vorgärtchen, den ganzen Tag. Dort sah mich Hans, setzte sich manchmal zu mir, ich klagte ihm nicht, aber er wußte, worum es ging, und weil er ein guter Junge ist, kam es vor, daß er mit mir weinte. Und als der damalige Gastwirt, dem die Frau gestorben war und der deshalb das Gewerbe aufgeben mußte – auch war er schon ein alter Mann –, einmal an unserem Gärtchen vorüberkam und uns dort sitzen sah, blieb er stehen und bot uns kurzerhand das Wirtshaus zur Pacht an, wollte, weil er Vertrauen zu uns habe, kein Geld im voraus und setzte die Pacht sehr billig an. Dem Vater wollte ich nicht zur Last fallen, alles andere war mir gleichgültig, und so reichte ich in Gedanken an das Wirtshaus und an die neue, vielleicht ein wenig Vergessen bringende Arbeit Hans die Hand. Das ist die Geschichte.«

Es war ein Weilchen still, dann sagte K.: »Die Handlungsweise des Gastwirts war schön, aber unvorsichtig, oder hatte er besondere Gründe für sein Vertrauen zu Ihnen beiden?«

»Er kannte Hans gut«, sagte die Wirtin, »er war Hansens Onkel.«

»Dann freilich«, sagte K. »Hansens Familie war also offenbar viel an der Verbindung mit Ihnen gelegen?«

»Vielleicht«, sagte die Wirtin, »ich weiß es nicht, ich kümmerte mich nie darum.«

»Es muß doch aber so gewesen sein«, sagte K., »wenn die Familie bereit war, solche Opfer zu bringen und das Wirtshaus einfach, ohne Sicherung, in Ihre Hände zu geben.«

»Es war nicht unvorsichtig, wie sich später gezeigt hat«, sagte die Wirtin. »Ich warf mich in die Arbeit, stark war ich, des Schmiedes Tochter, ich brauchte nicht Magd, nicht Knecht; ich war überall, in der Wirtsstube, in der Küche, im Stall, im Hof, ich kochte so gut, daß ich sogar dem Herrenhof Gäste abjagte. Sie waren zu Mittag noch nicht in der Wirtsstube, Sie kennen nicht unsere Mittagsgäste, damals waren noch mehr, seitdem haben sich schon viele verlaufen. Und das Ereignis war, daß wir nicht nur die Pacht richtig zahlen konnten, sondern nach einigen Jahren das Ganze kauften und es heute fast schuldenfrei ist. Das weitere Ergebnis freilich war, daß ich mich dabei zerstörte, herzkrank wurde und nun eine alte Frau geworden bin. Sie glauben vielleicht, daß ich viel älter als Hans bin, aber in Wirklichkeit ist er nur zwei oder drei Jahre jünger und wird allerdings niemals altern, denn bei seiner Arbeit – Pfeiferauchen, den Gästen zuhören, dann die Pfeife ausklopfen und manchmal ein Bier holen –, bei dieser Arbeit altert man nicht.«

»Ihre Leistungen sind bewundernswert«, sagte K., »daran ist kein Zweifel, aber wir sprachen von den Zeiten vor Ihrer Heirat, und damals wäre es doch merkwürdig gewesen, wenn Hansens Familie unter Geldopfern oder zumindest mit Übernahme eines so großen Risikos, wie es die Hingabe des Wirtshauses war, zur Heirat gedrängt und hierbei keine andere Hoffnung gehabt hätte als Ihre Arbeitskraft, die man ja noch gar nicht kannte, und Hansens Arbeitskraft, deren Nichtvorhandensein man doch schon erfahren haben mußte.«

»Nun ja«, sagte die Wirtin müde, »ich weiß ja, worauf Sie zielen und wie fehl Sie dabei gehen. Von Klamm war in allen diesen Dingen keine Spur. Warum hätte er für mich sorgen sollen oder richtiger: wie hätte er überhaupt für mich sorgen können? Er wußte ja nichts mehr von mir. Daß er mich nicht mehr hatte rufen lassen, war ein Zeichen, daß er mich vergessen hatte. Wen er nicht mehr rufen läßt, vergißt er völlig. Ich wollte davon vor Frieda nicht reden. Es ist aber nicht nur Vergessen, es ist mehr als das. Den, welchen man vergessen hat, kann man ja wieder kennenlernen. Bei Klamm ist das nicht möglich. Wen er nicht mehr rufen läßt, den hat er nicht nur für die Vergangenheit völlig vergessen, sondern förmlich auch für alle Zukunft. Wenn ich mir viel Mühe gebe, kann ich mich ja hineindenken in Ihre Gedanken, in Ihre hier sinnlosen, in der Fremde, aus der Sie kommen, vielleicht gültigen Gedanken. Möglicherweise versteigen Sie sich bis zu der Tollheit, zu glauben, Klamm hätte mir gerade meinen Hans deshalb zum Manne gegeben, damit ich nicht viel Hindernis habe, zu ihm zu kommen, wenn er mich in Zukunft einmal riefe. Nun, weiter kann auch Tollheit nicht gehen. Wo wäre der Mann, der mich hindern könnte, zu Klamm zu laufen, wenn mir Klamm ein Zeichen gibt? Unsinn, völliger Unsinn; man verwirrt sich selbst, wenn man mit diesem Unsinn spielt.«

»Nein«, sagte K., »verwirren wollen wir uns nicht, ich war mit meinen Gedanken noch lange nicht so weit, wie Sie annehmen, wenn auch, um die Wahrheit zu sagen, auf dem Wege dorthin. Vorläufig wunderte mich aber nur, daß die Verwandtschaft so viel von der Heirat erhoffte und daß diese Hoffnungen sich tatsächlich auch erfüllten, allerdings durch den Einsatz Ihres Herzens, Ihrer Gesundheit. Der Gedanke an einen Zusammenhang dieser Tatsachen mit Klamm drängte sich mir dabei allerdings auf, aber nicht oder noch nicht in der Grobheit, mit der Sie es darstellten, offenbar nur zu dem Zweck, um mich wieder einmal anfahren zu können, weil Ihnen das Freude macht. Mögen Sie die Freude haben! Mein Gedanke aber war der: Zunächst ist Klamm offenbar die Veranlassung der Heirat. Ohne Klamm wären Sie nicht unglücklich gewesen, nicht untätig im Vorgärtchen gesessen, ohne Klamm hätte Sie Hans dort nicht gesehen, ohne Ihre Traurigkeit hätte der schüchterne Hans Sie nie anzusprechen gewagt, ohne Klamm hätten Sie sich nie mit Hans in Tränen gefunden, ohne Klamm hätte der alte, gute Onkel-Gastwirt niemals Hans und Sie dort friedlich beisammen gesehen, ohne Klamm wären Sie nicht gleichgültig gegen das Leben gewesen, hätten also Hans nicht geheiratet. Nun, in dem allen ist doch schon genug Klamm, sollte ich meinen. Es geht aber noch weiter. Hätten Sie nicht Vergessen gesucht, hätten Sie gewiß nicht so rücksichtslos gegen sich selbst gearbeitet und die Wirtschaft nicht so hoch gebracht. Also auch hier Klamm. Aber Klamm ist auch noch, abgesehen davon, die Ursache Ihrer Krankheit, denn Ihr Herz war schon vor Ihrer Heirat von der unglücklichen Leidenschaft erschöpft. Bleibt nur noch die Frage, was Hansens Verwandte so sehr an der Heirat lockte. Sie selbst erwähnten einmal, daß Klamms Geliebte zu sein eine unverlierbare Rangerhöhung bedeutet; nun, so mag sie also dies gelockt haben. Außerdem aber glaube ich, die Hoffnung, daß der gute Stern, der Sie zu Klamm geführt hat – vorausgesetzt, daß es ein guter Stern war, aber Sie behaupten es –, zu Ihnen gehöre, also bei Ihnen bleiben müsse und Sie nicht etwa so schnell und plötzlich verlassen werde, wie Klamm es getan hat.«

»Meinen Sie das alles im Ernst?« fragte die Wirtin.

»Im Ernst«, sagte K. schnell, »nur glaube ich, daß Hansens Verwandtschaft mit ihren Hoffnungen weder ganz recht noch ganz unrecht hatte, und ich glaube auch den Fehler zu erkennen, den sie gemacht haben. Äußerlich scheint ja alles gelungen, Hans ist gut versorgt, hat eine stattliche Frau, steht in Ehren, die Wirtschaft ist schuldenfrei. Aber eigentlich ist doch nicht alles gelungen, er wäre mit einem einfachen Mädchen, dessen erste große Liebe er gewesen wäre, gewiß viel glücklicher geworden; wenn er, wie Sie es ihm vorwerfen, manchmal in der Wirtsstube wie verloren dasteht, so deshalb, weil er sich wirklich wie verloren fühlt – ohne darüber unglücklich zu sein, gewiß, soweit kenne ich ihn schon –, aber ebenso gewiß ist es, daß dieser hübsche, verständige Junge mit einer anderen Frau glücklicher, womit ich gleichzeitig meine, selbständiger, fleißiger, männlicher geworden wäre. Und Sie selbst sind doch gewiß nicht glücklich und, wie Sie sagten, ohne die drei Andenken wollten Sie gar nicht weiterleben, und herzkrank sind Sie auch. Also hatte die Verwandtschaft mit ihren Hoffnungen unrecht? Ich glaube nicht. Der Segen war über Ihnen, aber man verstand nicht, ihn herunterzuholen.«

»Was hat man denn versäumt?« fragte die Wirtin. Sie lag nun ausgestreckt auf dem Rücken und blickte zur Decke empor.

»Klamm zu fragen«, sagte K.

»So wären wir also wieder bei Ihnen«, sagte die Wirtin.

»Oder bei Ihnen«, sagte K. »Unsere Angelegenheiten grenzen aneinander.«

»Was wollen Sie also von Klamm?« fragte die Wirtin. Sie hatte sich aufrecht gesetzt, die Kissen aufgeschüttelt, um sitzend sich anlehnen zu können, und sah K. voll in die Augen. »Ich habe Ihnen meinen Fall, aus dem Sie einiges hätten lernen können, offen erzählt. Sagen Sie mir nun ebenso offen, was Sie Klamm fragen wollen. Nur mit Mühe habe ich Frieda überredet, in ihr Zimmer hinaufzugehen und dort zu bleiben; ich fürchtete, Sie würden in ihrer Anwesenheit nicht genug offen sprechen.«

»Ich habe nichts zu verbergen«, sagte K. »Zunächst aber will ich Sie auf etwas aufmerksam machen. Klamm vergißt gleich, sagten Sie. Das kommt mir nun erstens sehr unwahrscheinlich vor, zweitens aber ist es unbeweisbar, offenbar nichts anderes als eine Legende, ausgedacht vom Mädchenverstand derjenigen, welche bei Klamm gerade in Gnade waren. Ich wundere mich, daß Sie einer so platten Erfindung glauben.«

»Es ist keine Legende«, sagte die Wirtin, »es ist vielmehr der allgemeinen Erfahrung entnommen.«

»Also auch durch eine Erfindung zu widerlegen«, sagte K. »Dann gibt es aber auch noch einen Unterschied zwischen Ihrem und Friedas Fall. Daß Klamm Frieda nicht mehr gerufen hätte, ist gewissermaßen gar nicht vorgekommen, vielmehr hat er sie gerufen, aber sie hat nicht gefolgt. Es ist sogar möglich, daß er noch immer auf sie wartet.«

Die Wirtin schwieg und ließ nur ihren Blick beobachtend an K. auf und ab gehen. Dann sagte sie: »Ich will allem, was Sie zu sagen haben, ruhig zuhören. Reden Sie lieber offen, als daß Sie mich schonen. Nur eine Bitte habe ich. Gebrauchen Sie nicht Klamms Namen. Nennen Sie ihn ›Er‹ oder sonstwie, aber nicht beim Namen.«

»Gern«, sagte K., »aber was ich von ihm will, ist schwer zu sagen. Zunächst will ich ihn in der Nähe sehen, dann will ich seine Stimme hören, dann will ich von ihm wissen, wie er sich zu unserer Heirat verhält. Worum ich ihn dann vielleicht noch bitten werde, hängt vom Verlauf der Unterredung ab. Es kann manches zur Sprache kommen, aber das wichtigste ist doch für mich, daß ich ihm gegenüberstehe. Ich habe nämlich noch mit keinem wirklichen Beamten unmittelbar gesprochen. Es scheint das schwerer zu erreichen zu sein, als ich glaubte. Nun aber habe ich die Pflicht, mit ihm als einem Privatmann zu sprechen, und dieses ist meiner Meinung nach viel leichter durchzusetzen. Als Beamten kann ich ihn nur in seinem vielleicht unzugänglichen Büro sprechen, im Schloß oder, was schon fraglich ist, im Herrenhof. Als Privatmann aber überall, im Haus, auf der Straße, wo es mir nur gelingt, ihm zu begegnen. Daß ich dann nebenbei auch den Beamten mir gegenüber haben werde, werde ich gern hinnehmen, aber es ist nicht mein erstes Ziel.«

»Gut«, sagte die Wirtin und drückte ihr Gesicht in die Kissen, als sage sie etwas Schamloses. »Wenn ich durch meine Verbindungen es erreiche, daß Ihre Bitte um eine Unterredung zu Klamm geleitet wird, versprechen Sie mir, bis zum Herabkommen der Antwort nichts auf eigene Faust zu unternehmen?«

»Das kann ich nicht versprechen«, sagte K., »so gerne ich Ihre Bitte oder Ihre Laune erfüllen wollte. Die Sache drängt nämlich, besonders nach dem ungünstigen Ergebnis meiner Besprechung mit dem Vorsteher.«

»Dieser Einwand entfällt«, sagte die Wirtin, »der Vorsteher ist eine ganz belanglose Person. Haben Sie denn das nicht bemerkt? Er könnte keinen Tag in seiner Stellung bleiben, wenn nicht seine Frau wäre, die alles führt.«

»Mizzi?« fragte K. Die Wirtin nickte. »Sie war dabei«, sagte K. »Hat sie sich geäußert?« fragte die Wirtin.

»Nein«, sagte K., »ich hatte aber auch nicht den Eindruck, daß sie das könnte.«

»Nun ja«, sagte die Wirtin, »so irrig sehen Sie hier alles an. Jedenfalls: Was der Vorsteher über Sie verfügt hat, hat keine Bedeutung, und mit der Frau werde ich gelegentlich reden. Und wenn ich Ihnen nun noch verspreche, daß die Antwort Klamms spätestens in einer Woche kommen wird, haben Sie wohl keinen Grund mehr, mir nicht nachzugeben.«

»Das alles ist nicht entscheidend«, sagte K. »Mein Entschluß steht fest und ich würde ihn auch auszuführen versuchen, wenn eine ablehnende Antwort käme. Wenn ich aber diese Absicht von vornherein habe, kann ich doch nicht vorher um die Unterredung bitten lassen. Was ohne die Bitte vielleicht ein kühner, aber doch gutgläubiger Versuch bleibt, wäre nach einer ablehnenden Antwort offene Widersetzlichkeit. Das wäre freilich viel schlimmer.«

»Schlimmer?« sagte die Wirtin. »Widersetzlichkeit ist es auf jeden Fall. Und nun tun Sie nach Ihrem Willen. Reichen Sie mir den Rock.«

Ohne Rücksicht auf K. zog sie sich den Rock an und eilte in die Küche. Schon seit längerer Zeit hörte man Unruhe von der Wirtsstube her. An das Guckfenster war geklopft worden. Die Gehilfen hatten es einmal aufgestoßen und hereingerufen, daß sie Hunger hätten. Auch andere Gesichter waren dann dort erschienen. Sogar einen leisen, aber mehrstimmigen Gesang hörte man.

Freilich, K.s Gespräch mit der Wirtin hatte das Kochen des Mittagessens sehr verzögert, es war noch nicht fertig, aber die Gäste waren versammelt. Immerhin hatte niemand gewagt, gegen das Verbot der Wirtin die Küche zu betreten. Nun aber, da die Beobachter am Guckfenster meldeten, die Wirtin komme schon, liefen die Mägde gleich in die Küche, und als K. die Wirtsstube betrat, strömte die erstaunlich zahlreiche Gesellschaft, mehr als zwanzig Leute, Männer und Frauen, provinzmäßig, aber nicht bäuerisch angezogen, vom Guckfenster, wo sie versammelt gewesen waren, zu den Tischen, um sich Plätze zu sichern. Nur an einem kleinen Tisch in einem Winkel saß schon ein Ehepaar mit einigen Kindern; der Mann, ein freundlicher, blauäugiger Herr mit zerrauftem, grauem Haar und Bart, stand zu den Kindern hinabgebeugt und gab mit einem Messer den Takt zu ihrem Gesang, den er immerfort zu dämpfen bemüht war; vielleicht wollte er sie durch den Gesang den Hunger vergessen machen. Die Wirtin entschuldigte sich vor der Gesellschaft mit einigen gleichgültig hingesprochenen Worten, niemand machte ihr Vorwürfe. Sie sah sich nach dem Wirt um, der sich aber vor der Schwierigkeit der Lage wohl schon längst geflüchtet hatte. Dann ging sie langsam in die Küche; für K., der zu Frieda in sein Zimmer eilte, hatte sie keinen Blick mehr.

DAS SIEBTE KAPITEL

Oben traf K. den Lehrer. Das Zimmer war erfreulicherweise kaum wiederzuerkennen, so fleißig war Frieda gewesen. Es war gut gelüftet worden, der Ofen reichlich geheizt, der Fußboden gewaschen, das Bett geordnet, die Sachen der Mägde, dieser hassenswerte Unrat, einschließlich ihrer Bilder, waren verschwunden, der Tisch, der einem früher, wohin man sich auch wendete, mit seiner schmutzüberkrusteten Platte förmlich nachgestarrt hatte, war mit einer weißen, gestrickten Decke überzogen. Nun konnte man schon Gäste empfangen; daß K.s kleiner Wäschevorrat, den Frieda offenbar früh gewaschen hatte, beim Ofen zum Trocknen ausgehängt war, störte wenig. Der Lehrer und Frieda waren bei Tisch gesessen, sie erhoben sich bei K.s Eintritt. Frieda begrüßte K. mit einem Kuß, der Lehrer verbeugte sich ein wenig. K., zerstreut und noch in der Unruhe des Gesprächs mit der Wirtin, begann, sich zu entschuldigen, daß er den Lehrer bisher noch nicht hatte besuchen können; es war so, als nehme er an, der Lehrer hätte, ungeduldig wegen K.s Ausbleiben, nun selbst den Besuch gemacht. Der Lehrer aber, in seiner gemessenen Art, schien sich nun erst selbst langsam zu erinnern, daß einmal zwischen ihm und K. eine Art Besuch verabredet worden war. »Sie sind ja, Herr Landvermesser«, sagte er langsam, »der Fremde, mit dem ich vor ein paar Tagen auf dem Kirchplatz gesprochen habe.« – »Ja«, sagte K. kurz; was er damals in seiner Verlassenheit geduldet hatte, mußte er hier, in seinem Zimmer, sich nicht gefallen lassen. Er wandte sich an Frieda und beriet sich mit ihr wegen eines wichtigen Besuches, den er sofort zu machen habe und bei dem er möglichst gut angezogen sein müsse. Frieda rief sofort, ohne K. weiter auszufragen, die Gehilfen, die gerade mit der Untersuchung der neuen Tischdecke beschäftigt waren, und befahl ihnen, K.s Kleider und Stiefel, die er gleich auszuziehen begann, unten im Hof sorgfältig zu putzen. Sie selbst nahm ein Hemd von der Schnur und lief in die Küche hinunter, um es zu bügeln.

Jetzt war K. mit dem Lehrer, der wieder still beim Tisch saß, allein; er ließ ihn noch ein wenig warten, zog sich das Hemd aus und begann, sich beim Waschbecken zu waschen. Erst jetzt, den Rücken dem Lehrer zugekehrt, fragte er ihn nach dem Grund seines Kommens. »Ich komme im Auftrag des Herrn Gemeindevorstehers«, sagte er. K. war bereit, den Auftrag zu hören. Da aber K.s Worte in dem Wasserschwall schwer verständlich waren, mußte der Lehrer näher kommen und lehnte sich neben K. an die Wand. K. entschuldigte sein Waschen und seine Unruhe mit der Dringlichkeit des beabsichtigten Besuches. Der Lehrer ging darüber hinweg und sagte: »Sie waren unhöflich gegenüber dem Herrn Gemeindevorsteher, diesem alten, verdienten, vielerfahrenen, ehrwürdigen Mann.« – »Daß ich unhöflich gewesen wäre, weiß ich nicht«, sagte K., während er sich abtrocknete, »daß ich aber an anderes zu denken hatte als an ein feines Benehmen, ist richtig, denn es handelte sich um meine Existenz, die bedroht ist durch eine schmachvolle amtliche Wirtschaft, deren Einzelheiten ich Ihnen nicht darlegen muß, da Sie selbst ein tätiges Glied dieser Behörde sind. Hat sich der Gemeindevorsteher über mich beklagt?« – »Wem gegenüber hätte er sich beklagen sollen?« sagte der Lehrer. »Und selbst, wenn er jemanden hätte, würde er sich denn jemals beklagen? Ich habe nur ein kleines Protokoll nach seinem Diktat über Ihre Besprechung aufgesetzt und daraus über die Güte des Herrn Vorstehers und über die Art Ihrer Antworten genug erfahren.«

Während K. seinen Kamm suchte, den Frieda irgendwo eingeordnet haben mußte, sagte er: »Wie? Ein Protokoll? In meiner Abwesenheit nachträglich aufgesetzt von jemandem, der gar nicht bei der Besprechung war? Das ist nicht übel. Und warum denn ein Protokoll? War es denn eine amtliche Handlung?« – »Nein«, sagte der Lehrer, »eine halbamtliche, auch das Protokoll ist nur halbamtlich; es wurde nur gemacht, weil bei uns in allem strenge Ordnung sein muß. Jedenfalls liegt es nun vor und dient nicht zu Ihrer Ehre.« K., der den Kamm, der ins Bett geglitten war, endlich gefunden hatte, sagte ruhiger: »Mag es vorliegen. Sind Sie gekommen, mir das zu melden?« – »Nein«, sagte der Lehrer, »aber ich bin kein Automat und mußte Ihnen meine Meinung sagen. Mein Auftrag dagegen ist ein weiterer Beweis der Güte des Herrn Vorstehers; ich betone, daß mir diese Güte unbegreiflich ist und daß ich nur unter dem Zwang meiner Stellung und in Verehrung des Herrn Vorstehers den Auftrag ausführe.« K., gewaschen und gekämmt, saß nun in Erwartung des Hemdes und der Kleider bei Tisch; er war wenig neugierig auf das, was der Lehrer ihm brachte; auch war er beeinflußt von der geringen Meinung, welche die Wirtin vom Vorsteher hatte. »Es ist wohl schon Mittag vorüber?« fragte er in Gedanken an den Weg, den er vorhatte, dann verbesserte er sich und sagte: »Sie wollten mir etwas vom Vorsteher ausrichten.« – »Nun ja«, sagte der Lehrer mit einem Achselzucken, als schüttle er jede eigene Verantwortung von sich ab. »Der Herr Vorsteher befürchtet, daß Sie, wenn die Entscheidung Ihrer Angelegenheit zu lange ausbleibt, etwas Unbedachtes auf eigene Faust tun werden. Ich für meinen Teil weiß nicht, warum er das befürchtet; meine Ansicht ist, daß Sie doch am besten tun mögen, was Sie wollen. Wir sind nicht Ihre Schutzengel und haben keine Verpflichtung, Ihnen auf allen Ihren Wegen nachzulaufen. Nun gut. Der Herr Vorsteher ist anderer Meinung. Die Entscheidung selbst, welche Sache der gräflichen Behörden ist, kann er freilich nicht beschleunigen. Wohl aber will er in seinem Wirkungskreis eine vorläufige, wahrhaftig generöse Entscheidung treffen, es liegt nur an Ihnen, sie anzunehmen: Er bietet Ihnen vorläufig die Stelle eines Schuldieners an.« Darauf, was ihm angeboten wurde, achtete K. zunächst kaum, aber die Tatsache, daß ihm etwas angeboten wurde, schien ihm nicht bedeutungslos. Es deutete darauf hin, daß er nach Ansicht des Vorstehers imstande war, um sich zu wehren, Dinge auszuführen, vor denen sich zu schützen für die Gemeinde selbst gewisse Aufwendungen rechtfertigte. Und wie wichtig man die Sache nahm! Der Lehrer, der hier schon eine Zeitlang gewartet und vorher noch das Protokoll aufgesetzt hatte, mußte ja vom Vorsteher geradezu hergejagt worden sein. Als der Lehrer sah, daß er nun doch K. nachdenklich gemacht hatte, fuhr er fort: »Ich machte meine Einwendungen. Ich wies darauf hin, daß bisher kein Schuldiener nötig gewesen sei; die Frau des Kirchendieners räumt von Zeit zu Zeit auf, und Fräulein Gisa, die Lehrerin, beaufsichtigt es. Ich habe Plage genug mit den Kindern, ich will mich nicht auch noch mit einem Schuldiener ärgern. Der Herr Vorsteher entgegnete, daß es aber doch sehr schmutzig in der Schule sei. Ich erwiderte, der Wahrheit gemäß, daß es nicht sehr arg sei. Und, fügte ich hinzu, wird es dann besser werden, wenn wir den Mann als Schuldiener nehmen? Ganz gewiß nicht. Abgesehen davon, daß er von solchen Arbeiten nichts versteht, hat doch das Schulhaus nur zwei große Lehrzimmer ohne Nebenräume, der Schuldiener muß also mit seiner Familie in einem der Lehrzimmer wohnen, schlafen, vielleicht gar kochen, das kann natürlich die Reinlichkeit nicht vergrößern. Aber der Herr Vorsteher verwies darauf, daß diese Stelle für Sie eine Rettung in der Not sei und daß Sie daher sich mit allen Kräften bemühen werden, sie gut auszufüllen; ferner meinte der Herr Vorsteher, gewinnen wir mit Ihnen auch noch die Kräfte Ihrer Frau und Ihrer Gehilfen, so daß nicht nur die Schule, sondern auch der Schulgarten in musterhafter Ordnung wird gehalten werden können. Das alles widerlegte ich mit Leichtigkeit. Schließlich konnte der Herr Vorsteher gar nichts mehr zu

Ihren Gunsten vorbringen, lachte und sagte nur, Sie seien doch Landvermesser und würden daher die Beete im Schulgarten besonders schön gerade ziehen können. Nun, gegen Späße gibt es keine Einwände, und so ging ich mit dem Auftrag zu Ihnen.« »Sie machen sich unnütze Sorgen, Herr Lehrer«, sagte K. »Es fällt mir nicht ein, die Stelle anzunehmen.« – »Vorzüglich«, sagte der Lehrer, »vorzüglich, ganz ohne Vorbehalt lehnen Sie ab«, und er nahm den Hut, verbeugte sich und ging.

Gleich darauf kam Frieda mit verstörtem Gesicht herauf, das Hemd brachte sie ungebügelt, Fragen beantwortete sie nicht; um sie zu zerstreuen, erzählte ihr K. von dem Lehrer und dem Angebot; kaum hörte sie es, warf sie das Hemd auf das Bett und lief wieder fort. Sie kam bald zurück, aber mit dem Lehrer, der verdrießlich aussah und gar nicht grüßte. Frieda bat ihn um ein wenig Geduld – offenbar hatte sie das auf dem Weg hierher schon einige Male getan –, zog dann K. durch eine Seitentür, von der er gar nicht gewußt hatte, auf den benachbarten Dachboden und erzählte dort schließlich aufgeregt außer Atem, was ihr geschehen war. Die Wirtin, empört darüber, daß sie sich vor K. zu Geständnissen und, was noch ärger war, zur Nachgiebigkeit hinsichtlich einer Unterredung Klamms mit K. erniedrigt und nichts damit erreicht hatte als, wie sie sagte, kalte und überdies unaufrichtige Abweisung, sei entschlossen, K. nicht mehr in ihrem Hause zu dulden; habe er Verbindungen mit dem Schloß, so möge er sie nur schnell ausnützen, denn noch heute, noch jetzt müsse er das Haus verlassen, und nur auf direkten behördlichen Befehl und Zwang werde sie ihn wieder aufnehmen; doch hoffe sie, daß es nicht dazu kommen werde, denn auch sie habe Verbindungen mit dem Schloß und werde sie geltend zu machen verstehen. Übrigens sei er ja in das Wirtshaus nur infolge der Nachlässigkeit des Wirtes gekommen und sei auch sonst gar nicht in Not, denn noch heute morgen habe er sich eines für ihn bereitstehenden Nachtlagers gerühmt. Frieda natürlich solle bleiben; wenn Frieda mit K. ausziehen sollte, werde sie, die Wirtin, tief unglücklich sein, schon unten in der Küche sei sie bei dem bloßen Gedanken weinend neben dem Herd zusammengesunken, die arme, herzleidende Frau! Aber wie könnte sie anders handeln, jetzt, da es sich, in ihrer Vorstellung wenigstens geradezu um die Ehre von Klamms Andenken handle! So stehe es also mit der Wirtin. Frieda freilich werde ihm, K., folgen, wohin er wolle, in Schnee und Eis, darüber sei natürlich kein weiteres Wort zu verlieren, aber sehr schlimm sei doch ihrer beider Lage jedenfalls, darum habe sie das Angebot des Vorstehers mit großer Freude begrüßt, sei es auch eine für K. nicht passende Stelle, so sei sie doch, das werde ausdrücklich betont, eine nur vorläufige, man gewinne Zeit und werde leicht andere Möglichkeiten finden, selbst wenn die endgültige Entscheidung ungünstig ausfallen sollte. »Im Notfall«, rief schließlich Frieda, schon an K.s Hals, »wandern wir aus, was hält uns hier im Dorf? Vorläufig aber, nicht wahr, Liebster, nehmen wir das Angebot an. Ich habe den Lehrer zurückgebracht, du sagst ihm ›Angenommen‹, nichts weiter, und wir übersiedeln in die Schule.«

»Das ist schlimm«, sagte K., ohne es aber ganz ernsthaft zu meinen, denn die Wohnung kümmerte ihn wenig, auch fror er sehr in seiner Unterwäsche hier auf dem Dachboden, der, auf zwei Seiten ohne Wand und Fenster, scharf von kalter Luft durchzogen wurde, »jetzt hast du das Zimmer so schön hergerichtet, und nun sollen wir ausziehen! Ungern, ungern würde ich die Stelle annehmen, schon die augenblickliche Demütigung vor diesem kleinen Lehrer ist mir peinlich, und nun soll er gar mein Vorgesetzter werden. Wenn man nur noch ein Weilchen hierbleiben könnte, vielleicht ändert sich meine Lage noch heute nachmittag. Wenn wenigstens du hier bliebest, könnte man es abwarten und dem Lehrer nur eine unbestimmte Antwort geben. Für mich finde ich immer ein Nachtlager, wenn es sein muß, wirklich bei Bar ...« Frieda verschloß ihm mit der Hand den Mund. »Das nicht«, sagte sie ängstlich, »bitte, sage das nicht wieder. Sonst aber folge ich dir in allem. Wenn du willst, bleibe ich allein hier, so traurig es für mich wäre. Wenn du willst, lehnen wir den Antrag ab, so unrichtig das meiner Meinung nach wäre. Denn sieh, wenn du eine andere Möglichkeit findest, gar noch heute nachmittag, nun, so ist es selbstverständlich, daß wir die Stelle in der Schule sofort aufgeben, niemand wird uns daran hindern. Und was die Demütigung vor dem Lehrer betrifft, so laß mich dafür sorgen, daß es keine wird, ich selbst werde mit ihm sprechen, du wirst nur stumm dabeistehen, und auch später wird es nicht anders sein, niemals wirst du, wenn du nicht willst, selbst mit ihm sprechen müssen, ich allein werde in Wirklichkeit seine Untergebene sein, und nicht einmal ich werde es sein, denn ich kenne seine Schwächen. So ist also nichts verloren, wenn wir die Stelle annehmen, vieles aber, wenn wir sie ablehnen; vor allem würdest du wirklich auch nur für dich allein, wenn du nicht noch heute etwas vom Schloß erreichst, nirgends im Dorf ein Nachtlager finden, ein Nachtlager nämlich, für das ich mich als deine künftige Frau nicht schämen müßte. Und wenn du kein Nachtlager bekommst, willst du dann etwa von mir verlangen, daß ich hier im warmen Zimmer schlafe, während ich weiß, daß du draußen in Nacht und Kälte umherirrst?« K., der die ganze Zeit über, die Arme über der Brust gekreuzt, mit den Händen seinen Rücken schlug, um sich ein wenig zu erwärmen, sagte: »Dann bleibt nichts übrig, als anzunehmen. Komm!«

Im Zimmer eilte er gleich zum Ofen; um den Lehrer kümmerte er sich nicht; dieser saß beim Tisch, zog die Uhr hervor und sagte: »Es ist spät geworden.« – »Dafür sind wir aber jetzt auch völlig einig, Herr Lehrer«, sagte Frieda. »Wir nehmen die Stelle an.« – »Gut«, sagte der Lehrer, »aber die Stelle ist dem Herrn Landvermesser angeboten. Er selbst muß sich äußern.« Frieda kam K. zu Hilfe. »Freilich«, sagte sie, »er nimmt die Stelle an, nicht wahr, K.?« So konnte K. seine Erklärung auf ein einfaches »Ja« beschränken, das nicht einmal an den Lehrer, sondern an Frieda gerichtet war. »Dann«, sagte der Lehrer, »bleibt mir nur noch übrig, Ihnen Ihre Dienstpflichten vorzuhalten, damit wir in dieser Hinsicht ein für allemal einig sind; Sie haben, Herr Landvermesser, täglich beide Schulzimmer zu reinigen und zu heizen, kleinere Reparaturen im Haus, ferner an den Schul- und Turngeräten selbst vorzunehmen, den Weg durch den Garten schneefrei zu halten, Botengänge für mich und das Fräulein Lehrerin zu machen und in der wärmeren Jahreszeit alle Gartenarbeit zu besorgen. Dafür haben Sie das Recht, nach Ihrer Wahl in einem der Schulzimmer zu wohnen; doch müssen Sie, wenn nicht gleichzeitig in beiden Zimmern unterrichtet wird und Sie gerade in dem Zimmer, in welchem unterrichtet wird, wohnen, natürlich in das andere Zimmer übersiedeln. Kochen dürfen Sie in der Schule nicht, dafür werden Sie und die Ihren auf Kosten der Gemeinde hier im Wirtshaus verpflegt. Daß Sie sich der Würde der Schule gemäß verhalten müssen und daß insbesondere die Kinder, gar während des Unterrichts, niemals etwa Zeugen unliebsamer Szenen in Ihrer Häuslichkeit werden dürfen, erwähne ich nur nebenbei, denn als gebildeter Mann müssen Sie das wissen. In Zusammenhang damit bemerke ich noch, daß wir darauf bestehen müssen, daß Sie Ihre Beziehungen zu Fräulein Frieda möglichst bald legitimieren. Über dies alles und noch einige Kleinigkeiten wird ein Dienstvertrag aufgesetzt, den Sie gleich, wenn Sie ins Schulhaus einziehen, unterzeichnen müssen.« K. erschien das alles unwichtig, so, als ob es ihn nicht betreffe oder jedenfalls nicht binde; nur die Großtuerei des Lehrers reizte ihn, und er sagte leichthin: »Nun ja, es sind die üblichen Verpflichtungen.« Um diese Bemerkung ein wenig zu verwischen, fragte Frieda nach dem Gehalt. »Ob Gehalt gezahlt wird«, sagte der Lehrer, »wird erst nach einmonatigem Probedienst erwogen werden.« – »Das ist aber hart für uns«, sagte Frieda. »Wir sollen fast ohne Geld heiraten, unsere Hauswirtschaft aus nichts schaffen. Könnten wir nicht doch, Herr Lehrer, durch eine Eingabe an die Gemeinde um ein kleines sofortiges Gehalt bitten? Würden Sie dazu raten?« – »Nein«, sagte der Lehrer, der seine Worte immer an K. richtete. »Einer solchen Eingabe würde nur entsprochen werden, wenn ich es empfehle, und ich würde es nicht tun. Die Verleihung der Stelle ist ja nur eine Gefälligkeit Ihnen gegenüber, und Gefälligkeiten muß man, wenn man sich seiner öffentlichen Verantwortung bewußt bleibt, nicht zu weit treiben.« Nun mischte sich aber doch K. ein, fast gegen seinen Willen. »Was die Gefälligkeit betrifft, Herr Lehrer«, sagte er, »glaube ich, daß Sie irren. Diese Gefälligkeit ist vielleicht eher auf meiner Seite.« – »Nein«, sagte der Lehrer lächelnd, nun hatte er doch K. zum Reden gezwungen. »Darüber bin ich genau unterrichtet. Wir brauchen den Schuldiener etwa so dringend wie den Landvermesser. Schuldiener wie Landvermesser, es ist eine Last an unserem Halse. Es wird mich noch viel Nachdenken kosten, wie ich die Ausgaben vor der Gemeinde begründen soll. Am besten und wahrheitsgemäßesten wäre es, die Forderung nur auf den Tisch zu werfen und gar nicht zu begründen.« – »So meine ich es ja«, sagte K., »gegen Ihren Willen müssen Sie mich aufnehmen. Obwohl es Ihnen schweres Nachdenken verursacht, müssen Sie mich aufnehmen. Wenn nun jemand genötigt ist, einen anderen aufzunehmen, und dieser andere sich aufnehmen läßt, so ist er es doch, der gefällig ist.« – »Sonderbar«, sagte der Lehrer, »was sollte uns zwingen, Sie aufzunehmen? Des Herrn Vorstehers gutes, übergutes Herz zwingt uns. Sie werden, Herr Landvermesser, das sehe ich wohl, manche Phantasien aufgeben müssen, ehe Sie ein brauchbarer Schuldiener werden. Und für die Gewährung eines eventuellen Gehaltes machen natürlich solche Bemerkungen wenig Stimmung. Auch merke ich leider, daß mir Ihr Benehmen noch viel zu schaffen geben wird; die ganze Zeit über verhandeln Sie ja mit mir – ich sehe es immerfort an und glaube es fast nicht – in Hemd und Unterhosen.« – »Ja«, rief K. lachend und schlug in die Hände, »die entsetzlichen Gehilfen! Wo bleiben sie denn?« Frieda eilte zur Tür; der Lehrer, der merkte, daß nun K. für ihn nicht mehr zu sprechen war, fragte Frieda, wann sie in die Schule einziehen würden. »Heute«, sagte Frieda. »Dann komme ich morgen früh revidieren«, sagte der Lehrer, grüßte durch Handwinken, wollte durch die Tür, die Frieda für sich geöffnet hatte, hinausgehen, stieß aber mit den Mägden zusammen, die schon mit ihren Sachen kamen, um sich im Zimmer wieder einzurichten. Er mußte zwischen ihnen, die vor niemandem zurückgewichen wären, durchschlüpfen, Frieda folgte ihm. »Ihr habt es aber eilig«, sagte K., der diesmal sehr zufrieden mit ihnen war, »wir sind noch hier, und ihr müßt schon einrücken?« Sie antworteten nicht und drehten nur verlegen ihre Bündel, aus denen K. die wohlbekannten schmutzigen Fetzen hervorhängen sah. »Ihr habt wohl euere Sachen noch niemals gewaschen«, sagte K., es war nicht böse, sondern mit einer gewissen Zuneigung gesagt. Sie merkten es, öffneten gleichzeitig ihren harten Mund, zeigten die schönen, starken, tiermäßigen Zähne und lachten lautlos. »Nun kommt«, sagte K., »richtet euch ein, es ist ja euer Zimmer.« Als sie aber noch immer zögerten – ihr Zimmer schien ihnen wohl allzusehr verwandelt –, nahm K. eine beim Arm, um sie weiterzuführen. Aber er ließ sie gleich los, so erstaunt war beider Blick, den sie, nach einer kurzen gegenseitigen Verständigung, nun nicht mehr von K. wandten. »Jetzt habt ihr mich aber lange genug angesehen«, sagte K., irgendein unangenehmes Gefühl abwehrend, nahm Kleider und Stiefel, die eben Frieda, schüchtern von den Gehilfen gefolgt, gebracht hatte, und zog sich an. Unbegreiflich war ihm immer, und jetzt wieder, die Geduld, die Frieda mit den Gehilfen hatte. Sie hatte sie, die doch die Kleider im Hof hätten putzen sollen, nach längerem Suchen friedlich unten beim Mittagessen gefunden, die ungeputzten Kleider vor sich zusammengepreßt auf dem Schoß, sie hatte dann selbst alles putzen müssen; und doch zankte sie, die gemeines Volk gut zu beherrschen wußte, gar nicht mit ihnen, erzählte überdies in ihrer Gegenwart von ihrer großen Nachlässigkeit wie von einem kleinen Scherz und klopfte gar noch dem einen leicht, wie schmeichelnd, auf die Wange. K. wollte ihr nächstens darüber Vorhaltungen machen. Jetzt aber war es höchste Zeit, wegzugehen. »Die Gehilfen bleiben hier, dir bei der Übersiedlung zu helfen«, sagte K. Sie waren allerdings nicht damit einverstanden; satt und fröhlich, wie sie waren, hätten sie sich gern ein wenig Bewegung gemacht. Erst als Frieda sagte: »Gewiß, ihr bleibt hier«, fügten sie sich. »Weißt du, wohin ich gehe?« fragte K. »Ja«, sagte Frieda. »Und du hältst mich also nicht mehr zurück?« fragte K. »Du wirst so viele Hindernisse finden«, sagte sie, »was würde da mein Wort bedeuten!« Sie küßte K. zum Abschied, gab ihm, da er nicht zu Mittag gegessen hatte, ein Päckchen mit Brot und Wurst, das sie von unten für ihn mitgebracht hatte, erinnerte ihn daran, daß er dann nicht mehr hierher, sondern gleich in die Schule kommen solle, und begleitete ihn, die Hand auf seiner Schulter, bis vor die Tür hinaus.

DAS ACHTE KAPITEL

Zunächst war K. froh, dem Gedränge der Mägde und Gehilfen in dem warmen Zimmer entgangen zu sein. Auch fror es ein wenig, der Schnee war fester, das Gehen leichter. Nur fing es freilich schon zu dunkeln an, und er beschleunigte die Schritte.

Das Schloß, dessen Umrisse sich schon aufzulösen begannen, lag still wie immer, niemals noch hatte K. dort das geringste Zeichen von Leben gesehen, vielleicht war es gar nicht möglich, aus dieser Ferne etwas zu erkennen, und doch verlangten es die Augen und wollten die Stille nicht dulden. Wenn K. das Schloß ansah, so war es ihm manchmal, als beobachtete er jemanden, der ruhig dasitze und vor sich hinsehe, nicht etwa in Gedanken verloren und dadurch gegen alles abgeschlossen, sondern frei und unbekümmert, so, als sei er allein und niemand beobachte ihn, und doch mußte er merken, daß er beobachtet wurde, aber es rührte nicht im geringsten an seiner Ruhe, und wirklich – man wußte nicht, war es Ursache oder Folge –, die Blicke des Beobachters konnten sich nicht festhalten und glitten ab. Dieser Eindruck wurde heute noch verstärkt durch das frühe Dunkel; je länger er hinsah, desto weniger erkannte er, desto tiefer sank alles in Dämmerung.

Gerade als K. zu dem noch unbeleuchteten Herrenhof kam, öffnete sich ein Fenster im ersten Stock, ein junger, dicker, glattrasierter Herr im Pelzrock beugte sich heraus und blieb dann im Fenster. K.s Gruß schien er auch nicht mit dem leichtesten Kopfnicken zu beantworten. Weder im Flur noch im Ausschank traf K. jemanden, der Geruch von abgestandenem Bier war noch schlimmer als letzthin, etwas Derartiges kam wohl im Wirtshaus »Zur Brücke« nicht vor. K. ging sofort zu der Tür, durch die er letzthin Klamm beobachtet hatte, drückte vorsichtig die Klinke nieder, aber die Tür war versperrt; dann suchte er die Stelle zu ertasten, wo das Guckloch war, aber der Verschluß war wahrscheinlich so gut eingepaßt, daß er die Stelle auf diese Weise nicht finden konnte, er zündete deshalb ein Streichholz an. Da wurde er durch einen Schrei erschreckt. In dem Winkel zwischen Tür und Kredenztisch, nahe beim Ofen, saß zusammengeduckt ein junges Mädchen und starrte ihn in dem Aufleuchten des Streichholzes mit mühsam geöffneten, schlaftrunkenen Augen an. Es war offenbar die Nachfolgerin Friedas. Sie faßte sich bald, drehte das elektrische Licht an, der Ausdruck ihres Gesichtes war noch böse, da erkannte sie K. »Ah, der Herr Landvermesser«, sagte sie lächelnd, reichte ihm die Hand und stellte sich vor: »Ich heiße Pepi.« Sie war klein, rot, gesund, das üppige, rötlichblonde Haar war in einen starken Zopf geflochten, außerdem krauste es sich rund um das Gesicht, sie hatte ein ihr sehr wenig passendes, glatt niederfallendes Kleid aus grauglänzendem Stoff, unten war es kindlich ungeschickt von einem in eine Masche endigenden Seidenband zusammengezogen, so daß es sie beengte. Sie erkundigte sich nach Frieda, und ob sie nicht bald zurückkommen werde. Das war eine Frage, die nahe an Boshaftigkeit grenzte. »Ich bin«, sagte sie dann, »gleich nach Friedas Weggang in Eile hierher berufen worden, weil man doch nicht eine Beliebige hier verwenden kann, ich war bis jetzt Zimmermädchen, aber es ist kein guter Tausch, den ich gemacht habe. Viel Abend- und Nachtarbeit ist hier, das ist sehr ermüdend, ich werde es kaum ertragen, ich wundere mich nicht, daß Frieda es aufgegeben hat.« – »Frieda war hier sehr zufrieden«, sagte K., um Pepi endlich auf den Unterschied aufmerksam zu machen, der zwischen ihr und Frieda bestand und den sie vernachlässigte. »Glauben Sie ihr nicht«, sagte Pepi. »Frieda kann sich beherrschen wie nicht leicht jemand. Was sie nicht gestehen will, gesteht sie nicht, und dabei merkt man gar nicht, daß sie etwas zu gestehen hätte. Ich diene doch jetzt hier schon einige Jahre mit ihr, immer haben wir zusammen in einem Bett geschlafen, aber vertraut bin ich mit ihr nicht, gewiß denkt sie heute schon nicht mehr an mich. Ihre einzige Freundin vielleicht ist die alte Wirtin aus dem Brückengasthaus, und das ist doch auch bezeichnend.« – »Frieda ist meine Braut«, sagte K. und suchte nebenbei die Gucklochstelle in der Tür. »Ich weiß«, sagte Pepi, »deshalb erzähle ich es ja. Sonst hätte es doch für Sie keine Bedeutung.« – »Ich verstehe«, sagte K. »Sie meinen, daß ich stolz darauf sein kann, ein so verschlossenes Mädchen für mich gewonnen zu haben.« – »Ja«, sagte sie und lachte zufrieden, so, als habe sie K. zu einem geheimen Einverständnis hinsichtlich Friedas gewonnen.

Aber es waren nicht eigentlich ihre Worte, die K. beschäftigten und ein wenig vom Suchen ablenkten, sondern ihre Erscheinung war es und ihr Vorhandensein an dieser Stelle. Freilich, sie war viel jünger als Frieda, fast kindlich noch, und ihre Kleidung war lächerlich, sie hatte sich offenbar angezogen entsprechend den übertriebenen Vorstellungen, die sie von der Bedeutung eines Ausschankmädchens hatte. Und diese Vorstellungen hatte sie gar noch in ihrer Art mit Recht, denn die Stellung, für die sie noch gar nicht paßte, war wohl unverhofft und unverdient und nur vorläufig ihr zuteil geworden, nicht einmal das Ledertäschchen, das Frieda immer im Gürtel getragen hatte, hatte man ihr anvertraut. Und ihre angebliche Unzufriedenheit mit der Stellung war nichts als Überhebung. Und doch, trotz ihrem kindlichen Unverstand hatte auch sie wahrscheinlich Beziehungen zum Schloß; sie war ja, wenn sie nicht log, Zimmermädchen gewesen; ohne von ihrem Besitz zu wissen, verschlief sie hier die Tage, aber eine Umarmung dieses kleinen, dicken, ein wenig rundrückigen Körpers konnte ihr zwar den Besitz nicht entreißen, konnte aber an ihn rühren und aufmuntern für den schweren Weg. Dann war es vielleicht nicht anders als bei Frieda? O doch, es war anders. Man mußte nur an Friedas Blick denken, um das zu verstehen. Niemals hätte K. Pepi angerührt. Aber doch mußte er jetzt für ein Weilchen seine Augen bedecken, so gierig sah er sie an.

»Es muß ja nicht angezündet sein«, sagte Pepi und drehte das Licht wieder aus, »ich habe nur angezündet, weil Sie mich so sehr erschreckt haben. Was wollen Sie denn hier? Hat Frieda etwas vergessen?« – »Ja«, sagte K. und zeigte auf die Tür, »hier im Zimmer nebenan eine Tischdecke, eine weiße, gestrickte.« – »Ja, ihre Tischdecke«, sagte Pepi, »ich erinnere mich, eine schöne Arbeit, ich habe ihr dabei geholfen, aber in diesem Zimmer ist sie wohl kaum.« – »Frieda glaubt es. Wer wohnt denn hier?« fragte K. »Niemand«, sagte Pepi. »Es ist das Herrenzimmer, hier trinken und essen die Herren, das heißt, es ist dafür bestimmt, aber die meisten bleiben oben in ihren Zimmern.« – »Wenn ich wüßte«, sagte K., »daß jetzt nebenan niemand ist, würde ich sehr gerne hineingehen und die Decke suchen. Aber es ist eben unsicher; Klamm, zum Beispiel, pflegt oft dort zu sitzen.« – »Klamm ist jetzt gewiß nicht dort«, sagte Pepi, »er fährt ja gleich weg, der Schlitten wartet schon im Hof.«

Sofort, ohne ein Wort der Erklärung, verließ K. den Ausschank, wandte sich im Flur anstatt zum Ausgang gegen das Innere des Hauses und hatte nach wenigen Schritten den Hof erreicht. Wie still und schön es hier war! Ein viereckiger Hof, auf drei Seiten vom Hause, gegen die Straße zu – eine Nebenstraße, die K. nicht kannte – von einer hohen, weißen Mauer mit einem großen, schweren, jetzt offenen Tor begrenzt. Hier, auf der Hofseite, schien das Haus höher als auf der Vorderseite, wenigstens war der erste Stock vollständig ausgebaut und hatte ein größeres Ansehen, denn er war von einer hölzernen, bis auf einen kleinen Spalt in Augenhöhe geschlossenen Galerie umlaufen. K. schief gegenüber, noch im Mitteltrakt, aber schon im Winkel, wo sich der gegenüberliegende Seitenflügel anschloß, war ein Eingang ins Haus, offen, ohne Tür. Davor stand ein dunkler, geschlossener, mit zwei Pferden bespannter Schlitten. Bis auf den Kutscher, den K. auf die Entfernung hin jetzt in der Dämmerung mehr vermutete als erkannte, war niemand zu sehen.

Die Hände in den Taschen, vorsichtig sich umschauend, nahe an der Mauer, umging K. zwei Seiten des Hofes, bis er beim Schlitten war. Der Kutscher, einer jener Bauern, die letzthin im Ausschank gewesen waren, hatte ihn, im Pelz versunken, teilnahmslos herankommen sehen, so wie man etwa den Weg einer Katze verfolgt. Auch als K. schon bei ihm stand, grüßte, und sogar die Pferde ein wenig unruhig wurden wegen des aus dem Dunkel auftauchenden Mannes, blieb er gänzlich unbekümmert. Das war K. sehr willkommen. Angelehnt an die Mauer, packte er sein Essen aus, gedachte dankbar Friedas, die ihn so gut versorgt hatte, und spähte dabei in das Innere des Hauses. Eine rechtwinklig gebrochene Treppe führte herab und war unten von einem niedrigen, aber scheinbar tiefen Gang gekreuzt; alles war rein, weiß getüncht, scharf und gerade abgegrenzt.

Das Warten dauerte länger, als K. gedacht hatte. Längst schon war er mit dem Essen fertig, die Kälte war empfindlich, aus der Dämmerung war schon völlige Finsternis geworden, und Klamm kam immer noch nicht. »Das kann noch sehr lange dauern«, sagte plötzlich eine rauhe Stimme so nahe bei K., daß er zusammenfuhr. Es war der Kutscher, der, wie aufgewacht, sich streckte und laut gähnte. »Was kann denn lange dauern?« fragte K., nicht undankbar wegen der Störung, denn die fortwährende Stille und Spannung war schon lästig gewesen. »Ehe Sie weggehen werden«, sagte der Kutscher. K. verstand ihn nicht, fragte aber nicht weiter, er glaubte auf diese Weise den Hochmütigen am besten zum Reden zu bringen. Ein Nichtantworten hier in der Finsternis war fast aufreizend. Und tatsächlich fragte der Kutscher nach einem Weilchen: »Wollen Sie Kognak?« – »Ja«, sagte K. unüberlegt, durch das Angebot allzusehr verlockt, denn ihn fröstelte. »Dann machen Sie den Schlitten auf«, sagte der Kutscher, »in der Seitentasche sind einige Flaschen, nehmen Sie eine, trinken Sie und reichen Sie sie mir dann. Mir ist es wegen des Pelzes zu beschwerlich hinunterzusteigen.« Es verdroß K., solche Handreichungen zu machen, aber da er sich nun mit dem Kutscher schon eingelassen hatte, gehorchte er, selbst auf die Gefahr hin, beim Schlitten etwa von Klamm überrascht zu werden. Er öffnete die breite Tür und hätte gleich aus der Tasche, welche auf der Innenseite der Tür angebracht war, die Flasche herausziehen können, aber da nun die Tür offen war, trieb es ihn so sehr in das Innere des Schlittens, daß er nicht widerstehen konnte, nur einen Augenblick lang wollte er darin sitzen. Er huschte hinein. Außerordentlich war die Wärme im Schlitten, und sie blieb so, obwohl die Tür, die K. nicht zu schließen wagte, weit offen war. Man wußte gar nicht, ob man auf einer Bank saß, sosehr lag man in Decken, Polstern und Pelzen; nach allen Seiten konnte man sich drehen und strecken, immer versank man weich und warm. Die Arme ausgebreitet, den Kopf durch Polster gestützt, die immer bereit waren, blickte K. aus dem Schlitten in das dunkle Haus. Warum dauerte es so lange, ehe Klamm herunterkam? Wie betäubt von der Wärme nach dem langen Stehen im Schnee, wünschte K., daß Klamm endlich komme. Der Gedanke, daß er in seiner jetzigen Lage von Klamm lieber nicht gesehen werden sollte, kam ihm nur undeutlich, als leise Störung, zu Bewußtsein. Unterstützt in dieser Vergeßlichkeit wurde er durch das Verhalten des Kutschers, der doch wissen mußte, daß er im Schlitten war, und ihn dort ließ, sogar ohne den Kognak von ihm zu fordern. Das war rücksichtsvoll, aber K. wollte ihn ja bedienen. Schwerfällig, ohne seine Lage zu verändern, langte er nach der Seitentasche, aber nicht in der offenen Tür, die zu weit entfernt war, sondern hinter sich in die geschlossene, nun, es war gleichgültig, auch in dieser waren Flaschen. Er holte eine hervor, schraubte den Verschluß auf und roch dazu, unwillkürlich mußte er lächeln, der Geruch war so süß, so schmeichelnd, so wie man von jemand, den man sehr lieb hat, Lob und gute Worte hört und gar nicht genau weiß, worum es sich handelt, und es gar nicht wissen will und nur glücklich ist in dem Bewußtsein, daß er es ist, der so spricht. »Sollte das Kognak sein?« fragte sich K. zweifelnd und kostete aus Neugier. Doch, es war Kognak, merkwürdigerweise, und brannte und wärmte. Wie es sich beim Trinken verwandelte, aus etwas, das fast nur Träger süßen Duftes war, in ein kutschermäßiges Getränk! »Ist es möglich?« fragte sich K., wie vorwurfsvoll gegen sich selbst, und trank noch einmal.

Da – K. war gerade in einem langen Schluck befangen – wurde es hell, das elektrische Licht brannte, innen auf der Treppe, im Gange, im Flur, außen über dem Eingang. Man hörte Schritte die Treppe herabkommen, die Flasche entfiel K.s Hand, der Kognak ergoß sich über einen Pelz, K. sprang aus dem Schlitten, gerade hatte er noch die Tür zuschlagen können, was einen dröhnenden Lärm gab, als kurz darauf ein Herr langsam aus dem Hause trat. Das einzig Tröstliche schien, daß es nicht Klamm war, oder war gerade dieses zu bedauern? Es war der Herr, den K. schon im Fenster des ersten Stockes gesehen hatte. Ein junger Herr, äußerst wohlaussehend, weiß und rot, aber sehr ernst. Auch K. sah ihn düster an, aber er meinte sich selbst mit diesem Blick. Hätte er doch lieber seine Gehilfen hergeschickt; sich so zu benehmen, wie er es getan hatte, hätten auch sie verstanden. Ihm gegenüber der Herr schwieg noch, so, als hätte er für das zu Sagende nicht genug Atem in seiner überbreiten Brust. »Das ist ja entsetzlich«, sagte er dann und schob seinen Hut ein wenig aus der Stirn. Wie? Der Herr wußte doch wahrscheinlich nichts von K.s Aufenthalt im Schlitten und fand schon irgend etwas entsetzlich? Etwa daß K. bis in den Hof gedrungen war? »Wie kommen Sie denn hierher?« fragte der Herr schon leiser, schon ausatmend, sich ergebend in das Unabänderliche. Was für Fragen! Was für Antworten! Sollte etwa K. noch ausdrücklich selbst dem Herrn bestätigen, daß sein mit soviel Hoffnungen begonnener Weg vergebens gewesen war? Statt zu antworten, wandte sich K. zum Schlitten, öffnete ihn und holte seine Mütze, die er darin vergessen hatte. Mit Unbehagen merkte er, wie der Kognak auf das Trittbrett tropfte.

Dann wandte er sich wieder dem Herrn zu; ihm zu zeigen, daß er im Schlitten gewesen war, hatte er nun keine Bedenken mehr, es war auch nicht das schlimmste; wenn er gefragt würde, allerdings nur dann, wollte er nicht verschweigen, daß ihn der Kutscher selbst zumindest zum Öffnen des Schlittens veranlaßt hatte. Das eigentlich Schlimme aber war ja, daß ihn der Herr überrascht hatte, daß nicht genug Zeit mehr gewesen war, sich vor ihm zu verstecken, um dann ungestört auf Klamm warten zu können, oder daß er nicht genug Geistesgegenwart gehabt hatte, im Schlitten zu bleiben, die Tür zu schließen und dort auf den Pelzen Klamm zu erwarten oder dort wenigstens zu bleiben, solange dieser Herr in der Nähe war. Freilich, er hatte ja nicht wissen können, ob nicht vielleicht doch schon jetzt Klamm selbst komme, in welchem Fall es natürlich viel besser gewesen wäre, ihn außerhalb des Schlittens zu empfangen. Ja, es war mancherlei hier zu bedenken gewesen, jetzt aber gar nichts mehr, denn es war zu Ende.

»Kommen Sie mit mir«, sagte der Herr, nicht eigentlich befehlend, aber der Befehl lag nicht in den Worten, sondern in einem sie begleitenden kurzen, absichtlich gleichgültigen Schwenken der Hand. »Ich warte hier auf jemanden«, sagte K., nicht mehr in Hoffnung auf irgendeinen Erfolg, sondern nur grundsätzlich. »Kommen Sie«, sagte der Herr nochmals ganz unbeirrt, so, als wolle er zeigen, daß er niemals daran gezweifelt habe, daß K. auf jemanden warte. »Aber ich verfehle dann den, auf den ich warte«, sagte K. mit einem Zucken des Körpers. Trotz allem, was geschehen war, hatte er das Gefühl, daß das, was er bisher erreicht hatte, eine Art Besitz war, den er zwar nur noch scheinbar festhielt, aber doch nicht auf einen beliebigen Befehl hin ausliefern mußte. »Sie verfehlen ihn auf jeden Fall, ob Sie warten oder gehen«, sagte der Herr, zwar schroff in seiner Meinung, aber auffallend nachgiebig für K.s Gedankengang. »Dann will ich ihn lieber beim Warten verfehlen«, sagte K. trotzig, durch bloße Worte dieses jungen Herrn würde er sich gewiß nicht von hier vertreiben lassen. Darauf schloß der Herr mit einem überlegenen Ausdruck des zurückgelehnten Gesichtes für ein Weilchen die Augen, so, als wolle er von K.s Unverständigkeit wieder zu seiner eigenen Vernunft zurückkehren, umlief mit der Zungenspitze die Lippen des ein wenig geöffneten Mundes und sagte dann zum Kutscher: »Spannen Sie die Pferde aus.«

Der Kutscher, ergeben dem Herrn, aber mit einem bösen Seitenblick auf K., mußte nun doch im Pelz heruntersteigen und begann, sehr zögernd, so, als erwarte er nicht vom Herrn einen Gegenbefehl, aber von K. eine Sinnesänderung, die Pferde mit dem Schlitten rückwärts näher zum Seitenflügel zurückzuführen, in welchem offenbar hinter einem großen Tor der Stall mit dem Wagenschuppen untergebracht war. K. sah sich allein zurückbleiben; auf der einen Seite entfernte sich der Schlitten, auf der anderen, auf dem Weg, den K. gekommen war, der junge Herr, beide allerdings sehr langsam, so, als wollten sie K. zeigen, daß es noch in seiner Macht gelegen sei, sie zurückzuholen.

Vielleicht hatte er diese Macht, aber sie hätte ihm nichts nützen können; den Schlitten zurückzuholen bedeutete sich selbst zu vertreiben. So blieb er still als einziger, der den Platz behauptete, aber es war ein Sieg, der keine Freude machte. Abwechselnd sah er dem Herrn und dem Kutscher nach. Der Herr hatte schon die Tür erreicht, durch die K. zuerst den Hof betreten hatte, noch einmal blickte er zurück, K. glaubte ihn den Kopf schütteln zu sehen über soviel Hartnäckigkeit, dann wandte er sich mit einer entschlossenen, kurzen, endgültigen Bewegung um und betrat den Flur, in dem er gleich verschwand. Der Kutscher blieb länger auf dem Hof, er hatte viel Arbeit mit dem Schlitten, er mußte das schwere Stalltor aufmachen, durch Rückwärtsfahren den Schlitten an seinen Ort bringen, die Pferde ausspannen, zu ihrer Krippe führen, das alles machte er ernst, ganz in sich gekehrt, ohne jede Hoffnung auf eine baldige Fahrt; dieses schweigende Hantieren ohne jeden Seitenblick auf K. schien diesem ein viel härterer Vorwurf zu sein als das Verhalten des Herrn. Und als nun, nach Beendigung der Arbeit im Stall, der Kutscher quer über den Hof ging, in seinem langsamen, schaukelnden Gang, das große Tor zumachte, dann zurückkam, alles langsam und förmlich nur in Betrachtung seiner eigenen Spur im Schnee, dann sich im Stall einschloß und nun auch alles elektrische Licht verlöschte – wem hätte es leuchten sollen? – und nur noch oben der Spalt in der Holzgalerie hell blieb und den irrenden Blick ein wenig festhielt, da schien es K., als habe man nun alle Verbindung mit ihm abgebrochen und als sei er nun freilich freier als jemals und könne hier auf dem ihm sonst verbotenen Ort warten, solange er wolle, und habe sich diese Freiheit erkämpft, wie kaum ein anderer es könnte, und niemand dürfe ihn anrühren oder vertreiben, ja kaum ansprechen; aber – diese Überzeugung war zumindest ebenso stark – als gäbe es gleichzeitig nichts Sinnloseres, nichts Verzweifelteres als diese Freiheit, dieses Warten, diese Unverletzlichkeit.

DAS NEUNTE KAPITEL

Und er riß sich los und ging ins Haus zurück, diesmal nicht an der Mauer entlang, sondern mitten durch den Schnee, traf im Flur den Wirt, der ihn stumm grüßte und auf die Tür des Ausschanks zeigte, folgte dem Wink, weil ihn fror und weil er Menschen sehen wollte, war aber sehr enttäuscht, als er dort an einem Tischchen, das wohl eigens hingestellt worden war, denn sonst begnügte man sich dort mit Fässern, den jungen Herrn sitzen und vor ihm – ein für K. bedrückender Anblick – die Wirtin aus dem Brückengasthaus stehen sah. Pepi, stolz, mit zurückgeworfenem Kopf, ewig gleichem Lächeln, ihrer Würde unwiderlegbar sich bewußt, schwenkend den Zopf bei jeder Wendung, eilte hin und wieder, brachte Bier und dann Tinte und Feder, denn der Herr hatte Papiere vor sich ausgebreitet, verglich Daten, die er einmal in diesem, dann wieder einmal in einem Papiere am anderen Ende des Tisches fand, und wollte nun schreiben. Die Wirtin, von ihrer Höhe, überblickte still, mit ein wenig aufgestülpten Lippen, wie ausruhend, den Herrn und die Papiere, so, als habe sie schon alles Nötige gesagt und es sei gut aufgenommen worden. »Der Herr Landvermesser, endlich«, sagte der Herr bei K.s Eintritt mit kurzem Aufschauen, dann vertiefte er sich wieder in seine Papiere. Auch die Wirtin streifte K. nur mit einem gleichgültigen, gar nicht überraschten Blick. Pepi aber schien K. überhaupt erst zu bemerken, als er zum Ausschankpult trat und einen Kognak bestellte.

K. lehnte dort, drückte die Hand an die Augen und kümmerte sich um nichts. Dann nippte er von dem Kognak und schob ihn zurück, weil er ungenießbar sei. »Alle Herren trinken ihn«, sagte Pepi kurz, goß den Rest aus, wusch das Gläschen und stellte es ins Regal. »Die Herren haben auch besseren«, sagte K. »Möglich«, sagte Pepi, »ich aber nicht.« Damit hatte sie K. erledigt und war wieder dem Herrn zu Diensten, der aber nichts benötigte und hinter dem sie nur im Bogen immerfort auf und ab ging, mit respektvollen Versuchen, über seine Schultern hinweg einen Blick auf die Papiere zu werfen; es war aber nur wesenlose Neugier und Großtuerei, welche auch die Wirtin mit zusammengezogenen Augenbrauen mißbilligte.

Plötzlich aber horchte die Wirtin auf und starrte, ganz dem Horchen hingegeben, ins Leere. K. drehte sich um, er hörte gar nichts Besonderes, auch die anderen schienen nichts zu hören, aber die Wirtin lief auf den Fußspitzen mit großen Schritten zu der Tür im Hintergrund, die in den Hof führte, blickte durchs Schlüsselloch, wandte sich dann zu den anderen mit aufgerissenen Augen, erhitztem Gesicht, winkte sie mit dem Finger zu sich, und nun blickten sie abwechselnd durch, der Wirtin blieb zwar der größte Anteil, aber auch Pepi wurde immer bedacht, der Herr war der verhältnismäßig Gleichgültigste. Pepi und der Herr kamen auch bald zurück, nur die Wirtin sah noch immer angestrengt hindurch, tief gebückt, fast kniend, man hatte fast den Eindruck, als beschwöre sie jetzt nur noch das Schlüsselloch, sie durchzulassen, denn zu sehen war wohl schon längst nichts mehr. Als sie sich dann endlich doch erhob, mit den Händen das Gesicht überfuhr, die Haare ordnete, tief Atem holte, die Augen scheinbar erst wieder an das Zimmer und die Leute hier gewöhnen mußte und es mit Widerwillen tat, sagte K., nicht um sich etwas bestätigen zu lassen, was er wußte, sondern um einem Angriff zuvorzukommen, den er fast fürchtete, so verletzlich war er jetzt: »Ist also Klamm schon fortgefahren?« Die Wirtin ging stumm an ihm vorüber, aber der Herr sagte von seinem Tischchen her: »Ja, gewiß. Da Sie Ihren Wachtposten aufgegeben hatten, konnte ja Klamm fahren. Aber wunderbar ist es, wie empfindlich der Herr ist. Bemerkten Sie, Frau Wirtin, wie unruhig Klamm ringsumher sah?« Die

Wirtin schien das nicht bemerkt zu haben, aber der Herr fuhr fort: »Nun, glücklicherweise war ja nichts mehr zu sehen, der Kutscher hatte auch die Fußspuren im Schnee glattgekehrt.« – »Die Frau Wirtin hat nichts bemerkt«, sagte K., aber er sagte es nicht aus irgendeiner Hoffnung, sondern nur gereizt durch des Herrn Behauptung, die so abschließend und inappellabel hatte klingen wollen. »Vielleicht war ich gerade nicht beim Schlüsselloch«, sagte die Wirtin, zunächst um den Herrn in Schutz zu nehmen; dann aber wollte sie auch Klamm sein Recht geben und fügte hinzu: »Allerdings, ich glaube nicht an eine so große Empfindlichkeit Klamms. Wir freilich haben Angst um ihn und suchen ihn zu schützen und gehen hierbei von der Annahme einer äußersten Empfindlichkeit Klamms aus. Das ist gut so und gewiß Klamms Wille. Wie es sich aber in Wirklichkeit verhält, wissen wir nicht. Gewiß, Klamm wird mit jemandem, mit dem er nicht sprechen will, niemals sprechen, soviel Mühe sich auch dieser Jemand gibt und so unerträglich er sich vordrängt, aber diese Tatsache allein, daß Klamm niemals mit ihm sprechen, niemals ihn vor sein Angesicht kommen lassen wird, genügt ja, warum sollte er in Wirklichkeit den Anblick irgend jemandes nicht ertragen können. Zumindest läßt es sich nicht beweisen, da es niemals zur Probe kommen wird.« Der Herr nickte eifrig. »Es ist das natürlich im Grunde auch meine Meinung«, sagte er, »habe ich mich ein wenig anders ausgedrückt, so geschah es, um dem Herrn Landvermesser verständlich zu sein. Richtig jedoch ist, daß sich Klamm, als er ins Freie trat, mehrmals im Halbkreis umgesehen hat.« – »Vielleicht hat er mich gesucht«, sagte K. »Möglich«, sagte der Herr, »darauf bin ich nicht verfallen.« Alle lachten, Pepi, die kaum etwas von dem Ganzen verstand, am lautesten.

»Da wir jetzt so fröhlich beisammen sind«, sagte dann der Herr, »würde ich Sie, Herr Landvermesser, sehr bitten, durch einige Angaben meine Akten zu ergänzen.« – »Es wird hier viel geschrieben«, sagte K. und blickte von der Ferne auf die Akten hin. »Ja, eine schlechte Angewohnheit«, sagte der Herr und lachte wieder, »aber vielleicht wissen Sie noch gar nicht, wer ich bin. Ich bin Momus, der Dorfsekretär Klamms.« Nach diesen Worten wurde es im ganzen Zimmer ernst; obwohl die Wirtin und Pepi den Herrn natürlich kannten, waren sie doch wie betroffen von der Nennung des Namens und der Würde. Und sogar der Herr selbst, als habe er für die eigene Aufnahmefähigkeit zuviel gesagt und als wolle er wenigstens vor jeder nachträglichen, den eigenen Worten innewohnenden Feierlichkeit sich flüchten, vertiefte sich in die Akten und begann zu schreiben, daß man im Zimmer nichts als die Feder hörte. »Was ist denn das: Dorfsekretär?« fragte K. nach einem Weilchen. Für Momus, der es jetzt, nachdem er sich vorgestellt hatte, nicht mehr für angemessen hielt, solche Erklärungen selbst zu geben, sagte die Wirtin: »Herr Momus ist der Sekretär Klamms wie irgendeiner der Klammschen Sekretäre, aber sein Amtssitz und, wenn ich nicht irre, auch seine Amtswirksamkeit –«, Momus schüttelte aus dem Schreiben heraus lebhaft den Kopf, und die Wirtin verbesserte sich, »also nur sein Amtssitz, nicht seine Amtswirksamkeit ist auf das Dorf eingeschränkt. Herr Momus besorgt die im Dorfe nötig werdenden schriftlichen Arbeiten Klamms und empfängt alle aus dem Dorf stammenden Ansuchen an Klamm als erster.« Als K., noch wenig ergriffen von diesen Dingen, die Wirtin mit leeren Augen ansah, fügte sie, halb verlegen, hinzu: »So ist es eingerichtet, alle Herren aus dem Schloß haben ihre Dorfsekretäre.« Momus, der viel aufmerksamer als K. zugehört hatte, sagte ergänzend zur Wirtin: »Die meisten Dorfsekretäre arbeiten nur für einen Herrn, ich aber für zwei, für Klamm und für Vallabene.« – »Ja«, sagte die Wirtin, sich nun ihrerseits auch erinnernd, und wandte sich an K. »Herr Momus arbeitet für zwei Herren, für Klamm und für Vallabene, ist also zweifacher Dorfsekretär.« – »Zweifacher gar«, sagte K. und nickte Momus, der jetzt, fast vorgebeugt, voll zu ihm aufsah, zu, so wie man einem Kind zunickt, das man eben hat loben hören. Lag darin eine gewisse Verachtung, so wurde sie entweder nicht bemerkt oder geradezu verlangt. Gerade vor K., der doch nicht einmal würdig genug war, um von Klamm auch nur zufällig gesehen werden zu dürfen, wurden die Verdienste eines Mannes aus der nächsten Umgebung Klamms ausführlich dargestellt mit der unverhüllten Absicht, K.s Anerkennung und Lob herauszufordern. Und doch hatte K. nicht den richtigen Sinn dafür; er, der sich mit allen Kräften um einen Blick Klamms bemühte, schätzte zum Beispiel die Stellung eines Momus, der unter Klamms Augen leben durfte, nicht hoch ein, fern war ihm Bewunderung oder gar Neid, denn nicht Klamms Nähe an sich war ihm das Erstrebenswerte, sondern daß er, K., nur er, kein anderer mit seinen, mit keines anderen Wünschen an Klamm herankam und an ihn herankam, nicht um bei ihm zu ruhen, sondern um an ihm vorbeizukommen, weiter, ins Schloß.

Und er sah auf seine Uhr und sagte: »Nun muß ich aber nach Hause gehen.« Sofort veränderte sich das Verhältnis zu Momus' Gunsten. »Ja, freilich«, sagte dieser, »die Schuldienerpflichten rufen. Aber einen Augenblick müssen Sie mir noch widmen. Nur ein paar kurze Fragen.« – »Ich habe keine Lust dazu«, sagte K. und wollte zur Tür gehen. Momus schlug einen Akt gegen den Tisch und stand auf. »Im Namen Klamms fordere ich Sie auf, meine Fragen zu beantworten.« – »In Klamms Namen?« wiederholte K. »Kümmern ihn denn meine Dinge?« – »Darüber«, sagte Momus, »habe ich kein Urteil und Sie doch wohl noch viel weniger, das wollen wir also beide getrost ihm überlassen. Wohl aber fordere ich Sie, in meiner mir von Klamm verliehenen Stellung, auf, zu bleiben und zu antworten.« – »Herr Landvermesser«, mischte sich die Wirtin ein, »ich hüte mich, Ihnen noch weiter zu raten; ich bin ja mit meinen bisherigen Ratschlägen, den wohlmeinendsten, die es geben kann, in unerhörter Weise von Ihnen abgewiesen worden, und hierher zum Herrn Sekretär – ich habe nichts zu verbergen – bin ich nur gekommen, um das Amt von Ihrem Benehmen und Ihren Absichten gebührend zu verständigen und mich für alle Zeiten davor zu bewahren, daß Sie etwa neu bei mir einquartiert würden, so stehen wir zueinander, und daran wird wohl nichts mehr geändert werden, und wenn ich daher jetzt meine Meinung sage, so tue ich es nicht etwa, um Ihnen zu helfen, sondern um dem Herrn Sekretär die schwere Aufgabe, die es bedeutet, mit einem Mann wie Ihnen zu verhandeln, ein wenig zu erleichtern. Trotzdem aber können Sie eben wegen meiner vollständigen Offenheit – anders als offen kann ich mit Ihnen nicht verkehren, und selbst so geschieht es widerwillig – aus meinen Worten auch für sich Nutzen ziehen, wenn Sie nur wollen. Für diesen Fall mache ich Sie nun also darauf aufmerksam, daß der einzige Weg, der für Sie zu Klamm führt, hier durch die Protokolle des Herrn Sekretärs geht. Aber ich will nicht übertreiben, vielleicht führt der Weg nicht bis zu Klamm, vielleicht hört er weit vor ihm auf, darüber entscheidet das Gutdünken des Herrn Sekretärs. Jedenfalls aber ist es der einzige Weg, der für Sie wenigstens in der Richtung zu Klamm führt. Und auf diesen einzigen Weg wollen Sie verzichten, aus keinem anderen Grund als aus Trotz?« – »Ach, Frau Wirtin«, sagte K., »es ist weder der einzige Weg zu Klamm, noch ist er mehr wert als die anderen. Und Sie, Herr Sekretär, entscheiden darüber, ob das, was ich hier sagen würde, bis zu Klamm dringen darf oder nicht?« – »Allerdings«, sagte Momus und blickte mit stolz gesenkten Augen rechts und links, wo nichts zu sehen war, »wozu wäre ich sonst Sekretär.« – »Nun sehen Sie, Frau Wirtin«, sagte K., »nicht zu Klamm brauche ich einen Weg, sondern erst zum Herrn Sekretär.« – »Diesen Weg wollte ich Ihnen öffnen«, sagte die Wirtin. »Habe ich Ihnen nicht am Vormittag angeboten, Ihre Bitte an Klamm zu leiten? Dies wäre durch den Herrn Sekretär geschehen. Sie aber haben es abgelehnt, und doch wird Ihnen jetzt nichts anderes übrigbleiben als nur dieser Weg. Freilich, nach Ihrer heutigen Aufführung, nach dem versuchten Überfall auf Klamm, mit noch weniger Aussicht auf Erfolg. Aber diese letzte, kleinste, verschwindende, eigentlich gar nicht vorhandene Hoffnung ist doch Ihre einzige.« – »Wie kommt es, Frau Wirtin«, sagte K., »daß Sie ursprünglich mich so sehr davon abzuhalten versucht haben, zu Klamm vorzudringen, und jetzt meine Bitte gar so ernst nehmen und mich beim Mißlingen meiner Pläne gewissermaßen für verloren zu halten scheinen? Wenn man mir einmal aus aufrichtigem Herzen davon abraten konnte, überhaupt zu Klamm zu streben, wie ist es möglich, daß man mich jetzt scheinbar ebenso aufrichtig auf dem Weg zu Klamm, mag er zugegebenerweise auch gar nicht bis hin führen, geradezu vorwärts treibt?« – »Treibe ich Sie denn vorwärts?« sagte die Wirtin. »Heißt es vorwärts treiben, wenn ich sage, daß Ihre Versuche hoffnungslos sind? Das – wäre doch wahrhaftig das Äußerste an Kühnheit, wenn Sie auf solche Weise die Verantwortung für sich auf mich überwälzen wollten. Ist es vielleicht die Gegenwart des Herrn Sekretärs, die Ihnen dazu Lust macht? Nein, Herr Landvermesser, ich treibe Sie zu gar nichts an. Nur das eine kann ich gestehen, daß ich Sie, als ich Sie zum erstenmal sah, vielleicht ein wenig überschätzte. Ihr schneller Sieg über Frieda erschreckte mich, ich wußte nicht, wessen Sie noch fähig sein könnten, ich wollte weiteres Unheil verhüten und glaubte, dies durch nichts anderes erreichen zu können, als daß ich Sie durch Bitten und Drohungen zu erschüttern versuchte. Inzwischen habe ich über das Ganze ruhiger zu denken gelernt. Mögen Sie tun, was Sie wollen. Ihre Taten werden vielleicht draußen im Schnee auf dem Hof tiefe Fußspuren hinterlassen, mehr aber nicht.« – »Ganz scheint mir der Widerspruch nicht aufgeklärt zu sein«, sagte K., »doch ich gebe mich damit zufrieden, auf ihn aufmerksam gemacht zu haben. Nun bitte ich aber Sie, Herr Sekretär, mir zu sagen, ob die Meinung der Frau Wirtin richtig ist, daß nämlich das Protokoll, das Sie mit mir aufnehmen wollen, in seinen Folgen dazu führen könnte, daß ich vor Klamm erscheinen darf. Ist dies der Fall, bin ich sofort bereit, alle Fragen zu beantworten. In dieser Hinsicht bin ich überhaupt zu allem bereit.« – »Nein«, sagte Momus, »solche Zusammenhänge bestehen nicht. Es handelt sich nur darum, für die Klammsche Dorfregistratur eine genaue Beschreibung des heutigen Nachmittags zu erhalten. Die Beschreibung ist schon fertig, nur zwei, drei Lücken sollen Sie noch ausfüllen, der Ordnung halber; ein anderer Zweck besteht nicht und kann auch nicht erreicht werden.« K. sah die Wirtin schweigend an. »Warum sehen Sie mich an«, fragte die Wirtin, »habe ich vielleicht etwas anderes gesagt? So ist er immer, Herr Sekretär, so ist er immer. Fälscht die Auskünfte, die man ihm gibt, und behauptet dann, falsche Auskunft bekommen zu haben. Ich sagte ihm seit jeher, heute und nimmer, daß er nicht die geringste Aussicht hat, von Klamm empfangen zu werden; nun, wenn es also keine Aussicht gibt, wird er sie auch durch dieses Protokoll nicht bekommen. Kann etwas deutlicher sein? Weiter sage ich, daß dieses Protokoll die einzige wirkliche amtliche Verbindung ist, die er mit Klamm haben kann; auch das ist doch deutlich genug und unanzweifelbar. Wenn er mir nun aber nicht glaubt, immerfort – ich weiß nicht, warum und wozu – hofft, zu Klamm vordringen zu können, dann kann ihm, wenn man in seinem Gedankengange bleibt, nur die einzige wirkliche amtliche Verbindung helfen, die er mit Klamm hat, also dieses Protokoll. Nur dieses habe ich gesagt, und wer etwas anderes behauptet, verdreht böswillig die Worte.« – »Wenn es so ist, Frau Wirtin«, sagte K., »dann bitte ich Sie um Entschuldigung, dann habe ich Sie mißverstanden; ich glaubte nämlich – irrigerweise, wie sich jetzt herausgestellt – aus Ihren früheren Worten herauszuhören, daß doch irgendeine allerkleinste Hoffnung für mich besteht.« – »Gewiß«, sagte die Wirtin, »das ist allerdings meine Meinung, Sie verdrehen meine Worte wieder, nur diesmal nach der entgegengesetzten Richtung. Eine derartige Hoffnung für Sie besteht meiner Meinung nach und gründet sich allerdings nur auf dieses Protokoll. Es verhält sich aber damit nicht so, daß Sie einfach den Herrn Sekretär mit der Frage anfallen können: ›Werde ich zu Klamm dürfen, wenn ich die Fragen beantworte?‹ Wenn ein Kind so fragt, lacht man darüber, wenn es ein Erwachsener tut, ist es eine Beleidigung des Amtes, der Herr Sekretär hat es nur durch die Feinheit seiner Antwort gnädig verdeckt. Die Hoffnung aber, die ich meine, besteht eben darin, daß Sie durch das Protokoll eine Art Verbindung, vielleicht eine Art Verbindung mit Klamm haben. Ist das nicht Hoffnung genug? Wenn man Sie nach Ihren Verdiensten fragt, die Sie des Geschenkes einer solchen Hoffnung würdig machen, könnten Sie das Geringste vorbringen? Freilich, Genaueres läßt sich über diese Hoffnung nicht sagen, und insbesondere der Herr Sekretär wird in seiner amtlichen Eigenschaft niemals auch nur die geringste Andeutung darüber machen können. Für ihn handelt es sich, wie er sagt, nur um eine Beschreibung des heutigen Nachmittags, der Ordnung halber; mehr wird er nicht sagen, auch wenn Sie ihn gleich jetzt mit Bezug auf meine Worte danach fragen.« – »Wird denn, Herr Sekretär«, fragte K., »Klamm dieses Protokoll lesen?« – »Nein«, sagte Momus, »warum denn? Klamm kann doch nicht alle Protokolle lesen, er liest sogar überhaupt keines. ›Bleibt mir vom Leibe mit eueren Protokollen!‹ pflegt er zu sagen.« – »Herr Landvermesser«, klagte die Wirtin, »Sie erschöpfen mich mit solchen Fragen. Ist es denn nötig oder auch nur wünschenswert, daß Klamm dieses

Protokoll liest und von den Nichtigkeiten Ihres Lebens wortwörtlich Kenntnis bekommt; wollen Sie nicht lieber demütigst bitten, daß man das Protokoll vor Klamm verbirgt, eine Bitte übrigens, die ebenso unvernünftig wäre wie die frühere – denn wer kann vor Klamm etwas verbergen? –, die aber doch einen sympathischeren Charakter erkennen ließe. Und ist es denn für das, was Sie Ihre Hoffnung nennen, nötig? Haben Sie nicht selbst erklärt, daß Sie zufrieden sein würden, wenn Sie nur Gelegenheit hätten, vor Klamm zu sprechen, auch wenn er Sie nicht ansehen und Ihnen nicht zuhören würde? Und erreichen Sie durch dieses Protokoll nicht zumindest dieses, vielleicht aber viel mehr?« – »Viel mehr?« fragte K. »Auf welche Weise?« – »Wenn Sie nur nicht immer«, rief die Wirtin, »wie ein Kind alles gleich in eßbarer Form dargeboten haben wollten! Wer kann denn Antwort auf solche Fragen geben? Das Protokoll kommt in die Dorfregistratur Klamms, das haben Sie gehört, mehr kann darüber mit Bestimmtheit nicht gesagt werden. Kennen Sie aber dann schon die ganze Bedeutung des Protokolls, des Herrn Sekretärs, der Dorfregistratur? Wissen Sie, was es bedeutet, wenn der Herr Sekretär Sie verhört? Vielleicht oder wahrscheinlich weiß er es selbst nicht. Er sitzt ruhig hier und tut seine Pflicht, der Ordnung halber, wie er sagte. Bedenken Sie aber, daß ihn Klamm ernannt hat, daß er im Namen Klamms arbeitet, daß das, was er tut, wenn es auch niemals bis zu Klamm gelangt, doch von vornherein Klamms Zustimmung hat. Und wie kann etwas Klamms Zustimmung haben, was nicht von seinem Geiste erfüllt ist? Fern sei es von mir, damit etwa in plumper Weise dem Herrn Sekretär schmeicheln zu wollen, er würde es sich auch selbst sehr verbitten, aber ich rede nicht von seiner selbständigen Persönlichkeit, sondern davon, was er ist, wenn er Klamms Zustimmung hat, wie eben jetzt: Dann ist er ein Werkzeug, auf dem die Hand Klamms liegt, und wehe jedem, der sich ihm nicht fügt.«

Die Drohungen der Wirtin fürchtete K. nicht, der Hoffnungen, mit denen sie ihn zu fangen suchte, war er müde. Klamm war fern. Einmal hatte die Wirtin Klamm mit einem Adler verglichen, und das war K. lächerlich erschienen, jetzt aber nicht mehr; er dachte an seine Ferne, an seine uneinnehmbare Wohnung, an seine, nur vielleicht von Schreien, wie sie K. noch nie gehört hatte, unterbrochene Stummheit, an seinen herabdringenden Blick, der sich niemals nachweisen, niemals widerlegen ließ, an seine von K.s Tiefe her unzerstörbaren Kreise, die er oben nach unverständlichen Gesetzen zog, nur für Augenblicke sichtbar: das alles war Klamm und dem Adler gemeinsam. Gewiß aber hatte damit dieses Protokoll nichts zu tun, über dem jetzt gerade Momus eine Salzbrezel auseinanderbrach, die er sich zum Bier schmecken ließ und mit der er alle Papiere mit Salz und Kümmel überstreute.

»Gute Nacht«, sagte K., »ich habe eine Abneigung gegen jedes Verhör«, und er ging nun wirklich zur Tür. »Er geht also doch«, sagte Momus fast ängstlich zur Wirtin. »Er wird es nicht wagen«, sagte diese, mehr hörte K. nicht, er war schon im Flur. Es war kalt, und ein starker Wind wehte. Aus einer Tür gegenüber kam der Wirt, er schien dort hinter einem Guckloch den Flur unter Aufsicht gehalten zu haben. Die Schöße seines Rockes mußte er sich um den Leib schlagen, so riß der Wind selbst hier im Flur an ihnen. »Sie gehen schon, Herr Landvermesser?« sagte er. »Sie wundern sich darüber?« fragte K. »Ja«, sagte der Wirt. »Werden Sie denn nicht verhört?« – »Nein«, sagte K. »Ich ließ mich nicht verhören.« – »Warum nicht?« fragte der Wirt. »Ich weiß nicht«, sagte K., »warum ich mich verhören lassen solle, warum ich einem Spaß oder einer amtlichen Laune mich fügen solle. Vielleicht hätte ich es ein anderes Mal gleichfalls aus Spaß oder Laune getan, heute aber nicht.« – »Nun ja, gewiß«, sagte der Wirt, aber es war nur eine höfliche, keine überzeugte Zustimmung. »Ich muß jetzt die Dienerschaft in den Ausschank lassen«, sagte er dann, »es ist schon längst ihre Stunde. Ich wollte nur das Verhör nicht stören.« – »Für so wichtig hielten Sie es?« fragte K. »O ja«, sagte der Wirt. »Ich hätte es also nicht ablehnen sollen«, sagte K. »Nein«, sagte der Wirt, »das hätten Sie nicht tun sollen.« Da K. schwieg, fügte er hinzu, sei es, um K. zu trösten, sei es, um schneller fortzukommen: »Nun, nun es muß aber deshalb nicht gleich Schwefel vom Himmel regnen.« – »Nein«, sagte K., »danach sieht das Wetter nicht aus.« Und sie gingen lachend auseinander.

DAS ZEHNTE KAPITEL

Auf die wild umwehte Freitreppe trat K. hinaus und blickte in die Finsternis. Ein böses, böses Wetter. Irgendwie im Zusammenhang damit fiel ihm ein, wie sich die Wirtin bemüht hatte, ihn dem Protokoll gefügig zu machen, wie er aber standgehalten hatte. Es war freilich keine offene Bemühung, im geheimen hatte sie ihn gleichzeitig vom Protokoll fortgezerrt; schließlich wußte man nicht, ob man standgehalten oder nachgegeben hatte. Eine intrigante Natur, scheinbar sinnlos arbeitend wie der Wind, nach fernen, fremden Aufträgen, in die man nie Einsicht bekam.

Kaum hatte er ein paar Schritte auf der Landstraße gemacht, als er in der Ferne zwei schwankende Lichter sah; dieses Zeichen des Lebens freute ihn, und er eilte auf sie zu, die ihm auch ihrerseits entgegenschwebten. Er wußte nicht, warum er so enttäuscht war, als er die Gehilfen erkannte. Sie kamen ihm doch, wahrscheinlich von Frieda geschickt, entgegen, und die Laternen, die ihn von der Finsternis befreiten, in der es ringsum gegen ihn lärmte, waren wohl sein Eigentum, trotzdem war er enttäuscht, er hatte Fremde erwartet, nicht diese alten Bekannten, die ihm eine Last waren. Aber es waren nicht nur die Gehilfen, aus dem Dunkel zwischen ihnen trat Barnabas hervor. »Barnabas!« rief K. und streckte ihm die Hand entgegen. »Kommst du zu mir?« Die Überraschung des Wiedersehens machte zunächst allen Ärger vergessen, den Barnabas K. einmal verursacht hatte. »Zu dir«, sagte Barnabas unverändert freundlich wie einst. »Mit einem Brief von Klamm.« – »Ein Brief von Klamm!« sagte K., den Kopf zurückwerfend, und nahm ihn eilig aus des Barnabas Hand. »Leuchtet!« sagte er zu den Gehilfen, die sich rechts und links eng an ihn drückten und die Laternen hoben. K. mußte den großen Briefbogen zum Lesen ganz klein zusammenfalten, um ihn vor dem Wind zu schützen. Dann las er: »Dem Herrn Landvermesser im Brückenhof! Die Landvermesserarbeiten, die Sie bisher ausgeführt haben, finden meine Anerkennung. Auch die Arbeiten der Gehilfen sind lobenswert, Sie wissen sie gut zur Arbeit anzuhalten. Lassen Sie nicht nach in Ihrem Eifer! Führen Sie die Arbeiten zu einem guten Ende. Eine Unterbrechung würde mich erbittern. Im übrigen seien Sie getrost, die Entlohnungsfrage wird nächstens entschieden werden. Ich behalte Sie im Auge.« K. sah vom Brief erst auf, als die viel langsamer als er lesenden Gehilfen zur Feier der guten Nachrichten dreimal laut »Hurra!« riefen und die Laternen schwenkten. »Seid ruhig«, sagte er und zu Barnabas: »Es ist ein Mißverständnis.« Barnabas verstand ihn nicht. »Es ist ein Mißverständnis«, wiederholte K., und die Müdigkeit des Nachmittags kam wieder, der Weg ins Schulhaus schien ihm noch so weit, und hinter Barnabas stand dessen ganze Familie auf, und die Gehilfen drückten sich noch immer an ihn, so daß er sie mit dem Ellenbogen wegstieß; wie hatte Frieda sie ihm entgegenschicken können, da er doch befohlen hatte, sie sollten bei ihr bleiben. Den Nachhauseweg hätte er auch allein gefunden, und leichter allein als in dieser Gesellschaft. Nun hatte überdies der eine ein Tuch um den Hals geschlungen, dessen freie Enden im Wind flatterten und einigemal gegen das Gesicht K.s geschlagen hatten, der andere Gehilfe hatte allerdings immer gleich das Tuch von K.s Gesicht mit einem langen, spitzen, immerfort spielenden Finger weggenommen, damit aber die Sache nicht besser gemacht. Beide schienen sogar an dem Hin und Her Gefallen gefunden zu haben, wie sie überhaupt der Wind und die Unruhe der Nacht begeisterte. »Fort!« schrie K. »Wenn ihr mir schon entgegengekommen seid, warum habt ihr nicht meinen Stock mitgebracht? Womit soll ich euch denn nach Hause treiben?« Sie dukkten sich hinter Barnabas, aber so verängstigt waren sie nicht, daß sie nicht doch ihre Laternen rechts und links auf die Achseln ihres Beschützers gestellt hätten, er schüttelte sie freilich gleich ab. »Barnabas«, sagte K., und es legte sich ihm schwer aufs Herz, daß ihn Barnabas sichtlich nicht verstand, daß in ruhigen Zeiten seine Jacke schön glänzte, wenn es aber Ernst wurde, keine Hilfe, nur stummer Widerstand zu finden war, Widerstand, gegen den man nicht ankämpfen konnte, denn er selbst war wehrlos, nur sein Lächeln leuchtete, aber es half ebensowenig wie die Sterne oben gegen den Sturmwind hier unten. »Sieh, was mir der Herr schreibt«, sagte K. und hielt ihm den Brief vors Gesicht. »Der Herr ist falsch unterrichtet. Ich mache doch keine Vermesserarbeit, und was die Gehilfen wert sind, siehst du selbst. Und die Arbeit, die ich nicht mache, kann ich freilich auch nicht unterbrechen, nicht einmal die Erbitterung des Herrn kann ich erregen, wie sollte ich seine Anerkennung verdienen! Und getrost kann ich niemals sein.« – »Ich werde es ausrichten«, sagte Barnabas, der die ganze Zeit über am Brief vorbeigelesen hatte, den er allerdings auch gar nicht hätte lesen können, denn er hatte ihn dicht vor dem Gesicht. »Ach«, sagte K., »du versprichst mir, daß du es ausrichten wirst, aber kann ich dir denn wirklich glauben? So sehr brauche ich einen vertrauenswürdigen Boten, jetzt mehr als jemals.« K. biß in die Lippen vor Ungeduld. »Herr«, sagte Barnabas mit einer weichen Neigung des Halses – fast hätte K. sich wieder von ihr verführen lassen, Barnabas zu glauben –, »ich werde es gewiß ausrichten; auch was du mir letzthin aufgetragen hast, werde ich gewiß ausrichten.« – »Wie!« rief K. »Hast du denn das noch nicht ausgerichtet? Warst du denn nicht am nächsten Tag im Schloß?« – »Nein«, sagte Barnabas. »Mein guter Vater ist alt, du hast ja gesehen, und es war gerade viel Arbeit da, ich mußte ihm helfen, aber nun werde ich bald wieder einmal ins Schloß gehen.« – »Aber was tust du denn, unbegreiflicher Mensch!« rief K. und schlug sich an die Stirn. »Gehen denn nicht Klamms Sachen allen anderen vor? Du hast das hohe Amt eines Boten und verwaltest es so schmählich? Wen kümmert die Arbeit deines Vaters? Klamm wartet auf die Nachrichten, und du, statt im Lauf dich zu überschlagen, ziehst es vor, den Mist aus dem Stall zu führen.« – »Mein Vater ist Schuster«, sagte Barnabas unbeirrt, »er hatte Aufträge von Brunswick, und ich bin ja des Vaters Geselle.« – »Schuster – Aufträge – Brunswick«, rief K. verbissen, als mache er jedes der Worte für immer unbrauchbar. »Und wer braucht denn hier Stiefel auf den ewig leeren Wegen? Und was kümmert mich diese ganze Schusterei; eine Botschaft habe ich dir anvertraut, nicht damit du sie auf der Schusterbank vergißt und verwirrst, sondern damit du sie gleich hinträgst zum Herrn.« Ein wenig beruhigte sich hier K., als ihm einfiel, daß ja Klamm wahrscheinlich die ganze Zeit über nicht im Schloß, sondern im Herrenhof gewesen war, aber Barnabas reizte ihn wieder, als er K.s erste Nachricht, zum Beweis, daß er sie gut behalten hatte, aufzusagen begann. »Genug, ich will nichts wissen«, sagte K. »Sei mir nicht böse, Herr«, sagte Barnabas und, wie wenn er unbewußt K. strafen wollte, entzog er ihm seinen Blick und senkte die Augen, aber es war wohl Bestürzung wegen K.s Schreien. »Ich bin dir nicht böse«, sagte K., und seine Unruhe wandte sich nun gegen ihn selbst. »Dir nicht, aber es ist sehr schlimm für mich, nur einen solchen Boten zu haben für die wichtigsten Dinge.«

»Sieh«, sagte Barnabas, und es schien, als sage er, um seine Botenehre zu verteidigen, mehr, als er dürfte, »Klamm wartet doch nicht auf die Nachrichten, er ist sogar ärgerlich, wenn ich komme. ›Wieder neue Nachrichten‹, sagte er einmal, und meistens steht er auf, wenn er mich von der Ferne kommen sieht, geht ins Nebenzimmer und empfängt mich nicht. Es ist auch nicht bestimmt, daß ich gleich mit jeder Botschaft kommen soll, wäre es bestimmt, käme ich natürlich gleich, aber es ist nichts darüber bestimmt, und wenn ich niemals käme, würde ich nicht darum gemahnt werden. Wenn ich eine Botschaft bringe, geschieht es freiwillig.«

»Gut«, sagte K., Barnabas beobachtend und geflissentlich wegsehend von den Gehilfen, welche abwechselnd hinter Barnabas' Schultern wie aus der Versenkung langsam aufstiegen und schnell mit einem leichten, dem Winde nachgemachten Pfeifen, als seien sie von K.s Anblick erschreckt, wieder verschwanden, so vergnügten sie sich lange. »Wie es bei Klamm ist, weiß ich nicht; daß du dort alles genau erkennen kannst, bezweifle ich, und selbst, wenn du es könntest, wir könnten diese Dinge nicht bessern. Aber eine Botschaft überbringen, das kannst du, und darum bitte ich dich. Eine ganz kurze Botschaft. Kannst du sie gleich morgen überbringen und gleich morgen mir die Antwort sagen oder wenigstens ausrichten, wie du aufgenommen wurdest? Kannst du das und willst du das tun? Es wäre für mich sehr wertvoll. Und vielleicht bekomme ich noch Gelegenheit, dir entsprechend zu danken, oder vielleicht hast du schon jetzt einen Wunsch, den ich dir erfüllen kann.« – »Gewiß werde ich den Auftrag ausführen«, sagte Barnabas. »Und willst du dich anstrengen, ihn möglichst gut auszuführen, Klamm selbst ihn überreichen, von Klamm selbst die Antwort bekommen und gleich, alles gleich, morgen, noch am Vormittag, willst du das?«

»Ich werde mein Bestes tun«, sagte Barnabas, »aber das tue ich immer.« – »Wir wollen jetzt nicht mehr darüber streiten«, sagte K. »Das ist der Auftrag: Der Landvermesser K. bittet den Herrn Vorstand, ihm zu erlauben, persönlich bei ihm vorzusprechen; er nimmt von vornherein jede Bedingung an, welche an eine solche Erlaubnis geknüpft werden könnte. Zu seiner Bitte ist er deshalb gezwungen, weil bisher alle Mittelspersonen vollständig versagt haben, zum Beweis führt er an, daß er nicht die geringste Vermesserarbeit bisher ausgeführt hat und nach den Mitteilungen des Gemeindevorstehers auch niemals ausführen wird, mit verzweifelter Beschämung hat er deshalb den letzten Brief des Herrn Vorstandes gelesen, nur die persönliche Vorsprache beim Herrn Vorstand kann hier helfen. Der Landvermesser weiß, wieviel er damit erbittet, aber er wird sich anstrengen, die Störung dem Herrn Vorstand möglichst wenig fühlbar zu machen, jeder zeitlichen Beschränkung unterwirft er sich, auch einer etwa als notwendig erachteten Festsetzung der Zahl der Worte, die er bei der Unterredung gebrauchen darf, fügt er sich, schon mit zehn Worten glaubt er auskommen zu können. In tiefer Ehrfurcht und äußerster Ungeduld erwartet er die Entscheidung.« K. hatte in Selbstvergessenheit gesprochen, so, als stehe er vor Klamms Tür und spreche mit dem Türhüter. »Es ist viel länger geworden, als ich dachte«, sagte er dann, »aber du mußt es doch mündlich ausrichten, einen Brief will ich nicht schreiben, er würde ja doch wieder nur den endlosen Aktenweg gehen.« So kritzelte es K. nur für Barnabas auf einem Stück Papier auf eines Gehilfen Rücken, während der andere leuchtete, aber K. konnte es schon nach dem Diktat des Barnabas aufschreiben, der alles behalten hatte und es schülerhaft genau aufsagte, ohne sich um das falsche Einsagen der Gehilfen zu kümmern. »Dein Gedächtnis ist außerordentlich«, sagte K. und gab ihm das Papier, »nun aber, bitte, zeige dich außerordentlich auch im anderen. Und die Wünsche? Hast du keine? Es würde mich, ich sage es offen, hinsichtlich des Schicksals meiner Botschaft ein wenig beruhigen, wenn du welche hättest?« Zuerst blieb Barnabas still, dann sagte er: »Meine Schwestern lassen dich grüßen.« – »Deine Schwestern«, sagte K., »ja, die großen, starken Mädchen.« – »Beide lassen dich grüßen, aber besonders Amalia«, sagte Barnabas, »sie hat mir auch heute diesen Brief für dich aus dem Schloß gebracht.« An dieser Mitteilung vor allen anderen sich festhaltend, fragte K.: »Könnte sie nicht auch meine Botschaft ins Schloß bringen? Oder könntet ihr nicht beide gehen und jeder sein Glück versuchen?« – »Amalia darf nicht in die Kanzleien«, sagte Barnabas, »sonst würde sie es gewiß sehr gerne tun.« – »Ich werde vielleicht morgen zu euch kommen«, sagte K., »komm nur du zuerst mit der Antwort. Ich erwarte dich in der Schule. Grüß auch von mir deine Schwestern.« K.s Versprechen schien Barnabas sehr glücklich zu machen, nach dem verabschiedenden Händedruck berührte er überdies noch K. flüchtig an der Schulter. So, als sei jetzt alles wieder wie damals, als Barnabas zuerst in seinem Glanz unter die Bauern in die Wirtsstube getreten war, empfand K. diese Berührung, lächelnd allerdings, als eine Auszeichnung. Sanftmütiger geworden, ließ er auf dem Rückweg die Gehilfen tun, was sie wollten.

DAS ELFTE KAPITEL

Ganz durchfroren kam er zu Hause an, es war überall finster, die Kerzen in den Laternen waren niedergebrannt, von den Gehilfen geführt, die sich hier schon auskannten, tastete er sich in ein Schulzimmer durch. »Euere erste lobenswerte Leistung«, sagte er in Erinnerung an Klamms Brief; noch halb im Schlaf, rief aus einer Ecke Frieda: »Laßt K. schlafen! Stört ihn doch nicht!« So beschäftigte K. ihre Gedanken, selbst wenn sie, von Schläfrigkeit überwältigt, ihn nicht hatte erwarten können. Nun wurde Licht gemacht; allerdings konnte die Lampe nicht stark genug aufgedreht werden, denn es war nur sehr wenig Petroleum da. Die junge Wirtschaft hatte noch verschiedene Mängel. Eingeheizt war zwar, aber das große Zimmer, das auch zum Turnen verwendet wurde – die Turngeräte standen herum und hingen von der Decke herab –, hatte schon alles vorrätige Holz verbraucht, war auch, wie man K. versicherte, schon sehr angenehm warm gewesen, aber leider wieder ganz ausgekühlt. Es war zwar ein großer Holzvorrat in einem Schuppen vorhanden, dieser Schuppen aber war versperrt, und den Schlüssel hatte der Lehrer, der eine Entnahme des Holzes nur für das Heizen während der Unterrichtsstunden gestattete. Das wäre erträglich gewesen, wenn man Betten gehabt hätte, um sich in sie zu flüchten. Aber in dieser Hinsicht war nichts anderes da als ein einziger Strohsack, anerkennenswert reinlich mit einem wollenen Umhängetuch Friedas überzogen, aber ohne Federbett, und nur mit zwei groben, steifen Decken, die kaum wärmten. Und selbst diesen armen Strohsack sahen die Gehilfen begehrlich an, aber Hoffnung, auf ihm jemals liegen zu dürfen, hatten sie natürlich nicht. Ängstlich blickte Frieda K. an; daß sie ein Zimmer, und sei es das elendste, wohnlich einzurichten verstand, hatte sie ja im Brückenhof bewiesen, aber hier hatte sie nicht mehr leisten können, ganz ohne Mittel, wie sie gewesen war. »Unser einziger Zimmerschmuck sind die Turngeräte«, sagte sie, unter Tränen mühselig lachend. Aber hinsichtlich der größten Mängel, der ungenügenden Schlafgelegenheit und Heizung, versprach sie mit Bestimmtheit schon für den nächsten Tag Abhilfe und bat K., nur bis dahin Geduld zu haben. Kein Wort, keine Andeutung, keine Miene ließ darauf schließen, daß sie gegen K. auch nur die kleinste Bitterkeit im Herzen trug, obwohl er doch, wie er sich sagen mußte, sie sowohl aus dem Herrenhof als auch jetzt aus dem Brückenhof gerissen hatte. Deshalb bemühte sich aber K., alles erträglich zu finden, was ihm auch gar nicht so schwer war, weil er in Gedanken mit

Barnabas wanderte und seine Botschaft Wort für Wort wiederholte, aber nicht so, wie er sie Barnabas übergeben hatte, sondern so, wie er glaubte, daß sie vor Klamm erklingen werde. Daneben aber freute er sich allerdings auch aufrichtig auf den Kaffee, den ihm Frieda auf einem Spiritusbrenner kochte, und verfolgte, an dem erkaltenden Ofen lehnend, ihre flinken, vielerfahrenen Bewegungen, mit denen sie auf dem Kathedertisch die unvermeidliche, weiße Decke ausbreitete, eine geblümte Kaffeetasse hinstellte, daneben Brot und Speck und sogar eine Sardinenbüchse. Nun war alles fertig, auch Frieda hatte noch nicht gegessen, sondern auf K. gewartet. Zwei Sessel waren vorhanden, dort saßen K. und Frieda beim Tisch, die Gehilfen zu ihren Füßen auf dem Podium, aber sie blieben niemals ruhig, auch beim Essen störten sie. Obwohl sie reichlich von allem bekommen hatten und noch lange nicht fertig waren, erhoben sie sich von Zeit zu Zeit, um festzustellen, ob noch viel auf dem Tisch war und sie noch einiges für sich erwarten konnten. K. kümmerte sich um sie nicht, erst durch Friedas Lachen wurde er auf sie aufmerksam. Er bedeckte ihre Hand auf dem Tisch schmeichelnd mit seiner und fragte leise, warum sie ihnen so vieles nachsehe, ja sogar Unarten freundlich hinnehme. Auf diese Weise werde man sie niemals loswerden, während man es durch eine gewissermaßen kräftige, ihrem Benehmen auch wirklich entsprechende Behandlung erreichen könnte, entweder sie zu zügeln oder, was noch wahrscheinlicher und auch besser wäre, ihnen die Stellung so zu verleiden, daß sie endlich durchbrennen würden. Es scheine ja kein sehr angenehmer Aufenthalt hier im Schulhaus werden zu wollen; nun, er werde ja auch nicht lange dauern, aber von allen Mängeln würde man kaum etwas merken, wenn die Gehilfen fort wären und sie beide allein wären in dem stillen Haus. Merke sie denn nicht auch, daß die Gehilfen frecher würden von Tag zu Tag, so, als ermutige sie eigentlich erst Friedas Gegenwart und die Hoffnung, daß K. vor ihr nicht so fest zugreifen werde, wie er es sonst tun würde. Übrigens gäbe es vielleicht ganz einfache Mittel, sie sofort ohne alle Umstände loszuwerden, vielleicht kenne sie sogar Frieda, die doch mit den hiesigen Verhältnissen so vertraut sei. Und den Gehilfen selbst tue man doch wahrscheinlich nur einen Gefallen, wenn man sie irgendwie vertreibe, denn groß sei ja das Wohlleben nicht, das sie hier führten, und selbst das Faulenzen, das sie bisher genossen hatten, werde ja hier wenigstens zum Teil aufhören, denn sie würden arbeiten müssen, während Frieda nach den Aufregungen der letzten Tage sich schonen müsse und er, K., damit beschäftigt sein werde, einen Ausweg aus ihrer Notlage zu finden. Jedoch werde er, wenn die Gehilfen fortgehen sollten, dadurch sich so erleichtert fühlen, daß er leicht alle Schuldienerarbeit neben allem Sonstigen werde ausführen können.

Frieda, die aufmerksam zugehört hatte, streichelte langsam seinen Arm und sagte, daß das alles auch ihre Meinung sei, daß er aber vielleicht doch die Unarten der Gehilfen überschätze, es seien junge Burschen, lustig und etwas einfältig, zum erstenmal in Diensten eines Fremden, aus der strengen Schloßzucht entlassen, daher immerfort ein wenig erregt und erstaunt, und in diesem Zustand führten sie eben manchmal Dummheiten aus, über die sich zu ärgern zwar natürlich sei, aber vernünftiger sei es zu lachen. Sie könne sich manchmal nicht zurückhalten zu lachen. Trotzdem sei sie völlig mit K. einverstanden, daß es das beste wäre, sie wegzuschicken und allein zu zweit zu sein. Sie rückte näher zu K. und verbarg ihr Gesicht an seiner Schulter. Und dort sagte sie, so schwer verständlich, daß sich K. zu ihr hinabbeugen mußte, sie wisse aber kein Mittel gegen die Gehilfen und sie fürchte, alles, was K. vorgeschlagen hatte, werde versagen. Soviel sie wisse, habe ja K. selbst sie verlangt, und nun habe er sie und werde sie behalten. Am besten sei es, sie leichthin zu nehmen als das leichte Volk, das sie auch sind, so ertrage man sie am besten.

K. war mit der Antwort nicht zufrieden; halb im Scherz, halb im Ernst sagte er, sie scheine ja mit ihnen im Bunde zu sein oder wenigstens eine große Zuneigung zu ihnen zu haben; nun, es seien ja hübsche Burschen, aber es gäbe niemanden, den man nicht bei einigem guten Willen loswerden könne, und er werde es ihr an den Gehilfen beweisen.

Frieda sagte, sie werde ihm sehr dankbar sein, wenn es ihm gelinge. Übrigens werde sie von jetzt ab nicht mehr über sie lachen und kein unnötiges Wort mit ihnen sprechen, es sei auch wirklich nichts Geringes, immerfort von zwei Männern beobachtet zu werden, sie habe gelernt, die zwei mit seinen Augen anzusehen. Und wirklich zuckte sie ein wenig zusammen, als sich jetzt die Gehilfen wieder erhoben, teils um die Eßvorräte zu revidieren, teils um dem fortwährenden Flüstern auf den Grund zu kommen.

K. nützte das aus, um Frieda die Gehilfen zu verleiden, zog Frieda an sich, und eng beisammen beendeten sie das Essen. Nun hätte man schlafen gehen sollen, und alle waren sehr müde, ein Gehilfe war sogar über dem Essen eingeschlafen, das unterhielt den anderen sehr, und er wollte die Herrschaft dazu bringen, sich das dumme Gesicht des Schlafenden anzusehen, aber es gelang ihm nicht, abweisend saßen K. und Frieda oben. In der unerträglich werdenden Kälte zögerten sie, auch schlafen zu gehen; schließlich erklärte K., es müsse noch eingeheizt werden, sonst sei es nicht möglich, zu schlafen. Er forschte nach irgendeiner Axt, die Gehilfen wußten von einer und brachten sie, und nun ging es zum Holzschuppen. Nach kurzer Zeit war die leichte Tür erbrochen, entzückt, als hätten sie etwas so Schönes noch nicht erlebt, einander jagend und stoßend, begannen die Gehilfen Holz ins Schulzimmer zu tragen, bald war ein großer Haufen dort, es wurde eingeheizt, alle lagerten um den Ofen, eine Decke bekamen die Gehilfen, um sich in sie einzuwickeln, sie genügte ihnen vollauf, denn es wurde verabredet, daß immer einer wachen und das Feuer erhalten solle, bald war es beim Ofen so warm, daß man gar nicht mehr die Decke brauchte, die Lampe wurde ausgelöscht, und glücklich über die Wärme und Stille streckten sich K. und Frieda zum Schlaf.

Als K. in der Nacht durch irgendein Geräusch erwachte und in der ersten unsicheren Schlafbewegung nach Frieda tastete, merkte er, daß statt Friedas ein Gehilfe neben ihm lag. Es war das, wahrscheinlich infolge der Reizbarkeit, die schon das plötzliche Gewecktwerden mit sich brachte, der größte Schrecken, den er bisher im Dorf erlebt hatte. Mit einem Schrei erhob er sich halb und gab besinnungslos dem Gehilfen einen solchen Faustschlag, daß der zu weinen anfing. Das Ganze klärte sich übrigens gleich auf. Frieda war dadurch geweckt worden, daß – wenigstens war es ihr so erschienen – irgendein großes Tier, eine Katze wahrscheinlich, ihr auf die Brust gesprungen und dann gleich weggelaufen sei. Sie war aufgestanden und suchte mit einer Kerze das ganze Zimmer nach dem Tiere ab. Das hatte der eine Gehilfe benützt, um sich für ein Weilchen den Genuß des Strohsackes zu verschaffen, was er jetzt bitter büßte. Frieda aber konnte nichts finden, vielleicht war es nur eine Täuschung gewesen, sie kehrte zu K. zurück, auf dem Weg strich sie, als hätte sie das Abendgespräch vergessen, dem zusammengekauert wimmernden Gehilfen tröstend über das Haar. K. sagte dazu nichts; nur den Gehilfen befahl er, mit dem Heizen aufzuhören, denn es war, unter Verbrauch fast des ganzen angesammelten Holzes, schon überheiß geworden.

DAS ZWÖLFTE KAPITEL

Am Morgen erwachten alle erst, als schon die ersten Schulkinder da waren und neugierig die Lagerstätte umringten. Das war unangenehm, denn infolge der großen Hitze, die jetzt gegen Morgen allerdings wieder einer empfindlichen Kühle gewichen war, hatten sich alle bis auf das Hemd ausgekleidet und gerade, als sie sich anzuziehen anfingen, erschien Gisa, die Lehrerin, ein blondes, großes, schönes, nur ein wenig steifes Mädchen, in der Tür. Sie war sichtlich auf den neuen Schuldiener vorbereitet und hatte wohl auch vom Lehrer Verhaltungsmaßregeln erhalten, denn schon auf der Schwelle sagte sie: »Das kann ich nicht dulden. Das wären schöne Verhältnisse. Sie haben bloß die Erlaubnis, im Schulzimmer zu schlafen, ich aber habe nicht die Verpflichtung, in Ihrem Schlafzimmer zu unterrichten. Eine Schuldienerfamilie, die sich bis in den Vormittag in den Betten räkelt, Pfui!« Nun, dagegen wäre einiges zu sagen, besonders hinsichtlich der Familie und der Betten, dachte K., während er mit Frieda – die Gehilfen waren dazu nicht zu gebrauchen, auf dem Boden liegend, staunten sie die Lehrerin und die Kinder an – eiligst den Barren und das Pferd herbeischob, beide mit den Decken überwarf und so einen kleinen Raum bildete, in dem man, vor den Blicken der Kinder gesichert, sich wenigstens anziehen konnte. Ruhe hatte man allerdings keinen Augenblick lang, zuerst zankte die Lehrerin, weil im Waschbecken kein frisches Wasser war; gerade hatte K. daran gedacht, das Waschbecken für sich und Frieda zu holen, er gab die Absicht zunächst auf, um die Lehrerin nicht allzusehr zu reizen, aber der Verzicht half nichts, denn kurz darauf erfolgte ein großer Krach, unglücklicherweise hatte man nämlich versäumt, die Reste des Nachtmahls vom Katheder zu räumen, die Lehrerin entfernte alles mit dem Lineal, alles flog auf die Erde; daß das Sardinenöl und die Kaffeereste ausflossen und der Kaffeetopf in Trümmer ging, mußte die Lehrerin nicht kümmern, der Schuldiener würde ja gleich Ordnung machen. Noch nicht ganz angezogen, sahen K. und Frieda am Barren lehnend der Vernichtung ihres kleinen Besitzes zu; die Gehilfen, die offenbar gar nicht daran dachten, sich anzuziehen, lugten zum großen Vergnügen der Kinder unten zwischen den Dekken durch. Am meisten schmerzte Frieda natürlich der Verlust des Kaffeetopfes; erst als K., um sie zu trösten, ihr versicherte, er werde gleich zum Gemeindevorsteher gehen und Ersatz verlangen und bekommen, faßte sie sich so weit, daß sie, nur in Hemd und Unterrock, aus der Umzäunung hinauslief, um wenigstens die Decke zu holen und vor weiterer Beschmutzung zu bewahren. Es gelang ihr auch, obwohl die Lehrerin, um sie abzuschrecken, mit dem Lineal immerfort nervenzerrüttend auf den Tisch hämmerte. Als K. und Frieda sich angezogen hatten, mußten sie die Gehilfen, die von den Ereignissen wie benommen waren, nicht nur mit Befehlen und Stößen zum Anziehen drängen, sondern zum Teil sogar selbst anziehen. Dann, als alle fertig waren, verteilte K. die nächsten Arbeiten: Die Gehilfen sollten Holz holen und einheizen, zuerst aber im anderen Schulzimmer, von dem noch große Gefahren drohten – denn dort war wahrscheinlich schon der Lehrer. Frieda sollte den Fußboden reinigen und K. würde Wasser holen und sonst Ordnung machen; ans Frühstücken war vorläufig nicht zu denken. Um sich aber im allgemeinen über die Stimmung der Lehrerin zu unterrichten, wollte K. als erster hinausgehen, die anderen sollten erst folgen, wenn er sie riefe, er traf diese Einrichtung einerseits, weil er durch Dummheiten der Gehilfen die Lage nicht von vornherein verschlimmern lassen wollte, und andererseits, weil er Frieda möglichst schonen wollte, denn sie hatte Ehrgeiz, er keinen, sie war empfindlich, er nicht, sie dachte nur an die gegenwärtigen kleinen Abscheulichkeiten, er aber an Barnabas und die Zukunft. Frieda folgte allen seinen Anordnungen genau, ließ kaum die Augen von ihm. Kaum war er vorgetreten, rief die Lehrerin unter dem Gelächter der Kinder, das von jetzt ab überhaupt nicht mehr aufhörte: »Na, ausgeschlafen?« und als K. darauf nicht achtete, weil es doch keine eigentliche Frage war, sondern auf den Waschtisch losging, fragte die Lehrerin: »Was haben Sie denn mit meiner Mieze gemacht?« Eine große, alte fleischige Katze lag träg ausgebreitet auf dem Tisch, und die Lehrerin untersuchte ihre offenbar ein wenig verletzte Pfote. Frieda hatte also doch recht gehabt, diese Katze war zwar nicht auf sie gesprungen, denn springen konnte sie wohl nicht mehr, aber über sie hinweggekrochen, war über die Anwesenheit von Menschen in dem sonst leeren Hause erschrocken, hatte sich eilig versteckt und bei dieser ihr ungewohnten Eile sich verletzt. K. suchte es der Lehrerin ruhig zu erklären, diese aber faßte nur das Ergebnis auf und sagte: »Nun ja, ihr habt sie verletzt, damit habt ihr euch hier eingeführt. Sehen Sie doch!« und sie rief K. auf das Katheder, zeigte ihm die Pfote, und ehe er sich dessen versah, hatte sie ihm mit den Krallen einen Strich über den Handrücken gemacht; die Krallen waren zwar schon stumpf, aber die Lehrerin hatte, diesmal ohne Rücksicht auf die Katze, sie so fest eingedrückt, daß es doch blutige Striemen wurden. »Und jetzt gehen Sie an Ihre Arbeit«, sagte sie ungeduldig und beugte sich wieder zur Katze hinab. Frieda, welche mit den Gehilfen hinter dem Barren zugesehen hatte, schrie beim Anblick des Blutes auf. K. zeigte die Hand den Kindern und sagte: »Seht, das hat mir eine böse, hinterlistige Katze gemacht.« Er sagte es freilich nicht der Kinder wegen, deren Geschrei und

Gelächter schon so selbstverständlich geworden war, daß es keines weiteren Anlasses oder Anreizes bedurfte und daß kein Wort es durchdringen oder beeinflussen konnte. Da aber auch die Lehrerin nur durch einen kurzen Seitenblick die Beleidigung beantwortete und sonst mit der Katze beschäftigt blieb, die erste Wut also durch die blutige Bestrafung befriedigt schien, rief K. Frieda und die Gehilfen, und die Arbeit begann.

Als K. den Eimer mit dem Schmutzwasser hinausgetragen, frisches Wasser gebracht hatte und nun das Schulzimmer auszukehren begann, trat ein etwa zwölfjähriger Junge aus einer Bank, berührte K.s Hand und sagte etwas im großen Lärm gänzlich Unverständliches. Da hörte plötzlich aller Lärm auf, K. wandte sich um. Das den ganzen Morgen über Gefürchtete war geschehen. In der Tür stand der Lehrer, mit jeder Hand hielt er, der kleine Mann, einen Gehilfen beim Kragen; er hatte sie wohl beim Holzholen abgefangen, denn mit mächtiger Stimme rief er und legte nach jedem Wort eine Pause ein: »Wer hat es gewagt, in den Holzschuppen einzubrechen? Wo ist der Kerl, daß ich ihn zermalme?« Da erhob sich Frieda vom Boden, den sie zu Füßen der Lehrerin reinzuwaschen sich abmühte, sah nach K. hin, so, als wolle sie sich Kraft holen, und sagte, wobei etwas von ihrer alten Überlegenheit in Blick und Haltung war: »Das habe ich getan, Herr Lehrer. Ich wußte mir keine andere Hilfe. Sollten früh die Schulzimmer geheizt sein, mußte man den Schuppen öffnen; in der Nacht den Schlüssel von Ihnen zu holen wagte ich nicht; mein Bräutigam war im Herrenhof, es war möglich, daß er die Nacht über dort blieb, so mußte ich mich allein entscheiden. Habe ich unrecht getan, verzeihen Sie es meiner Unerfahrenheit; ich bin schon von meinem Bräutigam genug ausgezankt worden, als er sah, was geschehen war. Ja, er verbot mir sogar, früh einzuheizen, weil er glaubte, daß Sie durch Versperrung des Schuppens gezeigt hätten, daß Sie nicht geheizt haben wollten, bevor Sie selbst gekommen wären. Daß nicht geheizt ist, ist also seine Schuld, daß aber der Schuppen erbrochen wurde, meine.« – »Wer hat die Tür erbrochen?« fragte der Lehrer die Gehilfen, die noch immer vergeblich seinen Griff abzuschütteln versuchten. »Der Herr«, sagten beide und zeigten, damit kein Zweifel sei, auf K. Frieda lachte, und dieses Lachen schien noch beweisender als ihre Worte, dann begann sie den Lappen, mit dem sie den Boden gewaschen hatte, in den Eimer auszuwinden, so, als sei durch ihre Erklärung der Zwischenfall beendet und die Aussagen der Gehilfen nur ein nachträglicher Scherz; erst als sie wieder, zur Arbeit bereit, niedergekniet war, sagte sie: »Unsere Gehilfen sind Kinder, die trotz ihren Jahren noch in diese Schulbänke gehören. Ich habe nämlich gegen Abend die Tür mit der Axt allein geöffnet, es war sehr einfach, die Gehilfen brauchte ich dazu nicht, sie hätten nur gestört. Als dann in der Nacht aber mein Bräutigam kam und hinausging, um den Schaden zu besehen und womöglich zu reparieren, liefen die Gehilfen mit, wahrscheinlich weil sie fürchteten, hier allein zu bleiben, sahen meinen Bräutigam an der aufgerissenen Tür arbeiten, und deshalb sagen sie jetzt – nun, es sind Kinder –.«

Zwar schüttelten die Gehilfen während Friedas Erklärung immerfort die Köpfe, zeigten weiter auf K. und strengten sich an, durch stummes Mienenspiel Frieda von ihrer Meinung abzubringen; da es ihnen aber nicht gelang, fügten sie sich endlich, nahmen Friedas Worte als Befehl, und auf eine neuerliche Frage des Lehrers antworteten sie nicht mehr. »So«, sagte der Lehrer, »ihr habt also gelogen? Oder wenigstens leichtsinnig den Schuldiener beschuldigt?« Sie schwiegen noch immer, aber ihr Zittern und ihre ängstlichen Blicke schienen auf Schuldbewußtsein zu deuten. »Dann werde ich euch sofort durchprügeln«, sagte der Lehrer und schickte ein Kind ins andere Zimmer um den Rohrstab. Als er dann den Stab hob, rief Frieda: »Die Gehilfen haben ja die Wahrheit gesagt«, warf verzweifelt den Lappen in den Eimer, daß das Wasser aufspritzte, und lief hinter den Barren, wo sie sich versteckte. »Ein verlogenes Volk«, sagte die Lehrerin, die den Verband der Pfote eben beendigt hatte und das Tier auf den Schoß nahm, für den es fast zu breit war.

»Bleibt also der Herr Schuldiener«, sagte der Lehrer, stieß die Gehilfen fort und wandte sich K. zu, der während der ganzen Zeit, auf den Besen gestützt, zugehört hatte: »Dieser Herr Schuldiener, der aus Feigheit ruhig zugibt, daß man andere fälschlich seiner eigenen Lumpereien beschuldigt.« – »Nun«, sagte K., der wohl merkte, daß Friedas Dazwischentreten den ersten hemmungslosen Zorn des Lehrers doch gemildert hatte, »wenn die Gehilfen ein wenig durchgeprügelt worden wären, hätte es mir nicht leid getan; wenn sie bei zehn gerechten Anlässen geschont worden sind, können sie es einmal bei einem ungerechten abbüßen. Aber auch sonst wäre es mir willkommen gewesen, wenn ein unmittelbarer Zusammenstoß zwischen mir und Ihnen, Herr Lehrer, vermieden worden wäre, vielleicht wäre es sogar auch Ihnen lieb. Da nun aber Frieda mich den Gehilfen geopfert hat –«, hier machte K. eine Pause, man hörte in der Stille hinter den Decken Frieda schluchzen –, »muß nun natürlich die Sache ins reine gebracht werden.« – »Unerhört«, sagte die Lehrerin. »Ich bin völlig Ihrer Meinung, Fräulein Gisa«, sagte der Lehrer. »Sie, Schuldiener, sind natürlich wegen dieses schändlichen Dienstvergehens auf der Stelle entlassen; die Strafe, die noch folgen wird, behalte ich mir vor; jetzt aber scheren Sie sich sofort mit allen Ihren Sachen aus dem Haus. Es wird uns eine wahre Erleichterung sein, und der Unterricht wird endlich beginnen können. Also schleunig!« – »Ich rühre mich von hier nicht fort«, sagte K. »Sie sind mein Vorgesetzter, aber nicht derjenige, welcher mir die Stelle verliehen hat, das ist der Herr Gemeindevorsteher, nur seine Kündigung nehme ich an. Er aber hat mir die Stelle doch wohl nicht gegeben, daß ich hier mit meinen Leuten erfriere, sondern – wie Sie selbst sagten – damit er unbesonnene Verzweiflungstaten meinerseits verhindert. Mich jetzt plötzlich zu entlassen wäre daher geradewegs gegen seine Absicht; solange ich nicht das Gegenteil aus seinem eigenen Munde höre, glaube ich es nicht. Es geschieht übrigens wahrscheinlich auch zu Ihrem großen Vorteil, wenn ich Ihrer leichtsinnigen Kündigung nicht folge.« – »Sie folgen also nicht?« fragte der Lehrer. K. schüttelte den Kopf. »Überlegen Sie es wohl«, sagte der Lehrer. »Ihre Entschlüsse sind nicht immer die allerbesten; denken Sie zum Beispiel an den gestrigen Nachmittag, als Sie es ablehnten, verhört zu werden.« – »Warum erwähnen Sie das jetzt?« fragte K. »Weil es mir beliebt«, sagte der Lehrer, »und nun wiederhole ich zum letzten Male: Hinaus!« Als aber auch das keine Wirkung hatte, ging der Lehrer zum Katheder und beriet sich leise mit der Lehrerin, diese sagte etwas von der Polizei, aber der Lehrer lehnte es ab, schließlich einigten sie sich, der Lehrer forderte die Kinder auf, in seine Klasse hinüberzugehen, sie würden dort mit den anderen Kindern gemeinsam unterrichtet werden. Diese Abwechslung freute alle, gleich war unter Lachen und Schreien das Zimmer geleert, der Lehrer und die Lehrerin folgten als letzte. Die Lehrerin trug das Klassenbuch und auf ihm die in ihrer Fülle ganz teilnahmslose Katze. Der Lehrer hätte die Katze gern hiergelassen, aber eine darauf bezügliche Andeutung wehrte die Lehrerin mit dem Hinweis auf die Grausamkeit K.s entschieden ab; so bürdete K. zu allem Ärger auch noch die Katze dem Lehrer auf. Es beeinflußte dies wohl auch die letzten Worte, die der Lehrer in der Tür an K. richtete: »Das Fräulein verläßt mit den Kindern notgedrungen dieses Zimmer, weil Sie renitenterweise meiner Kündigung nicht folgen und weil niemand von ihr, einem jungen Mädchen, verlangen kann, daß sie inmitten Ihrer schmutzigen Familienwirtschaft Unterricht erteilt. Sie bleiben also allein und können sich, ungestört durch den Widerwillen anständiger Zuschauer, hier so breitmachen, wie Sie wollen. Aber es wird nicht lange dauern, dafür bürge ich!« Damit schlug er die Tür zu.

DAS DREIZEHNTE KAPITEL

Kaum waren alle fort, sagte K. zu den Gehilfen: »Geht hinaus!« Verblüfft durch diesen unerwarteten Befehl, folgten sie, aber als K. hinter ihnen die Tür zusperrte, wollten sie wieder zurück, winselten draußen und klopften an die Tür. »Ihr seid entlassen!« rief K. »Niemals mehr nehme ich euch in meine Dienste.« Das wollten sie sich nun freilich nicht gefallen lassen und hämmerten mit Händen und Füßen gegen die Tür. »Zurück zu dir, Herr!« riefen sie, als wäre K. das trockene Land und sie daran, in der Flut zu versinken. Aber K. hatte kein Mitleid, ungeduldig wartete er, bis der unerträgliche Lärm den Lehrer zwingen werde, einzugreifen. Es geschah bald. »Lassen Sie Ihre verfluchten Gehilfen ein!« schrie er. »Ich habe sie entlassen!« schrie K. zurück; es hatte die ungewollte Nebenwirkung, dem Lehrer zu zeigen, wie es auffiel, wenn jemand kräftig genug war, nicht nur zu kündigen, sondern auch die Kündigung auszuführen. Der Lehrer versuchte nun, die Gehilfen gütlich zu beruhigen, sie sollten hier nur ruhig warten, schließlich werde K. sie doch wieder einlassen müssen. Dann ging er. Und es wäre nun vielleicht still geblieben, wenn nicht K. ihnen wieder zuzurufen angefangen hätte, daß sie nun endgültig entlassen seien und nicht die geringste Hoffnung auf Wiederaufnahme hätten. Daraufhin begannen sie wieder zu lärmen wie zuvor. Wieder kam der Lehrer, aber nun verhandelte er nicht mehr mit ihnen, sondern trieb sie, offenbar mit dem gefürchteten Rohrstab, aus dem Haus.

Bald erschienen sie vor den Fenstern des Turnzimmers, klopften an die Scheiben und schrien; aber die Worte waren nicht mehr zu verstehen. Sie blieben jedoch auch dort nicht lange, in dem tiefen Schnee konnten sie nicht herumspringen, wie es ihre Unruhe verlangte. Sie eilten deshalb zu dem Gitter des Schulgartens, sprangen auf den steinernen Unterbau, wo sie auch, allerdings nur von der Ferne, einen besseren Einblick in das Zimmer hatten; sie liefen dort, an dem Gitter sich festhaltend, hin und her, blieben dann wieder stehen und streckten flehend die gefalteten Hände gegen K. aus. So trieben sie es lange, ohne Rücksicht auf die Nutzlosigkeit ihrer Anstrengungen; sie waren wie verblendet, sie hörten wohl auch nicht auf, als K. die Fenstervorhänge herunterließ, um sich von ihrem Anblick zu befreien.

In dem jetzt dämmerigen Zimmer ging K. zu dem Barren, um nach Frieda zu sehen. Unter seinem Blick erhob sie sich, ordnete die Haare, trocknete das Gesicht und machte sich schweigend daran, Kaffee zu kochen. Obwohl sie von allem wußte, verständigte sie doch K. förmlich davon, daß er die Gehilfen entlassen hatte. Sie nickte nur. K. saß in einer Schulbank und beobachtete ihre müden Bewegungen. Es war immer die Frische und Entschlossenheit gewesen, welche ihren nichtigen Körper verschönt hatte; nun war diese Schönheit dahin. Wenige Tage des Zusammenlebens mit K. hatten genügt, das zu erreichen. Die Arbeit im Ausschank war nicht leicht gewesen, aber ihr wahrscheinlich doch entsprechender. Oder war die Entfernung von Klamm die eigentliche Ursache ihres Verfalles? Die Nähe Klamms hatte sie so unsinnig verlockend gemacht, in dieser Verlockung hatte sie K. an sich gerissen, und nun verwelkte sie in seinen Armen.

»Frieda«, sagte K. Sie legte gleich die Kaffeemühle fort und kam zu K. in die Bank. »Du bist mir böse?« fragte sie. »Nein«, sagte K. »Ich glaube, du kannst nicht anders. Du hast zufrieden im Herrenhof gelebt. Ich hätte dich dort lassen sollen.« – »Ja«, sagte Frieda und sah traurig vor sich hin, »du hättest mich dort lassen sollen. Ich bin dessen nicht wert, mit dir zu leben. Von mir befreit, könntest du vielleicht alles erreichen, was du willst. Aus Rücksicht auf mich unterwirfst du dich dem tyrannischen Lehrer, übernimmst du diesen kläglichen Posten, bewirbst dich mühevoll um ein Gespräch mit Klamm. Alles für mich, aber ich lohne es dir schlecht.« – »Nein«, sagte K. und legte tröstend den Arm um sie. »Alles das sind Kleinigkeiten, die mir nicht weh tun, und zu Klamm will ich ja nicht nur deinetwegen. Und was hast du alles für mich getan! Ehe ich dich kannte, ging ich ja hier ganz in die Irre. Niemand nahm mich auf, und wem ich mich aufdrängte, der verabschiedete mich schnell. Und wenn ich bei jemandem Ruhe hätte finden können, so waren es Leute, vor denen wieder ich mich flüchtete, etwa die Leute des Barnabas.« – »Du flüchtetest vor ihnen? Nicht wahr? Liebster!« rief Frieda lebhaft dazwischen und versank dann nach einem zögernden »Ja« K.s wieder in ihre Müdigkeit. Aber auch K. hatte nicht mehr die Entschlossenheit, zu erklären, worin sich durch die Verbindung mit Frieda alles zum Guten für ihn gewendet hatte. Er löste langsam den Arm von ihr und saß ein Weilchen schweigend, bis dann Frieda, so, als hätte K.s Arm ihr Wärme gegeben, die sie jetzt nicht mehr entbehren könne, sagte: »Ich werde dieses Leben hier nicht ertragen. Willst du mich behalten, müssen wir auswandern, irgendwohin, nach Südfrankreich, nach Spanien.« – »Auswandern kann ich nicht«, sagte K., »ich bin hierhergekommen, um hier zu bleiben. Ich werde hierbleiben.« Und in einem Widerspruch, den er gar nicht zu erklären sich Mühe gab, fügte er wie im Selbstgespräch zu: »Was hätte mich denn in dieses öde Land locken können, als das Verlangen hierzubleiben?« Dann sagte er: »Aber auch du willst hierbleiben, es ist ja dein Land. Nur Klamm fehlt dir, und das bringt dich auf verzweifelte Gedanken.« – »Klamm sollte mir fehlen?« sagte Frieda. »Von Klamm ist hier ja eine Überfülle, zu viel Klamm; um ihm zu entgehen, will ich fort. Nicht Klamm, sondern du fehlst mir, deinetwegen will ich fort; weil ich mich an dir nicht sättigen kann, hier, wo alle an mir reißen. Würde mir doch lieber die hübsche Larve abgerissen, würde doch lieber mein Körper elend, daß ich in Frieden bei dir leben könnte.« K. hörte daraus nur eines. »Klamm ist noch immer in Verbindung mit dir?« fragte er gleich. »Er ruft dich?« – »Von Klamm weiß ich nichts«, sagte Frieda, »ich rede jetzt von anderen, zum Beispiel von den Gehilfen.« – »Ah, die Gehilfen!« sagte K. überrascht. »Sie verfolgen dich?« – »Hast du es denn nicht bemerkt?« fragte Frieda. »Nein«, sagte K. und suchte sich vergeblich an Einzelheiten zu erinnern, »zudringliche und lüsterne Jungen sind es wohl, aber daß sie sich an dich herangewagt hätten, habe ich nicht bemerkt.« – »Nicht?« sagte Frieda. »Du hast nicht bemerkt, wie sie aus unserem Zimmer im Brückenhof nicht fortzubringen waren, wie sie unsere Beziehungen eifersüchtig überwachten, wie sich einer letzthin auf meinen Platz auf den Strohsack legte, wie sie jetzt gegen dich aussagten, um dich zu vertreiben, zu verderben, um mit mir allein zu sein. Das alles hast du nicht bemerkt?« K. sah Frieda an, ohne zu antworten. Diese Anklagen gegen die Gehilfen waren wohl richtig, aber sie konnten alle auch viel unschuldiger gedeutet werden, aus dem ganzen lächerlichen, kindischen, fahrigen, unbeherrschten Wesen der beiden. Und sprach nicht gegen die Beschuldigung auch, daß sie doch immer danach gestrebt hatten, überall mit K. zu gehen und nicht bei Frieda zurückzubleiben? K. erwähnte etwas Derartiges. »Heuchelei«, sagte Frieda, »das hast du nicht durchschaut? Ja, warum hast du sie denn fortgetrieben, wenn nicht aus diesen Gründen?« Und sie ging zum Fenster, rückte den Vorhang ein wenig zur Seite, blickte hinaus und rief dann K. zu sich. Noch immer waren die Gehilfen draußen am Gitter, so müde sie auch sichtlich schon waren, streckten sie doch noch von Zeit zu Zeit, alle Kräfte zusammennehmend, die Arme bittend gegen die Schule aus. Einer hatte, um sich nicht immerfort festhalten zu müssen, den Rock hinten auf einer Gitterstange aufgespießt.

»Die Armen! Die Armen!« sagte Frieda.

»Warum ich sie weggetrieben habe?« rief K. »Der unmittelbare Anlaß dafür bist du gewesen.« – »Ich?« fragte Frieda, ohne den Blick von draußen abzuwenden. »Deine allzufreundliche Behandlung der Gehilfen«, sagte K., »das Verzeihen ihrer Unarten, das Lachen über sie, das Streicheln ihrer Haare, das fortwährende Mitleid mit ihnen, ›die Armen, die Armen‹, sagst du wieder, und schließlich der letzte Vorfall, da ich dir als Preis nicht zu hoch war, die Gehilfen von den Prügeln loszukaufen.« – »Das ist es ja«, sagte Frieda, »davon spreche ich doch, das ist es ja, was mich unglücklich macht, was mich von dir abhält, während ich doch kein größeres Glück für mich weiß, als bei dir zu sein, immerfort, ohne Unterbrechung, ohne Ende, während ich doch davon träume, daß hier auf der Erde kein ruhiger Platz für unsere Liebe ist, nicht im Dorf und nicht anderswo, und ich mir deshalb ein Grab vorstelle, tief und eng; dort halten wir uns umarmt wie mit Zangen, ich verberge mein Gesicht an dir, du deines an mir, und niemand wird uns jemals mehr sehen. Hier aber – sieh die Gehilfen! Nicht dir gilt es, wenn sie die Hände falten, sondern mir.« – »Und nicht ich«, sagte K., »sehe sie an, sondern du.« – »Gewiß, ich«, sagte Frieda fast böse, »davon spreche ich doch immerfort. Was würde denn sonst daran liegen, daß die Gehilfen hinter mir her sind; mögen sie auch Abgesandte Klamms sein.« – »Abgesandte Klamms«, sagte K., den diese Bezeichnung, so natürlich sie ihm gleich erschien, doch sehr überraschte. »Abgesandte Klamms, gewiß«, sagte Frieda, »mögen sie dies sein, so sind sie doch auch gleichzeitig läppische Jungen, die zu ihrer Erziehung noch Prügel brauchen. Was für häßliche, schwarze Jungen es sind! Und wie abscheulich ist der Gegensatz zwischen ihren Gesichtern, die auf Erwachsene, ja fast auf Studenten schließen lassen, und ihrem kindisch-närrischen Benehmen! Glaubst du, daß ich das nicht sehe? Ich schäme mich ja ihrer. Aber das ist es ja eben, sie stoßen mich nicht ab, sondern ich schäme mich ihrer. Ich muß immer zu ihnen hinsehen. Wenn man sich über sie ärgern sollte, muß ich lachen. Wenn man sie schlagen wollte, muß ich über ihr Haar streichen. Und wenn ich neben dir liege in der Nacht, kann ich nicht schlafen, und muß über dich hinweg zusehen, wie der eine, fest in die Decke eingerollt, schläft und der andere vor der offenen Ofentür kniet und heizt, und ich muß mich vorbeugen, daß ich dich fast wecke. Und nicht die Katze erschreckt mich – ach, ich kenne Katzen und ich kenne auch das unruhige, immerfort gestörte Schlummern im Ausschank – nicht die Katze erschreckt mich, ich selbst mache mir Schrecken. Und es bedarf gar nicht dieses Ungetümes von einer Katze, ich fahre beim kleinsten Geräusch zusammen. Einmal fürchtete ich, daß du aufwachen wirst und alles zu Ende sein wird, und dann wieder springe ich auf und zünde die Kerze an, damit du nur schnell aufwachst und mich beschützen kannst.« – »Von dem allen habe ich nichts gewußt«, sagte K., »nur in einer Ahnung dessen habe ich sie vertrieben; nun sind sie aber fort, nun ist vielleicht alles gut.« – »Ja, endlich sind sie fort«, sagte Frieda, aber ihr Gesicht war gequält, nicht freudig, »nur wissen wir nicht, wer sie sind. Abgesandte Klamms, ich nenne sie in meinen Gedanken, im Spiele so, aber vielleicht sind sie es wirklich. Ihre Augen, diese einfältigen und doch funkelnden Augen, erinnern mich irgendwie an die Augen Klamms, ja, das ist es: Es ist Klamms Blick, der mich manchmal aus ihren Augen durchfährt. Und unrichtig ist es deshalb, wenn ich sagte, daß ich mich ihrer schäme. Ich wollte nur, es wäre so. Ich weiß zwar, daß anderswo und bei anderen Menschen das gleiche Benehmen dumm und anstößig wäre, bei ihnen ist es nicht so. Mit Achtung und Bewunderung sehe ich ihren Dummheiten zu. Wenn es aber Klamms Abgesandte sind, wer befreit uns von ihnen; und wäre es dann überhaupt gut, von ihnen befreit zu werden? Müßtest du sie dann nicht schnell hereinholen und glücklich sein, wenn sie noch kämen?« – »Du willst, daß ich sie wieder hereinlasse?« fragte K. »Nein, nein«, sagte Frieda, »nichts will ich weniger. Ihren Anblick, wenn sie nun hereinstürmten, ihre Freude, mich wiederzusehen, ihr Herumhüpfen von Kindern und ihr Armausstrecken von Männern, das alles würde ich vielleicht gar nicht ertragen können. Wenn ich dann aber wieder bedenke, daß du, wenn du gegen sie hart bleibst, damit vielleicht Klamm selbst den Zutritt zu dir verweigerst, will ich dich mit allen Mitteln vor den Folgen dessen bewahren. Dann will ich, daß du sie hereinkommen läßt. Dann K., nur schnell herein mit ihnen! Nimm keine Rücksicht auf mich, was liegt an mir! Ich werde mich wehren, solange ich kann; wenn ich aber verlieren sollte, nun, so werde ich verlieren, aber dann mit dem Bewußtsein, daß auch dies für dich geschehen ist.« – »Du bestärkst mich nur in meinem Urteil hinsichtlich der Gehilfen«, sagte K. »Niemals werden sie mit meinem Willen hereinkommen. Daß ich sie hinausgebracht habe, beweist doch, daß man sie unter Umständen beherrschen kann, und damit weiterhin, daß sie nichts Wesentliches mit Klamm zu tun haben. Erst gestern abend bekam ich einen Brief von Klamm, aus dem zu sehen ist, daß Klamm über die Gehilfen ganz falsch unterrichtet ist, woraus wieder geschlossen werden muß, daß sie ihm völlig gleichgültig sind, denn wären sie dies nicht, so hätte er sich gewiß genaue Nachrichten über sie beschaffen können. Daß aber du Klamm in ihnen siehst, beweist nichts, denn noch immer, leider, bist du von der Wirtin beeinflußt und siehst Klamm überall. Noch immer bist du Klamms Geliebte, noch lange nicht meine Frau. Manchmal macht mich das ganz trübe, mir ist dann, wie wenn ich alles verloren hätte, ich habe dann das Gefühl, als sei ich eben erst ins Dorf gekommen, aber nicht hoffnungsvoll, wie ich damals in Wirklichkeit war, sondern im Bewußtsein, daß mich nur Enttäuschungen erwarten und daß ich eine nach der anderen werde durchkosten müssen bis zum letzten Bodensatz. Doch ist das nur manchmal«, fügte K. lächelnd hinzu, als er sah, wie Frieda unter seinen Worten zusammensank, »und beweist doch im Grunde etwas Gutes, nämlich, was du mir bedeutest. Und wenn du mich jetzt aufforderst, zwischen dir und den Gehilfen zu wählen, so haben damit die Gehilfen schon verloren. Was für ein Gedanke, zwischen dir und den Gehilfen zu wählen! Nun will ich sie aber endgültig los sein, in Worten und Gedanken. Wer weiß übrigens, ob die Schwäche, die uns beide überkommen hat, nicht daher stammt, daß wir noch immer nicht gefrühstückt haben?« – »Möglich«, sagte Frieda, müde lächelnd, und ging an die Arbeit. Auch K. ergriff wieder den Besen.

Nach einem Weilchen klopfte es leise. »Barnabas!« schrie K., warf den Besen hin und war mit einigen Sätzen bei der Tür. Über den Namen mehr als über alles andere erschrocken, sah ihn Frieda an. Mit den unsicheren Händen konnte K. das alte Schloß nicht gleich öffnen. »Ich öffne schon«, wiederholte er immerfort, statt zu fragen, wer denn eigentlich klopfe. Und mußte dann zusehen, wie durch die weitaufgerissene Tür nicht Barnabas hereinkam, sondern der kleine Junge, der schon früher einmal hatte K. ansprechen wollen. K. hatte aber keine Lust, sich an ihn zu erinnern. »Was willst du denn hier?« sagte er. »Unterrichtet wird nebenan.« – »Ich komme von dort«, sagte der Junge und sah mit seinen großen, braunen Augen ruhig zu K. auf, stand aufrecht da, die Arme eng am Leib. »Was willst du also? Schnell!« sagte K. und beugte sich ein wenig hinab, denn der Junge sprach leise. »Kann ich dir helfen?« fragte der Junge. »Er will uns helfen«, sagte K. zu Frieda, und dann zum Jungen: »Wie heißt du denn?« –

»Hans Brunswick«, sagte der Junge, »Schüler der vierten Klasse, Sohn des Otto Brunswick, Schustermeister in der Madeleinegasse.« – »Sieh mal, Brunswick heißt du«, sagte K. und war nun freundlicher zu ihm. Es stellte sich heraus, daß Hans durch die blutigen Striemen, welche die Lehrerin in K.s Hand eingekratzt hatte, so erregt worden war, daß er sich vorhin entschlossen hatte, K. beizustehen. Eigenmächtig war er jetzt auf die Gefahr großer Strafe hin aus dem Schulzimmer nebenan wie ein Deserteur weggeschlichen. Es mochten vor allem solche knabenhaften Vorstellungen sein, die ihn beherrschten. Ihnen entsprechend war auch der Ernst, der aus allem sprach, was er tat. Nur anfänglich hatte ihn Schüchternheit behindert, bald aber gewöhnte er sich an K. und Frieda, und als er dann heißen, guten Kaffee zu trinken bekommen hatte, war er lebhaft und zutraulich geworden, und seine Fragen waren eifrig und eindringlich, so, als wolle er möglichst schnell das Wichtigste erfahren, um dann selbständig für K. und Frieda Entschlüsse fassen zu können. Es war auch etwas Befehlshaberisches in seinem Wesen; aber es war mit kindlicher Unschuld so gemischt, daß man sich ihm, halb aufrichtig, halb scherzend, gern unterwarf. Jedenfalls nahm er alle Aufmerksamkeit für sich in Anspruch, alle Arbeit hatte aufgehört, das Frühstück zog sich sehr in die Länge. Obwohl er in der Schulbank saß, K. oben auf dem Kathedertisch, Frieda auf einem Sessel nebenan, sah es aus, als sei Hans der Lehrer, als prüfe er und beurteile die Antworten; ein leichtes Lächeln um seinen weichen Mund schien anzudeuten, daß er wohl wisse, es handle sich nur um ein Spiel, aber desto ernsthafter war er im übrigen bei der Sache, vielleicht war es auch gar kein Lächeln, sondern das Glück der Kindheit, das die Lippen umspielte. Auffallend spät erst hatte er zugegeben, daß er K. schon kannte, seit dieser einmal bei Lasemann eingekehrt war. K. war glücklich darüber. »Du spieltest damals zu Füßen der Frau?« fragte K. »Ja«, sagte Hans, »es war meine Mutter.« Und nun mußte er von seiner Mutter erzählen, aber er tat es nur zögernd und erst auf wiederholte Aufforderung, es zeigte sich nun doch, daß er ein kleiner Junge war, aus dem zwar manchmal, besonders in seinen Fragen, vielleicht im Vorgefühl der Zukunft, vielleicht aber auch nur infolge der Sinnestäuschung des unruhig-gespannten Zuhörers, fast ein energischer, kluger, weitblickender Mann zu sprechen schien, der dann aber gleich darauf ohne Übergang nur ein Schuljunge war, der manche Fragen gar nicht verstand, andere mißdeutete, der in kindlicher Rücksichtslosigkeit zu leise sprach, obwohl er oft auf den Fehler aufmerksam gemacht worden war, und der schließlich wie aus Trotz gegenüber manchen dringenden Fragen vollkommen schwieg und zwar ganz ohne Verlegenheit, wie es ein Erwachsener niemals könnte. Es war überhaupt, wie wenn seiner Meinung nach nur ihm das Fragen erlaubt sei, durch das Fragen der anderen aber irgendeine Vorschrift durchbrochen und Zeit verschwendet würde. Er konnte dann lange Zeit still sitzen mit aufrechtem Körper, gesenktem Kopf, aufgeworfener Unterlippe. Frieda gefiel das so, daß sie ihm öfters Fragen stellte, von denen sie hoffte, daß sie ihn auf diese Weise verstummen lassen würden; es gelang ihr auch manchmal, aber K. ärgerte es. Im ganzen erfuhr man wenig. Die Mutter war ein wenig kränklich, aber was für eine Krankheit es war, blieb unbestimmt, das Kind, das Frau Brunswick auf dem Schoß gehabt hatte, war Hansens

Schwester und hieß Frieda (die Namensgleichheit mit der ihn ausfragenden Frau nahm Hans unfreundlich auf), sie wohnten alle im Dorf, aber nicht bei Lasemann, sie waren dort nur zu Besuch gewesen, um gebadet zu werden, weil Lasemann das große Schaff hatte, in dem zu baden und sich herumzutreiben den kleinen Kindern, zu denen aber Hans nicht gehörte, ein besonderes Vergnügen machte; von seinem Vater sprach Hans ehrfurchtsvoll oder ängstlich, aber nur, wenn nicht gleichzeitig von der Mutter die Rede war, gegenüber der Mutter war des Vaters Wert offenbar klein, übrigens blieben alle Fragen über das Familienleben, wie immer man auch heranzukommen suchte, unbeantwortet. Vom Gewerbe des Vaters erfuhr man, daß er der größte Schuster des Ortes war, keiner war ihm gleich, wie öfters auch auf ganz andere Fragen hin wiederholt wurde, er gab sogar den andern Schustern, zum Beispiel auch dem Vater Barnabas, Arbeit, in diesem letzten Falle tat es Brunswick wohl nur aus besonderer Gnade, wenigstens deutete dies die stolze Kopfwendung Hansens an, welche Frieda veranlaßte, zu ihm hinunterzuspringen und ihm einen Kuß zu geben. Die Frage, ob er schon im Schloß gewesen sei, beantwortete er erst nach vielen Wiederholungen, und zwar mit »Nein«; die gleiche Frage hinsichtlich der Mutter beantwortete er gar nicht. Schließlich ermüdete K.; auch ihm schien das Fragen unnütz, er gab darin dem Jungen recht, auch war darin etwas Beschämendes, auf dem Umweg über das unschuldige Kind Familiengeheimnisse ausforschen zu wollen, doppelt beschämend allerdings war, daß man auch hier nichts erfuhr. Und als dann K. zum Abschluß den Jungen fragte, worin er denn zu helfen sich anbiete, wunderte er sich nicht mehr zu hören, daß Hans nur hier bei der Arbeit helfen wolle, damit der Lehrer und die Lehrerin mit K. nicht mehr so zankten. K. erklärte Hans, daß eine solche Hilfe nicht nötig sei, Zanken gehöre wohl zu des Lehrers Natur, und man werde wohl auch durch genaueste Arbeit sich kaum davor schützen können, die Arbeit selbst sei nicht schwer, und nur infolge zufälliger Umstände sei er mit ihr heute im Rückstand, übrigens wirke auf K. dieses Zanken nicht so wie auf einen Schüler, er schüttle es ab, es sei ihm fast gleichgültig, auch hoffe er, dem Lehrer sehr bald völlig entgehen zu können. Da es sich also nur um Hilfe gegen den Lehrer gehandelt habe, danke er dafür bestens und Hans könne wieder zurückgehen, hoffentlich werde er nicht noch bestraft werden. Obwohl es K. gar nicht betonte und nur unwillkürlich andeutete, daß es nur die Hilfe gegenüber dem Lehrer sei, die er nicht brauche, während er die Frage nach anderer Hilfe offenließ, hörte es Hans doch klar heraus und fragte, ob K. vielleicht andere Hilfe brauche; sehr gern würde er ihm helfen, und wenn er es selbst nicht imstande wäre, würde er seine Mutter darum bitten, und dann würde es gewiß gelingen. Auch wenn der Vater Sorgen hat, bittet er die Mutter um Hilfe. Und die Mutter habe auch schon einmal nach K. gefragt, sie selbst gehe kaum aus dem Haus, nur ausnahmsweise sei sie damals bei Lasemann gewesen; er, Hans, aber gehe öfters hin, um mit Lasemanns Kindern zu spielen, und da habe ihn die Mutter einmal gefragt, ob dort vielleicht wieder einmal der Landvermesser gewesen sei. Nun dürfe man die Mutter, weil sie so schwach und müde sei, nicht unnütz aufregen, und so habe er nur einfach gesagt, daß er den Landvermesser dort nicht gesehen habe, und weiter sei davon nicht gesprochen worden; als er ihn nun aber hier in der Schule gefunden habe, habe er ihn ansprechen müssen, damit er der Mutter berichten könne. Denn das habe die Mutter am liebsten, wenn man, ohne ausdrücklichen Befehl, ihre Wünsche erfüllt. Darauf sagte K. nach kurzer Überlegung, er brauche keine Hilfe, er habe alles, was er benötigte, aber es sei sehr lieb von Hans, daß er ihm helfen wolle, und er danke ihm für die gute Absicht, es sei ja möglich, daß er später einmal etwas brauchen werde, dann werde er sich an ihn wenden, die Adresse habe er ja. Dagegen könne vielleicht er, K., diesmal ein wenig helfen, es tue ihm leid, daß Hansens Mutter kränkle und offenbar niemand hier das Leiden verstehe; in einem solchen vernachlässigten Falle kann oft eine schwere Verschlimmerung eines an sich leichten Leidens eintreten. Nun habe er, K., einige medizinische Kenntnisse und, was noch mehr wert sei, Erfahrung in der Krankenbehandlung. Manches, was Ärzten nicht gelungen sei, sei ihm geglückt. Zu Hause habe man ihn wegen seiner Heilwirkung immer »das bittere Kraut« genannt. Jedenfalls würde er gern Hansens Mutter ansehen und mit ihr sprechen. Vielleicht könnte er einen guten Rat geben, schon um Hansens willen täte er es gern. Hansens Augen leuchteten bei diesem Angebot zuerst auf, verführten K. dazu, dringlicher zu werden, aber das Ergebnis war unbefriedigend, denn Hans sagte auf verschiedene Fragen, und war dabei nicht einmal sehr traurig, zur Mutter dürfe kein fremder Besuch kommen, weil sie sehr schonungsbedürftig sei; obwohl doch K. damals kaum mit ihr gesprochen habe, sei sie nachher einige Tage im Bett gelegen, was freilich öfters geschehe. Der Vater habe sich damals aber über K. sehr geärgert, und er würde gewiß niemals erlauben, daß K. zur Mutter komme; ja, er habe damals K. aufsuchen wollen, um ihn wegen seines Benehmens zu strafen, nur die Mutter habe ihn davon zurückgehalten. Vor allem aber wolle die Mutter selbst im allgemeinen mit niemandem sprechen, und ihre Frage nach K. bedeutete keine Ausnahme von der Regel, im Gegenteil, gerade gelegentlich seiner Erwähnung hätte sie den Wunsch aussprechen können, ihn zu sehen, aber sie habe dies nicht getan und damit deutlich ihren Willen geäußert. Sie wolle nur von K. hören, aber mit ihm sprechen wolle sie nicht. Übrigens sei es gar keine eigentliche Krankheit, woran sie leide, sie wisse sehr wohl die Ursache ihres Zustandes, und manchmal deute sie sie auch an: Es sei wahrscheinlich die Luft hier, die sie nicht vertrage; aber sie wolle doch auch wieder den Ort nicht verlassen, des Vaters und der Kinder wegen, auch sei es schon besser, als es früher gewesen war. Das war es etwa, was K. erfuhr, die Denkkraft Hansens steigerte sich sichtlich, da er seine Mutter vor K. schützen sollte, vor K., dem er angeblich hatte helfen wollen; ja, zu dem guten Zwecke, K. von der Mutter abzuhalten, widersprach er in manchem sogar seinen eigenen früheren Aussagen, zum Beispiel hinsichtlich der Krankheit. Trotzdem aber merkte K. auch jetzt, daß Hans ihm noch immer gutgesinnt war, nur vergaß er über der Mutter alles andere; wen immer man gegenüber der Mutter aufstellte, er kam gleich ins Unrecht, jetzt war es K. gewesen, aber es konnte zum Beispiel auch der Vater sein. K. wollte dieses letztere versuchen und sagte, es sei gewiß sehr vernünftig vom Vater, daß er die Mutter vor jeder Störung so behüte, und wenn er, K., damals etwas Ähnliches nur geahnt hätte, hätte er gewiß die Mutter nicht anzusprechen gewagt, und er lasse jetzt noch nachträglich zu Hause um Entschuldigung bitten. Dagegen könne er nicht ganz verstehen, warum der Vater, wenn die Ursache des Leidens so klargestellt sei, wie Hans sagte, die Mutter zurückhalte, sich in anderer Luft zu erholen; man müsse sagen, daß er sie zurückhalte, denn sie gehe nur der Kinder und seinetwegen nicht fort, die Kinder aber könnte sie mitnehmen, sie müßte ja nicht für lange Zeit fortgehen und auch nicht sehr weit, schon oben auf dem Schloßberg sei die Luft ganz anders. Die Kosten eines solchen Ausflugs müsse der Vater nicht fürchten, er sei ja der größte Schuster im Ort, und gewiß habe auch er oder die Mutter Verwandte oder Bekannte im Schloß, die sie gern aufnehmen würden. Warum lasse er sie nicht fort? Er möge ein solches Leiden nicht unterschätzen; K. habe ja die Mutter nur flüchtig gesehen, aber eben ihre auffallende Blässe und Schwäche habe ihn dazu bewogen, sie anzusprechen; schon damals habe er sich gewundert, daß der Vater in der schlechten Luft des allgemeinen Bade- und Waschraumes die kranke Frau gelassen und sich auch in seinen lauten Reden keine Zurückhaltung auferlegt habe. Der Vater wisse wohl nicht, worum es sich handle; mag sich auch das Leiden in der letzten Zeit vielleicht gebessert haben, ein solches Leiden hat Launen, aber schließlich kommt es doch, wenn man es nicht bekämpft, mit gesammelter Kraft, und nichts kann dann mehr helfen. Wenn K. schon nicht mit der Mutter sprechen könne, wäre es doch vielleicht gut, wenn er mit dem Vater sprechen und ihn auf dies alles aufmerksam machen würde.

Hans hatte gespannt zugehört, das meiste verstanden, die Drohung des unverständlichen Restes stark empfunden. Trotzdem sagte er, mit dem Vater könne K. nicht sprechen, der Vater habe eine Abneigung gegen ihn, und er würde ihn wahrscheinlich wie der Lehrer behandeln. Er sagte dies lächelnd und schüchtern, wenn er von K. sprach, und verbissen und traurig, wenn er den Vater erwähnte. Doch fügte er hinzu, daß K. vielleicht doch mit der Mutter sprechen könnte, aber nur ohne Wissen des Vaters. Dann dachte Hans mit starrem Blick ein Weilchen nach, ganz wie eine Frau, die etwas Verbotenes tun will und eine Möglichkeit sucht, es ungestraft auszuführen, und sagte, übermorgen wäre es vielleicht möglich, der Vater gehe abends in den Herrenhof, er habe dort Besprechungen, da werde er, Hans, abends kommen und K. zur Mutter führen, vorausgesetzt allerdings, daß die Mutter zustimme, was noch sehr unwahrscheinlich sei. Vor allem tue sie ja nichts gegen den Willen des Vaters, in allem füge sie sich ihm, auch in Dingen, deren Unvernunft selbst er, Hans, klar einsehe. Wirklich suchte nun Hans bei K. Hilfe gegen den Vater; es war, als habe er sich selbst getäuscht, da er geglaubt hatte, er wolle K. helfen, während er in Wirklichkeit hatte ausforschen wollen, ob nicht vielleicht, da niemand aus der alten Umgebung hatte helfen können, dieser plötzlich erschienene und nun von der Mutter sogar erwähnte Fremde dies imstande sei. Wie unbewußt verschlossen, fast hinterhältig war der Junge. Es war bisher aus seiner Erscheinung und seinen Worten kaum zu entnehmen gewesen; erst aus den förmlich nachträglichen, durch Zufall und Absicht hervorgeholten Geständnissen merkte man es. Und nun überlegte er in langen Gesprächen mit K., welche Schwierigkeiten zu überwinden wären.

Es waren, beim besten Willen Hansens, fast unüberwindliche Schwierigkeiten; ganz in Gedanken und doch hilfesuchend, sah er mit unruhig zwinkernden Augen K. immerfort an. Vor des Vaters Weggang durfte er der Mutter nichts sagen, sonst erfuhr es der Vater, und alles war unmöglich gemacht, also erst später durfte er es erwähnen; aber auch jetzt, mit Rücksicht auf die Mutter, nicht plötzlich und schnell, sondern langsam und bei passender Gelegenheit; dann erst mußte er der Mutter Zustimmung erbitten, dann erst konnte er K. holen; war es aber dann nicht schon zu spät, drohte nicht schon des Vaters Rückkehr? Nein, es war doch unmöglich. K. bewies dagegen, daß es nicht unmöglich war. Daß die Zeit nicht ausreichen werde, davor müsse man sich nicht fürchten, ein kurzes Gespräch, ein kurzes Beisammensein genüge, und holen müsse Hans K. nicht. K. werde irgendwo in der Nähe des Hauses versteckt warten, und auf ein Zeichen Hansens werde er gleich kommen. Nein, sagte Hans, beim Haus warten dürfe K. nicht – wieder war es die Empfindlichkeit wegen seiner Mutter, die ihn beherrschte –, ohne Wissen der Mutter dürfe K. sich nicht auf den Weg machen, in ein solches vor der Mutter geheimes Einverständnis dürfe Hans mit K. nicht eintreten; er müsse K. aus der Schule holen, und nicht früher, als es die Mutter wisse und erlaube. Gut, sagte K., dann sei es ja wirklich gefährlich, und es sei dann möglich, daß der Vater ihn im Hause ertappen werde; und wenn schon dies nicht geschehen sollte, so wird doch die Mutter in Angst davor K. überhaupt nicht kommen lassen, und so werde doch alles am Vater scheitern. Dagegen wehrte sich wieder Hans, und so ging der Streit hin und her.

Längst schon hatte K. Hans aus der Bank zum Katheder gerufen, hatte ihn zu sich zwischen die Knie gezogen und streichelte ihn manchmal begütigend. Diese Nähe trug auch dazu bei, trotz Hansens zeitweiligem Widerstreben ein Einvernehmen herzustellen. Man einigte sich schließlich auf folgendes: Hans werde zunächst der Mutter die volle Wahrheit sagen; jedoch, um ihr die Zustimmung zu erleichtern, hinzufügen, daß K. auch mit Brunswick selbst sprechen wolle, allerdings nicht wegen der Mutter, sondern wegen seiner Angelegenheiten. Dies war auch richtig, im Laufe des Gesprächs war es K. eingefallen, daß ja Brunswick, mochte er auch sonst ein gefährlicher und böser Mensch sein, sein Gegner eigentlich nicht mehr sein konnte, war er doch, wenigstens nach dem Bericht des Gemeindevorstehers, der Führer derjenigen gewesen, welche, sei es auch aus politischen Gründen, die Berufung eines Landvermessers verlangt hatten. K.s Ankunft im Dorf mußte also für Brunswick willkommen sein; dann waren allerdings die ärgerliche Begrüßung am ersten Tag und die Abneigung, von der Hans sprach, fast unverständlich; vielleicht aber war Brunswick gerade deshalb gekränkt, weil sich K. nicht zuerst an ihn um Hilfe gewendet hatte, vielleicht lag ein anderes Mißverständnis vor, das durch ein paar Worte aufgeklärt werden konnte. Wenn das aber geschehen war, dann konnte K. in Brunswick recht wohl einen Rückhalt gegenüber dem Lehrer, ja sogar gegenüber dem Gemeindevorsteher bekommen, der ganze amtliche Trug – was war es denn anderes? –, mit welchem der Gemeindevorsteher und der Lehrer ihn von den Schloßbehörden abhielten und in die Schuldienerstellung zwängten, konnte aufgedeckt werden; kam es neuerlich zu einem um K. geführten Kampf zwischen Brunswick und dem Gemeindevorsteher, mußte Brunswick K. an seine Seite ziehen, K. würde Gast in Brunswicks Hause werden, Brunswicks Machtmittel würden ihm zur Verfügung gestellt werden, dem Gemeindevorsteher zum Trotz; wer weiß, wohin er dadurch gelangen würde, und in der Nähe der Frau würde er jedenfalls häufig sein – so spielte er mit den Träumen und sie mit ihm, während Hans, nur in Gedanken an die Mutter, das Schweigen K.s sorgenvoll beobachtete, so, wie man es gegenüber einem Arzte tut, der in Nachdenken versunken ist, um für einen schweren Fall ein Hilfsmittel zu finden. Mit diesem Vorschlag K.s, daß er mit Brunswick wegen der Landvermesserstellung sprechen wolle, war Hans einverstanden, allerdings nur deshalb, weil dadurch seine Mutter vor dem Vater geschützt war und es sich überdies nur um einen Notfall handelte, der hoffentlich nicht eintreten würde. Er fragte nur noch, wie K. die späte Stunde des Besuches dem Vater erklären würde, und begnügte sich schließlich, wenn auch mit ein wenig verdüstertem Gesicht, damit, daß K. sagen würde, die unerträgliche Schuldienerstellung und die entsprechende Behandlung durch den Lehrer habe ihn in plötzlicher Verzweiflung alle Rücksicht vergessen lassen.

Als nun auf diese Weise alles, soweit man sehen konnte, vorbedacht und die Möglichkeit des Gelingens doch wenigstens nicht mehr ausgeschlossen war, wurde Hans, von der Last des Nachdenkens befreit, fröhlicher, plauderte noch ein Weilchen kindlich, zuerst mit K. und dann auch mit Frieda, die lange wie in ganz anderen Gedanken dagesessen war und jetzt erst wieder an dem Gespräch teilzunehmen begann. Unter anderem fragte sie ihn, was er werden wolle; er überlegte nicht viel und sagte, er wolle ein Mann werden wie K. Als er dann nach seinen Gründen gefragt wurde, wußte er freilich nicht zu antworten, und die Frage, ob er etwa Schuldiener werden wolle, verneinte er mit Bestimmtheit. Erst als man weiter fragte, erkannte man, auf welchem Umweg er zu seinem Wunsche gekommen war. Die gegenwärtige Lage K.s war keineswegs beneidenswert, sondern traurig und verächtlich, das sah auch Hans genau, und er brauchte, um das zu erkennen, gar nicht andere Leute zu beobachten; er selbst hätte am liebsten die Mutter vor jedem Blick und Wort K.s bewahren wollen. Trotzdem aber kam er zu K. und bat ihn um Hilfe und war glücklich, wenn K. zustimmte, auch bei anderen Leuten glaubte er Ähnliches zu erkennen, und vor allem hatte doch die Mutter selbst K. erwähnt. Aus diesem Widerspruch entstand in ihm der Glaube, jetzt sei zwar K. noch niedrig und abschreckend, aber in einer allerdings fast unvorstellbar fernen Zukunft werde er doch alle übertreffen. Und eben diese geradezu törichte Ferne und die stolze Entwicklung, die in sie führen sollte, lockten Hans: um diesen Preis wollte er sogar den gegenwärtigen K. in Kauf nehmen. Das besonders Kindlich-Altkluge dieses Wunsches bestand darin, daß Hans auf K. herabsah wie auf einen Jüngeren, dessen Zukunft sich weiter dehne als seine eigene, die Zukunft eines kleinen Knaben. Und es war auch ein fast trüber Ernst, mit dem er, durch Fragen Friedas immer wieder gezwungen, von diesen Dingen sprach. Erst K. heiterte ihn wieder auf, als er sagte, er wisse, worum ihn Hans beneide, es handle sich um seinen schönen Knotenstock, der auf dem Tisch lag und mit dem Hans, zerstreut im Gespräch, gespielt hatte. Nun, solche Stöcke verstehe K. herzustellen, und er werde, wenn ihr Plan geglückt sei, Hans einen noch schöneren machen. Es war jetzt nicht mehr ganz deutlich, ob nicht Hans wirklich nur den Stock gemeint hatte, so freute er sich über K.s Versprechen und nahm fröhlichen Abschied, nicht ohne K. fest die Hand zu drücken und zu sagen: »Also übermorgen.«

Es war höchste Zeit, daß Hans weggegangen war, denn kurz darauf riß der Lehrer die Tür auf und schrie, als er K. und Frieda ruhig bei Tisch sitzen sah: »Verzeiht die Störung! Aber sagt mir, wann wird endlich hier aufgeräumt sein? Wir müssen drüben zusammengepfercht sitzen, der Unterricht leidet, ihr aber dehnt und streckt euch hier im großen Turnzimmer, und um noch mehr Platz zu haben, habt ihr auch noch die Gehilfen weggeschickt! Jetzt aber steht wenigstens auf und rührt euch!« Und nur zu K.: »Du holst mir jetzt das Gabelfrühstück aus dem Brückenhof!«

Das alles war wütend geschrien, aber die Worte waren verhältnismäßig sanft, selbst das an sich grobe Du. K. war sofort bereit zu folgen; nur um den Lehrer auszuhorchen, sagte er: »Ich bin doch gekündigt.« – »Gekündigt oder nicht gekündigt, hol mir das Gabelfrühstück«, sagte der Lehrer. »Gekündigt oder nicht gekündigt, das eben will ich wissen«, sagte K. »Was schwätzt du?« sagte der Lehrer. »Du hast doch die Kündigung nicht angenommen.« – »Das genügt, um sie unwirksam zu machen?« fragte K. »Mir nicht«, sagte der Lehrer, »das darfst du mir glauben, wohl aber dem Gemeindevorsteher, unbegreiflicherweise. Nun aber lauf, sonst fliegst du wirklich hinaus.« K. war zufrieden, der Lehrer hatte also mit dem Gemeindevorsteher inzwischen gesprochen oder vielleicht gar nicht gesprochen, sondern nur des Gemeindevorstehers voraussichtliche Meinung sich zurechtgelegt, und diese lautete zu K.s Gunsten. Nun wollte K. gleich um das Gabelfrühstück eilen, aber noch aus dem Gang rief ihn der Lehrer wieder zurück; sei es, daß er die Dienstwilligkeit K.s durch diesen besonderen Befehl nur hatte erproben wollen, um sich danach weiterhin richten zu können, sei es, daß er nun wieder neue Lust zum Kommandieren bekam und es ihn freute, K. eilig laufen und dann auf seinen Befehl hin wie einen Kellner ebenso eilig wieder wenden zu lassen. K. seinerseits wußte, daß er durch allzu großes Nachgeben sich zum Sklaven und Prügeljungen des Lehrers machen würde, aber bis zu einer gewissen Grenze wollte er jetzt die Launen des Lehrers geduldig hinnehmen, denn wenn ihm auch der Lehrer, wie sich gezeigt hatte, rechtmäßig nicht kündigen konnte, qualvoll bis zum Unerträglichen konnte er die Stellung gewiß machen. Aber gerade an dieser Stellung lag jetzt K. mehr als früher. Das Gespräch mit Hans hatte ihm neue, zugegebenermaßen unwahrscheinliche, völlig grundlose, aber nicht mehr zu vergessende Hoffnungen gemacht; sie verdeckten sogar fast Barnabas. Wenn er ihnen nachging, und er konnte nicht anders, so mußte er alle seine Kraft darauf sammeln, sich um nichts anderes sorgen, nicht um das Essen, die Wohnung, die Dorfbehörden, ja selbst um Frieda nicht; und im Grunde handelte es sich ja nur um Frieda, denn alles kümmerte ihn ja nur mit Bezug auf sie. Deshalb mußte er diese Stellung, welche Frieda einige Sicherheit gab, zu behalten suchen, und es durfte ihn nicht reuen, im Hinblick auf diesen Zweck mehr vom Lehrer zu dulden, als er sonst zu dulden über sich gebracht hätte. Das alles war nicht allzu schmerzlich, es gehörte in die Reihe der fortwährenden kleinen Leiden des Lebens, es war nichts im Vergleich zu dem, was K. erstrebte, und er war nicht hergekommen, um ein Leben in Ehren und Frieden zu führen.

Und so war er, wie er gleich hatte ins Wirtshaus laufen wollen, auf den geänderten Befehl hin auch gleich wieder bereit, zuerst das Zimmer in Ordnung zu bringen, damit die Lehrerin mit ihrer Klasse wieder herüberkommen könne. Aber es mußte sehr schnell Ordnung gemacht werden, denn nachher sollte K. doch das Gabelfrühstück holen, und der Lehrer hatte schon großen Hunger und Durst. K. versicherte, es werde alles nach Wunsch geschehen; ein Weilchen sah der Lehrer zu, wie K. sich beeilte, die Lagerstätte wegräumte, die Turngeräte zurechtschob, im Fluge auskehrte, während Frieda das Podium wusch und rieb. Der Eifer schien den Lehrer zu befriedigen; er machte noch darauf aufmerksam, daß vor der Tür ein Haufen Holz zum Heizen vorbereitet sei – zum Schuppen wollte er K. wohl nicht mehr zulassen –, und ging dann mit der Drohung, bald wiederzukommen und nachzuschauen, zu den Kindern hinüber.

Nach einer Weile schweigenden Arbeitens fragte Frieda, warum sich denn K. jetzt dem Lehrer so sehr füge. Es war wohl eine mitleidige, sorgenvolle Frage, aber K., der daran dachte, wie wenig es Frieda gelungen war, nach ihrem ursprünglichen Versprechen ihn vor den Befehlen und Gewalttätigkeiten des Lehrers zu bewahren, sagte nur kurz, daß er nun, da er einmal Schuldiener geworden sei, den Posten auch ausfüllen müsse. Dann war es wieder stille, bis K. – gerade durch das kurze Gespräch daran erinnert, daß Frieda schon so lange wie in sorgenvollen Gedanken verloren gewesen war, vor allem fast während des ganzen Gespräches mit Hans – sie jetzt, während er das Holz hereintrug, offen fragte, was sie denn beschäftige. Sie antwortete, langsam zu ihm aufblickend, es sei nichts Bestimmtes; sie denke nur an die Wirtin und an die Wahrheit mancher ihrer Worte. Erst als K. in sie drang, antwortete sie nach mehreren Weigerungen ausführlicher, ohne aber hierbei von ihrer Arbeit abzulassen, was sie nicht aus Fleiß tat, denn die Arbeit ging dabei doch gar nicht vorwärts, sondern nur, um nicht gezwungen zu sein, K. anzusehen. Und nun erzählte sie, wie sie bei K.s Gespräch mit Hans zuerst ruhig zugehört habe, wie sie dann, durch einige Worte K.s aufgeschreckt, schärfer den Sinn der Worte zu erfassen angefangen habe und wie sie von nun ab nicht mehr habe aufhören können, in K.s Worten Bestätigungen einer Mahnung zu hören, die sie der Wirtin verdanke, an deren Berechtigung sie aber niemals hatte glauben wollen. K., ärgerlich über die allgemeinen Redewendungen und selbst durch die tränenvolle, klagende Stimme mehr gereizt als gerührt – vor allem, weil sich die Wirtin nun wieder in sein Leben mischte, wenigstens durch Erinnerungen, da sie in Person bis jetzt wenig Erfolg gehabt hatte –, warf das Holz, das er in den Armen trug, zu Boden, setzte sich darauf und verlangte nun mit ernsten Worten völlige Klarheit. »Schon öfters«, begann Frieda, »gleich anfangs, hat sich die Wirtin bemüht, mich an dir zweifeln zu machen, sie behauptete nicht, daß du lügst, im Gegenteil, sie sagte, du seist kindlich offen, aber dein Wesen sei so verschieden von dem unseren, daß wir, selbst wenn du offen sprichst, dir zu glauben uns schwer überwinden können, und wenn nicht eine gute Freundin uns früher rettet, erst durch bittere Erfahrung zu glauben uns gewöhnen müssen. Selbst ihr, die einen so scharfen Blick für Menschen hat, sei es kaum anders ergangen. Aber nach dem letzten Gespräch mit dir im Brückenhof sei sie – ich wiederhole nur ihre bösen Worte – auf deine Schliche gekommen, jetzt könntest du sie nicht mehr täuschen, selbst wenn du dich anstrengtest, deine Absichten zu verbergen. Aber du verbirgst ja nichts, das sagte sie immer wieder, und dann sagte sie noch: Streng dich doch an, ihm bei beliebiger Gelegenheit wirklich zuzuhören, nicht nur oberflächlich, nein, wirklich zuzuhören. Nichts weiter als dieses habe sie getan und dabei hinsichtlich meiner folgendes etwa herausgehört: Du hast dich an mich herangemacht – sie gebrauchte dieses schmähliche Wort – nur deshalb, weil ich dir zufällig in den Weg kam, dir nicht gerade mißfiel und weil du ein Ausschankmädchen sehr irrigerweise für das vorbestimmte Opfer jedes die Hand ausstreckenden Gastes hältst. Außerdem wolltest du, wie die Wirtin vom Herrenhofwirt erfahren hat, aus irgendwelchen Gründen damals im Herrenhof übernachten, und das war allerdings überhaupt nicht anders als durch mich zu erlangen. Das alles wäre genügender Anlaß gewesen, dich zu meinem Liebhaber für jene Nacht zu machen; damit aber mehr daraus würde, brauchte es auch mehr, und dieses Mehr war Klamm. Die Wirtin behauptet nicht zu wissen, was du von Klamm willst, sie behauptet nur, daß du, ehe du mich kanntest, ebenso heftig zu Klamm strebtest wie nachher. Der Unterschied habe nur darin bestanden, daß du früher hoffnungslos warst, jetzt aber in mir ein zuverlässiges Mittel zu haben glaubtest, wirklich und bald und sogar mit Überlegenheit zu Klamm vorzudringen. Wie erschrak ich aber – das war nur erst flüchtig, ohne tieferen Grund –, als du heute einmal sagtest, ehe du mich kanntest, wärest du hier in die Irre gegangen. Es sind vielleicht die gleichen Worte, welche die Wirtin gebrauchte; auch sie sagt, daß du erst, seit du mich kanntest, zielbewußt geworden bist. Das sei daher gekommen, daß du glaubtest, in mir eine Geliebte Klamms erobert zu haben und dadurch ein Pfand zu besitzen, das nur zum höchsten Preise ausgelöst werden könne. Über diesen Preis mit Klamm zu verhandeln, sei dein einziges Bestreben. Da dir an mir nichts, am Preise alles liegt, seist du hinsichtlich meiner zu jedem Entgegenkommen bereit, hinsichtlich des Preises hartnäckig. Deshalb ist es dir gleichgültig, daß ich die Stelle im Herrenhof verliere, gleichgültig, daß ich auch den Brückenhof verlassen muß, gleichgültig, daß ich die schwere Schuldienerarbeit werde leisten müssen. Du hast keine Zärtlichkeit, ja nicht einmal Zeit mehr für mich, du überläßt mich den Gehilfen, Eifersucht kennst du nicht, mein einziger Wert für dich ist, daß ich Klamms Geliebte war, in deiner Unwissenheit strengst du dich an, mich Klamm nicht vergessen zu lassen, damit ich am Ende nicht zu sehr widerstrebe, wenn der entscheidende Zeitpunkt gekommen ist; dennoch kämpfst du auch gegen die Wirtin, der allein du es zutraust, daß sie mich dir entreißen könnte, darum triebst du den Streit mit ihr auf die Spitze, um den Brückenhof mit mir verlassen zu müssen; daß ich, soweit es nur an mir liegt, unter allen Umständen dein Besitz bin, daran zweifelst du nicht. Die Unterredung mit Klamm stellst du dir als ein Geschäft vor, bar gegen bar. Du rechnest mit allen Möglichkeiten; vorausgesetzt, daß du den Preis erreichst, bist du bereit, alles zu tun; will mich Klamm, wirst du mich ihm geben; will er, daß du bei mir bleibst, wirst du bleiben; will er, daß du mich verstößt, wirst du mich verstoßen; aber du bist auch bereit, Komödie zu spielen; wird es vorteilhaft sein, so wirst du vorgeben, mich zu lieben, seine Gleichgültigkeit wirst du dadurch zu bekämpfen suchen, daß du deine Nichtigkeit hervorhebst und ihn durch die Tatsache deiner Nachfolgerschaft beschämst, oder dadurch, daß du meine Liebesgeständnisse hinsichtlich seiner Person, die ich ja wirklich gemacht habe, ihm übermittelst und ihn bittest, er möge mich wieder aufnehmen, unter Zahlung des Preises allerdings; und hilft nichts anderes, dann wirst du im Namen des Ehepaares K. einfach betteln. Wenn du aber dann, so schloß die Wirtin, sehen wirst, daß du dich in allem getäuscht hast, in deinen Annahmen und in deinen Hoffnungen, in deiner Vorstellung von Klamm und seinen Beziehungen zu mir, dann wird meine Hölle beginnen, denn dann werde ich erst recht dein einziger Besitz sein, auf den du angewiesen bleibst, aber zugleich ein Besitz, der sich als wertlos erwiesen hat und den du entsprechend behandeln wirst, da du kein anderes Gefühl für mich hast als das des Besitzers.«

Gespannt, mit zusammengezogenem Mund, hatte K. zugehört, das Holz unter ihm war ins Rollen gekommen, er war fast auf den Boden geglitten, er hatte es nicht beachtet; erst jetzt stand er auf, setzte sich auf das Podium, nahm Friedas Hand, die sich ihm schwach zu entziehen suchte, und sagte: »Ich habe in dem Bericht deine und der Wirtin Meinung nicht immer voneinander unterscheiden können.« – »Es war nur die Meinung der Wirtin«, sagte Frieda. »Ich habe allein zugehört, weil ich die Wirtin verehre; aber es war das erstemal in meinem Leben, daß ich ihre Meinung ganz und gar verwarf. So kläglich schien mir alles, was sie sagte, so fern jedem Verständnis dessen, wie es mit uns zweien stand. Eher schien mir das vollkommene Gegenteil dessen, was sie sagte, richtig. Ich dachte an den trüben Morgen nach unserer ersten Nacht, wie du neben mir knietest mit einem Blick, als sei alles verloren. Und wie es sich dann auch wirklich so gestaltete, daß ich, so sehr ich mich anstrengte, dir nicht half, sondern dich hinderte. Durch mich wurde die Wirtin deine Feindin, eine mächtige Feindin, die du noch immer unterschätzt; meinetwegen, für die du solche Sorgen hattest, mußtest du um deine Stelle kämpfen, warst im Nachteil gegenüber dem Gemeindevorsteher, mußtest dich dem Lehrer unterwerfen, warst den Gehilfen ausgeliefert, das Schlimmste aber: um meinetwillen hattest du dich vielleicht gegen Klamm vergangen. Daß du jetzt immerfort zu Klamm gelangen wolltest, war ja nur das ohnmächtige Streben, ihn irgendwie zu versöhnen. Und ich sagte mir, daß die Wirtin, die dies alles gewiß viel besser wisse als ich, mich mit ihren Einflüsterungen nur vor allzuschlimmen Selbstvorwürfen bewahren wollte. Gutgemeinte, aber überflüssige Mühe. Meine Liebe zu dir hätte mir über alles hinweggeholfen, sie hätte schließlich auch dich vorwärtsgetragen, wenn nicht hier im Dorf, so anderswo; einen Beweis ihrer Kraft hatte sie ja schon gegeben, vor der Barnabasschen Familie hat sie dich gerettet.« – »Das war damals also deine Gegenmeinung«, sagte K., »und was hat sich seitdem geändert?« – »Ich weiß nicht«, sagte Frieda und blickte auf K.s Hand, welche die ihre hielt, »Vielleicht hat sich nichts geändert; wenn du so nahe bei mir bist und so ruhig fragst, dann glaube ich, daß sich nichts geändert hat. In Wirklichkeit aber« – sie nahm K. ihre Hand fort, saß ihm aufrecht gegenüber und weinte, ohne ihr Gesicht zu bedecken; frei hielt sie ihm dieses tränenüberflossene Gesicht entgegen, so, als weine sie nicht über sich selbst und habe also nichts zu verbergen, sondern als weine sie über K.s Verrat und so gebühre ihm auch der Jammer ihres Anblicks –, »in Wirklichkeit aber hat sich alles geändert, seit ich dich mit dem Jungen habe sprechen hören. Wie unschuldig hast du begonnen, fragtest nach den häuslichen Verhältnissen, nach dem und jenem; mir war, als kämst du gerade in den Ausschank, zutunlich, offenherzig, und suchtest so kindlich-eifrig meinen Blick. Es war kein Unterschied gegen damals, und ich wünschte nur, die Wirtin wäre hier, hörte dir zu und versuchte dann noch, an ihrer Meinung festzuhalten. Dann aber, plötzlich, ich weiß nicht, wie es geschah, merkte ich, in welcher Absicht du mit dem Jungen sprachst. Durch die teilnehmenden Worte gewannst du sein nicht leicht zu gewinnendes Vertrauen, um dann ungestört auf dein Ziel loszugehen, das ich mehr und mehr erkannte. Dieses Ziel war die Frau. Aus deinen ihretwegen scheinbar besorgten Reden sprach gänzlich unverdeckt nur die Rücksicht auf deine Geschäfte. Du betrogst die Frau, noch ehe du sie gewonnen hast. Nicht nur meine Vergangenheit, auch meine Zukunft hörte ich aus deinen Worten; es war mir, als sitze die Wirtin neben mir und erkläre mir alles, und ich suche sie mit allen Kräften wegzudrängen, sehe aber klar die Hoffnungslosigkeit solcher Anstrengung, und dabei war es ja eigentlich gar nicht mehr ich, die betrogen wurde – nicht einmal betrogen wurde ich schon –, sondern die fremde Frau. Und als ich mich dann noch aufraffte und Hans fragte, was er werden wolle, und er sagte, er wolle werden wie du, dir also schon so vollkommen gehörte, was war denn jetzt für ein großer Unterschied zwischen ihm, dem guten Jungen, der hier mißbraucht wurde, und mir, damals im Ausschank?«

»Alles«, sagte K., durch die Gewöhnung an den Vorwurf hatte er sich gefaßt, »alles, was du sagst, ist in gewissem Sinne richtig; unwahr ist es nicht, nur feindselig ist es. Es sind Gedanken der Wirtin, meiner Feindin, auch wenn du glaubst, daß es deine eigenen sind, das tröstet mich. Aber lehrreich sind sie, man kann noch manches von der Wirtin lernen. Mir selbst hat sie es nicht gesagt, obwohl sie mich sonst nicht geschont hat; offenbar hat sie dir diese Waffe anvertraut in der Hoffnung, daß du sie in einer für mich besonders schlimmen oder entscheidungsreichen Stunde anwenden würdest. Mißbrauche ich dich, so mißbraucht sie dich ähnlich. Nun aber, Frieda, bedenke: auch wenn alles ganz genau so wäre, wie es die Wirtin sagt, wäre es sehr arg nur in einem Falle, nämlich, wenn du mich nicht lieb hast. Dann, nur dann wäre es wirklich so, daß ich mit Berechnung und List dich gewonnen habe, um mit diesem Besitz zu wuchern. Vielleicht gehörte es dann schon sogar zu meinem Plan, daß ich damals, um dein Mitleid hervorzulocken, Arm in Arm mit Olga vor dich trat, und die Wirtin hat nur vergessen, dies noch in meiner Schuldrechnung zu erwähnen. Wenn es aber nicht der arge Fall ist und nicht ein schlaues Raubtier dich damals an sich gerissen hat, sondern du mir entgegenkamst, so wie ich dir entgegenkam und wir uns fanden, selbstvergessen beide, sag, Frieda, wie ist es denn dann? Dann führe ich doch meine Sache so wie deine; es ist hier kein Unterschied, und sondern kann nur eine Feindin. Das gilt überall, auch hinsichtlich Hansens. Bei Beurteilung des Gespräches mit Hans übertreibst du übrigens in deinem Zartgefühl sehr, denn wenn sich Hansens und meine Absichten nicht ganz decken, so geht das doch nicht so weit, daß etwa ein Gegensatz zwischen ihnen bestünde, außerdem ist ja Hans unsere Unstimmigkeit nicht verborgen geblieben, glaubst du das, so würdest du diesen vorsichtigen kleinen Mann sehr unterschätzen, und selbst wenn ihm alles verborgen geblieben sein sollte, so wird doch daraus niemandem ein Leid entstehen, das hoffe ich.«

»Es ist so schwer, sich zurechtzufinden, K.«, sagte Frieda und seufzte. »Ich habe gewiß kein Mißtrauen gegen dich gehabt, und ist etwas Derartiges von der Wirtin auf mich übergegangen, werde ich es glückselig abwerfen und dich auf den Knien um Verzeihung bitten, wie ich es eigentlich die ganze Zeit über tue, wenn ich auch noch so böse Dinge sage. Wahr aber bleibt, daß du viel vor mir geheimhältst; du kommst und gehst, ich weiß nicht woher und wohin. Damals, als Hans klopfte, hast du sogar den Namen ›Barnabas‹ gerufen. Hättest du doch nur einmal so liebend mich gerufen wie damals aus mir unverständlichem Grund diesen verhaßten Namen. Wenn du kein Vertrauen zu mir hast, wie soll dann bei mir nicht Mißtrauen entstehen; bin ich dann doch völlig der Wirtin überlassen, die du durch dein Verhalten zu bestätigen scheinst. Nicht in allem, ich will nicht behaupten, daß du sie in allem bestätigst; hast du denn nicht doch immerhin meinetwegen die Gehilfen verjagt? Ach, wüßtest du doch, mit welchem Verlangen ich in allem, was du tust und sprichst, auch wenn es mich quält, einen für mich guten Kern suche.« – »Vor allem, Frieda«, sagte K., »ich verberge dir doch nicht das geringste. Wie mich die Wirtin haßt und wie sie sich anstrengt, dich mir zu entreißen, und mit was für verächtlichen Mitteln sie das tut und wie du ihr nachgibst, Frieda, wie du ihr nachgibst! Sag doch, worin verberge ich dir etwas? Daß ich zu Klamm gelangen will, weißt du, daß du mir dazu nicht verhelfen kannst und daß ich es daher auf eigene Faust erreichen muß, weißt du auch, daß es mir bisher noch nicht gelungen ist, siehst du. Soll ich nun durch Erzählen der nutzlosen Versuche, die mich schon in der Wirklichkeit reichlich demütigen, doppelt mich demütigen? Soll ich mich etwa dessen rühmen, am Schlag des Klammschen Schlittens frierend, einen langen Nachmittag vergeblich gewartet zu haben? Glücklich, nicht mehr an solche Dinge denken zu müssen, eile ich zu dir, und nun kommt mir wieder alles dieses drohend aus dir entgegen. Und Barnabas? Gewiß, ich erwarte ihn. Er ist der Bote Klamms; nicht ich habe ihn dazu gemacht.« – »Wieder Barnabas!« rief Frieda. »Ich kann nicht glauben, daß er ein guter Bote ist.« – »Du hast vielleicht recht«, sagte K., »aber er ist der einzige Bote, der mir geschickt wird.« – »Desto schlimmer«, sagte Frieda, »desto mehr solltest du dich vor ihm hüten.« – »Er hat mir leider bisher keinen Anlaß hierzu gegeben«, sagte K. lächelnd. »Er kommt selten, und was er bringt, ist belanglos; nur daß es geradewegs von Klamm herrührt, macht es wertvoll.« – »Aber sieh nur«, sagte Frieda, »es ist ja nicht einmal mehr Klamm dein Ziel, vielleicht beunruhigt mich das am meisten. Daß du dich immer über mich hinweg zu Klamm drängtest, war schlimm, daß du jetzt von Klamm abzukommen scheinst, ist viel schlimmer, es ist etwas, was nicht einmal die Wirtin vorhersah. Nach der Wirtin endete mein Glück, fragwürdiges und doch sehr wirkliches Glück, mit dem Tage, an dem du endgültig einsahst, daß deine Hoffnung auf Klamm vergeblich war. Nun aber wartest du nicht einmal mehr auf diesen Tag; plötzlich kommt ein kleiner Junge herein, und du beginnst mit ihm um seine Mutter zu kämpfen, so, wie wenn du um deine Lebensluft kämpftest.« – »Du hast mein Gespräch mit Hans richtig aufgefaßt«, sagte K. »So war es wirklich. Ist aber denn dein ganzes früheres Leben für dich so versunken (bis auf die Wirtin natürlich, die sich nicht mit hinabstoßen läßt), daß du nicht mehr weißt, wie um das Vorwärtskommen gekämpft werden muß, besonders wenn man von tief unten herkommt? Wie alles benützt werden muß, was irgendwie Hoffnung gibt? Und diese Frau kommt vom Schloß, sie selbst hat es mir gesagt, als ich mich am ersten Tag zu Lasemann verirrte. Was lag näher, als sie um Rat oder sogar um Hilfe zu bitten; kennt die Wirtin ganz genau nur alle Hindernisse, die von Klamm abhalten, dann kennt diese Frau wahrscheinlich den Weg, sie ist ihn ja selbst herabgekommen.« – »Den Weg zu Klamm?« fragte Frieda. »Zu Klamm, gewiß, wohin denn sonst«, sagte K. Dann sprang er auf. »Nun aber ist es höchste Zeit, das Gabelfrühstück zu holen.« Dringend, weit über den Anlaß hinaus, bat ihn Frieda zu bleiben, so, wie wenn erst sein Bleiben alles Tröstliche, was er ihr gesagt hatte, bestätigen würde. K. aber erinnerte an den Lehrer, zeigte auf die Tür, die jeden Augenblick mit Donnerkrach aufspringen könnte, versprach auch gleich zu kommen, nicht einmal einheizen müsse sie, er selbst werde es besorgen. Schließlich fügte sich Frieda schweigend. Als K. draußen durch den Schnee stapfte – längst schon hätte der Weg freigeschaufelt sein sollen, merkwürdig, wie langsam die Arbeit vorwärtsging –, sah er am Gitter einen der Gehilfen todmüde sich festhalten. Nur einen, wo war der andere? Hatte K. also wenigstens die Ausdauer des einen gebrochen? Der Zurückgebliebene war freilich noch eifrig genug bei der Sache – das sah man, als er, durch den Anblick K.s belebt, sofort wilder mit dem Armeausstrecken und dem sehnsüchtigen Augenverdrehen begann. »Seine Unnachgiebigkeit ist musterhaft«, sagte sich K. und mußte allerdings hinzufügen, »man erfriert mit ihr am Gitter.« Äußerlich hatte aber K. für den Gehilfen nichts anderes als ein Drohen mit der Faust, das jede Annäherung ausschloß, ja, der Gehilfe rückte ängstlich noch ein ansehnliches Stück zurück. Eben öffnete Frieda ein Fenster, um, wie es mit K. besprochen war, vor dem Einheizen zu lüften. Gleich ließ der Gehilfe von K. ab und schlich, unwiderstehlich angezogen, zum Fenster. Das Gesicht verzerrt von Freundlichkeit gegenüber dem Gehilfen und flehender Hilflosigkeit zu K. hin, schwenkte sie ein wenig die Hand oben aus dem Fenster – es war nicht einmal deutlich, ob es Abwehr oder Gruß war –, der Gehilfe ließ sich dadurch im Näherkommen auch nicht beirren. Da schloß Frieda eilig das äußere Fenster, blieb aber dahinter, die Hand auf der Klinke, mit zur Seite geneigtem Kopf, großen Augen und einem starren Lächeln. Wußte sie, daß sie den Gehilfen damit mehr lockte, als abschreckte? K. sah aber nicht mehr zurück, er wollte sich lieber möglichst beeilen und bald zurückkommen.

DAS VIERZEHNTE KAPITEL

Endlich – es war schon dunkel, später Nachmittag – hatte K. den Gartenweg freigelegt, den Schnee zu beiden Seiten des Weges hochgeschichtet und festgeschlagen und war nun mit der Arbeit des Tages fertig. Er stand am Gartentor, im weiten Umkreis allein. Den Gehilfen hatte er vor Stunden schon vertrieben, eine große Strecke gejagt; dann hatte sich der Gehilfe irgendwo zwischen Gärtchen und Hütten versteckt, war nicht mehr aufzufinden gewesen und auch seitdem nicht wieder hervorgekommen. Frieda war zu Hause und wusch entweder schon die Wäsche oder noch immer Gisas Katze; es war ein Zeichen großen Vertrauens seitens Gisas gewesen, daß sie Frieda diese Arbeit übergeben hatte, eine allerdings unappetitliche und unpassende Arbeit, deren Übernahme K. gewiß nicht geduldet hätte, wenn es nicht sehr ratsam gewesen wäre, nach den verschiedenen Dienstversäumnissen jede Gelegenheit zu benützen, durch die man sich Gisa verpflichten konnte. Gisa hatte wohlgefällig zugesehen, wie K. die kleine Kinderbadewanne vom Dachboden gebracht hatte, wie Wasser gewärmt wurde und wie man schließlich vorsichtig die Katze in die Wanne hob. Dann hatte Gisa die Katze sogar völlig Frieda überlassen, denn Schwarzer, K.s Bekannter vom ersten Abend, war gekommen, hatte K. mit einer Mischung von Scheu, zu welcher an jenem Abend der Grund gelegt worden war, und unmäßiger Verachtung, wie sie einem Schuldiener gebührte, begrüßt und hatte sich dann mit Gisa in das andere Schulzimmer begeben. Dort waren die beiden noch immer. Wie man im Brückenhof K. erzählt hatte, lebte Schwarzer, der doch ein Kastellansohn war, aus Liebe zu Gisa schon lange im Dorfe, hatte es durch seine Verbindungen erreicht, daß er von der Gemeinde zum Hilfslehrer ernannt worden war, übte aber dieses Amt hauptsächlich in der Weise aus, daß er fast keine Unterrichtsstunde Gisas versäumte, entweder in der Schulbank zwischen den Kindern saß oder, lieber, am Podium zu Gisas Füßen. Es störte gar nicht mehr, die Kinder hatten sich schon längst daran gewöhnt, und dies vielleicht um so leichter, als Schwarzer weder Zuneigung noch Verständnis für die Kinder hatte, kaum mit ihnen sprach, nur den Turnunterricht von Gisa übernommen hatte und im übrigen damit zufrieden war, in der Nähe, in der Luft, in der Wärme Gisas zu leben. Sein größtes Vergnügen war es, neben Gisa zu sitzen und Schulhefte zu korrigieren. Auch heute waren sie damit beschäftigt, Schwarzer hatte einen großen Stoß Hefte gebracht, der Lehrer gab ihnen immer auch die seinen und, solange es noch hell gewesen war, hatte K. die beiden an einem Tischchen beim Fenster arbeiten gesehen, Kopf an Kopf, unbeweglich, jetzt sah man dort nur zwei Kerzen flackern. Es war eine ernste, schweigsame Liebe, welche die beiden verband; den Ton gab eben Gisa an, deren schwerfälliges Wesen zwar manchmal, wild geworden, alle Grenzen durchbrach, die aber etwas Ähnliches bei anderen zu anderer Zeit niemals geduldet hätte; so mußte sich auch der lebhafte Schwarzer fügen, langsam gehen, langsam sprechen, viel schweigen; aber er wurde für alles, das sah man, reichlich belohnt durch Gisas einfache, stille Gegenwart. Dabei liebte ihn Gisa vielleicht gar nicht; jedenfalls gaben ihre runden, grauen, förmlich niemals blinzelnden, eher in den Pupillen scheinbar sich drehenden Augen auf solche Fragen keine Antwort; nur daß sie Schwarzer ohne Widerspruch duldete, sah man, aber die Ehrung, von einem Kastellanssohn geliebt zu werden, verstand sie gewiß nicht zu würdigen, und ihren vollen, üppigen Körper trug sie unverändert ruhig dahin, ob Schwarzer ihr mit den Blicken folgte oder nicht. Schwarzer dagegen brachte ihr das ständige Opfer, daß er im Dorfe blieb; Boten des Vaters, die ihn öfters abzuholen kamen, fertigte er so empört ab, als sei schon die kurze, von ihnen verursachte Erinnerung an das Schloß und an seine Sohnespflicht eine empfindliche, nicht zu ersetzende Störung seines Glückes. Und doch hatte er eigentlich reichlich freie Zeit, denn Gisa zeigte sich ihm im allgemeinen nur während der Unterrichtsstunden und beim Heftekorrigieren, dies freilich nicht aus Berechnung, sondern weil sie die Bequemlichkeit und deshalb das Alleinsein über alles liebte und wahrscheinlich am glücklichsten war, wenn sie sich zu Hause in völliger Freiheit auf dem Kanapee ausstrecken konnte, neben sich die Katze, die nicht störte, weil sie sich ja kaum mehr bewegen konnte. So trieb sich Schwarzer einen großen Teil des Tages beschäftigungslos herum, aber auch das war ihm lieb, denn immer hatte er dabei die Möglichkeit, die er auch sehr oft ausnützte, in die Löwengasse zu gehen, wo Gisa wohnte, zu ihrem Dachzimmerchen hinaufzusteigen, an der immer versperrten Tür zu horchen und dann eiligst wieder wegzugehen, nachdem er im Zimmer ausnahmslos die vollkommenste, unbegreiflichste Stille festgestellt hatte. Immerhin zeigten sich doch auch bei ihm die Folgen dieser Lebensweise manchmal – aber niemals in Gisas Gegenwart – in lächerlichen Ausbrüchen auf Augenblicke wiedererwachten amtlichen Hochmuts, der freilich gerade zu seiner gegenwärtigen Stellung schlecht genug paßte; es ging dann allerdings meistens nicht sehr gut aus, wie es ja auch K. erlebt hatte.

Erstaunlich war nur, daß man, wenigstens im Brückenhof, doch mit einer gewissen Achtung von Schwarzer sprach, selbst wenn es sich um mehr lächerliche als achtungswerte Dinge handelte, auch Gisa war in diese Achtung mit eingeschlossen. Es war aber dennoch unrichtig, wenn Schwarzer als Hilfslehrer K. außerordentlich überlegen zu sein glaubte, diese Überlegenheit war nicht vorhanden; ein Schuldiener ist für die Lehrerschaft, und gar für einen Lehrer von Schwarzers Art, eine sehr wichtige Person, die man nicht ungestraft mißachten darf und der man die Mißachtung, wenn man aus Standesinteressen auf sie nicht verzichten kann, zumindest mit entsprechender Gegengabe erträglich machen muß. K. wollte bei Gelegenheit daran denken, auch war Schwarzer bei ihm noch vom ersten Abend her in Schuld, die dadurch nicht kleiner geworden war, daß die nächsten Tage dem Empfang Schwarzers eigentlich recht gegeben hatten. Denn es war dabei nicht zu vergessen, daß der Empfang vielleicht allem Folgenden die Richtung gegeben hatte. Durch Schwarzer war ganz unsinnigerweise gleich in der ersten Stunde die volle Aufmerksamkeit der Behörden auf K. gelenkt worden, als er, noch völlig fremd im Dorf, ohne Bekannte, ohne Zuflucht, übermüdet vom Marsch, ganz hilflos, wie er dort auf dem Strohsack lag, jedem behördlichen Zugriff ausgeliefert war. Nur eine Nacht später hätte schon alles anders, ruhig, halb im Verborgenen verlaufen können; jedenfalls hätte niemand etwas von ihm gewußt, keinen Verdacht gehabt, zumindest nicht gezögert, ihn als Wanderburschen einen Tag bei sich zu lassen; man hätte seine Brauchbarkeit und Zuverlässigkeit gesehen, es hätte sich in der Nachbarschaft herumgesprochen, wahrscheinlich hätte er bald als Knecht irgendwo ein Unterkommen gefunden. Natürlich, der Behörde wäre es nicht entgangen. Aber es war ein wesentlicher Unterschied, ob mitten in der Nacht seinetwegen die Zentralkanzlei oder wer sonst beim Telefon gewesen war, aufgerüttelt wurde, eine augenblickliche Entscheidung eingefordert wurde, in scheinbarer Demut, aber doch mit lästiger Unerbittlichkeit eingefordert wurde, überdies von dem oben wahrscheinlich mißliebigen Schwarzer, oder ob statt alles dessen K. am nächsten Tag in den Amtsstunden beim Gemeindevorsteher anklopfte und, wie es sich gehörte, sich als fremder Wanderbursch meldete, der bei einem bestimmten Gemeindemitglied schon eine Schlafstelle hat und wahrscheinlich morgen wieder weiterziehen wird; es wäre denn, daß der ganz unwahrscheinliche Fall eintritt und er hier Arbeit findet, nur für ein paar Tage natürlich, denn länger will er keinesfalls bleiben. So oder ähnlich wäre es ohne Schwarzer geworden. Die Behörde hätte sich auch weiter mit der Angelegenheit beschäftigt, aber ruhig, im Amtswege, ungestört von der ihr wahrscheinlich besonders verhaßten Ungeduld der Partei. Nun war ja K. an dem allen unschuldig, die Schuld traf Schwarzer, aber Schwarzer war der Sohn eines Kastellans, und äußerlich hatte er sich ja korrekt verhalten, man konnte es also nur K. vergelten lassen. Und der lächerliche Anlaß alles dessen? Vielleicht eine ungnädige Laune Gisas an jenem Tag, wegen der Schwarzer schlaflos in der Nacht herumgestrichen war, um sich dann an K. für sein Leid zu entschädigen. Man konnte freilich von anderer Seite her auch sagen, daß K. diesem Verhalten Schwarzers sehr viel verdanke. Nur dadurch war etwas möglich geworden, was K. allein niemals erreicht, nie zu erreichen gewagt hätte und was auch ihrerseits die Behörde kaum je zugegeben hätte, daß er nämlich von allem Anfang an, ohne Winkelzüge, offen, Aug in Aug, der Behörde entgegentrat, soweit dies bei ihr überhaupt möglich war. Aber das war ein schlimmes Geschenk, es ersparte zwar K. viel Lüge und Heimlichtuerei, aber es machte ihn auch fast wehrlos, benachteiligte ihn jedenfalls im Kampf und hätte ihn im Hinblick darauf verzweifelt machen können, wenn er sich nicht hätte sagen müssen, daß der Machtunterschied zwischen der Behörde und ihm so ungeheuerlich war, daß alle Lüge und List, deren er fähig gewesen wäre, den Unterschied nicht wesentlich zu seinen Gunsten hätte herabdrücken können. Doch war dies nur ein Gedanke, mit dem K. sich selbst tröstete, Schwarzer blieb trotzdem in seiner Schuld, hatte er K. damals geschadet, vielleicht konnte er nächstens helfen, K. würde auch weiterhin Hilfe im Allergeringsten, in den allerersten Vorbedingungen nötig haben, so schien ja zum Beispiel auch Barnabas wieder zu versagen.

Friedas wegen hatte K. den ganzen Tag gezögert, in des Barnabas Wohnung nachfragen zu gehen; um ihn nicht vor Frieda empfangen zu müssen, hatte er jetzt draußen gearbeitet und war nach der Arbeit noch hier geblieben in Erwartung des Barnabas, aber Barnabas kam nicht. Nun blieb nichts anderes übrig, als zu den Schwestern zu gehen, nur für ein kleines Weilchen, nur von der Schwelle aus wollte er fragen, bald würde er wieder zurück sein. Und er rammte die Schaufel in den Schnee ein und lief. Atemlos kam er beim Haus des Barnabas an, riß nach kurzem Klopfen die Tür auf und fragte, ohne darauf zu achten, wie es in der Stube aussah: »Ist Barnabas noch immer nicht gekommen?« Erst jetzt bemerkte er, daß Olga nicht da war, die beiden Alten wieder bei dem weit entfernten Tisch in einem Dämmerzustande saßen, sich noch nicht klargemacht hatten, was bei der Tür geschehen war, und erst langsam die Gesichter hinwendeten und daß schließlich Amalia unter Decken auf der Ofenbank lag und im ersten Schrecken über K.s Erscheinen aufgefahren war und die Hand an die Stirn hielt, um sich zu fassen. Wäre Olga hier gewesen, hätte sie gleich geantwortet, und K. hätte wieder fortgehen können, so mußte er wenigstens die paar Schritte zu Amalia machen, ihr die Hand reichen, die sie schweigend drückte, und sie bitten, die aufgescheuchten Eltern vor irgendwelchen Wanderungen abzuhalten, was sie auch mit ein paar Worten tat. K. erfuhr, daß Olga im Hof Holz hackte, Amalia erschöpft – sie nannte keinen Grund – vor kurzem sich hatte niederlegen müssen und Barnabas zwar noch nicht gekommen war, aber sehr bald kommen mußte, denn über Nacht blieb er nie im Schloß. K. dankte für die Auskunft, er konnte nun wieder gehen, Amalia aber fragte, ob er nicht noch auf Olga warten wollte; aber er hatte leider keine Zeit mehr. Dann fragte Amalia, ob er denn schon heute mit Olga gesprochen habe; er verneinte es erstaunt und fragte, ob ihm Olga etwas Besonderes mitteilen wollte. Amalia verzog wie in leichtem Ärger den Mund, nickte K. schweigend zu – es war deutlich eine Verabschiedung – und legte sich wieder zurück. Aus der Ruhelage musterte sie ihn, so, als wundere sie sich, daß er noch da sei. Ihr Blick war kalt, klar, unbeweglich wie immer; er war nicht geradezu auf das gerichtet, was sie beobachtete, sondern ging – das war störend – ein wenig, kaum merklich, aber zweifellos daran vorbei, es schien nicht Schwäche zu sein, nicht Verlegenheit, nicht Unehrlichkeit, die das verursachte, sondern ein fortwährendes, jedem anderen Gefühl überlegenes Verlangen nach Einsamkeit, das vielleicht ihr selbst nur auf diese Weise zu Bewußtsein kam. K. glaubte sich zu erinnern, daß dieser Blick schon am ersten Abend ihn beschäftigt hatte, ja, daß wahrscheinlich der ganze häßliche Eindruck, den diese Familie gleich auf ihn gemacht hatte, auf diesen Blick zurückging, der für sich selbst nicht häßlich war, sondern stolz und in seiner Verschlossenheit aufrichtig. »Du bist immer so traurig, Amalia«, sagte K., »quält dich etwas? Kannst du es nicht sagen? Ich habe ein Landmädchen wie dich noch nicht gesehen. Erst heute, erst jetzt ist es mir eigentlich aufgefallen. Stammst du hier aus dem Dorf? Bist du hier geboren?« Amalia bejahte es, so, als habe K. nur die letzte Frage gestellt, dann sagte sie: »Du wirst also doch auf Olga warten?« – »Ich weiß nicht, warum du immerfort das gleiche fragst«, sagte K. »Ich kann nicht länger bleiben, weil zu Hause meine Braut wartet.«

Amalia stützte sich auf den Ellbogen, sie wußte von keiner Braut. K. nannte den Namen. Amalia kannte sie nicht. Sie fragte, ob Olga von der Verlobung wisse; K. glaubte es wohl, Olga habe ihn ja mit Frieda gesehen, auch verbreiten sich im Dorf solche Nachrichten schnell. Amalia versicherte ihm aber, daß Olga es nicht wisse und daß es sie sehr unglücklich machen werde, denn sie scheine K. zu lieben. Offen habe sie davon nicht gesprochen, denn sie sei sehr zurückhaltend, aber Liebe verrate sich ja unwillkürlich. K. war überzeugt, daß sich Amalia irre. Amalia lächelte, und dieses Lächeln, obwohl es traurig war, erhellte das düster zusammengezogene Gesicht, machte die Stummheit sprechend, machte die Fremdheit vertraut, war die Preisgabe eines Geheimnisses, die Preisgabe eines bisher gehüteten Besitzes, der zwar wieder zurückgenommen werden konnte, aber niemals mehr ganz. Amalia sagte, sie irre sich gewiß nicht; ja, sie wisse noch mehr, sie wisse, daß auch K. Zuneigung zu Olga habe und daß seine Besuche, die irgendwelche Botschaften des Barnabas zum Vorwand haben, in Wirklichkeit nur Olga gelten. Jetzt aber, da Amalia von allem wisse, müsse er es nicht mehr so streng nehmen und dürfe öfters kommen. Nur dieses habe sie ihm sagen wollen. K. schüttelte den Kopf und erinnerte an seine Verlobung. Amalia schien nicht viele Gedanken an diese Verlobung zu verschwenden, der unmittelbare Eindruck K.s, der doch allein vor ihr stand, war für sie entscheidend; sie fragte nur, wann denn K. jenes Mädchen kennengelernt habe, er sei doch erst wenige Tage im Dorf. K. erzählte von dem Abend im Herrenhof, worauf Amalia nur kurz sagte, sie sei sehr dagegen gewesen, daß man ihn in den Herrenhof führte. Sie rief dafür auch Olga als Zeugin an, die mit einem Arm voll Holz eben hereinkam, frisch und gebeizt von der kalten Luft, lebhaft und kräftig, wie verwandelt durch die Arbeit gegenüber ihrem sonstigen schweren Dastehen im Zimmer. Sie warf das Holz hin, begrüßte unbefangen K. und fragte gleich nach Frieda. K. verständigte sich durch einen Blick mit Amalia, aber sie schien sich nicht für widerlegt zu halten. Ein wenig gereizt dadurch, erzählte K. ausführlicher, als er es sonst getan hätte, von Frieda, beschrieb, unter wie schwierigen Verhältnissen sie in der Schule immerhin eine Art Haushalt führte, und vergaß sich in der Eile des Erzählens – er wollte ja gleich nach Hause gehen – derart, daß er in der Form eines Abschieds die Schwestern einlud, ihn einmal zu besuchen. Jetzt allerdings erschrak er und stockte, während Amalia sofort, ohne ihm noch zu einem Worte Zeit zu lassen, die Einladung anzunehmen erklärte; nun mußte sich auch Olga anschließen und tat es. K. aber, immerfort von Gedanken an die Notwendigkeit eiligen Abschieds bedrängt und sich unruhig fühlend unter Amalias Blick, zögerte nicht, ohne weitere Verbrämung einzugestehen, daß die Einladung gänzlich unüberlegt und nur von seinem persönlichen Gefühl eingegeben gewesen sei; daß er sie aber leider nicht aufrechterhalten könne, da eine große, ihm allerdings ganz unverständliche Feindschaft zwischen Frieda und dem Barnabasschen Hause bestehe. »Es ist keine Feindschaft«, sagte Amalia, stand von der Bank auf und warf die Decke hinter sich, »ein so großes Ding ist es nicht, es ist bloß ein Nachbeten der allgemeinen Meinung. Und nun geh, geh zu deiner Braut, ich sehe, wie du eilst. Fürchte auch nicht, daß wir kommen, ich sagte es gleich anfangs nur im Scherz, aus Bosheit. Du aber kannst öfters zu uns kommen, dafür ist wohl kein Hindernis, du kannst ja immer die Barnabasschen Botschaften vorschützen. Ich erleichtere es dir noch dadurch, daß ich sagte, daß Barnabas, auch wenn er eine Botschaft vom Schloß für dich bringt, nicht wieder bis in die Schule gehen kann, um sie dir zu melden. Er kann nicht so viel herumlaufen, der arme Junge, er verzehrt sich im Dienst, du wirst selbst kommen müssen, dir die Nachricht zu holen.« K. hatte Amalia so viel im Zusammenhang noch nicht sagen hören, es klang auch anders als sonst ihre Rede, eine Art Hoheit war darin, die nicht nur K. fühlte, sondern offenbar auch Olga, die doch an sie gewöhnte Schwester. Sie stand ein wenig abseits, die Hände im Schoß, nun wieder in ihrer gewöhnlichen breitbeinigen, ein wenig gebeugten Haltung, die Augen hatte sie auf Amalia gerichtet, während diese nur K. ansah. »Es ist ein Irrtum«, sagte K., »ein großer Irrtum, wenn du glaubst, daß es mir mit dem Warten auf Barnabas nicht ernst ist. Meine Angelegenheiten mit den Behörden in Ordnung zu bringen ist mein höchster, eigentlich mein einziger Wunsch. Und Barnabas soll mir dazu verhelfen, viel von meiner Hoffnung liegt auf ihm. Er hat mich zwar schon einmal sehr enttäuscht; aber das war mehr meine eigene Schuld als seine, es geschah in der Verwirrung der ersten Stunden, ich glaubte damals alles durch einen kleinen Abendspaziergang erreichen zu können, und daß sich das Unmögliche als unmöglich gezeigt hat, habe ich ihm dann nachgetragen. Selbst im Urteil über euere Familie, über euch hat es mich beeinflußt. Das ist vorüber, ich glaube euch jetzt besser zu verstehen, ihr seid sogar ...« K. suchte das richtige Wort, fand es nicht gleich und begnügte sich mit einem beiläufigen – »ihr seid vielleicht gutmütiger als irgend jemand sonst von den Dorfleuten, soweit ich sie bisher kenne. Aber nun, Amalia, beirrst du mich wieder dadurch, daß du, wennschon nicht den Dienst deines Bruders, so doch die Bedeutung, die er für mich hat, herabsetzest. Vielleicht bist du in die Angelegenheiten des Barnabas nicht eingeweiht, dann ist es gut und ich will die Sache auf sich beruhen lassen, vielleicht aber bist du eingeweiht – und ich habe eher diesen Eindruck –, dann ist es schlimm, denn das würde bedeuten, daß mich dein Bruder täuscht.« – »Sei ruhig«, sagte Amalia, »ich bin nicht eingeweiht, nichts könnte mich dazu bewegen, mich einweihen zu lassen, nichts könnte mich dazu bewegen, nicht einmal die Rücksicht auf dich, für den ich doch manches täte, denn, wie du sagtest, gutmütig sind wir. Aber die Angelegenheiten meines Bruders gehören ihm an, ich weiß nichts von ihnen als das, was ich gegen meinen Willen zufällig hier und da davon höre. Dagegen kann dir Olga volle Auskunft geben, denn sie ist seine Vertraute.« Und Amalia ging fort, zuerst zu den Eltern, mit denen sie flüsterte, dann in die Küche; sie war ohne Abschied von K. fortgegangen, so, als wisse sie, er werde noch lange bleiben und es sei kein Abschied nötig.

DAS FÜNFZEHNTE KAPITEL

K. blieb mit etwas erstauntem Gesicht zurück, Olga lachte über ihn, zog ihn zur Ofenbank, sie schien wirklich glücklich zu sein darüber, daß sie jetzt mit ihm allein hier sitzen konnte, aber es war ein friedliches Glück, von Eifersucht war es gewiß nicht getrübt. Und gerade dieses Fernsein von Eifersucht und daher auch von jeglicher

Strenge tat K. wohl; gern sah er in diese blauen, nicht lockenden, nicht herrischen, sondern schüchtern ruhenden, schüchtern standhaltenden Augen. Es war, als hätten ihn für alles dieses hier die Warnungen Friedas und der Wirtin nicht empfänglicher, aber aufmerksamer und findiger gemacht. Und er lachte mit Olga, als diese sich wunderte, warum er gerade Amalia gutmütig genannt habe, Amalia sei mancherlei, nur gutmütig sei sie eigentlich nicht. Worauf K. erklärte, das Lob habe natürlich ihr, Olga, gegolten, aber Amalia sei so herrisch, daß sie sich nicht nur alles aneigne, was in ihrer Gegenwart gesprochen werde, sondern daß man ihr auch freiwillig alles zuteile. »Das ist wahr«, sagte Olga, ernster werdend, »wahrer, als du glaubst. Amalia ist jünger als ich, jünger auch als Barnabas, aber sie ist es, die in der Familie entscheidet, im Guten und im Bösen; freilich, sie trägt es auch mehr als alle, das Gute wie das Böse.« K. hielt das für übertrieben, eben hatte doch Amalia gesagt, daß sie sich zum Beispiel um des Bruders Angelegenheiten nicht kümmere, Olga dagegen alles darüber wisse. »Wie soll ich es erklären?« sagte Olga. »Amalia kümmert sich weder um Barnabas noch um mich; sie kümmert sich eigentlich um niemanden außer um die Eltern, sie pflegt sie bei Tag und Nacht, jetzt hat sie wieder nach ihren Wünschen gefragt und ist in die Küche für sie kochen gegangen, hat sich ihretwegen überwunden aufzustehen, denn sie ist schon seit Mittag krank und lag hier auf der Bank. Aber obwohl sie sich nicht um uns kümmert, sind wir von ihr abhängig, so, wie wenn sie die Älteste wäre, und wenn sie uns in unseren Dingen riete, würden wir ihr gewiß folgen, aber sie tut es nicht, wir sind ihr fremd. Du hast doch viel Menschenerfahrung, du kommst aus der Fremde; scheint sie dir nicht auch besonders klug?« – »Besonders unglücklich scheint sie mir«, sagte K., »aber wie stimmt es mit eurem Respekt vor ihr überein, daß zum Beispiel Barnabas diese Botendienste tut, die Amalia mißbilligt, vielleicht sogar mißachtet?« – »Wenn er wüßte, was er sonst tun sollte, er würde den Botendienst, der ihn gar nicht befriedigt, sofort verlassen.« – »Ist er denn nicht ausgelernter Schuster?« fragte K. »Gewiß«, sagte Olga, »er arbeitet ja auch nebenbei für Brunswick und hätte, wenn er wollte, Tag und Nacht Arbeit und reichlichen Verdienst.« – »Nun also«, sagte K., »dann hätte er doch einen Ersatz für den Botendienst.« – »Für den Botendienst?« fragte Olga erstaunt. »Hat er ihn denn des Verdienstes halber übernommen?« – »Mag sein«, sagte K., »aber du erwähntest doch, daß er ihn nicht befriedigt.« – »Er befriedigt ihn nicht, und aus verschiedenen Gründen«, sagte Olga, »aber es ist doch Schloßdienst, immerhin eine Art Schloßdienst, so sollte man wenigstens glauben.« – »Wie«, sagte K., »sogar darin seid ihr im Zweifel?« – »Nun«, sagte Olga, »eigentlich nicht; Barnabas geht in die Kanzleien, verkehrt mit den Dienern wie ihresgleichen, sieht von der Ferne auch einzelne Beamte, bekommt verhältnismäßig wichtige Briefe, ja sogar mündlich auszurichtende Botschaften anvertraut, das ist doch recht viel, und wir können stolz darauf sein, wieviel er in so jungen Jahren schon erreicht hat.« K. nickte, an die Heimkehr dachte er jetzt nicht. »Er hat auch eine eigene Livree?« fragte er. »Du meinst die Jacke?« sagte Olga. »Nein, die hat ihm Amalia gemacht, noch ehe er Bote war. Aber du näherst dich dem wunden Punkt. Er hätte schon längst nicht eine Livree, die es im Schloß nicht gibt, aber einen Anzug vom Amt bekommen sollen, es ist ihm auch zugesichert worden, aber in dieser Hinsicht ist man im Schloß sehr langsam, und das Schlimme ist, daß man niemals weiß, was diese Langsamkeit bedeutet; sie kann bedeuten, daß die Sache im Amtsgang ist, sie kann aber auch bedeuten, daß der Amtsgang noch gar nicht begonnen hat, daß man also zum Beispiel Barnabas immer noch erst erproben will, sie kann aber schließlich auch bedeuten, daß der Amtsgang schon beendet ist, man aus irgendwelchen Gründen die Zusicherung zurückgezogen hat und Barnabas den Anzug niemals bekommt. Genaueres kann man darüber nicht erfahren oder erst nach langer Zeit. Es ist hier die Redensart, vielleicht kennst du sie: Amtliche Entscheidungen sind scheu wie junge Mädchen.« – »Das ist eine gute Beobachtung«, sagte K., er nahm es noch ernster als Olga, »eine gute Beobachtung, die Entscheidungen mögen noch andere Eigenschaften mit Mädchen gemeinsam haben.« – »Vielleicht«, sagte Olga. »Ich weiß freilich nicht, wie du es meinst. Vielleicht meinst du es gar lobend. Aber was das Amtskleid betrifft, so ist dies eben eine der Sorgen des Barnabas, und da wir die Sorgen gemeinsam haben, auch meine. Warum bekommt er kein Amtskleid, fragen wir uns vergebens. Nun ist aber diese ganze Sache nicht so einfach. Die Beamten zum Beispiel scheinen überhaupt kein Amtskleid zu haben; soviel wir hier wissen und soviel Barnabas erzählt, gehen die Beamten in gewöhnlichen, allerdings schönen Kleidern herum. Übrigens hast du ja Klamm gesehen. Nun, ein Beamter, auch ein Beamter niedrigster Kategorie, ist natürlich Barnabas nicht und versteigt sich nicht dazu, es sein zu wollen. Aber auch höhere Diener, die man hier im Dorf freilich überhaupt nicht zu sehen bekommt, haben nach des Barnabas Bericht keine Amtsanzüge; das ist ein gewisser Trost, könnte man von vornherein meinen, aber er ist trügerisch, denn ist Barnabas ein höherer Diener? Nein, wenn man ihm noch so sehr geneigt ist, das kann man nicht sagen, ein höherer Diener ist er nicht, schon daß er ins Dorf kommt, ja sogar hier wohnt, ist ein Gegenbeweis, die höheren Diener sind noch zurückhaltender als die Beamten, vielleicht mit Recht, vielleicht sind sie sogar höher als manche Beamte; einiges spricht dafür: sie arbeiten weniger, und es soll nach Barnabas ein wunderbarer Anblick sein, diese auserlesen großen, starken Männer langsam durch die Korridore gehen zu sehen, Barnabas schleicht an ihnen immer herum. Kurz, es kann keine Rede davon sein, daß Barnabas ein höherer Diener ist. Also könnte er einer der niedrigen Dienerschaft sein, aber diese haben eben Amtsanzüge, wenigstens soweit sie ins Dorf hinunterkommen, es ist keine eigentliche Livree, es gibt auch viele Verschiedenheiten, aber immerhin erkennt man sofort an den Kleidern den Diener aus dem Schloß, du hast ja solche Leute im Herrenhof gesehen. Das auffallendste an den Kleidern ist, daß sie meistens eng anliegen, ein Bauer oder ein Handwerker könnte ein solches Kleid nicht gebrauchen. Nun, dieses Kleid hat also Barnabas nicht; das ist nicht nur etwa beschämend oder entwürdigend, das könnte man ertragen, aber es läßt, besonders in trüben Stunden – und manchmal, nicht zu selten, haben wir solche, Barnabas und ich – an allem zweifeln. Ist es überhaupt Schloßdienst, was Barnabas tut, fragen wir dann; gewiß, er geht in die Kanzleien, aber sind die Kanzleien das eigentliche Schloß? Und selbst wenn Kanzleien zum Schloß gehören, sind es die Kanzleien, welche Barnabas betreten darf? Er kommt in

Kanzleien –; aber es ist doch nur ein Teil aller, dann sind Barrieren, und hinter ihnen sind noch andere Kanzleien. Man verbietet ihm nicht gerade weiterzugehen, aber er kann doch nicht weitergehen, wenn er seine Vorgesetzten schon gefunden hat, sie ihn abgefertigt haben und wegschicken. Man ist dort überdies immer beobachtet, wenigstens glaubt man es. Und selbst wenn er weiterginge, was würde es helfen, wenn er dort keine amtliche Arbeit hat und ein Eindringling wäre? Diese Barrieren darfst du dir auch nicht als eine bestimmte Grenze vorstellen, darauf macht mich auch Barnabas immer wieder aufmerksam. Barrieren sind auch in den Kanzleien, in die er geht; es gibt also auch Barrieren, die er passiert, und sie sehen nicht anders aus als die, über die er noch nicht hinweggekommen ist, und es ist auch deshalb nicht von vornherein anzunehmen, daß sich hinter diesen letzteren Barrieren wesentlich andere Kanzleien befinden als jene, in denen Barnabas schon war. Nur eben in jenen trüben Stunden glaubt man das. Und dann geht der Zweifel weiter, man kann sich gar nicht wehren. Barnabas spricht mit Beamten, Barnabas bekommt Botschaften. Aber was für Beamte, was für Botschaften sind es? Jetzt ist er, wie er sagt, Klamm zugeteilt und bekommt von ihm persönlich die Aufträge. Nun, das wäre doch sehr viel, selbst höhere Diener gelangen nicht so weit, es wäre fast zuviel, das ist das Beängstigende. Denk nur, unmittelbar Klamm zugeteilt sein, mit ihm von Mund zu Mund sprechen. Aber es ist doch so? Nun ja, es ist so, aber warum zweifelt denn Barnabas daran, daß der Beamte, der dort als Klamm bezeichnet wird, wirklich Klamm ist?« – »Olga«, sagte K., »du willst doch nicht scherzen, wie kann über Klamms Aussehen ein Zweifel bestehen, es ist doch bekannt, wie er aussieht, ich selbst habe ihn gesehen.« – »Gewiß nicht, K.«, sagte Olga. »Scherze sind es nicht, sondern meine allerernstesten Sorgen. Doch erzähle ich es dir nicht, um mein Herz zu erleichtern und deines etwa zu beschweren, sondern weil du nach Barnabas fragtest, Amalia mir den Auftrag gab, zu erzählen, und weil ich glaube, daß es auch für dich nützlich ist, Genaueres zu wissen. Auch wegen Barnabas tue ich es, damit du nicht allzu große Hoffnungen auf ihn setzt, er dich enttäuscht und dann selbst unter deiner Enttäuschung leidet. Er ist sehr empfindlich; er hat zum Beispiel heute nacht nicht geschlafen, weil du gestern abend mit ihm unzufrieden warst; du sollst gesagt haben, daß es sehr schlimm für dich ist, daß du nur einen solchen Boten wie Barnabas hast. Die Worte haben ihn um den Schlaf gebracht. Du selbst wirst wohl von seinen Aufregungen nicht viel gemerkt haben, Schloßboten müssen sich sehr beherrschen. Aber er hat es nicht leicht, selbst mit dir nicht. Du verlangst ja in deinem Sinn gewiß nicht zuviel von ihm, du hast bestimmte Vorstellungen vom Botendienst mitgebracht, und nach ihnen bemißt du deine Anforderungen. Aber im Schloß hat man andere Vorstellungen vom Botendienst, sie lassen sich mit deinen nicht vereinen, selbst wenn sich Barnabas gänzlich dem Dienst opferte, wozu er leider manchmal bereit scheint. Man müßte sich ja fügen, dürfte nichts dagegen sagen, wäre nur nicht die Frage, ob es wirklich Botendienst ist, was er tut. Dir gegenüber darf er natürlich keinen Zweifel darüber aussprechen; es hieße für ihn, seine eigene Existenz untergraben, wenn er das täte, Gesetze grob verletzen, unter denen er ja noch zu stehen glaubt, und selbst mir gegenüber spricht er nicht frei, abschmeicheln, abküssen muß ich ihm seine Zweifel, und selbst dann wehrt er sich noch zuzugeben, daß die Zweifel Zweifel sind. Er hat etwas von Amalia im Blut. Und alles sagt er mir gewiß nicht, obwohl ich seine einzige Vertraute bin. Aber über Klamm sprechen wir manchmal, ich habe Klamm noch nicht gesehen – du weißt, Frieda liebt mich wenig und hätte mir den Anblick nie gegönnt –, aber natürlich ist sein Aussehen im Dorf bekannt, einzelne haben ihn gesehen, alle von ihm gehört, und es hat sich aus dem Augenschein, aus Gerüchten und auch manchen fälschlichen Nebenabsichten ein Bild Klamms ausgebildet, das wohl in den Grundzügen stimmt. Aber nur in den Grundzügen. Sonst ist es veränderlich und vielleicht nicht einmal so veränderlich wie Klamms wirkliches Aussehen. Er soll ganz anders aussehen, wenn er ins Dorf kommt, und anders, wenn er es verläßt, anders, ehe er Bier getrunken hat, anders nachher, anders im Wachen, anders im Schlafen, anders allein, anders im Gespräch und, was hiernach verständlich ist, fast grundverschieden oben im Schloß. Und es sind schon selbst innerhalb des Dorfes ziemlich große Unterschiede, die berichtet werden, Unterschiede der Größe, der Haltung, der Dicke, des Bartes, nur hinsichtlich des Kleides sind die Berichte glücklicherweise einheitlich: Er trägt immer das gleiche Kleid, ein schwarzes Jackettkleid mit langen Schößen. Nun gehen natürlich alle diese Unterschiede auf keine Zauberei zurück, sondern sind sehr begreiflich, entstehen durch die augenblickliche Stimmung, den Grad der Aufregung, die unzähligen Abstufungen der Hoffnung oder Verzweiflung, in welcher sich der Zuschauer, der überdies meist nur augenblickweise Klamm sehen darf, befindet. Ich erzähle dir das alles wieder, so wie es mir Barnabas oft erklärt hat, und man kann sich im allgemeinen, wenn man nicht persönlich unmittelbar an der Sache beteiligt ist, damit beruhigen. Wir können es nicht, für Barnabas ist es eine Lebensfrage, ob er wirklich mit Klamm spricht oder nicht.« – »Für mich nicht minder«, sagte K., und sie rückten noch näher zusammen auf der Ofenbank.

Durch alle die ungünstigen Neuigkeiten Olgas war K. zwar betroffen, doch sah er einen Ausgleich zum großen Teile darin, daß er hier Menschen fand, denen es, wenigstens äußerlich, sehr ähnlich ging wie ihm selbst, denen er sich also anschließen konnte, mit denen er sich in vielem verständigen konnte, nicht nur in manchem, wie mit Frieda. Zwar verlor er allmählich die Hoffnung auf einen Erfolg der Barnabasschen Botschaft, aber je schlechter es Barnabas ging, desto näher kam er ihm hier unten, niemals hätte K. gedacht, daß aus dem Dorf selbst ein derart unglückliches Bestreben hervorgehen konnte, wie es das des Barnabas und seiner Schwester war. Es war freilich noch bei weitem nicht genug erklärt und konnte sich schließlich noch ins Gegenteil wenden; man mußte durch das gewisse unschuldige Wesen Olgas sich nicht gleich verführen lassen, auch an die Aufrichtigkeit des Barnabas zu glauben. »Die Berichte über Klamms Aussehen«, fuhr Olga fort, »kennt Barnabas sehr gut, hat viele gesammelt und verglichen, vielleicht zu viele, hat einmal selbst Klamm im Dorf durch ein Wagenfenster gesehen oder zu sehen geglaubt, war also genügend vorbereitet, ihn zu erkennen, und hat doch – wie erklärst du es dir? –, als er im Schloß in eine Kanzlei kam und man ihm unter mehreren Beamten einen zeigte und sagte, daß dieser

Klamm sei, ihn nicht erkannt und auch nachher noch lange sich nicht daran gewöhnen können, daß es Klamm sein sollte. Fragst du nun aber Barnabas, worin sich jener Mann von der üblichen Vorstellung, die man von Klamm hat, unterscheidet, kann er nicht antworten, vielmehr er antwortet und beschreibt den Beamten im Schloß, aber die Beschreibung deckt sich genau mit der Beschreibung Klamms, wie wir sie kennen. ›Nun also, Barnabas‹, sage ich, ›warum zweifelst du, warum quälst du dich?‹ Worauf er dann, in sichtlicher Bedrängnis, Besonderheiten des Beamten im Schloß aufzuzählen beginnt, die er aber mehr zu erfinden als zu berichten scheint, die aber außerdem so geringfügig sind – sie betreffen zum Beispiel ein besonderes Nicken des Kopfes oder auch nur die aufgeknöpfte Weste –, daß man sie unmöglich ernst nehmen kann. Noch wichtiger scheint mir die Art, wie Klamm mit Barnabas verkehrt. Barnabas hat es mir oft beschrieben, sogar gezeichnet. Gewöhnlich wird Barnabas in ein großes Kanzleizimmer geführt, aber es ist nicht Klamms Kanzlei, überhaupt nicht die Kanzlei eines einzelnen. Der Länge nach ist dieses Zimmer durch ein einziges, von Seitenwand zu Seitenwand reichendes Stehpult in zwei Teile geteilt, einen schmalen, wo einander zwei Personen nur knapp ausweichen können, das ist der Raum der Beamten, und einen breiten, das ist der Raum der Parteien, der Zuschauer, der Diener, der Boten. Auf dem Pult liegen aufgeschlagen große Bücher, eines neben dem anderen, und bei den meisten stehen Beamte und lesen darin. Doch bleiben sie nicht immer beim gleichen Buch, tauschen aber nicht die Bücher, sondern die Plätze, am erstaunlichsten ist es Barnabas, wie sie sich bei solchem Plätzewechsel aneinander vorbeidrücken müssen, eben wegen der Enge des Raumes. Vorn, eng am Stehpult, sind niedrige Tischchen, an denen Schreiber sitzen, welche, wenn die Beamten es wünschen, nach ihrem Diktat schreiben. Immer wundert sich Barnabas, wie das geschieht. Es erfolgt kein ausdrücklicher Befehl des Beamten, auch wird nicht laut diktiert, man merkt kaum, daß diktiert wird, vielmehr scheint der Beamte zu lesen wie früher, nur daß er dabei auch noch flüstert, und der Schreiber hört's. Oft diktiert der Beamte so leise, daß der Schreiber es sitzend gar nicht hören kann, dann muß er immer aufspringen, das Diktierte auffangen, schnell sich setzen und es aufschreiben, dann wieder aufspringen und so fort. Wie merkwürdig das ist! Es ist fast unverständlich. Barnabas freilich hat genug Zeit, das alles zu beobachten, denn dort in dem Zuschauerraum steht er stunden- und manchmal tagelang, ehe Klamms Blick auf ihn fällt. Und auch wenn ihn Klamm schon gesehen hat und Barnabas sich in Habachtstellung aufrichtet, ist noch nichts entschieden, denn Klamm kann sich wieder von ihm dem Buch zuwenden und ihn vergessen; so geschieht es oft. Was ist es aber für ein Botendienst, der so unwichtig ist? Mir wird wehmütig, wenn Barnabas früh sagt, daß er ins Schloß geht. Dieser wahrscheinlich ganz unnütze Weg, dieser wahrscheinlich verlorene Tag, diese wahrscheinlich vergebliche Hoffnung. Was soll das alles? Und hier ist Schusterarbeit aufgehäuft, die niemand macht und auf deren Ausführung Brunswick drängt.« »Nun gut«, sagte K. »Barnabas muß lange warten, ehe er einen Auftrag bekommt. Das ist verständlich, es scheint ja hier ein Übermaß von Angestellten zu sein, nicht jeder kann jeden Tag einen Auftrag bekommen, darüber müßt ihr nicht klagen, das trifft wohl jeden. Schließlich aber bekommt doch wohl auch Barnabas Aufträge, mir selbst hat er schon zwei Briefe gebracht.« »Es ist ja möglich«, sagte Olga, »daß wir unrecht haben zu klagen, besonders ich, die alles nur vom Hörensagen kennt und es als Mädchen auch nicht so gut verstehen kann wie Barnabas, der ja auch noch manches zurückhält. Aber nun höre, wie es sich mit den Briefen verhält, mit den Briefen an dich zum Beispiel. Diese Briefe bekommt er nicht unmittelbar von Klamm, sondern vom Schreiber. An einem beliebigen Tage, zu beliebiger Stunde – deshalb ist auch der Dienst, so leicht er scheint, sehr ermüdend, denn Barnabas muß immerfort aufpassen – erinnert sich der Schreiber an ihn und winkt ihm. Klamm scheint das gar nicht veranlaßt zu haben, er liest ruhig in seinem Buch; manchmal allerdings, aber das tut er auch sonst öfters, putzt er gerade den Zwicker, wenn Barnabas kommt, und sieht ihn dabei vielleicht an; vorausgesetzt, daß er ohne Zwicker überhaupt sieht, Barnabas bezweifelt es, Klamm hat dann die Augen fast geschlossen, er scheint zu schlafen und nur im Traum den Zwicker zu putzen. Inzwischen sucht der Schreiber aus den vielen Akten und Briefschaften, die er unter dem Tisch hat, einen Brief für dich heraus, es ist also kein Brief, den er gerade geschrieben hat, vielmehr ist es, dem Aussehen des Umschlages nach, ein sehr alter Brief, der schon lange dort liegt. Wenn es aber ein alter Brief ist, warum hat man Barnabas so lange warten lassen? Und wohl auch dich? Und schließlich auch den Brief, denn er ist ja jetzt wohl schon veraltet. Und Barnabas bringt man dadurch in den Ruf, ein schlechter, langsamer Bote zu sein. Der Schreiber allerdings macht es sich leicht, gibt Barnabas den Brief, sagt: ›Von Klamm für K.‹, und damit ist Barnabas entlassen. Nun, und dann kommt Barnabas nach Hause, atemlos, den endlich ergatterten Brief unter dem Hemd am bloßen Leib, und wir setzen uns dann hierher auf die Bank wie jetzt, und er erzählt, und wir untersuchen dann alles einzeln und schätzen ab, was er erreicht hat, und finden schließlich, daß es sehr wenig ist – und das wenige fragwürdig, und Barnabas legt den Brief weg und hat keine Lust, ihn zu bestellen, hat aber auch keine Lust, schlafen zu gehen, nimmt die Schusterarbeit vor und versitzt dort auf dem Schemel die Nacht. So ist es, K., und das sind meine Geheimnisse, und nun wunderst du dich wohl nicht mehr, daß Amalia auf sie verzichtet.« – »Und der Brief?« fragte K. »Der Brief?« sagte Olga. »Nun, nach einiger Zeit, wenn ich Barnabas genug gedrängt habe, es können Tage und Wochen inzwischen vergangen sein, nimmt er doch den Brief und geht, ihn zuzustellen. In solchen Äußerlichkeiten ist er doch sehr abhängig von mir. Ich kann mich nämlich, wenn ich den ersten Eindruck seiner Erzählung überwunden habe, dann auch wieder fassen, wozu er wahrscheinlich, weil er eben mehr weiß, nicht imstande ist. Und so kann ich ihm dann immer wieder etwa sagen: ›Was willst du denn eigentlich, Barnabas? Von welcher Laufbahn, welchem Ziele träumst du? Willst du vielleicht so weit kommen, daß du uns, daß du mich gänzlich verlassen mußt? Ist das etwa dein Ziel? Muß ich das nicht glauben, da es ja sonst unverständlich wäre, warum du mit dem schon Erreichten so entsetzlich unzufrieden bist? Sieh dich doch um, ob jemand unter unseren Nachbarn schon so weit gekommen ist? Freilich, ihre Lage ist anders als die unsrige, und sie haben keinen Grund, über ihre Wirtschaft hinauszustreben, aber auch ohne zu vergleichen muß man doch einsehen, daß bei dir alles in bestem Gange ist. Hindernisse sind da, Fragwürdigkeiten, Enttäuschungen, aber das bedeutet doch nur, was wir schon vorher gewußt haben, daß dir nichts geschenkt wird, daß du dir vielmehr jede einzelne Kleinigkeit selbst erkämpfen mußt; ein Grund mehr, um stolz, nicht um niedergeschlagen zu sein. Und dann kämpfst du doch auch für uns? Bedeutet dir das gar nichts? Gibt dir das keine neue Kraft? Und daß ich glücklich und fast hochmütig bin, einen solchen Bruder zu haben, gibt dir das keine Sicherheit? Wahrhaftig, nicht in dem, was du im Schloß erreicht hast, aber in dem, was ich bei dir erreicht habe, enttäuschst du mich. Du darfst ins Schloß, bist ein ständiger Besucher der Kanzleien, verbringst ganze Tage im gleichen Raum mit Klamm, bist öffentlich anerkannter Bote, hast ein Amtskleid zu beanspruchen, bekommst wichtige Briefschaften auszutragen; das alles bist du, das alles darfst du und kommst herunter, und statt daß wir uns weinend vor Glück in den Armen liegen, scheint dich bei meinem Anblick aller Mut zu verlassen; an allem zweifelst du, nur der Schusterleisten lockt dich, und den Brief, diese Bürgschaft unserer Zukunft, läßt du liegen.‹ So rede ich zu ihm, und nachdem ich das tagelang wiederholt habe, nimmt er einmal seufzend den Brief und geht. Aber es ist wahrscheinlich gar nicht die Wirkung meiner Worte, sondern es treibt ihn nur wieder ins Schloß, und ohne den Auftrag ausgerichtet zu haben, würde er es nicht wagen hinzugehen.« – »Aber du hast doch auch mit allem recht, was du ihm sagst«, sagte K. »Bewunderungswürdig richtig hast du alles zusammengefaßt. Wie erstaunlich klar du denkst!« »Nein«, sagte Olga, »es täuscht dich, und so täusche ich vielleicht auch ihn. Was hat er denn erreicht? In eine Kanzlei darf er eintreten, aber es scheint nicht einmal eine Kanzlei, eher ein Vorzimmer der Kanzleien, vielleicht nicht einmal das, vielleicht ein Zimmer, wo alle zurückgehalten werden sollen, die nicht in die wirklichen Kanzleien dürfen. Mit Klamm spricht er, aber ist es Klamm? Ist es nicht eher jemand, der Klamm ein wenig ähnlich ist? Ein Sekretär vielleicht, wenn's hoch geht, der Klamm ein wenig ähnlich ist und sich anstrengt, ihm noch ähnlicher zu werden, und sich dann wichtig macht, in Klamms verschlafener, träumerischer Art. Dieser Teil seines Wesens ist am leichtesten nachzuahmen, daran versuchen sich manche, von seinem sonstigen Wesen freilich lassen sie wohlweislich die Finger. Und ein so oft ersehnter und so selten erreichter Mann, wie es Klamm ist, nimmt in der Vorstellung der Menschen leicht verschiedene Gestalten an. Klamm hat zum Beispiel hier einen Dorfsekretär namens Momus. So? Du kennst ihn? Auch er hält sich sehr zurück, aber ich habe ihn doch schon einige Male gesehen. Ein junger, starker Herr, nicht? Und sieht also wahrscheinlich Klamm gar nicht ähnlich. Und doch kannst du im Dorf Leute finden, die beschwören würden, daß Momus Klamm ist und kein anderer. So arbeiten die Leute an ihrer eigenen Verwirrung. Und muß es im Schloß anders sein? Jemand hat Barnabas gesagt, daß jener Beamte Klamm ist, und tatsächlich besteht eine Ähnlichkeit zwischen beiden, aber eine von Barnabas immerfort angezweifelte Ähnlichkeit. Und alles spricht für seine Zweifel. Klamm sollte hier in einem allgemeinen Raum, zwischen anderen Beamten, den Bleistift hinter dem Ohr, sich drängen müssen? Das ist doch höchst unwahrscheinlich. Barnabas pflegt, ein wenig kindlich, manchmal – dies ist aber schon eine zuversichtliche Laune – zu sagen: Der Beamte sieht ja Klamm sehr ähnlich; würde er in einer eigenen Kanzlei sitzen, am eigenen Schreibtisch, und wäre an der Tür sein Name – ich hätte keine Zweifel mehr. Das ist kindlich, aber doch auch verständig. Noch viel verständiger allerdings wäre es, wenn Barnabas sich, wenn er oben ist, gleich bei mehreren Leuten erkundigte, wie sich die Dinge wirklich verhalten; es stehen doch seiner Angabe nach genug Leute in dem Zimmer herum. Und wären auch ihre Angaben nicht viel verläßlicher als die Angabe jenes, der ungefragt ihm Klamm gezeigt hat, es müßten sich doch zumindest aus ihrer Mannigfaltigkeit irgendwelche Anhaltspunkte, Vergleichspunkte ergeben. Es ist das nicht mein Einfall, sondern der Einfall des Barnabas, aber er wagt nicht, ihn auszuführen; aus Furcht, er könnte durch irgendwelche ungewollte Verletzung unbekannter Vorschriften seine Stelle verlieren, wagt er niemanden anzusprechen, so unsicher fühlt er sich; diese doch eigentlich jämmerliche Unsicherheit beleuchtet mir seine Stellung schärfer als alle Beschreibungen. Wie zweifelhaft und drohend muß ihm dort alles erscheinen, wenn er nicht einmal zu einer unschuldigen Frage den Mund aufzutun wagt. Wenn ich das überlege, klage ich mich an, daß ich ihn allein in jenen unbekannten Räumen lasse, wo es derart zugeht, daß sogar er, der eher waghalsig als feig ist, dort vor Furcht wahrscheinlich zittert.«

»Hier, glaube ich, kommst du zu dem Entscheidenden«, sagte K. »Das ist es. Nach allem, was du erzählt hast, glaube ich, jetzt klar zu sehen. Barnabas ist zu jung für diese Aufgabe. Nichts von dem, was er erzählt, kann man ohne weiteres ernst nehmen. Da er oben vor Furcht vergeht, kann er dort nicht beobachten, und zwingt man ihn, hier dennoch zu berichten, erhält man verwirrte Märchen. Ich wundere mich nicht darüber. Die Ehrfurcht vor der Behörde ist euch hier eingeboren, wird euch weiter während des ganzen Lebens auf die verschiedensten Arten und von allen Seiten eingeflößt, und ihr selbst helft dabei mit, wie ihr nur könnt. Doch sage ich im Grunde nichts dagegen; wenn eine Behörde gut ist, warum sollte man vor ihr nicht Ehrfurcht haben. Nur darf man dann nicht einen unbelehrten Jüngling wie Barnabas, der über den Umkreis des Dorfes nicht hinausgekommen ist, plötzlich ins Schloß schicken und dann wahrheitsgetreue Berichte von ihm verlangen wollen und jedes seiner Worte wie ein Offenbarungswort untersuchen und von der Deutung das eigene Lebensglück abhängig machen. Nichts kann verfehlter sein. Freilich habe auch ich, nicht anders als du, mich von ihm beirren lassen und sowohl Hoffnungen auf ihn gesetzt, als Enttäuschungen durch ihn erlitten, die beide nur auf seinen Worten, also fast gar nicht, begründet waren.« Olga schwieg. »Es wird mir nicht leicht«, sagte K., »dich in dem Vertrauen zu deinem Bruder zu beirren, da ich doch sehe, wie du ihn liebst und was du von ihm erwartest. Es muß aber geschehen, und nicht zum wenigsten deiner Liebe und deiner Erwartungen wegen. Denn sieh, immer wieder hindert dich etwas – ich weiß nicht, was es ist –, voll zu erkennen, was Barnabas nicht etwa erreicht hat, aber was ihm geschenkt worden ist. Er darf in die Kanzleien oder, wenn du es so willst, in einen Vorraum; nun, dann ist's also ein Vorraum, aber es sind Türen da, die weiterführen, Barrieren, die man durchschreiten kann, wenn man das Geschick dazu hat.

Mir zum Beispiel ist dieser Vorraum, wenigstens vorläufig, völlig unzugänglich. Mit wem Barnabas dort spricht, weiß ich nicht, vielleicht ist jener Schreiber der niedrigste Diener, aber auch wenn er der niedrigste ist, kann er zu dem nächsthöheren führen, und wenn er nicht zu ihm führen kann, so kann er ihn doch wenigstens nennen, und wenn er ihn nicht nennen kann, so kann er doch auf jemanden verweisen, der ihn wird nennen können. Der angebliche Klamm mag mit dem wirklichen nicht das geringste gemeinsam haben, die Ähnlichkeit mag nur für die vor Aufregung blinden Augen des Barnabas bestehen, er mag der niedrigste der Beamten, er mag noch nicht einmal Beamter sein, aber irgendeine Aufgabe hat er doch bei jenem Pult, irgend etwas liest er in seinem großen Buch, irgend etwas flüstert er dem Schreiber zu, irgend etwas denkt er, wenn einmal in langer Zeit sein Blick auf Barnabas fällt, und selbst wenn das alles nicht wahr ist und er und seine Handlungen gar nichts bedeuten, so hat ihn doch jemand dort hingestellt und hat dies mit irgendeiner Absicht getan. Mit dem allem will ich sagen, daß irgend etwas da ist, irgend etwas dem Barnabas angeboten wird, wenigstens irgend etwas, und daß es nur die Schuld des Barnabas ist, wenn er damit nichts anderes erreichen kann als Zweifel, Angst und Hoffnungslosigkeit. Und dabei bin ich ja immer noch von dem ungünstigsten Fall ausgegangen, der sogar sehr unwahrscheinlich ist. Denn wir haben ja die Briefe in der Hand, denen ich zwar nicht viel traue, aber viel mehr als des Barnabas Worten. Mögen es auch alte, wertlose Briefe sein, die wahllos aus einem Haufen genauso wertloser Briefe hervorgezogen wurden, wahllos und mit nicht mehr Verstand, als die Kanarienvögel auf den Jahrmärkten aufwenden, um das Lebenslos eines Beliebigen aus einem Haufen herauszupicken, und mag das so sein, so haben diese Briefe doch wenigstens irgendeinen Bezug auf meine Arbeit; sichtlich sind sie für mich, wenn auch vielleicht nicht für meinen Nutzen bestimmt; sind, wie der Gemeindevorsteher und seine Frau bezeugt haben, von Klamm eigenhändig gefertigt und haben, wiederum nach dem Gemeindevorsteher, zwar nur eine private und wenig durchsichtige, aber doch eine große Bedeutung.« – »Sagte das der Gemeindevorsteher?« fragte Olga. »Ja, das sagte er«, antwortete K. »Ich werde es Barnabas erzählen«, sagte Olga schnell, »das wird ihn sehr aufmuntern.« – »Er braucht aber nicht Aufmunterung«, sagte K., »ihn aufmuntern bedeutet, ihm zu sagen, daß er recht hat, daß er nur in seiner bisherigen Art fortfahren soll, aber eben auf diese Art wird er niemals etwas erreichen. Du kannst jemanden, der die Augen verbunden hat, noch so sehr aufmuntern, durch das Tuch zu starren, er wird doch niemals etwas sehen; erst wenn man ihm das Tuch abnimmt, kann er sehen. Hilfe braucht Barnabas, nicht Aufmunterung. Bedenke doch nur: dort oben ist die Behörde in ihrer unentwirrbaren Größe – ich glaubte, annähernde Vorstellungen von ihr zu haben, ehe ich hierher kam, wie kindlich war das alles –, dort also ist die Behörde und ihr tritt Barnabas entgegen, niemand sonst, nur er, erbarmungswürdig allein, zuviel Ehre noch für ihn, wenn er nicht sein ganzes Leben lang verschollen in einen dunklen Winkel der Kanzleien geduckt bleibt.« – »Glaube nicht, K.«, sagte Olga, »daß wir die Schwere der Aufgabe, die Barnabas übernommen hat, unterschätzen. An Ehrfurcht vor der Behörde fehlt es uns ja nicht, das hast du selbst gesagt.« – »Aber es ist irregeleitete Ehrfurcht«, sagte K. »Ehrfurcht am unrechten Ort, solche Ehrfurcht entwürdigt ihren Gegenstand. Ist es noch Ehrfurcht zu nennen, wenn Barnabas das Geschenk des Eintritts in jenen Raum dazu mißbraucht, um untätig dort die Tage zu verbringen, oder wenn er herabkommt und diejenigen, vor denen er eben gezittert hat, verdächtigt und verkleinert oder wenn er aus Verzweiflung oder Müdigkeit Briefe nicht gleich austrägt und ihm anvertraute Botschaften nicht gleich ausrichtet? Das ist doch wohl keine Ehrfurcht mehr. Aber der Vorwurf geht noch weiter, geht auch gegen dich, Olga; ich kann dir ihn nicht ersparen. Du hast Barnabas, obwohl du Ehrfurcht vor der Behörde zu haben glaubst, in aller seiner Jugend und Schwäche und Verlassenheit ins Schloß geschickt oder wenigstens nicht zurückgehalten.«

»Den Vorwurf, den du mir machst«, sagte Olga, »mache ich mir auch, seit jeher schon. Allerdings nicht, daß ich Barnabas ins Schloß geschickt habe, ist mir vorzuwerfen, ich habe ihn nicht geschickt, er ist selbst gegangen, aber ich hätte ihn wohl mit allen Mitteln, mit Gewalt, mit List, mit Überredung, zurückhalten sollen. Ich hätte ihn zurückhalten sollen, aber wenn heute jener Tag, jener Entscheidungstag wäre und ich die Not des Barnabas, die Not unserer Familie so fühlte wie damals und heute und wenn Barnabas wieder, aller Verantwortung und Gefahr deutlich sich bewußt, lächelnd und sanft sich von mir losmachte, um zu gehen, ich würde ihn auch heute nicht zurückhalten, trotz allen Erfahrungen der Zwischenzeit und, ich glaube, auch du an meiner Stelle könntest nicht anders. Du kennst nicht unsere Not, deshalb tust du uns, vor allem aber Barnabas, unrecht. Wir hatten damals mehr Hoffnung als heute, aber groß war unsere Hoffnung auch damals nicht, groß war nur unsere Not und ist es geblieben. Hat dir denn Frieda nichts über uns erzählt?« – »Nur Andeutungen«, sagte K., »nichts Bestimmtes; aber schon euer Name erregt sie.« – »Und auch die Wirtin hat nichts erzählt?« – »Nein, nichts.« – »Und auch sonst niemand?« – »Niemand.« – »Natürlich, wie könnte jemand etwas erzählen. Jeder weiß etwas über uns, entweder die Wahrheit, soweit sie den Leuten zugänglich ist, oder wenigstens irgendein übernommenes oder meist selbst erfundenes Gerücht, und jeder denkt an uns mehr, als nötig ist, aber geradezu erzählen wird es niemand, diese Dinge in den Mund zu nehmen, scheuen sie sich. Und sie haben recht darin. Es ist schwer, es hervorzubringen, selbst dir gegenüber, K., und ist es denn nicht auch möglich, daß du, wenn du es angehört hast, weggehst und nichts mehr von uns wirst wissen wollen, so wenig es dich auch zu betreffen scheint.

Dann haben wir dich verloren, der du mir jetzt, ich gestehe es, fast mehr bedeutest als der bisherige Schloßdienst des Barnabas. Und doch – dieser Widerspruch quält mich schon den ganzen Abend – mußt du es erfahren, denn sonst bekommst du keinen Überblick über unsere Lage, bliebest, was mich besonders schmerzen würde, ungerecht zu Barnabas; die notwendige völlige Einigkeit würde uns fehlen, und du könntest weder uns helfen noch unsere Hilfe, die außerordentliche, annehmen. Aber es bleibt noch eine Frage: Willst du es denn überhaupt wissen?« – »Warum fragst du das?« sagte K. »Wenn es notwendig ist, will ich es wissen; aber warum fragst du so?« –

»Aus Aberglauben«, sagte Olga. »Du wirst hineingezogen sein in unsere Dinge, unschuldig, nicht viel schuldiger als Barnabas.« – »Erzähle schnell«, sagte K., »ich fürchte mich nicht. Du machst es auch durch Weiberängstlichkeit schlimmer, als es ist.«

Amalias Geheimnis

»Urteile selbst«, sagte Olga, »übrigens klingt es sehr einfach, man versteht nicht gleich, wie es eine große Bedeutung haben kann. Es gibt einen großen Beamten im Schloß, der heißt Sortini.« – »Ich habe schon von ihm gehört«, sagte K., »er war an meiner Berufung beteiligt.« – »Das glaube ich nicht«, sagte Olga, »Sortini tritt in der Öffentlichkeit kaum auf. Irrst du dich nicht mit Sordini, mit ›d‹ geschrieben?« – »Du hast recht«, sagte K. »Sordini war es.« – «Ja«, sagte Olga, »Sordini ist sehr bekannt, einer der fleißigsten Beamten, von dem viel gesprochen wird; Sortini dagegen ist sehr zurückgezogen und den meisten fremd. Vor mehr als drei Jahren sah ich ihn zum ersten und letzten Male. Es war am dritten Juli bei einem Fest des Feuerwehrvereins, das Schloß hatte sich auch beteiligt und eine neue Feuerspritze gespendet. Sortini, der sich zum Teil mit Feuerwehrangelegenheiten beschäftigen soll (vielleicht war er aber auch nur in Vertretung da – meistens vertreten einander die Beamten gegenseitig, und es ist deshalb schwer, die Zuständigkeit dieses oder jenes Beamten zu erkennen), nahm an der Übergabe der Spritze teil; es waren natürlich auch noch andere aus dem Schloß gekommen, Beamte und Dienerschaft, und Sortini war, wie es seinem Charakter entspricht, ganz im Hintergrunde. Es ist ein kleiner, schwacher, nachdenklicher Herr; etwas, was allen, die ihn überhaupt bemerkten, auffiel, war die Art, wie sich bei ihm die Stirn in Falten legte, alle Falten – und es war eine Menge, obwohl er gewiß nicht mehr als vierzig ist – zogen sich nämlich geradewegs fächerartig über die Stirn zur Nasenwurzel hin, ich habe etwas Derartiges nie gesehen. Nun, das war also jenes Fest. Wir, Amalia und ich, hatten uns schon seit Wochen darauf gefreut, die Sonntagskleider waren zum Teil neu zurechtgemacht, besonders das Kleid Amalias war schön, die weiße Bluse vorn hoch aufgebauscht, eine Spitzenreihe über der anderen, die Mutter hatte alle ihre Spitzen dazu geborgt, ich war damals neidisch und weinte vor dem Fest die halbe Nacht durch. Erst als am Morgen die Brückenhofwirtin uns zu besichtigen kam ...« – »Die Brückenhofwirtin?« fragte K. »Ja«, sagte Olga, »sie war sehr mit uns befreundet, sie kam also, mußte zugeben, daß Amalia im Vorteil war, und borgte mir deshalb, um mich zu beruhigen, ihr eigenes Halsband aus böhmischen Granaten. Als wir dann aber ausgehfertig waren, Amalia vor mir stand, wir sie alle bewunderten und der Vater sagte: ›Heute, denkt an mich, bekommt Amalia einen Bräutigam‹, da, ich weiß nicht warum, nahm ich mir das Halsband, meinen Stolz, ab, und hing es Amalia um, gar nicht neidisch mehr. Ich beugte mich eben vor ihrem Sieg, und ich glaubte, jeder müsse sich vor ihr beugen, vielleicht überraschte uns damals, daß sie anders aussah als sonst, denn eigentlich schön war sie ja nicht, aber ihr düsterer Blick, den sie in dieser Art seitdem behalten hat, ging hoch über uns hinweg, und man beugte sich fast tatsächlich und unwillkürlich vor ihr. Alle bemerkten es, auch Lasemann und seine Frau, die uns abholen kamen.« – »Lasemann?« fragte K. »Ja, Lasemann«, sagte Olga. »Wir waren doch sehr angesehen, und das Fest hätte zum Beispiel nicht gut ohne uns anfangen können, denn der Vater war dritter Übungsleiter der Feuerwehr.« – »So rüstig war der Vater noch?« fragte K. »Der Vater?« fragte Olga, als verstehe sie nicht ganz. »Vor drei Jahren war er noch gewissermaßen ein junger Mann; er hat zum Beispiel bei einem Brand im Herrenhof einen Beamten, den schweren Galater, im Laufschritt auf dem Rücken hinausgetragen. Ich bin selbst dabeigewesen, es war zwar keine Feuergefahr, nur das trockene Holz neben einem Ofen fing zu rauchen an, aber Galater bekam Angst, rief aus dem Fenster um Hilfe, die Feuerwehr kam, und mein Vater mußte ihn hinaustragen, obwohl schon das Feuer gelöscht war. Nun, Galater ist ein schwer beweglicher Mann und muß in solchen Fällen vorsichtig sein. Ich erzähle es nur des Vaters wegen, viel mehr als drei Jahre sind seitdem nicht vergangen, und nun sieh, wie er dort sitzt.« Erst jetzt sah K., daß Amalia schon wieder in der Stube war, aber sie war weit entfernt beim Tisch der Eltern, sie fütterte dort die Mutter, welche die rheumatischen Arme nicht bewegen konnte, und sprach dabei dem Vater zu, er möge sich wegen des Essens noch ein wenig gedulden, gleich werde sie auch zu ihm kommen, um ihn zu füttern. Doch hatte sie mit ihrer Mahnung keinen Erfolg, denn der Vater, sehr gierig, schon zu seiner Suppe zu kommen, überwand seine Körperschwäche und suchte, die Suppe bald vom Löffel zu schlürfen, bald gleich vom Teller aufzutrinken, und brummte böse, als ihm weder das eine noch das andere gelang, der Löffel längst leer war, ehe er zum Munde kam, und niemals der Mund, nur immer der herabhängende Schnauzbart in die Suppe tauchte und es nach allen Seiten, nur in seinen Mund nicht, tropfte und sprühte. »Das haben drei Jahre aus ihm gemacht?« fragte K., aber noch immer hatte er für die Alten und für die ganze Ecke des Familientisches dort kein Mitleid, nur Widerwillen. »Drei Jahre«, sagte Olga langsam, »oder, genauer, ein paar Stunden eines Festes. Das Fest war auf einer Wiese vor dem Dorf am Bach, es war schon ein großes Gedränge, als wir ankamen, auch aus den Nachbardörfern war viel Volk gekommen, man war ganz verwirrt von dem Lärm. Zuerst wurden wir natürlich vom Vater zur Feuerspritze geführt, er lachte vor Freude, als er sie sah, eine neue Spritze machte ihn glücklich, er fing an, sie zu betasten und uns zu erklären, er duldete keinen Widerspruch und keine Zurückhaltung der anderen; war etwas unter der Spritze zu besichtigen, mußten wir uns alle bücken und fast unter die Spritze kriechen; Barnabas, der sich damals wehrte, bekam deshalb Prügel. Nur Amalia kümmerte sich um die Spritze nicht, stand aufrecht dabei in ihrem schönen Kleid, und niemand wagte, ihr etwas zu sagen, ich lief manchmal zu ihr und faßte ihren Arm unter, aber sie schwieg. Ich kann es mir noch heute nicht erklären, wie es kam, daß wir so lange vor der Spritze standen und erst, als sich der Vater von ihr losmachte, Sortini bemerkten, der offenbar schon die ganze Zeit über hinter der Spritze an einem Spritzenhebel gelehnt hatte. Es war freilich ein entsetzlicher Lärm damals, nicht nur wie es sonst bei Festen ist. Das Schloß hatte nämlich der Feuerwehr auch noch einige Trompeten geschenkt, besondere Instrumente, auf denen man mit der kleinsten Kraftanstrengung, ein Kind konnte das, die wildesten Töne hervorbringen konnte; wenn man das hörte, glaubte man, die Türken seien schon da, und man konnte sich nicht daran gewöhnen, bei jedem neuen Blasen fuhr man wieder zusammen. Und weil es neue Trompeten waren, wollte sie jeder versuchen, und weil es doch ein Volksfest war, erlaubte man es. Gerade um uns, vielleicht hatte sie Amalia angelockt, waren einige solcher Bläser; es war schwer, die Sinne dabei zusammenzuhalten, und wenn man nun auch noch, nach dem Gebot des Vaters, Aufmerksamkeit für die Spritze haben sollte, so war das das Äußerste, was man leisten konnte, und so entging uns Sortini, den wir ja vorher auch gar nicht gekannt hatten, so ungewöhnlich lange. ›Dort ist Sortini‹, flüsterte endlich – ich stand dabei – Lasemann dem Vater zu. Der Vater verbeugte sich tief und gab auch uns aufgeregt ein Zeichen, uns zu verbeugen. Ohne ihn bisher zu kennen, hatte der Vater seit jeher Sortini als einen Fachmann in Feuerwehrangelegenheiten verehrt und öfters zu Hause von ihm gesprochen, es war uns daher auch sehr überraschend und bedeutungsvoll, jetzt Sortini in Wirklichkeit zu sehen. Sortini aber kümmerte sich um uns nicht – es war das keine Eigenheit Sortinis, die meisten Beamten scheinen in der Öffentlichkeit teilnahmslos –, auch war er müde, nur seine Amtspflicht hielt ihn hier unten; es sind nicht die schlechtesten Beamten, welche gerade solche Repräsentationspflichten als besonders drückend empfinden; andere Beamten und Diener mischten sich, da sie nun schon einmal da waren, unter das Volk; er aber blieb bei der Spritze, und jeden, der sich ihm mit irgendeiner Bitte oder Schmeichelei zu nähern suchte, vertrieb er durch sein Schweigen. So kam es, daß er uns noch später bemerkte als wir ihn. Erst als wir uns ehrfurchtsvoll verbeugten und der Vater uns zu entschuldigen suchte, blickte er nach uns hin, blickte der Reihe nach von einem zum andern, müde; es war, als seufzte er darüber, daß neben dem einen immer wieder noch ein zweiter sei, bis er dann bei Amalia haltmachte, zu der er aufschauen mußte, denn sie war viel größer als er. Da stutzte er, sprang über die Deichsel, um Amalia näher zu sein, wir mißverstanden es zuerst und wollten uns alle unter Anführung des Vaters ihm nähern, aber er hielt uns ab mit erhobener Hand und winkte uns dann zu gehen. Das war alles. Wir neckten dann Amalia viel damit, daß sie nun wirklich einen Bräutigam gefunden habe, in unserem Unverstand waren wir den ganzen Nachmittag über sehr fröhlich; Amalia aber war schweigsamer als jemals. ›Sie hat sich ja toll und voll in Sortini verliebt‹, sagte Brunswick, der immer ein wenig grob ist und für Naturen wie Amalia kein Verständnis hat; aber diesmal schien uns seine Bemerkung fast richtig; wir waren überhaupt närrisch an dem Tag und alle, bis auf Amalia, von dem süßen Schloßwein wie betäubt, als wir nach Mitternacht nach Hause kamen.« – »Und Sortini?« fragte K. »Ja, Sortini«, sagte Olga, »Sortini sah ich während des Festes im Vorübergehen noch öfters, er saß auf der Deichsel, hatte die Arme über der Brust gekreuzt und blieb so, bis der Schloßwagen kam, um ihn abzuholen. Nicht einmal zu den Feuerwehrübungen ging er, bei denen der Vater damals, gerade in der Hoffnung, daß Sortini zusehe, vor allen Männern seines Alters sich auszeichnete.« – »Und habt ihr nicht mehr von ihm gehört?« fragte K.

»Du scheinst ja für Sortini große Verehrung zu haben.« »Ja, Verehrung«, sagte Olga. »Ja, und gehört haben wir auch noch von ihm. Am nächsten Morgen wurden wir aus unserem Weinschlaf durch einen Schrei Amalias geweckt – die anderen fielen gleich wieder in die Betten zurück, ich war aber gänzlich wach und lief zu Amalia. Sie stand beim Fenster und hielt einen Brief in der Hand, den ihr eben ein Mann durch das Fenster gereicht hatte, der Mann wartete noch auf Antwort. Amalia hatte den Brief – er war kurz – schon gelesen und hielt ihn in der schlaff hinabhängenden Hand; wie liebte ich sie, immer wenn sie so müde war. Ich kniete neben ihr nieder und las so den Brief. Kaum war ich fertig, nahm ihn Amalia, nach einem kurzen Blick auf mich, wieder auf, brachte es aber nicht mehr über sich, ihn zu lesen, zerriß ihn, warf die Fetzen dem Mann draußen ins Gesicht und schloß das Fenster. Das war jener entscheidende Morgen. Ich nenne ihn entscheidend, aber jeder Augenblick des vorhergehenden Nachmittags ist ebenso entscheidend gewesen.« – »Und was stand in dem Brief?«fragte K. »Ja, das habe ich noch nicht erzählt«, sagte Olga. »Der Brief war von Sortini, adressiert war er an das Mädchen mit dem Granatenhalsband. Den Inhalt kann ich nicht wiedergeben. Es war eine Aufforderung, zu ihm in den Herrenhof zu kommen, und zwar sollte Amalia sofort kommen, denn in einer halben Stunde mußte Sortini wegfahren. Der Brief war in den gemeinsten Ausdrücken gehalten, die ich noch nie gehört hatte und nur aus dem Zusammenhang halb erriet. Wer Amalia nicht kannte und nur diesen Brief gelesen hatte, mußte das Mädchen, an das jemand so zu schreiben gewagt hatte, für entehrt halten, auch wenn es gar nicht berührt worden sein sollte. Und es war kein Liebesbrief, kein Schmeichelwort war darin, Sortini war vielmehr offenbar böse, daß der Anblick Amalias ihn ergriffen, ihn von seinen Geschäften abgehalten hatte. Wir legten es uns später so zurecht, daß Sortini wahrscheinlich gleich abends hatte ins Schloß fahren wollen, nur Amalias wegen im Dorf geblieben war und am Morgen, voll Zorn darüber, daß es ihm auch in der Nacht nicht gelungen war, Amalia zu vergessen, den Brief geschrieben hatte. Man mußte dem Brief gegenüber zuerst empört sein, auch die Kaltblütigste, dann aber hätte bei einer anderen als Amalia wahrscheinlich vor dem bösen, drohenden Ton die Angst überwogen, bei Amalia blieb es bei der Empörung, Angst kennt sie nicht, nicht für sich, nicht für andere. Und während ich mich dann wieder ins Bett verkroch und mir den abgebrochenen Schlußsatz wiederholte: ›Daß du also gleich kommst, oder –!‹ blieb Amalia auf der Fensterbank und sah hinaus, als erwarte sie noch weitere Boten und sei bereit, jeden so zu behandeln wie den ersten.« – »Das sind also die Beamten«, sagte K. zögernd, »solche Exemplare findet man unter ihnen. Was hat dein Vater gemacht? Ich hoffe, er hat sich kräftig an zuständiger Stelle über Sortini beschwert, wenn er nicht den kürzeren und sicheren Weg in den Herrenhof vorgezogen hat. Das allerhäßlichste an der Geschichte ist ja nicht die Beleidigung Amalias, die konnte leicht gutgemacht werden, ich weiß nicht, warum du so übermäßig großes Gewicht gerade darauf legst; warum sollte Sortini mit einem solchen Brief Amalia für immer bloßgestellt haben, nach deiner Erzählung könnte man das glauben, gerade das ist aber doch nicht möglich, eine Genugtuung war Amalia leicht zu verschaffen, und in ein paar Tagen war der Vorfall vergessen; Sortini hat nicht Amalia bloßgestellt, sondern sich selbst. Vor Sortini also schrecke ich zurück, vor der Möglichkeit, daß es einen solchen Mißbrauch der Macht gibt. Was in diesem Fall mißlang, weil es klipp und klar gesagt und völlig durchsichtig war und an Amalia einen überlegenen Gegner fand, kann in tausend anderen Fällen, bei nur ein wenig ungünstigeren Fällen, völlig gelingen und kann sich jedem Blick entziehen, auch dem Blick des Mißbrauchten.«

»Still«, sagte Olga, »Amalia sieht herüber.« Amalia hatte die Fütterung der Eltern beendet und war jetzt daran, die Mutter auszuziehen; sie hatte ihr gerade den Rock losgebunden, hing sich die Arme der Mutter um den Hals, hob sie so ein wenig, streifte ihr den Rock ab und setzte sie dann sanft wieder nieder. Der Vater, immer unzufrieden damit, daß die Mutter zuerst bedient wurde – was aber offenbar nur deshalb geschah, weil die Mutter noch hilfloser war als er – versuchte, vielleicht auch, um die Tochter für ihre vermeintliche Langsamkeit zu strafen, sich selbst zu entkleiden, aber obwohl er bei dem Unnötigsten und Leichtesten anfing, den übergroßen Pantoffeln, in welchen seine Füße nur lose staken, wollte es ihm auf keine Weise gelingen, sie abzustreifen; er mußte es unter heiserem Röcheln bald aufgeben und lehnte wieder steif in seinem Stuhl.

»Das Entscheidende erkennst du nicht«, sagte Olga, »du magst ja recht haben mit allem, aber das Entscheidende war, daß Amalia nicht in den Herrenhof ging; wie sie den Boten behandelt hatte, das mochte an sich noch hingehen, das hätte sich vertuschen lassen; damit aber, daß sie nicht hinging, war der Fluch über unsere Familie ausgesprochen, und nun war allerdings auch die Behandlung des Boten etwas Unverzeihliches, ja, es wurde sogar für die Öffentlichkeit in den Vordergrund geschoben.« – »Wie!« rief K. und dämpfte sofort die Stimme, da Olga bittend die Hände hob. »Du, die Schwester, sagst doch nicht etwa, daß Amalia Sortini hätte folgen und in den Herrenhof hätte laufen sollen?« »Nein«, sagte Olga, »möge ich beschützt werden vor derartigem Verdacht; wie kannst du das glauben? Ich kenne niemanden, der so fest im Recht wäre wie Amalia bei allem, was sie tut. Wäre sie in den Herrenhof gegangen, hätte ich ihr freilich ebenso recht gegeben; daß sie aber nicht gegangen ist, war heldenhaft. Was mich betrifft, ich gestehe es dir offen, wenn ich einen solchen Brief bekommen hätte, ich wäre gegangen. Ich hätte die Furcht vor dem Kommenden nicht ertragen, das konnte nur Amalia. Es gab ja manche Auswege, eine andere hätte sich zum Beispiel recht schön geschmückt, und es wäre ein Weilchen darüber vergangen, und dann wäre sie in den Herrenhof gekommen und hätte erfahren, daß Sortini schon fort, vielleicht, daß er gleich nach Entsendung des Boten weggefahren sei, etwas, was sogar sehr wahrscheinlich ist, denn die Launen der Herren sind flüchtig. Aber Amalia tat das nicht und nichts Ähnliches, sie war zu tief beleidigt und antwortete ohne Vorbehalt. Hätte sie nur irgendwie zum Schein gefolgt, nur die Schwelle des Herrenhofes zur Zeit gerade überschritten, das Verhängnis hätte sich abwenden lassen, wir haben hier sehr kluge Advokaten, die aus einem Nichts alles, was man nur will, zu machen verstehen, aber in diesem Fall war nicht einmal das günstige Nichts vorhanden; im Gegenteil, es war noch die Entwürdigung des Sortinischen Briefes da und die Beleidigung des Boten.« – »Aber was für ein Verhängnis denn«, sagte K., »was für Advokaten; man konnte doch wegen der verbrecherischen Handlungsweise Sortinis nicht Amalia anklagen oder gar bestrafen?« – »Doch«, sagte Olga, »das konnte man; freilich nicht nach einem regelrechten Prozeß, und man bestrafte sie auch nicht unmittelbar, wohl aber bestrafte man sie auf andere Weise, sie und unsere ganze Familie, und wie schwer diese Strafe ist, das fängst du wohl an zu erkennen. Dir scheint das ungerecht und ungeheuerlich, das ist eine im Dorf völlig vereinzelte Meinung, sie ist uns sehr günstig und sollte uns trösten, und so wäre es auch, wenn sie nicht sichtlich auf Irrtümer zurückginge. Ich kann dir das leicht beweisen, verzeih, wenn ich dabei von Frieda spreche, aber zwischen Frieda und Klamm ist – abgesehen davon, wie es sich schließlich gestaltet hat – etwas ganz Ähnliches vorgegangen wie zwischen Amalia und Sortini, und doch findest du das, wenn du auch anfangs erschrocken sein magst, jetzt schon richtig. Und das ist nicht Gewöhnung, so abstumpfen kann man durch Gewöhnung nicht, wenn es sich um einfache Beurteilung handelt, das ist bloß Ablegen von Irrtümern.« – »Nein, Olga«, sagte K., »ich weiß nicht, warum du Frieda in die Sache hineinziehst, der Fall wäre doch gänzlich anders, misch nicht so Grundverschiedenes durcheinander und erzähle weiter.« – »Bitte«, sagte Olga, »nimm es mir nicht übel, wenn ich auf dem Vergleich bestehe, es ist ein Rest von Irrtümern, auch hinsichtlich Friedas noch, wenn du sie gegen einen Vergleich verteidigen zu müssen glaubst. Sie ist gar nicht zu verteidigen, sondern nur zu loben. Wenn ich die Fälle vergleiche, so sage ich ja nicht, daß sie gleich sind; sie verhalten sich zueinander wie Weiß und Schwarz, und Weiß ist Frieda. Schlimmstenfalls kann man über Frieda lachen, wie ich es unartigerweise – ich habe es später sehr bereut – im Ausschank getan habe, aber selbst wer hier lacht, ist schon boshaft oder neidisch, immerhin, man kann lachen. Amalia aber kann man, wenn man nicht durch Blut mit ihr verbunden ist, nur verachten. Deshalb sind es zwar grundverschiedene Fälle, wie du sagst, aber doch auch ähnliche.« – »Sie sind auch nicht ähnlich«, sagte K. und schüttelte unwillig den Kopf, »laß Frieda beiseite, Frieda hat keinen solchen sauberen Brief wie Amalia von Sortini bekommen, und Frieda hat Klamm wirklich geliebt, und wer es bezweifelt, kann sie fragen, sie liebt ihn noch heute.« – »Sind das aber große Unterschiede?« fragte Olga. »Glaubst du, Klamm hätte Frieda nicht ebenso schreiben können? Wenn die Herren vom Schreibtisch aufstehen, sind sie so, sie finden sich in der Welt nicht zurecht, sie sagen dann in der Zerstreutheit das Allergröbste, nicht alle, aber viele. Der Brief an Amalia kann ja in Gedanken, in völliger Nichtachtung des wirklich Geschriebenen auf das Papier geworfen worden sein. Was wissen wir von den Gedanken der Herren? Hast du nicht selbst gehört oder es erzählen hören, in welchem Ton Klamm mit Frieda verkehrt hat? Von Klamm ist es bekannt, daß er sehr grob ist; er spricht angeblich stundenlang nicht, und dann sagt er plötzlich eine derartige Grobheit, daß es einen schaudert. Von Sortini ist das nicht bekannt, wie er ja überhaupt sehr unbekannt ist. Eigentlich weiß man von ihm nur, daß sein Name dem Sordinis ähnlich ist; wäre nicht diese Namensähnlichkeit, würde man ihn wahrscheinlich gar nicht kennen. Auch als Feuerwehrfachmann verwechselt man ihn wahrscheinlich mit Sordini, welcher der eigentliche Fachmann ist und die Namensähnlichkeit ausnützt, um besonders die Repräsentationspflichten auf Sortini abzuwälzen und so in seiner Arbeit ungestört zu bleiben. Wenn nun ein solcher weltungewandter Mann wie Sortini plötzlich von Liebe zu einem Dorfmädchen ergriffen wird, so nimmt das natürlich andere Formen an, als wenn der Tischlergehilfe von nebenan sich verliebt. Auch muß man bedenken, daß zwischen einem Beamten und einer Schusterstochter doch ein großer Abstand besteht, der irgendwie überbrückt werden muß, Sortini versuchte es auf diese Art, ein anderer mag's anders machen. Zwar heißt es, daß wir alle zum Schloß gehören und gar kein Abstand besteht und nichts zu überbrücken ist, und das stimmt auch vielleicht für gewöhnlich, aber wir haben leider Gelegenheit gehabt zu sehen, daß es, gerade, wenn es darauf ankommt, gar nicht stimmt. Jedenfalls wird dir nach dem allem die Handlungsweise Sortinis verständlicher, weniger ungeheuerlich geworden sein, und sie ist tatsächlich, mit jener Klamms verglichen, viel verständlicher und, selbst wenn man ganz nah beteiligt ist, viel erträglicher. Wenn Klamm einen zarten Brief schreibt, ist es peinlicher als der gröbste Brief Sortinis. Verstehe mich dabei recht, ich wage nicht, über Klamm zu urteilen, ich vergleiche nur, weil du dich gegen den Vergleich wehrst. Klamm ist doch wie ein Kommandant über den Frauen, befiehlt bald dieser, bald jener, zu ihm zu kommen, duldet keine lange, und so, wie er zu kommen befiehlt, befiehlt er auch zu gehen. Ach, Klamm würde sich gar nicht die Mühe geben, erst einen Brief zu schreiben. Und ist es nun im Vergleich damit noch immer ungeheuerlich, wenn der ganz zurückgezogen lebende Sortini, dessen Beziehungen zu Frauen zumindest unbekannt sind, einmal sich niedersetzt und in seiner schönen Beamtenschrift einen allerdings abscheulichen Brief schreibt? Und wenn sich also hier kein Unterschied zu Klamms Gunsten ergibt, sondern das Gegenteil, so sollte ihn Friedas Liebe bewirken? Das Verhältnis der Frauen zu den Beamten ist, glaube mir, sehr schwer oder vielmehr immer sehr leicht zu beurteilen. Hier fehlt es an Liebe nie. Unglückliche Beamtenliebe gibt es nicht. Es ist in dieser Hinsicht kein Lob, wenn man von einem Mädchen sagt – ich rede hier bei weitem nicht nur von Frieda –, daß sie sich dem Beamten nur deshalb hingegeben hat, weil sie ihn liebte. Sie liebte ihn und hat sich ihm hingegeben, so war es, aber zu loben ist dabei nichts. Amalia aber hat Sortini nicht geliebt, wendest du ein. Nun ja, sie hat ihn nicht geliebt, aber vielleicht hat sie ihn doch geliebt, wer kann das entscheiden? Nicht einmal sie selbst. Wie kann sie glauben, ihn nicht geliebt zu haben, wenn sie ihn so kräftig abgewiesen hat, wie wahrscheinlich noch niemals ein Beamter abgewiesen worden ist? Barnabas sagt, daß sie noch jetzt manchmal zittert von der Bewegung, mit der sie vor drei Jahren das Fenster zugeschlagen hat. Das ist auch wahr, und deshalb darf man sie nicht fragen; sie hat mit Sortini abgeschlossen und weiß nichts mehr als das; ob sie ihn liebt oder nicht, weiß sie nicht. Wir aber wissen, daß Frauen nicht anders können, als Beamte lieben, wenn sich diese ihnen einmal zuwenden; ja, sie lieben die Beamten schon vorher, sosehr sie es leugnen wollen, und Sortini hat sich Amalia nicht nur zugewendet, sondern ist über die Deichsel gesprungen, als er Amalia sah, mit den von der Schreibtischarbeit steifen Beinen ist er über die Deichsel gesprungen. Aber Amalia ist ja eine Ausnahme, wirst du sagen. Ja, das ist sie, das hat sie bewiesen, als sie sich weigerte, zu Sortini zu gehen, das ist der Ausnahme genug; daß sie nun aber außerdem Sortini auch nicht geliebt haben sollte, das wäre nun schon der Ausnahme fast zuviel, das wäre gar nicht mehr zu fassen. Wir waren ja gewiß an jenem Nachmittag mit Blindheit beschlagen, aber daß wir damals durch allen Nebel etwas von Amalias Verliebtheit zu bemerken glaubten, zeigte doch wohl noch etwas Besinnung. Wenn man aber das alles zusammenhält, was bleibt dann für ein Unterschied zwischen Frieda und Amalia? Einzig der, daß Frieda tat, was Amalia verweigert hat.« – »Mag sein«, sagte K., »für mich aber ist der Hauptunterschied der, daß Frieda meine Braut ist, Amalia aber mich im Grunde nur so weit bekümmert, als sie die Schwester des Barnabas, des Schloßboten, ist und ihr Schicksal in den Dienst des Barnabas vielleicht mit verflochten ist. Hätte ihr ein Beamter ein derart schreiendes Unrecht getan, wie es nach deiner Erzählung anfangs mir schien, hätte mich das sehr beschäftigt, aber auch dies viel mehr als öffentliche Angelegenheit denn als persönliches Leid Amalias. Nun ändert sich aber nach deiner Erzählung das Bild in einer mir zwar nicht ganz verständlichen, aber, da du es bist, die erzählt, in einer genügend glaubwürdigen Weise, und ich will diese Sache deshalb sehr gern völlig vernachlässigen, ich bin kein Feuerwehrmann, was kümmert mich Sortini. Wohl aber kümmert mich Frieda, und da ist es mir sonderbar, wie du, der ich völlig vertraute und gerne immer vertrauen will, Frieda auf dem Umweg über Amalia immerfort anzugreifen und mir verdächtig zu machen suchst. Ich nehme nicht an, daß du das mit Absicht oder gar mit böser Absicht tust; sonst hätte ich doch schon längst fortgehen müssen. Du tust es nicht mit Absicht, die Umstände verleiten dich dazu; aus Liebe zu Amalia willst du sie hoch erhaben über alle Frauen hinstellen, und da du in Amalia selbst zu diesem Zwecke nicht genug Rühmenswertes findest, hilfst du dir damit, daß du andere Frauen verkleinerst. Amalias Tat ist merkwürdig, aber je mehr du von dieser Tat erzählst, desto weniger läßt es sich entscheiden, ob sie groß oder klein, klug oder töricht, heldenhaft oder feig gewesen ist, ihre Beweggründe hält Amalia in ihrer Brust verschlossen, niemand wird sie ihr entreißen. Frieda dagegen hat gar nichts Merkwürdiges getan, sondern ist nur ihrem Herzen gefolgt, für jeden, der sich gutwillig damit befaßt, ist das klar, jeder kann es nachprüfen, für Klatsch ist kein Raum. Ich aber will weder Amalia heruntersetzen noch Frieda verteidigen, sondern dir nur klarmachen, wie ich mich zu Frieda verhalte und wie jeder Angriff gegen Frieda gleichzeitig ein Angriff gegen meine Existenz ist. Ich bin aus eigenem Willen hierhergekommen, und aus eigenem Willen habe ich mich hier festgehakt, aber alles, was seither geschehen ist, und vor allem meine Zukunftsaussichten – so trübe sie auch sein mögen, immerhin, sie bestehen –, alles dies verdanke ich Frieda, das läßt sich nicht wegdiskutieren. Ich war hier zwar als Landvermesser aufgenommen, aber das war nur scheinbar, man spielte mit mir, man trieb mich aus jedem Haus, man spielt auch heute mit mir, aber wieviel umständlicher ist das, ich habe gewissermaßen an Umfang gewonnen, und das bedeutet schon etwas, ich habe, so geringfügig das alles ist, doch scheint ein Heim, eine Stellung und wirkliche Arbeit, ich habe eine Braut, die, wenn ich andere Geschäfte habe, mir die Berufsarbeit abnimmt, ich werde sie heiraten und Gemeindemitglied werden, ich habe außer den amtlichen auch noch eine, bisher freilich unausnützbare, persönliche Beziehung zu Klamm. Das ist doch wohl nicht wenig? Und wenn ich zu euch komme, wen begrüßt ihr? Wem vertraust du die Geschichte euerer Familie an? Von wem erhoffst du die Möglichkeit, sei es auch nur die winzige, unwahrscheinliche Möglichkeit irgendeiner Hilfe? Doch wohl nicht von mir, dem Landvermesser, den zum Beispiel noch vor einer Woche Lasemann und Brunswick mit Gewalt aus ihrem Haus gedrängt haben, sondern du erhoffst das von dem Mann, der schon irgendwelche Machtmittel hat, diese Machtmittel aber verdanke ich Frieda, Frieda, die so bescheiden ist, daß sie, wenn du sie nach etwas Derartigem zu fragen versuchen wirst, gewiß nicht das geringste davon wird wissen wollen. Und doch scheint es nach dem allem, daß Frieda in ihrer Unschuld mehr getan hat als Amalia in allem ihrem Hochmut; denn sieh, ich habe den Eindruck, daß du Hilfe für Amalia suchst. Und von wem? Doch eigentlich von keinem anderen als von Frieda?« – »Habe ich wirklich so häßlich von Frieda gesprochen?« sagte Olga. »Ich wollte es gewiß nicht und glaube es auch nicht getan zu haben, aber möglich ist es, unsere Lage ist derart, daß wir mit aller Welt zerfallen sind, und fangen wir zu klagen an, reißt es uns fort, wir wissen nicht, wohin. Du hast auch recht, es ist ein großer Unterschied jetzt zwischen uns und Frieda, und es ist gut, ihn einmal zu betonen. Vor drei Jahren waren wir Bürgermädchen und Frieda, die Waise, Magd im Brückenhof, wir gingen an ihr vorüber, ohne sie mit dem Blick zu streifen; wir waren gewiß zu hochmütig, aber wir waren so erzogen worden. An dem Abend im Herrenhof magst du aber den jetzigen Stand erkannt haben: Frieda mit der Peitsche in der Hand und ich in dem Haufen der Knechte. Aber es ist ja noch schlimmer. Frieda mag uns verachten, es entspricht ihrer Stellung, die tatsächlichen Verhältnisse erzwingen es. Aber wer verachtet uns nicht alles! Wer sich entschließt, uns zu verachten, kommt gleich in die allergrößte Gesellschaft. Kennst du die Nachfolgerin Friedas? Pepi heißt sie. Ich habe sie erst vorgestern abend kennengelernt; bisher war sie Zimmermädchen. Sie übertrifft gewiß Frieda an Verachtung für mich. Sie sah mich aus dem Fenster, wie ich Bier holen kam, lief zur Tür und versperrte sie, ich mußte lange bitten und ihr das Band versprechen, das ich im Haare trug, ehe sie mir aufmachte. Als ich es ihr aber dann gab, warf sie es in den Winkel. Nun, sie mag mich verachten, zum Teil bin ich ja auf ihr Wohlwollen angewiesen, und sie ist Ausschankmädchen im Herrenhof, freilich, sie ist es nur vorläufig und hat gewiß nicht die Eigenschaften, die nötig sind, um dort dauernd angestellt zu werden. Man mag nur zuhören, wie der Wirt mit Pepi spricht, und mag es damit vergleichen, wie er mit Frieda sprach. Aber das hindert Pepi nicht, auch Amalia zu verachten, Amalia, deren Blick allein genügen würde, die ganze kleine Pepi mit allen ihren Zöpfen und Maschen so schnell aus dem Zimmer zu schaffen, wie sie es, nur auf ihre eigenen dicken Beinchen angewiesen, niemals zustande brächte. Was für ein empörendes Geschwätz mußte ich gestern wieder von ihr über Amalia anhören, bis sich dann schließlich die Gäste meiner annahmen, in der Art freilich, wie du es schon einmal gesehen hast.« – »Wie verängstigt du bist«, sagte K., »ich habe ja nur Frieda auf den ihr gebührenden Platz gestellt, aber nicht euch herabsetzen wollen, wie du es jetzt auffaßt. Irgend etwas Besonderes hat euere Familie auch für mich, das habe ich nicht verschwiegen; wie dieses Besondere aber Anlaß zur Verachtung geben könnte, das verstehe ich nicht.« – »Ach, K.«, sagte Olga, »auch du wirst es noch verstehen, fürchte ich; daß Amalias Verhalten gegenüber Sortini der erste Anlaß dieser Verachtung war, kannst du das auf keine Weise verstehen?« – »Das wäre doch zu sonderbar«, sagte K., »bewundern oder verurteilen könnte man Amalia deshalb, aber verachten? Und wenn man, aus mir unverständlichem Gefühl, wirklich Amalia verachtet, warum dehnt man die Verachtung auf euch aus, auf die unschuldige Familie? Daß zum Beispiel Pepi dich verachtet, ist ein starkes Stück, und ich will, wenn ich wieder einmal in den Herrenhof komme, es ihr heimzahlen.« – »Wolltest du, K.«, sagte Olga, »alle unsere Verräter umstimmen, das wäre eine harte Arbeit, denn alles geht vom Schloß aus. Ich erinnere mich noch genau an den Vormittag, der jenem Morgen folgte. Brunswick, der damals unser Gehilfe war, war gekommen wie jeden Tag, der Vater hatte ihm Arbeit zugeteilt und ihn nach Hause geschickt, wir saßen dann beim Frühstück, alle, bis auf Amalia und mich, waren sehr lebhaft, der Vater erzählte immerfort von dem Fest, er hatte hinsichtlich der Feuerwehr verschiedene Pläne, im Schloß ist nämlich eine eigene Feuerwehr, die zu dem Fest auch eine Abordnung geschickt hatte, mit der manches besprochen worden war, die anwesenden Herren aus dem Schloß hatten die Leistungen unserer Feuerwehr gesehen, sich sehr günstig über sie ausgesprochen, die Leistungen der Schloßfeuerwehr damit verglichen, das Ergebnis war uns günstig, man hatte von der Notwendigkeit einer Neuorganisation der Schloßfeuerwehr gesprochen, dazu waren Instruktoren aus dem Dorf nötig, es kamen zwar einige dafür in Betracht, aber der Vater hatte doch Hoffnung, daß die Wahl auf ihn fallen werde. Davon sprach er nun, und wie es so seine liebe Art war, sich bei Tisch recht auszubreiten, saß er da, mit den Armen den halben Tisch umfassend, und wie er aus dem offenen Fenster zum Himmel aufsah, war sein Gesicht so jung und hoffnungsfreudig; niemals mehr sollte ich ihn so sehen. Da sagte Amalia mit einer Überlegenheit, die wir an ihr nicht kannten, solchen Reden der Herren müsse man nicht sehr vertrauen, die Herren pflegen bei derartigen Gelegenheiten gern etwas Gefälliges zu sagen, aber Bedeutung habe das wenig oder gar nicht, kaum gesprochen, sei es schon für immer vergessen, freilich bei der nächsten Gelegenheit gehe man ihnen wieder auf den Leim. Die Mutter verwies ihr solche Reden, der Vater lachte nur über ihre Altklugheit und Vielerfahrenheit, dann aber stutzte er, schien etwas zu suchen, dessen Fehlen er erst jetzt merkte, aber es fehlte doch nichts, und sagte: Brunswick habe etwas von einem Boten und einem zerrissenen Brief erzählt, und er fragte, ob wir etwas davon wußten, wen es betreffe und wie es sich damit verhalte. Wir schwiegen, Barnabas, damals noch jung wie ein Lämmchen, sagte irgend etwas besonders Dummes oder Keckes, man sprach von anderem, und die Sache kam in Vergessenheit.«

»Aber kurz darauf wurden wir schon von allen Seiten mit Fragen wegen der Briefgeschichte überschüttet, es kamen Freunde und Feinde, Bekannte und Fremde; man blieb aber nicht lange, die besten Freunde verabschiedeten sich am allereiligsten. Lasemann, immer sonst langsam und würdig, kam herein, so, als wolle er nur das Ausmaß der Stube prüfen, ein Blick im Umkreis, und er war fertig, es sah wie ein schreckliches Kinderspiel aus, als Lasemann sich flüchtete und der Vater von anderen Leuten sich losmachte und hinter ihm her eilte bis zur Schwelle des Hauses und es dann aufgab. Brunswick kam und kündigte dem Vater; er wolle sich selbständig machen, sagte er ganz ehrlich, ein kluger Kopf, der den Augenblick zu nützen verstand; Kundschaften kamen und suchten in Vaters Lagerraum ihre Stiefel hervor, die sie zur Reparatur hier liegen hatten, zuerst versuchte der Vater, die Kundschaften umzustimmen – und wir alle unterstützten ihn nach unseren Kräften –, später gab es der Vater auf und half stillschweigend den Leuten beim Suchen, im Auftragsbuch wurde Zeile für Zeile gestrichen, die Ledervorräte, welche die Leute bei uns hatten, wurden herausgegeben, Schulden bezahlt, alles ging ohne den geringsten Streit, man war zufrieden, wenn es gelang, die Verbindung mit uns schnell und vollständig zu lösen, mochte man dabei auch Verluste haben, das kam nicht in Betracht. Und schließlich, was ja vorauszusehen war, erschien Seemann, der Obmann der Feuerwehr; ich sehe die Szene noch vor mir: Seemann, groß und stark, aber ein wenig gebeugt und lungenkrank, immer ernst, er kann gar nicht lachen, steht vor meinem Vater, den er bewundert hat, dem er in vertrauten Stunden die Stelle eines Obmannstellvertreters in Aussicht gestellt hat, und soll ihm nun mitteilen, daß ihn der Verein verabschiedet und um Rückgabe des Diploms ersucht. Die Leute, die gerade bei uns waren, ließen ihre Geschäfte ruhen und drängten sich im Kreis um die zwei Männer. Seemann kann nichts sagen, klopft nur immerfort dem Vater auf die Schulter, so, als wolle er dem Vater die Worte ausklopfen, die er selbst sagen soll und nicht finden kann. Dabei lacht er immerfort, wodurch er wohl sich und alle ein wenig beruhigen will; aber da er nicht lachen kann und man ihn noch niemals lachen gehört, fällt es niemandem ein zu glauben, daß das ein Lachen sei. Der Vater aber ist von diesem Tag schon zu müde und verzweifelt, um jemandem helfen zu können, ja, er scheint zu müde, um überhaupt nachzudenken, worum es sich handelt. Wir waren ja alle in gleicher Weise verzweifelt, aber da wir jung waren, konnten wir an einen solchen vollständigen Zusammenbruch nicht glauben, immer dachten wir, daß in der Reihe der vielen Besucher endlich doch jemand kommen werde, der Halt befiehlt und alles wieder zu einer rückläufigen Bewegung zwingt. Seemann erschien uns in unserem Unverstand dafür besonders geeignet. Mit Spannung warteten wir, daß sich aus diesem fortwährenden Lachen endlich das klare Wort loslösen werde. Worüber war denn jetzt zu lachen, doch nur über das dumme Unrecht, das uns geschah. Herr Obmann, Herr Obmann, sagen Sie es doch endlich den Leuten, dachten wir und drängten uns an ihn heran, was ihn aber nur zu merkwürdigen Drehbewegungen veranlaßte. Endlich fing er, zwar nicht, um unsere geheimen Wünsche zu erfüllen, sondern um den aufmunternden oder ärgerlichen Zurufen der Leute zu entsprechen, doch zu reden an. Noch immer hatten wir Hoffnung. Er begann mit großem Lob des Vaters. Nannte ihn eine Zierde des Vereins, ein unerreichbares Vorbild des Nachwuchses, ein unentbehrliches Mitglied, dessen Ausscheiden den Verein fast zerstören müsse. Das war alles sehr schön; hätte er doch hier geendet! Aber er sprach weiter. Wenn sich nun trotzdem der Verein entschlossen habe, den Vater, vorläufig allerdings nur, um den Abschied zu ersuchen, werde man den Ernst der Gründe erkennen, die den Verein dazu zwangen. Vielleicht hätte es ohne die glänzenden Leistungen des Vaters am gestrigen Fest gar nicht so weit kommen müssen, aber eben diese Leistungen hätten die amtliche Aufmerksamkeit besonders erregt; der Verein stand jetzt in vollem Licht und müsse auf seine Reinheit noch mehr bedacht sein als früher. Und nun war die Beleidigung des Boten geschehen, da habe der Verein keinen anderen Ausweg gefunden, und er, Seemann, habe das schwere Amt übernommen, es zu melden. Der Vater möge es ihm nicht noch mehr erschweren. Wie froh war Seemann, das hervorgebracht zu haben, aus Zuversicht darüber war er nicht einmal mehr übertrieben rücksichtsvoll, er zeigte auf das Diplom, das an der Wand hing, und winkte mit dem Finger. Der Vater nickte und ging es holen, konnte es aber mit den zitternden Händen nicht vom Haken bringen; ich stieg auf einen Sessel und half ihm. Und von diesem Augenblick an war alles zu Ende; er nahm das Diplom nicht einmal mehr aus dem Rahmen, sondern gab Seemann alles, wie es war. Dann setzte er sich in einen Winkel, rührte sich nicht und sprach mit niemandem mehr, wir mußten mit den Leuten allein verhandeln, so gut es ging.« – »Und worin siehst du hier den Einfluß des Schlosses?« fragte K. »Vorläufig scheint es noch nicht eingegriffen zu haben. Was du bisher erzählt hast, war nur gedankenlose Ängstlichkeit der Leute, Freude am Schaden des Nächsten, unzuverlässige Freundschaft, Dinge, die überall anzutreffen sind, und auf seiten deines Vaters allerdings auch – wenigstens scheint es mir so – eine gewisse Kleinlichkeit; denn jenes Diplom, was war es? Bestätigung seiner Fähigkeiten, und die behielt er doch, machten sie ihn unentbehrlich, desto besser, und er hätte dem Obmann die Sache wirklich schwer nur dadurch gemacht, daß er ihm das Diplom gleich beim zweiten Wort vor die Füße geworfen hätte. Besonders bezeichnend scheint mir aber, daß du Amalia gar nicht erwähnst, Amalia, die doch alles verschuldet hatte, stand wahrscheinlich ruhig im Hintergrund und betrachtete die Verwüstung.« – »Nein«, sagte Olga, »niemandem ist ein Vorwurf zu machen, niemand konnte anders handeln, das alles war schon Einfluß des Schlosses.« – »Einfluß des Schlosses«, wiederholte Amalia, die unvermerkt vom Hofe her eingetreten war, die Eltern lagen längst zu Bett. »Schloßgeschichten werden erzählt? Noch immer sitzt ihr beisammen? Und du hattest dich doch gleich verabschieden wollen, K., und nun geht es schon auf zehn. Bekümmern dich denn solche Geschichten überhaupt? Es gibt hier Leute, die sich von solchen Geschichten nähren, sie setzen sich zusammen, so wie ihr hier sitzt, und traktieren sich gegenseitig; du scheinst mir aber nicht zu diesen Leuten zu gehören.« – »Doch«, sagte K., »ich gehöre genau zu ihnen; dagegen machen Leute, die sich um solche Geschichten nicht bekümmern und nur andere sich bekümmern lassen, nicht viel Eindruck auf mich.« – »Nun ja«, sagte Amalia, »aber das Interesse der Leute ist ja sehr verschiedenartig, ich hörte einmal von einem jungen Mann, der beschäftigte sich mit den Gedanken an das Schloß bei Tag und Nacht, alles andere vernachlässigte er, man fürchtete für seinen Alltagsverstand, weil sein ganzer Verstand oben im Schloß war. Schließlich aber stellte es sich heraus, daß er nicht eigentlich das Schloß, sondern nur die Tochter einer Aufwaschfrau in den Kanzleien gemeint hatte, die bekam er nun allerdings und dann war alles wieder gut.« »Der Mann würde mir gefallen, glaube ich«, sagte K. »Daß dir der Mann gefallen würde«, sagte Amalia, »bezweifle ich, aber vielleicht seine Frau. Nun laßt euch aber nicht stören, ich gehe allerdings schlafen, und auslöschen werde ich müssen, der Eltern wegen; sie schlafen zwar gleich fest ein, aber nach einer Stunde ist schon der eigentliche Schlaf zu Ende, und dann stört sie der kleinste Schein. Gute Nacht.« Und wirklich wurde es gleich finster, Amalia machte sich wohl irgendwo auf der Erde beim Bett der Eltern ihr Lager zurecht. »Wer ist denn dieser junge Mann, von dem sie sprach?« fragte K. »Ich weiß nicht«, sagte Olga. »Vielleicht Brunswick, obwohl es für ihn nicht ganz paßt, vielleicht aber auch ein anderer. Es ist nicht leicht, sie genau zu verstehen, weil man oft nicht weiß, ob sie ironisch oder ernst spricht. Meistens ist es ja ernst, aber es klingt ironisch.« – »Laß die Deutungen!« sagte K. »Wie kamst du denn in diese große Abhängigkeit von ihr? War es schon vor dem großen Unglück so? Oder erst nachher? Und hast du niemals den Wunsch, von ihr unabhängig zu werden? Und ist denn diese Abhängigkeit irgendwie vernünftig begründet? Sie ist die Jüngste und hat als solche zu gehorchen. Sie hat, schuldig oder unschuldig, das Unglück über die Familie gebracht. Statt dafür jeden neuen Tag jeden von euch von neuem um Verzeihung zu bitten, trägt sie den Kopf höher als alle, kümmert sich um nichts als knapp gnadenweise um die Eltern, will in nichts eingeweiht werden, wie sie sich ausdrückt, und wenn sie endlich einmal mit euch spricht, dann ist es meistens ernst, aber es klingt ironisch. Oder herrscht sie etwa durch ihre Schönheit, die du manchmal erwähnst? Nun, ihr seid euch alle drei sehr ähnlich, das aber, wodurch sie sich von euch zweien unterscheidet, ist durchaus zu ihren Ungunsten, schon als ich sie zum erstenmal sah, schreckte mich ihr stumpfer, liebloser Blick ab. Und dann ist sie zwar die Jüngste, aber davon merkt man nichts in ihrem Äußeren, sie hat das alterlose Aussehen der Frauen, die kaum altern, die aber auch kaum jemals eigentlich jung gewesen sind. Du siehst sie jeden Tag, du merkst gar nicht die Härte ihres Gesichtes. Darum kann ich auch Sortinis Neigung, wenn ich es überlege, nicht einmal sehr ernst nehmen, vielleicht wollte er sie mit dem Brief nur strafen, aber nicht rufen.« – »Von Sortini will ich nicht reden«, sagte Olga. »Bei den Herren im Schloß ist alles möglich, ob es nun um das schönste oder um das häßlichste Mädchen geht. Sonst aber irrst du hinsichtlich Amalias vollkommen. Sieh, ich habe doch keinen Anlaß, dich für Amalia besonders zu gewinnen, und versuche ich es dennoch, tue ich es nur deinetwegen. Amalia war irgendwie die Ursache unseres Unglücks, das ist gewiß, aber selbst der Vater, der doch am schwersten von dem Unglück getroffen war und sich in seinen Worten niemals sehr beherrschen konnte, gar zu Hause nicht, selbst der Vater hat

Amalia auch in den schlimmsten Zeiten kein Wort des Vorwurfs gesagt. Und das nicht etwa deshalb, weil er Amalias Vorgehen gebilligt hätte; wie hätte er, ein Verehrer Sortinis, es billigen können; nicht von der Ferne konnte er es verstehen; sich und alles, was er hatte, hätte er Sortini wohl gern zum Opfer gebracht, allerdings nicht so, wie es jetzt wirklich geschah, unter Sortinis wahrscheinlichem Zorn. Wahrscheinlichem Zorn, denn wir erfuhren nichts mehr von Sortini; war er bisher zurückgezogen gewesen, so war er es von jetzt ab, als sei er überhaupt nicht mehr. Und nun hättest du Amalia sehen sollen in jener Zeit. Wir alle wußten, daß keine ausdrückliche Strafe kommen werde. Man zog sich nur von uns zurück. Die Leute hier wie auch das Schloß. Während man aber den Rückzug der Leute natürlich merkte, war vom Schloß gar nichts zu merken. Wir hatten ja früher auch keine Fürsorge des Schlosses gemerkt, wie hätten wir jetzt einen Umschwung merken können. Diese Ruhe war das Schlimmste. Bei weitem nicht der Rückzug der Leute, sie hatten es ja nicht aus irgendeiner Überzeugung getan, hatten vielleicht auch gar nichts Ernstliches gegen uns, die heutige Verachtung bestand noch gar nicht, nur aus Angst hatten sie es getan, und jetzt warteten sie, wie es weiter ausgehen werde. Auch Not hatten wir noch keine zu fürchten, alle Schuldner hatten uns gezahlt, die Abschlüsse waren vorteilhaft gewesen, was uns an Lebensmitteln fehlte, darin halfen uns im geheimen Verwandte aus, es war leicht, es war ja in der Erntezeit, allerdings Felder hatten wir keine, und mitarbeiten ließ man uns nirgends, wir waren zum erstenmal im Leben fast zum Müßiggang verurteilt. Und nun saßen wir beisammen, bei geschlossenen Fenstern, in der Hitze des Juli und August. Es geschah nichts. Keine Vorladung, keine Nachricht, kein Bericht, kein Besuch, nichts.« – »Nun«, sagte K., »da nichts geschah und auch keine ausdrückliche Strafe zu erwarten war, wovor habt ihr euch gefürchtet? Was seid ihr doch für Leute!« – »Wie soll ich es dir erklären?« sagte Olga. »Wir fürchteten nichts Kommendes, wir litten schon nur unter dem Gegenwärtigen, wir waren mitten in der Bestrafung darin. Die Leute im Dorf warteten ja nur darauf, daß wir zu ihnen kämen, daß der Vater seine Werkstatt wieder aufmachte, daß Amalia, die sehr schöne Kleider zu nähen verstand, allerdings nur für die Vornehmsten, wieder zu Bestellungen käme, es tat ja allen Leuten leid, was sie getan hatten; wenn im Dorf eine angesehene Familie plötzlich ganz ausgeschaltet wird, hat jeder irgendeinen Nachteil davon, sie hatten, als sie sich von uns lossagten, nur ihre Pflicht zu tun geglaubt, wir hätten es an ihrer Stelle auch nicht anders getan. Sie hatten ja auch nicht genau gewußt, worum es sich gehandelt hatte, nur der Bote war, die Hand voll Papierfetzen, in den Herrenhof zurückgekommen. Frieda hatte ihn ausgehen und dann wiederkommen gesehen, ein paar Worte mit ihm gesprochen und das, was sie erfahren hatte, gleich verbreitet; aber wieder gar nicht aus Feindseligkeit gegen uns, sondern einfach aus Pflicht, wie es im gleichen Falle die Pflicht jedes anderen gewesen wäre. Und nun wäre den Leuten, wie ich schon sagte, eine glückliche Lösung des Ganzen am willkommensten gewesen. Wenn wir plötzlich einmal gekommen wären mit der Nachricht, daß alles schon in Ordnung sei, daß es zum Beispiel nur ein inzwischen völlig aufgeklärtes Mißverständnis gewesen sei oder daß es zwar ein Vergehen gewesen sei, aber es sei schon durch die Tat gutgemacht oder – selbst das hätte den Leuten genügt – daß es uns durch unsere Verbindungen ins Schloß gelungen sei, die Sache niederzuschlagen; man hätte uns ganz gewiß wieder mit offenen Armen aufgenommen, Küsse, Umarmungen, Feste hätte es gegeben, ich habe Derartiges bei anderen einige Male erlebt. Aber nicht einmal eine solche Nachricht wäre nötig gewesen; wenn wir nur freigekommen wären und uns angeboten, die alten Verbindungen wieder aufgenommen hätten, ohne auch nur ein Wort über die Briefgeschichte zu verlieren, es hätte genügt, mit Freude hätten alle auf die Besprechung der Sache verzichtet; es war ja, neben der Angst, vor allem die Peinlichkeit der Sache gewesen, weshalb man sich von uns getrennt hatte, einfach um nichts von der Sache zu hören, nicht von ihr zu sprechen, nicht an sie denken, in keiner Weise von ihr berührt werden zu müssen. Wenn Frieda die Sache verraten hatte, so hatte sie es nicht getan, um sich an ihr zu freuen, sondern um sich und alle vor ihr zu bewahren, um die Gemeinde darauf aufmerksam zu machen, daß hier etwas geschehen war, von dem man sich auf das sorgfältigste fernzuhalten hatte. Nicht wir kamen hier als Familie in Betracht, sondern nur die Sache und wir nur der Sache wegen, in die wir uns verflochten hatten. Wenn wir also nur wieder hervorgekommen wären, das Vergangene ruhen gelassen hätten, durch unser Verhalten gezeigt hätten, daß wir die Sache überwunden hatten, gleichgültig auf welche Weise, und die Öffentlichkeit so die Überzeugung gewonnen hätte, daß die Sache, wie immer sie auch beschaffen gewesen sein mag, nicht wieder zur Besprechung kommen werde, auch so wäre alles gut gewesen; überall hätten wir die alte Hilfsbereitschaft gefunden, selbst wenn wir die Sache nur unvollständig vergessen hätten, man hätte es verstanden und hätte uns geholfen, es völlig zu vergessen. Statt dessen aber saßen wir zu Hause. Ich weiß nicht, worauf wir warteten, auf Amalias Entscheidung wohl, sie hatte damals an jenem Morgen die Führung der Familie an sich gerissen und hielt sie fest. Ohne besondere Veranstaltungen, ohne Befehle, ohne Bitten, fast nur durch Schweigen. Wir anderen hatten freilich viel zu beraten, es war ein fortwährendes Flüstern vom Morgen bis zum Abend, und manchmal rief mich der Vater in plötzlicher Beängstigung zu sich, und ich verbrachte am Bett die halbe Nacht. Oder manchmal hockten wir uns zusammen, ich und Barnabas, der ja erst sehr wenig von dem Ganzen verstand und immerfort ganz glühend Erklärungen verlangte, immerfort die gleichen, er wußte wohl, daß die sorgenlosen Jahre, die andere seines Alters erwarteten, für ihn nicht mehr vorhanden waren, so saßen wir zusammen – ganz ähnlich, K., wie wir zwei jetzt – und vergaßen, daß es Nacht wurde und wieder Morgen. Die Mutter war die Schwächste von uns allen, wohl weil sie nicht nur das gemeinsame Leid, sondern auch noch jedes einzelnen Leid mitgelitten hat, und so konnten wir mit Schrecken Veränderungen an ihr wahrnehmen, die, wie wir ahnten, unserer ganzen Familie bevorstanden. Ihr bevorzugter Platz war der Winkel eines Kanapees – wir haben es längst nicht mehr –, es steht in Brunswicks großer Stube, dort saß sie und – man wußte nicht genau, was es war – schlummerte oder hielt, wie die bewegten Lippen anzudeuten schienen, lange Selbstgespräche. Es war ja so natürlich, daß wir immerfort die Briefgeschichte besprachen, kreuz und quer, in allen sicheren Einzelheiten und allen unsicheren Möglichkeiten, und daß wir immerfort im Aussinnen von Mitteln zur guten Lösung uns übertrafen, es war natürlich und unvermeidlich, aber nicht gut, wir kamen ja dadurch immerfort tiefer in das, dem wir entgehen wollten. Und was halfen denn diese noch so ausgezeichneten Einfälle; keiner war ausführbar ohne Amalia, alle waren nur Vorbereitungen, sinnlos dadurch, daß ihre Ergebnisse gar nicht bis zu Amalia kamen und, wenn sie hingekommen wären, nichts anderes angetroffen hätten als Schweigen. Nun, glücklicherweise verstehe ich heute Amalia besser als damals. Sie trug mehr als wir alle; es ist unbegreiflich, wie sie es ertragen hat und noch heute unter uns lebt. Die Mutter trug vielleicht unser aller Leid, sie trug es, weil es über sie hereingebrochen ist, und sie trug es nicht lange; daß sie es heute noch irgendwie trägt, kann man nicht sagen, und schon damals war ihr Sinn verwirrt. Aber Amalia trug nicht nur das Leid, sondern hatte auch den Verstand, es zu durchschauen, wir sahen nur die Folgen, sie sah in den Grund, wir hofften auf irgendwelche kleinen Mittel, sie wußte, das alles entschieden war, wir hatten zu flüstern, sie hatte nur zu schweigen, Aug in Aug mit der Wahrheit stand sie und lebte und ertrug dieses Leben damals wie heute. Wie viel besser ging es uns in aller unserer Not als ihr. Wir mußten freilich unser Haus verlassen; Brunswick bezog es, man wies uns diese Hütte zu, mit einem Handkarren brachten wir unser Eigentum in einigen Fahrten hier herüber, Barnabas und ich zogen, der Vater und Amalia halfen hinten nach, die Mutter, die wir gleich anfangs hergebracht hatten, empfing uns, auf einer Kiste sitzend, immer mit leisem Jammern. Aber ich erinnere mich, daß wir, selbst während der mühevollen Fahrten – die auch sehr beschämend waren, denn öfters begegneten wir Erntewagen, deren Begleitung vor uns verstummte und die Blicke wandte –, daß wir, Barnabas und ich, selbst während dieser Fahrten es nicht unterlassen konnten, von unseren Sorgen und Plänen zu sprechen, daß wir im Gespräch manchmal stehenblieben und erst das ›Hallo!‹ des Vaters uns an unsere Pflicht wieder erinnerte. Aber alle Besprechungen änderten auch nach der Übersiedlung unser Leben nicht, nur daß wir jetzt allmählich auch die Armut zu fühlen bekamen. Die Zuschüsse der Verwandten hörten auf, unsere Mittel waren fast zu Ende, und gerade in jener Zeit begann die Verachtung für uns, wie du sie kennst, sich zu entwickeln. Man merkte, daß wir nicht die Kraft hatten, uns aus der Briefgeschichte herauszuarbeiten, und man nahm uns das sehr übel, man unterschätzte nicht die Schwere unseres Schicksals, obwohl man es nicht genau kannte, man wußte, daß man selbst die Probe wahrscheinlich nicht besser bestanden hätte als wir, aber um so notwendiger war es, sich von uns völlig zu trennen; man hätte, wenn wir es überwunden hätten, uns entsprechend hoch geehrt, da es uns aber nicht gelungen war, tat man das, was man bisher nur vorläufig getan hatte, endgültig: Man schloß uns aus jedem Kreise aus. Nun sprach man von uns nicht mehr wie von Menschen, unser Familienname wurde nicht mehr genannt; wenn man von uns sprechen mußte, nannte man uns nach Barnabas, dem Unschuldigsten von uns, selbst unsere Hütte geriet in Verruf, und wenn du dich prüfst, wirst du gestehen, daß auch du beim ersten Eintritt die Berechtigung dieser Verachtung zu merken glaubtest; später, als wieder manchmal Leute zu uns kamen, rümpften sie die Nase über ganz belanglose

Dinge, etwa darüber, daß die kleine Öllampe dort über dem Tisch hing. Wo sollte sie denn anders hängen als über dem Tisch, ihnen aber erschien es unerträglich. Hängten wir aber die Lampe anderswohin, änderte sich doch nichts an ihrem Widerwillen. Alles, was wir waren und hatten, traf die gleiche Verachtung.«

Bittgänge

»Und was taten wir unterdessen? Das Schlimmste, was wir hätten tun können, etwas, wofür wir gerechter hätten verachtet werden dürfen, als wofür es wirklich geschah: Wir verrieten Amalia, wir rissen uns los von ihrem schweigenden Befehl, wir konnten nicht mehr so weiterleben, ganz ohne Hoffnung konnten wir nicht leben, und wir begannen, jeder auf seine Art, das Schloß zu bitten oder zu bestürmen, es möge uns verzeihen. Wir wußten zwar, daß wir nicht imstande waren, etwas gutzumachen, wir wußten auch, daß die einzige hoffnungsvolle Verbindung, die wir mit dem Schloß hatten, die Sortinis, des unserem Vater geneigten Beamten, eben durch die Ereignisse uns unzugänglich geworden war, trotzdem machten wir uns an die Arbeit. Der Vater begann, es begannen die sinnlosen Bittwege zum Vorsteher, zu den Sekretären, den Advokaten, den Schreibern, meistens wurde er nicht empfangen, und wenn er durch List oder Zufall doch empfangen wurde – wie jubelten wir bei solcher Nachricht und rieben uns die Hände –, wurde er äußerst schnell abgewiesen und nie wieder empfangen. Es war auch allzu leicht, ihm zu antworten, das Schloß hat es immer so leicht. Was wollte er denn? Was war ihm geschehen? Wofür wollte er eine Verzeihung? Wann und von wem war denn im Schloß auch nur ein Finger gegen ihn gerührt worden? Gewiß, er war verarmt, hatte die Kundschaft verloren und so fort, aber das waren Erscheinungen des täglichen Lebens, Handwerks- und Marktangelegenheiten, sollte sich denn das Schloß um alles kümmern? Es kümmert sich ja in Wirklichkeit um alles, aber es konnte doch nicht grob eingreifen in die Entwicklung, einfach und zu keinem anderen Zweck, als dem Interesse eines einzelnen Mannes zu dienen. Sollte es etwa seine Beamten ausschicken, und sollten diese den Kunden des Vaters nachlaufen und sie ihm mit Gewalt zurückbringen? Aber, wendete der Vater dann ein – wir besprachen diese Dinge alle genau zu Hause vorher und nachher in einen Winkel gedrückt, wie versteckt vor Amalia, die alles zwar merkte, aber es geschehen ließ –, aber, wendete der Vater dann ein, er beklage sich ja nicht wegen der Verarmung, alles, was er hier verloren habe, wolle er leicht wieder einholen, das alles sei nebensächlich, wenn ihm nur verziehen würde. ›Aber was solle ihm denn verziehen werden?‹ antwortete man ihm, eine Anzeige sei bisher nicht eingelaufen, wenigstens stehe sie noch nicht in den Protokollen, zumindest nicht in den der advokatorischen Öffentlichkeit zugänglichen Protokollen; infolgedessen sei auch, soweit es sich feststellen lasse, weder etwas gegen ihn unternommen worden noch sei etwas im Zuge. Könne er vielleicht eine amtliche Verfügung nennen, die gegen ihn erlassen worden sei? Das konnte der Vater nicht. Oder habe ein Eingriff eines amtlichen Organs stattgefunden? Davon wußte der Vater nichts. Nun also, wenn er nichts wisse und wenn nichts geschehen sei, was wolle er denn? Was könnte ihm verziehen werden? Höchstens, daß er jetzt zwecklos die Ämter belästige, aber gerade dieses sei unverzeihlich. Der Vater ließ nicht ab, er war damals noch immer sehr kräftig, und der aufgezwungene Müßiggang gab ihm reichlich Zeit. ›Ich werde Amalia die Ehre zurückgewinnen, es wird nicht mehr lange dauern‹, sagte er zu Barnabas und mir einigemal während des Tages, aber nur sehr leise, denn Amalia durfte es nicht hören; trotzdem war es nur Amalias wegen gesagt, denn in Wirklichkeit dachte er gar nicht an das Zurückgewinnen der Ehre, sondern nur an Verzeihung. Aber um Verzeihung zu bekommen, mußte er erst die Schuld feststellen; und die wurde ihm ja in den Ämtern abgeleugnet. Er verfiel auf den Gedanken – und dies zeigte, daß er doch schon geistig geschwächt war –, man verheimliche ihm die Schuld, weil er nicht genug zahle, er zahlte bisher nämlich immer nur die festgesetzten Gebühren, die, wenigstens für unsere Verhältnisse, hoch genug waren. Er glaubte aber jetzt, er müsse mehr zahlen, was gewiß unrichtig war, denn bei unseren Ämtern nimmt man zwar der Einfachheit halber, um unnötige Rede zu vermeiden, Bestechungen an, aber erreichen kann man dadurch nichts. War es aber die Hoffnung des Vaters, wollten wir ihn darin nicht stören. Wir verkauften, was wir noch hatten – es war fast nur noch Unentbehrliches –, um dem Vater die Mittel für seine Nachforschungen zu verschaffen, und lange Zeit hatten wir jeden Morgen die Genugtuung, daß der Vater, wenn er sich morgens auf den Weg machte, immer wenigstens mit einigen Münzen in der Tasche klimpern konnte. Wir freilich hungerten den Tag über, während das einzige, was wir wirklich durch die Geldbeschaffung bewirkten, war, daß der Vater in einer gewissen Hoffnungsfreudigkeit erhalten wurde. Dieses aber war kaum ein Vorteil. Er plagte sich bald auf seinen Gängen, und was ohne das Geld sehr bald das verdiente Ende genommen hätte, zog sich so in die Länge. Da man für die Überzahlungen in Wirklichkeit nichts Außerordentliches leisten konnte, versuchte manchmal ein Schreiber wenigstens scheinbar, etwas zu leisten, versprach Nachforschungen, deutete an, daß man gewisse Spuren schon gefunden hätte, die man nicht aus Pflicht, sondern nur dem Vater zuliebe verfolgen werde; der Vater, statt zweifelnder zu werden, wurde immer gläubiger. Er kam mit einer solchen, deutlich sinnlosen Versprechung zurück, so, als bringe er schon wieder den vollen Segen ins Haus, und es war qualvoll anzusehen, wie er immer hinter Amalias Rücken, mit verzerrtem Lächeln und groß aufgerissenen Augen auf Amalia hindeutend, uns zu verstehen geben wollte, wie die Errettung Amalias, die niemanden mehr als sie selbst überraschen werde, infolge seiner Bemühungen ganz nahe bevorstehe, aber alles sei noch Geheimnis, und wir wollten es streng hüten. So wäre es gewiß noch sehr lange weitergegangen, wenn wir schließlich nicht vollständig außerstande gewesen wären, dem Vater das Geld noch zu liefern. Zwar war inzwischen Barnabas von Brunswick als Gehilfe nach vielen Bitten aufgenommen worden, allerdings nur in der Weise, daß er abends im Dunkel die Aufträge abholte und wieder im Dunkel die Arbeit zurückbrachte – es ist zuzugeben, daß Brunswick hier eine gewisse Gefahr für sein Geschäft unseretwegen auf sich nahm, aber dafür zahlte er ja dem Barnabas sehr wenig, und die Arbeit des

Barnabas ist fehlerlos –, doch genügte der Lohn knapp nur, um uns vor völligem Verhungern zu bewahren. Mit großer Schonung und nach viel Vorbereitungen kündigten wir dem Vater die Einstellung unserer Geldunterstützungen an, aber er nahm es sehr ruhig auf. Mit dem Verstand war er nicht mehr fähig, das Aussichtslose seiner Interventionen einzusehen, aber müde war er der fortwährenden Enttäuschungen doch.

Zwar sagte er – er sprach nicht mehr so deutlich wie früher, er hatte fast zu deutlich gesprochen –, daß er nur noch sehr wenig Geld gebraucht hätte, morgen oder heute schon hätte er alles erfahren, und nun sei alles vergebens gewesen, nur am Geld sei es gescheitert und so fort, aber der Ton, in dem er es sagte, zeigte, daß er das alles nicht glaubte. Auch hatte er gleich, unvermittelt neue Pläne. Da es ihm nicht gelungen war, die Schuld nachzuweisen, und er infolgedessen auch weiter im amtlichen Wege nichts erreichen konnte, mußte er sich ausschließlich aufs Bitten verlegen und die Beamten persönlich angehen. Es gab unter ihnen gewiß auch solche mit gutem, mitleidigem Herzen, dem sie zwar im Amt nicht nachgeben durften, wohl aber außerhalb des Amtes, wenn man zu gelegener Stunde sie überraschte.«

Hier unterbrach K., der bisher ganz versunken Olga zugehört hatte, die Erzählung mit der Frage: »Und du hältst das nicht für richtig?« Zwar mußte ihm die weitere Erzählung darauf Antwort geben, aber er wollte es gleich wissen.

»Nein«, sagte Olga, »von Mitleid oder dergleichen kann gar nicht die Rede sein. So jung und unerfahren wir auch waren, das wußten wir, und auch der Vater wußte es natürlich, aber er hatte es vergessen, dieses, wie das allermeiste. Er hatte sich den Plan zurechtgelegt, in der Nähe des Schlosses auf der Landstraße, dort wo die Wagen der Beamten vorüberfuhren, sich aufzustellen und, wenn es irgendwie ging, seine Bitte um Verzeihung vorzubringen. Aufrichtig gesagt, ein Plan ohne allen Verstand, selbst wenn das Unmögliche geschehen wäre und die Bitte wirklich bis zum Ohr eines Beamten gekommen wäre. Kann denn ein einzelner Beamter verzeihen? Das könnte doch höchstens Sache der Gesamtbehörde sein, aber selbst diese kann wahrscheinlich nicht verzeihen, sondern nur richten. Aber kann denn überhaupt ein Beamter, selbst wenn er aussteigen und mit der Sache sich befassen wollte, nach dem, was der Vater, der arme, müde, gealterte Mann, ihm vormurmelt, sich ein Bild von der Sache machen? Die Beamten sind sehr gebildet, aber doch nur einseitig, in seinem Fach durchschaut ein Beamter auf ein Wort hin gleich ganze Gedankenreihen, aber Dinge aus einer anderen Abteilung kann man ihm stundenlang erklären, er wird vielleicht höflich nicken, aber kein Wort verstehen. Das ist ja alles selbstverständlich; man suche doch nur selbst die kleinen amtlichen Angelegenheiten, die einen selbst betreffen, winziges Zeug, das ein Beamter mit einem Achselzucken erledigt, man suche nur dieses bis auf den Grund zu verstehen, und man wird ein ganzes Leben zu tun haben und nicht zu Ende kommen. Aber wenn der Vater an einen zuständigen Beamten geraten wäre, so kann doch dieser ohne Vorakten nichts erledigen und insbesondere nicht auf der Landstraße, er kann eben nicht verzeihen, sondern nur amtlich erledigen und zu diesem Zweck wieder nur auf den Amtsweg verweisen, aber auf diesem etwas zu erreichen, war ja dem Vater schon völlig mißlungen. Wie weit mußte es schon mit dem

Vater gekommen sein, daß er mit diesem neuen Plan irgendwie durchdringen wollte! Wenn irgendeine Möglichkeit solcher Art auch nur im entferntesten bestünde, müßte es ja dort auf der Landstraße von Bittgängern wimmeln, aber da es sich hier um eine Unmöglichkeit handelt, welche einem schon die elementarste Schulbildung einprägt, ist es dort völlig leer. Vielleicht bestärkte auch das den Vater in seiner Hoffnung, er nährte sie von überallher. Es war hier auch sehr nötig; ein gesunder Verstand mußte sich ja gar nicht in jene großen Überlegungen einlassen, er mußte schon im Äußerlichsten die Unmöglichkeit klar erkennen. Wenn die Beamten ins Dorf fahren oder zurück ins Schloß, so sind das doch keine Lustfahrten, in Dorf und Schloß wartet Arbeit auf sie, daher fahren sie im schärfsten Tempo. Es fällt ihnen auch nicht ein, aus dem Wagenfenster zu schauen und draußen Gesuchsteller zu suchen, sondern die Wagen sind vollgepackt mit Akten, welche die Beamten studieren.«

»Ich habe aber«, sagte K., »das Innere eines Beamtenschlittens gesehen, in welchem keine Akten waren.« In der Erzählung Olgas eröffnete sich ihm eine so große, fast unglaubwürdige Welt, daß er es sich nicht versagen konnte, mit seinen kleinen Erlebnissen an sie zu rühren, um sich ebenso von ihrem Dasein als auch von dem eigenen deutlicher zu überzeugen.

»Das ist möglich«, sagte Olga, »dann ist es aber noch schlimmer, dann hat der Beamte so wichtige Angelegenheiten, daß die Akten zu kostbar oder zu umfangreich sind, um mitgenommen werden zu können, solche Beamte lassen dann Galopp fahren. Jedenfalls, für den Vater kann keiner Zeit erübrigen. Und außerdem: Es gibt mehrere Zufahrten ins Schloß. Einmal ist die eine in Mode, dann fahren die meisten dort, einmal eine andere, dann drängt sich alles hin. Nach welchen Regeln dieser Wechsel stattfindet, ist noch nicht herausgefunden worden. Einmal um acht Uhr morgens fahren alle auf einer anderen, zehn Minuten später wieder auf einer dritten, eine halbe Stunde später vielleicht wieder auf der ersten, und dort bleibt es dann den ganzen Tag, aber jeden Augenblick besteht die Möglichkeit einer Änderung. Zwar vereinigen sich in der Nähe des Dorfes alle Zufahrtsstraßen, aber dort rasen schon alle Wagen, während in der Schloßnähe das Tempo noch ein wenig gemäßigter ist. Aber so wie die Ausfahrordnung hinsichtlich der Straßen unregelmäßig und nicht zu durchschauen ist, so ist es auch mit der Zahl der Wagen. Es gibt ja oft Tage, wo gar kein Wagen zu sehen ist; dann aber fahren sie wieder in Mengen. Und allem diesem gegenüber stell dir nun unseren Vater vor. In seinem besten Anzug – bald ist es sein einziger – zieht er jeden Morgen, von unseren Segenswünschen begleitet, aus dem Haus. Ein kleines Abzeichen der Feuerwehr, das er eigentlich zu Unrecht erhalten hat, nimmt er mit, um es außerhalb des Dorfes anzustecken, im Dorf selbst fürchtet er, es zu zeigen, obwohl es so klein ist, daß man es auf zwei Schritte Entfernung kaum sieht, aber nach des Vaters Meinung soll es sogar geeignet sein, die vorüberfahrenden Beamten auf ihn aufmerksam zu machen. Nicht weit vom Zugang zum Schloß ist eine Handelsgärtnerei, sie gehört einem gewissen Bertuch, er liefert Gemüse ins Schloß, dort auf dem schmalen Steinpostament des Gartengitters wählte sich der Vater einen Platz. Bertuch duldete es, weil er früher mit dem Vater befreundet gewesen war und auch zu seinen treuesten Kundschaften gehört hatte, er hat nämlich einen ein wenig verkrüppelten Fuß und glaubte, nur der Vater sei imstande, ihm einen passenden Stiefel zu machen. Dort saß nun der Vater Tag für Tag, es war ein trüber, regnerischer Herbst, aber das Wetter war ihm völlig gleichgültig; morgens zu bestimmter Stunde hatte er die Hand an der Klinke und winkte uns zum Abschied zu, abends kam er – es schien, als werde er täglich gebückter – völlig durchnäßt zurück und warf sich in eine Ecke. Zuerst erzählte er uns von seinen kleinen Erlebnissen, etwa, daß ihm Bertuch aus Mitleid und alter Freundschaft eine Decke über das Gitter geworfen hatte oder daß er in einem vorüberfahrenden Wagen den oder jenen Beamten zu erkennen geglaubt habe oder daß wieder ihn schon hie und da ein Kutscher erkenne und zum Scherz mit dem Peitschenriemen streife. Später hörte er dann auf, diese Dinge zu erzählen, offenbar hoffte er nicht mehr, auch nur irgend etwas dort zu erreichen, er hielt es schon nur für seine Pflicht, seinen öden Beruf hinzugeben und dort den Tag zu verbringen. Damals begannen seine rheumatischen Schmerzen, der Winter näherte sich, es kam früher Schneefall, bei uns fängt der Winter sehr bald an; nun, und so saß er dort einmal auf den regennassen Steinen, dann wieder im Schnee. In der Nacht seufzte er vor Schmerzen, morgens war er manchmal unsicher, ob er gehen sollte, überwand sich dann aber doch und ging. Die Mutter hängte sich an ihn und wollte ihn nicht fortlassen; er, wahrscheinlich furchtsam geworden infolge der nicht mehr gehorsamen Glieder, erlaubte ihr mitzugehen, so wurde auch die Mutter von den Schmerzen gepackt. Wir waren oft bei ihnen, brachten Essen oder kamen nur zu Besuch oder wollten sie zur Rückkehr nach Hause überreden; wie oft fanden wir sie dort zusammengesunken und aneinanderlehnend auf ihrem schmalen Sitz, gekauert in eine dünne Decke, die sie kaum umschloß, ringsherum nichts als das Grau von Schnee und Nebel und weit und breit und tagelang kein Mensch oder Wagen, ein Anblick, K., ein Anblick! Bis dann eines Morgens der Vater die steifen Beine nicht mehr aus dem Bett brachte, es war trostlos, in einer leichten Fieberphantasie glaubte er zu sehen, wie eben jetzt oben bei Bertuch ein Wagen haltmachte, ein Beamter ausstieg, das Gitter nach dem Vater absuchte und kopfschüttelnd und ärgerlich wieder in den Wagen zurückkehrte. Der Vater stieß dabei solche Schreie aus, daß es war, als wolle er sich von hier aus dem Beamten oben bemerkbar machen und erklären, wie unverschuldet seine Abwesenheit sei. Und es wurde eine lange Abwesenheit, er kehrte gar nicht mehr dorthin zurück, wochenlang mußte er im Bett bleiben. Amalia übernahm die Bedienung, die Pflege, die Behandlung, alles, und hat es mit Pausen eigentlich bis heute behalten. Sie kennt Heilkräuter, welche die Schmerzen beruhigen, sie braucht fast keinen Schlaf, sie erschrickt nie, fürchtet nichts, hat niemals Ungeduld, sie leistet alle Arbeit für die Eltern; während wir aber, ohne etwas helfen zu können, unruhig umherflatterten, blieb sie bei allem kühl und still. Als dann aber das Schlimmste vorüber war und der Vater, vorsichtig und rechts und links gestützt, wieder aus dem Bett sich herausarbeiten konnte, zog sich Amalia gleich zurück und überließ ihn uns.«

»Nun galt es, wieder irgendeine Beschäftigung für den Vater zu finden, für die er noch fähig war, irgend etwas, was ihn zumindest in dem Glauben erhielt, daß es dazu diene, die Schuld von der Familie abzuwälzen. Etwas Derartiges zu finden war nicht schwer, so zweckdienlich wie das Sitzen vor Bertuchs Garten war im Grunde alles, aber ich fand etwas, was sogar mir einige Hoffnung gab. Wann immer bei Ämtern oder Schreibern oder sonstwo von unserer Schuld die Rede gewesen war, war immer wieder nur die Beleidigung des Sortinischen Boten erwähnt worden, weiter wagte niemand zu dringen. Nun, sagte ich mir, wenn die allgemeine Meinung, sei es auch nur scheinbar, nur von der Botenbeleidigung weiß, ließe sich, sei es auch wieder nur scheinbar, alles wiedergutmachen, wenn man den Boten versöhnen könnte. Es ist ja keine Anzeige eingelaufen, wie man erklärt, noch kein Amt hat also die Sache in der Hand, und es steht demnach dem Boten frei, für seine Person, und um mehr handelt es sich nicht, zu verzeihen. Das alles konnte ja keine entscheidende Bedeutung haben, war nur Schein und konnte wieder nichts anderes ergeben, aber dem Vater würde es doch Freude machen, und die vielen Auskunftgeber, die ihn so gequält hatten, könnte man damit vielleicht zu seiner Genugtuung ein wenig in die Enge treiben. Zuerst mußte man freilich den Boten finden. Als ich meinen Plan dem Vater erzählte, wurde er zuerst sehr ärgerlich, er war nämlich äußerst eigensinnig geworden, zum Teil glaubte er – während der Krankheit hatte sich das entwickelt –, daß wir ihn immer am letzten Erfolg gehindert hätten: zuerst durch Einstellung der Geldunterstützung, jetzt durch Zurückhalten im Bett, zum Teil war er gar nicht mehr fähig, fremde Gedanken völlig aufzunehmen. Ich hatte noch nicht zu Ende erzählt, schon war mein Plan verworfen; nach seiner Meinung mußte er bei Bertuchs Garten weiter warten, und da er gewiß nicht mehr imstande sein würde, täglich hinaufzugehen, müßten wir ihn im Handkarren hinbringen. Aber ich ließ nicht ab, und allmählich söhnte er sich mit dem Gedanken aus, störend war ihm dabei nur, daß er in dieser Sache ganz von mir abhängig war, denn nur ich hatte damals den Boten gesehen, er kannte ihn nicht. Freilich, ein Diener gleicht dem anderen, und völlig sicher dessen, daß ich jenen wiedererkennen würde, war auch ich nicht. Wir begannen dann, in den Herrenhof zu gehen und unter der Dienerschaft dort zu suchen. Es war zwar ein Diener Sortinis gewesen, und Sortini kam nicht mehr ins Dorf, aber die Herren wechselten häufig die Diener, man konnte ihn recht wohl in der Gruppe eines anderen Herrn finden, und wenn er selbst nicht zu finden war, so konnte man doch vielleicht von den anderen Dienern Nachricht über ihn bekommen. Zu diesem Zweck mußte man allerdings allabendlich im Herrenhof sein, und man sah uns nirgends gern, wie erst an einem solchen Ort; als zahlende Gäste konnten wir ja auch nicht auftreten. Aber es zeigte sich, daß man uns doch brauchen konnte; du weißt wohl, was für eine Plage die Dienerschaft für Frieda war, es sind im Grunde meist ruhige Leute, durch leichten Dienst verwöhnt und schwerfällig gemacht. ›Es möge dir gehen wie einem Diener‹ heißt ein Segensspruch der Beamten, und tatsächlich sollen, was Wohlleben betrifft, die Diener die eigentlichen Herren im Schloß sein, sie wissen das auch zu würdigen und sind im Schloß, wo sie sich unter seinen Gesetzen bewegen, still und würdig – vielfach ist mir das bestätigt worden – und man findet auch hier unter den Dienern noch Reste dessen, aber nur Reste, sonst sind sie dadurch, daß die Schloßgesetze für sie im Dorf nicht mehr vollständig gelten, wie verwandelt; ein wildes, unbotmäßiges, statt von den Gesetzen von ihren unersättlichen Trieben beherrschtes Volk. Ihre Schamlosigkeit kennt keine Grenzen, ein Glück für das Dorf, daß sie den Herrenhof nur über Befehl verlassen dürfen, im Herrenhof selbst aber muß man mit ihnen auszukommen suchen; Frieda nun fiel das sehr schwer, und so war es ihr sehr willkommen, daß sie mich dazu verwenden konnte, die Diener zu beruhigen; seit mehr als zwei Jahren, zumindest zweimal in der Woche, verbringe ich die Nacht mit den Dienern im Stall. Früher, als der Vater noch in den Herrenhof mitgehen konnte, schlief er irgendwo im Ausschankzimmer und wartete so auf die Nachrichten, die ich früh bringen würde. Es war wenig. Den gesuchten Boten haben wir bis heute noch nicht gefunden, er soll noch immer in den Diensten Sortinis sein, der ihn sehr hochschätzt, und soll ihm gefolgt sein, als sich Sortini in entferntere Kanzleien zurückzog. Meist haben ihn die Diener ebensolange nicht gesehen wie wir, und wenn einer ihn inzwischen doch gesehen haben will, ist es wohl ein Irrtum. So wäre also mein Plan eigentlich mißlungen und ist es doch nicht völlig, den Boten haben wir zwar nicht gefunden, und dem Vater haben die Wege in den Herrenhof und die Übernachtungen dort, vielleicht sogar das Mitleid mit mir, soweit er dessen noch fähig ist, leider den Rest gegeben, und er ist schon seit fast zwei Jahren in diesem Zustand, in dem du ihn gesehen hast, und dabei geht es ihm vielleicht noch besser als der Mutter, deren Ende wir täglich erwarten und das sich nur dank der übermäßigen Anstrengung Amalias verzögert. Was ich aber doch im Herrenhof erreicht habe, ist eine gewisse Verbindung mit dem Schloß; verachte mich nicht, wenn ich sage, daß ich das, was ich getan habe, nicht bereue. Was mag das für eine große Verbindung mit dem Schloß sein, wirst du dir vielleicht denken. Und du hast recht; eine große Verbindung ist es nicht. Ich kenne jetzt zwar viele Diener, die Diener aller der Herren fast, die in den letzten Jahren ins Dorf kamen, und wenn ich einmal ins Schloß kommen sollte, so werde ich dort nicht fremd sein. Freilich, es sind nur Diener im Dorf, im Schloß sind sie ganz anders und erkennen dort wahrscheinlich niemand mehr und jemanden, mit dem sie im Dorf verkehrt haben, ganz besonders nicht, mögen sie es auch im Stall hundertmal beschworen haben, daß sie sich auf ein Wiedersehen im Schloß sehr freuen. Ich habe es ja übrigens auch schon erfahren, wie wenig allen solche Versprechungen bedeuten. Aber das Wichtigste ist das ja gar nicht. Nicht nur durch die Diener selbst habe ich eine Verbindung mit dem Schloß, sondern vielleicht und hoffentlich auch noch so, daß jemand, der von oben mich und was ich tue beobachtet – und die Verwaltung der großen Dienerschaft ist freilich ein äußerst wichtiger und sorgenvoller Teil der behördlichen Arbeit –, daß dann derjenige, der mich so beobachtet, vielleicht zu einem milderen Urteil über mich kommt als andere, daß er vielleicht erkennt, daß ich in einer jämmerlichen Art zwar, doch auch für unsere Familie kämpfe und die Bemühungen des Vaters fortsetze.

Wenn man es so ansieht, vielleicht wird man es mir dann auch verzeihen, daß ich von den Dienern Geld annehme und für unsere Familie verwende. Und noch anderes habe ich erreicht, das allerdings machst auch du zu meiner Schuld. Ich habe von den Knechten manches darüber erfahren, wie man auf Umwegen, ohne das schwierige und jahrelang dauernde öffentliche Aufnahmeverfahren in die Schloßdienste kommen kann, man ist dann zwar auch nicht öffentlicher Angestellter, sondern nur ein heimlich und halb Zugelassener, man hat weder Rechte noch Pflichten, daß man keine Pflichten hat, das ist das Schlimmere, aber eines hat man, da man doch in der Nähe bei allem ist: Man kann günstige Gelegenheiten erkennen und benützen, man ist kein Angestellter, aber zufällig kann sich irgendeine Arbeit finden, ein Angestellter ist gerade nicht bei der Hand, ein Zuruf, man eilt herbei, und was man vor einem Augenblick noch nicht war, man ist es geworden, ist Angestellter. Allerdings, wann findet sich eine solche Gelegenheit? Manchmal gleich, kaum ist man hineingekommen, kaum hat man sich umgesehen, ist die Gelegenheit schon da, es hat nicht einmal jeder die Geistesgegenwart, sie so, als Neuling, gleich zu fassen, aber ein anderes Mal dauert es wieder mehr Jahre als das öffentliche Aufnahmeverfahren, und regelrecht öffentlich aufgenommen kann ein solcher Halbzugelassener gar nicht mehr werden. Bedenken sind hier also genug; sie schweigen aber dem gegenüber, daß bei der öffentlichen Aufnahme sehr peinlich ausgewählt wird und ein Mitglied einer irgendwie anrüchigen Familie von vornherein verworfen ist, ein solcher unterzieht sich zum Beispiel diesem Verfahren, zittert jahrelang wegen des Ergebnisses, von allen Seiten fragt man ihn erstaunt, seit dem ersten Tag, wie er etwas derartig Aussichtsloses wagen konnte, er hofft aber doch, wie könnte er sonst leben; aber nach vielen Jahren, vielleicht als Greis, erfährt er die Ablehnung, erfährt, daß alles verloren ist und sein Leben vergeblich war. Auch hier gibt es freilich Ausnahmen, darum wird man eben so leicht verlockt. Es kommt vor, daß gerade anrüchige Leute schließlich aufgenommen werden, es gibt Beamte, welche förmlich gegen ihren Willen den Geruch solchen Wildes lieben, bei den Aufnahmeprüfungen schnuppern sie in der Luft, verziehen den Mund, verdrehen die Augen, ein solcher Mann scheint für sie gewissermaßen ungeheuer appetitanreizend zu sein, und sie müssen sich sehr fest an die Gesetzbücher halten, um dem widerstehen zu können. Manchmal hilft das allerdings dem Mann nicht zur Aufnahme, sondern nur zur endlosen Ausdehnung des Aufnahmeverfahrens, das dann überhaupt nicht beendet, sondern nach dem Tode des Mannes nur abgebrochen wird. So ist also sowohl die gesetzmäßige Aufnahme als auch die andere voll offener und versteckter Schwierigkeiten, und ehe man sich auf etwas Derartiges einläßt, ist es sehr ratsam, alles genau zu erwägen. Nun, daran haben wir es nicht fehlen lassen, Barnabas und ich. Immer, wenn ich aus dem Herrenhof kam, setzten wir uns zusammen, ich erzählte das Neueste, was ich erfahren hatte, tagelang sprachen wir es durch, und die Arbeit in des Barnabas Hand ruhte oft länger, als es gut war. Und hier mag ich eine Schuld in deinem Sinne haben. Ich wußte doch, daß auf die Erzählungen der Knechte nicht viel Verlaß war. Ich wußte, daß sie niemals Lust hatten, mir vom Schloß zu erzählen, immer zu anderem ablenkten, jedes Wort sich abbetteln ließen, dann aber freilich, wenn sie in Gang waren, loslegten, Unsinn schwatzten, großtaten, einander in Übertreibungen und Erfindungen überboten, so daß offenbar in dem endlosen Geschrei, in welchem einer den anderen ablöste, dort im dunklen Stalle bestenfalls ein paar magere Andeutungen der Wahrheit enthalten sein mochten. Ich aber erzählte dem Barnabas alles wieder, so wie ich es mir gemerkt hatte, und er, der noch gar keine Fähigkeit hatte, zwischen Wahrem und Erlogenem zu unterscheiden und infolge der Lage unserer Familie fast verdurstete vor Verlangen nach diesen Dingen, er trank alles in sich hinein und glühte vor Eifer nach Weiterem. Und tatsächlich ruhte auf Barnabas mein neuer Plan. Bei den Knechten war nichts mehr zu erreichen. Der Bote Sortinis war nicht zu finden und würde niemals zu finden sein, immer weiter schien sich Sortini und damit auch der Bote zurückzuziehen, oft geriet ihr Aussehen und Name schon in Vergessenheit, und ich mußte sie oft lange beschreiben, um damit nichts zu erreichen, als daß man sich mühsam an sie erinnerte, aber darüber hinaus nichts über sie sagen konnte. Und was mein Leben mit den Knechten betraf, so hatte ich natürlich keinen Einfluß darauf, wie es beurteilt wurde, konnte nur hoffen, daß man es so aufnehmen würde, wie es getan war, und daß dafür ein Geringes von der Schuld unserer Familie abgezogen würde, aber äußere Zeichen dessen bekam ich nicht. Doch blieb ich dabei, da ich für mich keine andere Möglichkeit sah, im Schloß etwas für uns zu bewirken. Für Barnabas aber sah ich eine solche Möglichkeit. Aus den Erzählungen der Knechte konnte ich, wenn ich dazu Lust hatte, und diese Lust hatte ich in Fülle, entnehmen, daß jemand, der in Schloßdienste aufgenommen ist, sehr viel für seine Familie erreichen kann. Freilich, was war an diesen Erzählungen Glaubwürdiges? Das war unmöglich festzustellen, nur daß es sehr wenig war, war klar. Denn wenn mir zum Beispiel ein Knecht, den ich niemals mehr sehen würde oder den ich, wenn ich ihn auch sehen sollte, kaum wiedererkennen würde, feierlich zusicherte, meinem Bruder zu einer Anstellung im Schloß zu verhelfen oder zumindest, wenn Barnabas sonstwie ins Schloß kommen sollte, ihn zu unterstützen, also etwa ihn zu erfrischen – denn nach den Erzählungen der Knechte kommt es vor, daß Anwärter für Stellungen während der überlangen Wartezeit ohnmächtig oder verwirrt werden und dann verloren sind, wenn nicht Freunde für sie sorgen –, wenn solches und vieles andere mir erzählt wurde, so waren das wahrscheinlich berechtigte Warnungen, aber die zugehörigen Versprechungen waren völlig leer. Für Barnabas nicht; zwar warnte ich ihn, ihnen zu glauben, aber schon, daß ich sie ihm erzählte, war genügend, um ihn für meine Pläne einzunehmen. Was ich selbst dafür anführte, wirkte auf ihn weniger, auf ihn wirkten hauptsächlich die Erzählungen der Knechte. Und so war ich eigentlich gänzlich auf mich allein angewiesen, mit den Eltern konnte sich überhaupt niemand außer Amalia verständigen, je mehr ich die alten Pläne meines Vaters in meiner Art verfolgte, desto mehr schloß sich Amalia vor mir ab, vor dir oder anderen spricht sie mit mir, allein niemals mehr, den Knechten im Herrenhof war ich ein Spielzeug, das zu zerbrechen sie sich wütend anstrengten, kein einziges vertrauliches Wort habe ich während der zwei Jahre mit einem von ihnen gesprochen, nur Hinterhältiges oder Erlogenes oder Irrsinniges, blieb mir also nur Barnabas, und Barnabas war noch sehr jung. Wenn ich bei meinen Berichten den Glanz in seinen Augen sah, den er seitdem behalten hat, erschrak ich und ließ doch nicht ab, zu Großes schien mir auf dem Spiel zu sein. Freilich, die großen, wenn auch leeren Pläne meines Vaters hatte ich nicht, ich hatte nicht diese Entschlossenheit der Männer, ich blieb bei der Wiedergutmachung der Beleidigung des Boten und wollte gar noch, daß man mir diese Bescheidenheit als Verdienst anrechne. Aber was mir allein mißlungen war, wollte ich jetzt durch Barnabas anders und sicher erreichen. Einen Boten hatten wir beleidigt und ihn aus den vorderen Kanzleien verscheucht; was lag näher, als in der Person des Barnabas einen neuen Boten anzubieten, durch Barnabas die Arbeit des beleidigten Boten ausführen zu lassen und dem Beleidigten es so zu ermöglichen, ruhig in der Ferne zu bleiben, wie lange er wollte, wie lange er es zum Vergessen der Beleidigung brauchte. Ich merkte zwar gut, daß in aller Bescheidenheit dieses Planes auch Anmaßung lag, daß es den Eindruck erwecken konnte, als ob wir der Behörde diktieren wollten, wie sie Personalfragen ordnen sollte, oder als ob wir daran zweifelten, daß die Behörde aus eigenem das Beste anzuordnen fähig war und es sogar schon längst angeordnet hatte, ehe wir nur auf den Gedanken gekommen waren, daß hier etwas getan werden könnte. Doch glaubte ich dann wieder, daß es unmöglich sei, daß mich die Behörde so mißverstehe oder daß sie, wenn sie es tun sollte, es dann mit Absicht tun würde, das heißt, daß dann von vornherein ohne nähere Untersuchung alles, was ich tue, verworfen sei. So ließ ich also nicht ab, und der Ehrgeiz des Barnabas tat das seine. In dieser Zeit der Vorbereitungen wurde Barnabas so hochmütig, daß er die Schusterarbeit für sich, den künftigen Kanzleiangestellten, zu schmutzig fand; ja, daß er es sogar wagte, Amalia, wenn sie ihm, selten genug, ein Wort sagte, zu widersprechen, und zwar grundsätzlich. Ich gönnte ihm gern diese kurze Freude, denn mit dem ersten Tag, an welchem er ins Schloß ging, war Freude und Hochmut, wie es leicht vorauszusehen gewesen war, gleich vorüber. Es begann nun jener scheinbare Dienst, von dem ich dir schon erzählt habe. Erstaunlich war es, wie Barnabas ohne Schwierigkeiten zum erstenmal das Schloß oder richtiger jene Kanzlei betrat, die sozusagen sein Arbeitsraum geworden ist. Dieser Erfolg machte mich damals fast toll, ich lief, als es mir Barnabas abends beim Nachhausekommen zuflüsterte, zu Amalia, packte sie, drückte sie in eine Ecke und küßte sie mit Lippen und Zähnen, daß sie vor Schmerz und Schrecken weinte. Sagen konnte ich vor Erregung nichts, auch hatten wir ja schon so lange nicht miteinander gesprochen, ich verschob es auf die nächsten Tage. An den nächsten Tagen aber war freilich nichts mehr zu sagen. Bei dem so schnell Erreichten blieb es auch. Zwei Jahre lang führte Barnabas dieses einförmige, herzbeklemmende Leben. Die Knechte versagten gänzlich, ich gab Barnabas einen kleinen Brief mit, in dem ich ihn der Aufmerksamkeit der Knechte empfahl, die ich gleichzeitig an ihre Versprechungen erinnerte, und Barnabas, sooft er einen Knecht sah, zog den Brief heraus und hielt ihn ihm vor, und wenn er auch wohl manchmal an Knechte geriet, die mich nicht kannten, und wenn auch für die Bekannten seine Art, den Brief stumm vorzuzeigen – denn zu sprechen wagte er oben nicht –, ärgerlich war, so war es doch schändlich, daß niemand ihm half, und es war eine Erlösung, die wir aus eigenem uns freilich auch und längst hätten verschaffen können, als ein Knecht, dem vielleicht der Brief schon einige Male aufgedrängt worden war, ihn zusammenknüllte und in einen Papierkorb warf. Fast hätte er dabei, so fiel mir ein, sagen können: ›Ähnlich pflegt ja auch ihr Briefe zu behandeln.‹ So ergebnislos aber diese ganze Zeit sonst war, auf Barnabas wirkte sie günstig, wenn man es günstig nennen will, daß er vorzeitig alterte, vorzeitig ein Mann wurde; ja, in manchem ernst und einsichtig über die Mannheit hinaus. Mich macht es oft sehr traurig, ihn anzusehen und ihn mit dem Jungen zu vergleichen, der er noch vor zwei Jahren war. Und dabei habe ich gar nicht den Trost und Rückhalt, den er mir als Mann vielleicht geben könnte. Ohne mich wäre er kaum ins Schloß gekommen, aber seit er dort ist, ist er von mir unabhängig. Ich bin seine einzige Vertraute, aber er erzählt mir gewiß nur einen kleinen Teil dessen, was er auf dem Herzen hat. Er erzählt mir viel vom Schloß, aber aus seinen Erzählungen, aus den kleinen Tatsachen, die er mitteilt, kann man bei weitem nicht verstehen, wie ihn dieses so verwandelt haben könnte. Man kann insbesondere nicht verstehen, warum er den Mut, den er als Junge bis zu unser aller Verzweiflung hatte, jetzt als Mann dort oben so gänzlich verloren hat. Freilich, dieses nutzlose Dastehen und Warten Tag für Tag und immer wieder von neuem und ohne jede Aussicht auf Veränderung, das zermürbt und macht zweiflerisch und schließlich zu anderem als zu diesem verzweifelten Dastehen sogar unfähig. Aber warum hat er auch früher gar keinen Widerstand geleistet? Besonders, da er bald erkannte, daß ich recht gehabt hatte und für den Ehrgeiz dort nichts zu holen war, wohl aber vielleicht für die Besserung der Lage unserer Familie. Denn dort geht alles – die Launen der Diener ausgenommen – sehr bescheiden zu, der Ehrgeiz sucht dort in der Arbeit Befriedigung, und da dabei die Sache selbst das Übergewicht bekommt, verliert er sich gänzlich, für kindliche Wünsche ist dort kein Raum. Wohl aber glaubte Barnabas, wie er mir erzählte, deutlich zu sehen, wie groß die Macht und das Wissen selbst dieser doch recht fragwürdigen Beamten war, in deren Zimmer er sein durfte. Wie sie diktierten, schnell, mit halbgeschlossenen Augen, kurzen Handbewegungen, wie sie nur mit dem Zeigefinger ohne jedes Wort die brummigen Diener abfertigten, die, in solchen Augenblicken schwer atmend, glücklich lächelten, oder wie sie eine wichtige Stelle in ihren Büchern fanden, voll darauf schlugen, und wie die anderen, soweit es in der Enge möglich war, herbeiliefen und die Hälse danach streckten. Das und ähnliches gab Barnabas große Vorstellungen von diesen Männern, und er hatte den Eindruck, daß, wenn er so weit käme, von ihnen bemerkt zu werden und mit ihnen ein paar Worte sprechen zu dürfen – nicht als Fremder, sondern als Kanzleikollege, allerdings untergeordneter Art –, Unabsehbares für unsere Familie erreicht werden könnte. Aber so weit ist es eben noch nicht gekommen, und etwas, was ihn dem annähern könnte, wagt Barnabas nicht zu tun, obwohl er schon genau weiß, daß er trotz seiner Jugend innerhalb unserer Familie durch die unglücklichen Verhältnisse zu der verantwortungsschweren Stellung des Familienvaters selbst hinaufgerückt ist. Und nun, um das letzte noch zu gestehen: Vor einer Woche bist du gekommen. Ich hörte im Herrenhof jemanden es erwähnen, kümmerte mich aber nicht darum; ein Landvermesser war gekommen; ich wußte nicht einmal, was das ist. Aber am nächsten

Abend kommt Barnabas – ich pflegte ihm sonst zu bestimmter Stunde ein Stück Weges entgegenzugehen – früher als sonst nach Hause, sieht Amalia in der Stube, zieht mich deshalb auf die Straße hinaus, drückt dort das Gesicht auf meine Schulter und weint minutenlang. Er ist wieder der kleine Junge von ehemals. Es ist ihm etwas geschehen, dem er nicht gewachsen ist. Es ist, als hätte sich vor ihm plötzlich eine ganz neue Welt aufgetan, und das Glück und die Sorgen aller dieser Neuheit kann er nicht ertragen. Und dabei ist ihm nichts anderes geschehen, als daß er einen Brief an dich zur Bestellung bekommen hat. Aber es ist freilich der erste Brief, die erste Arbeit, die er überhaupt je bekommen hat.«

Olga brach ab. Es war still, bis auf das schwere, manchmal röchelnde Atmen der Eltern. K. sagte nur leichthin, wie zur Ergänzung von Olgas Erzählung: »Ihr habt euch mir gegenüber verstellt. Barnabas überbrachte den Brief wie ein alter, vielbeschäftigter Bote, und du ebenso wie Amalia, die diesmal also mit euch einig war, tatet so, als sei der Botendienst und die Briefe nur irgendein Nebenbei.« – »Du mußt zwischen uns unterscheiden«, sagte Olga. »Barnabas ist durch die zwei Briefe wieder ein glückliches Kind geworden, trotz allen Zweifeln, die er an seiner Tätigkeit hat. Diese Zweifel hat er nur für sich und mich; dir gegenüber aber sucht er seine Ehre darin, als wirklicher Bote aufzutreten, so wie seiner Vorstellung nach wirkliche Boten auftreten. So mußte ich ihm zum Beispiel, obwohl doch jetzt seine Hoffnung auf einen Amtsanzug steigt, binnen zwei Stunden seine Hose so ändern, daß sie der enganliegenden Hose des Amtskleides wenigstens ähnlich ist und er darin vor dir, der du in dieser Hinsicht natürlich noch leicht zu täuschen bist, bestehen kann. Das ist Barnabas. Amalia aber mißachtet wirklich den Botendienst, und jetzt, nachdem er ein wenig Erfolg zu haben scheint, wie sie an Barnabas und mir und unserem Beisammensitzen und Tuscheln leicht erkennen kann, jetzt mißachtet sie ihn noch mehr als früher. Sie spricht also die Wahrheit, laß dich niemals täuschen, indem du daran zweifelst. Wenn aber ich, K., manchmal den Botendienst herabgewürdigt habe, so geschah es nicht mit der Absicht, dich zu täuschen, sondern aus Angst. Diese zwei Briefe, die durch des Barnabas Hand bisher gegangen sind, sind seit drei Jahren das erste, allerdings noch genug zweifelhafte Gnadenzeichen, das unsere Familie bekommen hat. Diese Wendung, wenn es eine Wendung ist und keine Täuschung – Täuschungen sind häufiger als Wendungen –, ist mit deiner Ankunft hier im Zusammenhang, unser Schicksal ist in eine gewisse Abhängigkeit von dir geraten, vielleicht sind diese zwei Briefe nur ein Anfang, und des Barnabas Tätigkeit wird sich über den dich betreffenden Botendienst hinaus ausdehnen – das wollen wir hoffen, solange wir es dürfen –; vorläufig aber zielt alles nur auf dich ab. Dort oben nun müssen wir uns mit dem zufriedengeben, was man uns zuteilt, hier unten aber können wir doch vielleicht auch selbst etwas tun, das ist: deine Gunst uns sichern oder wenigstens vor deiner Abneigung uns bewahren oder, was das Wichtigste ist, dich nach unseren Kräften und Erfahrungen schützen, damit dir die Verbindung mit dem Schloß – von der wir vielleicht leben könnten – nicht verlorengeht. Wie dies alles nun am besten einleiten? Daß du keinen Verdacht gegen uns faßt, wenn wir uns dir nähern, denn du bist hier fremd und deshalb gewiß nach allen Seiten hin voll Verdachtes, voll berechtigten Verdachtes. Außerdem sind wir ja verachtet und du von der allgemeinen Meinung beeinflußt, besonders durch deine Braut; wie sollen wir zu dir vordringen, ohne uns zum Beispiel, wenn wir es auch gar nicht beabsichtigen, gegen deine Braut zu stellen und dich damit zu kränken. Und die Botschaften, die ich, ehe du sie bekamst, genau gelesen habe – Barnabas hat sie nicht gelesen, als Bote hat er es sich nicht erlaubt –, schienen auf den ersten Blick nicht sehr wichtig, veraltet, nahmen sich selbst die Wichtigkeit, indem sie dich auf den Gemeindevorsteher verwiesen. Wie sollten wir uns in dieser Hinsicht dir gegenüber verhalten? Betonten wir ihre Wichtigkeit, machten wir uns verdächtig, daß wir so offenbar Unwichtiges überschätzten und als Überbringer dieser Nachrichten dir anpriesen, unsere Zwecke, nicht deine verfolgten, ja, wir konnten dadurch die Nachrichten selbst in deinen Augen herabsetzen und dich so, sehr wider Willen, täuschen. Legten wir aber den Briefen nicht viel Wert bei, machten wir uns ebenso verdächtig, denn warum beschäftigten wir uns dann mit dem Zustellen dieser unwichtigen Briefe, warum widersprachen einander unsere Handlungen und unsere Worte, warum täuschten wir so nicht nur dich, den Adressaten, sondern auch unseren Auftraggeber, der uns gewiß die Briefe nicht übergeben hatte, damit wir sie durch unsere Erklärungen beim Adressaten entwerteten. Und die Mitte zwischen den Übertreibungen zu halten, also die Briefe richtig zu beurteilen, ist ja unmöglich, sie wechseln selbst fortwährend ihren Wert, die Überlegungen, zu denen sie Anlaß geben, sind endlos, und wo man dabei gerade haltmacht, ist nur durch den Zufall bestimmt, also auch die Meinung eine zufällige. Und wenn nun noch die Angst um dich dazwischenkommt, verwirrt sich alles, du darfst meine Worte nicht zu streng beurteilen. Wenn zum Beispiel, wie es einmal geschehen ist, Barnabas mit der Nachricht kommt, daß du mit seinem Botendienst unzufrieden bist und er im ersten Schrecken und leider auch nicht ohne Botenempfindlichkeit sich angeboten hat, von diesem Dienst zurückzutreten, dann bin ich allerdings, um den Fehler gutzumachen, imstande, zu täuschen, zu lügen, zu betrügen, alles Böse zu tun, wenn es nur hilft. Aber das tue ich dann, wenigstens nach meinem Glauben, so gut deinetwegen wie unseretwegen.«

Es klopfte. Olga lief zur Tür und sperrte auf. In das Dunkel fiel ein Lichtstreifen aus einer Blendlaterne.

Der späte Besucher stellte flüsternde Fragen und bekam geflüsterte Antwort, wollte sich aber damit nicht begnügen und in die Stube eindringen. Olga konnte ihn wohl nicht mehr zurückhalten und rief deshalb Amalia, von der sie offenbar hoffte, daß diese, um den Schlaf der Eltern zu schützen, alles aufwenden werde, um den Besucher zu entfernen. Tatsächlich eilte sie auch schon herbei, schob Olga beiseite, trat auf die Straße und schloß hinter sich die Tür. Es dauerte nur einen Augenblick, gleich kam sie wieder zurück, so schnell hatte sie erreicht, was Olga unmöglich gewesen war.

K. erfuhr dann von Olga, daß der Besuch ihm gegolten hatte; es war einer der Gehilfen, der ihn im Auftrag Friedas suchte. Olga hatte K. vor dem Gehilfen schützen wollen, wenn K. seinen Besuch hier später Frieda gestehen wollte, mochte er es tun, aber es sollte nicht durch den Gehilfen entdeckt werden. K. billigte das. Das Angebot

Olgas aber, hier die Nacht zu verbringen und auf Barnabas zu warten, lehnte er ab; an und für sich hätte er es vielleicht angenommen, denn es war schon spät in der Nacht, und es schien ihm, daß er jetzt, ob er wolle oder nicht, mit dieser Familie derart verbunden sei, daß ein Nachtlager hier aus anderen Gründen vielleicht peinlich, mit Rücksicht auf diese Verbundenheit aber das für ihn Natürlichste im ganzen Dorf sei, trotzdem lehnte er ab, der Besuch des Gehilfen hatte ihn aufgeschreckt, es war ihm unverständlich, wie Frieda, die doch seinen Willen kannte, und die Gehilfen, die ihn fürchten gelernt hatten, wieder derart zusammengekommen waren, daß sich Frieda nicht scheute, einen Gehilfen um ihn zu schicken, einen übrigens nur, während der andere wohl bei ihr geblieben war. Er fragte Olga, ob sie eine Peitsche habe, die hatte sie nicht, aber eine gute Weidenrute hatte sie, die nahm er, dann fragte er, ob es noch einen zweiten Ausgang aus dem Haus gebe, es gab einen solchen Ausgang durch den Hof, nur mußte man dann noch über den Zaun des Nachbargartens klettern und durch diesen Garten gehen, ehe man auf die Straße kam. Das wollte K. tun. Während ihn Olga durch den Hof und zum Zaun führte, suchte K. sie schnell wegen ihrer Sorgen zu beruhigen, erklärte, daß er ihr wegen ihrer kleinen Kunstgriffe in der Erzählung gar nicht böse sei, sondern sie sehr wohl verstehe, dankte für das Vertrauen, das sie zu ihm hatte und durch ihre Erzählung bewiesen hatte, und trug ihr auf, Barnabas gleich nach seiner Rückkehr in die Schule zu schicken, und sei es noch in der Nacht. Zwar seien die Botschaften des Barnabas nicht seine einzige Hoffnung, sonst stünde es schlimm um ihn, aber verzichten wolle er keineswegs auf sie, er wolle sich an sie halten und dabei Olga nicht vergessen, denn noch wichtiger fast als die Botschaften sei ihm Olga selbst, ihre Tapferkeit, ihre Umsicht, ihre Klugheit, ihre Aufopferung für die Familie. Wenn er zwischen Olga und Amalia zu wählen hätte, würde ihn das nicht viel Überlegung kosten. Und er drückte ihr noch herzlich die Hand, während er sich schon auf den Zaun des Nachbargartens schwang.

DAS SECHZEHNTE KAPITEL

Als er dann auf der Straße war, sah er, soweit die trübe Nacht es erlaubte, weiter oben vor des Barnabas Haus noch immer den Gehilfen auf und ab gehen, manchmal blieb er stehen und versuchte, durch das verhängte Fenster in die Stube zu leuchten. K. rief ihn an; ohne sichtlich zu erschrecken, ließ er von dem Ausspionieren des Hauses ab und kam auf K. zu. »Wen suchst du?« fragte K. und prüfte am Schenkel die Biegsamkeit der Weidenrute. »Dich«, sagte der Gehilfe im Näherkommen. »Wer bist du denn?« sagte K. plötzlich, denn es schien nicht der Gehilfe zu sein. Er schien älter, müder, faltiger, aber voller im Gesicht, auch sein Gang war ganz anders als der flinke, in den Gelenken wie elektrisierte Gang der Gehilfen, er war langsam, ein wenig hinkend, vornehm kränklich. »Du erkennst mich nicht?« fragte der Mann. »Jeremias, dein alter Gehilfe.« – »So«, sagte K. und zog wieder die Weidenrute ein wenig hervor, die er schon hinter dem Rücken versteckt hatte. »Du siehst aber ganz anders aus.« – »Es ist, weil ich allein bin«, sagte Jeremias. »Bin ich allein, dann ist auch die fröhliche Jugend dahin.« – »Wo ist denn Artur?« fragte K. »Artur?« fragte Jeremias. »Der kleine Liebling? Er hat den Dienst verlassen. Du warst aber auch ein wenig grob und hart zu uns. Die zarte Seele hat es nicht ertragen. Er ist ins Schloß zurückgekehrt und führt Klage über dich.« – »Und du?« fragte K. »Ich konnte bleiben«, sagte Jeremias, »Artur führt die Klage auch für mich.« – »Worüber klagt ihr denn?« fragte K. »Darüber«, sagte Jeremias, »daß du keinen Spaß verstehst. Was haben wir denn getan? Ein wenig gescherzt, ein wenig gelacht, ein wenig deine Braut geneckt. Alles übrigens nach dem Auftrag. Als uns Galater zu dir schickte –« – »Galater?« fragte K. »Ja, Galater«, sagte Jeremias. »Er vertrat damals gerade Klamm. Als er uns zu dir schickte, sagte er – ich habe es mir genau gemerkt, denn darauf berufen wir uns ja –: ›Ihr geht hin als die Gehilfen des Landvermessers.‹ Wir sagten: ›Wir verstehen aber nichts von dieser Arbeit.‹ Er darauf. ›Das ist nicht das Wichtigste; wenn es nötig sein wird, wird er es euch beibringen. Das Wichtigste ist aber, daß ihr ihn ein wenig erheitert. Wie man mir berichtet, nimmt er alles sehr schwer. Er ist jetzt ins Dorf gekommen, und gleich ist ihm das ein großes Ereignis, während es doch in Wirklichkeit gar nichts ist. Das sollt ihr ihm beibringen.‹« – »Nun«, sagte K., »hat Galater recht gehabt und habt ihr den Auftrag ausgeführt?« – »Das weiß ich nicht«, sagte Jeremias. »In der kurzen Zeit war es wohl auch nicht möglich. Ich weiß nur, daß du sehr grob warst, und darüber klagen wir. Ich verstehe nicht, wie du, der du doch auch nur ein Angestellter bist und nicht einmal ein Schloßangestellter, nicht einsehen kannst, daß ein solcher Dienst eine harte Arbeit ist und daß es sehr unrecht ist, mutwillig, fast kindisch dem Arbeiter die Arbeit so zu erschweren, wie du es getan hast. Diese Rücksichtslosigkeit, mit der du uns am Gitter frieren ließest, oder wie du Artur, einen Menschen, den ein böses Wort tagelang schmerzt, mit der Faust auf der Matratze fast erschlagen hast oder wie du mich am Nachmittag kreuz und quer durch den Schnee jagtest, daß ich dann eine Stunde brauchte, um mich von der Hetze zu erholen. Ich bin doch nicht mehr jung!« – »Lieber Jeremias«, sagte K., »mit dem allem hast du recht, nur solltest du es bei Galater vorbringen. Er hat euch aus eigenem Willen geschickt, ich habe euch nicht von ihm erbeten. Und da ich euch nicht verlangt habe, konnte ich euch auch wieder zurückschicken und hätte es auch lieber in Frieden getan als mit Gewalt, aber ihr wolltet es offenbar nicht anders. Warum hast du übrigens nicht gleich, als ihr zu mir kamt, so offen gesprochen wie jetzt?« – »Weil ich im Dienst war«, sagte Jeremias, »das ist doch selbstverständlich.« – »Und jetzt bist du nicht mehr im Dienst?« fragte K. »Jetzt nicht mehr«, sagte Jeremias, »Artur hat im Schloß den Dienst aufgesagt, oder es ist zumindest das Verfahren im Gang, das uns von ihm endgültig befreien soll.« – »Aber du suchst mich doch noch so, als wärest du im Dienst«, sagte K. »Nein«, sagte Jeremias, »ich suche dich nur, um Frieda zu beruhigen. Als du sie nämlich wegen der Barnabasschen Mädchen verlassen hast, war sie sehr unglücklich, nicht so sehr wegen des Verlustes als wegen deines Verrates; allerdings hatte sie es schon lange kommen gesehen und schon viel deshalb gelitten. Ich kam gerade wieder einmal zum Schulfenster, um nachzusehen, ob du doch vielleicht schon vernünftiger geworden seist. Aber du warst nicht dort, nur Frieda saß in einer Schulbank und weinte. Da ging ich also zu ihr, und wir einigten uns. Es ist auch schon alles ausgeführt. Ich bin Zimmerkellner im Herrenhof, wenigstens solange meine Sache im Schloß nicht erledigt ist, und Frieda ist wieder im Ausschank. Es ist für Frieda besser. Es lag für sie keine Vernunft darin, deine Frau zu werden. Auch hast du das Opfer, das sie dir bringen wollte, nicht zu würdigen verstanden. Nun hat aber die Gute noch immer manchmal Bedenken, ob dir nicht Unrecht geschehen ist, ob du vielleicht doch nicht bei den Barnabasschen warst. Obwohl natürlich gar kein Zweifel darin sein konnte, wo du warst, bin ich doch noch gegangen, es ein für allemal festzustellen; denn nach all den Aufregungen verdient es Frieda endlich einmal, ruhig zu schlafen, ich allerdings auch. So bin ich also gegangen und habe nicht nur dich gefunden, sondern nebenbei auch noch sehen können, daß dir die Mädchen wie am Schnürchen folgen. Besonders die Schwarze, eine wahre Wildkatze, hat sich für dich eingesetzt. Nun, jeder nach seinem Geschmack. Jedenfalls aber war es nicht nötig, daß du den Umweg über den Nachbargarten gemacht hast, ich kenne den Weg.«

Nun war es also doch geschehen, was vorauszusehen, aber nicht zu verhindern gewesen war. Frieda hatte ihn verlassen. Es mußte nichts Endgültiges sein, so schlimm war es nicht; Frieda war zurückzuerobern, sie war leicht von Fremden zu beeinflussen, gar von diesen Gehilfen, welche Friedas Stellung für ähnlich der ihren hielten und nun, da sie gekündigt hatten, auch Frieda dazu veranlaßt hatten, aber K. mußte nur vor sie treten, an alles erinnern, was für ihn sprach, und sie war wieder reuevoll die seine, gar wenn er etwa imstande gewesen wäre, den Besuch bei den Mädchen durch einen Erfolg zu rechtfertigen, den er ihnen verdankte. Aber trotz diesen Überlegungen, mit welchen er sich wegen Frieda zu beruhigen suchte, war er nicht beruhigt. Noch vor kurzem hatte er sich Olga gegenüber Friedas gerühmt und sie seinen einzigen Halt genannt; nun, dieser Halt war nicht der festeste, nicht der Eingriff eines Mächtigen war nötig, um K. Friedas zu berauben, es genügte auch dieser nicht sehr appetitliche Gehilfe, dieses Fleisch, das manchmal den Eindruck machte, als sei es nicht recht lebendig.

Jeremias hatte sich schon zu entfernen angefangen; K. rief ihn zurück. »Jeremias«, sagte er, »ich will ganz offen zu dir sein, beantworte mir auch ehrlich eine Frage. Wir sind ja nicht mehr im Verhältnis des Herrn und des Dieners, worüber nicht nur du froh bist, sondern auch ich, wir haben also keinen Grund, einander zu betrügen. Hier vor deinen Augen zerbreche ich die Rute, die für dich bestimmt gewesen ist, denn nicht aus Angst vor dir habe ich den Weg durch den Garten gewählt, sondern um dich zu überraschen und die Rute einigemal an dir abzuziehen. Nun, nimm mir das nicht mehr übel, das ist alles vorüber; wärest du nicht ein vom Amt mir aufgezwungener Diener, sondern einfach ein Bekannter gewesen, wir hätten uns gewiß, wenn mich auch dein Aussehen manchmal ein wenig stört, ausgezeichnet vertragen. Und wir könnten ja auch das, was wir in dieser Hinsicht versäumt haben, jetzt nachtragen.« – »Glaubst du?« sagte der Gehilfe und drückte gähnend die müden Augen. »Ich könnte dir ja die Sache ausführlicher erklären, aber ich habe keine Zeit, ich muß zu Frieda, das Kindchen wartet auf mich, sie hat den Dienst noch nicht angetreten, der Wirt hat ihr auf mein Zureden – sie wollte sich, wahrscheinlich um zu vergessen, gleich in die Arbeit stürzen – noch eine kleine Erholungszeit gegeben, die wollen wir doch wenigstens miteinander verbringen. Was deinen Vorschlag betrifft, so habe ich gewiß keinen Anlaß, dich zu belügen, aber ebensowenig, dir etwas anzuvertrauen. Bei mir ist es nämlich anders als bei dir. Solange ich im Dienstverhältnis zu dir stand, warst du mir natürlich eine sehr wichtige Person, nicht wegen deiner Eigenschaften, sondern wegen des Dienstauftrags, und ich hätte alles für dich getan, was du wolltest, jetzt aber bist du mir gleichgültig. Auch das Zerbrechen der Rute rührt mich nicht, es erinnert mich nur daran, einen wie rohen Herrn ich hatte, mich für dich einzunehmen ist es nicht geeignet.« – »Du sprichst so mit mir«, sagte K., »wie wenn es ganz gewiß wäre, daß du von mir niemals mehr etwas zu fürchten haben wirst. So ist es aber doch eigentlich nicht. Du bist wahrscheinlich doch noch nicht frei von mir, so schnell finden die Erledigungen hier nicht statt.« – »Manchmal noch schneller«, warf Jeremias ein. »Manchmal«, sagte K., »nichts deutet aber darauf hin, daß es diesmal geschehen ist, zumindest hast weder du, noch habe ich eine schriftliche Erledigung in Händen. Das Verfahren ist also erst im Gang, und ich habe durch meine Verbindungen noch gar nicht eingegriffen, werde es aber tun. Fällt es ungünstig für dich aus, so hast du nicht sehr dafür vorgearbeitet, dir deinen Herrn geneigt zu machen, und es war vielleicht sogar überflüssig, die Weidenrute zu zerbrechen. Und Frieda hast du zwar fortgeführt, wovon dir ganz besonders der Kamm geschwollen ist; aber bei allem Respekt vor deiner Person – den ich habe, auch wenn du für mich keinen mehr hast –, ein paar Worte, von mir an Frieda gerichtet, genügen, das weiß ich, um die Lügen, mit denen du sie eingefangen hast, zu zerreißen. Und nur Lügen konnten Frieda mir abwendig machen.« – »Diese Drohungen schrecken mich nicht«, sagte Jeremias. »Du willst mich doch gar nicht zum Gehilfen haben, du fürchtest mich doch als Gehilfen, du fürchtest Gehilfen überhaupt, nur aus Furcht hast du den guten Artur geschlagen.« – »Vielleicht«, sagte K. »Hat es deshalb weniger weh getan? Vielleicht werde ich auf diese Weise meine Furcht vor dir noch öfters zeigen können. Sehe ich, daß dir die Gehilfenschaft wenig Freude macht, macht es wiederum mir über alle Furcht hinweg den größten Spaß, dich dazu zu zwingen. Und zwar werde ich es mir diesmal angelegen sein lassen, dich allein, ohne Artur, zu bekommen; ich werde dir dann mehr Aufmerksamkeit zuwenden können.« – »Glaubst du«, sagte Jeremias, »daß ich auch nur die geringste Furcht vor dem allen habe?« – »Ich glaube wohl«, sagte K., »ein wenig Furcht hast du gewiß und, wenn du klug bist, viel Furcht. Warum wärst du denn sonst nicht schon zu Frieda gegangen? Sag, hast du sie denn lieb?« – »Lieb?« sagte Jeremias. »Sie ist ein gutes, kluges Mädchen, eine gewesene Geliebte Klamms, also respektabel auf jeden Fall. Und wenn sie mich fortwährend bittet, sie von dir zu befreien, warum sollte ich ihr den Gefallen nicht tun, besonders, da ich damit doch auch dir kein Leid antue, der du mit den verfluchten Barnabasschen dich getröstet hast.« – »Nun sehe ich deine Angst«, sagte K., »eine ganz jämmerliche Angst, du versuchst mich durch Lügen einzufangen. Frieda hat nur um eines gebeten: sie von den wildgewordenen, hündisch lüsternen Gehilfen zu befreien; leider habe ich nicht Zeit gehabt, ihre Bitte ganz zu erfüllen, und jetzt sind die Folgen meiner Versäumnis da.«

»Herr Landvermesser, Herr Landvermesser!« rief jemand durch die Gasse. Es war Barnabas. Atemlos kam er an, vergaß aber nicht, sich vor K. zu verbeugen. »Es ist mir gelungen«, sagte er. »Was ist gelungen?« fragte K. »Du hast meine Bitte Klamm vorgebracht?« – »Das ging nicht«, sagte Barnabas. »Ich habe mich sehr bemüht, aber es war unmöglich, ich habe mich vorgedrängt, stand den ganzen Tag über, ohne dazu aufgefordert zu sein, so nahe am Pult, daß mich einmal ein Schreiber, dem ich im Licht war, sogar wegschob, meldete mich, was verboten ist, mit erhobener Hand, wenn Klamm aufsah, blieb am längsten in der Kanzlei, war schon nur allein mit den Dienern dort, hatte noch einmal die Freude, Klamm zurückkommen zu sehen, aber es war nicht meinetwegen, er wollte nur schnell noch etwas in einem Buche nachsehen und ging gleich wieder, schließlich kehrte mich der Diener, da ich mich noch immer nicht rührte, fast mit dem Besen aus der Tür. Ich gestehe das alles, damit du nicht wieder unzufrieden bist mit meinen Leistungen.« – »Was hilft mir all dein Fleiß, Barnabas«, sagte K., »wenn er gar keinen Erfolg hat.« – »Aber ich hatte Erfolg«, sagte Barnabas. »Als ich aus meiner Kanzlei trat – ich nenne sie meine Kanzlei –, sehe ich, wie aus den tieferen Korridoren ein Herr langsam herankommt, sonst war schon alles leer; es war ja schon sehr spät. Ich beschloß, auf ihn zu warten; es war eine gute Gelegenheit, noch dort zu bleiben, am liebsten wäre ich ja überhaupt dort geblieben, um dir die schlechte Meldung nicht bringen zu müssen. Aber es lohnte sich auch sonst, auf den Herrn zu warten, es war Erlanger. Du kennst ihn nicht? Er ist einer der ersten Sekretäre Klamms. Ein schwacher, kleiner Herr, er hinkt ein wenig. Er erkannte mich sofort, er ist berühmt wegen seines Gedächtnisses und seiner Menschenkenntnis, er zieht nur die Augenbrauen zusammen, das genügt ihm, um jeden zu erkennen, oft auch Leute, die er nie gesehen hat, von denen er nur gehört oder gelesen hat, mich zum Beispiel dürfte er kaum je gesehen haben. Aber obwohl er jeden Menschen gleich erkennt, fragt er zuerst, so, wie wenn er unsicher wäre. ›Bist du nicht Barnabas?‹ sagte er zu mir. Und dann fragte er: ›Du kennst den Landvermesser, nicht?‹ Und dann sagte er: ›Das trifft sich gut; ich fahre jetzt in den Herrenhof. Der Landvermesser soll mich dort besuchen. Ich wohne im Zimmer Nummer fünfzehn. Doch müßte er gleich jetzt kommen. Ich habe nur einige Besprechungen dort und fahre um fünf Uhr früh wieder zurück. Sag ihm, daß mir viel daran liegt, mit ihm zu sprechen.‹«

Plötzlich setzte sich Jeremias in Lauf. Barnabas, der ihn in seiner Aufregung bisher kaum beachtet hatte, fragte: »Was will denn Jeremias?« – »Mir bei Erlanger zuvorkommen«, sagte K., lief schon hinter Jeremias her, fing ihn ein, hing sich an seinen Arm und sagte: »Ist es die Sehnsucht nach Frieda, die dich plötzlich ergriffen hat? Ich habe sie nicht minder, und so werden wir in gleichem Schritte gehen.«

DAS SIEBZEHNTE KAPITEL

Vor dem dunklen Herrenhof stand eine kleine Gruppe Männer, zwei oder drei hatten Handlaternen mit, so daß manche Gesichter kenntlich waren. K. fand nur einen Bekannten, Gerstäcker, den Fuhrmann. Gerstäcker begrüßte ihn mit der Frage: »Du bist noch immer im Dorf?« – »Ja«, sagte K., »ich bin für die Dauer gekommen.« – »Mich kümmert es ja nicht«, sagte Gerstäcker, hustete kräftig und wandte sich anderen zu.

Es stellte sich heraus, daß alle auf Erlanger warteten. Erlanger war schon angekommen, verhandelte aber, ehe er die Parteien empfing, noch mit Momus. Das allgemeine Gespräch drehte sich darum, daß man nicht im Hause warten durfte, sondern hier draußen im Schnee stehen mußte. Es war zwar nicht sehr kalt; trotzdem war es rücksichtslos, die Parteien vielleicht stundenlang in der Nacht vor dem Haus zu lassen. Das war freilich nicht die Schuld Erlangers, der vielmehr sehr entgegenkommend war, davon kaum wußte und sich gewiß sehr geärgert hätte, wenn es ihm gemeldet worden wäre. Es war die Schuld der Herrenhofwirtin, die in ihrem schon krankhaften Streben nach Feinheit es nicht leiden wollte, daß viele Parteien auf einmal in den Herrenhof kamen. »Wenn es schon sein muß und sie kommen müssen«, pflegte sie zu sagen, »dann, um des Himmels willen, nur immer einer hinter dem andern.« Und sie hatte es durchgesetzt, daß die Parteien, die zuerst einfach in einem Korridor, später auf der Treppe, dann im Flur, zuletzt im Ausschank gewartet hatten, schließlich auf die Gasse hinausgeschoben worden waren. Und selbst das genügte ihr noch nicht. Es war ihr unerträglich, im eigenen Hause immerfort »belagert zu werden«, wie sie sich ausdrückte. Es war ihr unverständlich, wozu es überhaupt Parteienverkehr gab. »Um vorn die Haustreppe schmutzig zu machen«, hatte ihr einmal ein Beamter auf ihre Frage, wahrscheinlich im Ärger, gesagt; ihr aber war das sehr einleuchtend gewesen, und sie pflegte diesen Ausspruch gern zu zitieren. Sie strebte danach, und dies begegnete sich nun schon mit den Wünschen der Parteien, daß gegenüber dem Herrenhof ein Gebäude aufgeführt werde, in welchem die Parteien warten konnten. Am liebsten wäre es ihr gewesen, wenn auch die Parteienbesprechungen und Verhöre außerhalb des Herrenhofes stattgefunden hätten, aber dem widersetzten sich die Beamten, und wenn sich die Beamten ernstlich widersetzten, so drang natürlich die Wirtin nicht durch, obwohl sie in Nebenfragen kraft ihres unermüdlichen und dabei frauenhaft zarten Eifers eine Art kleiner Tyrannei ausübte. Die Besprechungen und Verhöre würde aber die Wirtin voraussichtlich auch weiterhin im Herrenhof dulden müssen, denn die Herren aus dem Schloß weigerten sich, im Dorfe in Amtsangelegenheiten den Herrenhof zu verlassen. Sie waren immer in Eile, nur sehr wider Willen waren sie im Dorfe, über das unbedingt Notwendige ihren Aufenthalt hier auszudehnen hatten sie nicht die geringste Lust, und es konnte daher nicht von ihnen verlangt werden, nur mit Rücksicht auf den Hausfrieden im Herrenhof, zeitweilig mit allen ihren Schriften über die Straße in irgendein anderes Haus zu ziehen und so Zeit zu verlieren. Am liebsten erledigten ja die Beamten die Amtssachen im Ausschank oder in ihrem Zimmer, womöglich während des Essens oder vom Bett aus vor dem Einschlafen oder morgens, wenn sie zu müde waren, aufzustehen, und sich im Bett noch ein wenig strecken wollten. Dagegen schien die Frage der Errichtung eines Wartegebäudes einer günstigen Lösung sich zu nähern, freilich war es eine empfindliche Strafe für die Wirtin – man lachte ein wenig darüber –, daß gerade die Angelegenheit des Wartegebäudes zahlreiche Besprechungen nötig machte und die Gänge des Hauses kaum leer wurden.

Über all diese Dinge unterhielt man sich halblaut unter den Wartenden, K. war es auffallend, daß zwar der Unzufriedenheit genug war, niemand aber etwas dagegen einzuwenden hatte, daß Erlanger die Parteien mitten in der Nacht berief. Er fragte danach und erhielt die Auskunft, daß man dafür Erlanger sogar sehr dankbar sein müsse. Es sei ja ausschließlich sein guter Wille und die hohe Auffassung, die er von seinem Amte habe, die ihn dazu bewegten, überhaupt ins Dorf zu kommen; er könnte ja, wenn er wollte – und es würde dies sogar den Vorschriften vielleicht besser entsprechen –, irgendeinen unteren Sekretär schicken und von ihm die Protokolle aufnehmen lassen. Aber er weigerte sich eben meistens, dies zu tun, wolle selbst alles sehen und hören, müsse dann aber zu diesem Zweck seine Nächte opfern, denn in seinem Amtsplan sei keine Zeit für Dorfreisen vorgesehen. K. wandte ein, daß doch auch Klamm bei Tag ins Dorf komme und sogar mehrere Tage hier bleibe; sei denn Erlanger, der doch nur Sekretär sei, oben unentbehrlicher? Einige lachten gutmütig, andere schwiegen betreten, diese letzteren bekamen das Übergewicht, und es wurde K. kaum geantwortet. Nur einer sagte zögernd, natürlich sei Klamm unentbehrlich, im Schloß wie im Dorf.

Da öffnete sich die Haustür und Momus erschien zwischen zwei lampentragenden Dienern. »Die ersten, die zum Herrn Sekretär Erlanger vorgelassen werden«, sagte er, »sind: Gerstäcker und K. Sind die beiden hier?« Sie meldeten sich, aber noch vor ihnen schlüpfte Jeremias mit einem »Ich bin hier Zimmerkellner«, von Momus lächelnd mit einem Schlag auf die Schulter begrüßt, ins Haus. Ich werde auf Jeremias mehr achten müssen, sagte sich K., wobei er sich dessen bewußt blieb, daß Jeremias wahrscheinlich viel ungefährlicher war als Artur, der im Schloß gegen ihn arbeitete. Vielleicht war es sogar klüger, sich von ihnen als Gehilfen quälen zu lassen, als sie so unkontrolliert umherstreichen und ihre Intrigen, für die sie eine besondere Anlage zu haben schienen, frei betreiben zu lassen.

Als K. an Momus vorüberkam, tat dieser, als erkenne er erst jetzt in ihm den Landvermesser. »Ah, der Herr Landvermesser«, sagte er, »der, welcher sich so ungern verhören läßt, drängt sich zum Verhör. Bei mir wäre es damals einfacher gewesen. Nun freilich, es ist schwer, die richtigen Verhöre auszuwählen.« Als K. auf diese Ansprache hin stehenbleiben wollte, sagte Momus: »Gehen Sie, gehen Sie! Damals hätte ich Ihre Antworten gebraucht, jetzt nicht.« Trotzdem sagte K., erregt durch des Momus Benehmen: »Ihr denkt nur an Euch. Bloß des Amtes wegen antworte ich nicht; weder damals noch heute.« Momus sagte: »An wen sollen wir denn denken? Wer ist denn sonst noch hier? Gehen Sie!« Im Flur empfing sie ein Diener und führte sie den K. schon bekannten Weg über den Hof, dann durch das Tor und in den niedrigen, ein wenig sich senkenden Gang. In den oberen Stockwerken wohnten offenbar nur die höheren Beamten, die Sekretäre dagegen wohnten an diesem Gang, auch Erlanger, obwohl er einer ihrer obersten war. Der Diener löschte seine Laterne aus, denn hier war helle elektrische Beleuchtung. Alles war hier klein, aber zierlich gebaut. Der Raum war möglichst ausgenützt. Der Gang genügte knapp, aufrecht in ihm zu gehen. An den Seiten war eine Tür fast neben der anderen. Die Seitenwände reichten nicht bis zur Decke, dies wahrscheinlich aus Ventilationsrücksichten, denn die Zimmerchen hatten wohl hier in dem tiefen, kellerartigen Gang keine Fenster. Der Nachteil dieser nicht ganz schließenden Wände war die Unruhe im Gang und notwendigerweise auch in den Zimmern. Viele Zimmer schienen besetzt zu sein, in den meisten war man noch wach, man hörte Stimmen, Hammerschläge, Gläserklingen. Doch hatte man nicht den Eindruck besonderer Lustigkeit. Die Stimmen waren gedämpft, man verstand kaum hier und da ein Wort, es schienen auch nicht Unterhaltungen zu sein, wahrscheinlich diktierte nur jemand etwas oder las etwas vor, gerade aus den Zimmern, aus denen der Klang von Gläsern und Tellern kam, hörte man kein Wort, und die Hammerschläge erinnerten K. daran, was ihm irgendwo erzählt worden war, daß manche Beamte, um sich von der fortwährenden geistigen Anstrengung zu erholen, sich zeitweilig mit Tischlerei, Feinmechanik und dergleichen beschäftigen. Der Gang selbst war leer, nur vor einer Tür saß ein bleicher, schmaler, großer Herr im Pelz, unter dem die Nachtwäsche hervorsah; wahrscheinlich war es ihm im Zimmer zu dumpf geworden, so hatte er sich herausgesetzt und las da eine Zeitung, aber nicht aufmerksam, gähnend ließ er öfters vom Lesen ab, beugte sich vor und blickte den Gang entlang; vielleicht erwartete er eine Partei, die er vorgeladen hatte und die zu kommen säumte. Als sie an ihm vorübergekommen waren, sagte der Diener in bezug auf den Herrn zu Gerstäcker: »Der Pinzgauer!« Gerstäcker nickte. »Er ist schon lange nicht unten gewesen«, sagte er. »Schon sehr lange nicht«, bestätigte der Diener.

Schließlich kamen sie vor eine Tür, die nicht anders als die übrigen war und hinter der doch, wie der Diener mitteilte, Erlanger wohnte. Der Diener ließ sich von K. auf die Schulter heben und sah oben durch den freien Spalt ins Zimmer. »Er liegt«, sagte der Diener herabsteigend, »auf dem Bett, allerdings in Kleidern, aber ich glaube doch, daß er schlummert. Manchmal überfällt ihn so die Müdigkeit, hier im Dorf, bei der geänderten Lebensweise. Wir werden warten müssen. Wenn er aufwacht, wird er läuten. Es ist allerdings schon vorgekommen, daß er seinen ganzen Aufenthalt im Dorf verschlafen hat und nach dem Aufwachen gleich wieder ins Schloß zurückfahren mußte. Es ist ja freiwillige Arbeit, die er hier leistet.« – »Wenn er jetzt nur schon lieber bis zu Ende schliefe«, sagte Gerstäcker, »denn wenn er nach dem Aufwachen noch ein wenig Zeit zur Arbeit hat, ist er sehr unwillig darüber, daß er geschlafen hat, sucht alles eilig zu erledigen, und man kann sich kaum aussprechen.« – »Sie kommen wegen der Vergebung der Fuhren für den Bau?« fragte der Diener. Gerstäcker nickte, zog den Diener beiseite und redete leise zu ihm; aber der Diener hörte kaum zu, blickte über Gerstäcker, den er um mehr als Hauptеslänge überragte, hinweg und strich sich ernst und langsam das Haar.

DAS ACHTZEHNTE KAPITEL

Da sah K., wie er ziellos umherblickte, weit in der Ferne an einer Wendung des Ganges Frieda; sie tat, als erkenne sie ihn nicht, blickte nur starr auf ihn, in der Hand trug sie eine Tasse mit leerem Geschirr. Er sagte dem Diener, der aber gar nicht auf ihn achtete – je mehr man zu dem Diener sprach, desto geistesabwesender schien er zu werden –, er werde gleich zurückkommen, und lief zu Frieda. Bei ihr angekommen, faßte er sie bei den Schultern, so, als ergreife er wieder von ihr Besitz, stellte einige belanglose Fragen und suchte dabei prüfend in ihren Augen. Aber ihre starre Haltung löste sich kaum, zerstreut versuchte sie einige Umstellungen des Geschirrs auf der Tasse und sagte: »Was willst du denn von mir? Geh doch zu den – nun, du weißt ja, wie sie heißen. Du kommst ja gerade von ihnen, ich kann es dir ansehen.« K. lenkte schnell ab; die Aussprache sollte nicht so plötzlich kommen und bei dem Bösesten, bei dem für ihn Ungünstigsten anfangen. »Ich dachte, du wärest im Ausschank«, sagte er. Frieda sah ihn erstaunt an und fuhr ihm dann sanft mit der einen Hand, die sie frei hatte, über Stirn und Wange. Es war, als habe sie sein Aussehen vergessen und wollte es sich so wieder ins Bewußtsein zurückrufen, auch ihre Augen hatten den verschleierten Ausdruck des mühsam Sich-Erinnerns. »Ich bin für den Ausschank wieder aufgenommen«, sagte sie dann langsam, als sei es unwichtig, was sie sage, aber unter den Worten führte sie noch ein Gespräch mit K., und dies sei das wichtigere. »Diese Arbeit taugt nicht für mich, die kann auch eine jede andere besorgen; jede, die aufbetten und ein freundliches Gesicht machen kann und die Belästigung durch die Gäste nicht scheut, sondern sie sogar noch hervorruft, eine jede solche kann Stubenmädchen sein. Aber im Ausschank, da ist es etwas anderes. Ich bin auch gleich wieder für den Ausschank aufgenommen worden, obwohl ich ihn damals nicht sehr ehrenvoll verlassen habe; freilich hatte ich jetzt Protektion. Aber der Wirt war glücklich, daß ich Protektion hatte und es ihm deshalb leicht möglich war, mich wieder aufzunehmen. Es war sogar so, daß man mich drängen mußte, den Posten anzunehmen; wenn du bedenkst, woran mich der Ausschank erinnert, wirst du es begreifen. Schließlich habe ich den Posten angenommen. Hier bin ich nur aushilfsweise. Pepi hat gebeten, ihr nicht die Schande anzutun, sofort den Ausschank verlassen zu müssen, wir haben ihr deshalb, weil sie doch fleißig gewesen ist und alles so besorgt hat, wie es nur ihre Fähigkeiten erlaubt haben, eine vierundzwanzigstündige Frist gegeben.« – »Das ist alles sehr gut eingerichtet«, sagte K., »nur hast du einmal meinetwegen den Ausschank verlassen; und nun, da wir kurz vor der Hochzeit sind, kehrst du wieder in ihn zurück?« – »Es wird keine Hochzeit geben«, sagte Frieda. »Weil ich untreu war?« fragte K.; Frieda nickte. »Nun sieh, Frieda«, sagte K., »über diese angebliche Untreue haben wir schon öfters gesprochen, und immer hast du schließlich einsehen müssen, daß es ein ungerechter Verdacht war. Seitdem aber hat sich auf meiner Seite nichts geändert, alles ist unschuldig geblieben, wie es war und wie es nicht anders werden kann. Also muß sich etwas auf deiner Seite geändert haben, durch fremde Einflüsterungen oder etwas anderes. Unrecht tust du mir auf jeden Fall; denn sieh, wie verhält es sich mit diesen zwei Mädchen? Die eine, die dunkle – ich schäme mich fast, mich so im einzelnen verteidigen zu müssen, aber du forderst es heraus –, die dunkle also ist mir wahrscheinlich nicht weniger peinlich als dir; wenn ich mich nur irgendwie von ihr fernhalten kann, tue ich es, und sie erleichtert das ja auch, man kann nicht zurückhaltender sein, als sie es ist.« – »Ja«, rief Frieda aus, die Worte kamen ihr wie gegen ihren Willen hervor, K. war froh, sie so abgelenkt zu sehen; sie war anders, als sie sein wollte, »die magst du für zurückhaltend ansehen, die Schamloseste von allen nennst du zurückhaltend, und du meinst es, so unglaubwürdig es ist, ehrlich, du verstellst dich nicht, das weiß ich. Die Brückenhofwirtin sagt von dir: ›Leiden kann ich ihn nicht, aber verlassen kann ich ihn auch nicht, man kann doch auch beim Anblick eines kleinen Kindes, das noch nicht gut gehen kann und sich weit vorwagt, unmöglich sich beherrschen; man muß eingreifen.‹« – »Nimm diesmal ihre Lehre an«, sagte K. lächelnd, »aber jenes Mädchen – ob es zurückhaltend oder schamlos ist, können wir beiseitelassen –, ich will von ihm nichts wissen.« – »Aber warum nennst du sie zurückhaltend?« fragte Frieda unnachgiebig. K. hielt diese Teilnahme für ein ihm günstiges Zeichen. »Hast du es erprobt oder willst du andere dadurch herabsetzen?« – »Weder das eine noch das andere«, sagte K., »ich nenne sie so aus Dankbarkeit, weil sie es mir leicht macht, sie zu übersehen, und weil ich, selbst wenn sie mich nur öfters anspräche, es nicht über mich bringen könnte, wieder hinzugehen, was doch ein großer Verlust für mich wäre, denn ich muß hingehen wegen unserer gemeinsamen Zukunft, wie du weißt. Und deshalb muß ich auch mit dem anderen Mädchen sprechen, das ich zwar wegen seiner Tüchtigkeit, Umsicht und Selbstlosigkeit schätze, von dem aber doch niemand behaupten kann, daß es verführerisch ist.« – »Die Knechte sind anderer Meinung«, sagte Frieda. »In dieser wie auch wohl in vieler anderer Hinsicht«, sagte K. »Aus den Gelüsten der Knechte willst du auf meine Untreue schließen?« Frieda schwieg und duldete es, daß K. ihr die Tasse aus der Hand nahm, auf den Boden stellte, seinen Arm unter den ihren schob und im kleinen Raum langsam mit ihr hin und her zu gehen begann. »Du weißt nicht, was Treue ist,«, sagte sie, sich ein wenig wehrend gegen seine Nähe. »Wie du dich auch zu den Mädchen verhalten magst, ist ja nicht das Wichtigste; daß du in diese Familie überhaupt gehst und zurückkommst, den Geruch ihrer Stube in den Kleidern, ist schon eine unerträgliche Schande für mich. Und du läufst aus der Schule fort, ohne etwas zu sagen, und bleibst gar bei ihnen die halbe Nacht. Und läßt, wenn man nach dir fragt, dich von den Mädchen verleugnen, leidenschaftlich verleugnen, besonders von der unvergleichlich Zurückhaltenden. Schleichst dich auf einem geheimen Weg aus dem Haus, vielleicht gar, um den Ruf der Mädchen zu schonen, den Ruf jener Mädchen! Nein, sprechen wir nicht mehr davon!« – »Von diesem nicht«, sagte K., »aber von etwas anderem, Frieda. Von diesem ist ja auch nichts zu sagen. Warum ich hingehen muß, weißt du. Es wird mir nicht leicht, aber ich überwinde mich. Du solltest es mir nicht schwerer machen, als es ist. Heute dachte ich, nur für einen Augenblick hinzugehen und nachzufragen, ob Barnabas, der eine wichtige Botschaft schon längst hätte bringen sollen, endlich gekommen ist. Er war nicht gekommen, aber er mußte, wie man mir versicherte und wie es auch glaubwürdig war, sehr bald kommen. Ihn mir in die Schule nachkommen lassen, wollte ich nicht, um dich durch seine Gegenwart nicht zu belästigen. Die Stunden vergingen, und er kam leider nicht. Wohl aber kam ein anderer, der mir verhaßt ist. Von ihm mich ausspionieren zu lassen, hatte ich keine Lust und ging also durch den Nachbargarten, aber auch vor ihm verbergen wollte ich mich nicht, sondern ging dann auf der Straße frei auf ihn zu, mit einer sehr biegsamen Weidenrute, wie ich gestehe. Das ist alles, darüber ist also weiter nichts zu sagen; wohl aber über etwas anderes. Wie verhält es sich denn mit den Gehilfen, die zu erwähnen mir fast so widerlich ist wie dir die Erwähnung jener Familie? Vergleiche dein Verhältnis zu ihnen damit, wie ich mich zu der Familie verhalte. Ich verstehe deinen Widerwillen gegenüber der Familie und kann ihn teilen. Nur um der Sache willen gehe ich zu ihnen, fast scheint es mir manchmal, daß ich ihnen Unrecht tue, sie ausnütze. Du und die Gehilfen dagegen! Du hast gar nicht in Abrede gestellt, daß sie dich verfolgen, und hast eingestanden, daß es dich zu ihnen zieht. Ich war dir nicht böse deshalb, habe eingesehen, daß hier Kräfte im Spiel sind, denen du nicht gewachsen bist, war schon glücklich darüber, daß du dich wenigstens wehrst, habe geholfen, dich zu verteidigen, und nur weil ich ein paar Stunden darin nachgelassen habe im Vertrauen auf deine Treue, allerdings auch in der Hoffnung, daß das Haus unweigerlich verschlossen ist, die Gehilfen endgültig in die Flucht geschlagen sind – ich unterschätzte sie noch immer, fürchte ich –, nur weil ich ein paar Stunden darin nachgelassen habe und jener Jeremias, genau betrachtet, ein nicht sehr gesunder, ältlicher Bursche, die Keckheit gehabt hat, ans Fenster zu treten, nur deshalb soll ich dich, Frieda, verlieren und als Begrüßung zu hören bekommen: ›Es wird keine Hochzeit geben.‹ Wäre ich es nicht eigentlich, der Vorwürfe machen dürfte, und ich mache sie nicht, mache sie noch immer nicht.« Und wieder schien es K. gut, Frieda ein wenig abzulenken, und er bat sie, ihm etwas zu essen zu bringen, weil er schon seit Mittag nichts gegessen habe. Frieda, offenbar auch durch die Bitte erleichtert, nickte und lief, etwas zu holen, nicht den Gang weiter, wo K. die Küche vermutete, sondern seitlich, ein paar Stufen abwärts. Sie brachte bald einen Teller mit Aufschnitt und eine Flasche Wein, aber es waren wohl nur schon die Reste einer Mahlzeit: Flüchtig waren die einzelnen Stücke neu ausgebreitet, um es unkenntlich zu machen, sogar Wurstschalen waren dort vergessen und die Flasche war zu drei Vierteln geleert. Doch sagte K. nichts darüber und machte sich mit gutem Appetit ans Essen. »Du warst in der Küche?« fragte er. »Nein, in meinem Zimmer«, sagte sie, »ich habe hier unten ein Zimmer.« – »Hättest du mich doch mitgenommen«, sagte K. »Ich werde hinuntergehen, um mich zum Essen ein wenig zu setzen.« – »Ich werde dir einen Sessel bringen«, sagte Frieda und war schon auf dem Weg. »Danke«, sagte K. und hielt sie zurück, »ich werde weder hinuntergehen, noch brauche ich mehr einen Sessel.« Frieda ertrug trotzig seinen Griff, hatte den Kopf tief geneigt und biß auf die Lippen. »Nun ja, er ist unten«, sagte sie. »Hast du es anders erwartet? Er liegt in meinem Bett, er hat sich draußen verkühlt, er fröstelt, er hat kaum gegessen. Im Grunde ist alles deine Schuld; hättest du die Gehilfen nicht verjagt und wärst jenen Leuten nicht nachgelaufen, wir könnten jetzt friedlich in der Schule sitzen. Nur du hast unser Glück zerstört. Glaubst du, daß Jeremias, solange er im Dienst war, es gewagt hätte, mich zu entführen? Dann verkennst du die hiesige Ordnung ganz und gar. Er wollte zu mir, er hat sich gequält, er hat auf mich gelauert, das war aber nur ein Spiel, so wie ein hungriger Hund spielt und es doch nicht wagt, auf den Tisch zu springen. Und ebenso ich. Es zog mich zu ihm, er ist mein Spielkamerad aus der Kinderzeit – wir spielten miteinander auf dem Abhang des Schloßberges, schöne Zeiten, du hast mich niemals nach meiner Vergangenheit gefragt. – Doch das alles war nicht entscheidend, solange Jeremias durch den Dienst gehalten war, denn ich kannte ja meine Pflicht als deine zukünftige Frau. Dann aber vertriebst du die Gehilfen und rühmtest dich noch dessen, als hättest du damit etwas für mich getan; nun, in einem gewissen Sinne ist es wahr. Bei Artur gelang deine Absicht, allerdings nur vorläufig, er ist zart, er hat nicht die keine Schwierigkeit fürchtende Leidenschaft des Jeremias, auch hast du ihn ja durch den Faustschlag in der Nacht – jener Schlag war auch gegen unser Glück geführt – nahezu zerstört, er flüchtete ins Schloß, um zu klagen, und wenn er auch bald wiederkommen wird, immerhin, er ist jetzt fort. Jeremias aber blieb. Im Dienst fürchtet er ein Augenzucken des Herrn, außerhalb des Dienstes aber fürchtet er nichts. Er kam und nahm mich; von dir verlassen, von ihm, dem alten Freund, beherrscht, konnte ich mich nicht halten. Ich habe das Schultor nicht aufgesperrt, er zerschlug das Fenster und zog mich hinaus. Wir flohen hierher, der Wirt achtet ihn, auch kann den Gästen nichts willkommener sein, als einen solchen Zimmerkellner zu haben, so wurden wir aufgenommen, er wohnt nicht bei mir, sondern wir haben ein gemeinsames Zimmer.« – »Trotz allem«, sagte K., »bedauere ich es nicht, die Gehilfen aus dem Dienst getrieben zu haben. War das Verhältnis so, wie du es beschreibst, deine Treue also nur durch die dienstliche Gebundenheit der Gehilfen bedingt, dann war es gut, daß alles ein Ende nahm. Das Glück der Ehe inmitten der zwei Raubtiere, die sich nur unter der Knute duckten, wäre nicht sehr groß gewesen. Dann bin ich auch jener Familie dankbar, welche unabsichtlich ihr Teil beigetragen hat, um uns zu trennen.« Sie schwiegen und gingen wieder nebeneinander auf und ab, ohne daß zu unterscheiden gewesen wäre, wer jetzt damit begonnen hätte. Frieda, nahe an K., schien ärgerlich, daß er sie nicht wieder unter den Arm nahm. »Und so wäre alles in Ordnung«, fuhr K. fort, »und wir könnten Abschied nehmen, du zu deinem Herrn Jeremias gehen, der wahrscheinlich noch vom Schulgarten her verkühlt ist und den du mit Rücksicht darauf schon viel zu lange allein gelassen hast, und ich allein in die Schule oder, da ich ja ohne dich dort nichts zu tun habe, sonst irgendwohin, wo man mich aufnimmt. Wenn ich nun trotzdem zögere, so deshalb, weil ich aus gutem Grund noch immer ein wenig daran zweifle, was du mir erzählt hast. Ich habe von Jeremias den gegenteiligen Eindruck. Solange er im Dienst war, ist er hinter dir her gewesen, und ich glaube nicht, daß der Dienst ihn auf die Dauer zurückgehalten hätte, dich einmal ernstlich zu überfallen. Jetzt aber, seit er den Dienst für aufgehoben ansieht, ist es anders. Verzeih, wenn ich es mir auf folgende Weise erkläre: Seit du nicht mehr die Braut seines Herrn bist, bist du keine solche Verlockung mehr für ihn wie früher. Du magst seine Freundin aus der Kinderzeit sein, doch legt er – ich kenne ihn eigentlich nur aus einem kurzen Gespräch heute nacht – solchen Gefühlsdingen meiner Meinung nach nicht viel Wert bei. Ich weiß nicht, warum er dir als ein leidenschaftlicher Charakter erscheint. Seine Denkweise scheint mir eher besonders kühl. Er hat in bezug auf mich irgendeinen, mir vielleicht nicht sehr günstigen Auftrag von Galater bekommen, diesen strengt er sich an auszuführen, mit einer gewissen Dienstleidenschaft, wie ich zugeben will – sie ist hier nicht allzu selten –, dazu gehört, daß er unser Verhältnis zerstört; er hat es vielleicht auf verschiedene Weise versucht, eine davon war die, daß er dich durch sein lüsternes Schmachten zu verlocken suchte, eine andere – hier hat ihn die Wirtin unterstützt –, daß er von meiner Untreue fabelte, sein Anschlag ist ihm gelungen, irgendeine Erinnerung an Klamm, die ihn umgibt, mag mitgeholfen haben, den Posten hat er zwar verloren, aber vielleicht gerade in dem Augenblick, in dem er ihn nicht mehr benötigte, jetzt erntet er die Früchte seiner Arbeit und zieht dich aus dem Schulfenster, damit ist aber seine Arbeit beendet und, von der Dienstleidenschaft verlassen, wird er müde, er wäre lieber an Stelle Arturs, der gar nicht klagt, sondern sich Lob und neue Aufträge holt, aber es muß doch auch jemand zurückbleiben, der die weitere Entwicklung der Dinge verfolgt. Eine etwas lästige Pflicht ist es ihm, dich zu versorgen. Von Liebe zu dir ist keine Spur, er hat es mir offen gestanden, als Geliebte Klamms bist du ihm natürlich respektabel, und in deinem Zimmer sich einzunisten und sich einmal als kleiner Klamm zu fühlen, tut ihm gewiß sehr wohl, das aber ist alles, du selbst bedeutest ihm jetzt nichts, nur ein Nachtrag zu seiner Hauptaufgabe ist es ihm, daß er dich hier untergebracht hat; um dich nicht zu beunruhigen, ist er auch selbst geblieben, aber nur vorläufig, solange er nicht neue Nachrichten vom Schloß bekommt und seine Verkühlung von dir nicht auskuriert ist.« – »Wie du ihn verleumdest!« sagte Frieda und schlug ihre kleinen Fäuste aneinander. »Verleumden?« sagte K. »Nein, ich will ihn nicht verleumden. Wohl aber tue ich ihm vielleicht Unrecht, das ist freilich möglich. Ganz offen an der Oberfläche liegt es ja nicht, was ich über ihn gesagt habe; es läßt sich auch anders deuten. Aber verleumden? Verleumden könnte doch nur den Zweck haben, damit gegen deine Liebe zu ihm anzukämpfen. Wäre es nötig und wäre Verleumdung ein geeignetes Mittel, ich würde nicht zögern, ihn zu verleumden. Niemand könnte mich deshalb verurteilen, er ist durch seine Auftraggeber in solchem Vorteil mir gegenüber, daß ich, ganz allein auf mich angewiesen, auch ein wenig verleumden dürfte. Es wäre ein verhältnismäßig unschuldiges und letzten Endes ja auch ohnmächtiges Verteidigungsmittel. Laß also die Fäuste ruhen.« Und K. nahm Friedas Hand in die seine; Frieda wollte sie ihm entziehen, aber lächelnd und nicht mit großer Kraftanstrengung. »Aber ich muß nicht verleumden«, sagte K., »denn du liebst ihn ja nicht, glaubst es nur und wirst mir dankbar sein, wenn ich dich von der Täuschung befreie. Sieh, wenn jemand dich von mir fortbringen wollte, ohne Gewalt, aber mit möglichst sorgfältiger Berechnung, dann müßte er es durch die beiden Gehilfen tun. Scheinbar gute, kindliche, lustige, verantwortungslose, von hoch her, vom Schloß hergeblasene Jungen, ein wenig Kindheitserinnerung auch dabei, das ist doch schon alles sehr liebenswert, besonders, wenn ich etwa das Gegenteil von alledem bin, dafür immerfort hinter Geschäften herlaufe, die dir nicht ganz verständlich, die dir ärgerlich sind, die mich mit Leuten zusammenbringen, die dir hassenswert sind und etwas davon bei aller meiner Unschuld auch auf mich übertragen. Das Ganze ist nur eine bösartige, allerdings sehr kluge Ausnützung der Mängel unseres Verhältnisses. Jedes Verhältnis hat seine Mängel, gar unseres, wir kamen ja jeder aus einer ganz anderen Welt zusammen, und seit wir einander kennen, nahm das Leben eines jeden von uns einen ganz neuen Weg, wir fühlen uns noch unsicher, es ist doch allzu neu. Ich rede nicht von mir, das ist nicht so wichtig, ich bin ja im Grunde immerfort beschenkt worden, seit du deine Augen zum erstenmal mir zuwandtest; und an das Beschenktwerden sich gewöhnen, ist nicht schwer. Du aber, von allem anderen abgesehen, wurdest von Klamm losgerissen; ich kann nicht ermessen, was das bedeutet, aber eine Ahnung dessen habe ich doch allmählich schon bekommen, man taumelt, man kann sich nicht zurechtfinden, und wenn ich auch bereit war, dich immer aufzunehmen, so war ich doch nicht immer zugegen, und wenn ich zugegen war, hielten dich manchmal deine Träumereien fest oder noch Lebendigeres, wie etwa die Wirtin; kurz, es gab Zeiten, wo du von mir wegsahst, dich irgendwohin ins Halbunbestimmte sehntest, armes Kind, und es mußten nur in solchen Zwischenzeiten in der Richtung deines Blicks passende Leute aufgestellt werden, und du warst an sie verloren, erlagst der Täuschung, daß das, was nur Augenblicke waren, Gespenster, alte Erinnerungen, im Grunde vergangenes und immer mehr vergehendes einstmaliges Leben, daß dieses noch dein wirkliches jetziges Leben sei. Ein Irrtum, Frieda, nichts als die letzte, richtig angesehen, verächtliche Schwierigkeit unserer endlichen Vereinigung. Komme zu dir, fasse dich; wenn du auch dachtest, daß die Gehilfen von Klamm geschickt sind – es ist gar nicht wahr, sie kommen von Galater –, und wenn sie dich auch mit Hilfe dieser Täuschung so bezaubern konnten, daß du selbst in ihrem Schmutz und ihrer Unzucht Spuren von Klamm zu finden meintest – so, wie jemand in einem Misthaufen einen einst verlorenen Edelstein zu sehen glaubt, während er ihn in Wirklichkeit dort gar nicht finden könnte, selbst wenn er dort wirklich wäre –, so sind es doch nur Burschen von der Art der Knechte im Stall, nur daß sie nicht ihre Gesundheit haben, ein wenig frische Luft sie krank macht und aufs Bett wirft, das sie sich allerdings mit knechtischer Pfiffigkeit auszusuchen verstehen.« Frieda hatte ihren Kopf an K.s Schulter gelehnt, die Arme umeinandergeschlungen, gingen sie schweigend auf und ab. »Wären wir doch«, sagte Frieda langsam, ruhig, fast behaglich, so als wisse sie, daß ihr nur eine ganz kleine Frist der Ruhe an K.s Schulter gewährt sei, diese aber wolle sie bis zum Letzten genießen, »wären wir doch gleich noch in jener Nacht ausgewandert, wir könnten irgendwo in Sicherheit sein, immer beisammen, deine Hand immer nahe genug, sie zu fassen; wie brauche ich deine Nähe; wie bin ich, seit ich dich kenne, ohne deine Nähe verlassen; deine Nähe ist, glaube mir, der einzige Traum, den ich träume, keinen anderen.« Da rief es in dem Seitengang, es war Jeremias, er stand dort auf der untersten Stufe, er war nur im Hemd, hatte aber ein Umhängetuch Friedas um sich geschlagen. Wie er dort stand, das Haar zerrauft, den dünnen Bart wie verregnet, die Augen mühsam, bittend und vorwurfsvoll aufgerissen, die dunklen Wangen gerötet, aber wie aus allzu lockerem Fleisch bestehend, die nackten Beine zitternd vor Kälte, so daß die langen Fransen des Tuches mitzitterten, war er wie ein aus dem Spital entflohener Kranker, demgegenüber man an nichts anderes denken durfte, als ihn wieder ins Bett zurückzubringen. So faßte es auch Frieda auf, entzog sich K. und war gleich unten bei ihm. Ihre Nähe, die sorgsame Art, mit der sie das Tuch fester um ihn zog, die Eile, mit der sie ihn gleich zurück ins Zimmer drängen wollte, schien ihn schon ein wenig kräftiger zu machen; es war, als erkenne er K. erst jetzt. »Ah, der Herr Landvermesser«, sagte er, Frieda, die keine Unterhaltung mehr zulassen wollte, zur Begütigung die Wange streichelnd. »Verzeihen Sie die Störung. Mir ist aber gar nicht wohl, das entschuldigt doch. Ich glaube, ich fiebere, ich muß einen Tee haben und schwitzen. Das verdammte Gitter im Schulgarten, daran werde ich wohl noch zu denken haben, und jetzt, schon verkühlt, bin ich noch in der Nacht herumgelaufen. Man opfert, ohne es gleich zu merken, seine Gesundheit für Dinge, die es wahrhaftig nicht wert sind. Sie aber, Herr Landvermesser, müssen sich durch mich nicht stören lassen, kommen Sie zu uns ins Zimmer herein, machen Sie einen Krankenbesuch und sagen Sie dabei Frieda, was noch zu sagen ist. Wenn zwei, die aneinander gewöhnt sind, auseinandergehen, haben sie natürlich in den letzten Augenblicken so viel zu sagen, daß das ein dritter, gar wenn er im Bett liegt und auf den versprochenen Tee wartet, unmöglich begreifen kann. Aber kommen Sie nur herein, ich werde ganz still sein.« – »Genug, genug«, sagte Frieda und zerrte an seinem Arm. »Er fiebert und weiß nicht, was er spricht. Du aber, K., geh nicht mit, ich bitte dich. Es ist mein und des Jeremias Zimmer oder vielmehr nur mein Zimmer, ich verbiete dir, mit hineinzugehen. Du verfolgst mich, ach K., warum verfolgst du mich? Niemals, niemals werde ich zu dir zurückkommen, ich schaudere, wenn ich an eine solche Möglichkeit denke. Geh doch zu deinen Mädchen; im bloßen Hemd sitzen sie auf der Ofenbank zu deinen Seiten, wie man mir erzählt hat, und wenn jemand kommt, dich abzuholen, fauchen sie ihn an. Wohl bist du dort zu Hause, wenn es dich gar so sehr hinzieht. Ich habe dich immer von dort abgehalten, mit wenig Erfolg, aber immerhin abgehalten, das ist vorüber, du bist frei. Ein schönes Leben steht dir bevor, wegen der einen wirst du vielleicht mit den Knechten ein wenig kämpfen müssen, aber was die zweite betrifft, gibt es niemanden im Himmel und auf Erden, der sie dir mißgönnt. Der Bund ist von vornherein gesegnet. Sag nichts dagegen, gewiß, du kannst alles widerlegen, aber zum Schluß ist gar nichts widerlegt. Denk nur, Jeremias, er hat alles widerlegt!« Sie verständigten sich durch Kopfnicken und Lächeln. »Aber«, fuhr Frieda fort, »angenommen, er hätte alles widerlegt, was wäre damit erreicht, was kümmert es mich? Wie es dort bei jenen zugehen mag, ist völlig ihre und seine Sache, meine nicht. Meine ist es, dich zu pflegen, so lange, bis du wieder gesund wirst, wie du's einstmals warst, ehe dich K. meinetwegen quälte.« – »Sie kommen also wirklich nicht mit, Herr Landvermesser?« fragte Jeremias, wurde aber nun von Frieda, die sich gar nicht mehr nach K. umdrehte, endgültig fortgezogen. Man sah unten eine kleine Tür, noch niedriger als die Türen hier im Gange – nicht nur Jeremias, auch Frieda mußte sich beim Hineingehen bücken –, innen schien es hell und warm zu sein; man hörte noch ein wenig flüstern, wahrscheinlich liebreiches Überreden um Jeremias ins Bett zu bringen, dann wurde die Tür geschlossen.

Erst jetzt merkte K., wie still es auf dem Gang geworden war, nicht nur hier in diesem Teil des Ganges, wo er mit Frieda gewesen war und der zu den Wirtschaftsräumen zu gehören schien, sondern auch in dem langen Gang mit den früher so lebhaften Zimmern. So waren also die Herren doch endlich eingeschlafen. Auch K. war sehr müde, vielleicht hatte er aus Müdigkeit sich gegen Jeremias nicht so gewehrt, wie er es hätte tun sollen. Es wäre vielleicht klüger gewesen, sich nach Jeremias zu richten, der seine Verkühlung sichtlich übertrieb – seine Jämmerlichkeit stammte nicht von Verkühlung, sondern war ihm angeboren und durch keinen Gesundheitstee zu vertreiben –, ganz sich nach Jeremias zu richten, die wirklich große Müdigkeit ebenso zur Schau zu stellen, hier auf dem Gang niederzusinken, was schon an sich sehr wohl tun müßte, ein wenig zu schlummern und dann vielleicht auch ein wenig gepflegt zu werden. Nur wäre es nicht so günstig ausgegangen wie bei Jeremias, der in diesem Wettbewerb um das Mitleid gewiß, und wahrscheinlich mit Recht, gesiegt hätte und offenbar auch in jedem anderen Kampf. K. war so müde, daß er daran dachte, ob er nicht versuchen könnte, in eines dieser Zimmer zu gehen, von denen gewiß manche leer waren, und sich in einem schönen Bett auszuschlafen. Das hätte seiner Meinung nach Entschädigung für vieles werden können. Auch einen Schlaftrunk hatte er bereit. Auf dem Geschirrbrett, das Frieda auf dem Boden liegengelassen hatte, war eine kleine Karaffe Rum gewesen. K. scheute nicht die Anstrengung des Rückwegs und trank das Fläschchen leer.

Nun fühlte er sich wenigstens kräftig genug, vor Erlanger zu treten. Er suchte Erlangers Zimmertür, aber da der Diener und Gerstäcker nicht mehr zu sehen und alle Türen gleich waren, konnte er sie nicht finden. Doch glaubte er, sich zu erinnern, an welcher Stelle des Ganges die Tür etwa gewesen war, und beschloß, eine Tür zu öffnen, die seiner Meinung nach wahrscheinlich die gesuchte war. Der Versuch konnte nicht allzu gefährlich sein, war es das Zimmer Erlangers, so würde ihn dieser wohl empfangen, war es das Zimmer eines anderen, so würde es doch möglich sein, sich zu entschuldigen und wieder zu gehen, und schlief der Gast, was am wahrscheinlichsten war, würde K.s Besuch gar nicht bemerkt werden; schlimm konnte es nur werden, wenn das Zimmer leer war, denn dann würde K. kaum der Versuchung widerstehen können, sich ins Bett zu legen und endlos zu schlafen. Er sah noch einmal nach rechts und links den Gang entlang, ob nicht doch jemand käme, der ihm Auskunft geben und das Wagnis unnötig machen könnte, aber der lange Gang war still und leer. Dann horchte K. an der Tür, auch hier kein Gast. Er klopfte so leise, daß ein Schlafender dadurch nicht hätte geweckt werden können, und als auch jetzt nichts erfolgte, öffnete er äußerst vorsichtig die Tür. Aber nun empfing ihn ein leichter Schrei.

Es war ein kleines Zimmer, von einem breiten Bett mehr als zur Hälfte ausgefüllt, auf dem Nachttischchen brannte die elektrische Lampe, neben ihr war eine Reisehandtasche. Im Bett, aber ganz unter der Decke verborgen, bewegte sich jemand unruhig und flüsterte durch einen Spalt zwischen Decke und Bettuch: »Wer ist es?« Nun konnte K. nicht ohne weiteres mehr fort, unzufrieden betrachtete er das üppige, aber leider nicht leere Bett, erinnerte sich dann an die Frage und nannte seinen Namen. Das schien eine gute Wirkung zu haben, der Mann im Bett zog ein wenig die Decke vom Gesicht, aber ängstlich bereit, sich gleich wieder ganz zu bedecken, wenn draußen etwas nicht stimmen sollte. Dann aber schlug er die Decke ohne Bedenken zurück und setzte sich aufrecht. Erlanger war es gewiß nicht. Es war ein kleiner, wohl aussehender Herr, dessen Gesicht dadurch einen gewissen Widerspruch in sich trug, daß die Wangen kindlich rund, die Augen kindlich fröhlich waren, daß aber die hohe Stirn, die spitze Nase, der schmale Mund, dessen Lippen kaum zusammenhalten wollten, das sich fast verflüchtigende Kinn gar nicht kindlich waren, sondern überlegenes Denken verrieten. Es war wohl die Zufriedenheit damit, die Zufriedenheit mit sich selbst, die ihm einen starken Rest gesunder Kindlichkeit bewahrt hatte. »Kennen Sie Friedrich?« fragte er. K. verneinte. »Aber er kennt Sie«, sagte der Herr lächelnd. K. nickte; an Leuten, die ihn kannten, fehlte es nicht, das war sogar eines der Haupthindernisse auf seinem Wege. »Ich bin sein Sekretär«, sagte der Herr, »mein Name ist Bürgel.« – »Entschuldigen Sie«, sagte K. und langte nach der Klinke, »ich habe leider Ihre Tür mit einer anderen verwechselt. Ich bin nämlich zu Sekretär Erlanger berufen.« – »Wie schade«, sagte Bürgel. »Nicht daß Sie anderswohin berufen sind, sondern daß Sie die Türen verwechselt haben. Ich schlafe nämlich, einmal geweckt, ganz gewiß nicht wieder ein. Nun, das muß Sie aber nicht gar so betrüben, das ist mein persönliches Unglück. Warum sind auch die Türen hier unversperrbar, nicht? Das hat freilich seinen Grund. Weil nach einem alten Spruch die Türen der Sekretäre immer offen sein sollen. Aber so wörtlich müßte auch das allerdings nicht genommen werden.« Bürgel sah K. fragend und fröhlich an, im Gegensatz zu seiner Klage schien er recht wohl ausgeruht; so müde, wie K. jetzt, war Bürgel wohl noch überhaupt nie gewesen. »Wohin wollen Sie denn jetzt gehen?« fragte Bürgel. »Es ist vier Uhr. Jeden, zu dem Sie gehen wollten, müßten Sie wecken, nicht jeder ist an Störungen so gewöhnt wie ich, nicht jeder wird es so geduldig hinnehmen, die Sekretäre sind ein nervöses Volk. Bleiben Sie also ein Weilchen. Gegen fünf Uhr beginnt man hier aufzustehen, dann werden Sie am besten Ihrer Vorladung entsprechen können. Lassen Sie, bitte, also endlich die Klinke los und setzen Sie sich irgendwohin, der Platz ist hier freilich beengt, am besten wird es sein, wenn Sie sich hier auf den Bettrand setzen. Sie wundern sich, daß ich weder Sessel noch Tisch hier habe? Nun, ich hatte die Wahl, entweder eine vollständige Zimmereinrichtung mit einem schmalen Hotelbett zu bekommen oder dieses große Bett und sonst nichts als den Waschtisch. Ich habe das große Bett gewählt, in einem Schlafzimmer ist doch wohl das Bett die Hauptsache! Ach, wer sich ausstrecken und gut schlafen könnte, dieses Bett müßte für einen guten Schläfer wahrhaft köstlich sein. Aber auch mir, der ich immerfort müde bin, ohne schlafen zu können, tut es wohl, ich verbringe darin einen großen Teil des Tages, erledige darin alle Korrespondenzen, führe hier die Parteieinvernahmen aus. Es geht recht gut. Die Parteien haben allerdings keinen Platz zum Sitzen, aber das verschmerzen sie, es ist doch auch für sie angenehmer, wenn sie stehen und der Protokollist sich wohl fühlt, als wenn sie bequem sitzen und dabei angeschnauzt werden. Dann habe ich nur noch diesen Platz am Bettrand zu vergeben, aber das ist kein Amtsplatz und nur für nächtliche Unterhaltungen bestimmt. Aber Sie sind so still, Herr Landvermesser?« – »Ich bin sehr müde«, sagte K., der sich auf die Aufforderung hin sofort, grob, ohne Respekt, aufs Bett gesetzt und an den Pfosten gelehnt hatte. »Natürlich«, sagte Bürgel lachend, »hier ist jeder müde. Es ist zum Beispiel keine kleine Arbeit, die ich gestern und auch heute schon geleistet habe. Es ist ja völlig ausgeschlossen, daß ich jetzt einschlafe, wenn aber doch dieses Allerunwahrscheinlichste geschehen und ich noch, solange Sie hier sind, einschlafen sollte, dann, bitte, halten Sie sich still und machen Sie auch die Tür nicht auf. Aber keine Angst, ich schlafe gewiß nicht ein und günstigenfalls nur für ein paar Minuten. Es verhält sich nämlich mit mir so, daß ich, wahrscheinlich weil ich an Parteienverkehr so sehr gewöhnt bin, immerhin noch am leichtesten einschlafe, wenn ich Gesellschaft habe.« – »Schlafen Sie nur, bitte, Herr Sekretär«, sagte K., erfreut von dieser Ankündigung, »ich werde dann, wenn Sie erlauben, auch ein wenig schlafen.« – »Nein, nein«, lachte Bürgel wieder, »auf die bloße Einladung hin kann ich leider nicht einschlafen, nur im Laufe des Gespräches kann sich die Gelegenheit dazu ergeben, am ehesten schläfert mich ein Gespräch ein. Ja, die Nerven leiden bei unserem Geschäft. Ich, zum Beispiel, bin Verbindungssekretär. Sie wissen nicht, was das ist? Nun, ich bilde die stärkste Verbindung« – hierbei rieb er sich eilig in unwillkürlicher Fröhlichkeit die Hände – »zwischen Friedrich und dem Dorf, ich bilde die Verbindung zwischen seinen Schloß- und Dorfsekretären, bin meist im Dorf, aber nicht ständig; jeden Augenblick muß ich darauf gefaßt sein, ins Schloß hinaufzufahren. Sie sehen die Reisetasche, ein unruhiges Leben, nicht für jeden taugt's. Andererseits ist es richtig, daß ich diese Art der Arbeit nicht mehr entbehren könnte, alle andere Arbeit schiene mir schal. Wie verhält es sich denn mit der Landvermesserei?« – »Ich mache keine solche Arbeit, ich werde nicht als Landvermesser beschäftigt«, sagte K., er war wenig mit seinen Gedanken bei der Sache, eigentlich brannte er nur darauf, daß Bürgel einschlafe, aber auch das tat er nur aus einem gewissen Pflichtgefühl gegen sich selbst, zuinnerst glaubte er zu wissen, daß der Augenblick von Bürgels Einschlafen noch unabsehbar fern sei. »Das ist erstaunlich«, sagte Bürgel mit lebhaftem Werfen des Kopfes und zog einen Notizblock unter der Decke hervor, um sich etwas zu notieren. »Sie sind Landvermesser und haben keine Landvermesserarbeit.« K. nickte mechanisch, er hatte oben auf dem Bettpfosten den linken Arm ausgestreckt und den Kopf auf ihn gelegt, schon verschiedentlich hatte er es sich bequem zu machen versucht, diese Stellung war aber die bequemste von allen, er konnte nun auch ein wenig besser darauf achten, was Bürgel sagte. »Ich bin bereit«, fuhr Bürgel fort, »diese Sache weiter zu verfolgen. Bei uns hier liegen doch die Dinge ganz gewiß nicht so, daß man eine fachliche Kraft unausgenützt lassen dürfte. Und auch für Sie muß es doch kränkend sein; leiden Sie denn nicht darunter?« – »Ich leide darunter«, sagte K. langsam und lächelte für sich, denn gerade jetzt litt er darunter nicht im geringsten. Auch machte das Anerbieten Bürgels wenig Eindruck auf ihn. Es war durchaus dilettantisch. Ohne etwas von den Umständen zu wissen, unter welchen K.s Berufung erfolgt war, von den Schwierigkeiten, welchen sie in der Gemeinde und im Schloß begegnete, von den Verwicklungen, welche während K.s hiesigem Aufenthalt sich schon ergeben oder angekündigt hatten, ohne von dem allen etwas zu wissen, ja sogar ohne zu zeigen, daß ihn, was von einem Sekretär ohne weiteres hätte angenommen werden sollen, wenigstens eine Ahnung dessen berühre, erbot er sich, aus dem Handgelenk mit Hilfe seines kleinen Notizblockes die Sache da oben in Ordnung zu bringen. »Sie scheinen schon einige Enttäuschungen gehabt zu haben«, sagte Bürgel und bewies damit doch wieder einige Menschenkenntnis, wie sich K. überhaupt, seit er das Zimmer betreten hatte, von Zeit zu Zeit aufforderte, Bürgel nicht zu unterschätzen, aber in seinem Zustand war es schwer, etwas anderes als die eigene Müdigkeit gerecht zu beurteilen. »Nein«, sagte Bürgel, als antworte er auf einen Gedanken K.s und wollte ihm rücksichtsvoll die Mühe des Aussprechens ersparen. »Sie müssen sich nicht durch Enttäuschungen abschrecken lassen. Es scheint hier manches ja daraufhin eingerichtet, abzuschrecken, und wenn man neu hier ankommt, scheinen einem die Hindernisse völlig undurchdringlich. Ich will nicht untersuchen, wie es sich damit eigentlich verhält, vielleicht entspricht der Schein tatsächlich der Wirklichkeit, in meiner Stellung fehlt mir der richtige Abstand, um das festzustellen, aber merken Sie auf, es ergeben sich dann doch wieder manchmal Gelegenheiten, die mit der Gesamtlage fast nicht übereinstimmen, Gelegenheiten, bei welchen durch ein Wort, durch einen Blick, durch ein Zeichen des Vertrauens mehr erreicht werden kann als durch lebenslange, auszehrende Bemühungen. Gewiß, so ist es. Freilich stimmen dann diese Gelegenheiten doch wieder insofern mit der Gesamtlage überein, als sie niemals ausgenützt werden. Aber warum werden sie denn nicht ausgenützt, frage ich immer wieder.« K. wußte es nicht; zwar merkte er, daß ihn das, wovon Bürgel sprach, wahrscheinlich sehr betraf, aber er hatte jetzt eine große Abneigung gegen alle Dinge, die ihn betrafen, er rückte mit dem Kopf ein wenig beiseite, als mache er dadurch den Fragen Bürgels den Weg frei und könne von ihnen nicht mehr berührt werden. »Es ist«, fuhr Bürgel fort, streckte die Arme und gähnte, was in einem verwirrenden Widerspruch zum Ernst seiner Worte war, »es ist eine ständige Klage der Sekretäre, daß sie gezwungen sind, die meisten Dorfverhöre in der Nacht durchzuführen. Warum aber klagen sie darüber? Weil es sie zu sehr anstrengt? Weil sie die Nacht lieber zum Schlafen verwenden wollen? Nein, darüber klagen sie gewiß nicht. Es gibt natürlich unter den Sekretären Fleißige und minder Fleißige, wie überall; aber über allzu große Anstrengung klagt niemand von ihnen, gar öffentlich nicht. Es ist das einfach nicht unsere Art. Wir kennen in dieser Hinsicht keinen Unterschied zwischen gewöhnlicher Zeit und Arbeitszeit. Solche Unterscheidungen sind uns fremd. Was also haben aber dann die Sekretäre gegen die Nachtverhöre? Ist es etwa gar Rücksicht auf die Parteien? Nein, nein, das ist es auch nicht. Gegen die Parteien sind die Sekretäre rücksichtslos, allerdings nicht um das geringste rücksichtsloser als gegen sich selbst, sondern nur genauso rücksichtslos. Eigentlich ist ja diese Rücksichtslosigkeit nichts als eiserne Befolgung und Durchführung des Dienstes, die größte Rücksichtnahme, welche sich die Parteien nur wünschen können. Dies wird auch im Grunde – ein oberflächlicher Beobachter merkt das freilich nicht – völlig anerkannt; ja, es sind zum Beispiel in diesem Falle gerade die Nachtverhöre, welche den Parteien willkommen sind, es laufen keine grundsätzlichen Beschwerden gegen die Nachtverhöre ein. Warum also doch die Abneigung der Sekretäre?« Auch das wußte K. nicht, er wußte so wenig, er unterschied nicht einmal, ob Bürgel ernstlich oder nur scheinbar die Antwort forderte. Wenn du mich in dein Bett legen läßt, dachte er, werde ich dir morgen mittag oder noch lieber abends alle Fragen beantworten. Aber Bürgel schien auf ihn nicht zu achten, allzusehr beschäftigte ihn die Frage, die er sich selbst vorgelegt hatte: »Soviel ich erkenne und soviel ich selbst erfahren habe, haben die Sekretäre hinsichtlich der Nachtverhöre etwa folgendes Bedenken: Die Nacht ist deshalb für Verhandlungen mit den Parteien weniger geeignet, weil es nachts schwer oder geradezu unmöglich ist, den amtlichen Charakter der Verhandlungen voll zu wahren. Das liegt nicht an Äußerlichkeiten, die Formen können natürlich in der Nacht nach Belieben ebenso streng beobachtet werden wie bei Tag. Das ist es also nicht, dagegen leidet die amtliche Beurteilung in der Nacht. Man ist unwillkürlich geneigt, in der Nacht die Dinge von einem mehr privaten Gesichtspunkt zu beurteilen, die Vorbringungen der Parteien bekommen mehr Gewicht, als ihnen zukommt, es mischen sich in die Beurteilung gar nicht hingehörige Erwägungen der sonstigen Lage der Parteien, ihrer Leiden und Sorgen, ein; die notwendige Schranke zwischen Parteien und Beamten, mag sie äußerlich fehlerlos vorhanden sein, lockert sich, und wo sonst, wie es sein soll, nur Fragen und Antworten hin- und widergingen, scheint sich manchmal ein sonderbarer, ganz und gar unpassender Austausch der Personen zu vollziehen. So sagen es wenigstens die Sekretäre, also Leute allerdings, die von Berufs wegen mit einem ganz außerordentlichen Feingefühl für solche Dinge begabt sind. Aber selbst sie – dies wurde schon oft in unseren Kreisen besprochen – merken während der Nachtverhöre von jenen ungünstigen Einwirkungen wenig; im Gegenteil, sie strengen sich von vornherein an, ihnen entgegenzuarbeiten und glauben schließlich, ganz besonders gute Leistungen zustande gebracht zu haben. Liest man aber später die Protokolle nach, staunt man oft über ihre offen zutage liegenden Schwächen. Und es sind dies Fehler, und zwar immer wieder halb unberechtigte Gewinne der Parteien, welche wenigstens nach unseren Vorschriften im gewöhnlichen kurzen Wege nicht mehr gutzumachen sind. Ganz gewiß werden sie einmal noch von einem Kontrollamt verbessert werden, aber dies wird nur dem Recht nützen, jener Partei aber nicht mehr schaden können. Sind unter solchen Umständen die Klagen der Sekretäre nicht sehr berechtigt?« K. hatte schon ein kleines Weilchen in einem halben Schlummer verbracht, nun war er wieder aufgestört. Warum dies alles? Warum dies alles? fragte er sich und betrachtete unter den gesenkten Augenlidern Bürgel nicht wie einen Beamten, der mit ihm schwierige Fragen besprach, sondern nur wie irgend etwas, das ihn am Schlafen hinderte und dessen sonstigen Sinn er nicht ausfindig machen konnte. Bürgel aber, ganz seinem Gedankengang hingegeben, lächelte, als sei es ihm eben gelungen, K. ein wenig irrezuführen. Doch war er bereit, ihn gleich wieder auf den richtigen Weg zurückzubringen. »Nun«, sagte er, »ganz berechtigt kann man diese Klagen ohne weiteres auch wieder nicht nennen. Die Nachtverhöre sind zwar nirgends geradezu vorgeschrieben, man vergeht sich also gegen keine Vorschrift, wenn man sie zu vermeiden sucht, aber die Verhältnisse, die Überfülle der Arbeit, die Beschäftigungsart der Beamten im Schloß, ihre schwere Abkömmlichkeit, die Vorschrift, daß das Parteienverhör erst nach vollständigem Abschluß der sonstigen Untersuchung, dann aber sofort zu erfolgen habe, alles dieses und anderes mehr hat die Nachtverhöre doch zu einer unumgänglichen Notwendigkeit gemacht. Wenn sie nun aber eine Notwendigkeit geworden sind – so sage ich –, ist dies doch auch, wenigstens mittelbar, ein Ergebnis der Vorschriften, und an dem Wesen der Nachtverhöre mäkeln, hieße dann fast – ich übertreibe natürlich ein wenig, darum, als Übertreibung, darf ich es aussprechen –, hieße dann sogar an den Vorschriften mäkeln.

Dagegen mag es den Sekretären zugestanden bleiben, daß sie sich innerhalb der Vorschriften gegen die Nachtverhöre und ihre vielleicht nur scheinbaren Nachteile zu sichern suchen, so gut es geht. Das tun sie ja auch, und zwar in größtem Ausmaß. Sie lassen nur Verhandlungsgegenstände zu, von denen in jedem Sinne möglichst wenig zu befürchten ist, prüfen sich vor den Verhandlungen genau und sagen, wenn das Ergebnis der Prüfung es verlangt, auch noch im letzten Augenblick alle Einvernahmen ab, stärken sich, indem sie eine Partei oft zehnmal berufen, ehe sie sie wirklich vornehmen, lassen sich gern von Kollegen vertreten, welche für den betreffenden Fall unzuständig sind und ihn daher mit größerer Leichtigkeit behandeln können, setzen die Verhandlungen wenigstens auf den Anfang oder das Ende der Nacht an und vermeiden die mittleren Stunden, solcher Maßnahmen gibt es noch viele, sie lassen sich nicht leicht beikommen, die Sekretäre, sie sind fast ebenso widerstandsfähig wie verletzlich.« K. schlief, es war zwar kein eigentlicher Schlaf, er hörte Bürgels Worte vielleicht besser als während des früheren todmüden Wachens, Wort für Wort schlug an sein Ohr, aber das lästige Bewußtsein war geschwunden, er fühlte sich frei, nicht Bürgel hielt ihn mehr, nur er tastete noch manchmal nach Bürgel hin, er war noch nicht in der Tiefe des Schlafes, aber eingetaucht in ihn war er. Niemand sollte ihm das mehr rauben. Und es war ihm, als sei ihm damit ein großer Sieg gelungen, und schon war auch eine Gesellschaft da, dies zu feiern, und er oder auch jemand anders hob das Champagnerglas zu Ehren dieses Sieges. Und damit alle wissen sollten, worum es sich handle, wurde der Kampf und der Sieg noch einmal wiederholt oder vielleicht gar nicht wiederholt, sondern fand erst jetzt statt und war schon früher gefeiert worden, und es wurde nicht abgelassen, ihn zu feiern, weil der Ausgang glücklicherweise gewiß war. Ein Sekretär, nackt, sehr ähnlich der Statue eines griechischen Gottes, wurde von K. im Kampf bedrängt. Es war sehr komisch, und K. lächelte darüber sanft im Schlaf, wie der Sekretär aus seiner stolzen Haltung durch K.s Vorstöße immer aufgeschreckt wurde und etwa den hochgestreckten Arm und die geballte Faust schnell dazu verwenden mußte, um seine Blößen zu decken, und doch damit noch immer zu langsam war. Der Kampf dauerte nicht lange; Schritt für Schritt, und es waren sehr große Schritte, rückte K. vor. War es überhaupt ein Kampf? Es gab kein ernstliches Hindernis, nur hier und da ein Piepsen des Sekretärs. Dieser griechische Gott piepste wie ein Mädchen, das gekitzelt wird. Und schließlich war er fort, K. war allein in einem großen Raum, kampfbereit drehte er sich um und suchte den Gegner; es war aber niemand mehr da, auch die Gesellschaft hatte sich verlaufen, nur das Champagnerglas lag zerbrochen auf der Erde. K. zertrat es völlig. Die Scherben aber stachen, zusammenzuckend erwachte er doch wieder, ihm war übel wie einem kleinen Kind, wenn es geweckt wird. Trotzdem streifte ihn beim Anblick der entblößten Brust Bürgels vom Traum her der Gedanke: Hier hast du ja deinen griechischen Gott! Reiß ihn doch aus den Federn. »Es gibt aber«, sagte Bürgel, nachdenklich das Gesicht zur Zimmerdecke erhoben, als suche er in der Erinnerung nach Beispielen, könne aber keine finden, »es gibt aber dennoch trotz allen Vorsichtsmaßregeln für die Parteien eine Möglichkeit, diese nächtliche Schwäche der Sekretäre – immer vorausgesetzt, daß es eine Schwäche ist – für sich auszunützen. Freilich, eine sehr seltene oder, besser gesagt, eine fast niemals vorkommende Möglichkeit. Sie besteht darin, daß die Partei mitten in der Nacht unangemeldet kommt. Sie wundern sich vielleicht, daß dies, obwohl es so naheliegend scheint, gar so selten geschehen soll. Nun ja, Sie sind mit unseren Verhältnissen nicht vertraut. Aber auch Ihnen dürfte doch schon die Lückenlosigkeit der amtlichen Organisation aufgefallen sein. Aus dieser Lückenlosigkeit aber ergibt sich, daß jeder, der irgendein Anliegen hat oder aus sonstigen Gründen über etwas verhört werden muß, sofort, ohne Zögern, meistens sogar noch ehe er selbst sich die Sache zurechtgelegt hat, ja, noch ehe er selbst von ihr weiß, schon die Vorladung erhält. Er wird diesmal noch nicht einvernommen, meistens noch nicht einvernommen, so reif ist die Angelegenheit gewöhnlich noch nicht, aber die Vorladung hat er, unangemeldet kann er nicht mehr kommen, er kann höchstens zur Unzeit kommen, nun, dann wird er nur auf das Datum und die Stunde der Vorladung aufmerksam gemacht, und kommt er dann zu rechter Zeit wieder, wird er in der Regel weggeschickt, das macht keine Schwierigkeit mehr; die Vorladung in der Hand der Partei und die Vormerkung in den Akten, das sind für die Sekretäre zwar nicht immer ausreichende, aber doch starke Abwehrwaffen. Das bezieht sich allerdings nur auf den für die Sache gerade zuständigen Sekretär; die anderen überraschend in der Nacht anzugehen, stünde doch noch jedem frei. Doch wird das kaum jemand tun, es ist fast sinnlos. Zunächst würde man dadurch den zuständigen Sekretär sehr erbittern, wir Sekretäre sind zwar untereinander hinsichtlich der Arbeit gewiß nicht eifersüchtig, jeder trägt ja eine allzu hoch bemessene, wahrhaftig ohne jede Kleinlichkeit aufgeladene Arbeitslast, aber gegenüber den Parteien dürfen wir Störungen der Zuständigkeit keinesfalls dulden. Mancher hat schon die Partie verloren, weil er, da er an zuständiger Stelle nicht vorwärtszukommen glaubte, an unzuständiger durchzuschlüpfen versuchte. Solche Versuche müssen übrigens auch daran scheitern, daß ein unzuständiger Sekretär, selbst wenn er nächtlich überrumpelt wird und besten Willens ist zu helfen, eben infolge seiner Unzuständigkeit kaum mehr eingreifen kann als irgendein beliebiger Advokat, oder im Grunde viel weniger, denn ihm fehlt ja – selbst wenn er sonst irgend etwas tun könnte, da er doch die geheimen Wege des Rechtes besser kennt als alle die advokatischen Herrschaften –, es fehlt ihm einfach für die Dinge, bei denen er nicht zuständig ist, jede Zeit, keinen Augenblick kann er dafür aufwenden. Wer würde also bei diesen Aussichten seine Nächte dafür verwenden, unzuständige Sekretäre abzugeben, auch sind ja die Parteien voll beschäftigt, wenn sie neben ihrem sonstigen Berufe den Vorladungen und Winken der zuständigen Stellen entsprechen wollen, ›voll beschäftigt‹ freilich im Sinne der Parteien, was natürlich noch bei weitem nicht das gleiche ist, wie ›voll beschäftigt‹ im Sinne der Sekretäre.« K. nickte lächelnd, er glaubte jetzt, alles genau zu verstehen; nicht deshalb, weil es ihn bekümmerte, sondern weil er nun überzeugt war, in den nächsten Augenblicken würde er völlig einschlafen, diesmal ohne Traum und Störung; zwischen den zuständigen Sekretären auf der einen Seite und den unzuständigen auf der anderen und angesichts der Masse der voll beschäftigten Parteien würde er in tiefen Schlaf sinken und auf diese Weise allem entgehen. An die leise, selbstzufriedene, für das eigene Einschlafen offenbar vergeblich arbeitende Stimme Bürgels hatte er sich nun so gewöhnt, daß sie seinen Schlaf mehr befördern als stören würde. Klappere, Mühle, klappere, dachte er, du klapperst nur für mich. »Wo ist nun also«, sagte Bürgel, mit zwei Fingern an der Unterlippe spielend, mit geweiteten Augen, gestrecktem Hals, etwa als nähere er sich nach einer mühseligen Wanderung einem entzückenden Aussichtspunkt. »Wo ist nun also jene erwähnte, seltene, fast niemals vorkommende Möglichkeit? Das Geheimnis steckt in den Vorschriften über die Zuständigkeit. Es ist nämlich nicht so und kann bei einer großen lebendigen Organisation nicht so sein, daß für jede Sache nur ein bestimmter Sekretär zuständig ist. Es ist nur so, daß einer die Hauptzuständigkeit hat, viele andere aber auch zu gewissen Teilen eine, wenn auch kleinere Zuständigkeit haben. Wer könnte allein, und wäre es der größte Arbeiter, alle Beziehungen auch nur des kleinsten Vorfalles auf seinem Schreibtisch zusammenhalten? Selbst was ich von der Hauptzuständigkeit gesagt habe, ist zuviel gesagt. Ist nicht in der kleinsten Zuständigkeit auch schon die ganze? Entscheidet hier nicht die Leidenschaft, mit welcher die Sache ergriffen wird? Und ist die nicht immer die gleiche, immer in voller Stärke da? In allem mag es Unterschiede unter den Sekretären geben, und es gibt solcher Unterschiede unzählige, in der Leidenschaft aber nicht; keiner von ihnen wird sich zurückhalten können, wenn an ihn die Aufforderung herantritt, sich mit einem Fall, für den er nur die geringste Zuständigkeit besitzt, zu beschäftigen. Nach außen allerdings muß eine geordnete Verhandlungsmöglichkeit geschaffen werden, und so tritt für die Parteien je ein bestimmter Sekretär in den Vordergrund, an den sie sich amtlich zu halten haben. Es muß dies aber nicht einmal derjenige sein, der die größte Zuständigkeit für den Fall besitzt, hier entscheidet die Organisation und ihre besonderen augenblicklichen Bedürfnisse. Dies ist die Sachlage. Und nun erwägen Sie, Herr Landvermesser, die Möglichkeit, daß eine Partei durch irgendwelche Umstände trotz den Ihnen schon beschriebenen, im allgemeinen völlig ausreichenden Hindernissen dennoch mitten in der Nacht einen Sekretär überrascht, der eine gewisse Zuständigkeit für den betreffenden Fall besitzt. An eine solche Möglichkeit haben Sie wohl noch nicht gedacht? Das will ich Ihnen gern glauben. Es ist ja auch nicht nötig, an sie zu denken, denn sie kommt ja fast niemals vor. Was für ein sonderbar und ganz bestimmt geformtes, kleines und geschicktes Körnchen müßte eine solche Partei sein, um durch das unübertreffliche Sieb durchzugleiten? Sie glauben, es kann gar nicht vorkommen? Sie haben recht, es kann gar nicht vorkommen. Aber eines Nachts – wer kann für alles bürgen? – kommt es doch vor. Ich kenne unter meinen Bekannten allerdings niemanden, dem es schon geschehen wäre, nun beweist das zwar sehr wenig, meine Bekanntschaft ist im Vergleich zu den hier in Betracht kommenden Zahlen beschränkt, und außerdem ist es auch gar nicht sicher, daß ein Sekretär, dem etwas Derartiges geschehen ist, es auch gestehen will, es ist immerhin eine sehr persönliche und gewissermaßen die amtliche Scham ernst berührende Angelegenheit. Immerhin beweist aber meine Erfahrung vielleicht, daß es sich um eine so seltene, eigentlich nur dem Gerücht nach vorhandene, durch gar nichts anderes bestätigte Sache handelt, daß es also sehr übertrieben ist, sich vor ihr zu fürchten. Selbst wenn sie wirklich geschehen sollte, kann man sie – sollte man glauben – förmlich dadurch unschädlich machen, daß man ihr, was sehr leicht ist, beweist, für sie sei kein Platz auf dieser Welt. Jedenfalls ist es krankhaft, wenn man sich aus Angst vor ihr unter der Decke versteckt und nicht wagt hinauszuschauen. Und selbst wenn die vollkommene Unwahrscheinlichkeit plötzlich hätte Gestalt bekommen sollen, ist dann schon alles verloren? Im Gegenteil. Daß alles verloren sei, ist noch unwahrscheinlicher als das Unwahrscheinlichste. Freilich, wenn die Partei im Zimmer ist, ist es schon sehr schlimm. Es beengt das Herz. – Wie lange wirst du Widerstand leisten können? fragte man sich. Es wird aber gar kein Widerstand sein, das weiß man. Sie müssen sich die Lage nur richtig vorstellen. Die niemals gesehene, immer erwartete, mit wahrem Durst erwartete und immer vernünftigerweise als unerreichbar angesehene Partei sitzt da. Schon durch ihre stumme Anwesenheit lädt sie ein, in ihr armes Leben einzudringen, sich darin umzutun wie in eigenem Besitz und dort unter ihren vergeblichen Forderungen mitzuleiden. Diese Einladung in der stillen Nacht ist berückend. Man folgt ihr und hat nun eigentlich aufgehört, Amtsperson zu sein. Es ist eine Lage, in der es schon bald unmöglich wird, eine Bitte abzuschlagen. Genaugenommen ist man verzweifelt; noch genauer genommen, ist man sehr glücklich. Verzweifelt, denn die Wehrlosigkeit, mit der man hier sitzt und auf die Bitte der Partei wartet und weiß, daß man sie, wenn sie einmal ausgesprochen ist, erfüllen muß, wenn sie auch, wenigstens soweit man es selbst übersehen kann, die Amtsorganisation förmlich zerreißt: das ist ja wohl das Ärgste, was einem in der Praxis begegnen kann. Vor allem – von allem anderen abgesehen –, weil es auch eine über alle Begriffe gehende Rangerhöhung ist, die man hier für den Augenblick für sich gewaltsam in Anspruch nimmt. Unserer Stellung nach sind wir ja gar nicht befugt, Bitten, wie die, um die es sich hier handelt, zu erfüllen, aber durch die Nähe dieser nächtlichen Partei wachsen uns gewissermaßen auch die Amtskräfte, wir verpflichten uns zu Dingen, die außerhalb unseres Bereiches sind; ja, wir werden sie auch ausführen. Die Partei zwingt uns in der Nacht, wie der Räuber im Wald, Opfer ab, deren wir sonst niemals fähig wären; nun gut, so ist es jetzt, wenn die Partei noch da ist, uns stärkt und zwingt und aneifert und alles noch halb besinnungslos im Gange ist; wie wird es aber nachher sein, wenn es vorüber ist, die Partei, gesättigt und unbekümmert, uns verläßt und wir dastehen, allein, wehrlos im Angesicht unseres Amtsmißbrauches – das ist gar nicht auszudenken! Und trotzdem sind wir glücklich. Wie selbstmörderisch das Glück sein kann! Wir könnten uns ja anstrengen, der Partei die wahre Lage geheimzuhalten. Sie selbst aus eigenem merkt ja kaum etwas. Sie ist ja ihrer Meinung nach wahrscheinlich nur aus irgendwelchen gleichgültigen, zufälligen Gründen – übermüdet, enttäuscht, rücksichtslos und gleichgültig aus Übermüdung und Enttäuschung – in ein anderes Zimmer gedrungen, als sie wollte, sie sitzt unwissend da und beschäftigt sich in Gedanken, wenn sie sich überhaupt beschäftigt, mit ihrem Irrtum oder mit ihrer Müdigkeit. Könnte man sie nicht dabei verlassen? Man kann es nicht. In der Geschwätzigkeit der Glücklichen muß man ihr alles erklären. Man muß, ohne sich im geringsten schonen zu können, ihr ausführlich zeigen, was geschehen ist, und aus welchen Gründen dies geschehen ist, wie außerordentlich selten und wie einzig groß die Gelegenheit ist, man muß zeigen, wie die Partei zwar in diese Gelegenheit in aller Hilflosigkeit, wie sie deren kein anderes Wesen als eben nur eine Partei fähig sein kann, hineingetappt ist, wie sie aber jetzt, wenn sie will, Herr Landvermesser, alles beherrschen kann und dafür nichts anderes zu tun hat, als ihre Bitte irgendwie vorzubringen, für welche die Erfüllung schon bereit ist, ja, welcher sie sich entgegenstreckt, das alles muß man zeigen; es ist die schwere Stunde des Beamten. Wenn man aber auch das getan hat, ist, Herr Landvermesser, das Notwendigste geschehen, man muß sich bescheiden und warten.«

K. schlief, abgeschlossen gegen alles, was geschah. Sein Kopf, der zuerst auf dem linken Arm oben auf dem Bettpfosten gelegen war, war im Schlaf abgeglitten und hing nun frei, langsam tiefer sinkend; die Stütze des Armes oben genügte nicht mehr, unwillkürlich verschaffte K. sich eine neue dadurch, daß er die rechte Hand gegen die Bettdecke stemmte, wobei er zufällig gerade den unter der Decke aufragenden Fuß Bürgels ergriff. Bürgel sah hin und überließ ihm den Fuß, so lästig das sein mochte.

Da klopfte es mit einigen starken Schlägen an die Seitenwand. K. schrak auf und sah die Wand an. »Ist nicht der Landvermesser dort?« fragte es. »Ja«, sagte Bürgel, befreite seinen Fuß von K. und streckte sich plötzlich wild und mutwillig wie ein kleiner Junge. »Dann soll er endlich herüberkommen«, sagte es wieder; auf Bürgel oder darauf, daß er etwa K. noch benötigen könnte, wurde keine Rücksicht genommen. »Es ist Erlanger«, sagte Bürgel flüsternd; daß Erlanger im Nebenzimmer war, schien ihn nicht zu überraschen. »Gehen Sie gleich zu ihm, er ärgert sich schon, suchen Sie ihn zu besänftigen. Er hat einen guten Schlaf, wir haben uns aber doch zu laut unterhalten; man kann sich und seine Stimme nicht beherrschen, wenn man von gewissen Dingen spricht. Nun, gehen Sie doch, Sie scheinen sich ja aus dem Schlaf gar nicht herausarbeiten zu können. Gehen Sie, was wollen Sie denn noch hier? Nein, Sie müssen sich wegen Ihrer Schläfrigkeit nicht entschuldigen, warum denn? Die Leibeskräfte reichen nur bis zu einer gewissen Grenze; wer kann dafür, daß gerade diese Grenze auch sonst bedeutungsvoll ist? Nein, dafür kann niemand. So korrigiert sich selbst die Welt in ihrem Lauf und behält das Gleichgewicht. Das ist ja eine vorzügliche, immer wieder unvorstellbar vorzügliche Einrichtung, wenn auch in anderer Hinsicht trostlos. Nun, gehen Sie, ich weiß nicht, warum Sie mich so ansehen. Wenn Sie noch lange zögern, kommt Erlanger über mich, das möchte ich sehr gern vermeiden. Gehen Sie doch; wer weiß, was Sie drüben erwartet, hier ist ja alles voll Gelegenheiten. Nur gibt es freilich Gelegenheiten, die gewissermaßen zu groß sind, um benützt zu werden, es gibt Dinge, die an nichts anderem als an sich selbst scheitern. Ja, das ist staunenswert. Übrigens hoffe ich jetzt doch, ein wenig einschlafen zu können. Freilich ist es schon fünf Uhr, und der Lärm wird bald beginnen. Wenn wenigstens Sie schon gehen wollten!«

Betäubt von dem plötzlichen Gewecktwerden aus tiefem Schlaf, noch grenzenlos schlafbedürftig, mit überall infolge der unbequemen Haltung schmerzhaftem Körper, konnte sich K. lange nicht entschließen aufzustehen, hielt sich die Stirn und sah hinab auf seinen Schoß. Selbst die fortwährenden Verabschiedungen Bürgels hätten ihn nicht dazu bewegen können, fortzugehen, nur ein Gefühl der völligen Nutzlosigkeit jeden weiteren Aufenthaltes in diesem Zimmer brachte ihn langsam dazu. Unbeschreiblich öde schien ihm dieses Zimmer. Ob es so geworden oder seit jeher so gewesen war, wußte er nicht. Nicht einmal wieder einzuschlafen würde ihm hier gelingen. Diese Überzeugung war sogar das Entscheidende; darüber ein wenig lächelnd, erhob er sich, stützte sich, wo er nur eine Stütze fand, am Bett, an der Wand, an der Tür, und ging, als hätte er sich längst von Bürgel verabschiedet, ohne Gruß hinaus.

DAS NEUNZEHNTE KAPITEL

Wahrscheinlich wäre er ebenso gleichgültig an Erlangers Zimmer vorübergegangen, wenn Erlanger nicht in der offenen Türe gestanden wäre und ihm zugewinkt hätte. Ein kurzer, einmaliger Wink mit dem Zeigefinger. Erlanger war zum Weggehen schon völlig bereit, er trug einen schwarzen Pelzmantel mit knappem, hochgeknöpftem Kragen. Ein Diener reichte ihm gerade die Handschuhe und hielt noch eine Pelzmütze. »Sie hätten schon längst kommen sollen«, sagte Erlanger. K. wollte sich entschuldigen. Erlanger zeigte durch ein müdes Schließen der Augen, daß er darauf verzichte. »Es handelt sich um folgendes«, sagte er. »Im Ausschank war früher eine gewisse Frieda bedienstet; ich kenne nur ihren Namen, sie selbst kenne ich nicht, sie bekümmert mich nicht. Diese Frieda hat manchmal Klamm das Bier serviert. Jetzt scheint dort ein anderes Mädchen zu sein. Nun ist diese Veränderung natürlich belanglos, wahrscheinlich für jeden, und für Klamm ganz gewiß. Je größer aber eine Arbeit ist, und Klamms Arbeit ist freilich die größte, desto weniger Kraft bleibt, sich gegen die Außenwelt zu wehren, infolgedessen kann dann jede belanglose Veränderung der belanglosesten Dinge ernstlich stören. Die kleinste Veränderung auf dem Schreibtisch, die Beseitigung eines dort seit jeher vorhanden gewesenen Schmutzflecks, das alles kann stören und ebenso ein neues Serviermädchen. Nun stört freilich das alles, selbst wenn es jeden anderen und bei jeder beliebigen Arbeit störte, Klamm nicht; davon kann gar keine Rede sein. Trotzdem sind wir verpflichtet, über Klamms Behagen derart zu wachen, daß wir selbst Störungen, die für ihn keine sind – und wahrscheinlich gibt es für ihn überhaupt keine –, beseitigen, wenn sie uns als mögliche Störungen auffallen. Nicht seinetwegen, nicht seiner Arbeit wegen beseitigen wir diese Störungen, sondern unseretwegen, unseres Gewissens und unserer Ruhe wegen. Deshalb muß jene Frieda sofort wieder in den Ausschank zurückkehren, vielleicht wird sie gerade dadurch, daß sie zurückkehrt, stören; nun, dann werden wir sie wieder wegschicken, vorläufig aber muß sie zurückkehren. Sie leben mit ihr, wie man mir gesagt hat, veranlassen Sie daher sofort ihre Rückkehr. Auf persönliche Gefühle kann dabei keine Rücksicht genommen werden, das ist ja selbstverständlich, daher lasse ich mich auch nicht in die geringste weitere Erörterung der Sache ein. Ich tue schon viel mehr, als nötig ist, wenn ich erwähne, daß Ihnen, wenn Sie sich in dieser Kleinigkeit bewähren, dies in Ihrem Fortkommen gelegentlich nützlich sein kann. Das ist alles, was ich Ihnen zu sagen habe.« Er nickte K. zum Abschied zu, setzte sich die von dem Diener gereichte Pelzmütze auf und ging, vom Diener gefolgt, schnell, aber ein wenig hinkend, den Gang hinab.

Manchmal wurden hier Befehle gegeben, die sehr leicht zu erfüllen waren, aber diese Leichtigkeit freute K. nicht. Nicht nur, weil der Befehl Frieda betraf, und zwar als Befehl gemeint war, aber K. wie ein Verlachen klang, sondern vor allem deshalb, weil aus ihm für K. die Nutzlosigkeit aller seiner Bestrebungen entgegensah. Über ihn hinweg gingen die Befehle, die ungünstigen und die günstigen, und auch die günstigen hatten wohl einen letzten ungünstigen Kern, jedenfalls aber gingen alle über ihn hinweg, und er war viel zu tief gestellt, um in sie einzugreifen oder gar sie verstummen zu machen und für seine Stimme Gehör zu bekommen. Wenn dir Erlanger abwinkt, was willst du tun; und wenn er nicht abwinkte, was könntest du ihm sagen? Zwar blieb sich K. dessen bewußt, daß seine Müdigkeit ihm heute mehr geschadet hatte als alle Ungunst der Verhältnisse, aber warum konnte er, der geglaubt hatte, sich auf seinen Körper verlassen zu können, und der ohne diese Überzeugung sich gar nicht auf den Weg gemacht hätte, warum konnte er einige schlechte und eine schlaflose Nacht nicht ertragen, warum wurde er gerade hier so unbeherrschbar müde, wo niemand müde war, oder wo vielmehr jeder, und immerfort, müde war, ohne daß dies die Arbeit schädigte; ja, es schien sie vielmehr zu fördern. Daraus war zu schließen, daß es in ihrer Art eine ganz andere Müdigkeit war als jene K.s. Hier war es wohl die Müdigkeit inmitten glücklicher Arbeit; etwas, was nach außen hin wie Müdigkeit aussah und eigentlich unzerstörbare Ruhe, unzerstörbarer Frieden war. Wenn man mittags ein wenig müde ist, so gehört das zum glücklichen natürlichen Verlauf des Tages. Die Herren hier haben immerfort Mittag, sagte sich K.

Und es stimmte sehr damit überein, daß es jetzt um fünf Uhr schon überall zu seiten des Ganges lebendig wurde. Dieses Stimmengewirr in den Zimmern hatte etwas äußerst Fröhliches. Einmal klang es wie der Jubel von Kindern, die sich zu einem Ausflug bereitmachen, ein andermal wie der Aufbruch im Hühnerstall, wie die Freude, in völliger Übereinstimmung mit dem erwachenden Tag zu sein, irgendwo ahmte sogar ein Herr den Ruf eines Hahnes nach. Der Gang selbst war zwar noch leer, aber die Türen waren schon in Bewegung, immer wieder wurde eine ein wenig geöffnet und schnell wieder geschlossen, es schwirrte im Gang von solchem Türöffnen und -schließen, hie und da sah K. auch schon oben im Spalt der nicht bis zur Decke reichenden Wände morgendlich zerraufte Köpfe erscheinen und gleich verschwinden. Aus der Ferne kam langsam ein kleines, von einem Diener geführtes Wägelchen, welches Akten enthielt. Ein zweiter Diener ging daneben, hatte ein Verzeichnis in der Hand und verglich danach offenbar die Nummern der Türen mit jenen der Akten. Vor den meisten der Türen blieb das Wägelchen stehen, gewöhnlich öffnete sich dann auch die Tür, und die zugehörigen Akten, manchmal auch nur ein Blättchen – in solchen Fällen entspann sich ein kleines Gespräch vom Zimmer zum Gang, wahrscheinlich wurden dem Diener Vorwürfe gemacht –, wurden ins Zimmer hineingereicht. Blieb die Tür geschlossen, wurden die Akten sorgfältig auf der Türschwelle aufgehäuft. In solchen Fällen schien es K., als ob die Bewegung der Türen in der Umgebung nicht nachließe, obwohl auch dort schon die Akten verteilt worden waren, sondern eher sich verstärke. Vielleicht lugten die anderen begehrlich nach den auf der Türschwelle unbegreiflicherweise noch unbehoben liegenden Akten, sie konnten nicht verstehen, wie jemand nur die Tür zu öffnen brauche, um in den Besitz seiner Akten zu kommen, und es doch nicht tue; vielleicht war es sogar möglich, daß endgültig unbehobene Akten später unter die anderen Herren verteilt würden, welche schon jetzt durch häufiges Nachschauen sich überzeugen wollten, ob die Akten noch immer auf der Schwelle lägen und ob also noch immer für sie Hoffnung vorhanden sei. Übrigens waren diese liegengebliebenen Akten meistens besonders große Bündel; und K. nahm an, daß sie aus einer gewissen Prahlerei oder Bosheit oder auch aus berechtigtem, die Kollegen aufmunterndem Stolz vorläufig liegengelassen worden waren. In dieser Annahme bestärkte ihn, daß manchmal, immer wenn er gerade nicht hinsah, der Sack, nachdem er lange genug zur Schau gestellt gewesen war, plötzlich und eiligst ins Zimmer hineingezogen wurde und die Tür dann wieder unbeweglich wie früher blieb, auch die Türen in der Umgebung beruhigten sich dann, enttäuscht oder auch zufrieden damit, daß dieser Gegenstand fortwährender Reizung endlich beseitigt war, doch kamen sie dann allmählich wieder in Bewegung.

K. betrachtete das alles nicht nur mit Neugier, sondern auch mit Teilnahme. Er fühlte sich fast wohl inmitten des Getriebes, sah hierhin und dorthin und folgte – wenn auch in entsprechender Entfernung – den Dienern, die sich freilich schon öfters mit strengem Blick, gesenktem Kopf, aufgeworfenen Lippen nach ihm umgewandt hatten, und sah ihrer Verteilungsarbeit zu. Sie ging, je weiter sie fortschritt, immer weniger glatt vonstatten, entweder stimmte das Verzeichnis nicht ganz oder waren die Akten für den Diener nicht immer gut unterscheidbar oder erhoben die Herren aus anderen Gründen Einwände; jedenfalls kam es vor, daß manche Verteilungen rückgängig gemacht werden mußten, dann fuhr das Wägelchen zurück, und es wurde durch den Türspalt wegen der Rückgabe der Akten verhandelt. Die Verhandlungen machten schon an sich große Schwierigkeiten, es kam aber häufig genug vor, daß, wenn es sich um die Rückgabe handelte, gerade Türen, die früher in der lebhaftesten Bewegung gewesen waren, jetzt unerbittlich geschlossen blieben, wie wenn sie von der Sache gar nichts mehr wissen wollten. Dann begannen erst die eigentlichen Schwierigkeiten. Derjenige, welcher Anspruch auf die Akten zu haben glaubte, war äußerst ungeduldig, machte in seinem Zimmer großen Lärm, klatschte in die Hände, stampfte mit den Füßen, rief durch den Türspalt immer wieder eine bestimmte Aktennummer in den Gang hinaus. Dann blieb das Wägelchen oft ganz verlassen. Der eine Diener war damit beschäftigt, den Ungeduldigen zu besänftigen, der andere kämpfte vor der geschlossenen Tür um die Rückgabe. Beide hatten es schwer. Der Ungeduldige wurde durch die Besänftigungsversuche oft noch ungeduldiger, er konnte die leeren Worte des Dieners gar nicht mehr anhören, er wollte nicht Trost, er wollte Akten; ein solcher Herr goß einmal oben durch den Spalt ein ganzes Waschbecken auf den Diener aus. Der andere Diener, offenbar der im Rang höhere, hatte es aber noch viel schwerer. Ließ sich der betreffende Herr auf Verhandlungen überhaupt ein, gab es sachliche Besprechungen, bei welchen sich der Diener auf sein Verzeichnis, der Herr auf seine Vormerkungen und gerade auf die Akten berief, die er zurückgeben sollte, die er aber vorläufig fest in der Hand hielt, so daß kaum ein Eckchen von ihnen für die begehrlichen Augen des Dieners sichtbar blieb. Auch mußte dann der Diener wegen neuer Beweise zu dem Wägelchen zurücklaufen, das auf dem ein wenig sich senkenden Gang immer von selbst ein Stück weitergerollt war, oder er mußte zu dem die Akten beanspruchenden Herrn gehen und dort die Einwände des bisherigen Besitzers für neue Gegeneinwände austauschen. Solche Verhandlungen dauerten sehr lange, bisweilen einigte man sich, der Herr gab etwa einen Teil der Akten heraus oder bekam als Entschädigung andere Akten, da nur eine Verwechslung vorgelegen hatte; es kam aber auch vor, daß jemand auf alle verlangten Akten ohne weiteres verzichten mußte, sei es, daß er durch die Beweise des Dieners in die Enge getrieben war, sei es, daß er des fortwährenden Handelns müde war, dann aber gab er die Akten nicht dem Diener, sondern warf sie mit plötzlichem Entschluß weit in den Gang hinaus, daß sich die Bindfäden lösten und die Blätter flogen und die Diener viel Mühe hatten, alles wieder in Ordnung zu bringen. Aber alles war noch verhältnismäßig einfacher, als wenn der Diener auf seine Bitten um Rückgabe überhaupt keine Antwort bekam, dann stand er vor der verschlossenen Tür, bat, beschwor, zitierte sein Verzeichnis, berief sich auf seine Vorschriften, alles vergeblich, aus dem Zimmer kam kein Laut und, ohne Erlaubnis einzutreten, hatte der Diener offenbar kein Recht. Dann verließ auch diesen vorzüglichen Diener manchmal die Selbstbeherrschung, er ging zu seinem Wägelchen, setzte sich auf die Akten, wischte sich den Schweiß von der Stirn und unternahm ein Weilchen lang gar nichts, als hilflos mit den Füßen zu schlenkern. Das Interesse an der Sache war ringsherum sehr groß, überall wisperte es, kaum eine Tür war ruhig, und oben an der Wandbrüstung verfolgten merkwürdigerweise mit Tüchern fast gänzlich vermummte Gesichter, die überdies kein Weilchen lang ruhig an ihrer Stelle blieben, alle Vorgänge. Inmitten dieser Unruhe war es K. auffällig, daß Bürgels Tür die ganze Zeit über geschlossen blieb und daß die Diener diesen Teil des Ganges schon passiert hatten, Bürgel aber keine Akten zugeteilt worden waren. Vielleicht schlief er noch, was allerdings in diesem Lärm einen sehr gesunden Schlaf bedeutet hätte, warum aber hatte er keine Akten bekommen? Nur sehr wenige Zimmer, und überdies wahrscheinlich unbewohnte, waren in dieser Weise übergangen worden. Dagegen war in dem Zimmer Erlangers schon ein neuer und besonders unruhiger Gast, Erlanger mußte von ihm in der Nacht förmlich ausgetrieben worden sein, das paßte wenig zu Erlangers kühlem, weitläufigem Wesen, aber daß er K. an der Türschwelle hatte erwarten müssen, deutete doch darauf hin.

Von allen abseitigen Beobachtungen kehrte dann K. immer bald wieder zu dem Diener zurück; für diesen Diener traf das wahrlich nicht zu, was man K. sonst von den Dienern im allgemeinen, von ihrer Untätigkeit, ihrem bequemen Leben, ihrem Hochmut erzählt hatte, es gab wohl auch Ausnahmen unter den Dienern oder, was wahrscheinlicher war, verschiedene Gruppen unter ihnen, denn hier waren, wie K. merkte, viele Abgrenzungen, von denen er bisher kaum eine Andeutung zu sehen bekommen hatte. Besonders die Unnachgiebigkeit dieses Dieners gefiel ihm sehr. Im Kampf mit diesen kleinen, hartnäckigen Zimmern – K. schien es oft ein Kampf mit den Zimmern, da er die Bewohner kaum zu sehen bekam – ließ der Diener nicht nach. Er ermattete zwar – wer wäre nicht ermattet? –, aber bald hatte er sich wieder erholt, glitt vom Wägelchen herunter und ging aufrecht mit zusammengebissenen Zähnen wieder gegen die zu erobernde Tür los. Und es geschah, daß er zweimal und dreimal zurückgeschlagen wurde, auf sehr einfache Weise allerdings, nur durch das verteufelte Schweigen, und dennoch gar nicht besiegt war. Da er sah, daß er durch offenen Angriff nichts erreichen konnte, versuchte er es auf andere Weise, zum Beispiel, soweit es K. richtig verstand, durch List. Er ließ dann scheinbar von der Tür ab, ließ sie gewissermaßen ihre Schweigsamkeit erschöpfen, wandte sich anderen Türen zu, nach einer Weile kehrte er wieder zurück, rief den anderen Diener, alles auffallend und laut, und begann auf der Schwelle der verschlossenen Tür Akten aufzuhäufen, so, als habe er seine Meinung geändert, und dem Herrn sei rechtmäßigerweise nichts wegzunehmen, sondern vielmehr zuzuteilen. Dann ging er weiter, behielt aber die Tür immer im Auge, und wenn dann der Herr, wie es gewöhnlich geschah, bald vorsichtig die Tür öffnete, um die Akten zu sich hineinzuziehen, war der Diener mit ein paar Sprüngen dort, schob den Fuß zwischen Tür und Pfosten und zwang so den Herrn, wenigstens von Angesicht zu Angesicht mit ihm zu verhandeln, was dann gewöhnlich doch zu einem halbwegs befriedigenden Ergebnis führte. Und gelang es nicht so oder schien ihm bei einer Tür dies nicht die richtige Art, versuchte er es anders. Er verlegte sich dann zum Beispiel auf den Herrn, welcher die Akten beanspruchte. Dann schob er den anderen, immer nur mechanisch arbeitenden Diener, eine recht wertlose Hilfskraft, beiseite und begann selbst auf den Herrn einzureden, flüsternd, heimlich, den Kopf tief ins Zimmer steckend, wahrscheinlich machte er ihm Versprechungen und sicherte ihm auch für die nächste Verteilung eine entsprechende Bestrafung des anderen Herrn zu, wenigstens zeigte er öfters nach der Tür des Gegners und lachte, soweit es seine Müdigkeit erlaubte. Dann aber gab es Fälle, ein oder zwei, wo er freilich alle Versuche aufgab, aber auch hier glaubte K., daß es nur ein scheinbares Aufgeben oder zumindest ein Aufgeben aus berechtigten Gründen sei, denn ruhig ging er weiter, duldete, ohne sich umzusehen, den Lärm des benachteiligten Herrn, nur ein zeitweises, länger dauerndes Schließen der Augen zeigte, daß er unter dem Lärm litt. Doch beruhigte sich dann auch allmählich der Herr, wie ununterbrochenes Kinderweinen allmählich in immer vereinzelteres Schluchzen übergeht, war es auch mit seinem Geschrei; aber auch, nachdem es schon ganz still geworden war, gab es doch wieder noch manchmal einen vereinzelten Schrei oder ein flüchtiges Öffnen und Zuschlagen jener Tür. Jedenfalls zeigte es sich, daß auch hier der Diener wahrscheinlich völlig richtig vorgegangen war. Nur ein Herr blieb schließlich, der sich nicht beruhigen wollte, lange schwieg er, aber nur, um sich zu erholen, dann fuhr er wieder los, nicht schwächer als früher. Es war nicht ganz klar, warum er so schrie und klagte, vielleicht war es gar nicht wegen der Aktenverteilung. Inzwischen hatte der Diener seine Arbeit beendigt; nur ein einziger Akt, eigentlich nur ein Papierchen, ein Zettel von einem Notizblock, war durch Verschulden der Hilfskraft im Wägelchen zurückgeblieben, und nun wußte man nicht, wem ihn zuzuteilen. Das könnte recht gut mein Akt sein, ging es K. durch den Kopf. Der Gemeindevorsteher hatte ja immer von diesem allerkleinsten Fall gesprochen. Und K. suchte, so willkürlich und lächerlich er selbst im Grunde seine Annahme fand, sich dem Diener, der den Zettel nachdenklich durchsah, zu nähern; das war nicht ganz leicht, denn der Diener vergalt K.s Zuneigung schlecht, auch inmitten der härtesten Arbeit hatte er immer noch Zeit gefunden, um böse oder ungeduldig mit nervösem Kopfrücken nach K. hinzusehen. Erst jetzt, nach beendigter Verteilung, schien er K. ein wenig vergessen zu haben, wie er auch sonst gleichgültiger geworden war, seine große Erschöpfung machte das begreiflich, auch mit dem Zettel gab er sich nicht viel Mühe, er las ihn vielleicht gar nicht durch, er tat nur so, und obwohl er hier auf dem Gang wahrscheinlich jedem Zimmerherrn mit der Zuteilung des Zettels eine Freude gemacht hätte, entschloß er sich anders, er war des Verteilens schon satt, mit dem Zeigefinger an den Lippen, gab er seinem Begleiter ein Zeichen zu schweigen, zerriß – K. war noch lange nicht bei ihm – den Zettel in kleine Stücke und steckte sie in die Tasche. Es war wohl die erste Unregelmäßigkeit, die K. hier im Bürobetriebe gesehen hatte, allerdings war es möglich, daß er auch sie unrichtig verstand. Und selbst wenn es eine Unregelmäßigkeit war, war sie zu verzeihen; bei den Verhältnissen, die hier herrschten, konnte der Diener nicht fehlerlos arbeiten, einmal mußte der angesammelte Ärger, die angesammelte Unruhe ausbrechen, und äußerte sie sich nur im Zerreißen eines kleinen Zettels, war es noch unschuldig genug. Noch immer gellte ja die Stimme des durch nichts zu beruhigenden Herrn durch den Gang, und die Kollegen, die in anderer Hinsicht sich nicht sehr freundschaftlich zueinander verhielten, schienen hinsichtlich des Lärms völlig einer Meinung zu sein; es war allmählich, als habe der Herr die Aufgabe übernommen, Lärm für alle zu machen, die ihn nur durch Zurufe und Kopfnicken aufmunterten, bei der Sache zu bleiben. Aber nun kümmerte sich der Diener gar nicht mehr darum, er war mit seiner Arbeit fertig, zeigte auf den Handgriff des Wägelchens, daß ihn der andere Diener fasse, und so zogen sie wieder weg, wie sie gekommen waren, nur zufriedener und so schnell, daß das Wägelchen vor ihnen hüpfte. Nur einmal zuckten sie noch zusammen und blickten zurück, als der immerfort schreiende Herr, vor dessen Tür sich K. jetzt herumtrieb, weil er gern verstanden hätte, was der Herr eigentlich wollte, mit dem Schreien offenbar nicht mehr das Auskommen fand, wahrscheinlich den Knopf einer elektrischen Glocke entdeckt hatte und, wohl entzückt darüber, so entlastet zu sein, statt des Schreiens jetzt ununterbrochen zu läuten anfing. Daraufhin begann ein großes Gemurmel in den anderen Zimmern, es schien Zustimmung zu bedeuten, der Herr schien etwas zu tun, was alle gern schon längst getan hätten und nur aus unbekanntem Grunde hatten unterlassen müssen. War es vielleicht die Bedienung, vielleicht Frieda, die der Herr herbeiläuten wollte? Da mochte er lange läuten. Frieda war ja damit beschäftigt, Jeremias in nasse Tücher zu wickeln, und selbst, wenn er schon gesund sein sollte, hatte sie keine Zeit, denn dann lag sie in seinen Armen. Aber das Läuten hatte doch sofort eine Wirkung. Schon eilte aus der Ferne der Herrenhofwirt selbst herbei, schwarz gekleidet und zugeknöpft wie immer; aber es war, als vergesse er seine Würde, so lief er; die Arme hatte er halb ausgebreitet, so, als sei er wegen eines großen Unglücks gerufen und komme, um es zu fassen und an seiner Brust gleich zu ersticken, und unter jeder kleinen Unregelmäßigkeit des Läutens schien er kurz hochzuspringen und sich noch mehr zu beeilen. Ein großes Stück hinter ihm erschien nun auch noch seine Frau, auch sie lief mit ausgebreiteten Armen, aber ihre Schritte waren kurz und geziert, und K. dachte, sie werde zu spät kommen, der Wirt werde inzwischen alles Nötige getan haben. Und um dem Wirt für seinen Lauf Platz zu machen, stellte sich K. eng an die Wand. Aber der Wirt blieb gerade bei K. stehen, als sei dieser sein Ziel, und gleich war auch die Wirtin da, und beide überhäuften ihn mit Vorwürfen, die er in der Eile und Überraschung nicht verstand, besonders, da sich auch die Glocke des Herrn einmischte und sogar andere Glocken zu arbeiten begannen, jetzt nicht mehr aus Not, sondern nur zum Spiel und im Überfluß der Freude. K. war, weil ihm viel daran lag, seine Schuld genau zu verstehen, sehr damit einverstanden, daß ihn der Wirt unter den Arm nahm und mit ihm aus diesem Lärm fortging, der sich immerfort noch steigerte, denn hinter ihnen – K. drehte sich gar nicht um, weil der Wirt und noch mehr, von der anderen Seite her, die Wirtin auf ihn einredeten – öffneten sich nun die Türen ganz, der Gang belebte sich, ein Verkehr schien sich dort zu entwickeln, wie in einem lebhaften, engen Gäßchen, die Türen vor ihnen warteten offenbar ungeduldig darauf, daß K. endlich vorüber komme, damit sie die Herren entlassen könnten, und in das alles hinein läuteten, immer wieder angeschlagen, die Glocken, wie um einen Sieg zu feiern. Nun endlich – sie waren schon wieder in dem stillen, weißen Hof, wo einige Schlitten warteten – erfuhr K. allmählich, worum es sich handelte. Weder der Wirt noch die Wirtin konnten begreifen, daß K. etwas Derartiges zu tun hatte wagen können. »Aber was hatte er denn getan?« Immer wieder fragte es K., konnte es aber lange nicht erfragen, weil die Schuld den beiden allzu selbstverständlich war und sie daher an seinen guten Glauben nicht im entferntesten dachten. Nur sehr langsam erkannte K. alles. Er war zu Unrecht in dem Gang gewesen, ihm war im allgemeinen höchstens, und dies nur gnadenweise und gegen jeden Widerruf, der Ausschank zugänglich. War er von einem Herrn vorgeladen, mußte er natürlich am Ort der Vorladung erscheinen, sich aber immer dessen bewußt bleiben – er hatte doch wohl wenigstens den üblichen Menschenverstand? –, daß er irgendwo war, wo er eigentlich nicht hingehörte, wohin ihn nur ein Herr, höchst widerwillig, nur, weil es eine amtliche Angelegenheit verlangte und entschuldigte, gerufen hatte. Er hatte daher schnell zu erscheinen, sich dem Verhör zu unterziehen, dann aber womöglich noch schneller zu verschwinden. Hatte er denn dort auf dem Gang gar nicht das Gefühl der schweren Ungehörigkeit gehabt? Aber wenn er es gehabt hätte, wie hätte er sich dort herumtreiben können wie ein Tier auf der Weide? Sei er nicht zu einem Nachtverhör vorgeladen gewesen, und wisse er nicht, warum die Nachtverhöre eingeführt sind? Die Nachtverhöre – und hier bekam K. eine neue Erklärung ihres Sinnes – hätten doch nur den Zweck, Parteien, deren Anblick den Herren bei Tag unerträglich wäre, abzuhören, schnell, in der Nacht, bei künstlichem Licht, mit der Möglichkeit, gleich nach dem Verhör alle Häßlichkeit im Schlaf zu vergessen. Das Benehmen K.s aber habe aller Vorsichtsmaßregeln gespottet. Selbst Gespenster verschwinden gegen Morgen, aber K. sei dort geblieben, die Hände in den Taschen, so, als erwarte er, daß, da er sich nicht entfernte, der ganze Gang mit allen Zimmern und Herren sich entfernen werde. Und dies wäre auch – dessen könne er auch sicher sein – ganz gewiß geschehen, wenn es nur irgendwie möglich wäre, denn das Zartgefühl der Herren sei grenzenlos. Keiner werde K. etwa forttreiben oder auch nur das allerdings Selbstverständliche sagen, daß er endlich fortgehen solle; keiner werde das tun, obwohl sie während K.s Anwesenheit vor Aufregung wahrscheinlich zittern und der Morgen, ihre liebste Zeit, ihnen vergällt wird. Statt gegen K. vorzugehen, ziehen sie es vor, zu leiden, wobei allerdings wohl die Hoffnung mitspielt, daß K. doch endlich das in die Augen Schlagende auch werde allmählich erkennen müssen und, entsprechend dem Leid der Herren, selbst auch darunter bis zur Unerträglichkeit werde leiden müssen, so entsetzlich unpassend, allen sichtbar, hier auf dem Gang am Morgen zu stehen. Vergebliche Hoffnung. Sie wissen nicht oder wollen es in ihrer Freundlichkeit und Herablassung nicht wissen, daß es auch unempfindliche, harte, durch keine Ehrfurcht zu erweichende Herzen gibt. Sucht nicht selbst die Nachtmotte, das arme Tier, wenn der Tag kommt, einen stillen Winkel auf, macht sich platt, möchte am liebsten verschwinden und ist unglücklich darüber, daß sie es nicht kann? K. dagegen stellt sich dorthin, wo er am sichtbarsten ist, und könnte er dadurch das Heraufkommen des Tages verhindern, würde er es tun. Er kann es nicht verhindern, aber verzögern, erschweren kann er es leider. Hat er nicht die Verteilung der Akten mit angesehen? Etwas, was niemand mit ansehen dürfe, außer die nächsten Beteiligten. Etwas, was weder Wirt noch Wirtin in ihrem eigenen Hause haben sehen dürfen. Wovon sie nur andeutungsweise haben erzählen hören, wie zum Beispiel heute von den Dienern.

Habe er denn nicht bemerkt, unter welchen Schwierigkeiten die Aktenverteilung vor sich gegangen sei, etwas an sich Unbegreifliches, da doch jeder der Herren nur der Sache dient, niemals an seinen Einzelvorteil denkt und daher mit allen Kräften darauf hinarbeiten müßte, daß die Aktenverteilung, diese wichtige, grundlegende Arbeit, schnell und leicht und fehlerlos erfolge? Und sei denn K. wirklich auch nicht von der Ferne die Ahnung aufgetaucht, daß die Hauptursache aller Schwierigkeiten die sei, daß die Verteilung bei fast geschlossenen Türen durchgeführt werden müsse, ohne die Möglichkeit unmittelbaren Verkehrs zwischen den Herren, die sich miteinander natürlich im Nu verständigen könnten, während die Vermittlung durch die Diener fast stundenlang dauern müsse, niemals klaglos geschehen kann, eine dauernde Qual für Herren und Diener ist und wahrscheinlich noch bei der späteren Arbeit schädliche Folgen haben wird. Und warum konnten die Herren nicht miteinander verkehren? Ja, verstehe es denn K. noch immer nicht? Etwas Ähnliches sei der Wirtin – und der Wirt bestätigte es auch für seine Person – noch nicht vorgekommen, und sie hätten doch schon mit mancherlei widerspenstigen Leuten zu tun gehabt. Dinge, die man sonst nicht auszusprechen wage, müsse man ihm offen sagen, denn sonst verstehe er das Allernotwendigste nicht. Nun also, da es gesagt werden müsse: Seinetwegen, nur und ausschließlich seinetwegen, haben die Herren aus ihren Zimmern nicht hervorkommen können, da sie am Morgen, kurz nach dem Schlaf, zu schamhaft, zu verletzlich sind, um sich fremden Blicken aussetzen zu können; sie fühlen sich förmlich, mögen sie auch noch so vollständig angezogen sein, zu sehr entblößt, um sich zu zeigen. Es ist ja schwer zu sagen, weshalb sie sich schämen, vielleicht schämen sie sich, diese ewigen Arbeiter, nur deshalb, weil sie geschlafen haben. Aber vielleicht noch mehr, als sich zu zeigen, schämen sie sich, fremde Leute zu sehen; was sie glücklich mit Hilfe der Nachtverhöre überwunden haben, den Anblick der ihnen so schwer erträglichen Parteien, wollen sie nicht jetzt am Morgen plötzlich unvermittelt in aller Naturwahrheit von neuem auf sich eindringen lassen. Dem sind sie eben nicht gewachsen. Was für ein Mensch muß das sein, der das nicht respektiert! Nun, es muß ein Mensch wie K. sein. Einer, der sich über alles, über das Gesetz sowie über die allergewöhnlichste menschliche Rücksichtnahme, mit dieser stumpfen Gleichgültigkeit und Verschlafenheit hinwegsetzt, dem nichts daran liegt, daß er die Aktenverteilung fast unmöglich macht und den Ruf des Hauses schädigt, und der das noch nie Geschehene zustande bringt, daß sich die zur Verzweiflung gebrachten Herren selbst zu wehren anfangen, nach einer für gewöhnliche Menschen unausdenkbaren Selbstüberwindung zur Glocke greifen und Hilfe herbeirufen, um den auf andere Weise nicht zu erschütternden K. zu vertreiben! Sie, die Herren, rufen um Hilfe! Wären denn nicht längst Wirt und Wirtin und ihr ganzes Personal herbeigelaufen, wenn sie es nur gewagt hätten, ungerufen, am Morgen, vor den Herren zu erscheinen, sei es auch nur, um Hilfe zu bringen und dann gleich zu verschwinden. Zitternd vor Empörung über K., trostlos wegen ihrer Ohnmacht, hätten sie hier am Beginn des Ganges gewartet, und das eigentlich nie erwartete Läuten sei für sie eine Erlösung gewesen. Nun, das Schlimmste sei vorüber! Könnten sie doch nur einen Blick hineintun in das fröhliche Treiben der endlich von K. befreiten Herren! Für K. sei es freilich nicht vorüber; er werde sich für das, was er hier angerichtet habe, gewiß zu verantworten haben.

Sie waren inzwischen bis in den Ausschank gekommen; warum der Wirt trotz all seinem Zorn K. doch noch hierher geführt hatte, war nicht ganz klar, vielleicht hatte er doch erkannt, daß K.s Müdigkeit es ihm zunächst unmöglich machte, das Haus zu verlassen. Ohne eine Aufforderung, sich zu setzen, abzuwarten, sank K. gleich auf einem der Fässer förmlich zusammen. Dort im Finstern war ihm wohl. In dem großen Raum brannte jetzt nur eine schwache elektrische Lampe über den Bierhähnen. Auch draußen war noch tiefe Finsternis, es schien Schneetreiben zu sein. War man hier in der Wärme, mußte man dankbar sein und Vorsorge treffen, daß man nicht vertrieben werde. Der Wirt und die Wirtin standen noch immer vor ihm, als bedeute er immerhin noch eine gewisse Gefahr, als sei es bei seiner völligen Unzuverlässigkeit gar nicht ausgeschlossen, daß er sich plötzlich aufmache und versuche, wieder in den Gang einzudringen. Auch waren sie selbst müde von dem nächtlichen Schrecken und dem vorzeitigen Aufstehen, besonders die Wirtin, die ein seidenartig knisterndes, breitröckiges, braunes, ein wenig unordentlich geknöpftes und gebundenes Kleid anhatte – wo hatte sie es in der Eile hervorgeholt? –, den Kopf wie geknickt an die Schulter ihres Mannes gelehnt hielt, mit einem feinen Tüchelchen die Augen betupfte und dazwischen kindlich böse Blicke auf K. richtete. Um das Ehepaar zu beruhigen, sagte K., daß alles, was sie ihm jetzt erzählt hätten, ihm völlig neu sei, daß er aber trotz der Unkenntnis dessen doch nicht so lange im Gang geblieben wäre, wo er wirklich nichts zu tun hatte und gewiß niemanden hätte quälen wollen, sondern das alles nur aus übergroßer Müdigkeit geschehen sei. Er danke ihnen dafür, daß sie der peinlichen Szene ein Ende gemacht hätten, sollte er zur Verantwortung gezogen werden, werde ihm das sehr willkommen sein, denn nur so könne er eine allgemeine Mißdeutung seines Benehmens verhindern. Nur die Müdigkeit und nichts anderes sei daran schuld gewesen. Diese Müdigkeit aber stamme daher, daß er die Anstrengung der Verhöre noch nicht gewöhnt sei. Er sei ja noch nicht lange hier. Werde er darin einige Erfahrung haben, werde etwas Ähnliches nicht wieder vorkommen können. Vielleicht nehme er die Verhöre zu ernst, aber das sei doch wohl an sich kein Nachteil. Er habe zwei Verhöre, kurz nacheinander, durchzumachen gehabt, eines bei Bürgel und das zweite bei Erlanger, besonders das erste habe ihn sehr erschöpft, das zweite allerdings habe nicht lange gedauert. Erlanger habe ihn nur um eine Gefälligkeit gebeten, aber beide zusammen seien mehr, als er auf einmal ertragen könne, vielleicht wäre etwas Derartiges auch für einen anderen, etwa den Herrn Wirt, zuviel. Aus dem zweiten Verhör sei er eigentlich nur schon fortgetaumelt. Es sei fast eine Art Trunkenheit gewesen; er habe ja die zwei Herren zum erstenmal gesehen und gehört und ihnen doch auch antworten müssen. Alles sei, soviel er wisse, recht gut ausgefallen, dann aber sei jenes Unglück geschehen, das man ihm aber nach dem Vorhergegangenen wohl kaum zur Schuld anrechnen könne. Leider hätten nur Erlanger und Bürgel seinen Zustand erkannt, und sicher hätten sie sich seiner angenommen und alles weitere verhütet, aber Erlanger habe nach dem Verhör gleich weggehen müssen, offenbar um ins Schloß zu fahren, und Bürgel sei, wahrscheinlich von jenem Verhör ermüdet – wie hätte es also K. ungeschwächt überdauern sollen? –, eingeschlafen und habe sogar die ganze Aktenverteilung verschlafen. Hätte K. eine ähnliche Möglichkeit gehabt, er hätte sie mit Freuden benützt und gern auf alle verbotenen Einblicke verzichtet, dies um so leichter, als er ja in Wirklichkeit gar nichts zu sehen imstande gewesen sei und deshalb auch die empfindlichsten Herren sich ungescheut vor ihm hätten zeigen können.

Die Erwähnung der beiden Verhöre – gar jenes mit Erlanger – und der Respekt, mit welchem K. von den Herren sprach, stimmten ihm den Wirt günstig. Er schien schon K.s Bitte, ein Brett auf die Fässer legen und dort wenigstens bis zur Morgendämmerung schlafen zu dürfen, erfüllen zu wollen, die Wirtin war aber deutlich dagegen, an ihrem Kleid, dessen Unordnung ihr erst jetzt zu Bewußtsein gekommen war, hier und dort nutzlos rückend, schüttelte sie immer wieder den Kopf; ein offenbar alter Streit, die Reinlichkeit des Hauses betreffend, war wieder daran, auszubrechen. Für K. in seiner Müdigkeit nahm das Gespräch des Ehepaares übergroße Bedeutung an. Von hier weggetrieben zu werden schien ihm ein alles bisher Erlebte übersteigendes Unglück zu sein. Das durfte nicht geschehen, selbst wenn Wirt und Wirtin sich gegen ihn einigen sollten. Lauernd sah er, zusammengekrümmt auf dem Faß, die beiden an, bis die Wirtin in ihrer ungewöhnlichen Empfindlichkeit, die K. längst aufgefallen war, plötzlich beiseite trat und – wahrscheinlich hatte sie mit dem Wirt schon von anderen Dingen gesprochen – ausrief: »Wie er mich ansieht! Schick ihn doch endlich fort!« K. aber, die Gelegenheit ergreifend, und nun völlig, fast bis zur Gleichgültigkeit davon überzeugt, daß er bleiben werde, sagte: »Ich sehe dich nicht an, nur dein Kleid.« – »Warum mein Kleid?« fragte die Wirtin erregt. K. zuckte die Achseln.

»Komm!« sagte die Wirtin zum Wirt. »Er ist ja betrunken, der Lümmel. Laß ihn hier seinen Rausch ausschlafen!« Und sie befahl noch Pepi, die auf ihren Ruf hin aus dem Dunkel auftauchte, zerrauft, müde, einen Besen lässig in der Hand, K. irgendein Kissen hinzuwerfen.

DAS ZWANZIGSTE KAPITEL

Als K. erwachte, glaubte er zuerst, kaum geschlafen zu haben; das Zimmer war unverändert leer und warm, alle Wände in Finsternis, die eine Glühlampe über den Bierhähnen erloschen, auch vor den Fenstern Nacht. Aber als er sich streckte, das Kissen herunterfiel und Bett und Fässer knarrten, kam gleich Pepi, und nun erfuhr er, daß es schon Abend war und er weit über zwölf Stunden geschlafen hatte. Die Wirtin hatte einige Male während des Tages nach ihm gefragt, auch Gerstäcker, der am Morgen, als K. mit der Wirtin gesprochen hatte, hier im Dunkel beim Bier gewartet, aber dann K.

nicht mehr zu stören gewagt hatte, war inzwischen einmal hier gewesen, um nach K. zu sehen, und schließlich war angeblich auch Frieda gekommen und war einen Augenblick bei K. gestanden, doch war sie kaum K.s wegen gekommen, sondern weil sie verschiedenes hier vorzubereiten hatte, denn am Abend sollte sie ja wieder ihren alten Dienst antreten. »Sie mag dich wohl nicht mehr?« fragte Pepi, während sie Kaffee und Kuchen brachte. Aber sie fragte es nicht mehr boshaft nach ihrer früheren Art, sondern traurig, als habe sie inzwischen die Bosheit der Welt kennengelernt, gegenüber der alle eigene Bosheit versagt und sinnlos wird; wie zu einem Leidensgenossen sprach sie zu K., und als er den Kaffee kostete und sie zu sehen glaubte, daß er ihn nicht genug süß finde, lief sie und brachte ihm die volle Zuckerdose. Ihre Traurigkeit hatte sie freilich nicht gehindert, sich heute vielleicht noch mehr zu schmücken als das letztemal; an Maschen und an Bändern, die durch das Haar geflochten waren, hatte sie eine Fülle, die Stirn entlang und an den Schläfen waren die Haare sorgfältig gebrannt, und um den Hals hatte sie ein Kettchen, das in den tiefen Ausschnitt der Bluse hinabhing. Als K. in der Zufriedenheit, endlich einmal ausgeschlafen zu sein und einen guten Kaffee trinken zu dürfen, heimlich nach einer Masche langte und sie zu öffnen versuchte, sagte Pepi müde: »Laß mich doch«, und setzte sich neben ihn auf ein Faß. Und K. mußte sie gar nicht nach ihrem Leid fragen, sie begann selbst gleich zu erzählen, den Blick starr in K.s Kaffeetopf gerichtet, als brauche sie eine Ablenkung, selbst während sie erzählte, als könne sie, selbst wenn sie sich mit ihrem Leid beschäftigte, sich ihm nicht ganz hingeben, denn das ginge über ihre Kräfte. Zunächst erfuhr K., daß eigentlich er an Pepis Unglück schuld sei, daß sie es ihm aber nicht nachtrage. Und sie nickte eifrig während der Erzählung, um keinen Widerspruch K.s aufkommen zu lassen. Zuerst habe er Frieda aus dem Ausschank fortgenommen und dadurch Pepis Aufstieg ermöglicht. Es ist sonst nichts anderes ausdenkbar, was Frieda hätte bewegen können, ihren Posten aufzugeben, sie saß dort im Ausschank wie die Spinne im Netz, hatte überall ihre Fäden, die nur sie kannte; sie gegen ihren Willen auszuheben, wäre ganz unmöglich gewesen, nur Liebe zu einem Niedrigen, also etwas, was sich mit ihrer Stellung nicht vertrug, konnte sie von ihrem Platze treiben. Und Pepi? Hatte sie denn jemals daran gedacht, die Stelle für sich zu gewinnen? Sie war Zimmermädchen, hatte eine unbedeutende, wenig aussichtsreiche Stelle, Träume von großer Zukunft hatte sie wie jedes Mädchen, Träume kann man sich nicht verbieten, aber ernstlich dachte sie nicht an ein Weiterkommen, sie hatte sich mit dem Erreichten abgefunden. Und nun verschwand Frieda plötzlich aus dem Ausschank, es war so plötzlich gekommen, daß der Wirt nicht gleich einen passenden Ersatz zur Hand hatte, er suchte und sein Blick fiel auf Pepi, die sich freilich entsprechend vorgedrängt hatte. In jener Zeit liebte sie K., wie sie noch nie jemanden geliebt hatte; sie war monatelang unten in ihrer winzigen, dunklen Kammer gesessen und war vorbereitet, dort Jahre und, ungünstigenfalls, ihr ganzes Leben unbeachtet zu verbringen, und nun war plötzlich K. erschienen, ein Held, ein Mädchenbefreier, und hatte ihr den Weg nach oben frei gemacht. Er wußte allerdings nichts von ihr, hatte es nicht ihretwegen getan, aber das verschlug ihrer Dankbarkeit nichts, in der Nacht, die ihrer Anstellung vorherging – die Anstellung war noch unsicher, aber doch schon sehr wahrscheinlich –, verbrachte sie Stunden damit, mit ihm zu sprechen, ihm ihren Dank ins Ohr zu flüstern. Und es erhöhte noch seine Tat in ihren Augen, daß es gerade Frieda war, deren Last er auf sich genommen hatte; etwas unbegreiflich Selbstloses lag darin, daß er, um Pepi hervorzuholen, Frieda zu seiner Geliebten machte, Frieda, ein unhübsches, ältliches, mageres Mädchen mit kurzem, schütterem Haar, überdies ein hinterhältiges Mädchen, das immer irgendwelche Geheimnisse hat, was ja wohl mit ihrem Aussehen zusammenhängt; ist am Gesicht und Körper die Jämmerlichkeit zweifellos, muß sie doch wenigstens andere Geheimnisse haben, die niemand nachprüfen kann, etwa ihr angebliches Verhältnis zu Klamm. Und selbst solche Gedanken waren Pepi damals gekommen: Ist es möglich, daß K. wirklich Frieda liebt, täuscht er sich nicht oder täuscht er vielleicht gar nur Frieda, und wird vielleicht das einzige Ergebnis alles dessen doch nur Pepis Aufstieg sein, und wird dann K. den Irrtum merken oder ihn nicht mehr verbergen wollen und nicht mehr Frieda, sondern nur Pepi sehen, was gar keine irrsinnige Einbildung Pepis sein mußte, denn mit Frieda konnte sie es als Mädchen gegen Mädchen sehr wohl aufnehmen, was niemand leugnen wird, und es war doch auch vor allem Friedas Stellung gewesen und der Glanz, den Frieda ihr zu geben verstanden hatte, von welchem K. im Augenblick geblendet worden war. Und da hatte nun Pepi davon geträumt, K. werde, wenn sie die Stellung habe, bittend zu ihr kommen, und sie werde nun die Wahl haben, entweder K. zu erhören und die Stelle zu verlieren oder ihn abzuweisen und weiter zu steigen. Und sie hatte sich zurechtgelegt, sie werde auf alles verzichten und sich zu ihm hinabwenden und ihn wahre Liebe lehren, die er bei Frieda nie erfahren könnte und die unabhängig ist von allen Ehrenstellungen der Welt. Aber dann ist es anders gekommen. Und was war daran schuld? K. vor allem und dann freilich Friedas Durchtriebenheit. K. vor allem; denn was will er, was ist er für ein sonderbarer Mensch? Wonach strebt er, was sind das für wichtige Dinge, die ihn beschäftigen und die ihn das Allernächste, das Allerbeste, das Allerschönste vergessen lassen? Pepi ist das Opfer, und alles ist dumm, und alles ist verloren; und wer die Kraft hätte, den ganzen Herrenhof anzuzünden und zu verbrennen, aber vollständig, daß keine Spur zurückbleibt, verbrennen wie ein Papier im Ofen, der wäre heute Pepis Auserwählter. Ja, Pepi kam also in den Ausschank, heute vor vier Tagen, kurz vor dem Mittagessen. Es ist keine leichte Arbeit hier, es ist fast eine menschenmordende Arbeit, aber was zu erreichen ist, ist auch nicht klein. Pepi hatte auch früher nicht in den Tag hineingelebt, und wenn sie auch niemals in kühnsten Gedanken diese Stelle für sich in Anspruch genommen hätte, so hatte sie doch reichlich Beobachtungen gemacht, wußte, was es mit dieser Stelle auf sich hatte, unvorbereitet hatte sie die Stelle nicht übernommen. Unvorbereitet kann man sie gar nicht übernehmen, sonst verliert man sie in den ersten Stunden. Gar wenn man sich nach Art der Zimmermädchen hier aufführen wollte! Als Zimmermädchen kommt man sich ja mit der Zeit ganz verloren und vergessen vor; es ist eine Arbeit wie in einem Bergwerk, wenigstens im Gang der Sekretäre ist es so, tagelang sieht man dort bis auf wenige Tagesparteien, die hin und her huschen und nicht aufzuschauen wagen, keinen Menschen außer den zwei, drei anderen Zimmermädchen, und die sind ähnlich verbittert. Des Morgens darf man überhaupt nicht aus dem Zimmer, da wollen die Sekretäre allein unter sich sein, das Essen bringen ihnen die Knechte aus der Küche, damit haben die Zimmermädchen gewöhnlich nichts zu tun, auch während der Essenszeit darf man sich nicht auf dem Gang zeigen. Nur während die Herren arbeiten, dürfen die Zimmermädchen aufräumen, aber natürlich nicht in den bewohnten, nur in den gerade leeren Zimmern, und die Arbeit muß ganz leise geschehen, damit die Arbeit der Herren nicht gestört wird. Aber wie ist es möglich, leise aufzuräumen, wenn die Herren mehrere Tage lang in den Zimmern wohnen, überdies auch die Knechte, dieses schmutzige Pack, drin herumhantieren, und das Zimmer, wenn es endlich dem Zimmermädchen freigegeben ist, in einem solchen Zustand ist, daß nicht einmal eine Sintflut es reinwaschen könnte. Wahrhaftig, es sind hohe Herren, aber man muß kräftig seinen Ekel überwinden, um nach ihnen aufräumen zu können. Die Zimmermädchen haben ja nicht übermäßig viel Arbeit, aber kernige. Und niemals ein gutes Wort, immer nur Vorwürfe, besonders dieser quälendste und häufigste: daß beim Aufräumen Akten verlorengegangen sind. In Wirklichkeit geht nichts verloren, jedes Papierchen liefert man beim Wirt ab, aber Akten gehen freilich doch verloren, nur eben nicht durch die Mädchen. Und dann kommen Kommissionen, und die Mädchen müssen ihr Zimmer verlassen, und die Kommission durchwühlt die Betten, die Mädchen haben ja kein Eigentum, ihre wenigen Sachen haben in einem Rückenkorb Platz, aber die Kommission sucht doch stundenlang. Natürlich findet sie nichts, wie sollten dort Akten hinkommen? Was machen sich die Mädchen aus Akten? Aber das Ergebnis sind doch wieder nur durch den Wirt vermittelte Schimpfworte und Drohungen seitens der enttäuschten Kommission. Und niemals Ruhe, nicht bei Tag, nicht bei Nacht, Lärm die halbe Nacht und Lärm vom frühesten Morgen. Wenn man dort wenigstens nicht wohnen müßte, aber das muß man, denn in den Zwischenzeiten je nach Bestellung Kleinigkeiten aus der Küche zu bringen, ist doch Sache der Zimmermädchen, besonders in der Nacht. Immer plötzlich der Faustschlag gegen die Tür der Zimmermädchen, das Diktieren der Bestellung, das Hinunterlaufen in die Küche, das Aufrütteln der schlafenden Küchenjungen, das Hinausstellen der Tasse mit den bestellten Dingen vor die Tür der Zimmermädchen, woher es die Knechte holen, wie traurig ist das alles. Aber es ist nicht das Schlimmste. Das Schlimmste ist vielmehr, wenn keine Bestellung kommt, wenn es nämlich in tiefer Nacht, wo alles schon schlafen sollte und auch die meisten endlich wirklich schlafen, manchmal vor der Tür der Zimmermädchen herumzuschleichen anfängt. Dann steigen die Mädchen aus ihren Betten – die Betten sind übereinander, es ist ja dort überall sehr wenig Raum, das ganze Zimmer der Mädchen ist eigentlich nichts anderes als ein großer Schrank mit drei Fächern –, horchen an der Tür, knien nieder, umarmen einander in Angst. Und immerfort hört man den Schleicher vor der Tür. Alle wären schon glücklich, wenn er endlich hereinkäme, aber es geschieht nichts, niemand kommt herein. Und dabei muß man sich sagen, daß hier nicht unbedingt eine Gefahr drohen muß, vielleicht ist es nur jemand, der vor der Tür auf und ab geht, überlegt, ob er eine Bestellung machen soll, und sich dann doch nicht dazu entschließen kann. Vielleicht ist es nur das, vielleicht aber ist es etwas ganz anderes. Eigentlich kennt man ja die Herren gar nicht, man hat sie ja kaum gesehen. Jedenfalls vergehen die Mädchen drinnen vor Angst und, wenn es draußen endlich still ist, lehnen sie an der Wand und haben nicht genug Kraft, wieder in ihre Betten zu steigen. Dieses Leben wartet wieder auf Pepi, noch heute abend soll sie wieder ihren Platz im Mädchenzimmer beziehen. Und warum? Wegen K. und Frieda. Wieder zurück in dieses Leben, dem sie kaum entflohen ist, dem sie zwar mit K.s Hilfe, aber doch auch mit größter eigener Anstrengung entflohen ist. Denn in jenem Dienst dort vernachlässigen sich die Mädchen, auch die sonst sorgsamsten. Für wen sollen sie sich schmücken? Niemand sieht sie, bestenfalls das Personal in der Küche; welcher das genügt, die mag sich schmücken. Sonst aber immerfort in ihrem Zimmerchen oder in den Zimmern der Herren, welche in reinen Kleidern auch nur zu betreten Leichtsinn und Verschwendung ist. Und immer in dem künstlichen Licht und in der dumpfen Luft – es wird immerfort geheizt – und eigentlich immer müde. Den einen freien Nachmittag in der Woche verbringt man am besten, indem man ihn in irgendeinem Verschlag in der Küche ruhig und angstlos verschläft. Wozu sich also schmücken? Ja, man zieht sich kaum an. Und nun wurde Pepi plötzlich in den Ausschank versetzt, wo, vorausgesetzt daß man sich dort behaupten wollte, gerade das Gegenteil nötig war, wo man immer unter den Augen der Leute war, und darunter sehr verwöhnter und aufmerksamer Herren, und so man daher immer möglichst fein und angenehm aussehen mußte. Nun, das war eine Wendung. Und Pepi darf von sich sagen, daß sie nichts versäumt hat. Wie es sich später gestalten würde, das machte Pepi nicht besorgt. Daß sie die Fähigkeiten hatte, welche für diese Stelle nötig waren, das wußte sie, dessen war sie ganz gewiß, diese Überzeugung hat sie auch noch jetzt, und niemand kann sie ihr nehmen, auch heute, am Tage ihrer Niederlage nicht. Nur, wie sie sich in der allerersten Zeit bewähren würde, das war schwierig, weil sie doch ein armes Zimmermädchen war, ohne Kleider und Schmuck, und weil die Herren nicht die Geduld haben zu warten, wie man sich entwickelt, sondern gleich ohne Übergang ein Ausschankmädchen haben wollen, wie es sich gebührt, sonst wenden sie sich ab. Man sollte denken, ihre Ansprüche wären gar nicht groß, da doch Frieda sie befriedigen konnte. Das ist aber nicht richtig. Pepi hat oft darüber nachgedacht, ist ja auch öfter mit Frieda zusammengekommen und hat eine Zeitlang mit ihr geschlafen. Es ist nicht leicht, Frieda auf die Spur zu kommen, und wer nicht sehr acht gibt – und welche Herren geben denn sehr acht? –, ist von ihr gleich irregeführt. Niemand weiß genauer als Frieda selbst, wie kläglich sie aussieht, wenn man sie zum Beispiel zum erstenmal ihre Haare auflösen sieht, schlägt man vor Mitleid die Hände zusammen, ein solches Mädchen dürfte, wenn es rechtlich zuginge, nicht einmal Zimmermädchen sein; sie weiß es auch, und manche Nacht hat sie darüber geweint, sich an Pepi gedrückt und Pepis Haare um den eigenen Kopf gelegt. Aber wenn sie im Dienst ist, sind alle Zweifel verschwunden, sie hält sich für die Allerschönste, und jedem weiß sie es auf die richtige Weise einzuflößen. Sie kennt die Leute, und das ist ihre eigentliche Kunst. Und lügt schnell und betrügt, damit die Leute nicht Zeit haben, sie genauer anzusehen. Natürlich genügt das nicht auf die Dauer, die Leute haben doch Augen, und die würden schließlich recht behalten. Aber in dem Augenblick, wo sie eine solche Gefahr merkt, hat sie schon ein anderes Mittel bereit, in der letzten Zeit zum Beispiel ihr Verhältnis mit Klamm! Ihr Verhältnis mit Klamm! Glaubst du nicht daran, kannst du es ja nachprüfen; geh zu Klamm und frag ihn. Wie schlau, wie schlau. Und wenn du etwa nicht wagen solltest, wegen einer solchen Anfrage zu Klamm zu gehen und vielleicht mit unendlich wichtigeren Anfragen nicht vorgelassen werden solltest und Klamm dir sogar völlig verschlossen ist – nur dir und deinesgleichen, denn Frieda zum Beispiel hüpft zu ihm hinein, wann sie will –, wenn das so ist, so kannst du die Sache trotzdem nachprüfen, du brauchst nur zu warten! Klamm wird doch ein derartig falsches Gerücht nicht lange dulden können, er ist doch gewiß wild dahinter her, was man von ihm im Ausschank und in den Gastzimmern erzählt, das alles hat für ihn die größte Wichtigkeit, und ist es falsch, wird er es gleich richtigstellen.

Aber er stellt es nicht richtig; nun, dann ist nichts richtigzustellen und es ist die lautere Wahrheit. Was man sieht, ist zwar nur, daß Frieda das Bier in Klamms Zimmer trägt und mit der Bezahlung wieder herauskommt; aber das, was man nicht sieht, erzählt Frieda, und man muß es ihr glauben. Und sie erzählt es gar nicht, sie wird doch nicht solche Geheimnisse ausplaudern; nein, um sie herum plaudern sich die Geheimnisse von selbst aus, und, da sie nun einmal ausgeplaudert sind, scheut sie sich allerdings nicht mehr, auch selbst von ihnen zu reden, aber bescheiden, ohne irgend etwas zu behaupten, sie beruft sich nur auf das ohnehin allgemein Bekannte. Nicht auf alles, davon zum Beispiel, daß Klamm, seit sie im Ausschank ist, weniger Bier trinkt als früher, nicht viel weniger Bier, aber doch deutlich weniger, davon spricht sie nicht, es kann ja auch verschiedene Gründe haben, es ist eben eine Zeit gekommen, in der das Bier Klamm weniger schmeckt, oder er vergißt gar über Frieda das Biertrinken. Jedenfalls also ist, wie erstaunlich das auch sein mag, Frieda Klamms Geliebte. Was aber Klamm genügt, wie sollten das nicht auch die anderen bewundern; und so ist Frieda, ehe man sich dessen versieht, eine große Schönheit geworden, ein Mädchen, genau so beschaffen, wie es der Ausschank braucht; ja, fast zu schön, zu mächtig, schon genügt ihr der Ausschank kaum. Und tatsächlich – es erscheint den Leuten merkwürdig, daß sie noch immer im Ausschank ist; ein Ausschankmädchen zu sein ist viel, von da aus erscheint die Verbindung mit Klamm sehr glaubwürdig, wenn aber einmal das Ausschankmädchen Klamms Geliebte ist, warum läßt er sie, und gar so lange, im Ausschank? Warum führt er sie nicht höher? Man kann tausendmal den Leuten sagen, daß hier kein Widerspruch besteht, daß Klamm bestimmte Gründe hat, so zu handeln, oder daß plötzlich einmal, vielleicht schon in allernächster Zeit, Friedas Erhöhung kommen wird, das alles macht nicht viel Wirkung; die Leute haben bestimmte Vorstellungen und lassen sich durch alle Kunst auf die Dauer von ihnen nicht ablenken. Es hat ja niemand mehr daran gezweifelt, daß Frieda Klamms Geliebte ist, selbst die, welche es offenbar besser wußten, waren schon zu müde, um zu zweifeln. Sei in Teufels Namen Klamms Geliebte, dachten sie, aber wenn du es schon bist, dann wollen wir es auch an deinem Aufstieg merken. Aber man merkte nichts, und Frieda blieb im Ausschank wie bisher und war im geheimen noch sehr froh, daß es so blieb. Aber bei den Leuten verlor sie an Ansehen, das konnte ihr natürlich nicht unbemerkt bleiben, sie merkt ja gewöhnlich Dinge, noch ehe sie vorhanden sind. Ein wirklich schönes, liebenswürdiges Mädchen muß, wenn es sich einmal im Ausschank eingelebt hat, keine Künste aufwenden; solange es schön ist, wird es, wenn nicht ein besonderer, unglücklicher Zufall eintritt, Ausschankmädchen sein. Ein Mädchen wie Frieda aber muß immerfort um ihre Stelle besorgt sein, natürlich zeigt sie es verständigerweise nicht, eher pflegt sie zu klagen und die Stelle zu verwünschen. Aber im geheimen beobachtet sie die Stimmung fortwährend. Und so sah sie, wie die Leute gleichgültig wurden, das Auftreten Friedas war nichts mehr, was auch nur lohnte, die Augen zu heben, nicht einmal die Knechte kümmerten sich mehr um sie, die hielten sich verständigerweise an Olga und dergleichen Mädchen, auch am Benehmen des Wirts merkte sie, daß sie immer weniger unentbehrlich war, immer neue Geschichten von Klamm konnte man auch nicht erfinden, alles hat Grenzen, und so entschloß sich die gute Frieda zu etwas Neuem. Wer nur imstande gewesen wäre, es gleich zu durchschauen! Pepi hat es geahnt, aber durchschaut hat sie es leider nicht. Frieda entschloß sich, Skandal zu machen, sie, die Geliebte Klamms, wirft sich irgendeinem Beliebigen, womöglich dem Allergeringsten, hin. Das wird Aufsehen machen, davon wird man lange reden und endlich, endlich wird man sich wieder daran erinnern, was es bedeutet, Klamms Geliebte zu sein, diese Ehre im Rausche einer neuen Liebe zu verwerfen. Schwer war es nur, den geeigneten Mann zu finden, mit dem das kluge Spiel zu spielen war. Ein Bekannter Friedas durfte es nicht sein, nicht einmal einer von den Knechten, er hätte sie wahrscheinlich mit großen Augen angesehen und wäre weitergegangen, vor allem hätte er nicht genug Ernst bewahrt, und es wäre mit aller Redefertigkeit unmöglich gewesen, zu verbreiten, daß Frieda von ihm überfallen worden sei, sich seiner nicht habe erwehren können und in einer besinnungslosen Stunde ihm erlegen sei. Und wenn es auch ein Allergeringster sein sollte, so mußte es doch einer sein, von dem glaubhaft gemacht werden konnte, daß er trotz seiner stumpfen, unfeinen Art sich doch nach niemandem anderen als gerade nach Frieda sehnte und kein höheres Verlangen hatte, als – du lieber Himmel! – Frieda zu heiraten. Aber wenn es auch ein gemeiner Mann sein sollte, womöglich noch niedriger als ein Knecht, viel niedriger als ein Knecht, so doch einer, wegen dessen einen nicht jedes Mädchen verlacht, an dem vielleicht auch ein anderes urteilsfähiges Mädchen einmal etwas Anziehendes finden könnte. Wo findet man aber einen solchen Mann? Ein anderes Mädchen hätte ihn wahrscheinlich ein Leben lang vergeblich gesucht. Friedas Glück führt ihr den Landvermesser in den Ausschank, vielleicht gerade an dem Abend, an dem ihr der Plan zum erstenmal in den Sinn kommt. Der Landvermesser! Ja, woran denkt denn K.? Was hat er für besondere Dinge im Kopf? Wird er etwas Besonderes erreichen? Eine gute Anstellung, eine Auszeichnung? Will er etwas Derartiges? Nun, dann hätte er es von allem Anfang an anders anstellen müssen. Er ist doch gar nichts, es ist ein Jammer, seine Lage anzusehen. Er ist Landvermesser, das ist vielleicht etwas, er hat also etwas gelernt, aber wenn man nichts damit anzufangen weiß, ist es doch auch wieder nichts. Und dabei stellt er Ansprüche, ohne den geringsten Rückhalt zu haben, stellt er Ansprüche, nicht geradezu, aber man merkt, daß er irgendwelche Ansprüche macht, das ist doch aufreizend. Ob er denn wisse, daß sich sogar ein Zimmermädchen etwas vergibt, wenn sie länger mit ihm spricht. Und mit allen diesen besonderen Ansprüchen plumpst er gleich am ersten Abend in die gröbste Falle. Schämt er sich denn nicht? Was hat ihn denn an Frieda so bestochen? Jetzt könnte er es doch gestehen. Hat sie ihm denn wirklich gefallen können, dieses magere, gelbliche Ding? Ach nein, er hat sie ja gar nicht angesehen, sie hat ihm nur gesagt, daß sie Klamms Geliebte sei, bei ihm schlug das noch als Neuigkeit ein, und da war er verloren! Sie aber mußte nun ausziehen, jetzt war natürlich kein Platz mehr für sie im Herrenhof. Pepi hat sie noch am Morgen vor dem Auszug gesehen, das Personal war zusammengelaufen, neugierig auf den Anblick war doch jeder. Und so groß war noch ihre Macht, daß man sie bedauerte; alle, auch ihre Feinde, bedauerten sie; so richtig erwies sich schon am Anfang ihre Rechnung; an einen solchen Mann sich weggeworfen zu haben, schien allen unbegreiflich und ein Schicksalsschlag, die kleinen Küchenmädchen, die natürlich jedes Ausschankmädchen bewundern, waren untröstlich. Selbst Pepi war davon berührt, nicht einmal sie konnte sich ganz wehren, wenn auch ihre Aufmerksamkeit eigentlich etwas anderem galt. Ihr fiel auf, wie wenig traurig Frieda eigentlich war. Es war doch im Grunde ein entsetzliches Unglück, das sie betroffen hatte, sie tat ja auch so, als wenn sie sehr unglücklich wäre, aber es war nicht genug, dieses Spiel konnte Pepi nicht täuschen. Was hielt sie also aufrecht? Etwa das Glück der neuen Liebe? Nun, diese Erwägung schied aus. Was war es aber sonst? Was gab ihr die Kraft, sogar gegen Pepi, die damals schon als ihre Nachfolgerin galt, kühl freundlich zu sein wie immer? Pepi hatte damals nicht genug Zeit, darüber nachzudenken, sie hatte zuviel zu tun mit den Vorbereitungen für die neue Stelle. Sie sollte sie wahrscheinlich in ein paar Stunden antreten und hatte noch keine schöne Frisur, kein elegantes Kleid, keine feine Wäsche, keine brauchbaren Schuhe. Das alles mußte in ein paar Stunden beschafft werden; konnte man sich nicht richtig ausstatten, dann war es besser, auf die Stelle überhaupt zu verzichten, denn dann verlor man sie schon in der ersten halben Stunde ganz gewiß. Nun, es gelang zum Teil. Fürs Frisieren hat sie eine besondere Anlage, einmal hat die Wirtin sogar sie kommen lassen, ihr die Frisur zu machen, es ist das eine besondere Leichtigkeit der Hand, die ihr gegeben ist, freilich fügt sich auch ihr reiches Haar gleich, wie man nur will. Auch für das Kleid war Hilfe da. Ihre beiden Kolleginnen hielten treu zu ihr, es ist auch eine gewisse Ehre für sie, wenn ein Mädchen gerade aus ihrer Gruppe Ausschankmädchen wird, und dann hätte ihnen ja Pepi später, wenn sie zur Macht gekommen wäre, manche Vorteile verschaffen können. Eines der Mädchen hatte seit langem einen teueren Stoff liegen, es war ihr Schatz, öfters hatte sie ihn von den anderen bewundern lassen, träumte wohl davon, ihn einmal für sich großartig zu verwenden und – das war sehr schön von ihr gehandelt – jetzt, da ihn Pepi brauchte, opferte sie ihn. Und beide halfen ihr bereitwilligst beim Nähen, hätten sie es für sich genäht, sie hätten nicht eifriger sein können. Das war sogar eine sehr fröhliche, beglückende Arbeit. Sie saßen, jede auf ihrem Bett, eine über der anderen, nähten und sangen und reichten einander die fertigen Teile und das Zubehör hinauf und hinab. Wenn Pepi daran denkt, fällt es ihr immer schwerer aufs Herz, daß alles vergeblich war und daß sie mit leeren Händen wieder zu ihren Freundinnen kommt! Was für ein Unglück und wie leichtsinnig verschuldet, vor allem von K.! Wie sich damals alle freuten über das Kleid, es schien die Bürgschaft des Gelingens, und wenn sich nachträglich noch ein Platz für ein Bändchen fand, verschwand der letzte Zweifel. Und ist es nicht wirklich schön, das Kleid? Es ist jetzt schon verdrückt und ein wenig fleckig, Pepi hatte eben kein zweites Kleid, hatte Tag und Nacht dieses tragen müssen, aber noch immer sieht man, wie schön es ist, nicht einmal die verfluchte Barnabassche brächte ein besseres zustande. Und daß man es nach Belieben zuziehen und wieder lockern kann, oben und unten, daß es also zwar nur ein Kleid ist, aber so veränderlich – das ist ein besonderer Vorzug und war eigentlich ihre Erfindung. Es ist freilich auch nicht schwer, für sie zu nähen, Pepi rühmt sich dessen nicht; jungen, gesunden Mädchen paßt ja alles. Viel schwerer war es, Wäsche und Stiefel zu beschaffen, und hier beginnt eigentlich der Mißerfolg. Auch hier halfen die Freundinnen aus, so gut sie konnten, aber sie konnten nicht viel. Es war doch nur grobe Wäsche, die sie zusammenbrachte und zusammenflickte, und statt gestöckelter Stiefelchen mußte es bei Hausschuhen bleiben, die man lieber versteckt als zeigt. Man tröstete Pepi: Frieda war doch auch nicht sehr schön angezogen, und manchmal zog sie so schlampig herum, daß die Gäste sich lieber von den Kellerburschen servieren ließen als von ihr. So war es tatsächlich, aber Frieda durfte das tun, sie war schon in Gunst und Ansehen; wenn eine Dame einmal beschmutzt und nachlässig angezogen sich zeigt, so ist das um so lockender, aber bei einem Neuling wie Pepi? Und außerdem konnte sich Frieda gar nicht gut anziehen, sie ist ja von allem Geschmack verlassen; hat jemand schon eine gelbliche Haut, so muß er sie freilich behalten, aber er muß nicht, wie Frieda, noch eine tief ausgeschnittene, cremefarbene Bluse dazu anziehen, so daß einem vor lauter Gelb die Augen übergingen. Und selbst wenn das nicht gewesen wäre, sie war ja zu geizig, um sich gut anzuziehen; alles, was sie verdiente, hielt sie zusammen, niemand wußte, wofür. Sie brauchte im Dienst kein Geld, sie kam mit Lügen und Kniffen aus, dieses Beispiel wollte und konnte Pepi nicht nachahmen, und darum war es berechtigt, daß sie sich so schmückte, um sich ganz zur Geltung zu bringen, gar am Beginn. Hätte sie es nur mit stärkeren Mitteln tun können, sie wäre trotz aller Schlauheit Friedas, trotz aller Torheit K.s Siegerin geblieben. Es fing ja auch sehr gut an. Die wenigen Handgriffe und Kenntnisse, die nötig waren, hatte sie schon vorher in Erfahrung gebracht. Kaum war sie im Ausschank, war sie dort schon eingelebt. Niemand vermißte bei der Arbeit Frieda. Erst am zweiten Tag erkundigten sich manche Gäste, wo denn eigentlich Frieda sei. Es geschah kein Fehler, der Wirt war zufrieden, den ersten Tag war er in seiner Angst immerfort im Ausschank gewesen, später kam er nur noch hie und da, schließlich überließ er, da die Kasse stimmte – die Eingänge waren durchschnittlich sogar etwas größer als zu Friedas Zeit – Pepi schon alles. Sie führte Neuerungen ein. Frieda hatte, nicht aus Fleiß, sondern aus Geiz, aus Herrschsucht, aus Angst, jemanden etwas von ihren Rechten abzutreten, auch die Knechte, zum Teil wenigstens, besonders wenn jemand zusah, beaufsichtigt, Pepi dagegen wies diese Arbeit völlig den Kellerburschen zu, die dafür ja auch viel besser taugen. Dadurch erübrigte sie mehr Zeit für die Herrenzimmer, die Gäste wurden schnell bedient; trotzdem konnte sie mit jedem noch ein paar Worte sprechen, nicht wie Frieda, die sich angeblich gänzlich für Klamm aufbewahrte und jedes Wort, jede Annäherung eines anderen als eine Kränkung Klamms ansah. Das war freilich auch klug, denn wenn sie einmal jemanden an sich heranließ, war es eine unerhörte Gunst. Pepi aber haßt solche Künste, auch sind sie am Anfang nicht brauchbar. Pepi war zu jedem freundlich, und jeder vergalt es ihr mit Freundlichkeit. Alle waren sichtlich froh über die Änderung; wenn sich die abgearbeiteten Herren endlich ein Weilchen zum Bier setzen dürfen, kann man sie durch ein Wort, durch einen Blick, durch ein Zucken der Achseln förmlich verwandeln. So eifrig fuhren alle Hände durch Pepis Locken, daß sie wohl zehnmal im Tag ihre Frisur erneuern mußte, der Verführung dieser Locken und Maschen widersteht keiner, nicht einmal der sonst so gedankenlose K. So verflogen aufregende, arbeitsvolle, aber erfolgreiche Tage. Wären sie nicht so schnell verflogen, wären ihrer doch ein wenig mehr gewesen! Vier Tage sind zu wenig, wenn man sich auch bis zur Erschöpfung anstrengt, vielleicht hätte schon der fünfte Tag genügt, aber vier Tage waren zu wenig. Pepi hatte zwar schon in vier Tagen Gönner und Freunde erworben, hätte sie allen Blicken trauen dürfen, schwamm sie ja, wenn sie mit den Bierkrügen daherkam, in einem Meer von Freundschaft, ein Schreiber namens Bartmeier ist vernarrt in sie, hat ihr dieses Kettchen und Anhängsel verehrt und in das Anhängsel sein Bild gegeben, was allerdings eine Keckheit war; dieses und anderes war geschehen, aber es waren doch nur vier Tage, in vier Tagen kann, wenn Pepi sich dafür einsetzt, Frieda fast, aber doch nicht ganz vergessen werden; und sie wäre doch vergessen worden, vielleicht noch früher, hätte sie nicht vorsorglich durch ihren großen Skandal sich im Mund der Leute erhalten, sie war den Leuten dadurch neu geworden, nur aus Neugierde hätten sie sie gerne wiedergesehen; was ihnen öde bis zum Überdruß geworden war, hatte durch des sonst gänzlich gleichgültigen K.s Verdienst wieder einen Reiz für sie, Pepi hätten sie dafür freilich nicht hingegeben, solange sie dastand und durch ihre Gegenwart wirkte, aber es sind meist ältere Herren, schwerfällig in ihren Gewohnheiten, ehe sie sich an ein neues Ausschankmädchen gewöhnen, dauert es, und sei der Tausch noch so vorteilhaft, doch ein paar Tage, gegen den eigenen Willen der Herren dauert es ein paar Tage, vielleicht nur fünf Tage, aber vier Tage reichen nicht aus, Pepi galt trotz allem nur immer noch als die Provisorische. Und dann das vielleicht größte Unglück: In diesen vier Tagen kam Klamm, obwohl er während der ersten beiden Tage im Dorfe war, in das Gastzimmer nicht herunter. Wäre er gekommen, das wäre Pepis entscheidendste Erprobung gewesen, eine Erprobung übrigens, die sie am wenigsten fürchtete, auf die sie sich eher freute. Sie wäre – an solche Dinge rührt man freilich am besten gar nicht mit Worten – Klamms Geliebte nicht geworden und hätte sich auch nicht zu einer solchen hinaufgelogen, aber sie hätte zumindest so nett wie Frieda das Bierglas auf den Tisch zu stellen gewußt, ohne Friedas Aufdringlichkeiten hübsch gegrüßt und hübsch sich empfohlen, und wenn Klamm überhaupt in den Augen eines Mädchens etwas sucht, er hätte es in Pepis Augen bis zur völligen Sättigung gefunden. Aber warum kam er nicht? Aus Zufall? Pepi hatte das damals auch geglaubt. Die beiden Tage lang erwartete sie ihn jeden Augenblick, auch in der Nacht wartete sie. Jetzt wird Klamm kommen, dachte sie immerfort und lief hin und her ohne anderen Grund als die Unruhe der Erwartung und das Verlangen, ihn als erste sofort bei seinem Eintritt zu sehen. Diese fortwährende Enttäuschung ermüdete sie sehr; vielleicht leistete sie deshalb nicht so viel, als hätte sie leisten können. Sie schlich, wenn sie ein wenig Zeit hatte, hinauf in den Korridor, den zu betreten dem Personal streng verboten ist, dort drückte sie sich in eine Nische und wartete. Wenn doch jetzt Klamm käme, dachte sie, wenn ich doch den Herrn aus seinem Zimmer nehmen und auf meinen Armen in das Gastzimmer hinuntertragen könnte. Unter dieser Last würde ich nicht zusammensinken, und wäre sie noch so groß. Aber er kam nicht. In diesem Korridor oben ist es so still, daß man es sich gar nicht vorstellen kann, wenn man nicht dort gewesen ist. Es ist so still, daß man es dort gar nicht lange aushalten kann, die Stille treibt einen fort. Aber immer wieder; zehnmal vertrieben, zehnmal wieder stieg Pepi hinauf. Es war ja sinnlos. Wenn Klamm kommen wollte, würde er kommen, wenn er aber nicht kommen wollte, würde ihn Pepi nicht herauslocken, auch wenn sie in der Nische vor Herzklopfen halb erstickte. Es war sinnlos, aber wenn er nicht kam, war ja fast alles sinnlos. Und er kam nicht. Heute weiß Pepi, warum Klamm nicht kam. Frieda hätte eine herrliche Unterhaltung gehabt, wenn sie oben im Korridor Pepi in der Nische, beide Hände am Herzen, hätte sehen können. Klamm kam nicht herunter, weil Frieda es nicht zuließ. Nicht durch ihre Bitten hat sie das bewirkt, ihre Bitten dringen nicht zu Klamm. Aber sie hat, diese Spinne, Verbindungen, von denen niemand etwas weiß. Wenn Pepi einem Gast etwas sagt, sagt sie es offen, auch der Nebentisch kann es hören. Frieda hat nichts zu sagen, sie stellt das Bier auf den Tisch und geht; nur ihr seidener Unterrock, das einzige, wofür sie Geld ausgibt, rauscht. Wenn sie aber einmal etwas sagt, dann nicht offen, dann flüstert sie es dem Gast zu, bückt sich hinab, daß man am Nachbartisch die Ohren spitzt. Was sie sagt, ist ja wahrscheinlich belanglos, aber doch nicht immer, Verbindungen hat sie, stützt die einen durch die anderen, und mißlingen die meisten – wer würde sich dauernd um Frieda kümmern? –, hält hie und da doch eine fest. Diese Verbindungen begann sie jetzt auszunützen. K. gab ihr die Möglichkeit dazu, statt bei ihr zu sitzen und sie zu bewachen, hält er sich kaum zu Hause auf, wandert herum, hat Besprechungen hier und dort, für alles hat er Aufmerksamkeit, nur nicht für Frieda, und um ihr schließlich noch mehr Freiheit zu geben, übersiedelt er aus dem Brückenhof in die leere Schule. Das alles ist ja ein schöner Anfang der Flitterwochen. Nun, Pepi ist gewiß die letzte, die K. Vorwürfe deshalb machen wird, daß er es nicht bei Frieda ausgehalten hat; man kann es bei ihr nicht aushalten. Aber warum hat er sie dann nicht ganz verlassen, warum ist er immer wieder zu ihr zurückgekehrt, warum hat er durch seine Wanderungen den Anschein erweckt, daß er für sie kämpft? Es sah ja aus, als habe er erst durch die Berührung mit

Frieda seine tatsächliche Nichtigkeit entdeckt, wolle sich Friedas würdig machen, wolle sich irgendwie hinaufhaspeln, verzichte deshalb vorläufig auf das Beisammensein, um sich später ungestört für die Entbehrungen entschädigen zu dürfen. Inzwischen verliert Frieda nicht die Zeit, sie sitzt in der Schule, wohin sie ja K. wahrscheinlich gelenkt hat, und beobachtet den Herrenhof und beobachtet K. Boten hat sie ausgezeichnete zur Hand: K.s Gehilfen, die ihr – man begreift es nicht, selbst wenn man K. kennt, begreift man's nicht – K. gänzlich überläßt. Sie schickt sie zu ihren alten Freunden, bringt sich in Erinnerung, klagt darüber, daß sie von einem Mann wie K. gefangengehalten ist, hetzt gegen Pepi, verkündet ihre baldige Ankunft, bittet um Hilfe, beschwört, Klamm nichts zu verraten, tut so, als müsse Klamm geschont werden und dürfe daher auf keinen Fall in den Ausschank hinuntergelassen werden. Was sie dem einen gegenüber als Schonung Klamms ausgibt, nützt sie dem Wirt gegenüber als ihren Erfolg aus, macht darauf aufmerksam, daß Klamm nicht mehr kommt. Wie könnte er denn kommen, wenn unten nur eine Pepi bedient? Zwar hat der Wirt keine Schuld, diese Pepi war immerhin noch der beste Ersatz, der zu finden war, nur genügt er nicht, nicht einmal für ein paar Tage. Von dieser ganzen Tätigkeit Friedas weiß K. nichts; wenn er nicht herumwandert, liegt er ahnungslos zu ihren Füßen, während sie die Stunden zählt, die sie noch vom Ausschank trennen. Aber nicht nur diesen Botendienst leisten die Gehilfen, sie dienen auch dazu, K. eifersüchtig zu machen, ihn warmzuhalten! Seit ihrer Kindheit kennt Frieda die Gehilfen, Geheimnisse haben sie gewiß keine mehr voreinander, aber K. zu Ehren fangen sie an, sich nacheinander zu sehnen, und es entsteht für K. die Gefahr, daß es eine große Liebe wird. Und K. tut Frieda alles zu Gefallen, auch das Widersprechendste, er läßt sich von den Gehilfen eifersüchtig machen, duldet aber doch, daß alle drei beisammen bleiben, während er allein auf seine Wanderungen geht. Es ist fast, als sei er Friedas dritter Gehilfe. Da entscheidet sich Frieda endlich auf Grund ihrer Beobachtungen zum großen Schlag: Sie beschließt zurückzukehren. Und es ist wirklich höchste Zeit, es ist bewunderungswürdig, wie Frieda, die Schlaue, dieses erkennt und ausnützt; diese Kraft der Beobachtung und des Entschlusses sind Friedas unnachahmbare Kunst; wenn Pepi sie hätte, wie anders würde ihr Leben verlaufen. Wäre Frieda noch ein, zwei Tage länger in der Schule geblieben, ist Pepi nicht mehr zu vertreiben, ist endgültig Ausschankmädchen, von allen geliebt und gehalten, hat genug Geld verdient, um die notdürftige Ausstattung blendend zu ergänzen, noch ein, zwei Tage, und Klamm ist durch keine Ränke mehr vom Gastzimmer abzuhalten, kommt, trinkt, fühlt sich behaglich und ist, wenn er Friedas Abwesenheit überhaupt bemerkt, mit der Veränderung hoch zufrieden, noch ein, zwei Tage, und Frieda mit ihrem Skandal, mit ihren Verbindungen, mit den Gehilfen, mit allem, ist ganz und gar vergessen, niemals kommt sie mehr hervor. Dann könnte sie sich vielleicht desto fester an K. halten und könnte, vorausgesetzt, daß sie dessen fähig ist, ihn wirklich liebenlernen? Nein, auch das nicht. Denn mehr als einen Tag braucht auch K. nicht mehr, um ihrer überdrüssig zu werden, um zu erkennen, wie schmählich sie ihn täuscht, mit allem, mit ihrer angeblichen Schönheit, ihrer angeblichen Treue und am meisten mit der angeblichen Liebe Klamms; nur einen Tag noch, nicht mehr, braucht er, um sie mit der ganzen schmutzigen Gehilfenwirtschaft aus dem Hause zu jagen; man denke, nicht einmal K. braucht mehr. Und da, zwischen diesen beiden Gefahren, da sich förmlich schon das Grab über ihr zu schließen anfängt – K. in seiner Einfalt hält ihr noch den letzten, schmalen Weg frei –, da brennt sie durch – das hat kaum jemand mehr erwartet, es geht gegen die Natur –, plötzlich ist sie es, die K., den noch immer sie liebenden, immer sie verfolgenden, fortjagt und unter dem nachhelfenden Druck der Freunde und Gehilfen dem Wirt als Retterin erscheint, durch ihren Skandal viel lockender als früher, erwiesenermaßen begehrt von den Niedrigsten wie von den Höchsten, dem Niedrigen aber nur für einen Augenblick verfallend, bald ihn fortstoßend, wie es sich gehört, und ihm und allen wieder unerreichbar wie früher; nur daß man früher das alles schon mit Recht bezweifelte, jetzt aber wieder überzeugt worden ist. So kommt sie zurück, der Wirt, mit einem Seitenblick auf Pepi, zögert – soll er sie opfern, die sich so bewährt hat? –, aber bald ist er überredet, zuviel spricht für Frieda und vor allem, sie wird ja Klamm für die Gastzimmer zurückgewinnen. Dabei halten wir jetzt, abends. Pepi wird nicht warten, bis Frieda kommt und aus der Übernahme der Stelle einen Triumph macht. Die Kasse hat sie der Wirtin schon übergeben, sie kann gehen. Das Bettfach unten in dem Mädchenzimmer ist für sie bereit, sie wird hinkommen, von den weinenden Freundinnen begrüßt, wird sich das Kleid vom Leib, die Bänder aus den Haaren reißen und alles in einen Winkel stopfen, wo es gut verborgen ist und nicht unnötig an Zeiten erinnert, die vergessen bleiben sollen. Dann wird sie den großen Eimer und den Besen nehmen, die Zähne zusammenbeißen und an die Arbeit gehen. Vorläufig aber mußte sie noch alles K. erzählen, damit er, der ohne Hilfe auch jetzt dies noch nicht erkannt hätte, einmal deutlich sieht, wie häßlich er an Pepi gehandelt und wie unglücklich er sie gemacht habe. Freilich, auch er ist dabei nur mißbraucht worden.

Pepi hatte geendet. Sie wischte sich aufatmend ein paar Tränen von den Augen und Wangen und sah dann K. kopfnickend an, so, als wolle sie sagen, im Grunde handle es sich gar nicht um ihr Unglück, sie werde es tragen und brauche hierzu weder Hilfe noch Trost irgend jemandes und K.s am wenigsten, sie kenne trotz ihrer Jugend das Leben, und ihr Unglück sei nur eine Bestätigung ihrer Kenntnisse, aber um K. handle es sich, ihm habe sie ein Bild vorhalten wollen, noch nach dem Zusammenbrechen aller ihrer Hoffnungen habe sie das zu tun für nötig gehalten. »Was für eine wilde Phantasie du hast, Pepi«, sagte K. »Es ist ja gar nicht wahr, daß du erst jetzt alle diese Dinge entdeckt hast; das ist ja nichts anderes als Träume aus euerem dunklen, engen Mädchenzimmer unten, die dort an ihrem Platz sind, hier aber, im freien Ausschank, sich sonderbar ausnehmen. Mit solchen Gedanken konntest du dich hier nicht behaupten, das ist ja selbstverständlich. Schon dein Kleid und deine Frisur, deren du dich so rühmst, sind nur Ausgeburten jenes Dunkels und jener Betten in euerem Zimmer, dort sind sie gewiß sehr schön, hier aber lacht jeder im geheimen oder offen darüber. Und was erzählst du sonst? Ich sei also mißbraucht und betrogen worden? Nein, liebe Pepi, ich bin so wenig mißbraucht und betrogen worden wie du. Es ist richtig, Frieda hat mich gegenwärtig verlassen oder ist, wie du es ausdrückst, mit einem Gehilfen durchgebrannt, einen Schimmer der Wahrheit siehst du, und es ist auch wirklich sehr unwahrscheinlich, daß sie noch meine Frau werden wird, aber es ist ganz und gar unwahr, daß ich ihrer überdrüssig geworden wäre oder sie gar am nächsten Tag schon verjagt hätte oder daß sie mich betrogen hätte, wie sonst vielleicht eine Frau einen Mann betrügt. Ihr Zimmermädchen seid gewohnt, durch das Schlüsselloch zu spionieren, und davon behaltet ihr die Denkweise, von einer Kleinigkeit, die ihr wirklich seht, ebenso großartig wie falsch auf das Ganze zu schließen. Die Folge dessen ist, daß ich zum Beispiel in diesem Fall viel weniger weiß als du. Ich kann bei weitem nicht so genau wie du erklären, warum Frieda mich verlassen hat. Die wahrscheinlichste Erklärung scheint mir die auch von dir gestreifte, aber nicht ausgenützte, daß ich sie vernachlässigt habe. Das ist leider wahr, ich habe sie vernachlässigt, aber das hatte besondere Gründe, die nicht hierher gehören; ich wäre glücklich, wenn sie zu mir zurückkäme, aber ich würde gleich wieder anfangen, sie zu vernachlässigen. Es ist so. Da sie bei mir war, bin ich immerfort auf den von dir verlachten Wanderungen gewesen; jetzt, da sie weg ist, bin ich fast beschäftigungslos, bin müde, habe Verlangen nach immer vollständigerer Beschäftigungslosigkeit. Hast du keinen Rat für mich, Pepi?« – »Doch«, sagte Pepi, plötzlich lebhaft werdend und K. bei den Schultern fassend, »wir sind beide die Betrogenen, bleiben wir beisammen. Komm mit hinunter zu den Mädchen!« – »Solange du über Betrogenwerden klagst«, sagte K., »kann ich mich nicht mit dir verständigen. Du willst immerfort betrogen worden sein, weil dir das schmeichelt und weil es dich rührt. Die Wahrheit aber ist, daß du für diese Stellung nicht geeignet bist. Wie klar muß diese Nichteignung sein, wenn sogar ich, der deiner Meinung nach Unwissendste, das einsehe. Du bist ein gutes Mädchen, Pepi; aber es ist nicht ganz leicht, das zu erkennen, ich zum Beispiel habe dich zuerst für grausam und hochmütig gehalten, das bist du aber nicht, es ist nur die Stelle, welche dich verwirrt, weil du für sie nicht geeignet bist. Ich will nicht sagen, daß die Stelle für dich zu hoch ist; es ist ja keine außerordentliche Stelle, vielleicht ist sie, wenn man genau hinsieht, etwas ehrenvoller als deine frühere Stelle, im ganzen aber ist der Unterschied nicht groß, beide sind eher zum Verwechseln einander ähnlich; ja, man könnte fast behaupten, daß Zimmermädchensein dem Ausschank vorzuziehen wäre, denn dort ist man immer unter Sekretären, hier dagegen muß man, wenn man auch in den Gastzimmern die Vorgesetzten der Sekretäre bedienen darf, doch auch mit ganz niedrigem Volk sich abgeben, zum Beispiel mit mir; ich darf ja von Rechts wegen gar nicht anderswo mich aufhalten als eben hier im Ausschank, und die Möglichkeit, mit mir zu verkehren, sollte so über alle Maßen ehrenvoll sein? Nun, dir scheint es so, und vielleicht hast du auch Gründe dafür. Aber eben deshalb bist du ungeeignet. Es ist eine Stelle wie eine andere, für dich aber ist sie das Himmelreich, infolgedessen faßt du alles mit übertriebenem Eifer an, schmückst dich, wie deiner Meinung nach die Engel geschmückt sind – sie sind aber in Wirklichkeit anders –, zitterst für die Stelle, fühlst dich immerfort verfolgt, suchst alle, die deiner Meinung nach dich stützen könnten, durch übergroße Freundlichkeiten zu gewinnen, störst sie aber dadurch und stößt sie ab, denn sie wollen im Wirtshaus Frieden und nicht zu ihren Sorgen noch die

Sorgen der Ausschankmädchen. Es ist nur möglich, daß nach Friedas Abgang niemand von den hohen Gästen das Ereignis eigentlich gemerkt hat, heute aber wissen sie davon und sehnen sich wirklich nach Frieda, denn Frieda hat alles doch wohl ganz anders geführt. Wie sie auch sonst sein mag und wie sie auch ihre Stelle zu schätzen wußte, im Dienst war sie vielerfahren, kühl und beherrscht, du hebst es ja selbst hervor, ohne allerdings von der Lehre zu profitieren. Hast du einmal ihren Blick beachtet? Das war schon gar nicht mehr der Blick eines Ausschankmädchens, das war schon fast der Blick einer Wirtin. Alles sah sie und dabei auch jeden einzelnen, und der Blick, der für den einzelnen übrigblieb, war noch stark genug, um ihn zu unterwerfen. Was lag daran, daß sie vielleicht ein wenig mager, ein wenig ältlich war, daß man sich reineres Haar vorstellen konnte, das sind Kleinigkeiten, verglichen mit dem, was sie wirklich hatte, und derjenige, welchen diese Mängel gestört hatten, hätte damit nur gezeigt, daß ihm der Sinn für Größeres fehlte. Klamm kann man dies gewiß nicht vorwerfen, und es ist nur der falsche Gesichtswinkel eines jungen, unerfahrenen Mädchens, der dich an Klamms Liebe zu Frieda nicht glauben läßt. Klamm scheint dir – und dies mit Recht – unerreichbar, und deshalb glaubst du, auch Frieda hätte an Klamm nicht herankommen können. Du irrst. Ich würde darin allein Friedas Wort vertrauen, selbst wenn ich nicht untrügliche Beweise dafür hätte. So unglaublich es dir vorkommt und so wenig du es mit deinen Vorstellungen von Welt und Beamtentum und Vornehmheit und Wirkung der Frauenschönheit vereinen kannst, es ist doch wahr, so wie wir hier nebeneinander sitzen und ich deine Hand zwischen die meinen nehme, so saßen wohl, als sei es die selbstverständlichste Sache von der Welt, auch Klamm und Frieda nebeneinander, und er kam freiwillig herunter, ja eilte sogar herab, niemand lauerte ihm im Korridor auf und vernachlässigte die übliche Arbeit, Klamm mußte sich selbst bemühen herabzukommen, und die Fehler in Friedas Kleidung, vor denen du dich entsetzt hättest, störten ihn gar nicht. Du willst ihr nicht glauben! Und weißt nicht, wie du dich damit bloßstellst, wie du gerade damit deine Unerfahrenheit zeigst! Selbst jemand, der gar nichts von dem Verhältnis zu Klamm wüßte, müßte an ihrem Wesen erkennen, daß es jemand geformt hat, der mehr war als du und ich und alles Volk im Dorfe, und daß ihre Unterhaltungen über die Scherze hinausgingen, wie sie zwischen Gästen und Kellnerinnen üblich sind und das Ziel deines Lebens scheinen. Aber ich tue dir Unrecht. Du erkennst ja selbst sehr gut Friedas Vorzüge, merkst ihre Beobachtungsgabe, ihre Entschlußkraft, ihren Einfluß auf Menschen, nur deutest du freilich alles falsch, glaubst, daß sie alles eigensüchtig nur zu ihrem Vorteil und zum Bösen verwende oder gar als Waffe gegen dich. Nein, Pepi, selbst wenn sie solche Pfeile hätte, auf so kleine Entfernung könnte sie sie nicht abschießen. Und eigensüchtig? Eher könnte man sagen, daß sie unter Aufopferung dessen, was sie hatte, und dessen, was sie erwarten durfte, uns beiden die Gelegenheit gegeben hat, uns auf höherem Posten zu bewähren, daß wir beide sie aber enttäuscht haben und sie geradezu zwingen, wieder hierher zurückzukehren. Ich weiß nicht, ob es so ist, auch ist mir meine Schuld gar nicht klar, nur wenn ich mich mit dir vergleiche, taucht mir etwas Derartiges auf, so, als ob wir uns beide zu sehr, zu lärmend, zu kindisch, zu unerfahren bemüht hätten, um etwas, das zum Beispiel mit Friedas Ruhe, mit Friedas Sachlichkeit leicht und unmerklich zu gewinnen ist, durch Weinen, durch Kratzen, durch Zerren zu bekommen – so, wie ein Kind am Tischtuch zerrt, aber nichts gewinnt, sondern nur die ganze Pracht hinunterwirft und sie sich für immer unerreichbar macht –; ich weiß nicht, ob es so ist, aber daß es eher so ist, als wie du es erzählst, das weiß ich.« – »Nun ja«, sagte Pepi, »du bist verliebt in Frieda, weil sie dir weggelaufen ist; es ist nicht schwer, in sie verliebt zu sein, wenn sie weg ist. Aber mag es sein, wie du willst, und magst du in allem recht haben, auch darin, daß du mich lächerlich machst, was willst du jetzt tun? Frieda hat dich verlassen, weder nach meiner Erklärung noch nach deiner hast du Hoffnung, daß sie zu dir zurückkommt, und selbst wenn sie kommen sollte, irgendwo mußt du die Zwischenzeit verbringen, es ist kalt, und du hast weder Arbeit noch Bett, komm zu uns, meine Freundinnen werden dir gefallen, wir werden es dir behaglich machen, du wirst uns bei der Arbeit helfen, die wirklich für Mädchen allein zu schwer ist, wir Mädchen werden nicht auf uns angewiesen sein und in der Nacht nicht mehr Angst leiden. Komm zu uns! Auch meine Freundinnen kennen Frieda, wir werden dir von ihr Geschichten erzählen, bis du dessen überdrüssig geworden bist. Komm doch! Auch Bilder von Frieda haben wir und werden sie dir zeigen. Damals war Frieda noch bescheidener als heute, du wirst sie kaum wiedererkennen, höchstens an ihren Augen, die schon damals gelauert haben. Nun, wirst du also kommen?« – »Ist es denn erlaubt? Gestern gab es doch noch den großen Skandal, weil ich auf euerem Gang ertappt worden bin.« – »Weil du ertappt wurdest, aber wenn du bei uns bist, wirst du nicht ertappt werden. Niemand wird von dir wissen, nur wir drei. Ah, es wird lustig sein. Schon kommt mir das Leben dort viel erträglicher vor als vor einem Weilchen noch. Vielleicht verliere ich jetzt gar nicht so viel dadurch, daß ich von hier fort muß. Du, wir haben uns auch zu dritt nicht gelangweilt, man muß sich das bittere Leben versüßen, es wird uns ja schon in der Jugend bitter gemacht, nun, wir drei halten zusammen, wir leben so hübsch, als es dort möglich ist, besonders Henriette wird dir gefallen, aber auch Emilie, ich habe ihnen schon von dir erzählt, man hört dort solche Geschichten ungläubig an, als könne außerhalb des Zimmers eigentlich nichts geschehen, warm und eng ist es dort, und wir drücken uns noch enger aneinander; nein, obwohl wir aufeinander angewiesen sind, sind wir eigentlich einander nicht überdrüssig geworden; im Gegenteil, wenn ich an die Freundinnen denke, ist es mir fast recht, daß ich wieder zurückkomme; warum soll ich es weiterbringen als sie? Das war es ja eben, was uns zusammenhielt, daß uns allen dreien die Zukunft in gleicher Weise versperrt war, und nun bin ich doch durchgebrochen und war von ihnen abgetrennt. Freilich, ich habe sie nicht vergessen, und es war meine nächste Sorge, wie ich etwas für sie tun könnte; meine eigene Stellung war noch unsicher – wie unsicher sie war, wußte ich gar nicht –, und schon sprach ich mit dem Wirt über Henriette und Emilie. Hinsichtlich Henriettes war der Wirt nicht ganz unnachgiebig, für Emilie, die viel älter als wir ist, sie ist etwa in Friedas Alter, gab er mir allerdings keine Hoffnung. Aber denk nur, sie wollen ja gar nicht fort, sie wissen, daß es ein elendes Leben ist, das sie dort führen, aber sie haben sich schon gefügt, die guten Seelen, ich glaube, ihre Tränen beim Abschied galten am meisten der Trauer darüber, daß ich das gemeinsame Zimmer verlassen müßte, in die Kälte hinausging – uns scheint dort alles kalt, was außerhalb des Zimmers ist – und in den großen, fremden Räumen mit großen, fremden Menschen mich herumschlagen müsse, zu keinem anderen Zweck, als um das Leben zu fristen, was mir doch auch in der gemeinsamen Wirtschaft bisher gelungen war. Sie werden wahrscheinlich gar nicht staunen, wenn ich jetzt zurückkomme, und nur um mir nachzugeben, werden sie ein wenig weinen und mein Schicksal beklagen. Aber dann werden sie dich sehen und merken, daß es doch gut gewesen ist, daß ich fort war. Daß wir jetzt einen Mann als Helfer und Schutz haben, wird sie glücklich machen, und geradezu entzückt werden sie darüber sein, daß alles ein Geheimnis bleiben muß und daß wir durch dieses Geheimnis noch enger verbunden werden als bisher. Komm, o bitte, komm zu uns! Es entsteht ja keine Verpflichtung für dich, du wirst nicht an unser Zimmer für immer gebunden sein, so wie wir. Wenn es dann Frühjahr wird und du anderswo ein Unterkommen findest und es dir bei uns nicht mehr gefällt, kannst du ja gehen; nur allerdings das Geheimnis mußt du auch dann wahren und nicht etwa uns verraten, denn das wäre dann unsere letzte Stunde im Herrenhof, und auch sonst mußt du natürlich, wenn du bei uns bist, vorsichtig sein, dich nirgends zeigen, wo wir es nicht für ungefährlich ansehen, und überhaupt unseren Ratschlägen folgen; das ist das einzige, was dich bindet, und daran muß dir ja auch ebenso gelegen sein wie uns, sonst bist du aber völlig frei, die Arbeit, die wir dir zuteilen werden, wird nicht schwer sein, davor fürchte dich nicht. Kommst du also?« – »Wie lange haben wir noch bis zum Frühjahr?« fragte K. »Bis zum Frühjahr?« wiederholte Pepi. »Der Winter ist bei uns lang, ein sehr langer Winter und einförmig. Darüber aber klagen wir unten nicht, gegen den Winter sind wir gesichert. Nun, einmal kommt auch das Frühjahr und der Sommer, und es hat wohl auch seine Zeit; aber in der Erinnerung, jetzt, scheint Frühjahr und Sommer so kurz, als wären es nicht viel mehr als zwei Tage, und selbst an diesen Tagen, auch durch den allerschönsten Tag, fällt dann noch manchmal Schnee.«

Da öffnete sich die Tür. Pepi zuckte zusammen, sie hatte sich in Gedanken zu sehr aus dem Ausschank entfernt, aber es war nicht Frieda, es war die Wirtin. Sie tat erstaunt, K. noch hier zu finden. K. entschuldigte sich damit, daß er auf die Wirtin gewartet habe, gleichzeitig dankte er dafür, daß es ihm erlaubt worden war, hier zu übernachten. Die Wirtin verstand nicht, warum K. auf sie gewartet habe. K. sagte, er hatte den Eindruck gehabt, daß die Wirtin noch mit ihm sprechen wolle, er bitte um Entschuldigung, wenn das ein Irrtum gewesen sei, übrigens müsse er nun allerdings gehen, allzulange habe er die Schule, wo er Diener sei, sich selbst überlassen, an allem sei die gestrige Vorladung schuld, er habe noch zu wenig Erfahrung in diesen Dingen, es werde gewiß nicht wieder geschehen, daß er der Frau Wirtin solche Unannehmlichkeiten mache wie gestern. Und er verbeugte sich, um zu gehen. Die Wirtin sah ihn an, mit einem Blick, als träume sie. Durch den Blick wurde K. auch länger festgehalten, als er wollte. Nun lächelte sie auch noch ein wenig, und erst durch K.s erstauntes Gesicht wurde sie gewissermaßen geweckt; es war, als hätte sie eine Antwort auf ihr

Lächeln erwartet und erst jetzt, da sie ausblieb, erwachte sie. »Du hattest gestern, glaube ich, die Keckheit, etwas über mein Kleid zu sagen.« K. konnte sich nicht erinnern. »Du kannst dich nicht erinnern? Zur Keckheit gehört dann hinterher die Feigheit.« K. entschuldigte sich mit seiner gestrigen Müdigkeit, es sei gut möglich, daß er gestern etwas geschwätzt habe, jedenfalls könne er sich nicht mehr erinnern. Was hätte er auch über der Frau Wirtin Kleider haben sagen können? Daß sie so schön seien, wie er noch nie welche gesehen habe. Zumindest habe er noch keine Wirtin in solchen Kleidern bei der Arbeit gesehen. »Laß diese Bemerkungen!« sagte die Wirtin schnell. »Ich will von dir kein Wort mehr über die Kleider hören. Du hast dich nicht um meine Kleider zu kümmern. Das verbiete ich dir ein für allemal.« K. verbeugte sich nochmals und ging zur Tür. »Was soll denn das heißen«, rief die Wirtin hinter ihm her, »daß du in solchen Kleidern noch keine Wirtin bei der Arbeit gesehen hast? Was sollen solche sinnlosen Bemerkungen? Das ist doch völlig sinnlos. Was willst du damit sagen?« K. wandte sich um und bat die Wirtin, sich nicht aufzuregen. Natürlich sei die Bemerkung sinnlos. Er verstehe doch auch gar nichts von Kleidern. In seiner Lage erscheine ihm schon jedes ungeflickte und reine Kleid kostbar. Er sei nur erstaunt gewesen, die Frau Wirtin dort, im Gang, in der Nacht, unter allen den kaum angezogenen Männern in einem so schönen Abendkleid erscheinen zu sehen, nichts weiter. »Nun also«, sagte die Wirtin, »endlich scheinst du dich doch an deine gestrige Bemerkung zu erinnern. Und vervollständigst sie durch weiteren Unsinn. Daß du nichts von Kleidern verstehst, ist richtig. Dann aber unterlasse auch – darum will ich dich ernstlich gebeten haben –, darüber abzuurteilen, was kostbare Kleider sind oder unpassende Abendkleider und dergleichen ... Überhaupt« – hierbei war es, als überliefe sie ein Kälteschauer – »sollst du dir nichts an meinen Kleidern zu schaffen machen, hörst du?« Und als K. sich schweigend wieder umwenden wollte, fragte sie: »Woher hast du denn dein Wissen von den Kleidern?« K. zuckte die Achseln, er habe kein Wissen. »Du hast keines«, sagte die Wirtin. »Du sollst dir aber auch keines anmaßen. Komm hinüber in das Kontor, ich werde dir etwas zeigen, dann wirst du deine Keckheiten hoffentlich für immer unterlassen.« Sie ging voraus durch die Tür; Pepi sprang zu K., unter dem Vorwand, von K. die Zahlung zu bekommen, verständigten sie sich schnell, es war sehr leicht, da K. den Hof kannte, dessen Tor in die Seitenstraße führte, neben dem Tor war ein kleines Pförtchen, hinter dem wollte Pepi in einer Stunde etwa stehen und es auf dreimaliges Klopfen öffnen.

Das Privatkontor lag gegenüber dem Ausschank, nur der Flur war zu durchqueren, die Wirtin stand schon im beleuchteten Kontor und sah ungeduldig K. entgegen. Es gab aber noch eine Störung. Gerstäcker hatte im Flur gewartet und wollte mit K. sprechen. Es war nicht leicht, ihn abzuschütteln, auch die Wirtin half mit und verwies Gerstäcker seine Zudringlichkeit. »Wohin denn? Wohin denn?« hörte man Gerstäkker noch rufen, als die Tür schon geschlossen war, und die Worte vermischten sich häßlich mit Seufzen und Husten.

Es war ein kleines, überheiztes Zimmer. An den Schmalwänden standen ein Stehpult und eine eiserne Kasse, an den Längswänden ein Kasten und eine Ottomane. Am meisten Raum nahm der Kasten in Anspruch; nicht nur, daß er die ganze Längswand ausfüllte, auch durch seine Tiefe engte er das Zimmer sehr ein, drei Schiebetüren waren nötig, ihn völlig zu öffnen. Die Wirtin zeigte auf die Ottomane, daß sich K. setzen möge, sie selbst setzte sich auf den Drehsessel beim Pult. »Hast du nicht einmal Schneiderei gelernt?« fragte die Wirtin. – »Nein, niemals«, sagte K. – »Was bist du denn eigentlich?« – »Landvermesser.« – »Was ist denn das?« K. erklärte es, die Erklärung machte sie gähnen. »Du sagst nicht die Wahrheit. Warum sagst du denn nicht die Wahrheit?« – »Auch du sagst sie nicht.« – »Ich? Du beginnst wohl wieder mit deinen Keckheiten? Und wenn ich sie nicht sagte – habe ich mich denn vor dir zu verantworten? Und worin sage ich denn nicht die Wahrheit?« – »Du bist nicht nur Wirtin, wie du vorgibst.« – »Sieh mal! Du bist voll Entdeckungen! Was bin ich denn noch? Deine Keckheiten nehmen nun aber schon wahrhaftig überhand.« – »Ich weiß nicht, was du sonst bist. Ich sehe nur, daß du eine Wirtin bist und außerdem Kleider trägst, die nicht für eine Wirtin passen und wie sie auch sonst meines Wissens niemand hier im Dorfe trägt.« – »Nun also kommen wir zu dem Eigentlichen. Du kannst es ja nicht verschweigen, vielleicht bist du gar nicht keck, du bist nur wie ein Kind, das irgendeine Dummheit weiß und durch nichts dazu gebracht werden könnte, sie zu verschweigen. Rede also! Was ist das Besondere dieser Kleider?« – »Du wirst böse sein, wenn ich es sage.« – »Nein, ich werde darüber lachen, es wird ja ein kindliches Geschwätz sein. Wie sind also die Kleider?« – »Du willst es wissen. Nun, sie sind aus gutem Material, recht kostbar, aber sie sind veraltet, überladen, oft überarbeitet, abgenützt und passen weder für deine Jahre noch deine Gestalt, noch deine Stellung. Sie sind mir aufgefallen, gleich als ich dich das erstemal sah, es war vor einer Woche etwa, hier, im Flur.« – »Da haben wir es also! Sie sind veraltet, überladen und was denn noch? Und woher willst du das alles wissen?« – »Das sehe ich, dazu braucht man keine Belehrung.« – »Das siehst du ohne weiteres. Du mußt nirgends nachfragen und weißt gleich, was die Mode verlangt. Da wirst du mir ja unentbehrlich werden, denn für schöne Kleider habe ich allerdings eine Schwäche. Und was wirst du dazu sagen, daß dieser Schrank voll von Kleidern ist?« Sie stieß die Schiebetüren beiseite, man sah ein Kleid gedrängt am andern, dicht in der ganzen Breite des Schrankes, es waren meist dunkle, graue, braune, schwarze Kleider, alle sorgfältig aufgehängt und ausgebreitet. »Das sind meine Kleider, alle veraltet, überladen, wie du meinst. Es sind aber nur die Kleider, für die ich oben in meinem Zimmer keinen Platz habe, dort habe ich noch zwei Schränke voll, zwei Schränke, jeder fast so groß wie dieser. Staunst du?«

»Nein, ich habe Ähnliches erwartet; ich sagte ja, daß du nicht nur Wirtin bist, du zielst auf etwas anderes ab.«

»Ich ziele nur darauf ab, mich schön zu kleiden, und du bist entweder ein Narr oder ein Kind oder ein sehr böser, gefährlicher Mensch. Geh, nun geh schon!«

K. war schon im Flur, und Gerstäcker hielt ihn wieder am Ärmel fest, als die Wirtin ihm nachrief: »Ich bekomme morgen ein neues Kleid, vielleicht lasse ich dich holen.«

AMERIKA

Als der sechzehnjährige Karl Roßmann, der von seinen armen Eltern nach Amerika geschickt worden war, weil ihn ein Dienstmädchen verführt und ein Kind von ihm bekommen hatte, in dem schon langsam gewordenen Schiff in den Hafen von New York einfuhr, erblickte er die schon längst beobachtete Statue der Freiheitsgöttin wie in einem plötzlich stärker gewordenen Sonnenlicht. Ihr Arm mit dem Schwert ragte wie neuerdings empor, und um ihre Gestalt wehten die freien Lüfte.

›So hoch!‹ sagte er sich und wurde, wie er so gar nicht an das Weggehen dachte, von der immer mehr anschwellenden Menge der Gepäckträger, die an ihm vorüberzogen, allmählich bis an das Bordgeländer geschoben.

Ein junger Mann, mit dem er während der Fahrt flüchtig bekannt geworden war, sagte im Vorübergehen: »Ja, haben Sie denn noch keine Lust, auszusteigen?« »Ich bin doch fertig«, sagte Karl, ihn anlachend, und hob aus Übermut, und weil er ein starker Junge war, seinen Koffer auf die Achsel. Aber wie er über seinen Bekannten hinsah, der ein wenig seinen Stock schwenkend sich schon mit den andern entfernte, merkte er bestürzt, daß er seinen eigenen Regenschirm unten im Schiff vergessen hatte. Er bat schnell den Bekannten, der nicht sehr beglückt schien, um die Freundlichkeit, bei seinem Koffer einen Augenblick zu warten, überblickte noch die Situation, um sich bei der Rückkehr zurechtzufinden, und eilte davon. Unten fand er zu seinem Bedauern einen Gang, der seinen Weg sehr verkürzt hätte, zum erstenmal versperrt, was wahrscheinlich mit der Ausschiffung sämtlicher Passagiere zusammenhing, und mußte Treppen, die einander immer wieder folgten, durch fortwährend abbiegende Korridore, durch ein leeres Zimmer mit einem verlassenen Schreibtisch mühselig suchen, bis er sich tatsächlich, da er diesen Weg nur ein- oder zweimal und immer in größerer Gesellschaft gegangen war, ganz und gar verirrt hatte. In seiner Ratlosigkeit und da er keinen Menschen traf und nur immerfort über sich das Scharren der tausend Menschenfüße hörte und von der Ferne, wie einen Hauch, das letzte Arbeiten der schon eingestellten Maschinen merkte, fing er, ohne zu überlegen, an eine beliebige kleine Tür zu schlagen an, bei der er in seinem Herumirren stockte.

»Es ist ja offen«, rief es von innen, und Karl öffnete mit ehrlichem Aufatmen die Tür, »Warum schlagen Sie so verrückt auf die Tür?« fragte ein riesiger Mann, kaum daß er nach Karl hinsah. Durch irgendeine Oberlichtluke fiel ein trübes, oben im Schiff längst abgebrauchtes Licht in die klägliche Kabine, in welcher ein Bett, ein Schrank, ein Sessel und der Mann knapp nebeneinander, wie eingelagert, standen. »Ich habe mich verirrt«, sagte Karl, »ich habe es während der Fahrt gar nicht so bemerkt, aber es ist ein schrecklich großes Schiff.« »Ja, da haben Sie recht«, sagte der Mann mit einigem Stolz und hörte nicht auf, an dem Schloß eines kleinen Koffers zu hantieren, den er mit beiden Händen immer wieder zudrückte, um das Einschnappen des Riegels zu behorchen. »Aber kommen Sie doch herein!« sagte der Mann weiter, »Sie werden doch nicht draußen stehn!« »Störe ich nicht?« fragte Karl. »Ach, wie werden Sie denn stören!« »Sind Sie ein Deutscher?« suchte sich Karl noch zu versichern, da er viel von den Gefahren gehört hatte, welche besonders von Irländern den Neuankömmlingen in Amerika drohen. »Bin ich, bin ich«, sagte der Mann. Karl zögerte noch. Da faßte unversehens der Mann die Türklinke und schob mit der Türe, die er rasch schloß, Karl zu sich herein. »Ich kann es nicht leiden, wenn man mir vom Gang hereinschaut«, sagte der Mann, der wieder an seinem Koffer arbeitete, »da läuft jeder vorbei und schaut herein, das soll der Zehnte aushalten!« »Aber der Gang ist doch ganz leer«, sagte Karl, der unbehaglich an den Bettpfosten gequetscht dastand. »Ja, jetzt«, sagte der Mann. ›Es handelt sich doch um jetzt‹, dachte Karl, ›mit dem Mann ist schwer zu reden.‹ »Legen Sie sich doch aufs Bett, da haben Sie mehr Platz«, sagte der Mann. Karl kroch, so gut es ging, hinein und lachte dabei laut über den ersten vergeblichen Versuch, sich hinüberzuschwingen. Kaum war er aber im Bett, rief er: »Gotteswillen, ich habe ja ganz meinen Koffer vergessen!« »Wo ist er denn?« »Oben auf dem Deck, ein Bekannter gibt acht auf ihn. Wie heißt er nur?« Und er zog aus seiner Geheimtasche, die ihm seine Mutter für die Reise im Rockfutter angelegt hatte, eine Visitkarte. »Butterbaum, Franz Butterbaum.« »Haben Sie den Koffer sehr nötig?« »Natürlich« »Ja, warum haben Sie ihn dann einem fremden Menschen gegeben?« »Ich hatte meinen Regenschirm unten vergessen und bin gelaufen, um ihn zu holen, wollte aber den Koffer nicht mitschleppen. Dann habe ich mich auch hier noch verirrt.« »Sie sind allein? Ohne Begleitung?« »Ja, allein.« ›Ich sollte mich vielleicht an diesen Mann halten‹, ging es Karl durch den Kopf, ›wo finde ich gleich einen besseren Freund.‹ »Und jetzt haben Sie auch noch den Koffer verloren. Vom Regenschirm rede ich gar nicht.« Und der Mann setzte sich auf den Sessel, als habe Karls Sache jetzt einiges Interesse für ihn gewonnen. »Ich glaube aber, der Koffer ist noch nicht verloren.« »Glauben macht selig«, sagte der Mann und kratzte sich kräftig in seinem dunklen, kurzen, dichten Haar, »auf dem Schiff wechseln mit den Hafenplätzen auch die Sitten. In Hamburg hätte Ihr Butterbaum den Koffer vielleicht bewacht, hier ist höchstwahrscheinlich von beiden keine Spur mehr.« »Da muß ich aber doch gleich hinaufschaun«, sagte Karl und sah sich um, wie er hinauskommen könnte. »Bleiben Sie nur«, sagte der Mann und stieß ihn mit einer Hand gegen die Brust, geradezu rauh, ins Bett zurück. »Warum denn?« fragte Karl ärgerlich. »Weil es keinen Sinn hat«, sagte der Mann, »in einem kleinen Weilchen gehe ich auch, dann gehen wir zusammen. Entweder ist der Koffer gestohlen, dann ist keine Hilfe, oder der Mann hat ihn stehengelassen, dann werden wir ihn, bis das Schiff ganz entleert ist, desto besser finden. Ebenso auch Ihren Regenschirm.« »Kennen Sie sich auf dem Schiff aus?« fragte Karl mißtrauisch, und es schien ihm, als hätte der sonst überzeugende Gedanke, daß auf dem leeren Schiff seine Sachen am besten zu finden sein würden, einen verborgenen Haken. »Ich bin doch Schiffsheizer«, sagte der Mann. »Sie sind Schiffsheizer!« rief Karl freudig, als überstiege das alle Erwartungen, und sah, den Ellbogen aufgestützt, den Mann näher an. »Gerade vor der Kammer, wo ich mit dem Slowaken geschlafen habe, war eine Luke angebracht, durch die man in den Maschinenraum sehen konnte.« »Ja, dort habe ich gearbeitet«, sagte der Heizer.

»Ich habe mich immer so für Technik interessiert«, sagte Karl, der in einem bestimmten Gedankengang blieb, »und ich wäre sicher später Ingenieur geworden, wenn ich nicht nach Amerika hätte fahren müssen.« »Warum haben Sie denn fahren müssen?« »Ach was!« sagte Karl und warf die ganze Geschichte mit der Hand weg. Dabei sah er lächelnd den Heizer an, als bitte er ihn selbst für das Nichteingestandene um seine Nachsicht. »Es wird schon einen Grund haben«, sagte der Heizer, und man wußte nicht recht, ob er damit die Erzählung dieses Grundes fordern oder abwehren wollte. »Jetzt könnte ich auch Heizer werden«, sagte Karl, »meinen Eltern ist es jetzt ganz gleichgültig, was ich werde.« »Meine Stelle wird frei«, sagte der Heizer, gab im Vollbewußtsein dessen die Hände in die Hosentaschen und warf die Beine, die in faltigen, lederartigen, eisengrauen Hosen staken, aufs Bett hin, um sie zu strecken. Karl mußte mehr an die Wand rücken. »Sie verlassen das Schiff?« »Jawohl, wir marschieren heute ab.« »Warum denn? Gefällt es Ihnen nicht?« »Ja, das sind die Verhältnisse, es entscheidet nicht immer, ob es einem gefällt oder nicht. Übrigens haben Sie recht, es gefällt mir auch nicht. Sie denken wahrscheinlich nicht ernstlich daran, Heizer zu werden, aber gerade dann kann man es am leichtesten werden. Ich also rate Ihnen entschieden ab. Wenn Sie in Europa studieren wollten, warum wollen Sie es denn hier nicht? Die amerikanischen Universitäten sind ja unvergleichlich besser als die europäischen.« »Es ist ja möglich«, sagte Karl, »aber ich habe ja fast kein Geld zum Studieren. Ich habe zwar von irgend jemandem gelesen, der bei Tag in einem Geschäft gearbeitet und in der Nacht studiert hat, bis er Doktor und ich glaube Bürgermeister wurde, aber dazu gehört doch eine große Ausdauer, nicht? Ich fürchte, die fehlt mir. Außerdem war ich kein besonders guter Schüler, der Abschied von der Schule ist mir wirklich nicht schwer geworden. Und die Schulen hier sind vielleicht noch strenger. Englisch kann ich fast gar nicht. Überhaupt ist man hier gegen Fremde so eingenommen, glaube ich.« »Haben Sie das auch schon erfahren? Na, dann ist's gut. Dann sind Sie mein Mann. Sehen Sie, wir sind doch auf einem deutschen Schiff, es gehört der Hamburg-Amerika-Linie, warum sind wir nicht lauter Deutsche hier? Warum ist der Obermaschinist ein Rumäne? Er heißt Schubal. Das ist doch nicht zu glauben. Und dieser Lumpenhund schindet uns Deutsche auf einem deutschen Schiff! Glauben Sie nicht« – ihm ging die Luft aus, er fackelte mit der Hand –, »daß ich klage, um zu klagen. Ich weiß, daß Sie keinen Einfluß haben und selbst ein armes Bürschchen sind. Aber es ist zu arg!« Und er schlug auf den Tisch mehrmals mit der Faust und ließ kein Auge von ihr, während er schlug. »Ich habe doch schon auf so vielen Schiffen gedient« – und er nannte zwanzig Namen hintereinander, als sei es ein Wort, Karl wurde ganz wirr – »und habe mich ausgezeichnet, bin belobt worden, war ein Arbeiter nach dem Geschmack meiner Kapitäne, sogar auf dem gleichen Handelssegler war ich einige Jahre« – er erhob sich, als sei das der Höchstpunkt seines Lebens – »und hier auf diesem Kasten, wo alles nach der Schnur eingerichtet ist, wo kein Witz gefordert wird, hier taug ich nichts, hier stehe ich dem Schubal immer im Wege, bin ein Faulpelz, verdiene hinausgeworfen zu werden und bekomme meinen Lohn aus Gnade. Verstehen Sie das? Ich nicht.« »Das dürfen Sie sich nicht gefallen lassen«, sagte Karl aufgeregt. Er hatte fast das Gefühl davon verloren, daß er auf dem unsicheren Boden eines Schiffes, an der Küste eines unbekannten Erdteils war, so heimisch war ihm hier auf dem Bett des Heizers zumute. »Waren Sie schon beim Kapitän? Haben Sie schon bei ihm Ihr Recht gesucht?« »Ach gehen Sie, gehen Sie lieber weg. Ich will Sie nicht hier haben. Sie hören nicht zu, was ich sage, und geben mir Ratschläge. Wie soll ich denn zum Kapitän gehen!« Und müde setzte sich der Heizer wieder und legte das Gesicht in beide Hände.

›Einen besseren Rat kann ich ihm nicht geben‹, sagte sich Karl. Und er fand überhaupt, daß er lieber seinen Koffer hätte holen sollen, statt hier Ratschläge zu geben, die doch nur für dumm gehalten wurden. Als ihm der Vater den Koffer für immer übergeben hatte, hatte er im Scherz gefragt: »Wie lange wirst du ihn haben?« und jetzt war dieser treue Koffer vielleicht schon im Ernst verloren. Der einzige Trost war noch, daß der Vater von seiner jetzigen Lage kaum erfahren konnte, selbst wenn er nachforschen sollte. Nur daß er bis New York mitgekommen war, konnte die Schiffsgesellschaft gerade noch sagen. Leid tat es aber Karl, daß er die Sachen im Koffer noch kaum verwendet hatte, trotzdem er es beispielsweise längst nötig gehabt hätte, das Hemd zu wechseln. Da hatte er also am unrichtigen Ort gespart; jetzt, wo er es gerade am Beginn seiner Laufbahn nötig haben würde, rein gekleidet aufzutreten, würde er im schmutzigen Hemd erscheinen müssen. Sonst wäre der Verlust des Koffers nicht gar so arg gewesen, denn der Anzug, den er anhatte, war sogar besser als jener im Koffer, der eigentlich nur ein Notanzug war, den die Mutter noch knapp vor der Abreise hatte flicken müssen. Jetzt erinnerte er sich auch, daß im Koffer noch ein Stück Veroneser Salami war, die ihm die Mutter als Extragabe eingepackt hatte, von der er jedoch nur den kleinsten Teil hatte aufessen können, da er während der Fahrt ganz ohne Appetit gewesen war und die Suppe, die im Zwischendeck zur Verteilung kam, ihm reichlich genügt hatte, jetzt hätte er aber die Wurst gern bei der Hand gehabt, um sie dem Heizer zu verehren. Denn solche Leute sind leicht gewonnen, wenn man ihnen irgendeine Kleinigkeit zusteckt, das wußte Karl von seinem Vater her, welcher durch Zigarrenverteilung alle die niedrigeren Angestellten gewann, mit denen er geschäftlich zu tun hatte. Jetzt besaß Karl an Verschenkbarem nur noch sein Geld, und das wollte er, wenn er schon vielleicht den Koffer verloren haben sollte, vorläufig nicht anrühren. Wieder kehrten seine Gedanken zum Koffer zurück, und er konnte jetzt wirklich nicht einsehen, warum er den Koffer während der Fahrt so aufmerksam bewacht hatte, daß ihm die Wache fast den Schlaf gekostet hatte, wenn er jetzt diesen gleichen Koffer so leicht sich hatte wegnehmen lassen. Er erinnerte sich an die fünf Nächte, während derer er einen kleinen Slowaken, der zwei Schlafstellen links von ihm gelegen war, unausgesetzt im Verdacht gehabt hatte, daß er es auf seinen Koffer abgesehen habe. Dieser Slowake hatte nur darauf gelauert, daß Karl endlich, von Schwäche befallen, für einen Augenblick einnickte, damit er den Koffer mit einer langen Stange, mit der er immer während des Tages spielte oder übte, zu sich hinüberziehen könne. Bei Tage sah dieser Slowake unschuldig genug aus, aber kaum war die Nacht gekommen, erhob er sich von Zeit zu Zeit von seinem Lager und sah traurig zu Karls Koffer hinüber. Karl konnte dies ganz deutlich erkennen, denn immer hatte hie und da jemand mit der Unruhe des Auswanderers ein Lichtchen angezündet, trotzdem dies nach der Schiffsordnung verboten war, und versuchte, unverständliche Prospekte der Auswanderungsagenturen zu entziffern. War ein solches Licht in der Nähe, dann konnte Karl ein wenig eindämmern, war es aber in der Ferne oder war dunkel, dann mußte er die Augen offenhalten. Diese Anstrengung hatte ihn recht erschöpft, und nun war sie vielleicht ganz nutzlos gewesen. Dieser Butterbaum, wenn er ihn einmal irgendwo treffen sollte!

In diesem Augenblick ertönten draußen in weiter Ferne in die bisherige vollkommene Ruhe hinein kleine kurze Schläge, wie von Kinderfüßen, sie kamen näher mit verstärktem Klang, und nun war es ein ruhiger Marsch von Männern. Sie gingen offenbar, wie es in dem schmalen Gang natürlich war, in einer Reihe, man hörte Klirren wie von Waffen. Karl, der schon nahe daran gewesen war, sich im Bett zu einem von allen Sorgen um Koffer und Slowaken befreiten Schlafe auszustrecken, schreckte auf und stieß den Heizer an, um ihn endlich aufmerksam zu machen, denn der Zug schien mit seiner Spitze die Tür gerade erreicht zu haben. »Das ist die Schiffskapelle«, sagte der Heizer, »die haben oben gespielt und gehen jetzt einpacken. Jetzt ist alles fertig und wir können gehen. Kommen Sie!« Er faßte Karl bei der Hand, nahm noch im letzten Augenblick ein eingerahmtes Muttergottesbild von der Wand über dem Bett, stopfte es in seine Brusttasche, ergriff seinen Koffer und verließ mit Karl eilig die Kabine.

»Jetzt gehe ich ins Büro und werde den Herren meine Meinung sagen. Es ist kein Passagier mehr da, man muß keine Rücksicht nehmen.« Dieses wiederholte der Heizer verschiedenartig und wollte im Gehen mit Seitwärtsstoßen des Fußes eine den Weg kreuzende Ratte niedertreten, stieß sie aber bloß schneller in das Loch hinein, das sie noch rechtzeitig erreicht hatte. Er war überhaupt langsam in seinen Bewegungen, denn wenn er auch lange Beine hatte, so waren sie doch zu schwer.

Sie kamen durch eine Abteilung der Küche, wo einige Mädchen in schmutzigen Schürzen – sie begossen sie absichtlich – Geschirr in großen Bottichen reinigten. Der Heizer rief eine gewisse Line zu sich, legte den Arm um ihre Hüfte und führte sie, die sich immerzu kokett gegen seinen Arm drückte, ein Stückchen mit. »Es gibt jetzt Auszahlung, willst du mitkommen?« fragte er. »Warum soll ich mich bemühn, bring mir das Geld lieber her«, antwortete sie, schlüpfte unter seinem Arm durch und lief davon. »Wo hast du denn den schönen Knaben aufgegabelt?« rief sie noch, wollte aber keine Antwort mehr. Man hörte das Lachen aller Mädchen, die ihre Arbeit unterbrochen hatten.

Sie aber gingen weiter und kamen an eine Tür, die oben einen kleinen Vorgiebel hatte, der von kleinen, vergoldeten Karyatiden getragen war. Für eine Schiffseinrichtung sah das recht verschwenderisch aus. Karl war, wie er merkte, niemals in diese Gegend gekommen, die wahrscheinlich während der Fahrt den Passagieren der ersten und zweiten Klasse vorbehalten gewesen war, während man jetzt vor der großen Schiffsreinigung die Trennungstüren ausgehoben hatte. Sie waren auch tatsächlich schon einigen Männern begegnet, die Besen an der Schulter trugen und den Heizer gegrüßt hatten. Karl staunte über den großen Betrieb, in seinem Zwischendeck hatte er davon freilich wenig erfahren. Längs der Gänge zogen sich auch Drähte elektrischer Leitungen, und eine kleine Glocke hörte man immerfort.

Der Heizer klopfte respektvoll an der Türe an und forderte, als man »Herein!« rief, Karl mit einer Handbewegung auf, ohne Furcht einzutreten. Dieser trat auch ein, aber blieb an der Tür stehen. Vor den drei Fenstern des Zimmers sah er die Wellen des Meeres, und bei Betrachtung ihrer fröhlichen Bewegung schlug ihm das Herz, als hätte er nicht fünf lange Tage das Meer ununterbrochen gesehen. Große Schiffe kreuzten gegenseitig ihre Wege und gaben dem Wellengang nur so weit nach, als es ihre Schwere erlaubte. Wenn man die Augen klein machte, schienen diese Schiffe vor lauter Schwere zu schwanken. Auf ihren Masten trugen sie schmale, aber lange Flaggen, die zwar durch die Fahrt gestrafft wurden, trotzdem aber noch hin und her zappelten. Wahrscheinlich von Kriegsschiffen her erklangen Salutschüsse, die Kanonenrohre eines solchen nicht allzuweit vorüberfahrenden Schiffes, strahlend mit dem Reflex ihres Stahlmantels, waren wie gehätschelt von der sicheren, glatten und doch nicht waagrechten Fahrt. Die kleinen Schiffchen und Boote konnte man, wenigstens von der Tür aus, nur in der Ferne beobachten, wie sie in Mengen in die Öffnungen zwischen den großen Schiffen einliefen. Hinter alledem aber stand New York und sah Karl mit hunderttausend Fenstern seiner Wolkenkratzer an. Ja, in diesem Zimmer wußte man, wo man war.

An einem runden Tisch saßen drei Herren, der eine ein Schiffsoffizier in blauer Schiffsuniform, die zwei anderen, Beamte der Hafenbehörde, in schwarzen amerikanischen Uniformen. Auf dem Tisch lagen, hochaufgeschichtet, verschiedene Dokumente, welche der Offizier zuerst mit der Feder in der Hand überflog, um sie dann den beiden anderen zu reichen, die bald lasen, bald exzerpierten, bald in ihre Aktentaschen einlegten, wenn nicht gerade der eine, der fast ununterbrochen ein kleines Geräusch mit den Zähnen vollführte, seinem Kollegen etwas in ein Protokoll diktierte.

Am Fenster saß an einem Schreibtisch, den Rücken der Tür zugewendet, ein kleinerer Herr, der mit großen Folianten hantierte, die auf einem starken Bücherbrett in Kopfhöhe vor ihm aneinandergereiht waren. Neben ihm stand eine offene, wenigstens auf den ersten Blick leere Kassa.

Das zweite Fenster war leer und gab den besten Ausblick. In der Nähe des dritten aber standen zwei Herren in halblautem Gespräch. Der eine lehnte neben dem Fenster, trug auch die Schiffsuniform und spielte mit dem Griff des Degens. Derjenige, mit dem er sprach, war dem Fenster zugewendet und enthüllte hie und da durch eine Bewegung einen Teil der Ordensreihe auf der Brust des andern. Er war in Zivil und hatte ein dünnes Bambusstöckchen, das, da er beide Hände an den Hüften festhielt, auch wie ein Degen abstand.

Karl hatte nicht viel Zeit, alles anzusehen, denn bald trat ein Diener auf sie zu und fragte den Heizer mit einem Blick, als gehöre er nicht hierher, was er denn wolle. Der Heizer antwortete, so leise als er gefragt wurde, er wolle mit dem Herrn Oberkassier reden. Der Diener lehnte für seinen Teil mit einer Handbewegung diese Bitte ab, ging aber dennoch auf den Fußspitzen, dem runden Tisch in großem Bogen ausweichend, zu dem Herrn mit den Folianten. Dieser Herr – das sah man deutlich – erstarrte geradezu unter den Worten des Dieners, kehrte sich aber endlich nach dem Manne um, der ihn zu sprechen wünschte, und fuchtelte dann, streng abwehrend, gegen den Heizer und der Sicherheit halber auch gegen den Diener hin. Der Diener kehrte darauf zum Heizer zurück und sagte in einem Tone, als vertraue er ihm etwas an: »Scheren Sie sich sofort aus dem Zimmer!«

Der Heizer sah nach dieser Antwort zu Karl hinunter, als sei dieser sein Herz, dem er stumm seinen Jammer klage. Ohne weitere Besinnung machte sich Karl los, lief quer durchs Zimmer, daß er sogar leicht an den Sessel des Offiziers streifte, der Diener lief gebeugt mit zum Umfangen bereiten Armen, als jage er ein Ungeziefer, aber Karl war der erste beim Tisch des Oberkassiers, wo er sich festhielt, für den Fall, daß der Diener versuchen sollte, ihn fortzuziehen.

Natürlich wurde gleich das Zimmer lebendig. Der Schiffsoffizier am Tisch war aufgesprungen, die Herren von der Hafenbehörde sahen ruhig, aber aufmerksam zu, die beiden Herren am Fenster waren nebeneinandergetreten, der Diener, welcher glaubte, er sei dort, wo schon die hohen Herren Interesse zeigten, nicht mehr am Platze, trat zurück. Der Heizer an der Türe wartete angespannt auf den Augenblick, bis seine Hilfe nötig würde. Der Oberkassier endlich machte in seinem Lehnsessel eine große Rechtswendung.

Karl kramte aus seiner Geheimtasche, die er den Blicken dieser Leute zu zeigen keine Bedenken hatte, seinen Reisepaß hervor, den er statt weiterer Vorstellung geöffnet auf den Tisch legte. Der Oberkassier schien diesen Paß für nebensächlich zu halten, denn er schnippte ihn mit zwei Fingern beiseite, worauf Karl, als sei diese Formalität zur Zufriedenheit erledigt, den Paß wieder einsteckte.

»Ich erlaube mir zu sagen«, begann er dann, »daß meiner Meinung nach dem Herrn Heizer Unrecht geschehen ist. Es ist hier ein gewisser Schubal, der ihm aufsitzt. Er selbst hat schon auf vielen Schiffen, die er Ihnen alle nennen kann, zur vollständigen Zufriedenheit gedient, ist fleißig, meint es mit seiner Arbeit gut, und es ist wirklich nicht einzusehen, warum er gerade auf diesem Schiff, wo doch der Dienst nicht so übermäßig schwer ist, wie zum Beispiel auf Handelsseglern, schlecht entsprechen sollte. Es kann daher nur Verleumdung sein, die ihn in seinem Vorwärtskommen hindert und ihn um die Anerkennung bringt, die ihm sonst ganz bestimmt nicht fehlen würde. Ich habe nur das Allgemeine über diese Sache gesagt, seine besonderen Beschwerden wird er Ihnen selbst vorbringen.« Karl hatte sich mit dieser Rede an alle Herren gewendet, weil ja tatsächlich auch alle zuhörten und es viel wahrscheinlicher schien, daß sich unter allen zusammen ein Gerechter vorfand, als daß dieser Gerechte gerade der Oberkassier sein sollte. Aus Schlauheit hatte außerdem Karl verschwiegen, daß er den Heizer erst so kurze Zeit kannte. Im übrigen hätte er noch viel besser gesprochen, wenn er nicht durch das rote Gesicht des Herrn mit dem Bambusstöckchen beirrt worden wäre, das er von seinem jetzigen Standort zum erstenmal sah.

»Es ist alles Wort für Wort richtig«, sagte der Heizer, ehe ihn noch jemand gefragt, ja ehe man noch überhaupt auf ihn hingesehen hatte. Diese Übereiltheit des Heizers wäre ein großer Fehler gewesen, wenn nicht der Herr mit den Orden, der, wie es jetzt Karl aufleuchtete, jedenfalls der Kapitän war, offenbar mit sich bereits übereingekommen wäre, den Heizer anzuhören. Er streckte nämlich die Hand aus und rief dem Heizer zu: »Kommen Sie her!« mit einer Stimme, fest, um mit einem Hammer darauf zu schlagen. Jetzt hing alles vom Benehmen des Heizers ab, denn was die Gerechtigkeit seiner Sache anlangte, an der zweifelte Karl nicht.

Glücklicherweise zeigte sich bei dieser Gelegenheit, daß der Heizer schon viel in der Welt herumgekommen war. Musterhaft ruhig nahm er aus seinem Köfferchen mit dem ersten Griff ein Bündelchen Papiere sowie ein Notizbuch, ging damit, als verstünde sich das von selbst, unter vollständiger Vernachlässigung des Oberkassiers, zum Kapitän und breitete auf dem Fensterbrett seine Beweismittel aus. Dem Oberkassier blieb nichts übrig, als sich selbst hinzubemühn. »Der Mann ist ein bekannter Querulant«, sagte er zur Erklärung, »er ist mehr in der Kassa als im Maschinenraum. Er hat Schubal, diesen ruhigen Menschen, ganz zur Verzweiflung gebracht. Hören Sie einmal!« wandte er sich an den Heizer, »Sie treiben Ihre Zudringlichkeit doch schon wirklich zu weit. Wie oft hat man Sie schon aus den Auszahlungsräumen hinausgeworfen, wie Sie es mit Ihren ganz, vollständig und ausnahmslos unberechtigten Forderungen verdienen! Wie oft sind Sie von dort in die Hauptkassa gelaufen gekommen! Wie oft hat man Ihnen im guten gesagt, daß Schubal Ihr unmittelbarer Vorgesetzter ist, mit dem allein Sie sich als ein Untergebener abzufinden haben! Und jetzt kommen Sie gar noch her, wenn der Herr Kapitän da ist, schämen sich nicht, sogar ihn zu belästigen, sondern entblöden sich nicht einmal, als eingelernten Stimmführer Ihrer abgeschmackten Beschuldigungen diesen Kleinen mitzubringen, den ich überhaupt zum erstenmal auf dem Schiffe sehe!«

Karl hielt sich mit Gewalt zurück, vorzuspringen. Aber schon war auch der Kapitän da, welcher sagte: »Hören wir den Mann doch einmal an. Der Schubal wird mir sowieso mit der Zeit viel zu selbständig, womit ich aber nichts zu Ihren Gunsten gesagt haben will.« Das letztere galt dem Heizer, es war nur natürlich, daß er sich nicht sofort für ihn einsetzen konnte, aber alles schien auf dem richtigen Wege. Der Heizer begann seine Erklärungen und überwand sich gleich am Anfang, indem er Schubal mit »Herr« titulierte. Wie freute sich Karl am verlassenen Schreibtisch des Oberkassiers, wo er eine Briefwaage immer wieder niederdrückte vor lauter Vergnügen. – Herr Schubal ist ungerecht! Herr Schubal bevorzugt die Ausländer! Herr Schubal verwies den Heizer aus dem Maschinenraum und ließ ihn Klosette reinigen, was doch gewiß nicht des Heizers Sache war! – Einmal wurde sogar die Tüchtigkeit des Herrn Schubal angezweifelt, die eher scheinbar als wirklich vorhanden sein sollte. Bei dieser Stelle starrte Karl mit aller Kraft den Kapitän an, zutunlich, als sei er sein Kollege, nur damit er sich durch die etwas ungeschickte Ausdrucksweise des Heizers nicht zu dessen Ungunsten beeinflussen lasse. Immerhin erfuhr man aus den vielen Reden nichts Eigentliches, und wenn auch der Kapitän noch immer vor sich hinsah, in den Augen die

Entschlossenheit, den Heizer diesmal bis zu Ende anzuhören, so wurden doch die anderen Herren ungeduldig, und die Stimme des Heizers regierte bald nicht mehr unumschränkt in dem Raume, was manches befürchten ließ. Als erster setzte der Herr in Zivil sein Bambusstöckchen in Tätigkeit und klopfte, wenn auch nur leise, auf das Parkett. Die anderen Herren sahen natürlich hie und da hin, die Herren von der Hafenbehörde, die offenbar pressiert waren, griffen wieder zu den Akten und begannen, wenn auch noch etwas geistesabwesend, sie durchzusehen, der Schiffsoffizier rückte seinen Tisch wieder näher, und der Oberkassier, der gewonnenes Spiel zu haben glaubte, seufzte aus Ironie tief auf. Von der allgemein eintretenden Zerstreuung schien nur der Diener bewahrt, der von den Leiden des unter die Großen gestellten armen Mannes einen Teil mitfühlte und Karl ernst zunickte, als wolle er damit etwas erklären.

Inzwischen ging vor den Fenstern das Hafenleben weiter, ein flaches Lastschiff mit einem Berg von Fässern, die wunderbar verstaut sein mußten, daß sie nicht ins Rollen kamen, zog vorüber und erzeugte in dem Zimmer fast Dunkelheit; kleine Motorboote, die Karl jetzt, wenn er Zeit gehabt hätte, genau hätte ansehen können, rauschten nach den Zuckungen der Hände eines am Steuer aufrecht stehenden Mannes schnurgerade dahin! Eigentümliche Schwimmkörper tauchten hie und da selbständig aus dem ruhelosen Wasser, wurden gleich wieder überschwemmt und versanken vor dem erstaunten Blick; Boote der Ozeandampfer wurden von heiß arbeitenden Matrosen vorwärtsgerudert und waren voll von Passagieren, die darin, so wie man sie hineingezwängt hatte, still und erwartungsvoll saßen, wenn es auch manche nicht unterlassen konnten, die Köpfe nach den wechselnden Szenerien zu drehen. Eine Bewegung ohne Ende, eine Unruhe, übertragen von dem unruhigen Element auf die hilflosen Menschen und ihre Werke!

Aber alles mahnte zur Eile, zur Deutlichkeit, zu ganz genauer Darstellung; aber was tat der Heizer? Er redete sich allerdings in Schweiß, die Papiere auf dem Fenster konnte er längst mit seinen zitternden Händen nicht mehr halten; aus allen Himmelsrichtungen strömten ihm Klagen über Schubal zu, von denen seiner Meinung nach jede einzelne genügt hätte, diesen Schubal vollständig zu begraben, aber was er dem Kapitän vorzeigen konnte, war nur ein trauriges Durcheinanderstrudeln aller insgesamt. Längst schon pfiff der Herr mit dem Bambusstöckchen schwach zur Decke hinauf, die Herren von der Hafenbehörde hielten schon den Offizier an ihrem Tisch und machten keine Miene, ihn je wieder loszulassen, der Oberkassier wurde sichtlich nur durch die Ruhe des Kapitäns vor dem Dreinfahren zurückgehalten, der Diener erwartete in Habachtstellung jeden Augenblick einen auf den Heizer bezüglichen Befehl seines Kapitäns.

Da konnte Karl nicht mehr untätig bleiben. Er ging also langsam zu der Gruppe hin und überlegte im Gehen nur desto schneller, wie er die Sache möglichst geschickt angreifen könnte. Es war wirklich höchste Zeit, noch ein kleines Weilchen nur, und sie konnten ganz gut beide aus dem Büro fliegen. Der Kapitän mochte ja ein guter Mann sein und überdies gerade jetzt, wie es Karl schien, irgendeinen besonderen Grund haben, sich als gerechter Vorgesetzter zu zeigen, aber schließlich war er kein Instrument, das man in Grund und Boden spielen konnte – und gerade so behandelte ihn der Heizer, allerdings aus seinem grenzenlos empörten Innern heraus.

Karl sagte also zum Heizer: »Sie müssen das einfacher erzählen, klarer, der Herr Kapitän kann es nicht würdigen, so wie Sie es ihm erzählen. Kennt er denn alle Maschinisten und Laufburschen beim Namen oder gar beim Taufnamen, daß er, wenn Sie nur einen solchen Namen aussprechen, gleich wissen kann, um wen es sich handelt? Ordnen Sie doch Ihre Beschwerden, sagen Sie die wichtigste zuerst und absteigend die anderen, vielleicht wird es dann überhaupt nicht mehr nötig sein, die meisten auch nur zu erwähnen. Mir haben Sie es doch immer so klar dargestellt!« ›Wenn man in Amerika Koffer stehlen kann, kann man auch hie und da lügen‹, dachte er zur Entschuldigung.

Wenn es aber nur geholfen hätte! Ob es nicht auch schon zu spät war? Der Heizer unterbrach sich zwar sofort, als er die bekannte Stimme hörte, aber mit seinen Augen, die ganz von Tränen der beleidigten Mannesehre, der schrecklichen Erinnerungen, der äußersten gegenwärtigen Not verdeckt waren, konnte er Karl schon nicht einmal mehr gut erkennen. Wie sollte er auch jetzt – Karl sah das schweigend vor dem jetzt Schweigenden wohl ein –, wie sollte er auch jetzt plötzlich seine Redeweise ändern, da es ihm doch schien, als hätte er alles, was zu sagen war, ohne die geringste Anerkennung schon vorgebracht und als habe er andererseits noch gar nichts gesagt und könne doch den Herren jetzt nicht zumuten, noch alles anzuhören. Und in einem solchen Zeitpunkt kommt noch Karl, sein einziger Anhänger, daher, will ihm gute Lehren geben, zeigt ihm aber statt dessen, daß alles, alles verloren ist.

›Wäre ich früher gekommen, statt aus dem Fenster zu schauen!‹ sagte sich Karl, senkte vor dem Heizer das Gesicht und schlug die Hände an die Hosennaht, zum Zeichen des Endes jeder Hoffnung.

Aber der Heizer mißverstand das, witterte wohl in Karl irgendwelche geheimen Vorwürfe gegen sich, und in der guten Absicht, sie ihm auszureden, fing er zur Krönung seiner Taten mit Karl jetzt zu streiten an. Jetzt, wo doch die Herren am runden Tisch längst empört über den nutzlosen Lärm waren, der ihre wichtigen Arbeiten störte, wo der Hauptkassier allmählich die Geduld des Kapitäns unverständlich fand und zum sofortigen Ausbruch neigte, wo der Diener, ganz wieder in der Sphäre seiner Herren, den Heizer mit wildem Blicke maß, und wo endlich der Herr mit dem Bambusstöckchen, zu welchem sogar der Kapitän hie und da freundlich hinübersah, schon gänzlich abgestumpft gegen den Heizer, ja von ihm angewidert, ein kleines Notizbuch hervorzog und, offenbar mit ganz anderen Angelegenheiten beschäftigt, die Augen zwischen dem Notizbuch und Karl hin und her wandern ließ.

»Ich weiß ja«, sagte Karl, der Mühe hatte, den jetzt gegen ihn gekehrten Schwall des Heizers abzuwehren, trotzdem aber quer durch allen Streit noch ein Freundeslächeln für ihn übrig hatte, »Sie haben recht, recht, ich habe ja nie daran gezweifelt.« Er hätte ihm gern aus Furcht vor Schlägen die herumfahrenden Hände gehalten, noch lieber allerdings ihn in einen Winkel gedrängt, um ihm ein paar leise, beruhigende Worte zuzuflüstern, die niemand sonst hätte hören müssen. Aber der Heizer war außer Rand und Band. Karl begann jetzt schon sogar aus dem Gedanken eine Art Trost zu schöpfen, daß der Heizer im Notfall mit der Kraft seiner Verzweiflung alle anwesenden sieben Männer bezwingen könne. Allerdings lag auf dem Schreibtisch, wie ein Blick dorthin lehrte, ein Aufsatz mit viel zu vielen Druckknöpfen der elektrischen Leitung; und eine Hand, einfach auf sie niedergedrückt, konnte das ganze Schiff mit allen seinen von feindlichen Menschen gefüllten Gängen rebellisch machen.

Da trat der doch so uninteressierte Herr mit dem Bambusstöckchen auf Karl zu und fragte, nicht überlaut, aber deutlich über allem Geschrei des Heizers: »Wie heißen Sie denn eigentlich?« In diesem Augenblick, als hätte jemand hinter der Tür auf diese Äußerung des Herrn gewartet, klopfte es. Der Diener sah zum Kapitän hinüber, dieser nickte. Daher ging der Diener zur Tür und öffnete sie. Draußen stand in einem alten Kaiserrock ein Mann von mittleren Proportionen, seinem Ansehen nach nicht eigentlich zur Arbeit an den Maschinen geeignet, und war doch – Schubal. Wenn es Karl nicht an allen Augen erkannt hätte, die eine gewisse Befriedigung ausdrückten, von der nicht einmal der Kapitän frei war, er hätte es zu seinem Schrecken am Heizer sehen müssen, der die Fäuste an den gestrafften Armen so ballte, als sei diese Ballung das Wichtigste an ihm, dem er alles, was er an Leben habe, zu opfern bereit sei. Da steckte jetzt alle seine Kraft, auch die, welche ihn überhaupt aufrecht erhielt.

Und da war also der Feind, frei und frisch im Festanzug, unter dem Arm ein Geschäftsbuch, wahrscheinlich die Lohnlisten und Arbeitsausweise des Heizers, und sah mit dem ungescheuten Zugeständnis, daß er die Stimmung jedes einzelnen vor allem feststellen wolle, in alle Augen der Reihe nach. Die sieben waren auch schon alle seine Freunde, denn wenn auch der Kapitän früher gewisse Einwände gegen ihn gehabt oder vielleicht nur vorgeschützt hatte, nach dem Leid, das ihm der Heizer angetan hatte, schien ihm wahrscheinlich an Schubal auch das geringste nicht mehr auszusetzen. Gegen einen Mann wie den Heizer konnte man nicht streng genug verfahren, und wenn dem Schubal etwas vorzuwerfen war, so war es der Umstand, daß er die Widerspenstigkeit des Heizers im Laufe der Zeit nicht so weit hatte brechen können, daß es dieser heute noch gewagt hatte, vor dem Kapitän zu erscheinen.

Nun konnte man ja vielleicht noch annehmen, die Gegenüberstellung des Heizers und Schubals werde die ihr vor einem höheren Forum zukommende Wirkung auch vor den Menschen nicht verfehlen, denn wenn sich auch Schubal gut verstellen konnte, er mußte es doch durchaus nicht bis zum Ende aushalten können. Ein kurzes Aufblitzen seiner Schlechtigkeit sollte genügen, um sie den Herren sichtbar zu machen, dafür wollte Karl schon sorgen. Er kannte doch schon beiläufig den Scharfsinn, die Schwächen, die Launen der einzelnen Herren, und unter diesem Gesichtspunkt war die bisher hier verbrachte Zeit nicht verloren. Wenn nur der Heizer besser auf dem Platz gewesen wäre, aber der schien vollständig kampfunfähig. Wenn man ihm den Schubal hingehalten hätte, hätte er wohl dessen gehaßten Schädel mit den Fäusten aufklopfen können. Aber schon die paar Schritte zu ihm hinzugehen, war er wohl kaum imstande. Warum hatte denn Karl das so leicht Vorauszusehende nicht vorausgesehen, daß Schubal endlich kommen müsse, wenn nicht aus eigenem Antrieb, so vom Kapitän gerufen? Warum hatte er auf dem Herweg mit dem Heizer nicht einen genauen Kriegsplan besprochen, statt, wie sie es in Wirklichkeit getan hatten, heillos unvorbereitet einfach dort einzutreten, wo eine Tür war? Konnte der Heizer überhaupt noch reden, ja und nein sagen, wie es bei dem Kreuzverhör, das allerdings nur im günstigsten Fall bevorstand, nötig sein würde? Er stand da, die Beine auseinandergestellt, die Knie unsicher, den Kopf etwas gehoben, und die Luft verkehrte durch den offenen Mund, als gäbe es innen keine Lungen mehr, die sie verarbeiteten.

Karl allerdings fühlte sich so kräftig und bei Verstand, wie er es vielleicht zu Hause niemals gewesen war. Wenn ihn doch seine Eltern sehen könnten, wie er in fremdem Land vor angesehenen Persönlichkeiten das Gute verfocht und, wenn er es auch noch nicht zum Siege gebracht hatte, so doch zur letzten Eroberung sich vollkommen bereitstellte! Würden sie ihre Meinung über ihn revidieren? Ihn zwischen sich niedersetzen und loben? Ihm einmal, einmal in die ihnen so ergebenen Augen sehn? Unsichere Fragen und ungeeignetster Augenblick, sie zu stellen!

»Ich komme, weil ich glaube, daß mich der Heizer irgendwelcher Unredlichkeiten beschuldigt. Ein Mädchen aus der Küche sagte mir, sie hätte ihn auf dem Wege hierher gesehen. Herr Kapitän und Sie alle meine Herren, ich bin bereit, jede Beschuldigung an der Hand meiner Schriften, nötigenfalls durch Aussagen unvoreingenommener und unbeeinflußter Zeugen, die vor der Türe stehen, zu widerlegen.« So sprach Schubal. Das war allerdings die klare Rede eines Mannes, und nach der Veränderung in den Mienen der Zuhörer hätte man glauben können, sie hörten zum erstenmal nach langer Zeit wieder menschliche Laute. Sie bemerkten freilich nicht, daß selbst diese schöne Rede Löcher hatte. Warum war das erste sachliche Wort, das ihm einfiel, »Unredlichkeiten«? Hätte vielleicht die Beschuldigung hier einsetzen müssen, statt bei seinen nationalen Voreingenommenheiten? Ein Mädchen aus der Küche hatte den Heizer auf dem Weg ins Büro gesehen, und Schubal hatte sofort begriffen? War es nicht das Schuldbewußtsein, das ihm den Verstand schärfte? Und Zeugen hatte er gleich mitgebracht und nannte sie noch außerdem unvoreingenommen und unbeeinflußt? Gaunerei, nichts als Gaunerei! Und die Herren duldeten das und anerkannten es noch als richtiges Benehmen? Warum hatte er zweifellos sehr viel Zeit zwischen der Meldung des Küchenmädchens und seiner Ankunft hier verstreichen lassen? Doch zu keinem anderen Zwecke, als damit der Heizer die Herren so ermüde, daß sie allmählich ihre klare Urteilskraft verlören, welche Schubal vor allem zu fürchten hatte. Hatte er, der sicher schon lange hinter der Tür gestanden, nicht erst im Augenblick geklopft, als er infolge der nebensächlichen Frage jenes Herrn hoffen durfte, der Heizer sei erledigt?

Alles war klar und wurde ja auch von Schubal wider Willen so dargeboten, aber den Herren mußte man es anders, noch handgreiflicher zeigen. Sie brauchten Aufrüttelung. Also, Karl, rasch, nütze wenigstens die Zeit aus, ehe die Zeugen auftreten und alles überschwemmen!

Eben aber winkte der Kapitän dem Schubal ab, der daraufhin sofort – denn seine Angelegenheit schien für ein Weilchen aufgeschoben zu sein – beiseitetrat und mit dem Diener, der sich ihm gleich angeschlossen hatte, eine leise Unterhaltung begann, bei der es an Seitenblicken nach dem Heizer und Karl sowie an den überzeugtesten Handbewegungen nicht fehlte. Schubal schien so seine nächste Rede einzuüben.

»Wollten Sie nicht den jungen Menschen etwas fragen, Herr Jakob?« sagte der Kapitän unter allgemeiner Stille zu dem Herrn mit dem Bambusstöckchen.

»Allerdings«, sagte dieser, mit einer kleinen Neigung für die Aufmerksamkeit dankend. Und fragte dann Karl nochmals: »Wie heißen Sie eigentlich?«

Karl, welcher glaubte, es sei im Interesse der großen Hauptsache gelegen, wenn dieser Zwischenfall des hartnäckigen Fragers bald erledigt würde, antwortete kurz, ohne, wie es seine Gewohnheit war, durch Vorweisung des Passes sich vorzustellen, den er erst hätte suchen müssen: »Karl Roßmann.«

»Aber«, sagte der mit Jakob Angesprochene und trat zuerst fast ungläubig lächelnd zurück. Auch der Kapitän, der Oberkassier, der Schiffsoffizier, ja sogar der Diener zeigten deutlich ein übermäßiges Erstaunen wegen Karls Namen. Nur die Herren von der Hafenbehörde und Schubal verhielten sich gleichmütig.

»Aber«, wiederholte Herr Jakob und trat mit etwas steifen Schritten auf Karl zu, »dann bin ich ja dein Onkel Jakob, und du bist mein lieber Neffe. Ahnte ich es doch die ganze Zeit über!« sagte er zum Kapitän hin, ehe er Karl umarmte und küßte, der alles stumm geschehen ließ.

»Wie heißen Sie?« fragte Karl, nachdem er sich losgelassen fühlte, zwar sehr höflich, aber gänzlich ungerührt, und strengte sich an, die Folgen abzusehen, welche dieses neue Ereignis für den Heizer haben dürfte. Vorläufig deutete nichts daraufhin, daß Schubal aus dieser Sache Nutzen ziehen könnte.

»Begreifen Sie doch, junger Mann, Ihr Glück«, sagte der Kapitän, der durch Karls Frage die Würde der Person des Herrn Jakob verletzt glaubte, der sich zum Fenster gestellt hatte, offenbar, um sein aufgeregtes Gesicht, das er überdies mit einem Taschentuch betupfte, den andern nicht zeigen zu müssen. »Es ist der Senator Edward Jakob, der sich Ihnen als Ihr Onkel zu erkennen gegeben hat. Es erwartet Sie nunmehr, doch wohl ganz gegen Ihre bisherigen Erwartungen, eine glänzende Laufbahn. Versuchen Sie das einzusehen, so gut es im ersten Augenblick geht, und fassen Sie sich!«

»Ich habe allerdings einen Onkel Jakob in Amerika«, sagte Karl zum Kapitän gewendet, »aber wenn ich recht verstanden habe, ist Jakob bloß der Zuname des Herrn Senators.«

»So ist es«, sagte der Kapitän würdevoll.

»Nun, mein Onkel Jakob, welcher der Bruder meiner Mutter ist, heißt aber mit dem Taufnamen Jakob, während sein Zuname natürlich gleich jenem meiner Mutter lauten müßte, welche eine geborene Bendelmayer ist.«

»Meine Herren!« rief der Senator, der von seinem Erholungsposten vom Fenster munter zurückkehrte, mit Bezug auf Karls Erklärung aus. Alle mit Ausnahme des Hafenbeamten brachen in Lachen aus, manche wie in Rührung, manche undurchdringlich. ›So lächerlich war das, was ich gesagt habe, doch keineswegs‹, dachte Karl.

»Meine Herren«, wiederholte der Senator, »Sie nehmen gegen meinen und gegen Ihren Willen an einer kleinen Familienszene teil, und ich kann deshalb nicht umhin,

Ihnen eine Erläuterung zu geben, da, wie ich glaube, nur der Herr Kapitän« – diese Erwähnung hatte eine gegenseitige Verbeugung zur Folge – »vollständig unterrichtet ist.«

›Jetzt muß ich aber wirklich auf jedes Wort achtgeben‹, sagte sich Karl und freute sich, als er bei einem Seitwärtsschauen bemerkte, daß in die Figur des Heizers das Leben zurückzukehren begann.

»Ich lebe seit allen den langen Jahren meines amerikanischen Aufenthaltes – das Wort Aufenthalt paßt hier allerdings schlecht für den amerikanischen Bürger, der ich mit ganzer Seele bin –, seit allen den langen Jahren lebe ich also von meinen europäischen Verwandten vollständig getrennt, aus Gründen, die erstens nicht hierhergehören und die zweitens zu erzählen mich wirklich zu sehr hernehmen würde. Ich fürchte mich sogar vor dem Augenblick, wo ich vielleicht gezwungen sein werde, sie meinem lieben Neffen zu erzählen, wobei sich leider ein offenes Wort über seine Eltern und ihren Anhang nicht vermeiden lassen wird.«

›Es ist mein Onkel, kein Zweifel‹, sagte sich Karl und lauschte, ›wahrscheinlich hat er seinen Namen ändern lassen.‹

»Mein lieber Neffe ist nun von seinen Eltern – sagen wir nur das Wort, das die Sache auch wirklich bezeichnet – einfach beiseitegeschafft worden, wie man eine Katze vor die Tür wirft, wenn sie ärgert. Ich will durchaus nicht beschönigen, was mein Neffe gemacht hat, daß er so gestraft wurde, aber sein Verschulden ist ein solches, daß sein einfaches Nennen schon genug Entschuldigung enthält.«

›Das läßt sich hören‹, dachte Karl, ›aber ich will nicht, daß er alles erzählt. Übrigens kann er es ja auch nicht wissen. Woher denn?‹

»Er wurde nämlich«, fuhr der Onkel fort und stützte sich mit kleinen Neigungen auf das vor ihm eingestemmte Bambusstöckchen, wodurch es ihm tatsächlich gelang, der Sache die unnötige Feierlichkeit zu nehmen, die sie sonst unbedingt gehabt hätte, »er wurde nämlich von einem Dienstmädchen, Johanna Brummer, einer etwa fünfunddreißigjährigen Person, verführt. Ich will mit dem Worte ›verführt‹ meinen Neffen durchaus nicht kränken, aber es ist doch schwer, ein anderes, gleich passendes Wort zu finden.«

Karl, der schon ziemlich nahe zum Onkel getreten war, drehte sich um, um den Eindruck der Erzählung von den Gesichtern der Anwesenden abzulesen. Keiner lachte, alle hörten geduldig und ernsthaft zu. Schließlich lacht man auch nicht über den Neffen eines Senators bei der ersten Gelegenheit, die sich darbietet. Eher hätte man schon sagen können, daß der Heizer, wenn auch nur ganz wenig, Karl anlächelte, was aber erstens als neues Lebenszeichen erfreulich und zweitens entschuldbar war, da ja Karl in der Kabine aus dieser Sache, die jetzt so publik wurde, ein besonderes Geheimnis hatte machen wollen.

»Nun hat diese Brummer«, setzte der Onkel fort, »von meinem Neffen ein Kind bekommen, einen gesunden Jungen, welcher in der Taufe den Namen Jakob erhielt, zweifellos in Gedanken an meine Wenigkeit, welche, selbst in den sicher nur ganz nebensächlichen Erwähnungen meines Neffen, auf das Mädchen einen großen Eindruck gemacht haben muß. Glücklicherweise, sage ich. Denn da die Eltern zur Vermeidung der Alimentenzahlung oder sonstigen bis an sie selbst heranreichenden Skandals – ich kenne, wie ich betonen muß, weder die dortigen Gesetze noch die sonstigen Verhältnisse der Eltern –, da sie also zur Vermeidung der Alimentenzahlung und des Skandals ihren Sohn, meinen lieben Neffen, nach Amerika haben transportieren lassen, mit unverantwortlich ungenügender Ausrüstung, wie man sieht, so wäre der Junge, ohne die gerade noch in Amerika lebendigen Zeichen und Wunder, auf sich allein angewiesen, wohl schon gleich in einem Gäßchen im Hafen von New York verkommen, wenn nicht jenes Dienstmädchen in einem an mich gerichteten Brief, der nach langen Irrfahrten vorgestern in meinen Besitz kam, mir die ganze Geschichte samt Personenbeschreibung meines Neffen und vernünftigerweise auch Namensnennung des Schiffes mitgeteilt hätte. Wenn ich es darauf angelegt hätte, Sie, meine Herren, zu unterhalten, könnte ich wohl einige Stellen jenes Briefes« – er zog zwei riesige engbeschriebene Briefbogen aus der Tasche und schwenkte sie – »hier vorlesen. Er würde sicher Wirkung machen, da er mit einer etwas einfachen, wenn auch immer gutgemeinten Schlauheit und mit viel Liebe zu dem Vater des Kindes geschrieben ist. Aber ich will weder Sie mehr unterhalten, als es zur Aufklärung nötig ist, noch vielleicht gar zum Empfang möglicherweise noch bestehende Gefühle meines Neffen verletzen, der den Brief, wenn er mag, in der Stille seines ihn schon erwartenden Zimmers zur Belehrung lesen kann.«

Karl hatte aber keine Gefühle für jenes Mädchen. Im Gedränge einer immer mehr zurücktretenden Vergangenheit saß sie in ihrer Küche neben dem Küchenschrank, auf dessen Platte sie ihren Ellbogen stützte. Sie sah ihn an, wenn er hin und wieder in die Küche kam, um ein Glas zum Wassertrinken für seinen Vater zu holen oder einen Auftrag seiner Mutter auszurichten. Manchmal schrieb sie in der vertrackten Stellung seitlich vom Küchenschrank einen Brief und holte sich die Eingebungen von Karls Gesicht. Manchmal hielt sie die Augen mit der Hand verdeckt, dann drang keine Anrede zu ihr. Manchmal kniete sie in ihrem engen Zimmerchen neben der Küche und betete zu einem hölzernen Kreuz; Karl beobachtete sie dann nur mit Scheu im Vorübergehen durch die Spalte der ein wenig geöffneten Tür. Manchmal jagte sie in der Küche herum und fuhr, wie eine Hexe lachend, zurück, wenn Karl ihr in den Weg kam. Manchmal schloß sie die Küchentüre, wenn Karl eingetreten war, und behielt die Klinke so lange in der Hand, bis er wegzugehen verlangte. Manchmal holte sie Sachen, die er gar nicht haben wollte, und drückte sie ihm schweigend in die Hände. Einmal aber sagte sie »Karl« und führte ihn, der noch über die unerwartete Ansprache staunte, unter Grimassen seufzend in ihr Zimmerchen, das sie zusperrte. Würgend umarmte sie seinen Hals, und während sie ihn bat, sie zu entkleiden, entkleidete sie in Wirklichkeit ihn und legte ihn in ihr Bett, als wolle sie ihn von jetzt niemandem mehr lassen und ihn streicheln und pflegen bis zum Ende der Welt. »Karl, o du mein Karl!« rief sie, als sähe sie ihn und bestätigte sich seinen Besitz, während er nicht das geringste sah und sich unbehaglich in dem vielen warmen Bettzeug fühlte, das sie eigens für ihn aufgehäuft zu haben schien. Dann legte sie sich auch zu ihm und wollte irgendwelche Geheimnisse von ihm erfahren, aber er konnte ihr keine sagen, und sie ärgerte sich im Scherz oder Ernst, schüttelte ihn, horchte sein Herz ab, bot ihre Brust zum gleichen Abhorchen hin, wozu sie Karl aber nicht bringen konnte, drückte ihren nackten Bauch an seinen Leib, suchte mit der Hand, so widerlich, daß Karl Kopf und Hals aus den Kissen herausschüttelte, zwischen seinen Beinen, stieß dann den Bauch einige Male gegen ihn – ihm war, als sei sie ein Teil seiner selbst, und vielleicht aus diesem Grunde hatte ihn eine entsetzliche Hilfsbedürftigkeit ergriffen. Weinend kam er endlich nach vielen Wiedersehenswünschen ihrerseits in sein Bett. Das war alles gewesen, und doch verstand es der Onkel, daraus eine große Geschichte zu machen. Und die Köchin hatte also auch an ihn gedacht und den Onkel von seiner Ankunft verständigt. Das war schön von ihr gehandelt, und er würde es ihr wohl noch einmal vergelten.

»Und jetzt«, rief der Senator, »will ich von dir offen hören, ob ich dein Onkel bin oder nicht.«

»Du bist mein Onkel«, sagte Karl und küßte ihm die Hand und wurde dafür auf die Stirne geküßt. »Ich bin sehr froh, daß ich dich getroffen habe, aber du irrst, wenn du glaubst, daß meine Eltern nur Schlechtes von dir reden. Aber auch abgesehen davon sind in deiner Rede einige Fehler enthalten gewesen, das heißt, ich meine, es hat sich in Wirklichkeit nicht alles so zugetragen. Du kannst aber auch wirklich von hier aus die Dinge nicht so gut beurteilen, und ich glaube außerdem, daß es keinen besonderen Schaden bringen wird, wenn die Herren in Einzelheiten einer Sache, an der ihnen doch wirklich nicht viel liegen kann, ein wenig unrichtig informiert worden sind.«

»Wohl gesprochen«, sagte der Senator, führte Karl vor den sichtlich teilnehmenden Kapitän und fragte: »Habe ich nicht einen prächtigen Neffen?«

»Ich bin glücklich«, sagte der Kapitän mit einer Verbeugung, wie sie nur militärisch geschulte Leute zustandebringen, »Ihren Neffen, Herr Senator, kennengelernt zu haben. Es ist eine besondere Ehre für mein Schiff, daß es den Ort eines solchen Zusammentreffens abgeben konnte. Aber die Fahrt im Zwischendeck war wohl sehr arg, ja, wer kann denn wissen, wer da mitgeführt wird. Nun, wir tun alles mögliche, den Leuten im Zwischendeck die Fahrt möglichst zu erleichtern, viel mehr zum Beispiel als die amerikanischen Linien, aber eine solche Fahrt zu einem Vergnügen zu machen, ist uns allerdings noch immer nicht gelungen.«

»Es hat mir nicht geschadet«, sagte Karl.

»Es hat ihm nicht geschadet!« wiederholte laut lachend der Senator.

»Nur meinen Koffer fürchte ich verloren zu –« und damit erinnerte er sich an alles, was geschehen war und was noch zu tun übrigblieb, sah sich um und erblickte alle Anwesenden stumm vor Achtung und Staunen auf ihren früheren Plätzen, die Augen auf ihn gerichtet. Nur den Hafenbeamten sah man, soweit ihre strengen, selbstzufriedenen Gesichter einen Einblick gestatteten, das Bedauern an, zu so ungelegener Zeit gekommen zu sein, und die Taschenuhr, die sie jetzt vor sich liegen hatten, war ihnen wahrscheinlich wichtiger als alles, was im Zimmer vorging und vielleicht noch geschehen konnte.

Der erste, welcher nach dem Kapitän seine Anteilnahme ausdrückte, war merkwürdigerweise der Heizer. »Ich gratuliere Ihnen herzlich«, sagte er und schüttelte Karl die Hand, womit er auch etwas wie Anerkennung ausdrücken wollte. Als er sich dann mit der gleichen Ansprache auch an den Senator wenden wollte, trat dieser zurück, als überschreite der Heizer damit seine Rechte; der Heizer ließ auch sofort ab.

Die übrigen aber sahen jetzt ein, was zu tun war, und bildeten gleich um Karl und den Senator einen Wirrwarr. So geschah es, daß Karl sogar eine Gratulation Schubals erhielt, annahm und für sie dankte. Als letzte traten in der wieder entstandenen Ruhe die Hafenbeamten hinzu und sagten zwei englische Worte, was einen lächerlichen Eindruck machte.

Der Senator war ganz in der Laune, um das Vergnügen vollständig auszukosten, nebensächlichere Momente sich und den anderen in Erinnerung zu bringen, was natürlich von allen nicht nur geduldet, sondern mit Interesse hingenommen wurde. So machte er darauf aufmerksam, daß er sich die in dem Brief der Köchin erwähnten hervorstechendsten Erkennungszeichen Karls in sein Notizbuch zu möglicherweise notwendigem augenblicklichem Gebrauch eingetragen hatte. Nun hatte er während des unerträglichen Geschwätzes des Heizers zu keinem anderen Zweck, als um sich abzulenken, das Notizbuch herausgezogen und die natürlich nicht gerade detektivisch richtigen Beobachtungen der Köchin mit Karls Aussehen zum Spiel in Verbindung zu bringen gesucht. »Und so findet man seinen Neffen!« schloß er in einem Ton, als wolle er noch einmal Gratulationen bekommen.

»Was wird jetzt mit dem Heizer geschehen?«fragte Karl vorbei an der letzten Erzählung des Onkels. Er glaubte in seiner neuen Stellung alles, was er dachte, auch aussprechen zu können.

»Dem Heizer wird geschehen, was er verdient«, sagte der Senator, »und was der Herr Kapitän für gut erachtet. Ich glaube, wir haben von dem Heizer genug und übergenug, wozu mir jeder der anwesenden Herren sicher zustimmen wird.«

»Darauf kommt es doch nicht an, bei einer Sache der Gerechtigkeit«, sagte Karl. Er stand zwischen dem Onkel und dem Kapitän und glaubte, vielleicht durch diese Stellung beeinflußt, die Entscheidung in der Hand zu haben.

Und trotzdem schien der Heizer nichts mehr für sich zu hoffen. Die Hände hielt er halb in dem Hosengürtel, der durch seine aufgeregten Bewegungen mit dem Streifen eines gemusterten Hemdes zum Vorschein gekommen war. Das kümmerte ihn nicht im geringsten; er hatte sein ganzes Leid geklagt, nun sollte man auch noch die paar Fetzen sehen, die er am Leibe hatte, und dann sollte man ihn forttragen. Er dachte sich aus, der Diener und Schubal, als die zwei hier im Range Tiefsten, sollten ihm diese letzte Güte erweisen. Schubal würde dann Ruhe haben und nicht mehr in Verzweiflung kommen, wie sich der Oberkassier ausgedrückt hatte. Der Kapitän würde lauter Rumänen anstellen können, es würde überall Rumänisch gesprochen werden, und vielleicht würde dann wirklich alles besser gehen. Kein Heizer würde mehr in der Hauptkassa schwätzen, nur sein letztes Geschwätz würde man in ziemlich freundlicher Erinnerung behalten, da es, wie der Senator ausdrücklich erklärt hatte, die mittelbare Veranlassung zur Erkennung des Neffen gegeben hatte. Dieser Neffe hatte ihm übrigens vorher öfters zu nützen gesucht und daher für seinen Dienst bei der Wiedererkennung längst vorher einen mehr als genügenden Dank abgestattet; dem Heizer fiel gar nicht ein, jetzt noch etwas von ihm zu verlangen. Im übrigen, mochte er auch der Neffe des Senators sein, ein Kapitän war er noch lange nicht, aber aus dem Munde des Kapitäns würde schließlich das böse Wort fallen. – So wie es seiner Meinung entsprach, versuchte auch der Heizer, nicht zu Karl hinzusehen, aber leider blieb in diesem Zimmer der Feinde kein anderer Ruheort für seine Augen.

»Mißverstehe die Sachlage nicht«, sagte der Senator zu Karl, »es handelt sich vielleicht um eine Sache der Gerechtigkeit, aber gleichzeitig um eine Sache der Disziplin. Beides und ganz besonders das letztere unterliegt hier der Beurteilung des Herrn Kapitäns.«

»So ist es«, murmelte der Heizer. Wer es merkte und verstand, lächelte befremdet.

»Wir aber haben überdies den Herrn Kapitän in seinen Amtsgeschäften, die sich sicher gerade bei der Ankunft in New York unglaublich häufen, so sehr schon behindert, daß es höchste Zeit für uns ist, das Schiff zu verlassen, um nicht zum Überfluß auch noch durch irgendwelche höchst unnötige Einmischung diese geringfügige Zänkerei zweier Maschinisten zu einem Ereignis zu machen. Ich begreife deine Handlungsweise, lieber Neffe, übrigens vollkommen, aber gerade das gibt mir das Recht, dich eilends von hier fortzuführen.«

»Ich werde sofort ein Boot für Sie flottmachen lassen«, sagte der Kapitän, ohne zum Erstaunen Karls auch nur den kleinsten Einwand gegen die Worte des Onkels vorzubringen, die doch zweifellos als eine Selbstdemütigung des Onkels angesehen werden konnten. Der Oberkassier eilte überstürzt zum Schreibtisch und telefonierte den Befehl des Kapitäns an den Bootsmeister.

›Die Zeit drängt schon‹, sagte sich Karl, ›aber ohne alle zu beleidigen, kann ich nichts tun. Ich kann doch jetzt den Onkel nicht verlassen, nachdem er mich kaum wiedergefunden hat. Der Kapitän ist zwar höflich, aber das ist auch alles. Bei der Disziplin hört seine Höflichkeit auf, und der Onkel hat ihm sicher aus der Seele gesprochen. Mit Schubal will ich nicht reden, es tut mir sogar leid, daß ich ihm die Hand gereicht habe. Und alle anderen Leute hier sind Spreu.‹

Und er ging langsam in solchen Gedanken zum Heizer, zog dessen rechte Hand aus dem Gürtel und hielt sie spielend in der seinen.

»Warum sagst du denn nichts?« fragte er. »Warum läßt du dir alles gefallen?«

Der Heizer legte nur die Stirn in Falten, als suche er den Ausdruck für das, was er zu sagen habe. Im übrigen sah er auf Karls und seine Hand hinab.

»Dir ist ja unrecht geschehen wie keinem auf dem Schiff, das weiß ich genau.« Und Karl zog seine Finger hin und her zwischen den Fingern des Heizers, der mit glänzenden Augen ringsumher schaute, als widerfahre ihm eine Wonne, die ihm aber niemand verübeln möge.

»Du mußt dich aber zur Wehr setzen, ja und nein sagen, sonst haben doch die Leute keine Ahnung von der Wahrheit. Du mußt mir versprechen, daß du mir folgen wirst, denn ich selbst, das fürchte ich mit vielem Grund, werde dir gar nicht mehr helfen können.« Und nun weinte Karl, während er die Hand des Heizers küßte, und nahm die rissige, fast leblose Hand und drückte sie an seine Wangen, wie einen Schatz, auf den man verzichten muß. – Da war aber auch schon der Onkel Senator an seiner Seite und zog ihn, wenn auch nur mit dem leichtesten Zwange, fort.

»Der Heizer scheint dich bezaubert zu haben«, sagte er und sah verständnisinnig über Karls Kopf zum Kapitän hin.

»Du hast dich verlassen gefühlt, da hast du den Heizer gefunden und bist ihm jetzt dankbar, das ist ja ganz löblich. Treibe das aber, schon mir zuliebe, nicht zu weit und lerne deine Stellung begreifen.«

Vor der Tür entstand ein Lärmen, man hörte Rufe, und es war sogar, als werde jemand brutal gegen die Türe gestoßen. Ein Matrose trat ein, etwas verwildert, und hatte eine Mädchenschürze umgebunden. »Es sind Leute draußen«, rief er und stieß einmal mit dem Ellbogen herum, als sei er noch im Gedränge. Endlich fand er seine Besinnung und wollte vor dem Kapitän salutieren, da bemerkte er die Mädchenschürze, riß sie herunter, warf sie zu Boden und rief: »Das ist ja ekelhaft, da haben sie mir eine Mädchenschürze umgebunden.« Dann aber klappte er die Hacken zusammen und salutierte. Jemand versuchte zu lachen, aber der Kapitän sagte streng: »Das nenne ich eine gute Laune. Wer ist denn draußen?«

»Es sind meine Zeugen«, sagte Schubal vortretend, »ich bitte ergebenst um Entschuldigung für ihr unpassendes Benehmen. Wenn die Leute die Seefahrt hinter sich haben, sind sie manchmal wie toll.«

»Rufen Sie sie sofort herein!« befahl der Kapitän, und gleich sich zum Senator umwendend, sagte er verbindlich, aber rasch: »Haben Sie jetzt die Güte, verehrter Herr Senator, mit Ihrem Herrn Neffen diesem Matrosen zu folgen, der Sie ins Boot bringen wird. Ich muß wohl nicht erst sagen, welches Vergnügen und welche Ehre mir das persönliche Bekanntwerden mit Ihnen, Herr Senator, bereitet hat. Ich wünsche mir nur, bald Gelegenheit zu haben, mit Ihnen, Herr Senator, unser unterbrochenes Gespräch über die amerikanischen Flottenverhältnisse wieder einmal aufnehmen zu können und dann vielleicht neuerdings auf so angenehme Weise, wie heute, unterbrochen zu werden.«

»Vorläufig genügt mir dieser eine Neffe«, sagte der Onkel lachend. »Und nun nehmen Sie meinen besten Dank für Ihre Liebenswürdigkeit und leben Sie wohl. Es wäre übrigens gar nicht so unmöglich, daß wir« – er drückte Karl herzlich an sich – »bei unserer nächsten Europareise vielleicht für längere Zeit mit Ihnen zusammenkommen könnten.«

»Es würde mich herzlich freuen«, sagte der Kapitän. Die beiden Herren schüttelten einander die Hände, Karl konnte nur noch stumm und flüchtig seine Hand dem Kapitän reichen, denn dieser war bereits von den vielleicht fünfzehn Leuten in Anspruch genommen, welche unter Führung Schubals zwar etwas betroffen, aber doch sehr laut einzogen. Der Matrose bat den Senator, vorausgehen zu dürfen, und teilte dann die Menge für ihn und Karl, die leicht zwischen den sich verbeugenden Leuten durchkamen. Es schien, daß diese im übrigen gutmütigen Leute den Streit Schubals mit dem Heizer als einen Spaß auffaßten, dessen Lächerlichkeit nicht einmal vor dem Kapitän aufhöre. Karl bemerkte unter ihnen auch das Küchenmädchen Line, welche, ihm lustig zuzwinkernd, die vom Matrosen hingeworfene Schürze umband, denn es war die ihre.

Weiter dem Matrosen folgend, verließen sie das Büro und bogen in einen kleinen Gang ein, der sie nach ein paar Schritten zu einem Türchen brachte, von dem aus eine kurze Treppe in das Boot hinabführte, welches für sie vorbereitet war. Die Matrosen im Boot, in das ihr Führer gleich mit einem einzigen Satz hinuntersprang, erhoben sich und salutierten. Der Senator gab Karl gerade eine Ermahnung zu vorsichtigem Hinuntersteigen, als Karl noch auf der obersten Stufe in heftiges Weinen ausbrach. Der Senator legte die rechte Hand unter Karls Kinn, hielt ihn fest an sich gepreßt und streichelte ihn mit der linken Hand. So gingen sie langsam Stufe für Stufe hinab und traten engverbunden ins Boot, wo der Senator für Karl gerade sich gegenüber einen guten Platz aussuchte. Auf ein Zeichen des Senators stießen die Matrosen vom Schiffe ab und waren gleich in voller Arbeit. Kaum waren sie ein paar Meter vom Schiffe entfernt, machte Karl die unerwartete Entdeckung, daß sie sich gerade auf jener Seite des Schiffes befanden, wohin die Fenster der Hauptkassa gingen. Alle drei Fenster waren mit Zeugen Schubals besetzt, welche freundschaftlich grüßten und winkten, sogar der Onkel dankte, und ein Matrose machte das Kunststück, ohne eigentlich das gleichmäßige Rudern zu unterbrechen, eine Kußhand hinaufzuschicken. Es war wirklich, als gäbe es keinen Heizer mehr. Karl faßte den Onkel, mit dessen Knien sich die seinen fast berührten, genauer ins Auge, und es kamen ihm Zweifel, ob dieser Mann ihm jemals den Heizer werde ersetzen können. Auch wich der Onkel seinem Blicke aus und sah auf die Wellen hin, von denen ihr Boot umschwankt wurde.

DER ONKEL

Im Hause des Onkels gewöhnte sich Karl bald an die neuen Verhältnisse. Der Onkel kam ihm aber auch in jeder Kleinigkeit freundlich entgegen, und niemals mußte Karl sich erst durch schlechte Erfahrungen belehren lassen, wie dies meist das erste Leben im Ausland so verbittert.

Karls Zimmer lag im sechsten Stockwerk eines Hauses, dessen fünf untere Stockwerke, an welche sich in der Tiefe noch drei unterirdische anschlossen, von dem Geschäftsbetrieb des Onkels eingenommen wurden. Das Licht, das in sein Zimmer durch zwei Fenster und eine Balkontüre eindrang, brachte Karl immer wieder zum Staunen, wenn er des Morgens aus seiner kleinen Schlafkammer hier eintrat. Wo hätte er wohl wohnen müssen, wenn er als armer kleiner Einwanderer ans Land gestiegen wäre? Ja, vielleicht hätte man ihn, was der Onkel nach seiner Kenntnis der Einwanderungsgesetze sogar für sehr wahrscheinlich hielt, gar nicht in die Vereinigten Staaten eingelassen, sondern ihn nach Hause geschickt, ohne sich weiter darum zu kümmern, daß er keine Heimat mehr hatte. Denn auf Mitleid durfte man hier nicht hoffen, und es war ganz richtig, was Karl in dieser Hinsicht über Amerika gelesen hatte; nur die Glücklichen schienen hier ihr Glück zwischen den unbekümmerten Gesichtern ihrer Umgebung wahrhaft zu genießen.

Ein schmaler Balkon zog sich vor dem Zimmer seiner ganzen Länge nach hin. Was aber in der Heimatstadt Karls wohl der höchste Aussichtspunkt gewesen wäre, gestattete hier nicht viel mehr als den Überblick über eine Straße, die zwischen zwei Reihen förmlich abgehackter Häuser gerade, und darum wie fliehend, in die Ferne sich verlief, wo aus vielem Dunst die Formen einer Kathedrale ungeheuer sich erhoben. Und morgens wie abends und in den Träumen der Nacht vollzog sich auf dieser Straße ein immer drängender Verkehr, der, von oben gesehen, sich als eine aus immer neuen Anfängen ineinandergestreute Mischung von verzerrten menschlichen Figuren und von Dächern der Fuhrwerke aller Art darstellte, von der aus sich noch eine neue, vervielfältigte, wildere Mischung von Lärm, Staub und Gerüchen erhob, und alles dieses wurde erfaßt und durchdrungen von einem mächtigen Licht, das immer wieder von der Menge der Gegenstände verstreut, fortgetragen und wieder eifrig herbeigebracht wurde und das dem betörten Auge so körperlich erschien, als werde über dieser Straße eine alles bedeckende Glasscheibe jeden Augenblick immer wieder mit aller Kraft zerschlagen.

Vorsichtig wie der Onkel in allem war, riet er Karl, sich vorläufig ernsthaft nicht auf das geringste einzulassen. Er sollte wohl alles prüfen und anschauen, aber sich nicht gefangennehmen lassen. Die ersten Tage eines Europäers in Amerika seien ja einer Geburt vergleichbar, und wenn man sich hier auch, damit nur Karl keine unnötige Angst habe, rascher eingewöhne, als wenn man vom Jenseits in die menschliche Welt eintrete, so müsse man sich vor Augen halten, daß das erste Urteil immer auf schwachen Füßen stehe und daß man sich dadurch nicht vielleicht alle künftigen Urteile, mit deren Hilfe man ja hier sein Leben weiterführen wolle, in Unordnung bringen lassen dürfe. Er selbst habe Neuankömmlinge gekannt, die zum Beispiel, statt nach diesen guten Grundsätzen sich zu verhalten, tagelang auf ihrem Balkon gestanden und wie verlorene Schafe auf die Straße hinuntergesehen hätten. Das müsse unbedingt verwirren! Diese einsame Untätigkeit, die sich in einen arbeitsreichen New Yorker Tag verschaut, könne einem Vergnügungsreisenden gestattet und vielleicht, wenn auch nicht vorbehaltlos, angeraten werden, für einen, der hierbleiben wird, sei sie ein Verderben, man könne in diesem Fall ruhig dieses Wort anwenden, wenn es auch eine Übertreibung ist. Und tatsächlich verzog der Onkel ärgerlich das Gesicht, wenn er bei einem seiner Besuche, die immer nur einmal täglich, und zwar immer zu den verschiedensten Tageszeiten, erfolgten, Karl auf dem Balkon antraf. Karl merkte das bald und versagte sich infolgedessen das Vergnügen, auf dem Balkon zu stehen, nach Möglichkeit.

Es war ja auch bei weitem nicht das einzige Vergnügen, das er hatte. In seinem Zimmer stand ein amerikanischer Schreibtisch bester Sorte, wie sich ihn sein Vater seit Jahren gewünscht und auf den verschiedensten Versteigerungen um einen ihm erreichbaren billigen Preis zu kaufen gesucht hatte, ohne daß es ihm bei seinen kleinen Mitteln jemals gelungen wäre. Natürlich war dieser Tisch mit jenen angeblich amerikanischen Schreibtischen, wie sie sich auf europäischen Versteigerungen herumtreiben, nicht zu vergleichen. Er hatte zum Beispiel in seinem Aufsatz hundert Fächer verschiedenster Größe, und selbst der Präsident der Union hätte für jeden seiner Akten einen passenden Platz gefunden, aber außerdem war an der Seite ein Regulator, und man konnte durch Drehen an einer Kurbel die verschiedensten Umstellungen und Neueinrichtungen der Fächer nach Belieben und Bedarf erreichen. Dünne Seitenwändchen senkten sich langsam und bildeten den Boden neu sich erhebender oder die Decke neu aufsteigender Fächer; schon nach einer Umdrehung hatte der Aufsatz ein ganz anderes Aussehen, und alles ging, je nachdem man die Kurbel drehte, langsam oder unsinnig rasch vor sich. Es war eine neueste Erfindung, erinnerte aber Karl sehr lebhaft an die Krippenspiele, die zu Hause auf dem Christmarkt den staunenden Kindern gezeigt wurden, und auch Karl war oft, in seine Winterkleider eingepackt, davor gestanden und hatte ununterbrochen die Kurbeldrehung, die ein alter Mann ausführte, mit den Wirkungen im Krippenspiel verglichen, mit dem stockenden Vorwärtskommen der Heiligen Drei Könige, dem Aufglänzen des Sternes und dem befangenen Leben im heiligen Stall. Und immer war es ihm erschienen, als ob die Mutter, die hinter ihm stand, nicht genau genug alle Ereignisse verfolge; er hatte sie zu sich hingezogen, bis er sie an seinem Rücken fühlte, und hatte ihr so lange mit lauten Ausrufen verborgenere Erscheinungen gezeigt, vielleicht ein Häschen, das vorn im Gras abwechselnd Männchen machte und sich dann wieder zum Lauf bereitete, bis die Mutter ihm den Mund zuhielt und wahrscheinlich in ihre frühere Unachtsamkeit verfiel. Der Tisch war freilich nicht dazu gemacht, nur an solche Dinge zu erinnern, aber in der Geschichte der Erfindungen bestand wohl ein ähnlich undeutlicher Zusammenhang wie in Karls Erinnerungen. Der Onkel war zum Unterschied von Karl mit diesem Schreibtisch durchaus nicht einverstanden, nur hatte er eben für Karl einen ordentlichen Schreibtisch kaufen wollen, und solche Schreibtische waren jetzt sämtlich mit dieser Neueinrichtung versehen, deren Vorzug auch darin bestand, bei älteren Schreibtischen ohne große Kosten angebracht werden zu können. Immerhin unterließ der Onkel nicht, Karl zu raten, den Regulator möglichst gar nicht zu verwenden; um die Wirkung des Rates zu verstärken, behauptete der Onkel, die Maschinerie sei sehr empfindlich, leicht zu verderben und die Wiederherstellung sehr kostspielig. Es war nicht schwer einzusehen, daß solche Bemerkungen nur Ausflüchte waren, wenn man sich auch andererseits sagen mußte, daß der Regulator sehr leicht zu fixieren war, was der Onkel jedoch nicht tat.

In den ersten Tagen, an denen selbstverständlich zwischen Karl und dem Onkel häufigere Aussprachen stattgefunden hatten, hatte Karl auch erzählt, daß er zu Hause zwar wenig, aber gern Klavier gespielt habe, was er allerdings lediglich mit den Anfangskenntnissen hatte bestreiten können, die ihm die Mutter beigebracht hatte. Karl war sich dessen wohl bewußt, daß eine solche Erzählung gleichzeitig die Bitte um ein Klavier war, aber er hatte sich schon genügend umgesehen, um zu wissen, daß der Onkel auf keine Weise zu sparen brauchte. Trotzdem wurde ihm diese Bitte nicht gleich gewährt, aber etwa acht Tage später sagte der Onkel, fast in der Form eines widerwilligen Eingeständnisses, das Klavier sei eben angelangt und Karl könne, wenn er wolle, den Transport überwachen. Das war allerdings eine leichte Arbeit, aber dabei nicht einmal viel leichter als der Transport selbst, denn im Haus war ein eigener Möbelaufzug, in welchem ohne Gedränge ein ganzer Möbelwagen Platz finden konnte, und in diesem Aufzug schwebte auch das Piano zu Karls Zimmer hinauf. Karl selbst hätte zwar in dem gleichen Aufzug mit dem Piano und den Transportarbeitern fahren können, aber da gleich daneben ein Personenaufzug zur Benützung freistand, fuhr er in diesem, hielt sich mittels eines Hebels stets in gleicher Höhe mit dem anderen Aufzug und betrachtete unverwandt durch die Glaswände das schöne Instrument, das jetzt sein Eigentum war. Als er es in seinem Zimmer hatte und die ersten Töne anschlug, bekam er eine so närrische Freude, daß er, statt weiterzuspielen, aufsprang und aus einiger Entfernung, die Hände in den Hüften, das Klavier lieber anstaunte. Auch die Akustik des Zimmers war ausgezeichnet und sie trug dazu bei, sein anfängliches kleines Unbehagen, in einem Eisenhause zu wohnen, gänzlich verschwinden zu lassen. Tatsächlich merkte man auch im Zimmer, so eisenmäßig das Gebäude von außen erschien, von eisernen Baubestandteilen nicht das geringste, und niemand hätte auch nur eine Kleinigkeit in der Einrichtung aufzeigen können, welche die vollständigste Gemütlichkeit irgendwie gestört hätte. Karl erhoffte in der ersten Zeit viel von seinem Klavierspiel und schämte sich nicht, wenigstens vor dem Einschlafen an die Möglichkeit einer unmittelbaren Beeinflussung der amerikanischen Verhältnisse durch dieses Klavierspiel zu denken. Er klang ja allerdings sonderbar, wenn er vor den in die lärmerfüllte Luft geöffneten Fenstern ein altes Soldatenlied seiner Heimat spielte, das die Soldaten am Abend, wenn sie in den Kasernenfenstern liegen und auf den finsteren Platz hinausschauen, von Fenster zu Fenster einander zusingen – aber sah er dann auf die Straße, so war sie unverändert und nur ein kleines Stück eines großen Kreislaufes, das man nicht an und für sich anhalten konnte, ohne alle Kräfte zu kennen, die in der Runde wirkten. Der Onkel duldete das Klavierspiel, sagte auch nichts dagegen, zumal sich Karl, auch nach seiner Mahnung, nur selten das Vergnügen des Spiels gönnte; ja, er brachte Karl sogar Noten amerikanischer Märsche und natürlich auch der Nationalhymne, aber allein aus der Freude an der Musik war es wohl nicht zu erklären, als er eines Tages ohne allen Scherz Karl fragte, ob er nicht auch das Spiel auf der Geige oder auf dem Waldhorn lernen wolle.

Natürlich war das Lernen des Englischen Karls erste und wichtigste Aufgabe. Ein junger Professor einer Handelshochschule erschien morgens um sieben Uhr in Karls Zimmer und fand ihn schon an seinem Schreibtisch und bei den Heften sitzend oder memorierend im Zimmer auf und ab gehen. Karl sah wohl ein, daß zur Aneignung des Englischen keine Eile groß genug sei und daß er hier außerdem die beste Gelegenheit habe, seinem Onkel eine außerordentliche Freude durch rasche Fortschritte zu machen. Und tatsächlich gelang es bald, während zuerst das Englische in den Gesprächen mit dem Onkel sich auf Gruß und Abschiedsworte beschränkt hatte, immer größere Teile der Gespräche ins Englische hinüberzuspielen, wodurch gleichzeitig vertraulichere Themen sich einzustellen begannen. Das erste amerikanische Gedicht, die Darstellung einer Feuersbrunst, das Karl seinem Onkel an einem Abend rezitieren konnte, machte diesen tiefernst vor Zufriedenheit. Sie standen damals beide an einem Fenster in Karls Zimmer, der Onkel sah hinaus, wo alle Helligkeit des Himmels schon vergangen war, und schlug im Mitgefühl der Verse langsam und gleichmäßig in die Hände, während Karl aufrecht neben ihm stand und mit starren Augen das schwierige Gedicht sich entrang.

Je besser Karls Englisch wurde, desto größere Lust zeigte der Onkel, ihn mit seinen Bekannten zusammenzuführen, und ordnete nur für jeden Fall an, daß bei solchen Zusammenkünften vorläufig der Englischprofessor sich immer in Karls Nähe zu halten habe. Der allererste Bekannte, dem Karl eines Vormittags vorgestellt wurde, war ein schlanker, junger, unglaublich biegsamer Mensch, den der Onkel mit besonderen Komplimenten in Karls Zimmer führte. Er war offenbar einer jener vielen, vom Standpunkt der Eltern aus gesehen, mißratenen Millionärssöhne, dessen Leben so verlief, daß ein gewöhnlicher Mensch auch nur einen beliebigen Tag im Leben dieses jungen Mannes nicht ohne Schmerz verfolgen konnte. Und als wisse oder ahne er dies und als begegne er dem, soweit es in seiner Macht stand, war um seine Lippen und Augen ein unaufhörliches Lächeln des Glückes, das ihm selbst, seinem Gegenüber und der ganzen Welt zu gelten schien.

Mit diesem jungen Manne, einem Herrn Mack, wurde, unter unbedingter Zustimmung des Onkels, besprochen, gemeinsam um halb sechs Uhr früh, sei es in der Reitschule, sei es ins Freie, zu reiten. Karl zögerte zwar zuerst, seine Zusage zu geben, da er doch noch niemals auf einem Pferd gesessen war und das Reiten zuerst ein wenig lernen wolle, aber da ihm der Onkel und Mack so sehr zuredeten und das Reiten als bloßes Vergnügen und als gesunde Übung, aber gar nicht als Kunst darstellten, sagte er schließlich zu. Nun mußte er allerdings schon um halb fünf Uhr aus dem Bett, und das tat ihm oft sehr leid, denn er litt hier, wohl infolge der steten Aufmerksamkeit, die er während des Tages aufwenden mußte, geradezu an Schlafsucht, aber in seinem Badezimmer verlor sich das Bedauern bald. Über die ganze Wanne der Länge und Breite nach spannte sich das Sieb der Dusche – welcher Mitschüler zu Hause, und war er noch so reich, besaß etwas Derartiges und gar noch allein für sich –, und da lag nun Karl ausgestreckt, in dieser Wanne konnte er die Arme ausbreiten, und ließ die Ströme des lauen, heißen, wieder lauen und endlich eisigen Wassers nach Belieben teilweise oder über die ganze Fläche hin auf sich herab. Wie in dem noch ein wenig fortlaufenden Genusse des Schlafes lag er da und fing besonders gern mit den geschlossenen Augenlidern die letzten, einzeln fallenden Tropfen auf, die sich dann öffneten und über das Gesicht hinflossen.

In der Reitschule, wo ihn das hoch sich aufbauende Automobil des Onkels absetzte, erwartete ihn bereits der Englischprofessor, während Mack ausnahmslos erst später kam. Er konnte aber auch unbesorgt erst später kommen, denn das eigentliche, lebendige Reiten fing erst an, wenn er da war. Bäumten sich nicht die Pferde aus ihrem bisherigen Halbschlaf auf, wenn er eintrat, knallte die Peitsche nicht lauter durch den Raum, erschienen nicht plötzlich auf der umlaufenden Galerie einzelne Personen, Zuschauer, Pferdewärter, Reitschüler oder was sie sonst sein mochten? Karl aber nützte die Zeit vor der Ankunft Macks dazu aus, um doch ein wenig, wenn auch nur die primitivsten Vorübungen des Reitens zu betreiben. Es war ein langer Mann da, der auf den höchsten Pferderücken mit kaum erhobenem Arm hinaufreichte und der Karl diesen immer kaum eine Viertelstunde dauernden Unterricht erteilte. Die Erfolge, die Karl hierbei hatte, waren nicht übergroß, und er konnte sich viele englische Klagerufe dauernd aneignen, die er während dieses Lernens zu seinem Englischprofessor atemlos ausstieß, der immer am Türpfosten, meist schlafbedürftig, lehnte. Aber fast alle Unzufriedenheit mit dem Reiten hörte auf, wenn Mack kam. Der lange Mann wurde weggeschickt, und bald hörte man in dem noch immer halbdunklen Saal nichts anderes als die Hufe der galoppierenden Pferde und man sah kaum etwas anderes als Macks erhobenen Arm, mit dem er Karl ein Kommando gab. Nach einer halben Stunde solchen wie Schlaf vergehenden Vergnügens wurde haltgemacht. Mack war in großer Eile, verabschiedete sich von Karl, klopfte ihm manchmal auf die Wange, wenn er mit seinem Reiten besonders zufrieden gewesen war, und verschwand, ohne vor großer Eile mit Karl auch nur gemeinsam durch die Tür hinauszugehen. Karl nahm dann den Professor mit ins Automobil, und sie fuhren zu ihrer Englischstunde meist auf Umwegen, denn bei der Fahrt durch das Gedränge der großen Straße, die eigentlich direkt von dem Hause des Onkels zur Reitschule führte, wäre zuviel Zeit verlorengegangen. Im übrigen hörte wenigstens diese Begleitung des Englischprofessors bald auf, denn Karl, der sich Vorwürfe machte, den müden Mann nutzlos in die Reitschule zu bemühen, zumal die englische Verständigung mit Mack eine sehr einfache war, bat den Onkel, den Professor von dieser Pflicht zu entheben. Nach einiger Überlegung gab der Onkel dieser Bitte auch nach.

Verhältnismäßig lange dauerte es, ehe sich der Onkel entschloß, Karl auch nur einen kleinen Einblick in sein Geschäft zu erlauben, obwohl Karl öfters darum ersucht hatte. Es war eine Art Kommissions- und Speditionsgeschäftes, wie sie, soweit sich Karl erinnern konnte, in Europa vielleicht gar nicht zu finden war. Das Geschäft bestand nämlich in einem Zwischenhandel, der aber die Waren nicht etwa von den Produzenten zu den Konsumenten oder vielleicht zu den Händlern vermittelte, sondern welcher die Vermittlung aller Waren und Urprodukte für die großen Fabrikskartelle und zwischen ihnen besorgte. Es war daher ein Geschäft, welches in einem Käufe, Lagerungen, Transporte und Verkäufe riesenhaften Umfangs umfaßte und ganz genaue, unaufhörliche telefonische und telegrafische Verbindungen mit den Klienten unterhalten mußte. Der Saal der Telegrafen war nicht kleiner, sondern größer als das Telegrafenamt der Vaterstadt, durch das Karl einmal an der Hand eines dort bekannten Mitschülers gegangen war. Im Saal der Telefone gingen, wohin man schaute, die Türen der Telefonzellen auf und zu, und das Läuten war sinnverwirrend. Der Onkel öffnete die nächste dieser Türen, und man sah dort im sprühenden elektrischen Licht einen Angestellten, gleichgültig gegen jedes Geräusch der Türe, den Kopf eingespannt in ein Stahlband, das ihm die Hörmuscheln an die Ohren drückte. Der rechte Arm lag auf einem Tischchen, als wäre er besonders schwer, und nur die Finger, welche den Bleistift hielten, zuckten unmenschlich gleichmäßig und rasch. In den Worten, die er in den Sprechtrichter sagte, war er sehr sparsam, und oft sah man sogar, daß er vielleicht gegen den Sprecher etwas einzuwenden hatte, ihn etwas genauer fragen wollte, aber gewisse Worte, die er hörte, zwangen ihn, ehe er seine Absicht ausführen konnte, die Augen zu senken und zu schreiben. Er mußte auch nicht reden, wie der Onkel Karl leise erklärte, denn die gleichen Meldungen, wie sie dieser Mann aufnahm, wurden noch von zwei anderen Angestellten gleichzeitig aufgenommen und dann verglichen, so daß Irrtümer möglichst ausgeschlossen waren. In dem gleichen Augenblick, als der Onkel und Karl aus der Tür getreten waren, schlüpfte ein Praktikant hinein und kam mit dem inzwischen beschriebenen Papier heraus. Mitten durch den Saal war ein beständiger Verkehr von hin und her gejagten Leuten. Keiner grüßte, das Grüßen war abgeschafft, jeder schloß sich den Schritten des ihm Vorhergehenden an und sah auf den Boden, auf dem er möglichst rasch vorwärtskommen wollte, oder fing mit den Blicken wohl nur einzelne Worte oder Zahlen von Papieren ab, die er in der Hand hielt und die bei seinem Laufschritt flatterten.

»Du hast es wirklich weit gebracht«, sagte Karl einmal auf einem dieser Gänge durch den Betrieb, auf dessen Durchsicht man viele Tage verwenden mußte, selbst wenn man jede Abteilung gerade nur gesehen haben wollte.

»Und alles habe ich vor dreißig Jahren selbst eingerichtet, mußt du wissen. Ich hatte damals im Hafenviertel ein kleines Geschäft, und wenn dort im Tag fünf Kisten abgeladen waren, so war es viel und ich ging aufgeblasen nach Hause. Heute habe ich die drittgrößten Lagerhäuser im Hafen, und jener Laden ist das Eßzimmer und die Gerätekammer der fünfundsechzigsten Gruppe meiner Packträger.«

»Das grenzt ja ans Wunderbare«, sagte Karl.

»Alle Entwicklungen gehen hier so schnell vor sich«, sagte der Onkel, das Gespräch abbrechend.

Eines Tages kam der Onkel knapp vor der Zeit des Essens, das Karl wie gewöhnlich allein einzunehmen gedachte, und forderte ihn auf, sich gleich schwarz anzuziehen und mit ihm zum Essen zu kommen, an welchem zwei Geschäftsfreunde teilnehmen würden. Während Karl sich im Nebenzimmer umkleidete, setzte sich der Onkel zum Schreibtisch und sah die gerade beendete Englischaufgabe durch, schlug mit der Hand auf den Tisch und rief laut: »Wirklich ausgezeichnet!«

Zweifellos gelang das Anziehen besser, als Karl dieses Lob hörte, aber er war auch wirklich seines Englischen schon ziemlich sicher.

Im Speisezimmer des Onkels, das er vom ersten Abend seiner Ankunft noch in Erinnerung hatte, erhoben sich zwei große, dicke Herren zur Begrüßung, ein gewisser

Green der eine, ein gewisser Pollunder der zweite, wie sich während des Tischgesprächs herausstellte. Der Onkel pflegte nämlich kaum ein flüchtiges Wort über irgendwelche Bekannten auszusprechen und überließ es immer Karl, durch eigene Beobachtung das Notwendige oder Interessante herauszufinden. Nachdem während des eigentlichen Essens nur intime geschäftliche Angelegenheiten besprochen worden waren, was für Karl eine gute Lektion hinsichtlich kaufmännischer Ausdrücke bedeutete, und man Karl still mit seinem Essen sich hatte beschäftigen lassen, als sei er ein Kind, das sich vor allem ordentlich sattessen müsse, beugte sich Herr Green zu Karl hin und fragte in dem unverkennbaren Bestreben, ein möglichst deutliches Englisch zu sprechen, im allgemeinen nach Karls ersten amerikanischen Eindrücken. Karl antwortete unter einer Sterbensstille ringsherum mit einigen Seitenblicken auf den Onkel ziemlich ausführlich und suchte sich zum Dank durch eine etwas New Yorkisch gefärbte Redeweise angenehm zu machen. Bei einem Ausdruck lachten sogar alle drei Herren durcheinander, und Karl fürchtete schon, einen groben Fehler gemacht zu haben; jedoch nein, er hatte, wie Herr Pollunder erklärte, sogar etwas sehr Gelungenes gesagt. Dieser Herr Pollunder schien überhaupt an Karl ein besonderes Gefallen zu finden, und während der Onkel und Herr Green wieder zu den geschäftlichen Besprechungen zurückkehrten, ließ Herr Pollunder Karl seinen Sessel nahe zu sich hinschieben, fragte ihn zuerst vielerlei über seinen Namen, seine Herkunft und seine Reise aus, bis er dann schließlich, um Karl wieder ausruhen zu lassen, lachend, hustend und eilig selbst von sich und seiner Tochter erzählte, mit der er auf einem kleinen Landgut in der Nähe von New York wohnte, wo er aber allerdings nur die Abende verbringen konnte, denn er war Bankier, und sein Beruf hielt ihn in New York den ganzen Tag fest. Karl wurde auch gleich herzlichst eingeladen, auf dieses Landgut hinauszukommen, ein so frischgebackener Amerikaner wie Karl habe ja auch sicher das Bedürfnis, sich von New York manchmal zu erholen. Karl bat den Onkel sofort um die Erlaubnis, diese Einladung annehmen zu dürfen, und der Onkel gab auch scheinbar freudig diese Erlaubnis, ohne aber ein bestimmtes Datum zu nennen oder auch nur in Erwägung ziehen zu lassen, wie es Karl und Herr Pollunder erwartet hatten.

Aber schon am nächsten Tag wurde Karl in ein Büro des Onkels beordert (der Onkel hatte zehn verschiedene Büros allein in diesem Hause), wo er den Onkel und Herrn Pollunder ziemlich einsilbig in den Fauteuils liegend antraf.

»Herr Pollunder«, sagte der Onkel, er war in der Abenddämmerung des Zimmers kaum zu erkennen, »Herr Pollunder ist gekommen, um dich auf sein Landgut mitzunehmen, wie wir es gestern besprochen haben.«

»Ich wußte nicht, daß es schon heute sein sollte«, antwortete Karl, »sonst wäre ich schon vorbereitet.«

»Wenn du nicht vorbereitet bist, dann verschieben wir vielleicht den Besuch besser für nächstens«, meinte der Onkel.

»Was für Vorbereitungen!« rief Herr Pollunder. »Ein junger Mann ist immer vorbereitet.«

»Es ist nicht seinetwegen«, sagte der Onkel, zu seinem Gaste gewendet, »aber er müßte immerhin noch in sein Zimmer hinaufgehen, und Sie wären aufgehalten.«

»Es ist auch dazu reichlich Zeit«, sagte Herr Pollunder, »ich habe auch eine Verzögerung vorbedacht und früher Geschäftsschluß gemacht.«

»Du siehst«, sagte der Onkel, »was für Unannehmlichkeiten dein Besuch schon jetzt veranlaßt.«

»Es tut mir leid«, sagte Karl, »aber ich werde gleich wieder da sein«, und wollte schon wegspringen.

»Übereilen Sie sich nicht«, sagte Herr Pollunder. »Sie machen mir nicht die geringsten Unannehmlichkeiten, dagegen macht mir Ihr Besuch eine reine Freude.«

»Du versäumst morgen deine Reitstunde, hast du sie schon abgesagt?«

»Nein«, sagte Karl, dieser Besuch, auf den er sich gefreut hatte, fing an, eine Last zu werden, »ich wußte ja nicht –«

»Und trotzdem willst du wegfahren?« fragte der Onkel weiter. Herr Pollunder, dieser freundliche Mensch, kam zu Hilfe.

»Wir werden auf der Fahrt bei der Reitschule halten und die Sache in Ordnung bringen.«

»Das läßt sich hören«, sagte der Onkel. »Aber Mack wird dich doch erwarten.«

»Erwarten wird er mich nicht«, sagte Karl, »aber er wird allerdings hinkommen.«

»Nun also?« sagte der Onkel, als wäre Karls Antwort nicht die geringste Rechtfertigung gewesen.

Wieder sagte Herr Pollunder das Entscheidende: »Aber Klara« – sie war Herrn Pollunders Tochter – »erwartet ihn auch und schon heute abend, und sie hat wohl den Vorzug vor Mack?«

»Allerdings«, sagte der Onkel. »Also lauf schon in dein Zimmer«, und er schlug mehrmals wie ohne Willen gegen die Armlehne des Fauteuils. Karl war schon bei der Tür, als ihn der Onkel noch mit der Frage zurückhielt: »Zur Englischstunde bist du doch wohl morgen früh wieder hier?«

»Aber!« rief Herr Pollunder und drehte sich, soweit es seine Dicke erlaubte, in seinem Fauteuil vor Erstaunen. »Ja darf er denn nicht wenigstens den morgigen Tag draußen bleiben? Ich brächte ihn dann übermorgen früh wieder zurück?«

»Das geht auf keinen Fall«, erwiderte der Onkel. »Ich kann sein Studium nicht so in Unordnung kommen lassen. Später, wenn er in einem an und für sich geregelten Berufsleben sein wird, werde ich ihm sehr gern auch für längere Zeit erlauben, einer so freundlichen und ehrenden Einladung zu folgen.«

›Was das für Widersprüche sind!‹ dachte Karl.

Herr Pollunder war traurig geworden. »Für einen Abend und eine Nacht steht es aber wirklich fast nicht dafür.«

»Das war auch meine Meinung«, sagte der Onkel.

»Man muß nehmen, was man bekommt«, sagte Herr Pollunder und lachte schon wieder. »Also, ich warte!« rief er Karl zu, welcher, da der Onkel nichts mehr sagte, davoneilte.

Als er bald reisefertig zurückkehrte, traf er im Büro nur noch Herrn Pollunder, der Onkel war fortgegangen. Herr Pollunder schüttelte Karl ganz glücklich beide Hände, als wolle er sich so stark als möglich dessen vergewissern, daß Karl nun doch mitfahre. Karl war noch ganz erhitzt von der Eile und schüttelte auch seinerseits Herrn Pollunders Hände, er freute sich, den Ausflug machen zu können.

»Hat sich der Onkel nicht darüber geärgert, daß ich fahre?«

»Aber nein! Das hat er ja alles nicht so ernst gemeint. Ihre Erziehung liegt ihm eben am Herzen.«

»Hat er es Ihnen selbst gesagt, daß er das Frühere nicht so ernst gemeint hat?«

»O ja«, sagte Herr Pollunder gedehnt und bewies damit, daß er nicht lügen konnte.

»Es ist merkwürdig, wie ungern er mir die Erlaubnis gegeben hat, Sie zu besuchen, obwohl Sie doch sein Freund sind.«

Auch Herr Pollunder konnte, obwohl er dies nicht offen eingestand, keine Erklärung dafür finden, und beide dachten, als sie in Herrn Pollunders Automobil durch den warmen Abend fuhren, noch lange darüber nach, obwohl sie gleich von anderen Dingen sprachen.

Sie saßen eng beieinander, und Herr Pollunder hielt Karls Hand in der seinen, während er erzählte. Karl wollte vieles über das Fräulein Klara hören, als sei er ungeduldig über die lange Fahrt und könne mit Hilfe der Erzählungen früher ankommen als in Wirklichkeit. Obwohl er am Abend noch niemals durch die New Yorker Straßen gefahren war, und über Trottoir und Fahrbahn, alle Augenblicke die Richtung wechselnd, wie in einem Wirbelwind der Lärm jagte, nicht wie von Menschen verursacht, sondern wie ein fremdes Element, kümmerte sich Karl, während er Herrn Pollunders Worte genau aufzunehmen suchte, um nichts anderes als Herrn Pollunders dunkle Weste, über die quer eine dunkle Kette ruhig hing. Aus den Straßen, wo das Publikum in großer, unverhüllter Furcht vor Verspätung in fliegendem Schritt und in Fahrzeugen, die zu möglichster Eile gebracht waren, zu den Theatern drängte, kamen sie durch Übergangsbezirke in die Vorstädte, wo ihr Automobil durch Polizeileute zu Pferd immer wieder in Seitenstraßen gewiesen wurde, da die großen Straßen von den demonstrierenden Metallarbeitern, die im Streik standen, besetzt waren und nur der notwendigste Wagenverkehr an den Kreuzungsstellen gestattet werden konnte. Durchquerte dann das Automobil, an dunklere, dumpf hallende Gassen kommend, eine dieser ganzen Plätzen gleichenden großen Straßen, dann erschienen nach beiden Seiten hin in Perspektiven, denen niemand bis zum Ende folgen konnte, die Trottoirs angefüllt mit einer in winzigen Schritten sich bewegenden Masse, deren Gesang einheitlicher war als der einer einzigen Menschenstimme. In der freigehaltenen Fahrbahn aber sah man hie und da einen Polizisten auf unbeweglichem Pferde oder Träger von Fahnen oder beschriebenen, über die Straße gespannten Tüchern oder einen von Mitarbeitern und Ordonnanzen umgebenen Arbeiterführer oder einen Wagen der elektrischen Straßenbahn, der sich nicht rasch genug geflüchtet hatte und nun leer und dunkel dastand, während der Führer und der Schaffner auf der Plattform saßen. Kleine Trupps von Neugierigen standen weit entfernt von den wirklichen Demonstranten und verließen ihre Plätze nicht, obwohl sie über die eigentlichen Ereignisse im unklaren blieben. Karl aber lehnte froh in dem Arm, den Herr Pollunder um ihn gelegt hatte; die Überzeugung, daß er bald in einem beleuchteten, von Mauern umgebenen, von Hunden bewachten Landhause ein willkommener Gast sein werde, tat ihm über alle Maßen wohl, und wenn er auch wegen einer beginnenden Schläfrigkeit nicht mehr alles, was Herr Pollunder sagte, fehlerlos oder wenigstens nicht ohne Unterbrechung auffaßte, so raffte er sich doch von Zeit zu Zeit auf und wischte sich die Augen, um wieder für eine Weile festzustellen, ob Herr Pollunder seine Schläfrigkeit bemerkte, denn das wollte er um jeden Preis vermieden wissen.

EIN LANDHAUS BEI NEW YORK

Wir sind angekommen«, sagte Herr Pollunder gerade in einem von Karls verlorenen Momenten. Das Automobil stand vor einem Landhaus, das, nach der Art von Landhäusern reicher Leute in der Umgebung New Yorks, umfangreicher und höher war, als es sonst für ein Landhaus nötig ist, das bloß einer Familie dienen soll. Da nur der untere Teil des Hauses beleuchtet war, konnte man gar nicht bemessen, wie weit es in die Höhe reichte. Vorne rauschten Kastanienbäume, zwischen denen – das Gitter war schon geöffnet – ein kurzer Weg zur Freitreppe des Hauses führte. An seiner Müdigkeit beim Aussteigen glaubte Karl zu bemerken, daß die Fahrt doch ziemlich lang gedauert hatte. Im Dunkel der Kastanienallee hörte er eine Mädchenstimme neben sich sagen: »Da ist ja endlich der Herr Jakob.«

»Ich heiße Roßmann«, sagte Karl und faßte die ihm hingereichte Hand eines Mädchens, das er jetzt in Umrissen erkannte.

»Er ist ja nur Jakobs Neffe«, sagte Herr Pollunder erklärend, »und heißt selbst Karl Roßmann.«

»Das ändert nichts an unserer Freude, ihn hier zu haben«, sagte das Mädchen, dem an Namen nicht viel lag.

Trotzdem fragte Karl noch, während er zwischen Herrn Pollunder und dem Mädchen auf das Haus zuschritt: »Sie sind das Fräulein Klara?«

»Ja«, sagte sie, und schon fiel ein wenig unterscheidendes Licht vom Hause her auf ihr Gesicht, das sie ihm zuneigte, »ich wollte mich aber hier in der Finsternis nicht vorstellen.«

›Ja hat sie uns denn am Gitter erwartet?‹ dachte Karl, der im Gehen allmählich aufwachte.

»Wir haben übrigens noch einen Gast heute abend«, sagte Klara. »Nicht möglich!« rief Pollunder ärgerlich.

»Herrn Green«, sagte Klara.

»Wann ist er gekommen?« fragte Karl, wie in einer Ahnung befangen.

»Vor einem Augenblick. Habt ihr denn sein Automobil nicht vor dem eueren gehört?«

Karl sah zu Pollunder auf, um zu erfahren, wie er die Sache beurteile, aber er hatte die Hände in den Hosentaschen und stampfte bloß etwas stärker im Gehen.

»Es nützt nichts, nur knapp außerhalb New Yorks zu wohnen, von Störungen bleibt man nicht verschont. Wir werden unseren Wohnsitz unbedingt noch weiter verlegen müssen; und sollte ich die halbe Nacht durchfahren müssen, ehe ich nach Hause komme.«

Sie blieben an der Freitreppe stehen.

»Aber Herr Green war doch schon sehr lange nicht hier«, sagte Klara, die offenbar mit ihrem Vater gänzlich einverstanden war, ihn aber über sich hinaus beruhigen wollte.

»Warum kommt er denn gerade heute abend«, sagte Pollunder, und die Rede rollte schon wütend über die wulstige Unterlippe, die als loses, schweres Fleisch leicht in große Bewegung kam.

»Allerdings!« sagte Klara.

»Vielleicht wird er bald wieder weggehen«, bemerkte Karl und staunte selbst über das Einverständnis, in welchem er sich mit diesen noch gestern ihm gänzlich fremden Leuten befand.

»O nein«, sagte Klara, »er hat irgendein großes Geschäft für Papa, dessen Besprechung wahrscheinlich lange dauern wird, denn er hat mir schon im Spaß gedroht, daß ich, wenn ich eine höfliche Hauswirtin sein will, bis zum Morgen werde zuhören müssen.«

»Also auch das noch. Dann bleibt er über Nacht!« rief Pollunder, als sei damit endlich das Schlimmste erreicht. »Ich hätte wahrhaftig Lust«, sagte er und wurde freundlicher durch den neuen Gedanken, »ich hätte wahrhaftig Lust, Sie, Herr Roßmann, wieder ins Automobil zu nehmen und zu Ihrem Onkel zurückzubringen. Der heutige Abend ist schon von vornherein gestört, und wer weiß, wann Sie uns nächstens Ihr Herr Onkel wieder überläßt. Bringe ich Sie aber heute schon wieder zurück, so wird er Sie uns nächstens doch nicht verweigern können.«

Und er faßte Karl schon bei der Hand, um seinen Plan auszuführen. Aber Karl rührte sich nicht, und Klara bat, ihn hierzulassen, denn zumindest sie und Karl würden von Herrn Green nicht im geringsten gestört werden können, und schließlich merkte auch Pollunder selbst, daß sein Entschluß nicht der festeste war. Überdies – und dies war vielleicht das Entscheidende – hörte man plötzlich Herrn Green vom obersten Treppenaufsatz in den Garten hinunterrufen: »Wo bleibt ihr denn?«

»Kommt«, sagte Pollunder und bog auf die Freitreppe ein. Hinter ihm gingen Karl und Klara, die einander jetzt im Licht studierten.

›Die roten Lippen, die sie hat‹, sagte sich Karl und dachte an die Lippen des Herrn Pollunder und wie schön sie sich in der Tochter verwandelt hatten.

»Nach dem Nachtmahl«, so sagte sie, »werden wir, wenn es Ihnen recht ist, gleich in meine Zimmer gehen, damit wir wenigstens diesen Herrn Green los sind, wenn schon Papa sich mit ihm beschäftigen muß. Und Sie werden dann so freundlich sein, mir Klavier vorzuspielen, denn Papa hat schon erzählt, wie gut Sie das können, ich aber bin leider ganz unfähig, Musik auszuüben, und rühre mein Klavier nicht an, so sehr ich die Musik eigentlich liebe.«

Mit dem Vorschlag Klaras war Karl ganz einverstanden, wenn er auch gern Herrn Pollunder mit in ihre Gesellschaft hätte ziehen wollen. Vor der riesigen Gestalt Greens – an Pollunders Größe hatte sich Karl eben schon gewöhnt –, die sich vor ihnen, wie sie die Stufen hinaufstiegen, langsam entwickelte, wich allerdings von Karl jede Hoffnung, diesem Mann den Herrn Pollunder heute abend irgendwie zu entlocken.

Herr Green empfing sie sehr eilig, als sei vieles einzuholen, nahm Herrn Pollunders Arm und schob Karl und Klara vor sich in das Speisezimmer, das besonders infolge der Blumen auf dem Tische, die sich aus Streifen frischen Laubes halb aufrichteten, sehr festlich aussah und doppelt die Anwesenheit des störenden Herrn Green bedauern ließ. Gerade freute sich noch Karl, der beim Tische wartete, bis die anderen sich setzten, daß die große Glastüre zum Garten hin offen bleiben würde, denn ein starker Duft wehte herein wie in eine Gartenlaube, da ging gerade Herr Green unter Schnaufen daran, diese Glastüre zuzumachen, bückte sich nach den untersten Riegeln, streckte sich nach den obersten und alles so jugendlich rasch, daß der herbeieilende Diener nichts mehr zu tun fand. Die ersten Worte des Herrn Green bei Tische waren Ausdrücke des Staunens darüber, daß Karl die Erlaubnis des Onkels zu diesem Besuche bekommen hatte. Einen gefüllten Suppenlöffel nach dem anderen hob er zum Mund und erklärte rechts zu Klara, links zu Herrn Pollunder, warum er so staune und wie der Onkel über Karl wache und wie die Liebe des Onkels zu Karl zu groß sei, als daß man sie noch Liebe eines Onkels nennen könne.

›Nicht genug, daß er sich hier unnötig einmischt, mischt er sich noch gleichzeitig zwischen mich und den Onkel ein‹, dachte Karl und konnte keinen Schluck der goldfarbigen Suppe hinunterbringen. Dann wollte er sich aber wieder nichts anmerken lassen, wie gestört er sich fühlte, und begann die Suppe stumm in sich hineinzuschütten. Das Essen verging langsam wie eine Plage. Nur Herr Green und höchstens noch Klara waren lebhaft und fanden mitunter Gelegenheit zu einem kurzen Lachen. Herr Pollunder verfing sich nur einige Male in die Unterhaltung, wenn Herr Green von Geschäften zu sprechen anfing. Doch zog er sich auch von solchen Gesprächen bald zurück, und Herr Green mußte ihn nach einiger Zeit wieder unvermutet damit überraschen. Er legte übrigens Gewicht darauf – und da war es, daß Karl, der aufhorchte, als drohe etwas, von Klara darauf aufmerksam gemacht werden mußte, daß der Braten vor ihm stand und er bei einem Abendessen war –, daß er von vornherein nicht die Absicht gehabt habe, diesen unerwarteten Besuch zu machen. Denn wenn auch das Geschäft, von dem noch gesprochen werden solle, von besonderer Dringlichkeit sei, so hätte wenigstens das Wichtigste heute in der Stadt verhandelt und das Nebensächlichere für morgen oder später aufgespart werden können. Und so sei er auch tatsächlich, noch lange vor Geschäftsschluß, bei Herrn Pollunder gewesen, habe ihn aber nicht angetroffen, so daß er gezwungen gewesen sei, nach Hause zu telefonieren, daß er über Nacht ausbleibe, und herauszufahren.

»Dann muß ich um Entschuldigung bitten«, sagte Karl laut und ehe jemand Zeit zur Antwort hatte, »denn ich bin daran schuld, daß Herr Pollunder sein Geschäft heute früher verließ, und es tut mir sehr leid.«

Herr Pollunder bedeckte den größeren Teil seines Gesichtes mit der Serviette, während Klara Karl zwar anlächelte, doch war es kein teilnehmendes Lächeln, sondern eines, das ihn irgendwie beeinflussen sollte.

»Da braucht es keine Entschuldigung«, sagte Herr Green, der gerade eine Taube mit scharfen Schnitten zerlegte, »ganz im Gegenteil, ich bin ja froh, den Abend in so angenehmer Gesellschaft zu verbringen, statt das Nachtmahl allein zu Hause einzunehmen, wo mich meine alte Wirtschafterin bedient, die so alt ist, daß ihr schon der Weg von der Tür zu meinem Tisch schwerfällt, und ich mich für lange in meinen Sessel zurücklehnen kann, wenn ich sie auf diesem Gang beobachten will. Erst vor kurzem habe ich durchgesetzt, daß der Diener die Speisen bis zur Tür des Speisezimmers bringt, der Weg aber von der Tür zu meinem Tisch gehört ihr, soweit ich sie verstehe.«

»Mein Gott«, rief Klara, »ist das eine Treue!«

»Ja, es gibt noch Treue auf der Welt«, sagte Herr Green und führte einen Bissen in den Mund, wo die Zunge, wie Karl zufällig bemerkte, mit einem Schwunge die Speise ergriff. Ihm wurde fast übel und er stand auf. Fast gleichzeitig griffen Herr Pollunder und Klara nach seinen Händen.

»Sie müssen noch sitzen bleiben«, sagte Klara. Und als er sich wieder gesetzt hatte, flüsterte sie ihm zu: »Wir werden bald zusammen verschwinden. Haben Sie Geduld.«

Herr Green hatte sich inzwischen ruhig mit seinem Essen beschäftigt, als sei es Herrn Pollunders und Klaras natürliche Aufgabe, Karl zu beruhigen, wenn er ihm Übelkeiten verursachte.

Das Essen zog sich besonders durch die Genauigkeit in die Länge, mit der Herr Green jeden Gang behandelte, wenn er auch immer bereit war, jeden neuen Gang ohne Ermüdung zu empfangen, es bekam wirklich den Anschein, als wolle er sich von seiner alten Wirtschafterin gründlich erholen. Hin und wieder lobte er Fräulein Klaras Kunst in der Führung des Hauswesens, was ihr sichtlich schmeichelte, während Karl versucht war, ihn abzuwehren, als greife er sie an. Aber Herr Green begnügte sich nicht einmal mit ihr, sondern bedauerte öfters, ohne vom Teller aufzusehen, die auffallende Appetitlosigkeit Karls. Herr Pollunder nahm Karls Appetit in Schutz, obwohl er als Gastgeber Karl auch zum Essen hätte aufmuntern sollen. Und tatsächlich fühlte sich Karl durch den Zwang, unter dem er während des ganzen Nachtmahls litt, so empfindlich, daß er gegen die eigene bessere Einsicht diese Äußerung Herrn Pollunders als Unfreundlichkeit auslegte. Und es entsprach nur diesem seinen Zustand, daß er einmal ganz unpassend rasch und viel aß und dann wieder für lange Zeit müde Gabel und Messer sinken ließ und der Unbeweglichste der Gesellschaft war, mit dem der Diener, der die Speisen reichte, oft nichts anzufangen wußte.

»Ich werde schon morgen dem Herrn Senator erzählen, wie Sie das Fräulein Klara durch Ihr Nichtessen gekränkt haben«, sagte Herr Green und beschränkte sich darauf, die spaßige Absicht dieser Worte durch die Art, wie er mit dem Besteck hantierte, auszudrücken.

»Sehen Sie nur das Mädchen an, wie traurig es ist«, fuhr er fort und griff Klara unters Kinn. Sie ließ es geschehen und schloß die Augen.

»Du Dingschen«, rief er, lehnte sich zurück und lachte, hochrot im Gesicht, mit der Kraft des Gesättigten. Vergebens suchte sich Karl das Benehmen Herrn Pollunders zu erklären. Der saß vor seinem Teller und sah in ihn, als geschehe dort das eigentlich Wichtige. Er zog Karls Sessel nicht näher zu sich, und wenn er einmal sprach, so sprach er zu allen, aber zu Karl hatte er nichts Besonderes zu reden. Dagegen duldete er, daß Green, dieser alte, ausgepichte New Yorker Junggeselle, mit deutlicher Absicht Klara berührte, daß er Karl, Pollunders Gast beleidigte oder wenigstens als Kind behandelte und wer weiß zu welchen Taten sich stärkte und vordrang.

Nach Aufhebung der Tafel – als Green die allgemeine Stimmung merkte, war er der erste, der aufstand und gewissermaßen alle mit sich erhob – ging Karl allein abseits zu einem der großen, durch schmale weiße Leisten geteilten Fenster, die zur Terrasse führten und die eigentlich, wie er beim Nähertreten merkte, richtige Türen waren. Was war von der Abneigung übriggeblieben, die Herr Pollunder und seine Tochter anfangs gegenüber Green gefühlt hatten und die damals Karl etwas unverständlich vorgekommen war? Jetzt standen sie mit Green beisammen und nickten ihm zu. Der Rauch aus Herrn Greens Zigarre, einem Geschenk Pollunders, die von jener Dicke war, von der der Vater zu Hause hie und da als von einer Tatsache zu erzählen pflegte, die er wahrscheinlich selbst mit eigenen Augen niemals gesehen hatte, verbreitete sich in dem Saal und trug Greens Einfluß auch in Winkel und Nischen, die er persönlich niemals betreten würde. So weit entfernt Karl auch stand, noch spürte er von dem Rauch einen Kitzel in der Nase, und das Benehmen Herrn Greens, nach welchem er sich von seinem Platz aus nur einmal schnell umsah, erschien ihm infam. Jetzt hielt er es gar nicht mehr für ausgeschlossen, daß ihm der Onkel die Erlaubnis zu diesem Besuch nur deshalb so lange verweigert hatte, weil er den schwachen Charakter Herrn Pollunders kannte und infolgedessen eine Kränkung Karls bei diesem Besuch, wenn auch nicht genau voraussah, so doch im Bereich der Möglichkeit erblickte. Auch das amerikanische Mädchen gefiel ihm nicht, obwohl er sich sie durchaus nicht etwa viel schöner vorgestellt hatte. Seit sich Herr Green mit ihr abgegeben hatte, war er sogar überrascht von der Schönheit, deren ihr Gesicht fähig war, und besonders von dem Glanz ihrer unbändig bewegten Augen. Einen Rock, der so fest wie der ihre den Körper umschlossen hätte, hatte er noch niemals gesehen, kleine Falten in dem gelblichen, zarten und festen Stoff zeigten die Stärke der Spannung. Und doch lag Karl gar nichts an ihr und er hätte gern darauf verzichtet, auf ihre Zimmer geführt zu werden, wenn er statt dessen die Tür, auf deren Klinke er für jeden Fall die Hände gelegt hatte, hätte öffnen, ins Automobil steigen oder, wenn der Chauffeur schon schlief, allein nach New York hätte spazieren dürfen. Die klare Nacht mit dem ihm zugeneigten vollen Mond stand frei für jedermann, und draußen im Freien vielleicht Furcht zu haben schien Karl sinnlos. Er stellte sich vor – und zum erstenmal wurde ihm in diesem Saale wohl –, wie er am Morgen – früher dürfte er kaum zu Fuß nach Hause kommen – den Onkel überraschen wollte. Er war zwar noch niemals in seinem Schlafzimmer gewesen, wußte auch gar nicht, wo es lag, aber er wollte es schon erfragen. Dann wollte er anklopfen und auf das förmliche »Herein!« ins Zimmer laufen und den lieben Onkel, den er bisher immer nur bis hoch hinauf angezogen und zugeknöpft kannte, aufrecht im Bette sitzend, die Augen erstaunt zur Tür gerichtet, im Nachthemd überraschen. Das war ja an und für sich vielleicht noch nicht viel, aber man mußte nur ausdenken, was das zur Folge haben könnte. Vielleicht würde er zum erstenmal gemeinsam mit seinem Onkel frühstücken, der Onkel im Bett, er auf einem Sessel, das Frühstück auf einem Tischchen zwischen ihnen, vielleicht würde dieses gemeinsame Frühstück zu einer ständigen Einrichtung werden, vielleicht würden sie infolge dieser Art Frühstück, was sogar kaum zu vermeiden war, öfters als wie bisher bloß einmal während des Tages zusammenkommen und dann natürlich auch offener miteinander reden können. Es lag ja schließlich nur an dem Mangel dieser offenen Aussprache, wenn er heute dem Onkel gegenüber etwas unfolgsam oder, besser, starrköpfig gewesen war. Und wenn er auch heute über Nacht hierbleiben mußte – es sah leider ganz danach aus, obwohl man ihn hier beim Fenster stehen und auf eigene Faust sich unterhalten ließ –, vielleicht wurde dieser unglückliche Besuch der Wendepunkt zum Besseren in dem Verhältnis zum Onkel, vielleicht hatte der Onkel in seinem Schlafzimmer heute abend ähnliche Gedanken.

Ein wenig getröstet wandte er sich um. Klara stand vor ihm und sagte: »Gefällt es Ihnen denn gar nicht bei uns? Wollen Sie sich hier nicht ein wenig heimisch fühlen? Kommen Sie, ich will den letzten Versuch machen.«

Sie führte ihn quer durch den Saal zur Türe. An einem Seitentisch saßen die beiden Herren bei leicht schäumenden, in hohe Gläser gefüllten Getränken, die Karl unbekannt waren und die er zu kosten Lust gehabt hätte. Herr Green hatte einen Ellbogen auf dem Tisch, sein ganzes Gesicht war Herrn Pollunder möglichst nahe gerückt; wenn man Herrn Pollunder nicht gekannt hätte, hätte man ganz gut annehmen können, es werde hier etwas Verbrecherisches besprochen und kein Geschäft. Während Herr Pollunder mit freundlichem Blick Karl zur Türe folgte, sah sich Green, obwohl man doch schon unwillkürlich sich den Blicken seines Gegenübers anzuschließen pflegt, auch nicht im geringsten nach Karl um, welchem in diesem Benehmen der Ausdruck einer Art Überzeugung Greens zu liegen schien, jeder, Karl für sich und Green für sich, solle hier mit seinen Fähigkeiten auszukommen versuchen, die notwendige gesellschaftliche Verbindung zwischen ihnen werde sich schon mit der Zeit durch den Sieg oder die Vernichtung eines von beiden herstellen.

›Wenn er das meint‹, sagte sich Karl, ›dann ist er ein Narr. Ich will wahrhaftig nichts von ihm, und er soll mich auch in Ruhe lassen.‹

Kaum war er auf den Gang getreten, fiel ihm ein, daß er sich wahrscheinlich unhöflich benommen hatte, denn mit seinen auf Green gehefteten Augen hatte er sich von Klara aus dem Zimmer fast schleppen lassen. Desto williger ging er jetzt neben ihr her. Auf dem Wege durch die Gänge traute er zuerst seinen Augen nicht, als er alle zwanzig Schritte einen reich livrierten Diener mit einem Armleuchter stehen sah, dessen dicken Schaft jene mit beiden Händen umschlossen hielten.

»Die neue elektrische Leitung ist bisher nur im Speisezimmer eingeführt«, erklärte Klara. »Wir haben dieses Haus erst vor kurzem gekauft und es gänzlich umbauen lassen, soweit sich ein altes Haus mit seiner eigensinnigen Bauart überhaupt umbauen läßt.«

»Da gibt es also auch schon in Amerika alte Häuser«, sagte Karl.

»Natürlich«, sagte Klara lachend und zog ihn weiter. »Sie haben merkwürdige Begriffe von Amerika.«

»Sie sollen mich nicht auslachen«, sagte er ärgerlich. Schließlich kannte er schon Europa und Amerika, sie aber nur Amerika.

Im Vorübergehen stieß Klara mit leicht ausgestreckter Hand eine Tür auf und sagte, ohne anzuhalten: »Hier werden Sie schlafen.«

Karl wollte sich natürlich das Zimmer gleich anschauen, aber Klara erklärte ungeduldig und fast schreiend, das habe doch Zeit und er solle nur vorher mitkommen. Sie zogen sich auf dem Gang ein wenig hin und her, schließlich meinte Karl, er müsse sich nicht in allem nach Klara richten, riß sich los und trat in das Zimmer. Ein überraschendes Dunkel vor dem Fenster erklärte sich durch einen Baumwipfel, der sich dort in seinem vollen Umfang wiegte. Man hörte Vogelgesang. Im Zimmer selbst, das vom Mondlicht noch nicht erreicht war, konnte man allerdings fast gar nichts unterscheiden. Karl bedauerte, die elektrische Taschenlampe, die er vom Onkel geschenkt bekommen hatte, nicht mitgenommen zu haben. In diesem Hause war ja eine Taschenlampe unentbehrlich, hätte man ein paar solcher Lampen gehabt, hätte man die Diener schlafen schicken können. Er setzte sich aufs Fensterbrett und sah und horchte hinaus. Ein aufgestörter Vogel schien sich durch das Laubwerk des alten Baumes zu drängen. Die Pfeife eines New Yorker Vorortzuges erklang irgendwo im Land. Sonst war es still.

Aber nicht lange, denn Klara kam eilends herein. Sichtlich böse rief sie: »Was soll denn das?« und klatschte auf ihren Rock. Karl wollte erst antworten, wenn sie höflicher geworden war. Aber sie ging mit großen Schritten auf ihn zu, rief: »Also wollen Sie mit mir kommen oder nicht?« stieß ihn mit Absicht oder bloß in der Erregung derart in die Brust, daß er aus dem Fenster gestürzt wäre, hätte er nicht noch im letzten Augenblick, vom Fensterbrett gleitend, mit den Füßen den Zimmerboden berührt.

»Jetzt wäre ich bald hinausgefallen«, sagte er vorwurfsvoll.

»Schade, daß es nicht geschehen ist. Warum sind Sie so unartig! Ich stoße Sie noch einmal hinunter.«

Und wirklich umfaßte sie ihn und trug ihn, der, zuerst verblüfft, sich schwer zu machen vergaß, mit ihrem vom Sport gestählten Körper fast bis zum Fenster. Aber dort besann er sich, machte sich mit einer Wendung der Hüften los und umfaßte sie.

»Ach, Sie tun mir weh«, sagte sie gleich,

Aber nun glaubte Karl, sie nicht mehr loslassen zu dürfen. Er ließ ihr zwar Freiheit, Schritte nach Belieben zu machen, folgte ihr aber und ließ sie nicht los. Es war auch so leicht, sie in ihrem engen Kleid zu umfassen.

»Lassen Sie mich«, flüsterte sie, das erhitzte Gesicht eng an seinem, er mußte sich anstrengen, sie zu sehen, so nahe war sie ihm. »Lassen Sie mich, ich werde Ihnen etwas Schönes geben.« ›Warum seufzt sie so‹, dachte Karl, ›es kann ihr nicht wehtun, ich drücke sie ja nicht‹, und er ließ sie noch nicht los. Aber plötzlich, nach einem Augenblick unachtsamen, schweigenden Dastehens, fühlte er wieder ihre wachsende Kraft an seinem Leib, und sie hatte sich ihm entwunden, faßte ihn mit gut ausgenütztem Obergriff, wehrte seine Beine mit Fußstellungen einer fremdartigen Kampftechnik ab und trieb ihn vor sich, mit großartiger Regelmäßigkeit Atem holend, gegen die Wand. Dort war aber ein Kanapee, auf das legte sie Karl hin und sagte, ohne sich allzusehr zu ihm hinabzubeugen:

»Jetzt rühr dich, wenn du kannst.«

»Katze, tolle Katze«, konnte Karl gerade noch aus dem Durcheinander von Wut und Scham rufen, in dem er sich befand. »Du bist ja wahnsinnig, du tolle Katze!«

»Gib acht auf deine Worte«, sagte sie und ließ die eine Hand zu seinem Halse gleiten, den sie so stark zu würgen anfing, daß Karl ganz unfähig war, etwas anderes zu tun als Luft zu schnappen, während sie mit der anderen Hand an seine Wange fuhr, wie probeweise sie berührte, sie wieder, und zwar immer weiter, in die Luft zurückzog und jeden Augenblick mit einer Ohrfeige niederfallen lassen konnte.

»Wie wäre es«, fragte sie dabei, »wenn ich dich zur Strafe für dein Benehmen einer Dame gegenüber mit einer tüchtigen Ohrfeige nach Hause schicken wollte? Vielleicht wäre es dir nützlich für deinen künftigen Lebensweg, wenn es auch keine schöne Erinnerung abgeben würde. Du tust mir ja leid und bist ein erträglicher hübscher Junge, und hättest du Jiu-Jitsu gelernt, hättest du wahrscheinlich mich durchgeprügelt. Trotzdem, trotzdem – es verlockt mich geradezu riesig, dich zu ohrfeigen, so wie du jetzt daliegst. Ich werde es wahrscheinlich bedauern; wenn ich es aber tun sollte, so wisse schon jetzt, daß ich es fast gegen meinen Willen tun werde. Und ich werde mich dann natürlich nicht mit einer Ohrfeige begnügen, sondern rechts und links schlagen, bis dir die Backen anschwellen. Und vielleicht bist du ein Ehrenmann – ich möchte es fast glauben – und wirst mit den Ohrfeigen nicht weiterleben wollen und dich aus der Welt schaffen. Aber warum bist du auch so gegen mich gewesen? Gefalle ich dir vielleicht nicht? Lohnt es sich nicht, auf mein Zimmer zu kommen? Achtung! Jetzt hätte ich dir schon fast unversehens die Ohrfeige aufgepelzt. Wenn du heute also noch so loskommen solltest, benimm dich nächstens feiner. Ich bin nicht dein Onkel, mit dem du trotzen kannst. Im übrigen will ich dich noch darauf aufmerksam machen, daß du, wenn ich dich ungeohrfeigt loslasse, nicht glauben mußt, daß deine jetzige Lage und wirkliches Geohrfeigtwerden vom Standpunkt der Ehre aus das gleiche sind. Solltest du das glauben wollen, so würde ich es doch vorziehen, dich wirklich zu ohrfeigen. Was wohl Mack sagen wird, wenn ich ihm das alles erzähle?«

Bei der Erinnerung an Mack ließ sie Karl los, in seinen undeutlichen Gedanken erschien ihm Mack wie ein Befreier. Er fühlte noch ein Weilchen Klaras Hand an seinem Hals, wand sich daher noch ein wenig und lag dann still.

Sie forderte ihn auf, aufzustehen, er antwortete nicht und rührte sich nicht. Sie entzündete irgendwo eine Kerze, das Zimmer bekam Licht, ein blaues Zickzackmuster erschien auf dem Plafond, aber Karl lag, den Kopf aufs Sofapolster aufgestützt so, wie ihn Klara gebettet hatte, und wandte ihn nicht einen Fingerbreit. Klara ging im Zimmer herum, ihr Rock rauschte um ihre Beine, wahrscheinlich beim Fenster blieb sie eine lange Weile stehen.

»Ausgetrotzt?« hörte man sie dann fragen.

Karl empfand es schwer, in diesem Zimmer, das ihm doch von Herrn Pollunder für diese Nacht zugedacht war, keine Ruhe bekommen zu können. Da wanderte dieses Mädchen herum, blieb stehen und redete, und er hatte sie doch so unaussprechlich satt. Rasch schlafen und von hier fortgehen war sein einziger Wunsch. Er wollte gar nicht mehr ins Bett, nur hier auf dem Kanapee wollte er bleiben. Er lauerte nur darauf, daß sie wegginge, um hinter ihr her zur Tür zu springen, sie zu verriegeln, und dann wieder zurück auf das Kanapee sich zu werfen. Er hatte ein solches Bedürfnis, sich zu strecken und zu gähnen, aber vor Klara wollte er das nicht tun. Und so lag er, starrte hinauf, fühlte sein Gesicht immer unbeweglicher werden und eine ihn umkreisende Fliege flimmerte ihm vor den Augen, ohne daß er recht wußte, was es war.

Klara trat wieder zu ihm, beugte sich in die Richtung seiner Blicke, und hätte er sich nicht bezwungen, hätte er sie schon anschauen müssen.

»Ich gehe jetzt«, sagte sie. »Vielleicht bekommst du später Lust, zu mir zu kommen. Die Tür zu meinen Zimmern ist die vierte, von dieser Tür aus gerechnet, auf dieser Seite des Ganges. Du gehst also an drei weiteren Türen vorüber und die, zu welcher du dann kommst, ist die richtige. Ich gehe nicht mehr hinunter in den Saal, sondern bleibe schon in meinem Zimmer. Du hast mich aber auch ordentlich müde gemacht. Ich werde nicht gerade auf dich warten, aber wenn du kommen willst, so komm. Erinnere dich, daß du versprochen hast, mir auf dem Klavier vorzuspielen. Aber vielleicht habe ich dich ganz entnervt und du kannst dich nicht mehr rühren, dann bleib und schlaf dich aus. Dem Vater sage ich vorläufig von unserer Rauferei kein Wort; ich bemerke das für den Fall, daß dir das Sorge machen sollte.« Darauf lief sie trotz ihrer angeblichen Müdigkeit mit zwei Sprüngen aus dem Zimmer.

Sofort setzte sich Karl aufrecht, dieses Liegen war schon unerträglich geworden. Um ein wenig Bewegung zu machen, ging er zur Tür und sah auf den Gang hinaus. War dort aber eine Finsternis! Er war froh, als er die Tür zugemacht und abgesperrt hatte und wieder bei seinem Tisch im Schein der Kerze stand. Sein Entschluß war, nicht länger in diesem Haus zu bleiben, sondern hinunter zu Herrn Pollunder zu gehen, ihm offen zu sagen, wie ihn Klara behandelt hatte – am Eingeständnis seiner Niederlage lag ihm gar nichts –, und mit dieser wohl genügenden Begründung um die Erlaubnis zu bitten, nach Hause fahren oder gehen zu dürfen. Sollte Herr Pollunder etwas gegen diese sofortige Heimkehr einzuwenden haben, dann wollte ihn Karl wenigstens bitten, ihn durch einen Diener zum nächsten Hotel führen zu lassen. In dieser Weise, wie sie Karl plante, ging man zwar sonst in der Regel nicht mit freundlichen Gastgebern um, aber noch seltener ging man mit einem Gaste derart um, wie es Klara getan hatte. Sie hatte sogar noch ihr Versprechen, dem Herrn Pollunder von der Rauferei vorläufig nichts zu sagen, für eine Freundlichkeit gehalten, das war aber schon himmelschreiend. Ja, war denn Karl zu einem Ringkampf eingeladen worden, so daß es für ihn beschämend gewesen wäre, von einem Mädchen geworfen zu werden, das wahrscheinlich den größten Teil ihres Lebens mit dem Lernen von Ringkämpferkniffen verbracht hatte? Am Ende hatte sie gar von Mack Unterricht bekommen. Mochte sie ihm nur alles erzählen; der war sicher einsichtig, das wußte Karl, obwohl er niemals Gelegenheit gehabt hatte, das im einzelnen zu erfahren. Karl wußte aber auch, daß, wenn Mack ihn unterrichtete, er noch viel größere Fortschritte als Klara machen würde; dann käme er eines Tages wieder hierher, höchstwahrscheinlich uneingeladen, untersuchte natürlich zuerst die Örtlichkeit, deren genaue Kenntnis ein großer Vorteil Klaras gewesen war, packte dann diese gleiche Klara und klopfte mit ihr das gleiche Kanapee aus, auf das sie ihn heute geworfen hatte.

Jetzt handelte es sich nur darum, den Weg zum Saal zurückzufinden, wo er ja wahrscheinlich auch seinen Hut in der ersten Zerstreutheit auf einen unpassenden Platz gelegt hatte. Die Kerze wollte er natürlich mitnehmen, aber selbst bei Licht war es nicht leicht, sich auszukennen. Er wußte zum Beispiel nicht einmal, ob dieses Zimmer in der gleichen Ebene wie der Saal gelegen war. Klara hatte ihn auf dem Herweg immer so gezogen, daß er sich gar nicht hatte umsehen können. Herr Green und die leuchtertragenden Diener hatten ihm auch zu denken gegeben; kurz, er wußte jetzt tatsächlich nicht einmal, ob sie eine oder zwei oder vielleicht gar keine Treppe passiert hatten. Nach der Aussicht zu schließen, lag das Zimmer ziemlich hoch, und er suchte sich deshalb einzubilden, daß sie über Treppen gekommen waren, aber schon zum Hauseingang hatte man ja über Treppen steigen müssen, warum konnte nicht auch diese Seite des Hauses erhöht sein? Aber wenn wenigstens auf dem Gang irgendwo ein Lichtschein aus einer Tür zu sehen oder eine Stimme aus der Ferne auch noch so leise zu hören gewesen wäre!

Seine Taschenuhr, ein Geschenk des Onkels, zeigte elf Uhr, er nahm die Kerze und ging auf den Gang hinaus. Die Tür ließ er offen, um für den Fall, als sein Suchen vergeblich wäre, wenigstens sein Zimmer wiederzufinden und danach, für den äußersten Notfall, die Tür zu Klaras Zimmer. Zur Sicherheit, damit sich die Türe nicht von selbst schließe, verstellte er sie mit einem Sessel. Auf dem Gang zeigte sich der Übelstand, daß gegen Karl – er ging natürlich von Klaras Türe weg nach links – ein Luftzug strich, der zwar ganz schwach war, aber immerhin leicht die Kerze hätte auslöschen können, so daß Karl die Flamme mit der Hand schützen und überdies öfters stehenbleiben mußte, damit die niedergedrückte Flamme sich erhole. Es war ein langsames Vorwärtskommen, und der Weg schien dadurch doppelt lang. Karl war schon an großen Strecken der Wände vorübergekommen, die gänzlich ohne Türen waren, man konnte sich nicht vorstellen, was dahinter war. Dann kam wieder Tür an Tür, er suchte, mehrere zu öffnen, sie waren versperrt und die Räume offenbar unbewohnt. Es war eine Raumverschwendung sondergleichen, und Karl dachte an die östlichen New Yorker Quartiere, die ihm der Onkel zu zeigen versprochen hatte, wo angeblich in einem kleinen Zimmer mehrere Familien wohnten und das Heim einer Familie in einem Zimmerwinkel bestand, in dem sich die Kinder um ihre Eltern scharten. Und hier standen so viele Zimmer leer und waren nur dazu da, um hohl zu klingen, wenn man an die Tür schlug. Herr Pollunder schien Karl irregeführt zu sein von falschen Freunden und vernarrt in seine Tochter und dadurch verdorben. Der Onkel hatte ihn sicher richtig beurteilt, und nur sein Grundsatz, auf die Menschenbeurteilung Karls keinen Einfluß zu nehmen, war schuld an diesem Besuch und an diesen Wanderungen auf den Gängen. Karl wollte das morgen dem Onkel ohne weiteres sagen, denn nach seinem Grundsatz würde der Onkel auch das Urteil des Neffen über ihn gerne und ruhig anhören. Überdies war dieser Grundsatz vielleicht das einzige, was Karl an seinem Onkel nicht gefiel, und selbst dieses Nichtgefallen war nicht unbedingt.

Plötzlich hörte die Wand an der einen Gangseite auf, und ein eiskaltes marmornes Geländer trat an ihre Stelle. Karl stellte die Kerze neben sich und beugte sich vorsichtig hinüber. Dunkle Leere wehte ihm entgegen. Wenn das die Haupthalle des Hauses war – im Schimmer der Kerze erschien ein Stück einer gewölbeartig geführten Decke –, warum war man nicht durch diese Halle eingetreten? Wozu diente nur dieser große, tiefe Raum? Man stand ja hier oben wie auf der Galerie einer Kirche. Karl bedauerte fast, nicht bis morgen in diesem Haus bleiben zu können, er hätte gern bei Tageslicht von Herrn Pollunder sich überall herumführen und über alles unterrichten lassen.

Das Geländer war übrigens nicht lang, und bald wurde Karl wieder vom geschlossenen Gang aufgenommen. Bei einer plötzlichen Wendung des Ganges stieß Karl mit ganzer Wucht an die Mauer, und nur die ununterbrochene Sorgfalt, mit der er die Kerze krampfhaft hielt, bewahrte sie glücklicherweise vor dem Fallen und Auslöschen. Da der Gang kein Ende nehmen wollte, nirgends ein Fenster einen Ausblick gab, weder in der Höhe noch in der Tiefe sich etwas rührte, dachte Karl schon, er gehe immerfort im gleichen Kreisgang in der Runde, und hoffte schon, die offene Tür seines Zimmers vielleicht wiederzufinden, aber weder sie noch das Geländer kehrte wieder. Bis jetzt hatte sich Karl von lautem Rufen zurückgehalten, denn er wollte in einem fremden Haus zu so später Stunde keinen Lärm machen, aber jetzt sah er ein, daß es in diesem unbeleuchteten Hause kein Unrecht war, und machte sich gerade daran, nach beiden Seiten des Ganges ein lautes »Hallo!« zu schreien, als er in der Richtung, aus der er gekommen war, ein kleines, sich näherndes Licht bemerkte. Jetzt konnte er erst die Länge des geraden Ganges abschätzen; das Haus war eine Festung, keine Villa. Karls Freude über dieses rettende Licht war so groß, daß er alle Vorsicht vergaß und darauf zulief –, schon bei den ersten Sprüngen löschte seine Kerze aus. Er achtete nicht darauf, denn er brauchte sie nicht mehr, hier kam ihm ein alter Diener mit einer Laterne entgegen, der ihm den richtigen Weg schon zeigen würde.

»Wer sind Sie?« fragte der Diener und hielt Karl die Laterne ans Gesicht, wodurch er gleichzeitig sein, eigenes beleuchtete. Sein Gesicht erschien etwas steif durch einen großen, weißen Vollbart, der erst auf der Brust in seidenartige Ringel ausging. ›Es muß ein treuer Diener sein, dem man das Tragen eines solchen Bartes erlaubt‹, dachte Karl und sah diesen Bart unverwandt der Länge und Breite nach an, ohne sich dadurch behindert zu fühlen, daß er selbst beobachtet wurde. Im übrigen antwortete er sofort, daß er der Gast des Herrn Pollunder sei, aus seinem Zimmer in das Speisezimmer gehen wolle und es nicht finden könne.

»Ach so«, sagte der Diener, »wir haben das elektrische Licht noch nicht eingeführt.«

»Ich weiß«, sagte Karl.

»Wollen Sie nicht Ihre Kerze an meiner Lampe anzünden?« fragte der Diener.

»Bitte«, sagte Karl und tat es.

»Es zieht hier so auf den Gängen«, sagte der Diener, »die Kerze löscht leicht aus, darum habe ich eine Laterne.«

»Ja, eine Laterne ist viel praktischer«, sagte Karl.

»Sie sind auch schon von der Kerze ganz betropft«, sagte der Diener und leuchtete mit der Kerze Karls Anzug ab.

»Das habe ich ja gar nicht bemerkt!« rief Karl, und es tat ihm sehr leid, da es ein schwarzer Anzug war, von dem der Onkel gesagt hatte, er passe ihm am besten von allen. Die Rauferei mit Klara dürfte dem Anzug auch nicht genützt haben, erinnerte er sich jetzt. Der Diener war gefällig genug, den Anzug zu reinigen, so gut es in der Eile ging; immer wieder drehte sich Karl vor ihm herum und zeigte ihm noch hier und dort einen Fleck, den der Diener folgsam entfernte.

»Warum zieht es denn hier eigentlich so?« fragte Karl, als sie schon weitergingen.

»Es ist hier eben noch viel zu bauen«, sagte der Diener, »man hat zwar mit dem Umbau schon angefangen, aber es geht sehr langsam. Jetzt streiken auch noch die Bauarbeiter, wie Sie vielleicht wissen. Man hat viel Ärger mit so einem Bau. Jetzt sind da ein paar große Durchbrüche gemacht worden, die niemand vermauert, und die Zugluft geht durch das ganze Haus. Wenn ich nicht die Ohren voll Watte hätte, könnte ich nicht bestehen.«

»Da muß ich wohl lauter reden?« fragte Karl.

»Nein, Sie haben eine klare Stimme«, sagte der Diener. »Aber um auf diesen Bau zurückzukommen; besonders hier in der Nähe der Kapelle, die später unbedingt von dem übrigen Haus abgesperrt werden muß, ist die Zugluft gar nicht auszuhalten.«

»Die Brüstung, an der man in diesem Gang vorüberkommt, geht also in eine Kapelle hinaus?« »Ja.« »Das habe ich mir gleich gedacht«, sagte Karl.

»Sie ist sehr sehenswert«, sagte der Diener, »wäre sie nicht gewesen, hätte wohl Herr Mack das Haus nicht gekauft.«

»Herr Mack?« fragte Karl, »ich dachte, das Haus gehöre Herrn Pollunder?«

»Allerdings«, sagte der Diener, »aber Herr Mack hat doch bei diesem Kauf den Ausschlag gegeben. Sie kennen Herrn Mack nicht?«

»O ja«, sagte Karl. »Aber in welcher Verbindung ist er denn mit Herrn Pollunder?«

»Er ist der Bräutigam des Fräuleins«, sagte der Diener.

»Das wußte ich freilich nicht«, sagte Karl und blieb stehen. »Setzt Sie das in solches Erstaunen?« fragte der Diener.

»Ich will es mir nur zurechtlegen. Wenn man solche Beziehungen nicht kennt, kann man ja die größten Fehler machen«, antwortete Karl.

»Es wundert mich nur, daß man Ihnen davon nichts gesagt hat«, sagte der Diener.

»Ja, wirklich«, sagte Karl beschämt.

»Wahrscheinlich dachte man, Sie wüßten es«, sagte der Diener, »es ist ja keine Neuigkeit. Hier sind wir übrigens«, und öffnete eine Türe, hinter der sich eine Treppe zeigte, die senkrecht zu der Hintertüre des ebenso wie bei der Ankunft hell beleuchteten Speisezimmers führte.

Ehe Karl in das Speisezimmer eintrat, aus dem man die Stimmen Herrn Pollunders und Herrn Greens unverändert wie vor nun wohl schon zwei Stunden hörte, sagte der Diener: »Wenn Sie wollen, erwarte ich Sie hier und führe Sie dann in Ihr Zimmer. Es macht immerhin Schwierigkeiten, sich gleich am ersten Abend hier auszukennen.«

»Ich werde nicht mehr in mein Zimmer zurückkehren«, sagte Karl und wußte nicht, warum er bei dieser Auskunft traurig wurde.

»Es wird nicht so arg sein«, sagte der Diener, ein wenig überlegen lächelnd, und klopfte ihm auf den Arm. Er hatte sich wahrscheinlich Karls Worte dahin erklärt, daß Karl beabsichtige, während der ganzen Nacht im Speisezimmer zu bleiben, sich mit den Herren zu unterhalten und mit ihnen zu trinken. Karl wollte jetzt keine Bekenntnisse machen, außerdem dachte er, der Diener, der ihm besser gefiel als die anderen hiesigen Diener, könne ihm ja dann die Wegrichtung nach New York zeigen, und sagte deshalb: »Wenn Sie hier warten wollen, so ist das sicherlich eine große Freundlichkeit von Ihnen, und ich nehme sie dankbar an. Jedenfalls werde ich in einer kleinen Weile herauskommen und Ihnen dann sagen, was ich weiter tun werde. Ich denke schon, daß mir Ihre Hilfe noch nötig sein wird.« »Gut«, sagte der Diener, stellte die Laterne auf den Boden und setzte sich auf ein niedriges Postament, dessen Leere wahrscheinlich auch mit dem Umbau des Hauses zusammenhing. »Ich werde also hier warten. Die Kerze können Sie auch bei mir lassen«, sagte der Diener noch, als Karl mit der brennenden Kerze in den Saal gehen wollte.

»Ich bin aber zerstreut«, sagte Karl und reichte die Kerze dem Diener hin, welcher ihm bloß zunickte, ohne daß man wußte, ob er es mit Absicht tat oder ob es eine Folge dessen war, daß er mit der Hand seinen Bart strich.

Karl öffnete die Tür, die ohne seine Schuld laut erklirrte, denn sie bestand aus einer einzigen Glasplatte, die sich fast bog, wenn die Tür rasch geöffnet und nur an der Klinke festgehalten wurde. Karl ließ die Tür erschrocken los, denn er hatte gerade besonders still eintreten wollen. Ohne sich mehr umzudrehen, merkte er noch, wie hinter ihm der Diener, der offenbar von seinem Postament herabgestiegen war, vorsichtig und ohne das geringste Geräusch, die Tür schloß.

»Verzeihen Sie, daß ich störe«, sagte er zu den beiden Herren, die ihn mit ihren großen, erstaunten Gesichtern ansahen. Gleichzeitig aber überflog er mit einem Blick den Saal, ob er nicht irgendwo schnell seinen Hut finden könne. Er war aber nirgends zu sehen, der Eßtisch war völlig abgeräumt, vielleicht war der Hut unangenehmerweise irgendwie in die Küche fortgetragen worden.

»Wo haben Sie denn Klara gelassen?« fragte Herr Pollunder, dem übrigens die Störung nicht unlieb schien, denn er setzte sich gleich anders in seinem Fauteuil und kehrte Karl seine ganze Front zu. Herr Green spielte den Unbeteiligten, zog eine Brieftasche heraus, die an Größe und Dicke ein Ungeheuer ihrer Art war, schien in den vielen Taschen ein bestimmtes Stück zu suchen, las aber während des Suchens auch andere Papiere, die ihm gerade in die Hand kamen.

»Ich hätte eine Bitte, die Sie nicht mißverstehen dürfen«, sagte Karl, ging eiligst zu Herrn Pollunder hin und legte, um ihm recht nahe zu sein, die Hand auf die Armlehne des Fauteuils.

»Was soll denn das für eine Bitte sein?« fragte Herr Pollunder und sah Karl mit offenem, rückhaltlosem Blicke an. »Sie ist natürlich schon erfüllt.« Und er legte den Arm um Karl und zog ihn zu sich zwischen seine Beine. Karl duldete das gerne, obwohl er sich im allgemeinen doch für eine solche Behandlung allzu erwachsen fühlte. Aber das Aussprechen seiner Bitte wurde natürlich schwieriger.

»Wie gefällt es Ihnen denn eigentlich bei uns?« fragte Herr Pollunder. »Scheint es Ihnen nicht auch, daß man auf dem Lande sozusagen befreit wird, wenn man aus der Stadt herauskommt? Im allgemeinen« – und ein nicht mißzuverstehender, durch Karl etwas verdeckter Seitenblick ging auf Herrn Green –, »im allgemeinen habe ich dieses Gefühl immer wieder, jeden Abend.«

›Er spricht‹, dachte Karl, ›als wüßte er nichts von dem großen Haus, den endlosen Gängen, der Kapelle, den leeren Zimmern, dem Dunkel überall.‹ »Nun«, sagte Herr Pollunder, »die Bitte!«, und er schüttelte Karl freundschaftlich, der stumm dastand. »Ich bitte«, sagte Karl, und so sehr er die Stimme dämpfte, es ließ sich nicht vermeiden, daß der daneben sitzende Green alles hörte, vor dem Karl die Bitte, die möglicherweise als eine Beleidigung Pollunders aufgefaßt werden konnte, so gern verschwiegen hätte – »ich bitte, lassen Sie mich noch jetzt, in der Nacht, nach Hause.«

Und da das Ärgste ausgesprochen war, drängte alles andere um so schneller nach, er sagte, ohne die geringste Lüge zu gebrauchen, Dinge, an die er gar nicht eigentlich vorher gedacht hatte. »Ich möchte um alles gerne nach Hause. Ich werde gerne wiederkommen, denn wo Sie, Herr Pollunder, sind, dort bin auch ich gerne. Nur heute kann ich nicht hierbleiben. Sie wissen, der Onkel hat mir die Erlaubnis zu diesem Besuch nicht gerne gegeben. Er hat sicher dafür seine guten Gründe gehabt, wie für alles, was er tut, und ich habe es mir herausgenommen, gegen seine bessere Einsicht die Erlaubnis förmlich zu erzwingen. Ich habe seine Liebe zu mir einfach mißbraucht. Was für Bedenken er gegen diesen Besuch hatte, ist ja jetzt gleichgültig, ich weiß bloß ganz bestimmt, daß nichts in diesem Bedenken war, was Sie, Herr Pollunder, kränken könnte, der Sie der beste, der allerbeste Freund meines Onkels sind. Kein anderer kann sich in der Freundschaft meines Onkels auch nur im entferntesten mit Ihnen vergleichen. Das ist ja auch die einzige Entschuldigung für meine Unfolgsamkeit, aber keine genügende. Sie haben vielleicht keinen genauen Einblick in das Verhältnis zwischen meinem Onkel und mir, ich will daher nur von dem Einleuchtendsten sprechen. Solange meine Englischstudien nicht abgeschlossen sind und ich mich im praktischen Handel nicht genügend umgesehen habe, bin ich gänzlich auf die Güte meines Onkels angewiesen, die ich allerdings als Blutsverwandter genießen darf. Sie dürfen nicht glauben, daß ich schon jetzt irgendwie mein Brot anständig – und vor allem anderen soll mich Gott bewahren – verdienen könnte. Dazu ist leider meine Erziehung zu unpraktisch gewesen. Ich habe vier Klassen eines europäischen Gymnasiums als Durchschnittsschüler durchgemacht, und das bedeutet für den Gelderwerb viel weniger als nichts, denn unsere Gymnasien sind im Lehrplan sehr rückschrittlich. Sie würden lachen, wenn ich Ihnen erzählen wollte, was ich gelernt habe. Wenn man weiterstudiert, das Gymnasium zu Ende macht, an die Universität geht, darin gleicht sich ja wahrscheinlich alles irgendwie aus, und man hat zum Schluß eine geordnete Bildung, mit der sich etwas anfangen läßt und die einem die Entschlossenheit zum Gelderwerb gibt. Ich aber bin aus diesem zusammenhängenden Studium leider herausgerissen worden; manchmal glaube ich, ich weiß gar nichts, und schließlich wäre auch alles, was ich wissen könnte, für Amerikaner noch immer zu wenig. Jetzt werden in meiner Heimat neuestens hie und da Reformgymnasien eingerichtet, wo man auch moderne Sprachen und vielleicht auch Handelswissenschaften lernt; als ich aus der Volksschule trat, gab es das noch nicht. Mein Vater wollte mich zwar im Englischen unterrichten lassen, aber erstens konnte ich damals nicht ahnen, weiches Unglück über mich kommen wird und wie ich das Englische brauchen werde, und zweitens mußte ich für das Gymnasium viel lernen, so daß ich für andere Beschäftigungen nicht besonders viel Zeit hatte. – Ich erwähne das alles, um Ihnen zu zeigen, wie abhängig ich von meinem Onkel bin und wie verpflichtet infolgedessen ich ihm gegenüber auch bin. Sie werden sicher zugeben, daß ich es mir bei solchen Verhältnissen nicht erlauben darf, auch nur das geringste gegen seinen auch nur geahnten Willen zu tun. Und darum muß ich, um den Fehler, den ich ihm gegenüber begangen habe, nur halbwegs wiedergutzumachen, sofort nach Hause gehen.«

Während dieser langen Rede Karls hatte Herr Pollunder aufmerksam zugehört, öfters, besonders wenn der Onkel erwähnt wurde, Karl, wenn auch unmerklich, an sich gedrückt und einige Male ernst und wie erwartungsvoll zu Green hinübergesehen, der sich weiterhin mit seiner Brieftasche beschäftigte. Karl aber war, je deutlicher ihm seine Stellung zum Onkel im Laufe seiner Rede zu Bewußtsein kam, immer unruhiger geworden, hatte sich unwillkürlich aus dem Arm Pollunders zu drängen gesucht. Alles beengte ihn hier; der Weg zum Onkel durch die Glastüre, über die Treppe, durch die Allee, über die Landstraßen, durch die Vorstädte zur großen Verkehrsstraße, einmündend in des Onkels Haus, erschien ihm als etwas streng Zusammengehöriges, das leer, glatt und für ihn vorbereitet dalag und mit einer starken Stimme nach ihm verlangte. Herrn Pollunders Güte und Herrn Greens Abscheulichkeit verschwammen, und er wollte aus diesem rauchigen Zimmer nichts anderes für sich haben als die Erlaubnis zum Abschiednehmen. Zwar fühlte er sich gegen Herrn Pollunder abgeschlossen, gegen Herrn Green kampfbereit, und doch erfüllte ihn ringsherum eine unbestimmte Furcht, deren Stöße seine Augen trübten.

Er trat einen Schritt zurück und stand nun gleich weit von Herrn Pollunder und von Herrn Green entfernt.

»Wollten Sie ihm nicht etwas sagen?« fragte Herr Pollunder Herrn Green und faßte wie bittend Herrn Greens Hand.

»Ich wüßte nicht, was ich ihm sagen sollte«, sagte Herr Green, der endlich einen Brief aus seiner Tasche gezogen und vor sich auf den Tisch gelegt hatte.

»Es ist recht lobenswert, daß er zu seinem Onkel zurückkehren will, und nach menschlicher Voraussicht sollte man glauben, daß er dem Onkel eine besondere Freude damit machen wird. Es müßte denn sein, daß er durch seine Unfolgsamkeit den Onkel schon allzu böse gemacht hat, was ja auch möglich ist. Dann allerdings wäre es besser, er bliebe hier. Es ist eben schwer, etwas Bestimmtes zu sagen; wir sind zwar beide Freunde des Onkels und es dürfte Mühe machen, zwischen meiner und Herrn Pollunders Freundschaft Rangunterschiede zu erkennen, aber in das Innere des Onkels können wir nicht hineinschauen, und ganz besonders nicht über die vielen Kilometer hinweg, die uns hier von New York trennen.«

»Bitte, Herr Green«, sagte Karl und näherte sich mit Selbstüberwindung Herrn Green. »Ich höre aus Ihren Worten heraus, daß Sie es auch für das beste halten, wenn ich gleich zurückkehre.«

»Das habe ich durchaus nicht gesagt«, meinte Herr Green und vertiefte sich in das Anschauen des Briefes, an dessen Rändern er mit zwei Fingern hin und her fuhr. Er schien damit andeuten zu wollen, daß er von Herrn Pollunder gefragt worden sei, ihm auch geantwortet habe, während er mit Karl eigentlich nichts zu tun habe.

Inzwischen war Herr Pollunder zu Karl getreten und hatte ihn sanft von Herrn Green weg zu einem der großen Fenster gezogen. »Lieber Herr Roßmann«, sagte er, zu Karls Ohr hinabgebeugt, und wischte zur Vorbereitung mit dem Taschentuch über sein Gesicht, und bei der Nase innehaltend, schneuzte er sich, »Sie werden doch nicht glauben, daß ich Sie gegen Ihren Willen hier zurückhalten will. Davon ist ja keine Rede. Das Automobil kann ich Ihnen zwar nicht zur Verfügung stellen, denn es steht weit von hier in einer öffentlichen Garage, da ich noch keine Zeit hatte, hier erst im Werden ist, eine eigene Garage einzurichten. Der Chauffeur wiederum schläft nicht hier im Haus, sondern in der Nähe der Garage, ich weiß wirklich selbst nicht, wo. Außerdem ist es gar nicht seine Pflicht, jetzt zu Hause zu sein, seine Pflicht ist es nur, früh zur rechten Zeit hier vorzufahren. Aber das alles wären keine Hindernisse für Ihre augenblickliche Heimkehr, denn wenn Sie darauf bestehen, begleite ich Sie sofort zur nächsten Station der Stadtbahn, die allerdings so weit entfernt ist, daß Sie nicht viel früher zu Hause ankommen dürften, als wenn Sie früh – wir fahren ja schon um sieben Uhr – mit mir in meinem Automobil fahren wollen.«

»Da möchte ich, Herr Pollunder, doch lieber mit der Stadtbahn fahren«, sagte Karl. »An die Stadtbahn habe ich gar nicht gedacht. Sie sagen selbst, daß ich mit der Stadtbahn früher ankomme, als früh mit dem Automobil.«

»Es ist aber ein ganz kleiner Unterschied.«

»Trotzdem, trotzdem, Herr Pollunder«, sagte Karl, »ich werde in Erinnerung an Ihre Freundlichkeit immer gerne herkommen, vorausgesetzt natürlich, daß Sie mich nach meinem heutigen Benehmen noch einladen wollen, und vielleicht werde ich es nächstens besser ausdrücken können, warum heute jede Minute, um die ich meinen Onkel früher sehe, für mich so wichtig ist.« Und als hätte er bereits die Erlaubnis zum Weggehen erhalten, fügte er hinzu: »Aber keinesfalls dürfen Sie mich begleiten. Es ist auch ganz unnötig. Draußen ist ein Diener, der mich gern zur Station begleiten wird. Jetzt muß ich nur noch meinen Hut suchen.« Und bei den letzten Worten durchschritt er schon das Zimmer, um noch in Eile einen letzten Versuch zu machen, ob sein Hut doch vielleicht zu finden wäre.

»Könnte ich Ihnen nicht mit einer Mütze aushelfen?« sagte Herr Green und zog eine Mütze aus der Tasche. »Vielleicht paßt sie Ihnen zufällig.«

Verblüfft blieb Karl stehen und sagte: »Ich werde Ihnen doch nicht Ihre Mütze wegnehmen. Ich kann ja ganz gut mit unbedecktem Kopf gehen. Ich brauche gar nichts.«

»Es ist nicht meine Mütze. Nehmen Sie nur!«

»Dann danke ich«, sagte Karl, um sich nicht aufzuhalten, und nahm die Mütze. Er zog sie an und lachte zuerst, da sie ganz genau paßte, nahm sie wieder in die Hand und betrachtete sie, konnte aber das Besondere, das er an ihr suchte, nicht finden; es war eine vollkommen neue Mütze. »Sie paßt so gut!« sagte er.

»Also, sie paßt!« rief Herr Green und schlug auf den Tisch.

Karl ging schon zur Türe zu, um den Diener zu holen, da erhob sich Herr Green, streckte sich nach dem reichlichen Mahl und der vielen Ruhe, klopfte stark gegen seine Brust und sagte in einem Ton zwischen Rat und Befehl: »Ehe Sie weggehen, müssen Sie von Fräulein Klara Abschied nehmen.«

»Das müssen Sie«, sagte auch Herr Pollunder, der ebenfalls aufgestanden war. Ihm hörte man es an, daß die Worte nicht aus seinem Herzen kamen, schwach ließ er die Hände an die Hosennaht schlagen und knöpfte immer wieder seinen Rock auf und zu, der nach der augenblicklichen Mode ganz kurz war und kaum zu den Hüften ging, was so dicke Leute wie Herr Pollunder schlecht kleidete. Übrigens hatte man, wenn er so neben Herrn Green stand, den deutlichen Eindruck, daß es bei Herrn Pollunder keine gesunde Dicke war; der Rücken war in seiner ganzen Masse etwas gekrümmt, der Bauch sah weich und unhaltbar aus, eine wahre Last, und das Gesicht erschien bleich und geplagt. Dagegen stand hier Herr Green, vielleicht noch etwas dikker als Herr Pollunder, aber es war eine zusammenhängende, sich gegenseitig tragende Dicke, die Füße waren soldatisch zusammengeklappt, den Kopf trug er aufrecht und schaukelnd; er schien ein großer Turner, ein Vorturner, zu sein.

»Gehen Sie also vorerst«, fuhr Herr Green fort, »zu Fräulein Klara. Das dürfte Ihnen sicher Vergnügen machen und paßt auch sehr gut in meine Zeiteinteilung hinein. Ich habe Ihnen nämlich tatsächlich, ehe Sie von hier fortgehen, etwas Interessantes zu sagen, was wahrscheinlich auch für Ihre Rückkehr entscheidend sein kann. Nur bin ich leider durch höheren Befehl gebunden, Ihnen vor Mitternacht nichts zu verraten. Sie können sich vorstellen, daß mir das selbst leid tut, denn es stört meine Nachtruhe, aber ich halte mich an meinen Auftrag. Jetzt ist es viertel zwölf, ich kann also meine Geschäfte noch mit Herrn Pollunder zu Ende besprechen, wobei Ihre Gegenwart nur stören würde, und Sie können ein hübsches Weilchen mit Fräulein Klara verbringen. Punkt zwölf stellen Sie sich dann hier ein, wo Sie das Nötige erfahren werden.«

Konnte Karl diese Forderung ablehnen, die von ihm wirklich nur das Geringste an Höflichkeit und Dankbarkeit gegenüber Herrn Pollunder verlangte und die überdies ein sonst unbeteiligter, roher Mann stellte, während Herr Pollunder, den es anging, sich mit Worten und Blicken möglichst zurückhielt? Und was war jenes Interessante, das er erst um Mitternacht erfahren durfte? Wenn es seine Heimkehr nicht wenigstens um die dreiviertel Stunde beschleunigte, um die es sie jetzt verschob, interessierte es ihn wenig. Aber sein größter Zweifel war, ob er überhaupt zu Klara gehen konnte, die doch seine Feindin war. Wenn er wenigstens das Schlageisen bei sich gehabt hätte, das ihm der Onkel als Briefbeschwerer geschenkt hatte! Das Zimmer Klaras mochte ja eine recht gefährliche Höhle sein. Aber nun war es ja ganz und gar unmöglich, hier gegen Klara das geringste zu sagen, da sie Pollunders Tochter und, wie er jetzt gehört hatte, gar Macks Braut war. Sie hätte ja nur um eine Kleinigkeit anders sich zu ihm verhalten müssen, und er hätte sie wegen ihrer Beziehungen offen bewundert. Noch überlegte er das alles, aber schon merkte er, daß man keine Überlegungen von ihm verlangte, denn Green öffnete die Tür und sagte dem Diener, der vom Postamente sprang: »Führen Sie diesen jungen Mann zu Fräulein Klara.«

›So führt man Befehle aus‹, dachte Karl, als ihn der Diener, fast laufend, stöhnend vor Altersschwäche, auf einem besonders kurzen Weg zu Klaras Zimmer zog. Als Karl an seinem Zimmer vorüberkam, dessen Tür noch immer offenstand, wollte er, vielleicht zu seiner Beruhigung, für einen Augenblick eintreten. Der Diener ließ das aber nicht zu.

»Nein«, sagte er, »Sie müssen zu Fräulein Klara. Sie haben es ja selbst gehört.«

»Ich würde mich nur einen Augenblick drinnen aufhalten«, sagte Karl, und er dachte daran, sich zur Abwechslung ein wenig auf das Kanapee zu werfen, damit ihm die Zeit rascher gegen Mitternacht vorrücke.

»Erschweren Sie mir die Ausführung meines Auftrages nicht«, sagte der Diener.

›Er scheint es für eine Strafe zu halten, daß ich zu Fräulein Klara gehen muß‹, dachte Karl und machte ein paar Schritte, blieb aber aus Trotz wieder stehen.

»Kommen Sie doch, junger Herr«, sagte der Diener, »wenn Sie nun schon einmal hier sind. Ich weiß, Sie wollten noch in der Nacht weggehen, es geht eben nicht alles nach Wunsch, ich habe es Ihnen ja gleich gesagt, daß es kaum möglich sein wird.«

»Ja, ich will weggehen und werde auch weggehen«, sagte Karl, »und will jetzt nur von Fräulein Klara Abschied nehmen.«

»So?« sagte der Diener, und Karl sah ihm wohl an, daß er kein Wort davon glaubte. »Warum zögern Sie also, Abschied zu nehmen; kommen Sie doch.«

»Wer ist auf dem Gang?« ertönte Klaras Stimme, und man sah sie aus einer nahen Tür sich vorbeugen, eine große Tischlampe mit rotem Schirm in der Hand. Der Diener eilte zu ihr hin und erstattete die Meldung. Karl ging ihm langsam nach.

»Sie kommen spät«, sagte Klara.

Ohne ihr vorläufig zu antworten, sagte Karl zum Diener leise, aber, da er seine Natur schon kannte, im Ton strengen Befehls: »Sie warten auf mich knapp vor dieser Tür!«

»Ich wollte schon schlafen gehen«, sagte Klara und stellte die Lampe auf den Tisch. Wie unten im Speisezimmer schloß auch hier wieder der Diener vorsichtig von außen die Tür. »Es ist ja schon halb zwölf vorüber.«

»Halb zwölf vorüber?« wiederholte Karl fragend, wie erschrocken über diese Zahlen. »Dann muß ich mich aber sofort verabschieden«, sagte Karl, »denn Punkt zwölf muß ich schon unten im Speisesaal sein.«

»Was Sie für eilige Geschäfte haben!« sagte Klara und ordnete zerstreut die Falten ihres losen Nachtkleides. Ihr Gesicht glühte und immerfort lächelte sie. Karl glaubte zu erkennen, daß keine Gefahr bestand, mit Klara wieder in Streit zu geraten. »Können Sie nicht doch noch ein wenig Klavier spielen, wie es mir gestern Papa und heute Sie selbst versprochen haben?«

»Ist es nicht aber schon zu spät?« fragte Karl. Er hätte ihr gern gefällig sein wollen, denn sie war ganz anders als vorher, so als wäre sie irgendwie aufgestiegen in die Kreise Pollunders und weiterhin Macks.

»Ja, spät ist es schon«, sagte sie, und es schien ihr die Lust zur Musik schon vergangen zu sein. »Dann widerhallt hier auch jeder Ton im ganzen Hause, ich bin überzeugt, wenn Sie spielen, wacht noch oben in der Dachkammer die Dienerschaft auf«

»Dann lasse ich also das Spiel, ich hoffe ja bestimmt noch wiederzukommen; übrigens, wenn es Ihnen keine besondere Mühe macht, besuchen Sie doch einmal meinen Onkel und schauen Sie bei der Gelegenheit auch in mein Zimmer. Ich habe ein prachtvolles Piano. Der Onkel hat es mir geschenkt. Dann spiele ich Ihnen, wenn es Ihnen recht ist, alle meine Stückchen vor, es sind leider nicht viele, und sie passen auch gar nicht zu einem so großen Instrument, auf dem nur Virtuosen sich hören lassen sollten. Aber auch dieses Vergnügen werden Sie haben können, wenn Sie mich von Ihrem Besuch vorher verständigen, denn der Onkel will nächstens einen berühmten Lehrer für mich engagieren – Sie können sich denken, wie ich mich darauf freue –, und dessen Spiel wird allerdings dafür stehen, mir während der Unterrichtsstunde einen Besuch zu machen. Ich bin, wenn ich ehrlich sein soll, froh, daß es für das Spiel schon zu spät ist, denn ich kann noch gar nichts, Sie würden staunen, wie wenig ich kann. Und nun erlauben Sie, daß ich mich verabschiede, schließlich ist es ja doch schon Schlafenszeit.« Und weil ihn Klara gütig ansah und ihm wegen der Rauferei gar nichts nachzutragen schien, fügte er lächelnd hinzu, während er ihr die Hand reichte: »In meiner Heimat pflegt man zu sagen: ›Schlafe wohl und träume süß.‹«

»Warten Sie«, sagte sie, ohne die Hand anzunehmen, »vielleicht sollten Sie doch spielen.« Und sie verschwand durch eine kleine Seitentür, neben der das Piano stand.

›Was ist denn?‹ dachte Karl. ›Lange kann ich nicht warten, so lieb sie auch ist.‹ Es klopfte an der Gangtüre, und der Diener, der die Türe nicht ganz zu öffnen wagte, flüsterte durch einen kleinen Spalt: »Verzeihen Sie, ich wurde soeben abberufen und kann nicht mehr warten.«

»Gehen Sie nur«, sagte Karl, der sich nun getraute, den Weg ins Speisezimmer allein zu finden. »Lassen Sie mir nur die Laterne vor der Türe. Wie spät ist es übrigens?«

»Bald dreiviertel zwölf«, sagte der Diener.

»Wie langsam die Zeit vergeht!« sagte Karl. Der Diener wollte schon die Türe schließen, da erinnerte sich Karl, daß er ihm noch kein Trinkgeld gegeben hatte, nahm einen Schilling aus der Hosentasche – er trug jetzt immer Münzengeld, nach amerikanischer Sitte lose klingelnd, in der Hosentasche, Banknoten dagegen in der Westentasche – und reichte ihn dem Diener mit den Worten: »Für Ihre guten Dienste.«

Klara war schon wieder eingetreten, die Hände an ihrer festen Frisur, als es Karl einfiel, daß er den Diener doch nicht hätte wegschicken sollen, denn wer würde ihn jetzt zur Station der Stadtbahn führen? Nun, da würde wohl schon Herr Pollunder einen Diener noch auftreiben können, vielleicht war übrigens dieser Diener ins Speisezimmer gerufen worden und würde dann zur Verfügung stehen.

»Ich bitte Sie also doch, ein wenig zu spielen. Man hört hier so selten Musik, daß man sich keine Gelegenheit, sie zu hören, entgehen lassen will.«

»Dann ist es aber höchste Zeit«, sagte Karl ohne weitere Überlegungen und setzte sich gleich zum Klavier.

»Wollen Sie Noten haben?« fragte Klara.

»Danke, ich kann ja Noten nicht einmal vollkommen lesen«, antwortete Karl und spielte schon. Es war ein kleines Lied, das, wie Karl wohl wußte, ziemlich langsam hätte gespielt werden müssen, um, besonders für Fremde, auch nur verständlich zu sein, aber er hudelte es in ärgstem Marschtempo hinunter. Nach der Beendigung fuhr die gestörte Stille des Hauses wie in großem Gedränge wieder an ihren Platz. Man saß wie benommen da und rührte sich nicht.

»Ganz schön«, sagte Klara, aber es gab keine Höflichkeitsformel, die Karl nach diesem Spiel hätte schmeicheln können.

»Wie spät ist es?« fragte er. »Dreiviertel zwölf.«

»Dann habe ich noch ein Weilchen Zeit«, sagte er und dachte bei sich: ›Entweder – oder. Ich muß ja nicht alle zehn Lieder spielen, die ich kann, aber eines kann ich nach Möglichkeit gut spielen.‹ Und er fing sein geliebtes Soldatenlied an. So langsam, daß das aufgestörte Verlangen des Zuhörens sich nach der nächsten Note streckte, die Karl zurückhielt und nur schwer hergab. Er mußte ja tatsächlich bei jedem Lied die nötigen Tasten mit den Augen erst zusammensuchen, aber außerdem fühlte er in sich ein Leid entstehen, das, über das Ende des Liedes hinaus, ein anderes Ende suchte und es nicht finden konnte. »Ich kann ja nichts«, sagte Karl nach Schluß des Liedes und sah Klara mit Tränen in den Augen an.

Da ertönte aus dem Nebenzimmer lautes Händeklatschen. »Es hört noch jemand zu!« rief Karl aufgerüttelt.

»Mack«, sagte Klara leise. Und schon hörte man Mack rufen: »Karl Roßmann, Karl Roßmann!«

Karl schwang sich mit beiden Füßen zugleich über die Klavierbank und öffnete die Tür. Er sah dort Mack in einem großen Himmelbett halb liegend sitzen, die Bettdecke war lose über die Beine geworfen. Der Baldachin aus blauer Seide war die einzige, ein wenig märchenhafte Pracht des sonst einfachen, aus schwerem Holz eckig gezimmerten Bettes. Auf dem Nachttischchen brannte nur eine Kerze, aber die Bettwäsche und Macks Hemd waren so weiß, daß das über sie fallende Kerzenlicht in fast blendendem Widerschein von ihnen strahlte; auch der Baldachin leuchtete, wenigstens am Rande, mit seiner leicht gewellten, nicht ganz fest gespannten Seide. Gleich hinter Mack versank aber das Bett und alles in vollständigem Dunkel. Klara lehnte sich an den Bettpfosten und hatte nur noch Augen für Mack.

»Servus«, sagte Mack und reichte Karl die Hand. »Sie spielen ja recht gut, bisher habe ich bloß Ihre Reitkunst gekannt.«

»Ich kann das eine so schlecht wie das andere«, sagte Karl. »Wenn ich gewußt hätte, daß Sie zuhören, hätte ich bestimmt nicht gespielt. Aber Ihr Fräulein« – er unterbrach sich, er zögerte »Braut« zu sagen, da Mack und Klara offenbar schon miteinander schliefen.

»Ich ahnte es ja«, sagte Mack, »darum mußte Sie Klara aus New York hierherlokken, sonst hätte ich Ihr Spiel gar nicht zu hören bekommen. Es ist ja reichlich anfängerhaft, und selbst in diesen Liedern, die Sie doch eingeübt hatten und die sehr primitiv gesetzt sind, haben Sie einige Fehler gemacht, aber immerhin hat es mich sehr gefreut, ganz abgesehen davon, daß ich das Spiel keines Menschen verachte. Wollen Sie sich aber nicht setzen und noch ein Weilchen bei uns bleiben? Klara, gib ihm doch einen Sessel.«

»Ich danke», sagte Karl stockend. »Ich kann nicht bleiben, so gern ich hierbliebe. Zu spät erfahre ich, daß es so wohnliche Zimmer in diesem Hause gibt.«

»Ich baue alles in dieser Art um«, sagte Mack.

In diesem Augenblick erklangen zwölf Glockenschläge, rasch hintereinander, einer in den Lärm des anderen dreinschlagend. Karl fühlte das Wehen der großen Bewegung dieser Glocken an den Wangen. Was war das für ein Dorf, das solche Glocken hatte!

»Höchste Zeit«, sagte Karl, streckte Mack und Klara nur die Hände hin, ohne sie zu fassen, und lief auf den Gang hinaus. Dort fand er die Laterne nicht und bedauerte, dem Diener zu bald das Trinkgeld gegeben zu haben.

Er wollte sich an der Wand zu der offenen Tür seines Zimmers hintasten, war aber kaum in der Hälfte des Weges, als er Herrn Green mit erhobener Kerze eilig heranschwanken sah. In der Hand, in der er auch die Kerze hielt, trug er einen Brief.

»Roßmann, warum kommen Sie denn nicht? Warum lassen Sie mich warten? Was haben Sie denn bei Fräulein Klara getrieben?«

›Viele Fragen!‹ dachte Karl, ›und jetzt drückt er mich noch an die Wand‹, denn tatsächlich stand er dicht vor Karl, der mit dem Rücken an der Wand lehnte. Green nahm in diesem Gang eine schon lächerliche Größe an, und Karl stellte sich zum Spaß die Frage, ob er nicht etwa den guten Herrn Pollunder aufgefressen habe.

»Sie sind tatsächlich kein Mann von Wort. Versprechen, um zwölf hinunterzukommen, und umschleichen statt dessen die Türe Fräulein Klaras. Ich dagegen habe Ihnen für Mitternacht etwas Interessantes versprochen und bin damit schon da.« Und damit reichte er Karl den Brief. Auf dem Umschlag stand »An Karl Roßmann, um Mitternacht persönlich abzugeben, wo immer er angetroffen wird«.

»Schließlich«, sagte Herr Green, während Karl den Brief öffnete, »ist es, glaube ich, schon anerkennenswert, daß ich Ihretwegen aus New York hierhergefahren bin, so daß Sie mich durchaus nicht noch auf den Gängen Ihnen – nachlaufen lassen müßten.«

»Vom Onkel!« sagte Karl, kaum daß er in den Brief hineingeschaut hatte. »Ich habe es erwartet«, sagte er zu Herrn Green gewendet.

»Ob Sie es erwartet haben oder nicht, ist mir kolossal gleichgültig. Lesen Sie nur schon«, sagte dieser und hielt Karl die Kerze hin.

Karl las bei ihrem Licht:

»Geliebter Neffe! Wie Du während unseres leider viel zu kurzen Zusammenlebens schon erkannt haben wirst, bin ich durchaus ein Mann von Prinzipien. Das ist nicht nur für meine Umgebung, sondern auch für mich sehr unangenehm und traurig, aber ich verdanke meinen Prinzipien alles, was ich bin, und niemand darf verlangen, daß ich mich vom Erdboden wegleugne, niemand, auch Du nicht, mein geliebter Neffe, wenn auch Du gerade der Erste in der Reihe wärest, wenn es mir einmal einfallen sollte, jenen allgemeinen Angriff gegen mich zuzulassen. Dann würde ich am liebsten gerade Dich mit diesen beiden Händen, mit denen ich das Papier halte und beschreibe, auffangen und hochheben. Da aber vorläufig gar nichts darauf hindeutet, daß dies einmal geschehen könnte, muß ich Dich nach dem heutigen Vorfall unbedingt von mir fortschicken, und ich bitte Dich dringend, mich weder selbst aufzusuchen noch brieflich oder durch Zwischenträger Verkehr mit mir zu suchen. Du hast Dich gegen meinen Willen dafür entschieden, heute abend von mir fortzugehen, dann bleibe aber auch bei diesem Entschluß Dein Leben lang; nur dann war es ein männlicher Entschluß. Ich erwählte zum Überbringer dieser Nachricht Herrn Green, meinen besten Freund, der sicherlich für Dich schonende Worte genug finden wird, die mir im Augenblick tatsächlich nicht zur Verfügung stehen. Er ist ein einflußreicher Mann und wird Dich, schon mir zuliebe, in Deinen ersten selbständigen Schritten mit Rat und Tat unterstützen. Um unsere Trennung zu begreifen, die mir jetzt am Schlusse dieses Briefes wieder unfaßlich scheint, muß ich mir immer wieder neuerlich sagen: Von Deiner Familie, Karl, kommt nichts Gutes. Sollte Herr Green vergessen, Dir Deinen Koffer und Deinen Regenschirm auszuhändigen, so erinnere ihn daran. Mit besten Wünschen für Dein weiteres Wohlergehen.

Dein treuer Onkel Jakob.«

»Sind Sie fertig?« fragte Green.

»Ja«, sagte Karl. »Haben Sie mir den Koffer und den Regenschirm mitgebracht?« fragte Karl.

»Hier ist er«, sagte Green und stellte Karls alten Reisekoffer, den er bisher mit der linken Hand hinter dem Rücken versteckt hatte, neben Karl auf den Boden.

»Und den Regenschirm?« fragte Karl weiter.

»Alles hier«, sagte Green und zog auch den Regenschirm hervor, den er in einer Hosentasche hängen hatte. »Die Sachen hat ein gewisser Schubal, ein Obermaschinist der Hamburg-Amerika-Linie, gebracht, er hat behauptet, sie auf dem Schiff gefunden zu haben. Sie können ihm bei Gelegenheit danken.«

»Nun habe ich wenigstens meine alten Sachen wieder«, sagte Karl und legte den Schirm auf den Koffer.

»Sie sollten aber in Zukunft besser auf sie achtgeben, läßt Ihnen der Herr Senator sagen«, bemerkte Herr Green und fragte dann, offenbar aus privater Neugierde: »Was ist das eigentlich für ein merkwürdiger Koffer?«

»Es ist ein Koffer, mit dem die Soldaten in meiner Heimat zum Militär einrücken«, antwortete Karl, »es ist der alte Militärkoffer meines Vaters. Er ist sonst ganz praktisch«, fügte er lächelnd hinzu, »vorausgesetzt, daß man ihn nicht irgendwo stehen läßt.«

»Schließlich sind Sie ja belehrt genug«, sagte Herr Green, »und einen zweiten Onkel haben Sie in Amerika wohl nicht. Hier gebe ich Ihnen noch eine Karte dritter Klasse nach San Franzisko. Ich habe diese Reise für Sie beschlossen, weil erstens die Erwerbsmöglichkeiten im Osten für Sie viel bessere sind und weil zweitens hier in allen Dingen, die für Sie in Betracht kommen könnten, Ihr Onkel seine Hände im Spiele hat und ein Zusammentreffen unbedingt vermieden werden muß. In Frisko können Sie ganz ungestört arbeiten; fangen Sie nur ruhig ganz unten an und versuchen Sie, sich allmählich hinaufzuarbeiten.«

Karl konnte keine Bosheit aus diesen Worten heraushören, die schlimme Nachricht, welche den ganzen Abend in Green gesteckt hatte, war überbracht, und von nun an schien Green ein ungefährlicher Mann, mit dem man vielleicht offener reden konnte als mit jedem anderen. Der beste Mensch, der ohne eigene Schuld zum Boten einer so geheimen und quälenden Entschließung auserwählt wird, muß, solange er sie bei sich behält, verdächtig scheinen.

»Ich werde«, sagte Karl, die Bestätigung eines erfahrenen Mannes erwartend, »dieses Haus sofort verlassen, denn ich bin nur als Neffe meines Onkels aufgenommen, während ich als Fremder hier nichts zu suchen habe. Würden Sie so liebenswürdig sein, mir den Ausgang zu zeigen und mich dann auf den Weg zu führen, auf dem ich zur nächsten Gastwirtschaft komme?«

»Aber rasch«, sagte Green. »Sie machen mir nicht wenig Scherereien.«

Beim Anblick des großen Schrittes, den Green gleich gemacht hatte, stockte Karl, das war doch eine verdächtige Eile, und er faßte Green unten beim Rock und sagte in einem plötzlichen Erkennen des wahren Sachverhaltes: »Eines müssen Sie mir noch erklären: auf dem Umschlag des Briefes, den Sie mir zu übergeben hatten, steht bloß, daß ich ihn um Mitternacht erhalten soll, wo immer ich angetroffen werde. Warum haben Sie mich also mit Berufung auf diesen Brief hier zurückgehalten, als ich um viertel zwölf von hier fort wollte? Sie gingen dabei über Ihren Auftrag hinaus.«

Green leitete seine Antwort mit einer Handbewegung ein, welche das Unnütze von Karls Bemerkung übertrieben darstellte, und sagte dann: »Steht vielleicht auf dem Umschlag, daß ich mich Ihretwegen zu Tode hetzen soll, und läßt vielleicht der Inhalt des Briefes darauf schließen, daß die Aufschrift so aufzufassen ist? Hätte ich Sie nicht zurückgehalten, hätte ich Ihnen den Brief eben um Mitternacht auf der Landstraße übergeben müssen.«

»Nein«, sagte Karl unbeirrt, »es ist nicht ganz so. Auf dem Umschlag steht: ›Zu übergeben nach Mitternacht.‹ Wenn Sie zu müde waren, hätten Sie mir vielleicht gar nicht folgen können, oder ich wäre, was allerdings selbst Herr Pollunder geleugnet hat, schon um Mitternacht bei meinem Onkel angekommen, oder es wäre schließlich Ihre Pflicht gewesen, mich in Ihrem Automobil, von dem plötzlich nicht mehr die Rede war, zu meinem Onkel zurückzubringen, da ich so danach verlangte, zurückzukehren. Besagt nicht die Überschrift ganz deutlich, daß Mitternacht für mich noch der letzte Termin sein soll? Und Sie sind es, der die Schuld trägt, daß ich ihn versäumt habe.«

Karl sah Green mit scharfen Augen an und erkannte wohl, wie in Green die Beschämung über diese Entlarvung mit der Freude über das Gelingen seiner Absicht kämpfte. Endlich nahm er sich zusammen und sagte in einem Tone, als wäre er Karl, der doch schon lange schwieg, mitten in die Rede gefallen: »Kein Wort weiter!« und schob ihn, der Koffer und Schirm wieder aufgenommen hatte, durch eine kleine Tür, die er vor ihm aufstieß, hinaus.

Karl stand erstaunt im Freien. Eine an das Haus angebaute Treppe ohne Geländer führte vor ihm hinab. Er mußte nur hinuntergehen und dann sich ein wenig rechts zur Allee wenden, die auf die Landstraße führte. In dem hellen Mondschein konnte man sich gar nicht verirren. Unten im Garten hörte er das vielfache Bellen von Hunden, die, losgelassen, ringsherum im Dunkel der Bäume liefen. Man hörte in der sonstigen Stille ganz genau, wie sie nach ihren großen Sprüngen ins Gras schlugen.

Ohne von diesen Hunden belästigt zu werden, kam Karl glücklich aus dem Garten. Er konnte nicht mit Bestimmtheit feststellen, in welcher Richtung New York lag. Er hatte bei der Herfahrt zu wenig auf die Einzelheiten geachtet, die ihm jetzt hätten nützlich sein können. Schließlich sagte er sich, daß er ja nicht unbedingt nach New York müsse, wo ihn niemand erwarte und einer sogar mit Bestimmtheit nicht erwarte. Er wählte also eine beliebige Richtung und machte sich auf den Weg.

In dem kleinen Wirtshaus, in das Karl nach kurzem Marsch kam, und das eigentlich nur eine kleine letzte Station des New Yorker Fuhrwerkverkehrs bildete und deshalb kaum für Nachtlager benützt zu werden pflegte, verlangte Karl die billigste Bettstelle, die zu haben war, denn er glaubte, mit dem Sparen sofort anfangen zu müssen. Er wurde, seiner Forderung entsprechend, vom Wirt mit einem Wink, als sei er ein Angestellter, die Treppe hinaufgewiesen, wo ihn ein zerrauftes, altes Frauenzimmer, ärgerlich über den gestörten Schlaf, empfing und, fast ohne ihn anzuhören, mit ununterbrochenen Ermahnungen, leise aufzutreten, in ein Zimmer führte, dessen Tür sie, nicht ohne ihn vorher mit einem »Pst!« angehaucht zu haben, schloß.

Karl wußte zuerst nicht recht, ob die Fenstervorhänge bloß herabgelassen waren oder ob vielleicht das Zimmer überhaupt keine Fenster habe, so finster war es; schließlich bemerkte er eine kleine verhängte Luke, deren Tuch er wegzog, wodurch einiges Licht hereinkam. Das Zimmer hatte zwei Betten, die aber beide schon besetzt waren. Karl sah dort zwei junge Leute, die in schwerem Schlafe lagen und vor allem deshalb wenig vertrauenswürdig erschienen, weil sie, ohne verständlichen Grund, angezogen schliefen; der eine hatte sogar seine Stiefel an.

In dem Augenblick, als Karl die Luke freigelegt hatte, hob einer der Schläfer die Arme und Beine ein wenig in die Höhe, was einen derartigen Anblick bot, daß Karl trotz seinen Sorgen in sich hineinlachte.

Er sah bald ein, daß er, abgesehen davon, daß auch keine andere Schlafgelegenheit, weder Kanapee noch Sofa, vorhanden war, zu keinem Schlafe werde kommen können, denn er durfte seinen erst wiedergewonnenen Koffer und das Geld, das er bei sich trug, keiner Gefahr aussetzen. Weggehen aber wollte er auch nicht, denn er getraute sich nicht, an der Zimmerfrau und dem Wirt vorüber das Haus gleich wieder zu verlassen. Schließlich war es ja hier doch vielleicht nicht unsicherer als auf der Landstraße. Auffallend war freilich, daß im ganzen Zimmer, soweit sich das bei dem halben Licht feststellen ließ, kein einziges Gepäckstück zu entdecken war. Aber vielleicht und höchstwahrscheinlich waren die zwei jungen Leute die Hausdiener, die der Gäste wegen bald aufstehen mußten und deshalb angezogen schliefen. Dann war es allerdings nicht besonders ehrenvoll, mit ihnen zu schlafen, aber desto ungefährlicher. Nur durfte er sich aber, solange das nicht außer jedem Zweifel stand, auf keinen Fall zum Schlafe niederlegen.

Unter dem Bett stand eine Kerze mit Zündhölzchen, die sich Karl mit schleichenden Schritten holte. Er hatte kein Bedenken, Licht zu machen, denn das Zimmer gehörte nach Auftrag des Wirtes ihm ebensogut wie den beiden anderen, die überdies den Schlaf der halben Nacht schon genossen hatten und durch den Besitz der Betten ihm gegenüber in unvergleichlichem Vorteil waren. Im übrigen gab er sich natürlich durch Vorsicht beim Herumgehen und Hantieren alle Mühe, sie nicht zu wecken.

Zunächst wollte er seinen Koffer untersuchen, um einmal einen Überblick über seine Sachen zu bekommen, an die er sich schon nur undeutlich erinnerte und von denen sicher das Wertvollste schon verlorengegangen sein dürfte. Denn wenn der Schubal seine Hand auf etwas legt, dann ist wenig Hoffnung, daß man es unbeschädigt zurückbekommt. Allerdings hatte er vom Onkel ein großes Trinkgeld erwarten können, während er aber andererseits wieder beim Fehlen einzelner Objekte auf den eigentlichen Kofferwächter, den Herrn Butterbaum, sich hatte ausreden können.

Über den ersten Anblick beim Öffnen des Koffers war Karl entsetzt. Wie viele Stunden hatte er während der Überfahrt darauf verwendet, den Koffer zu ordnen und wieder neu zu ordnen, und jetzt war alles so wild durcheinander hineingestopft, daß der Deckel beim Öffnen des Schlosses von selbst in die Höhe sprang.

Bald aber erkannte Karl zu seiner Freude, daß die Unordnung nur darin ihren Grund hatte, daß man seinen Anzug, den er während der Fahrt getragen hatte und für den der Koffer natürlich nicht mehr berechnet gewesen war, nachträglich mit eingepackt hatte. Nicht das geringste fehlte. In der Geheimtasche des Rockes befand sich nicht nur der Paß, sondern auch das von zu Hause mitgenommene Geld, so daß Karl, wenn er jenes, das er bei sich hatte, dazulegte, mit Geld für den Augenblick reichlich versehen war. Auch die Wäsche, die er bei seiner Ankunft auf dem Leib getragen hatte, fand sich vor, rein gewaschen und gebügelt. Er legte auch sofort Uhr und Geld in die bewährte Geheimtasche. Das einzig Bedauerliche war, daß die Veroneser Salami, die auch nicht fehlte, allen Sachen ihren Geruch mitgeteilt hatte. Wenn sich das nicht durch irgendein Mittel beseitigen ließ, hatte Karl die Aussicht, monatelang in diesen Geruch eingehüllt herumzugehen.

Beim Hervorsuchen einiger Gegenstände, die zuunterst lagen – es waren dies eine Taschenbibel, Briefpapier und die Fotografien der Eltern –, fiel ihm die Mütze vom Kopf und in den Koffer. In ihrer alten Umgebung erkannte er sie sofort, es war seine Mütze, die Mütze, die ihm die Mutter als Reisemütze mitgegeben hatte. Er hatte jedoch aus Vorsicht diese Mütze auf dem Schiff nicht getragen, da er wußte, daß man in Amerika allgemein Mützen statt Hüte trägt, weshalb er die seine nicht schon vor der Ankunft hatte abnützen wollen. Nun hatte sie allerdings Herr Green dazu benützt, um sich auf Karls Kosten zu belustigen. Ob ihm vielleicht auch dazu der Onkel den Auftrag gegeben hatte? Und in einer unabsichtlichen, wütenden Bewegung faßte er den Kofferdeckel, der laut zuklappte.

Nun war keine Hilfe mehr, die beiden Schläfer waren geweckt. Zuerst streckte sich und gähnte der eine, ihm folgte gleich der andere. Dabei war fast der ganze Kofferinhalt auf dem Tisch ausgeschüttet; wenn es Diebe waren, brauchten sie nur heranzutreten und auszuwählen. Nicht nur um dieser Möglichkeit vorzukommen, sondern um auch sonst gleich Klarheit zu schaffen, ging Karl mit der Kerze in der Hand zu den Betten und erklärte, mit welchem Rechte er hier sei. Sie schienen diese Erklärung gar nicht erwartet zu haben, denn noch viel zu verschlafen, um reden zu können, sahen sie ihn bloß ohne jedes Erstaunen an. Sie waren beide sehr junge Leute, aber schwere Arbeit oder Not hatten ihnen vorzeitig die Knochen aus den Gesichtern vorgetrieben, unordentliche Bärte hingen ihnen ums Kinn, ihr schon lange nicht geschnittenes Haar lag ihnen zerfahren auf dem Kopf, und ihre tiefliegenden Augen rieben und drückten sie nun noch vor Verschlafenheit mit den Fingerknöcheln.

Karl wollte ihren augenblicklichen Schwächezustand ausnützen und sagte deshalb: »Ich heiße Karl Roßmann und bin ein Deutscher. Bitte, sagen Sie mir, da wir doch ein gemeinsames Zimmer haben, auch Ihren Namen und Ihre Nationalität. Ich erkläre nur noch gleich, daß ich keinen Anspruch auf ein Bett habe, da ich so spät gekommen bin und überhaupt mehr die Absicht habe, zu schlafen. Außerdem müssen Sie sich nicht an meinem schönen Kleid stoßen, ich bin völlig arm und ohne Aussichten.«

Der Kleinere von beiden – es war jener, der die Stiefel anhatte – deutete mit Armen, Beinen und Mienen an, daß ihn das alles gar nicht interessiere und daß jetzt überhaupt keine Zeit für derartige Redensarten sei, legte sich nieder und schlief sofort; der andere, ein dunkelhäutiger Mann, legte sich auch wieder nieder, sagte aber noch vor dem Einschlafen mit lässig ausgestreckter Hand: »Der da heißt Robinson und ist Irländer, ich heiße Delamarche, bin Franzose und bitte jetzt um Ruhe.« Kaum hatte er das gesagt, blies er mit großem Atemaufwand Karls Kerze aus und fiel auf das Kissen zurück.

›Diese Gefahr ist also vorläufig abgewehrt‹, sagte sich Karl und kehrte zum Tisch zurück. Wenn ihre Schläfrigkeit nicht Vorwand war, war ja alles gut. Unangenehm war bloß, daß der eine Irländer war. Karl wußte nicht mehr genau, in welchem Buch er einmal zu Hause gelesen hatte, daß man sich in Amerika vor den Irländern hüten solle. Während seines Aufenthaltes beim Onkel hätte er freilich die beste Gelegenheit gehabt, der Frage nach der Gefährlichkeit der Irländer auf den Grund zu gehen, hatte dies aber, weil er sich für immer gut aufgehoben geglaubt hatte, völlig versäumt. Nun wollte er wenigstens mit der Kerze, die er wieder angezündet hatte, diesen Irländer genauer ansehen, wobei er fand, daß gerade dieser erträglicher aussah als der Franzose. Er hatte sogar noch eine Spur von runden Wangen und lächelte im Schlaf ganz freundlich, soweit das Karl aus einiger Entfernung, auf den Fußspitzen stehend, feststellen konnte.

Trotz allem fest entschlossen, nicht zu schlafen, setzte sich Karl auf den einzigen Stuhl des Zimmers, verschob vorläufig das Packen des Koffers, da er ja dafür die ganze Nacht noch verwenden konnte, und blätterte ein wenig in der Bibel, ohne etwas zu lesen. Dann nahm er die Fotografie der Eltern zur Hand, auf welcher der kleine Vater hoch aufgerichtet stand, während die Mutter in dem Fauteuil vor ihm, ein wenig eingesunken, dasaß. Die eine Hand hielt der Vater auf der Rückenlehne des Fauteuils, die andere, zur Faust geballt, auf einem illustrierten Buch, das aufgeschlagen auf einem schwachen Schmucktischchen ihm zur Seite lag. Es gab auch eine andere Fotografie, auf welcher Karl mit seinen Eltern abgebildet war. Vater und Mutter sahen ihn dort scharf an, während er nach dem Auftrag des Fotografen den Apparat hatte anschauen müssen. Diese Fotografie hatte er aber auf die Reise nicht mitbekommen.

Desto genauer sah er die vor ihm liegende an und suchte von verschiedenen Seiten den Blick des Vaters aufzufangen. Aber der Vater wollte, wie er auch den Anblick durch verschiedene Kerzenstellungen änderte, nicht lebendig werden, sein waagerechter, starker Schnurrbart sah der Wirklichkeit auch gar nicht ähnlich, es war keine gute Aufnahme. Die Mutter dagegen war schon besser abgebildet, ihr Mund war so verzogen, als sei ihr ein Leid angetan worden und als zwinge sie sich zu lächeln. Karl schien es, als müsse dies jedem, der das Bild ansah, so sehr auffallen, daß es ihm im nächsten Augenblick wieder schien, die Deutlichkeit dieses Eindrucks sei zu stark und fast widersinnig. Wie könne man von einem Bild so sehr die unumstößliche Überzeugung eines verborgenen Gefühls des Abgebildeten erhalten! Und er sah vom Bild ein Weilchen lang weg. Als er mit den Blicken wieder zurückkehrte, fiel ihm die Hand der Mutter auf, die ganz vorne an der Lehne des Fauteuils herabhing, zum Küssen nahe. Er dachte, ob es nicht vielleicht doch gut wäre, den Eltern zu schreiben, wie sie es ja tatsächlich beide (und der Vater zuletzt sehr streng in Hamburg) von ihm verlangt hatten. Er hatte sich freilich damals, als ihm die Mutter am Fenster an einem schrecklichen Abend die Amerikareise angekündigt hatte, unabänderlich zugeschworen, niemals zu schreiben, aber was galt ein solcher Schwur eines unerfahrenen Jungen hier in den neuen Verhältnissen! Ebensogut hätte er damals schwören können, daß er nach zwei Monaten amerikanischen Aufenthalts General der amerikanischen Miliz sein werde, während er tatsächlich in einer Dachkammer mit zwei Lumpen beisammen war, in einem Wirtshaus vor New York, und außerdem zugeben mußte, daß er hier wirklich an seinem Platze war. Und lächelnd prüfte er die Gesichter der Eltern, als könne man aus ihnen erkennen, ob sie noch immer das Verlangen hatten, eine Nachricht von ihrem Sohn zu bekommen.

In diesem Anschauen merkte er bald, daß er doch sehr müde war und kaum die Nacht werde durchwachen können. Das Bild entfiel seinen Händen, dann legte er das Gesicht auf das Bild, dessen Kühle seiner Wange wohltat, und mit einem angenehmen Gefühl schlief er ein.

Geweckt wurde er früh durch das Kitzeln unter der Achsel. Es war der Franzose, der sich diese Zudringlichkeit erlaubte. Aber auch der Irländer stand schon vor Karls Tisch und beide sahen ihn mit keinem geringeren Interesse an, als es Karl in der Nacht ihnen gegenüber getan hatte. Karl wunderte sich nicht darüber, daß ihn ihr Aufstehen nicht schon geweckt hatte; sie mußten durchaus nicht aus böser Absicht besonders leise aufgetreten sein, denn er hatte tief geschlafen und außerdem hatte ihnen das Anziehen und offenbar auch das Waschen nicht viel Arbeit gemacht.

Nun begrüßten sie einander ordentlich und mit einer gewissen Förmlichkeit, und Karl erfuhr, daß die beiden Maschinenschlosser waren, die in New York schon lange Zeit keine Arbeit hatten bekommen können und infolgedessen ziemlich heruntergekommen waren. Robinson öffnete zum Beweise dessen seinen Rock, und man konnte sehen, daß kein Hemd da war, was man allerdings auch schon an dem lose sitzenden Kragen hätte erkennen können, der hinten am Rock befestigt war. Sie hatten die Absicht, in das zwei Tagereisen von New York entfernte Städtchen Butterford zu marschieren, wo angeblich Arbeitsstellen frei waren. Sie hatten nichts dagegen, daß Karl mitkomme, und versprachen ihm erstens, zeitweilig seinen Koffer zu tragen, und zweitens, falls sie selbst Arbeit bekommen sollten, ihm eine Lehrlingsstelle zu verschaffen, was, wenn nur überhaupt Arbeit vorhanden sei, eine Leichtigkeit wäre. Karl hatte noch kaum zugestimmt, als sie ihm schon freundschaftlich den Rat gaben, das schöne Kleid auszuziehen, da es ihm bei jeder Bewerbung um eine Stelle hinderlich sein werde. Gerade in diesem Hause sei eine gute Gelegenheit, das Kleid loszuwerden, denn die Zimmerfrau betreibe einen Kleiderhandel. Sie halfen Karl, der auch rücksichtlich des Kleides noch nicht ganz entschlossen war, aus dem Kleid heraus und trugen es davon. Als Karl, allein gelassen und ein wenig schlaftrunken, sein altes Reisekleid noch langsam anzog, machte er sich Vorwürfe, das Kleid verkauft zu haben, das ihm vielleicht bei der Bewerbung um eine Lehrlingsstelle schaden, bei der um einen besseren Posten aber nur nützen konnte, und er öffnete die Tür, um die beiden zurückzurufen, stieß aber schon mit ihnen zusammen, die einen halben Dollar als Erlös auf den Tisch legten, dabei aber so fröhliche Gesichter machten, daß man sich unmöglich dazu überreden konnte, sie hätten bei dem Verkauf nicht auch ihren Verdienst gehabt, und zwar einen ärgerlich großen.

Es war übrigens keine Zeit, sich darüber auszusprechen, denn die Zimmerfrau kam herein, genau so verschlafen wie in der Nacht, und trieb alle drei auf den Gang hinaus, mit der Erklärung, daß das Zimmer für neue Gäste hergerichtet werden müsse. Davon war aber natürlich keine Rede, sie handelte nur aus Bosheit. Karl, der seinen Koffer gerade hatte ordnen wollen, mußte zusehen, wie die Frau seine Sachen mit beiden Händen packte und mit einer Kraft in den Koffer warf, als seien es irgendwelche Tiere, die man zum Kuschen bringen mußte. Die beiden Schlosser machten sich zwar um sie zu schaffen, zupften sie an ihrem Rock, beklopften ihren Rücken, aber wenn sie die Absicht hatten, Karl damit zu helfen, so war das ganz verfehlt. Als die Frau den Koffer zugeklappt hatte, drückte sie Karl den Halter in die Hand, schüttelte die Schlosser ab und jagte alle drei mit der Drohung aus dem Zimmer, daß sie, wenn sie nicht folgten, keinen Kaffee bekommen würden. Die Frau mußte offenbar gänzlich vergessen haben, daß Karl nicht von allem Anfang an zu den Schlossern gehört hatte, denn sie behandelte sie als eine einzige Bande. Allerdings hatten die Schlosser Karls Kleid ihr verkauft und damit eine gewisse Gemeinsamkeit erwiesen.

Auf dem Gange mußten sie lange hin und her gehen, und besonders der Franzose, der sich in Karl eingehängt hatte, schimpfte ununterbrochen, drohte, den Wirt, wenn er sich vorwagen sollte, niederzuboxen, und es schien eine Vorbereitung dazu zu sein, daß er die geballten Fäuste rasend aneinander rieb. Endlich kam ein unschuldiger kleiner Junge, der sich strecken mußte, als er dem Franzosen die Kaffeekanne reichte. Leider war nur eine Kanne vorhanden, und man konnte dem Jungen nicht begreiflich machen, daß noch Gläser erwünscht wären. So konnte immer nur einer trinken und die beiden anderen standen vor ihm und warteten. Karl hatte keine Lust zu trinken, wollte aber die anderen nicht kränken und stand also, wenn er an der Reihe war, untätig da, die Kanne an den Lippen.

Zum Abschied warf der Irländer die Kanne auf die steinernen Fliesen hin. Sie verließen, von niemandem gesehen, das Haus und traten in den dichten, gelblichen Morgennebel. Sie marschierten im allgemeinen still nebeneinander am Rande der Straße, Karl mußte seinen Koffer tragen, die anderen würden ihn wahrscheinlich erst auf seine Bitte ablösen; hie und da schoß ein Automobil aus dem Nebel, und die drei drehten ihre Köpfe nach den meist riesenhaften Wagen, die so auffällig in ihrem Bau und so kurz in ihrer Erscheinung waren, daß man nicht Zeit hatte, auch nur das Vorhandensein von Insassen zu bemerken. Später begannen die Kolonnen von Fuhrwerken, welche Lebensmittel nach New York brachten, und die in fünf die ganze Breite der Straße einnehmenden Reihen so ununterbrochen dahinzogen, daß niemand die Straße hätte überqueren können. Von Zeit zu Zeit verbreiterte sich die Straße zu einem Platz, in dessen Mitte auf einer turmartigen Erhöhung ein Polizist auf und ab schritt, um alles übersehen und mit einem Stöckchen den Verkehr auf der Hauptstraße sowie den von den Seitenstraßen hier einmündenden Verkehr ordnen zu können, der dann bis zum nächsten Platze und zum nächsten Polizisten unbeaufsichtigt blieb, aber von den schweigenden und aufmerksamen Kutschern und Chauffeuren freiwillig in genügender Ordnung gehalten wurde. Über die allgemeine Ruhe staunte Karl am meisten. Wäre nicht das Geschrei der sorglosen Schlachttiere gewesen, man hätte vielleicht nichts gehört als das Klappern der Hufe und das Sausen der Antiderapants. Dabei war die Fahrtschnelligkeit natürlich nicht immer die gleiche. Wenn auf einzelnen Plätzen infolge allzu großen Andrangs von den Seiten große Umstellungen vorgenommen werden mußten, stockten die ganzen Reihen und fuhren nur Schritt für Schritt, dann aber kam es auch wieder vor, daß für ein Weilchen alles blitzschnell vorbei jagte, bis es, wie von einer einzigen Bremse regiert, sich wieder besänftigte. Dabei stieg von der Straße nicht der geringste Staub auf, alles bewegte sich in der klarsten Luft. Fußgänger gab es keine, hier wanderten keine einzelnen Marktweiber zur Stadt wie in Karls Heimat, aber doch erschienen hie und da große, flache Automobile, auf denen an zwanzig Frauen mit Rückenkörben, also doch vielleicht Marktweiber, standen und die Hälse streckten, um den Verkehr zu überblicken und sich Hoffnung auf raschere Fahrt zu holen. Dann sah man ähnliche Automobile, auf denen einzelne Männer, die Hände in den Hosentaschen, herumspazierten. Auf einem dieser Automobile, die verschiedene Aufschriften trugen, las Karl unter einem kleinen Aufschrei: »Hafenarbeiter für die Spedition Jakob aufgenommen.« Der Wagen fuhr gerade ganz langsam, und ein auf der Wagentreppe stehender kleiner, gebückter, lebhafter Mann lud die drei Wanderer zum Einsteigen ein. Karl flüchtete sich hinter die Schlosser, als könne sich auf dem Wagen der Onkel befinden und ihn sehen. Er war froh, daß auch die beiden die Einladung ablehnten, wenn ihn auch der hochmütige Gesichtsausdruck gewissermaßen kränkte, mit dem sie das taten. Sie mußten durchaus nicht glauben, daß sie zu gut waren, um in die Dienste des Onkels zu treten. Er gab es ihnen, wenn auch natürlich nicht ausdrücklich, sofort zu verstehen. Darauf bat ihn Delamarche, sich gefälligst nicht in Sachen einzumischen, die er nicht verstehe; diese Art, Leute aufzunehmen, sei ein schändlicher Betrug, und die Firma Jakob sei berüchtigt in den ganzen Vereinigten Staaten. Karl antwortete nicht, hielt sich aber von nun an mehr an den Irländer, er bat ihn auch, ihm jetzt ein wenig den Koffer zu tragen, was dieser, nachdem Karl seine Bitte mehrmals wiederholt hatte, auch tat. Nur klagte er ununterbrochen über die Schwere des Koffers, bis es sich zeigte, daß er nur die Absicht hatte, den Koffer um die Veroneser Salami zu erleichtern, die ihm wohl schon im Hotel angenehm aufgefallen war. Karl mußte sie auspacken, der Franzose nahm sie zu sich, um sie mit seinem dolchartigen Messer zu behandeln und fast ganz allein aufzuessen. Robinson bekam nur hie und da eine Schnitte, Karl dagegen, der wieder den Koffer tragen mußte, wenn er ihn nicht auf der Landstraße stehen lassen wollte, bekam nichts, als hätte er sich seinen Anteil schon im voraus genommen. Es schien ihm zu kleinlich, um ein Stückchen zu betteln, aber die Galle regte sich in ihm.

Aller Nebel war schon verschwunden, in der Ferne erglänzte ein hohes Gebirge, das mit welligem Kamm in noch ferneren Sonnendunst führte. An der Seite der Straße lagen schlecht bebaute Felder, die sich um große Fabriken hinzogen, die dunkel angeraucht im freien Lande standen. In den wahllos hingestellten einzelnen Mietskasernen zitterten die vielen Fenster in der mannigfaltigsten Bewegung und Beleuchtung, und auf all den kleinen, schwachen Balkonen hatten Frauen und Kinder vielerlei zu tun, während um sie herum, sie verdeckend und enthüllend, aufgehängte und hingelegte Tücher und Wäschestücke im Morgenwind flatterten und mächtig sich bauschten. Glitten die Blicke von den Häusern ab, dann sah man Lerchen hoch am Himmel fliegen und unten wieder die Schwalben, nicht allzuweit über den Köpfen der Fahrenden.

Vieles erinnerte Karl an seine Heimat und er wußte nicht, ob er gut daran tue, New York zu verlassen und in das Innere des Landes zu gehen. In New York war das Meer und zu jeder Zeit die Möglichkeit der Rückkehr in die Heimat. Und so blieb er stehen und sagte zu seinen beiden Begleitern, er habe doch wieder Lust, in New York zu bleiben. Und als Delamarche ihn einfach weitertreiben wollte, ließ er sich nicht treiben und sagte, daß er doch wohl noch das Recht habe, über sich zu entscheiden. Der Irländer mußte erst vermitteln und erklären, daß Butterford viel schöner als New York sei, und beide mußten ihn noch sehr bitten, ehe er wieder weiterging. Und selbst dann wäre er noch nicht gegangen, wenn er sich nicht gesagt hätte, daß es für ihn vielleicht besser sei, an einen Ort zu kommen, wo die Möglichkeit der Rückkehr in die Heimat keine so leichte sei. Gewiß werde er dort besser arbeiten und vorwärtskommen, da ihn keine unnützen Gedanken hindern würden.

Und nun war er es, der die beiden anderen zog, und sie freuten sich so sehr über seinen Eifer, daß sie, ohne sich erst bitten zu lassen, den Koffer abwechselnd trugen und Karl gar nicht recht verstand, womit er ihnen eigentlich diese Freude verursache. Sie kamen in eine ansteigende Gegend, und wenn sie hie und da stehenblieben, konnten sie beim Rückblick das Panorama New Yorks und seines Hafens immer ausgedehnter sich entwickeln sehen. Die Brücke, die New York mit Brooklyn verbindet, hing zart über den East River, und sie erzitterte, wenn man die Augen klein machte. Sie schien ganz ohne Verkehr zu sein, und unter ihr spannte sich das unbelebte, glatte Wasserband. Alles in beiden Riesenstädten schien leer und nutzlos aufgestellt. Unter den Häusern gab es kaum einen Unterschied zwischen den großen und den kleinen.

In der unsichtbaren Tiefe der Straßen ging wahrscheinlich das Leben fort nach seiner Art, aber über ihnen war nichts zu sehen als leichter Dunst, der sich zwar nicht bewegte, aber ohne Mühe verjagbar zu sein schien. Selbst in den Hafen, den größten der Welt, war Ruhe eingekehrt, und nur hie und da glaubte man, wohl beeinflußt von der Erinnerung an einen früheren Anblick aus der Nähe, ein Schiff zu sehen, das eine kurze Strecke sich fortschob. Aber man konnte ihm auch nicht lange folgen, es entging den Augen und war nicht mehr zu finden.

Aber Delamarche und Robinson sahen offenbar viel mehr, sie zeigten nach rechts und links und überwölbten mit den ausgestreckten Händen Plätze und Gärten, die sie mit Namen benannten. Sie konnten es nicht begreifen, daß Karl über zwei Monate in New York gewesen war und kaum etwas anderes von der Stadt gesehen hatte als eine Straße. Und sie versprachen ihm, wenn sie in Butterford genug verdient hätten, mit ihm nach New York zu gehen und ihm alles Sehenswerte zu zeigen und ganz besonders natürlich jene Örtlichkeiten, wo man sich bis zum Seligwerden unterhielt. Und Robinson begann im Anschluß daran mit vollem Mund ein Lied zu singen, das Delamarche mit Händeklatschen begleitete und das Karl als eine Operettenmelodie aus seiner Heimat erkannte, die ihm hier mit dem englischen Text viel mehr gefiel, als sie ihm je zu Hause gefallen hatte. So gab es eine kleine Vorstellung im Freien, an der alle Anteil nahmen, nur die Stadt unten, die sich angeblich bei dieser Melodie unterhielt, schien gar nichts davon zu wissen.

Einmal fragte Karl, wo denn die Spedition Jakob liege, und sofort sah er Delamarches und Robinsons ausgestreckte Zeigefinger vielleicht auf den gleichen, vielleicht auf meilenweit entfernte Punkte gerichtet. Als sie dann weitergingen, fragte Karl, wann sie frühestens mit genügendem Verdienst nach New York zurückkehren könnten. Delamarche sagte, das könne schon ganz gut in einem Monat sein, denn in Butterford sei Arbeitermangel und die Löhne seien hoch. Natürlich würden sie ihr Geld in eine gemeinsame Kasse legen, damit zufällige Unterschiede im Verdienst unter ihnen als Kameraden ausgeglichen würden. Die gemeinsame Kasse gefiel Karl nicht, obwohl er als Lehrling natürlich weniger verdienen würde als ausgelernte Arbeiter. Überdies erwähnte Robinson, daß sie natürlich, wenn in Butterford keine Arbeit wäre, weiterwandern müßten, entweder um als Landarbeiter irgendwo unterzukommen oder vielleicht nach Kalifornien in die Goldwäscherei zu gehen, was, nach Robinsons ausführlichen Erzählungen zu schließen, sein liebster Plan war.

»Warum sind Sie denn Schlosser geworden, wenn Sie jetzt in die Goldwäschereien wollen?« fragte Karl, der ungern von der Notwendigkeit solcher weiten, unsicheren Reisen hörte.

»Warum ich Schlosser geworden bin?« sagte Robinson, »doch gewiß nicht deshalb, damit meiner Mutter Sohn dabei verhungert. In den Goldwäschereien ist ein feiner Verdienst.«

»War einmal«, sagte Delamarche.

»Ist noch immer« sagte Robinson und erzählte von vielen dabei reich gewordenen Bekannten, die noch immer dort waren, natürlich keinen Finger mehr rührten, aus alter Freundschaft ihm aber und selbstverständlich auch seinen Kameraden zu Reichtum verhelfen würden.

»Wir werden schon in Butterford Stellen erzwingen«, sagte Delamarche und sprach damit Karl aus der Seele, aber eine zuversichtliche Ausdrucksweise war es nicht.

Während des Tages machten sie nur einmal in einem Wirtshaus halt und aßen davor im Freien an einem, wie es Karl schien, eisernen Tisch fast rohes Fleisch, das man mit Messer und Gabel nicht zerschneiden, sondern nur zerreißen konnte. Das Brot hatte eine walzenartige Form, und in jedem Brotlaib steckte ein langes Messer. Zu diesem Essen wurde eine schwarze Flüssigkeit gereicht, die im Halse brannte. Delamarche und Robinson schmeckte sie aber, sie erhoben oft auf die Erfüllung verschiedener Wünsche ihre Gläser und stießen miteinander an, wobei sie ein Weilchen lang in der Höhe Glas an Glas hielten. Am Nebentisch saßen Arbeiter in kalkbespritzten Blusen, und alle tranken die gleiche Flüssigkeit. Automobile, die in Mengen vorüberfuhren, warfen Schwaden von Staub über die Tische hin. Große Zeitungsblätter wurden herumgereicht, man sprach erregt vom Streik der Bauarbeiter, der Name Mack wurde öfters genannt. Karl erkundigte sich über ihn und erfuhr, daß dies der Vater des ihm bekannten Mack und der größte Bauunternehmer von New York war. Der Streik kostete ihn Millionen und bedrohte vielleicht seine geschäftliche Stellung. Karl glaubte kein Wort von diesem Gerede schlecht unterrichteter, übelwollender Leute.

Verbittert wurde das Essen für Karl außerdem dadurch, daß es sehr fraglich war, wie das Essen gezahlt werden sollte. Das Natürliche wäre gewesen, daß jeder seinen Teil gezahlt hätte, aber Delamarche wie auch Robinson hatten gelegentlich bemerkt, daß für das letzte Nachtlager ihr letztes Geld aufgegangen war. Uhr, Ring oder sonst etwas Veräußerbares war an keinem zu sehen. Und Karl konnte ihnen doch nicht vorhalten, daß sie an dem Verkauf seiner Kleider etwas verdient hätten, das wäre doch Beleidigung und Abschied für immer gewesen. Das Erstaunliche aber war, daß weder Delamarche noch Robinson irgendwelche Sorgen wegen der Bezahlung hatten, vielmehr hatten sie gute Laune genug, möglichst oft Anknüpfungen mit der Kellnerin zu versuchen, die stolz und mit schwerem Gang zwischen den Tischen hin und her ging. Ihr Haar hing ihr von den Seiten ein wenig lose in Stirn und Wangen, und sie strich es immer wieder zurück, indem sie mit den Händen darunter hinfuhr. Schließlich, als man vielleicht das erste freundliche Wort von ihr erwartete, trat sie zum Tische, legte beide Hände auf ihn und fragte: »Wer zahlt?« Nie waren Hände rascher aufgeflogen als jetzt jene von Delamarche und Robinson, die auf Karl zeigten. Karl erschrak darüber nicht, denn er hatte es ja vorausgesehen, und sah nichts Schlimmes darin, daß die Kameraden, von denen er ja auch Vorteile erwartete, einige Kleinigkeiten von ihm bezahlen ließen, wenn es auch anständiger gewesen wäre, diese Sache vor dem entscheidenden Augenblick ausdrücklich zu besprechen. Peinlich war bloß, daß er das Geld erst aus der Geheimtasche heraufbefördern mußte. Seine ursprüngliche Absicht war es gewesen, das Geld für die letzte Not aufzuheben und sich also vorläufig mit seinen Kameraden gewissermaßen in eine Reihe zu stellen. Der Vorteil, den er durch dieses Geld und vor allem durch das Verschweigen des Besitzes gegenüber den Kameraden erlangte, wurde für diese mehr als reichlich dadurch aufgewogen, daß sie schon seit ihrer Kindheit in Amerika waren, daß sie genügende Kenntnisse und Erfahrungen für Gelderwerb hatten und daß sie schließlich an bessere Lebensverhältnisse als ihre gegenwärtigen nicht gewöhnt waren. Diese bisherigen Absichten, die Karl rücksichtlich seines Geldes hatte, mußten an und für sich durch diese Bezahlung nicht gestört werden, denn einen Vierteldollar konnte er schließlich entbehren und deshalb also ein Vierteldollarstück auf den Tisch legen und erklären, dies sei sein einziges Eigentum und er sei bereit, es für die gemeinsame Reise nach Butterford zu opfern. Für die Fußreise genügte ein solcher Betrag auch vollkommen. Nun aber wußte er nicht, ob er genügend Kleingeld hatte, und überdies lag dieses Geld sowie die zusammengelegten Banknoten irgendwo in der Tiefe der Geheimtasche, in der man eben am besten etwas fand, wenn man den ganzen Inhalt auf den Tisch schüttete. Außerdem war es höchst unnötig, daß die Kameraden von dieser Geheimtasche überhaupt etwas erfuhren. Nun schien es zum Glück, daß die Kameraden sich noch immer mehr für die Kellnerin interessierten als dafür, wie Karl das Geld für die Bezahlung zusammenbrächte. Delamarche lockte die Kellnerin durch die Aufforderung, die Rechnung aufzustellen, zwischen sich und Robinson und sie konnte die Zudringlichkeiten der beiden nur dadurch abwehren, daß sie einem oder dem anderen die ganze Hand auf das Gesicht legte und ihn wegschob. Inzwischen sammelte Karl, heiß vor Anstrengung, unter der Tischplatte in der einen Hand das Geld, das er mit der anderen Stück für Stück in der Geheimtasche herumjagte und herausholte. Endlich glaubte er, obwohl er das amerikanische Geld noch nicht genau kannte, er hätte, wenigstens der Menge der Stücke nach, eine genügende Stimme, und legte sie auf den Tisch. Der Klang des Geldes unterbrach sofort die Scherze. Zu Karls Ärger und zu allgemeinem Erstaunen zeigte sich, daß fast ein ganzer Dollar dalag. Keiner fragte zwar, warum Karl von dem Gelde, das für eine bequeme Eisenbahnfahrt nach Butterford gereicht hätte, früher nichts gesagt hatte, aber Karl war doch in großer Verlegenheit. Langsam strich er, nachdem das Essen bezahlt war, das Geld wieder ein, noch aus seiner Hand nahm Delamarche ein Geldstück, das er für die Kellnerin als Trinkgeld brauchte, die er umarmte und an sich drückte, um ihr dann, von der anderen Seite her, das Geld zu überreichen.

Karl war ihnen dankbar, daß sie auf dem Weitermarsch keine Bemerkungen über das Geld machten, und er dachte sogar eine Zeitlang daran, ihnen sein ganzes Vermögen einzugestehen, unterließ das aber doch, da sich keine rechte Gelegenheit fand. Gegen Abend kamen sie in eine mehr ländliche, fruchtbare Gegend. Ringsherum sah man ungeteilte Felder, die sich in ihrem ersten Grün über sanfte Hügel legten, reiche Landsitze umgrenzten die Straße, und stundenlang ging man zwischen den vergoldeten Gittern der Gärten, mehrmals kreuzten sie den gleichen langsam fließenden Strom und vielemal hörten sie über sich die Eisenbahnzüge auf den hoch sich schwingenden Viadukten donnern.

Eben ging die Sonne an dem geraden Rande ferner Wälder nieder, als sie sich auf einer Anhöhe inmitten einer kleinen Baumgruppe ins Gras hinwarfen, um sich von den Strapazen auszuruhen. Delamarche und Robinson lagen da und streckten sich nach Kräften. Karl saß aufrecht und sah auf die ein paar Meter tiefer führende Straße, auf der immer wieder Automobile, wie schon während des ganzen Tages, leicht aneinander vorübereilten, als würden sie in genauer Anzahl immer wieder von der Ferne abgeschickt und in der gleichen Anzahl in der anderen Ferne erwartet. Während des ganzen Tages seit dem frühesten Morgen hatte Karl kein Automobil halten, keinen Passagier aussteigen gesehen.

Robinson machte den Vorschlag, die Nacht hier zu verbringen, da sie alle genügend müde wären, da sie dann desto früher ausmarschieren könnten und da sie schließlich kaum ein billigeres und besser gelegenes Nachtlager vor Einbruch völliger Dunkelheit finden könnten. Delamarche war einverstanden, und nur Karl glaubte zu der Bemerkung verpflichtet zu sein, daß er Geld genug habe, um das Nachtlager für alle auch in einem Hotel zu bezahlen. Delamarche sagte, sie würden das Geld noch brauchen, er solle es nur gut aufheben. Delamarche verbarg nicht im geringsten, daß man mit Karls Geld schon rechnete. Da sein erster Vorschlag angenommen war, erklärte nun Robinson weiter, nun müßten sie aber vor dem Schlafen, um sich für morgen zu kräftigen, etwas Tüchtiges essen, und einer solle das Essen für alle aus dem Hotel holen, das in nächster Nähe an der Landstraße mit der Aufschrift »Hotel Occidental« leuchtete. Als der jüngste, und da sich auch sonst niemand meldete, zögerte Karl nicht, sich für diese Besorgung anzubieten, und ging, nachdem er eine Bestellung auf Speck, Brot und Bier erhalten hatte, ins Hotel hinüber.

Es mußte eine große Stadt in der Nähe sein, denn gleich der erste Saal des Hotels, den Karl betrat, war von einer lauten Menge erfüllt, und an dem Büfett, das sich an einer Längswand und an den zwei Seitenwänden hinzog, liefen unaufhörlich viele Kellner mit weißen Schürzen vor der Brust und konnten doch die ungeduldigen Gäste nicht zufriedenstellen, denn immer wieder hörte man an den verschiedensten Stellen Flüche und Fäuste, die auf den Tisch schlugen. Karl wurde von niemandem beachtet; es gab auch im Saale selbst keine Bedienung, die Gäste, die an winzigen, bereits zwischen drei Tischnachbarn verschwindenden Tischen saßen, holten alles, was sie wünschten, beim Büfett. Auf allen Tischchen stand eine große Flasche mit Öl, Essig oder dergleichen, und alle Speisen, die vom Büfett geholt wurden, wurden vor dem Essen aus dieser Flasche übergossen. Wollte Karl überhaupt erst zum Büfett kommen, wo ja dann wahrscheinlich, besonders bei seiner großen Bestellung, die Schwierigkeiten erst beginnen würden, mußte er sich zwischen vielen Tischen durchdrängen, was natürlich bei aller Vorsicht nicht ohne grobe Belästigung der Gäste durchzuführen war, die jedoch alles wie gefühllos hinnahmen, selbst als Karl einmal, allerdings gleichfalls von einem Gast, gegen ein Tischchen gestoßen wurde, das er fast umgeworfen hätte. Er entschuldigte sich zwar, wurde aber offenbar nicht verstanden, verstand übrigens auch nicht das geringste von dem, was man ihm zurief.

Beim Büfett fand er mit Mühe ein kleines freies Plätzchen, auf dem ihm eine lange Weile die Aussicht durch die aufgestützten Ellbogen seiner Nachbarn genommen war. Es schien hier überhaupt eine Sitte, die Ellbogen aufzustützen und die Faust an die

Schläfe zu drücken; Karl mußte daran denken, wie der Lateinprofessor Dr. Krumpal gerade diese Haltung gehaßt hatte und wie er immer heimlich und unversehens herangekommen war und mittels eines plötzlich erscheinenden Lineals mit scherzhaftem Ruck die Ellbogen von den Tischen gestreift hatte.

Karl stand eng ans Büfett gedrängt, denn kaum hatte er sich angestellt, war hinter ihm ein Tisch aufgestellt worden, und der eine der dort sich niederlassenden Gäste streifte schwer, wenn er sich nur ein wenig beim Reden zurückbog, mit seinem großer Hut Karls Rücken. Und dabei war so wenig Hoffnung, vom Kellner etwas zu bekommen, selbst als die beiden plumpen Nachbarn befriedigt weggegangen waren. Einigemal hatte Karl einen Kellner über den Tisch hin bei der Schürze gefaßt, aber immer hatte sich der mit verzerrtem Gesicht losgerissen. Keiner war zu halten, sie liefen nur und liefen nur. Wenn wenigstens in der Nähe Karls etwas Passendes zum Essen und Trinken gewesen wäre, er hätte es genommen, sich nach dem Preis erkundigt, das Geld hingelegt und wäre mit Freude weggegangen. Aber gerade vor ihm lagen nur Schüsseln mit heringartigen Fischen, deren schwarze Schuppen am Rande goldig glänzten. Die konnten sehr teuer sein und würden wahrscheinlich niemanden sättigen. Außerdem waren kleine Fäßchen mit Rum erreichbar, aber Rum wollte er seinen Kameraden nicht bringen, sie schienen schon sowieso bei jeder Gelegenheit nur auf den konzentriertesten Alkohol auszugehen und darin wollte er sie nicht noch unterstützen.

Es blieb also Karl nichts übrig, als einen anderen Platz zu suchen und mit seinen Bemühungen von vorne anzufangen. Nun aber war auch schon die Zeit sehr vorgerückt. Die Uhr am anderen Ende des Saales, deren Zeiger man bei scharfem Hinsehen durch den Rauch gerade noch erkennen konnte, zeigte schon neun vorüber. Anderswo am Büfett war aber das Gedränge noch größer als an dem früheren, ein wenig abgelegenen Platz. Außerdem füllt sich der Saal desto mehr, je später es wurde. Immer wieder zogen durch die Haupttüre mit großem Hallo neue Gäste ein. An manchen Stellen räumten Gäste selbstherrlich das Büfett ab und setzten sich aufs Pult und tranken einander zu, es waren die beste Plätze, man übersah den ganzen Saal.

Karl drängte sich zwar noch weiter durch, aber eine eigentliche Hoffnung, etwas zu erreichen, hatte er nicht mehr. Er machte sich Vorwürfe darüber, daß er, der die hiesigen Verhältnisse nicht kannte, sich zu dieser Besorgung angeboten hatte. Seine Kameraden würden ihn mit vollem Rechte auszanken und gar noch denken, daß er, nur um Geld zu sparen, nichts mitgebracht hatte. Nun stand er gar in einer Gegend, wo ringsherum an den Tischen warme Fleischspeisen mit schönen, gelben Kartoffeln gegessen wurden; es war ihm unbegreiflich, wie sich die Leute das verschafft hatten.

Da sah er ein paar Schritte vor sich eine ältere, offenbar zum Hotelpersonal gehörige Frau, die lachend mit einem Gaste redete. Dabei arbeitete sie fortwährend mit einer Haarnadel in ihrer Frisur herum. Sofort war Karl entschlossen, seine Bestellung bei dieser Frau vorzubringen, schon weil sie ihm als die einzige Frau im Saal eine Ausnahme vom allgemeinen Lärm und jagen bedeutete und dann auch aus dem einfachen Grunde, weil sie die einzige Hotelangestellte war, die man erreichen konnte, vorausgesetzt allerdings, daß sie nicht beim ersten Wort, das er an sie richten würde, in Geschäften fortlief. Aber ganz das Gegenteil trat ein. Karl hatte sie noch gar nicht angeredet, sondern nur ein wenig belauert, als sie, wie man eben manchmal mitten im Gespräch beiseiteschaut, zu Karl hinsah und ihn, ihre Rede unterbrechend, freundlich und in einem Englisch, klar wie die Grammatik, fragte, ob er etwas suche.

»Allerdings«, sagte Karl, »ich kann hier gar nichts bekommen.«

»Dann kommen Sie mit mir, Kleiner«, sagte sie, verabschiedete sich von ihrem Bekannten, der seinen Hut abnahm, was hier wie unglaubliche Höflichkeit erschien, faßte Karl bei der Hand, ging zum Büfett, schob einen Gast beiseite, öffnete eine Klapptüre im Pult, durchquerte den Gang hinter dem Pult, wo man sich vor den unermüdlich laufenden Kellnern in acht nehmen mußte, öffnete eine zweifache Tapetentüre, und schon befanden sie sich in großen, kühlen Vorratskammern. ›Man muß eben den Mechanismus kennen‹, sagte sich Karl.

»Also, was wollen Sie denn?« fragte sie und beugte sich dienstbereit zu ihm herab. Sie war sehr dick, ihr Leib schaukelte sich, aber ihr Gesicht hatte eine, natürlich im Verhältnis, fast zarte Bildung. Karl war fast versucht, im Anblick der vielen Eßwaren, die hier sorgfältig in Regalen und auf Tischen aufgerichtet lagen, für seine Bestellung rasch ein feineres Nachtessen auszudenken, besonders da er erwarten konnte, von dieser einflußreichen Frau billiger bedient zu werden, schließlich aber nannte er doch wieder, da ihm nichts Passendes einfiel, nur Speck, Brot und Bier.

»Nichts weiter?« fragte die Frau. »Nein danke«, sagte Karl, »aber für drei Personen.«

Auf die Frage der Frau nach den beiden anderen erzählte Karl in ein paar kurzen Worten von seinen Kameraden, es machte ihm Freude, ein wenig ausgefragt zu werden.

»Aber das ist ja ein Essen für Sträflinge«, sagte die Frau und erwartete nun offenbar weitere Wünsche Karls. Dieser aber fürchtete nun, sie werde ihn beschenken und kein Geld annehmen wollen, und schwieg deshalb. »Das werden wir gleich zusammengestellt haben«, sagte die Frau, ging mit einer bei ihrer Dicke bewunderungswerten Beweglichkeit zu einem Tisch hin, schnitt mit einem langen, dünnen, sägeblattartigen Messer ein großes Stück mit viel Fleisch durchwachsenen Specks ab, nahm aus einem Regal einen Laib Brot, hob vom Boden drei Flaschen Bier auf und legte alles in einen leichten Strohkorb, den sie Karl reichte. Zwischendurch erklärte sie Karl, sie habe ihn deshalb hierhergeführt, weil die Eßwaren draußen auf dem Büfett im Rauch und in den vielen Ausdünstungen trotz dem schnellen Verbrauch immer die Frische verlieren. Für die Leute draußen sei aber alles gut genug. Karl sagte nun gar nichts mehr, denn er wußte nicht, wodurch er diese auszeichnende Behandlung verdiene. Er dachte an seine Kameraden, die vielleicht, so gute Kenner Amerikas sie auch waren, doch nicht bis in diese Vorratskammer gedrungen wären und sich mit den verdorbenen Eßwaren auf dem Büfett hätten begnügen müssen. Man hörte hier keinen Laut aus dem Saal, die Mauern mußten sehr dick sein, um diese Gewölbe genügend kühl zu erhalten. Karl hatte schon den Strohkorb ein Weilchen lang in der Hand, dachte aber nicht ans Zahlen und rührte sich auch nicht. Nur als die Frau noch nachträglich eine Flasche, ähnlich denen, die draußen auf den Tischen standen, in den Korb legen wollte, dankte er schaudernd. »Haben Sie noch einen weiten Marsch?« fragte die Frau.

»Bis nach Butterford«, antwortete Karl. »Das ist noch sehr weit«, sagte die Frau. »Noch eine Tagereise«, sagte Karl.

»Nicht weiter?« fragte die Frau. »O nein«, sagte Karl.

Die Frau rückte einige Sachen auf den Tischen zurecht, ein Kellner kam herein, schaute suchend herum, wurde dann von der Frau auf eine große Schüssel, in der ein breiter, mit ein wenig Petersilie bestreuter Haufen von Sardinen lag, hingewiesen und trug dann diese Schüssel in den erhobenen Händen in den Saal hinaus.

»Warum wollen Sie denn eigentlich im Freien übernachten?« fragte die Frau. »Wir haben hier Platz genug. Schlafen Sie bei uns im Hotel.«

Das war für Karl sehr verlockend, besonders da er die vorige Nacht so schlecht verbracht hatte.

»Ich habe mein Gepäck draußen«,sagte er zögernd und nicht ganz ohne Eitelkeit.

»Das bringen Sie nur her«, sagte die Frau, »das ist kein Hindernis.«

»Aber meine Kameraden!« sagte Karl und merkte sofort, daß die allerdings ein Hindernis waren.

»Die dürfen natürlich auch hier übernachten«, sagte die Frau, »Kommen Sie nur! Lassen Sie sich nicht so bitten.«

»Meine Kameraden sind im übrigen brave Leute«, sagte Karl, »aber sie sind nicht rein.«

»Haben Sie den Schmutz im Saal nicht gesehen?« fragte die Frau und verzog das Gesicht. »Zu uns kann wirklich der Ärgste kommen. Ich werde also gleich drei Betten vorbereiten lassen. Allerdings nur auf dem Dachboden, denn das Hotel ist vollbesetzt, ich bin auch auf den Dachboden übersiedelt, aber besser als im Freien ist es jedenfalls.«

»Ich kann meine Kameraden nicht mitbringen«, sagte Karl. Er stellte sich vor, welchen Lärm die beiden auf den Gängen dieses feinen Hotels machen würden; Robinson würde alles verunreinigen und Delamarche unfehlbar selbst diese Frau belästigen. »Ich weiß nicht, warum das unmöglich sein soll«, sagte die Frau, »aber wenn Sie es so wollen, dann lassen Sie eben Ihre Kameraden draußen und kommen allein zu uns.«

»Das geht nicht, das geht nicht«, sagte Karl, »es sind meine Kameraden und ich muß bei ihnen bleiben.«

»Sie sind starrköpfig«, sagte die Frau und sah von ihm weg, »man meint es gut mit Ihnen, möchte Ihnen gern behilflich sein, und Sie wehren sich mit allen Kräften.«

Karl sah das alles ein, aber er wußte keinen Ausweg, so sagte er nur noch: »Meinen besten Dank für Ihre Freundlichkeit.« Dann erinnerte er sich daran, daß er noch nicht gezahlt hatte, und fragte nach dem schuldigen Betrag.

»Zahlen Sie das erst, wenn Sie mir den Strohkorb zurückbringen«, sagte die Frau. »Spätestens morgen früh muß ich ihn haben.«

»Bitte«, sagte Karl. Sie öffnete eine Türe, die geradewegs ins Freie führte, und sagte noch, während er mit einer Verbeugung hinaustrat: »Gute Nacht, Sie handeln aber nicht recht.« Er war schon ein paar Schritte weit, da rief sie ihm noch nach: »Auf Wiedersehen morgen!«

Kaum war er draußen, hörte er auch schon wieder aus dem Saal den ungeschwächten Lärm, in den sich jetzt auch Klänge eines Blasorchesters mischten. Er war froh, daß er nicht durch den Saal hatte hinausgehen müssen. Das Hotel war jetzt in allen seinen fünf Stockwerken beleuchtet und machte die Straße davor in ihrer ganzen Breite hell. Noch immer fuhren draußen, wenn auch schon in unterbrochener Folge, Automobile, rascher aus der Ferne her anwachsend als bei Tage, tasteten mit den weißen Strahlen ihrer Laternen den Boden der Straße ab, kreuzten mit erblassenden Lichtern die Lichtzone des Hotels und eilten aufleuchtend in das weitere Dunkel.

Die Kameraden fand Karl schon in tiefem Schlaf, er war aber auch zu lange ausgeblieben. Gerade wollte er das Mitgebrachte appetitlich auf Papiere ausbreiten, die er im Korb vorfand, um erst, wenn alles fertig wäre, die Kameraden zu wecken, als er zu seinem Schrecken seinen Koffer, den er abgesperrt zurückgelassen hatte und dessen Schlüssel er in der Tasche trug, vollständig geöffnet sah, während der halbe Inhalt ringsherum im Gras verstreut war.

»Steht auf!« rief er. »Ihr schlaft, und inzwischen waren Diebe da.«

»Fehlt denn etwas?« fragte Delamarche. Robinson war noch nicht ganz wach und griff schon nach dem Bier.

»Ich weiß nicht«, rief Karl, »aber der Koffer ist offen. Das ist doch eine Unvorsichtigkeit, sich schlafen zu legen und den Koffer hier frei stehen zu lassen.«

Delamarche und Robinson lachten, und der erstere sagte: »Sie dürfen eben nächstens nicht so lange fortbleiben. Das Hotel ist zehn Schritte entfernt, und Sie brauchen zum Hin- und Herweg drei Stunden. Wir haben Hunger gehabt, haben gedacht, daß Sie in Ihrem Koffer etwas zum Essen haben könnten, und haben das Schloß so lange gekitzelt, bis es sich aufgemacht hat. Im übrigen war ja gar nichts darin, und Sie können alles wieder ruhig einpacken.«

»So«, sagte Karl, starrte in den rasch sich leerenden Korb und horchte auf das eigentümliche Geräusch, das Robinson beim Trinken hervorbrachte, da ihm die Flüssigkeit zuerst weit in die Gurgel eindrang, dann aber mit einer Art Pfeifen wieder zurückschnellte, um erst dann in großem Erguß in die Tiefe zu rollen.

»Haben Sie schon zu Ende gegessen?« fragte er, als sich die beiden einen Augenblick verschnauften.

»Haben Sie denn nicht schon im Hotel gegessen?« fragte Delamarche, der glaubte, Karl beanspruche seinen Anteil.

»Wenn Sie noch essen wollen, dann beeilen Sie sich«, sagte Karl und ging zu seinem Koffer.

»Der scheint Launen zu haben«, sagte Delamarche zu Robinson.

»Ich habe keine Launen«, sagte Karl, »aber ist das vielleicht recht, in meiner Abwesenheit meinen Koffer aufzubrechen und meine Sachen herauszuwerfen? Ich weiß, man muß unter Kameraden manches dulden, und ich habe mich auch darauf vorbereitet, aber das ist zu viel. Ich werde im Hotel übernachten und gehe nicht nach Butterford. Essen Sie rasch auf, ich muß den Korb zurückgeben.«

»Siehst du, Robinson, so spricht man«, sagte Delamarche, »das ist die feine Redeweise. Er ist eben ein Deutscher. Du hast mich früh vor ihm gewarnt, aber ich bin ein guter Narr gewesen und habe ihn doch mitgenommen. Wir haben ihm unser Vertrauen geschenkt, haben ihn einen ganzen Tag mit uns geschleppt, haben dadurch zumindest einen halben Tag verloren und jetzt – weil ihn dort im Hotel irgend jemand gelockt hat – verabschiedet er sich, verabschiedet sich einfach. Aber weil er ein falscher Deutscher ist, tut er dies nicht offen, sondern sucht sich den Vorwand mit dem Koffer, und weil er ein grober Deutscher ist, kann er nicht weggehen, ohne uns in unserer Ehre zu beleidigen und uns Diebe zu nennen, weil wir mit seinem Koffer einen kleinen Scherz gemacht haben.«

Karl, der seine Sachen packte, ohne sich umzuwenden: »Reden Sie nur so weiter und erleichtern Sie mir das Weggehen. Ich weiß ganz gut, was Kameradschaft ist. Ich habe in Europa auch Freunde gehabt, und keiner kann mir vorwerfen, daß ich mich falsch oder gemein gegen ihn benommen hätte. Wir sind jetzt natürlich außer Verbindung, aber wenn ich noch einmal nach Europa zurückkommen sollte, werden mich alle gut aufnehmen und mich sofort als ihren Freund anerkennen. Und Sie, Delamarche, und Sie, Robinson, Sie hätte ich verraten sollen, da Sie doch, was ich niemals vertuschen werde, so freundlich waren, sich meiner anzunehmen und mir eine Lehrlingsstelle in Butterford in Aussicht zu stellen? Aber es ist etwas anderes. Sie haben nichts, und das erniedrigt Sie in meinen Augen nicht im geringsten, aber Sie mißgönnen mir meinen kleinen Besitz und suchen mich deshalb zu demütigen, das kann ich nicht aushalten. Und nun, nachdem Sie meinen Koffer aufgebrochen haben, entschuldigen Sie sich mit keinem Wort, sondern beschimpfen mich noch und beschimpfen weiter mein Volk – damit nehmen Sie mir aber auch jede Möglichkeit, bei Ihnen zu bleiben. Übrigens gilt das alles nicht eigentlich von Ihnen, Robinson. Gegen Ihren Charakter habe ich nur einzuwenden, daß Sie von Delamarche zu sehr abhängig sind.«

»Da sehen wir ja«, sagte Delamarche, indem er zu Karl trat und ihm einen leichten Stoß gab, wie um ihn aufmerksam zu machen, »da sehen wir ja, wie Sie sich entpuppen. Den ganzen Tag sind Sie hinter mir gegangen, haben sich an meinem Rock gehalten, haben mir jede Bewegung nachgemacht und waren sonst still wie ein Mäuschen. Jetzt aber, da Sie im Hotel irgendeinen Rückhalt spüren, fangen Sie große Reden zu halten an. Sie sind ein kleiner Schlaumeier, und ich weiß noch gar nicht, ob wir das so ruhig hinnehmen werden. Ob wir nicht das Lehrgeld für das verlangen werden, was Sie uns während des Tages abgeschaut haben. Du, Robinson, wir beneiden ihn – meint er – um seinen Besitz. Ein Tag Arbeit in Butterford – von Kalifornien gar nicht zu reden –, und wir haben zehnmal mehr, als Sie uns gezeigt haben und als Sie in Ihrem Rockfutter noch versteckt haben mögen. Also, nur immer Achtung aufs Maul!«

Karl hatte sich vom Koffer erhoben und sah nun auch den verschlafenen, aber vorn Bier ein wenig belebten Robinson herankommen. »Wenn ich noch lange hierbleibe«, sagte er, »könnte ich vielleicht noch weitere Überraschungen erleben. Sie scheinen Lust zu haben, mich durchzuprügeln.«

»Alle Geduld hat ein Ende«, sagte Robinson.

»Sie schweigen besser, Robinson«, sagte Karl, ohne Delamarche aus den Augen zu lassen, »im Innern geben Sie mir ja doch recht, aber nach außen müssen Sie es mit Delamarche halten!«

»Wollen Sie ihn vielleicht bestechen?« fragte Delamarche.

»Fällt mir nicht ein«, sagte Karl. Ich bin froh, daß ich fortgehe, und ich will mit keinem von Ihnen mehr etwas zu tun haben. Nur eines will ich noch sagen, Sie haben mir den Vorwurf gemacht, daß ich Geld besitze und es vor Ihnen versteckt habe. Angenommen, daß es wahr ist, war es nicht sehr richtig Leuten gegenüber gehandelt, die ich erst ein paar Stunden kannte, und bestätigen Sie nicht noch durch Ihr jetziges Benehmen die Richtigkeit einer derartigen Handlungsweise?«

»Bleib ruhig«, sagte Delamarche zu Robinson, obwohl sich dieser nicht rührte. Dann fragte er Karl: »Da Sie so unverschämt aufrichtig sind, so treiben Sie doch, da wir ja so gemütlich beisammenstehen, diese Aufrichtigkeit noch weiter und gestehen Sie ein, warum Sie eigentlich ins Hotel wollen.« Karl mußte einen Schritt über den Koffer hinweg machen, so nahe war Delamarche an ihn herangetreten. Aber Delamarche ließ sich dadurch nicht beirren, schob den Koffer beiseite, machte einen Schritt vorwärts, wobei er den Fuß auf ein weißes Vorhemd setzte, das im Gras liegengeblieben war, und wiederholte seine Frage.

Wie zur Antwort stieg von der Straße her ein Mann mit einer stark leuchtenden Taschenlampe zu der Gruppe herauf. Es war ein Kellner aus dem Hotel. Kaum hatte er Karl erblickt, sagte er: »Ich suche Sie schon fast eine halbe Stunde. Alle Böschungen auf beiden Straßenseiten habe ich schon abgesucht. Die Frau Oberköchin läßt Ihnen nämlich sagen, daß sie den Strohkorb, der sie Ihnen geborgt hat, dringend braucht.«

»Hier ist er«, sagte Karl mit einer vor Aufregung unsicheren Stimme. Delamarche und Robinson waren in scheinbarer Bescheidenheit beiseite getreten, wie sie es vor fremden gutgestellten Leuten immer machten. Der Kellner nahm den Korb an sich und sagte: »Dann läßt Sie die Frau Oberköchin fragen, ob Sie es sich nicht überlegt haben und doch vielleicht im Hotel übernachten wollten. Auch die beiden anderen Herren wären willkommen, wenn Sie sie mitnehmen wollen. Die Betten sind schon vorbereitet. Die Nacht ist ja heute warm, aber hier, auf der Lehne, ist es durchaus nicht ungefährlich zu schlafen, man findet öfters Schlangen.«

»Da die Frau Oberköchin so freundlich ist, werde ich ihre Einladung doch annehmen«, sagte Karl und wartete auf eine Äußerung seiner Kameraden. Aber Robinson stand stumpf da, und Delamarche hatte die Hände in den Hosentaschen und schaute zu den Sternen hinauf. Beide bauten offenbar darauf, daß Karl sie ohne weiteres mitnehmen werde.

»Für diesen Fall«, sagte der Kellner, »habe ich den Auftrag, Sie ins Hotel zu führen und Ihr Gepäck zu tragen.«

»Dann warten Sie, bitte, noch einen Augenblick«, sagte Karl und bückte sich, um die paar Sachen, die noch herumlagen, in den Koffer zu legen.

Plötzlich richtete er sich auf. Die Fotografie fehlte, sie war ganz oben im Koffer gelegen und war nirgends zu finden. Alles war vollständig, nur die Fotografie fehlte. »Ich kann die Fotografie nicht finden«, sagte er bittend zu Delamarche.

»Welche Fotografie?« fragte dieser. »Die Fotografie meiner Eltern«, sagte Karl. »Wir haben keine Fotografie gesehen«, sagte Delaniarche.

»Es war keine Fotografie darin, Herr Roßmann«, bestätigte auch Robinson von seiner Seite.

»Aber das ist doch unmöglich«, sagte Karl, und seine hilfesuchenden Blicke zogen den Kellner näher. »Sie lag obenauf und jetzt ist sie weg. Wenn Sie doch lieber den Spaß mit dem Koffer nicht gemacht hätten!«

»Jeder Irrtum ist ausgeschlossen«, sagte Delamarche, »in dem Koffer war keine Fotografie.«

»Sie war mir wichtiger als alles, was ich sonst im Koffer habe«, sagte Karl zum Kellner, der herumging und im Grase suchte. »Sie ist nämlich unersetzlich, ich bekomme keine zweite.« Und als der Kellner von dem aussichtslosen Suchen abließ, sagte er noch: »Es war das einzige Bild, das ich von meinen Eltern besaß.«

Daraufhin sagte der Kellner laut, ohne jede Beschönigung: »Vielleicht könnten wir noch die Taschen der Herren untersuchen.«

»Ja«, sagte Karl sofort, »ich muß die Fotografie finden. Aber ehe ich die Taschen durchsuche, sage ich noch, daß, wer mir die Fotografie freiwillig gibt, den ganzen gefüllten Koffer bekommt.« Nach einem Augenblick allgemeiner Stille sagte Karl zum Kellner: »Meine Kameraden wollen also offenbar die Taschendurchsuchung. Aber selbst jetzt verspreche ich sogar demjenigen, in dessen Tasche die Fotografie gefunden wird, den ganzen Koffer. Mehr kann ich nicht tun.«

Sofort machte sich der Kellner daran, Delamarche zu untersuchen, der ihm schwieriger zu behandeln schien als Robinson, den er Karl überließ. Er machte Karl darauf aufmerksam, daß beide gleichzeitig untersucht werden müßten, da sonst einer unbeobachtet die Fotografie beiseiteschaffen könnte. Gleich beim ersten Griff fand Karl in Robinsons Tasche eine ihm gehörige Krawatte, aber er nahm sie nicht an sich und rief dem Kellner zu: »Was Sie bei Delamarche auch finden mögen, lassen Sie ihm, bitte, alles. Ich will nichts als die Fotografie, nur die Fotografie.«

Beim Durchsuchen der Brusttaschen gelangte Karl mit der Hand an die heiße, fettige Brust Robinsons, und es kam ihm zu Bewußtsein, daß er an seinen Kameraden vielleicht ein großes Unrecht begehe. Er beeilte sich nun nach Möglichkeit. Im übrigen war alles umsonst, weder bei Robinson noch bei Delamarche fand sich die Fotografie vor.

»Es hilft nichts«, sagte der Kellner.

»Sie haben wahrscheinlich die Fotografie zerrissen und die Stücke weggeworfen«, sagte Karl. »Ich dachte, sie wären Freunde, aber im geheimen wollten sie mir nur schaden. Nicht eigentlich Robinson, der wäre gar nicht auf den Einfall gekommen, daß die Fotografie solchen Wert für mich hat, aber desto mehr Delamarche.« Karl sah nur den Kellner vor sich, dessen Laterne einen kleinen Kreis beleuchtete, während alles sonst, auch Delamarche und Robinson, in tiefem Dunkel war.

Es war natürlich gar nicht mehr die Rede davon, daß die beiden in das Hotel mitgenommen werden könnten. Der Kellner schwang den Koffer auf die Achsel, Karl nahm den Strohkorb, und sie gingen. Karl war schon auf der Straße, als er, im Nachdenken sich unterbrechend, stehenblieb und in das Dunkel hinaufrief – »Hören Sie einmal, sollte doch einer von Ihnen die Fotografie noch haben und mir ins Hotel bringen wollen – er bekommt den Koffer noch immer und wird, ich schwöre es, nicht angezeigt.« Es kam keine eigentliche Antwort herunter, nur ein abgerissenes Wort war zu hören, der Beginn eines Zurufs Robinsons, dem aber offenbar Delamarche sofort den Mund stopfte. Noch eine lange Weile wartete Karl, ob man sich oben nicht doch noch anders entscheiden würde. Zweimal rief er in Abständen: »Ich bin noch immer da!« Aber kein Laut antwortete, nur einmal rollte ein Stein den Abhang herab, vielleicht durch Zufall, vielleicht in einem verfehlten Wurf.

HOTEL OCCIDENTAL

Im Hotel wurde Karl gleich in eine Art Büro geführt, in welchem die Oberköchin, ein Vormerkbuch in der Hand, einer jungen Schreibmaschinistin einen Brief in die Schreibmaschine diktierte. Das äußerst präzise Diktieren, der beherrschte und elastische Tastenschlag jagten an dem nur hie und da merklichen Ticken der Wanduhr vorüber, die schon fast halb zwölf zeigte. »So!« sagte die Oberköchin, klappte das Vormerkbuch zu, die Schreibmaschinistin sprang auf und stülpte den Holzdeckel über die Maschine, ohne bei dieser mechanischen Arbeit die Augen von Karl zu lassen. Sie sah noch wie ein Schulmädchen aus, ihre Schürze war sehr sorgfältig gebügelt, auf den Achseln zum Beispiel gewellt, die Frisur recht hoch, und man staunte ein wenig, wenn man nach diesen Einzelheiten ihr ernstes Gesicht sah. Nach Verbeugungen, zuerst gegen die Oberköchin, dann gegen Karl, entfernte sie sich, und Karl sah unwillkürlich die Oberköchin mit einem fragenden Blicke an.

»Das ist aber schön, daß Sie nun doch gekommen sind«, sagte die Oberköchin. »Und Ihre Kameraden?«

»Ich habe sie nicht mitgenommen«, sagte Karl.

»Die marschieren wohl sehr früh aus«, sagte die Oberköchin, wie um sich die Sache zu erklären.

›Muß sie denn nicht denken, daß ich auch mitmarschiere?‹ fragte sich Karl und sagte deshalb, um jeden Zweifel auszuschließen: »Wir sind in Unfrieden auseinandergegangen.«

Die Oberköchin schien das als eine angenehme Nachricht aufzufassen. »Dann sind Sie also frei?« fragte sie.

»Ja, frei bin ich«, sagte Karl, und nichts schien ihm wertloser.

»Hören Sie, möchten Sie nicht hier im Hotel eine Stelle annehmen?« fragte die Oberköchin.

»Sehr gern«, sagte Karl, »ich habe aber entsetzlich wenig Kenntnisse. Ich kann zum Beispiel nicht einmal auf der Schreibmaschine schreiben.«

»Das ist nicht das Wichtigste«, sagte die Oberköchin. »Sie bekämen eben vorläufig nur eine ganz kleine Anstellung und müßten dann zusehen, durch Fleiß und Aufmerksamkeit sich hinauszubringen. Jedenfalls aber glaube ich, daß es für Sie besser und passender wäre, sich irgendwo festzusetzen, statt so durch die Welt zu bummeln. Dazu scheinen Sie mir nicht gemacht.«

›Das würde alles auch der Onkel unterschreiben‹, sagte sich Karl und nickte zustimmend. Gleichzeitig erinnerte er sich, daß er, um den man so besorgt war, sich noch gar nicht vorgestellt hatte. »Entschuldigen Sie, bitte«, sagte er, »daß ich mich noch gar nicht vorgestellt habe, ich heiße Karl Roßmann.«

»Sie sind ein Deutscher, nicht wahr?«

»Ja«, sagte Karl, »ich bin noch nicht lange in Amerika.« »Woher sind Sie denn?«

»Aus Prag in Böhmen«, sagte Karl.

»Sehen Sie einmal an«, rief die Oberköchin in einem stark englisch betonten Deutsch und hob fast die Arme, »dann sind wir ja Landsleute, ich heiße Grete Mitzelbach und bin aus Wien. Und Prag kenne ich ja ausgezeichnet, ich war ja ein halbes Jahr in der Goldenen Gans auf dem Wenzelsplatz angestellt. Aber denken Sie nur einmal.«

»Warum ist das gewesen?« fragte Karl. »Das ist schon viele, viele Jahre her.« »Die alte Goldene Gans«, sagte Karl, »ist vor zwei Jahren niedergerissen worden.«

»Ja, freilich«, sagte die Oberköchin, ganz in Gedanken an vergangene Zeiten.

Mit einem Male aber wieder lebhaft werdend, rief sie und faßte dabei Karls Hände: »Jetzt, da es sich herausgestellt hat, daß Sie mein Landsmann sind, dürfen Sie um keinen Preis von hier fort. Das dürfen Sie mir nicht antun. Hätten Sie zum Beispiel Lust, Liftjunge zu werden? Sagen Sie nur Ja und Sie sind es. Wenn Sie ein bißchen herumgekommen sind, werden Sie wissen, daß es nicht besonders leicht ist, solche Stellen zu bekommen, denn sie sind der beste Anfang, den man sich denken kann. Sie kommen mit allen Gästen zusammen, man sieht Sie immer, man gibt Ihnen kleine Aufträge; kurz, Sie haben jeden Tag die Möglichkeit, zu etwas Besserem zu gelangen. Für alles übrige lassen Sie mich sorgen.«

»Liftjunge möchte ich ganz gerne sein«, sagte Karl nach einer kleinen Pause. Es wäre ein großer Unsinn gewesen, gegen die Stelle eines Liftjungen mit Rücksicht auf seine fünf Gymnasialklassen Bedenken zu haben. Eher wäre hier in Amerika Grund gewesen, sich der fünf Gymnasialklassen zu schämen. Übrigens hatten die Liftjungen Karl immer gefallen, sie waren ihm wie der Schmuck des Hotels erschienen.

»Sind nicht Sprachkenntnisse erforderlich?« fragte er noch.

»Sie sprechen Deutsch und ein schönes Englisch, das genügt vollkommen.«

»Englisch habe ich erst in Amerika in zweieinhalb Monaten erlernt«, sagte Karl, er glaubte, seinen einzigen Vorzug nicht verschweigen zu dürfen. »Das spricht schon genügend für Sie«, sagte die Oberköchin. »Wenn ich daran denke, welche Schwierigkeiten mir das Englisch gemacht hat. Das ist allerdings schon seine dreißig Jahre her. Gerade gestern habe ich davon gesprochen. Gestern war nämlich mein fünfzigster Geburtstag.« Und sie suchte lächelnd den Eindruck von Karls Mienen abzulesen, den die Würde dieses Alters auf ihn machte.

»Dann wünsche ich Ihnen viel Glück«, sagte Karl.

»Das kann man immer brauchen«, sagte sie, schüttelte Karl die Hand und wurde wieder halb traurig über diese alte Redensart aus der Heimat, die ihr da im Deutschsprechen eingefallen war.

»Aber ich halte Sie hier auf«, rief sie dann. »Und Sie sind gewiß sehr müde, und wir können auch alles viel besser bei Tag besprechen. Die Freude, einen Landsmann getroffen zu haben, macht ganz gedankenlos. Kommen Sie, ich werde Sie in Ihr Zimmer führen.«

»Ich habe noch eine Bitte, Frau Oberköchin«, sagte Karl im Anblick des Telefonkastens, der auf dem Tisch stand, »es ist möglich, daß mir morgen, vielleicht sehr früh, meine früheren Kameraden eine Fotografie bringen, die ich dringend brauche. Wären Sie so freundlich und würden Sie dem Portier telefonieren, er möchte die Leute zu mir schicken oder mich holen lassen?«

»Gewiß«, sagte die Oberköchin, »aber würde es nicht genügen, wenn er ihnen die Fotografie abnimmt? Was ist es denn für eine Fotografie, wenn man fragen darf?«

»Es ist die Fotografie meiner Eltern«, sagte Karl. »Nein, ich muß mit den Leuten selbst sprechen.« Die Oberköchin sagte nichts weiter und gab telefonisch in die Portierloge den entsprechenden Befehl, wobei sie 536 als Zimmernummer Karls nannte.

Sie gingen dann durch eine der Eingangstür entgegengesetzte Tür auf einen kleinen Gang hinaus, wo an dem Geländer eines Aufzuges ein kleiner Liftjunge schlafend lehnte. »Wir können uns selbst bedienen«, sagte die Oberköchin leise und ließ Karl in den Aufzug eintreten. »Eine Arbeitszeit von zehn bis zwölf Stunden ist eben ein wenig zuviel für einen solchen Jungen«, sagte sie dann, während sie aufwärts fuhren. »Aber es ist eigentümlich in Amerika. Da ist dieser kleine Junge zum Beispiel, er ist auch erst vor einem halben Jahre mit seinen Eltern hier angekommen, er ist ein Italiener. Jetzt sieht er aus, als könne er die Arbeit unmöglich aushalten, hat schon kein Fleisch im Gesicht, schläft im Dienst ein, obwohl er von Natur sehr bereitwillig ist – aber er muß nur noch ein halbes Jahr hier oder irgendwo anders in Amerika dienen und hält alles mit Leichtigkeit aus, und in fünf Jahren wird er ein starker Mann sein. Von solchen Beispielen könnte ich Ihnen stundenlang erzählen. Dabei denke ich gar nicht an Sie, denn Sie sind ein kräftiger Junge; Sie sind siebzehn Jahre alt, nicht?«

»Ich werde nächsten Monat sechzehn«, antwortete Karl. »Sogar erst sechzehn!« sagte die Oberköchin. »Also nur Mut!«

Oben führte sie Karl in ein Zimmer, das zwar schon als Dachzimmer eine schiefe Wand hatte, im übrigen aber bei einer Beleuchtung durch zwei Glühbirnen sich sehr wohnlich zeigte. »Erschrecken Sie nicht über die Einrichtung«, sagte die Oberköchin, »es ist nämlich kein Hotelzimmer, sondern ein Zimmer meiner Wohnung, die aus drei Zimmern besteht, so daß Sie mich nicht im geringsten stören. Ich sperre die Verbindungstüre ab, so daß Sie ganz ungeniert bleiben. Morgen, als neuer Hotelangestellter, werden Sie natürlich Ihr eigenes Zimmerchen bekommen. Wären Sie mit Ihren Kameraden gekommen, dann hätte ich Ihnen in der gemeinsamen Schlafkammer der Hausdiener aufbetten lassen, aber da Sie allein sind, denke ich, daß es Ihnen hier besser passen wird, wenn Sie auch nur auf einem Sofa schlafen müssen. Und nun schlafen Sie wohl, damit Sie sich für den Dienst kräftigen. Er wird morgen noch nicht zu anstrengend sein.«

»Ich danke Ihnen vielmals für Ihre Freundlichkeit.«

»Warten Sie«, sagte sie, beim Ausgang stehenbleibend, »da wären Sie aber bald geweckt worden.« Und sie ging zu der einen Seitentür des Zimmers, klopfte und rief: »Therese!«

»Bitte, Frau Oberköchin«, meldete sich die Stimme der kleinen Schreibmaschinistin.

»Wenn du mich früh wecken gehst, so mußt du über den Gang gehen, hier im Zimmer schläft ein Gast. Er ist todmüde.« Sie lächelte Karl zu, während sie dies sagte. »Hast du verstanden?«

»Ja, Frau Oberköchin.«

»Also dann gute Nacht!«

»Gute Nacht wünsch ich.«

»Ich schlafe nämlich«, sagte die Oberköchin zur Erklärung, »seit einigen Jahren ungemein schlecht. Jetzt kann ich ja mit meiner Stellung zufrieden sein und brauche eigentlich keine Sorgen zu haben. Aber es müssen die Folgen meiner früheren Sorgen sein, die mir diese Schlaflosigkeit verursachen. Wenn ich um drei Uhr früh einschlafe, kann ich froh sein. Da ich aber schon um fünf, spätestens um halb sechs wieder auf dem Platze sein muß, muß ich mich wecken lassen, und zwar besonders vorsichtig, damit ich nicht noch nervöser werde, als ich es schon bin. Und da weckt mich eben die Therese. Aber jetzt wissen Sie wirklich schon alles, und ich komme gar nicht weg. Gute Nacht!« Und trotz ihrer Schwere huschte sie fast aus dem Zimmer.

Karl freute sich auf den Schlaf, denn der Tag hatte ihn sehr hergenommen. Und eine behaglichere Umgebung konnte er für einen langen, ungestörten Schlaf gar nicht wünschen. Das Zimmer war zwar nicht zum Schlafzimmer bestimmt, es war eher ein Wohnzimmer, oder, richtiger, ein Repräsentationszimmer der Oberköchin, und ein Waschtisch war ihm zuliebe eigens für diesen Abend hergebracht worden, aber dennoch fühlte sich Karl nicht als Eindringling, sondern nur desto besser versorgt. Sein Koffer war richtig hergestellt und wohl schon lange nicht in größerer Sicherheit gewesen. Auf einem niedrigen Schrank mit Schiebefächern, über den eine großmaschige wollene Decke gezogen war, standen verschiedene Fotografien im Rahmen und unter Glas; bei der Besichtigung des Zimmers blieb Karl da stehen und sah sie an. Es waren meist alte Fotografien und stellten in der Mehrzahl Mädchen dar, die, in unmodernen, unbehaglichen Kleidern, mit locker aufgesetzten, kleinen, aber hochgehenden Hüten, die rechte Hand auf einen Schirm gestützt, dem Beschauer zugewendet waren und doch mit den Blicken auswichen. Unter den Herrenbildnissen fiel Karl besonders das eines jungen Soldaten auf, der das Käppi auf ein Tischchen gelegt hatte, stramm mit seinem wilden schwarzen Haar dastand und voll von einem stolzen, aber unterdrückten Lachen war. Die Knöpfe seiner Uniform waren auf der Fotografie nachträglich vergoldet worden. Alle diese Fotografien stammten wohl noch aus Europa, man hätte dies auf der Rückseite wahrscheinlich auch genau ablesen können, aber Karl wollte sie nicht in die Hand nehmen. So wie diese Fotografien hier standen, so hätte er auch die Fotografie seiner Eltern in seinem künftigen Zimmer aufstellen mögen.

Gerade streckte er sich nach einer gründlichen Waschung des ganzen Körpers, die er, seiner Nachbarin wegen, möglichst leise durchzuführen sich bemüht hatte, im Vorgenuß des Schlafes auf seinem Kanapee aus, da glaubte er ein schwaches Klopfen an einer Tür zu hören. Man konnte nicht gleich feststellen, an welcher Tür es war, es konnte auch bloß ein zufälliges Geräusch sein. Es wiederholte sich auch nicht gleich, und Karl schlief schon fast, als es wieder erfolgte. Aber nun war kein Zweifel mehr, daß es ein Klopfen war und von der Tür der Schreibmaschinistin herkam. Karl lief auf den Fußspitzen zur Tür hin und fragte so leise, daß es, wenn man trotz allem nebenan doch schlief, niemanden hätte wecken können: »Wünschen Sie etwas?«

Sofort und ebenso leise kam die Antwort: »Möchten Sie nicht die Tür öffnen? Der Schlüssel steckt auf Ihrer Seite.«

»Bitte«, sagte Karl, »ich muß mich nur zuerst anziehen.«

Es gab eine kleine Pause, dann hieß es: »Das ist nicht nötig. Machen Sie auf und legen Sie sich ins Bett, ich werde ein wenig warten.«

»Gut«, sagte Karl und führte es auch so aus, nur drehte er außerdem noch das elektrische Licht an. »Ich liege schon«, sagte er dann etwas lauter. Da trat auch schon aus ihrem dunklen Zimmer die kleine Schreibmaschinistin, genauso angezogen wie unten im Büro, sie hatte wohl die ganze Zeit über nicht daran gedacht, schlafen zu gehen.

»Entschuldigen Sie vielmals«, sagte sie und stand ein wenig gebückt vor Karls Lager, »und verraten Sie mich, bitte, nicht. Ich will Sie auch nicht lange stören, ich weiß, daß Sie todmüde sind.«

»Es ist nicht so arg«, sagte Karl, »aber es wäre vielleicht doch besser gewesen, ich hätte mich angezogen.« Er mußte ausgestreckt daliegen, um bis an den Hals zugedeckt sein zu können, denn er besaß kein Nachthemd.

»Ich bleibe ja nur einen Augenblick«, sagte sie und griff nach einem Sessel. »Kann ich mich zum Kanapee setzen?«

Karl nickte. Da setzte sie sich so eng zum Kanapee, daß Karl an die Mauer rücken mußte, um zu ihr aufschauen zu können. Sie hatte ein rundes, gleichmäßiges Gesicht, nur die Stirn war ungewöhnlich hoch, aber das konnte auch vielleicht nur an der Frisur liegen, die ihr nicht recht paßte. Ihr Anzug war sehr rein und sorgfältig. In der linken Hand quetschte sie ein Taschentuch.

»Werden Sie lange hierbleiben?« fragte sie.

»Es ist noch nicht ganz bestimmt«, antwortete Karl, »aber ich denke, ich werde bleiben.«

»Das wäre nämlich sehr gut«, sagte sie und fuhr mit dem Taschentuch über ihr Gesicht, »ich bin hier nämlich so allein.«

»Das wundert mich«, sagte Karl. »Die Frau Oberköchin ist doch sehr freundlich zu Ihnen. Sie behandelt Sie gar nicht wie eine Angestellte. Ich dachte schon, Sie wären Verwandte.«

»O nein«, sagte sie, »ich heiße Therese Berchtold, ich bin aus Pommern.«

Auch Karl stellte sich vor. Daraufhin sah sie ihn zum erstenmal voll an, als sei er ihr durch die Namensnennung ein wenig fremder geworden. Sie schwiegen ein Weilchen. Dann sagte sie: »Sie dürfen nicht glauben, daß ich undankbar bin. Ohne die Frau Oberköchin stünde es ja mit mir viel schlechter. Ich war früher Küchenmädchen hier im Hotel und schon in großer Gefahr, entlassen zu werden, denn ich konnte die schwere Arbeit nicht leisten. Man stellt hier große Ansprüche. Vor einem Monat ist ein Küchenmädchen nur vor Überanstrengung ohnmächtig geworden und vierzehn Tage im Krankenhaus gelegen. Und ich bin nicht sehr stark, ich habe früher viel zu leiden gehabt und bin dadurch in der Entwicklung ein wenig zurückgeblieben; Sie würden wohl gar nicht sagen, daß ich schon achtzehn Jahre alt bin. Aber jetzt werde ich schon stärker.«

»Der Dienst hier muß wirklich sehr anstrengend sein«, sagte Karl. »Unten habe ich jetzt einen Liftjungen stehend schlafen gesehen.«

»Dabei haben es die Liftjungen noch am besten«, sagte sie, »die verdienen ihr schönes Geld an Trinkgeldern und müssen sich schließlich doch bei weitem nicht so plagen wie die Leute in der Küche. Aber da habe ich wirklich einmal Glück gehabt, die Frau Oberköchin hat einmal ein Mädchen gebraucht, um die Servietten für ein Bankett herzurichten, hat zu uns Küchenmädchen heruntergeschickt, es gibt hier an fünfzig solcher Mädchen, ich war gerade bei der Hand und habe sie sehr zufriedengestellt, denn im Aufbauen der Servietten habe ich mich immer ausgekannt. Und so hat sie mich von da an in ihrer Nähe behalten und allmählich zu ihrer Sekretärin ausgebildet. Dabei habe ich sehr viel gelernt.«

»Gibt es denn da so viel zu schreiben?« fragte Karl.

»Ach, sehr viel«, antwortete sie, »das können Sie sich wahrscheinlich gar nicht vorstellen. Sie haben doch gesehen, daß ich heute bis halb zwölf gearbeitet habe, und heute ist kein besonderer Tag. Allerdings schreibe ich nicht immerfort, sondern habe auch viel Besorgungen in der Stadt zu machen.«

»Wie heißt denn die Stadt?« fragte Karl.

»Das wissen Sie nicht?« sagte sie, »Ramses.« »Ist es eine große Stadt?« fragte Karl.

»Sehr groß«, antwortete sie, »ich gehe nicht gern hin. Aber wollen Sie nicht wirklich schon schlafen?«

»Nein, nein«, sagte Karl, »ich weiß ja noch gar nicht, warum Sie hereingekommen sind.«

»Weil ich mit niemandem reden kann. Ich bin nicht wehleidig, aber wenn wirklich niemand für einen da ist, so ist man schon glücklich, schließlich von jemandem angehört zu werden. Ich habe Sie schon unten im Saal gesehen, ich kam gerade, um die Frau Oberköchin zu holen, als sie Sie in die Speisekammer wegführte.«

»Das ist ein schrecklicher Saal«, sagte Karl.

»Ich merke es schon gar nicht mehr«, antwortete sie. »Aber ich wollte nur sagen, daß ja die Frau Oberköchin so freundlich zu mir ist, wie es nur meine Mutter war. Aber es ist doch ein zu großer Unterschied in unserer Stellung, als daß ich frei mit ihr reden könnte. Unter den Küchenmädchen habe ich früher gute Freundinnen gehabt, aber die sind schon längst nicht mehr hier, und die neuen Mädchen kenne ich kaum. Schließlich kommt es mir manchmal vor, daß mich meine jetzige Arbeit mehr anstrengt als die frühere, daß ich sie aber nicht einmal so gut verrichte wie die, und daß mich die Frau Oberköchin nur aus Mitleid in meiner Stellung hält. Schließlich muß man ja wirklich eine bessere Schulbildung gehabt haben, um Sekretärin zu werden. Es ist eine Sünde, das zu sagen, aber oft und oft fürchte ich, wahnsinnig zu werden. Um Gottes willen«, sagte sie plötzlich viel schneller und griff flüchtig nach Karls Schulter, da er die Hände unter der Decke hielt, »Sie dürfen aber der Frau Oberköchin kein Wort davon sagen, sonst bin ich wirklich verloren. Wenn ich ihr außer den Umständen, die ich ihr durch meine Arbeit mache, auch noch Leid bereiten sollte, das wäre wirklich das Höchste.«

»Es ist selbstverständlich, daß ich ihr nichts sagen werde«, antwortete Karl.

»Dann ist es gut«, sagte sie, »und bleiben Sie hier. Ich wäre froh, wenn Sie hierblieben, und wir könnten, wenn es Ihnen recht ist, zusammenhalten. Gleich, wie ich Sie zum erstenmal gesehen habe, habe ich Vertrauen zu Ihnen gehabt. Und trotzdem – denken Sie, so schlecht bin ich – habe ich auch Angst gehabt, die Frau Oberköchin könnte Sie an meiner Stelle zum Sekretär machen und mich entlassen. Erst wie ich da lange allein gesessen bin, während Sie unten im Büro waren, habe ich mir die Sache so zurechtgelegt, daß es sogar sehr gut wäre, wenn Sie meine Arbeiten übernähmen, denn die würden Sie sicher besser verstehen. Wenn Sie die Besorgungen in der Stadt nicht machen wollten, könnte ich ja diese Arbeit behalten. Sonst aber wäre ich in der Küche gewiß viel nützlicher, besonders da ich auch schon etwas stärker geworden bin.«

»Die Sache ist schon geordnet«, sagte Karl, »ich werde Liftjunge und Sie bleiben Sekretärin. Wenn Sie aber der Frau Oberköchin nur die geringste Andeutung von Ihren Plänen machen, verrate ich auch das übrige, was Sie mir heute gesagt haben, so leid es mir tun würde.«

Diese Tonart erregte Therese so sehr, daß sie sich beim Bett niederwarf und wimmernd das Gesicht ins Bettzeug drückte.

»Ich verrate ja nichts«, sagte Karl, »aber Sie dürfen auch nichts sagen.«

Nun konnte er nicht mehr ganz unter seiner Decke versteckt bleiben, streichelte ein wenig ihren Arm, fand nichts Rechtes, was er ihr sagen könne, und dachte nur, daß hier ein bitteres Leben sei. Endlich beruhigte sie sich wenigstens so weit, daß sie sich ihres Weinens schämte, sah Karl dankbar an, redete ihm zu, morgen lange zu schlafen, und versprach, wenn sie Zeit fände, gegen acht Uhr heraufzukommen und ihn zu wecken.

»Sie wecken ja so geschickt«, sagte Karl.

»Ja, einiges kann ich«, sagte sie, fuhr mit der Hand zum Abschied sanft über seine Decke hin und lief in ihr Zimmer.

Am nächsten Tag bestand Karl darauf, gleich seinen Dienst anzutreten, obwohl ihm die Oberköchin diesen Tag für die Besichtigung von Ramses freigeben wollte. Aber Karl erklärte offen, dafür werde sich noch Gelegenheit finden, jetzt sei es für ihn das Wichtigste, mit der Arbeit anzufangen, denn eine auf ein anderes Ziel gerichtete Arbeit habe er schon in Europa nutzlos abgebrochen und fange als Liftjunge in einem Alter an, in dem wenigstens die tüchtigeren Jungen nahe daran seien, in natürlicher Folge eine höhere Arbeit zu übernehmen. Es sei ganz richtig, daß er als Liftjunge anfange, aber ebenso richtig sei, daß er sich besonders beeilen müsse. Bei diesen Umständen würde ihm die Besichtigung der Stadt gar kein Vergnügen machen. Nicht einmal zu einem kurzen Weg, zu dem ihn Therese aufforderte, konnte er sich entschließen. Immer schwebte ihm der Gedanke vor Augen, es könne schließlich mit ihm, wenn er nicht fleißig sei, so weit kommen wie mit Delamarche und Robinson.

Beim Hotelschneider wurde ihm die Liftjungenuniform anprobiert, die äußerlich sehr prächtig mit Goldknöpfen und Goldschnüren ausgestattet war, bei deren Anziehen es Karl aber doch ein wenig schauderte, denn besonders unter den Achseln war das Röckchen kalt, hart und dabei unaustrockbar naß von dem Schweiß der Liftjungen, die es vor ihm getragen hatten. Die Uniform mußte auch vor allem über der Brust eigens für Karl erweitert werden, denn keine der zehn vorliegenden wollte auch nur beiläufig passen. Trotz dieser Näharbeit, die hier notwendig war, und obwohl der Meister sehr peinlich schien – zweimal flog die bereits abgelieferte Uniform aus seiner Hand in die Werkstatt zurück –, war alles in kaum fünf Minuten erledigt und Karl verließ das Atelier schon als Liftjunge mit anliegenden Hosen und einem, trotz der bestimmten gegenteiligen Zusicherung des Meisters, sehr beengenden Jäckchen, das immer wieder zu Atemübungen verlockte, da man sehen wollte, ob das Atmen noch immer möglich war.

Dann meldete er sich bei jenem Oberkellner, unter dessen Befehl er stehen sollte, einem schlanken, schönen Mann mit großer Nase, der wohl schon in den Vierzigern stehen konnte. Er hatte keine Zeit, sich auch nur auf das geringste Gespräch einzulassen, und läutete bloß einen Liftjungen herbei, zufällig gerade jenen, den Karl gestern gesehen hatte. Der Oberkellner nannte ihn nur bei seinem Taufnamen Giacomo, was Karl erst später erfuhr, denn in der englischen Aussprache war der Name nicht zu erkennen. Dieser Junge bekam nun den Auftrag, Karl das für den Liftdienst Notwendige zu zeigen, aber er war so scheu und eilig, daß Karl von ihm, so wenig auch im Grunde zu zeigen war, kaum dieses Wenige erfahren konnte. Sicher war Giacomo auch deshalb verärgert, weil er den Liftdienst offenbar Karls halber verlassen mußte und den Zimmermädchen zur Hilfeleistung zugeteilt war, was ihm nach bestimmten

Erfahrungen, die er aber verschwieg, entehrend vorkam. Enttäuscht war Karl vor allem dadurch, daß ein Liftjunge mit der Maschinerie des Aufzuges nur insoferne etwas zu tun hatte, als er ihn durch einen einfachen Druck auf den Knopf in Bewegung setzte, während für Reparaturen am Triebwerk derartig ausschließlich die Maschinisten des Hotels verwendet wurden, daß zum Beispiel Giacomo trotz halbjährigem Dienst beim Lift weder das Triebwerk im Keller noch die Maschinerie im Innern des Aufzuges mit eigenen Augen gesehen hatte, obwohl ihn dies, wie er ausdrücklich sagte, sehr gefreut hätte. Überhaupt war es ein einförmiger Dienst und wegen der zwölfstündigen Arbeitszeit, abwechselnd bei Tag und Nacht, so anstrengend, daß er nach Giacomos Angaben überhaupt nicht auszuhalten war, wenn man nicht minutenweise im Stehen schlafen konnte. Karl sagte hierzu nichts, aber er begriff wohl, daß gerade diese Kunst Giacomo die Stelle gekostet hatte.

Sehr willkommen war es Karl, daß der Aufzug, den er zu besorgen hatte, nur für die obersten Stockwerke bestimmt war, weshalb er es nicht mit den anspruchsvollsten reichen Leuten zu tun haben würde. Allerdings konnte man hier auch nicht so viel lernen wie anderswo und es war nur für den Anfang gut.

Schon nach der ersten Woche sah Karl ein, daß er dem Dienst vollständig gewachsen war. Das Messing seines Aufzuges war am besten geputzt, keiner der dreißig anderen Aufzüge konnte sich damit vergleichen, und es wäre vielleicht noch leuchtender gewesen, wenn der Junge, der bei dem gleichen Aufzug diente, auch nur annähernd so fleißig gewesen wäre und sich nicht in seiner Lässigkeit durch Karls Fleiß unterstützt hätte. Es war ein geborener Amerikaner, namens Renell, ein eitler Junge mit dunklen Augen und glatten, etwas gehöhlten Wangen. Er hatte einen eleganten Privatanzug, in dem er an dienstfreien Abenden leicht parfümiert in die Stadt eilte; hie und da bat er auch Karl, ihn abends zu vertreten, da er in Familienangelegenheiten weggehen müsse, und es kümmerte ihn wenig, daß sein Aussehen allen solchen Ausreden widersprach. Trotzdem konnte ihn Karl gut leiden und hatte es gern, wenn Renell an solchen Abenden vor dem Ausgehen in seinem Privatanzug unten beim Lift vor ihm stehenblieb, sich noch ein wenig entschuldigte, während er die Handschuhe über die Finger zog, und dann durch den Korridor abging. Im übrigen wollte ihm Karl mit diesen Vertretungen nur eine Gefälligkeit machen, wie sie ihm gegenüber einem älteren Kollegen am Anfang selbstverständlich schien, eine dauernde Einrichtung sollte es nicht werden. Denn ermüdend genug war dieses ewige Fahren im Lift allerdings und gar in den Abendstunden hatte es fast keine Unterbrechung.

Bald lernte Karl auch die kurzen, tiefen Verbeugungen machen, die man von den Liftjungen verlangt, und das Trinkgeld fing er im Fluge ab. Es verschwand in seiner Westentasche, und niemand hätte nach seinen Mienen sagen können, ob es groß oder klein war. Vor Damen öffnete er die Tür mit einer kleinen Beigabe von Galanterie und schwang sich in den Aufzug langsam hinter ihnen, die in Sorge um ihre Röcke, Hüte und Behänge zögernder als Männer einzutreten pflegten. Während der Fahrt stand er, weil dies das unauffälligste war, knapp bei der Tür, mit dem Rücken zu seinen Fahrgästen, und hielt den Griff der Aufzugstür, um sie im Augenblick der Ankunft plötzlich und doch nicht etwa erschreckend seitwärts wegzustoßen. Selten nur klopfte ihm einer während der Fahrt auf die Schulter, um irgendeine kleine Auskunft zu bekommen, dann drehte er sich eilig um, als habe er es erwartet, und gab mit lauter Stimme Antwort. Oft gab es trotz den vielen Aufzügen, besonders nach Schluß der Theater oder nach Ankunft bestimmter Expreßzüge, ein solches Gedränge, daß er, kaum daß die Gäste oben entlassen waren, wieder hinunterrasen mußte, um die dort Wartenden aufzunehmen. Er hatte auch die Möglichkeit, durch Ziehen an einem durch den Aufzugskasten hindurchgehenden Drahtseil, die gewöhnliche Schnelligkeit zu steigern, allerdings war dies durch die Aufzugsordnung verboten und sollte auch gefährlich sein. Karl tat es auch niemals, wenn er mit Passagieren fuhr, aber wenn er sie oben abgesetzt hatte und unten andere warteten, dann kannte er keine Rücksicht und arbeitete an dem Seil mit starken, taktmäßigen Griffen wie ein Matrose. Er wußte übrigens, daß dies die anderen Liftjungen auch taten, und er wollte seine Passagiere nicht an andere Jungen verlieren. Einzelne Gäste, die längere Zeit im Hotel wohnten, was hier übrigens ziemlich gebräuchlich war, zeigten hie und da durch ein Lächeln, daß sie Karl als ihren Liftjungen erkannten, Karl nahm diese Freundlichkeit mit ernstem Gesicht, aber gerne an. Manchmal, wenn der Verkehr etwas schwächer war, konnte er auch besondere kleine Aufträge annehmen, zum Beispiel, einem Hotelgast, der sich nicht erst in sein Zimmer bemühen wollte, eine im Zimmer vergessene Kleinigkeit zu holen, dann flog er in seinem in solchen Augenblicken ihm besonders vertrauten Aufzug allein hinauf, trat in das fremde Zimmer, wo meistens sonderbare Dinge, die er nie gesehen hatte, herumlagen oder an den Kleiderrechen hingen, fühlte den charakteristischen Geruch einer fremden Seife, eines Parfüms, eines Mundwassers und eilte, ohne sich im geringsten aufzuhalten, mit dem meist trotz undeutlichen Angaben gefundenen Gegenstand wieder zurück. Oft bedauerte er, größere Aufträge nicht übernehmen zu können, da hierfür eigene Diener und Botenjungen bestimmt waren, die ihre Wege auf Fahrrädern, ja sogar Motorrädern besorgten. Nur zu Botengängen aus den Zimmern in die Speise- oder Spielsäle konnte sich Karl bei günstiger Gelegenheit verwenden lassen.

Wenn er nach der zwölfstündigen Arbeitszeit drei Tage lang um sechs Uhr abends, die nächsten drei Tage um sechs Uhr früh aus der Arbeit kam, war er so müde, daß er geradewegs, ohne sich um jemanden zu kümmern, in sein Bett ging. Es lag im gemeinsamen Schlafsaal der Liftjungen, die Frau Oberköchin, deren Einfluß vielleicht doch nicht so groß war, wie er am ersten Abend geglaubt hatte, hatte sich zwar bemüht, ihm ein eigenes Zimmerchen zu verschaffen, und es wäre ihr wohl auch gelungen, aber da Karl sah, welche Schwierigkeiten es machte und wie die Oberköchin öfters mit seinem Vorgesetzten, jenem so beschäftigten Oberkellner, wegen dieser Sache telefonierte, verzichtete er darauf und überzeugte die Oberköchin von dem Ernst seines Verzichtes mit dem Hinweis darauf, daß er von den anderen Jungen wegen eines nicht eigentlich selbsterarbeiteten Vorzuges nicht beneidet werden wolle.

Ein ruhiges Schlafzimmer war dieser Schlafsaal allerdings nicht. Denn da jeder einzelne die freie Zeit von zwölf Stunden verschiedenartig auf Essen, Schlaf, Vergnügen und Nebenverdienst verteilte, war im Schlafsaal immerfort die größte Bewegung. Da schliefen einige und zogen die Decke über die Ohren, um nichts zu hören; wurde doch einer geweckt, dann schrie er so wütend über das Geschrei der anderen, daß auch die übrigen noch so guten Schläfer nicht standhalten konnten. Fast jeder Junge hatte seine Pfeife, so wurde damit eine Art Luxus getrieben, auch Karl hatte sich eine angeschafft und fand bald Geschmack an ihr. Nun durfte aber im Dienst nicht geraucht werden, die Folge dessen war, daß im Schlafsaal jeder, solange er nicht unbedingt schlief, auch rauchte. Infolgedessen stand jedes Bett in einer eigenen Rauchwolke und alles in einem allgemeinen Dunst. Es war unmöglich durchzusetzen, obwohl eigentlich die Mehrzahl grundsätzlich zustimmte, daß in der Nacht nur an einem Ende des Saales das Licht brennen sollte. Wäre dieser Vorschlag durchgedrungen, dann hätten diejenigen, welche schlafen wollten, dies im Dunkel der einen Saalhälfte – es war ein großer Saal mit vierzig Betten – ruhig tun können, während die anderen im beleuchteten Teil Würfel oder Karten hätten spielen und alles übrige besorgen können, wozu Licht nötig war. Hätte einer, dessen Bett in der beleuchteten Saalhälfte stand, schlafen gehen wollen, so hätte er sich in eines der freien Betten im Dunkel legen können, denn es standen immer Betten genug frei, und niemand wendete gegen eine derartige vorübergehende Benützung seines Bettes durch einen anderen etwas ein. Aber es gab keine Nacht, in der diese Einteilung befolgt worden wäre. Immer wieder fanden sich zum Beispiel zwei, welche, nachdem sie das Dunkel zu etwas Schlaf ausgenützt hatten, Lust bekamen, in ihren Betten auf einem zwischen sie gelegten Brett Karten zu spielen, und natürlich drehten sie eine passende elektrische Lampe auf, deren stechendes Licht die Schlafenden, wenn sie ihm zugewendet waren, auffahren ließ. Man wälzte sich zwar noch ein wenig herum, fand aber schließlich auch nichts Besseres zu tun, als mit dem gleichfalls geweckten Nachbarn auch ein Spiel bei neuer Beleuchtung vorzunehmen. Und wieder dampften natürlich auch alle Pfeifen. Es gab allerdings auch einige, die um jeden Preis schlafen wollten – Karl gehörte meist zu ihnen – und die, statt den Kopf aufs Kissen zu legen, ihn mit dem Kissen bedeckten oder hineinwickelten; aber wie wollte man im Schlaf bleiben, wenn der nächste Nachbar in tiefer Nacht aufstand, um vor dem Dienst noch ein wenig in der Stadt dem Vergnügen nachzugehen, wenn er in dem am Kopfende des eigenen Bettes angebrachten Waschbecken laut und wassersprühend sich wusch, wenn er die Stiefel nicht nur polternd anzog, sondern stampfend sich besser in sie hineintreten wollte – fast alle hatten trotz amerikanischer Stiefelform zu enge Stiefel –, um dann schließlich, da ihm eine Kleinigkeit in seiner Ausstattung fehlte, das Kissen des Schlafenden zu heben, unter dem man, allerdings schon längst geweckt, nur darauf wartete, auf ihn loszufahren? Nun waren sie aber auch alle Sportsleute und junge, meist kräftige Burschen, die keine Gelegenheit zu sportlichen Übungen versäumen wollten. Und man konnte sicher sein, wenn man in der Nacht, mitten aus dem Schlaf durch großen Lärm geweckt, aufsprang, auf dem Boden neben seinem Bett zwei Ringkämpfer zu finden und bei greller Beleuchtung auf allen Betten in der Runde aufrecht stehende Sachverständige in Hemd und Unterhosen. Einmal fiel anläßlich eines solchen nächtlichen Boxkampfes einer der Kämpfer über den schlafenden Karl, und das erste, was Karl beim Öffnen der Augen erblickte, war das Blut, das dem Jungen aus der Nase rann und, ehe man noch etwas dagegen unternehmen konnte, das ganze Bettzeug überfloß. Oft verbrachte Karl fast die ganzen zwölf Stunden mit Versuchen, einige Stunden Schlaf zu gewinnen, obwohl es ihn auch sehr lockte, an den Unterhaltungen der anderen teilzunehmen; aber immer wieder schien es ihm, daß alle anderen in ihrem Leben einen Vorsprung vor ihm hatten, den er durch fleißigere Arbeit und ein wenig Verzichtleistung ausgleichen müsse. Obwohl ihm also hauptsächlich seiner Arbeit wegen am Schlaf sehr gelegen war, beklagte er sich doch weder gegenüber der Oberköchin, noch gegenüber Therese über die Verhältnisse im Schlafsaal, denn erstens trugen im ganzen und großen alle Jungen schwer daran, ohne sich ernstlich zu beklagen, und zweitens war die Plage im Schlafsaal ein notwendiger Teil seiner Aufgabe als Liftjunge, die er ja aus den Händen der Oberköchin dankbar übernommen hatte.

Einmal in der Woche hatte er beim Schichtwechsel vierundzwanzig Stunden frei, die er zum Teil dazu verwendete, bei der Oberköchin ein, zwei Besuche zu machen und mit Therese, deren kärgliche freie Zeit er abpaßte, irgendwo, in einem Winkel, auf einem Korridor und selten nur in ihrem Zimmer, einige flüchtige Reden auszutauschen. Manchmal begleitete er sie auch auf ihren Besorgungen in der Stadt, die alle höchst eilig ausgeführt werden mußten. Dann liefen sie fast, Karl mit ihrer Tasche in der Hand, zur nächsten Station der Untergrundbahn, die Fahrt verging im Nu, als werde der Zug ohne jeden Widerstand nur hingerissen, schon waren sie ihm entstiegen, klapperten, statt auf den Aufzug zu warten, der ihnen zu langsam war, die Stufen hinauf, die großen Plätze, von denen sternförmig die Straßen auseinanderflogen, erschienen und brachten ein Getümmel in den von allen Seiten geradlinig strömenden Verkehr, aber Karl und Therese eilten eng beisammen in die verschiedenen Büros, Waschanstalten, Lagerhäuser und Geschäfte, in denen telefonisch nicht leicht zu besorgende, im übrigen nicht besonders verantwortliche Bestellungen oder Beschwerden auszurichten waren. Therese merkte bald, daß Karls Hilfe hierbei nicht zu verachten war, daß sie vielmehr in vieles eine große Beschleunigung brachte. Niemals mußte sie in seiner Begleitung wie sonst oft darauf warten, daß die überbeschäftigten Geschäftsleute sie anhörten. Er trat an das Pult und klopfte so lange mit den Knöcheln darauf, bis es half, er rief über Menschenmauern sein noch immer etwas überspitztes, aus hundert Stimmen leicht herauszuhörendes Englisch hin, er ging auf die Leute ohne Zögern zu, und mochten sie sich hochmütig in die Tiefe der längsten Geschäftssäle zurückgezogen haben. Er tat es nicht aus Übermut und würdigte jeden Widerstand, aber er fühlte sich in einer sicheren Stellung, die ihm Rechte gab, das Hotel Occidental war eine Kundschaft, deren man nicht spotten durfte, und schließlich war Therese trotz ihrer geschäftlichen Erfahrung hilfsbedürftig.

»Sie sollten immer mitkommen«, sagte sie manchmal, glücklich lachend, wenn sie von einer besonders gut ausgeführten Unternehmung kamen.

Nur dreimal während der eineinhalb Monate, die Karl in Ramses blieb, war er längere Zeit, über ein paar Stunden, in Thereses Zimmerchen. Es war natürlich kleiner als irgendein Zimmer der Oberköchin, die wenigen Dinge, welche darin standen, waren gewissermaßen nur um das Fenster gelagert, aber Karl verstand schon nach seinen Erfahrungen aus dem Schlafsaal den Wert eines eigenen, verhältnismäßig ruhigen Zimmers, und wenn er es auch nicht ausdrücklich sagte, so merkte Therese doch, wie ihm ihr Zimmer gefiel. Sie hatte keine Geheimnisse vor ihm, und es wäre auch nicht gut möglich gewesen, nach ihrem Besuch damals, am ersten Abend, noch Geheimnisse vor ihm zu haben. Sie war ein uneheliches Kind, ihr Vater war Baupolier und hatte die Mutter und das Kind aus Pommern sich nachkommen lassen; aber als hätte er damit seine Pflicht erfüllt oder als hätte er andere Menschen erwartet als die abgearbeitete Frau und das schwache Kind, die er an der Landungsstelle in Empfang nahm, war er bald nach ihrer Ankunft ohne viel Erklärungen nach Kanada ausgewandert, und die Zurückgebliebenen hatten weder einen Brief noch eine sonstige Nachricht von ihm erhalten, was zum Teil auch nicht zu verwundern war, denn sie waren in den Massenquartieren des New Yorker Ostens unauffindbar verloren.

Einmal erzählte Therese – Karl stand neben ihr beim Fenster und sah auf die Straße – vom Tode ihrer Mutter. Wie die Mutter und sie an einem Winterabend – sie konnte damals etwa fünf Jahre alt gewesen sein – jede mit ihrem Bündel durch die Straßen eilten, um Schlafstellen zu suchen. Wie die Mutter sie zuerst bei der Hand führte – es war ein Schneesturm und nicht leicht vorwärtszukommen –, bis die Hand erlahmte und sie Therese, ohne sich nach ihr umzusehen, losließ, die sich nun Mühe geben mußte, sich selbst an den Röcken der Mutter festzuhalten. Oft stolperte Therese und fiel sogar, aber die Mutter war wie in einem Wahn und hielt nicht an. Und diese Schneestürme in den langen, geraden New Yorker Straßen! Karl hatte noch keinen Winter in New York mitgemacht. Geht man gegen den Wind, und der dreht sich im Kreise, kann man keinen Augenblick die Augen öffnen, immerfort zerreibt einem der Wind den Schnee auf dem Gesicht, man läuft, aber kommt nicht weiter, es ist etwas Verzweifeltes. Ein Kind ist dabei natürlich gegen die Erwachsenen im Vorteil, es läuft unter dem Wind durch und hat noch ein wenig Freude an allem. So hatte auch damals Therese ihre Mutter nicht ganz begreifen können, und sie war fest davon überzeugt, daß, wenn sie sich an jenem Abend klüger – sie war eben noch ein so kleines Kind – zu ihrer Mutter verhalten hätte, diese nicht einen so jammervollen Tod hätte erleiden müssen. Die Mutter war damals schon zwei Tage ohne Arbeit gewesen, nicht das kleinste Geldstück war mehr vorhanden, der Tag war ohne einen Bissen im Freien verbracht worden, und in ihren Bündeln schleppten sie nur unbrauchbare Fetzen mit sich herum, die sie, vielleicht aus Aberglauben, nicht wegzuwerfen wagten. Nun war der Mutter für den nächsten Morgen Arbeit bei einem Bau in Aussicht gestellt worden, aber sie fürchtete, wie sie Therese den ganzen Tag über zu erklären suchte, die günstige Gelegenheit nicht ausnützen zu können, denn sie fühlte sich todmüde, hatte schon am Morgen zum Schrecken der Passanten auf der Gasse viel Blut gehustet, und ihre einzige Sehnsucht war, irgendwo in die Wärme zu kommen und sich auszuruhen. Und gerade an diesem Abend war es unmöglich, ein Plätzchen zu bekommen. Dort, wo sie nicht schon vom Hausbesorger aus dem Torgang gewiesen wurden, in dem man sich immerhin vom Wetter ein wenig hätte erholen können, durcheilten sie die engen, eisigen Korridore, durchstiegen die hohen Stockwerke, umkreisten die schmalen Terrassen der Höfe, klopften wahllos an Türen, wagten einmal niemanden anzusprechen, baten dann jeden, der ihnen entgegenkam, und einmal oder zweimal hockte die Mutter atemlos auf der Stufe einer stillen Treppe nieder, riß Therese, die sich fast wehrte, an sich und küßte sie mit schmerzhaftem Anpressen der Lippen. Wenn man nachher weiß, daß das die letzten Küsse waren, begreift man nicht, daß man, und mag man ein kleiner Wurm gewesen sein, so blind sein konnte, das nicht einzusehen. In manchen Zimmern, an denen sie vorüberkamen, waren die Türen geöffnet, um eine erstickende Luft herauszulassen, und aus dem rauchigen Dunst, der, wie durch einen Brand verursacht, die Zimmer erfüllte, trat nur die Gestalt irgend jemandes hervor, der im Türrahmen stand und entweder durch seine stumme Gegenwart oder durch ein kurzes Wort die Unmöglichkeit eines Unterkommens in dem betreffenden Zimmer bewies. Therese schien es jetzt im Rückblick, daß die Mutter nur in den ersten Stunden ernstlich einen Platz suchte, denn nachdem etwa Mitternacht vorüber war, hat sie wohl niemanden mehr angesprochen, obwohl sie mit kleinen Pausen bis zur Morgendämmerung nicht aufhörte weiterzueilen und obwohl in diesen Häusern, in denen weder Haustore noch Wohnungstüren je verschlossen werden, immerfort Leben ist und einem auf Schritt und Tritt Menschen begegnen. Natürlich war es kein Laufen, das sie rasch weiterbrachte, sondern es war nur die äußerste Anstrengung, deren sie fähig waren, und es konnte in Wirklichkeit ganz gut auch bloß ein Schleichen sein. Therese wußte auch nicht, ob sie von Mitternacht bis fünf Uhr früh in zwanzig Häusern oder in zwei oder gar nur in einem Haus gewesen waren. Die Korridore dieser Häuser sind nach schlauen Plänen der besten Raumausnützung, aber ohne Rücksicht auf leichte Orientierung angelegt; wie oft waren sie wohl durch die gleichen Korridore gekommen! Therese hatte wohl in dunkler Erinnerung, daß sie das Tor eines Hauses, das sie ewig durchsucht hatten, wieder verließen, aber ebenso schien es ihr, daß sie sich auf der Gasse gleich umgewandt und wieder in dieses Haus gestürzt hätten. Für das Kind war es natürlich ein unbegreifliches Leid, einmal von der Mutter gehalten, einmal sich an ihr festhaltend, ohne ein kleines Wort des Trostes mitgeschleift zu werden, und das Ganze schien damals für seinen Unverstand nur die Erklärung zu haben, daß die Mutter von ihm weglaufen wolle. Darum hielt sich Therese desto fester, selbst wenn die Mutter sie an einer Hand hielt, der Sicherheit halber auch noch mit der anderen Hand an den Röcken der Mutter, und heulte in Abständen. Sie wollte nicht hier zurückgelassen werden, zwischen den Leuten, die vor ihnen die Treppe stampfend emporstiegen, die hinter ihnen, noch nicht zu sehen, hinter einer Wendung der Treppe herankamen, die in den Gängen vor einer Tür Streit miteinander hatten und einander gegenseitig in das Zimmer hineinstießen. Betrunkene wanderten mit dumpfem Gesang im Haus umher, und glücklich schlüpfte noch die Mutter mit Therese durch solche sich gerade schließende Gruppen. Gewiß hätten sie spät in der Nacht, wo man nicht mehr so achtgab und niemand mehr unbedingt auf seinem Recht bestand, wenigstens in einen der allgemeinen, von Unternehmern vermieteten Schlafsäle sich drängen können, an deren einigen sie vorüberkamen, aber Therese verstand es nicht, und die Mutter wollte keine Ruhe mehr. Am Morgen, dem Beginn eines schönen Wintertages, lehnten sie beide an einer Hausmauer und hatten dort vielleicht ein wenig geschlafen, vielleicht nur mit offenen Augen herumgestarrt. Es zeigte sich, daß Therese ihr Bündel verloren hatte, und die Mutter machte sich daran, Therese zur Strafe für die Unachtsamkeit zu schlagen, aber Therese hörte keinen Schlag und spürte keinen. Sie gingen dann weiter durch die sich belebenden Gassen, die Mutter an der Mauer, kamen über eine Brücke, wo die Mutter mit der Hand den Reif vom Geländer streifte, und gelangten schließlich, damals hatte Therese es hingenommen, heute verstand sie es nicht, gerade zu jenem Bau, zu dem die Mutter für jenen Morgen bestellt war. Sie sagte Therese nicht, ob sie warten oder weggehen solle, und Therese nahm dies als Befehl zum Warten, da dies ihren Wünschen am besten entsprach. Sie setzte sich also auf einen Ziegelhaufen und sah zu, wie die Mutter ihr Bündel aufschnürte, einen bunten Fetzen herausnahm und damit ihr Kopftuch umband, das sie während der ganzen Nacht getragen hatte. Therese war zu müde, als daß ihr auch nur der Gedanke gekommen wäre, der Mutter zu helfen. Ohne sich in der Bauhütte zu melden, wie dies üblich war, und ohne jemanden zu fragen, stieg die Mutter eine Leiter hinauf, als wisse sie schon selbst, welche Arbeit ihr zugeteilt war. Therese wunderte sich darüber, da die Handlangerinnen gewöhnlich nur unten mit Kalklöschen, mit dem Hinreichen der Ziegel und mit sonstigen einfachen Arbeiten beschäftigt werden. Sie dachte daher, die Mutter wolle heute eine besser bezahlte Arbeit ausführen, und lächelte verschlafen zu ihr hinauf. Der Bau war noch nicht hoch, kaum bis zum Erdgeschoß, gediehen, wenn auch schon die hohen Gerüststangen für den weiteren Bau, allerdings noch ohne Verbindungshölzer, zum blauen Himmel ragten. Oben umging die Mutter geschickt die Maurer, die Ziegel auf Ziegel legten und sie unbegreiflicherweise nicht zur Rede stellten, sie hielt sich vorsichtig mit zarter Hand an einem Holzverschlag, der als Geländer diente, und Therese staunte unten in ihrem Dusel diese Geschicklichkeit an und glaubte noch einen freundlichen Blick der Mutter erhalten zu haben. Nun kam aber die Mutter auf ihrem Gang zu einem kleinen Ziegelhaufen, vor dem das Geländer und wahrscheinlich auch der Weg aufhörte, aber sie hielt sich nicht daran, ging auf den Ziegelhaufen los, ihre Geschicklichkeit schien sie verlassen zu haben, sie stieß den Ziegelhaufen um und fiel über ihn hinweg in die Tiefe. Viele Ziegel rollten ihr nach und schließlich eine ganze Weile später, löste sich irgendwo ein schweres Brett los und krachte auf sie nieder. Die letzte Erinnerung Thereses an ihre Mutter war, wie sie mit auseinandergestreckten Beinen dalag in dem karierten Rock, der noch aus Pommern stammte, wie jenes auf ihr liegende rohe Brett sie fast bedeckte, wie nun die Leute von allen Seiten zusammenliefen und wie oben vom Bau irgendein Mann zornig etwas hinunterrief.

Es war spät geworden, als Therese ihre Erzählung beendet hatte. Sie hatte ausführlich erzählt, wie es sonst nicht ihre Gewohnheit war, und gerade bei gleichgültigen Stellen, wie bei der Beschreibung der Gerüststangen, die jede für sich allein in den Himmel ragten, hatte sie mit Tränen in den Augen innehalten müssen. Sie wußte jede

Kleinigkeit, die damals vorgefallen war, jetzt, nach zehn Jahren, ganz genau, und weil der Anblick ihrer Mutter oben im halbfertigen Erdgeschoß das letzte Andenken an das Leben der Mutter war und sie es ihrem Freunde gar nicht deutlich genug überantworten konnte, wollte sie nach dem Schlusse ihrer Erzählung noch einmal darauf zurückkommen, stockte aber, legte das Gesicht in die Hände und sagte kein Wort mehr.

Es gab aber auch lustigere Zeiten in Theresens Zimmer. Gleich bei seinem ersten Besuch hatte Karl dort ein Lehrbuch der kaufmännischen Korrespondenz liegen gesehen und auf seine Bitten geborgt erhalten. Es wurde gleichzeitig besprochen, daß Karl die im Buch enthaltenen Aufgaben machen und Therese, die das Buch, soweit es für ihre kleinen Arbeiten nötig war, schon durchstudiert hatte, zur Durchsicht vorlegen solle. Nun lag Karl ganze Nächte lang, Watte in den Ohren, unten auf seinem Bett im Schlafsaal, der Abwechslung halber in allen möglichen Lagen, las im Buch und kritzelte die Aufgaben in ein Heftchen, mit einer Füllfeder, die ihm die Oberköchin zur Belohnung dafür geschenkt hatte, daß er für sie ein großes Inventarverzeichnis sehr praktisch angelegt und rein ausgeführt hatte. Es gelang ihm, die meisten Störungen der anderen Jungen dadurch zum Guten zu wenden, daß er sich von ihnen immer kleine Ratschläge in der englischen Sprache geben ließ, bis sie dessen müde wurden und ihn in Ruhe ließen. Oft staunte er, wie die anderen mit ihrer gegenwärtigen Lage ganz ausgesöhnt waren, ihren provisorischen Charakter – ältere als zwanzigjährige Liftjungen wurden nicht geduldet – gar nicht fühlten, die Notwendigkeit einer Entscheidung über ihren künftigen Beruf nicht einsahen und trotz Karls Beispiel nichts anderes lasen als höchstens Detektivgeschichten, die in schmutzigen Fetzen von Bett zu Bett gereicht wurden. Bei den Zusammenkünften korrigierte nun Therese mit übergroßer Umständlichkeit; es ergaben sich strittige Ansichten, Karl führte als Zeugen seinen großen New Yorker Professor an, aber der galt bei Therese ebenso wenig wie die grammatikalischen Meinungen der Liftjungen. Sie nahm ihm die Füllfeder aus der Hand und strich die Stelle, von deren Fehlerhaftigkeit sie überzeugt war, durch, Karl aber strich in solchen Zweifelsfällen, obwohl im allgemeinen keine höhere Autorität als Therese die Sache zu Gesicht bekommen sollte, aus Genauigkeit die Striche Theresens wieder durch. Manchmal allerdings kam die Oberköchin und entschied dann immer zu Theresens Gunsten, was noch nicht beweisend war, denn Therese war ihre Sekretärin. Gleichzeitig aber brachte sie die allgemeine Versöhnung, denn es wurde Tee gekocht, Gebäck geholt, und Karl mußte von Europa erzählen, allerdings mit vielen Unterbrechungen von seiten der Oberköchin, die immer wieder fragte und staunte, wodurch sie Karl zu Bewußtsein brachte, wie vieles sich dort in verhältnismäßig kurzer Zeit von Grund aus geändert hatte und wie vieles wohl auch schon seit seiner Abwesenheit anders geworden war und immerfort anders wurde.

Karl mochte etwa einen Monat in Ramses gewesen sein, als ihm eines Abends Renell im Vorübergehen sagte, er sei vor dem Hotel von einem Mann mit Namen Delamarche angesprochen und nach Karl ausgefragt worden. Renell habe nun keinen Grund gehabt, etwas zu verschweigen, und habe der Wahrheit gemäß erzählt, daß

Karl Liftjunge sei, jedoch Aussicht habe, infolge der Protektion der Oberköchin noch ganz andere Stellen zu bekommen. Karl merkte, wie vorsichtig Renell von Delamarche behandelt worden war, der ihn sogar für diesen Abend zu einem gemeinsamen Nachtmahl eingeladen hatte.

»Ich habe nichts mehr mit Delamarche zu tun«, sagte Karl, »nimm du dich nur auch vor ihm in acht!«

»Ich?« sagte Renell, streckte sich und eilte weg. Er war der zierlichste Junge im Hotel, und es ging unter den anderen Jungen, ohne daß man den Urheber wußte, das Gerücht um, daß er von einer vornehmen Dame, die schon längere Zeit im Hotel wohnte, im Lift zumindest abgeküßt worden sei. Für den, der das Gerücht kannte, hatte es unbedingt einen großen Reiz, jene selbstbewußte Dame, in deren Äußerem nicht das geringste die Möglichkeit eines solchen Benehmens ahnen ließ, mit ihren ruhigen, leichten Schritten, zarten Schleiern, streng geschnürter Taille an sich vorübergehen zu sehen. Sie wohnte im ersten Stock, und Renells Lift war nicht der ihre, aber man konnte natürlich, wenn die anderen Lifts augenblicklich besetzt waren, solchen Gästen den Eintritt in einen anderen Lift nicht verwehren. So kam es, daß diese Dame hie und da in Karls und Renells Lift fuhr, und tatsächlich immer nur, wenn Renell Dienst hatte. Es konnte Zufall sein, aber niemand glaubte daran, und wenn der Lift mit den beiden abfuhr, gab es in der ganzen Reihe der Liftjungen eine mühsam unterdrückte Unruhe, die sogar schon zum Einschreiten eines Oberkellners geführt hatte. Sei es nun, daß die Dame, sei es, daß das Gerücht die Ursache war, jedenfalls hatte sich Renell verändert, war noch bei weitem selbstbewußter geworden, überließ das Putzen gänzlich Karl, der schon auf die nächste Gelegenheit einer gründlichen Aussprache hierüber wartete, und war im Schlafsaal gar nicht mehr zu sehen. Kein anderer war so vollständig aus der Gemeinschaft der Liftjungen ausgetreten, denn im allgemeinen hielten alle, zumindest in Dienstfragen, streng zusammen und hatten eine Organisation, die von der Hoteldirektion anerkannt war.

Alles dieses ließ sich Karl durch den Kopf gehen, dachte auch an Delamarche, und verrichtete im übrigen seinen Dienst wie immer. Gegen Mitternacht hatte er eine kleine Abwechslung, denn Therese, die ihn öfters mit kleinen Geschenken überraschte, brachte ihm einen großen Apfel und eine Tafel Schokolade. Sie unterhielten sich ein wenig, durch die Unterbrechungen, welche die Fahrten mit dem Aufzug brachten, kaum gestört. Das Gespräch kam auch auf Delamarche, und Karl merkte, daß er sich eigentlich durch Therese hatte beeinflussen lassen, wenn er ihn seit einiger Zeit für einen gefährlichen Menschen hielt, denn so erschien er allerdings Therese nach Karls Erzählungen. Karl jedoch hielt ihn im Grunde nur für einen Lumpen, der durch das Unglück sich hatte verderben lassen und mit dem man schon auskommen konnte. Therese widersprach dem aber sehr lebhaft und forderte Karl in langen Reden das Versprechen ab, kein Wort mit Delamarche mehr zu reden. Statt dieses Versprechen zu geben, drängte sie Karl wiederholt, schlafen zu gehen, da Mitternacht schon längst vorüber war, und als sie sich weigerte, drohte er, seinen Posten zu verlassen und sie in ihr Zimmer zu führen. Als sie endlich bereit war wegzugehen, sagte er: »Warum machst du dir so unnötige Sorgen, Therese? Für den Fall, daß du dadurch besser schlafen solltest, verspreche ich dir gerne, daß ich mit Delamarche nur reden werde, wenn es sich nicht vermeiden läßt.« Dann kamen viele Fahrten, denn der Junge am Nebenlift wurde zu irgendeiner anderen Hilfeleistung verwendet, und Karl mußte beide Lifts besorgen. Es gab Gäste, die von Unordnung sprachen, und ein Herr, der eine Dame begleitete, berührte Karl sogar leicht mit dem Spazierstock, um ihn zur Eile anzutreiben, eine Ermahnung, die recht unnötig war. Wenn doch wenigstens die Gäste, da sie sahen, daß bei dem einen Lift kein Junge stand, gleich zu Karls Lift getreten wären, aber das taten sie nicht, sondern gingen zu dem Nebenlift und blieben dort, die Hand an der Klinke, stehen oder traten gar selbst in den Aufzug ein, was nach dem strengsten Paragraphen der Dienstordnung die Liftjungen um jeden Preis verhüten sollten. So gab es für Karl ein sehr ermüdendes Hin- und Herlaufen, ohne daß er aber dabei das Bewußtsein gehabt hätte, seine Pflicht genau zu erfüllen. Gegen drei Uhr früh wollte überdies ein Packträger, ein alter Mann, mit dem er ein wenig befreundet war, irgendeine Hilfeleistung von ihm haben, aber die konnte er nun keinesfalls leisten, denn gerade standen Gäste vor seinen beiden Lifts. Und es gehörte Geistesgegenwart dazu, sich sofort mit großen Schritten für eine Gruppe zu entscheiden. Er war daher glücklich, als der andere Junge wieder antrat, und rief ein paar Worte des Vorwurfs wegen seines langen Ausbleibens zu ihm hinüber, obwohl er wahrscheinlich keine Schuld daran hatte.

Nach vier Uhr früh trat ein wenig Ruhe ein, aber Karl brauchte sie auch schon dringend. Er lehnte schwer am Geländer neben seinem Aufzug, aß langsam den Apfel, aus dem schon nach dem ersten Biß ein starker Duft strömte, und sah in einen Lichtschacht hinunter, der von den großen Fenstern der Vorratskammern umgeben war, hinter denen hängende Massen von Bananen im Dunkel gerade noch schimmerten.

DER FALL ROBINSON

Da klopfte ihm jemand auf die Schulter. Karl, der natürlich dachte, es wäre ein Gast, steckte den Apfel eifrigst in die Tasche und eilte, kaum daß er den Mann ansah, zum Aufzug hin.

»Guten Abend, Herr Roßmann«, sagte nun aber der Mann, »ich bin es, Robinson.«

»Sie haben sich aber verändert!« sagte Karl und schüttelte den Kopf.

»Ja, es geht mir gut«, sagte Robinson und sah an seiner Kleidung hinunter, die vielleicht aus ziemlich feinen Stücken bestand, aber so zusammengewürfelt war, daß sie geradezu schäbig aussah. Das Auffallendste war eine offenbar zum erstenmal getragene weiße Weste mit vier kleinen, schwarz eingefaßten Täschchen, auf die Robinson auch durch Vorstrecken der Brust aufmerksam zu machen suchte.

»Sie haben teuere Kleider«, sagte Karl und dachte flüchtig an sein schönes einfaches Kleid, in dem er sogar neben Renell hätte bestehen können und das die zwei schlechten Freunde verkauft hatten.

»Ja«, sagte Robinson, »ich kaufe mir fast jeden Tag irgend etwas. Wie gefällt Ihnen die Weste?«

»Ganz gut«, sagte Karl.

»Es sind aber keine wirklichen Taschen, das ist nur so gemacht«, sagte Robinson und faßte Karl bei der Hand, damit sich dieser selbst davon überzeuge. Aber Karl wich zurück, denn aus Robinsons Mund kam ein unerträglicher Branntweingeruch.

»Sie trinken wieder viel«, sagte Karl und stand schon wieder am Geländer.

»Nein«, sagte Robinson, »nicht viel«, und fügte im Widerspruch zu seiner früheren Zufriedenheit hinzu: »Was hat der Mensch sonst auf der Welt.« Eine Fahrt unterbrach das Gespräch, und kaum war Karl wieder unten, erfolgte ein telefonischer Anruf, laut dessen Karl den Hotelarzt holen sollte, da eine Dame im siebten Stockwerk einen Ohnmachtsanfall erlitten hatte. Während dieses Weges hoffte Karl im geheimen, daß Robinson sich inzwischen entfernt haben werde, denn er wollte nicht mit ihm gesehen werden und, in Gedanken an Theresens Warnung, auch von Delamarche nichts hören. Aber Robinson wartete noch in der steifen Haltung eines Vollgetrunkenen, und gerade ging ein höherer Hotelbeamter in schwarzem Gehrock und Zylinderhut vorüber, glücklicherweise ohne Robinson, wie es schien, besonders zu beachten.

»Wollen Sie, Roßmann, nicht einmal zu uns kommen, wir haben es jetzt sehr fein«, sagte Robinson und sah Karl lockend an.

»Laden Sie mich ein oder Delamarche?« fragte Karl. »Ich und Delamarche. Wir sind darin einig«, sagte Robinson.

»Dann sage ich Ihnen und bitte Sie, Delamarche das gleiche auszurichten: Unser Abschied war, wenn das nicht schon an und für sich klar gewesen sein sollte, ein endgültiger. Sie beide haben mir mehr Leid getan als irgend jemand. Haben Sie sich vielleicht in den Kopf gesetzt, mich auch weiterhin nicht in Ruhe zu lassen?«

»Wir sind doch Ihre Kameraden«, sagte Robinson, und widerliche Tränen der Trunkenheit stiegen ihm in die Augen. »Delamarche läßt Ihnen sagen, daß er Sie für alles Frühere entschädigen will. Wir wohnen jetzt mit Brunelda zusammen, einer herrlichen Sängerin –« Und im Anschluß daran wollte er gerade ein Lied in hohen Tönen singen, wenn ihn nicht Karl noch rechtzeitig angezischt hätte: »Schweigen Sie, aber augenblicklich; wissen Sie denn nicht, wo Sie sind!«

»Roßmann«, sagte Robinson, nun rücksichtlich des Singens eingeschüchtert, »ich bin doch Ihr Kamerad, sagen Sie, was Sie wollen. Und nun haben Sie hier eine so schöne Position, könnten Sie mir einiges Geld überlassen?«

»Sie vertrinken es ja bloß wieder«, sagte Karl, »da sehe ich in Ihrer Tasche sogar irgendeine Branntweinflasche, aus der Sie gewiß, während ich weg war, getrunken haben, denn anfangs waren Sie ja noch ziemlich bei Sinnen.«

»Das ist nur zur Stärkung, wenn ich auf einem Wege bin«, sagte Robinson entschuldigend. »Ich will Sie ja nicht mehr bessern«, sagte Karl. »Aber das Geld!« sagte Robinson mit aufgerissenen Augen.

»Sie haben wohl von Delamarche den Auftrag bekommen, Geld mitzubringen. Gut, ich gebe Ihnen Geld, aber nur unter der Bedingung, daß Sie sofort von hier fortgehen und niemals mehr mich hier besuchen. Wenn Sie mir etwas mitteilen wollen, schreiben Sie an mich. Karl Roßmann, Liftjunge, Hotel Occidental, genügt als Adresse. Aber hier dürfen Sie, das wiederhole ich, mich nicht mehr besuchen. Hier bin ich im Dienst und habe keine Zeit für Besuche. Wollen Sie also das Geld unter dieser Bedingung?« fragte Karl und griff in die Westentasche, denn er war entschlossen, das Trinkgeld der heutigen Nacht zu opfern. Robinson nickte bloß zu der Frage und atmete schwer. Karl deutete das unrichtig und fragte nochmals: »Ja oder Nein?«

Da winkte ihn Robinson zu sich heran und flüsterte unter Schlingbewegungen, die schon ganz deutlich waren: »Roßmann, mir ist sehr schlecht.«

»Zum Teufel«, entfuhr es Karl, und mit beiden Händen schleppte er ihn zum Geländer. Und schon ergoß es sich aus Robinsons Mund in die Tiefe. Hilflos strich er in den Pausen, die ihm seine Übelkeit ließ, blindlings zu Karl hin. »Sie sind wirklich ein guter Junge«, sagte er dann, oder: »Es hört schon auf«, was aber noch lange nicht richtig war, oder: »Die Hunde, was haben sie mir dort für ein Zeug eingegossen!« Karl hielt es vor Unruhe und Ekel bei ihm nicht mehr aus und begann auf und ab zu gehen. Hier, im Winkel neben dem Aufzug, war ja Robinson ein wenig versteckt, aber wie, wenn ihn doch jemand bemerkte, einer dieser nervösen, reichen Gäste, die nur darauf warten, dem herbeilaufenden Hotelbeamten eine Beschwerde mitzuteilen, für welche dieser dann wütend am ganzen Hause Rache nimmt, oder wenn einer dieser immerfort wechselnden Hoteldetektive vorüberkäme, die niemand kennt außer der Direktion und die man in jedem Menschen vermutet, der prüfende Blicke, vielleicht bloß aus Kurzsichtigkeit, macht. Und unten brauchte nur jemand bei dem die ganze Nacht nicht aussetzenden Restaurationsbetrieb in die Vorratskammern zu gehen, staunend die Scheußlichkeit im Lichtschacht zu bemerken und Karl telefonisch anzufragen, was denn um Himmels willen da oben los sei. Konnte Karl dann Robinson verleugnen? Und wenn er es täte, würde sich nicht Robinson in seiner Dummheit und Verzweiflung statt aller Entschuldigung gerade nur auf Karl berufen? Und mußte dann nicht Karl sofort entlassen werden, da dann das Unerhörte geschehen war, daß ein Liftjunge, der niedrigste und entbehrlichste Angestellte in der ungeheueren Stufenleiter der Dienerschaft dieses Hotels, durch seinen Freund das Hotel hatte beschmutzen und die Gäste erschrecken oder ganz vertreiben lassen? Konnte man einen Liftjungen weiter dulden, der solche Freunde hatte, von denen er sich überdies während seiner Dienststunden besuchen ließ? Sah es nicht ganz so aus, als ob ein solcher Liftjunge selbst ein Säufer oder gar etwas Ärgeres sei, denn welche Vermutung war einleuchtender, als daß er seine Freunde aus den Vorräten des Hotels so lange überfütterte, bis sie an einer beliebigen Stelle dieses gleichen, peinlich rein gehaltenen Hotels solche Dinge ausführten, wie jetzt Robinson? Und warum sollte sich ein solcher Junge auf die Diebstähle von Lebensmitteln beschränken, da doch die Möglichkeit zu stehlen bei der bekannten Nachlässigkeit der Gäste, den überall offenstehenden Schränken, den auf den Tischen herumliegenden Kostbarkeiten, den aufgerissenen Kassetten, den gedankenlos hingeworfenen Schlüsseln wirklich unzählige waren?

Gerade sah Karl in der Ferne Gäste aus einem Kellerlokal heraufsteigen, in dem eben eine Varietévorstellung beendet worden war. Karl stellte sich zu seinem Aufzug und wagte sich gar nicht nach Robinson umzudrehen, aus Furcht vor dem, was er zu sehen bekommen könnte. Es beruhigte ihn wenig, daß er keinen Laut, nicht einmal einen Seufzer, von dort hörte. Er bediente zwar seine Gäste und fuhr mit ihnen auf und ab, aber seine Zerstreutheit konnte er doch nicht ganz verbergen, und bei jeder Abwärtsfahrt war er darauf gefaßt, unten eine peinliche Überraschung vorzufinden.

Endlich hatte er wieder Zeit, nach Robinson zu sehen, der in seinem Winkel ganz klein kauerte und das Gesicht gegen die Knie drückte. Seinen runden, harten Hut hatte er weit aus der Stirne geschoben.

»Also jetzt gehen Sie schon«, sagte Karl leise und bestimmt. »Hier ist das Geld. Wenn Sie sich beeilen, kann ich Ihnen noch den kürzesten Weg zeigen.«

»Ich werde nicht weggehen können«, sagte Robinson und wischte sich mit einem winzigen Taschentuch die Stirn, »ich werde hier sterben. Sie können sich nicht vorstellen, wie schlecht mir ist. Delamarche nimmt mich überall in die feinen Lokale mit, aber ich vertrage dieses zimperliche Zeug nicht, ich sage es Delamarche täglich.«

»Hier können Sie nun einmal nicht bleiben«, sagte Karl, »bedenken Sie doch, wo Sie sind. Wenn man Sie hier findet, werden Sie bestraft, und ich verliere meinen Posten. Wollen Sie das?«

»Ich kann nicht weggehen«, sagte Robinson, »lieber springe ich da hinunter«, und er zeigte zwischen den Geländerstangen in den Lichtschacht. »Wenn ich hier so sitze, so kann ich es noch ertragen, aber aufstehen kann ich nicht, ich habe es ja schon versucht, während Sie weg waren.«

»Dann hole ich also einen Wagen, und Sie fahren ins Krankenhaus«, sagte Karl und schüttelte ein wenig Robinsons Beine, der jeden Augenblick in völlige Teilnahmslosigkeit zu verfallen drohte. Aber kaum hatte Robinson das Wort Krankenhaus gehört, das ihm schreckliche Vorstellungen zu erwecken schien, als er laut zu weinen anfing und die Hände, um Gnade bittend, nach Karl ausstreckte.

»Still«, sagte Karl, schlug ihm mit einem Klaps die Hände nieder, lief zu dem Liftjungen, den er in der Nacht vertreten hatte, bat ihn für ein kleines Weilchen um die gleiche Gefälligkeit, eilte zu Robinson zurück, zog den noch immer Schluchzenden mit aller Kraft in die Höhe und flüsterte ihm zu: »Robinson, wenn Sie wollen, daß ich mich Ihrer annehme, dann strengen Sie sich aber an, jetzt eine ganz kleine Strecke Wegs aufrecht zu gehen. Ich führe Sie nämlich in mein Bett, in dem Sie so lange bleiben können, bis Ihnen gut ist. Sie werden staunen, wie bald Sie sich erholen werden. Aber jetzt benehmen Sie sich nur vernünftig, denn auf den Gängen sind überall Leute, und auch mein Bett ist in einem allgemeinen Schlafsaal. Wenn man auf Sie auch nur ein wenig aufmerksam wird, kann ich nichts mehr für Sie tun. Und die Augen müssen Sie offenhalten, ich kann Sie da nicht wie einen Todkranken herumführen.«

»Ich will ja alles tun, was Sie für recht halten«, sagte Robinson, »aber Sie allein werden mich nicht führen können. Könnten Sie nicht noch Renell holen?«

»Renell ist nicht hier«, sagte Karl.

»Ach ja«, sagte Robinson, »Renell ist mit Delamarche beisammen. Die beiden haben mich ja nach Ihnen ausgeschickt. Ich verwechsle schon alles.« Karl benützte diese und noch andere unverständliche Selbstgespräche Robinsons, um ihn vorwärts zu schieben, und kam mit ihm auch glücklich bis zu einer Ecke, von der aus ein etwas schwächer beleuchteter Gang zum Schlafsaal der Liftjungen führte. Gerade jagte in vollem Lauf ein Liftjunge auf sie zu und an ihnen vorüber. Im übrigen hatten sie bis jetzt nur ungefährliche Begegnungen gehabt; zwischen vier und fünf Uhr war nämlich die stillste Zeit, und Karl hatte wohl gewußt, daß, wenn ihm das Wegschaffen Robinsons jetzt nicht gelänge, in der Morgendämmerung und im beginnenden Tagesverkehr überhaupt nicht mehr daran zu denken wäre.

Im Schlafsaal war am anderen Ende des Saales gerade eine große Rauferei oder sonstige Veranstaltung im Gange, man hörte rhythmisches Händeklatschen, aufgeregtes Füßetrappeln und sportliche Zurufe. In der bei der Tür gelegenen Saalhälfte sah man in den Betten nur wenige unbeirrte Schläfer, die meisten lagen auf dem Rücken und starrten in die Luft, während hie und da einer, bekleidet oder unbekleidet, wie er gerade war, aus dem Bett sprang, um nachzusehen, wie die Dinge am anderen Saalende standen. So brachte Karl Robinson, der sich an das Gehen inzwischen ein wenig gewöhnt hatte, ziemlich unbeachtet in Renells Bett, da es der Türe sehr nahe lag und glücklicherweise nicht besetzt war, während in seinem eigenen Bett, wie er aus der Ferne sah, ein fremder Junge, den er gar nicht kannte, ruhig schlief. Kaum fühlte Robinson das Bett unter sich, als er sofort – ein Bein baumelte noch aus dem Bett heraus – einschlief. Karl zog ihm die Decke weit über das Gesicht und glaubte, sich wenigstens für die nächste Zeit keine Sorgen machen zu müssen, da Robinson gewiß nicht vor sechs Uhr früh erwachen würde, und bis dahin würde er wieder hier sein und dann, vielleicht schon mit Renell, ein Mittel finden, um Robinson wegzubringen. Eine Inspektion des Schlafsaales durch irgendwelche höheren Organe gab es nur in außerordentlichen Fällen, die Abschaffung der früher üblichen allgemeinen Inspektion hatten die Liftjungen schon vor Jahren durchgesetzt, es war also auch von dieser Seite nichts zu fürchten.

Als Karl wieder bei seinem Aufzug angelangt war, sah er, daß sowohl sein Aufzug als auch jener seines Nachbarn gerade in die Höhe fuhren. Unruhig wartete er darauf, wie sich das aufklären würde. Sein Aufzug kam früher herunter, und es entstieg ihm jener Junge, der vor einem Weilchen durch den Gang gelaufen war.

»Ja, wo bist du denn gewesen, Roßmann?« fragte dieser. »Warum bist du weggegangen? Warum hast du es nicht gemeldet?«

»Aber ich habe ihm doch gesagt, daß er mich ein Weilchen vertreten soll«, antwortete Karl und zeigte auf den Jungen vom Nachbarlift, der gerade herankam. »Ich habe ihn doch auch zwei Stunden lang während des größten Verkehrs vertreten.«

»Das ist alles sehr gut«, sagte der Angesprochene, »aber das genügt doch nicht.

Weißt du denn nicht, daß man auch die kürzeste Abwesenheit während des Dienstes im Büro des Oberkellners melden muß? Dazu hast du ja das Telefon da. Ich hätte dich schon gerne vertreten, aber du weißt ja, daß das nicht so leicht ist. Gerade waren vor beiden Lifts neue Gäste vom Vier-Uhr-dreißig-Expreßzug. Ich konnte doch nicht zuerst mit deinem Lift laufen und meine Gäste warten lassen, so bin ich also zuerst mit meinem Lift hinaufgefahren!«

»Nun?« fragte Karl gespannt, da beide Jungen schwiegen.

»Nun«, sagte der Junge vom Nachbarlift, »da geht gerade der Oberkellner vorüber, sieht die Leute vor deinem Lift ohne Bedienung, bekommt Galle, fragt mich, der ich gleich hergerannt bin, wo du steckst, ich habe keine Ahnung davon, denn du hast mir ja gar nicht gesagt, wohin du gehst, und so telefoniert er gleich in den Schlafsaal, daß sofort ein anderer Junge herkommen soll.«

»Ich habe dich ja noch im Gang getroffen«, sagte Karls Ersatzmann. Karl nickte.

»Natürlich«, beteuerte der andere Junge, »habe ich gleich gesagt, daß du mich um deine Vertretung gebeten hast, aber hört denn der auf solche Entschuldigungen? Du kennst ihn wahrscheinlich noch nicht. Und wir sollten dir ausrichten, daß du sofort ins Büro kommen sollst. Also halte dich lieber nicht auf und lauf hin. Vielleicht verzeiht er es dir noch, du warst ja wirklich nur zwei Minuten weg. Berufe dich nur ruhig darauf, daß du mich um Vertretung gebeten hast. Davon, daß du mich vertreten hast, rede lieber nicht, laß dir raten, mir kann nichts geschehen, ich hatte Erlaubnis, aber es ist nicht gut, von einer solchen Sache zu reden und sie noch in diese Angelegenheit zu mischen, mit der sie nichts zu tun hat.«

»Es ist das erstemal gewesen, daß ich meinen Posten verlassen habe«, sagte Karl.

»Das ist immer so, nur glaubt man es nicht«, sagte der Junge und lief zu seinem Lift, da sich Leute näherten.

Karls Vertreter, ein etwa vierzehnjähriger Junge, der offenbar mit Karl Mitleid hatte, sagte: »Es sind schon viele Fälle vorgekommen, in denen man solche Sachen verziehen hat. Gewöhnlich wird man zu anderen Arbeiten versetzt. Entlassen wurde, soviel ich weiß, wegen einer solchen Sache nur einer. Du mußt dir eine gute Entschuldigung ausdenken. Auf keinen Fall sage, daß dir plötzlich schlecht geworden ist, da lacht er dich aus. Da ist es schon besser, du sagst, ein Gast hat dir irgendeine eilige Bestellung an einen anderen Gast aufgegeben und du weißt nicht mehr, wer der erste Gast war, und den zweiten hast du nicht finden können.«

»Na«, sagte Karl, »es wird nicht so schlimm werden«, nach allem, was er gehört hatte, glaubte er an keinen guten Ausgang mehr. Und wenn selbst dieses Dienstversäumnis verziehen werden sollte, so lag doch drinnen im Schlafsaal noch Robinson als lebendige Schuld, und es war bei dem galligen Charakter des Oberkellners nur zu wahrscheinlich, daß man sich mit keiner oberflächlichen Untersuchung begnügen und Robinson schließlich doch noch aufstöbern würde. Es bestand wohl kein ausdrückliches Verbot, nach dem fremde Leute in den Schlafsaal nicht mitgenommen werden durften, aber dies bestand nur deshalb nicht, weil eben unausdenkbare Dinge nicht verboten werden.

Als Karl in das Büro des Oberkellners eintrat, saß dieser gerade bei seinem Morgenkaffee, machte einmal einen Schluck und sah dann wieder in ein Verzeichnis, das ihm offenbar der gleichfalls anwesende oberste Hotelportier überbracht hatte. Es war dies ein großer Mann, den seine üppige, reichgeschmückte Uniform – noch auf den Achseln und die Arme hinunter schlängelten sich goldene Ketten und Bänder – noch breitschultriger machte, als er von Natur aus war. Ein glänzender schwarzer Schnurrbart, weit in Spitzen ausgezogen, so wie ihn Ungarn tragen, rührte sich auch bei der schnellsten Kopfbewegung nicht. Im übrigen konnte sich der Mann infolge seiner Kleiderlast überhaupt nur schwer bewegen und stellte sich nicht anders als mit seitwärts eingestemmten Beinen auf, um sein Gewicht richtig zu verteilen.

Karl war frei und eilig eingetreten, wie er es sich hier im Hotel angewöhnt hatte, denn die Langsamkeit und Vorsicht, die bei Privatpersonen Höflichkeit bedeutet, hält man bei Liftjungen für Faulheit. Außerdem mußte man ihm auch nicht gleich beim Eintreten sein Schuldbewußtsein ansehen. Der Oberkellner hatte zwar flüchtig auf die sich öffnende Tür hingeblickt, war dann aber sofort zu seinem Kaffee und zu seiner Lektüre zurückgekehrt, ohne sich weiter um Karl zu kümmern. Der Portier aber fühlte sich vielleicht durch Karls Anwesenheit gestört, vielleicht hatte er irgendeine geheime Nachricht oder Bitte vorzutragen, jedenfalls sah er alle Augenblicke bös und mit steif geneigtem Kopf nach Karl hin, um sich dann, wenn er, offenbar seiner Absicht entsprechend, mit Karls Blicken zusammengetroffen war, wieder dem Oberkellner zuzuwenden. Karl aber glaubte, es würde sich nicht gut ausnehmen, wenn er jetzt, da er nun schon einmal hier war, das Büro wieder verließe, ohne vom Oberkellner den Befehl hierzu erhalten zu haben. Dieser aber studierte weiter das Verzeichnis und aß zwischendurch von einem Stück Kuchen, von dem er hie und da, ohne im Lesen innezuhalten, den Zucker abschüttelte. Einmal fiel ein Blatt des Verzeichnisses zu Boden, der Portier machte nicht einmal den Versuch, es aufzuheben, er wußte, daß er es nicht zustandebrächte, es war auch nicht nötig, denn Karl war schon zur Stelle und reichte das Blatt dem Oberkellner, der es ihm mit einer Handbewegung abnahm, als sei es von selbst vom Boden aufgeflogen. Die ganze kleine Dienstleistung hatte nichts genützt, denn der Portier hörte auch weiterhin mit seinen bösen Blicken nicht auf.

Trotzdem war Karl gefaßter als früher. Schon daß seine Sache für den Oberkellner so wenig Wichtigkeit zu haben schien, konnte man für ein gutes Zeichen halten. Es war schließlich auch nur begreiflich. Natürlich bedeutet ein Liftjunge gar nichts und darf sich deshalb nichts erlauben, aber eben deshalb, weil er nichts bedeutet, kann er auch nichts Außergewöhnliches anstellen. Schließlich war der Oberkellner in seiner Jugend selbst Liftjunge gewesen – was noch der Stolz dieser Generation von Liftjungen war –, er war es gewesen, der die Liftjungen zum erstenmal organisiert hatte, und gewiß hat auch er einmal ohne Erlaubnis seinen Posten verlassen, wenn ihn auch jetzt allerdings niemand zwingen konnte, sich daran zu erinnern, und wenn man auch nicht außer acht lassen durfte, daß er, gerade als gewesener Liftjunge, darin seine Pflicht sah, diesen Stand durch zeitweilig unnachsichtliche Strenge in Ordnung zu halten. Nun setzte aber Karl außerdem seine Hoffnung auf das Vorrücken der Zeit. Nach der Bürouhr war es schon viertel sechs, jeden Augenblick konnte Renell zurückkehren, vielleicht war er sogar schon da, denn es mußte ihm doch aufgefallen sein, daß Robinson nicht zurückgekommen war, übrigens konnten sich Delamarche und Renell gar nicht weit vom Hotel Occidental aufgehalten haben, wie Karl jetzt einfiel, denn sonst hätte auch Robinson in seinem elenden Zustand den Weg hierher nicht gefunden. Wenn nun Renell Robinson in seinem Bett antraf, was doch geschehen mußte, dann war alles gut. Denn praktisch, wie Renell war, besonders wenn es sich um seine Interessen handelte, würde er schon Robinson irgendwie gleich aus dem Hotel entfernen, was ja um so leichter geschehen konnte, als Robinson sich inzwischen ein wenig gestärkt hatte und überdies wahrscheinlich Delamarche vor dem Hotel wartete, um ihn in Empfang zu nehmen. Wenn aber Robinson einmal entfernt war, dann konnte Karl dem Oberkellner viel ruhiger entgegentreten und für diesmal vielleicht noch mit einer, wenn auch schweren, Rüge davonkommen. Dann würde er sich mit Therese beraten, ob er der Oberköchin die Wahrheit sagen dürfe – er für seinen Teil sah kein Hindernis –, und wenn das möglich war, würde die Sache ohne besonderen Schaden aus der Welt geschafft sein.

Gerade hatte sich Karl durch solche Überlegungen ein wenig beruhigt und machte sich daran, das in dieser Nacht eingenommene Trinkgeld unauffällig zu überzählen, denn es schien ihm dem Gefühl nach besonders reichlich gewesen zu sein, als der Oberkellner das Verzeichnis mit den Worten »Warten Sie noch, bitte, einen Augenblick, Feodor«, auf den Tisch legte, elastisch aufsprang und Karl so laut anschrie, daß dieser erschrocken vorerst nur in das große, schwarze Mundloch starrte.

»Du hast deinen Posten ohne Erlaubnis verlassen. Weißt du, was das bedeutet? Das bedeutet Entlassung. Ich will keine Entschuldigung hören, deine erlogenen Ausreden kannst du für dich behalten, mir genügt vollständig die Tatsache, daß du nicht da warst »Wenn ich das einmal dulde und verzeihe, werden nächstens alle vierzig Liftjungen während des Dienstes davonlaufen, und ich kann meine fünftausend Gäste allein die Treppe hinauftragen.«

Karl schwieg. Der Portier war näher gekommen und zog das Röckchen Karls, das einige Falten warf, ein wenig tiefer, zweifellos um den Oberkellner auf diese kleine Unordentlichkeit im Anzug Karls besonders aufmerksam zu machen.

»Ist dir vielleicht plötzlich schlecht geworden?« fragte der Oberkellner listig.

Karl sah ihn prüfend an und antwortete: »Nein.«

»Also nicht einmal schlecht ist dir geworden?« schrie der Oberkellner desto stärker. »Also dann mußt du ja irgendeine großartige Lüge erfunden haben. Welche Entschuldigung hast du? Heraus damit.«

»Ich habe nicht gewußt, daß man telefonisch um Erlaubnis bitten muß«, sagte Karl.

»Das ist allerdings köstlich«, sagte der Oberkellner, faßte Karl beim Rockkragen und brachte ihn fast in der Schwebe vor eine Dienstordnung der Lifts, die an der Wand aufgenagelt war. Auch der Portier ging hinter ihnen zur Wand hin. »Da, lies!«

sagte der Oberkellner und zeigte auf einen Paragraphen. Karl glaubte, er solle es für sich lesen. »Laut!« kommandierte aber der Oberkellner.

Statt laut zu lesen, sagte Karl, in der Hoffnung, damit den Oberkellner besser zu beruhigen: »Ich kenne den Paragraphen, ich habe ja die Dienstordnung auch bekommen und genau gelesen. Aber gerade eine solche Bestimmung, die man niemals braucht, vergißt man. Ich diene schon zwei Monate und habe niemals meinen Posten verlassen.«

»Dafür wirst du ihn jetzt verlassen«, sagte der Oberkellner, ging zum Tisch hin, nahm das Verzeichnis wieder zur Hand, als wolle er darin weiterlesen, schlug damit aber auf den Tisch, als sei es ein nutzloser Fetzen, und ging, starke Röte auf Stirn und Wangen, kreuz und quer im Zimmer herum. »Wegen eines solchen Bengels hat man das nötig! Solche Aufregungen beim Nachtdienst!« stieß er einigemal hervor. »Wissen Sie, wer gerade hinauffahren wollte, als dieser Kerl hier vom Lift weggelaufen war?« wandte er sich zum Portier. Und er nannte einen Namen, bei dem es dem Portier, der gewiß alle Gäste kannte und bewerten konnte, so schauderte, daß er schnell auf Karl hinsah, als sei nur dessen Existenz eine Bestätigung dessen, daß der Träger jenes Namens eine Zeitlang bei einem Lift, dessen Junge weggelaufen war, nutzlos hatte warten müssen.

»Das ist schrecklich!« sagte der Portier und schüttelte langsam in grenzenloser Beunruhigung den Kopf gegen Karl hin, welcher ihn traurig ansah und dachte, daß er nun auch für die Begriffsstutzigkeit dieses Mannes werde büßen müssen.

»Ich kenne dich übrigens auch schon«, sagte der Portier und streckte seinen dicken, großen, steifgespannten Zeigefinger aus. »Du bist der einzige Junge, welcher mich grundsätzlich nicht grüßt. Was bildest du dir eigentlich ein! Jeder, der an der Portierloge vorübergeht, muß mich grüßen. Mit den übrigen Portiers kannst du es halten, wie du willst, ich aber verlange gegrüßt zu werden. Ich tue zwar manchmal so, als ob ich nicht aufpaßte, aber du kannst ganz ruhig sein, ich weiß sehr genau, wer mich grüßt oder nicht, du Lümmel!« Und er wandte sich von Karl ab und schritt hochaufgerichtet auf den Oberkellner zu, der aber, statt sich zu des Portiers Sache zu äußern, sein Frühstück beendete und eine Morgenzeitung überflog, die ein Diener eben ins Zimmer hereingebracht hatte.

»Herr Oberportier«, sagte Karl, der während der Unachtsamkeit des Oberkellners wenigstens die Sache mit dem Portier ins reine bringen wollte, denn er begriff, daß ihm vielleicht der Vorwurf des Portiers nicht schaden konnte, wohl aber dessen Feindschaft, »ich grüße Sie ganz gewiß. Ich bin doch noch nicht lange in Amerika und stamme aus Europa, wo man bekanntlich viel mehr grüßt, als nötig ist. Das habe ich mir natürlich noch nicht ganz abgewöhnen können, und noch vor zwei Monaten hat man mir in New York, wo ich zufällig in höheren Kreisen verkehrte, bei jeder Gelegenheit zugeredet, mit meiner übertriebenen Höflichkeit aufzuhören. Und da sollte ich gerade Sie nicht gegrüßt haben! Ich habe Sie jeden Tag einigemal gegrüßt. Aber natürlich nicht jedesmal, wenn ich Sie gesehen habe, da ich doch täglich hundertmal an Ihnen vorüberkomme.«

»Du hast mich jedesmal zu grüßen, jedesmal, ohne Ausnahme, du hast die ganze Zeit, während du mit mir sprichst, die Kappe in der Hand zu halten, du hast mich immer mit ›Oberportier‹ anzureden und nicht mit ›Sie‹. Und alles das jedesmal und jedesmal.«

»Jedesmal?« wiederholte Karl leise und fragend, er erinnerte sich jetzt, wie er vom Portier während der ganzen Zeit seines hiesigen Aufenthaltes immer streng und vorwurfsvoll angeschaut worden war, schon von jenem ersten Morgen an, an dem er, seiner dienenden Stellung noch nicht recht angepaßt, etwas zu kühn, diesen Portier ohne weiteres umständlich und dringlich ausgefragt hatte, ob nicht zwei Männer vielleicht nach ihm gefragt und etwa eine Fotografie für ihn zurückgelassen hätten.

»Jetzt siehst du, wohin ein solches Benehmen führt«, sagte der Portier, der wieder ganz nahe zu Karl zurückgekehrt war, und zeigte auf den noch lesenden Oberkellner, als sei dieser der Vertreter seiner Rache. »In deiner nächsten Stellung wirst du es schon verstehen, den Portier zu grüßen, und wenn es auch nur vielleicht in einer elenden Spelunke sein wird.«

Karl sah ein, daß er eigentlich seinen Posten schon verloren hatte, denn der Oberkellner hatte es bereits ausgesprochen, der Oberportier als fertige Tatsache wiederholt, und wegen eines Liftjungen dürfte wohl die Bestätigung der Entlassung seitens der Hoteldirektion nicht nötig sein. Es war allerdings schneller gegangen, als er gedacht hatte, denn schließlich hatte er doch zwei Monate gedient, so gut er konnte, und gewiß besser als mancher andere Junge. Aber auf solche Dinge wird eben im entscheidenden Augenblick offenbar in keinem Weltteil, weder in Europa noch in Amerika, Rücksicht genommen, sondern es wird so entschieden, wie einem in der ersten Wut das Urteil aus dem Munde fährt. Vielleicht wäre es jetzt am besten gewesen, wenn er sich gleich verabschiedet hätte und weggegangen wäre, die Oberköchin und Therese schliefen vielleicht noch, er hätte sich, um ihnen die Enttäuschung und Trauer über sein Benehmen wenigstens beim persönlichen Abschied zu ersparen, brieflich verabschieden, hätte rasch seinen Koffer packen und in der Stille fortgehen können. Blieb er aber auch nur einen Tag noch, und er hätte allerdings ein wenig Schlaf gebraucht, so erwartete ihn nichts anderes als Aufbauschung seiner Sache zum Skandal, Vorwürfe von allen Seiten, der unerträgliche Anblick der Tränen Theresens und vielleicht gar der Oberköchin und möglicherweise zuguterletzt auch noch eine Bestrafung. Andererseits aber beirrte es ihn, daß er hier zwei Feinden gegenüberstand und daß an jedem Wort, das er aussprechen würde, wenn nicht der eine, so der andere etwas aussetzen und zum Schlechten deuten würde. Deshalb schwieg er und genoß vorläufig die Ruhe, die im Zimmer herrschte, denn der Oberkellner las noch immer die Zeitung, und der Oberportier ordnete sein über den Tisch hin verstreutes Verzeichnis nach den Seitenzahlen, was ihm bei seiner offenbaren Kurzsichtigkeit große Schwierigkeiten machte.

Endlich legte der Oberkellner die Zeitung gähnend hin, vergewisserte sich durch einen Blick auf Karl, daß dieser noch anwesend sei, und drehte die Glocke des Tischtelefons an. Er rief mehrere Male »Hallo!«, aber niemand meldete sich. »Es meldet sich niemand«, sagte er zum Oberportier. Dieser, der das Telefonieren, wie es Karl schien, mit besonderem Interesse beobachtete, sagte: »Es ist ja schon dreiviertel sechs. Sie ist gewiß schon wach. Läuten Sie nur stärker.« In diesem Augenblick kam, ohne weitere Aufforderung, das telefonische Gegenzeichen. »Hier Oberkellner Isbary«, sagte der Oberkellner. »Guten Morgen, Frau Oberköchin. Ich habe Sie doch nicht am Ende geweckt? Das tut mir sehr leid. Ja, ja, dreiviertel sechs ist es schon. Aber es tut mir aufrichtig leid, daß ich Sie erschreckt habe. Sie wollten während des Schlafens das Telefon abstellen. Nein, nein, tatsächlich, es gibt für mich keine Entschuldigung, besonders bei der Geringfügigkeit der Sache, wegen der ich Sie sprechen will. Aber natürlich habe ich Zeit, bitte sehr, ich bleibe beim Telefon, wenn es Ihnen recht ist.«

»Sie muß im Nachthemd zum Telefon gelaufen sein«, sagte der Oberkellner lächelnd zum Oberportier, der die ganze Zeit über mit gespanntem Gesichtsausdruck zum Telefonkasten sich gebückt gehalten hatte. »Ich habe sie wirklich geweckt, sie wird nämlich sonst von dem kleinen Mädel, das bei ihr auf der Schreibmaschine schreibt, geweckt, und die muß es heute ausnahmsweise versäumt haben. Es tut mir leid, daß ich sie aufgeschreckt habe, sie ist sowieso nervös.«

»Warum spricht sie nicht weiter?«

»Sie ist nachschauen gegangen, was mit dem Mädel los ist«, antwortete der Oberkellner schon mit der Muschel am Ohr, denn es läutete wieder. »Sie wird sich schon finden«, redete er weiter ins Telefon hinein. »Sie dürfen sich nicht von allem so erschrecken lassen. Sie brauchen wirklich eine gründliche Erholung. Ja also, meine kleine Anfrage. Es ist da ein Liftjunge namens« – er drehte sich fragend nach Karl um, der, da er genau aufpaßte, gleich mit seinem Namen aushelfen konnte –, »also namens Karl Roßmann. Wenn ich mich recht erinnere, so haben Sie sich für ihn ein wenig interessiert; leider hat er Ihre Freundlichkeit schlecht belohnt, er hat ohne Erlaubnis seinen Posten verlassen, hat mir dadurch schwere, jetzt noch gar nicht übersehbare Unannehmlichkeiten verursacht, und ich habe ihn daher soeben entlassen. Ich hoffe, Sie nehmen die Sache nicht tragisch. Wie meinen Sie? Entlassen, ja, entlassen. Aber ich sagte Ihnen doch, daß er seinen Posten verlassen hat. Nein, da kann ich Ihnen wirklich nicht nachgeben, liebe Frau Oberköchin. Es handelt sich um meine Autorität, da steht viel auf dem Spiel, so ein Junge verdirbt mir die ganze Bande. Gerade bei den Liftjungen muß man teuflisch aufpassen. Nein, nein, in diesem Falle kann ich Ihnen den Gefallen nicht tun, so sehr ich es mir immer angelegen sein lasse, Ihnen gefällig zu sein. Und wenn ich ihn schon trotz allem hier ließe, zu keinem anderen Zweck, als um meine Galle in Tätigkeit zu erhalten, Ihretwegen, ja, Ihretwegen, Frau Oberköchin, kann er nicht hierbleiben. Sie nehmen einen Anteil an ihm, den er durchaus nicht verdient, und da ich nicht nur ihn kenne, sondern auch Sie, weiß ich, daß das zu den schwersten Enttäuschungen für Sie führen müßte, die ich Ihnen um jeden Preis ersparen will. Ich sage das ganz offen, obwohl der verstockte Junge ein paar Schritte vor mir steht. Er wird entlassen, nein, nein, Frau Oberköchin, er wird vollständig entlassen, nein, nein, er wird zu keiner anderen Arbeit versetzt, er ist vollständig unbrauchbar. Übrigens laufen ja auch sonst Beschwerden gegen ihn ein. Der Oberportier zum Beispiel, ja also, was denn, Feodor, ja, Feodor beklagt sich über die

Unhöflichkeit und Frechheit dieses Jungen. Wie, das soll nicht genügen? Ja, liebe Frau Oberköchin, Sie verleugnen wegen dieses Jungen Ihren Charakter. Nein, so dürfen Sie mir nicht zusetzen.«

In diesem Augenblick beugte sich der Portier zum Ohr des Oberkellners und flüsterte etwas. Der Oberkellner sah ihn zuerst erstaunt an und redete dann so rasch in das Telefon, daß Karl ihn anfangs nicht ganz genau verstand und auf den Fußspitzen zwei Schritte näher trat.

»Liebe Frau Oberköchin«, hieß es, »aufrichtig gesagt, ich hätte nicht geglaubt, daß Sie eine so schlechte Menschenkennerin sind. Eben erfahre ich etwas über Ihren Engelsjungen, was Ihre Meinung über ihn gründlich ändern wird, und es tut mir fast leid, daß gerade ich es Ihnen sagen muß. Dieser feine Junge also, den Sie ein Muster von Anstand nennen, läßt keine dienstfreie Nacht vergehen, ohne in die Stadt zu laufen, aus der er erst am Morgen wiederkommt. Ja, ja, Frau Oberköchin, das ist durch Zeugen bewiesen, durch einwandfreie Zeugen, ja. Können Sie mir nun vielleicht sagen, wo er das Geld zu diesen Lustbarkeiten hernimmt? Wie er die Aufmerksamkeit für seinen Dienst behalten soll? Und wollen Sie vielleicht auch noch, daß ich Ihnen beschreiben soll, was er in der Stadt treibt? Diesen Jungen loszuwerden will ich mich aber ganz besonders beeilen. Und Sie, bitte, nehmen das als Mahnung, wie vorsichtig man gegen hergelaufene Burschen sein soll.«

»Aber, Herr Oberkellner«, rief nun Karl, förmlich erleichtert durch den großen Irrtum, der hier unterlaufen schien und der vielleicht am ehesten dazu führen konnte, daß sich alles noch unerwartet besserte, »da liegt bestimmt eine Verwechslung vor. Ich glaube, der Herr Oberportier hat Ihnen gesagt, daß ich jede Nacht weggehe. Das ist aber durchaus nicht richtig, ich bin vielmehr jede Nacht im Schlafsaal, das können alle Jungens bestätigen. Wenn ich nicht schlafe, lerne ich kaufmännische Korrespondenz, aber aus dem Schlafsaal rühre ich mich keine Nacht. Das ist ja leicht zu beweisen. Der Herr Oberportier verwechselt mich offenbar mit jemand anderem, und jetzt verstehe ich auch, warum er glaubt, daß ich ihn nicht grüße.«

»Wirst du sofort schweigen«, schrie der Oberportier und schüttelte die Faust, wo andere einen Finger bewegt hätten. »Ich soll dich mit jemand anderem verwechseln! Ja, dann kann ich nicht mehr Oberportier sein, wenn ich die Leute verwechsle. Hören Sie nur, Herr Isbary, dann kann ich nicht mehr Oberportier sein, nun ja, wenn ich die Leute verwechsle. In meinen dreißig Dienstjahren ist mir allerdings noch keine Verwechslung passiert, wie mir Hunderte von Herren Oberkellnern, die wir seit jener Zeit hatten, bestätigen müssen, aber bei dir, miserabler Junge, soll ich mit den Verwechslungen angefangen haben. Bei dir, mit deiner auffallenden, glatten Fratze. Was gibt es da zu verwechseln! Du könntest jede Nacht hinter meinem Rücken in die Stadt gelaufen sein, und ich bestätige bloß nach deinem Gesicht, daß du ein ausgegorener Lump bist.«

»Laß, Feodor!« sagte der Oberkellner, dessen telefonisches Gespräch mit der Oberköchin plötzlich abgebrochen worden zu sein schien. »Die Sache ist ja ganz einfach. Auf seine Unterhaltungen in der Nacht kommt es in erster Reihe gar nicht an. Er möchte ja vielleicht vor seinem Abschied noch irgendeine große Untersuchung über seine Nachtbeschäftigung verursachen wollen. Ich kann mir schon vorstellen, daß ihm das gefallen würde. Es würden womöglich alle vierzig Liftjungen heraufzitiert und als Zeugen einvernommen, die würden ihn natürlich auch alle verwechselt haben, es müßte also zur Zeugenschaft allmählich das ganze Personal heran, der Hotelbetrieb würde natürlich auf ein Weilchen eingestellt, und wenn er dann schließlich doch hinausgeworfen würde, so hätte er doch wenigstens seinen Spaß gehabt. Also das machen wir lieber nicht. Die Oberköchin, diese gute Frau, hat er schon zum Narren gehalten, und damit soll es genug sein. Ich will nichts weiter hören; du bist wegen Dienstversäumnis auf der Stelle aus dem Dienst entlassen. Da gebe ich dir eine Anweisung an die Kasse, daß dir dein Lohn bis zum heutigen Tage ausgezahlt werde. Das ist übrigens bei deinem Verhalten – unter uns gesagt – einfach ein Geschenk, das ich dir nur aus Rücksicht auf die Frau Oberköchin mache.«

Ein telefonischer Anruf hielt den Oberkellner ab, die Anweisung sofort zu unterschreiben. »Die Liftjungen geben mir aber heute zu schaffen!« rief er schon nach Anhören der ersten Worte. »Das ist ja unerhört!« rief er nach einem Weilchen. Und vom Telefon weg wandte er sich zum Hotelportier und sagte: »Bitte, Feodor, halt mal diesen Burschen ein wenig, wir werden noch mit ihm zu reden haben.« Und ins Telefon gab er den Befehl: »Komm sofort herauf!«

Nun konnte sich der Oberportier wenigstens austoben, was ihm beim Reden nicht hatte gelingen wollen. Er hielt Karl oben am Arm fest, aber nicht etwa mit ruhigem Griff, der schließlich auszuhalten gewesen wäre, sondern er lockerte hie und da den Griff und machte ihn dann mit Steigerung fester und fester, was bei seinen großen Körperkräften gar nicht aufzuhören schien und ein Dunkel vor Karls Augen verursachte. Aber er hielt Karl nicht nur, sondern als hätte er auch den Befehl bekommen, ihn gleichzeitig zu strecken, zog er ihn auch hie und da in die Höhe und schüttelte ihn, wobei er immer wieder halb fragend zum Oberkellner sagte: »Ob ich ihn jetzt nur nicht verwechsle, ob ich ihn jetzt nur nicht verwechsle.«

Es war eine Erlösung für Karl, als der oberste der Liftjungen, ein gewisser Beß, ein ewig fauchender, dicker Junge, eintrat, und die Aufmerksamkeit des Oberportiers ein wenig auf sich lenkte. Karl war so ermattet, daß er kaum grüßte, als er zu seinem Erstaunen hinter dem Jungen Therese, leichenblaß, unordentlich angezogen, mit lose aufgesteckten Haaren, hereinschlüpfen sah. Im Augenblick war sie bei ihm und flüsterte: »Weiß es schon die Oberköchin?«

»Der Oberkellner hat es ihr telefoniert«, antwortete Karl.

»Dann ist es schon gut, dann ist es schon gut«, sagte sie rasch, mit lebhaften Augen.

»Nein«, sagte Karl. »Du weißt ja nicht, was sie gegen mich haben. Ich muß weg, die Oberköchin ist davon auch schon überzeugt. Bitte, bleib nicht hier, geh hinauf, ich werde mich dann von dir verabschieden kommen.«

»Aber, Roßmann, was fällt dir denn ein, du wirst schön bei uns bleiben, solange es dir gefällt. Der Oberkellner macht ja alles, was die Oberköchin will, er liebt sie ja, ich habe es letzthin erfahren. Da sei nur ruhig.«

»Bitte, Therese, geh jetzt weg. Ich kann mich nicht so gut verteidigen, wenn du hier bist. Und ich muß mich genau verteidigen, weil Lügen gegen mich vorgebracht werden. Je besser ich aber aufpassen und mich verteidigen kann, desto mehr Hoffnung ist, daß ich bleibe. Also, Therese –« Leider konnte er in einem plötzlichen Schmerz nicht unterlassen, leise hinzuzufügen: »Wenn mich nur dieser Oberportier losließe! Ich wußte gar nicht, daß er mein Feind ist. Aber wie er mich immerfort drückt und zieht!« ›Warum sage ich das nur!‹ dachte er gleichzeitig, ›kein Frauenzimmer kann das ruhig anhören‹, und tatsächlich wandte sich Therese, ohne daß er sie noch mit der freien Hand hätte davon abhalten können, an den Oberportier: »Herr Oberportier, bitte, lassen Sie doch sofort den Roßmann frei, Sie machen ihm ja Schmerzen. Die Frau Oberköchin wird gleich persönlich kommen, und dann wird man schon sehen, daß ihm in allem Unrecht geschieht. Lassen Sie ihn los; was kann es Ihnen denn für ein Vergnügen machen, ihn zu quälen!« Und sie griff sogar nach des Oberportiers Hand. »Befehl, kleines Fräulein, Befehl«, sagte der Oberportier und zog mit der freien Hand Therese freundlich an sich, während er mit der anderen Karl nun sogar angestrengt drückte, als wolle er ihm nicht nur Schmerzen machen, sondern als habe er mit diesem in seinem Besitz befindlichen Arm ein besonderes Ziel, das noch lange nicht erreicht sei.

Therese brauchte einige Zeit, um sich der Umarmung des Oberportiers zu entwinden, und wollte sich gerade beim Oberkellner, der sich noch immer von dem sehr umständlichen Beß erzählen ließ, für Karl einsetzen, als die Oberköchin mit raschem Schritte eintrat.

»Gott sei Dank!« rief Therese und man hörte einen Augenblick lang im Zimmer nichts als diese lauten Worte. Gleich sprang der Oberkellner auf und schob Beß zur Seite.

»Sie kommen also selbst, Frau Oberköchin? Wegen dieser Kleinigkeit? Nach unserem Telefongespräch konnte ich es ja ahnen, aber geglaubt habe ich es eigentlich doch nicht. Und dabei wird die Sache Ihres Schützlings immerfort ärger. Ich fürchte, ich werde ihn tatsächlich nicht entlassen, aber dafür einsperren lassen müssen. Hören Sie selbst.« Und er winkte Beß herbei.

»Ich möchte zuerst ein paar Worte mit dem Roßmann reden«, sagte die Oberköchin und setzte sich auf einen Sessel, da sie der Oberkellner hierzu nötigte.

»Karl, bitte, komm näher«, sagte sie dann. Karl folgte oder wurde vielmehr vom Oberportier näher geschleppt. »Lassen Sie ihn doch los«, sagte die Oberköchin ärgerlich, »er ist doch kein Raubmörder!« Der Oberportier ließ ihn tatsächlich los, drückte aber vorher noch einmal so stark, daß ihm selbst vor Anstrengung die Tränen in die Augen traten.

»Karl«, sagte die Oberköchin, legte die Hände ruhig in den Schoß und sah Karl mit geneigtem Kopfe an – es war gar nicht wie ein Verhör-, »vor allem will ich dir sagen, daß ich noch vollständiges Vertrauen zu dir habe. Auch der Herr Oberkellner ist ein gerechter Mann, dafür bürge ich. Wir beide wollen dich im Grunde gerne hier behalten« – sie sah hierbei flüchtig zum Oberkellner hinüber, als wolle sie bitten, ihr nicht ins Wort zu fallen. Es geschah auch nicht. »Vergiß also, was man dir bis jetzt vielleicht hier gesagt hat. Vor allem, was dir vielleicht der Herr Oberportier gesagt hat, mußt du nicht besonders schwer nehmen. Er ist zwar ein aufgeregter Mann, was bei seinem Dienst kein Wunder ist, aber hat auch Frau und Kinder und weiß, daß man einen Jungen, der nur auf sich angewiesen ist, nicht unnötig plagen muß, sondern daß das schon die übrige Welt genügend besorgt.«

Es war ganz still im Zimmer. Der Oberportier sah, Erklärungen fordernd, auf den Oberkellner, dieser sah auf die Oberköchin und schüttelte den Kopf. Der Liftjunge Beß grinste recht sinnlos hinter dem Rücken des Oberkellners. Therese schluchzte vor Freude und Leid in sich hinein und hatte alle Mühe, es niemanden hören zu lassen.

Karl aber blickte, obwohl das nur als schlechtes Zeichen aufgefaßt werden konnte, nicht auf die Oberköchin, die gewiß nach seinem Blick verlangte, sondern vor sich auf den Fußboden. In seinem Arm zuckte der Schmerz nach allen Richtungen, das Hemd klebte an den Striemen fest, und er hätte eigentlich den Rock ausziehen und die Sache besehen sollen. Was die Oberköchin sagte, war natürlich sehr freundlich gemeint, aber unglücklicherweise schien es ihm, als müsse es gerade durch das Verhalten der Oberköchin zutage treten, daß er keine Freundlichkeit verdiene, daß er die Wohltaten der Oberköchin zwei Monate unverdient genossen habe, ja, daß er nichts anderes verdiene, als unter die Hände des Oberportiers zu kommen.

»Ich sage das«, fuhr die Oberköchin fort, »damit du jetzt unbeirrt antwortest, was du übrigens wahrscheinlich auch sonst getan hättest, wie ich dich zu kennen glaube.«

»Darf ich, bitte, inzwischen den Arzt holen, der Mann könnte nämlich inzwischen verbluten«, mischte sich plötzlich der Liftjunge Beß sehr höflich, aber sehr störend ein.

»Geh«, sagte der Oberkellner zu Beß, der gleich davonlief. Und dann zur Oberköchin: »Die Sache ist die. Der Oberportier hat den Jungen da nicht zum Spaß festgehalten. Unten, im Schlafsaal der Liftjungen, ist nämlich in einem Bett sorgfältig zugedeckt ein wildfremder, schwer betrunkener Mann aufgefunden worden. Man hat ihn natürlich geweckt und wollte ihn wegschaffen. Da hat dieser Mann aber einen großen Radau zu machen angefangen, immer wieder herumgeschrien, der Schlafsaal gehöre dem Karl Roßmann, dessen Gast er sei, der ihn hergebracht habe und der jeden bestrafen werde, der ihn anzurühren wagen würde. Im übrigen müsse er auch deshalb auf den Karl Roßmann warten, weil ihm dieser Geld versprochen habe und es nur holen gegangen sei. Achten Sie, bitte, darauf, Frau Oberköchin: Geld versprochen habe und es holen gegangen sei. Du kannst auch achtgeben, Roßmann«, sagte der Oberkellner nebenbei zu Karl, der sich gerade nach Therese umgedreht hatte, die wie gebannt den Oberkellner anstarrte und immer wieder entweder irgendwelche Haare aus der Stirn strich oder diese Handbewegung um ihrer selbst willen machte. »Aber vielleicht erinnere ich dich an irgendwelche Verpflichtungen. Der Mann unten hat nämlich weiterhin gesagt, daß ihr beide nach deiner Rückkunft irgendeiner Sängerin einen Nachtbesuch machen werdet, deren Namen allerdings niemand verstanden hat, da ihn der Mann immer nur unter Gesang aussprechen konnte.«

Hier unterbrach sich der Oberkellner, denn die sichtlich bleich gewordene Oberköchin erhob sich vom Sessel, den sie ein wenig zurückstieß.

»Ich verschone Sie mit dem Weiteren«, sagte der Oberkellner.

»Nein, bitte, nein«, sagte die Oberköchin und ergriff seine Hand, »erzählen Sie nur weiter, ich will alles hören, darum bin ich ja hier.«

Der Oberportier, der vortrat und sich zum Zeichen dessen, daß er von Anfang an alles durchschaut hatte, laut auf die Brust schlug, wurde vom Oberkellner mit den Worten: »Ja, Sie hatten ganz recht, Feodor!« gleichzeitig beruhigt und zurückgewiesen.

»Es ist nicht mehr viel zu erzählen«, sagte der Oberkellner. »Wie die Jungen eben schon sind, haben sie den Mann zuerst ausgelacht, haben dann mit ihm Streit bekommen, und er ist, da dort immer gute Boxer zur Verfügung stehen, einfach niedergeboxt worden; und ich habe gar nicht zu fragen gewagt, an welchen und an wie vielen Stellen er blutet, denn diese Jungen sind fürchterliche Boxer, und ein Betrunkener macht es ihnen natürlich leicht!«

»So«, sagte die Oberköchin, hielt den Sessel an der Lehne und sah auf den Platz, den sie eben verlassen hatte. »Also sprich doch, bitte, ein Wort, Roßmann!« sagte sie dann. Therese war von ihrem bisherigen Platz zur Oberköchin hinübergelaufen und hatte sich, was sie Karl sonst niemals hatte tun sehen, in die Oberköchin eingehängt. Der Oberkellner stand knapp hinter der Oberköchin und glättete langsam einen kleinen, bescheidenen Spitzenkragen der Oberköchin, der sich ein wenig umgeschlungen hatte. Der Oberportier neben Karl sagte: »Also wird's?«, wollte damit aber nur einen Stoß markieren, den er unterdessen Karl in den Rücken gab.

»Es ist wahr«, sagte Karl, infolge des Stoßes unsicherer, als er wollte, »daß ich den Mann in den Schlafsaal gebracht habe.«

»Mehr wollen wir nicht wissen«, sagte der Portier im Namen aller. Die Oberköchin wandte sich stumm zum Oberkellner und dann zu Therese.

»Ich konnte mir nicht anders helfen«, sagte Karl weiter. »Der Mann ist mein Kamerad von früher her, er kam, nachdem wir uns zwei Monate lang nicht gesehen hatten, hierher, um mir einen Besuch zu machen, war aber so betrunken, daß er nicht wieder allein fortgehen konnte.«

Der Oberkellner sagte neben der Oberköchin halblaut vor sich hin: »Er kam also zu Besuch und war nachher so betrunken, daß er nicht fortgehen konnte.« Die Oberköchin flüsterte über die Schulter dem Oberkellner etwas zu, der mit einem offenbar nicht zu dieser Sache gehörigen Lächeln Einwände zu machen schien. Therese – Karl sah nur zu ihr hin – drückte ihr Gesicht in völliger Hilflosigkeit an die Oberköchin und wollte nichts mehr sehen. Der einzige, der mit Karls Erklärung vollständig zufrieden war, war der Oberportier, welcher einigemal wiederholte: »Es ist ja ganz recht, seinem Saufbruder muß man helfen«, und diese Erklärung jedem der Anwesenden durch Blicke und Handbewegungen einzuprägen suchte.

»Schuld also bin ich«, sagte Karl und machte eine Pause, als warte er auf ein freundliches Wort seiner Richter, das ihm Mut zur weiteren Verteidigung geben könnte, aber es kam nicht, »schuld bin ich nur daran, daß ich den Mann – er heißt Robinson, ist ein Irländer – in den Schlafsaal gebracht habe. Alles andere, was er gesagt hat, hat er aus Betrunkenheit gesagt und ist nicht richtig.«

»Du hast ihm also kein Geld versprochen?« fragte der Oberkellner.

»Ja«, sagte Karl, und es tat ihm leid, daß er das vergessen hatte, er hatte sich aus Unüberlegtheit oder Zerstreutheit in allzu bestimmten Ausdrücken als schuldlos bezeichnet. »Geld habe ich ihm versprochen, weil er mich darum gebeten hat. Aber ich wollte es nicht holen, sondern ihm das Trinkgeld geben, das ich heute nacht verdient hatte.« Und er zog zum Beweise das Geld aus der Tasche und zeigte auf der flachen Hand die paar kleinen Münzen.

»Du verrennst dich immer mehr«, sagte der Oberkellner. »Wenn man dir glauben sollte, müßte man immer das, was du früher gesagt hast, vergessen. Zuerst hast du also den Mann – nicht einmal den Namen Robinson glaube ich dir, so hat, seit es Irland gibt, kein Irländer geheißen –, zuerst also hast du ihn nur in den Schlafsaal gebracht, wofür allein du übrigens schon im Schwung hinausfliegen könntest, Geld aber hast du ihm zuerst nicht versprochen, dann wieder, wenn man dich überraschend fragt, hast du ihm Geld versprochen. Aber wir haben hier kein Antwort- und Fragespiel, sondern wollen deine Rechtfertigung hören. Zuerst aber wolltest du das Geld nicht holen, sondern ihm dein heutiges Trinkgeld geben, dann aber zeigt sich, daß du dieses Geld noch bei dir hast, also offenbar doch noch anderes holen wolltest, wofür auch dein langes Ausbleiben spricht. Schließlich wäre es ja nichts Besonderes, wenn du für ihn aus deinem Koffer hättest Geld holen wollen; daß du es aber mit aller Kraft leugnest, das ist allerdings etwas Besonderes, ebenso wie du auch immerfort verschweigen willst, daß du den Mann erst hier im Hotel betrunken gemacht hast, woran ja nicht der geringste Zweifel ist, denn du selbst hast zugegeben, daß er allein gekommen ist, aber nicht allein weggehen konnte, und er selbst hat ja im Schlafsaal herumgeschrien, daß er dein Gast ist. Fraglich also bleiben jetzt nur noch zwei Dinge, die du, wenn du die Sache vereinfachen willst, selbst beantworten kannst, die man aber schließlich auch ohne deine Mithilfe wird feststellen können: Erstens, wie hast du dir den Zutritt zu den Vorratskammern verschafft, und zweitens, wie hast du verschenkbares Geld angesammelt?«

›Es ist unmöglich, sich zu verteidigen, wenn nicht guter Wille da ist‹, sagte sich Karl und antwortete dem Oberkellner nicht mehr, so sehr Therese wahrscheinlich darunter litt. Er wußte, daß alles, was er sagen konnte, hinterher ganz anders aussehen würde, als es gemeint gewesen war, und daß es nur der Art der Beurteilung überlassen bleibe, Gutes oder Böses vorzufinden.

»Er antwortet nicht«, sagte die Oberköchin.

»Es ist das Vernünftigste, was er tun kann«, sagte der Oberkellner.

»Er wird sich schon noch etwas ausdenken«, sagte der Oberportier und strich mit der früher grausamen Hand behutsam seinen Bart.

»Sei still«, sagte die Oberköchin zu Therese, die an ihrer Seite zu schluchzen begann, »du siehst, er antwortet nicht, wie kann ich denn da etwas für ihn tun? Schließlich bin ich es, die vor dem Herrn Oberkellner unrecht behält. Sag doch, Therese, habe ich deiner Meinung nach etwas für ihn zu tun versäumt?« Wie konnte das Therese wissen, und was nützte es, daß sich die Oberköchin durch diese öffentlich an das kleine Mädchen gerichtete Frage und Bitte vor diesen beiden Herren vielleicht viel vergab?

»Frau Oberköchin«, sagte Karl, der sich noch einmal aufraffte, aber nur um Therese die Antwort zu ersparen, zu keinem anderen Zweck, »ich glaube nicht, daß ich Ihnen irgendwie Schande gemacht habe, und nach genauer Untersuchung müßte das auch jeder andere finden.«

»Jeder andere«, sagte der Oberportier und zeigte mit dem Finger auf den Oberkellner, »das ist eine Spitze gegen Sie, Herr Isbary.«

»Nun, Frau Oberköchin«, sagte dieser, »es ist halb sieben, hohe und höchste Zeit. Ich denke, Sie lassen mir am besten das Schlußwort in dieser schon allzu duldsam behandelten Sache.«

Der kleine Giacomo war hereingekommen, wollte zu Karl treten, ließ aber, durch die allgemein herrschende Stille erschreckt, davon ab und wartete.

Die Oberköchin hatte seit Karls letzten Worten den Blick nicht von ihm gewendet, und es deutete auch nichts darauf hin, daß sie die Bemerkung des Oberkellners gehört hatte. Ihre Augen sahen voll auf Karl hin, sie waren groß und blau, aber ein wenig getrübt durch das Alter und die viele Mühe. Wie sie so dastand und den Sessel vor sich schwach schaukelte, hätte man ganz gut erwarten können, sie werde im nächsten Augenblick sagen: ›Nun, Karl, die Sache ist, wenn ich es überlege, noch nicht recht klargestellt und braucht, wie du richtig gesagt hast, noch eine genaue Untersuchung. Und die wollen wir jetzt veranstalten, ob man sonst damit einverstanden ist oder nicht, denn Gerechtigkeit muß sein.‹

Statt dessen aber sagte die Oberköchin nach einer kleinen Pause, die niemand zu unterbrechen gewagt hatte – nur die Uhr schlug in Bestätigung der Worte des Oberkellners halb sieben und mit ihr, wie jeder wußte, gleichzeitig alle Uhren im ganzen Hotel, es klang im Ohr und in der Ahnung wie das zweimalige Zucken einer einzigen großen Ungeduld – : »Nein, Karl, nein, nein! Das wollen wir uns nicht einreden. Gerechte Dinge haben auch ein besonderes Aussehen, und das hat, ich muß es gestehen, deine Sache nicht. Ich darf das sagen und muß es auch sagen; ich muß es gestehen, denn ich bin es, die mit dem besten Vorurteil für dich hergekommen ist. Du siehst, auch Therese schweigt.« (Aber sie schwieg doch nicht, sie weinte.)

Die Oberköchin stockte in einem plötzlich sie überkommenden Entschluß und sagte: »Karl, komm einmal her«, und als er zu ihr gekommen war – gleich vereinigten sich hinter seinem Rücken der Oberkellner und der Oberportier zu lebhaftem Gespräch –, umfaßte sie ihn mit der linken Hand, ging mit ihm und der willenlos folgenden Therese in die Tiefe des Zimmers und dort mit beiden einigemal auf und ab, wobei sie sagte: »Es ist möglich, Karl, und darauf scheinst du zu vertrauen, sonst würde ich dich überhaupt nicht verstehen, daß eine Untersuchung dir in einzelnen Kleinigkeiten recht geben wird. Warum denn nicht? Du hast vielleicht tatsächlich den Oberportier gegrüßt. Ich glaube es sogar bestimmt, ich weiß auch, was ich von dem

Oberportier zu halten habe, du siehst, ich rede selbst jetzt offen zu dir. Aber solche kleine Rechtfertigungen helfen dir gar nichts. Der Oberkellner, dessen Menschenkenntnis ich im Laufe vieler Jahre zu schätzen gelernt habe, und welcher der verläßlichste Mensch ist, den ich überhaupt kenne, hat deine Schuld klar ausgesprochen, und die scheint mir allerdings unwiderleglich. Vielleicht hast du bloß unüberlegt gehandelt, vielleicht aber bist du nicht der, für den ich dich gehalten habe. Und doch«, damit unterbrach sie sich gewissermaßen selbst und sah flüchtig nach den beiden Herren zurück, »kann ich es mir noch nicht abgewöhnen, dich für einen im Grunde anständigen Jungen zu halten.«

»Frau Oberköchin! Frau Oberköchin!« mahnte der Oberkellner, der ihren Blick aufgefangen hatte.

»Wir sind gleich fertig«, sagte die Oberköchin und redete nun schneller auf Karl ein: »Höre, Karl, so wie ich die Sache übersehe, bin ich noch froh, daß der Oberkellner keine Untersuchung einleiten will; denn, wollte er sie einleiten, ich müßte es in deinem Interesse verhindern. Niemand soll erfahren, wie und womit du den Mann bewirtet hast, der übrigens nicht einer deiner früheren Kameraden gewesen sein kann, wie du vorgibst, denn mit denen hast du ja zum Abschied großen Streit gehabt, so daß du nicht jetzt einen von ihnen traktieren wirst. Es kann also nur ein Bekannter sein, mit dem du dich leichtsinnigerweise in der Nacht in irgendeiner städtischen Kneipe verbrüdert hast. Wie konntest du mir, Karl, alle diese Dinge verbergen? Wenn es dir im Schlafsaal vielleicht unerträglich war und du zuerst aus diesem unschuldigen Grunde mit deinem Nachtschwärmen angefangen hast, warum hast du denn kein Wort gesagt, du weißt, ich wollte dir ein eigenes Zimmer verschaffen und habe darauf geradezu erst über deine Bitten verzichtet. Es scheint jetzt, als hättest du den allgemeinen Schlafsaal vorgezogen, weil du dich dort ungebundener fühltest. Und dein Geld hattest du doch in meiner Kassa aufgehoben, und die Trinkgelder brachtest du mir jede Woche; woher, um Gottes willen, Junge, hast du das Geld für deine Vergnügungen genommen und woher wolltest du jetzt das Geld für deinen Freund holen? Das sind natürlich lauter Dinge, die ich wenigstens jetzt dem Oberkellner gar nicht andeuten darf, denn dann wäre vielleicht eine Untersuchung unausweichlich. Du mußt also unbedingt aus dem Hotel, und zwar so schnell als möglich. Geh direkt in die Pension Brenner – du warst doch schon mehrmals mit Therese dort –, sie werden dich auf diese Empfehlung hin umsonst aufnehmen –« und die Oberköchin schrieb mit einem goldenen Crayon, den sie aus der Bluse zog, einige Zeilen auf eine Visitenkarte, wobei sie aber die Rede nicht unterbrach – »deinen Koffer werde ich dir gleich nachschicken. Therese, lauf doch in die Garderobe der Liftjungen und pack seinen Koffer!« (Aber Therese rührte sich noch nicht, sondern wollte, wie sie alles Leid ausgehalten hatte, nun auch die Wendung zum Besseren, welche die Sache Karls dank der Güte der Oberköchin nahm, ganz miterleben.)

Jemand öffnete, ohne sich zu zeigen, ein wenig die Tür und schloß sie gleich wieder. Es mußte offenbar Giacomo gegolten haben, denn dieser trat vor und sagte: »Roßmann, ich habe dir etwas auszurichten.«

»Gleich«, sagte die Oberköchin und steckte Karl, der mit gesenktem Kopf ihr zugehört hatte, die Visitenkarte in die Tasche, »dein Geld behalte ich vorläufig, du weißt, du kannst es mir anvertrauen. Heute bleib zu Hause und überlege deine Angelegenheit, morgen – heute habe ich keine Zeit, auch habe ich mich schon viel zu lange hier aufgehalten – komme ich zu Brenner, und wir werden zusehen, was wir weiter für dich machen können. Verlassen werde ich dich nicht, das sollst du jedenfalls schon heute wissen. Über deine Zukunft mußt du dir keine Sorgen machen, eher über die letztvergangene Zeit.« Darauf klopfte sie ihm leicht auf die Schulter und ging zum Oberkellner hinüber. Karl hob den Kopf und sah der großen, stattlichen Frau nach, die sich in ruhigem Schritt und freier Haltung von ihm entfernte.

»Bist du denn gar nicht froh«, sagte Therese, die bei ihm zurückgeblieben war, »daß alles so gut ausgefallen ist?«

»O ja«, sagte Karl und lächelte ihr zu, wußte aber nicht, warum er darüber froh sein sollte, daß man ihn als einen Dieb wegschickte. Aus Theresens Augen strahlte die reinste Freude, als sei es ihr ganz gleichgültig, ob Karl etwas verbrochen hatte oder nicht, ob er gerecht beurteilt worden war oder nicht, wenn man ihn nur gerade entwischen ließ, in Schande oder in Ehren. Und so verhielt sich gerade Therese, die doch in ihren eigenen Angelegenheiten so peinlich war und ein nicht ganz eindeutiges Wort der Oberköchin wochenlang in ihren Gedanken drehte und untersuchte. Mit Absicht fragte er: »Wirst du meinen Koffer gleich packen und wegschicken?« Er mußte gegen seinen Willen vor Staunen den Kopf schütteln, so schnell fand sich Therese in die Frage hinein, und die Überzeugung, daß in dem Koffer Dinge waren, die man vor allen Leuten geheimhalten mußte, ließ sie gar nicht nach Karl hinübersehen, gar nicht ihm die Hand reichen, sondern nur flüstern: »Natürlich, Karl, gleich, gleich werde ich den Koffer packen.« Und schon war sie davongelaufen.

Nun ließ sich aber Giacomo nicht mehr halten, und aufgeregt durch das lange Warten, rief er laut: »Roßmann, der Mann wälzt sich unten im Gang und will sich nicht wegschaffen lassen. Sie wollten ihn ins Krankenhaus bringen lassen, aber er wehrt sich und behauptet, du würdest niemals dulden, daß er ins Krankenhaus kommt. Man solle ein Automobil nehmen und ihn nach Hause schicken, du würdest das Automobil bezahlen. Willst du?«

»Der Mann hat Vertrauen zu dir«, sagte der Oberkellner. Karl zuckte mit den Schultern und zählte Giacomo sein Geld in die Hand. »Mehr habe ich nicht«, sagte er dann.

»Ich soll dich auch fragen, ob du mitfahren willst«, fragte noch Giacomo, mit dem Gelde klimpernd.

»Er wird nicht mitfahren«, sagte die Oberköchin.

»Also, Roßmann«, sagte der Oberkellner schnell und wartete gar nicht, bis Giacomo draußen war, »du bist auf der Stelle entlassen.«

Der Oberportier nickte mehrere Male, als wären es seine eigenen Worte, die der Oberkellner nur nachspreche.

»Die Gründe deiner Entlassung kann ich nicht laut aussprechen, denn sonst müßte ich dich einsperren lassen.«

Der Oberportier sah auffallend streng zur Oberköchin hinüber, denn er hatte wohl erkannt, daß sie die Ursache dieser allzu milden Behandlung war.

»Jetzt geh zu Beß, zieh dich um, übergib Beß deine Livree und verlasse sofort, aber sofort das Haus.«

Die Oberköchin schloß die Augen, sie wollte damit Karl beruhigen. Während er sich zum Abschied verbeugte, sah er flüchtig, wie der Oberkellner die Hand der Oberköchin wie im geheimen umfaßte und mit ihr spielte. Der Oberportier begleitete Karl mit schweren Schritten bis zur Tür, die er ihn nicht schließen ließ, sondern selbst noch offen hielt, um Karl nachschreiben zu können: »In einer Viertelminute will ich dich beim Haupttor an mir vorübergehen sehen! Merk dir das!«

Karl beeilte sich, wie er nur konnte, um nur beim Haupttor eine Belästigung zu vermeiden, aber es ging alles viel langsamer, als er wollte. Zuerst war Beß nicht gleich zu finden und jetzt, in der Frühstückszeit, war alles voll Menschen, dann zeigte sich, daß ein Junge sich Karls alte Hosen ausgeborgt hatte, und Karl mußte die Kleiderständer bei fast allen Betten absuchen, ehe er diese Hosen fand, so daß wohl fünf Minuten vergangen waren, ehe Karl zum Haupttor kam. Gerade vor ihm ging eine Dame mitten zwischen vier Herren. Sie gingen alle auf ein großes Automobil zu, das sie erwartete und dessen Schlag bereits ein Lakai geöffnet hielt, während er den freien linken Arm seitwärts waagrecht und steif ausstreckte, was höchst feierlich aussah. Aber Karl hatte umsonst gehofft, hinter dieser vornehmen Gesellschaft unbemerkt hinauszukommen. Schon faßte ihn der Oberportier bei der Hand und zog ihn zwischen zwei Herren hindurch, die er um Verzeihung bat, zu sich hin.

»Das soll eine Viertelminute gewesen sein«, sagte er und sah Karl von der Seite an, als beobachte er eine schlecht gehende Uhr. »Komm einmal her«, sagte er dann und führte ihn in die große Portierloge, die Karl zwar schon längst einmal anzusehen Lust gehabt hatte, in die er aber jetzt, von dem Portier geschoben, nur mit Mißtrauen eintrat. Er war schon in der Tür, als er sich umwandte und den Versuch machte, den Oberportier wegzuschieben und wegzukommen.

»Nein, nein, hier geht man hinein«, sagte der Oberportier und drehte Karl um.

»Ich bin doch schon entlassen«, sagte Karl und meinte damit, daß ihm im Hotel niemand mehr etwas zu befehlen habe.

»Solange ich dich halte, bist du nicht entlassen«, sagte der Portier, was allerdings auch richtig war.

Karl fand schließlich auch keine Ursache, warum er sich gegen den Portier wehren sollte. Was konnte ihm denn auch im Grunde noch geschehen? Überdies bestanden die Wände der Portierloge ausschließlich aus ungeheueren Glasscheiben, durch die man die im Vestibül gegeneinanderströmende Menschenmenge deutlich sah, als wäre man mitten unter ihnen. Ja, es schien in der ganzen Portierloge keinen Winkel zu geben, in dem man sich vor den Augen der Leute verbergen konnte. So eilig es dort draußen die Leute zu haben schienen, denn mit ausgestrecktem Arm und gesenktem Kopf, mit spähenden Augen, mit hochgehaltenen Gepäckstücken suchten sie ihren Weg, so versäumte doch kaum einer, einen Blick in die Portierloge zu werfen, denn hinter deren Scheiben waren immer Ankündigungen und Nachrichten ausgehängt, die sowohl für die Gäste als für das Hotelpersonal Wichtigkeit hatten. Außerdem aber bestand noch ein unmittelbarer Verkehr der Portierloge mit dem Vestibül, denn an zwei großen Schiebefenstern saßen zwei Unterportiers und waren unaufhörlich damit beschäftigt, Auskünfte in den verschiedensten Angelegenheiten zu erteilen. Das waren geradezu überbürdete Leute, und Karl hätte behaupten wollen, daß der Oberportier, wie er ihn kannte, sich in seiner Laufbahn um diese Posten herumgewunden hatte. Diese zwei Auskunftserteiler hatten – von außen konnte man sich das nicht richtig vorstellen – in der Öffnung des Fensters immer zumindest zehn fragende Gesichter vor sich. Unter diesen zehn Fragern, die immerfort wechselten, war oft ein Durcheinander von Sprachen, als sei jeder einzelne von einem anderen Lande abgesandt. Immer fragten einige gleichzeitig, immer redeten außerdem einzelne durcheinander. Die meisten wollten etwas aus der Portierloge holen oder etwas dort abgeben, so sah man immer auch ungeduldig fuchtelnde Hände aus dem Gedränge ragen. Einmal hatte einer ein Begehren wegen irgendeiner Zeitung, die sich unversehens von der Höhe aus entfaltete und für einen Augenblick alle Gesichter verhüllte. All diesem mußten nun die zwei Unterportiers standhalten. Bloßes Reden hätte für ihre Aufgabe nicht genügt, sie plapperten, besonders der eine, ein düsterer Mann mit einem das ganze Gesicht umgebenden dunklen Bart, gab die Auskunft ohne die geringste Unterbrechung. Er sah weder auf die Tischplatte, wo er fortwährend Handreichungen auszuführen hatte, noch auf das Gesicht dieses oder jenes Fragers, sondern ausschließlich starr vor sich, offenbar um seine Kräfte zu sparen und zu sammeln. Übrigens störte wohl sein Bart ein wenig die Verständlichkeit seiner Rede, und Karl konnte in dem Weilchen, während dessen er bei ihm stehenblieb, sehr wenig von dem Gesagten auffassen, wenn es auch möglicherweise trotz dem englischen Beiklang gerade fremde Sprachen waren, die er gebrauchen mußte. Außerdem beirrte es, daß sich eine Auskunft so knapp an die andere anschloß und in sie überging, so daß oft noch ein Frager mit gespanntem Gesicht zuhorchte, da er glaubte, es gehe noch um seine Sache, um erst nach einem Weilchen zu merken, daß er schon erledigt war. Gewöhnen mußte man sich auch daran, daß der Unterportier niemals bat, eine Frage zu wiederholen, selbst wenn sie im ganzen verständlich und nur ein wenig undeutlich gestellt war, ein kaum merkliches Kopfschütteln verriet dann, daß er nicht die Absicht habe, diese Frage zu beantworten, und es war Sache des Fragestellers, seinen eigenen Fehler zu erkennen und die Frage besser zu formulieren. Besonders damit verbrachten manche Leute sehr lange Zeit vor dem Schalter. Zur Unterstützung der Unterportiers war jedem ein Laufbursche beigegeben, der in gestrecktem Lauf von einem Bücherregal und aus verschiedenen Kasten alles herbeizubringen hatte, was der Unterportier gerade benötigte. Das waren die bestbezahlten, wenn auch anstrengendsten Posten, die es im Hotel für ganz junge Leute gab, in gewissem Sinne waren sie auch noch ärger daran als die Unterportiers, denn diese hatten bloß nachzudenken und zu reden, während die jungen Leute gleichzeitig nachdenken und laufen mußten. Brachten sie einmal etwas Unrichtiges herbei, so konnte sich natürlich der Unterportier in der Eile nicht damit aufhalten, ihnen lange Belehrungen zu geben, er warf vielmehr einfach das, was sie ihm auf den Tisch legten, mit einem Ruck vom Tisch hinunter. Sehr interessant war die Ablösung der Unterportiers, die gerade kurz nach dem Eintritt Karls stattfand. Eine solche Ablösung mußte natürlich, wenigstens während des Tages, öfters stattfinden, denn es gab wohl kaum einen Menschen, der es länger als eine Stunde hinter dem Schalter ausgehalten hätte. Zur Ablösungszeit ertönte nun eine Glocke, und gleichzeitig traten aus einer Seitentür die zwei Unterportiers, die jetzt an die Reihe kommen sollten, jeder von seinem Laufburschen gefolgt. Sie stellten sich vorläufig untätig beim Schalter auf und betrachteten ein Weilchen die Leute draußen, um festzustellen, in welchem Stadium sich gerade die augenblickliche Fragebeantwortung befand. Schien ihnen der Augenblick passend, um einzugreifen, klopften sie dem abzulösenden Unterportier auf die Schulter, der, obwohl er sich bisher um nichts, was hinter seinem Rücken vorging, gekümmert hatte, sofort verstand und seinen Platz frei machte. Das Ganze ging so rasch, daß es oft die Leute draußen überraschte und sie aus Schrecken über das so plötzlich vor ihnen auftauchende neue Gesicht fast zurückwichen. Die abgelösten zwei Männer streckten sich und begossen dann über zwei bereitstehenden Waschbecken ihre heißen Köpfe. Die abgelösten Laufburschen durften sich aber noch nicht strecken, sondern hatten noch ein Weilchen damit zu tun, die während ihrer Dienststunden auf den Boden geworfenen Gegenstände aufzuheben und an ihren Platz zu legen.

Alles dieses hatte Karl mit der angespanntesten Aufmerksamkeit in wenigen Augenblicken in sich aufgenommen, und mit leichten Kopfschmerzen folgte er still dem Oberportier, der ihn weiterführte. Offenbar hatte auch der Oberportier den großen Eindruck beachtet, den diese Art der Auskunftserteilung auf Karl gemacht hatte, und er riß plötzlich an Karls Hand und sagte: »Siehst du, so wird hier gearbeitet.« Karl hatte ja allerdings hier im Hotel nicht gefaulenzt, aber von solcher Arbeit hatte er doch keine Ahnung gehabt, und fast völlig vergessend, daß der Oberportier sein großer Feind war, sah er zu ihm auf und nickte stumm und anerkennend mit dem Kopf. Das schien dem Oberportier aber wieder eine Überschätzung des Unterportiers und vielleicht eine Unhöflichkeit gegenüber seiner Person zu sein, denn als hätte er Karl zum Narren gehalten, rief er, ohne Besorgnis, daß man ihn hören könnte: »Natürlich ist dieses hier die dümmste Arbeit im ganzen Hotel; wenn man eine Stunde zugehört hat, kennt man so ziemlich alle Fragen, die gestellt werden, und den Rest braucht man ja nicht zu beantworten. Wenn du nicht frech und ungezogen gewesen wärest, gelogen, gelumpt, gesoffen und gestohlen hättest, hätte ich dich vielleicht bei so einem Fenster anstellen können, denn dazu kann ich ausschließlich nur vernagelte Köpfe brauchen.«

Karl überhörte gänzlich die Beschimpfung, soweit sie ihn betraf, so sehr war er darüber empört, daß die ehrliche und schwere Arbeit der Unterportiers, statt anerkannt zu werden, verhöhnt wurde, und überdies verhöhnt von einem Mann, der, wenn er es gewagt hätte, sich einmal zu einem solchen Schalter zu setzen, gewiß nach ein paar Minuten unter dem Gelächter aller Frager hätte abziehen müssen.

»Lassen Sie mich«, sagte Karl, seine Neugierde in betreff der Portierloge war bis zum Übermaß gestillt, »ich will mit Ihnen nichts mehr zu tun haben.«

»Das genügt nicht, um fortzukommen«, sagte der Oberportier, drückte Karls Arme, daß dieser sie gar nicht rühren konnte, und trug ihn förmlich an das andere Ende der Portierloge. Sahen die Leute draußen diese Gewalttätigkeit des Oberportiers nicht? Oder, wenn sie es sahen, wie faßten sie sie denn auf, daß keiner sich darüber aufhielt, daß niemand wenigstens an die Scheibe klopfte, um dem Oberportier zu zeigen, daß er beobachtet werde und nicht nach seinem Gutdünken mit Karl verfahren dürfe?

Aber bald hatte Karl auch keine Hoffnung mehr, vom Vestibül aus Hilfe zu bekommen, denn der Oberportier griff an eine Schnur, und über den Scheiben der halben Portierloge zogen sich im Fluge bis an die letzte Höhe schwarze Vorhänge zusammen. Auch in diesem Teil der Portierloge waren ja Menschen, aber alle in voller Arbeit und ohne Ohr und Auge für alles, was nicht mit ihrer Arbeit zusammenhing. Außerdem waren sie ganz vom Oberportier abhängig und hätten, statt Karl zu helfen, lieber geholfen, alles zu verbergen, was auch immer dem Oberportier eingefallen wäre. Da waren zum Beispiel sechs Unterportiers bei sechs Telefonen. Die Anordnung war, wie man gleich bemerkte, so getroffen, daß immer einer bloß Gespräche aufnahm, während sein Nachbar nach den vom ersten empfangenen Notizen die Aufträge telefonisch weiterleitete. Es waren dies jene neuesten Telefone, für die keine Telefonzelle nötig war, denn das Glockenläuten war nicht lauter als ein Zirpen, man konnte in das Telefon mit Flüstern hineinsprechen und doch kamen die Worte dank besonderer elektrischer Verstärkungen mit Donnerstimmen an ihrem Ziele an. Deshalb hörte man die drei Sprecher an ihren Telefonen kaum und hätte glauben können, sie beobachteten murmelnd irgendeinen Vorgang in der Telefonmuschel, während die drei anderen, wie betäubt von dem auf sie herandringenden, für die Umgebung im übrigen unhörbaren Lärm, die Köpfe auf das Papier sinken ließen, das zu beschreiben ihre Aufgabe war. Wieder stand auch hier neben jedem der drei Sprecher ein Junge zur Hilfeleistung; diese drei Jungen taten nichts anderes, als abwechselnd den Kopf horchend zu, ihrem Herrn zu strecken und dann eilig, als würden sie gestochen, in riesigen, gelben Büchern – die umschlagenden Blättermassen überrauschten bei weitem jedes Geräusch der Telefone – die Telefonnummern herauszusuchen.

Karl konnte sich tatsächlich nicht enthalten, das alles genau zu verfolgen, obwohl der Oberportier, der sich gesetzt hatte, ihn in einer Art Umklammerung vor sich hinhielt.

»Es ist meine Pflicht«, sagte der Oberportier und schüttelte Karl, als wolle er nur erreichen, daß dieser ihm sein Gesicht zuwende, »das, was der Oberkellner aus welchen Gründen immer versäumt hat, im Namen der Hoteldirektion wenigstens ein wenig nachzuholen. So tritt hier immer jeder für den anderen ein. Ohne das wäre ein so großer Betrieb undenkbar. Du willst vielleicht sagen, daß ich nicht dein unmittelbarer Vorgesetzter bin; nun, desto schöner ist es von mir, daß ich mich dieser sonst verlassenen Sache annehme. Im übrigen bin ich in gewissem Sinne als Oberportier über alle gesetzt, denn mir unterstehen doch alle Tore des Hotels, also dieses Haupttor, die drei Mittel- und die zehn Nebentore, von den unzähligen Türchen und türlosen Ausgängen gar nicht zu reden. Natürlich haben mir alle in Betracht kommenden Bedienungsmannschaften unbedingt zu gehorchen. Gegenüber diesen großen Ehren habe ich natürlich andererseits vor der Hoteldirektion die Verpflichtung, niemanden hinauszulassen, der nur im geringsten verdächtig ist. Gerade du aber kommst mir, weil es mir so beliebt, sogar stark verdächtig vor.« Und vor Freude darüber hob er die Hände und ließ sie wieder stark zurückschlagen, daß es klatschte und wehtat. »Es ist möglich«, fügte er hinzu und unterhielt sich dabei königlich, »daß du bei einem anderen Ausgang unbemerkt hinausgekommen wärest, denn du standest mir natürlich nicht dafür, besondere Anweisungen deinetwegen ergehen zu lassen. Aber da du nun einmal hier bist, will ich dich genießen. Im übrigen habe ich nicht daran gezweifelt, daß du das Rendezvous, das wir uns beim Haupttor gegeben hatten, auch einhalten wirst, denn das ist eine Regel, daß der Freche und der Unfolgsame gerade dort und dann mit seinen Lastern aufhört, wo es ihm schadet. Du wirst das an dir selbst gewiß noch oft beobachten können.«

»Glauben Sie nicht«, sagte Karl und atmete den eigentümlich dumpfen Geruch ein, der vom Oberportier ausging, und den er erst hier, wo er so lange in seiner nächsten Nähe stand, bemerkte, »glauben Sie nicht«, sagte er, »daß ich vollständig in Ihrer Gewalt bin, ich kann ja schreien.«

»Und ich kann dir den Mund stopfen«, sagte der Oberportier ebenso ruhig und schnell, wie er es wohl nötigenfalls auszuführen gedachte. »Und meinst du denn wirklich, wenn man deinetwegen hereinkommen sollte, es würde sich jemand finden, der dir recht geben würde, mir, dem Oberportier, gegenüber? Du siehst also wohl den Unsinn deiner Hoffnungen ein. Weißt du, wie du noch in der Uniform warst, da hast du tatsächlich noch ein wenig beachtenswert ausgesehen, aber in diesem Anzug, der tatsächlich nur in Europa möglich ist! –« Und er zerrte an den verschiedensten Stellen des Anzuges, der jetzt allerdings, obwohl er vor fünf Monaten noch fast neu gewesen war, abgenützt, faltig, vor allem aber fleckig war, was hauptsächlich auf die Rücksichtslosigkeit der Liftjungen zurückzuführen war, die jeden Tag, um den Saalboden dem allgemeinen Befehl gemäß glatt und staubfrei zu erhalten, aus Faulheit keine eigentliche Reinigung vornahmen, sondern mit irgendeinem Öl den Boden besprengten und damit gleichzeitig alle Kleider auf den Kleiderständern schändlich bespritzten. Nun konnte man seine Kleider aufheben, wo man wollte, immer fand sich einer, der gerade seine Kleider nicht bei der Hand hatte, dagegen die versteckten fremden Kleider mit Leichtigkeit fand und sich ausborgte. Und womöglich war dieser eine gerade derjenige, der an diesem Tage die Saalreinigung vorzunehmen hatte und der dann die Kleider nicht nur mit dem Öl bespritzte, sondern vollständig von oben bis unten begoß. Nur Renell hatte seine kostbaren Kleider an irgendeinem geheimen Orte versteckt, von wo sie kaum jemals einer hervorgezogen hatte, zumal sich ja auch niemand vielleicht aus Bosheit oder Geiz fremde Kleider ausborgte, sondern aus bloßer Eile und Nachlässigkeit dort nahm, wo er sie fand. Aber selbst auf Renells Kleid war mitten auf dem Rücken ein kreisrunder, rötlicher Ölfleck, und in der Stadt hätte ein Kenner an diesem Fleck selbst in diesem eleganten jungen Mann den Liftjungen feststellen können.

Und Karl sagte sich bei diesen Erinnerungen, daß er auch als Liftjunge genug gelitten hatte und daß doch alles vergebens gewesen war, denn nun war dieser Liftjungendienst nicht, wie er gehofft hatte, eine Vorstufe zu besserer Anstellung gewesen, vielmehr war er jetzt noch tiefer hinabgedrückt worden und sogar sehr nahe an das Gefängnis geraten. Überdies wurde er jetzt noch vom Oberportier festgehalten, der wohl darüber nachdachte, wie er Karl noch weiter beschämen könne. Und völlig vergessend, daß der Oberportier durchaus nicht der Mann war, der sich vielleicht überzeugen ließ, rief Karl, während er sich mit der gerade freien Hand mehrmals gegen die Stirn schlug: »Und wenn ich Sie wirklich nicht gegrüßt haben sollte, wie kann denn ein erwachsener Mensch wegen eines unterlassenen Grußes so rachsüchtig werden!«

»Ich bin nicht rachsüchtig«, sagte der Oberportier, »ich will nur deine Taschen durchsuchen. Ich bin zwar überzeugt, daß ich nichts finden werde, denn du wirst wohl vorsichtig gewesen sein und hast wohl deinen Freund allmählich alles, jeden Tag etwas, wegschleppen lassen. Aber durchsucht worden mußt du sein.« Und schon griff er in die eine von Karls Rocktaschen mit solcher Gewalt, daß die seitlichen Nähte platzten. »Da ist also schon nichts«, sagte er und überklaubte in seiner Hand den Inhalt dieser Tasche, einen Reklamekalender des Hotels, ein Blatt mit einer Aufgabe aus kaufmännischer Korrespondenz, einige Rock- und Hosenknöpfe, die Visitenkarte der Oberköchin, einen Polierstift für die Nägel, den ihm einmal ein Gast beim Kofferpacken zugeworfen hatte, einen alten Taschenspiegel, den ihm Renell einmal zum Dank für vielleicht zehn Vertretungen im Dienste geschenkt hatte, und noch ein paar Kleinigkeiten. »Da ist also nichts«, wiederholte der Oberportier und warf alles unter die Bank, als sei es selbstverständlich, daß das Eigentum Karls, soweit es nicht gestohlen war, unter die Bank gehöre.

›Jetzt ist's aber genug‹, sagte sich Karl – sein Gesicht mußte glühend rot sein –, und als der Oberportier, durch die Gier unvorsichtig gemacht, in Karls zweiter Tasche herumgrub, fuhr Karl mit einem Ruck aus den Ärmeln heraus, stieß im ersten, noch unbeherrschten Sprung einen Unterportier ziemlich stark gegen seinen Apparat, lief durch die schwüle Luft, eigentlich langsamer, als er beabsichtigt hatte, zur Tür, war aber glücklich draußen, ehe der Oberportier in seinem schweren Mantel sich auch nur hatte erheben können. Die Organisation des Wachdienstes mußte doch nicht so mustergültig sein, es läutete zwar von einigen Seiten, aber Gott weiß zu welchen Zwecken Hotelangestellte gingen zwar im Torgang in solcher Anzahl kreuz und quer, daß man fast daran denken konnte, sie wollten in unauffälliger Weise den Ausgang unmöglich machen, denn viel sonstigen Sinn konnte man in die sein Hin- und Hergehen nicht erkennen; jedenfalls kam Karl bald ins Freie, mußte aber noch das Hoteltrottoir entlanggehen, denn zur Straße konnte man nicht gelangen, da eine ununterbrochene Reihe von Automobilen stockend sich am Haupttor vorbeibewegte. Diese Automobile waren, um nur so bald als möglich zu ihrer Herrschaft zu kommen, geradezu ineinandergefahren, jedes wurde vom nachfolgenden vorwärtsgeschoben. Fußgänger, die es besonders eilig hatten, auf die Straße zu gelangen, stiegen zwar hie und da durch die einzelnen Automobile hindurch, als sei dort ein öffentlicher Durchgang, und es war ihnen ganz gleichgültig, ob im Automobil nur der Chauffeur und die Dienerschaft saß oder auch die vornehmsten Leute. Ein solches Benehmen schien aber Karl doch übertrieben, und man mußte sich wohl in den Verhältnissen schon auskennen, um das zu wagen; wie leicht konnte er an ein Automobil geraten, dessen Insassen das übelnahmen, ihn hinunterwarfen und einen Skandal veranlaßten, und nichts hatte er als ein entlaufener verdächtiger Hotelangestellter in Hemdärmeln mehr zu fürchten. Schließlich konnte ja die Reihe der Automobile nicht in Ewigkeit so fortgehen, und er war auch, solange er sich ans Hotel hielt, eigentlich am wenigsten verdächtig. Tatsächlich gelangte Karl endlich an eine Stelle, wo die Automobilreihe zwar nicht aufhörte, aber zur Straße hin abbog und lockerer wurde. Gerade wollte er in den Verkehr der Straße schlüpfen, in dem wohl noch viel verdächtiger aussehende Leute als er waren und frei herumliefen, da hörte er in der Nähe seinen Namen rufen. Er wandte sich um und sah, wie zwei ihm wohlbekannte Liftjungen aus einer niedrigen, kleinen Türöffnung, die wie der Eingang einer Gruft aussah, mit äußerster Anstrengung eine Bahre herauszogen, auf der, wie Karl nun erkannte, wahrhaftig Robinson lag. Kopf, Gesicht und Arme mannigfaltig umbunden. Es war häßlich anzusehen, wie er die Arme an die Augen führte, um mit dem Verbande die Tränen abzuwischen, die er vor Schmerzen oder vor sonstigem Leid oder gar vor Freude über das Wiedersehen mit Karl vergoß.

»Roßmann«, rief er vorwurfsvoll, »warum läßt du mich denn so lange warten! Schon eine Stunde verbringe ich damit, mich zu wehren, damit ich nicht wegtransportiert werde, ehe du kommst. Diese Kerle« – und er gab dem einen Liftjungen ein Kopfstück, als sei er durch die Verbände vor Schlägen geschützt – »sind ja wahre Teufel. Ach, Roßmann, der Besuch bei dir ist mir teuer zu stehen gekommen.«

»Was hat man dir denn gemacht?«sagte Karl und trat an die Bahre heran, welche die Liftjungen, um sich auszuruhen, lachend niederstellten.

»Du fragst noch«, seufzte Robinson, »und siehst, wie ich ausschaue. Bedenke, ich bin ja höchstwahrscheinlich für mein ganzes Leben zum Krüppel geschlagen. Ich habe fürchterliche Schmerzen von hier bis hierher« – und er zeigte zuerst auf den Kopf und dann auf die Zehen –, »ich möchte dir wünschen, daß du gesehen hättest, wie ich aus der Nase geblutet habe. Meine Weste ist ganz verdorben, die habe ich überhaupt dort gelassen, meine Hosen sind zerfetzt, ich bin in Unterhosen« – und er lüftete die Decke ein wenig und lud Karl ein, unter sie zu schauen. »Was wird nur aus mir werden! Ich werde zumindest einige Monate liegen müssen, und das will ich dir gleich sagen, ich habe niemanden anderen als dich, der mich pflegen könnte, Delamarche ist ja viel zu ungeduldig. Roßmann, Roßmannchen!« Und Robinson streckte die Hand nach dem ein wenig zurücktretenden Karl aus, um ihn durch Streicheln für sich zu gewinnen. »Warum habe ich dich nur besuchen müssen!« wiederholte er mehrere Male, um Karl die Mitschuld nicht vergessen zu lassen, die dieser an seinem Unglück hatte. – Nun erkannte zwar Karl sofort, daß das Klagen Robinsons nicht von seinen Wunden, sondern von dem ungeheueren Katzenjammer stammte, in dem er sich befand, da er, in schwerer Trunkenheit kaum eingeschlafen, gleich geweckt und zu seiner Überraschung blutig geboxt worden war und sich in der wachen Welt gar nicht mehr zurechtfinden konnte. Die Bedeutungslosigkeit der Wunden war schon an den unförmlichen, aus alten Fetzen bestehenden Verbänden zu sehen, mit denen ihn die Liftjungen offenbar zum Spaß ganz und gar umwickelt hatten. Und auch die zwei Liftjungen an den Enden der Bahre prusteten vor Lachen von Zeit zu Zeit. Nun war aber hier nicht der Ort, Robinson zur Besinnung zu bringen, denn stürmend eilten hier die Passanten, ohne sich um die Gruppe an der Bahre zu kümmern, vorbei, öfters sprangen Leute mit richtigem Turnerschwung über Robinson hinweg, der mit Karls Geld bezahlte Chauffeur rief: »Vorwärts, vorwärts!« Die Liftjungen hoben mit letzter Kraft die Bahre auf, Robinson erfaßte Karls Hand und sagte schmeichelnd: »Nun komm, so komm doch.« War nicht Karl in dem Aufzug, in dem er sich befand, im Dunkel des Automobils noch am besten aufgehoben? Und so setzte er sich neben Robinson, der den Kopf an ihn lehnte. Die zurückbleibenden Liftjungen schüttelten ihm, als ihrem gewesenen Kollegen, durch das Coupéfenster herzlich die Hand, und das Automobil drehte sich mit scharfer Wendung zur Straße hin, als müsse unbedingt ein Unglück geschehen, aber gleich nahm der alles umfassende Verkehr auch die schnurgerade Fahrt dieses Automobils ruhig in sich auf.

EIN ASYL

Es mußte wohl eine entlegene Vorstadtstraße sein, in der das Automobil haltmachte, denn ringsherum herrschte Stille, am Trottoirrand hockten Kinder und spielten. Ein Mann mit einer Menge alter Kleider über den Schultern rief beobachtend zu den Fenstern der Häuser empor. In seiner Müdigkeit fühlte sich Karl unbehaglich, als er aus dem Automobil auf den Asphalt trat, den die Vormittagssonne warm und hell beschien.

»Wohnst du wirklich hier?« rief er ins Automobil hinein.

Robinson, der während der ganzen Fahrt friedlich geschlafen hatte, brummte irgendeine undeutliche Bejahung und schien darauf zu warten, daß Karl ihn hinaustragen werde.

»Dann habe ich hier also nichts mehr zu tun. Leb wohl«, sagte Karl und machte sich daran, die ein wenig sich senkende Straße abwärts zu gehen.

»Aber Karl, was fällt dir denn ein?« rief Robinson und stand schon vor lauter Sorge ziemlich aufrecht, nur mit noch etwas unruhigen Knien, im Wagen.

»Ich muß doch gehen«, sagte Karl, der der raschen Gesundung Robinsons zugesehen hatte.

»In Hemdsärmeln?« fragte dieser.

»Ich werde mir schon noch einen Rock verdienen« antwortete Karl, nickte Robinson zuversichtlich zu, grüßte mit erhobener Hand und wäre wirklich fortgegangen, wenn nicht der Chauffeur gerufen hätte: »Noch einen kleinen Augenblick Geduld, mein Herr!«

Es zeigte sich unangenehmerweise, daß der Chauffeur noch Ansprüche auf eine nachträgliche Bezahlung stellte, denn die Wartezeit vor dem Hotel war noch nicht bezahlt.

»Nun ja«, rief aus dem Automobil Robinson in Bestätigung der Richtigkeit dieser Forderung, »ich habe ja dort so lange auf dich warten müssen. Etwas mußt du ihm noch geben.«

»Ja, freilich«, sagte der Chauffeur.

»Ja, wenn ich nur noch etwas hätte«, sagte Karl und griff in die Hosentaschen, obwohl er wußte, daß es nutzlos war.

»Ich kann mich nur an Sie halten«, sagte der Chauffeur und stellte sich breitbeinig auf, »von dem kranken Mann dort kann ich nichts verlangen.«

Vom Tor her näherte sich ein junger Bursche mit zerfressener Nase und hörte aus einer Entfernung von einigen Schritten zu. Gerade machte durch die Straße ein Polizeimann die Runde, faßte mit gesenktem Gesicht den hemdärmeligen Menschen ins Auge und blieb stehen.

Robinson, der den Polizeimann auch bemerkt hatte, machte die Dummheit, aus dem anderen Fenster ihm zuzurufen: »Es ist nichts, es ist nichts!«, als ob man einen Polizeimann wie eine Fliege verscheuchen könnte. Die Kinder, welche den Polizeimann beobachtet hatten, wurden nun durch sein Stillstehen auch auf Karl und den Chauffeur aufmerksam und liefen im Trab herbei. Im Tor gegenüber stand eine alte Frau und sah starr hinüber.

»Roßmann!« rief da eine Stimme aus der Höhe. Es war Delamarche, der das vom Balkon des letzten Stockwerks rief. Er selbst war nur schon recht undeutlich gegen den weißlich blauen Himmel zu sehen, hatte offenbar einen Schlafrock an und beobachtete mit einem Operngucker die Straße. Neben ihm war ein roter Sonnenschirm aufgespannt, unter dem eine Frau zu sitzen schien. »Hallo!« rief er mit größter Anstrengung, um sich verständlich zu machen, »ist Robinson auch da?«

»Ja«, antwortete Karl, von einem zweiten, viel lauteren »Ja« Robinsons aus dem Wagen kräftig unterstützt.

»Hallo!« rief es zurück, »ich komme gleich!«

Robinson beugte sich aus dem Wagen. »Das ist ein Mann«, sagte er, und dieses Lob Delamarches war an Karl gerichtet, an den Chauffeur, an den Polizeimann und an jeden, der es hören wollte. Oben auf dem Balkon, den man aus Zerstreutheit noch ansah, obwohl ihn Delamarche schon verlassen hatte, erhob sich nun unter dem Sonnenschirm tatsächlich eine starke Frau in rotem, taillenlosem Kleid, nahm den Operngucker von der Brüstung und sah durch ihn auf die Leute hinunter, die nur allmählich die Blicke von ihr wandten. Karl sah in Erwartung Delamarches in das

Haustor und weiterhin in den Hof, den eine fast ununterbrochene Reihe von Geschäftsdienern durchquerte, von denen jeder eine kleine, aber offenbar sehr schwere Kiste auf der Achsel trug. Der Chauffeur war zu seinem Wagen getreten und putzte, um die Zeit auszunützen, mit einem Fetzen die Wagenlaternen. Robinson befühlte seine Gliedschmerzen, schien erstaunt über die geringen Schmerzen zu sein, die er trotz größter Aufmerksamkeit fühlen konnte, und begann vorsichtig, mit tief geneigtem Gesicht, einen der dicken Verbände am Bein zu lösen. Der Polizeimann hielt sein schwarzes Stöckchen quer vor sich und wartete still, mit der großen Geduld, die Polizeileute haben müssen, ob sie nun im gewöhnlichen Dienst oder auf der Lauer sind. Der Bursche mit der zerfressenen Nase setzte sich auf einen Torstein und streckte die Beine von sich. Die Kinder näherten sich Karl allmählich mit kleinen Schritten, denn dieser schien ihnen, obwohl er sie nicht beachtete, wegen seiner blauen Hemdärmel der Wichtigste von allen zu sein.

An der Länge der Zeit, die bis zur Ankunft Delamarches verging, konnte man die große Höhe dieses Hauses ermessen. Und Delamarche kam sogar sehr eilig, mit nur flüchtig zugezogenem Schlafrock. »Also, da seid ihr!« rief er erfreut und streng zugleich. Bei seinen großen Schritten enthüllte sich stets für einen Augenblick seine farbige Unterkleidung. Karl begriff nicht ganz, warum Delamarche hier, in der Stadt, in der riesigen Mietskaserne, auf der offenen Straße, so bequem angezogen herumging, als sei er in seiner Privatvilla. Ebenso wie Robinson hatte auch Delamarche sich sehr verändert. Sein dunkles, glatt rasiertes, peinlich reines, von roh ausgearbeiteten Muskeln gebildetes Gesicht sah stolz und respekteinflößend aus. Der grelle Schein seiner jetzt immer etwas zusammengezogenen Augen überraschte. Sein violetter Schlafrock war zwar alt, fleckig und für ihn zu groß, aber aus diesem häßlichen Kleidungsstück bauschte sich oben eine mächtige, dunkle Krawatte aus schwerer Seide.

»Nun?« fragte er alle insgesamt. Der Polizeimann trat ein wenig näher und lehnte sich an den Motorkasten des Automobils. Karl gab eine kleine Erklärung.

»Robinson ist ein wenig marod, aber wenn er sich Mühe gibt, wird er schon die Treppen hinaufgehen können; der Chauffeur hier will noch eine Nachzahlung zum Fahrgeld, das ich schon bezahlt habe. Und jetzt gehe ich. Guten Tag.«

»Du gehst nicht«, sagte Delamarche.

»Ich habe es ihm auch schon gesagt«, meldete sich Robinson aus dem Wagen.

»Ich gehe doch«, sagte Karl und machte ein paar Schritte. Aber Delamarche war schon hinter ihm und schob ihn mit Gewalt zurück.

»Ich sage, du bleibst!« rief er.

»Aber laßt mich doch«, sagte Karl und machte sich bereit, wenn es nötig sein sollte, mit den Fäusten sich die Freiheit zu verschaffen, so wenig Aussicht auf Erfolg gegenüber einem Mann wie Delamarche auch war. Aber da stand doch der Polizeimann, da war der Chauffeur, hie und da gingen Arbeitergruppen durch die sonst freilich ruhige Straße; würde man es denn dulden, daß ihm von Delamarche ein Unrecht geschehe? In einem Zimmer hätte er mit ihm nicht allein sein wollen, aber hier? Delamarche zahlte jetzt ruhig dem Chauffeur, der unter vielen Verbeugungen den unverdient großen Betrag einsteckte und aus Dankbarkeit zu Robinson ging und mit diesem offenbar darüber sprach, wie er am besten herausbefördert werden könnte. Karl sah sich unbeobachtet, vielleicht duldete Delamarche ein stillschweigendes Fortgehen leichter; wenn Streit vermieden werden konnte, war es natürlich am besten, und so ging Karl einfach in die Fahrbahn hinein, um möglichst rasch wegzukommen. Die Kinder strömten zu Delamarche, um ihn auf Karls Flucht aufmerksam zu machen, aber er mußte selbst gar nicht eingreifen, denn der Polizeimann sagte mit vorgestrecktem Stabe: »Halt!«

»Wie heißt du?« fragte er, schob den Stab unter den Arm und zog langsam ein Buch hervor. Karl sah ihn jetzt zum erstenmal genauer an, es war ein kräftiger Mann, hatte aber schon fast ganz weißes Haar.

»Karl Roßmann«, sagte er.

»Roßmann«, wiederholte der Polizeimann, zweifellos nur, weil er ein ruhiger und gründlicher Mensch war, aber Karl, der es hier eigentlich zum erstenmal mit amerikanischen Behörden zu tun bekam, sah schon in dieser Wiederholung das Aussprechen eines gewissen Verdachtes. Und tatsächlich konnte seine Sache nicht gut stehen, denn selbst Robinson, der doch so sehr mit seinen eigenen Sorgen beschäftigt war, bat aus dem Wagen heraus mit stummen lebhaften Handbewegungen den Delamarche, er möge Karl doch helfen. Aber Delamarche wehrte ihn mit hastigem Kopfschütteln ab und sah untätig zu, die Hände in seinen übergroßen Taschen. Der Bursche auf dem Türstein erklärte einer Frau, die jetzt erst aus dem Tore trat, den ganzen Sachverhalt von allem Anfang an. Die Kinder standen in einem Halbkreis hinter Karl und sahen still zum Polizeimann hinauf.

»Zeig deine Ausweispapiere«, sagte der Polizeimann. Das war wohl nur eine formelle Frage; denn wenn man keinen Rock hat, wird man auch nicht viel Ausweispapiere bei sich haben. Karl schwieg deshalb, um lieber auf die nächste Frage ausführlich zu antworten und so den Mangel der Ausweispapiere möglichst zu vertuschen.

Aber die nächste Frage war: »Du hast also keine Ausweispapiere?« und Karl mußte antworten: »Bei mir nicht.«

»Das ist aber schlimm«, sagte der Polizeimann, sah nachdenklich im Kreise umher und klopfte mit zwei Fingern auf den Deckel seines Buches. »Hast du irgendeinen Verdienst?« fragte der Polizeimann schließlich.

»Ich war Liftjunge«, sagte Karl.

»Du warst Liftjunge, bist es also nicht mehr, und wovon lebst du denn jetzt?«

»Jetzt werde ich mir eine neue Arbeit suchen.« »Ja, bist du denn entlassen worden?«

»Ja, vor einer Stunde.« »Plötzlich?«

»Ja«, sagte Karl und hob wie zur Entschuldigung die Hand. Die ganze Geschichte konnte er hier nicht erzählen, und wenn es auch möglich gewesen wäre, so schien es doch ganz aussichtslos, ein drohendes Unrecht durch Erzählung eines erlittenen Unrechts abzuwehren. Und wenn er sein Recht nicht von der Güte der Oberköchin und von der Einsicht des Oberkellners erhalten hatte, von der Gesellschaft hier auf der Straße hatte er es gewiß nicht zu erwarten.

»Und ohne Rock bist du entlassen worden?« fragte der Polizeimann.

»Nun ja«, sagte Karl; also auch in Amerika gehörte es zur Art der Behörden, das, was sie sahen, noch eigens zu fragen. (Wie hatte sein Vater bei der Beschaffung des Reisepasses über die nutzlosen Fragereien der Behörden sich ärgern müssen!) Karl hatte große Lust wegzulaufen, sich irgendwo zu verstecken und keine Fragen mehr anhören zu müssen. Und nun stellte gar der Polizeimann jene Frage, vor der sich Karl am meisten gefürchtet und in deren unruhiger Voraussicht er sich bisher wahrscheinlich unvorsichtiger benommen hatte, als es sonst geschehen wäre.

»In welchem Hotel warst du denn angestellt?«

Er senkte den Kopf und antwortete nicht, auf diese Frage wollte er unbedingt nicht antworten. Es durfte nicht geschehen, daß er, von einem Polizeimann eskortiert, wieder ins Hotel Occidental zurückkäme, daß dort Verhöre stattfanden, zu denen seine Freunde und Feinde beigezogen würden, daß die Oberköchin ihre schon sehr schwach gewordene gute Meinung über Karl gänzlich aufgab, da sie ihn, den sie in der Pension Brenner vermutete, von einem Polizeimann aufgegriffen, in Hemdärmeln, ohne ihre Visitenkarte, zurückgekehrt fand, während der Oberkellner vielleicht nur voll Verständnis nicken und der Oberportier dagegen von der Hand Gottes sprechen würde, die den Lumpen endlich gefunden habe.

»Er war im Hotel Occidental angestellt«, sagte Delamarche und trat an die Seite des Polizeimannes.

»Nein«, rief Karl und stampfte mit dem Fuße auf, »es ist nicht wahr!« Delamarche sah ihn mit spöttisch zugespitztem Munde an, als könne er noch ganz andere Dinge verraten. Unter die Kinder brachte die unerwartete Aufregung Karls große Bewegung, und sie zogen zu Delamarche hin, um lieber von dort aus Karl genau anzusehen. Robinson hatte den Kopf völlig aus dem Wagen gesteckt und verhielt sich vor Spannung ganz ruhig; hie und da ein Augenzwinkern war seine einzige Bewegung. Der Bursche im Tor schlug in die Hände vor Vergnügen, die Frau neben ihm gab ihm einen Stoß mit dem Ellbogen, damit er ruhig sei. Die Gepäckträger hatten gerade Frühstückspause und erschienen sämtlich, mit großen Töpfen schwarzen Kaffees, in dem sie mit Stangenbroten herumrührten. Einige setzten sich auf den Trottoirrand, alle schlürften den Kaffee sehr laut.

»Sie kennen wohl den Jungen?« fragte der Polizeimann den Delamarche.

»Besser, als mir lieb ist«, sagte dieser. »Ich habe ihm seinerzeit viel Gutes getan, er aber hat sich dafür sehr schlecht bedankt, was Sie wohl, selbst nach dem ganz kurzen Verhör, das Sie mit ihm angestellt haben, leicht begreifen werden.«

»Ja«, sagte der Polizeimann, »er scheint ein verstockter Junge zu sein.«

»Das ist er«, sagte Delamarche, »aber es ist das noch nicht seine schlechteste Eigenschaft.«

»So?« sagte der Polizeimann.

»Ja«, sagte Delamarche, der nun im Reden war und dabei mit den Händen in den Taschen seinen ganzen Mantel in schwingende Bewegung brachte, »das ist ein feiner Hecht. Ich und mein Freund dort im Wagen, wir haben ihn zufällig im Elend aufgegriffen, er hatte damals keine Ahnung von amerikanischen Verhältnissen, er kam gerade aus Europa, wo man ihn auch nicht hatte brauchen können; nun, wir schleppten ihn mit uns, ließen ihn mit uns leben, erklärten ihm alles, wollten ihm einen Posten verschaffen, dachten, trotz allen Anzeichen, die dagegen sprachen, noch einen brauchbaren Menschen aus ihm zu machen, da verschwand er einmal in der Nacht, war einfach weg, und das unter Begleitumständen, die ich lieber verschweigen will. War es so oder nicht?« fragte Delamarche schließlich und zupfte Karl am Hemdärmel.

»Zurück, ihr Kinder!« rief der Polizeimann, denn diese hatten sich so weit vorgedrängt, daß Delamarche fast über eines gestolpert wäre. Inzwischen waren auch die Gepäckträger, die bisher die Interessantheit dieses Verhörs unterschätzt hatten, aufmerksam geworden und hatten sich in dichtem Ring hinter Karl versammelt, der nun auch nicht einen Schritt hätte zurücktreten können und überdies unaufhörlich in den Ohren das Durcheinander der Stimmen dieser Gepäckträger hatte, die in einem gänzlich unverständlichen, vielleicht mit slawischen Worten untermischten Englisch mehr polterten als redeten.

»Danke für die Auskunft«, sagte der Polizeimann und salutierte vor Delamarche. »Jedenfalls werde ich ihn mitnehmen und dem Hotel Occidental zurückgeben lassen.« Aber Delamarche sagte: »Dürfte ich die Bitte stellen, mir den Jungen vorläufig zu überlassen, ich hätte einiges mit ihm in Ordnung zu bringen. Ich verpflichte mich, ihn dann selbst ins Hotel zurückzuführen.«

»Das kann ich nicht tun«, sagte der Polizeimann.

Delamarche sagte: »Hier ist meine Visitenkarte«, und reichte ihm ein Kärtchen.

Der Polizeimann sah es anerkennend an, sagte aber, verbindlich lächelnd: »Nein, es ist vergeblich.«

So sehr sich Karl bisher vor Delamarche gehütet hatte, jetzt sah er in ihm die einzig mögliche Rettung. Es war zwar verdächtig, wie sich dieser beim Polizeimann um Karl bewarb, aber jedenfalls würde sich Delamarche leichter als der Polizeimann bewegen lassen, ihn nicht ins Hotel zurückzuführen. Und selbst wenn Karl an der Hand des Delamarche ins Hotel zurückkam, so war es viel weniger schlimm, als wenn es in Begleitung des Polizeimannes geschah. Vorläufig aber durfte natürlich Karl nicht zu erkennen geben, daß er tatsächlich zu Delamarche wollte, sonst war alles verloren. Und unruhig sah er auf die Hand des Polizeimannes, die sich jeden Augenblick erheben konnte, um ihn zu fassen.

»Ich müßte doch wenigstens erfahren, warum er plötzlich entlassen worden ist«, sagte schließlich der Polizeimann, während Delamarche mit verdrießlichem Gesicht beiseite sah und die Visitenkarte zwischen den Fingerspitzen zerdrückte.

»Aber er ist doch gar nicht entlassen!« rief Robinson zu allgemeiner Überraschung und beugte sich, auf den Chauffeur gestützt, möglichst weit aus dem Wagen. »Im Gegenteil, er hat ja dort einen guten Posten. Im Schlafsaal ist er der Oberste und kann hineinführen, wen er will. Nur ist er riesig beschäftigt, und wenn man etwas von ihm haben will, muß man lange warten. Immerfort steckt er beim Oberkellner, bei der Oberköchin und ist Vertrauensperson. Entlassen ist er auf keinen Fall. Ich weiß nicht, warum er das gesagt hat. Wie kann er denn entlassen sein? Ich habe mich im Hotel schwer verletzt, und da hat er den Auftrag bekommen, mich nach Hause zu schaffen, und weil er gerade ohne Rock war, ist er eben ohne Rock mitgefahren. Ich konnte nicht noch warten, bis er den Rock holt.«

»Nun also«, sagte Delamarche mit ausgebreiteten Armen, in einem Ton, als werfe er dem Polizeimann Mangel an Menschenkenntnis vor, und diese seine zwei Worte schienen in die Unbestimmtheit der Aussage Robinsons eine widerspruchslose Klarheit zu bringen.

»Ist das aber auch wahr?« fragte der Polizeimann schon schwächer. »Und wenn es wahr ist, warum gibt der Junge vor, entlassen zu sein?«

»Du sollst antworten«, sagte Delamarche.

Karl sah den Polizeimann an, der hier zwischen fremden, nur auf sich selbst bedachten Leuten Ordnung schaffen sollte, und etwas von seinen allgemeinen Sorgen ging auch auf Karl über. Er wollte nicht lügen und hielt die Hände fest verschlungen auf dem Rücken.

In dem Tore erschien ein Aufseher und klatschte in die Hände, zum Zeichen, daß die Gepäckträger wieder in ihre Arbeit gehen sollten. Sie schütteten den Bodensatz aus ihren Kaffeetöpfen und zogen verstummend mit schwankenden Schritten ins Haus.

»So kommen wir zu keinem Ende«, sagte der Polizeimann und wollte Karl am Arm fassen. Karl wich unwillkürlich noch ein wenig zurück, fühlte den freien Raum, der sich ihm infolge des Abmarsches der Gepäckträger eröffnet hatte, wandte sich um und setzte sich unter einigen großen Anfangssprüngen in Lauf. Die Kinder brachen in einen einzigen Schrei aus und liefen mit ausgestreckten Ärmchen ein paar Schritte mit.

»Haltet ihn!« rief der Polizeimann die lange, fast leere Gasse hinab und lief unter gleichmäßigem Ausstoßen dieses Rufes in geräuschlosem, große Kraft und Übung verratendem Lauf hinter Karl her. Es war ein Glück für Karl, daß die Verfolgung in einem Arbeiterviertel stattfand. Die Arbeiter halten es nicht mit den Behörden. Karl lief mitten in der Fahrbahn, weil er dort die wenigsten Hindernisse hatte, und sah nun hie und da auf dem Trottoir Arbeiter stehenbleiben und ihn ruhig beobachten, während der Polizeimann ihnen sein »Haltet ihn!« zurief und in seinem Lauf, er hielt sich klugerweise auf dem glatten Trottoir, unaufhörlich den Stab gegen Karl hin ausstrekkte. Karl hatte wenig Hoffnung und verlor sie fast ganz, als der Polizeimann nun, da sie sich Quergassen näherten, die gewiß auch Polizeipatrouillen enthielten, geradezu betäubende Pfiffe ausstieß. Karls Vorteil war lediglich seine leichte Kleidung, er flog, oder besser stürzte, die sich immer mehr senkende Straße hinab, nur machte er, zerstreut infolge seiner Verschlafenheit, oft zu hohe, zeitraubende und nutzlose Sprünge. Außerdem aber hatte der Polizeimann sein Ziel, ohne nachdenken zu müssen, immer vor Augen, für Karl dagegen war der Lauf doch eigentlich Nebensache, er mußte nachdenken, unter verschiedenen Möglichkeiten auswählen, immer neu sich entschließen. Sein etwas verzweifelter Plan war vorläufig, die Quergassen zu vermeiden, da man nicht wissen konnte, was in ihnen steckte, vielleicht würde er da geradewegs in eine Wachstube hineinlaufen; er wollte sich, solange es nur ging, an diese weithin übersichtliche Straße halten, die erst tief unten in eine Brücke auslief, die, kaum begonnen, in Wasser- und Sonnendunst verschwand. Gerade wollte er sich nach diesem Entschluß zu schnellerem Lauf zusammennehmen, um die erste Querstraße besonders eilig zu passieren, da sah er nicht allzu weit vor sich einen Polizeimann, lauernd an die dunkle Mauer eines im Schatten liegenden Hauses gedrückt, bereit, im richtigen Augenblick auf Karl loszuspringen. Jetzt blieb keine Hilfe als die Quergasse, und als er gar aus dieser Gasse ganz harmlos beim Namen gerufen wurde – es schien ihm zwar zuerst eine Täuschung zu sein, denn ein Sausen hatte er schon die ganze Zeit lang in den Ohren –, zögerte er nicht mehr länger und bog, um die Polizeileute möglichst zu überraschen, auf einem Fuß sich schwenkend, rechtwinklig in diese Gasse ein.

Kaum war er zwei Sprünge weit gekommen – daß man seinen Namen gerufen hatte, hatte er schon wieder vergessen, nun pfiff auch der zweite Polizeimann, man merkte seine unverbrauchte Kraft, ferne Passanten in dieser Querstraße schienen eine raschere Gangart anzunehmen –, da griff aus einer kleinen Haustüre eine Hand nach Karl und zog ihn mit den Worten »Still sein!« in einen dunklen Flur. Es war Delamarche, ganz außer Atem, mit erhitzten Wangen, seine Haare klebten ihm rings um den Kopf. Den Schlafrock trug er unter dem Arm und war nur mit Hemd und Unterhose bekleidet. Die Türe, welche nicht das eigentliche Haustor war, sondern nur einen unscheinbaren Nebeneingang bildete, hatte er gleich geschlossen und versperrt.

»Einen Augenblick«, sagte er dann, lehnte sich mit hochgehaltenem Kopf an die Wand und atmete schwer. Karl lag fast in seinen Armen und drückte halb besinnungslos das Gesicht an seine Brust.

»Da laufen die Herren«, sagte Delamarche und streckte den Finger aufhorchend gegen die Tür. Wirklich liefen jetzt die zwei Polizeileute vorbei, ihr Laufen klang in der leeren Gasse, wie wenn Stahl gegen Stein geschlagen wird.

»Du bist aber ordentlich hergenommen«, sagte Delamarche zu Karl, der noch immer an seinem Atem würgte und kein Wort herausbringen konnte. Delamarche setzte ihn vorsichtig auf den Boden, kniete neben ihm nieder, strich ihm mehrmals über die Stirn und beobachtete ihn.

»Jetzt geht es schon«, sagte Karl und stand mühsam auf.

»Dann also los«, sagte Delamarche, der seinen Schlafrock wieder angezogen hatte, und schob Karl, der noch vor Schwäche den Kopf gesenkt hielt, vor sich her. Von Zeit zu Zeit schüttelte er Karl, um ihn frischer zu machen.

»Du willst müde sein?« sagte er. »Du konntest doch im Freien laufen wie ein Pferd, ich aber mußte hier durch die verfluchten Gänge und Höfe schleichen. Glücklicherweise bin ich aber auch ein Läufer.« Vor Stolz gab er Karl einen weit ausgeholten Schlag auf den Rücken. »Von Zeit zu Zeit ist ein solches Wettrennen mit der Polizei eine gute Übung.«

»Ich war schon müde, wie ich zu laufen anfing«, sagte Karl.

»Für schlechtes Laufen gibt es keine Entschuldigung«, sagte Delamarche. »Wenn ich nicht wäre, hätten sie dich schon längst gefaßt.«

»Ich glaube auch«, sagte Karl. »Ich bin Ihnen sehr verpflichtet.« »Kein Zweifel«, sagte Delamarche.

Sie gingen durch einen langen, schmalen Flurgang, der mit dunklen, glatten Steinen gepflastert war. Hie und da öffnete sich rechts oder links ein Treppenaufgang oder man erhielt einen Durchblick in einen anderen, größeren Flur. Erwachsene waren kaum zu sehen, nur Kinder spielten auf den leeren Treppen. An einem Geländer stand ein kleines Mädchen und weinte, daß ihr vor Tränen das ganze Gesicht glänzte. Kaum hatte sie Delamarche bemerkt, als sie, mit offenem Munde nach Luft schnappend, die Treppe hinauflief und sich erst hoch oben beruhigte, als sie nach häufigem Umdrehen sich überzeugt hatte, daß ihr niemand folge oder folgen wolle.

»Die habe ich vor einem Augenblick niedergerannt«, sagte Delamarche lachend und drohte ihr mit der Faust, worauf sie schreiend weiter hinauflief.

Auch die Höfe, durch die sie kamen, waren fast gänzlich verlassen. Nur hie und da schob ein Geschäftsdiener einen zweirädrigen Karren vor sich her, eine Frau füllte an der Pumpe eine Kanne mit Wasser, ein Briefträger durchquerte mit ruhigen Schritten den ganzen Hof, ein alter Mann mit weißem Schnauzbart saß mit übergeschlagenen Beinen vor einer Glastür und rauchte eine Pfeife, vor einem Speditionsgeschäft wurden Kisten abgeladen, die unbeschäftigten Pferde drehten gleichmütig die Köpfe, ein Mann in einem Arbeitsmantel überwachte mit einem Papier in der Hand die ganze Arbeit; in einem Büro war das Fenster geöffnet, und ein Angestellter, der an seinem Schreibpult saß, hatte sich von ihm abgewendet und sah nachdenklich hinaus, wo gerade Karl und Delamarche vorübergingen.

»Eine ruhigere Gegend kann man sich gar nicht wünschen«, sagte Delamarche. »Am Abend ist ein paar Stunden lang großer Lärm, aber während des Tages geht es hier musterhaft zu.« Karl nickte, ihm schien die Ruhe zu groß zu sein. »Ich könnte gar nicht anderswo wohnen«, sagte Delamarche, »denn Brunelda verträgt absolut keinen Lärm. Kennst du Brunelda? Nun, du wirst sie ja sehen. Jedenfalls empfehle ich dir, dich möglichst still aufzuführen.«

Als sie zu der Treppe kamen, die zur Wohnung Delamarches führte, war das Automobil bereits weggefahren, und der Bursche mit der zerfressenen Nase meldete, ohne über Karls Wiedererscheinen irgendwie zu staunen, er habe Robinson die Treppe hinaufgetragen. Delamarche nickte ihm bloß zu, als sei er sein Diener, der eine selbstverständliche Pflicht erfüllt habe, und zog Karl, der ein wenig zögerte und auf die sonnige Straße sah, mit sich die Treppe hinauf. »Wir sind gleich oben«, sagte Delamarche einige Male während des Treppensteigens, aber seine Voraussage wollte sich nicht erfüllen, immer wieder setzte sich an eine Treppe eine neue in nur unmerklich veränderter Richtung an. Einmal blieb Karl sogar stehen, nicht eigentlich vor Müdigkeit, aber vor Wehrlosigkeit gegenüber dieser Treppenlänge. »Die Wohnung liegt ja sehr hoch«, sagte Delamarche, als sie weitergingen, »aber auch das hat seine Vorteile. Man geht sehr selten aus, den ganzen Tag ist man im Schlafrock, wir haben es sehr gemütlich. Natürlich kommen in diese Höhe auch keine Besuche herauf.«

›Woher sollten denn die Besuche kommen?‹ dachte Karl. Endlich erschien auf einem Treppenabsatz Robinson vor einer geschlossenen Wohnungstür, und nun waren sie angelangt; die Treppe war noch nicht einmal zu Ende, sondern führte im Halbdunkel weiter, ohne daß irgend etwas auf ihren baldigen Abschluß hinzudeuten schien.

»Ich habe es mir ja gedacht«, sagte Robinson leise, als bedrückten ihn noch Schmerzen. »Delamarche bringt ihn! Roßmann, was wärest du ohne Delamarche!« Robinson stand in Unterkleidung da und suchte sich nur, soweit es möglich war, in die kleine Bettdecke einzuwickeln, die man ihm aus dem Hotel Occidental mitgegeben hatte; es war nicht einzusehen, warum er nicht in die Wohnung ging, statt hier vor möglicherweise vorüberkommenden Leuten sich lächerlich zu machen.

»Schläft sie?« fragte Delamarche.

»Ich glaube nicht«, sagte Robinson, »aber ich habe doch lieber gewartet, bis du kommst.«

»Zuerst müssen wir schauen, ob sie schläft«, sagte Delamarche und beugte sich zum Schlüsselloch. Nachdem er lange unter verschiedenartigen Kopfdrehungen hindurchgeschaut hatte, erhob er sich und sagte: »Man sieht sie nicht genau, das Rouleau ist heruntergelassen. Sie sitzt auf dem Kanapee, aber vielleicht schläft sie.«

»Ist sie denn krank?« fragte Karl, denn Delamarche stand da, als bitte er um Rat. Nun aber fragte er in scharfem Tone zurück: »Krank?«

»Er kennt sie ja nicht« sagte Robinson entschuldigend.

Ein paar Türen weiter waren zwei Frauen auf den Korridor getreten, sie wischten die Hände an ihren Schürzen rein, sahen auf Delamarche und Robinson und schienen sich über sie zu unterhalten. Aus einer Tür sprang ein noch ganz junges Mädchen mit glänzendem blondem Haar und schmiegte sich zwischen die zwei Frauen, indem es sich in ihre Arme einhängte.

»Das sind widerliche Weiber«, sagte Delamarche leise, aber offenbar nur aus Rücksicht auf die schlafende Brunelda, »nächstens werde ich sie bei der Polizei anzeigen und werde für Jahre Ruhe vor ihnen haben. Schau nicht hin«, zischte er dann Karl an, der nichts Böses daran gefunden hatte, die Frauen anzuschauen, wenn man nun schon einmal auf dem Gang auf das Erwachen Bruneldas warten mußte. Und ärgerlich schüttelte er den Kopf, als habe er von Delamarche keine Ermahnungen anzunehmen, und wollte, um dies noch deutlicher zu zeigen, auf die Frauen zugehen, da hielt ihn aber Robinson mit den Worten »Roßmann, hüte dich!« am Ärmel zurück, und Delamarche, schon durch Karl gereizt, wurde über ein lautes Auflachen des Mädchens so wütend, daß er mit großem Anlauf, Arme und Beine werfend, auf die Frauen zueilte, die jede in ihre Türe wie weggeweht verschwanden.

»So muß ich hier öfters die Gänge reinigen«, sagte Delamarche, als er mit langsamen Schritten zurückkehrte; da erinnerte er sich an Karls Widerstand und sagte: »Von dir aber erwarte ich ein ganz anderes Benehmen, sonst könntest du mit mir schlechte Erfahrungen machen.«

Da rief aus dem Zimmer eine fragende Stimme in sanftem, müdem Tonfall: »Delamarche?«

»Ja«, antwortete Delamarche und sah freundlich die Tür an, »können wir eintreten?«

»O ja«, hieß es, und Delamarche öffnete, nachdem er noch die zwei hinter ihm Wartenden mit einem Blick gestreift hatte, langsam die Tür.

Man trat in vollständiges Dunkel ein. Der Vorhang der Balkontür, ein Fenster war nicht vorhanden, war bis zum Boden hinabgelassen und wenig durchscheinend, außerdem aber trug die Überfüllung des Zimmers mit Möbeln und herumhängenden Kleidern viel zu seiner Verdunkelung bei. Die Luft war dumpf, und man roch geradezu den Staub, der sich hier in Winkeln, die offenbar für jede Hand unzugänglich waren, angesammelt hatte. Das erste, was Karl beim Eintritt bemerkte, waren drei Kasten, die knapp hintereinander aufgestellt waren.

Auf dem Kanapee lag die Frau, die früher vom Balkon hinuntergeschaut hatte. Ihr rotes Kleid hatte sich unten ein wenig verzogen und hing in einem großen Zipfel bis auf den Boden, man sah ihre Beine fast bis zu den Knien, sie trug dicke weiße Wollstrümpfe; Schuhe hatte sie keine.

»Das ist eine Hitze, Delamarche«, sagte sie, wandte das Gesicht von der Wand, hielt ihre Hand lässig in Schwebe gegen Delamarche hin, der sie ergriff und küßte. Karl sah nur ihr Doppelkinn an, das bei der Wendung des Kopfes auch mitrollte.

»Soll ich den Vorhang vielleicht hinaufziehen lassen?« fragte Delamarche.

»Nur das nicht«, sagte sie mit geschlossenen Augen und wie verzweifelt, »dann wird es ja noch ärger.«

Karl war zum Fußende des Kanapees getreten, um die Frau genauer anzusehen, er wunderte sich über ihre Klagen, denn die Hitze war gar nicht außerordentlich.

»Warte, ich werde es dir ein wenig bequem machen«, sagte Delamarche ängstlich, öffnete oben am Hals ein paar Knöpfe und zog dort das Kleid auseinander, so daß der Hals und der Ansatz der Brust frei wurde und ein zarter, gelblicher Spitzensaum des Hemdes erschien.

»Wer ist das«, sagte die Frau plötzlich und zeigte mit dem Finger auf Karl, »warum starrt er mich so an?«

»Du fängst bald an, dich nützlich zu machen«, sagte Delamarche und schob Karl beiseite, während er die Frau mit den Worten beruhigte: »Es ist nur der Junge, den ich zu deiner Bedienung mitgebracht habe.«

»Aber ich will doch niemanden haben!« rief sie. »Warum bringst du mir fremde Leute in die Wohnung?«

»Aber die ganze Zeit wünschst du dir doch eine Bedienung«, sagte Delamarche und kniete nieder; auf dem Kanapee war trotz seiner großen Breite neben Brunelda nicht der geringste Platz.

»Ach, Delamarche«, sagte sie, »du verstehst mich nicht und verstehst mich nicht.«

»Dann verstehe ich dich also wirklich nicht«, sagte Delamarche und nahm ihr Gesicht zwischen beide Hände. »Aber es ist ja nichts geschehen, wenn du willst, geht er augenblicklich fort.«

»Wenn er schon einmal hier ist, soll er bleiben«, sagte sie nun wieder, und Karl war ihr in seiner Müdigkeit für diese vielleicht gar nicht freundlich gemeinten Worte so dankbar, daß er, immer in undeutlichen Gedanken an diese endlose Treppe, die er nun vielleicht gleich wieder hätte abwärtssteigen müssen, über den auf seiner Decke friedlich schlafenden Robinson hinwegtrat und trotz allem ärgerlichen Händefuchteln Delamarches sagte: »Ich danke Ihnen jedenfalls dafür, daß Sie mich noch ein wenig hier lassen wollen. Ich habe wohl schon vierundzwanzig Stunden nicht geschlafen, dabei genug gearbeitet und verschiedene Aufregungen gehabt. Ich bin schrecklich müde. Ich weiß gar nicht recht, wo ich bin. Wenn ich aber ein paar Stunden geschlafen habe, können Sie mich ohne Rücksichtnahme fortschicken, und ich werde gerne gehen.«

»Du kannst überhaupt hierbleiben«, sagte die Frau und fügte ironisch hinzu, »Platz haben wir ja in Überfluß, wie du siehst.«

»Du mußt also fortgehen«, sagte Delamarche, »wir können dich nicht brauchen.«

»Nein, er soll bleiben«, sagte die Frau nun wieder im Ernste. Und Delamarche sagte zu Karl wie in Ausführung dieses Wunsches: »Also leg dich schon irgendwo hin.«

»Er kann sich auf die Vorhänge legen, aber er muß sich die Stiefel ausziehen, damit er nichts zerreißt.«

Delamarche zeigte Karl den Platz, den sie meinte. Zwischen der Türe und den drei Schränken war ein großer Haufen von verschiedenartigsten Fenstervorhängen hingeworfen. Wenn man alle regelmäßig zusammengefaltet, die schweren zu unterst und weiter hinauf die leichteren gelegt und schließlich die verschiedenen in den Haufen gesteckten Bretter und Holzringe herausgezogen hätte, so wäre es ein erträgliches Lager geworden, so war es nur eine schaukelnde und gleitende Masse, auf die sich aber Karl trotzdem augenblicklich legte, denn zu besonderen Schlafvorbereitungen war er zu müde und mußte sich auch mit Rücksicht auf seine Gastgeber hüten, viel Umstände zu machen.

Er war schon fast im eigentlichen Schlaf, da hörte er einen lauten Schrei, erhob sich und sah die Brunelda aufrecht auf dem Kanapee sitzen, die Arme weit ausbreiten und Delamarche, der vor ihr kniete, umschlingen. Karl, dem der Anblick peinlich war, lehnte sich wieder zurück und versenkte sich in die Vorhänge zur Fortsetzung des Schlafes. Daß er es hier auch nicht zwei Tage aushalten würde, schien ihm klar zu sein, desto nötiger aber war es, sich zuerst gründlich auszuschlafen, um sich dann bei völligem Verstande schnell und ruhig entschließen zu können.

Aber Brunelda hatte schon Karls vor Müdigkeit groß aufgerissene Augen, die sie schon einmal erschreckt hatten, bemerkt und rief: »Delamarche, ich halte es vor Hitze nicht aus, ich brenne, ich muß mich ausziehen, ich muß baden, schick die beiden aus dem Zimmer, wohin du willst, auf den Gang, auf den Balkon, nur daß ich sie nicht mehr sehe! Man ist in seiner eigenen Wohnung und immerfort gestört. Wenn ich mit dir allein wäre, Delamarche! Ach Gott, sie sind noch immer da! Wie dieser unverschämte Robinson sich in Gegenwart einer Dame in seiner Unterkleidung streckt! Und wie dieser fremde Junge, der mich vor einem Augenblick ganz wild angeschaut hat, sich wieder gelegt hat, um mich zu täuschen! Nur weg mit ihnen, Delamarche, sie sind mir eine Last, sie liegen mir auf der Brust, wenn ich jetzt umkomme, ist es ihretwegen.«

»Sofort sind sie draußen, zieh dich nur aus«, sagte Delamarche, ging zu Robinson hin und schüttelte ihn mit dem Fuß, den er ihm auf die Brust setzte. Gleichzeitig rief er Karl zu: »Roßmann, aufstehen! Ihr müßt beide auf den Balkon! Und wehe euch, wenn ihr hereinkommt, ehe man euch ruft! Und jetzt flink, Robinson« – dabei schüttelte er Robinson stärker –, »und du, Roßmann, gib acht, daß ich nicht auch über dich komme«, dabei klatschte er laut zweimal in die Hände.

»Wie lange das dauert!« rief Brunelda auf dem Kanapee, sie hatte beim Sitzen die Beine, weit auseinandergestellt, um ihrem übermäßig dicken Körper mehr Raum zu verschaffen, nur mit größter Anstrengung, unter vielem Schnappen und häufigem Ausruhen, konnte sie sich so weit bücken, um ihre Strümpfe am obersten Ende zu fassen und ein wenig hinunterzuziehen, gänzlich ausziehen konnte sie sich nicht, das mußte Delamarche besorgen, auf den sie nun ungeduldig wartete.

Ganz stumpf vor Müdigkeit war Karl von dem Haufen hinuntergekrochen und ging langsam zur Balkontüre, ein Stück Vorhangstoff hatte sich ihm um den Fuß gewickelt, und er schleppte es gleichgültig mit. In seiner Zerstreutheit sagte er sogar, als er an Brunelda vorüberkam: »Ich wünsche gute Nacht« und wanderte dann an Delamarche vorbei, der den Vorhang der Balkontüre ein wenig zurückzog, auf den Balkon hinaus. Gleich hinter Karl kam Robinson, wohl nicht minder schläfrig, denn er summte vor sich hin: »Immerfort malträtiert man einen! Wenn Brunelda nicht mitkommt, gehe ich nicht auf den Balkon.« Aber trotz dieser Versicherung ging er ohne jeden Widerstand hinaus, wo er sich, da Karl schon in den Lehnstuhl gesunken war, sofort auf den Steinboden legte.

Als Karl erwachte, war es schon Abend, die Sterne standen schon am Himmel, hinter den hohen Häusern der gegenüberliegenden Straßenseite stieg der Schein des Mondes empor. Erst nach einigem Umherschauen in der unbekannten Gegend, einigem Aufatmen in der kühlen, erfrischenden Luft wurde sich Karl dessen bewußt, wo er war. Wie unvorsichtig war er gewesen, alle Ratschläge der Oberköchin, alle Warnungen Theresens, alle eigenen Befürchtungen hatte er vernachlässigt, saß hier ruhig auf dem Balkon Delamarches und hatte hier gar den halben Tag verschlafen, als sei nicht hier hinter dem Vorhang Delamarche, sein großer Feind. Auf dem Boden wand sich der faule Robinson und zog Karl am Fuße, er schien ihn auch auf diese Weise geweckt zu haben, denn er sagte: »Du hast einen Schlaf, Roßmann! Das ist die sorglose Jugend. Wie lange willst du denn noch schlafen? Ich hätte dich ja noch schlafen lassen, aber erstens ist es mir da auf dem Boden zu langweilig und zweitens habe ich einen großen Hunger. Ich bitte dich, steh ein wenig auf, ich habe da unten, im Sessel drin, etwas zum Essen aufgehoben, ich möchte es gern herausziehen. Du bekommst dann auch etwas.« Und Karl, der aufstand, sah nun, wie Robinson, ohne. aufzustehen, sich auf dem Bauch herüberwälzte und mit ausgestreckten Händen unter dem Sessel eine versilberte Schale hervorzog, wie sie etwa zum Aufbewahren von Visitenkarten dient. Auf dieser Schale lag aber eine halbe, ganz schwarze Wurst, einige dünne Zigaretten, eine geöffnete, aber noch gut gefüllte und von Öl überfließende Sardinenbüchse und eine Menge meist zerdrückter und zu einem Ballen gewordener Bonbons. Dann erschien noch ein großes Stück Brot und eine Art Parfümflasche, die aber etwas anderes als Parfüm zu enthalten schien, denn Robinson zeigte mit besonderer Genugtuung auf sie und schnalzte zu Karl hinauf.

»Siehst du, Roßmann«, sagte Robinson, während er Sardine nach Sardine hinunterschlang und hie und da die Hände vom Öl an einem Wolltuch reinigte, das offenbar Brunelda auf dem Balkon vergessen hatte. »Siehst du, Roßmann, so muß man sich sein Essen aufheben, wenn man nicht verhungern will. Du, ich bin ganz beiseitegeschoben. Und wenn man immerfort als Hund behandelt wird, denkt man schließlich, man ist's wirklich. Gut, daß du da bist, Roßmann, ich kann wenigstens mit jemandem reden. Im Hause spricht ja niemand mit mir. Wir sind verhaßt. Und alles wegen der Brunelda. Sie ist ja natürlich ein prächtiges Weib. Du –« und er winkte Karl zu sich herab, um ihm zuzuflüstern – »ich habe sie einmal nackt gesehen. O!« Und in der Erinnerung an diese Freude fing er an, Karls Beine zu drücken und zu schlagen, bis Karl ausrief: »Robinson, du bist ja verrückt«, seine Hände packte und zurückstieß.

»Du bist eben noch ein Kind, Roßmann«, sagte Robinson, zog einen Dolch, den er an seiner Halsschnur trug, unter dem Hemd hervor, nahm die Dolchkappe ab und zerschnitt die harte Wurst. »Du mußt noch viel zulernen. Bist aber bei uns an der richtigen Quelle. Setz dich doch. Willst du nicht auch etwas essen? Nun, vielleicht bekommst du Appetit, wenn du mir zuschaust. Trinken willst du auch nicht? Du willst aber rein gar nichts. Und gesprächig bist du gerade auch nicht besonders. Aber es ist ganz gleichgültig, mit wem man auf dem Balkon ist, wenn nur überhaupt jemand da ist. Ich bin nämlich sehr oft auf dem Balkon. Das macht der Brunelda solchen Spaß. Es muß ihr nur etwas einfallen, einmal ist es ihr kalt, einmal heiß, einmal will sie schlafen, einmal will sie sich kämmen, einmal will sie das Mieder öffnen, einmal will sie es anziehen, und da werde ich immer auf den Balkon geschickt. Manchmal tut sie wirklich das, was sie sagt, aber meistens liegt sie nur so wie früher auf dem Kanapee und rührt sich nicht. Früher habe ich öfters den Vorhang so ein wenig weggezogen und durchgeschaut, aber seit einmal Delamarche bei einer solchen Gelegenheit – ich weiß genau, daß er es nicht wollte, sondern es nur auf Bruneldas Bitte tat – mir mit der Peitsche einige Male ins Gesicht geschlagen hat – siehst du die Striemen? –, wage ich nicht mehr, durchzuschauen. Und so liege ich dann hier auf dem Balkon und habe kein Vergnügen außer essen. Vorgestern, wie ich des Abends so allein gelegen bin, damals war ich noch in meinen eleganten Kleidern, die ich leider in deinem Hotel verloren habe – diese Hunde; reißen einem die teuren Kleider vom Leib! –, wie ich also da so allein gelegen bin und durch das Geländer hinuntergeschaut habe, war mir alles so traurig und ich habe zu heulen angefangen. Da ist zufällig, ohne daß ich es gleich bemerkt habe, die Brunelda zu mir herausgekommen in dem roten Kleid – das paßt ihr doch von allen am besten –, hat mir ein wenig zugeschaut und hat endlich gesagt: ›Robinson, warum weinst du?‹ Dann hat sie ihr Kleid gehoben und hat mir mit dem Saum die Augen abgewischt. Wer weiß, was sie noch getan hätte, wenn nicht Delamarche nach ihr gerufen hätte und sie nicht sofort wieder ins Zimmer hätte hineingehen müssen. Natürlich habe ich gedacht, jetzt sei die Reihe an mir, und habe durch den Vorhang gefragt, ob ich schon ins Zimmer darf. Und was, meinst du, hat die Brunelda gesagt: ›Nein!‹ hat sie gesagt, und ›Was fällt dir ein?‹ hat sie gesagt.«

»Warum bleibst du denn hier, wenn man dich so behandelt?« fragte Karl.

»Verzeih, Roßmann, du fragst nicht sehr gescheit«, antwortete Robinson. »Du wirst schon auch noch hierbleiben, und wenn man dich noch ärger behandelt. Übrigens behandelt man mich gar nicht so arg.«

»Nein«, sagte Karl, »ich gehe bestimmt weg, und womöglich noch heute abend. Ich bleibe nicht bei euch.«

»Wie willst du denn zum Beispiel das anstellen, heute abend wegzugehen?« fragte Robinson, der das Weiche aus dem Brot herausgeschnitten hatte und sorgfältig in dem Öl der Sardinenbüchse tränkte. »Wie willst du weggehen, wenn du nicht einmal ins Zimmer hineingehen darfst?«

»Warum dürfen wir denn nicht hineingehen?«

»Nun, solange es nicht geläutet hat, dürfen wir nicht hineingehen«, sagte Robinson, der mit möglichst weit geöffnetem Munde das fette Brot verspeiste, während er mit einer Hand das vom Brot herabtropfende Öl auffing, um von Zeit zu Zeit das noch übrige Brot in diese als Reservoir dienende hohle Hand zu tauchen. »Es ist hier alles strenger geworden. Zuerst war da nur ein dünner Vorhang, man hat zwar nicht durchgesehen, aber am Abend hat man doch die Schatten erkannt. Das war der Brunelda unangenehm, und da habe ich einen ihrer Theatermäntel zu einem Vorhang umarbeiten und statt des alten Vorhangs hier aufhängen müssen. Jetzt sieht man gar nichts mehr. Dann habe ich früher immer fragen dürfen, ob ich schon hineingehen darf, und man hat mir, je nach den Umständen, ja oder nein geantwortet, aber dann habe ich das wahrscheinlich zu sehr ausgenützt und zu oft gefragt. Brunelda konnte das nicht ertragen – und sie ist trotz ihrer Dicke sehr schwach veranlagt, Kopfschmerzen hat sie oft und Gicht in den Beinen fast immer –, und so wurde bestimmt, daß ich nicht mehr fragen darf, sondern daß, wenn ich hineingehen kann, auf die Tischglocke gedrückt wird. Das gibt ein solches Läuten, daß es mich selbst aus dem Schlafe weckt – ich habe einmal eine Katze zu meiner Unterhaltung hier gehabt, die ist vor Schrecken über dieses Läuten weggelaufen und nicht eher zurückgekommen; also, geläutet hat es heute noch nicht, wenn es nämlich läutet, dann darf ich nicht nur, sondern muß hineingehen – und wenn es einmal so lange nicht läutet, dann kann es noch sehr lange dauern.«

»Ja«, sagte Karl, »aber was für dich gilt, muß doch noch nicht für mich gelten. Überhaupt gilt so etwas nur für den, der es sich gefallen läßt.«

»Aber«, rief Robinson, »warum sollte denn das nicht auch für dich gelten? Selbstverständlich gilt es auch für dich. Warte hier nur ruhig mit mir, bis es läutet. Dann kannst du ja versuchen, ob du wegkommst.«

»Warum gehst du denn eigentlich nicht fort von hier? Nur deshalb, weil Delamarche dein Freund ist oder, besser, war. Ist denn das ein Leben? Wäre es da nicht in Butterford besser, wohin ihr zuerst wolltet? Oder gar in Kalifornien, wo du Freunde hast?«

»Ja«, sagte Robinson, »das konnte niemand voraussehen.« Und ehe er weiter erzählte, sagte er noch: »Auf dein Wohl, lieber Roßmann« und nahm einen langen Zug aus der Parfümflasche. »Wir waren ja damals, wie du uns so gemein hast sitzenlassen, sehr schlecht daran. Arbeit konnten wir in den ersten Tagen keine bekommen, Delamarche übrigens wollte keine Arbeit, er hätte sie schon bekommen, sondern schickte nur immer mich auf die Suche, und ich habe kein Glück. Er hat sich nur so herumgetrieben, aber es war schon fast Abend, da hatte er nur ein Damenportemonnaie mitgebracht. Es war zwar sehr schön, aus Perlen, jetzt hat er es der Brunelda geschenkt, aber es war fast nichts darin. Dann sagte er, wir sollten in die Wohnungen betteln gehen, bei dieser Gelegenheit kann man natürlich manches Brauchbare finden, wir sind also betteln gegangen, und ich habe, damit es besser aussieht, vor den Wohnungstüren gesungen. Und wie schon Delamarche immer Glück hat, kaum sind wir vor der zweiten Wohnung gestanden, einer sehr reichen Wohnung im Parterre, und haben an der Tür der Köchin und dem Diener etwas vorgesungen, da kommt die Dame, der diese Wohnung gehört, eben Brunelda, die Treppe herauf. Sie war vielleicht zu stark geschnürt und konnte die paar Stufen gar nicht heraufkommen. Aber wie schön sie ausgesehen hat, Roßmann! Sie hat ein ganz weißes Kleid mit einem roten Sonnenschirm gehabt. Zum Ablecken war sie. Zum Austrinken war sie. Ach Gott, ach Gott, war sie schön! So ein Frauenzimmer! Nein, sag mir nur, wie kann es so ein Frauenzimmer geben? Natürlich ist das Mädchen und der Diener ihr gleich entgegengelaufen und haben sie fast hinaufgetragen. Wir sind rechts und links von der Tür gestanden und haben salutiert, das macht man hier so. Sie ist ein wenig stehengeblieben, weil sie noch immer nicht genug Atem hatte, und nun weiß ich nicht, wie das eigentlich geschehen ist, ich war durch das Hungern nicht ganz bei Verstand, und sie war eben in der Nähe noch schöner und riesig breit und infolge eines besonderen Mieders, ich kann es dir dann im Kasten zeigen, überall so fest; kurz, ich habe sie ein bißchen hinten angerührt, aber ganz leicht, weißt du, nur so angerührt. Natürlich kann man das nicht dulden, daß ein Bettler eine reiche Dame anrührt. Es war ja fast keine Berührung, aber schließlich war es eben doch eine Berührung. Wer weiß, wie schlimm das ausgefallen wäre, wenn mir nicht Delamarche sofort eine Ohrfeige gegeben hätte, und zwar eine solche Ohrfeige, daß ich sofort meine beiden Hände für die Wange brauchte.«

»Was ihr getrieben habt!« sagte Karl, von der Geschichte ganz gefangen genommen, und setzte sich auf den Boden. »Das war also Brunelda?« »Nun ja«, sagte Robinson, »das war Brunelda.« »Sagtest du nicht einmal, daß sie eine Sängerin ist?« fragte Karl.

»Freilich ist sie eine Sängerin und eine große Sängerin«, antwortete Robinson, der eine große Bonbonmasse auf der Zunge wälzte und hie und da ein Stück, das aus dem Mund gedrängt wurde, mit dem Finger wieder zurückdrückte. »Aber das wußten wir natürlich damals noch nicht, wir sahen nur, daß es eine reiche und sehr feine Dame war. Sie tat, als wäre nichts geschehen, und vielleicht hatte sie auch nichts gespürt, denn ich hatte sie tatsächlich nur mit den Fingerspitzen angetippt. Aber immerfort hat sie den Delamarche angesehen, der ihr wieder – wie er das schon trifft – gerade in die Augen zurückgeschaut hat. Darauf hat sie zu ihm gesagt: ›Komm mal auf ein Weilchen hinein‹ und hat mit dem Sonnenschirm in die Wohnung gezeigt, wohin Delamarche ihr vorangehen sollte. Dann sind sie beide hineingegangen, und die Dienerschaft hat hinter ihnen die Tür zugemacht. Mich haben sie draußen vergessen, und da habe ich gedacht, es wird nicht gar so lange dauern, und habe mich auf die Treppe gesetzt, um Delamarche zu erwarten. Aber statt Delamarches ist der Diener herausgekommen und hat mir eine ganze Schüssel Suppe herausgebracht. ›Eine Aufmerksamkeit Delamarches!‹ sagte ich mir. Der Diener blieb noch, während ich aß, ein Weilchen bei mir stehen und erzählte mir einiges über Brunelda, und da habe ich gesehen, welche Bedeutung der Besuch bei Brunelda für uns haben könnte. Denn Brunelda war eine geschiedene Frau, hatte ein großes Vermögen und war vollständig selbständig! Ihr früherer Mann, ein Kakaofabrikant, liebte sie zwar noch immer, aber sie wollte von ihm nicht das geringste hören. Er kam sehr oft in die Wohnung, immer sehr elegant, wie zu einer Hochzeit, angezogen – das ist Wort für Wort wahr, ich kenne ihn selbst –, aber der Diener wagte trotz der größten Bestechung nicht, Brunelda zu fragen, ob sie ihn empfangen wollte, denn er hatte schon einige Male gefragt, und immer hatte ihm Brunelda das, was sie gerade bei der Hand hatte, ins Gesicht geworfen. Einmal sogar ihre große gefüllte Wärmflasche, und mit der hatte sie ihm einen Vorderzahn ausgeschlagen. Ja, Roßmann, da schaust du!«

»Woher kennst du den Mann?« fragte Karl. »Er kommt manchmal auch herauf«, sagte Robinson.

»Herauf?« Karl schlug vor Staunen leicht mit der Hand auf den Boden.

»Du kannst ruhig staunen«, fuhr Robinson fort, »selbst ich habe gestaunt, wie mir das der Diener damals erzählt hat. Denk nur, wenn Brunelda nicht zu Hause war, hat sich der Mann von dem Diener in ihre Zimmer führen lassen und immer eine Kleinigkeit als Andenken mitgenommen und immer etwas sehr Teures und Feines für Brunelda zurückgelassen und dem Diener streng verboten zu sagen, von wem es ist. Aber einmal, als er etwas – wie der Diener sagte, und ich glaube es – geradezu Unbezahlbares aus Porzellan mitgebracht hatte, muß Brunelda es irgendwie erkannt haben, hat es sofort auf den Boden geworfen, ist darauf herumgetreten, hat es angespuckt und noch einiges andere damit gemacht, so daß es der Diener vor Ekel kaum hinaustragen konnte.«

»Was hat ihr denn der Mann getan?« fragte Karl.

»Das weiß ich eigentlich nicht«, sagte Robinson. »Ich glaube aber, nichts Besonderes, wenigstens weiß er es selbst nicht. Ich habe ja schon manchmal mit ihm darüber gesprochen. Er erwartet mich täglich dort an der Straßenecke, wenn ich komme, so muß ich ihm Neuigkeiten erzählen; kann ich nicht kommen, wartet er eine halbe Stunde und geht dann wieder weg. Es war für mich ein guter Nebenverdienst, denn er bezahlte die Nachrichten sehr vornehm, aber seit Delamarche davon erfahren hat, muß ich ihm alles abliefern, und so gehe ich seltener hin.«

»Aber was will der Mann haben?« fragte Karl. »Was will er denn haben? Er hört doch, sie will ihn nicht.«

»Ja«, seufzte Robinson, zündete sich eine Zigarette an und blies unter großen Armschwenkungen den Rauch in die Höhe. Dann schien er sich anders zu entschließen und sagte: »Was kümmert das mich? Ich weiß nur, er würde viel Geld dafür geben, wenn er so hier auf dem Balkon liegen dürfte wie wir.«

Karl stand auf, lehnte sich ans Geländer und sah auf die Straße hinunter. Der Mond war schon sichtbar, in die Tiefe der Gasse drang sein Licht aber noch nicht. Die am Tag so leere Gasse war, besonders vor den Haustoren, gedrängt voll von Menschen, alle waren in langsamer, schwerfälliger Bewegung, die Hemdärmel der Männer, die hellen Kleider der Frauen hoben sich schwach vom Dunkel ab, alle waren ohne Kopfbedeckung. Die vielen Balkone ringsum waren nun insgesamt besetzt, dort saßen beim Licht einer Glühlampe die Familien, je nach der Größe des Balkons, um einen kleinen Tisch herum oder bloß auf Sesseln in einer Reihe oder sie steckten wenigstens die Köpfe aus dem Zimmer hervor. Die Männer saßen breitbeinig da, die Füße zwischen den Geländerstangen hinausgestreckt, und lasen Zeitungen, die fast bis auf den Boden reichten, oder spielten Karten, scheinbar stumm, aber unter starken Schlägen auf die Tische, die Frauen hatten den Schoß voll Näharbeit und erübrigten nur hier und da einen kurzen Blick für ihre Umgebung oder für die Straße. Eine blonde, schwache Frau auf dem benachbarten Balkon gähnte immerfort, verdrehte dabei die Augen und hob immer vor den Mund ein Wäschestück, das sie gerade flickte; selbst auf den kleinsten Balkonen verstanden es die Kinder, einander zu jagen, was den Eltern sehr lästig fiel. Im Inneren vieler Zimmer waren Grammophone aufgestellt und bliesen Gesang oder Orchestralmusik hervor, man kümmerte sich nicht besonders um diese Musik, nur hie und da gab der Familienvater einen Wink, und irgend jemand eilte ins Zimmer hinein, um eine neue Platte einzulegen. An manchen Fenstern sah man vollständig bewegungslose Liebespaare, an einem Fenster Karl gegenüber stand ein solches Paar aufrecht, der junge Mann hatte seinen Arm um das Mädchen gelegt und drückte mit der Hand ihre Brust.

»Kennst du jemanden von den Leuten hier nebenan?« fragte Karl Robinson, der nun auch aufgestanden war, und, weil es ihn fröstelte, außer der Bettdecke auch noch die Decke Bruneldas um sich gewickelt hielt.

»Fast niemanden, das ist ja eben das Schlimme an meiner Stellung«, sagte Robinson und zog Karl näher zu sich, um ihm ins Ohr flüstern zu können, »sonst hätte ich mich augenblicklich nicht gerade zu beklagen. Die Brunelda hat ja Delamarches wegen alles, was sie hatte, verkauft und ist mit all ihren Reichtümern hierher in diese Vorstadtwohnung gezogen, damit sie sich ihm ganz widmen kann und damit sie niemand stört, übrigens war das auch der Wunsch Delamarches.«

»Und die Dienerschaft hat sie entlassen?« fragte Karl.

»Ganz richtig«, sagte Robinson. »Wo sollte man auch die Dienerschaft hier unterbringen? Diese Diener sind ja sehr anspruchsvolle Herren. Einmal hat Delamarche bei der Brunelda einen solchen Diener einfach mit Ohrfeigen aus dem Zimmer getrieben, da ist eine nach der andern geflogen, bis der Mann draußen war. Natürlich haben die anderen Diener sich mit ihm vereinigt und vor der Tür Lärm gemacht, da ist Delamarche herausgekommen (ich war damals nicht Diener, sondern Hausfreund, aber doch war ich mit den Dienern beisammen) und hat gefragt: ›Was wollt ihr?‹ Der älteste Diener, ein gewisser Isidor, hat daraufhin gesagt: ›Sie haben mit uns nichts zu reden, unsere Herrin ist die gnädige Frau.‹ Wie du wahrscheinlich merkst, haben sie Brunelda verehrt. Aber Brunelda ist, ohne sich um sie zu kümmern, zu Delamarche gelaufen, sie war damals doch noch nicht so schwer wie jetzt, hat ihn vor allen umarmt, geküßt und ›Liebster Delamarche‹ genannt. ›Und schick doch schon diese Affen weg‹, hat sie endlich gesagt. Affen – das sollten die Diener sein; stell dir die Gesichter vor, die sie da machten. Dann hat die Brunelda die Hand Delamarches zu ihrer Geldtasche hingezogen, die sie am Gürtel trug, Delamarche hat hineingegriffen und also angefangen, die Diener auszuzahlen; die Brunelda hat sich nur dadurch an der Auszahlung beteiligt, daß sie mit der offenen Geldtasche im Gürtel dabei gestanden ist. Delamarche mußte oft hineingreifen, denn er verteilte das Geld, ohne zu zählen und ohne die Forderungen zu prüfen. Schließlich sagte er: ›Da ihr also mit mir nicht reden wollt, sage ich euch nur im Namen Bruneldas: Packt euch, aber sofort.‹ So sind sie entlassen worden, es gab dann noch einige Prozesse, Delamarche mußte sogar einmal zu Gericht, aber davon weiß ich nichts Genaueres. Nur gleich nach dem Abschied der Diener hat Delamarche zu Brunelda gesagt: ›Jetzt hast du also keine Dienerschaft?‹ Sie hat gesagt: ›Aber da ist ja Robinson.‹ Daraufhin hat Delamarche gesagt und hat mir dabei einen Schlag auf die Achsel gegeben: ›Also gut, du wirst unser Diener sein.‹ Und Brunelda hat mir dann auf die Wange geklopft. Wenn sich die Gelegenheit findet, Roßmann, laß dir auch einmal von ihr auf die Wange klopfen. Du wirst staunen, wie schön das ist.«

»Du bist also Delamarches Diener geworden?« sagte Karl zusammenfassend.

Robinson hörte das Bedauern aus der Frage heraus und antwortete: »Ich bin Diener, aber das bemerken nur wenige Leute. Du siehst, du selbst wußtest es nicht, obwohl du doch schon ein Weilchen bei uns bist. Du hast ja gesehen, wie ich in der Nacht bei euch im Hotel angezogen war. Das Feinste vom Feinen hatte ich an. Gehen Diener so angezogen? Nur ist eben die Sache die, daß ich nicht oft weggehen darf, ich muß immer bei der Hand sein, in der Wirtschaft ist eben immer etwas zu tun. Eine Person ist eben zu wenig für die viele Arbeit. Wie du vielleicht bemerkt hast, haben wir sehr viele Sachen im Zimmer herumstehen; was wir eben bei dem großen Auszug nicht verkaufen konnten, haben wir mitgenommen. Natürlich hätte man es wegschenken können, aber Brunelda schenkt nichts weg. Denk dir nur, welche Arbeit es gegeben hat, diese Sachen die Treppe heraufzutragen.«

»Robinson, du hast das alles heraufgetragen?« fragte Karl.

»Wer denn sonst?« sagte Robinson. »Es war noch ein Hilfsarbeiter da, ein faules Luder; ich habe die meiste Arbeit allein machen müssen. Brunelda ist unten beim Wagen gestanden, Delamarche hat oben angeordnet, wohin die Sachen zu legen sind, und ich bin immerfort hin und her gelaufen. Es hat zwei Tage gedauert, sehr lange, nicht wahr? Aber du weißt ja gar nicht, wieviel Sachen hier im Zimmer sind, alle Kasten sind voll und hinter den Kasten ist alles vollgestopft bis zur Decke hinauf. Wenn man ein paar Leute für den Transport aufgenommen hätte, wäre ja alles bald fertig gewesen, aber Brunelda wollte es niemandem außer mir anvertrauen. Das war ja sehr schön, aber ich habe damals meine Gesundheit für mein ganzes Leben verdorben, und was habe ich denn sonst gehabt als meine Gesundheit? Wenn ich mich nur ein wenig anstrenge, sticht es mich hier und hier und hier. Glaubst du, diese Jungen im Hotel, diese Grasfrösche – was sind sie denn sonst? –, hätten mich jemals besiegen können, wenn ich gesund wäre? Aber was mir auch fehlen sollte, dem Delamarche und der Brunelda sage ich kein Wort, ich werde arbeiten, solange es gehen wird, und wenn es nicht mehr gehen wird, werde ich mich hinlegen und sterben, und dann erst, zu spät, werden sie sehen, daß ich krank gewesen bin und trotzdem immerfort und immerfort weitergearbeitet und mich in ihren Diensten zu Tode gearbeitet habe. Ach, Roßmann –«, sagte er schließlich und trocknete die Augen an Karls Hemdärmel. Nach einem Weilchen sagte er: »Ist dir denn nicht kalt, du stehst da so im Hemd?«

»Geh, Robinson«, sagte Karl, »immerfort weinst du. Ich glaube nicht, daß du so krank bist. Du siehst ganz gesund aus, aber weil du immerfort da auf dem Balkon liegst, hast du dir so verschiedenes ausgedacht. Du hast vielleicht manchmal einen Stich in der Brust, das habe ich auch, das hat jeder. Wenn alle Menschen wegen jeder Kleinigkeit so weinen wollten wie du, müßten die Leute auf allen Balkonen weinen.«

»Ich weiß es besser«, sagte Robinson und wischte nun die Augen mit dem Zipfel seiner Decke. »Der Student, der nebenan bei der Vermieterin wohnt, die auch für uns kochte, hat mir letzthin, als ich das Eßgeschirr zurückbrachte, gesagt: ›Hören Sie einmal, Robinson, sind Sie nicht krank?‹ Mir ist verboten, mit den Leuten zu reden, und so habe ich nur das Geschirr hingelegt und wollte weggehen. Da ist er zu mir gegangen und hat gesagt: ›Hören Sie, Mann, treiben Sie die Sache nicht zum Äußersten, Sie sind krank.‹ ›Ja, also, ich bitte, was soll ich denn machen?‹ habe ich gefragt. ›Das ist Ihre Sache‹, hat er gesagt und hat sich umgedreht. Die anderen dort bei Tisch haben gelacht, wir haben ja hier überall Feinde, und so bin ich lieber weggegangen.«

»Also Leuten, die dich zum Narren halten, glaubst du, und Leuten, die es gut mit dir meinen, glaubst du nicht.«

»Aber ich muß doch wissen, wie mir ist«, fuhr Robinson auf, kehrte aber gleich wieder zum Weinen zurück.

»Du weißt eben nicht, was dir fehlt, du solltest irgendeine ordentliche Arbeit für dich suchen, statt hier Delamarches Diener zu machen. Denn soweit ich nach deinen Erzählungen und nach dem, was ich selbst gesehen habe, urteilen kann, ist das hier kein Dienst, sondern eine Sklaverei. Das kann kein Mensch ertragen, das glaube ich dir. Du aber denkst, weil du Delamarches Freund bist, darfst du ihn nicht verlassen.

Das ist falsch; wenn er nicht einsieht, was für ein elendes Leben du führst, so hast du ihm gegenüber nicht die geringsten Verpflichtungen mehr.«

»Du glaubst also wirklich, Roßmann, daß ich mich wieder erholen werde, wenn ich das Dienen hier aufgebe?«

»Gewiß«, sagte Karl.

»Gewiß?« fragte nochmals Robinson. »Ganz gewiß«, sagte Karl lächelnd.

»Dann könnte ich ja gleich anfangen, mich zu erholen«, sagte Robinson und sah Karl an.

»Wieso denn?« fragte dieser.

»Nun, weil du doch meine Arbeit hier übernehmen sollst«, antwortete Robinson.

»Wer hat dir denn das gesagt?« fragte Karl.

»Das ist doch ein alter Plan. Davon wird ja schon seit einigen Tagen gesprochen. Es hat damit angefangen, daß Brunelda mich ausgezankt hat, weil ich die Wohnung nicht sauber genug halte. Natürlich habe ich versprochen, daß ich alles gleich in Ordnung bringen werde. Nun, das ist aber sehr schwer. Ich kann zum Beispiel in meinem Zustand nicht überallhin kriechen, um den Staub wegzuwischen, man kann sich schon in der Mitte des Zimmers nicht rühren, wie erst dort zwischen den Möbeln und den Vorräten? Und wenn man alles genau reinigen will, muß man doch auch die Möbel von ihrem Platz wegschieben, und das soll ich allein machen? Außerdem müßte das alles ganz leise geschehen, weil doch Brunelda, die ja das Zimmer kaum verläßt, nicht gestört werden darf. Ich habe also zwar versprochen, daß ich alles rein machen werde, aber rein gemacht habe ich es tatsächlich nicht. Als Brunelda das bemerkt hat, hat sie zu Delamarche gesagt, daß das nicht so weitergeht und daß man noch eine Hilfskraft wird aufnehmen müssen. ›Ich will nicht, Delamarche‹, hat sie gesagt, ›daß du mir einmal Vorwürfe machst, ich hätte die Wirtschaft nicht gut geführt. Selbst kann ich mich nicht anstrengen, das siehst du doch ein, und Robinson genügt nicht; am Anfang war er so frisch und hat sich überall umgesehen, aber jetzt ist er immerfort müde und sitzt meist in einem Winkel. Aber ein Zimmer mit so viel Gegenständen wie das unsrige hält sich nicht selbst in Ordnung.‹ Daraufhin hat Delamarche nachgedacht, was sich da tun ließe, denn eine beliebige Person kann man natürlich in einen solchen Haushalt nicht aufnehmen, auch zur Probe nicht, denn man paßt uns ja von allen Seiten auf. Weil ich aber dein guter Freund bin und von Renell gehört habe, wie du dich im Hotel plagen mußt, habe ich dich in Vorschlag gebracht. Delamarche war gleich einverstanden, obwohl du dich damals gegen ihn so keck benommen hast, und ich habe mich natürlich sehr gefreut, daß ich dir so nützlich sein konnte. Für dich ist nämlich diese Stellung wie geschaffen, du bist jung, stark und geschickt, während ich nichts mehr wert bin. Nur will ich dir sagen, daß du noch keineswegs aufgenommen bist; wenn du Brunelda nicht gefällst, können wir dich nicht brauchen. Also strenge dich nur an, daß du ihr angenehm bist, für das übrige werde ich schon sorgen.«

»Und was wirst du machen, wenn ich hier Diener sein werde?« fragte Karl; er fühlte sich so frei, der erste Schrecken, den ihm die Mitteilungen Robinsons verursacht hatten, war vorüber. Delamarche hatte also keine schlimmeren Absichten mit ihm, als ihn zum Diener zu machen – hätte er schlimmere Absichten gehabt, dann hätte sie der plapperhafte Robinson gewiß verraten –, wenn es aber so stand, dann getraute sich Karl, noch heute nacht den Abschied durchzuführen. Man kann niemanden zwingen, einen Posten anzunehmen. Und während Karl früher Sorgen gehabt hatte, ob er nach seiner Entlassung aus dem Hotel bald genug, um vor Hunger geschützt zu sein, einen passenden und womöglich nicht unansehnlicheren Posten bekommen werde, schien ihm jetzt im Vergleich zu dem ihm hier zugedachten Posten, der ihm widerlich war, jeder andere Posten gut genug, und selbst die stellungslose Not hätte er diesem Posten vorgezogen. Robinson das aber begreiflich zu machen, versuchte er gar nicht, besonders da Robinson jetzt in jedem Urteil durch die Hoffnung völlig befangen war, von Karl entlastet zu werden.

»Ich werde also«, sagte Robinson und begleitete die Rede mit behaglichen Handbewegungen – die Ellbogen hatte er auf das Geländer aufgestützt –, »dir zunächst alles erklären und die Vorräte zeigen. Du bist gebildet und hast sicher auch eine schöne Schrift, du könntest also gleich ein Verzeichnis all der Sachen machen, die wir da haben. Das hat sich Brunelda schon längst gewünscht. Wenn morgen vormittag schönes Wetter ist, werden wir Brunelda bitten, daß sie sich auf den Balkon setzt, und inzwischen werden wir ruhig und ohne sie zu stören im Zimmer arbeiten können. Denn darauf, Roßmann, mußt du vor allem achtgeben. Nur nicht Brunelda stören. Sie hört alles, wahrscheinlich hat sie als Sängerin so empfindliche Ohren. Du rollst zum Beispiel das Faß mit Schnaps, das hinter dem Kasten steht, heraus, es macht Lärm, weil es schwer ist und dort überall verschiedene Sachen herumliegen, so daß man es nicht mit einem Male durchrollen kann. Brunelda liegt zum Beispiel ruhig auf dem Kanapee und fängt Fliegen, die sie überhaupt sehr belästigen. Du glaubst also, sie kümmert sich um dich nicht, und rollst dein Faß weiter. Sie liegt noch immer ruhig. Aber in einem Augenblick, wo du es gar nicht erwartest und wo du am wenigsten Lärm machst, setzt sie sich plötzlich aufrecht, schlägt mit beiden Händen auf das Kanapee, daß man sie vor Staub nicht sieht – seit wir hier sind, habe ich das Kanapee nicht ausgeklopft; ich kann ja nicht, sie liegt doch immerfort darauf –, und fängt schrecklich zu schreien an, wie ein Mann, und schreit so stundenlang. Das Singen haben ihr die Nachbarn verboten, das Schreien aber kann ihr niemand verbieten, sie muß schreien, übrigens geschieht es ja jetzt nur selten, ich und Delamarche sind sehr vorsichtig geworden. Es hat ihr ja auch sehr geschadet. Einmal ist sie ohnmächtig geworden, und ich habe – Delamarche war gerade weg – den Studenten von nebenan holen müssen, der hat sie aus einer großen Flasche mit Flüssigkeit bespritzt, es hat auch geholfen, aber diese Flüssigkeit hat einen unerträglichen Geruch gehabt, noch jetzt, wenn man die Nase zum Kanapee hält, riecht man es. Der Student ist sicher unser Feind, wie alle hier, du mußt dich auch vor allen in acht nehmen und dich mit keinem einlassen.«

»Du, Robinson«, sagte Karl, »das ist aber ein schwerer Dienst. Da hast du mich für einen schönen Posten empfohlen.«

»Mach dir keine Sorgen«, sagte Robinson und schüttelte mit geschlossenen Augen den Kopf, um alle möglichen Sorgen Karls abzuwehren. »Der Posten hat auch Vorteile, wie sie dir kein anderer Posten bieten kann. Du bist immerfort in der Nähe einer Dame wie Brunelda, du schläfst manchmal mit ihr im gleichen Zimmer, das bringt schon, wie du dir denken kannst, verschiedene Annehmlichkeiten mit sich. Du wirst reichlich bezahlt werden, Geld ist in Menge da, ich habe als Freund Delamarches nichts bekommen; nur wenn ich ausgegangen bin, hat mir Brunelda immer etwas mitgegeben, aber du wirst natürlich bezahlt werden wie ein anderer Diener. Du bist ja auch nichts anderes. Das Wichtigste für dich aber ist, daß ich dir den Posten sehr erleichtern werde. Zunächst werde ich natürlich nichts machen, damit ich mich erhole, aber wie ich nur ein wenig erholt bin, kannst du auf mich rechnen. Die eigentliche Bedienung Bruneldas behalte ich überhaupt für mich, also das Frisieren und Anziehen, soweit es nicht Delamarche besorgt. Du wirst dich nur um das Aufräumen des Zimmers, um Besorgungen und die schwereren häuslichen Arbeiten zu kümmern haben.«

»Nein, Robinson«, sagte Karl, »das alles verlockt mich nicht.«

»Mach keine Dummheiten, Roßmann«, sagte Robinson nahe an Karls Gesicht, »verscherze dir nicht diese schöne Gelegenheit. Wo bekommst du denn gleich einen Posten? Wer kennt dich? Wen kennst du? Wir, zwei Männer, die schon viel erlebt haben und große Erfahrungen besitzen, sind wochenlang herumgelaufen, ohne Arbeit zu bekommen. Es ist nicht leicht, es ist sogar verzweifelt schwer.«

Karl nickte und wunderte sich, wie vernünftig Robinson sprechen konnte. Für ihn hatten diese Ratschläge allerdings keine Geltung, er durfte hier nicht bleiben, in der großen Stadt würde sich wohl noch ein Plätzchen für ihn finden, die ganze Nacht über, das wußte er, waren alle Gasthäuser überfüllt, man brauchte Bedienung für die Gäste, darin hatte er nun schon Übung. Er würde sich schon rasch und unauffällig in irgendeinen Betrieb einfügen. Gerade im gegenüberliegenden Hause war unten ein kleines Gasthaus untergebracht, aus dem eine rauschende Musik hervordrang. Der Haupteingang war nur mit einem großen gelben Vorhang verdeckt, der manchmal, von einem Luftzug bewegt, mächtig in die Gasse hinausflatterte. Sonst war es in der Gasse freilich viel stiller geworden. Die meisten Balkone waren finster, nur in der Ferne fand sich noch hier und dort ein einzelnes Licht, aber kaum faßte man es für ein Weilchen ins Auge, erhoben sich dort die Leute, und während sie in die Wohnung zurückdrängten, griff ein Mann an die Glühlampe und drehte, als letzter auf dem Balkon zurückbleibend, nach einem kurzen Blick auf die Gasse das Licht aus.

›Nun beginnt ja schon die Nacht‹, sagte sich Karl, ›bleibe ich noch länger hier, gehöre ich schon zu ihnen.‹ Er drehte sich um, um den Vorhang vor der Wohnungstür wegzuziehen. »Was willst du?« sagte Robinson und stellte sich zwischen Karl und den Vorhang. »Weg will ich«, sagte Karl. »Laß mich! Laß mich!«

»Du willst sie doch nicht stören«, rief Robinson, »was fällt dir denn nur ein!« Und er legte Karl die Arme um den Hals, hing sich mit seiner ganzen Last an ihn, umklammerte mit den Beinen Karls Beine und zog ihn so im Augenblick auf die Erde nieder. Aber Karl hatte unter den Liftjungen ein wenig raufen gelernt, und so stieß er Robinson die Faust unter das Kinn, aber schwach und voll Schonung. Der gab Karl noch rasch und ganz rücksichtslos mit dem Knie einen vollen Stoß in den Bauch, fing dann aber, beide Hände am Kinn, so laut zu heulen an, daß von dem benachbarten Balkon ein Mann unter wildem Händeklatschen »Ruhe!« befahl. Karl lag noch ein wenig still, um den Schmerz, den ihm der Stoß Robinsons verursacht hatte, zu verwinden. Er wandte nur das Gesicht zum Vorhang hin, der ruhig und schwer vor dem offenbar dunklen Zimmer hing. Es schien ja niemand mehr im Zimmer zu sein, vielleicht war Delamarche mit Brunelda ausgegangen, und Karl hatte schon völlige Freiheit. Robinson, der sich wirklich wie ein Wächterhund benahm, war ja endgültig abgeschüttelt.

Da ertönten aus der Ferne von der Gasse her stoßweise Trommeln und Trompeten. Einzelne Rufe vieler Leute sammelten sich bald zu einem allgemeinen Schreien. Karl drehte den Kopf und sah, wie sich alle Balkone von neuem belebten. Langsam erhob er sich, er konnte sich nicht ganz aufrichten und mußte sich schwer gegen das Geländer drücken. Unten auf dem Trottoir marschierten junge Burschen mit großen Schritten, ausgestreckten Armen, die Mützen in der erhobenen Hand, die Gesichter zurückgewandt. Die Fahrbahn blieb noch frei. Einzelne schwenkten auf hohen Stangen Lampions, die von einem gelblichen Rauch umhüllt waren. Gerade traten die Trommler und Trompeter in breiten Reihen ans Licht, und Karl staunte über ihre Menge, da hörte er hinter sich Stimmen, drehte sich um und sah den Delamarche den schweren Vorhang heben und dann aus dem Zimmerdunkel Brunelda treten, im roten Kleid, mit einem Spitzenüberwurf um die Schultern, einem dunklen Häubchen über dem wahrscheinlich unfrisierten und bloß aufgehäuften Haar, dessen Enden lose hie und da hervorsahen. In der Hand hielt sie einen kleinen ausgespannten Fächer, bewegte ihn aber nicht, sondern drückte ihn eng an sich.

Karl schob sich dem Geländer entlang zur Seite, um den beiden Platz zu machen. Gewiß würde ihn niemand zum Hierbleiben zwingen, und wenn es auch Delamarche versuchen wollte, Brunelda würde ihn auf seine Bitte sofort entlassen. Sie konnte ihn ja gar nicht leiden, seine Augen erschreckten sie. Aber als er einen Schritt zur Tür hin machte, hatte sie es doch bemerkt und sagte: »Wohin denn, Kleiner?« Karl stockte vor den strengen Blicken Delamarches, und Brunelda zog ihn zu sich. »Willst du dir denn nicht den Aufzug unten ansehen?« sagte sie und schob ihn vor sich an das Geländer. »Weißt du, worum es sich handelt?« hörte Karl sie hinter sich sagen und machte ohne Erfolg eine unwillkürliche Bewegung, um sich ihrem Druck zu entziehen. Traurig sah er auf die Gasse hinunter, als sei dort der Grund seiner Traurigkeit.

Delamarche stand zuerst mit gekreuzten Armen hinter Brunelda, dann lief er ins Zimmer und brachte Brunelda den Operngucker. Unten war hinter den Musikanten der Hauptteil des Aufzuges erschienen. Auf den Schultern eines riesenhaften Mannes saß ein Herr, von dem man in dieser Höhe nichts anderes sah als seine mattschimmernde Glatze, über der er seinen Zylinderhut ständig grüßend hoch erhoben hielt. Rings um ihn wurden offenbar Holztafeln getragen, die, vom Balkon aus gesehen, ganz weiß erschienen –, die Anordnung war derartig getroffen, daß diese Plakate von allen Seiten sich förmlich an den Herrn anlehnten, der aus ihrer Mitte hervorragte. Da alles im Gange war, lockerte sich diese Mauer von Plakaten immerfort und ordnete sich auch immerfort von neuem. Im weiteren Umkreis war um den Herrn die ganze Breite der Gasse, wenn auch, soweit man im Dunkel schätzen konnte, auf eine unbedeutende Länge hin, von Anhängern des Herrn angefüllt, die sämtlich in die Hände klatschten und wahrscheinlich den Namen des Herrn, einen ganz kurzen, aber unverständlichen Namen, in einem getragenen Gesange verkündeten. Einzelne, die geschickt in der Menge verteilt waren, hatten Automobillaternen mit äußerst starkem Licht, das sie die Häuser auf beiden Seiten der Straße langsam auf- und abwärts führten. In Karls Höhe störte das Licht nicht mehr, aber auf den unteren Balkonen sah man die Leute, die davon bestrichen wurden, eiligst die Hände an die Augen führen.

Delamarche erkundigte sich auf die Bitte Bruneldas bei den Leuten auf dem Nachbarbalkon, was die Veranstaltung zu bedeuten habe. Karl war ein wenig neugierig, ob und wie man ihm antworten würde. Und tatsächlich mußte Delamarche dreimal fragen, ohne eine Antwort zu bekommen. Er beugte sich schon gefährlich über das Geländer, Brunelda stampfte vor Ärger über die Nachbarn leicht auf, Karl fühlte ihre Knie. Endlich kam doch irgendeine Antwort, aber gleichzeitig fingen auf diesem Balkon, der gedrängt voll Menschen war, alle laut zu lachen an. Daraufhin schrie Delamarche etwas hinüber, so laut, daß, wenn nicht augenblicklich in der ganzen Gasse viel Lärm gewesen wäre, alles ringsum erstaunt hätte aufhorchen müssen. Jedenfalls hatte es die Wirkung, daß das Lachen unnatürlich bald sich legte.

»Es wird morgen ein Richter in unserem Bezirk gewählt und der, den sie unten tragen, ist ein Kandidat«, sagte Delamarche, vollkommen ruhig zu Brunelda zurückkehrend. »Nein!« rief er dann und klopfte liebkosend Brunelda auf den Rücken. »Wir wissen schon gar nicht mehr, was in der Welt vorgeht.«

»Delamarche«, sagte Brunelda, auf das Benehmen der Nachbarn zurückkommend, »wie gern wollte ich übersiedeln, wenn es nicht so anstrengend wäre! Ich darf es mir aber leider nicht zumuten.« Und unter großen Seufzern, unruhig und zerstreut, nestelte sie an Karls Hemd, der möglichst unauffällig immer wieder diese kleinen, fetten Händchen wegzuschieben suchte, was ihm auch leicht gelang, denn Brunelda dachte nicht an ihn, sie war mit ganz anderen Gedanken beschäftigt.

Aber auch Karl vergaß bald Brunelda und duldete die Last ihrer Arme auf seinen Achseln, denn die Vorgänge auf der Straße nahmen ihn sehr in Anspruch. Auf Anordnung einer kleinen Gruppe gestikulierender Männer, die knapp vor dem Kandidaten marschierten und deren Unterhaltungen eine besondere Bedeutung haben mußten, denn von allen Seiten sah man lauschende Gesichter sich ihnen zuneigen, wurde unerwarteterweise vor dem Gasthaus haltgemacht. Einer dieser maßgebenden Männer machte mit erhobener Hand ein Zeichen, das sowohl der Menge als auch dem Kandidaten galt. Die Menge verstummte, und der Kandidat, der sich auf den Schultern seines Trägers mehrfach aufzustellen suchte und mehrmals in den Sitz zurückfiel, hielt eine kleine Rede, während welcher er seinen Zylinder in Windeseile hin und her fahren ließ. Man sah das ganz deutlich, denn während seiner Rede waren alle Automobillaternen auf ihn gerichtet worden, so daß er in der Mitte eines hellen Sternes sich befand.

Nun erkannte man aber auch schon das Interesse, welches die ganze Straße an der Angelegenheit nahm. Auf den Balkonen, die von Parteigängern des Kandidaten besetzt waren, fiel man mit in das Singen seines Namens ein und ließ die weit über das Geländer vorgestreckten Hände maschinenmäßig klatschen. Auf den übrigen Balkonen, die sogar in der Mehrzahl waren, erhob sich ein starker Gegengesang, der allerdings keine einheitliche Wirkung hatte, da es sich um die Anhänger verschiedener Kandidaten handelte. Dagegen verbanden sich weiterhin alle Feinde des anwesenden Kandidaten zu einem allgemeinen Pfeifen, und sogar Grammophone wurden vielfach wieder in Gang gesetzt. Zwischen den einzelnen Balkonen wurden politische Streitigkeiten mit einer durch die nächtliche Stunde verstärkten Erregung ausgetragen. Die meisten waren schon in Nachtkleidern und hatten nur Überröcke umgeworfen, die Frauen hüllten sich in große, dunkle Tücher, die unbeachteten Kinder kletterten beängstigend auf den Einfassungen der Balkone umher und kamen in immer größerer Zahl aus den dunklen Zimmern, in denen sie schon geschlafen hatten, hervor. Hie und da wurden einzelne unkenntliche Gegenstände von besonders erhitzten in der Richtung ihrer Gegner geschleudert, manchmal gelangten sie an ihr Ziel, meist aber fielen sie auf die Straße hinab, wo sie oft ein Wutgeheul hervorriefen. Wurde den führenden Männern unten der Lärm zu arg, so erhielten die Trommler und Trompeter den Auftrag einzugreifen, und ihr schmetterndes, mit ganzer Kraft ausgeführtes, nicht enden wollendes Signal unterdrückte alle menschlichen Stimmen bis zu den Dächern der Häuser hinauf. Und immer, ganz plötzlich – man glaubte es kaum –, hörten sie auf, worauf die hierfür offenbar eingeübte Menge auf der Straße in die für einen Augenblick eingetretene allgemeine Stille ihren Parteigesang emporbrüllte – man sah im Lichte der Automobillaternen den Mund jedes einzelnen weit geöffnet –, bis dann die inzwischen zur Besinnung gekommenen Gegner zehnmal so stark wie früher aus allen Balkonen und Fenstern hervorschrien und die Partei unten nach ihrem kurzen Sieg zu einem für diese Höhe wenigstens gänzlichen Verstummen brachten.

»Wie gefällt es dir, Kleiner?« fragte Brunelda, die sich eng hinter Karl hin und her drehte, um mit dem Gucker möglichst alles zu übersehen. Karl antwortete nur durch Kopfnicken. Nebenbei bemerkte er, wie Robinson dem Delamarche eifrig verschiedene Mitteilungen offenbar über Karls Verhalten machte, denen aber Delamarche keine Bedeutung beizumessen schien, denn er suchte Robinson mit der Linken, mit der Rechten hatte er Brunelda umfaßt, immerfort beiseitezuschieben. »Willst du nicht durch den Gucker schauen?« fragte Brunelda und klopfte auf Karls Brust, um zu zeigen, daß sie ihn meine.

»Ich sehe genug«, sagte Karl. »Versuch es doch«, sagte sie, »du wirst besser sehen.«

»Ich habe gute Augen«, antwortete Karl, »ich sehe alles.« Er empfand es nicht als Liebenswürdigkeit, sondern als Störung, als sie den Gucker seinen Augen näherte, und tatsächlich sagte sie nun nichts als das eine Wort »Du!« melodisch. aber drohend. Und schon hatte Karl den Gucker an seinen Augen und sah nun tatsächlich nichts.

»Ich sehe ja nichts«, sagte er und wollte den Gucker loswerden, aber den Gucker hielt sie fest, und den auf ihrer Brust eingebetteten Kopf konnte er weder zurück noch seitwärts schieben.

»Jetzt siehst du aber schon«, sagte sie und drehte an der Schraube des Guckers.

»Nein, ich sehe noch immer nichts«, sagte Karl und dachte daran, daß er Robinson ohne seinen Willen nun tatsächlich entlastet habe, denn Bruneldas unerträgliche Launen wurden nun an ihm ausgelassen.

»Wann wirst du denn endlich sehen?« sagte sie und drehte – Karl hatte nun sein ganzes Gesicht in ihrem schweren Atem – weiter an der Schraube. »Jetzt?« fragte sie.

»Nein, nein, nein!« rief Karl, obwohl er nun tatsächlich, wenn auch nur sehr undeutlich, alles unterscheiden konnte. Aber gerade hatte Brunelda irgend etwas mit Delamarche zu tun, sie hielt den Gucker nur lose vor Karls Gesicht, und Karl konnte, ohne daß sie es besonders beachtete, unter dem Gucker hinweg auf die Straße sehen. Später bestand sie auch nicht mehr auf ihrem Willen und benützte den Gucker für sich.

Aus dem Gasthaus unten war ein Kellner getreten, und aus der Türschwelle hin und her eilend, nahm er die Bestellungen der Führer entgegen. Man sah, wie er sich streckte, um das Innere des Lokals zu übersehen und möglichst viel Bedienung herbeizurufen. Während dieser offenbar einem großen Freitrinken dienenden Vorbereitungen ließ der Kandidat nicht vom Reden ab. Sein Träger, der riesige, nur ihm dienende Mann, machte immer nach einigen Sätzen eine kleine Drehung, um die Rede allen Teilen der Menge zukommen zu lassen. Der Kandidat hielt sich meist ganz zusammengekrümmt und versuchte mit ruckweisen Bewegungen der einen freien Hand und des Zylinders in der anderen seinen Worten möglichste Eindringlichkeit zu geben. Manchmal aber, in fast regelmäßigen Zwischenräumen, durchfuhr es ihr, er erhob sich mit ausgebreiteten Armen, er redete nicht mehr eine Gruppe, sondern die Gesamtheit an, er sprach zu den Bewohnern der Häuser bis zu den höchsten Stockwerken hinauf, und doch war es vollkommen klar, daß ihn schon in den untersten Stockwerken niemand hören konnte; ja, daß ihm auch, wenn die Möglichkeit gewesen wäre, niemand hätte zuhören wollen, denn jedes Fenster und jeder Balkon war doch zumindest von einem schreienden Redner besetzt. Inzwischen brachten einige Kellner aus dem Gasthaus ein mit gefüllten leuchtenden Gläsern besetztes Brett, im Umfang eines Billards, hervor. Die Führer organisierten die Verteilung, die in Form eines Vorbeimarsches an der Gasthaustür erfolgte. Aber obwohl die Gläser auf dem Brett immer wieder nachgefüllt wurden, genügten sie für die Menge nicht, und zwei Reihen von Schankburschen mußten rechts und links vom Brett durchschlüpfen und die Menge weiterhin versorgen. Der Kandidat hatte natürlich mit dem Reden aufgehört und benützte die Pause, um sich neu zu kräftigen. Abseits von der Menge und dem grellen Licht trug ihn sein Träger langsam hin und her, und nur einige seiner nächsten Anhänger begleiteten ihn dort und sprachen zu ihm hinauf.

»Sieh mal den Kleinen«, sagte Brunelda, »er vergißt vor lauter Schauen, wo er ist.« Und sie überraschte Karl und drehte mit beiden Händen sein Gesicht sich zu, so daß sie ihm in die Augen sah. Es dauerte aber nur einen Augenblick, denn Karl schüttelte gleich ihre Hände ab, und ärgerlich darüber, daß man ihn nicht ein Weilchen in Ruhe ließ, und gleichzeitig voll Lust, auf die Straße zu gehen und alles von der Nähe anzusehen, suchte er sich nun mit aller Kraft vom Druck Bruneldas zu befreien und sagte: »Bitte, lassen Sie mich weg.«

»Du wirst bei uns bleiben«, sagte Delamarche, ohne den Blick von der Straße zu wenden, und streckte nur eine Hand aus, um Karl am Weggehen zu verhindern.

»Laß nur«, sagte Brunelda und wehrte die Hand des Delamarche ab, »er bleibt ja schon.« Und sie drückte Karl noch fester ans Geländer, er hätte mit ihr raufen müssen, um sich von ihr zu befreien. Und wenn ihm das auch gelungen wäre, was hätte er damit erreicht! Links von ihm stand Delamarche, rechts hatte sich nun Robinson aufgestellt, er war in einer regelrechten Gefangenschaft.

»Sei froh, daß man dich nicht hinauswirft«, sagte Robinson und beklopfte Karl mit der Hand, die er unter Bruneldas Arm durchgezogen hatte.

»Hinauswirft?« sagte Delamarche. »Einen entlaufenen Dieb wirft man nicht hinaus, den übergibt man der Polizei. Und das kann ihm gleich morgen früh geschehen, wenn er nicht ganz ruhig ist.«

Von diesem Augenblick an hatte Karl an dem Schauspiel unten keine Freude mehr. Nur gezwungen, weil er Bruneldas wegen sich nicht aufrichten konnte, beugte er sich ein wenig über das Geländer. Voll eigener Sorgen, mit zerstreuten Blicken sah er die Leute unten an, die in Gruppen von etwa zwanzig Mann vor die Gasthaustüre traten, die Gläser ergriffen, sich umdrehten und diese Gläser in der Richtung gegen den jetzt mit sich beschäftigten Kandidaten schwenkten, einen Parteigruß ausriefen, die Gläser leerten und sie, jedenfalls dröhnend, in dieser Höhe aber unhörbar, auf das Brett wieder niedersetzten, um einer neuen, vor Ungeduld lärmenden Gruppe Platz zu machen. Über Auftrag der Führer war die Kapelle, die bisher im Gasthaus gespielt hatte, auf die Gasse getreten, ihre großen Blasinstrumente strahlten aus der dunklen Menge, aber ihr Spiel verging fast im allgemeinen Lärm. Die Straße war nun, wenigstens auf der Seite, wo sich das Gasthaus befand, weithin mit Menschen angefüllt. Von oben, woher Karl am Morgen im Automobil gekommen war, strömten sie herab, von unten, von der Brücke her, liefen sie herauf, und selbst die Leute in den Häusern hatten der Verlockung nicht widerstehen können, in diese Angelegenheit mit eigenen Händen einzugreifen, auf den Balkonen und in den Fenstern waren fast nur Frauen und Kinder zurückgeblieben, während die Männer unten aus den Haustoren drängten. Nun aber hatte die Musik und die Bewirtung ihren Zweck erreicht, die Versammlung war genügend groß, ein von zwei Automobillaternen flankierter Führer winkte der Musik ab, stieß einen starken Pfiff aus, und nun sah man den ein wenig abgeirrten Träger mit dem Kandidaten durch einen von Anhängern gebahnten Weg eiligst herbeikommen.

Kaum war er bei der Gasthaustüre, begann der Kandidat im Schein der nun im engen Kreis um ihn gehaltenen Automobillaternen seine neue Rede. Aber nun war alles viel schwieriger als früher, der Träger hatte nicht die geringste Bewegungsfreiheit mehr, das Gedränge war zu groß. Die nächsten Anhänger, die früher mit allen möglichen Mitteln die Wirkung der Reden des Kandidaten zu verstärken versucht hatten, hatten nun Mühe, sich in seiner Nähe zu erhalten, wohl zwanzig hielten sich mit aller Anstrengung am Träger fest. Aber selbst dieser starke Mann konnte keinen Schritt nach seinem Willen mehr machen, an eine Einflußnahme auf die Menge durch bestimmte Wendungen oder durch passendes Vorrücken oder Zurückweichen war nicht mehr zu denken. Die Menge flutete ohne Plan, einer lag am anderen, keiner stand mehr aufrecht, die Gegner schienen sich durch neues Publikum sehr vermehrt zu haben, der Träger hatte sich lange in der Nähe der Gasthaustüre gehalten, nun aber ließ er sich, scheinbar ohne Widerstand, die Gasse auf- und abwärts treiben, der Kandidat redete immerfort, aber es war nicht mehr ganz klar, ob er sein Programm auseinanderlegte oder um Hilfe rief, wenn nicht alles täuschte, hatte sich auch ein Gegenkandidat eingefunden oder gar mehrere, denn hie und da sah man in irgendeinem plötzlich aufflammenden Licht einen von der Menge emporgehobenen Mann mit bleichem Gesicht und geballten Fäusten eine von vielstimmigen Rufen begrüßte Rede halten.

»Was geschieht denn da?« fragte Karl und wandte sich in atemloser Verwirrung an seine Wächter.

»Wie es den Kleinen aufregt!« sagte Brunelda zu Delamarche und faßte Karl am Kinn, um seinen Kopf an sich zu ziehen. Aber das hatte Karl nicht wollen und er schüttelte sich, durch die Vorgänge auf der Straße förmlich rücksichtslos gemacht, so stark, daß Brunelda ihn nicht nur losließ, sondern zurückwich und ihn gänzlich freigab. »Jetzt hast du genug gesehen«, sagte sie, offenbar durch Karls Benehmen böse gemacht, »geh ins Zimmer, bette auf und bereite alles für die Nacht vor.« Sie streckte die Hand nach dem Zimmer aus. Das war ja die Richtung, die Karl schon seit einigen Stunden nehmen wollte, er widersprach mit keinem Wort. Da hörte man von der Gasse her das Krachen von viel zersplitterndem Glas. Karl konnte sich nicht bezwingen und sprang noch rasch zum Geländer, um flüchtig noch einmal hinunterzuschauen. Ein Anschlag der Gegner, und vielleicht ein entscheidender, war geglückt, die Automobillaternen der Anhänger, die mit ihrem starken Licht wenigstens die Hauptvorgänge vor der gesamten Öffentlichkeit geschehen ließen und dadurch alles in gewissen Grenzen gehalten hatten, waren sämtlich und gleichzeitig zerschmettert worden, den Kandidaten und seinen Träger umfing nun die gemeinsame unsichere Beleuchtung, die in ihrer plötzlichen Ausbreitung wie völlige Finsternis wirkte. Auch nicht beiläufig hätte man jetzt angeben können, wo sich der Kandidat befand, und das Täuschende des Dunkels wurde noch vermehrt durch einen gerade einsetzenden, breiten, einheitlichen Gesang, der von unten, von der Brücke her sich näherte.

»Habe ich dir nicht gesagt, was du jetzt zu tun hast« sagte Brunelda. »Beeile dich. Ich bin müde«, fügte sie hinzu und streckte dann die Arme in die Höhe, so daß sich ihre Brust noch viel mehr wölbte als gewöhnlich. Delamarche, der sie noch immer umfaßt hielt, zog sie mit sich in eine Ecke des Balkons. Robinson ging ihnen nach, um die Überbleibsel seines Essens, die noch dort lagen, beiseitezuschieben.

Diese günstige Gelegenheit mußte Karl ausnützen, jetzt war keine Zeit hinunterzuschauen, von den Vorgängen auf der Straße würde er unten noch genug sehen, und mehr als von hier oben. In zwei Sprüngen eilte er durch das rötlich beleuchtete Zimmer, aber die Tür war verschlossen und der Schlüssel abgezogen. Der mußte jetzt gefunden werden, aber wer wollte in dieser Unordnung einen Schlüssel finden und gar in der kurzen, kostbaren Zeit, die Karl zur Verfügung stand! Jetzt hätte er schon eigentlich auf der Treppe sein, hätte laufen und laufen sollen. Und nun suchte er den Schlüssel! Suchte ihn in allen zugänglichen Schubladen, stöberte auf dem Tisch herum, wo verschiedenes Eßgeschirr, Servietten und irgendeine angefangene Stickerei herumlagen, wurde durch einen Lehnstuhl angelockt, auf dem ein ganz verfilzter Haufen alter Kleidungsstücke sich befand, in dem der Schlüssel sich möglicherweise befindet, aber niemals aufgefunden werden konnte, und warf sich schließlich auf das tatsächlich übelriechende Kanapee, um in allen Ecken und Falten nach dem Schlüssel zu tasten. Dann ließ er vom Suchen ab und stockte in der Mitte des Zimmers. Gewiß hatte Brunelda den Schlüssel an ihrem Gürtel befestigt, sagte er sich, dort hingen ja so viele Sachen, alles Suchen war umsonst.

Und blindlings ergriff Karl zwei Messer und bohrte sie zwischen die Türflügel, eines oben, eines unten, um zwei voneinander entfernte Angriffspunkte zu erhalten. Kaum hatte er an den Messern gezogen, brachen natürlich die Klingen entzwei. Er hatte nichts anderes wollen, die Stümpfe, die er nun fester einbohren konnte, würden desto besser halten. Und nun zog er mit aller Kraft, die Arme weit ausgebreitet, die Beine weit auseinander gestemmt, stöhnend und dabei genau auf die Tür aufpassend. Sie würde nicht auf die Dauer widerstehen können, das erkannte er mit Freuden aus dem deutlich hörbaren Sichlockern der Riegel, je langsamer es aber ging, desto richtiger war es, aufspringen durfte ja das Schloß gar nicht, sonst würde man ja auf dem Balkon aufmerksam werden, das Schloß mußte sich vielmehr ganz langsam voneinanderlösen, und darauf arbeitete Karl mit größter Vorsicht hin, die Augen immer mehr dem Schlosse nähernd.

»Seht einmal«, hörte er da die Stimme des Delamarche. Alle drei standen im Zimmer, der Vorhang war hinter ihnen schon zugezogen. Karl mußte ihr Kommen überhört haben, die Hände sanken ihm bei dem Anblick von den Messern herab. Aber er hatte gar nicht Zeit, irgendein Wort zur Erklärung oder Entschuldigung zu sagen, denn in einem weit über die augenblickliche Gelegenheit hinausgehenden Wutanfall sprang Delamarche – sein gelöstes Schlafrockseil beschrieb eine große Figur in der Luft – auf Karl los. Karl wich noch im letzten Augenblick dem Angriff aus, er hätte die Messer aus der Tür ziehen und zur Verteidigung benützen können, aber das tat er nicht, dagegen griff er, sich bückend und aufspringend, nach dem breiten Schlafrockkragen des Delamarche, schlug ihn in die Höhe, zog ihn dann noch weiter hinauf – der Schlafrock war ja für Delamarche viel zu groß – und hielt nun glücklich den Delamarche beim Kopf, der, allzusehr überrascht, zuerst blind mit den Händen fuchtelte und erst nach einem Weilchen, aber noch nicht mit ganzer Wirkung mit den Fäusten auf Karls Rücken schlug, der sich, um sein Gesicht zu schützen, an die

Brust des Delamarche geworfen hatte. Die Faustschläge ertrug Karl, wenn er sich auch vor Schmerzen wand und wenn auch die Schläge immer stärker wurden, aber wie hätte er das nicht ertragen sollen, vor sich sah er ja den Sieg. Die Hände am Kopf des Delamarche, die Daumen wohl gerade über seinen Augen, führte er ihn vor sich her gegen das ärgste Möbeldurcheinander und versuchte überdies, mit den Fußspitzen das Schlafrockseil um die Füße des Delamarche zu schlingen, um ihn auch so zu Fall zu bringen.

Da er sich aber ganz und gar mit Delamarche beschäftigen mußte, zumal er dessen Widerstand immer mehr wachsen fühlte und immer sehniger dieser feindliche Körper sich ihm entgegenstemmte, vergaß er tatsächlich, daß er nicht mit Delamarche allein war. Aber nur allzubald wurde er daran erinnert, denn plötzlich versagten seine Füße, die Robinson, der sich hinter ihm auf den Boden geworfen hatte, schreiend auseinander preßte. Seufzend ließ Karl von Delamarche ab, der noch einen Schritt zurückwich. Brunelda stand mit weit auseinander gestellten Beinen und gebeugten Knien in ihrer ganzen Breite in der Zimmermitte und verfolgte die Vorgänge mit leuchtenden Augen. Als beteilige sie sich tatsächlich an dem Kampf, atmete sie tief, visierte mit den Augen und ließ ihre Fäuste langsam vorrücken. Delamarche schlug seinen Kragen nieder, hatte nun wieder freien Blick, und nun gab es natürlich keinen Kampf mehr, sondern bloß eine Bestrafung. Er faßte Karl vorn beim Hemd, hob ihn fast vom Boden und schleuderte ihn, vor Verachtung sah er ihn gar nicht an, so gewaltig gegen einen ein paar Schritte entfernten Schrank, daß Karl im ersten Augenblick meinte, die stechenden Schmerzen im Rücken und am Kopf, die ihm das Aufschlagen am Kasten verursachte, stammten unmittelbar von der Hand des Delamarche. »Du Halunke!« hörte er den Delamarche in dem Dunkel, das vor seinen zitternden Augen entstand, noch laut ausrufen. Und in der ersten Erschöpfung, in der er vor dem Kasten zusammensank, klangen ihm die Worte »Warte nur!« noch schwach in den Ohren nach.

Als er zur Besinnung kam, war es um ihn ganz finster, es mochte noch spät in der Nacht sein, vom Balkon her drang unter dem Vorhang ein leichter Schimmer des Mondlichts in das Zimmer. Man hörte die ruhigen Atemzüge der drei Schläfer, die bei weitem lautesten stammten von Brunelda, sie schnaufte im Schlaf, wie sie es bisweilen beim Reden tat; es war aber nicht leicht festzustellen, in welcher Richtung die einzelnen Schläfer sich befanden, das ganze Zimmer war von dem Rauschen ihres Atems voll. Erst nachdem er seine Umgebung ein wenig geprüft hatte, dachte Karl an sich, und da erschrak er sehr, denn wenn er sich auch ganz krumm und steif von Schmerzen fühlte, so hatte er doch nicht daran gedacht, daß er eine schwere blutige Verletzung erlitten haben könnte. Nun aber hatte er eine Last auf dem Kopf, und das ganze Gesicht, der Hals, die Brust unter dem Hemd waren feucht wie von Blut. Er mußte ans Licht, um seinen Zustand genau festzustellen, vielleicht hatte man ihn zum Krüppel geschlagen, dann würde ihn Delamarche wohl gerne entlassen, aber was sollte er dann anfangen, dann gab es wirklich keine Aussichten mehr für ihn. Der Bursche mit der zerfressenen Nase im Torweg fiel ihm ein, und er legte einen Augenblick lang das Gesicht in seine Hände.

Unwillkürlich wandte er sich dann der Tür zu und tastete sich auf allen vieren hin. Bald erfühlte er mit den Fingerspitzen einen Stiefel und weiterhin ein Bein. Das war Robinson, wer schlief sonst in Stiefeln? Man hatte ihm befohlen, sich quer vor die Tür zu legen, um Karl an der Flucht zu hindern. Aber kannte man denn Karls Zustand nicht? Vorläufig wollte er gar nicht entfliehen, er wollte nur ans Licht kommen. Konnte er also nicht zur Tür hinaus, so mußte er auf den Balkon.

Den Eßtisch fand er an einer offenbar ganz anderen Stelle als am Abend, das Kanapee, dem sich Karl natürlich sehr vorsichtig näherte, war überraschenderweise leer, dagegen stieß er in der Zimmermitte auf hochgeschichtete, wenn auch stark gepreßte Kleider, Decken, Vorhänge, Polster und Teppiche. Zuerst dachte er, es sei nur ein kleiner Haufen, ähnlich dem, den er am Abend auf dem Sofa gefunden hatte und der etwa auf die Erde gerollt war, aber zu seinem Staunen bemerkte er beim Weiterkriechen, daß da eine ganze Wagenladung solcher Sachen lag, die man wahrscheinlich für die Nacht aus dem Kasten herausgenommen hatte, wo sie während des Tages aufbewahrt wurden. Er umkroch den Haufen und erkannte bald, daß das Ganze eine Art Bettlager darstellte, auf dem hoch oben, wie er sich durch vorsichtiges Tasten überzeugte, Delamarche und Brunelda ruhten.

Jetzt wußte er also, wo alle schliefen, und beeilte sich nun, auf den Balkon zu kommen. Es war eine ganz andere Welt, in der er sich nun, außerhalb des Vorhangs, schnell erhob. In der frischen Nachtluft, im vollen Schein des Mondes ging er einigemal auf dem Balkon auf und ab. Er sah auf die Straße, sie war ganz still, aus dem Gasthaus klang noch die Musik, aber nur gedämpft, hervor, vor der Tür kehrte ein Mann das Trottoir, in der Gasse, in der am Abend innerhalb des wüsten allgemeinen Lärms das Schreien eines Wahlkandidaten von tausend anderen Stimmen nicht hatte unterschieden werden können, hörte man nun deutlich das Kratzen des Besens auf dem Pflaster.

Das Rücken eines Tisches auf dem Nachbarbalkon machte Karl aufmerksam, dort saß ja jemand und studierte. Es war ein junger Mann mit einem kleinen Spitzbart, an dem er beim Lesen, das er mit raschen Lippenbewegungen begleitete, ständig drehte. Er saß, das Gesicht Karl zugewendet, an einem kleinen, mit Büchern bedeckten Tisch, die Glühlampe hatte er von der Mauer abgenommen, zwischen zwei große Bücher geklemmt, und war nun von ihrem grellen Licht ganz überleuchtet.

»Guten Abend«, sagte Karl, da er bemerkt zu haben glaubte, daß der junge Mann zu ihm herübergeschaut hätte.

Aber das mußte wohl ein Irrtum gewesen sein, denn der junge Mann schien ihn überhaupt noch nicht bemerkt zu haben, legte die Hand über die Augen, um das Licht abzublenden und festzustellen, wer da plötzlich grüßte, und hob dann, da er noch immer nichts sah, die Glühlampe hoch, um mit ihr auch den Nachbarbalkon ein wenig zu beleuchten.

»Guten Abend«, sagte dann auch er, blickte einen Augenblick lang scharf hinüber und fügte dann hinzu: »Und was weiter?«

»Ich störe Sie?« fragte Karl.

»Gewiß, gewiß«, sagte der Mann und brachte die Glühlampe wieder an ihren früheren Ort.

Mit diesen Worten war allerdings jede Anknüpfung abgelehnt, aber Karl verließ trotzdem die Balkonecke, in der er dem Manne am nächsten war, nicht. Stumm sah er zu, wie der Mann in seinem Buche las, die Blätter wendete, hie und da in einem anderen Buche, das er immer mit Blitzesschnelle ergriff, irgend etwas nachschlug und öfters Notizen in ein Heft eintrug, wobei er immer überraschend tief das Gesicht zu dem Hefte senkte.

Ob dieser Mann vielleicht ein Student war? Es sah ganz so aus, als ob er studierte. Nicht viel anders – jetzt war es schon lange her – war Karl zu Hause am Tisch der Eltern gesessen und hatte seine Aufgaben geschrieben, während der Vater die Zeitung las oder Bucheintragungen und Korrespondenzen für einen Verein erledigte und die Mutter mit einer Näharbeit beschäftigt war und hoch den Faden aus dem Stoffe zog. Um den Vater nicht zu belästigen, hatte Karl nur das Heft und das Schreibzeug auf den Tisch gelegt, während er die nötigen Bücher rechts und links von sich auf Sesseln angeordnet hatte. Wie still war es dort gewesen! Wie selten waren fremde Leute in jenes Zimmer gekommen! Schon als kleines Kind hatte Karl immer gerne zugesehen, wenn die Mutter gegen Abend die Wohnungstür mit dem Schlüssel absperrte. Sie hatte keine Ahnung davon, daß es jetzt mit Karl so weit gekommen war, daß er fremde Türen mit Messern aufzubrechen suchte.

Und welchen Zweck hatte sein ganzes Studium gehabt! Er hatte ja alles vergessen; wenn es darauf angekommen wäre, hier sein Studium fortzusetzen, es wäre ihm sehr schwer geworden. Er erinnerte sich daran, daß er zu Hause einmal einen Monat lang krank gewesen war; welche Mühe hatte es ihn damals gekostet, sich nachher wieder in dem unterbrochenen Lernen zurechtzufinden! Und nun hatte er außer dem Lehrbuch der englischen Handelskorrespondenz schon so lange kein Buch gelesen.

»Sie, junger Mann«, hörte sich Karl plötzlich angesprochen, »könnten Sie sich nicht anderswo aufstellen? Ihr Herüberstarren stört mich schrecklich. Um zwei Uhr in der Nacht kann man doch schließlich verlangen, auf dem Balkon ungestört arbeiten zu können. Wollen Sie denn etwas von mir?«

»Sie studieren?« fragte Karl.

»Ja, ja«, sagte der Mann und benützte dieses für das Lernen verlorene Weilchen, um unter seinen Büchern eine neue Ordnung einzurichten.

»Dann will ich Sie nicht stören«, sagte Karl, »ich gehe überhaupt schon ins Zimmer zurück. Gute Nacht.«

Der Mann gab nicht einmal eine Antwort, mit einem plötzlichen Entschlusse hatte er sich nach Beseitigung dieser Störung wieder ans Studieren gemacht und stützte die Stirn schwer in die rechte Hand.

Da erinnerte sich Karl knapp vor dem Vorhang daran, warum er eigentlich herausgekommen war, er wußte ja noch gar nicht, wie es mit ihm stand. Was lastete nur so auf seinem Kopf. Er griff hinauf und staunte, da war keine blutige Verletzung, wie er im Dunkel des Zimmers gefürchtet hatte, es war nur ein noch immer feuchter, turbanartiger Verband. Er war, nach den noch hie und da hängenden Spitzenüberresten zu schließen, aus einem alten Wäschestück Bruneldas gerissen, und Robinson hatte ihn wohl flüchtig Karl um den Kopf gewickelt. Nur hatte er vergessen, ihn auszuwinden, und so war während Karls Bewußtlosigkeit das viele Wasser das Gesicht hinab- und unter das Hemd geronnen und hatte Karl solchen Schrecken eingejagt.

»Sie sind wohl noch immer da?« fragte der Mann und blinzelte hinüber.

»Jetzt gehe ich aber wirklich schon«, sagte Karl, »ich wollte hier nur etwas anschauen, im Zimmer ist es ganz finster.«

»Wer sind Sie denn?« sagte der Mann, legte den Federhalter in das vor ihm geöffnete Buch und trat an das Geländer. »Wie heißen Sie? Wie kommen Sie zu den Leuten? Sind Sie schon lange hier? Was wollen Sie denn anschauen? Drehen Sie doch Ihre Glühlampe dort auf, damit man Sie sehen kann.«

Karl tat dies, zog aber, ehe er antwortete, noch den Vorhang der Tür fester zu, damit man im Innern nichts merken konnte. »Verzeihen Sie«, sagte er dann im Flüsterton, »daß ich so leise rede. Wenn mich die drinnen hören, habe ich wieder einen Krawall.«

»Wieder?« fragte der Mann.

»Ja«, sagte Karl, »ich habe ja erst abends einen großen Streit mit ihnen gehabt. Ich muß da noch eine fürchterliche Beule haben.« Und er tastete hinten seinen Kopf ab.

»Was war denn das für ein Streit?« fragte der Mann und fügte, da Karl nicht gleich antwortete, hinzu: »Mir können Sie ruhig alles anvertrauen, was Sie gegen diese Herrschaften auf dem Herzen haben. Ich hasse sie nämlich alle drei, und ganz besonders Ihre Madame. Es sollte mich übrigens wundern, wenn man Sie nicht schon gegen mich gehetzt hätte. Ich heiße Josef Mendel und bin Student.«

»Ja«, sagte Karl, »erzählt hat man mir schon von Ihnen, aber nichts Schlimmes. Sie haben wohl einmal Frau Brunelda behandelt, nicht wahr?«

»Das stimmt«, sagte der Student und lachte. »Riecht das Kanapee noch danach?«

»O ja«, sagte Karl.

»Das freut mich aber«, sagte der Student und fuhr mit der Hand durchs Haar. »Und warum macht man Ihnen Beulen?«

»Es war ein Streit«, sagte Karl im Nachdenken darüber, wie er es dem Studenten erklären sollte. Dann aber unterbrach er sich und sagte: »Störe ich Sie denn nicht?«

»Erstens«, sagte der Student, »haben Sie mich schon gestört, und ich bin leider so nervös, daß ich lange Zeit brauche, um mich wieder zurechtzufinden. Seit Sie da Ihre Spaziergänge auf dem Balkon angefangen haben, komme ich mit dem Studieren nicht vorwärts. Zweitens aber mache ich um drei Uhr immer eine Pause. Erzählen Sie also nur ruhig. Es interessiert mich auch.«

»Es ist ganz einfach«, sagte Karl. »Delamarche will, daß ich bei ihm Diener werde. Aber ich will nicht. Ich wäre am liebsten noch gleich abends weggegangen. Er wollte mich nicht lassen, hat die Tür abgesperrt, ich wollte sie aufbrechen, und dann kam es zu der Rauferei. Ich bin unglücklich, daß ich noch hier bin.«

»Haben Sie denn eine andere Stellung?« fragte der Student.

»Nein«, sagte Karl, »aber daran liegt mir nichts, wenn ich nur von hier fort wäre.«

»Hören Sie einmal«, sagte der Student, »daran liegt Ihnen nichts?« Und beide schwiegen ein Weilchen. »Warum wollen Sie denn bei den Leuten nicht bleiben?« fragte dann der Student.

»Delamarche ist ein schlechter Mensch«, sagte Karl, »ich kenne ihn schon von früher her. Ich marschierte einmal einen Tag lang mit ihm und war froh, als ich nicht mehr bei ihm war. Und jetzt soll ich Diener bei ihm werden?«

»Wenn alle Diener bei der Auswahl ihrer Herrschaften so heikel sein wollten wie Sie!« sagte der Student und schien zu lächeln. »Sehen Sie, ich bin während des Tages Verkäufer, niedrigster Verkäufer, eher schon Laufbursche im Warenhaus von Montly. Dieser Montly ist zweifellos ein Schurke, aber das läßt mich ganz ruhig, wütend bin ich nur, daß ich so elend bezahlt werde. Nehmen Sie sich also an mir ein Beispiel.«

»Wie?« sagte Karl, »Sie sind bei Tag Verkäufer und in der Nacht studieren Sie?«

»Ja«, sagte der Student, »es geht nicht anders. Ich habe schon alles mögliche versucht, aber diese Lebensweise ist noch die beste. Vor Jahren war ich nur Student, bei Tag und Nacht, wissen Sie, nur bin ich dabei fast verhungert, habe in einer schmutzigen alten Höhle geschlafen und wagte mich in meinem damaligen Anzug nicht in die Hörsäle. Aber das ist vorüber.«

»Aber wann schlafen Sie?« fragte Karl und sah den Studenten verwundert an.

»Ja, schlafen!« sagte der Student. »Schlafen werde ich, wenn ich mit meinem Studium fertig bin. Vorläufig trinke ich schwarzen Kaffee.« Und er wandte sich um, zog unter seinem Studiertisch eine große Flasche hervor, goß aus ihr schwarzen Kaffee in ein Täßchen und schüttete ihn in sich hinein, so wie man Medizin eilig schluckt, um möglichst wenig von ihrem Geschmack zu spüren.

»Eine feine Sache, der schwarze Kaffee«, sagte der Student. »Schade, daß Sie so weit sind, daß ich Ihnen nicht ein wenig hinüberreichen kann.«

»Mir schmeckt schwarzer Kaffee nicht«, sagte Karl.

»Mir auch nicht«, sagte der Student und lachte. »Aber was wollte ich ohne ihn anfangen. Ohne den schwarzen Kaffee würde mich Montly keinen Augenblick behalten. Ich sage immer Montly, obwohl der natürlich keine Ahnung hat, daß ich auf der Welt bin. Ganz genau weiß ich nicht, wie ich mich im Geschäft benehmen würde, wenn ich nicht dort im Pult eine gleich große Flasche wie diese immer vorbereitet hätte, denn ich habe noch nie gewagt, mit dem Kaffeetrinken auszusetzen, aber glauben Sie mir nur, ich würde bald hinter dem Pulte liegen und schlafen. Leider ahnt man das, sie nennen mich dort den ›Schwarzen Kaffee‹, was ein blödsinniger Witz ist und mir gewiß in meinem Vorwärtskommen schon geschadet hat.«

»Und wann werden Sie mit Ihrem Studium fertig werden?« fragte Karl.

»Es geht langsam«, sagte der Student mit gesenktem Kopf. Er verließ das Geländer und setzte sich wieder an den Tisch; die Ellbogen auf das offene Buch aufgestützt, mit den Händen durch seine Haare fahrend, sagte er dann: »Es kann noch ein bis zwei Jahre dauern.«

»Ich wollte auch studieren«, sagte Karl, als gebe ihm dieser Umstand ein Anrecht auf ein noch größeres Vertrauen, als es der jetzt verstummende Student ihm gegenüber schon bewiesen hatte.

»So«, sagte der Student, und es war nicht ganz klar, ob er in seinem Buche schon wieder las oder nur zerstreut hineinstarrte, »seien Sie froh, daß Sie das Studium aufgegeben haben. Ich selbst studiere schon seit Jahren eigentlich nur aus Konsequenz. Befriedigung habe ich wenig davon und Zukunftsaussichten noch weniger. Welche Aussichten wollte ich denn haben! Amerika ist voll von Schwindeldoktoren.«

»Ich wollte Ingenieur werden«, sagte Karl noch eilig zu dem scheinbar schon gänzlich unaufmerksamen Studenten hinüber.

»Und jetzt sollen Sie Diener bei diesen Leuten werden«, sagte der Student und sah flüchtig auf, »das schmerzt Sie natürlich.«

Diese Schlußfolgerung des Studenten war allerdings ein Mißverständnis, aber vielleicht konnte es Karl beim Studenten nützen. Er fragte deshalb: »Könnte ich nicht vielleicht auch eine Stelle im Warenhaus bekommen?«

Diese Frage riß den Studenten völlig von seinem Buche los; der Gedanke, daß er Karl bei seiner Postenbewerbung behilflich sein könnte, kam ihm gar nicht. »Versuchen Sie es«, sagte er, »oder versuchen Sie es lieber nicht. Daß ich meinen Posten bei Montly bekommen habe, ist der bisher größte Erfolg meines Lebens gewesen. Wenn ich zwischen dem Studium und meinem Posten zu wählen hätte, würde ich natürlich den Posten wählen. Meine Anstrengung geht nur darauf hin, die Notwendigkeit einer solchen Wahl nicht eintreten zu lassen.«

»So schwer ist es, dort einen Posten zu bekommen«, sagte Karl mehr für sich.

»Ach, was denken Sie denn«, sagte der Student, »es ist leichter, hier Bezirksrichter zu werden als Türöffner bei Montly.«

Karl schwieg. Dieser Student, der doch so viel erfahrener war als er und der den Delamarche aus irgendwelchen, Karl noch unbekannten Gründen haßte, der dagegen Karl gewiß nichts Schlechtes wünschte, fand für Karl kein Wort der Aufmunterung, den Delamarche zu verlassen. Und dabei kannte er noch gar nicht die Gefahr, die Karl von der Polizei drohte und vor der er nur bei Delamarche halbwegs geschützt war.

»Sie haben doch am Abend die Demonstration unten gesehen? Nicht wahr? Wenn man die Verhältnisse nicht kennte, sollte man doch denken, dieser Kandidat, er heißt Lobter, werde doch irgendwelche Aussichten haben oder er komme doch wenigstens in Betracht, nicht?«

»Ich verstehe von Politik nichts«, sagte Karl.

»Das ist ein Fehler«, sagte der Student. »Aber abgesehen davon haben Sie doch Augen und Ohren. Der Mann hat doch zweifellos Freunde und Feinde gehabt, das kann Ihnen doch nicht entgangen sein. Und nun bedenken Sie, der Mann hat, meiner Meinung nach, nicht die geringsten Aussichten, gewählt zu werden. Ich weiß zufällig alles über ihn, es wohnt da bei uns einer, der ihn kennt. Er ist kein unfähiger Mensch, und seinen politischen Ansichten und seiner politischen Vergangenheit nach wäre gerade er der passende Richter für den Bezirk. Aber kein Mensch denkt daran, daß er gewählt werden könnte, er wird so prachtvoll durchfallen, als man durchfallen kann, er wird für die Wahlkampagne seine paar Dollars hinausgeworfen haben, das wird alles sein.«

Karl und der Student sahen einander ein Weilchen schweigend an. Der Student nickte lächelnd und drückte mit einer Hand die müden Augen.

»Nun, werden Sie noch nicht schlafen gehen?« fragte er dann. »Ich muß ja auch wieder studieren. Sehen Sie, wieviel ich noch durchzuarbeiten habe.« Und er blätterte ein halbes Buch rasch durch, um Karl einen Begriff von der Arbeit zu geben, die noch auf ihn wartete.

»Dann also gute Nacht«, sagte Karl und verbeugte sich.

»Kommen Sie doch einmal zu uns herüber«, sagte der Student, der schon wieder an seinem Tisch saß, »natürlich nur, wenn Sie Lust haben. Sie werden hier immer große Gesellschaft finden. Von neun bis zehn Uhr abends habe ich auch für Sie Zeit.«

»Sie raten mir also, bei Delamarche zu bleiben?« fragte Karl.

»Unbedingt«, sagte der Student und senkte schon den Kopf zu seinen Büchern. Es schien, als hätte gar nicht er das Wort gesagt; wie von einer Stimme gesprochen, die tiefer war als jene des Studenten, klang es noch in Karls Ohren nach. Langsam ging er zum Vorhang, warf noch einen Blick auf den Studenten, der jetzt ganz unbeweglich, von der großen Finsternis umgeben, in seinem Lichtschein saß, und schlüpfte ins Zimmer. Die vereinten Atemzüge der drei Schläfer empfingen ihn. Er suchte die Wand entlang das Kanapee, und als er es gefunden hatte, streckte er sich ruhig auf ihm aus, als sei es sein gewohntes Lager. Da ihm der Student, der den Delamarche und die hiesigen Verhältnisse genau kannte und überdies ein gebildeter Mann war, geraten hatte, hier zu bleiben, hatte er vorläufig keine Bedenken. So hohe Ziele wie der Student hatte er nicht, wer weiß, ob es ihm sogar zu Hause gelungen wäre, das Studium zu Ende zu führen, und wenn es zu Hause kaum möglich schien, so konnte niemand verlangen, daß er es hier im fremden Lande tue. Die Hoffnung aber, einen Posten zu finden, in dem er etwas leisten und für seine Leistungen anerkannt werden könnte, war gewiß größer, wenn er vorläufig die Dienerstelle bei Delamarche annahm und aus dieser Sicherheit heraus eine günstige Gelegenheit abwartete. Es schienen sich ja in dieser Straße viele Büros mittleren und unteren Ranges zu befinden, die vielleicht im Falle des Bedarfes bei der Auswahl ihres Personals nicht gar zu wählerisch waren. Er wollte ja gern, wenn es sein mußte, Geschäftsdiener werden, aber schließlich war es ja gar nicht ausgeschlossen, daß er auch für reine Büroarbeiten aufgenommen werden konnte und einstmals als Bürobeamter an seinem Schreibtisch sitzen und ohne Sorgen ein Weilchen lang aus dem offenen Fenster schauen würde wie jener Beamte, den er heute früh beim Durchmarsch durch die Höfe gesehen hatte. Beruhigend fiel ihm ein, als er die Augen schloß, daß er doch jung war und daß Delamarche ihn doch einmal freigeben würde; dieser Haushalt sah ja wirklich nicht danach aus, als sei er für die Ewigkeit gemacht. Wenn aber Karl einmal einen solchen Posten in einem Büro hätte, dann wollte er sich mit nichts anderem beschäftigen als mit seinen Büroarbeiten und nicht die Kräfte zersplittern wie der Student. Wenn es nötig sein sollte, wollte er auch die Nacht fürs Büro verwenden, was man ja im Beginn bei seiner geringen kaufmännischen Vorbildung sowieso von ihm verlangen würde. Er wollte nur an das Interesse des Geschäftes denken, dem er zu dienen hätte, und allen Arbeiten sich unterziehen, selbst solchen, die andere Bürobeamte als ihrer nicht würdig zurückweisen würden. Die guten Vorsätze drängten sich in seinem Kopf, als stehe sein künftiger Chef vor dem Kanapee und lese sie von seinem Gesicht ab.

In solchen Gedanken schlief Karl ein und nur im ersten Halbschlaf störte ihn noch ein gewaltiges Seufzen Bruneldas, die scheinbar von schweren Träumen geplagt, sich auf ihrem Lager wälzte.

DAS NATURTHEATER VON OKLAHOMA

Karl sah an einer Straßenecke ein Plakat mit folgender Aufschrift: »Auf dem Rennplatz in Clayton wird heute von sechs Uhr früh bis Mitternacht Personal für das Theater in Oklahoma aufgenommen! Das große Theater von Oklahoma ruft euch! Es ruft nur heute, nur einmal! Wer jetzt die Gelegenheit versäumt, versäumt sie für immer! Wer an seine Zukunft denkt, gehört zu uns! Jeder ist willkommen! Wer Künstler werden will, melde sich! Wir sind das Theater, das jeden brauchen kann, jeden an seinem Ort! Wer sich für uns entschieden hat, den beglückwünschen wir gleich hier! Aber beeilt euch, damit ihr bis Mitternacht vorgelassen werdet! Um zwölf Uhr wird alles geschlossen und nicht mehr geöffnet! Verflucht sei, wer uns nicht glaubt! Auf nach Clayton!«

Es standen zwar viele Leute vor dem Plakat, aber es schien nicht viel Beifall zu finden. Es gab so viele Plakate, Plakaten glaubte niemand mehr. Und dieses Plakat war noch unwahrscheinlicher, als Plakate sonst zu sein pflegen. Vor allem aber hatte es einen großen Fehler, es stand kein Wörtchen von der Bezahlung darin. Wäre sie auch nur ein wenig erwähnenswert gewesen, das Plakat hätte sie gewiß genannt; es hätte das Verlockendste nicht vergessen. Künstler werden wollte niemand, wohl aber wollte jeder für seine Arbeit bezahlt werden.

Für Karl stand aber doch in dem Plakat eine große Verlockung. »Jeder war willkommen«, hieß es. Jeder, also auch Karl. Alles, was er bisher getan hatte, war vergessen, niemand wollte ihm daraus einen Vorwurf machen. Er durfte sich zu einer Arbeit melden, die keine Schande war, zu der man vielmehr öffentlich einladen konnte! Und ebenso öffentlich wurde das Versprechen gegeben, daß man auch ihn annehmen würde. Er verlangte nichts Besseres, er wollte endlich den Anfang einer anständigen Laufbahn finden, und hier zeigte er sich vielleicht. Mochte alles Großsprecherische, das auf dem Plakate stand, eine Lüge sein, mochte das große Theater von Oklahoma ein kleiner Wanderzirkus sein, es wollte Leute aufnehmen, das war genügend. Karl las das Plakat nicht zum zweiten Male, suchte aber noch einmal den Satz: »Jeder ist willkommen« hervor. Zuerst dachte er daran, zu Fuß nach Clayton zu gehen, aber das wären drei Stunden angestrengten Marsches gewesen, und er wäre dann möglicherweise gerade zurecht gekommen, um zu erfahren, daß man schon alle verfügbaren Stellen besetzt hätte. Nach dem Plakat war allerdings die Zahl der Aufzunehmenden unbegrenzt, aber so waren immer alle derartigen Stellenangebote abgefaßt. Karl sah ein, daß er entweder auf die Stelle verzichten oder fahren mußte. Er überrechnete sein Geld, es hätte ohne diese Fahrt für acht Tage gereicht, er schob die kleinen Münzen auf der flachen Hand hin und her. Ein Herr, der ihn beobachtet hatte, klopfte ihm auf die Schulter und sagte: »Viel Glück zur Fahrt nach Clayton.« Karl nickte stumm und rechnete weiter. Aber er entschloß sich bald, teilte das für die Fahrt notwendige Geld ab und lief zur Untergrundbahn. Als er in Clayton ausstieg, hörte er gleich den Lärm vieler Trompeten. Es war ein wirrer Lärm, die Trompeten waren nicht gegeneinander abgestimmt, es wurde rücksichtslos geblasen. Aber das störte Karl nicht, es bestätigte ihm vielmehr, daß das Theater von Oklahoma ein großes Unternehmen war. Aber als er aus dem Stationsgebäude trat und die ganze Anlage vor sich überblickte, sah er, daß alles noch größer war, als er nur irgendwie hatte denken können, und er begriff nicht, wie ein Unternehmen nur zu dem Zweck, um Personal zu erhalten, derartige Aufwendungen machen konnte. Vor dem Eingang zum Rennplatz war ein langes, niedriges Podium aufgebaut, auf dem Hunderte von Frauen, als Engel gekleidet, in weißen Tüchern mit großen Flügeln am Rücken, auf langen, goldglänzenden Trompeten bliesen. Sie waren aber nicht unmittelbar auf dem Podium, sondern jede stand auf einem Postament, das aber nicht zu sehen war, denn die langen wehenden Tücher der Engelkleidung hüllten es vollständig ein. Da nun die Postamente sehr hoch, wohl bis zwei Meter hoch waren, sahen die Gestalten der Frauen riesenhaft aus, nur ihre kleinen Köpfe störten ein wenig den Eindruck der Größe, auch ihr gelöstes Haar hing zu kurz und fast lächerlich zwischen den großen Flügeln und an den Seiten hinab. Damit keine Einförmigkeit entstehe, hatte man Postamente in der verschiedensten Größe verwendet; es gab ganz niedrige Frauen, nicht weit über Lebensgröße, aber neben ihnen schwangen sich andere Frauen in solche Höhe hinauf, daß man sie beim leichtesten Windstoß in Gefahr glaubte. Und nun bliesen alle diese Frauen.

Es gab nicht viele Zuhörer. Klein, im Vergleich zu den großen Gestalten, gingen etwa zehn Burschen vor dem Podium hin und her und blickten zu den Frauen hinauf. Sie zeigten einander diese oder jene, sie schienen aber nicht die Absicht zu haben, einzutreten und sich aufnehmen zu lassen. Nur ein einziger älterer Mann war zu sehen, er stand ein wenig abseits. Er hatte gleich auch seine Frau und ein Kind im Kinderwagen mitgebracht. Die Frau hielt mit der einen Hand den Wagen, mit der anderen stützte sie sich auf die Schulter des Mannes. Sie bewunderten zwar das Schauspiel, aber man erkannte doch, daß sie enttäuscht waren. Sie hatten wohl auch erwartet, eine Arbeitsgelegenheit zu finden, dieses Trompetenblasen aber beirrte sie. Karl war in der gleichen Lage. Er trat in die Nähe des Mannes, hörte ein wenig den Trompeten zu und sagte dann: »Hier ist doch die Aufnahmestelle für das Theater von Oklahoma?«

»Ich glaubte es auch«, sagte der Mann, »aber wir warten hier schon seit einer Stunde und hören nichts als die Trompeten. Nirgends ist ein Plakat zu sehen, nirgends ein Ausrufer, nirgends jemand, der Auskunft geben könnte.«

Karl sagte: »Vielleicht wartet man, bis mehr Leute zusammenkommen. Es sind wirklich noch sehr wenig hier.«

»Möglich«, sagte der Mann, und sie schwiegen wieder. Es war auch schwer, im Lärm der Trompeten etwas zu verstehen. Aber dann flüsterte die Frau etwas ihrem Manne zu, er nickte, und sie rief gleich Karl an: »Könnten Sie nicht in die Rennbahn hinübergehen und fragen, wo die Aufnahme stattfindet?«

»Ja«, sagte Karl, »aber ich müßte über das Podium gehen, zwischen den Engeln durch.«

»Ist das so schwierig?« fragte die Frau.

Für Karl erschien ihr der Weg leicht, ihren Mann aber wollte sie nicht ausschicken.

»Nun ja«, sagte Karl, »ich werde gehen.«

»Sie sind sehr gefällig«, sagte die Frau, und sie wie auch ihr Mann drückten Karl die Hand.

Die Burschen liefen zusammen, um aus der Nähe zu sehen, wie Karl auf das Podium stieg. Es war, als bliesen die Frauen stärker, um den ersten Stellensuchenden zu begrüßen. Diejenigen aber, an deren Postament Karl gerade vorüberging, gaben sogar die Trompeten vom Munde und beugten sich zur Seite, um seinen Weg zu verfolgen. Karl sah auf dem anderen Ende des Podiums einen unruhig auf und ab gehenden Mann, der offenbar nur auf Leute wartete, um ihnen alle Auskunft zu geben, die man nur wünschen konnte. Karl wollte schon auf ihn zugehen, da hörte er über sich seinen Namen rufen.

»Karl!« rief der Engel. Karl sah auf und fing vor freudiger Überraschung zu lachen an. Es war Fanny.

»Fanny!« rief er und grüßte mit der Hand hinauf.

»Komm doch her!« rief Fanny. »Du wirst doch nicht an mir vorüberlaufen!« Und sie schlug die Tücher auseinander, so daß das Postament und eine schmale Treppe, die hinaufführte, freigelegt wurde.

»Ist es erlaubt, hinaufzugehen?« fragte Karl.

»Wer will uns verbieten, daß wir einander die Hand drücken!« rief Fanny und blickte sich erzürnt um, ob nicht etwa schon jemand mit dem Verbote käme. Karl lief aber schon die Treppe hinauf.

»Langsamer!« rief Fanny. »Das Postament und wir beide stürzen um!« Aber es geschah nichts, Karl kam glücklich bis zur letzten Stufe. »Sieh nur«, sagte Fanny, nachdem sie einander begrüßt hatten, »sieh nur, was für eine Arbeit ich bekommen habe.«

»Es ist ja schön«, sagte Karl und sah sich um. Alle Frauen in der Nähe hatten schon Karl bemerkt und kicherten. »Du bist fast die Höchste«, sagte Karl und streckte die Hand aus, um die Höhe der anderen abzumessen.

»Ich habe dich gleich gesehen«, sagte Fanny, »als du aus der Station kamst, aber ich bin leider hier in der letzten Reihe, man sieht mich nicht, und rufen konnte ich auch nicht. Ich habe zwar besonders laut geblasen, aber du hast mich nicht erkannt.«

»Ihr blast ja alle schlecht«, sagte Karl, »laß mich einmal blasen.«

»Aber gewiß«, sagte Fanny und reichte ihm die Trompete, »aber verdirb den Chor nicht, sonst entläßt man mich.«

Karl fing zu blasen an; er hatte gedacht, es sei eine grob gearbeitete Trompete, nur zum Lärmmachen bestimmt, aber nun zeigte es sich, daß es ein Instrument war, das fast jede Feinheit ausführen konnte. Waren alle Instrumente von gleicher Beschaffenheit, so wurde ein großer Mißbrauch mit ihnen getrieben. Karl blies, ohne sich vom Lärm der anderen stören zu lassen, aus voller Brust ein Lied, das er irgendwo in einer Kneipe einmal gehört hatte. Er war froh, eine alte Freundin getroffen zu haben und hier, vor allen bevorzugt, die Trompete blasen zu dürfen und möglicherweise bald eine gute Stellung bekommen zu können. Viele Frauen stellten das Blasen ein und hörten zu; als er plötzlich abbrach, war kaum die Hälfte der Trompeten in Tätigkeit, erst allmählich kam wieder der vollständige Lärm zustande.

»Du bist ja ein Künstler«, sagte Fanny, als Karl ihr die Trompete wieder reichte. »Laß dich als Trompeter aufnehmen.«

»Werden denn auch Männer aufgenommen?« fragte Karl.

»Ja«, sagte Fanny, »wir blasen zwei Stunden lang. Dann werden wir von Männern, die als Teufel angezogen sind, abgelöst. Die Hälfte bläst, die Hälfte trommelt. Es ist sehr schön, wie überhaupt die ganze Ausstattung sehr kostbar ist. Ist nicht auch unser Kleid sehr schön? Und die Flügel?« Sie sah an sich hinab.

»Glaubst du«, fragte Karl, »daß auch ich noch eine Stelle bekommen werde?«

»Ganz bestimmt«, sagte Fanny, »es ist ja das größte Theater der Welt. Wie gut es sich trifft, daß wir wieder beisammen sein werden! Allerdings kommt es darauf an, welche Stelle du bekommst. Es wäre auch möglich, daß wir, auch wenn wir beide hier angestellt sind, uns doch gar nicht sähen.«

»Ist denn das Ganze wirklich so groß?« fragte Karl.

»Es ist das größte Theater der Welt«, sagte Fanny nochmals, »ich habe es allerdings selbst noch nicht gesehen, aber manche meiner Kolleginnen, die schon in Oklahoma waren, sagen, es sei fast grenzenlos.«

»Es melden sich aber wenig Leute«, sagte Karl und zeigte hinunter auf die Burschen und die kleine Familie.

»Das ist wahr«, sagte Fanny. »Bedenke aber, daß wir in allen Städten Leute aufnehmen, daß unsere Werbetruppe immerfort reist und daß es noch viele solcher Truppen gibt.«

»Ist denn das Theater noch nicht eröffnet?« fragte Karl.

»O ja«, sagte Fanny, »es ist ein altes Theater, aber es wird immerfort vergrößert.«

»Ich wundere mich«, sagte Karl, »daß sich nicht mehr Leute dazu drängen.«

»Ja«, sagte Fanny, »es ist merkwürdig.«

»Vielleicht«, sagte Karl, »schreckt dieser Aufwand an Engeln und Teufeln mehr ab, als er anzieht.«

»Wie du das herausfinden kannst!« sagte Fanny. »Es ist aber möglich. Sag es unserem Führer, vielleicht kannst du ihm dadurch nützen.«

»Wo ist er?« fragte Karl.

»In der Rennbahn«, sagte Fanny, »auf der Schiedsrichtertribüne.«

»Auch das wundert mich«, sagte Karl, »warum geschieht denn die Aufnahme auf der Rennbahn?«

»Ja«, sagte Fanny, »wir machen überall die größten Vorbereitungen für den größten Andrang. Auf der Rennbahn ist eben viel Platz. Und in allen Ständen, wo sonst die Wetten abgeschlossen werden, sind die Aufnahmekanzleien eingerichtet. Es sollen zweihundert verschiedene Kanzleien sein.«

»Aber«, rief Karl, »hat denn das Theater von Oklahoma so große Einkünfte, um derartige Werbetruppen erhalten zu können?«

»Was kümmert uns denn das?« sagte Fanny. »Aber nun geh, Karl, damit du nichts versäumst, ich muß auch wieder blasen. Versuche, auf jeden Fall einen Posten bei dieser Truppe zu bekommen, und komm gleich zu mir, es melden. Denke daran, daß ich in großer Unruhe auf die Nachricht warte.«

Sie drückte ihm die Hand, ermahnte ihn zur Vorsicht beim Hinabsteigen, setzte wieder die Trompete an die Lippen, blies aber nicht, ehe sie Karl unten auf dem Boden in Sicherheit sah. Karl legte wieder die Tücher über die Treppe, so wie sie früher gewesen waren. Fanny dankte durch Kopfnicken, und Karl ging, das eben Gehörte nach verschiedenen Richtungen hin überlegend, auf den Mann zu, der schon Karl oben bei Fanny gesehen und sich dem Postament genähert hatte, um ihn zu erwarten.

»Sie wollen bei uns eintreten?« fragte der Mann. »Ich bin der Personalchef dieser Truppe und heiße Sie willkommen.« Er war ständig wie aus Höflichkeit ein wenig vorgebeugt, tänzelte, obwohl er sich nicht von der Stelle rührte, und spielte mit seiner Uhrkette.

»Ich danke«, sagte Karl, »ich habe das Plakat Ihrer Gesellschaft gelesen und melde mich, wie es dort verlangt wird.«

»Sehr richtig«, sagte der Mann anerkennend, »leider verhält sich hier nicht jeder so richtig.«

Karl dachte daran, daß er jetzt den Mann darauf aufmerksam machen könnte, daß möglicherweise die Lockmittel der Werbetruppe gerade wegen ihrer Großartigkeit versagten. Aber er sagte es nicht, denn dieser Mann war gar nicht der Führer der Truppe, und außerdem wäre es wenig empfehlend gewesen, wenn er, der noch gar nicht aufgenommen war, gleich Verbesserungsvorschläge gemacht hätte. Darum sagte er nur: »Es wartet draußen noch einer, der sich auch anmelden will und der mich nur vorausgeschickt hat. Darf ich ihn jetzt holen?«

»Natürlich«, sagte der Mann, »je mehr kommen, desto besser.«

»Er hat auch eine Frau bei sich und ein kleines Kind im Kinderwagen. Sollen die auch kommen?«

»Natürlich«, sagte der Mann und schien über Karls Zweifel zu lächeln. »Wir können alle brauchen.«

»Ich bin gleich wieder zurück«, sagte Karl und lief wieder zurück an den Rand des Podiums. Er winkte dem Ehepaar zu und rief, daß alle kommen dürften. Er half, den Kinderwagen auf das Podium heben, und sie gingen nun gemeinsam. Die Burschen, die das sahen, berieten sich miteinander, stiegen dann langsam, bis zum letzten Augenblick noch zögernd, die Hände in den Taschen, auf das Podium hinauf und folgten schließlich Karl und der Familie. Eben kamen aus dem Stationsgebäude der Untergrundbahn neue Passagiere hervor, die, angesichts des Podiums mit den Engeln, staunend die Arme erhoben. Immerhin schien es, als ob die Bewerbung um Stellen nun doch lebhafter werden sollte. Karl war sehr froh, so früh, vielleicht als erster, gekommen zu sein, das Ehepaar war ängstlich und stellte verschiedene Fragen darüber, ob große Anforderungen gestellt würden. Karl sagte, er wisse noch nichts Bestimmtes, er hätte aber wirklich den Eindruck erhalten, daß jeder ohne Ausnahme genommen würde. Er glaube, man dürfe getrost sein. Der Personalchef kam ihnen schon entgegen, war sehr zufrieden, daß so viele kamen, rieb sich die Hände, grüßte jeden einzelnen durch eine kleine Verbeugung und stellte sie alle in eine Reihe. Karl war der erste, dann kam das Ehepaar und dann erst die anderen. Als sie sich alle aufgestellt hatten – die Burschen drängten sich zuerst durcheinander, und es dauerte ein Weilchen, ehe bei ihnen Ruhe eintrat –, sagte der Personalchef, während die Trompeten verstummten: »Im Namen des Theaters von Oklahoma begrüße ich Sie. Sie sind früh gekommen« (es war aber schon bald Mittag), »das Gedränge ist noch nicht groß, die Formalitäten Ihrer Aufnahme werden daher bald erledigt sein. Sie haben natürlich alle Ihre Legitimationspapiere bei sich.«

Die Burschen holten gleich irgendwelche Papiere aus den Taschen und schwenkten sie gegen den Personalchef hin, der Ehemann stieß seine Frau an, die unter dem Federbett des Kinderwagens ein ganzes Bündel Papiere hervorzog. Karl allerdings hatte keine. Sollte das ein Hindernis für seine Aufnahme werden? Immerhin wußte Karl aus Erfahrung, daß sich derartige Vorschriften, wenn man nur ein wenig entschlossen ist, leicht umgehen lassen. Es war nicht unwahrscheinlich. Der Personalchef überblickte die Reihe, vergewisserte sich, daß alle Papiere hatten, und da auch Karl die Hand, allerdings die leere Hand erhob, nahm er an, auch bei ihm sei alles in Ordnung.

»Es ist gut«, sagte dann der Personalchef und winkte den Burschen ab, die ihre Papiere gleich untersucht haben wollten, »die Papiere werden jetzt in den Aufnahmekanzleien überprüft werden. Wie Sie schon aus unserem Plakat gesehen haben, können wir jeden brauchen. Wir müssen aber natürlich wissen, welchen Beruf er bisher ausgeübt hat, damit wir ihn an den richtigen Ort stellen können, wo er seine Kenntnisse verwerten kann.«

›Es ist ja ein Theater‹, dachte Karl zweifelnd und hörte sehr aufmerksam zu.

»Wir haben daher«, fuhr der Personalchef fort, »in den Buchmacherbuden Aufnahmekanzleien eingerichtet, je eine Kanzlei für eine Berufsgruppe. Jeder von Ihnen wird mir also jetzt seinen Beruf angeben, die Familie gehört im allgemeinen zur Aufnahmekanzlei des Mannes. Ich werde Sie dann zu den Kanzleien führen, wo zuerst Ihre Papiere und dann Ihre Kenntnisse von Fachmännern überprüft werden sollen, es wird nur eine ganz kurze Prüfung sein, niemand muß sich fürchten. Dort werden Sie dann auch gleich aufgenommen werden und die weiteren Weisungen erhalten. Fangen wir also an. Hier, die erste Kanzlei, ist, wie schon die Aufschrift sagt, für Ingenieure bestimmt. Ist vielleicht ein Ingenieur unter Ihnen?« Karl meldete sich. Er glaubte, gerade weil er keine Papiere hatte, müsse er bestrebt sein, alle Formalitäten möglichst rasch durchzujagen, eine kleine Berechtigung, sich zu melden, hatte er auch, denn er hatte ja Ingenieur werden wollen. Aber als die Burschen sahen, daß Karl sich meldete, wurden sie neidisch und meldeten sich auch alle; alle meldeten sich. Der Personalchef streckte sich in die Höhe und sagte zu den Burschen: »Sie sind Ingenieure?« Da senkten sie alle langsam die Hände, Karl dagegen bestand auf seiner ersten Meldung. Der Personalchef sah ihn zwar ungläubig an, denn Karl schien ihm zu kläglich angezogen und auch zu jung, um Ingenieur sein zu können, aber er sagte doch nichts weiter, vielleicht aus Dankbarkeit, weil Karl ihm, wenigstens seiner Meinung nach, die Bewerber hereingeführt hatte. Er zeigte bloß einladend nach der Kanzlei, und Karl ging hin, während sich der Personalchef den anderen zuwandte.

In der Kanzlei für Ingenieure saßen an den zwei Seiten eines rechtwinkeligen Pultes zwei Herren und verglichen zwei große Verzeichnisse, die vor ihnen lagen. Der eine las vor, der andere strich in seinem Verzeichnis die vorgelesenen Namen an. Als Karl grüßend vor sie hintrat, legten sie sofort die Verzeichnisse fort und nahmen andere große Bücher vor, die sie aufschlugen.

Der eine, offenbar nur ein Schreiber, sagte: »Ich bitte um Ihre Legitimationspapiere.«

»Ich habe sie leider nicht bei mir«, sagte Karl.

»Er hat sie nicht bei sich«, sagte der Schreiber zu dem anderen Herrn und schrieb die Antwort gleich in sein Buch ein.

»Sie sind Ingenieur?« fragte dann der andere, der der Leiter der Kanzlei zu sein schien.

»Ich bin es noch nicht«, sagte Karl schnell, »aber –«

»Genug«, sagte der Herr noch viel schneller, »dann gehören Sie nicht zu uns. Ich bitte, die Aufschrift zu beachten.« Karl biß die Zähne zusammen, der Herr mußte es bemerkt haben, denn er sagte: »Es ist kein Grund zur Unruhe. Wir können alle brauchen.« Und er winkte einem der Diener, die beschäftigungslos zwischen den Barrieren umhergingen: »Führen Sie diesen Herrn zu der Kanzlei für Leute mit technischen Kenntnissen.«

Der Diener faßte den Befehl wörtlich auf und faßte Karl bei der Hand. Sie gingen zwischen vielen Buden durch, in einer sah Karl schon einen der Burschen, der schon aufgenommen war und den Herren dort dankend die Hand drückte. In der Kanzlei, in die Karl jetzt gebracht wurde, war, wie Karl vorausgesehen hatte, der Vorgang ähnlich wie in der ersten Kanzlei. Nur schickte man ihn von hier, da man hörte, daß er eine Mittelschule besucht hatte, in die Kanzlei für gewesene Mittelschüler. Als Karl dort aber sagte, er hätte eine europäische Mittelschule besucht, erklärte man sich auch dort für unzuständig und ließ ihn in die Kanzlei für europäische Mittelschüler führen.

Es war eine Bude am äußeren Rand, nicht nur kleiner, sondern sogar niedriger als alle anderen. Der Diener, der ihn hierhergebracht hatte, war wütend über die lange Führung und die vielen Abweisungen, an denen seiner Meinung nach Karl allein die Schuld tragen müßte. Er wartete nicht mehr die Fragen ab, sondern lief gleich fort. Diese Kanzlei war wohl auch die letzte Zuflucht. Als Karl den Kanzleileiter erblickte, erschrak er fast über die Ähnlichkeit, die dieser mit einem Professor hatte, der wahrscheinlich noch jetzt an der Realschule zu Hause unterrichtete. Die Ähnlichkeit bestand allerdings, wie sich gleich herausstellte, nur in Einzelheiten; aber die auf der breiten Nase ruhende Brille, der blonde, wie ein Schaustück gepflegte Vollbart, der sanft gebeugte Rücken und die immer unerwartet hervorbrechende laute Stimme hielten Karl noch einige Zeit in Staunen. Glücklicherweise mußte er auch nicht sehr aufmerken, denn es ging hier einfacher zu als in den anderen Kanzleien. Es wurde zwar auch hier eingetragen, daß seine Legitimationspapiere fehlten, und der Kanzleileiter nannte es eine unbegreifliche Nachlässigkeit, aber der Schreiber, der hier die Oberhand hatte, ging schnell darüber hinweg und erklärte nach einigen kurzen Fragen des Leiters, während sich dieser gerade zu einer größeren Frage anschickte, Karl für aufgenommen. Der Leiter wandte sich mit offenem Mund gegen den Schreiber, dieser aber machte eine abschließende Handbewegung, sagte »Aufgenommen« und trug auch gleich die Entscheidung ins Buch ein. Offenbar war der Schreiber der Meinung, ein europäischer Mittelschüler zu sein, sei schon etwas so Schmähliches, daß man es jedem, der es von sich behauptete, ohne weiteres glauben könnte. Karl für seinen Teil hatte nichts dagegen einzuwenden, er ging zu ihm hin und wollte ihm danken. Es gab aber noch eine kleine Verzögerung, als man ihn jetzt nach seinem Namen fragte. Er antwortete nicht gleich, er hatte eine Scheu, seinen wirklichen Namen zu nennen und aufschreiben zu lassen. Sobald er hier auch nur die kleinste Stelle erhalten und zur Zufriedenheit ausfüllen würde, dann mochte man seinen Namen erfahren, jetzt aber nicht; allzulange hatte er ihn verschwiegen, als daß er ihn jetzt hätte verraten sollen. Er nannte daher, da ihm im Augenblick kein anderer Name einfiel, den Rufnamen aus seinen letzten Stellungen: »Negro«.

»Negro?« fragte der Leiter, drehte den Kopf und machte eine Grimasse, als hätte Karl jetzt den Höhepunkt der Unglaubwürdigkeit erreicht. Auch der Schreiber sah Karl eine Weile lang prüfend an, dann aber wiederholte er »Negro« und schrieb den Namen ein.

»Sie haben doch nicht Negro aufgeschrieben?« fuhr ihn der Leiter an.

»Ja, Negro«, sagte der Schreiber ruhig und machte eine Handbewegung, als habe nun der Leiter das Weitere zu veranlassen. Der Leiter bezwang sich auch, stand auf und sagte: »Sie sind also für das Theater von Oklahoma –«, aber weiter kam er nicht, er konnte nichts gegen sein Gewissen tun, setzte sich und sagte: »Er heißt nicht Negro.«

Der Schreiber zog die Augenbrauen in die Höhe, stand nun selbst auf und sagte: »Dann teile also ich Ihnen mit, daß Sie für das Theater in Oklahoma aufgenommen sind und daß man Sie jetzt unserem Führer vorstellen wird.«

Wieder wurde ein Diener gerufen, der Karl zur Schiedsrichtertribüne führte.

Unten an der Treppe sah Karl den Kinderwagen, und gerade kam auch das Ehepaar herunter, die Frau mit dem Kind auf dem Arm.

»Sind Sie aufgenommen?« fragte der Mann, er war viel lebhafter als früher, auch die Frau sah ihm lachend über die Schulter. Als Karl antwortete, eben sei er aufgenommen worden und gehe zur Vorstellung, sagte der Mann: »Dann gratuliere ich. Auch wir sind aufgenommen worden. Es scheint ein gutes Unternehmen zu sein, allerdings kann man sich nicht gleich in alles einfinden, so ist es aber überall.« Sie sagten einander noch »Auf Wiedersehen«, und Karl stieg zur Tribüne hinauf. Er ging langsam, denn der kleine Raum oben schien von Leuten überfüllt zu sein, und er wollte sich nicht eindrängen. Er blieb sogar stehen und überblickte das große Rennfeld, das auf allen Seiten bis an ferne Wälder reichte. Ihn erfaßte die Lust, einmal ein Pferderennen zu sehen, er hatte in Amerika noch keine Gelegenheit dazu gefunden. In Europa war er einmal als kleines Kind zu einem Rennen mitgenommen worden, konnte sich aber an nichts anderes erinnern, als daß er von der Mutter zwischen vielen Menschen, die nicht auseinanderweichen wollten, durchgezogen worden war. Er hatte also eigentlich überhaupt noch kein Rennen gesehen. Hinter ihm fing eine Maschinerie zu schnarren an, er drehte sich um und sah auf dem Apparat, auf dem beim Rennen die Namen der Sieger veröffentlicht werden, jetzt folgende Aufschrift in die Höhe ziehen: »Kaufmann Kalla mit Frau und Kind.« Hier wurden also die Namen der Aufgenommenen den Kanzleien mitgeteilt.

Gerade liefen einige Herren, lebhaft miteinander sprechend, Bleistifte und Notizblätter in den Händen, die Treppe hinunter, Karl drückte sich ans Geländer, um sie vorbeizulassen, und stieg, da nun oben Platz geworden war, hinauf. In einer Ecke der mit Holzgeländern versehenen Plattform – das Ganze sah wie das flache Dach eines schmalen Turmes aus – saß, die Arme entlang des Holzgeländers ausgestreckt, ein Herr, dem ein breites weißes Seidenband mit der Aufschrift: »Führer der zehnten Werbetruppe des Theaters von Oklahoma« quer über die Brust hing. Neben ihm stand auf einem Tischchen ein gewiß auch bei den Rennen verwendeter telefonischer Apparat, durch den der Führer offenbar alle notwendigen Angaben über die einzelnen Bewerber noch vor der Vorstellung erfuhr, denn er stellte Karl zunächst gar keine Fragen, sondern sagte zu einem Herrn, der mit gekreuzten Beinen, die Hand am Kinn, neben ihm lehnte: »Negro, ein europäischer Mittelschüler.« Und als sei damit der sich tief verneigende Karl für ihn erledigt, sah er die Treppe hinunter, ob nicht wieder jemand käme. Aber da niemand kam, hörte er manchmal dem Gespräch, das der andere Herr mit Karl führte, zu, blickte aber meistens über das Rennfeld hin und klopfte mit den Fingern auf das Geländer. Diese zarten und doch kräftigen, langen und schnell bewegten Finger lenkten zeitweilig Karls Aufmerksamkeit auf sich, obwohl ihn der andere Herr genügend in Anspruch nahm.

»Sie sind stellungslos gewesen?« fragte dieser Herr zunächst. Diese Frage, sowie fast alle anderen Fragen, die er stellte, waren sehr einfach, ganz unverfänglich, und die Antworten wurden überdies nicht durch Zwischenfragen nachgeprüft; trotzdem aber wußte ihnen der Herr durch die Art, wie er sie mit großen Augen aussprach, wie er ihre Wirkung mit vorgebeugtem Oberkörper beobachtete, wie er die Antworten mit auf die Brust gesenktem Kopfe aufnahm und hie und da laut wiederholte, eine besondere Bedeutung zu geben, die man zwar nicht verstand, deren Ahnung aber vorsichtig und befangen machte. Es kam öfters vor, daß es Karl drängte, die gegebene Antwort zu widerrufen und durch eine andere, die vielleicht mehr Beifall finden würde, zu ersetzen, aber er hielt sich doch immer noch zurück, denn er wußte, welch schlechten Eindruck ein derartiges Schwanken machen mußte, und wie unberechenbar überdies die Wirkung der Antworten meist war. Überdies aber schien ja seine Aufnahme schon entschieden zu sein, dieses Bewußtsein gab ihm Rückhalt.

Die Frage, ob er stellungslos gewesen sei, beantwortete er mit einem einfachen »Ja«.

»Wo waren Sie zuletzt angestellt?« fragte dann der Herr. Karl wollte schon antworten, da hob der Herr den Zeigefinger und sagte noch einmal: »Zuletzt!«

Karl hatte auch schon die erste Frage richtig verstanden, unwillkürlich schüttelte er die letzte Bemerkung als beirrend mit dem Kopfe ab und antwortete: »In einem Büro.«

Das war noch die Wahrheit, würde aber der Herr eine nähere Auskunft über die Art des Büros verlangen, so mußte er lügen. Aber das tat der Herr nicht, sondern stellte die überaus leicht ganz wahrheitsgemäß zu beantwortende Frage: »Waren Sie dort zufrieden?«

»Nein!« rief Karl, ihm fast in die Rede fallend. Bei einem Seitenblick bemerkte Karl, daß der Führer ein wenig lächelte. Karl bereute die unbedachte Art seiner letzten Antwort, aber es war zu verlockend gewesen, das Nein hinauszuschreien, denn während seiner ganzen letzten Dienstzeit hatte er nur den größten Wunsch gehabt, irgendein fremder Dienstgeber möge einmal eintreten und diese Frage an ihn richten. Seine Antwort konnte aber noch einen anderen Nachteil bringen, denn der Herr konnte nun fragen, warum er nicht zufrieden gewesen sei. Statt dessen fragte er jedoch: »Zu welchem Posten fühlen Sie sich geeignet?« Diese Frage enthielt möglicherweise wirklich eine Falle, denn wozu wurde sie gestellt, da Karl doch schon als Schauspieler aufgenommen war? Obwohl er das aber erkannte, konnte er sich dennoch nicht zu der Erklärung überwinden, er fühle sich für den Schauspielerberuf besonders geeignet. Er wich daher der Frage aus und sagte, auf die Gefahr hin, trotzig zu erscheinen: »Ich habe das Plakat in der Stadt gelesen, und da dort stand, daß man jeden brauchen kann, habe ich mich gemeldet.«

»Das wissen wir«, sagte der Herr, schwieg und zeigte dadurch, daß er auf seiner früheren Frage beharrte.

»Ich bin als Schauspieler aufgenommen«, sagte Karl zögernd, um dem Herrn die Schwierigkeit, in die ihn die letzte Frage gebracht hatte, begreiflich zu machen.

»Das ist richtig«, sagte der Herr und verstummte wieder.

»Nein«, sagte Karl, und die ganze Hoffnung, einen Posten gefunden zu haben, kam ins Wanken, »ich weiß nicht, ob ich zum Theaterspielen geeignet bin. Ich will mich aber anstrengen und alle Aufträge auszuführen suchen.«

Der Herr wandte sich dem Leiter zu, beide nickten. Karl schien richtig geantwortet zu haben, er faßte wieder Mut und erwartete aufgerichtet die nächste Frage. Die lautete: »Was wollten Sie denn ursprünglich studieren?«

Um die Frage genauer zu bestimmen – an der genauen Bestimmung lag dem Herrn immer sehr viel –, fügte er hinzu: »In Europa, meine ich.« Hierbei nahm er die Hand vom Kinn und machte eine schwache Bewegung, als wolle er damit gleichzeitig andeuten, wie ferne Europa und wie bedeutungslos die dort einmal gefaßten Pläne seien.

Karl sagte: »Ich wollte Ingenieur werden.« Diese Antwort widerstrebte ihm zwar, es war lächerlich, im vollen Bewußtsein seiner bisherigen Laufbahn in Amerika die alte Erinnerung, daß er einmal habe Ingenieur werden wollen, hier aufzufrischen – wäre er es denn selbst in Europa jemals geworden? –, aber er wußte gerade keine andere Antwort und sagte deshalb diese.

Aber der Herr nahm es ernst, wie er alles ernst nahm. »Nun, Ingenieur«, sagte er, »können Sie wohl nicht gleich werden, vielleicht würde es Ihnen aber vorläufig entsprechen, irgendwelche niedrigere technische Arbeiten auszuführen.«

»Gewiß«, sagte Karl, er war sehr zufrieden, er wurde zwar, wenn er das Angebot annahm, aus dem Schauspielerstand unter die technischen Arbeiter geschoben, aber er glaubte tatsächlich, sich bei dieser Arbeit besser bewähren zu können. Übrigens, dies wiederholte er sich immer wieder, es kam nicht so sehr auf die Art der Arbeit an, als vielmehr darauf, sich überhaupt irgendwo dauernd festzuhalten.

»Sind Sie denn kräftig genug für schwerere Arbeit?« fragte der Herr.

»O ja«, sagte Karl.

Hierauf ließ der Herr Karl näher zu sich herankommen und befühlte seinen Arm. »Es ist ein kräftiger Junge«, sagte er dann, indem er Karl am Arm zum Führer hinzog. Der Führer nickte lächelnd, reichte, ohne sich übrigens aus seiner Ruhelage aufzurichten, Karl die Hand und sagte: »Dann sind wir also fertig. In Oklahoma wird alles noch überprüft werden. Machen Sie unserer Werbetruppe Ehre!«

Karl verbeugte sich zum Abschied, er wollte sich dann auch von dem anderen Herrn verabschieden, dieser aber spazierte schon, als sei er mit seiner Arbeit vollständig fertig, das Gesicht in die Höhe gerichtet, auf der Plattform auf und ab. Während Karl hinunterstieg, wurde zur Seite der Treppe auf der Anzeigetafel die Aufschrift hochgezogen: »Negro, technischer Arbeiter.«

Da alles hier seinen ordentlichen Gang nahm, hätte es Karl nicht mehr so sehr bedauert, wenn auf der Tafel sein wirklicher Name zu lesen gewesen wäre. Es war alles sogar überaus sorgfältig eingerichtet, denn am Fuß der Treppe wurde Karl schon von einem Diener erwartet, der ihm eine Binde um den Arm festmachte. Als Karl dann den Arm hob, um zu sehen, was auf der Binde stand, war dort der ganz richtige Aufdruck »Technischer Arbeiter«.

Wohin Karl nun aber geführt werden mochte, zuerst wollte er doch Fanny melden, wie glücklich alles abgelaufen war. Aber zu seinem Bedauern erfuhr er vom Diener, daß die Engel ebenso wie auch die Teufel schon nach dem nächsten Bestimmungsort der Werbetruppe abgereist seien, um dort die Ankunft der Truppe für den nächsten Tag bekanntzumachen.

»Schade«, sagte Karl, es war die erste Enttäuschung, die er in diesem Unternehmen erlebte, »ich hatte eine Bekannte unter den Engeln.«

»Sie werden sie in Oklahoma wiedersehen«, sagte der Diener, »nun aber kommen Sie, Sie sind der Letzte.«

Er führte Karl an der hinteren Seite des Podiums entlang, auf dem früher die Engel gestanden waren; jetzt waren dort nur mehr die leeren Postamente. Karls Annahme aber, daß ohne die Musik der Engel mehr Stellensuchende kommen würden, erwies sich nicht als richtig, denn vor dem Podium standen jetzt überhaupt keine Erwachsenen mehr, nur ein paar Kinder kämpften um eine lange weiße Feder, die wahrscheinlich aus einem Engelsflügel gefallen war. Ein Junge hielt sie in die Höhe, während die anderen Kinder mit einer Hand seinen Kopf niederdrücken wollten und mit der anderen Hand nach der Feder langten.

Karl zeigte auf die Kinder, der Diener aber sagte, ohne hinzusehen: »Kommen Sie rascher, es hat sehr lange gedauert, ehe Sie aufgenommen wurden. Man hatte wohl Zweifel?«

»Ich weiß nicht«, sagte Karl erstaunt, er glaubte es aber nicht. Immer, selbst bei den klarsten Verhältnissen, fand sich doch irgend jemand, der seinem Mitmenschen Sorgen machen wollte. Aber vor dem freundlichen Anblick der großen Zuschauertribüne, zu der sie jetzt kamen, vergaß Karl bald die Bemerkung des Dieners. Auf dieser Tribüne war nämlich eine große, lange Bank, mit einem weißen Tuch gedeckt, alle Aufgenommenen saßen, mit dem Rücken zur Rennbahn, auf der nächsttieferen Bank und wurden bewirtet. Alle waren fröhlich und aufgeregt, gerade als sich Karl unbemerkt als letzter auf die Bank setzte, standen viele mit erhobenen Gläsern auf, und einer hielt einen Trinkspruch auf den Führer der zehnten Werbetruppe, den er den »Vater der Stellensuchenden« nannte. Jemand machte darauf aufmerksam, daß man ihn auch von hier aus sehen könne, und tatsächlich war die Schiedsrichtertribüne mit den zwei Herren in nicht allzu großer Entfernung sichtbar. Nun schwenkten alle ihre Gläser in diese Richtung, auch Karl faßte das vor ihm stehende Glas, aber so laut man auch rief und so sehr man sich bemerkbar zu machen suchte, auf der Schiedsrichtertribüne deutete nichts darauf hin, daß man die Ovation bemerkte oder wenigstens bemerken wolle. Der Führer lehnte in der Ecke wie früher, und der andere Herr stand neben ihm, die Hand am Kinn. Ein wenig enttäuscht setzte man sich wieder, hie und da drehte sich noch einer nach der Schiedsrichtertribüne um, aber bald beschäftigte man sich nur mit dem reichlichen Essen; großes Geflügel, wie es Karl noch nie gesehen hatte, mit vielen Gabeln in dem knusprig gebratenen Fleisch, wurde herumgetragen, Wein wurde immer wieder von den Dienern eingeschenkt – man merkte es kaum, man war über seinen Teller gebückt, und in den Becher fiel der Strahl des roten Weines –, und wer sich an der allgemeinen Unterhaltung nicht beteiligen wollte, konnte Bilder von Ansichten des Theaters von Oklahoma besichtigen, die an einem Ende der Tafel aufgestapelt waren und von Hand zu Hand gehen sollten. Doch kümmerte man sich nicht viel um die Bilder, und so geschah es, daß bei Karl, der der Letzte war, nur ein Bild ankam. Nach diesem Bild zu schließen, mußten aber alle sehr sehenswert sein. Dieses Bild stellte die Loge des Präsidenten der Vereinigten Staaten dar. Beim ersten Anblick konnte man denken, es sei nicht eine Loge, sondern die Bühne, so weit geschwungen ragte die Brüstung in den freien Raum. Diese Brüstung war ganz aus Gold in allen ihren Teilen. Zwischen den wie mit der feinsten Schere ausgeschnittenen Säulchen waren nebeneinander Medaillons früherer Präsidenten angebracht, einer hatte eine auffallend gerade Nase, aufgeworfene Lippen und unter gewölbten Lidern starr gesenkte Augen. Rings um die Loge, von den Seiten und von der Höhe, kamen Strahlen von Licht; weißes und doch mildes Licht enthüllte den Vordergrund der Loge, während ihre Tiefe hinter rotem, unter vielen Tönungen sich faltendem Samt, der an der ganzen Umrandung niederfiel und durch Schnüre gelenkt wurde, als eine dunkle, rötlich schimmernde Leere erschien. Man konnte sich in dieser Loge kaum Menschen vorstellen, so selbstherrlich sah alles aus. Karl vergaß das Essen nicht, sah aber doch oft die Abbildung an, die er neben seinen Teller gelegt hatte.

Schließlich hätte er doch noch sehr gerne wenigstens eines der übrigen Bilder angesehen, selbst holen wollte er es sich aber nicht, denn ein Diener hatte die Hand auf den Bildern liegen und die Reihenfolge mußte wohl gewahrt werden; er suchte also nur die Tafel zu überblicken und festzustellen, ob sich nicht doch noch ein Bild nähere. Da bemerkte er staunend – zuerst glaubte er es gar nicht – unter den am tiefsten zum Essen gebeugten Gesichtern ein gut bekanntes: Giacomo. Gleich lief er zu ihm hin. »Giacomo!« rief er.

Dieser, schüchtern wie immer, wenn er überrascht wurde, erhob sich vom Essen, drehte sich in dem schmalen Raum zwischen den Bänken, wischte mit der Hand den Mund, war dann aber sehr froh, Karl zu sehen, bat ihn, sich neben ihn zu setzen, oder bot sich an, zu Karls Platz hinüberzukommen; sie wollten einander alles erzählen und immer beisammenbleiben. Karl wollte die anderen nicht stören, jeder sollte deshalb vorläufig seinen Platz behalten, das Essen werde bald zu Ende sein, und dann wollten sie natürlich immer zueinander halten. Aber Karl blieb doch noch bei Giacomo, nur um ihn anzusehen. Was für Erinnerungen an vergangene Zeiten! Wo war die Oberköchin? Was machte Therese? Giacomo selbst hatte sich in seinem Äußeren fast gar nicht verändert, die Voraussage der Oberköchin, daß er in einem halben Jahr ein knochiger Amerikaner werden müsse, war nicht eingetroffen, er war zart wie früher, die Wangen eingefallen wie früher, augenblicklich allerdings waren sie gerundet, denn er hatte im Mund einen übergroßen Bissen Fleisch, aus dem er die überflüssigen Knochen langsam herauszog, um sie dann auf den Teller zu werfen. Wie Karl an seiner Armbinde ablesen konnte, war auch Giacomo nicht als Schauspieler, sondern als Liftjunge aufgenommen, das Theater von Oklahoma schien wirklich jeden brauchen zu können! In den Anblick Giacomos verloren, blieb auch Karl allzulange von seinem Platz fort. Eben wollte er zurückkehren, da kam der Personalchef, stellte sich auf eine der höher gelegenen Bänke, klatschte in die Hände und hielt eine kleine Ansprache, während die meisten aufstanden, und die Sitzengebliebenen, die sich nicht vom Essen trennen konnten, durch Stöße der anderen schließlich auch zum Aufstehen gezwungen wurden.

»Ich will hoffen«, sagte er, Karl war inzwischen schon auf den Fußspitzen zu seinem Platz zurückgelaufen, »daß Sie mit unserem Empfangsessen zufrieden waren. Im allgemeinen lobt man das Essen unserer Werbetruppe. Leider muß ich die Tafel schon aufheben, denn der Zug, der Sie nach Oklahoma bringen soll, fährt in fünf Minuten. Es ist zwar eine lange Reise, Sie werden aber sehen, daß für Sie gut gesorgt ist. Hier stelle ich Ihnen den Herrn vor, der Ihren Reisetransport führen wird und dem Sie Gehorsam schulden.«

Ein magerer, kleiner Herr erkletterte die Bank, auf welcher der Personalchef stand, nahm sich kaum Zeit, eine flüchtige Verbeugung zu machen, sondern begann sofort mit ausgestreckten nervösen Händen zu zeigen, wie sie sich alle sammeln, ordnen und in Bewegung setzen sollten. Aber zunächst folgte man ihm nicht, denn derjenige aus der Gesellschaft, der schon früher eine Rede gehalten hatte, schlug mit der Hand auf den Tisch und begann eine längere Dankrede, obwohl – Karl wurde ganz unruhig – eben gesagt worden war, daß der Zug bald abfahre. Aber der Redner achtete nicht einmal darauf, daß auch der Personalchef nicht zuhörte, sondern dem Transportleiter verschiedene Anweisungen gab, er legte seine Rede groß an, zählte alle Gerichte auf, die aufgetragen worden waren, gab über jedes sein Urteil ab, und schloß dann zusammenfassend mit dem Ausruf. »Geehrte Herren, so gewinnt man uns!« Alle außer den Angesprochenen lachten, aber es war doch mehr Wahrheit als Scherz.

Diese Rede büßte man überdies damit, daß jetzt der Weg zur Bahn im Laufschritt gemacht werden mußte. Das war aber auch nicht sehr schwer, denn – Karl bemerkte es erst jetzt – niemand trug ein Gepäckstück; das einzige Gepäckstück war eigentlich der Kinderwagen, der jetzt an der Spitze der Truppe, vom Vater gelenkt, wie haltlos auf und nieder sprang. Was für besitzlose, verdächtige Leute waren hier zusammengekommen und wurden doch so gut empfangen und behütet! Und dem Transportleiter mußten sie geradezu ans Herz gelegt worden sein. Bald faßte er selbst mit einer Hand die Lenkstange des Kinderwagens und erhob die andere, um die Truppe aufzumuntern, bald war er hinter der letzten Reihe, die er antrieb, bald lief er an den Seiten entlang, faßte einzelne Langsamere aus der Mitte ins Auge und suchte ihnen mit schwingenden Armen darzustellen, wie sie laufen müßten.

Als sie auf dem Bahnhof ankamen, stand der Zug schon bereit. Die Leute auf dem Bahnhof zeigten einander die Truppe, man hörte Ausrufe wie: »Alle diese gehören zum Theater von Oklahoma!«. Das Theater schien viel bekannter zu sein, als Karl angenommen hatte, allerdings hatte er sich um Theaterdinge niemals gekümmert. Ein ganzer Waggon war eigens für die Truppe bestimmt, der Transportleiter drängte zum Einsteigen mehr als der Schaffner. Er sah zuerst in jede einzelne Abteilung, ordnete hie und da etwas, und erst dann stieg er selbst ein. Karl hatte zufällig einen Fensterplatz bekommen und Giacomo neben sich gezogen. So saßen sie aneinandergedrängt und freuten sich im Grunde beide auf die Fahrt. So sorgenlos hatten sie in Amerika noch keine Reise gemacht. Als der Zug zu fahren begann, winkten sie mit den Händen aus dem Fenster, während die Burschen ihnen gegenüber einander anstießen und es lächerlich fanden.

Sie fuhren zwei Tage und zwei Nächte. Jetzt erst begriff Karl die Größe Amerikas. Unermüdlich sah er aus dem Fenster, und Giacomo drängte sich so lange mit heran, bis die Burschen gegenüber, die sich viel mit Kartenspiel beschäftigten, dessen überdrüssig wurden und ihm freiwillig den Fensterplatz einräumten. Karl dankte ihnen – Giacomos Englisch war nicht jedem verständlich –, und sie wurden im Laufe der Zeit, wie es unter Coupégenossen nicht anders sein kann, viel freundlicher, doch war auch ihre Freundlichkeit oft lästig, da sie zum Beispiel immer, wenn ihnen eine Karte auf den Boden fiel und sie den Boden nach ihr absuchten, Karl oder Giacomo mit aller Kraft ins Bein zwickten. Giacomo schrie dann, immer von neuem überrascht, und zog das Bein in die Höhe, Karl versuchte einmal, mit einem Fußtritt zu antworten, duldete aber im übrigen alles schweigend. Alles, was sich in dem kleinen, selbst bei offenem Fenster von Rauch überfüllten Coupé ereignete, verging vor dem, was draußen zu sehen war.

Am ersten Tag fuhren sie durch ein hohes Gebirge. Bläulichschwarze Steinmassen gingen in spitzen Keilen bis an den Zug heran, man beugte sich aus dem Fenster und suchte vergebens ihre Gipfel, dunkle, schmale, zerrissene Täler öffneten sich, man beschrieb mit dem Finger die Richtung, in der sie sich verloren, breite Bergströme kamen, als große Wellen auf dem hügeligen Untergrund eilend und in sich tausend kleine Schaumwellen treibend, sie stürzten sich unter die Brücken, über die der Zug fuhr, und sie waren so nah, daß der Hauch ihrer Kühle das Gesicht erschauern machte.

ERZÄHLUNGEN

HOCHZEITSVORBEREITUNGEN AUF DEM LANDE

I

Als Eduard Raban, durch den Flurgang kommend, in die Öffnung des Tores trat, sah er, daß es regnete. Es regnete wenig. Auf dem Trottoir gleich vor ihm gab es viele Menschen in verschiedenartigem Schritt. Manchmal trat einer vor und durchquerte die Fahrbahn. Ein kleines Mädchen hielt in den vorgestreckten Händen ein müdes Hündchen. Zwei Herren machten einander Mitteilungen. Der eine hielt die Hände mit der innern Fläche nach oben und bewegte sie gleichmäßig, als halte er eine Last in Schwebe. Da erblickte man eine Dame, deren Hut viel beladen war mit Bändern, Spangen und Blumen. Und es eilte ein junger Mensch mit dünnem Stock vorüber, die linke Hand, als wäre sie gelähmt, platt auf der Brust. Ab und zu kamen Männer, welche rauchten und kleine aufrechte längliche Wolken vor sich her trugen. Drei Herren – zwei hielten leichte Überröcke auf dem geknickten Unterarm – gingen oft von der Häusermauer zum Rande des Trottoirs vor, betrachteten das, was sich dort ereignete, und zogen dann sprechend sich wieder zurück.

Durch die Lücken zwischen den Vorübergehenden sah man die regelmäßig gefügten Steine der Fahrbahn. Da wurden Wagen auf zarten hohen Rädern von Pferden mit gestreckten Hälsen gezogen. Die Leute, welche auf den gepolsterten Sitzen lehnten, sahen schweigend die Fußgänger an, die Läden, die Balkone und den Himmel. Sollte ein Wagen einem andern vorfahren, dann preßten sich die Pferde aneinander und das Riemenzeug hing baumelnd. Die Tiere rissen an der Deichsel, der Wagen rollte, eilig schaukelnd, bis der Bogen um den vordern Wagen vollendet war und die Pferde wieder auseinander traten, nur die schmalen ruhigen Köpfe einander zugeneigt.

Einige Leute kamen rasch auf das Haustor zu, auf dem trockenen Mosaik blieben sie stehn, wandten sich langsam um und schauten in den Regen, der eingezwängt in diese enge Gasse verworren fiel.

Raban fühlte sich müde. Seine Lippen waren blaß wie das ausgebleichte Rot seiner dicken Krawatte, die ein maurisches Muster zeigte. Die Dame bei dem Türstein drüben, die bis jetzt ihre Schuhe angesehn hatte, die unter dem enggehaltenen Rock ganz sichtbar waren, sah jetzt auf ihn. Sie tat es gleichgültig, und außerdem sah sie vielleicht nur auf den Regenfall vor ihm oder auf die kleinen Firmaschildchen, die über seinem Haar an der Tür befestigt waren. Raban glaubte, sie schaue verwundert. ›Also‹, dachte er, ›wenn ich es ihr erzählen könnte, würde sie gar nicht staunen. Man arbeitet so übertrieben im Amt, daß man dann sogar zu müde ist, um seine Ferien gut zu genießen. Aber durch alle Arbeit erlangt man noch keinen Anspruch darauf, von allen mit Liebe behandelt zu werden, vielmehr ist man allein, gänzlich fremd und nur Gegenstand der Neugierde. Und solange du *man* sagst an Stelle von *ich*, ist es nichts und man kann diese Geschichte aufsagen, sobald du aber dir eingestehst, daß du selbst es bist, dann wirst du förmlich durchbohrt und bist entsetzt.‹

Er stellte den mit gewürfeltem Tuch benähten Handkoffer nieder und beugte dabei die Knie ein. Schon rann das Regenwasser an der Kante der Fahrbahn in Streifen, die sich zu den tiefer gelegenen Kanälen fast spannten.

›Wenn ich aber selbst unterscheide zwischen *man* und *ich*, wie darf ich mich dann über die andern beklagen. Sie sind wahrscheinlich nicht ungerecht, aber ich bin zu müde, um alles einzusehn. Ich bin sogar zu müde, um ohne Anstrengung den Weg zum Bahnhof zu gehn, der doch kurz ist. Warum bleibe ich also diese kleinen Ferien über nicht in der Stadt, um mich zu erholen? Ich bin doch unvernünftig. – Die Reise wird mich krank machen, ich weiß es wohl. Mein Zimmer wird nicht genügend bequem sein, das ist auf dem Land nicht anders möglich. Kaum sind wir auch in der ersten Hälfte des Juni, die Luft auf dem Lande ist oft noch sehr kühl. Zwar bin ich vorsichtig gekleidet, aber ich werde mich selbst Leuten anschließen müssen, die spät am Abend spazieren. Es sind dort Teiche, man wird entlang der Teiche spazierengehn. Da werde ich mich sicher erkälten. Dagegen werde ich mich bei den Gesprächen wenig hervortun. Ich werde den Teich nicht mit andern Teichen in einem entfernten Land vergleichen können, denn ich bin nie gereist, und um vom Mond zu reden und Seligkeit zu empfinden und schwärmend auf Schutthaufen zu steigen, dazu bin ich doch zu alt, um nicht ausgelacht zu werden.‹

Die Leute gingen mit etwas tief gehaltenen Köpfen vorüber, über denen sie lose die dunklen Schirme trugen. Ein Lastwagen fuhr auch vorüber, auf dessen mit Stroh gefüllten Kutschersitz ein Mann so nachlässig die Beine streckte, daß ein Fuß fast die Erde berührte, während der andere gut auf Stroh und Fetzen lag. Es sah aus, als sitze er bei schönem Wetter in einem Felde. Doch hielt er aufmerksam die Zügel, daß sich der Wagen, auf dem Eisenstangen aneinanderschlugen, gut durch das Gedränge drehte. Auf der Erde sah man in der Nässe den Widerschein des Eisens von Steinreihen zu Steinreihen in Windungen und langsam gleiten. Der kleine Junge bei der Dame gegenüber war gekleidet wie ein alter Weinbauer. Sein faltiges Kleid machte unten einen großen Kreis und war nur, fast schon unter den Achseln, von einem Lederriemen umfaßt. Seine halbkugelige Mütze reichte bis zu den Brauen und ließ von der Spitze aus eine Quaste bis zum linken Ohr hinunterhängen. Der Regen freute ihn. Er lief aus dem Tor und schaute mit offenen Augen zum Himmel, um mehr Regen abzufangen. Er sprang oft hoch, so daß das Wasser viel spritzte und Vorübergehende ihn sehr tadelten. Da rief ihn die Dame und hielt ihn fortan mit der Hand; doch weinte er nicht.

Raban erschrak da. War es nicht schon spät? Da er Überzieher und Rock offen trug, griff er rasch nach seiner Uhr. Sie ging nicht. Verdrießlich fragte er einen Nachbarn, der ein wenig tiefer im Flur stand, nach der Zeit. Der führte ein Gespräch und noch in dem Gelächter, das dazu gehörte, sagte er: »Bitte, vier Uhr vorüber« und wandte sich ab.

Raban spannte schnell sein Schirmtuch auf und nahm seinen Koffer in die Hand. Als er aber auf die Straße treten wollte, wurde ihm der Weg durch einige eilende

Frauen versperrt, die er also noch vorüberließ. Er sah dabei auf den Hut eines kleinen Mädchens nieder, der, aus rotgefärbtem Stroh geflochten, auf dem gewellten Rande ein grünes Kränzchen trug.

Noch hatte er es in der Erinnerung, als er schon auf der Straße war, die ein wenig in der Richtung anstieg, in die er gehen wollte. Dann vergaß er es, denn er mußte sich jetzt ein wenig bemühn; das Köfferchen war ihm nicht leicht und der Wind blies ihm ganz entgegen, machte den Rock wehen und drückte die Schirmdrähte vorne ein.

Er mußte tiefer atmen; eine Uhr auf einem nahen Platz in der Tiefe schlug ein Viertel auf fünf, er sah unter dem Schirm die leichten kurzen Schritte der Leute, die ihm entgegen kamen, gebremste Wagenräder knirschten, sich langsamer drehend, die Pferde streckten ihre dünnen Vorderbeine, gewagt wie Gemsen im Gebirge.

Da schien es Raban, er werde auch noch die lange schlimme Zeit der nächsten vierzehn Tage überstehn. Denn es sind nur vierzehn Tage, also eine begrenzte Zeit, und wenn auch die Ärgernisse immer größer werden, so vermindert sich doch die Zeit, während welcher man sie ertragen muß. Daher wächst der Mut ohne Zweifel. ›Alle, die mich quälen wollen und die jetzt den ganzen Raum um mich besetzt haben, werden ganz allmählich durch den gütigen Ablauf dieser Tage zurückgedrängt, ohne daß ich ihnen auch nur im geringsten helfen müßte. Und ich kann, wie es sich als natürlich ergeben wird, schwach und still sein und alles mit mir ausführen lassen und doch muß alles gut werden, nur durch die verfließenden Tage.

Und überdies kann ich es nicht machen, wie ich es immer als Kind bei gefährlichen Geschäften machte? Ich brauche nicht einmal selbst aufs Land fahren, das ist nicht nötig. Ich schicke meinen angekleideten Körper. Wankt er zur Tür meines Zimmers hinaus, so zeigt das Wanken nicht Furcht, sondern seine Nichtigkeit. Es ist auch nicht Aufregung, wenn er über die Treppe stolpert, wenn er schluchzend aufs Land fährt und weinend dort sein Nachtmahl ißt. Denn ich, ich liege inzwischen in meinem Bett, glatt zugedeckt mit gelbbrauner Decke, ausgesetzt der Luft, die durch das wenig geöffnete Zimmer weht. Die Wagen und Leute auf der Gasse fahren und gehen zögernd auf blankem Boden, denn ich träume noch. Kutscher und Spaziergänger sind schüchtern und jeden Schritt, den sie vorwärts wollen, erbitten sie von mir, indem sie mich ansehn. Ich ermuntere sie, sie finden kein Hindernis.

Ich habe, wie ich im Bett liege, die Gestalt eines großen Käfers, eines Hirschkäfers oder eines Maikäfers, glaube ich.‹

Vor einer Auslage, in der hinter einer nassen gläsernen Scheibe auf Stäbchen kleine Herrenhüte hingen, blieb er stehn und schaute, die Lippen gespitzt, in sie. ›Nun, mein Hut wird für die Ferien noch reichen‹, dachte er und ging weiter, ›und wenn mich niemand meines Hutes halber leiden kann, dann ist es desto besser.

Eines Käfers große Gestalt, ja. Ich stellte es dann so an, als handle es sich um einen Winterschlaf, und ich preßte meine Beinchen an meinen gebauchten Leib. Und ich lisple eine kleine Zahl Worte, das sind Anordnungen an meinen traurigen Körper, der knapp bei mir steht und gebeugt ist. Bald bin ich fertig – er verbeugt sich, er geht flüchtig und alles wird er aufs beste vollführen, während ich ruhe.‹

Er erreichte ein freistehendes, sich rundwölbendes Tor, das auf der Höhe der steilen Gasse auf einen kleinen Platz führte, der von vielen schon beleuchteten Geschäften umgeben war. In der Mitte des Platzes, durch das Licht am Rande etwas verdunkelt, stand das niedrige Denkmal eines sitzenden nachdenklichen Mannes. Die Leute bewegten sich wie schmale Blendscheiben vor den Lichtern, und da die Pfützen allen Glanz weit und tief ausbreiteten, änderte sich der Anblick des Platzes unaufhörlich.

Raban drang wohl weit im Platze vor, wich aber den treibenden Wagen zuckend aus, sprang von vereinzeltem trockenem Stein wieder zu trockenen Steinen und hielt den offenen Schirm in der hocherhobenen Hand, um alles rund herum zu sehn. Bis er bei einer Laternenstange – einer Haltestelle der elektrischen Bahn –, die auf einen kleinen viereckigen Pflasteraufbau gestellt war, stehenblieb.

›Auf dem Lande erwartet man mich doch. Macht man sich nicht schon Gedanken? Aber ich habe ihr die Woche über, seit sie auf dem Lande ist, nicht geschrieben, nur heute früh. Da stellt man sich schon mein Aussehen am Ende anders vor. Man glaubt vielleicht, daß ich losstürze, wenn ich einen anspreche, doch das ist nicht meine Gewohnheit, oder daß ich umarme, wenn ich ankomme, auch das tue ich nicht. Ich werde sie böse machen, wenn ich versuchen werde, sie zu begütigen. Ach, wenn ich sie durchaus böse machen könnte, beim Versuch sie zu begütigen.‹

Da fuhr ein offener Wagen nicht schnell vorüber, hinter seinen zwei brennenden Laternen waren zwei Damen sitzend auf dunklen Lederbänkchen zu sehn. Die eine war zurückgelehnt und hatte das Gesicht durch einen Schleier und den Schatten ihres Hutes verdeckt. Doch der Oberkörper der andern Dame war aufrecht; ihr Hut war klein, ihn begrenzten dünne Federn. Jeder konnte sie sehn. Ihre Unterlippe war ein wenig in den Mund gezogen.

Gleich als der Wagen an Raban vorüber war, verstellte irgendeine Stange den Anblick des Handpferdes dieses Wagens, dann wurde irgendein Kutscher – der trug einen großen Zylinderhut – auf einem ungewöhnlich hohen Bock vor die Damen geschoben, – das war schon viel weiter, – dann fuhr ihr Wagen selbst um die Ecke eines kleinen Hauses, das jetzt auffallend wurde, und verschwand dem Blick.

Raban sah ihm nach, mit geneigtem Kopf, lehnte den Schirmstock an die Schulter, um besser zu sehn. Den Daumen der rechten Hand hatte er in den Mund gesteckt und rieb die Zähne daran. Sein Koffer lag neben ihm, mit einer Seitenfläche auf der Erde.

Wagen eilten von Gasse zu Gasse über den Platz, die Leiber der Pferde flogen waagrecht wie geschleudert, aber das Nicken des Kopfes und des Halses zeigte Schwung und Mühe der Bewegung an.

Ringsum auf den Trottoirkanten aller drei hier zusammentreffenden Straßen standen viele Nichtstuer, die mit kleinen Stöckchen auf das Pflaster klopften. Zwischen ihren Gruppen waren Türmchen, in denen Mädchen Limonade ausschenkten, dann schwere Straßenuhren auf dünnen Stäben, dann Männer, die auf Brust und Rücken große Tafeln trugen, auf welchen in vielfarbigen Buchstaben Vergnügungen angekündigt waren, dann Dienstmänner … [zwei Seiten fehlen] … eine kleine Gesellschaft.

Zwei herrschaftliche Wagen, die quer durch den Platz in die abfallende Gasse fuhren, hielten einige Herren dieser Gesellschaft zurück, doch hinter dem zweiten Wagen – schon hinter dem ersten hatten sie es ängstlich versucht – vereinigten sich diese Herren wieder zu einem Haufen mit den andern, mit denen sie dann in einer langen Reihe das Trottoir betraten und sich in die Türe eines Kaffeehauses drängten, überstürzt von den Lichtern der Glühbirnen, die über dem Eingang hingen.

Wagen der elektrischen Straßenbahn fuhren groß in der Nähe vorüber, andere standen weit in den Straßen undeutlich still.

›Wie gebückt sie ist‹, dachte Raban, als er das Bild jetzt ansah, ›niemals ist sie eigentlich aufrecht und vielleicht ist ihr Rücken rund. Ich werde viel darauf achten müssen. Und ihr Mund ist so breit und die Unterlippe ragt ohne Zweifel hier vor, ja, ich erinnere mich jetzt auch daran. Und das Kleid! Natürlich, ich verstehe nichts von Kleidern, aber diese ganz knapp genähten Ärmel sind sicher häßlich, wie ein Verband sehn sie aus. Und der Hut, dessen Rand an jeder Stelle mit anderer Biegung in die Höhe aus dem Gesichte gehoben ist, Aber ihre Augen sind schön, sie sind braun, wenn ich nicht irre. Alle sagen, daß ihre Augen schön sind.‹

Als nun ein elektrischer Wagen vor Raban hielt, schoben sich um ihn viele Leute der Wagentreppe zu, mit wenig geöffneten spitzigen Schirmen, die sie aufrecht in den an die Schulter gepreßten Händen hielten. Raban, der den Koffer unter dem Arm hielt, wurde vom Trottoir hinuntergezogen und trat stark in eine unsichtbare Pfütze. Im Wagen kniete auf der Bank ein Kind und drückte die Fingerspitzen beider Hände an die Lippen, als nähme es Abschied von jemandem, der jetzt davonging. Einige Passagiere stiegen herunter und mußten einige Schritte entlang des Wagens gehn, um aus dem Gedränge zu kommen. Dann stieg eine Dame auf die erste Stufe, ihre Schleppe, die sie mit beiden Händen hielt, lag knapp über ihren Beinen. Ein Herr hielt sich an einer Messingstange und erzählte, den Kopf gehoben, einiges der Dame. Alle die einsteigen wollten, waren ungeduldig. Der Kondukteur schrie.

Raban, der jetzt am Rande der wartenden Gruppe stand, wandte sich um, denn jemand hatte seinen Namen gerufen.

»Ach, Lement«, sagte er langsam und reichte einem herankommenden jungen Mann den kleinen Finger der Hand, in der er den Schirm hielt.

»Das ist also der Bräutigam, der zu seiner Braut fährt. Er sieht schrecklich verliebt aus«, sagte Lement und lächelte dann mit geschlossenem Munde.

»Ja, du mußt verzeihn, daß ich heute fahre«, sagte Raban. »Ich habe dir auch nachmittag geschrieben. Ich wäre natürlich sehr gerne morgen mit dir gefahren, aber morgen ist Samstag, alles wird überfüllt sein, die Fahrt ist lang.«

»Das macht ja nichts. Du hast es mir zwar versprochen, aber wenn man verliebt ist –. Ich werde eben allein fahren müssen.« Lement hatte einen Fuß auf dem Trottoir, den andern auf das Pflaster gestellt und stützte den Oberkörper bald auf das eine, bald auf das andere Bein. – »Du wolltest jetzt in die Elektrische steigen; gerade fährt sie weg. Komm, wir gehn zu Fuß, ich begleite dich. Es ist noch Zeit genug.«

»Ist es nicht schon spät, ich bitte dich?«

»Es ist kein Wunder, daß du ängstlich bist, aber du hast wirklich noch Zeit. Ich bin nicht so ängstlich, deshalb habe ich auch jetzt Gillemann verfehlt.«

»Gillemann? Wird er nicht auch draußen wohnen?«

»Ja, er mit seiner Frau, nächste Woche wollen sie hinausfahren und deshalb hatte ich eben Gillemann versprochen, ihn heute, wenn er aus dem Büro kommt, zu treffen. Er wollte mir einige Anweisungen betreffs ihrer Wohnungseinrichtung geben, deshalb sollte ich ihn treffen. Nun habe ich mich aber irgendwie verspätet, ich hatte Besorgungen. Und gerade als ich nachdachte, ob ich nicht in ihre Wohnung gehen sollte, sah ich dich, war zuerst über den Koffer erstaunt und sprach dich an. Nun ist es aber schon zu sehr Abend, um Besuche zu machen, es ist ziemlich unmöglich, noch zu Gillemann hinzugehen.«

»Natürlich. So werde ich also doch Bekannte draußen haben. Die Frau Gillemann habe ich übrigens nie gesehn.«

»Und die ist sehr schön. Sie ist blond, und jetzt nach ihrer Krankheit blaß. Sie hat die schönsten Augen, die ich je gesehen habe.«

»Ich bitte dich, wie sehn schöne Augen aus? Ist es der Blick? Ich habe Augen niemals schön gefunden.«

»Gut, ich habe vielleicht ein wenig übertrieben. Sie ist aber eine hübsche Frau.«

Durch die Scheibe eines ebenerdigen Kaffeehauses sah man eng beim Fenster um einen dreiseitigen Tisch lesende und essende Herren sitzen; einer hatte eine Zeitung auf den Tisch gesenkt, ein Täßchen hielt er erhoben, aus den Augenwinkeln sah er in die Gasse. Hinter diesen Fenstertischen war in dem großen Saale jedes Möbel und Gerät durch die Gäste verdeckt, die in kleinen Kreisen nebeneinander saßen. [Zwei Seiten fehlen.] ... »Zufällig ist es aber kein unangenehmes Geschäft, nicht wahr. Viele würden diese Last auf sich nehmen, meine ich.«

Sie betraten einen ziemlich dunklen Platz, der auf ihrer Straßenseite früher begann, denn die gegenüberliegende ragte weiter. Auf der Seite des Platzes, an der entlang sie weitergingen, stand ein ununterbrochener Häuserzug, von dessen Ecken aus zwei voneinander zuerst weit entfernte Häuserreihen in die unkenntliche Ferne rückten, in der sie sich zu vereinigen schienen. Das Trottoir war schmal an den meist kleinen Häusern, man sah keine Geschäftsläden, hier fuhr kein Wagen. Ein eiserner Ständer, nahe dem Ende der Gasse, aus der sie kamen, trug einige Lampen, die in zwei waagrecht übereinander hängenden Ringen befestigt waren. Die trapezförmige Flamme brannte zwischen aneinandergefügten Glasplatten unter turmartigem breitem Dunkel wie in einem Zimmerchen und ließ wenige Schritte entferntes Dunkel bestehn.

»Nun aber ist es sicher schon zu spät, du hast es mir verheimlicht und ich versäume den Zug. Warum?« [Vier Seiten fehlen.]

... »Ja, höchstens den Pirkershofer, na und der.«

»Der Name kommt, glaube ich, in den Briefen der Betty vor, er ist Bahnaspirant, nicht?«

»Ja, Bahnaspirant und unangenehmer Mensch. Du wirst mir recht geben, sobald du diese kleine dicke Nase gesehen hast. Ich sage dir, wenn man mit dem durch die langweiligen Felder geht … Übrigens ist er schon versetzt und geht, glaube und hoffe ich, nächste Woche von dort weg.«

»Warte, du hast früher gesagt, du rätst mir, heute nacht noch hier zu bleiben. Ich habe es überlegt, das würde nicht gut gehn. Ich habe doch geschrieben, daß ich heute abend komme, sie werden mich erwarten.«

»Das ist doch einfach, du telegrafierst.«

»Ja, das ginge – aber es wäre nicht hübsch, wenn ich nicht fahren würde – auch bin ich müde, ich werde doch schon fahren; – wenn ein Telegramm käme, würden sie noch erschrecken. – Und wozu das, wohin würden wir auch gehn?«

»Dann ist es wirklich besser, wenn du fährst. Ich dachte nur. – Auch könnte ich heute nicht mit dir gehn, da ich verschlafen bin, das habe ich dir zu sagen vergessen. Ich werde mich auch schon verabschieden, denn durch den nassen Park will ich dich nicht mehr begleiten, da ich doch noch zu Gillemanns schauen möchte. Es ist dreiviertel sechs, da kann man doch noch bei guten Bekannten Besuche machen. Addio. Also glückliche Reise und grüße mir alle!«

Lement wendete sich nach rechts und reichte die rechte Hand zum Abschied hin, so daß er während eines Augenblicks gegen seinen ausgestreckten Arm ging.

»Adieu«, sagte Raban.

Aus einer kleinen Entfernung rief noch Lement: »Du, Eduard, hörst du mich, mach doch deinen Schirm zu, es regnet ja längst nicht mehr. Ich kam nicht dazu, es dir zu sagen.«

Raban antwortete nicht, zog den Schirm zusammen und der Himmel schloß sich bleich verdunkelt über ihm.

›Wenn ich wenigstens‹, dachte Raban, ›in einen falschen Zug einsteigen würde. Dann würde es mir doch scheinen, als sei das Unternehmen schon begonnen, und wenn ich später, nach Aufklärung des Irrtums, zurückfahrend wieder in diese Station käme, dann wäre mir schon viel wohler. Ist aber endlich die Gegend dort langweilig, wie Lement sagt, so muß das keineswegs ein Nachteil sein. Sondern man wird sich mehr in den Zimmern aufhalten und eigentlich niemals bestimmt wissen, wo alle andern sind, denn ist eine Ruine in der Umgebung, so unternimmt man wohl einen gemeinsamen Spaziergang zu dieser Ruine, wie man es schon einige Zeit vorher sicher verabredet hat. Dann aber muß man sich darauf freuen, deshalb darf man es nicht versäumen. Gibt es aber keine solche Sehenswürdigkeit, dann gibt es vorher auch keine Besprechung, denn man erwartet, es werden sich schon alle leicht zusammenfinden, wenn man plötzlich, gegen alle Gewohnheit, einen größern Ausflug für gut hält, denn man braucht nur das Mädchen in die Wohnung der andern schicken, wo sie vor einem Brief oder vor Büchern sitzen und entzückt durch diese Nachricht werden. Nun, gegen solche Einladungen sich zu schützen, ist nicht schwer. Und doch weiß ich nicht, ob ich es können werde, denn es ist nicht so leicht, wie ich es mir denke, da ich noch allein bin und noch alles tun kann, noch zurückgehn kann, wenn ich will, denn ich werde dort niemanden haben, dem ich Besuche machen könnte, wann ich will, und niemanden, mit dem ich beschwerlichere Ausflüge machen könnte, der mir dort den Stand seines Getreides zeigte oder einen Steinbruch, den er dort betreiben läßt. Denn selbst alter Bekannter ist man gar nicht sicher. War nicht Lement heute freundlich zu mir, er hat mir doch einiges erklärt und er hat alles so dargestellt, wie es mir erscheinen wird. Er hat mich angesprochen und mich dann begleitet, trotzdem er nichts von mir erfahren wollte und selbst ein anderes Geschäft noch hatte. Jetzt aber ist er unversehens weggegangen, und doch habe ich ihn mit keinem Worte kränken können. Ich habe mich zwar geweigert, den Abend in der Stadt zu verbringen, aber das war doch natürlich, das kann ihn nicht beleidigt haben, denn er ist ein vernünftiger Mensch.‹

Die Bahnhofsuhr schlug, es war dreiviertel sechs. Raban blieb stehn, weil er Herzklopfen verspürte, dann ging er rasch den Parkteich entlang, kam in einen schmalen, schlecht beleuchteten Weg zwischen großen Sträuchern, stürzte in einen Platz, auf dem viele leere Bänke an Bäumchen gelehnt standen, lief dann langsamer durch eine Öffnung im Gitter auf die Straße, durchquerte sie, sprang in die Bahnhofstüre, fand den Schalter nach einem Weilchen und mußte ein wenig an den Blechverschluß klopfen. Dann sah der Beamte heraus, sagte, es sei doch höchste Zeit, nahm die Banknote und warf laut die verlangte Karte und kleines Geld auf das Brett. Nun wollte Raban rasch nachrechnen, da er dachte, er müsse mehr herausbekommen, aber ein Diener, der in der Nähe ging, trieb ihn durch eine gläserne Tür auf den Bahnsteig. Raban sah sich dort um, während er dem Diener »Danke, danke!« zurief, und da er keinen Kondukteur fand, stieg er allein die nächste Waggontreppe hinauf, indem er den Koffer immer auf die höhere Stufe stellte und dann selbst nachkam, mit der einen Hand auf den Schirm gestützt und die andere am Griff des Koffers. Der Waggon, den er betrat, war hell durch das viele Licht der Bahnhofshalle, in der er stand; vor mancher Scheibe, alle waren bis in die Höhe geschlossen, hing nahe sichtbar eine rauschende Bogenlampe und die vielen Regentropfen am Fensterglase waren weiß, oft bewegten sich einzelne. Raban hörte den Lärm vom Bahnsteig her, auch als er die Waggontüre geschlossen hatte und sich auf das letzte freie Stückchen einer hellbraunen Holzbank setzte. Er sah viele Rücken und Hinterköpfe und zwischen ihnen die zurückgelehnten Gesichter auf der gegenüberliegenden Bank. An einigen Stellen drehte sich Rauch aus Pfeifen und Zigarren und zog einmal schlaff am Gesichte eines Mädchens vorüber. Oft änderten die Passagiere ihren Sitz und besprachen diese Änderung miteinander, oder sie übertrugen ihr Gepäck, das in einem schmalen blauen Netz über einer Bank lag, in ein anderes. Ragte ein Stock oder die beschlagene Kante eines Koffers vor, dann wurde der Besitzer darauf aufmerksam gemacht. Er ging dann hin und stellte die Ordnung wieder her. Auch Raban besann sich und schob seinen Koffer unter seinen Sitz.

Zu seiner linken Seite bei dem Fenster saßen einander gegenüber zwei Herren und sprachen über Warenpreise. ›Das sind Geschäftsreisende‹, dachte Raban, und regelmäßig atmend sah er sie an. ›Der Kaufmann schickt sie auf das Land, sie folgen, sie fahren mit der Eisenbahn und in jedem Dorf gehn sie von Geschäft zu Geschäft. Manchmal fahren sie im Wagen zwischen den Dörfern. Nirgends müssen sie sich lange aufhalten, denn alles soll rasch geschehn, und immer müssen sie nur von Waren reden. Mit welcher Freude kann man sich dann anstrengen in einem Berufe, der so angenehm ist!‹

Der Jüngere hatte ein Notizbuch aus der hintern Hosentasche mit einem Ruck gezogen, blätterte darin mit rasch an der Zunge befeuchtetem Zeigefinger und las dann eine Seite durch, während er den Rücken des Fingernagels an ihr hinunterzog. Er sah Raban an, als er aufblickte, und drehte auch, als er jetzt über Zwirnpreise redete, das Gesicht von Raban nicht ab, wie man irgendwohin fest blickt, um nichts von dem zu vergessen, was man sagen will. Er preßte dabei die Brauen gegen seine Augen. Das halbgeschlossene Notizbuch hielt er in der linken Hand, den Daumen auf der gelesenen Seite, um leicht nachschauen zu können, wenn er es nötig hätte. Dabei zitterte das Notizbuch, denn er stützte diesen Arm nirgends auf und der fahrende Wagen schlug auf die Schienen wie ein Hammer.

Der andere Reisende hatte seinen Rücken angelehnt, hörte zu und nickte in gleichen Pausen mit dem Kopfe. Es war zu sehen, daß er keinesfalls mit allem übereinstimmte und später seine Meinung sagen würde.

Raban legte die gehöhlten Handflächen auf seine Knie und sich vorbeugend, sah er zwischen den Köpfen der Reisenden das Fenster und durch das Fenster Lichter, die vorüber –, und andere, die zurück in die Ferne flogen. Von der Rede des Reisenden verstand er nichts, auch die Antwort des andern würde er nicht verstehn. Da wäre erst große Vorbereitung nötig, denn hier sind Leute, die von ihrer Jugend an mit Waren sich beschäftigt haben. Hat man aber eine Zwirnspule so oft schon in der Hand gehabt und sie so oft der Kundschaft überreicht, dann kennt man den Preis und kann darüber reden, während Dörfer uns entgegenkommen und vorübereilen, während sie zugleich sich in die Tiefe des Landes wenden, wo sie für uns verschwinden müssen. Und doch sind diese Dörfer bewohnt und vielleicht gehn dort Reisende von Geschäft zu Geschäft.

Vor der Waggonecke am andern Ende stand ein großer Mann auf, in der Hand hielt er Spielkarten und rief. »Du, Marie, hast du auch die Zephirhemden miteingepackt?« »Aber ja«, sagte das Weib, das gegenüber Raban saß. Sie hatte ein wenig geschlafen, und als die Frage sie jetzt weckte, antwortete sie so vor sich hin, als ob sie es Raban sagte. »Sie fahren auf den Markt nach Jungbunzlau, nicht?« fragte sie der lebhafte Reisende. »Ja, nach Jungbunzlau.« »Diesmal ist es ein großer Markt, nicht wahr?« »Ja, ein großer Markt.« Sie war schläfrig, sie stützte den linken Ellbogen auf ein blaues Bündel und ihr Kopf legte sich schwer gegen ihre Hand, die sich durch das Fleisch der Wange bis an den Wangenknochen drückte. »Wie jung sie ist«, sagte der Reisende.

Raban nahm das Geld, das er vom Kassier erhalten hatte, aus der Westentasche und überzählte es. Er hielt jedes Geldstück lange aufrecht zwischen Daumen und Zeigefinger fest und drehte es auch mit der Spitze des Zeigefingers auf der Innenseite des Daumens hin und her. Er sah lange das Bild des Kaisers an, dann fiel ihm der Lorbeerkranz auf und wie er mit Knoten und Schleifen eines Bandes am Hinterkopf befestigt war. Endlich fand er, daß die Summe richtig sei, und legte das Geld in ein großes schwarzes Portemonnaie. Als er aber nun dem Reisenden sagen wollte: ›Das ist ein Ehepaar, meinen Sie nicht?‹ hielt der Zug. Der Lärm der Fahrt hörte auf, Schaffner riefen den Namen eines Ortes und Raban sagte nichts.

Der Zug fuhr so langsam an, daß man sich die Umdrehung der Räder vorstellen konnte, gleich aber jagte er eine Senkung hinab und ohne Vorbereitung wurden vor den Fenstern die langen Geländerstangen einer Brücke auseinandergerissen und aneinandergepreßt, wie es schien.

Raban gefiel es jetzt, daß der Zug so eilte, denn er hätte nicht in dem letzten Orte bleiben wollen. ›Wenn es dort dunkel ist, wenn man niemanden dort kennt, wenn es so weit nach Hause ist. Dann muß es bei Tag aber dort schrecklich sein. Und ist es in der nächsten Station anders oder in den frühern oder in den spätern oder in dem Dorf, nach dem ich fahre?‹

Der Reisende redete plötzlich lauter. ›Es ist ja noch weit‹, dachte Raban. »Herr, Sie wissen es ja so gut wie ich, in den kleinsten Nestern lassen diese Fabrikanten reisen, zum dreckigsten Krämer kriechen sie und glauben Sie, daß sie ihnen andere Preise machen als uns Großkaufleuten? Herr, lassen Sie es sich gesagt sein, ganz dieselben Preise, gestern erst habe ich es schwarz auf weiß gesehn. Ich nenne das Schufterei. Man erdrückt uns, bei den heutigen Verhältnissen ist es für uns einfach überhaupt unmöglich, Geschäfte zu machen, man erdrückt uns.« Wieder sah er Raban an; er schämte sich der Tränen in seinen Augen nicht; die Fingergelenke der linken Hand drückte er an seinen Mund, weil seine Lippen zitterten. Raban lehnte sich zurück und zog mit der linken Hand schwach an seinem Schnurrbart.

Die Krämerin gegenüber erwachte und strich mit den Händen lächelnd über die Stirn. Der Reisende redete leiser. Noch einmal rückte sich die Frau wie zum Schlafen zurecht, lehnte sich halb liegend auf ihr Bündel und seufzte. Über ihrer rechten Hüfte spannte sich der Rock.

Hinter ihr saß ein Herr mit einer Reisemütze auf dem Kopfe und las in einer großen Zeitung. Das Mädchen ihm gegenüber, das wahrscheinlich seine Verwandte war, bat ihn – und neigte dabei den Kopf gegen die rechte Schulter –, er möchte doch das Fenster öffnen, denn es wäre sehr heiß. Er sagte, ohne aufzuschauen, er wolle es gleich tun, nur müsse er noch vorher einen Abschnitt in der Zeitung zu Ende lesen und er zeigte ihr, welchen Abschnitt er meinte.

Die Krämerin konnte nicht mehr einschlafen, sie setzte sich aufrecht und sah aus dem Fenster, dann sah sie lange die Petroleumflamme an, die gelb an der Waggondecke brannte. Raban schloß die Augen für ein Weilchen.

Als er aufblickte, biß gerade die Krämerin in ein Stück Kuchen, das mit brauner Marmelade bedeckt war. Das Bündel neben ihr war offen. Der Reisende rauchte schweigend eine Zigarre und tat fortwährend so, als klopfte er die Asche vom Ende ab. Der andere fuhr mit der Spitze eines Messers im Räderwerk einer Taschenuhr hin und her, so daß man es hörte.

Mit fast geschlossenen Augen sah Raban noch undeutlich, wie der Herr mit der Reisemütze am Fensterriemen zog. Kühle Luft schlug herein, ein Strohhut fiel von einem Haken. Raban glaubte, er erwache und deshalb seien seine Wangen so erfrischt oder man öffne die Tür und ziehe ihn ins Zimmer oder er täusche sich irgendwie, und schnell schlief er mit tiefen Atemzügen ein.

II

Es zitterte die Wagentreppe noch ein wenig, als Raban jetzt auf ihr hinunterstieg. An sein Gesicht, das aus der Waggonluft kam, stieß der Regen und er schloß die Augen. – Auf das Blechdach vor dem Stationsgebäude regnete es lärmend, aber in das weite Land fiel der Regen nur so, daß man einen regelmäßig wehenden Wind zu hören glaubte. Ein barfüßiger Junge kam herbeigelaufen – Raban hatte nicht gesehn von wo – und bat, außer Atem, Raban möchte ihn den Koffer tragen lassen, denn es regne, doch Raban sagte: Ja, es regne, deshalb werde er mit dem Omnibus fahren. Er brauche ihn nicht. Darauf machte der Junge eine Grimasse, als halte er es für vornehmer, im Regen zu gehn und sich den Koffer tragen zu lassen als zu fahren, drehte sich gleich um und lief weg. Da war es schon zu spät, als Raban ihn rufen wollte.

Zwei Laternen sah man brennen und ein Stationsbeamter trat aus einer Tür. Er ging, ohne zu zögern, durch den Regen zur Lokomotive, stand dort mit verschränkten Armen still und wartete, bis der Lokomotivführer sich über sein Geländer beugte und mit ihm sprach. Ein Diener wurde gerufen, kam und wurde zurückgeschickt. An manchen Fenstern des Zuges standen Passagiere, und da sie ein gewöhnliches Stationsgebäude ansehn mußten, so war wohl ihr Blick trübe, die Augenlider waren einander genähert, wie während der Fahrt. Ein Mädchen, das von der Landstraße her unter einem Sonnenschirm mit Blumenmuster auf den Perron eilig kam, stellte den offenen Schirm auf den Boden, setzte sich und preßte die Beine auseinander, damit ihr Rock besser trockne, und mit den Fingerspitzen fuhr sie über den gespannten Rock. Es brannten nur zwei Laternen, ihr Gesicht war undeutlich. Der Diener, der vorüberkam, beklagte es, daß Pfützen unter dem Schirm entstanden, rundete vor sich die Arme, um die Größe dieser Pfützen zu zeigen, und führte dann die Hände hintereinander durch die Luft wie Fische, die in tieferes Wasser sinken, um klarzumachen, daß durch diesen Schirm auch der Verkehr gehindert sei.

Der Zug fuhr an, verschwand wie eine lange Schiebetür und hinter den Pappeln jenseits der Geleise war die Masse der Gegend, daß es den Atem störte. War es ein dunkler Durchblick oder war es ein Wald, war es ein Teich oder ein Haus, in dem die Menschen schon schliefen, war es ein Kirchturm oder eine Schlucht zwischen den Hügeln; niemand durfte sich dorthin wagen, wer aber konnte sich zurückhalten? –

Und als Raban den Beamten noch erblickte – er war schon vor der Stufe zu seinem Büro –, lief er vor ihn und hielt ihn auf –. »Ich bitte schön, ist es weit ins Dorf, ich will nämlich dorthin.«

»Nein, eine Viertelstunde, aber mit dem Omnibus – es regnet ja – sind Sie in fünf Minuten dort. Ich bitte.«

»Es regnet. Es ist kein schönes Frühjahr«, sagte Raban darauf.

Der Beamte hatte die rechte Hand an die Hüfte gelegt und durch das Dreieck, das zwischen dem Arm und dem Körper entstand, sah Raban das Mädchen, das den Schirm schon geschlossen hatte, auf ihrer Bank.

»Wenn man jetzt in die Sommerfrische fährt und dort bleiben soll, so muß man es bedauern. Eigentlich dachte ich, daß man mich erwarten würde.«

Er bückte umher, damit es glaubhaft scheine.

»Sie werden den Omnibus versäumen, fürchte ich. Er wartet nicht so lange. Keinen Dank. – Der Weg geht dort zwischen den Hecken.«

Die Straße vor dem Bahnhof war nicht beleuchtet, nur aus drei ebenerdigen Fenstern des Gebäudes kam ein dunstiger Schein, er reichte aber nicht weit. Raban ging auf den Fußspitzen durch den Kot und rief: »Kutscher!« und »Hallo!« und »Omnibus!« und »Hier bin ich« viele Male. Als er aber in kaum unterbrochene Pfützen auf der dunklen Straßenseite geriet, mußte er mit ganzen Sohlen weiterstampfen, bis plötzlich eine nasse Pferdeschnauze seine Stirn berührte.

Da war der Omnibus, rasch stieg er in die leere Kammer, setzte sich bei der Glasscheibe hinter dem Kutschbock nieder und beugte den Rücken in den Winkel, denn er hatte alles getan, was nötig war. Denn schläft der Kutscher, so wird er gegen Morgen aufwachen, ist er tot, so wird ein neuer Kutscher kommen oder der Wirt, geschieht aber auch das nicht, so werden mit dem Frühzug Passagiere kommen, eilige Leute, die Lärm machen. Jedenfalls darf man ruhig sein, durfte selbst die Vorhänge vor den Fenstern zusammenziehn und auf den Ruck warten, mit dem dieser Wagen anfahren muß.

›Ja, es ist nach dem vielen, was ich schon unternommen habe, sicher, daß ich morgen zu Betty und zu Mama kommen werde, das kann niemand hindern. Nur ist es richtig und es war auch vorauszusehn, daß mein Brief erst morgen ankommen wird, ich hätte recht gut also noch in der Stadt bleiben und bei Elvy eine angenehme Nacht verbringen können, ohne mich vor der Arbeit des nächsten Tages fürchten zu müssen, was mir sonst jedes Vergnügen verdirbt. Aber schau, ich habe nasse Füße.‹

Er zündete einen Kerzenstumpf an, den er aus der Westentasche genommen hatte, und stellte ihn auf die Bank gegenüber. Es war genügend hell, die Dunkelheit draußen machte, daß man schwarzgetünchte Omnibuswände ohne Scheiben sah. Man mußte nicht gleich daran denken, daß unter dem Boden Räder waren und vorne das angespannte Pferd.

Raban rieb seine Füße gründlich auf der Bank, zog frische Socken an und setzte sich aufrecht. Da hörte er jemanden, der vom Bahnhof her rief: »He!«, wenn ein Passagier im Omnibus sei, dann könne er sich melden.

»Ja, ja, und er möchte schon gerne fahren«, antwortete Raban aus der geöffneten Tür geneigt, mit der rechten Hand am Pfosten sich festhaltend, die linke geöffnet, nahe dem Munde.

Stürmisch floß ihm das Regenwasser zwischen Kragen und Hals.

Eingewickelt in die Leinwand zweier zerschnittener Säcke kam der Kutscher herüber, der Widerschein seiner Stallaterne hüpfte durch die Pfützen unter ihm. Verdrießlich begann er eine Erklärung: Aufgepaßt, er habe mit dem Lebeda Karten gespielt und sie wären gerade sehr in Schwung gewesen, wie der Zug gekommen ist. Da wäre es eigentlich für ihn unmöglich gewesen, nachzuschaun, doch wolle er den, der es nicht begreife, nicht beschimpfen. Übrigens sei das hier ein Dreckort ohne Einschränkung und es sei nicht einzusehen, was ein solcher Herr hier zu tun haben könnte, und er käme noch bald genug hinein, so daß er sich nirgends beklagen müsse. Es sei eben erst jetzt Herr Pirkershofer – ich bitte, das ist der Herr Adjunkt – hineingekommen und habe gesagt, er glaube, ein kleiner Blonder habe mit dem Omnibus fahren wollen. Nun, da habe er gleich nachgefragt, oder habe er vielleicht nicht gleich nachgefragt?

Die Laterne wurde an der Deichselspitze befestigt, das Pferd, dumpf angerufen, zog an und das jetzt aufgerührte Wasser oben auf dem Omnibus tropfte durch eine Ritze langsam in den Wagen.

Der Weg konnte gebirgig sein, sicher sprang der Kot in die Speichen, Fächer von Pfützenwasser entstanden rauschend rückwärts an den sich drehenden Rädern, mit meist lockeren Zügeln hielt der Kutscher das triefende Pferd. – Konnte man das alles nicht als Vorwürfe gegen Raban gebrauchen? Viele Pfützen wurden unerwartet von der an der Deichsel zitternden Laterne erhellt und zerteilten sich, Wellen treibend, unter dem Rad. Das geschah nur deshalb, weil Raban zu seiner Braut fuhr, zu Betty, einem ältlichen hübschen Mädchen. Und wer würde, wenn man schon davon reden wollte, würdigen, was für Verdienste Raban hier hatte, und seien es nur die, daß er jene Vorwürfe ertrug, die ihm allerdings niemand offen machen konnte. Natürlich, er tat es gern, Betty war seine Braut, er hatte sie lieb, es wäre ekelhaft, wenn sie ihm auch dafür danken würde, aber immerhin.

Ohne Willen schlug er oft mit dem Kopf an die Wand, an der er lehnte, dann sah er ein Weilchen zur Decke auf. Einmal glitt seine rechte Hand vom Oberschenkel, auf den er sie gelehnt hatte, hinab. Aber der Ellbogen blieb in dem Winkel zwischen dem Bauch und dem Bein.

Schon fuhr der Omnibus zwischen Häusern, hie und da nahm das Wageninnere am Licht eines Zimmers teil, eine Treppe – um ihre ersten Stufen zu sehn hätte Raban sich aufstellen müssen – war zu einer Kirche hin gebaut, vor einem Parktor brannte eine Lampe mit großer Flamme, aber eine Heiligenstatue trat nur durch das Licht eines Kramladens schwarz hervor, jetzt sah Raban seine niedergebrannte Kerze, deren geronnenes Wachs von der Bank unbeweglich hinunterhing.

Als der Wagen vor dem Gasthaus stehenblieb, der Regen stark zu hören war und – wahrscheinlich war ein Fenster offen – auch die Stimmen der Gäste, da fragte sich

Raban, was besser sei, gleich auszusteigen oder zu warten, bis der Wirt zum Wagen komme. Wie der Gebrauch in diesem Städtchen war, das wußte er nicht, aber sicherlich hatte Betty schon von ihrem Bräutigam gesprochen, und nach seinem prächtigen oder schwachen Auftreten würde ihr Ansehen hier größer oder kleiner werden und damit wieder sein eigenes auch. Nun wußte er aber weder, in welchem Ansehen sie jetzt stand, noch, was sie über ihn verbreitet hatte, desto unangenehmer und schwieriger. Schöne Stadt und schöner Nachhauseweg! Regnet es dort, fährt man mit der Elektrischen über nasse Steine nach Hause, hier in dem Karren durch Morast zu einem Wirtshaus. – ›Die Stadt ist weit von hier, und würde ich jetzt aus Heimweh zu sterben drohn, hinbringen könnte mich heute niemand mehr. – Nun, ich würde auch nicht sterben – aber dort bekomme ich das für diesen Abend erwartete Gericht auf den Tisch gestellt, rechts hinter dem Teller die Zeitung, links die Lampe, hier wird man mir eine unheimlich fette Speise geben – man weiß nicht, daß ich einen schwachen Magen habe, und wenn man es wüßte –, eine fremde Zeitung, viele Leute, die ich schon höre, werden dabei sein und eine Lampe wird für alle brennen. Was für ein Licht kann das geben, zum Kartenspiel genug, aber zum Zeitunglesen?

Der Wirt kommt nicht, ihm liegt nichts an Gästen, er ist wahrscheinlich ein unfreundlicher Mann. Oder weiß er, daß ich Bettys Bräutigam bin und gibt ihm das einen Grund, nicht um mich zu kommen? Dazu würde es auch passen, daß mich am Bahnhof der Kutscher so lange warten ließ. Betty hat ja öfters erzählt, wie viel sie von lüsternen Männern zu leiden hatte und wie sie ihr Drängen zurückweisen mußte, vielleicht ist das auch hier … ‹ [Bricht ab.]

[Zweites Manuskript]

Als Eduard Raban, durch den Flurgang kommend, in die Öffnung des Tores trat, da konnte er sehn, wie es regnete. Es regnete wenig.

Auf dem Trottoir gleich vor ihm, nicht höher, nicht tiefer, gingen trotz des Regens viele Passanten. Manchmal trat einer vor und durchquerte die Fahrbahn.

Ein kleines Mädchen trug auf den vorgestreckten Armen einen grauen Hund. Zwei Herren machten einander gegenseitig Mitteilungen in irgendeiner Sache, sie wandten sich zuweilen mit der ganzen Vorderseite einander zu und kehrten sich dann langsam wieder ab; es erinnerte an im Wind geöffnete Türen. Der eine hielt die Hände mit der innern Fläche nach oben und bewegte sie gleichmäßig auf und ab, als halte er eine Last in Schwebe, um das Gewicht zu prüfen. Dann erblickte man eine schlanke Dame, deren Gesicht leicht zuckte, wie das Licht der Sterne, und deren flacher Hut mit unkenntlichen Dingen bis zum Rande und hoch beladen war; sie erschien zu allen Vorübergehenden ohne Absicht fremd, wie durch ein Gesetz. Und es eilte ein junger Mensch mit dünnem Stock vorüber, die linke Hand, als wäre sie gelähmt, platt auf der Brust. Viele hatten Geschäftswege; trotzdem sie schnell gingen, sah man sie länger als andere, bald auf dem Trottoir, bald unten, die Röcke paßten ihnen schlecht, an der

Haltung lag ihnen nichts, sie ließen sich von den Leuten stoßen und stießen auch. Drei Herren – zwei hielten leichte Überröcke auf dem geknickten Unterarm – gingen von der Häusermauer zum Rande des Trottoirs, um zu sehen, wie es auf der Fahrbahn zuging und auf dem jenseitigen Trottoir.

Durch die Lücken zwischen den Vorübergehenden sah man einmal flüchtig, dann bequem, die regelmäßig gefügten Steine der Fahrbahn, auf denen Wagen, schwankend auf den Rädern, von Pferden mit gestreckten Hälsen, rasch gezogen wurden. Die Leute, welche in den gepolsterten Sitzen lehnten, sahen schweigend die Fußgänger an, die Läden, die Balkone und den Himmel. Sollte ein Wagen einem andern vorfahren, dann preßten sich die Pferde aneinander und das Riemenzeug hing baumelnd. Die Tiere rissen an der Deichsel, der Wagen rollte eilig schaukelnd, bis der Bogen um den vordern Wagen vollendet war und die Pferde wieder auseinander traten, noch die schmalen Köpfe einander zugeneigt.

Ein älterer Herr kam rasch auf das Haustor zu, blieb auf dem trockenen Mosaik stehn, wandte sich um. Und schaute dann in den Regen, der eingezwängt in diese enge Gasse verworren fiel.

Raban stellte den mit schwarzem Tuch benähten Handkoffer nieder und beugte dabei ein wenig das rechte Knie. Schon rann das Regenwasser an den Kanten der Fahrbahn in Streifen, die zu den tiefer gelegenen Kanälen sich fast spannten.

Der ältere Herr stand frei nahe bei Raban, der sich ein wenig gegen den hölzernen Torflügel stützte, und sah von Zeit zu Zeit gegen Raban hin, wenn er auch hierzu scharf den Hals drehen mußte. Doch tat er dies nur aus dem natürlichen Bedürfnis, da er nun einmal unbeschäftigt war, alles, in seiner Umgebung wenigstens, genau zu beobachten. Die Folge dieses zwecklosen Hin- und Herschauens war, daß er sehr vieles nicht bemerkte. So entging es ihm, daß Rabans Lippen sehr bleich waren und nicht viel dem ganz ausgebleichten Rot seiner Krawatte nachstanden, die ein ehemals auffallendes maurisches Muster zeigte. Hätte er das aber bemerkt, dann hätte er in seinem Innern sicherlich geradezu ein Geschrei hierüber angefangen, was aber wieder nicht das Richtige gewesen wäre, denn Raban war immer bleich, wenn ihn auch allerdings in letzter Zeit einiges besonders müde gemacht haben konnte.

»Das ist ein Wetter«, sagte der Herr leise und schüttelte zwar bewußt und doch ein wenig greisenhaft den Kopf.

»Ja, ja, und wenn man da reisen soll«, sagte Raban und stellte sich schnell aufrecht.

»Und das ist kein Wetter, das sich bessern wird«, sagte der Herr und sah, um alles noch im letzten Augenblick zu überprüfen, sich vorbeugend einmal die Gasse aufwärts, dann abwärts, dann zum Himmel, »das kann Tage, das kann Wochen dauern. Soweit ich mich erinnere, ist auch für Juni und Anfang Juli nichts Besseres vorhergesagt. Nun, das macht keinem Freude, ich zum Beispiel werde auf meine Spaziergänge verzichten müssen, die für meine Gesundheit äußerst wichtig sind.«

Darauf gähnte er und schien erschlafft, da er nun die Stimme Rabans gehört hatte und, mit diesem Gespräch beschäftigt, an nichts mehr Interesse hatte, nicht einmal an dem Gespräch.

Dies machte auf Raban ziemlichen Eindruck, da ihn doch der Herr zuerst angesprochen hatte, und er versuchte daher, sich ein wenig zu rühmen, selbst wenn es nicht einmal bemerkt werden sollte. »Richtig«, sagte er, »in der Stadt kann man sehr gut auf das verzichten, was einem nicht zuträglich ist. Verzichtet man nicht, dann kann man wegen der schlechten Folgen nur sich selbst Vorwürfe machen. Man wird bereuen und dadurch erst recht klar sehn, wie man sich das nächste Mal verhalten soll. Und wenn das schon im einzelnen … [es fehlen zwei Seiten] … »Nichts meine ich damit. Ich meine gar nichts«, beeilte sich Raban zu sagen, bereit, wie es nur anging, die Zerstreutheit des Herrn zu entschuldigen, da er sich ja noch ein wenig rühmen wollte. »Alles ist nur aus dem vorerwähnten Buche, das ich eben, wie andere auch, am Abend in der letzten Zeit gelesen habe. Ich war meist allein. Da sind so Familienverhältnisse gewesen. Aber abgesehen von allem andern, ein gutes Buch ist mir nach dem Nachtmahl das Liebste. Schon seit jeher. Letzthin las ich in einem Prospekte als Zitat aus irgendeinem Schriftsteller: ›Ein gutes Buch ist der beste Freund‹, und das ist wirklich wahr, so ist es, ein gutes Buch ist der beste Freund.«

»Ja wenn man jung ist –«, sagte der Herr und meinte nichts Besonders damit, sondern wollte damit nur ausdrücken, wie es regne, daß der Regen wieder stärker sei und daß es nun gar nicht aufhören wolle, aber es klang für Raban so, als halte sich der Herr noch mit sechzig Jahren für frisch und jung und schätze dagegen die dreißig Jahre Rabans für nichts, und wolle damit außerdem, soweit es erlaubt sei, sagen, mit dreißig Jahren sei er allerdings vernünftiger gewesen als Raban. Und er glaube, selbst wenn man sonst nichts zu tun habe, wie zum Beispiel er, ein alter Mann, so heiße es doch seine Zeit verschwenden, wenn man hier im Flur so vor dem Regen stehe, verbringe man die Zeit aber außerdem mit Geschwätz, so verschwende man sie doppelt.

Nun glaubte Raban, seit einiger Zeit könne ihn nichts berühren, was andere über seine Fähigkeiten oder Meinungen sagten, vielmehr habe er förmlich jene Stelle verlassen, wo er ganz hingegeben auf alles gehorcht hatte, so daß Leute jetzt doch nur ins Leere redeten, ob sie nun gegen oder für ihn waren. Darum sagte er: »Wir reden von verschiedenen Dingen, da Sie nicht darauf gewartet haben, was ich sagen will.«

»Bitte, bitte«, sagte der Herr.

»Nun, es ist nicht so wichtig«, sagte Raban, »ich meinte nur, Bücher sind nützlich in jedem Sinn und ganz besonders, wo man es nicht erwarten sollte. Denn wenn man eine Unternehmung vorhat, so sind gerade die Bücher, deren Inhalt mit der Unternehmung gar nichts Gemeinschaftliches hat, die nützlichsten. Denn der Leser, der doch jene Unternehmung beabsichtigt, also irgendwie (und wenn förmlich auch nur die Wirkung des Buches bis zu jener Hitze dringen kann) erhitzt ist, wird durch das Buch zu lauter Gedanken gereizt, die seine Unternehmung betreffen. Da nun aber der Inhalt des Buches ein gerade ganz gleichgültiger ist, wird der Leser in jenen Gedanken gar nicht gehindert und er zieht mit ihnen mitten durch das Buch, wie einmal die Juden durch das Rote Meer, möchte ich sagen.«

Die ganze Person des alten Herrn bekam jetzt für Raban einen unangenehmen Ausdruck. Es schien ihm, als sei er ihm besonders nähergekommen, – es war aber nur unbedeutend … [zwei Seiten fehlen] … »Auch die Zeitung. – Aber ich wollte noch sagen, ich fahre ja nur auf das Land, für vierzehn Tage nur, ich habe mir Urlaub genommen, seit längerer Zeit zum erstenmal, es ist ja auch sonst nötig, und trotzdem hat mich zum Beispiel ein Buch, das ich, wie erwähnt, letzthin gelesen habe, über meine kleine Reise mehr belehrt, als Sie sich vorstellen könnten.«

»Ich höre«, sagte der Herr.

Raban war still und steckte, wie er so aufrecht stand, die Hände in die etwas zu hohen Taschen seines Überziehers.

Erst nach einer Weile sagte der alte Herr: »Diese Reise scheint für Sie eine besondere Wichtigkeit zu haben.«

»Nun sehn Sie, sehn Sie«, sagte Raban und stützte sich wieder gegen das Tor. Jetzt erst sah er, wie sich der Gang mit Menschen gefüllt hatte. Sogar vor der Haustreppe standen sie, und ein Beamter, der auch bei derselben Frau wie Raban ein Zimmer gemietet hatte, mußte, als er die Treppe herunterkam, die Leute bitten, ihm Platz zu machen. Er rief Raban, der nur mit der Hand auf den Regen zeigte, über einige Köpfe, die sich jetzt alle zu Raban wandten, »Glückliche Reise« zu und erneuerte ein offenbar früher gegebenes Versprechen, nächsten Sonntag bestimmt Raban zu besuchen.

[Zwei Seiten fehlen] … angenehmen Posten hat, mit dem er auch zufrieden ist und der ihn seit jeher erwartete. Er ist so ausdauernd und innerlich lustig, daß er zu seiner Unterhaltung keinen Menschen braucht, aber alle ihn. Immer war er gesund. Ach, reden Sie nicht.

»Ich werde nicht streiten«, sagte der Herr.

»Sie werden nicht streiten, aber auch Ihren Irrtum nicht zugeben, warum bestehn Sie denn so darauf. Und wenn Sie sich jetzt noch so scharf daran erinnern, Sie würden, ich wette, alles vergessen, wenn Sie mit ihm reden würden. Sie würden mir Vorwürfe machen, daß ich Sie jetzt nicht besser widerlegt habe. Wenn er nur über ein Buch spricht. Für alles Schöne ist er gleich begeistert.« …

[BETRACHTUNGEN ÜBER SÜNDE, LEID, HOFFNUNG UND DEN WAHREN WEG][1]

1 Der wahre Weg geht über ein Seil, das nicht in der Höhe gespannt ist, sondern knapp über dem Boden. Es scheint mehr bestimmt stolpern zu machen, als begangen zu werden.

2 Alle menschlichen Fehler sind Ungeduld, ein vorzeitiges Abbrechen des Methodischen, ein scheinbares Einpfählen der scheinbaren Sache.

3 Es gibt zwei menschliche Hauptsünden, aus welchen sich alle andern ableiten: Ungeduld und Lässigkeit. Wegen der Ungeduld sind sie aus dem Paradiese vertrieben worden, wegen der Lässigkeit kehren sie nicht zurück. Vielleicht aber gibt es nur eine Hauptsünde: die Ungeduld. Wegen der Ungeduld sind sie vertrieben worden, wegen der Ungeduld kehren sie nicht zurück.

4 Viele Schatten der Abgeschiedenen beschäftigen sich nur damit, die Fluten des Totenflusses zu belecken, weil er von uns herkommt und noch den salzigen Geschmack unserer Meere hat. Vor Ekel sträubt sich dann der Fluß, nimmt eine rückläufige Strömung und schwemmt die Toten ins Leben zurück. Sie aber sind glücklich, singen Danklieder und streicheln den Empörten.

5 Von einem gewissen Punkt an gibt es keine Rückkehr mehr. Dieser Punkt ist zu erreichen.

6 Der entscheidende Augenblick der menschlichen Entwicklung ist immerwährend. Darum sind die revolutionären geistigen Bewegungen, welche alles Frühere für nichtig erklären, im Recht, denn es ist noch nichts geschehen.

7 Eines der wirksamsten Verführungsmittel des Bösen ist die Aufforderung zu Kampf.

8 Er ist wie der Kampf mit Frauen, der im Bett endet.

9 A. ist sehr aufgeblasen, er glaubt, im Guten weit vorgeschritten zu sein, da er, offenbar als ein immer verlockender Gegenstand, immer mehr Versuchungen aus ihm bisher ganz unbekannten Richtungen sich ausgesetzt fühlt.

10 Die richtige Erklärung ist aber die, daß ein großer Teufel in ihm Platz genommen hat und die Unzahl der kleineren herbeikommt, um dem Großen zu dienen.

11/12 Verschiedenheit der Anschauungen, die man etwa von einem Apfel haben kann: die Anschauung des kleinen Jungen, der den Hals strecken muß, um noch knapp den Apfel auf der Tischplatte zu sehn, und die Anschauung des Hausherrn, der den Apfel nimmt und frei dem Tischgenossen reicht.

13 Ein erstes Zeichen beginnender Erkenntnis ist der Wunsch zu sterben. Dieses Leben scheint unerträglich, ein anderes unerreichbar. Man schämt sich nicht mehr, sterben zu

[1] Wir folgen hier der von Kafka selbst angefertigten Reinschrift, wie sie von ihm – jedoch ohne Titel – mit Tinte auf einzelne Zettel geschrieben wurde und übernehmen auch die Numerierung der Aphorismen, wie er sie selbst angegeben hat [Die mit einem * bezeichneten Stücke sind von Kafka durchgestrichen, aber nicht aus dem Zettelkonvolut entfernt].

wollen; man bittet, aus der alten Zelle, die man haßt, in eine neue gebracht zu werden, die man erst hassen lernen wird. Ein Rest von Glauben wirkt dabei mit, während des Transportes werde zufällig der Herr durch den Gang kommen, den Gefangenen ansehen und sagen: »Diesen sollt ihr nicht wieder einsperren. Er kommt zu mir.«

14* Gingest du über eine Ebene, hättest den guten Willen zu gehen und machtest doch Rückschritte, dann wäre es eine verzweifelte Sache; da du aber einen steilen Abhang hinaufkletterst, so steil etwa, wie du selbst von unten gesehen bist, können die Rückschritte auch nur durch die Bodenbeschaffenheit verursacht sein, und du mußt nicht verzweifeln.

15 Wie ein Weg im Herbst: Kaum ist er rein gekehrt, bedeckt er sich wieder mit den trockenen Blättern.

16 Ein Käfig ging einen Vogel suchen.

17 An diesem Ort war ich noch niemals: Anders geht der Atem, blendender als die Sonne strahlt neben ihr ein Stern.

18 Wenn es möglich gewesen wäre, den Turm von Babel zu erbauen, ohne ihn zu erklettern, es wäre erlaubt worden.

19* Laß dich vom Bösen nicht glauben machen, du könntest vor ihm Geheimnisse haben.

20 Leoparden brechen in den Tempel ein und saufen die Opferkrüge leer; das wiederholt sich immer wieder; schließlich kann man es vorausberechnen, und es wird ein Teil der Zeremonie.

21 So fest wie die Hand den Stein hält. Sie hält ihn aber fest, nur um ihn desto weiter zu verwerfen. Aber auch in jene Weite führt der Weg.

22 Du bist die Aufgabe. Kein Schüler weit und breit.

23 Vom wahren Gegner fährt grenzenloser Mut in dich.

24 Das Glück begreifen, daß der Boden, auf dem du stehst, nicht größer sein kann, als die zwei Füße ihn bedecken.

25 Wie kann man sich über die Welt freuen, außer wenn man zu ihr flüchtet?

26* Verstecke sind unzählige, Rettung nur eine, aber Möglichkeiten der Rettung wieder so viele wie Verstecke.

* Es gibt ein Ziel, aber keinen Weg; was wir Weg nennen, ist Zögern.

27 Das Negative zu tun, ist uns noch auferlegt; das Positive ist uns schon gegeben.

28 Wenn man einmal das Böse bei sich aufgenommen hat, verlangt es nicht mehr, daß man ihm glaube.

29 Die Hintergedanken, mit denen du das Böse in dir aufnimmst, sind nicht die deinen, sondern die des Bösen.

* Das Tier entwindet dem Herrn die Peitsche und peitscht sich selbst, um Herr zu werden, und weiß nicht, daß das nur eine Phantasie ist, erzeugt durch einen neuen Knoten im Peitschenriemen des Herrn.

30 Das Gute ist in gewissem Sinne trostlos.

31 Nach Selbstbeherrschung strebe ich nicht. Selbstbeherrschung heißt: an einer zufälligen Stelle der unendlichen Ausstrahlungen meiner geistigen Existenz wirken wol-

len. Muß ich aber solche Kreise um mich ziehen, dann tue ich es besser untätig im bloßen Anstaunen des ungeheuerlichen Komplexes und nehme nur die Stärkung, die e contrario dieser Anblick gibt, mit nach Hause.

32 Die Krähen behaupten, eine einzige Krähe könnte den Himmel zerstören. Das ist zweifellos, beweist aber nichts gegen den Himmel, denn Himmel bedeuten eben: Unmöglichkeit von Krähen.

33* Die Märtyrer unterschätzen den Leib nicht, sie lassen ihn auf dem Kreuz erhöhen. Darin sind sie mit ihren Gegnern einig.

34 Sein Ermatten ist das des Gladiators nach dem Kampf, seine Arbeit war das Weißtünchen eines Winkels in einer Beamtenstube.

35 Es gibt kein Haben, nur ein Sein, nur ein nach letztem Atem, nach Ersticken verlangendes Sein.

36 Früher begriff ich nicht, warum ich auf meine Frage keine Antwort bekam, heute begreife ich nicht, wie ich glauben konnte, fragen zu können. Aber ich glaubte ja gar nicht, ich fragte nur.

37 Seine Antwort auf die Behauptung, er *besitze* vielleicht, *sei* aber nicht, war nur Zittern und Herzklopfen.

38 Einer staunte darüber, wie leicht er den Weg der Ewigkeit ging; er raste ihn nämlich abwärts.

39a Dem Bösen kann man nicht in Raten zahlen – und versucht es unaufhörlich.
Es wäre denkbar, daß Alexander der Große trotz den kriegerischen Erfolgen seiner Jugend, trotz dem ausgezeichneten Heer, das er ausgebildet hatte, trotz den auf Veränderung der Welt gerichteten Kräften, die er in sich fühlte, am Hellespont stehen geblieben und ihn nie überschritten hätte, und zwar nicht aus Furcht, nicht aus Unentschlossenheit, nicht aus Willensschwäche, sondern aus Erdenschwere.

39b Der Weg ist unendlich, da ist nichts abzuziehen, nichts zuzugeben und doch hält jeder noch seine eigene kindliche Elle daran. »Gewiß, auch diese Elle Wegs mußt du noch gehen, es wird dir nicht vergessen werden.«

40 Nur unser Zeitbegriff läßt uns das Jüngste Gericht so nennen, eigentlich ist es ein Standrecht.

41 Das Mißverhältnis der Welt scheint tröstlicherweise nur ein zahlenmäßiges zu sein.

42 Den ekel- und haßerfüllten Kopf auf die Brust senken.

43 Noch spielen die Jagdhunde im Hof, aber das Wild entgeht ihnen nicht, so sehr es jetzt schon durch die Wälder jagt.

44 Lächerlich hast du dich aufgeschirrt für diese Welt.

45 Je mehr Pferde du anspannst, desto rascher gehts – nämlich nicht das Ausreißen des Blocks aus dem Fundament, was unmöglich ist, aber das Zerreißen der Riemen und damit die leere fröhliche Fahrt.

46 Das Wort »sein« bedeutet im Deutschen beides: Dasein und Ihmgehören.

47 Es wurde ihnen die Wahl gestellt, Könige oder der Könige Kuriere zu werden. Nach Art der Kinder wollten alle Kuriere sein. Deshalb gibt es lauter Kuriere, sie jagen

durch die Welt und rufen, da es keine Könige gibt, einander selbst die sinnlos gewordenen Meldungen zu. Gerne würden sie ihrem elenden Leben ein Ende machen, aber sie wagen es nicht wegen des Diensteides.

48 An Fortschritt glauben heißt nicht glauben, daß ein Fortschritt schon geschehen ist. Das wäre kein Glauben.

49 A. ist ein Virtuose und der Himmel ist sein Zeuge.

50* Der Mensch kann nicht leben ohne ein dauerndes Vertrauen zu etwas Unzerstörbarem in sich, wobei sowohl das Unzerstörbare als auch das Vertrauen ihm dauernd verborgen bleiben können. Eine der Ausdrucksmöglichkeiten dieses Verborgenbleibens ist der Glaube an einen persönlichen Gott.

51* Es bedurfte der Vermittlung der Schlange: das Böse kann den Menschen verführen, aber nicht Mensch werden.

52* Im Kampf zwischen dir und der Welt sekundiere der Welt.

53 Man darf niemanden betrügen, auch nicht die Welt um ihren Sieg.

54 Es gibt nichts anderes als eine geistige Welt; was wir sinnliche Welt nennen, ist das Böse in der geistigen, und was wir böse nennen, ist nur eine Notwendigkeit eines Augenblicks unserer ewigen Entwicklung.

* Mit stärkstem Licht kann man die Welt auflösen. Vor schwachen Augen wird sie fest, vor noch schwächeren bekommt sie Fäuste, vor noch schwächeren wird sie schamhaft und zerschmettert den, der sie anzuschauen wagt.

55 Alles ist Betrug: das Mindestmaß der Täuschungen suchen, im üblichen bleiben, das Höchstmaß suchen. Im ersten Fall betrügt man das Gute, indem man sich dessen Erwerbung zu leicht machen will, das Böse, indem man ihm allzu ungünstige Kampfbedingungen setzt. Im zweiten Fall betrügt man das Gute, indem man also nicht einmal im Irdischen nach ihm strebt. Im dritten Fall betrügt man das Gute, indem man sich möglichst weit von ihm entfernt, das Böse, indem man hofft, durch seine Höchststeigerung es machtlos zu machen. Vorzuziehen wäre also hiernach der zweite Fall, denn das Gute betrügt man immer, das Böse in diesem Fall, wenigstens dem Anschein nach, nicht.

56 Es gibt Fragen, über die wir nicht hinwegkommen könnten, wenn wir nicht von Natur aus von ihnen befreit wären.

57 Die Sprache kann für alles außerhalb der sinnlichen Welt nur andeutungsweise, aber niemals auch nur annähernd vergleichsweise gebraucht werden, da sie, entsprechend der sinnlichen Welt, nur vom Besitz und seinen Beziehungen handelt.

58* Man lügt möglichst wenig, nur wenn man möglichst wenig lügt, nicht wenn man möglichst wenig Gelegenheit dazu hat.

59* Eine durch Schritte nicht tief ausgehöhlte Treppenstufe ist, von sich selber aus gesehen, nur etwas öde zusammengefügtes Hölzernes.

60 Wer der Welt entsagt, muß alle Menschen lieben, denn er entsagt auch ihrer Welt. Er beginnt daher, das wahre menschliche Wesen zu ahnen, das nicht anders als geliebt werden kann, vorausgesetzt, daß man ihm ebenbürtig ist.

61* Wer innerhalb der Welt seinen Nächsten liebt, tut nicht mehr und nicht weniger

Unrecht, als wer innerhalb der Welt sich selbst liebt. Es bliebe nur die Frage, ob das erstere möglich ist.

62 Die Tatsache, daß es nichts anderes gibt als eine geistige Welt, nimmt uns die Hoffnung und gibt uns die Gewißheit.

63 Unsere Kunst ist ein von der Wahrheit Geblendet-Sein: Das Licht auf dem zurückweichenden Fratzengesicht ist wahr, sonst nichts.

64/65 Die Vertreibung aus dem Paradies ist in ihrem Hauptteil ewig: Es ist also zwar die Vertreibung aus dem Paradies endgültig, das Leben in der Welt unausweichlich, die Ewigkeit des Vorganges aber (oder zeitlich ausgedrückt: die ewige Wiederholung des Vorgangs) macht es trotzdem möglich, daß wir nicht nur dauernd im Paradiese bleiben könnten, sondern tatsächlich dort dauernd sind, gleichgültig ob wir es hier wissen oder nicht.

66 Er ist ein freier und gesicherter Bürger der Erde, denn er ist an eine Kette gelegt, die lang genug ist, um ihm alle irdischen Räume frei zu geben, und doch nur so lang, daß nichts ihn über die Grenzen der Erde reißen kann. Gleichzeitig aber ist er auch ein freier und gesicherter Bürger des Himmels, denn er ist auch an eine ähnlich berechnete Himmelskette gelegt. Will er nun auf die Erde, drosselt ihn das Halsband des Himmels, will er in den Himmel, jenes der Erde. Und trotzdem hat er alle Möglichkeiten und fühlt es; ja, er weigert sich sogar, das Ganze auf einen Fehler bei der ersten Fesselung zurückzuführen.

67 Er läuft den Tatsachen nach wie ein Anfänger im Schlittschuhlaufen, der überdies irgendwo übt, wo es verboten ist.

68 Was ist fröhlicher als der Glaube an einen Hausgott!

69 Theoretisch gibt es eine vollkommene Glücksmöglichkeit: An das Unzerstörbare in sich glauben und nicht zu ihm streben.

70/71 Das Unzerstörbare ist eines; jeder einzelne Mensch ist es und gleichzeitig ist es allen gemeinsam, daher die beispiellos untrennbare Verbindung der Menschen.

72* Es gibt im gleichen Menschen Erkenntnisse, die bei völliger Verschiedenheit doch das gleiche Objekt haben, so daß wieder nur auf verschiedene Subjekte im gleichen Menschen rückgeschlossen werden muß.

73 Er frißt den Abfall vom eigenen Tisch; dadurch wird er zwar ein Weilchen lang satter als alle, verlernt aber, oben vom Tisch zu essen; dadurch hört dann aber auch der Abfall auf.

74 Wenn das, was im Paradies zerstört worden sein soll, zerstörbar war, dann war es nicht entscheidend; war es aber unzerstörbar, dann leben wir in einem falschen Glauben.

75* Prüfe dich an der Menschheit. Den Zweifelnden macht sie zweifeln, den Glaubenden glauben.

76 Dieses Gefühl: »hier ankere ich nicht« – und gleich die wogende, tragende Flut um sich fühlen!

* Ein Umschwung. Lauernd, ängstlich, hoffend umschleicht die Antwort die Frage, sucht verzweifelt in ihrem unzugänglichen Gesicht, folgt ihr auf den sinnlosesten, das heißt von der Antwort möglichst wegstrebenden Wegen.

77 Verkehr mit Menschen verführt zur Selbstbeobachtung.
78 Der Geist wird erst frei, wenn er aufhört, Halt zu sein.
79 Die sinnliche Liebe täuscht über die himmlische hinweg; allein könnte sie es nicht, aber da sie das Element der himmlischen Liebe unbewußt in sich hat, kann sie es.
80 Wahrheit ist unteilbar, kann sich also selbst nicht erkennen; wer sie erkennen will, muß Lüge sein.
81 Niemand kann verlangen, was ihm im letzten Grunde schadet. Hat es beim einzelnen Menschen doch diesen Anschein – und den hat es vielleicht immer –, so erklärt sich dies dadurch, daß jemand im Menschen etwas verlangt, was diesem Jemand zwar nützt, aber einem zweiten Jemand, der halb zur Beurteilung des Falles herangezogen wird, schwer schadet. Hätte sich der Mensch gleich anfangs, nicht erst bei der Beurteilung auf Seite des zweiten Jemand gestellt, wäre der erste Jemand erloschen und mit ihm das Verlangen.
82 Warum klagen wir wegen des Sündenfalles? Nicht seinetwegen sind wir aus dem Paradiese vertrieben worden, sondern wegen des Baumes des Lebens, damit wir nicht von ihm essen.
83 Wir sind nicht nur deshalb sündig, weil wir vom Baum der Erkenntnis gegessen haben, sondern auch deshalb, weil wir vom Baum des Lebens noch nicht gegessen haben. Sündig ist der Stand, in dem wir uns befinden, unabhängig von Schuld.
84 Wir wurden geschaffen, um im Paradies zu leben, das Paradies war bestimmt, uns zu dienen. Unsere Bestimmung ist geändert worden; daß dies auch mit der Bestimmung des Paradieses geschehen wäre, wird nicht gesagt.
85 Das Böse ist eine Ausstrahlung des menschlichen Bewußtseins in bestimmten Übergangsstellungen. Nicht eigentlich die sinnliche Welt ist Schein, sondern ihr Böses, das allerdings für unsere Augen die sinnliche Welt bildet.
86 Seit dem Sündenfall sind wir in der Fähigkeit zur Erkenntnis des Guten und Bösen im Wesentlichen gleich; trotzdem suchen wir gerade hier unsere besonderen Vorzüge. Aber erst jenseits dieser Erkenntnis beginnen die wahren Verschiedenheiten. Der gegenteilige Schein wird durch folgendes hervorgerufen: Niemand kann sich mit der Erkenntnis allein begnügen, sondern muß sich bestreben, ihr gemäß zu handeln. Dazu aber ist ihm die Kraft nicht mitgegeben, er muß daher sich zerstören, selbst auf die Gefahr hin, sogar dadurch die notwendige Kraft nicht zu erhalten, aber es bleibt ihm nichts anderes übrig, als dieser letzte Versuch. (Das ist auch der Sinn der Todesdrohung beim Verbot des Essens vom Baume der Erkenntnis; vielleicht ist das auch der ursprüngliche Sinn des natürlichen Todes.) Vor diesem Versuch nun fürchtet er sich; lieber will er die Erkenntnis des Guten und Bösen rückgängig machen (die Bezeichnung »Sündenfall« geht auf diese Angst zurück); aber das Geschehene kann nicht rückgängig gemacht, sondern nur getrübt werden. Zu diesem Zweck entstehen die Motivationen. Die ganze Weit ist ihrer voll, ja die ganze sichtbare Welt ist vielleicht nichts anderes als eine Motivation des einen Augenblick lang ruhenwollenden Menschen. Ein Versuch, die Tatsache der Erkenntnis zu fälschen, die Erkenntnis erst zum Ziel zu machen.
87 Ein Glaube wie ein Fallbeil, so schwer, so leicht.

88 Der Tod ist vor uns, etwa wie im Schulzimmer an der Wand ein Bild der Alexanderschlacht. Es kommt darauf an, durch unsere Taten noch in diesem Leben das Bild zu verdunkeln oder gar auszulöschen.
89 Ein Mensch hat freien Willen, und zwar dreierlei: Erstens war er frei, als er dieses Leben wollte; jetzt kann er es allerdings nicht mehr rückgängig machen, denn er ist nicht mehr jener, der es damals wollte, es wäre denn insoweit, als er seinen damaligen Willen ausführt, indem er lebt.
Zweitens ist er frei, indem er die Gangart und den Weg dieses Lebens wählen kann.
Drittens ist er frei, indem er als derjenige, der einmal wieder sein wird, den Willen hat, sich unter jeder Bedingung durch das Leben gehen und auf diese Weise zu sich kommen zu lassen, und zwar auf einem zwar wählbaren, aber jedenfalls derartig labyrinthischen Weg, daß er kein Fleckchen dieses Lebens unberührt läßt.
Das ist das Dreierlei des freien Willens, es ist aber auch, da es gleichzeitig ist, ein Einerlei und ist im Grunde so sehr Einerlei, daß es keinen Platz hat für einen Willen, weder für einen freien noch unfreien.
90* Zwei Möglichkeiten: sich unendlich klein machen oder es sein. Das zweite ist Vollendung, also Untätigkeit, das erste Beginn, also Tat.
91* Zur Vermeidung eines Wortirrtums: Was tätig zerstört werden soll, muß vorher ganz fest gehalten worden sein; was zerbröckelt, zerbröckelt, kann aber nicht zerstört werden.
92 Die erste Götzenanbetung war gewiß Angst vor den Dingen, aber damit zusammenhängend Angst vor der Notwendigkeit der Dinge und damit zusammenhängend Angst vor der Verantwortung für die Dinge. So ungeheuer erschien diese Verantwortung, daß man sie nicht einmal einem einzigen Außermenschlichen aufzuerlegen wagte, denn auch durch Vermittlung eines Wesens wäre die menschliche Verantwortung noch nicht genug erleichtert worden, der Verkehr mit nur einem Wesen wäre noch allzusehr von Verantwortung befleckt gewesen, deshalb gab man jedem Ding die Verantwortung für sich selbst, mehr noch, man gab diesen Dingen auch noch eine verhältnismäßige Verantwortung für den Menschen.
93* Zum letztenmal Psychologie!
94 Zwei Aufgaben des Lebensanfangs: Deinen Kreis immer mehr einschränken und immer wieder nachprüfen, ob du dich nicht irgendwo außerhalb deines Kreises versteckt hältst.
95* Das Böse ist manchmal in der Hand wie ein Werkzeug, erkannt oder unerkannt läßt es sich, wenn man den Willen hat, ohne Widerspruch zur Seite legen.
96 Die Freuden dieses Lebens sind nicht die seinen, sondern unsere Angst vor dem Aufsteigen in ein höheres Leben; die Qualen dieses Lebens sind nicht die seinen, sondern unsere Selbstqual wegen jener Angst.
97 Nur hier ist Leiden Leiden. Nicht so, als ob die, welche hier leiden, anderswo wegen dieses Leidens erhöht werden sollen, sondern so, daß das, was in dieser Welt leiden heißt, in einer andern Welt, unverändert und nur befreit von seinem Gegensatz, Seligkeit ist.

98* Die Vorstellung von der unendlichen Weite und Fülle des Kosmos ist das Ergebnis der zum Äußersten getriebenen Mischung von mühevoller Schöpfung und freier Selbstbesinnung.

99 Wieviel bedrückender als die unerbittlichste Überzeugung von unserem gegenwärtigen sündhaften Stand ist selbst die schwächste Überzeugung von der einstigen, ewigen Rechtfertigung unserer Zeitlichkeit. Nur die Kraft im Ertragen dieser zweiten Überzeugung, welche in ihrer Reinheit die erste voll umfaßt, ist das Maß des Glaubens.

* Manche nehmen an, daß neben dem großen Urbetrug noch in jedem Fall eigens für sie ein kleiner besonderer Betrug veranstaltet wird, daß also, wenn ein Liebesspiel auf der Bühne aufgeführt wird, die Schauspielerin außer dem verlogenen Lächeln für ihren Geliebten auch noch ein besonders hinterhältiges Lächeln für den ganz bestimmten Zuschauer auf der letzten Galerie hat. Das heißt zu weit gehen.

100 Es kann ein Wissen vom Teuflischen geben, aber keinen Glauben daran, denn mehr Teuflisches, als da ist, gibt es nicht.

101 Die Sünde kommt immer offen und ist mit den Sinnen gleich zu fassen. Sie geht auf ihren Wurzeln und muß nicht ausgerissen werden.

102 Alle Leiden um uns müssen auch wir leiden. Wir alle haben nicht *einen* Leib, aber *ein* Wachstum, und das führt uns durch alle Schmerzen, ob in dieser oder jener Form. So wie das Kind durch alle Lebensstadien bis zum Greis und zum Tod sich entwickelt (und jenes Stadium im Grunde dem früheren, im Verlangen oder in Furcht, unerreichbar scheint) ebenso entwickeln wir uns (nicht weniger tief mit der Menschheit verbunden als mit uns selbst) durch alle Leiden dieser Welt. Für Gerechtigkeit ist in diesem Zusammenhang kein Platz, aber auch nicht für Furcht vor den Leiden oder für die Auslegung des Leidens als eines Verdienstes.

103 Du kannst dich zurückhalten von den Leiden der Welt, das ist dir freigestellt und entspricht deiner Natur, aber vielleicht ist gerade dieses Zurückhalten das einzige Leid, das du vermeiden könntest.

104 Das Verführungsmittel dieser Welt sowie das Zeichen der Bürgschaft dafür, daß diese Welt nur ein Übergang ist, ist das gleiche. Mit Recht, denn nur so kann uns diese Welt verführen und es entspricht der Wahrheit. Das Schlimmste ist aber, daß wir nach geglückter Verführung die Bürgschaft vergessen und so eigentlich das Gute uns ins Böse, der Blick der Frau in ihr Bett gelockt hat.

105 Die Demut gibt jedem, auch dem einsam Verzweifelnden, das stärkste Verhältnis zum Mitmenschen, und zwar sofort, allerdings nur bei völliger und dauernder Demut. Sie kann das deshalb, weil sie die wahre Gebetsprache ist, gleichzeitig Anbetung und festeste Verbindung. Das Verhältnis zum Mitmenschen ist das Verhältnis des Gebetes, das Verhältnis zu sich das Verhältnis des Strebens; aus dem Gebet wird die Kraft für das Streben geholt.

* Kannst du denn etwas anderes kennen als Betrug? Wird einmal der Betrug vernichtet, darfst du ja nicht hinsehen oder wirst zur Salzsäule.

106 Alle sind zu A. sehr freundlich, so etwa wie man ein ausgezeichnetes Billard selbst vor guten Spielern sorgfältig zu bewahren sucht, solange bis der große Spieler

kommt, das Brett genau untersucht, keinen vorzeitigen Fehler duldet, dann aber, wenn er selbst zu spielen anfängt, sich auf die rücksichtsloseste Weise auswütet.

107 »Dann aber kehrte er zu seiner Arbeit zurück, so wie wenn nichts geschehen wäre.« Das ist eine Bemerkung, die uns aus einer unklaren Fülle alter Erzählungen geläufig ist, obwohl sie vielleicht in keiner vorkommt.

108 »Daß es uns an Glauben fehle, kann man nicht sagen. Allein die einfache Tatsache unseres Lebens ist in ihrem Glaubenswert gar nicht auszuschöpfen.« »Hier wäre ein Glaubenswert? Man kann doch nicht nicht-leben.« »Eben in diesem ›kann doch nicht‹ steckt die wahnsinnige Kraft des Glaubens; in dieser Verneinung bekommt sie Gestalt.«

* Es ist nicht notwendig, daß du aus dem Hause gehst. Bleib bei deinem Tisch und horche. Horche nicht einmal, warte nur. Warte nicht einmal, sei völlig still und allein. Anbieten wird sich dir die Welt zur Entlarvung, sie kann nicht anders, verzückt wird sie sich vor dir winden.

Das erste Oktavheft

Jeder Mensch trägt ein Zimmer in sich. Diese Tatsache kann man sogar durch das Gehör nachprüfen. Wenn einer schnell geht und man hinhorcht, etwa in der Nacht, wenn alles ringsherum still ist, so hört man zum Beispiel das Scheppern eines nicht genug befestigten Wandspiegels.

Er steht mit eingedrückter Brust, vorragenden Schultern, hängenden Armen, kaum zu erhebenden Beinen, auf eine Stelle starrendem Blick. Ein Heizer. Er nimmt Kohle auf die Schaufel und stößt sie in das Ofenloch voll Flammen. Ein Kind hat sich durchgestohlen durch die zwanzig Fabrikshöfe und zupft ihn am Schurz. »Vater«, sagt es, »ich bringe dir die Suppe.«

Ist hier wärmer als unten auf der winterlichen Erde? Weiß ragt es rings, mein Kübel das einzig Dunkle. War ich früher hoch, bin ich jetzt tief, der Blick zu den Bergen renkt mir den Hals aus. Weißgefrorene Eisfläche, strichweise durchschnitten von den Bahnen verschwundener Schlittschuhläufer. Auf dem hohen, keinen Zoll breit einsinkenden Schnee, folge ich der Fußspur der kleinen arktischen Hunde. Mein Reiten hat den Sinn verloren, ich bin abgestiegen und trage den Kübel auf der Achsel.

V. W.
Meinen innigsten Dank für das Beethovenbuch. Den Schopenhauer beginne ich heute. Was für eine Leistung, dieses Buch. Möchten Sie doch mit Ihrer allerzartesten Hand, mit Ihrem allerstärksten Blick für die wahrhafte Realität, mit dem gezügelten und mächtigen Grundfeuer Ihres dichterischen Wesens, mit Ihrem phantastisch weiten Wissen noch weiter solche Denkmäler aufrichten – zu meiner unaussprechlichen Freude.

Alt, in großer Leibesfülle, unter leichten Herzbeschwerden, lag ich nach dem Mittagessen, einen Fuß am Boden, auf dem Ruhebett und las ein geschichtliches Werk. Die Magd kam und meldete, zwei Finger an den zugespitzten Lippen, einen Gast.

»Wer ist es?« fragte ich, ärgerlich darüber, zu einer Zeit, da ich den Nachmittagskaffee erwartete, einen Gast empfangen zu sollen.

»Ein Chineser«, sagte die Magd und unterdrückte, krampfhaft sich drehend, ein Lachen, das der Gast vor der Türe nicht hören sollte.

»Ein Chinese? Zu mir? Ist er in Chinesenkleidung?«

Die Magd nickte, noch immer mit dem Lachreiz kämpfend.

»Nenn ihm meinen Namen, frag, ob er wirklich mich besuchen will, der ich unbekannt im Nachbarhaus, wie sehr erst unbekannt in China bin.«

Die Magd schlich zu mir und flüsterte: »Er hat nur eine Visitkarte, darauf steht, daß er vorgelassen zu werden bittet. Deutsch kann er nicht, er redet eine unverständliche Sprache, die Karte ihm wegzunehmen fürchtete ich mich.«

»Er soll kommen!« rief ich, warf in der Erregtheit, in die ich durch mein Herzleiden oft geriet, das Buch zu Boden und verfluchte die Ungeschicklichkeit der Magd. Aufstehend und meine Riesengestalt reckend, mit der ich in dem niedrigen Zimmer jeden Besucher erschrecken mußte, ging ich zur Tür. Tatsächlich hatte mich der Chinese kaum erblickt, als er gleich wieder hinaushuschte. Ich langte nur in den Gang und zog den Mann vorsichtig an seinem Seidengürtel zu mir herein. Es war offenbar ein Gelehrter, klein, schwach, mit Hornbrille, schütterem grauschwarzem steifem Ziegenbart. Ein freundliches Männchen, hielt den Kopf geneigt und lächelte mit halbgeschlossenen Augen.

Der Advokat Dr. Bucephalus ließ eines Morgens seine Wirtschafterin zu seinem Bett kommen und sagte ihr: »Heute beginnt die große Verhandlung im Prozeß meines Bruders Bucephalus gegen die Firma Trollhätta. Ich führe die Klage, und da die Verhandlung zumindest einige Tage dauern wird, und zwar ohne eigentliche Unterbrechung, werde ich in den nächsten Tagen überhaupt nicht nach Hause kommen. Sobald die Verhandlung beendet sein oder Aussicht auf Beendigung vorhanden sein wird, werde ich Ihnen telefonieren. Mehr kann ich jetzt nicht sagen, auch nicht die geringste Frage beantworten, da ich natürlich auf Erhaltung meiner vollen Stimmkraft bedacht sein muß. Deshalb bringen Sie mir auch zum Frühstück zwei rohe Eier und Tee mit Honig.« Und sich langsam in die Polster zurücklehnend, die Hand über den Augen, verstummte er.

Die plappermäulige, aber vor ihrem Herrn in Furcht ersterbende Wirtschafterin war sehr betroffen. So plötzlich kam eine so außerordentliche Anordnung. Noch abends hatte der Herr mit ihr gesprochen, aber keine Andeutung darüber gemacht, was bevorstand. Die Verhandlung konnte doch nicht in der Nacht angesetzt worden sein. Und gibt es Verhandlungen, die tagelang ununterbrochen dauern? Und warum nannte der Herr die Prozeßparteien, was er doch ihr gegenüber sonst niemals tat? Und was für einen ungeheuern Prozeß konnte der Bruder des Herrn, der kleine Gemüsehändler Adolf Bucephalus haben, mit dem übrigens der Herr schon seit langem auf keinem guten Fuß zu stehen schien? Und wie paßte es zu den unausdenkbaren Anstrengungen, die dem Herrn bevorstanden, daß er jetzt so müde in seinem Bette lag und sein, wenn das Frühlicht nicht täuschte, irgendwie verfallenes Gesicht mit der Hand bedeckte? Und nur Tee und Eier sollten gebracht werden, nicht auch wie sonst ein wenig Wein und Schinken, um die Lebensgeister völlig aufzuwecken? Mit solchen Gedanken kehrte die Wirtschafterin in die Küche zurück, setzte sich nur für ein Weilchen auf ihren Lieblingsplatz beim Fenster, zu den Blumen und dem Kanarienvogel, blickte auf die gegenüberliegende Hofseite, wo hinter einem Fenstergitter zwei Kinder halbnackt im Spiel miteinander kämpften, wandte sich dann seufzend ab, goß den Tee ein, holte zwei Eier aus der Speisekammer, ordnete alles auf einem Tablett, konnte es sich nicht versagen, die Weinflasche als wohltätige Verlockung auch mitzunehmen und ging mit dem allem ins Schlafzimmer.

Es war leer. Wie, der Herr war doch nicht schon weg? In einer Minute konnte er sich doch nicht angezogen haben? Aber die Wäsche und die Kleider waren auch nicht mehr zu sehn. Was hat denn der Herr um Himmels willen? Ins Vorzimmer! Auch Mantel, Hut und Stock sind fort. Zum Fenster! Beim Leibhaftigen, da tritt der Herr aus dem Tor, den Hut im Nacken, den Mantel offen, die Aktenmappe an sich gedrückt, den Stock in eine Manteltasche gehängt.

Sie kennen das Trocadéro in Paris? In diesem Gebäude, von dessen Ausdehnung Sie sich nach bloßen Abbildungen keine auch nur annähernde Vorstellung machen können, findet soeben die Hauptverhandlung in einem großen Prozeß statt. Sie denken vielleicht nach, wie es möglich ist, ein solches Gebäude in diesem fürchterlichen Winter genügend zu heizen. Es wird nicht geheizt. In einem solchen Fall gleich an die Heizung denken, das kann man nur in dem niedlichen Landstädtchen, in dem Sie Ihr Leben verbringen. Das Trocadéro wird nicht geheizt, aber dadurch wird der Fortgang des Prozesses nicht gehindert, im Gegenteil, mitten in dieser von allen Seiten herauf und herab strahlenden Kälte wird in ganz ebenbürtigem Tempo kreuz und quer, der Länge und der Breite nach, prozessiert.

Gestern kam eine Ohnmacht zu mir. Sie wohnt im Nachbarhaus, ich habe sie dort schon öfters abends im niedrigen Tor gebückt verschwinden sehn. Eine große Dame mit lang fließendem Kleid und breitem, mit Federn geschmücktem Hut. Eiligst kam sie rauschend durch meine Tür, wie ein Arzt, der fürchtet, zu spät zum auslöschenden Kranken gekommen zu sein.

»Anton«, rief sie mit hohler und doch sich rühmender Stimme, »ich komme, ich bin da!«

In den Sessel, auf den ich zeigte, ließ sie sich fallen. »Hoch wohnst du, hoch wohnst du«, sagte sie stöhnend.

Tief in meinem Lehnstuhl nickte ich. Zahllos hüpften vor meinen Augen die Treppenstufen auf, die zu meinen Zimmern führten, eine hinter der andern, unermüdliche kleine Wellen.

»Warum so kalt?« fragte sie, zog ihre langen alten Fechterhandschuhe aus, warf sie auf den Tisch und sah mich, den Kopf geneigt, augenzwinkernd an.

Mir war, als sei ich ein Spatz, übe auf der Treppe meine Sprünge und sie zerzause mein weiches flockiges graues Gefieder.

»Es tut mir von Herzen leid, daß du dich nach mir verzehrst. Oft schon sah ich aufrichtig traurig in dein abgehärmtes Gesicht, wenn du im Hof standst und zu meinem Fenster aufblicktest. Nun, ich bin dir nicht ungünstig gesinnt und hast du auch mein Herz noch nicht, so kannst du es doch erobern.«

In was für Gleichgültigkeit Menschen kommen können, in wie tiefe Überzeugung, für immer die rechte Spur verloren zu haben.

Ein Irrtum. Es war nicht meine Türe oben auf dem langen Gang, die ich geöffnet hatte. »Ein Irrtum«, sagte ich und wollte wieder hinausgehen. Da sah ich den Inwohner, einen mageren bartlosen Mann, mit festgeschlossenem Munde an einem Tischchen sitzen, auf dem nur eine Petroleumlampe stand.

In unserem Haus, diesem ungeheuren Vorstadthaus, einer von unzerstörbaren mittelalterlichen Ruinen durchwachsenen Mietskaserne, wurde heute am nebligen eisigen Wintermorgen folgender Aufruf verbreitet:

An alle meine Hausgenossen:

Ich besitze fünf Kindergewehre. Sie hängen in meinem Kasten, an jedem Haken eines. Das erste gehört mir, zu den andern kann sich melden, wer will. Melden sich mehr als vier, so müssen die überzähligen ihre eigenen Gewehre mitbringen und in meinem Kasten deponieren. Denn Einheitlichkeit muß sein, ohne Einheitlichkeit kommen wir nicht vorwärts. Übrigens habe ich nur Gewehre, die zu sonstiger Verwendung ganz unbrauchbar sind, der Mechanismus ist verdorben, der Pfropfen abgerissen, nur die Hähne knakken noch. Es wird also nicht schwer sein, nötigenfalls noch weitere solche Gewehre zu beschaffen. Aber im Grunde sind mir für die erste Zeit auch Leute ohne Gewehre recht. Wir, die wir Gewehre haben, werden im entscheidenden Augenblick die Unbewaffneten in die Mitte nehmen. Eine Kampfesweise, die sich bei den ersten amerikanischen Farmern gegenüber den Indianern bewährt hat, warum sollte sie sich nicht auch hier bewähren, da doch die Verhältnisse ähnlich sind. Man kann also sogar für die Dauer auf die Gewehre verzichten und selbst die fünf Gewehre sind nicht unbedingt nötig, und nur weil sie schon einmal vorhanden sind, sollen sie auch verwendet werden. Wollen sie aber die vier andern nicht tragen, so sollen sie es bleiben lassen. Dann werde also ich allein als Führer eines tragen. Aber wir sollen keinen Führer haben und so werde auch ich mein Gewehr zerbrechen oder weglegen.

Das war der erste Aufruf. In unserem Haus hat man keine Zeit und keine Lust, Aufrufe zu lesen oder gar zu überdenken. Bald schwammen die kleinen Papiere in dem Schmutzstrom, der, vom Dachboden ausgehend, von allen Korridoren genährt, die Treppe hinabspült und dort mit dem Gegenstrom kämpft, der von unten hinaufschwillt. Aber nach einer Woche kam ein zweiter Aufruf:

Hausgenossen!

Es hat sich bisher niemand bei mir gemeldet. Ich war, soweit ich nicht meinen Lebensunterhalt verdienen muß, fortwährend zu Hause und für die Zeit meiner Abwesenheit, während welcher meine Zimmertür stets offen war, lag auf meinem Tisch ein Blatt, auf dem sich jeder, der wollte, einschreiben konnte. Niemand hats getan.

Manchmal glaube ich, alle meine vergangenen und künftigen Sünden durch die Schmerzen meiner Knochen abzubüßen, wenn ich abends oder gar morgens nach einer Nachtschicht aus der Maschinenfabrik nach Hause komme. Ich bin nicht kräftig genug zu dieser Arbeit, das weiß ich schon seit langem und doch ändere ich nichts.

In unserm Hause, diesem ungeheuren Vorstadthause, einer von mittelalterlichen Ruinen durchwachsenen Mietskaserne, wohnt auf dem gleichen Gang wie ich, bei einer Arbeiterfamilie, ein Amtsschreiber. Sie nennen ihn zwar Beamter, aber er kann doch nur ein kleiner Schreiber sein, der mitten in dem Nest des fremden Ehepaars und seiner sechs Kinder auf einem Strohsack am Boden die Nächte verbringt. Und wenn es also ein kleiner Schreiber ist, was kümmert er mich. Selbst in diesem Haus, in dem sich doch das Elend versammelt, das die Stadt auskocht, gibt es gewiß über hundert Leute …

Auf dem gleichen Gang wie ich wohnt ein Flickschneider. Trotz aller Vorsicht verbrauche ich die Kleider zu bald, letzthin mußte ich wieder einen Rock zum Schneider tragen. Es war ein schöner, warmer Sommerabend. Der Schneider hat für sich, die Frau und sechs Kinder nur ein Zimmer, das gleichzeitig Küche ist. Überdies aber hat er noch einen Mieter bei sich, einen Schreiber von der Steuerbehörde. Dieser Zimmerbelag geht doch ein wenig über das Übliche hinaus, das ja in unserem Hause schon arg genug ist. Immerhin, man läßt jedem das Seine, der Schneider hat gewiß für seine Sparsamkeit unwiderlegliche Gründe und keinem Fremden fällt es ein, eine Besprechung dieser Gründe einzuleiten.

19. Februar 1917.

Heute gelesen Hermann und Dorothea, einiges aus Richters Lebenserinnerungen, Bilder von ihm gesehn und schließlich eine Szene aus Hauptmanns Griselda gelesen. Bin für den Augenblick der nächsten Stunde ein anderer Mensch. Alle Aussichten zwar nebelhaft wie immer, aber veränderte Nebelbilder. In den schweren Stiefeln, die ich heute zum erstenmal angezogen habe (sie waren ursprünglich für den Militärdienst bestimmt), steckt ein anderer Mensch.

Ich wohne bei Herrn Krummholz, das Zimmer teile ich mit einem Schreiber von der Steuerbehörde. Außerdem schlafen in dem Zimmer in gemeinsamem Bett zwei Töchter des Krummholz, ein sechs- und ein siebenjähriges Mädchen. Seit dem ersten Tage, an welchem der Schreiber einzog – ich selbst wohne schon jahrelang bei Krummholz – hatte ich einen zunächst ganz unbestimmten Verdacht gegen ihn. Ein Mann unter Mittelgröße, schwach, wohl mit nicht ganz fester Lunge, grauen, ihn umschlotternden Kleidern, faltigem Gesicht unbestimmbaren Alters, graublonden, länglichen, über die Ohren gekämmten Haaren, einer weit auf der Nase vorgerückten Brille, und einem kleinen, gleichfalls ergrauenden Ziegenbart.

Es war kein heiteres Leben, das ich damals beim Bahnbau am mittlern Kongo führte.

Ich saß in meiner Holzhütte auf der überdeckten Veranda. Anstatt einer Längswand war ein außerordentlich feinmaschiges Moskitonetz ausgespannt, das ich von einem der Arbeiterführer, dem Häuptling eines Stammes, durch dessen Gebiet unsere Bahn gehn sollte, erstanden hatte. Ein Hanfnetz, so fest und zart zugleich, wie man es in Europa gar nicht herstellen könnte. Es war mein Stolz und ich wurde viel darum beneidet. Ohne dieses Netz wäre es gar nicht möglich gewesen, friedlich am Abend auf der Veranda zu sitzen, das Licht aufzudrehn, wie ich es jetzt tat, eine alte europäische Zeitung zum Studium vorzunehmen und mächtig dazu die Pfeife zu rauchen.

Ich habe – wer kann noch so frei von seinen Fähigkeiten sprechen – das Handgelenk eines alten glücklichen unermüdlichen Anglers.

Ich sitze zum Beispiel zu Hause, ehe ich angeln gehe, und drehe scharf zusehend die rechte Hand, einmal hin und einmal her. Das genügt, um mir in Anblick und Gefühl das Ergebnis des künftigen Angelns oft bis in Einzelheiten zu offenbaren. Ein Ahnungsvermögen dieses gelenkigen Gelenkes, das ich in Ruhezeiten, um es Kraft sammeln zu lassen, in ein Goldarmband einschließe. Ich sehe das Wasser meines Fischplatzes in der besonderen Strömung der besonderen Stunde, ein Querschnitt des Flusses zeigt sich mir, eindeutig an Zahl und Art dringen an zehn, zwanzig, ja hundert verschiedenen Stellen Fische gegen diese Schnittfläche vor, nun weiß ich, wie die Angel zu führen ist, manche durchstoßen ungefährdet mit dem Kopf die Fläche, da lasse ich die Angel vor ihnen schwanken und schon hängen sie, die Kürze dieses Schicksalsaugenblicks entzückt mich selbst am häuslichen Tisch, andere Fische dringen bis an den Bauch vor, nun ist hohe Zeit, manche ereile ich noch, andere aber entwischen der gefährlichen Fläche selbst mit dem Schwanz und sind für diesmal mir verloren, nur für diesmal, einem wahren Angler entgeht kein Fisch.

Das zweite Oktavheft

[Im Anschluß an ›Eine Kreuzung‹]

Ein kleiner Junge hatte als einziges Erbstück nach seinem Vater eine Katze und ist durch sie Bürgermeister von London geworden. Was werde ich durch mein Tier werden, mein Erbstück? Wo dehnt sich die riesige Stadt?

Die geschriebene und überlieferte Weltgeschichte versagt oft vollständig, das menschliche Ahnungsvermögen aber führt zwar oft irre, führt aber, verläßt einen nicht. So ist zum Beispiel die Überlieferung von den sieben Weltwundern immer von dem Gerücht umgeben gewesen, daß noch ein achtes Weltwunder bestanden habe und es wurden auch über dieses achte Wunder verschiedene einander vielleicht widersprechende Mitteilungen gemacht, deren Unsicherheit man durch das Dunkel der alten Zeiten erklärte.

Sie werden, meine Damen und Herren, so etwa lautete die Ansprache des europäisch gekleideten Arabers an die Reisegesellschaft, welche kaum zuhörte, sondern förmlich geduckt, das unglaubliche Bauwerk, das sich vor ihnen auf kahlem Steinboden erhob, betrachtete, Sie werden an dieser Stelle gewiß zugeben, daß meine Firma alle andern Reiseagenturen, selbst die mit Recht altberühmten, bei weitem übertrifft. Während diese Konkurrenten nach alter billiger Gewohnheit ihre Klienten nur zu den sieben Weltwundern der Geschichtsbücher führen, zeigt unsere Firma das achte Weltwunder.

Nein, nein.

Manche sagen, er sei ein Heuchler, manche wieder, es habe nur den Anschein. Meine Eltern kennen seinen Vater; als dieser am letzten Sonntag bei uns zu Besuch war, fragte ich geradezu nach dem Sohn. Nun ist der alte Herr sehr schlau, man kommt ihm schwer bei und mir fehlt jede Geschicklichkeit zu solchen Angriffen. Das Gespräch war lebhaft, kaum aber hatte ich meine Frage eingeworfen, wurde es still. Mein Vater begann nervös mit seinem Bart zu spielen, meine Mutter stand auf, um nach dem Tee zu sehn, der alte Herr aber blickte mich aus seinen blauen Augen lächelnd an und hatte sein faltiges bleiches Gesicht mit den starken weißen Haaren zur Seite geneigt. »Ja der Junge«, sagte er und wandte seinen Blick zur Tischlampe, die an diesem frühen Winterabend schon brannte. »Haben Sie schon einmal mit ihm gesprochen?« fragte er dann. »Nein«, sagte ich, »aber ich habe schon viel von ihm gehört und ich würde sehr gern mit ihm sprechen, wenn er mich einmal empfangen wollte.«

»Was denn? Was denn?« rief ich, noch vom Schlaf im Bett niedergehalten und streckte die Arme in die Höhe. Dann stand ich auf, der Gegenwart noch lange nicht bewußt, hatte das Gefühl, als müßte ich einige Leute, die mich hinderten, zur Seite schieben, tat auch die nötigen Handbewegungen und kam so endlich zum offenen Fenster.

Hilflos, eine Scheune im Frühjahr, ein Schwindsüchtiger im Frühjahr.

Manchmal geschieht es, die Gründe dessen sind oft kaum zu ahnen, daß der größte Stierkämpfer zu seinem Kampfplatz die verfallene Arena eines abseits gelegenen Städtchens wählt, dessen Namen bisher das Madrider Publikum kaum gekannt hat. Eine Arena, vernachlässigt seit Jahrhunderten, hier wuchernd von Rasen, Spielplatz der Kinder, dort glühend mit kahlen Steinen, Ruheplatz der Schlangen und Eidechsen. Oben an den Rändern längst abgetragen, Steinbruch für alle Häuser in der Runde, jetzt nur ein kleiner Kessel, der kaum fünfhundert Menschen faßt. Keine Nebengebäude, keine Ställe vor allem, aber das Schlimmste, die Eisenbahn ist noch nicht bis hierher ausgebaut, drei Stunden Wagenfahrt, sieben Stunden Fußweg von der nächsten Station.

Meine zwei Hände begannen einen Kampf. Das Buch, in dem ich gelesen hatte, klappten sie zu und schoben es beiseite, damit es nicht störe. Mir salutierten sie und ernannten mich zum Schiedsrichter. Und schon hatten sie die Finger ineinander verschränkt und schon jagten sie am Tischrand hin, bald nach rechts, bald nach links, je nach dem Überdruck der einen oder der andern. Ich ließ keinen Blick von ihnen. Sind es meine Hände, muß ich ein gerechter Richter sein, sonst halse ich mir selbst die Leiden eines falschen Schiedsspruchs auf. Aber mein Amt ist nicht leicht, im Dunkel zwischen den Handtellern werden verschiedene Kniffe angewendet, die ich nicht unbeachtet lassen darf, ich drücke deshalb das Kinn an den Tisch und nun entgeht mir nichts. Mein Leben lang habe ich die Rechte, ohne es gegen die Linke böse zu meinen, bevorzugt. Hätte doch die Linke einmal etwas gesagt, ich hätte, nachgiebig und rechtlich wie ich bin, gleich den Mißbrauch eingestellt. Aber sie muckste nicht, hing an mir hinunter und während etwa die Rechte auf der Gasse meinen Hut schwang, tastete die Linke ängstlich meinen Schenkel ab. Das war eine schlechte Vorbereitung zum Kampf, der jetzt vor sich geht. Wie willst Du auf die Dauer, linkes Handgelenk, gegen dieses gewaltige rechte Dich stemmen? Wie Deinen mädchenhaften Finger in der Klemme der fünf andern behaupten? Das scheint mir kein Kampf mehr, sondern natürliches Ende der Linken. Schon ist sie in die äußerste linke Ecke des Tisches gedrängt, und an ihr regelmäßig auf und nieder schwingend wie ein Maschinenkolben die Rechte. Bekäme ich angesichts dieser Not nicht den erlösenden Gedanken, daß es meine eigenen Hände sind, die hier im Kampf stehn und daß ich sie mit einem leichten Ruck voneinander wegziehn kann und damit Kampf und Not beenden – bekäme ich diesen Gedanken nicht, die Linke wäre aus dem Gelenk gebrochen, vom Tisch geschleudert worden und dann vielleicht die Rechte in der Zügellosigkeit des Siegers wie der fünfköpfige Höllenhund mir selbst ins aufmerksame Gesicht gefahren. Statt dessen liegen die zwei jetzt übereinander, die Rechte streichelt den Rücken der Linken und ich unehrlicher Schiedsrichter nicke dazu.

Endlich gelang es unsern Truppen, beim Südtor in die Stadt einzubrechen. Meine Abteilung lagerte in einem Vorstadtgarten unter halb verbrannten Kirschbäumen und wartete auf Befehle. Als wir aber den hohen Ton der Trompeten vom Südtor hörten, konnte uns nichts mehr halten. Mit den Waffen, die jeder zunächst faßte, ohne Ordnung, den Arm um den Kameraden geschlungen, »Kahira Kahira« unsern Feldruf heulend, trabten wir in langen Reihen durch die Sümpfe zur Stadt. Am Südtor fanden wir schon nur Leichen und gelben Rauch, der über dem Boden schwelte und alles verdeckte. Aber wir wollten nicht nur Nachzügler sein und wendeten uns gleich in enge Nebengassen, die bisher vom Kampf verschont geblieben waren. Die erste Haustür zerbarst unter meiner Hacke, so wild drängten wir in den Flur ein, daß wir uns zuerst umeinanderdrehten. Ein Alter kam uns aus einem langen leeren Gang entgegen. Sonderbarer Alter – er hatte Flügel. Breit ausgespannte Flügel, am Außenrand höher als er selbst. »Er hat Flügel«, rief ich meinem Kameraden zu, und wir vordern wichen etwas zurück, soweit es die hinten Nachdrängenden erlaubten. »Ihr wundert euch«, sagte der Alte, »wir alle haben Flügel, aber sie haben uns nichts genützt und könnten wir sie uns abreißen, wir täten es.« »Warum seid ihr nicht fortgeflogen?« fragte ich. »Aus unserer Stadt hätten wir fortfliegen sollen? Die Heimat verlassen? Die Toten und die Götter?«

Das dritte Oktavheft

18. Oktober 1917. Furcht vor der Nacht. Furcht vor der Nicht-Nacht.

19. Oktober. Sinnlosigkeit (zu starkes Wort) der Trennung des Eigenen und Fremden im geistigen Kampf.

Alle Wissenschaft ist Methodik im Hinblick auf das Absolute. Deshalb ist keine Angst vor dem eindeutig Methodischen nötig. Es ist Hülse, aber nicht mehr als alles außer dem Einen.

Alle kämpfen wir einen Kampf. (Wenn ich angegriffen von der letzten Frage nach Waffen hinter mich greife, kann ich nicht unter den Waffen wählen, und selbst wenn ich wählen könnte, müßte ich ›fremde‹ fassen, denn wir haben alle nur einen Waffenvorrat.) Ich kann keinen eigenen führen; glaube ich einmal selbständig zu sein, sehe ich einmal niemanden um mich, so ergibt sich bald, daß ich infolge der mir nicht gleich oder überhaupt nicht zugänglichen allgemeinen Konstellation diesen Posten übernehmen mußte. Dies schließt natürlich nicht aus, daß es Vorreiter, Nachzügler, Franktireure und alle Gewohnheiten und Sonderbarkeiten der Kriegführung gibt, aber es gibt keinen selbständig Kriegführenden. [Demütigung] der Eitelkeit? Ja, aber auch notwendige und wahrheitsgemäße Ermutigung.

Ich irre ab.

Der wahre Weg geht über ein Seil, das nicht in der Höhe gespannt ist, sondern knapp über dem Boden. Es scheint mehr bestimmt stolpern zu machen, als begangen zu werden.

Immer erst aufatmen von Eitelkeits- und Selbstgefälligkeitsausbrüchen. Die Orgie beim Lesen der Erzählung im ›Juden‹. Wie ein Eichhörnchen im Käfig. Glückseligkeit der Bewegung, Verzweiflung der Enge, Verrücktheit der Ausdauer, Elendgefühl vor der Ruhe des Außerhalb. Alles dieses sowohl gleichzeitig als abwechselnd, noch im Kot des Endes.

Ein Sonnenstreifen Glückseligkeit.

Schwäche des Gedächtnisses für die Einzelheiten und den Gang der eigenen Welterfassung – ein sehr schlechtes Zeichen. Nur Bruchstücke eines Ganzen. Wie willst du an die größte Aufgabe auch nur rühren, wie willst du ihre Nähe nur wittern, ihr Dasein nur träumen, ihren Traum nur erbitten, die Buchstaben der Bitte zu lernen wagen, wenn du dich nicht so zusammenfassen kannst, daß du, wenn es zur Entscheidung kommt, dein Ganzes in einer Hand so zusammenhältst wie einen Stein zum Werfen, ein Messer zum Schlachten. Andrerseits: man muß nicht in die Hände spucken, ehe man sie faltet.

Ist es möglich, etwas Untröstliches zu denken? Oder vielmehr etwas Untröstliches ohne den Hauch des Trostes? Ein Ausweg läge darin, daß das Erkennen als solches Trost ist. Man könnte also wohl denken: Du mußt dich beseitigen, und könnte sich doch ohne Fälschung dieser Erkenntnis aufrecht erhalten, am Bewußtsein, es erkannt zu haben. Das heißt dann wirklich, an den eigenen Haaren sich aus dem Sumpf gezogen haben. Was in der körperlichen Welt lächerlich ist, ist in der geistigen möglich. Dort gilt kein Schwerkraftgesetz, (die Engel fliegen nicht, sie haben nicht irgendeine Schwerkraft aufgehoben, nur wir Beobachter der irdischen Welt wissen es nicht besser zu denken), was allerdings für uns nicht vorstellbar ist, oder erst auf einer hohen Stufe. Wie kläglich ist meine Selbsterkenntnis, verglichen etwa mit meiner Kenntnis meines Zimmers. (Abend.) Warum? Es gibt keine Beobachtung der innern Welt, so wie es eine der äußern gibt. Zumindest deskriptive Psychologie ist wahrscheinlich in der Gänze ein Anthropomorphismus, ein Annagen der Grenzen. Die innere Welt läßt sich nur leben, nicht beschreiben. – Psychologie ist die Beschreibung der Spiegelung der irdischen Welt in der himmlischen Fläche oder richtiger: Die Beschreibung einer Spiegelung, wie wir, Vollgesogene der Erde, sie uns denken, denn eine Spiegelung erfolgt gar nicht, nur wir sehen Erde, wohin wir uns auch wenden.

Psychologie ist Ungeduld.

Alle menschlichen Fehler sind Ungeduld, ein vorzeitiges Abbrechen des Methodischen, ein scheinbares Einpfählen der scheinbaren Sache.

Das Unglück Don Quixotes ist nicht seine Phantasie, sondern Sancho Pansa.

20. Oktober. Im Bett.

Es gibt zwei menschliche Hauptsünden, aus welchen sich alle andern ableiten: Ungeduld und Lässigkeit. Wegen der Ungeduld sind sie aus dem Paradiese vertrieben worden, wegen der Lässigkeit kehren sie nicht zurück. Vielleicht aber gibt es nur eine Hauptsünde: die Ungeduld. Wegen der Ungeduld sind sie vertrieben worden, wegen der Ungeduld kehren sie nicht zurück.

Wir sind, mit dem irdisch befleckten Auge gesehn, in der Situation von Eisenbahnreisenden, die in einem langen Tunnel verunglückt sind, und zwar an einer Stelle, wo man das Licht des Anfangs nicht mehr sieht, das Licht des Endes aber nur so winzig, daß der Blick es immerfort suchen muß und immerfort verliert, wobei Anfang und Ende nicht einmal sicher sind. Rings um uns aber haben wir in der Verwirrung der Sinne oder in der Höchstempfindlichkeit der Sinne lauter Ungeheuer und ein je nach der Laune und Verwundung des Einzelnen entzückendes oder ermüdendes kaleidoskopisches Spiel.

Was soll ich tun? oder: Wozu soll ich es tun? sind keine Fragen dieser Gegenden.

Viele Schatten der Abgeschiedenen beschäftigen sich nur damit, die Fluten des Totenflusses zu belecken, weil er von uns herkommt und noch den salzigen Geschmack unserer Meere hat. Vor Ekel sträubt sich dann der Fluß, nimmt eine rückläufige Strömung und schwemmt die Toten ins Leben zurück. Sie aber sind glücklich, singen Danklieder und streicheln den Empörten.

Von einem gewissen Punkt an gibt es keine Rückkehr mehr. Dieser Punkt ist zu erreichen.

Der entscheidende Augenblick der menschlichen Entwicklung ist immerwährend. Darum sind die revolutionären geistigen Bewegungen, welche alles Frühere für nichtig erklären, im Recht, denn es ist noch nichts geschehen.

Die Menschengeschichte ist die Sekunde zwischen zwei Schritten eines Wanderers.

Abend Spaziergang nach Oberklee.

Von außen wird man die Welt mit Theorien immer siegreich eindrücken und gleich mit in die Grube fallen, aber nur von innen sich und sie still und wahr erhalten.

Eines der wirksamsten Verführungsmittel des Bösen ist die Aufforderung zum Kampf. Er ist wie der Kampf mit Frauen, der im Bett endet.

Die wahren Seitensprünge des Ehemanns, die, richtig verstanden, niemals lustig sind.

21. Oktober. Im Sonnenschein.

Das Stillewerden und Wenigerwerden der Stimmen der Welt.

Eine alltägliche Verwirrung

Ein alltäglicher Vorfall: sein Ertragen eine alltägliche Verwirrung. A hat mit B aus H ein wichtiges Geschäft abzuschließen. Er geht zur Vorbesprechung nach H, legt den Hin- und Herweg in je zehn Minuten zurück und rühmt sich zu Hause dieser besonderen Schnelligkeit. Am nächsten Tag geht er wieder nach H, diesmal zum endgültigen Geschäftsabschluß. Da dieser voraussichtlich mehrere Stunden erfordern wird, geht A sehr früh morgens fort. Obwohl aber alle Nebenumstände, wenigstens nach A's Meinung, völlig die gleichen sind wie am Vortag, braucht er diesmal zum Weg nach H zehn Stunden. Als er dort ermüdet abends ankommt, sagt man ihm, daß B, ärgerlich wegen A's Ausbleiben, vor einer halben Stunde zu A in sein Dorf gegangen sei und sie sich eigentlich unterwegs hätten treffen müssen. Man rät A zu warten. A aber, in Angst wegen des Geschäftes, macht sich sofort auf und eilt nach Hause.

Diesmal legt er den Weg, ohne besonders darauf zu achten, geradezu in einem Augenblick zurück. Zu Hause erfährt er, B sei doch schon gleich früh gekommen – gleich nach dem Weggang A's; ja, er habe A im Haustor getroffen, ihn an das Geschäft erinnert, aber A habe gesagt, er hätte jetzt keine Zeit, er müsse jetzt eilig fort.

Trotz diesem unverständlichen Verhalten A's sei aber B doch hier geblieben, um auf A zu warten. Er habe zwar schon oft gefragt, ob A nicht schon wieder zurück sei, befinde sich aber noch oben in A's Zimmer. Glücklich darüber, B jetzt noch zu sprechen und ihm alles erklären zu können, läuft A die Treppe hinauf. Schon ist er fast oben, da stolpert er, erleidet eine Sehnenzerrung und fast ohnmächtig vor Schmerz, unfähig sogar zu schreien, nur winselnd im Dunkel hört er, wie B – undeutlich ob in großer Ferne oder knapp neben ihm – wütend die Treppe hinunterstampft und endgültig verschwindet.

Das Teuflische nimmt manchmal das Aussehn des Guten an oder verkörpert sich sogar vollständig in ihm. Bleibt es mir verborgen, unterliege ich natürlich, denn dieses Gute ist verlockender als das wahre. Wie aber wenn es mir nicht verborgen bleibt? Wenn ich auf einer Treibjagd von Teufeln ins Gute gejagt werde? Wenn ich als Gegenstand des Ekels von an mir herumtastenden Nadelspitzen zum Guten gewälzt, gestochen, gedrängt werde? Wenn die sichtbaren Krallen des Guten nach mir greifen? Ich weiche einen Schritt zurück und rücke weich und traurig ins Böse, das hinter mir die ganze Zeit über auf meine Entscheidung gewartet hat.

[Ein Leben.] Eine stinkende Hündin, reichliche Kindergebärerin, stellenweise schon faulend, die aber in meiner Kindheit mir alles war, die in Treue unaufhörlich mir folgt, die ich zu schlagen mich nicht überwinden kann, vor der ich schrittweise rückwärts weiche und die mich doch, wenn ich mich nicht anders entscheide, in den schon sichtbaren Mauerwinkel drängen wird, um dort auf mir und mit mir gänzlich zu verwesen, bis zum Ende – ehrt es mich? –, das Eiter- und Wurmfleisch ihrer Zunge an meiner Hand.

Es gibt Überraschungen des Bösen. Plötzlich wendet es sich um und sagt: »Du hast mich mißverstanden«, und es ist vielleicht wirklich so. Das Böse verwandelt sich in deine Lippen, läßt sich von deinen Zähnen benagen und mit den neuen Lippen – keine frühern schmiegten sich dir noch folgsamer ans Gebiß – sprichst du zu deinem eigenen Staunen das gute Wort aus.

Die Wahrheit über Sancho Pansa

Sancho Pansa, der sich übrigens dessen nie gerühmt hat, gelang es im Laufe der Jahre, durch Beistellung einer Menge Ritter- und Räuberromane in den Abend- und Nachtstunden seinen Teufel, dem er später den Namen Don Quixote gab, derart von sich abzulenken, daß dieser dann haltlos die verrücktesten Taten aufführte, die aber mangels eines vorbestimmten Gegenstandes, der eben Sancho Pansa hätte sein sollen, niemandem schadeten. Sancho Pansa, ein freier Mann, folgte gleichmütig, vielleicht aus einem gewissen Verantwortlichkeitsgefühl, dem Don Quixote auf seinen Zügen und hatte davon eine große und nützliche Unterhaltung bis an sein Ende.

22. Oktober. Fünf Uhr nachts.

Eine der wichtigsten donquixotschen Taten, aufdringlicher als der Kampf mit der Windmühle, ist: der Selbstmord. Der tote Don Quixote will den toten Don Quixote töten; um zu töten, braucht er aber eine lebendige Stelle, diese sucht er nun mit seinem Schwerte ebenso unaufhörlich wie vergeblich. Unter dieser Beschäftigung rollen die zwei Toten als unauflöslicher und förmlich springlebendiger Purzelbaum durch die Zeiten.

Vormittag im Bett.

A. ist sehr aufgeblasen, er glaubt, im Guten weit vorgeschritten zu sein, da er, offenbar als ein immer verlockender Gegenstand, immer mehr Versuchungen aus ihm bisher ganz unbekannten Richtungen sich ausgesetzt fühlt. Die richtige Erklärung ist aber die, daß ein großer Teufel in ihm Platz genommen hat und die Unzahl der kleineren herbeikommt, um dem Großen zu dienen.

Abend zum Wald, zunehmender Mond; verwirrter Tag hinter mir. (Maxens Karte.) Magenunwohlsein.

Verschiedenheit der Anschauungen, die man etwa von einem Apfel haben kann: die Anschauung des kleinen Jungen, der den Hals strecken muß, um noch knapp den Apfel auf der Tischplatte zu sehn, und die Anschauung des Hausherrn, der den Apfel nimmt und frei dem Tischgenossen reicht.

23. Oktober. Früh im Bett.

Beweis dessen, daß auch unzulängliche, ja kindische Mittel zur Rettung dienen können:

Um sich vor den Sirenen zu bewahren, stopfte sich Odysseus Wachs in die Ohren und ließ sich am Mast festschmieden. Ähnliches hätten natürlich seit jeher alle Reisenden tun können, außer denen, welche die Sirenen schon aus der Ferne verlockten, aber es war in der ganzen Welt bekannt, daß dies unmöglich helfen konnte. Der Sang der Sirenen durchdrang alles, und die Leidenschaft der Verführten hätte mehr als Ketten und Mast gesprengt. Daran aber dachte Odysseus nicht, obwohl er davon vielleicht gehört hatte. Er vertraute vollständig der Handvoll Wachs und dem Gebinde Ketten und in unschuldiger Freude über seine Mittelchen fuhr er den Sirenen entgegen.

Nun haben aber die Sirenen eine noch schrecklichere Waffe als den Gesang, nämlich ihr Schweigen. Es ist zwar nicht geschehen, aber vielleicht denkbar, daß sich jemand vor ihrem Gesang gerettet hätte, vor ihrem Schweigen gewiß nicht. Dem Gefühl, aus eigener Kraft sie besiegt zu haben, der daraus folgenden alles fortreißenden Überhebung kann nichts Irdisches widerstehen.

Und tatsächlich sangen, als Odysseus kam, die gewaltigen Sängerinnen nicht, sei es, daß sie glaubten, diesem Gegner könne nur noch das Schweigen beikommen, sei es, daß der Anblick der Glückseligkeit im Gesicht des Odysseus, der an nichts anderes als an Wachs und Ketten dachte, sie allen Gesang vergessen ließ.

Odysseus aber, um es so auszudrücken, hörte ihr Schweigen nicht, er glaubte, sie sängen, und nur er sei behütet, es zu hören. Flüchtig sah er zuerst die Wendungen ihrer Hälse, das tiefe Atmen, die tränenvollen Augen, den halb geöffneten Mund, glaubte aber, dies gehöre zu den Arien, die ungehört um ihn verklangen. Bald aber glitt alles an seinen in die Ferne gerichteten Blicken ab, die Sirenen verschwanden förmlich vor seiner Entschlossenheit, und gerade als er ihnen am nächsten war, wußte er nichts mehr von ihnen.

Sie aber – schöner als jemals – streckten und drehten sich, ließen das schaurige Haar offen im Winde wehen und spannten die Krallen frei auf den Felsen. Sie wollten nicht mehr verführen, nur noch den Abglanz vom großen Augenpaar des Odysseus wollten sie so lange als möglich erhaschen.

Hätten die Sirenen Bewußtsein, sie wären damals vernichtet worden. So aber blieben sie, nur Odysseus ist ihnen entgangen.

Es wird übrigens noch ein Anhang hierzu überliefert. Odysseus, sagt man, war so listenreich, war ein solcher Fuchs, daß selbst die Schicksalsgöttin nicht in sein Innerstes dringen konnte. Vielleicht hat er, obwohl das mit Menschenverstand nicht mehr zu begreifen ist, wirklich gemerkt, daß die Sirenen schwiegen, und hat ihnen und den Göttern den obigen Scheinvorgang nur gewissermaßen als Schild entgegengehalten.

Nachmittag vor dem Begräbnis einer im Brunnen ertrunkenen Epileptischen.

Erkenne dich selbst, bedeutet nicht: Beobachte dich. Beobachte dich ist das Wort der Schlange. Es bedeutet: Mache dich zum Herrn deiner Handlungen. Nun bist du es aber schon, bist Herr deiner Handlungen. Das Wort bedeutet also: Verkenne dich! Zerstöre dich! Also etwas Böses – und nur wenn man sich sehr tief hinabbeugt, hört man auch sein Gutes, welches lautet: »Um dich zu dem zu machen, der du bist.«

25. Oktober. Traurig, nervös, körperlich unwohl, Angst vor Prag, im Bett.

Es war einmal eine Gemeinschaft von Schurken, das heißt, es waren keine Schurken, sondern gewöhnliche Menschen. Sie hielten immer zusammen. Wenn zum Beispiel einer von ihnen jemanden, einen Fremden, außerhalb ihrer Gemeinschaft Stehenden, auf etwas schurkenmäßige Weise unglücklich gemacht hatte, – das heißt wieder nichts Schurkenmäßiges, sondern so wie es gewöhnlich, wie es üblich ist, – und er dann vor der Gemeinschaft beichtete, untersuchten sie es, beurteilten es, legten Bußen auf, verziehen und dergleichen. Es war nicht schlecht gemeint, die Interessen der einzelnen und der Gemeinschaft wurden streng gewahrt und dem Beichtenden wurde das Komplement gereicht, dessen Grundfarbe er gezeigt hatte: »Wie? Darum machst du dir Kummer? Du hast doch das Selbstverständliche getan, so gehandelt, wie du mußtest. Alles andere wäre unbegreiflich. Du bist nur überreizt. Werde doch wieder verständig.« So hielten sie immer zusammen, auch nach ihrem Tode gaben sie die Gemeinschaft nicht auf, sondern stiegen im Reigen zum Himmel. Im Ganzen war es ein Anblick reinster Kinderunschuld, wie sie flogen. Da aber vor dem Himmel alles in seine Elemente zerschlagen wird, stürzten sie ab, wahre Felsblöcke.

Ein erstes Zeichen beginnender Erkenntnis ist der Wunsch zu sterben. Dieses Leben scheint unerträglich, ein anderes unerreichbar. Man schämt sich nicht mehr, sterben zu wollen; man bittet, aus der alten Zelle, die man haßt, in eine neue gebracht zu werden, die man erst hassen lernen wird. Ein Rest von Glauben wirkt dabei mit, während des Transportes werde zufällig der Herr durch den Gang kommen, den Gefangenen ansehen und sagen: »Diesen sollt ihr nicht wieder einsperren. Er kommt zu mir.«

3. November. Weg nach Oberklee. Abend im Zimmer Ottla und T. schreiben.

Gingest du über eine Ebene, hättest den guten Willen zu gehen und machtest doch Rückschritte, dann wäre es eine verzweifelte Sache; da du aber einen steilen Abhang hinaufkletterst, so steil etwa, wie du selbst von unten gesehen bist, können die Rückschritte auch nur durch die Bodenbeschaffenheit verursacht sein, und du mußt nicht verzweifeln.

6. November. Wie ein Weg im Herbst: Kaum ist er rein gekehrt, bedeckt er sich wieder mit den trockenen Blättern.

Ein Käfig ging einen Vogel suchen.

7. November. (Früh im Bett, nach einem ›verhutzten Abend‹.)

Darauf kommt es an, wenn einem ein Schwert in die Seele schneidet: ruhig blicken, kein Blut verlieren, die Kälte des Schwertes mit der Kälte des Steines aufnehmen. Durch den Stich, nach dem Stich unverwundbar werden.

An diesem Ort war ich noch niemals: Anders geht der Atem, blendender als die Sonne strahlt neben ihr ein Stern.

9. November. Nach Oberklee.

Wenn es möglich gewesen wäre, den Turm von Babel zu erbauen, ohne ihn zu erklettern, es wäre erlaubt worden.

10. November. Bett.

Laß dich vom Bösen nicht glauben machen, du könntest vor ihm Geheimnisse haben.
Leoparden brechen in den Tempel ein und saufen die Opferkrüge leer; das wiederholt sich immer wieder; schließlich kann man es vorausberechnen, und es wird ein Teil der Zeremonie.

Aufregungen (Blüher, Tagger)

12. November. Lange im Bett, Abwehr.

So fest wie die Hand den Stein hält. Sie hält ihn aber fest, nur um ihn desto weiter zu verwerfen. Aber auch in jene Weite führt der Weg.
Du bist die Aufgabe. Kein Schüler weit und breit. Vom wahren Gegner fährt grenzenloser Mut in dich.
Das Glück begreifen, daß der Boden, auf dem du stehst, nicht größer sein kann, als die zwei Füße ihn bedecken.
Wie kann man sich über die Welt freuen, außer wenn man zu ihr flüchtet?

18. November.

Verstecke sind unzählige, Rettung nur eine, aber Möglichkeiten der Rettung wieder so viele wie Verstecke.
Es gibt ein Ziel, aber keinen Weg; was wir Weg nennen, ist Zögern.
Das Negative zu tun, ist uns noch auferlegt; das Positive ist uns schon gegeben.

Ein Bauernwagen mit drei Männern fuhr im Dunkel eine Anhöhe langsam hinauf. Ein Fremder kam ihnen entgegen und rief sie an. Nach kurzem Hin und Wieder ergab sich, daß der Fremde bat, mitgenommen zu werden. Man machte ihm einen Platz zurecht und zog ihn hinauf. Erst während der Weiterfahrt fragte man ihn: »Ihr kommt aus der Gegenrichtung und fahrt nun wieder zurück?« – »Ja«, sagte der Fremde. »Ich ging zuerst in euerer Richtung, dann aber machte ich wieder kehrt, weil es früher dunkel geworden war, als ich erwartete.«

Du beklagst dich über die Stille, über die Aussichtslosigkeit der Stille, die Mauer des Guten.

Der Dornbusch ist der alte Weg-Versperrer. Er muß Feuer fangen, wenn du weiter willst.

21. November. Die Untauglichkeit des Objekts kann die Untauglichkeit des Mittels verkennen lassen.

Wenn man einmal das Böse bei sich aufgenommen hat, verlangt es nicht mehr, daß man ihm glaube.

Die Hintergedanken, mit denen du das Böse in dir aufnimmst, sind nicht die deinen, sondern die des Bösen.

Das Tier entwindet dem Herrn die Peitsche und peitscht sich selbst, um Herr zu werden, und weiß nicht, daß das nur eine Phantasie ist, erzeugt durch einen neuen Knoten im Peitschenriemen des Herrn.

Böse ist das, was ablenkt.

Das Böse weiß vom Guten, aber das Gute vom Bösen nicht.

Selbsterkenntnis hat nur das Böse.

Ein Mittel des Bösen ist das Zwiegespräch.

Der Gründer brachte vom Gesetzgeber die Gesetze, die Gläubigen sollen dem Gesetzgeber die Gesetze verkünden.

Ist die Tatsache der Religionen ein Beweis für die Unmöglichkeit des Einzelnen, dauernd gut zu sein? Der Gründer reißt sich vom Guten los, verkörpert sich. Tut er es um der andern willen oder weil er glaubt, nur mit den andern bleiben zu können, was er war, weil er die ›Welt‹ zerstören muß, um sie nicht lieben zu müssen?

Das Gute ist in gewissem Sinne trostlos.

Wer glaubt, kann keine Wunder erleben. Bei Tag sieht man keine Sterne.

Wer Wunder tut, sagt: Ich kann die Erde nicht lassen.

Den Glauben richtig verteilen zwischen den eigenen Worten und den eigenen Überzeugungen. Eine Überzeugung, nicht in dem Augenblick, in dem man von ihr erfährt, verzischen lassen. Die Verantwortung, welche die Überzeugung auflegt, nicht auf die Worte abwälzen. Überzeugungen nicht durch Worte stehlen lassen, Übereinstimmung der Worte und Überzeugungen ist noch nicht entscheidend, auch guter Glaube nicht. Solche Worte können solche Überzeugungen noch immer je nach den Umständen einrammen oder ausgraben.

Aussprache bedeutet nicht grundsätzlich eine Schwächung der Überzeugung – darüber wäre auch nicht zu klagen –, aber eine Schwäche der Überzeugung.

Nach Selbstbeherrschung strebe ich nicht. Selbstbeherrschung heißt: an einer zufälligen Stelle der unendlichen Ausstrahlungen meiner geistigen Existenz wirken wollen. Muß ich aber solche Kreise um mich ziehen, dann tue ich es besser untätig im bloßen Anstaunen des ungeheuerlichen Komplexes und nehme nur die Stärkung, die e contrario dieser Anblick gibt, mit nach Hause.

Die Krähen behaupten, eine einzige Krähe könnte den Himmel zerstören. Das ist zweifellos, beweist aber nichts gegen den Himmel, denn Himmel bedeuten eben: Unmöglichkeit von Krähen.

Die Märtyrer unterschätzen den Leib nicht, sie lassen ihn auf dem Kreuz erhöhen. Darin sind sie mit ihren Gegnern einig.

Sein Ermatten ist das des Gladiators nach dem Kampf, seine Arbeit war das Weißtünchen eines Winkels in einer Beamtenstube.

24. November. Das menschliche Urteil über menschliche Handlungen ist wahr und nichtig, nämlich zuerst wahr und dann nichtig.

Durch die Tür rechts dringen die Mitmenschen in ein Zimmer, in dem Familienrat gehalten wird, hören das letzte Wort des letzten Redners, nehmen es, strömen mit ihm durch die Tür links in die Welt und rufen ihr Urteil aus. Wahr ist das Urteil über das Wort, nichtig das Urteil an sich. Hätten sie endgültig wahr urteilen wollen, hätten sie für immer im Zimmer bleiben müssen, wären ein Teil des Familienrates geworden und dadurch allerdings wieder unfähig geworden zu urteilen.

Wirklich urteilen kann nur die Partei, als Partei aber kann sie nicht urteilen. Demnach gibt es in der Welt keine Urteilsmöglichkeit, sondern nur deren Schimmer.

Es gibt kein Haben, nur ein Sein, nur ein nach letztem Atem, nach Ersticken verlangendes Sein.

Früher begriff ich nicht, warum ich auf meine Frage keine Antwort bekam, heute begreife ich nicht, wie ich glauben konnte, fragen zu können. Aber ich glaubte ja gar nicht, ich fragte nur.

Seine Antwort auf die Behauptung, er besitze vielleicht, sei aber nicht, war nur Zittern und Herzklopfen.

Zölibat und Selbstmord stehn auf ähnlicher Erkenntnisstufe, Selbstmord und Märtyrertod keineswegs, vielleicht Ehe und Märtyrertod.

Einer staunte darüber, wie leicht er den Weg der Ewigkeit ging; er raste ihn nämlich abwärts.

Die Guten gehn im gleichen Schritt. Ohne von ihnen zu wissen, tanzen die andern um sie die Tänze der Zeit.

Dem Bösen kann man nicht in Raten zahlen – und versucht es unaufhörlich.

Es wäre denkbar, daß Alexander der Große trotz den kriegerischen Erfolgen seiner Jugend, trotz dem ausgezeichneten Heer, das er ausgebildet hatte, trotz den auf Veränderung der Welt gerichteten Kräften, die er in sich fühlte, am Hellespont stehen geblieben und ihn nie überschritten hätte, und zwar nicht aus Furcht, nicht aus Unentschlossenheit, nicht aus Willensschwäche, sondern aus Erdenschwere.

Der Verzückte und der Ertrinkende, beide heben die Arme. Der erste bezeugt Eintracht, der zweite Widerstreit mit den Elementen.

Ich kenne den Inhalt nicht,
ich habe den Schlüssel nicht,
ich glaube Gerüchten nicht,
alles verständlich,
denn ich bin es selbst.

25. November.

Der Weg ist unendlich, da ist nichts abzuziehen, nichts zuzugeben und doch hält jeder noch seine eigene kindliche Elle daran. »Gewiß, auch diese Elle Wegs mußt du noch gehen, es wird dir nicht vergessen werden.«

Nur unser Zeitbegriff läßt uns das jüngste Gericht so nennen, eigentlich ist es ein Standrecht.

26. November. Eitelkeit macht häßlich, müßte sich also eigentlich ertöten, statt dessen verletzt sie sich nur, wird ›verletzte Eitelkeit‹.

Das Mißverhältnis der Welt scheint tröstlicherweise nur ein zahlenmäßiges zu sein.

Nachmittag. Den ekel- und haßerfüllten Kopf auf die Brust senken. Gewiß, aber wie, wenn dich jemand am Hals würgt?
27. November. Zeitungen lesen.

30. November. Der Messias wird kommen, sobald der zügelloseste Individualismus des Glaubens möglich ist –, niemand diese Möglichkeit vernichtet, niemand die Vernichtung duldet, also die Gräber sich öffnen. Das ist vielleicht auch die christliche Lehre, sowohl in der tatsächlichen Aufzeigung des Beispieles, dem nachgefolgt werden soll, eines individualistischen Beispieles, als auch in der symbolischen Aufzeigung der Auferstehung des Mittlers im einzelnen Menschen.

Glauben heißt: das Unzerstörbare in sich befreien, oder richtiger: sich befreien, oder richtiger: unzerstörbar sein, oder richtiger: sein.

Müßiggang ist aller Laster Anfang, aller Tugenden Krönung.

Noch spielen die Jagdhunde im Hof, aber das Wild entgeht ihnen nicht, so sehr es jetzt schon durch die Wälder jagt.

Lächerlich hast du dich aufgeschirrt für diese Welt.

Je mehr Pferde du anspannst, desto rascher gehts – nämlich nicht das Ausreißen des Blocks aus dem Fundament, was unmöglich ist, aber das Zerreißen der Riemen und damit die leere fröhliche Fahrt.

Die verschiedenen Formen der Hoffnungslosigkeit auf den verschiedenen Stationen des Wegs.

Das Wort ›sein‹ bedeutet im Deutschen beides: Dasein und Ihmgehören.

2. Dezember.

Es wurde ihnen die Wahl gestellt, Könige oder der Könige Kuriere zu werden. Nach Art der Kinder wollten alle Kuriere sein. Deshalb gibt es lauter Kuriere, sie jagen durch die Welt und rufen, da es keine Könige gibt, einander selbst die sinnlos gewordenen Meldungen zu. Gerne würden sie ihrem elenden Leben ein Ende machen, aber sie wagen es nicht wegen des Diensteides.

4. Dezember. Stürmische Nacht, vormittag Telegramm von Max, Waffenstillstand mit Rußland.

Der Messias wird erst kommen, wenn er nicht mehr nötig sein wird, er wird erst einen Tag nach seiner Ankunft kommen, er wird nicht am letzten Tag kommen, sondern am allerletzten.

An Fortschritt glauben heißt nicht glauben, daß ein Fortschritt schon geschehen ist. Das wäre kein Glauben.

A. ist ein Virtuose und der Himmel ist sein Zeuge.

6. Dezember. Schweineschlachten.

Dreierlei:

Sich als etwas Fremdes ansehn, den Anblick vergessen, den Blick behalten. Oder nur zweierlei, denn das Dritte schließt das Zweite ein.

Das Böse ist der Sternhimmel des Guten.

7. Dezember.

Der Mensch kann nicht leben ohne ein dauerndes Vertrauen zu etwas Unzerstörbarem in sich, wobei sowohl das Unzerstörbare als auch das Vertrauen ihm dauernd verborgen bleiben können. Eine der Ausdrucksmöglichkeiten dieses Verborgenbleibens ist der Glaube an einen persönlichen Gott.

Der Himmel ist stumm, nur dem Stummen Widerhall.

Es bedurfte der Vermittlung der Schlange: das Böse kann den Menschen verführen, aber nicht Mensch werden.

8. Dezember. Bett, Verstopfung, Rückenschmerz, gereizter Abend, Katze im Zimmer, Zerworfenheit.

Im Kampf zwischen dir und der Welt sekundiere der Welt.

Man darf niemanden betrügen, auch nicht die Welt um ihren Sieg.

Es gibt nichts anderes als eine geistige Welt; was wir sinnliche Welt nennen, ist das Böse in der geistigen, und was wir böse nennen, ist nur eine Notwendigkeit eines Augenblicks unserer ewigen Entwicklung.

Mit stärkstem Licht kann man die Welt auflösen. Vor schwachen Augen wird sie fest, vor noch schwächeren bekommt sie Fäuste, vor noch schwächeren wird sie schamhaft und zerschmettert den, der sie anzuschauen wagt.

Alles ist Betrug: das Mindestmaß der Täuschungen suchen, im üblichen bleiben, das Höchstmaß suchen. Im ersten Fall betrügt man das Gute, indem man sich dessen Erwerbung zu leicht machen will, das Böse, indem man ihm allzu ungünstige Kampfbedingungen setzt. Im zweiten Fall betrügt man das Gute, indem man also nicht einmal im Irdischen nach ihm strebt. Im dritten Fall betrügt man das Gute, indem man sich möglichst weit von ihm entfernt, das Böse, indem man hofft, durch seine

Höchststeigerung es machtlos zu machen. Vorzuziehen wäre also hiernach der zweite Fall, denn das Gute betrügt man immer, das Böse in diesem Fall, wenigstens dem Anschein nach, nicht.

Es gibt Fragen, über die wir nicht hinwegkommen könnten, wenn wir nicht von Natur aus von ihnen befreit wären.

Die Sprache kann für alles außerhalb der sinnlichen Welt nur andeutungsweise, aber niemals auch nur annähernd vergleichsweise gebraucht werden, da sie, entsprechend der sinnlichen Welt, nur vom Besitz und seinen Beziehungen handelt.

Man lügt möglichst wenig, nur wenn man möglichst wenig lügt, nicht wenn man möglichst wenig Gelegenheit dazu hat.

Wenn ich dem Kind sage: »Wische deinen Mund ab, dann bekommst du den Kuchen«, so heißt das nicht, daß durch das Mundabwischen der Kuchen verdient wird, denn Mundabwischen und Wert des Kuchens sind unvergleichlich, auch wird dadurch nicht das Mundabwischen zur Voraussetzung des Kuchenessens gemacht, denn abgesehen von der Geringfügigkeit solcher Bedingung bekäme das Kind den Kuchen auf jeden Fall, da er ein notwendiger Bestandteil seines Mittagessens ist, – die Bemerkung bedeutet also keine Erschwerung, sondern eine Erleichterung des Übergangs, das Mundabwischen ist ein winziger Vorteil, der dem großen des Kuchenessens vorhergeht.

9. Dezember. Kirchweihtanz gestern.

Eine durch Schritte nicht tief ausgehöhlte Treppenstufe ist, von sich selber aus gesehen, nur etwas öde zusammengefügtes Hölzernes.

Der Beobachter der Seele kann in die Seele nicht eindringen, wohl aber gibt es einen Randstrich, an dem er sich mit ihr berührt. Die Erkenntnis dieser Berührung ist, daß auch die Seele von sich selbst nicht weiß. Sie muß also unbekannt bleiben. Das wäre nur dann traurig, wenn es etwas anderes außer der Seele gäbe, aber es gibt nichts anderes.

Wer der Welt entsagt, muß alle Menschen lieben, denn er entsagt auch ihrer Welt. Er beginnt daher, das wahre menschliche Wesen zu ahnen, das nicht anders als geliebt werden kann, vorausgesetzt, daß man ihm ebenbürtig ist.

Wer innerhalb der Welt seinen Nächsten liebt, tut nicht mehr und nicht weniger Unrecht, als wer innerhalb der Welt sich selbst liebt. Es bliebe nur die Frage, ob das erstere möglich ist.

Die Tatsache, daß es nichts anderes gibt als eine geistige Welt, nimmt uns die Hoffnung und gibt uns die Gewißheit.

11. Dezember. Gestern Oberinspektor. Heute ›der Jude‹. Stein: Die Bibel ist ein Heiligtum, die Welt ein Scheißtum.

Unsere Kunst ist ein von der Wahrheit Geblendet-Sein: Das Licht auf dem zurückweichenden Fratzengesicht ist wahr, sonst nichts.

Nicht jeder kann die Wahrheit sehn, aber sein.

Die Vertreibung aus dem Paradies ist in ihrem Hauptteil ewig: Es ist also zwar die Vertreibung aus dem Paradies endgültig, das Leben in der Welt unausweichlich, die Ewigkeit des Vorganges aber (oder zeitlich ausgedrückt: die ewige Wiederholung des Vorgangs) macht es trotzdem möglich, daß wir nicht nur dauernd im Paradiese bleiben könnten, sondern tatsächlich dort dauernd sind, gleichgültig ob wir es hier wissen oder nicht.

Jedem Augenblick entspricht auch etwas Außerzeitliches. Dem Diesseits kann nicht ein Jenseits folgen, denn das Jenseits ist ewig, kann also mit dem Diesseits nicht in zeitlicher Berührung stehn.

13. Dezember. Herzen begonnen, von ›Schöner Rarität‹ und Zeitungen zerstreut.

Wer sucht, findet nicht, aber wer nicht sucht, wird gefunden.

14. Gestern, heute schlimmste Tage. Beigetragen haben: Herzen, ein Brief an Dr. Weiß, anderes Undeutbares. Ekelhaftes Essen: gestern Schweinsfuß, heute Schwanz. Weg nach Michelob durch den Park.

Er ist ein freier und gesicherter Bürger der Erde, denn er ist an eine Kette gelegt, die lang genug ist, um ihm alle irdischen Räume frei zu geben, und doch nur so lang, daß nichts ihn über die Grenzen der Erde reißen kann. Gleichzeitig aber ist er auch ein freier und gesicherter Bürger des Himmels, denn er ist auch an eine ähnlich berechnete Himmelskette gelegt. Will er nun auf die Erde, drosselt ihn das Halsband des Himmels, will er in den Himmel, jenes der Erde. Und trotzdem hat er alle Möglichkeiten und fühlt es; ja, er weigert sich sogar, das Ganze auf einen Fehler bei der ersten Fesselung zurückzuführen.

15. Dezember. Brief von Dr. Körner, Václav Mehl, von Mutter.

Hier wird es nicht entschieden werden, aber die Kraft zur Entscheidung kann nur hier erprobt werden.

17. Dezember. Leere Tage. Briefe an Körner, Pfohl, Přibram, Kaiser, Eltern.

Der Neger, der von der Weltausstellung nach Hause gebracht wird, und, irrsinnig geworden von Heimweh, mitten in seinem Dorf unter dem Wehklagen des Stammes mit ernstestem Gesicht als Überlieferung und Pflicht die Späße aufführt, welche das europäische Publikum als Sitten und Gebräuche Afrikas entzückten.

Selbstvergessenheit und Selbstaufhebung der Kunst: Was Flucht ist, wird vorgeblich Spaziergang oder gar Angriff.

Gogh Briefe.

Er läuft den Tatsachen nach wie ein Anfänger im Schlittschuhlaufen, der überdies irgendwo übt, wo es verboten ist.

19. Dezember. Gestern Ankündigung von F.s Besuch, heute allein in meinem Zimmer, drüben raucht der Ofen, nach Zarch mit Nathan Stein gegangen, wie er der Bäuerin erzählt, daß die Welt ein Theater ist.

Was ist fröhlicher als der Glaube an einen Hausgott!

Es ist ein Unten-durch unter der wahren Erkenntnis und ein kindlich-glückliches Aufstehn!

Theoretisch gibt es eine vollkommene Glücksmöglichkeit: An das Unzerstörbare in sich glauben und nicht zu ihm streben.

21. Dezember. Telegramm an F.

Das erste Haustier Adams nach der Vertreibung aus dem Paradies war die Schlange.

22. Dezember. Hexenschuß, Rechnen in der Nacht.

23. Dezember. Glückliche und zum Teil matte Fahrt. Viel gehört.

Schlecht geschlafen, anstrengender Tag.

Das Unzerstörbare ist eines; jeder einzelne Mensch ist es und gleichzeitig ist es allen gemeinsam, daher die beispiellos untrennbare Verbindung der Menschen.

Im Paradies, wie immer: Das, was die Sünde verursacht und das, was sie erkennt, ist eines. Das gute Gewissen ist das Böse, das so siegreich ist, daß es nicht einmal mehr jenen Sprung von links nach rechts für nötig hält.

Die Sorgen, mit deren Last sich der Bevorzugte gegenüber dem Unterdrückten entschuldigt, sind eben die Sorgen um Erhaltung der Bevorzugung.

Es gibt im gleichen Menschen Erkenntnisse, die bei völliger Verschiedenheit doch das gleiche Objekt haben, so daß wieder nur auf verschiedene Subjekte im gleichen Menschen rückgeschlossen werden muß.

25., 26., 27. Dezember. Abreise F. Weinen. Alles schwer, unrecht und doch richtig.

Er frißt den Abfall vom eigenen Tisch; dadurch wird er zwar ein Weilchen lang satter als alle, verlernt aber, oben vom Tisch zu essen; dadurch hört dann aber auch der Abfall auf.

30. Dezember. Nicht wesentlich enttäuscht.

Wenn das, was im Paradies zerstört worden sein soll, zerstörbar war, dann war es nicht entscheidend; war es aber unzerstörbar, dann leben wir in einem falschen Glauben.

2. Januar. Der Lehrer hat die wahre, der Schüler die fortwährende Zweifellosigkeit. Prüfe dich an der Menschheit. Den Zweifelnden macht sie zweifeln, den Glaubenden glauben.

Morgen fährt Baum weg.

Dieses Gefühl: ›hier ankere ich nicht‹ – und gleich die wogende, tragende Flut um sich fühlen!

Ein Umschwung. Lauernd, ängstlich, hoffend umschleicht die Antwort die Frage, sucht verzweifelt in ihrem unzugänglichen Gesicht, folgt ihr auf den sinnlosesten, das heißt von der Antwort möglichst wegstrebenden Wegen.

Verkehr mit Menschen verführt zur Selbstbeobachtung.

Der Geist wird erst frei, wenn er aufhört, Halt zu sein.

Unter dem Vorwand, auf die Jagd zu gehn, entfernt er sich vom Hause, unter dem Vorwand, das Haus im Auge behalten zu wollen, erklettert er die beschwerlichsten Höhen, wüßten wir nicht, daß er auf die Jagd geht, hielten wir ihn zurück.

13. Januar. Oskar weg mit Ottla, Weg nach Eischwitz.

Die sinnliche Liebe täuscht über die himmlische hinweg; allein könnte sie es nicht, aber da sie das Element der himmlischen Liebe unbewußt in sich hat, kann sie es.

14. Januar. Trüb, schwach, ungeduldig.

Es gibt nur zweierlei: Wahrheit und Lüge.
Wahrheit ist unteilbar, kann sich also selbst nicht erkennen; wer sie erkennen will, muß Lüge sein.

15. Januar. Ungeduldig. Besserung, Nachtspaziergang nach Oberklee.

Niemand kann verlangen, was ihm im letzten Grunde schadet. Hat es beim einzelnen Menschen doch diesen Anschein – und den hat es vielleicht immer –, so erklärt sich dies dadurch, daß jemand im Menschen etwas verlangt, was diesem Jemand zwar nützt, aber einem zweiten Jemand, der halb zur Beurteilung des Falles herangezogen wird, schwer schadet. Hätte sich der Mensch gleich anfangs, nicht erst bei der Beurteilung auf Seite des zweiten Jemand gestellt, wäre der erste Jemand erloschen und mit ihm das Verlangen.
16. Januar. Aus eigenem Willen, wie eine Faust drehte er sich und vermied die Welt.

Kein Tropfen überfließt und für keinen Tropfen ist mehr Platz.

Daß unsere Aufgabe genau so groß ist wie unser Leben, gibt ihr einen Schein von Unendlichkeit.

Warum klagen wir wegen des Sündenfalles? Nicht seinetwegen sind wir aus dem Paradies vertrieben worden, sondern wegen des Baumes des Lebens, damit wir nicht von ihm essen.

17. Januar.

Prometheus

Von Prometheus berichten vier Sagen: Nach der ersten wurde er, weil er die Götter an die Menschen verraten hatte, am Kaukasus festgeschmiedet, und die Götter schickten Adler, die von seiner immer wachsenden Leber fraßen.

Nach der zweiten drückte sich Prometheus im Schmerz vor den zuhackenden Schnäbeln immer tiefer in den Felsen, bis er mit ihm eins wurde.

Nach der dritten wurde in den Jahrtausenden sein Verrat vergessen, die Götter vergaßen, die Adler, er selbst.

Nach der vierten wurde man des grundlos Gewordenen müde. Die Götter wurden müde, die Adler wurden müde, die Wunde schloß sich müde.

Blieb das unerklärliche Felsgebirge. – Die Sage versucht das Unerklärliche zu erklären. Da sie aus einem Wahrheitsgrund kommt, muß sie wieder im Unerklärlichen enden.

Das Gesetz der Quadrille ist klar, alle Tänzer kennen es, es gilt für alle Zeiten. Aber irgendeine der Zufälligkeiten des Lebens, die nie geschehen durften, aber immer wieder geschehn, bringt dich allein zwischen die Reihen. Vielleicht verwirren sich dadurch auch die Reihen selbst, aber das weißt du nicht, du weißt nur von deinem Unglück.

17. Januar. Weg nach Oberklee. Einschränkung.

Im Teufel noch den Teufel achten.
18. Januar. Die Klage: Wenn ich ewig sein werde, wie werde ich morgen sein?

Wir sind von Gott beiderseitig getrennt: Der Sündenfall trennt uns von ihm, der Baum des Lebens trennt ihn von uns.

Wir sind nicht nur deshalb sündig, weil wir vom Baum der Erkenntnis gegessen haben, sondern auch deshalb, weil wir vom Baum des Lebens noch nicht gegessen haben. Sündig ist der Stand, in dem wir uns befinden, unabhängig von Schuld.

Baum des Lebens – Herr des Lebens.

Wir wurden aus dem Paradies vertrieben, aber zerstört wurde es nicht. Die Vertreibung aus dem Paradies war in einem Sinne ein Glück, denn wären wir nicht vertrieben worden, hätte das Paradies zerstört werden müssen.

Wir wurden geschaffen, um im Paradies zu leben, das Paradies war bestimmt, uns zu dienen. Unsere Bestimmung ist geändert worden; daß dies auch mit der Bestimmung des Paradieses geschehen wäre, wird nicht gesagt.

Bis fast zum Ende des Berichtes vom Sündenfall bleibt es möglich, daß auch der Garten Eden mit den Menschen verflucht wird. – Nur die Menschen sind verflucht, der Garten Eden nicht.

Gott sagte, daß Adam am Tage, da er vom Baume der Erkenntnis essen werde, sterben müsse. Nach Gott sollte die augenblickliche Folge des Essens vom Baume der Erkenntnis der Tod sein, nach der Schlange (wenigstens konnte man sie dahin verstehn) die göttliche Gleichwerdung. Beides war in ähnlicher Weise unrichtig. Die Menschen starben nicht, sondern wurden sterblich, sie wurden nicht Gott gleich, aber erhielten eine unentbehrliche Fähigkeit, es zu werden. Beides war auch in ähnlicher Weise richtig. Nicht der Mensch starb, aber der paradiesische Mensch, sie wurden nicht Gott, aber das göttliche Erkennen.

Der trostlose Gesichtskreis des Bösen: schon im Erkennen des Guten und Bösen glaubt er die Gottgleichheit zu sehn. Die Verfluchung scheint an seinem Wesen nichts zu verschlimmern: mit dem Bauche wird er die Länge des Weges ausmessen.

Das Böse ist eine Ausstrahlung des menschlichen Bewußtseins in bestimmten Übergangsstellungen. Nicht eigentlich die sinnliche Welt ist Schein, sondern ihr Böses, das allerdings für unsere Augen die sinnliche Welt bildet.

22. Januar. Versuch nach Michelob zu gehn. Kot.

Seit dem Sündenfall sind wir in der Fähigkeit zur Erkenntnis des Guten und Bösen im Wesentlichen gleich; trotzdem suchen wir gerade hier unsere besonderen Vorzüge. Aber erst jenseits dieser Erkenntnis beginnen die wahren Verschiedenheiten. Der gegenteilige Schein wird durch folgendes hervorgerufen: Niemand kann sich mit der Erkenntnis allein begnügen, sondern muß sich bestreben, ihr gemäß zu handeln. Dazu aber ist ihm die Kraft nicht mitgegeben, er muß daher sich zerstören, selbst auf die Gefahr hin, sogar dadurch die notwendige Kraft nicht zu erhalten, aber es bleibt ihm nichts anderes übrig, als dieser letzte Versuch. (Das ist auch der Sinn der Todesdrohung beim Verbot des Essens vom Baume der Erkenntnis; vielleicht ist das auch der ursprüngliche Sinn des natürlichen Todes.) Vor diesem Versuch nun fürchtet er sich; lieber will er die Erkenntnis des Guten und Bösen rückgängig machen (die Bezeichnung ›Sündenfall‹ geht auf diese Angst zurück)[1]; aber das Geschehene kann nicht rückgängig gemacht, sondern nur getrübt werden. Zu diesem Zweck entstehen die Motivationen. Die ganze Welt ist ihrer voll, ja die ganze sichtbare Welt ist vielleicht nichts anderes als eine Motivation des einen Augenblick lang ruhenwollenden Menschen. Ein Versuch, die Tatsache der Erkenntnis zu fälschen, die Erkenntnis erst zum Ziel zu machen.

Aber unter allem Rauche ist das Feuer und der, dessen Füße brennen, wird nicht dadurch erhalten bleiben, daß er überall nur dunklen Rauch sieht.

Staunend sahen wir das große Pferd. Es durchbrach das Dach unserer Stube. Der bewölkte Himmel zog sich schwach entlang des gewaltigen Umrisses und rauschend flog die Mähne im Wind.

Der Standpunkt der Kunst und des Lebens ist auch im Künstler selbst ein verschiedener.

1 Nach den Worten: »geht auf diese Angst zurück« ist folgendes eingefügt: »Die Schlange hat mit dem Rat ihre Arbeit nur halb getan, sie muß jetzt das, was sie bewirkt hat, auch noch zu fälschen suchen, sich also im eigentlichen Sinne in den Schwanz beißen.«

Die Kunst fliegt um die Wahrheit, aber mit der entschiedenen Absicht, sich nicht zu verbrennen. Ihre Fähigkeit besteht darin, in der dunklen Leere einen Ort zu finden, wo der Strahl des Lichts, ohne daß dies vorher zu erkennen gewesen wäre, kräftig aufgefangen werden kann.

Ein Glaube wie ein Fallbeil, so schwer, so leicht.

Der Tod ist vor uns, etwa wie im Schulzimmer an der Wand ein Bild der Alexanderschlacht. Es kommt darauf an, durch unsere Taten noch in diesem Leben das Bild zu verdunkeln oder gar auszulöschen.

Morgendämmerung 25. Januar.

Der Selbstmörder ist der Gefangene, welcher im Gefängnishof einen Galgen aufrichten sieht, irrtümlich glaubt, es sei der für ihn bestimmte, in der Nacht aus seiner Zelle ausbricht, hinuntergeht und sich selbst aufhängt.

Erkenntnis haben wir. Wer sich besonders um sie bemüht, ist verdächtig, sich gegen sie zu bemühn.

Vor dem Betreten des Allerheiligsten mußt du die Schuhe ausziehen, aber nicht nur die Schuhe, sondern alles, Reisekleid und Gepäck, und darunter die Nacktheit und alles, was unter der Nacktheit ist, und alles, was sich unter dieser verbirgt, und dann den Kern und den Kern des Kerns, dann das übrige und dann den Rest und dann noch den Schein des unvergänglichen Feuers. Erst das Feuer selbst wird vom Allerheiligsten aufgesogen und läßt sich von ihm aufsaugen, keines von beiden kann dem widerstehen.

Nicht Selbstabschüttelung, sondern Selbstaufzehrung.

Für den Sündenfall gab es drei Strafmöglichkeiten: die mildeste war die tatsächliche, die Austreibung aus dem Paradies, die zweite: Zerstörung des Paradieses, die dritte – und diese wäre die schrecklichste Strafe gewesen –: Absperrung des ewigen Lebens und unveränderte Belassung alles andern.

28. Januar. Eitelkeit, Selbstvergessenheit einige Tage.

Zwei Möglichkeiten: sich unendlich klein machen oder es sein. Das zweite ist Vollendung, also Untätigkeit, das erste Beginn, also Tat.

Zur Vermeidung eines Wortirrtums: Was tätig zerstört werden soll, muß vorher ganz fest gehalten worden sein; was zerbröckelt, zerbröckelt, kann aber nicht zerstört werden.

A. konnte weder mit G. einträchtig leben, noch sich [scheiden] lassen, deshalb erschoß er sich, er glaubte, auf diese Weise das Unvereinbare vereinigen zu können, nämlich mit sich selbst ›in die Laube gehn‹.

›Wenn – – –, mußt du sterben‹, bedeutet: Die Erkenntnis ist beides, Stufe zum ewigen Leben und Hindernis vor ihm. Wirst du nach gewonnener Erkenntnis zum ewigen Leben gelangen wollen – und du wirst nicht anders können als es wollen, denn Erkenntnis ist dieser Wille –, so wirst du dich, das Hindernis, zerstören müssen, um die Stufe, das ist die Zerstörung, zu bauen. Die Vertreibung aus dem Paradies war daher keine Tat, sondern ein Geschehen.

Das vierte Oktavheft

Durch Auferlegung einer allzu großen oder vielmehr aller Verantwortung erdrückst du dich. Die erste Götzenanbetung war gewiß Angst vor den Dingen, aber damit zusammenhängend Angst vor der Notwendigkeit der Dinge. So ungeheuer erschien diese Verantwortung, daß man sie nicht einmal einem einzigen Außermenschlichen aufzuerlegen wagte, denn auch durch Vermittlung eines Wesens wäre die menschliche Verantwortung befleckt gewesen, deshalb gab man jedem Ding die Verantwortung für sich selbst, mehr noch, man gab diesen Dingen auch noch eine verhältnismäßige Verantwortung für den Menschen. Man konnte sich nicht genug tun in der Schaffung von Gegengewichten, diese naive Welt war die komplizierteste, die es jemals gab, ihre Naivität lebte sich ausschließlich in der brutalen Konsequenz aus.

Wird dir alle Verantwortung auferlegt, so kannst du den Augenblick benützen und der Verantwortung erliegen wollen, versuche es aber, dann merkst du, daß dir nichts auferlegt wurde, sondern daß du diese Verantwortung selbst bist.

Atlas konnte die Meinung haben, er dürfe, wenn er wolle, die Erde fallen lassen und sich wegschleichen; mehr als diese Meinung aber war ihm nicht erlaubt.

Die scheinbare Stille, mit welcher die Tage, die Jahreszeiten, die Generationen, die Jahrhunderte aufeinanderfolgen, ist ein Aufhorchen; so traben Pferde vor dem Wagen.

31. Januar. Gartenarbeit, Aussichtslosigkeit.

Ein Kampf, in dem auf keine Weise und in keinem Stadium Rückendekkung zu bekommen ist. Und trotzdem man es weiß, vergißt man es immer wieder. Und selbst wenn man es nicht vergißt, sucht man doch die Deckung, nur um sich beim Suchen auszuruhn, und trotzdem man weiß, daß es sich rächt.

1. Februar. Lenz Briefe.

Zum letztenmal Psychologie!

Zwei Aufgaben des Lebensanfangs: Deinen Kreis immer mehr einschränken und immer wieder nachprüfen, ob du dich nicht irgendwo außerhalb deines Kreises versteckt hältst.

2. Februar. Brief von Wolff.

Das Böse ist manchmal in der Hand wie ein Werkzeug, erkannt oder unerkannt läßt es sich, wenn man den Willen hat, ohne Widerspruch zur Seite legen.

Die Freuden dieses Lebens sind nicht die seinen, sondern unsere Angst vor dem Aufsteigen in ein höheres Leben; die Qualen dieses Lebens sind nicht die seinen, sondern unsere Selbstqual wegen jener Angst.

4. Februar. Langes Liegen, Schlaflosigkeit, Bewußtwerden des Kampfes.

In einer Welt der Lüge wird die Lüge nicht einmal durch ihren Gegensatz aus der Welt geschafft, sondern nur durch eine Welt der Wahrheit.

Das Leiden ist das positive Element dieser Welt, ja es ist die einzige Verbindung zwischen dieser Welt und dem Positiven.

Nur hier ist Leiden Leiden. Nicht so, als ob die, welche hier leiden, anderswo wegen dieses Leidens erhöht werden sollen, sondern so, daß das, was in dieser Welt leiden heißt, in einer andern Welt, unverändert und nur befreit von seinem Gegensatz, Seligkeit ist.

5. Februar. Guter Morgen, unmöglich an alles sich zu erinnern.

Zerstören dieser Welt wäre nur dann die Aufgabe, wenn sie erstens böse wäre, das heißt widersprechend unserem Sinn, und zweitens, wenn wir imstande wären, sie zu zerstören. Das erste erscheint uns so, des zweiten sind wir nicht fähig. Zerstören können wir diese Welt nicht, denn wir haben sie nicht als etwas Selbständiges aufgebaut, sondern haben uns in sie verirrt, noch mehr: diese Welt ist unsere Verirrung, als solche ist sie aber selbst ein Unzerstörbares, oder vielmehr etwas, das nur durch seine Zu-Ende-Führung, nicht durch Verzicht zerstört werden kann, wobei allerdings auch das Zuendeführen nur eine Folge von Zerstörungen sein kann, aber innerhalb dieser Welt.

Es gibt für uns zweierlei Wahrheit, so wie sie dargestellt wird durch den Baum der Erkenntnis und den Baum des Lebens. Die Wahrheit des Tätigen und die Wahrheit des Ruhenden. In der ersten teilt sich das Gute vom Bösen, die zweite ist nichts anderes als das Gute selbst, sie weiß weder vom Guten noch vom Bösen. Die erste Wahrheit ist uns wirklich gegeben, die zweite ahnungsweise. Das ist der traurige Anblick. Der fröhliche ist, daß die erste Wahrheit dem Augenblick, die zweite der Ewigkeit gehört, deshalb verlischt auch die erste Wahrheit im Licht der zweiten.

6. Februar. In Flöhau gewesen.

Die Vorstellung von der unendlichen Weite und Fülle des Kosmos ist das Ergebnis der zum Äußersten getriebenen Mischung von mühevoller Schöpfung und freier Selbstbesinnung.

7. Februar. Soldat mit Steinen, Insel Rügen.

Müdigkeit bedeutet nicht notwendig Glaubensschwäche oder doch? Müdigkeit bedeutet jedenfalls Ungenügsamkeit. Es ist mir zu eng in allem, was Ich bedeutet, selbst die Ewigkeit, die ich bin, ist mir zu eng. Lese ich aber zum Beispiel ein gutes Buch, etwa eine Reisebeschreibung, erweckt es mich, befriedigt es mich, genügt es mir. Beweis dafür, daß ich vorher dieses Buch in meine Ewigkeit nicht mit einschloß oder nicht zur Ahnung jener Ewigkeit vorgedrungen war, die auch dieses Buch notwendigerweise umschließt. – Von einer gewissen Stufe der Erkenntnis an muß Müdigkeit, Ungenügsamkeit, Beengung, Selbstverachtung verschwinden, nämlich dort, wo ich das, was mich früher als ein Fremdes erfrischte, befriedigte, befreite, erhob, als mein eigenes Wesen zu erkennen die Kraft habe.

Aber wie, wenn es nur als ein vermeintlich Fremdes diese Wirkung hatte und du mit der neuen Erkenntnis nicht nur in dieser Hinsicht nichts gewinnst, sondern auch noch den alten Trost verlierst? Gewiß hatte es nur als Fremdes diese Wirkung, aber nicht nur diese, sondern weiterwirkend hat es mich auch zu dieser höhern Stufe erhoben. Es hat nicht aufgehört, fremd zu sein, sondern nur überdies angefangen, Ich zu sein. – Aber die Fremde, die du bist, ist nicht mehr fremd. Damit leugnest du die Weltschöpfung und widerlegst dich selbst.

Ich sollte Ewigkeit begrüßen und bin, wenn ich sie finde, traurig. Ich sollte durch Ewigkeit mich vollkommen fühlen und fühle mich hinabgedrückt?

Du sagst: ich sollte – fühlen; damit drückst du ein Gebot aus, das in dir ist?

So meine ich es.

Nun ist es aber nicht möglich, daß nur ein Gebot in dich gelegt ist, in der Weise, daß du dieses Gebot nur hörst und sonst nichts geschieht. Ist es ein fortwährendes oder nur ein zeitweiliges Gebot?

Das kann ich nicht entscheiden, doch glaube ich, daß es ein fortwährendes Gebot ist, ich aber nur zeitweilig es höre.

Woraus schließest du das?

Daraus, daß ich es gewissermaßen höre, auch wenn ich es nicht höre, in der Weise, daß es nicht selbst hörbar wird, aber die Gegenstimme dämpft oder allmählich verbittert, die Gegenstimme nämlich, welche mir die Ewigkeit verleidet.

Und hörst du ähnlich auch die Gegenstimme dann, wenn das Gebot zur Ewigkeit spricht?

Wohl auch, ja manchmal glaube ich, ich höre gar nichts anderes als die Gegenstimme, alles andere sei nur Traum und ich ließe den Traum in den Tag hineinreden.

Warum vergleichst du das innere Gebot mit einem Traum? Scheint es wie dieser sinnlos, ohne Zusammenhang, unvermeidlich, einmalig, grundlos beglückend oder ängstigend, nicht zur Gänze mitteilbar und zur Mitteilung drängend?

Alles das; – sinnlos, denn nur wenn ich ihr nicht folge, kann ich hier bestehen; ohne Zusammenhang, ich weiß nicht, wer es gebietet und worauf er abzielt; unvermeidlich, es trifft mich unvorbereitet und mit der gleichen Überraschung wie das Träumen den Schlafenden, der doch, da er sich schlafen legte, auf Träume gefaßt sein mußte. Es ist einmalig oder scheint wenigstens so, denn ich kann es nicht befolgen, es vermischt sich nicht mit dem Wirklichen und behält dadurch seine unberührte Einmaligkeit; es beglückt und ängstigt grundlos, allerdings viel seltener das erste als das zweite; es ist nicht mitteilbar, weil es nicht faßbar ist und es drängt zur Mitteilung aus demselben Grunde.

Christus, Augenblick.

8. Februar. Bald aufgestanden, Arbeitsmöglichkeit.

9. Februar. Die Windstille an manchen Tagen, der Lärm der Ankommenden, wie die unsrigen aus den Häusern hervorlaufen, sie zu begrüßen, hie und da Fahnen ausgehängt werden, man in die Keller eilt, Wein zu holen, aus einem Fenster eine Rose aufs Pflaster fällt, niemand Geduld kennt, die Boote von hundert Armen gleich festgehalten ans Land stoßen, die fremden Männer sich umblicken und in das volle Licht des Platzes emporsteigen.

Warum ist das Leichte so schwer? An Verführungen hatte ich –.

Laß die Aufzählung. Das Leichte ist schwer. Es ist so leicht und so schwer. Wie ein Jagdspiel, bei dem der einzige Ruheplatz ein Baum jenseits des Weltmeeres ist.

Aber warum sind sie von dort ausgewandert? – An der Küste ist die Brandung am stärksten, so eng ist ihr Gebiet und so unüberwindlich.

Nichtfragen hätte dich zurückgebracht, Fragen treibt dich noch ein Weltmeer weiter. – Nicht sie sind ausgewandert, sondern du.

Immer wieder wird mich die Enge bedrücken.

Ewigkeit ist aber nicht das Stillstehn der Zeitlichkeit.

Was an der Vorstellung des Ewigen bedrückend ist: die uns unbegreifliche Rechtfertigung, welche die Zeit in der Ewigkeit erfahren muß und die daraus folgende Rechtfertigung unserer selbst, so wie wir sind.

Wieviel bedrückender als die unerbittlichste Überzeugung von unserem gegenwärtigen sündhaften Stand ist selbst die schwächste Überzeugung von der einstigen, ewigen Rechtfertigung unserer Zeitlichkeit. Nur die Kraft im Ertragen dieser zweiten Überzeugung, welche in ihrer Reinheit die erste voll umfaßt, ist das Maß des Glaubens.

Manche nehmen an, daß neben dem großen Urbetrug noch in jedem Fall eigens für sie ein kleiner besonderer Betrug veranstaltet wird, daß also, wenn ein Liebesspiel auf der Bühne aufgeführt wird, die Schauspielerin außer dem verlogenen Lächeln für ihren Geliebten auch noch ein besonders hinterhältiges Lächeln für den ganz bestimmten Zuschauer auf der letzten Galerie hat. Das heißt zu weit gehen.
10. Februar. Sonntag. Lärm. Friede Ukraine.

Es verschwinden die Nebel der Feldherren und Künstler, der Liebhaber und Reichen, der Politiker und Turner, der Seefahrer und …

Freiheit und Gebundenheit ist im wesentlichen Sinn eines. In welchem wesentlichen Sinn? Nicht in dem Sinn, daß der Sklave die Freiheit nicht verliert, also in gewisser Hinsicht freier ist als der Freie.

Die Kette der Generationen ist nicht die Kette deines Wesens und doch sind Beziehungen vorhanden. – Welche? – Die Generationen sterben wie die Augenblicke deines Lebens. – Worin liegt der Unterschied?

Es ist der alte Scherz: Wir halten die Welt und klagen, daß sie uns hält.

Du leugnest in gewissem Sinn das Vorhandensein dieser Welt. Du erklärst das Dasein als ein Ausruhn, ein Ausruhn in der Bewegung.

11. Februar. Friede Rußland.

Sein Haus bleibt in der allgemeinen Feuersbrunst verschont, nicht deshalb, weil er fromm ist, sondern weil er darauf abzielt, daß sein Haus verschont bleibt.

Der Betrachtende ist in gewissem Sinne der Mitlebende, er hängt sich an das Lebende, er sucht mit dem Wind Schritt zu halten. Das will ich nicht sein.

Leben heißt: in der Mitte des Lebens sein; mit dem Blick das Leben sehn, in dem ich es erschaffen habe.

Die Welt kann nur von der Stelle aus für gut angesehen werden, von der aus sie geschaffen wurde, denn nur dort wurde gesagt: Und siehe, sie war gut – und nur von dort aus kann sie verurteilt und zerstört werden.
Immer bereit, sein Haus ist tragbar, er lebt immer in seiner Heimat.

Das entscheidend Charakteristische dieser Welt ist ihre Vergänglichkeit. In diesem Sinn haben Jahrhunderte nichts vor dem augenblicklichen Augenblick voraus. Die Kontinuität der Vergänglichkeit kann also keinen Trost geben; daß neues Leben aus den Ruinen blüht, beweist weniger die Ausdauer des Lebens als des Todes. Will ich nun diese Welt bekämpfen, muß ich sie in ihrem entscheidend Charakteristischen bekämpfen, also in ihrer Vergänglichkeit. Kann ich das in diesem Leben, und zwar wirklich, nicht nur durch Hoffnung und Glauben?

Du willst also die Welt bekämpfen, und zwar mit Waffen, die wirklicher sind als Hoffnung und Glaube. Solche Waffen gibt es wahrscheinlich, aber sie sind nur unter bestimmten Voraussetzungen erkennbar und brauchbar; ich will zuerst sehn, ob du diese Voraussetzungen hast.

Sieh nach, aber wenn ich sie nicht habe, kann ich sie vielleicht erwerben.

Gewiß, aber dabei könnte ich dir nicht helfen.

Du kannst mir also nur helfen, wenn ich die Voraussetzungen schon erworben habe.

Ja, genauer gesagt kann ich dir überhaupt nicht helfen, denn wenn du die Voraussetzungen hättest, hättest du schon alles.

Wenn es so steht, warum wolltest du mich also erst prüfen?

Nicht um dir zu zeigen, was dir fehlt, sondern, daß dir etwas fehlt. Einen gewissen Nutzen hätte ich dir damit vielleicht bringen können, denn du weißt zwar, daß dir etwas fehlt, aber du glaubst es nicht.

Du bietest mir also auf meine ursprüngliche Frage nur den Beweis dafür an, daß ich die Frage stellen mußte.

Ich biete doch etwas mehr, etwas, was du entsprechend deinem Stande jetzt überhaupt nicht präzisieren kannst. Ich biete den Beweis dafür, daß du eigentlich die ursprüngliche Frage anders hättest stellen müssen.

Das bedeutet also: Du willst oder kannst mir nicht antworten. »Dir nicht antworten« – so ist es.

Und diesen Glauben – den kannst du geben.

19. Februar. Von Prag zurück. Ottla in Zarch.

Es blendete uns die Mondnacht. Vögel schrien von Baum zu Baum. In den Feldern sauste es.

Wir krochen durch den Staub, ein Schlangenpaar.

Intuition und Erlebnis.

Ist ›Erlebnis‹ das Ruhen im Absoluten, kann ›Intuition‹ nur der Umweg über die Welt zum Absoluten sein. Alles will doch zum Ziel und Ziel ist nur eines. Der Ausgleich wäre allerdings möglich, daß die Zerlegung nur eine solche in der Zeit ist, also nur eine zwar in jedem Augenblick, tatsächlich sich aber gar nicht vollziehende Zerlegung.

Es kann ein Wissen vom Teuflischen geben, aber keinen Glauben daran, denn mehr Teuflisches, als da ist, gibt es nicht.

Die Sünde kommt immer offen und ist mit den Sinnen gleich zu fassen. Sie geht auf ihren Wurzeln und muß nicht ausgerissen werden.

Wer nur für die Zukunft sorgt, ist weniger vorsorglich, als wer nur für den Augenblick sorgt, denn er sorgt nicht einmal für den Augenblick, sondern nur für dessen Dauer.

Alle Leiden um uns müssen auch wir leiden. Christus hat für die Menschheit gelitten, aber die Menschheit muß für Christus leiden. Wir alle haben nicht *einen* Leib, aber *ein* Wachstum, und das führt uns durch alle Schmerzen, ob in dieser oder jener Form. So wie das Kind durch alle Lebensstadien bis zum Greis und zum Tod sich entwickelt (und jedes Stadium im Grunde dem früheren, im Verlangen oder in Furcht, unerreichbar scheint), ebenso entwickeln wir uns (nicht weniger tief mit der Menschheit verbunden als mit uns selbst) durch alle Leiden dieser Welt. Für Gerechtigkeit ist in diesem Zusammenhang kein Platz, aber auch nicht für Furcht vor den Leiden oder für die Auslegung des Leidens als eines Verdienstes.

22. Februar.

Die Kontemplation und die Tätigkeit haben ihre Scheinwahrheit; aber erst die von der Kontemplation ausgesendete oder vielmehr die zu ihr zurückkehrende Tätigkeit ist die Wahrheit.

Du kannst dich zurückhalten von den Leiden der Welt, das ist dir freigestellt und entspricht deiner Natur, aber vielleicht ist gerade dieses Zurückhalten das einzige Leid, das du vermeiden könntest.

Dein Wille ist frei, heißt: er war frei, als er die Wüste wollte, er ist frei, da er den Weg zu ihrer Durchquerung wählen kann, er ist frei, da er die Gangart wählen kann, er ist aber auch unfrei, da du durch die Wüste gehen mußt, unfrei, da jeder Weg labyrinthisch jedes Fußbreit Wüste berührt.

Ein Mensch hat freien Willen, und zwar dreierlei: Erstens war er frei, als er dieses Leben wollte; jetzt kann er es allerdings nicht mehr rückgängig machen, denn er ist nicht mehr jener, der es damals wollte, es wäre denn insoweit, als er seinen damaligen Willen ausführt, indem er lebt.

Zweitens ist er frei, indem er die Gangart und den Weg dieses Lebens wählen kann.

Drittens ist er frei, indem er als derjenige, der einmal wieder sein wird, den Willen hat, sich unter jeder Bedingung durch das Leben gehen und auf diese Weise zu sich kommen zu lassen, und zwar auf einem zwar wählbaren, aber jedenfalls derartig labyrinthischen Weg, daß er kein Fleckchen dieses Lebens unberührt läßt.

Das ist das Dreierlei des freien Willens, es ist aber auch, da es gleichzeitig ist, ein Einerlei und ist im Grunde so sehr Einerlei, daß es keinen Platz hat für einen Willen, weder für einen freien noch unfreien.

23. Februar. Ungeschriebener Brief.

Die Frau, noch schärfer ausgedrückt vielleicht, die Ehe ist der Repräsentant des Lebens, mit dem du dich auseinandersetzen sollst.

Das Verführungsmittel dieser Welt sowie das Zeichen der Bürgschaft dafür, daß diese Welt nur ein Übergang ist, ist das gleiche. Mit Recht, denn nur so kann uns diese Welt verführen und es entspricht der Wahrheit. Das Schlimmste ist aber, daß wir nach geglückter Verführung die Bürgschaft vergessen und so eigentlich das Gute uns ins Böse, der Blick der Frau in ihr Bett gelockt hat.

24. Februar.

Die Demut gibt jedem, auch dem einsam Verzweifelnden, das stärkste Verhältnis zum Mitmenschen, und zwar sofort, allerdings nur bei völliger und dauernder Demut. Sie kann das deshalb, weil sie die wahre Gebetsprache ist, gleichzeitig Anbetung und festeste Verbindung. Das Verhältnis zum Mitmenschen ist das Verhältnis des Gebetes, das Verhältnis zu sich das Verhältnis des Strebens; aus dem Gebet wird die Kraft für das Streben geholt.

Kannst du denn etwas anderes kennen als Betrug? Wird einmal der Betrug vernichtet, darfst du ja nicht hinsehen oder wirst zur Salzsäule.

Die Erfindungen eilen uns voraus, wie die Küste dem von seiner Maschine unaufhörlich erschütterten Dampfer immer vorauseilt. Die Erfindungen leisten alles, was geleistet werden kann. Ein Unrecht, etwa zu sagen: Das Flugzeug fliegt nicht so wie der Vogel, oder: Niemals werden wir imstande sein, einen lebendigen Vogel zu schaffen. Gewiß nicht, aber der Fehler liegt im Einwand, so wie wenn vom Dampfer verlangt würde, trotz geraden Kurses immer wieder die erste Station anzufahren. – Ein Vogel kann nicht durch einen ursprünglichen Akt geschaffen werden, denn er ist schon geschaffen, entsteht auf Grund des ersten Schöpfungsaktes immer wieder, und es ist unmöglich, in diese auf Grund eines ursprünglichen unaufhörlichen Willens geschaffene und lebende und weitersprühende Reihe einzubrechen, so wie es in einer Sage heißt, daß zwar das erste Weib aus der Rippe des Mannes geschaffen wurde, daß sich das aber niemals mehr wiederholt hat, sondern daß von da ab die Männer immer die

Töchter anderer zum Weib nehmen. – Die Methode und Tendenz der Schöpfung des Vogels – darauf kommt es an – und des Flugzeugs muß aber nicht verschieden sein und die Auslegung der Wilden, welche Gewehrschuß und Donner verwechseln, kann eine begrenzte Wahrheit haben.

Beweise für ein wirkliches Vorleben: Ich habe dich schon früher gesehen, die Wunder der Vorzeit und am Ende der Tage.

25. Februar. Morgenklarheit.

Es ist nicht Trägheit, böser Wille, Ungeschicklichkeit – wenn auch von alledem etwas dabei ist, weil ›das Ungeziefer aus dem Nichts geboren wird‹ – welche mir alles mißlingen oder nicht einmal mißlingen lassen: Familienleben, Freundschaft, Ehe, Beruf, Literatur, sondern es ist der Mangel des Bodens, der Luft, des Gebotes. Diese zu schaffen ist meine Aufgabe, nicht damit ich dann das Versäumte etwa nachholen kann, sondern damit ich nichts versäumt habe, denn die Aufgabe ist so gut wie eine andere. Es ist sogar die ursprünglichste Aufgabe oder zumindest ihr Abglanz, so wie man beim Ersteigen einer luftdünnen Höhe plötzlich in den Schein der fernen Sonne treten kann. Es ist das auch keine ausnahmsweise Aufgabe, sie ist gewiß schon oft gestellt worden. Ob allerdings in solchem Ausmaß, weiß ich nicht. Ich habe von den Erfordernissen des Lebens gar nichts mitgebracht, so viel ich weiß, sondern nur die allgemeine menschliche Schwäche. Mit dieser – in dieser Hinsicht ist es eine riesenhafte Kraft – habe ich das Negative meiner Zeit, die mir ja sehr nahe ist, die ich nie zu bekämpfen, sondern gewissermaßen zu vertreten das Recht habe, kräftig aufgenommen. An dem geringen Positiven sowie an dem äußersten, zum Positiven umkippenden Negativen, hatte ich keinen ererbten Anteil. Ich bin nicht von der allerdings schon schwer sinkenden Hand des Christentums ins Leben geführt worden wie Kierkegaard und habe nicht den letzten Zipfel des davonfliegenden jüdischen Gebetmantels noch gefangen wie die Zionisten. Ich bin Ende oder Anfang.

Er fühlte es an der Schläfe, wie die Mauer die Spitze des Nagels fühlt, der in sie eingeschlagen werden soll. Er fühlte es also nicht.

Niemand schafft hier mehr als seine geistige Lebensmöglichkeit; daß es den Anschein hat, als arbeite er für seine Ernährung, Kleidung und so weiter, ist nebensächlich, es wird ihm eben mit jedem sichtbaren Bissen auch ein unsichtbarer, mit jedem sichtbaren Kleid auch ein unsichtbares Kleid und so fort gereicht. Das ist jedes Menschen Rechtfertigung. Es hat den Anschein, als unterbaue er seine Existenz mit nachträglichen Rechtfertigungen, das ist aber nur psychologische Spiegelschrift, tatsächlich errichtet er sein Leben auf seinen Rechtfertigungen. Allerdings muß jeder Mensch sein Leben rechtfertigen können (oder seinen Tod, was dasselbe ist), dieser Aufgabe kann er nicht ausweichen.

Wir sehen jeden Menschen sein Leben leben (oder seinen Tod sterben). Ohne innere Rechtfertigung wäre diese Leistung nicht möglich, kein Mensch kann ein ungerechtfertigtes Leben leben. Daraus könnte man in Unterschätzung des Menschen schließen, daß jeder sein Leben mit Rechtfertigungen unterbaut.

Psychologie ist Lesen einer Spiegelschrift, also mühevoll, und was das immer stimmende Resultat betrifft, ergebnisreich, aber wirklich geschehn ist nichts.

Nach dem Tod eines Menschen tritt selbst auf Erden hinsichtlich des Toten für eine Zeitspanne eine besondere wohltuende Stille ein, ein irdisches Fieber hat aufgehört, ein Sterben sieht man nicht mehr fortgesetzt, ein Irrtum scheint beseitigt, selbst für die Lebenden eine Gelegenheit zum Atemschöpfen, weshalb man auch die Fenster des Sterbezimmers öffnet, – bis sich dann alles doch nur als Schein ergibt und der Schmerz und die Klagen beginnen.

Das Grausame des Todes liegt darin, daß er den wirklichen Schmerz des Endes bringt, aber nicht das Ende.

Das Grausamste des Todes: ein scheinbares Ende verursacht einen wirklichen Schmerz.

Die Klage am Sterbebett ist eigentlich die Klage darüber, daß hier nicht im wahren Sinn gestorben worden ist. Noch immer müssen wir uns mit diesem Sterben begnügen, noch immer spielen wir das Spiel.

26. Februar. Sonniger Morgen.

Die Menschheitsentwicklung – ein Wachsen der Sterbenskraft.
Unsere Rettung ist der Tod, aber nicht dieser.

Alle sind zu A. sehr freundlich, so etwa wie man ein ausgezeichnetes Billard selbst vor guten Spielern sorgfältig zu bewahren sucht, solange bis der große Spieler kommt, das Brett genau untersucht, keinen vorzeitigen Fehler duldet, dann aber, wenn er selbst zu spielen anfängt, sich auf die rücksichtsloseste Weise auswütet.

»Dann aber kehrte er zu seiner Arbeit zurück, so wie wenn nichts geschehen wäre.« Das ist eine Bemerkung, die uns aus einer unklaren Fülle alter Erzählungen geläufig ist, obwohl sie vielleicht in keiner vorkommt.

Jedem Menschen werden hier zwei Glaubensfragen gestellt, erstens nach der Glaubenswürdigkeit dieses Lebens, zweitens nach der Glaubenswürdigkeit seines Zieles. Beide Fragen werden von jedem durch die Tatsache seines Lebens so fest und unvermittelt mit »Ja« beantwortet, daß es unsicher werden könnte, ob die Fragen richtig verstanden worden sind. Jedenfalls muß man sich nun zu diesem seinen eigenen Grund-Ja erst durcharbeiten, denn noch weit unter ihrer Oberfläche sind die Antworten im Ansturm der Fragen verworren und ausweichend.

»Daß es uns an Glauben fehle, kann man nicht sagen. Allein die einfache Tatsache unseres Lebens ist in ihrem Glaubenswert gar nicht auszuschöpfen.«

»Hier wäre ein Glaubenswert? Man kann doch nicht nicht-leben.«
»Eben in diesem ›kann doch nicht‹ steckt die wahnsinnige Kraft des Glaubens; in dieser Verneinung bekommt sie Gestalt.«

Es ist nicht notwendig, daß du aus dem Hause gehst. Bleib bei deinem Tisch und horche. Horche nicht einmal, warte nur. Warte nicht einmal, sei völlig still und allein. Anbieten wird sich dir die Welt zur Entlarvung, sie kann nicht anders, verzückt wird sie sich vor dir winden.

Die Nichtmitteilbarkeit des Paradoxes besteht vielleicht, äußert sich aber nicht als solche, denn Abraham selbst versteht es nicht. Nun braucht oder soll er es nicht verstehn, also auch nicht für sich deuten, wohl aber darf er es den andern gegenüber zu deuten suchen. Auch das Allgemeine ist in diesem Sinn nicht eindeutig, was sich im Iphigenie-Fall darin äußert, daß das Orakel niemals eindeutig ist.

Ruhe im Allgemeinen? Äquivokation des Allgemeinen. Einmal das Allgemeine gedeutet als das Ruhen, sonst aber als das ›allgemeine‹ Hin und Her zwischen Einzelnem und Allgemeinem. Erst die Ruhe ist das wirklich Allgemeine, aber auch das Endziel.

Es ist so, wie wenn das Hin und Her zwischen Allgemeinem und Einzelnem auf der wirklichen Bühne stattfände, dagegen das Leben im Allgemeinen nur eingezeichnet würde auf der Hintergrundkulisse.

Es gibt nicht diese Entwicklung, die in ihrer von mir nur sehr mittelbar verschuldeten Sinnlosigkeit mich ermüden würde. Die vergängliche Welt reicht für Abrahams Vorsorglichkeit nicht aus, deshalb beschließt er mit ihr in die Ewigkeit auszuwandern. Sei es aber, daß das Ausgangs-, sei es, daß das Eingangstor zu eng ist, er bringt den Möbelwagen nicht durch. Die Schuld schreibt er der Schwäche seiner kommandierenden Stimme zu. Es ist die Qual seines Lebens.

Abrahams geistige Armut und die Schwerbeweglichkeit dieser Armut ist ein Vorteil, sie erleichtert ihm die Konzentration oder vielmehr, sie ist schon Konzentration, wodurch er allerdings den Vorteil verliert, der in der Anwendung der Konzentrationskraft liegt.

Abraham ist in folgender Täuschung begriffen: Die Einförmigkeit dieser Welt kann er nicht ertragen. Nun ist aber die Welt bekanntlich ungemein mannigfaltig, was jederzeit nachzuprüfen ist, indem man eine Handvoll Welt nimmt und näher ansieht. Das weiß natürlich auch Abraham. Die Klage über die Einförmigkeit der Welt ist also eigentlich eine Klage über nicht genügend tiefe Vermischung mit der Mannigfaltigkeit der Welt. Also eigentlich ein Sprungbrett in die Welt.

Neben seiner Beweisführung geht eine Bezauberung mit. Einer Beweisführung kann man in die Zauberwelt ausweichen, einer Bezauberung in die Logik, aber beide gleichzeitig erdrücken, zumal sie etwas Drittes sind, lebender Zauber oder nicht zerstörende, sondern aufbauende Zerstörung der Welt.

Er hat zu viel Geist, er fährt mit seinem Geist wie auf einem Zauberwagen über die Erde, auch dort, wo keine Wege sind. Und kann es von sich selbst nicht erfahren, daß dort keine Wege sind. Dadurch wird seine demütige Bitte um Nachfolge zur Tyrannei und sein ehrlicher Glaube, ›auf dem Wege‹ zu sein, zum Hochmut.

Die besitzlose Arbeiterschaft

Pflichten: Kein Geld, keine Kostbarkeiten besitzen oder annehmen. Nur folgender Besitz ist erlaubt: einfachstes Kleid (im Einzelnen festzusetzen), zur Arbeit Nötiges, Bücher, Lebensmittel für den eigenen Gebrauch. Alles andere gehört den Armen.

Nur durch Arbeit den Lebensunterhalt erwerben. Vor keiner Arbeit sich scheuen, zu welcher die Kräfte ohne Schädigung der Gesundheit hinreichen. Entweder selbst die Arbeit wählen, oder, falls dies nicht möglich, sich der Anordnung des Arbeitsrates fügen, welcher sich der Regierung unterstellt.

Für keinen andern Lohn arbeiten als den Lebensunterhalt (im Einzelnen nach den Gegenden festzusetzen) für zwei Tage.

Mäßigstes Leben. Nur das unbedingt Notwendige essen, zum Beispiel als Minimallöhnung, die in gewissem Sinn auch Maximallöhnung ist: Brot, Wasser, Datteln. Essen der Ärmsten, Lager der Ärmsten.

Das Verhältnis zum Arbeitgeber als Vertrauensverhältnis behandeln, niemals Vermittlung der Gerichte verlangen. Jede übernommene Arbeit zu Ende führen, unter allen Umständen, es wären denn schwere Gesundheitsrücksichten dem entgegen.

Rechte: Maximalarbeitszeit sechs Stunden, für körperliche Arbeit vier bis fünf.

Bei Krankheit und im unfähigen Alter Aufnahme in staatliche Altersheime, Krankenhäuser.

Das Arbeitsleben als eine Angelegenheit des Gewissens und eine Angelegenheit des Glaubens an den Mitmenschen.

Mitgebrachten Besitz dem Staat schenken, zur Errichtung von Krankenhäusern, Heimen.

Vorläufig wenigstens Ausschluß von Selbständigen, Verheirateten und Frauen.
Rat (schwere Pflicht) vermittelt mit der Regierung.
Auch in kapitalistischen Betrieben, [zwei Worte unlesbar].
Dort wo man helfen kann, in verlassenen Gegenden, Armenhäusern, [als] Lehrer.
Fünfhundert Männer Höchstgrenze.
Ein Probejahr.

Alles fügte sich ihm zum Bau. Fremde Arbeiter brachten die Marmorsteine, zubehauen und zueinander gehörig. Nach den abmessenden Bewegungen seiner Finger hoben sich die Steine und verschoben sich. Kein Bau entstand jemals so leicht wie dieser Tempel oder vielmehr dieser Tempel entstand nach wahrer Tempelart. Nur daß auf jedem Stein – aus welchem Bruche stammten sie? – unbeholfenes Gekritzel sinnloser Kinderhände oder vielmehr Eintragungen barbarischer Gebirgsbewohner zum Ärger oder zur Schändung oder zu völliger Zerstörung mit offenbar großartig scharfen Instrumenten für eine den Tempel überdauernde Ewigkeit eingeritzt waren.

Bachaufwärts dem wandernden Wasser entgegen. Rutengestrüpp. Des Lehrers auffahrende Stimme. Gemurmel der Kinder. Rot vergehende, sich verlassende, erschauernde Sonne. Zuschlagende Ofentür. Der Kaffee wird gekocht. Aufgelehnt am Tische sitzen wir und warten. Dünne Bäumchen stehen auf der einen Seite des Wegs. März. Was willst du mehr? Wir steigen aus den Gräbern und wollen auch durch diese Welt hinziehn, einen bestimmten Plan haben wir nicht.

Du willst fort von mir? Nun, ein Entschluß, so gut wie ein anderer. Wohin aber willst du? Wo ist das Fort-von-mir? Auf dem Mond? Nicht einmal dort ist es und so weit kommst du gar nicht. Also warum das alles? Willst du dich nicht lieber in den Winkel setzen und still sein? Wäre das nicht etwa besser? Dort in den Winkel, warm und dunkel? Du hörst nicht zu? Tastest nach der Türe. Ja, wo ist denn eine Tür? So weit ich mich erinnere, fehlt sie in diesem Raum. Wer dachte damals, als dieses hier gebaut wurde, an so weltbewegende Pläne, wie es die deinen sind? Nun, es ist nichts verloren, ein solcher Gedanke geht nicht verloren, wir werden ihn durchsprechen in der Tafelrunde, und das Gelächter sei dein Lohn.

Der blasse Mond ging auf, wir ritten durch den Wald.

Poseidon wurde überdrüssig seiner Meere. Der Dreizack entfiel ihm. Still saß er an felsiger Küste und eine von seiner Gegenwart betäubte Möwe zog schwankende Kreise um sein Haupt.

Der wild rollende Wagen.

Ach was wird uns hier bereitet!
Bett und Lager unter Bäumen,
grünes Dunkel, trocknes Laub,
wenig Sonne, feuchter Duft.
Ach was wird uns hier bereitet!

Wohin treibt uns das Verlangen?
Dies erwirken? dies verlieren?
Sinnlos trinken wir die Asche
und ersticken unsern Vater.
Wohin treibt uns das Verlangen?

Wohin treibt uns das Verlangen?
Aus dem Hause treibt es fort.

Es lockte die Flöte, es lockte der frische Bach.

Was geduldig dir erschien,
rauschte durch des Baumes Wipfel
und der Herr des Gartens sprach.

Suche ich in seinen Runen
Wechsels Schauspiel zu erforschen,
Wort und Schwäre …

Der Graf saß beim Mittagessen, es war ein stiller sommerlicher Mittag. Die Tür öffnete sich, aber diesmal nicht für den Diener, sondern für Bruder Philotas. »Bruder«, sagte der Graf und erhob sich, »wieder seh ich dich, den ich so lange schon nicht mehr im Traume sah.« Eine Scheibe der Glastür, die auf die Terrasse führte, brach in Stücke und ein Vogel, rotbraun wie ein Rebhuhn, aber größer und langschnäblig, flog ins Zimmer. »Warte, den habe ich gleich«, sagte der Bruder, schürzte mit einer Hand die Kutte und haschte mit der andern nach dem Vogel. Gerade kam der Diener herein, mit einer Schüssel schöner Früchte, in die nun der Vogel ruhig, sie in kleinen Kreisen umfliegend, kräftig hackte.

Wie erstarrt hielt der Diener die Schüssel und sah, nicht eigentlich erstaunt, auf die Früchte, den Vogel und den weiter Jagd machenden Bruder. Die andere Tür ging auf und es kamen Dorfbewohner mit einer Petition, sie baten um Freigabe einer Waldstraße, die sie zur bessern Bewirtschaftung ihrer Felder benötigten. Aber sie kamen zu unrechter Zeit, denn der Graf war noch ein kleines Schulkind, saß auf einem Schemel und lernte. Der alte Graf war allerdings schon tot und so hätte der Junge regieren sollen, aber so war es nicht, es war eine Pause in der Historie und die Deputation ging daher ins Leere. Wo wird sie enden? Wird sie zurückkommen? Wird sie rechtzeitig erkennen, wie die Dinge stehn? Der Lehrer, der auch teilnahm, tritt schon aus der

Gruppe und übernimmt des kleinen Grafen Unterricht. Mit einem Stecken schiebt er alles vom Tisch hinunter, was dort war, zieht ihn mit der Fläche nach vorn als Tafel in die Höhe und schreibt darauf mit einer Kreide die Ziffer I.
Wir tranken, das Kanapee wurde uns zu eng, unaufhörlich drehten sich die Zeiger der Wanduhr in Kreisen. Der Diener sah herein, wir winkten ihm mit erhobenen Händen. Er aber war gefesselt von einer Erscheinung auf dem Sopha beim Fenster. Ein alter Mann in dünnem, schwarzem, seidig glänzendem Kleid erhob sich dort langsam, noch spielten seine Finger an den Seitenlehnen. »Vater«, rief der Sohn, »Emil«, der Alte.

Der Weg zum Nebenmenschen ist für mich sehr lang.

Prag. Die Religionen verlieren sich wie die Menschen.

Kleine Seele,
springst im Tanze,
legst in warme Luft den Kopf,
hebst die Füße aus glänzendem Grase,
das der Wind in harte Bewegung treibt.

Das fünfte Oktavheft

Ich könnte sehr zufrieden sein. Ich bin Beamter beim Magistrat. Wie schön ist es, Beamter beim Magistrat zu sein! Wenig Arbeit, genügend Gehalt, viel freie Zeit, übermäßiges Ansehen überall in der Stadt. Stelle ich mir die Situation eines Magistratsbeamten scharf vor, beneide ich ihn unweigerlich. Und nun bin ich es, bin Magistratsbeamter, – und wollte, wenn ich könnte, diese ganze Würde der Bürokatze zum Auffressen geben, die jeden Vormittag von Zimmer zu Zimmer wandert, um die Reste des Gabelfrühstücks einzusammeln.

Falls ich in nächster Zeit sterben oder gänzlich lebensunfähig werden sollte – diese Möglichkeit ist groß, da ich in den letzten zwei Nächten starken Bluthusten hatte – so darf ich sagen, daß ich mich selbst zerrissen habe. Wenn mein Vater früher in wilden, aber leeren Drohungen zu sagen pflegte: Ich zerreiße dich wie einen Fisch – tatsächlich berührte er mich nicht mit einem Finger –, so verwirklicht sich jetzt die Drohung von ihm unabhängig. Die Welt – F. ist ihr Repräsentant – und mein Ich zerreißen in unlösbarem Widerstreit meinen Körper.

Ich sollte in der großen Stadt studieren. Die Tante erwartete mich auf dem Bahnhof. Einmal als ich mit dem Vater zu Besuch in der Stadt gewesen war, hatte ich sie gesehn. Ich erkannte sie kaum.

Du Rabe, sagte ich, du alter Unglücksrabe, was tust du immerfort auf meinem Weg. Wohin ich gehe, sitzt du und sträubst die paar Federn. Lästig!

Ja, sagte er und ging mit gesenktem Kopf vor mir auf und ab wie ein Lehrer beim Vortrag, es ist richtig; es ist mir selbst schon fast unbehaglich.

Endlich war er in die Stadt gekommen, in der er studieren sollte. Ein Zimmer war gefunden, der Koffer ausgepackt, ein Landsmann, der hier schon längere Zeit wohnte, führte ihn durch die Straßen. Ganz zufällig erhoben sich etwa am Ende einer seitwärts sich öffnenden Straße berühmte, in allen Schulbüchern abgebildete Merkwürdigkeiten. Er schnappte nach Luft bei dem Anblick, der Landsmann winkte nur mit dem Arm hinüber.

Du alter Halunke, wie wäre es, wenn wir hier einmal Ordnung schaffen?

Nein, nein, dagegen würde ich mich sehr wehren.

Daran zweifle ich nicht. Trotzdem wirst du beseitigt werden müssen.

Ich werde meine Verwandten holen.

Auch das habe ich erwartet. Auch sie wird man gegen die Wand werfen müssen.

Was immer es auch sei, was mich zwischen den zwei Mühlsteinen, die mich sonst zerreiben, hervorzieht, empfinde ich, vorausgesetzt, daß es nicht allzu großen körperlichen Schmerz mit sich bringt, als Wohltat.

Die kleine Veranda, platt in die Sonne gelegt, das Wehr rauscht friedlich und immerfort.

Nichts hält mich.
Türen und Fenster auf
Terrassen weit und leer

K. war ein großer Taschenspieler. Sein Programm war ein wenig einförmig, aber infolge der Zweifellosigkeit der Leistung immer wieder anziehend. An die Vorstellung, in der ich ihn zum ersten Male sah, erinnere ich mich, trotzdem es schon zwanzig Jahre her ist und ich damals ein ganz kleiner Junge war, natürlich noch ganz genau. Er kam in unser kleines Städtchen ohne vorherige Ankündigung und veranstaltete die Vorstellung gleich abends am Tage seiner Ankunft. Im großen Speisezimmer unseres Hotels war um einen Tisch in der Mitte ein wenig freier Raum gelassen, – das war die ganze theatralische Vorbereitung. Meiner Erinnerung nach war der Saal überfüllt, nun erscheint einem Kind jeder Raum überfüllt, wo einige Lichter brennen, Stimmengewirr von Erwachsenen zu hören ist, ein Kellner hin- und herläuft und dergleichen, ich

wußte auch nicht, warum zu dieser offenbar übereilten Vorstellung so viele Leute hätten gekommen sein sollen, immerhin spielt natürlich in meiner Erinnerung diese vermeintliche Überfüllung des Saales bei dem ganzen Eindruck, den ich von der Vorstellung hatte, gewiß entscheidend mit.
Was ich berühre, zerfällt.

Das Trauerjahr war vorüber,
die Flügel der Vögel waren schlaff.
Der Mond entblößte sich in kühlen Nächten,
Mandel und Ölbaum waren längst gereift.

Die Wohltat der Jahre.

Er saß über seinen Rechnungen. Große Kolonnen. Manchmal wandte er sich von ihnen ab und legte das Gesicht in die Hand. Was ergab sich aus den Rechnungen? Trübe, trübe Rechnung.

Gestern war ich zum erstenmal in den Direktionskanzleien. Unsere Nachtschicht hat mich zum Vertrauensmann gewählt, und da die Konstruktion und Füllung unserer Lampen unzulänglich ist, sollte ich dort auf die Abschaffung dieser Mißstände dringen. Man zeigte mir das zuständige Büro, ich klopfte an und trat ein. Ein zarter junger Mann, sehr bleich, lächelte mir von seinem großen Schreibtisch entgegen. Viel, überviel nickte er mit dem Kopf. Ich wußte nicht, ob ich mich setzen sollte, es war dort zwar ein Sessel bereit, aber ich dachte, bei meinem ersten Besuch müsse ich mich vielleicht nicht gleich setzen, und so erzählte ich die Geschichte stehend. Gerade durch diese Bescheidenheit verursachte ich aber dem jungen Mann offenbar Schwierigkeiten, denn er mußte das Gesicht zu mir herum und aufwärts drehen, falls er nicht seinen Sessel umstellen wollte, und das wollte er nicht. Andrerseits aber brachte er auch den Hals trotz aller Bereitwilligkeit nicht ganz herum und blickte deshalb während meiner Erzählung auf halbem Wege schief zur Zimmerdecke hinauf, ich unwillkürlich ihm nach. Als ich fertig war, stand er langsam auf, klopfte mir auf die Schulter, sagte: So, so – so, so, und schob mich in das Nebenzimmer, wo ein Herr mit wild wachsendem großem Bart uns offenbar erwartet hatte, denn auf seinem Tisch war keine Spur irgendeiner Arbeit zu sehn, dagegen führte eine offene Glastür zu einem kleinen Gärtchen mit Blumen und Sträuchern in Fülle. Eine kleine Information, aus ein paar Worten bestehend, von dem jungen Mann ihm zugeflüstert, genügte dem Herrn, um unsere vielfachen Beschwerden zu erfassen. Sofort stand er auf und sagte: Also mein lieber –, er stockte, ich glaubte, er wolle meinen Namen wissen, und ich machte deshalb schon den Mund auf, um mich neuerlich vorzustellen, aber er fuhr mir dazwischen: Ja, ja, es ist gut, es ist gut, ich kenne dich sehr genau – also deine oder eure Bitte ist gewiß berechtigt, ich und die Herren von der Direktion sind gewiß die letzten, die das nicht einsehn würden. Das Wohl der Leute, glaube mir, liegt uns mehr am Herzen als das Wohl des Werkes. Warum auch nicht? Das Werk kann immer wieder neu errichtet werden, es kostet nur Geld, zum Teufel mit dem Geld, geht aber ein Mensch zugrunde, so geht eben ein Mensch zugrunde, es bleibt die Witwe, die Kinder. Ach du liebe Güte! Darum ist also jeder Vorschlag, neue Sicherung, neue Erleichterung, neue Bequemlichkeit und Luxuriositäten einzuführen, uns hochwillkommen. Wer damit kommt, ist unser Mann. Du läßt uns also deine Anregungen hier, wir werden sie genau prüfen, sollte noch irgendeine kleine blendende Neuigkeit angeheftet werden können, werden wir sie gewiß nicht unterschlagen, und sobald alles fertig ist, bekommt ihr die neuen Lampen. Das aber sage deinen Leuten unten: Solange wir nicht aus eurem Stollen einen Salon gemacht haben, werden wir hier nicht ruhen, und wenn ihr nicht schließlich in Lackstiefeln umkommt, dann überhaupt nicht. Und damit schön empfohlen!

Trabe, kleines Pferdchen,
du trägst mich in die Wüste,
alle Städte versinken, die Dörfer und lieblichen Flüsse.
Ehrwürdig die Schulen, leichtfertig die Kneipen,
Mädchengesichter versinken,
verschleppt vom Sturm des Ostens.

Es war eine sehr große Gesellschaft und ich kannte niemanden. Ich nahm mir deshalb vor, zunächst ganz still zu sein, langsam diejenigen herauszufinden, denen ich mich am besten nähern könnte, und dann mit ihrer Hilfe in die übrige Gesellschaft mich einzufügen. Das einfenstrige Zimmer war klein genug, aber es waren an zwanzig Menschen hier. Ich stand beim offenen Fenster, folgte dem Beispiel der andern, die sich von einem Seitentischchen Zigaretten zu holen pflegten, und rauchte in Ruhe. Leider verstand ich trotz aller Aufmerksamkeit nicht, wovon gesprochen wurde. Einmal wurde, so schien mir, von einem Mann und einer Frau gesprochen, dann wieder von einer Frau und zwei Männern, da aber immer von den gleichen drei Personen gesprochen wurde, konnte es nur an meiner Schwerfälligkeit liegen, daß ich schon mit den Personen, die zur Debatte standen, nicht zurecht kam, um wieviel weniger natürlich mit der Geschichte dieser Personen. Es war, dies schien mir über allem Zweifel, die Frage aufgeworfen, ob das Verhalten dieser drei Personen oder wenigstens einer dieser drei Personen moralisch zu billigen war oder nicht. Über die Geschichte selbst, die allen bekannt war, wurde im Zusammenhang nicht mehr gesprochen.

Abend am Fluß. Ein Kahn im Wasser. In Wolken untergehende Sonne.

Er fiel vor mir nieder. Ich sage euch, er fiel so nahe vor mir nieder, wie dieser Tisch, an den ich mich drücke, mir nahe ist. »Bist du wahnsinnig?« schrie ich. Es war längst

nach Mitternacht, ich kam aus einer Gesellschaft, hatte Lust, noch ein wenig allein zu gehen, und nun war dieser Mann vor mich hingestürzt. Heben konnte ich den Riesen nicht, liegen lassen wollte ich ihn auch nicht in der einsamen Gegend, wo weit und breit niemand zu sehen war.
Träume fluteten über mich hin, ich lag müde und hoffnungslos in meinem Bett.

Ich lag krank. Weil es eine schwere Krankheit war, hatte man die Strohsäcke meiner Zimmergenossen hinausgeschafft und ich war Tage und Nächte allein.

Solange ich gesund gewesen war, hatte sich niemand um mich gekümmert. Das war mir ja im allgemeinen ganz recht, ich will nicht jetzt nachträglich darüber zu klagen anfangen, ich will nur den Unterschied hervorheben: Sobald ich krank wurde, begannen die Krankenbesuche, finden fast ununterbrochen statt und haben bis heute nicht aufgehört.

Hoffnungslos fuhr in einem kleinen Boot um das Kap der Guten Hoffnung. Es war früh am Morgen, ein kräftiger Wind blies.

Hoffnungslos steckte ein kleines Segel auf und lehnte sich friedlich zurück. Was sollte er fürchten im kleinen Boot, das mit seinem winzigen Tiefgang über alle Riffe dieser gefährlichen Gewässer mit der Gewandtheit eines lebendigen Wesens glitt.
Ich habe drei Hunde: Halt ihn, Faß ihn und Nimmermehr. Halt ihn und Faß ihn sind gewöhnliche kleine Rattler und niemand würde auf sie aufmerksam werden, wenn sie allein wären. Aber da ist noch Nimmermehr. Nimmermehr ist eine Bastarddogge und sieht so aus, wie es wohl bei sorgfältigster jahrhundertelanger Züchtung sich nicht hätte erzielen lassen. Nimmermehr ist ein Zigeuner.

Alle meine freien Stunden – und es sind an sich sehr viele, aber allzu viele muß ich gegen meinen Willen verschlafen, um den Hunger zu vertreiben – verbringe ich mit Nimmermehr. Auf einem Ruhebett à la Madame Récamier. – Wie dieses Möbel in meine Mansarde heraufgekommen ist, weiß ich nicht, vielleicht wollte es in eine Rumpelkammer und blieb, schon zu sehr hergenommen, in meinem Zimmer.

Nimmermehr ist der Meinung, daß es so nicht weiterginge und irgendein Ausweg gefunden werden müsse. Auch ich bin im Grunde dieser Meinung, aber ihm gegenüber tue ich anders. Er läuft im Zimmer auf und ab, springt manchmal auf den Sessel, zerrt mit den Zähnen an dem Wurststückchen, das ich ihm hingelegt habe, schnippt es endlich mit der Pfote mir zu und beginnt wieder seinen Rundlauf.

A. Das, was Sie sich vorgenommen haben ist, von welcher Seite man es auch ansehn mag, ein sehr schwieriges und gefährliches Unternehmen. Allerdings soll man es auch nicht überschätzen, denn es gibt noch schwierigere und gefährlichere. Und vielleicht gerade dort, wo man es nicht vermutet und wo man deshalb ganz harmlos und unge-

rüstet ans Werk geht. Das ist tatsächlich meine Meinung, womit ich Sie aber natürlich weder von Ihren Plänen abhalten, noch diese Pläne heruntersetzen will. Keineswegs. Ihre Sache erfordert unzweifelhaft viel Kraft und ist des Kraftaufwandes auch wert. Ja fühlen Sie aber eigentlich diese Kraft in sich?
B. Nein. Das darf ich nicht sagen. Ich fühle in mir Leere, aber keine Kraft.

Ich ritt durch das Südtor ein. Gleich am Tor angebaut ist eine große Herberge, dort wollte ich übernachten. Ich führte meinen Maulesel in den Stall, der von Reittieren schon fast überfüllt war, aber ich fand doch noch ein sicheres Plätzchen. Dann stieg ich hinauf in eine der Loggien, breitete meine Decke aus und legte mich schlafen.

Süße Schlange, warum bleibst du so fern, komm näher, noch näher, genug, nicht weiter, dort bleib. Ach für dich gibt es keine Grenzen. Wie soll ich zur Herrschaft über dich kommen, wenn du keine Grenzen anerkennst. Es wird schwere Arbeit sein. Ich beginne damit, daß ich dich bitte, dich zusammenzuringeln. Zusammenringeln sagte ich und du streckst dich. Verstehst du mich denn nicht? Du verstehst mich nicht. Ich rede doch sehr verständlich: Zusammenringeln! Nein, du faßt es nicht. Ich zeige es dir also hier mit dem Stab. Zuerst mußt du einen großen Kreis beschreiben, dann im Innern eng an ihn anschließend einen zweiten und so fort. Hältst du dann schließlich noch das Köpfchen hoch, so senk es langsam nach der Melodie der Flöte, die ich später blasen werde, und verstumme ich, so sei auch du still geworden, mit dem Kopf im innersten Kreis.

Ich wurde zu meinem Pferd geführt, ich war aber noch sehr schwach. Ich sah das schlanke, im Fieber des Lebens zitternde Tier.

»Das ist nicht mein Pferd«, sagte ich, als mir der Knecht des Gasthofs am Morgen ein Pferd vorführte.

»Ihr Pferd war heute nacht das einzige in unserem Stall«, sagte der Knecht und sah mich lächelnd oder, wenn ich es so wollte, trotzig lächelnd an.

»Nein«, sagte ich, »das ist nicht mein Pferd.« Der Fellsack entsank meinen Händen, ich wandte mich und ging in das eben erst verlassene Zimmer hinauf.

Das sechste Oktavheft

Ich hätte mich doch wohl früher darum kümmern sollen, wie es sich mit dieser Treppe verhielt, was für Zusammenhänge hier bestanden, was man hier zu erwarten hatte und wie man es aufnehmen sollte. Du hast ja niemals von dieser Treppe gehört, sagte ich mir zur Entschuldigung, und in den Zeitungen und Büchern wird doch immerfort alles durchgehechelt, was es nur irgendwie gibt. Von dieser Treppe aber war nichts zu lesen. Das mag sein, antwortete ich mir selbst, du wirst eben ungenau gelesen haben. Oft warst du zerstreut, hast Absätze ausgelassen, hast dich sogar mit Überschriften begnügt, vielleicht war dort die Treppe erwähnt und es entging dir so. Und jetzt benötigst du gerade das, was dir entgangen ist. Und ich blieb einen Augenblick stehn und dachte über diesen Einwand nach. Da glaubte ich mich erinnern zu können, einmal in einem Kinderbuch möglicherweise von einer ähnlichen Treppe etwas gelesen zu haben. Es war nicht viel gewesen, wahrscheinlich nur die Erwähnung ihres Vorhandensein, das konnte mir gar nichts nützen.

Als die kleine Maus, die in der Mäusewelt geliebt wie keine andere gewesen war, in einer Nacht unter das Falleisen kam und mit einem Hochschrei ihr Leben hingab für den Anblick des Specks, wurden alle Mäuse der Umgebung in ihren Löchern von einem Zittern und Schütteln befallen, mit unbeherrscht zwinkernden Augen blickten sie einander der Reihe nach an, während ihre Schwänze in sinnlosem Fleiß den Boden scheuerten. Dann kamen sie zögernd, einer den andern stoßend, hervor, alle zog es zu dem Todesort. Dort lag sie, die kleine liebe Maus, das Eisen im Genick, die rosa Beinchen eingedrückt, erstarrt den schwachen Leib, dem ein wenig Speck so sehr zu gönnen gewesen wäre. Die Eltern standen daneben und beäugten die Reste ihres Kindes.

Einmal an einem Winternachmittag nach verschiedenen geschäftlichen Ärgernissen erschien mir mein Geschäft – jeder Kaufmann kennt solche Zeiten — so widerwärtig, daß ich beschloß, für heute sofort Geschäftsschluß zu machen, trotzdem es noch bei hellem Winterlicht und früh bei Tage war. Solche Entschlüsse des freien Willens haben immer gute Folgen …

Kurz nach seinem Regierungsantritt besuchte der junge Fürst, noch bevor er die übliche Amnestie erlassen hatte, ein Gefängnis. Unter anderem fragte er, wie man erwartet hatte, nach demjenigen, welcher am längsten in diesem Gefängnis war. Es war einer, der seine Frau ermordet hatte, zu lebenslänglicher Gefängnisstrafe verurteilt worden war und nun das dreiundzwanzigste Gefängnisjahr hinter sich hatte. Der Fürst wollte ihn sehn, man führte ihn in die Zelle, vorsichtshalber war der Gefangene für diesen Tag in Ketten gelegt worden.

Als ich abends nach Hause kam, fand ich in der Mitte des Zimmers ein großes, ein übergroßes Ei. Es war fast so hoch wie der Tisch und entsprechend ausgebaucht. Leise schwankte es hin und her. Ich war sehr neugierig, nahm das Ei zwischen die Beine und schnitt es vorsichtig mit dem Taschenmesser entzwei. Es war schon ausgetragen. Zerknitternd fiel die Schale auseinander und hervor sprang ein storchartiger, noch federloser, mit zu kurzen Flügeln die Luft schlagender Vogel. ›Was willst du in unserer Welt?‹ hatte ich Lust zu fragen, hockte mich vor den Vogel nieder und sah ihm in seine ängstlich zwinkernden Augen. Aber er verließ mich und hüpfte die Wände entlang, halb flatternd wie auf wehen Füßen. ›Einer hilft dem andern‹, dachte ich, packte auf dem Tisch mein Abendessen aus und winkte dem Vogel, der drüben gerade seinen Schnabel zwischen meine paar Bücher bohrte. Gleich kam er zu mir, setzte sich, offenbar schon ein wenig eingewöhnt, auf einen Stuhl, mit pfeifendem Atem begann er die Wurstschnitte, die ich vor ihn gelegt hatte, zu beschnuppern, spießte sie aber lediglich auf und warf sie nur wieder hin. ›Ein Fehler‹, dachte ich, ›natürlich, man springt nicht aus dem Ei, um gleich mit Wurstessen anzufangen. Hier wäre Frauenerfahrung nötig.‹ Und ich sah ihn scharf an, ob ihm vielleicht seine Essenswünsche von außen abzulesen wären. ›Kommt er‹, fiel mir dann ein, ›aus der Familie der Störche, dann werden ihm gewiß Fische lieb sein. Nun, ich bin bereit, sogar Fische ihm zu verschaffen. Allerdings nicht umsonst. Meine Mittel erlauben mir nicht, mir einen Hausvogel zu halten. Bringe ich also solche Opfer, will ich einen gleichwertigen lebenerhaltenden Lebensdienst. Er ist ein Storch, möge er mich also, bis er ausgewachsen und von meinen Fischen gemästet ist, mit in die südlichen Länder nehmen. Längst schon verlangt es mich, dorthin zu reisen, und nur mangels Storchflügel habe ich es bisher unterlassen.‹ Sofort holte ich Papier und Tinte, tauchte des Vogels Schnabel ein und schrieb, ohne daß mir vom Vogel irgendein Widerstand entgegengesetzt worden wäre, folgendes: ›Ich, storchartiger Vogel, verpflichte mich für den Fall, daß du mich mit Fischen, Fröschen und Würmern (diese zwei letzten Lebensmittel fügte ich der Billigkeit halber hinzu) bis zum Flüggewerden nährst, Dich auf meinem Rücken in die südlichen Länder zu tragen.‹ Dann wischte ich den Schnabel rein und hielt dem Vogel nochmals das Papier vor Augen, ehe ich es zusammenfaltete und in meine Brieftasche legte. Dann aber lief ich gleich um Fische; diesmal mußte ich sie teuer bezahlen, doch versprach mir der Händler, nächstens immer verdorbene Fische und reichlich Würmer für billigen Preis bereitzustellen. Vielleicht würde die südliche Fahrt nicht gar zu teuer werden. Und es freute mich zu sehn, wie das Mitgebrachte dem Vogel schmeckte. Glucksend wurden die Fische hinabgeschluckt und füllten das rötliche Bäuchlein. Tag für Tag, unvergleichlich mit Menschenkindern, machte der Vogel Fortschritte in seiner Entwicklung. Zwar verließ der unerträgliche Gestank der faulen Fische nicht mehr mein Zimmer und nicht leicht war es, den Unrat des Vogels immer aufzufinden und zu beseitigen, auch verbot die Winterkälte und die Kohlenfeuerung die außerordentlich nötige Lüftung, – was tat es, kam das Frühjahr, schwamm ich in leichten Lüften dem strahlenden Süden zu. Die Flügel wuchsen, bedeckten sich mit Federn, die Muskeln erstarkten, es war Zeit, mit den Flugübungen zu beginnen. Leider war keine Storchmutter da, wäre der Vogel nicht so willig gewesen, mein Unterricht hätte wohl nicht genügt. Aber offenbar sah er ein, daß er durch peinliche Aufmerksamkeit und größte Anstrengung die Mängel meiner Lehrbefähigung ausgleichen müsse. Wir begannen mit dem Segelflug. Ich stieg hinauf, er folgte, ich sprang mit ausgebreiteten Armen hinab, er flatterte hinterher. Später gingen wir zum Tisch über und zuletzt zum Schrank, immer aber wurden alle Flüge systematisch vielmal wiederholt.

Der Quälgeist

Der Quälgeist wohnt im Walde. In einer längst verlassenen Hütte aus alten Köhlerzeiten. Tritt man ein, merkt man nur einen unaustreibbaren Modergeruch, sonst nichts. Kleiner als die kleinste Maus, unsichtbar selbst einem nahegebrachten Auge, drückt sich der Quälgeist in einen Winkel. Nichts, gar nichts ist zu merken, ruhig rauscht durch das leere Fensterloch der Wald. Wie einsam ist es hier und wie kommt dir das gelegen. Hier im Winkel wirst du schlafen. Warum nicht im Wald, wo frei die Luft geht? Weil du nun schon hier bist, gesichert in einer Hütte, trotzdem die Tür längst aus den Angeln gebrochen und vertragen ist. Du aber tastest noch in die Luft, als wolltest du die Tür zuziehen, dann legst du dich nieder.

Endlich sprang ich vom Tische auf und zerschlug die Lampe mit einem Faustschlag. Sofort trat ein Diener mit einer Laterne ein, verbeugte sich und hielt für mich die Tür offen. Ich eilte aus meinem Zimmer die Treppe hinab, der Diener hinter mir. Unten legte mir ein zweiter Diener einen Pelz um; da ich es wie kraftlos geschehen ließ, tat er noch ein übriges, schlug mir den Pelzkragen hoch und knüpfte ihn mir vorn am Halse zu. Es war nötig, die Kälte war mörderisch. Ich stieg in den wartenden geräumigen Schlitten, wurde warm unter vielen Decken geborgen und mit hellem Klingeln begann die Fahrt. »Friedrich«, hört ich aus der Ecke flüstern. »Du bist hier, Alma«, sagte ich und reichte ihr die dick behandschuhte Rechte. Noch einige Worte der Befriedigung über das Zusammentreffen, dann verstummten wir, denn die rasende Fahrt verschlug den Atem. Ich hatte im Hindämmern schon meine Nachbarin vergessen, als wir vor einem Wirtshaus hielten. Vor dem Wagenschlag stand der Wirt, ihm zu Seiten meine Diener, alle mit gestreckten Hälsen bereit, irgendwelche Befehle von mir entgegenzunehmen. Ich aber beugte mich hervor und rief nur: »Warum steht ihr hier, weiter, weiter, kein Aufenthalt!« Und mit einem Stock, den ich neben mir fand, stieß ich den Kutscher.

Das siebte Oktavheft

Unverbrüchlicher Traum. Sie lief die Landstraße entlang, ich sah sie nicht, ich merkte nur, wie sie sich im Laufen schwang, wie ihr Schleier flog, wie ihr Fuß sich hob, ich saß am Feldrand und blickte in das Wasser des kleinen Baches. Sie durchlief die Dörfer, Kinder standen in den Türen, sahen ihr entgegen und sahen ihr nach.

Zerrissener Traum. Die Laune eines früheren Fürsten verfügte, das Mausoleum müsse unmittelbar bei den Sarkophagen einen Wächter haben. Vernünftige Männer hatten sich dagegen ausgesprochen, schließlich ließ man den sonst vielfach beengten Fürsten in dieser Kleinigkeit gewähren. Ein Invalide aus einem Krieg des vorigen Jahrhunderts, Witwer und Vater dreier Söhne, die im letzten Krieg gefallen waren, meldete sich für diesen Posten. Er wurde angenommen und von einem alten Hofbeamten in das Mausoleum begleitet. Eine Waschfrau folgte ihnen, beladen mit verschiedenen Dingen, welche für den Wächter bestimmt waren. Bis zur Allee, welche dann geradeaus zum Mausoleum führte, hielt der Invalide trotz seiner Stelze mit dem Hofbeamten gleichen Schritt. Dann aber versagte er ein wenig, hüstelte und begann, sein linkes Bein zu reiben. »Nun Friedrich«, sagte der Hofbeamte, der mit der Waschfrau ein Stück vorausgegangen war und sich nun umsah. »Mich reißt es im Bein«, sagte der Invalide und machte eine Fratze, »nur einen Augenblick Geduld, das pflegt gleich aufzuhören.«

Erzählung des Großvaters

Ich war zu den Zeiten des seligen Fürsten Leo V. Wächter des Mausoleums im Friedrichspark. Natürlich bin ich nicht gleich Mausoleumswächter geworden. Noch ganz genau erinnere ich mich, wie ich als Laufbursche der fürstlichen Meierei zum erstenmal die Milch am Abend zur Mausoleumswache tragen sollte. ›Oh‹, dachte ich, ›zur Mausoleumswache.‹ Weiß denn jemand genau, was Mausoleum ist? Ich war Mausoleumswächter und sollte es also wissen, aber eigentlich weiß ich es nicht. Und ihr, die ihr meine Geschichte hört, werdet am Schluß erkennen, daß ihr, selbst wenn ihr zu wissen glaubtet, was Mausoleum ist, gestehen müßt, ihr, ihr wüßtet es nicht mehr. Damals aber kümmerte ich mich darum noch wenig, sondern war nur ganz allgemein stolz darauf, zur Mausoleumswache geschickt worden zu sein. Und so galoppierte ich gleich mit meinem Milcheimer durch die Nebel der Wiesenwege, die zum Friedrichspark führten. Vor dem goldenen Gittertor staubte ich meine Jacke ab, reinigte die Stiefel, wischte die Feuchtigkeit vom Eimer, läutete dann und lauerte, die Stirn an den Gitterstäben, darauf, was jetzt geschehen werde. Zwischen Gesträuch auf einer kleinen Anhöhe schien das Wächterhaus zu sein, ein Licht kam aus einem sich öffnenden Türchen und ein ganz altes Frauenzimmer öffnete das Tor, nachdem ich mich gemeldet und zum Beweis der Wahrheit den Eimer gezeigt hatte. Ich mußte dann vorausgehn, aber genau so langsam wie die Frau, es war sehr unbehaglich, denn sie hielt mich hinten fest und blieb auf dem kurzen Weg zweimal stehn, um Atem zu holen. Oben auf einer Steinbank neben der Tür saß ein riesiger Mann, die Beine übereinandergeschlagen, die Hände vor der Brust gekreuzt, den Kopf zurückgelehnt und hielt den Blick auf das knapp vor ihm stehende Buschwerk, das ihm jede Aussicht benahm, gerichtet. Ich sah unwillkürlich fragend die Frau an. »Das ist der Mameluck«, sagte sie, »weißt du es nicht?« Ich schüttelte den Kopf, staunte den Mann noch einmal an, besonders seine hohe Mütze aus Krimmerpelz, dann aber wurde ich von der Alten ins Haus gezogen. In einer kleinen Stube saß bei einem sehr ordentlich mit Büchern bedeckten Tisch ein alter bärtiger Herr im Schlafrock und sah unter der Glocke der Stehlampe hinweg nach mir hin. Ich glaubte natürlich, nicht richtig gegangen zu sein, und drehte mich um, wollte wieder aus der Stube hinaus, aber die Alte versperrte mir den Weg und sagte zum Herrn: »Der neue Milchjunge.« »Komm her, du kleine Krabbe«, sagte der Herr und lachte. Ich saß dann auf einem kleinen Bänkchen bei seinem Tisch und er brachte sein Gesicht ganz nahe an meines. Leider war ich infolge der freundlichen Behandlung etwas vorlaut geworden.

Auf dem Dachboden

Die Kinder hatten ein Geheimnis. Auf dem Dachboden, in einem tiefen Winkel inmitten des Gerümpels eines ganzen Jahrhunderts, wohin kein Erwachsener mehr sich hintasten konnte, hatte Hans, der Sohn des Advokaten, einen fremden Mann entdeckt. Er saß auf einer Kiste, die, der Länge nach aufgestellt, an der Wand lehnte. Sein Gesicht zeigte, als er Hans erblickte, weder Schrecken noch Staunen, sondern nur Stumpfheit, mit klaren Augen beantwortete er Hansens Blick. Eine große runde Mütze aus Krimmerpelz saß tief auf seinem Kopf. Ein starker Schnurrbart breitete sich steif aus. Gekleidet war er in einen weiten braunen Mantel, den ein mächtiges Riemenzeug, es erinnerte an das Geschirr eines Pferdes, zusammenhielt. Auf dem Schoß lag ein gebogener kurzer Säbel in mattleuchtender Scheide. Die Füße staken in gespornten Schaftstiefeln, ein Fuß war auf eine umgestürzte Weinflasche gestellt, der andere auf dem Boden war etwas aufgerichtet und mit Ferse und Sporn ins Holz gerammt. »Weg«, schrie Hans, als der Mann mit langsamer Hand nach ihm greifen wollte, lief weit in die neuern Teile des Dachbodens und blieb erst stehn, als ihm die dort zum Trocknen aufgehängte Wäsche naß ins Gesicht klatschte. Dann aber kehrte er doch gleich wieder zurück. Mit gewissermaßen verächtlich aufgestülpter Unterlippe saß der Fremde dort und rührte sich nicht. Hans prüfte durch vorsichtiges Heranschleichen, ob diese Bewegungslosigkeit nicht Hinterlist sei. Aber der Fremde schien wirklich nichts Böses zu beabsichtigen, ganz schlaff saß er da, vor lauter Schlaffheit nickte sein Kopf kaum merklich. So wagte es Hans, einen alten durchlöcherten Ofenschirm, der ihn noch von dem Fremden trennte, wegzuschieben, ganz nahe heranzutreten und schließlich sogar ihn zu berühren. »So staubig bist du!« sagte er staunend und zog seine geschwärzte Hand zurück. »Ja, staubig«, sagte der Fremde, sonst nichts. Es war eine so ungewöhnliche Aussprache, erst im Nachklang verstand Hans die Worte. »Ich bin Hans«, sagte er, »der Sohn des Advokaten und wer bist du?« »So«, sagte der Fremde, »ich bin auch ein Hans, heiße Hans Schlag, bin badischer Jäger und stamme von Koßgarten am Neckar. Alte Geschichten.« »Jäger bist du? Du gehst auf die Jagd?« fragte Hans. »Ach, du bist noch ein kleiner Junge«, sagte der Fremde, »und warum reißt du den Mund so auf, wenn du sprichst?« Diesen Fehler pflegte auch der Advokat auszusetzen, aber beim Jäger, den man kaum verstand und dem das Mundaufreißen sehr zu empfehlen gewesen wäre, war dieser Tadel gewiß nicht angebracht.

Der Unfrieden, der zwischen Hans und seinem Vater seit jeher bestand, war nach dem Tode der Mutter zu derartigem Ausbruch gekommen, daß Hans aus dem Geschäft des Vaters austrat, ins Ausland fuhr, einen kleinen Posten, der sich ihm dort zufällig darbot, sofort wie geistesabwesend annahm und jeder Verbindung mit dem Vater, sei es durch Briefe, sei es durch Bekannte, mit solchem Erfolg auswich, daß er von dem Tode des Vaters, der etwa zwei Jahre nach seiner Abreise durch Herzschlag erfolgte, erst durch den Brief des Advokaten erfuhr, der ihn zu seinem Testamentsvollstrecker bestimmt hatte. Hans stand gerade hinter dem Ladenfenster des Tuchgeschäftes, in welchem er als Handlungsgehilfe angestellt war, und blickte in den Regen auf den Ringplatz des kleinen Landstädtchens hinaus, als von der Kirche her der Briefträger herüberkam. Er übergab der Chefin, der schwerbeweglichen, ewig unzufriedenen, die in der Tiefe auf einem hohen Polsterstuhl saß, den Brief und ging. Das schwach abklingende Läuten des Türglöckchens fiel Hans irgendwie auf, er blickte hin und sah dann auch, wie die Chefin ihr bärtiges, von schwarzen Tüchern umbundenes Gesicht ganz nahe an den Briefumschlag brachte. Immer schien es Hans bei solchen Gelegenheiten, als müsse ihr gleich die Zunge herausrollen und nun würde sie, statt zu lesen, hundeartig zu lecken anfangen. Schwach läutete das Türglöckchen nach und die Chefin sagte: »Hier ist ein Brief für Sie gekommen.« »Nein«, sagte Hans und rührte sich nicht vom Fenster weg. »Sie sind ein eigentümlicher Mensch, Hans«, sagte die Frau, »hier steht doch deutlich Ihr Name.« Es hieß darin, daß Hans zwar zum einzigen Erben bestimmt worden war, aber die Hinterlassenschaft war mit Schulden und Legaten so überlastet, daß für ihn, wie er schon nach oberflächlicher Schätzung merkte, kaum mehr zu erübrigen war als das elterliche Wohnhaus. Das war nicht viel: ein alter einfacher einstöckiger Bau, aber Hans hing sehr an dem Haus, auch hielt ihn nach dem Tode des Vaters hier in der Fremde nichts mehr, dagegen erforderte die Abwicklung der Hinterlassenschaftsgeschäfte seine Anwesenheit dringend, er löste deshalb sofort seine Verpflichtungen, was nicht schwer war, und fuhr nach Hause.

Es war spät an einem Dezemberabend, alles lag im Schnee, als Hans bei dem Elternhaus vorfuhr. Der Hausmeister, der ihn erwartet hatte, trat, von seiner Tochter gestützt, aus dem Tor, es war ein gebrechlicher Greis, der schon Hansens Großvater gedient hatte. Man begrüßte einander, allerdings nicht sehr herzlich, denn Hans hatte im Hausmeister immer nur einen einfältigen Tyrannen seiner Kinderjahre gesehn und die Demut, mit der er sich ihm jetzt näherte, war ihm peinlich. Trotzdem sagte er der Tochter, die ihm über die steile enge Treppe das Gepäck nachtrug, in ihres Vaters Einkommen werde sich ohne Rücksicht auf das Legat, das er erhalten habe, nicht das Geringste ändern. Die Tochter dankte unter Tränen und gestand, daß damit die Hauptsorge ihres Vaters beseitigt sei, die ihn seit dem Tode des seligen Herrn kaum habe schlafen lassen. Dieser Dank brachte Hans erst zum Bewußtsein, was für Unannehmlichkeiten aus der Erbschaft für ihn entstanden und weiter noch entstehen könnten. Um so mehr freute er sich auf das Alleinsein in seiner alten Stube und im Vorgefühl dessen streichelte er sanft den Kater, der als erste ungetrübte Erinnerung aus vergangenen Zeiten in seiner ganzen Größe an ihm vorüberhuschte. Nun wurde aber Hans nicht in sein Zimmer geführt, das nach seiner brieflichen Anordnung für ihn hätte vorbereitet werden sollen, sondern in das frühere Schlafzimmer des Vaters. Er fragte, warum das geschehen sei. Das Mädchen, noch schweratmend vom Tragen der Last, stand ihm gegenüber, sie war groß und kräftig geworden in den zwei Jahren und auffallend klar war ihr Blick. Sie bat um Entschuldigung. In Hansens Zimmer sei nämlich sein Onkel Theodor eingerichtet und man habe den alten Herrn nicht stören wollen, besonders da doch dieses Zimmer größer und auch behaglicher sei. – Die Nachricht, daß Onkel Theodor hier im Hause wohnte, war für Hans neu.

Das achte Oktavheft

Ich bin gewohnt, in allem meinem Kutscher zu vertrauen. Als wir an eine hohe weiße seitwärts und oben sich langsam wölbende Mauer kamen, die Vorwärtsfahrt einstellten, die Mauer entlang fahrend, sie betasteten, sagte schließlich der Kutscher: »Es ist eine Stirn.«

Wir hatten einen kleinen Fischfang eingerichtet, eine Hütte am Meer gezimmert.

Fremde Leute erkennen mich. Letzthin konnte ich mich auf einer kleinen Reise mit meiner Handtasche kaum durch den Gang eines überfüllten Waggons drängen. Da rief mich aus dem Halbdunkel eines Abteils ein mir offenbar ganz Fremder an und bot mir seinen Platz an.

Arbeit als Freude, unzugänglich den Psychologen.

Übelkeit nach zuviel Psychologie. Wenn einer gute Beine hat und an die Psychologie herangelassen wird, kann er in kurzer Zeit und in beliebigem Zickzack Strecken zurücklegen, wie auf keinem andern Feld. Da gehen einem die Augen über.

Ich stehe auf einem wüsten Stück Boden. Warum ich nicht in ein besseres Land gestellt worden bin, weiß ich nicht. Bin ich's nicht wert? Das darf man nicht sagen. Reicher als ich kann nirgends ein Strauch aufgehn.

Vom jüdischen Theater

Mit Ziffern und mit Statistiken werde ich mich im Folgenden nicht abgeben; die überlasse ich den Geschichtsschreibern des jüdischen Theaters. Meine Absicht ist ganz einfach: einige Blätter Erinnerungen an das jüdische Theater mit seinen Dramen, seinen Schauspielern, seinem Publikum, so wie ich das alles in mehr als zehn Jahren gesehen, gelernt und mitgemacht habe, hier vorzulegen oder, anders gesagt, den Vorhang zu heben und die Wunde zu zeigen. Nur nach Erkenntnis der Krankheit läßt sich ein Heilmittel finden und möglicherweise das wahre jüdische Theater schaffen.

1

Für meine frommen chassidischen Eltern in Warschau war natürlich das Theater ›trefe‹, nicht anders als ›chaser‹. Nur zu Purim gab es ein Theater, denn dann klebte Vetter Chaskel einen großen schwarzen Bart auf sein kleines blondes Bärtchen, zog den Kaftan verkehrt an und spielte einen lustigen Handelsjuden – meine kleinen Kinderaugen haben sich von ihm nicht wenden können. Von allen Vettern war er mir der liebste, sein Beispiel ließ mir keine Ruhe und, kaum acht Jahre alt, habe ich schon im Cheder wie Vetter Chaskel gespielt. War der Rebbe fort, dann war im Cheder regelmäßig Theater, ich war Direktor, Regisseur, kurz alles, auch die Prügel, die ich dann vom Rebbe bekam, waren die größten. Aber das störte uns nicht; der Rebbe hat geprügelt, wir aber haben doch jeden Tag andere Theaterspiele ausgedacht. Und das ganze Jahr war nur ein Hoffen und Beten: Purim möge kommen und ich soll wieder zusehn dürfen, wie Vetter Chaskel sich maskiert. Daß ich dann, sobald ich erwachsen bin, auch jeden Purim mich maskieren und singen und tanzen werde, wie Vetter Chaskel – das stand bei mir fest.

Daß man sich aber auch außer Purim maskiert und daß es noch viele Künstler wie Vetter Chaskel gibt, davon allerdings ahnte ich nichts. Bis ich einmal von Isruel Feldscher's Buben hörte, daß es wirklich Theater gibt, wo man spielt und singt und sich maskiert und jeden Abend, nicht nur Purim, und daß es auch in Warschau solche Theater gibt und daß sein Vater ihn schon einigemal ins Theater mitgenommen hat. Diese Neuigkeit hat mich – ich war damals ungefähr zehn Jahre alt – geradezu elektrisiert. Ein heimliches nie geahntes Verlangen ergriff mich. Ich zählte die Tage, die noch vergehen mußten, bis ich erwachsen war und endlich selbst das Theater sehen durfte. Damals wußte ich noch nicht einmal, daß das Theater eine verbotene und sündhafte Sache ist.

Bald erfuhr ich, daß sich gegenüber dem Rathaus das ›Große Theater‹ befindet, das beste, das schönste von ganz Warschau, ja von der ganzen Welt. Von da an hat mich schon der äußerliche Anblick des Gebäudes, wenn ich dort vorüberging, förmlich geblendet. Als ich mich aber einmal zu Hause erkundigte, wann wir endlich ins Große Theater gehen werden, hat man mich angeschrien: ein jüdisches Kind darf vom Theater nichts wissen; das ist nicht erlaubt; das Theater ist nur für die Gojim und für die Sünder da. Diese Antwort genügte mir, ich fragte nicht weiter, aber Ruhe gab es mir nicht mehr, und ich fürchtete sehr, daß ich diese Sünde gewiß einmal begehn und, wenn ich älter sein werde, doch ins Theater werde gehen müssen.

Als ich einmal am Abend nach Jom Kippur mit zwei Vettern am Großen Theater vorbeifuhr, auf der Theaterstraße viele Leute waren und ich von dem ›unreinen‹ Theater gar nicht wegsehn konnte, fragte mich Vetter Majer: »Wolltest du auch dort oben sein?« Ich schwieg. Mein Schweigen gefiel ihm wahrscheinlich nicht und er fügte deshalb hinzu: »Jetzt, Kind, ist kein einziger Jud dort – bewahre der Himmel! Abend gleich nach Jom Kippur geht selbst der schlimmste Jud nicht ins Theater.« Dem entnahm ich aber nichts anderes, als daß zwar nach dem Ausgang des heiligen Jom Kippur kein Jude ins Theater geht, daß aber an den gewöhnlichen Abenden das ganze Jahr hindurch wohl viele Juden hingehn.

In meinem vierzehnten Lebensjahr war ich zum erstenmal im Großen Theater. So wenig ich auch von der Landessprache gelernt hatte, so konnte ich doch schon die Plakate lesen und da las ich eines Tages, daß die Hugenotten gespielt werden. Von Hugenotten hatte man schon in der ›Klaus‹ gesprochen, auch war das Stück von einem Juden ›Meier Beer‹ – und so gab ich mir selbst die Erlaubnis, kaufte eine Karte und am Abend war ich zum erstenmal im Leben im Theater.

Was ich damals sah und fühlte, gehört nicht hierher, nur das eine: daß ich zur Überzeugung kam, man singe dort besser als Vetter Chaskel und maskiere sich auch viel schöner als er. Und noch eine Überraschung brachte ich mit: die Ballettmusik der Hugenotten hatte ich ja schon längst gekannt, die Melodien sang man ja in der ›Klaus‹ Freitag abends zum Lecho Dodi. Und ich konnte mir damals nicht erklären, wie es möglich sei, daß man im Großen Theater das spiele, was man in der ›Klaus‹ schon so lange singt.

Von damals an wurde ich in der Oper ein häufiger Gast. Nur durfte ich nicht vergessen, zu jeder Vorstellung einen Kragen und ein Paar Manschetten zu kaufen und sie auf dem Nachhauseweg in die Weichsel zu werfen. Meine Eltern durften solche Dinge nicht sehen. Während ich mich an ›Wilhelm Tell‹ und ›Aida‹ sättigte, waren meine Eltern im sichern Glauben, ich säße in der ›Klaus‹ über den Talmudfolianten und studiere die heilige Schrift.

2

Einige Zeit nachher erfuhr ich, daß es auch ein jüdisches Theater gibt. Wie gern ich aber auch hingegangen wäre, ich getraute mich nicht, denn es hätte meinen Eltern allzu leicht verraten werden können. Ins Große Theater zur Oper dagegen ging ich häufig und später auch in das polnische dramatische Theater. In letzterem habe ich zum erstenmal die ›Räuber‹ gesehn. Sehr überrascht hat es mich, daß man auch so schön Theater spielen kann ohne Gesang und Musik – das hätte ich nie gedacht – und merkwürdigerweise war ich dem Franz nicht böse, vielmehr hat er den größten Eindruck auf mich gemacht, ihn hätte ich gern gespielt, nicht den Karl.

Von den Kameraden in der ›Klaus‹ war ich der einzige, der es gewagt hat, ins Theater zu gehn. Im übrigen aber haben wir Burschen in der ›Klaus‹ uns schon mit allen, ›aufgeklärten Büchern‹ gefüttert, damals las ich zum erstenmal Shakespeare, Schiller, Lord Byron. Von der jiddischen Literatur kamen mir allerdings nur die großen Kriminalromane in die Hand, die uns Amerika in einer halb deutschen, halb jiddischen Sprache lieferte.

Eine kurze Zeit verstrich, mir gab's keine Ruhe: ein jüdisches Theater in Warschau, und ich soll es nicht sehn? Und ich habe es riskiert, alles auf die Karte gesetzt und ich bin ins jüdische Theater gegangen.

Das hat mich ganz umgewandelt. Schon vor Beginn des Spiels habe ich mich ganz anders gefühlt als bei ›jenen‹. Vor allem keine Herren in Frack, keine Damen im Decolleté, kein Polnisch, kein Russisch, nur Juden aller Art, langgekleidete, kurzgekleidete, Frauen und Mädchen, bürgerlich angezogen. Und man sprach laut und ungeniert in der Muttersprache, ich bin niemandem aufgefallen mit meinem langen Kaftänchen und mußte mich gar nicht schämen.

Gespielt hat man ein komisches Drama mit Gesang und Tanz in sechs Akten und zehn Bildern: Bal-Tschuwe von Schumor. Angefangen hat man nicht so pünktlich um acht Uhr wie im polnischen Theater, sondern erst gegen zehn Uhr und geendet erst spät nach Mitternacht. Der Liebhaber und der Intrigant haben ›hochdeutsch‹ gesprochen und ich habe gestaunt, daß ich auf einmal – ohne von der deutschen Sprache eine Ahnung zu haben – so vortreffliches Deutsch so gut verstehen konnte. Nur der Komiker und die Soubrette haben jiddisch gesprochen.

Im allgemeinen hat es mir besser gefallen als die Oper, das dramatische Theater und die Operette zusammengenommen. Denn erstens war es doch jiddisch, deutsch-jiddisch zwar, aber doch jiddisch, ein besseres, schöneres Jiddisch, und zweitens war doch hier alles beisammen: Drama, Tragödie, Gesang, Komödie, Tanz, alles beisammen, das Leben! Die ganze Nacht habe ich vor Aufregung nicht geschlafen, das Herz sagte mir, daß auch ich einst im Tempel der jüdischen Kunst dienen, daß ich ein jüdischer Schauspieler werden soll.

Nächsten Tag aber nachmittags schickte der Vater die Kinder ins Nebenzimmer, nur die Mutter und mich hieß er bleiben. Instinktiv fühlte ich, daß hier eine ›Kasche‹ für mich gekocht wird. Der Vater sitzt nicht mehr; immer nur geht er im Zimmer auf und ab; die Hand am kleinen schwarzen Bart spricht er, nicht zu mir, sondern nur zur Mutter: »Du sollst wissen: er wird von Tag zu Tag schlimmer, gestern hat man ihn im jüdischen Theater gesehn.« Die Mutter faltet erschrocken die Hände, der Vater, ganz bleich, geht fortwährend im Zimmer auf und ab, mir krampft sich das Herz, wie ein Verurteilter sitze ich, ich kann den Schmerz meiner treuen frommen Eltern nicht ansehn. Ich kann mich heute nicht mehr erinnern, was ich damals sagte, nur das weiß ich, daß nach einigen Minuten gedrückten Schweigens der Vater seine großen schwarzen Augen auf mich gerichtet und gesagt hat: »Mein Kind, gedenk, das wird dich weit, sehr weit führen« – und er hat recht gehabt.

Schließlich war nur noch einer außer mir im Wirtshaus geblieben. Der Wirt wollte schließen und bat mich zu zahlen. »Dort sitzt noch einer«, sagte ich mürrisch, weil ich einsah, daß es Zeit wäre zu gehn, aber keine Lust hatte, weg- oder überhaupt irgendwo hinzugehn. »Das ist die Schwierigkeit«, sagte der Wirt, »ich kann mich mit dem Mann nicht verständigen. Wollt Ihr mir helfen?« »Hallo«, rief ich zwischen den hohlen Händen durch, aber der Mann rührte sich nicht, sondern sah still wie bisher von der Seite in sein Bierglas.

Es war schon spät nachts, als ich am Tore läutete. Lange dauerte es, ehe, offenbar aus der Tiefe des Hofs, der Kastellan hervorkam und öffnete.

»Der Herr läßt bitten«, sagte der Diener, sich verbeugend und öffnete mit geräuschlosem Ruck die hohe Glastür. Der Graf in halb fliegendem Schritt eilte mir von seinem Schreibtisch, der beim offenen Fenster stand, entgegen. Wir sahen einander in die Augen, der starre Blick des Grafen befremdete mich.
Vor einer Mauer lag ich am Boden, wand mich vor Schmerz, wollte mich einwühlen in die feuchte Erde. Der Jäger stand neben mir und drückte mir einen Fuß leicht ins Kreuz. »Ein kapitales Stück«, sagte er zum Treiber, der mir den Kragen und Rock durchschnitt, um mich zu befühlen. Meiner schon müde und nach neuen Taten begierig, rannten die Hunde sinnlos gegen die Mauer an. Der Kutschwagen kam, an Händen und Beinen gefesselt wurde ich neben den Herrn über den Rücksitz geworfen, so daß ich mit Kopf und Armen außerhalb des Wagens niederhing. Die Fahrt ging flott, verdurstend mit offenem Mund sog ich den hochgewirbelten Staub in mich, hie und da spürte ich den freudigen Griff des Herrn an meinen Waden.

Was trag ich auf meinen Schultern? Was für Gespenster umhängen mich?

Es war ein stürmischer Abend, ich sah den kleinen Geist aus dem Gebüsche kriechen.
Das Tor fiel zu, ich stand ihm Aug in Auge.
Es zersprang die Lampe, ein fremder Mann mit neuem Licht trat ein, ich erhob mich, meine Familie mit mir, wir grüßten, es wurde nicht beachtet.

Die Räuber hatten mich gefesselt und da lag ich nahe beim Feuer des Hauptmanns.

Öde Felder, öde Fläche, hinter Nebeln das bleiche Grün des Mondes.

Er verläßt das Haus, er findet sich auf der Straße, ein Pferd wartet, ein Diener hält den Bügel, der Ritt geht durch hallende Öde.

Unter meinen Mitschülern war ich dumm, doch nicht der Dümmste. Und wenn trotzdem das letztere von einigen meiner Lehrer meinen Eltern und mir gegenüber nicht selten behauptet worden ist, so haben sie es nur in dem Wahne vieler Leute getan, welche glauben, sie hätten die halbe Welt erobert, wenn sie ein so äußerstes Urteil wagen.

Daß ich aber dumm sei, glaubte man allgemein und wirklich, man hatte gute Beweise dafür, die leicht mitgeteilt werden konnten, wenn vielleicht ein Fremder über mich zu belehren war, der anfangs einen nicht üblen Eindruck von mir bekommen hatte und dies vor andern nicht verschwieg.

Darüber mußte ich oft mich ärgern und auch weinen. Und es sind dies damals die einzigen Augenblicke gewesen, wo ich mich unsicher im gegenwärtigen Gedränge und verzweifelt vor dem zukünftigen fühlte, theoretisch unsicher, theoretisch verzweifelt allerdings, denn kam es zu einer Arbeit, gleich darauf war ich sicher und zweifellos, fast also wie der Schauspieler, der aus der Kulisse im Anlauf stürmt, weit von der Bühnenmitte einen Augenblick stehenbleibt, die Hände meinetwegen an die Stirne gelegt, während die Leidenschaft, die gleich darauf notwendig werden soll, in ihm so groß geworden ist, daß er sie nicht verbergen kann, trotzdem er mit verkniffenen Augen sich die Lippen zerbeißt. Die gegenwärtige, halb vergangene Unsicherheit erhebt die aufgehende Leidenschaft und die Leidenschaft stärkt die Unsicherheit. Unaufhaltsam bildet sich eine Unsicherheit von neuem, die beide und uns umschließt. Darum machte es mich verdrießlich, mit fremden Leuten bekannt zu werden. Ich war schon unruhig, wenn mich manche so entlang der Nasenwände ansahn, wie man aus einem kleinen Hause durch das Fernrohr über den See schaut oder gar in das Gebirge und die bloße Luft. Da wurden lächerliche Behauptungen vorgebracht, statistische Lügen, geographische Irrtümer, Irrlehren, ebenso verboten wie unsinnig, oder tüchtige politische Ansichten, achtbare Meinungen über aktuelle Ereignisse, lobenswerte Einfälle, dem Sprecher wie der Gesellschaft fast gleich überraschend, und alles wurde bewiesen wieder durch den Blick der Augen, einen Griff an die Tischkante oder indem man vom Sessel sprang. Sobald sie so anfingen, hörten sie gleich auf, dauernd und streng einen anzusehn, denn von selbst beugte sich ihr Oberkörper aus seiner gewöhnlichen Haltung vor oder zurück. Einige vergaßen geradezu ihre Kleider (knickten die Beine scharf in den Knien ein, um sich nur auf die Fußspitzen zu stützen, oder preßten den Rock in Falten mit großer Kraft an die Brust) andere nicht, viele hielten sich mit ihren Fingern an einem Zwicker, an einem Fächer, an einem Bleistift, an einem Lorgnon, an einer Zigarette fest, und den meisten, hatten sie auch eine feste Haut, erhitzte sich doch ihr Gesicht. Ihr Blick glitt von uns ab, wie ein erhobener Arm niederfällt.

Ich wurde in meinen natürlichen Zustand eingelassen, es stand mir frei zu warten und dann zuzuhören, oder wegzugehn und mich ins Bett zu legen, worauf ich mich immer freute, denn ich war oft schläfrig, da ich schüchtern war. Es war wie eine große Tanzpause, in der nur wenige sich für das Weggehen entscheiden, die meisten hier und dort stehen oder sitzen, während die Musiker, an die niemand denkt, sich irgendwo zum Weiterspielen stärken. Nur war es nicht so ruhig und es mußte nicht jeder die Pause bemerken, sondern es waren viele Bälle zu gleicher Zeit im Saal. Konnte ich weggehn, wenn einer durch mich, durch eine Erinnerung, durch vieles andere und im Grunde durch alles zusammen von mir, wenn auch schwach, aufgeregt wurde und diese Aufregung nun von Anfang an zu durcheilen unternahm, getragen vielleicht von einer Erzählung oder einer vaterländischen Idee? Sein Auge, ja sein ganzer Körper mit den Kleidern darauf verfinsterte sich und Worte brachen … [Lücke von circa zwei Seiten].

Durch dies alles spürte ich noch meine Furcht, diese Furcht vor einem Manne, dem ich ganz ohne Gefühl die Hand gereicht hatte, dessen Namen ich nicht kannte, wenn nicht vielleicht einer seiner Freunde seinen Vornamen ausgerufen hätte, und dem ich am Ende stundenlang gegenübergesessen war, vollkommen ruhig, nur ein wenig ermattet, wie es junge Leute sind, durch selbst selten nur mir zugewendete Blicke dieser erwachsenen Person.

Ich hatte, nehmen wir das an, einigemal meine Blicke den seinen begegnen lassen und hatte, unbeschäftigt wie ich war, da doch niemand mit mir rechnete, länger in seine guten blauen Augen zu schauen versucht, sei es … daß man damit förmlich die Gesellschaft verläßt. Und wenn dies nicht gelungen war, so bewies dies ebenso nichts wie die Tatsache des Versuches. Gut, es gelang mir nicht, ich zeigte diese Unfähigkeit gleich beim Beginn und konnte sie auch später keinen Augenblick verbergen, doch auch die Füße ungeschickter Schlittschuhläufer wollen jeder nach einer andern Richtung und beide vom Eise weg. Bestünde ein sonst tüchtig … [Lücke] und einen Klugen, der aber weder vor oder neben oder hinter diesem Hundert war, so daß man ihn gleich und leicht hätte bemerken können, sondern der mitten unter den andern war, so daß man nur von einem sehr erhöhten Platz ihn sehen konnte und auch dann sah man nur, wie er verschwand.

So hat mein Vater über mich geurteilt, der ein besonders in der politischen Welt meines Vaterlandes sehr angesehener und erfolgreicher Mann gewesen ist. Ich habe diesen Ausspruch zufällig gehört, als ich, vielleicht siebzehn Jahre alt, bei offener Tür im Zimmer in einem Indianerbuch gelesen habe. Die Worte fielen mir damals auf, ich merkte sie mir, aber Eindruck haben sie nicht den kleinsten auf mich gemacht. Wie es meist geschieht, daß auf junge Leute allgemeine Urteile über sie selbst keine Wirkung machen. Denn entweder noch völlig in sich ruhend oder doch immerfort in sich zurückgeworfen, fühlen sie ihr Wesen laut und stark, wie eine Regimentsmusik. Das allgemeine Urteil aber hat ihnen unbekannte Voraussetzungen, unbekannte Absichten, wodurch es von allen Seiten unzugänglich ist; es gibt sich als Spaziergänger auf der Insel im Teich, wo nicht Boote noch Brücken sind, hört die Musik, wird aber nicht gehört.

Damit will ich aber nicht die Logik junger Leute angegriffen …

Jeder Mensch ist eigentümlich und kraft seiner Eigentümlichkeit berufen zu wirken, er muß aber an seiner Eigentümlichkeit Geschmack finden. Soweit ich es erfahren habe, arbeitete man sowohl in der Schule als auch zu Hause darauf hin, die Eigentümlichkeit zu verwischen. Man erleichterte dadurch die Arbeit der Erziehung, erleichterte aber auch dem Kinde das Leben, allerdings mußte es vorher den Schmerz durchkosten, den der Zwang hervorrief. Man wird zum Beispiel einem Jungen, der abends mitten im Lesen einer aufregenden Geschichte ist, niemals durch eine bloß auf ihn eingeschränkte Beweisführung begreiflich machen können, daß er das Lesen unterbrechen und schlafen gehn muß. Wenn man mir in einem solchen Fall etwa sagte, es sei schon spät, ich verderbe mir die Augen, ich werde früh verschlafen sein und schwer aufstehn, die schlechte dumme Geschichte sei das nicht wert, so konnte ich das zwar ausdrücklich nicht widerlegen, aber eigentlich nur deshalb nicht, weil das alles nicht einmal an die Grenze des Nachdenkenswerten herankam. Denn alles war unendlich oder verlief so ins Unbestimmte, daß es dem Unendlichen gleichzusetzen war, die Zeit war unendlich, es konnte also nicht zu spät sein, mein Augenlicht war unendlich, ich konnte es also nicht verderben, sogar die Nacht war unendlich, es war also keine Sorge wegen des Frühaufstehns nötig, und Bücher unterschied ich nicht nach Dummheit und Klugheit, sondern danach, ob sie mich packten oder nicht, und dieses packte mich. Das alles konnte ich nicht so ausdrücken, aber es hatte doch das Ergebnis, daß ich mit meinen Bitten, mir das Weiterlesen zu erlauben, lästig wurde oder mich entschloß, auch ohne Erlaubnis weiterzulesen. Das war meine Eigentümlichkeit. Man unterdrückte sie dadurch, daß man das Gas abdrehte und mich ohne Licht ließ; zur Erklärung sagte man: Alle gehen schlafen, also mußt auch du schlafen gehn. Das sah ich und mußte es glauben, obwohl es unbegreiflich war. Niemand will so viel Reformen durchführen wie Kinder. Aber abgesehen von dieser in gewisser Hinsicht anerkennenswerten Unterdrückung blieb doch hier, wie fast überall, ein Stachel, den keine Berufung auf die Allgemeinheit auch nur abstumpfen konnte. Ich blieb nämlich in dem Glauben, daß gerade an diesem Abend niemand in der Welt so gern gelesen hätte wie ich. Das konnte mir vorläufig keine Berufung auf die Allgemeinheit widerlegen, um so weniger als ich sah, daß man mir die unbezwingbare Lust zum Lesen nicht glaubte. Erst allmählich und viel später, vielleicht schon bei Abschwächung der Lust, ging mir eine Art Glaube daran auf, daß viele die gleiche Lust zum Lesen hatten und sich doch bezwangen. Damals aber fühlte ich nur das Unrecht, das mir angetan wurde, ich ging traurig schlafen und es entwickelten sich die Anfänge des Hasses, der mein Leben in der Familie und von da aus mein ganzes Leben in einer gewissen Hinsicht bestimmt. Das Verbot des Lesens ist zwar nur ein Beispiel, aber ein bezeichnendes, denn dieses Verbot wirkte tief. Man erkannte meine Eigentümlichkeit nicht an; da ich sie aber fühlte, mußte ich – darin sehr empfindlich und immer auf der Lauer – in diesem Verhalten mir gegenüber ein Aburteilen erkennen. Wenn man aber schon diese offen zur Schau gestellte Eigentümlichkeit verurteilte, um wieviel schlimmer mußten die Eigentümlichkeiten sein, die ich aus dem Grunde verborgen hielt, weil ich selbst ein kleines Unrecht in ihnen erkannte. Ich hatte zum Beispiel abends gelesen, obwohl ich die Schulaufgabe für den nächsten Tag noch nicht gelernt hatte. Das war vielleicht an sich als Pflichtversäumnis etwas sehr Arges, aber um absolute Beurteilung handelte es sich mir nicht, mir kam es nur auf vergleichsweise Beurteilung an. Vor dieser Beurteilung aber war diese Nachlässigkeit wohl nicht schlimmer als das lange Lesen an sich, besonders da sie in ihren Folgen durch meine große Angst vor der Schule und Autoritäten sehr eingeschränkt war. Was ich durch Lesen hie und da versäumte, holte ich bei meinem damals sehr guten Gedächtnis am Morgen oder in der Schule leicht nach. Die Hauptsache aber war, daß ich die Verurteilung, die meine Eigentümlichkeit des langen Lesens erfahren hatte, nun mit eigenen Mitteln auf die verborgen gehaltene Eigentümlichkeit der Pflichtversäumnis weiterführte und dadurch zu dem niederdrückendsten Ergebnis kam. Es war so, wie wenn jemand mit einer Rute, die keinen Schmerz verursachen soll, nur zur Warnung berührt wird, er aber nimmt das Flechtwerk auseinander, zieht die einzelnen Rutenspitzen in sich und beginnt nach eigenem Plan sein Inneres zu stechen und zu kratzen, während die fremde Hand noch immer ruhig den Rutengriff hält. Wenn ich mich aber auch damals in solchen Fällen noch nicht schwer strafte, so ist doch jedenfalls sicher, daß ich von meinen Eigentümlichkeiten nie jenen wahren Gewinn zog, der sich schließlich in dauerndem Selbstvertrauen äußert. Vielmehr war die Folge des Vorzeigens einer Eigentümlichkeit die, daß ich entweder den Unterdrücker haßte oder die Eigentümlichkeit als nicht vorhanden erkannte, zwei Folgen, die in lügenhafter Weise sich auch verbinden konnten. Hielt ich aber eine Eigentümlichkeit verborgen, dann war die Folge die, daß ich mich oder mein Schicksal haßte, mich für schlecht oder verdammt ansah. Das Verhältnis dieser zwei Gruppen von Eigentümlichkeiten hat sich im Laufe der Jahre äußerlich sehr geändert. Die vorgezeigten Eigentümlichkeiten nahmen immer mehr zu, je näher ich an das mir zugängliche Leben herankam. Eine Erlösung brachte mir das aber nicht, die Menge des Geheimgehaltenen nahm dadurch nicht ab, es fand sich bei verfeinerter Beobachtung, daß niemals alles gestanden werden konnte. Selbst von den scheinbar vollständigen Eingeständnissen der frühern Zeit zeigte sich später noch die Wurzel im Innern. Aber selbst wenn das nicht gewesen wäre, – bei der Lockerung der ganzen seelischen Organisation, die ich ohne entscheidende Unterbrechungen durchgemacht habe, genügte eine verborgene Eigentümlichkeit, um mich so zu erschüttern, daß ich mich mit aller sonstigen Anpassung doch nirgends festhalten konnte. Aber noch ärger. Selbst wenn ich kein Geheimnis bei mir behalten, sondern alles so weit von mir geworfen hätte, daß ich ganz rein dastand, im nächsten Augenblick wäre ich dann wieder von dem alten Durcheinander überfüllt gewesen, denn meiner Meinung nach wäre das Geheimnis nicht vollständig erkannt und eingeschätzt und infolgedessen durch die Allgemeinheit mir wieder zurückgegeben und neuerdings aufgelegt worden. Das war keine Täuschung, sondern nur eine besondere Form der Erkenntnis, daß, zumindest unter Lebenden, sich niemand seiner selbst entledigen kann. Wenn zum Beispiel jemand einem Freund das Geständnis macht, daß er geizig ist, so hat er sich für diesen Augenblick dem Freund, also einem maßgebenden Beurteiler gegenüber scheinbar vom Geiz erlöst. Es ist für diesen Augenblick auch gleichgültig, wie es der Freund aufnimmt, also ob er das Vorhandensein des Geizes leugnet oder Ratschläge gibt, wie man sich vom Geiz befreien könne, oder ob er gar den Geiz verteidigt. Es wäre vielleicht nicht einmal entscheidend, wenn der Freund infolge des Geständnisses die Freundschaft aufsagt. Entscheidend ist vielmehr, daß man vielleicht nicht als reuiger, aber als ehrlicher Sünder sein Geheimnis der Allgemeinheit anvertraut hat und hofft, dadurch wieder die gute und – das ist das Wichtigste – freie Kindheit wieder erobert zu haben. Man hat aber nur eine kurze Narrheit und viel spätere Bitterkeit erobert. Denn irgendwo liegt auf dem Tisch zwischen dem Geizigen und dem Freund das Geld, das der Geizige an sich bringen muß und zu dem er immer rascher die Hand hinbewegt. Auf der Hälfte des Weges ist das Geständnis zwar immer schwächer wirkend, aber noch erlösend, darüber hinaus nicht mehr, im Gegenteil, es beleuchtet dann nur die sich vorwärtsbewegende Hand. Wirkende Geständnisse sind nur vor oder nach der Tat möglich. Die Tat läßt nichts neben sich bestehn, für die Hand, die das Geld zusammenscharrt, gibt es keine Erlösung durch Wort oder Reue. Entweder muß die Tat, also die Hand vernichtet werden oder man muß sich im Geiz …

Hervorheben der Eigentümlichkeit – Verzweiflung.

Ich habe niemals die Regel erfahren.

Das Böse, das dich im Halbkreis umgibt wie die Braue das Auge, strahle zur Untätigkeit nieder. Während du schläfst, wache es über dir, ohne auch nur im Geringsten vorrücken zu dürfen.

Der beurteilende Gedanke quälte sich durch die Schmerzen, die Qual erhöhend und nichts helfend empor. Wie wenn im endgültig verbrennenden Hause die architektonische Grundfrage zum erstenmal aufgeworfen würde.

Sterben konnte ich, Schmerzen leiden nicht; durch die Versuche, ihnen zu entgehen, erhöhte ich sie deutlich; fügen konnte ich mich dem Sterben, dem Leiden nicht, mir fehlte die seelische Bewegung, so wie wenn alles gepackt ist, quälend die zugezogenen Riemen immer von neuem zugezogen werden und die Abreise nicht erfolgt. Das Schlimmste, die untödlichen Schmerzen.

Streben nach Nivellierung; ich sagte: »Es ist nicht so arg, alle sind so«, machte es aber ärger dadurch.

Notwendigkeit der Fehler meiner Erziehung, ich wüßte es nicht anders zu machen.

Die Nivellierung ist richtig, vielleicht, aber eine so weitgehende Objektivierung hebt alle Lebensmöglichkeit auf.

Es sind viele, die warten. Eine unübersehbare Menge, die sich im Dunkel verliert. Was will sie? Es sind offenbar bestimmte Forderungen, die sie stellt. Ich werde die Forderungen abhören und dann antworten. Auf den Balkon hinausgehn werde ich aber nicht; ich könnte es auch gar nicht, auch wenn ich wollte. Im Winter wird die Balkontür abgesperrt und der Schlüssel ist nicht zur Hand. Aber auch an das Fenster werde ich nicht treten. Ich will niemanden sehn, ich will mich durch keinen Anblick verwirren lassen, beim Schreibtisch, das ist mein Platz, den Kopf in meinen Händen, das ist meine Haltung.

Ich habe eine Tür in meiner Wohnung bisher nicht beachtet. Sie ist im Schlafzimmer in der Mauer, die an das Nachbarhaus grenzt. Ich habe mir keine Gedanken über sie gemacht, ja ich habe gar nicht von ihr gewußt. Und doch ist sie recht wohl sichtbar, ihr unterer Teil ist zwar von den Betten verdeckt; sie aber ragt weit hinauf, fast keine Tür, fast ein Tor. Gestern wurde sie aufgemacht. Ich war gerade im Speisezimmer, das noch durch ein Zimmer vom Schlafzimmer getrennt ist. Ich war sehr verspätet zum Mittagessen gekommen, niemand war mehr zu Hause, nur das Dienstmädchen arbeitete in der Küche. Da begann im Schlafzimmer der Lärm. Ich eile sogleich hinüber und sehe, wie die Tür langsam geöffnet wird und dabei mit riesiger Kraft die Betten weggeschoben werden. Ich rufe: »Wer ist das? Was will man? Vorsicht! Achtung!« und erwarte einen Trupp gewalttätiger Männer hereinkommen zu sehn, aber es ist nur ein schmaler junger Mann, der, sobald der Spalt nur knapp für ihn reicht, hereinschlüpft und freudig mich begrüßt.

Nichts dergleichen, nichts dergleichen.

Wenn ich des Nachts am Wasser entlang vom Turm her komme, wie sich jede Nacht das zähe dunkle Wasser unter dem Licht der Laterne körperlich langsam bewegt. Wie wenn ich über einen Schlafenden die Laterne entlang führen würde und er nur infolge des Lichtes sich dehnen und drehen würde, ohne zu erwachen.

Um Mitternacht bin ich immer am Fluß zu treffen, entweder ist Nachtdienst und ich gehe ins Gefängnis, oder es war Tagdienst und ich gehe nach Hause. Diese Gelegenheit wurde einmal ausgenützt. Ermattet von der Arbeit, dabei in einem fast unerträglichen erstickenden Zorn gegen B., einen Kollegen, wegen eines dienstlichen Vorfalls, von dem auch noch zu reden sein wird, ging ich damals nach Hause. Wandte mich einmal um, sah zu dem kleinen beleuchteten Fenster oben im Gefängnisturm, hinter dem B. jetzt saß und nachtmahlte, die Rumflasche zwischen den Beinen, glaubte ihn einen Augenblick lang großmächtig ganz nahe vor mir sitzen zu sehn, ja ich roch ihn, dann aber spuckte ich aus und ging weiter.

Es wird ein Ruf laut aus dem Fluß.

Meine Schwester hat ein Geheimnis vor mir. Sie hat einen kleinen Kalender, den sie zum Teil sogar nur meinetwegen bekommen hat, denn ich kenne den Herrn, der jedem von uns einen solchen Kalender gegeben hat, viel länger als sie und mir zuliebe hat er die Kalender gebracht. In diesen Kalender also hat sie das Geheimnis geschrieben oder eingelegt, den Kalender selbst aber in ihren verschließbaren Federbehälter gesperrt und den Schlüssel …

Es zupfte mich jemand am Kleid, aber ich schüttelte ihn ab.

Ruhelos.

In einer spiritistischen Sitzung meldete sich einmal ein neuer Geist und es wickelte sich mit ihm folgendes Gespräch ab:

Der Geist: Verzeihung.
Der Wortführer: Wer bist du?
Geist: Verzeihung.
Wortführer: Was willst du?
Geist: Fort.
Wortführer: Du bist doch erst gekommen.
Geist: Es ist ein Irrtum.
Wortführer: Nein, es ist kein Irrtum. Du bist gekommen und bleibst.
Geist: Mir ist eben schlecht geworden.
Wortführer: Sehr?
Geist: Sehr.
Wortführer: Körperlich?
Geist: Körperlich?
Wortführer: Du antwortest mit Fragen, das ist ungehörig. Wir haben Mittel, dich zu strafen, antworte also lieber, denn dann werden wir dich bald entlassen.
Geist: Bald?
Wortführer: Bald.
Geist: In einer Minute?
Wortführer: Benimm dich nicht so kläglich. Wir werden dich entlassen, wenn es uns …

Es war gegen Abend auf dem Lande, ich saß in meinem Giebelzimmer beim geschlossenen Fenster und sah dem Rinderhirten zu, der auf dem gemähten Feld stand, die Pfeife im Mund, den Stock eingerammt, scheinbar unbekümmert um die Tiere, die nah und weit friedlich in tiefer Ruhe weideten. Da klopfte es an das Fenster, ich schrak aus meinem Hindämmern auf, faßte mich und sagte laut: »Es ist nichts, der Wind rüttelt am Fenster.« Als es wieder klopfte, sagte ich: »Ich weiß, es ist nur der Wind.« Aber beim dritten Klopfen bat eine Stimme um Einlaß. »Es ist doch nur der

Wind«, sagte ich, nahm die Lampe vom Kasten, zündete sie an und ließ den Fenstervorhang hinab. Da begann das ganze Fenster zu zittern und ein demütiges wortloses Klagen.

Um was klagst du, verlassene Seele? Warum flatterst du um das Haus des Lebens? Warum siehst du nicht in die Ferne, die dir gehört, statt hier zu kämpfen um das, was dir fremd ist? Lieber die lebendige Taube auf dem Dach, als den halbtoten, krampfhaft sich wehrenden Sperling in der Hand.

Schlage deinen Mantel, hoher Traum, um das Kind.

Es kamen zwei Soldaten und ergriffen mich. Ich wehrte mich, aber sie hielten fest. Sie führten mich vor ihren Herrn, einen Offizier. Wie bunt war seine Uniform! Ich sagte: »Was wollt ihr denn von mir, ich bin ein Zivilist.« Der Offizier lächelte und sagte: »Du bist ein Zivilist, doch hindert uns das nicht, dich zu fassen. Das Militär hat Gewalt über alles.«

Die Bewertung im Varietéfach.

Es ist sehr schwer, auf dem Gebiet der Varietéproduktionen auch nur für eine kurze Zeit annähernd richtige Bewertungen vorzunehmen. Die besten Fachleute mit den Erfahrungen eines langen Lebens haben dabei versagt. Ein gutes Beispiel dafür ist die Laufbahn des Eisenkönigs.

Belvedereabhang.

Wie er ging, der Mann mit dem langen Falten werfenden Mantel, eine Aktentasche in der Hand, den Kopf bloß, den Golddraht der Brille an den Ohren, am sonnigen Vormittag, am ersten Mai, auf dem stillen Weg zwischen dem Grün.

Karpfengasse.

Der häßliche junge Mann am Abend, allein, eine grobe, kräftige, Widerstand leistende Natur.

Die zwei alten Herren beim Rudolfinum, friedliche, langwierige, würdige Erzählung, die Frauen hinterher.

20. August 1916. Wie diese Narrheit plötzlich im Sprung wieder über mich kommt, es geschieht das immer, wenn das Vertrauen in meinen Gesundheitszustand etwas zunimmt, wie dies etwa vorgestern nach dem Besuch beim Dr. Mühlstein geschehen ist.

Rein bleiben	Verheiratetsein
Junggeselle	Ehemann
Ich bleibe rein	Rein?
Ich halte alle meine Kräfte zusammen	Du bleibst außerhalb des Zusammenhangs, wirst ein Narr, fliegst in alle Windrichtungen, kommst aber nicht weiter, ich ziehe aus dem Blutkreislauf des menschlichen Lebens alle Kraft, die mir überhaupt zugänglich ist.
Nur für mich verantwortlich	Desto mehr für (in) dich vernarrt. (Grillparzer, Flaubert)
Keine Sorge. Konzentration auf die Arbeit.	Da ich an Kräften wachse, trage ich mehr. Hier ist aber eine gewisse Wahrheit.

Die Hütte des Jägers lag nicht weit von der Hütte der Holzarbeiter. Die Holzarbeiter, zwölf, wohnten dort, um jetzt, da guter Schnee war, die Stämme vorzubereiten, welche von den Schlitten bei Tag ins Tal geschleift wurden. Es war viel Arbeit, aber den Arbeitern wäre sie nicht zuviel gewesen, wenn man ihnen nur genug Bier gegeben hätte. Sie hatten aber nur ein mittleres Faß und das war für eine Woche einzuteilen, eine unmögliche Aufgabe. Darüber klagten sie immer dem Jäger, wenn er am Abend zu ihnen herüberkam. »Ihr habt es schwer«, sagte der Jäger zustimmend und sie klagten an seinem Herzen.

Die Hütte des Jägers liegt verlassen im Bergwald. Dort bleibt er während des Winters mit seinen fünf Hunden. Wie lang ist aber der Winter in diesem Land! Fast könnte man sagen, er dauere ein Leben lang.

Der Jäger ist wohlgemut, es fehlt ihm an nichts Wesentlichem, über Entbehrungen klagt er nicht, er hält sich sogar für allzu gut ausgerüstet. ›Käme ein Jäger zu mir‹, denkt er, ›und würde er meine Einrichtung und meine Vorräte sehn, es wäre wohl das Ende der Jägerschaft. Aber ist es nicht auch so das Ende? Es gibt keine Jäger.‹

Er geht zu den Hunden in die Ecke, wo sie auf Decken und mit Decken zugedeckt schlafen. Der Schlaf der Jagdhunde. Sie schlafen nicht, sie warten nur auf die Jagd und das sieht wie Schlaf aus.

Peter hatte eine reiche Braut im Nachbardorf. Einmal abends war er sie besuchen, es war vieles zu besprechen, denn in einer Woche sollte die Hochzeit sein. Die Besprechung fiel günstig aus. Alles war zu seiner Zufriedenheit geordnet worden; behaglich, die Pfeife im Mund, ging er gegen zehn Uhr nach Hause, auf den ihm wohlbekannten Weg achtete er gar nicht. Da geschah es, daß er in einem kleinen Wald, ohne zuerst genau zu wissen warum, zurückschreckte. Dann waren es zwei goldig schimmernde Augen, die er sah und eine Stimme sagte: »Ich bin der Wolf« »Was willst du?« sagte Peter, in seiner Erregung stand er mit ausgebreiteten Armen da, in einer Hand die Pfeife, in der andern den Stock. »Dich«, sagte der Wolf, »den ganzen Tag suche ich schon etwas zum Fressen.« »Bitte, Wolf«, sagte Peter, »heute verschone mich noch, in einer Woche soll meine Hochzeit sein, laß mich die noch erleben.« »Ungern«, sagte der Wolf. »Und was für einen Vorteil soll ich denn vom Warten haben?« »Nimm uns dann beide, mich und meine Frau«, sagte Peter. »Und was soll bis zur Hochzeit geschehn?« sagte der Wolf. »Ich kann doch bis dahin nicht hungern. Schon jetzt habe ich Übelkeiten vom Hungern und wenn ich nicht sehr bald etwas bekomme, fresse ich dich jetzt auch gegen meinen Willen auf.« »Bitte«, sagte Peter, »komm mit mir, ich wohne nicht weit, ich werde dich die Woche über mit Kaninchen füttern.« »Ich muß auch zumindest ein Schaf bekommen.« »Gut, ein Schaf.« »Und fünf Hühner.«

Vor dem Stadttor war niemand, in der Torwölbung niemand. Auf rein gekehrtem Kies kam man hin, durch ein viereckiges Mauerloch sah man in die Zelle der Torwache, aber die Zelle war leer. Das war zwar merkwürdig, aber für mich sehr vorteilhaft, denn ich hatte keine Ausweispapiere, mein ganzer Besitz war überhaupt ein Kleid aus Leder und der Stock in der Hand.

Ich sprach heute mit dem Kapitän in seiner Kajüte. Ich beklagte mich über die Mitpassagiere. Das könne man nicht ein Passagierschiff nennen, zumindest die Hälfte des Volkes, das hier mitfahre, sei schlimmstes Gesindel. Meine Frau wage sich kaum mehr aus der Kabine heraus, aber auch hinter der versperrten Tür fühlt sie sich nicht sicher, ich muß bei ihr bleiben.

Es begann ein Wettlaufen in den Wäldern. Alles war voll von Tieren. Ich versuchte Ordnung zu machen.

Es war schon Abend. Sein kühler Hauch wehte uns entgegen, erfrischend in seiner Kühle, ermattend in seinem Spätsein. Wir setzten uns auf eine Bank am alten Turm. »Alles war vergeblich«, sagtest du, »aber es ist vergangen, es ist Zeit aufzuatmen und hier ist der rechte Ort.«

Sie schläft. Ich wecke sie nicht. Warum weckst du sie nicht? Es ist mein Unglück und mein Glück. Ich bin unglücklich, daß ich sie nicht wecken kann, daß ich nicht aufsetzen kann den Fuß auf die brennende Türschwelle ihres Hauses, daß ich nicht den Weg kenne zu ihrem Hause, daß ich nicht die Richtung kenne, in welcher der Weg liegt, daß ich mich immer weiter von ihr entferne, kraftlos wie das Blatt im Herbstwind sich von seinem Baume entfernt und überdies: ich war niemals an diesem Baume, im Herbstwind ein Blatt, aber von keinem Baum. – Ich bin glücklich, daß ich sie nicht wecken kann. Was täte ich, wenn sie sich erhöbe, wenn sie aufstehen würde von dem Lager, wenn ich aufstehen würde von dem Lager, der Löwe von seinem Lager, und mein Gebrüll einbrechen würde in mein ängstliches Gehör.

Ich fragte einen Wanderer, den ich auf der Landstraße traf, ob hinter den sieben Meeren die sieben Wüsten wären und hinter ihnen die sieben Berge, auf dem siebten Berge das Schloß und …

Das Klettern. Senait. Es war ein Eichhörnchen, es war ein Eichhörnchen, eine wilde Nußaufknackerin, Springerin, Kletterin, und ihr buschiger Schwanz war berühmt in den Wäldern. Dieses Eichhörnchen, dieses Eichhörnchen war immer auf der Reise, immer auf der Suche, es konnte nichts darüber sagen, nicht weil ihm die Rede fehlte, aber es hatte nicht die allergeringste Zeit.

Bilder von der Verteidigung eines Hofes

Es war ein einfacher und lückenloser Holzzaun von nicht ganz Manneshöhe. Dahinter standen drei Männer, deren Gesichter man über den Zaun hinausragen sah, der mittlere war der größte, die beiden anderen, um mehr als einen Kopf kleiner, drängten sich an ihn, es war eine einheitliche Gruppe. Diese drei Männer verteidigten den Zaun oder vielmehr den ganzen Hof, der von ihm umschlossen war. Es waren noch andere Männer da, aber unmittelbar beteiligten sie sich an der Verteidigung nicht. Einer saß an einem Tischchen mitten im Hof; da es warm war, hatte er sich den Uniformrock ausgezogen und über die Sessellehne gehängt. Er hatte vor sich einige kleine Zettel, die er mit großen, breiten, viel Tinte verbrauchenden Schriftzügen beschrieb. Hie und da sah er auf eine kleine Zeichnung, die weiter oben mit Reißnägeln an der Tischplatte befestigt war, es war ein Plan des Hofes und der Mann, welcher der Kommandant war, verfaßte nach diesem Plane die Anordnung für die Verteidigung. Manchmal richtete er sich halb auf, um nach den drei Verteidigern zu sehn und über den Zaun hinweg ins freie Land. Auch was er dort sah, nützte er für seine Anordnungen aus. Er arbeitete eilig, wie es die gespannte Lage erforderte. Ein kleiner bloßfüßiger Junge, der in der Nähe im Sande spielte, trug, wenn es so weit war und der Kommandant ihn rief, die Zettel aus. Doch mußte ihm der Kommandant immer zuerst mit dem Uniformrock die vom feuchten Sande schmutzigen Hände reinigen, ehe er ihm die Zettel gab. Der Sand war feucht vom Wasser, das aus einem großen Bottich ausspritzte, in welchem ein Mann Militärwäsche wusch, auch eine Leine hatte er von einer Latte des Zauns zu einem schwachen Lindenbaum gezogen, der verlassen im Hof stand. Auf dieser Leine war Wäsche zum Trocknen ausgehängt, und als jetzt der Kommandant sein Hemd, das ihm schon am schwitzenden Leibe klebte, plötzlich über den Kopf hin auszog und mit kurzem Zuruf dem Mann beim Bottich zuwarf, nahm dieser ein trockenes Hemd von der Leine und übergab es seinem Vorgesetzten. Nicht weit vom Bottich im Baumschatten saß ein junger Mann schaukelnd auf einem Sessel, unbekümmert um alles, was ringsumher geschah, die Blicke verloren zum Himmel und zum Flug der Vögel gerichtet, und übte auf einem Waldhorn militärische Signale. Das war notwendig wie etwas anderes, aber manchmal wurde es dem Kommandanten zuviel, dann winkte er, ohne von seiner Arbeit aufzusehen, dem Trompeter zu, daß er aufhöre, und als das nicht half, drehte er sich um und schrie ihn an, dann war ein Weilchen lang Stille, bis der Trompeter leise, zum Versuch nur, wieder zu blasen begann und, als es ihm durchging, allmählich wieder den Ton zur früheren Stärke anschwellen ließ. Der Vorhang des Giebelfensters war herabgelassen, was nichts Auffallendes hatte, denn alle Fenster auf dieser Hausseite waren irgendwie verdeckt, um sie vor dem Einblick und Angriff der Feinde zu schützen, aber hinter jenem Vorhang duckte sich die Tochter des Pächters, blickte auf den Trompeter hinunter und die Klänge des Waldhorns entzückten sie so, daß sie manchmal nur mit geschlossenen Augen, die Hand am Herzen, sie in sich aufnehmen konnte. Eigentlich hätte sie in der großen Stube im Hinterhaus die Mägde beaufsichtigen sollen, die dort Charpie zupften, aber sie hatte es dort, wohin die Töne nur schwach, niemals Befriedigung bringend, immer nur Sehnsucht erweckend, gedrungen waren, nicht ausgehalten und sich durch das verlassene dumpfe Haus hier heraufgestohlen. Manchmal beugte sie sich auch ein wenig weiter vor, um zu sehn, ob der Vater noch bei seiner Arbeit sitze und nicht etwa das Gesinde revidieren gegangen sei, denn dann wäre auch ihres Bleibens hier nicht mehr gewesen. Nein, er saß noch immer, aus seiner Pfeife paffend, auf der Steinstufe vor der Haustür und schnitt Schindeln, ein großer Haufe fertiger und halbfertiger Schindeln sowie rohen Materials lag um ihn herum. Das Haus und das Dach würde leider unter dem Kampfe leiden und man mußte Vorsorge treffen. Aus dem Fenster neben der Haustür, das bis auf eine kleine Lücke mit Brettern verschlagen war, kam Rauch und Lärm, dort war die Küche und die Pächterin beendigte eben mit den Militärköchen das Mittagessen. Der große Herd reichte dafür nicht aus, es waren daher auch noch zwei Kessel aufgestellt worden, aber auch sie genügten nicht, wie sich jetzt zeigte: dem Kommandanten war es sehr wichtig, die Mannschaft reichlich zu nähren. Man hatte sich deshalb entschlossen, noch einen dritten Kessel zu Hilfe zu nehmen, da er aber ein wenig schadhaft war, war ein Mann auf der Gartenseite des Hauses damit beschäftigt, ihn zuzulöten. Er hatte es ursprünglich vor dem Hause zu machen gesucht, aber der Kommandant hatte das Hämmern nicht ertragen können und man hatte den Kessel wegrollen müssen. Die Köche waren sehr ungeduldig, immer wieder schickten sie jemanden nachzusehn, ob der Kessel schon fertig sei, aber er war noch immer nicht fertig, für das heutige Mittagessen kam er nicht mehr in Betracht und man würde sich einschränken müssen. Zuerst wurde dem Kommandanten serviert. Trotzdem er es sich einige Male und sehr ernsthaft verbeten hatte, ihm etwas Besonderes zu kochen, hatte sich die Hausfrau nicht entschließen können, ihm die gewöhnliche Mannschaftskost zu geben, auch wollte sie es niemand anderem anvertrauen, ihn zu bedienen, zog eine schöne weiße Schürze an, stellte auf ein silbernes Tablett den Teller mit kräftiger Hühnersuppe und trug es dem Kommandanten in den Hof hinaus, da man nicht erwarten konnte, daß er seine Arbeit unterbrechen und ins Haus essen gehn werde. Er erhob sich gleich sehr höflich, als er die Hausfrau selbst herankommen sah, mußte ihr aber sagen, daß er keine Zeit zum Essen habe, weder Zeit noch Ruhe, die Hausfrau bat mit geneigtem Kopf, Tränen in den aufwärts schauenden Augen, und erreichte damit, daß der Kommandant, noch immer stehend, aus dem noch immer in den Händen der Hausfrau befindlichen Teller lächelnd einen Löffel voll Suppe nahm. Damit war aber auch der äußersten Höflichkeit Genüge getan, der Kommandant verbeugte sich und setzte sich zu seiner Arbeit, er merkte wahrscheinlich kaum, daß die Hausfrau noch ein Weilchen lang neben ihm stand, und dann seufzend in die Küche zurückging. Ganz anders aber war der Appetit der Mannschaften. Kaum erschien in der Lücke des Küchenfensters das wildbärtige Gesicht eines Kochs, der mit einer Pfeife das Zeichen gab, daß das Mittagessen ausgeteilt werde, wurde es überall lebendig, lebendiger als es dem Kommandanten lieb war. Aus einem Holzschuppen zogen zwei Soldaten einen Handwagen, der eigentlich nur ein großes Faß darstellte, in welches aus der Küchenlücke in breitem Strom die Suppe geschüttet wurde für jene Mannschaften, welche ihren Platz nicht verlassen durften und denen daher das Essen zugeführt wurde. Zuerst fuhr das Wägelchen zu den Verteidigern am Zaun, es wäre dies wohl auch geschehn, ohne daß der Kommandant mit dem Finger ein Zeichen hätte geben müssen, denn jene drei waren augenblicklich am meisten dem Feind ausgesetzt und das verstand auch der einfache Mann zu würdigen, vielleicht mehr als der Offizier, aber dem Kommandanten lag vor allem daran, die Verteilung zu beschleunigen und die lästige Unterbrechung der Verteidigungsarbeiten, welche das Essen verursachte, möglichst abzukürzen, sah er doch, wie selbst die drei, sonst musterhafte Soldaten, sich jetzt mehr um den Hof und das Wägelchen als um das Vorfeld des Zaunes bekümmerten. Sie wurden schnell aus dem Wägelchen versorgt, das dann weiter den Zaun entlang geführt wurde, denn alle zwanzig Schritte etwa hockten unten am Zaun drei Soldaten, bereit, wenn es nötig werden sollte, so wie jene ersten drei aufzustehn und sich dem Feind zu zeigen. Inzwischen kam in langer Reihe aus dem Haus die Reserve zur Küchenlücke, jeder Mann die Schüssel in der Hand. Auch der Trompeter näherte sich, zog zum Leidwesen der Pächterstochter, die nun wieder zu den Mägden zurückkehrte, die Schüssel unter seinem Sessel hervor und brachte statt ihrer sein Waldhorn dort unter. Und in dem Wipfel der Linde begann ein Rauschen, denn dort saß ein Soldat, der die Feinde durch ein Fernrohr zu beobachten hatte und der trotz seiner wichtigen unentbehrlichen Arbeit von dem Führer des Suppenwagens wenigstens vorläufig vergessen worden war. Das erbitterte ihn um so mehr, als sich einige Soldaten, nichtstuerische Reservemannschaften, um die Mahlzeit besser zu genießen, rund um den Stamm niedergesetzt hatten und der Dampf und Duft der Suppe zu ihm emporstieg. Zu schreien wagte er nicht, aber im Gezweig schlug er um sich und stieß mehrmals das Fernrohr, um auf sich aufmerksam zu machen, durch das Laubwerk hinab. Alles vergebens. Er gehörte zu den Abnehmern des Wägelchens und mußte warten, bis es nach beendigter Rundfahrt zu ihm kam. Das dauerte freilich lange, denn der Hof war groß, wohl vierzig Posten zu drei Mann waren zu versorgen, und als das Wägelchen, von den übermüdeten Soldaten gezogen, endlich zur Linde kam, war schon nur wenig im Faß und besonders die Fleischstücke waren spärlich. Zwar nahm der Späher den Rest noch gern an, als er ihm in einer Schüssel mit einer Hakenstange heraufgereicht wurde, glitt dann aber ein wenig am Stamm herab und stieß wütend – dies war sein Dank – den Fuß in das Gesicht des Soldaten, der ihn bedient hatte. Dieser, begreiflicherweise außer sich vor Erregung, ließ sich von seinem Kameraden hochheben, war im Nu oben im Baum und nun begann ein von unten unsichtbarer

Kampf, der sich nur im Schwanken der Äste, dumpfem Stöhnen, Umherfliegen der Blätter äußerte, bis dann endlich das Fernrohr zu Boden fiel und nun sofort Ruhe eintrat. Der Kommandant hatte, von andern Dingen sehr in Anspruch genommen – draußen im Felde schien Verschiedenes vorzugehen –, glücklicherweise nichts bemerkt, still kletterte der Soldat herunter, freundschaftlichst wurde das Fernrohr hinaufgereicht und alles war wieder gut, nicht einmal von der Suppe war nennenswert viel verlorengegangen, denn der Späher hatte vor dem Kampf die Schüssel an den obersten Zweigen sorgfältig windsicher befestigt.

Ich schreibe nun wieder, was ich gehört habe, was mir anvertraut worden ist. Doch ist es mir nicht anvertraut worden als Geheimnis, das ich bewahren müsse, anvertraut unmittelbar wurde mir nur die Stimme, die sprach, das Übrige ist kein Geheimnis, ist vielmehr Spreu; und das, was nach allen Seiten fliegt, wenn Arbeit getan wird, ist das, was mitgeteilt werden kann und um die Barmherzigkeit bittet, mitgeteilt zu werden, denn es hat nicht die Kraft, verlassen stillzubleiben, wenn das, was ihm Leben gab, verrauscht ist.

Gehört habe ich aber folgendes:

Irgendwo in Südböhmen auf einer waldigen Anhöhe, etwa zwei Kilometer von einem Fluß entfernt, den man leicht von hier aus sehen würde, wenn nicht der Wald die Aussicht benähme, liegt ein kleines Haus. Dort wohnt ein alter Mann. Äußere Würde des Alters ist ihm nicht zuteil geworden. Er ist klein, das eine Bein ist gerade, das andere aber stark nach außen gebogen. Das Gesicht ist schütter, aber überall von weißem, gelbem, hie und da auch wohl schwärzlichem Bart bewachsen, die Nase ist plattgedrückt und ruht auf der ein wenig vorgeworfenen Oberlippe, von ihr fast geschlossen, auf. Die Lider hängen tief über den kleinen …

Jenen Wilden, von denen erzählt wird, daß sie kein anderes Verlangen haben als zu sterben oder vielmehr sie haben nicht einmal mehr dieses Verlangen, sondern der Tod hat nach ihnen Verlangen und sie geben sich hin oder vielmehr sie geben sich nicht einmal hin, sondern sie fallen in den Ufersand und stehn niemals mehr auf – jenen Wilden gleiche ich sehr und habe auch Stammesbrüder ringsherum, aber die Verwirrung in diesen Ländern ist so groß, das Gedränge wogt auf und ab bei Tag und Nacht und die Brüder lassen sich von ihm tragen. Das nennt man hierzulande ›einem unter den Arm greifen‹, solche Hilfe ist hier immer bereit; einen, der ohne Grund umsinken könnte und liegenbliebe, fürchtet man wie den Teufel, es ist wegen des Beispiels, es ist wegen des Gestankes der Wahrheit, der aus ihm steigen würde. Gewiß, es würde nichts geschehn, einer, zehn, ein ganzes Volk könnte liegenbleiben und es würde nichts geschehn, weiter ginge das mächtige Leben, noch übervoll sind die Dachböden von Fahnen, die niemals aufgerollt gewesen sind, dieser Leierkasten hat nur eine Walze, aber die Ewigkeit in eigener Person dreht die Kurbel. Und doch die Angst! Wie tragen doch die Leute ihren eigenen Feind, so ohnmächtig er ist, immer in sich. Seinetwegen, dieses ohnmächtigen Feindes wegen, sind sie …

»Nun also?« sagte der Herr, sah mich lächelnd an und rückte an seiner Krawatte. Ich konnte den Blick aushalten, wandte mich dann aber aus freiem Willen ein wenig zur Seite und schaute in die Tischfläche mit immer angestrengteren Augen, als öffne und vertiefe sich dort eine Höhlung und ziehe den Blick hinab. Dabei sagte ich: »Sie wollen mich prüfen, haben aber noch keine Berechtigung hiezu nachgewiesen.« Nun lachte er laut: »Meine Berechtigung ist meine Existenz, meine Berechtigung ist mein Dasitzen, meine Berechtigung ist meine Frage, meine Berechtigung ist, daß Sie mich verstehn.« »Wohl«, sagte ich, »nehmen wir an, es sei so.« »Dann werde ich Sie also prüfen«, sagte er, »nur ersuche ich Sie, mit Ihrem Sessel ein wenig zurückzugehn, Sie beengen mich hier. Auch bitte ich, nicht abwärts zu schauen, sondern mir in die Augen. Vielleicht ist es mir wichtiger, Sie zu sehn, als Ihre Antworten zu hören.« Als ich ihm entsprochen hatte, begann er: »Wer bin ich?« »Mein Prüfer«, sagte ich. »Gewiß«, sagte er. »Was bin ich noch?« »Mein Onkel«, sagte ich. »Ihr Onkel«, rief er, »was für eine tolle Antwort.« »Mein Onkel«, sagte ich bekräftigend. »Nichts Besseres.«

Ich stand auf dem Balkon meines Zimmers. Es war sehr hoch, ich zählte die Fensterreihen, es war im sechsten Stockwerk. Unten waren Rasenanlagen, es war ein kleiner von drei Seiten geschlossener Platz, es war wohl in Paris. ich ging ins Zimmer hinein, die Tür ließ ich offen, es schien zwar erst März oder April zu sein, aber der Tag war warm. In einer Ecke stand ein kleiner, sehr leichter Schreibtisch, ich hätte ihn mit einer Hand heben und in der Luft herumschwingen können. Jetzt aber setzte ich mich zu ihm, Tinte und Feder war bereit, ich wollte eine Ansichtskarte schreiben. Ich griff unsicher, ob ich eine Karte hätte, in die Tasche, da hörte ich einen Vogel und bemerkte, als ich herumsah, auf dem Balkon an der Hausmauer einen Vogelbauer. Gleich ging ich wieder hinaus, ich mußte mich auf die Fußspitzen heben, um den Vogel zu sehn, es war ein Kanarienvogel. Dieser Besitz freute mich sehr. Ich drückte ein Stückchen grünen Salats, der zwischen den Gitterstäbchen steckte, tiefer hinein und ließ den Vogel daran knabbern. Dann wandte ich mich wieder dem Platz zu, rieb die Hände und beugte mich flüchtig über das Geländer. Jenseits des Platzes in einem Mansardenzimmer schien mich jemand mit einem Operngucker zu beobachten, wahrscheinlich, weil ich ein neuer Mieter war, das war kleinlich, aber vielleicht war es ein Kranker, dem die Fensteraussicht die Welt ist. Da ich in den Taschen doch eine Karte gefunden hatte, ging ich ins Zimmer, um zu schreiben, auf der Karte war allerdings keine Ansicht von Paris, sondern nur ein Bild, es hieß Abendgebet, man sah einen stillen See, im Vordergrund ganz wenig Schilf, in der Mitte ein Boot und darin eine junge Mutter mit ihrem Kind im Arm.

Wir spielten ›Weg-Versperren‹, es wurde eine Wegstrecke bestimmt, die einer verteidigen und der andere überschreiten sollte. Dem Angreifer wurden die Augen verbunden, der Verteidiger aber hatte kein anderes Mittel, die Überschreitung zu verhindern, als daß er gerade im Augenblick der Überschreitung den Angreifer am Arm berührte; tat er es früher oder später, hatte er verloren. Wer das Spiel nie gespielt hat, wird glauben, daß der Angriff sehr schwer, die Verteidigung sehr leicht gemacht sei und dabei ist es gerade umgekehrt oder es sind zumindest die Angriffstalente häufiger. Verteidigen konnte bei uns nur einer, er freilich konnte es fast unfehlbar. Ich habe ihm oft zugeschaut, es war dann kaum unterhaltend, er war eben ohne viel Laufen immer am richtigen Platz, er hätte auch gar nicht sehr gut laufen können, denn er hinkte ein wenig, er war aber auch sonst nicht lebhaft, andere, wenn sie verteidigten, lauerten geduckt und blickten wild herum, seine mattblauen Augen blickten ruhig wie sonst. Was eine solche Verteidigung zu bedeuten hatte, merkte man erst, wenn man Angreifer war.

Ich liebe sie und kann mit ihr nicht sprechen, ich lauere ihr auf, um ihr nicht zu begegnen.

Ich liebte ein Mädchen, das mich auch liebte, ich mußte es aber verlassen.

Warum?

Ich weiß nicht. Es war so, als wäre sie von einem Kreis von Bewaffneten umgeben, welche die Lanzen nach auswärts hielten. Wann ich mich auch näherte, geriet ich in die Spitzen, wurde verwundet und mußte zurück. Ich habe viel gelitten.

Das Mädchen hatte daran keine Schuld?

Ich glaube nicht, oder vielmehr, ich weiß es. Der vorige Vergleich war nicht vollständig, auch ich war von Bewaffneten umgeben, welche ihre Lanzen nach innen, also gegen mich hielten. Wenn ich zu dem Mädchen drängte, verfing ich mich zuerst in den Lanzen meiner Bewaffneten und kam schon hier nicht vorwärts. Vielleicht bin ich zu den Bewaffneten des Mädchens niemals gekommen und wenn ich hingekommen sein sollte, dann schon blutend von meinen Lanzen und ohne Besinnung.

Ist das Mädchen allein geblieben?

Nein, ein anderer ist zu ihr vorgedrungen, leicht und ungehindert. Ich habe, erschöpft von meinen Anstrengungen, so gleichgültig zugesehen, als wäre ich die Luft, durch die sich ihre Gesichter im ersten Kuß aneinanderlegten.

Es saßen zwei Männer an einem roh gezimmerten Tisch. Eine flackernde Petroleumlampe hing über ihnen. Es war weit von meiner Heimat.

»Ich bin in euerer Hand«, sagte ich.

»Nein«, sagte der eine Mann, der sich sehr aufrecht hielt und die linke Hand in seinen Vollbart gekrampft hatte, »du bist frei und dadurch bist du verloren.«

»Ich kann also gehn?« fragte ich.

»Ja«, sagte der Mann und flüsterte seinem Nachbar etwas zu, während er ihm freundlich die Hand streichelte. Es war ein alter Mann, zwar auch noch aufrecht und sehr kräftig …

Es war ein äußerst niedriges Türchen, das in den Garten führte, nicht viel höher als die Drahtbogen, die man beim Croquetspiel in die Erde steckt. Wir konnten deshalb nicht nebeneinander in den Garten gehn, sondern einer mußte hinter dem andern hineinkriechen. Marie erschwerte es mir noch, indem sie mich, gerade als ich mit den Schultern in dem Türchen fast eingeklemmt war, noch an den Füßen zu ziehn anfing. Schließlich überwand ich es doch und auch Marie kam erstaunlicherweise durch, allerdings nur mit meiner Hilfe. Wir waren mit dem allen so beschäftigt gewesen, daß wir gar nicht bemerkt hatten, daß der Gastgeber offenbar schon von allem Anfang an in der Nähe stand und uns zugesehen hatte. Das war Marie sehr unangenehm, denn ihr leichtes Kleid war bei dem Kriechen ganz zerdrückt worden. Aber nun ließ sich nichts mehr verbessern, denn der Gastgeber begrüßte uns schon, mir schüttelte er herzlich die Hand, Marie klopfte er leicht auf die Wange. Ich konnte mich nicht erinnern, wie alt Marie war, wahrscheinlich war sie ein kleines Kind, da sie so begrüßt wurde, aber ich war doch gewiß nicht viel älter. Ein Diener lief vorüber, fast flog er dahin, in der erhobenen Rechten – die Linke hielt er an der Hüfte – trug er eine große hoch gefüllte Schüssel, den Inhalt konnte ich in der Eile nicht erkennen, ich sah nur, wie lange Bänder oder Blätter oder Algen rings von der Schüssel hinunterhingen und in der Luft hinter dem Diener flatterten. Ich machte Marie auf den Diener aufmerksam, sie nickte mir zu, war aber nicht so erstaunt, wie ich erwartet hatte. Eigentlich war es doch ihr erster Eintritt in die große Gesellschaft, sie kam doch aus engen kleinbürgerlichen Verhältnissen, es mußte ihr doch so sein wie einem Menschen, der immer nur in der Ebene gelebt hatte, plötzlich aber reißt der Vorhang vor ihm und er steht am Fuß des Vorgebirges. Aber auch in ihrem Verhalten gegenüber dem Gastgeber zeigte sie nichts dergleichen, ruhig hörte sie seine Begrüßungsworte an und zog sich unterdessen die grauen Handschuhe, die ich ihr gestern gekauft hatte, langsam an. Im Grunde war es mir ja sehr lieb, daß sie die Prüfung in dieser Art bestand. Der Gastgeber lud uns dann ein, ihm zu folgen, wir gingen in der Richtung, in welcher der Diener verschwunden war, der Gastgeber war immer einen Schritt vor uns, aber immer halb zu uns zurückgewendet.

Wer ist es? Wer geht unter den Bäumen am Quai? Wer ist ganz verloren? Wer kann nicht mehr gerettet werden? Über wessen Grab wächst der Rasen? Träume sind angekommen, flußabwärts sind sie gekommen, auf einer Leiter steigen sie die Quaimauer hinauf. Man bleibt stehn, unterhält sich mit ihnen, sie wissen mancherlei, nur woher sie kommen, wissen sie nicht. Es ist recht lau an diesem Herbstabend. Sie wenden sich dem Fluß zu und heben die Arme. Warum hebt ihr die Arme, statt uns in sie zu schließen?

Immer streichst du um die Tür herum, tritt kräftig ein. Drin sitzen zwei Männer an roh gezimmertem Tisch und erwarten dich. Sie tauschen ihre Meinungen aus über die Ursachen deines Zögerns. Es sind ritterliche mittelalterlich gekleidete Männer.

Er ist sehr kräftig und wird immer kräftiger. Er scheint auf fremde Kosten zu leben. Man könnte sich ihn als ein Tier in der Wildnis denken, das am Abend allein, langsam, bedächtig, schaukelnd zur Tränke geht. Seine Augen sind trübe, man hat oft nicht den Eindruck, daß er den, auf den er die Augen richtet, auch wirklich sieht. Es ist dann aber nicht Zerstreutheit, Beschäftigtsein, das ihn hindert, sondern eine gewisse Stumpfheit. Es sind trübe Trinkeraugen eines Menschen, der offenbar nicht Trinker ist. Vielleicht geschieht ihm Unrecht, vielleicht hat ihn das so verschlossen gemacht, vielleicht ist ihm immer Unrecht geschehn. Es scheint jene Art von unbestimmtem Unrecht zu sein, das junge Leute so oft auf sich lasten fühlen, das sie aber schließlich abwerfen, solange sie noch die Kraft dazu haben, er freilich ist schon alt, wenn auch vielleicht nicht so alt wie er aussieht mit seiner schwerfälligen Gestalt, den fast aufdringlichen, abwärts ziehenden Furchen in seinem Gesicht und dem Bauch, über dem sich die Weste wölbt.

Es war der erste Spatenstich, es war der erste Spatenstich,
es lag die Erde in Krumen, zerfallen vor meinem Fuß.
Es läutete eine Glocke, es zitterte eine Tür,
...

Es war eine politische Versammlung. Merkwürdig ist es, daß die meisten Versammlungen auf dem Platz der Ställe stattfinden, am Ufer des Flusses, gegen dessen Tosen die menschliche Stimme kaum aufkommt. Trotzdem ich auf der Quaibrüstung nahe bei den Rednern saß – sie sprachen von einem kahlen viereckigen Sockel aus Quadersteinen herab – verstand ich nur wenig. Freilich wußte ich im voraus, um was es sich handelte, und alle wußten es. Auch waren alle einig, eine vollständigere Einigkeit habe ich nie gesehn, auch ich war völlig ihrer Meinung, die Sache war allzu klar, wie oft schon durchgesprochen und immer noch klar wie am ersten Tag; beides, die Einigkeit und die Klarheit waren herzbeklemmend, die Denkkraft stockte vor Einigkeit und Klarheit, man hätte manchmal nur den Fluß hören wollen und sonst nichts.

Wenn ich mir heute Rechenschaft geben will über meinen Freund und mein Verhältnis zu ihm, so ist das einer jener vielen meist hoffnungslosen Anläufe, die man während eines langen Lebens immer wieder unternimmt, Anläufe zu einem Sprung, von dem man nicht weiß, ob er vorwärts ins Leben zielt oder aus dem Leben fort. Aber es ist hoffnungslos, also gefahrlos.

Ich kenne ihn schon seit meiner frühen Jugend. Er ist um sieben oder acht Jahre älter als ich, aber dieser an sich große Altersunterschied ist wenig zur Geltung gekommen, heute scheine sogar ich der Ältere zu sein. Doch hat sich das nur allmählich entwickelt.

Ich erinnere mich an unsere erste Begegnung. Ich kam gerade aus der Schule, es war ein dunkler Winternachmittag, ich war ein kleiner Junge aus der ersten Volksschulklasse. Als ich um eine Straßenecke bog, sah ich ihn, er war stark, untersetzt und hatte ein knochiges und dennoch fleischiges Gesicht, er sah ganz anders aus als heute, körperlich hat er sich seit seiner Kindheit bis zur Unkenntlichkeit verändert.

An einer Leine zerrte er einen jungen scheuen Hund. Ich blieb stehn und sah zu, nicht aus Schadenfreude, nur aus Neugierde, ich war sehr neugierig, alles reizte mich. Er aber nahm das Zuschauen übel und sagte: »Kümmere dich um deine Sachen, Dummkopf.«

Manche sagen, daß er faul sei, andere, daß er Furcht vor der Arbeit habe. Diese letzteren beurteilen ihn richtig. Er hat Furcht vor der Arbeit. Wenn er eine Arbeit anfängt, hat er das Gefühl eines, der die Heimat verlassen muß. Keine geliebte Heimat, aber doch einen gewohnten bekannten gesicherten Ort. Wohin wird ihn die Arbeit führen? Er fühlt sich fortgezogen, wie ein ganz junger scheuer Hund, der durch eine Großstadtstraße gezerrt wird. Es ist nicht der Lärm, der ihn aufregt; wenn er den Lärm hören und in seinen Bestandteilen unterscheiden könnte, würde ihn ja das gleich ganz in Anspruch nehmen, aber er hört ihn nicht, mitten durch den Lärm gezogen hört er nichts, nur eine besondere Stille, förmlich von allen Seiten ihm zugewendet, ihn behorchend, eine Stille, die sich von ihm nähren will, nur sie hört er. Das ist unheimlich, das ist zugleich aufregend und langweilig, das ist kaum zu ertragen. Wie weit wird er kommen? Zwei, drei Schritte, weiter nicht. Und dann soll er müde von der Reise wieder zurücktaumeln in die Heimat, die graue ungeliebte Heimat. Das macht ihm alle Arbeit verhaßt.

Er hat sich im zweiten Zimmer eingesperrt, ich habe geklopft, an der Tür gerüttelt, er ist still geblieben. Er ist böse auf mich, er will von mir nichts wissen. Dann bin ich aber auch böse und er kümmert mich nicht mehr. Ich rücke den Tisch zum Fenster und werde den Brief schreiben, wegen dessen wir uns zerzankt haben. Wie kleinlich ist all dieser Streit, wie eng müssen wir beisammen sein, damit ein solcher Streitgegenstand überhaupt bemerkt wird, kein Dritter könnte es verstehn, er ist nicht mitteilbar, jeder würde glauben, daß wir völlig einig sind, und wir sind auch einig.

Es ist ein Brief an ein Mädchen, ich nehme darin Abschied von ihr, wie es vernünftig und richtig ist. Es gibt nichts Vernünftigeres und Richtigeres. Man kann es besonders daran erkennen, wenn man sich einen gegenteiligen Brief vorstellt, ein solcher Brief wäre schrecklich und unmöglich. Vielleicht werde ich einen solchen Brief schreiben und ihn vor der geschlossenen Tür vorlesen, dann wird er mir recht geben müssen. Allerdings, er gibt mir ja recht, auch er hält den Abschiedsbrief für richtig, aber auf mich ist er böse. So ist er meistens, feindselig gegen mich ist er, aber hilflos; wenn er mich mit seinen stillen Augen ansieht, ist es, als verlange er von mir die Begründung seiner Feindseligkeit. ›Du Junge‹, denke ich, ›was willst du von mir? Und was hast du schon aus mir gemacht!‹ Und ähnlich wie immer stehe ich auf, gehe zur Tür und klopfe wieder. Keine Antwort, aber es zeigt sich, daß diesmal offen ist, doch das Zimmer ist leer, er ist fortgegangen, das ist die eigentliche Strafe, mit der er mich gern straft, nach solchem Streit geht er fort, kommt tage-, nächtelang nicht zurück.

Ich war bei den Toten zu Gast. Es war eine große reinliche Gruft, einige Särge standen schon dort, es war aber noch viel Platz, zwei Särge waren offen, es sah in ihnen aus wie in zerwühlten Betten, die eben verlassen worden sind. Ein Schreibtisch stand ein wenig abseits, so daß ich ihn nicht gleich bemerkte, ein Mann mit mächtigem Körper saß hinter ihm. In der rechten Hand hielt er eine Feder, es war, als habe er geschrieben und gerade jetzt aufgehört, die linke Hand spielte an der Weste mit einer glänzenden Uhrkette und der Kopf war tief zu ihr hinabgeneigt. Eine Bedienerin kehrte aus, doch war nichts auszukehren.

In irgendeiner Neugierde zupfte ich an ihrem Kopftuch, das das Gesicht ganz verschattete. Jetzt erst sah ich sie. Es war ein Judenmädchen, das ich einmal gekannt hatte. Sie hatte ein üppiges weißes Gesicht und schmale dunkle Augen. Als sie mich jetzt anlachte, mitten aus ihren Fetzen, die sie zu einer alten Frau machten, sagte ich: »Ihr spielt hier wohl Komödie?« »Ja«, sagte sie, »ein wenig. Wie du dich auskennst!« Dann aber zeigte sie auf den Mann beim Schreibtisch und sagte: »Nun geh und begrüße den dort, er ist hier der Herr. Solange du ihn nicht begrüßt hast, darf ich eigentlich nicht mit dir reden.« »Wer ist er denn?« fragte ich leiser. »Ein französischer Adeliger«, sagte sie, »de Poitin heißt er.« »Wie kommt er denn her?« fragte ich. »Das weiß ich nicht«, sagte sie, »es ist hier ein großer Wirrwarr. Wir warten auf einen, der Ordnung macht. Bist du es?« »Nein, nein«, sagte ich. »Das ist sehr vernünftig«, sagte sie, »nun geh aber zu dem Herrn.«

Ich ging also hin und verbeugte mich. Da er den Kopf nicht hob – ich sah nur sein wirres weißes Haar –, sagte ich guten Abend, aber er rührte sich noch immer nicht, eine kleine Katze umlief den Rand des Tisches, sie war förmlich aus dem Schoß des Herrn emporgesprungen und verschwand dort wieder, vielleicht blickte er gar nicht auf die Uhrkette, sondern unter den Tisch hinab. Ich wollte nun erklären, auf welche Weise ich hergekommen war, aber meine Bekannte zupfte mich hinten am Rock und flüsterte: »Das genügt schon.«

Damit war ich sehr zufrieden, ich wandte mich zu ihr und wir gingen Arm in Arm weiter in der Gruft. Der Besen störte mich. »Wirf den Besen weg«, sagte ich. »Nein, bitte«, sagte sie, »laß mich ihn behalten. Daß mir das Auskehren hier keine Mühe machen kann, siehst du doch ein, nicht? Nun also, aber ich habe doch gewisse Vorteile davon, auf die ich nicht verzichten will. Wirst du übrigens hier bleiben?« fragte sie ablenkend. »Deinetwegen bleibe ich hier gern«, sagte ich langsam. Wir gingen nun eng aneinandergedrückt wie ein Liebespaar. »Bleib, o bleib«, sagte sie, »wie habe ich mich nach dir gesehnt. Es ist nicht so schlimm hier, wie du vielleicht fürchtest. Und was kümmert es uns zwei, wie es um uns ist.« Wir gingen ein Weilchen schweigend, die Arme hatten wir voneinander gelöst, wir hielten uns jetzt umschlungen. Wir gingen auf dem Hauptweg, rechts und links waren Särge, die Gruft war sehr groß, zumindest sehr lang. Es war zwar dunkel, aber nicht vollständig, es war eine Art Dämmerung, die sich aber auch noch ein wenig aufhellte, dort, wo wir waren, und in einem kleinen Kreis um uns. Plötzlich sagte sie: »Komm, ich werde dir meinen Sarg zeigen.« Das überraschte mich. »Du bist doch nicht tot«, sagte ich. »Nein«, sagte sie, »aber um die

Wahrheit zu gestehn: ich kenne mich hier nicht aus, deshalb bin ich auch so froh, daß du gekommen bist. In kurzer Zeit wirst du alles verstehen, schon jetzt siehst du wahrscheinlich alles klarer als ich. Jedenfalls: einen Sarg habe ich.« Wir bogen rechts in einen Seitenweg ein, wieder zwischen zwei Sargreihen. In der Anlage erinnerte mich das Ganze an einen großen Weinkeller, den ich einmal gesehen hatte. Auf diesem Wege passierten wir auch einen kleinen, kaum einen Meter breiten, schnell fließenden Bach. Dann waren wir bald bei des Mädchens Sarg. Er war mit schönen spitzenbesetzten Kissen ausgestattet. Das Mädchen setzte sich hinein und lockte mich hinunter, weniger mit dem winkenden Zeigefinger als mit dem Blick. »Du liebes Mädchen«, sagte ich, zog ihr Kopftuch fort und hielt die Hand auf der weichen Fülle ihres Haares. »Ich kann noch nicht bei dir bleiben. Es ist hier jemand in der Gruft, mit dem ich sprechen muß. Willst du mir nicht helfen, ihn zu suchen.« »Du mußt mit ihm sprechen? Hier gelten doch keine Verpflichtungen«, sagte sie. »Ich bin aber nicht von hier.« »Glaubst du, daß du von hier noch fortkommen wirst?« »Gewiß«, sagte ich. »Desto weniger solltest du deine Zeit verschwenden«, sagte sie. Dann suchte sie unter dem Kissen und zog ein Hemd heraus. »Das ist mein Totenhemd«, sagte sie und reichte es mir empor, »ich trage es aber nicht.«

Ich trat in das Haus und schloß hinter mir das Türchen im großen verriegelten Tor. Aus dem langen gewölbten Flur ging der Blick auf ein gepflegtes Hofgärtchen mit einem Blumenaufbau in der Mitte. Links von mir war eine Glasverschalung, in welcher der Portier saß, er stützte die Stirn auf die Hand und war über eine Zeitung gebeugt. Vorn an einer Glasscheibe, den Portier ein wenig verdeckend, war ein großes aus einer illustrierten Zeitschrift ausgeschnittenes Bild geklebt, ich trat näher, es war ein offenbar italienisches Städtchen, den größten Teil des Bildes nahm ein wilder Bergstrom mit einem mächtigen Wasserfall ein, die Häuser des Städtchens waren an seinen Ufern eng an den Bildrand gedrückt.

Ich grüßte den Portier und sagte, auf das Bild zeigend: »Ein schönes Bild, ich kenne Italien, wie heißt das Städtchen?« »Ich weiß nicht«, sagte er, »die Kinder aus dem zweiten Stock haben es in meiner Abwesenheit hier aufgeklebt, um mich zu ärgern. Was wünschen Sie?« fragte er dann.

Wir hatten einen kleinen Streit. Karl behauptete, er hätte mir den kleinen Operngucker bestimmt zurückgegeben, er habe zwar großes Verlangen nach ihm gehabt, habe ihn auch längere Zeit in den Händen hin und her gedreht, habe sich ihn vielleicht sogar für ein paar Tage ausgeborgt, habe ihn aber bestimmt zurückgegeben. Ich dagegen suchte ihn an die Situation zu erinnern, nannte die Gasse, in der es geschehen war, das Gasthaus gegenüber dem Kloster, an dem wir gerade vorübergegangen waren, beschrieb, wie er mir zuerst den Gucker hatte abkaufen wollen, wie er mir dann verschiedene Sachen zum Tausch für ihn angeboten hatte und wie er dann allerdings mit der Bitte herausgerückt war, ihm den Gucker zu schenken. »Warum hast du mir ihn fortgenommen«, sagte ich klagend. »Mein lieber Josef«, sagte er, »das ist ja nun alles längst vorüber. Ich bin zwar überzeugt, daß ich dir den Gucker zurückgegeben habe, aber selbst wenn du ihn mir geschenkt haben solltest, warum quälst du dich jetzt deshalb, und mich dazu. Fehlt dir der Gucker hier etwa? Oder hat der Verlust dein Leben sehr beeinflußt?« »Nicht das, nicht jenes«, sagte ich, »es tut mir nur leid, daß du mir den Gucker damals fortgenommen hast. Ich hatte ihn als Geschenk bekommen, er hat mich sehr gefreut, ein wenig vergoldet war er, erinnerst du dich? und so klein, daß man ihn immer in der Tasche tragen konnte. Dabei waren es scharfe Gläser, man sah durch ihn besser als durch manchen großen Gucker.«

Ich stand nahe der Tür des großen Saales, weit von mir an der Rückwand lag das Ruhebett des Königs, eine zarte junge äußerst bewegliche Nonne war um ihn beschäftigt, rückte die Kissen zurecht, schob ein Tischchen mit Erfrischungen heran, aus denen sie für den König auswählte, und hielt dabei unter dem Arm ein Buch, aus dem sie bisher vorgelesen hatte. Der König war nicht krank, sonst hätte er sich ja ins Schlafzimmer zurückgezogen, aber liegen mußte er doch, irgendwelche Aufregungen hatten ihn hingeworfen und sein empfindliches Herz in Unruhe gebracht. Ein Diener hatte eben die Königstochter und ihren Mann angekündigt, deshalb hatte die Nonne die Vorlesung unterbrochen. Mir war es sehr peinlich, daß ich jetzt vielleicht vertrauten Gesprächen zuhören würde, da ich aber nun einmal hier war und niemand mir den Auftrag gab, wegzugehn, vielleicht aus Absicht, vielleicht weil man mich in meiner Geringfügigkeit vergessen hatte, hielt ich mich zum Hierbleiben verpflichtet und zog mich nur an das äußerste Ende des Saales zurück. Eine kleine Wandtür in der Nähe des Königs wurde geöffnet und sich bückend kamen, einer hinter dem anderen, die Prinzessin und der Prinz hervor, im Saal hing sich dann die Prinzessin an des Prinzen Arm und so traten sie vereint vor den König.

»Ich kann es nicht länger tun«, sagte der Prinz. »Du hast vor der Hochzeit die Verpflichtung feierlich übernommen«, sagte der König. »Ich weiß es«, sagte der Prinz, »trotzdem kann ich es nicht länger tun.« »Warum nicht?« fragte der König. »Ich kann die Luft draußen nicht atmen«, sagte der Prinz, »ich kann den Lärm dort nicht ertragen, ich bin nicht schwindelfrei, mir wird übel in der Höhe, kurz, ich kann es nicht mehr tun.« »Das Letzte hat Sinn, freilich einen bösen«, sagte der König, »alles andere sind Redensarten. Und was sagt meine Tochter?« »Der Prinz hat recht«, sagte die Prinzessin, »ein Leben, wie er es jetzt führt, ist eine Last, eine Last für ihn und für mich. Du stellst es dir vielleicht nicht deutlich vor, Vater. Er muß ja immerfort bereit sein, in Wirklichkeit geschieht es etwa einmal in der Woche, aber bereit sein muß er immer. Zu den unsinnigsten Tagesstunden kann es geschehn. Wir sitzen zum Beispiel beim Essen in kleiner Gesellschaft, man vergißt ein wenig alles Leid und ist unschuldig fröhlich. Da bricht der Wächter herein und ruft den Prinzen, nun muß natürlich alles in höchster Eile geschehn, er muß das Kleid ausziehn, sich in die enge vorgeschriebene widerlich bunte, fast komödienhafte, fast entehrende Uniform hineinpressen und eilt nun, der Arme, hinaus. Die Gesellschaft ist zersprengt, die Gäste verlaufen sich, zum Glück, denn wenn der Prinz zurückkommt, ist er unfähig zu sprechen, unfähig jemand anderen neben sich zu dulden als mich, manchmal kann er nur gerade noch in die Tür eintreten, dann schlägt er schon auf den Teppich hin. Vater, ist es möglich, länger so zu leben?« »Frauenworte«, sagte der König, »sie wundern mich nicht, daß aber du, Prinz, durch Frauenworte – denn das ist mir jetzt klar – dich dazu hast bringen lassen, mir den Dienst zu verweigern, das tut mir weh.« …

Das ist der Bezirk, fünf Meter lang, fünf Meter breit, nicht groß also, aber immerhin ist es der eigene Boden. Wer hat es so angeordnet? Das ist nicht genau bekannt. Einmal kam ein fremder Mann, viel Lederzeug hatte er über seinem Kleid, Gürtel, Querriemen, Halter und Taschen. Aus einer Tasche zog er einen Notizblock, notierte etwas und fragte dann: »Wo ist der Petent?« Der Petent trat vor. Die halbe Bewohnerschaft des Hauses war in großem Halbkreis um ihn versammelt, ich war damals ein kleiner, etwa fünfjähriger Junge, gesehn und gehört habe ich alles, hätte man es mir aber nicht viel später genau erzählt, wüßte ich kaum etwas davon. Es war zu unverständlich, als daß ich damals sehr aufmerksam hätte sein können, trotzdem hat die fremde Nacherzählung durch die eigene undeutliche Erinnerung an Leben sehr gewonnen. So sehe ich förmlich noch heute, wie der Fremde den Petenten mit scharfem Blicke maß. »Es ist nichts Geringes, was du verlangst«, sagte der Fremde, »bist du dir dessen bewußt?«

Besonders in den ersten Gymnasialklassen kam ich sehr schlecht fort. Für meine Mutter, die schweigsame stolze, ihr unruhiges Wesen immerfort mit äußerster Kraft beherrschende Frau, war das eine Qual. Sie hatte von meinen Fähigkeiten große Vorstellungen, die sie aber aus Scham niemandem eingestand und für deren Besprechung und Bekräftigung sie deshalb auch keinen Vertrauten hatte, um so quälender waren für sie meine Mißerfolge, die allerdings nicht verschwiegen werden konnten, sich gewissermaßen von selbst eingestanden und eine widerliche Menge Vertrauter erzeugten, nämlich das ganze Professorenkollegium und die Mitschülerschaft. Ich wurde ihr ein trauriges Rätsel. Sie strafte mich nicht, sie zankte nicht; daß ich es an Fleiß wenigstens nicht allzusehr fehlen ließ, sah sie; zuerst glaubte sie an eine Verschwörung der Professoren gegen mich, und diesen Glauben hat sie niemals ganz verloren, aber der Übertritt in ein anderes Gymnasium und mein fast noch schlechteres Fortkommen an diesem, erschütterte ihren Glauben an die Feindseligkeit der Professoren doch ein wenig, den Glauben an mich allerdings nicht. Ich aber lebte unter ihren traurig fragenden Blicken mein unbefangenes Kinderleben weiter. Ich hatte keinen Ehrgeiz; fiel ich nicht durch, war ich zufrieden und wäre ich durchgefallen, eine Drohung, die während des ganzen Schuljahres nicht aufhörte …

In der Stadt wird immerfort gebaut. Nicht um sie zu erweitern, sie genügt den Bedürfnissen, seit langer Zeit sind ihre Grenzen unverändert, ja es scheint eine gewisse Scheu davor zu bestehn, sie zu vergrößern, lieber schränkt man sich ein, verbaut Plätze und Gärten, setzt neue Stockwerke auf alte Häuser, aber tatsächlich sind diese Neubauten auch gar nicht der Hauptteil des fortwährenden Baubetriebs. Dieser richtet sich vielmehr, um es vorläufig so auszudrücken, darauf, das Bestehende zu sichern. Nicht, daß man früher schlechter gebaut hätte als heute und die alten Fehler nun immerfort verbessern müßte. Eine gewisse Nachlässigkeit – es ist schwer zu sondern, was daran Leichtsinn, was schwerblütige Unruhe ist – herrscht zwar bei uns immer, aber gerade beim Bauen hat sie die wenigste Gelegenheit, sich zu äußern. Wir sind doch in dem Land der Steinbrüche, bauen fast nur aus Stein, selbst Marmor steht zur Verfügung, und was beim Bauen die Menschen versäumen mögen, macht die Beständigkeit und Unverrückbarkeit des Materials wieder gut. Auch gibt es in Hinsicht des Bauens keinen Unterschied zwischen den Zeiten, von altersher gelten die gleichen Bauregeln, und wenn sie infolge des Volkscharakters nicht immer streng beachtet werden, so geschieht auch dies unverändert und gilt für die ältesten Bauten wie für die neuesten. So steht zum Beispiel auf dem Romberg vor der Stadt eine Ruine, es sind die Reste eines Landhauses, das hier vor mehr als tausend Jahren gebaut worden sein soll. Ein reicher, alt und einsam gewordener Kaufmann soll es sich haben erbauen lassen, gleich nach seinem Tod soll es verfallen sein, es findet sich bei uns nicht leicht einer, der so weit außerhalb der Stadt wohnen wollte. So war der Bau der Zerstörung durch die Jahrhunderte preisgegeben, und deren Arbeit ist allerdings sorgfältiger als die der Bauleute. Wenn man heute an einem stillen Sonntag – man wird auch auf dem Weg durch das Gestrüpp des Bergabhangs kaum durch Begegnungen gestört – dort hinauf wandert und die Reste betrachtet, findet man nur ein paar Grundmauern, die höchste noch erreicht nicht Manneshöhe, dann ist irgendwo in das harte Erdreich durch den Druck der Zeiten ein feines, vielfach gebrochenes Säulchen eingebettet und von altem, fast schwarzem Efeu überzogen, blinkt, mehr erraten als erkannt, ein wertloser Torso einer Statue hervor. Das ist wohl alles, bis auf zwei, drei kleine, förmlich zusammengewachsene felsenharte Schutthaufen und auf dem Abhang hie und da ein paar in den Boden eingegrabene Steine. Sonst ist alles weggeräumt worden. Und doch erkennt man noch jetzt aus der Anlage – und die Überlieferung bestätigt es –, daß es ein weitläufiger, schloßartiger Bau gewesen ist, und wo man sich durch das niedrige aber dichte Strauchwerk kaum hindurchzwängen kann und an Dornen blutig reißt, – war ein schöner Park, der mit seinen Bäumen und Terrassen das Haus selbst weit überlebt haben soll.

Ich war völlig verirrt in einem Wald. Unverständlich verirrt, denn noch vor kurzem war ich zwar nicht auf einem Weg, aber in der Nähe des Wegs gegangen, der mir auch immer sichtbar gewesen war. Nun aber war ich verirrt, der Weg war verschwunden, alle Versuche, ihn wiederzufinden, waren mißlungen. Ich setzte mich auf einen Baumstumpf und wollte meine Lage überdenken, aber ich war zerstreut, dachte immer an anderes als an das Wichtigste, träumte an den Sorgen vorbei. Dann fielen mir die reichbehängten Heidelbeerpflanzen rings um mich auf, ich pflückte von ihnen und aß.

Ich wohnte im Hotel Edthofer, Albian oder Cyprian Edthofer oder noch anders, ich kann mich an den ganzen Namen nicht mehr erinnern, ich würde es wohl auch nicht wieder auffinden, trotzdem es ein sehr großes Hotel war, übrigens auch vorzüglich eingerichtet und bewirtschaftet. Ich weiß auch nicht mehr, warum ich, trotzdem ich kaum länger als eine Woche dort gewohnt habe, fast jeden Tag das Zimmer wechselte; ich wußte daher oft meine Zimmernummer nicht und mußte, wenn ich während des Tages oder am Abend nach Hause kam, das Stubenmädchen nach meiner jeweiligen Zimmernummer fragen. Allerdings lagen alle Zimmer, die für mich in Betracht kamen, in einem Stock und überdies auf einem Gang. Es waren nicht viele Zimmer, herumirren mußte ich nicht. War etwa nur dieser Gang für Hotelzwecke bestimmt, das übrige Haus aber für Mietwohnungen oder anderes? Ich weiß es nicht mehr, vielleicht wußte ich es auch damals nicht, ich kümmerte mich nicht darum. Aber es war doch unwahrscheinlich, das große Haus trug in großen, weit voneinander befestigten, nicht sehr leuchtenden, eher rötlich-matten Metallbuchstaben das Wort Hotel und den Namen des Besitzers. Oder sollte nur der Name des Besitzers dort gestanden sein, ohne die Bezeichnung Hotel? Es ist möglich und das würde dann freilich vieles erklären. Aber noch heute aus der unklaren Erinnerung heraus würde ich mich doch eher dafür entscheiden, daß ›Hotel‹ dort gestanden ist. Es verkehrten viele Offiziere im Haus. Ich war natürlich meist den ganzen Tag in der Stadt, hatte allerlei zu tun und so vieles zu sehn und hatte also nicht viel Zeit, das Hotelgetriebe zu beobachten, aber Offiziere sah ich dort oft. Allerdings war nebenan eine Kaserne, vielmehr sie war nicht eigentlich nebenan, die Verbindung zwischen dem Hotel und der Kaserne muß anders gewesen sein, sie war sowohl loser als enger. Das ist heute nicht mehr leicht zu beschreiben, ja, schon damals wäre es nicht leicht gewesen, ich habe mich nicht ernstlich bemüht, das festzustellen, trotzdem mir die Unklarheit manchmal Schwierigkeiten verursachte. Manchmal nämlich, wenn ich zerstreut von dem Lärm der Großstadt nach Hause kam, konnte ich den Eingang zum Hotel nicht gleich finden. Es ist richtig, der Eingang zum Hotel scheint sehr klein gewesen zu sein, ja es hat vielleicht – trotzdem das freilich sonderbar gewesen wäre – gar keinen eigentlichen Hoteleingang gegeben, sondern man mußte, wenn man ins Hotel wollte, durch die Tür der Restauration gehn. Nun mag es also so gewesen sein, aber selbst die Tür der Restauration konnte ich nicht immer auffinden. Manchmal, wenn ich vor dem Hotel zu stehn glaubte, stand ich in Wahrheit vor der Kaserne, es war zwar ein ganz anderer Platz, stiller, reiner als der vor dem Hotel, ja totenstill und vornehm-rein, aber doch so, daß man die zwei verwechseln konnte. Man mußte erst um eine Ecke gehn und dann erst war man vor dem Hotel. Aber es scheint mir jetzt, daß es manchmal, freilich nur manchmal, anders war, daß man auch von jenem stillen Platz aus – etwa mit Hilfe eines Offiziers, der den gleichen Weg ging – die Hoteltür gleich finden konnte, und zwar nicht etwa eine andere, eine zweite Tür, sondern eben die eine gleiche Tür, welche auch den Eingang zur Restauration bildete, eine schmale, innen mit einem schönen weißen bändergeschmückten Vorhang verdeckte, äußerst hohe Tür. Dabei waren Hotel und Kaserne zwei grundverschiedene Gebäude, das Hotel im üblichen Hotelstil, allerdings mit einem Einschlag von Zinshaus, die Kaserne dagegen ein romanisches Schlößchen, niedrig aber weiträumig. Die Kaserne erklärte die fortwährende Anwesenheit von Offizieren, dagegen habe ich Mannschaften nie gesehn. Wie ich es erfahren habe, daß das scheinbare Schlößchen eine Kaserne war, weiß ich nicht mehr; Ursache, mich mit ihr zu beschäftigen, hatte ich aber, wie erwähnt, öfters, wenn ich, ärgerlich die Hoteltüre suchend, mich auf dem stillen Platz herumtrieb. War ich aber einmal oben im Gang, war ich geborgen. Ich fühlte mich dort sehr heimisch und war glücklich, in der großen fremden Stadt einen solchen behaglichen Ort gefunden zu haben.

Warum machst du mir Vorwürfe, böser Mann? Ich kenne dich nicht, ich sehe dich jetzt zum erstenmal. Du hättest mir Geld gegeben, daß ich dir aus diesem Geschäft Zuckerwerk hole? Nein, das ist gewiß ein Irrtum, du hast mir kein Geld gegeben. Verwechselst du mich nicht mit meinem Kameraden Fritz? Er sieht mir aber allerdings nicht ähnlich. Davor, daß du es dem Lehrer in der Schule sagen wirst, fürchte ich mich gar nicht. Er kennt mich und wird die Anschuldigung nicht glauben. Und meine Eltern werden dir das Geld ganz gewiß nicht ersetzen, warum denn auch? Da ich doch nichts von dir bekommen habe. Wenn sie dir aber etwas geben wollten, werde ich sie bitten, es nicht zu tun. Und nun laß mich gehn. Nein du darfst mir nicht nachgehn, sonst sage ich es dem Polizeimann. Ah, zum Polizeimann willst du nicht gehn …

Fort von hier, nur fort von hier! Du mußt mir nicht sagen, wohin du mich führst. Wo ist deine Hand, ach ich kann sie im Dunkel nicht ertasten. Hielte ich doch nur schon deine Hand, ich glaube, du würdest mich dann nicht verwerfen. Hörst du mich? Bist du überhaupt im Zimmer? Vielleicht bist du gar nicht hier. Was sollte dich auch herlocken in das Eis und den Nebel des Nordens, wo man Menschen gar nicht vermuten sollte. Du bist nicht hier. Du bist ausgewichen diesen Orten. Ich aber stehe und falle mit der Entscheidung darüber, ob du hier bist oder nicht.

Daß Leute, die hinken, dem Fliegen näher zu sein glauben als Leute, die gehn. Und dabei spricht sogar manches für ihre Meinung. Wofür spräche nicht manches?

Armes verlassenes Haus! Warst du je bewohnt? Es wird nicht überliefert. Niemand forscht in deiner Geschichte. Wie kalt ist es in dir. Wie weht der Wind durch deinen grauen Flurgang, nichts hindert. Warst du je bewohnt, dann sind die Spuren dessen unbegreiflich gut verwischt.

Ich habe meinen Verstand in die Hand vergraben, fröhlich, aufrecht trage ich den Kopf, aber die Hand hängt müde hinab, der Verstand zieht sie zur Erde. Sieh nur die kleine, harthäutige, aderndurchzogene, faltenzerrissene, hochädrige, fünffingrige Hand, wie gut, daß ich den Verstand in diesen unscheinbaren Behälter retten konnte. Besonders vorzüglich ist, daß ich zwei Hände habe. Wie im Kinderspiel frage ich: In welcher Hand habe ich meinen Verstand? Niemand kann es erraten, denn ich kann durch Falten der Hände im Nu den Verstand aus einer Hand in die andere übertragen.

Wiederum, wiederum, weit verbannt, weit verbannt. Berge, Wüste, weites Land gilt es zu durchwandern.

Ich bin ein Jagdhund. Karo ist mein Name. Ich hasse alle und alles. Ich hasse meinen Herrn, den Jäger, hasse ihn, trotzdem er, die zweifelhafte Person, dessen gar nicht wert ist.

Träumend hing die Blume am hohen Stengel. Abenddämmerung umzog sie.

Es war kein Balkon, nur statt des Fensters eine Tür, die hier im dritten Stockwerk unmittelbar ins Freie führte. Sie war jetzt offen an dem Frühlingsabend. Ein Student ging lernend im Zimmer auf und ab; kam er zur Fenstertür, strich er immer mit der Sohle draußen über ihre Schwelle, so wie man flüchtig mit der Zunge an etwas Süßem leckt, das man sich für spätere Zeiten zurückgelegt hat.

Die Mannigfaltigkeiten, die sich mannigfaltig drehen in den Mannigfaltigkeiten des einen Augenblicks, in dem wir leben. Und noch immer ist der Augenblick nicht zu Ende, sieh nur!

Fern, fern geht die Weltgeschichte vor sich, die Weltgeschichte deiner Seele.

Nimmermehr, nimmermehr kehrst du wieder in die Städte, nimmermehr tönt die große Glocke über dir.

Sage, wie geht es dir in jener Welt?

Die Frage nach meinem Befinden beantworte ich entgegen der Sitte offen und sachlich. Es geht mir gut, denn anders als früher lebe ich nun in großer Gesellschaft, in vielfachen Beziehungen und bin imstande, durch meine Kenntnisse, durch meine Antworten der Menge, die sich zum Verkehr mit mir drängt, zu genügen, wenigstens kommt sie immer wieder leidenschaftlich wie das erste Mal. Und auch ich wiederhole: Kommet, ihr werdet mich immer bereit finden. Zwar verstehe ich nicht immer, was ihr wissen wollt, aber wahrscheinlich ist das gar nicht nötig. Meine Existenz ist euch wichtig und deshalb auch meine Äußerungen, da sie meine Existenz bekräftigen. Ich irre in diesen Annahmen wohl nicht, lasse mich deshalb in meinen Antworten gehn und hoffe euch damit Freude zu machen.

In deiner Antwort ist uns einiges unklar, willst du es uns der Reihe nach erklären?

Ihr Ängstlichen, ihr Höflichen, ihr Kinder, fraget nur, fraget!

Du sprichst von einer großen Gesellschaft, in der du dich bewegst, was für eine Gesellschaft denn?

Ihr doch, ihr selbst. Euere kleine Tischgesellschaft und in einer anderen Stadt eine andere und so in vielen Städten.

Das also nennst du: Sich-in-Gesellschaft-Bewegen. Aber warte: Du bist doch, wie du sagst, unser alter Schulkollege Kriehuber. Bist du's oder nicht?

Wohl, ich bin es.

Nun also, als unser alter Freund besuchst du uns und wir, die wir deinen Verlust nicht vergessen können, ziehn dich durch unser Verlangen herbei und erleichtern dir den Weg. Ist es so?

Ja, ja, natürlich.

Aber du hast doch ein zurückgezogenes Leben geführt, wir glauben nicht, daß du außerhalb unserer Stadt überhaupt Freunde oder Bekannte gehabt hast. Wen besuchst du also in jenen Städten und wer ruft dich in sie?

Wir legten an. Ich stieg ans Land, es war ein kleiner Hafen, ein kleiner Ort. Einige Leute lungerten auf den Marmorfliesen umher, ich sprach sie an, verstand aber nicht ihre Rede. Es war wohl ein italienischer Dialekt. Ich rief meinen Steuermann herüber, er versteht italienisch, aber die Leute hier verstand auch er nicht, er stellte in Abrede, daß es Italienisch sei. Doch bekümmerte mich das alles ernstlich nicht, mein einziges Verlangen war, mich einmal von der unendlichen Seefahrt ein wenig auszuruhn und dazu taugte dieser Ort so gut wie ein anderer. Ich ging noch einmal auf das Schiff, um die nötigen Anordnungen zu geben. Alle Leute sollten vorläufig an Bord bleiben, nur der Steuermann sollte mich begleiten, allzulange war ich des festen Bodens entwöhnt und neben der Sehnsucht nach ihm beherrschte mich auch eine gewisse, nicht abzuschüttelnde Angst vor ihm, deshalb sollte mich der Steuermann begleiten. Ich ging auch noch hinunter in die Frauenkabine. Dort säugte meine Frau unsern Jüngsten, ich streichelte ihr sanftes erhitztes Gesicht und machte ihr Mitteilung von meinen Absichten. Sie lächelte zustimmend zu mir auf.

Ich muß doch, so gern ich es vermeiden wollte, die Lästigkeit fortsetzen, die ich für Sie mit meinem vordringlichen Widerspruch – es war nicht Widerspruch, so weit komme ich nicht, es war nur Widerstreben – gegen ›Schweiger‹ begonnen habe, die Sache noch einmal aufnehmen. Das Gespräch damals am Abend lag nachher zu schwer auf mir, die ganze Nacht über, und hätte nicht am Morgen eine unerwartete Zufälligkeit mich ein wenig abgelenkt, ich hätte Ihnen gewiß gleich schreiben müssen.

Das für mich Quälende des Abends – ich sah das Gespräch von allem Anfang an, vom Öffnen der Tür an, sich nähern, das war bös, es brachte mich fast um die ganze Freude über Ihren Besuch – lag für mich darin, daß ich eigentlich nichts gegen den ›Schweiger‹ gesagt, nur ein weniges geschwätzt habe und übrigens nur bockig gewesen bin, während das, was Sie zur Verteidigung von Einzelheiten sagten, ausgezeichnet, für mich unerwartet war und völlig zutraf. Überzeugen aber konnte es mich nicht, ich bin hier völlig unüberzeugbar, noch lange ehe ich zu den Einzelheiten komme. Wenn ich aber trotzdem meine Einwände nicht begreiflich machen kann, nicht einmal mir selbst, so hat das seinen Grund in meiner Schwäche, welche sich nicht nur im Denken und Sprechen äußert, sondern auch in Anfällen einer Art wacher Ohnmacht. Ich versuche zum Beispiel etwas gegen das Stück zu sagen und schon in den zweiten Satz beginnt sich die Ohnmacht mit Fragen zu drängen, wie: ›Worüber sprichst du? Um was handelt es sich? Was ist das, Literatur? Woher kommt es? Welchen Nutzen bringt es? Was für fragwürdige Dinge! Leg zu dieser Fragwürdigkeit noch die Fragwürdigkeit deiner Reden und es entsteht ein Ungeheuer. Wie bist du auf diese hohen nichtsnutzigen Wege gekommen? Verdient das ernste Frage, ernste Antwort? Vielleicht, aber nicht deine, das ist Sache höherer Regenten. Schnell zurück!‹ Und dieses Zurück bedeutet, daß ich gleich in völliger Finsternis [bin], aus der mich nicht des Gegensprechers Hilfe und niemandes Hilfe hinausführen kann. Sie scheinen derartiges an sich gar nicht zu kennen, trotzdem Sie den ›Spiegelmensch‹ geschrieben haben. Freilich gebe ich auch in ruhendem Zustand dem Zwischenredner recht, Sie waren manchmal zu streng zu ihm, er ist ja nichts anderes als der Wind, der mit den luftigen Existenzen spielt, er verlängert das Leben der fallenden Blätter.

Trotz allem aber will ich doch noch versuchen, nicht ganz stumm zu bleiben und kurz zu sagen, worin mich ›Schweiger‹ beleidigt.

Vor allem fühle ich eine Verschleierung darin, daß ›Schweiger‹ zu einem allerdings tragischen Einzelfall degradiert ist; die Gegenwärtigkeit des ganzen Stückes verbietet das. Wenn man ein Märchen erzählt, dann wissen alle, daß man sich fremden Mächten anvertraut und die heutigen Gerichte ausgeschaltet hat. Hier weiß man das aber nicht. Das Stück will den Eindruck erwecken, daß nur heute, gerade an diesem Abend, mehr zufällig als absichtlich der Fall Schweiger verhandelt wird, daß ebensogut zum Beispiel die Vorgänge in einem ganz anders gearteten Nachbarhaus hätten vorgenommen werden können. Diese Behauptung des Stückes kann ich aber nicht glauben; wenn in den andern Häusern dieser katholischen österreichischen Stadt, die rings um Schweiger aufgebaut ist, überhaupt jemand wohnt, dann wohnt in jedem Haus Schweiger, niemand sonst. Auch die andern Personen des Stückes haben keine eigene Wohnung, sie wohnen mit Schweiger und sind seine Begleiterscheinungen. Schweiger und Anna haben ja nicht einmal die Möglichkeit, sich irgendwo auf ein glückliches Ehepaar zu berufen, das wird ehrlich stillschweigend zugestanden, vielleicht ist das, was sie wollen, allgemein unmöglich, niemand im Stück hätte die Kraft, das zu widerlegen; woher die vielen Kinder auf dem Donauschiff stammen, ist ein Rätsel. Warum also das Städtchen, warum Österreich, warum der kleine darin versunkene Einzelfall?

Aber Sie machen ihn noch vereinzelter. Es ist, als könnten Sie ihn gar nicht genug vereinzelt machen. Sie erfinden die Geschichte von dem Kindermord. Das halte ich für eine Entwürdigung der Leiden einer Generation. Wer hier nicht mehr zu sagen hat als die Psychoanalyse, dürfte sich nicht einmischen. Es ist keine Freude, sich mit der Psychoanalyse abzugeben, und ich halte mich von ihr möglichst fern, aber sie ist zumindest so existent wie die Generation. Das Judentum bringt seit jeher seine Leiden und Freuden fast gleichzeitig mit dem zugehörigen Raschi-Kommentar hervor, so auch hier.

Ich war letzthin in M. Es handelte sich um eine Besprechung mit K. Es war keine eigentlich dringliche Angelegenheit, sie hätte sich wohl, wenn auch langsamer – aber da sie nicht dringlich war, wäre das kein Schaden gewesen –, recht gut schriftlich erledigen lassen, aber es traf sich gerade, daß ich freie Zeit hatte und Lust bekam, mit K. schnell ohne viel Umstände ins reine zu kommen, auch kannte ich M., dessen Besichtigung mir einmal empfohlen worden war, noch nicht, so entschloß ich mich kurzerhand, hinzufahren, leider – es erübrigte keine Zeit mehr dazu – ohne mich vorher zu vergewissern, ob ich K. jetzt in M. auch antreffen werde.

Tatsächlich war K. nicht zu Hause. Fast niemals verläßt er das Städtchen, er ist, wie mir in M. geschildert wurde, ein Mensch von besonderer Seßhaftigkeit, aber eben deshalb hatten sich verschiedene Dinge aufgehäuft, die zwar in der Umgebung von M., aber doch immerhin an Ort und Stelle besprochen werden mußten, längst fällige derartige Reisen wollten nun doch endlich ausgeführt werden, und so hatte K. gerade den Tag vor meiner Ankunft in entsetzlicher Laune, wie mir seine Schwester halb seufzend, halb lächelnd erzählte, doch endlich zu der großen Fahrt anspannen lassen müssen. Um für absehbare Zeit von Reisen verschont zu bleiben, hatte sich K. vorgenommen, diesmal alles, was zu ordnen war, in einer großen Rundfahrt, mochte sie auch ein paar Tage dauern, in Angriff zu nehmen, nichts auszulassen, ja sogar Reisen, die erst für die Zukunft drohten, so gut es ging jetzt schon vorwegzunehmen, auch die Teilnahme an der Hochzeit einer Nichte war in die Fahrt eingeschaltet. Wann K. zurückkommen werde, ließ sich nicht mit Bestimmtheit sagen, es handelte sich zwar nur um eine Fahrt durch die weitere Umgebung von M., aber das Reiseprogramm war sehr groß und außerdem K., wenn er sich einmal auf eine Fahrt machte, unberechenbar. Vielleicht wurde ihm nach der ersten oder zweiten in den Dörfern verbrachten Nacht das Reisen so sehr zum Ekel, daß er die Fahrt abbrach, dringende Geschäfte dringend sein ließ und heute oder morgen zurückkam. Ebensogut aber war es möglich, daß er, endlich in Gang gebracht, an der Abwechslung Gefallen fand, die vielen Freunde und Verwandten ringsherum ihn sogar zwangen, die Reise über die unumgänglich notwendige Dauer zu verlängern, denn im Grunde ist er ein gesprächiger fröhlicher Mann, der gern große Gesellschaft um sich hat, den das Ansehen, das er sich durch ehrliche Arbeit erworben hat, freut, und besonders in manchen Dörfern wird er geradezu großartig begrüßt werden, außerdem hat er die Fähigkeit, durch seinen persönlichen Einfluß und durch seine Menschenkenntnis mit ein paar Worten im Nu Dinge zu erreichen, die von der Ferne mit keiner Anstrengung durchzusetzen wären. Merkt er solche Erfolge, bekommt er natürlich Verlangen nach weiteren, auch das kann die Reise verlängern.

[Zweite Version:] Tatsächlich war K. nicht zu Hause. Ich erfuhr es in seinem Geschäft und ging dann gleich in seine Wohnung, um mich nach den näheren Umständen zu er-

kundigen. Es war eine für provinzielle Verhältnisse erstaunlich große Wohnung, zumindest das erste Zimmer, in das ich vom Dienstmädchen gewiesen wurde. Es war fast ein Saal, dabei wohnlich, aber gar nicht mit Kleinkram überladen, alle Möbel in passenden Abständen, rein und übersichtlich aufgestellt, alles sich zur ganzen Einheit fügend, auch eine gewisse ehrbare Familienüberlieferung sprach aus dem Ganzen. Und das nächste Zimmer, in das man durch die blinkenden Scheiben einer Glastür sah, schien ähnlich zu sein. Dort erschien auch bald K.'s Schwester, band sich noch schnell, fast atemlos, eine gefältelte weiße Putzschürze um und kam dann zu mir herein. Es war ein ältliches schwaches kleines Fräulein, sehr höflich und gefällig, sie bedauerte ungemein das unliebsame Zusammentreffen von meiner Ankunft und des Bruders Abreise – er war gerade gestern fortgefahren –, erwog dies und jenes, wußte sich gar nicht zu helfen, hätte natürlich den Bruder sofort verständigt, doch war dies nicht möglich, da er eine kleine, nur auf wenige Tage berechnete geschäftliche Rundfahrt in den Dörfern der weiteren Umgebung machte, nach den augenblicklichen Bedürfnissen die Route zusammenstellte und deshalb keine bestimmte Adresse habe angeben können. Auch entspreche es, wie sie lächelnd hinzufügte, dem Charakter des Bruders, daß er sich von Zeit zu Zeit darin wohlfühle, so unerreichbar ein wenig in der Welt herumzukutschieren.

Auf Balzacs Spazierstockgriff: Ich breche alle Hindernisse.
Auf meinem: Mich brechen alle Hindernisse.
Gemeinsam ist das ›alle‹.
Geständnis, unbedingtes Geständnis, aufspringendes Tor, es erscheint im Innern des Hauses die Welt, deren trüber Abglanz bisher draußen lag.

Daß es Furcht, Trauer und Öde auf der Welt gibt, versteht er, aber auch dies nur soweit, als es vage allgemeine, nur über die Oberfläche hinstreichende Gefühle sind. Alle andern Gefühle leugnet er, was wir so nennen sei nur Schein, Märchen, Spiegelbild der Erfahrung und des Gedächtnisses.

Wie könne es anders sein, meint er, da doch die wirklichen Ereignisse niemals von unserem Gefühl erreicht oder gar überholt werden können. Wir erleben sie nur vor und nach dem wirklichen, mit elementarisch unbegreiflicher Eile vorübergehenden Ereignis, es sind traumhafte, nur auf uns eingeschränkte Erdichtungen. Wir leben in der Stille der Mitternacht und erleben den Sonnenauf- und -untergang, indem wir uns nach Osten oder Westen wenden.

Geringe Lebenskraft, mißverständliche Erziehung, Junggesellentum ergeben den Skeptiker, aber nicht notwendig; um die Skepsis zu retten, heiratet mancher Skeptiker, wenigstens ideell, und wird gläubig.

Im Dunkel der Gasse unter den Bäumen an einem Herbstabend. Ich frage dich, du antwortest mir nicht. Wenn du mir antworten würdest, wenn sich deine Lippen öffneten, das tote Auge sich belebte und das Wort, das mir bestimmt ist, erklänge!

Es öffnete sich die Tür und es kam, gut im Saft, an den Seiten üppig gerundet, fußlos mit der ganzen Unterseite sich vorschiebend, der grüne Drache ins Zimmer herein. Formelle Begrüßung. Ich bat ihn, völlig einzutreten. Er bedauerte dies nicht tun zu können, da er zu lang sei. Die Tür mußte also offen bleiben, was recht peinlich war. Er lächelte halb verlegen, halb tückisch und begann: »Durch deine Sehnsucht herangezogen, schiebe ich mich von weither heran, bin unten schon ganz wundgescheuert. Aber ich tue es gerne. Gerne komme ich, gerne biete ich mich dir an.«

In hartem Schlag strahlte das Licht herab, zerriß das nach allen Seiten sich flüchtende Gewebe, brannte unbarmherzig durch das übrigbleibende leere großmaschige Netz. Unten, wie ein ertapptes Tier, zuckte die Erde und stand still. Einer im Bann des andern blickten sie einander an. Und der dritte, scheuend die Begegnung, wich zur Seite.

Einmal brach ich mir das Bein, es war das schönste Erlebnis meines Lebens.

Ein Halbmond, ein Ahornblatt, zwei Raketen.
Von meinem Vater erbte ich nur eine kleine silberne *Gewürzbüchse*.

Als der Kampf begann und fünf Schwerbewaffnete von der Böschung auf die Straße sprangen, entschlüpfte ich unter dem Wagen durch und lief in der völligen Finsternis dem Walde zu.

Es war nach dem Abendessen, wir saßen noch um den Tisch, der Vater weit zurückgelehnt in seinem Lehnstuhl, einem der größten Möbelstücke, das ich je gesehen hatte, rauchte halbschlafend die Pfeife, die Mutter flickte eine meiner Hosen, war über ihre Arbeit gebeugt und achtete sonst auf nichts, und der Onkel, hochgestreckt, der Lampe zustrebend, den Zwicker auf der Nase, las die Zeitung. Ich hatte den ganzen Nachmittag auf der Gasse gespielt, erst nach dem Abendessen mich an eine Aufgabe erinnert, hatte auch Heft und Buch vorgenommen, war aber zu müde, hatte nur noch die Kraft, den Heftumschlag mit Schlangenlinien zu verzieren, senkte mich immer tiefer und lag schon fast, von den Erwachsenen vergessen, über meinem Heft. Da kam Edgar, der Nachbarsjunge, der eigentlich schon längst hätte im Bett sein sollen, völlig lautlos durch die Tür herein, durch die ich merkwürdigerweise nicht unser dunkles Vorzimmer, sondern den klaren Mond über der weiten Winterlandschaft sah. »Komm Hans«, sagte Edgar, »der Lehrer wartet draußen im Schlitten. Wie willst du denn die Aufgabe ohne die Hilfe des Lehrers machen?« »Will er mir denn helfen?« fragte ich. »Ja«, sagte Edgar, »es ist die beste Gelegenheit, eben fährt er nach Kummerau, er ist äußerst wohlgelaunt wegen der Schlittenfahrt, er wird keine Bitte abschlagen.« »Werden es mir die Eltern erlauben?« »Wirst sie doch nicht fragen … «

Es war eine sehr schwere Aufgabe und ich fürchtete, sie nicht zustande zu bringen. Auch war schon spät abends, viel zu spät hatte ich sie vorgenommen, den langen Nachmittag auf der Gasse verspielt, dem Vater, der mir vielleicht hätte helfen können, das Versäumnis verschwiegen und nun schliefen alle und ich saß allein vor meinem Heft. »Wer wird mir jetzt helfen?« sagte ich leise. »Ich«, sagte ein fremder Mann und ließ sich rechts von mir an der Schmalseite des Tisches langsam auf einem Sessel nieder, so wie bei meinem Vater, dem Advokaten, die Parteien sich an der Seite seines Schreibtisches niederducken, stützte den Ellbogen auf den Tisch und streckte die Beine weit ins Zimmer. Ich hatte auffahren wollen, aber es war ja mein Lehrer; er freilich würde die Aufgabe, die er selbst gegeben hatte, am besten zu lösen verstehen. Und er nickte in Bestätigung dieser Meinung freundlich oder hochmütig oder ironisch, ich konnte es nicht enträtseln. Aber war es wirklich mein Lehrer? Er war es äußerlich und im Ganzen vollkommen, ging man aber näher auf Einzelheiten ein, wurde es fraglich. Er hatte zum Beispiel meines Lehrers Bart, diesen steifen, schüttern, abstehenden, grauschwarzen, die Oberlippe und das ganze Kinn überwachsenden langen Bart. Beugte man sich aber zu ihm vor, so hatte man den Eindruck der künstlichen Herrichtung und es schwächte den Verdacht nicht ab, daß der angebliche Lehrer sich mir entgegenbeugte, von untenher den Bart mit der Hand stützte und ihn zur Untersuchung darbot.

Der Träume Herr, der große Isachar, saß vor dem Spiegel, den Rücken eng an dessen Fläche, den Kopf weit zurückgebeugt und tief in den Spiegel versenkt. Da kam Hermana, der Herr der Dämmerung, und tauchte in Isachars Brust, bis er ganz in ihr verschwand.

In unserem Städtchen sind wir ganz unter uns, verloren im hohen Gebirge liegt es, fast unauffindbar. Nur ein schmaler Pfad führt zu uns herauf und selbst der ist oft unterbrochen durch kahles wegloses Gestein, nur Einheimische können ihn wiederfinden.

Als ich beichten sollte, wußte ich nichts zu sagen. Alle Sorgen waren vergangen; fröhlich, ruhig, ohne jedes Zittern der leuchtenden Sonnenflecken, lag, durch die halboffene Kirchentür gesehen, der Platz. Ich brachte nur die Leiden der letzten Zeit in Erinnerung, ich wollte zu ihren bösen Wurzeln vordringen, es war unmöglich, ich erinnerte mich an keine Leiden und sie hatten keine Wurzeln in mir. Die Fragen des Beichtigers verstand ich kaum, ich verstand wohl die Worte, konnte aber, so sehr ich mich anstrengte, nicht den geringsten Bezug auf mich heraushören. Manche Fragen bat ich ihn zu wiederholen, aber es half nichts, sie waren nur wie scheinbare Bekannte, hinsichtlich derer das Gedächtnis täuscht.

Im Sturmwind, Narrheit der Blätter, schwere Tür, leichtes Klopfen gegen sie, Aufnehmen der Welt, Einführung der Gäste, großes Erstaunen, wie es plappert, sonderbarer Mund, Unmöglichkeit sich damit abzufinden, Arbeiten mit Rückblick, Hammerschlag auf Hammerschlag, kommen schon die Ingenieure? Nein, es gibt irgendeine Verzögerung, der Direktor bewirtet sie, es wird ein Hoch ausgebracht, die jungen Leute, dazwischen plätschert der Bach, ein alter Mann sieht zu, wie das lebt und duftet; aber habe die überirdische, die göttliche Jugend, um das zu fühlen, erhabene Mücke, die um die Tischlampe flattert, ja mein kleiner, mein winziger, heuschreckenhafter, hochgezogen auf dem Stuhle hockender Tischgenosse …

Unser Direktor ist jung, es liegen große Pläne vor, immerfort treibt er uns an, grenzenlos ist die Zeit, die er darauf verwendet und einer ist ihm so viel wert wie alle. Er ist fähig, bei irgendeinem kleinen Unbedeutenden, auf den kaum unser Blick gefallen ist, ganze Tage zu verbringen, er setzt sich mit ihm auf einen Sessel, er hält ihn umarmt, er legt sein Knie auf des andern Knie, er beschlagnahmt sein Ohr, niemandem sonst darf es mehr zugänglich sein, und nun beginnt er die Arbeit.

Unser Chef hält sich vor dem Personal sehr zurück, es gibt ganze Tage, während welcher wir ihn gar nicht zu sehn bekommen, er ist dann im Büro, welches zwar auch im Geschäftslokal ist, aber bis zur Manneshöhe Mattglasscheiben hat und nicht nur durch das Geschäft, sondern auch vom Hausflur her betreten werden kann. Es liegt wahrscheinlich keine besondere Absicht in dieser Zurückhaltung, auch fühlt er sich uns nicht fremd, es entspricht aber völlig seinem Wesen. Er hält es weder für nötig noch für nützlich, das Personal zu besonderem Fleiße anzutreiben; wen nicht der eigene Verstand dazu führt, das Beste zu leisten, der kann seiner Meinung nach kein guter Gehilfe sein, wird sich in einem ruhig geführten, die offen daliegenden Möglichkeiten, diese aber sämtlich ausnützenden Geschäft gar nicht erhalten können, ja wird seine Nicht-Hingehörigkeit selbst derart stark fühlen, daß er auf die Kündigung nicht warten, sondern selbst kündigen wird. Und dies wird sich so schnell vollziehn, daß es weder dem Geschäft noch dem Gehilfen größeren Schaden bringen wird. Nun ist ja ein derartiges Verhältnis in der Geschäftswelt gewiß nicht üblich, aber bei unserem Chef bewährt es sich offensichtlich.

Ruhe zu bewahren; sehr weit abstehn von dem, was die Leidenschaft will; die Strömung kennen und deshalb gegen den Strom schwimmen; aus Lust am Getragensein gegen den Strom schwimmen.

Es ist ein kleiner Laden, aber es ist viel Leben darin, von der Gasse her hat er keinen Eingang, man muß durch den Flur gehn, einen kleinen Hof durchqueren, erst dann kommt man zu der Tür des Geschäftes, über der ein Täfelchen mit dem Namen des Ladeninhabers hängt. Es ist ein Wäschegeschäft, es wird dort fertige Wäsche verkauft, aber mehr noch unverarbeitetes Leinen. Nun ist es für einen Uneingeweihten, der zum erstenmal in den Laden kommt, völlig unglaublich, wie viel Wäsche und Leinen verkauft wird oder richtiger, da man ja einen Überblick über das Ergebnis des Handels nicht bekommt, in welchem Umfang und mit welchem Eifer gehandelt wird. Wie gesagt gibt es keinen direkten Ladeneingang von der Gasse, aber nicht nur das, auch vom Hof her sieht man keinen Kunden kommen und doch ist der Laden voll von Menschen und immerfort neue sieht man und die alten verschwinden, man weiß nicht wohin. Es gibt zwar auch breite Wandregale, in der Hauptsache aber sind die Regale rings um Pfeiler angebracht, die das vielfache, klein zerteilte Gewölbe tragen. Infolge dieser Anordnung weiß man von keiner Stelle aus genau, wie viel Leute im Laden sind, immer wieder kommen um die Pfeiler herum neue hervor, und das Nicken der Köpfe, die lebhaften Handbewegungen, das Trippeln der Füße im Gedränge, das Rauschen der zur Auswahl ausgebreiteten Ware, die endlosen Verhandlungen und Streitigkeiten, in welche sich, auch wenn sie nur einen Verkäufer und einen Kunden betreffen, immer der ganze Laden einzumischen scheint, dies alles vergrößert das Getriebe über die Wirklichkeit hinaus. In einer Ecke ist ein Holzverschlag, breit, aber nicht höher, als daß sitzende Menschen in ihm Platz haben, das ist das Kontor. Die Bretterwände sind offenbar sehr stark, die Tür ist winzig, Fenster anzubringen hat man vermieden, nur ein Guckfenster ist da, ist aber innen und außen verhängt, trotz allem aber ist es erstaunlich, daß in diesem Kontor jemand bei dem Lärm draußen Ruhe zu schriftlichen Arbeiten findet. Manchmal wird die innen an der Tür hängende dunkle Portiere zurückgeschlagen, dann sieht man dort türausfüllend einen kleinen Kontorgehilfen stehn, die Feder hinterm Ohr, die Hand über den Augen, und neugierig oder auftragsgemäß den Wirrwarr im Laden betrachten. Es dauert aber nicht lange, schon schlüpft er zurück und läßt die Portiere derart schnell hinter sich niederfallen, daß man auch nicht den kleinsten Blick ins Innere des Kontors erhascht. Eine gewisse Verbindung besteht zwischen dem Kontor und der Ladenkasse. Diese letztere ist knapp bei der Ladentüre angebracht und wird von einem jungen Mädchen verwaltet. Sie hat nicht so viel Arbeit, als es zuerst scheinen könnte. Nicht alle Leute zahlen bar, ja es zahlen die wenigsten so, es gibt offenbar noch andere Möglichkeiten der Verrechnung.

Schlinge den Traum durch die Zweige des Baumes. Der Reigen der Kinder. Des hinabgebeugten Vaters Ermahnung. Den Holzscheit über dem Knie zu brechen. Halb ohnmächtig, blaß, an der Wand des Verschlages lehnen, zum Himmel als zur Rettung aufsehn. Eine Pfütze im Hof. Altes Gerümpel landwirtschaftlicher Geräte dahinter. Ein eilig und vielfach am Abhang sich windender Pfad. Es regnete zeitweilig, zeitweilig aber schien auch die Sonne. Eine Bulldogge sprang hervor, daß die Sargträger zurückwichen.

Lange, schon lange wollte ich in jene Stadt. Es ist eine große belebte Stadt, viele Tausende Menschen wohnen dort, jeder Fremde wird eingelassen.

Folgender militärischer Befehl wurde zwischen verwehten herbstlichen Blättern in der Allee gefunden, es ist unerforschlich, von wem er stammt und an wen er gerichtet ist:

Heute nacht beginnt der Angriff. Alles Bisherige, die Verteidigung, das Zurückweichen, die Flucht, die Zerstreuung …

Durch die Allee eine unfertige Gestalt, der Fetzen eines Regenmantels, ein Bein, die vordere Krempe eines Hutes, flüchtig von Ort zu Ort wechselnder Regen.

Die Freunde standen am Ufer. Der Mann, der mich zum Schiff rudern sollte, hob meinen Koffer, um ihn ins Boot zu tragen. Ich kannte den Mann seit vielen Jahren, immer ging er tief gebückt, irgendein Leiden verkrümmte so den sonst riesenhaft starken Mann.

Was stört dich? Was reißt an deines Herzens Halt? Was tastet um die Klinke deiner Türe? Was ruft dich von der Straße her und kommt doch nicht durch das offene Tor? Ach, es ist eben jener, den du störst, an dessen Herzens Halt du reißt, an dessen Tür du um die Klinke tastest, den du von der Straße her rufst und durch dessen offenes Tor du nicht kommen willst.

Sie kamen durch das offene Tor und wir kamen ihnen entgegen. Wir tauschten neue Nachrichten aus. Wir sahen einander in die Augen.

Der Wagen war gänzlich unbrauchbar. Das rechte Vorderrad fehlte, infolgedessen war das rechte Hinterrad überlastet und verbogen, die Deichsel war zerbrochen, ein Stück von ihr lag auf dem Wagendach.

Man brachte uns ein kleines altes Wandschränkchen. Der Nachbar hatte es von einem entfernten Verwandten geerbt, als einziges Erbstück, hatte es auf verschiedene Weise zu öffnen versucht und hatte es schließlich, da es ihm nicht gelingen wollte, zu meinem Meister gebracht. Die Aufgabe war nicht leicht. Nicht nur, daß kein Schlüssel vorhanden war, es war auch kein Schloß zu entdecken. Entweder war irgendwo ein geheimer Mechanismus, dessen Auslösung nur von einem in solchen Dingen sehr erfahrenen Mann gefunden werden konnte, oder der Schrank war überhaupt nicht zu öffnen, sondern nur aufzubrechen, was allerdings höchst einfach zu bewerkstelligen gewesen wäre.

Herr Ohmberg, Lehrer an der Bürgerschule des Städtchens, empfing uns am Bahnhof. Er war der Obmann des Komitees, welches sich die Erschließung der Höhle zur Aufgabe gemacht hatte. Ein kleiner beweglicher mittelstarker Herr mit einem Spitzbart von gewissermaßen farblosem Blond. Kaum hielt der Zug, stand Ohmberg schon an den Stufen unseres Waggons, und kaum stieg der erste von uns aus, hielt er schon eine kleine Ansprache. Er wollte offenbar gern alle üblichen Formalitäten erfüllen, die Wichtigkeit der Sache, die er vertrat, drückte aber durch ihr Gewicht alle Formalitäten zur Lächerlichkeit hinab.

Es fuhren die muntern Genossen den Fluß abwärts. Ein Sonntagsfischer. Unerreichbare Fülle des Lebens. Zerschlage sie! Holz im toten Wasser. Sehnsüchtig ziehende Wellen. Sehnsuchterregend.

Laufen, laufen. Blick aus einer Nebengasse. Hohe Häuser, eine noch viel höhere Kirche.

Das Charakteristische der Stadt ist ihre Leere. Der große Ringplatz zum Beispiel ist immer leer. Die Elektrischen, die sich dort kreuzen, sind immer leer. Laut, hell, befreit von der Notwendigkeit des Augenblicks klingt ihr Läuten. Der große Basar, der am Ringplatz beginnt und durch viele Häuser in eine weit entfernte Straße führt, ist immer leer. An den vielen im Freien stehenden Tischchen des Kaffeehauses, das zu beiden Seiten des Basareinganges sich ausbreitet, sitzt kein Gast. Das große Tor der alten Kirche in der Mitte des Platzes ist weit offen, aber niemand geht ein oder aus. Die Marmorstufen, die zum Tor emporführen, strahlen mit einer geradezu unbändigen Kraft das Sonnenlicht zurück, das auf sie fällt.

Es ist meine alte Heimatstadt und ich irre langsam, stockend durch ihre Gassen.

Es ist wieder der alte Kampf mit dem alten Riesen. Freilich, er kämpft nicht, nur ich kämpfe, er legt sich nur auf mich wie ein Knecht auf den Wirtshaustisch, kreuzt die Arme oben auf meiner Brust und drückt sein Kinn auf seine Arme. Werde ich dieser Last standhalten können?

Durch die Nebel der Stadt. In einer engen Gasse, die auf einer Seite von einer efeuüberrankten Mauer gebildet wird.

Ich stehe vor meinem alten Lehrer. Er lächelt mir zu und sagt: »Wie ist es denn? So lange ist es schon her, daß ich dich aus meinem Unterricht entlassen habe. Hätte ich nicht ein unmenschlich starkes Gedächtnis für alle meine Schüler, ich hätte dich nicht wiedererkannt. So aber erkenne ich dich genau, ja, du bist mein Schüler. Aber warum kommst du wieder zurück?«

Es ist meine alte Heimatstadt und ich bin wieder in sie zurückgekehrt. Ich bin ein wohlhabender Bürger und habe ein Haus in der Altstadt mit der Aussicht auf den Fluß. Es ist ein altes zweistöckiges Haus mit zwei großen Höfen. Ich habe eine Wagenbauanstalt und in beiden Höfen wird den ganzen Tag gesägt und gehämmert. Aber in den Wohnzimmern, die an der Vorderseite des Hauses liegen, ist davon nichts zu hören, dort ist tiefe Stille und der kleine Platz vor dem Hause, der rings geschlossen ist und nur nach dem Fluß hin sich öffnet, ist immer leer. In diesen Wohnzimmern, großen parkettierten, von Vorhängen ein wenig verdunkelten Zimmern, stehn alte Möbel, in einen wattierten Schlafrock eingewickelt gehe ich gern zwischen ihnen umher.

Nichts davon, quer durch die Worte kommen Reste von Licht.

Der gestählte Körper begreift seine Aufgaben. Ich pflege das Tier mit wachsender Freude. Der Glanz der braunen Augen dankt mir. Wir sind einig.

Ich erkläre es hier deutlich; alles was über mich erzählt wird, ist falsch, wenn es davon ausgeht, daß ich als erster Mensch der Seelenfreund eines Pferdes gewesen bin. Sonderbar ist es, daß diese ungeheuerliche Behauptung verbreitet und geglaubt wird, aber noch viel sonderbarer, daß man die Sache leichtnimmt, sie verbreitet und glaubt, aber mit kaum mehr als einem Kopfschütteln sie auf sich beruhen läßt. Hier liegt ein Geheimnis, das zu erforschen eigentlich verlockender wäre als die Geringfügigkeit, die ich wirklich getan habe. Was ich getan habe, ist nur dieses: ich habe ein Jahr lang mit einem Pferde gelebt derart, wie etwa ein Mensch mit einem Mädchen, das er verehrt, von dem er aber abgewiesen wird, leben würde, wenn er äußerlich kein Hindernis hätte, um alles zu veranstalten, was ihn zu seinem Ziele bringen könnte. Ich habe also das Pferd Eleonor und mich in einen Stall gesperrt und habe diesen gemeinsamen Aufenthaltsort immer nur verlassen, um die Unterrichtsstunden zu geben, durch die ich die Unterrichtsmittel für uns beide verdiente. Leider waren dies immerhin fünf bis sechs Stunden täglich und es ist durchaus nicht ausgeschlossen, daß dieser Zeitausfall den endgültigen Mißerfolg aller meiner Mühen verschuldet hat, mögen sich das die Herren, die ich so oft um Unterstützung meines Unternehmens vergeblich bat und die nur ein wenig Geld hätten hergeben sollen für etwas, für das ich mich so zu opfern bereit war, wie man ein Bündel Hafer opfert, das man zwischen die Mahlzähne eines Pferdes stopft, mögen sich das doch diese Herren wohl gesagt sein lassen.

Eine Katze hatte eine Maus gefangen. »Was wirst du nun machen?« fragte die Maus, »du hast schreckliche Augen.« »Ach«, sagte die Katze, »solche Augen habe ich immer. Du wirst dich daran gewöhnen.« »Ich werde lieber weggehn«, sagte die Maus, »meine Kinder warten auf mich.« »Deine Kinder warten?« sagte die Katze, »dann geh nur so schnell als möglich. Ich wollte dich nur etwas fragen.« »Dann frage, bitte, es ist wirklich schon sehr spät.«

Ein Sarg war fertiggestellt worden und der Tischler lud ihn auf den Handwagen, um ihn in das Sarggeschäft zu schaffen. Es war regnerisch, ein trüber Tag. Aus der Quergasse kam ein alter Herr heran, blieb vor dem Sarg stehn, strich mit dem Stock über ihn hin und begann mit dem Tischler ein kleines Gespräch über die Sargindustrie. Eine Frau mit einer Markttasche, die die Hauptgasse herabkam, stieß ein wenig gegen den Herrn, erkannte ihn dann als guten Bekannten und blieb auch für ein Weilchen stehn. Aus der Werkstatt trat der Gehilfe und hatte wegen seiner weiteren Arbeiten noch einige Fragen an den Meister zu richten. In einem Fenster über der Werkstatt erschien die Tischlersfrau mit ihrem Kleinsten auf dem Arm, der Tischler begann von der Gasse her den Kleinen ein wenig zu necken, auch der Herr und die Frau mit der Markttasche sahen lächelnd aufwärts. Ein Spatz, in dem Wahn hier etwas Eßbares zu finden, war auf den Sarg geflogen und hüpfte dort auf und ab. Ein Hund beschnupperte die Räder des Handwagens.

Da klopfte es plötzlich von innen stark gegen den Sargdeckel. Der Vogel flog auf und kreiste ängstlich über dem Wagen. Der Hund bellte wild, er war der Aufgeregteste unter allen und als sei er verzweifelt über seine Pflichtversäumnis. Der Herr und die Frau waren zur Seite gesprungen und warteten mit ausgebreiteten Händen. Der Gehilfe hatte sich in einem plötzlichen Entschluß auf den Sarg geschwungen und saß schon oben, dieser Sitz erschien ihm weniger schrecklich als die Möglichkeit, daß der Sarg sich öffne und der Klopfer hervorsteige. Übrigens bereute er vielleicht schon die voreilige Tat, nun aber, da er oben war, wagte er nicht herunterzusteigen und alle Mühe des Meisters ihn herunterzutreiben war vergeblich. Die Frau oben im Fenster, die das Klopfen wahrscheinlich auch gehört hatte, aber nicht hatte beurteilen können, woher es kam, und jedenfalls nicht auf den Gedanken verfallen war, es könnte aus dem Sarge kommen, verstand nichts von den Vorgängen unten und sah erstaunt zu. Ein Schutzmann, von einem unbestimmten Verlangen angezogen, von einer unbestimmten Angst abgehalten, schlenderte zögernd heran.

Da wurde der Deckel mit solcher Kraft aufgestoßen, daß der Gehilfe zur Seite glitt, ein kurzer gemeinsamer Aufschrei aller ringsherum erfolgte, die Frau im Fenster verschwand, offenbar raste sie mit dem Kind die Treppe herab.

Suche ihn mit spitzer Feder, den Kopf kräftig, fest auf dem Halse sich umschauend, ruhig von deinem Sitz. Du bist ein treuer Diener, innerhalb der Grenzen deiner Stellung angesehen, innerhalb der Grenzen deiner Stellung ein Herr, mächtig sind deine Schenkel, weit die Brust, leicht geneigt der Hals, wenn du mit der Suche beginnst. Von weither bist du sichtbar, wie der Kirchturm eines Dorfes, auf Feldwegen von weither über Hügel und Täler streben dir einzelne zu.

Es ist die Nahrung, von der ich gedeihe. Auserlesene Speisen, auserlesen gekocht. Aus dem Fenster meines Hauses sehe ich die Zuträger der Nahrungsmittel, eine lange Reihe, oft stockt sie, dann drückt jeder seinen Korb an sich, um ihn vor Schaden zu behüten. Auch zu mir schauen sie empor, freundlich, manche entzückt.

Es ist die Nahrung, von der ich gedeihe. Es ist der süße Saft, der emporsteigt von meiner jungen Wurzel.

Aufgesprungen vom Tisch, den Becher noch in der Hand, so jage ich hinter dem Feind, der mir gegenüber aufgetaucht ist, unter dem Tisch hervor.

Als er ausbrach, in den Wald kam und verlorenging, war es Abend. Nun, das Haus lag ja am Wald. Ein Stadthaus, regelrecht städtisch gebaut, einstöckig, mit einem Erker nach städtischem oder vorstädtischem Geschmack, mit einem kleinen vergitterten Vorgärtchen, mit feinen durchbrochenen Vorhängen hinter den Fenstern, ein Stadthaus, und lag doch einsam weit und breit. Und es war ein Winterabend und sehr kalt war es hier im freien Feld. Aber es war doch kein freies Feld, sondern städtischer Verkehr, denn um die Ecke bog ein Wagen der Elektrischen, aber es war doch nicht in der Stadt, denn der Wagen fuhr nicht, sondern stand seit jeher dort, immer in dieser Stellung, als biege er um die Ecke. Und er war seit jeher leer und gar kein Wagen der Elektrischen, ein Wagen auf vier Rädern war es und in dem durch die Nebel unbestimmt sich ausgießenden Mondlicht konnte er an alles erinnern. Und städtisches Pflaster war hier, pflasterartig war der Boden gestrichelt, ein musterhaft ebenes Pflaster, aber es waren nur die dämmerhaften Schatten der Bäume, die sich über die verschneite Landstraße legten.

Es ist, wie man will, rührend oder erschreckend oder abscheulich, wie sich der junge Borcher anstrengt in mein Haus zu kommen. Verrückt war er ja immer; untauglich zu jeder Arbeit, von seiner Familie aufgegeben und nur notdürftig ernährt, trieb er sich den ganzen Tag umher, am liebsten im Moor. Manchmal lag er tage- und nächtelang zu Hause in einem Winkel, dann blieb er wieder viele Nächte aus.

Ich leide in der letzten Zeit unter den Belästigungen des Dorfnarren. Närrisch war er seit jeher, nur betraf es mich nicht mehr als jeden andern.

Wieder brütet es unten an der Gartentür. Ich blicke durchs Fenster. Natürlich, wieder er.

Willst du in eine fremde Familie eingeführt werden, suchst du einen gemeinsamen Bekannten und bittest ihn um die Gefälligkeit. Findest du keinen, geduldest du dich und wartest auf eine günstige Gelegenheit.

In dem kleinen Ort, in dem wir leben, kann es ja daran nicht fehlen. Findet sich die Gelegenheit nicht heute, findet sie sich morgen gewiß. Und findet sie sich nicht, wirst du deshalb nicht an den Säulen der Welt rütteln. Erträgt es die Familie, dich entbehren zu müssen, erträgst du es zumindest nicht schlechter.

Das ist alles selbstverständlich, nur K. versteht es nicht. Er hat es sich in der letzten Zeit in den Kopf gesetzt, in die Familie unseres Gutsherrn einzudringen, versucht es aber nicht auf den gesellschaftlichen Wegen, sondern ganz geradeaus. Vielleicht scheint ihm der übliche Weg zu langwierig und das ist richtig, aber der Weg, den er zu gehen versucht, ist ja unmöglich. Dabei übertreibe ich nicht die Bedeutung unseres Gutsherrn. Ein verständiger, fleißiger, ehrbarer Mann, aber auch nichts weiter. Was will K. von ihm? Will er eine Anstellung auf dem Gute? Nein, das will er nicht, er selbst ist wohlhabend und führt ein sorgenloses Leben. Liebt er des Gutsbesitzers Tochter? Nein, nein, von diesem Verdacht ist er frei.

Das Wohnungsamt mischte sich ein, es gab so viele amtliche Verordnungen, eine davon hatten wir vernachlässigt, es zeigte sich, daß ein Zimmer unserer Wohnung an Untermieter abgegeben werden mußte, der Fall war zwar nicht ganz klar, und wenn wir früher das fragliche Zimmer beim Amt angemeldet und gleichzeitig unsere Einwände gegen eine Vermietungspflicht vorgebracht hätten, wäre unsere Sache aussichtsreich genug gewesen, nun aber fiel uns eine Vernachlässigung amtlicher Vorschriften zur Last und die Strafe dafür war, daß wir gegen die Anordnungen des Amtes keine Berufung mehr erheben konnten. Ein unangenehmer Fall. Um so unangenehmer, als das Amt nun auch die Möglichkeit hatte, uns einen Mieter nach seinem Belieben zuzuteilen. Doch hofften wir, wenigstens dagegen noch etwas unternehmen zu können. Ich habe einen Neffen, der an der hiesigen Universität Jura studiert, seine Eltern, an und für sich nahe, in Wirklichkeit sehr entfernte Verwandte, leben in einem Landstädtchen, ich kenne sie kaum. Als der Junge in die Hauptstadt kam, stellte er sich uns vor, ein schwacher, ängstlicher, kurzsichtiger Junge mit gebeugtem Rücken und unangenehm verlegenen Bewegungen und Redensarten. Sein Kern mag ja ausgezeichnet sein, aber wir haben nicht Zeit und Lust, bis dorthin vorzudringen, ein solcher Junge, ein solches langstieliges, zitterndes Pflänzchen würde unendliche Beobachtung und Pflege erfordern, das können wir nicht leisten, dann aber ist es besser, gar nichts zu tun und sich einen solchen Jungen fern vom Leib zu halten. Ein wenig unterstützen können wir ihn mit Geld und Empfehlungen, das haben wir getan, sonst aber haben wir es zu weitern unnützen Besuchen nicht mehr kommen lassen. Nun aber, angesichts der Zuschrift des Amtes, haben wir uns des Jungen erinnert. Er wohnt irgendwo in einem nördlichen Bezirk, gewiß recht kläglich, und sein Essen reicht gewiß kaum hin, dieses lebensuntüchtige Körperchen aufrecht zu erhalten. Wie wäre es, wenn wir ihn zu uns herüberbrächten? Nicht nur aus Mitleid, aus Mitleid hätten wir es schon längst tun können und vielleicht sollen, nicht nur aus Mitleid, aber es soll uns auch nicht unter die zweifellosen Verdienste angerechnet werden, wir wären schon reichlich belohnt, wenn uns unser kleiner Neffe im letzten Augenblick vor dem Diktat des Wohnungsamtes, vor dem Eindringen irgendeines beliebigen, irgendeines auf seinem Schein bestehenden wildfremden Mieters bewahrte. Soweit wir uns aber erkundigt haben, wäre dies recht gut möglich. Wenn man dem Wohnungsamt einen armen Studenten als schon vorhandenen Inwohner entgegenhalten könnte, wenn man nachweisen könnte, daß dieser Student durch Verlust dieses Zimmers nicht nur ein Zimmer, sondern fast seine Existenzmöglichkeit verliert, wenn man schließlich (der Neffe wird seine Mithilfe bei diesem kleinen Manöver nicht verweigern, dafür wollen wir sorgen) glaubhaft machen könnte, daß er wenigstens zeitweilig in diesem Zimmer schon früher gewohnt und nur während der allerdings langen Zeit der Prüfungsvorbereitung bei seinen Eltern auf dem Lande war – wenn alles dies gelingt, dann haben wir kaum etwas zu fürchten. Nun also schnell mit dem Auto um den Neffen. Im vierten Stock, in einem kalten Hofzimmerchen wandert er im Winterrock von einer Ecke in die andere und lernt. Alles an ihm und um ihn ist so abschreckend schmutzig und verwahrlost, daß man die Zuschrift des Wohnungsamtes in der Tasche fest umklammern muß, um sich neuerdings davon zu überzeugen, daß es unbedingt notwendig ist.

Frische Fülle. Quellende Wasser. Stürmisches, friedliches, hohes, sich ausbreitendes Wachsen. Glückselige Oase. Morgen nach durchtobter Nacht. Mit dem Himmel Brust an Brust. Friede, Versöhnung, Versinkung.

Schöpferisch. Schreite! Komme des Weges daher! Stehe mir Rede! Stelle mich zur Rede! Urteile! Töte!

Er singt im Chor. – Wir lachten viel. Wir waren jung, der Tag war schön, die hohen Fenster des Korridors führten auf einen unübersehbaren blühenden Garten. Wir lehnten in den offenen, den Blick und uns selbst ins Weite tragenden Fenstern. Manchmal sagte der hinter uns auf und ab gehende Diener ein Wort, das uns zur Ruhe mahnen sollte. Wir sahen ihn kaum, wir verstanden ihn kaum, nur an seinen auf den steinernen Fliesen tönenden Schritt erinnere ich mich, an den von ferne warnenden Klang.

Wir wußten nicht eigentlich, ob wir das Bedürfnis hatten, einen okkulten Zeichner zu sehn. Und wie es geschieht, daß ein leicht und unbemerkt seit jeher vorhandenes Bedürfnis unter einer stärker werdenden Aufmerksamkeit fast entlaufen möchte und nur durch eine bald auftretende Wirklichkeit sich auf den ihm gebührenden Platz festgehalten fühlt, so waren wir schon eine lange Zeit unauffällig neugierig gewesen, eine jener Damen vor uns zu sehen, die aus innern, aber fremden Kräften einem eine Blume hoch vom Mond, dann Tiefseepflanzen, dann durch Verzerrung verzogene Köpfe mit großen Frisuren und Helmen zeichnen und anderes, wie sie es eben müssen.

15. September 1920. Es fängt damit an, daß du in deinen Mund zu seiner Überraschung statt des Essens ein Bündel von soviel Dolchen stopfen wolltest, als er nur faßt.

Unter jeder Absicht liegt geduckt die Krankheit wie unter dem Baumblatt. Beugst du dich, um sie zu sehn, und fühlt sie sich entdeckt, springt sie auf, die magere stumme Bosheit, und statt zerdrückt, will sie von dir befruchtet werden.

Es ist ein Mandat. Ich kann meiner Natur nach nur ein Mandat übernehmen, das niemand mir gegeben hat. In diesem Widerspruch, immer nur in einem Widerspruch kann ich leben. Aber wohl jeder, denn lebend stirbt man, sterbend lebt man. So wie zum Beispiel der Zirkus von einer Leinwand umspannt ist, also niemand, der nicht innerhalb dieser Leinwand ist, etwas sehen kann. Nun findet aber jemand ein kleines Loch in der Leinwand und kann doch von außen zusehn. Allerdings muß er dort geduldet werden. Wir alle werden einen Augenblick lang so geduldet. Allerdings – zweites allerdings – meist sieht man durch ein solches Loch nur den Rücken der Stehplatzbesucher. Allerdings – drittes allerdings – die Musik hört man jedenfalls, auch das Brüllen der Tiere. Bis man endlich ohnmächtig vor Schrecken in die Arme des Polizisten zurückfällt, der von Berufs wegen den Zirkus umgeht und nur leise mit der Hand dir auf die Schulter geklopft hat, um dich auf das Ungehörige eines solchen gespannten Zusehns, für das du nichts gezahlt hast, aufmerksam zu machen.

Die Kräfte des Menschen sind nicht als ein Orchester gedacht. Hier müssen vielmehr alle Instrumente spielen, immerfort, mit aller Kraft. Es ist ja nicht für menschliche Ohren bestimmt und die Länge eines Konzertabends, innerhalb dessen jedes Instrument auf Geltendmachung hoffen kann, steht nicht zur Verfügung.

16. September 1920. Manchmal scheint es so: Du hast die Aufgabe, hast zu ihrer Ausführung so viel Kräfte als nötig sind (nicht zu viel, nicht zu wenig, du mußt sie zwar zusammenhalten, aber nicht ängstlich sein), Zeit ist dir genügend frei gelassen, den guten Willen zur Arbeit hast du auch. Wo ist das Hindernis für das Gelingen der ungeheuren Aufgabe? Verbringe nicht die Zeit mit dem Suchen des Hindernisses, vielleicht ist keines da.

17. September 1920. Es gibt nur ein Ziel, keinen Weg. Was wir Weg nennen, ist Zögern.

Ich stand niemals unter dem Druck einer andern Verantwortung als jener, welche das Dasein, der Blick, das Urteil anderer Menschen mir auferlegten.

21. September 1920.
Aufgehoben die Reste.
Die glücklich gelösten Glieder
unter dem Balkon im Mondschein.
Im Hintergrund ein wenig Laubwerk,
schwärzlich wie Haare.

Irgendein Ding aus einem Schiffbruch, frisch und schön ins Wasser gekommen, überschwemmt und wehrlos gemacht jahrelang, schließlich zerfallen.

Im Zirkus wird heute eine große Pantomime, eine Wasserpantomime gespielt, die ganze Manege wird unter Wasser gesetzt werden, Poseidon wird mit seinem Gefolge durch das Wasser jagen, das Schiff des Odysseus wird erscheinen und die Sirenen werden singen, dann wird Venus nackt aus den Fluten steigen, womit der Übergang zur Darstellung des Lebens in einem modernen Familienbad gegeben sein wird. Der Direktor, ein weißhaariger alter Herr, aber noch immer der straffe Zirkusreiter, verspricht sich vom Erfolg dieser Pantomime sehr viel. Ein Erfolg ist auch höchst notwendig, das letzte Jahr war sehr schlecht, einige verfehlte Reisen haben große Verluste gebracht. Nun ist man hier im Städtchen.

Es kamen einige Leute zu mir und baten mich, eine Stadt für sie zu bauen. Ich sagte, sie wären viel zu wenige, sie hätten Raum in einem Haus, für sie würde ich keine Stadt bauen. Sie aber sagten, es würden noch andere nachkommen und es seien doch Eheleute unter ihnen, die Kinder zu erwarten hätten, auch müßte die Stadt nicht auf einmal gebaut, sondern nur im Umriß festgelegt und nach und nach ausgeführt werden. Ich fragte, wo sie die Stadt aufgebaut haben wollten, sie sagten, sie würden mir den Ort gleich zeigen. Wir gingen den Fluß entlang, bis wir zu einer genug hohen, zum Fluß hin steilen, sonst aber sanft sich abflachenden und sehr breiten Erhebung kamen. Sie sagten, dort oben wollten sie die Stadt gebaut haben. Es war dort nur schütterer Graswuchs, keine Bäume, das gefiel mir, der Abfall zum Fluß schien mir aber zu steil und ich machte sie darauf aufmerksam. Sie aber sagten, das sei kein Schaden, die Stadt werde sich ja auf den anderen Abhängen ausdehnen und genug andere Zugänge zum Wasser haben, auch würden sich vielleicht im Laufe der Zeiten Mittel finden, den steilen Abhang irgendwie zu überwinden, jedenfalls solle das kein Hindernis für die Gründung der Stadt an diesem Orte sein. Auch seien sie jung und stark und könnten mit Leichtigkeit den Abhang erklettern, was sie mir gleich zeigen wollten. Sie taten es; wie Eidechsen schwangen sich ihre Körper zwischen den Rissen des Felsens hinauf, bald waren sie oben. Ich ging auch hinauf und fragte sie, warum sie gerade hier die Stadt gebaut haben wollten. Zur Verteidigung schien ja der Ort nicht besonders geeignet, von der Natur geschützt war er nur gegenüber dem Fluß und gerade hier war ja der Schutz am wenigsten notwendig, eher wäre hier freie und leichte Ausfahrtmöglichkeit zu wünschen gewesen; von allen andern Seiten her war aber die Hochebene ohne Mühe zugänglich, deshalb also und auch wegen ihrer großen Ausdehnung schwer zu verteidigen. Außerdem war der Boden dort oben auf seine Ertragfähigkeit hin noch nicht untersucht, und vom Unterland abhängig bleiben und auf Fuhrwerkverkehr angewiesen sein, war für eine Stadt immer gefährlich, gar in unruhigen Zeiten. Auch ob genügendes Trinkwasser oben zu finden war, war noch nicht festgestellt, die kleine Quelle, die man mir zeigte, schien nicht zuverlässig.

»Du bist müde«, sagte einer von ihnen, »du willst die Stadt nicht bauen.« »Müde bin ich«, sagte ich und setzte mich auf einen Stein neben die Quelle. Sie tauchten ein Tuch in das Wasser und erfrischten damit mein Gesicht, ich dankte ihnen. Dann sagte ich, daß ich einmal allein die Hochebene umgehen wolle und verließ sie; der Weg dauerte lang; als ich zurückkam, war es schon dunkel; alle lagen um die Quelle und schliefen; ein leichter Regen fiel.

Am Morgen wiederholte ich meine Frage; sie verstanden nicht gleich, wie ich die Frage des Abends am Morgen wiederholen könne. Dann aber sagten sie, sie könnten mir die Gründe, aus welchen sie diesen Ort gewählt hätten, nicht genau angeben, es seien alte Überlieferungen, welche diesen Ort empfehlen. Schon die Voreltern hätten die Stadt hier bauen wollen, aber aus irgendwelchen auch nicht genau überlieferten Gründen hätten sie doch nicht angefangen. Jedenfalls also sei es nicht Mutwille, der sie zu diesem Ort geführt habe, im Gegenteil, der Ort gefalle ihnen nicht einmal sehr und die Gegengründe, die ich angeführt habe, hätten sie auch selbst schon herausgefunden und als unwiderleglich anerkannt, aber es sei eben jene Überlieferung da, und wer der Überlieferung nicht folge, werde vernichtet. Deshalb sei ihnen unverständlich, warum ich zögere und nicht schon gestern zu bauen angefangen habe.

Ich beschloß fortzugehn und kletterte den Abhang zum Fluß hinab. Aber einer von ihnen war erwacht und hatte die andern geweckt und nun standen sie oben am Rand und ich war erst in der Mitte und sie baten und riefen mich. Da kehrte ich zurück, sie halfen mir und zogen mich hinauf. Ich versprach ihnen jetzt, die Stadt zu bauen. Sie waren sehr dankbar, hielten Reden an mich, küßten mich.

Ein Bauer fing mich auf der Landstraße ab und bat mich, mit ihm nach Hause zu kommen, vielleicht könne ich ihm helfen, er habe Streit mit seiner Frau, der verbittere ihm das Leben. Auch ungeratene einfältige Kinder habe er, die stünden nur nutzlos herum oder machten Unfug. Ich sagte, ich ginge gern mit ihm, aber es sei doch sehr unsicher, ob ich, ein Fremder, ihm werde helfen können, die Kinder werde ich vielleicht zu etwas anleiten können, aber der Frau gegenüber werde ich wahrscheinlich machtlos sein, denn Streitsucht der Frau hat ihren Grund gewöhnlich im Wesen des Mannes, und da er den Streit nicht wolle, habe er sich wohl schon angestrengt, sich zu ändern, aber es sei ihm nicht gelungen, wie könne es dann mir gelingen. Höchstens auf mich ableiten könnte ich die Streitsucht der Frau. So sprach ich mehr zu mir als zu ihm, aber offen fragte ich ihn dann, was er mir für meine Mühe zahlen werde. Er sagte, darüber würden wir leicht einig werden; wenn ich etwas nützen werde, könne ich mir forttragen, was ich wolle. Darauf blieb ich stehn und sagte, solche allgemeine Versprechungen könnten mir nicht genügen, es müsse genau vereinbart werden, was er mir monatlich geben werde. Er staunte darüber, daß ich Monatslohn verlangte. Ich staunte über sein Staunen. Ja glaube er denn, daß ich in zwei Stunden gutmachen könne, was zwei Menschen ihr Leben lang verschuldet haben, und glaube er, daß ich nach zwei Stunden ein Säckchen Erbsen als Lohn nehmen, dankbar ihm die Hand küssen, mich in meine Fetzen einwickeln und auf der eisigen Landstraße weiterwandern werde? Nein! Der Bauer hörte stumm, mit gesenktem Kopf, aber gespannt zu. Vielmehr, so sagte ich, werde ich lange Zeit bei ihm bleiben müssen, um erst alles kennenzulernen und förmlich die Handgriffe für eine Besserung der Dinge zu suchen, dann werde ich weiterhin noch länger bleiben müssen, um wirklich Ordnung zu schaffen, soweit es möglich sei, und dann werde ich alt und müde sein und überhaupt nicht mehr fortgehn, sondern mich ausruhn und ihrer allen Dank genießen.

»Das wird nicht möglich sein«, sagte der Bauer, »da willst du dich wohl in meinem Haus festsetzen und am Ende noch mich vertreiben. Da hätte ich dann zu meinen Lasten noch die größte.« »Ohne Vertrauen zueinander werden wir allerdings nicht einig werden«, sagte ich, »habe ich denn nicht auch Vertrauen zu dir? Ich will ja nichts anderes als dein Wort und das könntest du ja auch wohl brechen. Nachdem ich alles nach deinen Wünschen eingerichtet habe, könntest du mich ja trotz aller Versprechungen fortschicken.« Der Bauer sah mich an und sagte: »Du würdest dich nicht fortschicken lassen.« »Tue wie du willst«, sagte ich, »denke von mir, was du willst, vergiß aber nicht – ich sage dir das nur freundschaftlich von Mann zu Mann – daß du, auch wenn du mich nicht mitnimmst, es zu Hause nicht lange ertragen wirst. Wie willst du mit dieser Frau und diesen Kindern weiterleben? Wagst du es nicht, mich in dein Haus zu nehmen, dann verzichte doch lieber gleich auf dein Haus und die Plage, die es dir noch bringen würde, komm mit mir, wir wandern zusammen, ich werde dir dein Mißtrauen nicht nachtragen.« »Ich bin kein freier Mann«, sagte der Bauer, »ich lebe mit meiner Frau jetzt über fünfzehn Jahre beisammen, es war schwer, ich verstehe gar nicht, wie es möglich war, aber trotzdem kann ich nicht von ihr fortgehn, ohne alles versucht zu haben, was sie erträglich machen könnte. Da sah ich dich auf der

Landstraße und da dachte ich, jetzt könnte ich mit dir den letzten großen Versuch machen. Komm mit, ich gebe dir, was du willst. Was willst du?« »Ich will ja nicht viel« sagte ich, »ich will ja nicht deine Notlage ausnützen. Du sollst mich nur als Knecht für alle Zeiten aufnehmen, ich verstehe alle Arbeit und werde dir viel nützen. Ich will aber kein Knecht sein wie andere Knechte, du darfst mir nicht befehlen, ich muß nach meinem eigenen Willen arbeiten dürfen, einmal dies, einmal jenes und dann wieder nichts, so wie es mir beliebt. Bitten um eine Arbeit darfst du mich, aber nicht zudringlich; merkst du, daß ich diese Arbeit nicht tun will, mußt du es still hinnehmen. Geld brauche ich keines, aber die Kleider, Wäsche und Stiefel müssen genau so, wie ich sie jetzt habe, wenn es nötig wird, erneuert werden; bekommst du diese Dinge im Dorfe nicht, mußt du in die Stadt fahren, sie holen. Aber davor fürchte dich nicht, was ich anhabe, hält noch jahrelang aus. Das übliche Essen der Knechte genügt mir, nur muß ich jeden Tag Fleisch haben.« »Jeden Tag?« warf er schnell ein, als sei er mit allen andern Bedingungen einverstanden. »Jeden Tag«, sagte ich. »Du hast auch ein besonderes Gebiß«, sagte er und versuchte so meinen sonderbaren Wunsch zu entschuldigen, er griff sogar in meinen Mund, um die Zähne zu befühlen. »So scharf«, sagte er, »fast wie Hundezähne.« »Kurz, jeden Tag will ich Fleisch haben«, sagte ich. »Bier und Schnaps will ich so viel haben, wie du hast.« »Das ist aber viel«, sagte er, »ich muß viel trinken.« »Desto besser«, sagte ich, »du kannst dich aber einschränken, dann werde auch ich mich einschränken. Vielleicht trinkst du übrigens nur wegen deines häuslichen Unglücks so viel.« »Nein«, sagte er, »wie soll denn das zusammenhängen? Aber du sollst so viel bekommen, wie ich; wir werden zusammen trinken.« »Nein«, sagte ich, »ich werde mit niemandem zusammen essen und trinken. Ich werde immer nur allein essen und trinken.« »Allein?« fragte der Bauer erstaunt, »mir dreht sich schon der Kopf von deinen Wünschen.« »Es ist nicht so viel«, sagte ich, »es ist auch schon fast zu Ende. Nur Öl will ich noch haben, für ein Lämpchen, das die ganze Nacht neben mir brennen soll. Ich habe das Lämpchen im Sack, ein ganz kleines Lämpchen, es braucht sehr wenig Öl. Es ist gar nicht der Rede wert, ich nenne es nur der Vollständigkeit halber, damit nachträglich keine Streitigkeiten entstehn; die kann ich nämlich bei der Entlohnung nicht leiden. Verweigert man mir das Vereinbarte, werde ich, sonst der gutmütigste Mensch, schrecklich, das merke dir. Gibt man mir nicht, was mir gebührt und sei es eine Kleinigkeit, bin ich fähig, dir das Haus über dem Kopf anzuzünden, während du schläfst. Aber du mußt mir ja das klar Vereinbarte nicht verweigern, dann bin ich, gar wenn du noch hie und da ein kleines Geschenkchen aus Liebe hinzufügst, mag es auch ganz wertlos sein, treu und ausdauernd und sehr nützlich in allen Dingen. Und mehr als ich gesagt habe, verlange ich nicht, nur noch am 24. August, meinem Namenstag, ein Fäßchen mit fünf Liter Rum.« »Fünf Liter!« rief der Bauer und schlug die Hände zusammen. »Nun, fünf Liter«, sagte ich, »das ist ja nicht so viel. Du willst mich wohl drücken. Ich aber habe meine Bedürfnisse schon selbst so eingeschränkt, aus Rücksicht auf dich nämlich, daß ich mich schämen müßte, wenn ein Dritter zuhörte. Unmöglich könnte ich vor einem Dritten so mit dir sprechen. Es darf auch niemand davon erfahren. Nun, es würde es auch niemand glauben.« Aber der Bauer sagte: »Geh doch lieber weiter. Ich werde allein nach Hause gehn und selbst die Frau zu versöhnen suchen. Ich habe sie in der letzten Zeit viel geprügelt, ich werde jetzt ein wenig nachlassen, sie wird mir vielleicht dankbar sein, auch die Kinder habe ich viel geprügelt, ich hole immer die Peitsche aus dem Stall und prügle sie, ich werde damit ein wenig aufhören, vielleicht wird es besser werden. Allerdings habe ich schon oft aufgehört, ohne daß es besser geworden wäre. Aber das, was du verlangst, könnte ich nicht leisten und wenn ich es vielleicht leisten könnte, aber nein, die Wirtschaft wird es nicht ertragen, nein, unmöglich, täglich Fleisch, fünf Liter Rum, aber selbst wenn es möglich wäre, meine Frau würde es nicht erlauben und wenn sie es nicht erlaubt, kann ich es nicht tun.« »Warum dann die langen Verhandlungen«, sagte ich ...

Ich saß in der Loge, neben mir meine Frau. Es wurde ein aufregendes Stück gespielt, es handelte von Eifersucht, gerade hob in einem strahlenden, von Säulen umgebenen Saal ein Mann den Dolch gegen seine langsam zum Ausgang hin strebende Frau. Gespannt beugte man sich über die Brüstung, ich fühlte an meiner Schläfe das Lockenhaar meiner Frau. Da zuckten wir zurück, etwas bewegte sich auf der Brüstung; was wir für die Samtpolsterung der Brüstung gehalten hatten, war der Rücken eines langen dünnen Mannes, der, genau so schmal wie die Brüstung, bis jetzt bäuchlings da gelegen war und sich jetzt langsam wendete, als suche er eine bequemere Lage. Meine Frau hielt sich zitternd an mich. Ganz nah vor mir war sein Gesicht, schmäler als meine Hand, peinlich rein wie eine Wachsfigur, mit schwarzem Spitzbart. »Warum erschrecken Sie uns?« rief ich, »was treiben Sie hier?« »Entschuldigung!« sagte der Mann, »ich bin ein Verehrer Ihrer Frau; ihre Ellbogen auf meinem Körper fühlen macht mich glücklich.« »Emil, ich bitte dich, schütze mich!« rief meine Frau. »Auch ich heiße Emil«, sagte der Mann, stützte den Kopf auf eine Hand und lag da wie auf einem Ruhebett. »Komm zu mir, süßes Frauchen.« »Sie Lump«, sagte ich, »noch ein Wort und Sie liegen unten im Parterre«, und als sei ich sicher, daß dieses Wort noch kommen werde, wollte ich ihn schon hinunterstoßen, aber das war nicht so einfach, er schien doch fest zur Brüstung zu gehören, er war wie eingebaut, ich wollte ihn wegwälzen, aber es gelang nicht, er lachte nur und sagte: »Laß das, du kleiner Dummer, entkräfte dich nicht vorzeitig, der Kampf beginnt erst und wird allerdings damit enden, daß deine Frau meine Sehnsucht erfüllt.« »Niemals!« rief meine Frau und dann zu mir gewendet: »Also bitte, stoß ihn doch schon hinunter.« »Ich kann es nicht«, rief ich, »du siehst doch, wie ich mich anstrenge, aber es ist hier irgendein Betrug und es geht nicht.« »Oh weh, oh weh«, klagte meine Frau, »was wird aus mir werden.« »Sei ruhig«, sagte ich, »ich bitte dich, durch deine Aufregung machst du es nur ärger, ich habe jetzt einen neuen Plan, ich werde mit meinem Messer hier den Samt aufschneiden und dann das Ganze mit dem Kerl hinunter ausschütten.« Aber nun konnte ich mein Messer nicht finden. »Weißt du nicht, wo ich mein Messer habe?« fragte ich. »Sollte ich es im Mantel gelassen haben?« Fast wollte ich in die Garderobe laufen, da brachte mich meine Frau zur Besinnung. »Jetzt willst du mich allein lassen, Emil«, rief sie. »Aber wenn ich kein Messer habe«, rief ich zurück. »Nimm meines«, sagte sie und suchte mit zitternden Fingern in ihrem Täschchen, aber dann brachte sie natürlich nur ein winziges Perlmuttmesserchen hervor.

Eine heikle Aufgabe, ein Auf-den-Fußspitzen-Gehn über einen brüchigen Balken, der als Brücke dient, nichts unter den Füßen haben, mit den Füßen erst den Boden zusammenscharren, auf dem man gehn wird, auf nichts gehn als auf seinem Spiegelbild, das man unter sich im Wasser sieht, mit den Füßen die Welt zusammenhalten, die Hände nur oben in der Luft verkrampfen, um diese Mühe bestehn zu können.

Auf der Freitreppe des Tempels kniet ein Priester und verwandelt alle Bitten und Klagen der Gläubigen, die zu ihm kommen, in Gebete, oder vielmehr er verwandelt nichts, sondern wiederholt nur das ihm Gesagte laut und vielmals. Es kommt zum Beispiel ein Kaufmann und klagt, daß er heute einen großen Verlust gehabt hat und daß infolgedessen sein Geschäft zugrunde geht. Darauf der Priester – er kniet auf einer Stufe, hat auf eine höhere Stufe die Hände flach hingelegt und schaukelt beim Beten auf und ab –: »A. hat heute einen großen Verlust gehabt, sein Geschäft geht zugrunde. A. hat heute einen großen Verlust gehabt, sein Geschäft geht zugrunde und so fort.«

Wir sind fünf Freunde, wir sind einmal hintereinander aus einem Haus gekommen, zuerst kam der eine und stellte sich neben das Tor, dann kam oder vielmehr glitt, so leicht wie ein Quecksilberkügelchen gleitet, der zweite aus dem Tor und stellte sich unweit vom ersten auf, dann der dritte, dann der vierte, dann der fünfte. Schließlich standen wir alle in einer Reihe. Die Leute wurden auf uns aufmerksam, zeigten auf uns und sagten: »Die fünf sind jetzt aus diesem Haus gekommen.« Seitdem leben wir zusammen, es wäre ein friedliches Leben, wenn sich nicht immerfort ein sechster einmischen würde. Er tut uns nichts, aber er ist uns lästig, das ist genug getan; warum drängt er sich ein, wo man ihn nicht haben will? Wir kennen ihn nicht und wollen ihn nicht bei uns aufnehmen. Wir fünf haben früher einander auch nicht gekannt, und wenn man will, kennen wir einander auch jetzt nicht, aber was bei uns fünf möglich ist und geduldet wird, ist bei jenem sechsten nicht möglich und wird nicht geduldet. Außerdem sind wir fünf und wir wollen nicht sechs sein. Und was soll überhaupt dieses fortwährende Beisammensein für einen Sinn haben, auch bei uns fünf hat es keinen Sinn, aber nun sind wir schon beisammen und bleiben es, aber eine neue Vereinigung wollen wir nicht, eben auf Grund unserer Erfahrungen. Wie soll man aber das alles dem sechsten beibringen, lange Erklärungen würden schon fast eine Aufnahme in unsern Kreis bedeuten, wir erklären lieber nichts und nehmen ihn nicht auf. Mag er noch so sehr die Lippen aufwerfen, wir stoßen ihn mit dem Ellbogen weg, aber mögen wir ihn noch so sehr wegstoßen, er kommt wieder.

So wie man manchmal ohne erst auf den bewölkten Himmel zu schauen, schon aus der Färbung der Landschaft fühlen kann, daß zwar das Sonnenlicht noch nicht hervorgebrochen ist, daß aber förmlich das Trübe sich loslöst und zum Wegziehn bereit macht, daß also nur aus diesem Grunde und ohne weitere Beweise gleich überall die Sonne scheinen wird.

Ich ruderte stehend das Boot in den kleinen Hafen, er war fast leer, in einer Ecke waren zwei Segelbarken, sonst nur kleine Boote hie und da. Ich fand leicht einen Platz für mein Boot und stieg aus. Ein kleiner Hafen war es nur, aber mit festen Quaimauern und gut instand gehalten.

Es glitten die Boote vorüber. Ich rief eines. Ein alter großer weißbärtiger Mann war der Bootsführer. Ich zögerte ein wenig auf der Landungsstufe. Er lächelte, ihn anschauend stieg ich ein. Er zeigte auf das äußerste Ende des Bootes, dort setzte ich mich. Gleich aber sprang ich auf und sagte: »Große Fledermäuse habt ihr hier«, denn große Flügel waren mir um den Kopf gerauscht. »Sei ruhig«, sagte er, schon mit der Bootsstange beschäftigt und wir stießen vom Lande, daß ich auf mein Bänkchen fast hinschlug. Statt dem Führer zu sagen, wohin ich fahren wolle, fragte ich nur, ob er es wisse, nach seinem Kopfnicken zu schließen wußte er es. Das war mir eine ungemeine Erleichterung, ich streckte die Beine aus und lehnte den Kopf zurück, aber immer behielt ich den Führer im Auge und sagte mir: »Er weiß, wohin du fährst, hinter dieser Stirn weiß er es. Und seine Ruderstange stößt er nur deshalb ins Meer, um dich dorthin zu bringen. Und zufällig riefst du gerade ihn aus der Menge und zögertest noch einzusteigen.« Ich schloß ein wenig die Augen vor lauter Zufriedenheit, wollte den Mann aber wenigstens hören, wenn ich ihn nicht sah und fragte: »In deinem Alter wolltest du wohl nicht mehr arbeiten. Hast du denn keine Kinder?« »Nur dich«, sagte er, »du bist mein einziges Kind. Nur für dich mache ich noch diese Fahrt, dann verkaufe ich das Boot, dann höre ich zu arbeiten auf« »Ihr nennt hier die Passagiere Kinder?« fragte ich. »Ja«, sagte er, »das ist hier Sitte. Und die Passagiere sagen zu uns Vater.« »Das ist merkwürdig«, sagte ich, »und wo ist die Mutter?« »Dort«, sagte er, »im Verschlag.« Ich richtete mich auf und sah, wie aus dem rundbogigen kleinen Fenster des Verschlags, der in der Mitte des Bootes aufgebaut war, eine Hand grüßend sich ausstreckte und das starke Gesicht einer Frau, von einem schwarzen Spitzentuch eingerahmt, dort erschien. »Mutter?« fragte ich lächelnd. »Wenn du willst –«, sagte sie. »Du bist aber viel jünger als der Vater?« sagte ich. »Ja«, sagte sie, »viel jünger, er könnte mein Großvater sein und du mein Mann.« »Weißt du«, sagte ich, »es ist so erstaunlich, wenn man allein in der Nacht im Boot fährt und plötzlich ist eine Frau da.«

Ich ruderte auf einem See. Es war in einer rundgewölbten Höhle ohne Tageslicht, aber doch war es hell, ein klares gleichmäßiges, von dem bläulich-blassen Stein herabstrahlendes Licht. Trotzdem kein Luftzug zu spüren war, gingen die Wellen hoch, aber nicht so, daß eine Gefahr für mein kleines, aber festes Boot bestanden hätte. Ich ruderte ruhig durch die Wellen, dachte aber kaum ans Rudern, ich war nur damit beschäftigt, mit allen meinen Kräften die Stille in mich aufzunehmen, die hier herrschte, eine Stille, wie ich sie bisher in meinem Leben niemals gefunden hatte. Es war wie eine Frucht, die ich noch nie gegessen hatte und die doch die nahrhafteste von allen Früchten war, ich hatte die Augen geschlossen und trank sie in mich. Freilich nicht ungestört, noch war die Stille vollkommen, aber fortwährend drohte eine Störung, noch hielt irgend etwas den Lärm zurück, aber er war vor der Tür, platzend vor Lust, endlich loszubrechen. Ich rollte die Augen gegen ihn, der nicht da war, ich zog ein Ruder aus der Klammer, stand auf im schwankenden Boot und drohte mit dem Ruder ins Leere. Noch blieb es still und ich ruderte weiter.

Wir liefen auf glattem Boden, manchmal stolperte einer und fiel hin, manchmal wäre einer seitlich fast abgestürzt, dann mußte immer der andere helfen, aber sehr vorsichtig, denn auch er stand ja nicht fest. Endlich kamen wir zu einem Hügel, den man das Knie nennt, aber trotzdem er gar nicht hoch ist, konnten wir ihn nicht überklettern, immer wieder glitten wir ab, wir waren verzweifelt, nun mußten wir ihn also umgehn, da wir ihn nicht überklettern konnten, das war vielleicht ebenso unmöglich, aber viel gefährlicher, denn hier bedeutete ein Mißlingen des Versuches gleich Absturz und Ende. Wir beschlossen, um einander nicht zu stören, daß jeder es auf einer andern Seite versuchen solle. Ich warf mich hin und schob mich langsam an den Rand, ich sah, daß hier keine Spur eines Weges, keine Möglichkeit, sich irgendwo festzuhalten war, ohne Übergang fiel alles ab in die Tiefe. Ich war überzeugt, daß ich nicht hinüberkommen werde; war es nicht drüben auf der andern Seite ein wenig besser, was aber eben eigentlich nur der Versuch zeigen konnte, dann war es offenbar mit uns beiden zu Ende. Aber wagen mußten wir es, denn hier bleiben konnten wir nicht und hinter uns ragten abweisend unzugänglich die fünf Spitzen, die man Zehen nennt. Ich überblickte nochmals die Lage im einzelnen, die an sich gar nicht lange, aber eben unmöglich zu überwindende Strecke, und schloß dann die Augen, offene Augen hätten mir hier nur schaden können, fest entschlossen, sie nicht mehr zu öffnen, es wäre denn, daß das Unglaubliche geschähe und ich doch drüben ankäme. Und nun ließ ich mich langsam seitlich sinken, fast wie im Schlaf, hielt dann an und begann, vorzurücken. Die Arme hatte ich rechts und links weit ausgestreckt, dieses Bedecken und gleichsam Umfassen möglichst viel Bodens rings um mich schien mir ein wenig Gleichgewicht oder richtiger, ein wenig Trost zu geben. Aber tatsächlich merkte ich zu meinem Erstaunen, daß dieser Boden mir irgendwie förmlich behilflich war, er war glatt und ohne jeden Halt, aber es war kein kalter Boden, irgendeine Wärme strömte aus ihm zu mir, aus mir zu ihm hinüber, es gab eine Verbindung, die nicht durch Hände und Füße herzustellen war, aber bestand und festhielt.

Die Grundschwäche des Menschen besteht nicht etwa darin, daß er nicht siegen, sondern daß er den Sieg nicht ausnützen kann. Die Jugend besiegt alles, den Urtrug, die versteckte Teufelei, aber es ist niemand da, der den Sieg auffangen könnte, lebendig machen könnte, denn dann ist auch schon die Jugend vorüber. Das Alter wagt an den Sieg nicht mehr zu rühren und die neue Jugend, gequält von dem gleich einsetzenden neuen Angriff, will ihren eigenen Sieg. So wird der Teufel zwar immerfort besiegt, aber niemals vernichtet.

Die immer Mißtrauischen sind Menschen, welche annehmen, daß neben dem großen Urbetrug noch in jedem Fall eigens für sie ein kleiner besonderer Betrug veranstaltet wird, daß also, wenn ein Liebesspiel auf der Bühne aufgeführt wird, die Schauspielerin, außer dem verlogenen Lächeln für ihren Geliebten, auch noch ein besonders hinterhältiges Lächeln für den ganz bestimmten Zuschauer auf der letzten Galerie hat. Dummer Hochmut. Kannst du denn etwas anderes kennen als Betrug? Denn wird einmal der Betrug vernichtet, darfst du ja nicht hinsehn oder du wirst zur Salzsäule.
Ich war fünfzehn Jahre alt, als ich in der Stadt als Lehrjunge in ein Geschäft eintrat. Es war für mich nicht leicht gewesen, irgendwo aufgenommen zu werden, ich hatte zwar befriedigende Zeugnisse, war aber sehr klein und schwach. Der Chef, der in einem engen fensterlosen Kontor hinter einer scharfen elektrischen Lampe bei seinem Schreibtisch saß, den einen Arm irgendwie in die Rückenlehne des Stuhles eingehakt, den Daumen fest in der Westentasche, den Kopf möglichst weit von mir weg zurückgelehnt, das Kinn auf der Brust, prüfte mich und fand mich nicht geeignet: »Du bist«, sagte er kopfschüttelnd, »zu schwach, um Pakete zu tragen und ich brauche nur einen Jungen, der schwere Pakete tragen kann.« »Ich werde mich anstrengen«, sagte ich, »auch werde ich ja noch stärker werden.« – Endlich wurde ich, eigentlich nur aus Mitleid, in einem Eisengeschäft aufgenommen. Es war ein düsteres kleines Hofgeschäft und ich hatte Lasten zu tragen, die für meine Kräfte viel zu schwer waren, aber doch war ich sehr zufrieden, eine Stelle zu haben.

»Der große Schwimmer! Der große Schwimmer!« riefen die Leute. Ich kam von der Olympiade in Antwerpen, wo ich einen Weltrekord im Schwimmen erkämpft hatte. Ich stand auf der Freitreppe des Bahnhofes meiner Heimatstadt – wo ist sie? – und blickte auf die in der Abenddämmerung undeutliche Menge. Ein Mädchen, dem ich flüchtig über die Wange strich, hängte mir flink eine Schärpe um, auf der in einer fremden Sprache stand: Dem olympischen Sieger. Ein Automobil fuhr vor, einige Herren drängten mich hinein, zwei Herren fuhren auch mit, der Bürgermeister und noch jemand. Gleich waren wir in einem Festsaal, von der Galerie herab sang ein Chor als ich eintrat, alle Gäste, es waren Hunderte, erhoben sich und riefen im Takt einen Spruch, den ich nicht genau verstand. Links von mir saß ein Minister, ich weiß nicht, warum mich das Wort bei der Vorstellung so erschreckte, ich maß ihn wild mit den Blicken, besann mich aber bald, rechts saß die Frau des Bürgermeisters, eine üppige Dame, alles an ihr, besonders in der Höhe der Brüste, erschien mir voll Rosen und Straußfedern. Mir gegenüber saß ein dicker Mann mit auffallend weißem Gesicht, seinen Namen hatte ich bei der Vorstellung überhört, er hatte die Ellbogen auf den Tisch gelegt – es war ihm besonders viel Platz gemacht worden – sah vor sich hin und schwieg, rechts und links von ihm saßen zwei schöne blonde Mädchen, lustig waren sie, immerfort hatten sie etwas zu erzählen und ich sah von einer zur andern.

Weiterhin konnte ich trotz der reichen Beleuchtung die Gäste nicht scharf erkennen, vielleicht weil alles in Bewegung war, die Diener umherliefen, die Speisen gereicht, die Gläser gehoben wurden, vielleicht war alles sogar allzusehr beleuchtet. Auch war eine gewisse Unordnung – die einzige übrigens – die darin bestand, daß einige Gäste, besonders Damen, mit dem Rücken zum Tisch gekehrt saßen, und zwar so, daß nicht etwa die Rückenlehne des Sessels dazwischen war, sondern der Rücken den Tisch fast berührte. Ich machte die Mädchen mir gegenüber darauf aufmerksam, aber während sie sonst so gesprächig waren, sagten sie diesmal nichts, sondern lächelten mich nur mit langen Blicken an. Auf ein Glockenzeichen – die Diener erstarrten zwischen den Sitzreihen – erhob sich der Dicke gegenüber und hielt eine Rede. Warum nur der Mann so traurig war! Während der Rede betupfte er mit dem Taschentuch das Gesicht; das wäre ja hingegangen; bei seiner Dicke, der Hitze im Saal, der Anstrengung des Redens wäre das verständlich gewesen, aber ich merkte deutlich, daß das Ganze nur eine List war, die verbergen sollte, daß er sich die Tränen aus den Augen wischte. Dabei blickte er immerfort mich an, aber so als sähe er nicht mich, sondern mein offenes Grab. Nachdem er geendet hatte, stand natürlich ich auf und hielt auch eine Rede. Es drängte mich geradezu zu sprechen, denn manches schien mir hier und wahrscheinlich auch anderswo der öffentlichen und offenen Aufklärung bedürftig, darum begann ich:

Geehrte Festgäste! Ich habe zugegebenermaßen einen Weltrekord, wenn Sie mich aber fragen würden, wie ich ihn erreicht habe, könnte ich Ihnen nicht befriedigend antworten. Eigentlich kann ich nämlich gar nicht schwimmen. Seit jeher wollte ich es lernen, aber es hat sich keine Gelegenheit dazu gefunden. Wie kam es nun aber, daß ich von meinem Vaterland zur Olympiade geschickt wurde? Das ist eben auch die Frage, die mich beschäftigt. Zunächst muß ich feststellen, daß ich hier nicht in meinem Vaterland bin und trotz großer Anstrengung kein Wort von dem verstehe, was hier gesprochen wird. Das Naheliegendste wäre nun, an eine Verwechslung zu glauben, es liegt aber keine Verwechslung vor, ich habe den Rekord, bin in meine Heimat gefahren, heiße so wie Sie mich nennen, bis dahin stimmt alles, von da ab aber stimmt nichts mehr, ich bin nicht in meiner Heimat, ich kenne und verstehe Sie nicht. Nun aber noch etwas, was nicht genau, aber doch irgendwie der Möglichkeit einer Verwechslung widerspricht: es stört mich nicht sehr, daß ich Sie nicht verstehe, und auch Sie scheint es nicht sehr zu stören, daß Sie mich nicht verstehen. Von der Rede meines geehrten Herrn Vorredners glaube ich nur zu wissen, daß sie trostlos traurig war, aber dieses Wissen genügt mir nicht nur, es ist mir sogar noch zuviel. Und ähnlich verhält es sich mit allen Gesprächen, die ich seit meiner Ankunft hier geführt habe. Doch kehren wir zu meinem Weltrekord zurück.

Eine teilweise Erzählung. Vor dem Eingang des Hauses stehn zwei Männer, sie scheinen ganz willkürlich angezogen, das meiste, was sie anhaben, sind Lumpen, schmutzig, zerrissen, in Fransen, aber einzelnes ist wieder sehr gut erhalten, der eine hat einen neuen hohen Kragen mit seidener Krawatte, der andere eine feine Nankinghose, breit geschnitten, nach unten schmäler, über den Stiefeln zart umgekrempelt. Sie unterhalten sich und verstellen die Tür. Es kommt ein Mann, scheinbar ein Landgeistlicher in mittlern Jahren, groß, fest, starkhalsig, gerade hin und her schwankend auf seinen steifen Beinen. Er will eintreten, es ist eine dringende Angelegenheit, wegen der er kommt. Aber die zwei bewachen den Eingang, der eine zieht aus seiner Hose eine Uhr an langer Goldkette – es scheinen einige aneinander befestigte Ketten zu sein – es ist noch nicht neun Uhr, vor zehn darf aber niemand eingelassen werden. Dem Geistlichen ist das sehr ungelegen, aber die zwei Männer unterhalten sich schon wieder weiter. Der Geistliche sieht sie ein Weilchen an, scheint die Nutzlosigkeit weitern Bittens zu erkennen, geht auch schon ein paar Schritte weiter, da bekommt er einen Einfall und kehrt wieder zurück. Ob die Herren denn eigentlich wüßten, zu wem er gehen wolle? Zu seiner Schwester Rebekka Zoufal, einer alten Dame, die mit ihrer Bedienerin im zweiten Stock wohnt. Das hatten die Wächter allerdings nicht gewußt, jetzt haben sie nichts mehr dagegen, daß der Geistliche eintritt, sie machen sogar eine Art förmlicher Verbeugung, als er zwischen ihnen durchgeht. Als der Geistliche im Flur ist, muß er unwillkürlich lächeln, daß es so leicht war, die zwei zu überlisten. Flüchtig blickt er noch einmal zurück, zu seinem Staunen sieht er, daß die Wächter eben Arm in Arm fortgehn. Sollten sie nur seinetwegen dagestanden haben? Es wäre, soweit der Überblick des Geistlichen reicht, nicht ausgeschlossen. Er dreht sich völlig um, die Straße ist ein wenig belebter geworden, oft blickt einer der Passanten in den Flur herein, geradezu aufreizend scheint es dem Geistlichen, wie weit die Haustür mit ihren beiden Flügeln offensteht, es liegt eine Gespanntheit in diesem Offenstehn, als nehme die Tür damit einen Anlauf zu einem wütenden endgültigen Zuklappen. Da hört er seinen Namen rufen. »Arnold«, ruft es durch das Treppenhaus, eine dünne, sich überanstrengende Stimme, und gleich darauf klopft ihm ein Finger leicht auf den Rücken. Eine alte gebückte Frau steht da, ganz eingehüllt in ein dunkelgrünes, großmaschiges Gewebe und blickt ihn förmlich nicht mit den Augen, sondern mit einem langen schmalen Zahn an, der öde vereinzelt in ihrem Munde steht.

Weg davon, weg davon, wir ritten durch die Nacht. Sie war dunkel, mond- und sternlos und noch dunkler als sonst mond- und sternlose Nächte sind. Wir hatten einen wichtigen Auftrag, den unser Führer in einem versiegelten Brief bei sich trug. Aus Sorge, wir könnten den Führer verlieren, ritt hie und da einer von uns vor und tastete nach dem Führer, ob er noch da sei. Einmal, gerade als ich nachsah, war der Führer nicht mehr da. Wir erschraken nicht allzusehr, wir hatten es ja die ganze Zeit über gefürchtet. Wir beschlossen, zurückzureiten.

Die Stadt gleicht der Sonne, in einem mittlern Kreis ist alles Licht dicht gesammelt, es blendet, man verliert sich, man findet die Straßen, die Häuser nicht, man kommt, wenn man einmal eingetreten ist, förmlich nicht mehr hervor; in einem weitern viel größeren Kreisring ist noch immer eng, aber nicht mehr ununterbrochen ausgestrahltes Licht, es gibt dunkle Gäßchen, versteckte Durchhäuser, sogar ganz kleine

Plätze, die in Dämmerung und Kühle liegen; dann ein noch größerer Kreisring, hier ist das Licht schon so zerstreut, daß man es suchen muß, große Stadtflächen stehen hier nur in kaltem grauem Schein, und dann endlich schließt sich das offene Land an, mattfarbig, spätherbstlich, kahl, kaum einmal durchzuckt von einer Art Wetterleuchten.

In dieser Stadt ist fortwährend früher, noch kaum beginnender Morgen, der Himmel ein ebenmäßiges, kaum sich lichtendes Grau, die Straßen leer, rein und still, irgendwo bewegt sich langsam ein Fensterflügel, der nicht befestigt worden ist, irgendwo wehn die Enden eines Tuches, das über ein Balkongeländer in einem letzten Stockwerk gebreitet ist, irgendwo flattert leicht ein Vorhang in einem offenen Fenster, sonst gibt es keine Bewegung.

Dem berühmten Dresseur Burson wurde einmal ein Tiger vorgeführt; er sollte sich über die Dressurfähigkeit des Tieres äußern. In den Dressurkäfig, der die Ausmaße eines Saals hatte – er stand in einem großen Barackenhain weit vor der Stadt – wurde der kleine Käfig mit dem Tiger geschoben. Die Wärter entfernten sich, Burson wollte bei jeder ersten Begegnung mit einem Tier völlig allein sein. Der Tiger lag still, er war eben reichlich gefüttert worden. Ein wenig gähnte er, sah müde die neue Umgebung an und schlief gleich ein.

Es heißt in einer unserer alten Schriften:

Diejenigen, welche das Leben verfluchen und deshalb das Nichtgeborenwerden oder das Überwinden des Lebens für das größte oder für das einzige täuschungslose Glück halten, müssen recht haben, denn das Urteil über das Leben …

Aus der alten Geschichte unseres Volkes werden schreckliche Strafen berichtet. Damit ist allerdings nichts zur Verteidigung des gegenwärtigen Strafsystems gesagt.
Ein Mann bezweifelte die göttliche Abstammung des Kaisers, er behauptete, der Kaiser sei mit Recht unser oberster Herr, bezweifelte nicht die göttliche Sendung des Kaisers, die war ihm sichtbar, nur die göttliche Abstammung bezweifelte er. Viel Aufsehen machte das natürlich nicht; wenn die Brandung einen Wassertropfen ans Land wirft, stört das nicht den ewigen Wellengang des Meeres, es ist vielmehr von ihm bedingt.

Vor einen Richter der kaiserlichen Stadt wurde ein Mann gebracht, der die göttliche Abstammung des Kaisers leugnete. Er war aus seiner Heimat wochenlang von Soldaten transportiert worden, konnte vor Müdigkeit kaum sitzen, war hohlwangig und …

Man schämt sich zu sagen, womit der kaiserliche Oberst unser Bergstädtchen beherrscht. Seine wenigen Soldaten wären, wenn wir wollten, gleich entwaffnet, Hilfe für ihn käme, selbst wenn er sie rufen könnte – aber wie könnte er das? – tage- ja wochenlang nicht. Er ist also völlig auf unsern Gehorsam angewiesen, sucht ihn aber weder durch Tyrannei zu erzwingen, noch durch Herzlichkeit zu erschmeicheln. Warum dulden wir also seine verhaßte Regierung? Es ist zweifellos: nur seines Blicke wegen. Wenn man in sein Arbeitszimmer kommt, vor einem Jahrhundert war es der Beratungssaal unserer Ältesten, sitzt er in Uniform an dem Schreibtisch, die Feder in der Hand. Förmlichkeiten oder gar Komödiespielen liebt er nicht, er schreibt also nicht etwa weiter und läßt den Besucher warten, sondern unterbricht die Arbeit sofort und lehnt sich zurück, die Feder allerdings behält er in der Hand. Nun sieht er zurückgelehnt, die Linke in der Hosentasche, den Besucher an. Der Bittsteller hat den Eindruck, daß der Oberst mehr sieht als nur ihn, den für ein Weilchen aus der Menge aufgetauchten Unbekannten, denn warum würde ihn denn der Oberst so genau und lange und stumm ansehen. Es ist auch kein scharfer prüfender, sich einbohrender Blick, wie man ihn vielleicht auf einen Einzelnen richten kann, sondern es ist ein nachlässiger, schweifender, allerdings aber unablässiger Blick, ein Blick, mit dem man etwa die Bewegungen einer Menschenmenge in der Ferne beobachten würde. Und dieser lange Blick ist ununterbrochen begleitet von einem unbestimmten Lächeln, das bald Ironie, bald träumendes Erinnern zu sein scheint.

Ein Umschwung. Lauernd, ängstlich, hoffend umschleicht die Antwort die Frage, sucht verzweifelt in ihrem unzugänglichen Gesicht, folgt ihr auf den sinnlosesten (das heißt von der Antwort möglichst wegstrebenden) Wegen.

Ein Abend im Herbst, klar und kühl. Irgend jemand, undeutlich in Bewegungen, Kleidung und Umriß, tritt aus dem Haus und will gleich rechts abbiegen. Die Hausmeisterin in einem alten weiten Damenmantel steht an eine Säule des Tores gelehnt und flüstert ihm etwas zu. Er überlegt einen Augenblick, schüttelt dann aber den Kopf und geht. Beim Überschreiten der Fahrbahn kommt er aus Unachtsamkeit der Elektrischen in den Weg und sie durchfährt ihn. Im Schmerz zieht er sein Gesicht klein zusammen und spannt alle Muskeln so, daß er, nachdem die Elektrische vorüber ist, die Spannung kaum wieder lösen kann. Er steht noch ein Weilchen still und sieht, wie bei der nächsten Haltestelle ein Mädchen aussteigt, mit der Hand zurückwinkt, ein paar Schritte zurückzulaufen beginnt, stockt und wieder in die Elektrische einsteigt. Als er an einer Kirche vorübergeht, steht oben an einer Freitreppe ein Geistlicher, streckt ihm die Hand entgegen und beugt sich so weit vor, daß fast die Gefahr des Nach-vornüber-Fallens besteht. Er aber erfaßt die Hand nicht, er ist ein Gegner der Missionäre, auch ärgern ihn die Kinder, die sich auf der Treppe wie auf einem Spielplatz herumtreiben und unanständige Redensarten einander zurufen, die sie natürlich nicht verstehen können und an denen sie nur saugen, da sie nichts Besseres haben – er knöpft seinen Rock hoch zu und geht weiter.

Auf der Freitreppe der Kirche treiben sich die Kinder herum wie auf einem Spielplatz und rufen einander unanständige Redensarten zu, die sie natürlich nicht verstehen können und an denen sie nur saugen, wie Säuglinge am Lutscher. Der Geistliche kommt heraus, streicht hinten die Kutte glatt und setzt sich auf eine Stufe. Es liegt ihm daran, die Kinder zu beruhigen, denn ihr Geschrei ist auch in der Kirche zu hören. Es gelingt ihm aber nur hie und da, ein Kind an sich zu ziehn, die Menge entweicht ihm immer wieder und spielt weiter unbekümmert um ihn. Den Sinn dieses Spieles kann er nicht erkennen, auch nicht den entferntesten kindlichen Sinn sieht er. Wie Spielbälle, die man gegen den Boden schlägt, so hüpfen sie unermüdlich und scheinbar ohne Anstrengung auf allen Stufen und haben keine Verbindung miteinander als jene Zurufe, es ist einschläfernd. Wie aus beginnendem Schlaf greift der Geistliche nach dem nächsten Kind, einem kleinen Mädchen, knöpft ihr vorn oben das Kleidchen ein wenig auf – sie schlägt ihm dafür im Scherz leicht auf die Wange – erblickt dort irgendein Zeichen, das er nicht erwartet oder vielleicht sogar erwartet hat, ruft Ah!, stößt das Kind fort, ruft Pfui und spuckt aus und macht ein großes Kreuz in die Luft und will eilig in die Kirche zurück. Da trifft er in der Tür mit einer zigeunerartigen jungen Frau zusammen, sie ist bloßfüßig, hat einen weißgemusterten roten Rock, eine weiße, hemdartige, vorn nachlässig offene Bluse und wild verschlungene braune Haare. »Wer bist du?« ruft er, in der Stimme noch die Erregung wegen der Kinder. »Deine Frau Emilie«, sagt sie leise und legt sich langsam an seine Brust. Er schweigt und horcht auf ihren Herzschlag.

Es war ein gewöhnlicher Tag; er zeigte mir die Zähne; auch ich war von Zähnen gehalten und konnte mich ihnen nicht entwinden; ich wußte nicht, wodurch sie mich hielten, denn sie waren nicht zusammengebissen; ich sah sie auch nicht in den zwei Reihen des Gebisses, sondern nur hier einige, dort einige. Ich wollte mich an ihnen festhalten und mich über sie hinwegschwingen, aber es gelang mir nicht.

Du bist zu spät gekommen, eben war er hier, im Herbst bleibt er nicht lange auf einem Platz, es lockt ihn auf die dunklen unumgrenzten Felder hinaus, er hat etwas von Krähenart. Willst du ihn sehn, fliege zu den Feldern, dort ist er gewiß.

Du sagst, daß ich noch weiter hinuntergehen soll, aber ich bin doch schon sehr tief, aber, wenn es so sein muß, will ich hier bleiben. Was für ein Raum! Es ist wahrscheinlich schon der tiefste Ort. Aber ich will hier bleiben, nur zum weiteren Hinabsteigen zwinge mich nicht.

Ich war der Figur gegenüber wehrlos, ruhig saß sie beim Tisch und blickte auf die Tischplatte. Ich ging im Kreis um sie herum und fühlte mich von ihr gewürgt. Um mich ging ein dritter herum und fühlte sich von mir gewürgt. Um den dritten ging ein vierter herum und fühlte sich von ihm gewürgt. Und so setzte es sich fort bis zu den Bewegungen der Gestirne und darüber hinaus. Alles fühlt den Griff am Hals.

In welcher Gegend ist es? Ich kenne sie nicht. Alles entspricht dort einander, sanft geht alles ineinander über. Ich weiß, daß diese Gegend irgendwo ist, ich sehe sie sogar, aber ich weiß nicht, wo sie ist, und ich kann mich ihr nicht nähern.

Mit stärkstem Licht kann man die Welt auflösen. Vor schwachen Augen wird sie fest, vor noch schwächeren bekommt sie Fäuste, vor noch schwächeren wird sie schamhaft und zerschmettert den, der sie anzuschauen wagt.

Es war ein kleiner Teich, dort tranken wir, Bauch und Brust an der Erde, die Vorderbeine müde vor Trinkseligkeit ins Wasser getaucht. Wir mußten aber bald zurück, der Besonnenste riß sich los und rief. »Zurück, Brüder!«

Dann liefen wir zurück. »Wo wart ihr?« wurden wir gefragt. »Im Wäldchen.« »Nein, ihr wart beim Teich.« »Nein, wir waren nicht dort.« »Ihr trieft ja noch von Wasser, ihr Lügner!«

Und die Peitschen begannen zu spielen. Wir liefen durch die langen mondscheinerfüllten Korridore, hie und da wurde einer getroffen und sprang hoch vor Schmerz. In der Ahnengalerie war die Jagd zu Ende, die Tür wurde zugeschlagen, man ließ uns allein. Wir waren noch alle durstig, wir leckten einander gegenseitig das Wasser von Fell und Gesicht, manchmal bekam man statt Wasser Blut auf die Zunge, das war von den Peitschenhieben.

Nur ein Wort. Nur eine Bitte. Nur ein Bewegen der Luft. Nur ein Beweis, daß du noch lebst und wartest. Nein, keine Bitte, nur ein Atmen, kein Atmen, nur ein Bereitsein, kein Bereitsein, nur ein Gedanke, kein Gedanke, nur ruhiger Schlaf.

Im alten Beichtstuhl. Ich weiß, wie er trösten wird, ich weiß, was er gestehen wird. Das sind kleine Dinge, Handelsgeschäfte im Winkel, der tägliche Lärm vom Morgen zum Abend.

Ich suchte meinen Besitz zusammen. Es war sehr wenig, aber es waren genau umrissene feste, jeden sofort überzeugende Dinge. Es waren sechs bis sieben Stücke, ich sage sechs bis sieben, weil sechs davon zweifellos nur mir gehörten, das siebte aber auch einem Freund gehört hatte, der allerdings vor vielen Jahren unsere Stadt verlassen hatte und seitdem verschollen war. So konnte man also wohl sagen, daß auch dieses siebte Stück mir gehörte.

Trotzdem diese Stücke recht einzigartig waren, hatten sie keinen großen Wert.

Die Klage ist sinnlos (wem klagt er?), der Jubel ist lächerlich (das Kaleidoskop im Fenster). Offenbar will er doch nur Vorbeter sein, aber dann ist das Jüdische unanständig, dann genügt doch für die Klage, wenn er sein Leben lang wiederholt »Ich-Hund, ich-Hund und so fort« und wir alle werden ihn verstehn, für das Glück aber genügt das Schweigen nicht nur, sondern es ist das einzig Mögliche.

»Es ist keine öde Mauer, es ist zur Mauer zusammengepreßtes süßestes Leben, Rosinentrauben an Rosinentrauben.« »Ich glaube es nicht.« »Koste davon.« »Ich kann vor Nichtglauben die Hand nicht heben.« »Ich werde dir die Traube zum Mund reichen.«

»Ich kann sie vor Nichtglauben nicht schmecken.« »Dann versinke!« »Sagte ich nicht, daß man vor der Öde dieser Mauer versinken muß?«

Ich kann schwimmen wie die andern, nur habe ich ein besseres Gedächtnis als die andern, ich habe das einstige Nicht-schwimmen-können nicht vergessen. Da ich es aber nicht vergessen habe, hilft mir das Schwimmenkönnen nichts und ich kann doch nicht schwimmen.

Noch ein kleiner Schmuck auf dieses Grab. Es sei schon genug geschmückt? Ja, aber da mir die Dinge so leicht von der Hand gehn, …

Es ist das Tier mit dem großen Schweif, einem viele Meter langen, fuchsartigen Schweif. Gern bekäme ich den Schweif einmal in die Hand, aber es ist unmöglich, immerfort ist das Tier in Bewegung, immerfort wird der Schweif herumgeworfen. Das Tier ist känguruhartig, aber uncharakteristisch im fast menschlich flachen, kleinen, ovalen Gesicht, nur seine Zähne haben Ausdruckskraft, ob es sie nun verbirgt oder fletscht. Manchmal habe ich das Gefühl, daß mich das Tier dressieren will; was hätte es sonst für einen Zweck, mir den Schwanz zu entziehn, wenn ich nach ihm greife, dann wieder ruhig zu warten, bis es mich wieder verlockt, und dann von neuem weiterzuspringen.

In Voraussicht des Kommenden hatte ich mich in eine Zimmerecke geduckt und das Kanapee quer geschoben. Kam jetzt jemand herein, mußte er mich eigentlich für närrisch halten, aber der, welcher kam, tat es doch nicht. Aus seinem hohen Schaftstiefel zog er eine Hundepeitsche, schwang sie im Kreis um sich, hob und senkte sich auf den breit auseinander stehenden Beinen und rief: »Heraus aus dem Winkel! Wie lange noch?«

Es trieb sich ein Leichenwagen im Land herum, er hatte eine Leiche aufgeladen, lieferte sie aber auf dem Friedhof nicht ab, der Kutscher war betrunken und glaubte, er führe einen Kutschwagen, aber auch wohin er mit diesem fahren sollte, hatte er vergessen. So fuhr er durch die Dörfer, hielt vor den Wirtshäusern und hoffte, wenn ihm hie und da die Sorge nach dem Reiseziel aus der Trunkenheit aufblitzte, von guten Leuten einmal alles Nötige zu erfahren. So hielt er einmal vor dem ›Goldenen Hahn‹ und ließ sich einen Schweinebraten …

Ich sehe in der Ferne eine Stadt, ist es die, welche du meinst?

Es ist möglich, doch verstehe ich nicht, wie du dort eine Stadt erkennen kannst, ich sehe dort etwas erst, seitdem du mich darauf aufmerksam gemacht hast, und auch nicht mehr als einige undeutliche Umrisse im Nebel.

O ja, ich sehe es, es ist ein Berg mit einer Burg oben und dorfartiger Besiedelung auf den Abhängen.

Dann ist es jene Stadt, du hast recht, sie ist eigentlich ein großes Dorf. Immer wieder verirre ich mich, es ist ein Waldweg, aber deutlich erkennbar, nur über ihn führt die Aussicht auf einen Himmelsstreifen, überall sonst ist der Wald dicht und dunkel. Und doch das fortwährende verzweifelte Verirren und außerdem: mache ich einen Schritt vom Weg, bin ich gleich tausend Schritt im Wald, verlassen, daß ich umfallen möchte und liegenbleiben für immer.

»Immerfort sprichst du vom Tod und stirbst doch nicht.«

»Und doch werde ich sterben. Ich sage eben meinen Schlußgesang. Des einen Gesang ist länger, des andern Gesang ist kürzer. Der Unterschied kann aber immer nur wenige Worte ausmachen.«

Ein Wächter! Ein Wächter! Was bewachst du? Wer hat dich angestellt? Nur um eines, um den Ekel vor dir selbst bist du reicher als die Mauerassel, die unter dem alten Stein liegt und wacht.

Erreiche es nur, dich der Mauerassel verständlich zu machen. Hast du ihr einmal die Frage nach dem Zweck ihres Arbeitens beigebracht, hast du das Volk der Asseln ausgerottet.

Das Leben ist eine fortwährende Ablenkung, die nicht einmal zur Besinnung darüber kommen läßt, wovon sie ablenkt.

Daß noch der Konservativste die Radikalität des Sterbens aufbringt!

Die Unersättlichen sind manche Asketen, sie machen Hungerstreike auf allen Gebieten des Lebens und wollen dadurch gleichzeitig folgendes erreichen:

1. eine Stimme soll sagen: Genug, du hast genug gefastet, jetzt darfst du essen wie die andern und es wird nicht als Essen angerechnet werden.

2. die gleiche Stimme soll gleichzeitig sagen: jetzt hast du so lange unter Zwang gefastet, von jetzt an wirst du mit Freude fasten, es wird süßer als Speise sein (gleichzeitig aber wirst du auch wirklich essen),

3. die gleiche Stimme soll gleichzeitig sagen: Du hast die Welt besiegt, ich enthebe dich ihrer, des Essens und des Fastens (gleichzeitig aber wirst du sowohl fasten als essen).

Zudem kommt noch eine seit jeher zu ihnen redende unablässige Stimme: Du fastest zwar nicht vollständig, aber du hast den guten Willen und der genügt.

Du sagst, daß du es nicht verstehst. Such es zu verstehn, indem du es Krankheit nennst. Es ist eine der vielen Krankheitserscheinungen, welche die Psychoanalyse aufgedeckt zu haben glaubt. Ich nenne es nicht Krankheit und sehe in dem therapeutischen Teil der Psychoanalyse einen hilflosen Irrtum. Alle diese angeblichen Krankheiten, so traurig sie auch aussehn, sind Glaubenstatsachen, Verankerungen des in Not befindlichen Menschen in irgendwelchem mütterlichen Boden; so findet ja auch die Psychoanalyse als Urgrund der Religionen auch nichts anderes als was die ›Krankheiten‹ des Einzelnen begründet, allerdings fehlt heute die religiöse Gemeinschaft, die Sekten sind zahllos und meist auf Einzelpersonen beschränkt, aber vielleicht zeigt sich das so nur dem von der Gegenwart befangenen Blick. Solche Verankerungen, die wirklichen Boden fassen, sind aber doch nicht ein einzelner Besitz des Menschen, sondern in seinem Wesen vorgebildet und nachträglich sein Wesen (auch seinen Körper) noch weiter in dieser Richtung umbildend. Hier will man heilen?

In meinem Fall kann man sich drei Kreise denken, einen innersten A, dann B, dann C. Der Kern A erklärt dem B, warum dieser Mensch sich quälen und sich mißtrauen muß, warum er verzichten muß, warum er nicht leben darf. (War nicht zum Beispiel Diogenes in diesem Sinne schwerkrank? Wer von uns wäre nicht glücklich unter dem strahlenden Blick Alexanders gewesen? Diogenes aber bat ihn verzweifelt, die Sonne freizugeben. Dieses Faß war von Gespenstern voll.) C, dem handelnden Menschen, wird nicht mehr erklärt, ihm befiehlt bloß schrecklich B; C handelt unter strengstem Druck, aber mehr in Angst, als in Verständnis, er vertraut, er glaubt, daß A dem B alles erklärt und B alles richtig verstanden hat.

Ich saß an einem Tischchen vor der Tür einer Matrosenschenke, ein paar Schritte vor mir lag der kleine Hafen, es war schon gegen Abend. Ein schwerfälliges Fischerboot fuhr nahe vorüber, in dem einzigen Kajütenfenster war Lichtschein, auf Deck arbeitete ein Mann am Segelwerk, hielt dann inne und sah nach mir hin.

»Kannst du mich mitnehmen?« schrie ich. Er nickte deutlich. Ich war schon aufgesprungen, daß das Tischchen schaukelte und die Kaffeetasse hinabfiel und zerbrach, noch einmal fragte ich: »Antworte! Kannst du mich mitnehmen?« »Ja«, sagte er langhingezogen mit erhobenem Kopf.

»Leg an!« rief ich, »ich bin bereit.« »Soll ich dir deinen Koffer bringen?« fragte der Wirt, der herangetreten war. »Nein«, sagte ich, Abscheu ergriff mich, ich sah den Wirt an, als hätte er mich beleidigt. »Du willst mir doch nicht meinen Koffer bringen« ...

»Warum habt ihr noch nicht maschinellen Betrieb eingeführt«, fragte ich. »Die Arbeit ist zu fein dafür«, sagte der Aufseher. Er saß an einem Tischchen im Winkel des großen scheunenartigen Holzbaues; an einem aus dunkler Höhe kommenden Draht hing ganz nahe über dem Tisch, so daß der Aufseher fast mit dem Kopf an sie stieß, eine Glühlampe mit scharfem Licht. Auf dem Tisch lagen Lohnlisten, die der Aufseher durchrechnete.

»Ich störe Sie wohl«, sagte ich. »Nein«, sagte der Aufseher zerstreut, »ich habe aber noch Arbeit hier, wie Sie sehn.« »Warum hat man mich dann hergerufen«, sagte ich. »Was soll ich hier, mitten im Wald?« »Sparen Sie die Fragen«, sagte der Aufseher, der kaum zugehört hatte; dann merkte er aber die Unhöflichkeit, sah zu mir auf, lachte und sagte: »Das ist bei uns nämlich die gebräuchliche Redensart. Wir werden hier mit Fragen überlaufen. Aber arbeiten und Fragen beantworten kann man nicht gleichzeitig. Wer zu sehn versteht, muß nicht fragen. Übrigens werden Sie, wenn Sie sich für Technik interessieren, genug Unterhaltung haben. Horaz!« rief er dann in den dunklen Raum hinein, aus dem nur das Quietschen von ein oder zwei Sägen zu hören war.

Ein junger Mann trat hervor, ein wenig widerwillig wie mir schien. »Dieser Herr«, sagte der Aufseher und zeigte mit dem Federhalter auf mich, »bleibt über Nacht bei uns. Er will sich morgen den Betrieb ansehn. Gib ihm zu essen und führe ihn dann zu seinem Schlaflager. Hast du mich verstanden?« Horaz nickte, er war wohl etwas schwerhörig, wenigstens hielt er den Kopf zum Aufseher hinabgebeugt.

»Niemals ziehst du das Wasser aus der Tiefe dieses Brunnens.«
»Was für Wasser? Was für Brunnen?«
»Wer fragt denn?«
Stille.
»Was für eine Stille?«
Meine Sehnsucht waren die alten Zeiten,
meine Sehnsucht war die Gegenwart,
meine Sehnsucht war die Zukunft,
und mit alledem sterbe ich in einem Wächterhäuschen am Straßenrand,
einem aufrechten Sarg, seit jeher
einem Besitzstück des Staates.
Mein Leben habe ich damit verbracht,
mich zurückzuhalten, es zu zerschlagen.
Mein Leben habe ich damit verbracht, mich gegen die Lust zu wehren, es zu beenden.

Du mußt den Kopf durch die Wand stoßen. Sie zu durchstoßen ist nicht schwer, denn sie ist aus dünnem Papier. Schwer aber ist es, sich nicht dadurch täuschen zu lassen, daß es auf dem Papier schon äußerst täuschend aufgemalt ist, wie du die Wand durchstößt. Es verführt dich zu sagen: »Durchstoße ich sie nicht fortwährend?«

Ich kämpfe; niemand weiß es; mancher ahnt es, das ist nicht zu vermeiden; aber niemand weiß es. Ich erfülle meine täglichen Pflichten, ein wenig Zerstreutheit ist an mir auszusetzen, aber nicht viel. Natürlich kämpft jeder, aber ich kämpfe mehr als andere, die meisten kämpfen wie im Schlaf, so wie man im Traum die Hand bewegt, um eine Erscheinung zu vertreiben, ich aber bin vorgetreten und kämpfe unter überlegter sorgfältigster Ausnützung aller meiner Kräfte. Warum bin ich vorgetreten aus der für sich zwar lärmenden, aber in dieser Hinsicht beängstigend stillen Menge? Warum habe ich die Aufmerksamkeit auf mich gelenkt? Warum stehe ich jetzt auf der ersten Liste des Feindes? Ich weiß nicht. Ein anderes Leben schien mir nicht des Lebens wert. Soldatennaturen nennt die Kriegsgeschichte solche Menschen. Und doch ist es nicht so, ich hoffe nicht auf Sieg und mich freut nicht der Kampf als

Kampf, mich freut es nur als das einzige, was zu tun ist. Als solcher freut er mich allerdings mehr als ich in Wirklichkeit genießen kann, mehr als ich verschenken kann, vielleicht werde ich nicht am Kampf, sondern an dieser Freude zugrunde gehn.

Es sind fremde Leute und doch meine eigenen. Freigelassen reden sie, in der Bewußtlosigkeit des Freigelassenen, ein wenig berauscht, keinen Augenblick haben sie Zeit für ein Wiedererkennen. Wie ein Herr mit einem Herrn, so reden sie miteinander, jeder setzt bei dem andern Freiheit und selbständiges Verfügungsrecht voraus. Im Grunde aber haben sie sich nicht verändert, die Meinungen sind die gleichen geblieben, ebenso die Bewegungen, der Blick. Etwas ist allerdings anders, aber ich kann den Unterschied nicht fassen, rede ich von Freigelassen-sein ist es nur ein Erklärungsversuch aus Not. Warum sollten sie sich denn freigelassen fühlen? Alle Kreise und Unterordnungen sind erhalten, die Spannung zwischen jedem Einzelnen und allen ist unverletzt, jeder ist auf seinem Platz und für den Kampf, der ihm zugeteilt wird, so bereit, daß er sogar von nichts anderem spricht als davon, und frage man ihn, was man wolle. Worin liegt also der Unterschied, ich umschnuppere sie wie ein Hund und kann den Unterschied nicht finden.

Feldarbeiter fanden, als sie abends nach Hause gingen, unten auf der Straßenböschung einen alten ganz zusammengesunkenen Mann. Er duselte mit halb offenen Augen. Er machte zuerst den Eindruck eines schwer Betrunkenen, er war aber nicht betrunken. Auch krank schien er nicht zu sein, auch nicht von Hunger geschwächt, auch von Wunden nicht müde, wenigstens schüttelte er zu allen solchen Fragen den Kopf. »Wer bist du denn?« fragte man ihn schließlich. »Ich bin ein großer General«, sagte er ohne aufzuschauen. »Ach so«, sagte man, »also das ist dein Leiden.« »Nein«, sagte er, »ich bin es wirklich.« »Natürlich«, sagte man, »wie solltest du es denn sonst sein.« »Lacht wie ihr es versteht«, sagte er, »ich werde euch nicht strafen.« »Aber wir lachen doch nicht«, sagte man, »sei was du willst, sei Obergeneral, wenn du willst.« »Bin ich auch«, sagte er, »ich bin Obergeneral.« »Nun siehst du, wie wir das erkannt haben. Aber das kümmert uns nicht, wir wollten dich nur darauf aufmerksam machen, daß es in der Nacht stark frieren wird und daß du deshalb von hier fortgehn sollst.« »Ich kann nicht fortgehn und ich wüßte auch nicht, wohin ich gehn sollte.« »Warum kannst du denn nicht gehn?« »Ich kann nicht gehn, ich weiß nicht warum. Wenn ich gehn könnte, wäre ich ja im gleichen Augenblick wieder General inmitten meines Heeres.« »Sie haben dich wohl hinausgeworfen?« »Einen General? Nein, ich bin hinuntergefallen.« »Von wo denn?« »Vom Himmel.« »Von dort oben?« »Ja.« »Dort oben ist dein Heer?« »Nein. Aber ihr fragt zuviel. Geht fort und laßt mich.«

Konsolidierung. Wir waren fünf Angestellte im Geschäft, der Buchhalter, ein kurzsichtiger schwermütiger Mann, der über dem Hauptbuch ausgebreitet lag wie ein Frosch, still, nur von einem mühseligen Atem schwach gehoben und gesenkt, dann der Kommis, ein kleiner Mann mit breiter Turnerbrust, nur eine Hand brauchte er auf dem

Pult aufzustützen und schwang sich hinüber leicht und schön, nur sein Gesicht war dabei ernst und blickte streng ringsum. Dann hatten wir ein Ladenmädchen, ein älteres Fräulein, schmal und zart, mit anliegendem Kleid, meist hielt sie den Kopf zur Seite geneigt und lächelte mit den dünnen Lippen ihres großen Mundes. Ich, der Lehrjunge, der nicht viel mehr zu tun hatte, als mit dem Staubtuch am Pult sich herumzudrücken, hatte oft Lust, die Hand unseres Fräuleins, eine lange schwache, eingetrocknete holzfarbige Hand, wenn sie nachlässig und selbstvergessen auf dem Pult lag, zu streicheln oder gar zu küssen oder – dies wäre das Höchste gewesen – das Gesicht dort, wo es so gut war, ruhn zu lassen und nur hie und da die Lage zu ändern, damit Gerechtigkeit sei und jede Wange diese Hand auskoste. Aber das geschah niemals, vielmehr streckte das Fräulein, wenn ich näher kam, eben diese Hand aus und wies mir eine neue Arbeit an, irgendwo in einem fernen Winkel oder oben auf der Leiter. Dieses letztere war besonders unangenehm, denn oben war von den offenen Gasflammen, mit denen wir leuchteten, bedrückend heiß, auch war ich nicht schwindelfrei, mir war dort oft übel, ich steckte dort manchmal unter dem Vorwand besonders gründlicher Reinigung meinen Kopf in ein Regalfach und weinte ein kleines Weilchen oder ich hielt, wenn niemand hinaufsah, eine kurze stumme Ansprache an das Fräulein unten und machte ihr große Vorwürfe, ich wußte zwar, daß sie bei weitem nicht, weder hier noch anderswo, die entscheidende Macht hatte, aber ich glaubte irgendwie, sie könnte diese Macht haben, wenn sie wollte, und sie dann zu meinen Gunsten benützen. Aber sie wollte nicht, sie übte ja nicht einmal die Macht aus, die sie hatte. Sie war zum Beispiel die einzige des Personals, welcher der Geschäftsdiener ein wenig folgte, sonst war er der eigenwilligste Mensch, gewiß, er war der älteste im Geschäft, noch unter dem alten Chef hatte er gedient, so vieles hatte er hier mitgemacht, wovon wir andern keine Ahnung hatten, aber er zog aus alledem den falschen Schluß, daß er alles besser verstehe als die andern, daß er zum Beispiel nicht nur ebenso gut, sondern viel besser als der Buchhalter die Bücher führen könne, besser als der Kommis die Kundschaft bedienen könne und so fort, und daß er nur aus freiwilligem Entschluß die Geschäftsdienerstelle übernommen habe, weil sich für sie niemand sonst, nicht einmal ein Unfähiger, gefunden habe. Und so quälte er sich, der gar nicht sehr stark gewesen sein dürfte und jetzt schon nur ein Wrack war, seit vierzig Jahren mit dem Handkarren, den Kisten und Paketen. Er hatte es freiwillig übernommen, aber das hatte man vergessen, neue Zeiten waren gekommen, man erkannte ihn nicht mehr an, und während rings um ihn im Geschäft die ungeheuerlichsten Fehler gemacht wurden, mußte er, ohne daß man ihn eingreifen ließ, die Verzweiflung darüber hinunterwürgen und überdies an seine schwere Arbeit gefesselt bleiben.

Den Kopf hat er zur Seite geneigt, in dem dadurch freigelegten Hals ist eine Wunde, siedend in brennendem Blut und Fleisch, geschlagen durch einen Blitz, der noch andauert.

Im Bett, das Knie ein wenig gehoben, im Faltenwurf der Decke daliegend, riesig wie eine steinerne Figur zur Seite der Freitreppe eines öffentlichen Gebäudes, starr in der lebendig vorbeitreibenden Menge und doch mit ihr in einer fernen, in ihrer Ferne kaum zu fassenden Beziehung.

In einem Land betet man nur zu einer einzigen Gruppe von Gottheiten, man nennt sie: die zusammengebissenen Zähne. Ich war gestern in ihrem Tempel. Ein Geistlicher empfing mich an der Freitreppe. Eine gewisse Weihe ist nötig, ehe man eintreten darf. Sie wird dadurch gegeben, daß der Geistliche dem Besucher, der den Kopf neigt, mit seinen harten Fingerspitzen kurz hinten am Hals hinabstreicht. Dann betritt man den Vorraum, er ist überfüllt mit Opfergeschenken. Der Vorhof und das Heiligtum ist allen zugänglich, der innerste Raum aber nur den Geistlichen und den Ungläubigen. »Du wirst nicht viel sehn«, sagt der Geistliche und lächelt, »aber du kannst mitkommen.«

Wie groß der Kreis des Lebens ist, kann man daraus erkennen, daß einerseits die Menschheit, soweit sie zurückdenken kann, von Reden überfließt und daß andererseits Reden nur dort möglich ist, wo man lügen will.
Geständnis und Lüge ist das Gleiche. Um gestehen zu können, lügt man. Das, was man ist, kann man nicht ausdrücken, denn dieses ist man eben; mitteilen kann man nur das, was man nicht ist, also die Lüge. Erst im Chor mag eine gewisse Wahrheit liegen.

Es war eine Abendschule der Geschäfts-Lehrjungen, sie hatten einige kleine Rechenaufgaben bekommen, die sie jetzt schriftlich ausarbeiten mußten. Es war aber ein so großer Lärm in allen Bänken, daß niemand auch beim besten Willen rechnen konnte. Der stillste war der Lehrer oben auf dem Katheder, ein magerer junger Student, der krampfhaft irgendwie an der Überzeugung festhielt, daß die Schüler an ihrer Aufgabe arbeiteten und daß er deshalb mit seinen eigenen Studien sich beschäftigen dürfe, was er auch mit an die Ohren gepreßten Daumen tat. Da klopfte es, es war der Inspektor der Abendschulen. Die Jungen verstummten sofort, soweit das bei dem Losgelassensein aller ihrer Kräfte möglich war, der Lehrer legte das Klassenbuch über seine Hefte. Der Inspektor, noch ein junger Mann, nicht viel älter als der Student, sah mit müden, offenbar etwas kurzsichtigen Augen über die Klasse hin. Dann stieg er auf das Katheder, nahm das Klassenbuch, nicht um es zu öffnen, sondern um die Studienhefte des Lehrers bloßzulegen, winkte dann dem Lehrer, daß er sich setze und setzte sich halb neben ihn, halb ihm gegenüber auf den zweiten Sessel. Es ergab sich dann folgendes Gespräch, dem die ganze Klasse, die rückwärtigen Reihen waren aufgestanden, um besser zu sehn, aufmerksam zuhörte:

Inspektor: Hier wird also gar nichts gelernt. Den Lärm habe ich schon im untern Stockwerk gehört.

Lehrer: Es sind einige sehr unartige Jungen in der Klasse, die anderen aber arbeiten an einer Rechenaufgabe.

Inspektor: Nein, niemand arbeitet, es ist auch nicht anders möglich, wenn Sie hier oben sitzen und römisches Recht studieren.

Lehrer: Es ist wahr, ich habe die Zeit, während die Klasse schriftlich arbeitet, zum Studieren benützt, ich wollte mir die heutige Nachtarbeit ein wenig abkürzen, bei Tag habe ich keine Zeit zum Studieren.

Inspektor: Gut, das klingt ja ganz unschuldig, aber wir wollen näher zusehn. In welcher Schule sind wir hier?

Lehrer: In der Abendschule für Lehrjungen der Kaufmannsgenossenschaft.

Inspektor: Ist es eine hohe Schule oder eine niedrige?

Lehrer: Eine niedrige.

Inspektor: Vielleicht eine der niedrigsten?

Lehrer: ja, eine der niedrigsten.

Inspektor: Das ist richtig, es ist eine der niedrigsten. Sie ist niedriger als die Volksschulen, denn soweit der Lehrstoff nicht eine Wiederholung des Lehrstoffes der Volksschulen ist, also noch respektabel, handelt es sich um die winzigsten Anfangsgründe. Also wir alle, Schüler, Lehrer und ich, der Inspektor, arbeiten, oder vielmehr wir sollen unserer Pflicht gemäß an einer der niedrigsten Schulen arbeiten. Ist das vielleicht entehrend?

Lehrer: Nein, kein Lernen ist entehrend. Außerdem ist ja die Schule für die Jungen nur ein Durchgang.

Inspektor: Und für Sie?

Lehrer: Für mich eigentlich auch.

....

Es war keine Gefängniszelle, denn die vierte Wand war völlig frei. Die Vorstellung allerdings, daß auch diese Wand vermauert sein oder werden könnte, war entsetzlich, denn dann war ich bei dem Ausmaß des Raumes, der ein Meter tief war und nur wenig höher als ich, in einem aufrechten steinernen Sarg. Nur vorläufig war sie nicht vermauert, ich konnte die Hände frei hinausstrecken und, wenn ich mich an einer eisernen Klammer festhielt, die oben in der Decke stak, konnte ich auch den Kopf vorsichtig hinausbeugen, vorsichtig allerdings, denn ich wußte nicht, in welcher Höhe über dem Erdboden sich meine Zelle befand. Sie schien sehr hoch zu liegen, wenigstens sah ich in der Tiefe nichts als grauen Dunst, wie auch übrigens rechts und links und in der Ferne, nur nach der Höhe hin schien er sich ein wenig zu lichten. Es war eine Aussicht, wie man sie an einem trüben Tag auf einem Turm haben könnte.

Ich war müde und setzte mich vorn am Rand nieder, die Füße ließ ich hinunterbaumeln. Ärgerlich war es, daß ich ganz nackt war, sonst hätte ich Kleider und Wäsche aneinandergeknotet, oben an der Klammer befestigt und mich außen ein großes Stück unter meine Zelle hinablassen und vielleicht manches auskundschaften können. Andererseits war es gut, daß ich es nicht tun konnte, denn ich hätte es wohl in meiner Unruhe getan, aber es hätte sehr schlecht ausgehn können. Besser nichts haben und nichts tun.

In der Zelle, die sonst ganz leer war und kahle Mauern hatte, waren hinten zwei Löcher im Boden. Das Loch in der einen Ecke schien für die Notdurft bestimmt, vor dem Loch in der anderen Ecke lag ein Stück Brot und ein zugeschraubtes kleines Holzfäßchen mit Wasser, dort also wurde mir die Nahrung hereingesteckt.

Ich habe keine ursprüngliche Abneigung oder gar Furcht vor Schlangen. Erst jetzt nachträglich stellt sich die Furcht ein. Das ist aber bei meiner Lage vielleicht selbstverständlich. Zunächst gibt es doch in der ganzen Stadt außer in Sammlungen oder einzelnen Geschäften gar keine Schlangen, mein Zimmer ist aber voll von ihnen. Es fing damit an, daß ich abends bei meinem Tisch saß und einen Brief schrieb. Ich habe kein Tintenfaß und benütze eine große Tintenflasche. Gerade wollte ich wieder eintauchen, da sehe ich, wie aus dem Flaschenhals der kleine zarte platte Kopf einer Schlange ragt. Ihr Körper hängt in die Flasche hinab und verschwindet unten in der stark bewegten Tinte. Das war doch sehr merkwürdig, aber ich hörte gleich auf es anzustarren, als mir einfiel, daß es vielleicht eine Giftschlange sein könnte, was sehr wahrscheinlich war, denn sie züngelte verdächtig und ein drohender dreifarbiger Stern …

Es ist nicht so, daß du im Bergwerk verschüttet bist und die Massen des Gesteins dich schwachen Einzelnen von der Welt und ihrem Licht trennen, sondern du bist draußen und willst zu dem Verschütteten dringen und bist ohnmächtig gegenüber den Steinen, und die Welt und ihr Licht macht dich noch ohnmächtiger. Und jeden Augenblick erstickt der, den du retten willst, so daß du wie ein Toller arbeiten mußt, und niemals wird er ersticken, so daß du niemals mit der Arbeit wirst aufhören dürfen.

Es war eine kleine Gesellschaft auf der erhöhten Terrasse unter dem von Säulen getragenen Dach. Drei Stufen führten zum Garten hinab. Vollmond war und warme Juninacht. Alle waren sehr lustig, wir lachten über alles; wenn in der Ferne ein Hund bellte, lachten wir darüber.

»Sind wir auf dem richtigen Weg?« fragte ich unsern Führer, einen griechischen Juden. Er wandte mir im Licht der Fackel sein bleiches sanftes trauriges Gesicht zu. Ob wir auf dem richtigen Weg waren, schien ihm völlig gleichgültig. Wie kamen wir auch zu diesem Führer, der, statt uns hier durch die Katakomben von Rom zu führen, bisher nur schweigend mitging, wo wir gingen? Ich blieb stehn und wartete, bis unsere ganze Gesellschaft eng beisammen war. Ich fragte, ob niemand fehle; es wurde niemand vermißt. Ich mußte mich damit zufrieden geben, denn ich selbst kannte niemanden von ihnen; im Gedränge, Fremde, waren wir hinter dem Führer her in die Katakomben hinabgestiegen, erst jetzt suchte ich mit ihnen eine Art Bekanntschaft zu schließen.

Ich habe einen starken Hammer, aber ich kann ihn nicht benützen, denn sein Schaft glüht.

Viele umschleichen den Berg Sinai. Ihre Rede ist undeutlich, entweder sind sie redselig oder schreien sie oder sind sie verschlossen. Aber keiner von ihnen kommt geraden Weges herab auf einer breiten, neu entstandenen, glatten Straße, die ihrerseits die Schritte groß macht und beschleunigt.

Schreiben als Form des Gebetes.

Unterschied zwischen Zürau und Prag. Kämpfte ich damals nicht genug?

Kämpfte er nicht genug? Als er arbeitete, war er schon verloren; das wußte er, er sagte sich offen: wenn ich zu arbeiten aufhöre, bin ich verloren. War es also ein Fehler, daß er zu arbeiten anfing? Kaum.

Er glaubte eine Statue gemacht zu haben, aber er hatte nur immerfort in die gleiche Kerbe geschlagen aus Verbohrtheit, aber noch mehr aus Hilflosigkeit.

Die geistige Wüste. Die Leichen der Karawanen deiner früheren und deiner späteren Tage.

Nichts, nur Bild, nichts anderes, völlige Vergessenheit.

In der Karawanserei war niemals Schlaf, dort schlief niemand; aber wenn man dort nicht schlief, warum ging man hin? Um das Tragvieh ausruhn zu lassen. Es war nur ein kleiner Ort, eine winzige Oase, aber sie war ganz von der Karawanserei ausgefüllt und die war nun allerdings riesenhaft. Es war für einen Fremden, so schien es mir wenigstens, unmöglich, sich dort zurechtzufinden. Die Bauart verschuldete das auch. Man kam zum Beispiel in den ersten Hof, aus dem führten etwa zehn Meter voneinander entfernt zwei Rundbögen in einen zweiten Hof, man ging durch den einen Bogen und kam nun statt in einen neuen großen Hof, wie man erwartet hatte, auf einen kleinen finstern Platz zwischen himmelhohen Mauern, erst weit in der Höhe sah man beleuchtete Loggien. Nun glaubte man sich also geirrt zu haben und wollte in den ersten Hof zurückgehn, man ging aber zufällig nicht durch den Bogen zurück, durch den man gekommen war, sondern durch den zweiten nebenan. Aber nun war man doch nicht auf dem ersten Platz, sondern in einem andern viel größeren Hof voll Lärm, Musik und Viehgebrüll. Man hatte sich also geirrt, ging wieder auf den dunklen Platz zurück und durch den ersten Türbogen. Es half nichts, wieder war man auf dem zweiten Platz und man mußte durch einige Höfe sich durchfragen, ehe man wieder in den ersten Hof kam, den man doch eigentlich mit ein paar Schritten verlassen hatte. Unangenehm war nun, daß der erste Hof immer überfüllt war, dort konnte man kaum ein Unterkommen finden. Es sah fast so aus, als ob die Wohnungen im ersten Hof von ständigen Gästen besetzt seien, aber es konnte doch in Wirklichkeit nicht sein, denn hier wohnten nur Karawanen, wer hätte sonst in diesem Schmutz und Lärm leben wollen oder können, die kleine Oase gab ja nichts her als Wasser und war viele Meilen von größeren Oasen entfernt. Also ständig wohnen, leben wollen, konnte hier niemand, es wäre denn der Besitzer der Karawanserei und seine Angestellten, aber die habe ich, trotzdem ich einigemal dort gewesen bin, nie gesehn, auch nichts von ihnen gehört. Es wäre auch schwer vorzustellen gewesen, daß, wenn ein Besitzer vorhanden war, er solche Unordnung, ja Gewalttaten zugelassen hätte, wie sie dort üblich waren bei Tag und Nacht. Ich hatte vielmehr den Eindruck, daß die jeweilig stärkste Karawane dort herrschte und dann, nach der Stärke abgestuft, die andern. Allerdings alles wird dadurch nicht erklärt. Das große Eingangstor zum Beispiel war gewöhnlich fest verschlossen; es Karawanen zu öffnen, die kamen oder gingen, war immer eine geradezu feierliche Handlung, die man auf umständliche Weise erwirken mußte. Oft standen Karawanen draußen stundenlang im Sonnenbrand, ehe man sie einließ. Das war zwar offene Willkür, aber man kam ihr doch nicht auf den Grund. Man stand also draußen und hatte Zeit, die Umrahmung des alten Tores zu betrachten. Es waren rings um das Tor in zwei, drei Reihen Engel in Hochrelief, die Fanfaren bliesen; eines dieser Instrumente, gerade auf der Höhe der Torwölbung, ragte tief genug in die Toreinfahrt hinab. Die Tiere mußten immer vorsichtig herumgeführt werden, daß sie nicht daran schlugen, es war merkwürdig, insbesondere bei der Verfallenheit des ganzen Baus, daß diese allerdings schöne Arbeit gar nicht beschädigt war, nicht einmal von denen, die solange in ohnmächtigem Zorn vor dem Tor schon gewartet hatten. Vielleicht hängt es damit zusammen, daß …

Das ist ein Leben zwischen Kulissen. Es ist hell, das ist ein Morgen im Freien, dann wird gleich dunkel und es ist schon Abend. Das ist kein komplizierter Betrug, aber man muß sich fügen, solange man auf den Brettern steht. Nur ausbrechen darf man, wenn man die Kraft hat, gegen den Hintergrund zu, die Leinwand durchschneiden und zwischen den Fetzen des gemalten Himmels durch, über einiges Gerümpel hinweg in die wirkliche enge dunkle feuchte Gasse sich flüchten, die zwar noch immer wegen der Nähe des Theaters Theatergasse heißt, aber wahr ist und alle Tiefen der Wahrheit hat.

»Auf diesem Stück gekrümmten Wurzelholzes willst du jetzt Flöte spielen?«

»Ich hätte nicht daran gedacht, nur weil du es erwartest, will ich es tun.«

»Ich erwarte es?«

»Ja, denn im Anblick meiner Hände sagst du dir, daß kein Holz widerstehen kann, nach meinem Willen zu tönen.«

»Du hast recht.«

In einer Zwischenströmung treibt ein Fisch und blickt ängstlich-freudig nach unten, wo es sich klein im tiefen Schlamme regt, und dann ängstlich-freudig nach oben, wo es sich groß in den hohen Gewässern bereit macht.

Am Abend schlug er die Tür seines Geschäftes zu und lief empor wie in eine Singspielhalle.

Läufst du immerfort vorwärts, plätscherst weiter in der lauen Luft, die Hände seitwärts wie Flossen, siehst flüchtig im Halbschlaf der Eile alles an, woran du vorüberkommst, wirst du einmal auch den Wagen an dir vorüberrollen lassen. Bleibst du aber fest, läßt mit der Kraft des Blicks die Wurzeln wachsen tief und breit – nichts kann dich beseitigen und es sind doch keine Wurzeln, sondern nur die Kraft deines zielenden Blicks –, dann wirst du auch die unveränderliche dunkle Ferne sehn, aus der nichts kommen kann als eben nur einmal der Wagen, er rollt heran, wird immer größer, wird in dem Augenblick, in dem er bei dir eintrifft, welterfüllend und du versinkst in ihm wie ein Kind in den Polstern eines Reisewagens, der durch Sturm und Nacht fährt.

Ihr sollt euch kein Bild – …

Es war eine kleine Gesellschaft im engen Zimmer am Abend beim Tee. Ein Vogel umflog sie, ein Rabe, zupfte den Mädchen die Haare und tauchte den Schnabel in die Tassen. Sie kümmerten sich nicht um ihn, sangen und lachten, da wurde er kühner, …

Die Mühseligkeit. »Unterrichte die Kinder«, sagte man mir. Das kleine Zimmer war übervoll. Manche wurden so an die Wand gedrückt, daß es beängstigend aussah, sie wehrten sich allerdings und drängten die andern zurück, so war die Masse immerfort in Bewegung. Nur einige größere Kinder, die die andern überragten und nichts von ihnen zu fürchten hatten, standen ruhig an der Hinterwand und blickten zu mir herüber.

Es waren die Peitschenherren beisammen, starke aber schlanke Herren, immer bereit, sie hießen Peitschenherren, aber sie hatten Ruten in den Händen, an der Rückwand des Prunksaales standen sie vor und zwischen den Spiegeln. Ich trat mit meiner Braut ein, es war Hochzeit. Aus einer engen Tür uns gegenüber kamen die Verwandten hervor, sie drehten sich hervor, umfangreiche Frauen, links neben ihnen kleinere Männer in hochgeschlossenen Feströcken mit kurzen Schritten. Manche der Verwandten hoben vor Staunen über meine Braut die Arme, aber es war noch still.

Auf einem Spaziergang am Sonntag war ich weiter vor die Stadt gekommen, als ich eigentlich gewollt hatte. Und als ich so weit war, trieb es mich noch weiter. Auf einer Anhöhe stand eine alte, viel gekrümmte, aber nicht sehr große Eiche. Sie erinnerte mich irgendwie daran, daß es nun endlich aber Zeit sei, zurückzukehren. Es war schon abendlich genug geworden. Ich stand vor ihr, strich über ihre harte Rinde und las zwei eingeritzte Namen. Ich las sie, aber ohne sie mir zu merken, es war wie ein kindlicher Trotz, der mich, wenn ich schon nicht weitergehen sollte, wenigstens hier festhielt, um mich nicht zurückgehn zu lassen. Man ist manchmal im Bann solcher Kräfte, man kann ihn leicht zerreißen, es ist ja nur etwas wie ein zarter Scherz eines Fremden, aber es war Sonntag, nichts war zu versäumen, ich war schon müde und ergab mich deshalb in alles. Nun erkannte ich, daß einer der Namen Josef war und erinnerte mich eines Schulfreundes, der so geheißen hatte. In meiner Erinnerung war er ein kleiner Junge, der kleinste der Klasse vielleicht, er war einige Jahre neben mir in der gleichen Bank gesessen. Er war häßlich gewesen, selbst uns, die wir doch damals mehr Kraft und Geschicklichkeit – und beides hatte er – als Schönheit zu beurteilen verstanden, erschien er sehr häßlich.

Wir liefen vor das Haus. Es stand dort ein Bettler mit einer Harmonika. Sein Kleid, eine Art Talar, war unten so in Fetzen, wie wenn der Stoff ursprünglich von einem Tuchstück nicht abgeschnitten, sondern roh mit Gewalt abgerissen worden wäre. Und es stimmte dazu irgendwie die verwirrte Miene des Bettlers, der aus einem tiefen Schlaf geweckt zu sein schien und sich mit aller Anstrengung nicht zurechtfinden konnte. Es war, wie wenn er immer von neuem einschliefe und immer von neuem geweckt würde.

Wir Kinder wagten nicht ihn anzusprechen und wie sonst Bettlermusikanten um ein Lied zu bitten. Auch lief er uns immerfort mit den Augen ab, als bemerke er zwar unsere Anwesenheit, könne uns aber nicht so genau erkennen, wie er wollte.

Wir warteten also, bis der Vater kam. Er war hinten in der Werkstatt, es dauerte ein Weilchen, ehe er den langen Flur durchschritt. »Wer bist du?« fragte er im Nebenzimmer laut und streng, sein Blick war mürrisch, vielleicht war er mit unserem Verhalten dem Bettler gegenüber unzufrieden, aber wir hatten doch nichts getan und jedenfalls noch nichts verdorben. Wir wurden womöglich noch stiller. Es war überhaupt ganz still, nur die Linde vor unserem Haus rauschte.

»Ich komme aus Italien«, sagte der Bettler, aber nicht wie eine Antwort, sondern wie ein Schuldbekenntnis. Es war, als erkenne er in unserem Vater seinen Herrn. Die Harmonika drückte er an seine Brust, als sei sie sein Schutz …

Die Unterlippe hielt er mit den Oberzähnen fest, sah vor sich hin und rührte sich nicht. »Dein Benehmen ist ganz sinnlos. Was ist dir denn geschehn? Dein Geschäft ist nicht ausgezeichnet, aber doch auch nicht schlecht; selbst wenn es zugrunde ginge – aber davon ist keine Rede – wirst du doch sehr leicht dich irgendwo anhalten, du bist jung, gesund, kräftig, kaufmännisch gebildet und tüchtig, hast nur für dich und deine Mutter zu sorgen, also ich bitte dich, Mensch, fasse dich und erkläre mir, warum du mich mitten am Tage hergerufen hast und warum du so dasitzt?« Nun war eine kleine Pause, ich saß auf der Fensterbrüstung, er auf einem Sessel mitten im Zimmer. Schließlich sagte er: »Gut, ich werde dir alles erklären. Was du gesagt hast, war alles richtig, aber bedenke: seit gestern regnet es unaufhörlich, etwa um fünf Uhr nachmittags« – er sah auf die Uhr – »hat es gestern zu regnen angefangen und heute um vier

Uhr regnet es noch immer. Das kann einem doch wohl zu denken geben. Während es aber sonst nur auf der Gasse regnet und in den Zimmern nicht, scheint es diesmal umgekehrt zu sein. Sieh aus dem Fenster, bitte, es ist unten doch trocken, nicht wahr? Nun also. Hier aber steigt das Wasser unaufhörlich. Mag es, mag es steigen. Es ist schlimm, ich ertrag es doch. Ein wenig guten Willen und man erträgt es, man schwimmt eben mit seinem Sessel etwas höher, die Verhältnisse ändern sich ja nicht sehr, alles schwimmt eben und man schwimmt etwas höher. Aber dieses Schlagen der Regentropfen auf meinem Kopf, das ertrag ich nicht. Es scheint eine Kleinigkeit, aber eben diese Kleinigkeit ertrage ich nicht oder vielleicht würde ich sogar das ertragen, ich ertrage es nur nicht, dagegen wehrlos zu sein. Und ich bin wehrlos, ich setze einen Hut auf, ich spanne den Schirm auf, ich halte ein Brett über den Kopf, nichts hilft, entweder dringt der Regen durch alles durch oder es fängt unter dem Hut, dem Schirm, dem Brett ein neuer Regen mit der gleichen Schlagkraft an.«

Ich stand vor dem Bergingenieur in seiner Kanzlei. Es war eine Bretterbude auf wüstem, lehmigem, nur flüchtig geebnetem Boden. Eine ungeschützte Glühbirne brannte über der Mitte des Schreibtisches. »Sie wollen aufgenommen werden?« sagte der Ingenieur, stützte links die Stirne mit der Hand und hielt in der Rechten die Feder über einem Papier. Es war keine Frage, er sagte es nur vor sich hin, es war ein schwacher junger Mann unter Mittelgröße, er mußte sehr müde sein, die Augen waren wohl von Natur aus so klein und schmal, es sah aber so aus, als reiche seine Kraft nicht aus, sie ganz zu öffnen. »Setzen Sie sich«, sagte er dann. Es war aber nur eine seitlich aufgerissene Kiste da, aus der kleine Maschinenbestandteile herausgerollt waren. Ich setzte mich auf die Kiste. Er hatte sich nun ganz vom Schreibtisch losgemacht, nur die rechte Hand lag dort noch unverändert, sonst aber hatte er sich in seinem Sessel zurückgelehnt, die linke Hand hatte er in der Hosentasche und sah mich an. »Wer hat Sie hergeschickt?« fragte er. »Ich habe in einer Fachzeitschrift gelesen, daß hier Leute aufgenommen werden«, sagte ich. »So«, sagte er und lächelte, »das also haben Sie gelesen. Sie fangen es aber auf eine sehr grobe Weise an.« »Was bedeutet das?« fragte ich. »Ich verstehe Sie nicht.« »Das bedeutet«, sagte er, »daß hier niemand aufgenommen wird. Und wenn niemand aufgenommen wird, können auch Sie nicht aufgenommen werden.« »Gewiß, gewiß«, sagte ich und stand ärgerlich auf, »um das zu erfahren, hätte ich mich nicht setzen müssen.« Aber dann besann ich mich und fragte: »Könnte ich nicht hier übernachten? Es regnet draußen und das Dorf ist über eine Stunde entfernt.« »Ich habe hier keine Gastzimmer«, sagte der Ingenieur. »Könnte ich nicht hier in der Kanzlei bleiben?« »Hier arbeite ich doch und dort« – er zeigte in einen Winkel – »schlafe ich.« Dort waren allerdings Decken und auch ein wenig Stroh war aufgeschüttet, aber es lagen dort auch so vielerlei kaum kenntliche Dinge, hauptsächlich Werkzeuge, daß ich es bisher nicht für ein Schlaflager gehalten hatte.

... mir ihn aufzuheben. Ich tat es und er sagte: »Ich bin auf einer Reise, stören Sie mich nicht, öffnen Sie Ihr Hemd und nähern Sie mich Ihrem Körper.« Ich tat es, er machte einen großen Schritt und verschwand in mir wie in einem Haus. Ich streckte mich wie in einer Beengung, es kam mich fast eine Ohnmacht an, ich ließ den Spaten fallen und ging nach Hause. Dort saßen bei Tisch Männer und aßen aus der gemeinsamen Schüssel, die zwei Frauen waren beim Herd und Waschtrog. Ich erzählte gleich, was mir geschehen war, ich fiel dabei nieder auf die Bank bei der Tür, alle standen um mich. Man holte einen vielbewährten Alten von einem nahen Gut. Während man auf ihn wartete, kamen Kinder zu mir, wir reichten einander die Hände, verschränkten die Finger …

Es war ein Strom, ein trübes Gewässer, es wälzte sich mit großer, aber doch irgendwie schläfriger, allzu regelmäßiger Eile mit niedrigen lautlosen Wellen dahin. Vielleicht war es nicht anders möglich, weil es so überfüllt war …

Ein Reiter ritt auf einem Waldweg, vor ihm lief ein Hund. Hinter ihm kamen ein paar Gänse, ein kleines Mädchen trieb sie mit einer Gerte vor sich her. Trotzdem alle vom Hund vorn bis zu dem kleinen Mädchen hinten so schnell als möglich vorwärtseilten, war es doch nicht sehr schnell, jeder hielt leicht mit den andern Schritt. Übrigens liefen auch die Waldbäume zu beiden Seiten mit, irgendwie widerwillig, müde, diese alten Bäume. An das Mädchen schloß sich ein junger Athlet, ein Schwimmer, er schwamm mit kräftigen Stößen, den Kopf tief im Wasser, denn Wasser war wellenschlagend rings um ihn, und wie er schwamm, so floß das Wasser mit, dann kam ein Tischler, der einen Tisch abzuliefern hatte, er trug ihn auf dem Rücken, die zwei vordern Tischbeine hielt er mit den Händen fest, ihm folgte der Kurier des Zaren, er war unglücklich wegen der vielen Menschen, die er hier im Wald getroffen hatte, immerfort streckte er den Hals und sah nach, wie vorn die Lage war und warum alles so widerwärtig langsam ging, aber er mußte sich bescheiden, den Tischler vor sich hätte er wohl überholen können, aber wie wäre er durch das Wasser gekommen, das den Schwimmer umgab. Hinter dem Kurier kam merkwürdigerweise der Zar selbst, ein noch junger Mann mit blondem Spitzbart und zartem, aber rundlichen Gesicht, das sich des Lebens freute. Hier zeigten sich die Nachteile so großer Reiche, der Zar kannte seinen Kurier, der Kurier seinen Zaren nicht, der Zar war auf einem kleinen Erholungsspaziergang und kam nicht weniger schnell vorwärts als sein Kurier, er hätte also die Post auch selbst besorgen können.

Ich überlief den ersten Wächter. Nachträglich erschrak ich, lief wieder zurück und sagte dem Wächter: »Ich bin hier durchgelaufen, während du abgewendet warst.« Der Wächter sah vor sich hin und schwieg. »Ich hätte es wohl nicht tun sollen«, sagte ich. Der Wächter schwieg noch immer. »Bedeutet dein Schweigen die Erlaubnis zu passieren?« …

Es waren zwei Drescher bestellt, sie standen mit ihren Dreschflegeln in der dunklen Scheuer. »Komm«, sagten sie und ich wurde auf die Tenne gelegt. Der Bauer stand an die Tür gelehnt halb außen, halb innen.

Das Tier entwindet dem Herrn die Peitsche und peitscht sich selbst, um Herr zu werden, und weiß nicht, daß das nur eine Phantasie ist, erzeugt durch einen neuen Knoten im Peitschenriemen des Herrn.

Der Mensch ist eine ungeheuere Sumpffläche. Ergreift ihn Begeisterung, so ist es im Gesamtbild so, wie wenn irgendwo in einem Winkel dieses Sumpfes ein kleiner Frosch in das grüne Wasser plumpst.

Wäre nur einer imstande, ein Wort vor der Wahrheit zurückzubleiben, jeder (auch ich in diesem Spruch) überrennt sie mit Hunderten.

Um die Wahrheit zu sagen, mich kümmert die ganze Sache nicht sehr. Ich liege im Winkel, sehe zu, soweit man im Liegen zusehn kann, höre zu, soweit ich ihn verstehe, im übrigen lebe ich schon seit Monaten in einer Dämmerung und warte auf die Nacht. Anders mein Zellengenosse, ein unnachgiebiger Mensch, ein gewesener Hauptmann. Ich kann mich in seine Verfassung hineindenken. Er ist der Meinung, seine Lage gleiche etwa der eines Polarfahrers, der trostlos irgendwo eingefroren ist, der aber sicher noch gerettet werden wird oder richtiger, der schon gerettet ist, wie man in der Geschichte der Polarfahrten nachlesen kann. Und nun entsteht folgender Zwiespalt: Daß er gerettet werden wird, ist für ihn zweifellos unabhängig von seinem Willen, einfach durch das siegbringende Gewicht seiner Persönlichkeit wird er gerettet werden, soll er es aber wünschen? Sein Wünschen oder Nichtwünschen wird nichts verändern, gerettet wird er, aber die Frage, ob er es auch noch wünschen soll, bleibt. Mit dieser scheinbar so abseits liegenden Frage ist er beschäftigt, er durchdenkt sie, er legt sie mir vor, wir besprechen sie. Er begreift nicht, daß diese Fragestellung sein Schicksal endgültig macht. Von der Rettung selbst reden wir nicht. Für die Rettung genügt ihm scheinbar der kleine Hammer, den er sich irgendwie verschafft hat, ein Hämmerchen, um Spannägel in ein Zeichenbrett zu treiben, mehr könnte es nicht leisten, aber er verlangt auch nichts von ihm, nur der Besitz entzückt ihn. Manchmal kniet er neben mir und hält mir diesen tausendmal gesehenen Hammer vor die Nase oder er nimmt meine Hand, spreitet sie auf dem Boden aus und behämmert alle Finger der Reihe nach. Er weiß, daß er mit diesem Hammer keinen Splitter von der Mauer schlagen kann, er will es auch nicht, er streicht nur manchmal leicht mit dem Hammer über die Wände, als könne er mit ihm das Taktzeichen geben, das die große wartende Maschinerie der Rettung in Bewegung setzt. Es wird nicht genau so sein, die Rettung wird einsetzen in ihrer Zeit, unabhängig vom Hammer, aber irgend etwas ist er doch, etwas Handgreifliches, eine Bürgschaft, etwas, was man küssen kann, wie man die Rettung selbst niemals wird küssen können.

Nun, meine Antwort auf seine Fragen ist einfach: »Nein, die Rettung ist nicht zu wünschen.« Ich will keine allgemeinen Gesetze aufstellen, das ist Sache der Kerkermeister. Ich rede nur von mir. Und was mich betrifft, so habe ich es in der Freiheit, der gleichen Freiheit, die jetzt unsere Rettung werden soll, kaum ertragen können oder wirklich nicht ertragen, denn jetzt sitze ich ja in der Zelle. Allerdings nach der Zelle habe ich nicht eigentlich gestrebt, sondern nur fort im allgemeinen, vielleicht nach einem andern Stern, zunächst nach einem andern Stern. Aber wäre dort wohl die Luft für mich atembar und würde ich dort nicht ersticken wie hier in der Zelle? Ich hätte also ebensogut nach der Zelle streben können.

Manchmal kommen zwei Kerkermeister in unsere Zelle, um dort Karten zu spielen. Ich weiß nicht, warum sie das machen, es ist eigentlich eine gewisse Straferleichterung. Sie kommen meistens gegen Abend, ich habe dann immer leichtes Fieber, kann die Augen nicht ganz offen halten und nur undeutlich sehe ich sie beim Licht der großen Laterne, die sie mitgebracht haben. Ist das dann eigentlich noch eine Zelle, wenn sie selbst den Kerkermeistern genügt? Aber nicht immer freut mich diese Überlegung, ein Klassenbewußtsein der Sträflinge erwacht in mir, was wollen sie hier unter den Sträflingen? Es freut mich ja, daß sie hier sind, ich fühle mich gesichert durch die Gegenwart dieser mächtigen Männer, ich fühle mich auch durch sie über mich hinausgehoben, aber ich will es auch wieder nicht, ich will den Mund aufmachen und sie durch nichts anderes als durch die Kraft meines Atems aus der Zelle blasen.

Gewiß, man kann sagen, der Hauptmann sei durch das Gefangensein verrückt geworden. Sein Gedankenkreis ist so eingeschränkt, daß er kaum für einen Gedanken mehr Raum hat. Er hat förmlich auch schon den Gedanken der Rettung zu Ende gedacht, nichts als ein kleiner Rest ist noch geblieben, genau so viel als nötig ist, um ihn noch krampfhaft ein wenig hoch zu halten, aber auch diesen Rat läßt er manchmal schon los, schnappt freilich dann wieder danach und schnauft dann förmlich vor Glück und Stolz. Aber überlegen bin ich ihm deshalb nicht, in der Methode vielleicht, in irgend etwas Unwesentlichem vielleicht, sonst nicht.

Ein regnerischer Tag. Du stehst vor dem Glanz einer Pfütze. Bist nicht müde, nicht traurig, nicht nachdenklich, stehst nur dort in aller deiner Erdenschwere und wartest auf jemanden. Da hörst du eine Stimme, deren Klang allein, noch ohne Worte, dich lächeln macht. »Komm mit«, sagt die Stimme. Es ist aber rund um dich niemand da, mit dem du gehen könntest. »Ich ginge schon«, sagst du, »aber ich sehe dich nicht.« Darauf hörst du nichts mehr. Aber der Mann, auf den du gewartet hast, kommt, ein großer starker Mann mit kleinen Augen, buschigen Brauen, dicken, etwas hängenden Wangen und einem Kinnbart. Es kommt dir vor, als müßtest du ihn schon einmal gesehen haben. Natürlich hast du ihn schon gesehen, denn es ist dein alter Geschäftsfreund, du hattest mit ihm verabredet, hier zusammenzukommen und eine lange schwebende Geschäftsangelegenheit durchzusprechen. Aber trotzdem er hier vor dir steht und von seiner altbekannten Hutkrempe langsam der Regen tropft, erkennst du ihn nur mühselig. Irgend etwas hindert dich, du willst es wegdrängen, willst dich mit dem Mann unmittelbar in Verbindung setzen und faßt ihn deshalb beim Arm. Aber du mußt ihn gleich wieder loslassen, es schauert dich, was hast du angerührt? Du schaust deine Hand an, aber trotzdem du nichts siehst, ekelt es dich bis zum Brechreiz. Du erfindest eine Entschuldigung, die wahrscheinlich keine ist, denn während du sie sagst, hast du sie vergessen und gehst fort, gehst geradewegs in eine Hausmauer hinein – der Mann ruft dir nach, vielleicht eine Warnung, du winkst ihm ab – die Mauer öffnet sich vor dir, ein Diener trägt einen Armleuchter hocherhoben, du folgst ihm. Er führt dich aber in keine Wohnung, sondern in eine Apotheke.

Es ist eine große Apotheke mit einer hohen halbkreisförmigen Wand, die Hunderte gleichförmige Schubfächer enthält. Es sind auch viele Käufer da, die meisten haben lange dünne Stangen, mit denen sie gleich an das Fach klopfen, aus dem sie etwas haben wollen. Darauf klettern die Gehilfen mit rasenden, aber winzig kleinen Kletterbewegungen hinauf – man sieht nicht, worauf sie klettern, man wischt sich die Augen und sieht es doch nicht – und holen das Verlangte. Ist es nur zur Unterhaltung gemacht oder ist es den Verkäufern angeboren, jedenfalls haben sie hinten aus der Hose hinausragend buschige Schwänze, wie Eichhörnchen etwa, aber viel länger, und beim Klettern zucken die Schwänze alle die vielen kleinen Bewegungen mit. Die Verbindung des Ladens mit der Straße erkennt man infolge des Gedränges der im Laden hin- und herströmenden Käufer gar nicht, dagegen sieht man ein kleines geschlossenes Fenster, das rechts seitlich vom wahrscheinlichen Haupteingang auf die Straße führt. Durch dieses Fenster sieht man draußen drei Menschen, sie füllen die Aussicht derartig vollständig aus, daß man nicht sagen kann, ob hinter ihnen die Gasse menschenüberfüllt oder vielleicht leer ist. Hauptsächlich sieht man einen Mann, der den Blick ganz auf sich zieht, zu seinen beiden Seiten steht je eine Frau, aber man bemerkt sie kaum, sie sind geduckt oder versenkt oder versinken eben schief gegen den Mann zu in die Tiefe, sie sind vollendet nebensächlich, dagegen hat der Mann selbst auch etwas Weibliches. Er ist kräftig, trägt eine blaue Arbeiterbluse, sein Gesicht ist breit und offen, die Nase gedrückt, es ist so, als würde sie eben gedrückt und die Nasenlöcher kämpften, sich windend, um ihre Erhaltung, die Wangen haben viel Lebensfarbe. Immerfort blickt er in die Apotheke herein, bewegt die Lippen, beugt sich rechts und links, als suche er drin etwas. Im Laden fällt ein Mann auf, der weder etwas verlangt, noch bedient, aufrecht umhergeht, alles zu überblicken sucht, die unruhige Unterlippe mit zwei Fingern hält, manchmal nach der Taschenuhr sieht. Es ist offenbar der Besitzer, die Käufer zeigen ihn einander, er ist leicht zu erkennen an zahlreichen dünnen runden langen Lederriemen, die nicht zu lose, nicht zu fest den Oberkörper der Länge und Breite nach umhängen. Ein blonder, etwa zehnjähriger Junge hält sich an seinem Rock, faßt auch manchmal nach den Riemen, er bittet um etwas, was der Apotheker nicht bewilligen will. Da läutet die Türglocke. Warum läutet sie? So viele Käufer kamen und gingen, ohne daß sie läutete, aber nun läutet sie. Die Menge drängt von der Tür zurück, es ist, als wäre dieses Läuten erwartet worden, es ist sogar so, als wüßte die Menge mehr, als sie eingesteht. Nun sieht man auch die große zweiflügelige Glastür. Draußen ist eine schmale leere Gasse, reinlich mit Backsteinen gepflastert, es ist ein bewölkter regnerischer Tag, doch regnet es noch nicht. Ein Herr hat eben von der Gasse aus die Tür geöffnet und die Glocke dadurch in Bewegung gesetzt, aber nun hat er Zweifel, er tritt noch einmal zurück, überliest die Firmatafel, ja, es ist richtig und nun tritt er ein. Es ist der Arzt Herodias, jeder in der Menge weiß es. Die linke Hand in der Hosentasche, geht er auf den Apotheker zu, der jetzt allein im freien Raume steht; sogar der Knabe ist, allerdings gleich in der ersten Reihe, zurückgeblieben und schaut mit seinen blauen, groß geöffneten Augen herüber. Herodias hat eine lächelnde überlegene Art zu reden, den Kopf hat er zurückgelehnt, und auch wenn er selbst spricht, macht es den Eindruck, als horche er. Dabei ist er sehr zerstreut, man muß ihm manches zweimal sagen, es macht Mühe zu ihm vorzudringen, auch darüber scheint er zu lächeln. Wie sollte ein Arzt die Apotheke nicht kennen, aber doch blickt er sich um, als sei er zum erstenmal hier und über die Verkäufer mit ihren Schwänzen schüttelt er den Kopf. Dann geht er auf den Apotheker zu, umfaßt ihn mit dem rechten Arm in Schulterhöhe, wendet ihn um und nun gehn sie beide eng aneinander weiter durch die seitlich zurückweichende Menge in das Innere der Apotheke, der Junge vor ihnen, scheu immer wieder zurückblickend. Sie kommen hinter die Pulte an einen Vorhang, den der Junge vor ihnen hebt, dann weiter durch Laboratoriumskammern und schließlich zu einer kleinen Tür, die, da sie der Junge nicht zu öffnen wagt, der Arzt öffnen muß. Es besteht die Gefahr, daß die Menge, die bis hierher nachgedrängt ist, auch in das Zimmer folgen wird. Aber die Verkäufer, die inzwischen bis in die erste Reihe vorgedrungen sind, wenden sich, ohne erst einen Befehl des Herrn abzuwarten, gegen die Menge, es sind junge Leute, kräftig, aber auch klug; langsam und still drücken sie die Menge zurück, die ja übrigens nur förmlich durch ihr Gewicht, nicht mit der Absicht zu stören, nachgerollt ist. Immerhin macht sich doch eine Gegenbewegung geltend. Der Mann mit den zwei Frauen verursacht sie, er hat seinen Fensterplatz verlassen, ist in den Laden gekommen und will nun noch weiter kommen als alle andern. Gerade infolge der Nachgiebigkeit der Menge, die sichtlich gegen diesen Ort Rücksicht übt, gelingt es ihm. Zwischen den Verkäufern durch, die er mehr durch zwei schnelle Blicke als durch die Ellbogen beiseite schiebt, ist er mit seinen zwei Frauen schon an die Herren herangekommen und zwischen ihren Köpfen blickt er, der größer ist als beide, in das Dunkel des Zimmers. »Wer kommt«, fragt eine Frau schwach aus dem Zimmer. »Sei ruhig, der Arzt«, antwortet der Apotheker und nun treten sie in das Zimmer ein. Niemand denkt daran, Licht zu machen. Der Arzt hat den Apotheker verlassen und geht allein zum Bett. Der Mann und die Frauen lehnen am Bettpfosten zu den Füßen der Kranken wie an einem Geländer. Der Apotheker wagt nicht, vorzugehen, der Junge hält sich wieder an ihn. Der Arzt fühlt sich durch die drei Fremden behindert. »Wer seid ihr?« fragt er, aus Rücksicht für die Kranke leise. »Nachbarn«, sagt der Mann. »Was wollt ihr?« »Wir wollen«, sagt der Mann und spricht viel lauter als der Arzt …

[Fragment des ›Unterstaatsanwalts‹]

… überdrüssig geworden ist, Jagden auf Mißgeburten zu veranstalten, dann wäre allerdings der Bezirksrichter das erste Ziel. Aber sich über ihn zu ärgern, ist sinnlos.

Darum ärgert sich auch der Unterstaatsanwalt nicht über ihn, er ärgert sich nur über die Dummheit, die einen solchen Menschen auf einen Bezirksrichterposten setzt. Die Dummheit also will Gerechtigkeit üben. Es ist für die persönlichen Verhältnisse des Unterstaatsanwalts an und für sich sehr bedauerlich, daß er nur einen so niedrigen Rang einnimmt, seinem eigentlichen Bestreben aber würde es vielleicht nicht einmal genügen, Oberstaatsanwalt zu sein. Er müßte ein noch viel höherer Staatsanwalt werden, um auch nur alle Dummheit, die er vor seinen Augen sieht, unter wirksame Anklage setzen zu können. Zur Anklage gegen den Bezirksrichter würde er sich dabei wahrhaftig nicht herablassen, er würde ihn von der Höhe seines Anklägersitzes nicht einmal erkennen. Wohl aber würde er rings herum eine so schöne Ordnung schaffen, daß der Bezirksrichter nicht in ihr bestehen könnte, daß ihm, ohne daß er angerührt würde, die Knie zu schlottern anfingen und er schließlich vergehen müßte. Dann wäre es vielleicht auch an der Zeit, den Fall des Unterstaatsanwaltes selbst aus den versperrten Disziplinargerichten in den offenen Gerichtssaal zu bringen. Dann wäre der Unterstaatsanwalt nicht mehr persönlich beteiligt, er hätte kraft höherer Gewalt die ihm angelegten Ketten zerbrochen und könnte nun selbst über sie zu Gericht sitzen. Er stellt sich vor, daß ihm eine mächtige Persönlichkeit vor der Verhandlung ins Ohr flüstert: »Jetzt wird dir Genugtuung zuteil werden.« Und nun kommt es zur Verhandlung. Die angeklagten Disziplinarräte lügen natürlich, lügen mit zusammengebissenen Zähnen, lügen so, wie nur Leute vom Gericht lügen können, wenn die Anklage einmal sie trifft. Aber es ist alles so vorbereitet, daß die Tatsachen selbst alle Lügen von sich abschütteln und sich frei und wahrheitsgemäß vor den Zuhörern entwickeln. Es sind viele Zuhörer da, auf drei Seiten des Saales, nur die Richterbank ist leer, man hat keine Richter gefunden, die Richter drängen sich im engen Raum, wo sonst der Angeklagte steht, und suchen sich vor der leeren Richterbank zu verantworten. Nur der öffentliche Ankläger, der gewesene Unterstaatsanwalt, ist natürlich zugegen und auf seinem gewöhnlichen Platz. Er ist viel ruhiger als sonst, er nickt nur hie und da, alles nimmt den richtigen uhrenmäßigen Gang. Erst jetzt, nachdem der Fall von allen Schriftsätzen, Zeugenaussagen, Verhandlungsprotokollen, Urteilsberatungen und Entscheidungsgründen befreit ist, erkennt man seine sofort überwältigende Einfachheit. Die Angelegenheit selbst liegt etwa fünfzehn Jahre zurück. Der Unterstaatsanwalt war damals in der Residenzstadt, er war als tüchtiger Jurist anerkannt, bei seinen Vorgesetzten sehr beliebt und hatte sogar schon Hoffnung, bald, vor vielen Mitbewerbern, zehnter Staatsanwalt zu werden. Der zweite Staatsanwalt bewies ihm eine besondere Zuneigung und ließ sich von ihm, selbst bei nicht ganz unwichtigen Angelegenheiten, vertreten. So war es auch bei einem kleinen Majestätsbeleidigungsprozeß. Ein Geschäftsangestellter, ein nicht ungebildeter, politisch sehr tätiger Mann, hatte in einer Weinstube in halber Trunkenheit, das Glas in der Hand, eine Majestätsbeleidigung ausgesprochen. Ein wahrscheinlich noch mehr betrunkener Gast am Nebentisch hatte die Anzeige erstattet, er hatte in seiner Betäubung wahrscheinlich gemeint, daß er eine ausgezeichnete Tat ausführt, war sofort um einen Polizeimann gelaufen und glückselig lächelnd mit ihm zurückgekehrt, um ihm den Mann zu übergeben. Später allerdings hielt er an seiner Aussage wenn auch nicht vollständig, so doch wenigstens im wichtigsten Teil fest, im übrigen mußte die Majestätsbeleidigung sehr deutlich gewesen sein, denn kein Zeuge konnte sie vollständig leugnen. Ihr Wortlaut aber konnte nicht zweifellos festgestellt werden, die größte Berechtigung hatte die Annahme, daß der Angeklagte mit dem Weinglas auf ein an der Wand hängendes Bild des Königs gezeigt und dabei gesagt hatte: »Du Lump dort oben!« Die Schwere dieser Beleidigung wurde nur durch den damaligen teilweise unzurechnungsfähigen Zustand des Angeklagten gemildert sowie dadurch, daß er die Beleidigung in irgendeiner Verbindung mit der Liedzeile: »solange noch das Lämpchen glüht« vorgebracht und den Sinn des Ausrufes dadurch getrübt hatte. Über die Art der Verbindung zwischen dem Ausruf und dem Lied hatte fast jeder Zeuge eine andere Meinung und der Anzeiger behauptete sogar, ein anderer, nicht der Angeklagte, habe gesungen. Ungemein erschwerend war für den Angeklagten seine politische Tätigkeit, die es jedenfalls sehr glaubwürdig erscheinen ließ, daß er dessen fähig war, den Ausruf auch bei gänzlicher Nüchternheit und mit vollster Überzeugung zu machen. Der Unterstaatsanwalt erinnert sich sehr genau – er hat ja jene Dinge so oft durchgedacht –, wie er jene Anklage fast mit Begeisterung in Angriff nahm, nicht nur weil es ehrenvoll war, einen Majestätsbeleidigungsprozeß zu führen, sondern weil er den Angeklagten und seine Sache aufrichtig haßte. Ohne eine im einzelnen ausgearbeitete politische Anschauung zu haben, war er doch durchaus konservativ, er war darin fast kindlich, es gibt gewiß noch andere Unterstaatsanwälte, die so sind, er glaubte, wenn sich alle ruhig und vertrauensvoll mit dem König und der Regierung verbinden, müßte es möglich sein, alle Schwierigkeiten beseitigen zu können; ob man bei dieser Gelegenheit vor dem König stehe oder knie, schien ihm an und für sich gleichgültig; je mehr Vertrauen man hatte, desto besser war es, und je mehr Vertrauen man hatte, desto tiefer mußte man sich neigen in natürlicher Gesinnung, ohne Kriecherei. Verhindert aber wurden diese erstrebenswerten Zustände durch Leute vom Schlag des Angeklagten, die, aus irgendeiner Unterwelt heraufkommend, die feste Masse des brauchbaren Volkes mit ihrem Geschrei zersprengten. – Da stand ein politischer Streber, dem der ehrliche Beruf eines Geschäftsangestellten nicht genügte, wahrscheinlich, weil er ihm die Mittel für Weingelage zu liefern nicht imstande war, ein Mensch mit einer riesenhaften Kinnlade, die von einer kräftigen Muskulatur auch riesenhaft bewegt wurde, ein geborener Volksredner, der selbst den Untersuchungsrichter anschrie, in diesem Fall leider eine nervöse aufgeregte Natur. Die Untersuchung, welcher der Unterstaatsanwalt aus Interesse an der Sache öfters beigewohnt hatte, war eine fortwährende Zänkerei. Einmal sprang der Untersuchungsrichter auf, das andere Mal der Verhörte, und einer donnerte den andern an. Dies wirkte natürlich ungünstig auf die Ergebnisse der Untersuchung ein und als der Unterstaatsanwalt auf diesen Ergebnissen die Anklage aufbauen sollte, mußte er viel Arbeit und Scharfsinn aufwenden, um sie genügend stichhaltig zu machen. Er arbeitete Nächte durch, aber mit Freude. Es waren damals schöne Frühjahrsnächte; das Haus, in dessen Erdgeschoß der Unterstaatsanwalt wohnte, hatte einen kleinen, zwei Schritte breiten Vorgarten; war der Unterstaatsanwalt von der Arbeit ermüdet oder verlangten die sich drängenden Gedanken Ruhe und Sammlung, dann kletterte er aus dem Fenster in den Vorgarten und ging dort auf und ab oder lehnte mit geschlossenen Augen am Gartengitter. Er hat sich damals nicht geschont, er arbeitete die ganze Anklage mehreremal um, manche Teile zehn- und zwanzigmal. Außerdem häufte sich das für die Hauptversammlung vorbereitete Material in fast undurchdringlicher Fülle. »Gebe Gott, daß ich dieses alles fassen und verwerten kann«, war in den Nächten seine ständige Bitte. Mit der Anklage selbst hielt er seine Arbeit nur zum geringsten Teile für beendet, darum sah er auch das Lob des zweiten Staatsanwalts, mit dem ihm dieser die Anklageschrift nach genauer Prüfung zurückgab, nicht als Lohn, sondern nur als Aufmunterung an und dieses Lob war groß und es kam überdies von einem strengen, wortkargen Mann. Es lautete, wie es der Unterstaatsanwalt in seinen spätern Eingaben oft wiederholte, ohne allerdings den zweiten Staatsanwalt dazu bewegen zu können, sich daran zu erinnern: »Dieses Heft, mein lieber Kollege, enthält nicht nur die Anklage, es enthält aller menschlichen Voraussicht nach auch Ihre Ernennung zum zehnten Staatsanwalt.« Und als der Unterstaatsanwalt bescheiden schwieg, fügte der zweite Staatsanwalt hinzu: »Vertrauen Sie mir.« Zur Hauptverhandlung ging der Unterstaatsanwalt fest und ruhig. Niemand im Saal kannte alle Feinheiten und Beziehungen der Prozeßsache so wie er. Der Verteidiger war ungefährlich, ein dem Unterstaatsanwalt bekanntes, immer schreiendes, aber wenig scharfsinniges Männchen. An dem Tag war er gewiß nicht einmal sehr kampflustig, er verteidigte, weil er verteidigen mußte, weil es um ein Mitglied seiner politischen Partei ging, weil sich vielleicht Gelegenheit zu Tiraden ergeben würde, weil die Parteipresse auf den Fall ein wenig aufmerksam war, aber Hoffnung, seinen Klienten durchzubringen, hatte er nicht. Der Unterstaatsanwalt erinnert sich noch, wie er diesem Verteidiger kurz vor Beginn der Verhandlung mit schwer unterdrücktem Lächeln zusah; unfähig sich zu beherrschen, wie dieser Verteidiger überhaupt war, warf er auf seinem Tisch alles durcheinander; riß Blätter aus seinen Schriften und wie mit einem Windhauch waren sie sofort mit Notizen bedeckt, unter dem Tisch klapperten seine kleinen Füßchen und jeden Augenblick strich er, ohne es zu wissen, mit ängstlicher Bewegung über seine Glatze, als suche er dort irgendwelche Verletzungen. Er schien dem Unterstaatsanwalt ein unwürdiger Gegner zu sein. Als er gleich bei Beginn der Verhandlung aufhüpfte und mit häßlicher pfeifender Stimme den Antrag gestellt hatte, die Verhandlung möge in öffentlicher Sitzung stattfinden, erhob sich der Unterstaatsanwalt fast schwerfällig von seinem Sitz. Alles war so klar und durchdacht, es war, als mischten sich alle Leute ringsherum in eine ihm allein gehörige Sache, eine Sache, die er ihrem Wesen gemäß in sich selbst zu Ende führen könnte, ohne Richter und Verteidiger und ohne Angeklagten. Und er schloß sich dem Antrag des Verteidigers an, sein Verhalten war ebenso unerwartet wie das des Verteidigers selbstverständlich gewesen war. Aber er erklärte sein Verhalten und während seiner Erklärung war es im Saal so still, – wenn nicht die vielen Augen von allen Seiten auf ihn gerichtet gewesen wären, als wollten sie ihn zu sich ziehn, hätte man glauben können, er spreche im leeren Saal mit sich selbst. Daß er überzeugte, merkte er sofort. Die Richter streckten die Hälse und sahen erstaunt einander an, der Verteidiger lehnte steif in seinem Stuhl, als sei die Erscheinung des Unterstaatsanwaltes gerade jetzt aus dem Boden gestiegen; der Angeklagte rieb vor Spannung seine Riesenzähne aneinander, im Gedränge der Zuhörer hielt man sich bei den Händen fest. Sie erkannten, daß ihnen hier einer die ganze Angelegenheit, zu der sie in dieser oder jener schwachen Beziehung standen, gänzlich entwand und zu seinem unentreißbaren Eigentum machte. Jeder hatte geglaubt, einem kleinen Majestätsbeleidigungsprozeß beizuwohnen und nun hörte er, wie der Unterstaatsanwalt schon beim ersten Antrag die Beleidigung selbst wie etwas Nebensächliches mit wenigen Worten streifte.

Ich kam durch einen Nebeneingang, ängstlich, ich wußte nicht, wie es sich verhält, ich war klein und schwach, ich sah sorgenvoll an meinem Anzug hinab, er war recht finster, über einen gewissen leeren Umkreis sah man nicht hinaus, der Boden war mit Gras bedeckt, ich bekam Zweifel, ob ich am richtigen Ort war; wäre ich durch den Haupteingang gekommen, wäre kein Zweifel möglich gewesen, aber ich war durch einen Nebeneingang gekommen; vielleicht wäre es gut, zurückzugehen und die Überschrift über der Tür anzusehen, aber ich glaubte mich zu erinnern, daß dort gar keine Überschrift gewesen war. Da sah ich in der Ferne einen matten silbrigen Schein, das gab mir Vertrauen, ich ging in dieser Richtung. Es war ein Tisch, in der Mitte stand eine Kerze, ringsum saßen drei Kartenspieler. »Bin ich hier richtig angekommen?« fragte ich, »ich wollte zu den drei Kartenspielern.« »Das sind wir«, sagte der eine, ohne von den Karten aufzublicken.

Wie der Wald im Mondschein atmet, bald zieht er sich zusammen, ist klein, gedrängt, die Bäume ragen hoch, bald breitet er sich auseinander, gleitet alle Abhänge hinab, ist niedriges Buschholz, ist noch weniger, ist dunstiger, ferner Schein.

A. »Sei aufrichtig! Wann wirst du denn wieder einmal wie heute vertraulich beim Bier sitzen, mit jemandem, der dir zuhört. Sei aufrichtig! Worin besteht deine Macht?«

B. »Habe ich denn Macht? An was für eine Macht denkst du?«

A. »Du willst mir ausweichen. Du unaufrichtige Seele. Vielleicht besteht deine Macht in deiner Unaufrichtigkeit.«

B. »Meine Macht! Weil ich in diesem kleinen Gasthaus sitze und einen alten Mitschüler gefunden habe, der sich zu mir setzt, deshalb bin ich wohl mächtig.«

A. »Dann werde ich es also anders anfassen. Hältst du dich für mächtig? Aber nun antworte aufrichtig, sonst stehe ich auf und gehe nach Hause. Hältst du dich für mächtig?«

B. »Ja, ich halte mich für mächtig.«

A. »Nun also.«

B. »Das ist aber nur meine Sache. Niemand sieht eine Spur dieser Macht, kein Körnchen, auch ich nicht.«

A. »Aber du hältst dich für mächtig. Warum also hältst du dich für mächtig?«

B. »Es ist nicht ganz richtig zu sagen: Ich halte mich für mächtig. Das ist Überhebung. Ich, so wie ich hier alt, verfallen und schmutzig sitze, halte mich nicht für mächtig. Die Macht, an die ich glaube, übe nicht ich aus, sondern andere und diese andern fügen sich mir. Das kann mich natürlich nur sehr beschämen und gar nicht stolz machen. Entweder bin ich ihr Diener, den sie in einer Laune großer Herren zum Herrn über sich gemacht haben, dann wäre es noch gut, dann wäre alles nur Schein, oder aber ich bin wirklich zum Herrn über sie bestellt, was soll ich dann tun, ich armer hilfloser Alter; ohne Zittern bringe ich nicht das Glas vom Tisch zum Mund und soll nun die Stürme regieren oder das Weltmeer.«

A. »Nun siehst du, wie mächtig du bist und das alles wolltest du verschweigen. Aber man kennt dich. Auch wenn du immer allein in der Ecke sitzst, der ganze Stammtisch kennt dich.«

B. »Nun ja, der Stammtisch kennt vieles, ich höre nur kleine Teile seiner Gespräche, aber das, was ich höre, ist meine einzige Belehrung und Zuversicht.«

A. »Wie? Danach, was du hier hörst, regierst du doch nicht etwa?«

B. »Nein, gewiß nicht. Du gehörst also auch zu denen, welche glauben, daß ich regiere?«

A. »Du sagtest es doch eben.«

B. »Ich hätte etwas Derartiges gesagt? Nein, ich sagte nur, daß ich mich für mächtig halte, aber ich übe diese Macht nicht aus. Ich kann sie nicht ausüben, denn meine Gehilfen sind zwar schon da, aber noch nicht auf ihrem Posten und niemals werden sie dort sein. Flatterhaft sind sie, überall, wo sie nicht hingehören, treiben sie sich herum, von überall her sind ihre Augen auf mich gerichtet, alles billige ich und nicke ihnen zu. Hatte ich also nicht recht zu sagen, daß ich nicht mächtig bin? Und halte mich nicht mehr für unaufrichtig.«

»Worauf beruht deine Macht?«

»Du hältst mich für mächtig?«

»Ich halte dich für sehr mächtig und fast ebenso wie deine Macht bewundere ich die Zurückhaltung, die Uneigennützigkeit, mit der du sie ausübst, oder vielmehr die Entschlußkraft und Überzeugtheit, mit der du diese Macht gegen dich selbst ausübst. Nicht nur, daß du dich zurückhältst, du bekämpfst dich sogar. Nach den Gründen, warum du das tust, frage ich nicht, sie sind dein eigenstes Eigentum, nur nach der Herkunft deiner Macht frage ich. Berechtigt dazu glaube ich dadurch zu sein, daß ich diese Macht erkannt habe, wie es bisher nicht vielen gelungen ist und daß ich schon ihre Drohung – mehr ist sie heute infolge deiner Selbstbeherrschung noch nicht – als etwas Unwiderstehliches fühle.«

»Deine Frage kann ich leicht beantworten: meine Macht beruht auf meinen zwei Frauen.«

»Auf deinen Frauen?«

»Ja. Du kennst sie doch?«

»Meinst du die Frauen, die ich gestern in deiner Küche gesehn habe?«

»Ja.«

»Die zwei dicken Frauen?«

»Ja.«

»Diese Frauen. Ich habe sie kaum beachtet. Sie sahen, verzeih, wie zwei Köchinnen aus. Aber nicht ganz rein waren sie, nachlässig angezogen.«

»Ja, das sind sie.«

»Nun, wenn du etwas sagst, glaube ich es sofort, nur bist du mir jetzt noch unverständlicher als früher, ehe ich von den Frauen wußte.«

»Es ist aber kein Rätsel, es liegt offen da, ich werde es dir zu erzählen versuchen. Ich lebe also mit diesen Frauen, du hast sie in der Küche gesehn, aber sie kochen nur selten, das Essen wird meistens aus der Restauration gegenüber geholt, einmal holt es Resi, einmal Alba. Es ist eigentlich niemand dagegen, daß zu Hause gekocht wird, aber es ist zu schwierig, weil sich die beiden nicht vertragen, das heißt sie vertragen sich ausgezeichnet, aber nur wenn sie ruhig nebeneinander leben. Sie können zum Beispiel stundenlang ohne zu schlafen friedlich auf dem schmalen Kanapee nebeneinander liegen, was schon wegen ihrer Dicke nichts Geringes ist. Aber bei der Arbeit vertragen sie sich nicht, sofort entsteht Streit und aus dem Streit gleich Prügel. Darum sind wir übereingekommen – sie sind vernünftiger Rede sehr zugänglich –, daß möglichst wenig gearbeitet wird. Es entspricht das übrigens auch ihrer Natur. Sie glauben zum Beispiel die Wohnung besonders gut aufgeräumt zu haben und dabei ist sie so schmutzig, daß mich der Schritt über die Türschwelle ekelt, habe ich ihn aber getan, gewöhne ich mich leicht ein.

Mit der Arbeit ist jeder Anlaß zum Streit beseitigt, insbesondere Eifersucht ist ihnen gänzlich unbekannt. Woher käme auch Eifersucht? Ich unterscheide sie ja kaum voneinander. Vielleicht sind Alba's Nase und Lippen noch etwas negerhafter als bei Resi, aber manchmal scheint mir wieder das Gegenteil richtig. Vielleicht hat Resi etwas weniger Haare als Alba – eigentlich hat sie schon unerlaubt wenig Haare – aber achte ich denn darauf? Ich bleibe dabei, daß ich sie kaum unterscheide.

Auch komme ich ja von der Arbeit erst abends nach Hause, bei Tag sehe ich sie nur sonntags längere Zeit. Ich komme also, da ich mich gern nach der Arbeit möglichst lange allein herumtreibe, spät nach Hause. Aus Sparsamkeit machen wir abends kein Licht. Ich habe wirklich kein Geld dazu, das Aushalten der Frauen, die eigentlich unaufhörlich zu essen imstande sind, braucht meinen ganzen Lohn auf. Ich läute also abends an der dunklen Wohnung. Ich höre, wie die zwei Frauen mit Schnaufen zur Tür kommen. Resi oder Alba sagt: ›Das ist er‹, und beide fangen noch stärker zu schnaufen an. Wäre statt meiner ein Fremder dort, er könnte davor Angst bekommen.

Dann öffnen sie und ich mache gewöhnlich den Spaß, daß ich, kaum daß eine Spalte geöffnet ist, mich hineinzwänge und beide gleichzeitig um den Hals fasse. ›Du‹, sagt eine, das bedeutet: ›So unglaublich bist du‹ und beide lachen mit tiefen Gurgellauten. Nun sind sie nur noch mit mir beschäftigt, und würde ich nicht eine Hand ihnen entwinden und die Tür schließen, bliebe sie die ganze Nacht offen.

Dann immer der Weg durch das Vorzimmer, dieser ein paar Schritte lange und Viertelstunden dauernde Weg, auf dem sie mich fast tragen. Ich bin ja wirklich müde nach dem gar nicht leichten Tag und einmal lege ich den Kopf auf Resis, einmal auf Albas weiche Schulter. Beide sind fast nackt, nur im Hemd, so sind sie auch den größten Teil des Tags, nur wenn ein Besuch angesagt ist, wie letzthin der deine, ziehn sie ein paar schmutzige Fetzen an.

Dann kommen wir zu meinem Zimmer und gewöhnlich stoßen sie mich hinein, selbst aber bleiben sie draußen und schließen die Tür. Es ist ein Spiel, denn jetzt kämpfen sie darum, welche zuerst eintreten darf. Es ist nicht etwa Eifersucht, nicht wirklicher Kampf, nur Spiel. Ich höre die leichten lauten Schläge, die sie einander geben, das Schnaufen, das jetzt schon wirkliche Atemnot bedeutet, hie und da ein paar Worte. Schließlich mache ich selbst die Tür auf und sie stürzen herein, heiß, mit zerrissenen Hemden und dem beißenden Geruch ihres Atems. Dann fallen wir auf den Teppich nieder und nun wird es allmählich still.«

»Nun, warum schweigst du?«

»Ich vergaß den Zusammenhang. Wie war es? Du fragtest mich nach der Herkunft meiner angeblichen Macht und ich nannte die Frauen. Nun ja, so ist es, aus den Frauen kommt meine Macht.«

»Aus dem bloßen Zusammenleben mit ihnen?«

»Aus dem Zusammenleben.«

»Du bist so schweigsam geworden.«

»Du siehst, meine Macht hat Grenzen. Irgend etwas befiehlt mir, zu schweigen. Leb wohl.«

Das Pferd stolperte, fiel auf die Vorderbeine nieder, der Reiter wurde abgeworfen. Zwei Männer, die jeder für sich irgendwo im Baumschatten gelungert hatten, kamen hervor und besahen den Abgestürzten. Alles war jedem von ihnen irgendwie verdächtig, das Sonnenlicht, das Pferd, das wieder aufrecht stand, der Reiter, der Mann gegenüber, der plötzlich, gelockt durch den Unfall, hervorgekommen war. Sie näherten sich langsam, hatten die Lippen mürrisch aufgeworfen und mit der Hand, die sie in das vorn offene Hemd geschoben hatten, fuhren sie unschlüssig an Brust und Hals umher.

Es ist eine Stadt unter den Städten, ihre Vergangenheit war größer als ihre Gegenwart, aber auch diese ist noch ansehnlich genug.

Der Bürgermeister hatte einige Schriftstücke unterschrieben, dann lehnte er sich zurück, nahm spielend eine Schere in die Hand, horchte auf das Mittagsläuten draußen auf dem alten Platz und sagte zu dem Sekretär, der steif vor Ehrerbietung, fast hochmütig vor Ehrerbietung neben dem Schreibtisch stand: »Haben Sie auch bemerkt, daß sich etwas Besonderes in der Stadt vorbereitet? Sie sind jung, sie müssen doch den Blick dafür haben.«

In einer Neumondnacht ging ich aus einem Nachbardorf nach Hause, es war ein kurzer Weg auf gerader, völlig dem Monde ausgesetzter Landstraße, man sah jede Kleinigkeit auf dem Boden genauer als bei Tag. Ich war nicht mehr weit von der kleinen Pappelallee, an deren Ende dann schon unsere Dorfbrücke sich anschließt, da sah ich ein paar Schritte vor mir – ich mußte geträumt haben, daß ich es nicht früher gesehen hatte –, einen kleinen Verschlag aus Holz und Tuch, ein kleines, aber sehr niedriges Zelt, Menschen hätten darin nicht aufrecht sitzen können. Es war völlig abgeschlossen; auch als ich es ganz nahe umging und betastete, fand ich keine Lücke. Man sieht auf dem Land mancherlei und lernt daraus, auch Fremdes leicht zu beurteilen, aber wie dieses Zelt hierhergekommen war und was es sollte, konnte ich nicht verstehn.

Eine junge zigeunerartige Frau macht vor dem Altar aus Federbetten und Decken ein weiches Lager zurecht. Sie ist bloßfüßig, hat einen weißgemusterten roten Rock, eine weiße, hemdartige, vorn nachlässig offene Bluse und wild verschlungene braune Haare. Auf dem Altar steht ein Waschbecken.

Auf dem Tisch lag ein großer Laib Brot. Der Vater kam mit einem Messer und wollte ihn in zwei Hälften schneiden. Aber trotzdem das Messer stark und scharf, das Brot nicht zu weich und nicht zu hart war, konnte sich das Messer nicht einschneiden. Wir Kinder blickten verwundert zum Vater auf. Er sagte: »Warum wundert ihr euch? Ist es nicht merkwürdiger, daß etwas gelingt, als daß es nicht gelingt? Geht schlafen, ich werde es doch vielleicht noch erreichen.«

Wir legten uns schlafen, aber hie und da, zu verschiedensten Nachtstunden, erhob sich dieser oder jener von uns im Bett und streckte den Hals, um nach dem Vater zu sehn, der noch immer, der große Mann in seinem langen Rock, das rechte Bein im Ausfall, das Messer in das Brot zu treiben suchte. Als wir früh aufwachten, legte der Vater das Messer eben nieder und sagte: »Seht, es ist mir noch nicht gelungen, so schwer ist das.« Wir wollten uns auszeichnen und selbst es versuchen, er erlaubte es uns auch, aber wir konnten das Messer, dessen Schaft übrigens vom Griff des Vaters fast glühte, kaum heben, es bäumte sich förmlich in unserer Hand. Der Vater lachte und sagte: »Laßt es liegen, jetzt gehe ich in die Stadt, abends werde ich es wieder zu zerschneiden versuchen. Von einem Brot werde ich mich nicht zum Narren halten lassen. Zerschneiden muß es sich schließlich lassen, nur wehren darf es sich, mag es sich also wehren.« Aber als er das sagte, zog sich das Brot zusammen, so wie sich der Mund eines zu allem entschlossenen Menschen zusammenzieht und nun war es ein ganz kleines Brot.

Ich schärfte die Sense und begann zu schneiden. Es fiel viel vor mir nieder, dunkle Massen, ich schritt zwischen ihnen durch, ich wußte nicht, was es war. Aus dem Dorf riefen warnende Stimmen, ich hielt sie aber für ermutigende Stimmen und ging weiter. Ich kam zu einer kleinen Holzbrücke, nun war die Arbeit zu Ende und ich übergab die Sense einem Mann, der dort wartete, die eine Hand nach ihr ausstreckte und mit der andern wie einem Kind über meine Wange strich. In der Mitte der Brücke bekam ich Zweifel, ob ich auf dem richtigen Weg sei, und rief laut in die Finsternis, aber es antwortete niemand. Da ging ich wieder zurück auf das feste Land, um den Mann zu fragen, aber er war nicht mehr dort.

»Das alles ist ja nutzlos«, sagte er, »nicht einmal mich erkennst du, und ich stehe doch vor dir Brust an Brust. Wie willst du weiterkommen, da ich doch vor dir stehe und du nicht einmal mich erkennst.«

»Du hast recht«, sagte ich, »so rede ich ja auch zu mir, aber da ich keine Antwort bekomme, bleibe ich.«

»Ebenso ich«, sagte er.

»Und ich nicht weniger als du«, sagte ich, »und deshalb gilt es auch für dich, daß alles nutzlos ist.«

Ich hatte mitten in den Sumpfwäldern eine Wache aufgestellt. Nun aber war alles leer, niemand antwortete den Rufen, die Wache hatte sich verlaufen, ich mußte eine neue Wache aufstellen. Ich sah in das frische, starkknochige Gesicht des Mannes. »Der vorige Posten hat sich verlaufen«, sagte ich, »ich weiß nicht warum, aber es geschieht, daß dieses öde Land den Posten von seinem Platz lockt. Nimm dich also in acht!« Er stand aufrecht vor mir, in Paradestellung. Ich fügte noch hinzu: »Solltest du dich aber doch verlocken lassen, ist es nur dein Schaden. Du versinkst im Sumpf, ich aber werde gleich eine neue Wache hier aufstellen, und wenn die untreu werden sollte, wieder eine andere und so fort ohne Ende. Gewinne ich nicht, so werde ich doch auch nicht verlieren.«

Mein Vater führte mich zum Schuldirektor. Es schien eine große Anstalt zu sein, wir durchschritten einige saalartige Räume, allerdings war alles leer. Einen Diener fanden wir nicht, wir gingen daher rücksichtlos weiter, auch waren alle Türen offen. Plötzlich zuckten wir zurück, das Zimmer, in das wir eilig eingetreten waren wie in alle früheren, war, wenn auch mit sehr wenig Möbeln, doch als Arbeitszimmer eingerichtet und auf dem Kanapee lag ein Mann. Es war, ich erkannte ihn nach Fotografien, der Schuldirektor; ohne aufzustehn, forderte er uns auf, näherzutreten. Die Entschuldigungen meines Vaters wegen unseres unhöflichen Eindringens ins Direktorat hörte er mit geschlossenen Augen an, dann fragte er, was wir haben wollten. Das zu hören war auch ich neugierig, so sahen wir beide, der Direktor und ich, den Vater an. Der Vater sagte, es liege ihm daran, daß sein Sohn, jetzt achtzehn Jahre …

Er blickte aus dem Fenster. Ein trüber Tag. Es ist November. Ihm scheint, daß zwar jeder Monat eine besondere Bedeutung hat, der November aber noch einen besondern Zusatz von Besonderheit. Vorläufig ist davon allerdings nichts zu sehn, es fällt bloß ein mit Schnee untermischter Regen. Aber das ist vielleicht nur der äußere Anblick, der immer täuscht, denn da sich die Menschen als Gesamtheit allem gleich anpassen und man doch zunächst nach dem Anblick der Menschen urteilt, sollte man eigentlich niemals eine Veränderung der Weltlage wahrnehmen können. Aber da man auch selbst ein Mensch ist, seine Anpassungskraft kennt und von ihr aus urteilt, erfährt man doch einiges und weiß, was man davon zu halten hat, daß der Verkehr unten nicht stillsteht, sondern Straße auf, Straße ab mit verbissener unermüdlicher undurchdringlicher Überlegenheit sich in Gang erhält.

Der Kranke war viele Stunden allein gelegen, das Fieber war ein wenig zurückgegangen, hie und da hatte er einen leichten Halbschlaf einfangen können, im übrigen hatte er, da er sich vor Schwäche nicht rühren konnte, zur Decke hinaufgesehn und gegen viele Gedanken kämpfen müssen. Sein Denken schien überhaupt nur in Abwehr zu bestehn, alles, woran er zu denken anfing, langweilte oder quälte ihn und er verbrauchte seine Kraft damit, sein Denken zu ersticken.

Es war gewiß schon Abend, jedenfalls war es schon lange finster, da es November war, als sich die Tür des Nebenzimmers öffnete, die Vermieterin hereinschlüpfte, um das elektrische Licht aufzudrehn, und der Arzt ihr folgte. Der Kranke wunderte sich, wie wenig krank er eigentlich war oder wie wenig die Krankheit ihn angriff, denn er erkannte die Eintretenden ganz genau, keine ihrer bekannten Einzelheiten fehlte, ja nicht einmal jene, welche ihm Gefühle der Öde oder des Ekels zu erregen pflegten, erschienen irgendwie übertrieben, alles war, wie es immer war.

... abzuschütteln, in gewöhnlichen Zeiten ruhig ertrug, in der Trunkenheit aber doch dagegen rebellierte. Und wenn ich natürlich auch die Intimitäten, die ich unter solchen Umständen erfuhr, keinesfalls in der Zeitung preisgeben wollte, hatte ich doch schon die Umrisse eines Artikels im Kopfe fertig, in welchem ich darstellen wollte, daß überall, wo sich menschliche Größe unverhüllt zeigen kann, also vor allem im Sport, sich auch gleich Gesindel herandrängt und rücksichtslos, ohne überhaupt ernstlich zu dem Helden aufzublicken, nur über die eigenen Interessen gebeugt, seinen Vorteil sucht und bestenfalls sein Verhalten damit entschuldigt, daß es zum Nutzen der Allgemeinheit geschehe.

... Dann lag die Ebene vor K. und in der Ferne, weit im Blauen auf einem kleinen Hügel, kaum zu erkennen, das Haus, zu dem er strebte. Aber es dauerte noch bis zum Abend und viele Male war ihm während des Tages das Ziel aus dem Blick entschwunden, bis er auf schon dunkelndem Feldweg plötzlich am Fuße jenes Hügels stand. »Da ist also mein Haus«, sagte er sich, »ein kleines altes klägliches Haus, aber es ist meines, und in ein paar Monaten soll es anders aussehn.« Und er stieg zwischen Wiesen den Hügel hinauf. Die Tür war offen, ja sie konnte gar nicht geschlossen werden, denn der eine Türflügel fehlte. Eine Katze, die auf der Schwelle gesessen hatte, verschwand mit großem Geschrei, so schreien Katzen sonst nicht. Die Türen der zwei Räume rechts und links von der Treppe waren offen, mit ein paar halbzerbrochenen alten Möbelstücken ausgestattet, sonst leer. Aber von oben, von der Treppe herab, die sich im Finstern verlor, fragte eine zitternde, fast röchelnde

Stimme, wer gekommen sei. K. machte einen großen Schritt über die ersten drei Stufen, die in der Mitte zerbrochen waren – sonderbarerweise sahen die Bruchstellen frisch aus, als sei es heute oder gestern geschehn –, und stieg hinauf. Auch oben war die Zimmertür offen …

Ich entlief ihr. Ich lief den Abhang hinunter. Das hohe Gras hinderte mich im Laufen. Sie stand oben bei einem Baum und sah mir nach.

Hier ist es unerträglich. Gestern sprach ich mit Jericho. Er sitzt in eine Ecke gedrückt und liest die Zeitung. Ich sagte: »Jericho, werden Sie für mich stimmen?« Er schüttelte nur den Kopf und las weiter. Ich sagte: »Ich will Ihre Stimme nicht als irgendeine beliebige Stimme. Ich werde doch keinesfalls genug Stimmen haben, mein Mißerfolg ist sicher. Aber …

Ich war einmal auch mitten in der Wahlbewegung. Das ist aber nun schon viele Jahre her. Ein Kandidat hatte mich für die Wahlperiode zu schriftlichen Arbeiten aufgenommen. Ich erinnere mich natürlich nur noch sehr undeutlich an das Ganze.

Was baust du? – Ich will einen Gang graben. Es muß ein Fortschritt geschehn. Zu hoch oben ist mein Standort.
Wir graben den Schacht von Babel.

Nur drei Zickzackstriche blieben von ihm zurück. Wie war er vergraben gewesen in seine Arbeit. Und wie war er in Wirklichkeit gar nicht vergraben gewesen.
Ein Strohhalm? Mancher hält sich an einem Bleistiftstrich über Wasser. Hält sich? Träumt als Ertrunkener von einer Rettung.

Der Tod mußte ihn aus dem Leben herausheben, so wie man einen Krüppel aus dem Rollwagen hebt. Er saß so fest und schwer in seinem Leben wie der Krüppel im Rollwagen.

Die zum Sterben Bereiten, sie lagen am Boden, sie lehnten an den Möbeln, sie klapperten mit den Zähnen, sie tasteten, ohne sich vom Platz zu rühren, die Wand ab.

Ein junger Student wollte an einem Abend im Januar zur Zeit der großen Gesellschaften seinen besten Freund, den Sohn eines hohen Staatsbeamten, aufsuchen. Er wollte ihm ein Buch zeigen, das er gerade las und von dem er ihm auch schon viel erzählt hatte. Es war ein schwer verständliches Buch über die Grundzüge der Geschichte der Volkswirtschaft, man konnte nur schwer folgen, der Autor hielt sein Thema, wie es in einer Kritik sehr bezeichnend hieß, an sich gedrückt wie der Vater das Kind, mit dem er durch die Nacht reitet. Trotz aller Schwierigkeit verlockte es aber den Studenten sehr; wenn er eine zusammenhängende Stelle durchdrungen hatte, fühlte er einen großen Gewinn; nicht nur die gerade vorgetragene Ansicht, sondern alles ringsherum schien ihm einleuchtender, besser bewiesen und widerstandskräftiger. Einigemal auf dem Weg zu seinem Freund blieb er unter einer Laterne stehn und las bei dem durch Schneenebel gedämpften Licht einige Sätze. Große, seine Fassungskraft übersteigende Sorgen bedrückten ihn, das Gegenwärtige war zu erfassen, die vor ihm liegende Aufgabe aber erschien ihm undeutlich und ohne Ende, vergleichbar nur seinen Kräften, die er ebenso und noch nicht aufgerufen in sich fühlte.

Das Schreiben versagt sich mir. Daher Plan der selbstbiographischen Untersuchungen. Nicht Biographie, sondern Untersuchung und Auffindung möglichst kleiner Bestandteile. Daraus will ich mich dann aufbauen, so wie einer, dessen Haus unsicher ist, daneben ein sicheres aufbauen will, womöglich aus dem Material des alten. Schlimm ist es allerdings, wenn mitten im Bau seine Kraft aufhört und er jetzt statt eines zwar unsichern aber doch vollständigen Hauses, ein halbzerstörtes und ein halbfertiges hat, also nichts. Was folgt ist Irrsinn, also etwa ein Kosakentanz zwischen den zwei Häusern, wobei der Kosak mit den Stiefelabsätzen die Erde so lange scharrt und auswirft, bis sich unter ihm sein Grab bildet.

Die Leichtfertigkeit der Kinder ist unbegreiflich. Aus dem Fenster meines Zimmers sehe ich in einen kleinen öffentlichen Garten hinunter. Ein kleiner städtischer Garten ist es, nicht viel mehr als ein staubiger freier Platz, der von welken Gesträuchen gegen die Gasse hin abgegrenzt ist. Dort spielten die Kinder, wie immer, auch heute nachmittag.

»Wie bin ich hierhergekommen?« rief ich. Es war ein mäßig großer, von mildem elektrischem Licht beleuchteter Saal, dessen Wände ich abschritt. Es waren zwar einige Türen vorhanden, öffnete man sie aber, dann stand man vor einer dunklen glatten Felswand, die kaum eine Handbreit von der Türschwelle entfernt war und geradlinig aufwärts und nach beiden Seiten in unabsehbare Ferne verlief. Hier war kein Ausweg. Nur eine Tür führte in ein Nebenzimmer, die Aussicht dort war hoffnungsreicher, aber nicht weniger befremdend als bei den anderen Türen. Man sah in ein Fürstenzimmer, Rot und Gold herrschte dort vor, es gab dort mehrere wandhohe Spiegel und einen großen Glaslüster. Aber das war noch nicht alles.

Ich muß nicht mehr zurück, die Zelle ist gesprengt, ich bewege mich, ich fühle meinen Körper.

Ich befahl mein Pferd aus dem Stall zu holen. Der Diener verstand mich nicht. Ich ging selbst in den Stall, sattelte mein Pferd und bestieg es. In der Ferne hörte ich eine Trompete blasen, ich fragte ihn, was das bedeute. Er wußte nichts und hatte nichts gehört. Beim Tore hielt er mich auf und fragte: »Wohin reitest du, Herr?« »Ich weiß es nicht«, sagte ich, »nur weg von hier, nur weg von hier. Immerfort weg von hier, nur so kann ich mein Ziel erreichen.« »Du kennst also dein Ziel?« fragte er. »Ja«, antwortete ich, »ich sagte es doch: ›Weg-von-hier‹, das ist mein Ziel.« »Du hast keinen Eßvorrat mit«, sagte er. »Ich brauche keinen«, sagte ich, »die Reise ist so lang, daß ich verhungern muß, wenn ich auf dem Weg nichts bekomme. Kein Eßvorrat kann mich retten. Es ist ja zum Glück eine wahrhaft ungeheuere Reise.«

Atemlos kam ich an. Eine Stange war ein wenig schief in den Boden gerammt und trug eine Tafel mit der Aufschrift ›Versenkung‹. Ich dürfte am Ziel sein, sagte ich mir und blickte mich um. Nur ein paar Schritte weit war eine unscheinbare, dicht mit Grün überwachsene Gartenlaube, aus der ich leichtes Tellerklappern hörte. Ich ging hin, steckte den Kopf durch die niedrige Öffnung, sah kaum etwas in dem dunklen Innern, grüßte aber doch und fragte: »Wissen Sie nicht, wer die Versenkung besorgt?« »Ich selbst, Ihnen zu dienen«, sagte eine freundliche Stimme, »ich komme sofort.« Nun erkannte ich langsam die kleine Gesellschaft, es war ein junges Ehepaar, drei kleine Kinder, die mit der Stirn kaum die Tischplatte erreichten, und ein Säugling, noch in den Armen der Mutter. Der Mann, der in der Tiefe der Laube saß, wollte gleich aufstehn und sich hinausdrängen, die Frau aber bat ihn herzlich, zuerst das Essen zu beenden, er jedoch zeigte auf mich, sie wiederum sagte, ich werde so freundlich sein und ein wenig warten und ihnen die Ehre erweisen, an ihrem armen Mittagessen teilzunehmen, ich schließlich, äußerst ärgerlich über mich selbst, der ich hier die Sonntagsfreude so häßlich störte, mußte sagen: »Leider leider, liebe Frau, kann ich der Einladung nicht entsprechen, denn ich muß mich augenblicklich, ja wirklich augenblicklich versenken lassen.« »Ach«, sagte die Frau, »gerade am Sonntag und noch beim Mittagessen. Ach die Launen der Leute. Die ewige Sklaverei.« »Zanken Sie doch nicht so«, sagte ich, »ich verlange es ja von Ihrem Mann nicht aus Mutwillen, und wüßte ich, wie man es macht, hätte ich es schon längst allein getan.« »Hören Sie nicht auf die Frau«, sagte der Mann, der schon neben mir war und mich fortzog. »Verlangen Sie doch nicht Verstand von Frauen.«

Es war ein schmaler, niedriger, rundgewölbter, weiß getünchter Gang, ich stand vor seinem Eingang, er führte schief in die Tiefe. Ich wußte nicht, ob ich eintreten sollte, unschlüssig zerrieb ich mit meinen Füßen das schüttere Gras, das vor dem Eingang wuchs. Da kam ein Herr vorüber, wohl zufällig, er war ein wenig gebückt, aber willkürlich, weil er mit mir sprechen wollte. »Wohin denn, Kleiner?« fragte er. »Noch nirgendhin«, sagte ich und blickte in sein fröhliches, aber hochmütiges Gesicht – es wäre hochmütig gewesen auch ohne das Monokel, das er trug – »noch nirgendhin. Ich überlege erst.«

»Sonderbar!« sagte der Hund und strich sich mit der Hand über die Stirn. »Wo bin ich denn herumgelaufen, zuerst über den Marktplatz, dann durch den Hohlweg den Hügel hinauf, dann vielemal über die große Hochebene kreuz und quer, dann den Absturz hinunter, dann ein Stück auf der Landstraße, dann links zum Bach, dann die

Pappelreihe entlang, dann an der Kirche vorbei, und jetzt bin ich hier. Warum denn das? Und ich war dabei verzweifelt. Ein Glück, daß ich wieder zurück bin. Ich fürchte mich vor diesem zwecklosen Herumlaufen, vor diesen großen öden Räumen, was für ein armer, hilfloser, kleiner, gar nicht mehr aufzufindender Hund bin ich dort. Es lockt mich auch gar nichts dazu, von hier wegzulaufen, hier im Hof ist mein Ort, hier ist meine Hütte, hier meine Kette für den manchmal eintretenden Fall der Bissigkeit, alles ist hier und reichliche Nahrung. Nun also. Ich würde auch niemals aus eigenem Willen von hier weglaufen, ich fühle mich hier wohl, bin stolz auf meine Stellung, wohlige, aber berechtigte Überhebung durchrieselt mich beim Anblick des anderen Viehs. Läuft aber irgendein anderes von den Tieren so sinnlos weg wie ich? Kein einziges, die Katze, das weiche krallige Ding, das niemand benötigt und niemand entbehrt, nehme ich aus, sie hat ihre Geheimnisse, die mich nicht kümmern, und läuft in ihrem Dienst herum, aber auch sie nur im Bezirk des Hauses. Ich bin also der einzige, der hie und da desertiert, und es kann mich ganz gewiß einmal meine überragende Stellung kosten. Heute scheint es glücklicherweise niemand bemerkt zu haben, aber letzthin machte schon Richard, der Sohn des Herrn, eine Bemerkung darüber. Es war Sonntag, Richard saß auf der Bank und rauchte, ich lag zu seinen Füßen, die Wange an die Erde gedrückt. ›Cäsar‹, sagte er, ›du böser, untreuer Hund, wo warst du heute morgens? Um fünf Uhr früh, also zu einer Zeit, wo du noch wachen sollst, habe ich dich gesucht und dich nirgends im Hof gefunden, erst um Viertel sieben bist du zurückgekommen. Das ist eine Pflichtverletzung sondergleichen, weißt du das?‹ So war es also wieder einmal entdeckt. Ich stand auf, setzte mich zu ihm, umfaßte ihn mit einem Arm und sagte: ›Lieber Richard, sieh es mir dieses eine Mal noch nach und verbreite die Sache nicht. Soweit es an mir liegt, es soll nicht wieder vorkommen.‹ Und ich weinte so sehr, aus allen möglichen Gründen, aus Verzweiflung über mich, aus Angst vor Strafe, aus Rührung über Richards friedliche Miene, aus Freude über das augenblickliche Fehlen eines Strafwerkzeugs, ich weinte so sehr, daß ich mit meinen Tränen Richards Rock näßte, er mich abschüttelte und mir befahl, mich zu kuschen. Damals versprach ich also Besserung und heute wiederholt sich das gleiche, ich war sogar länger fort als damals. Freilich, ich versprach nur, mich zu bessern, soweit es an mir liegt. Und es ist nicht meine Schuld ... «

Der Kampf mit der Zellenwand.

Unentschieden.

Es ist eine schöne und wirkungsvolle Vorführung, der Ritt, den wir den Ritt der Träume nennen. Wir zeigen ihn schon seit Jahren; der, welcher ihn erfunden hat, ist längst gestorben, an Lungenschwindsucht, aber diese seine Hinterlassenschaft ist geblieben und wir haben noch immer keinen Grund, den Ritt von den Programmen abzusetzen, um so weniger, als er von der Konkurrenz nicht nachgeahmt werden kann, er ist, trotzdem das auf den ersten Blick nicht verständlich ist, unnachahmbar. Wir pflegen ihn an den Schluß der ersten Abteilung zu setzen, als Abschluß des Abends würde er sich nicht eignen, es ist nichts Blendendes, nichts Kostbares, nichts, wovon man auf dem Nachhauseweg spricht, zum Schluß muß etwas kommen, was auch dem gröbsten Kopf unvergeßlich bleibt, etwas, was den ganzen Abend vor dem Vergessenwerden rettet, etwas derartiges ist dieser Ritt nicht, wohl aber ist er geeignet …

Ein Freund, den ich schon viele Jahre, mehr als zwanzig, nicht gesehen hatte und von dem ich auch nur sehr unregelmäßige, oft jahrelang ausbleibende Nachrichten bekommen hatte, sollte nun wieder einmal in unsere Stadt, in seine Vaterstadt zurückkommen. Ich hatte ihm, da er keine Verwandten mehr hier besaß und unter seinen Freunden ich der bei weitem ihm nächste war, ein Zimmer bei mir angeboten und hatte die Freude, die Einladung angenommen zu sehn. Die Einrichtung des Zimmers im Sinne meines Freundes zu vervollständigen, ließ ich mir sehr angelegen sein, ich suchte mich an seine Eigenheiten zu erinnern, an besondere Wünsche, die er manchmal, besonders bei unsern gemeinsamen Ferienreisen ausgesprochen hatte, suchte mich daran zu erinnern, was er in seiner nächsten Umgebung geliebt und was er verabscheut hatte, suchte mir die Einzelheiten vorzustellen, wie sein Jugendzimmer ausgesehen hatte, fand aus alledem nichts, was ich in meiner Wohnung, um sie ihm etwas heimischer zu machen, hätte einrichten können. Er stammte aus einer ärmlichen vielköpfigen Familie, Not und Lärm und Zank waren die Kennzeichen der Wohnung gewesen. Ich sah in der Erinnerung noch genau das Zimmer neben der Küche, in dem wir manchmal, selten genug, allein uns zusammenducken konnten, während nebenan in der Küche die übrige Familie ihre Streitigkeiten austrug, an denen es hier niemals fehlte. Ein kleines dunkles Zimmer mit unausrottbarem Kaffeegeruch, denn die Tür zu der noch dunkleren Küche war Tag und Nacht offen. Dort saßen wir beim Fenster, das auf eine überdeckte, den Hof umlaufende Pawlatsche hinausging und spielten Schach. Zwei Figuren fehlten in unserem Spiel und wir mußten sie durch Hosenknöpfe ersetzen, dadurch entstanden zwar, wenn wir die Bedeutung der Knöpfe verwechselten, oft Schwierigkeiten, aber wir waren an diesen Ersatz gewöhnt und blieben dabei. Nebenan auf dem Gang wohnte ein Paramentenhändler, ein lustiger, aber unruhiger Mann mit einem lang ausgezogenen Schnurrbart, an dem er wie auf einer Flöte herumgriff. Wenn dieser Mann abends nach Hause ging, mußte er an unserem Fenster vorüberkommen, dann blieb er gewöhnlich stehn, lehnte sich zu uns ins Zimmer herein und sah uns zu. Fast immer war er mit unserem Spiel unzufrieden, mit meinem wie mit dem des Freundes, gab ihm und mir Ratschläge, ergriff dann selbst die Figuren und machte Züge, die wir gelten lassen mußten, denn wenn wir sie ändern wollten, schlug er unsere Hände nieder; lange duldeten wir es, denn er war ein besserer Spieler als wir, nicht viel besser, aber doch so, daß wir von ihm lernen konnten; aber als er einmal, als es schon dunkel war, sich zu uns vorbeugte, das ganze Brett uns fortnahm und es vor sich auf das Fensterbrett legte, um sich den Spielstand genau ansehn zu können, stand ich, der ich gerade beim Spiel in wesentlichem Vorteil war und dies durch sein grobes Eingreifen gefährdet glaubte, in dem nichts überlegenden

Zorn des Knaben, dem ein offenbares Unrecht geschieht, auf und sagte, daß er uns im Spiel störe. Er sah uns kurz an, nahm wieder das Brett, legte es mit ironisch übertriebener Bereitwilligkeit wieder auf den alten Platz, ging fort und kannte uns von da an nicht mehr. Nur immer, wenn er am Fenster vorüberkam, machte er, ohne zu uns hereinzusehn, eine wegwerfende Bewegung mit der Hand. Zuerst feierten wir das Ganze als einen großen Sieg, aber dann fehlte er uns doch mit seinen Belehrungen, seiner Lustigkeit, seiner ganzen Teilnahme, wir vernachlässigten, ohne damals genau den Grund zu wissen, das Spiel und wandten uns bald gänzlich andern Dingen zu. Wir fingen an Marken zu sammeln und es war, wie ich erst nachträglich verstand, das Zeichen einer fast unbegreiflich engen Freundschaft, daß wir ein gemeinsames Markenalbum hatten. Eine Nacht wurde es immer bei mir aufbewahrt, die nächste bei ihm. Die durch diesen gemeinsamen Besitz schon an und für sich entstehenden Schwierigkeiten wurden noch dadurch erhöht, daß mein Freund überhaupt zu mir in die Wohnung nicht kommen durfte, meine Eltern erlaubten es nicht. Dieses Verbot war nicht eigentlich gegen ihn gerichtet, den die Eltern kaum kannten, sondern gegen seine Eltern, gegen seine Familie. In diesem Sinn war es auch wahrscheinlich nicht unbegründet, aber in seiner Form war es doch nicht sehr verständig, denn es wurde ja dadurch nichts anderes erreicht, als daß ich täglich zu meinem Freunde ging und dadurch in den Dunstkreis jener Familie noch viel tiefer geriet, als wenn der Freund zu uns hätte kommen dürfen. Bei meinen Eltern regierte eben statt des Verstandes oft nur Tyrannei, nicht nur mir gegenüber, sondern auch der Welt gegenüber. In diesem Fall genügte es ihnen – und hier war die Mutter mehr beteiligt als der Vater –, daß die Familie meines Freundes durch dieses Verbot bestraft und herabgewürdigt war. Daß ich dadurch in Mitleidenschaft gezogen war, ja daß mich die Eltern des Freundes in natürlicher Gegenwehr spöttisch und verächtlich behandelten, wußten meine Eltern allerdings nicht, bekümmerten sich aber um mich in dieser Richtung gar nicht und es hätte sie auch, wenn sie es erfahren hätten, nicht sehr berührt. So beurteile ich das Ganze natürlich nur im Rückblick, damals waren wir zwei Freunde, mit dem Stand der Dinge zufrieden genug, und das Leid wegen der Unvollkommenheit der Erdendinge drang noch nicht zu uns. Es war umständlich, das Album täglich hin- und herzutragen, aber …

Es kam Gesang aus einer Kneipe, ein Fenster war geöffnet, es war nicht eingehakt und schwankte hin und her. Es war eine kleine Hütte, ebenerdig, und ringsum war Leere, es war schon weit vor der Stadt. Es kam ein später Gast, schleichend, auf den Fußspitzen, in enganliegendem Kleid, tastete sich vor wie im Finstern und es war doch Mondlicht, horchte am Fenster, schüttelte den Kopf, verstand nicht, wie dieser schöne Gesang aus einer solchen Kneipe kam, schwang sich rücklings auf das Fensterbrett, unvorsichtig wohl, denn er konnte sich nicht oben erhalten und fiel gleich ins Innere, aber nicht tief, denn beim Fenster stand ein Tisch. Die Weingläser flogen zu Boden, zwei Männer, die bei dem Tisch gesessen waren, erhoben sich und warfen kurz entschlossen den neuen Gast, die Füße hatte er ja noch außen, wieder durch das Fenster zurück, er fiel in weiches Gras, stand gleich auf und horchte, aber der Gesang hatte aufgehört.

Der Ort hieß Thamühl. Es war dort sehr feucht.

In der Thamühler Synagoge lebt ein Tier von der Größe und Gestalt etwa eines Marders.

Die Synagoge von Thamühl ist ein einfacher kahler niedriger Bau aus dem Ende des vorigen Jahrhunderts. So klein die Synagoge ist, so reicht sie doch völlig aus, denn auch die Gemeinde ist klein und verkleinert sich von Jahr zu Jahr. Schon jetzt macht es der Gemeinde Mühe, die Kosten für die Erhaltung der Synagoge aufzubringen und es gibt einzelne, welche offen sagen, daß ein kleines Betzimmer durchaus dem Gottesdienst genügen würde.

In unserer Synagoge lebt ein Tier in der Größe etwa eines Marders. Es ist oft sehr gut zu sehn, bis auf eine Entfernung von etwa zwei Metern duldet es das Herankommen der Menschen. Seine Farbe ist ein helles Blaugrün. Sein Fell hat noch niemand berührt, es läßt sich also darüber nichts sagen, fast möchte man behaupten, daß auch die wirkliche Farbe des Felles unbekannt ist, vielleicht stammt die sichtbare Farbe nur vom Staub und Mörtel, die sich im Fell verfangen haben, die Farbe ähnelt ja auch dem Verputz des Synagogeninnern, nur ist sie ein wenig heller. Es ist, von seiner Furchtsamkeit abgesehn, ein ungemein ruhiges seßhaftes Tier; würde es nicht so oft aufgescheucht werden, es würde wohl den Ort kaum wechseln, sein Lieblingsaufenthalt ist das Gitter der Frauenabteilung, mit sichtbarem Behagen krallt es sich in die Maschen des Gitters, streckt sich und blickt hinab in den Betraum, diese kühne Stellung scheint es zu freuen, aber der Tempeldiener hat den Auftrag, das Tier niemals am Gitter zu dulden, es würde sich an diesen Platz gewöhnen, und das kann man wegen der Frauen, die das Tier fürchten, nicht zulassen. Warum sie es fürchten, ist unklar. Es sieht allerdings beim ersten Anblick erschreckend aus, besonders der lange Hals, das dreikantige Gesicht, die fast waagrecht vorstehenden Oberzähne, über der Oberlippe eine Reihe langer, die Zähne überragender, offenbar ganz harter, heller Borstenhaare, das alles kann erschrecken, aber bald muß man erkennen, wie ungefährlich dieser ganze scheinbare Schrecken ist. Vor allem hält es sich ja von den Menschen fern, es ist scheuer als ein Waldtier und scheint mit nichts als dem Gebäude verbunden und sein persönliches Unglück besteht wohl darin, daß dieses Gebäude eine Synagoge ist, also ein zeitweilig sehr belebter Ort. Könnte man sich mit dem Tier verständigen, könnte man es allerdings damit trösten, daß die Gemeinde unseres Bergstädtchens von Jahr zu Jahr kleiner wird und es ihr schon Mühe macht, die Kosten für die Erhaltung der Synagoge aufzubringen. Es ist nicht ausgeschlossen, daß in einiger Zeit aus der Synagoge ein Getreidespeicher wird oder dergleichen und daß das Tier die Ruhe bekommt, die ihm jetzt schmerzlich fehlt.

Es sind allerdings nur die Frauen, die das Tier fürchten, den Männern ist es längst gleichgültig geworden, eine Generation hat es der anderen gezeigt, immer wieder hat man es gesehn, schließlich hat man keinen Blick mehr daran gewendet und selbst die Kinder, die es zum erstenmal sehn, staunen nicht mehr. Es ist das Haustier der Synagoge geworden, warum sollte nicht die Synagoge ein besonderes, nirgends sonst vorkommendes Haustier haben? Wären nicht die Frauen, man würde kaum mehr von der Existenz des Tieres wissen. Aber selbst die Frauen haben keine wirkliche Furcht vor dem Tier, es wäre auch zu sonderbar, ein solches Tier tagaus, tagein zu fürchten, jahre- und jahrzehntelang. Sie verteidigen sich zwar damit, daß ihnen das Tier meist viel näher ist als den Männern, und das ist richtig. Hinunter zu den Männern wagt sich das Tier nicht, niemals hat man es noch auf dem Fußboden gesehn. Läßt man es nicht zum Gitter der Frauenabteilung, so hält es sich wenigstens in gleicher Höhe auf der gegenüberliegenden Wand auf. Dort ist ein ganz schmaler Mauervorsprung, kaum zwei Finger breit, er umläuft drei Seiten der Synagoge, auf diesem Vorsprung huscht das Tier manchmal hin und her, meistens aber hockt es ruhig auf einer bestimmten Stelle gegenüber den Frauen. Es ist fast unbegreiflich, wie es diesen schmalen Weg so leicht benützen kann, und die Art, wie es dort oben, am Ende angekommen, wieder wendet, ist sehenswert, es ist doch schon ein sehr altes Tier, aber es zögert nicht, den gewagtesten Luftsprung zu machen, der auch niemals mißlingt, in der Luft hat es sich umgedreht und schon läuft es wieder seinen Weg zurück. Allerdings wenn man das einigemal gesehen hat, ist man gesättigt und hat keinen Anlaß, immerfort hinzustarren. Es ist ja auch weder Furcht noch Neugier, welche die Frauen in Bewegung hält, würden sie sich mehr mit dem Beten beschäftigen, könnten sie das Tier völlig vergessen, die frommen Frauen täten das auch, wenn es die andern, welche die große Mehrzahl sind, zuließen, diese aber wollen immer gern auf sich aufmerksam machen und das Tier ist ihnen dafür ein willkommener Vorwand. Wenn sie es könnten und wenn sie es wagten, hätten sie das Tier noch näher an sich gelockt, um noch mehr erschrecke zu dürfen. Aber in Wirklichkeit drängt sich ja das Tier gar nicht zu ihnen, es kümmert sich, wenn es nicht angegriffen wird, um sie ebensowenig wie um die Männer, am liebsten würde es wahrscheinlich in der Verborgenheit bleiben, in der es in den Zeiten außerhalb des Gottesdienstes lebt, offenbar in irgendeinem Mauerloch, das wir noch nicht entdeckt haben. Erst wenn man zu beten anfängt, erscheint es, erschreckt durch den Lärm. Will es sehen, was geschehen ist, will es wachsam bleiben, will es frei sein, fähig zur Flucht? Vor Angst läuft es hervor, aus Angst macht es seine Kapriolen und wagt sich nicht zurückzuziehen, bis der Gottesdienst zu Ende ist. Die Höhe bevorzugt es natürlich deshalb, weil es dort am sichersten ist, und die besten Laufmöglichkeiten hat es auf dem Gitter und dem Mauervorsprung, aber es ist keineswegs immer dort, manchmal steigt es auch tiefer zu den Männern hinab, der Vorhang der Bundeslade wird von einer glänzenden Messingstange getragen, die scheint das Tier zu locken, oft genug schleicht es hin, dort aber ist es immer ruhig, nicht einmal wenn es dort knapp bei der Bundeslade ist, kann man sagen, daß es stört, mit seinen blanken, immer offenen, vielleicht lidlosen Augen scheint es die Gemeinde anzusehen, sieht aber gewiß niemanden an, sondern blickt nur den Gefahren entgegen, von denen es sich bedroht fühlt.

In dieser Hinsicht schien es, wenigstens bis vor kurzem, nicht viel verständiger als unsere Frauen. Was für Gefahren hat es denn zu fürchten? Wer beabsichtigt ihm etwas zu tun? Lebt es denn nicht seit vielen Jahren völlig sich selbst überlassen? Die Männer kümmern sich nicht um seine Anwesenheit, und die Mehrzahl der Frauen wäre wahrscheinlich unglücklich, wenn es verschwände. Und da es das einzige Tier im Haus ist, hat es also überhaupt keinen Feind. Das hätte es nachgerade im Laufe der Jahre schon durchschauen können. Und der Gottesdienst mit seinem Lärm mag ja für das Tier sehr erschreckend sein, aber er wiederholt sich doch in bescheidenem Ausmaß jeden Tag und gesteigert an den Festtagen, immer regelmäßig und ohne Unterbrechung; auch das ängstlichste Tier hätte sich schon daran gewöhnen können, besonders, wenn es sieht, daß es nicht etwa der Lärm von Verfolgern ist, sondern ein Lärm, den es gar nicht begreift. Und doch diese Angst. Ist es die Erinnerung an längst vergangene oder die Vorahnung künftiger Zeiten? Weiß dieses alte Tier vielleicht mehr als die drei Generationen, die jeweils in der Synagoge versammelt sind?

Vor vielen Jahren, so erzählt man, soll man wirklich versucht haben, das Tier zu vertreiben. Es ist ja möglich, daß es wahr ist, wahrscheinlicher aber ist es, daß es sich nur um erfundene Geschichten handelt. Nachweisbar allerdings ist, daß man damals vom religionsgesetzlichen Standpunkt aus die Frage untersucht hat, ob man ein solches Tier im Gotteshause dulden darf. Man holte die Gutachten verschiedener berühmter Rabbiner ein, die Ansichten waren geteilt, die Mehrheit war für die Vertreibung und Neueinweihung des Gotteshauses. Aber es war leicht, von der Ferne zu dekretieren, in Wirklichkeit war es ja unmöglich, das Tier zu fangen, und deshalb auch unmöglich, es zu vertreiben. Denn nur, wenn man es gefangen und weit fortgeschafft hätte, hätte man die annähernde Sicherheit haben können, es los zu sein.

Vor vielen Jahren, so erzählt man, soll man wirklich noch versucht haben, das Tier zu vertreiben. Der Tempeldiener will sich erinnern, daß sein Großvater, der auch Tempeldiener gewesen ist, mit Vorliebe davon erzählte. Dieser Großvater habe als kleiner Junge öfters von der Unmöglichkeit gehört, das Tier loszuwerden, da habe ihn, der ein ausgezeichneter Kletterer war, der Ehrgeiz nicht ruhen lassen, an einem hellen Vormittag, an dem die ganze Synagoge mit allen Winkeln und Verstecken im Sonnenlicht offen dalag, habe er sich hineingeschlichen, ausgerüstet mit einem Strick, einer Steinschleuder und einem Krummstock.

Ich war in ein undurchdringliches Dorngebüsch geraten und rief laut den Parkwächter. Er kam gleich, konnte aber nicht zu mir vordringen. »Wie sind Sie denn dort mitten in das Dorngebüsch gekommen«, rief er, »können Sie nicht auf dem gleichen Weg wieder zurück?« »Unmöglich«, rief ich, »ich finde den Weg nicht wieder. Ich bin in Gedanken ruhig spazierengegangen und plötzlich fand ich mich hier, es ist, wie wenn das Gebüsch erst gewachsen wäre, nachdem ich hier war. Ich komme nicht mehr heraus, ich bin verloren.« »Sie sind wie ein Kind«, sagte der Wächter, »zuerst drängen Sie sich auf einem verbotenen Weg durch das wildeste Gebüsch und dann jammern Sie. Sie sind doch nicht in einem Urwald, sondern im öffentlichen Park und man wird Sie herausholen.« »So ein Gebüsch gehört aber nicht in einen Park«, sagte ich, »und wie will man mich retten, es kann doch niemand herein. Will man es aber versuchen, dann muß man es gleich tun, es ist ja gleich Abend, die Nacht halte ich hier nicht aus, ich bin auch schon ganz zerkratzt von den Dornen, und mein Zwicker ist mir hinuntergefallen und ich kann ihn nicht finden, ich bin ja halbblind ohne Zwicker.« »Das ist alles gut und schön«, sagte der Wächter, »aber ein Weilchen werden Sie sich noch gedulden müssen, ich muß doch zuerst Arbeiter holen, die den Weg aushacken, und vorher noch die Bewilligung des Herrn Parkdirektors einholen. Also ein wenig Geduld und Männlichkeit, wenn ich bitten darf.«

Es kam ein Herr zu uns, den ich schon öfters gesehn hatte, ohne ihm aber eine Bedeutung beizumessen. Er ging mit den Eltern ins Schlafzimmer, sie waren ganz gefangen von dem, was er sprach, und schlossen geistesabwesend die Tür hinter sich; als ich ihnen nachgehen wollte, hielt mich Frieda, die Köchin, zurück, natürlich schlug ich um mich und weinte, aber Frieda war die stärkste Köchin, an die ich mich erinnern kann, sie verstand es, meine Hände mit unwiderstehlichem Griff zu pressen und dabei mich so weit vom Leib zu halten, daß ich sie mit den Füßen nicht erreichen konnte. Dann war ich wehrlos und konnte nur schimpfen. »Du bist wie ein Dragoner«, schrie ich, »schäm dich, bist ein Mädchen und bist doch wie ein Dragoner.« Aber mit nichts konnte ich sie in Erregung bringen, sie war ein ruhiges, fast melancholisches Mädchen. Sie ließ erst von mir ab, als die Mutter aus dem Schlafzimmer herauskam, um etwas aus der Küche zu holen. Ich hing mich an den Rock der Mutter. »Was will der Herr?« fragte ich. »Ach«, sagte sie und küßte mich, »es ist nichts, er will nur, daß wir verreisen.« Da freute ich mich sehr, denn im Dorf, wo wir immer während der Ferien waren, war es viel schöner als in der Stadt. Aber die Mutter erklärte mir, daß ich nicht mitfahren könne, ich müsse doch in die Schule gehn, es seien ja keine Ferien und jetzt komme der Winter, auch würden sie nicht ins Dorf fahren, sondern in eine Stadt, viel weiter, doch verbesserte sie sich, als sie sah, wie ich erschrak, und sagte, nein die Stadt sei nicht weiter, sondern viel näher als das Dorf. Und als ich es nicht recht glauben konnte, führte sie mich zum Fenster und sagte, die Stadt sei so nahe, daß man sie fast vom Fenster aus sehen könne, aber das stimmte nicht, wenigstens nicht an diesem trüben Tag, denn man sah nichts weiter als was man immer sah, die enge Gasse unten und die Kirche gegenüber. Dann ließ sie mich stehn, lief in die Küche, kam mit einem Glas Wasser, winkte Frieda ab, die wieder gegen mich losgehn wollte und schob mich vor sich her ins Schlafzimmer hinein. Dort saß der Vater müde im Lehnstuhl und langte schon nach dem Wasser. Als er mich sah, lächelte er und fragte, was ich dazu sage, daß sie verreisen würden. Ich sagte, daß ich sehr gerne mitfahren würde. Er sagte aber, daß ich noch zu klein sei und es sei eine sehr anstrengende Reise. Ich fragte, warum sie denn fahren müssen. Der Vater zeigte auf den Herrn. Der Herr hatte goldene Rockknöpfe und putzte eben einen mit dem Taschentuch. Ich bat ihn, er möge die Eltern zu Hause lassen, denn wenn sie wegfahren würden, müßte ich mit Frieda allein bleiben und das sei unmöglich.

Es rollen die Räder des goldenen Wagens, knirschend im Kies machen sie halt, ein Mädchen will aussteigen, schon berührt ihre Fußspitze den Wagentritt, da sieht sie mich und schlüpft in den Wagen zurück.

Es war einmal ein Geduldspiel, ein billiges einfaches Spiel, nicht viel größer als eine Taschenuhr und ohne irgendwelche überraschende Einrichtungen. In der rotbraun angestrichenen Holzfläche waren einige blaue Irrwege eingeschnitten, die in eine kleine Grube mündeten. Die gleichfalls blaue Kugel war durch Neigen und Schütteln zunächst in einen der Wege zu bringen und dann in die Grube. War die Kugel in der Grube, dann war das Spiel zu Ende, wollte man es von neuem beginnen, mußte man die Kugel wieder aus der Grube schütteln. Bedeckt war das Ganze von einem starken gewölbten Glas, man konnte das Geduldspiel in die Tasche stecken und mitnehmen und wo immer man war, konnte man es hervornehmen und spielen.

War die Kugel unbeschäftigt, so ging sie meistens, die Hände auf dem Rücken, auf der Hochebene hin und her, die Wege vermied sie. Sie war der Ansicht, daß sie während des Spieles genug mit den Wegen gequält werde und daß sie reichlichen Anspruch darauf habe, wenn nicht gespielt würde, sich auf der freien Ebene zu erholen. Manchmal sah sie gewohnheitsmäßig zu dem gewölbten Glase auf, doch ohne die Absicht, oben etwas zu erkennen. Sie hatte einen breitspurigen Gang und behauptete, daß sie nicht für die schmalen Wege gemacht sei. Das war zum Teil richtig, denn die Wege konnten sie wirklich kaum fassen, es war aber auch unrichtig, denn tatsächlich war sie sehr sorgfältig der Breite der Wege angepaßt, bequem aber durften ihr die Wege nicht sein, denn sonst wäre es kein Geduldspiel gewesen.

Es wurde mir erlaubt, in einen fremden Garten einzutreten. Beim Eingang waren einige Schwierigkeiten zu überwinden, aber schließlich stand hinter einem Tischchen ein Mann halb auf und steckte mir eine dunkelgrüne Marke, die von einer Stecknadel durchstochen war, ins Knopfloch. »Das ist wohl ein Orden«, sagte ich im Scherz, aber der Mann klopfte mir nur kurz auf die Schulter, so als wolle er mich beruhigen – aber warum denn beruhigen? – Durch einen Blick verständigten wir uns darüber, daß ich jetzt eintreten könne. Aber nach ein paar Schritten erinnerte ich mich, daß ich noch nicht gezahlt hatte. Ich wollte umkehren, aber da sah ich eine große Dame in einem Reisemantel aus gelblichgrauem grobem Stoff eben bei dem Tischchen stehn und eine Anzahl winziger Münzen auf den Tisch zählen. »Das ist für Sie«, rief der Mann, der meine Unruhe wahrscheinlich bemerkt hatte, über den Kopf der tief hinabgebeugten Dame mir zu. »Für mich?« fragte ich ungläubig und sah hinter mich, ob nicht jemand anderer gemeint war. »Immer diese Kleinlichkeiten«, sagte ein Herr, der vom Rasen herkam, langsam den Weg vor mir querte und wieder im Rasen weiterging. »Für Sie. Für wen denn sonst? Hier zahlt einer für den andern.« Ich dankte für die allerdings unwillig gegebene Auskunft, machte aber den Herrn darauf aufmerksam, daß ich für niemanden gezahlt hatte. »Für wen sollten Sie denn zahlen?« sagte der Herr im Weggehn. Jedenfalls wollte ich auf die Dame warten und mich mit ihr zu verständigen suchen, aber sie nahm einen andern Weg, mit ihrem Mantel rauschte sie dahin, zart flatterte hinter der mächtigen Gestalt ein bläulicher Hutschleier. »Sie bewundern Isabella«, sagte ein Spaziergänger neben mir und sah gleichfalls der Dame nach. Nach einer Weile sagte er: »das ist Isabella.«

Es ist Isabella, der Apfelschimmel, das alte Pferd, ich hätte sie in der Menge nicht erkannt, sie ist eine Dame geworden, wir trafen einander letzthin in einem Garten bei einem Wohltätigkeitsfest. Es ist dort eine kleine, abseits liegende Baumgruppe, die einen kühlen beschatteten Wiesenplatz einschließt, mehrere schmale Wege durchziehen ihn, es ist zuzeiten sehr angenehm, dort zu sein. Ich kenne den Garten von früher her und als ich des Festes müde war, bog ich in jene Baumgruppe ein. Kaum trete ich unter die Bäume, sehe ich von der andern Seite eine große Dame mir entgegenkommen; ihre Größe machte mich fast bestürzt, es war niemand sonst in der Nähe, mit dem ich sie hätte vergleichen können, aber ich war überzeugt, daß ich keine Frau kannte, welche dieser nicht um mehrere Kopflängen – im ersten Staunen dachte ich gar um unzählige – nachstehen müßte. Aber als ich näher kam, war ich bald beruhigt. Isabella, die alte Freundin! »Wie bist du denn aus deinem Stall entwichen?« »Ach, es war nicht schwer, ich werde ja eigentlich nur gnadenweise noch gehalten, meine Zeiten sind vorüber; erkläre ich meinem Herrn, daß ich, statt unnütz im Stall zu stehn, nun auch noch ein wenig die Welt kennenlernen will, solange die Kräfte reichen, erkläre ich das meinem Herrn, versteht er mich, sucht einige Kleider der Seligen aus, hilft mir noch beim Anziehn und entläßt mich mit guten Wünschen.« »Wie schön du bist!« sage ich, nicht ganz ehrlich, nicht ganz lügnerisch.

Das Synagogentier – Seligmann und Graubart – Ist das schon Ernst? – Der Bauarbeiter.

Die Heirat Lisbeth Seligmanns mit Franz Graubart war sehr sorgfältig vorbereitet.

Entschuldigen Sie, daß ich plötzlich so zerstreut wurde. Sie machen mir die Mitteilung von Ihrer Verlobung, die erfreulichste Nachricht, die es geben kann, und ich werde plötzlich teilnahmslos und scheine mich mit ganz anderen Dingen zu beschäftigen. Es ist aber gewiß nur scheinbare Teilnahmslosigkeit, mir ist nämlich eine Geschichte eingefallen, eine alte Geschichte, die ich einmal in der Nähe, aber immerhin in aller Sicherheit miterlebt habe, in aller Sicherheit, und doch beteiligter als bei Dingen, die mich geradezu betrafen. Es liegt das an der Sache, man konnte damals nicht unbeteiligt bleiben, selbst wenn man nur den letzten Zipfel der Geschichte zu sehen bekommen hätte.

Der Gefängniswärter wollte das eiserne Tor aufsperren, aber das Schloß war rostig, die Kräfte des alten Mannes genügten nicht, der Gehilfe mußte heran, er machte aber ein zweifelndes Gesicht, nicht wegen des rostigen Schlosses.

Die Helden wurden aus dem Gefängnis entlassen, sie ordneten sich ungeschickt in einer Reihe, durch die Haft hatten sie an Beweglichkeit sehr verloren. Mein Freund, der Gefangenenaufseher, nahm aus seiner Aktenmappe das Heldenverzeichnis, es war das einzige Schriftstück in seiner Mappe, wie ich ohne jede Bosheit – es war doch keine Schreiberanstellung – bemerkte und machte sich daran, die Helden einzeln aufzurufen und die Namen im Verzeichnis dann abzustreichen. Ich saß seitlich an seinem Schreibtisch und überblickte mit ihm die Reihe der Helden.

Don Quixote mußte auswandern, ganz Spanien lachte über ihn, er war dort unmöglich geworden. Er reiste durch Südfrankreich, wo er hier und da liebe Leute traf, mit denen er sich anfreundete, überstieg mitten im Winter unter den größten Mühen und Entbehrungen die Alpen, zog dann durch die oberitalienische Tiefebene, wo er sich aber nicht wohlfühlte, und kam endlich nach Mailand.

Auf den Gütern der M.'schen Herrschaft hat sich die Einführung eines sogenannten Aufpeitschers sehr bewährt. Mit Erfolg wird diese Neueinrichtung anderswo allerdings nur dann nachgeahmt werden können, wenn man sich einer Person versichern kann, die für dieses Amt so vorzüglich geeignet ist wie der Aufpeitscher in M. Der Fürst selbst hat ihn entdeckt, kurz vor der eigentlichen Erntearbeit geht der Fürst, auf den Krückstock gestützt, durch die Hauptstraße des Dorfes, er ist noch nicht alt, muß aber schon seit einigen Jahren den Krückstock benützen wegen irgendeines Beinleidens, das jetzt noch nicht arg ist, aber, wie die Ärzte befürchten, sich gefährlich entwickeln kann. Wie nun der Fürst langsam dahin geht, hie und da auf den Stock gestützt auch stehnbleibt, die vorteilhafteste Einteilung der Erntearbeit überlegt – er ist ein sehr tätiger, mit sachlicher Freude tätiger Landwirt – und bei diesen Überlegungen immer wieder daran stößt, daß es trotz unsinnig steigender Löhne an Arbeitskräften fehlt oder vielmehr, daß Arbeitskräfte eigentlich im Überfluß vorhanden wären, wenn nur diese Kräfte auch wirklich arbeiten wollten, wie es sein soll und wie es auf den Feldern der Bauern auch geschieht, aber auf den herrschaftlichen Feldern leider ganz und gar nicht, wie er alles dieses schon vielfach Durchdachte mit Zorn – auch macht sich der kranke Fuß bemerkbarer als sonst – wieder einmal durchdenkt, bemerkt er auf der Schwelle einer halbverfallenen Hütte einen Burschen, der ihm dadurch auffällt, daß er wohl schon zwanzig Jahre alt ist, aber bloßfüßig, in Schmutz und Fetzen wie ein kleiner unnützer Schuljunge aussieht.

Der allerunterste Raum des Ozeandampfers, der das ganze Schiff durchgeht, ist völlig leer, allerdings ist er kaum ein Meter hoch. Die Konstruktion des Schiffes verlangt diesen leeren Raum. Ganz leer ist er freilich nicht, er gehört den Ratten.

Ich habe seit jeher einen gewissen Verdacht gegen mich gehabt. Aber es geschah nur hie und da, zeitweilig, lange Pausen waren dazwischen, hinreichend um zu vergessen. Es waren außerdem Geringfügigkeiten, die gewiß auch bei andern vorkommen und dort nichts Ernstliches bedeuten, etwa das Staunen über das eigene Gesicht im Spiegel, oder über das Spiegelbild des Hinterkopfes oder auch der ganzen Gestalt, wenn man plötzlich auf der Gasse an einem Spiegel vorüberkommt.

Ich habe seit jeher einen gewissen Verdacht gegen mich gehabt, einen Verdacht etwa ähnlich demjenigen, den ein angenommenes Kind gegen seine Pflegeeltern [hat], auch wenn es sorgfältig in dem Glauben erhalten wird, daß die Pflegeeltern seine leiblichen Eltern sind. Es ist irgendein Verdacht da, mögen auch die Pflegeeltern das Kind wie ihr eigenes lieben und nichts an Zärtlichkeit und Geduld verabsäumen, es ist ein Verdacht, der sich vielleicht nur zeitweilig und nach langen Zwischenpausen, nur bei kleinen zufälligen Gelegenheiten äußert, der aber doch lebendig ist, der, wenn er einmal ruht, nicht verschwunden ist, sondern Kräfte sammelt, in günstiger Stunde mit einem Sprung aus winzigem Unbehagen ein großer, wilder, böser, keine Fessel mehr vertragender Verdacht werden kann und der bedenkenlos alles dem Verdächtigen mit dem Verdächtigten Gemeinsame zerstört. Ich fühle seine Regung, wie die Schwangere die Bewegung des Kindes fühlt, und ich weiß außerdem, daß ich seine wirkliche Geburt nicht überleben werde. Lebe, schöner Verdacht, großer mächtiger Gott, und laß mich sterben, der ich dich geboren habe, der du dich von mir gebären ließest.

Ich heiße Kalmus, es ist kein ungewöhnlicher Name und doch reichlich sinnlos. Er hat mir immer zu denken gegeben. »Wie?« sagte ich zu mir, »du heißt Kalmus? Stimmt denn das?« Es gibt viele Leute, selbst wenn man sich nur auf deine große Verwandtschaft beschränkt, die Kalmus heißen und durch ihr Dasein diesem an sich sinnlosen Namen einen recht guten Sinn geben. Sie sind als Kalmus geboren und werden als solche in Frieden sterben, zumindest was den Frieden mit dem Namen betrifft.

Ein junger ehrgeiziger Student, der sich für den Fall der Pferde von Elberfeld sehr interessiert und alles, was über diesen Gegenstand im Druck erschienen war, genau gelesen und überdacht hatte, entschloß sich, auf eigene Faust Versuche in diesen Richtungen anzustellen und die Sache von vornherein ganz anders und nach seiner Meinung unvergleichlich richtiger anzufassen als seine Vorgänger. Seine Geldmittel allerdings waren an sich unzureichend, um ihm Versuche im großen Ausmaße zu ermöglichen, und wenn das erste Pferd, das er für seine Versuche ankaufen wollte, sich als starrköpfig erweisen würde, was selbst bei angestrengtester Arbeit erst nach Wochen festgestellt werden kann, so hätte er für längere Zeit keine Aussicht gehabt, mit neuen Versuchen zu beginnen. Doch war er dadurch nicht übermäßig geängstigt, weil nach seiner Methode wahrscheinlich jede Starrköpfigkeit überwunden werden konnte. Jedenfalls ging er seiner vorsichtigen Natur entsprechend schon bei der Berechnung des Aufwandes, der ihm erwachsen würde, und der Mittel, die er aufbringen konnte, ganz planmäßig vor. Den Betrag, den er während des Studiums zum knappen Lebensunterhalt benötigte, hatten ihm bisher seine Eltern, arme Geschäftsleute in der Provinz, regelmäßig jeden Monat geschickt, auf diese Unterstützung gedachte er auch weiterhin nicht zu verzichten, trotzdem er natürlich sein Studium, welches die Eltern von der Ferne mit großen Hoffnungen verfolgten, unbedingt aufgeben mußte, wenn er auf dem neuen Gebiet, das er jetzt betreten würde, die erwarteten großen Erfolge erzielen wollte. Daran, daß die Eltern für diese Arbeiten Verständnis haben oder ihn etwa gar darin fördern würden, war nicht zu denken, er mußte ihnen also seine Absichten, so peinlich ihm das war, verschweigen und sie in dem Glauben erhalten, daß er in seinem bisherigen Studium regelmäßig fortschreite. Diese Täuschung seiner Eltern war nur eines der Opfer, die er sich zum Nutzen der Sache auferlegen wollte. Zur Deckung der voraussichtlich großen Kosten, welche für seine Arbeiten erforderlich sein würden, konnte der Betrag der Eltern nicht genügen. Der Student wollte daher von nun ab den größten Teil des Tages, der bisher seinem Studium gedient hatte, zur Erteilung von privaten Unterrichtsstunden verwenden. Der größte Teil der Nacht aber sollte der eigentlichen Arbeit dienen. Nicht nur, weil er durch seine ungünstigen äußern Verhältnisse dazu gezwungen war, wählte der Student die Nachtzeit für den Unterricht des Pferdes aus, auch die neuen Grundsätze, die er in den Unterricht der Pferde einführen wollte, verwiesen ihn auf die Nacht aus verschiedenen Gründen. Auch die kürzeste Ablenkung der Aufmerksamkeit des Pferdes bedeutete seiner Meinung nach für den Unterricht einen unheilbaren Schaden, davor war er in der Nacht möglichst sicher. Die Reizbarkeit, von der Mensch und Tier, wenn sie in der Nacht wachen und arbeiten, ergriffen werden, war in seinem Plan ausdrücklich verlangt. Er fürchtete nicht wie andere Sachverständige die Wildheit des Pferdes, er forderte sie vielmehr, ja er wollte sie erzeugen, zwar nicht durch die Peitsche, aber durch das Reizmittel seiner unablässigen Anwesenheit und des unablässigen Unterrichts. Er behauptete, im richtigen Unterricht der Pferde dürfe es keine einzelnen Fortschritte geben, einzelne Fortschritte, deren sich in der letzten Zeit verschiedene Pferdeliebhaber so übermäßig rühmten, seien nichts anderes als entweder Erzeugnisse der Einbildung der Erzieher oder aber, was noch schlimmer sei, das deutlichste Zeichen, daß es zu einem allgemeinen Fortschritt niemals kommen werde. Er selbst wollte sich vor nichts anderem so hüten als vor der Erzielung einzelner Fortschritte, die Genügsamkeit seiner Vorgänger, die mit dem Gelingen kleiner Rechenkunststücke schon etwas erreicht zu haben glaubten, erschien ihm unbegreiflich, es war so, als wenn man in der Kindererziehung damit einsetzen wollte, daß man dem Kind, gleichgültig, ob es gegen die ganze Menschheit blind, taub und gefühllos war, nichts anderes als das kleine Einmaleins einbleute. Das war alles so töricht und die Fehler der andern Pferdeerzieher erschienen ihm manchmal so erschreckend grell, daß er dann sogar Verdacht gegen sich selbst faßte, denn es war ja fast unmöglich, daß ein einzelner, überdies ein unerfahrener einzelner, den nur eine unüberprüfte, aber allerdings tiefe und geradezu wilde Überzeugung vorwärtstrieb, gegenüber allen Kennern recht behalten sollte.

Der Tatbestand, der rücksichtlich des plötzlichen Todes des Advokaten Monderry zunächst festgestellt wurde, war folgender: Eines Morgens gegen halb fünf Uhr, es war ein schöner Junimorgen und schon ganz hell, lief Frau Monderry aus ihrer Wohnung im dritten Stockwerk, beugte sich über das Treppengeländer und rief mit ausgebreiteten Armen, offenbar in der Absicht, das ganze Haus zu Hilfe zu rufen: »Mein Mann ist ermordet worden! Gnade! Gnade! Mein guter Mann ist ermordet worden!« Der erste, der Frau Monderry sah und hörte, war ein Bäckerjunge, der gerade zu dieser Zeit, in beiden Händen einen großen Korb mit Semmeln, die letzten Stufen zum dritten Stockwerk erstieg. Er war es auch, der beim ersten Verhör behauptete, den Anruf der Frau Monderry wortgetreu im Gedächtnis behalten zu haben. Später jedoch, als er Frau Monderry gegenübergestellt wurde, nahm er diese Aussage zurück und erklärte, er könne sich doch getäuscht haben, da er im ersten Augenblick allzusehr über die Erscheinung der Frau erschrocken sei. Das war allerdings sehr wahrscheinlich, denn noch nach Wochen war er, wenn er den Vorfall darstellte, so erregt, daß er seine Erzählung mit übertriebenen Bewegungen der Hände und Füße begleitete, um beim Zuhörer wenigstens einen Eindruck zu erzeugen, der annähernd an jenen heranreichte, den er in sich bewahrte. Nach seiner Erzählung war Frau Monderry aus der Tür, deren Öffnen er gar nicht bemerkt hatte und von der er daher glaubte, daß sie schon vorher offen gewesen war, mit einem Schrei herausgeflogen, habe ihre über dem Kopf ineinandergekrampften Hände auseinandergerissen und war zum Geländer geeilt. Sie war mit nichts anderem bekleidet gewesen als mit dem Nachthemd und einem kleinen grauen Tuch, das aber nicht einmal ihren Oberkörper vollständig verhüllte. Ihr Haar war aufgelöst und hing ihr zum Teil über das Gesicht herab, was auch dazu beitrug, ihren Ausruf undeutlich zu machen. Kaum erblickte sie den Bäckerjungen, als sie zur Treppe lief, ihn mit zitternden Händen zu sich emporzog, hinter ihn trat und ihn als eine Art Schutz vor sich her schob, während sie seine Schultern umklammert hielt. In der Eile dachte der Junge nicht daran, daß er den Korb mit Semmeln irgendwo hinstellen könne und ließ ihn die ganze Zeit über nicht aus den Händen. So gingen sie – die Frau preßte in steigender Angst den Jungen immer fester an sich – mit schnellen, aber ganz kurzen Schritten der Wohnungstüre zu, überschritten die Schwelle und rückten im dunklen schmalen Vorzimmer vor. Immer war das Gesicht der Frau rechts oder links vom Jungen vorgebeugt, sie schien auf etwas zu lauern, das sich gleich zeigen müsse, manchmal riß sie den Jungen zurück, als wäre es unmöglich weiter vorzugehn, dann aber drückte sie ihn doch wieder mit ganzem Körper vorwärts. Die erste Zimmertür, die auf ihrem Wege lag, öffnete die Frau mit einer Hand, mit der andern hielt sie sich hinten am Halse des Jungen fest. Sie überblickte den Boden, die Wände und die Zimmerdecke, fand nichts, ließ die Tür offen und ging nun entschlossener, immer noch mit dem Jungen, zur nächsten Tür. Diese stand schon weit offen. Beim Eintritt sah man nicht viel mehr als zwei nebeneinander stehende Betten. Das Zimmer war dunkel, denn die schweren, ganz zusammengeschlossenen Fenstervorhänge ließen nur in schmalen Lücken einen Schimmer Tageslicht herein. Auf dem Nachttischchen bei dem der Tür zunächst stehenden Bett brannte ein kleiner Kerzenstumpf. An diesem Bett war auch nichts Ungewöhnliches zu sehn, in dem andern aber mußte etwas geschehen sein. Jetzt war es der Junge, der nicht vorwärtswollte, aber die Frau stieß ihn mit Fäusten und Knien vor. Bei einem Verhöre wurde er gefragt, warum er gezögert habe, ob vielleicht aus Furcht vor dem, was er in dem Bett etwa zu sehen erwartet hatte. Darauf antwortete er, er fürchte sich überhaupt nicht und habe sich auch damals nicht gefürchtet, aber er habe damals das Gefühl gehabt, als halte sich etwas irgendwo im Zimmer versteckt und könne plötzlich hervorspringen. Dieses ›Etwas‹, das er nicht näher beschreiben konnte, habe er zunächst erwarten wollen, ehe er vorwärtsging. Da aber der Frau so viel daran zu liegen schien, zum zweiten Bett zu kommen, gab er schließlich nach.

Ein großes Fahnentuch lag auf mir, ich arbeitete mich mühselig hervor. Ich fand mich auf einer Anhöhe, Wiesenland und kahler Felsen wechselten ab. Ähnliche Anhöhen zogen sich wellenförmig nach allen Himmelsrichtungen, die Aussicht ging weithin, nur im Westen löste Dunst und Glanz der untergehenden Sonne alle Formen auf. Der erste Mensch, den ich sah, war mein Kommandant, er saß auf einem Stein, die Beine gekreuzt, den Ellbogen aufgestützt, den Kopf in der Hand, und schlief.

[Zu der Reihe ›Er‹]

Er hat den archimedischen Punkt gefunden, hat ihn aber gegen sich ausgenützt, offenbar hat er ihn nur unter dieser Bedingung finden dürfen.

14. Januar 1920. Sich kennt er, den andern glaubt er, dieser Widerspruch zersägt ihm alles.

Er ist weder kühn noch leichtsinnig. Aber auch ängstlich ist er nicht. Ein freies Leben würde ihn nicht ängstigen. Nun hat sich ein solches Leben für ihn nicht ergeben, aber auch das macht ihm keine Sorgen, wie er sich überhaupt um sich selbst keine Sorgen macht. Es gibt aber einen ihm gänzlich unbekannten Jemand, der sich um ihn, nur um ihn große fortwährende Sorgen macht. Diese ihn betreffenden Sorgen des Jemand, besonders das Fortwährende dieser Sorgen, verursachen ihm manchmal in stiller Stunde quälende Kopfschmerzen.

Er lebt in der Diaspora. Seine Elemente, eine frei lebende Horde, umschweifen die Welt. Und nur, weil auch sein Zimmer zur Welt gehört, sieht er sie manchmal in der Ferne. Wie soll er für sie die Verantwortung tragen? Heißt das noch Verantwortung?

Er hat eine eigentümliche Wohnungstür, fällt sie ins Schloß, kann man sie nicht mehr öffnen, sondern muß sie ausheben lassen. Infolgedessen schließt er sie niemals, schiebt vielmehr in die immer halboffene Tür einen Holzbock, damit sie sich nicht schließe. Dadurch ist ihm natürlich alle Wohnungsbehaglichkeit genommen. Seine Nachbarn sind zwar vertrauenswürdig, trotzdem muß er die Wertsachen in einer Handtasche den ganzen Tag mit sich herumtragen und wenn er auf dem Kanapee in seinem Zimmer liegt, ist es eigentlich, als liege er auf dem Korridor, im Sommer weht ihm die dumpfe, im Winter die eiskalte Luft von dort herein.
Alles, selbst das Gewöhnlichste, etwa das Bedientwerden in einem Restaurant, muß er sich erst mit Hilfe der Polizei erzwingen. Das nimmt dem Leben alle Behaglichkeit.

Er hat viele Richter, sie sind wie ein Heer von Vögeln, das in einem Baum sitzt. Ihre Stimmen gehen durcheinander, die Rang- und Zuständigkeitsfragen sind nicht zu entwirren, auch werden die Plätze fortwährend gewechselt. Einzelne erkennt man aber doch wieder heraus, zum Beispiel einen, welcher der Meinung ist, man müsse nur einmal zum Guten übergehn und sei schon gerettet ohne Rücksicht auf die Vergangenheit und sogar ohne Rücksicht auf die Zukunft. Eine Meinung, die offenbar zum Bösen verlocken muß, wenn nicht die Auslegung dieses Übergangs zum Guten sehr streng ist. Und das ist sie allerdings, dieser Richter hat noch nicht einen einzigen

Fall als ihm zugehörig anerkannt. Wohl aber hat er eine Menge Kandidaten um sich herum, ein ewig plapperndes Volk, das ihm nachäfft. Die hören ihn immer …

2. Februar 1920. Er erinnert sich an ein Bild, das einen Sommersonntag auf der Themse darstellte. Der Fluß war in seiner ganzen Breite weithin angefüllt mit Booten, die auf das Öffnen einer Schleuse warteten. In allen Booten waren fröhliche junge Menschen in leichter heller Kleidung, sie lagen fast, frei hingegeben der warmen Luft und der Wasserkühle. Infolge alles dieses Gemeinsamen war ihre Geselligkeit nicht auf die einzelnen Boote eingeschränkt, von Boot zu Boot teilte sich Scherz und Lachen mit.

Er stellte sich nun vor, daß auf einer Wiese am Ufer – die Ufer waren auf dem Bild kaum angedeutet, alles war beherrscht von der Versammlung der Boote – er selbst stand. Er betrachtete das Fest, das ja kein Fest war, aber das man doch so nennen konnte. Er hatte natürlich große Lust, sich daran zu beteiligen, er langte förmlich danach, aber er mußte sich offen sagen, daß er davon ausgeschlossen war, es war für ihn unmöglich, sich dort einzufügen, das hätte eine so große Vorbereitung verlangt, daß darüber nicht nur dieser Sonntag, sondern viele Jahre und er selbst dahingegangen wäre, und selbst wenn die Zeit hier hätte stillstehn wollen, es hätte sich doch kein anderes Ergebnis mehr erzielen lassen, seine ganze Abstammung, Erziehung, körperliche Ausbildung hätte anders geführt werden müssen.

So weit war er also von diesen Ausflüglern, aber damit doch auch wieder sehr nahe und das war das schwerer Begreifliche. Sie waren doch auch Menschen wie er, nichts Menschliches konnte ihnen völlig fremd sein, würde man sie also durchforschen, müßte man finden, daß das Gefühl, das ihn beherrschte und ihn von der Wasserfahrt ausschloß, auch in ihnen lebte, nur daß es allerdings weit davon entfernt war, sie zu beherrschen, sondern nur irgendwo in dunklen Winkeln geisterte.

Meine Gefängniszelle – meine Festung.

»Am Sich-Erheben hindert ihn eine gewisse Schwere, ein Gefühl des Gesichertseins für jeden Fall, die Ahnung eines Lagers, das ihm bereitet ist und nur ihm gehört; am Stilliegen aber hindert ihn eine Unruhe, die ihn vom Lager jagt, es hindert ihn das Gewissen, das endlos schlagende Herz, die Angst vor dem Tod und das Verlangen ihn zu widerlegen, alles das läßt ihn nicht liegen und er erhebt sich wieder. Dieses Auf und Ab und einige auf diesen Wegen gemachte zufällige, flüchtige, abseitige Beobachtungen sind sein Leben.«

»Deine Darstellung ist trostlos, aber nur für die Analyse, deren Grundfehler sie zeigt. Es ist zwar so, daß der Mensch sich aufhebt, zurückfällt, wieder sich hebt und so fort, aber es ist auch gleichzeitig und mit noch viel größerer Wahrheit ganz und gar nicht so, er ist doch Eines, im Fliegen also auch das Ruhen, im Ruhen das Fliegen und beides vereinigt wieder in jedem Einzelnen, und die Vereinigung in jedem, und die

Vereinigung der Vereinigung in jedem und so fort, bis, nun, bis zum wirklichen Leben, wobei auch diese Darstellung noch ebenso falsch ist und vielleicht noch täuschender als die deine. Aus dieser Gegend gibt es eben keinen Weg bis zum Leben, während es allerdings vom Leben einen Weg hierher gegeben haben muß. So verirrt sind wir.«

[Rede über die jiddische Sprache]

Vor den ersten Versen der ostjüdischen Dichter möchte ich Ihnen, sehr geehrte Damen und Herren, noch sagen, wie viel mehr Jargon Sie verstehen als Sie glauben.

Ich habe nicht eigentlich Sorge um die Wirkung, die für jeden von Ihnen in dem heutigen Abend vorbereitet ist, aber ich will, daß sie gleich frei werde, wenn sie es verdient. Dies kann aber nicht geschehen, solange manche unter Ihnen eine solche Angst vor dem Jargon haben, daß man es fast auf ihren Gesichtern sieht. Von denen, welche gegen den Jargon hochmütig sind, rede ich gar nicht. Aber Angst vor dem Jargon, Angst mit einem gewissen Widerwillen auf dem Grunde ist schließlich verständlich wenn man will.

Unsere westeuropäischen Verhältnisse sind, wenn wir sie mit vorsichtig flüchtigem Blick ansehn, so geordnet; alles nimmt seinen ruhigen Lauf. Wir leben in einer geradezu fröhlichen Eintracht, verstehen einander, wenn es notwendig ist, kommen ohne einander aus, wenn es uns paßt, und verstehen einander selbst dann; wer könnte aus einer solchen Ordnung der Dinge heraus den verwirrten Jargon verstehen oder wer hätte auch nur die Lust dazu?

Der Jargon ist die jüngste europäische Sprache, erst vierhundert Jahre alt und eigentlich noch viel jünger. Er hat noch keine Sprachformen von solcher Deutlichkeit ausgebildet, wie wir sie brauchen. Sein Ausdruck ist kurz und rasch.

Er hat keine Grammatiken. Liebhaber versuchen Grammatiken zu schreiben, aber der Jargon wird immerfort gesprochen; er kommt nicht zur Ruhe. Das Volk läßt ihn den Grammatikern nicht.

Er besteht nur aus Fremdwörtern. Diese ruhen aber nicht in ihm, sondern behalten die Eile und Lebhaftigkeit, mit der sie genommen wurden. Völkerwanderungen durchlaufen den Jargon von einem Ende bis zum anderen. Alles dieses Deutsche, Hebräische, Französische, Englische, Slawische, Holländische, Rumänische und selbst Lateinische ist innerhalb des Jargon von Neugier und Leichtsinn erfaßt, es gehört schon Kraft dazu, die Sprachen in diesem Zustande zusammenzuhalten. Deshalb denkt auch kein vernünftiger Mensch daran, aus dem Jargon eine Weltsprache zu machen, so nahe dies eigentlich läge. Nur die Gaunersprache entnimmt ihm gern, weil sie weniger sprachliche Zusammenhänge braucht als einzelne Worte. Dann, weil der Jargon doch lange eine mißachtete Sprache war.

In diesem Treiben der Sprache herrschen aber wieder Bruchstücke bekannter Sprachgesetze. Der Jargon stammt zum Beispiel in seinen Anfängen aus der Zeit, als das Mittelhochdeutsche ins Neuhochdeutsche überging. Da gab es Wahlformen, das Mittelhochdeutsche nahm die eine, der Jargon die andere. Oder der Jargon entwikkelte mittelhochdeutsche Formen folgerichtiger als selbst das Neuhochdeutsche; so zum Beispiel ist das Jargon'sche ›mir seien‹ (neuhochdeutsch ›wir sind‹) aus dem Mittelhochdeutschen ›sîn‹ natürlicher entwickelt, als das neuhochdeutsche ›wir sind‹. Oder der Jargon blieb bei mittelhochdeutschen Formen trotz des Neuhochdeutschen. Was einmal ins Ghetto kam, rührte sich nicht so bald weg. So bleiben Formen wie ›Kerzlach‹, ›Blümlach‹, ›Liedlach‹.

Und nun strömen in diese Sprachgebilde von Willkür und Gesetz die Dialekte des Jargon noch ein. Ja der ganze Jargon besteht nur aus Dialekt, selbst die Schriftsprache, wenn man sich auch über die Schreibweise zum größten Teil geeinigt hat.

Mit all dem denke ich die meisten von Ihnen, sehr geehrte Damen und Herren, vorläufig überzeugt zu haben, daß Sie kein Wort des Jargon verstehen werden.

Erwarten Sie von der Erklärung der Dichtungen keine Hilfe. Wenn Sie nun nicht einmal imstande sind, Jargon zu verstehen, kann Ihnen keine Augenblickserklärung helfen. Sie werden im besten Fall die Erklärung verstehen und merken, daß etwas Schwieriges kommen wird. Das wird alles sein. Ich kann Ihnen zum Beispiel sagen:

Herr Löwy wird jetzt, wie es auch tatsächlich sein wird, drei Gedichte vortragen. Zuerst ›Die Grine‹ von Rosenfeld. Grine das sind die Grünen, die Grünhörner, die neuen Ankömmlinge in Amerika. Solche jüdische Auswanderer gehen in diesem Gedichte in einer kleinen Gruppe mit ihrem schmutzigen Reisegepäck durch eine New Yorker Straße. Das Publikum sammelt sich natürlich an, bestaunt sie, folgt ihnen und lacht. Der von diesem Anblick über sich hinaus erregte Dichter spricht über diese Straßenszenen hinweg zum Judentum und zur Menschheit. Man hat den Eindruck, daß die Auswanderergruppe stockt, während der Dichter spricht, trotzdem sie fern ist und ihn nicht hören kann.

Das zweite Gedicht ist von Frug und heißt ›Sand und Sterne‹.

Es ist eine bittere Auslegung einer biblischen Verheißung. Es heißt, wir werden sein wie der Sand am Meer und die Sterne am Himmel. Nun, getreten wie der Sand sind wir schon, wann wird das mit den Sternen wahr werden?

Das dritte Gedicht ist von Frischmann und heißt ›Die Nacht ist still‹.

Ein Liebespaar begegnet in der Nacht einem frommen Gelehrten, der ins Bethaus geht. Sie erschrecken, fürchten verraten zu sein, später beruhigen sie einander.

Nun ist, wie Sie sehen, mit solchen Erklärungen nichts getan.

Eingenäht in diese Erklärungen werden Sie dann bei dem Vortrage das suchen, was Sie schon wissen, und das, was wirklich da sein wird, werden Sie nicht sehen. Glücklicherweise ist aber jeder der deutschen Sprache Kundige auch fähig, Jargon zu verstehen. Denn von einer allerdings großen Ferne aus gesehn, wird die äußere Verständlichkeit des Jargon von der deutschen Sprache gebildet; das ist ein Vorzug vor allen Sprachen der Erde. Sie hat dafür auch gerechterweise einen Nachteil vor allen. Man kann nämlich Jargon nicht in die deutsche Sprache übersetzen. Die Verbindungen zwischen Jargon und Deutsch sind zu zart und bedeutend, als daß sie nicht sofort zerreißen müßten, wenn Jargon ins Deutsche zurückgeführt wird, das heißt es wird kein Jargon mehr zurückgeführt, sondern etwas Wesenloses. Durch Übersetzung ins Französische zum Beispiel kann Jargon den Franzosen vermittelt werden, durch Übersetzung ins Deutsche wird er vernichtet. ›Toit‹ zum Beispiel ist eben nicht ›tot‹ und ›Blüt‹ ist keinesfalls ›Blut‹.

Aber nicht nur aus dieser Ferne der deutschen Sprache können Sie, verehrte Damen und Herren, Jargon verstehen; Sie dürfen einen Schritt näher. Noch zumindest vor nicht langer Zeit erschien die vertrauliche Verkehrssprache der deutschen Juden, je nachdem ob sie in der Stadt oder auf dem Lande lebten, mehr im Osten oder im Westen, wie eine fernere oder nähere Vorstufe des Jargon, und Abtönungen sind noch viele geblieben. Die historische Entwicklung des Jargon hätte deshalb fast ebenso gut wie in der Tiefe der Geschichte, in der Fläche der Gegenwart verfolgt werden können.

Ganz nahe kommen Sie schon an den Jargon, wenn Sie bedenken, daß in Ihnen außer Kenntnissen auch noch Kräfte tätig sind und Anknüpfungen von Kräften, welche Sie befähigen, Jargon fühlend zu verstehen. Erst hier kann der Erklärer helfen, der Sie beruhigt, so daß Sie sich nicht mehr ausgeschlossen fühlen und auch einsehen, daß Sie nicht mehr darüber klagen dürfen, daß Sie Jargon nicht verstehen. Das ist das Wichtigste, denn mit jeder Klage entweicht das Verständnis. Bleiben Sie aber still, dann sind Sie plötzlich mitten im Jargon. Wenn Sie aber einmal Jargon ergriffen hat – und Jargon ist alles, Wort, chassidische Melodie und das Wesen dieses ostjüdischen Schauspielers selbst –, dann werden Sie Ihre frühere Ruhe nicht mehr wiedererkennen. Dann werden Sie die wahre Einheit des Jargon zu spüren bekommen, so stark, daß Sie sich fürchten werden, aber nicht mehr vor dem Jargon, sondern vor sich. Sie würden nicht imstande sein, diese Furcht allein zu ertragen, wenn nicht gleich auch aus dem Jargon das Selbstvertrauen über Sie käme, das dieser Furcht standhält und noch stärker ist. Genießen Sie es, so gut Sie können! Wenn es sich dann verliert, morgen und später – wie könnte es sich auch an der Erinnerung an einen einzigen Vortragsabend halten! –, dann wünsche ich Ihnen aber, daß Sie auch die Furcht vergessen haben möchten. Denn strafen wollten wir Sie nicht.

[Eine Festrede]

Diese Wahl ist sehr begrüßenswert. Ein Mann tritt hiemit tatsächlich in eine ihm auch ideell gebührende Stellung und diese Stellung erhält den für sie notwendigen Mann.

Dr. Marschners unablässige Arbeitskraft hat ihn zu so weitreichender und in sich so verzweigter Tätigkeit befähigt, daß ihm der Einzelne nicht leicht gerecht werden kann, da er immer nur einen Teil dieser Tätigkeit zu überblicken vermag. Als langjähriger Sekretär der Anstalt kennt Dr. Marschner ihren ganzen Apparat um so besser, als er selbst an dessen Verbesserung beteiligt war, soweit sein Einfluß bisher eben reichte; seine umfassenden advokatorischen Kenntnisse und Fähigkeiten stellt er der Anstalt zur Verfügung; als gründlichen Schriftsteller kennt und schätzt ihn die fachwissenschaftliche Welt; seinen Einfluß auf die Entwürfe der sozialen Gesetzgebung der letzten Jahre (besonders der Haftpflichtgesetze) möge man nicht unterschätzen; als Redner ist er vor den großen internationalen Versicherungskongressen aufgetreten und auch in Prager Vortragssälen hörten wir in Versicherungsfragen von allgemeiner Wichtigkeit und Aktualität seine immer erwünschten, rasch unterrichtenden Ausführungen; als Dozent der technischen Hochschule verwertet er seine sich gegenseitig vervollkommnenden Kenntnisse und Erfahrungen, um die studierende Jugend für die immer dringlicher werdenden Probleme des sozialen Versicherungswesens vorzubereiten; er hat den versicherungstechnischen Kurs an der technischen Hochschule eingerichtet und war hiezu besonders geeignet, da er auch Kenner der Versicherungsmathematik ist; sein pädagogisches Talent, das sich im vorigen Jahr im Versicherungskurs der Prager Handelsakademie auch weitern Kreisen zeigte, erfuhr dadurch öffentliche Anerkennung, daß er zum Mitglied der Staatsprüfungskommission ernannt wurde. Wir fassen zusammen: er ist ein Mann, der in allen Gebieten seines Faches sehr nützlich, sehr ausdauernd gearbeitet hat und arbeitet und der mit allen Generationen unserer Zeit in tätiger fachlicher Verbindung lebt.

Dies alles ist nun natürlich sehr wichtig und stellt Dr. Marschner als Fachmann in ein solches Licht, daß in Böhmen in dieser Hinsicht wohl niemand neben ihn treten dürfte, ohne eine gewisse Kühnheit, fügen wir hinzu.

Doch angesichts des so verantwortungsvollen, allgemein sichtbaren und über einen so komplizierten Betrieb gesetzten Postens, den Dr. Marschner jetzt erhalten hat, ist förmlich die menschliche Seite seines wissenschaftlichen und sozialen Wirkens noch wichtiger.

Er hat bisher keinen Schritt getan, der nicht von ehrlicher Sachlichkeit begleitet war; offenes Handeln ist ihm Bedürfnis; seiner selbst gewiß, hat er – darin wohl besonders einzig – keine andere Auszeichnung gesucht als die, welche er in seiner Arbeit gefunden hat; sein einziger Ehrgeiz bestand darin, den Wirkungskreis zu erstreben, in dem er nötig war; seine Unparteilichkeit, seine Gerechtigkeit sind nicht zu beirren, und die Beamtenschaft der Anstalt wird voraussichtlich das Glück zu schätzen wissen, gerade ihn als Vorgesetzten erhalten zu haben; Kenner seiner Schriften, seiner beruflichen Arbeit, seiner Persönlichkeit werden ergriffen von seinem starken und lebhaften Gefühl für die Lage der Arbeiterschaft, die einen eifervollen Freund in ihm hat, der aber immer die Grenzen achten wird, die das Gesetz und die wirtschaftlichen Verhältnisse der Gegenwart seinen Bestrebungen in dieser Richtung setzen; er hat nie Versprechungen gemacht, das überläßt er anderen (deren Art so ist, die das brauchen und die endlich genügend Zeit hiezu haben), aber die wirkliche Arbeit, die hat er immer selbst getan, still, ohne die Öffentlichkeit mit Absicht in Bewegung zu bringen und rücksichtslos nur gegen sich; darum hat er wohl auch, abgesehn vielleicht vom wissenschaftlichen Gebiete, keinen Gegner; hätte er welche, es wäre eine traurige Gegnerschaft.

Daß der Vorstand der Anstalt inmitten verschiedenster Einflüsse nur sachlichen Gründen folgte und damit zu dieser glücklichen Wahl gelangte, dafür gebührt ihm der gemeinsame Dank aller: der Regierung, der Unternehmer, der Arbeiter und der Beamtenschaft.

Klagen gegen die Anstalt, gerechte und ungerechte, haben sich im Laufe der Jahre aufgehäuft, eines ist jetzt sicher: es wird gute Arbeit geleistet werden, und was innerhalb der heutigen Gesetze an verlangten und nützlichen Reformen möglich ist, es wird geschehn.

[Entwurf zu ›Richard und Samuel‹]

Samuel kennt wenigstens alle oberflächlichen Absichten und Fähigkeiten Richards durch und durch, da er aber präzis und lückenlos zu denken gewöhnt ist, läßt er sich schon von kleinen, wenigstens nicht vollständig erwarteten Unregelmäßigkeiten in den Äußerungen Richards überraschen und sie geben ihm zu denken. Das für Richard Peinliche seiner Freundschaft besteht, daß Samuel eine nicht öffentlich ausgesprochene Unterstützung niemals braucht, daher auch eine Unterstützung von seiner Seite schon aus Gerechtigkeitssinn niemals fühlen lassen will und infolgedessen keine Unterordnung in der Freundschaft duldet. Sein unbewußter Grundsatz ist, daß das, was man am Freund zum Beispiel bewundert, nicht eigentlich am Freund, sondern am Mitmenschen bewundert werde und die Freundschaft also schon dort tief unten unter allen Unterschieden anfangen müsse. Dieses kränkt nun Richard, der sich oft gern Samuel ergeben würde, der oft Lust hat, ihm begreiflich zu machen, ein wie ausgezeichneter Mensch er ist, der aber damit nur dann anfangen könnte, wenn er die Erlaubnis voraussähe, niemals damit aufhören zu müssen. Immerhin zieht er aus diesem von Samuel ihm aufgedrungenen Verhältnis den fraglichen Vorteil, im Bewußtsein seiner bisher äußerlich bewahrten Unabhängigkeit sich über Samuel zu erheben, ihn klein werden zu sehn und allerdings nur innerlich Forderungen an ihn zu stellen, während er sonst Samuel gern gebeten hätte, sie gegen ihn zu richten. So hat zum Beispiel das Bedürfnis Samuels nach dem Gelde Richards wenigstens für sein Bewußtsein nichts mit ihrer Freundschaft zu tun, während für Richard schon diese Ansicht etwas Bewunderungswürdiges darstellt, da dieses Geldbedürfnis Samuels ihn einerseits verlegen, andererseits aber auch wertvoll macht und beides im Kern seiner Freundschaft. Daher kommt es auch, daß Richard trotz seines langsameren Denkens, eingebettet in die Fülle seiner Unsicherheit, Samuel eigentlich richtiger beurteilt, als Samuel ihn, da dieser, wenn auch mit guter Kombinationskraft, in seinem Urteil auf dem kürzesten Weg ihn am sichersten zu fangen glaubt und nicht wartet, bis er sich zu seiner wahren Gestalt beruhigt. Darum ist Samuel auch der eigentliche Beiseitesprecher und der Zurückweichende in diesem Verhältnis. Er nimmt von der Freundschaft scheinbar immer mehr weg, Richard trägt dagegen von seiner Seite immer mehr zu, so daß die Freundschaft immer weiter rückt, und zwar merkwürdiger- und doch selbstverständlicherweise in der Richtung zu Samuel hin, bis sie in Stresa haltmacht, wo Richard vor lauter Wohlbefinden müde ist, Samuel dagegen so stark ist, daß er alles kann und Richard sogar umzingelt, bis dann in Paris der letzte von Samuel vorhergesehene, von Richard gar nicht mehr erwartete, daher mit Todeswünschen erlittene Stoß kommt, der die Freundschaft zur endlichen Ruhe bringt. Trotz dieser Stellung, die das äußerlich ausschließen würde, ist Richard der bewußtere in der Freundschaft, wenigstens bis Stresa, denn er hat die Reise mit einer fertigen, aber einer falschen, Samuel dagegen mit einer erst (allerdings durch lange Zeit hin) begonnenen, aber wahren Freundschaft angetreten. Dadurch kommt Richard auf der Reise immer tiefer in sich hinein, fast nachlässiger, mit halben Blicken, aber stärkerem Beziehungsgefühl, Samuel dagegen kann und muß aus seinem wahren Innern heraus – es verlangt dies sein Wesen, wie seine Freundschaft –, also zweifach angetrieben rasch und richtig sehn und Richard oft förmlich tragen. So bewußt eben (bis Stresa) Richard, von jedem kleinen Vorfall neuerlich gezwungen, in seiner Freundschaft ist und hierin immer Erklärungen geben könnte, die niemand verlangt und er am wenigsten, denn er hat an den bloßen Erscheinungen seiner sich verändernden Freundschaft genug zu tragen: gegenüber allem übrigen, was die Reise sonst mit sich bringt, ist er besonnen, verträgt schwer die Veränderungen der Hotels, versteht einfache Zusammenhänge nicht, die ihm vielleicht zu Hause keine Mühe machen würden, ist oft sehr ernst, aber durchaus nicht aus Langweile, ja nicht einmal aus dem Verlangen, einmal von Samuel auf die Wange geklopft zu werden, hat großes Bedürfnis nach Musik und nach Frauen. Samuel kann nur Französisch, Richard Französisch und Italienisch, hiedurch kommt er in Italien, ohne daß es einer von ihnen darauf angelegt hätte und trotzdem Richard weiß, daß das Gegenteil wahrscheinlicher wäre, überall dort, wo es sich um Auskünfte handelt, in eine Art Dienerstellung zu Samuel. Auch kann Samuel Französisch sehr gut, Richard seine beiden Sprachen nicht vollkommen.

[Eingabe an ein Amt]

Die Anfrage vom – – – habe ich, zwar nicht mündlich, weil ich schwerkrank bin, aber sofort mit einer Korrespondenzkarte beantwortet. Diese Karte ist auch angekommen, denn einige Zeit nachher bekam ich vom löblichen Steueramt die Anfrage, was ich mit jener Karte beabsichtigt habe, eine Aufforderung vom 25. September 1922 Rp 38/21 sei dortamts unbekannt. Um diese für das löbliche Steueramt wie auch für mich völlig belanglose Angelegenheit nicht etwa noch zu komplizieren, beantwortete ich diese zweite Anfrage nicht, auch tat mir das Porto leid; wenn die Note vom – – – dortamts nicht mehr bekannt war, konnte ich mich ja zufrieden geben. Da die Sache nun aber durch die Note vom 3. November wieder aufgefrischt wird und mir, der ich schon längst korrekt geantwortet habe, sogar mit einer Strafe gedroht wird, erlaube ich mir neuerlich mitzuteilen, daß seit dem Eintritt Paul Hermanns in die Firma Erste Prager Asbestwerke keine weiteren Einlagen der Gesellschafter erfolgt sind und daß die Firma seit März 1917 nicht mehr besteht. Hoffentlich gelangt diesmal meine Antwort an das zuständige Referat.

[Vom Scheintod]

Wer einmal scheintot gewesen ist, kann davon Schreckliches erzählen, aber wie es nach dem Tode ist, das kann er nicht sagen, er ist eigentlich nicht einmal dem Tode näher gewesen als ein anderer, er hat im Grunde nur etwas Besonderes ›erlebt‹ und das nicht besondere, das gewöhnliche Leben ist ihm dadurch wertvoller geworden. Ähnlich ist es mit jedem, der etwas Besonderes erlebt hat. Moses zum Beispiel hat auf dem Berge Sinai gewiß etwas ›Besonderes‹ erlebt, aber statt sich diesem Besonderen zu ergeben, etwa wie ein Scheintoter, der sich nicht meldet und im Sarg liegen bleibt, ist er den Berg hinunter geflüchtet und hatte natürlich Wertvolles zu erzählen und liebte die Menschen, zu denen er sich geflüchtet hatte, noch viel mehr als früher und hat dann sein Leben ihnen geopfert, man kann vielleicht sagen, zum Danke. Von beiden aber, vom zurückgekehrten Scheintoten und vom zurückgekehrten Moses kann man viel lernen, aber das Entscheidende kann man von ihnen nicht erfahren, denn sie selber haben [es] nicht erfahren. Und hätten sie es erfahren, so wären sie nicht mehr zurückgekommen. Aber wir wollen es auch gar nicht erfahren. Das läßt sich daran überprüfen, daß wir zum Beispiel gelegentlich den Wunsch haben können, das Erlebnis des Scheintoten oder das Erlebnis des Moses bei Sicherstellung der Rückkehr, ›bei freiem Geleit‹ zu erleben, ja daß wir sogar den Tod uns wünschen, aber nicht einmal in Gedanken wollten wir lebend und im Sarge ohne jede Möglichkeit der Wiederkehr oder auf dem Berge Sinai bleiben …

(Das hat nicht eigentlich etwas mit Todesangst zu tun …)

BESCHREIBUNG EINES KAMPFES

Und die Menschen gehn in Kleidern
Schwankend auf dem Kies spazieren
Unter diesem großen Himmel,
Der von Hügeln in der Ferne
Sich zu fernen Hügeln breitet.

I

Gegen zwölf Uhr standen schon einige Leute auf, verbeugten sich, reichten einander die Hände, sagten, es wäre sehr schön gewesen, und gingen dann durch den großen Türrahmen ins Vorzimmer, sich anzukleiden. Die Hausfrau stand mitten in dem Zimmer und machte bewegliche Verbeugungen, während in ihrem Rock gezierte Falten sich schaukelten.

Ich saß an einem kleinen Tischchen – es hatte drei gespannte dünne Beine – nippte gerade an dem dritten Gläschen Benediktiner und übersah im Trinken zugleich meinen kleinen Vorrat von Backwerk, das ich selbst ausgesucht und aufgeschichtet hatte.

Da sah ich meinen neuen Bekannten ein wenig zerrauft und aus der Ordnung geraten an dem Türpfosten eines Nebenzimmers erscheinen, aber ich wollte wegsehn, denn es ging mich nichts an. Er dagegen kam auf mich zu und zerstreut über meine Beschäftigung lächelnd sagte er: »Verzeihen Sie, daß ich zu Ihnen komme. Aber ich bin bis jetzt mit meinem Mädchen allein in einem Nebenzimmer gesessen. Von halb elf an. Sie, Mensch, das war einmal ein Abend. Ich weiß schon, es ist nicht recht, daß ich Ihnen das erzähle, denn wir kennen ja einander kaum. Nicht wahr, auf der Treppe sind wir heute abend einander begegnet und haben als Gäste des gleichen Hauses ein paar Worte gesprochen. Und jetzt – aber Sie müssen mir – ich bitte – verzeihen, das Glück hält es einfach nicht in mir aus, ich konnte mir nicht helfen. Und da ich sonst keine Bekannten hier habe, denen ich vertraue –«

Ich sah ihn traurig an – das Stück Fruchtkuchen, das ich im Munde hatte, schmeckte nicht besonders – und sagte in sein hübsch gerötetes Gesicht hinauf:

»Ich bin natürlich froh darüber, daß ich Ihnen vertrauenswürdig scheine, aber unzufrieden damit, daß Sie sich mir anvertraut haben. Und Sie selbst, wären Sie nicht so verwirrt, müßten es fühlen, wie unpassend es ist, einem, der allein sitzt und Schnaps trinkt, von einem liebenden Mädchen zu erzählen.«

Als ich dieses gesagt hatte, setzte er sich mit einem Ruck nieder, legte sich zurück und ließ seine Arme hängen. Dann drückte er sie mit gespitzten Ellbogen zurück und begann mit ziemlich lauter Stimme vor sich hinzusprechen:

»Noch vor einem Weilchen dort in dem Zimmer waren wir allein, das Annerl mit mir. Und ich habe sie geküßt, geküßt–habe–ich–sie auf ihren Mund, ihre Ohren, ihre Schultern. Mein Gott und Herr!«

Einige Gäste, die hier ein etwas lebhafteres Gespräch vermuteten, rückten gähnend näher zu uns. Ich stand daher auf und sagte, daß es alle hören konnten:

»Also gut, wenn Sie wollen, dann gehe ich mit, aber ich bleibe dabei, daß es ein Unsinn ist, jetzt im Winter und in der Nacht auf den Laurenziberg zu gehn. Überdies ist es kalt geworden und da ein wenig Schnee gefallen ist, sind die Wege draußen wie Schlittschuhbahnen. Nun, wie Sie wollen –«

Er sah mich zuerst staunend an und öffnete seinen Mund mit den nassen Lippen; dann aber, als er die Herren sah, die schon ganz in der Nähe waren, lachte er, stand auf und sagte:

»O doch, die Kühle wird gut tun; unsere Kleider sind voll Hitze und Rauch; dann bin ich auch ein wenig betrunken, ohne gerade viel getrunken zu haben; ja, wir werden uns verabschieden und dann werden wir gehn.« Wir gingen also zur Hausfrau und als er ihr die Hand küßte, sagte sie:

»Nein, ich bin froh, daß Sie heute so glücklich aussehen.« Die Güte dieser Worte rührte ihn, und er küßte noch einmal ihre Hand; da lächelte sie. Ich mußte ihn fortziehn. Im Vorzimmer stand ein Stubenmädchen, wir sahen sie jetzt zum erstenmal. Sie half uns in die Überröcke und nahm dann eine kleine Handlampe, um uns über die Treppe zu leuchten. Ihr Hals war nackt und nur unter dem Kinn von einem schwarzen Samtband umbunden und ihr lose bekleideter Körper war gebeugt und dehnte sich immer wieder, als sie vor uns die Treppe hinunterstieg, die Lampe niederhaltend. Ihre Wangen waren gerötet, denn sie hatte Wein getrunken und in dem schwachen, das ganze Stiegenhaus erfüllenden Lampenschein zitterten ihre Lippen.

Unten an der Treppe stellte sie die Lampe auf eine Stufe nieder, ging einen Schritt auf meinen Bekannten zu und umarmte ihn und küßte ihn und blieb in der Umarmung. Erst als ich ihr ein Geldstück in die Hand legte, löste sie schläfrig ihre Arme von ihm, öffnete langsam das kleine Haustor und ließ uns in die Nacht.

Über der leeren, gleichmäßig erhellten Straße stand ein großer Mond im leicht bewölkten und dadurch weiter ausgebreiteten Himmel. Auf dem gefrorenen Schnee durfte man nur kleine Schritte tun.

Kaum waren wir ins Freie getreten, als ich offenbar in bedeutende Munterkeit geriet. Ich hob meine Beine, ließ die Gelenke knacken, ich rief über die Gasse einen Namen hin, als sei mir ein Freund um die Ecke entwischt, ich warf den Hut im Sprunge hoch und fing ihn prahlerisch auf.

Mein Bekannter aber ging unbekümmert neben mir her. Er hielt den Kopf geneigt. Er redete auch nicht.

Das wunderte mich, denn ich hatte mir ausgerechnet, seine Freude würde ihn toll machen, wenn ich ihn aus der Gesellschaft hinausbrächte. Nun konnte auch ich stiller werden. Gerade hatte ich ihm einen aufmunternden Schlag über den Rücken gegeben, als ich seinen Zustand plötzlich nicht mehr begriff und meine Hand zurückzog. Da ich sie nicht brauchte, steckte ich sie in die Tasche meines Rockes.

Wir gingen also schweigend. Ich achtete darauf, wie unsere Schritte klangen und konnte nicht begreifen, daß es mir unmöglich war, mit meinem Bekannten im gleichen Schritt zu bleiben. Dabei war klare Luft, ich konnte seine Beine deutlich sehen. Hie und da lehnte auch jemand in einem Fenster und betrachtete uns.

Als wir in die Ferdinandstraße kamen, bemerkte ich, daß mein Bekannter eine Melodie aus der ›Dollarprinzessin‹ zu summen begann; es war leise, aber ich hörte es ganz gut. Was sollte das? Wollte er mich beleidigen? Nun ich war sofort bereit, auf diese Musik zu verzichten und auf den ganzen Spaziergang überdies. Ja, warum sprach er denn nicht mit mir? Wenn er mich aber nicht nötig hatte, warum hatte er mich dann nicht in meiner Ruhe gelassen, dort in der Wärme bei Benediktiner und süßem Zeug. Ich war es wahrhaftig nicht gewesen, der sich um diesen Spaziergang gerissen hatte. Im übrigen konnte ich auch selbständig spazierengehen.

Ich war eben in Gesellschaft gewesen, hatte einen undankbaren jungen Menschen vor Beschämung gerettet und spazierte nun im Mondlicht herum. Auch das ging. Den Tag über im Amt, abends in Gesellschaft, in der Nacht auf den Gassen und nichts übers Maß. Eine in ihrer Natürlichkeit schon grenzenlose Lebensweise!

Doch mein Bekannter ging noch hinter mir, ja er beschleunigte seinen Gang, als er merkte, daß er zurückgeblieben war. Es wurde nichts gesprochen, man konnte auch nicht sagen, daß wir liefen. Ich aber überlegte, ob es nicht gut wäre, in eine Seitengasse einzubiegen, da ich doch im Grunde zu einem gemeinsamen Spaziergang nicht verpflichtet war. Ich konnte allein nach Hause gehn und keiner durfte mich hindern. Ich würde dann sehen, wie mein Bekannter an der Öffnung meiner Gasse unwissend vorüberkommt. Adieu, mein lieber Bekannter! In meinem Zimmer wird mir bei der Ankunft warm sein, ich werde auf meinem Tisch die Stehlampe in ihrem eisernen Gestell entzünden und, bin ich dann fertig, werde ich mich in meinen Armstuhl legen, der auf dem zerrissenen morgenländischen Teppich steht. Schöne Aussichten! Warum denn nicht? Aber dann? Kein dann. Die Lampe wird im warmen Zimmer leuchten, mir im Armstuhl auf die Brust. Nun, dann werde ich auskühlen und Stunden allein zwischen den bemalten Wänden verbringen, auf dem Fußboden, welcher in dem an der Rückwand aufgehängten Goldrahmenspiegel schräg abfällt.

Meine Beine wurden müde und schon war ich entschlossen auf jeden Fall nach Hause zu gehen und mich in mein Bett zu legen, als ich in Zweifel geriet, ob ich jetzt beim Weggehen meinen Bekannten grüßen sollte oder nicht. Aber ich war zu furchtsam, um ohne Gruß wegzugehen, und zu schwach, um laut rufend zu grüßen. Ich blieb daher stehen, stützte mich an eine mondbeschienene Häusermauer und wartete.

Mein Bekannter kam über die Trottoirfläche weg auf mich zu, rasch, als sollte ich ihn auffangen. Er zwinkerte mit den Augen wegen irgendeines Einverständnisses, das ich offenbar vergessen hatte.

»Was denn, was denn?« fragte ich.

»Aber nichts«, sagte er, »ich wollte Sie nur um Ihre Meinung über jenes Stubenmädchen fragen, das mich im Flur geküßt hat. Wer ist das Mädchen? Haben Sie sie früher schon gesehen? Nein? Ich auch nicht. War es überhaupt ein Stubenmädchen? Schon wie sie die Treppe vor uns hinunterging, wollte ich Sie danach fragen.«

»Daß sie ein Stubenmädchen war und nicht einmal das erste Stubenmädchen, habe ich gleich an ihren roten Händen gesehn, und als ich ihr das Geld in die Hand gab, spürte ich die harte Haut.«

»Aber das beweist nur, daß sie schon einige Zeit im Dienst steht, das glaube ich ja auch.«

»Sie können darin recht haben. In der Beleuchtung dort konnte man ja nicht alles unterscheiden, aber auch mich erinnerte ihr Gesicht an eine ältere Offizierstochter meiner Bekanntschaft.«

»Mich nicht«, sagte er.

»Das soll mich nicht hindern, nach Hause zu gehn; es ist spät und morgen früh habe ich Amt; man schläft dort schlecht.« Dabei reichte ich ihm die Hand zum Abschied hin.

»Pfui, die kalte Hand«, rief er, »mit einer solchen Hand möchte ich nicht nach Hause gehn. Sie hätten sich, mein Lieber, auch küssen lassen sollen, das war ein Versäumnis, nun, Sie können es ja nachholen. Aber schlafen? In dieser Nacht? Was fällt Ihnen denn ein? Bedenken Sie doch, wieviel glückliche Gedanken man mit der Decke erstickt, wenn man allein in seinem Bette schläft, und wieviel unglückliche Träume man mit ihr wärmt.«

»Ich ersticke nichts und wärme nichts«, sagte ich.

»Aber lassen Sie mich, Sie sind ein Komiker«, schloß er. Gleichzeitig begann er weiterzugehn und ich folgte ihm, ohne es zu bemerken, denn mich beschäftigte sein Ausspruch.

Ich glaubte aus diesem Ausspruch zu erkennen, daß mein Bekannter in mir etwas vermutete, was zwar nicht in mir war, mich aber bei ihm in Beachtung brachte dadurch, daß er es vermutete. Gut also, daß ich nicht nach Hause gegangen war. Wer weiß, dieser Mensch, der jetzt neben mir mit in der Kälte rauchendem Mund an Stubenmädchensachen dachte, war vielleicht imstande, mir vor den Leuten Wert zu geben, ohne daß ich ihn erst erwerben mußte. Daß mir ihn nur die Mädchen nicht verderben! Mögen sie ihn küssen und drücken, das ist ja ihre Pflicht und sein Recht, aber entführen sollen sie mir ihn nicht. Wenn sie ihn küssen, küssen sie mich ja auch ein wenig, wenn man will; mit dem Mundwinkel gewissermaßen; wenn sie ihn aber entführen, dann stehlen sie mir ihn. Und er soll immer bei mir bleiben, immer, wer soll ihn beschützen, wenn nicht ich. Er ist ja so dumm. Im Februar sagt man ihm: Du komm auf den Laurenziberg, und er läuft mit. Und wie, wenn er jetzt fällt, wie, wenn er sich verkühlt, wie, wenn ein Eifersüchtiger aus der Postgasse heraus ihn überfällt? Was soll dann mit mir geschehn, soll ich dann aus der Welt herausgeworfen werden? Das möchte ich doch sehn, nein, mich wird er nicht mehr los werden.

Morgen wird er mit Fräulein Anna reden, gewöhnliche Dinge zuerst, wie es natürlich ist, aber plötzlich wird er es nicht mehr verschweigen können: Gestern, Annerl, in der Nacht, nach unserer Gesellschaft, weißt Du, war ich mit einem Menschen beisammen, wie Du ihn ganz bestimmt noch nie gesehen hast. Er sieht aus, wie soll ich ihn beschreiben, – wie eine Stange in baumelnder Bewegung sieht er aus, mit einem schwarzbehaarten Schädel oben. Sein Körper ist mit vielen kleinen mattgelben Stoffstückchen behängt, die ihn vollständig bedeckten, denn bei der gestrigen Windstille lagen sie glatt an. Wie, Annerl, Dir vergeht der Appetit? Ja, dann ist es meine Schuld, dann habe ich das Ganze schlecht erzählt. Wenn Du ihn nur gesehen hättest, wie schüchtern er neben mir ging, wie er mir meine Verliebtheit ansah, was ja kein Kunststück war, und um mich in ihr nicht zu stören, eine große Strecke allein vorausging. Ich glaube, Annerl, Du hättest ein wenig gelacht und ein wenig Dich gefürchtet, mich aber freute seine Gegenwart. Denn wo warst Du, Annerl? In Deinem Bett warst Du und Afrika war nicht entfernter als Dein Bett. Manchmal aber war mir wahrhaftig, als höbe sich mit den Atemzügen seiner platten Brust der gestirnte Himmel. Du glaubst, ich übertreibe? Nein, Annerl; bei meiner Seele, nein; bei meiner Seele, die Dir gehört, nein.

Und ich erließ meinem Bekannten – wir machten gerade die ersten Schritte auf den Franzensquai – nicht den geringsten Teil der Beschämung, die er bei solcher Rede fühlen mußte. Nur gingen damals meine Gedanken ineinander über, denn die Moldau und die Stadtviertel am andern Ufer liegen in gemeinsamem Dunkel. Einige Lichter brannten dort und spielten mit den schauenden Augen.

Wir kreuzten die Fahrbahn, um zum Flußgeländer zu kommen, dort blieben wir stehen. Ich fand einen Baum, um mich anzulehnen. Da es vom Wasser her kalt wehte, zog ich meine Handschuhe an, seufzte grundlos, wie man es in der Nacht vor einem Flusse wohl tun mag, dann aber wollte ich weiter. Doch mein Bekannter schaute ins Wasser und rührte sich nicht. Dann trat er näher an das Geländer, hatte schon die Beine an dem Eisen, stützte die Ellbogen auf und legte die Stirn in die Hände. Was denn noch? Ich fror ja und mußte den Rockkragen in die Höhe stülpen. Mein Bekannter streckte sich, den Rücken, die Schultern, den Hals und hielt den Oberkörper, der auf seinen gespannten Armen ruhte, über das Geländer vorgebeugt.

»Die Erinnerungen, nicht wahr?« sagte ich, »ja, schon das Erinnern ist traurig, wie erst sein Gegenstand! Geben Sie sich solchen Sachen nicht hin, das ist nichts für Sie und nichts für mich. Man schwächt ja dadurch – nichts ist klarer – seine gegenwärtige Position, ohne die frühere zu stärken, abgesehen davon, daß die frühere Stärkung nicht mehr nötig hat. Glauben Sie denn, ich hätte keine Erinnerungen? Oh, zehn für jede der Ihrigen. Jetzt zum Beispiel könnte ich mich erinnern, wie ich in L. auf einer Bank gesessen bin. Es war am Abend, auch am Flußufer. Natürlich im Sommer. Und es ist meine Gewohnheit, an so einem Abend die Beine zu mir heraufzuziehn und zu umschlingen. Den Kopf hatte ich gegen die hölzerne Lehne der Bank gelegt, von wo ich die wolkenhaften Berge des andern Ufers ansah. Eine Geige spielte zart im Strandhotel. Auf beiden Ufern fuhren hin und wieder schiebende Züge mit erglänzendem Rauch.«

Mein Bekannter unterbrach mich, er wandte sich plötzlich um, es sah fast aus, als sei er erstaunt, mich noch hier zu sehn. »Ach, ich könnte noch viel mehr erzählen«, sagte ich, nichts weiter.

»Denken Sie nur, und immer kommt es so«, begann er. »Als ich heute meine Treppe hinunterstieg, um vor der Abendgesellschaft noch einen kleinen Spaziergang zu machen, mußte ich mich wundern, wie meine Hände in den Manschetten hin und her schlenkerten und so lustig haben sie das gemacht. Da dachte ich mir gleich: Wart, heut kommt was. Und es ist auch gekommen.« Dieses sagte er schon im Gehen und sah mich lächelnd mit großen Augen an.

So weit hatte ich es also gebracht. Er durfte mir solche Sachen erzählen, dabei lächeln und große Augen auf mich machen. Und ich, ich mußte mich zurückhalten, daß ich meinen Arm nicht um seine Schultern legte und ihn in seine Augen küßte zur Belohnung dafür, daß er mich so gar nicht brauchen konnte. Das Schlimmste aber war, daß auch das nichts mehr schaden konnte, weil es nichts ändern konnte, denn weg mußte ich nun, weg auf jeden Fall.

Als ich noch rasch nach einem Mittel suchte, um wenigstens ein Weilchen bei meinem Bekannten bleiben zu dürfen, fiel mir ein, daß ihm vielleicht meine lange Gestalt unangenehm sein könnte, neben der er seiner Meinung nach zu klein erschien. Und dieser Umstand quälte mich – es war freilich späte Nacht und wir begegneten fast niemandem – doch so sehr, daß ich meinen Rücken gebückt machte, bis meine Hände im Gehen meine Knie berührten. Damit aber mein Bekannter die Absicht nicht bemerkte, veränderte ich meine Haltung nur ganz allmählich, suchte seine Aufmerksamkeit von mir abzulenken, drehte ihn sogar einmal zum Flusse hin und zeigte ihm mit ausgestreckter Hand die Bäume der Schützeninsel und wie die Brückenlampen im Flusse sich spiegelten.

Aber mit plötzlicher Wendung sah er mich an – ich war noch nicht ganz fertig – und sagte: »Ja, was ist denn das? Sie sind ja ganz krumm! Was treiben Sie da?« »Ganz richtig«, sagte ich, den Kopf an seiner Hosennaht, weshalb ich auch nicht ordentlich aufschauen konnte. »Sie haben ein scharfes Auge!«

»Also hoppla! Stehen Sie doch auf! Solche Dummheiten!« »Nein«, sagte ich und schaute auf die nahe Erde, »ich bleibe, wie ich bin.«

»Das muß ich aber sagen, ärgern können Sie einen. Dieser unnütze Aufenthalt! Also machen Sie endlich Schluß!«

»Wie Sie schreien! In der ruhigen Nacht!« sagte ich.

»Übrigens, ganz nach Ihrem Belieben«, fügte er noch hinzu und nach einem Weilchen: »Es ist dreiviertel auf eins.« Er las die Zeit offenbar von der Uhr des Mühlenturmes ab.

Schon stand ich wie an den Haaren in die Höhe gerissen. Ein Weilchen lang hielt ich den Mund offen, damit mich die Aufregung durch den Mund verlasse. Ich verstand ihn, er schickte mich fort. Bei ihm sei kein Platz für mich, und wenn vielleicht doch einer hier ist, so sei er wenigstens nicht zu finden. Warum ich, nebenbei gesagt, so darauf versessen sei, bei ihm zu bleiben. Nein, ich möchte nur weggehn – und dies sofort – zu meinen Verwandten und Freunden, die schon auf mich warten. Hätte ich aber keine Verwandte und Freunde, dann müßte ich mir allerdings allein forthelfen (was hilft die Klage!), nur dürfte ich nicht weniger schnell von hier weggehen. Denn bei ihm könne mir nichts mehr helfen, nicht meine Länge, nicht mein Appetit, nicht meine kalte Hand.

Wenn es aber meine Meinung sei, daß ich bei ihm bleiben müsse, dann sei das eine gefährliche Meinung.

»Ich habe Ihre Mitteilung nicht gebraucht«, sagte ich, wie es auch der Wahrheit entsprach.

»Gott sei Dank, daß Sie endlich geradestehn. Ich habe doch nur gesagt, daß es dreiviertel eins ist.«

»Es ist schon gut«, sagte ich und steckte zwei Fingernägel in die Lücken meiner schauernden Zähne. »Wenn ich schon Ihre Mitteilung nicht brauchte, um wie viel weniger brauche ich eine Erklärung. Ich brauche nämlich nichts als Ihre Gnade. Bitte, bitte, nehmen Sie das zurück, was Sie gesagt haben!«

»Daß es dreiviertel eins ist? Aber mit Vergnügen, umsomehr, als dreiviertel längst vorüber ist.«

Er hob den rechten Arm, zuckte mit der Hand und horchte auf den Kastagnettenklang des Manschettenkettchens.

Jetzt kam offenbar der Mord. Ich werde bei ihm bleiben und er wird das Messer, dessen Griff er in der Tasche schon hält, an seinem Rock in die Höhe führen und dann gegen mich. Es ist unwahrscheinlich, daß er sich wundern wird, wie einfach die Sache ist, aber vielleicht doch, wer kann das wissen. Ich werde nicht schreien, ich werde ihn nur anschauen, solange die Augen es aushalten.

»Nun?« sagte er.

Vor einem entfernten Kaffeehaus mit schwarzen Scheiben ließ sich ein Polizeimann wie ein Eisläufer über das Pflaster gleiten. Sein Säbel behinderte ihn, er nahm ihn in die Hand, fuhr jetzt eine lange Strecke hin und beim Abschluß drehte er sich fast in einem Bogen. Endlich juchzte er noch schwach und, Melodien im Kopfe, fing er wieder zu schleifen an.

Erst dieser Polizeimann, der zweihundert Schritte von einem baldigen Mord nur sich selbst sah und hörte, machte mir eine Art von Angst. Ich stellte fest, daß es mit mir auf jeden Fall zu Ende war, ob ich mich erstechen ließ oder weglief. War es aber dann nicht besser wegzulaufen und mich damit der umständlichen, also schmerzlicheren Todesart auszusetzen. Die Gründe für die Vorzüge dieser Todesangst hatte ich nicht gleich bei der Hand, aber ich durfte den letzten Augenblick, der mir blieb, nicht mit dem Suchen von Gründen verbringen. Dazu war später Zeit, wenn ich nur den Entschluß hatte, und den Entschluß hatte ich.

Ich mußte weglaufen, es war ganz leicht. Jetzt beim Einbug zur Karlsbrücke nach links konnte ich nach rechts in die Karlsgasse springen. Sie war winklig, es gab dort dunkle Haustore und Weinstuben, die noch offen waren; ich mußte nicht verzweifeln.

Als wir unter dem Bogen am Ende des Quais auf den Kreuzherrenplatz hervortraten, rannte ich mit erhobenen Armen in jene Gasse. Doch vor einer kleinen Türe der

Seminarkirche fiel ich, denn dort war eine Stufe, die ich nicht erwartet hatte. Es machte ein wenig Lärm, die nächste Laterne war entfernt genug, ich lag im Dunkel.

Aus einer Weinstube gegenüber kam ein dickes Weib mit einem Lämpchen, um nachzusehn, was auf der Gasse geschehen war. Das Klavierspiel drinnen wurde schwächer fortgesetzt, nur mit einer Hand, denn der Klavierspieler hatte sich zur Türe gewendet, die, bis jetzt halb offen, von einem Mann in hochzugeknöpftem Rocke völlig geöffnet wurde. Er spie aus und drückte dann das Weib so fest an sich, daß sie das Lämpchen heben mußte, um es zu schützen. »Es ist ja gar nichts geschehen«, rief er ins Zimmer hinein, darauf drehten sich beide um, gingen ins Innere und die Türe wurde wieder zugemacht.

Als ich aufzustehn versuchte, fiel ich wieder hin. »Es ist Glatteis«, sagte ich und verspürte einen Schmerz im Knie. Aber doch freute es mich, daß mich die Leute aus der Weinstube nicht gesehen hatten und daß ich hier ruhig bis zur Dämmerung liegen bleiben konnte.

Mein Bekannter war wohl bis zur Brücke gegangen, ohne meinen Abschied bemerkt zu haben, denn er kam erst nach einer Weile zu mir. Ich merkte nicht, daß er überrascht war, als er sich zu mir bückte – er senkte fast nur den Hals ganz wie eine Hyäne – und mich mit weicher Hand streichelte. Er fuhr an meinen Wangenknochen auf und nieder und legte dann die Handfläche an meine Stirn: »Sie haben sich wehgetan, nicht wahr? Nun es ist Glatteis und man muß vorsichtig sein – haben Sie mir das nicht selbst gesagt? Der Kopf schmerzt Sie? Nein? Ach, das Knie. So. Das ist eine böse Sache.«

Aber er dachte nicht daran, mich aufzuheben. Ich stützte den Kopf auf meine rechte Hand – der Ellbogen lag auf einem Pflasterstein – und sagte: »Da sind wir also wieder einmal beisammen.« Und da ich wieder jene Angst bekam, drückte ich beide Hände gegen seine Schienbeine, um ihn so wegzuschieben.« Geh doch, geh doch«, sagte ich dabei.

Er hatte die Hände in den Taschen und sah über die leere Gasse hin, dann zur Seminarkirche und dann auf zum Himmel. Endlich, als in einer der umliegenden Gassen ein Wagen laut sich herumtrieb, erinnerte er sich an mich: »Ja, warum reden Sie denn nicht, mein Lieber? Ist Ihnen schlecht? Ja, warum stehen Sie denn eigentlich nicht auf? Soll ich einen Wagen suchen? Wenn Sie wollen, bringe ich Ihnen ein bißchen Wein da aus der Weinstube. Aber liegen bleiben dürfen Sie hier in der Kälte nicht. Und dann wollten wir doch auf den Laurenziberg.«

»Natürlich«, sagte ich und stand allein auf, aber mit starkem Schmerz. Ich schwankte gleich und mußte das Standbild Karl des Vierten streng ansehen, um meines Standpunktes sicher zu sein. Aber nicht einmal das hätte mir geholfen, wäre mir nicht eingefallen, daß ich von einem Mädchen mit schwarzem Samtband um den Hals geliebt würde, zwar nicht hitzig, aber treu. Und lieb war es da vom Mond, daß er auch mich beschien, und ich wollte aus Bescheidenheit mich unter die Wölbung des Brückenturmes stellen, als ich einsah, daß es bloß natürlich sei, daß der Mond alles bescheine. Daher breitete ich mit Freude meine Arme aus, um den Mond ganz zu genießen. Und es wurde mir leicht, als ich, Schwimmbewegungen mit den lässigen Armen machend, ohne Schmerz und Mühe vorwärts kam. Daß ich das früher nie versucht hatte! Mein Kopf lag in der kühlen Luft und gerade mein rechtes Knie flog am besten, ich lobte es durch Beklopfen. Und ich erinnerte mich, daß ich einmal einen Bekannten, der wahrscheinlich noch immer unter mir ging, nicht recht hatte leiden können, und an der ganzen Sache freute mich nur, daß mein Gedächtnis so gut war, daß es selbst solche Dinge bewahrte. Doch ich durfte nicht viel denken, denn ich mußte weiterschwimmen, wollte ich nicht zu sehr untertauchen. Aber damit man mir später nicht sagen dürfe, über dem Pflaster könne jeder schwimmen und es sei nicht des Erzählens wert, erhob ich mich durch ein Tempo über das Geländer und umkreiste schwimmend jede Heiligenstatue, der ich begegnete.

Bei der fünften – gerade hielt ich mich mit unmerklichen Schlägen über dem Trottoir – faßte mein Bekannter meine Hand. Da stand ich wieder auf dem Pflaster und fühlte einen Schmerz im Knie.

»Immer«, sagte mein Bekannter, mit einer Hand mich festhaltend, mit der andern auf die Statue der heiligen Ludmila zeigend, »immer habe ich die Hände dieses Engels links bewundert. Schauen Sie nur, wie zart sie sind! Wirkliche Engelshände! Haben Sie schon etwas Ähnliches gesehen? Sie nicht, aber ich ja, denn ich habe heute abend Hände geküßt –.«

Für mich aber gab es jetzt eine dritte Möglichkeit, zugrunde zu gehen. Ich mußte mich nicht erstechen lassen, ich mußte nicht weglaufen, ich konnte mich einfach in die Luft werfen. Er soll nur auf seinen Laurenziberg gehn, ich werde ihn nicht stören, nicht einmal durch Weglaufen werde ich ihn stören.

Und nun schrie ich: »Los mit den Geschichten! Ich will nichts mehr in Brocken hören. Erzählen Sie mir alles, von Anfang bis zu Ende. Weniger höre ich nicht an, das sage ich Ihnen. Aber auf das Ganze brenne ich.« Als er mich ansah, schrie ich nicht mehr so. »Und auf meine Verschwiegenheit können Sie bauen! Erzählen Sie mir alles, was Sie auf dem Herzen haben. Einen so verschwiegenen Zuhörer wie mich haben Sie noch nicht gehabt.«

Und ziemlich leise, nah an seinem Ohr, sagte ich: »Und fürchten müssen Sie sich vor mir nicht, das ist wirklich überflüssig.«

Ich hörte ihn noch lachen.

Ich sagte: »Ja, ja. Ich glaube das. Ich zweifle nicht«, und dabei zwickte ich ihn mit meinen Fingern, soweit er sie freiließ, in seine Waden. Aber er spürte es nicht. Da sagte ich zu mir: »Warum gehst du mit diesem Menschen? Du liebst ihn nicht und du hassest ihn auch nicht, denn sein Glück besteht nur in einem Mädchen und es ist nicht einmal sicher, daß sie ein weißes Kleid trägt. Also ist dir dieser Mensch gleichgültig – wiederhole es – gleichgültig. Er ist aber auch ungefährlich, wie es sich erwiesen hat. Also geh mit ihm zwar weiter auf den Laurenziberg, denn du bist schon auf dem Wege in schöner Nacht, aber laß ihn reden und vergnüge dich auf deine Weise, dadurch – sage es leise – schützst du dich auch am besten.«

Belustigungen oder Beweis dessen, daß es unmöglich ist zu leben

1
Ritt

Schon sprang ich – in Schwung, als sei es nicht das erste Mal – meinem Bekannten auf die Schultern und brachte ihn dadurch, daß ich meine Fäuste in seinen Rücken stieß, in einen leichten Trab. Als er aber noch ein wenig widerwillig stampfte und manchmal sogar stehen blieb, hackte ich mehrmals mit meinen Stiefeln in seinen Bauch, um ihn munterer zu machen. Es gelang und wir kamen schnell genug in das Innere einer großen, aber noch unfertigen Gegend.

Die Landstraße, auf der ich ritt, war steinig und stieg bedeutend, aber gerade das gefiel mir und ich ließ sie noch steiniger und steiler werden. Sobald mein Bekannter stolperte, riß ich ihn an seinem Kragen in die Höhe und sobald er seufzte, boxte ich ihn in den Kopf. Dabei fühlte ich, wie gesund mir der Ausritt in dieser guten Luft war und um ihn noch wilder zu machen, ließ ich einen starken Gegenwind in langen Stößen in uns blasen.

Jetzt übertrieb ich auch noch auf den breiten Schultern meines Bekannten die springende Bewegung, und während ich mich mit beiden Händen fest an seinem Halse hielt, beugte ich weit meinen Kopf zurück und betrachtete die mannigfaltigen Wolken, die, schwächer als ich, schwerfällig mit dem Winde flogen. Ich lachte und zitterte vor Mut. Mein Rock breitete sich aus und gab mir Kraft. Dabei preßte ich meine Hände kräftig ineinander, wodurch ich allerdings meinen Bekannten würgte. Erst als mir der Himmel allmählich durch die Äste der Bäume, die ich an der Straße wachsen ließ, verdeckt wurde, besann ich mich.

»Ich weiß nicht«, rief ich ohne Klang, »ich weiß ja nicht. Wenn niemand kommt, dann kommt eben niemand. Ich habe niemandem etwas Böses getan, niemand hat mir etwas Böses getan, niemand aber will mir helfen, lauter niemand. Aber so ist es doch nicht. Nur daß mir niemand hilft, sonst wäre lauter niemand hübsch, ich würde ganz gerne (was sagen Sie dazu?) einen Ausflug mit einer Gesellschaft von lauter niemand machen. Natürlich ins Gebirge, wohin denn sonst? Wie sich diese Niemand aneinander drängen, diese vielen quergestreckten oder eingehängten Arme, diese vielen Füße durch winzige Schritte getrennt! Versteht sich, daß alle im Frack sind. Wir gehen so lala, ein vorzüglicher Wind fährt durch die Lücken, die wir und unsere Gliedmaßen offen lassen. Die Hälse werden im Gebirge frei. Es ist ein Wunder, daß wir nicht singen.«

Da fiel mein Bekannter und als ich ihn untersuchte, fand ich, daß er am Knie schwer verwundet war. Da er mir nicht mehr nützlich sein konnte, ließ ich ihn nicht ungern auf den Steinen und pfiff mir einige Geier aus der Höhe herab, die sich gehorsam mit ernstem Schnabel auf ihn setzten, um ihn zu bewachen.

2
Spaziergang

Unbesorgt ging ich weiter. Weil ich aber als Fußgänger die Anstrengung der bergigen Straße fürchtete, ließ ich den Weg immer flacher werden und sich in der Entfernung endlich zu einem Tale senken. Die Steine verschwanden nach meinem Willen und der Wind verlor sich.

Ich ging in gutem Marsch, und da ich bergab ging, hatte ich den Kopf erhoben, den Körper gesteift und hinter dem Kopf die Arme verschränkt. Da ich Fichtenwälder liebe, ging ich durch solche Wälder, und da ich gerne stumm zu den Sternen schaue, so gingen mir auf dem Himmel die Sterne langsam auf, wie es ihre Art ist. Nur wenige gestreckte Wolken sah ich, die ein Wind, der nur in ihrer Höhe wehte, zur Überraschung des Spaziergängers durch die Luft zog.

Ziemlich weit meiner Straße gegenüber, wahrscheinlich auch noch durch einen Fluß von mir getrennt, ließ ich einen massig hohen Berg aufstehn, dessen Plateau mit Buschwerk bewachsen an den Himmel grenzte. Noch die kleinen Verzweigungen der höchsten Äste und ihre Bewegungen konnte ich deutlich sehn. Dieser Anblick, wie gewöhnlich er auch sein mag, freute mich so, daß ich als ein kleiner Vogel auf den Ruten dieser fernen struppigen Sträucher daran vergaß, den Mond aufgehen zu lassen, der schon hinter dem Berge lag, wahrscheinlich zürnend wegen der Verzögerung.

Jetzt aber breitete sich der kühle Schein, der dem Mondaufgang vorhergeht, auf dem Berge aus und plötzlich hob der Mond selbst sich hinter einem der unruhigen Sträucher. Ich jedoch hatte indessen in einer anderen Richtung geschaut und als ich jetzt vor mich hin blickte und ihn mit einem Male sah, wie er schon fast mit seiner ganzen Rundung leuchtete, blieb ich mit trüben Augen stehen, denn meine abschüssige Straße schien gerade in diesen erschreckenden Mond zu führen.

Aber nach einem Weilchen gewöhnte ich mich an ihn und betrachtete mit Besonnenheit, wie schwer ihm der Aufstieg wurde, bis ich endlich, nachdem wir einander ein großes Stück entgegengegangen waren, eine starke Schläfrigkeit verspürte, die, wie ich glaubte, eine Folge der Ermüdung durch den ungewohnten Spaziergang war. Ich ging eine kleine Zeit mit geschlossenen Augen, indem ich mich nur dadurch wachend erhielt, daß ich laut und regelmäßig die Hände aneinanderschlug.

Dann aber, als der Weg mir unter den Füßen zu entgleiten drohte und alles müde wie ich zu entschwinden begann, beeilte ich mich, den Abhang an der rechten Straßenseite mit allen Kräften zu erklettern, um noch rechtzeitig in den hohen verwirrten Fichtenwald zu kommen, in dem ich die Nacht, die uns wahrscheinlich bevorstand, verschlafen wollte.

Die Eile war nötig. Die Sterne dunkelten schon unbewölkt und ich sah den Mond schwächlich im Himmel, wie in einem bewegten Gewässer, versinken. Der Berg gehörte schon der Finsternis, die Landstraße endete zerbröckelnd dort, wo ich zum Abhang mich gewendet hatte, und aus dem Innern des Waldes hörte ich das sich nähernde Krachen stürzender Bäume. Nun hätte ich mich gleich auf das Moos zum

Schlafe werfen können, aber da ich mich fürchte, auf Waldboden zu schlafen, kroch ich – rasch glitt der Stamm zwischen den Ringen der Arme und Beine hinab – auf einen Baum, der auch schon taumelte ohne Wind, legte mich auf einen Ast, den Kopf an den Stamm gelehnt und schlief hastig ein, indes ein Eichhörnchen meiner Laune mit steilem Schwanz auf dem bebenden Ende des Astes saß und sich wiegte.

Ich schlief traumlos und versunken. Mich weckte weder der Untergang des Mondes noch der Aufgang der Sonne. Und selbst wenn ich schon am Erwachen war, beruhigte ich mich wieder, indem ich sagte: »Du hast dich am gestrigen Tage sehr bemüht, darum schone deinen Schlaf« und schlief wieder ein.

Aber obwohl ich nicht träumte, war mein Schlaf doch nicht ohne fortwährende leise Störung. Die ganze Nacht durch hörte ich jemanden neben mir reden. Ich hörte kaum die Worte selbst, außer einzelne wie »Bank am Flußufer«, »wolkenhafte Berge«, »Züge mit erglänzendem Rauch«, sondern nur die Art ihrer Betonung; und ich erinnere mich, daß ich mir im Schlafe noch die Hände rieb, vor Freude darüber, daß ich die einzelnen Worte nicht erkennen mußte, da ich eben schlafend war.

»Dein Leben war einförmig«, so redete ich laut, um mich davon zu überzeugen, »es war wirklich nötig, daß du anders wohin geführt wurdest. Du kannst zufrieden sein, es ist lustig hier. Die Sonne scheint.«

Da schien die Sonne und die Regenwolken wurden weiß und leicht und klein im blauen Himmel. Sie glänzten und bäumten sich. Ich sah einen Fluß im Tale.

»Ja, es war einförmig, du verdienst diese Belustigung«, sagte ich weiter, wie gezwungen, »aber war es nicht auch gefährdet?« Da hörte ich jemanden entsetzlich nahe seufzen.

Ich wollte rasch hinunterklettern, aber da der Ast so zitterte wie meine Hand, so fiel ich erstarrt von der Höhe. Ich schlug kaum auf und hatte auch keine Schmerzen, aber ich fühlte mich so schwach und unglücklich, daß ich das Gesicht in den Waldboden legte, da ich die Anstrengung, die Dinge der Erde um mich zu sehn, nicht ertragen konnte. Ich war überzeugt, daß jede Bewegung und jeder Gedanke erzwungen seien, daß man sich daher vor ihnen hüten solle. Dagegen sei es das Natürlichste, hier im Grase zu liegen, die Arme am Körper und das Gesicht verborgen. Und ich redete mir zu, mich eigentlich zu freuen, daß ich in dieser selbstverständlichen Lage mich schon befinde, denn sonst würde ich vieler mühseliger Krämpfe, wie Schritte oder Worte bedürfen, um in sie zu kommen.

Der Fluß war breit und seine kleinen lauten Wellen waren beschienen. Auch am anderen Ufer waren Wiesen, die dann in Gesträuch übergingen, hinter dem man in großer Fernsicht helle Obstalleen sah, die zu grünen Hügeln führten.

Erfreut über diesen Anblick legte ich mich nieder und dachte, während ich mir die Ohren gegen gefürchtetes Weinen zuhielt, hier könnte ich zufrieden werden. Denn hier ist es einsam und schön. Es braucht nicht viel Mut, hier zu leben. Man wird sich hier quälen wie anderswo auch, aber man wird sich dabei nicht schön bewegen müssen. Das wird nicht nötig sein. Denn es sind nur Berge da und ein großer Fluß und ich bin noch klug genug, sie für leblos zu halten. Ja, wenn ich am Abend allein auf den steigenden Wiesenwegen stolpern werde, so werde ich nicht verlassener sein als der Berg, nur daß ich es fühlen werde. Aber ich glaube, auch das wird noch vergehn.

So spielte ich mit meinem künftigen Leben und versuchte hartnäckig zu vergessen. Ich sah dabei blinzelnd in jenen Himmel, der in einer ungewöhnlich glücklichen Färbung war. Ich hatte ihn schon lange nicht so gesehn, ich wurde gerührt und an einzelne Tage erinnert, an denen ich auch geglaubt hatte, ihn so zu sehn. Ich gab die Hände von meinen Ohren, breitete meine Arme aus und ließ sie in die Gräser fallen.

Ich hörte jemand weit und schwach schluchzen. Es wurde windig und große Mengen trockener Blätter, die ich früher nicht gesehen hatte, flogen rauschend auf. Von den Obstbäumen schlugen unreife Früchte irrsinnig auf den Boden. Hinter einem Berg kamen häßliche Wolken herauf. Die Flußwellen knarrten und wichen vor dem Wind zurück.

Ich stand rasch auf. Mich schmerzte mein Herz, denn jetzt schien es unmöglich, aus meinem Leiden hinauszukommen. Schon wollte ich umkehren, um diese Gegend zu verlassen und in meine frühere Lebensart zurückzukehren, als ich diesen Einfall bekam: »Wie merkwürdig ist es, daß noch in unserer Zeit vornehme Personen in dieser schwierigen Weise über einen Fluß befördert werden. Es gibt keine andere Erklärung dafür, als daß es ein alter Brauch ist.« Ich schüttelte den Kopf, denn ich war verwundert.

3
Der Dicke

a
Ansprache an die Landschaft

Aus den Gebüschen des andern Ufers traten gewaltig vier nackte Männer, die auf ihren Schultern eine hölzerne Tragbahre hielten. Auf dieser Tragbahre saß in orientalischer Haltung ein ungeheuerlich dicker Mann. Obwohl er durch Gebüsche auf ungebahntem Weg getragen wurde, schob er die dornigen Zweige doch nicht auseinander, sondern durchstieß sie ruhig mit seinem unbeweglichen Körper. Seine faltigen Fettmassen waren so sorgfältig ausgebreitet, daß sie zwar die ganze Tragbahre bedeckten und noch an den Seiten gleich dem Saume eines gelblichen Teppichs hinunterhingen, und ihn dennoch nicht störten. Sein haarloser Schädel war klein und glänzte gelb. Sein Gesicht trug den einfältigen Ausdruck eines Menschen, der nachdenkt und sich nicht bemüht, es zu verbergen. Bisweilen schloß er seine Augen: öffnete er sie wieder, verzerrte sich sein Kinn.

»Die Landschaft stört mich in meinem Denken«, sagte er leise, »sie läßt meine Überlegungen schwanken, wie Kettenbrücken bei zorniger Strömung. Sie ist schön und will deshalb betrachtet sein.

Ich schließe meine Augen und sage: du grüner Berg am Flusse, der du gegen das Wasser rollendes Gestein hast, du bist schön.

Aber er ist nicht zufrieden, er will, daß ich die Augen zu ihm öffne.

Wenn ich aber mit geschlossenem Auge sage: Berg, ich liebe dich nicht, denn du erinnerst mich an die Wolken, an die Abendröte und an den steigenden Himmel und das sind Dinge, die mich fast weinen machen, denn man kann sie niemals erreichen, wenn man sich auf einer kleinen Sänfte tragen läßt. Während du mir aber dieses zeigst, hinterlistiger Berg, verdeckst du mir die Fernsicht, die mich erheitert, denn sie zeigt Erreichbares in schönem Überblick. Darum liebe ich dich nicht, Berg am Wasser, nein, ich liebe dich nicht.

Aber diese Rede wäre ihm so gleichgültig, wie meine frühere, wenn ich nicht mit geöffneten Augen redete. Sonst ist er nicht zufrieden.

Und müssen wir nicht ihn uns freundlich erhalten, damit wir überhaupt ihn nur aufrecht halten, ihn, der eine so launische Vorliebe für den Brei unserer Gehirne hat. Er würde seine gezackten Schatten auf mich niederschlagen, er würde stumm schrecklich kahle Wände mir vorschieben und meine Träger würden über die kleinen Steinchen am Wege stolpern.

Aber nicht nur der Berg ist so eitel, so zudringlich und so rachsüchtig dann, alles andere ist es auch. So muß ich mit kreisrunden Augen – oh, sie schmerzen – immer wiederholen:

Ja, Berg, du bist schön und die Wälder auf deinem westlichen Abhang freuen mich. – Auch mit dir, Blume, bin ich zufrieden und dein Rosa macht meine Seele fröhlich. – Du, Gras, auf den Wiesen bist schon hoch und stark und kühlst. – Und du fremdartiges Buschwerk stichst so unerwartet, daß unsere Gedanken in Sprünge kommen. – An dir aber, Fluß, habe ich so großes Gefallen, daß ich mich durch dein biegsames Wasser werde tragen lassen.«

Nachdem er diese Lobpreisung zehnmal laut ausgerufen hatte unter einigem demütigen Rücken seines Körpers, ließ er seinen Kopf sinken und sagte mit geschlossenen Augen:

»Jetzt aber – ich bitte euch – Berg, Blume, Gras, Buschwerk und Fluß, gebt mir ein wenig Raum, damit ich atmen kann.«

Da entstand ein eilfertiges Verschieben in den umliegenden Bergen, die sich hinter hängende Nebel stießen. Die Alleen standen zwar fest und hüteten ziemlich die Straßenbreite, aber frühzeitig verschwammen sie. Am Himmel lag vor der Sonne eine feuchte Wolke mit leise durchleuchtetem Rand, in deren Beschattung das Land sich tiefer senkte, während alle Dinge ihre schöne Begrenzung verloren.

Die Tritte der Träger wurden bis zu meinem Ufer hörbar und doch konnte ich in dem dunklen Viereck ihrer Gesichter nichts genauer unterscheiden. Ich sah nur, wie sie ihre Köpfe zur Seite neigten und wie sie ihren Rücken krümmten, denn die Last war ungewöhnlich. Ich hatte Sorge ihretwegen, denn ich bemerkte, daß sie müde waren. Daher sah ich mit Spannung zu, als sie in das Ufergras traten, dann in noch ebenmäßigem Tritt durch den nassen Sand gingen, bis sie endlich in das schlammige

Schilf sanken, wo die beiden rückwärtigen Träger sich noch tiefer bückten, um die Sänfte in ihrer waagrechten Lage zu erhalten. Ich preßte die Hände ineinander. Jetzt mußten sie bei jedem Schritt ihre Füße hochheben, so daß ihr Körper in der kühlen Luft dieses veränderlichen Nachmittags vor Schweiß glänzte.

Der Dicke saß ruhig, die Hände auf seinen Schenkeln; die langen Spitzen des Schilfsrohres streiften ihn, wenn sie hinter den vordern Trägern aufschnellten.

Die Bewegungen der Träger wurden unregelmäßiger, je näher sie zum Wasser kamen. Bisweilen schwankte die Sänfte, als sei sie schon auf den Wellen. Kleine Pfützen im Schilf mußten übersprungen oder umgangen werden, denn vielleicht waren sie tief.

Einmal erhoben sich Wildenten schreiend und stiegen steil in die Regenwolke. Da sah ich in einer kurzen Bewegung das Gesicht des Dicken; es war ganz unruhig. Ich stand auf und eilte in eckigen Sprüngen über den steinigen Abhang, der mich vom Wasser trennte. Ich achtete nicht darauf, daß es gefährlich war, sondern ich dachte nur daran, dem Dicken zu helfen, wenn seine Diener ihn nicht mehr tragen könnten. Ich lief so unbesonnen, daß ich mich unten beim Wasser nicht einhalten konnte, sondern ein Stück in das aufspritzende Wasser laufen mußte und erst stehen blieb, bis das Wasser mir bis an die Knie reichte.

Drüben aber hatten die Diener unter Verrenkungen die Sänfte ins Wasser gebracht, und während sie mit der einen Hand sich über dem unruhigen Wasser hielten, stemmten sie mit vier behaarten Armen die Sänfte in die Höhe, so daß man die ungewöhnlich erhobenen Muskeln sah.

Das Wasser schlug zuerst ans Kinn, stieg dann zum Mund, der Kopf der Träger beugte sich zurück und die Traghölzer fielen auf die Schultern. Das Wasser umspielte schon den Nasenrücken und noch immer gaben sie die Mühe nicht auf, obwohl sie kaum in der Mitte des Flusses waren. Da schlug eine niedrige Welle auf die Köpfe der Vordern nieder und die vier Männer ertranken schweigend, indem sie mit ihren wilden Händen die Sänfte mit sich hinunterzogen. Wasser schoß im Sturze nach.

Da brach aus den Rändern der großen Wolke der flache Schein der abendlichen Sonne und verklärte die Hügel und Berge an der Grenze des Gesichtskreises, während der Fluß und die Gegend unter der Wolke in undeutlichem Lichte war.

Der Dicke drehte sich langsam in der Richtung des strömenden Wassers und wurde flußabwärts getragen, wie ein Götterbild aus hellem Holz, das überflüssig geworden war und das man daher in den Fluß geworfen hatte. Er fuhr auf der Spiegelung der Regenwolke hin. Längliche Wolken zogen ihn und kleine gebückte schoben, so daß es bedeutenden Aufruhr gab, den man noch am Anschlagen des Wassers an meinen Knien und an den Ufersteinen merken konnte.

Ich kroch rasch die Böschung wieder hinauf, um auf dem Weg den Dicken begleiten zu können, denn wahrhaftig ich liebte ihn. Und vielleicht konnte ich etwas erfahren über die Gefährlichkeit dieses scheinbar sichern Landes. So ging ich auf einem Sandstreifen, an dessen Schmalheit man sich erst gewöhnen mußte, die Hände in den

Taschen und das Gesicht im rechten Winkel zum Fluß gewendet, so daß das Kinn fast auf der Schulter lag.

Auf den Ufersteinen saßen die Schwalben.

Der Dicke sagte: »Lieber Herr am Ufer, versuchen Sie es nicht, mich zu retten. Das ist die Rache des Wassers und des Windes; nun bin ich verloren. Ja, Rache ist es, denn wie oft haben wir diese Dinge angegriffen, ich und mein Freund der Beter, beim Singen unserer Klinge, unter dem Aufglanz der Cymbeln, der weiten Pracht der Posaunen und dem springenden Leuchten der Pauken.«

Eine kleine Mücke mit gestreckten Flügeln flog durch seinen Bauch, ohne daß ihre Schnelligkeit vermindert wurde.

Der Dicke erzählte weiter:

b
Begonnenes Gespräch mit dem Beter

»Es gab eine Zeit, in der ich Tag um Tag in eine Kirche ging, denn ein Mädchen, in das ich mich verliebt hatte, betete dort kniend eine halbe Stunde am Abend, unterdessen ich sie in Ruhe betrachten konnte.

Als einmal das Mädchen nicht gekommen war und ich unwillig auf die Betenden blickte, fiel mir ein junger Mensch auf, der sich mit seiner ganzen mageren Gestalt auf den Boden geworfen hatte. Von Zeit zu Zeit packte er mit der ganzen Kraft des Körpers seinen Schädel und schmetterte ihn seufzend in die Handflächen, die auf den Steinen auflagen.

In der Kirche waren nur einige alte Weiber, die hie und da ihr eingewickeltes Köpfchen mit seitlicher Neigung drehten, um nach dem Betenden hinzusehen. Diese Aufmerksamkeit schien ihn glücklich zu machen, denn vor jedem seiner frommen Ausbrüche ließ er seine Augen umgehn, ob die zuschauenden Leute zahlreich wären.

Das nun fand ich ungebührlich und beschloß, ihn anzureden, wenn er aus der Kirche ginge, und einfach auszufragen, warum er in dieser Weise bete. Denn seit meiner Ankunft in dieser Stadt ging mir Klarheit über alles, wenn ich auch jetzt mich eigentlich nur darüber ärgerte, daß mein Mädchen nicht gekommen war.

Aber erst nach einer Stunde stand er auf, putzte seine Hosen so lange ab, daß ich schon rufen wollte: »Genug, genug, wir alle sehen, daß Sie Hosen haben«, schlug ein ganz sorgfältiges Kreuz und ging zum Weihwasserbecken schwer wie ein Matrose.

Ich stellte mich auf dem Wege zwischen Becken und Türe auf und wußte genau, daß ich ihn nicht ohne Erklärung durchlassen würde. Ich verzerrte meinen Mund, weil das die beste Vorbereitung für bestimmte Reden ist, und stützte mich auf das vorgestreckte rechte Bein, während ich das linke auf der Fußspitze hielt, weil mir das Festigkeit gibt, wie ich oft erfahren habe.

Nun ist es möglich, daß dieser Mensch schon auf mich schielte, als er sich das Weihwasser ins Gesicht spritzte, vielleicht hatte ihn mein Blick schon früher besorgt gemacht, denn jetzt unerwartet rannte er zur Türe und hinaus. Unwillkürlich machte ich noch einen Sprung, um ihn zu halten. Die Glastüre schlug zu. Und als ich gleich nachher aus der Türe trat, konnte ich ihn nicht mehr finden, denn dort gab es einige schmale Gassen und der Verkehr war mannigfaltig.

In den nächsten Tagen blieb er aus, aber das Mädchen kam und betete wieder in dem Winkel einer Seitenkapelle. Sie trug ein schwarzes Kleid, welches auf Schultern und Nacken aus durchsichtigen Spitzen bestand – der Halbmond des Hemdrandes lag unter ihnen – von deren unterem Rande die Seide in einem wohlgeschnittenen Kragen niederhing. Und da das Mädchen kam, vergaß ich gern an jenen Menschen und kümmerte mich anfangs selbst dann nicht mehr um ihn, als er später wieder regelmäßig kam und nach seiner Gewohnheit betete.

Aber immer ging er mit plötzlicher Eile an mir vorüber, mit abgewandtem Gesicht. Dagegen schaute er beim Beten viel auf mich. Es sah fast aus, als sei er böse auf mich, weil ich ihn damals nicht angesprochen hatte, und als meine er, durch jenen Versuch, ihn anzureden, hätte ich die Pflicht auf mich genommen, es endlich auch wirklich zu tun. Und als ich nach einer Predigt immer jenem Mädchen folgend im Halbdunkel mit ihm zusammenstieß, glaubte ich, ihn lächeln zu sehn.

Eine solche Pflicht ihn anzureden, bestand natürlich nicht, aber ich hatte kaum mehr ein Verlangen danach, ihn anzureden. Selbst als ich einmal auf dem Kirchplatz laufend ankam, während die Uhr schon sieben schlug, das Mädchen also längst nicht mehr in der Kirche war und nur jener Mensch vor dem Geländer des Altars sich abarbeitete, zögerte ich noch.

Endlich glitt ich auf den Fußspitzen zum Türgang, gab dem blinden Bettler, der dort saß, eine Münze und drückte mich neben ihn hinter den geöffneten Türflügel. Dort freute ich mich etwa eine halbe Stunde lang auf die Überraschung, die ich dem Beter bereiten wollte. Das hielt aber nicht an. Bald ließ ich nur noch sehr verdrießlich die Spinnen über meine Kleider kriechen und es war lästig, daß ich mich jedesmal vorbeugen mußte, wenn immer noch einer laut atmend aus dem Dunkel der Kirche trat.

Da kam er auch. Das Läuten der großen Glocken, das vor einem Weilchen eingesetzt hatte, tat ihm nicht gut, wie ich merkte. Er mußte mit den Fußspitzen zuerst leichthin den Boden betasten, ehe er eigentlich auftrat.

Ich stand auf, machte einen großen Schritt und hielt ihn schon. »Guten Abend«, sagte ich und stieß ihn, meine Hand an seinem Kragen, die Stufen hinunter auf den beleuchteten Platz.

Als wir unten waren, drehte er sich zu mir um, während ich ihn immer noch hinten hielt, so daß wir jetzt Brust an Brust standen. »Wenn Sie mich nur hinten loslassen würden!« sagte er. »Ich weiß ja nicht, in welchem Verdachte Sie mich haben, aber unschuldig bin ich.« Dann wiederholte er noch einmal: »Ich weiß natürlich nicht, in welchem Verdachte Sie mich haben.«

»Hier kann ja weder von Verdacht noch von Unschuld die Rede sein. Ich bitte Sie, davon nicht mehr zu reden. Wir sind einander fremd, unsere Bekanntschaft ist nicht älter als die Kirchentreppe hoch ist. Wohin kämen wir, wenn wir gleich von unserer Unschuld zu reden anfingen.«

»Ganz meine Meinung«, sagte er. »Im übrigen sagten Sie ›unsere Unschuld‹, meinten Sie damit, daß Sie, wenn ich meine Unschuld nachgewiesen hätte, ebenso die Ihrige nachweisen müßten? Meinten Sie das?«

»Entweder das oder etwas anderes«, sagte ich. »Angesprochen aber habe ich Sie nur deshalb, weil ich Sie etwas fragen wollte, merken Sie sich das!«

»Ich möchte gern nach Hause gehen«, sagte er und machte eine schwache Wendung.

»Das glaube ich. Hätte ich Sie denn sonst angesprochen? Sie dürfen nicht glauben, daß ich Sie um Ihrer schönen Augen willen angesprochen habe.«

»Ob Sie nicht zu aufrichtig sind? Wie?«

»Muß ich Ihnen noch einmal sagen, daß hier von solchen Dingen nicht die Rede ist? Was soll hier Aufrichtigkeit oder Nichtaufrichtigkeit? Ich frage, Sie antworten und dann adieu. Dann können Sie meinetwegen auch nach Hause und so schnell Sie wollen.«

»Wäre es nicht besser, wir kämen ein nächstes Mal zusammen? Zu gelegener Zeit? In einem Kaffeehaus vielleicht? Überdies ist Ihr Fräulein Braut erst vor ein paar Minuten weggegangen, Sie könnten Sie noch gut einholen, sie hat so lange gewartet.«

»Nein«, schrie ich in den Lärm der vorüberfahrenden Straßenbahn. »Sie entkommen mir nicht. Sie gefallen mir immer besser. Sie sind ein Glücksfang. Ich beglückwünsche mich.«

Da sagte er: »Ach Gott, Sie haben, wie man sagt, ein gesundes Herz und einen Kopf aus einem Block. Sie nennen mich einen Glücksfang, wie glücklich müssen Sie sein! Denn mein Unglück ist ein schwankendes Unglück und berührt man es, so fällt es auf den Frager. Und deshalb: Gute Nacht.«

»Schön«, sagte ich, überraschte ihn und faßte seine rechte Hand. »Antworten Sie nicht freiwillig, werde ich Sie zwingen. Ich werde Ihnen folgen, rechts und links, wohin Sie gehen, auch die Treppe zu Ihrem Zimmer hinauf und in Ihrem Zimmer werde ich mich setzen, wo Platz sein wird. Ganz gewiß, schauen Sie mich nur an, ich halte es schon aus. Wie aber werden Sie –«, ich trat ganz zu ihm und weil er um einen Kopf größer war als ich, redete ich in seinen Hals hinein, »– wie aber werden Sie den Mut aufbringen, mich daran zu hindern?«

Da küßte er zurücktretend abwechselnd meine beiden Hände und machte sie mit Tränen naß. »Ihnen kann man nichts verweigern. Ebenso wie Sie wußten, daß ich gern nach Hause ginge, wußte ich schon früher, daß ich Ihnen nichts verweigern kann. Nur bitte ich, gehen wir lieber in die Seitengasse drüben.« Ich nickte und wir gingen hin. Als uns ein Wagen trennte und ich zurückblieb, winkte er mir mit beiden Händen, damit ich mich beeile.

Dort aber begnügte er sich nicht mit dem Dunkel der Gasse, in der Laternen nur weit voneinander und fast bis in der Höhe der ersten Stockwerke angebracht waren, sondern er führte mich in den niedrigen Flurgang eines alten Hauses unter ein Lämpchen, das vor der Holztreppe tropfend hing.

Über die Mulde einer eingetretenen Stufe breitete er sein Taschentuch und lud mich zum Sitzen ein: »Sitzend können Sie besser fragen, ich bleibe stehen, da kann ich besser antworten. Aber nicht quälen!«

Ich setzte mich, weil er die Sache so ernst nahm, mußte aber doch sagen: »Sie führen mich in dieses Loch, als wären wir Verschwörer, während ich mit Ihnen nur durch Neugier, Sie mit mir nur durch Angst verbunden sind. Im Grunde will ich Sie ja nur fragen, warum Sie in der Kirche so beten. Wie benehmen Sie sich dort! Wie ein vollkommener Narr! Wie lächerlich ist das, wie unangenehm den Zuschauern und den Frommen unerträglich!«

Er hatte seinen Körper an die Mauer gepreßt, nur den Kopf bewegte er frei in der Luft. »Nichts als Irrtum, denn die Frommen halten mein Benehmen für natürlich und die übrigen halten es für fromm.«

»Mein Ärger ist eine Widerlegung dessen.«

»Ihr Ärger – angenommen, daß es ein wirklicher Ärger ist – beweist nur, daß Sie weder zu den Frommen, noch zu den Übrigen gehören.«

»Sie haben recht, es war ein wenig übertrieben, wenn ich sagte, Ihr Benehmen habe mich geärgert; nein, etwas neugierig hat es mich gemacht, wie ich anfangs richtig gesagt habe. Aber Sie, zu wem gehören Sie?«

»Ach, mir macht es nur Spaß, von den Leuten angeschaut zu werden, sozusagen von Zeit zu Zeit einen Schatten auf den Altar zu werfen.«

»Spaß?« fragte ich und mein Gesicht zog sich zusammen. »Nein, wenn Sie es wissen wollen. Seien Sie mir nicht böse, daß ich es falsch ausgedrückt habe. Nicht Spaß, Bedürfnis ist es für mich; Bedürfnis, von diesen Blicken mich für eine kleine Stunde festhämmern zu lassen, während die ganze Stadt um mich herum –.«

»Was sagt Ihr da«, rief ich viel zu laut für die kleine Bemerkung und den niedrigen Gang, aber ich fürchtete mich dann zu verstummen oder die Stimme zu schwächen, »wirklich, was sagt Ihr da. Jetzt merke ich bei Gott, daß ich von allem Anfang an ahnte, in welchem Zustande Ihr seid. Ist es nicht dieses Fieber, diese Seekrankheit auf festem Lande, eine Art Aussatz? Ist Euch nicht so, daß Ihr vor lauter Hitze mit den wahrhaftigen Namen der Dinge Euch nicht begnügen könnt, davon nicht satt werdet und über sie jetzt in einer einzigen Eile zufällige Namen schüttet. Nur schnell, nur schnell! Aber kaum seid Ihr von ihnen weggelaufen, habt Ihr wieder ihre Namen vergessen. Die Pappel in den Feldern, die Ihr den ›Turm von Babel‹ genannt habt, denn Ihr wolltet nicht wissen, daß es eine Pappel war, schaukelt wieder namenlos und Ihr müßt sie nennen: ›Noah, wie er betrunken war‹.«

Er unterbrach mich: »Ich bin froh, daß ich das, was Ihr sagtet, nicht verstanden habe.«

Aufgeregt sagte ich rasch: »Dadurch, daß Ihr darüber froh seid, zeigt Ihr, daß Ihr es verstanden habt.«

»Sagte ich es nicht schon? Euch kann man nichts verweigern.«

Ich legte meine Hände auf eine obere Stufe, lehnte mich zurück und fragte in dieser fast unangreifbaren Haltung, welche die letzte Rettung der Ringkämpfer ist: »Verzeiht, aber das ist Unaufrichtigkeit, wenn Ihr eine Erklärung, die ich Euch gebe, auf mich zurückwerfet.«

Daraufhin wurde er mutig. Er legte die Hände ineinander, um seinem Körper eine Einheit zu geben, und sagte unter leichtem Widerstreben: »Streitigkeiten über Aufrichtigkeit habet Ihr gleich anfangs ausgeschlossen. Und wirklich, mich kümmert nichts anderes mehr, als Euch meine Art zu beten ganz verständlich zu machen. Wisset Ihr also, warum ich so bete?«

Er prüfte mich. Nein, ich wußte es nicht und ich wollte es auch nicht wissen. Ich hatte ja auch nicht hierher kommen wollen, sagte ich mir damals, aber dieser Mensch hatte mich geradezu gezwungen, ihm zuzuhören. Ich brauchte also bloß meinen Kopf zu schütteln und alles war gut, aber gerade das konnte ich im Augenblick nicht.

Der Mensch mir gegenüber lächelte. Dann duckte er sich auf seine Knie nieder und erzählte mit schläfriger Grimasse: »Jetzt endlich kann ich es Ihnen auch verraten, warum ich mich von Ihnen habe ansprechen lassen. Aus Neugierde, aus Hoffnung. Ihr Blick tröstet mich schon eine lange Zeit. Und ich hoffe von Ihnen zu erfahren, wie es sich mit den Dingen eigentlich verhält, die um mich wie ein Schneefall versinken, während vor andern schon ein kleines Schnapsglas auf dem Tisch fest wie ein Denkmal steht.«

Da ich schwieg und nur eine unwillkürliche Zuckung mein Gesicht durchfuhr, fragte er: »Sie glauben nicht daran, daß es andern Leuten so geht? Wirklich nicht? Ach hören Sie doch! Als ich, ein kleines Kind, nach einem kurzen Mittagsschlaf die Augen öffnete, hörte ich, meines Lebens noch nicht ganz sicher, meine Mutter in natürlichem Ton vom Balkon hinunterfragen: ›Was machen Sie meine Liebe? Ist das aber eine Hitze!‹ Eine Frau antwortete aus dem Garten: ›Ich jause so im Grünen.‹ Sie sagten es ohne Nachdenken und nicht besonders deutlich, als hätte jene Frau die Frage, meine Mutter die Antwort erwartet.«

Ich glaubte, ich sei gefragt, daher griff ich in die hintere Hosentasche und tat, als suchte ich dort etwas. Aber ich suchte nichts, sondern ich wollte nur meinen Anblick verändern, um meine Teilnahme am Gespräch zu zeigen. Dabei sagte ich, daß dieser Vorfall überaus merkwürdig sei und daß ich ihn keineswegs begreife. Ich fügte auch hinzu, daß ich an dessen Wahrheit nicht glaube und daß er zu einem bestimmten Zweck, den ich gerade nicht durchschaue, erfunden sein müsse. Dann schloß ich die Augen, um das schlechte Licht los zu werden.

»Seht doch nur, faßt Mut, da seid Ihr zum Beispiel einmal meiner Meinung und aus Uneigennützigkeit habt Ihr mich angehalten, mir das zu sagen. Ich verliere eine Hoffnung und bekomme eine andere.

Nicht wahr, warum sollte ich mich schämen, daß ich nicht aufrecht und in Schritten gehe, nicht mit dem Stock auf das Pflaster schlage und nicht die Kleider der Leute streife, welche laut vorübergehen. Sollte ich nicht vielmehr mit Recht trotzig klagen dürfen, daß ich als Schatten ohne rechte Grenzen die Häuser entlang hüpfe, manchmal in den Scheiben der Auslagefenster verschwindend.

Was sind das für Tage, die ich verbringe! Warum ist alles so schlecht gebaut, so daß bisweilen hohe Häuser einstürzen, ohne daß man einen äußern Grund finden könnte. Ich klettere dann über die Schutthaufen und frage jeden, dem ich begegne: ›Wie konnte das nur geschehen! In unserer Stadt – ein neues Haus – das wievielte ist es heute schon! – bedenken Sie doch‹. Dann kann mir keiner antworten.

Oft fallen Menschen auf der Gasse und bleiben tot liegen. Da öffnen alle Geschäftsleute ihre mit Waren verhangenen Türen, kommen gelenkig herbei, schaffen den Toten in ein Haus, kehren zurück, Lächeln um Mund und Augen, und das Gerede fängt an: ›Guten Tag – der Himmel ist blaß – ich verkaufe viele Kopftücher – ja, der Krieg.‹ Ich eile ins Haus, und nachdem ich mehrere Male die Hand mit dem gebogenen Finger furchtsam gehoben habe, klopfe ich endlich an das Fensterchen des Hausmeisters: ›Guten Morgen‹, sage ich, ›mir ist, als wäre vor kurzem ein toter Mensch zu Ihnen gebracht worden. Wären Sie nicht so freundlich, mir ihn zu zeigen?‹ Und da er den Kopf schüttelt, als könne er sich nicht entschließen, füge ich hinzu: ›Nehmen Sie sich in acht! Ich bin Geheimpolizist und will sofort den Toten sehn.‹ Jetzt ist er nicht mehr unentschlossen: ›Hinaus!‹ schreit er. ›Gewöhnt sich dieses Gesindel schon daran, hier jeden Tag herumzukriechen! Hier ist kein Toter, vielleicht im Nebenhaus.‹ Ich grüße und gehe.

Dann aber, wenn ich einen großen Platz zu durchqueren habe, vergesse ich alles. Wenn man schon so große Plätze aus Übermut baut, warum baut man nicht auch ein Geländer quer über den Platz? Heute bläst einmal ein Südwestwind. Die Spitze des Rathausturmes macht kleine Kreise. Alle Fensterscheiben lärmen und die Laternenpfähle biegen sich wie Bambus. Der Mantel der heiligen Maria auf der Säule windet sich und die Luft reißt an ihm. Sieht es denn niemand? Die Herren und Damen, die auf den Steinen gehen sollten, schweben. Wenn der Wind einhält, bleiben sie stehen, sagen einige Worte zueinander und verneigen sich grüßend, stößt er aber wieder, können sie ihm nicht widerstehen und alle heben gleichzeitig ihre Füße. Zwar müssen sie fest ihre Hüte halten, aber sie machen lustige Augen und haben an der Witterung nicht das geringste auszusetzen. Nur ich fürchte mich.«

Daraufhin konnte ich sagen: »Die Geschichte, die Sie früher erzählt haben von Ihrer Frau Mutter und der Frau im Garten, finde ich eigentlich gar nicht merkwürdig. Nicht nur, daß ich viele derartige Geschichten gehört und erlebt habe, ich habe sogar selbst bei manchen mitgewirkt. Diese Sache ist doch ganz natürlich. Meinen Sie denn wirklich, ich hätte, wenn ich im Sommer auf jenem Balkon gewesen wäre, nicht dasselbe fragen und aus dem Garten dasselbe antworten können? Ein so gewöhnlicher Vorfall!« Als ich das gesagt hatte, schien er endlich beruhigt. Er sagte, daß ich hübsch gekleidet sei und daß ihm meine Halsbinde sehr gefalle. Und was für eine feine Haut ich hätte. Und Geständnisse würden am klarsten, wenn man sie widerriefe.

c
Geschichte des Beters

Dann setzte er sich neben mich, denn ich war schüchtern geworden, ich hatte ihm Platz gemacht mit seitwärts geneigtem Kopfe. Trotzdem aber entging es mir nicht, daß auch er mit einer gewissen Verlegenheit dasaß, immer eine kleine Entfernung von mir zu bewahren suchte und mit Mühe sprach:

»Was sind das für Tage, die ich verbringe!

Am gestrigen Abend war ich in einer Gesellschaft. Gerade verbeugte ich mich im Gaslicht vor einem Fräulein mit den Worten: ›Ich freue mich tatsächlich, daß wir uns schon dem Winter nähern‹ – gerade verbeugte ich mich mit diesen Worten, als ich mit Unwillen bemerkte, daß sich mir der rechte Oberschenkel aus dem Gelenk gekugelt hatte. Auch die Kniescheibe hatte sich ein wenig gelockert.

Daher setzte ich mich und sagte, da ich immer einen Überblick über meine Sätze zu bewahren suche: ›denn der Winter ist viel müheloser; man kann sich leichter benehmen, man braucht sich mit seinen Worten nicht so anstrengen. Nicht wahr, liebes Fräulein? Ich habe hoffentlich recht in dieser Sache.‹ Dabei machte mir mein rechtes Bein viel Ärger. Denn anfangs schien es ganz auseinandergefallen zu sein und erst allmählich brachte ich es durch Quetschen und sinngemäßes Verschieben halbwegs in Ordnung.

Da hörte ich das Mädchen, das sich aus Mitgefühl auch gesetzt hatte, leise sagen: ›Nein, Sie imponieren mir gar nicht, denn –.‹

›Warten Sie‹, sagte ich zufrieden und erwartungsvoll, ›Sie sollen, liebes Fräulein, auch nicht fünf Minuten bloß dazu aufwenden, mit mir zu reden. Essen Sie doch zwischen den Worten, ich bitte Sie.‹

Da streckte ich meine Arme aus, nahm eine dickhängende Weintraube von der durch einen bronzenen Flügelknaben erhöhten Schüssel, hielt sie ein wenig in der Luft und legte sie dann auf einen kleinen, blaurandigen Teller, den ich dem Mädchen vielleicht nicht ohne Zierlichkeit reichte.

›Sie imponieren mir gar nicht‹, sagte sie, ›alles was Sie sagen ist langweilig und unverständlich, aber deshalb noch nicht wahr. Ich glaube nämlich, mein Herr – warum nennen Sie mich immer liebes Fräulein –, ich glaube, Sie geben sich nur deshalb nicht mit der Wahrheit ab, weil sie zu anstrengend ist.‹

Gott, da kam ich in gute Lust! ›Ja, Fräulein, Fräulein‹, so rief ich fast, ›wie recht haben Sie! Liebes Fräulein, verstehen Sie das, es ist eine aufgerissene Freude, wenn man so begriffen wird, ohne es darauf abgezielt zu haben.‹

›Die Wahrheit ist nämlich für Sie zu anstrengend, mein Herr, denn wie sehen Sie doch aus! Sie sind Ihrer ganzen Länge nach aus Seidenpapier herausgeschnitten, aus gelbem Seidenpapier, so silhouettenartig, und wenn Sie gehen, so muß man Sie knittern hören. Daher ist es auch unrecht, sich über Ihre Haltung oder Meinung zu ereifern, denn Sie müssen sich nach dem Luftzug biegen, der gerade im Zimmer ist.‹

›Ich verstehe das nicht. Es stehen ja einige Leute hier im Zimmer herum. Sie legen ihre Arme um die Rückenlehnen der Stühle oder sie lehnen sich ans Klavier oder sie heben ein Glas zögernd zum Munde oder sie gehen furchtsam ins Nebenzimmer, und nachdem sie ihre rechte Schulter im Dunkel an einem Kasten verletzt haben, denken sie atmend bei dem geöffneten Fenster: Dort ist Venus der Abendstern. Ich aber bin in dieser Gesellschaft. Wenn das einen Zusammenhang hat, so verstehe ich ihn nicht. Aber ich weiß nicht einmal, ob das einen Zusammenhang hat. – Und scheu Sie, liebes Fräulein, von allen diesen Leuten, die ihrer Unklarheit gemäß sich so unentschieden, ja lächerlich benehmen, scheine ich allein würdig, ganz Klares über mich zu hören. Und damit auch das noch mit Angenehmem gefüllt sei, sagen Sie es spöttisch, so daß merklich noch etwas übrig bleibt, wie es auch durch die wichtigen Mauern eines im Innern ausgebrannten Hauses geschieht. Der Blick wird jetzt kaum gehindert, man sieht bei Tag durch die großen Fensterlöcher die Wolken des Himmels und bei Nacht die Sterne. Aber noch sind die Wolken oft von grauen Steinen abgehauen und die Sterne bilden unnatürliche Bilder. – Wie wäre es, wenn ich Ihnen zum Dank dafür anvertraute, daß einmal alle Menschen, die leben wollen, so aussehen werden wie ich; aus gelbem Seidenpapier, so silhouettenartig, herausgeschnitten – wie Sie bemerkten –, und wenn sie gehen, so wird man sie knittern hören. Sie werden nicht anders sein, als jetzt, aber sie werden so aussehen. Selbst Sie, liebes Fräulein –.‹

Da bemerkte ich, daß das Mädchen nicht mehr neben mir saß. Sie mußte bald nach ihren letzten Worten weggegangen sein, denn sie stand jetzt weit von mir an einem Fenster, umstellt von drei jungen Leuten, die aus hohen weißen Krägen lachend redeten.

Ich trank darauf froh ein Glas Wein und ging zu dem Klavierspieler, der ganz abgesondert gerade ein trauriges Stück nickend spielte. Ich beugte mich vorsichtig zu seinem Ohr, damit er nur nicht erschrecke und sagte leise in der Melodie des Stückes:

›Haben Sie die Güte, geehrter Herr, und lassen Sie jetzt mich spielen, denn ich bin im Begriffe, glücklich zu sein.‹ Da er auf mich nicht hörte, stand ich eine Zeitlang verlegen, ging dann aber, meine Schüchternheit unterdrückend, von einem der Gäste zum andern und sagte beiläufig: ›Heute werde ich Klavier spielen. Ja.‹

Alle schienen zu wissen, daß ich es nicht konnte, lachten aber freundlich wegen der angenehmen Unterbrechung ihrer Gespräche. Aber völlig aufmerksam wurden sie erst, als ich ganz laut zum Klavierspieler sagte: ›Haben Sie die Güte, geehrter Herr, und lassen Sie jetzt mich spielen. Ich bin nämlich im Begriffe, glücklich zu sein. Es handelt sich um einen Triumph.‹

Der Klavierspieler hörte zwar auf, aber er verließ seine braune Bank nicht und schien mich auch nicht zu verstehn. Er seufzte und verdeckte mit seinen langen Fingern sein Gesicht.

Schon war ich ein wenig mitleidig und wollte ihn wieder zum Spiel aufmuntern, als die Hausfrau mit einer Gruppe herbeikam.

›Das ist ein komischer Zufall‹, sagten sie und lachten laut, als ob ich etwas Unnatürliches unternehmen wolle.

Das Mädchen kam auch hinzu, sah mich verächtlich an und sagte: ›Bitte, gnädige Frau, lassen Sie ihn doch spielen. Er will vielleicht irgendwie zur Unterhaltung beitragen. Das ist zu loben. Bitte, gnädige Frau.‹

Alle freuten sich laut, denn sie glaubten offenbar, ebenso wie ich, das sei ironisch gemeint. Nur der Klavierspieler war stumm. Er hielt den Kopf gesenkt und strich mit dem Zeigefinger seiner linken Hand über das Holz der Bank, als zeichne er im Sande. Ich zitterte und steckte, um es zu verbergen, meine Hände in die Hosentaschen. Auch konnte ich nicht mehr deutlich reden, denn mein ganzes Gesicht wollte weinen. Daher mußte ich die Worte so wählen, daß den Zuhörern der Gedanke, ich wolle weinen, lächerlich vorkommen mußte.

›Gnädige Frau‹, sagte ich, ›ich muß jetzt spielen, denn –‹ da ich die Begründung vergessen hatte, setzte ich mich unvermutet zum Klavier. Da verstand ich wieder meine Lage. Der Klavierspieler stand auf und stieg zartfühlend über die Bank, denn ich versperrte ihm den Weg. ›Löschen Sie das Licht, bitte, ich kann nur im Dunkeln spielen.‹ Ich richtete mich auf.

Da faßten zwei Herren die Bank und trugen mich sehr weit vom Piano weg zum Speisetisch hin, ein Lied pfeifend und mich ein wenig schaukelnd.

Alle sahen beifällig aus und das Fräulein sagte: ›Sehen Sie, gnädige Frau, er hat ganz hübsch gespielt. Ich wußte es. Und Sie haben sich so gefürchtet.‹

Ich begriff und bedankte mich durch eine Verbeugung, die ich gut ausführte.

Man goß mir Zitronenlimonade ein und ein Fräulein mit roten Lippen hielt mir das Glas beim Trinken. Die Hausfrau reichte mir Schaumgebäck auf einem silbernen Teller und ein Mädchen in ganz weißem Kleid steckte es mir in den Mund. Ein üppiges Fräulein mit viel blondem Haar hielt eine Weintraube über mir und ich brauchte nur abzuzupfen, während sie mir dabei in meine zurückweichenden Augen sah.

Da mich alle so gut behandelten, wunderte ich mich freilich darüber, daß sie mich einmütig zurückhielten, als ich wieder zum Piano wollte.

›Nun ist es genug‹, sagte der Hausherr, den ich bisher nicht bemerkt hatte. Er ging hinaus und kam gleich zurück mit einem ungeheuern Zylinderhut und einem geblumten kupferbraunen Überzieher. ›Da sind Ihre Sachen.‹

Es waren zwar nicht meine Sachen, aber ich wollte ihm nicht die Mühe bereiten, noch einmal nachzusehen. Der Hausherr selbst zog mir den Überzieher an, der genau paßte, indem er sich knapp an meinen dünnen Körper anpreßte. Eine Dame mit gütigem Gesicht knöpfte, sich allmählich bückend, den Rock der ganzen Länge nach zu.

›Also leben Sie wohl‹, sagte die Hausfrau, ›und kommen Sie bald wieder. Sie sind immer gern gesehen, das wissen Sie.‹ Da verbeugte sich die ganze Gesellschaft, als ob das so nötig wäre. Ich versuchte es auch, aber mein Rock war zu anliegend. So nahm ich meinen Hut und ging wohl zu linkisch aus der Türe.

Aber als ich aus dem Haustore mit kleinen Schritten trat, wurde ich von dem Himmel mit Mond und Sternen und großer Wölbung und von dem Ringplatz mit Rathaus, Mariensäule und Kirche überfallen.

Ich ging ruhig aus dem Schatten ins Mondlicht, knöpfte den Überzieher auf und wärmte mich, dann ließ ich durch Erheben der Hände das Sausen der Nacht schweigen und fing zu überlegen an:

›Was ist es doch, daß ihr tut, als wenn ihr wirklich wäret. Wollt ihr mich glauben machen, daß ich unwirklich bin, komisch auf dem grünen Pflaster stehend. Aber doch ist es schon lange her, daß du wirklich warst, du Himmel, und du Ringplatz bist niemals wirklich gewesen.‹

›Es ist ja wahr, noch immer seid ihr mir überlegen, aber doch nur dann, wenn ich euch in Ruhe lasse.‹

›Gott sei Dank, Mond, du bist nicht mehr Mond, aber vielleicht ist es nachlässig von mir, daß ich dich Mondbenannten noch immer Mond nenne. Warum bist du nicht mehr so übermütig, wenn ich dich nenne ›vergessene Papierlaterne in merkwürdiger Farbe.‹ Und warum ziehst du dich fast zurück, wenn ich dich ›Mariensäule‹ nenne, und ich erkenne deine drohende Haltung nicht mehr, Mariensäule, wenn ich dich nenne ›Mond, der gelbes Licht wirft.‹

›Es scheint mir wirklich, daß es euch nicht gut tut, wenn man über euch nachdenkt; ihr nehmt ab an Mut und Gesundheit.‹

›Gott, wie zuträglich muß es erst sein, wenn Nachdenkender vom Betrunkenen lernt!‹

›Warum ist alles still geworden. Ich glaube, es ist kein Wind mehr. Und die Häuschen, die oft wie auf kleinen Rädern über den Platz rollen, sind ganz festgestampft – still – still – man sieht gar nicht den dünnen, schwarzen Strich, der sie sonst vom Boden trennt.‹

Und ich setzte mich in Lauf. Ich lief ohne Hindernis dreimal um den großen Platz herum und da ich keinen Betrunkenen traf, lief ich ohne die Schnelligkeit zu unterbrechen und ohne Anstrengung zu verspüren, gegen die Karlsgasse. Mein Schatten lief oft kleiner als ich neben mir an der Wand, wie in einem Hohlweg zwischen Mauer und Straßengrund.

Als ich bei dem Haus der Feuerwehr vorüberkam, hörte ich vom kleinen Ring her Lärm, und als ich dort einbog, sah ich einen Betrunkenen am Gitterwerk des Brunnens stehen, die Arme waagrecht haltend und mit den Füßen, die in Holzpantoffeln staken, auf die Erde stampfend.

Ich blieb zuerst stehen, um meine Atmung ruhiger werden zu lassen, dann ging ich zu ihm, nahm meinen Zylinder vom Kopfe und stellte mich vor:

›Guten Abend, zarter Edelmann, ich bin dreiundzwanzig Jahre alt, aber ich habe noch keinen Namen. Sie aber kommen sicher mit erstaunlichen, ja mit singbaren Namen aus dieser großen Stadt Paris. Der ganz unnatürliche Geruch des ausgleitenden Hofes von Frankreich umgibt Sie.‹

›Sicher haben Sie mit ihren gefärbten Augen jene großen Damen gesehen, die schon auf der hohen und lichten Terrasse stehen, sich in schmaler Taille ironisch umwendend, während das Ende ihrer auch auf der Treppe ausgebreiteten bemalten Schleppe noch über dem Sand des Gartens liegt. – Nicht wahr, auf lange Stangen, überall verteilt, steigen Diener in grauen, frech geschnittenen Fräcken und weißen

Hosen, die Beine um die Stange gelegt, den Oberkörper aber oft nach hinten und zur Seite gebogen, denn sie müssen an dicken Stricken riesige graue Leinwandtücher von der Erde heben und in der Höhe spannen, weil die große Dame einen nebligen Morgen wünscht.‹

Da er sich rülpste, sagte ich fast erschrocken: ›Wirklich, ist es wahr, Sie kommen Herr aus unserem Paris, aus dem stürmischen Paris, ach, aus diesem schwärmerischen Hagelwetter?‹

Als er sich wieder rülpste, sagte ich verlegen: ›Ich weiß, es widerfährt mir eine große Ehre.‹

Und ich knöpfte mit raschen Fingern meinen Überzieher zu, dann redete ich inbrünstig und schüchtern:

›Ich weiß, Sie halten mich einer Antwort nicht für würdig, aber ich müßte ein verweintes Leben führen, wenn ich Sie heute nicht fragte.‹

›Ich bitte Sie, so geschmückter Herr, ist das wahr, was man mir erzählt hat. Gibt es in Paris Menschen, die nur aus verzierten Kleidern bestehen, und gibt es dort Häuser, die bloß Portale haben, und ist es wahr, daß an Sommertagen der Himmel über der Stadt fliehend blau ist, nur verschönt durch angepreßte weiße Wölkchen, die alle die Form von Herzen haben? Und gibt es dort ein Panoptikum mit großem Zulauf, in dem bloß Bäume stehen, mit den Namen der berühmtesten Helden, Verbrecher und Verliebten auf kleinen angehängten Tafeln?‹

›Und dann noch diese Nachricht! Diese offenbar lügnerische Nachricht! Nicht wahr, diese Straßen von Paris sind plötzlich verzweigt, sie sind unruhig, nicht wahr? Es ist nicht immer alles in Ordnung, wie könnte das auch sein! Es geschieht einmal ein Unfall, Leute sammeln sich, aus den Nebenstraßen kommend mit dem großstädtischen Schritt, der das Pflaster nur wenig berührt; alle sind zwar in Neugierde, aber auch in Furcht vor Enttäuschung; sie atmen schnell und strecken ihre kleinen Köpfe vor. Wenn sie aber einander berühren, so verbeugen sie sich tief und bitten um Verzeihung: ›Es tut mir sehr leid – es geschah ohne Absicht – das Gedränge ist groß, verzeihen Sie, ich bitte – es war sehr ungeschickt von mir – ich gebe das zu. Mein Name ist – mein Name ist Jerome Faroche, Gewürzkrämer bin ich in der Rue de Cabotin – gestatten Sie, daß ich Sie für morgen zum Mittagessen einlade – auch meine Frau würde so große Freude haben.‹ So reden sie, während doch die Gasse betäubt ist und der Rauch der Schornsteine zwischen die Häuser fällt. So ist es doch. Und wäre es möglich, daß da auf einem belebten Boulevard eines vornehmen Viertels zwei Wagen halten. Diener öffnen ernst die Türen. Acht edle sibirische Wolfshunde tänzeln hinunter und jagen bellend über die Fahrbahn in Sprüngen. Und da sagt man, daß es verkleidete, junge Pariser Stutzer sind.‹

Er hatte die Augen fast geschlossen. Als ich schwieg, steckte er beide Hände in den Mund und riß am Unterkiefer. Sein Kleid war ganz beschmutzt. Man hatte ihn vielleicht aus einer Weinstube hinausgeworfen und er war darüber noch nicht im klaren.

Es war vielleicht diese kleine, ganz ruhige Pause zwischen Tag und Nacht, wo uns der Kopf, ohne daß wir es erwarten, im Genicke hängt und wo alles, ohne daß wir es merken, still steht, da wir es nicht betrachten, und dann verschwindet. Während wir mit gebogenem Leib allein bleiben, uns dann umschauen, aber nichts mehr sehen, auch keinen Widerstand der Luft mehr fühlen, aber innerlich uns an der Erinnerung halten, daß in gewissem Abstand von uns Häuser stehen mit Dächern und glücklicherweise eckigen Schornsteinen, durch die das Dunkel in die Häuser fließt, durch die Dachkammern in die verschiedenartigen Zimmer. Und es ist ein Glück, daß morgen ein Tag sein wird, an dem, so unglaublich es ist, man alles wird sehen können.

Da riß der Betrunkene seine Augenbrauen hoch, so daß zwischen ihnen und den Augen ein Glanz entstand, und erklärte in Absätzen: ›Das ist nämlich so – ich bin nämlich schläfrig, daher werde ich schlafen gehen –. Ich habe nämlich einen Schwager auf dem Wenzelsplatz – dorthin gehe ich, denn dort wohne ich, denn dort habe ich mein Bett – so geh jetzt –. Ich weiß nämlich nur nicht, wie er heißt und wo er wohnt – mir scheint, das habe ich vergessen – aber das macht nichts, denn ich weiß ja nicht einmal, ob ich überhaupt einen Schwager habe –. Jetzt gehe ich nämlich –. Glauben Sie, daß ich ihn finden werde?‹

Darauf sagte ich ohne Bedenken: ›Das ist sicher. Aber Sie kommen aus der Fremde und Ihre Dienerschaft ist zufällig nicht bei Ihnen. Gestatten Sie, daß ich Sie führe.‹ Er antwortete nicht. Da reichte ich ihm meinen Arm, damit er sich einhänge.«

d

Fortgesetztes Gespräch zwischen dem Dicken und dem Beter

Ich aber versuchte schon eine Zeitlang mich aufzumuntern. Ich rieb meinen Körper und sagte zu mir: »Es ist Zeit, daß du sprichst. Du bist ja schon verlegen. Fühlst du dich bedrängt? Warte doch! Du kennst ja diese Lagen. Überlege es ohne Eile! Auch die Umgebung wird warten.«

»Es ist so wie in der Gesellschaft der vorigen Woche. Jemand liest aus einer Abschrift etwas vor. Eine Seite habe ich auf seine Bitte selbst abgeschrieben. Wie ich die Schrift unter den von ihm geschriebenen Seiten lese, erschrecke ich. Es ist haltlos. Die Leute beugen sich darüber von den drei Seiten des Tisches her. Ich schwöre weinend, es sei nicht meine Schrift.«

»Aber warum sollte das dem Heutigen ähnlich sein. Es liegt doch nur an dir, daß ein eingezäuntes Gespräch entsteht. Alles ist friedlich. Strenge dich doch an, mein Lieber! – Du wirst doch einen Einwand finden. – Du kannst sagen: ›Ich bin schläfrig. Ich habe Kopfschmerzen. Adieu.‹ Rasch, also rasch. Mach dich bemerkbar! – Was ist das? Wieder Hindernisse und Hindernisse? Woran erinnerst du dich? – Ich erinnere mich an eine Hochebene, die sich gegen den großen Himmel als ein Schild der Erde hob. Ich sah sie von einem Berge und machte mich bereit, sie zu durchwandern. Ich fing zu singen an.«

Meine Lippen waren trocken und ungehorsam, als ich sagte: »Sollte man nicht anders leben können!«

»Nein«, sagte er fragend, lächelnd.

»Aber warum beten Sie am Abend in der Kirche«, fragte ich dann, indem alles zwischen mir und ihm zusammenfiel, was ich bis dahin wie schlafend gestützt hatte.

»Nein, warum sollten wir darüber reden. Am Abend trägt niemand, der allein lebt, Verantwortung. Man fürchtet manches. Daß vielleicht die Körperlichkeit entschwindet, daß die Menschen wirklich so sind wie sie in der Dämmerung scheinen, daß man ohne Stock nicht gehen dürfe, daß es vielleicht gut wäre, in die Kirche zu gehen und schreiend zu beten, um angeschaut zu werden und Körper zu bekommen.«

Da er so redete und dann schwieg, zog ich mein rotes Taschentuch aus der Tasche und weinte gebückt. Er stand auf, küßte mich und sagte: »Warum weinst du? Du bist groß, das liebe ich, du hast lange Hände, die sich fast nach deinem Willen aufführen; warum freust du dich nicht darüber. Trage immer dunkelfarbige Ärmelränder, das rate ich dir. – Nein, – ich schmeichle dir und dennoch weinst du? Diese Schwierigkeit des Lebens trägst du doch ganz vernünftig.«

»Wir bauen eigentlich unbrauchbare Kriegsmaschinen, Türme, Mauern, Vorhänge aus Seide und wir könnten uns viel darüber wundern, wenn wir Zeit dazu hätten. Und erhalten uns in Schwebe, wir fallen nicht, wir flattern, wenn wir auch häßlicher als Fledermäuse sind. Und schon kann uns kaum jemand an einem schönen Tage hindern zu sagen: ›Ach Gott, heute ist ein schöner Tag‹, denn schon sind wir auf unserer Erde eingerichtet und leben auf Grund unseres Einverständnisses.«

»Wir sind nämlich so wie Baumstämme im Schnee. Sie liegen doch scheinbar nur glatt auf und man sollte sie mit einem kleinen Anstoß wegschieben können. Aber nein, das kann man nicht, denn sie sind fest mit dem Boden verbunden. Aber sieh, sogar das ist bloß scheinbar.«

Nachdenken hinderte mich am Weinen: »Es ist Nacht und niemand wird mir morgen vorhalten, was ich jetzt sagen könnte, denn es kann ja im Schlaf gesprochen sein.«

Dann sagte ich: »Ja, das ist es, aber wovon redeten wir doch. Wir konnten doch nicht von der Beleuchtung des Himmels reden, da wir doch in der Tiefe einer Hausflur stehen. Nein –, doch wir hätten davon reden können, denn sind wir in unserem Gespräch nicht ganz unabhängig? Da wir nicht Zweck noch Wahrheit erreichen wollen, sondern nur Scherz und Unterhaltung. Aber könnten Sie mir nicht dennoch die Geschichte von der Frau im Garten noch einmal erzählen. Wie bewunderungswürdig, wie klug ist diese Frau! Wir müssen uns nach ihrem Beispiel benehmen. Wie gern habe ich sie! Und dann ist es auch gut, daß ich Sie getroffen und so abgefangen habe. Es war für mich ein großes Vergnügen, mit Ihnen gesprochen zu haben. Ich habe einiges, mir bisher vielleicht absichtlich Unbekannte gehört – ich freue mich.«

Er sah zufrieden aus. Obwohl mir die Berührung mit einem menschlichen Körper immer peinlich ist, mußte ich ihn umarmen.

Dann traten wir aus dem Gang unter den Himmel. Einige zerstoßene Wölkchen blies mein Freund weg, so daß sich jetzt die ununterbrochene Fläche der Sterne uns darbot. Mein Freund ging mühsam.

4
Untergang des Dicken

Da wurde alles von Schnelligkeit ergriffen und fiel in die Ferne. Das Wasser des Flusses wurde an einem Absturz hinabgezogen, wollte sich zurückhalten, schwankte auch noch an der zerbröckelten Kante, aber dann fiel es in Klumpen und Rauch.

Der Dicke konnte nicht weiterreden, sondern er mußte sich drehen und in dem lauten, raschen Wasserfall verschwinden.

Ich, der so viele Belustigungen erfahren hatte, stand am Ufer und sah es. »Was sollen unsere Lungen tun«, schrie ich, schrie, »atmen sie rasch, ersticken sie an sich, an innern Giften; atmen sie langsam, ersticken sie an nicht atembarer Luft, an den empörten Dingen. Wenn sie aber ihr Tempo suchen wollen, gehen sie schon am Suchen zugrunde.«

Dabei dehnten sich die Ufer dieses Flusses ohne Maß und doch berührte ich das Eisen eines in der Entfernung winzigen Wegzeigers mit der Fläche meiner Hand. Das war mir nun nicht ganz begreiflich. Ich war doch klein, fast kleiner als gewöhnlich und ein Strauch mit weißen Hagebutten, der sich ganz schnell schüttelte, überragte mich. Ich sah das, denn er war vor einem Augenblick nahe bei mir.

Aber trotzdem hatte ich mich geirrt, denn meine Arme waren so groß, wie die Wolken eines Landregens, nur waren sie hastiger. Ich weiß nicht, warum sie meinen armen Kopf zerdrücken wollten.

Der war doch so klein, wie ein Ameisenei, nur war er ein wenig beschädigt, daher nicht mehr vollkommen rund. Ich führte mit ihm bittende Drehungen aus, denn der Ausdruck meiner Augen hätte nicht bemerkt werden können, so klein waren sie.

Aber meine Beine, doch meine unmöglichen Beine lagen über den bewaldeten Bergen und beschatteten die dörflichen Täler. Sie wuchsen, sie wuchsen! Schon ragten sie in den Raum, der keine Landschaft mehr besaß, längst schon reichte ihre Länge aus der Sehschärfe meiner Augen.

Aber nein, das ist es nicht – ich bin doch klein, vorläufig klein –, ich rolle – ich rolle – ich bin eine Lawine im Gebirge! Bitte, vorübergehende Leute, seid so gut, sagt mir, wie groß ich bin, messet nur diese Arme, diese Beine.

II

Wie ist das doch«, sagte mein Bekannter, der mit mir aus der Gesellschaft gekommen war und ruhig neben mir auf einem Wege des Laurenziberges ging. »Bleiben Sie endlich ein wenig stehen, damit ich mir darüber klar werde. – Wissen Sie, ich habe eine Sache zu erledigen. Das ist so anstrengend – diese wohl kalte und auch bestrahlte Nacht, aber dieser unzufriedene Wind, der sogar bisweilen die Stellung jener Akazien zu verändern scheint.«

Der Mondschatten des Gärtnerhauses war über den ein wenig gewölbten Weg gespannt und mit dem geringen Schnee verziert. Als ich die Bank erblickte, die neben der Türe stand, zeigte ich mit erhobener Hand auf sie, denn ich war nicht mutig und erwartete Vorwürfe, legte daher meine linke Hand auf meine Brust.

Er setzte sich überdrüssig, ohne Rücksicht gegen seine schönen Kleider und brachte mich in Staunen, als er seine Ellbogen gegen seine Hüften drückte und seine Stirn in die durchgebogenen Fingerspitzen legte.

»Ja, jetzt will ich dieses sagen. Wissen Sie, ich lebe regelmäßig, es ist nichts auszusetzen, alles was notwendig und anerkannt ist, geschieht. Das Unglück, an das man in der Gesellschaft, in der ich verkehre, gewöhnt ist, hat mich nicht verschont, wie meine Umgebung und ich befriedigt sahen, und auch dieses allgemeine Glück hielt sich nicht zurück und ich selbst durfte in kleinem Kreise von ihm reden. Gut, ich war noch niemals wirklich verliebt gewesen. Ich bedauerte das bisweilen, aber benutzte jene Redensart, wenn ich sie nötig hatte. Jetzt nun muß ich sagen: ja ich bin verliebt und wohl aufgeregt vor Verliebtheit. Ich bin ein Liebhaber von Glut, wie ihn die Mädchen sich wünschen. Aber hätte ich nicht bedenken sollen, daß gerade dieser frühere Mangel eine ausnahmsweise und lustige, besonders lustige Drehung meinen Verhältnissen gab?«

»Nur Ruhe, Ruhe«, sagte ich teilnahmslos, und nur an mich denkend, »Ihre Geliebte ist doch schön, wie ich hören mußte.«

»Ja, sie ist schön. Als ich neben ihr saß, dachte ich immer nur: Dieses Wagnis – und ich bin so kühn – da unternehme ich eine Seefahrt – trinke Wein in Gallonen. Aber wenn sie lacht, zeigt sie ihre Zähne nicht, wie man doch erwarten sollte, sondern man kann bloß die dunkle, schmale gebogene Mundöffnung sehen. Das nun schaut listig und greisenhaft aus, wenn sie auch beim Lachen den Kopf nach rückwärts beugt.«

»Ich kann das nicht leugnen«, sagte ich mit Seufzern, »wahrscheinlich habe ich das auch gesehen, denn es muß auffallend sein. Aber es ist nicht nur das. Mädchenschönheit überhaupt! Oft wenn ich Kleider mit vielfachen Falten, Rüschen und Behängen sehe, die über schönen Körper schön sich legen, so denke ich, daß sie nicht lange so erhalten bleiben, sondern Falten bekommen, nicht mehr gerade zu glätten, Staub bekommen, der dick in der Verzierung nicht mehr zu entfernen ist, und daß niemand so traurig und so lächerlich sich wird machen wollen, täglich dasselbe kostbare Kleid früh anzulegen und abends auszuziehn. Doch sehe ich Mädchen, die wohl schön sind und vielfache reizende Muskeln und Knöchelchen und gespannte Haut und Massen dünner Haare zeigen und doch täglich in diesem einen natürlichen Maskenanzug erscheinen, immer dasselbe Gesicht in ihre gleiche Handfläche legen und von ihrem Spiegel wiedererscheinen lassen. Nur manchmal am Abend, wenn sie spät von einem Feste kommen, scheint es ihnen im Spiegel abgenützt, gedunsen, von allen schon gesehen und kaum mehr tragbar.«

»Doch habe ich Sie öfters während des Weges danach gefragt, ob Sie das Mädchen schön finden, aber Sie haben immer nach der andern Seite sich gedreht, ohne mir zu antworten. Sagen Sie, haben Sie etwas Böses vor? Warum trösten Sie mich nicht?«

Ich bohrte meine Füße in den Schatten und sagte aufmerksam: »Sie müssen nicht getröstet werden. Sie werden doch geliebt.« Dabei hielt ich mein mit blauen Weintrauben gemustertes Taschentuch vor den Mund, um mich nicht zu erkälten.

Jetzt wendete er sich zu mir und lehnte sein dickes Gesicht an die niedrige Lehne der Bank: »Wissen Sie, im allgemeinen habe ich noch Zeit, ich kann noch immer diese beginnende Liebe gleich beenden durch eine Schandtat oder durch Untreue oder durch Abreise in ein entferntes Land. Denn wirklich, ich bin sehr im Zweifel, ob ich mich in diese Aufregung begeben soll. Da ist nichts Sicheres, niemand kann Richtung und Dauer bestimmt angeben. Gehe ich in eine Weinstube mit der Absicht mich zu betrinken, so weiß ich, ich werde diesen einen Abend betrunken sein, aber in meinem Fall! In einer Woche wollen wir einen Ausflug mit einer befreundeten Familie machen, gibt das nicht im Herzen Gewitter für vierzehn Tage. Die Küsse dieses Abends machen mich schläfrig, um Raum für ungezähmte Träume zu bekommen. Ich trotze dem und mache einen Nachtspaziergang, da geschieht es, daß ich unaufhörlich bewegt bin, mein Gesicht kalt und warm ist wie nach Windstößen, daß ich immer ein rosa Band in meiner Tasche berühren muß, höchste Befürchtungen für mich habe, ihnen aber nicht nachgehen kann und sogar Sie, mein Herr, vertrage, während ich sonst sicher nie so lange mit Ihnen reden würde.«

Mir war sehr kalt und schon neigte sich der Himmel ein wenig in weißlicher Farbe: »Da wird keine Schandtat helfen, keine Untreue oder Abreise in ein entferntes Land. Sie werden sich morden müssen«, sagte ich und lächelte außerdem.

Uns gegenüber am andern Rande der Allee standen zwei Büsche und hinter diesen Büschen unten war die Stadt. Sie war noch ein wenig beleuchtet.

»Gut«, rief er und schlug die Bank mit seiner kleinen festen Faust, die er aber gleich liegen ließ. »Sie leben aber. Sie töten sich nicht. Niemand liebt Sie. Sie erreichen nichts. Den nächsten Augenblick können Sie nicht beherrschen. Da reden Sie so zu mir, Sie gemeiner Mensch. Lieben können Sie nicht, nichts erregt Sie außer Angst. Schauen Sie doch, meine Brust.«

Da öffnete er rasch seinen Rock und seine Weste und sein Hemd. Seine Brust war wirklich breit und schön.

Ich begann zu erzählen: »Ja, solche trotzige Zustände überkommen uns bisweilen. So war ich diesen Sommer in einem Dorfe, das lag an einem Flusse. Ich erinnere mich ganz genau. Oft saß ich in verrenkter Haltung auf einer Bank am Ufer. Es war ein Strandhotel auch dort. Da hörte man oft Geigenspiel. Junge kräftige Leute redeten im Garten an Tischen vor Bier von Jagd und Abenteuern. Und dann waren am andern Ufer so wolkenhafte Berge.«

Ich stand da auf mit matt verzogenem Munde, trat in den Rasen hinter der Bank, zerbrach auch einige beschneite Äste und sagte dann meinem Bekannten ins Ohr: »Ich bin verlobt, ich gestehe es.«

Mein Bekannter wunderte sich nicht darüber, daß ich aufgestanden war: »Sie sind verlobt?« Er saß wirklich ganz schwach da, nur durch die Lehne gestützt. Dann nahm er den Hut ab und ich sah sein Haar, das wohlriechend und schön gekämmt den runden Kopf auf dem Fleisch des Halses in einer scharf gerundeten Linie abschloß, wie man es in diesem Winter liebte.

Ich freute mich, daß ich ihm so klug geantwortet hatte. »Ja«, sagte ich zu mir, »wie er doch in der Gesellschaft umhergeht mit gelenkigem Hals und freien Armen. Er kann eine Dame mit gutem Gespräch mitten durch einen Saal führen und es macht ihn gar nicht unruhig, daß vor dem Hause Regen fällt oder daß dort ein Schüchterner steht oder sonst etwas Jämmerliches geschieht. Nein, er neigt sich gleichartig hübsch vor den Damen. Aber da sitzt er nun.«

Mein Bekannter strich mit einem Tuche aus Batist über die Stirn. »Bitte«, sagte er, »legen Sie mir Ihre Hand ein wenig auf die Stirn. Ich bitte Sie.« Als ich es nicht gleich tat, faltete er seine Hände.

Als ob unsere Sorge alles verdunkelt hätte, saßen wir oben auf dem Berg, wie in einem kleinen Zimmer, obwohl wir doch schon früher Licht und Wind des Morgens bemerkt hatten. Wir waren nahe beisammen, obwohl wir einander gar nicht gern hatten, aber wir konnten uns nicht weit von einander entfernen, denn die Wände waren förmlich und fest gezogen. Aber wir durften uns lächerlich und ohne menschliche Würde benehmen, denn wir mussten uns nicht schämen vor den Zweigen über uns und vor den Bäumen, die uns gegenüber standen.

Da zog mein Bekannter ohne Umstände aus seiner Tasche ein Messer, öffnete es nachdenklich und stieß es dann wie im Spiele in seinen linken Oberarm und entfernte es nicht. Gleich rann Blut. Seine runden Wangen waren blaß. Ich zog das Messer heraus, zerschnitt den Ärmel des Winterrocks und des Fracks, riß den Hemdärmel auf. Lief dann eine kurze Strecke des Wegs hinunter und aufwärts, um zu sehen, ob niemand da sei, der mir helfen könnte. Alles Gezweige war fast grell sichtbar und unbewegt. Dann saugte ich ein wenig an der tiefen Wunde. Da erinnerte ich mich an das Gärtnerhäuschen. Ich lief die Stiegen aufwärts, die zu dem erhöhten Rasen an der linken Seite des Hauses führten, ich untersuchte die Fenster und Türen in Eile, ich läutete wütend und stampfend, obwohl ich gleich gesehen hatte, daß das Haus unbewohnt war. Dann sah ich nach der Wunde, die in dünnem Strom blutete. Ich näßte sein Tuch im Schnee und umband ungeschickt seinen Arm.

»Du Lieber, Lieber«, sagte ich, »meinetwegen hast du dich verletzt. Du bist so schön gestellt, von Freundlichen umgeben, am hellen Tage kannst du spazierengehen, wenn viele Menschen sorgfältig gekleidet weit und nah zwischen Tischen oder auf Hügelwegen zu sehen sind. Denke nur, im Frühjahr, da werden wir in den Baumgarten fahren, nein, nicht wir werden fahren, das ist schon leider wahr, aber du mit dem Annerl wirst fahren in Freude und Trab. O ja, glaube mir, ich bitte dich, und die Sonne wird euch schönstens allen Leuten zeigen. Oh, da ist Musik, man hört die Pferde weit, es ist keine Sorge nötig, da ist Geschrei und Leierkästen spielen in den Alleen.«

»Ach Gott«, sagte er, stand auf, lehnte sich an mich und wir gingen, »da ist ja keine Hilfe. Das könnte mich nicht freuen. Verzeihen Sie. Ist es schon spät? Vielleicht sollte ich morgen früh etwas tun. Ach Gott.«

Eine Laterne nahe an der Mauer oben brannte und legte den Schatten der Stämme über Weg und weißen Schnee, während der Schatten des vielfältigen Astwerkes umgebogen, wie zerbrochen, auf dem Abhang lag.

BEIM BAU DER CHINESISCHEN MAUER

Die Chinesische Mauer ist an ihrer nördlichsten Stelle beendet worden. Von Südosten und Südwesten wurde der Bau herangeführt und hier vereinigt. Dieses System des Teilbaues wurde auch im Kleinen innerhalb der zwei großen Arbeitsheere, des Ost- und des Westheeres, befolgt. Es geschah das so, daß Gruppen von etwa zwanzig Arbeitern gebildet wurden, welche eine Teilmauer von etwa fünfhundert Metern Länge auszuführen hatten, eine Nachbargruppe baute ihnen dann eine Mauer von gleicher Länge entgegen. Nachdem dann aber die Vereinigung vollzogen war, wurde nicht etwa der Bau am Ende dieser tausend Meter wieder fortgesetzt, vielmehr wurden die Arbeitergruppen wieder in ganz andere Gegenden zum Mauerbau verschickt. Natürlich entstanden auf diese Weise viele große Lücken, die erst nach und nach langsam ausgefüllt wurden, manche sogar erst, nachdem der Mauerbau schon als vollendet verkündigt worden war. Ja, es soll Lücken geben, die überhaupt nicht verbaut worden sind, eine Behauptung allerdings, die möglicherweise nur zu den vielen Legenden gehört, die um den Bau entstanden sind, und die, für den einzelnen Menschen wenigstens, mit eigenen Augen und eigenem Maßstab infolge der Ausdehnung des Baues unnachprüfbar sind.

Nun würde man von vornherein glauben, es wäre in jedem Sinne vorteilhafter gewesen, zusammenhängend zu bauen oder wenigstens zusammenhängend innerhalb der zwei Hauptteile. Die Mauer war doch, wie allgemein verbreitet wird und bekannt ist, zum Schutze gegen die Nordvölker gedacht. Wie kann aber eine Mauer schützen, die nicht zusammenhängend gebaut ist. Ja, eine solche Mauer kann nicht nur nicht schützen, der Bau selbst ist in fortwährender Gefahr. Diese in öder Gegend verlassen stehenden Mauerteile können immer wieder leicht von den Nomaden zerstört werden, zumal diese damals, geängstigt durch den Mauerbau, mit unbegreiflicher Schnelligkeit wie Heuschrecken ihre Wohnsitze wechselten und deshalb vielleicht einen besseren Überblick über die Baufortschritte hatten als selbst wir, die Erbauer. Trotzdem konnte der Bau wohl nicht anders ausgeführt werden, als es geschehen ist. Um das zu verstehen, muß man folgendes bedenken: Die Mauer sollte zum Schutz für die Jahrhunderte werden; sorgfältigster Bau, Benützung der Bauweisheit aller bekannten Zeiten und Völker, dauerndes Gefühl der persönlichen Verantwortung der Bauenden waren deshalb unumgängliche Voraussetzung für die Arbeit. Zu den niederen Arbeiten konnten zwar unwissende Taglöhner aus dem Volke, Männer, Frauen, Kinder, wer sich für gutes Geld anbot, verwendet werden; aber schon zur Leitung von vier Taglöhnern war ein verständiger, im Baufach gebildeter Mann nötig; ein Mann, der imstande war, bis in die Tiefe des Herzens mitzufühlen, worum es hier ging. Und je höher die Leistung, desto größer die Anforderungen. Und solche Männer standen tatsächlich zur Verfügung, wenn auch nicht in jener Menge, wie sie dieser Bau hätte verbrauchen können, so doch in großer Zahl.

Man war nicht leichtsinnig an das Werk herangegangen. Fünfzig Jahre vor Beginn des Baues hatte man im ganzen China, das ummauert werden sollte, die Baukunst, insbesondere das Maurerhandwerk, zur wichtigsten Wissenschaft erklärt und alles andere nur anerkannt, soweit es damit in Beziehung stand. Ich erinnere mich noch sehr wohl, wie wir als kleine Kinder, kaum unserer Beine sicher, im Gärtchen unseres Lehrers standen, aus Kieselsteinen eine Art Mauer bauen mußten, wie der Lehrer den Rock schützte, gegen die Mauer rannte, natürlich alles zusammenwarf, und uns wegen der Schwäche unseres Baues solche Vorwürfe machte, daß wir heulend uns nach allen Seiten zu unseren Eltern verliefen. Ein winziger Vorfall, aber bezeichnend für den Geist der Zeit.

Ich hatte das Glück, daß, als ich mit zwanzig Jahren die oberste Prüfung der untersten Schule abgelegt hatte, der Bau der Mauer gerade begann. Ich sage Glück, denn viele, die früher die oberste Höhe der ihnen zugänglichen Ausbildung erreicht hatten, wußten jahrelang mit ihrem Wissen nichts anzufangen, trieben sich, im Kopf die großartigsten Baupläne, nutzlos herum und verlotterten in Mengen. Aber diejenigen, die endlich als Bauführer, sei es auch untersten Ranges, zum Bau kamen, waren dessen tatsächlich würdig. Es waren Maurer, die viel über den Bau nachgedacht hatten und nicht aufhörten, darüber nachzudenken, die sich mit dem ersten Stein, den sie in den Boden einsenken ließen, dem Bau verwachsen fühlten. Solche Maurer trieb aber natürlich, neben der Begierde, gründlichste Arbeit zu leisten, auch die Ungeduld, den Bau in seiner Vollkommenheit endlich erstehen zu sehen. Der Taglöhner kennt diese Ungeduld nicht, den treibt nur der Lohn, auch die oberen Führer, ja selbst die mittleren Führer sehen von dem vielseitigen Wachsen des Baues genug, um sich im Geiste dadurch kräftig zu halten. Aber für die unteren, geistig weit über ihrer äußerlich kleinen Aufgabe stehenden Männer, mußte anders vorgesorgt werden. Man konnte sie nicht zum Beispiel in einer unbewohnten Gebirgsgegend, hunderte Meilen von ihrer Heimat, Monate oder gar jahrelang Mauerstein an Mauerstein fügen lassen; die Hoffnungslosigkeit solcher fleißigen, aber selbst in einem langen Menschenleben nicht zum Ziel führenden Arbeit hätte sie verzweifelt und vor allem wertloser für die Arbeit gemacht. Deshalb wählte man das System des Teilbaues. Fünfhundert Meter konnten etwa in fünf Jahren fertiggestellt werden, dann waren freilich die Führer in der Regel zu erschöpft, hatten alles Vertrauen zu sich, zum Bau, zur Welt verloren. Drum wurden sie dann, während sie noch im Hochgefühl des Vereinigungsfestes der tausend Meter Mauer standen, weit, weit verschickt, sahen auf der Reise hier und da fertige Mauerteile ragen, kamen an Quartieren höherer Führer vorüber, die sie mit Ehrenzeichen beschenkten, hörten den Jubel neuer Arbeitsheere, die aus der Tiefe der Länder herbeiströmten, sahen Wälder niederlegen, die zum Mauergerüst bestimmt waren, sahen Berge in Mauersteine zerhämmern, hörten auf den heiligen Stätten Gesänge der Frommen Vollendung des Baues erflehen. Alles dieses besänftigte ihre Ungeduld. Das ruhige Leben der Heimat, in der sie einige Zeit verbrachten, kräftigte sie, das Ansehen, in dem alle Bauenden standen, die gläubige Demut, mit der ihre Berichte angehört wurden, das Vertrauen, das der einfache, stille Bürger in die einstige Vollendung der Mauer setzte, alles dies spannte die Saiten der Seele. Wie ewig hoffende Kinder nahmen sie dann von der Heimat Abschied, die Lust, wieder am Volkswerk zu arbeiten, wurde unbezwinglich. Sie reisten früher von Hause fort, als es nötig gewesen wäre, das halbe Dorf begleitete sie lange Strecken weit. Auf allen Wegen Gruppen, Wimpel, Fahnen, niemals hatten sie gesehen, wie groß und reich und schön und liebenswert ihr Land war. Jeder Landmann war ein Bruder, für den man eine Schutzmauer baute, und der mit allem, was er hatte und war, sein Leben lang dafür dankte. Einheit! Einheit! Brust an Brust, ein Reigen des Volkes, Blut, nicht mehr eingesperrt im kärglichen Kreislauf des Körpers, sondern süß rollend und doch wiederkehrend durch das unendliche China.

Dadurch also wird das System des Teilbaues verständlich; aber es hatte doch wohl noch andere Gründe. Es ist auch keine Sonderbarkeit, daß ich mich bei dieser Frage so lange aufhalte, es ist eine Kernfrage des ganzen Mauerbaues, so unwesentlich sie zunächst scheint. Will ich den Gedanken und die Erlebnisse jener Zeit vermitteln und begreiflich machen, kann ich gerade dieser Frage nicht tief genug nachbohren.

Zunächst muß man sich doch wohl sagen, daß damals Leistungen vollbracht worden sind, die wenig hinter dem Turmbau von Babel zurückstehen, an Gottgefälligkeit allerdings, wenigstens nach menschlicher Rechnung, geradezu das Gegenteil jenes Baues darstellen. Ich erwähne dies, weil in den Anfangszeiten des Baues ein Gelehrter ein Buch geschrieben hat, in welchem er diese Vergleiche sehr genau zog. Er suchte darin zu beweisen, daß der Turmbau zu Babel keineswegs aus den allgemein behaupteten Ursachen nicht zum Ziele geführt hat, oder daß wenigstens unter diesen bekannten Ursachen sich nicht die allerersten befinden. Seine Beweise bestanden nicht nur aus Schriften und Berichten, sondern er wollte auch am Orte selbst Untersuchungen angestellt und dabei gefunden haben, daß der Bau an der Schwäche des Fundamentes scheiterte und scheitern mußte. In dieser Hinsicht allerdings war unsere Zeit jener längst vergangenen weit überlegen. Fast jeder gebildete Zeitgenosse war Maurer vom Fach und in der Frage der Fundamentierung untrüglich. Dahin zielte aber der Gelehrte gar nicht, sondern er behauptete, erst die große Mauer werde zum erstenmal in der Menschenzeit ein sicheres Fundament für einen neuen Babelturm schaffen. Also zuerst die Mauer und dann der Turm. Das Buch war damals in aller Hände, aber ich gestehe ein, daß ich noch heute nicht genau begreife, wie er sich diesen Turmbau dachte. Die Mauer, die doch nicht einmal einen Kreis, sondern nur eine Art Viertel- oder Halbkreis bildete, sollte das Fundament eines Turmes abgeben? Das konnte doch nur in geistiger Hinsicht gemeint sein. Aber wozu dann die Mauer, die doch etwas Tatsächliches war, Ergebnis der Mühe und des Lebens von Hunderttausenden? Und wozu waren in dem Werk Pläne, allerdings nebelhafte Pläne, des Turmes gezeichnet und Vorschläge bis ins einzelne gemacht, wie man die Volkskraft in dem kräftigen neuen Werk zusammenfassen solle?

Es gab – dieses Buch ist nur ein Beispiel – viel Verwirrung der Köpfe damals, vielleicht gerade deshalb, weil sich so viele möglichst auf einen Zweck hin zu sammeln suchten. Das menschliche Wesen, leichtfertig in seinem Grund, von der Natur des auffliegenden Staubes, verträgt keine Fesselung; fesselt es sich selbst, wird es bald wahnsinnig an den Fesseln zu rütteln anfangen und Mauer, Kette und sich selbst in alle Himmelsrichtungen zerreißen.

Es ist möglich, daß auch diese, dem Mauerbau sogar gegensätzlichen Erwägungen von der Führung bei der Festsetzung des Teilbaues nicht unberücksichtigt geblieben sind. Wir – ich rede hier wohl im Namen vieler – haben eigentlich erst im Nachbuchstabieren der Anordnungen der obersten Führerschaft uns selbst kennengelernt und gefunden, daß ohne die Führerschaft weder unsere Schulweisheit noch unser Menschenverstand für das kleine Amt, das wir innerhalb des großen Ganzen hatten, ausgereicht hätte. In der Stube der Führerschaft – wo sie war und wer dort saß, weiß und wußte niemand, den ich fragte – in dieser Stube kreisten wohl alle menschlichen Gedanken und Wünsche und in Gegenkreisen alle menschlichen Ziele und Erfüllungen. Durch das Fenster aber fiel der Abglanz der göttlichen Welten auf die Pläne zeichnenden Hände der Führerschaft.

Und deshalb will es dem unbestechlichen Betrachter nicht eingehen, daß die Führerschaft, wenn sie es ernstlich gewollt hätte, nicht auch jene Schwierigkeiten hätte überwinden können, die einem zusammenhängenden Mauerbau entgegenstanden. Bleibt also nur die Folgerung, daß die Führerschaft den Teilbau beabsichtigte. Aber der Teilbau war nur ein Notbehelf und unzweckmäßig. Bleibt die Folgerung, daß die Führerschaft etwas Unzweckmäßiges wollte. – Sonderbare Folgerung! – Gewiß, und doch hat sie auch von anderer Seite manche Berechtigung für sich. Heute kann davon vielleicht ohne Gefahr gesprochen werden. Damals war es geheimer Grundsatz Vieler, und sogar der Besten: Suche mit allen deinen Kräften die Anordnungen der Führerschaft zu verstehen, aber nur bis zu einer bestimmten Grenze, dann höre mit dem Nachdenken auf. Ein sehr vernünftiger Grundsatz, der übrigens noch eine weitere Auslegung in einem später oft wiederholten Vergleich fand: Nicht weil es dir schaden könnte, höre mit dem weiteren Nachdenken auf, es ist auch gar nicht sicher, daß es dir schaden wird. Man kann hier überhaupt weder von Schaden noch Nichtschaden sprechen. Es wird dir geschehen wie dem Fluß im Frühjahr. Er steigt, wird mächtiger, nährt kräftiger das Land an seinen langen Ufern, behält sein eignes Wesen weiter ins Meer hinein und wird dem Meere ebenbürtiger und willkommener. – So weit denke den Anordnungen der Führerschaft nach. – Dann aber übersteigt der Fluß seine Ufer, verliert Umrisse und Gestalt, verlangsamt seinen Abwärtslauf, versucht gegen seine Bestimmung kleine Meere ins Binnenland zu bilden, schädigt die Fluren, und kann sich doch für die Dauer in dieser Ausbreitung nicht halten, sondern rinnt wieder in seine Ufer zusammen, ja trocknet sogar in der folgenden heißen Jahreszeit kläglich aus. – So weit denke den Anordnungen der Führerschaft nicht nach.

Nun mag dieser Vergleich während des Mauerbaues außerordentlich treffend gewesen sein, für meinen jetzigen Bericht hat er doch zum mindesten nur beschränkte Geltung. Meine Untersuchung ist doch nur eine historische; aus den längst verflogenen Gewitterwolken zuckt kein Blitz nicht, und ich darf deshalb nach einer Erklärung des Teilbaues suchen, die weitergeht als das, womit man sich damals begnügte. Die Grenzen, die meine Denkfähigkeit mir setzt, sind ja eng genug, das Gebiet aber, das hier zu durchlaufen wäre, ist das Endlose.

Gegen wen sollte die große Mauer schützen? Gegen die Nordvölker. Ich stamme aus dem südöstlichen China. Kein Nordvolk kann uns dort bedrohen. Wir lesen von ihnen in den Büchern der Alten, die Grausamkeiten, die sie ihrer Natur gemäß begehen, machen uns aufseufzen in unserer friedlichen Laube. Auf den wahrheitsgetreuen Bildern der Künstler sehen wie diese Gesichter der Verdammnis, die aufgerissenen Mäuler, die mit hoch zugespitzten Zähnen besteckten Kiefer, die verkniffenen Augen, die schon nach dem Raub zu schielen scheinen, den das Maul zermalmen und zerreißen wird. Sind die Kinder böse, halten wir ihnen diese Bilder hin und schon fliegen sie weinend an unsern Hals. Aber mehr wissen wir von diesen Nordländern nicht. Gesehen haben wir sie nicht, und bleiben wir in unserem Dorf, werden wir sie niemals sehen, selbst wenn sie auf ihren wilden Pferden geradeaus zu uns hetzen und jagen, – zu groß ist das Land und läßt sie nicht zu uns, in die leere Luft werden sie sich verrennen.

Warum also, da es sich so verhält, verlassen wir die Heimat, den Fluß und die Brücken, die Mutter und den Vater, das weinende Weib, die lehrbedürftigen Kinder und ziehen weg zur Schule nach der fernen Stadt und unsere Gedanken sind noch weiter bei der Mauer im Norden? Warum? Frage die Führerschaft. Sie kennt uns. Sie, die ungeheure Sorgen wälzt, weiß von uns, kennt unser kleines Gewerbe, sieht uns alle zusammensitzen in der niedrigen Hütte und das Gebet, das der Hausvater am Abend im Kreise der Seinigen sagt, ist ihr wohlgefällig oder mißfällt ihr. Und wenn ich mir einen solchen Gedanken über die Führerschaft erlauben darf, so muß ich sagen, meiner Meinung nach bestand die Führerschaft schon früher, kam nicht zusammen, wie etwa hohe Mandarinen, durch einen schönen Morgentraum angeregt, eiligst eine Sitzung einberufen, eiligst beschließen, und schon am Abend die Bevölkerung aus den Betten trommeln lassen, um die Beschlüsse auszuführen, sei es auch nur um eine Illumination zu Ehren eines Gottes zu veranstalten, der sich gestern den Herren günstig gezeigt hat, um sie morgen, kaum sind die Lampions verlöscht, in einem dunklen Winkel zu verprügeln. Vielmehr bestand die Führerschaft wohl seit jeher und der Beschluß des Mauerbaues gleichfalls. Unschuldige Nordvölker, die glaubten, ihn verursacht zu haben, verehrungswürdiger, unschuldiger Kaiser, der glaubte, er hätte ihn angeordnet. Wir vom Mauerbau wissen es anders und schweigen.

Ich habe mich, schon damals während des Mauerbaues und nachher bis heute, fast ausschließlich mit vergleichender Völkergeschichte beschäftigt – es gibt bestimmte Fragen, denen man nur mit diesem Mittel gewissermaßen an den Nerv herankommt – und ich habe dabei gefunden, daß wir Chinesen gewisse volkliche und staatliche Einrichtungen in einzigartiger Klarheit, andere wieder in einzigartiger Unklarheit besitzen. Den Gründen, insbesondere der letzten Erscheinung, nachzuspüren, hat mich immer gereizt, reizt mich noch immer, und auch der Mauerbau ist von diesen Fragen wesentlich betroffen.

Nun gehört zu unseren allerundeutlichsten Einrichtungen jedenfalls das Kaisertum. In Peking natürlich, gar in der Hofgesellschaft, besteht darüber einige Klarheit, wiewohl auch diese eher scheinbar als wirklich ist. Auch die Lehrer des Staatsrechtes und der Geschichte an den hohen Schulen geben vor, über diese Dinge genau unterrichtet zu sein und diese Kenntnis den Studenten weitervermitteln zu können. Je tiefer man zu den unteren Schulen herabsteigt, desto mehr schwinden begreiflicherweise die Zweifel am eigenen Wissen, und Halbbildung wogt bergehoch um wenige seit Jahrhunderten eingerammte Lehrsätze, die zwar nichts an ewiger Wahrheit verloren haben, aber in diesem Dunst und Nebel auch ewig unerkannt bleiben.

Gerade über das Kaisertum aber sollte man meiner Meinung nach das Volk befragen, da doch das Kaisertum seine letzten Stützen dort hat. Hier kann ich allerdings wieder nur von meiner Heimat sprechen. Außer den Feldgottheiten und ihrem das ganze Jahr so abwechslungsreich und schön erfüllenden Dienst gilt unser Denken nur dem Kaiser. Aber nicht dem gegenwärtigen; oder vielmehr es hätte dem gegenwärtigen gegolten, wenn wir ihn gekannt, oder Bestimmtes von ihm gewußt hätten. Wir waren freilich – die einzige Neugierde, die uns erfüllte – immer bestrebt, irgend etwas von der Art zu erfahren, aber so merkwürdig es klingt, es war kaum möglich, etwas zu erfahren, nicht vom Pilger, der doch viel Land durchzieht, nicht in den nahen, nicht in den fernen Dörfern, nicht von den Schiffern, die doch nicht nur unsere Flüßchen, sondern auch die heiligen Ströme befahren. Man hörte zwar viel, konnte aber dem Vielen nichts entnehmen.

So groß ist unser Land, kein Märchen reicht an seine Größe, kaum der Himmel umspannt es – und Peking ist nur ein Punkt und das kaiserliche Schloß nur ein Pünktchen. Der Kaiser als solcher allerdings wiederum groß durch alle Stockwerke der Welt. Der lebendige Kaiser aber, ein Mensch wie wir, liegt ähnlich wie wir auf einem Ruhebett, das zwar reichlich bemessen, aber doch möglicherweise nur schmal und kurz ist. Wie wir streckt er manchmal die Glieder, und ist er sehr müde, gähnt er mit seinem zartgezeichneten Mund. Wie aber sollten wir davon erfahren – tausende Meilen im Süden –, grenzen wir doch schon fast ans tibetanische Hochland. Außerdem aber käme jede Nachricht, selbst wenn sie uns erreichte, viel zu spät, wäre längst veraltet. Um den Kaiser drängt sich die glänzende und doch dunkle Menge des Hofstaates – Bosheit und Feindschaft im Kleid der Diener und Freunde –, das Gegengewicht des Kaisertums, immer bemüht, mit vergifteten Pfeilen den Kaiser von seiner Waagschale abzuschießen. Das Kaisertum ist unsterblich, aber der einzelne Kaiser fällt und stürzt ab, selbst ganze Dynastien sinken endlich nieder und veratmen durch ein einziges Röcheln. Von diesen Kämpfen und Leiden wird das Volk nie erfahren, wie Zu–spät-gekommene, wie Stadtfremde stehen sie am Ende der dichtgedrängten Seitengassen, ruhig zehrend vom mitgebrachten Vorrat, während auf dem Marktplatz in der Mitte weit vorn die Hinrichtung ihres Herrn vor sich geht.

Es gibt eine Sage, die dieses Verhältnis gut ausdrückt. Der Kaiser, so heißt es, hat Dir, dem Einzelnen, dem jämmerlichen Untertanen, dem winzig vor der kaiserlichen Sonne in die fernste Ferne geflüchteten Schatten, gerade Dir hat der Kaiser von seinem Sterbebett aus eine Botschaft gesendet. Den Boten hat er beim Bett niederknien lassen und ihm die Botschaft zugeflüstert; so sehr war ihm an ihr gelegen, daß er sich sie noch ins Ohr wiedersagen ließ. Durch Kopfnicken hat er die Richtigkeit des Gesagten bestätigt. Und vor der ganzen Zuschauerschaft seines Todes – alle hindernden Wände werden niedergebrochen und auf den weit und hoch sich schwingenden Freitreppen stehen im Ring die Großen des Reiches – vor allen diesen hat er den Boten abgefertigt. Der Bote hat sich gleich auf den Weg gemacht; ein kräftiger, ein unermüdlicher Mann; einmal diesen, einmal den andern Arm vorstreckend, schafft er sich Bahn durch die Menge; findet er Widerstand, zeigt er auf die Brust, wo das Zeichen der Sonne ist; er kommt auch leicht vorwärts wie kein anderer. Aber die Menge ist so groß; ihre Wohnstätten nehmen kein Ende. Öffnete sich freies Feld, wie würde er fliegen und bald wohl hörtest Du das herrliche Schlagen seiner Fäuste an Deiner Tür. Aber statt dessen, wie nutzlos müht er sich ab; immer noch zwängt er sich durch die Gemächer des innersten Palastes; niemals wird er sie überwinden; und gelänge ihm dies, nichts wäre gewonnen; die Treppen hinab müßte er sich kämpfen; und gelänge ihm dies, nichts wäre gewonnen; die Höfe wären zu durchmessen; und nach den Höfen der zweite umschließende Palast; und wieder Treppen und Höfe; und wieder ein Palast; und so weiter durch Jahrtausende; und stürzte er endlich aus dem äußersten Tor – aber niemals, niemals kann es geschehen –, liegt erst die Residenzstadt vor ihm, die Mitte der Welt, hochgeschüttet voll ihres Bodensatzes. Niemand dringt hier durch und gar mit der Botschaft eines Toten. – Du aber sitzt an Deinem Fenster und erträumst sie Dir, wenn der Abend kommt.

Genau so, so hoffnungslos und hoffnungsvoll, sieht unser Volk den Kaiser. Es weiß nicht, welcher Kaiser regiert, und selbst über den Namen der Dynastie bestehen Zweifel. In der Schule wird vieles dergleichen der Reihe nach gelernt, aber die allgemeine Unsicherheit in dieser Hinsicht ist so groß, daß auch der beste Schüler mit in sie gezogen wird. Längst verstorbene Kaiser werden in unseren Dörfern auf den Thron gesetzt, und der nur noch im Liede lebt, hat vor kurzem eine Bekanntmachung erlassen, die der Priester vor dem Altare verliest. Schlachten unserer ältesten Geschichte werden jetzt erst geschlagen und mit glühendem Gesicht fällt der Nachbar mit der Nachricht Dir ins Haus. Die kaiserlichen Frauen, überfüttert in den seidenen Kissen, von schlauen Höflingen der edlen Sitten entfremdet, anschwellend in Herrschsucht, auffahrend in Gier, ausgebreitet in Wollust, verüben ihre Untaten immer wieder von neuem. Je mehr Zeit schon vergangen ist, desto schrecklicher leuchten alle Farben, und mit lautem Wehgeschrei erfährt einmal das Dorf, wie eine Kaiserin vor Jahrtausenden in langen Zügen ihres Mannes Blut trank.

So verfährt also das Volk mit den vergangenen, die gegenwärtigen Herrscher aber mischt es unter die Toten. Kommt einmal, einmal in einem Menschenalter, ein kaiserlicher Beamter, der die Provinz bereist, zufällig in unser Dorf, stellt im Namen der

Regierenden irgendwelche Forderungen, prüft die Steuerlisten, wohnt dem Schulunterricht bei, befragt den Priester über unser Tun und Treiben, und faßt dann alles, ehe er in seine Sänfte steigt, in langen Ermahnungen an die herbeigetriebene Gemeinde zusammen, dann geht ein Lächeln über alle Gesichter, einer blickt verstohlen zum andern und beugt sich zu den Kindern hinab, um sich vom Beamten nicht beobachten zu lassen. Wie, denkt man, er spricht von einem Toten wie von einem Lebendigen, dieser Kaiser ist doch schon längst gestorben, die Dynastie ausgelöscht, der Herr Beamte macht sich über uns lustig, aber wir tun so, als ob wir es nicht merkten, um ihn nicht zu kränken. Ernstlich gehorchen aber werden wir nur unserem gegenwärtigen Herrn, denn alles andere wäre Versündigung. Und hinter der davoneilenden Sänfte des Beamten steigt irgendein willkürlich aus schon zerfallener Urne Gehobener aufstampfend als Herr des Dorfes auf. Ähnlich werden die Leute bei uns von staatlichen Umwälzungen, von zeitgenössischen Kriegen in der Regel wenig betroffen. Ich erinnere mich hier an einen Vorfall aus meiner Jugend. In einer benachbarten, aber immerhin sehr weit entfernten Provinz war ein Aufstand ausgebrochen. Die Ursachen sind mir nicht mehr erinnerlich, sie sind hier auch nicht wichtig, Ursachen für Aufstände ergeben sich dort mit jedem neuen Morgen, es ist ein aufgeregtes Volk. Und nun wurde einmal ein Flugblatt der Aufständischen durch einen Bettler, der jene Provinz durchreist hatte, in das Haus meines Vaters gebracht. Es war gerade ein Feiertag, Gäste füllten unsere Stuben, in der Mitte saß der Priester und studierte das Blatt. Plötzlich fing alles zu lachen an, das Blatt wurde im Gedränge zerrissen, der Bettler, der allerdings schon reichlich beschenkt worden war, wurde mit Stößen aus dem Zimmer gejagt, alles zerstreute sich und lief in den schönen Tag. Warum? Der Dialekt der Nachbarprovinz ist von dem unseren wesentlich verschieden, und dies drückt sich auch in gewissen Formen der Schriftsprache aus, die für uns einen altertümlichen Charakter haben. Kaum hatte nun der Priester zwei derartige Seiten gelesen, war man schon entschieden. Alte Dinge, längst gehört, längst verschmerzt. Und obwohl – so scheint es mir in der Erinnerung – aus dem Bettler das grauenhafte Leben unwiderleglich sprach, schüttelte man lachend den Kopf und wollte nichts mehr hören. So bereit ist man bei uns, die Gegenwart auszulöschen.

Wenn man aus solchen Erscheinungen folgern wollte, daß wir im Grunde gar keinen Kaiser haben, wäre man von der Wahrheit nicht weit entfernt. Immer wieder muß ich sagen: Es gibt vielleicht kein kaisertreueres Volk als das unsrige im Süden, aber die Treue kommt dem Kaiser nicht zugute. Zwar steht auf der kleinen Säule am Dorfausgang der heilige Drache und bläst huldigend seit Menschengedenken den feurigen Atem genau in die Richtung von Peking – aber Peking selbst ist den Leuten im Dorf viel fremder als das jenseitige Leben. Sollte es wirklich ein Dorf geben, wo Haus an Haus steht, Felder bedeckend, weiter als der Blick von unserem Hügel reicht und zwischen diesen Häusern stünden bei Tag und bei Nacht Menschen Kopf an Kopf? Leichter als eine solche Stadt sich vorzustellen ist es uns, zu glauben, Peking und sein Kaiser wäre eines, etwa eine Wolke, ruhig unter der Sonne sich wandelnd im Laufe der Zeiten.

Die Folge solcher Meinungen ist nun ein gewissermaßen freies, unbeherrschtes Leben. Keineswegs sittenlos, ich habe solche Sittenreinheit, wie in meiner Heimat, kaum jemals angetroffen auf meinen Reisen. – Aber doch ein Leben, das unter keinem gegenwärtigen Gesetze steht und nur der Weisung und Warnung gehorcht, die aus alten Zeiten zu uns herüberreicht.

Ich hüte mich vor Verallgemeinerungen und behaupte nicht, daß es sich in allen zehntausend Dörfern unserer Provinz so verhält oder gar mit allen fünfhundert Provinzen Chinas. Wohl aber darf ich vielleicht auf Grund der vielen Schriften, die ich über diesen Gegenstand gelesen habe, sowie auf Grund meiner eigenen Beobachtungen – besonders bei dem Mauerbau gab das Menschenmaterial dem Fühlenden Gelegenheit, durch die Seelen fast aller Provinzen zu reisen – auf Grund alles dessen darf ich vielleicht sagen, daß die Auffassung, die hinsichtlich des Kaisers herrscht, immer wieder und überall einen gewissen und gemeinsamen Grundzug mit der Auffassung in meiner Heimat zeigt. Die Auffassung will ich nun durchaus nicht als eine Tugend gelten lassen, im Gegenteil. Zwar ist sie in der Hauptsache von der Regierung verschuldet, die im ältesten Reich der Erde bis heute nicht imstande war oder dies über anderem vernachlässigte, die Institution des Kaisertums zu solcher Klarheit auszubilden, daß sie bis an die fernsten Grenzen des Reiches unmittelbar und unablässig wirke. Andererseits aber liegt doch auch darin eine Schwäche der Vorstellungs- oder Glaubenskraft beim Volke, welches nicht dazu gelangt, das Kaisertum aus der Pekinger Versunkenheit in aller Lebendigkeit und Gegenwärtigkeit an seine Untertanenbrust zu ziehen, die doch nichts besseres will, als einmal diese Berührung zu fühlen und an ihr zu vergehen.

Eine Tugend ist also diese Auffassung wohl nicht. Um so auffälliger ist es, daß gerade diese Schwäche eines der wichtigsten Einigungsmittel unseres Volkes zu sein scheint; ja, wenn man sich im Ausdruck soweit vorwagen darf, geradezu der Boden, auf dem wir leben. Hier einen Tadel ausführlich begründen, heißt nicht an unserem Gewissen, sondern, was viel ärger ist, an unseren Beinen rütteln. Und darum will ich in der Untersuchung dieser Frage vorderhand nicht weiter gehen.

DIE ABWEISUNG

Unser Städtchen liegt nicht etwa an der Grenze, bei weitem nicht, zur Grenze ist es noch so weit, daß vielleicht noch niemand aus dem Städtchen dort gewesen ist, wüste Hochländer sind zu durchqueren, aber auch weite fruchtbare Länder. Man wird müde, wenn man sich nur einen Teil des Weges vorstellt, und mehr als einen Teil kann man sich gar nicht vorstellen. Auch große Städte liegen auf dem Weg, viel größer als unser Städtchen. Zehn solche Städtchen, nebeneinander gelegt, und von oben noch zehn solche Städtchen hineingezwängt, ergeben noch keine dieser riesigen und engen Städte. Verirrt man sich nicht auf dem Weg dorthin, so verirrt man sich in den Städten gewiß, und ihnen auszuweichen ist wegen ihrer Größe unmöglich.

Aber doch noch weiter als bis zur Grenze ist, wenn man solche Entfernungen überhaupt vergleichen kann – es ist so, als wenn man sagte, ein dreihundertjähriger Mann ist älter als ein zweihundertjähriger –, also noch viel weiter als bis zur Grenze ist es von unserem Städtchen zur Hauptstadt. Während wir von den Grenzkriegen hie und da doch Nachrichten bekommen, erfahren wir aus der Hauptstadt fast nichts, wir bürgerlichen Leute meine ich, denn die Regierungsbeamten haben allerdings eine sehr gute Verbindung mit der Hauptstadt, in zwei, drei Monaten können sie schon eine Nachricht von dort haben, wenigstens behaupten sie es.

Und nun ist es merkwürdig, und darüber wundere ich mich immer wieder von neuem, wie wir uns in unserem Städtchen allein ruhig fügen, was von der Hauptstadt aus angeordnet wird. Seit Jahrhunderten hat bei uns keine von den Bürgern selbst ausgehende politische Veränderung stattgefunden. In der Hauptstadt haben die hohen Herrscher einander abgelöst, ja sogar Dynastien sind ausgelöscht oder abgesetzt worden und neue haben begonnen, im vorigen Jahrhundert ist sogar die Hauptstadt selbst zerstört, eine neue weit von ihr gegründet, später auch diese zerstört und die alte wieder aufgebaut worden, auf unser Städtchen hat das eigentlich keinen Einfluß gehabt. Unsere Beamtenschaft war immer auf ihrem Posten, die höchsten Beamten kamen aus der Hauptstadt, die mittleren Beamten zumindest von auswärts, die niedrigsten aus unserer Mitte, und so blieb es und so hat es uns genügt. Der höchste Beamte ist der Obersteuereinnehmer, er hat den Rang eines Obersten und wird auch so genannt. Heute ist er ein alter Mann, ich kenne ihn aber schon seit Jahren, denn schon in meiner Kindheit war er Oberst, er hat zuerst eine sehr schnelle Karriere gemacht, dann scheint sie aber gestockt zu haben, nun für unser Städtchen reicht sein Rang aus, einen höheren Rang wären wir bei uns gar nicht aufzunehmen fähig. Wann ich mir ihn vorzustellen suche, sehe ich ihn auf der Veranda seines Hauses auf dem Marktplatz sitzen, zurückgelehnt, die Pfeife im Mund. Über ihm weht vom Dach die Reichsfahne, an den Seiten der Veranda, die so groß ist, daß dort manchmal auch kleine militärische Übungen stattfinden, ist die Wäsche zum Trocknen aufgehängt. Seine Enkel, in schönen seidenen Kleidern, spielen um ihn herum, auf den Marktplatz hinunter dürfen sie nicht gehn, die andern Kinder sind ihrer unwürdig, aber doch lockt sie der Platz und sie stecken wenigstens die Köpfe zwischen den Geländerstangen durch, und wenn die andern Kinder unten streiten, streiten sie von oben mit.

Dieser Oberst also beherrscht die Stadt. Ich glaube, er hat noch niemandem ein Dokument vorgezeigt, das ihn dazu berechtigt. Er hat wohl auch kein solches Dokument. Vielleicht ist er wirklich Obersteuereinnehmer. Aber ist das alles? Berechtigt ihn das, auch in allen Gebieten der Verwaltung zu herrschen? Sein Amt ist ja für den Staat sehr gewichtig, aber für die Bürger ist es doch nicht das Wichtigste. Bei uns hat man fast den Eindruck, als ob die Leute sagten: »Nun hast du uns alles genommen, was wir hatten, nimm bitte auch uns selbst noch dazu.« Denn tatsächlich hat er nicht etwa die

Herrschaft an sich gerissen und ist auch kein Tyrann. Es hat sich seit alten Zeiten so entwickelt, daß der Obersteuereinnehmer der erste Beamte ist, und der Oberst fügt sich dieser Tradition nicht anders als wir.

Aber wiewohl er ohne allzuviel Unterscheidungen der Würde unter uns lebt, ist er doch etwas ganz anderes als die gewöhnlichen Bürger. Wenn eine Abordnung mit einer Bitte vor ihn kommt, steht er da wie die Mauer der Welt. Hinter ihm ist nichts nicht, man hört förmlich dort weiterhin noch ahnungsweise ein paar Stimmen flüstern, aber das ist wahrscheinlich Täuschung, er bedeutet doch den Abschluß des Ganzen, wenigstens für uns. Man muß ihn bei solchen Empfängen gesehen haben. Als Kind war ich einmal dabei, als eine Abordnung der Bürgerschaft ihn um eine Regierungsunterstützung bat, denn das ärmste Stadtviertel war gänzlich niedergebrannt. Mein Vater, der Hufschmied, ist in der Gemeinde angesehen, war Mitglied der Abordnung und hatte mich mitgenommen. Das ist nichts Außergewöhnliches, zu einem solchen Schauspiel drängt sich alles, man erkennt die eigentliche Abordnung kaum aus der Menge heraus; da solche Empfänge meist auf der Veranda stattfinden, gibt es auch Leute, die vom Marktplatz her auf Leitern hinaufklettern und über das Geländer hinweg an den Dingen oben teilnehmen. Damals war es so eingerichtet, daß etwa ein Viertel der Veranda ihm vorbehalten war, den übrigen Teil füllte die Menge. Einige Soldaten überwachten alles, auch umstanden sie in einem Halbkreis ihn selbst. Im Grunde hätte ein Soldat für alles genügt, so groß ist bei uns die Furcht vor ihnen. Ich weiß nicht genau, woher diese Soldaten kommen, jedenfalls von weit her, alle sind sie einander sehr ähnlich, sie würden nicht einmal eine Uniform brauchen. Es sind kleine, nicht starke, aber behende Leute, am auffallendsten ist an ihnen das starke Gebiß, das förmlich allzusehr ihren Mund füllt, und ein gewisses unruhig zuckendes Blitzen ihrer kleinen schmalen Augen. Durch dieses sind sie der Schrecken der Kinder, allerdings auch ihre Lust, denn immerfort möchten die Kinder vor diesem Gebiß und diesen Augen erschrecken wollen, um dann verzweifelt wegzulaufen. Dieser Schrecken aus der Kinderzeit verliert sich wahrscheinlich auch bei den Erwachsenen nicht, zumindest wirkt er nach. Es kommt dann freilich auch noch anderes hinzu. Die Soldaten sprechen einen uns ganz unverständlichen Dialekt, können sich an unsern kaum gewöhnen, dadurch ergibt sich bei ihnen eine gewisse Abgeschlossenheit, Unnahbarkeit, die überdies auch ihrem Charakter entspricht, so still, ernst und starr sind sie, sie tun nichts eigentlich Böses und sind doch in einem bösen Sinn fast unerträglich. Es kommt zum Beispiel ein Soldat in ein Geschäft, kauft eine Kleinigkeit, und bleibt dort nun an den Pult gelehnt stehn, hört den Gesprächen zu, versteht sie wahrscheinlich nicht, aber es hat doch den Anschein, als ob er sie verstünde, sagt selbst kein Wort, blickt nur starr auf den, welcher spricht, dann wieder auf die, welche zuhören, und hält die Hand auf dem Griff des langen Messers in seinem Gürtel. Das ist abscheulich, man verliert die Lust an der Unterhaltung, der Laden leert sich, und erst wenn er ganz leer ist, geht auch der Soldat. Wo also die Soldaten auftreten, wird auch unser lebhaftes Volk still. So war es auch damals. Wie bei allen feierlichen Gelegenheiten stand der Oberst aufrecht und hielt mit den nach vorn ausgestreckten Händen zwei lange Bambusstangen. Es ist eine alte Sitte, die etwa bedeutet: so stützt er das Gesetz und so stützt es ihn. Nun weiß ja jeder, was ihn oben auf der Veranda erwartet, und doch pflegt man immer wieder von neuem zu erschrecken, auch damals wollte der zum Reden Bestimmte nicht anfangen, er stand schon dem Obersten gegenüber, aber dann verließ ihn der Mut und er drängte sich wieder unter verschiedenen Ausreden in die Menge zurück. Auch sonst fand sich kein Geeigneter, der bereit gewesen wäre zu sprechen – von den Ungeeigneten boten sich allerdings einige an –, es war eine große Verwirrung und man sandte Boten an verschiedene Bürger, bekannte Redner aus. Während dieser ganzen Zeit stand der Oberst unbeweglich da, nur im Atmen senkte sich auffallend die Brust. Nicht daß er etwa schwer geatmet hätte, er atmete nur äußerst deutlich, so wie zum Beispiel Frösche atmen, nur daß es bei ihnen immer so ist, hier aber war es außerordentlich. Ich schlich mich zwischen den Erwachsenen durch und beobachtete ihn durch die Lücke zwischen zwei Soldaten so lange, bis mich einer mit dem Knie wegstieß. Inzwischen hatte sich der ursprünglich zum Redner Bestimmte gesammelt und, von zwei Mitbürgern fest gestützt, hielt er die Ansprache. Rührend war, wie er bei dieser ernsten, das große Unglück schildernden Rede immer lächelte, ein allerdemütigstes Lächeln, das sich vergeblich anstrengte auch nur einen leichten Widerschein auf dem Gesicht des Obersten hervorzurufen. Schließlich formulierte er die Bitte, ich glaube, er bat nur um Steuerbefreiung für ein Jahr, vielleicht aber auch noch um billigeres Bauholz aus den kaiserlichen Wäldern. Dann verbeugte er sich tief und blieb in der Verbeugung ebenso wie alle andern außer dem Obersten, den Soldaten und einigen Beamten im Hintergrund. Lächerlich war es für das Kind, wie die auf den Leitern am Verandarand ein paar Sprossen hinunterstiegen, um während dieser entscheidenden Pause nicht gesehen zu werden, und nur neugierig knapp über dem Boden der Veranda von Zeit zu Zeit spionierten. Das dauerte eine Weile, dann trat ein Beamter, ein kleiner Mann, vor den Obersten, suchte sich auf den Fußspitzen zu ihm emporzuheben, erhielt von ihm, der noch immer bis auf das tiefe Atmen unbeweglich blieb, etwas ins Ohr geflüstert, klatschte in die Hände, worauf sich alle erhoben, und verkündete: »Die Bitte ist abgewiesen. Entfernt euch.« Ein unleugbares Gefühl der Erleichterung ging durch die Menge, alles drängte sich hinaus, auf den Obersten, der förmlich wieder ein Mensch wie wir alle geworden war, achtete kaum jemand besonders, ich sah nur, wie er tatsächlich erschöpft die Stangen losließ, die hinfielen, in einen von Beamten herbeigeschleppten Lehnstuhl sank und eilig die Tabakpfeife in den Mund schob.

Dieser ganze Vorfall ist nicht vereinzelt, so geht es allgemein zu. Es kommt zwar vor, daß hie und da kleine Bitten erfüllt werden, aber dann ist es so, als hätte das der Oberst auf eigene Verantwortung als mächtige Privatperson getan, es muß – gewiß nicht ausdrücklich, aber der Stimmung nach – förmlich vor der Regierung geheimgehalten werden. Nun sind ja in unserem Städtchen die Augen des Obersten, soweit wir es beurteilen können, auch die Augen der Regierung, aber doch wird hier ein Unterschied gemacht, in den vollständig nicht einzudringen ist.

In wichtigen Angelegenheiten aber kann die Bürgerschaft einer Abweisung immer sicher sein. Und nun ist es eben so merkwürdig, daß man ohne diese Abweisung gewissermaßen nicht auskommen kann, und dabei ist dieses Hingehn und Abholen der Abweisung durchaus keine Formalität. Immer wieder frisch und ernst geht man hin und geht dann wieder von dort, allerdings nicht geradezu gekräftigt und beglückt, aber doch auch gar nicht enttäuscht und müde. Ich muß mich bei niemandem nach diesen Dingen erkundigen, ich fühle es in mir selbst wie alle. Und nicht einmal eine gewisse Neugierde, den Zusammenhängen dieser Dinge nachzuforschen.

Es gibt allerdings, so weit meine Beobachtungen reichen, eine gewisse Altersklasse, die nicht zufrieden ist, es sind etwa die jungen Leute zwischen siebzehn und zwanzig. Also ganz junge Burschen, die die Tragweite des unbedeutendsten, wie erst gar eines revolutionären Gedankens nicht von der Ferne ahnen können. Und gerade unter sie schleicht sich die Unzufriedenheit ein.

ZUR FRAGE DER GESETZE

Unsere Gesetze sind nicht allgemein bekannt, sie sind Geheimnis der kleinen Adelsgruppe, welche uns beherrscht. Wir sind davon überzeugt, daß diese alten Gesetze genau eingehalten werden, aber es ist doch etwas äußerst Quälendes, nach Gesetzen beherrscht zu werden, die man nicht kennt. Ich denke hierbei nicht an die verschiedenen Auslegungsmöglichkeiten und die Nachteile, die es mit sich bringt, wenn nur einzelne und nicht das ganze Volk an der Auslegung sich beteiligen dürfen. Diese Nachteile sind vielleicht gar nicht sehr groß. Die Gesetze sind ja so alt, Jahrhunderte haben an ihrer Auslegung gearbeitet, auch diese Auslegung ist wohl schon Gesetz geworden, die möglichen Freiheiten bei der Auslegung bestehen zwar immer noch, sind aber sehr eingeschränkt. Außerdem hat offenbar der Adel keinen Grund, sich bei der Auslegung von seinem persönlichen Interesse zu unseren Ungunsten beeinflussen zu lassen, denn die Gesetze sind ja von ihrem Beginne an für den Adel festgelegt worden, der Adel steht außerhalb des Gesetzes, und gerade deshalb scheint das Gesetz sich ausschließlich in die Hände des Adels gegeben zu haben. Darin liegt natürlich Weisheit – wer zweifelt die Weisheit der alten Gesetze an? –, aber eben auch Qual für uns, wahrscheinlich ist das unumgänglich.

Übrigens können auch diese Scheingesetze eigentlich nur vermutet werden. Es ist eine Tradition, daß sie bestehen und dem Adel als Geheimnis anvertraut sind, aber mehr als alte und durch ihr Alter glaubwürdige Tradition ist es nicht und kann es nicht sein, denn der Charakter dieser Gesetze verlangt auch das Geheimhalten ihres Bestandes. Wenn wir im Volk aber seit ältesten Zeiten die Handlungen des Adels aufmerksam verfolgen, Aufschreibungen unserer Voreltern darüber besitzen, sie gewissenhaft fortgesetzt haben und in den zahllosen Tatsachen gewisse Richtlinien zu erkennen glauben, die auf diese oder jene geschichtliche Bestimmung schließen lassen, und wenn wir nach diesen sorgfältigst gesiebten und geordneten Schlußfolgerungen uns für die Gegenwart und Zukunft ein wenig einzurichten suchen – so ist das alles unsicher und vielleicht nur ein Spiel des Verstandes, denn vielleicht bestehen diese Gesetze, die wir hier zu erraten suchen, überhaupt nicht. Es gibt eine kleine Partei, die wirklich dieser Meinung ist und die nachzuweisen sucht, daß, wenn ein Gesetz besteht, es nur lauten kann: Was der Adel tut, ist Gesetz. Diese Partei sieht nur Willkürakte des Adels und verwirft die Volkstradition, die ihrer Meinung nach nur geringen zufälligen Nutzen bringt, dagegen meistens schweren Schaden, da sie dem Volk den kommenden Ereignissen gegenüber eine falsche, trügerische, zu Leichtsinn führende Sicherheit gibt. Dieser Schaden ist nicht zu leugnen, aber die bei weitem überwiegende Mehrheit unseres Volkes sieht die Ursache dessen darin, daß die Tradition noch bei weitem nicht ausreicht, daß also noch viel mehr in ihr geforscht werden muß und daß allerdings auch ihr Material, so riesenhaft es scheint, noch viel zu klein ist und daß noch Jahrhunderte vergehen müssen, ehe es genügen wird. Das für die Gegenwart Trübe dieses Ausblicks erhellt nur der Glaube, daß einmal eine Zeit kommen wird, wo die Tradition und ihre Forschung gewissermaßen aufatmend den Schlußpunkt macht, alles klar geworden ist, das Gesetz nur dem Volk gehört und der Adel verschwindet. Das wird nicht etwa mit Haß gegen den Adel gesagt, durchaus nicht und von niemandem. Eher hassen wir uns selbst, weil wir noch nicht des Gesetzes gewürdigt werden können. Und darum eigentlich ist jene in gewissem Sinn doch sehr verlockende Partei, welche an kein eigentliches Gesetz glaubt, so klein geblieben, weil auch sie den Adel und das Recht seines Bestandes vollkommen anerkennt.

Man kann es eigentlich nur in einer Art Widerspruch ausdrücken: Eine Partei, die neben dem Glauben an die Gesetze auch den Adel verwerfen würde, hätte sofort das ganze Volk hinter sich, aber eine solche Partei kann nicht entstehen, weil den Adel niemand zu verwerfen wagt. Auf dieses Messers Schneide leben wir. Ein Schriftsteller hat das einmal so zusammengefaßt: Das einzige, sichtbare, zweifellose Gesetz, das uns auferlegt ist, ist der Adel und um dieses einzige Gesetz sollten wir uns selbst bringen wollen?

Anfangs war beim babylonischen Turmbau alles in leidlicher Ordnung; ja, die Ordnung war vielleicht zu groß, man dachte zu sehr an Wegweiser, Dolmetscher, Arbeiterunterkünfte und Verbindungswege, so als habe man Jahrhunderte freier Arbeitsmöglichkeit vor sich. Die damals herrschende Meinung ging sogar dahin, man könne gar nicht langsam genug bauen; man mußte diese Meinung gar nicht sehr übertreiben und konnte überhaupt davor zurückschrecken, die Fundamente zu legen. Man argumentierte nämlich so: Das Wesentliche des ganzen Unternehmens ist der Gedanke, einen bis in den Himmel reichenden Turm zu bauen. Neben diesem Gedanken ist alles andere nebensächlich. Der Gedanke, einmal in seiner Größe gefaßt, kann nicht mehr verschwinden; solange es Menschen gibt, wird auch der starke Wunsch da sein, den Turm zu Ende zu bauen. In dieser Hinsicht aber muß man wegen der Zukunft keine Sorgen haben, im Gegenteil, das Wissen der Menschheit steigert sich, die Baukunst hat Fortschritte gemacht und wird weitere Fortschritte machen, eine Arbeit, zu der wir ein Jahr brauchen, wird in hundert Jahren vielleicht in einem halben Jahr geleistet werden und überdies besser, haltbarer. Warum also schon heute sich an die Grenze der Kräfte abmühen? Das hätte nur dann Sinn, wenn man hoffen könnte, den Turm in der Zeit einer Generation aufzubauen. Das aber war auf keine Weise zu erwarten. Eher ließ sich denken, daß die nächste Generation mit ihrem vervollkommneten Wissen die Arbeit der vorigen Generation schlecht finden und das Gebaute niederreißen werde, um von neuem anzufangen. Solche Gedanken lähmten die Kräfte, und mehr als um den Turmbau kümmerte man sich um den Bau der Arbeiterstadt. Jede Landsmannschaft wollte das schönste Quartier haben, dadurch ergaben sich Streitigkeiten, die sich bis zu blutigen Kämpfen steigerten. Diese Kämpfe hörten nicht mehr auf, den Führern waren sie ein neues Argument dafür, daß der Turm auch mangels der nötigen Konzentration sehr langsam oder lieber erst nach allgemeinem Friedensschluß gebaut werden sollte. Doch verbrachte man die Zeit nicht nur mit Kämpfen, in den Pausen verschönerte man die Stadt, wodurch man allerdings neuen Neid und neue Kämpfe hervorrief. So verging die Zeit der ersten Generation, aber keine der folgenden war anders, nur die Kunstfertigkeit steigerte sich immerfort und damit die Kampfsucht. Dazu kam, daß schon die zweite oder dritte Generation die Sinnlosigkeit des Himmelsturmbaus erkannte, doch war man schon viel zu sehr miteinander verbunden, um die Stadt zu verlassen.

Alles was in dieser Stadt an Sagen und Liedern entstanden ist, ist erfüllt von der Sehnsucht nach einem prophezeiten Tag, an welchem die Stadt von einer Riesenfaust in fünf kurz aufeinanderfolgenden Schlägen zerschmettert werden wird. Deshalb hat auch die Stadt die Faust im Wappen.

VON DEN GLEICHNISSEN

Viele beklagen sich, daß die Worte der Weisen immer wieder nur Gleichnisse seien, aber unverwendbar im täglichen Leben, und nur dieses allein haben wir. Wenn der Weise sagt: »Gehe hinüber«, so meint er nicht, daß man auf die andere Seite hinübergehen solle, was man immerhin noch leisten könnte, wenn das Ergebnis des Weges wert wäre, sondern er meint irgendein sagenhaftes Drüben, etwas, das wir nicht kennen, das auch von ihm nicht näher zu bezeichnen ist und das uns also hier gar nichts helfen kann. Alle diese Gleichnisse wollen eigentlich nur sagen, daß das Unfaßbare unfaßbar ist, und das haben wir gewußt. Aber das, womit wir uns jeden Tag abmühen, sind andere Dinge.

Darauf sagte einer: »Warum wehrt ihr euch? Würdet ihr den Gleichnissen folgen, dann wäret ihr selbst Gleichnisse geworden und damit schon der täglichen Mühe frei.«

Ein anderer sagte: »Ich wette, daß auch das ein Gleichnis ist.« Der erste sagte: »Du hast gewonnen.«

Der zweite sagte: »Aber leider nur im Gleichnis.«

Der erste sagte: »Nein, in Wirklichkeit; im Gleichnis hast du verloren.«

POSEIDON

Poseidon saß an seinem Arbeitstisch und rechnete. Die Verwaltung aller Gewässer gab ihm unendliche Arbeit. Er hätte Hilfskräfte haben können, wie viel er wollte, und er hatte auch sehr viele, aber da er sein Amt sehr ernst nahm, rechnete er alles noch einmal durch und so halfen ihm die Hilfskräfte wenig. Man kann nicht sagen, daß ihn die Arbeit freute, er führte sie eigentlich nur aus, weil sie ihm auferlegt war, ja er hatte sich schon oft um fröhlichere Arbeit, wie er sich ausdrückte, beworben, aber immer, wenn man ihm dann verschiedene Vorschläge machte, zeigte es sich, daß ihm doch nichts so zusagte, wie sein bisheriges Amt. Es war auch sehr schwer, etwas anderes für ihn zu finden. Man konnte ihm doch unmöglich etwa ein bestimmtes Meer zuweisen; abgesehen davon, daß auch hier die rechnerische Arbeit nicht kleiner, sondern nur kleinlicher war, konnte der große Poseidon doch immer nur eine beherrschende Stellung bekommen. Und bot man ihm eine Stellung außerhalb des Wassers an, wurde ihm schon von der Vorstellung übel, sein göttlicher Atem geriet in Unordnung, sein eherner Brustkorb schwankte. Übrigens nahm man seine Beschwerden nicht eigentlich ernst; wenn ein Mächtiger quält, muß man ihm auch in der aussichtslosesten Angelegenheit scheinbar nachzugeben versuchen; an eine wirkliche Enthebung Poseidons von seinem Amt dachte niemand, seit Urbeginn war er zum Gott der Meere bestimmt worden und dabei mußte es bleiben.

Am meisten ärgerte er sich – und dies verursachte hauptsächlich seine Unzufriedenheit mit dem Amt – wenn er von den Vorstellungen hörte, die man sich von ihm machte, wie er etwa immerfort mit dem Dreizack durch die Fluten kutschiere. Unterdessen saß er hier in der Tiefe des Weltmeeres und rechnete ununterbrochen, hie und da eine Reise zu Jupiter war die einzige Unterbrechung der Eintönigkeit, eine Reise übrigens, von der er meistens wütend zurückkehrte. So hatte er die Meere kaum gesehn, nur flüchtig beim eiligen Aufstieg zum Olymp, und niemals wirklich durchfahren. Er pflegte zu sagen, er warte damit bis zum Weltuntergang, dann werde sich wohl noch ein stiller Augenblick ergeben, wo er knapp vor dem Ende nach Durchsicht der letzten Rechnung noch schnell eine kleine Rundfahrt werde machen können.

DER JÄGER GRACCHUS

Zwei Knaben saßen auf der Quaimauer und spielten Würfel. Ein Mann las eine Zeitung auf den Stufen eines Denkmals im Schatten des säbelschwingenden Helden. Ein Mädchen am Brunnen füllte Wasser in ihre Bütte. Ein Obstverkäufer lag neben seiner Ware und blickte auf den See hinaus. In der Tiefe einer Kneipe sah man durch die leeren Tür- und Fensterlöcher zwei Männer beim Wein. Der Wirt saß vorn an einem Tisch und schlummerte. Eine Barke schwebte leise, als werde sie über dem Wasser getragen, in den kleinen Hafen. Ein Mann in blauem Kittel stieg ans Land und zog die Seile durch die Ringe. Zwei andere Männer in dunklen Röcken mit Silberknöpfen trugen hinter dem Bootsmann eine Bahre, auf der unter einem großen blumengemusterten, gefransten Seidentuch offenbar ein Mensch lag.

Auf dem Quai kümmerte sich niemand um die Ankömmlinge, selbst als sie die Bahre niederstellten, um auf den Bootsführer zu warten, der noch an den Seilen arbeitete, trat niemand heran, niemand richtete eine Frage an sie, niemand sah sie genauer an.

Der Führer wurde noch ein wenig aufgehalten durch eine Frau, die, ein Kind an der Brust, mit aufgelösten Haaren sich jetzt auf Deck zeigte. Dann kam er, wies auf ein gelbliches, zweistöckiges Haus, das sich links nahe beim Wasser geradlinig erhob, die Träger nahmen die Last auf und trugen sie durch das niedrige, aber von schlanken Säulen gebildete Tor. Ein kleiner Junge öffnete ein Fenster, bemerkte noch gerade, wie der Trupp im Haus verschwand, und schloß wieder eilig das Fenster. Auch das Tor wurde nun geschlossen, es war aus schwarzem Eichenholz sorgfältig gefügt. Ein Taubenschwarm, der bisher den Glockenturm umflogen hatte, ließ sich jetzt vor dem Hause nieder. Als werde im Hause ihre Nahrung aufbewahrt, sammelten sich die Tauben vor dem Tor. Eine flog bis zum ersten Stock auf und pickte an die Fensterscheibe. Es waren hellfarbige wohlgepflegte, lebhafte Tiere. In großem Schwung warf ihnen die Frau aus der Barke Körner hin, die sammelten sie auf und flogen dann zu der Frau hinüber.

Ein Mann im Zylinderhut mit Trauerband kam eines der schmalen, stark abfallenden Gäßchen, die zum Hafen führten, herab. Er blickte aufmerksam umher, alles bekümmerte ihn, der Anblick von Unrat in einem Winkel ließ ihn das Gesicht verzerren. Auf den Stufen des Denkmals lagen Obstschalen, er schob sie im Vorbeigehen mit seinem Stock hinunter. An der Stubentür klopfte er an, gleichzeitig nahm er den Zylinderhut in seine schwarzbehandschuhte Rechte. Gleich wurde geöffnet, wohl fünfzig kleine Knaben bildeten ein Spalier im langen Flurgang und verbeugten sich.

Der Bootsführer kam die Treppe herab, begrüßte den Herrn, führte ihn hinauf, im ersten Stockwerk umging er mit ihm den von leicht gebauten, zierlichen Loggien umgebenen Hof und beide traten, während die Knaben in respektvoller Entfernung nachdrängten, in einen kühlen, großen Raum an der Hinterseite des Hauses, dem gegenüber kein Haus mehr, sondern nur eine kahle, grauschwarze Felsenwand zu sehen war. Die Träger waren damit beschäftigt, zu Häupten der Bahre einige lange Kerzen aufzustellen und anzuzünden, aber Licht entstand dadurch nicht, es wurden förmlich nur die früher ruhenden Schatten aufgescheucht und flackerten über die Wände. Von der Bahre war das Tuch zurückgeschlagen. Es lag dort ein Mann mit wild durcheinandergewachsenem Haar und Bart, gebräunter Haut, etwa einem Jäger gleichend. Er lag bewegungslos, scheinbar atemlos mit geschlossenen Augen da, trotzdem deutete nur die Umgebung an, daß es vielleicht ein Toter war.

Der Herr trat zur Bahre, legte eine Hand dem Daliegenden auf die Stirn, kniete dann nieder und betete. Der Bootsführer winkte den Trägern, das Zimmer zu verlassen, sie gingen hinaus, vertrieben die Knaben, die sich draußen angesammelt hatten, und schlossen die Tür. Dem Herrn schien aber auch diese Stille noch nicht zu genügen, er sah den Bootsführer an, dieser verstand und ging durch eine Seitentür ins Nebenzimmer. Sofort schlug der Mann auf der Bahre die Augen auf, wandte schmerzlich lächelnd das Gesicht dem Herrn zu und sagte: »Wer bist du?« – Der Herr erhob sich ohne weiteres Staunen aus seiner knienden Stellung und antwortete: »Der Bürgermeister von Riva.«

Der Mann auf der Bahre nickte, zeigte mit schwach ausgestrecktem Arm auf einen Sessel und sagte, nachdem der Bürgermeister seiner Einladung gefolgt war: »Ich wußte es ja, Herr Bürgermeister, aber im ersten Augenblick habe ich immer alles vergessen, alles geht mir in der Runde und es ist besser, ich frage, auch wenn ich alles weiß. Auch Sie wissen wahrscheinlich, daß ich der Jäger Gracchus bin.«

»Gewiß«, sagte der Bürgermeister. »Sie wurden mir heute in der Nacht angekündigt. Wir schliefen längst. Da rief gegen Mitternacht meine Frau: ›Salvatore‹, – so heiße ich – ›sieh die Taube am Fenster!‹ Es war wirklich eine Taube, aber groß wie ein Hahn. Sie flog zu meinem Ohr und sagte: ›Morgen kommt der tote Jäger Gracchus, empfange ihn im Namen der Stadt.‹«

Der Jäger nickte und zog die Zungenspitze zwischen den Lippen durch: »Ja, die Tauben fliegen vor mir her. Glauben Sie aber, Herr Bürgermeister, daß ich in Riva bleiben soll?«

»Das kann ich noch nicht sagen«, antwortete der Bürgermeister. »Sind Sie tot?«

»Ja«, sagte der Jäger, »wie Sie sehen. Vor vielen Jahren, es müssen aber ungemein viel Jahre sein, stürzte ich im Schwarzwald – das ist in Deutschland – von einem Felsen, als ich eine Gemse verfolgte. Seitdem bin ich tot.«

»Aber Sie leben doch auch«, sagte der Bürgermeister.

»Gewissermaßen«, sagte der Jäger, »gewissermaßen lebe ich auch. Mein Todeskahn verfehlte die Fahrt, eine falsche Drehung des Steuers, ein Augenblick der Unaufmerksamkeit des Führers, eine Ablenkung durch meine wunderschöne Heimat, ich weiß nicht, was es war, nur das weiß ich, daß ich auf der Erde blieb und daß mein Kahn seither die irdischen Gewässer befährt. So reise ich, der nur in seinen Bergen leben wollte, nach meinem Tode durch alle Länder der Erde.«

»Und Sie haben keinen Teil am Jenseits?« fragte der Bürgermeister mit gerunzelter Stirne.

»Ich bin«, antwortete der Jäger, »immer auf der großen Treppe, die hinaufführt. Auf dieser unendlich weiten Freitreppe treibe ich mich herum, bald oben, bald unten, bald rechts, bald links, immer in Bewegung. Aus dem Jäger ist ein Schmetterling geworden. Lachen Sie nicht.«

»Ich lache nicht«, verwahrte sich der Bürgermeister.

»Sehr einsichtig«, sagte der Jäger. »Immer bin ich in Bewegung. Nehme ich aber den größten Aufschwung und leuchtet mir schon oben das Tor, erwache ich auf meinem alten, in irgendeinem irdischen Gewässer öde steckenden Kahn. Der Grundfehler meines einstmaligen Sterbens umgrinst mich in meiner Kajüte. Julia, die Frau des Bootsführers, klopft und bringt mir zu meiner Bahre das Morgengetränk des Landes, dessen Küste wir gerade befahren. Ich liege auf einer Holzpritsche, habe – es ist kein Vergnügen, mich zu betrachten – ein schmutziges Totenhemd an, Haar und Bart, grau und schwarz, geht unentwirrbar durcheinander, meine Beine sind mit einem großen, seidenen, blumengemusterten, langgefransten Frauentuch bedeckt. Zu meinen Häupten steht eine Kirchenkerze und leuchtet mir. An der Wand mir gegenüber ist ein kleines Bild, ein Buschmann offenbar, der mit einem Speer nach mir zielt und hinter einem großartig bemalten Schild sich möglichst deckt. Man begegnet auf Schiffen manchen dummen Darstellungen, diese ist aber eine der dümmsten. Sonst ist mein Holzkäfig ganz leer. Durch eine Luke der Seitenwand kommt die warme Luft der südlichen Nacht und ich höre das Wasser an die alte Barke schlagen.

Hier liege ich seit damals, als ich, noch lebendiger Jäger Gracchus, zu Hause im Schwarzwald eine Gemse verfolgte und abstürzte. Alles ging der Ordnung nach. Ich verfolgte, stürzte ab, verblutete in einer Schlucht, war tot und diese Barke sollte mich ins Jenseits tragen. Ich erinnere mich noch, wie fröhlich ich mich hier auf der Pritsche ausstreckte zum erstenmal. Niemals haben die Berge solchen Gesang von mir gehört wie diese vier damals noch dämmerigen Wände.

Ich hatte gern gelebt und war gern gestorben, glücklich warf ich, ehe ich den Bord betrat, das Lumpenpack der Büchse, der Tasche, des Jagdgewehrs vor mir hinunter, das ich immer stolz getragen hatte, und in das Totenhemd schlüpfte ich wie ein Mädchen ins Hochzeitskleid. Hier lag ich und wartete. Dann geschah das Unglück.«

»Ein schlimmes Schicksal«, sagte der Bürgermeister mit abwehrend erhobener Hand. »Und Sie tragen gar keine Schuld daran?«

»Keine«, sagte der Jäger, »ich war Jäger, ist das etwa eine Schuld? Aufgestellt war ich als Jäger im Schwarzwald, wo es damals noch Wölfe gab. Ich lauerte auf, schoß, traf, zog das Fell ab, ist das eine Schuld? Meine Arbeit wurde gesegnet. ›Der große Jäger vom Schwarzwald‹ hieß ich. Ist das eine Schuld?«

»Ich bin nicht berufen, das zu entscheiden«, sagte der Bürgermeister, »doch scheint auch mir keine Schuld darin zu liegen. Aber wer trägt denn die Schuld?«

»Der Bootsmann«, sagte der Jäger. »Niemand wird lesen, was ich hier schreibe, niemand wird kommen, mir zu helfen; wäre als Aufgabe gesetzt mir zu helfen, so blieben alle Türen aller Häuser geschlossen, alle Fenster geschlossen, alle liegen in den Betten, die Decken über den Kopf geschlagen, eine nächtliche Herberge die ganze Erde. Das hat guten Sinn, denn niemand weiß von mir, und wüßte er von mir, so wüßte er meinen Aufenthalt nicht, und wüßte er meinen Aufenthalt, so wüßte er mich dort nicht festzuhalten, so wüßte er nicht, wie mir zu helfen. Der Gedanke, mir helfen zu wollen, ist eine Krankheit und muß im Bett geheilt werden.

Das weiß ich und schreie also nicht, um Hilfe herbeizurufen, selbst wenn ich in Augenblicken – unbeherrscht wie ich bin, zum Beispiel gerade jetzt – sehr stark daran denke. Aber es genügt wohl zum Austreiben solcher Gedanken, wenn ich umherblicke und mir vergegenwärtige, wo ich bin und – das darf ich wohl behaupten – seit Jahrhunderten wohne.«

»Außerordentlich«, sagte der Bürgermeister, »außerordentlich. – Und nun gedenken Sie bei uns in Riva zu bleiben?«

»Ich gedenke nicht«, sagte der Jäger lächelnd und legte, um den Spott gutzumachen, die Hand auf das Knie des Bürgermeisters. »Ich bin hier, mehr weiß ich nicht, mehr kann ich nicht tun. Mein Kahn ist ohne Steuer, er fährt mit dem Wind, der in den untersten Regionen des Todes bläst.«

DER SCHLAG ANS HOFTOR

Es war im Sommer, ein heißer Tag. Ich kam auf dem Nachhauseweg mit meiner Schwester an einem Hoftor vorüber. Ich weiß nicht, schlug sie aus Mutwillen ans Tor oder aus Zerstreutheit oder drohte sie nur mit der Faust und schlug gar nicht. Hundert Schritte weiter an der nach links sich wendenden Landstraße begann das Dorf.

Wir kannten es nicht, aber gleich nach dem ersten Haus kamen Leute hervor und winkten uns, freundschaftlich oder warnend, selbst erschrocken, gebückt vor Schrecken. Sie zeigten nach dem Hof, an dem wir vorübergekommen waren, und erinnerten uns an den Schlag ans Tor. Die Hofbesitzer werden uns verklagen, gleich werde die Untersuchung beginnen. Ich war sehr ruhig und beruhigte auch meine Schwester. Sie hatte den Schlag wahrscheinlich gar nicht getan, und hätte sie ihn getan, so wird deswegen nirgends auf der Welt ein Beweis geführt. Ich suchte das auch den Leuten um uns begreiflich zu machen, sie hörten mich an, enthielten sich aber eines Urteils. Später sagten sie, nicht nur meine Schwester, auch ich als Bruder werde angeklagt werden. Ich nickte lächelnd. Alle blickten wir zum Hofe zurück, wie man eine ferne Rauchwolke beobachtet und auf die Flamme wartet. Und wirklich, bald sahen wir Reiter ins weit offene Hoftor einreiten. Staub erhob sich, verhüllte alles, nur die Spitzen der hohen Lanzen blinkten. Und kaum war die Truppe im Hof verschwunden, schien sie gleich die Pferde gewendet zu haben und war auf dem Wege zu uns. Ich drängte meine Schwester fort, ich werde alles allein ins Reine bringen. Sie weigerte sich, mich allein lassen. Ich sagte, sie solle sich aber wenigstens umkleiden, um in einem besseren Kleid vor die Herren zu treten. Endlich folgte sie und machte sich auf den langen Weg nach Hause. Schon waren die Reiter bei uns, noch von den Pferden herab fragten sie nach meiner Schwester. Sie ist augenblicklich nicht hier, wurde ängstlich geantwortet, werde aber später kommen. Die Antwort wurde fast gleichgültig aufgenommen; wichtig schien vor allem, daß sie mich gefunden hatten. Es waren hauptsächlich zwei Herren, der Richter, ein junger, lebhafter Mann, und sein stiller Gehilfe, der Aßmann genannt wurde. Ich wurde aufgefordert in die Bauernstube einzutreten. Langsam, den Kopf wiegend, an den Hosenträgern rückend, setzte ich mich unter den scharfen Blicken der Herren in Gang. Noch glaubte ich fast, ein Wort werde genügen, um mich, den Städter, sogar noch unter Ehren, aus diesem Bauernvolk zu befreien. Aber als ich die Schwelle der Stube überschritten hatte, sagte der Richter, der vorgesprungen war und mich schon erwartete: »Dieser Mann tut mir leid.« Es war aber über allem Zweifel, daß er damit nicht meinen gegenwärtigen Zustand meinte, sondern das, was mit mir geschehen würde. Die Stube sah einer Gefängniszelle ähnlicher als einer Bauernstube. Große Steinfliesen, dunkel, ganz kahle Wand, irgendwo eingemauert ein eiserner Ring, in der Mitte etwas, das halb Pritsche, halb Operationstisch war.

Könnte ich noch andere Luft schmecken als die des Gefängnisses? Das ist die große Frage oder vielmehr, sie wäre es, wenn ich noch Aussicht auf Entlassung hätte.

EINE KREUZUNG

Ich habe ein eigentümliches Tier, halb Kätzchen, halb Lamm. Es ist ein Erbstück aus meines Vaters Besitz. Entwickelt hat es sich aber doch erst in meiner Zeit, früher war es viel mehr Lamm als Kätzchen. Jetzt aber hat es von beiden wohl gleich viel. Von der Katze Kopf und Krallen, vom Lamm Größe und Gestalt; von beiden die Augen, die flackernd und wild sind, das Fellhaar, das weich ist und knapp anliegt, die Bewegungen, die sowohl Hüpfen als Schleichen sind. Im Sonnenschein auf dem Fensterbrett macht es sich rund und schnurrt, auf der Wiese läuft es wie toll und ist kaum einzufangen. Vor Katzen flieht es, Lämmer will es anfallen. In der Mondnacht ist die Dachtraufe sein liebster Weg. Miauen kann es nicht und vor Ratten hat es Abscheu. Neben dem Hühnerstall kann es stundenlang auf der Lauer liegen, doch hat es noch niemals eine Mordgelegenheit ausgenutzt.

Ich nähre es mit süßer Milch, sie bekommt ihm bestens. In langen Zügen saugte es sie über seine Raubtierzähne hinweg in sich ein. Natürlich ist es ein großes Schauspiel für Kinder. Sonntag Vormittag ist Besuchstunde. Ich habe das Tierchen auf dem Schoß und die Kinder der ganzen Nachbarschaft stehen um mich herum.

Da werden die wunderbarsten Fragen gestellt, die kein Mensch beantworten kann: Warum es nur ein solches Tier gibt, warum gerade ich es habe, ob es vor ihm schon ein solches Tier gegeben hat und wie es nach seinem Tode sein wird, ob es sich einsam fühlt, warum es keine Jungen hat, wie es heißt und so weiter.

Ich gebe mir keine Mühe zu antworten, sondern begnüge mich ohne weitere Erklärungen damit, das zu zeigen, was ich habe. Manchmal bringen die Kinder Katzen mit, einmal haben sie sogar zwei Lämmer gebracht. Es kam aber entgegen ihren Erwartungen zu keinen Erkennungsszenen. Die Tiere sahen einander ruhig aus Tieraugen an und nahmen offenbar ihr Dasein als göttliche Tatsache gegenseitig hin.

In meinem Schoß kennt das Tier weder Angst noch Verfolgungslust. An mich angeschmiegt, fühlt es sich am wohlsten. Es hält zur Familie die es aufgezogen hat. Es ist das wohl nicht irgendeine außergewöhnliche Treue, sondern der richtige Instinkt eines Tieres, das auf der Erde zwar unzählige Verschwägerte, aber vielleicht keinen einzigen Blutsverwandten hat und dem deshalb der Schutz, den es bei uns gefunden hat, heilig ist.

Manchmal muß ich lachen, wenn es mich umschnuppert, zwischen den Beinen sich durchwindet und gar nicht von mir zu trennen ist. Nicht genug damit, daß es Lamm und Katze ist, will es fast auch noch ein Hund sein. – Einmal als ich, wie es ja jedem geschehen kann, in meinen Geschäften und allem, was damit zusammenhängt, keinen Ausweg mehr finden konnte, alles verfallen lassen wollte und in solcher Verfassung zu Hause im Schaukelstuhl lag, das Tier auf dem Schoß, da tropften, als ich zufällig einmal hinuntersah, von seinen riesenhaften Barthaaren Tränen. – Waren es meine, waren es seine? – Hatte diese Katze mit Lammesseele auch Menschenehrgeiz? – Ich habe nicht viel von meinem Vater geerbt, dieses Erbstück aber kann sich sehen lassen.

Es hat beiderlei Unruhe in sich, die von der Katze und die vom Lamm, so verschiedenartig sie sind. Darum ist ihm seine Haut zu eng. – Manchmal springt es auf den Sessel neben mir, stemmt sich mit den Vorderbeinen an meine Schulter und hält seine Schnauze an mein Ohr. Es ist, als sagte es mir etwas, und tatsächlich beugt es sich dann vor und blickt mir ins Gesicht, um den Eindruck zu beobachten, den die Mitteilung auf mich gemacht hat. Und um gefällig zu sein, tue ich, als hätte ich etwas verstanden, und nicke. – Dann springt es hinunter auf den Boden und tänzelt umher.

Vielleicht wäre für dieses Tier das Messer des Fleischers eine Erlösung, die muß ich ihm aber als einem Erbstück versagen. Es muß deshalb warten, bis ihm der Atem von selbst ausgeht, wenn es mich manchmal auch wie aus verständigen Menschenaugen ansieht, die zu verständigem Tun auffordern.

DIE BRÜCKE

Ich war steif und kalt, ich war eine Brücke, über einem Abgrund lag ich. Diesseits waren die Fußspitzen, jenseits die Hände eingebohrt, in bröckelndem Lehm habe ich mich festgebissen. Die Schöße meines Rockes wehten zu meinen Seiten. In der Tiefe lärmte der eisige Forellenbach. Kein Tourist verirrte sich zu dieser unwegsamen Höhe, die Brücke war in den Karten noch nicht eingezeichnet. – So lag ich und wartete; ich mußte warten. Ohne einzustürzen kann keine einmal errichtete Brücke aufhören, Brücke zu sein.

Einmal gegen Abend war es – war es der erste, war es der tausendste, ich weiß nicht, – meine Gedanken gingen immer in einem Wirrwarr und immer in der Runde. Gegen Abend im Sommer, dunkler rauschte der Bach, da hörte ich einen Mannesschritt! Zu mir, zu mir. – Strecke dich, Brücke, setze dich in Stand, geländerloser Balken, halte den dir Anvertrauten. Die Unsicherheit seines Schrittes gleiche unmerklich aus, schwankt er aber, dann gib dich zu erkennen und wie ein Berggott schleudere ihn ins Land.

Er kam, mit der Eisenspitze seines Stockes beklopfte er mich, dann hob er mit ihr meine Rockschöße und ordnete sie auf mir. In mein buschiges Haar fuhr er mit der Spitze und ließ sie, wahrscheinlich wild umherblickend, lange drin liegen. Dann aber – gerade träumte ich ihm nach über Berg und Tal – sprang er mit beiden Füßen mir mitten auf den Leib. Ich erschauerte in wildem Schmerz, gänzlich unwissend. Wer war es? Ein Kind? Ein Traum? Ein Wegelagerer? Ein Selbstmörder? Ein Versucher? Ein Vernichter? Und ich drehte mich um, ihn zu sehen. – Brücke dreht sich um! Ich war noch nicht umgedreht, da stürzte ich schon, ich stürzte, und schon war ich zerrissen und aufgespießt von den zugespitzten Kieseln, die mich immer so friedlich aus dem rasenden Wasser angestarrt hatten.

DER GEIER

Es war ein Geier, der hackte in meine Füße. Stiefel und Strümpfe hatte er schon aufgerissen, nun hackte er schon in die Füße selbst. Immer schlug er zu, flog dann unruhig mehrmals um mich und setzte dann die Arbeit fort. Es kam ein Herr vorüber, sah ein Weilchen zu und fragte dann, warum ich den Geier dulde. »Ich bin ja wehrlos«, sagte ich, »er kam und fing zu hacken an, da wollte ich ihn natürlich wegtreiben, versuchte ihn sogar zu würgen, aber ein solches Tier hat große Kräfte, auch wollte er mir schon ins Gesicht springen, da opferte ich lieber die Füße. Nun sind sie schon fast zerrissen.« »Daß Sie sich so quälen lassen«, sagte der Herr, »ein Schuß und der Geier ist erledigt.« »Ist das so?« fragte ich, »und wollen Sie das besorgen?« »Gern«, sagte der Herr, »ich muß nur nach Hause gehn und mein Gewehr holen. Können Sie noch eine halbe Stunde warten?« »Das weiß ich nicht«, sagte ich und stand eine Weile starr vor Schmerz, dann sagte ich: »Bitte, versuchen Sie es für jeden Fall.« »Gut«, sagte der Herr, »ich werde mich beeilen.« Der Geier hatte während des Gespräches ruhig zugehört und die Blicke zwischen mir und dem Herrn wandern lassen. Jetzt sah ich, daß er alles verstanden hatte, er flog auf, weit beugte er sich zurück, um genug Schwung zu bekommen und stieß dann wie ein Speerwerfer den Schnabel durch meinen Mund tief in mich. Zurückfallend fühlte ich befreit, wie er in meinem alle Tiefen füllenden, alle Ufer überfließenden Blut unrettbar ertrank.

DER AUFBRUCH

Ich befahl mein Pferd aus dem Stall zu holen. Der Diener verstand mich nicht. Ich ging selbst in den Stall, sattelte mein Pferd und bestieg es. In der Ferne hörte ich eine Trompete blasen, ich fragte ihn, was das bedeutete. Er wußte nichts und hatte nichts gehört. Beim Tore hielt er mich auf und fragte: »Wohin reitet der Herr?« »Ich weiß es nicht«, sagte ich, »nur weg von hier, nur weg von hier. Immerfort weg von hier, nur so kann ich mein Ziel erreichen.« »Du kennst also dein Ziel«, fragte er. »Ja«, antwortete ich, »ich sagte es doch. Weg von hier – das ist mein Ziel.«

GIBS AUF!

Es war sehr früh am Morgen, die Straßen rein und leer, ich ging zum Bahnhof. Als ich eine Turmuhr mit meiner Uhr verglich, sah ich, daß es schon viel später war, als ich geglaubt hatte, ich mußte mich sehr beeilen, der Schrecken über diese Entdeckung ließ mich im Weg unsicher werden, ich kannte mich in dieser Stadt noch nicht sehr gut aus, glücklicherweise war ein Schutzmann in der Nähe, ich lief zu ihm und fragte ihn atemlos nach dem Weg. Er lächelte und sagte: »Von mir willst du den Weg erfahren?« »Ja«, sagte ich, »da ich ihn selbst nicht finden kann.« »Gibs auf, gibs auf«, sagte er und wandte sich mit einem großen Schwunge ab, so wie Leute, die mit ihrem Lachen allein sein wollen.

NACHTS

Versunken in die Nacht. So wie man manchmal den Kopf senkt, um nachzudenken, so ganz versunken sein in die Nacht. Ringsum schlafen die Menschen. Eine kleine Schauspielerei, eine unschuldige Selbsttäuschung, daß sie in Häusern schlafen, in festen Betten, unter festem Dach, ausgestreckt oder geduckt auf Matratzen, in Tüchern, unter Decken, in Wirklichkeit haben sie sich zusammengefunden wie damals einmal und wie später in wüster Gegend, ein Lager im Freien, eine unübersehbare Zahl Menschen, ein Heer, ein Volk, unter kaltem Himmel auf kalter Erde, hingeworfen wo man früher stand, die Stirn auf dem Arm gedrückt, das Gesicht gegen den Boden hin, ruhig atmend. Und du wachst, bist einer der Wächter, findest den nächsten durch Schwenken des brennenden Holzes aus dem Reisighaufen neben dir. Warum wachst du? Einer muß wachen, heißt es. Einer muß da sein.

DER STEUERMANN

Bin ich nicht Steuermann?« rief ich. »Du?« fragte ein dunkler hochgewachsener Mann und strich sich mit der Hand über die Augen, als verscheuche er einen Traum. Ich war am Steuer gestanden in der dunklen Nacht, die schwachbrennende Laterne über meinem Kopf, und nun war dieser Mann gekommen und wollte mich beiseiteschieben. Und da ich nicht wich, setzte er mir den Fuß auf die Brust und trat mich langsam nieder, während ich noch immer an den Stäben des Steuerrades hing und beim Niederfallen es ganz herumriß. Da aber faßte es der Mann, brachte es in Ordnung, mich aber stieß er weg. Doch ich besann mich bald, lief zu der Luke, die in den Mannschaftsraum führte und rief. »Mannschaft! Kameraden! Kommt schnell! Ein Fremder hat mich vom Steuer vertrieben!« Langsam kamen sie, stiegen auf aus der Schiffstreppe, schwankende müde mächtige Gestalten. »Bin ich der Steuermann?« fragte ich. Sie nickten, aber Blicke hatten sie nur für den Fremden, im Halbkreis standen sie um ihn herum und, als er befehlend sagte: »Stört mich nicht«, sammelten sie sich, nickten mir zu und zogen wieder die Schiffstreppe hinab. Was ist das für Volk! Denken sie auch oder schlurfen sie nur sinnlos über die Erde?

DER KREISEL

Ein Philosoph trieb sich immer dort herum, wo Kinder spielten. Und sah er einen Jungen, der einen Kreisel hatte, so lauerte er schon. Kaum war der Kreisel in Drehung, verfolgte ihn der Philosoph, um ihn zu fangen. Daß die Kinder lärmten und ihn von ihrem Spielzeug abzuhalten suchten, kümmerte ihn nicht, hatte er den Kreisel, solange er sich noch drehte, gefangen, war er glücklich, aber nur einen Augenblick, dann warf er ihn zu Boden und ging fort. Er glaubte nämlich, die Erkenntnis jeder Kleinigkeit, also zum Beispiel auch eines sich drehenden Kreisels, genüge zur Erkenntnis des Allgemeinen. Darum beschäftigte er sich nicht mit den großen Problemen, das schien ihm unökonomisch. War die kleinste Kleinigkeit wirklich erkannt, dann war alles erkannt, deshalb beschäftigte er sich nur mit dem sich drehenden Kreisel. Und immer wenn die Vorbereitungen zum Drehen des Kreisels gemacht wurden, hatte er Hoffnung, nun werde es gelingen, und drehte sich der Kreisel, wurde ihm im atemlosen Laufen nach ihm die Hoffnung zur Gewißheit, hielt er aber dann das dumme Holzstück in der Hand, wurde ihm übel und das Geschrei der Kinder, das er bisher nicht gehört hatte und das ihm jetzt plötzlich in die Ohren fuhr, jagte ihn fort, er taumelte wie ein Kreisel unter einer ungeschickten Peitsche.

KLEINE FABEL

Ach«, sagte die Maus, »die Welt wird enger mit jedem Tag. Zuerst war sie so breit, daß ich Angst hatte, ich lief weiter und war glücklich, daß ich endlich rechts und links in der Ferne Mauern sah, aber diese langen Mauern eilen so schnell aufeinander zu, daß ich schon im letzten Zimmer bin, und dort im Winkel steht die Falle, in die ich laufe.« – »Du mußt nur die Laufrichtung ändern«, sagte die Katze und fraß sie.

DER KÜBELREITER

Verbraucht alle Kohle; leer der Kübel; sinnlos die Schaufel; Kälte atmend der Ofen; das Zimmer vollgeblasen von Frost; vor dem Fenster Bäume starr im Reif; der Himmel, ein silberner Schild gegen den, der von ihm Hilfe will. Ich muß Kohle haben; ich darf doch nicht erfrieren; hinter mir der erbarmungslose Ofen, vor mir der Himmel ebenso, infolgedessen muß ich scharf zwischendurch reiten und in der Mitte beim Kohlenhändler Hilfe suchen. Gegen meine gewöhnlichen Bitten aber ist er schon abgestumpft; ich muß ihm ganz genau nachweisen, daß ich kein einziges Kohlenstäubchen mehr habe und daß er daher für mich geradezu die Sonne am Firmament bedeutet. Ich muß kommen wie der Bettler, der röchelnd vor Hunger an der Türschwelle verenden will und dem deshalb die Herrschaftsköchin den Bodensatz des letzten Kaffees einzuflößen sich entscheidet; ebenso muß mir der Händler, wütend, aber unter dem Strahl des Gebotes »Du sollst nicht töten!« eine Schaufel voll in den Kübel schleudern.

Meine Auffahrt schon muß es entscheiden; ich reite deshalb auf dem Kübel hin. Als Kübelreiter, die Hand oben am Griff, dem einfachsten Zaumzeug, drehe ich mich beschwerlich die Treppe hinab; unten aber steigt mein Kübel auf, prächtig, prächtig; Kamele, niedrig am Boden hingelagert, steigen, sich schüttelnd unter dem Stock des Führers, nicht schöner auf.

Durch die festgefrorene Gasse geht es in ebenmäßigem Trab; oft werde ich bis zur Höhe der ersten Stockwerke gehoben; niemals sinke ich bis zur Haustüre hinab. Und außergewöhnlich hoch schwebe ich vor dem Kellergewölbe des Händlers, in dem er tief unten an seinem Tischchen kauert und schreibt; um die übergroße Hitze abzulassen, hat er die Tür geöffnet.

»Kohlenhändler!« rufe ich mit vor Kälte hohlgebrannter Stimme, in Rauchwolken des Atems gehüllt, »bitte, Kohlenhändler, gib mir ein wenig Kohle. Mein Kübel ist schon so leer, daß ich auf ihm reiten kann. Sei so gut. Sobald ich kann, bezahle ich's.«

Der Händler legt die Hand ans Ohr. »Hör ich recht?« fragte er über die Schulter weg seine Frau, die auf der Ofenbank strickt, »hör ich recht? Eine Kundschaft.«

»Ich höre gar nichts«, sagt die Frau, ruhig aus- und einatmend über den Stricknadeln, wohlig im Rücken gewärmt.

»O ja«, rufe ich, »ich bin es; eine alte Kundschaft; treu ergeben; nur augenblicklich mittellos.«

»Frau«, sagt der Händler, »es ist, es ist jemand so sehr kann ich mich doch nicht täuschen; eine alte, eine sehr alte Kundschaft muß es sein, die mir so zum Herzen zu sprechen weiß.«

»Was hast du, Mann?« sagte die Frau und drückt, einen Augenblick ausruhend, die Handarbeit an die Brust, »niemand ist es, die Gasse ist leer, alle unsere Kundschaft ist versorgt; wir können für Tage das Geschäft sperren und ausruhn.«

»Aber ich sitze doch hier auf dem Kübel«, rufe ich und gefühllose Tränen der Kälte verschleiern mir die Augen, »bitte seht doch herauf; Ihr werdet mich gleich entdecken; um eine Schaufel voll bitte ich; und gebt Ihr zwei, macht Ihr mich überglücklich. Es ist doch schon alle übrige Kundschaft versorgt. Ach, hörte ich es doch schon in dem Kübel klappern!«

»Ich komme«, sagt der Händler und kurzbeinig will er die Kellertreppe emporsteigen, aber die Frau ist schon bei ihm, hält ihn beim Arm fest und sagt: »Du bleibst. Läßt du von deinem Eigensinn nicht ab, so gehe ich hinauf. Erinnere dich an deinen schweren Husten heute nacht. Aber für ein Geschäft und sei es auch nur ein eingebildetes, vergißt du Frau und Kind und opferst deine Lungen. Ich gehe.« »Dann nenn ihm aber alle Sorten, die wir auf Lager haben; die Preise rufe ich dir nach.« »Gut«, sagte die Frau und steigt zur Gasse auf. Natürlich sieht sie mich gleich. »Frau Kohlenhändlerin«, rufe ich, »ergebenen Gruß; nur eine Schaufel Kohle; gleich hier in den Kübel; ich führe sie selbst nach Hause; eine Schaufel von der schlechtesten. Ich bezahle sie natürlich voll, aber nicht gleich, nicht gleich.« Was für ein Glockenklang sind die zwei Worte ›nicht gleich‹ und wie sinnverwirrend mischen sie sich mit dem Abendläuten, das eben vom nahen Kirchturm zu hören ist!

»Was will er also haben?« ruft der Händler. »Nichts«, ruft die Frau zurück, »es ist ja nichts; ich sehe nichts, ich höre nichts; nur sechs Uhr läutet es und wir schließen. Ungeheuer ist die Kälte; morgen werden wir wahrscheinlich noch viel Arbeit haben.«

Sie sieht nichts und hört nichts; aber dennoch löst sie das Schürzenband und versucht mich mit der Schürze fortzuwehen. Leider gelingt es. Alle Vorzüge eines guten Reittieres hat mein Kübel; Widerstandskraft hat er nicht; zu leicht ist er; eine Frauenschürze jagt ihm die Beine vom Boden.

»Du Böse«, rufe ich noch zurück, während sie, zum Geschäft sich wendend, halb verächtlich, halb befriedigt mit der Hand in die Luft schlägt, »du Böse! Um eine Schaufel von der schlechtesten habe ich gebeten und du hast sie mir nicht gegeben.« Und damit steige ich in die Regionen der Eisgebirge und verliere mich auf Nimmerwiedersehen.

Die allgemeine Geschäftslage ist so schlecht, daß ich manchmal, wenn ich im Büro Zeit erübrige, selbst die Mustertasche nehme, um die Kunden persönlich zu besuchen. Unter anderem hatte ich mir schon längst vorgenommen, einmal zu N. zu gehen, mit dem ich früher in ständiger Geschäftsverbindung gewesen bin, die sich aber im letzten Jahr aus mir unbekannten Gründen fast gelöst hat. Für solche Störungen müssen auch gar nicht eigentliche Gründe vorhanden sein; in den heutigen labilen Verhältnissen entscheidet hier oft ein Nichts, eine Stimmung, und ebenso kann auch ein Nichts, ein Wort, das Ganze wieder in Ordnung bringen. Es ist aber ein wenig umständlich zu N. vorzudringen; er ist ein alter Mann, in letzter Zeit sehr kränklich, und wenn er auch noch die geschäftlichen Angelegenheiten in seiner Hand zusammenhält, so kommt er doch selbst kaum mehr ins Geschäft; will man mit ihm sprechen, muß man in seine Wohnung gehen, und einen derartigen Geschäftsgang schiebt man gern hinaus.

Gestern Abend nach sechs Uhr machte ich mich aber doch auf den Weg; es war freilich keine Besuchszeit mehr, aber die Sache war ja nicht gesellschaftlich, sondern kaufmännisch zu beurteilen. Ich hatte Glück. N. war zu Hause; er war eben, wie man mir im Vorzimmer sagte, mit seiner Frau von einem Spaziergang zurückgekommen und jetzt im Zimmer seines Sohnes, der unwohl war und im Bett lag. Ich wurde aufgefordert auch hinzugehen; zuerst zögerte ich, dann aber überwog das Verlangen, den leidigen Besuch möglichst schnell zu beenden, und ich ließ mich, so wie ich war, im Mantel, Hut und Mustertasche in der Hand, durch ein dunkles Zimmer in ein matt beleuchtetes führen, in welchem eine kleine Gesellschaft beisammen war.

Wohl instinktmäßig fiel mein Blick zuerst auf einen mir nur allzu gut bekannten Geschäftsagenten, der zum Teil mein Konkurrent ist. So hatte er sich denn also noch vor mir heraufgeschlichen. Er war bequem knapp beim Bett des Kranken, so als wäre er der Arzt; in seinem schönen, offenen, aufgebauschten Mantel saß er großmächtig da; seine Frechheit ist unübertrefflich; etwas Ähnliches mochte auch der Kranke denken, der mit ein wenig fiebergeröteten Wangen dalag und manchmal nach ihm hinsah. Er ist übrigens nicht mehr jung, der Sohn, ein Mann in meinem Alter mit einem kurzen, infolge der Krankheit etwas verwilderten Vollbart. Der alte N., ein großer, breitschultriger Mann, aber durch sein schleichendes Leiden zu meinem Erstaunen recht abgemagert, gebückt und unsicher geworden, stand noch, so wie er eben gekommen war, in seinem Pelz da und murmelte etwas gegen den Sohn hin. Seine Frau, klein und gebrechlich, aber äußerst lebhaft, wenn auch nur insoweit es ihn betraf – uns andere sah sie kaum –, war damit beschäftigt, ihm den Pelz auszuziehen, was infolge des Größenunterschiedes der Beiden einige Schwierigkeiten machte, aber schließlich doch gelang. Vielleicht lag übrigens die eigentliche Schwierigkeit darin, daß N. sehr ungeduldig war und unruhig mit tastenden Händen immerfort nach dem Lehnstuhl verlangte, den ihm denn auch, nachdem der Pelz ausgezogen war, seine

Frau schnell zuschob. Sie selbst nahm den Pelz, unter dem sie fast verschwand, und trug ihn hinaus.

Nun schien mir endlich meine Zeit gekommen oder vielmehr, sie war nicht gekommen und würde hier wohl auch niemals kommen; wenn ich überhaupt noch etwas versuchen wollte, mußte es gleich geschehen, denn meinem Gefühl nach konnten hier die Voraussetzungen für eine geschäftliche Aussprache nur noch immer schlechter werden; mich hier aber für alle Zeiten festzusetzen, wie es der Agent scheinbar beabsichtigte, das war nicht meine Art; übrigens wollte ich auf ihn nicht die geringste Rücksicht nehmen. So begann ich denn kurzerhand, meine Sache vorzutragen, obwohl ich merkte, daß N. gerade Lust hatte, sich ein wenig mit seinem Sohn zu unterhalten. Leider habe ich die Gewohnheit, wenn ich mich ein wenig in Erregung gesprochen habe – und das geschieht sehr bald und geschah in diesem Krankenzimmer noch früher als sonst – aufzustehen und während des Redens auf- und abzugehen. Im eigenen Büro eine recht gute Einrichtung, ist es in einer fremden Wohnung doch ein wenig lästig. Ich konnte mich aber nicht beherrschen, besonders da mir die gewohnte Zigarette fehlte. Nun, jeder hat seine schlechten Gewohnheiten, dabei lobe ich noch die meinen im Vergleich zu denen des Agenten. Was soll man zum Beispiel dazu sagen, daß er seinen Hut, den er auf dem Knie hält und dort langsam hin- und herschiebt, manchmal plötzlich, ganz unerwartet aufsetzt; er nimmt ihn zwar gleich wieder ab, als sei ein Versehen geschehen, hat ihn aber doch einen Augenblick lang auf dem Kopf gehabt, und das wiederholt er immer wieder von Zeit zu Zeit. Eine solche Aufführung ist doch wahrhaftig unerlaubt zu nennen. Mich stört es nicht, ich gehe auf und ab, bin ganz von meinen Dingen in Anspruch genommen und sehe über ihn hinweg, es mag aber Leute geben, welche dieses Hutkunststück gänzlich aus der Fassung bringen kann. Allerdings beachte ich im Eifer nicht nur eine solche Störung nicht, sondern überhaupt niemanden, ich sehe zwar, was vorgeht, nehme es aber, solange ich nicht fertig bin oder solange ich nicht geradezu Einwände höre, gewissermaßen nicht zur Kenntnis. So merkte ich zum Beispiel wohl, daß N. sehr wenig aufnahmefähig war; die Hände an den Seitenlehnen, drehte er sich unbehaglich hin und her, blickte nicht zu mir auf, sondern sinnlos suchend ins Leere und sein Gesicht schien so unbeteiligt, als dringe kein Laut meiner Rede, ja nicht einmal ein Gefühl meiner Anwesenheit zu ihm. Dieses ganze, mir wenig Hoffnung gebende krankhafte Benehmen sah ich zwar, sprach aber trotzdem weiter, so als hätte ich doch noch Aussicht, durch meine Worte, durch meine vorteilhaften Angebote – ich erschrak selbst über die Zugeständnisse, die ich machte. Zugeständnisse, die niemand verlangte – alles schließlich wieder ins Gleichgewicht zu bringen. Eine gewisse Genugtuung gab es mir auch, daß der Agent, wie ich flüchtig bemerkte, endlich seinen Hut ruhen ließ und die Arme über der Brust verschränkte; meine Ausführungen, die ja zum Teil für ihn berechnet waren, schienen seinen Plänen einen empfindlichen Stich zu geben. Und ich hätte in dem dadurch erzeugten Wohlgefühl vielleicht noch lange fortgesprochen, wenn nicht der Sohn, den ich als für mich nebensächliche Person bisher vernachlässigt hatte, plötzlich sich im Bette halb erhoben und mit drohender Faust mich zum Schweigen gebracht hätte. Er wollte offenbar noch etwas sagen, etwas zeigen, hatte aber nicht Kraft genug, Ich hielt das alles zuerst für Fieberwahn, aber als ich unwillkürlich gleich darauf nach dem alten N. blickte, verstand ich es besser.

N. saß mit offenen, glasigen, aufgequollenen, nur für die Minute noch dienstbaren Augen da, zitternd nach vorne geneigt, als hielte oder schlüge ihn jemand im Nacken, die Unterlippe, ja der Unterkiefer selbst mit weit entblößtem Zahnfleisch hing unbeherrscht hinab, das ganze Gesicht war aus den Fugen; noch atmete er, wenn auch schwer, dann aber wie befreit fiel er zurück gegen die Lehne, schloß die Augen, der Ausdruck irgendeiner großen Anstrengung fuhr noch über sein Gesicht und dann war es zu Ende. Schnell sprang ich zu ihm, faßte die leblos hängende, kalte, mich durchschauernde Hand; da war kein Puls mehr. Nun also, es war vorüber. Freilich, ein alter Mann. Möchte uns das Sterben nicht schwerer werden. Aber wie Vieles war jetzt zu tun! Und was in der Eile zunächst? Ich sah mich nach Hilfe um; aber der Sohn hatte die Decke über den Kopf gezogen, man hörte sein endloses Schluchzen; der Agent, kalt wie ein Frosch, saß fest in seinem Sessel, zwei Schritte gegenüber N. und war sichtlich entschlossen, nichts zu tun, als den Zeitlauf abzuwarten; ich also, nur ich blieb übrig, um etwas zu tun und jetzt gleich das Schwerste, nämlich der Frau irgendwie auf eine erträgliche Art, also eine Art, die es in der Welt nicht gab, die Nachricht zu vermitteln. Und schon hörte ich die eifrigen, schlürfenden Schritte aus dem Nebenzimmer.

Sie brachte – noch immer im Straßenanzug, sie hatte noch keine Zeit gehabt, sich umzuziehen – ein auf dem Ofen durchwärmtes Nachthemd, das sie ihrem Mann jetzt anziehen wollte. »Er ist eingeschlafen«, sagte sie lächelnd und kopfschüttelnd, als sie uns so still fand. Und mit dem unendlichen Vertrauen des Unschuldigen nahm sie die gleiche Hand, die ich eben mit Widerwillen und Scheu in der meinen gehalten hatte, küßte sie wie in kleinem ehelichen Spiel und – wie mögen wir drei anderen zugesehen haben! – N. bewegte sich, gähnte laut, ließ sich das Hemd anziehen, duldete mit ärgerlich-ironischem Gesicht die zärtlichen Vorwürfe seiner Frau wegen der Überanstrengung auf dem allzu großen Spaziergang und sagte dagegen, um sein Einschlafen anders zu erklären, merkwürdigerweise etwas von Langweile. Dann legte er sich, um sich auf dem Weg in ein anderes Zimmer nicht zu verkühlen, vorläufig zu seinem Sohn ins Bett; neben die Füße des Sohnes wurde auf zwei von der Frau eilig herbeigebrachten Polstern sein Kopf gebettet. Ich fand nach dem Vorangegangenen nichts Sonderbares mehr daran. Nun verlangte er die Abendzeitung, nahm sie ohne Rücksicht auf die Gäste vor, las aber noch nicht, sah nur hie und da ins Blatt und sagte uns dabei mit einem erstaunlichen geschäftlichen Scharfblick einiges recht Unangenehme über unsere Angebote, während er mit der freien Hand immerfort wegwerfende Bewegungen machte und durch Zungenschnalzen den schlechten Geschmack im Munde andeutete, den ihm unser geschäftliches Gebaren verursachte. Der Agent konnte sich nicht enthalten, einige unpassende Bemerkungen vorzubringen, er fühlte wohl sogar in seinem groben Sinn, daß hier nach dem, was geschehen war, irgendein Ausgleich geschaffen werden mußte, aber auf seine Art ging es freilich am allerwenigsten. Ich verabschiedete mich nun schnell, ich war dem Agenten fast dankbar; ohne seine Anwesenheit hätte ich nicht die Entschlußkraft gehabt, schon fortzugehen.

Im Vorzimmer traf ich noch Frau N. Im Anblick ihrer armseligen Gestalt sagte ich aus meinen Gedanken heraus, daß sie mich ein wenig an meine Mutter erinnere. Und da sie still blieb, fügte ich bei: »Was man dazu auch sagen mag: die konnte Wunder tun. Was wir schon zerstört hatten, machte sie noch gut. Ich habe sie schon in der Kinderzeit verloren.« Ich hatte absichtlich übertrieben langsam und deutlich gesprochen, denn ich vermutete, daß die alte Frau schwerhörig war. Aber sie war wohl taub, denn sie fragte ohne Übergang: »Und das Aussehen meines Mannes?« Aus ein paar Abschiedsworten merkte ich übrigens, daß sie mich mit dem Agenten verwechselte; ich wollte gern glauben, daß sie sonst zutraulicher gewesen wäre.

Dann ging ich die Treppe hinunter. Der Abstieg war schwerer als früher der Aufstieg und nicht einmal dieser war leicht gewesen. Ach, was für mißlungene Geschäftswege es gibt und man muß die Last weiter tragen.

DER NACHBAR

Mein Geschäft ruht ganz auf meinen Schultern. Zwei Fräulein mit Schreibmaschinen und Geschäftsbüchern im Vorzimmer, mein Zimmer mit Schreibtisch, Kasse, Beratungstisch, Klubsessel und Telefon, das ist mein ganzer Arbeitsapparat. So einfach zu überblicken, so leicht zu führen. Ich bin ganz jung und die Geschäfte rollen vor mir her. Ich klage nicht, ich klage nicht.

Seit Neujahr hat ein junger Mann die kleine, leerstehende Nebenwohnung, die ich ungeschickterweise so lange zu mieten gezögert habe, frischweg gemietet. Auch ein Zimmer mit Vorzimmer, außerdem aber noch eine Küche. – Zimmer und Vorzimmer hätte ich wohl brauchen können – meine zwei Fräulein fühlten sich schon manchmal überlastet –, aber wozu hätte mir die Küche gedient? Dieses kleinliche Bedenken war daran schuld, daß ich mir die Wohnung habe nehmen lassen. Nun sitzt dort dieser junge Mann. Harras heißt er. Was er dort eigentlich macht, weiß ich nicht. Auf der Tür steht: ›Harras, Bureau‹. Ich habe Erkundigungen eingezogen, man hat mir mitgeteilt, es sei ein Geschäft ähnlich dem meinigen. Vor Kreditgewährung könne man nicht geradezu warnen, denn es handle sich doch um einen jungen, aufstrebenden Mann, dessen Sache vielleicht Zukunft habe, doch könne man zum Kredit nicht geradezu raten, denn gegenwärtig sei allem Anschein nach kein Vermögen vorhanden. Die übliche Auskunft, die man gibt, wenn man nichts weiß.

Manchmal treffe ich Harras auf der Treppe, er muß es immer außerordentlich eilig haben, er huscht förmlich an mir vorüber. Genau gesehen habe ich ihn noch gar nicht, den Büroschlüssel hat er schon vorbereitet in der Hand. Im Augenblick hat er die Tür geöffnet. Wie der Schwanz einer Ratte ist er hineingeglitten und ich stehe wieder vor der Tafel ›Harras, Bureau‹, die ich schon viel öfter gelesen habe, als sie es verdient.

Die elend dünnen Wände, die den ehrlich tätigen Mann verraten, den Unehrlichen aber decken. Mein Telefon ist an der Zimmerwand angebracht, die mich von meinem Nachbar trennt. Doch hebe ich das bloß als besonders ironische Tatsache hervor.

Selbst wenn es an der entgegengesetzten Wand hinge, würde man in der Nebenwohnung alles hören. Ich habe mir abgewöhnt, den Namen der Kunden beim Telefon zu nennen. Aber es gehört natürlich nicht viel Schlauheit dazu, aus charakteristischen, aber unvermeidlichen Wendungen des Gesprächs die Namen zu erraten. – Manchmal umtanze ich, die Hörmuschel am Ohr, von Unruhe gestachelt, auf den Fußspitzen den Apparat und kann es doch nicht verhüten, daß Geheimnisse preisgegeben werden.

Natürlich werden dadurch meine geschäftlichen Entscheidungen unsicher, meine Stimme zittrig. Was macht Harras, während ich telefoniere? Wollte ich sehr übertreiben – aber das muß man oft, um sich Klarheit zu verschaffen –, so könnte ich sagen: Harras braucht kein Telefon, er benutzt meines, er hat sein Kanapee an die Wand gerückt und horcht, ich dagegen muß, wenn geläutet wird, zum Telefon laufen, die Wünsche des Kunden entgegennehmen, schwerwiegende Entschlüsse fassen, großangelegte Überredungen ausführen – vor allem aber während des Ganzen unwillkürlich durch die Zimmerwand Harras Bericht erstatten.

Vielleicht wartet er gar nicht das Ende des Gespräches ab, sondern erhebt sich nach der Gesprächsstelle, die ihn über den Fall genügend aufgeklärt hat, huscht nach seiner Gewohnheit durch die Stadt und, ehe ich die Hörmuschel aufgehängt habe, ist er vielleicht schon daran, mir entgegenzuarbeiten.

DIE PRÜFUNG

Ich bin ein Diener, aber es ist keine Arbeit für mich da. Ich bin ängstlich und dränge mich nicht vor, ja ich dränge mich nicht einmal in eine Reihe mit den andern, aber das ist nur die eine Ursache meines Nichtbeschäftigtseins, es ist auch möglich, daß es mit meinem Nichtbeschäftigtsein überhaupt nichts zu tun hat, die Hauptsache ist jedenfalls, daß ich nicht zum Dienst gerufen werde, andere sind gerufen worden und haben sich nicht mehr darum beworben als ich, ja haben vielleicht nicht einmal den Wunsch gehabt, gerufen zu werden, während ich ihn wenigstens manchmal sehr stark habe.

So liege ich also auf der Pritsche in der Gesindestube, schaue zu den Balken auf der Decke hinauf, schlafe ein, wache auf und schlafe schon wieder ein. Manchmal gehe ich hinüber ins Wirtshaus, wo ein saures Bier ausgeschenkt wird, manchmal habe ich schon vor Widerwillen ein Glas davon ausgeschüttet, dann aber trinke ich es wieder. Ich sitze gern dort, weil ich hinter dem geschlossenen kleinen Fenster, ohne von irgend jemandem entdeckt werden zu können, zu den Fenstern unseres Hauses hinübersehen kann. Man sieht ja dort nicht viel, hier gegen die Straße zu liegen, glaube ich, nur die Fenster der Korridore und überdies nicht jener Korridore, die zu den Wohnungen der Herrschaft führen. Es ist möglich, daß ich mich aber auch irre, irgend jemand hat es einmal, ohne daß ich ihn gefragt hätte, behauptet und der allgemeine Eindruck dieser Hausfront bestätigt das. Selten nur werden die Fenster geöffnet, und wenn es geschieht, tut es ein Diener und lehnt sich dann wohl auch an die Brüstung, um ein Weilchen hinunterzusehn. Es sind also Korridore, wo er nicht überrascht werden kann. Übrigens kenne ich diese Diener nicht, die ständig oben beschäftigten Diener schlafen anderswo, nicht in meiner Stube.

Einmal, als ich ins Wirtshaus kam, saß auf meinem Beobachtungsplatz schon ein Gast. Ich wagte nicht genau hinzusehn und wollte mich gleich in der Tür wieder umdrehn und weggehn. Aber der Gast rief mich zu sich, und es zeigte sich, daß er auch ein Diener war, den ich schon einmal irgendwo gesehn hatte, ohne aber bisher mit ihm gesprochen zu haben.

»Warum willst du fortlaufen? Setz dich her und trink! Ich zahl's.« So setzte ich mich also. Er fragte mich einiges, aber ich konnte es nicht beantworten, ja ich verstand nicht einmal die Fragen. Ich sagte deshalb: »Vielleicht reut es dich jetzt, daß du mich eingeladen hast, dann gehe ich«, und ich wollte schon aufstehn. Aber er langte mit seiner Hand über den Tisch herüber und drückte mich nieder: »Bleib«, sagte er, »das war ja nur eine Prüfung. Wer die Fragen nicht beantwortet, hat die Prüfung bestanden.«

FÜRSPRECHER

Es war sehr unsicher, ob ich Fürsprecher hatte, ich konnte nichts Genaues darüber erfahren, alle Gesichter waren abweisend, die meisten Leute, die mir entgegenkamen, und die ich wieder und wieder auf den Gängen traf, sahen wie alte dicke Frauen aus, sie hatten große, den ganzen Körper bedeckende, dunkelblau und weiß gestreifte Schürzen, strichen sich den Bauch und drehten sich schwerfällig hin und her. Ich konnte nicht einmal erfahren, ob wir in einem Gerichtsgebäude waren. Manches sprach dafür, vieles dagegen. Über alle Einzelheiten hinweg erinnerte mich am meisten an ein Gericht ein Dröhnen, das unaufhörlich aus der Ferne zu hören war, man konnte nicht sagen, aus welcher Richtung es kam, es erfüllte so sehr alle Räume, daß man annehmen konnte, es komme von überall oder, was noch richtiger schien, gerade der Ort, wo man zufällig stand, sei der eigentliche Ort dieses Dröhnens, aber gewiß war das eine Täuschung, denn es kam aus der Ferne. Diese Gänge, schmal, einfach überwölbt, in langsamen Wendungen geführt, mit sparsam geschmückten hohen Türen, schienen sogar für tiefe Stille geschaffen, es waren die Gänge eines Museums oder einer Bibliothek. Wenn es aber kein Gericht war, warum forschte ich dann hier nach einem Fürsprecher? Weil ich überall einen Fürsprecher suchte, überall ist er nötig, ja man braucht ihn weniger bei Gericht als anderswo, denn das Gericht spricht sein Urteil nach dem Gesetz, sollte man annehmen. Sollte man annehmen, daß es hierbei ungerecht oder leichtfertig vorgehe, wäre ja kein Leben möglich, man muß zum Gericht das Zutrauen haben, daß es der Majestät des Gesetzes freien Raum gibt, denn das ist seine einzige Aufgabe, im Gesetz selbst aber ist alles Anklage, Fürspruch und Urteil, das selbständige Sicheinmischen eines Menschen hier wäre Frevel. Anders aber verhält es sich mit dem Tatbestand eines Urteils, dieser gründet sich auf Erhebungen hier und dort, bei Verwandten und Fremden, bei Freunden und Feinden, in der Familie und in der Öffentlichkeit, in Stadt und Dorf, kurz überall. Hier ist es dringend nötig, Fürsprecher zu haben, Fürsprecher in Mengen, die besten Fürsprecher, einen eng neben dem andern, eine lebende Mauer, denn die Fürsprecher sind ihrer Natur nach schwer beweglich, die Ankläger aber, diese schlauen Füchse, diese flinken Wiesel, die unsichtbaren Mäuschen, schlüpfen durch die kleinsten Lücken, huschen zwischen den Beinen der Fürsprecher durch. Also Achtung! Deshalb bin ich ja hier, ich sammle Fürsprecher. Aber ich habe noch keinen gefunden, nur diese alten Frauen kommen und gehn, immer wieder; wäre ich nicht auf der Suche, es würde mich einschläfern. Ich bin nicht am richtigen Ort, leider kann ich mich dem Eindruck nicht verschließen, daß ich nicht am richtigen Ort bin. Ich müßte an einem Ort sein, wo vielerlei Menschen zusammenkommen, aus verschiedenen Gegenden, aus allen Ständen, aus allen Berufen, verschiedenen Alters, ich müßte die Möglichkeit haben, die Tauglichen, die Freundlichen, die, welche einen Blick für mich haben, vorsichtig auszuwählen aus einer Menge. Am besten wäre dazu vielleicht ein großer Jahrmarkt geeignet. Statt dessen treibe ich mich auf diesen Gängen umher, wo nur diese alten Frauen zu sehn sind, und auch von ihnen nicht viele, und immerfort die gleichen und selbst diese wenigen, trotz ihrer Langsamkeit, lassen sich von mir nicht stellen, entgleiten mir, schweben wie Regenwolken, sind von unbekannten Beschäftigungen ganz in Anspruch genommen. Warum eile ich denn blindlings in ein Haus, lese nicht die Aufschrift über dem Tor, bin gleich auf den Gängen, setze mich hier mit solcher Verbohrtheit fest, daß ich mich gar nicht erinnern kann, jemals vor dem Haus gewesen, jemals die Treppen hinaufgelaufen zu sein. Zurück aber darf ich nicht, diese Zeitversäumnis, dieses Eingestehn eines Irrwegs wäre mir unerträglich. Wie? In diesem kurzen, eiligen, von einem ungeduldigen Dröhnen begleiteten Leben eine Treppe hinunterlaufen? Das ist unmöglich. Die dir zugemessene Zeit ist so kurz, daß du, wenn du eine Sekunde verlierst, schon dein ganzes Leben verloren hast, denn es ist nicht länger, es ist immer nur so lang, wie die Zeit, die du verlierst. Hast du also einen Weg begonnen, setze ihn fort, unter allen Umständen, du kannst nur gewinnen, du läufst keine Gefahr, vielleicht wirst du am Ende abstürzen, hättest du aber schon nach den ersten Schritten dich zurückgewendet und wärest die Treppe hinuntergelaufen, wärst du gleich am Anfang abgestürzt und nicht vielleicht, sondern ganz gewiß. Findest du also nichts hier auf den Gängen, öffne die Türen, findest du nichts hinter diesen Türen, gibt es neue Stockwerke, findest du oben nichts, es ist keine Not, schwinge dich neue Treppen hinauf. Solange du nicht zu steigen aufhörst, hören die Stufen nicht auf, unter deinen steigenden Füßen wachsen sie aufwärts.

HEIMKEHR

Ich bin zurückgekehrt, ich habe den Flur durchschritten und blicke mich um. Es ist meines Vaters alter Hof. Die Pfütze in der Mitte. Altes, unbrauchbares Gerät, ineinanderverfahren, verstellt den Weg zur Bodentreppe. Die Katze lauert auf dem Geländer. Ein zerrissenes Tuch, einmal im Spiel um eine Stange gewunden, hebt sich im Wind. Ich bin angekommen. Wer wird mich empfangen? Wer wartet hinter der Tür der Küche? Rauch kommt aus dem Schornstein, der Kaffee zum Abendessen wird gekocht. Ist dir heimlich, fühlst du dich zu Hause? Ich weiß es nicht, ich bin sehr unsicher. Meines Vaters Haus ist es, aber kalt steht Stück neben Stück, als wäre jedes mit seinen eigenen Angelegenheiten beschäftigt, die ich teils vergessen habe, teils niemals kannte. Was kann ich ihnen nützen, was bin ich ihnen und sei ich auch des Vaters, des alten Landwirts Sohn. Und ich wage nicht, an der Küchentür zu klopfen, nur von der Ferne horche ich, nur von der Ferne horche ich stehend, nicht so, daß ich als Horcher überrascht werden könnte. Und weil ich von der Ferne horche, erhorche ich nichts, nur einen leichten Uhrenschlag höre ich oder glaube ihn vielleicht nur zu hören, herüber aus den Kindertagen. Was sonst in der Küche geschieht, ist das Geheimnis der dort Sitzenden, das sie vor mir wahren. Je länger man vor der Tür zögert, desto fremder wird man. Wie wäre es, wenn jetzt jemand die Tür öffnete und mich etwas fragte. Wäre ich dann nicht selbst wie einer, der sein Geheimnis wahren will.

GEMEINSCHAFT

Wir sind fünf Freunde, wir sind einmal hintereinander aus einem Haus gekommen, zuerst kam der eine und stellte sich neben das Tor, dann kam oder vielmehr glitt so leicht, wie ein Quecksilberkügelchen gleitet, der zweite aus dem Tor und stellte sich unweit vom ersten auf, dann der dritte, dann der vierte, dann der fünfte. Schließlich standen wir alle in einer Reihe. Die Leute wurden auf uns aufmerksam, zeigten auf uns und sagten: Die fünf sind jetzt aus diesem Haus gekommen. Seitdem leben wir zusammen, es wäre ein friedliches Leben, wenn sich nicht immerfort ein sechster einmischen würde. Er tut uns nichts, aber er ist uns lästig, das ist genug getan; warum drängt er sich ein, wo man ihn nicht haben will. Wir kennen ihn nicht und wollen ihn nicht bei uns aufnehmen. Wir fünf haben zwar früher einander auch nicht gekannt, und wenn man will, kennen wir einander auch jetzt nicht, aber was bei uns fünf möglich ist und geduldet wird, ist bei jedem sechsten nicht möglich und wird nicht geduldet. Außerdem sind wir fünf und wir wollen nicht sechs sein. Und was soll überhaupt dieses fortwährende Beisammensein für einen Sinn haben, auch bei uns fünf hat es keinen Sinn, aber nun sind wir schon beisammen und bleiben es, aber eine neue Vereinigung wollen wir nicht, eben auf Grund unserer Erfahrungen. Wie soll man aber das alles dem sechsten beibringen, lange Erklärungen würden schon fast eine Aufnahme in unsern Kreis bedeuten, wir erklären lieber nichts und nehmen ihn nicht auf. Mag er noch so sehr die Lippen aufwerfen, wir stoßen ihn mit dem Ellbogen weg, aber mögen wir ihn noch so sehr wegstoßen, er kommt wieder.

BLUMFELD, EIN ÄLTERER JUNGGESELLE

Blumfeld, ein älterer Junggeselle, stieg eines Abends zu seiner Wohnung hinauf, was eine mühselige Arbeit war, denn er wohnte im sechsten Stock. Während des Hinaufsteigens dachte er, wie öfters in der letzten Zeit, daran, daß dieses vollständig einsame Leben recht lästig sei, daß er jetzt diese sechs Stockwerke förmlich im Geheimen hinaufsteigen müsse, um oben in seinen leeren Zimmern anzukommen, dort wieder förmlich im Geheimen den Schlafrock anzuziehn, die Pfeife anzustecken, in der französischen Zeitschrift, die er schon seit Jahren abonniert hatte, ein wenig zu lesen, dazu an einem von ihm selbst bereiteten Kirschenschnaps zu nippen und schließlich nach einer halben Stunde zu Bett zu gehn, nicht ohne vorher das Bettzeug vollständig umordnen zu müssen, das die jeder Belehrung unzugängliche Bedienerin immer nach ihrer Laune hinwarf. Irgendein Begleiter, irgendein Zuschauer für diese Tätigkeiten wäre Blumfeld sehr willkommen gewesen. Er hatte schon überlegt, ob er sich nicht einen kleinen Hund anschaffen solle. Ein solches Tier ist lustig und vor allem dankbar und treu; ein Kollege von Blumfeld hat einen solchen Hund, er schließt sich niemandem an, außer seinem Herrn, und hat er ihn ein paar Augenblicke nicht gesehn, empfängt er ihn gleich mit großem Bellen, womit er offenbar seine Freude darüber ausdrücken will, seinen Herrn, diesen außerordentlichen Wohltäter wieder gefunden zu haben. Allerdings hat ein Hund auch Nachteile. Selbst wenn er noch so reinlich gehalten wird, verunreinigt er das Zimmer. Das ist gar nicht zu vermeiden, man kann ihn nicht jedesmal, ehe man ihn ins Zimmer hineinnimmt, in heißem Wasser baden, auch würde das seine Gesundheit nicht vertragen. Unreinlichkeit in seinem Zimmer aber verträgt wieder Blumfeld nicht, die Reinheit seines Zimmers ist ihm etwas Unentbehrliches, mehrmals in der Woche hat er mit der in diesem Punkte leider nicht sehr peinlichen Bedienerin Streit. Da sie schwerhörig ist, zieht er sie gewöhnlich am Arm zu jenen Stellen des Zimmers, wo er an der Reinlichkeit etwas auszusetzen hat. Durch diese Strenge hat er es erreicht, daß die Ordnung im Zimmer annähernd seinen Wünschen entspricht. Mit der Einführung eines Hundes würde er aber geradezu den bisher so sorgfältig abgewehrten Schmutz freiwillig in sein Zimmer leiten. Flöhe, die ständigen Begleiter der Hunde, würden sich einstellen. Waren aber einmal Flöhe da, dann war auch der Augenblick nicht mehr fern, an dem Blumfeld sein behagliches Zimmer dem Hund überlassen und ein anderes Zimmer suchen würde. Unreinlichkeit war aber nur ein Nachteil der Hunde. Hunde werden auch krank und Hundekrankheiten versteht doch eigentlich niemand. Dann hockt dieses Tier in einem Winkel oder hinkt herum, winselt, hüstelt, würgt an irgendeinem Schmerz, man umwikkelt es mit einer Decke, pfeift ihm etwas vor, schiebt ihm Milch hin, kurz, pflegt es in der Hoffnung, daß es sich, wie es ja auch möglich ist, um ein vorübergehendes Leiden handelt, indessen aber kann es eine ernsthafte, widerliche und ansteckende Krankheit sein. Und selbst wenn der Hund gesund bleibt, so wird er doch später einmal alt, man hat sich nicht entschließen können, das treue Tier rechtzeitig wegzugeben, und es kommt dann die Zeit, wo einen das eigene Alter aus den tränenden Hundeaugen anschaut. Darin muß man sich aber mit dem halbblinden, lungenschwachen, vor Fett fast unbeweglichen Tier quälen und damit die Freuden, die der Hund früher gemacht hat, teuer bezahlen. So gern Blumfeld einen Hund jetzt hätte, so will er doch lieber noch dreißig Jahre allein die Treppe hinaufsteigen, statt später von einem solchen alten Hund belästigt zu werden, der, noch lauter seufzend als er selbst, sich neben ihm von Stufe zu Stufe hinaufschleppt.

So wird also Blumfeld doch allein bleiben, er hat nicht etwa die Gelüste einer alten Jungfer, die irgendein untergeordnetes lebendiges Wesen in ihrer Nähe haben will, das sie beschützen darf, mit dem sie zärtlich sein kann, welches sie immerfort bedienen will, so daß ihr also zu diesem Zweck eine Katze, ein Kanarienvogel oder selbst Goldfische genügen. Und kann es das nicht sein, so ist sie sogar mit Blumen vor dem Fenster zufrieden. Blumfeld dagegen will nur einen Begleiter haben, ein Tier, um das er sich nicht viel kümmern muß, dem ein gelegentlicher Fußtritt nicht schadet, das im Notfall auch auf der Gasse übernachten kann, das aber, wenn es Blumfeld danach verlangt, gleich mit Bellen, Springen, Händelecken zur Verfügung steht. Etwas derartiges will Blumfeld, da er es aber, wie er einsieht, ohne allzugroße Nachteile nicht haben kann, so verzichtet er darauf, kommt aber seiner gründlichen Natur entsprechend von Zeit zu Zeit, zum Beispiel an diesem Abend, wieder auf die gleichen Gedanken zurück.

Als er oben vor seiner Zimmertür den Schlüssel aus der Tasche holt, fällt ihm ein Geräusch auf, das aus seinem Zimmer kommt. Ein eigentümliches klapperndes Geräusch, sehr lebhaft aber, sehr regelmäßig. Da Blumfeld gerade an Hunde gedacht hat, erinnert es ihn an das Geräusch, das Pfoten hervorbringen, wenn sie abwechselnd auf den Boden schlagen. Aber Pfoten klappern nicht, es sind nicht Pfoten. Er schließt eilig die Tür auf und dreht das elektrische Licht auf. Auf diesen Anblick war er nicht vorbereitet. Das ist ja Zauberei, zwei kleine, weiße blaugestreifte Zelluloidbälle springen auf dem Parkett nebeneinander auf und ab; schlägt der eine auf den Boden, ist der andere in der Höhe, und unermüdlich führen sie ihr Spiel aus. Einmal im Gymnasium hat Blumfeld bei einem bekannten elektrischen Experiment kleine Kügelchen ähnlich springen sehn, diese aber sind verhältnismäßig große Bälle, springen im freien Zimmer und es wird kein elektrisches Experiment angestellt. Blumfeld bückt sich zu ihnen herab, um sie genauer anzusehn. Es sind ohne Zweifel gewöhnliche Bälle, sie enthalten wahrscheinlich in ihrem Innern noch einige kleinere Bälle und diese erzeugen das klappernde Geräusch. Blumfeld greift in die Luft, um festzustellen, ob sie nicht etwa an irgendwelchen Fäden hängen, nein, sie bewegen sich ganz selbständig. Schade, daß Blumfeld nicht ein kleines Kind ist, zwei solche Bälle wären für ihn eine freudige Überraschung gewesen, während jetzt das Ganze einen mehr unangenehmen Eindruck auf ihn macht. Es ist doch nicht ganz wertlos, als ein unbeachteter Junggeselle nur im Geheimen zu leben, jetzt hat irgend jemand, gleichgültig wer, dieses Geheimnis gelüftet und ihm diese zwei komischen Bälle hereingeschickt.

Er will einen fassen, aber sie weichen vor ihm zurück und locken ihn im Zimmer hinter sich her. Es ist doch zu dumm, denkt er, so hinter den Bällen herzulaufen, bleibt stehen und sieht ihnen nach, wie sie, da die Verfolgung aufgegeben scheint, auch auf der gleichen Stelle bleiben. Ich werde sie aber doch zu fangen suchen, denkt er dann wieder und eilt zu ihnen. Sofort flüchten sie sich, aber Blumfeld drängt sie mit auseinandergestellten Beinen in eine Zimmerecke, und vor dem Koffer, der dort steht, gelingt es ihm, einen Ball zu fangen. Es ist ein kühler, kleiner Ball und dreht sich in seiner Hand, offenbar begierig zu entschlüpfen. Und auch der andere Ball, als sehe er die Not seines Kameraden, springt höher als früher, und dehnt die Sprünge, bis er Blumfelds Hand berührt. Er schlägt gegen die Hand, schlägt in immer schnelleren Sprüngen, ändert die Angriffspunkte, springt dann, da er gegen die Hand, die den Ball ganz umschließt, nichts ausrichten kann, noch höher und will wahrscheinlich Blumfelds Gesicht erreichen. Blumfeld könnte auch diesen Ball fangen und beide irgendwo einsperren, aber es scheint ihm im Augenblick zu entwürdigend, solche Maßnahmen gegen zwei kleine Bälle zu ergreifen. Es ist doch auch ein Spaß, zwei solche Bälle zu besitzen, auch werden sie bald genug müde werden, unter einen Schrank rollen und Ruhe geben. Trotz dieser Überlegung schleudert aber Blumfeld in einer Art Zorn den Ball zu Boden, es ist ein Wunder, daß hiebei die schwache, fast durchsichtige Zelluloidhülle nicht zerbricht. Ohne Übergang nehmen die zwei Bälle ihre frühern, niedrigen, gegenseitig abgestimmten Sprünge wieder auf.

Blumfeld entkleidet sich ruhig, ordnet die Kleider im Kasten, er pflegt immer genau nachzusehn, ob die Bedienerin alles in Ordnung zurückgelassen hat. Ein- oder zweimal schaut er über die Schulter weg nach den Bällen, die unverfolgt jetzt sogar ihn zu verfolgen scheinen, sie sind ihm nachgerückt und springen nun knapp hinter ihm. Blumfeld zieht den Schlafrock an und will zu der gegenüberliegenden Wand, um eine der Pfeifen zu holen, die dort in einem Gestell hängen. Unwillkürlich schlägt er, ehe er sich umdreht, mit einem Fuß nach hinten aus, die Bälle aber verstehen es auszuweichen und werden nicht getroffen. Als er nun um die Pfeife geht, schließen sich ihm die Bälle gleich an, er schlurft mit den Pantoffeln, macht unregelmäßige Schritte, aber doch folgt jedem Auftreten fast ohne Pause ein Aufschlag der Bälle, sie halten mit ihm Schritt. Blumfeld dreht sich unerwartet um, um zu sehn, wie die Bälle das zustande bringen. Aber kaum hat er sich umgedreht, beschreiben die Bälle einen Halbkreis und sind schon wieder hinter ihm und das wiederholt sich, sooft er sich umdreht. Wie untergeordnete Begleiter, suchen sie es zu vermeiden, vor Blumfeld sich aufzuhalten. Bis jetzt haben sie es scheinbar nur gewagt, um sich ihm vorzustellen, jetzt aber haben sie bereits ihren Dienst angetreten.

Bisher hat Blumfeld immer in allen Ausnahmefällen, wo seine Kraft nicht hinreichte, um die Lage zu beherrschen, das Aushilfsmittel gewählt, so zu tun, als bemerke er nichts. Es hat oft geholfen und meistens die Lage wenigstens verbessert. Er verhält sich also auch jetzt so, steht vor dem Pfeifengestell, wählt mit aufgestülpten Lippen eine Pfeife, stopft sie besonders gründlich aus dem bereitgestellten Tabaksbeutel und läßt unbekümmert hinter sich die Bälle ihre Sprünge machen. Nur zum Tisch zu gehn zögert er, den Gleichtakt der Sprünge und seiner eigenen Schritte zu hören, schmerzt ihn fast. So steht er, stopft die Pfeife unnötig lange und prüft die Entfernung, die ihn vom Tische trennt. Endlich aber überwindet er seine Schwäche und legt die Strecke unter solchem Fußstampfen zurück, daß er die Bälle gar nicht hört. Als er sitzt, springen sie allerdings hinter seinem Sessel wieder vernehmlich wie früher.

Über dem Tisch ist in Griffnähe an der Wand ein Brett angebracht, auf dem die Flasche mit dem Kirschenschnaps von kleinen Gläschen umgeben steht. Neben ihr liegt ein Stoß von Heften der französischen Zeitschrift. (Gerade heute ist ein neues Heft gekommen und Blumfeld holt es herunter. Den Schnaps vergißt er ganz, er hat selbst das Gefühl, als ob er heute nur aus Trost an seinen gewöhnlichen Beschäftigungen sich nicht hindern ließe, auch ein wirkliches Bedürfnis zu lesen hat er nicht. Er schlägt das Heft, entgegen seiner sonstigen Gewohnheit, Blatt für Blatt sorgfältig zu wenden, an einer beliebigen Stelle auf und findet dort ein großes Bild. Er zwingt sich es genauer anzusehn. Es stellt die Begegnung zwischen dem Kaiser von Rußland und dem Präsidenten von Frankreich dar. Sie findet auf einem Schiff statt. Ringsherum bis in die Ferne sind noch viele andere Schiffe, der Rauch ihrer Schornsteine verflüchtigt sich im hellen Himmel. Beide, der Kaiser und der Präsident, sind eben in langen Schritten einander entgegengeeilt und fassen einander gerade bei der Hand. Hinter dem Kaiser wie hinter dem Präsidenten stehen je zwei Herren. Gegenüber den freudigen Gesichtern des Kaisers und des Präsidenten sind die Gesichter der Begleiter sehr ernst, die Blicke jeder Begleitgruppe vereinigen sich auf ihren Herrscher. Tiefer unten, der Vorgang spielt sich offenbar auf dem höchsten Deck des Schiffes ab, stehen vom Bildrand abgeschnitten lange Reihen salutierender Matrosen. Blumfeld betrachtet allmählich das Bild mit mehr Teilnahme, hält es dann ein wenig entfernt und sieht es so mit blinzelnden Augen an. Er hat immer viel Sinn für solche großartige Szenen gehabt. Daß die Hauptpersonen so unbefangen, herzlich und leichtsinnig einander die Hände drücken, findet er sehr wahrheitsgetreu. Und ebenso richtig ist es, daß die Begleiter – übrigens natürlich sehr hohe Herren, deren Namen unten verzeichnet sind – in ihrer Haltung den Ernst des historischen Augenblicks wahren.)

Und statt alles, was er benötigt, herunterzuholen, sitzt Blumfeld still und blickt in den noch immer nicht entzündeten Pfeifenkopf. Er ist auf der Lauer, plötzlich, ganz unerwartet weicht sein Erstarren und er dreht sich in einem Ruck mit dem Sessel um. Aber auch die Bälle sind entsprechend wachsam oder folgen gedankenlos dem sie beherrschenden Gesetz, gleichzeitig mit Blumfelds Umdrehung verändern auch sie ihren Ort und verbergen sich hinter seinem Rücken. Nun sitzt Blumfeld mit dem Rücken zum Tisch, die kalte Pfeife in der Hand. Die Bälle springen jetzt unter dem Tisch und sind, da dort ein Teppich ist, nur wenig zu hören. Das ist ein großer Vorteil; es gibt nur ganz schwache dumpfe Geräusche, man muß sehr aufmerken, um sie mit dem Gehör noch zu erfassen. Blumfeld allerdings ist sehr aufmerksam und hört sie genau. Aber das ist nur jetzt so, in einem Weilchen wird er sie wahrscheinlich gar nicht mehr hören. Daß sie sich auf Teppichen so wenig bemerkbar machen können, scheint Blumfeld eine große Schwäche der Bälle zu sein. Man muß ihnen nur einen oder noch besser zwei Teppiche unterschieben und sie sind fast machtlos. Allerdings nur für eine bestimmte Zeit, und außerdem bedeutet schon ihr Dasein eine gewisse Macht.

Jetzt könnte Blumfeld einen Hund gut brauchen, so ein junges, wildes Tier würde mit den Bällen bald fertig werden; er stellt sich vor, wie dieser Hund mit den Pfoten nach ihnen hascht, wie er sie von ihrem Posten vertreibt, wie er sie kreuz und quer durchs Zimmer jagt und sie schließlich zwischen seine Zähne bekommt. Es ist leicht möglich, daß sich Blumfeld in nächster Zeit einen Hund anschafft.

Vorläufig aber müssen die Bälle nur Blumfeld fürchten und er hat jetzt keine Lust sie zu zerstören, vielleicht fehlt es ihm auch nur an Entschlußkraft dazu. Er kommt abends müde aus der Arbeit und nun, wo er Ruhe nötig hat, wird ihm diese Überraschung bereitet.

Er fühlt erst jetzt, wie müde er eigentlich ist. Zerstören wird er ja die Bälle gewiß, und zwar in allernächster Zeit, aber vorläufig nicht und wahrscheinlich erst am nächsten Tag. Wenn man das Ganze unvoreingenommen ansieht, führen sich übrigens die Bälle genügend bescheiden auf. Sie könnten beispielsweise von Zeit zu Zeit vorspringen, sich zeigen und wieder an ihren Ort zurückkehren, oder sie könnten höher springen, um an die Tischplatte zu schlagen und sich für die Dämpfung durch den Teppich so entschädigen. Aber das tun sie nicht, sie wollen Blumfeld nicht unnötig reizen, sie beschränken sich offenbar nur auf das unbedingt Notwendige.

Allerdings genügt auch dieses Notwendige, um Blumfeld den Aufenthalt beim Tisch zu verleiden. Er sitzt erst ein paar Minuten dort und denkt schon daran, schlafen zu gehn. Einer der Beweggründe dafür ist auch der, daß er hier nicht rauchen kann, denn er hat die Zündhölzer auf das Nachttischchen gelegt. Er müßte also diese Zündhölzchen holen, wenn er aber einmal beim Nachttisch ist, ist es wohl besser schon dort zu bleiben und sich niederzulegen. Er hat hiebei auch noch einen Hintergedanken, er glaubt nämlich, daß die Bälle, in ihrer blinden Sucht, sich immer hinter ihm zu halten, auf das Bett springen werden und daß er sie dort, wenn er sich dann niederlegt, mit oder ohne Willen zerdrücken wird. Den Einwand, daß etwa auch noch die Reste der Bälle springen könnten, lehnt er ab. Auch das Ungewöhnliche muß Grenzen haben. Ganze Bälle springen auch sonst, wenn auch nicht ununterbrochen, Bruchstücke von Bällen dagegen springen niemals, und werden also auch hier nicht springen.

»Auf!« ruft er durch diese Überlegung fast mutwillig gemacht und stampft wieder mit den Bällen hinter sich zum Bett. Seine Hoffnung scheint sich zu bestätigen, wie er sich absichtlich ganz nahe ans Bett stellt, springt sofort ein Ball auf das Bett hinauf. Dagegen tritt das Unerwartete ein, daß der andere Ball sich unter das Bett begibt. An die Möglichkeit, daß die Bälle auch unter dem Bett springen könnten, hat Blumfeld gar nicht gedacht. Er ist über den einen Ball entrüstet, trotzdem er fühlt, wie ungerecht das ist, denn durch das Springen unter dem Bett erfüllt der Ball seine Aufgabe vielleicht noch besser als der Ball auf dem Bett. Nun kommt alles darauf an, für welchen Ort sich die Bälle entscheiden, denn, daß sie lang getrennt arbeiten könnten, glaubt Blumfeld nicht.

Und tatsächlich springt im nächsten Augenblick auch der untere Ball auf das Bett hinauf. Jetzt habe ich sie, denkt Blumfeld, heiß vor Freude, und reißt den Schlafrock vom Leib, um sich ins Bett zu werfen. Aber gerade springt der gleiche Ball wieder unter das Bett. Übermäßig enttäuscht sinkt Blumfeld förmlich zusammen. Der Ball hat sich wahrscheinlich oben nur umgesehn und es hat ihm nicht gefallen. Und nun folgt ihm auch der andere und bleibt natürlich unten, denn unten ist es besser. ›Nun werde ich diese Trommler die ganze Nacht hier haben‹, denkt Blumfeld, beißt die Lippen zusammen und nickt mit dem Kopf.

Er ist traurig, ohne eigentlich zu wissen, womit ihm die Bälle in der Nacht schaden könnten. Sein Schlaf ist ausgezeichnet, er wird das kleine Geräusch leicht überwinden. Um dessen ganz sicher zu sein, schiebt er ihnen entsprechend der gewonnenen Erfahrung zwei Teppiche unter. Es ist, als hätte er einen kleinen Hund, den er weich betten will. Und als wären auch die Bälle müde und schläfrig, sind auch ihre Sprünge niedriger und langsamer als früher. Wie Blumfeld vor dem Bett kniet und mit der Nachtlampe hinunterleuchtet, glaubt er manchmal, daß die Bälle auf den Teppichen für immer liegenbleiben werden, so schwach fallen sie, so langsam rollen sie ein Stückchen weit. Dann allerdings erheben sie sich wieder pflichtgemäß. Es ist aber leicht möglich, daß Blumfeld, wenn er früh unter das Bett schaut, dort zwei stille harmlose Kinderbälle finden wird.

Aber sie scheinen die Sprünge nicht einmal bis zum Morgen aushalten zu können, denn schon als Blumfeld im Bett liegt, hört er sie gar nicht mehr. Er strengt sich an, etwas zu hören, lauscht aus dem Bett vorgebeugt – kein Laut. So stark können die

Teppiche nicht wirken, die einzige Erklärung ist, daß die Bälle nicht mehr springen, entweder können sie sich von den weichen Teppichen nicht genügend abstoßen und haben deshalb das Springen vorläufig aufgegeben, oder aber, was das Wahrscheinlichere ist, sie werden niemals mehr springen. Blumfeld könnte aufstehn und nachschauen, wie es sich eigentlich verhält, aber in seiner Zufriedenheit darüber, daß endlich Ruhe ist, bleibt er lieber liegen, er will an die ruhiggewordenen Bälle nicht einmal mit den Blicken rühren. Sogar auf das Rauchen verzichtet er gern, dreht sich zur Seite und schläft gleich ein.

Doch bleibt er nicht ungestört; wie sonst immer, ist sein Schlaf auch diesmal traumlos, aber sehr unruhig. Unzählige Male in der Nacht wird er durch die Täuschung aufgeschreckt, als ob jemand an die Tür klopfe. Er weiß auch bestimmt, daß niemand klopft; wer wollte in der Nacht klopfen und an seine, eines einsamen Junggesellen Tür. Obwohl er es aber bestimmt weiß, fährt er doch immer wieder auf und blickt einen Augenblick lang gespannt zur Türe, den Mund offen, die Augen aufgerissen und die Haarsträhnen schütteln sich auf seiner feuchten Stirn. Er macht Versuche zu zählen, wie oft er geweckt wird, aber besinnungslos von den ungeheuern Zahlen, die sich ergeben, fällt er wieder in den Schlaf zurück. Er glaubt zu wissen, woher das Klopfen stammt, es wird nicht an der Tür ausgeführt, sondern ganz anderswo, aber er kann sich in der Befangenheit des Schlafes nicht erinnern, worauf sich seine Vermutungen gründen. Er weiß nur, daß viele winzige widerliche Schläge sich sammeln, ehe sie das große starke Klopfen ergeben. Er würde alle Widerlichkeit der kleinen Schläge erdulden wollen, wenn er das Klopfen vermeiden könnte, aber es ist aus irgendeinem Grunde zu spät, er kann hier nicht eingreifen, es ist versäumt, er hat nicht einmal Worte, nur zum stummen Gähnen öffnet sich sein Mund, und wütend darüber schlägt er das Gesicht in die Kissen. So vergeht die Nacht.

Am Morgen weckt ihn das Klopfen der Bedienerin, mit einem Seufzer der Erlösung begrüßt er das sanfte Klopfen, über dessen Unhörbarkeit er sich immer beklagt hat, und will schon »herein« rufen, da hört er noch ein anderes lebhaftes, zwar schwaches, aber förmlich kriegerisches Klopfen. Es sind die Bälle unter dem Bett. Sind sie aufgewacht, haben sie im Gegensatz zu ihm über die Nacht neue Kräfte gesammelt? »Gleich«, ruft Blumfeld der Bedienerin zu, springt aus dem Bett, aber vorsichtigerweise so, daß er die Bälle im Rücken behält, wirft sich, immer den Rücken ihnen zugekehrt, auf den Boden, blickt mit verdrehtem Kopf zu den Bällen und – möchte fast fluchen. Wie Kinder, die in der Nacht die lästigen Decken von sich schieben, haben die Bälle wahrscheinlich durch kleine, während der ganzen Nacht fortgesetzte Zukkungen die Teppiche so weit unter dem Bett hervorgeschoben, daß sie selbst wieder das freie Parkett unter sich haben und Lärm machen können. »Zurück auf die Teppiche«, sagt Blumfeld mit bösem Gesicht, und erst, als die Bälle dank der Teppiche wieder still geworden sind, ruft er die Bedienerin herein. Während diese, ein fettes, stumpfsinniges, immer steif aufrecht gehendes Weib, das Frühstück auf den Tisch stellt und die paar Handreichungen macht, die nötig sind, steht Blumfeld unbeweglich im Schlafrock bei seinem Bett, um die Bälle unten festzuhalten. Er folgt der Bedienerin mit den Blicken, um festzustellen, ob sie etwas merkt. Bei ihrer Schwerhörigkeit ist das sehr unwahrscheinlich und Blumfeld schreibt es seiner durch den schlechten Schlaf erzeugten Überreiztheit zu, wenn er zu sehen glaubt, daß die Bedienerin doch hie und da stockt, sich an irgendeinem Möbel festhält und mit hochgezogenen Brauen horcht. Er wäre glücklich, wenn er die Bedienerin dazu bringen könnte, ihre Arbeit ein wenig zu beschleunigen, aber sie ist fast langsamer als sonst. Umständlich belädt sie sich mit Blumfelds Kleidern und Stiefeln und zieht damit auf den Gang, lange bleibt sie weg, eintönig und ganz vereinzelt klingen die Schläge herüber, mit denen sie draußen die Kleider bearbeitet. Und während dieser ganzen Zeit muß Blumfeld auf dem Bett ausharren, darf sich nicht rühren, wenn er nicht die Bälle hinter sich herziehn will, muß den Kaffee, den er so gern möglichst warm trinkt, auskühlen lassen und kann nichts anderes tun, als den herabgelassenen Fenstervorhang anstarren, hinter dem der Tag trübe herandämmert. Endlich ist die Bedienerin fertig, wünscht einen guten Morgen und will schon gehn. Aber ehe sie sich endgültig entfernt, bleibt sie noch bei der Tür stehn, bewegt ein wenig die Lippen und sieht Blumfeld mit langem Blicke an. Blumfeld will sie schon zur Rede stellen, da geht sie schließlich. Am liebsten möchte Blumfeld die Tür aufreißen und ihr nachschreien, was für ein dummes, altes, stumpfsinniges Weib sie ist. Als er aber darüber nachdenkt, was er gegen sie eigentlich einzuwenden hat, findet er nur den Widersinn, daß sie zweifellos nichts bemerkt hat und sich doch den Anschein geben wollte, als hätte sie etwas bemerkt. Wie verwirrt seine Gedanken sind! Und das nur von einer schlecht durchschlafenen Nacht! Für den schlechten Schlaf findet er eine kleine Erklärung darin, daß er gestern abend von seinen Gewohnheiten abgewichen ist, nicht geraucht und nicht Schnaps getrunken hat. Wenn ich einmal, und das ist das Endergebnis seines Nachdenkens, nicht rauche und nicht Schnaps trinke, schlafe ich schlecht.

Er wird von jetzt ab mehr auf sein Wohlbefinden achten, und beginnt damit, daß er aus seiner Hausapotheke, die über dem Nachttischchen hängt, Watte nimmt und zwei Wattekügelchen sich in die Ohren stopft. Dann steht er auf und macht einen Probeschritt. Die Bälle folgen zwar, aber er hört sie fast nicht, noch ein Nachschub von Watte macht sie ganz unhörbar. Blumfeld führt noch einige Schritte aus, es geht ohne besondere Unannehmlichkeit. Jeder ist für sich, Blumfeld wie die Bälle, sie sind zwar aneinander gebunden, aber sie stören einander nicht. Nur als Blumfeld sich einmal rascher umwendet und ein Ball die Gegenbewegung nicht rasch genug machen kann, stößt Blumfeld mit dem Knie an ihn. Es ist der einzige Zwischenfall, im übrigen trinkt Blumfeld ruhig den Kaffee, er hat Hunger, als hätte er in dieser Nacht nicht geschlafen, sondern einen langen Weg gemacht, wäscht sich mit kaltem, ungemein erfrischendem Wasser und kleidet sich an. Bisher hat er die Vorhänge nicht hochgezogen, sondern ist aus Vorsicht lieber im Halbdunkel geblieben, für die Bälle braucht er keine fremden Augen. Aber als er jetzt zum Weggehn bereit ist, muß er die Bälle für den Fall, daß sie es wagen sollten – er glaubt es nicht – ihm auch auf die Gasse zu folgen, irgendwie versorgen. Er hat dafür einen guten Einfall, er öffnet den großen Kleiderkasten und stellt sich mit dem Rücken gegen ihn. Als hätten die Bälle eine Ahnung dessen, was beabsichtigt wird, hüten sie sich vor dem Inneren des Kastens, jedes Plätzchen, das zwischen Blumfeld und dem Kasten bleibt, nützen sie aus, springen, wenn es nicht anders geht, für einen Augenblick in den Kasten, flüchten sich aber vor dem Dunkel gleich wieder hinaus, über die Kante weiter in den Kasten sind sie gar nicht zu bringen, lieber verletzen sie ihre Pflicht und halten sich fast zur Seite Blumfelds. Aber ihre kleinen Listen sollen ihnen nichts helfen, denn jetzt steigt Blumfeld selbst rücklings in den Kasten und nun müssen sie allerdings folgen. Damit ist aber auch über sie entschieden, denn auf dem Kastenboden liegen verschiedene kleinere Gegenstände, wie Stiefel, Schachteln, kleine Koffer, die alle zwar – jetzt bedauert es Blumfeld – wohl geordnet sind, aber doch die Bälle sehr behindern. Und als nun Blumfeld, der inzwischen die Tür des Kastens fast zugezogen hat, mit einem großen Sprung, wie er ihn schon seit Jahren nicht ausgeführt hat, den Kasten verläßt, die Tür zudrückt und den Schlüssel umdreht, sind die Bälle eingesperrt. ›Das ist also gelungen‹, denkt Blumfeld und wischt sich den Schweiß vom Gesicht. Wie die Bälle in dem Kasten lärmen! Es macht den Eindruck, als wären sie verzweifelt.

Blumfeld dagegen ist sehr zufrieden. Er verläßt das Zimmer und schon der öde Korridor wirkt wohltuend auf ihn ein. Er befreit die Ohren von der Watte und die vielen Geräusche des erwachenden Hauses entzücken ihn. Menschen sieht man nur wenig, es ist noch sehr früh.

Unten im Flur vor der niedrigen Tür, durch die man in die Kellerwohnung der Bedienerin kommt, steht ihr kleiner zehnjähriger Junge. Ein Ebenbild seiner Mutter, keine Häßlichkeit der Alten ist in diesem Kindergesicht vergessen worden. Krummbeinig, die Hände in den Hosentaschen steht er dort und faucht, weil er schon jetzt einen Kropf hat und nur schwer Atem holen kann. Während aber Blumfeld sonst, wenn ihm der Junge in den Weg kommt, einen eiligeren Schritt einschlägt, um sich dieses Schauspiel möglichst zu ersparen, möchte er heute bei ihm fast stehnbleiben wollen. Wenn der Junge auch von diesem Weib in die Welt gesetzt ist und alle Zeichen seines Ursprungs trägt, so ist er vorläufig doch ein Kind, in diesem unförmigen Kopf sind doch Kindergedanken, wenn man ihn verständig ansprechen und etwas fragen wird, so wird er wahrscheinlich mit heller Stimme, unschuldig und ehrerbietig antworten, und man wird nach einiger Überwindung auch diese Wangen streicheln können. So denkt Blumfeld, geht aber doch vorüber. Auf der Gasse merkt er, daß das Wetter freundlicher ist, als er in seinem Zimmer gedacht hat. Die Morgennebel teilen sich und Stellen blauen, von kräftigem Wind gefegten Himmels erscheinen. Blumfeld verdankt es den Bällen, daß er viel früher aus seinem Zimmer herausgekommen ist als sonst, sogar die Zeitung hat er ungelesen auf dem Tisch vergessen, jedenfalls hat er dadurch viel Zeit gewonnen und kann jetzt langsam gehn. Es ist merkwürdig, wie wenig Sorge ihm die Bälle machen, seitdem er sie von sich getrennt hat. Solange sie hinter ihm her waren, konnte man sie für etwas zu ihm Gehöriges halten, für etwas, das bei Beurteilung seiner Person irgendwie mit herangezogen werden mußte, jetzt dagegen waren sie nur ein Spielzeug zu Hause im Kasten. Und es fällt hiebei Blumfeld ein, daß er die Bälle vielleicht am besten dadurch unschädlich machen könnte, daß er sie ihrer eigentlichen Bestimmung zuführt. Dort im Flur steht noch der Junge, Blumfeld wird ihm die Bälle schenken, und zwar nicht etwa borgen, sondern ausdrücklich schenken, was gewiß gleichbedeutend ist mit dem Befehl zu ihrer Vernichtung. Und selbst wenn sie heil bleiben sollten, so werden sie doch in den Händen des Jungen noch weniger bedeuten als im Kasten, das ganze Haus wird sehn, wie der Junge mit ihnen spielt, andere Kinder werden sich anschließen, die allgemeine Meinung, daß es sich hier um Spielbälle und nicht etwa um Lebensbegleiter Blumfelds handelt, wird unerschütterlich und unwiderstehlich werden. Blumfeld läuft ins Haus zurück. Gerade ist der Junge die Kellertreppe hinuntergestiegen und will unten die Tür öffnen. Blumfeld muß den Jungen also rufen und seinen Namen aussprechen, der lächerlich ist wie alles, was mit dem Jungen in Verbindung gebracht wird. »Alfred, Alfred«, ruft er. Der Junge zögert lange. »Also komm doch«, ruft Blumfeld, »ich gebe dir etwas.« Die kleinen zwei Mädchen des Hausmeisters sind aus der gegenüberliegenden Tür herausgekommen und stellen sich neugierig rechts und links von Blumfeld auf. Sie fassen viel schneller auf als der Junge und verstehen nicht, warum er nicht gleich kommt. Sie winken ihm, lassen dabei Blumfeld nicht aus den Augen, können aber nicht ergründen, was für ein Geschenk Alfred erwartet. Die Neugierde plagt sie und sie hüpfen von einem Fuß auf den andern. Blumfeld lacht sowohl über sie als über den Jungen. Dieser scheint sich endlich alles zurechtgelegt zu haben und steigt steif und schwerfällig hinauf. Nicht einmal im Gang verleugnet er seine Mutter, die übrigens unten in der Kellertür erscheint. Blumfeld schreit überlaut, damit ihn auch die Bedienerin versteht und die Ausführung seines Auftrags, falls es nötig sein sollte, überwacht. »Ich habe oben«, sagt Blumfeld, »in meinem Zimmer zwei schöne Bälle. Willst du sie haben?« Der Junge verzieht bloß den Mund, er weiß nicht, wie er sich verhalten soll, er dreht sich um und sieht fragend zu seiner Mutter hinunter. Die Mädchen aber fangen gleich an, um Blumfeld herumzuspringen und bitten um die Bälle. »Ihr werdet auch mit ihnen spielen dürfen«, sagt Blumfeld zu ihnen, wartet aber auf die Antwort des Jungen. Er könnte die Bälle gleich den Mädchen schenken, aber sie scheinen ihm zu leichtsinnig und er hat jetzt mehr Vertrauen zu dem Jungen. Dieser hat sich inzwischen bei seiner Mutter, ohne daß Worte gewechselt worden wären, Rat geholt und nickt auf eine neuerliche Frage Blumfelds zustimmend. »Dann gib acht«, sagt Blumfeld, der gern übersieht, daß er hier für sein Geschenk keinen Dank bekommen wird, »den Schlüssel zu meinem Zimmer hat deine Mutter, den mußt du dir von ihr ausborgen, hier gebe ich dir den Schlüssel von meinem Kleiderkasten und in diesem Kleiderkasten sind die Bälle. Sperr den Kasten und das Zimmer wieder vorsichtig zu. Mit den Bällen aber kannst du machen was du willst und mußt sie nicht wieder zurückbringen. Hast du mich verstanden?« Der Junge hat aber leider nicht verstanden. Blumfeld hat diesem grenzenlos begriffstützigen Wesen alles besonders klarmachen wollen, hat aber gerade infolge dieser Absicht alles zu oft wiederholt, zu oft abwechselnd von Schlüsseln, Zimmer und Kasten gesprochen, und der Junge starrt ihn infolgedessen nicht wie seinen Wohltäter, sondern wie einen Versucher an. Die Mädchen allerdings haben gleich alles begriffen, drängen sich an Blumfeld und strecken die

Hände nach dem Schlüssel aus. »Wartet doch«, sagt Blumfeld und ärgert sich schon über alle. Auch vergeht die Zeit, er kann sich nicht mehr lange aufhalten. Wenn doch die Bedienerin endlich sagen wollte, daß sie ihn verstanden hat und alles richtig für den Jungen besorgen wird. Statt dessen steht sie aber noch immer unten an der Tür, lächelt geziert wie verschämte Schwerhörige und glaubt vielleicht, daß Blumfeld oben über ihren Jungen in plötzliches Entzücken geraten sei und ihm das kleine Einmaleins abhöre. Blumfeld wieder kann aber doch nicht die Kellertreppe hinunterspringen und der Bedienerin seine Bitte ins Ohr schreien, ihr Junge möge ihn doch um Gottes Barmherzigkeit willen von den Bällen befreien. Er hat sich schon genug bezwungen, wenn er den Schlüssel zu seinem Kleiderkasten für einen ganzen Tag dieser Familie anvertrauen will. Nicht um sich zu schonen, reicht er hier den Schlüssel dem Jungen, statt ihn selbst hinaufzuführen und ihm dort die Bälle zu übergeben. Aber er kann doch nicht oben die Bälle zuerst wegschenken und sie dann, wie es voraussichtlich geschehen müßte, dem Jungen gleich wieder nehmen, indem er sie als Gefolge hinter sich herzieht. »Du verstehst mich also noch immer nicht?« fragt Blumfeld wehmütig, nachdem er zu einer neuen Erklärung angesetzt, sie aber unter dem leeren Blick des Jungen gleich wieder abgebrochen hat. Ein solcher leerer Blick macht einen wehrlos. Er könnte einen dazu verführen, mehr zu sagen als man will, nur damit man diese Leere mit Verstand erfülle.

»Wir werden ihm die Bälle holen«, rufen da die Mädchen. Sie sind schlau, sie haben erkannt, daß sie die Bälle nur durch irgendeine Vermittlung des Jungen erhalten können, daß sie aber auch noch diese Vermittlung selbst bewerkstelligen müssen. Aus dem Zimmer des Hausmeisters schlägt eine Uhr und mahnt Blumfeld zur Eile. »Dann nehmt also den Schlüssel«, sagt Blumfeld, und der Schlüssel wird ihm mehr aus der Hand gezogen, als daß er ihn hergibt. Die Sicherheit, mit der er den Schlüssel dem Jungen gegeben hätte, wäre unvergleichbar größer gewesen. »Den Schlüssel zum Zimmer holt unten von der Frau«, sagt Blumfeld noch, »und wenn ihr mit den Bällen zurückkommt, müßt ihr beide Schlüssel der Frau geben.« »Ja, ja«, rufen die Mädchen und laufen die Treppe hinunter. Sie wissen alles, durchaus alles, und als sei Blumfeld von der Begriffstutzigkeit des Jungen angesteckt, versteht er jetzt selbst nicht, wie sie seinen Erklärungen alles so schnell hatten entnehmen können.

Nun zerren sie schon unten am Rock der Bedienerin, aber Blumfeld kann, so verlockend es wäre, nicht länger zusehn, wie sie ihre Aufgabe ausführen werden, und zwar nicht nur, weil es schon spät ist, sondern auch deshalb, weil er nicht zugegen sein will, wenn die Bälle ins Freie kommen. Er will sogar schon einige Gassen weit entfernt sein, wenn die Mädchen oben erst die Türe seines Zimmers öffnen. Er weiß ja gar nicht, wessen er sich von den Bällen noch versehen kann. Und so tritt er zum zweitenmal an diesem Morgen ins Freie. Er hat noch gesehn, wie die Bedienerin sich gegen die Mädchen förmlich wehrt und der Junge die krummen Beine rührt, um der Mutter zu Hilfe zu kommen. Blumfeld begreift es nicht, warum solche Menschen wie die Bedienerin auf der Welt gedeihen und sich fortpflanzen.

Während des Weges in die Wäschefabrik, in der Blumfeld angestellt ist, bekommen die Gedanken an die Arbeit allmählich über alles andere die Oberhand. Er beschleunigt seine Schritte und trotz der Verzögerung, die der Junge verschuldet hat, ist er der erste in seinem Bureau. Dieses Bureau ist ein mit Glas verschalter Raum, es enthält einen Schreibtisch für Blumfeld und zwei Stehpulte für die Blumfeld untergeordneten Praktikanten. Obwohl diese Stehpulte so klein und schmal sind, als seien sie für Schulkinder bestimmt, ist es doch in diesem Bureau sehr eng und die Praktikanten dürfen sich nicht setzen, weil dann für Blumfelds Sessel kein Platz mehr wäre. So stehen sie den ganzen Tag an ihre Pulte gedrückt. Das ist für sie gewiß sehr unbequem, es wird aber dadurch auch Blumfeld erschwert, sie zu beobachten. Oft drängen sie sich eifrig an das Pult, aber nicht etwa um zu arbeiten, sondern um miteinander zu flüstern oder sogar einzunicken. Blumfeld hat viel Ärger mit ihnen, sie unterstützen ihn bei weitem nicht genügend in der riesenhaften Arbeit, die ihm auferlegt ist. Diese Arbeit besteht darin, daß er den gesamten Waren- und Geldverkehr mit den Heimarbeiterinnen besorgt, welche von der Fabrik für die Herstellung gewisser feinerer Waren beschäftigt werden. Um die Größe dieser Arbeit beurteilen zu können, muß man einen näheren Einblick in die ganzen Verhältnisse haben. Diesen Einblick aber hat, seitdem der unmittelbare Vorgesetzte Blumfelds vor einigen Jahren gestorben ist, niemand mehr, deshalb kann auch Blumfeld niemandem die Berechtigung zu einem Urteil über seine Arbeit zugestehn. Der Fabrikant, Herr Ottomar zum Beispiel, unterschätzt Blumfelds Arbeit offensichtlich, er erkennt natürlich die Verdienste an, die sich Blumfeld in der Fabrik im Laufe der zwanzig Jahre erworben hat, und er erkennt sie an, nicht nur weil er muß, sondern auch, weil er Blumfeld als treuen, vertrauenswürdigen Menschen achtet, – aber seine Arbeit unterschätzt er doch, er glaubt nämlich, sie könne einfacher und deshalb in jeder Hinsicht vorteilhafter eingerichtet werden, als sie Blumfeld betreibt. Man sagt, und es ist wohl nicht unglaubwürdig, daß Ottomar nur deshalb sich so selten in der Abteilung Blumfeld zeige, um sich den Ärger zu ersparen, den ihm der Anblick der Arbeitsmethoden Blumfelds verursacht. So verkannt zu werden, ist für Blumfeld gewiß traurig, aber es gibt keine Abhilfe, denn er kann doch Ottomar nicht zwingen, etwa einen Monat ununterbrochen in Blumfelds Abteilung zu bleiben, die vielfachen Arten der hier zu bewältigenden Arbeiten zu studieren, seine eigenen angeblich besseren Methoden anzuwenden und sich durch den Zusammenbruch der Abteilung, den das notwendig zur Folge hätte, von Blumfelds Recht überzeugen zu lassen. Deshalb also versieht Blumfeld seine Arbeit unbeirrt wie vorher, erschrickt ein wenig, wenn nach langer Zeit einmal Ottomar erscheint, macht dann im Pflichtgefühl des Untergeordneten doch einen schwachen Versuch, Ottomar diese oder jene Einrichtung zu erklären, worauf dieser stumm nikkend mit gesenkten Augen weitergeht, und leidet im übrigen weniger unter dieser Verkennung als unter dem Gedanken daran, daß, wenn er einmal von seinem Posten wird abtreten müssen, die sofortige Folge dessen ein großes, von niemandem aufzulösendes Durcheinander sein wird, denn er kennt niemanden in der Fabrik, der ihn ersetzen und seinen Posten in der Weise übernehmen könnte, daß für den Betrieb durch

Monate hindurch auch nur die schwersten Stockungen vermieden würden. Wenn der Chef jemanden unterschätzt, so suchen ihn darin natürlich die Angestellten womöglich noch zu übertreffen. Es unterschätzt daher jeder Blumfelds Arbeit, niemand hält es für notwendig, zu seiner Ausbildung eine Zeitlang in Blumfelds Abteilung zu arbeiten, und wenn neue Angestellte aufgenommen werden, wird niemand aus eigenem Antrieb Blumfeld zugeteilt. Infolgedessen fehlt es für die Abteilung Blumfelds an Nachwuchs. Es waren Wochen des härtesten Kampfes, als Blumfeld, der bis dahin in der Abteilung ganz allein, nur von einem Diener unterstützt, alles besorgt hatte, die Beistellung eines Praktikanten forderte. Fast jeden Tag erschien Blumfeld im Bureau Ottomars und erklärte ihm in ruhiger und ausführlicher Weise, warum ein Praktikant in dieser Abteilung notwendig sei. Er sei nicht etwa deshalb notwendig, weil Blumfeld sich schonen wolle, Blumfeld wolle sich nicht schonen, er arbeite seinen überreichlichen Teil und gedenke damit nicht aufzuhören, aber Herr Ottomar möge nur überlegen, wie sich das Geschäft im Laufe der Zeit entwickelt habe, alle Abteilungen seien entsprechend vergrößert worden, nur Blumfelds Abteilung werde immer vergessen. Und wie sei gerade dort die Arbeit angewachsen! Als Blumfeld eintrat, an diese Zeiten könne sich Herr Ottomar gewiß nicht mehr erinnern, hatte man dort mit etwa zehn Näherinnen zu tun, heute schwankt ihre Zahl zwischen fünfzig und sechzig. Eine solche Arbeit verlangt Kräfte, Blumfeld könne dafür bürgen, daß er sich vollständig für die Arbeit verbrauche, dafür aber, daß er sie vollständig bewältigen würde, könne er von jetzt ab nicht mehr bürgen. Nun lehnte ja Herr Ottomar niemals Blumfelds Ansuchen geradezu ab, das konnte er einem alten Beamten gegenüber nicht tun, aber die Art, wie er kaum zuhörte, über den bittenden Blumfeld hinweg mit andern Leuten sprach, halbe Zusagen machte, in einigen Tagen alles wieder vergessen hatte, – diese Art war recht beleidigend. Nicht eigentlich für Blumfeld, Blumfeld ist kein Phantast, so schön Ehre und Anerkennung ist, Blumfeld kann sie entbehren, er wird trotz allem auf seiner Stelle ausharren, so lange es irgendwie geht, jedenfalls ist er im Recht, und Recht muß sich schließlich, wenn es auch manchmal lange dauert, Anerkennung verschaffen. So hat ja auch tatsächlich Blumfeld sogar zwei Praktikanten schließlich bekommen, was für Praktikanten allerdings. Man hätte glauben können, Ottomar habe eingesehn, er könne seine Mißachtung der Abteilung noch deutlicher als durch Verweigerung von Praktikanten durch Gewährung dieser Praktikanten zeigen. Es war sogar möglich, daß Ottomar nur deshalb Blumfeld so lange vertröstet hatte, weil er zwei solche Praktikanten gesucht und sie, was begreiflich war, so lange nicht hatte finden können. Und beklagen konnte sich jetzt Blumfeld nicht, die Antwort war ja vorauszusehn, er hatte doch zwei Praktikanten bekommen, während er nur einen verlangt hatte; so geschickt war alles von Ottomar eingeleitet. Natürlich beklagte sich Blumfeld doch, aber nur weil ihn förmlich seine Notlage dazu drängte, nicht weil er jetzt noch Abhilfe erhoffte. Er beklagte sich auch nicht nachdrücklich, sondern nur nebenbei, wenn sich eine passende Gelegenheit ergab. Trotzdem verbreitete sich bald unter den übelwollenden Kollegen das Gerücht, jemand habe Ottomar gefragt, ob es denn möglich sei, daß sich Blumfeld, der doch jetzt eine so außerordentliche Beihilfe bekommen habe, noch immer beklage. Darauf habe Ottomar geantwortet, es sei richtig, Blumfeld beklage sich noch immer, aber mit Recht. Er, Ottomar, habe es endlich eingesehn und er beabsichtige Blumfeld nach und nach für jede Näherin einen Praktikanten, also im Ganzen etwa sechzig zuzuteilen. Sollten aber diese noch nicht genügen, werde er noch mehr hinschicken und er werde damit nicht früher aufhören, bis das Tollhaus vollkommen sei, welches in der Abteilung Blumfelds schon seit Jahren sich entwickle. Nun war allerdings in dieser Bemerkung die Redeweise Ottomars gut nachgeahmt, er selbst aber, daran zweifelte Blumfeld nicht, war weit davon entfernt, sich jemals auch nur in ähnlicher Weise über Blumfeld zu äußern. Das Ganze war eine Erfindung der Faulenzer aus den Bureaus im ersten Stock, Blumfeld ging darüber hinweg, – hätte er nur auch über das Vorhandensein der Praktikanten so ruhig hinweggehn können. Die standen aber da und waren nicht mehr wegzubringen. Blasse, schwache Kinder. Nach ihren Dokumenten sollten sie das schulfreie Alter schon erreicht haben, in Wirklichkeit konnte man es aber nicht glauben. Ja, man hätte sie noch nicht einmal einem Lehrer anvertrauen wollen, so deutlich gehörten sie noch an die Hand der Mutter. Sie konnten sich noch nicht vernünftig bewegen, langes Stehn ermüdete sie besonders in der ersten Zeit ungemein. Ließ man sie unbeobachtet, so knickten sie in ihrer Schwäche gleich ein, standen schief und gebückt in einem Winkel. Blumfeld suchte ihnen begreiflich zu machen, daß sie sich für das ganze Leben zu Krüppeln machen würden, wenn sie immer der Bequemlichkeit so nachgäben. Den Praktikanten eine kleine Bewegung aufzutragen, war gewagt, einmal hatte einer etwas nur ein paar Schritte weit bringen sollen, war übereifrig hingelaufen und hatte sich am Pult das Knie wundgeschlagen. Das Zimmer war voll Näherinnen gewesen, die Pulte waren voll Ware, aber Blumfeld hatte alles vernachlässigen, den weinenden Praktikanten ins Bureau führen und ihm dort einen kleinen Verband machen müssen. Aber auch dieser Eifer der Praktikanten war nur äußerlich, wie richtige Kinder wollten sie sich manchmal auszeichnen, aber noch viel öfters oder vielmehr fast immer wollten sie die Aufmerksamkeit des Vorgesetzten nur täuschen und ihn betrügen. Zur Zeit der größten Arbeit war Blumfeld einmal schweißtriefend an ihnen vorübergejagt und hatte bemerkt, wie sie zwischen Warenballen versteckt Marken tauschten. Er hätte mit den Fäusten auf ihre Köpfe niederfahren wollen, für ein solches Verhalten wäre es die einzig mögliche Strafe gewesen, aber es waren Kinder, Blumfeld konnte doch nicht Kinder totschlagen. Und so quälte er sich mit ihnen weiter. Ursprünglich hatte er sich vorgestellt, daß die Praktikanten ihn in den unmittelbaren Handreichungen unterstützen würden, welche zur Zeit der Warenverteilung so viel Anstrengung und Wachsamkeit erforderten. Er hatte gedacht, er würde etwa in der Mitte hinter dem Pult stehn, immer die Übersicht über alles behalten und die Eintragungen besorgen, während die Praktikanten nach seinem Befehl hin- und herlaufen und alles verteilen würden. Er hatte sich vorgestellt, daß seine Beaufsichtigung, die, so scharf sie war, für ein solches Gedränge nicht genügen konnte, durch die Aufmerksamkeit der Praktikanten ergänzt werden würde und daß diese Praktikanten allmählich Erfahrungen sammeln, nicht in jeder Einzelheit auf seine Befehle angewiesen bleiben und endlich selbst lernen würden, die Näherinnen, was Warenbedarf und Vertrauenswürdigkeit anlangt, voneinander zu unterscheiden. An diesen Praktikanten gemessen, waren es ganz leere Hoffnungen gewesen, Blumfeld sah bald ein, daß er sie überhaupt mit den Näherinnen nicht reden lassen durfte. Zu manchen Näherinnen waren sie nämlich von allem Anfang gar nicht gegangen, weil sie Abneigung oder Angst vor ihnen gehabt hatten, andern dagegen, für welche sie Vorliebe hatten, waren sie oft bis zur Tür entgegengelaufen. Diesen brachten sie, was sie nur wünschten, drückten es ihnen, auch wenn die Näherinnen zur Empfangnahme berechtigt waren, mit einer Art Heimlichkeit in die Hände, sammelten in einem leeren Regal für diese Bevorzugten verschiedene Abschnitzel, wertlose Reste, aber doch auch noch brauchbare Kleinigkeiten, winkten ihnen damit hinter dem Rücken Blumfelds glückselig schon von weitem zu und bekamen dafür Bonbons in den Mund gesteckt. Blumfeld machte diesem Unwesen allerdings bald ein Ende und trieb sie, wenn die Näherinnen kamen, in den Verschlag. Aber noch lange hielten sie das für eine große Ungerechtigkeit, trotzten, zerbrachen mutwillig die Federn und klopften manchmal, ohne daß sie allerdings den Kopf zu heben wagten, laut an die Glasscheiben, um die Näherinnen auf die schlechte Behandlung aufmerksam zu machen, die sie ihrer Meinung nach von Blumfeld zu erleiden hatten.

Das Unrecht, das sie selbst begehn, das können sie nicht begreifen. So kommen sie zum Beispiel fast immer zu spät ins Bureau. Blumfeld, ihr Vorgesetzter, der es von frühester Jugend an für selbstverständlich gehalten hat, daß man wenigstens eine halbe Stunde vor Bureaubeginn erscheint, – nicht Streberei, nicht übertriebenes Pflichtbewußtsein, nur ein gewisses Gefühl für Anstand veranlaßt ihn dazu, – Blumfeld muß auf seine Praktikanten meist länger als eine Stunde warten. Die Frühstückssemmel kauend steht er gewöhnlich hinter dem Pult im Saal und führt die Rechnungsabschlüsse in den kleinen Büchern der Näherinnen durch. Bald vertieft er sich in die Arbeit und denkt an nichts anderes. Da wird er plötzlich so erschreckt, daß ihm noch ein Weilchen danach die Feder in den Händen zittert. Der eine Praktikant ist hereingestürmt, es ist, als wolle er umfallen, mit einer Hand hält er sich irgendwo fest, mit der anderen drückt er die schwer atmende Brust – aber das Ganze bedeutet nichts weiter, als daß er wegen seines Zuspätkommens eine Entschuldigung vorbringt, die so lächerlich ist, daß sie Blumfeld absichtlich überhört, denn täte er es nicht, müßte er den Jungen verdienterweise prügeln. So aber sieht er ihn nur ein Weilchen an, zeigt dann mit ausgestreckter Hand auf den Verschlag und wendet sich wieder seiner Arbeit zu. Nun dürfte man doch erwarten, daß der Praktikant die Güte des Vorgesetzten einsieht und zu seinem Standort eilt. Nein, er eilt nicht, er tänzelt, er geht auf den Fußspitzen, setzt Fuß vor Fuß. Will er seinen Vorgesetzten verlachen? Auch das nicht. Es ist nur wieder diese Mischung von Furcht und Selbstzufriedenheit, gegen die man wehrlos ist. Wie wäre es denn sonst zu erklären, daß Blumfeld heute, wo er doch selbst ungewöhnlich spät ins Bureau gekommen ist, jetzt nach langem Warten – zum Nachprüfen der Büchlein hat er keine Lust – durch die Staubwolken, die der unvernünftige Diener vor ihm mit dem Besen in die Höhe treibt, auf der Gasse die beiden Praktikanten erblickt, wie sie friedlich daherkommen. Sie halten sich fest umschlungen und scheinen einander wichtige Dinge zu erzählen, die aber gewiß mit dem Geschäft höchstens in einem unerlaubten Zusammenhange stehn. Je näher sie der Glastür kommen, desto mehr verlangsamen sie ihre Schritte. Endlich erfaßt der eine schon die Klinke, drückt sie aber nicht nieder, noch immer erzählen sie einander, hören zu und lachen. »Öffne doch unseren Herren«, schreit Blumfeld mit erhobenen Händen den Diener an. Aber als die Praktikanten eintreten, will Blumfeld nicht mehr zanken, antwortet auf ihren Gruß nicht und geht zu seinem Schreibtisch. Er beginnt zu rechnen, blickt aber manchmal auf, um zu sehn, was die Praktikanten machen. Der eine scheint sehr müde zu sein und reibt die Augen, als er seinen Oberrock an den Nagel gehängt hat, benützt er die Gelegenheit und bleibt noch ein wenig an der Wand lehnen, auf der Gasse war er frisch, aber die Nähe der Arbeit macht ihn müde. Der andere Praktikant dagegen hat Lust zur Arbeit, aber nur zu mancher. So ist es seit jeher sein Wunsch, auskehren zu dürfen. Nun ist das aber eine Arbeit, die ihm nicht gebührt, das Auskehren steht nur dem Diener zu; an und für sich hätte ja Blumfeld nichts dagegen, daß der Praktikant auskehrt, mag der Praktikant auskehren, schlechter als der Diener kann man es nicht machen, wenn aber der Praktikant auskehren will, dann soll er eben früher kommen, ehe der Diener zu kehren beginnt, und soll nicht die Zeit dazu verwenden, während er ausschließlich zu Bureauarbeiten verpflichtet ist. Wenn nun aber schon der kleine Junge jeder vernünftigen Überlegung unzugänglich ist, so könnte doch wenigstens der Diener, dieser halbblinde Greis, den der Chef gewiß in keiner andern Abteilung als in der Blumfelds dulden würde und der nur noch von Gottes und des Chefs Gnaden lebt, so könnte doch wenigstens dieser Diener nachgiebig sein und für einen Augenblick den Besen dem Jungen überlassen, der doch ungeschickt ist, gleich die Lust am Kehren verlieren und dem Diener mit dem Besen nachlaufen wird, um ihn wieder zum Kehren zu bewegen. Nun scheint aber der Diener gerade für das Kehren sich besonders verantwortlich zu fühlen, man sieht, wie er, kaum daß sich ihm der Junge nähert, den Besen mit den zitternden Händen besser zu fassen sucht, lieber steht er still und läßt das Kehren, um nur alle Aufmerksamkeit auf den Besitz des Besens richten zu können. Der Praktikant bittet nun nicht durch Worte, denn er fürchtet doch Blumfeld, welcher scheinbar rechnet, auch wären gewöhnliche Worte nutzlos, denn der Diener ist nur durch stärkstes Schreien zu erreichen. Der Praktikant zupft also zunächst den Diener am Ärmel. Der Diener weiß natürlich, um was es sich handelt, finster sieht er den Praktikanten an, schüttelt den Kopf und zieht den Beser näher, bis an die Brust. Nun faltet der Praktikant die Hände und bittet. Er hat allerdings keine Hoffnung, durch Bitten etwas zu erreichen, das Bitten belustigt ihn nur und deshalb bittet er. Der andere Praktikant begleitet den Vorgang mit leisem Lachen und glaubt offenbar, wenn auch unbegreiflicherweise, daß Blumfeld ihn nicht hört. Auf den Diener macht das Bitten nicht den geringsten Eindruck, er dreht sich um und glaubt jetzt den Besen in Sicherheit wieder gebrauchen zu können. Aber der Praktikant ist ihm auf den Fußspitzen hüpfend und die beiden Hände flehentlich aneinanderreibend gefolgt und bittet nun von dieser Seite. Diese

Wendungen des Dieners und das Nachhüpfen des Praktikanten wiederholen sich mehrmals. Schließlich fühlt sich der Diener von allen Seiten abgesperrt und merkt, was er bei einer nur ein wenig geringeren Einfalt gleich am Anfang hätte merken können, daß er früher ermüden wird als der Praktikant. Infolgedessen sucht er fremde Hilfe, droht dem Praktikanten mit dem Finger und zeigt auf Blumfeld, bei dem er, wenn der Praktikant nicht abläßt, Klage führen wird. Der Praktikant erkennt, daß er sich jetzt, wenn er überhaupt den Besen bekommen will, sehr beeilen muß, also greift er frech nach dem Besen. Ein unwillkürlicher Aufschrei des andern Praktikanten deutet die kommende Entscheidung an. Zwar rettet noch der Diener diesmal den Besen, indem er einen Schritt zurück macht und ihn nachzieht. Aber nun gibt der Praktikant nicht mehr nach, mit offenem Mund und blitzenden Augen springt er vor, der Diener will flüchten, aber seine alten Beine schlottern statt zu laufen, der Praktikant reißt an dem Besen, und wenn er ihn auch nicht erfaßt, so erreicht er doch, daß der Besen fällt und damit ist er für den Diener verloren. Scheinbar allerdings auch für den Praktikanten, denn beim Fallen des Besens erstarren zunächst alle drei, die Praktikanten und der Diener, denn jetzt muß Blumfeld alles offenbar werden. Tatsächlich blickt Blumfeld an seinem Guckfenster auf, als sei er erst jetzt aufmerksam geworden, strenge und prüfend faßt er jeden ins Auge, auch der Besen auf dem Boden entgeht ihm nicht. Sei es, daß das Schweigen zu lange andauert, sei es, daß der schuldige Praktikant die Begierde zu kehren nicht unterdrücken kann, jedenfalls bückt er sich, allerdings sehr vorsichtig, als greife er nach einem Tier und nicht nach dem Besen, nimmt den Besen, streicht mit ihm über den Boden, wirft ihn aber sofort erschrocken weg, als Blumfeld aufspringt und aus dem Verschlage tritt. »Beide an die Arbeit und nicht mehr gemuckst«, schreit Blumfeld und zeigt mit ausgestreckter Hand den beiden Praktikanten den Weg zu ihren Pulten. Sie folgen gleich, aber nicht etwa beschämt mit gesenkten Köpfen, vielmehr drehn sie sich steif an Blumfeld vorüber und sehn ihm starr in die Augen, als wollten sie ihn dadurch abhalten, sie zu schlagen. Und doch könnten sie durch die Erfahrung genügend darüber belehrt sein, daß Blumfeld grundsätzlich niemals schlägt. Aber sie sind überängstlich und suchen immer und ohne jedes Zartgefühl ihre wirklichen oder scheinbaren Rechte zu wahren.

DER BAU

Ich habe den Bau eingerichtet und er scheint wohlgelungen. Von außen ist eigentlich nur ein großes Loch sichtbar, dieses führt aber in Wirklichkeit nirgends hin, schon nach ein paar Schritten stößt man auf natürliches festes Gestein. Ich will mich nicht dessen rühmen, diese List mit Absicht ausgeführt zu haben, es war vielmehr der Rest eines der vielen vergeblichen Bauversuche, aber schließlich schien es mir vorteilhaft, dieses eine Loch unverschüttet zu lassen. Freilich manche List ist so fein, daß sie sich selbst umbringt, das weiß ich besser als irgendwer sonst und es ist gewiß auch kühn, durch dieses Loch überhaupt auf die Möglichkeit aufmerksam zu machen, daß hier etwas Nachforschungswertes vorhanden ist. Doch verkennt mich, wer glaubt, daß ich feige bin und etwa nur aus Feigheit meinen Bau anlege. Wohl tausend Schritte von diesem Loch entfernt liegt, von einer abhebbaren Moosschicht verdeckt, der eigentliche Zugang zum Bau, er ist so gesichert, wie eben überhaupt auf der Welt etwas gesichert werden kann, gewiß, es kann jemand auf das Moos treten oder hineinstoßen, dann liegt mein Bau frei da und wer Lust hat – allerdings sind, wohlgemerkt, auch gewisse nicht allzuhäufige Fähigkeiten dazu nötig –, kann eindringen und für immer alles zerstören. Das weiß ich wohl und mein Leben hat selbst jetzt auf seinem Höhepunkt kaum eine völlig ruhige Stunde, dort an jener Stelle im dunkeln Moos bin ich sterblich und in meinen Träumen schnuppert dort oft eine lüsterne Schnauze unaufhörlich herum. Ich hätte, wird man meinen, auch wirklich dieses Eingangsloch zuschütten können, oben in dünner Schicht und mit fester, weiter unten mit lockerer Erde, so daß es mir immer nur wenig Mühe gegeben hätte, mir immer wieder von neuem den Ausweg zu erarbeiten. Es ist aber doch nicht möglich, gerade die Vorsicht verlangt, daß ich eine sofortige Auslaufmöglichkeit habe, gerade die Vorsicht verlangt, wie leider so oft, das Risiko des Lebens. Das alles sind recht mühselige Rechnungen, und die Freude des scharfsinnigen Kopfes an sich selbst ist manchmal die alleinige Ursache dessen, daß man weiterrechnet. Ich muß die sofortige Auslaufmöglichkeit haben, kann ich denn trotz aller Wachsamkeit nicht von ganz unerwarteter Seite angegriffen werden? Ich lebe im Innersten meines Hauses in Frieden und inzwischen bohrt sich langsam und still der Gegner von irgendwoher an mich heran. Ich will nicht sagen, daß er besseren Spürsinn hat als ich; vielleicht weiß er ebensowenig von mir wie ich von ihm. Aber es gibt leidenschaftliche Räuber, die blindlings die Erde durchwühlen und bei der ungeheuren Ausdehnung meines Baues haben selbst sie Hoffnung, irgendwo auf einen meiner Wege zu stoßen. Freilich, ich habe den Vorteil, in meinem Haus zu sein, alle Wege und Richtungen genau zu kennen. Der Räuber kann sehr leicht mein Opfer werden und ein süß schmeckendes. Aber ich werde alt, es gibt viele, die kräftiger sind als ich und meiner Gegner gibt es unzählige, es könnte geschehen, daß ich vor einem Feinde fliehe und dem anderen in die Fänge laufe. Ach, was könnte nicht alles geschehen! Jedenfalls aber muß ich die Zuversicht haben, daß irgendwo vielleicht ein leicht erreichbarer, völlig offener Ausgang ist, wo ich, um hinauszukommen, gar nicht mehr zu arbeiten habe, so daß ich nicht etwa, während ich dort verzweifelt grabe, sei es auch in leichter Aufschüttung, plötzlich – bewahre mich der Himmel! – die Zähne des Verfolgers in meinen Schenkeln spüre. Und es sind nicht nur die äußeren Feinde, die mich bedrohen. Es gibt auch solche im Innern der Erde. Ich habe sie noch nie gesehen, aber die Sagen erzählen von ihnen und ich glaube fest an sie. Es sind Wesen der inneren Erde; nicht einmal die Sage kann sie beschreiben. Selbst wer ihr Opfer geworden ist, hat sie kaum gesehen; sie kommen, man hört das Kratzen ihrer Krallen knapp unter sich in der Erde, die ihr Element ist, und schon ist man verloren. Hier gilt auch nicht, daß man in seinem Haus ist, vielmehr ist man in ihrem Haus. Vor ihnen rettet mich auch jener Ausweg nicht, wie er mich ja wahrscheinlich überhaupt nicht rettet, sondern verdirbt, aber eine Hoffnung ist er und ich kann ohne ihn nicht leben. Außer diesem großen Weg verbinden mich mit der Außenwelt noch ganz enge, ziemlich ungefährliche Wege, die mir gut atembare Luft verschaffen. Sie sind von den Waldmäusen angelegt. Ich habe es verstanden, sie in meinen Bau richtig einzubeziehen. Sie bieten mir auch die Möglichkeit weitreichender Witterung und geben mir so Schutz. Auch kommt durch sie allerlei kleines Volk zu mir, das ich verzehre, so daß ich eine gewisse, für einen bescheidenen Lebensunterhalt ausreichende Niederjagd haben kann, ohne überhaupt meinen Bau zu verlassen; das ist natürlich sehr wertvoll.

Das schönste an meinem Bau ist aber seine Stille. Freilich, sie ist trügerisch. Plötzlich einmal kann sie unterbrochen werden und alles ist zu Ende. Vorläufig aber ist sie noch da. Stundenlang kann ich durch meine Gänge schleichen und höre nichts als manchmal das Rascheln irgendeines Kleintieres, das ich dann gleich auch zwischen meinen Zähnen zur Ruhe bringe, oder das Rieseln der Erde, das mir die Notwendigkeit irgendeiner Ausbesserung anzeigt; sonst ist es still. Die Waldluft weht herein, es ist gleichzeitig warm und kühl. Manchmal strecke ich mich aus und drehe mich in dem Gang rundum vor Behagen. Schön ist es für das nahende Alter, einen solchen Bau zu haben, sich unter Dach gebracht zu haben, wenn der Herbst beginnt. Alle hundert Meter habe ich die Gänge zu kleinen runden Plätzen erweitert, dort kann ich mich bequem zusammenrollen, mich an mir wärmen und ruhen. Dort schlafe ich den süßen Schlaf des Friedens, des beruhigten Verlangens, des erreichten Zieles des Hausbesitzes. Ich weiß nicht, ob es eine Gewohnheit aus alten Zeiten ist oder ob doch die Gefahren auch dieses Hauses stark genug sind, mich zu wecken: regelmäßig von Zeit zu Zeit schrecke ich auf aus tiefem Schlaf und lausche, lausche in die Stille, die hier unverändert herrscht bei Tag und Nacht, lächle beruhigt und sinke mit gelösten Gliedern in noch tieferen Schlaf. Arme Wanderer ohne Haus, auf Landstraßen, in Wäldern, bestenfalls verkrochen in einen Blätterhaufen oder in einem Rudel der Genossen, ausgeliefert allem Verderben des Himmels und der Erde! Ich liege hier auf einem allseits gesicherten Platz – mehr als fünfzig solcher Art gibt es in meinem Bau – und zwischen Hindämmern und bewußtlosem Schlaf vergehen mir die Stunden, die ich nach meinem Belieben dafür wähle.

Nicht ganz in der Mitte des Baues wohlerwogen für den Fall der äußersten Gefahr, nicht geradezu einer Verfolgung, aber einer Belagerung, liegt der Hauptplatz. Während alles andere vielleicht mehr eine Arbeit angestrengtesten Verstandes als des Körpers ist, ist dieser Burgplatz das Ergebnis allerschwerster Arbeit meines Körpers in allen seinen Teilen. Einigemal wollte ich in der Verzweiflung körperlicher Ermüdung von allem ablassen, wälzte mich auf den Rücken und fluchte dem Bau, schleppte mich hinaus und ließ den Bau offen daliegen. Ich konnte es ja tun, weil ich nicht mehr zu ihm zurückkehren wollte, bis ich dann nach Stunden oder Tagen reuig zurückkam, fast einen Gesang erhoben hätte über die Unverletztheit des Baues und in aufrichtiger

Fröhlichkeit mit der Arbeit von neuem begann. Die Arbeit am Burgplatz erschwerte sich auch unnötig (unnötig will sagen, daß der Bau von der Leerarbeit keinen eigentlichen Nutzen hatte) dadurch, daß gerade an der Stelle, wo der Ort planmäßig sein sollte, die Erde recht locker und sandig war, die Erde mußte dort geradezu festgehämmert werden, um den großen schöngewölbten und gerundeten Platz zu bilden. Für eine solche Arbeit aber habe ich nur die Stirn. Mit der Stirn also bin ich tausend- und tausendmal tage- und nächtelang gegen die Erde angerannt, war glücklich, wenn ich sie mir blutig schlug, denn dies war ein Beweis der beginnenden Festigkeit der Wand, und habe mir auf diese Weise, wie man mir zugestehen wird, meinen Burgplatz wohl verdient.

Auf diesem Burgplatz sammle ich meine Vorräte, alles, was ich über meine augenblicklichen Bedürfnisse hinaus innerhalb des Baus erjage, und alles, was ich von meinen Jagden außer dem Hause mitbringe, häufe ich hier auf. Der Platz ist so groß, daß ihn Vorräte für ein halbes Jahr nicht füllen. Infolgedessen kann ich sie wohl ausbreiten, zwischen ihnen herumgehen, mit ihnen spielen, mich an der Menge und an den verschiedenen Gerüchen freuen und immer einen genauen Überblick über das Vorhandene haben. Ich kann dann auch immer Neuordnungen vornehmen und, entsprechend der Jahreszeit, die nötigen Vorausberechnungen und Jagdpläne machen. Es gibt Zeiten, in denen ich so wohlversorgt bin, daß ich aus Gleichgültigkeit gegen das Essen überhaupt das Kleinzeug, das hier herumhuscht, gar nicht berühre, was allerdings aus anderen Gründen vielleicht unvorsichtig ist. Die häufige Beschäftigung mit Verteidigungsvorbereitungen bringt es mit sich, daß meine Ansichten hinsichtlich der Ausnutzung des Baus für solche Zwecke sich ändern oder entwickeln, in kleinem Rahmen allerdings. Es scheint mir dann manchmal gefährlich, die Verteidigung ganz auf dem Burgplatz zu basieren, die Mannigfaltigkeit des Baus gibt mir doch auch mannigfaltigere Möglichkeiten und es scheint mir der Vorsicht entsprechender, die Vorräte ein wenig zu verteilen und auch manche kleine Plätze mit ihnen zu versorgen, dann bestimme ich etwa jeden dritten Platz zum Reservevorratsplatz oder jeden vierten Platz zu einem Haupt- und jeden zweiten zu einem Nebenvorratsplatz und dergleichen. Oder ich schalte manche Wege zu Täuschungszwecken überhaupt aus der Behäufung mit Vorräten aus oder ich wähle ganz sprunghaft, je nach ihrer Lage zum Hauptausgang, nur wenige Plätze. Jeder solche neue Plan verlangt allerdings schwere Lastträgerarbeit, ich muß die neue Berechnung vornehmen und trage dann die Lasten hin und her. Freilich kann ich das in Ruhe ohne Übereilung machen und es ist nicht gar so schlimm, die guten Dinge im Maule zu tragen, sich auszuruhen, wo man will und, was einem gerade schmeckt, zu naschen. Schlimmer ist es, wenn es mir manchmal gewöhnlich beim Aufschrecken aus dem Schlafe, scheint, daß die gegenwärtige Aufteilung ganz und gar verfehlt ist, große Gefahren herbeiführen kann und sofort eiligst ohne Rücksicht auf Schläfrigkeit und Müdigkeit richtiggestellt werden muß; dann eile ich, dann fliege ich, dann habe ich keine Zeit zu Berechnungen; der ich gerade einen neuen, ganz genauen Plan ausführen will, fasse willkürlich, was mir unter die Zähne kommt, schleppe, trage, seufze, stöhne, stolpere und nur irgendeine beliebige Veränderung des gegenwärtigen, mir so übergefährlich scheinenden Zustandes will mir schon genügen. Bis allmählich mit völligem Erwachen die Ernüchterung kommt, ich die Übereilung kaum verstehe, tief den Frieden meines Hauses einatme, den ich selbst gestört habe, zu meinem Schlafplatz zurückkehre, in neugewonnener Müdigkeit sofort einschlafe und beim Erwachen als unwiderleglichen Beweis der schon fast traumhaft erscheinenden Nachtarbeit etwa noch eine Ratte an den Zähnen hängen habe. Dann gibt es wieder Zeiten, wo mir die Vereinigung aller Vorräte auf einen Platz das Allerbeste scheint. Was können mir die Vorräte auf den kleinen Plätzen helfen, wieviel läßt sich denn dort überhaupt unterbringen, und was immer man auch hinbringt, es verstellt den Weg und wird mich vielleicht einmal bei der Verteidigung, beim Laufen eher hindern. Außerdem ist es zwar dumm aber wahr, daß das Selbstbewußtsein darunter leidet, wenn man nicht alle Vorräte beisammen sieht und so mit einem einzigen Blicke weiß, was man besitzt. Kann nicht auch bei diesen vielen Verteilungen vieles verloren gehen? Ich kann nicht immerfort durch meine Kreuz- und Quergänge galoppieren, um zu sehen, ob alles in richtigem Stande ist. Der Grundgedanke einer Verteilung der Vorräte ist ja richtig, aber eigentlich nur dann, wenn man mehrere Plätze von der Art meines Burgplatzes hat. Mehrere solche Plätze! Freilich! Aber wer kann das schaffen? Auch sind sie im Gesamtplan meines Baus jetzt nachträglich nicht mehr unterzubringen. Zugeben aber will ich, daß darin ein Fehler des Baus liegt, wie überhaupt dort immer ein Fehler ist, wo man von irgend etwas nur ein Exemplar besitzt. Und ich gestehe auch ein, daß in mir während des ganzen Baues dunkel im Bewußtsein, aber deutlich genug, wenn ich den guten Willen gehabt hätte, die Forderung nach mehreren Burgplätzen lebte, ich habe ihr nicht nachgegeben, ich fühlte mich zu schwach für die ungeheure Arbeit; ja, ich fühlte mich zu schwach, mir die Notwendigkeit der Arbeit zu vergegenwärtigen, irgendwie tröstete ich mich mit Gefühlen von nicht minderer Dunkelheit, nach denen das, was sonst nicht hinreichen würde, in meinem Fall einmal ausnahmsweise, gnadenweise, wahrscheinlich, weil der Vorsehung an der Erhaltung meiner Stirn, des Stampfhammers, besonders gelegen ist, hinreichen werde. Nun so habe ich nur einen Burgplatz, aber die dunklen Gefühle, daß der eine diesmal nicht hinreichen werde, haben sich verloren. Wie es auch sei, ich muß mich mit dem einen begnügen, die kleinen Plätze können ihn unmöglich ersetzen und so fange ich dann, wenn diese Anschauung in mir gereift ist, wieder an, alles aus den kleinen Plätzen zum Burgplatz zurückzuschleppen. Für einige Zeit ist es mir dann ein gewisser Trost, alle Plätze und Gänge frei zu haben, zu sehen, wie auf dem Burgplatz sich die Mengen des Fleisches häufen und weithin bis in die äußersten Gänge die Mischung der vielen Gerüche senden, von denen jeder in seiner Art mich entzückt und die ich aus der Ferne genau zu sondern imstande bin. Dann pflegen besonders friedliche Zeiten zu kommen, in denen ich meine Schlafplätze langsam, allmählich von den äußeren Kreisen nach innen verlege, immer tiefer in die Gerüche tauche, bis ich es nicht mehr ertrage und eines Nachts auf den Burgplatz stürze, mächtig unter den Vorräten aufräume und bis zur vollständigen Selbstbetäubung mit dem Besten, was ich liebe, mich fülle. Glückliche, aber gefährliche Zeiten; wer sie auszunützen verstünde, könnte mich leicht, ohne sich zu gefährden, vernichten. Auch hier wirkt das Fehlen eines zweiten oder dritten Burgplatzes schädigend mit, die große einmalige Gesamtanhäufung ist es, die mich verführt. Ich suche mich verschiedentlich dagegen zu schützen, die Verteilung auf die kleinen Plätze ist ja auch eine derartige Maßnahme, leider führt sie wie andere ähnliche Maßnahmen durch Entbehrung zu noch größerer Gier, die dann mit Überrennung des Verstandes die Verteidigungspläne zu ihren Zwecken willkürlich ändert.

Nach solchen Zeiten pflege ich, um mich zu sammeln, den Bau zu revidieren und, nachdem die nötigen Ausbesserungen vorgenommen sind, ihn öfters, wenn auch immer nur für kurze Zeit zu verlassen. Die Strafe, ihn lange zu entbehren, scheint mir selbst dann zu hart, aber die Notwendigkeit zeitweiliger Ausflüge sehe ich ein. Es hat immer eine gewisse Feierlichkeit, wenn ich mich dem Ausgang nähere. In den Zeiten des häuslichen Lebens weiche ich ihm aus, vermeide sogar den Gang, der zu ihm führt, in seinen letzten Ausläufern zu begehen; es ist auch gar nicht leicht, dort herumzuwandern, denn ich habe dort ein volles kleines Zickzackwerk von Gängen angelegt; dort fing mein Bau an, ich durfte damals noch nicht hoffen, ihn je so beenden zu können, wie er in meinem Plane dastand, ich begann halb spielerisch an diesem Eckchen und so tobte sich dort die erste Arbeitsfreude in einem Labyrinthbau aus, der mir damals die Krone aller Bauten schien, den ich aber heute wahrscheinlich richtiger als allzu kleinliche, des Gesamtbaues nicht recht würdige Bastelei beurteile, die zwar theoretisch vielleicht köstlich ist – hier ist der Eingang zu meinem Haus, sagte ich damals ironisch zu den unsichtbaren Feinden und sah sie schon sämtlich in dem Eingangslabyrinth ersticken –, in Wirklichkeit aber eine viel zu dünnwandige Spielerei darstellt, die einem ernsten Angriff oder einem verzweifelt um sein Leben kämpfenden Feind kaum widerstehen wird. Soll ich diesen Teil deshalb umbauen? Ich zögere die Entscheidung hinaus und es wird wohl schon so bleiben wie es ist. Abgesehen von der großen Arbeit, die ich mir damit zumuten würde, wäre es auch die gefährlichste, die man sich denken kann. Damals, als ich den Bau begann, konnte ich dort verhältnismäßig ruhig arbeiten, das Risiko war nicht viel größer als irgendwo sonst, heute aber hieße es fast mutwillig auf den ganzen Bau aufmerksam machen wollen, heute ist es nicht mehr möglich. Es freut mich fast, eine gewisse Empfindsamkeit für dieses Erstlingswerk ist ja auch vorhanden. Und wenn ein großer Angriff kommen sollte, welcher Grundriß des Eingangs könnte mich retten? Der Eingang kann täuschen, ablenken, den Angreifer quälen, das tut auch dieser zur Not. Aber einem wirklich großen Angriff muß ich gleich mit allen Mitteln des Gesamtbaues und mit allen Kräften des Körpers und der Seele zu begegnen suchen – das ist ja selbstverständlich. So mag auch dieser Eingang schon bleiben. Der Bau hat so viele von der Natur ihm aufgezwungene Schwächen, mag er auch noch diesen von meinen Händen geschaffenen und wenn auch erst nachträglich, so doch genau erkannten Mangel behalten. Mit all dem ist freilich nicht gesagt, daß mich dieser Fehler nicht von Zeit zu Zeit oder vielleicht immer doch beunruhigt. Wenn ich bei meinen gewöhnlichen Spaziergängen diesem Teil des Baues ausweiche, so geschieht das hauptsächlich deshalb, weil mir sein Anblick unangenehm ist, weil ich nicht immer einen Mangel des Baues in Augenschein nehmen will, wenn dieser Mangel schon in meinem Bewußtsein mir allzusehr rumort. Mag der Fehler dort oben am Eingang unausrottbar bestehen, ich aber mag, so lange es sich vermeiden läßt, von seinem Anblick verschont bleiben. Gehe ich nur in der Richtung zum Ausgang, sei ich auch noch durch Gänge und Plätze von ihm getrennt, glaube ich schon in die Atmosphäre einer großen Gefahr zu geraten, mir ist manchmal, als verdünne sich mein Fell, als könnte ich bald mit bloßem kahlem Fleisch dastehen und in diesem Augenblick vom Geheul meiner Feinde begrüßt werden. Gewiß, solche Gefühle bringt schon an und für sich der Ausgang selbst hervor, das Aufhören des häuslichen Schutzes, aber es ist doch auch dieser Eingangsbau, der mich besonders quält. Manchmal träume ich, ich hätte ihn umgebaut, ganz und gar geändert, schnell, mit Riesenkräften in einer Nacht, von niemandem bemerkt, und nun sei er uneinnehmbar; der Schlaf, in dem mir das geschieht, ist der süßeste von allen, Tränen der Freude und Erlösung glitzern noch an meinem Bart, wenn ich erwache.

Die Pein dieses Labyrinths muß ich also auch körperlich überwinden, wenn ich ausgehe, und es ist mir ärgerlich und rührend zugleich, wenn ich mich manchmal in meinem eigenen Gebilde für einen Augenblick verirre und das Werk sich also noch immer anzustrengen scheint, mir, dessen Urteil schon längst feststeht, doch noch seine Existenzberechtigung zu beweisen. Dann aber bin ich unter der Moosdecke, der ich manchmal Zeit lasse – so lange rühre ich mich nicht aus dem Hause –, mit dem übrigen Waldboden zusammengewachsen, und nun ist nur noch ein Ruck des Kopfes nötig und ich bin in der Fremde. Diese kleine Bewegung wage ich lange nicht auszuführen, hätte ich nicht wieder das Eingangslabyrinth zu überwinden, gewiß würde ich heute davon ablassen und wieder zurückwandern. Wie? Dein Haus ist geschützt, in sich abgeschlossen. Du lebst in Frieden, warm, gut genährt, Herr, alleiniger Herr über eine Vielzahl von Gängen und Plätzen, und alles dieses willst du hoffentlich nicht opfern, aber doch gewissermaßen preisgeben, hast zwar die Zuversicht, es zurückzugewinnen, aber läßt dich doch darauf ein, ein hohes, ein allzuhohes Spiel zu spielen? Es gäbe vernünftige Gründe dafür? Nein, für etwas derartiges kann es keine vernünftigen Gründe geben. Aber dann hebe ich doch vorsichtig die Falltüre und bin draußen, lasse sie vorsichtig sinken und jage, so schnell ich kann, weg von dem verräterischen Ort.

Aber im Freien bin ich eigentlich nicht, zwar drücke ich mich nicht mehr durch die Gänge, sondern jage im offenen Wald, fühle in meinem Körper neue Kräfte, für die im Bau gewissermaßen kein Raum ist, nicht einmal auf dem Burgplatz, und wäre er zehnmal größer. Auch ist die Ernährung draußen eine bessere, die Jagd zwar schwieriger, der Erfolg seltener, aber das Ergebnis in jeder Hinsicht höher zu bewerten, das alles leugne ich nicht und verstehe es wahrzunehmen und zu genießen, zumindest so gut wie jeder andere, aber wahrscheinlich viel besser, denn ich jage nicht wie ein Landstreicher aus Leichtsinn oder Verzweiflung, sondern zweckvoll und ruhig. Auch bin ich nicht dem freien Leben bestimmt und ausgeliefert, sondern ich weiß, daß meine Zeit gemessen ist, daß ich nicht endloser hier jagen muß, sondern daß mich gewissermaßen, wenn ich will und des Lebens hier müde bin, jemand zu sich rufen wird, dessen Einladung ich nicht werde widerstehen können. Und so kann ich diese Zeit hier ganz auskosten und sorgenlos verbringen, vielmehr, ich könnte es und kann es doch nicht. Zuviel beschäftigt mich der Bau. Schnell bin ich vom Eingang fortgelaufen, bald aber komme ich zurück. Ich suche mir ein gutes Versteck und belauere den Eingang meines Hauses – diesmal von außen – tage- und nächtelang. Mag man es töricht nennen, es macht mir eine unsagbare Freude und es beruhigt mich. Mir ist dann, als stehe ich nicht vor meinem Haus, sondern vor mir selbst, während ich schlafe, und hätte das Glück, gleichzeitig tief zu schlafen und dabei mich scharf bewachen zu können. Ich bin gewissermaßen ausgezeichnet, die Gespenster der Nacht nicht nur in der Hilflosigkeit und Vertrauensseligkeit des Schlafes zu sehen, sondern ihnen gleichzeitig in Wirklichkeit bei voller Kraft des Wachseins in ruhiger Urteilsfähigkeit zu begegnen. Und ich finde, daß es merkwürdigerweise nicht so schlimm mit mir steht, wie ich oft glaubte und wie ich wahrscheinlich wieder glauben werde, wenn ich in mein Haus hinabsteige. In dieser Hinsicht, wohl auch in anderer, aber in dieser besonders, sind diese Ausflüge wahrhaftig unentbehrlich. Gewiß, so sorgfältig ich den Eingang abseitsliegend gewählt habe – der Verkehr, der sich dort vollzieht, ist doch, wenn man die Beobachtungen einer Woche zusammenfaßt, sehr groß, aber so ist es vielleicht überhaupt in allen bewohnbaren Gegenden und wahrscheinlich ist es sogar besser, einem größeren Verkehr sich auszusetzen, der infolge seiner Größe sich selbst mit weiterreißt, als in völliger Einsamkeit dem ersten besten, langsam suchenden Eindringling ausgeliefert zu sein. Hier gibt es viele Feinde und noch mehr Helfershelfer der Feinde, aber sie bekämpfen sich auch gegenseitig und jagen in diesen Beschäftigungen am Bau vorbei. Niemanden habe ich in der ganzen Zeit geradezu am Eingang forschen sehen, zu meinem und zu seinem Glück, denn ich hätte mich, besinnungslos vor Sorge um den Bau, gewiß an seine Kehle geworfen. Freilich, es kam auch Volk, in dessen Nähe ich nicht zu bleiben wagte und vor denen ich, wenn ich sie nur in der Ferne ahnte, fliehen mußte, über ihr Verhalten zum Bau dürfte ich mich eigentlich mit Sicherheit nicht äußern, doch genügt es wohl zur Beruhigung, daß ich bald zurückkam, niemanden von ihnen mehr vorfand und den Eingang unverletzt. Es gab glückliche Zeiten, in denen ich mir fast sagte, daß die Gegnerschaft der Welt gegen mich vielleicht aufgehört oder sich beruhigt habe oder daß die Macht des Baues mich heraushebe aus dem bisherigen Vernichtungskampf. Der Bau schützt vielleicht mehr, als ich jemals gedacht habe oder im Innern des Baues zu denken wage. Es ging so weit, daß ich manchmal den kindischen Wunsch bekam, überhaupt nicht mehr in den Bau zurückzukehren, sondern hier in der Nähe des Eingangs mich einzurichten, mein Leben in der Beobachtung des Eingangs zu verbringen und immerfort mir vor Augen zu halten und darin mein Glück zu finden, wie fest mich der Bau, wäre ich darin, zu sichern imstande wäre. Nun, es gibt ein schnelles Aufschrecken aus kindischen Träumen. Was ist es denn für eine Sicherung, die ich hier beobachte? Darf ich denn die Gefahr, in welcher ich im Bau bin, überhaupt nach den Erfahrungen beurteilen, die ich hier draußen mache? Haben denn meine Feinde überhaupt die richtige Witterung, wenn ich nicht im Bau bin? Einige Witterung von mir haben sie gewiß, aber die volle nicht. Und ist nicht oft der Bestand der vollen Witterung die Voraussetzung der normalen Gefahr? Es sind also nur Halb- und Zehntelversuche, die ich hier anstelle, geeignet, mich zu beruhigen und durch falsche Beruhigung aufs höchste zu gefährden. Nein, ich beobachte doch nicht, wie ich glaubte, meinen Schlaf, vielmehr bin ich es, der schläft, während der Verderber wacht. Vielleicht ist er unter denen, die achtlos am Eingang vorüberschlendern, sich immer nur vergewissern, nicht anders als ich, daß die Tür noch unverletzt ist und auf ihren Angriff wartet, und nur vorübergehen, weil sie wissen, daß der Hausherr nicht im Innern ist oder weil sie vielleicht gar wissen, daß er unschuldig nebenan im Gebüsch lauert. Und ich verlasse meinen Beobachtungsplatz und bin satt des Lebens im Freien, mir ist, als könnte ich nicht mehr hier lernen, nicht jetzt und nicht später. Und ich habe Lust, Abschied zu nehmen von allem hier, hinabzusteigen in den Bau und niemals mehr zurückzukommen, die Dinge ihren Lauf nehmen zu lassen und sie durch unnütze Beobachtungen nicht aufzuhalten. Aber verwöhnt dadurch, daß ich solange alles gesehen habe, was über dem Eingang vor sich ging, ist es mir jetzt sehr quälend, die an sich geradezu Aufsehen machende Prozedur des Hinabsteigens durchzuführen und nicht zu wissen, was im ganzen Umkreis hinter meinem Rücken und dann hinter der wiedereingefügten Falltür geschehen wird. Ich versuche es zunächst in stürmischen Nächten mit dem schnellen Hineinwerfen der Beute, das scheint zu gelingen, aber ob es wirklich gelungen ist, wird sich erst zeigen, wenn ich selbst hineingestiegen bin, es wird sich zeigen, aber nicht mehr mir, oder auch mir, aber zu spät. Ich lasse also ab davon und steige nicht ein. Ich grabe, natürlich in genügender Entfernung vom wirklichen Eingang einen Versuchsgraben, er ist nicht länger als ich selbst bin und auch von einer Moosdecke abgeschlossen. Ich krieche in den Graben, decke ihn hinter mir zu, warte sorgfältig, berechne kürzere und längere Zeiten zu verschiedenen Tagesstunden, werfe dann das Moos ab, komme hervor und registriere meine Beobachtungen. Ich mache die verschiedensten Erfahrungen guter und schlimmer Art, ein allgemeines Gesetz oder eine unfehlbare Methode des Hinabsteigens finde ich aber nicht. Ich bin infolgedessen noch nicht in den wirklichen Eingang hinabgestiegen und verzweifelt, es doch bald tun zu müssen. Ich bin nicht ganz fern von dem Entschluß, in die Ferne zu gehen, das alte, trostlose Leben wieder aufzunehmen, das gar keine Sicherheit hatte, das eine einzige ununterscheidbare Fülle von Gefahren war und infolgedessen die einzelne Gefahr nicht so genau sehen und fürchten ließ, wie es mich der Vergleich zwischen meinem sicheren Bau und dem sonstigen Leben immerfort lehrt. Gewiß, ein solcher Entschluß wäre eine völlige Narrheit, hervorgerufen nur durch allzu langes Leben in der sinnlosen Freiheit; noch gehört der Bau mir, ich habe nur einen Schritt zu tun und bin gesichert. Und ich reiße mich los von allen Zweifeln und laufe geradewegs bei hellem Tag auf die Tür zu, um sie nun ganz gewiß zu heben, aber ich kann es doch nicht, ich überlaufe sie und werfe mich mit Absicht in ein Dornengebüsch, um mich zu strafen, zu strafen für eine Schuld, die ich nicht kenne. Dann allerdings muß ich mir letzten Endes sagen, daß ich doch recht habe, und daß es wirklich unmöglich ist hinabzusteigen, ohne das Teuerste, was ich habe, allen ringsherum, auf dem Boden, auf den

Bäumen, in den Lüften wenigstens für ein Weilchen offen preiszugeben. Und die Gefahr ist keine eingebildete, sondern eine sehr wirkliche. Es muß ja kein eigentlicher Feind sein, dem ich die Lust errege, mir zu folgen, es kann recht gut irgendeine beliebige kleine Unschuld, irgendein widerliches kleines Wesen sein, welches aus Neugier mir nachgeht und damit, ohne es zu wissen, zur Führerin der Welt gegen mich wird, es muß auch das nicht sein, vielleicht ist es, und das ist nicht weniger schlimm als das andere, in mancher Hinsicht ist es das schlimmste – vielleicht ist es irgend jemand von meiner Art, ein Kenner und Schätzer von Bauten, irgendein Waldbruder, ein Liebhaber des Friedens, aber ein wüster Lump, der wohnen will, ohne zu bauen. Wenn er doch jetzt käme, wenn er doch mit seiner schmutzigen Gier den Eingang entdeckte, wenn er doch daran zu arbeiten begänne, das Moos zu heben, wenn es ihm doch gelänge, wenn er sich doch für mich hineinzwängte und schon darin soweit wäre, daß mir sein Hinterer für einen Augenblick gerade noch auftauchte, wenn das alles doch geschähe, damit ich endlich in einem Rasen hinter ihm her, frei von allen Bedenken, ihn anspringen könnte, ihn zerbeißen, zerfleischen, zerreißen und austrinken und seinen Kadaver gleich zur anderen Beute stopfen könnte, vor allem aber, das wäre die Hauptsache, endlich wieder in meinem Bau wäre, gern diesmal sogar das Labyrinth bewundern wollte, zunächst aber die Moosdecke über mich ziehen und ruhen wollte, ich glaube, den ganzen, noch übrigen Rest meines Lebens. Aber es kommt niemand und ich bleibe auf mich allein angewiesen. Ich verliere, immerfort nur mit der Schwierigkeit der Sache beschäftigt, viel von meiner Ängstlichkeit, ich weiche dem Eingang auch äußerlich nicht mehr aus, ihn in Kreisen zu umstreichen wird meine Lieblingsbeschäftigung, es ist schon fast so, als sei ich der Feind und spionierte die passende Gelegenheit aus, um mit Erfolg einzubrechen. Hätte ich doch irgend jemanden, dem ich vertrauen könnte, den ich auf meinen Beobachtungsposten stellen könnte, dann könnte ich wohl getrost hinabsteigen. Ich würde mit ihm, dem ich vertraue, vereinbaren, daß er die Situation bei meinem Hinabsteigen und eine lange Zeit hinterher genau beobachtet, im Falle von gefährlichen Anzeichen an die Moosdecke klopft, sonst aber nicht. Damit wäre über mir völlig reiner Tisch gemacht, es bliebe kein Rest, höchstens mein Vertrauensmann. – Denn wird er nicht eine Gegenleistung verlangen, wird er nicht wenigstens den Bau ansehen wollen? Schon dieses, jemanden freiwillig in meinen Bau zu lassen, wäre mir äußerst peinlich. Ich habe ihn für mich, nicht für Besucher gebaut, ich glaube, ich würde ihn nicht einlassen; selbst um den Preis, daß er es mir ermöglicht in den Bau zu kommen, würde ich ihn nicht einlassen. Aber ich könnte ihn gar nicht einlassen, denn entweder müßte ich ihn allein hinablassen, und das ist doch außerhalb jeder Vorstellbarkeit, oder wir müßten gleichzeitig hinabsteigen, wodurch dann eben der Vorteil, den er mir bringen soll, hinter mir Beobachtungen anzustellen, verloren ginge. Und wie ist es mit dem Vertrauen? Kann ich dem, welchem ich Aug in Aug vertraue, noch ebenso vertrauen, wenn ich ihn nicht sehe und wenn die Moosdecke uns trennt? Es ist verhältnismäßig leicht, jemandem zu vertrauen, wenn man ihn gleichzeitig überwacht oder wenigstens überwachen kann, es ist vielleicht sogar möglich, jemandem aus der Ferne zu vertrauen, aber aus dem Innern des Baues, also einer anderen Welt heraus, jemandem außerhalb völlig zu vertrauen, ich glaube, das ist unmöglich. Aber solche Zweifel sind noch nicht einmal nötig, es genügt ja schon die Überlegung, daß während oder nach meinem Hinabsteigen alle die unzähligen Zufälle des Lebens den Vertrauensmann hindern können, seine Pflicht zu erfüllen, und was für unberechenbare Folgen kann seine kleinste Verhinderung für mich haben. Nein, faßt man alles zusammen, muß ich es gar nicht beklagen, daß ich allein bin und niemanden habe, dem ich vertrauen kann. Ich verliere dadurch gewiß keinen Vorteil und erspare mir wahrscheinlich Schaden. Vertrauen aber kann ich nur mir und dem Bau. Das hätte ich früher bedenken und für den Fall, der mich jetzt so beschäftigt, Vorsorge treffen sollen. Es wäre am Beginne des Baues wenigstens zum Teile möglich gewesen. Ich hätte den ersten Gang so anlegen müssen, daß er, in gehörigem Abstand voneinander, zwei Eingänge gehabt hätte, so daß ich durch den einen Eingang mit aller unvermeidlichen Umständlichkeit hinabgestiegen wäre, rasch den Anfangsgang bis zum zweiten Eingang durchlaufen, die Moosdecke dort, die zu dem Zweck entsprechend hätte eingerichtet sein müssen, ein wenig gelüftet und von dort aus die Lage einige Tage und Nächte zu überblicken versucht hätte. So allein wäre es richtig gewesen. Zwar verdoppeln zwei Eingänge die Gefahr, aber dieses Bedenken hätte hier schweigen müssen, zumal der eine Eingang, der nur als Beobachtungsplatz gedacht war, ganz eng hätte sein können. Und damit verliere ich mich in technische Überlegungen, ich fange wieder einmal meinen Traum eines ganz vollkommenen Baues zu träumen an, das beruhigt mich ein wenig, entzückt sehe ich mit geschlossenen Augen klare und weniger klare Baumöglichkeiten, um unbemerkt aus- und einschlüpfen zu können.

Wenn ich so daliege und daran denke, bewerte ich diese Möglichkeiten sehr hoch, aber doch nur als technische Errungenschaften, nicht als wirkliche Vorteile, denn dieses ungehinderte Aus- und Einschlüpfen, was soll es? Es deutet auf unruhigen Sinn, auf unsichere Selbsteinschätzung, auf unsaubere Gelüste, schlechte Eigenschaften, die noch viel schlechter werden angesichts des Baues, der doch dasteht und Frieden einzugießen vermag, wenn man sich ihm nur völlig öffnet. Nun bin ich freilich jetzt außerhalb seiner und suche eine Möglichkeit der Rückkehr; dafür wären die nötigen technischen Einrichtungen sehr erwünscht. Aber vielleicht doch nicht gar so sehr. Heißt es nicht in der augenblicklichen nervösen Angst den Bau sehr unterschätzen, wenn man ihn nur als eine Höhlung ansieht, in die man sich mit möglichster Sicherheit verkriechen will? Gewiß, er ist auch diese sichere Höhlung oder sollte es sein, und wenn ich mir vorstelle, ich sei mitten in einer Gefahr, dann will ich mit zusammengebissenen Zähnen und mit aller Kraft des Willens, daß der Bau nichts anderes sei als das für meine Lebensrettung bestimmte Loch und daß er diese klar gestellte Aufgabe mit möglichster Vollkommenheit erfülle, und jede andere Aufgabe bin ich bereit ihm zu erlassen. Nun verhält es sich aber so, daß er in Wirklichkeit – und für die hat man in der großen Not keinen Blick und selbst in gefährdeten Zeiten muß man sich diesen Blick erst erwerben – zwar viel Sicherheit gibt, aber durchaus nicht genug, hören dann jemals die Sorgen völlig in ihm auf? Es sind andere, stolzere, inhaltsreichere, oft weit zurückgedrängte Sorgen, aber ihre verzehrende Wirkung ist vielleicht die gleiche wie jene der Sorgen, die das Leben draußen bereitet. Hätte ich den Bau nur zu meiner Lebenssicherung aufgeführt, wäre ich zwar nicht betrogen, aber das Verhältnis zwischen der ungeheuren Arbeit und der tatsächlichen Sicherung, wenigstens soweit ich sie zu empfinden imstande bin und soweit ich von ihr profitieren kann, wäre ein für mich nicht günstiges. Es ist sehr schmerzlich, sich das einzugestehen, aber es muß geschehen, gerade angesichts des Eingangs dort, der sich jetzt gegen mich, den Erbauer und Besitzer abschließt, ja förmlich verkrampft. Aber der Bau ist eben nicht nur ein Rettungsloch. Wenn ich auf dem Burgplatz stehe, umgeben von den hohen Fleischvorräten, das Gesicht zugewandt den zehn Gängen, die von hier ausgehen, jeder besonders dem Gesamtplatz entsprechend gesenkt oder gehoben, gestreckt oder gerundet, sich erweiternd oder sich verengend und alle gleichmäßig still und leer, und bereit, jeder in seiner Art mich weiterzuführen zu den vielen Plätzen und auch diese alle still und leer – dann liegt mir der Gedanke an Sicherheit fern, dann weiß ich genau, daß hier meine Burg ist, die ich durch Kratzen und Beißen, Stampfen und Stoßen dem widerspenstigen Boden abgewonnen habe, meine Burg, die auf keine Weise jemandem anderen angehören kann und die so sehr mein ist, daß ich hier letzten Endes ruhig von meinem Feind auch die tödliche Verwundung annehmen kann, denn mein Blut versickert hier in meinem Boden und geht nicht verloren. Und was anderes als dies ist denn auch der Sinn der schönen Stunden, die ich, halb friedlich schlafend, halb fröhlich wachend, in den Gängen zu verbringen pflege, in diesen Gängen, die ganz genau für mich berechnet sind, für wohliges Strecken, kindliches Sichwälzen, träumerisches Daliegen, seliges Entschlafen. Und die kleinen Plätze, jeder mir wohlbekannt, jeder trotz völliger Gleichheit von mir mit geschlossenen Augen schon nach dem Schwung der Wände deutlich unterschieden, sie umfangen mich friedlich und warm, wie kein Nest seinen Vogel umfängt. Und alles, alles still und leer.

Wenn es aber so ist, warum zögere ich dann, warum fürchte ich den Eindringling mehr als die Möglichkeit, vielleicht niemals meinen Bau wiederzusehen. Nun, dieses letztere ist glücklicherweise eine Unmöglichkeit, es wäre gar nicht nötig, mir durch Überlegungen erst klarzumachen, was mir der Bau bedeutet; ich und der Bau gehören so zusammen, daß ich ruhig, ruhig bei aller meiner Angst, mich hier niederlassen könnte, gar nicht versuchen müßte mich zu überwinden, auch den Eingang entgegen allen Bedenken zu öffnen, es würde durchaus genügen, wenn ich untätig wartete, denn nichts kann uns auf die Dauer trennen und irgendwie komme ich schließlich ganz gewiß hinab. Aber freilich, wieviel Zeit kann bis dahin vergehen und wieviel kann in dieser Zeit sich ereignen, hier oben sowohl wie dort unten? Und es liegt doch nur an mir, diesen Zeitraum zu verkürzen und das Notwendige gleich zu tun.

Und nun, schon denkunfähig vor Müdigkeit, mit hängendem Kopf, unsicheren Beinen, halb schlafend, mehr tastend als gehend, nähere ich mich dem Eingang, hebe langsam das Moos, steige langsam hinab, lasse aus Zerstreutheit den Eingang überflüssig lange unbedeckt, erinnere mich dann an das Versäumte, steige wieder hinauf, um es nachzuholen, aber warum denn hinaufsteigen? Nur die Moosdecke soll ich zuziehen, gut, so steige ich wieder hinunter und nun endlich ziehe ich die Moosdecke zu. Nur in diesem Zustand, ausschließlich in diesem Zustand, kann ich diese Sache ausführen. – Dann also liege ich unter dem Moos, oben auf der eingebrachten Beute, umflossen von Blut und Fleischsäften, und könnte den ersehnten Schlaf zu schlafen beginnen. Nichts stört mich, niemand ist mir gefolgt, über dem Moos scheint es, wenigstens bis jetzt, ruhig zu sein, und selbst wenn es nicht ruhig wäre, ich glaube, ich könnte mich jetzt nicht mit Beobachtungen aufhalten; ich habe den Ort gewechselt, aus der Oberwelt bin ich in meinen Bau gekommen und ich fühle die Wirkung dessen sofort. Es ist eine neue Welt, die neue Kräfte gibt, und was oben Müdigkeit ist, gilt hier nicht als solche. Ich bin von einer Reise zurückgekehrt, besinnungslos müde von den Strapazen, aber das Wiedersehen der alten Wohnung, die Einrichtungsarbeit, die mich erwartet, die Notwendigkeit, schnell alle Räume wenigstens oberflächlich zu besichtigen, vor allem aber eiligst zum Burgplatz vorzudringen, das alles verwandelt meine Müdigkeit in Unruhe und Eifer, es ist, als hätte ich während des Augenblicks, da ich den Bau betrat, einen langen und tiefen Schlaf getan. Die erste Arbeit ist sehr mühselig und nimmt mich ganz in Anspruch: die Beute nämlich durch die engen und schwachwandigen Gänge des Labyrinths zu bringen. Ich drücke vorwärts mit allen Kräften und es geht auch, aber mir viel zu langsam; um es zu beschleunigen, reiße ich einen Teil der Fleischmassen zurück und dränge mich über sie hinweg, durch sie hindurch, nun habe ich bloß einen Teil vor mir, nun ist es leichter, ihn vorwärts zu bringen, aber ich bin derart mitten darin in der Fülle des Fleisches hier in den engen Gängen, durch die es mir, selbst wenn ich allein bin, nicht immer leicht wird durchzukommen, daß ich recht gut in meinen eigenen Vorräten ersticken könnte, manchmal kann ich mich schon nur durch Fressen und Trinken vor ihrem Andrang bewahren. Aber der Transport gelingt, ich beende ihn in nicht zu langer Zeit, das Labyrinth ist überwunden, aufatmend stehe ich in einem regelrechten Gang, treibe die Beute durch einen Verbindungsgang in einen für solche Fälle besonders vorgesehenen Hauptgang, der in starkem Gefälle zum Burgplatz hinabführt. Nun ist es keine Arbeit mehr, nun rollt und fließt das Ganze fast von selbst hinab. Endlich auf meinem Burgplatz! Endlich werde ich ruhen dürfen. Alles ist unverändert, kein größeres Unglück scheint geschehen zu sein, die kleinen Schäden, die ich auf den ersten Blick bemerke, werden bald verbessert sein, nur noch vorher die lange Wanderung durch die Gänge, aber das ist keine Mühe, das ist ein Plaudern mit Freunden, so wie ich es tat in alten Zeiten oder – ich bin noch gar nicht so alt, aber für vieles trübt sich die Erinnerung schon völlig – wie ich es tat oder wie ich hörte, daß es zu geschehen pflegt. Ich beginne jetzt mit dem zweiten Gang absichtlich langsam, nachdem ich den Burgplatz gesehen habe, habe ich endlose Zeit – immer innerhalb des Baues habe ich endlose Zeit –, denn alles, was ich dort tue, ist gut und wichtig und sättigt mich gewissermaßen. Ich beginne mit dem zweiten Gang und breche die Revision in der Mitte ab und gehe zum dritten Gang über und lasse mich von ihm zum Burgplatz zurückzuführen und muß nun allerdings wieder den zweiten Gang von neuem vornehmen und spiele so mit der Arbeit und vermehre sie und lache vor mich hin und freue mich und werde ganz wirr von der vielen Arbeit, aber lasse nicht von ihr ab. Euretwegen, ihr Gänge und Plätze und deine Fragen vor allem, Burgplatz, bin ich ja gekommen, habe mein Leben für nichts geachtet, nachdem ich lange Zeit die Dummheit hatte, seinetwegen zu zittern und die Rückkehr zu euch zu verzögern. Was kümmert mich die Gefahr jetzt, da ich bei euch bin. Ihr gehört zu mir, ich zu euch, verbunden sind wir, was kann uns geschehen. Mag sich oben auch das Volk schon drängen und die Schnauze bereit sein, die das Moos durchstoßen wird. Und mit seiner Stummheit und Leere begrüßt nun auch mich der Bau und bekräftigt, was ich sage. – Nun aber überkommt mich doch eine gewisse Lässigkeit und auf einem Platz, der zu meinen Lieblingen gehört, rolle ich mich ein wenig zusammen, noch lange habe ich nicht alles besichtigt, aber ich will ja auch noch weiter besichtigen bis zum Ende, ich will hier nicht schlafen, nur der Lockung gebe ich nach, mich hier so einzurichten, wie wenn ich schlafen wollte, nachsehen will ich, ob das hier noch immer so gut gelingt wie früher. Es gelingt, aber mir gelingt es nicht mich loszureißen, ich bleibe hier in tiefem Schlaf.

Ich habe wohl sehr lange geschlafen. Erst aus dem letzten von selbst sich auflösenden Schlaf werde ich geweckt, der Schlaf muß nun schon sehr leicht sein, denn ein an sich kaum hörbares Zischen weckt mich. Ich verstehe es sofort, das Kleinzeug, viel zu wenig von mir beaufsichtigt, viel zu sehr von mir geschont, hat in meiner Abwesenheit irgendwo einen neuen Weg gebohrt, dieser Weg ist mit einem alten zusammengestoßen, die Luft verfängt sich dort und das ergibt das zischende Geräusch. Was für ein unaufhörlich tätiges Volk das ist und wie lästig sein Fleiß! Ich werde, genau horchend an den Wänden meines Ganges, durch Versuchsgrabungen den Ort der Störung erst feststellen müssen und dann erst das Geräusch beseitigen können. Übrigens kann der neue Graben, wenn er irgendwie den Verhältnissen des Baues entspricht, als neue Luftzuführung mir auch willkommen sein. Aber auf die Kleinen will ich nun viel besser achten als bisher, keines darf geschont werden.

Da ich große Übung in solchen Untersuchungen habe, wird es wohl nicht lange dauern und ich kann gleich damit beginnen, es liegen zwar noch andere Arbeiten vor, aber diese ist die dringendste, es soll still sein in meinen Gängen. Dieses Geräusch ist übrigens ein verhältnismäßig unschuldiges; ich habe es gar nicht gehört, als ich kam, obwohl es gewiß schon vorhanden war; ich mußte erst wieder völlig heimisch werden, um es zu hören, es ist gewissermaßen nur mit dem Ohr des Hausbesitzers hörbar. Und es ist nicht einmal ständig, wie sonst solche Geräusche zu sein pflegen, es macht große Pausen, das geht offenbar auf Anstauungen des Luftstroms zurück. Ich beginne die Untersuchung, aber es gelingt mir nicht, die Stelle, wo man eingreifen müßte, zu finden, ich mache zwar einige Grabungen, aber nur aufs Geratewohl; natürlich ergibt sich so nichts und die große Arbeit des Grabens und die noch größere des Zuschüttens und Ausgleichens ist vergeblich. Ich komme gar nicht dem Ort des Geräusches näher, immer unverändert dünn klingt es in regelmäßigen Pausen, einmal wie Zischen, einmal aber wie Pfeifen. Nun, ich könnte es auch vorläufig auf sich beruhen lassen, es ist zwar sehr störend, aber an der von mir angenommenen Herkunft des Geräusches kann kaum ein Zweifel sein, es wird sich also kaum verstärken, im Gegenteil, es kann auch geschehen, daß – bisher habe ich allerdings niemals so lange gewartet – solche Geräusche im Laufe der Zeit durch die weitere Arbeit der kleinen Bohrer von selbst verschwinden, und, abgesehen davon, oft bringt ein Zufall leicht auf die Spur der Störung, während systematisches Suchen lange versagen kann. So tröste ich mich und wollte lieber weiter durch die Gänge schweifen und die Plätze besuchen, von denen ich noch viele nicht einmal wiedergesehen habe und dazwischen immer ein wenig mich auf dem Burgplatz tummeln, aber es läßt mich doch nicht, ich muß weiter suchen. Viel Zeit, viel Zeit, die besser verwendet werden könnte, kostet mich das kleine Volk. Bei solchen Gelegenheiten ist es gewöhnlich das technische Problem, das mich lockt, ich stelle mir zum Beispiel nach dem Geräusch, das mein Ohr in allen seinen Feinheiten zu unterscheiden die Eignung hat, ganz genau aufzeichenbar, die Veranlassung vor, und nun drängt es mich nachzuprüfen, ob die Wirklichkeit dem entspricht. Mit gutem Grund, denn solange hier eine Feststellung nicht erfolgt ist, kann ich mich auch nicht sicher fühlen, selbst wenn es sich nur darum handeln würde, zu wissen, wohin ein Sandkorn, das eine Wand herabfällt, rollen wird. Und gar ein solches Geräusch, das ist in dieser Hinsicht eine gar nicht unwichtige Angelegenheit. Aber wichtig oder unwichtig, wie sehr ich auch suche, ich finde nichts, oder vielmehr ich finde zuviel. Gerade auf meinem Lieblingsplatz mußte dies geschehen, denke ich, gehe recht weit von dort weg, fast in die Mitte des Weges zum nächsten Platz, das ganze ist eigentlich ein Scherz, so als wollte ich beweisen, daß nicht etwa gerade mein Lieblingsplatz allein mir diese Störung bereitet hat, sondern daß es Störungen auch anderwärts gibt, und ich fange lächelnd an zu horchen, höre aber bald zu lächeln auf, denn wahrhaftig, das gleiche Zischen gibt es auch hier. Es ist ja nichts, manchmal glaube ich, niemand außer mir würde es hören, ich höre es freilich jetzt mit dem durch die Übung geschärften Ohr immer deutlicher, obwohl es in Wirklichkeit überall ganz genau das gleiche Geräusch ist, wie ich mich durch Vergleichen überzeugen kann. Es wird auch nicht stärker, wie ich erkenne, wenn ich, ohne direkt an der Wand zu horchen, mitten im Gang lausche. Dann kann ich überhaupt nur mit Anstrengung, ja mit Versenkung hie und da den Hauch eines Lautes mehr erraten als hören. Aber gerade dieses Gleichbleiben an allen Orten stört mich am meisten, denn es läßt sich mit meiner ursprünglichen Annahme nicht in Übereinstimmung bringen. Hätte ich den Grund des Geräusches richtig erraten, hätte es in größter Stärke von einem bestimmten Ort, der eben zu finden gewesen wäre, ausstrahlen und dann immer kleiner werden müssen. Wenn aber meine Erklärung nicht zutraf, was war es sonst? Es bestand doch die Möglichkeit, daß es zwei Geräuschzentren gab, daß ich bis jetzt nur weit von den Zentren gehorcht hatte und daß, wenn ich mich dem einen Zentrum näherte, zwar seine Geräusche zunahmen, aber infolge Abnehmens der Geräusche des anderen Zentrums das Gesamtergebnis für das Ohr immer ein annähernd gleiches blieb. Fast glaubte ich schon, wenn ich genau hinhorchte, Klangunterschiede, die der neuen Annahme entsprachen, wenn auch nur sehr undeutlich, zu erkennen. Jedenfalls mußte ich das Versuchsgebiet viel weiter ausdehnen, als ich es bisher getan hatte. Ich gehe deshalb den Gang abwärts bis zum Burgplatz und beginne dort zu horchen. –

Sonderbar, das gleiche Geräusch auch hier. Nun, es ist ein Geräusch, erzeugt durch die Grabungen irgendwelcher nichtiger Tiere, die die Zeit meiner Abwesenheit in infamer Weise ausgenützt haben, jedenfalls liegt ihnen eine gegen mich gerichtete Absicht fern, sie sind nur mit ihrem Werk beschäftigt und, solange ihnen nicht ein Hindernis in den Weg kommt, halten sie die einmal genommene Richtung ein, das alles weiß ich, trotzdem ist es mir unbegreiflich und erregt mich und verwirrt mir den für die Arbeit sehr notwendigen Verstand, daß sie es gewagt haben, bis an den Burgplatz heranzugehen. Ich will in der Hinsicht nicht unterscheiden: war es die immerhin bedeutende Tiefe, in welcher der Burgplatz liegt, war es seine große Ausdehnung und die ihr entsprechende starke Luftbewegung, welche die Grabenden abschreckte, oder war einfach die Tatsache, daß es der Burgplatz war, durch irgendwelche Nachrichten bis an ihren stumpfen Sinn gedrungen? Grabungen hatte ich jedenfalls bisher in den Wänden des Burgplatzes nicht beobachtet. Tiere kamen zwar, angezogen von den kräftigen Ausdünstungen, in Mengen her, hier hatte ich meine feste Jagd, aber sie hatten sich irgendwo oben in meine Gänge durchgegraben und kamen dann, beklommen zwar, aber mächtig angezogen, die Gänge herabgelaufen. Nun aber bohrten sie also auch in den Gängen. Hätte ich doch wenigstens die wichtigsten Pläne meines Jünglings- und früheren Mannesalters ausgeführt oder vielmehr, hätte ich die Kraft gehabt, sie auszuführen, denn an dem Willen hat es nicht gefehlt. Einer dieser Lieblingspläne war es gewesen, den Burgplatz loszulösen von der ihn umgebenden Erde, das heißt, seine Wände nur in einer etwa meiner Höhe entsprechenden Dicke zu belassen, darüber hinaus aber rings um den Burgplatz bis auf ein kleines, von der Erde leider nichtloslösbares Fundament einen Hohlraum im Ausmaß der Wand zu schaffen. In diesem Hohlraum hatte ich mir immer, und wohl kaum mit Unrecht, den schönsten Aufenthaltsort vorgestellt, den es für mich geben konnte. Auf dieser Rundung hängen, hinauf sich ziehen, hinab zu gleiten, sich überschlagen und wieder Boden unter den Füßen haben, und alle diese Spiele förmlich auf dem Körper des Burgplatzes spielen und doch nicht in seinem eigentlichen Raum; den Burgplatz meiden können, die Augen ausruhen lassen können von ihm, die Freude, ihn zu sehen, auf eine spätere Stunde verschieben und doch ihn nicht entbehren müssen, sondern ihn förmlich fest zwischen den Krallen halten, etwas was unmöglich ist, wenn man nur den einen gewöhnlichen offenen Zugang zu ihm hat; vor allem aber ihn bewachen können, für die Entbehrung seines Anblicks also derart entschädigt werden, daß man gewiß, wenn man zwischen dem Aufenthalt im Burgplatz oder im Hohlraum zu wählen hätte, den Hohlraum wählte für alle Zeit seines Lebens, nur immer dort auf- und abzuwandern und den Burgplatz zu schützen. Dann gäbe es keine Geräusche in den Wänden, keine frechen Grabungen bis an den Platz heran, dann wäre dort der Friede gewährleistet und ich wäre sein Wächter; nicht die Grabungen des kleinen Volkes hätte ich mit Widerwillen zu behorchen, sondern mit Entzücken, etwas, was mir jetzt völlig entgeht: das Rauschen der Stille auf dem Burgplatz.

Aber alles dieses Schöne besteht nun eben nicht und ich muß an meine Arbeit, fast muß ich froh sein, daß sie nun auch in direkter Beziehung zum Burgplatz steht, denn das beflügelt mich. Ich brauche freilich, wie sich immer mehr herausstellt, alle meine Kräfte zu dieser Arbeit, die zuerst eine ganz geringfügige schien. Ich horche jetzt die Wände des Burgplatzes ab, und wo ich horche, hoch und tief, an den Wänden oder am Boden, an den Eingängen oder im Innern, überall, überall das gleiche Geräusch. Und wieviel Zeit, wieviel Anspannung erfordert dieses lange Horchen auf das pausenweise Geräusch. Einen kleinen Trost zur Selbsttäuschung kann man, wenn man will, darin finden, daß man hier auf dem Burgplatz, wenn man das Ohr vom Erdboden entfernt, zum Unterschied von den Gängen wegen der Größe des Platzes gar nichts hört. Nur zum Ausruhen, zum Selbstbesinnen mache ich häufig diese Versuche, horche angestrengt und bin glücklich, nichts zu hören. Aber im übrigen, was ist denn geschehen? Vor dieser Erscheinung versagen meine ersten Erklärungen völlig. Aber auch andere Erklärungen, die sich mir anbieten, muß ich ablehnen. Man könnte daran denken, daß das, was ich höre, eben das Kleinzeug selbst bei seiner Arbeit ist. Das würde aber allen Erfahrungen widersprechen; was ich nie gehört habe, obwohl es immer vorhanden war, kann ich doch nicht plötzlich zu hören anfangen. Meine Empfindlichkeit gegen Störungen ist vielleicht im Bau größer geworden mit den Jahren, aber das Gehör ist doch keineswegs schärfer geworden. Es ist eben das Wesen des Kleinzeugs, daß man es nicht hört. Hätte ich es denn sonst jemals geduldet? Auf die Gefahr hin zu verhungern hätte ich es ausgerottet. Aber vielleicht, auch dieser Gedanke schleicht sich mir ein, handelt es sich hier um ein Tier, das ich noch nicht kenne. Möglich wäre es. Zwar beobachte ich schon lange und sorgfältig genug das Leben hier unten, aber die Welt ist mannigfaltig und an schlimmen Überraschungen fehlt es niemals. Aber es wäre ja nicht ein einzelnes Tier, es müßte eine große Herde sein, die plötzlich in mein Gebiet eingefallen wäre, eine große Herde kleiner Tiere, die zwar, da sie überhaupt hörbar sind, über dem Kleinzeug stehen, aber es doch nur wenig überragen, denn das Geräusch ihrer Arbeit ist an sich nur gering. Es könnten also unbekannte Tiere sein, eine Herde auf der Wanderschaft, die nur vorüberziehen, die mich stören, aber deren Zug bald ein Ende nehmen wird. So könnte ich also eigentlich warten und müßte schließlich keine überflüssige Arbeit tun. Aber wenn es fremde Tiere sind, warum bekomme ich sie nicht zu sehen? Nun habe ich schon viele Grabungen gemacht, um eines von ihnen zu fassen, aber ich finde keines. Es fällt mir ein, daß es vielleicht ganz winzige Tiere sind und viel kleiner als die, welche ich kenne, und daß nur das Geräusch, welches sie machen, ein größeres ist. Ich untersuche deshalb die ausgegrabene Erde, ich werfe die Klumpen in die Höhe, daß sie in allerkleinste Teilchen zerfallen, aber die Lärmmacher sind nicht darunter. Ich sehe langsam ein, daß ich durch solche kleine Zufallgrabungen nichts erreichen kann, ich durchwühle damit nur die Wände meines Baues, scharre hier und dort in Eile, habe keine Zeit, die Löcher zuzuschütten, an vielen Stellen sind schon Erdhaufen, die den Weg und Ausblick verstellen. Freilich stört mich das alles nur nebenbei, ich kann jetzt weder wandern, noch umherschauen, noch ruhen, öfters bin ich schon für ein Weilchen in irgendeinem Loch bei der Arbeit eingeschlafen, die eine Pfote eingekrallt oben in der Erde, von der ich im letzten Halbschlaf ein Stück niederreißen wollte. Ich werde nun meine Methode ändern. Ich werde in der Richtung zum Geräusch hin einen regelrechten großen Graben bauen und nicht früher zu graben aufhören, bis ich, unabhängig von allen Theorien, die wirkliche Ursache des Geräusches finde. Dann werde ich sie beseitigen, wenn es in meiner Kraft ist, wenn aber nicht, werde ich wenigstens Gewißheit haben. Diese Gewißheit wird mir entweder Beruhigung oder Verzweiflung bringen, aber wie es auch sein wird, dieses oder jenes; es wird zweifellos und berechtigt sein. Dieser Entschluß tut mir wohl. Alles, was ich bisher getan habe, kommt mir übereilt vor; in der Aufregung der Rückkehr, noch nicht frei von den Sorgen der Oberwelt, noch nicht völlig aufgenommen in den Frieden des Baues, überempfindlich dadurch gemacht, daß ich ihn solange hatte entbehren müssen, habe ich mich durch eine zugegebenerweise sonderbare Erscheinung um jede Besinnung bringen lassen. Was ist denn? Ein leichtes Zischen, in langen Pausen nur hörbar, ein Nichts, an das man sich, ich will nicht sagen, gewöhnen könnte; nein, gewöhnen könnte man sich daran nicht, das man aber, ohne vorläufig geradezu etwas dagegen zu unternehmen, eine Zeitlang beobachten könnte, das heißt, alle paar Stunden gelegentlich hinhorchen und das Ergebnis geduldig registrieren, aber nicht, wie ich, das Ohr die Wände entlang schleifen und fast bei jedem Hörbarwerden des Geräusches die Erde aufreißen, nicht um eigentlich etwas zu finden, sondern um etwas der inneren Unruhe Entsprechendes zu tun. Das wird jetzt anders werden, hoffe ich. Und hoffe es auch wieder nicht, – wie ich mit geschlossenen Augen, wütend über mich selbst, mir eingestehe – denn die Unruhe zittert in mir noch genau so wie seit Stunden und wenn mich der Verstand nicht zurückhielte, würde ich wahrscheinlich am liebsten an irgendeiner Stelle, gleichgültig, ob dort etwas zu hören ist oder nicht, stumpfsinnig, trotzig, nur des Grabens wegen zu graben anfangen, schon fast ähnlich dem Kleinzeug, welches entweder ganz ohne Sinn gräbt oder nur, weil es die Erde frißt. Der neue vernünftige Plan lockt mich und lockt mich nicht. Es ist nichts gegen ihn einzuwenden, ich wenigstens weiß keinen Einwand, er muß, soweit ich es verstehe, zum Ziele führen. Und trotzdem glaube ich ihm im Grunde nicht, glaube ihm so wenig, daß ich nicht einmal die möglichen Schrecken seines Ergebnisses fürchte, nicht einmal an ein schreckliches Ergebnis glaube ich; ja, es scheint mir, ich hätte schon seit dem ersten Auftreten des Geräusches an ein solches konsequentes Graben gedacht, und nur weil ich kein Vertrauen dazu hatte, bisher damit nicht begonnen. Trotzdem werde ich natürlich den Graben beginnen, es bleibt mir keine andere Möglichkeit, aber ich werde nicht gleich beginnen, ich werde die Arbeit ein wenig aufschieben. Wenn der Verstand wieder zu Ehren kommen soll, soll es ganz geschehen, ich werde mich nicht in diese Arbeit stürzen. Jedenfalls werde ich vorher die Schäden gutmachen, die ich durch meine Wühlarbeit dem Bau verursacht habe; das wird nicht wenig Zeit kosten, aber es ist notwendig; wenn der neue Graben wirklich zu einem Ziele führen sollte, wird er wahrscheinlich lang werden, und wenn er zu keinem Ziele führen sollte, wird er endlos sein, jedenfalls bedeutet diese Arbeit ein längeres Fernbleiben vom Bau, kein so schlimmes wie jenes auf der Oberwelt, ich kann die Arbeit wenn ich will unterbrechen und zu Besuch nach Hause gehen, und selbst wenn ich das nicht tue, wird die Luft des

Burgplatzes zu mir hinwehen und bei der Arbeit mich umgeben, aber eine Entfernung vom Bau und die Preisgabe an ein ungewisses Schicksal bedeutet es dennoch, deshalb will ich hinter mir den Bau in guter Ordnung zurücklassen, es soll nicht heißen, daß ich, der ich um seine Ruhe kämpfte, selbst sie gestört und sie nicht gleich wiederhergestellt habe. So beginne ich denn damit, die Erde in die Löcher zurückzuscharren, eine Arbeit, die ich genau kenne, die ich unzähligemal fast ohne das Bewußtsein einer Arbeit getan habe und die ich, besonders was das letzte Pressen und Glätten betrifft – es ist gewiß kein bloßes Selbstlob, es ist einfach Wahrheit – unübertrefflich auszuführen imstande bin. Diesmal aber wird es mir schwer, ich bin zu zerstreut, immer wieder mitten in der Arbeit drücke ich das Ohr an die Wand und horche und lasse gleichgültig unter mir die kaum gehobene Erde wieder in den Hang zurückrieseln. Die letzten Verschönerungsarbeiten, die eine stärkere Aufmerksamkeit erfordern, kann ich kaum leisten. Häßliche Buckel, störende Risse bleiben, nicht zu reden davon, daß sich auch im ganzen der alte Schwung einer derart geflickten Wand nicht wieder einstellen will. Ich suche mich damit zu trösten, daß es nur eine vorläufige Arbeit ist. Wenn ich zurückkomme, der Friede wieder verschafft ist, werde ich alles endgültig verbessern, im Fluge wird sich das dann alles machen lassen. Ja, im Märchen geht alles im Fluge und zu den Märchen gehört auch dieser Trost. Besser wäre es, gleich jetzt vollkommene Arbeit zu tun, viel nützlicher, als sie immer wieder zu unterbrechen, sich auf Wanderschaft durch die Gänge zu begeben und neue Geräuschstellen festzustellen, was wahrhaftig sehr leicht ist, denn es erfordert nichts, als an einem beliebigen Ort stehenzubleiben und zu horchen. Und noch weitere unnütze Entdeckungen mache ich. Manchmal scheint es mir, als habe das Geräusch aufgehört, es macht ja lange Pausen, manchmal überhört man ein solches Zischen, allzusehr klopft das eigene Blut im Ohr, dann schließen sich zwei Pausen zu einer zusammen und ein Weilchen lang glaubt man, das Zischen sei für immer zu Ende.

Man horcht nicht mehr weiter, man springt auf, das ganze Leben macht eine Umwälzung, es ist, als öffne sich die Quelle, aus welcher die Stille des Baues strömt. Man hütet sich, die Entdeckung gleich nachzuprüfen, man sucht jemanden, dem man sie vorher unangezweifelt anvertrauen könne, man galoppiert deshalb zum Burgplatz, man erinnert sich, da man mit allem, was man ist, zu neuem Leben erwacht ist, daß man schon lange nichts gegessen hat, man reißt irgend etwas von den unter der Erde halb verschütteten Vorräten hervor und schlingt daran noch, während man zu dem Ort der unglaublichen Entdeckung zurückläuft, man will sich zuerst nur nebenbei, nur flüchtig während des Essens von der Sache nochmals überzeugen, man horcht, aber das flüchtige Hinhorchen zeigt sofort, daß man sich schmählich geirrt hat, unerschüttert zischt es dort weit in der Ferne. Und man speit das Essen aus und möchte es in den Boden stampfen und man geht zu seiner Arbeit zurück, weiß gar nicht, zu welcher; irgendwo, wo es nötig zu sein scheint, und solcher Orte gibt es genug, fängt man mechanisch etwas zu tun an, so als sei nur der Aufseher gekommen und man müsse ihm eine Komödie vorspielen. Aber kaum hat man ein Weilchen derart gearbeitet, kann es geschehen, daß man eine neue Entdeckung macht. Das Geräusch scheint stärker geworden, nicht viel stärker natürlich, hier handelt es sich immer nur um feinste Unterschiede, aber ein wenig stärker doch, deutlich dem Ohre erkennbar. Und dieses Stärkerwerden scheint ein Näherkommen, noch viel deutlicher als man das Stärkerwerden hört, sieht man förmlich den Schritt, mit dem es näher kommt. Man springt von der Wand zurück, man sucht mit einem Blick alle Möglichkeiten zu übersehen, welche diese Entdeckung zur Folge haben wird. Man hat das Gefühl, als hätte man den Bau niemals eigentlich zur Verteidigung gegen einen Angriff eingerichtet, die Absicht hatte man, aber entgegen aller Lebenserfahrung schien einem die Gefahr eines Angriffs und daher die Einrichtungen der Verteidigung fernliegend – oder nicht fernliegend (wie wäre das möglich!), aber im Rang tief unter den Einrichtungen für ein friedliches Leben, denen man deshalb im Bau überall den Vorzug gab. Vieles hätte in jener Richtung eingerichtet werden können, ohne den Grundplan zu stören, es ist in einer unverständlichen Weise versäumt worden. Ich habe viel Glück gehabt in allen diesen Jahren, das Glück hat mich verwöhnt, unruhig war ich gewesen, aber Unruhe innerhalb des Glücks führt zu nichts.

Was jetzt zunächst zutun wäre, wäre eigentlich, den Bau genau auf die Verteidigung und auf alle bei ihr vorstellbaren Möglichkeiten hin zu besichtigen, einen Verteidigungs- und einen zugehörigen Bauplan auszuarbeiten und dann mit der Arbeit gleich, frisch wie ein Junger, zu beginnen. Das wäre die notwendige Arbeit, für die es, nebenbei gesagt, natürlich viel zu spät ist, aber die notwendige Arbeit wäre es, und keineswegs die Grabung irgendeines großen Forschungsgrabens, der eigentlich nur den Zweck hat, verteidigungslos mich mit allen meinen Kräften auf das Aufsuchen der Gefahr zu verlegen, in der närrischen Befürchtung, sie könne nicht bald genug selbst herankommen. Ich verstehe plötzlich meinen früheren Plan nicht. Ich kann in dem ehemals verständigen nicht den geringsten Verstand finden, wieder lasse ich die Arbeit und lasse auch das Horchen, ich will jetzt keine weiteren Verstärkungen entdecken, ich habe genug der Entdeckungen, ich lasse alles, ich wäre schon zufrieden, wenn ich mir den inneren Widerstreit beruhigte. Wieder lasse ich mich von meinen Gängen wegführen, komme in immer entferntere, seit meiner Rückkehr noch nicht gesehene, von meinen Scharrpfoten noch völlig unberührte, deren Stille aufwacht bei meinem Kommen und sich über mich senkt. Ich gebe mich nicht hin, ich eile hindurch, ich weiß gar nicht, was ich suche, wahrscheinlich nur Zeitaufschub. Ich irre soweit ab, daß ich bis zum Labyrinth komme, es lockt mich, an der Moosdecke zu horchen, so ferne Dinge, für den Augenblick so ferne, haben mein Interesse. Ich dringe bis hinauf vor und horche. Tiefe Stille; wie schön es hier ist, niemand kümmert sich dort um meinen Bau, jeder hat seine Geschäfte, die keine Beziehung zu mir haben, wie habe ich es angestellt, das zu erreichen. Hier an der Moosdecke ist vielleicht jetzt die einzige Stelle an meinem Bau, wo ich stundenlang vergebens horchen kann. – Eine völlige Umkehrung der Verhältnisse im Bau, der bisherige Ort der Gefahr ist ein Ort des Friedens geworden, der Burgplatz aber ist hineingerissen worden in den Lärm der Welt und ihrer Gefahren. Noch schlimmer, auch hier ist in Wirklichkeit kein Frieden, hier hat sich nichts verändert, ob still, ob lärmend, die Gefahr lauert wie früher über dem Moos, aber ich bin unempfindlich gegen sie geworden, allzusehr in Anspruch genommen bin ich von dem Zischen in meinen Wänden. Bin ich davon in Anspruch genommen? Es wird stärker, es kommt näher, ich aber schlängle mich durch das Labyrinth und lagere mich hier oben unter dem Moos, es ist ja fast, als überließe ich dem Zischer schon das Haus, zufrieden, wenn ich nur hier oben ein wenig Ruhe habe. Dem Zischer? Habe ich etwa eine neue bestimmte Meinung über die Ursache des Geräusches? Das Geräusch stammt doch wohl von den Rinnen, welche das Kleinzeug gräbt? Ist das nicht meine bestimmte Meinung? Von ihr scheine ich doch noch nicht abgegangen zu sein. Und wenn es nicht direkt von den Rinnen stammt, so irgendwie indirekt. Und wenn es gar nicht mit ihnen zusammenhängen sollte, dann läßt sich von vornherein wohl gar nichts annehmen und man muß warten, bis man die Ursache vielleicht findet oder sie selbst sich zeigt. Mit Annahmen spielen könnte man freilich auch noch jetzt, es ließe sich zum Beispiel sagen, daß irgendwo in der Ferne ein Wassereinbruch stattgefunden hat und das, was mir Pfeifen oder Zischen scheint, wäre dann eigentlich ein Rauschen. Aber abgesehen davon, daß ich in dieser Hinsicht gar keine Erfahrungen habe – das Grundwasser, das ich zuerst gefunden habe, habe ich gleich abgeleitet und es ist nicht wiedergekommen in diesem sandigen Boden –, abgesehen davon ist es eben ein Zischen und in ein Rauschen nicht umzudeuten. Aber was helfen alle Mahnungen zur Ruhe, die Einbildungskraft will nicht stillstehen und ich halte tatsächlich dabei zu glauben – es ist zwecklos, sich das selbst abzuleugnen –, das Zischen stamme von einem Tier und zwar nicht von vielen und kleinen, sondern von einem einzigen großen. Es spricht manches dagegen. Daß das Geräusch überall zu hören ist und immer in gleicher Stärke, und überdies regelmäßig bei Tag und Nacht. Gewiß, zuerst müßte man eher dazu neigen, viele kleine Tiere anzunehmen, da ich sie aber bei meinen Grabungen hätte finden müssen und nichts gefunden habe, bleibt nur die Annahme der Existenz des großen Tieres, zumal das, was der Annahme zu widersprechen scheint, bloß Dinge sind, welche das Tier nicht unmöglich, sondern nur über alle Vorstellbarkeit hinaus gefährlich machen. Nur deshalb habe ich mich gegen die Annahme gewehrt. Ich lasse von dieser Selbsttäuschung ab. Schon lange spiele ich mit dem Gedanken, daß es deshalb selbst auf große Entfernung hin zu hören ist, weil es rasend arbeitet, es gräbt sich so schnell durch die Erde, wie ein Spaziergänger im freien Gange geht, die Erde zittert bei seinem Graben, auch wenn es schon vorüber ist, dieses Nachzittern und das Geräusch der Arbeit selbst vereinigen sich in der großen Entfernung und ich, der ich nur das letzte Verebben des Geräusches höre, höre es überall gleich. Dabei wirkt mit, daß das Tier nicht auf mich zugeht, darum ändert sich das Geräusch nicht, es liegt vielmehr ein Plan vor, dessen Sinn ich nicht durchschaue, ich nehme nur an, daß das Tier, wobei ich gar nicht behaupten will, daß es von mir weiß, mich einkreist, wohl einige Kreise hat es schon um meinen Bau gezogen, seit ich es beobachte. – Viel zu denken gibt mir die Art des Geräusches, das Zischen oder Pfeifen. Wenn ich in meiner Art in der Erde kratze und scharre, ist es doch ganz anders anzuhören. Ich kann mir das Zischen nur so erklären, daß das Hauptwerkzeug des Tieres nicht seine Krallen sind, mit denen es vielleicht nur nachhilft, sondern seine Schnauze oder sein Rüssel, die allerdings, abgesehen von ihrer ungeheuren Kraft, wohl auch irgendwelche Schärfen haben. Wahrscheinlich bohrt es mit einem einzigen mächtigen Stoß den Rüssel in die Erde und reißt ein großes Stück heraus, während dieser Zeit höre ich nichts, das ist die Pause, dann aber zieht es wieder Luft ein zum neuen Stoß. Dieses Einziehen der Luft, das ein die Erde erschütternder Lärm sein muß, nicht nur wegen der Kraft des Tieres, sondern auch wegen seiner Eile, seines Arbeitseifers, diesen Lärm höre ich dann als leises Zischen. Gänzlich unverständlich bleibt mir allerdings seine Fähigkeit, unaufhörlich zu arbeiten; vielleicht enthalten die kleinen Pausen auch die Gelegenheit für ein winziges Ausruhen, aber zu einem wirklichen großen Ausruhen ist es scheinbar noch nicht gekommen, Tag und Nacht gräbt es immer in gleicher Kraft und Frische, seinen eiligst auszuführenden Plan vor Augen, den zu verwirklichen es alle Fähigkeiten besitzt. Nun, einen solchen Gegner habe ich nicht erwarten können. Aber abgesehen von seinen Eigentümlichkeiten ereignet sich jetzt doch nur etwas, was ich eigentlich immer zu befürchten gehabt hätte, etwas, wogegen ich hätte immer Vorbereitungen treffen sollen: Es kommt jemand heran! Wie kam es nur, daß so lange Zeit alles still und glücklich verlief? Wer hat die Wege der Feinde gelenkt, daß sie den großen Bogen machten um meinen Besitz? Warum wurde ich so lange beschützt, um jetzt so geschreckt zu werden? Was waren alle kleinen Gefahren, mit deren Durchdenken ich die Zeit hinbrachte gegen diese eine! Hoffte ich als Besitzer des Baues die Übermacht zu haben gegen jeden, der käme? Eben als Besitzer dieses großen empfindlichen Werkes bin ich wohlverstanden gegenüber jedem ernsteren Angriff wehrlos. Das Glück seines Besitzes hat mich verwöhnt, die Empfindlichkeit des Baues hat mich empfindlich gemacht, seine Verletzungen schmerzen mich, als wären es die meinen. Eben dieses hätte ich voraussehen müssen, nicht nur an meine eigene Verteidigung denken – und wie leichthin und ergebnislos habe ich selbst das getan –, sondern an die Verteidigung des Baues. Es müßte vor allem Vorsorge dafür getroffen sein, daß einzelne Teile des Baues, und möglichst viele einzelne Teile, wenn sie von jemandem angegriffen werden, durch Erdverschüttungen, die in kürzester Zeit erzielbar sein müßten, von den weniger gefährdeten Teilen getrennt werden und zwar durch solche Erdmassen, und derart wirkungsvoll getrennt werden könnten, daß der Angreifer gar nicht ahnte, daß dahinter erst der eigentliche Bau ist. Noch mehr, diese Erdverschüttungen müßten geeignet sein, nicht nur den Bau zu verbergen, sondern auch den Angreifer zu begraben. Nicht den kleinsten Anlauf zu etwas derartigem habe ich gemacht, nichts, gar nichts ist in dieser Richtung geschehen, leichtsinnig wie ein Kind bin ich gewesen, meine Mannesjahre habe ich mit kindlichen Spielen verbracht, selbst mit den Gedanken an die Gefahren habe ich nur gespielt, an die wirklichen Gefahren wirklich zu denken, habe ich versäumt. Und an Mahnungen hat es nicht gefehlt.

Etwas, was an das jetzige heranreichen würde, ist allerdings nicht geschehen, aber doch immerhin etwas ähnliches in den Anfangszeiten des Baues. Der Hauptunterschied war eben, daß es die Anfangszeiten des Baues waren … Ich arbeitete damals, förmlich als kleiner Lehrling, noch am ersten Gang, das Labyrinth war erst in grobem

Umriß entworfen, einen kleinen Platz hatte ich schon ausgehöhlt, aber er war im Ausmaß und in der Wandbehandlung ganz mißlungen; kurz, alles war derartig am Anfang, daß es überhaupt nur als Versuch gelten konnte, als etwas, das man, wenn einmal die Geduld reißt, ohne großes Bedauern plötzlich liegen lassen könnte. Da geschah es, daß ich einmal in der Arbeitspause – ich habe in meinem Leben immer zu viel Arbeitspausen gemacht – zwischen meinen Erdhaufen lag und plötzlich ein Geräusch in der Ferne hörte. Jung wie ich war, wurde ich dadurch mehr neugierig als ängstlich. Ich ließ die Arbeit und verlegte mich aufs Horchen, immerhin horchte ich und lief nicht oben unter das Moos, um mich dort zu strecken und nicht horchen zu müssen. Wenigstens horchte ich. Ich konnte recht wohl unterscheiden, daß es sich um ein Graben handelte, ähnlich dem meinen, etwas schwächer klang es wohl, aber wieviel davon der Entfernung zuzusprechen war, konnte man nicht wissen. Ich war gespannt, aber sonst kühl und ruhig. Vielleicht bin ich in einem fremden Bau, dachte ich, und der Besitzer gräbt sich jetzt an mich heran. Hätte sich die Richtigkeit dieser Annahme herausgestellt, wäre ich, da ich niemals eroberungssüchtig oder angriffslustig gewesen bin, weggezogen, um anderswo zu bauen. Aber freilich, ich war noch jung und hatte noch keinen Bau, ich konnte noch kühl und ruhig sein. Auch der weitere Verlauf der Sache brachte mir keine wesentliche Aufregung, nur zu deuten war er nicht leicht. Wenn der, welcher dort grub, wirklich zu mir hinstrebte, weil er mich graben gehört hatte, so war es, wenn er, wie es jetzt tatsächlich geschah, die Richtung änderte, nicht festzustellen, ob er dies tat, weil ich durch meine Arbeitspause ihm jeden Anhaltspunkt für seinen Weg nahm, oder vielmehr, weil er selbst seine Absicht änderte. Vielleicht aber hatte ich mich überhaupt getäuscht und er hatte sich niemals geradezu gegen mich gerichtet, jedenfalls verstärkte sich das Geräusch noch eine Zeitlang, so als nähere er sich, ich Junger wäre damals vielleicht gar nicht damit unzufrieden gewesen, den Graber plötzlich aus der Erde hervortreten zu sehen, es geschah aber nichts dergleichen, von einem bestimmten Punkte an begann sich das Graben abzuschwächen, es wurde leiser und leiser, so als schwenke der Graber allmählich von seiner ersten Richtung ab und auf einmal brach er ganz ab, als habe er sich jetzt zu einer völlig entgegengesetzten Richtung entschlossen und rücke geradewegs von mir weg in die Ferne. Lange horchte ich ihm noch in die Stille nach, ehe ich wieder zu arbeiten begann. Nun, diese Mahnung war deutlich genug, aber bald vergaß ich sie und auf meine Baupläne hat sie kaum einen Einfluß gehabt.

Zwischen damals und heute liegt mein Mannesalter; ist es aber nicht so, als läge gar nichts dazwischen? Noch immer mache ich eine große Arbeitspause und horche an der Wand und der Graber hat neuerlich seine Absicht geändert, er hat Kehrt gemacht, er kommt zurück von seiner Reise, er glaubt, er hätte mir inzwischen genug Zeit gelassen, mich für seinen Empfang einzurichten. Aber auf meiner Seite ist alles weniger eingerichtet, als es damals war, der große Bau steht da, wehrlos, und ich bin kein kleiner Lehrling mehr, sondern ein alter Baumeister und, was ich an Kräften noch habe, versagt mir, wenn es zur Entscheidung kommt, aber wie alt ich auch bin, es scheint mir, daß ich recht gern noch älter wäre, als ich bin, so alt, daß ich mich gar nicht mehr erheben könnte von meinem Ruhelager unter dem Moos. Denn in Wirklichkeit ertrage ich es hier doch nicht, erhebe mich und jage, als hätte ich mich hier statt mit Ruhe mit neuen Sorgen erfüllt, wieder hinunter ins Haus. – Wie standen die Dinge zuletzt? Das Zischen war schwächer geworden? Nein, es war stärker geworden. Ich horche an zehn beliebigen Stellen und merke die Täuschung deutlich, das Zischen ist gleichgeblieben, nichts hat sich geändert. Dort drüben gehen keine Veränderungen vor sich, dort ist man ruhig und über die Zeit erhaben, hier aber rüttelt jeder Augenblick am Horcher. Und ich gehe wieder den langen Weg zum Burgplatz zurück, alles ringsherum scheint mir erregt, scheint mich anzusehen, scheint dann auch gleich wieder wegzusehen, um mich nicht zu stören, und strengt sich doch wieder an, von meinen Mienen die rettenden Entschlüsse abzulesen. Ich schüttle den Kopf, ich habe noch keine. Auch zum Burgplatz gehe ich nicht, um dort irgendeinen Plan auszuführen. Ich komme an der Stelle vorüber, wo ich den Forschungsgraben hatte anlegen wollen, ich prüfe sie nochmals, es wäre eine gute Stelle gewesen, der Graben hätte in der Richtung geführt, in welcher die meisten kleinen Luftzuführungen liegen, die mir die Arbeit sehr erleichtert hätten, vielleicht hätte ich gar nicht sehr weit graben müssen, hätte mich gar nicht herangraben müssen an den Ursprung des Geräusches, vielleicht hätte das Horchen an den Zuführungen genügt. Aber keine Überlegung ist stark genug, um mich zu dieser Grabungsarbeit aufzumuntern. Dieser Graben soll mir Gewißheit bringen? Ich bin so weit, daß ich Gewißheit gar nicht haben will. Auf dem Burgplatz wähle ich ein schönes Stück enthäuteten roten Fleisches aus und verkrieche mich damit in einen der Erdhaufen, dort wird jedenfalls Stille sein, soweit es hier überhaupt eigentliche Stille noch gibt. Ich lecke und nasche am Fleisch, denke abwechselnd einmal an das fremde Tier, das in der Ferne seinen Weg zieht, und dann wieder daran, daß ich, solange ich noch die Möglichkeit habe, ausgiebigst meine Vorräte genießen sollte. Dieses letztere ist wahrscheinlich der einzige ausführbare Plan, den ich habe. Im übrigen suche ich den Plan des Tieres zu enträtseln. Ist es auf Wanderschaft oder arbeitet es an seinem eigenen Bau? Ist es auf Wanderschaft, dann wäre vielleicht eine Verständigung mit ihm möglich. Wenn es wirklich bis zu mir durchbricht, gebe ich ihm einiges von meinen Vorräten und es wird weiterziehen. Wohl, es wird weiterziehen. In meinen Erdhaufen kann ich natürlich von allem träumen, auch von Verständigung, obwohl ich genau weiß, daß es etwas derartiges nicht gibt, und daß wir in dem Augenblick, wenn wir einander sehen, ja wenn wir einander nur in der Nähe ahnen, gleich besinnungslos, keiner früher, keiner später, mit einem neuen anderen Hunger, auch wenn wir sonst völlig satt sind, Krallen und Zähne gegeneinander auftun werden. Und wie immer so auch hier mit vollem Recht, denn wer, wenn er auch auf Wanderschaft ist, würde angesichts des Baues seine Reise- und Zukunftspläne nicht ändern? Aber vielleicht gräbt das Tier in seinem eigenen Bau, dann kann ich von einer Verständigung nicht einmal träumen. Selbst wenn es ein so sonderbares Tier wäre, daß sein Bau eine Nachbarschaft vertragen würde, mein Bau verträgt sie nicht, zumindest eine hörbare Nachbarschaft verträgt er nicht. Nun scheint das Tier freilich sehr weit entfernt, wenn es sich nur noch ein wenig weiter zurückziehen würde, würde wohl auch das Geräusch verschwinden, vielleicht könnte dann noch alles gut werden wie in den alten Zeiten, es wäre dann nur eine böse, aber wohltätige Erfahrung, sie würde mich zu den verschiedensten Verbesserungen anregen; wenn ich Ruhe habe und die Gefahr nicht unmittelbar drängt, bin ich noch zu allerlei ansehnlicher Arbeit sehr wohl fähig, vielleicht verzichtet das Tier angesichts der ungeheuren Möglichkeiten, die es bei seiner Arbeitskraft zu haben scheint, auf die Ausdehnung seines Baues in der Richtung gegen den meinen und entschädigt sich auf einer anderen Seite dafür. Auch das läßt sich natürlich nicht durch Verhandlungen erreichen, sondern nur durch den eigenen Verstand des Tieres oder durch einen Zwang, der von meiner Seite ausgeübt würde. In beider Hinsicht wird entscheidend sein, ob und was das Tier von mir weiß. Je mehr ich darüber nachdenke, desto unwahrscheinlicher scheint es mir, daß das Tier mich überhaupt gehört hat, es ist möglich, wenn auch mir unvorstellbar, daß es sonst irgendwelche Nachrichten über mich hat, aber gehört hat es mich wohl nicht. Solange ich nichts von ihm wußte, kann es mich überhaupt nicht gehört haben, denn da verhielt ich mich still, es gibt nichts Stilleres als das Wiedersehen mit dem Bau, dann, als ich die Versuchsgrabungen machte, hätte es mich wohl hören können, obwohl meine Art zu graben sehr wenig Lärm macht –, wenn es mich aber gehört hätte, hätte doch auch ich etwas davon bemerken müssen, es hätte doch wenigstens in der Arbeit öfters innehalten müssen und horchen. – Aber alles blieb unverändert. – –

DER RIESENMAULWURF

Diejenigen, ich gehöre zu ihnen, die schon einen kleinen gewöhnlichen Maulwurf widerlich finden, wären wahrscheinlich vom Widerwillen getötet worden, wenn sie den Riesenmaulwurf gesehen hätten, der vor einigen Jahren in der Nähe eines kleinen Dorfes beobachtet worden ist, das dadurch eine gewisse vorübergehende Berühmtheit erlangt hat. Jetzt ist es allerdings schon längst wieder in Vergessenheit geraten und teilt damit nur die Ruhmlosigkeit der ganzen Erscheinung, die vollständig unerklärt geblieben ist, die man aber zu erklären sich auch nicht sehr bemüht hat und die infolge einer unbegreiflichen Nachlässigkeit jener Kreise, die sich darum hätten kümmern sollen und die sich tatsächlich angestrengt um viel geringfügigere Dinge kümmern, ohne genauere Untersuchung vergessen worden ist. Darin, daß das Dorf weit von der Eisenbahn abliegt, kann jedenfalls keine Entschuldigung dafür gefunden werden. Viele Leute kamen aus Neugierde von weither, sogar aus dem Ausland, nur diejenigen, die mehr als Neugierde hätten zeigen sollen, die kamen nicht. Ja, hätten nicht einzelne ganz einfache Leute, Leute, deren gewöhnliche Tagesarbeit ihnen kaum ein ruhiges Aufatmen gestattete, hätten nicht diese Leute uneigennützig sich der Sache angenommen, das Gerücht von der Erscheinung wäre wahrscheinlich kaum über den nächsten Umkreis hinausgekommen. Es muß zugegeben werden, daß selbst das Gerücht, das sich doch sonst kaum aufhalten läßt, in diesem Falle geradezu schwerfällig war; hätte man es nicht förmlich gestoßen, es hätte sich nicht verbreitet. Aber auch das war gewiß kein Grund, sich mit der Sache nicht zu beschäftigen, im Gegenteil, auch diese Erscheinung hätte noch untersucht werden müssen. Statt dessen überließ man die einzige schriftliche Behandlung des Falles dem alten Dorflehrer, der zwar ein ausgezeichneter Mann in seinem Berufe war, aber dessen Fähigkeiten ebensowenig wie seine Vorbildung es ihm ermöglichten, eine gründliche und weiterhin verwertbare Beschreibung, geschweige denn eine Erklärung zu liefern. Die kleine Schrift wurde gedruckt und an die damaligen Besucher des Dorfes viel verkauft, sie fand auch einige Anerkennung, aber der Lehrer war klug genug einzusehen, daß seine vereinzelten, von niemandem unterstützten Bemühungen im Grunde wertlos waren. Wenn er dennoch in ihnen nicht nachließ und die Sache, obwohl sie ihrer Natur nach von Jahr zu Jahr verzweifelter wurde, zu seiner Lebensaufgabe machte, so beweist das einerseits, wie groß die Wirkung war, welche die Erscheinung ausüben konnte, und andererseits, welche Anstrengung und Überzeugungstreue sich in einem alten, unbeachteten Dorflehrer vorfinden kann. Daß er aber unter der abweisenden Haltung der maßgebenden Persönlichkeiten schwer gelitten hat, beweist ein kleiner Nachtrag, den er seiner Schrift folgen ließ, allerdings erst nach einigen Jahren, aber zu einer Zeit, als sich kaum jemand mehr erinnern konnte, worum es sich hier gehandelt hatte. In diesem Nachtrag führt er, vielleicht nicht durch Geschicklichkeit, aber durch Ehrlichkeit überzeugend, Klage über die Verständnislosigkeit, die ihm bei Leuten begegnet ist, wo man sie am wenigsten hätte erwarten sollen. Von diesen Leuten sagt er treffend: »Nicht ich, aber sie reden wie alte Dorflehrer.« Und er führt unter anderem den Ausspruch eines Gelehrten an, zu dem er eigens in seiner Sache gefahren ist. Der Name des Gelehrten ist nicht genannt, aber aus verschiedenen Nebenumständen läßt sich erraten, wer es gewesen ist. Nachdem der Lehrer große Schwierigkeiten überwunden hatte, überhaupt Einlaß zu erlangen, merkte er schon bei der Begrüßung, daß der Gelehrte in einem unüberwindbaren Vorurteil in betreff seiner Sache befangen war. In welcher Zerstreutheit er dem langen Bericht des Lehrers zuhörte, den dieser an der Hand seiner Schrift erstattete, zeigte sich in der Bemerkung, die er nach einiger scheinbarer Überlegung machte: »Die Erde ist doch in Ihrer Gegend besonders schwarz und schwer. Nun, sie gibt deshalb auch den Maulwürfen besonders fette Nahrung und sie werden ungewöhnlich groß.« »Aber so groß doch nicht«, rief der Lehrer und maß, in seiner Wut ein wenig übertreibend, zwei Meter an der Wand ab. »O doch«, antwortete der Gelehrte, dem das Ganze offenbar sehr spaßhaft vorkam. Mit diesem Bescheide fuhr der Lehrer nach Hause zurück. Er erzählt, wie ihn am Abend im Schneefall auf der Landstraße seine Frau und seine sechs Kinder erwartet hätten und wie er ihnen das endgültige Mißlingen seiner Hoffnungen bekennen mußte.

Als ich von dem Verhalten des Gelehrten gegenüber dem Lehrer las, kannte ich noch gar nicht die Hauptschrift des Lehrers. Aber ich entschloß mich, sofort alles, was ich über den Fall in Erfahrung bringen konnte, selbst zu sammeln und zusammenzustellen. Da ich dem Gelehrten nicht die Faust vor das Gesicht halten konnte, sollte wenigstens meine Schrift den Lehrer verteidigen oder, besser ausgedrückt, nicht so sehr den Lehrer als die gute Absicht eines ehrlichen, aber einflußlosen Mannes. Ich gestehe, ich bereute später diesen Entschluß, denn ich fühlte bald, daß seine Ausführung mich in eine wunderbare Lage bringen mußte. Einerseits war auch mein Einfluß bei weitem nicht hinreichend, um den Gelehrten oder gar die öffentliche Meinung zugunsten des Lehrers umzustimmen, andererseits aber mußte der Lehrer merken, daß mir an seiner Hauptabsicht, dem Nachweis der Erscheinung des großen Maulwurfes, weniger lag als an der Verteidigung seiner Ehrenhaftigkeit, die ihm wiederum selbstverständlich und keiner Verteidigung bedürftig schien. Es mußte also dahin kommen, daß ich, der ich mich dem Lehrer verbinden wollte, bei ihm kein Verständnis fand, und wahrscheinlich, statt zu helfen, für mich einen neuen Helfer brauchen würde, dessen Auftreten wohl sehr unwahrscheinlich war. Außerdem bürdete ich mir mit meinem Entschluß eine große Arbeit auf. Wollte ich überzeugen, so durfte ich mich nicht auf den Lehrer berufen, der ja nicht hatte überzeugen können. Die Kenntnis seiner Schrift hätte mich nur beirrt und ich vermied es daher, sie vor Beendigung meiner eigenen Arbeit zu lesen. Ja, ich trat nicht einmal mit dem Lehrer in Verbindung. Allerdings erfuhr er durch Mittelspersonen von meinen Untersuchungen, aber er wußte nicht, ob ich in seinem Sinne arbeitete oder gegen ihn. Ja, er vermutete wahrscheinlich sogar das letztere, wenn er es später auch leugnete, denn ich habe Beweise darüber, daß er mir verschiedene Hindernisse in den Weg gelegt hat. Das konnte er sehr leicht, denn ich war ja gezwungen, alle Untersuchungen, die er schon durchgeführt hatte, nochmals vorzunehmen und er konnte mir daher immer zuvorkommen. Das war aber der einzige Vorwurf, der meiner Methode mit Recht gemacht werden konnte, übrigens ein unausweichlicher Vorwurf, der aber durch die Vorsicht, ja Selbstverleugnung meiner Schlußfolgerungen sehr entkräftet wurde. Sonst aber war meine Schrift von jeder Einflußnahme des Lehrers frei, vielleicht hatte ich in diesem Punkte sogar allzu große Peinlichkeit bewiesen, es war durchaus so, als hätte bisher niemand den Fall untersucht, als wäre ich der erste, der die Augen- und Ohrenzeugen verhörte, der erste, der die Angaben aneinanderreihte, der erste, der Schlüsse zog. Als ich später die Schrift des Lehrers las – sie hatte einen sehr umständlichen Titel: »Ein Maulwurf, so groß, wie ihn noch niemand gesehen hat« –, fand ich tatsächlich, daß wir in wesentlichen Punkten nicht übereinstimmten, wenn wir auch beide die Hauptsache, nämlich die Existenz des Maulwurfs, bewiesen zu haben glaubten. Immerhin verhinderten jene einzelnen Meinungsverschiedenheiten die Entstehung eines freundschaftlichen Verhältnisses zum Lehrer, das ich eigentlich trotz allem erwartet hatte. Es entwickelte sich fast eine gewisse Feindseligkeit von seiner Seite. Er blieb zwar immer bescheiden und demütig mir gegenüber, aber desto deutlicher konnte man seine wirkliche Stimmung merken. Er war nämlich der Meinung, daß ich ihm mit der Sache durchaus geschadet habe, und daß mein Glaube, ich hätte ihm genützt oder nützen können, im besten Fall Einfältigkeit, wahrscheinlich aber Anmaßung oder

Hinterlist sei. Vor allem wies er öfters darauf hin, daß alle seine bisherigen Gegner ihre Gegnerschaft überhaupt nicht oder bloß unter vier Augen oder wenigstens nur mündlich gezeigt hätten, während ich es für nötig gehalten hätte, alle meine Aussetzungen sofort drucken zu lassen. Außerdem hätten die wenigen Gegner, welche sich wirklich mit der Sache, wenn auch nur oberflächlich, beschäftigt hätten, doch wenigstens seine, des Lehrers Meinung, also die hier maßgebende Meinung angehört, ehe sie sich selber geäußert hätten, ich aber hätte aus unsystematisch gesammelten und zum Teil mißverstandenen Angaben Ergebnisse hervorgebracht, die, selbst wenn sie in der Hauptsache richtig waren, doch unglaubwürdig wirken mußten, und zwar sowohl auf die Menge als auch auf die Gebildeten. Der schwächste Schein der Unglaubwürdigkeit wäre aber das Schlimmste, was hier geschehen konnte.

Auf diese, wenn auch verhüllt vorgebrachten, Vorwürfe hätte ich ihm leicht antworten können – so stellte zum Beispiel gerade seine Schrift wohl den Höhepunkt der Unglaubwürdigkeit dar –, weniger leicht aber war es, gegen seinen sonstigen Verdacht anzukämpfen, und das war der Grund, warum ich mich überhaupt im ganzen ihm gegenüber sehr zurückhielt. Er glaubte nämlich im geheimen, daß ich ihn um den Ruhm hatte bringen wollen, der erste öffentliche Fürsprecher des Maulwurfs zu sein. Nun war ja für seine Person gar kein Ruhm vorhanden, sondern nur eine Lächerlichkeit, die sich aber auch auf einen immer kleineren Kreis einschränkte und um die ich mich gewiß nicht bewerben wollte. Außerdem aber hatte ich in der Einleitung zu meiner Schrift ausdrücklich erklärt, daß der Lehrer für alle Zeiten als Entdecker des Maulwurfs zu gelten habe – der Entdecker aber war er nicht einmal – und daß nur die Anteilnahme am Schicksal des Lehrers mich zur Abfassung der Schrift gedrängt habe. »Der Zweck dieser Schrift ist es«, – so schloß ich allzu pathetisch, aber es entsprach meiner damaligen Erregung – »der Schrift des Lehrers zur verdienten Verbreitung zu helfen. Gelingt dies, dann soll mein Name, der vorübergehend und nur äußerlich in diese Angelegenheit verwickelt wird, sofort aus ihr gelöscht werden.« Ich wehrte also geradezu jede größere Beteiligung an der Sache ab; es war fast, als hätte ich irgendwie den unglaublichen Vorwurf des Lehrers vorausgeahnt. Trotzdem fand er gerade in dieser Stelle die Handhabe gegen mich, und ich leugne nicht, daß eine scheinbare Spur von Berechtigung in dem, was er sagte oder vielmehr andeutete, enthalten war, wie mir überhaupt einigemal auffiel, daß er in mancher Hinsicht mir gegenüber fast mehr Scharfsinn zeigte als in seiner Schrift. Er behauptete nämlich, meine Einleitung sei doppelzüngig. Wenn mir wirklich nur daran lag, seine Schrift zu verbreiten, warum befaßte ich mich nicht ausschließlich mit ihm und seiner Schrift, warum zeigte ich nicht ihre Vorzüge, ihre Unwiderlegbarkeit, warum beschränkte ich mich nicht darauf, die Bedeutung der Entdeckung hervorzuheben und begreiflich zu machen, warum drängte ich mich vielmehr unter vollständiger Vernachlässigung der Schrift in die Entdeckung selbst. War sie etwa nicht schon getan? Blieb etwa in dieser Hinsicht noch etwas zu tun übrig? Wenn ich aber wirklich glaubte, die Entdeckung noch einmal machen zu müssen, warum sagte ich mich dann in der Einleitung von der Entdeckung so feierlich los? Das hätte heuchlerische Bescheidenheit sein können, aber es war etwas Ärgeres. Ich entwertete die Entdeckung, ich machte auf sie aufmerksam nur zu dem Zweck, sie zu entwerten, während er sie doch erforscht und beiseite gelegt hatte. Es war vielleicht rings um diese Sache ein wenig stiller geworden, nun machte ich wieder Lärm, machte aber gleichzeitig die Lage des Lehrers schwieriger, als sie jemals gewesen war. Was bedeutete denn für den Lehrer die Verteidigung seiner Ehrenhaftigkeit! An der Sache, nur an der Sache lag ihm. Diese aber verriet ich, weil ich sie nicht verstand, weil ich sie nicht richtig einschätzte, weil ich keinen Sinn für sie hatte. Sie ging himmelhoch über meinen Verstand hinaus. Er saß vor mir und sah mich mit seinem alten, faltigen Gesicht ruhig an, und doch war nur dieses seine Meinung. Allerdings war es nicht richtig, daß ihm nur an der Sache lag, er war sogar recht ehrgeizig und wollte auch Geld gewinnen, was mit Rücksicht auf seine zahlreiche Familie sehr begreiflich war. Trotzdem schien ihm mein Interesse an der Sache vergleichsweise so gering, daß er glaubte, sich als vollständig uneigennützig hinstellen zu dürfen, ohne eine allzu große Unwahrheit zu sagen. Und es genügte tatsächlich nicht einmal für meine innere Befriedigung, wenn ich mir sagte, daß die Vorwürfe des Mannes im Grunde nur darauf zurückgehen, daß er gewissermaßen seinen Maulwurf mit beiden Händen festhält und jeden, der ihm nur mit dem Finger nahe kommen will, einen Verräter nennt. Es war nicht so, sein Verhalten war nicht durch Geiz, wenigstens nicht durch Geiz allein zu erklären, eher durch die Gereiztheit, welche seine großen Anstrengungen und deren vollständige Erfolglosigkeit in ihm hervorgerufen hatten. Aber auch die Gereiztheit erklärte nicht alles. Vielleicht war mein Interesse an der Sache wirklich zu gering. An Fremden war für den Lehrer Interesselosigkeit schon etwas Gewöhnliches, er litt darunter im allgemeinen, aber nicht mehr im einzelnen. Hier aber hatte sich endlich einer gefunden, der sich der Sache in außerordentlicher Weise annahm, und selbst dieser begriff die Sache nicht. Einmal in diese Richtung gedrängt, wollte ich gar nicht leugnen. Ich bin kein Zoologe, vielleicht hätte ich mich für diesen Fall, wenn ich ihn selbst entdeckt hätte, bis auf den Herzensgrund ereifert, aber ich hatte ihn doch nicht entdeckt. Ein so großer Maulwurf ist gewiß eine Merkwürdigkeit, aber die dauernde Aufmerksamkeit der ganzen Welt darf man nicht dafür verlangen, besonders wenn die Existenz des Maulwurfs nicht vollständig einwandfrei festgestellt ist und man ihn jedenfalls nicht vorführen kann. Und ich gestand auch ein, daß ich mich wahrscheinlich für den Maulwurf selbst, wenn ich der Entdecker gewesen wäre, niemals so eingesetzt hätte, wie ich es für den Lehrer gern und freiwillig tat.

Nun hätte sich wahrscheinlich die Nichtübereinstimmung zwischen mir und dem Lehrer bald aufgelöst, wenn meine Schrift Erfolg gehabt hätte. Aber gerade dieser Erfolg blieb aus. Vielleicht war sie nicht gut, nicht überzeugend genug geschrieben, ich bin Kaufmann, die Abfassung einer solchen Schrift geht vielleicht über den mir gesetzten Kreis noch weiter hinaus, als dies beim Lehrer der Fall war, obwohl ich allerdings in allen hierfür nötigen Kenntnissen den Lehrer bei weitem übertraf. Auch ließ sich der Mißerfolg noch anders deuten, der Zeitpunkt des Erscheinens war vielleicht ungünstig. Die Entdeckung des Maulwurfes, die nicht hatte durchdringen können, lag einerseits nicht so weit zurück, als daß man sie vollständig vergessen hätte und durch meine Schrift also etwa überrascht worden wäre, andererseits aber war Zeit genug vergangen, um das geringe Interesse, das ursprünglich vorhanden gewesen war, gänzlich zu erschöpfen. Jene, die sich überhaupt über meine Schrift Gedanken machten, sagten sich mit einer Trostlosigkeit, die schon vor Jahren diese Diskussion beherrscht hatte, daß nun wohl wieder die nutzlosen Anstrengungen für diese öde Sache beginnen sollen, und manche verwechselten sogar meine Schrift mit der des Lehrers. In einer führenden landwirtschaftlichen Zeitschrift fand sich folgende Bemerkung, glücklicherweise nur zum Schluß und klein gedruckt: »Die Schrift über den Riesenmaulwurf ist uns wieder zugeschickt worden. Wir erinnern uns, schon einmal vor Jahren über sie herzlich gelacht zu haben. Sie ist seitdem nicht klüger geworden und wir nicht dümmer. Bloß lachen können wir nicht zum zweitenmal. Dagegen fragen wir unsere Lehrervereinigungen, ob ein Dorfschullehrer nicht nützlichere Arbeit finden kann, als Riesenmaulwürfen nachzujagen.« Eine unverzeihliche Verwechslung! Man hatte weder die erste, noch die zweite Schrift gelesen, und die zwei armseligen in der Eile aufgeschnappten Worte Riesenmaulwurf und Dorfschullehrer genügten schon den Herren, um sich als Vertreter anerkannter Interessen in Szene zu setzen. Dagegen hätte gewiß Verschiedenes mit Erfolg unternommen werden können, aber die mangelnde Verständigung mit dem Lehrer hielt mich davon ab. Ich versuchte vielmehr, die Zeitschrift vor ihm geheimzuhalten, so lange es mir möglich war. Aber er entdeckte sie sehr bald, ich erkannte es schon aus einer Bemerkung in einem Brief, in dem er mir seinen Besuch für die Weihnachtsfeiertage in Aussicht stellte. Er schrieb dort: »Die Welt ist schlecht und man macht es ihr leicht«, womit er ausdrücken wollte, daß ich zu der schlechten Welt gehöre, mich aber mit der mir innewohnenden Schlechtigkeit nicht begnüge, sondern es der Welt auch noch leicht mache, das heißt, tätig bin, um die allgemeine Schlechtigkeit hervorzulocken und ihr zum Sieg zu verhelfen. Nun, ich hatte schon die nötigen Entschlüsse gefaßt, konnte ihn ruhig erwarten und ruhig zusehen, wie er ankam, sogar weniger höflich grüßte als sonst, sich stumm mir gegenübersetzte, sorgfältig aus der Brusttasche seines eigentümlich wattierten Rockes die Zeitschrift hervorzog und sie aufgeschlagen vor mich hinschob. »Ich kenne es«, sagte ich und schob die Zeitschrift ungelesen wieder zurück. »Sie kennen es«, sagte er seufzend, er hatte die alte Lehrergewohnheit, fremde Antworten zu wiederholen. »Ich werde das natürlich nicht ohne Abwehr hinnehmen«, fuhr er fort, tippte aufgeregt mit dem Finger auf die Zeitschrift und sah mich dabei scharf an, als wäre ich der entgegengesetzten Meinung; eine Ahnung dessen, was ich sagen wollte, hatte er wohl; ich habe auch sonst nicht so sehr aus seinen Worten, als aus sonstigen Zeichen zu bemerken geglaubt, daß er oft eine sehr richtige Empfindung für meine Absichten hatte, ihr aber nicht nachgab und sich ablenken ließ. Das, was ich ihm damals sagte, kann ich fast wortgetreu wiedergeben, da ich es kurz nach der Unterredung notiert habe. »Tut, was Ihr wollt«, sagte ich, »unsere Wege scheiden sich von heute ab. Ich glaube, daß es Euch weder unerwartet, noch ungelegen kommt. Die Notiz hier in der Zeitschrift ist nicht die Ursache meines Entschlusses, sie hat ihn bloß endgültig befestigt; die eigentliche Ursache liegt darin, daß ich ursprünglich glaubte, Euch durch mein Auftreten nützen zu können, während ich jetzt sehen muß, daß ich Euch in jeder Richtung geschadet habe. Warum es sich so gewendet hat, weiß ich nicht, die Gründe für Erfolg und Mißerfolg sind immer vieldeutig, sucht nicht nur jene Deutungen hervor, die gegen mich sprechen. Denkt an Euch, auch Ihr hattet die besten Absichten und doch Mißerfolg, wenn man das Ganze ins Auge faßt. Ich meine es nicht im Scherz, es geht ja gegen mich selbst, wenn ich sage, daß auch die Verbindung mit mir leider zu Euren Mißerfolgen zählt. Daß ich mich jetzt von der Sache zurückziehe, ist weder Feigheit noch Verrat. Es geschieht sogar nicht ohne Selbstüberwindung; wie sehr ich Eure Person achte, geht schon aus meiner Schrift hervor, Ihr seid mir in gewisser Hinsicht ein Lehrer geworden, und sogar der Maulwurf wurde mir fast lieb. Trotzdem trete ich beiseite, Ihr seid der Entdecker, und wie ich es auch anstellen wollte, ich hindere immer, daß der mögliche Ruhm Euch trifft, während ich den Mißerfolg anziehe und auf Euch weiterleite. Wenigstens ist dies Eure Meinung. Genug davon. Die einzige Buße, die ich auf mich nehmen kann, ist, daß ich Euch um Verzeihung bitte und wenn Ihr es verlangt, das Geständnis, das ich Euch hier gemacht habe, auch öffentlich, zum Beispiel in dieser Zeitschrift, wiederhole.«

Das waren damals meine Worte, sie waren nicht ganz aufrichtig, aber das Aufrichtige war ihnen leicht zu entnehmen. Meine Erklärung wirkte auf ihn so, wie ich es ungefähr erwartet hatte. Die meisten alten Leute haben jüngeren gegenüber etwas Täuschendes, etwas Lügnerisches in ihrem Wesen, man lebt ruhig neben ihnen fort, glaubt das Verhältnis gesichert, kennt die vorherrschenden Meinungen, bekommt fortwährend Bestätigungen des Friedens, hält alles für selbstverständlich und plötzlich, wenn sich doch etwas Entscheidendes ereignet und die so lange vorbereitete Ruhe wirken sollte, erheben sich diese alten Leute wie Fremde, haben tiefere, stärkere Meinungen, entfalten förmlich jetzt erst ihre Fahne und man liest darauf mit Schrecken den neuen Spruch. Dieser Schrecken stammt vor allem daher, weil das, was die Alten jetzt sagen, wirklich viel berechtigter, sinnvoller, und als ob es eine Steigerung des Selbstverständlichen gäbe, noch selbstverständlicher ist. Das unübertrefflich Lügnerische daran aber ist, daß sie das, was sie jetzt sagen, im Grunde immer gesagt haben. Ich muß mich tief in diesen Dorfschullehrer eingebohrt haben, daß er mich jetzt nicht ganz überraschte. »Kind«, sagte er, legte seine Hand auf die meine und rieb sie freundschaftlich, »wie kamt Ihr denn überhaupt auf den Gedanken, Euch auf diese Sache einzulassen? – Gleich als ich zum erstenmal davon hörte, sprach ich mit meiner Frau darüber.« Er rückte vom Tische ab, breitete die Arme aus und blickte zu Boden, als stehe dort unten winzig seine Frau und er spreche mit ihr. »›So viele Jahre‹, sagte ich zu ihr, ›kämpfen wir allein, jetzt aber scheint in der Stadt ein hoher Gönner für uns einzutreten, ein städtischer Kaufmann, namens Soundso. Jetzt sollten wir uns doch sehr freuen, nicht? Ein Kaufmann in der Stadt bedeutet nicht wenig; wenn ein lumpiger Bauer uns glaubt und es ausspricht, so kann uns das nichts helfen, denn was ein Bauer macht, ist immer unanständig, ob er nun sagt: Der alte Dorfschullehrer hat recht, oder ob er etwa unpassenderweise ausspuckt, beides ist in der Wirkung einander gleich. Und stehen statt des einen Bauern zehntausend Bauern auf, so ist die Wirkung womöglich noch schlechter. Ein Kaufmann in der Stadt ist dagegen etwas anderes, ein solcher Mann hat Verbindungen, selbst das, was er nur nebenbei sagt, spricht sich in weiteren Kreisen herum, neue Gönner nehmen sich der Sache an, einer sagt zum Beispiel: Auch von Dorfschullehrern kann man lernen, und am nächsten Tag flüstern es sich schon eine Menge von Leuten zu, von denen man es, nach ihrem Äußeren zu schließen, niemals annehmen würde. Jetzt finden sich Geldmittel für die Sache, einer sammelt und die anderen zahlen ihm das Geld in die Hand, man meint, der Dorfschullehrer müsse aus dem Dorf hervorgeholt werden, man kommt, kümmert sich nicht um sein Aussehen, nimmt ihn in die Mitte und, da sich die Frau und die Kinder an ihn hängen, nimmt man auch sie mit. Hast du schon Leute aus der Stadt beobachtet? Das zwitschert unaufhörlich. Ist eine Reihe von ihnen beisammen, so geht das Zwitschern von rechts nach links und wieder zurück und auf und ab. Und so heben sie uns zwitschernd in den Wagen, man hat kaum Zeit, allen zuzunicken. Der Herr auf dem Kutschbock rückt seinen Zwicker zurecht, schwingt die Peitsche und wir fahren. Alle winken zum Abschied dem Dorfe zu, so als ob wir noch dort wären und nicht mitten unter ihnen säßen. Aus der Stadt kommen einige Wagen mit besonders Ungeduldigen uns entgegen. Wie wir uns nähern, stehen sie von ihren Sitzen auf und strecken sich, um uns zu sehen. Der, welcher Geld gesammelt hat, ordnet alles und ermahnt zur Ruhe. Es ist schon eine große Wagenreihe, wie wir in der Stadt einfahren. Wir haben geglaubt, daß die Begrüßung schon vorüber ist, aber nun vor dem Gasthof beginnt sie erst. In der Stadt sammeln sich eben auf einen Aufruf gleich sehr viele Leute an. Worum sich der eine kümmert, kümmert sich gleich auch der andere. Sie nehmen einander mit ihrem Atem die Meinungen weg und eignen sich sie an. Nicht alle diese Leute können mit dem Wagen fahren, sie warten vor dem Gasthof, andere könnten zwar fahren, aber sie tun es aus Selbstbewußtsein nicht. Auch diese warten. Es ist unbegreiflich, wie der, welcher Geld gesammelt hat, den Überblick über alles behält.‹«

Ich hatte ihm ruhig zugehört; ja, ich war während der Rede immer ruhiger geworden. Auf dem Tisch hatte ich alle Exemplare meiner Schrift, so viele ich ihrer noch besaß, aufgehäuft. Es fehlten nur sehr wenige, denn ich hatte in der letzten Zeit durch ein Rundschreiben alle ausgeschickten Exemplare zurückgefordert und hatte auch die meisten erhalten. Von vielen Seiten war mir übrigens sehr höflich geschrieben worden, daß man sich gar nicht erinnere, eine solche Schrift erhalten zu haben und daß man sie, wenn sie etwa doch gekommen sein sollte, bedauerlicherweise verloren haben müsse. Auch so war es richtig, ich wollte im Grunde nichts anderes. Nur einer bat mich, die Schrift als Kuriosum behalten zu dürfen, und verpflichtete sich, sie im Sinne meines Rundschreibens während der nächsten zwanzig Jahre niemandem zu zeigen. Dieses Rundschreiben hatte der Dorfschullehrer noch gar nicht gesehen. Ich freute mich, daß seine Worte es mir leicht machten, es ihm zu zeigen. Ich konnte dies aber auch sonst ohne Sorge tun, weil ich bei der Abfassung sehr vorsichtig vorgegangen war und das Interesse des Dorfschullehrers und seiner Sache niemals außer acht gelassen hatte. Die Hauptsätze des Schreibens lauteten nämlich: »Ich bitte nicht deshalb um Rückgabe der Schrift, weil ich etwa von den in der Schrift vertretenen Meinungen abgekommen bin oder sie vielleicht in einzelnen Teilen als irrig oder auch nur als unbeweisbar ansehen würde. Meine Bitte hat lediglich persönliche, allerdings sehr zwingende Gründe; auf meine Stellung zur Sache läßt sie jedoch nicht die allergeringsten Rückschlüsse zu. Ich bitte dies besonders zu beachten, und wenn es beliebt, auch zu verbreiten.«

Vorläufig hielt ich dieses Rundschreiben noch mit den Händen verdeckt und sagte: »Wollt Ihr mir Vorwürfe machen, weil es nicht so gekommen ist? Warum wollt Ihr das tun? Verbittern wir uns doch nicht das Auseinandergehen. Und versucht endlich einzusehen, daß Ihr zwar eine Entdeckung gemacht habt, daß aber diese Entdeckung nicht etwa alles andere überragt und daß infolgedessen auch das Unrecht, das Euch geschieht, nicht ein alles andere überragendes Unrecht ist. Ich kenne nicht die Satzungen der gelehrten Gesellschaften, aber ich glaube nicht, daß Euch selbst im günstigsten Falle ein Empfang bereitet worden wäre, der nur annähernd an jenen herangereicht hätte, wie Ihr ihn vielleicht Eurer armen Frau beschrieben habt. Wenn ich selbst etwas von der Wirkung der Schrift erhoffte, so glaubte ich, daß vielleicht ein Professor auf unseren Fall aufmerksam gemacht werden könnte, daß er irgendeinen jungen Studenten beauftragen würde, der Sache nachzugehen, daß dieser Student zu Euch gefahren und dort Eure und meine Untersuchungen nochmals in seiner Weise überprüfen würde, und daß er schließlich, wenn ihm das Ergebnis erwähnenswert schiene – hier ist festzuhalten, daß alle jungen Studenten voll Zweifel sind –, daß er dann eine eigene Schrift herausgeben würde, in welcher das, was Ihr geschrieben habt, wissenschaftlich begründet wäre. Jedoch selbst dann, wenn sich diese Hoffnung erfüllt hätte, wäre noch nicht viel erreicht gewesen. Die Schrift des Studenten, die einen so sonderbaren Fall verteidigt hätte, wäre vielleicht lächerlich gemacht worden. Ihr seht hier an dem Beispiel der landwirtschaftlichen Zeitschrift, wie leicht das geschehen kann, und wissenschaftliche Zeitschriften sind in dieser Hinsicht noch rüksichtsloser. Es ist auch verständlich, die Professoren tragen viel Verantwortung vor sich, vor der Wissenschaft, vor der Nachwelt, sie können sich nicht jeder neuen Entdeckung gleich an die Brust werfen. Wir andern sind ihnen gegenüber darin im Vorteil. Aber ich sehe von dem ab und will jetzt annehmen, daß die Schrift des Studenten sich durchgesetzt hätte. Was wäre dann geschehen? Euer Name wäre wohl einigemal in Ehren genannt worden, er hätte wahrscheinlich auch Eurem Stand genützt, man hätte gesagt: ›Unsere Dorfschullehrer haben offene Augen‹, und die Zeitschrift hier hätte, wenn Zeitschriften Gedächtnis und Gewissen hätten, Euch öffentlich abbitten müssen, es hätte sich dann auch ein wohlwollender Professor gefunden, um ein Stipendium für Euch zu erwirken, es ist auch wirklich möglich, daß man versucht hätte, Euch in die Stadt zu ziehen, Euch eine Stelle an einer städtischen Volksschule zu verschaffen und Euch so Gelegenheit zu geben, die wissenschaftlichen Hilfsmittel, welche die Stadt bietet, für Eure weitere Ausbildung zu verwerten. Wenn ich aber offen sein soll, so muß ich sagen, ich glaube, man hätte es nur versucht. Man hätte

Euch hierher berufen, Ihr wäret auch gekommen, und zwar als gewöhnlicher Bittsteller, wie es Hunderte gibt, ohne allen festlichen Empfang, man hätte mit Euch gesprochen, hätte Euer ehrliches Streben anerkannt, hätte aber doch auch gleichzeitig gesehen, daß Ihr ein alter Mann seid, daß in diesem Alter der Beginn eines wissenschaftlichen Studiums aussichtslos ist und daß Ihr vor allem mehr zufällig als planmäßig zu Eurer Entdeckung gelangt seid und über diesen Einzelfall hinaus nicht einmal weiter zu arbeiten beabsichtigt. Man hätte Euch aus diesen Gründen wohl im Dorf gelassen. Eure Entdeckung allerdings wäre weitergeführt worden, denn so klein ist sie nicht, daß sie, einmal zur Anerkennung gekommen, jemals vergessen werden könnte. Aber Ihr hättet nicht mehr viel von ihr erfahren, und was Ihr erfahren hättet, hättet Ihr kaum verstanden. Jede Entdeckung wird gleich in die Gesamtheit der Wissenschaften geleitet und hört damit gewissermaßen auf, Entdeckung zu sein, sie geht im Ganzen auf und verschwindet, man muß schon einen wissenschaftlich geschulten Blick haben, um sie dann noch zu erkennen. Sie wird gleich an Leitsätze geknüpft, von deren Dasein wir noch gar nicht gehört haben, und im wissenschaftlichen Streit wird sie an diesen Leitsätzen bis in die Wolken hinaufgerissen. Wie wollen wir das begreifen? Wenn wir gelehrten Diskussionen zuhören, glauben wir zum Beispiel, es handle sich um die Entdeckung, aber unterdessen handelt es sich um ganz andere Dinge, und ein nächstes Mal glauben wir, es handle sich um anderes, nicht um die Entdeckung, nun handelt es sich aber gerade um sie.

Versteht Ihr das? Ihr wäret im Dorf geblieben, hättet mit dem erhaltenen Geld Eure Familie ein wenig besser ernähren und kleiden dürfen, aber Eure Entdeckung wäre Euch entzogen gewesen, ohne daß Ihr Euch mit irgendwelcher Berechtigung dagegen hättet wehren können, denn erst in der Stadt kam sie zu ihrer wirklichen Geltung. Und man wäre vielleicht gegen Euch gar nicht undankbar gewesen, man hätte etwa über der Stelle, wo die Entdeckung gemacht worden ist, ein kleines Museum bauen lassen, es wäre eine Sehenswürdigkeit des Dorfes geworden, Ihr wäret der Schlüsselbewahrer gewesen und, um es auch an äußeren Ehrenzeichen nicht fehlen zu lassen, hätte man Euch eine kleine, an der Brust zu tragende Medaille verliehen, wie sie die Diener der wissenschaftlichen Institute zu tragen pflegen. Das alles wäre möglich gewesen; war es aber das, was Ihr wolltet?«

Ohne sich mit einer Antwort aufzuhalten, wandte er ganz richtig ein: »Und das suchtet Ihr also für mich zu erreichen?«

»Vielleicht«, sagte ich, »ich habe damals nicht so sehr aus Überlegungen gehandelt, als daß ich Euch jetzt bestimmt antworten könnte. Ich wollte Euch helfen, es ist aber mißlungen und ist sogar das Mißlungenste, was ich jemals getan habe. Darum will ich jetzt davon zurücktreten und es ungeschehen machen, soweit meine Kräfte reichen.«

»Nun gut«, sagte der Dorfschullehrer, nahm seine Pfeife heraus und begann, sie mit dem Tabak zu stopfen, den er lose in allen Taschen mit sich trug. »Ihr habt Euch freiwillig der undankbaren Sache angenommen und tretet jetzt auch freiwillig zurück. Es ist alles ganz richtig!« »Ich bin nicht starrköpfig« sagte ich. »Findet Ihr an meinem Vorschlag vielleicht etwas auszusetzen?« »Nein, gar nichts«, sagte der Dorfschullehrer, und seine Pfeife dampfte schon. Ich vertrug den Geruch seines Tabaks nicht und stand deshalb auf und ging im Zimmer herum. Ich war es schon von früheren Besprechungen her gewöhnt, daß der Dorfschullehrer mir gegenüber sehr schweigsam war und sich doch, wenn er einmal gekommen war, aus meinem Zimmer nicht fortrühren wollte. Es hatte mich schon manchmal sehr befremdet; er will noch etwas von mir, hatte ich dann immer gedacht und ihm Geld angeboten, das er auch regelmäßig annahm. Aber weggegangen war er immer erst dann, wenn es ihm beliebte. Gewöhnlich war dann die Pfeife ausgeraucht, er schwenkte sich um den Sessel herum, den er ordentlich und respektvoll an den Tisch rückte, griff nach seinem Knotenstock in der Erde, drückte mir eifrig die Hand und ging. Heute aber war mir sein schweigsames Dasitzen geradezu lästig. Wenn man einmal jemandem den endgültigen Abschied anbietet, wie ich es getan hatte, und dies vom andern als ganz richtig betrachtet wird, dann führt man doch das wenige noch gemeinsam zu Erledigende möglichst schnell zu Ende und bürdet dem anderen nicht zwecklos seine stumme Gegenwart auf. Wenn man den kleinen zähen Alten von rückwärts ansah, wie er an meinem Tische saß, konnte man glauben, es werde überhaupt nicht möglich sein, ihn aus dem Zimmer hinauszubefördern. – –

FORSCHUNGEN EINES HUNDES

Wie sich mein Leben verändert hat und wie es sich doch nicht verändert hat im Grunde! Wenn ich jetzt zurückdenke und die Zeiten mir zurückrufe, da ich noch inmitten der Hundeschaft lebte, teilnahm an allem, was sie bekümmert, ein Hund unter Hunden, finde ich bei näherem Zusehen doch, daß hier seit jeher etwas nicht stimmte, eine kleine Bruchstelle vorhanden war, ein leichtes Unbehagen inmitten der ehrwürdigsten volklichen Veranstaltungen mich befiel, ja manchmal selbst im vertrauten Kreise, nein, nicht manchmal, sondern sehr oft, der bloße Anblick eines mir lieben Mithundes, der bloße Anblick, irgendwie neu gesehen, mich verlegen, erschrocken, hilflos, ja mich verzweifelt machte. Ich suchte mich gewissermaßen zu begütigen, Freunde, denen ich es eingestand, halfen mir, es kamen wieder ruhigere Zeiten – Zeiten, in denen zwar jene Überraschungen nicht fehlten, aber gleichmütiger aufgenommen, gleichmütiger ins Leben eingefügt wurden, vielleicht traurig und müde machten, aber im übrigen mich bestehen ließen als einen zwar ein wenig kalten, zurückhaltenden, ängstlichen, rechnerischen, aber alles in allem genommen doch regelrechten Hund. Wie hätte ich auch ohne die Erholungspausen das Alter erreichen können, dessen ich mich jetzt erfreue, wie hätte ich mich durchringen können zu der Ruhe, mit der ich die Schrecken meiner Jugend betrachte und die Schrecken des Alters ertrage, wie hätte ich dazu kommen können, die Folgerungen aus meiner, wie ich zugebe, unglücklichen oder, um es vorsichtiger auszudrücken, nicht sehr glücklichen Anlage zu ziehen und fast völlig ihnen entsprechend zu leben. Zurückgezogen, einsam, nur mit meinen hoffnungslosen, aber mir unentbehrlichen kleinen Untersuchungen beschäftigt, so lebe ich, habe aber dabei von der Ferne den Überblick über mein Volk nicht verloren, oft dringen Nachrichten zu mir und auch ich lasse hie und da von mir hören. Man behandelt mich mit Achtung, versteht meine Lebensweise nicht, aber nimmt sie mir nicht übel, und selbst junge Hunde, die ich hier und da in der Ferne vorüberlaufen sehe, eine neue Generation, an deren Kindheit ich mich kaum dunkel erinnere, versagen mir nicht den ehrerbietigen Gruß.

Man darf eben nicht außer acht lassen, daß ich trotz meinen Sonderbarkeiten, die offen zutage liegen, doch bei weitem nicht völlig aus der Art schlage. Es ist ja, wenn ichs bedenke – und dies zu tun habe ich Zeit und Lust und Fähigkeit –, mit der Hundeschaft überhaupt wunderbar bestellt. Es gibt außer uns Hunden vielerlei Arten von Geschöpfen ringsumher, arme, geringe, stumme, nur auf gewisse Schreie eingeschränkte Wesen, viele unter uns Hunden studieren sie, haben ihnen Namen gegeben, suchen ihnen zu helfen, sie zu erziehen, zu veredeln und dergleichen. Mir sind sie, wenn sie mich nicht etwa zu stören versuchen, gleichgültig, ich verwechsle sie, ich sehe über sie hinweg. Eines aber ist zu auffallend, als daß es mir hätte entgehen können, wie wenig sie nämlich mit uns Hunden verglichen, zusammenhalten, wie fremd und stumm und mit einer gewissen Feindseligkeit sie aneinander vorübergehen, wie nur das gemeinste Interesse sie ein wenig äußerlich verbinden kann und wie selbst aus diesem Interesse oft noch Haß und Streit entsteht. Wir Hunde dagegen! Man darf doch wohl sagen, daß wir alle förmlich in einem einzigen Haufen leben, alle, so unterschieden wir sonst durch die unzähligen und tiefgehenden Unterscheidungen, die sich im Laufe der Zeiten ergeben haben. Alle in einem Haufen! Es drängt uns zueinander und nichts kann uns hindern, diesem Drängen genugzutun, alle unsere Gesetze und Einrichtungen, die wenigen, die ich noch kenne und die zahllosen, die ich vergessen habe, gehen zurück auf die Sehnsucht nach dem größten Glück, dessen wir fähig sind, dem warmen Beisammensein. Nun aber das Gegenspiel hierzu. Kein Geschöpf lebt meines Wissens so weithin zerstreut wie wir Hunde, keines hat so viele, gar nicht übersehbare Unterschiede der Klassen, der Arten, der Beschäftigungen. Wir, die wir zusammenhalten wollen, – und immer wieder gelingt es uns trotz allem in überschwenglichen Augenblicken – gerade wir leben weit von einander getrennt, in eigentümlichen, oft schon dem Nebenhund unverständlichen Berufen, festhaltend an Vorschriften, die nicht die der Hundeschaft sind; ja, eher gegen sie gerichtet. Was für schwierige Dinge das sind, Dinge, an die man lieber nicht rührt – ich verstehe auch diesen Standpunkt, verstehe ihn besser als den meinen –, und doch Dinge, denen ich ganz und gar verfallen bin. Warum tue ich es nicht wie die anderen, lebe einträchtig mit meinem Volke und nehme das, was die Eintracht stört, stillschweigend hin, vernachlässige es als kleinen Fehler in der großen Rechnung, und bleibe immer zugekehrt dem, was glücklich bindet, nicht dem, was, freilich immer wieder unwiderstehlich, uns aus dem Volkskreis zerrt.

Ich erinnere mich an einen Vorfall aus meiner Jugend, ich war damals in einer jener seligen, unerklärlichen Aufregungen, wie sie wohl jeder als Kind erlebt, ich war noch ein ganz junger Hund, alles gefiel mir, alles hatte Bezug zu mir, ich glaubte, daß große Dinge um mich vorgehen, deren Anführer ich sei, denen ich meine Stimme leihen müsse, Dinge, die elend am Boden liegenbleiben müßten, wenn ich nicht für sie lief, für sie meinen Körper schwenkte, nun, Phantasien der Kinder, die mit den Jahren sich verflüchtigen. Aber damals waren sie stark, ich war ganz in ihrem Bann, und es geschah dann auch freilich etwas Außerordentliches, was den wilden Erwartungen Recht zu geben schien. An sich war es nichts Außerordentliches, später habe ich solche und noch merkwürdigere Dinge oft genug gesehen, aber damals traf es mich mit dem starken, ersten, unverwischbaren, für viele folgende richtunggebenden Eindruck. Ich begegnete nämlich einer kleinen Hundegesellschaft, vielmehr, ich begegnete ihr nicht, sie kam auf mich zu. Ich war damals lange durch die Finsternis gelaufen, in Vorahnung großer Dinge – eine Vorahnung, die freilich leicht täuschte, denn ich hatte sie immer –, war lange durch die Finsternis gelaufen, kreuz und quer, blind und taub für alles, geführt von nichts als dem unbestimmten Verlangen, machte plötzlich halt in dem Gefühl, hier sei ich am rechten Ort, sah auf und es war überheller Tag, nur ein wenig dunstig, alles voll durcheinander wogender, berauschender Gerüche, ich begrüßte den Morgen mit wirren Lauten, da – als hätte ich sie heraufbeschworen – traten aus irgendwelcher Finsternis unter Hervorbringung eines entsetzlichen Lärms, wie ich ihn noch nie gehört hatte, sieben Hunde ans Licht. Hätte ich nicht deutlich gesehen, daß es Hunde waren und daß sie selbst diesen Lärm mitbrachten, obwohl ich nicht erkennen konnte, wie sie ihn erzeugten – ich wäre sofort weggelaufen, so aber blieb ich. Damals wußte ich noch fast nichts von der nur dem Hundegeschlecht verliehenen schöpferischen Musikalität, sie war meiner sich erst langsam entwickelnden Beobachtungskraft bisher natürlicherweise entgangen, hatte mich doch die Musik schon seit meiner Säuglingszeit umgeben als ein mir selbstverständliches, unentbehrliches Lebenselement, welches von meinem sonstigen Leben zu sondern nichts mich zwang, nur in Andeutungen, dem kindlichen Verstand entsprechend, hatte man mich darauf hinzuweisen versucht, um so überraschender, geradezu niederwerfend waren jene sieben großen Musikkünstler für mich. Sie redeten nicht, sie sangen nicht, sie schwiegen im allgemeinen fast mit einer großen Verbissenheit, aber aus dem leeren Raum zauberten sie die Musik empor. Alles war Musik, das Heben und Niedersetzen ihrer Füße, bestimmte Wendungen des Kopfes, ihr Laufen und ihr Ruhen, die Stellungen, die sie zueinander einnahmen, die reigenmäßigen Verbindungen, die sie miteinander eingingen, indem etwa einer die Vorderpfoten auf des anderen Rücken stützte und sie sich dann so ordneten, daß der erste aufrecht die Last aller andern trug, oder indem sie mit ihren nah am Boden hinschleichenden Körpern verschlungene Figuren bildeten und niemals sich irrten; nicht einmal der letzte, der noch ein wenig unsicher war, nicht immer gleich den Anschluß an die andern fand, gewissermaßen im Anschlagen der Melodie manchmal schwankte, aber doch unsicher war nur im Vergleich mit der großartigen Sicherheit der anderen und selbst bei viel größerer, ja bei vollkommener Unsicherheit nichts hätte verderben können, wo die anderen, große Meister, den Takt unerschütterlich hielten. Aber man sah sie ja kaum, man sah sie ja alle kaum. Sie waren hervorgetreten, man hatte sie innerlich begrüßt als Hunde, sehr beirrt war man zwar von dem Lärm, der sie begleitete, aber es waren doch Hunde, Hunde wie ich und du, man beobachtete sie gewohnheitsmäßig, wie Hunde, denen man auf dem Weg begegnet, man wollte sich ihnen nähern, Grüße tauschen, sie waren auch ganz nah, Hunde, zwar viel älter als ich und nicht von meiner langhaarigen wolligen Art, aber doch auch nicht allzu fremd an Größe und Gestalt, recht vertraut vielmehr, viele von solcher oder ähnlicher Art kannte ich, aber während man noch in solchen Überlegungen befangen war, nahm allmählich die Musik überhand, faßte einen förmlich, zog einen hinweg von diesen wirklichen kleinen Hunden und, ganz wider Willen, sich sträubend mit allen Kräften, heulend, als würde einem Schmerz bereitet, durfte man sich mit nichts anderem beschäftigen, als mit der von allen Seiten, von der Höhe, von der Tiefe, von überall her kommenden, den Zuhörer in die Mitte nehmenden, überschüttenden, erdrückenden, über seiner Vernichtung noch in solcher Nähe, daß es schon Ferne war, kaum hörbar noch Fanfaren blasenden Musik. Und wieder wurde man entlassen, weil man schon zu erschöpft, zu vernichtet, zu schwach war, um noch zu hören, man wurde entlassen und sah die sieben kleinen Hunde ihre Prozessionen führen, ihre Sprünge tun, man wollte sie, so ablehnend sie aussahen, anrufen, um Belehrung bitten, sie fragen, was sie denn hier machten – ich war ein Kind und glaubte immer und jeden fragen zu dürfen –, aber kaum setzte ich an, kaum fühlte ich die gute, vertraute, hündische Verbindung mit den sieben, war wieder ihre Musik da, machte mich besinnungslos, drehte mich im Kreis herum, als sei ich selbst einer der Musikanten, während ich doch nur ihr Opfer war, warf mich hierhin und dorthin, so sehr ich auch um Gnade bat, und rettete mich schließlich vor ihrer eigenen Gewalt, indem sie mich in ein Gewirr von Hölzern drückte, das in jener Gegend ringsum sich erhob, ohne daß ich es bisher bemerkt hatte, mich jetzt fest umfing, den Kopf mir niederduckte und mir, mochte dort im Freien die Musik noch donnern, die Möglichkeit gab, ein wenig zu verschnaufen. Wahrhaftig, mehr als über die Kunst der sieben Hunde – sie war mir unbegreiflich, aber auch gänzlich unanknüpfbar außerhalb meiner Fähigkeiten –, wunderte ich mich über ihren Mut, sich dem, was sie erzeugten, völlig und offen auszusetzen, und über ihre Kraft, es, ohne daß es ihnen das Rückgrat brach, ruhig zu ertragen. Freilich erkannte ich jetzt aus meinem Schlupfloch bei genauerer Beobachtung, daß es nicht so sehr Ruhe, als äußerste Anspannung war, mit der sie arbeiteten, diese scheinbar so sicher bewegten Beine zitterten bei jedem Schritt in unaufhörlicher ängstlicher Zuckung, starr wie in Verzweiflung sah einer den anderen an, und die immer wieder bewältigte Zunge hing doch gleich wieder schlapp aus den Mäulern. Es konnte nicht Angst wegen des Gelingens sein, was sie so erregte; wer solches wagte, solches zustande brachte, der konnte keine Angst mehr haben. – Wovor denn Angst? Wer zwang sie denn zu tun, was sie hier taten? Und ich konnte mich nicht mehr zurückhalten, besonders da sie mir jetzt so unverständlich hilfsbedürftig erschienen, und so rief ich durch allen Lärm meine Fragen laut und fordernd hinaus. Sie aber – unbegreiflich! unbegreiflich! – sie antworteten nicht, taten, als wäre ich nicht da. Hunde, die auf Hundeanruf gar nicht antworten, ein Vergehen gegen die guten Sitten, das dem kleinsten wie dem größten Hunde unter keinen Umständen verziehen wird. Waren es etwa doch nicht Hunde? Aber wie sollten es denn nicht Hunde sein, hörte ich doch jetzt bei genauerem Hinhorchen sogar leise Zurufe, mit denen sie einander befeuerten, auf Schwierigkeiten aufmerksam machten, vor Fehlern warnten, sah ich doch den letzten kleinsten Hund, dem die meisten Zurufe galten, öfters nach mir hinschielen, so als hätte er viel Lust, mir zu antworten, bezwänge sich aber, weil es nicht sein dürfe. Aber warum durfte es nicht sein, warum durfte denn das, was unsere Gesetze bedingungslos immer verlangen, diesmal nicht sein? Das empörte sich in mir, fast vergaß ich die Musik. Diese Hunde hier vergingen sich gegen das Gesetz. Mochten es noch so große Zauberer sein, das Gesetz galt auch für sie, das verstand ich Kind schon ganz genau. Und ich merkte von da aus noch mehr. Sie hatten wirklich Grund zu schweigen, vorausgesetzt, daß sie aus Schuldgefühl schwiegen. Denn wie führten sie sich auf, vor lauter Musik hatte ich es bisher nicht bemerkt, sie hatten ja alle Scham von sich geworfen, die Elenden taten das gleichzeitig Lächerlichste und Unanständigste, sie gingen aufrecht auf den Hinterbeinen. Pfui Teufel! Sie entblößten sich und trugen ihre Blöße protzig zur Schau: sie taten sich darauf zugute, und wenn sie einmal auf einen Augenblick dem guten Trieb gehorchten und die Vorderbeine senkten, erschraken sie förmlich, als sei es ein Fehler, als sei die Natur ein Fehler, hoben wieder schnell die Beine und ihr Blick schien um Verzeihung dafür zu bitten, daß sie in ihrer Sündhaftigkeit ein wenig hatten innehalten müssen. War die Welt verkehrt? Wo war ich? Was war denn geschehen? Hier durfte ich um meines eigenen Bestandes willen nicht mehr zögern, ich machte mich los aus den umklammernden Hölzern, sprang mit einem Satz hervor und wollte zu den Hunden, ich kleiner Schüler mußte Lehrer sein, mußte ihnen begreiflich machen, was sie taten, mußte sie abhalten vor weiterer Versündigung. »So alte Hunde, so alte Hunde!« wiederholte ich mir immerfort. Aber kaum war ich frei und nur noch zwei, drei Sprünge trennten mich von den Hunden, war es wieder der Lärm, der seine Macht über mich bekam. Vielleicht hätte ich in meinem Eifer sogar ihm, den ich doch nun schon kannte, widerstanden, wenn nicht durch alle seine Fülle, die schrecklich war, aber vielleicht doch zu bekämpfen, ein klarer, strenger, immer sich gleich bleibender, förmlich aus großer Ferne unverändert ankommender Ton, vielleicht die eigentliche Melodie inmitten des Lärms, geklungen und mich in die Knie gezwungen hätte. Ach, was machten doch diese Hunde für eine betörende Musik. Ich konnte nicht weiter, ich wollte sie nicht mehr belehren, mochten sie weiter die Beine spreizen, Sünden begehen und andere zur Sünde des stillen Zuschauens verlocken, ich war ein so kleiner Hund, wer konnte so Schweres von mir verlangen? Ich machte mich noch kleiner, als ich war, ich winselte, hätten mich danach die Hunde um meine Meinung gefragt, ich hätte ihnen vielleicht recht gegeben. Es dauerte übrigens nicht lange und sie verschwanden mit allem Lärm und allem Licht in der Finsternis, aus der sie gekommen waren.

Wie ich schon sagte: dieser ganze Vorfall enthielt nichts Außergewöhnliches, im Verlauf eines langen Lebens begegnet einem mancherlei, was, aus dem Zusammenhang genommen und mit den Augen eines Kindes angesehen, noch viel erstaunlicher wäre. Überdies kann man es natürlich – wie der treffende Ausdruck lautet – ›verreden‹, so wie alles, dann zeigt sich, daß hier sieben Musiker zusammengekommen waren, um in der Stille des Morgens Musik zu machen, daß ein kleiner Hund sich hinverirrt hatte, ein lästiger Zuhörer, den sie durch besonders schreckliche oder erhabene Musik leider vergeblich zu vertreiben suchten. Er störte sie durch Fragen, hätten sie, die schon durch die bloße Anwesenheit des Fremdlings genug gestört waren, auch noch auf diese Belästigung eingehen und sie durch Antworten vergrößern sollen? Und wenn auch das Gesetz befiehlt, jedem zu antworten, ist denn ein solcher winziger, hergelaufener Hund überhaupt ein nennenswerter Jemand? Und vielleicht verstanden sie ihn gar nicht, er bellte ja doch wohl seine Fragen recht unverständlich. Oder vielleicht verstanden sie ihn wohl und antworteten in Selbstüberwindung, aber er, der Kleine, der Musik-Ungewohnte, konnte die Antwort von der Musik nicht sondern. Und was die Hinterbeine betrifft, vielleicht gingen sie wirklich ausnahmsweise nur auf ihnen, es ist eine Sünde, wohl! Aber sie waren allein, sieben Freunde unter Freunden, im vertraulichen Beisammensein, gewissermaßen in den eigenen vier Wänden, gewissermaßen ganz allein, denn Freunde sind doch keine Öffentlichkeit und wo keine Öffentlichkeit ist, bringt sie auch ein kleiner, neugieriger Straßenhund nicht hervor, in diesem Fall aber: ist es hier nicht so, als wäre nichts geschehen? Ganz so ist es nicht, aber nahezu, und die Eltern sollten ihre Kleinen weniger herumlaufen und dafür besser schweigen und das Alter achten lehren.

Ist man soweit, dann ist der Fall erledigt. Freilich, was für die Großen erledigt ist, ist es für die Kleinen noch nicht. Ich lief umher, erzählte und fragte, klagte an und forschte und wollte jeden hinziehen zu dem Ort, wo alles geschehen war, und wollte jedem zeigen, wo ich gestanden war und wo die sieben gewesen und wo und wie sie getanzt und musiziert hatten und, wäre jemand mit mir gekommen, statt daß mich jeder abgeschüttelt und ausgelacht hätte, ich hätte dann wohl meine Sündlosigkeit geopfert und mich auch auf die Hinterbeine zu stellen versucht, um alles genau zu verdeutlichen. Nun, einem Kinde nimmt man alles übel, verzeiht ihm aber schließlich auch alles. Ich aber habe dieses kindhafte Wesen behalten und bin darüber ein alter Hund geworden. So wie ich damals nicht aufhörte, jenen Vorfall, den ich allerdings heute viel niedriger einschätze, laut zu besprechen, in seine Bestandteile zu zerlegen, an den Anwesenden zu messen ohne Rücksicht auf die Gesellschaft, in der ich mich befand, nur immer mit der Sache beschäftigt, die ich lästig fand genau so wie jeder andere, die ich aber – das war der Unterschied – gerade deshalb restlos durch Untersuchung auflösen wollte, um den Blick endlich wieder freizubekommen für das gewöhnliche, ruhige, glückliche Leben des Tages. Ganz so wie damals habe ich, wenn auch mit weniger kindlichen Mitteln – aber sehr groß ist der Unterschied nicht – in der Folgezeit gearbeitet und halte auch heute nicht weiter.

Mit jenem Konzert aber begann es. Ich klage nicht darüber, es ist mein eingeborenes Wesen, das hier wirkt und das sich gewiß, wenn das Konzert nicht gewesen wäre, eine andere Gelegenheit gesucht hätte, um durchzubrechen. Nur daß es so bald geschah, tat mir früher manchmal leid, es hat mich um einen großen Teil meiner Kindheit gebracht, das glückselige Leben der jungen Hunde, das mancher für sich jahrelang auszudehnen imstande ist, hat für mich nur wenige kurze Monate gedauert. Sei's drum. Es gibt wichtigere Dinge als die Kindheit. Und vielleicht winkt mir im Alter, erarbeitet durch ein hartes Leben, mehr kindliches Glück, als ein wirkliches Kind zu ertragen die Kraft hätte, die ich dann aber haben werde.

Ich begann damals meine Untersuchungen mit den einfachsten Dingen, an Material fehlte es nicht, leider, der Überfluß ist es, der mich in dunklen Stunden verzweifeln läßt. Ich begann zu untersuchen, wovon sich die Hundeschaft nährt. Das ist nun, wenn man will, natürlich keine einfache Frage, sie beschäftigt uns seit Urzeiten, sie ist der Hauptgegenstand unseres Nachdenkens, zahllos sind die Beobachtungen und Versuche und Ansichten auf diesem Gebiete, es ist eine Wissenschaft geworden, die in ihren ungeheuren Ausmaßen nicht nur über die Fassungskraft des einzelnen, sondern über jene aller Gelehrten insgesamt geht und ausschließlich von niemandem anderen als von der gesamten Hundeschaft und selbst von dieser nur seufzend und nicht ganz vollständig getragen werden kann, immer wieder abbröckelt in altem, längst besessenem Gut und mühselig ergänzt werden muß, von den Schwierigkeiten und kaum zu erfüllenden Voraussetzungen meiner Forschung ganz zu schweigen. Das alles wende man mir nicht ein, das alles weiß ich, wie nur irgendein Durchschnittshund, es fällt mir nicht ein, mich in die wahre Wissenschaft zu mengen, ich habe alle Ehrfurcht vor ihr, die ihr gebührt, aber sie zu vermehren fehlt es mir an Wissen und Fleiß und Ruhe und – nicht zuletzt, besonders seit einigen Jahren – auch an Appetit. Ich schlinge das Essen hinunter, aber der geringsten vorgängigen geordneten landwirtschaftlichen Betrachtung ist es mir nicht wert. Mir genügt in dieser Hinsicht der Extrakt aller Wissenschaft, die kleine Regel, mit welcher die Mütter die Kleinen von ihren Brüsten ins Leben entlassen: »Mache alles naß, soviel du kannst.« Und ist hier nicht wirklich fast alles enthalten? Was hat die Forschung, von unseren Urvätern angefangen, entscheidend Wesentliches denn hinzuzufügen? Einzelheiten, Einzelheiten und wie unsicher ist alles. Diese Regel aber wird bestehen, solange wir Hunde sind. Sie betrifft unsere Hauptnahrung. Gewiß, wir haben noch andere Hilfsmittel, aber im Notfall und wenn die Jahre nicht zu schlimm sind, könnten wir von dieser Hauptnahrung leben, diese Hauptnahrung finden wir auf der Erde, die Erde aber braucht unser Wasser, nährt sich von ihm, und nur für diesen Preis gibt sie uns unsere Nahrung, deren Hervorkommen man allerdings, dies ist auch nicht zu vergessen, durch bestimmte Sprüche, Gesänge, Bewegungen beschleunigen kann. Das ist aber meiner Meinung nach alles; von dieser Seite her ist über diese Sache grundsätzlich nicht mehr zu sagen. Hierin bin ich auch einig mit der ganzen Mehrzahl der Hundeschaft und von allen in dieser Hinsicht ketzerischen Ansichten wende ich mich streng ab. Wahrhaftig, es geht mir nicht um Besonderheiten, um Rechthaberei, ich bin glücklich, wenn ich mit den Volksgenossen übereinstimmen kann, und in diesem Falle geschieht es. Meine eigenen Unternehmungen gehen aber in anderer Richtung. Der Augenschein lehrt mich, daß die Erde, wenn sie nach den Regeln der Wissenschaft besprengt und bearbeitet wird, die Nahrung hergibt, und zwar in solcher Qualität, in solcher Menge, auf solche Art, an solchen Orten, zu solchen Stunden, wie es die gleichfalls von der Wissenschaft ganz oder teilweise festgestellten Gesetze verlangen. Das nehme ich hin, meine Frage aber ist: »Woher nimmt die Erde diese Nahrung?« Eine Frage, die man im allgemeinen nicht zu verstehen vorgibt und auf die man mir bestenfalls antwortet: »Hast du nicht genug zu essen, werden wir dir von dem unseren geben.« Man beachte diese Antwort. Ich weiß: Es gehört nicht zu den Vorzügen der Hundeschaft, daß wir Speisen, die wir einmal erlangt haben, zur Verteilung bringen. Das Leben ist schwer, die Erde spröde, die Wissenschaft reich an Erkenntnissen, aber arm genug an praktischen Erfolgen; wer Speise hat, behält sie; das ist nicht Eigennutz, sondern das Gegenteil, ist Hundegesetz, ist einstimmiger Volksbeschluß, hervorgegangen aus Überwindung der Eigensucht, denn die Besitzenden sind ja immer in der Minderzahl. Und darum ist jene Antwort: »Hast du nicht genug zu essen, werden wir dir von dem unseren geben« eine ständige Redensart, ein Scherzwort, eine Neckerei. Ich habe das nicht vergessen. Aber eine um so größere Bedeutung hatte es für mich, daß man mir gegenüber, damals als ich mich mit meinen Fragen in der Welt umhertrieb, den Spott beiseite ließ; man gab mir zwar noch immer nichts zu essen – woher hätte man es gleich nehmen sollen –, und wenn man es gerade zufällig hatte, vergaß man natürlich in der Raserei des Hungers jede andere Rücksicht, aber das Angebot meinte man ernst, und hie und da bekam ich dann wirklich eine Kleinigkeit, wenn ich schnell genug dabei war, sie an mich zu reißen. Wie kam es, daß man sich zu mir so besonders verhielt, mich schonte, mich bevorzugte? Weil ich ein magerer, schwacher Hund war, schlecht genährt und zu wenig um Nahrung besorgt? Aber es laufen viele schlecht genährte Hunde herum und man nimmt ihnen selbst die elendste Nahrung vor dem Mund weg, wenn man es kann, oft nicht aus Gier, sondern meist aus Grundsatz. Nein, man bevorzugte mich, ich konnte es nicht so sehr mit Einzelheiten belegen, als daß ich vielmehr den bestimmten Eindruck dessen hatte. Waren es also meine Fragen, über die man sich freute, die man für besonders klug ansah? Nein, man freute sich nicht und hielt sie alle für dumm. Und doch konnten es nur die Fragen sein, die mir die Aufmerksamkeit erwarben. Es war, als wolle man lieber das Ungeheuerliche tun, mir den Mund mit Essen zustopfen – man tat es nicht, aber man wollte es –, als meine Fragen dulden. Aber dann hätte man mich doch besser verjagen können und meine Fragen sich verbitten. Nein, das wollte man nicht, man wollte zwar meine Fragen nicht hören, aber gerade wegen dieser meiner Fragen wollte man mich nicht verjagen. Es war, so sehr ich ausgelacht, als dummes, kleines Tier behandelt, hin- und hergeschoben wurde, eigentlich die Zeit meines größten Ansehens, niemals hat sich später etwas derartiges wiederholt, überall hatte ich Zutritt, nichts wurde mir verwehrt, unter dem Vorwand rauher Behandlung wurde mir eigentlich geschmeichelt. Und alles also doch nur wegen meiner Fragen, wegen meiner Ungeduld, wegen meiner Forschungsbegierde.

Wollte man mich damit einlullen, ohne Gewalt, fast liebend mich von einem falschen Wege abbringen, von einem Wege, dessen Falschheit doch nicht so über allem Zweifel stand, daß sie erlaubt hätte, Gewalt anzuwenden? – Auch hielt eine gewisse Achtung und Furcht von Gewaltanwendung ab. Ich ahnte schon damals etwas derartiges, heute weiß ich es genau, viel genauer als die, welche es damals taten, es ist wahr, man hat mich ablocken wollen von meinem Wege. Es gelang nicht, man erreichte das Gegenteil, meine Aufmerksamkeit verschärfte sich. Es stellte sich mir sogar heraus, daß ich es war, der die andern verlocken wollte, und daß mir tatsächlich die Verlockung bis zu einem gewissen Grade gelang. Erst mit Hilfe der Hundeschaft begann ich meine eigenen Fragen zu verstehen. Wenn ich zum Beispiel fragte: Woher nimmt die Erde diese Nahrung, – kümmerte mich denn dabei, wie es den Anschein haben konnte, die Erde, kümmerten mich etwa der Erde Sorgen? Nicht im geringsten, das lag mir, wie ich bald erkannte, völlig fern, mich kümmerten nur die Hunde, gar nichts sonst. Denn was gibt es außer den Hunden? Wen kann man sonst anrufen in der weiten, leeren Welt? Alles Wissen, die Gesamtheit aller Fragen und aller Antworten ist in den Hunden enthalten. Wenn man nur dieses Wissen wirksam, wenn man es nur in den hellen Tag bringen könnte, wenn sie nur nicht so unendlich viel mehr wüßten, als sie zugestehen, als sie sich selbst zugestehen. Noch der redseligste Hund ist verschlossener, als es die Orte zu sein pflegen, wo die besten Speisen sind. Man umschleicht den Mithund, man schäumt vor Begierde, man prügelt sich selbst mit dem eigenen Schwanz, man fragt, man bittet, man heult, man beißt und erreicht – und erreicht das, was man auch ohne jede Anstrengung erreichen würde: liebevolles Anhören, freundliche Berührungen, ehrenvolle Beschnupperungen, innige Umarmungen, mein und dein Heulen mischt sich in eines, alles ist darauf gerichtet, ein Entzücken, Vergessen und Finden, aber das eine, was man vor allem erreichen wollte: Eingeständnis des Wissens, das bleibt versagt. Auf diese Bitte, ob stumm, ob laut, antworten bestenfalls, wenn man die Verlockung schon aufs äußerste getrieben hat, nur stumpfe Mienen, schiefe Blicke, verhängte, trübe Augen. Es ist nicht viel anders, als es damals war, da ich als Kind die Musikerhunde anrief und sie schwiegen.

Nun könnte man sagen: »Du beschwerst dich über deine Mithunde, über ihre Schweigsamkeit hinsichtlich der entscheidenden Dinge, du behauptest, sie wüßten mehr, als sie eingestehen, mehr, als sie im Leben gelten lassen wollen, und dieses Verschweigen, dessen Grund und Geheimnis sie natürlich auch noch mitverschweigen, vergifte das Leben, mache es dir unerträglich, du müßtest es ändern oder es verlassen, mag sein, aber du bist doch selbst ein Hund, hast auch das Hundewissen, nun sprich es aus, nicht nur in Form der Frage, sondern als Antwort. Wenn du es aussprichst, wer wird dir widerstehen? Der große Chor der Hundeschaft wird einfallen, als hätte er darauf gewartet. Dann hast du Wahrheit, Klarheit, Eingeständnis, soviel du nur willst. Das Dach dieses niedrigen Lebens, dem du so Schlimmes nachsagst, wird sich öffnen und wir werden alle, Hund bei Hund, aufsteigen in die hohe Freiheit. Und sollte das Letzte nicht gelingen, sollte es schlimmer werden als bisher, sollte die ganze Wahrheit unerträglicher sein als die halbe, sollte sich bestätigen, daß die Schweigenden als Erhalter des Lebens im Rechte sind, sollte aus der leisen Hoffnung, die wir jetzt noch haben, völlige Hoffnungslosigkeit werden, des Versuches ist das Wort doch wert, da du so, wie du leben darfst, nicht leben willst. Nun also, warum machst du den anderen ihre Schweigsamkeit zum Vorwurf und schweigst selbst?« Leichte Antwort: Weil ich ein Hund bin. Im Wesentlichen genau so wie die anderen fest verschlossen, Widerstand leistend den eigenen Fragen, hart aus Angst. Frage ich denn, genau genommen, zumindest seit ich erwachsen bin, die Hundeschaft deshalb, damit sie mir antwortet? Habe ich so törichte Hoffnungen? Sehe ich die Fundamente unseres Lebens, ahne ihre Tiefe, sehe die Arbeiter beim Bau, bei ihrem finstern Werk, und erwarte noch immer, daß auf meine Fragen hin alles dies beendigt, zerstört, verlassen wird? Nein, das erwarte ich wahrhaftig nicht mehr. Ich verstehe sie, ich bin Blut von ihrem Blut, von ihrem armen, immer wieder jungen, immer wieder verlangenden Blut. Aber nicht nur das Blut haben wir gemeinsam, sondern auch das Wissen und nicht nur das Wissen, sondern auch den Schlüssel zu ihm. Ich besitze es nicht ohne die anderen, ich kann es nicht haben ohne ihre Hilfe. – Eisernen Knochen, enthaltend das edelste Mark, kann man nur beikommen durch ein gemeinsames Beißen aller Zähne aller Hunde. Das ist natürlich nur ein Bild und übertrieben; wären alle Zähne bereit, sie müßten nicht mehr beißen, der Knochen würde sich öffnen und das Mark läge frei dem Zugriff des schwächsten Hündchens. Bleibe ich innerhalb dieses Bildes, dann zielen meine Absicht, meine Fragen, meine Forschungen allerdings auf etwas Ungeheuerliches. Ich will diese Versammlung aller Hunde erzwingen, will unter dem Druck ihres Bereitseins den Knochen sich öffnen lassen, will sie dann zu ihrem Leben, das ihnen lieb ist, entlassen und dann allein, weit und breit allein, das Mark einschlürfen. Das klingt ungeheuerlich, ist fast so, als wollte ich mich nicht vom Mark eines Knochens nur, sondern vom Mark der Hundeschaft selbst nähren. Doch es ist nur ein Bild. Das Mark, von dem hier die Rede ist, ist keine Speise, ist das Gegenteil, ist Gift.

Mit meinen Fragen hetze ich nur noch mich selbst, will mich anfeuern durch das Schweigen, das allein ringsum mir noch antwortet. Wie lange wirst du es ertragen, daß die Hundeschaft, wie du dir durch deine Forschungen immer mehr zu Bewußtsein bringst, schweigt und immer schweigen wird? Wie lange wirst du es ertragen, so lautet über allen Einzelfragen meine eigentliche Lebensfrage: sie ist nur an mich gestellt und belästigt keinen andern. Leider kann ich sie leichter beantworten als die Einzelfragen: Ich werde es voraussichtlich aushalten bis zu meinem natürlichen Ende, den unruhigen Fragen widersteht immer mehr die Ruhe des Alters. Ich werde wahrscheinlich schweigend, vom Schweigen umgeben, nahezu friedlich, sterben und ich sehe dem gefaßt entgegen. Ein bewundernswürdig starkes Herz, eine vorzeitig nicht abzunützende Lunge sind uns Hunden wie aus Bosheit mitgegeben, wir widerstehen allen Fragen, selbst den eigenen, Bollwerk des Schweigens, das wir sind.

Immer mehr in letzter Zeit überdenke ich mein Leben, suche den entscheidenden, alles verschuldenden Fehler, den ich vielleicht begangen habe, und kann ihn nicht finden. Und ich muß ihn doch begangen haben, denn hätte ich ihn nicht begangen und hätte trotzdem durch die redliche Arbeit eines langen Lebens das, was ich wollte, nicht erreicht, so wäre bewiesen, daß das, was ich wollte, unmöglich war und völlige Hoffnungslosigkeit würde daraus folgen. Sieh das Werk deines Lebens! Zuerst die Untersuchungen hinsichtlich der Frage: Woher nimmt die Erde die Nahrung für uns? Ein junger Hund, im Grunde natürlich gierig lebenslustig, verzichtete ich auf alle Genüsse, wich allen Vergnügungen im Bogen aus, vergrub vor Verlockungen den Kopf zwischen den Beinen und machte mich an die Arbeit. Es war keine Gelehrtenarbeit, weder was die Gelehrsamkeit, noch was die Methode, noch was die Absicht betrifft. Das waren wohl Fehler, aber entscheidend können sie nicht gewesen sein. Ich habe wenig gelernt, denn ich kam frühzeitig von der Mutter fort, gewöhnte mich bald an Selbständigkeit, führte ein freies Leben, und allzu frühe Selbständigkeit ist dem systematischen Lernen feindlich. Aber ich habe viel gesehen, gehört und mit vielen Hunden der verschiedensten Arten und Berufe gesprochen und alles, wie ich glaube, nicht schlecht aufgefaßt und die Einzelbeobachtungen nicht schlecht verbunden, das hat ein wenig die Gelehrsamkeit ersetzt, außerdem aber ist Selbständigkeit, mag sie für das Lernen ein Nachteil sein, für eigene Forschung ein gewisser Vorzug. Sie war in meinem Falle um so nötiger, als ich nicht die eigentliche Methode der Wissenschaft befolgen konnte, nämlich die Arbeiten der Vorgänger zu benützen und mit den zeitgenössischen Forschern mich zu verbinden. Ich war völlig auf mich allein angewiesen, begann mit dem allerersten Anfang und mit dem für die Jugend beglückenden, für das Alter dann aber äußerst niederdrückenden Bewußtsein, daß der zufällige Schlußpunkt, den ich setzen werde, auch der endgültige sein müsse. War ich wirklich so allein mit meinen Forschungen, jetzt und seit jeher? Ja und nein. Es ist unmöglich, daß nicht immer und auch heute einzelne Hunde hier und dort in meiner Lage waren und sind. So schlimm kann es mit mir nicht stehen. Ich bin kein Haarbreit außerhalb des Hundewesens. Jeder Hund hat wie ich den Drang zu fragen, und ich habe wie jeder Hund den Drang zu schweigen. Jeder hat den Drang zu fragen. Hätte ich denn sonst durch meine Fragen auch nur die leichtesten Erschütterungen erreichen können, die zu sehen mir oft mit Entzücken, übertriebenem Entzücken allerdings, vergönnt war, und hätte ich denn, wenn es sich mit mir nicht so verhielte, nicht viel mehr erreichen müssen. Und daß ich den Drang zu schweigen habe, bedarf leider keines besonderen Beweises. Ich bin also grundsätzlich nicht anders als jeder andere Hund, darum wird mich trotz allen Meinungsverschiedenheiten und Abneigungen im Grunde jeder anerkennen und ich werde es mit jedem Hund nicht anders tun. Nur die Mischung der Elemente ist verschieden, ein persönlich sehr großer, volklich bedeutungsloser Unterschied. Und nun sollte die Mischung dieser immer vorhandenen Elemente innerhalb der Vergangenheit und Gegenwart niemals ähnlich der meinen ausgefallen sein und, wenn man meine Mischung unglücklich nennen will, nicht auch noch viel unglücklicher? Das wäre gegen alle übrige Erfahrung. In den wunderbarsten Berufen sind wir Hunde beschäftigt. Berufe, an die man gar nicht glauben würde, wenn man nicht die vertrauenswürdigsten Nachrichten darüber hätte. Ich denke hier am liebsten an das Beispiel der Lufthunde. Als ich zum erstenmal von einem hörte, lachte ich, ließ es mir auf keine Weise einreden. Wie? Es sollte einen Hund von allerkleinster Art geben, nicht viel größer als mein Kopf, auch im hohen Alter nicht größer, und dieser Hund, natürlich schwächlich, dem Anschein nach ein künstliches, unreifes, übersorgfältig frisiertes Gebilde, unfähig, einen ehrlichen Sprung zu tun, dieser Hund sollte, wie man erzählte, meistens hoch in der Luft sich fortbewegen, dabei aber keine sichtbare Arbeit machen, sondern ruhen. Nein, solche Dinge mir einreden wollen, das hieß doch die Unbefangenheit eines jungen Hundes gar zu sehr ausnützen, glaubte ich. Aber kurz darauf hörte ich von anderer Seite von einem anderen Lufthund erzählen. Hatte man sich vereinigt, mich zum besten zu halten? Dann aber sah ich die Musikerhunde, und von der Zeit an hielt ich es für möglich, kein Vorurteil beschränkte meine Fassungskraft, den unsinnigsten Gerüchten ging ich nach, verfolgte sie, soweit ich konnte, das Unsinnigste erschien mir in diesem unsinnigen Leben wahrscheinlicher als das Sinnvolle und für meine Forschung besonders ergiebig. So auch die Lufthunde. Ich erfuhr vielerlei über sie, es gelang mir zwar bis heute nicht, einen zu sehen, aber von ihrem Dasein bin ich schon längst fest überzeugt und in meinem Weltbild haben sie ihren wichtigen Platz. Wie meistens so auch hier ist es natürlich nicht die Kunst, die mich vor allem nachdenklich macht. Es ist wunderbar, wer kann das leugnen, daß diese Hunde in der Luft zu schweben imstande sind, im Staunen darüber bin ich mit der Hundeschaft einig. Aber viel wunderbarer ist für mein Gefühl die Unsinnigkeit, die schweigende Unsinnigkeit dieser Existenzen. Im allgemeinen wird sie gar nicht begründet, sie schweben in der Luft, und dabei bleibt es, das Leben geht weiter seinen Gang, hie und da spricht man von Kunst und Künstlern, das ist alles. Aber warum, grundgütige Hundeschaft, warum nur schweben die Hunde? Welchen Sinn hat ihr Beruf? Warum ist kein Wort der Erklärung von ihnen zu bekommen? Warum schweben sie dort oben, lassen die Beine, den Stolz des Hundes verkümmern, sind getrennt von der nährenden Erde, säen nicht und ernten doch, werden angeblich sogar auf Kosten der Hundeschaft besonders gut genährt. Ich kann mir schmeicheln, daß ich durch meine Fragen in diese Dinge doch ein wenig Bewegung gebracht habe. Man beginnt zu begründen, eine Art Begründung zusammenzuhaspeln, man beginnt, und wird allerdings auch über diesen Beginn nicht hinausgehen. Aber etwas ist es doch. Und es zeigt sich dabei zwar nicht die Wahrheit – niemals wird man soweit kommen –, aber doch etwas von der tiefen Verwirrung der Lüge. Alle unsinnigen Erscheinungen unseres Lebens und die unsinnigsten ganz besonders lassen sich nämlich begründen. Nicht vollständig natürlich – das ist der teuflische Witz –, aber um sich gegen peinliche Fragen zu schützen, reicht es hin. Die Lufthunde wieder als Beispiel genommen: sie sind nicht hochmütig, wie man zunächst glauben könnte, sie sind vielmehr der Mithunde besonders bedürftig, versucht man sich in ihre Lage zu versetzen, versteht man es. Sie müssen ja, wenn sie es schon nicht offen tun können – das wäre Verletzung der Schweigepflicht –, so doch auf irgendeine andere Art für ihre Lebensweise Verzeihung zu erlangen suchen oder wenigstens von ihr ablenken, sie vergessen machen – sie tun das, wie man mir erzählt, durch eine fast unerträgliche Geschwätzigkeit. Immerfort haben sie zu erzählen, teils von ihren philosophischen Überlegungen, mit denen sie sich, da sie auf körperliche Anstrengung völlig verzichtet haben, fortwährend beschäftigen können, teils von den Beobachtungen, die sie von ihrem erhöhten Standort aus machen. Und obwohl sie sich, was bei einem solchen Lotterleben selbstverständlich ist, durch Geisteskraft nicht sehr auszeichnen, und ihre Philosophie so wertlos ist wie ihre Beobachtungen, und die Wissenschaft kaum etwas davon verwenden kann und überhaupt auf so jämmerliche Hilfsquellen nicht angewiesen ist, trotzdem wird man, wenn man fragt, was die Lufthunde überhaupt wollen, immer wieder zur Antwort bekommen, daß sie zur Wissenschaft viel beitragen. »Das ist richtig«, sagt man darauf, »aber ihre Beiträge sind wertlos und lästig.« Die weitere Antwort ist Achselzucken, Ablenkung, Ärger oder Lachen, und in einem Weilchen, wenn man wieder fragt, erfährt man doch wiederum, daß sie zur Wissenschaft beitragen, und schließlich, wenn man nächstens gefragt wird und sich nicht sehr beherrscht, antwortet man das Gleiche. Und vielleicht ist es auch gut, nicht allzu hartnäckig zu sein und sich zu fügen, die schon bestehenden Lufthunde nicht in ihrer Lebensberechtigung anzuerkennen, was unmöglich ist, aber doch zu dulden. Aber mehr darf man nicht verlangen, das ginge zu weit, und man verlangt es doch. Man verlangt die Duldung immer neuer Lufthunde, die heraufkommen. Man weiß gar nicht genau, woher sie kommen. Vermehren sie sich durch Fortpflanzung? Haben sie denn noch die Kraft dazu, sie sind ja nicht viel mehr als ein schönes Fell, was soll sich hier fortpflanzen? Auch wenn das Unwahrscheinliche möglich wäre, wann sollte es geschehen? Immer sieht man sie doch allein, selbstgenügsam oben in der Luft, und wenn sie einmal zu laufen sich herablassen, geschieht es nur ein kleines Weilchen lang, ein paar gezierte Schritte und immer wieder nur streng allein und in angeblichen Gedanken, von denen sie sich, selbst wenn sie sich anstrengen, nicht losreißen können, wenigstens behaupten sie das. Wenn sie sich aber nicht fortpflanzen, wäre es denkbar, daß sich Hunde finden, welche freiwillig das ebenerdige Leben aufgeben, freiwillig Lufthunde werden und um den Preis der Bequemlichkeit und einer gewissen Kunstfertigkeit dieses öde Leben dort auf den Kissen wählen? Das ist nicht denkbar, weder Fortpflanzung, noch freiwilliger Anschluß ist denkbar. Die Wirklichkeit aber zeigt, daß es doch immer wieder neue Lufthunde gibt; daraus ist zu schließen, daß, mögen auch die Hindernisse unserem Verstande unüberwindbar scheinen, eine einmal vorhandene Hundeart, sei sie auch noch so sonderbar, nicht ausstirbt, zumindest nicht leicht, zumindest nicht ohne daß in jeder Art etwas wäre, das sich erfolgreich wehrt.

Muß ich das, wenn es für eine so abseitige, sinnlose, äußerlich allersonderbarste, lebensunfähige Art wie die der Lufthunde gilt, nicht auch für meine Art annehmen? Dabei bin ich äußerlich gar nicht sonderbar, gewöhnlicher Mittelstand, der wenigstens hier in der Gegend sehr häufig ist, durch nichts besonders hervorragend, durch nichts besonders verächtlich, in meiner Jugend und noch teilweise im Mannesalter, solange ich mich nicht vernachlässigte und viel Bewegung hatte, war ich sogar ein recht hübscher Hund. Besonders meine Vorderansicht wurde gelobt, die schlanken Beine, die schöne Kopfhaltung, aber auch mein grau-weiß-gelbes, nur in den Haarspitzen sich ringelndes Fell war sehr gefällig, das alles ist nicht sonderbar, sonderbar ist nur mein Wesen, aber auch dieses ist, wie ich niemals außer acht lassen darf, im allgemeinen Hundewesen wohl begründet. Wenn nun sogar der Lufthund nicht allein bleibt, hier und dort in der großen Hundewelt immer wieder sich einer findet und sie sogar aus dem Nichts immer wieder neuen Nachwuchs holen, dann kann auch ich der Zuversicht leben, daß ich nicht verloren bin. Freilich ein besonderes Schicksal müssen meine Artgenossen haben, und ihr Dasein wird mir niemals sichtbar helfen, schon deshalb nicht, weil ich sie kaum je erkennen werde. Wir sind die, welche das Schweigen drückt, welche es förmlich aus Lufthunger durchbrechen wollen, den anderen scheint im Schweigen wohl zu sein, zwar hat es nur diesen Anschein, so wie bei den Musikhunden, die scheinbar ruhig musizierten, in Wirklichkeit aber sehr aufgeregt waren, aber dieser Anschein ist stark, man versucht ihm beizukommen, er spottet jeden Angriffs. Wie helfen sich nun meine Artgenossen? Wie sehen ihre Versuche, dennoch zu leben, aus? Das mag verschieden sein. Ich habe es mit meinen Fragen versucht, solange ich jung war. Ich könnte mich also vielleicht an die halten, welche viel fragen, und da hätte ich dann meine Artgenossen. Ich habe auch das eine Zeitlang mit Selbstüberwindung versucht, mit Selbstüberwindung, denn mich kümmern ja vor allem die, welche antworten sollen; die, welche mir immerfort mit Fragen, die ich meist nicht beantworten kann, dazwischenfahren, sind mir widerwärtig. Und dann, wer fragt denn nicht gern, solange er jung ist, wie soll ich aus den vielen Fragen die richtigen herausfinden? Eine Frage klingt wie die andere, auf die Absicht kommt es an, die aber ist verborgen, oft auch dem Frager. Und überhaupt, das Fragen ist ja eine Eigentümlichkeit der Hundeschaft, alle fragen durcheinander, es ist, als sollte damit die Spur der richtigen Fragen verwischt werden. Nein, unter den Fragern der Jungen finde ich meine Artgenossen nicht, und unter den Schweigern, den Alten, zu denen ich jetzt gehöre, ebensowenig. Aber was wollen denn die Fragen, ich bin ja mit ihnen gescheitert, wahrscheinlich sind meine Genossen viel klüger als ich und wenden ganz andere vortreffliche Mittel an, um dieses Leben zu ertragen, Mittel freilich, die, wie ich aus eigenem hinzufüge, vielleicht ihnen zur Not helfen, beruhigen, einschläfern, artverwandelnd wirken, aber in der Allgemeinheit ebenso ohnmächtig sind, wie die meinen, denn, soviel ich auch ausschaue, einen Erfolg sehe ich nicht. Ich fürchte, an allem anderen werde ich meine Artgenossen eher erkennen als am Erfolg. Wo sind denn aber meine Artgenossen? Ja, das ist die Klage, das ist sie eben. Wo sind sie? Überall und nirgends. Vielleicht ist es mein Nachbar, drei Sprünge weit von mir, wir rufen einander oft zu, er kommt auch zu mir herüber, ich zu ihm nicht. Ist er mein Artgenosse? Ich weiß nicht, ich erkenne zwar nichts dergleichen an ihm, aber möglich ist es. Möglich ist es, aber doch ist nichts unwahrscheinlicher. Wenn er fern ist, kann ich zum Spiel mit Zuhilfenahme aller Phantasie manches mich verdächtig Anheimelnde an ihm herausfinden, steht er dann aber vor mir, sind alle meine Erfindungen zum Lachen. Ein alter Hund, noch etwas kleiner als ich, der ich kaum Mittelgröße habe, braun, kurzhaarig, mit müde hängendem Kopf, mit schlürfenden Schritten, das linke Hinterbein schleppt er überdies infolge einer Krankheit ein wenig nach. So nah wie mit ihm verkehre ich schon seit langem mit niemandem, ich bin froh, daß ich ihn doch noch leidlich ertrage, und wenn er fortgeht, schreie ich ihm die freundlichsten Dinge nach, freilich nicht aus Liebe, sondern zornig auf mich, weil ich ihn, wenn ich ihm nachgehe, doch wieder nur ganz abscheulich finde, wie er sich wegschleicht mit dem nachschleppenden Fuß und dem viel zu niedrigen Hinterteil. Manchmal ist mir, als wollte ich mich selbst verspotten, wenn ich ihn in Gedanken meinen Genossen nenne. Auch in unseren Gesprächen verrät er nichts von irgendeiner Genossenschaft, zwar ist er klug und, für unsere Verhältnisse hier, gebildet genug und ich könnte viel von ihm lernen, aber suche ich Klugheit und Bildung? Wir unterhalten uns gewöhnlich über örtliche Fragen und ich staune dabei, durch meine Einsamkeit in dieser Hinsicht hellsichtiger gemacht, wieviel Geist selbst für einen gewöhnlichen Hund, selbst bei durchschnittlich nicht allzu ungünstigen Verhältnissen nötig ist, um sein Leben zu fristen und sich vor den größten üblichen Gefahren zu schützen. Die Wissenschaft gibt zwar die Regeln; sie aber auch nur von Ferne und in den gröbsten Hauptzügen zu verstehen ist gar nicht leicht, und wenn man sie verstanden hat, kommt erst das eigentlich Schwere, sie nämlich auf die örtlichen Verhältnisse anzuwenden – hier kann kaum jemand helfen, fast jede Stunde gibt neue Aufgaben und jedes neue Fleckchen Erde seine besonderen; daß er für die Dauer irgendwo eingerichtet ist und daß sein Leben nun gewissermaßen von selbst verläuft, kann niemand von sich behaupten, nicht einmal ich, dessen Bedürfnisse sich förmlich von Tag zu Tag verringern. Und alle diese unendliche Mühe – zu welchem Zweck? Doch nur um sich immer weiter zu vergraben im Schweigen und um niemals und von niemand mehr herausgeholt werden zu können.

Man rühmt oft den allgemeinen Fortschritt der Hundeschaft durch die Zeiten und meint damit wohl hauptsächlich den Fortschritt der Wissenschaft. Gewiß, die Wissenschaft schreitet fort, das ist unaufhaltsam, sie schreitet sogar mit Beschleunigung fort, immer schneller, aber was ist daran zu rühmen? Es ist so, als wenn man jemanden deshalb rühmen wollte, weil er mit zunehmenden Jahren älter wird und infolgedessen immer schneller der Tod sich nähert. Das ist ein natürlicher und überdies ein häßlicher Vorgang, an dem ich nichts zu rühmen finde. Ich sehe nur Verfall, wobei ich aber nicht meine, daß frühere Generationen im Wesen besser waren, sie waren nur jünger, das war ihr großer Vorzug, ihr Gedächtnis war noch nicht so überlastet wie das heutige, es war noch leichter, sie zum Sprechen zu bringen, und wenn es auch niemandem gelungen ist, die Möglichkeit war größer, diese größere Möglichkeit ist ja das, was uns beim Anhören jener alten, doch eigentlich einfältigen Geschichten so erregt. Hie und da hören wir ein andeutendes Wort und möchten fast aufspringen, fühlten wir nicht die Last der Jahrhunderte auf uns. Nein, was ich auch gegen meine Zeit einzuwenden habe, die früheren Generationen waren nicht besser als die neueren, ja in gewissem Sinn waren sie viel schlechter und schwächer. Die Wunder gingen freilich auch damals nicht frei über die Gassen zum beliebigen Einfangen, aber die Hunde waren, ich kann es nicht anders ausdrücken, noch nicht so hündisch wie heute, das Gefüge der Hundeschaft war noch locker, das wahre Wort hätte damals noch eingreifen, den Bau bestimmen, umstimmen, nach jedem Wunsche ändern, in sein Gegenteil verkehren können und jenes Wort war da, war zumindest nahe, schwebte auf der Zungenspitze, jeder konnte es erfahren; wo ist es heute hingekommen, heute könnte man schon ins Gekröse greifen und würde es nicht finden. Unsere Generation ist vielleicht verloren, aber sie ist unschuldiger als die damalige. Das Zögern meiner Generation kann ich verstehen, es ist ja auch gar kein Zögern mehr, es ist das Vergessen eines vor tausend Nächten geträumten und tausendmal vergessenen Traumes, wer will uns gerade wegen des tausendsten Vergessens zürnen? Aber auch das Zögern unserer Urväter glaube ich zu verstehen, wir hätten wahrscheinlich nicht anders gehandelt, fast möchte ich sagen: Wohl uns, daß nicht wir es waren, die die Schuld auf uns laden mußten, daß wir vielmehr in einer schon von anderen verfinsterten Welt in fast schuldlosem Schweigen dem Tode zueilen dürfen. Als unsere Urväter abirrten, dachten sie wohl kaum an ein endloses Irren, sie sahen ja förmlich noch den Kreuzweg, es war leicht, wann immer zurückzukehren, und wenn sie zurückzukehren zögerten, so nur deshalb, weil sie noch eine kurze Zeit sich des Hundelebens freuen wollten, es war noch gar kein eigentümliches Hundeleben und schon schien es ihnen berauschend schön, wie mußte es erst später werden, wenigstens noch ein kleines Weilchen später, und so irrten sie weiter. Sie wußten nicht, was wir bei Betrachtung des Geschichtsverlaufes ahnen können, daß die Seele sich früher wandelt als das Leben und daß sie, als sie das Hundeleben zu freuen begann, schon eine recht althündische Seele haben mußten und gar nicht mehr so nahe dem Ausgangspunkt waren, wie ihnen schien oder wie ihr in allen Hundefreuden schwelgendes Auge sie glauben machen wollte. – Wer kann heute noch von Jugend sprechen. Sie waren die eigentlichen jungen Hunde, aber ihr einziger Ehrgeiz war leider darauf gerichtet, alte Hunde zu werden, etwas, was ihnen freilich nicht mißlingen konnte, wie alle folgenden Generationen beweisen und unsere, die letzte, am besten.

Über alle diese Dinge rede ich natürlich mit meinem Nachbarn nicht, aber ich muß oft an sie denken, wenn ich ihm gegenübersitze, diesem typischen alten Hund, oder die Schnauze in sein Fell vergrabe, das schon einen Anhauch jenes Geruches hat, den abgezogene Felle haben. Über jene Dinge mit ihm zu reden wäre sinnlos, auch mit jedem anderen. Ich weiß, wie das Gespräch verlaufen würde. Er hätte einige kleine Einwände hie und da, schließlich würde er zustimmen – Zustimmung ist die beste Waffe – und die Sache wäre begraben, warum sie aber überhaupt erst aus ihrem Grab bemühen? Und trotz allem, es gibt doch vielleicht eine über bloße Worte hinausgehende tiefere Übereinstimmung mit meinem Nachbarn. Ich kann nicht aufhören, das zu behaupten, obwohl ich keine Beweise dafür habe und vielleicht dabei nur einer einfachen Täuschung unterliege, weil er eben seit langem der einzige ist, mit dem ich verkehre, und ich mich also an ihn halten muß. »Bist du doch vielleicht mein Genosse auf deine Art? Und schämst dich, weil dir alles mißlungen ist? Sieh, mir ist es ebenso gegangen. Wenn ich allein bin, heule ich darüber, komm, zu zweit ist es süßer«, so denke ich manchmal und sehe ihn dabei fest an. Er senkt dann den Blick nicht, aber auch zu entnehmen ist ihm nichts, stumpf sieht er mich an und wundert sich, warum ich schweige und unsere Unterhaltung unterbrochen habe. Aber vielleicht ist gerade dieser Blick seine Art zu fragen, und ich enttäusche ihn, so wie er mich enttäuscht. In meiner Jugend hätte ich ihn, wenn mir damals nicht andere Fragen wichtiger gewesen wären und ich nicht allein mir reichlich genügt hätte, vielleicht laut gefragt, hätte eine matte Zustimmung bekommen und also weniger als heute, da er schweigt. Aber schweigen nicht alle ebenso? Was hindert mich zu glauben, daß alle meine Genossen sind, daß ich nicht nur hie und da einen Mitforscher hatte, der mit seinen winzigen Ergebnissen versunken und vergessen ist und zu dem ich auf keine Weise mehr gelangen kann durch das Dunkel der Zeiten oder das Gedränge der Gegenwart, daß ich vielmehr in allem seit jeher Genossen habe, die sich alle bemühen nach ihrer Art, alle erfolglos nach ihrer Art, alle schweigend oder listig plappernd nach ihrer Art, wie es die hoffnungslose Forschung mit sich bringt. Dann hätte ich mich aber auch gar nicht absondern müssen, hätte ruhig unter den anderen bleiben können, hätte nicht wie ein unartiges Kind durch die Reihen der Erwachsenen mich hinausdrängen müssen, die ja ebenso hinauswollen wie ich, und an denen mich nur ihr Verstand beirrt, der ihnen sagt, daß niemand hinauskommt und daß alles Drängen töricht ist.

Solche Gedanken sind allerdings deutlich die Wirkung meines Nachbarn, er verwirrt mich, er macht mich melancholisch; und ist für sich fröhlich genug, wenigstens höre ich ihn, wenn er in seinem Bereich ist, schreien und singen, daß es mir lästig ist. Es wäre gut, auch auf diesen letzten Verkehr zu verzichten, nicht, vagen Träumereien nachzugehen, wie sie jeder Hundeverkehr, so abgehärtet man zu sein glaubt, unvermeidlich erzeugt, und die kleine Zeit, die mir bleibt, ausschließlich für meine Forschungen zu verwenden. Ich werde, wenn er nächstens kommt, mich verkriechen und schlafend stellen, und das so lange wiederholen, bis er ausbleibt.

Auch ist in meine Forschungen Unordnung gekommen, ich lasse nach, ich ermüde, ich trotte nur noch mechanisch, wo ich begeistert lief. Ich denke zurück an die Zeit, als ich die Frage: »Woher nimmt die Erde unsere Nahrung?« zu untersuchen begann. Freilich lebte ich damals mitten im Volk, drängte mich dorthin, wo es am dichtesten war, wollte alle zu Zeugen meiner Arbeiten machen, diese Zeugenschaft war mir sogar wichtiger als meine Arbeit; da ich ja noch irgendeine allgemeine Wirkung erwartete, erhielt ich natürlich eine große Anfeuerung, die nun für mich Einsamen vorbei ist. Damals aber war ich so stark, daß ich etwas tat, was unerhört ist, allen unsern Grundsätzen widerspricht und an das sich gewiß jeder Augenzeuge von damals als an etwas Unheimliches erinnert. Ich fand in der Wissenschaft, die sonst zu grenzenloser Spezialisierung strebt, in einer Hinsicht eine merkwürdige Vereinfachung. Sie lehrt, daß in der Hauptsache die Erde unsere Nahrung hervorbringt, und gibt dann, nachdem sie diese Voraussetzung gemacht hat, die Methoden an, mit welchen sich die verschiedenen Speisen in bester Art und größter Fülle erreichen lassen. Nun ist es freilich richtig, daß die Erde die Nahrung hervorbringt, daran kann kein Zweifel sein, aber so einfach, wie es gewöhnlich dargestellt wird, jede weitere Untersuchung ausschließend, ist es nicht. Man nehme doch nur die primitivsten Vorfälle her, die sich täglich wiederholen. Wenn wir gänzlich untätig wären, wie ich es nun schon fast bin, nach flüchtiger Bodenbearbeitung uns zusammenrollten und warteten, was kommt, so würden wir allerdings, vorausgesetzt, daß sich überhaupt etwas ergeben würde, die Nahrung auf der Erde finden. Aber das ist doch nicht der Regelfall. Wer sich nur ein wenig Unbefangenheit gegenüber der Wissenschaft bewahrt hat – und deren sind freilich wenige, denn die Kreise, welche die Wissenschaft zieht, werden immer größer – wird, auch wenn er gar nicht auf besondere Beobachtungen ausgeht, leicht erkennen, daß der Hauptteil der Nahrung, die dann auf der Erde liegt, von oben herabkommt, wir fangen ja je nach unserer Geschicklichkeit und Gier das meiste sogar ab, ehe es die Erde berührt. Damit sage ich noch nichts gegen die Wissenschaft, die Erde bringt ja auch diese Nahrung natürlich hervor. Ob sie die eine aus sich herauszieht oder die andere aus der Höhe herabruft, ist ja vielleicht kein wesentlicher Unterschied, und die Wissenschaft, welche festgestellt hat, daß in beiden Fällen Bodenbearbeitung nötig ist, muß sich vielleicht mit jenen Unterscheidungen nicht beschäftigen, heißt es doch: »Hast du den Fraß im Maul, so hast du für diesmal alle Fragen gelöst.« Nur scheint es mir, daß die Wissenschaft sich in verhüllter Form doch wenigstens teilweise mit diesen Dingen beschäftigt, da sie ja doch zwei Hauptmethoden der Nahrungsbeschaffung kennt, nämlich die eigentliche Bodenbearbeitung und dann die Ergänzungs-Verfeinerungs-Arbeit in Form von Spruch, Tanz und Gesang. Ich finde darin eine zwar nicht vollständige, aber doch genug deutliche, meiner Unterscheidung entsprechende Zweiteilung. Die Bodenbearbeitung dient meiner Meinung nach zur Erzielung von beiderlei Nahrung und bleibt immer unentbehrlich, Spruch, Tanz und Gesang aber betreffen weniger die Bodennahrung im engeren Sinn, sondern dienen hauptsächlich dazu, die Nahrung von oben herabzuziehen. In dieser Auffassung bestärkt mich die Tradition. Hier scheint das Volk die Wissenschaft richtigzustellen, ohne es zu wissen und ohne daß die Wissenschaft sich zu wehren wagt. Wenn, wie die Wissenschaft will, jene Zeremonien nur dem Boden dienen sollten, etwa um ihm die Kraft zu geben, die Nahrung von oben zu holen, so müßten sie sich doch folgerichtig völlig am Boden vollziehen, dem Boden müßte alles zugeflüstert, vorgesprungen, vorgetanzt werden. Die Wissenschaft verlangt wohl auch meines Wissens nichts anderes. Und nun das Merkwürdige, das Volk richtet sich mit allen seinen Zeremonien in die Höhe. Es ist dies keine Verletzung der Wissenschaft, sie verbietet es nicht, läßt dem Landwirt darin die Freiheit, sie denkt bei ihren Lehren nur an den Boden, und führt der Landwirt ihre auf den Boden sich beziehenden Lehren aus, ist sie zufrieden, aber ihr Gedankengang sollte meiner Meinung nach eigentlich mehr verlangen. Und ich, der ich niemals tiefer in die Wissenschaft eingeweiht worden bin, kann mir gar nicht vorstellen, wie die Gelehrten es dulden können, daß unser Volk, leidenschaftlich wie es nun einmal ist, die Zaubersprüche aufwärts ruft, unsere alten Volksgesänge in die Lüfte klagt und Sprungtänze aufführt, als ob es sich, den Boden vergessend, für immer emporschwingen wollte. Von der Betonung dieser Widersprüche ging ich aus, ich beschränkte mich, wann immer nach den Lehren der Wissenschaft die Erntezeit sich näherte, völlig auf den Boden, ich scharrte ihn im Tanz, ich verdrehte den Kopf, um nur dem Boden möglichst nahe zu sein. Ich machte mir später eine Grube für die

Schnauze und sang so und deklamierte, daß nur der Boden es hörte und niemand sonst neben oder über mir.

Die Forschungsergebnisse waren gering. Manchmal bekam ich das Essen nicht und schon wollte ich jubeln über meine Entdeckung, aber dann kam das Essen doch wieder, so als wäre man zuerst beirrt gewesen durch meine sonderbare Aufführung, erkenne aber jetzt den Vorteil, den sie bringt, und verzichte gern auf meine Schreie und Sprünge. Oft kam das Essen sogar reichlicher als früher, aber dann blieb es doch auch wieder gänzlich aus. Ich machte mit einem Fleiß, der an jungen Hunden bisher unbekannt gewesen war, genaue Aufstellungen aller meiner Versuche, glaubte schon hie und da eine Spur zu finden, die mich weiter führen könnte, aber dann verlief sie sich doch wieder ins Unbestimmte. Es kam mir hierbei unstrittig auch meine ungenügende wissenschaftliche Vorbereitung in die Quere. Wo hatte ich die Bürgschaft, daß zum Beispiel das Ausbleiben des Essens nicht durch mein Experiment, sondern durch unwissenschaftliche Bodenbearbeitung bewirkt war, und traf das zu, dann waren alle meine Schlußfolgerungen haltlos. Unter gewissen Bedingungen hätte ich ein fast ganz präzises Experiment erreichen können, wenn es mir nämlich gelungen wäre, ganz ohne Bodenbearbeitung – einmal nur durch aufwärts gerichtete Zeremonie das Herabkommen des Essens und dann durch ausschließliche Boden-Zeremonie das Ausbleiben des Essens zu erreichen. Ich versuchte auch derartiges, aber ohne festen Glauben und nicht mit vollkommenen Versuchsbedingungen, denn, meiner unerschütterlichen Meinung nach, ist wenigstens eine gewisse Bodenbearbeitung immer nötig und, selbst wenn die Ketzer, die es nicht glauben, recht hätten, ließe es sich doch nicht beweisen, da die Bodenbesprengung unter einem Drang geschieht und sich in gewissen Grenzen gar nicht vermeiden läßt. Ein anderes, allerdings etwas abseitiges Experiment glückte mir besser und machte einiges Aufsehen. Anschließend an das übliche Abfangen der Nahrung aus der Luft beschloß ich, die Nahrung zwar niederfallen zu lassen, sie aber auch nicht abzufangen. Zu diesem Zwecke machte ich immer, wenn die Nahrung kam, einen kleinen Luftsprung, der aber immer so berechnet war, daß er nicht ausreichte; meistens fiel sie dann doch stumpf-gleichgültig zu Boden und ich warf mich wütend auf sie, in der Wut nicht nur des Hungers, sondern auch der Enttäuschung. Aber in vereinzelten Fällen geschah doch etwas anderes, etwas eigentlich Wunderbares, die Speise fiel nicht, sondern folgte mir in der Luft, die Nahrung verfolgte den Hungrigen. Es geschah nicht lange, eine kurze Strecke nur, dann fiel sie doch oder verschwand gänzlich oder – der häufigste Fall – meine Gier beendete vorzeitig das Experiment und ich fraß die Sache auf. Immerhin, ich war damals glücklich, durch meine Umgebung ging ein Raunen, man war unruhig und aufmerksam geworden, ich fand meine Bekannten zugänglicher meinen Fragen, in ihren Augen sah ich irgendein Hilfe suchendes Leuchten, mochte es auch nur der Widerschein meiner eigenen Blicke sein, ich wollte nichts anderes, ich war zufrieden. Bis ich dann freilich erfuhr – und die anderen erfuhren es mit mir – daß dieses Experiment in der Wissenschaft längst beschrieben ist, viel großartiger schon gelungen als mir, zwar schon lange nicht gemacht werden konnte wegen der Schwierigkeit der Selbstbeherrschung, die es verlangt, aber wegen seiner angeblichen wissenschaftlichen Bedeutungslosigkeit auch nicht wiederholt werden muß. Es beweise nur, was man schon wußte, daß der Boden die Nahrung nicht nur gerade abwärts von oben holt, sondern auch schräg, ja sogar in Spiralen. Da stand ich nun, aber entmutigt war ich nicht, dazu war ich noch zu jung, im Gegenteil, ich wurde dadurch aufgemuntert zu der vielleicht größten Leistung meines Lebens. Ich glaubte der wissenschaftlichen Entwertung meines Experimentes nicht, aber hier hilft kein Glauben, sondern nur der Beweis, und den wollte ich antreten und wollte damit auch dieses ursprünglich etwas abseitige Experiment ins volle Licht, in den Mittelpunkt der Forschung stellen. Ich wollte beweisen, daß, wenn ich vor der Nahrung zurückwich, nicht der Boden sie schräg zu sich herabzog, sondern ich es war, der sie hinter mir her lockte. Dieses Experiment konnte ich allerdings nicht weiter ausbauen, den Fraß vor sich zu sehen und dabei wissenschaftlich zu experimentieren, das hielt man für die Dauer nicht aus. Aber ich wollte etwas anderes tun, ich wollte, solange ichs aushielt, völlig fasten, allerdings dabei auch jeden Anblick der Nahrung, jede Verlockung vermeiden. Wenn ich mich so zurückzog, mit geschlossenen Augen liegenblieb, Tag und Nacht, weder um das Aufheben, noch um das Abfangen der Nahrung mich kümmerte und, wie ich nicht zu behaupten wagte, aber leise hoffte, ohne alle sonstigen Maßnahmen, nur auf die unvermeidliche unrationelle Bodenbesprengung und stilles Aufsagen der Sprüche und Lieder hin (den Tanz wollte ich unterlassen, um mich nicht zu schwächen) die Nahrung von oben selbst herabkäme und, ohne sich um den Boden zu kümmern, an mein Gebiß klopfen würde, um eingelassen zu werden, – wenn dies geschah, dann war die Wissenschaft zwar nicht widerlegt, denn sie hat genug Elastizität für Ausnahmen und Einzelfälle, aber was würde das Volk sagen, das glücklicherweise nicht so viel Elastizität hat? Denn es würde das ja auch kein Ausnahmefall von der Art sein, wie sie die Geschichte überliefert, daß etwa einer wegen körperlicher Krankheit oder wegen Trübsinns sich weigert, die Nahrung vorzubereiten, zu suchen, aufzunehmen und dann die Hundeschaft in Beschwörungsformeln sich vereinigt und dadurch ein Abirren der Nahrung von ihrem gewöhnlichen Weg geradewegs in das Maul des Kranken erreicht. Ich dagegen war in voller Kraft und Gesundheit, mein Appetit so prächtig, daß er mich tagelang hinderte, an etwas anderes zu denken als an ihn, ich unterzog mich, mochte man es glauben oder nicht, dem Fasten freiwillig, war selbst imstande, für das Herabkommen der Nahrung zu sorgen und wollte es auch tun, brauchte aber auch keine Hilfe der Hundeschaft und verbat sie mir sogar auf das entschiedenste.

Ich suchte mir einen geeigneten Ort in einem entlegenen Gebüsch, wo ich keine Eßgespräche, kein Schmatzen und Knochenknacken hören würde, fraß mich noch einmal völlig satt und legte mich dann hin. Ich wollte womöglich die ganze Zeit mit geschlossenen Augen verbringen; solange kein Essen kommen sollte, würde es für mich ununterbrochen Nacht sein, mochte es Tage und Wochen dauern. Dabei durfte ich allerdings, das war eine große Erschwerung, wenig oder am besten gar nicht schlafen, denn ich mußte ja nicht nur die Nahrung herabbeschwören, sondern auch auf der Hut sein, daß ich die Ankunft der Nahrung nicht etwa verschlafe, andererseits wiederum war Schlaf sehr willkommen, denn schlafend würde ich viel länger hungern können als im Wachen. Aus diesen Gründen beschloß ich, die Zeit vorsichtig einzuteilen und viel zu schlafen, aber immer nur ganz kurze Zeit. Ich erreichte dies dadurch, daß ich den Kopf im Schlaf immer auf einen schwachen Ast stützte, der bald einknickte und mich dadurch weckte. So lag ich, schlief oder wachte, träumte oder sang still für mich hin. Die erste Zeit verging ereignislos, noch war es vielleicht dort, woher die Nahrung kommt, irgendwie unbemerkt geblieben, daß ich mich hier gegen den üblichen Verlauf der Dinge stemmte, und so blieb alles still. Ein wenig störte mich in meiner Anstrengung die Befürchtung, daß die Hunde mich vermissen, bald auffinden und etwas gegen mich unternehmen würden. Eine zweite Befürchtung war, daß auf die bloße Besprengung hin der Boden, obwohl es ein nach der Wissenschaft unfruchtbarer Boden war, die sogenannte Zufallsnahrung hergeben und ihr Geruch mich verführen würde. Aber vorläufig geschah nichts dergleichen, und ich konnte weiter hungern. Abgesehen von diesen Befürchtungen war ich zunächst ruhig, wie ich es an mir noch nie bemerkt hatte. Obwohl ich hier eigentlich an der Aufhebung der Wissenschaft arbeitete, erfüllte mich Behagen und fast die sprichwörtliche Ruhe des wissenschaftlichen Arbeiters. In meinen Träumereien erlangte ich von der Wissenschaft Verzeihung, es fand sich in ihr auch ein Raum für meine Forschungen, trostreich klang es mir in den Ohren, daß ich, mögen auch meine Forschungen noch so erfolgreich werden, und besonders dann, keineswegs für das Hundeleben verloren sei, die Wissenschaft sei mir freundlich geneigt, sie selbst werde die Deutung meiner Ergebnisse vornehmen und dieses Versprechen bedeute schon die Erfüllung selbst, ich würde, während ich mich bisher im Innersten ausgestoßen fühlte und die Mauern meines Volkes berannte wie ein Wilder, in großen Ehren aufgenommen werden, die ersehnte Wärme versammelter Hundeleiber werde mich umströmen, hochgezwungen würde ich auf den Schultern meines Volkes schwanken. Merkwürdige Wirkung des ersten Hungers. Meine Leistung erschien mir so groß, daß ich aus Rührung und aus Mitleid mit mir selbst dort in dem stillen Gebüsch zu weinen anfing, was allerdings nicht ganz verständlich war, denn wenn ich den verdienten Lohn erwartete, warum weinte ich dann? Wohl nur aus Behaglichkeit. Immer nur, wenn mir behaglich war, selten genug, habe ich geweint. Danach ging es freilich bald vorüber. Die schönen Bilder verflüchtigten sich allmählich mit dem Ernsterwerden des Hungers, es dauerte nicht lange und ich war, nach schneller Verabschiedung aller Phantasien und aller Rührung, völlig allein mit dem in den Eingeweiden brennenden Hunger. »Das ist der Hunger«, sagte ich mir damals unzähligemal, so als wollte ich mich glauben machen, Hunger und ich seien noch immer zweierlei und ich könnte ihn abschütteln wie einen lästigen Liebhaber, aber in Wirklichkeit waren wir höchst schmerzlich Eines, und wenn ich mir erklärte: »Das ist der Hunger«, so war es eigentlich der Hunger, der sprach und sich damit über mich lustig machte. Eine böse, böse Zeit! Mich schauert, wenn ich an sie denke, freilich nicht nur wegen des Leides, das ich damals durchlebt habe, sondern vor allem deshalb, weil ich damals nicht fertig geworden bin, weil ich dieses Leiden noch einmal werde durchkosten müssen, wenn ich etwas erreichen will, denn das Hungern halte ich noch heute für das letzte und stärkste Mittel meiner Forschung. Durch das Hungern geht der Weg, das Höchste ist nur der höchsten Leistung erreichbar, wenn es erreichbar ist, und diese höchste Leistung ist bei uns freiwilliges Hungern. Wenn ich also jene Zeiten durchdenke – und für mein Leben gern wühle ich in ihnen – durchdenke ich auch die Zeiten, die mir drohen. Es scheint, daß man fast ein Leben verstreichen lassen muß, ehe man sich von einem solchen Versuch erholt, meine ganzen Mannesjahre trennen mich von jenem Hungern, aber erholt bin ich noch nicht. Ich werde, wenn ich nächstens das Hungern beginne, vielleicht mehr Entschlossenheit haben als früher, infolge meiner größeren Erfahrung und besseren Einsicht in die Notwendigkeit des Versuches, aber meine Kräfte sind geringer, noch von damals her, zumindest werde ich schon ermatten in der bloßen Erwartung der bekannten Schrecken. Mein schwächerer Appetit wird mir nicht helfen, er entwertet nur ein wenig den Versuch und wird mich wahrscheinlich noch zwingen, länger zu hungern, als es damals nötig gewesen wäre. Über diese und andere Voraussetzungen glaube ich mir klar zu sein, an Vorversuchen hat es ja nicht gefehlt in dieser langen Zwischenzeit, oft genug habe ich das Hungern förmlich angebissen, war aber noch nicht stark zum Äußersten, und die unbefangene Angriffslust der Jugend ist natürlich für immer dahin. Sie schwand schon damals inmitten des Hungerns. Mancherlei Überlegungen quälten mich. Drohend erschienen mir unsere Urväter. Ich halte sie zwar, wenn ich es auch öffentlich nicht zu sagen wage, für schuld an allem, sie haben das Hundeleben verschuldet, und ich konnte also ihren Drohungen leicht mit Gegendrohungen antworten, aber vor ihrem Wissen beuge ich mich, es kam aus Quellen, die wir nicht mehr kennen, deshalb würde ich auch, so sehr es mich gegen sie anzukämpfen drängt, niemals ihre Gesetze geradezu überschreiten, nur durch die Gesetzeslücken, für die ich eine besondere Witterung habe, schwärme ich aus. Hinsichtlich des Hungerns berufe ich mich auf das berühmte Gespräch, im Laufe dessen einer unserer Weisen die Absicht aussprach, das Hungern zu verbieten, worauf ein Zweiter davon abriet mit der Frage: »Wer wird denn jemals hungern?« und der Erste sich überzeugen ließ und das Verbot zurückhielt. Nun entsteht aber wieder die Frage: »Ist nun das Hungern nicht eigentlich doch verboten?« Die große Mehrzahl der Kommentatoren verneint sie, sieht das Hungern für freigegeben an, hält es mit dem zweiten Weisen und befürchtet deshalb auch von einer irrtümlichen Kommentierung keine schlimmen Folgen. Dessen hatte ich mich wohl vergewissert, ehe ich mit dem Hungern begann. Nun aber, als ich mich im Hunger krümmte, schon in einiger Geistesverwirrung immerfort bei meinen Hinterbeinen Rettung suchte und sie verzweifelt leckte, kaute, aussaugte, bis zum After hinauf, erschien mir die allgemeine Deutung jenes Gespräches ganz und gar falsch, ich verfluchte die kommentatorische Wissenschaft, ich verfluchte mich, der ich mich von ihr hatte irreführen lassen, das Gespräch enthielt ja, wie ein Kind erkennen mußte, freilich mehr als nur ein einziges Verbot des Hungerns, der erste Weise wollte das Hungern verbieten, was ein Weiser will, ist schon geschehen, das Hungern war also verboten, der zweite Weise stimmte ihm nicht nur zu, sondern hielt das Hungern sogar für unmöglich, wälzte also auf das erste Verbot noch ein zweites, das Verbot der Hundenatur selbst, der Erste erkannte dies an und hielt das ausdrückliche Verbot zurück, das heißt, er gebot den Hunden nach Darlegung alles dessen, Einsicht zu üben und sich selbst das Hungern zu verbieten. Also ein dreifaches Verbot statt des üblichen einen, und ich hatte es verletzt. Nun hätte ich ja wenigstens jetzt verspätet gehorchen und zu hungern aufhören können, aber mitten durch den Schmerz ging auch eine Verlockung weiter zu hungern, und ich folgte ihr lüstern, wie einem unbekannten Hund. Ich konnte nicht aufhören, vielleicht war ich auch schon zu schwach, um aufzustehen und in bewohnte Gegenden mich zu retten. Ich wälzte mich hin und her auf der Waldstreu, schlafen konnte ich nicht mehr, ich hörte überall Lärm, die während meines bisherigen Lebens schlafende Welt schien durch mein Hungern erwacht zu sein, ich bekam die Vorstellung, daß ich nie mehr werde fressen können, denn dadurch müßte ich die freigelassen lärmende Welt wieder zum Schweigen bringen, und das würde ich nicht imstande sein, den größten Lärm allerdings hörte ich in meinem Bauche, ich legte oft das Ohr an ihn und mußte entsetzte Augen gemacht haben, denn ich konnte kaum glauben, was ich hörte. Und da es nun zu arg wurde, schien der Taumel auch meine Natur zu ergreifen, sie machte sinnlose Rettungsversuche, ich begann Speisen zu riechen, auserlesene Speisen, die ich längst nicht mehr gegessen hatte, Freuden meiner Kindheit; ja, ich roch den Duft der Brüste meiner Mutter; ich vergaß meinen Entschluß, Gerüchen Widerstand leisten zu wollen, oder richtiger, ich vergaß ihn nicht; mit dem Entschluß, so als sei es ein Entschluß, der dazu gehöre, schleppte ich mich nach allen Seiten, immer nur ein paar Schritte und schnupperte, so als möchte ich die Speise nur, um mich vor ihr zu hüten. Daß ich nichts fand, enttäuschte mich nicht, die Speisen waren da, nur waren sie immer ein paar Schritte zu weit, die Beine knickten mir vorher ein. Gleichzeitig allerdings wußte ich, daß gar nichts da war, daß ich die kleinen Bewegungen nur machte aus Angst vor dem endgültigen Zusammenbrechen auf einem Platz, den ich nicht mehr verlassen würde. Die letzten Hoffnungen schwanden, die letzten Verlockungen, elend würde ich hier zugrunde gehen, was sollten meine Forschungen, kindliche Versuche aus kindlich glücklicher Zeit, hier und jetzt war Ernst, hier hätte die Forschung ihren Wert beweisen können, aber wo war sie? Hier war nur ein hilflos ins Leere schnappender Hund, der zwar noch krampfhaft eilig, ohne es zu wissen, immerfort den Boden besprengte, aber in seinem Gedächtnis aus dem ganzen Wust der Zaubersprüche nicht das Geringste mehr auftreiben konnte, nicht einmal das Verschen, mit dem sich die Neugeborenen unter ihre Mutter ducken. Es war mir, als sei ich hier nicht durch einen kurzen Lauf von den Brüdern getrennt, sondern unendlich weit fort von allen, und als stürbe ich eigentlich gar nicht durch Hunger, sondern infolge meiner Verlassenheit. Es war doch ersichtlich, daß sich niemand um mich kümmerte, niemand unter der Erde, niemand auf ihr, niemand in der Höhe, ich ging an ihrer Gleichgültigkeit zugrunde, ihre Gleichgültigkeit sagte: er stirbt, und so würde es geschehen. Und stimmte ich nicht bei? Sagte ich nicht das Gleiche? Hatte ich nicht diese Verlassenheit gewollt? Wohl, ihr Hunde, aber nicht um hier so zu enden, sondern um zur Wahrheit hinüber zu kommen, aus dieser Welt der Lüge, wo sich niemand findet, von dem man Wahrheit erfahren kann, auch von mir nicht, eingeborenem Bürger der Lüge. Vielleicht war die Wahrheit nicht allzuweit, und ich also nicht so verlassen, wie ich dachte, nicht von den anderen verlassen, nur von mir, der ich versagte und starb.

Doch man stirbt nicht so eilig, wie ein nervöser Hund glaubt. Ich fiel nur in Ohnmacht, und als ich aufwachte und die Augen erhob, stand ein fremder Hund vor mir. Ich fühlte keinen Hunger, ich war sehr kräftig, in den Gelenken federte es meiner Meinung nach, wenn ich auch keinen Versuch machte, es durch Aufstehen zu erproben. Ich sah an und für sich nicht mehr als sonst, ein schöner, aber nicht allzu ungewöhnlicher Hund stand vor mir, das sah ich, nichts anderes, und doch glaubte ich, mehr an ihm zu sehen als sonst. Unter mir lag Blut, im ersten Augenblick dachte ich, es sei Speise, ich merkte aber gleich, daß es Blut war, das ich ausgebrochen hatte. Ich wandte mich davon ab und dem fremden Hunde zu. Er war mager, hochbeinig, braun, hie und da weiß gefleckt und hatte einen schönen, starken forschenden Blick. »Was machst du hier?« sagte er. »Du mußt von hier fortgehen.« »Ich kann jetzt nicht fortgehen«, sagte ich, ohne weitere Erklärung, denn wie hätte ich ihm alles erklären sollen, auch schien er in Eile zu sein. »Bitte, geh fort«, sagte er, und hob unruhig ein Bein nach dem anderen. »Laß mich«, sagte ich, »geh und kümmere dich nicht um mich, die anderen kümmern sich auch nicht um mich.« »Ich bitte dich um deinetwillen«, sagte er. »Bitte mich aus welchem Grund du willst«, sagte ich. »Ich kann nicht gehen, selbst wenn ich wollte.« »Daran fehlt es nicht«, sagte er lächelnd. »Du kannst gehen. Eben weil du schwach zu sein scheinst, bitte ich dich, daß du jetzt langsam fortgehst, zögerst du, wirst du später laufen müssen.« »Laß das meine Sorge sein«, sagte ich. »Es ist auch meine«, sagte er, traurig wegen meiner Hartnäckigkeit, und wollte nun offenbar mich aber vorläufig schon hier lassen, aber die Gelegenheit benützen und sich liebend an mich heranzumachen. Zu anderer Zeit hätte ich es gerne geduldet von dem Schönen, damals aber, ich begriff es nicht, faßte mich ein Entsetzen davor. »Weg!« schrie ich, um so lauter, als ich mich anders nicht verteidigen konnte. »Ich lasse dich ja«, sagte er langsam zurücktretend. »Du bist wunderbar. Gefalle ich dir denn nicht?« »Du wirst mir gefallen, wenn du fortgehst, und mich in Ruhe läßt«, sagte ich, aber ich war meiner nicht mehr so sicher, wie ich ihn glauben machen wollte. Irgendetwas sah oder hörte ich an ihm mit meinen durch das Hungern geschärften Sinnen, es war erst in den Anfängen, es wuchs, es näherte sich und ich wußte schon, dieser Hund hat allerdings die Macht dich fortzutreiben, wenn du dir jetzt auch noch nicht vorstellen kannst, wie du dich jemals wirst erheben können. Und ich sah ihn, der auf meine grobe Antwort nur sanft den Kopf geschüttelt hatte, mit immer größerer Begierde an. »Wer bist du?« fragte ich. »Ich bin ein Jäger«, sagte er. »Und warum willst du mich nicht hier lassen?« fragte ich. »Du störst mich«, sagte er, »ich kann nicht jagen, wenn du hier bist.« »Versuche es«, sagte ich, »vielleicht wirst du noch jagen können.« »Nein«, sagte er, »es tut mir leid, aber du mußt fort.« »Laß heute das Jagen!« bat ich. »Nein«, sagte er, »ich muß jagen.« »Ich muß fortgehen, du mußt jagen«, sagte ich, »lauter Müssen. Verstehst du es, warum wir müssen?« »Nein«, sagte er, »es ist daran aber auch nichts zu verstehen, es sind selbstverständliche, natürliche Dinge.« »Doch nicht«, sagte ich, »es tut dir ja leid, daß du mich verjagen mußt, und dennoch tust du es.« »So ist es«, sagte er. »So ist es«, wiederholte ich ärgerlich, »das ist keine Antwort. Welcher Verzicht fiele dir leichter, der Verzicht auf die Jagd oder darauf, mich wegzutreiben?« »Der Verzicht auf die Jagd«, sagte er ohne Zögern. »Nun also«, sagte ich, »hier ist doch ein Widerspruch.« »Was für ein Widerspruch denn?« sagte er, »du lieber kleiner Hund, verstehst du denn wirklich nicht, daß ich muß? Verstehst du denn das Selbstverständliche nicht?« Ich antwortete nichts mehr, denn ich merkte – und neues Leben durchfuhr mich dabei, Leben wie es der Schrecken gibt –, ich merkte an unfaßbaren Einzelheiten, die vielleicht niemand außer mir hätte merken können, daß der Hund aus der Tiefe der Brust zu einem Gesange anhob. »Du wirst singen«, sagte ich. »Ja«, sagte er ernst, »ich werde singen, bald, aber noch nicht.« »Du beginnst schon«, sagte ich. »Nein«, sagte er, »noch nicht. Aber mach dich bereit.« »Ich höre es schon, obwohl du es leugnest«, sagte ich zitternd. Er schwieg. Und ich glaubte damals, etwas zu erkennen, was kein Hund je vor mir erfahren hat, wenigstens findet sich in der Überlieferung nicht die leiseste Andeutung dessen, und ich versenkte eilig in unendlicher Angst und Scham das Gesicht in der Blutlache vor mir. Ich glaubte nämlich zu erkennen, daß der Hund schon sang, ohne es noch zu wissen, ja mehr noch, daß die Melodie, von ihm getrennt, nach eigenem Gesetz durch die Lüfte schwebte und über ihn hinweg, als gehöre er nicht dazu, nur nach mir, nach mir hin zielte. – Heute leugne ich natürlich alle derartigen Erkenntnisse und schreibe sie meiner damaligen Überreiztheit zu, aber wenn es auch ein Irrtum war, so hat er doch eine gewisse Großartigkeit, ist die einzige, wenn auch nur scheinbare Wirklichkeit, die ich aus der Hungerzeit in diese Welt herübergerettet habe, und sie zeigt zumindest, wie weit bei völligem Außer-sich-sein wir gelangen können. Und ich war wirklich völlig außer mir. Unter gewöhnlichen Umständen wäre ich schwerkrank gewesen, unfähig, mich zu rühren, aber der Melodie, die nun bald der Hund als die seine zu übernehmen schien, konnte ich nicht widerstehen. Immer stärker wurde sie: ihr Wachsen hatte vielleicht keine Grenzen und schon jetzt sprengte sie mir fast das Gehör. Das Schlimmste aber war, daß sie nur meinetwegen vorhanden zu sein schien, diese Stimme, vor deren Erhabenheit der Wald verstummte, nur meinetwegen; wer war ich, der ich noch immer hier zu bleiben wagte und mich vor ihr breitmachte in meinem Schmutz und Blut? Schlotternd erhob ich mich, sah an mir hinab; so etwas wird doch nicht laufen, dachte ich noch, aber schon flog ich, von der Melodie gejagt, in den herrlichsten Sprüngen dahin. Meinen Freunden erzählte ich nichts, gleich bei meiner Ankunft hätte ich wahrscheinlich alles erzählt, aber da war ich zu schwach, später schien es mir wieder nicht mitteilbar. Andeutungen, die zu unterdrücken ich mich nicht bezwingen konnte, verloren sich spurlos in den Gesprächen. Körperlich erholte ich mich übrigens in wenigen Stunden, geistig trage ich noch heute die Folgen.

Meine Forschungen aber erweiterte ich auf die Musik der Hunde. Die Wissenschaft war gewiß auch hier nicht untätig, die Wissenschaft von der Musik ist, wenn ich gut berichtet bin, vielleicht noch umfangreicher als jene von der Nahrung, und jedenfalls fester begründet. Es ist das dadurch zu erklären, daß auf diesem Gebiet leidenschaftsloser gearbeitet werden kann als auf jenem, und daß es sich hier mehr um bloße Beobachtungen und Systematisierungen handelt, dort dagegen vor allem um praktische Folgerungen. Damit hängt zusammen, daß der Respekt vor der Musikwissenschaft größer ist als vor der Nahrungswissenschaft, die erstere aber niemals so tief ins Volk eindringen konnte wie die zweite. Auch ich stand der Musikwissenschaft, ehe ich die Stimme im Wald gehört hatte, fremder gegenüber als irgendeiner anderen. Zwar hatte mich schon das Erlebnis mit den Musikhunden auf sie hingewiesen, aber ich war damals noch zu jung. Auch ist es nicht leicht, an diese Wissenschaft auch nur heranzukommen, sie gilt als besonders schwierig und schließt sich vornehm gegen die Menge ab. Auch war zwar die Musik bei jenen Hunden das zunächst Auffallendste gewesen, aber wichtiger als die Musik schien mir ihr verschwiegenes Hundewesen, für ihre schreckliche Musik fand ich vielleicht überhaupt keine Ähnlichkeit anderswo, ich konnte sie eher vernachlässigen, aber ihr Wesen begegnete mir von damals an in allen Hunden überall. In das Wesen der Hunde einzudringen, schienen mir aber Forschungen über die Nahrung am geeignetsten und ohne Umweg zum Ziele führend. Vielleicht hatte ich darin Unrecht. Ein Grenzgebiet der beiden Wissenschaften lenkte allerdings schon damals meinen Verdacht auf sich. Es ist die Lehre von dem die Nahrung herabrufenden Gesang. Wieder ist es hier für mich sehr störend, daß ich auch in die Musikwissenschaft niemals ernstlich eingedrungen bin und mich in dieser Hinsicht bei weitem nicht einmal zu den von der Wissenschaft immer besonders verachteten Halbgebildeten rechnen kann. Dies muß mir immer gegenwärtig bleiben. Vor einem Gelehrten würde ich, ich habe leider dafür Beweise, auch in der leichtesten wissenschaftlichen Prüfung sehr schlecht bestehen. Das hat natürlich, von den schon erwähnten Lebensumständen abgesehen, seinen Grund zunächst in meiner wissenschaftlichen Unfähigkeit, geringer Denkkraft, schlechtem Gedächtnis und vor allem in dem Außerstandesein, das wissenschaftliche Ziel mir immer vor Augen zu halten. Das alles gestehe ich mir offen ein, sogar mit einer gewissen Freude. Denn der tiefere Grund meiner wissenschaftlichen Unfähigkeit scheint mir ein Instinkt und wahrlich kein schlechter Instinkt zu sein. Wenn ich bramarbasieren wollte, könnte ich sagen, daß gerade dieser Instinkt meine wissenschaftlichen Fähigkeiten zerstört hat, denn es wäre doch eine zumindest sehr merkwürdige Erscheinung, daß ich, der ich in den gewöhnlichen täglichen Lebensdingen, die gewiß nicht die einfachsten sind, einen erträglichen Verstand zeige, und vor allem, wenn auch nicht die Wissenschaft so doch die Gelehrten sehr gut verstehe, was an meinen Resultaten nachprüfbar ist, von vornherein unfähig gewesen sein sollte, die Pfote auch nur zur ersten Stufe der Wissenschaft zu erheben. Es war der Instinkt, der mich vielleicht gerade um der Wissenschaft willen, aber einer anderen Wissenschaft als sie heute geübt wird, einer allerletzten Wissenschaft, die Freiheit höher schätzen ließ als alles andere. Die Freiheit! Freilich, die Freiheit, wie sie heute möglich ist, ist ein kümmerliches Gewächs. Aber immerhin Freiheit, immerhin ein Besitz. –

›ER‹

Aufzeichnungen aus dem Jahre 1920

Er ist bei keinem Anlaß genügend vorbereitet, kann sich deshalb aber nicht einmal Vorwürfe machen, denn wo wäre in diesem Leben, das so quälend in jedem Augenblick Bereitsein verlangt, Zeit sich vorzubereiten, und selbst wenn Zeit wäre, könnte man sich denn vorbereiten, ehe man die Aufgabe kennt, das heißt, kann man überhaupt eine natürliche, eine nicht nur künstlich zusammengestellte Aufgabe bestehen? Deshalb ist er auch schon längst unter den Rädern, merkwürdiger- aber auch tröstlicherweise war er darauf am wenigsten vorbereitet.

Alles, was er tut, kommt ihm zwar außerordentlich neu vor, aber auch entsprechend dieser unmöglichen Fülle des Neuen außerordentlich dilettantisch, kaum einmal erträglich, unfähig historisch zu werden, die Kette der Geschlechter sprengend, die bisher immer wenigstens zu ahnende Musik der Welt zum erstenmal bis in alle Tiefen hinunter abbrechend. Manchmal hat er in seinem Hochmut mehr Angst um die Welt als um sich.

Mit einem Gefängnis hätte er sich abgefunden. Als Gefangener enden – das wäre eines Lebens Ziel. Aber es war ein Gitterkäfig. Gleichgültig, herrisch, wie bei sich zu Hause strömte durch das Gitter aus und ein der Lärm der Welt, der Gefangene war eigentlich frei, er konnte an allem teilnehmen, nichts entging ihm draußen, selbst verlassen hätte er den Käfig können, die Gitterstangen standen ja meterweit auseinander, nicht einmal gefangen war er.

Er hat das Gefühl, daß er sich dadurch, daß er lebt, den Weg verstellt. Aus dieser Behinderung nimmt er dann wieder den Beweis dafür, daß er lebt.

Sein eigener Stirnknochen verlegt ihm den Weg, an seiner eigenen Stirn schlägt er sich die Stirn blutig.

Er fühlt sich auf dieser Erde gefangen, ihm ist eng, die Trauer, die Schwäche, die Krankheiten, die Wahnvorstellungen der Gefangenen brechen bei ihm aus, kein Trost kann ihn trösten, weil es eben nur Trost ist, zarter kopfschmerzender Trost gegenüber der groben Tatsache des Gefangenseins. Fragt man ihn aber, was er eigentlich haben will, kann er nicht antworten, denn er hat – das ist einer seiner stärksten Beweise – keine Vorstellung von Freiheit.

Manche leugnen den Jammer durch Hinweis auf die Sonne, er leugnet die Sonne durch Hinweis auf den Jammer.

Die selbstquälerische, schwerfällige, oft lange stockende, im Grunde doch unaufhörliche Wellenbewegung alles Lebens, des fremden und eigenen, quält ihn, weil sie unaufhörlichen Zwang des Denkens mit sich bringt. Manchmal scheint ihm, daß diese Qual den Ereignissen vorhergeht. Als er hört, daß seinem Freund ein Kind geboren werden soll, erkennt er, daß er dafür schon als früher Denker gelitten hat.

Er sieht zweierlei: das Erste ist die ruhige, mit Leben erfüllte, ohne ein gewisses Behagen unmögliche Betrachtung, Erwägung, Untersuchung, Ergießung. Deren Zahl und Möglichkeit ist endlos, selbst eine Mauerassel braucht eine verhältnismäßig große Ritze, um unterzukommen, für jene Arbeiten aber ist überhaupt kein Platz nötig, selbst dort, wo nicht die geringste Ritze ist, können sie, einander durchdringend, noch zu Tausenden und Abertausenden leben. Das ist das Erste. Das Zweite aber ist der Augenblick, in dem man vorgerufen Rechenschaft geben soll, keinen Laut hervorbringt, zurückgeworfen wird in die Betrachtungen usw., jetzt aber mit der Aussichtslosigkeit vor sich unmöglich mehr darin plätschern kann, sich schwer macht und mit einem Fluch versinkt.

Es handelt sich um folgendes: Ich saß einmal vor vielen Jahren, gewiß traurig genug, auf der Lehne des Laurenziberges. Ich prüfte die Wünsche, die ich für das Leben hatte. Als wichtigster oder als reizvollster ergab sich der Wunsch, eine Ansicht des Lebens zu gewinnen (und – das war allerdings notwendig verbunden – schriftlich die anderen von ihr überzeugen zu können), in der das Leben zwar sein natürliches schweres Fallen und Steigen bewahre, aber gleichzeitig mit nicht minderer Deutlichkeit als ein Nichts, als ein Traum, als ein Schweben erkannt werde. Vielleicht ein schöner Wunsch, wenn ich ihn richtig gewünscht hätte. Etwa als Wunsch, einen Tisch mit peinlich ordentlicher Handwerksmäßigkeit zusammenzuhämmern und dabei gleichzeitig nichts zu tun, und zwar nicht so, daß man sagen könnte: »Ihm ist das Hämmern ein Nichts«, sondern »Ihm ist das Hämmern ein wirkliches Hämmern und gleichzeitig auch ein Nichts«, wodurch ja das Hämmern noch kühner, noch entschlossener, noch wirklicher und, wenn du willst, noch irrsinniger geworden wäre.

Aber er konnte gar nicht so wünschen, denn sein Wunsch war kein Wunsch, er war nur eine Verteidigung, eine Verbürgerlichung des Nichts, ein Hauch von Munterkeit, den er dem Nichts geben wollte, in das er zwar damals kaum die ersten bewußten Schritte tat, das er aber schon als sein Element fühlte. Es war damals eine Art Abschied, den er von der Scheinwelt der Jugend nahm, sie hatte ihn übrigens niemals unmittelbar getäuscht, sondern nur durch die Reden aller Autoritäten ringsherum täuschen lassen. So hatte sich die Notwendigkeit des ›Wunsches‹ ergeben.

Er beweist nur sich selbst, sein einziger Beweis ist er selbst, alle Gegner besiegen ihn sofort, aber nicht dadurch, daß sie ihn widerlegen (er ist unwiderlegbar), sondern dadurch, daß sie sich beweisen.

Menschliche Vereinigungen beruhen darauf, daß einer durch sein starkes Dasein andere an sich unwiderlegbare Einzelne widerlegt zu haben scheint. Das ist für diese Einzelnen süß und trostreich, aber es fehlt an Wahrheit und daher immer an Dauer.

Er war früher Teil einer monumentalen Gruppe. Um irgendeine erhöhte Mitte standen in durchdachter Anordnung Sinnbilder des Soldatenstandes, der Künste, der Wissenschaften, der Handwerke. Einer von diesen Vielen war er. Nun ist die Gruppe längst aufgelöst oder wenigstens er hat sie verlassen und bringt sich allein durchs Leben. Nicht einmal seinen alten Beruf hat er mehr, ja er hat sogar vergessen, was er damals darstellte. Wohl gerade durch dieses Vergessen ergibt sich eine gewisse Traurigkeit, Unsicherheit, Unruhe, ein gewisses die Gegenwart trübendes Verlangen nach den vergangenen Zeiten. Und doch ist dieses Verlangen ein wichtiges Element der Lebenskraft oder vielleicht sie selbst.

Er lebt nicht wegen seines persönlichen Lebens, er denkt nicht wegen seines persönlichen Denkens. Ihm ist, als lebe und denke er unter der Nötigung einer Familie, die zwar selbst überreich an Lebens- und Denkkraft ist, für die er aber nach irgendeinem ihm unbekannten Gesetz eine formelle Notwendigkeit bedeutet. Wegen dieser unbekannten Familie und dieser unbekannten Gesetze kann er nicht entlassen werden.

Die Erbsünde, das alte Unrecht, das der Mensch begangen hat, besteht in dem Vorwurf, den der Mensch macht und von dem er nicht abläßt, daß ihm ein Unrecht geschehen ist, daß an ihm die Erbsünde begangen wurde.

Vor der Auslage von Casinelli drückten sich zwei Kinder herum, ein etwa sechs Jahre alter Junge, ein sieben Jahre altes Mädchen, reich angezogen, sprachen von Gott und von Sünden. Ich blieb hinter ihnen stehen. Das Mädchen, vielleicht katholisch, hielt nur das Belügen Gottes für eine eigentliche Sünde. Kindlich hartnäckig fragte der Junge, vielleicht ein Protestant, was das Belügen der Menschen oder das Stehlen sei. »Auch eine sehr große Sünde«, sagte das Mädchen, »aber nicht die größte, nur die Sünden an Gott sind die größten, für die Sünden an Menschen haben wir die Beichte. Wenn ich beichte, steht gleich wieder der Engel hinter mir, wenn ich nämlich eine Sünde begehe, kommt der Teufel hinter mich, nur sieht man ihn nicht.« Und des halben Ernstes müde, drehte sie sich zum Spaß auf den Hacken um und sagte: »Siehst du, niemand ist hinter mir.« Ebenso drehte sich der Junge um und sah dort mich. »Siehst du«, sagte er ohne Rücksicht darauf, daß ich es hören müßte, oder auch ohne daran zu denken, »hinter mir steht der Teufel.« »Den sehe ich auch«, sagte das Mädchen, »aber den meine ich nicht.«

Er will keinen Trost, aber nicht deshalb, weil er ihn nicht will, – wer wollte ihn nicht, sondern, weil Trost suchen heißt: dieser Arbeit sein Leben widmen, am Rande seiner Existenz, fast außerhalb ihrer immer zu leben, kaum mehr zu wissen, für wen man Trost sucht, und daher nicht einmal imstande zu sein, wirksamen Trost zu finden, wirksamen, nicht etwa wahren, den es nicht gibt.

Er wehrt sich gegen die Fixierung durch den Mitmenschen. Der Mensch sieht, selbst wenn er unfehlbar wäre, im anderen nur jenen Teil, für den seine Blickkraft und Blickart reicht. Er hat, wie jeder, aber in äußerster Übertreibung, die Sucht, sich so einzuschränken, wie ihn der Blick des Mitmenschen zu sehen die Kraft hat. Hätte Robinson den höchsten oder richtiger den sichtbarsten Punkt der Insel niemals verlassen, aus Trost oder Demut oder Furcht oder Unkenntnis oder Sehnsucht, so wäre er bald zugrunde gegangen; da er aber ohne Rücksicht auf die Schiffe und ihre schwachen Fernrohre seine ganze Insel zu erforschen und ihrer sich zu freuen begann, erhielt er sich am Leben und wurde in einer allerdings dem Verstand notwendigen Konsequenz schließlich doch gefunden.

»Du machst aus deiner Not eine Tugend.«

»Erstens tut das jeder, und zweitens tue gerade ich es nicht. Ich lasse meine Not Not bleiben, ich lege die Sümpfe nicht trocken, sondern lebe in ihrem fiebrigen Dunst.« »Daraus eben machst du deine Tugend.« »Wie jeder, ich sagte es schon. Im übrigen tue ich es nur deinetwegen. Damit du freundlich zu mir bleibst, nehme ich Schaden an meiner Seele.«

Alles ist ihm erlaubt, nur das Sichvergessen nicht, womit allerdings wieder alles verboten ist, bis auf das eine, für das Ganze augenblicklich Notwendige.

Die Enge des Bewußtseins ist eine soziale Forderung.

Alle Tugenden sind individuell, alle Laster sozial. Was als soziale Tugend gilt, etwa Liebe, Uneigennützigkeit, Gerechtigkeit, Opfermut, sind nur ›erstaunlich‹ abgeschwächte soziale Laster.

Der Unterschied zwischen dem ›Ja‹ und ›Nein‹, das er seinen Zeitgenossen sagt, und jenem, das er eigentlich zu sagen hätte, dürfte dem vom Tod und Leben entsprechen, ist auch nur ebenso ahnungsweise für ihn faßbar.

Die Ursache dessen, daß das Urteil der Nachwelt über den Einzelnen richtiger ist als das der Zeitgenossen, liegt im Toten. Man entfaltet sich in seiner Art erst nach dem Tode, erst wenn man allein ist. Das Totsein ist für den Einzelnen wie der Samstagabend für den Kaminfeger, sie waschen den Ruß vom Leibe. Es wird sichtbar, ob die Zeitgenossen ihm oder er den Zeitgenossen mehr geschadet hat, im letzteren Fall war er ein großer Mann.

Die Kraft zum Verneinen, dieser natürlichsten Äußerung des immerfort sich verändernden, erneuernden, absterbenden, auflebenden menschlichen Kämpferorganismus, haben wir immer, den Mut aber nicht, während doch Leben Verneinen ist, also Verneinung Bejahung.

Mit seinem absterbenden Gedanken stirbt er nicht. Das Absterben ist nur eine Erscheinung innerhalb der inneren Welt (die bestehen bleibt, selbst wenn auch sie nur ein Gedanke wäre), eine Naturerscheinung wie jede andere, weder fröhlich noch traurig.

Die Strömung, gegen die er schwimmt, ist so rasend, daß man in einer gewissen Zerstreutheit manchmal verzweifelt ist über die öde Ruhe, inmitten welcher man plätschert, so unendlich weit ist man nämlich in einem Augenblick des Versagens zurückgetrieben worden.

Er hat Durst und ist von der Quelle nur durch ein Gebüsch getrennt. Er ist aber zweigeteilt, ein Teil übersieht das Ganze, sieht, daß er hier steht und die Quelle daneben ist, ein zweiter Teil aber merkt nichts, hat höchsten eine Ahnung dessen, daß der erste Teil alles sieht. Da er aber nichts merkt, kann er nicht trinken.

Er ist weder kühn noch leichtsinnig. Aber auch ängstlich ist er nicht. Ein freies Leben würde ihn nicht ängstigen. Nun hat sich ein solches Leben für ihn nicht ergeben, aber auch das macht ihm keine Sorgen, wie er sich überhaupt um sich selbst keine Sorgen macht. Es gibt aber einen ihm gänzlich unbekannten Jemand, der sich um ihn – nur um ihn – große fortwährende Sorgen macht. Diese ihn betreffenden Sorgen des Jemand, besonders das Fortwährende dieser Sorgen, verursachen ihm manchmal in stiller Stunde quälende Kopfschmerzen.

Am Sicherheben hindert ihn eine gewisse Schwere, ein Gefühl des Gesichertseins für jeden Fall, die Ahnung eines Lagers, das ihm bereitet ist und nur ihm gehört; am Stilleliegen aber hindert ihn eine Unruhe, die ihn vom Lager jagt, es hindert ihn das Gewissen, das endlos schlagende Herz, die Angst vor dem Tod und das Verlangen ihn zu widerlegen, alles das läßt ihn nicht ruhen und er erhebt sich wieder. Dieses Auf und Ab und einige auf diesen Wegen gemachte zufällige, flüchtige, abseitige Beobachtungen sind sein Leben.

Er hat zwei Gegner: Der erste bedrängt ihn von hinten, vom Ursprung her. Der zweite verwehrt ihm den Weg nach vorn. Er kämpft mit beiden. Eigentlich unterstützt ihn der erste im Kampf mit dem Zweiten, denn er will ihn nach vorn drängen und ebenso unterstützt ihn der zweite im Kampf mit dem Ersten; denn er treibt ihn doch zurück. So ist es aber nur theoretisch. Denn es sind ja nicht nur die zwei Gegner da, sondern auch noch er selbst, und wer kennt eigentlich seine Absichten? Immerhin ist es sein Traum, daß er einmal in einem unbewachten Augenblick – dazu gehört allerdings eine Nacht, so finster wie noch keine war – aus der Kampflinie ausspringt und wegen seiner Kampfeserfahrung zum Richter über seine miteinander kämpfenden Gegner erhoben wird.

DER GRUFTWÄCHTER

Kleines Arbeitszimmer, hohes Fenster, davor ein kahler Baumwipfel, Fürst (am Schreibtisch, im Stuhl zurückgelehnt, aus dem Fenster blickend), Kammerherr (weißer Vollbart, jugendlich in ein enges Jackett gezwängt, an der Wand neben der Mitteltür). Pause.

FÜRST *sich vom Fenster abwendend:* Nun?

KAMMERHERR: Ich kann es nicht empfehlen, Hoheit.

FÜRST: Warum?

KAMMERHERR: Ich kann im Augenblick meine Bedenken nicht genau formulieren. Es ist bei weitem nicht alles, was ich sagen will, wenn ich jetzt nur den allgemein menschlichen Spruch anführe: Man soll die Toten ruhen lassen.

FÜRST: Das ist auch meine Ansicht.

KAMMERHERR: Dann habe ich es nicht richtig verstanden.

FÜRST: So scheint es. *Pause.*

FÜRST: Das Einzige, was Sie in der Sache beirrt, ist vielleicht nur die Sonderbarkeit, daß ich die Anordnung nicht ohne weiters getroffen, sondern vorher Ihnen angekündigt habe.

KAMMERHERR: Die Ankündigung legt mir allerdings eine größere Verantwortung auf, der zu entsprechen ich mich bemühen muß.

FÜRST: Nichts von Verantwortung! *Pause.*

FÜRST: Also nochmals. Bisher wurde die Gruft im Friedrichspark von einem Wächter bewacht, der am Eingang des Parkes ein Häuschen hat, in dem er wohnt. War an diesem Ganzen etwas auszusetzen?

KAMMERHERR: Gewiß nicht. Die Gruft ist über vierhundert Jahre alt und so lange wird sie auch in dieser Weise bewacht.

FÜRST: Es könnte ein Mißbrauch sein. Es ist aber kein Mißbrauch?

KAMMERHERR: Es ist eine notwendige Einrichtung.

FÜRST: Also eine notwendige Einrichtung. Nun bin ich so lange hier auf dem Landschloß, bekomme Einblick in Einzelheiten, die bisher Fremden anvertraut waren – sie bewähren sich schlecht und recht –, und habe gefunden: Der Wächter oben im Park genügt nicht, es muß vielmehr auch ein Wächter unten in der Gruft wachen. Es wird vielleicht kein angenehmes Amt sein. Aber erfahrungsgemäß finden sich für jeden Posten bereitwillige und geeignete Leute.

KAMMERHERR: Natürlich wird alles, was Hoheit anordnen, ausgeführt werden, auch wenn die Notwendigkeit der Anordnung nicht begriffen wird.

FÜRST *auffahrend:* Notwendigkeit! Ist denn die Wache am Parktor notwendig? Der Friedrichspark ist ein Teil des Schloßparkes, ist von ihm ganz umfaßt, der Schloßpark selbst ist reichlich, sogar militärisch bewacht. Wozu also die besondere Bewachung des Friedrichsparks? Ist sie nicht eine bloße Formalität? Ein freundliches Sterbelager für den armseligen Greis, der dort die Wache besorgt?

Kammerherr: Es ist eine Formalität, aber eine notwendige. Bezeugung der Ehrfurcht vor den großen Toten.

Fürst: Und eine Wache in der Gruft selbst?

Kammerherr: Sie hätte meiner Meinung nach einen polizeilichen Nebensinn, sie wäre wirkliche Bewachung unwirklicher, dem Menschlichen entrückter Dinge.

Fürst: Diese Gruft ist in meiner Familie die Grenze zwischen dem Menschlichen und dem Anderen, und an diese Grenze will ich eine Wache stellen. Über die, wie Sie sich ausdrücken, polizeiliche Notwendigkeit dessen, können wir den Wächter selbst verhören. Ich habe ihn kommen lassen. *Läutet.*

Kammerherr: Es ist, wenn ich mir die Bemerkung erlauben darf, ein verwirrter Greis, schon außer Rand und Band.

Fürst: Ist es so, dann wäre dies nur ein weiterer Beweis für die Notwendigkeit einer Verstärkung der Wache in meinem Sinn. *Diener.*

Fürst: Der Gruftwächter!

Der Diener führt den Wächter herein, hält ihn unter dem Arm fest, sonst würde er zusammenstürzen. Alte, rote, weit ihn umschlotternde Festlivree, blankgeputzte Silberknöpfe, verschiedene Ehrenzeichen. Kappe in der Hand. Unter den Blicken der Herren zittert er.

Fürst: Auf das Ruhebett!

Diener legt ihn hin und geht. Pause. Nur leises Röcheln des Wächters.

Fürst *wieder im Lehnstuhl:* Hörst du?

Wächter *bemüht sich zu antworten, kann aber nicht, ist zu erschöpft, sinkt wieder zurück.*

Fürst: Suche dich zu fassen. Wir warten.

Kammerherr *zum Fürsten gebeugt:* Worüber könnte dieser Mann Auskunft geben, und gar glaubwürdige oder wichtige Auskunft. Man sollte ihn eiligst ins Bett bringen.

Wächter: Nicht ins Bett – bin noch kräftig – verhältnismäßig – stelle noch meinen Mann.

Fürst: Es sollte so sein. Du bist ja erst sechzig Jahre alt. Allerdings siehst du sehr schwach aus.

Wächter: Werde mich gleich erholt haben – gleich erholt.

Fürst: Es war kein Vorwurf. Ich bedauere nur, daß es dir so schlecht geht. Hast du über etwas zu klagen?

Wächter: Schwerer Dienst – schwerer Dienst – klage nicht – aber entkräftet sehr – Ringkämpfe jede Nacht.

Fürst: Was sagst du?

Wächter: Schwerer Dienst.

Fürst: Du sagtest noch etwas.

Wächter: Ringkämpfe.

Fürst: Ringkämpfe? Was für Ringkämpfe denn?

Wächter: Mit den seligen Vorfahren.

Fürst: Das verstehe ich nicht. Hast du schwere Träume?

WÄCHTER: Keine Träume – schlafe ja keine Nacht.

FÜRST: Dann erzähle also von diesen – diesen Ringkämpfen.

WÄCHTER *schweigt.*

FÜRST *zum Kammerherrn:* Warum schweigt er?

KAMMERHERR *eilt zum Wächter:* Es kann ja jeden Augenblick mit ihm zu Ende sein.

FÜRST *steht beim Tisch.*

WÄCHTER *als ihn der Kammerherr berührt:* Weg, weg weg!

Kämpft mit den Fingern des Kammerherrn, wirft sich dann weinend hin.

FÜRST: Wir quälen ihn.

KAMMERHERR: Womit?

FÜRST: Ich weiß nicht.

KAMMERHERR: Der Weg ins Schloß, die Vorführung, der Anblick Eurer Hoheit, die Fragestellung – dem allen hat er nicht mehr genug Verstand entgegen zu setzen.

FÜRST *sieht immerfort nach dem Wächter hin:* Das ist es nicht. *Geht zum Ruhebett, beugt sich zum Wächter, nimmt dessen kleinen Schädel zwischen die Hände.* Mußt nicht weinen. Warum weinst du denn? Wir sind dir wohlgesinnt. Ich selbst halte dein Amt nicht für leicht. Gewiß hast du dir Verdienste um mein Haus erworben. Also weine nicht mehr und erzähle.

WÄCHTER: Wenn ich mich aber vor dem Herrn dort so fürchte – *sieht den Kammerherrn drohend, nicht furchtsam an.*

FÜRST *zum Kammerherrn:* Sie müssen fortgehn, wenn er erzählen soll.

KAMMERHERR: Sehen Sie doch, Hoheit, er hat Schaum vor dem Mund, ist schwerkrank.

FÜRST *zerstreut:* Ja, gehen Sie, es dauert nicht lange.

Kammerherr geht.

FÜRST *setzt sich auf den Rand des Ruhebettes. Pause.*

FÜRST: Warum hast du dich vor ihm gefürchtet.

WÄCHTER *auffallend gesammelt:* Ich habe mich nicht gefürchtet. Vor einem Diener mich fürchten?

FÜRST: Er ist kein Diener. Er ist ein Graf, frei und reich.

WÄCHTER: Doch nur ein Diener, du bist der Herr.

FÜRST: Wenn du es so willst. Du selbst sagtest aber, daß du dich fürchtest.

WÄCHTER: Ich habe Dinge vor ihm zu erzählen, die nur du erfahren sollst. Habe ich nicht schon zu viel vor ihm gesagt?

FÜRST: Wir sind also Vertraute und ich habe dich doch heute zum ersten Mal gesehn.

WÄCHTER: Gesehn zum ersten Mal, aber seit jeher weißt du, daß ich das *gehobener Zeigefinger* wichtigste Hofamt habe. Du hast es ja auch öffentlich anerkannt, indem du mir die Medaille ›Feuerrot‹ verliehen hast. Hier! *Hebt die Medaille vom Rock.*

FÜRST: Nein, das ist eine Medaille für fünfundzwanzigjährige Hofdienste. Die hat dir noch mein Großvater gegeben. Doch werde auch ich dich auszeichnen.

WÄCHTER: Tue, wie es dir gefällt und der Bedeutung meiner Dienste entspricht. Dreißig Jahre diene ich dir als Gruftwächter.

FÜRST: Nicht mir, meine Regierung dauert kaum ein Jahr.

WÄCHTER *in Gedanken:* Dreißig Jahre. *Pause.*

WÄCHTER *sich halb zu der Bemerkung des Fürsten zurückfindend:* Nächte dauern dort Jahre.

FÜRST: Aus deinem Amt kam mir noch kein Bericht. Wie ist der Dienst?

WÄCHTER: Gleichförmig jede Nacht. Jede Nacht nahe bis zum Platzen der Halsadern.

FÜRST: Ist es denn nur Nachtdienst? Nachtdienst für dich Alten?

WÄCHTER: Das ist es eben, Hoheit. Es ist Tagdienst. Ein Faulenzerposten. Man sitzt vor der Haustür und hält im Sonnenschein den Mund offen. Manchmal tappt dir der Wächterhund mit den Vorderpfoten aufs Knie und legt sich wieder. Das ist die ganze Abwechslung.

FÜRST: Also.

WÄCHTER *nickend:* Aber er ist in Nachtdienst umgewandelt worden.

FÜRST: Von wem denn?

WÄCHTER: Von den Gruftherren.

FÜRST: Du kennst sie?

WÄCHTER: Ja.

FÜRST: Sie kommen zu dir?

WÄCHTER: Ja.

FÜRST: Auch in der letzten Nacht?

WÄCHTER: Auch.

FÜRST: Wie war es?

WÄCHTER *setzt sich aufrecht:* Wie immer.

FÜRST *steht auf.*

WÄCHTER: Wie immer. Bis Mitternacht ist Ruhe. Ich liege – verzeihe mir – im Bett und rauche die Pfeife. Im Bett nebenan schläft mein Tochterkind. Um Mitternacht klopft es das erste Mal ans Fenster. Ich sehe nach der Uhr. Immer pünktlich. Noch zweimal klopft es, es mischt sich mit den Uhrenschlägen vom Turm und ist nicht schwächer. Das sind nicht menschliche Fingerknöchel. Aber ich kenne das alles und rühre mich nicht. Dann räuspert es sich draußen, es wundert sich, daß ich trotz solchen Klopfens das Fenster nicht öffne. Möge sich die fürstliche Hoheit wundern! Noch immer ist der alte Wächter da! *Zeigt die Faust.*

FÜRST: Du drohst mir?

WÄCHTER *versteht nicht gleich:* Nicht dir. Dem vor dem Fenster!

FÜRST Wer ist es?

WÄCHTER: Er zeigt sich gleich. Mit einem Schlage öffnen sich Fenster und Fensterladen. Knapp habe ich noch Zeit, meinem Tochterkind die Decke über das Gesicht zu werfen. Sturm bläst herein, verlöscht das Licht im Nu. Herzog Friedrich! Sein Gesicht mit Bart und Haar erfüllt mein armes Fenster ganz und gar. Wie hat er sich entwickelt in den Jahrhunderten. Wenn er den Mund zum Reden öffnet, weht ihm der Wind den alten Bart zwischen die Zähne und er beißt in ihn.

FÜRST: Warte, du sagst Herzog Friedrich. Welcher Friedrich?

WÄCHTER: Herzog Friedrich, nur Herzog Friedrich.

FÜRST: Er nennt so seinen Namen?

WÄCHTER *ängstlich:* Nein, er nennt ihn nicht.

FÜRST: Und trotzdem weißt du – *abbrechend.* Erzähle doch weiter!

WÄCHTER: Soll ich weiter erzählen?

FÜRST: Natürlich. Das geht mich ja sehr an, es ist hier ein Fehler in der Arbeitsverteilung. Du warst überlastet.

WÄCHTER *niederkniend:* Nicht mir meinen Posten nehmen, Hoheit. Wenn ich so lange für dich gelebt habe, laß mich jetzt auch für dich sterben! Laß nicht vor mir das Grab vermauern, zu dem ich strebe. Ich diene gern und habe noch Fähigkeit zu dienen. Eine Audienz wie die heutige, ein Ausruhn beim Herrn, gibt mir Kraft für zehn Jahre.

FÜRST *setzt ihn wieder auf das Ruhebett:* Niemand nimmt dir deinen Posten. Wie könnte ich dort deine Erfahrung entbehren! Ich werde aber noch einen Wächter bestimmen und du wirst Oberwächter werden.

WÄCHTER: Genüge ich nicht? Habe ich jemals einen durchgelassen?

FÜRST: In den Friedrichspark?

WÄCHTER: Nein, aus dem Park. Wer will denn hinein? Bleibt einmal einer vor dem Gitter stehen, winke ich mit der Hand aus dem Fenster und er läuft davon. Aber hinaus, hinaus wollen alle. Nach Mitternacht kannst du alle Grabesstimmen um mein Haus versammelt sehn. Ich glaube, nur weil sie sich so aneinanderdrängen, fahren sie nicht sämtlich mit allem, was sie sind, mir durch das enge Fensterloch herein. Wird es allerdings zu arg, hole ich die Laterne unter dem Bett heraus, schwenke sie hoch und sie reißen sich, unverständliche Wesen, mit Lachen und Jammern auseinander; noch im letzten Busch am Ende des Parkes höre ich sie dann rauschen. Aber bald sammeln sie sich wieder.

FÜRST: Und sie sagen ihre Bitte?

WÄCHTER: Zuerst befehlen sie. Herzog Friedrich vor allen. So zuversichtlich sind keine Lebendigen. Seit dreißig Jahren, jede Nacht erwartet er, mich diesmal mürbe zu finden.

FÜRST: Wenn er seit dreißig Jahren kommt, kann es nicht Herzog Friedrich sein, der erst vor fünfzehn Jahren gestorben ist. Er ist aber der einzige dieses Namens in der Gruft.

WÄCHTER *zu sehr von dem Erzählten erfaßt:* Das weiß ich nicht, Hoheit, ich habe nicht studiert. Ich weiß nur, wie er beginnt. »Alter Hund«, beginnt er beim Fenster, »die Herren klopfen und du bleibst in deinem Schmutzbett.« Gegen Betten haben sie nämlich immer Zorn. Und nun sprechen wir jede Nacht fast dasselbe. Er draußen, ich ihm gegenüber mit dem Rücken an der Tür. Ich sage: »Ich habe nur Tagdienst.« Der Herr wendet sich und ruft in den Park: »Er hat nur Tagdienst.« Daraufhin gibt es ein allgemeines Lachen des versammelten Adels. Dann sagt der Herzog wieder zu mir: »Es ist doch Tag.« Ich darauf kurz: »Sie irren.« Der Herzog: »Tag oder Nacht, öffne das Tor.« Ich: »Das ist gegen meine Dienstordnung.« Und ich zeige mit dem Pfeifenstock auf ein Blatt an der Wand. Der Herzog: »Du bist doch unser Wächter.« Ich: »Euer Wächter, aber von dem regierenden Fürsten angestellt.« Er: »Unser Wächter, das ist die Hauptsache. Also öffne, und zwar sofort.« Ich: »Nein.« Er: »Narr, du verlierst deinen Posten. Herzog Leo hat uns für heute eingeladen.«

FÜRST *schnell:* Ich?

WÄCHTER: Du. *Pause.*

WÄCHTER: Wenn ich deinen Namen höre, verliere ich meine Festigkeit. Deshalb habe ich mich gleich aus Vorsicht an die Tür gelehnt, die mich jetzt fast allein aufrecht hält. Draußen singen alle deinen Namen. »Wo ist die Einladung?« frage ich schwach. »Bettvieh«, schreit er, »du zweifelst an meinem herzoglichen Wort?« Ich sage: »Ich habe keine Weisung und deshalb öffne ich nicht, öffne ich nicht, öffne ich nicht.« »Er öffnet nicht«, ruft der Herzog draußen, »also vorwärts, alle, die ganze Dynastie, gegen das Tor, wir öffnen selbst.« Und im Augenblick ist es vor meinem Fenster leer. *Pause.*

FÜRST: Das ist alles?

WÄCHTER: Wie denn? Jetzt erst kommt mein eigentlicher Dienst. Hinaus aus der Tür, herum um das Haus, und schon pralle ich mit dem Herzog zusammen und schon schaukeln wir im Kampf. Er so groß, ich so klein, er so breit, ich so schmal, ich kämpfe nur mit seinen Füßen, aber manchmal hebt er mich und dann kämpfe ich auch oben. Um uns sind alle seine Genossen im Kreis und verlachen mich. Einer, zum Beispiel, schneidet hinten meine Hose auf und nun spielen alle mit meinem Hemdzipfel, während ich kämpfe. Unbegreiflich, warum sie lachen, da ich doch bisher immer gewonnen habe.

FÜRST: Wie ist es aber möglich, daß du gewinnst? Hast du Waffen?

WÄCHTER: Nur in den ersten Jahren nahm ich Waffen mit. Was könnten sie mir ihm gegenüber helfen, sie beschwerten mich nur. Wir kämpfen nur mit den Fäusten, oder eigentlich nur mit der Atemkraft. Und immer bist du in meinen Gedanken. *Pause.*

WÄCHTER: Aber niemals zweifle ich an meinem Sieg. Nur manchmal fürchte ich, daß der Herzog mich zwischen seinen Fingern verlieren könnte und er nicht mehr wissen wird, daß er kämpft.

FÜRST: Und wann hast du gesiegt?

WÄCHTER: Wenn es Morgen wird. Dann wirft er mich hin und speit mir nach, das ist sein Bekenntnis der Niederlage. Ich aber muß noch eine Stunde liegen, ehe ich den richtigen Atem erschnappe. *Pause.*

FÜRST *steht auf.* Aber sag, weißt du nicht, was sie alle eigentlich wollen?

WÄCHTER: Aus dem Park hinaus.

FÜRST: Warum aber?

WÄCHTER: Das weiß ich nicht.

FÜRST: Hast du sie nicht gefragt?

WÄCHTER: Nein.

FÜRST: Warum?

WÄCHTER: Ich habe Scheu davor. Wenn du es aber willst, werde ich sie heute fragen.

FÜRST *erschrickt, laut:* Heute!

WÄCHTER *sachverständig:* Ja, heute.

FÜRST: Und du ahnst auch nicht, was sie wollen?

WÄCHTER *nachdenklich:* Nein. *Pause.*

WÄCHTER: Manchmal, vielleicht sollte ich das noch sagen, kommt früh, während ich so ohne Atem liege, ich bin dann auch zu schwach, um die Augen zu öffnen, ein zartes, feucht und haarig anzufühlendes Wesen zu mir, eine Nachzüglerin, Komtessa Isabella. Sie betastet mich an vielen Stellen, greift in den Bart, fährt in ihrer Gänze mir am Hals unterm Kinn vorbei und pflegt zu sagen: »Die andern nicht, aber mich, aber mich laß hinaus.« Ich schüttle den Kopf so viel ich kann. »Zum Fürsten Leo, um ihm die Hand zu reichen.« Ich höre nicht auf, den Kopf zu schütteln. »Aber mich, aber mich«, höre ich noch, dann ist sie weg. Und mein Tochterkind kommt mit Decken, wickelt mich ein und wartet bei mir, bis ich selbst gehen kann. Ein außerordentlich gutes Mädchen.

FÜRST: Ein unbekannter Name, Isabella. *Pause.*

FÜRST: Die Hand mir zu reichen. *Stellt sich zum Fenster, blickt hinaus.*

Diener durch Mitteltür.

DIENER: Ihre Hoheit, die gnädige Frau Fürstin lassen bitten.

FÜRST *sieht zerstreut den Diener an – zum Wächter:* Warte, bis ich komme. *Links ab.*

Sofort durch Mitteltür Kammerherr, dann durch Tür rechts Obersthofmeister (jüngerer Mann, Offiziersuniform).

WÄCHTER *duckt sich wie vor Gespenstern hinter das Ruhebett und fuchtelt mit den Händen.*

OBERSTHOFMEISTER: Der Fürst ist weg?

KAMMERHERR: Ihrem Rat gemäß hat ihn die Frau Fürstin jetzt rufen lassen.

OBERSTHOFMEISTER: Gut. *Wendet sich plötzlich, beugt sich hinter das Ruhebett.* Und du, elendes Gespenst, wagst dich wahrhaftig hierher ins fürstliche Schloß. Fürchtest dich nicht vor dem gewaltigen Fußtritt, der dich aus dem Tor hinausbefördern wird?

WÄCHTER: Ich bin, ich bin –

OBERSTHOFMEISTER: Still, zunächst einmal still, ganz still – und hierher in den Winkel gesetzt! *Zum Kammerherrn:* Ich danke Ihnen für die Benachrichtigung von der neuen fürstlichen Laune.

KAMMERHERR: Sie ließen mich fragen.

OBERSTHOFMEISTER: Immerhin. Und nun ein vertrauliches Wort. Absichtlich vor dem Ding dort. Sie, Herr Graf, kokettieren mit der Gegenpartei.

KAMMERHERR: Ist das eine Beschuldigung?

OBERSTHOFMEISTER: Vorläufig eine Befürchtung.

KAMMERHERR: Dann kann ich antworten. Ich kokettiere nicht mit der Gegenpartei, denn ich erkenne sie nicht. Ich fühle die Strömungen, aber ich tauche mich nicht ein. Ich komme noch von der offenen Politik her, die unter Herzog Friedrich galt. Damals war im Hofdienst die einzige Politik, dem Fürsten zu dienen. Da er Junggeselle war, war dies erleichtert, aber es sollte niemals schwer sein.

OBERSTHOFMEISTER: Sehr vernünftig. Nur zeigt die eigene Nase – und sei sie noch so treu – niemals dauernd den richtigen Weg, den zeigt nur der Verstand. Dieser aber muß sich entscheiden. Gesetzt den Fall, der Fürst sei auf Abwegen: dient man ihm, indem man ihn hinunterbegleitet, oder indem man ihn – in aller Ergebenheit – zurückjagt? Ohne Zweifel, indem man ihn zurückjagt.

KAMMERHERR: Sie kamen mit der Fürstin von einem fremden Hof, sind ein halbes Jahr hier und wollen in den komplizierten Hofverhältnissen gleich den Schnitt auf Gut und Böse hin führen?

OBERSTHOFMEISTER: Wer blinzelt, sieht nur Komplikationen. Wer die Augen offen hält, sieht in der ersten Stunde wie nach hundert Jahren das ewig Klare. Hier allerdings das traurig Klare, das sich aber schon in diesen Tagen einer hoffentlich guten Entscheidung nähert.

KAMMERHERR: Ich kann nicht glauben, daß die Entscheidung, die Sie herbeiführen wollen und von der ich nur die Ankündigung kenne, eine gute sein wird. Ich fürchte, Sie mißverstehen unseren Fürsten, den Hof und alles hier.

OBERSTHOFMEISTER: Ob verstanden oder mißverstanden, der gegenwärtige Zustand ist unerträglich.

KAMMERHERR: Er mag unerträglich sein, aber er kommt aus dem Wesen der Dinge hier und wir würden ihn bis zum Ende tragen.

OBERSTHOFMEISTER: Aber die Fürstin nicht, ich nicht, die zu uns halten, nicht.

KAMMERHERR: Worin sehen Sie denn das Unerträgliche?

OBERSTHOFMEISTER: Gerade angesichts der Entscheidung will ich offen reden. Der Fürst hat eine Doppelgestalt. Die eine beschäftigt sich mit der Regierung und schwankt geistesabwesend vor dem Volk, mißachtet die eigenen Rechte. Die andere sucht zugegebenermaßen sehr präzis nach Verstärkung ihres Fundaments. Sucht sie in der Vergangenheit und dort immerfort tiefer. Was für eine Verkennung der Sachlage! Eine Verkennung, die nicht ohne Größe ist, nur aber in ihrer Fehlerhaftigkeit noch größer als im Anblick. Kann Ihnen denn das entgehen?

KAMMERHERR: Nicht gegen die Beschreibung, nur gegen die Beurteilung wende ich mich.

OBERSTHOFMEISTER: Gegen die Beurteilung? Ich aber habe in der Hoffnung auf Ihre Zustimmung noch milder geurteilt, als es wirklich in meinem Sinn liegt. Ich halte das Urteil noch immer zurück, um Sie zu schonen. Nur dieses: Der Fürst bedarf in Wirklichkeit keiner Verstärkung seines Fundaments. Er gebrauche alle seine gegenwärtigen Machtmittel und er wird finden, daß sie genügen, um alles zu schaffen, was die höchstgespannte Verantwortung vor Gott und den Menschen von ihm fordern kann. Er scheut aber das Gleichgewicht des Lebens, er ist auf dem Wege zum Tyrannen.

KAMMERHERR: Und sein bescheidenes Wesen!

OBERSTHOFMEISTER: Bescheidenheit der einen Gestalt, weil er alle Kräfte für die zweite braucht, welche das Fundament zusammenscharrt, das etwa für den Babylonischen Turm ausreichen soll. Diese Arbeit ist zu hindern, das sollte die einzige Politik jener sein, denen an ihrem persönlichen Bestand, am Fürstentum, an der Fürstin und vielleicht sogar am Fürsten selbst gelegen ist.

KAMMERHERR: »Vielleicht sogar« – Sie sind sehr offenherzig. Ihre Offenherzigkeit macht mich, um die Wahrheit zu sagen, vor der angekündigten Entscheidung zittern. Und ich bedauere es, wie ich es in letzter Zeit immer mehr bedauert habe, dem Fürsten bis zur eigenen Wehrlosigkeit treu zu sein.

OBERSTHOFMEISTER: Alles ist klargestellt. Sie kokettieren nicht mit der Gegenpartei, sondern halten sogar eine Hand hin. Nur eine, das ist anerkennenswert für einen alten Hofbeamten. Doch bleibt Ihre einzige Hoffnung, daß unser großes Beispiel Sie mitreißt.

KAMMERHERR: Was ich dagegen tun kann, werde ich tun.

OBERSTHOFMEISTER: Es ängstigt mich nicht mehr *auf den Wächter zeigend.* Und du, der du so schön still sitzen kannst, hast du alles verstanden, was jetzt gesprochen wurde?

KAMMERHERR: Der Gruftwächter?

OBERSTHOFMEISTER: Der Gruftwächter. Man muß wahrscheinlich aus der Fremde kommen, um ihn zu erkennen. Nicht wahr, mein Junge, altes Käuzchen du. Haben Sie ihn schon einmal am Abend durch den Forst fliegen sehn, von keinem Kunstschützen zu treffen. Aber bei Tage duckt er sich auf einen Wink.

KAMMERHERR: Ich verstehe nicht.

WÄCHTER *fast weinend:* Ihr zankt mit mir, Herr, und ich weiß nicht warum. Laßt mich, bitte, nach Hause gehn. Ich bin doch nichts Schlechtes, sondern der Gruftwächter.

KAMMERHERR: Sie mißtrauen ihm.

OBERSTHOFMEISTER: Mißtrauen? Nein, dazu ist er zu geringfügig. Aber ich will doch meine Hand auf ihn legen. Ich denke nämlich – nennen Sie es Laune oder Aberglauben – daß er nicht nur ein Werkzeug des Schlechten, sondern ganz ehrenhaft selbständiger Arbeiter im Schlechten ist.

KAMMERHERR: Er dient etwa dreißig Jahre ruhig dem Hofe, ohne vielleicht jemals im Schlosse gewesen zu sein.

OBERSTHOFMEISTER: Ach, solche Maulwürfe bauen lange Gänge, ehe sie hervorkommen. *Plötzlich zum Wächter gewendet:* Zunächst weg mit diesem! *Zum Diener:* Du führst ihn in den Friedrichspark, bleibst bei ihm und läßt ihn nicht mehr hinaus, bis auf weiteren Befehl.

WÄCHTER *in großer Angst:* Ich soll auf Seine Hoheit den Fürsten warten.

OBERSTHOFMEISTER: Ein Irrtum. – Pack dich.

KAMMERHERR: Er muß schonend behandelt werden. Es ist ein alter kranker Mann und dem Fürsten ist irgendwie an ihm gelegen.

WÄCHTER *verbeugt sich tief vor dem Kammerherrn.*

OBERSTHOFMEISTER: Wie? *Zum Diener:* Behandle ihn schonend, aber schaff ihn schon endlich hinaus! Flink!

DIENER *will zugreifen.*

KAMMERHERR *tritt dazwischen:* Nein, es muß ein Wagen geholt werden.

OBERSTHOFMEISTER: Das ist die Hofluft. Ich kann kein Korn Salz herausschmecken. Also einen Wagen. Du überführst die Kostbarkeit in einem Wagen. Aber nun endlich aus dem Zimmer mit euch beiden. *Zum Kammerherrn:* Ihr Verhalten sagt mir –

WÄCHTER *fällt auf dem Weg zur Tür mit einem kleinen Schrei nieder.*

OBERSTHOFMEISTER *stampft auf.* Ist es unmöglich, ihn loszuwerden. So nimm ihn doch auf den Arm, wenn es nicht anders geht. Begreife doch endlich, was man von dir will.

KAMMERHERR: Der Fürst!

DIENER *öffnet die Tür links.*

OBERSTHOFMEISTER: Ah! Blick auf den Wächter: Ich hätte es wissen sollen, Gespenster sind nicht transportabel.

FÜRST *mit schnellem Schritt, hinter ihm die Fürstin, dunkle junge Frau, Zähne zusammengebissen, bleibt an der Tür stehen.*

FÜRST: Was ist geschehn?

OBERSTHOFMEISTER: Dem Wächter wurde übel, ich wollte ihn wegschaffen lassen.

FÜRST: Man hätte mich benachrichtigen sollen. Ist der Arzt geholt?

KAMMERHERR: Ich lasse ihn rufen. *Eilt durch die Mitteltür hinaus, kommt gleich wieder.*

FÜRST *während er beim Wächter niederkniet:* Bereitet ein Bett für ihn! Holt eine Bahre! Kommt der Arzt schon? So lange bleibt er aus. Der Puls ist so schwach. Das nicht zu fühlende Herz. Das jämmerliche Rippenwerk. Wie abgebraucht das alles ist. *Steht plötzlich auf, holt ein Wasserglas, wobei er um sich blickt.* Man ist so unbeweglich. *Kniet gleich wieder nieder, befeuchtet des Wächters Gesicht.* Nun atmet er schon besser. Es wird nicht so schlimm, ein gesunder Stamm, noch im letzten Elend versagt er nicht. Aber der Arzt, der Arzt! *Während er zur Tür blickt, hebt der Wächter die Hand und streichelt einmal des Fürsten Wange.*

FÜRSTIN *wendet den Blick ab, zum Fenster. Diener mit Bahre, Fürst hilft beim Aufladen.*

FÜRST: Faßt ihn sanft an. Ach, mit eueren Tatzen! Den Kopf ein wenig heben. Näher die Bahre. Das Kissen tiefer unter den Rücken. Den Arm! Den Arm! Ihr seid schlechte, schlechte Krankenwärter. Ob ihr einmal auch so müde sein werdet, wie dieser auf der Bahre. – So – und nun allerallerlangsamsten Schritt. Und vor allem gleichmäßig. Ich bleibe hinter euch.
In der Tür zur Fürstin: Das ist also der Gruftwächter.

FÜRSTIN *nickt.*

FÜRST: Ich dachte dir ihn anders zu zeigen. *Nach einem weiteren Schritt:* Willst du nicht mitkommen?

FÜRSTIN: Ich bin so müde.

Fürst: Sobald ich mit dem Arzt gesprochen habe, komme ich hinüber. Und Sie, meine Herren, wollen mir berichten, warten Sie auf mich. *Ab.*

Obersthofmeister *zur Fürstin:* Bedürfen Hoheit meiner Dienste?

Fürstin: Immer. Für Ihre Wachsamkeit danke ich Ihnen. Lassen Sie von ihr nicht ab, auch wenn sie heute vergeblich war. Es geht um alles. Sie sehen mehr als ich. Ich bin in meinen Zimmern. Aber ich weiß, es wird trüber und trüber. Es ist diesmal ein über alle Maßen trauriger Herbst.

BRIEF AN DEN VATER

Liebster Vater,
Du hast mich letzthin einmal gefragt, warum ich behaupte, ich hätte Furcht vor Dir. Ich wußte Dir, wie gewöhnlich, nichts zu antworten, zum Teil eben aus der Furcht, die ich vor Dir habe, zum Teil deshalb, weil zur Begründung dieser Furcht zu viele Einzelheiten gehören, als daß ich sie im Reden halbwegs zusammenhalten könnte. Und wenn ich hier versuche, Dir schriftlich zu antworten, so wird es doch nur sehr unvollständig sein, weil auch im Schreiben die Furcht und ihre Folgen mich Dir gegenüber behindern und weil die Größe des Stoffs über mein Gedächtnis und meinen Verstand weit hinausgeht.

Dir hat sich die Sache immer sehr einfach dargestellt, wenigstens soweit Du vor mir und, ohne Auswahl, vor vielen andern davon gesprochen hast. Es schien Dir etwa so zu sein: Du hast Dein ganzes Leben lang schwer gearbeitet, alles für Deine Kinder, vor allem für mich geopfert, ich habe infolgedessen »in Saus und Braus« gelebt, habe vollständige Freiheit gehabt zu lernen was ich wollte, habe keinen Anlaß zu Nahrungssorgen, also zu Sorgen überhaupt gehabt; Du hast dafür keine Dankbarkeit verlangt, Du kennst »die Dankbarkeit der Kinder«, aber doch wenigstens irgendein Entgegenkommen, Zeichen eines Mitgefühls; statt dessen habe ich mich seit jeher vor Dir verkrochen, in mein Zimmer, zu Büchern, zu verrückten Freunden, zu überspannten Ideen; offen gesprochen habe ich mit Dir niemals, in den Tempel bin ich nicht zu Dir gekommen, in Franzensbad habe ich Dich nie besucht, auch sonst nie Familiensinn gehabt, um das Geschäft und Deine sonstigen Angelegenheiten habe ich mich nicht gekümmert, die Fabrik habe ich Dir aufgehalst und Dich dann verlassen, Ottla habe ich in ihrem Eigensinn unterstützt und während ich für Dich keinen Finger rühre (nicht einmal eine Theaterkarte bringe ich Dir), tue ich für Freunde alles. Faßt Du Dein Urteil über mich zusammen, so ergibt sich, daß Du mir zwar etwas geradezu Unanständiges oder Böses nicht vorwirfst (mit Ausnahme vielleicht meiner letzten Heiratsabsicht), aber Kälte, Fremdheit, Undankbarkeit. Und zwar wirfst Du es mir so vor, als wäre es meine Schuld, als hätte ich etwa mit einer Steuerdrehung das Ganze anders einrichten können, während Du nicht die geringste Schuld daran hast, es wäre denn die, daß Du zu gut zu mir gewesen bist.

Diese Deine übliche Darstellung halte ich nur so weit für richtig, daß auch ich glaube, Du seist gänzlich schuldlos an unserer Entfremdung. Aber ebenso gänzlich schuldlos bin auch ich. Könnte ich Dich dazu bringen, daß Du das anerkennst, dann wäre – nicht etwa ein neues Leben möglich, dazu sind wir beide viel zu alt, aber doch eine Art Friede, kein Aufhören, aber doch ein Mildern Deiner unaufhörlichen Vorwürfe.

Irgendeine Ahnung dessen, was ich sagen will, hast Du merkwürdigerweise. So hast Du mir zum Beispiel vor kurzem gesagt: »Ich habe Dich immer gern gehabt, wenn ich auch äußerlich nicht so zu Dir war wie andere Väter zu sein pflegen, eben deshalb weil ich mich nicht verstellen kann wie andere.« Nun habe ich, Vater, im ganzen niemals an Deiner Güte mir gegenüber gezweifelt, aber diese Bemerkung halte ich für unrichtig. Du kannst Dich nicht verstellen, das ist richtig, aber nur aus diesem Grunde behaupten wollen, daß die andern Väter sich verstellen, ist entweder bloße, nicht weiter diskutierbare Rechthaberei oder aber – und das ist es meiner Meinung nach wirklich – der verhüllte Ausdruck dafür, daß zwischen uns etwas nicht in Ordnung ist und daß Du es mitverursacht hast, aber ohne Schuld. Meinst Du das wirklich, dann sind wir einig.

Ich sage ja natürlich nicht, daß ich das, was ich bin, nur durch Deine Einwirkung geworden bin. Das wäre sehr übertrieben (und ich neige sogar zu dieser Übertreibung). Es ist sehr leicht möglich, daß ich, selbst wenn ich ganz frei von Deinem Einfluß aufgewachsen wäre, doch kein Mensch nach Deinem Herzen hätte werden können. Ich wäre wahrscheinlich doch ein schwächlicher, ängstlicher, zögernder, unruhiger Mensch geworden, weder Robert Kafka noch Karl Hermann, aber doch ganz anders, als ich wirklich bin, und wir hätten uns ausgezeichnet miteinander vertragen können. Ich wäre glücklich gewesen, Dich als Freund, als Chef, als Onkel, als Großvater, ja selbst (wenn auch schon zögernder) als Schwiegervater zu haben. Nur eben als Vater warst Du zu stark für mich, besonders da meine Brüder klein starben, die Schwestern erst lange nachher kamen, ich also den ersten Stoß ganz allein aushalten mußte, dazu war ich viel zu schwach.

Vergleich uns beide: ich, um es sehr abgekürzt auszudrücken, ein Löwy mit einem gewissen Kafkaschen Fond, der aber eben nicht durch den Kafkaschen Lebens-, Geschäfts-, Eroberungswillen in Bewegung gesetzt wird, sondern durch einen Löwy'schen Stachel, der geheimer, scheuer, in anderer Richtung wirkt und oft überhaupt aussetzt. Du dagegen ein wirklicher Kafka an Stärke, Gesundheit, Appetit, Stimmkraft, Redebegabung, Selbstzufriedenheit, Weltüberlegenheit, Ausdauer, Geistesgegenwart, Menschenkenntnis, einer gewissen Großzügigkeit, natürlich auch mit allen zu diesen Vorzügen gehörigen Fehlern und Schwächen, in welche Dich Dein Temperament und manchmal Dein Jähzorn hineinhetzen. Nicht ganzer Kafka bist Du vielleicht in Deiner allgemeinen Weltansicht, soweit ich Dich mit Onkel Philipp, Ludwig, Heinrich vergleichen kann. Das ist merkwürdig, ich sehe hier auch nicht ganz klar. Sie waren doch alle fröhlicher, frischer, ungezwungener, leichtlebiger, weniger streng als Du. (Darin habe ich übrigens viel von Dir geerbt und das Erbe viel zu gut verwaltet, ohne allerdings die nötigen Gegengewichte in meinem Wesen zu haben, wie Du sie hast.) Doch hast auch andererseits Du in dieser Hinsicht verschiedene Zeiten durchgemacht, warst vielleicht fröhlicher, ehe Dich Deine Kinder, besonders ich, enttäuschten und zu Hause bedrückten (kamen Fremde, warst Du ja anders) und bist auch jetzt vielleicht wieder fröhlicher geworden, da Dir die Enkel und der Schwiegersohn wieder etwas von jener Wärme geben, die Dir die Kinder, bis auf Valli vielleicht, nicht geben konnten. Jedenfalls waren wir so verschieden und in dieser Verschiedenheit einander so gefährlich, daß, wenn man es hätte etwa im voraus ausrechnen wollen, wie ich, das langsam sich entwickelnde Kind, und Du, der fertige Mann, sich zueinander verhalten werden, man hätte annehmen können, daß Du mich einfach niederstampfen wirst, daß nichts von mir übrigbleibt. Das ist nun nicht geschehen, das Lebendige läßt sich nicht ausrechnen, aber vielleicht ist Ärgeres geschehen. Wobei ich Dich aber immerfort bitte, nicht zu vergessen, daß ich niemals im entferntesten an eine Schuld Deinerseits glaube. Du wirktest so auf mich, wie Du wirken mußtest, nur sollst Du aufhören, es für eine besondere Bosheit meinerseits zu halten, daß ich dieser Wirkung erlegen bin.

Ich war ein ängstliches Kind; trotzdem war ich gewiß auch störrisch, wie Kinder sind; gewiß verwöhnte mich die Mutter auch, aber ich kann nicht glauben, daß ich besonders schwer lenkbar war, ich kann nicht glauben, daß ein freundliches Wort, ein stilles Bei-der-Hand-Nehmen, ein guter Blick mir nicht alles hätten abfordern können, was man wollte. Nun bist Du ja im Grunde ein gütiger und weicher Mensch (das Folgende wird dem nicht widersprechen, ich rede ja nur von der Erscheinung, in der Du auf das Kind wirktest), aber nicht jedes Kind hat die Ausdauer und Unerschrokkenheit, so lange zu suchen, bis es zu der Güte kommt. Du kannst ein Kind nur so behandeln, wie Du eben selbst geschaffen bist, mit Kraft, Lärm und Jähzorn, und in diesem Falle schien Dir das auch noch überdies deshalb sehr gut geeignet, weil Du einen kräftigen mutigen Jungen in mir aufziehen wolltest.

Deine Erziehungsmittel in den allerersten Jahren kann ich heute natürlich nicht unmittelbar beschreiben, aber ich kann sie mir etwa vorstellen durch Rückschluß aus den späteren Jahren und aus Deiner Behandlung des Felix. Hiebei kommt verschärfend in Betracht, daß Du damals jünger, daher frischer, wilder, ursprünglicher, noch unbekümmerter warst als heute und daß Du außerdem ganz an das Geschäft gebunden warst, kaum einmal des Tages Dich mir zeigen konntest und deshalb einen um so tieferen Eindruck auf mich machtest, der sich kaum je zur Gewöhnung verflachte.

Direkt erinnere ich mich nur an einen Vorfall aus den ersten Jahren. Du erinnerst Dich vielleicht auch daran. Ich winselte einmal in der Nacht immerfort um Wasser, gewiß nicht aus Durst, sondern wahrscheinlich teils um zu ärgern, teils um mich zu unterhalten. Nachdem einige starke Drohungen nicht geholfen hatten, nahmst Du mich aus dem Bett, trugst mich auf die Pawlatsche und ließest mich dort allein vor der geschlossenen Tür ein Weilchen im Hemd stehn. Ich will nicht sagen, daß das unrichtig war, vielleicht war damals die Nachtruhe auf andere Weise wirklich nicht zu verschaffen, ich will aber damit Deine Erziehungsmittel und ihre Wirkung auf mich charakterisieren. Ich war damals nachher wohl schon folgsam, aber ich hatte einen inneren Schaden davon. Das für mich Selbstverständliche des sinnlosen Ums-Wasser-Bittens und das außerordentlich Schreckliche des Hinausgetragenwerdens konnte ich meiner Natur nach niemals in die richtige Verbindung bringen. Noch nach Jahren litt ich unter der quälenden Vorstellung, daß der riesige Mann, mein Vater, die letzte Instanz, fast ohne Grund kommen und mich in der Nacht aus dem Bett auf die Pawlatsche tragen konnte und daß ich also ein solches Nichts für ihn war.

Das war damals ein kleiner Anfang nur, aber dieses mich oft beherrschende Gefühl der Nichtigkeit (ein in anderer Hinsicht allerdings auch edles und fruchtbares Gefühl) stammt vielfach von Deinem Einfluß. Ich hätte ein wenig Aufmunterung, ein wenig Freundlichkeit, ein wenig Offenhalten meines Wegs gebraucht, statt dessen verstelltest Du mir ihn, in der guten Absicht freilich, daß ich einen anderen Weg gehen sollte. Aber dazu taugte ich nicht. Du muntertest mich zum Beispiel auf, wenn ich gut salutierte und marschierte, aber ich war kein künftiger Soldat, oder Du muntertest mich auf, wenn ich kräftig essen oder sogar Bier dazu trinken konnte, oder wenn ich unverstandene Lieder nachsingen oder Deine Lieblingsredensarten Dir nachplappern konnte, aber nichts davon gehörte zu meiner Zukunft. Und es ist bezeichnend, daß Du selbst heute mich nur dann eigentlich in etwas aufmunterst, wenn Du selbst in Mitleidenschaft gezogen bist, wenn es sich um Dein Selbstgefühl handelt, das ich verletze (zum Beispiel durch meine Heiratsabsicht) oder das in mir verletzt wird (wenn zum Beispiel Pepa mich beschimpft). Dann werde ich aufgemuntert, an meinen Wert erinnert, auf die Partien hingewiesen, die ich zu machen berechtigt wäre und Pepa wird vollständig verurteilt. Aber abgesehen davon, daß ich für Aufmunterung in meinem jetzigen Alter schon fast unzugänglich bin, was würde sie mir auch helfen, wenn sie nur dann eintritt, wo es nicht in erster Reihe um mich geht.

Damals und damals überall hätte ich die Aufmunterung gebraucht. Ich war ja schon niedergedrückt durch Deine bloße Körperlichkeit. Ich erinnere mich zum Beispiel daran, wie wir uns öfters zusammen in einer Kabine auszogen. Ich mager, schwach, schmal, Du stark, groß, breit. Schon in der Kabine kam ich mir jämmerlich vor, und zwar nicht nur vor Dir, sondern vor der ganzen Welt, denn Du warst für mich das Maß aller Dinge. Traten wir dann aber aus der Kabine vor die Leute hinaus, ich an Deiner Hand, ein kleines Gerippe, unsicher, bloßfüßig auf den Planken, in Angst vor dem Wasser, unfähig Deine Schwimmbewegungen nachzumachen, die Du mir in guter Absicht, aber tatsächlich zu meiner tiefen Beschämung immerfort vormachtest, dann war ich sehr verzweifelt und alle meine schlimmen Erfahrungen auf allen Gebieten stimmten in solchen Augenblicken großartig zusammen. Am wohlsten war mir noch, wenn Du Dich manchmal zuerst auszogst und ich allein in der Kabine bleiben und die Schande des öffentlichen Auftretens so lange hinauszögern konnte, bis Du endlich nachschauen kamst und mich aus der Kabine triebst. Dankbar war ich Dir dafür, daß Du meine Not nicht zu bemerken schienest, auch war ich stolz auf den Körper meines Vaters. Übrigens besteht zwischen uns dieser Unterschied heute noch ähnlich.

Dem entsprach weiter Deine geistige Oberherrschaft. Du hattest Dich allein durch eigene Kraft so hoch hinaufgearbeitet, infolgedessen hattest Du unbeschränktes Vertrauen zu Deiner Meinung. Das war für mich als Kind nicht einmal so blendend wie später für den heranwachsenden jungen Menschen. In Deinem Lehnstuhl regiertest Du die Welt. Deine Meinung war richtig, jede andere war verrückt, überspannt, meschugge, nicht normal. Dabei war Dein Selbstvertrauen so groß, daß Du gar nicht konsequent sein mußtest und doch nicht aufhörtest recht zu haben. Es konnte auch vorkommen, daß Du in einer Sache gar keine Meinung hattest und infolgedessen alle Meinungen, die hinsichtlich der Sache überhaupt möglich waren, ohne Ausnahme falsch sein mußten. Du konntest zum Beispiel auf die Tschechen schimpfen, dann auf die Deutschen, dann auf die Juden, und zwar nicht nur in Auswahl, sondern in jeder Hinsicht, und schließlich blieb niemand mehr übrig außer Dir. Du bekamst für mich das Rätselhafte, das alle Tyrannen haben, deren Recht auf ihrer Person, nicht auf dem Denken begründet ist. Wenigstens schien es mir so.

Nun behieltest Du ja mir gegenüber tatsächlich erstaunlich oft recht, im Gespräch war das selbstverständlich, denn zum Gespräch kam es kaum, aber auch in Wirklichkeit. Doch war auch das nichts besonders Unbegreifliches: Ich stand ja in allem meinem Denken unter Deinem schweren Druck, auch in dem Denken, das nicht mit dem Deinen übereinstimmte und besonders in diesem. Alle diese von Dir scheinbar unabhängigen Gedanken waren von Anfang an belastet mit Deinem absprechenden Urteil; bis zur vollständigen und dauernden Ausführung des Gedankens das zu ertragen, war fast unmöglich. Ich rede hier nicht von irgendwelchen hohen Gedanken, sondern von jedem kleinen Unternehmen der Kinderzeit. Man mußte nur über irgendeine Sache glücklich sein, von ihr erfüllt sein, nach Hause kommen und es aussprechen und die Antwort war ein ironisches Seufzen, ein Kopfschütteln, ein Fingerklopfen auf den Tisch: »Hab auch schon etwas Schöneres gesehn« oder »Mir gesagt Deine Sorgen« oder »Ich hab keinen so geruhten Kopf« oder »Kauf Dir was dafür!« oder »Auch ein Ereignis!« Natürlich konnte man nicht für jede Kinderkleinigkeit Begeisterung von Dir verlangen, wenn Du in Sorge und Plage lebtest. Darum handelte es sich auch nicht. Es handelte sich vielmehr darum, daß Du solche Enttäuschungen dem Kinde immer und grundsätzlich bereiten mußtest kraft Deines gegensätzlichen Wesens, weiter daß dieser Gegensatz durch Anhäufung des Materials sich unaufhörlich verstärkte, so daß er sich schließlich auch gewohnheitsmäßig geltend machte, wenn Du einmal der gleichen Meinung warst wie ich und daß endlich diese Enttäuschungen des Kindes nicht Enttäuschungen des gewöhnlichen Lebens waren, sondern, da es ja um Deine für alles maßgebende Person ging, im Kern trafen. Der Mut, die Entschlossenheit, die Zuversicht, die Freude an dem und jenem hielten nicht bis zum Ende aus, wenn Du dagegen warst oder schon wenn Deine Gegnerschaft bloß angenommen werden konnte; und angenommen konnte sie wohl bei fast allem werden, was ich tat.

Das bezog sich auf Gedanken so gut wie auf Menschen. Es genügte, daß ich an einem Menschen ein wenig Interesse hatte – es geschah ja infolge meines Wesens nicht sehr oft –, daß Du schon ohne jede Rücksicht auf mein Gefühl und ohne Achtung vor meinem Urteil mit Beschimpfung, Verleumdung, Entwürdigung dreinfuhrst. Unschuldige, kindliche Menschen wie zum Beispiel der jiddische Schauspieler Löwy mußten das büßen. Ohne ihn zu kennen, verglichst Du ihn in einer schrecklichen Weise, die ich schon vergessen habe, mit Ungeziefer, und wie so oft für Leute, die mir lieb waren, hattest Du automatisch das Sprichwort von den Hunden und Flöhen bei der Hand. An den Schauspieler erinnere ich mich hier besonders, weil ich Deine Aussprüche über ihn damals mir mit der Bemerkung notierte: »So spricht mein Vater über meinen Freund (den er gar nicht kennt) nur deshalb, weil er mein Freund ist. Das werde ich ihm immer entgegenhalten können, wenn er mir Mangel an kindlicher Liebe und Dankbarkeit vorwerfen wird.« Unverständlich war mir immer Deine vollständige Empfindungslosigkeit dafür, was für Leid und Schande Du mit Deinen Worten und Urteilen mir zufügen konntest, es war, als hättest Du keine Ahnung von Deiner Macht. Auch ich habe Dich sicher oft mit Worten gekränkt, aber dann wußte ich es immer, es schmerzte mich, aber ich konnte mich nicht beherrschen, das Wort nicht zurückhalten, ich bereute es schon, während ich es sagte. Du aber schlugst mit Deinen Worten ohneweiters los, niemand tat Dir leid, nicht währenddessen, nicht nachher, man war gegen Dich vollständig wehrlos.

Aber so war Deine ganze Erziehung. Du hast, glaube ich, ein Erziehungstalent; einem Menschen Deiner Art hättest Du durch Erziehung gewiß nützen können; er hätte die Vernünftigkeit dessen, was Du ihm sagtest, eingesehn, sich um nichts Weiteres gekümmert und die Sachen ruhig so ausgeführt. Für mich als Kind war aber alles, was Du mir zuriefst, geradezu Himmelsgebot, ich vergaß es nie, es blieb mir das wichtigste Mittel zur Beurteilung der Welt, vor allem zur Beurteilung Deiner selbst, und da versagtest Du vollständig. Da ich als Kind hauptsächlich beim Essen mit Dir beisammen war, war Dein Unterricht zum großen Teil Unterricht im richtigen Benehmen bei Tisch. Was auf den Tisch kam, mußte aufgegessen, über die Güte des Essens durfte nicht gesprochen werden – Du aber fandest das Essen oft ungenießbar; nanntest es »das Fressen«; das »Vieh« (die Köchin) hatte es verdorben. Weil Du entsprechend Deinem kräftigen Hunger und Deiner besonderen Vorliebe alles schnell, heiß und in großen Bissen gegessen hast, mußte sich das Kind beeilen, düstere Stille war bei Tisch, unterbrochen von Ermahnungen: »zuerst iß, dann sprich« oder »schneller, schneller, schneller« oder »siehst Du, ich habe schon längst aufgegessen«. Knochen durfte man nicht zerbeißen, Du ja. Essig durfte man nicht schlürfen, Du ja. Die Hauptsache war, daß man das Brot gerade schnitt; daß Du das aber mit einem von Sauce triefenden Messer tatest, war gleichgültig. Man mußte achtgeben, daß keine Speisereste auf den Boden fielen, unter Dir lag schließlich am meisten. Bei Tisch durfte man sich nur mit Essen beschäftigen, Du aber putztest und schnittest Dir die Nägel, spitztest Bleistifte, reinigtest mit dem Zahnstocher die Ohren. Bitte, Vater, verstehe mich recht, das wären an sich vollständig unbedeutende Einzelheiten gewesen, niederdrückend wurden sie für mich erst dadurch, daß Du, der für mich so ungeheuer maßgebende Mensch, Dich selbst an die Gebote nicht hieltest, die Du mir auferlegtest. Dadurch wurde die Welt für mich in drei Teile geteilt, in einen, wo ich, der

Sklave, lebte, unter Gesetzen, die nur für mich erfunden waren und denen ich überdies, ich wußte nicht warum, niemals völlig entsprechen konnte, dann in eine zweite Welt, die unendlich von meiner entfernt war, in der Du lebtest, beschäftigt mit der Regierung, mit dem Ausgeben der Befehle und mit dem Ärger wegen deren Nichtbefolgung, und schließlich in eine dritte Welt, wo die übrigen Leute glücklich und frei von Befehlen und Gehorchen lebten. Ich war immerfort in Schande, entweder befolgte ich Deine Befehle, das war Schande, denn sie galten ja nur für mich; oder ich war trotzig, das war auch Schande, denn wie durfte ich Dir gegenüber trotzig sein, oder ich konnte nicht folgen, weil ich zum Beispiel nicht Deine Kraft, nicht Deinen Appetit, nicht Deine Geschicklichkeit hatte, trotzdem Du es als etwas Selbstverständliches von mir verlangtest; das war allerdings die größte Schande. In dieser Weise bewegten sich nicht die Überlegungen, aber das Gefühl des Kindes.

Meine damalige Lage wird vielleicht deutlicher, wenn ich sie mit der von Felix vergleiche. Auch ihn behandelst Du ja ähnlich, ja wendest sogar ein besonders fürchterliches Erziehungsmittel gegen ihn an, indem Du, wenn er beim Essen etwas Deiner Meinung nach Unreines macht, Dich nicht damit begnügst, wie damals zu mir zu sagen: »Du bist ein großes Schwein«, sondern noch hinzufügst: »ein echter Hermann« oder »genau, wie Dein Vater«. Nun schadet das aber vielleicht – mehr als »vielleicht« kann man nicht sagen – dem Felix wirklich nicht wesentlich, denn für ihn bist Du eben nur ein allerdings besonders bedeutender Großvater, aber doch nicht alles, wie Du es für mich gewesen bist, außerdem ist Felix ein ruhiger, schon jetzt gewissermaßen männlicher Charakter, der sich durch eine Donnerstimme vielleicht verblüffen, aber nicht für die Dauer bestimmen läßt, vor allem aber ist er doch nur verhältnismäßig selten mit Dir beisammen, steht ja auch unter anderen Einflüssen, Du bist ihm mehr etwas liebes Kurioses, aus dem er auswählen kann, was er sich nehmen will. Mir warst Du nichts Kurioses, ich konnte nicht auswählen, ich mußte alles nehmen.

Und zwar ohne etwas dagegen vorbringen zu können, denn es ist Dir von vornherein nicht möglich, ruhig über eine Sache zu sprechen, mit der Du nicht einverstanden bist oder die bloß nicht von Dir ausgeht; Dein herrisches Temperament läßt das nicht zu. In den letzten Jahren erklärst Du das durch Deine Herznervosität, ich wüßte nicht, daß Du jemals wesentlich anders gewesen bist, höchstens ist Dir die Herznervosität ein Mittel zur strengeren Ausübung der Herrschaft, da der Gedanke daran die letzte Widerrede im anderen ersticken muß. Das ist natürlich kein Vorwurf, nur Feststellung einer Tatsache. Etwa bei Ottla: »Man kann ja mit ihr gar nicht sprechen, sie springt einem gleich ins Gesicht«, pflegst Du zu sagen, aber in Wirklichkeit springt sie ursprünglich gar nicht; Du verwechselst die Sache mit der Person; die Sache springt Dir ins Gesicht, und Du entscheidest sie sofort ohne Anhören der Person; was nachher noch vorgebracht wird, kann Dich nur weiter reizen, niemals überzeugen. Dann hört man von Dir nur noch: »Mach, was Du willst; von mir aus bist Du frei; Du bist großjährig; ich habe Dir keine Ratschläge zu geben«, und alles das mit dem fürchterlichen heiseren Unterton des Zornes und der vollständigen Verurteilung, vor dem ich heute nur deshalb weniger zittere als in der Kinderzeit, weil das ausschließliche Schuldgefühl des Kindes zum Teil ersetzt ist durch den Einblick in unser beider Hilflosigkeit.

Die Unmöglichkeit des ruhigen Verkehrs hatte noch eine weitere eigentlich sehr natürliche Folge: ich verlernte das Reden. Ich wäre ja wohl auch sonst kein großer Redner geworden, aber die gewöhnlich fließende menschliche Sprache hätte ich doch beherrscht. Du hast mir aber schon früh das Wort verboten, Deine Drohung: »kein Wort der Widerrede!« und die dazu erhobene Hand begleiten mich schon seit jeher. Ich bekam vor Dir – Du bist, sobald es um Deine Dinge geht, ein ausgezeichneter Redner – eine stockende, stotternde Art des Sprechens, auch das war Dir noch zu viel, schließlich schwieg ich, zuerst vielleicht aus Trotz, dann, weil ich vor Dir weder denken noch reden konnte. Und weil Du mein eigentlicher Erzieher warst, wirkte das überall in meinem Leben nach. Es ist überhaupt ein merkwürdiger Irrtum, wenn Du glaubst, ich hätte mich Dir nie gefügt. »Immer alles contra« ist wirklich nicht mein Lebensgrundsatz Dir gegenüber gewesen, wie Du glaubst und mir vorwirfst. Im Gegenteil: hätte ich Dir weniger gefolgt, Du wärest sicher viel zufriedener mit mir. Vielmehr haben alle Deine Erziehungsmaßnahmen genau getroffen; keinem Griff bin ich ausgewichen; so wie ich bin, bin ich (von den Grundlagen und der Einwirkung des Lebens natürlich abgesehen) das Ergebnis Deiner Erziehung und meiner Folgsamkeit. Daß dieses Ergebnis Dir trotzdem peinlich ist, ja daß Du Dich unbewußt weigerst, es als Dein Erziehungsergebnis anzuerkennen, liegt eben daran, daß Deine Hand und mein Material einander so fremd gewesen sind. Du sagtest: »Kein Wort der Widerrede!« und wolltest damit die Dir unangenehmen Gegenkräfte in mir zum Schweigen bringen, diese Einwirkung war aber für mich zu stark, ich war zu folgsam, ich verstummte gänzlich, verkroch mich vor Dir und wagte mich erst zu regen, wenn ich so weit von Dir entfernt war, daß Deine Macht, wenigstens direkt, nicht mehr hinreichte. Du aber standst davor, und alles schien Dir wieder »contra« zu sein, während es nur selbstverständliche Folge Deiner Stärke und meiner Schwäche war.

Deine äußerst wirkungsvollen, wenigstens mir gegenüber niemals versagenden rednerischen Mittel bei der Erziehung waren: Schimpfen, Drohen, Ironie, böses Lachen und – merkwürdigerweise – Selbstbeklagung.

Daß Du mich direkt und mit ausdrücklichen Schimpfwörtern beschimpft hättest, kann ich mich nicht erinnern. Es war auch nicht nötig, Du hattest so viele andere Mittel, auch flogen im Gespräch zu Hause und besonders im Geschäft die Schimpfwörter rings um mich in solchen Mengen auf andere nieder, daß ich als kleiner Junge manchmal davon fast betäubt war und keinen Grund hatte, sie nicht auch auf mich zu beziehen, denn die Leute, die Du beschimpftest, waren gewiß nicht schlechter als ich, und Du warst gewiß mit ihnen nicht unzufriedener als mit mir. Und auch hier war wieder Deine rätselhafte Unschuld und Unangreifbarkeit, Du schimpftest, ohne Dir irgendwelche Bedenken deshalb zu machen, ja Du verurteiltest das Schimpfen bei anderen und verbotest es.

Das Schimpfen verstärktest Du mit Drohen, und das galt nun auch schon mir. Schrecklich war mir zum Beispiel dieses: »ich zerreiße Dich wie einen Fisch«, trotzdem ich ja wußte, daß dem nichts Schlimmeres nachfolgte (als kleines Kind wußte ich das allerdings nicht), aber es entsprach fast meinen Vorstellungen von Deiner Macht, daß Du auch das imstande gewesen wärest. Schrecklich war es auch, wenn Du schreiend um den Tisch herumliefst, um einen zu fassen, offenbar gar nicht fassen wolltest, aber doch so tatest und die Mutter einen schließlich scheinbar rettete. Wieder hatte man einmal, so schien es dem Kind, das Leben durch Deine Gnade behalten und trug es als Dein unverdientes Geschenk weiter. Hierher gehören auch die Drohungen wegen der Folgen des Ungehorsams. Wenn ich etwas zu tun anfing, was Dir nicht gefiel, und Du drohtest mir mit dem Mißerfolg, so war die Ehrfurcht vor Deiner Meinung so groß, daß damit der Mißerfolg, wenn auch vielleicht erst für eine spätere Zeit, unaufhaltsam war. Ich verlor das Vertrauen zu eigenem Tun. Ich war unbeständig, zweifelhaft. Je älter ich wurde, desto größer war das Material, das Du mir zum Beweis meiner Wertlosigkeit entgegenhalten konntest; allmählich bekamst Du in gewisser Hinsicht wirklich recht. Wieder hüte ich mich zu behaupten, daß ich nur durch Dich so wurde; Du verstärktest nur, was war, aber Du verstärktest es sehr, weil Du eben mir gegenüber sehr mächtig warst und alle Macht dazu verwendetest.

Ein besonderes Vertrauen hattest Du zur Erziehung durch Ironie, sie entsprach auch am besten Deiner Überlegenheit über mich. Eine Ermahnung hatte bei Dir gewöhnlich diese Form: »Kannst Du das nicht so und so machen? Das ist Dir wohl schon zu viel? Dazu hast Du natürlich keine Zeit« und ähnlich. Dabei jede solche Frage begleitet von bösem Lachen und bösem Gesicht. Man wurde gewissermaßen schon bestraft, ehe man noch wußte, daß man etwas Schlechtes getan hatte. Aufreizend waren auch jene Zurechtweisungen, wo man als dritte Person behandelt, also nicht einmal des bösen Ansprechens gewürdigt wurde; wo Du also etwa formell zur Mutter sprachst, aber eigentlich zu mir, der dabei saß, zum Beispiel: »Das kann man vom Herrn Sohn natürlich nicht haben« und dergleichen. (Das bekam dann sein Gegenspiel darin, daß ich zum Beispiel nicht wagte und später aus Gewohnheit gar nicht mehr daran dachte, Dich direkt zu fragen, wenn die Mutter dabei war. Es war dem Kind viel ungefährlicher, die neben Dir sitzende Mutter nach Dir auszufragen, man fragte dann die Mutter: »Wie geht es dem Vater?« und sicherte sich so vor Überraschungen.) Es gab natürlich auch Fälle, wo man mit der ärgsten Ironie sehr einverstanden war, nämlich wenn sie einen anderen betraf, zum Beispiel die Elli, mit der ich jahrelang böse war. Es war für mich ein Fest der Bosheit und Schadenfreude, wenn es von ihr fast bei jedem Essen etwa hieß: »Zehn Meter weit vom Tisch muß sie sitzen, die breite Mad« und wenn Du dann böse auf Deinem Sessel, ohne die leiseste Spur von Freundlichkeit oder Laune, sondern als erbitterter Feind übertrieben ihr nachzumachen suchtest, wie äußerst widerlich für Deinen Geschmack sie dasaß. Wie oft hat sich das und ähnliches wiederholen müssen, wie wenig hast Du im Tatsächlichen dadurch erreicht. Ich glaube, es lag daran, daß der Aufwand von Zorn und Bösesein zur Sache selbst in keinem richtigen Verhältnis zu sein schien, man hatte nicht das Gefühl, daß der Zorn durch diese Kleinigkeit des Weit-vom-Tische-Sitzens erzeugt sei, sondern daß er in seiner ganzen Größe von vornherein vorhanden war und nur zufällig gerade diese Sache als Anlaß zum Losbrechen genommen habe. Da man überzeugt war, daß sich ein Anlaß jedenfalls finden würde, nahm man sich nicht besonders zusammen, auch stumpfte man unter der fortwährenden Drohung ab; daß man nicht geprügelt wurde, dessen war man ja allmählich fast sicher. Man wurde ein mürrisches, unaufmerksames, ungehorsames Kind, immer auf eine Flucht, meist eine innere, bedacht. So littest Du, so litten wir. Du hattest von Deinem Standpunkt ganz recht, wenn Du mit zusammengebissenen Zähnen und dem gurgelnden Lachen, welches dem Kind zum erstenmal höllische Vorstellungen vermittelt hatte, bitter zu sagen pflegtest (wie erst letzthin wegen eines Konstantinopler Briefes): »Das ist eine Gesellschaft!«

Ganz unverträglich mit dieser Stellung zu Deinen Kindern schien es zu sein, wenn Du, was ja sehr oft geschah, öffentlich Dich beklagtest. Ich gestehe, daß ich als Kind (später wohl) dafür gar kein Gefühl hatte und nicht verstand, wie Du überhaupt erwarten konntest, Mitgefühl zu finden. Du warst so riesenhaft in jeder Hinsicht; was konnte Dir an unserem Mitleid liegen oder gar an unserer Hilfe? Die mußtest Du doch eigentlich verachten, wie uns selbst so oft. Ich glaubte daher den Klagen nicht und suchte irgendeine geheime Absicht hinter ihnen. Erst später begriff ich, daß Du wirklich durch die Kinder sehr littest, damals aber, wo die Klagen noch unter anderen Umständen einen kindlichen, offenen, bedenkenlosen, zu jeder Hilfe bereiten Sinn hätten antreffen können, mußten sie mir wieder nur überdeutliche Erziehungs- und Demütigungsmittel sein, als solche an sich nicht sehr stark, aber mit der schädlichen Nebenwirkung, daß das Kind sich gewöhnte, gerade Dinge nicht sehr ernst zu nehmen, die es ernst hätte nehmen sollen.

Es gab glücklicherweise davon allerdings auch Ausnahmen, meistens wenn Du schweigend littest und Liebe und Güte mit ihrer Kraft alles Entgegenstehende überwand und unmittelbar ergriff. Selten war das allerdings, aber es war wunderbar. Etwa wenn ich Dich früher in heißen Sommern mittags nach dem Essen im Geschäft müde ein wenig schlafen sah, den Ellbogen auf dem Pult, oder wenn Du sonntags abgehetzt zu uns in die Sommerfrische kamst; oder wenn Du bei einer schweren Krankheit der Mutter zitternd vom Weinen Dich am Bücherkasten festhieltest; oder wenn Du während meiner letzten Krankheit leise zu mir in Ottlas Zimmer kamst, auf der Schwelle bliebst, nur den Hals strecktest, um mich im Bett zu sehn, und aus Rücksicht nur mit der Hand grüßtest. Zu solchen Zeiten legte man sich hin und weinte vor Glück und weint jetzt wieder, während man es schreibt.

Du hast auch eine besonders schöne, sehr selten zu sehende Art eines stillen, zufriedenen, gutheißenden Lächelns, das den, dem es gilt, ganz glücklich machen kann. Ich kann mich nicht erinnern, daß es in meiner Kindheit ausdrücklich mir zuteil geworden wäre, aber es dürfte wohl geschehen sein, denn warum solltest Du es mir damals verweigert haben, da ich Dir noch unschuldig schien und Deine große Hoffnung war. Übrigens haben auch solche freundliche Eindrücke auf die Dauer nichts anderes erzielt, als mein Schuldbewußtsein vergrößert und die Welt mir noch unverständlicher gemacht.

Lieber hielt ich mich ans Tatsächliche und Fortwährende. Um mich Dir gegenüber nur ein wenig zu behaupten, zum Teil auch aus einer Art Rache, fing ich bald an, kleine Lächerlichkeiten, die ich an Dir bemerkte, zu beobachten, zu sammeln, zu übertreiben. Wie Du zum Beispiel leicht Dich von meist nur scheinbar höherstehenden Personen blenden ließest und davon immerfort erzählen konntest, etwa von irgendeinem kaiserlichen Rat oder dergleichen (andererseits tat mir etwas Derartiges auch weh, daß Du, mein Vater, solche nichtige Bestätigungen Deines Wertes zu brauchen glaubtest und mit ihnen großtatest). Oder ich beobachtete Deine Vorliebe für unanständige, möglichst laut herausgebrachte Redensarten, über die Du lachtest, als hättest Du etwas besonders Vortreffliches gesagt, während es eben nur eine platte, kleine Unanständigkeit war (gleichzeitig war es allerdings auch wieder eine mich beschämende Äußerung Deiner Lebenskraft). Solcher verschiedener Beobachtungen gab es natürlich eine Menge; ich war glücklich über sie, es gab für mich Anlaß zu Getuschel und Spaß, Du bemerktest es manchmal, ärgertest Dich darüber, hieltest es für Bosheit, Respektlosigkeit, aber glaube mir, es war nichts anderes für mich als ein übrigens untaugliches Mittel zur Selbsterhaltung, es waren Scherze, wie man sie über Götter und Könige verbreitet, Scherze, die mit dem tiefsten Respekt nicht nur sich verbinden lassen, sondern sogar zu ihm gehören.

Auch Du hast übrigens, entsprechend Deiner ähnlichen Lage mir gegenüber, eine Art Gegenwehr versucht. Du pflegtest darauf hinzuweisen, wie übertrieben gut es mir ging und wie gut ich eigentlich behandelt worden bin. Das ist richtig, ich glaube aber nicht, daß es mir unter den einmal vorhandenen Umständen im wesentlichen genützt hat.

Es ist wahr, daß die Mutter grenzenlos gut zu mir war, aber alles das stand für mich in Beziehung zu Dir, also in keiner guten Beziehung. Die Mutter hatte unbewußt die Rolle eines Treibers in der Jagd. Wenn schon Deine Erziehung in irgendeinem unwahrscheinlichen Fall mich durch Erzeugung von Trotz, Abneigung oder gar Haß auf eigene Füße hätte stellen können, so glich das die Mutter durch Gutsein, durch vernünftige Rede (sie war im Wirrwarr der Kindheit das Urbild der Vernunft), durch Fürbitte wieder aus, und ich war wieder in Deinen Kreis zurückgetrieben, aus dem ich sonst vielleicht, Dir und mir zum Vorteil, ausgebrochen wäre. Oder es war so, daß es zu keiner eigentlichen Versöhnung kam, daß die Mutter mich vor Dir bloß im Geheimen schützte, mir im Geheimen etwas gab, etwas erlaubte, dann war ich wieder vor Dir das lichtscheue Wesen, der Betrüger, der Schuldbewußte, der wegen seiner Nichtigkeit selbst zu dem, was er für sein Recht hielt, nur auf Schleichwegen kommen konnte. Natürlich gewöhnte ich mich dann, auf diesen Wegen auch das zu suchen, worauf ich, selbst meiner Meinung nach, kein Recht hatte. Das war wieder Vergrößerung des Schuldbewußtseins.

Es ist auch wahr, daß Du mich kaum einmal wirklich geschlagen hast. Aber das Schreien, das Rotwerden Deines Gesichts, das eilige Losmachen der Hosenträger, ihr Bereitliegen auf der Stuhllehne, war für mich fast ärger. Es ist, wie wenn einer gehängt werden soll. Wird er wirklich gehenkt, dann ist er tot und es ist alles vorüber. Wenn er aber alle Vorbereitungen zum Gehenktwerden miterleben muß und erst wenn ihm die Schlinge vor dem Gesicht hängt, von seiner Begnadigung erfährt, so kann er sein Leben lang daran zu leiden haben. Überdies sammelte sich aus diesen vielen Malen, wo ich Deiner deutlich gezeigten Meinung nach Prügel verdient hätte, ihnen aber aus Deiner Gnade noch knapp entgangen war, wieder nur ein großes Schuldbewußtsein an. Von allen Seiten her kam ich in Deine Schuld.

Seit jeher machtest Du mir zum Vorwurf (und zwar mir allein oder vor anderen, für das Demütigende des letzteren hattest Du kein Gefühl, die Angelegenheiten Deiner Kinder waren immer öffentliche), daß ich dank Deiner Arbeit ohne alle Entbehrungen in Ruhe, Wärme, Fülle lebte. Ich denke da an Bemerkungen, die in meinem Gehirn förmlich Furchen gezogen haben müssen, wie: »Schon mit sieben Jahren mußte ich mit dem Karren durch die Dörfer fahren.« »Wir mußten alle in einer Stube schlafen.« »Wir waren glücklich, wenn wir Erdäpfel hatten.« »Jahrelang hatte ich wegen ungenügender Winterkleidung offene Wunden an den Beinen.« »Als kleiner Junge mußte ich schon nach Pisek ins Geschäft.« »Von zu Hause bekam ich gar nichts, nicht einmal beim Militär, ich schickte noch Geld nach Hause.« »Aber trotzdem, trotzdem – der Vater war mir immer der Vater. Wer weiß das heute! Was wissen die Kinder! Das hat niemand gelitten! Versteht das heute ein Kind?« Solche Erzählungen hätten unter anderen Verhältnissen ein ausgezeichnetes Erziehungsmittel sein können, sie hätten zum Überstehen der gleichen Plagen und Entbehrungen, die der Vater durchgemacht hatte, aufmuntern und kräftigen können. Aber das wolltest Du doch gar nicht, die Lage war ja eben durch das Ergebnis Deiner Mühe eine andere geworden, Gelegenheit, sich in der Weise auszuzeichnen, wie Du es getan hattest, gab es nicht. Eine solche Gelegenheit hätte man erst durch Gewalt und Umsturz schaffen müssen, man hätte von zu Hause ausbrechen müssen (vorausgesetzt, daß man die Entschlußfähigkeit und Kraft dazu gehabt hätte und die Mutter nicht ihrerseits mit anderen Mitteln dagegen gearbeitet hätte). Aber das alles wolltest Du doch gar nicht, das bezeichnetest Du als Undankbarkeit, Überspanntheit, Ungehorsam, Verrat, Verrücktheit. Während Du also von einer Seite durch Beispiel, Erzählung und Beschämung dazu locktest, verbotest Du es auf der anderen Seite allerstrengstens. Sonst hättest Du zum Beispiel, von den Nebenumständen abgesehen, von Ottlas Zürauer Abenteuer eigentlich entzückt sein müssen. Sie wollte auf das Land, von dem Du gekommen warst, sie wollte Arbeit und Entbehrungen haben, wie Du sie gehabt hattest, sie wollte nicht Deine Arbeitserfolge genießen, wie auch Du von Deinem Vater unabhängig gewesen bist. Waren das so schreckliche Absichten? So fern Deinem Beispiel und Deiner Lehre? Gut, die Absichten Ottlas mißlangen schließlich im Ergebnis, wurden vielleicht etwas lächerlich, mit zuviel Lärm ausgeführt, sie nahm nicht genug Rücksicht auf ihre Eltern. War das aber ausschließlich ihre Schuld, nicht auch die Schuld der Verhältnisse und vor allem dessen, daß Du ihr so entfremdet warst? War sie Dir etwa (wie Du Dir später selbst einreden wolltest) im Geschäft weniger entfremdet, als nachher in Zürau? Und hättest Du nicht ganz gewiß die Macht gehabt (vorausgesetzt, daß Du Dich dazu hättest überwinden können), durch Aufmunterung, Rat und Aufsicht, vielleicht sogar nur durch Duldung aus diesem Abenteuer etwas sehr Gutes zu machen?

Anschließend an solche Erfahrungen pflegtest Du in bitterem Scherz zu sagen, daß es uns zu gut ging. Aber dieser Scherz ist in gewissem Sinn keiner. Das, was Du Dir erkämpfen mußtest, bekamen wir aus Deiner Hand, aber den Kampf um das äußere Leben, der Dir sofort zugänglich war und der natürlich auch uns nicht erspart bleibt, den müssen wir uns erst spät, mit Kinderkraft im Mannesalter erkämpfen. Ich sage nicht, daß unsere Lage deshalb unbedingt ungünstiger ist als es Deine war, sie ist jener vielmehr wahrscheinlich gleichwertig – (wobei allerdings die Grundanlagen nicht verglichen sind), nur darin sind wir im Nachteil, daß wir mit unserer Not uns nicht rühmen und niemanden mit ihr demütigen können, wie Du es mit Deiner Not getan hast. Ich leugne auch nicht, daß es möglich gewesen wäre, daß ich die Früchte Deiner großen und erfolgreichen Arbeit wirklich richtig hätte genießen, verwerten und mit ihnen zu Deiner Freude hätte weiterarbeiten können, dem aber stand eben unsere Entfremdung entgegen. Ich konnte, was Du gabst, genießen, aber nur in Beschämung, Müdigkeit, Schwäche, Schuldbewußtsein. Deshalb konnte ich Dir für alles nur bettlerhaft dankbar sein, durch die Tat nicht.

Das nächste äußere Ergebnis dieser ganzen Erziehung war, daß ich alles floh, was nur von der Ferne an Dich erinnerte. Zuerst das Geschäft. An und für sich besonders in der Kinderzeit, solange es ein Gassengeschäft war, hätte es mich sehr freuen müssen, es war so lebendig, abends beleuchtet, man sah, man hörte viel, konnte hie und da helfen, sich auszeichnen, vor allem aber Dich bewundern in Deinen großartigen kaufmännischen Talenten, wie Du verkauftest, Leute behandeltest, Späße machtest, unermüdlich warst, in Zweifelsfällen sofort die Entscheidung wußtest und so weiter; noch wie Du einpacktest oder eine Kiste aufmachtest, war ein sehenswertes Schauspiel und das Ganze alles in allem gewiß nicht die schlechteste Kinderschule. Aber da Du allmählich von allen Seiten mich erschrecktest und Geschäft und Du sich mir deckten, war mir auch das Geschäft nicht mehr behaglich. Dinge, die mir dort zuerst selbstverständlich gewesen waren, quälten, beschämten mich, besonders Deine Behandlung des Personals. Ich weiß nicht, vielleicht ist sie in den meisten Geschäften so gewesen (in der Assecurazioni Generali, zum Beispiel, war sie zu meiner Zeit wirklich ähnlich, ich erklärte dort dem Direktor, nicht ganz wahrheitsgemäß, aber auch nicht ganz erlogen, meine Kündigung damit, daß ich das Schimpfen, das übrigens mich direkt gar nicht betroffen hatte, nicht ertragen könne; ich war darin zu schmerzhaft empfindlich schon von Hause her), aber die anderen Geschäfte kümmerten mich in der Kinderzeit nicht. Dich aber hörte und sah ich im Geschäft schreien, schimpfen und wüten, wie es meiner damaligen Meinung nach in der ganzen Welt nicht wieder vorkam. Und nicht nur schimpfen, auch sonstige Tyrannei. Wie Du zum Beispiel Waren, die Du mit anderen nicht verwechselt haben wolltest, mit einem Ruck vom Pult hinunterwarfst – nur die Besinnungslosigkeit Deines Zorns entschuldigte Dich ein wenig – und der Kommis sie aufheben mußte. Oder Deine ständige Redensart hinsichtlich eines lungenkranken Kommis: »Er soll krepieren, der kranke Hund.« Du nanntest die Angestellten »bezahlte Feinde«, das waren sie auch, aber noch ehe sie es geworden waren, schienst Du mir ihr »zahlender Feind« zu sein. Dort bekam ich auch die große Lehre, daß Du ungerecht sein konntest; an mir selbst hätte ich es nicht so bald bemerkt, da hatte sich ja zuviel Schuldgefühl angesammelt, das Dir recht gab; aber dort waren nach meiner, später natürlich ein wenig, aber nicht allzusehr korrigierten Kindermeinung fremde Leute, die doch für uns arbeiteten und dafür in fortwährender Angst vor Dir leben mußten. Natürlich übertrieb ich da, und zwar deshalb, weil ich ohne weiteres annahm, Du wirktest auf die Leute ebenso schrecklich wie auf mich. Wenn das so gewesen wäre, hätten sie wirklich nicht leben können; da sie aber erwachsene Leute mit meist ausgezeichneten Nerven waren, schüttelten sie das Schimpfen ohne Mühe von sich ab und es schadete Dir schließlich viel mehr als ihnen. Mir aber machte es das Geschäft unleidlich, es erinnerte mich allzusehr an mein Verhältnis zu Dir: Du warst, ganz abgesehen vom Unternehmerinteresse und abgesehen von Deiner Herrschsucht schon als Geschäftsmann allen, die jemals bei Dir gelernt haben, so sehr überlegen, daß Dich keine ihrer Leistungen befriedigen konnte, ähnlich ewig unbefriedigt mußtest Du auch von mir sein. Deshalb gehörte ich notwendig zur Partei des Personals, übrigens auch deshalb, weil ich schon aus Ängstlichkeit nicht begriff, wie man einen Fremden so beschimpfen konnte, und darum aus Ängstlichkeit das meiner Meinung nach fürchterlich aufgebrachte Personal irgendwie mit Dir, mit unserer Familie schon um meiner eigenen Sicherheit willen aussöhnen wollte. Dazu genügte nicht mehr gewöhnliches, anständiges Benehmen gegenüber dem Personal, nicht einmal mehr bescheidenes Benehmen, vielmehr mußte ich demütig sein, nicht nur zuerst grüßen, sondern womöglich auch noch den Gegengruß abwehren. Und hätte ich, die unbedeutende Person, ihnen unten die Füße geleckt, es wäre noch immer kein Ausgleich dafür gewesen, wie Du, der Herr, oben auf sie loshacktest. Dieses Verhältnis, in das ich hier zu Mitmenschen trat, wirkte über das Geschäft hinaus und in die Zukunft weiter (etwas Ähnliches, aber nicht so gefährlich und tiefgreifend wie bei mir, ist zum Beispiel auch Ottlas Vorliebe für den Verkehr mit armen Leuten, das Dich so ärgernde Zusammensitzen mit den Dienstmädchen und dergleichen). Schließlich fürchtete ich mich fast vor dem Geschäft, und jedenfalls war es schon längst nicht mehr meine Sache, ehe ich noch ins Gymnasium kam und dadurch noch weiter davon fortgeführt wurde. Auch schien es mir für meine Fähigkeiten ganz unerschwinglich, da es, wie Du sagtest, selbst die Deinigen verbrauchte. Du suchtest dann (für mich ist das heute rührend und beschämend) aus meiner Dich doch sehr schmerzenden Abneigung gegen das Geschäft, gegen Dein Werk, doch noch ein wenig Süßigkeit für Dich zu ziehen, indem Du behauptetest, mir fehle der Geschäftssinn, ich habe höhere Ideen im Kopf und dergleichen. Die Mutter freute sich natürlich über diese Erklärung, die Du Dir abzwangst, und auch ich in meiner Eitelkeit und Not ließ mich davon beeinflussen. Wären es aber wirklich nur oder hauptsächlich die »höheren Ideen« gewesen, die mich vom Geschäft (das ich jetzt, aber erst jetzt, ehrlich und tatsächlich hasse) abbrachten, sie hätten sich anders äußern müssen, als daß sie mich ruhig und ängstlich durchs Gymnasium und durch das Jusstudium schwimmen ließen, bis ich beim Beamtenschreibtisch endgültig landete.

Wollte ich vor Dir fliehn, mußte ich auch vor der Familie fliehn, selbst vor der Mutter. Man konnte bei ihr zwar immer Schutz finden, doch nur in Beziehung zu Dir. Zu sehr liebte sie Dich und war Dir zu sehr treu ergeben, als daß sie in dem Kampf des Kindes eine selbständige geistige Macht für die Dauer hätte sein können. Ein richtiger Instinkt des Kindes übrigens, denn die Mutter wurde Dir mit den Jahren immer noch enger verbunden; während sie immer, was sie selbst betraf, ihre Selbständigkeit in kleinsten Grenzen schön und zart und ohne Dich jemals wesentlich zu kränken, bewahrte, nahm sie doch mit den Jahren immer vollständiger, mehr im Gefühl als im Verstand, Deine Urteile und Verurteilungen hinsichtlich der Kinder blindlings über, besonders in dem allerdings schweren Fall der Ottla. Freilich muß man immer im Gedächtnis behalten, wie quälend und bis zum letzten aufreibend die Stellung der Mutter in der Familie war. Sie hat sich im Geschäft, im Haushalt geplagt, alle Krankheiten der Familie doppelt mitgelitten, aber die Krönung alles dessen war das, was sie in ihrer Zwischenstellung zwischen uns und Dir gelitten hat. Du bist immer liebend und rücksichtsvoll zu ihr gewesen, aber in dieser Hinsicht hast Du sie ganz genau so wenig geschont, wie wir sie geschont haben. Rücksichtslos haben wir auf sie eingehämmert, Du von Deiner Seite, wir von unserer. Es war eine Ablenkung, man dachte an nichts Böses, man dachte nur an den Kampf, den Du mit uns, den wir mit Dir führten, und auf der Mutter tobten wir uns aus. Es war auch kein guter Beitrag zur Kindererziehung, wie Du sie – ohne jede Schuld Deinerseits natürlich – unseretwegen quältest. Es rechtfertigte sogar scheinbar unser sonst nicht zu rechtfertigendes Benehmen ihr gegenüber. Was hat sie von uns Deinetwegen und von Dir unseretwegen gelitten, ganz ungerechnet jene Fälle, wo Du recht hattest, weil sie uns verzog, wenn auch selbst dieses ›Verziehn‹ manchmal nur eine stille, unbewußte Gegendemonstration gegen Dein System gewesen sein mag. Natürlich hätte die Mutter das alles nicht ertragen können, wenn sie nicht aus der Liebe zu uns allen und aus dem Glück dieser Liebe die Kraft zum Ertragen genommen hätte.

Die Schwestern gingen nur zum Teil mit mir. Am glücklichsten in ihrer Stellung zu Dir war Valli. Am nächsten der Mutter stehend, fügte sie sich Dir auch ähnlich, ohne viel Mühe und Schaden. Du nahmst sie aber auch, eben in Erinnerung an die Mutter, freundlicher hin, trotzdem wenig Kafka'sches Material in ihr war. Aber vielleicht war Dir gerade das recht; wo nichts Kafka'sches war, konntest selbst Du nichts Derartiges verlangen; Du hattest auch nicht, wie bei uns andern, das Gefühl, daß hier etwas verlorenging, das mit Gewalt gerettet werden müßte. Übrigens magst Du das Kafka'sche, soweit es sich in Frauen geäußert hat, niemals besonders geliebt haben. Das Verhältnis Vallis zu Dir wäre sogar vielleicht noch freundlicher geworden, wenn wir anderen es nicht ein wenig gestört hätten.

Die Elli ist das einzige Beispiel für das fast vollständige Gelingen eines Durchbruches aus Deinem Kreis. Von ihr hätte ich es in ihrer Kindheit am wenigsten erwartet. Sie war doch ein so schwerfälliges, müdes, furchtsames, verdrossenes, schuldbewußtes, überdemütiges, boshaftes, faules, genäschiges, geiziges Kind, ich konnte sie kaum ansehn, gar nicht ansprechen, so sehr erinnerte sie mich an mich selbst, so sehr ähnlich stand sie unter dem gleichen Bann der Erziehung. Besonders ihr Geiz war mir abscheulich, da ich ihn womöglich noch stärker hatte. Geiz ist ja eines der verläßlichsten Anzeichen tiefen Unglücklichseins; ich war so unsicher aller Dinge, daß ich tatsächlich nur das besaß, was ich schon in den Händen oder im Mund hielt oder was wenigstens auf dem Wege dorthin war, und gerade das nahm sie, die in ähnlicher Lage war, mir am liebsten fort. Aber das alles änderte sich, als sie in jungen Jahren – das ist das Wichtigste – von zu Hause wegging, heiratete, Kinder bekam, sie wurde fröhlich, unbekümmert, mutig, freigebig, uneigennützig, hoffnungsvoll. Fast unglaublich ist es, wie Du eigentlich diese Veränderung gar nicht bemerkt und jedenfalls nicht nach Verdienst bewertet hast, so geblendet bist Du von dem Groll, den Du gegen Elli seit jeher hattest und im Grunde unverändert hast, nur daß dieser Groll jetzt viel weniger aktuell geworden ist, da Effi nicht mehr bei uns wohnt und außerdem Deine Liebe zu Felix und die Zuneigung zu Karl ihn unwichtiger gemacht haben. Nur Gerti muß ihn manchmal noch entgelten.

Von Ottla wage ich kaum zu schreiben; ich weiß, ich setze damit die ganze erhoffte Wirkung des Briefes aufs Spiel. Unter gewöhnlichen Umständen, also wenn sie nicht etwa in besondere Not oder Gefahr käme, hast Du für sie nur Haß; Du hast mir ja selbst zugestanden, daß sie Deiner Meinung nach mit Absicht Dir immerfort Leid und Ärger macht, und während Du ihretwegen leidest, ist sie befriedigt und freut sich. Also eine Art Teufel. Was für eine ungeheure Entfremdung, noch größer als zwischen Dir und mir, muß zwischen Dir und ihr eingetreten sein, damit eine so ungeheure Verkennung möglich wird. Sie ist so weit von Dir, daß Du sie kaum mehr siehst, sondern ein Gespenst an die Stelle setzt, wo Du sie vermutest. Ich gebe zu, daß Du es mit ihr besonders schwer hattest. Ich durchschaue ja den sehr komplizierten Fall nicht ganz, aber jedenfalls war hier etwas wie eine Art Löwy, ausgestattet mit den besten Kafka'schen Waffen. Zwischen uns war es kein eigentlicher Kampf; ich war bald erledigt; was übrigblieb war Flucht, Verbitterung, Trauer, innerer Kampf. Ihr zwei waret aber immer in Kampfstellung, immer frisch, immer bei Kräften. Ein ebenso großartiger wie trostloser Anblick. Zu allererst seid ihr Euch ja gewiß sehr nahe gewesen, denn noch heute ist von uns vier Ottla vielleicht die reinste Darstellung der Ehe zwischen Dir und der Mutter und der Kräfte, die sich da verbanden. Ich weiß nicht, was Euch um das Glück der Eintracht zwischen Vater und Kind gebracht hat, es liegt mir nur nahe zu glauben, daß die Entwicklung ähnlich war wie bei mir. Auf Deiner Seite die Tyrannei Deines Wesens, auf ihrer Seite Löwy'scher Trotz, Empfindlichkeit, Gerechtigkeitsgefühl, Unruhe, und alles das gestützt durch das Bewußtsein Kafka'scher Kraft. Wohl habe auch ich sie beeinflußt, aber kaum aus eigenem Antrieb, sondern durch die bloße Tatsache meines Daseins. Übrigens kam sie doch als letzte in schon fertige Machtverhältnisse hinein und konnte sich aus dem vielen bereitliegenden Material ihr Urteil selbst bilden. Ich kann mir sogar denken, daß sie in ihrem Wesen eine Zeitlang geschwankt hat, ob sie sich Dir an die Brust werfen soll oder den Gegnern, offenbar hast Du damals etwas versäumt und sie zurückgestoßen, Ihr wäret aber, wenn es eben möglich gewesen wäre, ein prachtvolles Paar an Eintracht geworden. Ich hätte dadurch zwar einen Verbündeten verloren, aber der Anblick von Euch beiden hätte mich reich entschädigt, auch wärest ja Du durch das unabsehbare Glück, wenigstens in einem Kind volle Befriedigung zu finden, sehr zu meinen Gunsten verwandelt worden. Das alles ist heute allerdings nur ein Traum. Ottla hat keine Verbindung mit dem Vater, muß ihren Weg allein suchen, wie ich, und um das Mehr an Zuversicht, Selbstvertrauen, Gesundheit, Bedenkenlosigkeit, das sie im Vergleich mit mir hat, ist sie in Deinen Augen böser und verräterischer als ich. Ich verstehe das; von Dir aus gesehen kann sie nicht anders sein. Ja sie selbst ist imstande, mit Deinen Augen sich anzusehn, Dein Leid mitzufühlen und darüber – nicht verzweifelt zu sein, Verzweiflung ist meine Sache – aber sehr traurig zu sein. Du siehst uns zwar, in scheinbarem Widerspruch hiezu, oft beisammen, wir flüstern, lachen, hie und da hörst Du Dich erwähnen. Du hast den Eindruck von frechen Verschwörern. Merkwürdige Verschwörer. Du bist allerdings ein Hauptthema unserer Gespräche wie unseres Denkens seit jeher, aber wahrhaftig nicht, um etwas gegen Dich auszudenken, sitzen wir beisammen, sondern um mit aller Anstrengung, mit Spaß, mit Ernst, mit Liebe, Trotz, Zorn, Widerwille, Ergebung, Schuldbewußtsein, mit allen Kräften des Kopfes und Herzens diesen schrecklichen Prozeß, der zwischen uns und Dir schwebt, in allen Einzelheiten, von allen Seiten, bei allen Anlässen, von fern und nah gemeinsam durchzusprechen, diesen Prozeß, in dem Du immerfort Richter zu sein behauptest, während Du, wenigstens zum größten Teil (hier lasse ich die Tür allen Irrtümern offen, die mir natürlich begegnen können) ebenso schwache und verblendete Partei bist wie wir.

Ein im Zusammenhang des Ganzen lehrreiches Beispiel Deiner erzieherischen Wirkung war Irma. Einerseits war sie doch eine Fremde, kam schon erwachsen in Dein Geschäft, hatte mit Dir hauptsächlich als ihrem Chef zu tun, war also nur zum Teil und in einem schon widerstandsfähigen Alter Deinem Einfluß ausgesetzt; andererseits aber war sie doch auch eine Blutsverwandte, verehrte in Dir den Bruder ihres Vaters, und Du hattest über sie viel mehr als die bloße Macht eines Chefs. Und trotzdem ist sie, die in ihrem schwachen Körper so tüchtig, klug, fleißig, bescheiden, vertrauenswürdig, uneigennützig, treu war, die Dich als Onkel liebte und als Chef bewunderte, die in anderen Posten vorher und nachher sich bewährte, Dir keine sehr gute Beamtin gewesen. Sie war eben, natürlich auch von uns hingedrängt, Dir gegenüber nahe der Kinderstellung, und so groß war noch ihr gegenüber die umbiegende Macht Deines Wesens, daß sich bei ihr (allerdings nur Dir gegenüber und, hoffentlich, ohne das tiefere Leid des Kindes) Vergeßlichkeit, Nachlässigkeit, Galgenhumor, vielleicht sogar ein wenig Trotz, soweit sie dessen überhaupt fähig war, entwickelten, wobei ich gar nicht in Rechnung stelle, daß sie kränklich gewesen ist, auch sonst nicht sehr glücklich war und eine trostlose Häuslichkeit auf ihr lastete. Das für mich Beziehungsreiche Deines Verhältnisses zu ihr hast Du in einem für uns klassisch gewordenen, fast gotteslästerlichen, aber gerade für die Unschuld in Deiner Menschenbehandlung sehr beweisenden Satz zusammengefaßt: »Die Gottselige hat mir viel Schweinerei hinterlassen.«

Ich könnte noch weitere Kreise Deines Einflusses und des Kampfes gegen ihn beschreiben, doch käme ich hier schon ins Unsichere und müßte konstruieren, außerdem wirst Du ja, je weiter Du von Geschäft und Familie Dich entfernst, seit jeher desto freundlicher, nachgiebiger, höflicher, rücksichtsvoller, teilnehmender (ich meine: auch äußerlich) ebenso wie ja zum Beispiel auch ein Selbstherrscher, wenn er einmal außerhalb der Grenzen seines Landes ist, keinen Grund hat, noch immer tyrannisch zu sein, und sich gutmütig auch mit den niedrigsten Leuten einlassen kann. Tatsächlich standest Du zum Beispiel auf den Gruppenbildern aus Franzensbad immer so groß und fröhlich zwischen den kleinen mürrischen Leuten, wie ein König auf Reisen. Davon hätten allerdings auch die Kinder ihren Vorteil haben können, nur hätten sie schon, was unmöglich war, in der Kinderzeit fähig sein müssen, das zu erkennen, und ich zum Beispiel hätte nicht immerfort gewissermaßen im innersten, strengsten, zuschnürenden Ring Deines Einflusses wohnen dürfen, wie ich es ja wirklich getan habe.

Ich verlor dadurch nicht nur den Familiensinn, wie Du sagst, im Gegenteil, eher hatte ich noch Sinn für die Familie, allerdings hauptsächlich negativ für die (natürlich nie zu beendigende) innere Ablösung von Dir. Die Beziehungen zu den Menschen außerhalb der Familie litten aber durch Deinen Einfluß womöglich noch mehr. Du bist durchaus im Irrtum, wenn Du glaubst, für die anderen Menschen tue ich aus Liebe und Treue alles, für Dich und die Familie aus Kälte und Verrat nichts. Ich wiederhole zum zehntenmal: ich wäre wahrscheinlich auch sonst ein menschenscheuer, ängstlicher Mensch geworden, aber von da ist noch ein langer, dunkler Weg dorthin, wohin ich wirklich gekommen bin. (Bisher habe ich in diesem Brief verhältnismäßig weniges absichtlich verschwiegen, jetzt und später werde ich aber einiges verschweigen müssen, was – vor Dir und mir – einzugestehen, mir noch zu schwer ist. Ich sage das deshalb, damit Du, wenn das Gesamtbild hie und da etwas undeutlich werden sollte, nicht glaubst, daß Mangel an Beweisen daran schuld ist, es sind vielmehr Beweise da, die das Bild unerträglich kraß machen könnten. Es ist nicht leicht, darin eine Mitte zu finden.) Hier genügt es übrigens, an Früheres zu erinnern: Ich hatte vor Dir das Selbstvertrauen verloren, dafür ein grenzenloses Schuldbewußtsein eingetauscht. (In Erinnerung an diese Grenzenlosigkeit schrieb ich von jemandem einmal richtig: »Er fürchtet, die Scham werde ihn noch überleben.«) Ich konnte mich nicht plötzlich verwandeln, wenn ich mit anderen Menschen zusammenkam, ich kam vielmehr ihnen gegenüber noch in tieferes Schuldbewußtsein, denn ich mußte ja, wie ich schon sagte, das an ihnen gutmachen, was Du unter meiner Mitverantwortung im Geschäft an ihnen verschuldet hattest. Außerdem hattest Du ja gegen jeden, mit dem ich verkehrte, offen oder im Geheimen etwas einzuwenden, auch das mußte ich ihm abbitten. Das Mißtrauen, das Du mir in Geschäft und Familie gegen die meisten Menschen beizubringen suchtest (nenne mir einen in der Kinderzeit irgendwie für mich bedeutenden Menschen, den Du nicht wenigstens einmal bis in den Grund hinunterkritisiert hättest) und das Dich merkwürdigerweise gar nicht besonders beschwerte (Du warst eben stark genug es zu ertragen, außerdem war es in Wirklichkeit vielleicht nur ein Emblem des Herrschers) – dieses Mißtrauen, das sich mir Kleinem für die eigenen Augen nirgends bestätigte, da ich überall nur unerreichbar ausgezeichnete Menschen sah, wurde in mir zu Mißtrauen zu mir selbst und zur fortwährenden Angst vor allem andern. Dort konnte ich mich also im allgemeinen vor Dir gewiß nicht retten. Daß Du Dich darüber täuschtest, lag vielleicht daran, daß Du ja von meinem Menschenverkehr eigentlich gar nichts erfuhrst, und mißtrauisch und eifersüchtig (leugne ich denn, daß Du mich lieb hast?) annahmst, daß ich mich für den Entgang an Familienleben anderswo entschädigen müsse, da es doch unmöglich wäre, daß ich draußen ebenso lebe. Übrigens hatte ich in dieser Hinsicht gerade in meiner Kinderzeit noch einen gewissen Trost eben im Mißtrauen zu meinem Urteil; ich sagte mir: »Du übertreibst doch, fühlst, wie das die Jugend immer tut, Kleinigkeiten zu sehr als große Ausnahmen.« Diesen Trost habe ich aber später bei steigender Weltübersicht fast verloren.

Ebensowenig Rettung vor Dir fand ich im Judentum. Hier wäre ja an sich Rettung denkbar gewesen, aber noch mehr, es wäre denkbar gewesen, daß wir uns beide im Judentum gefunden hätten oder daß wir gar von dort einig ausgegangen wären. Aber was war das für Judentum, das ich von Dir bekam! Ich habe im Laufe der Jahre etwa auf dreierlei Art mich dazu gestellt.

Als Kind machte ich mir, in Übereinstimmung mit Dir, Vorwürfe deshalb, weil ich nicht genügend in den Tempel ging, nicht fastete und so weiter. Ich glaubte nicht mir, sondern Dir ein Unrecht damit zu tun und Schuldbewußtsein, das ja immer bereit war, durchlief mich.

Später, als junger Mensch, verstand ich nicht, wie Du mit dem Nichts von Judentum, über das Du verfügtest, mir Vorwürfe deshalb machen konntest, daß ich (schon aus Pietät, wie Du Dich ausdrücktest) nicht ein ähnliches Nichts auszuführen mich anstrenge. Es war ja wirklich, soweit ich sehen konnte, ein Nichts, ein Spaß, nicht einmal ein Spaß. Du gingst an vier Tagen im Jahr in den Tempel, warst dort den Gleichgültigen zumindest näher als jenen, die es ernst nahmen, erledigtest geduldig die Gebete als Formalität, setztest mich manchmal dadurch in Erstaunen, daß Du mir im Gebetbuch die Stelle zeigen konntest, die gerade rezitiert wurde, im übrigen durfte ich, wenn ich nur (das war die Hauptsache) im Tempel war, mich herumdrücken, wo ich wollte. Ich durchgähnte und durchduselte also dort die vielen Stunden (so gelangweilt habe ich mich später, glaube ich, nur noch in der Tanzstunde) und suchte mich möglichst an den paar kleinen Abwechslungen zu freuen, die es dort gab, etwa wenn die Bundeslade aufgemacht wurde, was mich immer an die Schießbuden erinnerte, wo auch, wenn man in ein Schwarzes traf, eine Kastentür sich aufmachte, nur daß dort aber immer etwas Interessantes herauskam und hier nur immer wieder die alten Puppen ohne Köpfe. Übrigens habe ich dort auch viel Furcht gehabt, nicht nur, wie selbstverständlich, vor den vielen Leuten, mit denen man in nähere Berührung kam, sondern auch deshalb, weil Du einmal nebenbei erwähntest, daß auch ich zur

Thora aufgerufen werden könne. Davor zitterte ich jahrelang. Sonst aber wurde ich in meiner Langweile nicht wesentlich gestört, höchstens durch die Barmizwe, die aber nur lächerliches Auswendiglernen verlangte, also nur zu einer lächerlichen Prüfungsleistung führte, und dann, was Dich betrifft, durch kleine, wenig bedeutende Vorfälle, etwa wenn Du zur Thora gerufen wurdest und dieses für mein Gefühl ausschließlich gesellschaftliche Ereignis gut überstandest oder wenn Du bei der Seelengedächtnisfeier im Tempel bliebst und ich weggeschickt wurde, was mir durch lange Zeit, offenbar wegen des Weggeschicktwerdens und mangels jeder tieferen Teilnahme, das kaum bewußt werdende Gefühl hervorrief, daß es sich hier um etwas Unanständiges handle. – So war es im Tempel, zu Hause war es womöglich noch ärmlicher und beschränkte sich auf den ersten Sederabend, der immer mehr zu einer Komödie mit Lachkrämpfen wurde, allerdings unter dem Einfluß der größer werdenden Kinder. (Warum mußtest Du Dich diesem Einfluß fügen? Weil Du ihn hervorgerufen hast.) Das war also das Glaubensmaterial, das mir überliefert wurde, dazu kam höchstens noch die ausgestreckte Hand, die auf »die Söhne des Millionärs Fuchs« hinwies, die an hohen Feiertagen mit ihrem Vater im Tempel waren. Wie man mit diesem Material etwas Besseres tun könnte, als es möglichst schnell loszuwerden, verstand ich nicht; gerade dieses Loswerden schien mir die pietätvollste Handlung zu sein.

Noch später sah ich es aber doch wieder anders an und begriff, warum Du glauben durftest, daß ich Dich auch in dieser Hinsicht böswillig verrate. Du hattest aus der kleinen ghettoartigen Dorfgemeinde wirklich noch etwas Judentum mitgebracht, es war nicht viel und verlor sich noch ein wenig in der Stadt und beim Militär, immerhin reichten noch die Eindrücke und Erinnerungen der Jugend knapp zu einer Art jüdischen Lebens aus, besonders da Du ja nicht viel derartige Hilfe brauchtest, sondern von einem sehr kräftigen Stamm warst und für Deine Person von religiösen Bedenken, wenn sie nicht mit gesellschaftlichen Bedenken sich sehr mischten, kaum erschüttert werden konntest. Im Grund bestand der Dein Leben führende Glaube darin, daß Du an die unbedingte Richtigkeit der Meinungen einer bestimmten jüdischen Gesellschaftsklasse glaubtest und eigentlich also, da diese Meinungen zu Deinem Wesen gehörten, Dir selbst glaubtest. Auch darin lag noch genug Judentum, aber zum Weiter-überliefert-werden war es gegenüber dem Kind zu wenig, es vertropfte zur Gänze, während Du es weitergabst. Zum Teil waren es unüberlieferbare Jugendeindrücke, zum Teil Dein gefürchtetes Wesen. Es war auch unmöglich, einem vor lauter Ängstlichkeit überscharf beobachtenden Kind begreiflich zu machen, daß die paar Nichtigkeiten, die Du im Namen des Judentums mit einer ihrer Nichtigkeit entsprechenden Gleichgültigkeit ausführtest, einen höheren Sinn haben konnten. Für Dich hatten sie Sinn als kleine Andenken aus früheren Zeiten, und deshalb wolltest Du sie mir vermitteln, konntest dies aber, da sie ja auch für Dich keinen Selbstwert mehr hatten, nur durch Überredung oder Drohung tun; das konnte einerseits nicht gelingen und mußte andererseits Dich, da Du Deine schwache Position hier gar nicht erkanntest, sehr zornig gegen mich wegen meiner scheinbaren Verstocktheit machen.

Das Ganze ist ja keine vereinzelte Erscheinung, ähnlich verhielt es sich bei einem großen Teil dieser jüdischen Übergangsgeneration, welche vom verhältnismäßig noch frommen Land in die Städte auswanderte; das ergab sich von selbst, nur fügte es eben unserem Verhältnis, das ja an Schärfen keinen Mangel hatte, noch eine genug schmerzliche hinzu. Dagegen sollst Du zwar auch in diesem Punkt, ebenso wie ich, an Deine Schuldlosigkeit glauben, diese Schuldlosigkeit aber durch Dein Wesen und durch die Zeitverhältnisse erklären, nicht aber bloß durch die äußeren Umstände, also nicht etwa sagen, Du hättest zu viel andere Arbeit und Sorgen gehabt, als daß Du Dich auch noch mit solchen Dingen hättest abgeben können. Auf diese Weise pflegst Du aus Deiner zweifellosen Schuldlosigkeit einen ungerechten Vorwurf gegen andere zu drehen. Das ist dann überall und auch hier sehr leicht zu widerlegen. Es hätte sich doch nicht etwa um irgendeinen Unterricht gehandelt, den Du Deinen Kindern hättest geben sollen, sondern um ein beispielhaftes Leben; wäre Dein Judentum stärker gewesen, wäre auch Dein Beispiel zwingender gewesen, das ist ja selbstverständlich und wieder gar kein Vorwurf, sondern nur eine Abwehr Deiner Vorwürfe. Du hast letzthin Franklins Jugenderinnerungen gelesen. Ich habe sie Dir wirklich absichtlich zum Lesen gegeben, aber nicht, wie Du ironisch bemerktest, wegen einer kleinen Stelle über Vegetarianismus, sondern wegen des Verhältnisses zwischen dem Verfasser und seinem Vater, wie es dort beschrieben ist, und des Verhältnisses zwischen dem Verfasser und seinem Sohn, wie es sich von selbst in diesen für den Sohn geschriebenen Erinnerungen ausdrückt. Ich will hier nicht Einzelheiten hervorheben.

Eine gewisse nachträgliche Bestätigung dieser Auffassung von Deinem Judentum bekam ich auch durch Dein Verhalten in den letzten Jahren, als es Dir schien, daß ich mich mit jüdischen Dingen mehr beschäftige. Da Du von vornherein gegen jede meiner Beschäftigungen und besonders gegen die Art meiner Interessennahme eine Abneigung hast, so hattest Du sie auch hier. Aber darüber hinaus hätte man doch erwarten können, daß Du hier eine kleine Ausnahme machst. Es war doch Judentum von Deinem Judentum, das sich hier regte, und damit also auch die Möglichkeit der Anknüpfung neuer Beziehungen zwischen uns. Ich leugne nicht, daß mir diese Dinge, wenn Du für sie Interesse gezeigt hättest, gerade dadurch hätten verdächtig werden können. Es fällt mir ja nicht ein, behaupten zu wollen, daß ich in dieser Hinsicht irgendwie besser bin als Du. Aber zu der Probe darauf kam es gar nicht. Durch meine Vermittlung wurde Dir das Judentum abscheulich, jüdische Schriften unlesbar, sie ›ekelten Dich an‹. – Das konnte bedeuten, daß Du darauf bestandest, nur gerade das Judentum, wie Du es mir in meiner Kinderzeit gezeigt hattest, sei das einzig Richtige, darüber hinaus gebe es nichts. Aber daß Du darauf bestehen solltest, war doch kaum denkbar. Dann aber konnte der ›Ekel‹ (abgesehen davon, daß er sich zunächst nicht gegen das Judentum, sondern gegen meine Person richtete) nur bedeuten, daß Du unbewußt die Schwäche Deines Judentums und meiner jüdischen Erziehung anerkanntest, auf keine Weise daran erinnert werden wolltest und auf alle Erinnerungen mit offenem Hasse antwortest. Übrigens war Deine negative Hochschätzung meines neuen Judentums sehr übertrieben; erstens trug es ja Deinen Fluch in sich und zweitens war für seine Entwicklung das grundsätzliche Verhältnis zu den Mitmenschen entscheidend, in meinem Fall also tödlich.

Richtiger trafst Du mit Deiner Abneigung mein Schreiben und was, Dir unbekannt, damit zusammenhing. Hier war ich tatsächlich ein Stück selbständig von Dir weggekommen, wenn es auch ein wenig an den Wurm erinnerte, der, hinten von einem Fuß niedergetreten, sich mit dem Vorderteil losreißt und zur Seite schleppt. Einigermaßen in Sicherheit war ich, es gab ein Aufatmen; die Abneigung, die Du natürlich auch gleich gegen mein Schreiben hattest, war mir hier ausnahmsweise willkommen. Meine Eitelkeit, mein Ehrgeiz litten zwar unter Deiner für uns berühmt gewordenen Begrüßung meiner Bücher: »Legs auf den Nachttisch!« (meistens spieltest Du ja Karten, wenn ein Buch kam), aber im Grunde war mir dabei doch wohl, nicht nur aus aufbegehrender Bosheit, nicht nur aus Freude über eine neue Bestätigung meiner Auffassung unseres Verhältnisses, sondern ganz ursprünglich, weil jene Formel mir klang wie etwa: »Jetzt bist Du frei!« Natürlich war es eine Täuschung, ich war nicht oder allergünstigsten Falles noch nicht frei. Mein Schreiben handelte von Dir, ich klagte dort ja nur, was ich an Deiner Brust nicht klagen konnte. Es war ein absichtlich in die Länge gezogener Abschied von Dir, nur daß er zwar von Dir erzwungen war, aber in der von mir bestimmten Richtung verlief. Aber wie wenig war das alles! Es ist ja überhaupt nur deshalb der Rede wert, weil es sich in meinem Leben ereignet hat, anderswo wäre es gar nicht zu merken, und dann noch deshalb, weil es mir in der Kindheit als Ahnung, später als Hoffnung, noch später oft als Verzweiflung mein Leben beherrschte und mir – wenn man will, doch wieder in Deiner Gestalt – meine paar kleinen Entscheidungen diktierte.

Zum Beispiel die Berufswahl. Gewiß, Du gabst mir hier völlige Freiheit in Deiner großzügigen und in diesem Sinn sogar geduldigen Art. Allerdings folgtest Du hiebei auch der für Dich maßgebenden allgemeinen Söhnebehandlung des jüdischen Mittelstandes oder zumindest den Werturteilen dieses Standes. Schließlich wirkte hiebei auch eines Deiner Mißverständnisse hinsichtlich meiner Person mit. Du hältst mich nämlich seit jeher aus Vaterstolz, aus Unkenntnis meines eigentlichen Daseins, aus Rückschlüssen aus meiner Schwächlichkeit für besonders fleißig. Als Kind habe ich Deiner Meinung nach immerfort gelernt und später immerfort geschrieben. Das stimmt nun nicht im entferntesten. Eher kann man mit viel weniger Übertreibung sagen, daß ich wenig gelernt und nichts erlernt habe; daß etwas in den vielen Jahren bei einem mittleren Gedächtnis, bei nicht allerschlechtester Auffassungskraft hängengeblieben ist, ist ja nicht sehr merkwürdig, aber jedenfalls ist das Gesamtergebnis an Wissen, und besonders an Fundierung des Wissens, äußerst kläglich im Vergleich zu dem Aufwand an Zeit und Geld inmitten eines äußerlich sorglosen, ruhigen Lebens, besonders auch im Vergleich zu fast allen Leuten, die ich kenne. Es ist kläglich, aber für mich verständlich. Ich hatte, seitdem ich denken kann, solche tiefste Sorgen der geistigen Existenzbehauptung, daß mir alles andere gleichgültig war. Jüdische Gymnasiasten bei uns sind leicht merkwürdig, man findet da das Unwahrscheinlichste, aber meine kalte, kaum verhüllte, unzerstörbare, kindlich hilflose, bis ins Lächerliche gehende, tierisch selbstzufriedene Gleichgültigkeit eines für sich genug, aber kalt phantastischen Kindes habe ich sonst nirgends wieder gefunden, allerdings war sie hier auch der einzige Schutz gegen die Nervenzerstörung durch Angst und Schuldbewußtsein. Mich beschäftigte nur die Sorge um mich, diese aber in verschiedenster Weise. Etwa als Sorge um meine Gesundheit; es fing leicht an, hier und dort ergab sich eine kleine Befürchtung wegen der Verdauung, des Haarausfalls, einer Rückgratsverkrümmung und so weiter, das steigerte sich in unzählbaren Abstufungen, schließlich endete es mit einer wirklichen Krankheit. Aber da ich keines Dinges sicher war, von jedem Augenblick eine neue Bestätigung meines Daseins brauchte, nichts in meinem eigentlichen, unzweifelhaften, alleinigen, nur durch mich eindeutig bestimmten Besitz war, in Wahrheit ein enterbter Sohn, wurde mir natürlich auch das Nächste, der eigene Körper unsicher; ich wuchs lang in die Höhe, wußte damit aber nichts anzufangen, die Last war zu schwer, der Rücken wurde krumm; ich wagte mich kaum zu bewegen oder gar zu turnen, ich blieb schwach; staunte alles, worüber ich noch verfügte, als Wunder an, etwa meine gute Verdauung; das genügte, um sie zu verlieren, und damit war der Weg zu aller Hypochondrie frei, bis dann unter der übermenschlichen Anstrengung des Heiraten-Wollens (darüber spreche ich noch) das Blut aus der Lunge kam, woran ja die Wohnung im Schönbornpalais – die ich aber nur deshalb brauchte, weil ich sie für mein Schreiben zu brauchen glaubte, so daß auch das auf dieses Blatt gehört – genug Anteil haben kann. Also das alles stammte nicht von übergroßer Arbeit, wie Du Dir es immer vorstellst. Es gab Jahre, in denen ich bei voller Gesundheit mehr Zeit auf dem Kanapee verfaulenzt habe, als Du in Deinem ganzen Leben, alle Krankheiten eingerechnet. Wenn ich höchstbeschäftigt von Dir fortlief, war es meist, um mich in meinem Zimmer hinzulegen. Meine Gesamtarbeitsleistung sowohl im Büro (wo allerdings Faulheit nicht sehr auffällt und überdies durch meine Ängstlichkeit in Grenzen gehalten war) als auch zu Hause ist winzig; hättest Du darüber einen Überblick, würde es Dich entsetzen. Wahrscheinlich bin ich in meiner Anlage gar nicht faul, aber es gab für mich nichts zu tun. Dort, wo ich lebte, war ich verworfen, abgeurteilt, niedergekämpft, und anderswohin mich zu flüchten strengte mich zwar äußerst an, aber das war keine Arbeit, denn es handelte sich um Unmögliches, das für meine Kräfte bis auf kleine Ausnahmen unerreichbar war.

In diesem Zustand bekam ich also die Freiheit der Berufswahl. War ich aber überhaupt noch fähig, eine solche Freiheit eigentlich zu gebrauchen? Traute ich mir es denn noch zu, einen wirklichen Beruf erreichen zu können? Meine Selbstbewertung war von Dir viel abhängiger als von irgend etwas sonst, etwa von einem äußeren Erfolg. Der war die Stärkung eines Augenblicks, sonst nichts, aber auf der anderen Seite zog Dein Gewicht immer viel stärker hinunter. Niemals würde ich durch die erste Volksschulklasse kommen, dachte ich, aber es gelang, ich bekam sogar eine Prämie; aber die Aufnahmeprüfung ins Gymnasium würde ich gewiß nicht bestehn, aber es gelang; aber nun falle ich in der ersten Gymnasialklasse bestimmt durch, nein, ich fiel nicht durch und es gelang immer weiter und weiter. Daraus ergab sich aber keine Zuversicht, im Gegenteil, immer war ich überzeugt – und in Deiner abweisenden Miene hatte ich förmlich den Beweis dafür – daß, je mehr mir gelingt, desto schlimmer es schließlich wird ausgehn müssen. Oft sah ich im Geist die schreckliche Versammlung der Professoren (das Gymnasium ist nur das einheitlichste Beispiel, überall um mich war es aber ähnlich), wie sie, wenn ich die Prima überstanden hatte, also in der Sekunda, wenn ich diese überstanden hatte, also in der Tertia und so weiter zusammenkommen würden, um diesen einzigartigen, himmelschreienden Fall zu untersuchen, wie es mir, dem Unfähigsten und jedenfalls Unwissendsten gelungen war, mich bis hinauf in diese Klasse zu schleichen, die mich, da nun die allgemeine Aufmerksamkeit auf mich gelenkt war, natürlich sofort ausspeien würde, zum Jubel aller von diesem Alpdruck befreiten Gerechten. – Mit solchen Vorstellungen zu leben ist für ein Kind nicht leicht. Was kümmerte mich unter diesen Umständen der Unterricht. Wer war imstande, aus mir einen Funken von Anteilnahme herauszuschlagen? Mich interessierte der Unterricht – und nicht nur der Unterricht, sondern alles ringsherum in diesem entscheidenden Alter – etwa so wie einen Bankdefraudanten, der noch in Stellung ist und vor der Entdeckung zittert, das kleine laufende Bankgeschäft interessiert, das er noch immer als Beamter zu erledigen hat. So klein, so fern war alles neben der Hauptsache. Es ging dann weiter bis zur Matura, durch die ich wirklich schon zum Teil nur durch Schwindel kam, und dann stockte es, jetzt war ich frei. Hatte ich schon trotz dem Zwang des Gymnasiums mich nur um mich gekümmert, wie erst jetzt, da ich frei war. Also eigentliche Freiheit der Berufswahl gab es für mich nicht, ich wußte: alles wird mir gegenüber der Hauptsache genauso gleichgültig sein, wie alle Lehrgegenstände im Gymnasium, es handelt sich also darum, einen Beruf zu finden, der mir, ohne meine Eitelkeit allzusehr zu verletzen, diese Gleichgültigkeit am ehesten erlaubt. Also war Jus das Selbstverständliche. Kleine gegenteilige Versuche der Eitelkeit, der unsinnigen Hoffnung, wie vierzehntägiges Chemiestudium, halbjähriges Deutschstudium, verstärkten nur jene Grundüberzeugung. Ich studierte also Jus. Das bedeutete, daß ich mich in den paar Monaten vor den Prüfungen unter reichlicher Mitnahme der Nerven geistig förmlich von Holzmehl nährte, das mir überdies schon von Tausenden Mäulern vorgekaut war. Aber in gewissem Sinn schmeckte mir das gerade, wie in gewissem Sinn früher auch das Gymnasium und später der Beamtenberuf, denn das alles entsprach vollkommen meiner Lage. Jedenfalls zeigte ich hier erstaunliche Voraussicht, schon als kleines Kind hatte ich hinsichtlich der Studien und des Berufes genug klare Vorahnungen. Von hier aus erwartete ich keine Rettung, hier hatte ich schon längst verzichtet.

Gar keine Voraussicht zeigte ich aber hinsichtlich der Bedeutung und Möglichkeit einer Ehe für mich; dieser bisher größte Schrecken meines Lebens ist fast vollständig unerwartet über mich gekommen. Das Kind hatte sich so langsam entwickelt, diese Dinge lagen ihm äußerlich gar zu abseits; hie und da ergab sich die Notwendigkeit, daran zu denken; daß sich hier aber eine dauernde, entscheidende und sogar die erbitterteste Prüfung vorbereite, war nicht zu erkennen. In Wirklichkeit aber wurden die Heiratsversuche der großartigste und hoffnungsreichste Rettungsversuch, entsprechend großartig war dann allerdings auch das Mißlingen.

Ich fürchte, weil mir in dieser Gegend alles mißlingt, daß es mir auch nicht gelingen wird, Dir diese Heiratsversuche verständlich zu machen. Und doch hängt das Gelingen des ganzen Briefes davon ab, denn in diesen Versuchen war einerseits alles versammelt, was ich an positiven Kräften zur Verfügung hatte, andererseits sammelten sich hier auch geradezu mit Wut alle negativen Kräfte, die ich als Mitergebnis Deiner Erziehung beschrieben habe, also die Schwäche, der Mangel an Selbstvertrauen, das Schuldbewußtsein, und zogen förmlich einen Kordon zwischen mir und der Heirat. Die Erklärung wird mir auch deshalb schwer werden, weil ich hier alles in so vielen Tagen und Nächten immer wieder durchdacht und durchgraben habe, daß selbst mich jetzt der Anblick schon verwirrt. Erleichtert wird mir die Erklärung nur durch Dein meiner Meinung nach vollständiges Mißverstehn der Sache; ein so vollständiges Mißverstehn ein wenig zu verbessern, scheint nicht übermäßig schwer.

Zunächst stellst Du das Mißlingen der Heiraten in die Reihe meiner sonstigen Mißerfolge; dagegen hätte ich an sich nichts, vorausgesetzt, daß Du meine bisherige Erklärung des Mißerfolgs annimmst. Es steht tatsächlich in dieser Reihe, nur die Bedeutung der Sache unterschätzt Du und unterschätzt sie derartig, daß wir, wenn wir miteinander davon reden, eigentlich von ganz Verschiedenem sprechen. Ich wage zu sagen, daß Dir in Deinem ganzen Leben nichts geschehen ist, was für Dich eine solche Bedeutung gehabt hätte, wie für mich die Heiratsversuche. Damit meine ich nicht, daß Du an sich nichts so Bedeutendes erlebt hättest, im Gegenteil, Dein Leben war viel reicher und sorgenvoller und gedrängter als meines, aber eben deshalb ist Dir nichts Derartiges geschehen. Es ist so, wie wenn einer fünf niedrige Treppenstufen hinaufzusteigen hat und ein zweiter nur eine Treppenstufe, die aber, wenigstens für ihn, so hoch ist, wie jene fünf zusammen; der erste wird nicht nur die fünf bewältigen, sondern noch Hunderte und Tausende weitere, er wird ein großes und sehr anstrengendes Leben geführt haben, aber keine der Stufen, die er erstiegen hat, wird für ihn eine solche Bedeutung gehabt haben, wie für den zweiten jene eine, erste, hohe, für alle seine Kräfte unmöglich zu ersteigende Stufe, zu der er nicht hinauf- und über die er natürlich auch nicht hinauskommt.

Heiraten, eine Familie gründen, alle Kinder, welche kommen, hinnehmen, in dieser unsicheren Welt erhalten und gar noch ein wenig führen, ist meiner Überzeugung nach das Äußerste, das einem Menschen überhaupt gelingen kann. Daß es scheinbar so vielen leicht gelingt, ist kein Gegenbeweis, denn erstens gelingt es tatsächlich nicht vielen, und zweitens ›tun‹ es diese Nichtvielen meistens nicht, sondern es ›geschieht‹ bloß mit ihnen; das ist zwar nicht jenes Äußerste, aber doch noch sehr groß und sehr ehrenvoll (besonders da sich ›tun‹ und ›geschehn‹ nicht rein voneinander scheiden lassen). Und schließlich handelt es sich auch gar nicht um dieses Äußerste, sondern nur um irgendeine ferne, aber anständige Annäherung; es ist doch nicht notwendig, mitten in die Sonne hineinzufliegen, aber doch bis zu einem reinen Plätzchen auf der Erde hinzukriechen, wo manchmal die Sonne hinscheint und man sich ein wenig wärmen kann.

Wie war ich nun auf dieses vorbereitet? Möglichst schlecht. Das geht schon aus dem Bisherigen hervor. Soweit es aber dafür eine direkte Vorbereitung des Einzelnen und eine direkte Schaffung der allgemeinen Grundbedingungen gibt, hast Du äußerlich nicht viel eingegriffen. Es ist auch nicht anders möglich, hier entscheiden die allgemeinen geschlechtlichen Standes-, Volks- und Zeitsitten. Immerhin hast Du auch da eingegriffen, nicht viel, denn die Voraussetzung solchen Eingreifens kann nur starkes gegenseitiges Vertrauen sein, und daran fehlte es uns beiden schon längst zur entscheidenden Zeit, und nicht sehr glücklich, weil ja unsere Bedürfnisse ganz verschieden waren; was mich packt, muß Dich noch kaum berühren und umgekehrt, was bei Dir Unschuld ist, kann bei mir Schuld sein und umgekehrt, was bei Dir folgenlos bleibt, kann mein Sargdeckel sein.

Ich erinnere mich, ich ging einmal abends mit Dir und der Mutter spazieren, es war auf dem Josephsplatz in der Nähe der heutigen Länderbank, und fing dumm großtuerisch, überlegen, stolz, kühl (das war unwahr), kalt (das war echt) und stotternd, wie ich eben meistens mit Dir sprach, von den interessanten Sachen zu reden an, machte Euch Vorwürfe, daß ich unbelehrt gelassen worden bin, daß sich erst die Mitschüler meiner hatten annehmen müssen, daß ich in der Nähe großer Gefahren gewesen bin (hier log ich meiner Art nach unverschämt, um mich mutig zu zeigen, denn infolge meiner Ängstlichkeit hatte ich keine genauere Vorstellung von den ›großen Gefahren‹), deutete aber zum Schluß an, daß ich jetzt schon glücklicherweise alles wisse, keinen Rat mehr brauche und alles in Ordnung sei. Hauptsächlich hatte ich davon jedenfalls zu reden angefangen, weil es mir Lust machte, davon wenigstens zu reden, dann auch aus Neugierde und schließlich auch, um mich irgendwie für irgend etwas an Euch zu rächen. Du nahmst es entsprechend Deinem Wesen sehr einfach, Du sagtest nur etwa, Du könntest mir einen Rat geben, wie ich ohne Gefahr diese Dinge werde betreiben können. Vielleicht hatte ich gerade eine solche Antwort hervorlocken wollen, die entsprach ja der Lüsternheit des mit Fleisch und allen guten Dingen überfütterten, körperlich untätigen, mit sich ewig beschäftigten Kindes, aber doch war meine äußerliche Scham dadurch so verletzt oder ich glaubte, sie müsse so verletzt sein, daß ich gegen meinen Willen nicht mehr mit Dir darüber sprechen konnte und hochmütig frech das Gespräch abbrach.

Es ist nicht leicht, Deine damalige Antwort zu beurteilen, einerseits hat sie doch etwas niederwerfend Offenes, gewissermaßen Urzeitliches, andererseits ist sie allerdings, was die Lehre selbst betrifft, sehr neuzeitlich bedenkenlos. Ich weiß nicht, wie alt ich damals war, viel älter als sechzehn Jahre gewiß nicht. Für einen solchen Jungen war es aber doch eine sehr merkwürdige Antwort, und der Abstand zwischen uns beiden zeigt sich auch darin, daß das eigentlich die erste direkte, lebenumfassende Lehre war, die ich von Dir bekam. Ihr eigentlicher Sinn aber, der sich schon damals in mich einsenkte, mir aber erst viel später halb zu Bewußtsein kam, war folgender: Das, wozu Du mir rietest, war doch das Deiner Meinung nach und gar erst meiner damaligen Meinung nach Schmutzigste, was es gab. Daß du dafür sorgen wolltest, daß ich körperlich von dem Schmutz nichts nach Hause bringe, war nebensächlich, dadurch schütztest Du ja nur Dich, Dein Haus. Die Hauptsache war vielmehr, daß Du außerhalb Deines Rates bliebst, ein Ehemann, ein reiner Mann, erhaben über diese Dinge; das verschärfte sich damals für mich wahrscheinlich noch dadurch, daß mir auch die Ehe schamlos vorkam und es mir daher unmöglich war, das, was ich Allgemeines über die Ehe gehört hatte, auf meine Eltern anzuwenden. Dadurch wurdest Du noch reiner, kamst noch höher. Der Gedanke, daß Du etwa vor der Ehe auch Dir einen ähnlichen Rat hättest geben können, war mir völlig undenkbar. So war also fast kein Restchen irdischen Schmutzes an Dir. Und eben Du stießest mich, so als wäre ich dazu bestimmt, mit ein paar offenen Worten in diesen Schmutz hinunter. Bestand die Welt also nur aus mir und Dir, eine Vorstellung, die mir sehr nahelag, dann endete also mit Dir diese Reinheit der Welt, und mit mir begann kraft Deines Rates der Schmutz. An sich war es ja unverständlich, daß Du mich so verurteiltest, nur alte Schuld und tiefste Verachtung Deinerseits konnten mir das erklären. Und damit war ich also wieder in meinem innersten Wesen angefaßt, und zwar sehr hart.

Hier wird vielleicht auch unser beider Schuldlosigkeit am deutlichsten. A gibt dem B einen offenen, seiner Lebensauffassung entsprechenden, nicht sehr schönen, aber doch auch heute in der Stadt durchaus üblichen, Gesundheitsschädigungen vielleicht verhindernden Rat. Dieser Rat ist für B moralisch nicht sehr stärkend, aber warum sollte er sich aus dem Schaden nicht im Laufe der Jahre herausarbeiten können, übrigens muß er ja dem Rat gar nicht folgen, und jedenfalls liegt in dem Rat allein kein Anlaß dafür, daß über B etwa seine ganze Zukunftswelt zusammenbricht. Und doch geschieht etwas in dieser Art, aber eben nur deshalb, weil A Du bist und B ich bin.

Diese beiderseitige Schuldlosigkeit kann ich auch deshalb besonders gut überblicken, weil sich ein ähnlicher Zusammenstoß zwischen uns unter ganz anderen Verhältnissen etwa zwanzig Jahre später wieder ereignet hat, als Tatsache grauenhaft, an und für sich allerdings viel unschädlicher, denn wo war da etwas an mir Sechsunddreißigjährigem, dem noch geschadet werden konnte. Ich meine damit eine kleine Aussprache an einem der paar aufgeregten Tage nach Mitteilung meiner letzten Heiratsabsicht. Du sagtest zu mir etwa: »Sie hat wahrscheinlich irgendeine ausgesuchte Bluse angezogen, wie das die Prager Jüdinnen verstehn, und daraufhin hast Du Dich natürlich entschlossen, sie zu heiraten. Und zwar möglichst rasch, in einer Woche, morgen, heute. Ich begreife Dich nicht, Du bist doch ein erwachsener Mensch, bist in der Stadt, und weißt Dir keinen andern Rat als gleich eine Beliebige zu heiraten. Gibt es da keine anderen Möglichkeiten? Wenn Du Dich davor fürchtest, werde ich selbst mit Dir hingehn.« Du sprachst ausführlicher und deutlicher, aber ich kann mich an die Einzelheiten nicht mehr erinnern, vielleicht wurde mir auch ein wenig nebelhaft vor den Augen, fast interessierte mich mehr die Mutter, wie sie, zwar vollständig mit Dir einverstanden, immerhin etwas vom Tisch nahm und damit aus dem Zimmer ging.

Tiefer gedemütigt hast Du mich mit Worten wohl kaum und deutlicher mir Deine Verachtung nie gezeigt. Als Du vor zwanzig Jahren ähnlich zu mir gesprochen hattest, hätte man darin mit Deinen Augen sogar etwas Respekt für den frühreifen Stadtjungen sehen können, der Deiner Meinung nach schon so ohne Umwege ins Leben eingeführt werden konnte. Heute könnte diese Rücksicht die Verachtung nur noch steigern, denn der Junge, der damals einen Anlauf nahm, ist in ihm steckengeblieben und scheint Dir heute um keine Erfahrung reicher, sondern nur um zwanzig Jahre jämmerlicher. Meine Entscheidung für ein Mädchen bedeutete Dir gar nichts. Du hattest meine Entscheidungskraft (unbewußt) immer niedergehalten und glaubtest jetzt (unbewußt) zu wissen, was sie wert war. Von meinen Rettungsversuchen in anderen Richtungen wußtest Du nichts, daher konntest Du auch von den Gedankengängen, die mich zu diesem Heiratsversuch geführt hatten, nichts wissen, mußtest sie zu erraten suchen und rietst entsprechend dem Gesamturteil, das Du über mich hattest, auf das Abscheulichste, Plumpste, Lächerlichste. Und zögertest keinen Augenblick, mir das auf ebensolche Weise zu sagen. Die Schande, die Du damit mir antatest, war Dir nichts im Vergleich zu der Schande, die ich Deiner Meinung nach Deinem Namen durch die Heirat machen würde.

Nun kannst Du ja hinsichtlich meiner Heiratsversuche manches mir antworten und hast es auch getan: Du könntest nicht viel Respekt vor meiner Entscheidung haben, wenn ich die Verlobung mit F. zweimal aufgelöst und zweimal wieder aufgenommen habe, wenn ich Dich und die Mutter nutzlos zu der Verlobung nach Berlin geschleppt habe und dergleichen. Das alles ist wahr, aber wie kam es dazu?

Der Grundgedanke beider Heiratsversuche war ganz korrekt: einen Hausstand gründen, selbständig werden. Ein Gedanke, der Dir ja sympathisch ist, nur daß es dann in Wirklichkeit so ausfällt wie das Kinderspiel, wo einer die Hand des anderen hält und sogar preßt und dabei ruft: »Ach geh doch, geh doch, warum gehst Du nicht?« Was sich allerdings in unserem Fall dadurch kompliziert hat, daß Du das ›geh doch!‹ seit jeher ehrlich gemeint hast, da Du ebenso seit jeher, ohne es zu wissen, nur kraft Deines Wesens mich gehalten oder richtiger, niedergehalten hast.

Beide Mädchen waren zwar durch den Zufall, aber außerordentlich gut gewählt. Wieder ein Zeichen Deines vollständigen Mißverstehns, daß Du glauben kannst, ich, der Ängstliche, Zögernde, Verdächtigende entschließe mich mit einem Ruck für eine Heirat, etwa aus Entzücken über eine Bluse. Beide Ehen wären vielmehr Vernunftehen geworden, soweit damit gesagt ist, daß Tag und Nacht, das erste Mal Jahre, das zweite Mal Monate, alle meine Denkkraft an den Plan gewendet worden ist.

Keines der Mädchen hat mich enttäuscht, nur ich sie beide. Mein Urteil über sie ist heute genau das gleiche wie damals, als ich sie heiraten wollte.

Es ist auch nicht so, daß ich beim zweiten Heiratsversuch die Erfahrungen des ersten Versuches mißachtet hätte, also leichtsinnig gewesen wäre. Die Fälle waren eben ganz verschieden, gerade die früheren Erfahrungen konnten mir im zweiten Fall, der überhaupt viel aussichtsreicher war, Hoffnung geben. Von Einzelheiten will ich hier nicht reden.

Warum also habe ich nicht geheiratet? Es gab einzelne Hindernisse wie überall, aber im Nehmen solcher Hindernisse besteht ja das Leben. Das wesentliche, vom einzelnen Fall leider unabhängige Hindernis war aber, daß ich offenbar geistig unfähig bin zu heiraten. Das äußert sich darin, daß ich von dem Augenblick an, in dem ich mich entschließe zu heiraten, nicht mehr schlafen kann, der Kopf glüht bei Tag und Nacht, es ist kein Leben mehr, ich schwanke verzweifelt herum. Es sind das nicht eigentlich Sorgen, die das verursachen, zwar laufen auch entsprechend meiner Schwerblütigkeit und Pedanterie unzählige Sorgen mit, aber sie sind nicht das Entscheidende, sie vollenden zwar wie Würmer die Arbeit am Leichnam, aber entscheidend getroffen bin ich von anderem. Es ist der allgemeine Druck der Angst, der Schwäche, der Selbstmißachtung.

Ich will es näher zu erklären versuchen: Hier beim Heiratsversuch trifft in meinen Beziehungen zu Dir zweierlei scheinbar Entgegengesetztes so stark wie nirgends sonst zusammen. Die Heirat ist gewiß die Bürgschaft für die schärfste Selbstbefreiung und Unabhängigkeit. Ich hätte eine Familie, das Höchste, was man meiner Meinung nach erreichen kann, also auch das Höchste, das Du erreicht hast, ich wäre Dir ebenbürtig, alle alte und ewig neue Schande und Tyrannei wäre bloß noch Geschichte. Das wäre allerdings märchenhaft, aber darin liegt eben schon das Fragwürdige. Es ist zu viel, so viel kann nicht erreicht werden. Es ist so, wie wenn einer gefangen wäre und er hätte nicht nur die Absicht zu fliehen, was vielleicht erreichbar wäre, sondern auch noch und zwar gleichzeitig die Absicht, das Gefängnis in ein Lustschloß für sich umzubauen. Wenn er aber flieht, kann er nicht umbauen, und wenn er umbaut, kann er nicht fliehen. Wenn ich in dem besonderen Unglücksverhältnis, in welchem ich zu Dir stehe, selbständig werden will, muß ich etwas tun, was möglichst gar keine Beziehung zu Dir hat; das Heiraten ist zwar das Größte und gibt die ehrenvollste Selbständigkeit, aber es ist auch gleichzeitig in engster Beziehung zu Dir. Hier hinauskommen zu wollen, hat deshalb etwas von Wahnsinn, und jeder Versuch wird fast damit gestraft.

Gerade diese enge Beziehung lockt mich ja teilweise auch zum Heiraten. Ich denke mir diese Ebenbürtigkeit, die dann zwischen uns entstehen würde und die Du verstehen könntest wie keine andere, eben deshalb so schön, weil ich dann ein freier, dankbarer, schuldloser, aufrechter Sohn sein, Du ein unbedrückter, untyrannischer, mitfühlender, zufriedener Vater sein könntest. Aber zu dem Zweck müßte eben alles Geschehene ungeschehen gemacht, das heißt wir selbst ausgestrichen werden.

So wie wir aber sind, ist mir das Heiraten dadurch verschlossen, daß es gerade Dein eigenstes Gebiet ist. Manchmal stelle ich mir die Erdkarte ausgespannt und Dich quer über sie hin ausgestreckt vor. Und es ist mir dann, als kämen für mein Leben nur die Gegenden in Betracht, die Du entweder nicht bedeckst oder die nicht in Deiner Reichweite liegen. Und das sind entsprechend der Vorstellung, die ich von Deiner Größe habe, nicht viele und nicht sehr trostreiche Gegenden und besonders die Ehe ist nicht darunter.

Schon dieser Vergleich beweist, daß ich keineswegs sagen will, Du hättest mich durch Dein Beispiel aus der Ehe, so etwa wie aus dem Geschäft, verjagt. Im Gegenteil, trotz aller fernen Ähnlichkeit. Ich hatte in Euerer Ehe eine in vielem mustergültige Ehe vor mir, mustergültig in Treue, gegenseitiger Hilfe, Kinderzahl, und selbst als dann die Kinder groß wurden und immer mehr den Frieden störten, blieb die Ehe als solche davon unberührt. Gerade an diesem Beispiel bildete sich vielleicht auch mein hoher Begriff von der Ehe; daß das Verlangen nach der Ehe ohnmächtig war, hatte eben andere Gründe. Sie lagen in Deinem Verhältnis zu den Kindern, von dem ja der ganze Brief handelt.

Es gibt eine Meinung, nach der die Angst vor der Ehe manchmal davon herrührt, daß man fürchtet, die Kinder würden einem später das heimzahlen, was man selbst an den eigenen Eltern gesündigt hat. Das hat, glaube ich, in meinem Fall keine sehr große Bedeutung, denn mein Schuldbewußtsein stammt ja eigentlich von Dir und ist auch zu sehr von seiner Einzigartigkeit durchdrungen, ja dieses Gefühl der Einzigartigkeit gehört zu seinem quälenden Wesen, eine Wiederholung ist unausdenkbar. Immerhin muß ich sagen, daß mir ein solcher stummer, dumpfer, trockener, verfallener Sohn unerträglich wäre, ich würde wohl, wenn keine andere Möglichkeit wäre, vor ihm fliehen, auswandern, wie Du es erst wegen meiner Heirat machen wolltest. Also mitbeeinflußt mag ich bei meiner Heiratsunfähigkeit auch davon sein.

Viel wichtiger aber ist dabei die Angst um mich. Das ist so zu verstehen: Ich habe schon angedeutet, daß ich im Schreiben und in dem, was damit zusammenhängt, kleine Selbständigkeitsversuche, Fluchtversuche mit allerkleinstem Erfolg gemacht, sie werden kaum weiterführen, vieles bestätigt mir das. Trotzdem ist es meine Pflicht oder vielmehr es besteht mein Leben darin, über ihnen zu wachen, keine Gefahr, die ich abwehren kann, ja keine Möglichkeit einer solchen Gefahr an sie herankommen zu lassen. Die Ehe ist die Möglichkeit einer solchen Gefahr, allerdings auch die Möglichkeit der größten Förderung, mir aber genügt, daß es die Möglichkeit einer Gefahr ist. Was würde ich dann anfangen, wenn es doch eine Gefahr wäre! Wie könnte ich in der Ehe weiterleben in dem vielleicht unbeweisbaren, aber jedenfalls unwiderleglichen Gefühl dieser Gefahr! Demgegenüber kann ich zwar schwanken, aber der schließliche Ausgang ist gewiß, ich muß verzichten. Der Vergleich von dem Sperling in der Hand und der Taube auf dem Dach paßt hier nur sehr entfernt. In der Hand habe ich nichts, auf dem Dach ist alles und doch muß ich – so entscheiden es die Kampfverhältnisse und die Lebensnot – das Nichts wählen. Ähnlich habe ich ja auch bei der Berufswahl wählen müssen.

Das wichtigste Ehehindernis aber ist die schon unausrottbare Überzeugung, daß zur Familienerhaltung und gar zu ihrer Führung alles das notwendig gehört, was ich an Dir erkannt habe, und zwar alles zusammen, Gutes und Schlechtes, so wie es organisch in Dir vereinigt ist, also Stärke und Verhöhnung des anderen, Gesundheit und eine gewisse Maßlosigkeit, Redebegabung und Unzulänglichkeit, Selbstvertrauen und Unzufriedenheit mit jedem anderen, Weltüberlegenheit und Tyrannei, Menschenkenntnis und Mißtrauen gegenüber den meisten, dann auch Vorzüge ohne jeden Nachteil wie Fleiß, Ausdauer, Geistesgegenwart, Unerschrockenheit. Von alledem hatte ich vergleichsweise fast nichts oder nur sehr wenig und damit wollte ich zu heiraten wagen, während ich doch sah, daß selbst Du in der Ehe schwer zu kämpfen hattest und gegenüber den Kindern sogar versagtest? Diese Frage stellte ich mir natürlich nicht ausdrücklich und beantworte sie nicht ausdrücklich, sonst hätte sich ja das gewöhnliche Denken der Sache bemächtigt und mir andere Männer gezeigt, welche anders sind als Du (um in der Nähe einen von Dir sehr verschiedenen zu nennen: Onkel Richard) und doch geheiratet haben und wenigstens darunter nicht zusammengebrochen sind, was schon sehr viel ist und mir reichlich genügt hätte. Aber diese Frage stellte ich eben nicht, sondern erlebte sie von Kindheit an. Ich prüfte mich ja nicht erst gegenüber der Ehe, sondern gegenüber jeder Kleinigkeit; gegenüber jeder Kleinigkeit überzeugtest Du mich durch Dein Beispiel und durch Deine Erziehung, so wie ich es zu beschreiben versucht habe, von meiner Unfähigkeit, und was bei jeder Kleinigkeit stimmte und Dir recht gab, mußte natürlich ungeheuerlich stimmen vor dem Größten, also vor der Ehe. Bis zu den Heiratsversuchen bin ich aufgewachsen etwa wie ein Geschäftsmann, der zwar mit Sorgen und schlimmen Ahnungen, aber ohne genaue Buchführung in den Tag hineinlebt. Er hat ein paar kleine Gewinne, die er infolge ihrer Seltenheit in seiner Vorstellung immerfort hätschelt und übertreibt, und sonst nur tägliche Verluste. Alles wird eingetragen, aber niemals bilanziert. Jetzt kommt der Zwang zur Bilanz, das heißt der Heiratsversuch. Und es ist bei den großen Summen, mit denen hier zu rechnen ist, so, als ob niemals auch nur der kleinste Gewinn gewesen wäre, alles eine einzige große Schuld. Und jetzt heirate, ohne wahnsinnig zu werden!

So endet mein bisheriges Leben mit Dir, und welche Aussichten trägt es in sich für die Zukunft.

Du könntest, wenn Du meine Begründung der Furcht, die ich vor Dir habe, überblickst, antworten: »Du behauptest, ich mache es mir leicht, wenn ich mein Verhältnis zu Dir einfach durch Dein Verschulden erkläre, ich aber glaube, daß Du trotz äußerlicher Anstrengung es Dir zumindest nicht schwerer, aber viel einträglicher machst. Zuerst lehnst auch Du jede Schuld und Verantwortung von Dir ab, darin ist also unser Verfahren das gleiche. Während ich aber dann so offen, wie ich es auch meine, die alleinige Schuld Dir zuschreibe, willst Du gleichzeitig ›übergescheit‹ und ›überzärtlich‹ sein und auch mich von jeder Schuld freisprechen. Natürlich gelingt Dir das letztere nur scheinbar (mehr willst Du ja auch nicht), und es ergibt sich zwischen den Zeilen trotz aller ›Redensarten‹ von Wesen und Natur und Gegensatz und Hilflosigkeit, daß eigentlich ich der Angreifer gewesen bin, während alles, was Du getrieben hast, nur Selbstwehr war. Jetzt hättest Du also schon durch Deine Unaufrichtigkeit genug erreicht, denn Du hast dreierlei bewiesen, erstens daß Du unschuldig bist, zweitens daß ich schuldig bin und drittens daß Du aus lauter Großartigkeit bereit bist, nicht nur mir zu verzeihn, sondern, was mehr und weniger ist, auch noch zu beweisen und es selbst glauben zu wollen, daß ich, allerdings entgegen der Wahrheit, auch unschuldig bin. Das könnte Dir jetzt schon genügen, aber es genügt Dir noch nicht. Du hast es Dir nämlich in den Kopf gesetzt, ganz und gar von mir leben zu wollen. Ich gebe zu, daß wir miteinander kämpfen, aber es gibt zweierlei Kampf. Den ritterlichen Kampf, wo sich die Kräfte selbständiger Gegner messen, jeder bleibt für sich, verliert für sich, siegt für sich. Und den Kampf des Ungeziefers, welches nicht nur sticht, sondern gleich auch zu seiner Lebenserhaltung das Blut saugt. Das ist ja der eigentliche Berufssoldat und das bist Du. Lebensuntüchtig bist Du; um es Dir aber darin bequem, sorgenlos und ohne Selbstvorwürfe einrichten zu können, beweist Du, daß ich alle Deine Lebenstüchtigkeit Dir genommen und in meine Taschen gesteckt habe. Was kümmert es Dich jetzt, wenn Du lebensuntüchtig bist, ich habe ja die Verantwortung, Du aber streckst Dich ruhig aus und läßt Dich, körperlich und geistig, von mir durchs Leben schleifen. Ein Beispiel: Als Du letzthin heiraten wolltest, wolltest Du, das gibst Du ja in diesem Brief zu, gleichzeitig nicht heiraten, wolltest aber, um Dich nicht anstrengen zu müssen, daß ich Dir zum Nichtheiraten verhelfe, indem ich wegen der ›Schande‹, die die Verbindung meinem Namen machen würde, Dir diese Heirat verbiete. Das fiel mir nun aber gar nicht ein. Erstens wollte ich Dir hier wie auch sonst nie ›in Deinem Glück hinderlich sein‹, und zweitens will ich niemals einen derartigen Vorwurf von meinem Kind zu hören bekommen. Hat mir aber die Selbstüberwindung, mit der ich Dir die Heirat freistellte, etwas geholfen? Nicht das Geringste. Meine Abneigung gegen die Heirat hätte sie nicht verhindert, im Gegenteil, es wäre an sich noch ein Anreiz mehr für Dich gewesen, das Mädchen zu heiraten, denn der ›Fluchtversuch‹, wie Du Dich ausdrückst, wäre ja dadurch vollkommen geworden. Und meine Erlaubnis zur Heirat hat Deine Vorwürfe nicht verhindert, denn Du beweist ja, daß ich auf jeden Fall an Deinem Nichtheiraten schuld bin. Im Grunde aber hast Du hier und in allem anderen für mich nichts anderes bewiesen, als daß alle meine Vorwürfe berechtigt waren und daß unter ihnen noch ein besonders berechtigter Vorwurf gefehlt hat, nämlich der Vorwurf der Unaufrichtigkeit, der Liebedienerei, des Schmarotzertums. Wenn ich nicht sehr irre, schmarotzest Du an mir auch noch mit diesem Brief als solchem.«

Darauf antworte ich, daß zunächst dieser ganze Einwurf, der sich zum Teil auch gegen Dich kehren läßt, nicht von Dir stammt, sondern eben von mir. So groß ist ja nicht einmal Dein Mißtrauen gegen andere, wie mein Selbstmißtrauen, zu dem Du mich erzogen hast. Eine gewisse Berechtigung des Einwurfes, der ja auch noch an sich zur Charakterisierung unseres Verhältnisses Neues beiträgt, leugne ich nicht. So können natürlich die Dinge in Wirklichkeit nicht aneinanderpassen, wie die Beweise in meinem Brief, das Leben ist mehr als ein Geduldspiel; aber mit der Korrektur, die sich durch diesen Einwurf ergibt, einer Korrektur, die ich im einzelnen weder ausführen kann noch will, ist meiner Meinung nach doch etwas der Wahrheit so sehr Angenähertes erreicht, daß es uns beide ein wenig beruhigen und Leben und Sterben leichter machen kann.

Franz

Zwei Gespräche aus der Erzählung ›Beschreibung eines Kampfes‹

GESPRÄCH MIT DEM BETER

Es gab eine Zeit, in der ich Tag um Tag in eine Kirche ging, denn ein Mädchen, in das ich mich verliebt hatte, betete dort kniend eine halbe Stunde am Abend, unterdessen ich sie in Ruhe betrachten konnte.

Als einmal das Mädchen nicht gekommen war und ich unwillig auf die Betenden blickte, fiel mir ein junger Mensch auf, der sich mit seiner ganzen mageren Gestalt auf den Boden geworfen hatte. Von Zeit zu Zeit packte er mit der ganzen Kraft seines Körpers seinen Schädel und schmetterte ihn seufzend in seine Handflächen, die auf den Steinen auflagen.

In der Kirche waren nur einige alte Weiber, die oft ihr eingewickeltes Köpfchen mit seitlicher Neigung drehten, um nach dem Betenden hinzusehn. Diese Aufmerksamkeit schien ihn glücklich zu machen, denn vor jedem seiner frommen Ausbrüche ließ er seine Augen umgehn, ob die zuschauenden Leute zahlreich wären. Ich fand das ungebührlich und beschloß, ihn anzureden, wenn er aus der Kirche ginge, und ihn auszufragen, warum er in dieser Weise bete. Ja, ich war ärgerlich, weil mein Mädchen nicht gekommen war.

Aber erst nach einer Stunde stand er auf, schlug ein sorgfältiges Kreuz und ging stoßweise zum Becken. Ich stellte mich auf dem Wege zwischen Becken und Tür auf und wußte, daß ich ihn nicht ohne Erklärung durchlassen würde. Ich verzerrte meinen Mund, wie ich es immer als Vorbereitung tue, wenn ich mit Bestimmtheit reden will. Ich trat mit dem rechten Beine vor und stützte mich darauf, während ich das linke nachlässig auf der Fußspitze hielt; auch das gibt mir Festigkeit.

Nun ist es möglich, daß dieser Mensch schon auf mich schielte, als er das Weihwasser in sein Gesicht spritzte, vielleicht auch hatte er mich schon früher mit Besorgnis bemerkt, denn jetzt unerwartet rannte er zur Türe hinaus. Die Glastür schlug zu. Und als ich gleich nachher aus der Türe trat, sah ich ihn nicht mehr, denn dort gab es einige schmale Gassen und der Verkehr war mannigfaltig.

In den nächsten Tagen blieb er aus, aber mein Mädchen kam. Sie war in dem schwarzen Kleide, welches auf den Schultern durchsichtige Spitzen hatte – der Halbmond des Hemdrandes lag unter ihnen –, von deren unterem Rande die Seide in einem wohlgeschnittenen Kragen niederging. Und da das Mädchen kam, vergaß ich den jungen Mann, und selbst dann kümmerte ich mich nicht um ihn, als er später wieder regelmäßig kam und nach seiner Gewohnheit betete. Aber immer ging er mit großer Eile an mir vorüber, mit abgewendetem Gesicht. Vielleicht lag es daran, daß ich mir ihn immer nur in Bewegung denken konnte, so daß es mir, selbst wenn er stand, schien, als schleiche er.

Einmal verspätete ich mich in meinem Zimmer. Trotzdem ging ich noch in die Kirche. Ich fand das Mädchen nicht mehr dort und wollte nach Hause gehn. Da lag dort wieder dieser junge Mensch. Die alte Begebenheit fiel mir jetzt ein und machte mich neugierig.

Auf den Fußspitzen glitt ich zum Türgang, gab dem blinden Bettler, der dort saß, eine Münze und drückte mich neben ihn hinter den geöffneten Türflügel; dort saß ich eine Stunde lang und machte vielleicht ein listiges Gesicht. Ich fühlte mich dort wohl und beschloß, öfters herzukommen. In der zweiten Stunde fand ich es unsinnig, hier wegen des Beters zu sitzen. Und dennoch ließ ich noch eine dritte Stunde schon zornig die Spinnen über meine Kleider kriechen, während die letzten Menschen lautatmend aus dem Dunkel der Kirche traten.

Da kam er auch. Er ging vorsichtig, und seine Füße betasteten zuerst leichthin den Boden, ehe sie auftraten.

Ich stand auf, machte einen großen und geraden Schritt und ergriff den jungen Menschen. »Guten Abend«, sagte ich und stieß ihn, meine Hand an seinem Kragen, die Stufen hinunter auf den beleuchteten Platz.

Als wir unten waren, sagte er mit einer völlig ungefestigten Stimme: »Guten Abend, lieber, lieber Herr, zürnen Sie mir nicht, Ihrem höchst ergebenen Diener.«

»Ja«, sagte ich, »ich will Sie einiges fragen, mein Herr; voriges Mal entkamen Sie mir, das wird Ihnen heute kaum gelingen.«

»Sie sind mitleidig, mein Herr, und Sie werden mich nach Hause gehen lassen. Ich bin bedauernswert, das ist die Wahrheit.«

»Nein«, schrie ich in den Lärm der vorüberfahrenden Straßenbahn, »ich lasse Sie nicht. Gerade solche Geschichten gefallen mir. Sie sind ein Glücksfang. Ich beglückwünsche mich.«

Da sagte er: »Ach Gott, Sie haben ein lebhaftes Herz und einen Kopf aus einem Block. Sie nennen mich einen Glücksfang, wie glücklich müssen Sie sein! Denn mein Unglück ist ein schwankendes Unglück, ein auf einer dünnen Spitze schwankendes Unglück, und berührt man es, so fällt es auf den Frager. Gute Nacht, mein Herr.«

»Gut«, sagte ich und hielt seine rechte Hand fest, »wenn Sie mir nicht antworten werden, werde ich hier auf der Gasse zu rufen anfangen. Und alle Ladenmädchen, die jetzt aus den Geschäften kommen, und alle ihre Liebhaber, die sich auf sie freuen, werden zusammenlaufen, denn sie werden glauben, ein Droschkenpferd sei gestürzt oder etwas dergleichen sei geschehen. Dann werde ich Sie den Leuten zeigen.«

Da küßte er weinend abwechselnd meine beiden Hände. »Ich werde Ihnen sagen, was Sie wissen wollen, aber bitte, gehen wir lieber in die Seitengasse drüben.« Ich nickte, und wir gingen hin.

Aber er begnügte sich nicht mit dem Dunkel der Gasse, in der nur weit voneinander gelbe Laternen waren, sondern er führte mich in den niedrigen Flurgang eines alten Hauses unter ein Lämpchen, das vor der Holztreppe tropfend hing.

Dort nahm er wichtig sein Taschentuch und sagte, es auf eine Stufe breitend: »Setzt Euch doch, lieber Herr, da könnt Ihr besser fragen, ich bleibe stehen, da kann ich besser antworten. Quält mich aber nicht.«

Da setzte ich mich und sagte, indem ich mit schmalen Augen zu ihm aufblickte: »Ihr seid ein gelungener Tollhäusler, das seid Ihr! Wie benehmt Ihr Euch doch in der Kirche! Wie ärgerlich ist das und wie unangenehm den Zuschauern! Wie kann man andächtig sein, wenn man Euch anschauen muß.«

Er hatte seinen Körper an die Mauer gepreßt, nur den Kopf bewegte er frei in der Luft. »Ärgert Euch nicht – warum sollt Ihr Euch ärgern über Sachen, die Euch nicht angehören. Ich ärgere mich, wenn ich mich ungeschickt benehme; benimmt sich aber ein anderer schlecht, dann freue ich mich. Also ärgert Euch nicht, wenn ich sage, daß es der Zweck meines Lebens ist, von den Leuten angeschaut zu werden.«

»Was sagt Ihr da«, rief ich, viel zu laut für den niedrigen Gang, aber ich fürchtete mich dann, die Stimme zu schwächen, »wirklich, was sagtet Ihr da. Ja, ich ahne schon, ja ich ahnte es schon, seit ich Euch zum erstenmal sah, in welchem Zustand Ihr seid. Ich habe Erfahrung, und es ist nicht scherzend gemeint, wenn ich sage, daß es eine Seekrankheit auf festem Lande ist. Deren Wesen ist so, daß Ihr den wahrhaftigen Namen der Dinge vergessen habt und über sie jetzt in einer Eile zufällige Namen schüttet. Nur schnell, nur schnell! Aber kaum seid Ihr von ihnen weggelaufen, habt Ihr wieder ihre Namen vergessen. Die Pappel in den Feldern, die Ihr den ›Turm von Babel‹ genannt habt, denn Ihr wußtet nicht oder wolltet nicht wissen, daß es eine Pappel war, schaukelt wieder namenlos, und Ihr müßtet sie nennen ›Noah, wie er betrunken war‹.« Ich war ein wenig bestürzt, als er sagte: »Ich bin froh, daß ich das, was Ihr sagtet, nicht verstanden habe.«

Aufgeregt sagte ich rasch: »Dadurch, daß Ihr froh seid darüber, zeigt Ihr, daß Ihr es verstanden habt.«

»Freilich habe ich es gezeigt, gnädiger Herr, aber auch Ihr habt merkwürdig gesprochen.«

Ich legte meine Hände auf eine obere Stufe, lehnte mich zurück und fragte in dieser fast unangreifbaren Haltung, welche die letzte Rettung der Ringkämpfer ist: »Ihr habt eine lustige Art, Euch zu retten, indem Ihr Eueren Zustand bei den anderen voraussetzt.«

Daraufhin wurde er mutig. Er legte die Hände ineinander, um seinem Körper eine Einheit zu geben, und sagte unter leichtem Widerstreben: »Nein, ich tue das nicht gegen alle, zum Beispiel auch gegen Euch nicht, weil ich es nicht kann. Aber ich wäre froh, wenn ich es könnte, denn dann hätte ich die Aufmerksamkeit der Leute in der Kirche nicht mehr nötig. Wisset Ihr, warum ich sie nötig habe?«

Diese Frage machte mich unbeholfen. Sicherlich, ich wußte es nicht, und ich glaube, ich wollte es auch nicht wissen. Ich hatte ja auch nicht hierherkommen wollen, sagte ich mir damals, aber der Mensch hatte mich gezwungen, ihm zuzuhören. So brauchte ich ja jetzt bloß meinen Kopf zu schütteln, um ihm zu zeigen, daß ich es nicht wußte, aber ich konnte meinen Kopf in keine Bewegung bringen.

Der Mensch, welcher mir gegenüberstand, lächelte. Dann duckte er sich auf seine Knie nieder und erzählte mit schläfriger Grimasse: »Es hat niemals eine Zeit gegeben, in der ich durch mich selbst von meinem Leben überzeugt war. Ich erfasse nämlich die Dinge um mich nur in so hinfälligen Vorstellungen, daß ich immer glaube, die Dinge hätten einmal gelebt, jetzt aber seien sie versinkend. Immer, lieber Herr, habe ich eine Lust, die Dinge so zu sehen, wie sie sich geben mögen, ehe sie sich mir zeigen. Sie sind da wohl schön und ruhig. Es muß so sein, denn ich höre oft Leute in dieser Weise von ihnen reden.«

Da ich schwieg und nur durch unwillkürliche Zuckungen in meinem Gesicht zeigte, wie unbehaglich mir war, fragte er: »Sie glauben nicht daran, daß die Leute so reden?«

Ich glaubte, nicken zu müssen, konnte es aber nicht.

»Wirklich, Sie glauben nicht daran? Ach, hören Sie doch; als ich als Kind nach einem kurzen Mittagsschlaf die Augen öffnete, hörte ich, noch ganz im Schlaf befangen, meine Mutter in natürlichem Ton vom Balkon hinunterfragen: ›Was machen Sie, meine Liebe? Es ist so heiß.‹ Eine Frau antwortete aus dem Garten: ›Ich jause im Grünen.‹ Sie sagten es ohne Nachdenken und nicht allzu deutlich, als müßte es jeder erwartet haben.«

Ich glaubte, ich sei gefragt, daher griff ich in die hintere Hosentasche und tat, als suchte ich dort etwas. Aber ich suchte nichts, sondern ich wollte nur meinen Anblick verändern, um meine Teilnahme am Gespräch zu zeigen. Dabei sagte ich, daß dieser Vorfall so merkwürdig sei und daß ich ihn keineswegs begreife. Ich fügte auch hinzu, daß ich an dessen Wahrheit nicht glaube und daß er zu einem bestimmten Zweck, den ich gerade nicht einsehe, erfunden sein müsse. Dann schloß ich die Augen, denn sie schmerzten mich. »Oh, das ist doch gut, daß Ihr meiner Meinung seid, und es war uneigennützig, daß Ihr mich angehalten habt, um mir das zu sagen. Nicht wahr, warum sollte ich mich schämen – oder warum sollten wir uns schämen –, daß ich nicht aufrecht und schwer gehe, nicht mit dem Stock auf das Pflaster schlage und nicht die Kleider der Leute streife, welche laut vorübergehen. Sollte ich nicht vielmehr mit Recht trotzig klagen dürfen, daß ich als Schatten mit eckigen Schultern die Häuser entlang hüpfe, manchmal in den Scheiben der Auslagsfenster verschwindend.

Was sind das für Tage, die ich verbringe! Warum ist alles so schlecht gebaut, daß bisweilen hohe Häuser einstürzen, ohne daß man einen äußeren Grund finden könnte. Ich klettere dann über die Schutthaufen und frage jeden, dem ich begegne: ›Wie konnte das nur geschehn! In unserer Stadt – ein neues Haus – das ist heute schon das fünfte – bedenken Sie doch.‹ Da kann mir keiner antworten.

Oft fallen Menschen auf der Gasse und bleiben tot liegen. Da öffnen alle Geschäftsleute ihre mit Waren verhangenen Türen, kommen gelenkig herbei, schaffen den Toten in ein Haus, kommen dann, Lächeln um Mund und Augen, heraus und reden: ›Guten Tag – der Himmel ist blaß – ich verkaufe viele Kopftücher – ja, der Krieg.‹ Ich hüpfe ins Haus, und, nachdem ich mehrere Male die Hand mit dem gebogenen Finger furchtsam gehoben habe, klopfe ich endlich an dem Fensterchen des

Hausmeisters. ›Lieber Mann‹, sage ich freundlich, ›es wurde ein toter Mensch zu Ihnen gebracht. Zeigen Sie mir ihn, ich bitte Sie.‹ Und als er den Kopf schüttelt, als wäre er unentschlossen, sage ich bestimmt: ›Lieber Mann. Ich bin Geheimpolizist. Zeigen Sie mir gleich den Toten.‹ ›Einen Toten?‹ fragt er jetzt und ist fast beleidigt. ›Nein, wir haben keinen Toten hier. Es ist ein anständiges Haus.‹ Ich grüße und gehe.

Dann aber, wenn ich einen großen Platz zu durchqueren habe, vergesse ich alles. Die Schwierigkeit dieses Unternehmens verwirrt mich, und ich denke oft bei mir: ›Wenn man so große Plätze nur aus Übermut baut, warum baut man nicht auch ein Steingeländer, das durch den Platz führen könnte. Heute bläst ein Südwestwind. Die Luft auf dem Platz ist aufgeregt. Die Spitze des Rathausturmes beschreibt kleine Kreise. Warum macht man nicht Ruhe in dem Gedränge? Alle Fensterscheiben lärmen, und die Laternenpfähle biegen sich wie Bambus. Der Mantel der heiligen Maria auf der Säule windet sich, und die stürmische Luft reißt an ihm. Sieht es denn niemand? Die Herren und Damen, die auf den Steinen gehen sollten, schweben. Wenn der Wind Atem holt, bleiben sie stehen, sagen einige Worte zueinander und verneigen sich grüßend, stößt aber der Wind wieder, können sie ihm nicht widerstehn, und alle heben gleichzeitig ihre Füße. Zwar müssen sie fest ihre Hüte halten, aber ihre Augen schauen lustig, als wäre milde Witterung. Nur ich fürchte mich.‹«

Mißhandelt, wie ich war, sagte ich: »Die Geschichte, die Sie früher erzählt haben von Ihrer Frau Mutter und der Frau im Garten finde ich gar nicht merkwürdig. Nicht nur, daß ich viele derartige Geschichten gehört und erlebt habe, so habe ich sogar bei manchen mitgewirkt. Diese Sache ist doch ganz natürlich. Meinen Sie, ich hätte, wenn ich auf dem Balkon gewesen wäre, nicht dasselbe sagen können und aus dem Garten dasselbe antworten können? Ein so einfacher Vorfall.«

Als ich das gesagt hatte, schien er sehr beglückt. Er sagte, daß ich hübsch gekleidet sei und daß ihm meine Halsbinde sehr gefalle. Und was für eine feine Haut ich hätte. Und Geständnisse würden am klarsten, wenn man sie widerriefe.

GESPRÄCH MIT DEM BETRUNKENEN

Als ich aus dem Haustor mit kleinen Schritten trat, wurde ich von dem Himmel mit Mond und Sternen und großer Wölbung und von dem Ringplatz mit Rathaus, Mariensäule und Kirche überfallen.

Ich ging ruhig aus dem Schatten ins Mondlicht, knöpfte den Überzieher auf und wärmte mich; dann ließ ich durch Erheben der Hände das Sausen der Nacht schweigen und fing zu überlegen an:

›Was ist es doch, daß ihr tut, als wenn ihr wirklich wäret. Wollt ihr mich glauben machen, daß ich unwirklich bin, komisch auf dem grünen Pflaster stehend? Aber doch ist es schon lange her, daß du wirklich warst, du Himmel, und du Ringplatz bist niemals wirklich gewesen.‹

›Es ist ja wahr, noch immer seid ihr mir überlegen, aber doch nur dann, wenn ich euch in Ruhe lasse.‹

›Gott sei Dank, Mond, du bist nicht mehr Mond, aber vielleicht ist es nachlässig von mir, daß ich dich Mondbenannten noch immer Mond nenne. Warum bist du nicht mehr so übermütig, wenn ich dich nenne ›Vergessene Papierlaterne in merkwürdiger Farbe‹. Und warum ziehst du dich fast zurück, wenn ich dich ›Mariensäule‹ nenne, und ich erkenne deine drohende Haltung nicht mehr, Mariensäule, wenn ich dich nenne ›Mond, der gelbes Licht wirft‹.‹

›Es scheint nun wirklich, daß es euch nicht gut tut, wenn man über euch nachdenkt; ihr nehmt ab an Mut und Gesundheit.‹

›Gott, wie zuträglich muß es erst sein, wenn Nachdenkender vom Betrunkenen lernt!‹

›Warum ist alles still geworden. Ich glaube, es ist kein Wind mehr. Und die Häuschen, die oft wie auf kleinen Rädern über den Platz rollen, sind ganz festgestampft – still – still – man sieht gar nicht den dünnen, schwarzen Strich, der sie sonst vom Boden trennt.‹ Und ich setzte mich in Lauf. Ich lief ohne Hindernis dreimal um den großen Platz herum, und da ich keinen Betrunkenen traf, lief ich, ohne die Schnelligkeit zu unterbrechen und ohne Anstrengung zu verspüren, gegen die Karlsgasse. Mein Schatten lief oft kleiner als ich neben mir an der Wand, wie in einem Hohlweg zwischen Mauer und Straßengrund.

Als ich bei dem Hause der Feuerwehr vorüberkam, hörte ich vom Kleinen Ring her Lärm, und als ich dort einbog, sah ich einen Betrunkenen am Gitterwerk des Brunnens stehn, die Arme waagrecht haltend und mit den Füßen, die in Holzpantoffeln staken, auf die Erde stampfend.

Ich blieb zuerst stehn, um meine Atmung ruhig werden zu lassen, dann ging ich zu ihm, nahm meinen Zylinder vom Kopfe und stellte mich vor:

»Guten Abend, zarter Edelmann, ich bin dreiundzwanzig Jahre alt, aber ich habe noch keinen Namen. Sie aber kommen sicher mit erstaunlichem, ja mit singbarem Namen aus dieser großen Stadt Paris. Der ganz unnatürliche Geruch des ausgleitenden Hofes von Frankreich umgibt Sie.«

»Sicher haben Sie mit ihren gefärbten Augen jene großen Damen gesehn, die schon auf der hohen und lichten Terrasse stehn, sich in schmaler Taille ironisch umwendend, während das Ende ihrer auch auf der Treppe ausgebreiteten bemalten Schleppe noch über dem Sand des Gartens liegt. – Nicht wahr, auf langen Stangen, überall verteilt, steigen Diener in grauen, frechgeschnittenen Fräcken und weißen Hosen, die Beine um die Stange gelegt, den Oberkörper aber oft nach hinten und zur Seite gebogen, denn sie müssen an Stricken riesige graue Leinwandtücher von der Erde heben und in die Höhe spannen, weil die große Dame einen nebligen Morgen wünscht.« Da er rülpste, sagte ich fast erschrocken: »Wirklich, ist es wahr, Sie kommen, Herr, aus unserem Paris, aus dem stürmischen Paris, ach, aus diesem schwärmerischen Hagelwetter?« Als er wieder rülpste, sagte ich verlegen: »Ich weiß, es widerfährt mir eine große Ehre.«

Und ich knöpfte mit raschen Fingern meinen Überzieher zu, dann redete ich inbrünstig und schüchtern:

»Ich weiß, Sie halten mich einer Antwort nicht für würdig, aber ich müßte ein verweintes Leben führen, wenn ich Sie heute nicht fragte.«

»Ich bitte Sie, so geschmückter Herr, ist das wahr, was man mir erzählt hat. Gibt es in Paris Menschen, die nur aus verzierten Kleidern bestehn, und gibt es dort Häuser, die bloß Portale haben, und ist es wahr, daß an Sommertagen der Himmel fliehend blau ist, nur verschönt durch angepreßte weiße Wölkchen, die alle die Form von Herzen haben? Und gibt es dort ein Panoptikum mit großem Zulauf, in dem bloß Bäume stehn mit den Namen der berühmtesten Helden, Verbrecher und Verliebten auf kleinen angehängten Tafeln?«

»Und dann noch diese Nachricht! Diese offenbar lügnerische Nachricht!«

»Nicht wahr, diese Straßen von Paris sind plötzlich verzweigt; sie sind unruhig, nicht wahr? Es ist nicht immer alles in Ordnung, wie könnte es auch sein! Es geschieht einmal ein Unfall, Leute sammeln sich, aus den Nebenstraßen kommend mit dem großstädtischen Schritt, der das Pflaster nur wenig berührt; alle sind zwar in Neugierde, aber auch in Furcht vor Enttäuschung; sie atmen schnell und strecken ihre kleinen Köpfe vor. Wenn sie aber einander berühren, so verbeugen sie sich tief und bitten um Verzeihung: ›Es tut mir sehr leid, – es geschah ohne Absicht – das Gedränge ist groß, verzeihen Sie, ich bitte – es war sehr ungeschickt von mir – ich gebe das zu. Mein Name ist – mein Name ist Jerome Faroche, Gewürzkrämer bin ich in der Rue du Cabotin – gestatten Sie, daß ich Sie für morgen zum Mittagessen einlade – auch meine Frau würde so große Freude haben.‹ So reden sie, während doch die Gasse betäubt ist und der Rauch der Schornsteine zwischen die Häuser fällt. So ist es doch. Und wäre es möglich, daß da einmal auf einem belebten Boulevard eines vornehmen Viertels zwei Wagen halten. Diener öffnen ernst die Türen. Acht edle sibirische Wolfshunde tänzeln hinunter und jagen bellend über die Fahrbahn in Sprüngen. Und da sagt man, daß es verkleidete junge Pariser Stutzer sind.«

Er hatte die Augen fest geschlossen. Als ich schwieg, steckte er beide Hände in den Mund und riß am Unterkiefer. Sein Kleid war ganz beschmutzt. Man hatte ihn vielleicht aus einer Weinstube hinausgeworfen und er war darüber noch nicht im klaren.

Es war vielleicht diese kleine, ganz ruhige Pause zwischen Tag und Nacht, wo uns der Kopf, ohne daß wir es erwarten, im Genick hängt und wo alles, ohne daß wir es merken, stillsteht, da wir es nicht betrachten, und dann verschwindet. Während wir mit gebogenem Leib allein bleiben, uns dann umschaun, aber nichts mehr sehn, auch keinen Widerstand der Luft mehr fühlen, aber innerlich uns an der Erinnerung halten, daß in gewissem Abstand von uns Häuser stehn mit Dächern und glücklicherweise eckigen Schornsteinen, durch die das Dunkel in die Häuser fließt, durch die Dachkammern in die verschiedenartigen Zimmer. Und es ist ein Glück, daß morgen ein Tag sein wird, an dem, so unglaublich es ist, man alles wird sehen können.

Da riß der Betrunkene seine Augenbrauen hoch, so daß zwischen ihnen und den Augen ein Glanz entstand, und erklärte in Absätzen: »Das ist so nämlich – ich bin nämlich schläfrig, daher werde ich schlafen gehn. – Ich habe nämlich einen Schwager am Wenzelsplatz – dorthin geh' ich, denn dort wohne ich, denn dort habe ich mein Bett. – Ich geh' jetzt. – Ich weiß nämlich nur nicht, wie er heißt und wo er wohnt – mir scheint, das habe ich vergessen – aber das macht nichts, denn ich weiß ja nicht einmal, ob ich überhaupt einen Schwager habe. – Jetzt gehe ich nämlich. – Glauben Sie, daß ich ihn finden werde?«

Darauf sagte ich ohne Bedenken: »Das ist sicher. Aber Sie kommen aus der Fremde, und Ihre Dienerschaft ist zufällig nicht bei Ihnen. Gestatten Sie, daß ich Sie führe.«

Er antwortete nicht. Da reichte ich ihm meinen Arm, damit er sich einhänge.

Betrachtung

Für M. B.

KINDER AUF DER LANDSTRASSE

Ich hörte die Wagen an dem Gartengitter vorüberfahren, manchmal sah ich sie auch durch die schwach bewegten Lücken im Laub. Wie krachte in dem heißen Sommer das Holz in ihren Speichen und Deichseln! Arbeiter kamen von den Feldern und lachten, daß es eine Schande war.

Ich saß auf unserer kleinen Schaukel, ich ruhte mich gerade aus zwischen den Bäumen im Garten meiner Eltern.

Vor dem Gitter hörte es nicht auf. Kinder im Laufschritt waren im Augenblick vorüber; Getreidewagen mit Männern und Frauen auf den Garben und rings herum verdunkelten die Blumenbeete; gegen Abend sah ich einen Herrn mit einem Stock langsam spazierengehn, und ein paar Mädchen, die Arm in Arm ihm entgegenkamen, traten grüßend ins seitliche Gras.

Dann flogen Vögel wie sprühend auf, ich folgte ihnen mit den Blicken, sah, wie sie in einem Atemzug stiegen, bis ich nicht mehr glaubte, daß sie stiegen, sondern, daß ich falle, und fest mich an den Seilen haltend, aus Schwäche ein wenig zu schaukeln anfing. Bald schaukelte ich stärker, als die Luft schon kühler wehte und statt der fliegenden Vögel zitternde Sterne erschienen.

Bei Kerzenlicht bekam ich mein Nachtmahl. Oft hatte ich beide Arme auf der Holzplatte und, schon müde, biß ich in mein Butterbrot. Die stark durchbrochenen Vorhänge bauschten sich im warmen Wind, und manchmal hielt sie einer, der draußen vorüberging, mit seinen Händen fest, wenn er mich besser sehen und mit mir reden wollte. Meistens verlöschte die Kerze bald und in dem dunklen Kerzenrauch trieben sich noch eine Zeitlang die versammelten Mücken herum. Fragte mich einer vom Fenster aus, so sah ich ihn an, als schaue ich ins Gebirge oder in die bloße Luft, und auch ihm war an einer Antwort nicht viel gelegen.

Sprang dann einer über die Fensterbrüstung und meldete, die anderen seien schon vor dem Haus, so stand ich freilich seufzend auf.

»Nein, warum seufzst du so? Was ist denn geschehn? Ist es ein besonderes, nie gut zu machendes Unglück? Werden wir uns nie davon erholen können? Ist wirklich alles verloren?«

Nichts war verloren. Wir liefen vor das Haus. »Gott sei Dank, da seid ihr endlich!« – »Du kommst halt immer zu spät!« – »Wieso denn ich?« – »Gerade du, bleib zu Hause, wenn du nicht mitwillst.« – »Keine Gnaden!« – »Was? Keine Gnaden? Wie redest du?«

Wir durchstießen den Abend mit dem Kopf. Es gab keine Tages- und keine Nachtzeit. Bald rieben sich unsere Westenknöpfe aneinander wie Zähne, bald liefen wir in gleichbleibender Entfernung, Feuer im Mund, wie Tiere in den Tropen. Wie Kürassiere in alten Kriegen, stampfend und hoch in der Luft, trieben wir einander die kurze Gasse hinunter und mit diesem Anlauf in den Beinen die Landstraße weiter hinauf. Einzelne traten in den Straßengraben, kaum verschwanden sie vor der dunklen Böschung, standen sie schon wie fremde Leute oben auf dem Feldweg und schauten herab.

»Kommt doch herunter!« – »Kommt zuerst herauf!« – »Damit ihr uns herunterwerfet, fällt uns nicht ein, so gescheit sind wir noch.« – »So feig seid ihr, wollt ihr sagen. Kommt nur, kommt!« – »Wirklich? Ihr? Gerade ihr werdet uns hinunterwerfen? Wie müßtet ihr aussehen?«

Wir machten den Angriff, wurden vor die Brust gestoßen und legten uns in das Gras des Straßengrabens, fallend und freiwillig. Alles war gleichmäßig erwärmt, wir spürten nicht Wärme, nicht Kälte im Gras, nur müde wurde man.

Wenn man sich auf die rechte Seite drehte, die Hand unters Ohr gab, da wollte man gerne einschlafen. Zwar wollte man sich noch einmal aufraffen mit erhobenem Kinn, dafür aber in einen tieferen Graben fallen. Dann wollte man, den Arm quer vorgehalten, die Beine schiefgeweht, sich gegen die Luft werfen und wieder bestimmt in einen noch tieferen Graben fallen. Und damit wollte man gar nicht aufhören.

Wie man sich im letzten Graben richtig zum Schlafen aufs äußerste strecken würde, besonders in den Knien, daran dachte man noch kaum und lag, zum Weinen aufgelegt, wie krank, auf dem Rücken. Man zwinkerte, wenn einmal ein Junge, die Ellbogen bei den Hüften, mit dunklen Sohlen über uns von der Böschung auf die Straße sprang.

Den Mond sah man schon in einiger Höhe, ein Postwagen fuhr in seinem Licht vorbei. Ein schwacher Wind erhob sich allgemein, auch im Graben fühlte man ihn, und in der Nähe fing der Wald zu rauschen an. Da lag einem nicht mehr so viel daran, allein zu sein.

»Wo seid ihr?« – »Kommt her!« – »Alle zusammen!« – »Was versteckst du dich, laß den Unsinn!« – »Wißt ihr nicht, daß die Post schon vorüber ist?« – »Aber nein! Schon vorüber?« – »Natürlich, während du geschlafen hast, ist sie vorübergefahren.« – »Ich habe geschlafen? Nein so etwas!« – »Schweig nur, man sieht es dir doch an.« – »Aber ich bitte dich.« – »Kommt!«

Wir liefen enger beisammen, manche reichten einander die Hände, den Kopf konnte man nicht genug hoch haben, weil es abwärts ging. Einer schrie einen indianischen Kriegsruf heraus, wir bekamen in die Beine einen Galopp wie niemals, bei den Sprüngen hob uns in den Hüften der Wind. Nichts hätte uns aufhalten können; wir waren so im Laufe, daß wir selbst beim Überholen die Arme verschränken und ruhig uns umsehen konnten.

Auf der Wildbachbrücke blieben wir stehn; die weiter gelaufen waren, kehrten zurück. Das Wasser unten schlug an Steine und Wurzeln, als wäre es nicht schon Spätabend. Es gab keinen Grund dafür, warum nicht einer auf das Geländer der Brücke sprang.

Hinter Gebüschen in der Ferne fuhr ein Eisenbahnzug heraus, alle Kupees waren beleuchtet, die Glasfenster sicher herabgelassen. Einer von uns begann einen Gassenhauer zu singen, aber wir alle wollten singen. Wir sangen viel rascher, als der Zug fuhr, wir schaukelten die Arme, weil die Stimme nicht genügte, wir kamen mit unseren Stimmen in ein Gedränge, in dem uns wohl war. Wenn man seine Stimme unter andere mischt, ist man wie mit einem Angelhaken gefangen.

So sangen wir, den Wald im Rücken, den fernen Reisenden in die Ohren. Die Erwachsenen wachten noch im Dorfe, die Mütter richteten die Betten für die Nacht.

Es war schon Zeit. Ich küßte den, der bei mir stand, reichte den drei Nächsten nur so die Hände, begann, den Weg zurückzulaufen, keiner rief mich. Bei der ersten Kreuzung, wo sie mich nicht mehr sehen konnten, bog ich ein und lief auf Feldwegen wieder in den Wald. Ich strebte zu der Stadt im Süden hin, von der es in unserem Dorfe hieß:

»Dort sind Leute! Denkt euch, die schlafen nicht!« »Und warum denn nicht?«

»Weil sie nicht müde werden!«

»Und warum denn nicht?«

»Weil sie Narren sind.«

»Werden denn Narren nicht müde?«

»Wie könnten Narren müde werden!«

ENTLARVUNG EINES BAUERNFÄNGERS

Endlich gegen zehn Uhr abends kam ich mit einem mir von früher nur flüchtig bekannten Mann, der sich mir diesmal unversehens wieder angeschlossen und mich zwei Stunden lang in den Gassen herumgezogen hatte, vor dem herrschaftlichen Hause an, in das ich zu einer Gesellschaft geladen war.

»So!« sagte ich und klatschte in die Hände zum Zeichen der unbedingten Notwendigkeit des Abschieds. Weniger bestimmte Versuche hatte ich schon einige gemacht. Ich war schon ganz müde. »Gehn Sie gleich hinauf?« fragte er. In seinem Munde hörte ich ein Geräusch wie vom Aneinanderschlagen der Zähne.

»Ja.«

Ich war doch eingeladen, ich hatte es ihm gleich gesagt. Aber ich war eingeladen, hinaufzukommen, wo ich schon so gerne gewesen wäre, und nicht hier unten vor dem Tor zu stehn und an den Ohren meines Gegenübers vorüberzuschauen. Und jetzt noch mit ihm stumm zu werden, als seien wir zu einem langen Aufenthalt auf diesem Fleck entschlossen. Dabei nahmen an diesem Schweigen gleich die Häuser ringsherum ihren Anteil, und das Dunkel über ihnen bis zu den Sternen. Und die Schritte unsichtbarer Spaziergänger, deren Wege zu erraten man nicht Lust hatte, der Wind, der immer wieder an die gegenüberliegende Straßenseite sich drückte, ein Grammophon, das gegen die geschlossenen Fenster irgendeines Zimmers sang, – sie ließen aus diesem Schweigen sich hören, als sei es ihr Eigentum seit jeher und für immer.

Und mein Begleiter fügte sich in seinem und – nach einem Lächeln – auch in meinem Namen, streckte die Mauer entlang den rechten Arm aufwärts und lehnte sein Gesicht, die Augen schließend, an ihn. Doch dieses Lächeln sah ich nicht mehr ganz zu Ende, denn Scham drehte mich plötzlich herum. Erst an diesem Lächeln also hatte ich erkannt, daß das ein Bauernfänger war, nichts weiter. Und ich war doch schon monatelang in dieser Stadt, hatte geglaubt, diese Bauernfänger durch und durch zu kennen, wie sie bei Nacht aus Seitenstraßen, die Hände vorgestreckt, wie Gastwirte uns entgegentreten, wie sie sich um die Anschlagsäule, bei der wir stehen, herumdrücken, wie zum Versteckenspielen und hinter der Säulenrundung hervor zumindest mit einem Auge spionieren, wie sie in Straßenkreuzungen, wenn wir ängstlich werden, auf einmal vor uns schweben auf der Kante unseres Trottoirs! Ich verstand sie doch so gut, sie waren ja meine ersten städtischen Bekannten in den kleinen Wirtshäusern gewesen, und ich verdankte ihnen den ersten Anblick einer Unnachgiebigkeit, die ich mir jetzt so wenig von der Erde wegdenken konnte, daß ich sie schon in mir zu fühlen begann. Wie standen sie einem noch gegenüber, selbst wenn man ihnen schon längst entlaufen war, wenn es also längst nichts mehr zu fangen gab! Wie setzten sie sich nicht, wie fielen sie nicht hin, sondern sahen einen mit Blicken an, die noch immer, wenn auch nur aus der Ferne, überzeugten! Und ihre Mittel waren stets die gleichen: Sie stellten sich vor uns hin, so breit sie konnten; suchten uns abzuhalten von dort, wohin wir strebten; bereiteten uns zum Ersatz eine Wohnung in ihrer eigenen Brust, und bäumte sich endlich das gesammelte Gefühl in uns auf, nahmen sie es als Umarmung, in die sie sich warfen, das Gesicht voran.

Und diese alten Späße hatte ich diesmal erst nach so langem Beisammensein erkannt. Ich zerrieb mir die Fingerspitzen aneinander, um die Schande ungeschehen zu machen.

Mein Mann aber lehnte hier noch wie früher, hielt sich noch immer für einen Bauernfänger, und die Zufriedenheit mit seinem Schicksal rötete ihm die freie Wange.

»Erkannt!« sagte ich und klopfte ihm noch leicht auf die Schulter. Dann eilte ich die Treppe hinauf, und die so grundlos treuen Gesichter der Dienerschaft oben im Vorzimmer freuten mich wie eine schöne Überraschung. Ich sah sie alle der Reihe nach an, während man mir den Mantel abnahm und die Stiefel abstaubte. Aufatmend und langgestreckt betrat ich dann den Saal.

DER PLÖTZLICHE SPAZIERGANG

Wenn man sich am Abend endgültig entschlossen zu haben scheint, zu Hause zu bleiben, den Hausrock angezogen hat, nach dem Nachtmahl beim beleuchteten Tische sitzt und jene Arbeit oder jenes Spiel vorgenommen hat, nach dessen Beendigung man gewohnheitsgemäß schlafen geht, wenn draußen ein unfreundliches Wetter ist, welches das Zuhausebleiben selbstverständlich macht, wenn man jetzt auch schon so lange bei Tisch stillgehalten hat, daß das Weggehen allgemeines Erstaunen hervorrufen müßte, wenn nun auch schon das Treppenhaus dunkel und das Haustor gesperrt ist, und wenn man nun trotz alledem in einem plötzlichen Unbehagen aufsteht, den Rock wechselt, sofort straßenmäßig angezogen erscheint, weggehen zu müssen erklärt, es nach kurzem Abschied auch tut, je nach der Schnelligkeit, mit der man die Wohnungstür zuschlägt, mehr oder weniger Ärger zu hinterlassen glaubt, wenn man sich auf der Gasse wiederfindet, mit Gliedern, die diese schon unerwartete Freiheit, die man ihnen verschafft hat, mit besonderer Beweglichkeit beantworten, wenn man durch diesen einen Entschluß alle Entschlußfähigkeit in sich gesammelt fühlt, wenn man mit größerer als der gewöhnlichen Bedeutung erkennt, daß man ja mehr Kraft als Bedürfnis hat, die schnellste Veränderung leicht zu bewirken und zu ertragen, und wenn man so die langen Gassen hinläuft, – dann ist man für diesen Abend gänzlich aus seiner Familie ausgetreten, die ins Wesenlose abschwenkt, während man selbst, ganz fest, schwarz vor Umrissenheit, hinten die Schenkel schlagend, sich zu seiner wahren Gestalt erhebt. Verstärkt wird alles noch, wenn man zu dieser späten Abendzeit einen Freund aufsucht, um nachzusehen, wie es ihm geht.

ENTSCHLÜSSE

Aus einem elenden Zustand sich zu erheben, muß selbst mit gewollter Energie leicht sein. Ich reiße mich vom Sessel los, umlaufe den Tisch, mache Kopf und Hals beweglich, bringe Feuer in die Augen, spanne die Muskeln um sie herum. Arbeite jedem Gefühl entgegen, begrüße A. stürmisch, wenn er jetzt kommen wird, dulde B. freundlich in meinem Zimmer, ziehe bei C. alles, was gesagt wird, trotz Schmerz und Mühe mit langen Zügen in mich hinein.

Aber selbst wenn es so geht, wird mit jedem Fehler, der nicht ausbleiben kann, das Ganze, das Leichte und das Schwere, stocken, und ich werde mich im Kreise zurückdrehen müssen.

Deshalb bleibt doch der beste Rat, alles hinzunehmen, als schwere Masse sich verhalten, und fühle man sich selbst fortgeblasen, keinen unnötigen Schritt sich ablocken lassen, den anderen mit Tierblick anschaun, keine Reue fühlen, kurz, das, was vom Leben als Gespenst noch übrig ist, mit eigener Hand niederdrücken, das heißt, die letzte grabmäßige Ruhe noch vermehren und nichts außer ihr mehr bestehen lassen.

Eine charakteristische Bewegung eines solchen Zustandes ist das Hinfahren des kleinen Fingers über die Augenbrauen.

DER AUSFLUG INS GEBIRGE

»Ich weiß nicht«, rief ich ohne Klang, »ich weiß ja nicht. Wenn niemand kommt, dann kommt eben niemand. Ich habe niemandem etwas Böses getan, niemand hat mir etwas Böses getan, niemand aber will mir helfen. Lauter niemand. Aber so ist es doch nicht. Nur daß mir niemand hilft –, sonst wäre lauter Niemand hübsch. Ich würde ganz gern – warum denn nicht – einen Ausflug mit einer Gesellschaft von lauter Niemand machen. Natürlich ins Gebirge, wohin denn sonst? Wie sich diese Niemand aneinanderdrängen, diese vielen quergestreckten und eingehängten Arme, diese vielen Füße, durch winzige Schritte getrennt! Versteht sich, daß alle in Frack sind. Wir gehen so lala, der Wind fährt durch die Lücken, die wir und unsere Gliedmaßen offen lassen. Die Hälse werden im Gebirge frei! Es ist ein Wunder, daß wir nicht singen.«

DAS UNGLÜCK DES JUNGGESELLEN

Es scheint so arg, Junggeselle zu bleiben, als alter Mann unter schwerer Wahrung der Würde um Aufnahme zu bitten, wenn man einen Abend mit Menschen verbringen will, krank zu sein und aus dem Winkel seines Bettes wochenlang das leere Zimmer anzusehn, immer vor dem Haustor Abschied zu nehmen, niemals neben seiner Frau sich die Treppe hinaufzudrängen, in seinem Zimmer nur Seitentüren zu haben, die in fremde Wohnungen führen, sein Nachtmahl in einer Hand nach Hause zu tragen, fremde Kinder anstaunen zu müssen und nicht immerfort wiederholen zu dürfen: »Ich habe keine«, sich im Aussehn und Benehmen nach ein oder zwei Junggesellen der Jugenderinnerungen auszubilden.

So wird es sein, nur daß man auch in Wirklichkeit heute und später selbst dastehen wird, mit einem Körper und einem wirklichen Kopf, also auch einer Stirn, um mit der Hand an sie zu schlagen.

Es ist möglich, daß einige Leute Mitleid mit mir haben, aber ich spüre nichts davon. Mein kleines Geschäft erfüllt mich mit Sorgen, die mich innen an Stirne und Schläfen schmerzen, aber ohne mir Zufriedenheit in Aussicht zu stellen, denn mein Geschäft ist klein.

Für Stunden im voraus muß ich Bestimmungen treffen, das Gedächtnis des Hausdieners wachhalten, vor befürchteten Fehlern warnen und in einer Jahreszeit die Moden der folgenden berechnen, nicht wie sie unter Leuten meines Kreises herrschen werden, sondern bei unzugänglichen Bevölkerungen auf dem Lande.

Mein Geld haben fremde Leute; ihre Verhältnisse können mir nicht deutlich sein; das Unglück, das sie treffen könnte, ahne ich nicht; wie könnte ich es abwehren! Vielleicht sind sie verschwenderisch geworden und geben ein Fest in einem Wirtshausgarten, und andere halten sich für ein Weilchen auf der Flucht nach Amerika bei diesem Feste auf.

Wenn nun am Abend eines Werktages das Geschäft gesperrt wird und ich plötzlich Stunden vor mir sehe, in denen ich für die ununterbrochenen Bedürfnisse meines Geschäftes nichts werde arbeiten können, dann wirft sich meine am Morgen weit vorausgeschickte Aufregung in mich, wie eine zurückkehrende Flut, hält es aber in mir nicht aus und ohne Ziel reißt sie mich mit.

Und doch kann ich diese Laune gar nicht benützen und kann nur nach Hause gehn, denn ich habe Gesicht und Hände schmutzig und verschwitzt, das Kleid fleckig und staubig, die Geschäftsmütze auf dem Kopfe und von Kistennägeln zerkratzte Stiefel. Ich gehe dann wie auf Wellen, klappere mit den Fingern beider Hände, und mir entgegenkommenden Kindern fahre ich über das Haar.

Aber der Weg ist kurz. Gleich bin ich in meinem Hause, öffne die Lifttür und trete ein.

Ich sehe, daß ich jetzt und plötzlich allein bin. Andere, die über Treppen steigen müssen, ermüden dabei ein wenig, müssen mit eilig atmenden Lungen warten, bis man die Tür der Wohnung öffnen kommt, haben dabei einen Grund für Ärger und Ungeduld, kommen jetzt ins Vorzimmer, wo sie den Hut aufhängen, und erst bis sie durch den Gang an einigen Glastüren vorbei in ihr eigenes Zimmer kommen, sind sie allein.

Ich aber bin gleich allein im Lift, und schaue, auf die Knie gestützt, in den schmalen Spiegel. Als der Lift sich zu heben anfängt, sage ich: »Seid still, tretet zurück, wollt ihr in den Schatten der Bäume, hinter die Draperien der Fenster, in das Laubengewölbe?«

Ich rede mit den Zähnen und die Treppengeländer gleiten an den Milchglasscheiben hinunter wie stürzendes Wasser.

»Flieget weg; euere Flügel, die ich niemals gesehen habe, mögen euch ins dörfliche Tal tragen oder nach Paris, wenn es euch dorthin treibt.

Doch genießet die Aussicht des Fensters, wenn die Prozessionen aus allen drei Straßen kommen, einander nicht ausweichen, durcheinandergehn und zwischen ihren letzten Reihen den freien Platz wieder entstehen lassen. Winket mit den Tüchern, seid entsetzt, seid gerührt, lobet die schöne Dame, die vorüberfährt.

Geht über den Bach auf der hölzernen Brücke, nickt den badenden Kindern zu und staunet über das Hurra der tausend Matrosen auf dem fernen Panzerschiff.

Verfolget nur den unscheinbaren Mann, und wenn ihr ihn in einen Torweg gestoßen habt, beraubt ihn und seht ihm dann, jeder die Hände in den Taschen, nach, wie er traurig seines Weges in die linke Gasse geht.

Die verstreut auf ihren Pferden galoppierende Polizei bändigt die Tiere und drängt euch zurück. Lasset sie, die leeren Gassen werden sie unglücklich machen, ich weiß es. Schon reiten sie, ich bitte, paarweise weg, langsam um die Straßenecken, fliegend über die Plätze.«

Dann muß ich aussteigen, den Aufzug hinunterlassen, an der Türglocke läuten, und das Mädchen öffnet die Tür, während ich grüße.

ZERSTREUTES HINAUSSCHAUN

Was werden wir in diesen Frühlingstagen tun, die jetzt rasch kommen? Heute früh war der Himmel grau, geht man aber jetzt zum Fenster, so ist man überrascht und lehnt die Wange an die Klinke des Fensters.

Unten sieht man das Licht der freilich schon sinkenden Sonne auf dem Gesicht des kindlichen Mädchens, das so geht und sich umschaut, und zugleich sieht man den Schatten des Mannes darauf, der hinter ihm rascher kommt.

Dann ist der Mann schon vorübergegangen und das Gesicht des Kindes ist ganz hell.

DER NACHHAUSEWEG

Man sehe die Überzeugungskraft der Luft nach dem Gewitter! Meine Verdienste erscheinen mir und überwältigen mich, wenn ich mich auch nicht sträube.

Ich marschiere und mein Tempo ist das Tempo dieser Gassenseite, dieser Gasse, dieses Viertels. Ich bin mit Recht verantwortlich für alle Schläge gegen Türen, auf die Platten der Tische, für alle Trinksprüche, für die Liebespaare in ihren Betten, in den

Gerüsten der Neubauten, in dunklen Gassen an die Häusermauern gepreßt, auf den Ottomanen der Bordelle.

Ich schätze meine Vergangenheit gegen meine Zukunft, finde aber beide vortrefflich, kann keiner von beiden den Vorzug geben und nur die Ungerechtigkeit der Vorsehung, die mich so begünstigt, muß ich tadeln.

Nur als ich in mein Zimmer trete, bin ich ein wenig nachdenklich, aber ohne daß ich während des Treppensteigens etwas Nachdenkenswertes gefunden hätte. Es hilft mir nicht viel, daß ich das Fenster gänzlich öffne und daß in einem Garten die Musik noch spielt.

DIE VORÜBERLAUFENDEN

Wenn man in der Nacht durch eine Gasse spazierengeht, und ein Mann, von Weitem schon sichtbar – denn die Gasse vor uns steigt an und es ist Vollmond –, uns entgegenläuft, so werden wir ihn nicht anpacken, selbst wenn er schwach und zerlumpt ist, selbst wenn jemand hinter ihm läuft und schreit, sondern wir werden ihn weiterlaufen lassen.

Denn es ist Nacht, und wir können nicht dafür, daß die Gasse im Vollmond vor uns aufsteigt, und überdies, vielleicht haben diese zwei die Hetze zu ihrer Unterhaltung veranstaltet, vielleicht verfolgen beide einen dritten, vielleicht wird der erste unschuldig verfolgt, vielleicht will der zweite morden, und wir würden Mitschuldige des Mordes, vielleicht wissen die zwei nichts voneinander, und es läuft nur jeder auf eigene Verantwortung in sein Bett, vielleicht sind es Nachtwandler, vielleicht hat der erste Waffen.

Und endlich, dürfen wir nicht müde sein, haben wir nicht so viel Wein getrunken? Wir sind froh, daß wir auch den zweiten nicht mehr sehn.

DER FAHRGAST

Ich stehe auf der Plattform des elektrischen Wagens und bin vollständig unsicher in Rücksicht meiner Stellung in dieser Welt, in dieser Stadt, in meiner Familie. Auch nicht beiläufig könnte ich angeben, welche Ansprüche ich in irgendeiner Richtung mit Recht vorbringen könnte. Ich kann es gar nicht verteidigen, daß ich auf dieser Plattform stehe, mich an dieser Schlinge halte, von diesem Wagen mich tragen lasse, daß Leute dem Wagen ausweichen oder still gehn, oder vor den Schaufenstern ruhn. – Niemand verlangt es ja von mir, aber das ist gleichgültig.

Der Wagen nähert sich einer Haltestelle, ein Mädchen stellt sich nahe den Stufen, zum Aussteigen bereit. Sie erscheint mir so deutlich, als ob ich sie betastet hätte. Sie ist schwarz gekleidet, die Rockfalten bewegen sich fast nicht, die Bluse ist knapp und hat einen Kragen aus weißer kleinmaschiger Spitze, die linke Hand hält sie flach an die Wand, der Schirm in ihrer Rechten steht auf der zweitobersten Stufe. Ihr Gesicht ist braun, die Nase, an den Seiten schwach gepreßt, schließt rund und breit ab. Sie hat viel braunes Haar und verwehte Härchen an der rechten Schläfe. Ihr kleines Ohr liegt eng an, doch sehe ich, da ich nahe stehe, den ganzen Rücken der rechten Ohrmuschel und den Schatten an der Wurzel. Ich fragte mich damals: Wieso kommt es, daß sie nicht über sich verwundert ist, daß sie den Mund geschlossen hält und nichts dergleichen sagt?

KLEIDER

Oft wenn ich Kleider mit vielfachen Falten, Rüschen und Behängen sehe, die über schönen Körper schön sich legen, dann denke ich, daß sie nicht lange so erhalten bleiben, sondern Falten bekommen, nicht mehr geradezuglätten, Staub bekommen, der, dick in der Verzierung, nicht mehr zu entfernen ist, und daß niemand so traurig und lächerlich sich wird machen wollen, täglich das gleiche kostbare Kleid früh anzulegen und abends auszuziehn.

Doch sehe ich Mädchen, die wohl schön sind und vielfach reizende Muskeln und Knöchelchen und gespannte Haut und Massen dünner Haare zeigen, und doch tagtäglich in diesem einen natürlichen Maskenanzug erscheinen, immer das gleiche Gesicht in die gleichen Handflächen legen und von ihrem Spiegel widerscheinen lassen.

Nur manchmal am Abend, wenn sie spät von einem Feste kommen, scheint es ihnen im Spiegel abgenützt, gedunsen, verstaubt, von allen schon gesehn und kaum mehr tragbar.

DIE ABWEISUNG

Wenn ich einem schönen Mädchen begegne und sie bitte: »Sei so gut, komm mit mir« und sie stumm vorübergeht, so meint sie damit:

»Du bist kein Herzog mit fliegendem Namen, kein breiter Amerikaner mit indianischem Wuchs, mit waagrecht ruhenden Augen, mit einer von der Luft der Rasenplätze und der sie durchströmenden Flüsse massierten Haut, du hast keine Reisen gemacht zu den großen Seen und auf ihnen, die ich weiß nicht wo zu finden sind. Also ich bitte, warum soll ich, ein schönes Mädchen, mit dir gehn?«

»Du vergißt, dich trägt kein Automobil in langen Stößen schaukelnd durch die Gasse; ich sehe nicht die in ihre Kleider gepreßten Herren deines Gefolges, die, Segenssprüche für dich murmelnd, in genauem Halbkreis hinter dir gehn; deine Brüste sind im Mieder gut geordnet, aber deine Schenkel und Hüften entschädigen sich für jene Enthaltsamkeit; du trägst ein Taffetkleid mit plissierten Falten, wie es im vorigen Herbste uns durchaus allen Freude machte, und doch lächelst du – diese Lebensgefahr auf dem Leibe – bisweilen.«

»Ja, wir haben beide recht und, um uns dessen nicht unwiderleglich bewußt zu werden, wollen wir, nicht wahr, lieber jeder allein nach Hause gehn.«

ZUM NACHDENKEN FÜR HERRENREITER

Nichts, wenn man es überlegt, kann dazu verlocken, in einem Wettrennen der erste sein zu wollen.

Der Ruhm, als der beste Reiter eines Landes anerkannt zu werden, freut beim Losgehn des Orchesters zu stark, als daß sich am Morgen danach die Reue verhindern ließe.

Der Neid der Gegner, listiger, ziemlich einflußreicher Leute, muß uns in dem engen Spalier schmerzen, das wir nun durchreiten nach jener Ebene, die bald vor uns leer war bis auf einige überrundete Reiter, die klein gegen den Rand des Horizonts anritten.

Viele unserer Freunde eilen, den Gewinn zu beheben, und nur über die Schultern weg schreien sie von den entlegenen Schaltern ihr Hurra zu uns; die besten Freunde aber haben gar nicht auf unser Pferd gesetzt, da sie fürchteten, käme es zum Verluste, müßten sie uns böse sein, nun aber, da unser Pferd das erste war und sie nichts gewonnen haben, drehn sie sich um, wenn wir vorüberkommen und schauen lieber die Tribünen entlang.

Die Konkurrenten rückwärts, fest im Sattel, suchen das Unglück zu überblicken, das sie getroffen hat, und das Unrecht, das ihnen irgendwie zugefügt wird; sie nehmen ein frisches Aussehen an, als müsse ein neues Rennen anfangen und ein ernsthaftes nach diesem Kinderspiel.

Vielen Damen scheint der Sieger lächerlich, weil er sich aufbläht und doch nicht weiß, was anzufangen mit dem ewigen Händeschütteln, Salutieren, Sich-Niederbeugen und In-die-Ferne-Grüßen, während die Besiegten den Mund geschlossen haben und die Hälse ihrer meist wiehernden Pferde leichthin klopfen.

Endlich fängt es gar aus dem trüb gewordenen Himmel zu regnen an.

DAS GASSENFENSTER

Wer verlassen lebt und sich doch hie und da irgendwo anschließen möchte, wer mit Rücksicht auf die Veränderungen der Tageszeit, der Witterung, der Berufsverhältnisse und dergleichen ohne weiteres irgendeinen beliebigen Arm sehen will, an dem er sich halten könnte, – der wird es ohne ein Gassenfenster nicht lange treiben. Und steht es mit ihm so, daß er gar nichts sucht und nur als müder Mann, die Augen auf und ab zwischen Publikum und Himmel, an seine Fensterbrüstung tritt, und er will nicht und hat ein wenig den Kopf zurückgeneigt, so reißen ihn doch unten die Pferde mit in ihr Gefolge von Wagen und Lärm und damit endlich der menschlichen Eintracht zu.

WUNSCH, INDIANER ZU WERDEN

Wenn man doch ein Indianer wäre, gleich bereit, und auf dem rennenden Pferde, schief in der Luft, immer wieder kurz erzitterte über dem zitternden Boden, bis man die Sporen ließ, denn es gab keine Sporen, bis man die Zügel wegwarf, denn es gab keine Zügel, und kaum das Land vor sich als glattgemähte Heide sah, schon ohne Pferdehals und Pferdekopf.

DIE BÄUME

Denn wir sind wie Baumstämme im Schnee. Scheinbar liegen sie glatt auf, und mit kleinem Anstoß sollte man sie wegschieben können. Nein, das kann man nicht, denn sie sind fest mit dem Boden verbunden. Aber sieh, sogar das ist nur scheinbar.

UNGLÜCKLICHSEIN

Als es schon unerträglich geworden war – einmal gegen Abend im November – und ich über den schmalen Teppich meines Zimmers wie in einer Rennbahn einherlief, durch den Anblick der beleuchteten Gasse erschreckt, wieder wendete, und in der Tiefe des Zimmers, im Grund des Spiegels doch wieder ein neues Ziel bekam, und aufschrie, um nur den Schrei zu hören, dem nichts antwortet und dem auch nichts die Kraft des Schreiens nimmt, der also aufsteigt, ohne Gegengewicht, und nicht aufhören kann, selbst wenn er verstummt, da öffnete sich aus der Wand heraus die Tür, so eilig, weil doch Eile nötig war und selbst die Wagenpferde unten auf dem Pflaster, wie wildgewordene Pferde in der Schlacht, die Gurgeln preisgegeben, sich erhoben.

Als kleines Gespenst fuhr ein Kind aus dem ganz dunklen Korridor, in dem die Lampe noch nicht brannte, und blieb auf den Fußspitzen stehn, auf einem unmerklich schaukelnden Fußbodenbalken. Von der Dämmerung des Zimmers gleich geblendet, wollte es mit dem Gesicht rasch in seine Hände, beruhigte sich aber unversehens mit dem Blick zum Fenster, vor dessen Kreuz der hochgetriebene Dunst der Straßenbeleuchtung endlich unter dem Dunkel liegenblieb. Mit dem rechten Ellbogen hielt es sich vor der offenen Tür aufrecht an der Zimmerwand und ließ den Luftzug von draußen um die Gelenke der Füße streichen, auch den Hals, auch die Schläfen entlang.

Ich sah ein wenig hin, dann sagte ich »Guten Tag« und nahm meinen Rock vom Ofenschirm, weil ich nicht so halb nackt dastehen wollte. Ein Weilchen lang hielt ich den Mund offen, damit mich die Aufregung durch den Mund verlasse. Ich hatte schlechten Speichel in mir, im Gesicht zitterten mir die Augenwimpern, kurz, es fehlte mir nichts, als gerade dieser allerdings erwartete Besuch.

Das Kind stand noch an der Wand auf dem gleichen Platz, es hatte die rechte Hand an die Mauer gepreßt und konnte, ganz rotwangig, dessen nicht satt werden, daß die weißgetünchte Wand grobkörnig war, und die Fingerspitzen rieb. Ich sagte: »Wollen Sie tatsächlich zu mir? Ist es kein Irrtum? Nichts leichter als ein Irrtum in diesem großen Hause. Ich heiße Soundso, wohne im dritten Stock. Bin ich also der, den Sie besuchen wollen?«

»Ruhe, Ruhe!« sagte das Kind über die Schulter weg, »alles ist schon richtig.«

»Dann kommen Sie weiter ins Zimmer herein, ich möchte die Tür schließen.«

»Die Tür habe ich jetzt gerade geschlossen. Machen Sie sich keine Mühe. Beruhigen Sie sich überhaupt.«

»Reden Sie nicht von Mühe. Aber auf diesem Gange wohnt eine Menge Leute, alle sind natürlich meine Bekannten; die meisten kommen jetzt aus den Geschäften; wenn sie in einem Zimmer reden hören, glauben sie einfach das Recht zu haben, aufzumachen und nachzuschaun, was los ist. Es ist einmal schon so. Diese Leute haben die tägliche Arbeit hinter sich; wem würden sie sich in der provisorischen Abendfreiheit unterwerfen! Übrigens wissen Sie es ja auch. Lassen Sie mich die Türe schließen.«

»Ja, was ist denn? Was haben Sie? Meinetwegen kann das ganze Haus hereinkommen. Und dann noch einmal: Ich habe die Türe schon geschlossen, glauben Sie denn, nur Sie können die Türe schließen? Ich habe sogar mit dem Schlüssel zugesperrt.«

»Dann ist's gut. Mehr will ich ja nicht. Mit dem Schlüssel hätten Sie gar nicht zusperren müssen. Und jetzt machen Sie es sich nur behaglich, wenn Sie schon einmal da sind. Sie sind mein Gast. Vertrauen Sie mir völlig. Machen Sie sich nur breit ohne Angst. Ich werde Sie weder zum Hierbleiben zwingen, noch zum Weggehn.

Muß ich das erst sagen? Kennen Sie mich so schlecht?«

»Nein. Sie hätten das wirklich nicht sagen müssen. Noch mehr, Sie hätten es gar nicht sagen sollen. Ich bin ein Kind; warum so viel Umstände mit mir machen?«

»So schlimm ist es nicht. Natürlich, ein Kind. Aber gar so klein sind Sie nicht. Sie sind schon ganz erwachsen. Wenn Sie ein Mädchen wären, dürften Sie sich nicht so einfach mit mir in einem Zimmer einsperren.«

»Darüber müssen wir uns keine Sorge machen. Ich wollte nur sagen: Daß ich Sie so gut kenne, schützt mich wenig, es enthebt Sie nur der Anstrengung, mir etwas vorzulügen. Trotzdem aber machen Sie mir Komplimente. Lassen Sie das, ich fordere Sie auf, lassen Sie das. Dazu kommt, daß ich Sie nicht überall und immerfort kenne, gar bei dieser Finsternis. Es wäre viel besser, wenn Sie Licht machen ließen. Nein, lieber nicht. Immerhin werde ich mir merken, daß Sie mir schon gedroht haben.«

»Wie? Ich hätte Ihnen gedroht? Aber ich bitte Sie. Ich bin ja so froh, daß Sie endlich hier sind. Ich sage ›endlich‹, weil es schon so spät ist. Es ist mir unbegreiflich, warum Sie so spät gekommen sind. Da ist es möglich, daß ich in der Freude so durcheinandergesprochen habe und daß Sie es gerade so verstanden haben. Daß ich so gesprochen habe, gebe ich zehnmal zu, ja ich habe Ihnen mit allem gedroht, was Sie wollen. – Nur keinen Streit, um's Himmels willen! – Aber wie konnten Sie es glauben? Wie konnten Sie mich so kränken? Warum wollen Sie mir mit aller Gewalt dieses kleine Weilchen Ihres Hierseins verderben? Ein fremder Mensch wäre entgegenkommender als Sie.«

»Das glaube ich; das war keine Weisheit. So nah, als Ihnen ein fremder Mensch entgegenkommen kann, bin ich Ihnen schon von Natur aus. Das wissen Sie auch, wozu also die Wehmut? Sagen Sie, daß Sie Komödie spielen wollen, und ich gehe augenblicklich.«

»So? Auch das wagen Sie mir zu sagen? Sie sind ein wenig zu kühn. Am Ende sind Sie doch in meinem Zimmer. Sie reiben Ihre Finger wie verrückt an meiner Wand. Mein Zimmer, meine Wand! Und außerdem ist das, was Sie sagen, lächerlich, nicht nur frech. Sie sagen, Ihre Natur zwinge Sie, mit mir in dieser Weise zu reden. Wirklich? Ihre Natur zwingt Sie? Das ist nett von Ihrer Natur. Ihre Natur ist meine, und wenn ich mich von Natur aus freundlich zu Ihnen verhalte, so dürfen auch Sie nicht anders.«

»Ist das freundlich?« »Ich rede von früher.«

»Wissen Sie, wie ich später sein werde?« »Nichts weiß ich.«

Und ich ging zum Nachttisch hin, auf dem ich die Kerze anzündete. Ich hatte in jener Zeit weder Gas noch elektrisches Licht in meinem Zimmer. Ich saß dann noch eine Weile beim Tisch, bis ich auch dessen müde wurde, den Überzieher anzog, den Hut vom Kanapee nahm und die Kerze ausblies. Beim Hinausgehen verfing ich mich in einem Sesselbein.

Auf der Treppe traf ich einen Mieter aus dem gleichen Stockwerk.

»Sie gehen schon wieder weg, Sie Lump?« fragte er, auf seinen über zwei Stufen ausgebreiteten Beinen ausruhend.

»Was soll ich machen?« sagte ich, »jetzt habe ich ein Gespenst im Zimmer gehabt.«

»Sie sagen das mit der gleichen Unzufriedenheit, wie wenn Sie ein Haar in der Suppe gefunden hätten.«

»Sie spaßen. Aber merken Sie sich, ein Gespenst ist ein Gespenst.«

»Sehr wahr. Aber wie, wenn man überhaupt nicht an Gespenster glaubt?«

»Ja, meinen Sie denn, ich glaube an Gespenster? Was hilft mir aber dieses Nichtglauben?«

»Sehr einfach. Sie müssen eben keine Angst mehr haben, wenn ein Gespenst wirklich zu Ihnen kommt.«

»Ja, aber das ist doch die nebensächliche Angst. Die eigentliche Angst ist die Angst vor der Ursache der Erscheinung. Und diese Angst bleibt. Die habe ich geradezu großartig in mir.« Ich fing vor Nervosität an, alle meine Taschen zu durchsuchen.

»Da Sie aber vor der Erscheinung selbst keine Angst hatten, hätten Sie sie doch ruhig nach ihrer Ursache fragen können!«

»Sie haben offenbar noch nie mit Gespenstern gesprochen. Aus denen kann man ja niemals eine klare Auskunft bekommen. Das ist ein Hin und Her. Diese Gespenster scheinen über ihre Existenz mehr im Zweifel zu sein als wir, was übrigens bei ihrer Hinfälligkeit kein Wunder ist.«

»Ich habe aber gehört, daß man sie auffüttern kann.«

»Da sind Sie gut berichtet. Das kann man. Aber wer wird das machen?«

»Warum nicht? Wenn es ein weibliches Gespenst ist zum Beispiel«, sagte er und schwang sich auf die obere Stufe.

»Ach so«, sagte ich, »aber selbst dann steht es nicht dafür.« Ich besann mich. Mein Bekannter war schon so hoch, daß er sich, um mich zu sehen, unter einer Wölbung des Treppenhauses vorbeugen mußte. »Aber trotzdem«, rief ich, »wenn Sie mir dort oben mein Gespenst wegnehmen, dann ist es zwischen uns aus, für immer.«

»Aber das war ja nur Spaß«, sagte er und zog den Kopf zurück.

»Dann ist es gut«, sagte ich und hätte jetzt eigentlich ruhig spazierengehen können. Aber weil ich mich gar so verlassen fühlte, ging ich lieber hinauf und legte mich schlafen.

DAS URTEIL

Für F.

Eine Geschichte

Es war an einem Sonntagvormittag im schönsten Frühjahr. Georg Bendemann, ein junger Kaufmann, saß in seinem Privatzimmer im ersten Stock eines der niedrigen, leichtgebauten Häuser, die entlang des Flusses in einer langen Reihe, fast nur in der Höhe und Färbung unterschieden, sich hinzogen. Er hatte gerade einen Brief an einen sich im Ausland befindlichen Jugendfreund beendet, verschloß ihn in spielerischer Langsamkeit und sah dann, den Ellbogen auf den Schreibtisch gestützt, aus dem Fenster auf den Fluß, die Brücke und die Anhöhen am anderen Ufer mit ihrem schwachen Grün.

Er dachte darüber nach, wie dieser Freund, mit seinem Fortkommen zu Hause unzufrieden, vor Jahren schon nach Rußland sich förmlich geflüchtet hatte. Nun betrieb er ein Geschäft in Petersburg, das anfangs sich sehr gut angelassen hatte, seit langem aber schon zu stocken schien, wie der Freund bei seinen immer seltener werdenden Besuchen klagte. So arbeitete er sich in der Fremde nutzlos ab, der fremdartige Vollbart verdeckte nur schlecht das seit den Kinderjahren wohlbekannte Gesicht, dessen gelbe Hautfarbe auf eine sich entwickelnde Krankheit hinzudeuten schien. Wie er erzählte, hatte er keine rechte Verbindung mit der dortigen Kolonie seiner Landsleute, aber auch fast keinen gesellschaftlichen Verkehr mit einheimischen Familien und richtete sich so für ein endgültiges Junggesellentum ein.

Was wollte man einem solchen Manne schreiben, der sich offenbar verrannt hatte, den man bedauern, dem man aber nicht helfen konnte. Sollte man ihm vielleicht raten, wieder nach Hause zu kommen, seine Existenz hierher zu verlegen, alle die alten freundschaftlichen Beziehungen wiederaufzunehmen – wofür ja kein Hindernis bestand – und im übrigen auf die Hilfe der Freunde zu vertrauen? Das bedeutete aber nichts anderes, als daß man ihm gleichzeitig, je schonender, desto kränkender, sagte, daß seine bisherigen Versuche mißlungen seien, daß er endlich von ihnen ablassen solle, daß er zurückkehren und sich als ein für immer Zurückgekehrter von allen mit großen Augen anstaunen lassen müsse, daß nur seine Freunde etwas verstünden und daß er ein altes Kind sei, das den erfolgreichen, zu Hause gebliebenen Freunden einfach zu folgen habe. Und war es dann noch sicher, daß alle die Plage, die man ihm antun müßte, einen Zweck hätte? Vielleicht gelang es nicht einmal, ihn überhaupt nach Hause zu bringen – er sagte ja selbst, daß er die Verhältnisse in der Heimat nicht mehr verstünde –, und so bliebe er dann trotz allem in seiner Fremde, verbittert durch die Ratschläge und den Freunden noch ein Stück mehr entfremdet. Folgte er aber wirklich dem Rat und würde hier – natürlich nicht mit Absicht, aber durch die Tatsachen – niedergedrückt, fände sich nicht in seinen Freunden und nicht ohne sie zurecht, litte an Beschämung, hätte jetzt wirklich keine Heimat und keine Freunde mehr, war es da nicht viel besser für ihn, er blieb in der Fremde, so wie er war? Konnte man denn bei solchen Umständen daran denken, daß er es hier tatsächlich vorwärtsbringen würde?

Aus diesen Gründen konnte man ihm, wenn man noch überhaupt die briefliche Verbindung aufrechterhalten wollte, keine eigentlichen Mitteilungen machen, wie man sie ohne Scheu auch den entferntesten Bekannten machen würde. Der Freund war nun schon über drei Jahre nicht in der Heimat gewesen und erklärte dies sehr notdürftig mit der Unsicherheit der politischen Verhältnisse in Rußland, die demnach also auch die kürzeste Abwesenheit eines kleinen Geschäftsmannes nicht zuließen, während hunderttausende Russen ruhig in der Welt herumführen. Im Laufe dieser drei Jahre hatte sich aber gerade für Georg vieles verändert. Von dem Todesfall von Georgs Mutter, der vor etwa zwei Jahren erfolgt war und seit welchem Georg mit seinem alten Vater in gemeinsamer Wirtschaft lebte, hatte der Freund wohl noch erfahren und sein Beileid in einem Brief mit einer Trockenheit ausgedrückt, die ihren Grund nur darin haben konnte, daß die Trauer über ein solches Ereignis in der Fremde ganz unvorstellbar wird. Nun hatte aber Georg seit jener Zeit, so wie alles andere, auch sein Geschäft mit größerer Entschlossenheit angepackt. Vielleicht hatte ihn der Vater bei Lebzeiten der Mutter dadurch, daß er im Geschäft nur seine Ansicht gelten lassen wollte, an einer wirklichen eigenen Tätigkeit gehindert, vielleicht war der Vater seit dem Tode der Mutter, trotzdem er noch immer im Geschäft arbeitete, zurückhaltender geworden, vielleicht spielten – was sogar sehr wahrscheinlich war – glückliche Zufälle eine weit wichtigere Rolle, jedenfalls aber hatte sich das Geschäft in diesen zwei Jahren ganz unerwartet entwickelt, das Personal hatte man verdoppeln müssen, der Umsatz hatte sich verfünffacht, ein weiterer Fortschritt stand zweifellos bevor.

Der Freund aber hatte keine Ahnung von dieser Veränderung. Früher, zum letztenmal vielleicht in jenem Beileidsbrief, hatte er Georg zur Auswanderung nach Rußland überreden wollen und sich über die Aussichten verbreitet, die gerade für Georgs Geschäftszweig in Petersburg bestanden. Die Ziffern waren verschwindend gegenüber dem Umfang, den Georgs Geschäft jetzt angenommen hatte. Georg aber hatte keine Lust gehabt, dem Freund von seinen geschäftlichen Erfolgen zu schreiben, und hätte er es jetzt nachträglich getan, es hätte wirklich einen merkwürdigen Anschein gehabt.

So beschränkte sich Georg darauf, dem Freund immer nur über bedeutungslose Vorfälle zu schreiben, wie sie sich, wenn man an einem ruhigen Sonntag nachdenkt, in der Erinnerung ungeordnet aufhäufen. Er wollte nichts anderes, als die Vorstellung ungestört lassen, die sich der Freund von der Heimatstadt in der langen Zwischenzeit wohl gemacht und mit welcher er sich abgefunden hatte. So geschah es Georg, daß er dem Freund die Verlobung eines gleichgültigen Menschen mit einem ebenso gleichgültigen Mädchen dreimal in ziemlich weit auseinanderliegenden Briefen anzeigte, bis sich dann allerdings der Freund, ganz gegen Georgs Absicht, für diese Merkwürdigkeit zu interessieren begann.

Georg schrieb ihm aber solche Dinge viel lieber, als daß er zugestanden hätte, daß er selbst vor einem Monat mit einem Fräulein Frieda Brandenfeld, einem Mädchen aus wohlhabender Familie, sich verlobt hatte. Oft sprach er mit seiner Braut über diesen Freund und das besondere Korrespondenzverhältnis, in welchem er zu ihm stand. »Er wird also gar nicht zu unserer Hochzeit kommen«, sagte sie, »und ich habe doch das Recht, alle deine Freunde kennenzulernen.« »Ich will ihn nicht stören«, antwortete Georg, »verstehe mich recht, er würde wahrscheinlich kommen, wenigstens glaube ich es, aber er würde sich gezwungen und geschädigt fühlen, vielleicht mich beneiden und sicher unzufrieden und unfähig, diese Unzufriedenheit jemals zu beseitigen, allein wieder zurückfahren. Allein – weißt du, was das ist?« »Ja, kann er denn von unserer Heirat nicht auch auf andere Weise erfahren?« »Das kann ich allerdings nicht verhindern, aber es ist bei seiner Lebensweise unwahrscheinlich.« »Wenn du solche Freunde hast, Georg, hättest du dich überhaupt nicht verloben sollen.« »Ja, das ist unser beider Schuld; aber ich wollte es auch jetzt nicht anders haben.« Und wenn sie dann, rasch atmend unter seinen Küssen, noch vorbrachte: »Eigentlich kränkt es mich doch«, hielt er es wirklich für unverfänglich, dem Freund alles zu schreiben. »So bin ich und so hat er mich hinzunehmen«, sagte er sich, »ich kann nicht aus mir einen Menschen herausschneiden, der vielleicht für die Freundschaft mit ihm geeigneter wäre, als ich es bin.«

Und tatsächlich berichtete er seinem Freunde in dem langen Brief, den er an diesem Sonntagvormittag schrieb, die erfolgte Verlobung mit folgenden Worten: »Die beste Neuigkeit habe ich mir bis zum Schluß aufgespart. Ich habe mich mit einem Fräulein Frieda Brandenfeld verlobt, einem Mädchen aus einer wohlhabenden Familie, die sich hier erst lange nach Deiner Abreise angesiedelt hat, die Du also kaum kennen dürftest. Es wird sich noch Gelegenheit finden, Dir Näheres über meine Braut mitzuteilen, heute genüge Dir, daß ich recht glücklich bin und daß sich in unserem gegenseitigen Verhältnis nur insofern etwas geändert hat, als Du jetzt in mir statt eines ganz gewöhnlichen Freundes einen glücklichen Freund haben wirst. Außerdem bekommst Du in meiner Braut, die Dich herzlich grüßen läßt, und die Dir nächstens selbst schreiben wird, eine aufrichtige Freundin, was für einen Junggesellen nicht ganz ohne Bedeutung ist. Ich weiß, es hält Dich vielerlei von einem Besuche bei uns zurück, wäre aber nicht gerade meine Hochzeit die richtige Gelegenheit, einmal alle Hindernisse über den Haufen zu werfen? Aber wie dies auch sein mag, handle ohne alle Rücksicht und nur nach Deiner Wohlmeinung.«

Mit diesem Brief in der Hand war Georg lange, das Gesicht dem Fenster zugekehrt, an seinem Schreibtisch gesessen. Einem Bekannten, der ihn im Vorübergehen von der Gasse aus gegrüßt hatte, hatte er kaum mit einem abwesenden Lächeln geantwortet.

Endlich steckte er den Brief in die Tasche und ging aus seinem Zimmer quer durch einen kleinen Gang in das Zimmer seines Vaters, in dem er schon seit Monaten nicht gewesen war. Es bestand auch sonst keine Nötigung dazu, denn er verkehrte mit seinem Vater ständig im Geschäft, das Mittagessen nahmen sie gleichzeitig in einem Speisehaus ein, abends versorgte sich zwar jeder nach Belieben, doch saßen sie dann meistens, wenn nicht Georg, wie es am häufigsten geschah, mit Freunden beisammen war oder jetzt seine Braut besuchte, noch ein Weilchen, jeder mit seiner Zeitung, im gemeinsamen Wohnzimmer. Georg staunte darüber, wie dunkel das Zimmer des Vaters selbst an diesem sonnigen Vormittag war. Einen solchen Schatten warf also die hohe Mauer, die sich jenseits des schmalen Hofes erhob. Der Vater saß beim Fenster in einer Ecke, die mit verschiedenen Andenken an die selige Mutter ausgeschmückt war, und las die Zeitung, die er seitlich vor die Augen hielt, wodurch er irgendeine Augenschwäche auszugleichen suchte. Auf dem Tisch standen die Reste des Frühstücks, von dem nicht viel verzehrt zu sein schien.

»Ah, Georg!« sagte der Vater und ging ihm gleich entgegen. Sein schwerer Schlafrock öffnete sich im Gehen, die Enden umflatterten ihn – ›Mein Vater ist noch immer ein Riese‹, sagte sich Georg.

»Hier ist es ja unerträglich dunkel«, sagte er dann.

»Ja, dunkel ist es schon«, antwortete der Vater.

»Das Fenster hast du auch geschlossen?«

»Ich habe es lieber so.«

»Es ist ja ganz warm draußen«, sagte Georg, wie im Nachhang zu dem Früheren, und setzte sich.

Der Vater räumte das Frühstücksgeschirr ab und stellte es auf einen Kasten.

»Ich wollte dir eigentlich nur sagen«, fuhr Georg fort, der den Bewegungen des alten Mannes ganz verloren folgte, »daß ich nun doch nach Petersburg meine Verlobung angezeigt habe.« Er zog den Brief ein wenig aus der Tasche und ließ ihn wieder zurückfallen.

»Nach Petersburg?« fragte der Vater.

»Meinem Freunde doch«, sagte Georg und suchte des Vaters Augen. – Im Geschäft ist er doch ganz anders, dachte er, wie er hier breit sitzt und die Arme über der Brust kreuzt.

»Ja, Deinem Freunde«, sagte der Vater mit Betonung.

»Du weißt doch, Vater, daß ich ihm meine Verlobung zuerst verschweigen wollte. Aus Rücksichtnahme, aus keinem anderen Grunde sonst. Du weißt selbst, er ist ein schwieriger Mensch. Ich sagte mir, von anderer Seite kann er von meiner Verlobung wohl erfahren, wenn das auch bei seiner einsamen Lebensweise kaum wahrscheinlich ist – das kann ich nicht hindern –, aber von mir selbst soll er es nun einmal nicht erfahren.«

»Und jetzt hast du es dir wieder anders überlegt?« fragte der Vater, legte die große Zeitung auf den Fensterbord und auf die Zeitung die Brille, die er mit der Hand bedeckte.

»Ja, jetzt habe ich es mir wieder überlegt. Wenn er mein guter Freund ist, sagte ich mir, dann ist meine glückliche Verlobung auch für ihn ein Glück. Und deshalb habe ich nicht mehr gezögert, es ihm anzuzeigen. Ehe ich jedoch den Brief einwarf, wollte ich es dir sagen.«

»Georg«, sagte der Vater und zog den zahnlosen Mund in die Breite, »hör einmal! Du bist wegen dieser Sache zu mir gekommen, um dich mit mir zu beraten. Das ehrt dich ohne Zweifel. Aber es ist nichts, es ist ärger als nichts, wenn du mir jetzt nicht die volle Wahrheit sagst. Ich will nicht Dinge aufrühren, die nicht hierher gehören. Seit dem Tode unserer teueren Mutter sind gewisse unschöne Dinge vorgegangen. Vielleicht kommt auch für sie die Zeit, und vielleicht kommt sie früher, als wir denken. Im Geschäft entgeht mir manches, es wird mir vielleicht nicht verborgen – ich will jetzt gar nicht die Annahme machen, daß es mir verborgen wird –, ich bin nicht mehr kräftig genug, mein Gedächtnis läßt nach, ich habe nicht mehr den Blick für alle die vielen Sachen. Das ist erstens der Ablauf der Natur, und zweitens hat mich der Tod unseres Mütterchens viel mehr niedergeschlagen als dich. – Aber weil wir gerade bei dieser Sache halten, bei diesem Brief, so bitte ich dich, Georg, täusche mich nicht. Es ist eine Kleinigkeit, es ist nicht des Atems wert, also täusche mich nicht. Hast du wirklich diesen Freund in Petersburg?«

Georg stand verlegen auf. »Lassen wir meine Freunde sein. Tausend Freunde ersetzen mir nicht meinen Vater. Weißt du, was ich glaube? Du schonst dich nicht genug. Aber das Alter verlangt seine Rechte. Du bist mir im Geschäft unentbehrlich, das weißt du ja sehr genau, aber wenn das Geschäft deine Gesundheit bedrohen sollte, sperre ich es noch morgen für immer. Das geht nicht. Wir müssen da eine andere Lebensweise für dich einführen. Aber von Grund aus. Du sitzt hier im Dunkeln und im Wohnzimmer hättest du schönes Licht. Du nippst vom Frühstück, statt dich ordentlich zu stärken. Du sitzt bei geschlossenem Fenster, und die Luft würde dir so gut tun. Nein, mein Vater! Ich werde den Arzt holen, und seinen Vorschriften werden wir folgen. Die Zimmer werden wir wechseln, du wirst ins Vorderzimmer ziehen, ich hierher. Es wird keine Veränderung für dich sein, alles wird mit übertragen werden. Aber das alles hat Zeit, jetzt lege dich noch ein wenig ins Bett, du brauchst unbedingt Ruhe. Komm, ich werde dir beim Ausziehn helfen, du wirst sehn, ich kann es. Oder willst du gleich ins Vorderzimmer gehn, dann legst du dich vorläufig in mein Bett. Das wäre übrigens sehr vernünftig.«

Georg stand knapp neben seinem Vater, der den Kopf mit dem struppigen weißen Haar auf die Brust hatte sinken lassen.

»Georg«, sagte der Vater leise, ohne Bewegung.

Georg kniete sofort neben dem Vater nieder, er sah die Pupillen in dem müden Gesicht des Vaters übergroß in den Winkeln der Augen auf sich gerichtet.

»Du hast keinen Freund in Petersburg. Du bist immer ein Spaßmacher gewesen und hast dich auch mir gegenüber nicht zurückgehalten. Wie solltest du denn gerade dort einen Freund haben! Das kann ich gar nicht glauben.«

»Denk doch einmal nach, Vater«, sagte Georg, hob den Vater vom Sessel und zog ihm, wie er nun doch recht schwach dastand, den Schlafrock aus, »jetzt wird es bald drei Jahre her sein, da war mein Freund bei uns zu Besuch. Ich erinnere mich noch, daß du ihn nicht besonders gern hattest. Wenigstens zweimal habe ich ihn vor dir verleugnet, trotzdem er gerade bei mir im Zimmer saß. Ich konnte ja deine Abneigung gegen ihn ganz gut verstehn, mein Freund hat seine Eigentümlichkeiten. Aber dann hast du dich doch auch wieder ganz gut mit ihm unterhalten. Ich war damals noch so stolz darauf daß du ihm zuhörtest, nicktest und fragtest. Wenn du nachdenkst, muß du dich erinnern. Er erzählte damals unglaubliche Geschichten von der Russischen Revolution. Wie er zum Beispiel auf einer Geschäftsreise in Kiew bei einem Tumult einen Geistlichen auf einem Balkon gesehen hatte, der sich ein breites Blutkreuz in die flache Hand schnitt, diese Hand erhob und die Menge anrief. Du hast ja selbst diese Geschichte hier und da wiedererzählt.«

Währenddessen war es Georg gelungen, den Vater wieder niederzusetzen und ihm die Trikothose, die er über den Leinenunterhosen trug, sowie die Socken vorsichtig auszuziehn. Beim Anblick der nicht besonders reinen Wäsche machte er sich Vorwürfe, den Vater vernachlässigt zu haben. Es wäre sicherlich auch seine Pflicht gewesen, über den Wäschewechsel seines Vaters zu wachen. Er hatte mit seiner Braut darüber, wie sie die Zukunft des Vaters einrichten wollten, noch nicht ausdrücklich gesprochen, denn sie hatten stillschweigend vorausgesetzt, daß der Vater allein in der alten Wohnung bleiben würde. Doch jetzt entschloß er sich kurz mit aller Bestimmtheit, den Vater in seinen künftigen Haushalt mitzunehmen. Es schien ja fast, wenn man genauer zusah, daß die Pflege, die dort dem Vater bereitet werden sollte, zu spät kommen könnte.

Auf seinen Armen trug er den Vater ins Bett. Ein schreckliches Gefühl hatte er, als er während der paar Schritte zum Bett hin merkte, daß an seiner Brust der Vater mit seiner Uhrkette spielte. Er konnte ihn nicht gleich ins Bett legen, so fest hielt er sich an dieser Uhrkette.

Kaum war er aber im Bett, schien alles gut. Er deckte sich selbst zu und zog dann die Bettdecke noch besonders weit über die Schulter. Er sah nicht unfreundlich zu Georg hinauf.

»Nicht wahr, du erinnerst dich schon an ihn?« fragte Georg und nickte ihm aufmunternd zu.

»Bin ich jetzt gut zugedeckt?« fragte der Vater, als könne er nicht nachschauen, ob die Füße genug bedeckt seien.

»Es gefällt dir also schon im Bett«, sagte Georg und legte das Deckzeug besser um ihn.

»Bin ich gut zugedeckt?« fragte der Vater noch einmal und schien auf die Antwort besonders aufzupassen. »Sei nur ruhig, du bist gut zugedeckt.« »Nein!« rief der Vater, daß die Antwort an die Frage stieß, warf die Decke zurück mit einer Kraft, daß sie einen Augenblick im Fluge sich ganz entfaltete, und stand aufrecht im Bett. Nur eine Hand hielt er leicht an den Plafond. »Du wolltest mich zudecken, das weiß ich, mein

Früchtchen, aber zugedeckt bin ich noch nicht. Und ist es auch die letzte Kraft, genug für dich, zuviel für dich. Wohl kenne ich deinen Freund. Er wäre ein Sohn nach meinem Herzen. Darum hast du ihn auch betrogen die ganzen Jahre lang. Warum sonst? Glaubst du, ich habe nicht um ihn geweint? Darum doch sperrst du dich in dein Büro, niemand soll stören, der Chef ist beschäftigt – nur damit du deine falschen Briefchen nach Rußland schreiben kannst. Aber den Vater muß glücklicherweise niemand lehren, den Sohn zu durchschauen. Wie du jetzt geglaubt hast, du hättest ihn untergekriegt, so untergekriegt, daß du dich mit deinem Hintern auf ihn setzen kannst und er rührt sich nicht, da hat sich mein Herr Sohn zum Heiraten entschlossen!«

Georg sah zum Schreckbild seines Vaters auf. Der Petersburger Freund, den der Vater plötzlich so gut kannte, ergriff ihn wie noch nie. Verloren im weiten Rußland sah er ihn. An der Türe des leeren, ausgeraubten Geschäftes sah er ihn. Zwischen den Trümmern der Regale, den zerfetzten Waren, den fallenden Grassamen stand er gerade noch. Warum hatte er so weit wegfahren müssen!

»Aber schau mich an!« rief der Vater, und Georg lief, fast zerstreut, zum Bett, um alles zu fassen, stockte aber in der Mitte des Weges.

»Weil sie die Röcke gehoben hat«, fing der Vater zu flöten an, »weil sie die Röcke so gehoben hat, die widerliche Gans«, und er hob, um das darzustellen, sein Hemd so hoch, daß man auf seinem Oberschenkel die Narbe aus seinen Kriegsjahren sah, »weil sie die Röcke so und so und so gehoben hat, hast du dich an sie herangemacht, und damit du an ihr ohne Störung dich befriedigen kannst, hast du unserer Mutter Andenken geschändet, den Freund verraten und deinen Vater ins Bett gesteckt, damit er sich nicht rühren kann. Aber kann er sich rühren oder nicht?« Und er stand vollkommen frei und warf die Beine. Er strahlte vor Einsicht.

Georg stand in einem Winkel, möglichst weit vom Vater. Vor einer langen Weile hatte er sich fest entschlossen, alles vollkommen genau zu beobachten, damit er nicht irgendwie auf Umwegen, von hinten her, von oben herab überrascht werden könne. Jetzt erinnerte er sich wieder an den längst vergessenen Entschluß und vergaß ihn, wie man einen kurzen Faden durch ein Nadelöhr zieht.

»Aber der Freund ist nun doch nicht verraten!« rief der Vater, und sein hin und her bewegter Zeigefinger bekräftigte es. »Ich war sein Vertreter hier am Ort.«

»Komödiant!« konnte sich Georg zu rufen nicht enthalten, erkannte sofort den Schaden und biß, nur zu spät, – die Augen erstarrt – in seine Zunge, daß er vor Schmerz einknickte.

»Ja, freilich habe ich Komödie gespielt! Komödie! Gutes Wort! Welcher andere Trost blieb dem alten verwitweten Vater? Sag – und für den Augenblick der Antwort sei du noch mein lebender Sohn –, was blieb mir übrig, in meinem Hinterzimmer, verfolgt vom ungetreuen Personal, alt bis in die Knochen? Und mein Sohn ging im Jubel durch die Welt, schloß Geschäfte ab, die ich vorbereitet hatte, überpurzelte sich vor Vergnügen und ging vor seinem Vater mit dem verschlossenen Gesicht eines Ehrenmannes davon! Glaubst du, ich hätte dich nicht geliebt, ich, von dem du ausgingst?«

Jetzt wird er sich vorbeugen, dachte Georg, wenn er fiele und zerschmetterte! Dieses Wort durchzischte seinen Kopf.

Der Vater beugte sich vor, fiel aber nicht. Da Georg sich nicht näherte, wie er erwartet hatte, erhob er sich wieder.

»Bleib, wo du bist, ich brauche dich nicht! Du denkst, du hast noch die Kraft, hierherzukommen, und hältst dich bloß zurück, weil du so willst. Daß du dich nicht irrst! Ich bin noch immer der viel Stärkere. Allein hätte ich vielleicht zurückweichen müssen, aber so hat mir die Mutter ihre Kraft abgegeben, mit deinem Freund habe ich mich herrlich verbunden, deine Kundschaft habe ich hier in der Tasche!«

›Sogar im Hemd hat er Taschen!‹ sagte sich Georg und glaubte, er könne ihn mit dieser Bemerkung in der ganzen Welt unmöglich machen. Nur einen Augenblick dachte er das, denn immerfort vergaß er alles.

»Häng dich nur in deine Braut ein und komm mir entgegen! Ich fege sie dir von der Seite weg, du weißt nicht, wie!«

Georg machte Grimassen, als glaube er das nicht. Der Vater nickte bloß, die Wahrheit dessen, was er sagte, beteuernd, in Georgs Ecke hin.

»Wie hast du mich doch heute unterhalten, als du kamst und fragtest, ob du deinem Freund von der Verlobung schreiben sollst. Er weiß doch alles, dummer Junge, er weiß doch alles! Ich schrieb ihm doch, weil du vergessen hast, mir das Schreibzeug wegzunehmen. Darum kommt er schon seit Jahren nicht, er weiß ja alles hundertmal besser als du selbst, deine Briefe zerknüllt er ungelesen in der linken Hand, während er in der rechten meine Briefe zum Lesen sich vorhält!«

Seinen Arm schwang er vor Begeisterung über dem Kopf. »Er weiß alles tausendmal besser!« rief er.

»Zehntausendmal!« sagte Georg, um den Vater zu verlachen, aber noch in seinem Munde bekam das Wort einen todernsten Klang.

»Seit Jahren passe ich schon auf, daß du mit dieser Frage kämest! Glaubst du, mich kümmert etwas anderes? Glaubst du, ich lese Zeitungen? Da!« und er warf Georg ein Zeitungsblatt, das irgendwie mit ins Bett getragen worden war, zu. Eine alte Zeitung, mit einem Georg schon ganz unbekannten Namen.

»Wie lange hast du gezögert, ehe du reif geworden bist! Die Mutter mußte sterben, sie konnte den Freudentag nicht erleben, der Freund geht zugrunde in seinem Rußland, schon vor drei Jahren war er gelb zum Wegwerfen, und ich, du siehst ja, wie es mit mir steht. Dafür hast du doch Augen!«

»Du hast mir also aufgelauert!« rief Georg.

Mitleidig sagte der Vater nebenbei: »Das wolltest du wahrscheinlich früher sagen. Jetzt paßt es ja gar nicht mehr.«

Und lauter: »Jetzt weißt du also, was es noch außer dir gab, bisher wußtest du nur von dir! Ein unschuldiges Kind warst du ja eigentlich, aber noch eigentlicher warst du ein teuflischer Mensch! – Und darum wisse: Ich verurteile dich jetzt zum Tode des Ertrinkens!«

Georg fühlte sich aus dem Zimmer gejagt, den Schlag, mit dem der Vater hinter ihm aufs Bett stürzte, trug er noch in den Ohren davon. Auf der Treppe, über deren Stufen er wie über eine schiefe Fläche eilte, überrumpelte er seine Bedienerin, die im Begriffe war, hinaufzugehen, um die Wohnung nach der Nacht aufzuräumen. »Jesus!« rief sie und verdeckte mit der Schürze das Gesicht, aber er war schon davon. Aus dem Tor sprang er, über die Fahrbahn zum Wasser trieb es ihn. Schon hielt er das Geländer fest, wie ein Hungriger die Nahrung. Er schwang sich über, als der ausgezeichnete Turner, der er in seinen Jugendjahren zum Stolz seiner Eltern gewesen war. Noch hielt er sich mit schwächer werdenden Händen fest, erspähte zwischen den Geländerstangen einen Autoomnibus, der mit Leichtigkeit seinen Fall übertönen würde, rief leise: »Liebe Eltern, ich habe euch doch immer geliebt«, und ließ sich hinabfallen.

In diesem Augenblick ging über die Brücke ein geradezu unendlicher Verkehr.

DIE VERWANDLUNG

I

Als Gregor Samsa eines Morgens aus unruhigen Träumen erwachte, fand er sich in seinem Bett zu einem ungeheueren Ungeziefer verwandelt. Er lag auf seinem panzerartig harten Rücken und sah, wenn er den Kopf ein wenig hob, seinen gewölbten, braunen, von bogenförmigen Versteifungen geteilten Bauch, auf dessen Höhe sich die Bettdecke, zum gänzlichen Niedergleiten bereit, kaum noch erhalten konnte. Seine vielen, im Vergleich zu seinem sonstigen Umfang kläglich dünnen Beine flimmerten ihm hilflos vor den Augen.

›Was ist mit mir geschehen?‹ dachte er. Es war kein Traum. Sein Zimmer, ein richtiges, nur etwas zu kleines Menschenzimmer, lag ruhig zwischen den vier wohlbekannten Wänden. Über dem Tisch, auf dem eine auseinandergepackte Musterkollektion von Tuchwaren ausgebreitet war – Samsa war Reisender –, hing das Bild, das er vor kurzem aus einer illustrierten Zeitschrift ausgeschnitten und in einem hübschen, vergoldeten Rahmen untergebracht hatte. Es stellte eine Dame dar, die, mit einem Pelzhut und einer Pelzboa versehen, aufrecht dasaß und einen schweren Pelzmuff, in dem ihr ganzer Unterarm verschwunden war, dem Beschauer entgegenhob.

Gregors Blick richtete sich dann zum Fenster, und das trübe Wetter – man hörte Regentropfen auf das Fensterblech aufschlagen – machte ihn ganz melancholisch. ›Wie wäre es, wenn ich noch ein wenig weiterschliefe und alle Narrheiten vergäße‹, dachte er, aber das war gänzlich undurchführbar, denn er war gewöhnt, auf der rechten Seite zu schlafen, konnte sich aber in seinem gegenwärtigen Zustand nicht in diese Lage bringen. Mit welcher Kraft er sich auch auf die rechte Seite warf, immer wieder schaukelte er in die Rückenlage zurück. Er versuchte es wohl hundertmal, schloß die

Augen, um die zappelnden Beine nicht sehen zu müssen, und ließ erst ab, als er in der Seite einen noch nie gefühlten, leichten, dumpfen Schmerz zu fühlen begann.

›Ach Gott‹, dachte er, ›was für einen anstrengenden Beruf habe ich gewählt! Tagaus, tagein auf der Reise. Die geschäftlichen Aufregungen sind viel größer als im eigentlichen Geschäft zu Hause, und außerdem ist mir noch diese Plage des Reisens auferlegt, die Sorgen um die Zuganschlüsse, das unregelmäßige, schlechte Essen, ein immer wechselnder, nie andauernder, nie herzlich werdender menschlicher Verkehr. Der Teufel soll das alles holen!‹ Er fühlte ein leichtes Jucken oben auf dem Bauch; schob sich auf dem Rücken langsam näher zum Bettpfosten, um den Kopf besser heben zu können; fand die juckende Stelle, die mit lauter kleinen weißen Pünktchen besetzt war, die er nicht zu beurteilen verstand; und wollte mit einem Bein die Stelle betasten, zog es aber gleich zurück, denn bei der Berührung umwehten ihn Kälteschauer.

Er glitt wieder in seine frühere Lage zurück. ›Dies frühzeitige Aufstehen‹, dachte er, ›macht einen ganz blödsinnig. Der Mensch muß seinen Schlaf haben. Andere Reisende leben wie Haremsfrauen. Wenn ich zum Beispiel im Laufe des Vormittags ins Gasthaus zurückgehe, um die erlangten Aufträge zu überschreiben, sitzen diese Herren erst beim Frühstück. Das sollte ich bei meinem Chef versuchen; ich würde auf der Stelle hinausfliegen. Wer weiß übrigens, ob das nicht sehr gut für mich wäre. Wenn ich mich nicht wegen meiner Eltern zurückhielte, ich hätte längst gekündigt, ich wäre vor den Chef hingetreten und hätte ihm meine Meinung von Grund des Herzens aus gesagt. Vom Pult hätte er fallen müssen! Es ist auch eine sonderbare Art, sich auf das Pult zu setzen und von der Höhe herab mit dem Angestellten zu reden, der überdies wegen der Schwerhörigkeit des Chefs ganz nahe herantreten muß. Nun, die Hoffnung ist noch nicht gänzlich aufgegeben; habe ich einmal das Geld beisammen, um die Schuld der Eltern an ihn abzuzahlen – es dürfte noch fünf bis sechs Jahre dauern –, mache ich die Sache unbedingt. Dann wird der große Schnitt gemacht. Vorläufig allerdings muß ich aufstehen, denn mein Zug fährt um fünf.‹

Und er sah zur Weckuhr hinüber, die auf dem Kasten tickte. ›Himmlischer Vater!‹ dachte er. Es war halb sieben Uhr, und die Zeiger gingen ruhig vorwärts, es war sogar halb vorüber, es näherte sich schon drei Viertel. Sollte der Wecker nicht geläutet haben? Man sah vom Bett aus, daß er auf vier Uhr richtig eingestellt war; gewiß hatte er auch geläutet. Ja, aber war es möglich, dieses möbelerschütternde Läuten ruhig zu verschlafen? Nun, ruhig hatte er ja nicht geschlafen, aber wahrscheinlich desto fester. Was aber sollte er jetzt tun? Der nächste Zug ging um sieben Uhr; um den einzuholen, hätte er sich unsinnig beeilen müssen, und die Kollektion war noch nicht eingepackt, und er selbst fühlte sich durchaus nicht besonders frisch und beweglich. Und selbst wenn er den Zug einholte, ein Donnerwetter des Chefs war nicht zu vermeiden, denn der Geschäftsdiener hatte beim Fünfuhrzug gewartet und die Meldung von seiner Versäumnis längst erstattet. Er war eine Kreatur des Chefs, ohne Rückgrat und Verstand. Wie nun, wenn er sich krank meldete? Das wäre aber äußerst peinlich und verdächtig, denn Gregor war während seines fünfjährigen Dienstes noch nicht einmal krank gewesen. Gewiß würde der Chef mit dem Krankenkassenarzt kommen, würde den Eltern wegen des faulen Sohnes Vorwürfe machen und alle Einwände durch den Hinweis auf den Krankenkassenarzt abschneiden, für den es ja überhaupt nur ganz gesunde, aber arbeitsscheue Menschen gibt. Und hätte er übrigens in diesem Falle so ganz unrecht? Gregor fühlte sich tatsächlich, abgesehen von einer nach dem langen Schlaf wirklich überflüssigen Schläfrigkeit, ganz wohl und hatte sogar einen besonders kräftigen Hunger.

Als er dies alles in größter Eile überlegte, ohne sich entschließen zu können, das Bett zu verlassen – gerade schlug der Wecker drei Viertel sieben –, klopfte es vorsichtig an die Tür am Kopfende seines Bettes. »Gregor«, rief es – es war die Mutter –, »es ist drei Viertel sieben. Wolltest du nicht wegfahren?« Die sanfte Stimme! Gregor erschrak, als er seine antwortende Stimme hörte, die wohl unverkennbar seine frühere war, in die sich aber, wie von unten her, ein nicht zu unterdrückendes, schmerzliches Piepsen mischte, das die Worte förmlich nur im ersten Augenblick in ihrer Deutlichkeit beließ, um sie im Nachklang derart zu zerstören, daß man nicht wußte, ob man recht gehört hatte. Gregor hatte ausführlich antworten und alles erklären wollen, beschränkte sich aber bei diesen Umständen darauf, zu sagen: »Ja, ja, danke Mutter, ich stehe schon auf.« Infolge der Holztür war die Veränderung in Gregors Stimme draußen wohl nicht zu merken, denn die Mutter beruhigte sich mit dieser Erklärung und schlürfte davon. Aber durch das kleine Gespräch waren die anderen Familienmitglieder darauf aufmerksam geworden, daß Gregor wider Erwarten noch zu Hause war, und schon klopfte an der einen Seitentür der Vater, schwach, aber mit der Faust. »Gregor, Gregor«, rief er, »was ist denn?« Und nach einer kleinen Weile mahnte er nochmals mit tieferer Stimme: »Gregor! Gregor!« An der anderen Seitentür aber klagte leise die Schwester: »Gregor? Ist dir nicht wohl? Brauchst du etwas?« Nach beiden Seiten hin antwortete Gregor: »Bin schon fertig«, bemühte sich, durch die sorgfältigste Aussprache und durch Einschaltung von langen Pausen zwischen den einzelnen Worten seiner Stimme alles Auffallende zu nehmen. Der Vater kehrte auch zu seinem Frühstück zurück, die Schwester aber flüsterte: »Gregor, mach auf, ich beschwöre dich.« Gregor aber dachte gar nicht daran aufzumachen, sondern lobte die vom Reisen her übernommene Vorsicht, auch zu Hause alle Türen während der Nacht zu versperren.

Zunächst wollte er ruhig und ungestört aufstehen, sich anziehen und vor allem frühstücken, und dann erst das Weitere überlegen, denn, das merkte er wohl, im Bett würde er mit dem Nachdenken zu keinem vernünftigen Ende kommen. Er erinnerte sich, schon öfters im Bett irgendeinen vielleicht durch ungeschicktes Liegen erzeugten, leichten Schmerz empfunden zu haben, der sich dann beim Aufstehen als reine Einbildung herausstellte, und er war gespannt, wie sich seine heutigen Vorstellungen allmählich auflösen würden. Daß die Veränderung der Stimme nichts anderes war als der Vorbote einer tüchtigen Verkühlung, einer Berufskrankheit der Reisenden, daran zweifelte er nicht im geringsten.

Die Decke abzuwerfen war ganz einfach; er brauchte sich nur ein wenig aufzublasen und sie fiel von selbst. Aber weiterhin wurde es schwierig, besonders weil er so ungemein breit war. Er hätte Arme und Hände gebraucht, um sich aufzurichten; statt dessen aber hatte er nur die vielen Beinchen, die ununterbrochen in der verschiedensten Bewegung waren und die er überdies nicht beherrschen konnte. Wollte er eines einmal einknicken, so war es das erste, daß er sich streckte; und gelang es ihm endlich, mit diesem Bein das auszuführen, was er wollte, so arbeiteten inzwischen alle anderen, wie freigelassen, in höchster, schmerzlicher Aufregung. »Nur sich nicht im Bett unnütz aufhalten«, sagte sich Gregor.

Zuerst wollte er mit dem unteren Teil seines Körpers aus dem Bett hinauskommen, aber dieser untere Teil, den er übrigens noch nicht gesehen hatte und von dem er sich auch keine rechte Vorstellung machen konnte, erwies sich als zu schwer beweglich; es ging so langsam; und als er schließlich, fast wild geworden, mit gesammelter Kraft, ohne Rücksicht sich vorwärtsstieß, hatte er die Richtung falsch gewählt, schlug an den unteren Bettpfosten heftig an, und der brennende Schmerz, den er empfand, belehrte ihn, daß gerade der untere Teil seines Körpers augenblicklich vielleicht der empfindlichste war.

Er versuchte es daher, zuerst den Oberkörper aus dem Bett zu bekommen, und drehte vorsichtig den Kopf dem Bettrand zu. Dies gelang auch leicht, und trotz ihrer Breite und Schwere folgte schließlich die Körpermasse langsam der Wendung des Kopfes. Aber als er den Kopf endlich außerhalb des Bettes in der freien Luft hielt, bekam er Angst, weiter auf diese Weise vorzurücken, denn wenn er sich schließlich so fallen ließ, mußte geradezu ein Wunder geschehen, wenn der Kopf nicht verletzt werden sollte. Und die Besinnung durfte er gerade jetzt um keinen Preis verlieren; lieber wollte er im Bett bleiben.

Aber als er wieder nach gleicher Mühe aufseufzend so dalag wie früher, und wieder seine Beinchen womöglich noch ärger gegeneinander kämpfen sah und keine Möglichkeit fand, in diese Willkür Ruhe und Ordnung zu bringen, sagte er sich wieder, daß er unmöglich im Bett bleiben könne und daß es das Vernünftigste sei, alles zu opfern, wenn auch nur die kleinste Hoffnung bestünde, sich dadurch vom Bett zu befreien. Gleichzeitig aber vergaß er nicht, sich zwischendurch daran zu erinnern, daß viel besser als verzweifelte Entschlüsse ruhige und ruhigste Überlegung sei. In solchen Augenblicken richtete er die Augen möglichst scharf auf das Fenster, aber leider war aus dem Anblick des Morgennebels, der sogar die andere Seite der engen Straße verhüllte, wenig Zuversicht und Munterkeit zu holen. ›Schon sieben Uhr‹, sagte er sich beim neuerlichen Schlagen des Weckers, ›schon sieben Uhr und noch immer ein solcher Nebel.‹ Und ein Weilchen lang lag er ruhig mit schwachem Atem, als erwarte er vielleicht von der völligen Stille die Wiederkehr der wirklichen und selbstverständlichen Verhältnisse.

Dann aber sagte er sich: ›Ehe es ein Viertel acht schlägt, muß ich unbedingt das Bett vollständig verlassen haben. Im übrigen wird auch bis dahin jemand aus dem Geschäft kommen, um nach mir zu fragen, denn das Geschäft wird vor sieben Uhr geöffnet.‹ Und er machte sich nun daran, den Körper in seiner ganzen Länge vollständig gleichmäßig aus dem Bett hinauszuschaukeln. Wenn er sich auf diese Weise aus dem

Bett fallen ließ, blieb der Kopf, den er beim Fall scharf heben wollte, voraussichtlich unverletzt. Der Rücken schien hart zu sein; dem würde wohl bei dem Fall auf den Teppich nichts geschehen. Das größte Bedenken machte ihm die Rücksicht auf den lauten Krach, den es geben müßte und der wahrscheinlich hinter allen Türen wenn nicht Schrecken, so doch Besorgnisse erregen würde. Das mußte aber gewagt werden.

Als Gregor schon zur Hälfte aus dem Bette ragte – die neue Methode war mehr ein Spiel als eine Anstrengung, er brauchte immer nur ruckweise zu schaukeln –, fiel ihm ein, wie einfach alles wäre, wenn man ihm zu Hilfe käme. Zwei starke Leute – er dachte an seinen Vater und das Dienstmädchen – hätten vollständig genügt –, sie hätten ihre Arme nur unter seinen gewölbten Rücken schieben, ihn so aus dem Bett schälen, sich mit der Last niederbeugen und dann bloß vorsichtig dulden müssen, daß er den Überschwung auf dem Fußboden vollzog, wo dann die Beinchen hoffentlich einen Sinn bekommen würden. Nun, ganz abgesehen davon, daß die Türen versperrt waren, hätte er wirklich um Hilfe rufen sollen? Trotz aller Not konnte er bei diesem Gedanken ein Lächeln nicht unterdrücken.

Schon war er so weit, daß er bei stärkerem Schaukeln kaum das Gleichgewicht noch erhielt, und sehr bald mußte er sich nun endgültig entscheiden, denn es war in fünf Minuten ein Viertel acht, – als es an der Wohnungstür läutete. ›Das ist jemand aus dem Geschäft‹, sagte er sich und erstarrte fast, während seine Beinchen nur desto eiliger tanzten. Einen Augenblick blieb alles still. ›Sie öffnen nicht‹, sagte sich Gregor, befangen in irgendeiner unsinnigen Hoffnung. Aber dann ging natürlich wie immer das Dienstmädchen festen Schrittes zur Tür und öffnete. Gregor brauchte nur das erste Grußwort des Besuchers zu hören und wußte schon, wer es war – der Prokurist selbst. Warum war nur Gregor dazu verurteilt, bei einer Firma zu dienen, wo man bei der kleinsten Versäumnis gleich den größten Verdacht faßte? Waren denn alle Angestellten samt und sonders Lumpen, gab es denn unter ihnen keinen treuen, ergebenen Menschen, der, wenn er auch nur ein paar Morgenstunden für das Geschäft nicht ausgenützt hatte, vor Gewissensbissen närrisch wurde und geradezu nicht imstande war, das Bett zu verlassen? Genügte es wirklich nicht, einen Lehrjungen nachfragen zu lassen – wenn überhaupt diese Fragerei nötig war –, mußte da der Prokurist selbst kommen, und mußte dadurch der ganzen unschuldigen Familie gezeigt werden, daß die Untersuchung dieser verdächtigen Angelegenheit nur dem Verstand des Prokuristen anvertraut werden konnte? Und mehr infolge der Erregung, in welche Gregor durch diese Überlegungen versetzt wurde, als infolge eines richtigen Entschlusses, schwang er sich mit aller Macht aus dem Bett. Es gab einen lauten Schlag, aber ein eigentlicher Krach war es nicht. Ein wenig wurde der Fall durch den Teppich abgeschwächt, auch war der Rücken elastischer, als Gregor gedacht hatte, daher kam der nicht gar so auffallende dumpfe Klang. Nur den Kopf hatte er nicht vorsichtig genug gehalten und ihn angeschlagen; er drehte ihn und rieb ihn an dem Teppich vor Ärger und Schmerz.

»Da drin ist etwas gefallen«, sagte der Prokurist im Nebenzimmer links. Gregor suchte sich vorzustellen, ob nicht auch einmal dem Prokuristen etwas Ähnliches passieren könnte, wie heute ihm; die Möglichkeit dessen mußte man doch eigentlich zugeben. Aber wie zur rohen Antwort auf diese Frage machte jetzt der Prokurist im Nebenzimmer ein paar bestimmte Schritte und ließ seine Lackstiefel knarren. Aus dem Nebenzimmer rechts flüsterte die Schwester, um Gregor zu verständigen: »Gregor, der Prokurist ist da.« »Ich weiß«, sagte Gregor vor sich hin; aber so laut, daß es die Schwester hätte hören können, wagte er die Stimme nicht zu erheben.

»Gregor«, sagte nun der Vater aus dem Nebenzimmer links, »der Herr Prokurist ist gekommen und erkundigt sich, warum du nicht mit dem Frühzug weggefahren bist. Wir wissen nicht, was wir ihm sagen sollen. Übrigens will er auch mit dir persönlich sprechen. Also bitte mach die Tür auf. Er wird die Unordnung im Zimmer zu entschuldigen schon die Güte haben.« »Guten Morgen, Herr Samsa«, rief der Prokurist freundlich dazwischen. »Ihm ist nicht wohl«, sagte die Mutter zum Prokuristen, während der Vater noch an der Tür redete, »ihm ist nicht wohl, glauben Sie mir, Herr Prokurist. Wie würde denn Gregor sonst einen Zug versäumen! Der Junge hat ja nichts im Kopf als das Geschäft. Ich ärgere mich schon fast, daß er abends niemals ausgeht; jetzt war er doch acht Tage in der Stadt, aber jeden Abend war er zu Hause. Da sitzt er bei uns am Tisch und liest still die Zeitung oder studiert Fahrpläne. Es ist schon eine Zerstreuung für ihn, wenn er sich mit Laubsägearbeiten beschäftigt. Da hat er zum Beispiel im Laufe von zwei, drei Abenden einen kleinen Rahmen geschnitzt; Sie werden staunen, wie hübsch er ist; er hängt drin im Zimmer; Sie werden ihn gleich sehen, bis Gregor aufmacht. Ich bin übrigens glücklich, daß Sie da sind, Herr Prokurist; wir allein hätten Gregor nicht dazu gebracht, die Tür zu öffnen; er ist so hartnäckig; und bestimmt ist ihm nicht wohl, trotzdem er es am Morgen geleugnet hat.« »Ich komme gleich«, sagte Gregor langsam und bedächtig und rührte sich nicht, um kein Wort der Gespräche zu verlieren. »Anders, gnädige Frau, kann ich es mir auch nicht erklären«, sagte der Prokurist, »hoffentlich ist es nichts Ernstes. Wenn ich auch andererseits sagen muß, daß wir Geschäftsleute – wie man will, leider oder glücklicherweise – ein leichtes Unwohlsein sehr oft aus geschäftlichen Rücksichten einfach überwinden müssen.« »Also kam der Herr Prokurist schon zu dir hinein?« fragte der ungeduldige Vater und klopfte wiederum an die Tür. »Nein«, sagte Gregor. Im Nebenzimmer links trat eine peinliche Stille ein, im Nebenzimmer rechts begann die Schwester zu schluchzen.

Warum ging denn die Schwester nicht zu den anderen? Sie war wohl erst jetzt aus dem Bett aufgestanden und hatte noch gar nicht angefangen sich anzuziehen. Und warum weinte sie denn? Weil er nicht aufstand und den Prokuristen nicht hereinließ, weil er in Gefahr war, den Posten zu verlieren, und weil dann der Chef die Eltern mit den alten Forderungen wieder verfolgen würde? Das waren doch vorläufig wohl unnötige Sorgen. Noch war Gregor hier und dachte nicht im geringsten daran, seine Familie zu verlassen. Augenblicklich lag er wohl da auf dem Teppich, und niemand, der seinen Zustand gekannt hätte, hätte im Ernst von ihm verlangt, daß er den Prokuristen hereinlasse. Aber wegen dieser kleinen Unhöflichkeit, für die sich ja später leicht eine passende Ausrede finden würde, konnte Gregor doch nicht gut sofort weggeschickt werden. Und Gregor schien es, daß es viel vernünftiger wäre, ihn jetzt in Ruhe zu lassen, statt ihn mit Weinen und Zureden zu stören. Aber es war eben die Ungewißheit, welche die anderen bedrängte und ihr Benehmen entschuldigte.

»Herr Samsa«, rief nun der Prokurist mit erhobener Stimme, »was ist denn los? Sie verbarrikadieren sich da in Ihrem Zimmer, antworten bloß mit Ja und Nein, machen Ihren Eltern schwere, unnötige Sorgen und versäumen – dies nur nebenbei erwähnt – Ihre geschäftlichen Pflichten in einer eigentlich unerhörten Weise. Ich spreche hier im Namen Ihrer Eltern und Ihres Chefs und bitte Sie ganz ernsthaft um eine augenblickliche, deutliche Erklärung. Ich staune, ich staune. Ich glaubte Sie als einen ruhigen, vernünftigen Menschen zu kennen, und nun scheinen Sie plötzlich anfangen zu wollen, mit sonderbaren Launen zu paradieren. Der Chef deutete mir zwar heute früh eine mögliche Erklärung für Ihre Versäumnis an – sie betraf das Ihnen seit kurzem anvertraute Inkasso –, aber ich legte wahrhaftig fast mein Ehrenwort dafür ein, daß diese Erklärung nicht zutreffen könne. Nun aber sehe ich hier Ihren unbegreiflichen Starrsinn und verliere ganz und gar jede Lust, mich auch nur im geringsten für Sie einzusetzen. Und Ihre Stellung ist durchaus nicht die festeste. Ich hatte ursprünglich die Absicht, Ihnen das alles unter vier Augen zu sagen, aber da Sie mich hier nutzlos meine Zeit versäumen lassen, weiß ich nicht, warum es nicht auch Ihre Herren Eltern erfahren sollen. Ihre Leistungen in der letzten Zeit waren also sehr unbefriedigend; es ist zwar nicht die Jahreszeit, um besondere Geschäfte zu machen, das erkennen wir an; aber eine Jahreszeit, um keine Geschäfte zu machen, gibt es überhaupt nicht, Herr Samsa, darf es nicht geben.« »Aber Herr Prokurist«, rief Gregor außer sich und vergaß in der Aufregung alles andere, »ich mache ja sofort, augenblicklich auf. Ein leichtes Unwohlsein, ein Schwindelanfall, haben mich verhindert aufzustehen. Ich liege noch jetzt im Bett. Jetzt bin ich aber schon wieder ganz frisch. Eben steige ich aus dem Bett. Nur einen kleinen Augenblick Geduld! Es geht noch nicht so gut, wie ich dachte. Es ist mir aber schon wohl. Wie das nur einen Menschen so überfallen kann! Noch gestern abend war mir ganz gut, meine Eltern wissen es ja, oder besser, schon gestern abend hatte ich eine kleine Vorahnung. Man hätte es mir ansehen müssen. Warum habe ich es nur im Geschäft nicht gemeldet! Aber man denkt eben immer, daß man die Krankheit ohne Zuhausebleiben überstehen wird. Herr Prokurist! Schonen Sie meine Eltern! Für alle die Vorwürfe, die Sie mir jetzt machen, ist ja kein Grund; man hat mir ja davon auch kein Wort gesagt. Sie haben vielleicht die letzten Aufträge, die ich geschickt habe, nicht gelesen. Übrigens, noch mit dem Achtuhrzug fahre ich auf die Reise, die paar Stunden Ruhe haben mich gekräftigt. Halten Sie sich nur nicht auf, Herr Prokurist; ich bin gleich selbst im Geschäft, und haben Sie die Güte, das zu sagen und mich dem Herrn Chef zu empfehlen!«

Und während Gregor dies alles hastig ausstieß und kaum wußte, was er sprach, hatte er sich leicht, wohl infolge der im Bett bereits erlangten Übung, dem Kasten genähert und versuchte nun, an ihm sich aufzurichten. Er wollte tatsächlich die Tür aufmachen, tatsächlich sich sehen lassen und mit dem Prokuristen sprechen; er war begierig zu erfahren, was die anderen, die jetzt so nach ihm verlangten, bei seinem Anblick sagen würden. Würden sie erschrecken, dann hatte Gregor keine Verantwortung mehr und konnte ruhig sein. Würden sie aber alles ruhig hinnehmen, dann hatte auch er keinen Grund sich aufzuregen, und konnte, wenn er sich beeilte, um acht Uhr tatsächlich auf dem Bahnhof sein. Zuerst glitt er nun einige Male von dem glatten Kasten ab, aber endlich gab er sich einen letzten Schwung und stand aufrecht da; auf die Schmerzen im Unterleib achtete er gar nicht mehr, so sehr sie auch brannten. Nun ließ er sich gegen die Rückenlehne eines nahen Stuhles fallen, an deren Rändern er sich mit seinen Beinchen festhielt. Damit hatte er aber auch die Herrschaft über sich erlangt und verstummte, denn nun konnte er den Prokuristen anhören.

»Haben Sie auch nur ein Wort verstanden?« fragte der Prokurist die Eltern, »er macht sich doch wohl nicht einen Narren aus uns?« »Um Gottes willen«, rief die Mutter schon unter Weinen, »er ist vielleicht schwerkrank, und wir quälen ihn. Grete! Grete!« schrie sie dann. »Mutter?« rief die Schwester von der anderen Seite. Sie verständigten sich durch Gregors Zimmer. »Du mußt augenblicklich zum Arzt. Gregor ist krank. Rasch um den Arzt. Hast du Gregor jetzt reden hören?« »Das war eine Tierstimme«, sagte der Prokurist, auffallend leise gegenüber dem Schreien der Mutter. »Anna! Anna!« rief der Vater durch das Vorzimmer in die Küche und klatschte in die Hände, »sofort einen Schlosser holen!« Und schon liefen die zwei Mädchen mit rauschenden Röcken durch das Vorzimmer – wie hatte sich die Schwester denn so schnell angezogen? – und rissen die Wohnungstüre auf. Man hörte gar nicht die Türe zuschlagen; sie hatten sie wohl offen gelassen, wie es in Wohnungen zu sein pflegt, in denen ein großes Unglück geschehen ist.

Gregor war aber viel ruhiger geworden. Man verstand zwar also seine Worte nicht mehr, trotzdem sie ihm genug klar, klarer als früher, vorgekommen waren, vielleicht infolge der Gewöhnung des Ohres. Aber immerhin glaubte man nun schon daran, daß es mit ihm nicht ganz in Ordnung war, und war bereit, ihm zu helfen. Die Zuversicht und Sicherheit, mit welchen die ersten Anordnungen getroffen worden waren, taten ihm wohl. Er fühlte sich wieder einbezogen in den menschlichen Kreis und erhoffte von beiden, vom Arzt und vom Schlosser, ohne sie eigentlich genau zu scheiden, großartige und überraschende Leistungen. Um für die sich nähernden entscheidenden Besprechungen eine möglichst klare Stimme zu bekommen, hustete er ein wenig ab, allerdings bemüht, dies ganz gedämpft zu tun, da möglicherweise auch schon dieses Geräusch anders als menschlicher Husten klang, was er selbst zu entscheiden sich nicht mehr getraute. Im Nebenzimmer war es inzwischen ganz still geworden. Vielleicht saßen die Eltern mit dem Prokuristen beim Tisch und tuschelten, vielleicht lehnten alle an der Türe und horchten.

Gregor schob sich langsam mit dem Sessel zur Tür hin, ließ ihn dort los, warf sich gegen die Tür, hielt sich an ihr aufrecht – die Ballen seiner Beinchen hatten ein wenig Klebstoff – und ruhte sich dort einen Augenblick lang von der Anstrengung aus. Dann aber machte er sich daran, mit dem Mund den Schlüssel im Schloß umzudrehen. Es schien leider, daß er keine eigentlichen Zähne hatte, – womit sollte er gleich den Schlüssel fassen? – aber dafür waren die Kiefer freilich sehr stark; mit ihrer Hilfe brachte er auch wirklich den Schlüssel in Bewegung und achtete nicht darauf, daß er sich zweifellos irgendeinen Schaden zufügte, denn eine braune Flüssigkeit kam ihm aus dem Mund, floß über den Schlüssel und tropfte auf den Boden. »Hören Sie nur«, sagte der Prokurist im Nebenzimmer, »er dreht den Schlüssel um.« Das war für Gregor eine große Aufmunterung; aber alle hätten ihm zurufen sollen, auch der Vater und die Mutter: ›Frisch, Gregor‹, hätten sie rufen sollen, ›immer nur heran, fest an das Schloß heran!‹ Und in der Vorstellung, daß alle seine Bemühungen mit Spannung verfolgten, verbiß er sich mit allem, was er an Kraft aufbringen konnte, besinnungslos in den Schlüssel. Je nach dem Fortschreiten der Drehung des Schlüssels umtanzte er das Schloß; hielt sich jetzt nur noch mit dem Munde aufrecht, und je nach Bedarf hing er sich an den Schlüssel oder drückte ihn dann wieder nieder mit der ganzen Last seines Körpers. Der hellere Klang des endlich zurückschnappenden Schlosses erweckte Gregor förmlich. Aufatmend sagte er sich: ›Ich habe also den Schlosser nicht gebraucht‹, und legte den Kopf auf die Klinke, um die Türe gänzlich zu öffnen.

Da er die Türe auf diese Weise öffnen mußte, war sie eigentlich schon recht weit geöffnet, und er selbst noch nicht zu sehen. Er mußte sich erst langsam um den einen Türflügel herumdrehen, und zwar sehr vorsichtig, wenn er nicht gerade vor dem Eintritt ins Zimmer plump auf den Rücken fallen wollte. Er war noch mit jener schwierigen Bewegung beschäftigt und hatte nicht Zeit, auf anderes zu achten, da hörte er schon den Prokuristen ein lautes »Oh!« ausstoßen – es klang, wie wenn der Wind saust – und nun sah er ihn auch, wie er, der der Nächste an der Türe war, die Hand gegen den offenen Mund drückte und langsam zurückwich, als vertreibe ihn eine unsichtbare, gleichmäßig fortwirkende Kraft. Die Mutter – sie stand hier trotz der Anwesenheit des Prokuristen mit von der Nacht her noch aufgelösten, hoch sich sträubenden Haaren – sah zuerst mit gefalteten Händen den Vater an, ging dann zwei Schritte zu Gregor hin und fiel inmitten ihrer rings um sie herum sich ausbreitenden Röcke nieder, das Gesicht ganz unauffindbar zu ihrer Brust gesenkt. Der Vater ballte mit feindseligem Ausdruck die Faust, als wolle er Gregor in sein Zimmer zurückstoßen, sah sich dann unsicher im Wohnzimmer um, beschattete dann mit den Händen die Augen und weinte, daß sich seine mächtige Brust schüttelte.

Gregor trat nun gar nicht in das Zimmer, sondern lehnte sich von innen an den festgeriegelten Türflügel, so daß sein Leib nur zur Hälfte und darüber der seitlich geneigte Kopf zu sehen war, mit dem er zu den anderen hinüberlugte. Es war inzwischen viel heller geworden; klar stand auf der anderen Straßenseite ein Ausschnitt des gegenüberliegenden, endlosen, grauschwarzen Hauses – es war ein Krankenhaus – mit seinen hart die Front durchbrechenden regelmäßigen Fenstern; der Regen fiel noch nieder, aber nur mit großen, einzeln sichtbaren und förmlich auch einzeln leise auf die Erde hinuntergeworfenen Tropfen. Das Frühstücksgeschirr stand in überreicher Zahl auf dem Tisch, denn für den Vater war das Frühstück die wichtigste Mahlzeit des Tages, die er bei der Lektüre verschiedener Zeitungen stundenlang hinzog. Gerade an der gegenüberliegenden Wand hing eine Fotografie Gregors aus seiner Militärzeit, die ihn als Leutnant darstellte, wie er, die Hand am Degen, sorglos lächelnd, Respekt für seine Haltung und Uniform verlangte. Die Tür zum Vorzimmer war geöffnet, und man sah, da auch die Wohnungstür offen war, auf den Vorplatz der Wohnung hinaus und auf den Beginn der abwärts führenden Treppe.

»Nun«, sagte Gregor und war sich dessen wohl bewußt, daß er der einzige war, der die Ruhe bewahrt hatte, »ich werde mich gleich anziehen, die Kollektion zusammenpacken und wegfahren. Wollt ihr, wollt ihr mich wegfahren lassen? Nun, Herr Prokurist, Sie sehen, ich bin nicht starrköpfig und ich arbeite gern; das Reisen ist beschwerlich, aber ich könnte ohne das Reisen nicht leben. Wohin gehen Sie denn, Herr Prokurist? Ins Geschäft? Ja? Werden Sie alles wahrheitsgetreu berichten? Man kann im Augenblick unfähig sein zu arbeiten, aber dann ist gerade der richtige Zeitpunkt, sich an die früheren Leistungen zu erinnern und zu bedenken, daß man später, nach Beseitigung des Hindernisses, gewiß desto fleißiger und gesammelter arbeiten wird. Ich bin ja dem Herrn Chef so sehr verpflichtet, das wissen Sie doch recht gut. Andererseits habe ich die Sorge um meine Eltern und die Schwester. Ich bin in der Klemme, ich werde mich aber auch wieder herausarbeiten. Machen Sie es mir aber nicht schwieriger, als es schon ist. Halten Sie im Geschäft meine Partei! Man liebt den Reisenden nicht, ich weiß. Man denkt, er verdient ein Heidengeld und führt dabei ein schönes Leben. Man hat eben keine besondere Veranlassung, dieses Vorurteil besser zu durchdenken. Sie aber, Herr Prokurist, Sie haben einen besseren Überblick über die Verhältnisse als das sonstige Personal, ja sogar, ganz im Vertrauen gesagt, einen besseren Überblick als der Herr Chef selbst, der in seiner Eigenschaft als Unternehmer sich in seinem Urteil leicht zuungunsten eines Angestellten beirren läßt. Sie wissen auch sehr wohl, daß der Reisende, der fast das ganze Jahr außerhalb des Geschäftes ist, so leicht ein Opfer von Klatschereien, Zufälligkeiten und grundlosen Beschwerden werden kann, gegen die sich zu wehren ihm ganz unmöglich ist, da er von ihnen meistens gar nichts erfährt und nur dann, wenn er erschöpft eine Reise beendet hat, zu Hause die schlimmen, auf ihre Ursachen hin nicht mehr zu durchschauenden Folgen am eigenen Leibe zu spüren bekommt. Herr Prokurist, gehen Sie nicht weg, ohne mir ein Wort gesagt zu haben, das mir zeigt, daß Sie mir wenigstens zu einem kleinen Teil recht geben!«

Aber der Prokurist hatte sich schon bei den ersten Worten Gregors abgewendet, und nur über die zuckende Schulter hinweg sah er mit aufgeworfenen Lippen nach Gregor zurück. Und während Gregors Rede stand er keinen Augenblick still, sondern verzog sich, ohne Gregor aus den Augen zu lassen, gegen die Tür, aber ganz allmählich, als bestehe ein geheimes Verbot, das Zimmer zu verlassen. Schon war er im Vorzimmer, und nach der plötzlichen Bewegung, mit der er zum letztenmal den Fuß aus dem Wohnzimmer zog, hätte man glauben können, er habe sich soeben die Sohle verbrannt. Im Vorzimmer aber streckte er die rechte Hand weit von sich zur Treppe hin, als warte dort auf ihn eine geradezu überirdische Erlösung.

Gregor sah ein, daß er den Prokuristen in dieser Stimmung auf keinen Fall weggehen lassen dürfe, wenn dadurch seine Stellung im Geschäft nicht aufs äußerste gefährdet werden sollte. Die Eltern verstanden das alles nicht so gut; sie hatten sich in den langen Jahren die Überzeugung gebildet, daß Gregor in diesem Geschäft für sein

Leben versorgt war, und hatten außerdem jetzt mit den augenblicklichen Sorgen so viel zu tun, daß ihnen jede Voraussicht abhanden gekommen war. Aber Gregor hatte diese Voraussicht. Der Prokurist mußte gehalten, beruhigt, überzeugt und schließlich gewonnen werden; die Zukunft Gregors und seiner Familie hing doch davon ab! Wäre doch die Schwester hier gewesen! Sie war klug; sie hatte schon geweint, als Gregor noch ruhig auf dem Rücken lag. Und gewiß hätte der Prokurist, dieser Damenfreund, sich von ihr lenken lassen; sie hätte die Wohnungstür zugemacht und ihm im Vorzimmer den Schrecken ausgeredet. Aber die Schwester war eben nicht da, Gregor selbst mußte handeln. Und ohne daran zu denken, daß er seine gegenwärtigen Fähigkeiten, sich zu bewegen, noch gar nicht kannte, ohne auch daran zu denken, daß seine Rede möglicher-, ja wahrscheinlicherweise wieder nicht verstanden worden war, verließ er den Türflügel; schob sich durch die Öffnung; wollte zum Prokuristen hingehen, der sich schon am Geländer des Vorplatzes lächerlicherweise mit beiden Händen festhielt; fiel aber sofort, nach einem Halt suchend, mit einem kleinen Schrei auf seine vielen Beinchen nieder.

Kaum war das geschehen, fühlte er zum erstenmal an diesem Morgen ein körperliches Wohlbehagen; die Beinchen hatten festen Boden unter sich; sie gehorchten vollkommen, wie er zu seiner Freude merkte; strebten sogar danach, ihn fortzutragen, wohin er wollte; und schon glaubte er, die endgültige Besserung alles Leidens stehe unmittelbar bevor. Aber im gleichen Augenblick, als er da schaukelnd vor verhaltener Bewegung, gar nicht weit von seiner Mutter entfernt, ihr gerade gegenüber auf dem Boden lag, sprang diese, die doch so ganz in sich versunken schien, mit einem Male in die Höhe, die Arme weit ausgestreckt, die Finger gespreizt, rief. »Hilfe, um Gottes willen, Hilfe!«, hielt den Kopf geneigt, als wolle sie Gregor besser sehen, lief aber, im Widerspruch dazu, sinnlos zurück; hatte vergessen, daß hinter ihr der gedeckte Tisch stand; setzte sich, als sie bei ihm angekommen war, wie in Zerstreutheit, eilig auf ihn; und schien gar nicht zu merken, daß neben ihr aus der umgeworfenen großen Kanne der Kaffee in vollem Strome auf den Teppich sich ergoß.

»Mutter, Mutter«, sagte Gregor leise und sah zu ihr hinauf. Der Prokurist war ihm für einen Augenblick ganz aus dem Sinn gekommen; dagegen konnte er sich nicht versagen, im Anblick des fließenden Kaffees mehrmals mit den Kiefern ins Leere zu schnappen. Darüber schrie die Mutter neuerdings auf, flüchtete vom Tisch und fiel dem ihr entgegeneilenden Vater in die Arme. Aber Gregor hatte jetzt keine Zeit für seine Eltern; der Prokurist war schon auf der Treppe; das Kinn auf dem Geländer, sah er noch zum letzten Male zurück. Gregor nahm einen Anlauf, um ihn möglichst sicher einzuholen; der Prokurist mußte etwas ahnen, denn er machte einen Sprung über mehrere Stufen und verschwand; »Hu!« aber schrie er noch, es klang durchs ganze Treppenhaus. Leider schien nun auch diese Flucht des Prokuristen den Vater, der bisher verhältnismäßig gefaßt gewesen war, völlig zu verwirren, denn statt selbst dem Prokuristen nachzulaufen oder wenigstens Gregor in der Verfolgung nicht zu hindern, packte er mit der Rechten den Stock des Prokuristen, den dieser mit Hut und Überzieher auf einem Sessel zurückgelassen hatte, holte mit der Linken eine große Zeitung vom Tisch und machte sich unter Füßestampfen daran, Gregor durch Schwenken des Stockes und der Zeitung in sein Zimmer zurückzutreiben. Kein Bitten Gregors half, kein Bitten wurde auch verstanden, er mochte den Kopf noch so demütig drehen, der Vater stampfte nur stärker mit den Füßen. Drüben hatte die Mutter trotz des kühlen Wetters ein Fenster aufgerissen, und hinausgelehnt drückte sie ihr Gesicht weit außerhalb des Fensters in ihre Hände. Zwischen Gasse und Treppenhaus entstand eine starke Zugluft, die Fenstervorhänge flogen auf, die Zeitungen auf dem Tische rauschten, einzelne Blätter wehten über den Boden hin. Unerbittlich drängte der Vater und stieß Zischlaute aus, wie ein Wilder. Nun hatte aber Gregor noch gar keine Übung im Rückwärtsgehen, es ging wirklich sehr langsam. Wenn sich Gregor nur hätte umdrehen dürfen, er wäre gleich in seinem Zimmer gewesen, aber er fürchtete sich, den Vater durch die zeitraubende Umdrehung ungeduldig zu machen, und jeden Augenblick drohte ihm doch von dem Stock in des Vaters Hand der tödliche Schlag auf den Rücken oder auf den Kopf. Endlich aber blieb Gregor doch nichts anderes übrig, denn er merkte mit Entsetzen, daß er im Rückwärtsgehen nicht einmal die Richtung einzuhalten verstand; und so begann er, unter unaufhörlichen ängstlichen Seitenblicken nach dem Vater, sich nach Möglichkeit rasch, in Wirklichkeit aber doch nur sehr langsam umzudrehen. Vielleicht merkte der Vater seinen guten Willen, denn er störte ihn hierbei nicht, sondern dirigierte sogar hie und da die Drehbewegung von der Ferne mit der Spitze seines Stockes. Wenn nur nicht dieses unerträgliche Zischen des Vaters gewesen wäre! Gregor verlor darüber ganz den Kopf. Er war schon fast ganz umgedreht, als er sich, immer auf dieses Zischen horchend, sogar irrte und sich wieder ein Stück zurückdrehte. Als er aber endlich glücklich mit dem Kopf vor der Türöffnung war, zeigte es sich, daß sein Körper zu breit war, um ohne weiteres durchzukommen. Dem Vater fiel es natürlich in seiner gegenwärtigen Verfassung auch nicht entfernt ein, etwa den anderen Türflügel zu öffnen, um für Gregor einen genügenden Durchgang zu schaffen. Seine fixe Idee war bloß, daß Gregor so rasch als möglich in sein Zimmer müsse. Niemals hätte er auch die umständlichen Vorbereitungen gestattet, die Gregor brauchte, um sich aufzurichten und vielleicht auf diese Weise durch die Tür zu kommen. Vielmehr trieb er, als gäbe es kein Hindernis, Gregor jetzt unter besonderem Lärm vorwärts; es klang schon hinter Gregor gar nicht mehr wie die Stimme bloß eines einzigen Vaters; nun gab es wirklich keinen Spaß mehr, und Gregor drängte sich – geschehe was wolle – in die Tür. Die eine Seite seines Körpers hob sich, er lag schief in der Türöffnung, seine eine Flanke war ganz wundgerieben, an der weißen Tür blieben häßliche Flekken, bald steckte er fest und hätte sich allein nicht mehr rühren können, die Beinchen auf der einen Seite hingen zitternd oben in der Luft, die auf der anderen waren schmerzhaft zu Boden gedrückt – da gab ihm der Vater von hinten einen jetzt wahrhaftig erlösenden starken Stoß, und er flog, heftig blutend weit in sein Zimmer hinein. Die Tür wurde noch mit dem Stock zugeschlagen, dann war es endlich still.

II

Erst in der Abenddämmerung erwachte Gregor aus seinem schweren ohnmachtsähnlichen Schlaf. Er wäre gewiß nicht viel später auch ohne Störung erwacht, denn er fühlte sich genügend ausgeruht und ausgeschlafen, doch schien es ihm, als hätte ihn ein flüchtiger Schritt und ein vorsichtiges Schließen der zum Vorzimmer führenden Tür geweckt. Der Schein der elektrischen Straßenlampen lag bleich hier und da auf der Zimmerdecke und auf den höheren Teilen der Möbel, aber unten bei Gregor war es finster. Langsam schob er sich, noch ungeschickt mit seinen Fühlern tastend, die er erst jetzt schätzen lernte, zur Türe hin, um nachzusehen, was dort geschehen war. Seine linke Seite schien eine einzige lange, unangenehm spannende Narbe, und er mußte auf seinen zwei Beinreihen regelrecht hinken. Ein Beinchen war übrigens im Laufe der vormittägigen Vorfälle schwer verletzt worden – es war fast ein Wunder, daß nur eines verletzt worden war – und schleppte leblos nach.

Erst bei der Tür merkte er, was ihn dorthin eigentlich gelockt hatte; es war der Geruch von etwas Eßbarem gewesen. Denn dort stand ein Napf mit süßer Milch gefüllt, in der kleine Schnitten von Weißbrot schwammen. Fast hätte er vor Freude gelacht, denn er hatte noch größeren Hunger als am Morgen, und gleich tauchte er seinen Kopf fast bis über die Augen in die Milch hinein. Aber bald zog er ihn enttäuscht wieder zurück; nicht nur, daß ihm das Essen wegen seiner heiklen linken Seite Schwierigkeiten machte – und er konnte nur essen, wenn der ganze Körper schnaufend mitarbeitete –, so schmeckte ihm überdies die Milch, die sonst sein Lieblingsgetränk war, und die ihm gewiß die Schwester deshalb hereingestellt hatte, gar nicht, ja er wandte sich fast mit Widerwillen von dem Napf ab und kroch in die Zimmermitte zurück.

Im Wohnzimmer war, wie Gregor durch die Türspalte sah, das Gas angezündet, aber während sonst zu dieser Tageszeit der Vater seine nachmittags erscheinende Zeitung der Mutter und manchmal auch der Schwester mit erhobener Stimme vorzulesen pflegte, hörte man jetzt keinen Laut. Nun, vielleicht war dieses Vorlesen, von dem ihm die Schwester immer erzählte und schrieb, in der letzten Zeit überhaupt aus der Übung gekommen. Aber auch ringsherum war es so still, trotzdem doch gewiß die Wohnung nicht leer war. ›Was für ein stilles Leben die Familie doch führte‹, sagte sich Gregor und fühlte, während er starr vor sich ins Dunkle sah, einen großen Stolz darüber, daß er seinen Eltern und seiner Schwester ein solches Leben in einer so schönen Wohnung hatte verschaffen können. Wie aber, wenn jetzt alle Ruhe, aller Wohlstand, alle Zufriedenheit ein Ende mit Schrecken nehmen sollten? Um sich nicht in solche Gedanken zu verlieren, setzte sich Gregor lieber in Bewegung und kroch im Zimmer auf und ab.

Einmal während des langen Abends wurde die eine Seitentür und einmal die andere bis zu einer kleinen Spalte geöffnet und rasch wieder geschlossen; jemand hatte wohl das Bedürfnis hereinzukommen, aber auch wieder zu viele Bedenken. Gregor machte nun unmittelbar bei der Wohnzimmertür halt, entschlossen, den zögernden Besucher doch irgendwie hereinzubringen oder doch wenigstens zu erfahren, wer es sei; aber nun wurde die Tür nicht mehr geöffnet und Gregor wartete vergebens. Früh, als die Türen versperrt waren, hatten alle zu ihm hereinkommen wollen, jetzt, da er die eine Tür geöffnet hatte und die anderen offenbar während des Tages geöffnet worden waren, kam keiner mehr, und die Schlüssel steckten nun auch von außen.

Spät erst in der Nacht wurde das Licht im Wohnzimmer ausgelöscht, und nun war leicht festzustellen, daß die Eltern und die Schwester so lange wachgeblieben waren, denn wie man genau hören konnte, entfernten sich jetzt alle drei auf den Fußspitzen. Nun kam gewiß bis zum Morgen niemand mehr zu Gregor herein; er hatte also eine lange Zeit, um ungestört zu überlegen, wie er sein Leben jetzt neu ordnen sollte. Aber das hohe freie Zimmer, in dem er gezwungen war, flach auf dem Boden zu liegen, ängstigte ihn, ohne daß er die Ursache herausfinden konnte, denn es war ja sein seit fünf Jahren von ihm bewohntes Zimmer – und mit einer halb unbewußten Wendung und nicht ohne eine leichte Scham eilte er unter das Kanapee, wo er sich, trotzdem sein Rücken ein wenig gedrückt wurde und trotzdem er den Kopf nicht mehr erheben konnte, gleich sehr behaglich fühlte und nur bedauerte, daß sein Körper zu breit war, um vollständig unter dem Kanapee untergebracht zu werden.

Dort blieb er die ganze Nacht, die er zum Teil im Halbschlaf, aus dem ihn der Hunger immer wieder aufschreckte, verbrachte, zum Teil aber in Sorgen und undeutlichen Hoffnungen, die aber alle zu dem Schlusse führten, daß er sich vorläufig ruhig verhalten und durch Geduld und größte Rücksichtnahme der Familie die Unannehmlichkeiten erträglich machen müsse, die er ihr in seinem gegenwärtigen Zustand nun einmal zu verursachen gezwungen war.

Schon am frühen Morgen, es war fast noch Nacht, hatte Gregor Gelegenheit, die Kraft seiner eben gefaßten Entschlüsse zu prüfen, denn vom Vorzimmer her öffnete die Schwester, fast völlig angezogen, die Tür und sah mit Spannung herein. Sie fand ihn nicht gleich, aber als sie ihn unter dem Kanapee bemerkte – Gott, er mußte doch irgendwo sein, er hatte doch nicht wegfliegen können –, erschrak sie so sehr, daß sie, ohne sich beherrschen zu können, die Tür von außen wieder zuschlug. Aber als bereue sie ihr Benehmen, öffnete sie die Tür sofort wieder und trat, als sei sie bei einem Schwerkranken oder gar bei einem Fremden, auf den Fußspitzen herein. Gregor hatte den Kopf bis knapp zum Rande des Kanapees vorgeschoben und beobachtete sie. Ob sie wohl bemerken würde, daß er die Milch stehengelassen hatte, und zwar keineswegs aus Mangel an Hunger, und ob sie eine andere Speise hereinbringen würde, die ihm besser entsprach? Täte sie es nicht von selbst, er wollte lieber verhungern, als sie darauf aufmerksam machen, trotzdem es ihn eigentlich ungeheuer drängte, unterm Kanapee vorzuschießen, sich der Schwester zu Füßen zu werfen und sie um irgend etwas Gutes zum Essen zu bitten. Aber die Schwester bemerkte sofort mit Verwunderung den noch vollen Napf, aus dem nur ein wenig Milch ringsherum verschüttet war, sie hob ihn gleich auf, zwar nicht mit den bloßen Händen, sondern mit einem Fetzen, und trug ihn hinaus. Gregor war äußerst neugierig, was sie zum Ersatze bringen würde, und er machte sich die verschiedensten Gedanken darüber. Niemals aber hätte er erraten können, was die Schwester in ihrer Güte wirklich tat. Sie brachte ihm, um seinen Geschmack zu prüfen, eine ganze Auswahl, alles auf einer alten Zeitung ausgebreitet. Da war altes halbverfaultes Gemüse; Knochen vom Nachtmahl her, die von festgewordener weißer Soße umgeben waren; ein paar Rosinen und Mandeln; ein Käse, den Gregor vor zwei Tagen für ungenießbar erklärt hatte; ein trockenes Brot, ein mit Butter beschmiertes Brot und ein mit Butter beschmiertes und gesalzenes Brot. Außerdem stellte sie zu dem allen noch den wahrscheinlich ein für allemal für Gregor bestimmten Napf, in den sie Wasser gegossen hatte. Und aus Zartgefühl, da sie wußte, daß Gregor vor ihr nicht essen würde, entfernte sie sich eiligst und drehte sogar den Schlüssel um, damit nur Gregor merken könne, daß er es sich so behaglich machen dürfe, wie er wolle. Gregors Beinchen schwirrten, als es jetzt zum Essen ging. Seine Wunden mußten übrigens auch schon vollständig geheilt sein, er fühlte keine Behinderung mehr, er staunte darüber und dachte daran, wie er vor mehr als einem Monat sich mit dem Messer ganz wenig in den Finger geschnitten, und wie ihm diese Wunde noch vorgestern genug weh getan hatte. ›Sollte ich jetzt weniger Feingefühl haben?‹ dachte er und saugte schon gierig an dem Käse, zu dem es ihn vor allen anderen Speisen sofort und nachdrücklich gezogen hatte. Rasch hintereinander und mit vor Befriedigung tränenden Augen verzehrte er den Käse, das Gemüse und die Soße; die frischen Speisen dagegen schmeckten ihm nicht, er konnte nicht einmal ihren Geruch vertragen und schleppte sogar die Sachen, die er essen wollte, ein Stückchen weiter weg. Er war schon längst mit allem fertig und lag nur noch faul auf der gleichen Stelle, als die Schwester zum Zeichen, daß er sich zurückziehen solle, langsam den Schlüssel umdrehte. Das schreckte ihn sofort auf, trotzdem er schon fast schlummerte, und er eilte wieder unter das Kanapee. Aber es kostete ihn große Selbstüberwindung, auch nur die kurze Zeit, während welcher die Schwester im Zimmer war, unter dem Kanapee zu bleiben, denn von dem reichlichen Essen hatte sich sein Leib ein wenig gerundet und er konnte dort in der Enge kaum atmen. Unter kleinen Erstickungsanfällen sah er mit etwas hervorgequollenen Augen zu, wie die nichtsahnende Schwester mit einem Besen nicht nur die Überbleibsel zusammenkehrte, sondern selbst die von Gregor gar nicht berührten Speisen, als seien also auch diese nicht mehr zu gebrauchen, und wie sie alles hastig in einen Kübel schüttete, den sie mit einem Holzdeckel schloß, worauf sie alles hinaustrug. Kaum hatte sie sich umgedreht, zog sich schon Gregor unter dem Kanapee hervor und streckte und blähte sich.

Auf diese Weise bekam nun Gregor täglich sein Essen, einmal am Morgen, wenn die Eltern und das Dienstmädchen noch schliefen, das zweitemal nach dem allgemeinen Mittagessen, denn dann schliefen die Eltern gleichfalls noch ein Weilchen, und das Dienstmädchen wurde von der Schwester mit irgendeiner Besorgung weggeschickt. Gewiß wollten auch sie nicht, daß Gregor verhungere, aber vielleicht hätten sie es nicht ertragen können, von seinem Essen mehr als durch Hörensagen zu erfahren, vielleicht wollte die Schwester ihnen auch eine möglicherweise nur kleine Trauer ersparen, denn tatsächlich litten sie ja gerade genug.

Mit welchen Ausreden man an jenem ersten Vormittag den Arzt und den Schlosser wieder aus der Wohnung geschafft hatte, konnte Gregor gar nicht erfahren, denn da er nicht verstanden wurde, dachte niemand daran, auch die Schwester nicht, daß er die anderen verstehen könne, und so mußte er sich, wenn die Schwester in seinem Zimmer war, damit begnügen, nur hier und da ihre Seufzer und Anrufe der Heiligen zu hören. Erst später, als sie sich ein wenig an alles gewöhnt hatte – von vollständiger Gewöhnung konnte natürlich niemals die Rede sein –, erhaschte Gregor manchmal eine Bemerkung, die freundlich gemeint war oder so gedeutet werden konnte. »Heute hat es ihm aber geschmeckt«, sagte sie, wenn Gregor unter dem Essen tüchtig aufgeräumt hatte, während sie im gegenteiligen Fall, der sich allmählich immer häufiger wiederholte, fast traurig zu sagen pflegte: »Nun ist wieder alles stehen geblieben.«

Während aber Gregor unmittelbar keine Neuigkeit erfahren konnte, erhorchte er manches aus den Nebenzimmern, und wo er nur einmal Stimmen hörte, lief er gleich zu der betreffenden Tür und drückte sich mit ganzem Leib an sie. Besonders in der ersten Zeit gab es kein Gespräch, das nicht irgendwie, wenn auch nur im geheimen, von ihm handelte. Zwei Tage lang waren bei allen Mahlzeiten Beratungen darüber zu hören, wie man sich jetzt verhalten solle; aber auch zwischen den Mahlzeiten sprach man über das gleiche Thema, denn immer waren zumindest zwei Familienmitglieder zu Hause, da wohl niemand allein zu Hause bleiben wollte und man die Wohnung doch auf keinen Fall gänzlich verlassen konnte. Auch hatte das Dienstmädchen gleich am ersten Tag – es war nicht ganz klar, was und wieviel sie von dem Vorgefallenen wußte – kniefällig die Mutter gebeten, sie sofort zu entlassen, und als sie sich eine Viertelstunde danach verabschiedete, dankte sie für die Entlassung unter Tränen, wie für die größte Wohltat, die man ihr erwiesen hatte, und gab, ohne daß man es von ihr verlangte, einen fürchterlichen Schwur ab, niemandem auch nur das Geringste zu verraten.

Nun mußte die Schwester im Verein mit der Mutter auch kochen; allerdings machte das nicht viel, Mühe, denn man aß fast nichts. Immer wieder hörte Gregor, wie der eine den anderen vergebens zum Essen aufforderte und keine andere Antwort bekam, als: »Danke, ich habe genug« oder etwas Ähnliches. Getrunken wurde vielleicht auch nichts. Öfters fragte die Schwester den Vater, ob er Bier haben wolle, und herzlich erbot sie sich, es selbst zu holen, und als der Vater schwieg, sagte sie, um ihm jedes Bedenken zu nehmen, sie könne auch die Hausmeisterin darum schicken, aber dann sagte der Vater schließlich ein großes »Nein«, und es wurde nicht mehr davon gesprochen.

Schon im Laufe des ersten Tages legte der Vater die ganzen Vermögensverhältnisse und Aussichten sowohl der Mutter, als auch der Schwester dar. Hie und da stand er vom Tische auf und holte aus seiner kleinen Wertheimkassa, die er aus dem vor fünf Jahren erfolgten Zusammenbruch seines Geschäftes gerettet hatte, irgendeinen Beleg oder irgendein Vormerkbuch. Man hörte, wie er das komplizierte Schloß aufsperrte und nach Entnahme des Gesuchten wieder verschloß. Diese Erklärungen des Vaters waren zum Teil das erste Erfreuliche, was Gregor seit seiner Gefangenschaft zu hören bekam. Er war der Meinung gewesen, daß dem Vater von jenem Geschäft her nicht das Geringste übriggeblieben war, zumindest hatte ihm der Vater nichts Gegenteiliges gesagt, und Gregor allerdings hatte ihn auch nicht darum gefragt. Gregors Sorge war damals nur gewesen, alles daranzusetzen, um die Familie das geschäftliche Unglück, das alle in eine vollständige Hoffnungslosigkeit gebracht hatte, möglichst rasch vergessen zu lassen. Und so hatte er damals mit ganz besonderem Feuer zu arbeiten angefangen und war fast über Nacht aus einem kleinen Kommis ein Reisender geworden, der natürlich ganz andere Möglichkeiten des Geldverdienens hatte, und dessen Arbeitserfolge sich sofort in Form der Provision zu Bargeld verwandelten, das der erstaunten und beglückten Familie zu Hause auf den Tisch gelegt werden konnte. Es waren schöne Zeiten gewesen, und niemals nachher hatten sie sich, wenigstens in diesem Glanze, wiederholt, trotzdem Gregor später so viel Geld verdiente, daß er den Aufwand der ganzen Familie zu tragen imstande war und auch trug. Man hatte sich eben daran gewöhnt, sowohl die Familie als auch Gregor, man nahm das Geld dankbar an, er lieferte es gern ab, aber eine besondere Wärme wollte sich nicht mehr ergeben. Nur die Schwester war Gregor doch noch nahe geblieben, und es war sein geheimer Plan, sie, die zum Unterschied von Gregor Musik sehr liebte und rührend Violine zu spielen verstand, nächstes Jahr, ohne Rücksicht auf die großen Kosten, die das verursachen mußte, und die man schon auf andere Weise hereinbringen würde, auf das Konservatorium zu schicken. Öfters während der kurzen Aufenthalte Gregors in der Stadt wurde in den Gesprächen mit der Schwester das Konservatorium erwähnt, aber immer nur als schöner Traum, an dessen Verwirklichung nicht zu denken war, und die Eltern hörten nicht einmal diese unschuldigen Erwähnungen gern; aber Gregor dachte sehr bestimmt daran und beabsichtigte, es am Weihnachtsabend feierlich zu erklären.

Solche in seinem gegenwärtigen Zustand ganz nutzlose Gedanken gingen ihm durch den Kopf, während er dort aufrecht an der Türe klebte und horchte. Manchmal konnte er vor allgemeiner Müdigkeit gar nicht mehr zuhören und ließ den Kopf nachlässig gegen die Tür schlagen, hielt ihn aber sofort wieder fest, denn selbst das kleine Geräusch, das er damit verursacht hatte, war nebenan gehört worden und hatte alle verstummen lassen. »Was er nur wieder treibt«, sagte der Vater nach einer Weile, offenbar zur Türe hingewendet, und dann erst wurde das unterbrochene Gespräch allmählich wieder aufgenommen.

Gregor erfuhr nun zur Genüge – denn der Vater pflegte sich in seinen Erklärungen öfters zu wiederholen, teils, weil er selbst sich mit diesen Dingen schon lange nicht beschäftigt hatte, teils auch, weil die Mutter nicht alles gleich beim erstenmal verstand –, daß trotz allen Unglücks ein allerdings ganz kleines Vermögen aus der alten Zeit noch vorhanden war, das die nicht angerührten Zinsen in der Zwischenzeit ein wenig hatten anwachsen lassen. Außerdem aber war das Geld, das Gregor allmonatlich nach Hause gebracht hatte – er selbst hatte nur ein paar Gulden für sich behalten –, nicht vollständig aufgebraucht worden und hatte sich zu einem kleinen Kapital angesammelt. Gregor, hinter seiner Türe, nickte eifrig, erfreut über diese unerwartete Vorsicht und Sparsamkeit. Eigentlich hätte er ja mit diesen überschüssigen Geldern die Schuld des Vaters gegenüber dem Chef weiter abgetragen haben können, und jener Tag, an dem er diesen Posten hätte loswerden können, wäre weit näher gewesen, aber jetzt war es zweifellos besser so, wie es der Vater eingerichtet hatte.

Nun genügte dieses Geld aber ganz und gar nicht, um die Familie etwa von den Zinsen leben zu lassen; es genügte vielleicht, um die Familie ein, höchstens zwei Jahre zu erhalten, mehr war es nicht. Es war also bloß eine Summe, die man eigentlich nicht angreifen durfte, und die für den Notfall zurückgelegt werden mußte; das Geld zum Leben aber mußte man verdienen. Nun war aber der Vater ein zwar gesunder, aber alter Mann, der schon fünf Jahre nichts gearbeitet hatte und sich jedenfalls nicht viel zutrauen durfte; er hatte in diesen fünf Jahren, welche die ersten Ferien seines mühevollen und doch erfolglosen Lebens waren, viel Fett angesetzt und war dadurch recht schwerfällig geworden. Und die alte Mutter sollte nun vielleicht Geld verdienen, die an Asthma litt, der eine Wanderung durch die Wohnung schon Anstrengung verursachte, und die jeden zweiten Tag in Atembeschwerden auf dem Sofa beim offenen Fenster verbrachte? Und die Schwester sollte Geld verdienen, die noch ein Kind war mit ihren siebzehn Jahren, und der ihre bisherige Lebensweise so sehr zu gönnen war, die daraus bestanden hatte, sich nett zu kleiden, lange zu schlafen, in der Wirtschaft mitzuhelfen, an ein paar bescheidenen Vergnügungen sich zu beteiligen und vor allem Violine zu spielen? Wenn die Rede auf diese Notwendigkeit des Geldverdienens kam, ließ zuerst immer Gregor die Türe los und warf sich auf das neben der Tür befindliche kühle Ledersofa, denn ihm war ganz heiß vor Beschämung und Trauer.

Oft lag er dort die ganzen langen Nächte über, schlief keinen Augenblick und scharrte nur stundenlang auf dem Leder. Oder er scheute nicht die Mühe, einen Sessel zum Fenster zu schieben, dann die Fensterbrüstung hinaufzukriechen und, in den Sessel gestemmt, sich ans Fenster zu lehnen, offenbar nur in irgendeiner Erinnerung an das Befreiende, das früher für ihn darin gelegen war, aus dem Fenster zu schauen. Denn tatsächlich sah er von Tag zu Tag die auch nur ein wenig entfernten Dinge immer undeutlicher; das gegenüberliegende Krankenhaus, dessen nur allzu häufigen Anblick er früher verflucht hatte, bekam er überhaupt nicht mehr zu Gesicht, und wenn er nicht genau gewußt hätte, daß er in der stillen, aber völlig städtischen Charlottenstraße wohnte, hätte er glauben können, von seinem Fenster aus in eine Einöde zu schauen, in welcher der graue Himmel und die graue Erde ununterscheidbar sich vereinigten. Nur zweimal hatte die aufmerksame Schwester sehen müssen, daß der Sessel beim Fenster stand, als sie schon jedesmal, nachdem sie das Zimmer aufgeräumt hatte, den Sessel wieder genau zum Fenster hinschob, ja sogar von nun ab den inneren Fensterflügel offen ließ.

Hätte Gregor nur mit der Schwester sprechen und ihr für alles danken können, was sie für ihn machen mußte, er hätte ihre Dienste leichter ertragen; so aber litt er darunter. Die Schwester suchte freilich die Peinlichkeit des Ganzen möglichst zu verwischen, und je längere Zeit verging, desto besser gelang es ihr natürlich auch, aber auch Gregor durchschaute mit der Zeit alles viel genauer. Schon ihr Eintritt war für ihn schrecklich. Kaum war sie eingetreten, lief sie, ohne sich Zeit zu nehmen, die Türe zu schließen, so sehr sie sonst darauf achtete, jedem den Anblick von Gregors

Zimmer zu ersparen, geradewegs zum Fenster und riß es, als ersticke sie fast, mit hastigen Händen auf, blieb auch, selbst wenn es noch so kalt war, ein Weilchen beim Fenster und atmete tief. Mit diesem Laufen und Lärmen erschreckte sie Gregor täglich zweimal; die ganze Zeit über zitterte er unter dem Kanapee und wußte doch sehr gut, daß sie ihn gewiß gerne damit verschont hätte, wenn es ihr nur möglich gewesen wäre, sich in einem Zimmer, in dem sich Gregor befand, bei geschlossenem Fenster aufzuhalten.

Einmal, es war wohl schon ein Monat seit Gregors Verwandlung vergangen, und es war doch schon für die Schwester kein besonderer Grund mehr, über Gregors Aussehen in Erstaunen zu geraten, kam sie ein wenig früher als sonst und traf Gregor noch an, wie er, unbeweglich und so recht zum Erschrecken aufgestellt, aus dem Fenster schaute. Es wäre für Gregor nicht unerwartet gewesen, wenn sie nicht eingetreten wäre, da er sie durch seine Stellung verhinderte, sofort das Fenster zu öffnen, aber sie trat nicht nur nicht ein, sie fuhr sogar zurück und schloß die Tür; ein Fremder hätte geradezu denken können, Gregor habe ihr aufgelauert und habe sie beißen wollen. Gregor versteckte sich natürlich sofort unter dem Kanapee, aber er mußte bis zum Mittag warten, ehe die Schwester wiederkam, und sie schien viel unruhiger als sonst. Er erkannte daraus, daß ihr sein Anblick noch immer unerträglich war und ihr auch weiterhin unerträglich bleiben müsse, und daß sie sich wohl sehr überwinden mußte, vor dem Anblick auch nur der kleinen Partie seines Körpers nicht davonzulaufen, mit der er unter dem Kanapee hervorragte. Um ihr auch diesen Anblick zu ersparen, trug er eines Tages auf seinem Rücken – er brauchte zu dieser Arbeit vier Stunden – das Leintuch auf das Kanapee und ordnete es in einer solchen Weise an, daß er nun gänzlich verdeckt war, und daß die Schwester, selbst wenn sie sich bückte, ihn nicht sehen konnte. Wäre dieses Leintuch ihrer Meinung nach nicht nötig gewesen, dann hätte sie es ja entfernen können, denn daß es nicht zum Vergnügen Gregors gehören konnte, sich so ganz und gar abzusperren, war doch klar genug, aber sie ließ das Leintuch, so wie es war, und Gregor glaubte sogar einen dankbaren Blick erhascht zu haben, als er einmal mit dem Kopf vorsichtig das Leintuch ein wenig lüftete, um nachzusehen, wie die Schwester die neue Einrichtung aufnahm.

In den ersten vierzehn Tagen konnten es die Eltern nicht über sich bringen, zu ihm hereinzukommen, und er hörte oft, wie sie die jetzige Arbeit der Schwester völlig anerkannten, während sie sich bisher häufig über die Schwester geärgert hatten, weil sie ihnen als ein etwas nutzloses Mädchen erschienen war. Nun aber warteten oft beide, der Vater und die Mutter, vor Gregors Zimmer, während die Schwester dort aufräumte, und kaum war sie herausgekommen, mußte sie ganz genau erzählen, wie es in dem Zimmer aussah, was Gregor gegessen hatte, wie er sich diesmal benommen hatte, und ob vielleicht eine kleine Besserung zu bemerken war. Die Mutter übrigens wollte verhältnismäßig bald Gregor besuchen, aber der Vater und die Schwester hielten sie zuerst mit Vernunftgründen zurück, denen Gregor sehr aufmerksam zuhörte, und die er vollständig billigte. Später aber mußte man sie mit Gewalt zurückhalten, und wenn sie dann rief. »Laßt mich doch zu Gregor, er ist ja mein unglücklicher Sohn! Begreift ihr es denn nicht, daß ich zu ihm muß?«, dann dachte Gregor, daß es vielleicht doch gut wäre, wenn die Mutter hereinkäme, nicht jeden Tag natürlich, aber vielleicht einmal in der Woche; sie verstand doch alles viel besser als die Schwester, die trotz all ihrem Mute doch nur ein Kind war und im letzten Grunde vielleicht nur aus kindlichem Leichtsinn eine so schwere Aufgabe übernommen hatte.

Der Wunsch Gregors, die Mutter zu sehen, ging bald in Erfüllung. Während des Tages wollte Gregor schon aus Rücksicht auf seine Eltern sich nicht beim Fenster zeigen, kriechen konnte er aber auf den paar Quadratmetern des Fußbodens auch nicht viel, das ruhige Liegen ertrug er schon während der Nacht schwer, das Essen machte ihm bald nicht mehr das geringste Vergnügen, und so nahm er zur Zerstreuung die Gewohnheit an, kreuz und quer über Wände und Plafond zu kriechen. Besonders oben auf der Decke hing er gern; es war ganz anders, als das Liegen auf dem Fußboden; man atmete freier; ein leichtes Schwingen ging durch den Körper; und in der fast glücklichen Zerstreutheit, in der sich Gregor dort oben befand, konnte es geschehen, daß er zu seiner eigenen Überraschung sich losließ und auf den Boden klatschte. Aber nun hatte er natürlich seinen Körper ganz anders in der Gewalt als früher und beschädigte sich selbst bei einem so großen Falle nicht. Die Schwester nun bemerkte sofort die neue Unterhaltung, die Gregor für sich gefunden hatte – er hinterließ ja auch beim Kriechen hie und da Spuren seines Klebstoffes –, und da setzte sie es sich in den Kopf, Gregor das Kriechen in größtem Ausmaße zu ermöglichen und die Möbel, die es verhinderten, also vor allem den Kasten und den Schreibtisch, wegzuschaffen. Nun war sie aber nicht imstande, dies allein zu tun; den Vater wagte sie nicht um Hilfe zu bitten; das Dienstmädchen hätte ihr ganz gewiß nicht geholfen, denn dieses etwa sechzehnjährige Mädchen harrte zwar tapfer seit Entlassung der früheren Köchin aus, hatte aber um die Vergünstigung gebeten, die Küche unaufhörlich versperrt halten zu dürfen und nur auf besonderen Anruf öffnen zu müssen; so blieb der Schwester also nichts übrig, als einmal in Abwesenheit des Vaters die Mutter zu holen. Mit Ausrufen erregter Freude kam die Mutter auch heran, verstummte aber an der Tür vor Gregors Zimmer. Zuerst sah natürlich die Schwester nach, ob alles im Zimmer in Ordnung war; dann erst ließ sie die Mutter eintreten. Gregor hatte in größter Eile das Leintuch noch tiefer und mehr in Falten gezogen, das Ganze sah wirklich nur wie ein zufällig über das Kanapee geworfenes Leintuch aus. Gregor unterließ auch diesmal, unter dem Leintuch zu spionieren; er verzichtete darauf, die Mutter schon diesmal zu sehen, und war nur froh, daß sie nun doch gekommen war. »Komm nur, man sieht ihn nicht«, sagte die Schwester, und offenbar führte sie die Mutter an der Hand. Gregor hörte nun, wie die zwei schwachen Frauen den immerhin schweren alten Kasten von seinem Platz rückten, und wie die Schwester immerfort den größten Teil der Arbeit für sich beanspruchte, ohne auf die Warnungen der Mutter zu hören, welche fürchtete, daß sie sich überanstrengen werde. Es dauerte sehr lange. Wohl nach schon viertelstündiger Arbeit sagte die Mutter, man solle den Kasten doch lieber hier lassen, denn erstens sei er zu schwer, sie würden vor Ankunft des Vaters nicht fertig werden und mit dem Kasten in der Mitte des Zimmers Gregor jeden Weg verrammeln, zweitens aber sei es doch gar nicht sicher, daß Gregor mit der Entfernung der Möbel ein Gefallen geschehe. Ihr scheine das Gegenteil der Fall zu sein; ihr bedrücke der Anblick der leeren Wand geradezu das Herz; und warum solle nicht auch Gregor diese Empfindung haben, da er doch an die Zimmermöbel längst gewöhnt sei und sich deshalb im leeren Zimmer verlassen fühlen werde. »Und ist es dann nicht so«, schloß die Mutter ganz leise, wie sie überhaupt fast flüsterte, als wolle sie vermeiden, daß Gregor, dessen genauen Aufenthalt sie ja nicht kannte, auch nur den Klang der Stimme höre, denn daß er die Worte nicht verstand, davon war sie überzeugt, »und ist es nicht so, als ob wir durch die Entfernung der Möbel zeigten, daß wir jede Hoffnung auf Besserung aufgeben und ihn rücksichtslos sich selbst überlassen? Ich glaube, es wäre das beste, wir suchen das Zimmer genau in dem Zustand zu erhalten, in dem es früher war, damit Gregor, wenn er wieder zu uns zurückkommt, alles unverändert findet und um so leichter die Zwischenzeit vergessen kann.«

Beim Anhören dieser Worte der Mutter erkannte Gregor, daß der Mangel jeder unmittelbaren menschlichen Ansprache, verbunden mit dem einförmigen Leben inmitten der Familie, im Laufe dieser zwei Monate seinen Verstand hatte verwirren müssen, denn anders konnte er es sich nicht erklären, daß er ernsthaft darnach hatte verlangen können, daß sein Zimmer ausgeleert würde. Hatte er wirklich Lust, das warme, mit ererbten Möbeln gemütlich ausgestattete Zimmer in eine Höhle verwandeln zu lassen, in der er dann freilich nach allen Richtungen ungestört würde kriechen können, jedoch auch unter gleichzeitigem schnellen, gänzlichen Vergessen seiner menschlichen Vergangenheit? War er doch jetzt schon nahe daran, zu vergessen, und nur die seit langem nicht gehörte Stimme der Mutter hatte ihn aufgerüttelt. Nichts sollte entfernt werden; alles mußte bleiben; die guten Einwirkungen der Möbel auf seinen Zustand konnte er nicht entbehren; und wenn die Möbel ihn hinderten, das sinnlose Herumkriechen zu betreiben, so war es kein Schaden, sondern ein großer Vorteil.

Aber die Schwester war leider anderer Meinung; sie hatte sich, allerdings nicht ganz unberechtigt, angewöhnt, bei Besprechung der Angelegenheiten Gregors als besonders Sachverständige gegenüber den Eltern aufzutreten, und so war auch jetzt der Rat der Mutter für die Schwester Grund genug, auf der Entfernung nicht nur des Kastens und des Schreibtisches, an die sie zuerst allein gedacht hatte, sondern auf der Entfernung sämtlicher Möbel, mit Ausnahme des unentbehrlichen Kanapees, zu bestehen. Es war natürlich nicht nur kindlicher Trotz und das in der letzten Zeit so unerwartet und schwer erworbene Selbstvertrauen, das sie zu dieser Forderung bestimmte; sie hatte doch auch tatsächlich beobachtet, daß Gregor viel Raum zum Kriechen brauchte, dagegen die Möbel, soweit man sehen konnte, nicht im geringsten benützte. Vielleicht aber spielte auch der schwärmerische Sinn der Mädchen ihres Alters mit, der bei jeder Gelegenheit seine Befriedigung sucht, und durch den Grete jetzt sich dazu verlocken ließ, die Lage Gregors noch schreckenerregender machen zu wollen, um dann noch mehr als bis jetzt für ihn leisten zu können. Denn in einen Raum, in dem Gregor ganz allein die leeren Wände beherrschte, würde wohl kein Mensch außer Grete jemals einzutreten sich getrauen.

Und so ließ sie sich von ihrem Entschlusse durch die Mutter nicht abbringen, die auch in diesem Zimmer vor lauter Unruhe unsicher schien, bald verstummte und der Schwester nach Kräften beim Hinausschaffen des Kastens half. Nun, den Kasten konnte Gregor im Notfall noch entbehren, aber schon der Schreibtisch mußte bleiben. Und kaum hatten die Frauen mit dem Kasten, an den sie sich ächzend drückten, das Zimmer verlassen, als Gregor den Kopf unter dem Kanapee hervorstieß, um zu sehen, wie er vorsichtig und möglichst rücksichtsvoll eingreifen könnte. Aber zum Unglück war es gerade die Mutter, welche zuerst zurückkehrte, während Grete im Nebenzimmer den Kasten umfangen hielt und ihn allein hin und her schwang, ohne ihn natürlich von der Stelle zu bringen. Die Mutter aber war Gregors Anblick nicht gewöhnt, er hätte sie krank machen können, und so eilte Gregor erschrocken im Rückwärtslauf bis an das andere Ende des Kanapees, konnte es aber nicht mehr verhindern, daß das Leintuch vorne ein wenig sich bewegte. Das genügte, um die Mutter aufmerksam zu machen. Sie stockte, stand einen Augenblick still und ging dann zu Grete zurück.

Trotzdem sich Gregor immer wieder sagte, daß ja nichts Außergewöhnliches geschehe, sondern nur ein paar Möbel umgestellt würden, wirkte doch, wie er sich bald eingestehen mußte, dieses Hin- und Hergehen der Frauen, ihre kleinen Zurufe, das Kratzen der Möbel auf dem Boden, wie ein großer, von allen Seiten genährter Trubel auf ihn, und er mußte sich, so fest er Kopf und Beine an sich zog und den Leib bis an den Boden drückte, unweigerlich sagen, daß er das Ganze nicht lange aushalten werde. Sie räumten ihm sein Zimmer aus; nahmen ihm alles, was ihm lieb war; den Kasten, in dem die Laubsäge und andere Werkzeuge lagen, hatten sie schon hinausgetragen; lockerten jetzt den schon im Boden fest eingegrabenen Schreibtisch, an dem er als Handelsakademiker, als Bürgerschüler, ja sogar schon als Volksschüler seine Aufgaben geschrieben hatte, – da hatte er wirklich keine Zeit mehr, die guten Absichten zu prüfen, welche die zwei Frauen hatten, deren Existenz er übrigens fast vergessen hatte, denn vor Erschöpfung arbeiteten sie schon stumm, und man hörte nur das schwere Tappen ihrer Füße.

Und so brach er denn hervor – die Frauen stützten sich gerade im Nebenzimmer an den Schreibtisch, um ein wenig zu verschnaufen –, wechselte viermal die Richtung des Laufes, er wußte wirklich nicht, was er zuerst retten sollte, da sah er an der im übrigen schon leeren Wand auffallend das Bild der in lauter Pelzwerk gekleideten Dame hängen, kroch eilends hinauf und preßte sich an das Glas, das ihn festhielt und seinem heißen Bauch wohltat. Dieses Bild wenigstens, das Gregor jetzt ganz verdekkte, würde nun gewiß niemand wegnehmen. Er verdrehte den Kopf nach der Tür des Wohnzimmers, um die Frauen bei ihrer Rückkehr zu beobachten.

Sie hatten sich nicht viel Ruhe gegönnt und kamen schon wieder; Grete hatte den Arm um die Mutter gelegt und trug sie fast. »Also was nehmen wir jetzt?« sagte Grete und sah sich um. Da kreuzten sich ihre Blicke mit denen Gregors an der Wand. Wohl nur infolge der Gegenwart der Mutter behielt sie ihre Fassung, beugte ihr Gesicht zur Mutter, um diese vom Herumschauen abzuhalten, und sagte, allerdings zitternd und unüberlegt: »Komm, wollen wir nicht lieber auf einen Augenblick noch ins Wohnzimmer zurückgehen?« Die Absicht Gretes war für Gregor klar, sie wollte die Mutter in Sicherheit bringen und dann ihn von der Wand hinunterjagen. Nun, sie konnte es ja immerhin versuchen! Er saß auf seinem Bild und gab es nicht her. Lieber würde er Grete ins Gesicht springen.

Aber Gretes Worte hatten die Mutter erst recht beunruhigt, sie trat zur Seite, erblickte den riesigen braunen Fleck auf der geblümten Tapete, rief, ehe ihr eigentlich zum Bewußtsein kam, daß das Gregor war, was sie sah, mit schreiender, rauher Stimme: »Ach Gott, ach Gott!« und fiel mit ausgebreiteten Armen, als gebe sie alles auf, über das Kanapee hin und rührte sich nicht. »Du, Gregor!« rief die Schwester mit erhobener Faust und eindringlichen Blicken. Es waren seit der Verwandlung die ersten Worte, die sie unmittelbar an ihn gerichtet hatte. Sie lief ins Nebenzimmer, um irgendeine Essenz zu holen, mit der sie die Mutter aus ihrer Ohnmacht wecken könnte; Gregor wollte auch helfen – zur Rettung des Bildes war noch Zeit –; er klebte aber fest an dem Glas und mußte sich mit Gewalt losreißen; er lief dann auch ins Nebenzimmer, als könne er der Schwester irgendeinen Rat geben, wie in früherer Zeit; mußte dann aber untätig hinter ihr stehen; während sie in verschiedenen Fläschchen kramte, erschreckte sie noch, als sie sich umdrehte; eine Flasche fiel auf den Boden und zerbrach; ein Splitter verletzte Gregor im Gesicht, irgendeine ätzende Medizin umfloß ihn; Grete nahm nun, ohne sich länger aufzuhalten, soviel Fläschchen, als sie nur halten konnte, und rannte mit ihnen zur Mutter hinein; die Tür schlug sie mit dem Fuße zu. Gregor war nun von der Mutter abgeschlossen, die durch seine Schuld vielleicht dem Tode nahe war; die Tür durfte er nicht öffnen, wollte er die Schwester, die bei der Mutter bleiben mußte, nicht verjagen; er hatte jetzt nichts zu tun, als zu warten; und von Selbstvorwürfen und Besorgnis bedrängt, begann er zu kriechen, überkroch alles, Wände, Möbel und Zimmerdecke und fiel endlich in seiner Verzweiflung, als sich das ganze Zimmer schon um ihn zu drehen anfing, mitten auf den großen Tisch.

Es verging eine kleine Weile, Gregor lag matt da, ringsherum war es still, vielleicht war das ein gutes Zeichen. Da läutete es. Das Mädchen war natürlich in ihrer Küche eingesperrt und Grete mußte daher öffnen gehen. Der Vater war gekommen. »Was ist geschehen?« waren seine ersten Worte; Gretes Aussehen hatte ihm wohl alles verraten. Grete antwortete mit dumpfer Stimme, offenbar drückte sie ihr Gesicht an das Vaters Brust: »Die Mutter war ohnmächtig, aber es geht ihr schon besser. Gregor ist ausgebrochen.« »Ich habe es ja erwartet«, sagte der Vater, »ich habe es euch ja immer gesagt, aber ihr Frauen wollt nicht hören.« Gregor war es klar, daß der Vater Gretes allzu kurze Mitteilung schlecht gedeutet hatte und annahm, daß Gregor sich irgendeine Gewalttat habe zuschulden kommen lassen. Deshalb mußte Gregor den Vater jetzt zu besänftigen suchen, denn ihn aufzuklären hatte er weder Zeit noch Möglichkeit. Und so flüchtete er sich zur Tür seines Zimmers und drückte sich an sie, damit der Vater beim Eintritt vom Vorzimmer her gleich sehen könne, daß Gregor die beste Absicht habe, sofort in sein Zimmer zurückzukehren, und daß es nicht nötig sei, ihn zurückzutreiben, sondern daß man nur die Tür zu öffnen brauche, und gleich werde er verschwinden.

Aber der Vater war nicht in der Stimmung, solche Feinheiten zu bemerken. »Ah!« rief er gleich beim Eintritt in einem Tone, als sei er gleichzeitig wütend und froh. Gregor zog den Kopf von der Tür zurück und hob ihn gegen den Vater. So hatte er sich den Vater wirklich nicht vorgestellt, wie er jetzt dastand; allerdings hatte er in der letzten Zeit über dem neuartigen Herumkriechen versäumt, sich so wie früher um die Vorgänge in der übrigen Wohnung zu kümmern, und hätte eigentlich darauf gefaßt sein müssen, veränderte Verhältnisse anzutreffen. Trotzdem, trotzdem, war das noch der Vater? Der gleiche Mann, der müde im Bett vergraben lag, wenn früher Gregor zu einer Geschäftsreise ausgerückt war; der ihn an Abenden der Heimkehr im Schlafrock im Lehnstuhl empfangen hatte; gar nicht recht imstande war, aufzustehen, sondern zum Zeichen der Freude nur die Arme gehoben hatte, und der bei den seltenen gemeinsamen Spaziergängen an ein paar Sonntagen im Jahr und an den höchsten Feiertagen zwischen Gregor und der Mutter, die schon an und für sich langsam gingen, immer noch ein wenig langsamer, in seinen alten Mantel eingepackt, mit stets vorsichtig aufgesetztem Krückstock sich vorwärts arbeitete und, wenn er etwas sagen wollte, fast immer stillstand und seine Begleitung um sich versammelte? Nun aber war er recht gut aufgerichtet; in eine straffe blaue Uniform mit Goldknöpfen gekleidet, wie sie Diener der Bankinstitute tragen; über dem hohen steifen Kragen des Rockes entwickelte sich sein starkes Doppelkinn; unter den buschigen Augenbrauen drang der Blick der schwarzen Augen frisch und aufmerksam hervor; das sonst zerzauste weiße Haar war zu einer peinlich genauen, leuchtenden Scheitelfrisur niedergekämmt. Er warf seine Mütze, auf der ein Goldmonogramm, wahrscheinlich das einer Bank, angebracht war, über das ganze Zimmer im Bogen auf das Kanapee hin und ging, die Enden seines langen Uniformrockes zurückgeschlagen, die Hände in den Hosentaschen, mit verbissenem Gesicht auf Gregor zu. Er wußte wohl selbst nicht, was er vorhatte; immerhin hob er die Füße ungewöhnlich hoch, und Gregor staunte über die Riesengröße seiner Stiefelsohlen. Doch hielt er sich dabei nicht auf, er wußte ja noch vom ersten Tage seines neuen Lebens her, daß der Vater ihm gegenüber nur die größte Strenge für angebracht ansah. Und so lief er vor dem Vater her, stockte, wenn der Vater stehenblieb, und eilte schon wieder vorwärts, wenn sich der Vater nur rührte. So machten sie mehrmals die Runde um das Zimmer, ohne daß sich etwas Entscheidendes ereignete, ja ohne daß das Ganze infolge seines langsamen Tempos den Anschein einer Verfolgung gehabt hätte. Deshalb blieb auch Gregor vorläufig auf dem Fußboden, zumal er fürchtete, der Vater könnte eine Flucht auf die Wände oder den Plafond für besondere Bosheit halten. Allerdings mußte sich Gregor sagen, daß er sogar dieses Laufen nicht lange aushalten würde; denn während der Vater einen Schritt machte, mußte er eine Unzahl von Bewegungen ausführen. Atemnot begann sich schon bemerkbar zu machen, wie er ja auch in seiner früheren Zeit keine ganz vertrauenswürdige Lunge besessen hatte. Als er nun so dahintorkelte, um alle Kräfte für den Lauf zu sammeln, kaum die Augen offenhielt; in seiner Stumpfheit an eine andere Rettung als durch Laufen gar nicht dachte; und fast schon vergessen hatte, daß ihm die Wände freistanden, die hier allerdings mit sorgfältig geschnitzten Möbeln voll

Zacken und Spitzen verstellt waren – da flog knapp neben ihm, leicht geschleudert, irgend etwas nieder und rollte vor ihm her. Es war ein Apfel; gleich flog ihm ein zweiter nach; Gregor blieb vor Schrecken stehen; ein Weiterlaufen war nutzlos, denn der Vater hatte sich entschlossen, ihn zu bombardieren. Aus der Obstschale auf der Kredenz hatte er sich die Taschen gefüllt und warf nun, ohne vorläufig scharf zu zielen, Apfel für Apfel. Diese kleinen roten Äpfel rollten wie elektrisiert auf dem Boden herum und stießen aneinander. Ein schwach geworfener Apfel streifte Gregors Rücken, glitt aber unschädlich ab. Ein ihm sofort nachfliegender drang dagegen förmlich in Gregors Rücken ein; Gregor wollte sich weiterschleppen, als könne der überraschende unglaubliche Schmerz mit dem Ortswechsel vergehen; doch fühlte er sich wie festgenagelt und streckte sich in vollständiger Verwirrung aller Sinne. Nur mit dem letzten Blick sah er noch, wie die Tür seines Zimmers aufgerissen wurde, und vor der schreienden Schwester die Mutter hervoreilte, im Hemd, denn die Schwester hatte sie entkleidet, um ihr in der Ohnmacht Atemfreiheit zu verschaffen, wie dann die Mutter auf den Vater zulief und ihr auf dem Weg die aufgebundenen Röcke einer nach dem anderen zu Boden glitten, und wie sie stolpernd über die Röcke auf den Vater eindrang und ihn umarmend, in gänzlicher Vereinigung mit ihm – nun versagte aber Gregors Sehkraft schon – die Hände an des Vaters Hinterkopf um Schonung von Gregors Leben bat.

III

Die schwere Verwundung Gregors, an der er über einen Monat litt – der Apfel blieb, da ihn niemand zu entfernen wagte, als sichtbares Andenken im Fleische sitzen –, schien selbst den Vater daran erinnert zu haben, daß Gregor trotz seiner gegenwärtigen traurigen und ekelhaften Gestalt ein Familienmitglied war, das man nicht wie einen Feind behandeln durfte, sondern demgegenüber es das Gebot der Familienpflicht war, den Widerwillen hinunterzuschlucken und zu dulden, nichts als zu dulden.

Und wenn nun auch Gregor durch seine Wunde an Beweglichkeit wahrscheinlich für immer verloren hatte und vorläufig zur Durchquerung seines Zimmers wie ein alter Invalide lange, lange Minuten brauchte – an das Kriechen in der Höhe war nicht zu denken –, so bekam er für diese Verschlimmerung seines Zustandes einen seiner Meinung nach vollständig genügenden Ersatz dadurch, daß immer gegen Abend die Wohnzimmertür, die er schon ein bis zwei Stunden vorher scharf zu beobachten pflegte, geöffnet wurde, so daß er, im Dunkel seines Zimmers liegend, vom Wohnzimmer aus unsichtbar, die ganze Familie beim beleuchteten Tische sehen und ihre Reden, gewissermaßen mit allgemeiner Erlaubnis, also ganz anders als früher, anhören durfte.

Freilich waren es nicht mehr die lebhaften Unterhaltungen der früheren Zeiten, an die Gregor in den kleinen Hotelzimmern stets mit einigem Verlangen gedacht hatte, wenn er sich müde in das feuchte Bettzeug hatte werfen müssen. Es ging jetzt meist nur sehr still zu. Der Vater schlief bald nach dem Nachtessen in seinem Sessel ein; die Mutter und Schwester ermahnten einander zur Stille; die Mutter nähte, weit unter das Licht vorgebeugt, feine Wäsche für ein Modengeschäft; die Schwester, die eine Stellung als Verkäuferin angenommen hatte, lernte am Abend Stenographie und Französisch, um vielleicht später einmal einen besseren Posten zu erreichen. Manchmal wachte der Vater auf, und als wisse er gar nicht, daß er geschlafen habe, sagte er zur Mutter: »Wie lange du heute schon wieder nähst!« und schlief sofort wieder ein, während Mutter und Schwester einander müde zulächelten.

Mit einer Art Eigensinn weigerte sich der Vater, auch zu Hause seine Dieneruniform abzulegen; und während der Schlafrock nutzlos am Kleiderhaken hing, schlummerte der Vater vollständig angezogen auf seinem Platz, als sei er immer zu seinem Dienste bereit und warte auch hier auf die Stimme des Vorgesetzten. Infolgedessen verlor die gleich anfangs nicht neue Uniform trotz aller Sorgfalt von Mutter und Schwester an Reinlichkeit, und Gregor sah oft ganze Abende lang auf dieses über und über fleckige, mit seinen stets geputzten Goldknöpfen leuchtende Kleid, in dem der alte Mann höchst unbequem und doch ruhig schlief.

Sobald die Uhr zehn schlug, suchte die Mutter durch leise Zusprache den Vater zu wecken und dann zu überreden, ins Bett zu gehen, denn hier war es doch kein richtiger Schlaf, und diesen hatte der Vater, der um sechs Uhr seinen Dienst antreten mußte, äußerst nötig. Aber in dem Eigensinn, der ihn, seitdem er Diener war, ergriffen hatte, bestand er immer darauf, noch länger bei Tisch zu bleiben, trotzdem er regelmäßig einschlief, und war dann überdies nur mit der größten Mühe zu bewegen, den Sessel mit dem Bett zu vertauschen. Da mochten Mutter und Schwester mit kleinen Ermahnungen noch so sehr auf ihn eindringen, viertelstundenlang schüttelte er langsam den Kopf, hielt die Augen geschlossen und stand nicht auf. Die Mutter zupfte ihn am Ärmel, sagte ihm Schmeichelworte ins Ohr, die Schwester verließ ihre Aufgabe, um der Mutter zu helfen, aber beim Vater verfing das nicht. Er versank nur noch tiefer in seinen Sessel. Erst als ihn die Frauen unter den Achseln faßten, schlug er die Augen auf, sah abwechselnd die Mutter und die Schwester an und pflegte zu sagen: »Das ist ein Leben. Das ist die Ruhe meiner alten Tage.« Und auf die beiden Frauen gestützt, erhob er sich, umständlich, als sei er für sich selbst die größte Last, ließ sich von den Frauen bis zur Türe führen, winkte ihnen dort ab und ging nun selbständig weiter, während die Mutter ihr Nähzeug, die Schwester ihre Feder eiligst hinwarfen, um hinter dem Vater zu laufen und ihm weiter behilflich zu sein.

Wer hatte in dieser abgearbeiteten und übermüdeten Familie Zeit, sich um Gregor mehr zu kümmern, als unbedingt nötig war? Der Haushalt wurde immer mehr eingeschränkt; das Dienstmädchen wurde nun doch entlassen; eine riesige knochige Bedienerin mit weißem, den Kopf umflatterndem Haar kam des Morgens und des Abends, um die schwerste Arbeit zu leisten; alles andere besorgte die Mutter neben ihrer vielen Näharbeit. Es geschah sogar, daß verschiedene Familienschmuckstücke, welche früher die Mutter und die Schwester überglücklich bei Unterhaltungen und

Feierlichkeiten getragen hatten, verkauft wurden, wie Gregor am Abend aus der allgemeinen Besprechung der erzielten Preise erfuhr. Die größte Klage war aber stets, daß man diese für die gegenwärtigen Verhältnisse allzu große Wohnung nicht verlassen konnte, da es nicht auszudenken war, wie man Gregor übersiedeln sollte. Aber Gregor sah wohl ein, daß es nicht nur die Rücksicht auf ihn war, welche eine Übersiedlung verhinderte, denn ihn hätte man doch in einer passenden Kiste mit ein paar Luftlöchern leicht transportieren können; was die Familie hauptsächlich vom Wohnungswechsel abhielt, war vielmehr die völlige Hoffnungslosigkeit und der Gedanke daran, daß sie mit einem Unglück geschlagen war, wie niemand sonst im ganzen Verwandten- und Bekanntenkreis. Was die Welt von armen Leuten verlangt, erfüllten sie bis zum äußersten, der Vater holte den kleinen Bankbeamten das Frühstück, die Mutter opferte sich für die Wäsche fremder Leute, die Schwester lief nach dem Befehl der Kunden hinter dem Pulte hin und her, aber weiter reichten die Kräfte der Familie schon nicht. Und die Wunde im Rücken fing Gregor wie neu zu schmerzen an, wenn Mutter und Schwester, nachdem sie den Vater zu Bett gebracht hatten, nun zurückkehrten, die Arbeit liegenließen, nahe zusammenrückten, schon Wange an Wange saßen; wenn jetzt die Mutter, auf Gregors Zimmer zeigend, sagte: »Mach dort die Tür zu, Grete«, und wenn nun Gregor wieder im Dunkel war, während nebenan die Frauen ihre Tränen vermischten oder gar tränenlos den Tisch anstarrten.

Die Nächte und Tage verbrachte Gregor fast ganz ohne Schlaf. Manchmal dachte er daran, beim nächsten Öffnen der Tür die Angelegenheiten der Familie ganz so wie früher wieder in die Hand zu nehmen; in seinen Gedanken erschienen wieder nach langer Zeit der Chef und der Prokurist, die Kommis und die Lehrjungen, der so begriffsstutzige Hausknecht, zwei, drei Freunde aus anderen Geschäften, ein Stubenmädchen aus einem Hotel in der Provinz, eine liebe, flüchtige Erinnerung, eine Kassiererin aus einem Hutgeschäft, um die er sich ernsthaft, aber zu langsam beworben hatte – sie alle erschienen untermischt mit Fremden oder schon Vergessenen, aber statt ihm und seiner Familie zu helfen, waren sie sämtlich unzugänglich, und er war froh, wenn sie verschwanden. Dann aber war er wieder gar nicht in der Laune, sich um seine Familie zu sorgen, bloß Wut über die schlechte Wartung erfüllte ihn, und trotzdem er sich nichts vorstellen konnte, worauf er Appetit gehabt hätte, machte er doch Pläne, wie er in die Speisekammer gelangen könnte, um dort zu nehmen, was ihm, auch wenn er keinen Hunger hatte, immerhin gebührte. Ohne jetzt mehr nachzudenken, womit man Gregor einen besonderen Gefallen machen könnte, schob die Schwester eiligst, ehe sie morgens und mittags ins Geschäft lief, mit dem Fuß irgendeine beliebige Speise in Gregors Zimmer hinein, um sie am Abend, gleichgültig dagegen, ob die Speise vielleicht nur verkostet oder – der häufigste Fall – gänzlich unberührt war, mit einem Schwenken des Besens hinauszukehren. Das Aufräumen des Zimmers, das sie nun immer abends besorgte, konnte gar nicht mehr schneller getan sein. Schmutzstreifen zogen sich die Wände entlang, hie und da lagen Knäuel von Staub und Unrat. In der ersten Zeit stellte sich Gregor bei der Ankunft der Schwester in derartige besonders bezeichnende Winkel, um ihr durch diese Stellung gewissermaßen einen Vorwurf zu machen. Aber er hätte wohl wochenlang dort bleiben können, ohne daß sich die Schwester gebessert hätte; sie sah ja den Schmutz genauso wie er, aber sie hatte sich eben entschlossen, ihn zu lassen. Dabei wachte sie mit einer an ihr ganz neuen Empfindlichkeit, die überhaupt die ganze Familie ergriffen hatte, darüber, daß das Aufräumen von Gregors Zimmer ihr vorbehalten blieb. Einmal hatte die Mutter Gregors Zimmer einer großen Reinigung unterzogen, die ihr nur nach Verbrauch einiger Kübel Wasser gelungen war – die viele Feuchtigkeit kränkte allerdings Gregor auch und er lag breit, verbittert und unbeweglich auf dem Kanapee –, aber die Strafe blieb für die Mutter nicht aus. Denn kaum hatte am Abend die Schwester die Veränderung in Gregors Zimmer bemerkt, als sie, aufs höchste beleidigt, ins Wohnzimmer lief und, trotz der beschwörend erhobenen Hände der Mutter, in einen Weinkrampf ausbrach, dem die Eltern – der Vater war natürlich aus seinem Sessel aufgeschreckt worden – zuerst erstaunt und hilflos zusahen; bis auch sie sich zu rühren anfingen; der Vater rechts der Mutter Vorwürfe machte, daß sie Gregors Zimmer nicht der Schwester zur Reinigung überließ; links dagegen die Schwester anschrie, sie werde niemals mehr Gregors Zimmer reinigen dürfen; während die Mutter den Vater, der sich vor Erregung nicht mehr kannte, ins Schlafzimmer zu schleppen suchte; die Schwester, von Schluchzen geschüttelt, mit ihren kleinen Fäusten den Tisch bearbeitete; und Gregor laut vor Wut darüber zischte, daß es keinem einfiel, die Tür zu schließen und ihm diesen Anblick und Lärm zu ersparen.

Aber selbst wenn die Schwester, erschöpft von ihrer Berufsarbeit, dessen überdrüssig geworden war, für Gregor, wie früher, zu sorgen, so hätte noch keineswegs die Mutter für sie eintreten müssen und Gregor hätte doch nicht vernachlässigt werden brauchen. Denn nun war die Bedienerin da. Diese alte Witwe, die in ihrem langen Leben mit Hilfe ihres starken Knochenbaues das Ärgste überstanden haben mochte, hatte keinen eigentlichen Abscheu vor Gregor. Ohne irgendwie neugierig zu sein, hatte sie zufällig einmal die Tür von Gregors Zimmer aufgemacht und war im Anblick Gregors, der, gänzlich überrascht, trotzdem ihn niemand jagte, hin und her zu laufen begann, die Hände im Schoß gefaltet staunend stehengeblieben. Seitdem versäumte sie nicht, stets flüchtig morgens und abends die Tür ein wenig zu öffnen und zu Gregor hineinzuschauen. Anfangs rief sie ihn auch zu sich herbei, mit Worten, die sie wahrscheinlich für freundlich hielt, wie »Komm mal herüber, alter Mistkäfer!« oder »Seht mal den alten Mistkäfer!« Auf solche Ansprachen antwortete Gregor mit nichts, sondern blieb unbeweglich auf seinem Platz, als sei die Tür gar nicht geöffnet worden. Hätte man doch dieser Bedienerin, statt sie nach ihrer Laune ihn nutzlos stören zu lassen, lieber den Befehl gegeben, sein Zimmer täglich zu reinigen! Einmal am frühen Morgen – ein heftiger Regen, vielleicht schon ein Zeichen des kommenden Frühjahrs, schlug an die Scheiben – war Gregor, als die Bedienerin mit ihren Redensarten wieder begann, derartig verbittert, daß er, wie zum Angriff, allerdings langsam und hinfällig, sich gegen sie wendete. Die Bedienerin aber, statt sich zu fürchten, hob bloß einen in der Nähe der Tür befindlichen Stuhl hoch empor, und wie sie mit groß geöffnetem Munde dastand, war ihre Absicht klar, den Mund erst zu schließen, wenn der Sessel in ihrer Hand auf Gregors Rücken niederschlagen würde. »Also weiter geht es nicht?« fragte sie, als Gregor sich wieder umdrehte, und stellte den Sessel ruhig in die Ecke zurück.

Gregor aß nun fast gar nichts mehr. Nur wenn er zufällig an der vorbereiteten Speise vorüberkam, nahm er zum Spiel einen Bissen in den Mund, hielt ihn dort stundenlang und spie ihn dann meist wieder aus. Zuerst dachte er, es sei die Trauer über den Zustand seines Zimmers, die ihn vom Essen abhalte, aber gerade mit den Veränderungen des Zimmers söhnte er sich sehr bald aus. Man hatte sich angewöhnt, Dinge, die man anderswo nicht unterbringen konnte, in dieses Zimmer hineinzustellen, und solcher Dinge gab es nun viele, da man ein Zimmer der Wohnung an drei Zimmerherren vermietet hatte. Diese ernsten Herren – alle drei hatten Vollbärte, wie Gregor einmal durch eine Türspalte feststellte – waren peinlich auf Ordnung, nicht nur in ihrem Zimmer, sondern, da sie sich nun einmal hier eingemietet hatten, in der ganzen Wirtschaft, also insbesondere in der Küche, bedacht. Unnützen oder gar schmutzigen Kram ertrugen sie nicht. Überdies hatten sie zum größten Teil ihre eigenen Einrichtungsstücke mitgebracht. Aus diesem Grunde waren viele Dinge überflüssig geworden, die zwar nicht verkäuflich waren, die man aber auch nicht wegwerfen wollte. Alle diese wanderten in Gregors Zimmer. Ebenso auch die Aschenkiste und die Abfallkiste aus der Küche. Was nur im Augenblick unbrauchbar war, schleuderte die Bedienerin, die es immer sehr eilig hatte, einfach in Gregors Zimmer; Gregor sah glücklicherweise meist nur den betreffenden Gegenstand und die Hand, die ihn hielt. Die Bedienerin hatte vielleicht die Absicht, bei Zeit und Gelegenheit die Dinge wieder zu holen oder alle insgesamt mit einemmal hinauszuwerfen, tatsächlich aber blieben sie dort liegen, wohin sie durch den ersten Wurf gekommen waren, wenn nicht Gregor sich durch das Rumpelzeug wand und es in Bewegung brachte, zuerst gezwungen, weil kein sonstiger Platz zum Kriechen frei war, später aber mit wachsendem Vergnügen, obwohl er nach solchen Wanderungen, zum Sterben müde und traurig, wieder stundenlang sich nicht rührte.

Da die Zimmerherren manchmal auch ihr Abendessen zu Hause im gemeinsamen Wohnzimmer einnahmen, blieb die Wohnzimmertür an manchen Abenden geschlossen, aber Gregor verzichtete ganz leicht auf das Öffnen der Tür, hatte er doch schon manche Abende, an denen sie geöffnet war, nicht ausgenützt, sondern war, ohne daß es die Familie merkte, im dunkelsten Winkel seines Zimmers gelegen. Einmal aber hatte die Bedienerin die Tür zum Wohnzimmer ein wenig offen gelassen; und sie blieb so offen, auch als die Zimmerherren am Abend eintraten und Licht gemacht wurde. Sie setzten sich oben an den Tisch, wo in früheren Zeiten der Vater, die Mutter und Gregor gegessen hatten, entfalteten die Servietten und nahmen Messer und Gabel in die Hand. Sofort erschien in der Tür die Mutter mit einer Schüssel Fleisch und knapp hinter ihr die Schwester mit einer Schüssel hochgeschichteter Kartoffeln. Das Essen dampfte mit starkem Rauch. Die Zimmerherren beugten sich über die vor sie hingestellten Schüsseln, als wollten sie sie vor dem Essen prüfen, und tatsächlich zerschnitt der, welcher in der Mitte saß und den anderen zwei als Autorität zu gelten schien, ein

Stück Fleisch noch auf der Schüssel, offenbar um festzustellen, ob es mürbe genug sei und ob es nicht etwa in die Küche zurückgeschickt werden solle. Er war befriedigt, und Mutter und Schwester, die gespannt zugesehen hatten, begannen aufatmend zu lächeln.

Die Familie selbst aß in der Küche. Trotzdem kam der Vater, ehe er in die Küche ging, in dieses Zimmer herein und machte mit einer einzigen Verbeugung, die Kappe in der Hand, einen Rundgang um den Tisch. Die Zimmerherren erhoben sich sämtlich und murmelten etwas in ihre Bärte. Als sie dann allein waren, aßen sie fast unter vollkommenem Stillschweigen. Sonderbar schien es Gregor, daß man aus allen mannigfachen Geräuschen des Essens immer wieder ihre kauenden Zähne heraushörte, als ob damit Gregor gezeigt werden sollte, daß man Zähne brauche, um zu essen, und daß man auch mit den schönsten zahnlosen Kiefern nichts ausrichten könne. ›Ich habe ja Appetit‹, sagte sich Gregor sorgenvoll, ›aber nicht auf diese Dinge. Wie sich diese Zimmerherren nähren, und ich komme um!‹

Gerade an diesem Abend – Gregor erinnerte sich nicht, während der ganzen Zeit die Violine gehört zu haben – ertönte sie von der Küche her. Die Zimmerherren hatten schon ihr Nachtmahl beendet, der mittlere hatte eine Zeitung hervorgezogen, den zwei anderen je ein Blatt gegeben, und nun lasen sie zurückgelehnt und rauchten. Als die Violine zu spielen begann, wurden sie aufmerksam, erhoben sich und gingen auf den Fußspitzen zur Vorzimmertür, in der sie aneinandergedrängt stehenblieben. Man mußte sie von der Küche aus gehört haben, denn der Vater rief: »Ist den Herren das Spiel vielleicht unangenehm? Es kann sofort eingestellt werden.« »Im Gegenteil«, sagte der mittlere der Herren, »möchte das Fräulein nicht zu uns hereinkommen und hier im Zimmer spielen, wo es doch viel bequemer und gemütlicher ist?« »O bitte«, rief der Vater, als sei er der Violinspieler. Die Herren traten ins Zimmer zurück und warteten. Bald kam der Vater mit dem Notenpult, die Mutter mit den Noten und die Schwester mit der Violine. Die Schwester bereitete alles ruhig zum Spiele vor; die Eltern, die niemals früher Zimmer vermietet hatten und deshalb die Höflichkeit gegen die Zimmerherren übertrieben, wagten gar nicht, sich auf ihre eigenen Sessel zu setzen; der Vater lehnte an der Tür, die rechte Hand zwischen zwei Knöpfe des geschlossenen Livreerockes gesteckt; die Mutter aber erhielt von einem Herrn einen Sessel angeboten und saß, da sie den Sessel dort ließ, wohin ihn der Herr zufällig gestellt hatte, abseits in einem Winkel.

Die Schwester begann zu spielen; Vater und Mutter verfolgten, jeder von seiner Seite, aufmerksam die Bewegungen ihrer Hände. Gregor hatte, von dem Spiele angezogen, sich ein wenig weiter vorgewagt und war schon mit dem Kopf im Wohnzimmer. Er wunderte sich kaum darüber, daß er in letzter Zeit so wenig Rücksicht auf die andern nahm; früher war diese Rücksichtnahme sein Stolz gewesen. Und dabei hätte er gerade jetzt mehr Grund gehabt, sich zu verstecken, denn infolge des Staubes, der in seinem Zimmer überall lag und bei der kleinsten Bewegung umherflog, war auch er ganz staubbedeckt; Fäden, Haare, Speiseüberreste schleppte er auf seinem Rücken und an den Seiten mit sich herum; seine Gleichgültigkeit gegen alles war viel zu groß, als daß er sich, wie früher mehrmals während des Tages, auf den Rücken gelegt und am Teppich gescheuert hätte. Und trotz dieses Zustandes hatte er keine Scheu, ein Stück auf dem makellosen Fußboden des Wohnzimmers vorzurücken.

Allerdings achtete auch niemand auf ihn. Die Familie war gänzlich vom Violinspiel in Anspruch genommen; die Zimmerherren dagegen, die zunächst, die Hände in den Hosentaschen, viel zu nahe hinter dem Notenpult der Schwester sich aufgestellt hatten, so daß sie alle in die Noten hätten sehen können, was sicher die Schwester stören mußte, zogen sich bald unter halblauten Gesprächen mit gesenkten Köpfen zum Fenster zurück, wo sie, vom Vater besorgt beobachtet, auch blieben. Es hatte nun wirklich den überdeutlichen Anschein, als wären sie in ihrer Annahme, ein schönes oder unterhaltendes Violinspiel zu hören, enttäuscht, hätten die ganze Vorführung satt und ließen sich nur aus Höflichkeit noch in ihrer Ruhe stören. Besonders die Art, wie sie alle aus Nase und Mund den Rauch ihrer Zigarren in die Höhe bliesen, ließ auf große Nervosität schließen. Und doch spielte die Schwester so schön. Ihr Gesicht war zur Seite geneigt, prüfend und traurig folgten ihre Blicke den Notenzeilen. Gregor kroch noch ein Stück vorwärts und hielt den Kopf eng an den Boden, um möglicherweise ihren Blicken begegnen zu können. War er ein Tier, da ihn Musik so ergriff? Ihm war, als zeige sich ihm der Weg zu der ersehnten unbekannten Nahrung. Er war entschlossen, bis zur Schwester vorzudringen, sie am Rock zu zupfen – und ihr dadurch anzudeuten, sie möge doch mit ihrer Violine in sein Zimmer kommen, denn niemand lohnte hier das Spiel so, wie er es lohnen wollte. Er wollte sie nicht mehr aus seinem Zimmer lassen, wenigstens nicht, solange er lebte; seine Schreckgestalt sollte ihm zum erstenmal nützlich werden; an allen Türen seines Zimmers wollte er gleichzeitig sein und den Angreifern entgegenfauchen; die Schwester aber sollte nicht gezwungen, sondern freiwillig bei ihm bleiben; sie sollte neben ihm auf dem Kanapee sitzen, das Ohr zu ihm herunterneigen, und er wollte ihr dann anvertrauen, daß er die feste Absicht gehabt habe, sie auf das Konservatorium zu schicken, und daß er dies, wenn nicht das Unglück dazwischen gekommen wäre, vergangene Weihnachten – Weihnachten war doch wohl schon vorüber? – allen gesagt hätte, ohne sich um irgendwelche Widerreden zu kümmern. Nach dieser Erklärung würde die Schwester in Tränen der Rührung ausbrechen, und Gregor würde sich bis zu ihrer Achsel erheben und ihren Hals küssen, den sie, seitdem sie ins Geschäft ging, frei ohne Band oder Kragen trug.

»Herr Samsa!« rief der mittlere Herr dem Vater zu und zeigte, ohne ein weiteres Wort zu verlieren, mit dem Zeigefinger auf den langsam sich vorwärtsbewegenden Gregor. Die Violine verstummte, der mittlere Zimmerherr lächelte erst einmal kopfschüttelnd seinen Freunden zu und sah dann wieder auf Gregor hin. Der Vater schien es für nötiger zu halten, statt Gregor zu vertreiben, vorerst die Zimmerherren zu beruhigen, trotzdem diese gar nicht aufgeregt waren und Gregor sie mehr als das Violinspiel zu unterhalten schien. Er eilte zu ihnen und suchte sie mit ausgebreiteten Armen in ihr Zimmer zu drängen und gleichzeitig mit seinem Körper ihnen den Ausblick auf Gregor zu nehmen. Sie wurden nun tatsächlich ein wenig böse, man wußte nicht mehr, ob über das Benehmen des Vaters oder über die ihnen jetzt aufgehende

Erkenntnis, ohne es zu wissen, einen solchen Zimmernachbar wie Gregor besessen zu haben. Sie verlangten vom Vater Erklärungen, hoben ihrerseits die Arme, zupften unruhig an ihren Bärten und wichen nur langsam gegen ihr Zimmer zurück. Inzwischen hatte die Schwester die Verlorenheit, in die sie nach dem plötzlich abgebrochenen Spiel verfallen war, überwunden, hatte sich, nachdem sie eine Zeitlang in den lässig hängenden Händen Violine und Bogen gehalten und weiter, als spiele sie noch, in die Noten gesehen hatte, mit einem Male aufgerafft, hatte das Instrument auf den Schoß der Mutter gelegt, die in Atembeschwerden mit heftig arbeitenden Lungen noch auf ihrem Sessel saß, und war in das Nebenzimmer gelaufen, dem sich die Zimmerherren unter dem Drängen des Vaters schon schneller näherten. Man sah, wie unter den geübten Händen der Schwester die Decken und Polster in den Betten in die Höhe flogen und sich ordneten. Noch ehe die Herren das Zimmer erreicht hatten, war sie mit dem Aufbetten fertig und schlüpfte heraus. Der Vater schien wieder von seinem Eigensinn derartig ergriffen, daß er jeden Respekt vergaß, den er seinen Mietern immerhin schuldete. Er drängte nur und drängte, bis schon in der Tür des Zimmers der mittlere der Herren donnernd mit dem Fuß aufstampfte und dadurch den Vater zum Stehen brachte. »Ich erkläre hiermit«, sagte er, hob die Hand und suchte mit den Blicken auch die Mutter und die Schwester, »daß ich mit Rücksicht auf die in dieser Wohnung und Familie herrschenden widerlichen Verhältnisse« – hierbei spie er kurz entschlossen auf den Boden – »mein Zimmer augenblicklich kündige. Ich werde natürlich auch für die Tage, die ich hier gewohnt habe, nicht das geringste bezahlen, dagegen werde ich es mir noch überlegen, ob ich nicht mit irgendwelchen – glauben Sie mir – sehr leicht zu begründenden Forderungen gegen Sie auftreten werde.« Er schwieg und sah gerade vor sich hin, als erwarte er etwas. Tatsächlich fielen sofort seine zwei Freunde mit den Worten ein: »Auch wir kündigen augenblicklich.« Darauf faßte er die Türklinke und schloß mit einem Krach die Tür.

Das Vater wankte mit tastenden Händen zu seinem Sessel und ließ sich in ihn fallen; es sah aus, als strecke er sich zu seinem gewöhnlichen Abendschläfchen, aber das starke Nicken seines wie haltlosen Kopfes zeigte, daß er ganz und gar nicht schlief. Gregor war die ganze Zeit still auf dem Platz gelegen, auf dem ihn die Zimmerherren ertappt hatten. Die Enttäuschung über das Mißlingen seines Planes, vielleicht aber auch die durch das viele Hungern verursachte Schwäche machten es ihm unmöglich, sich zu bewegen. Er fürchtete mit einer gewissen Bestimmtheit schon für den nächsten Augenblick einen allgemeinen über ihn sich entladenden Zusammensturz und wartete. Nicht einmal die Violine schreckte ihn auf, die, unter den zitternden Fingern der Mutter hervor, ihr vom Schoße fiel und einen hallenden Ton von sich gab.

»Liebe Eltern«, sagte die Schwester und schlug zur Einleitung mit der Hand auf den Tisch, »so geht es nicht weiter. Wenn ihr das vielleicht nicht einsehet, ich sehe es ein. Ich will vor diesem Untier nicht den Namen meines Bruders aussprechen, und sage daher bloß: wir müssen versuchen, es loszuwerden. Wir haben das Menschenmögliche versucht, es zu pflegen und zu dulden, ich glaube, es kann uns niemand den geringsten Vorwurf machen.«

»Sie hat tausendmal recht«, sagte der Vater für sich. Die Mutter, die noch immer nicht genug Atem finden konnte, fing in die vorgehaltene Hand mit einem irrsinnigen Ausdruck der Augen dumpf zu husten an.

Die Schwester eilte zur Mutter und hielt ihr die Stirn. Der Vater schien durch die Worte der Schwester auf bestimmtere Gedanken gebracht zu sein, hatte sich aufrecht gesetzt, spielte mit seiner Dienermütze zwischen den Tellern, die noch vom Nachtmahl der Zimmerherren her auf dem Tische lagen, und sah bisweilen auf den stillen Gregor hin.

»Wir müssen es loszuwerden versuchen«, sagte die Schwester nun ausschließlich zum Vater, denn die Mutter hörte in ihrem Husten nichts, »es bringt euch noch beide um, ich sehe es kommen. Wenn man schon so schwer arbeiten muß, wie wir alle, kann man nicht noch zu Hause diese ewige Quälerei ertragen. Ich kann es auch nicht mehr.« Und sie brach so heftig in Weinen aus, daß ihre Tränen auf das Gesicht der Mutter niederflossen, von dem sie sie mit mechanischen Handbewegungen wischte.

»Kind«, sagte der Vater mitleidig und mit auffallendem Verständnis, »was sollen wir aber tun?«

Die Schwester zuckte nur die Achseln zum Zeichen der Ratlosigkeit, die sie nun während des Weinens im Gegensatz zu ihrer früheren Sicherheit ergriffen hatte.

»Wenn er uns verstünde«, sagte der Vater halb fragend; die Schwester schüttelte aus dem Weinen heraus heftig die Hand zum Zeichen, daß daran nicht zu denken sei.

»Wenn er uns verstünde«, wiederholte der Vater und nahm durch Schließen der Augen die Überzeugung der Schwester von der Unmöglichkeit dessen in sich auf, »dann wäre vielleicht ein Übereinkommen mit ihm möglich. Aber so –.«

»Weg muß es«, rief die Schwester, »das ist das einzige Mittel, Vater. Du mußt bloß den Gedanken loszuwerden suchen, daß es Gregor ist. Daß wir es solange geglaubt haben, ist ja unser eigentliches Unglück. Aber wie kann es denn Gregor sein? Wenn es Gregor wäre, er hätte längst eingesehen, daß ein Zusammenleben von Menschen mit einem solchen Tier nicht möglich ist, und wäre freiwillig fortgegangen. Wir hätten dann keinen Bruder, aber könnten weiter leben und sein Andenken in Ehren halten. So aber verfolgt uns dieses Tier, vertreibt die Zimmerherren, will offenbar die ganze Wohnung einnehmen und uns auf der Gasse übernachten lassen. »Sieh nur, Vater«, schrie sie plötzlich auf, »er fängt schon wieder an.« Und in einem für Gregor gänzlich unverständlichen Schrecken verließ die Schwester sogar die Mutter, stieß sich förmlich von ihrem Sessel ab, als wollte sie lieber die Mutter opfern, als in Gregors Nähe bleiben, und eilte hinter den Vater, der, lediglich durch ihr Benehmen erregt, auch aufstand und die Arme wie zum Schutze der Schwester vor ihr halb erhob.

Aber Gregor fiel es doch gar nicht ein, irgend jemandem und gar seiner Schwester Angst machen zu wollen. Er hatte bloß angefangen, sich umzudrehen, um in sein Zimmer zurückzuwandern, und das nahm sich allerdings auffallend aus, da er infolge seines leidenden Zustandes bei den schwierigen Umdrehungen mit seinem Kopfe nachhelfen mußte, den er hierbei viele Male hob und gegen den Boden schlug. Er hielt inne und sah sich um. Seine gute Absicht schien erkannt worden zu sein; es war nur ein augenblicklicher Schrecken gewesen. Nun sahen ihn alle schweigend und traurig an. Die Mutter lag, die Beine ausgestreckt und aneinandergedrückt, in ihrem Sessel, die Augen fielen ihr vor Ermattung fast zu; der Vater und die Schwester saßen nebeneinander, die Schwester hatte ihre Hand um des Vaters Hals gelegt.

›Nun darf ich mich schon vielleicht umdrehen‹, dachte Gregor und begann seine Arbeit wieder. Er konnte das Schnaufen der Anstrengung nicht unterdrücken und mußte auch hie und da ausruhen. Im übrigen drängte ihn auch niemand, es war alles ihm selbst überlassen. Als er die Umdrehung vollendet hatte, fing er sofort an, geradeaus zurückzuwandern. Er staunte über die große Entfernung, die ihn von seinem Zimmer trennte, und begriff gar nicht, wie er bei seiner Schwäche vor kurzer Zeit den gleichen Weg, fast ohne es zu merken, zurückgelegt hatte. Immerfort nur auf rasches Kriechen bedacht, achtete er kaum darauf, daß kein Wort, kein Ausruf seiner Familie ihn störte. Erst als er schon in der Tür war, wendete er den Kopf, nicht vollständig, denn er fühlte den Hals steif werden, immerhin sah er noch, daß sich hinter ihm nichts verändert hatte, nur die Schwester war aufgestanden. Sein letzter Blick streifte die Mutter, die nun völlig eingeschlafen war.

Kaum war er innerhalb seines Zimmers, wurde die Tür eiligst zugedrückt, festgeriegelt und versperrt. Über den plötzlichen Lärm hinter sich erschrak Gregor so, daß ihm die Beinchen einknickten. Es war die Schwester, die sich so beeilt hatte. Aufrecht war sie schon da gestanden und hatte gewartet, leichtfüßig war sie dann vorwärtsgesprungen, Gregor hatte sie gar nicht kommen hören, und ein »Endlich!« rief sie den Eltern zu, während sie den Schlüssel im Schloß umdrehte.

»Und jetzt?« fragte sich Gregor und sah sich im Dunkeln um. Er machte bald die Entdeckung, daß er sich nun überhaupt nicht mehr rühren konnte. Er wunderte sich darüber nicht, eher kam es ihm unnatürlich vor, daß er sich bis jetzt tatsächlich mit diesen dünnen Beinchen hatte fortbewegen können. Im übrigen fühlte er sich verhältnismäßig behaglich. Er hatte zwar Schmerzen im ganzen Leib, aber ihm war, als würden sie allmählich schwächer und schwächer und würden schließlich ganz vergehen. Den verfaulten Apfel in seinem Rücken und die entzündete Umgebung, die ganz von weichem Staub bedeckt waren, spürte er schon kaum. An seine Familie dachte er mit Rührung und Liebe zurück. Seine Meinung darüber, daß er verschwinden müsse, war womöglich noch entschiedener als die seiner Schwester. In diesem Zustand leeren und friedlichen Nachdenkens blieb er, bis die Turmuhr die dritte Morgenstunde schlug. Den Anfang des allgemeinen Hellerwerdens draußen vor dem Fenster erlebte er noch. Dann sank sein Kopf ohne seinen Willen gänzlich nieder, und aus seinen Nüstern strömte sein letzter Atem schwach hervor.

Als am frühen Morgen die Bedienerin kam – vor lauter Kraft und Eile schlug sie, wie oft man sie auch schon gebeten hatte, das zu vermeiden, alle Türen derartig zu, daß in der ganzen Wohnung von ihrem Kommen an kein ruhiger Schlaf mehr möglich war –, fand sie bei ihrem gewöhnlichen kurzen Besuch an Gregor zuerst nichts Besonderes. Sie dachte, er liege absichtlich so unbeweglich da und spiele den Beleidigten; sie traute ihm allen möglichen Verstand zu. Weil sie zufällig den langen Besen in der Hand hielt, suchte sie mit ihm Gregor von der Tür aus zu kitzeln. Als sich auch da kein Erfolg zeigte, wurde sie ärgerlich und stieß ein wenig in Gregor hinein, und erst als sie ihn ohne jeden Widerstand von seinem Platze geschoben hatte, wurde sie aufmerksam. Als sie bald den wahren Sachverhalt erkannte, machte sie große Augen, pfiff vor sich hin, hielt sich aber nicht lange auf, sondern riß die Tür des Schlafzimmers auf und rief mit lauter Stimme in das Dunkel hinein: »Sehen Sie nur mal an, es ist krepiert; da liegt es, ganz und gar krepiert!«

Das Ehepaar Samsa saß im Ehebett aufrecht da und hatte zu tun, den Schrecken über die Bedienerin zu verwinden, ehe es dazu kam, ihre Meldung aufzufassen. Dann aber stiegen Herr und Frau Samsa, jeder auf seiner Seite, eiligst aus dem Bett, Herr Samsa warf die Decke über seine Schultern, Frau Samsa kam nur im Nachthemd hervor; so traten sie in Gregors Zimmer. Inzwischen hatte sich auch die Tür des Wohnzimmers geöffnet, in dem Grete seit dem Einzug der Zimmerherren schlief –, sie war völlig angezogen, als hätte sie gar nicht geschlafen, auch ihr bleiches Gesicht schien das zu beweisen. »Tot?« sagte Frau Samsa und sah fragend zur Bedienerin auf, trotzdem sie doch alles selbst prüfen und sogar ohne Prüfung erkennen konnte. »Das will ich meinen«, sagte die Bedienerin und stieß zum Beweis Gregors Leiche mit dem Besen noch ein großes Stück seitwärts. Frau Samsa machte eine Bewegung, als wolle sie den Besen zurückhalten, tat es aber nicht. »Nun«, sagte Herr Samsa, »jetzt können wir Gott danken.« Er bekreuzte sich, und die drei Frauen folgten seinem Beispiel. Grete, die kein Auge von der Leiche wendete, sagte: »Seht nur, wie mager er war. Er hat ja auch schon so lange Zeit nichts gegessen. So wie die Speisen hereinkamen, sind sie wieder hinausgekommen.« Tatsächlich war Gregors Körper vollständig flach und trocken, man erkannte das eigentlich erst jetzt, da er nicht mehr von den Beinchen gehoben war und auch sonst nichts den Blick ablenkte.

»Komm, Grete, auf ein Weilchen zu uns herein«, sagte Frau Samsa mit einem wehmütigen Lächeln, und Grete ging, nicht ohne nach der Leiche zurückzusehen, hinter den Eltern in das Schlafzimmer. Die Bedienerin schloß die Tür und öffnete gänzlich das Fenster. Trotz des frühen Morgens war der frischen Luft schon etwas Lauigkeit beigemischt. Es war eben schon Ende März.

Aus ihrem Zimmer traten die drei Zimmerherren und sahen sich erstaunt nach ihrem Frühstück um; man hatte sie vergessen. »Wo ist das Frühstück?« fragte der mittlere der Herren mürrisch die Bedienerin. Diese aber legte den Finger an den Mund und winkte dann hastig und schweigend den Herren zu, sie möchten in Gregors Zimmer kommen. Sie kamen auch und standen dann, die Hände in den Taschen ihrer etwas abgenützten Röckchen, in dem nun schon ganz hellen Zimmer um Gregors Leiche herum.

Da öffnete sich die Tür des Schlafzimmers, und Herr Samsa erschien in seiner Livree, an einem Arm seine Frau, am anderen seine Tochter. Alle waren ein wenig verweint; Grete drückte bisweilen ihr Gesicht an den Arm des Vaters.

»Verlassen Sie sofort meine Wohnung!« sagte Herr Samsa und zeigte auf die Tür, ohne die Frauen von sich zu lassen. »Wie meinen Sie das?« sagte der mittlere der Herren etwas bestürzt und lächelte süßlich. Die zwei anderen hielten die Hände auf dem Rücken und rieben sie ununterbrochen aneinander, wie in freudiger Erwartung eines großen Streites, der aber für sie günstig ausfallen mußte. »Ich meine es genau so, wie ich es sage«, antwortete Herr Samsa und ging in einer Linie mit seinen zwei Begleiterinnen auf den Zimmerherrn zu. Dieser stand zuerst still da und sah zu Boden, als ob sich die Dinge in seinem Kopf zu einer neuen Ordnung zusammenstellten. »Dann gehen wir also«, sagte er dann und sah zu Herrn Samsa auf, als verlange er in einer plötzlich ihn überkommenden Demut sogar für diesen Entschluß eine neue Genehmigung. Herr Samsa nickte ihm bloß mehrmals kurz mit großen Augen zu. Daraufhin ging der Herr tatsächlich sofort mit langen Schritten ins Vorzimmer; seine beiden Freunde hatten schon ein Weilchen lang mit ganz ruhigen Händen aufgehorcht und hüpften ihm jetzt geradezu nach, wie in Angst, Herr Samsa könnte vor ihnen ins Vorzimmer eintreten und die Verbindung mit ihrem Führer stören. Im Vorzimmer nahmen alle drei die Hüte vom Kleiderrechen, zogen ihre Stöcke aus dem Stockbehälter, verbeugten sich stumm und verließen die Wohnung. In einem, wie sich zeigte, gänzlich unbegründeten Mißtrauen trat Herr Samsa mit den zwei Frauen auf den Vorplatz hinaus; an das Geländer gelehnt, sahen sie zu, wie die drei Herren zwar langsam, aber ständig die lange Treppe hinunterstiegen, in jedem Stockwerk in einer bestimmten Biegung des Treppenhauses verschwanden und nach ein paar Augenblicken wieder hervorkamen; je tiefer sie gelangten, desto mehr verlor sich das Interesse der Familie Samsa für sie, und als ihnen entgegen und dann hoch über sie hinweg ein Fleischergeselle mit der Trage auf dem Kopf in stolzer Haltung heraufstieg, verließ bald Herr Samsa mit den Frauen das Geländer, und alle kehrten, wie erleichtert, in ihre Wohnung zurück.

Sie beschlossen, den heutigen Tag zum Ausruhen und Spazierengehen zu verwenden; sie hatten diese Arbeitsunterbrechung nicht nur verdient, sie brauchten sie sogar unbedingt. Und so setzten sie sich zum Tisch und schrieben drei Entschuldigungsbriefe, Herr Samsa an seine Direktion, Frau Samsa an ihren Auftraggeber und Grete an ihren Prinzipal. Während des Schreibens kam die Bedienerin herein, um zu sagen, daß sie fortgehe, denn ihre Morgenarbeit war beendet. Die drei Schreibenden nickten zuerst bloß, ohne aufzuschauen, erst als die Bedienerin sich immer noch nicht entfernen wollte, sah man ärgerlich auf. »Nun?« fragte Herr Samsa. Die Bedienerin stand lächelnd in der Tür, als habe sie der Familie ein großes Glück zu melden, werde es aber nur dann tun, wenn sie gründlich ausgefragt werde. Die fast aufrechte kleine Straußfeder auf ihrem Hut, über die sich Herr Samsa schon während ihrer ganzen Dienstzeit ärgerte, schwankte leicht nach allen Richtungen. »Also was wollen Sie eigentlich?« fragte Frau Samsa, vor welcher die Bedienerin noch am meisten Respekt hatte. »Ja«, antwortete die Bedienerin und konnte vor freundlichem Lachen nicht gleich weiterreden, »also darüber, wie das Zeug von nebenan weggeschafft werden soll, müssen Sie sich keine Sorgen machen. Es ist schon in Ordnung.« Frau Samsa und Grete beugten sich zu ihren Briefen nieder, als wollten sie weiterschreiben; Herr Samsa, welcher merkte, daß die Bedienerin nun alles ausführlich zu beschreiben anfangen wollte, wehrte dies mit ausgestreckter Hand entschieden ab. Da sie aber nicht erzählen durfte, erinnerte sie sich an die große Eile, die sie hatte, rief offenbar beleidigt: »Adjes allseits«, drehte sich wild um und verließ unter fürchterlichem Türezuschlagen die Wohnung.

»Abends wird sie entlassen«, sagte Herr Samsa, bekam aber weder von seiner Frau noch von seiner Tochter eine Antwort, denn die Bedienerin schien ihre kaum gewonnene Ruhe wieder gestört zu haben. Sie erhoben sich, gingen zum Fenster und blieben dort, sich umschlungen haltend. Herr Samsa drehte sich in seinem Sessel nach ihnen um und beobachtete sie still ein Weilchen. Dann rief er: »Also kommt doch her. Laßt schon endlich die alten Sachen. Und nehmt auch ein wenig Rücksicht auf mich.« Gleich folgten ihm die Frauen, eilten zu ihm, liebkosten ihn und beendeten rasch ihre Briefe.

Dann verließen alle drei gemeinschaftlich die Wohnung, was sie schon seit Monaten nicht getan hatten, und fuhren mit der Elektrischen ins Freie vor die Stadt. Der Wagen, in dem sie allein saßen, war ganz von warmer Sonne durchschienen. Sie besprachen, bequem auf ihren Sitzen zurückgelehnt, die Aussichten für die Zukunft, und es fand sich, daß diese bei näherer Betrachtung durchaus nicht schlecht waren, denn aller drei Anstellungen waren, worüber sie einander eigentlich noch gar nicht ausgefragt hatten, überaus günstig und besonders für später vielversprechend. Die größte augenblickliche Besserung der Lage mußte sich natürlich leicht durch einen Wohnungswechsel ergeben; sie wollten nun eine kleinere und billigere, aber besser gelegene und überhaupt praktischere Wohnung nehmen, als es die jetzige, noch von Gregor ausgesuchte war. Während sie sich so unterhielten, fiel es Herrn und Frau Samsa im Anblick ihrer immer lebhafter werdenden Tochter fast gleichzeitig ein, wie sie in der letzten Zeit trotz aller Plage, die ihre Wangen bleich gemacht hatte, zu einem schönen und üppigen Mädchen aufgeblüht war. Stiller werdend und fast unbewußt durch Blicke sich verständigend, dachten sie daran, daß es nun Zeit sein werde, auch einen braven Mann für sie zu suchen. Und es war ihnen wie eine Bestätigung ihrer neuen Träume und guten Absichten, als am Ziele ihrer Fahrt die Tochter als erste sich erhob und ihren jungen Körper dehnte.

Ein Landarzt

Kleine Erzählungen

Meinem Vater

DER NEUE ADVOKAT

Wir haben einen neuen Advokaten, den Dr. Bucephalus. In seinem Äußern erinnert wenig an die Zeit, da er noch Streitroß Alexanders von Mazedonien war. Wer allerdings mit den Umständen vertraut ist, bemerkt einiges. Doch sah ich letzthin auf der Freitreppe selbst einen ganz einfältigen Gerichtsdiener mit dem Fachblick des kleinen Stammgastes der Wettrennen den Advokaten bestaunen, als dieser, hoch die Schenkel hebend, mit auf dem Marmor aufklingendem Schritt von Stufe zu Stufe stieg.

Im allgemeinen billigt das Bureau die Aufnahme des Bucephalus. Mit erstaunlicher Einsicht sagt man sich, daß Bucephalus bei der heutigen Gesellschaftsordnung in einer schwierigen Lage ist und daß er deshalb, sowie auch wegen seiner weltgeschichtlichen Bedeutung jedenfalls Entgegenkommen verdient. Heute – das kann niemand leugnen – gibt es keinen großen Alexander. Zu morden verstehen zwar manche; auch an der Geschicklichkeit, mit der Lanze über den Bankettisch hinweg den Freund zu treffen, fehlt es nicht; und vielen ist Mazedonien zu eng, so daß sie Philipp, den Vater, verfluchen – aber niemand, niemand kann nach Indien führen. Schon damals waren Indiens Tore unerreichbar, aber ihre Richtung war durch das Königsschwert bezeichnet. Heute sind die Tore ganz anderswohin und weiter und höher vertragen; niemand zeigt die Richtung; viele halten Schwerter, aber nur, um mit ihnen zu fuchteln, und der Blick, der ihnen folgen will, verwirrt sich.

Vielleicht ist es deshalb wirklich das beste, sich, wie es Bucephalus getan hat, in die Gesetzbücher zu versenken. Frei, unbedrückt die Seiten von den Lenden des Reiters, bei stiller Lampe, fern dem Getöse der Alexanderschlacht, liest und wendet er die Blätter unserer alten Bücher.

EIN LANDARZT

Ich war in großer Verlegenheit: eine dringende Reise stand mir bevor; ein Schwerkranker wartete auf mich in einem zehn Meilen entfernten Dorfe; starkes Schneegestöber füllte den weiten Raum zwischen mir und ihm; einen Wagen hatte ich, leicht, großräderig, ganz wie er für unsere Landstraßen taugt; in den Pelz gepackt, die Instrumententasche in der Hand, stand ich reisefertig schon auf dem Hofe; aber das Pferd fehlte, das Pferd. Mein eigenes Pferd war in der letzten Nacht, infolge der Überanstrengung in diesem eisigen Winter, verendet; mein Dienstmädchen lief jetzt im Dorf umher, um ein Pferd geliehen zu bekommen; aber es war aussichtslos, ich wußte es, und immer mehr vom Schnee überhäuft, immer unbeweglicher werdend, stand ich zwecklos da. Am Tor erschien das Mädchen, allein, schwenkte die Laterne; natürlich, wer leiht jetzt sein Pferd her zu solcher Fahrt? Ich durchmaß noch einmal den Hof –, ich fand keine Möglichkeit; zerstreut, gequält stieß ich mit dem Fuß an die brüchige Tür des schon seit Jahren unbenützten Schweinestalles. Sie öffnete sich und klappte in den Angeln auf und zu. Wärme und Geruch wie von Pferden kam hervor. Eine trübe Stallaterne schwankte drin an einem Seil. Ein Mann, zusammengekauert in dem niedrigen Verschlag, zeigte sein offenes blauäugiges Gesicht. »Soll ich anspannen?« fragte er, auf allen vieren hervorkriechend. Ich wußte nichts zu sagen und beugte mich nur, um zu sehen, was es noch in dem Stalle gab. Das Dienstmädchen stand neben mir. »Man weiß nicht, was für Dinge man im eigenen Hause vorrätig hat«, sagte es, und wir beide lachten. »Holla, Bruder, holla, Schwester!« rief der Pferdeknecht, und zwei Pferde, mächtige flankenstarke Tiere, schoben sich hintereinander, die Beine eng am Leib, die wohlgeformten Köpfe wie Kamele senkend, nur durch die Kraft der Wendungen ihres Rumpfes aus dem Türloch, das sie restlos ausfüllten. Aber gleich standen sie aufrecht, hochbeinig, mit dicht ausdampfendem Körper. »Hilf ihm«, sagte ich, und das willige Mädchen eilte, dem Knecht das Geschirr des Wagens zu reichen. Doch kaum war es bei ihm, umfaßt es der Knecht und schlägt sein Gesicht an ihres. Es schreit auf und flüchtet sich zu mir; rot eingedrückt sind zwei Zahnreihen in des Mädchens Wange. »Du Vieh«, schreie ich wütend, »willst du die Peitsche?«, besinne mich aber gleich, daß es ein Fremder ist, daß ich nicht weiß, woher er kommt, und daß er mir freiwillig aushilft, wo alle andern versagen. Als wisse er von meinen Gedanken, nimmt er meine Drohung nicht übel, sondern wendet sich nur einmal, immer mit den Pferden beschäftigt, nach mir um. »Steigt ein«, sagt er dann, und tatsächlich: alles ist bereit. Mit so schönem Gespann, das merke ich, bin ich noch nie gefahren, und ich steige fröhlich ein. »Kutschieren werde aber ich, du kennst nicht den Weg«, sage ich. »Gewiß«, sagt er, »ich fahre gar nicht mit, ich bleibe bei Rosa.« »Nein«, schreit Rosa und läuft im richtigen Vorgefühl der Unabwendbarkeit ihres Schicksals ins Haus; ich höre die Türkette klirren, die sie vorlegt; ich höre das Schloß einspringen; ich sehe, wie sie überdies im Flur und weiterjagend durch die Zimmer alle Lichter verlöscht, um sich unauffindbar zu machen. »Du fährst mit«, sage ich zu dem Knecht, »oder ich verzichte auf die Fahrt, so dringend sie auch ist. Es fällt mir nicht ein, dir für die Fahrt das Mädchen als Kaufpreis hinzugeben.« »Munter!« sagt er; klatscht in die Hände; der Wagen wird fortgerissen, wie Holz in die Strömung; noch höre ich, wie die Tür meines Hauses unter dem Ansturm des Knechts birst und splittert, dann sind mir Augen und Ohren von einem zu allen Sinnen gleichmäßig dringenden Sausen erfüllt. Aber auch das nur einen Augenblick, denn, als öffne sich unmittelbar vor meinem Hoftor der Hof meines Kranken, bin ich schon dort; ruhig stehen die Pferde; der Schneefall hat aufgehört; Mondlicht ringsum; die Eltern des Kranken eilen aus dem Haus; seine Schwester hinter ihnen; man hebt mich fast aus dem Wagen; den verwirrten Reden entnehme ich nichts; im Krankenzimmer ist die Luft kaum atembar; der vernachlässigte Herdofen raucht; ich werde das Fenster aufstoßen, zuerst aber will ich den Kranken sehen. Mager, ohne Fieber, nicht kalt, nicht warm, mit leeren Augen, ohne Hemd hebt sich der Junge unter dem Federbett, hängt sich an meinen Hals, flüstert mir ins Ohr: »Doktor, laß mich sterben.« Ich sehe mich um; niemand hat es gehört; die Eltern stehen stumm vorgebeugt und erwarten mein Urteil; die Schwester hat einen Stuhl für meine Handtasche gebracht. Ich öffne die Tasche und suche unter meinen Instrumenten; der Junge tastet immerfort aus dem Bett nach mir hin, um mich an seine Bitte zu erinnern; ich fasse eine Pinzette, prüfe sie im Kerzenlicht und lege sie wieder hin. ›Ja‹, denke ich lästernd, ›in solchen Fällen helfen die Götter, schicken das fehlende Pferd, fügen der Eile wegen noch ein zweites hinzu, spenden zum Übermaß noch den Pferdeknecht –.‹ Jetzt erst fällt mir wieder Rosa ein; was tue ich, wie rette ich sie, wie ziehe ich sie unter diesem Pferdeknecht hervor, zehn Meilen von ihr entfernt, unbeherrschbare Pferde vor meinem Wagen? Diese Pferde, die jetzt die Riemen irgendwie gelockert haben; die Fenster, ich weiß nicht wie, von außen aufstoßen? Jedes durch ein Fenster den Kopf stecken und, unbeirrt durch den Aufschrei der Familie, den Kranken betrachten. ›Ich fahre gleich wieder zurück‹, denke ich, als forderten mich die Pferde zur Reise auf, aber ich dulde es, daß die Schwester, die mich durch die Hitze betäubt glaubt, den Pelz mir abnimmt. Ein Glas Rum wird mir bereitgestellt, der Alte klopft mir auf die Schulter, die Hingabe seines Schatzes rechtfertigt diese Vertraulichkeit. Ich schüttle den Kopf; in dem engen Denkkreis des Alten würde mir übel; nur aus diesem Grunde lehne ich es ab zu trinken. Die Mutter steht am Bett und lockt mich hin; ich folge und lege, während ein Pferd laut zur Zimmerdecke wiehert, den Kopf an die Brust des Jungen, der unter meinem nassen Bart erschauert. Es bestätigt sich, was ich weiß: der Junge ist gesund, ein wenig schlecht durchblutet, von der sorgenden Mutter mit Kaffee durchtränkt, aber gesund und am besten mit einem Stoß aus dem Bett zu treiben. Ich bin kein Weltverbesserer und lasse ihn liegen. Ich bin vom Bezirk angestellt und tue meine Pflicht bis zum Rand, bis dorthin, wo es fast zu viel wird. Schlecht bezahlt, bin ich doch freigebig und hilfsbereit gegenüber den Armen. Noch für Rosa muß ich sorgen, dann mag der Junge recht haben und auch ich will sterben. Was tue ich hier in diesem endlosen Winter! Mein Pferd ist verendet, und da ist niemand im Dorf, der mir seines leiht. Aus dem Schweinestall muß ich mein Gespann ziehen; wären es nicht zufällig Pferde, müßte ich mit Säuen fahren. So ist es. Und ich nicke der Familie zu. Sie wissen nichts davon, und wenn sie es wüßten, würden sie es nicht glauben. Rezepte schreiben ist leicht, aber im übrigen sich mit den Leuten verständigen, ist schwer. Nun, hier wäre also mein Besuch zu Ende, man hat mich wieder einmal unnötig bemüht, daran bin ich gewöhnt, mit Hilfe meiner Nachtglocke martert mich der ganze Bezirk, aber daß ich diesmal auch noch Rosa hingeben mußte, dieses schöne Mädchen, das jahrelang, von mir kaum beachtet, in meinem Hause lebte – dieses Opfer ist zu groß, und ich muß es mir mit Spitzfindigkeiten aushilfsweise in meinem Kopf irgendwie zurechtlegen, um nicht auf diese Familie loszufahren, die mir ja beim besten Willen Rosa nicht zurückgeben kann. Als ich aber meine Handtasche schließe und nach meinem Pelz winke, die Familie beisammensteht, der Vater schnuppernd über dem Rumglas in seiner Hand, die Mutter, von mir wahrscheinlich enttäuscht – ja, was erwartet denn das Volk? – tränenvoll in die Lippen beißend und die Schwester ein schwer blutiges Handtuch schwenkend, bin ich irgendwie bereit, unter Umständen zuzugeben, daß der Junge doch vielleicht krank ist. Ich gehe zu ihm, er lächelt mir entgegen, als brächte ich ihm etwa die allerstärkste Suppe – ach, jetzt wiehern beide Pferde; der Lärm soll wohl, höhern Orts angeordnet, die Untersuchung erleichtern – und nun finde ich: ja, der Junge ist krank. In seiner rechten Seite, in der Hüftengegend hat sich eine handtellergroße Wunde aufgetan. Rosa, in vielen Schattierungen, dunkel in der Tiefe, hellwerdend zu den Rändern, zartkörnig, mit ungleichmäßig sich aufsammelndem Blut, offen wie ein Bergwerk obertags. So aus der Entfernung. In der Nähe zeigt sich noch eine Erschwerung. Wer kann das ansehen ohne leise zu pfeifen? Würmer, an Stärke und Länge meinem kleinen Finger gleich, rosig aus eigenem und außerdem blutbespritzt, winden sich, im Innern der Wunde festgehalten, mit weißen Köpfchen, mit vielen Beinchen ans Licht. Armer Junge, dir ist nicht zu helfen. Ich habe deine große Wunde aufgefunden; an dieser Blume in deiner Seite gehst du zugrunde. Die Familie ist glücklich, sie sieht mich mit Tätigkeit; die Schwester sagt's der Mutter, die Mutter dem Vater, der Vater einigen Gästen, die auf den Fußspitzen, mit ausgestreckten Armen balancierend, durch den Mondschein der offenen Tür hereinkommen. »Wirst du mich retten?« flüstert schluchzend der Junge, ganz geblendet durch das Leben in seiner Wunde. So sind die Leute in meiner Gegend. Immer das Unmögliche vom Arzt verlangen. Den alten Glauben haben sie verloren; der Pfarrer sitzt zu Hause und zerzupft die Meßgewänder, eines nach dem andern; aber der Arzt soll alles leisten mit seiner zarten chirurgischen Hand. Nun, wie es beliebt: ich habe mich nicht angeboten; verbraucht ihr mich zu heiligen Zwecken, lasse ich auch das mit mir geschehen; was will ich Besseres, alter Landarzt, meines Dienstmädchens beraubt! Und sie kommen, die Familie und die Dorfältesten, und entkleiden mich; ein Schulchor mit dem Lehrer an der Spitze steht vor dem Haus und singt eine äußerst einfache Melodie auf den Text:

> Entkleidet ihn, dann wird er heilen,
> Und heilt er nicht, so tötet ihn!
> 's ist nur ein Arzt, 's ist nur ein Arzt.

Dann bin ich entkleidet und sehe, die Finger im Barte, mit geneigtem Kopf die Leute ruhig an. Ich bin durchaus gefaßt und allen überlegen und bleibe es auch, trotzdem es mir nichts hilft, denn jetzt nehmen sie mich beim Kopf und bei den Füßen und tragen mich ins Bett. Zur Mauer, an die Seite der Wunde legen sie mich. Dann gehen alle aus der Stube; die Tür wird zugemacht; der Gesang verstummt; Wolken treten vor den Mond; warm liegt das Bettzeug um mich, schattenhaft schwanken die Pferdeköpfe in den Fensterlöchern. »Weißt du«, höre ich, mir ins Ohr gesagt, »mein Vertrauen zu dir ist sehr gering. Du bist ja auch nur irgendwo abgeschüttelt, kommst nicht auf eigenen Füßen. Statt zu helfen, engst du mir mein Sterbebett ein. Am liebsten kratzte ich dir die Augen aus.« »Richtig«, sage ich, »es ist eine Schmach. Nun bin ich aber Arzt. Was soll ich tun? Glaube mir, es wird auch mir nicht leicht.« »Mit dieser Entschuldigung soll ich mich begnügen? Ach, ich muß wohl. Immer muß ich mich begnügen. Mit einer schönen Wunde kam ich auf die Welt; das war meine ganze Ausstattung.« »Junger Freund«, sage ich, »dein Fehler ist: du hast keinen Überblick. Ich, der ich schon in allen Krankenstuben, weit und breit, gewesen bin, sage dir: deine Wunde ist so übel nicht. Im spitzen Winkel mit zwei Hieben der Hacke geschaffen. Viele bieten ihre Seite an und hören kaum die Hacke im Forst, geschweige denn, daß sie ihnen näher kommt.« »Ist es wirklich so oder täuschest du mich im Fieber?« »Es ist wirklich so, nimm das Ehrenwort eines Amtsarztes mit hinüber.« Und er nahm's und wurde still. Aber jetzt war es Zeit, an meine Rettung zu denken. Noch standen treu die Pferde an ihren Plätzen. Kleider, Pelz und Tasche waren schnell zusammengerafft; mit dem Ankleiden wollte ich mich nicht aufhalten; beeilten sich die Pferde wie auf der Herfahrt, sprang ich ja gewissermaßen aus diesem Bett in meines. Gehorsam zog sich ein Pferd vom Fenster zurück; ich warf den Ballen in den Wagen; der Pelz flog zu weit, nur mit einem Ärmel hielt er sich an einem Haken fest. Gut genug. Ich schwang mich aufs Pferd. Die Riemen lose schleifend, ein Pferd kaum mit dem andern verbunden, der Wagen irrend hinterher, den Pelz als letzter im Schnee. »Munter!« sagte ich, aber munter ging's nicht; langsam wie alte Männer zogen wir durch die Schneewüste; lange klang hinter uns der neue, aber irrtümliche Gesang der Kinder:

> Freuet euch, ihr Patienten,
> Der Arzt ist euch ins Bett gelegt!

Niemals komme ich so nach Hause; meine blühende Praxis ist verloren; ein Nachfolger bestiehlt mich, aber ohne Nutzen, denn er kann mich nicht ersetzen; in meinem Hause wütet der ekle Pferdeknecht; Rosa ist sein Opfer; ich will es nicht ausdenken. Nackt, dem Froste dieses unglückseligsten Zeitalters ausgesetzt, mit irdischem Wagen, unirdischen Pferden, treibe ich alter Mann mich umher. Mein Pelz hängt hinten am Wagen, ich kann ihn aber nicht erreichen, und keiner aus dem beweglichen Gesindel der Patienten rührt den Finger. Betrogen! Betrogen! Einmal dem Fehlläuten der Nachtglocke gefolgt – es ist niemals gutzumachen.

AUF DER GALERIE

Wenn irgendeine hinfällige, lungensüchtige Kunstreiterin in der Manege auf schwankendem Pferd vor einem unermüdlichen Publikum vom peitschenschwingenden erbarmungslosen Chef monatelang ohne Unterbrechung im Kreise rundum getrieben würde, auf dem Pferde schwirrend, Küsse werfend, in der Taille sich wiegend, und wenn dieses Spiel unter dem nichtaussetzenden Brausen des Orchesters und der Ventilatoren in die immerfort weiter sich öffnende graue Zukunft sich fortsetzte, begleitet vom vergehenden und neu anschwellenden Beifallsklatschen der Hände, die eigentlich Dampfhämmer sind – vielleicht eilte dann ein junger Galeriebesucher die lange Treppe durch alle Ränge hinab, stürzte in die Manege, rief das: Halt! durch die Fanfaren des immer sich anpassenden Orchesters.

Da es aber nicht so ist; eine schöne Dame, weiß und rot, hereinfliegt, zwischen den Vorhängen, welche die stolzen Livrierten vor ihr öffnen; der Direktor, hingebungsvoll ihre Augen suchend, in Tierhaltung ihr entgegenatmet; vorsorglich sie auf den Apfelschimmel hebt, als wäre sie seine über alles geliebte Enkelin, die sich auf gefährliche Fahrt begibt; sich nicht entschließen kann, das Peitschenzeichen zu geben; schließlich in Selbstüberwindung es knallend gibt; neben dem Pferde mit offenem Munde einherläuft; die Sprünge der Reiterin scharfen Blickes verfolgt; ihre Kunstfertigkeit kaum begreifen kann; mit englischen Ausrufen zu warnen versucht; die reifenhaltenden Reitknechte wütend zu peinlichster Achtsamkeit ermahnt; vor dem großen Salto mortale das Orchester mit aufgehobenen Händen beschwört, es möge schweigen; schließlich die Kleine vom zitternden Pferde hebt, auf beide Backen küßt und keine Huldigung des Publikums für genügend erachtet; während sie selbst, von ihm gestützt, hoch auf den Fußspitzen, vom Staub umweht, mit ausgebreiteten Armen, zurückgelehntem Köpfchen ihr Glück mit dem ganzen Zirkus teilen will – da dies so ist, legt der Galeriebesucher das Gesicht auf die Brüstung und, im Schlußmarsch wie in einem schweren Traum versinkend, weint er, ohne es zu wissen.

EIN ALTES BLATT

Es ist, als wäre viel vernachlässigt worden in der Verteidigung unseres Vaterlandes. Wir haben uns bisher nicht darum gekümmert und sind unserer Arbeit nachgegangen; die Ereignisse der letzten Zeit machen uns aber Sorgen.

Ich habe eine Schusterwerkstatt auf dem Platz vor dem kaiserlichen Palast. Kaum öffne ich in der Morgendämmerung meinen Laden, sehe ich schon die Eingänge aller hier einlaufenden Gassen von Bewaffneten besetzt. Es sind aber nicht unsere Soldaten, sondern offenbar Nomaden aus dem Norden. Auf eine mir unbegreifliche Weise sind sie bis in die Hauptstadt gedrungen, die doch sehr weit von der Grenze entfernt ist. Jedenfalls sind sie also da; es scheint, daß jeden Morgen mehr werden.

Ihrer Natur entsprechend lagern sie unter freiem Himmel, denn Wohnhäuser verabscheuen sie. Sie beschäftigen sich mit dem Schärfen der Schwerter, dem Zuspitzen der Pfeile, mit Übungen zu Pferde. Aus diesem stillen, immer ängstlich rein gehaltenen Platz haben sie einen wahren Stall gemacht. Wir versuchen zwar manchmal aus unseren Geschäften hervorzulaufen und wenigstens den ärgsten Unrat wegzuschaffen, aber es geschieht immer seltener, denn die Anstrengung ist nutzlos und bringt uns überdies in die Gefahr, unter die wilden Pferde zu kommen oder von den Peitschen verletzt zu werden.

Sprechen kann man mit den Nomaden nicht. Unsere Sprache kennen sie nicht, ja sie haben kaum eine eigene. Untereinander verständigen sie sich ähnlich wie Dohlen. Immer wieder hört man diesen Schrei der Dohlen. Unsere Lebensweise, unsere Einrichtungen sind ihnen ebenso unbegreiflich wie gleichgültig. Infolgedessen zeigen sie sich auch gegen jede Zeichensprache ablehnend. Du magst dir die Kiefer verrenken und die Hände aus den Gelenken winden, sie haben dich doch nicht verstanden und werden dich nie verstehen. Oft machen sie Grimassen; dann dreht sich das Weiß ihrer Augen und Schaum schwillt aus ihrem Munde, doch wollen sie damit weder etwas sagen noch auch erschrecken; sie tun es, weil es so ihre Art ist. Was sie brauchen, nehmen sie. Man kann nicht sagen, daß sie Gewalt anwenden. Vor ihrem Zugriff tritt man beiseite und überläßt ihnen alles.

Auch von meinen Vorräten haben sie manches gute Stück genommen. Ich kann aber darüber nicht klagen, wenn ich zum Beispiel zusehe, wie es dem Fleischer gegenüber geht. Kaum bringt er seine Waren ein, ist ihm schon alles entrissen und wird von den Nomaden verschlungen. Auch ihre Pferde fressen Fleisch; oft liegt ein Reiter neben seinem Pferd und beide nähren sich vom gleichen Fleischstück, jeder an einem Ende. Der Fleischhauer ist ängstlich und wagt es nicht, mit den Fleischlieferungen aufzuhören. Wir verstehen das aber, schießen Geld zusammen und unterstützen ihn. Bekämen die Nomaden kein Fleisch, wer weiß, was ihnen zu tun einfiele; wer weiß allerdings, was ihnen einfallen wird, selbst wenn sie täglich Fleisch bekommen.

Letzthin dachte der Fleischer, er könne sich wenigstens die Mühe des Schlachtens sparen, und brachte am Morgen einen lebendigen Ochsen. Das darf er nicht mehr wiederholen. Ich lag wohl eine Stunde ganz hinten in meiner Werkstatt platt auf dem Boden und alle meine Kleider, Decken und Polster hatte ich über mir aufgehäuft, nur um das Gebrüll des Ochsen nicht zu hören, den von allen Seiten die Nomaden ansprangen, um mit den Zähnen Stücke aus seinem warmen Fleisch zu reißen. Schon lange war es still, ehe ich mich auszugehen getraute; wie Trinker um ein Weinfaß lagen sie müde um die Reste des Ochsen.

Gerade damals glaubte ich den Kaiser selbst in einem Fenster des Palastes gesehen zu haben; niemals sonst kommt er in diese äußeren Gemächer, immer nur lebt er in dem innersten Garten; diesmal aber stand er, so schien es mir wenigstens, an einem der Fenster und blickte mit gesenktem Kopf auf das Treiben vor seinem Schloß.

»Wie wird es werden?« fragen wir uns alle. »Wie lange werden wir diese Last und Qual ertragen? Der kaiserliche Palast hat die Nomaden angelockt, versteht es aber nicht, sie wieder zu vertreiben. Das Tor bleibt verschlossen; die Wache, früher immer festlich ein- und ausmarschierend, hält sich hinter vergitterten Fenstern. Uns Handwerkern und Geschäftsleuten ist die Rettung des Vaterlandes anvertraut; wir sind aber einer solchen Aufgabe nicht gewachsen; haben uns doch auch nie gerühmt, dessen fähig zu sein. Ein Mißverständnis ist es; und wir gehen daran zugrunde.«

VOR DEM GESETZ

Vor dem Gesetz steht ein Türhüter. Zu diesem Türhüter kommt ein Mann vom Lande und bittet um Eintritt in das Gesetz. Aber der Türhüter sagt, daß er ihm jetzt den Eintritt nicht gewähren könne. Der Mann überlegt und fragt dann, ob er also später werde eintreten dürfen. »Es ist möglich«, sagt der Türhüter, »jetzt aber nicht.« Da das Tor zum Gesetz offensteht wie immer und der Türhüter beiseite tritt, bückt sich der Mann, um durch das Tor in das Innere zu sehn. Als der Türhüter das merkt, lacht er und sagt: »Wenn es dich so lockt, versuche es doch, trotz meines Verbotes hineinzugehn. Merke aber: Ich bin mächtig. Und ich bin nur der unterste Türhüter. Von Saal zu Saal stehn aber Türhüter, einer mächtiger als der andere. Schon den Anblick des dritten kann nicht einmal ich mehr ertragen.« Solche Schwierigkeiten hat der Mann vom Lande nicht erwartet; das Gesetz soll doch jedem und immer zugänglich sein, denkt er, aber als er jetzt den Türhüter in seinem Pelzmantel genauer ansieht, seine große Spitznase, den langen, dünnen, schwarzen tatarischen Bart, entschließt er sich, doch lieber zu warten, bis er die Erlaubnis zum Eintritt bekommt. Der Türhüter gibt ihm einen Schemel und läßt ihn seitwärts von der Tür sich niedersetzen. Dort sitzt er Tage und Jahre. Er macht viele Versuche, eingelassen zu werden, und ermüdet den Türhüter durch seine Bitten. Der Türhüter stellt öfters kleine Verhöre mit ihm an, fragt ihn über seine Heimat aus und nach vielem andern, es sind aber teilnahmslose Fragen, wie sie große Herren stellen, und zum Schlusse sagt er ihm immer wieder, daß er ihn noch nicht einlassen könne. Der Mann, der sich für seine Reise mit vielem ausgerüstet hat, verwendet alles, und sei es noch so wertvoll, um den Türhüter zu bestechen. Dieser nimmt zwar alles an, aber sagt dabei: »Ich nehme es nur an, damit du nicht glaubst, etwas versäumt zu haben.« Während der vielen Jahre beobachtet der Mann den Türhüter fast ununterbrochen. Er vergißt die andern Türhüter, und dieser erste scheint ihm das einzige Hindernis für den Eintritt in das Gesetz. Er verflucht den unglücklichen Zufall, in den ersten Jahren rücksichtslos und laut, später, als er alt wird, brummt er nur noch vor sich hin. Er wird kindisch, und, da er in dem jahrelangen Studium des Türhüters auch die Flöhe in seinem Pelzkragen erkannt hat, bittet er auch die Flöhe, ihm zu helfen und den Türhüter umzustimmen. Schließlich wird sein Augenlicht schwach, und er weiß nicht, ob es um ihn wirklich dunkler wird, oder ob ihn nur seine Augen täuschen. Wohl aber erkennt er jetzt im Dunkel einen Glanz, der unverlöschlich aus der Türe des Gesetzes bricht. Nun lebt er nicht mehr lange. Vor seinem Tode sammeln sich in seinem Kopfe alle Erfahrungen der ganzen Zeit zu einer Frage, die er bisher an den Türhüter noch nicht gestellt hat. Er winkt ihm zu, da er seinen erstarrenden Körper nicht mehr aufrichten kann. Der Türhüter muß sich tief zu ihm hinunterneigen, denn der Größenunterschied hat sich sehr zuungunsten des Mannes verändert. »Was willst du denn jetzt noch wissen?« fragt der Türhüter, »du bist unersättlich.« »Alle streben doch nach dem Gesetz«, sagt der Mann, »wieso kommt es, daß in den vielen Jahren niemand außer mir Einlaß verlangt hat?« Der Türhüter erkennt, daß der Mann schon an seinem Ende ist, und, um sein vergehendes Gehör noch zu erreichen, brüllt er ihn an: »Hier konnte niemand sonst Einlaß erhalten, denn dieser Eingang war nur für dich bestimmt. Ich gehe jetzt und schließe ihn.«

SCHAKALE UND ARABER

Wir lagerten in der Oase. Die Gefährten schliefen. Ein Araber, hoch und weiß, kam an mir vorüber; er hatte die Kamele versorgt und ging zum Schlafplatz.

Ich warf mich rücklings ins Gras; ich wollte schlafen; ich konnte nicht; das Klagegeheul eines Schakals in der Ferne –, ich saß wieder aufrecht. Und was so weit gewesen war, war plötzlich nah. Ein Gewimmel von Schakalen um mich her; in mattem Gold erglänzende, verlöschende Augen; schlanke Leiber, wie unter einer Peitsche gesetzmäßig und flink bewegt.

Einer kam von rückwärts, drängte sich, unter meinem Arm durch, eng an mich, als brauche er meine Wärme, trat dann vor mich und sprach, fast Aug in Aug mit mir:

»Ich bin der älteste Schakal, weit und breit. Ich bin glücklich, dich noch hier begrüßen zu können. Ich hatte schon die Hoffnung fast aufgegeben, denn wir warten unendlich lange auf dich; meine Mutter hat gewartet und ihre Mutter und weiter alle ihre Mütter bis hinauf zur Mutter aller Schakale. Glaube es!«

»Das wundert mich«, sagte ich und vergaß, den Holzstoß anzuzünden, der bereitlag, um mit seinem Rauch die Schakale abzuhalten, »das wundert mich sehr zu hören. Nur zufällig komme ich aus dem hohen Norden und bin auf einer kurzen Reise begriffen. Was wollt ihr denn, Schakale?«

Und wie ermutigt durch diesen vielleicht allzu freundlichen Zuspruch zogen sie ihren Kreis enger um mich; alle atmeten kurz und fauchend.

»Wir wissen«, begann der Älteste, »daß du vom Norden kommst, darauf eben baut sich unsere Hoffnung. Dort ist der Verstand, der hier unter den Arabern nicht zu finden ist. Aus diesem kalten Hochmut, weißt du, ist kein Funken Verstand zu schlagen. Sie töten Tiere, um sie zu fressen, und Aas mißachten sie.«

»Rede nicht so laut«, sagte ich, »es schlafen Araber in der Nähe.«

»Du bist wirklich ein Fremder«, sagte der Schakal, »sonst wüßtest du, daß noch niemals in der Weltgeschichte ein Schakal einen Araber gefürchtet hat. Fürchten sollten wir sie? Ist es nicht Unglück genug, daß wir unter solches Volk verstoßen sind?«

»Mag sein, mag sein«, sagte ich, »ich maße mir kein Urteil an in Dingen, die mir so fern liegen; es scheint ein sehr alter Streit; liegt also wohl im Blut; wird also vielleicht erst mit dem Blute enden.«

»Du bist sehr klug«, sagte der alte Schakal; und alle atmeten noch schneller; mit gehetzten Lungen, trotzdem sie doch stillestanden; ein bitterer, zeitweilig nur mit zusammengeklemmten Zähnen erträglicher Geruch entströmte den offenen Mäulern, »du bist sehr klug; das, was du sagst, entspricht unserer alten Lehre. Wir nehmen ihnen also ihr Blut und der Streit ist zu Ende.«

»Oh!« sagte ich wilder, als ich wollte, »sie werden sich wehren; sie werden mit ihren Flinten euch rudelweise niederschießen.«

»Du mißverstehst uns«, sagte er, »nach Menschenart, die sich also auch im hohen Norden nicht verliert. Wir werden sie doch nicht töten. So viel Wasser hätte der Nil nicht, um uns rein zu waschen. Wir laufen doch schon vor dem bloßen Anblick ihres lebenden Leibes weg, in reinere Luft, in die Wüste, die deshalb unsere Heimat ist.«

Und alle Schakale ringsum, zu denen inzwischen noch viele von fern her gekommen waren, senkten die Köpfe zwischen die Vorderbeine und putzten sie mit den Pfoten; es war, als wollten sie einen Widerwillen verbergen, der so schrecklich war, daß ich am liebsten mit einem hohen Sprung aus ihrem Kreis entflohen wäre.

»Was beabsichtigt ihr also zu tun?« fragte ich und wollte aufstehn; aber ich konnte nicht; zwei junge Tiere hatten sich mir hinten in Rock und Hemd festgebissen; ich mußte sitzen bleiben. »Sie halten deine Schleppe«, sagte der alte Schakal erklärend und ernsthaft, »eine Ehrbezeigung.« »Sie sollen mich loslassen!« rief ich, bald zum Alten, bald zu den Jungen gewendet. »Sie werden es natürlich«, sagte der Alte, »wenn du es verlangst. Es dauert aber ein Weilchen, denn sie haben nach der Sitte tief sich eingebissen und müssen erst langsam die Gebisse voneinander lösen. Inzwischen höre unsere Bitte.« »Euer Verhalten hat mich dafür nicht sehr empfänglich gemacht«, sagte ich. »Laß uns unser Ungeschick nicht entgelten«, sagte er und nahm jetzt zum erstenmal den Klageton seiner natürlichen Stimme zu Hilfe, »wir sind arme Tiere, wir haben nur das Gebiß; für alles, was wir tun wollen, das Gute und das Schlechte, bleibt uns einzig das Gebiß.« »Was willst du also?« fragte ich, nur wenig besänftigt.

»Herr« rief er, und alle Schakale heulten auf; in fernster Ferne schien es mir eine Melodie zu sein. »Herr, du sollst den Streit beenden, der die Welt entzweit. So wie du bist, haben unsere Alten den beschrieben, der es tun wird. Frieden müssen wir haben von den Arabern; atembare Luft; gereinigt von ihnen den Ausblick rund am Horizont; kein Klagegeschrei eines Hammels, den der Araber absticht; ruhig soll alles Getier krepieren; ungestört soll es von uns leergetrunken und bis auf die Knochen gereinigt werden.

Reinheit, nichts als Reinheit wollen wir«, – und nun weinten, schluchzten alle – »wie erträgst nur du es in dieser Welt, du edles Herz und süßes Eingeweide? Schmutz ist ihr Weiß; Schmutz ist ihr Schwarz; ein Grauen ist ihr Bart; speien muß man beim Anblick ihrer Augenwinkel; und heben sie den Arm, tut sich in der Achselhöhle die Hölle auf. Darum, o Herr, darum, o teuerer Herr, mit Hilfe deiner alles vermögenden Hände, mit Hilfe deiner alles vermögenden Hände schneide ihnen mit dieser Schere die Hälse durch!« Und einem Ruck seines Kopfes folgend kam ein Schakal herbei, der an einem Eckzahn eine kleine, mit altem Rost bedeckte Nähschere trug.

»Also endlich die Schere und damit Schluß!« rief der Araberführer unserer Karawane, der sich gegen den Wind an uns herangeschlichen hatte und nun seine riesige Peitsche schwang.

Alles verlief sich eiligst, aber in einiger Entfernung blieben sie doch, eng zusammengekauert, die vielen Tiere so eng und starr, daß es aussah wie eine schmale Hürde, von Irrlichtern umflogen.

»So hast du, Herr, auch dieses Schauspiel gesehen und gehört«, sagte der Araber und lachte so fröhlich, als es die Zurückhaltung seines Stammes erlaubte. »Du weißt also, was die Tiere wollen?« fragte ich. »Natürlich, Herr«, sagte er, »das ist doch allbekannt; solange es Araber gibt, wandert diese Schere durch die Wüste und wird mit uns wandern bis ans Ende der Tage. Jedem Europäer wird sie angeboten zu dem großen Werk; jeder Europäer ist gerade derjenige, welcher ihnen berufen scheint. Eine unsinnige Hoffnung haben diese Tiere; Narren, wahre Narren sind sie. Wir lieben sie deshalb; es sind unsere Hunde; schöner als die eurigen. Sieh nur, ein Kamel ist in der Nacht verendet, ich habe es herschaffen lassen.«

Vier Träger kamen und warfen den schweren Kadaver vor uns hin. Kaum lag er da, erhoben die Schakale ihre Stimmen. Wie von Stricken unwiderstehlich jeder einzelne gezogen, kamen sie, stockend, mit dem Leib den Boden streifend, heran. Sie hatten die Araber vergessen, den Haß vergessen, die alles auslöschende Gegenwart des stark ausdunstenden Leichnams bezauberte sie. Schon hing einer am Hals und fand mit dem ersten Biß die Schlagader. Wie eine kleine rasende Pumpe, die ebenso unbedingt wie aussichtslos einen übermächtigen Brand löschen will, zerrte und zuckte jeder Muskel seines Körpers an ihrem Platz. Und schon lagen in gleicher Arbeit alle auf dem Leichnam hoch zu Berg.

Da strich der Führer kräftig mit der scharfen Peitsche kreuz und quer über sie. Sie hoben die Köpfe; halb in Rausch und Ohnmacht; sahen die Araber vor sich stehen; bekamen jetzt die Peitsche mit den Schnauzen zu fühlen; zogen sich im Sprung zurück und liefen eine Strecke rückwärts. Aber das Blut des Kamels lag schon in Lachen da, rauchte empor, der Körper war an mehreren Stellen weit aufgerissen. Sie konnten nicht widerstehen; wieder waren sie da; wieder hob der Führer die Peitsche; ich faßte seinen Arm.

»Du hast recht, Herr«, sagte er, »wir lassen sie bei ihrem Beruf; auch ist es Zeit aufzubrechen. Gesehen hast du sie. Wunderbare Tiere, nicht wahr? Und wie sie uns hassen!«

EIN BESUCH IM BERGWERK

Heute waren die obersten Ingenieure bei uns unten. Es ist irgendein Auftrag der Direktion ergangen, neue Stollen zu legen, und da kamen die Ingenieure, um die allerersten Ausmessungen vorzunehmen. Wie jung diese Leute sind und dabei schon so verschiedenartig! Sie haben sich alle frei entwickelt, und ungebunden zeigt sich ihr klar bestimmtes Wesen schon in jungen Jahren.

Einer, schwarzhaarig, lebhaft, läßt seine Augen überallhin laufen.

Ein Zweiter, mit einem Notizblock, macht im Gehen Aufzeichnungen, sieht umher, vergleicht, notiert.

Ein Dritter, die Hände in den Rocktaschen, so daß sich alles an ihm spannt, geht aufrecht; wahrt die Würde; nur im fortwährenden Beißen seiner Lippen zeigt sich die ungeduldige, nicht zu unterdrückende Jugend.

Ein Vierter gibt dem Dritten Erklärungen, die dieser nicht verlangt; kleiner als er, wie ein Versucher neben ihm herlaufend, scheint er, den Zeigefinger immer in der Luft, eine Litanei über alles, was hier zu sehen ist, ihm vorzutragen.

Ein Fünfter, vielleicht der oberste im Rang, duldet keine Begleitung; ist bald vorn, bald hinten; die Gesellschaft richtet ihren Schritt nach ihm; er ist bleich und schwach; die Verantwortung hat seine Augen ausgehöhlt; oft drückt er im Nachdenken die Hand an die Stirn.

Der Sechste und Siebte gehen ein wenig gebückt, Kopf nah an Kopf, Arm in Arm, in vertrautem Gespräch; wäre hier nicht offenbar unser Kohlenbergwerk und unser Arbeitsplatz im tiefsten Stollen, könnte man glauben, diese knochigen, bartlosen, knollennasigen Herren seien junge Geistliche. Der eine lacht meistens mit katzenartigem Schnurren in sich hinein; der andere, gleichfalls lächelnd, führt das Wort und gibt mit der freien Hand irgendeinen Takt dazu. Wie sicher müssen diese zwei Herren ihrer Stellung sein, ja welche Verdienste müssen sie sich trotz ihrer Jugend um unser Bergwerk schon erworben haben, daß sie hier, bei einer so wichtigen Begehung, unter den Augen ihres Chefs, nur mit eigenen oder wenigstens mit solchen Angelegenheiten, die nicht mit der augenblicklichen Aufgabe zusammenhängen, so unbeirrbar sich beschäftigen dürfen. Oder sollte es möglich sein, daß sie, trotz alles Lachens und aller Unaufmerksamkeit, das, was nötig ist, sehr wohl bemerken? Man wagt über solche Herren kaum ein bestimmtes Urteil abzugeben.

Andererseits ist es aber doch wieder zweifellos, daß zum Beispiel der Achte unvergleichlich mehr als diese, ja mehr als alle anderen Herren bei der Sache ist. Er muß alles anfassen und mit einem kleinen Hammer, den er immer wieder aus der Tasche zieht und immer wieder dort verwahrt, beklopfen. Manchmal kniet er trotz seiner eleganten Kleidung in den Schmutz nieder und beklopft den Boden, dann wieder nur im Gehen die Wände oder die Decke über seinem Kopf. Einmal hat er sich lang hingelegt und lag dort still; wir dachten schon, es sei ein Unglück geschehen; aber dann sprang er mit einem kleinen Zusammenzucken seines schlanken Körpers auf. Er hatte also wieder nur eine Untersuchung gemacht. Wir glauben unser Bergwerk und seine Steine zu kennen, aber was dieser Ingenieur auf diese Weise hier immerfort untersucht, ist uns unverständlich.

Ein Neunter schiebt vor sich eine Art Kinderwagen, in welchem die Meßapparate liegen. Äußerst kostbare Apparate, tief in zarteste Watte eingelegt. Diesen Wagen sollte ja eigentlich der Diener schieben, aber es wird ihm nicht anvertraut; ein Ingenieur mußte heran, und er tut es gern, wie man sieht. Er ist wohl der Jüngste, vielleicht versteht er noch gar nicht alle Apparate, aber sein Blick ruht immerfort auf ihnen, fast kommt er dadurch manchmal in Gefahr, mit dem Wagen an eine Wand zu stoßen.

Aber da ist ein anderer Ingenieur, der neben dem Wagen hergeht und es verhindert. Dieser versteht offenbar die Apparate von Grund aus und scheint ihr eigentlicher Verwahrer zu sein. Von Zeit zu Zeit nimmt er, ohne den Wagen anzuhalten, einen Bestandteil der Apparate heraus, blickt hindurch, schraubt auf oder zu, schüttelt und beklopft, hält ans Ohr und horcht; und legt schließlich, während der Wagenführer meist stillsteht, das kleine, von der Ferne kaum sichtbare Ding mit aller Vorsicht wieder in den Wagen. Ein wenig herrschsüchtig ist dieser Ingenieur, aber doch nur im Namen der Apparate. Zehn Schritte vor dem Wagen sollen wir schon, auf ein wortloses Fingerzeichen hin, zur Seite weichen, selbst dort, wo kein Platz zum Ausweichen ist.

Hinter diesen zwei Herren geht der unbeschäftigte Diener. Die Herren haben, wie es bei ihrem großen Wissen selbstverständlich ist, längst jeden Hochmut abgelegt, der Diener dagegen scheint ihn in sich aufgesammelt zu haben. Die eine Hand im Rücken, mit der anderen vorn über seine vergoldeten Knöpfe oder das feine Tuch seines Livreerockes streichend, nickt er öfters nach rechts und links, so als ob wir gegrüßt hätten und er antwortete, oder so, als nehme er an, daß wir gegrüßt hätten, könne es aber von seiner Höhe aus nicht nachprüfen. Natürlich grüßen wir ihn nicht, aber doch möchte man bei seinem Anblick fast glauben, es sei etwas Ungeheures, Kanzleidiener der Bergdirektion zu sein. Hinter ihm lachen wir allerdings, aber da auch ein Donnerschlag ihn nicht veranlassen könnte, sich umzudrehen, bleibt er doch als etwas Unverständliches in unserer Achtung.

Heute wird wenig mehr gearbeitet; die Unterbrechung war zu ausgiebig; ein solcher Besuch nimmt alle Gedanken an Arbeit mit sich fort. Allzu verlockend ist es, den Herren in das Dunkel des Probestollens nachzublicken, in dem sie alle verschwunden sind. Auch geht unsere Arbeitsschicht bald zu Ende; wir werden die Rückkehr der Herren nicht mehr mit ansehen.

DAS NÄCHSTE DORF

Mein Großvater pflegte zu sagen: »Das Leben ist erstaunlich kurz. Jetzt in Erinnerung drängt es sich mir so zusammen, daß ich zum Beispiel kaum begreife, wie ein junger Mensch sich entschließen kann, ins nächste Dorf zu reiten, ohne zu fürchten, daß – von unglücklichen Zufällen ganz abgesehen – schon die Zeit des gewöhnlichen, glücklich ablaufenden Lebens für einen solchen Ritt bei weitem nicht hinreicht.«

EINE KAISERLICHE BOTSCHAFT

Der Kaiser – so heißt es – hat dir, dem Einzelnen, dem jämmerlichen Untertanen, dem winzig vor der kaiserlichen Sonne in die fernste Ferne geflüchteten Schatten, gerade dir hat der Kaiser von seinem Sterbebett aus eine Botschaft gesendet. Den Boten hat er beim Bett niederknien lassen und ihm die Botschaft ins Ohr geflüstert; so sehr war ihm an ihr gelegen, daß er sich sie noch ins Ohr wiedersagen ließ. Durch Kopfnicken hat er die Richtigkeit des Gesagten bestätigt. Und vor der ganzen Zuschauerschaft seines Todes – alle hindernden Wände werden niedergebrochen und auf den weit und hoch sich schwingenden Freitreppen stehen im Ring die Großen des Reichs – vor allen diesen hat er den Boten abgefertigt. Der Bote hat sich gleich auf den Weg gemacht; ein kräftiger, ein unermüdlicher Mann; einmal diesen, einmal den andern Arm vorstreckend schafft er sich Bahn durch die Menge; findet er Widerstand, zeigt er auf die Brust, wo das Zeichen der Sonne ist; er kommt auch leicht vorwärts, wie kein anderer. Aber die Menge ist so groß; ihre Wohnstätten nehmen kein Ende. Öffnete sich freies Feld, wie würde er fliegen und bald wohl hörtest du das herrliche Schlagen seiner Fäuste an deiner Tür. Aber statt dessen, wie nutzlos müht er sich ab; immer noch zwängt er sich durch die Gemächer des innersten Palastes; niemals wird er sie überwinden; und gelänge ihm dies, nichts wäre gewonnen; die Treppen hinab müßte er sich kämpfen; und gelänge ihm dies, nichts wäre gewonnen; die Höfe wären zu durchmessen; und nach den Höfen der zweite umschließende Palast; und wieder Treppen und Höfe; und wieder ein Palast; und so weiter durch Jahrtausende; und stürzte er endlich aus dem äußersten Tor – aber niemals, niemals kann es geschehen –, liegt erst die Residenzstadt vor ihm, die Mitte der Welt, hochgeschüttet voll ihres Bodensatzes. Niemand dringt hier durch und gar mit der Botschaft eines Toten. – Du aber sitzt an deinem Fenster und erträumst sie dir, wenn der Abend kommt.

Die einen sagen, das Wort Odradek stamme aus dem Slawischen und sie suchen auf Grund dessen die Bildung des Wortes nachzuweisen. Andere wieder meinen, es stamme aus dem Deutschen, vom Slawischen sei es nur beeinflußt. Die Unsicherheit beider Deutungen aber läßt wohl mit Recht darauf schließen, daß keine zutrifft, zumal man auch mit keiner von ihnen einen Sinn des Wortes finden kann.

Natürlich würde sich niemand mit solchen Studien beschäftigen, wenn es nicht wirklich ein Wesen gäbe, das Odradek heißt. Es sieht zunächst aus wie eine flache sternartige Zwirnspule, und tatsächlich scheint es auch mit Zwirn bezogen; allerdings dürften es nur abgerissene, alte, aneinandergeknotete, aber auch ineinander verfilzte Zwirnstücke von verschiedenster Art und Farbe sein. Es ist aber nicht nur eine Spule, sondern aus der Mitte des Sternes kommt ein kleines Querstäbchen hervor und an dieses Stäbchen fügt sich dann im rechten Winkel noch eines. Mit Hilfe dieses letzteren Stäbchens auf der einen Seite, und einer der Ausstrahlungen des Sternes auf der anderen Seite, kann das Ganze wie auf zwei Beinen aufrecht stehen.

Man wäre versucht zu glauben, dieses Gebilde hätte früher irgendeine zweckmäßige Form gehabt und jetzt sei es nur zerbrochen. Dies scheint aber nicht der Fall zu sein; wenigstens findet sich kein Anzeichen dafür, nirgends sind Ansätze oder Bruchstellen zu sehen, die auf etwas Derartiges hinweisen würden; das Ganze erscheint zwar sinnlos, aber in seiner Art abgeschlossen. Näheres läßt sich übrigens nicht darüber sagen, da Odradek außerordentlich beweglich und nicht zu fangen ist.

Er hält sich abwechselnd auf dem Dachboden, im Treppenhaus, auf den Gängen, im Flur auf. Manchmal ist er monatelang nicht zu sehen; da ist er wohl in andere Häuser übersiedelt; doch kehrt er dann unweigerlich wieder in unser Haus zurück. Manchmal, wenn man aus der Tür tritt und er lehnt gerade unten am Treppengeländer, hat man Lust, ihn anzusprechen. Natürlich stellt man an ihn keine schwierigen Fragen, sondern behandelt ihn – schon seine Winzigkeit verführt dazu – wie ein Kind. »Wie heißt du denn?« fragt man ihn. »Odradek«, sagt er. »Und wo wohnst du?« »Unbestimmter Wohnsitz«, sagt er und lacht; es ist aber nur ein Lachen, wie man es ohne Lungen hervorbringen kann. Es klingt etwa so, wie das Rascheln in gefallenen Blättern. Damit ist die Unterhaltung meist zu Ende. Übrigens sind selbst diese Antworten nicht immer zu erhalten; oft ist er lange stumm, wie das Holz, das er zu sein scheint.

Vergeblich frage ich mich, was mit ihm geschehen wird. Kann er denn sterben? Alles, was stirbt, hat vorher eine Art Ziel, eine Art Tätigkeit gehabt und daran hat es sich zerrieben; das trifft bei Odradek nicht zu. Sollte er also einstmals etwa noch vor den Füßen meiner Kinder und Kindeskinder mit nachschleifendem Zwirnsfaden die Treppe hinunterkollern? Er schadet ja offenbar niemandem; aber die Vorstellung, daß er mich auch noch überleben sollte, ist mir eine fast schmerzliche.

ELF SÖHNE

Ich habe elf Söhne.

Der erste ist äußerlich sehr unansehnlich, aber ernsthaft und klug; trotzdem schätze ich ihn, wiewohl ich ihn als Kind wie alle andern liebe, nicht sehr hoch ein. Sein Denken scheint mir zu einfach. Er sieht nicht rechts noch links und nicht in die Weite; in seinem kleinen Gedankenkreis läuft er immerfort rundum oder dreht sich vielmehr.

Der zweite ist schön, schlank, wohlgebaut; es entzückt, ihn in Fechterstellung zu sehen. Auch er ist klug, aber überdies welterfahren; er hat viel gesehen, und deshalb scheint selbst die heimische Natur vertrauter mit ihm zu sprechen als mit den Daheimgebliebenen. Doch ist gewiß dieser Vorzug nicht nur und nicht einmal wesentlich dem Reisen zu verdanken, er gehört vielmehr zu dem Unnachahmlichen dieses Kindes, das zum Beispiel von jedem anerkannt wird, der etwa seinen vielfach sich überschlagenden und doch geradezu wild beherrschten Kunstsprung ins Wasser ihm nachmachen will. Bis zum Ende des Sprungbrettes reicht der Mut und die Lust, dort aber statt zu springen, setzt sich plötzlich der Nachahmer und hebt entschuldigend die Arme. – Und trotz dem allen (ich sollte doch eigentlich glücklich sein über ein solches Kind) ist mein Verhältnis zu ihm nicht ungetrübt. Sein linkes Auge ist ein wenig kleiner als das rechte und zwinkert viel; ein kleiner Fehler nur, gewiß, der sein Gesicht sogar noch verwegener macht als es sonst gewesen wäre, und niemand wird gegenüber der unnahbaren Abgeschlossenheit seines Wesens dieses kleinere zwinkernde Auge tadelnd bemerken. Ich, der Vater, tue es. Es ist natürlich nicht dieser körperliche Fehler, der mir weh tut, sondern eine ihm irgendwie entsprechende kleine Unregelmäßigkeit seines Geistes, irgendein in seinem Blut irrendes Gift, irgendeine Unfähigkeit, die mir allein sichtbare Anlage seines Lebens rund zu vollenden. Gerade dies macht ihn allerdings andererseits wieder zu meinem wahren Sohn, denn dieser sein Fehler ist gleichzeitig der Fehler unserer ganzen Familie und an diesem Sohn nur überdeutlich.

Der dritte Sohn ist gleichfalls schön, aber es ist nicht die Schönheit, die mir gefällt. Es ist die Schönheit des Sängers: der geschwungene Mund; das träumerische Auge; der Kopf, der eine Draperie hinter sich benötigt, um zu wirken; die unmäßig sich wölbende Brust; die leicht auffahrenden und viel zu leicht sinkenden Hände; die Beine, die sich zieren, weil sie nicht tragen können. Und überdies: der Ton seiner Stimme ist nicht voll; trügt einen Augenblick; läßt den Kenner aufhorchen; veratmet aber kurz darauf. – Trotzdem im allgemeinen alles verlockt, diesen Sohn zur Schau zu stellen, halte ich ihn doch am liebsten im Verborgenen; er selbst drängt sich nicht auf, aber nicht etwa deshalb, weil er seine Mängel kennt, sondern aus Unschuld. Auch fühlt er sich fremd in unserer Zeit; als gehöre er zwar zu meiner Familie, aber überdies noch zu einer andern, ihm für immer verlorenen, ist er oft unlustig und nichts kann ihn aufheitern.

Mein vierter Sohn ist vielleicht der umgänglichste von allen. Ein wahres Kind seiner Zeit, ist er jedermann verständlich, er steht auf dem allen gemeinsamen Boden und jeder ist versucht, ihm zuzunicken. Vielleicht durch diese allgemeine Anerkennung gewinnt sein Wesen etwas Leichtes, seine Bewegungen etwas Freies, seine Urteile etwas Unbekümmertes. Manche seiner Aussprüche möchte man oft wiederholen, allerdings nur manche, denn in seiner Gesamtheit krankt er doch wieder an allzu großer Leichtigkeit. Er ist wie einer, der bewundernswert abspringt, schwalbengleich die Luft teilt, dann aber doch trostlos im öden Staube endet, ein Nichts. Solche Gedanken vergällen mir den Anblick dieses Kindes.

Der fünfte Sohn ist lieb und gut; versprach viel weniger, als er hielt; war so unbedeutend, daß man sich förmlich in seiner Gegenwart allein fühlte; hat es aber doch zu einigem Ansehen gebracht. Fragte man mich, wie das geschehen ist, so könnte ich kaum antworten. Unschuld dringt vielleicht doch noch am leichtesten durch das Toben der Elemente in dieser Welt, und unschuldig ist er. Vielleicht allzu unschuldig. Freundlich zu jedermann. Vielleicht allzu freundlich. Ich gestehe: mir wird nicht wohl, wenn man ihn mir gegenüber lobt. Es heißt doch, sich das Loben etwas zu leicht zu machen, wenn man einen so offensichtlich Lobenswürdigen lobt, wie es mein Sohn ist.

Mein sechster Sohn scheint, wenigstens auf den ersten Blick, der tiefsinnigste von allen. Ein Kopfhänger und doch ein Schwätzer. Deshalb kommt man ihm nicht leicht bei. Ist er am Unterliegen, so verfällt er in unbesiegbare Traurigkeit; erlangt er das Übergewicht, so wahrt er es durch Schwätzen. Doch spreche ich ihm eine gewisse selbstvergessene Leidenschaft nicht ab; bei hellem Tag kämpft er sich oft durch das Denken wie im Traum. Ohne krank zu sein – vielmehr hat er eine sehr gute Gesundheit – taumelt er manchmal, besonders in der Dämmerung, braucht aber keine Hilfe, fällt nicht. Vielleicht hat an dieser Erscheinung seine körperliche Entwicklung schuld, er ist viel zu groß für sein Alter. Das macht ihn unschön im Ganzen, trotz auffallend schöner Einzelheiten, zum Beispiel der Hände und Füße. Unschön ist übrigens auch seine Stirn; sowohl in der Haut als in der Knochenbildung irgendwie verschrumpft.

Der siebte Sohn gehört mir vielleicht mehr als alle andern. Die Welt versteht ihn nicht zu würdigen; seine besondere Art von Witz versteht sie nicht. Ich überschätze ihn nicht; ich weiß, er ist geringfügig genug; hätte die Welt keinen anderen Fehler als den, daß sie ihn nicht zu würdigen weiß, sie wäre noch immer makellos. Aber innerhalb der Familie wollte ich diesen Sohn nicht missen. Sowohl Unruhe bringt er, als auch Ehrfurcht vor der Überlieferung, und beides fügt er, wenigstens für mein Gefühl, zu einem unanfechtbaren Ganzen. Mit diesem Ganzen weiß er allerdings selbst am wenigsten, etwas anzufangen; das Rad der Zukunft wird er nicht ins Rollen bringen, aber diese seine Anlage ist so aufmunternd, so hoffnungsreich; ich wollte, er hätte Kinder und diese wieder Kinder. Leider scheint sich dieser Wunsch nicht erfüllen zu wollen. In einer mir zwar begreiflichen, aber ebenso unerwünschten Selbstzufriedenheit, die allerdings in großartigem Gegensatz zum Urteil seiner Umgebung steht, treibt er sich allein umher, kümmert sich nicht um Mädchen und wird trotzdem niemals seine gute Laune verlieren.

Mein achter Sohn ist mein Schmerzenskind, und ich weiß eigentlich keinen Grund dafür. Er sieht mich fremd an, und ich fühle mich doch väterlich eng mit ihm verbunden. Die Zeit hat vieles gut gemacht; früher aber befiel mich manchmal ein Zittern, wenn ich nur an ihn dachte. Er geht seinen eigenen Weg; hat alle Verbindungen mit mir abgebrochen; und wird gewiß mit seinem harten Schädel, seinem kleinen athletischen Körper – nur die Beine hatte er als Junge recht schwach, aber das mag sich inzwischen schon ausgeglichen haben – überall durchkommen, wo es ihm beliebt. Öfters hatte ich Lust, ihn zurückzurufen, ihn zu fragen, wie es eigentlich um ihn steht, warum er sich vom Vater so abschließt und was er im Grunde beabsichtigt, aber nun ist er so weit und so viel Zeit ist schon vergangen, nun mag es so bleiben wie es ist. Ich höre, daß er als der einzige meiner Söhne einen Vollbart trägt; schön ist das bei einem so kleinen Mann natürlich nicht.

Mein neunter Sohn ist sehr elegant und hat den für Frauen bestimmten süßen Blick. So süß, daß er bei Gelegenheit sogar mich verführen kann, der ich doch weiß, daß förmlich ein nasser Schwamm genügt, um allen diesen überirdischen Glanz wegzuwischen. Das Besondere an diesem Jungen aber ist, daß er gar nicht auf Verführung ausgeht; ihm würde es genügen, sein Leben lang auf dem Kanapee zu liegen und seinen Blick an die Zimmerdecke zu verschwenden oder noch viel lieber ihn unter den Augenlidern ruhen zu lassen. Ist er in dieser von ihm bevorzugten Lage, dann spricht er gern und nicht übel; gedrängt und anschaulich; aber doch nur in engen Grenzen; geht er über sie hinaus, was sich bei ihrer Enge nicht vermeiden läßt, wird sein Reden ganz leer. Man würde ihm abwinken, wenn man Hoffnung hätte, daß dieser mit Schlaf gefüllte Blick es bemerken könnte.

Mein zehnter Sohn gilt als unaufrichtiger Charakter. Ich will diesen Fehler nicht ganz in Abrede stellen, nicht ganz bestätigen. Sicher ist, daß, wer ihn in der weit über sein Alter hinausgehenden Feierlichkeit herankommen sieht, im immer festgeschlossenen Gehrock, im alten, aber übersorgfältig geputzten schwarzen Hut, mit dem unbewegten Gesicht, dem etwas vorragenden Kinn, den schwer über die Augen sich wölbenden Lidern, den manchmal an den Mund geführten zwei Fingern – wer ihn so sieht, denkt: das ist ein grenzenloser Heuchler. Aber, nun höre man ihn reden! Verständig; mit Bedacht; kurz angebunden; mit boshafter Lebendigkeit Fragen durchkreuzend; in erstaunlicher, selbstverständlicher und froher Übereinstimmung mit dem Weltganzen; eine Übereinstimmung, die notwendigerweise den Hals strafft und den Körper erheben läßt. Viele, die sich sehr klug dünken und die sich, aus diesem Grunde wie sie meinten, von seinem Äußern abgestoßen fühlten, hat er durch sein Wort stark angezogen. Nun gibt es aber wieder Leute, die sein Äußeres gleichgültig läßt, denen aber sein Wort heuchlerisch erscheint. Ich, als Vater, will hier nicht entscheiden, doch muß ich eingestehen, daß die letzteren Beurteiler jedenfalls beachtenswerter sind als die ersteren.

Mein elfter Sohn ist zart, wohl der schwächste unter meinen Söhnen; aber täuschend in seiner Schwäche; er kann nämlich zu Zeiten kräftig und bestimmt sein, doch ist allerdings selbst dann die Schwäche irgendwie grundlegend. Es ist aber keine beschämende Schwäche, sondern etwas, das nur auf diesem unsern Erdboden als

Schwäche erscheint. Ist nicht zum Beispiel auch Flugbereitschaft Schwäche, da sie doch Schwanken und Unbestimmtheit und Flattern ist? Etwas Derartiges zeigt mein Sohn. Den Vater freuen natürlich solche Eigenschaften nicht; sie gehen ja offenbar auf Zerstörung der Familie aus. Manchmal blickt er mich an, als wollte er mir sagen: ›Ich werde dich mitnehmen, Vater.‹ Dann denke ich: ›Du wärst der Letzte, dem ich mich vertraue.‹ Und sein Blick scheint wieder zu sagen: ›Mag ich also wenigstens der Letzte sein.‹

Das sind die elf Söhne.

EIN BRUDERMORD

Es ist erwiesen, daß der Mord auf folgende Weise erfolgte:
Schmar, der Mörder, stellte sich gegen neun Uhr abends in der mondklaren Nacht an jener Straßenecke auf, wo Wese, das Opfer, aus der Gasse, in welcher sein Büro lag, in jene Gasse einbiegen mußte, in der er wohnte.

Kalte, jeden durchschauernde Nachtluft. Aber Schmar hatte nur ein dünnes blaues Kleid angezogen; das Röckchen war überdies aufgeknöpft. Er fühlte keine Kälte; auch war er immerfort in Bewegung. Seine Mordwaffe, halb Bajonett, halb Küchenmesser, hielt er ganz bloßgelegt immer fest im Griff. Betrachtete das Messer gegen das Mondlicht; die Schneide blitzte auf; nicht genug für Schmar; er hieb mit ihr gegen die Backsteine des Pflasters, daß es Funken gab; bereute es vielleicht; und um den Schaden gutzumachen, strich er mit ihr violinbogenartig über seine Stiefelsohle, während er, auf einem Bein stehend, vorgebeugt, gleichzeitig dem Klang des Messers an seinem Stiefel, gleichzeitig in die schicksalsvolle Seitengasse lauschte.

Warum duldete das alles der Private Pallas, der in der Nähe aus seinem Fenster im zweiten Stockwerk alles beobachtete? Ergründe die Menschennatur! Mit hochgeschlagenem Kragen, den Schlafrock um den weiten Leib gegürtet, kopfschüttelnd, blickte er hinab.

Und fünf Häuser weiter, ihm schräg gegenüber, sah Frau Wese, den Fuchspelz über ihrem Nachthemd, nach ihrem Manne aus, der heute ungewöhnlich lange zögerte.

Endlich ertönt die Türglocke vor Weses Büro, zu laut für eine Türglocke, über die Stadt hin, zum Himmel auf, und Wese, der fleißige Nachtarbeiter, tritt dort, in dieser Gasse noch unsichtbar, nur durch das Glockenzeichen angekündigt, aus dem Haus; gleich zählt das Pflaster seine ruhigen Schritte.

Pallas beugt sich weit hervor; er darf nichts versäumen. Frau Wese schließt, beruhigt durch die Glocke, klirrend ihr Fenster. Schmar aber kniet nieder; da er augenblicklich keine anderen Blößen hat, drückt er nur Gesicht und Hände gegen die Steine; wo alles friert, glüht Schmar.

Gerade an der Grenze, welche die Gassen scheidet, bleibt Wese stehen, nur mit dem Stock stützt er sich in die jenseitige Gasse.

Eine Laune. Der Nachthimmel hat ihn angelockt, das Dunkelblaue und das Goldene. Unwissend blickt er es an, unwissend streicht er das Haar unter dem gelüpften Hut; nichts rückt dort oben zusammen, um ihm die allernächste Zukunft anzuzeigen; alles bleibt an seinem unsinnigen, unerforschlichen Platz. An und für sich sehr vernünftig, daß Wese weitergeht, aber er geht ins Messer des Schmar.

»Wese!« schreit Schmar, auf den Fußspitzen stehend, den Arm aufgereckt, das Messer scharf gesenkt. »Wese! Vergebens wartet Julia!« Und rechts in den Hals und links in den Hals und drittens tief in den Bauch sticht Schmar. Wasserratten, aufgeschlitzt, geben einen ähnlichen Laut von sich wie Wese.

»Getan«, sagt Schmar und wirft das Messer, den überflüssigen blutigen Ballast, gegen die nächste Hausfront. »Seligkeit des Mordes! Erleichterung, Beflügelung durch das Fließen des fremden Blutes! Wese, alter Nachtschatten, Freund, Bierbankgenosse, versickerst im dunklen Straßengrund. Warum bist du nicht einfach eine mit Blut gefüllte Blase, daß ich mich auf dich setzte und du verschwändest ganz und gar. Nicht alles wird erfüllt, nicht alle Blütenträume reiften, dein schwerer Rest liegt hier, schon unzugänglich jedem Tritt. Was soll die stumme Frage, die du damit stellst?«

Pallas, alles Gift durcheinanderwürgend in seinem Leib, steht in seiner zweiflügelig aufspringenden Haustür. »Schmar! Schmar! Alles bemerkt, nichts übersehen.« Pallas und Schmar prüfen einander. Pallas befriedigt's, Schmar kommt zu keinem Ende.

Frau Wese mit einer Volksmenge zu ihren beiden Seiten eilt mit vor Schrecken ganz gealtertem Gesicht herbei. Der Pelz öffnet sich, sie stürzt über Wese, der nachthemdbekleidete Körper gehört ihm, der über dem Ehepaar sich wie der Rasen eines Grabes schließende Pelz gehört der Menge.

Schmar, mit Mühe die letzte Übelkeit verbeißend, den Mund an die Schulter des Schutzmannes gedrückt, der leichtfüßig ihn davonführt.

EIN TRAUM

Josef K. träumte:

Es war ein schöner Tag und K. wollte spazierengehen. Kaum aber hatte er zwei Schritte gemacht, war er schon auf dem Friedhof. Es waren dort sehr künstliche, unpraktisch gewundene Wege, aber er glitt über einen solchen Weg wie auf einem reißenden Wasser in unerschütterlich schwebender Haltung. Schon von der Ferne faßte er einen frisch aufgeworfenen Grabhügel ins Auge, bei dem er haltmachen wollte. Dieser Grabhügel übte fast eine Verlockung auf ihn aus und er glaubte, gar nicht eilig genug hinkommen zu können. Manchmal aber sah er den Grabhügel kaum, er wurde ihm verdeckt durch Fahnen, deren Tücher sich wanden und mit großer Kraft aneinanderschlugen; man sah die Fahnenträger nicht, aber es war, als herrsche dort viel Jubel.

Während er den Blick noch in die Ferne gerichtet hatte, sah er plötzlich den gleichen Grabhügel neben sich am Weg, ja fast schon hinter sich. Er sprang eilig ins Gras. Da der Weg unter seinem abspringenden Fuß weiter raste, schwankte er und fiel gerade vor dem Grabhügel ins Knie. Zwei Männer standen hinter dem Grab und hielten zwischen sich einen Grabstein in der Luft; kaum war K. erschienen, stießen sie den Stein in die Erde und er stand wie festgemauert. Sofort trat aus einem Gebüsch ein dritter Mann hervor, den K. gleich als einen Künstler erkannte. Er war nur mit Hosen und einem schlecht zugeknöpften Hemd bekleidet; auf dem Kopf hatte er eine Samtkappe; in der Hand hielt er einen gewöhnlichen Bleistift, mit dem er schon beim Näherkommen Figuren in der Luft beschrieb.

Mit diesem Bleistift setzte er nun oben auf dem Stein an; der Stein war sehr hoch, er mußte sich gar nicht bücken, wohl aber mußte er sich vorbeugen, denn der Grabhügel, auf den er nicht treten wollte, trennte ihn von dem Stein. Er stand also auf den Fußspitzen und stützte sich mit der linken Hand auf die Fläche des Steines. Durch eine besonders geschickte Hantierung gelang es ihm, mit dem gewöhnlichen Bleistift Goldbuchstaben zu erzielen; er schrieb: ›Hier ruht –‹. Jeder Buchstabe erschien rein und schön, tief geritzt und in vollkommenem Gold. Als er die zwei Worte geschrieben hatte, sah er nach K. zurück; K., der sehr begierig auf das Fortschreiten der Inschrift war, kümmerte sich kaum um den Mann, sondern blickte nur auf den Stein. Tatsächlich setzte der Mann wieder zum Weiterschreiben an, aber er konnte nicht, es bestand irgendein Hindernis, er ließ den Bleistift sinken und drehte sich wieder nach K. um. Nun sah auch K. den Künstler an und merkte, daß dieser in großer Verlegenheit war, aber die Ursache dessen nicht sagen konnte. Alle seine frühere Lebhaftigkeit war verschwunden. Auch K. geriet dadurch in Verlegenheit; sie wechselten hilflose Blicke; es lag ein häßliches Mißverständnis vor, das keiner auflösen konnte. Zur Unzeit begann nun auch eine kleine Glocke von der Grabkapelle zu läuten, aber der Künstler fuchtelte mit der erhobenen Hand und sie hörte auf. Nach einem Weilchen begann sie wieder; diesmal ganz leise und, ohne besondere Aufforderung, gleich abbrechend; es war, als wolle sie nur ihren Klang prüfen. K. war untröstlich über die Lage des Künstlers, er begann zu weinen und schluchzte lange in die vorgehaltenen Hände. Der Künstler wartete, bis K. sich beruhigt hatte, und entschloß sich dann, da er keinen andern Ausweg fand, dennoch zum Weiterschreiben. Der erste kleine Strich, den er machte, war für K. eine Erlösung, der Künstler brachte ihn aber offenbar nur mit dem äußersten Widerstreben zustande; die Schrift war auch nicht mehr so schön, vor allem schien es an Gold zu fehlen, blaß und unsicher zog sich der Strich hin, nur sehr groß wurde der Buchstabe. Es war ein J, fast war es schon beendet, da stampfte der Künstler wütend mit einem Fuß in den Grabhügel hinein, daß die Erde ringsum in die Höhe flog. Endlich verstand ihn K.; ihn abzubitten war keine Zeit mehr; mit allen Fingern grub er in die Erde, die fast keinen Widerstand leistete; alles schien vorbereitet; nur zum Schein war eine dünne Erdkruste aufgerichtet; gleich hinter ihr öffnete sich mit abschüssigen Wänden ein großes Loch, in das K., von einer sanften Strömung auf den Rücken gedreht, versank. Während er aber unten, den Kopf im Genick noch aufgerichtet, schon von der undurchdringlichen Tiefe aufgenommen wurde, jagte oben sein Name mit mächtigen Zieraten über den Stein.

Entzückt von diesem Anblick erwachte er.

EIN BERICHT FÜR EINE AKADEMIE

Hohe Herren von der Akademie!
Sie erweisen mir die Ehre, mich aufzufordern, der Akademie einen Bericht über mein äffisches Vorleben einzureichen.

In diesem Sinne kann ich leider der Aufforderung nicht nachkommen. Nahezu fünf Jahre trennen mich vom Affentum, eine Zeit, kurz vielleicht am Kalender gemessen, unendlich lang aber durchzugaloppieren, so wie ich es getan habe, streckenweise begleitet von vortrefflichen Menschen, Ratschlägen, Beifall und Orchestralmusik, aber im Grunde allein, denn alle Begleitung hielt sich, um im Bilde zu bleiben, weit von der Barriere. Diese Leistung wäre unmöglich gewesen, wenn ich eigensinnig hätte an meinem Ursprung, an den Erinnerungen der Jugend festhalten wollen. Gerade Verzicht auf jeden Eigensinn war das oberste Gebot, das ich mir auferlegt hatte; ich, freier Affe, fügte mich diesem Joch. Dadurch verschlossen sich mir aber ihrerseits die Erinnerungen immer mehr. War mir zuerst die Rückkehr, wenn die Menschen gewollt hätten, freigestellt durch das ganze Tor, das der Himmel über der Erde bildet, wurde es gleichzeitig mit meiner vorwärtsgepeitschten Entwicklung immer niedriger und enger; wohler und eingeschlossener fühlte ich mich in der Menschenwelt; der Sturm, der mir aus meiner Vergangenheit nachblies, sänftigte sich; heute ist es nur ein Luftzug, der mir die Fersen kühlt; und das Loch in der Ferne, durch das er kommt und durch das ich einstmals kam, ist so klein geworden, daß ich, wenn überhaupt die Kräfte und der Wille hinreichen würden, um bis dorthin zurückzulaufen, das Fell vom Leib mir schinden müßte, um durchzukommen. Offen gesprochen, so gerne ich auch Bilder wähle für diese Dinge, offen gesprochen: Ihr Affentum, meine Herren, sofern Sie etwas Derartiges hinter sich haben, kann Ihnen nicht ferner sein als mir das meine. An der Ferse aber kitzelt es jeden, der hier auf Erden geht: den kleinen Schimpansen wie den großen Achilles. In eingeschränktestem Sinn aber kann ich doch vielleicht Ihre Anfrage beantworten und ich tue es sogar mit großer Freude. Das erste, was ich lernte, war: den Handschlag geben; Handschlag bezeigt Offenheit; mag nun heute, wo ich auf dem Höhepunkte meiner Laufbahn stehe, zu jenem ersten Handschlag auch das offene Wort hinzukommen. Es wird für die Akademie nichts wesentlich Neues beibringen und weit hinter dem zurückbleiben, was man von mir verlangt hat und was ich beim besten Willen nicht sagen kann – immerhin, es soll die Richtlinie zeigen, auf welcher ein gewesener Affe in die Menschenwelt eingedrungen ist und sich dort festgesetzt hat. Doch dürfte ich selbst das Geringfügige, was folgt, gewiß nicht sagen, wenn ich meiner nicht völlig sicher wäre und meine Stellung auf allen großen Varietébühnen der zivilisierten Welt sich nicht bis zur Unerschütterlichkeit gefestigt hätte:

Ich stamme von der Goldküste. Darüber, wie ich eingefangen wurde, bin ich auf fremde Berichte angewiesen. Eine Jagdexpedition der Firma Hagenbeck – mit dem Führer habe ich übrigens seither schon manche gute Flasche Rotwein geleert – lag im Ufergebüsch auf dem Anstand, als ich am Abend inmitten eines Rudels zur Tränke lief. Man schoß; ich war der einzige, der getroffen wurde; ich bekam zwei Schüsse.

Einen in die Wange; der war leicht; hinterließ aber eine große ausrasierte rote Narbe, die mir den widerlichen, ganz und gar unzutreffenden, förmlich von einem Affen erfundenen Namen Rotpeter eingetragen hat, so als unterschiede ich mich von dem unlängst krepierten, hie und da bekannten, dressierten Affentier Peter nur durch den roten Fleck auf der Wange. Dies nebenbei.

Der zweite Schuß traf mich unterhalb der Hüfte. Er war schwer, er hat es verschuldet, daß ich noch heute ein wenig hinke. Letzthin las ich in einem Aufsatz irgendeines der zehntausend Windhunde, die sich in den Zeitungen über mich auslassen: meine Affennatur sei noch nicht ganz unterdrückt; Beweis dessen sei, daß ich, wenn Besucher kommen, mit Vorliebe die Hosen ausziehe, um die Einlaufstelle des Schusses zu zeigen. Dem Kerl sollte jedes Fingerchen seiner schreibenden Hand einzeln weggeknallt werden. Ich, ich darf meine Hosen ausziehen, vor wem es mir beliebt; man wird dort nichts finden als einen wohlgepflegten Pelz und die Narbe nach einem – wählen wir hier zu einem bestimmten Zwecke ein bestimmtes Wort, das aber nicht mißverstanden werden wolle – die Narbe nach einem frevelhaften Schuß. Alles liegt offen zutage; nichts ist zu verbergen; kommt es auf Wahrheit an, wirft jeder Großgesinnte die allerfeinsten Manieren ab. Würde dagegen jener Schreiber die Hosen ausziehen, wenn Besuch kommt, so hätte dies allerdings ein anderes Ansehen, und ich will es als Zeichen der Vernunft gelten lassen, daß er es nicht tut. Aber dann mag er mir auch mit seinem Zartsinn vom Halse bleiben!

Nach jenen Schüssen erwachte ich – und hier beginnt allmählich meine eigene Erinnerung – in einem Käfig im Zwischendeck des Hagenbeckschen Dampfers. Es war kein vierwandiger Gitterkäfig; vielmehr waren nur drei Wände an einer Kiste festgemacht; die Kiste also bildete die vierte Wand. Das Ganze war zu niedrig zum Aufrechtstehen und zu schmal zum Niedersitzen. Ich hockte deshalb mit eingebogenen, ewig zitternden Knien, und zwar, da ich zunächst wahrscheinlich niemanden sehen und immer nur im Dunkel sein wollte, zur Kiste gewendet, während sich mir hinten die Gitterstäbe ins Fleisch einschnitten. Man hält eine solche Verwahrung wilder Tiere in der allerersten Zeit für vorteilhaft, und ich kann heute nach meiner Erfahrung nicht leugnen, daß dies im menschlichen Sinn tatsächlich der Fall ist.

Daran dachte ich aber damals nicht. Ich war zum erstenmal in meinem Leben ohne Ausweg; zumindest geradeaus ging es nicht; geradeaus vor mir war die Kiste, Brett fest an Brett gefügt. Zwar war zwischen den Brettern eine durchlaufende Lücke, die ich, als ich sie zuerst entdeckte, mit dem glückseligen Heulen des Unverstandes begrüßte, aber diese Lücke reichte bei weitem nicht einmal zum Durchstecken des Schwanzes aus und war mit aller Affenkraft nicht zu verbreitern.

Ich soll, wie man mir später sagte, ungewöhnlich wenig Lärm gemacht haben, woraus man schloß, daß ich entweder bald eingehen müsse oder daß ich, falls es mir gelingt, die erste kritische Zeit zu überleben, sehr dressurfähig sein werde. Ich überlebte diese Zeit. Dumpfes Schluchzen, schmerzhaftes Flöhesuchen, müdes Lecken einer Kokosnuß, Beklopfen der Kistenwand mit dem Schädel, Zungenblecken, wenn mir jemand nahekam – das waren die ersten Beschäftigungen in dem neuen Leben. In alledem aber doch nur das eine Gefühl: kein Ausweg. Ich kann natürlich das damals affenmäßig Gefühlte heute nur mit Menschenworten nachzeichnen und verzeichne es infolgedessen, aber wenn ich auch die alte Affenwahrheit nicht mehr erreichen kann, wenigstens in der Richtung meiner Schilderung liegt sie, daran ist kein Zweifel.

Ich hatte doch so viele Auswege bisher gehabt und nun keinen mehr. Ich war festgerannt. Hätte man mich angenagelt, meine Freizügigkeit wäre dadurch nicht kleiner geworden. Warum das? Kratz dir das Fleisch zwischen den Fußzehen auf, du wirst den Grund nicht finden. Drück dich hinten gegen die Gitterstange, bis sie dich fast zweiteilt, du wirst den Grund nicht finden. Ich hatte keinen Ausweg, mußte mir ihn aber verschaffen, denn ohne ihn konnte ich nicht leben. Immer an dieser Kistenwand – ich wäre unweigerlich verreckt. Aber Affen gehören bei Hagenbeck an die Kistenwand – nun, so hörte ich auf, Affe zu sein. Ein klarer, schöner Gedankengang, den ich irgendwie mit dem Bauch ausgeheckt haben muß, denn Affen denken mit dem Bauch.

Ich habe Angst, daß man nicht genau versteht, was ich unter Ausweg verstehe. Ich gebrauche das Wort in seinem gewöhnlichsten und vollsten Sinn. Ich sage absichtlich nicht Freiheit. Ich meine nicht dieses große Gefühl der Freiheit nach allen Seiten. Als Affe kannte ich es vielleicht und ich habe Menschen kennengelernt, die sich danach sehnen. Was mich aber anlangt, verlangte ich Freiheit weder damals noch heute. Nebenbei: mit Freiheit betrügt man sich unter Menschen allzuoft. Und so wie die Freiheit zu den erhabensten Gefühlen zählt, so auch die entsprechende Täuschung zu den erhabensten. Oft habe ich in den Varietés vor meinem Auftreten irgendein Künstlerpaar oben an der Decke an Trapezen hantieren sehen. Sie schwangen sich, sie schaukelten, sie sprangen, sie schwebten einander in die Arme, einer trug den anderen an den Haaren mit dem Gebiß. ›Auch das ist Menschenfreiheit‹, dachte ich ›selbstherrliche Bewegung.‹ Die Verspottung der heiligen Natur! Kein Bau würde standhalten vor dem Gelächter des Affentums bei diesem Anblick.

Nein, Freiheit wollte ich nicht. Nur einen Ausweg; rechts, links, wohin immer; ich stellte keine anderen Forderungen; sollte der Ausweg auch nur eine Täuschung sein; die Forderung war klein, die Täuschung würde nicht größer sein. Weiterkommen,

weiterkommen! Nur nicht mit aufgehobenen Armen stillestehen, angedrückt an eine Kistenwand.

Heute sehe ich klar: ohne größte innere Ruhe hätte ich nie entkommen können. Und tatsächlich verdanke ich vielleicht alles, was ich geworden bin, der Ruhe, die mich nach den ersten Tagen dort im Schiff überkam. Die Ruhe wiederum aber verdanke ich wohl den Leuten vom Schiff.

Es sind gute Menschen, trotz allem. Gerne erinnere ich mich noch heute an den Klang ihrer schweren Schritte, der damals in meinem Halbschlaf widerhallte. Sie hatten die Gewohnheit, alles äußerst langsam in Angriff zu nehmen. Wollte sich einer die Augen reiben, so hob er die Hand wie ein Hängegewicht. Ihre Scherze waren grob, aber herzlich. Ihr Lachen war immer mit einem gefährlich klingenden aber nichts bedeutenden Husten gemischt. Immer hatten sie im Mund etwas zum Ausspeien und wohin sie ausspien war ihnen gleichgültig. Immer klagten sie, daß meine Flöhe auf sie überspringen; aber doch waren sie mir deshalb niemals ernstlich böse; sie wußten eben, daß in meinem Fell Flöhe gedeihen und daß Flöhe Springer sind; damit fanden sie sich ab. Wenn sie dienstfrei waren, setzten sich manchmal einige im Halbkreis um mich nieder; sprachen kaum, sondern gurrten einander nur zu; rauchten, auf Kisten ausgestreckt, die Pfeife; schlugen sich aufs Knie, sobald ich die geringste Bewegung machte; und hie und da nahm einer einen Stecken und kitzelte mich dort, wo es mir angenehm war. Sollte ich heute eingeladen werden, eine Fahrt auf diesem Schiffe mitzumachen, ich würde die Einladung gewiß ablehnen, aber ebenso gewiß ist, daß es nicht nur häßliche Erinnerungen sind, denen ich dort im Zwischendeck nachhängen könnte.

Die Ruhe, die ich mir im Kreise dieser Leute erwarb, hielt mich vor allem von jedem Fluchtversuch ab. Von heute aus gesehen scheint es mir, als hätte ich zumindest geahnt, daß ich einen Ausweg finden müsse, wenn ich leben wolle, daß dieser Ausweg aber nicht durch Flucht zu erreichen sei. Ich weiß nicht mehr, ob Flucht möglich war, aber ich glaube es; einem Affen sollte Flucht immer möglich sein. Mit meinen heutigen Zähnen muß ich schon beim gewöhnlichen Nüsseknacken vorsichtig sein, damals aber hätte es mir wohl im Lauf der Zeit gelingen müssen, das Türschloß durchzubeißen. Ich tat es nicht. Was wäre damit auch gewonnen gewesen? Man hätte mich, kaum war der Kopf hinausgesteckt, wieder eingefangen und in einen noch schlimmeren Käfig gesperrt; oder ich hätte mich unbemerkt zu anderen Tieren, etwa zu den Riesenschlangen mir gegenüber flüchten können und mich in ihren Umarmungen ausgehaucht; oder es wäre mir gar gelungen, mich bis aufs Deck zu stehlen und über Bord zu springen, dann hätte ich ein Weilchen auf dem Weltmeer geschaukelt und wäre ersoffen. Verzweiflungstaten. Ich rechnete nicht so menschlich, aber unter dem Einfluß meiner Umgebung verhielt ich mich so, wie wenn ich gerechnet hätte.

Ich rechnete nicht, wohl aber beobachtete ich in aller Ruhe. Ich sah diese Menschen auf und ab gehen, immer die gleichen Gesichter, die gleichen Bewegungen, oft schien es mir, als wäre es nur einer. Dieser Mensch oder diese Menschen gingen also unbehelligt. Ein hohes Ziel dämmerte mir auf. Niemand versprach mir, daß, wenn ich so wie sie werden würde, das Gitter aufgezogen werde. Solche Versprechungen für scheinbar unmögliche Erfüllungen werden nicht gegeben. Löst man aber die Erfüllungen ein, erscheinen nachträglich auch die Versprechungen genau dort, wo man sie früher vergeblich gesucht hat. Nun war an diesen Menschen an sich nichts, was mich sehr verlockte. Wäre ich ein Anhänger jener erwähnten Freiheit, ich hätte gewiß das Weltmeer dem Ausweg vorgezogen, der sich mir im trüben Blick dieser Menschen zeigte. Jedenfalls aber beobachtete ich sie schon lange vorher, ehe ich an solche Dinge dachte, ja die angehäuften Beobachtungen drängten mich erst in die bestimmte Richtung.

Es war so leicht, die Leute nachzuahmen. Spucken konnte ich schon in den ersten Tagen. Wir spuckten einander dann gegenseitig ins Gesicht; der Unterschied war nur, daß ich mein Gesicht nachher reinleckte, sie ihres nicht. Die Pfeife rauchte ich bald wie ein Alter; drückte ich dann auch noch den Daumen in den Pfeifenkopf, jauchzte das ganze Zwischendeck; nur den Unterschied zwischen der leeren und der gestopften Pfeife verstand ich lange nicht.

Die meiste Mühe machte mir die Schnapsflasche. Der Geruch peinigte mich; ich zwang mich mit allen Kräften; aber es vergingen Wochen, ehe ich mich überwand. Diese inneren Kämpfe nahmen die Leute merkwürdigerweise ernster als irgend etwas sonst an mir. Ich unterscheide die Leute auch in meiner Erinnerung nicht, aber da war einer, der kam immer wieder, allein oder mit Kameraden, bei Tag, bei Nacht, zu den verschiedensten Stunden; stellte sich mit der Flasche vor mich hin und gab mir Unterricht. Er begriff mich nicht, er wollte das Rätsel meines Seins lösen. Er entkorkte langsam die Flasche und blickte mich dann an, um zu prüfen, ob ich verstanden habe; ich gestehe, ich sah ihm immer mit wilder, mit überstürzter Aufmerksamkeit zu; einen solchen Menschenschüler findet kein Menschenlehrer auf dem ganzen Erdenrund; nachdem die Flasche entkorkt war, hob er sie zum Mund; ich mit meinen Blicken ihm nach bis in die Gurgel; er nickte, zufrieden mit mir, und setzt die Flasche an die Lippen; ich, entzückt von allmählicher Erkenntnis, kratze mich quietschend der Länge und Breite nach, wo es sich trifft; er freut sich, setzt die Flasche an und macht einen Schluck; ich, ungeduldig und verzweifelt, ihm nachzueifern, verunreinige mich in meinem Käfig, was wieder ihm große Genugtuung macht; und nun weit die Flasche von sich streckend und im Schwung sie wieder hinaufführend, trinkt er sie, übertrieben lehrhaft zurückgebeugt, mit einem Zuge leer. Ich, ermattet von allzu großem Verlangen, kann nicht mehr folgen und hänge schwach am Gitter, während er den theoretischen Unterricht damit beendet, daß er sich den Bauch streicht und grinst.

Nun erst beginnt die praktische Übung. Bin ich nicht schon allzu erschöpft durch das Theoretische? Wohl, allzu erschöpft. Das gehört zu meinem Schicksal. Trotzdem greife ich, so gut ich kann, nach der hingereichten Flasche; entkorke sie zitternd; mit dem Gelingen stellen sich allmählich neue Kräfte ein; ich hebe die Flasche, vom Original schon kaum zu unterscheiden; setze sie an und – und werfe sie mit Abscheu, mit Abscheu, trotzdem sie leer ist und nur noch der Geruch sie füllt, werfe sie mit Abscheu auf den Boden. Zur Trauer meines Lehrers, zur größeren Trauer meiner selbst; weder ihn noch mich versöhne ich dadurch, daß ich auch nach dem Wegwerfen der Flasche nicht vergesse, ausgezeichnet meinen Bauch zu streichen und dabei zu grinsen.

Allzuoft nur verlief so der Unterricht. Und zur Ehre meines Lehrers: er war mir nicht böse; wohl hielt er mir manchmal die brennende Pfeife ans Fell, bis es irgendwo, wo ich nur schwer hinreichte, zu glimmen anfing, aber dann löschte er es selbst wieder mit seiner riesigen guten Hand; er war mir nicht böse, er sah ein, daß wir auf der gleichen Seite gegen die Affennatur kämpften und daß ich den schwereren Teil hatte.

Was für ein Sieg dann allerdings für ihn wie für mich, als ich eines Abends vor großem Zuschauerkreis – vielleicht war ein Fest, ein Grammophon spielte, ein Offizier erging sich zwischen den Leuten – als ich an diesem Abend, gerade unbeachtet, eine vor meinem Käfig versehentlich stehengelassene Schnapsflasche ergriff, unter steigender Aufmerksamkeit der Gesellschaft sie schulgerecht entkorkte, an den Mund setzte und ohne Zögern, ohne Mundverziehen, als Trinker vom Fach, mit rund gewälzten Augen, schwappender Kehle, wirklich und wahrhaftig leer trank; nicht mehr als Verzweifelter, sondern als Künstler die Flasche hinwarf, zwar vergaß den Bauch zu streichen; dafür aber, weil ich nicht anders konnte, weil es mich drängte, weil mir die Sinne rauschten, kurz und gut »Hallo!« ausrief, in Menschenlaut ausbrach, mit diesem Ruf in die Menschengemeinschaft sprang und ihr Echo: »Hört nur, er spricht!« wie einen Kuß auf meinem ganzen schweißtriefenden Körper fühlte.

Ich wiederhole: es verlockte mich nicht, die Menschen nachzuahmen; ich ahmte nach, weil ich einen Ausweg suchte, aus keinem anderen Grund. Auch war mit jenem Sieg noch wenig getan. Die Stimme versagte mir sofort wieder; stellte sich erst nach Monaten ein; der Widerwille gegen die Schnapsflasche kam sogar noch verstärkter. Aber meine Richtung allerdings war mir ein für allemal gegeben.

Als ich in Hamburg dem ersten Dresseur übergeben wurde, erkannte ich bald die zwei Möglichkeiten, die mir offenstanden: Zoologischer Garten oder Varieté. Ich zögerte nicht. Ich sagte mir: setze alle Kraft an, um ins Varieté zu kommen; das ist der Ausweg; Zoologischer Garten ist nur ein neuer Gitterkäfig; kommst du in ihn, bist du verloren.

Und ich lernte, meine Herren. Ach, man lernt, wenn man muß; man lernt, wenn man einen Ausweg will; man lernt rücksichtslos. Man beaufsichtigt sich selbst mit der Peitsche; man zerfleischt sich beim geringsten Widerstand. Die Affennatur raste, sich überkugelnd, aus mir hinaus und weg, so daß mein erster Lehrer selbst davon fast äffisch wurde, bald den Unterricht aufgeben und in eine Heilanstalt gebracht werden mußte. Glücklicherweise kam er bald wieder hervor.

Aber ich verbrauchte viele Lehrer, ja sogar einige Lehrer gleichzeitig. Als ich meiner Fähigkeiten schon sicherer geworden war, die Öffentlichkeit meinen Fortschritten folgte, meine Zukunft zu leuchten begann, nahm ich selbst Lehrer auf, ließ sie in fünf aufeinanderfolgenden Zimmern niedersetzen und lernte bei allen zugleich, indem ich ununterbrochen aus einem Zimmer ins andere sprang.

Diese Fortschritte! Dieses Eindringen der Wissensstrahlen von allen Seiten ins erwachende Hirn! Ich leugne nicht: es beglückte mich. Ich gestehe aber auch ein: ich überschätzte es nicht, schon damals nicht, wieviel weniger heute. Durch eine Anstrengung, die sich bisher auf der Erde nicht wiederholt hat, habe ich die Durchschnittsbildung eines Europäers erreicht. Das wäre an sich vielleicht gar nichts, ist aber insofern doch etwas, als es mir aus dem Käfig half und mir diesen besonderen Ausweg, diesen Menschenausweg verschaffte. Es gibt eine ausgezeichnete deutsche Redensart: sich in die Büsche schlagen; das habe ich getan, ich habe mich in die Büsche geschlagen. Ich hatte keinen anderen Weg, immer vorausgesetzt, daß nicht die Freiheit zu wählen war.

Überblicke ich meine Entwicklung und ihr bisheriges Ziel, so klage ich weder, noch bin ich zufrieden. Die Hände in den Hosentaschen, die Weinflasche auf dem Tisch, liege ich halb, halb sitze ich im Schaukelstuhl und schaue aus dem Fenster. Kommt Besuch, empfange ich ihn, wie es sich gebührt. Mein Impresario sitzt im Vorzimmer; läute ich, kommt er und hört, was ich zu sagen habe. Am Abend ist fast immer Vorstellung, und ich habe wohl kaum mehr zu steigernde Erfolge. Komme ich spät nachts von Banketten, aus wissenschaftlichen Gesellschaften, aus gemütlichem Beisammensein nach Hause, erwartet mich eine kleine halbdressierte Schimpansin und ich lasse es mir nach Affenart bei ihr wohlgehen. Bei Tag will ich sie nicht sehen; sie hat nämlich den Irrsinn des verwirrten dressierten Tieres im Blick; das erkenne nur ich, und ich kann es nicht ertragen.

Im ganzen habe ich jedenfalls erreicht, was ich erreichen wollte. Man sage nicht, es wäre der Mühe nicht wert gewesen. Im übrigen will ich keines Menschen Urteil, ich will nur Kenntnisse verbreiten, ich berichte nur, auch Ihnen, hohe Herren von der Akademie, habe ich nur berichtet.

IN DER STRAFKOLONIE

»Es ist ein eigentümlicher Apparat«, sagte der Offizier zu dem Forschungsreisenden und überblickte mit einem gewissermaßen bewundernden Blick den ihm doch wohlbekannten Apparat. Der Reisende schien nur aus Höflichkeit der Einladung des Kommandanten gefolgt zu sein, der ihn aufgefordert hatte, der Exekution eines Soldaten beizuwohnen, der wegen Ungehorsam und Beleidigung des Vorgesetzten verurteilt worden war. Das Interesse für diese Exekution war wohl auch in der Strafkolonie nicht sehr groß. Wenigstens war hier in dem tiefen, sandigen, von kahlen Abhängen ringsum abgeschlossenen kleinen Tal außer dem Offizier und dem Reisenden nur der Verurteilte, ein stumpfsinniger, breitmäuliger Mensch mit verwahrlostem Haar und Gesicht und ein Soldat zugegen, der die schwere Kette hielt, in welche die kleinen Ketten ausliefen, mit denen der Verurteilte an den Fuß- und Handknöcheln sowie am Hals gefesselt war und die auch untereinander durch Verbindungsketten zusammenhingen. Übrigens sah der Verurteilte so hündisch ergeben aus, daß es den Anschein hatte, als könnte man ihn frei auf den Abhängen herumlaufen lassen und müsse bei Beginn der Exekution nur pfeifen, damit er käme.

Der Reisende hatte wenig Sinn für den Apparat und ging hinter dem Verurteilten fast sichtbar unbeteiligt auf und ab, während der Offizier die letzten Vorbereitungen besorgte, bald unter den tief in die Erde eingebauten Apparat kroch, bald auf eine Leiter stieg, um die oberen Teile zu untersuchen. Das waren Arbeiten, die man eigentlich einem Maschinisten hätte überlassen können, aber der Offizier führte sie mit einem großen Eifer aus, sei es, daß er ein besonderer Anhänger dieses Apparates war, sei es, daß man aus anderen Gründen die Arbeit sonst niemandem anvertrauen konnte. »Jetzt ist alles fertig!« rief er endlich und stieg von der Leiter hinunter. Er war ungemein ermattet, atmete mit weit offenem Mund und hatte zwei zarte Damentaschentücher hinter den Uniformkragen gezwängt. »Diese Uniformen sind doch für die Tropen zu schwer«, sagte der Reisende, statt sich, wie es der Offizier erwartet hatte, nach dem Apparat zu erkundigen. »Gewiß«, sagte der Offizier und wusch sich die von Öl und Fett beschmutzten Hände in einem bereitstehenden Wasserkübel, »aber sie bedeuten die Heimat; wir wollen nicht die Heimat verlieren. – Nun sehen Sie aber diesen Apparat«, fügte er gleich hinzu, trocknete die Hände mit einem Tuch und zeigte gleichzeitig auf den Apparat. »Bis jetzt war noch Händearbeit nötig, von jetzt aber arbeitet der Apparat ganz allein.« Der Reisende nickte und folgte dem Offizier. Dieser suchte sich für alle Zwischenfälle zu sichern und sagte dann: »Es kommen natürlich Störungen vor; ich hoffe zwar, es wird heute keine eintreten, immerhin muß man mit ihnen rechnen. Der Apparat soll ja zwölf Stunden ununterbrochen im Gang sein. Wenn aber auch Störungen vorkommen, so sind es doch nur ganz kleine, und sie werden sofort behoben sein.«

»Wollen Sie sich nicht setzen?« fragte er schließlich, zog aus einem Haufen von Rohrstühlen einen hervor und bot ihn dem Reisenden an; dieser konnte nicht ablehnen. Er saß nun am Rande einer Grube, in die er einen flüchtigen Blick warf. Sie war nicht sehr tief. Zur einen Seite der Grube war die ausgegrabene Erde zu einem Wall aufgehäuft, zur anderen Seite stand der Apparat. »Ich weiß nicht«, sagte der Offizier, »ob Ihnen der Kommandant den Apparat schon erklärt hat.« Der Reisende machte eine ungewisse Handbewegung; der Offizier verlangte nichts Besseres, denn nun konnte er selbst den Apparat erklären. »Dieser Apparat«, sagte er und faßte eine Kurbelstange, auf die er sich stützte, »ist eine Erfindung unseres früheren Kommandanten. Ich habe gleich bei den allerersten Versuchen mitgearbeitet und war auch bei allen Arbeiten bis zur Vollendung beteiligt. Das Verdienst der Erfindung allerdings gebührt ihm ganz allein. Haben Sie von unserem früheren Kommandanten gehört? Nicht? Nun, ich behaupte nicht zu viel, wenn ich sage, daß die Einrichtung der ganzen Strafkolonie sein Werk ist. Wir, seine Freunde, wußten schon bei seinem Tod, daß die Einrichtung der Kolonie so in sich geschlossen ist, daß sein Nachfolger, und habe er tausend neue Pläne im Kopf, wenigstens während vieler Jahre nichts von dem Alten wird ändern können. Unsere Voraussage ist auch eingetroffen; der neue Kommandant hat es erkennen müssen. Schade, daß Sie den früheren Kommandanten nicht gekannt haben! – Aber«, unterbrach sich der Offizier, »ich schwätze, und sein Apparat steht hier vor uns. Er besteht, wie Sie sehen, aus drei Teilen. Es haben sich im Laufe der Zeit für jeden dieser Teile gewissermaßen volkstümliche Bezeichnungen ausgebildet. Der untere heißt das Bett, der obere heißt der Zeichner, und hier der mittlere, schwebende Teil heißt die Egge.« »Die Egge?« fragte der Reisende. Er hatte nicht ganz aufmerksam zugehört, die Sonne verfing sich allzu stark in dem schattenlosen Tal, man konnte schwer seine Gedanken sammeln. Um so bewundernswerter erschien ihm der Offizier, der im engen, parademäßigen, mit Epauletten beschwerten, mit Schnüren behängten Waffenrock so eifrig seine Sache erklärte und außerdem, während er sprach, mit einem Schraubendreher noch hier und da an einer Schraube sich zu schaffen machte. In ähnlicher Verfassung wie der Reisende schien der Soldat zu sein. Er hatte um beide Handgelenke die Kette des Verurteilten gewickelt, stützte sich mit einer Hand auf sein Gewehr, ließ den Kopf im Genick hinunterhängen und kümmerte sich um nichts. Der Reisende wunderte sich nicht darüber, denn der Offizier sprach französisch, und Französisch verstand gewiß weder der Soldat noch der Verurteilte. Um so auffallender war es allerdings, daß der Verurteilte sich dennoch bemühte, den Erklärungen des Offiziers zu folgen. Mit einer Art schläfriger Beharrlichkeit richtete er die Blicke immer dorthin, wohin der Offizier gerade zeigte, und als dieser jetzt vom Reisenden mit einer Frage unterbrochen wurde, sah auch er, ebenso wie der Offizier den Reisenden an.

»Ja, die Egge«, sagte der Offizier, »der Name paßt. Die Nadeln sind eggenartig angeordnet, auch wird das Ganze wie eine Egge geführt, wenn auch bloß auf einem Platz und viel kunstgemäßer. Sie werden es übrigens gleich verstehen. Hier auf das Bett wird der Verurteilte gelegt. – Ich will nämlich den Apparat zuerst beschreiben und dann erst die Prozedur selbst ausführen lassen. Sie werden ihr dann besser folgen können. Auch ist ein Zahnrad im Zeichner zu stark abgeschliffen; es kreischt sehr, wenn es im Gang ist; man kann sich dann kaum verständigen; Ersatzteile sind hier leider nur schwer zu beschaffen. – Also hier ist das Bett, wie ich sagte. Es ist ganz und gar mit einer Watteschicht bedeckt; den Zweck dessen werden Sie noch erfahren. Auf diese Watte wird der Verurteilte bäuchlings gelegt, natürlich nackt; hier sind für die Hände, hier für die Füße, hier für den Hals Riemen, um ihn festzuschnallen. Hier am Kopfende des Bettes, wo der Mann, wie ich gesagt habe, zuerst mit dem Gesicht aufliegt, ist dieser kleine Filzstumpf, der leicht so reguliert werden kann, daß er dem Mann gerade in den Mund dringt. Er hat den Zweck, am Schreien und am Zerbeißen der Zunge zu hindern. Natürlich muß der Mann den Filz aufnehmen, da ihm sonst durch den Halsriemen das Genick gebrochen wird.« »Das ist Watte?« fragte der Reisende und beugte sich vor. »Ja, gewiß«, sagte der Offizier lächelnd, »befühlen Sie es selbst.« Er faßte die Hand des Reisenden und führte sie über das Bett hin. »Es ist eine besonders präparierte Watte, darum sieht sie so unkenntlich aus; ich werde auf ihren Zweck noch zu sprechen kommen.« Der Reisende war schon ein wenig für den Apparat gewonnen; die Hand zum Schutz gegen die Sonne über den Augen, sah er an dem Apparat in die Höhe. Es war ein großer Aufbau. Das Bett und der Zeichner hatten gleichen Umfang und sahen wie zwei dunkle Truhen aus. Der Zeichner war etwa zwei Meter über dem Bett angebracht; beide waren in den Ecken durch vier Messingstangen verbunden, die in der Sonne fast Strahlen warfen. Zwischen den Truhen schwebte an einem Stahlband die Egge.

Der Offizier hatte die frühere Gleichgültigkeit des Reisenden kaum bemerkt, wohl aber hatte er für sein jetzt beginnendes Interesse Sinn; er setzte deshalb in seinen Erklärungen aus, um dem Reisenden zur ungestörten Betrachtung Zeit zu lassen. Der Verurteilte ahmte den Reisenden nach; da er die Hand nicht über die Augen legen konnte, blinzelte er mit freien Augen zur Höhe.

»Nun liegt also der Mann«, sagte der Reisende, lehnte sich im Sessel zurück und kreuzte die Beine.

»Ja«, sagte der Offizier, schob ein wenig die Mütze zurück und fuhr sich mit der Hand über das heiße Gesicht, »nun hören Sie! Sowohl das Bett als auch der Zeichner haben ihre eigene elektrische Batterie; das Bett braucht sie für sich selbst, der Zeichner für die Egge. Sobald der Mann festgeschnallt ist, wird das Bett in Bewegung gesetzt. Es zittert in winzigen, sehr schnellen Zuckungen gleichzeitig seitlich wie auch auf und ab. Sie werden ähnliche Apparate in Heilanstalten gesehen haben; nur sind bei unserem Bett alle Bewegungen genau berechnet; sie müssen nämlich peinlich auf die Bewegungen der Egge abgestimmt sein. Dieser Egge aber ist die eigentliche Ausführung des Urteils überlassen.«

»Wie lautet denn das Urteil?« fragte der Reisende »Sie wissen auch das nicht?« sagte der Offizier erstaunt und biß sich auf die Lippen: »Verzeihen Sie, wenn vielleicht meine Erklärungen ungeordnet sind; ich bitte Sie sehr um Entschuldigung. Die Erklärungen pflegte früher nämlich der Kommandant zu geben; der neue Kommandant aber hat sich dieser Ehrenpflicht entzogen; daß er jedoch einen so hohen Besuch« – der Reisende suchte die Ehrung mit beiden Händen abzuwehren, aber der Offizier bestand auf dem Ausdruck – »einen so hohen Besuch nicht einmal von der Form unseres Urteils in Kenntnis setzt, ist wieder eine Neuerung, die –«, er hatte einen Fluch auf den Lippen, faßte sich aber und sagte nur: »Ich wurde nicht davon verständigt, mich trifft nicht die Schuld. Übrigens bin ich allerdings am besten befähigt, unsere Urteilsarten zu erklären, denn ich trage hier« – er schlug auf seine Brusttasche – »die betreffenden Handzeichnungen des früheren Kommandanten.«

»Handzeichnungen des Kommandanten selbst?« fragte der Reisende. »Hat er denn alles in sich vereinigt? War er Soldat, Richter, Konstrukteur, Chemiker, Zeichner?«

»Jawohl«, sagte der Offizier kopfnickend, mit starrem, nachdenklichem Blick. Dann sah er prüfend seine Hände an; sie schienen ihm nicht rein genug, um die Zeichnungen anzufassen; er ging daher zum Kübel und wusch sie nochmals. Dann zog er eine kleine Ledermappe hervor und sagte: »Unser Urteil klingt nicht streng. Dem Verurteilten wird das Gebot, das er übertreten hat, mit der Egge auf den Leib geschrieben. Diesem Verurteilten zum Beispiel« – der Offizier zeigte auf den Mann – »wird auf den Leib geschrieben werden: Ehre deinen Vorgesetzten!«

Der Reisende sah flüchtig auf den Mann hin; er hielt, als der Offizier auf ihn gezeigt hatte, den Kopf gesenkt und schien alle Kraft des Gehörs anzuspannen, um etwas zu erfahren. Aber die Bewegungen seiner wulstig aneinander gedrückten Lippen zeigten offenbar, daß er nichts verstehen konnte. Der Reisende hatte verschiedenes fragen wollen, fragte aber im Anblick des Mannes nur: »Kennt er sein Urteil?« »Nein«, sagte der Offizier und wollte gleich in seinen Erklärungen fortfahren, aber der Reisende unterbrach ihn: »Er kennt sein eigenes Urteil nicht?« »Nein«, sagte der Offizier wieder, stockte dann einen Augenblick, als verlange er vom Reisenden eine nähere Begründung seiner Frage, und sagte dann: »Es wäre nutzlos, es ihm zu verkünden. Er erfährt es ja auf seinem Leib.« Der Reisende wollte schon verstummen, da fühlte er, wie der Verurteilte seinen Blick auf ihn richtete; er schien zu fragen, ob er den geschilderten Vorgang billigen könne. Darum beugte sich der Reisende, der sich bereits zurückgelehnt hatte, wieder vor und fragte noch: »Aber daß er überhaupt verurteilt wurde, das weiß er doch?« »Auch nicht«, sagte der Offizier und lächelte den Reisenden an, als erwarte er nun von ihm noch einige sonderbare Eröffnungen. »Nein«, sagte der Reisende und strich sich über die Stirn hin, »dann weiß also der Mann auch jetzt noch nicht, wie seine Verteidigung aufgenommen wurde?« »Er hat keine Gelegenheit gehabt, sich zu verteidigen«, sagte der Offizier und sah abseits, als rede er zu sich selbst und wolle den Reisenden durch Erzählung dieser ihm selbstverständlichen Dinge nicht beschämen. »Er muß doch Gelegenheit gehabt haben, sich zu verteidigen«, sagte der Reisende und stand vom Sessel auf.

Der Offizier erkannte, daß er in Gefahr war, in der Erklärung des Apparates für lange Zeit aufgehalten zu werden; er ging daher zum Reisenden, hing sich in seinen Arm, zeigte mit der Hand auf den Verurteilten, der sich jetzt, da die Aufmerksamkeit so offenbar auf ihn gerichtet war, stramm aufstellte – auch zog der Soldat die Kette an –, und sagte: »Die Sache verhält sich folgendermaßen. Ich bin hier in der Strafkolonie zum Richter bestellt. Trotz meiner Jugend. Denn ich stand auch dem früheren Kommandanten in allen Strafsachen zur Seite und kenne auch den Apparat am besten. Der Grundsatz, nach dem ich entscheide, ist: Die Schuld ist immer zweifellos. Andere Gerichte können diesen Grundsatz nicht befolgen, denn sie sind vielköpfig und haben auch noch höhere Gerichte über sich. Das ist hier nicht der Fall, oder war es wenigstens nicht beim früheren Kommandanten. Der neue hat allerdings schon Lust gezeigt, in mein Gericht sich einzumischen, es ist mir aber bisher gelungen, ihn abzuwehren, und wird mir auch weiter gelingen. – Sie wollten diesen Fall erklärt haben; er ist so einfach wie alle. Ein Hauptmann hat heute morgens die Anzeige erstattet, daß dieser Mann, der ihm als Diener zugeteilt ist und vor seiner Türe schläft, den Dienst verschlafen hat. Er hat nämlich die Pflicht, bei jedem Stundenschlag aufzustehen und vor der Tür des Hauptmanns zu salutieren. Gewiß keine schwere Pflicht und eine notwendige, denn er soll sowohl zur Bewachung als auch zur Bedienung frisch bleiben. Der Hauptmann wollte in der gestrigen Nacht nachsehen, ob der Diener seine Pflicht erfülle. Er öffnete Schlag zwei Uhr die Tür und fand ihn zusammengekrümmt schlafen. Er holte die Reitpeitsche und schlug ihm über das Gesicht. Statt nun aufzustehen und um Verzeihung zu bitten, faßte der Mann seinen Herrn bei den Beinen, schüttelte ihn und rief: ›Wirf die Peitsche weg, oder ich fresse dich.‹ – Das ist der Sachverhalt. Der Hauptmann kam vor einer Stunde zu mir, ich schrieb seine Angaben auf und anschließend gleich das Urteil. Dann ließ ich dem Mann die Ketten anlegen. Das alles war sehr einfach. Hätte ich den Mann zuerst vorgerufen und ausgefragt, so wäre nur Verwirrung entstanden. Er hätte gelogen, hätte, wenn es mir gelungen wäre, die Lügen zu widerlegen, diese durch neue Lügen ersetzt und so fort. Jetzt aber halte ich ihn und lasse ihn nicht mehr. – Ist nun alles erklärt? Aber die Zeit vergeht, die Exekution sollte schon beginnen, und ich bin mit der Erklärung des Apparates noch nicht fertig.« Er nötigte den Reisenden auf den Sessel nieder, trat wieder zu dem Apparat und begann: »Wie Sie sehen, entspricht die Egge der Form des Menschen; hier ist die Egge für den Oberkörper, hier sind die Eggen für die Beine. Für den Kopf ist nur dieser kleine Stichel bestimmt. Ist Ihnen das klar?« Er beugte sich freundlich zu dem Reisenden vor, bereit zu den umfassendsten Erklärungen.

Der Reisende sah mit gerunzelter Stirn die Egge an. Die Mitteilungen über das Gerichtsverfahren hatten ihn nicht befriedigt. Immerhin mußte er sich sagen, daß es sich hier um eine Strafkolonie handelte, daß hier besondere Maßregeln notwendig waren und daß man bis zum letzten militärisch vorgehen mußte. Außerdem aber setzte er einige Hoffnung auf den neuen Kommandanten, der offenbar, allerdings langsam, ein neues Verfahren einzuführen beabsichtigte, das dem beschränkten Kopf dieses Offiziers nicht eingehen konnte. Aus diesem Gedankengang heraus fragte der Reisende: »Wird der Kommandant der Exekution beiwohnen?« »Es ist nicht gewiß«, sagte der Offizier, durch die unvermittelte Frage peinlich berührt, und seine freundliche Miene verzerrte sich: »Gerade deshalb müssen wir uns beeilen. Ich werde sogar, so leid es mir tut, meine Erklärungen abkürzen müssen. Aber ich könnte ja morgen, wenn der Apparat wieder gereinigt ist – daß er so sehr beschmutzt wird, ist sein einziger Fehler –, die näheren Erklärungen nachtragen. Jetzt also nur das Notwendigste. – Wenn der Mann auf dem Bett liegt und dieses ins Zittern gebracht ist, wird die Egge auf den Körper gesenkt. Sie stellt sich von selbst so ein, daß sie nur knapp mit den Spitzen den Körper berührt; ist die Einstellung vollzogen, strafft sich sofort dieses Stahlseil zu einer Stange. Und nun beginnt das Spiel. Ein Nichteingeweihter merkt äußerlich keinen Unterschied in den Strafen. Die Egge scheint gleichförmig zu arbeiten. Zitternd sticht sie ihre Spitzen in den Körper ein, der überdies vom Bett aus zittert. Um es nun jedem zu ermöglichen, die Ausführung des Urteils zu überprüfen, wurde die Egge aus Glas gemacht. Es hat einige technische Schwierigkeiten verursacht, die Nadeln darin zu befestigen, es ist aber nach vielen Versuchen gelungen. Wir haben eben keine Mühe gescheut. Und nun kann jeder durch das Glas sehen, wie sich die Inschrift im Körper vollzieht. Wollen Sie nicht näherkommen und sich die Nadeln ansehen?«

Der Reisende erhob sich langsam, ging hin und beugte sich über die Egge. »Sie sehen«, sagte der Offizier, »zweierlei Nadeln in vielfacher Anordnung. Jede lange hat eine kurze neben sich. Die lange schreibt nämlich, und die kurze spritzt Wasser aus, um das Blut abzuwaschen und die Schrift immer klar zu erhalten. Das Blutwasser wird dann hier in kleine Rinnen geleitet und fließt endlich in diese Hauptrinne, deren Abflußrohr in die Grube führt.« Der Offizier zeigte mit dem Finger genau den Weg, den das Blutwasser nehmen mußte. Als er es, um es möglichst anschaulich zu machen, an der Mündung des Abflußrohres mit beiden Händen förmlich auffing, erhob der Reisende den Kopf und wollte, mit der Hand rückwärts tastend, zu seinem Sessel zurückgehen. Da sah er zu seinem Schrecken, daß auch der Verurteilte gleich ihm der Einladung des Offiziers, sich die Einrichtung der Egge aus der Nähe anzusehen, gefolgt war. Er hatte den verschlafenen Soldaten an der Kette ein wenig vorgezerrt und sich auch über das Glas gebeugt. Man sah, wie er mit unsicheren Augen auch das suchte, was die zwei Herren eben beobachtet hatten, wie es ihm aber, da ihm die Erklärung fehlte, nicht gelingen wollte. Er beugte sich hierhin und dorthin. Immer wieder lief er mit den Augen das Glas ab. Der Reisende wollte ihn zurücktreiben, denn, was er tat, war wahrscheinlich strafbar. Aber der Offizier hielt den Reisenden mit einer Hand fest, nahm mit der anderen eine Erdscholle vom Wall und warf sie nach dem Soldaten. Dieser hob mit einem Ruck die Augen, sah, was der Verurteilte gewagt hatte, ließ das Gewehr fallen, stemmte die Füße mit den Absätzen in den Boden, riß den Verurteilten zurück, daß er gleich niederfiel, und sah dann auf ihn hinunter, wie er sich wand und mit seinen Ketten klirrte. »Stell ihn auf!« schrie der Offizier, denn er merkte, daß der Reisende durch den Verurteilten allzusehr abgelenkt wurde. Der Reisende beugte sich sogar über die Egge hinweg, ohne sich um sie zu kümmern, und wollte nur feststellen, was mit dem Verurteilten geschehe. »Behandle ihn sorgfältig!« schrie der Offizier wieder. Er umlief den Apparat, faßte selbst den Verurteilten unter den Achseln und stellte ihn, der öfters mit den Füßen ausglitt, mit Hilfe des Soldaten auf.

»Nun weiß ich schon alles«, sagte der Reisende, als der Offizier wieder zu ihm zurückkehrte. »Bis auf das Wichtigste«, sagte dieser, ergriff den Reisenden am Arm und zeigte in die Höhe: »Dort im Zeichner ist das Räderwerk, welches die Bewegung der Egge bestimmt, und dieses Räderwerk wird nach der Zeichnung, auf welche das Urteil lautet, angeordnet. Ich verwende noch die Zeichnungen des früheren Kommandanten. Hier sind sie«, – er zog einige Blätter aus der Ledermappe – »ich kann sie Ihnen aber leider nicht in die Hand geben, sie sind das Teuerste, was ich habe. Setzen Sie sich, ich zeige sie Ihnen aus dieser Entfernung, dann werden Sie alles gut sehen können.« Er zeigte das erste Blatt. Der Reisende hätte gerne etwas Anerkennendes gesagt, aber er sah nur labyrinthartige, einander vielfach kreuzende Linien, die so dicht das Papier bedeckten, daß man nur mit Mühe die weißen Zwischenräume erkannte. »Lesen Sie«, sagte der Offizier. »Ich kann nicht«, sagte der Reisende. »Es ist doch deutlich«, sagte der Offizier. »Es ist sehr kunstvoll«, sagte der Reisende ausweichend, »aber ich kann es nicht entziffern.« »Ja«, sagte der Offizier, lachte und steckte die Mappe wieder ein, »es ist keine Schönschrift für Schulkinder. Man muß lange darin lesen. Auch Sie würden es schließlich gewiß erkennen. Es darf natürlich keine einfache Schrift sein; sie soll ja nicht sofort töten, sondern durchschnittlich erst in einem Zeitraum von zwölf Stunden; für die sechste Stunde ist der Wendepunkt berechnet. Es müssen also viele, viele Zieraten die eigentliche Schrift umgeben; die wirkliche Schrift umzieht den Leib nur in einem schmalen Gürtel; der übrige Körper ist für Verzierungen bestimmt. Können Sie jetzt die Arbeit der Egge und des ganzen Apparates würdigen? – Sehen Sie doch!« Er sprang auf die Leiter, drehte ein Rad, rief hinunter: »Achtung, treten Sie zur Seite!«, und alles kam in Gang. Hätte das Rad nicht gekreischt, es wäre herrlich gewesen. Als sei der Offizier von diesem störenden Rad überrascht, drohte er ihm mit der Faust, breitete dann, sich entschuldigend, zum Reisenden hin die Arme aus und kletterte eilig hinunter, um den Gang des Apparates von unten zu beobachten. Noch war etwas nicht in Ordnung, das nur er merkte; er kletterte wieder hinauf, griff mit beiden Händen in das Innere des Zeichners, glitt dann, um rascher hinunterzukommen, statt die Leiter zu benutzen, an der einen Stange hinunter und schrie nun, um sich im Lärm verständlich zu machen, mit äußerster Anspannung dem Reisenden ins Ohr: »Begreifen Sie den Vorgang? Die Egge fängt zu schreiben an –, ist sie mit der ersten Anlage der Schrift auf dem Rücken des Mannes fertig, rollt die Watteschicht und wälzt den Körper langsam auf die Seite, um der Egge neuen Raum zu bieten. Inzwischen legen sich die wundbeschriebenen Stellen auf die Watte, welche infolge der besonderen Präparierung sofort die Blutung stillt und zu neuer Vertiefung der Schrift vorbereitet. Hier die Zacken am Rande der Egge reißen dann beim weiteren Umwälzen des Körpers die Watte von den Wunden, schleudern sie in die Grube, und die Egge hat wieder Arbeit. So schreibt sie immer tiefer die zwölf Stunden lang. Die ersten sechs Stunden lebt der Verurteilte fast wie früher, er leidet nur Schmerzen. Nach zwei Stunden wird der Filz entfernt, denn der Mann hat keine Kraft zum Schreien mehr. Hier in diesen elektrisch geheizten Napf am Kopfende wird warmer Reisbrei gelegt, aus dem der Mann, wenn er Lust hat, nehmen kann, was er mit der Zunge erhascht. Keiner versäumt die Gelegenheit. Ich weiß keinen, und meine Erfahrung ist groß. Erst um die sechste Stunde verliert er das Vergnügen am Essen. Ich knie dann gewöhnlich hier nieder und beobachte diese Erscheinung. Der Mann schluckt den letzten Bissen selten, er dreht ihn nur im Mund und speit ihn in die Grube. Ich muß mich dann bücken, sonst fährt er mir ins Gesicht. Wie still wird dann aber der Mann um die sechste Stunde! Verstand geht dem Blödesten auf. Um die Augen beginnt es. Von hier aus verbreitet es sich. Ein Anblick, der einen verführen könnte, sich mit unter die Egge zu legen. Es geschieht ja weiter nichts, der Mann fängt bloß an, die Schrift zu entziffern, er spitzt den Mund, als horche er. Sie haben gesehen, es ist nicht leicht, die Schrift mit den Augen zu entziffern; unser Mann entziffert sie aber mit seinen Wunden. Es ist allerdings viel Arbeit; er braucht sechs Stunden zu ihrer Vollendung. Dann aber spießt ihn die Egge vollständig auf und wirft ihn in die Grube, wo er auf das Blutwasser und die Watte niederklatscht. Dann ist das Gericht zu Ende, und wir, ich und der Soldat, scharren ihn ein.«

Der Reisende hatte das Ohr zum Offizier geneigt und sah, die Hände in den Rocktaschen, der Arbeit der Maschine zu. Auch der Verurteilte sah ihr zu, aber ohne Verständnis. Er bückte sich ein wenig und verfolgte die schwankenden Nadeln, als ihm der Soldat, auf ein Zeichen des Offiziers, mit einem Messer hinten Hemd und Hose durchschnitt, so daß sie von dem Verurteilten abfielen; er wollte nach dem fallenden Zeug greifen, um seine Blöße zu bedecken, aber der Soldat hob ihn in die Höhe und schüttelte die letzten Fetzen von ihm ab. Der Offizier stellte die Maschine ein, und in der jetzt eintretenden Stille wurde der Verurteilte unter die Egge gelegt. Die Ketten wurden gelöst und statt dessen die Riemen befestigt; es schien für den Verurteilten im ersten Augenblick fast eine Erleichterung zu bedeuten. Und nun senkte sich die Egge noch ein Stück tiefer, denn es war ein magerer Mann. Als ihn die Spitzen berührten, ging ein Schauer über seine Haut; er streckte, während der Soldat mit seiner rechten Hand beschäftigt war, die linke aus, ohne zu wissen wohin; es war aber die Richtung, wo der Reisende stand. Der Offizier sah ununterbrochen den Reisenden von der Seite an, als suche er von seinem Gesicht den Eindruck abzulesen, den die Exekution, die er ihm nun wenigstens oberflächlich erklärt hatte, auf ihn mache.

Der Riemen, der für das Handgelenk bestimmt war, riß; wahrscheinlich hatte ihn der Soldat zu stark angezogen. Der Offizier sollte helfen, der Soldat zeigte ihm das abgerissene Riemenstück. Der Offizier ging auch zu ihm hinüber und sagte, das Gesicht dem Reisenden zugewendet: »Die Maschine ist sehr zusammengesetzt, es muß hie und da etwas reißen oder brechen; dadurch darf man sich aber im Gesamturteil nicht beirren lassen. Für den Riemen ist übrigens sofort Ersatz geschafft; ich werde eine Kette verwenden; die Zartheit der Schwingungen wird dadurch für den rechten Arm allerdings beeinträchtigt.« Und während er die Ketten anlegte, sagte er noch: »Die Mittel zur Erhaltung der Maschine sind jetzt sehr eingeschränkt. Unter dem früheren Kommandanten war eine mir frei zugängliche Kassa nur für diesen Zweck bestimmt. Es gab hier ein Magazin, in dem alle möglichen Ersatzstücke aufbewahrt wurden. Ich gestehe, ich trieb damit fast Verschwendung, ich meine früher, nicht jetzt, wie der neue Kommandant behauptet, dem alles nur zum Vorwand dient, alte Einrichtungen zu bekämpfen. Jetzt hat er die Maschinenkassa in eigener Verwaltung, und schicke ich um einen neuen Riemen, wird der zerrissene als Beweisstück verlangt, der neue kommt erst in zehn Tagen, ist dann aber von schlechterer Sorte und taugt nicht viel. Wie ich aber in der Zwischenzeit ohne Riemen die Maschine betreiben soll, darum kümmert sich niemand.«

Der Reisende überlegte: Es ist immer bedenklich, in fremde Verhältnisse entscheidend einzugreifen. Er war weder Bürger der Strafkolonie, noch Bürger des Staates, dem sie angehörte. Wenn er die Exekution verurteilen oder gar hintertreiben wollte, konnte man ihm sagen: Du bist ein Fremder, sei still. Darauf hätte er nichts erwidern, sondern nur hinzufügen können, daß er sich in diesem Falle selbst nicht begreife, denn er reise nur mit der Absicht, zu sehen, und keineswegs etwa, um fremde Gerichtsverfassungen zu ändern. Nun lagen aber hier die Dinge allerdings sehr verführerisch. Die Ungerechtigkeit des Verfahrens und die Unmenschlichkeit der Exekution war zweifellos. Niemand konnte irgendeine Eigennützigkeit des Reisenden annehmen, denn der Verurteilte war ihm fremd, kein Landsmann und ein zum Mitleid gar nicht auffordernder Mensch. Der Reisende selbst hatte Empfehlungen hoher Ämter, war hier mit großer Höflichkeit empfangen worden, und daß er zu dieser Exekution eingeladen worden war, schien sogar darauf hinzudeuten, daß man sein Urteil über dieses Gericht verlangte. Dies war aber um so wahrscheinlicher, als der Kommandant, wie er jetzt überdeutlich gehört hatte, kein Anhänger dieses Verfahrens war und sich gegenüber dem Offizier fast feindselig verhielt.

Da hörte der Reisende einen Wutschrei des Offiziers. Er hatte gerade, nicht ohne Mühe, dem Verurteilten den Filzstumpf in den Mund geschoben, als der Verurteilte in einem unwiderstehlichen Brechreiz die Augen schloß und sich erbrach. Eilig riß ihn der Offizier vom Stumpf in die Höhe und wollte den Kopf zur Grube hindrehen; aber es war zu spät, der Unrat floß schon an der Maschine hinab. »Alles Schuld des Kommandanten!« schrie der Offizier und rüttelte besinnungslos vorn an den Messingstangen, »die Maschine wird mir verunreinigt wie ein Stall.« Er zeigte mit zitternden Händen dem Reisenden, was geschehen war. »Habe ich nicht stundenlang dem Kommandanten begreiflich zu machen gesucht, daß einen Tag vor der Exekution kein Essen mehr verabfolgt werden soll. Aber die neue milde Richtung ist anderer Meinung. Die Damen des Kommandanten stopfen dem Mann, ehe er abgeführt wird, den Hals mit Zuckersachen voll. Sein ganzes Leben hat er sich von stinkenden Fischen genährt und muß jetzt Zuckersachen essen! Aber es wäre ja möglich, ich würde nichts einwenden, aber warum schafft man nicht einen neuen Filz an, wie ich ihn seit einem Vierteljahr erbitte. Wie kann man ohne Ekel diesen Filz in den Mund nehmen, an dem mehr als hundert Männer im Sterben gesaugt und gebissen haben?«

Der Verurteilte hatte den Kopf niedergelegt und sah friedlich aus, der Soldat war damit beschäftigt, mit dem Hemd des Verurteilten die Maschine zu putzen. Der Offizier ging zum Reisenden, der in irgendeiner Ahnung einen Schritt zurücktrat, aber der Offizier faßte ihn bei der Hand und zog ihn zur Seite. »Ich will einige Worte im Vertrauen mit Ihnen sprechen«, sagte er, »ich darf das doch?« »Gewiß«, sagte der Reisende und hörte mit gesenkten Augen zu.

»Dieses Verfahren und diese Hinrichtung, die Sie jetzt zu bewundern Gelegenheit haben, hat gegenwärtig in unserer Kolonie keinen offenen Anhänger mehr. Ich bin ihr einziger Vertreter, gleichzeitig der einzige Vertreter des Erbes des alten Kommandanten. An einen weiteren Ausbau des Verfahrens kann ich nicht mehr denken, ich verbrauche alle meine Kräfte, um zu erhalten, was vorhanden ist. Als der alte Kommandant lebte, war die Kolonie von seinen Anhängern voll; die Überzeugungskraft des alten Kommandanten habe ich zum Teil, aber seine Macht fehlt mir ganz; infolgedessen haben sich die Anhänger verkrochen, es gibt noch viele, aber keiner gesteht es ein. Wenn Sie heute, also an einem Hinrichtungstag, ins Teehaus gehen und herumhorchen, werden Sie vielleicht nur zweideutige Äußerungen hören. Das sind lauter Anhänger, aber unter dem gegenwärtigen Kommandanten und bei seinen gegenwärtigen Anschauungen für mich ganz unbrauchbar. Und nun frage ich Sie: Soll wegen dieses Kommandanten und seiner Frauen, die ihn beeinflussen, ein solches Lebenswerk« – er zeigte auf die Maschine – »zugrunde gehen? Darf man das zulassen? Selbst wenn man nur als Fremder ein paar Tage auf unserer Insel ist? Es ist aber keine Zeit zu verlieren, man bereitet etwas gegen meine Gerichtsbarkeit vor; es finden schon Beratungen in der Kommandantur statt, zu denen ich nicht zugezogen werde; sogar Ihr heutiger Besuch scheint mir für die ganze Lage bezeichnend; man ist feig und schickt Sie, einen Fremden, vor. – Wie war die Exekution anders in früherer Zeit! Schon einen Tag vor der Hinrichtung war das ganze Tal von Menschen überfüllt; alle kamen nur um zu sehen; früh am Morgen erschien der Kommandant mit seinen Damen; Fanfaren weckten den ganzen Lagerplatz; ich erstattete die Meldung, daß alles vorbereitet sei; die Gesellschaft – kein hoher Beamte durfte fehlen – ordnete sich um die Maschine; dieser Haufen Rohrsessel ist ein armseliges Überbleibsel aus jener Zeit. Die Maschine glänzte frisch geputzt, fast zu jeder Exekution nahm ich neue Ersatzstücke. Vor Hunderten Augen – alle Zuschauer standen auf den Fußspitzen bis dort zu den Anhöhen – wurde der Verurteilte vom Kommandanten selbst unter die Egge gelegt. Was heute ein gemeiner Soldat tun darf, war damals meine, des Gerichtspräsidenten, Arbeit und ehrte mich. Und nun begann die Exekution! Kein Mißton störte die Arbeit der Maschine. Manche sahen nun gar nicht mehr zu, sondern lagen mit geschlossenen Augen im Sand; alle wußten: jetzt geschieht Gerechtigkeit. In der Stille hörte man nur das Seufzen des Verurteilten, gedämpft durch den Filz. Heute gelingt es der Maschine nicht mehr, dem Verurteilten ein stärkeres Seufzen auszupressen, als der Filz noch ersticken kann; damals aber tropften die schreibenden Nadeln eine beizende Flüssigkeit aus, die heute nicht mehr verwendet werden darf. Nun, und dann kam die sechste Stunde! Es war unmöglich, allen die Bitte, aus der Nähe zuschauen zu dürfen, zu gewähren. Der Kommandant in seiner Einsicht ordnete an, daß vor allem die Kinder berücksichtigt werden sollten; ich allerdings durfte kraft meines Berufes immer dabeistehen, oft hockte ich dort, zwei kleine Kinder rechts und links in meinen Armen. Wie nahmen wir alle den Ausdruck der Verklärung von dem gemarterten Gesicht, wie hielten wir unsere Wangen in den Schein dieser endlich erreichten und schon vergehenden Gerechtigkeit! Was für Zeiten, mein Kamerad!« Der Offizier hatte offenbar vergessen, wer vor ihm stand; er hatte den Reisenden umarmt und den Kopf auf seine Schulter gelegt. Der Reisende war in großer Verlegenheit, ungeduldig sah er über den Offizier hinweg. Der Soldat hatte die Reinigungsarbeit beendet und jetzt noch aus einer Büchse Reisbrei in den Napf geschüttet. Kaum merkte dies der Verurteilte, der sich schon vollständig erholt zu haben schien, als er mit der Zunge nach dem Brei zu schnappen begann. Der Soldat stieß ihn immer wieder weg, denn der Brei war wohl für eine spätere Zeit bestimmt, aber ungehörig war es jedenfalls auch, daß der Soldat mit seinen schmutzigen Händen hineingriff und vor dem gierigen Verurteilten davon aß.

Der Offizier faßte sich schnell. »Ich wollte Sie nicht etwa rühren«, sagte er, »ich weiß, es ist unmöglich, jene Zeiten heute begreiflich zu machen. Im übrigen arbeitet die Maschine noch und wirkt für sich. Sie wirkt für sich, auch wenn sie allein in diesem Tal steht. Und die Leiche fällt zum Schluß noch immer in dem unbegreiflich sanften Flug in die Grube, auch wenn nicht, wie damals, Hunderte wie Fliegen um die Grube sich versammeln. Damals mußten wir ein starkes Geländer um die Grube anbringen, es ist längst weggerissen.«

Der Reisende wollte sein Gesicht dem Offizier entziehen und blickte ziellos herum. Der Offizier glaubte, er betrachte die Öde des Tales; er ergriff deshalb seine Hände, drehte sich um ihn, um seine Bücke zu erfassen, und fragte: »Merken Sie die Schande?«

Aber der Reisende schwieg. Der Offizier ließ für ein Weilchen von ihm ab; mit auseinandergestellten Beinen, die Hände in den Hüften, stand er still und blickte zu Boden. Dann lächelte er dem Reisenden aufmunternd zu und sagte: »Ich war gestern in Ihrer Nähe, als der Kommandant Sie einlud. Ich hörte die Einladung. Ich kenne den Kommandanten. Ich verstand sofort, was er mit der Einladung bezweckte. Trotzdem seine Macht groß genug wäre, um gegen mich einzuschreiten, wagt er es noch nicht, wohl aber will er mich Ihrem, dem Urteil eines angesehenen Fremden aussetzen. Seine Berechnung ist sorgfältig; Sie sind den zweiten Tag auf der Insel, Sie kannten den alten Kommandanten und seinen Gedankenkreis nicht, Sie sind in europäischen Anschauungen befangen, vielleicht sind Sie ein grundsätzlicher Gegner der Todesstrafe im allgemeinen und einer derartigen maschinellen Hinrichtungsart im besonderen, Sie sehen überdies, wie die Hinrichtung ohne öffentliche Anteilnahme, traurig, auf einer bereits etwas beschädigten Maschine vor sich geht – wäre es nun, alles dieses zusammengenommen (so denkt der Kommandant), nicht sehr leicht möglich, daß Sie mein Verfahren nicht für richtig halten? Und wenn Sie es nicht für richtig halten, werden Sie dies (ich rede noch immer im Sinne des Kommandanten) nicht verschweigen, denn Sie vertrauen doch gewiß Ihren vielerprobten Überzeugungen. Sie haben allerdings viele Eigentümlichkeiten vieler Völker gesehen und achten gelernt, Sie werden daher wahrscheinlich sich nicht mit ganzer Kraft, wie Sie es vielleicht in Ihrer Heimat tun würden, gegen das Verfahren aussprechen. Aber dessen bedarf der Kommandant gar nicht. Ein flüchtiges, ein bloß unvorsichtiges Wort genügt. Es muß gar nicht Ihrer Überzeugung entsprechen, wenn es nur scheinbar seinem Wunsche entgegenkommt. Daß er Sie mit aller Schlauheit ausfragen wird, dessen bin ich gewiß. Und seine Damen werden im Kreis herumsitzen und die Ohren spitzen; Sie werden etwa sagen: ›Bei uns ist das Gerichtsverfahren ein anderes‹, oder ›Bei uns wird der Angeklagte vor dem Urteil verhört‹, oder ›Bei uns gibt es auch andere Strafen als Todesstrafen‹, oder ›Bei uns gab es Folterungen nur im Mittelalter‹. Das alles sind Bemerkungen, die ebenso richtig sind, als sie Ihnen selbstverständlich erscheinen, unschuldige Bemerkungen, die mein Verfahren nicht antasten. Aber wie wird sie der Kommandant aufnehmen? Ich sehe ihn, den guten Kommandanten, wie er sofort den Stuhl beiseite schiebt und auf den Balkon eilt, ich sehe seine Damen, wie sie ihm nachströmen, ich höre seine Stimme – die Damen nennen sie eine Donnerstimme –, nun, und er spricht: ›Ein großer Forscher des Abendlandes, dazu bestimmt, das Gerichtsverfahren in allen Ländern zu überprüfen, hat eben gesagt, daß unser Verfahren nach altem Brauch ein unmenschliches ist. Nach diesem Urteil einer solchen Persönlichkeit ist es mir natürlich nicht mehr möglich, dieses Verfahren zu dulden. Mit dem heutigen Tage also ordne ich an – und so weiter.‹ Sie wollen eingreifen, Sie haben nicht das gesagt, was er verkündet, Sie haben mein Verfahren nicht unmenschlich genannt, im Gegenteil, Ihrer tiefen Einsicht entsprechend, halten Sie es für das menschlichste und menschenwürdigste, Sie bewundern auch diese Maschinerie – aber es ist zu spät; Sie kommen gar nicht auf den Balkon, der schon voll Damen ist; Sie wollen sich bemerkbar machen; Sie wollen schreien; aber eine Damenhand hält Ihnen den Mund zu – und ich und das Werk des alten Kommandanten sind verloren.«

Der Reisende mußte ein Lächeln unterdrücken; so leicht war also die Aufgabe, die er für so schwer gehalten hatte. Er sagte ausweichend: »Sie überschätzen meinen Einfluß; der Kommandant hat mein Empfehlungsschreiben gelesen, er weiß, daß ich kein Kenner der gerichtlichen Verfahren bin. Wenn ich eine Meinung aussprechen würde, so wäre es die Meinung eines Privatmannes, um nichts bedeutender als die Meinung eines beliebigen anderen, und jedenfalls viel bedeutungsloser als die Meinung des Kommandanten, der in dieser Strafkolonie, wie ich zu wissen glaube, sehr ausgedehnte Rechte hat. Ist seine Meinung über dieses Verfahren eine so bestimmte, wie Sie glauben, dann, fürchte ich, ist allerdings das Ende dieses Verfahrens gekommen, ohne daß es meiner bescheidenen Mithilfe bedürfte.«

Begriff es schon der Offizier? Nein, er begriff noch nicht. Er schüttelte lebhaft den Kopf, sah kurz nach dem Verurteilten und dem Soldaten zurück, die zusammenzuckten und vom Reis abließen, ging ganz nahe an den Reisenden heran, blickte ihm nicht ins Gesicht, sondern irgendwohin auf seinen Rock und sagte leiser als früher: »Sie kennen den Kommandanten nicht; Sie stehen ihm und uns allen – verzeihen Sie den Ausdruck – gewissermaßen harmlos gegenüber; Ihr Einfluß, glauben Sie mir, kann nicht hoch genug eingeschätzt werden. Ich war ja glückselig, als ich hörte, daß Sie allein der Exekution beiwohnen sollten. Diese Anordnung des Kommandanten sollte mich treffen, nun aber wende ich sie zu meinen Gunsten. Unabgelenkt von falschen Einflüsterungen und verächtlichen Blicken – wie sie bei größerer Teilnahme an der Exekution nicht hätten vermieden werden können – haben Sie meine Erklärungen angehört, die Maschine gesehen und sind nun im Begriffe, die Exekution zu besichtigen. Ihr Urteil steht gewiß schon fest; sollten noch kleine Unsicherheiten bestehen, so wird sie der Anblick der Exekution beseitigen. Und nun stelle ich an Sie die Bitte: helfen Sie mir gegenüber dem Kommandanten!«

Der Reisende ließ ihn nicht weiterreden. »Wie könnte ich denn das«, rief er aus, »das ist ganz unmöglich. Ich kann Ihnen ebensowenig nützen, als ich Ihnen schaden kann.«

»Sie können es«, sagte der Offizier. Mit einiger Befürchtung sah der Reisende, daß der Offizier die Fäuste ballte. »Sie können es«, wiederholte der Offizier noch dringender. »Ich habe einen Plan, der gelingen muß. Sie glauben, Ihr Einfluß genüge nicht. Ich weiß, daß er genügt. Aber zugestanden, daß Sie recht haben, ist es denn nicht notwendig, zur Erhaltung dieses Verfahrens alles, selbst das möglicherweise Unzureichende zu versuchen? Hören Sie also meinen Plan. Zu seiner Ausführung ist es vor allem nötig, daß Sie heute in der Kolonie mit Ihrem Urteil über das Verfahren möglichst zurückhalten. Wenn man Sie nicht geradezu fragt, dürfen Sie sich keinesfalls äußern; Ihre Äußerungen aber müssen kurz und unbestimmt sein; man soll merken, daß es Ihnen schwer wird, darüber zu sprechen, daß Sie verbittert sind, daß Sie, falls Sie offen reden sollten, geradezu in Verwünschungen ausbrechen müßten. Ich verlange nicht, daß Sie lügen sollen; keineswegs; Sie sollen nur kurz antworten, etwa: ›Ja, ich habe die Exekution gesehen‹, oder ›ja, ich habe alle Erklärungen gehört.‹ Nur das, nichts weiter. Für die Verbitterung, die man Ihnen anmerken soll, ist ja genügend Anlaß, wenn auch nicht im Sinne des Kommandanten. Er natürlich wird es vollständig mißverstehen und in seinem Sinne deuten. Darauf gründet sich mein Plan. Morgen findet in der Kommandantur unter dem Vorsitz des Kommandanten eine große Sitzung aller höheren Verwaltungsbeamten statt. Der Kommandant hat es natürlich verstanden, aus solchen Sitzungen eine Schaustellung zu machen. Es wurde eine Galerie gebaut, die mit Zuschauern immer besetzt ist. Ich bin gezwungen, an den Beratungen teilzunehmen, aber der Widerwille schüttelt mich. Nun werden Sie gewiß auf jeden Fall zu der Sitzung eingeladen werden; wenn Sie sich heute meinem Plane gemäß verhalten, wird die Einladung zu einer dringenden Bitte werden. Sollten Sie aber aus irgendeinem unerfindlichen Grunde doch nicht eingeladen werden, so müßten Sie allerdings die Einladung verlangen; daß Sie sie dann erhalten, ist zweifellos. Nun sitzen Sie also morgen mit den Damen in der Loge des Kommandanten. Er versichert sich öfters durch Blicke nach oben, daß Sie da sind. Nach verschiedenen gleichgültigen, lächerlichen, nur für die Zuhörer berechneten Verhandlungsgegenständen – meistens sind es Hafenbauten, immer wieder Hafenbauten! – kommt auch das Gerichtsverfahren zur Sprache. Sollte es von seiten des Kommandanten nicht oder nicht bald genug geschehen, so werde ich dafür sorgen, daß es geschieht. Ich werde aufstehen und die Meldung von der heutigen Exekution erstatten. Ganz kurz, nur diese Meldung. Eine solche Meldung ist zwar dort nicht üblich, aber ich tue es doch. Der Kommandant dankt mir, wie immer, mit freundlichem Lächeln, und nun, er kann sich nicht zurückhalten, erfaßt er die gute Gelegenheit. ›Es wurde eben‹, so oder ähnlich wird er sprechen, ›die Meldung von der Exekution erstattet. Ich möchte dieser Meldung nur hinzufügen, daß gerade dieser Exekution der große Forscher beigewohnt hat, von dessen unsere Kolonie so außerordentlich ehrenden Besuch Sie alle wissen. Auch unsere heutige Sitzung ist durch seine Anwesenheit in ihrer Bedeutung erhöht. Wollen wir nun nicht an diesen großen Forscher die Frage richten, wie er die Exekution nach altem Brauch und das Verfahren, das ihr vorausgeht, beurteilt?‹ Natürlich überall Beifallklatschen, allgemeine Zustimmung, ich bin der lauteste. Der Kommandant verbeugt sich vor Ihnen und sagt: ›Dann stelle ich im Namen aller die Frage.‹ Und nun treten Sie an die Brüstung. Legen Sie die Hände für alle sichtbar hin, sonst fassen sie die Damen und spielen mit den Fingern. – Und jetzt kommt endlich Ihr Wort. Ich weiß nicht, wie ich die Spannung der Stunden bis dahin ertragen werde. In Ihrer Rede müssen Sie sich keine Schranken setzen, machen Sie mit der Wahrheit Lärm, beugen Sie sich über die Brüstung, brüllen Sie, aber ja, brüllen Sie dem Kommandanten Ihre Meinung, Ihre unerschütterliche Meinung zu. Aber vielleicht wollen Sie das nicht, es entspricht nicht Ihrem Charakter, in Ihrer Heimat verhält man sich vielleicht in solchen Lagen anders, auch das ist richtig, auch das genügt vollkommen, stehen Sie gar nicht auf, sagen Sie nur ein paar Worte, flüstern

Sie sie, daß sie gerade noch die Beamten unter Ihnen hören, es genügt, Sie müssen gar nicht selbst von der mangelnden Teilnahme an der Exekution, von dem kreischenden Rad, dem zerrissenen Riemen, dem widerlichen Filz reden, nein, alles Weitere übernehme ich, und, glauben Sie, wenn meine Rede ihn nicht aus dem Saale jagt, so wird sie ihn auf die Knie zwingen, daß er bekennen muß: Alter Kommandant, vor dir beuge ich mich. – Das ist mein Plan; wollen Sie mir zu seiner Ausführung helfen? Aber natürlich wollen Sie, mehr als das, Sie müssen.« Und der Offizier faßte den Reisenden an beiden Armen und sah ihm schwer atmend ins Gesicht. Die letzten Sätze hatte er so geschrien, daß selbst der Soldat und der Verurteilte aufmerksam geworden waren; trotzdem sie nichts verstehen konnten, hielten sie doch im Essen inne und sahen kauend zum Reisenden hinüber.

Die Antwort, die er zu geben hatte, war für den Reisenden von allem Anfang an zweifellos; er hatte in seinem Leben zu viel erfahren, als daß er hier hätte schwanken können; er war im Grunde ehrlich und hatte keine Furcht. Trotzdem zögerte er jetzt im Anblick des Soldaten und des Verurteilten einen Atemzug lang. Schließlich aber sagte er, wie er mußte: »Nein.« Der Offizier blinzelte mehrmals mit den Augen, ließ aber keinen Blick von ihm. »Wollen Sie eine Erklärung?« fragte der Reisende. Der Offizier nickte stumm. »Ich bin ein Gegner dieses Verfahrens«, sagte nun der Reisende, »noch ehe Sie mich ins Vertrauen zogen – dieses Vertrauen werde ich natürlich unter keinen Umständen mißbrauchen – habe ich schon überlegt, ob ich berechtigt wäre, gegen dieses Verfahren einzuschreiten und ob mein Einschreiten auch nur eine kleine Aussicht auf Erfolg haben könnte. An wen ich mich dabei zuerst wenden müßte, war mir klar: an den Kommandanten natürlich. Sie haben es mir noch klarer gemacht, ohne aber etwa meinen Entschluß erst befestigt zu haben, im Gegenteil, Ihre ehrliche Überzeugung geht mir nahe, wenn sie mich auch nicht beirren kann.«

Der Offizier blieb stumm, wendete sich der Maschine zu, faßte eine der Messingstangen und sah dann, ein wenig zurückgebeugt, zum Zeichner hinauf, als prüfe er, ob alles in Ordnung sei. Der Soldat und der Verurteilte schienen sich miteinander befreundet zu haben; der Verurteilte machte, so schwierig dies bei der festen Einschnallung durchzuführen war, dem Soldaten Zeichen; der Soldat beugte sich zu ihm; der Verurteilte flüsterte ihm etwas zu, und der Soldat nickte.

Der Reisende ging dem Offizier nach und sagte: »Sie wissen noch nicht, was ich tun will. Ich werde meine Ansicht über das Verfahren dem Kommandanten zwar sagen, aber nicht in einer Sitzung, sondern unter vier Augen; ich werde auch nicht so lange hier bleiben, daß ich irgendeiner Sitzung beigezogen werden könnte; ich fahre schon morgen früh weg oder schiffe mich wenigstens ein.« Es sah nicht aus, als ob der Offizier zugehört hätte. »Das Verfahren hat Sie also nicht überzeugt«, sagte er für sich und lächelte, wie ein Alter über den Unsinn eines Kindes lächelt und hinter dem Lächeln sein eigenes wirkliches Nachdenken behält.

»Dann ist es also Zeit«, sagte er schließlich und blickte plötzlich mit hellen Augen, die irgendeine Aufforderung, irgendeinen Aufruf zur Beteiligung enthielten, den Reisenden an.

»Wozu ist es Zeit?« fragte der Reisende unruhig, bekam aber keine Antwort.

»Du bist frei«, sagte der Offizier zum Verurteilten in dessen Sprache. Dieser glaubte es zuerst nicht. »Nun, frei bist du«, sagte der Offizier. Zum erstenmal bekam das Gesicht des Verurteilten wirkliches Leben. War es Wahrheit? War es nur eine Laune des Offiziers, die vorübergehen konnte? Hatte der fremde Reisende ihm Gnade erwirkt? Was war es? So schien sein Gesicht zu fragen. Aber nicht lange. Was immer es sein mochte, er wollte, wenn er durfte, wirklich frei sein und er begann sich zu rütteln, soweit es die Egge erlaubte.

»Du zerreißt mir die Riemen«, schrie der Offizier, »sei ruhig! Wir öffnen sie schon.« Und er machte sich mit dem Soldaten, dem er ein Zeichen gab, an die Arbeit. Der Verurteilte lachte ohne Worte leise vor sich hin, bald wendete er das Gesicht links zum Offizier, bald rechts zum Soldaten, auch den Reisenden vergaß er nicht.

»Zieh ihn heraus«, befahl der Offizier dem Soldaten. Es mußte hiebei wegen der Egge einige Vorsicht angewendet werden. Der Verurteilte hatte schon infolge seiner Ungeduld einige kleine Rißwunden auf dem Rücken. Von jetzt ab kümmerte sich aber der Offizier kaum mehr um ihn. Er ging auf den Reisenden zu, zog wieder die kleine Ledermappe hervor, blätterte in ihr, fand schließlich das Blatt, das er suchte, und zeigte es dem Reisenden. »Lesen Sie«, sagte er. »Ich kann nicht«, sagte der Reisende, »ich sagte schon, ich kann diese Blätter nicht lesen.« »Sehen Sie das Blatt doch genau an«, sagte der Offizier und trat neben den Reisenden, um mit ihm zu lesen. Als auch das nichts half, fuhr er mit dem kleinen Finger in großer Höhe, als dürfe das Blatt auf keinen Fall berührt werden, über das Papier hin, um auf diese Weise dem Reisenden das Lesen zu erleichtern. Der Reisende gab sich auch Mühe, um wenigstens darin dem Offizier gefällig sein zu können, aber es war ihm unmöglich. Nun begann der Offizier die Aufschrift zu buchstabieren und dann las er sie noch einmal im Zusammenhang. »Sei gerecht! – heißt es«, sagte er, »jetzt können Sie es doch lesen.« Der Reisende beugte sich so tief über das Papier, daß der Offizier aus Angst vor einer Berührung es weiter entfernte; nun sagte der Reisende zwar nichts mehr, aber es war klar, daß er es noch immer nicht hatte lesen können. »Sei gerecht!‹ – heißt es«, sagte der Offizier nochmals. »Mag sein«, sagte der Reisende, »ich glaube es, daß es dort steht.« »Nun gut«, sagte der Offizier, wenigstens teilweise befriedigt, und stieg mit dem Blatt auf die Leiter; er bettete das Blatt mit großer Vorsicht im Zeichner und ordnete das Räderwerk scheinbar gänzlich um; es war eine sehr mühselige Arbeit, es mußte sich auch um ganz kleine Räder handeln, manchmal verschwand der Kopf des Offiziers völlig im Zeichner, so genau mußte er das Räderwerk untersuchen.

Der Reisende verfolgte von unten diese Arbeit ununterbrochen, der Hals wurde ihm steif, und die Augen schmerzten ihn von dem mit Sonnenlicht überschütteten Himmel. Der Soldat und der Verurteilte waren nur miteinander beschäftigt. Das Hemd und die Hose des Verurteilten, die schon in der Grube lagen, wurden vom Soldaten mit der Bajonettspitze herausgezogen. Das Hemd war entsetzlich schmutzig, und der Verurteilte wusch es in dem Wasserkübel. Als er dann Hemd und Hose anzog, mußte der Soldat wie der Verurteilte laut lachen, denn die Kleidungsstücke waren doch hinten entzweigeschnitten. Vielleicht glaubte der Verurteilte, verpflichtet zu sein, den Soldaten zu unterhalten, er drehte sich in der zerschnittenen Kleidung im Kreise vor dem Soldaten, der auf dem Boden hockte und lachend auf seine Knie schlug. Immerhin bezwangen sie sich noch mit Rücksicht auf die Anwesenheit der Herren.

Als der Offizier oben endlich fertiggeworden war, überblickte er noch einmal lächelnd das Ganze in allen seinen Teilen, schlug diesmal den Deckel des Zeichners zu, der bisher offen gewesen war, stieg hinunter, sah in die Grube und dann auf den Verurteilten, merkte befriedigt, daß dieser seine Kleidung herausgenommen hatte, ging dann zu dem Wasserkübel, um die Hände zu waschen, erkannte zu spät den widerlichen Schmutz, war traurig darüber, daß er nun die Hände nicht waschen konnte, tauchte sie schließlich – dieser Ersatz genügte ihm nicht, aber er mußte sich fügen – in den Sand, stand dann auf und begann seinen Uniformrock aufzuknöpfen. Hierbei fielen ihm zunächst die zwei Damentaschentücher, die er hinter den Kragen gezwängt hatte, in die Hände. »Hier hast du deine Taschentücher«, sagte er und warf sie dem Verurteilten zu. Und zum Reisenden sagte er erklärend: »Geschenke der Damen.«

Trotz der offenbaren Eile, mit der er den Uniformrock auszog und sich dann vollständig entkleidete, behandelte er doch jedes Kleidungsstück sehr sorgfältig, über die Silberschnüre an seinem Waffenrock strich er sogar eigens mit den Fingern hin und schüttelte eine Troddel zurecht. Wenig paßte es allerdings zu dieser Sorgfalt, daß er, sobald er mit der Behandlung eines Stückes fertig war, es dann sofort mit einem unwilligen Ruck in die Grube warf. Das letzte, was ihm übrigblieb, war sein kurzer Degen mit dem Tragriemen. Er zog den Degen aus der Scheide, zerbrach ihn, faßte dann alles zusammen, die Degenstücke, die Scheide und den Riemen, und warf es so heftig weg, daß es unten in der Grube aneinanderklang.

Nun stand er nackt da. Der Reisende biß sich auf die Lippen und sagte nichts. Er wußte zwar, was geschehen würde, aber er hatte kein Recht, den Offizier an irgend etwas zu hindern. War das Gerichtsverfahren, an dem der Offizier hing, wirklich so nahe daran, behoben zu werden – möglicherweise infolge des Einschreitens des Reisenden, zu dem sich dieser seinerseits verpflichtet fühlte – dann handelte jetzt der Offizier vollständig richtig; der Reisende hätte an seiner Stelle nicht anders gehandelt.

Der Soldat und der Verurteilte verstanden zuerst nichts, sie sahen anfangs nicht einmal zu. Der Verurteilte war sehr erfreut darüber, die Taschentücher zurückerhalten zu haben, aber er durfte sich nicht lange an ihnen freuen, denn der Soldat nahm sie ihm mit einem raschen, nicht vorherzusehenden Griff. Nun versuchte wieder der Verurteilte, dem Soldaten die Tücher hinter dem Gürtel, hinter dem er sie verwahrt hatte, hervorzuziehen, aber der Soldat war wachsam. So stritten sie in halbem Scherz. Erst als der Offizier vollständig nackt war, wurden sie aufmerksam. Besonders der Verurteilte schien von der Ahnung irgendeines großen Umschwungs getroffen zu sein. Was ihm geschehen war, geschah nun dem Offizier. Vielleicht würde es so bis zum Äußersten gehen. Wahrscheinlich hatte der fremde Reisende den Befehl dazu gegeben. Das war also Rache. Ohne selbst bis zum Ende gelitten zu haben, wurde er doch bis zum Ende gerächt. Ein breites, lautloses Lachen erschien nun auf seinem Gesicht und verschwand nicht mehr.

Der Offizier aber hatte sich der Maschine zugewendet. Wenn es schon früher deutlich gewesen war, daß er die Maschine gut verstand, so konnte es jetzt einen fast bestürzt machen, wie er mit ihr umging und wie sie gehorchte. Er hatte die Hand der Egge nur genähert, und sie hob und senkte sich mehrmals, bis sie die richtige Lage erreicht hatte, um ihn zu empfangen; er faßte das Bett nur am Rande, und es fing schon zu zittern an; der Filzstumpf kam seinem Mund entgegen, man sah, wie der Offizier ihn eigentlich nicht haben wollte, aber das Zögern dauerte nur einen Augenblick, gleich fügte er sich und nahm ihn auf. Alles war bereit, nur die Riemen hingen noch an den Seiten hinunter, aber sie waren offenbar unnötig, der Offizier mußte nicht angeschnallt sein. Da bemerkte der Verurteilte die losen Riemen, seiner Meinung nach war die Exekution nicht vollkommen, wenn die Riemen nicht festgeschnallt waren, er winkte eifrig dem Soldaten, und sie liefen hin, den Offizier anzuschnallen. Dieser hatte schon den einen Fuß ausgestreckt, um in die Kurbel zu stoßen, die den Zeichner in Gang bringen sollte; da sah er, daß die zwei gekommen waren, er zog daher den Fuß zurück und ließ sich anschnallen. Nun konnte er allerdings die Kurbel nicht mehr erreichen; weder der Soldat noch der Verurteilte würden sie auffinden, und der Reisende war entschlossen, sich nicht zu rühren. Es war nicht nötig; kaum waren die Riemen angebracht, fing auch schon die Maschine zu arbeiten an; das Bett zitterte, die Nadeln tanzten auf der Haut, die Egge schwebte auf und ab. Der Reisende hatte schon eine Weile hingestarrt, ehe er sich erinnerte, daß ein Rad im Zeichner hätte kreischen sollen; aber alles war still, nicht das geringste Surren war zu hören.

Durch diese stille Arbeit entschwand die Maschine förmlich der Aufmerksamkeit. Der Reisende sah zu dem Soldaten und dem Verurteilten hinüber. Der Verurteilte war der lebhaftere, alles an der Maschine interessierte ihn, bald beugte er sich nieder, bald streckte er sich, immerfort hatte er den Zeigefinger ausgestreckt, um dem Soldaten etwas zu zeigen. Dem Reisenden war es peinlich. Er war entschlossen, hier bis zum Ende zu bleiben, aber den Anblick der zwei hätte er nicht lange ertragen. »Geht nach Hause«, sagte er. Der Soldat wäre dazu vielleicht bereit gewesen, aber der Verurteilte empfand den Befehl geradezu als Strafe. Er bat flehentlich mit gefalteten Händen, ihn hier zu lassen, und als der Reisende kopfschüttelnd nicht nachgeben wollte, kniete er sogar nieder. Der Reisende sah, daß Befehle hier nichts halfen, er wollte hinüber und die zwei vertreiben. Da hörte er oben im Zeichner ein Geräusch. Er sah hinauf. Störte also das eine Zahnrad doch? Aber es war etwas anderes. Langsam hob sich der Dekkel des Zeichners und klappte dann vollständig auf. Die Zacken eines Zahnrades zeigten und hoben sich, bald erschien das ganze Rad, es war, als presse irgendeine große Macht den Zeichner zusammen, so daß für dieses Rad kein Platz mehr übrig blieb, das Rad drehte sich bis zum Rand des Zeichners, fiel hinunter, kollerte aufrecht ein Stück im Sand und blieb dann liegen. Aber schon stieg oben ein anderes auf, ihm folgten viele, große, kleine und kaum zu unterscheidende, mit allen geschah dasselbe, immer glaubte man, nun müsse der Zeichner jedenfalls schon entleert sein, da erschien eine neue, besonders zahlreiche Gruppe, stieg auf, fiel hinunter, kollerte im Sand und legte sich. Über diesem Vorgang vergaß der Verurteilte ganz den Befehl des Reisenden, die Zahnräder entzückten ihn völlig, er wollte immer eines fassen, trieb gleichzeitig den Soldaten an, ihm zu helfen, zog aber erschreckt die Hand zurück, denn es folgte gleich ein anderes Rad, das ihn, wenigstens im ersten Anrollen, erschreckte.

Der Reisende dagegen war sehr beunruhigt; die Maschine ging offenbar in Trümmer; ihr ruhiger Gang war eine Täuschung; er hatte das Gefühl, als müsse er sich jetzt des Offiziers annehmen, da dieser nicht mehr für sich selbst sorgen konnte. Aber während der Fall der Zahnräder seine ganze Aufmerksamkeit beanspruchte, hatte er versäumt, die übrige Maschine zu beaufsichtigen; als er jedoch jetzt, nachdem das letzte Zahnrad den Zeichner verlassen hatte, sich über die Egge beugte, hatte er eine neue, noch ärgere Überraschung. Die Egge schrieb nicht, sie stach nur, und das Bett wälzte den Körper nicht, sondern hob ihn nur zitternd in die Nadeln hinein. Der Reisende wollte eingreifen, möglicherweise das Ganze zum Stehen bringen, das war ja keine Folter, wie sie der Offizier erreichen wollte, das war unmittelbarer Mord. Er streckte die Hände aus. Da hob sich aber schon die Egge mit dem aufgespießten Körper zur Seite, wie sie es sonst erst in der zwölften Stunde tat. Das Blut floß in hundert Strömen, nicht mit Wasser vermischt, auch die Wasserröhrchen hatten diesmal versagt. Und nun versagte noch das letzte, der Körper löste sich von den langen Nadeln nicht, strömte sein Blut aus, hing aber über der Grube, ohne zu fallen. Die Egge wollte schon in ihre alte Lage zurückkehren, aber als merke sie selbst, daß sie von ihrer Last noch nicht befreit sei, blieb sie doch über der Grube. »Helft doch!« schrie der Reisende zum Soldaten und zum Verurteilten hinüber und faßte selbst die Füße des Offiziers. Er wollte sich hier gegen die Füße drücken, die zwei sollten auf der anderen Seite den Kopf des Offiziers fassen, und so sollte er langsam von den Nadeln gehoben werden. Aber nun konnten sich die zwei nicht entschließen zu kommen; der Verurteilte drehte sich geradezu um; der Reisende mußte zu ihnen hinübergehen und sie mit Gewalt zu dem Kopf des Offiziers drängen. Hierbei sah er fast gegen Willen das Gesicht der Leiche. Es war, wie es im Leben gewesen war; kein Zeichen der versprochenen Erlösung war zu entdecken; was alle anderen in der Maschine gefunden hatten, der Offizier fand es nicht; die Lippen waren fest zusammengedrückt, die Augen waren offen, hatten den Ausdruck des Lebens, der Blick war ruhig und überzeugt, durch die Stirn ging die Spitze des großen eisernen Stachels.

Als der Reisende, mit dem Soldaten und dem Verurteilten hinter sich, zu den ersten Häusern der Kolonie kam, zeigte der Soldat auf eins und sagte: »Hier ist das Teehaus.«

Im Erdgeschoß eines Hauses war ein tiefer, niedriger, höhlenartiger, an den Wänden und an der Decke verräucherter Raum. Gegen die Straße zu war er in seiner ganzen Breite offen. Trotzdem sich das Teehaus von den übrigen Häusern der Kolonie, die bis auf die Palastbauten der Kommandantur alle sehr verkommen waren, wenig unterschied, übte es auf den Reisenden doch den Eindruck einer historischen Erinnerung aus, und er fühlte die Macht der früheren Zeiten. Er trat näher heran, ging, gefolgt von seinen Begleitern, zwischen den unbesetzten Tischen hindurch, die vor dem Teehaus auf der Straße standen, und atmete die kühle, dumpfige Luft ein, die aus dem Innern kam. »Der Alte ist hier begraben«, sagte der Soldat, »ein Platz auf dem Friedhof ist ihm vom Geistlichen verweigert worden. Man war eine Zeitlang unentschlossen, wo man ihn begraben sollte, schließlich hat man ihn hier begraben. Davon hat Ihnen der Offizier gewiß nichts erzählt, denn dessen hat er sich natürlich am meisten geschämt. Er hat sogar einigemal in der Nacht versucht, den Alten auszugraben, er ist aber immer verjagt worden.« »Wo ist das Grab?« fragte der Reisende, der dem Soldaten nicht glauben konnte. Gleich liefen beide, der Soldat wie der Verurteilte, vor ihm her und zeigten mit ausgestreckten Händen dorthin, wo sich das Grab befinden sollte. Sie führten den Reisenden bis zur Rückwand, wo an einigen Tischen Gäste saßen. Es waren wahrscheinlich Hafenarbeiter, starke Männer mit kurzen, glänzend schwarzen Vollbärten. Alle waren ohne Rock, ihre Hemden waren zerrissen, es war armes, gedemütigtes Volk. Als sich der Reisende näherte, erhoben sich einige, drückten sich an die Wand und sahen ihm entgegen. »Es ist ein Fremder«, flüsterte es um den Reisenden herum, »er will das Grab ansehen.« Sie schoben einen der Tische beiseite, unter dem sich wirklich ein Grabstein befand. Es war ein einfacher Stein, niedrig genug, um unter einem Tisch verborgen werden zu können. Er trug eine Aufschrift mit sehr kleinen Buchstaben, der Reisende mußte, um sie zu lesen, niederknien. Sie lautete: ›Hier ruht der alte Kommandant. Seine Anhänger, die jetzt keinen Namen tragen dürfen, haben ihm das Grab gegraben und den Stein gesetzt. Es besteht eine Prophezeiung, daß der Kommandant nach einer bestimmten Anzahl von Jahren auferstehen und aus diesem Hause seine Anhänger zur Wiedereroberung der Kolonie führen wird. Glaubet und wartet!‹ Als der Reisende das gelesen hatte und sich erhob, sah er rings um sich die Männer stehen und lächeln, als hätten sie mit ihm die Aufschrift gelesen, sie lächerlich gefunden und forderten ihn auf, sich ihrer Meinung anzuschließen. Der Reisende tat, als merke er das nicht, verteilte einige Münzen unter sie, wartete noch bis der Tisch über das Grab geschoben war, verließ das Teehaus und ging zum Hafen. Der Soldat und der Verurteilte hatten im Teehaus Bekannte gefunden, die sie zurückhielten. Sie mußten sich aber bald von ihnen losgerissen haben, denn der Reisende befand sich erst in der Mitte der langen Treppe, die zu den Booten führte, als sie ihm schon nachliefen. Sie wollten wahrscheinlich den Reisenden im letzten Augenblick zwingen, sie mitzunehmen. Während der Reisende unten mit einem Schiffer wegen der Überfahrt zum Dampfer unterhandelte, rasten die zwei die Treppe hinab, schweigend, denn zu schreien wagten sie nicht. Aber als sie unten ankamen, war der Reisende schon im Boot, und der Schiffer löste es gerade vom Ufer. Sie hätten noch ins Boot springen können, aber der Reisende hob ein schweres, geknotetes Tau vom Boden, drohte ihnen damit und hielt sie dadurch von dem Sprunge ab.

Ein Hungerkünstler

Vier Geschichten

ERSTES LEID

Ein Trapezkünstler – bekanntlich ist diese hoch in den Kuppeln der großen Varietébühnen ausgeübte Kunst eine der schwierigsten unter allen, Menschen erreichbaren – hatte, zuerst nur aus dem Streben nach Vervollkommnung, später auch aus tyrannisch gewordener Gewohnheit sein Leben derart eingerichtet, daß er, solange er im gleichen Unternehmen arbeitete, Tag und Nacht auf dem Trapez blieb. Allen seinen, übrigens sehr geringen Bedürfnissen wurde durch einander ablösende Diener entsprochen, welche unten wachten und alles, was oben benötigt wurde, in eigens konstruierten Gefäßen hinauf- und hinabzogen. Besondere Schwierigkeiten für die Umwelt ergaben sich aus dieser Lebensweise nicht; nur während der sonstigen Programm-Nummern war es ein wenig störend, daß er, wie sich nicht verbergen ließ, oben geblieben war und daß, trotzdem er sich in solchen Zeiten meist ruhig verhielt, hie und da ein Blick aus dem Publikum zu ihm abirrte. Doch verziehen ihm dies die Direktionen, weil er ein außerordentlicher, unersetzlicher Künstler war. Auch sah man natürlich ein, daß er nicht aus Mutwillen so lebte, und eigentlich nur so sich in dauernder Übung erhalten, nur so seine Kunst in ihrer Vollkommenheit bewahren konnte.

Doch war es oben auch sonst gesund, und wenn in der wärmeren Jahreszeit in der ganzen Runde der Wölbung die Seitenfenster aufgeklappt wurden und mit der frischen Luft die Sonne mächtig in den dämmernden Raum eindrang, dann war es dort sogar schön. Freilich, sein menschlicher Verkehr war eingeschränkt, nur manchmal kletterte auf der Strickleiter ein Turnerkollege zu ihm hinauf, dann saßen sie beide auf dem Trapez, lehnten rechts und links an den Haltestricken und plauderten, oder es verbesserten Bauarbeiter das Dach und wechselten einige Worte mit ihm durch ein offenes Fenster, oder es überprüfte der Feuerwehrmann die Notbeleuchtung auf der obersten Galerie und rief ihm etwas Respektvolles, aber wenig Verständliches zu. Sonst blieb es um ihn still; nachdenklich sah nur manchmal irgendein Angestellter, der sich etwa am Nachmittag in das leere Theater verirrte, in die dem Blick sich fast entziehende Höhe empor, wo der Trapezkünstler, ohne wissen zu können, daß jemand ihn beobachtete, seine Künste trieb oder ruhte.

So hätte der Trapezkünstler ungestört leben können, wären nicht die unvermeidlichen Reisen von Ort zu Ort gewesen, die ihm äußerst lästig waren. Zwar sorgte der Impresario dafür, daß der Trapezkünstler von jeder unnötigen Verlängerung seiner Leiden verschont blieb: für die Fahrten in den Städten benützte man Rennautomobile, mit denen man, womöglich in der Nacht oder in den frühesten Morgenstunden, durch die menschenleeren Straßen mit letzter Geschwindigkeit jagte, aber freilich zu langsam für des Trapezkünstlers Sehnsucht; im Eisenbahnzug war ein ganzes Kupee bestellt, in welchem der Trapezkünstler, zwar in kläglichem, aber doch irgendeinem Ersatz seiner sonstigen Lebensweise die Fahrt oben im Gepäcknetz zubrachte; im nächsten Gastspielort war im Theater lange vor der Ankunft des Trapezkünstlers das Trapez schon an seiner Stelle, auch waren alle zum Theaterraum führenden Türen weit geöffnet, alle Gänge frei gehalten – aber es waren doch immer die schönsten Augenblicke im Leben des Impresario, wenn der Trapezkünstler dann den Fuß auf die Strickleiter setzte und im Nu, endlich, wieder oben an seinem Trapez hing.

So viele Reisen nun auch schon dem Impresario geglückt waren, jede neue war ihm doch wieder peinlich, denn die Reisen waren, von allem anderen abgesehen, für die Nerven des Trapezkünstlers jedenfalls zerstörend.

So fuhren sie wieder einmal miteinander, der Trapezkünstler lag im Gepäcknetz und träumte, der Impresario lehnte in der Fensterecke gegenüber und las ein Buch, da redete ihn der Trapezkünstler leise an. Der Impresario war gleich zu seinen Diensten. Der Trapezkünstler sagte, die Lippen beißend, er müsse jetzt für sein Turnen, statt des bisherigen einen, immer zwei Trapeze haben, zwei Trapeze einander gegenüber. Der Impresario war damit sofort einverstanden. Der Trapezkünstler aber, so als wolle er es zeigen, daß hier die Zustimmung des Impresario ebenso bedeutungslos sei, wie es etwa sein Widerspruch wäre, sagte, daß er nun niemals mehr und unter keinen Umständen nur auf einem Trapez turnen werde. Unter der Vorstellung, daß es vielleicht doch einmal geschehen könnte, schien er zu schaudern. Der Impresario erklärte, zögernd und beobachtend, nochmals sein volles Einverständnis, zwei Trapeze seien besser als eines, auch sonst sei diese neue Einrichtung vorteilhaft, sie mache die Produktion abwechslungsreicher. Da fing der Trapezkünstler plötzlich zu weinen an. Tief erschrocken sprang der Impresario auf und fragte, was denn geschehen sei, und da er keine Antwort bekam, stieg er auf die Bank, streichelte ihn und drückte sein Gesicht an das eigene, so daß er auch von des Trapezkünstlers Tränen überflossen wurde. Aber erst nach vielen Fragen und Schmeichelworten sagte der Trapezkünstler schluchzend: »Nur diese eine Stange in den Händen – wie kann ich denn leben!« Nun war es dem Impresario schon leichter, den Trapezkünstler zu trösten; er versprach, gleich aus der nächsten Station an den nächsten Gastspielort wegen des zweiten Trapezes zu telegrafieren; machte sich Vorwürfe, daß er den Trapezkünstler so lange Zeit nur auf einem Trapez hatte arbeiten lassen, und dankte ihm und lobte ihn sehr, daß er endlich auf den Fehler aufmerksam gemacht hatte. So gelang es dem Impresario, den Trapezkünstler langsam zu beruhigen, und er konnte wieder zurück in seine Ecke gehen. Er selbst aber war nicht beruhigt, mit schwerer Sorge betrachtete er heimlich über das Buch hinweg den Trapezkünstler. Wenn ihn einmal solche Gedanken zu quälen begannen, konnten sie je gänzlich aufhören? Mußten sie sich nicht immerfort steigern? Waren sie nicht existenzbedrohend? Und wirklich glaubte der Impresario zu sehn, wie jetzt im scheinbar ruhigen Schlaf, in welchen das Weinen geendet hatte, die ersten Falten auf des Trapezkünstlers glatter Kinderstirn sich einzuzeichnen begannen.

EINE KLEINE FRAU

Es ist eine kleine Frau; von Natur aus recht schlank, ist sie doch stark geschnürt; ich sehe sie immer im gleichen Kleid, es ist aus gelblichgrauem, gewissermaßen holzfarbigem Stoff und ist ein wenig mit Troddeln oder knopfartigen Behängen von gleicher Farbe versehen; sie ist immer ohne Hut, ihr stumpfblondes Haar ist glatt und nicht unordentlich, aber sehr locker gehalten. Trotzdem sie geschnürt ist, ist sie doch leicht beweglich, sie übertreibt freilich diese Beweglichkeit, gern hält sie die Hände in den Hüften und wendet den Oberkörper mit einem Wurf überraschend schnell seitlich. Den Eindruck, den ihre Hand auf mich macht, kann ich nur wiedergeben, wenn ich sage, daß ich noch keine Hand gesehen habe, bei der die einzelnen Finger derart scharf voneinander abgegrenzt wären, wie bei der ihren; doch hat ihre Hand keineswegs irgendeine anatomische Merkwürdigkeit, es ist eine völlig normale Hand.

Diese kleine Frau nun ist mit mir sehr unzufrieden, immer hat sie etwas an mir auszusetzen, immer geschieht ihr Unrecht von mir, ich ärgere sie auf Schritt und Tritt; wenn man das Leben in allerkleinste Teile teilen und jedes Teilchen gesondert beurteilen könnte, wäre gewiß jedes Teilchen meines Lebens für sie ein Ärgernis. Ich habe oft darüber nachgedacht, warum ich sie denn so ärgere; mag sein, daß alles an mir ihrem Schönheitssinn, ihrem Gerechtigkeitsgefühl, ihren Gewohnheiten, ihren Überlieferungen, ihren Hoffnungen widerspricht, es gibt derartige einander widersprechende Naturen, aber warum leidet sie so sehr darunter? Es besteht ja gar keine Beziehung zwischen uns, die sie zwingen würde, durch mich zu leiden. Sie müßte sich nur entschließen, mich als völlig Fremden anzusehn, der ich ja auch bin und der ich gegen einen solchen Entschluß mich nicht wehren, sondern ihn sehr begrüßen würde, sie müßte sich nur entschließen, meine Existenz zu vergessen, die ich ihr ja niemals aufgedrängt habe oder aufdrängen würde – und alles Leid wäre offenbar vorüber. Ich sehe hiebei ganz von mir ab und davon, daß ihr Verhalten natürlich auch mir peinlich ist, ich sehe davon ab, weil ich ja wohl erkenne, daß alle diese Peinlichkeit nichts ist im Vergleich mit ihrem Leid. Wobei ich mir allerdings durchaus dessen bewußt bin, daß es kein hebendes Leid ist; es liegt ihr gar nichts daran, mich wirklich zu bessern, zumal ja auch alles, was sie an mir aussetzt, nicht von einer derartigen Beschaffenheit ist, daß mein Fortkommen dadurch gestört würde. Aber mein Fortkommen kümmert sie eben auch nicht, sie kümmert nichts anderes als ihr persönliches Interesse, nämlich die Qual zu rächen, die ich ihr bereite, und die Qual, die ihr in Zukunft von mir droht, zu verhindern. Ich habe schon einmal versucht, sie darauf hinzuweisen, wie diesem fortwährenden Ärger am besten ein Ende gemacht werden könnte, doch habe ich sie gerade dadurch in eine derartige Aufwallung gebracht, daß ich den Versuch nicht mehr wiederholen werde.

Auch liegt ja, wenn man will, eine gewisse Verantwortung auf mir, denn so fremd mir die kleine Frau auch ist, und so sehr die einzige Beziehung, die zwischen uns besteht, der Ärger ist, den ich ihr bereite, oder vielmehr der Ärger, den sie sich von mir bereiten läßt, dürfte es mir doch nicht gleichgültig sein, wie sie sichtbar unter diesem Ärger auch körperlich leidet. Es kommen hie und da, sich mehrend in letzter Zeit, Nachrichten zu mir, daß sie wieder einmal am Morgen bleich, übernächtig, von Kopfschmerzen gequält und fast arbeitsunfähig gewesen sei; sie macht damit ihren Angehörigen Sorgen, man rät hin und her nach den Ursachen ihres Zustandes und hat sie bisher noch nicht gefunden. Ich allein kenne sie, es ist der alte und immer neue Ärger. Nun teile ich freilich die Sorgen ihrer Angehörigen nicht; sie ist stark und zäh; wer sich so zu ärgern vermag, vermag wahrscheinlich auch die Folgen des Ärgers zu überwinden, ich habe sogar den Verdacht, daß sie sich – wenigstens zum Teil – nur leidend stellt, um auf diese Weise den Verdacht der Welt auf mich hinzulenken. Offen zu sagen, wie ich sie durch mein Dasein quäle, ist sie zu stolz; an andere meinetwegen zu appellieren, würde sie als eine Herabwürdigung ihrer selbst empfinden; nur aus Widerwillen, aus einem nicht aufhörenden, ewig sie antreibenden Widerwillen beschäftigt sie sich mit mir; diese unreine Sache auch noch vor der Öffentlichkeit zu besprechen, das wäre für ihre Scham zu viel. Aber es ist doch auch zu viel, von der Sache ganz zu schweigen, unter deren unaufhörlichem Druck sie steht. Und so versucht sie in ihrer Frauenschlauheit einen Mittelweg; schweigend, nur durch die äußern Zeichen eines geheimen Leides will sie die Angelegenheit vor das Gericht der Öffentlichkeit bringen. Vielleicht hofft sie sogar, daß, wenn die Öffentlichkeit einmal ihren vollen Blick auf mich richtet, ein allgemeiner öffentlicher Ärger gegen mich entstehen und mit seinen großen Machtmitteln mich bis zur vollständigen Endgültigkeit viel kräftiger und schneller richten wird, als es ihr verhältnismäßig doch schwacher privater Ärger imstande ist; dann aber wird sie sich zurückziehen, aufatmen und mir den Rücken kehren. Nun, sollten dies wirklich ihre Hoffnungen sein, so täuscht sie sich. Die Öffentlichkeit wird nicht ihre Rolle übernehmen; die Öffentlichkeit wird niemals so unendlich viel an mir auszusetzen haben, auch wenn sie mich unter ihre stärkste Lupe nimmt. Ich bin kein so unnützer Mensch, wie sie glaubt; ich will mich nicht rühmen und besonders nicht in diesem Zusammenhang; wenn ich aber auch nicht durch besondere Brauchbarkeit ausgezeichnet sein sollte, werde ich doch auch gewiß nicht gegenteilig auffallen; nur für sie, für ihre fast weißstrahlenden Augen bin ich so, niemanden andern wird sie davon überzeugen können. Also könnte ich in dieser Hinsicht völlig beruhigt sein? Nein, doch nicht; denn wenn es wirklich bekannt wird, daß ich sie geradezu krank mache durch mein Benehmen, und einige Aufpasser, eben die fleißigsten Nachrichtenüberbringer, sind schon nahe daran, es zu durchschauen oder sie stellen sich wenigstens so, als durchschauten sie es, und es kommt die Welt und wird mir die Frage stellen, warum ich denn die arme kleine Frau durch meine Unverbesserlichkeit quäle und ob ich sie etwa bis in den Tod zu treiben beabsichtige und wann ich endlich die Vernunft und das einfache menschliche Mitgefühl haben werde, damit aufzuhören – wenn mich die Welt so fragen wird, es wird schwer sein, ihr zu antworten. Soll ich dann eingestehn, daß ich an jene Krankheitszeichen nicht sehr glaube, und soll ich damit den unangenehmen Eindruck hervorrufen, daß ich, um von einer Schuld loszukommen, andere beschuldige und gar in so unfeiner Weise? Und könnte ich etwa gar offen sagen, daß ich, selbst wenn ich an ein wirkliches Kranksein glaubte, nicht das geringste Mitgefühl hätte, da mir ja die Frau völlig fremd ist und die Beziehung, die zwischen uns besteht, nur von ihr hergestellt ist und nur von ihrer Seite aus besteht. Ich will nicht sagen, daß man mir nicht glauben würde; man würde mir vielmehr weder glauben noch nicht glauben; man käme gar nicht so weit, daß davon die Rede sein könnte; man würde lediglich die Antwort registrieren, die ich hinsichtlich einer schwachen, kranken Frau gegeben habe, und das wäre wenig günstig für mich. Hier wie bei jeder andern Antwort wird mir eben hartnäckig in die Quere kommen die Unfähigkeit der Welt, in einem Fall wie diesem den Verdacht einer Liebesbeziehung nicht aufkommen zu lassen, trotzdem es bis zur äußersten Deutlichkeit zutage liegt, daß eine solche Beziehung nicht besteht und daß, wenn sie bestehen würde, sie eher noch von mir ausginge, der ich tatsächlich die kleine Frau in der Schlagkraft ihres Urteils und der Unermüdlichkeit ihrer Folgerungen immerhin zu bewundern fähig wäre, wenn ich nicht eben durch ihre Vorzüge immerfort gestraft würde. Bei ihr aber ist jedenfalls keine Spur einer freundlichen Beziehung zu mir vorhanden; darin ist sie aufrichtig und wahr; darauf ruht meine letzte Hoffnung; nicht einmal, wenn es in ihren Kriegsplan passen würde, an eine solche Beziehung zu mir glauben zu machen, würde sie sich soweit vergessen, etwas Derartiges zu tun. Aber die in dieser Richtung völlig stumpfe Öffentlichkeit wird bei ihrer Meinung bleiben und immer gegen mich entscheiden.

So bliebe mir eigentlich doch nur übrig, rechtzeitig, ehe die Welt eingreift, mich soweit zu ändern, daß ich den Ärger der kleinen Frau nicht etwa beseitige, was undenkbar ist, aber doch ein wenig mildere. Und ich habe mich tatsächlich öfters gefragt, ob mich denn mein gegenwärtiger Zustand so befriedige, daß ich ihn gar nicht ändern wolle, und ob es denn nicht möglich wäre, gewisse Änderungen an mir vorzunehmen, auch wenn ich es nicht täte, weil ich von ihrer Notwendigkeit überzeugt wäre, sondern nur, um die Frau zu besänftigen. Und ich habe es ehrlich versucht, nicht ohne Mühe und Sorgfalt, es entsprach mir sogar, es belustigte mich fast; einzelne Änderungen ergaben sich, waren weithin sichtbar, ich mußte die Frau nicht auf sie aufmerksam machen, sie merkt alles Derartige früher als ich, sie merkt schon den Ausdruck der Absicht in meinem Wesen; aber ein Erfolg war mir nicht beschieden. Wie wäre es auch möglich? Ihre Unzufriedenheit mit mir ist ja, wie ich jetzt schon einsehe, eine grundsätzliche; nichts kann sie beseitigen, nicht einmal die Beseitigung meiner selbst; ihre Wutanfälle etwa bei der Nachricht meines Selbstmordes wären grenzenlos. Nun kann ich mir nicht vorstellen, daß sie, diese scharfsinnige Frau, dies nicht ebenso einsieht wie ich, und zwar sowohl die Aussichtslosigkeit ihrer Bemühungen als auch meine Unschuld, meine Unfähigkeit, selbst bei bestem Willen ihrer Forderungen zu entsprechen. Gewiß sieht sie es ein, aber als Kämpfernatur vergißt sie es in der Leidenschaft des Kampfes, und meine unglückliche Art, die ich aber nicht anders wählen kann, denn sie ist mir nun einmal so gegeben, besteht darin, daß ich jemandem, der außer Rand und Band geraten ist, eine leise Mahnung zuflüstern will. Auf diese Weise werden wir uns natürlich nie verständigen. Immer wieder werde ich etwa im Glück der ersten Morgenstunden aus dem Hause treten und dieses um meinetwillen vergrämte Gesicht sehn, die verdrießlich aufgestülpten Lippen, den prüfenden und schon vor der Prüfung das Ergebnis kennenden Blick, der über mich hinfährt und dem selbst bei größter Flüchtigkeit nichts entgehen kann, das bittere in die mädchenhafte Wange sich einbohrende Lächeln, das klagende Aufschauen zum Himmel, das Einlegen der Hände in die Hüften, um sich zu festigen, und dann in der Empörung das Bleichwerden und Erzittern.

Letzthin machte ich, überhaupt zum erstenmal, wie ich mir bei dieser Gelegenheit erstaunt eingestand, einem guten Freund einige Andeutungen von dieser Sache, nur nebenbei, leicht, mit ein paar Worten, ich drückte die Bedeutung des Ganzen, so klein sie für mich nach außen hin im Grunde ist, noch ein wenig unter die Wahrheit hinab. Sonderbar, daß der Freund dennoch nicht darüber hinweghörte, ja sogar aus eigenem der Sache an Bedeutung hinzugab, sich nicht ablenken ließ und dabei verharrte. Noch sonderbarer allerdings, daß er trotzdem in einem entscheidenden Punkt die Sache unterschätzte, denn er riet mir ernstlich, ein wenig zu verreisen. Kein Rat könnte unverständiger sein; die Dinge liegen zwar einfach, jeder kann sie, wenn er näher hinzutritt, durchschauen, aber so einfach sind sie doch auch nicht, daß durch mein Wegfahren alles oder auch nur das Wichtigste in Ordnung käme. Im Gegenteil, vor dem Wegfahren muß ich mich vielmehr hüten; wenn ich überhaupt irgendeinen Plan befolgen soll, dann jedenfalls den, die Sache in ihren bisherigen, engen, die Außenwelt noch nicht einbeziehenden Grenzen zu halten, also ruhig zu bleiben, wo ich bin, und keine großen, durch diese Sache veranlaßten, auffallenden Veränderungen zuzulassen, wozu auch gehört, mit niemandem davon zu sprechen, aber dies alles nicht deshalb, weil es irgendein gefährliches Geheimnis wäre, sondern deshalb, weil es eine kleine, rein persönliche und als solche immerhin leicht zu tragende Angelegenheit ist und weil sie dieses auch bleiben soll. Darin waren die Bemerkungen des Freundes doch nicht ohne Nutzen, sie haben mich nichts Neues gelehrt, aber mich in meiner Grundansicht bestärkt.

Wie es sich ja überhaupt bei genauerem Nachdenken zeigt, daß die Veränderungen, welche die Sachlage im Laufe der Zeit erfahren zu haben scheint, keine Veränderungen der Sache selbst sind, sondern nur die Entwicklung meiner Anschauung von ihr, insofern, als diese Anschauung teils ruhiger, männlicher wird, dem Kern näher kommt, teils allerdings auch unter dem nicht zu verwindenden Einfluß der fortwährenden Erschütterungen, seien diese auch noch so leicht, eine gewisse Nervosität annimmt.

Ruhiger werde ich der Sache gegenüber, indem ich zu erkennen glaube, daß eine Entscheidung, so nahe sie manchmal bevorzustehen scheint, doch wohl noch nicht kommen wird; man ist leicht geneigt, besonders in jungen Jahren, das Tempo, in dem Entscheidungen kommen, sehr zu überschätzen; wenn einmal meine kleine Richterin, schwach geworden durch meinen Anblick, seitlich in den Sessel sank, mit der einen Hand sich an der Rückenlehne festhielt, mit der anderen an ihrem Schnürleib nestelte, und Tränen des Zornes und der Verzweiflung ihr die Wangen hinabrollten, dachte ich immer, nun sei die Entscheidung da und gleich würde ich vorgerufen werden, mich zu verantworten. Aber nichts von Entscheidung, nichts von Verantwortung, Frauen wird leicht übel, die Welt hat nicht Zeit, auf alle Fälle aufzupassen. Und was ist denn eigentlich in all den Jahren geschehn? Nichts weiter, als daß sich solche Fälle wiederholten, einmal stärker, einmal schwächer, und daß nun also ihre Gesamtzahl größer ist. Und daß Leute sich in der Nähe herumtreiben und gern eingreifen würden, wenn sie eine Möglichkeit dazu finden würden; aber sie finden keine, bisher verlassen sie sich nur auf ihre Witterung, und Witterung allein genügt zwar, um ihren Besitzer reichlich zu beschäftigen, aber zu anderem taugt sie nicht. So aber war es im Grunde immer, immer gab es diese unnützen Eckensteher und Lufteinatmer, welche ihre Nähe immer auf irgendeine überschlaue Weise, am liebsten durch Verwandtschaft, entschuldigten, immer haben sie aufgepaßt, immer haben sie die Nase voll Witterung gehabt, aber das Ergebnis alles dessen ist nur, daß sie noch immer dastehn. Der ganze Unterschied besteht darin, daß ich sie allmählich erkannt habe, ihre Gesichter unterscheide; früher habe ich geglaubt, sie kämen allmählich von überall her zusammen, die Ausmaße der Angelegenheit vergrößerten sich und würden von selbst die Entscheidung erzwingen; heute glaube ich zu wissen, daß das alles von alters her da war und mit dem Herankommen der Entscheidung sehr wenig oder nichts zu tun hat. Und die Entscheidung selbst, warum benenne ich sie mit einem so großen Wort? Wenn es einmal – und gewiß nicht morgen und übermorgen und wahrscheinlich niemals – dazu kommen sollte, daß sich die Öffentlichkeit doch mit dieser Sache, für die sie, wie ich immer wiederholen werde, nicht zuständig ist, beschäftigt, werde ich zwar nicht unbeschädigt aus dem Verfahren hervorgehen, aber es wird doch wohl in Betracht gezogen werden, daß ich der Öffentlichkeit nicht unbekannt bin, in ihrem vollen Licht seit jeher lebe, vertrauensvoll und Vertrauen verdienend, und daß deshalb diese nachträglich hervorgekommene leidende kleine Frau, die, nebenbei bemerkt, ein anderer als ich vielleicht längst als Klette erkannt und für die Öffentlichkeit völlig geräuschlos unter seinem Stiefel zertreten hätte, daß diese Frau doch schlimmstenfalls nur einen kleinen häßlichen Schnörkel dem Diplom hinzufügen konnte, in welchem mich die Öffentlichkeit längst als ihr achtungswertes Mitglied erklärt. Das ist der heutige Stand der Dinge, der also wenig geeignet ist, mich zu beunruhigen.

Daß ich mit den Jahren doch ein wenig unruhig geworden bin, hat mit der eigentlichen Bedeutung der Sache gar nichts zu tun; man hält es einfach nicht aus, jemanden immerfort zu ärgern, selbst wenn man die Grundlosigkeit des Ärgers wohl erkennt; man wird unruhig, man fängt an, gewissermaßen nur körperlich, auf Entscheidungen zu lauern, auch wenn man an ihr Kommen vernünftigerweise nicht sehr glaubt. Zum Teil aber handelt es sich auch nur um eine Alterserscheinung; die Jugend kleidet alles gut; unschöne Einzelheiten verlieren sich in der unaufhörlichen Kraftquelle der Jugend; mag einer als Junge einen etwas lauernden Blick gehabt haben, er ist ihm nicht übelgenommen, er ist gar nicht bemerkt worden, nicht einmal von ihm selbst; aber, was im Alter übrigbleibt, sind Reste, jeder ist nötig, keiner wird erneut, jeder steht unter Beobachtung, und der lauernde Blick eines alternden Mannes ist eben ein ganz deutlich lauernder Blick, und es ist nicht schwierig, ihn festzustellen. Nur ist es aber auch hier keine wirkliche sachliche Verschlimmerung.

Von wo aus also ich es auch ansehe, immer wieder zeigt sich und dabei bleibe ich, daß, wenn ich mit der Hand auch nur ganz leicht diese kleine Sache verdeckt halte, ich noch sehr lange, ungestört von der Welt, mein bisheriges Leben ruhig werde fortsetzen dürfen, trotz allen Tobens der Frau.

EIN HUNGERKÜNSTLER

In den letzten Jahrzehnten ist das Interesse an Hungerkünstlern sehr zurückgegangen. Während es sich früher gut lohnte, große derartige Vorführungen in eigener Regie zu veranstalten, ist dies heute völlig unmöglich. Es waren andere Zeiten. Damals beschäftigte sich die ganze Stadt mit dem Hungerkünstler; von Hungertag zu Hungertag stieg die Teilnahme; jeder wollte den Hungerkünstler zumindest einmal täglich sehn; an den späteren Tagen gab es Abonnenten, welche tagelang vor dem kleinen Gitterkäfig saßen; auch in der Nacht fanden Besichtigungen statt, zur Erhöhung der Wirkung bei Fackelschein; an schönen Tagen wurde der Käfig ins Freie getragen, und nun waren es besonders die Kinder, denen der Hungerkünstler gezeigt wurde; während er für die Erwachsenen oft nur ein Spaß war, an dem sie der Mode halber teilnahmen, sahen die Kinder staunend, mit offenem Mund, der Sicherheit halber einander bei der Hand haltend, zu, wie er bleich, im schwarzen Trikot, mit mächtig vortretenden Rippen, sogar einen Sessel verschmähend, auf hingestreutem Stroh saß, einmal höflich nickend, angestrengt lächelnd Fragen beantwortete, auch durch das Gitter den Arm streckte, um seine Magerkeit befühlen zu lassen, dann aber wieder ganz in sich selbst versank, um niemanden sich kümmerte, nicht einmal um den für ihn so wichtigen Schlag der Uhr, die das einzige Möbelstück des Käfigs war, sondern nur vor sich hinsah mit fast geschlossenen Augen und hie und da aus einem winzigen Gläschen Wasser nippte, um sich die Lippen zu feuchten.

Außer den wechselnden Zuschauern waren auch ständige, vom Publikum gewählte Wächter da, merkwürdigerweise gewöhnlich Fleischhauer, welche, immer drei gleichzeitig, die Aufgabe hatten, Tag und Nacht den Hungerkünstler zu beobachten, damit er nicht etwa auf irgendeine heimliche Weise doch Nahrung zu sich nehme. Es war das aber lediglich eine Formalität, eingeführt zur Beruhigung der Massen, denn die

Eingeweihten wußten wohl, daß der Hungerkünstler während der Hungerzeit niemals, unter keinen Umständen, selbst unter Zwang nicht, auch das geringste nur gegessen hätte; die Ehre seiner Kunst verbot dies. Freilich, nicht jeder Wächter konnte das begreifen, es fanden sich manchmal nächtliche Wachgruppen, welche die Bewachung sehr lax durchführten, absichtlich in eine ferne Ecke sich zusammensetzten und dort sich ins Kartenspiel vertieften, in der offenbaren Absicht, dem Hungerkünstler eine kleine Erfrischung zu gönnen, die er ihrer Meinung nach aus irgendwelchen geheimen Vorräten hervorholen konnte. Nichts war dem Hungerkünstler quälender als solche Wächter; sie machten ihn trübselig; sie machten ihm das Hungern entsetzlich schwer; manchmal überwand er seine Schwäche und sang während dieser Wachzeit, solange er es nur aushielt, um den Leuten zu zeigen, wie ungerecht sie ihn verdächtigten. Doch half das wenig; sie wunderten sich dann nur über seine Geschicklichkeit, selbst während des Singens zu essen. Viel lieber waren ihm die Wächter, welche sich eng zum Gitter setzten, mit der trüben Nachtbeleuchtung des Saales sich nicht begnügten, sondern ihn mit den elektrischen Taschenlampen bestrahlten, die ihnen der Impresario zur Verfügung stellte. Das grelle Licht störte ihn gar nicht, schlafen konnte er ja überhaupt nicht, und ein wenig hindämmern konnte er immer, bei jeder Beleuchtung und zu jeder Stunde, auch im übervollen, lärmenden Saal. Er war sehr gerne bereit, mit solchen Wächtern die Nacht gänzlich ohne Schlaf zu verbringen; er war bereit, mit ihnen zu scherzen, ihnen Geschichten aus seinem Wanderleben zu erzählen, dann wieder ihre Erzählungen anzuhören, alles nur, um sie wachzuhalten, um ihnen immer wieder zeigen zu können, daß er nichts Eßbares im Käfig hatte und daß er hungerte, wie keiner von ihnen es könnte. Am glücklichsten aber war er, wenn dann der Morgen kam und ihnen auf seine Rechnung ein überreiches Frühstück gebracht wurde, auf das sie sich warfen mit dem Appetit gesunder Männer nach einer mühevoll durchwachten Nacht. Es gab zwar sogar Leute, die in diesem Frühstück eine ungebührliche Beeinflussung der Wächter sehen wollten, aber das ging doch zu weit, und wenn man sie fragte, ob etwa sie nur um der Sache willen ohne Frühstück die Nachtwache übernehmen wollten, verzogen sie sich, aber bei ihren Verdächtigungen blieben sie dennoch.

Dieses allerdings gehörte schon zu den vom Hungern überhaupt nicht zu trennenden Verdächtigungen. Niemand war ja imstande, alle die Tage und Nächte beim Hungerkünstler ununterbrochen als Wächter zu verbringen, niemand also konnte aus eigener Anschauung wissen, ob wirklich ununterbrochen, fehlerlos gehungert worden war; nur der Hungerkünstler selbst konnte das wissen, nur er also gleichzeitig der von seinem Hungern vollkommen befriedigte Zuschauer sein. Er aber war wieder aus einem andern Grunde niemals befriedigt; vielleicht war er gar nicht vom Hungern so sehr abgemagert, daß manche zu ihrem Bedauern den Vorführungen fernbleiben mußten, weil sie seinen Anblick nicht ertrugen, sondern er war nur so abgemagert aus Unzufriedenheit mit sich selbst. Er allein nämlich wußte, auch kein Eingeweihter sonst wußte das, wie leicht das Hungern war. Es war die leichteste Sache von der Welt. Er verschwieg es auch nicht, aber man glaubte ihm nicht, hielt ihn günstigenfalls für bescheiden, meist aber für reklamesüchtig oder gar für einen Schwindler, dem das Hungern allerdings leicht war, weil er es sich leicht zu machen verstand, und der auch noch die Stirn hatte, es halb zu gestehn. Das alles mußte er hinnehmen, hatte sich auch im Laufe der Jahre daran gewöhnt, aber innerlich nagte diese Unbefriedigtheit immer an ihm, und noch niemals, nach keiner Hungerperiode – dieses Zeugnis mußte man ihm ausstellen – hatte er freiwillig den Käfig verlassen. Als Höchstzeit für das Hungern hatte der Impresario vierzig Tage festgesetzt, darüber hinaus ließ er niemals hungern, auch in den Weltstädten nicht, und zwar aus gutem Grund. Vierzig Tage etwa konnte man erfahrungsgemäß durch allmählich sich steigernde Reklame das Interesse einer Stadt immer mehr aufstacheln, dann aber versagte das Publikum, eine wesentliche Abnahme des Zuspruchs war festzustellen; es bestanden natürlich in dieser Hinsicht kleine Unterschiede zwischen den Städten und Ländern, als Regel aber galt, daß vierzig Tage die Höchstzeit war. Dann also am vierzigsten Tage wurde die Tür des mit Blumen umkränzten Käfigs geöffnet, eine begeisterte Zuschauerschaft erfüllte das Amphitheater, eine Militärkapelle spielte, zwei Ärzte betraten den Käfig, um die nötigen Messungen am Hungerkünstler vorzunehmen, durch ein Megaphon wurden die Resultate dem Saale verkündet, und schließlich kamen zwei junge Damen, glücklich darüber, daß gerade sie ausgelost worden waren, und wollten den Hungerkünstler aus dem Käfig ein paar Stufen hinabführen, wo auf einem kleinen Tischchen eine sorgfältig ausgewählte Krankenmahlzeit serviert war. Und in diesem Augenblick wehrte sich der Hungerkünstler immer. Zwar legte er noch freiwillig seine Knochenarme in die hilfsbereit ausgestreckten Hände der zu ihm hinabgebeugten Damen, aber aufstehen wollte er nicht.

Warum gerade jetzt nach vierzig Tagen aufhören? Er hätte es noch lange, unbeschränkt lange ausgehalten; warum gerade jetzt aufhören, wo er im besten, ja noch nicht einmal im besten Hungern war? Warum wollte man ihn des Ruhmes berauben, weiter zu hungern, nicht nur der größte Hungerkünstler aller Zeiten zu werden, der er ja wahrscheinlich schon war, aber auch noch sich selbst zu übertreffen bis ins Unbegreifliche, denn für seine Fähigkeit zu hungern fühlte er keine Grenzen. Warum hatte diese Menge, die ihn so sehr zu bewundern vorgab, so wenig Geduld mit ihm; wenn er es aushielt, noch weiter zu hungern, warum wollte sie es nicht aushalten? Auch war er müde, saß gut im Stroh und sollte sich nun hoch und lang aufrichten und zu dem Essen gehn, das ihm schon allein in der Vorstellung Übelkeiten verursachte, deren Äußerung er nur mit Rücksicht auf die Damen mühselig unterdrückte. Und er blickte empor in die Augen der scheinbar so freundlichen, in Wirklichkeit so grausamen Damen und schüttelte den auf dem schwachen Halse überschweren Kopf. Aber dann geschah, was immer geschah. Der Impresario kam, hob stumm – die Musik machte das Reden unmöglich – die Arme über dem Hungerkünstler, so, als lade er den Himmel ein, sich sein Werk hier auf dem Stroh einmal anzusehn, diesen bedauernswerten Märtyrer, welcher der Hungerkünstler allerdings war, nur in ganz anderem Sinn; faßte den Hungerkünstler um die dünne Taille, wobei er durch übertriebene Vorsicht glaubhaft machen wollte, mit einem wie gebrechlichen Ding er es hier zu tun habe; und übergab ihn – nicht ohne ihn im geheimen ein wenig zu schütteln, so daß der Hungerkünstler mit den Beinen und dem Oberkörper unbeherrscht hin und her schwankte – den inzwischen totenbleich gewordenen Damen. Nun duldete der Hungerkünstler alles; der Kopf lag auf der Brust, es war, als sei er hingerollt und halte sich dort unerklärlich; der Leib war ausgehöhlt; die Beine drückten sich im Selbsterhaltungstrieb fest in den Knien aneinander, scharrten aber doch den Boden, so, als sei es nicht der wirkliche, den wirklichen suchten sie erst; und die ganze, allerdings sehr kleine Last des Körpers lag auf einer der Damen, welche hilfesuchend, mit fliegendem Atem – so hatte sie sich dieses Ehrenamt nicht vorgestellt – zuerst den Hals möglichst streckte, um wenigstens das Gesicht vor der Berührung mit dem Hungerkünstler zu bewahren, dann aber, da ihr dies nicht gelang und ihre glücklichere Gefährtin ihr nicht zu Hilfe kam, sondern sich damit begnügte, zitternd die Hand des Hungerkünstlers, dieses kleine Knochenbündel, vor sich herzutragen, unter dem entzückten Gelächter des Saales in Weinen ausbrach und von einem längst bereitgestellten Diener abgelöst werden mußte. Dann kam das Essen, von dem der Impresario dem Hungerkünstler während eines ohnmachtähnlichen Halbschlafes ein wenig einflößte, unter lustigem Plaudern, das die Aufmerksamkeit vom Zustand des Hungerkünstlers ablenken sollte; dann wurde noch ein Trinkspruch auf das Publikum ausgebracht, welcher dem Impresario angeblich vom Hungerkünstler zugeflüstert worden war, das Orchester bekräftigte alles durch einen großen Tusch, man ging auseinander, und niemand hatte das Recht, mit dem Gesehenen unzufrieden zu sein, niemand, nur der Hungerkünstler, immer nur er.

So lebte er mit regelmäßigen kleinen Ruhepausen viele Jahre, in scheinbarem Glanz, von der Welt geehrt, bei alledem aber meist in trüber Laune, die immer noch trüber wurde dadurch, daß niemand sie ernst zu nehmen verstand. Womit sollte man ihn auch trösten? Was blieb ihm zu wünschen übrig? Und wenn sich einmal ein Gutmütiger fand, der ihn bedauerte und ihm erklären wollte, daß seine Traurigkeit wahrscheinlich von dem Hungern käme, konnte es, besonders bei vorgeschrittener Hungerzeit, geschehn, daß der Hungerkünstler mit einem Wutausbruch antwortete und zum Schrecken aller wie ein Tier an dem Gitter zu rütteln begann. Doch hatte für solche Zustände der Impresario ein Strafmittel, das er gern anwandte. Er entschuldigte den Hungerkünstler vor versammeltem Publikum, gab zu, daß nur die durch das Hungern hervorgerufene, für satte Menschen nicht ohne weiteres begreifliche Reizbarkeit das Benehmen des Hungerkünstlers verzeihlich machen könne; kam dann im Zusammenhang damit auch auf die ebenso zu erklärende Behauptung des Hungerkünstlers zu sprechen, er könnte noch viel länger hungern, als er hungere; lobte das hohe Streben, den guten Willen, die große Selbstverleugnung, die gewiß auch in dieser Behauptung enthalten seien, suchte dann aber die Behauptung einfach genug durch Vorzeigen von Fotografien, die gleichzeitig verkauft wurden, zu widerlegen, denn auf den Bildern sah man den Hungerkünstler an einem vierzigsten Hungertag, im Bett, fast verlöscht vor Entkräftung. Diese dem Hungerkünstler zwar wohlbekannte, immer aber von neuem ihn entnervende Verdrehung der Wahrheit war ihm zu viel. Was die Folge der vorzeitigen Beendigung des Hungerns war, stellte man hier als die Ursache dar! Gegen diesen Unverstand, gegen diese Welt des Unverstandes zu kämpfen, war unmöglich. Noch hatte er immer wieder im gutem Glauben begierig am Gitter dem Impresario zugehört, beim Erscheinen der Fotografien aber ließ er das Gitter jedesmal los, sank mit Seufzen ins Stroh zurück, und das beruhigte Publikum konnte wieder herankommen und ihn besichtigen.

Wenn die Zeugen solcher Szenen ein paar Jahre später daran zurückdachten, wurden sie sich oft selbst unverständlich. Denn inzwischen war jener erwähnte Umschwung eingetreten; fast plötzlich war das geschehen; es mochte tiefere Gründe haben, aber wem lag daran, sie aufzufinden; jedenfalls sah sich eines Tages der verwöhnte Hungerkünstler von der vergnügungssüchtigen Menge verlassen, die lieber zu anderen Schaustellungen strömte. Noch einmal jagte der Impresario mit ihm durch halb Europa, um zu sehn, ob sich nicht noch hie und da das alte Interesse wiederfände; alles vergeblich; wie in einem geheimen Einverständnis hatte sich überall geradezu eine Abneigung gegen das Schauhungern ausgebildet. Natürlich hatte das in Wirklichkeit nicht plötzlich so kommen können, und man erinnerte sich jetzt nachträglich an manche zu ihrer Zeit im Rausch der Erfolge nicht genügend beachtete, nicht genügend unterdrückte Vorboten, aber jetzt etwas dagegen zu unternehmen, war zu spät. Zwar war es sicher, daß einmal auch für das Hungern wieder die Zeit kommen werde, aber für die Lebenden war das kein Trost. Was sollte nun der Hungerkünstler tun? Der, welchen Tausende umjubelt hatten, konnte sich nicht in Schaubuden auf kleinen Jahrmärkten zeigen, und um einen andern Beruf zu ergreifen, war der Hungerkünstler nicht nur zu alt, sondern vor allem dem Hungern allzu fanatisch ergeben. So verabschiedete er denn den Impresario, den Genossen einer Laufbahn ohnegleichen, und ließ sich von einem großen Zirkus engagieren; um seine Empfindlichkeit zu schonen, sah er die Vertragsbedingungen gar nicht an.

Ein großer Zirkus mit seiner Unzahl von einander immer wieder ausgleichenden und ergänzenden Menschen und Tieren und Apparaten kann jeden und zu jeder Zeit gebrauchen, auch einen Hungerkünstler, bei entsprechend bescheidenen Ansprüchen natürlich, und außerdem war es ja in diesem besonderen Fall nicht nur der Hungerkünstler selbst, der engagiert wurde, sondern auch sein alter berühmter Name, ja man konnte bei der Eigenart dieser im zunehmenden Alter nicht abnehmenden Kunst nicht einmal sagen, daß ein ausgedienter, nicht mehr auf der Höhe seines Könnens stehender Künstler sich in einen ruhigen Zirkusposten flüchten wolle, im Gegenteil, der Hungerkünstler versicherte, daß er, was durchaus glaubwürdig war, ebensogut hungere wie früher, ja er behauptete sogar, er werde, wenn man ihm seinen Willen lasse, und dies versprach man ihm ohne weiteres, eigentlich erst jetzt die Welt in berechtigtes Erstaunen setzen, eine Behauptung allerdings, die mit Rücksicht auf die Zeitstimmung, welche der Hungerkünstler im Eifer leicht vergaß, bei den Fachleuten nur ein Lächeln hervorrief.

Im Grunde aber verlor auch der Hungerkünstler den Blick für die wirklichen Verhältnisse nicht und nahm es als selbstverständlich hin, daß man ihn mit seinem Käfig nicht etwa als Glanznummer mitten in die Manege stellte, sondern draußen an einem im übrigen recht gut zugänglichen Ort in der Nähe der Stallungen unterbrachte. Große, bunt gemalte Aufschriften umrahmten den Käfig und verkündeten, was dort zu sehen war. Wenn das Publikum in den Pausen der Vorstellung zu den Ställen drängte, um die Tiere zu besichtigen, war es fast unvermeidlich, daß es beim Hungerkünstler vorüberkam und ein wenig dort haltmachte, man wäre vielleicht länger bei ihm geblieben, wenn nicht in dem schmalen Gang die Nachdrängenden, welche diesen Aufenthalt auf dem Weg zu den ersehnten Ställen nicht verstanden, eine längere ruhige Betrachtung unmöglich gemacht hätten. Dies war auch der Grund, warum der Hungerkünstler vor diesen Besuchszeiten, die er als seinen Lebenszweck natürlich herbeiwünschte, doch auch wieder zitterte. In der ersten Zeit hatte er die Vorstellungspausen kaum erwarten können; entzückt hatte er der sich heranwälzenden Menge entgegengesehn, bis er sich nur zu bald – auch die hartnäckigste, fast bewußte Selbsttäuschung hielt den Erfahrungen nicht stand – davon überzeugte, daß es zumeist der Absicht nach, immer wieder, ausnahmslos, lauter Stallbesucher waren. Und dieser Anblick von der Ferne blieb noch immer der schönste. Denn wenn sie bis zu ihm herangekommen waren, umtobte ihn sofort Geschrei und Schimpfen der ununterbrochen neu sich bildenden Parteien, jener, welche – sie wurde dem Hungerkünstler bald die peinlichere – ihn bequem ansehen wollte, nicht etwa aus Verständnis, sondern aus Laune und Trotz, und jener zweiten, die zunächst nur nach den Ställen verlangte. War der große Haufe vorüber, dann kamen die Nachzügler, und diese allerdings, denen es nicht mehr verwehrt war, stehenzubleiben, solange sie nur Lust hatten, eilten mit langen Schritten, fast ohne Seitenblick, vorüber, um rechtzeitig zu den Tieren zu kommen. Und es war kein allzu häufiger Glücksfall, daß ein Familienvater mit seinen Kindern kam, mit dem Finger auf den Hungerkünstler zeigte, ausführlich erklärte, um was es sich hier handelte, von früheren Jahren erzählte, wo er bei ähnlichen, aber unvergleichlich großartigeren Vorführungen gewesen war, und dann die Kinder, wegen ihrer ungenügenden Vorbereitung von Schule und Leben her, zwar immer noch verständnislos blieben – was war ihnen Hungern? – aber doch in dem Glanz ihrer forschenden Augen etwas von neuen, kommenden, gnädigeren Zeiten verrieten. Vielleicht, so sagte sich der Hungerkünstler dann manchmal, würde alles doch ein wenig besser werden, wenn sein Standort nicht gar so nahe bei den Ställen wäre. Den Leuten wurde dadurch die Wahl zu leicht gemacht, nicht zu reden davon, daß ihn die Ausdünstungen der Ställe, die Unruhe der Tiere in der Nacht, das Vorübertragen der rohen Fleischstücke für die Raubtiere, die Schreie bei der Fütterung sehr verletzten und dauernd bedrückten. Aber bei der Direktion vorstellig zu werden, wagte er nicht; immerhin verdankte er ja den Tieren die Menge der Besucher, unter denen sich hie und da auch ein für ihn Bestimmter finden konnte, und wer wußte, wohin man ihn verstecken würde, wenn er an seine Existenz erinnern wollte und damit auch daran, daß er, genau genommen, nur ein Hindernis auf dem Weg zu den Ställen war.

Ein kleines Hindernis allerdings, ein immer kleiner werdendes Hindernis. Man gewöhnte sich an die Sonderbarkeit, in den heutigen Zeiten Aufmerksamkeit für einen

Hungerkünstler beanspruchen zu wollen, und mit dieser Gewöhnung war das Urteil über ihn gesprochen. Er mochte so gut hungern, als er nur konnte, und er tat es, aber nichts konnte ihn mehr retten, man ging an ihm vorüber. Versuche, jemandem die Hungerkunst zu erklären! Wer es nicht fühlt, dem kann man es nicht begreiflich machen. Die schönen Aufschriften wurden schmutzig und unleserlich, man riß sie herunter, niemandem fiel es ein, sie zu ersetzen; das Täfelchen mit der Ziffer der abgeleisteten Hungertage, das in der ersten Zeit sorgfältig täglich erneuert worden war, blieb schon längst immer das gleiche, denn nach den ersten Wochen war das Personal selbst dieser kleinen Arbeit überdrüssig geworden; und so hungerte zwar der Hungerkünstler weiter, wie er es früher einmal erträumt hatte, und es gelang ihm ohne Mühe ganz so, wie er es damals vorausgesagt hatte, aber niemand zählte die Tage, niemand, nicht einmal der Hungerkünstler selbst wußte, wie groß die Leistung schon war, und sein Herz wurde schwer. Und wenn einmal in der Zeit ein Müßiggänger stehenblieb, sich über die alte Ziffer lustig machte und von Schwindel sprach, so war das in diesem Sinn die dümmste Lüge, welche Gleichgültigkeit und eingeborene Bösartigkeit erfinden konnten, denn nicht der Hungerkünstler betrog, er arbeitete ehrlich, aber die Welt betrog ihn um seinen Lohn.

Doch vergingen wieder viele Tage, und auch das nahm ein Ende. Einmal fiel einem Aufseher der Käfig auf, und er fragte die Diener, warum man hier diesen gut brauchbaren Käfig mit dem verfaulten Stroh drinnen unbenützt stehenlasse; niemand wußte es, bis sich einer mit Hilfe der Ziffertafel an den Hungerkünstler erinnerte. Man rührte mit Stangen das Stroh auf und fand den Hungerkünstler darin. »Du hungerst noch immer?« fragte der Aufseher, »wann wirst du denn endlich aufhören?« »Verzeiht mir alle«, flüsterte der Hungerkünstler; nur der Aufseher, der das Ohr ans Gitter hielt, verstand ihn. »Gewiß«, sagte der Aufseher und legte den Finger an die Stirn, um damit den Zustand des Hungerkünstlers dem Personal anzudeuten, »wir verzeihen dir.« »Immerfort wollte ich, daß ihr mein Hungern bewundert«, sagte der Hungerkünstler. »Wir bewundern es auch«, sagte der Aufseher entgegenkommend. »Ihr solltet es aber nicht bewundern«, sagte der Hungerkünstler. »Nun, dann bewundern wir es also nicht«, sagte der Aufseher, »warum sollen wir es denn nicht bewundern?« »Weil ich hungern muß, ich kann nicht anders«, sagte der Hungerkünstler. »Da sieh mal einer«, sagte der Aufseher, »warum kannst du denn nicht anders?« »Weil ich«, sagte der Hungerkünstler, hob das Köpfchen ein wenig und sprach mit wie zum Kuß gespitzten Lippen gerade in das Ohr des Aufsehers hinein, damit nichts verloren ginge, »weil ich nicht die Speise finden konnte, die mir schmeckt. Hätte ich sie gefunden, glaube mir, ich hätte kein Aufsehen gemacht und mich vollgegessen wie du und alle.« Das waren die letzten Worte, aber noch in seinen gebrochenen Augen war die feste, wenn auch nicht mehr stolze Überzeugung, daß er weiterhungere.

»Nun macht aber Ordnung!« sagte der Aufseher, und man begrub den Hungerkünstler samt dem Stroh. In den Käfig aber gab man einen jungen Panther. Es war eine selbst dem stumpfsten Sinn fühlbare Erholung, in dem so lange öden Käfig dieses wilde Tier sich herumwerfen zu sehn. Ihm fehlte nichts. Die Nahrung, die ihm schmeckte, brachten ihm ohne langes Nachdenken die Wächter; nicht einmal die Freiheit schien er zu vermissen; dieser edle, mit allem Nötigen bis knapp zum Zerreißen ausgestattete Körper schien auch die Freiheit mit sich herumzutragen; irgendwo im Gebiß schien sie zu stecken; und die Freude am Leben kam mit derart starker Glut aus seinem Rachen, daß es für die Zuschauer nicht leicht war, ihr standzuhalten. Aber sie überwanden sich, umdrängten den Käfig und wollten sich gar nicht fortrühren.

JOSEFINE, DIE SÄNGERIN ODER DAS VOLK DER MÄUSE

Unsere Sängerin heißt Josefine. Wer sie nicht gehört hat, kennt nicht die Macht des Gesanges. Es gibt niemanden, den ihr Gesang nicht fortreißt, was um so höher zu bewerten ist, als unser Geschlecht im ganzen Musik nicht liebt. Stiller Frieden ist uns die liebste Musik; unser Leben ist schwer, wir können uns, auch wenn wir einmal alle Tagessorgen abzuschütteln versucht haben, nicht mehr zu solchen, unserem sonstigen Leben so fernen Dingen erheben, wie es die Musik ist. Doch beklagen wir es nicht sehr; nicht einmal so weit kommen wir; eine gewisse praktische Schlauheit, die wir freilich auch äußerst dringend brauchen, halten wir für unsern größten Vorzug, und mit dem Lächeln dieser Schlauheit pflegen wir uns über alles hinwegzutrösten, auch wenn wir einmal – was aber nicht geschieht – das Verlangen nach dem Glück haben sollten, das von der Musik vielleicht ausgeht. Nur Josefine macht eine Ausnahme; sie liebt die Musik und weiß sie auch zu vermitteln; sie ist die einzige; mit ihrem Hingang wird die Musik – wer weiß wie lange – aus unserem Leben verschwinden.

Ich habe oft darüber nachgedacht, wie es sich mit dieser Musik eigentlich verhält. Wir sind doch ganz unmusikalisch; wie kommt es, daß wir Josefinens Gesang verstehn oder, da Josefine unser Verständnis leugnet, wenigstens zu verstehen glauben. Die einfachste Antwort wäre, daß die Schönheit dieses Gesanges so groß ist, daß auch der stumpfste Sinn ihr nicht widerstehen kann, aber diese Antwort ist nicht befriedigend. Wenn es wirklich so wäre, müßte man vor diesem Gesang zunächst und immer das Gefühl des Außerordentlichen haben, das Gefühl, aus dieser Kehle erklinge etwas, was wir nie vorher gehört haben und das zu hören wir auch gar nicht die Fähigkeit haben, etwas, was zu hören uns nur diese eine Josefine und niemand sonst befähigt. Gerade das trifft aber meiner Meinung nach nicht zu, ich fühle es nicht und habe auch bei andern nichts dergleichen bemerkt. Im vertrauten Kreise gestehen wir einander offen, daß Josefinens Gesang als Gesang nichts Außerordentliches darstellt.

Ist es denn überhaupt Gesang? Trotz unserer Unmusikalität haben wir Gesangsüberlieferungen; in den alten Zeiten unseres Volkes gab es Gesang; Sagen erzählen davon, und sogar Lieder sind erhalten, die freilich niemand mehr singen kann. Eine Ahnung dessen, was Gesang ist, haben wir also, und dieser Ahnung nun entspricht

Josefinens Kunst eigentlich nicht. Ist es denn überhaupt Gesang? Ist es nicht vielleicht doch nur ein Pfeifen? Und Pfeifen allerdings kennen wir alle, es ist die eigentliche Kunstfertigkeit unseres Volkes, oder vielmehr gar keine Fertigkeit, sondern eine charakteristische Lebensäußerung. Alle pfeifen wir, aber freilich denkt niemand daran, das als Kunst auszugeben, wir pfeifen, ohne darauf zu achten, ja ohne es zu merken, und es gibt sogar viele unter uns, die gar nicht wissen, daß das Pfeifen zu unsern Eigentümlichkeiten gehört. Wenn es also wahr wäre, daß Josefine nicht singt, sondern nur pfeift und vielleicht gar, wie es mir wenigstens scheint, über die Grenzen des üblichen Pfeifens kaum hinauskommt – ja vielleicht reicht ihre Kraft für dieses übliche Pfeifen nicht einmal ganz hin, während es ein gewöhnlicher Erdarbeiter ohne Mühe den ganzen Tag über neben seiner Arbeit zustande bringt –, wenn das alles wahr wäre, dann wäre zwar Josefinens angebliche Künstlerschaft widerlegt, aber es wäre dann erst recht das Rätsel ihrer großen Wirkung zu lösen.

Es ist aber eben doch nicht nur Pfeifen, was sie produziert. Stellt man sich recht weit von ihr hin und horcht, oder noch besser, läßt man sich in dieser Hinsicht prüfen, singt also Josefine etwa unter andern Stimmen und setzt man sich die Aufgabe, ihre Stimme zu erkennen, dann wird man unweigerlich nichts anderes heraushören als ein gewöhnliches, höchstens durch Zartheit oder Schwäche ein wenig auffallendes Pfeifen. Aber steht man vor ihr, ist es doch nicht nur ein Pfeifen; es ist zum Verständnis ihrer Kunst notwendig, sie nicht nur zu hören, sondern auch zu sehn. Selbst wenn es nur unser tagtägliches Pfeifen wäre, so besteht hier doch schon zunächst die Sonderbarkeit, daß jemand sich feierlich hinstellt, um nichts anderes als das Übliche zu tun. Eine Nuß aufknacken ist wahrhaftig keine Kunst, deshalb wird es auch niemand wagen, ein Publikum zusammenzurufen und vor ihm, um es zu unterhalten, Nüsse knacken. Tut er es dennoch und gelingt seine Absicht, dann kann es sich eben doch nicht nur um bloßes Nüsseknacken handeln. Oder es handelt sich um Nüsseknacken, aber es stellt sich heraus, daß wir über diese Kunst hinweggesehen haben, weil wir sie glatt beherrschten und daß uns dieser neue Nußknacker erst ihr eigentliches Wesen zeigt, wobei es dann für die Wirkung sogar nützlich sein könnte, wenn er etwas weniger tüchtig im Nüsseknacken ist als die Mehrzahl von uns.

Vielleicht verhält es sich ähnlich mit Josefinens Gesang; wir bewundern an ihr das, was wir an uns gar nicht bewundern; übrigens stimmt sie in letzterer Hinsicht mit uns völlig überein. Ich war einmal zugegen, als sie jemand, wie dies natürlich öfters geschieht, auf das allgemeine Volkspfeifen aufmerksam machte, und zwar nur ganz bescheiden, aber für Josefine war es schon zu viel. Ein so freches, hochmütiges Lächeln, wie sie es damals aufsetzte, habe ich noch nicht gesehn; sie, die äußerlich eigentlich vollendete Zartheit ist, auffallend zart selbst in unserem an solchen Frauengestalten reichen Volk, erschien damals geradezu gemein; sie mochte es übrigens in ihrer großen Empfindlichkeit auch gleich selbst fühlen und faßte sich. Jedenfalls leugnet sie also jeden Zusammenhang zwischen ihrer Kunst und dem Pfeifen. Für die, welche gegenteiliger Meinung sind, hat sie nur Verachtung und wahrscheinlich uneingestandenen Haß. Das ist nicht gewöhnliche Eitelkeit, denn diese Opposition, zu der auch ich halb gehöre, bewundert sie gewiß nicht weniger, als es die Menge tut, aber Josefine will nicht nur bewundert, sondern genau in der von ihr bestimmten Art bewundert sein, an Bewunderung allein liegt ihr nichts. Und wenn man vor ihr sitzt, versteht man sie; Opposition treibt man nur in der Ferne; wenn man vor ihr sitzt, weiß man: was sie hier pfeift, ist kein Pfeifen.

Da Pfeifen zu unseren gedankenlosen Gewohnheiten gehört, könnte man meinen, daß auch in Josefinens Auditorium gepfiffen wird; es wird uns wohl bei ihrer Kunst, wenn uns wohl ist, pfeifen wir; aber ihr Auditorium pfeift nicht, es ist mäuschenstill; so als wären wir des ersehnten Friedens teilhaftig geworden, von dem uns zumindest unser eigenes Pfeifen abhält, schweigen wir. Ist es ihr Gesang, der uns entzückt oder nicht vielmehr die feierliche Stille, von der das schwache Stimmchen umgeben ist? Einmal geschah es, daß irgendein törichtes kleines Ding während Josefinens Gesang in aller Unschuld auch zu pfeifen anfing. Nun, es war ganz dasselbe, was wir auch von Josefine hörten; dort vorne das trotz aller Routine immer noch schüchterne Pfeifen und hier im Publikum das selbstvergessene kindliche Gepfeife; den Unterschied zu bezeichnen, wäre unmöglich gewesen; aber doch zischten und pfiffen wir gleich die Störerin nieder, trotzdem es gar nicht nötig gewesen wäre, denn sie hätte sich gewiß auch sonst in Angst und Scham verkrochen, während Josefine ihr Triumphpfeifen anstimmte und ganz außer sich war mit ihren ausgespreizten Armen und dem gar nicht mehr höher dehnbaren Hals.

So ist sie übrigens immer jede Kleinigkeit, jeden Zufall, jede Widerspenstigkeit, ein Knacken im Parkett, ein Zähneknirschen, eine Beleuchtungsstörung hält sie für geeignet, die Wirkung ihres Gesanges zu erhöhen; sie singt ja ihrer Meinung nach vor tauben Ohren; an Begeisterung und Beifall fehlt es nicht, aber auf wirkliches Verständnis, wie sie es meint, hat sie längst verzichten gelernt. Da kommen ihr denn alle Störungen sehr gelegen; alles, was sich von außen her der Reinheit ihres Gesanges entgegenstellt, in leichtem Kampf; ja ohne Kampf, bloß durch die Gegenüberstellung besiegt wird, kann dazu beitragen, die Menge zu erwecken, sie zwar nicht Verständnis, aber ahnungsvollen Respekt zu lehren. Wenn ihr aber nun das Kleine so dient, wie erst das Große. Unser Leben ist sehr unruhig, jeder Tag bringt Überraschungen, Beängstigungen, Hoffnungen und Schrecken, daß der Einzelne unmöglich dies alles ertragen könnte, hätte er nicht jederzeit bei Tag und Nacht den Rückhalt der Genossen; aber selbst so wird es oft recht schwer; manchmal zittern selbst tausend Schultern unter der Last, die eigentlich nur für einen bestimmt war. Dann hält Josefine ihre Zeit für gekommen. Schon steht sie da, das zarte Wesen, besonders unterhalb der Brust beängstigend vibrierend, es ist, als hätte sie alle ihre Kraft im Gesang versammelt, als sei allem an ihr, was nicht dem Gesange unmittelbar diene, jede Kraft, fast jede Lebensmöglichkeit entzogen, als sei sie entblößt, preisgegeben, nur dem Schutze guter Geister überantwortet, als könne sie, während sie so, sich völlig entzogen, im Gesange wohnt, ein kalter Hauch im Vorüberwehn töten. Aber gerade bei solchem Anblick pflegen wir angeblichen Gegner uns zu sagen: »Sie kann nicht einmal pfeifen; so entsetzlich muß sie sich anstrengen, um nicht Gesang – reden wir nicht von Gesang –

aber um das landesübliche Pfeifen einigermaßen sich abzuzwingen.« So scheint es uns, doch ist dies, wie erwähnt, ein zwar unvermeidlicher, aber flüchtiger, schnell vorübergehender Eindruck. Schon tauchen auch wir in das Gefühl der Menge, die warm, Leib an Leib, scheu und atmend horcht.

Und um diese Menge unseres fast immer in Bewegung befindlichen, wegen oft nicht sehr klarer Zwecke hin- und herschießenden Volkes um sich zu versammeln, muß Josefine meist nichts anderes tun, als mit zurückgelegtem Köpfchen, halboffenem Mund, der Höhe zugewandten Augen jene Stellung einnehmen, die darauf hindeutet, daß sie zu singen beabsichtigt. Sie kann dies tun, wo sie will, es muß kein weithin sichtbarer Platz sein, irgendein verborgener, in zufälliger Augenblickslaune gewählter Winkel ist ebensogut brauchbar. Die Nachricht, daß sie singen will, verbreitet sich gleich, und bald zieht es in Prozessionen hin. Nun, manchmal treten doch Hindernisse ein, Josefine singt mit Vorliebe gerade in aufgeregten Zeiten, vielfache Sorgen und Nöte zwingen uns dann zu vielerlei Wegen, man kann sich beim besten Willen nicht so schnell versammeln, wie es Josefine wünscht, und sie steht dort diesmal in ihrer großen Haltung vielleicht eine Zeitlang ohne genügende Hörerzahl – dann freilich wird sie wütend, dann stampft sie mit den Füßen, flucht ganz unmädchenhaft; ja sie beißt sogar. Aber selbst ein solches Verhalten schadet ihrem Rufe nicht; statt ihre übergroßen Ansprüche ein wenig einzudämmen, strengt man sich an, ihnen zu entsprechen; es werden Boten ausgeschickt, um Hörer herbeizuholen; es wird vor ihr geheimgehalten, daß das geschieht, man sieht dann auf den Wegen im Umkreis Posten aufgestellt, die den Herankommenden zuwinken, sie möchten sich beeilen; dies alles so lange, bis dann schließlich doch eine leidliche Anzahl beisammen ist.

Was treibt das Volk dazu, sich für Josefine so zu bemühen? Eine Frage, nicht leichter zu beantworten als die nach Josefinens Gesang, mit der sie ja auch zusammenhängt. Man könnte sie streichen und gänzlich mit der zweiten Frage vereinigen, wenn sich etwa behaupten ließe, daß das Volk wegen des Gesanges Josefine bedingungslos ergeben ist. Dies ist aber eben nicht der Fall; bedingungslose Ergebenheit kennt unser Volk kaum; dieses Volk, das über alles die freilich harmlose Schlauheit liebt, das kindliche Wispern, den freilich unschuldigen, bloß die Lippen bewegenden Tratsch, ein solches Volk kann immerhin nicht bedingungslos sich hingeben, das fühlt wohl auch Josefine, das ist es, was sie bekämpft mit aller Anstrengung ihrer schwachen Kehle.

Nur darf man freilich bei solchen allgemeinen Urteilen nicht zu weit gehn, das Volk ist Josefine doch ergeben, nur nicht bedingungslos. Es wäre zum Beispiel nicht fähig, über Josefine zu lachen. Man kann es sich eingestehn: an Josefine fordert manches zum Lachen auf; und an und für sich ist uns das Lachen immer nah; trotz allem Jammer unseres Lebens ist ein leises Lachen bei uns gewissermaßen immer zu Hause; aber über Josefine lachen wir nicht. Manchmal habe ich den Eindruck, das Volk fasse sein Verhältnis zu Josefine derart auf, daß sie, dieses zerbrechliche, schonungsbedürftige, irgendwie ausgezeichnete, ihrer Meinung nach durch Gesang ausgezeichnete Wesen, ihm anvertraut sei und es müsse für sie sorgen; der Grund dessen ist niemandem klar, nur die Tatsache scheint festzustehn. Über das aber, was einem anvertraut ist, lacht man nicht; darüber zu lachen, wäre Pflichtverletzung; es ist das Äußerste an Boshaftigkeit, was die Boshaftesten unter uns Josefine zufügen, wenn sie manchmal sagen: »Das Lachen vergeht uns, wenn wir Josefine sehn.« So sorgt also das Volk für Josefine in der Art eines Vaters, der sich eines Kindes annimmt, das sein Händchen – man weiß nicht recht, ob bittend oder fordernd – nach ihm ausstreckt. Man sollte meinen, unser Volk tauge nicht zur Erfüllung solcher väterlicher Pflichten, aber in Wirklichkeit versieht es sie, wenigstens in diesem Falle, musterhaft; kein Einzelner könnte es, was in dieser Hinsicht das Volk als Ganzes zu tun imstande ist. Freilich, der Kraftunterschied zwischen dem Volk und dem Einzelnen ist so ungeheuer, es genügt, daß es den Schützling in die Wärme seiner Nähe zieht, und er ist beschützt genug. Zu Josefine wagt man allerdings von solchen Dingen nicht zu reden. »Ich pfeife auf eueren Schutz«, sagt sie dann. ›Ja, ja, du pfeifst‹, denken wir. Und außerdem ist es wahrhaftig keine Widerlegung, wenn sie rebelliert, vielmehr ist das durchaus Kindesart und Kindesdankbarkeit, und Art des Vaters ist es, sich nicht daran zu kehren.

Nun spricht aber doch noch anderes mit herein, das schwerer aus diesem Verhältnis zwischen Volk und Josefine zu erklären ist. Josefine ist nämlich der gegenteiligen Meinung, sie glaubt, sie sei es, die das Volk beschütze. Aus schlimmer politischer oder wirtschaftlicher Lage rettet uns angeblich ihr Gesang, nichts weniger als das bringt er zuwege, und wenn er das Unglück nicht vertreibt, so gibt er uns wenigstens die Kraft, es zu ertragen. Sie spricht es nicht so aus und auch nicht anders, sie spricht überhaupt wenig, sie ist schweigsam unter den Plappermäulern, aber aus ihren Augen blitzt es, von ihrem geschlossenen Mund – bei uns können nur wenige den Mund geschlossen halten, sie kann es – ist es abzulesen. Bei jeder schlechten Nachricht – und an manchen Tagen überrennen sie einander, falsche und halbrichtige darunter – erhebt sie sich sofort, während es sie sonst müde zu Boden zieht, erhebt sich und streckt den Hals und sucht den Überblick über ihre Herde wie der Hirt vor dem Gewitter. Gewiß, auch Kinder stellen ähnliche Forderungen in ihrer wilden, unbeherrschten Art, aber bei Josefine sind sie doch nicht so unbegründet wie bei jenen. Freilich, sie rettet uns nicht und gibt uns keine Kräfte, es ist leicht, sich als Retter dieses Volkes aufzuspielen, das leidensgewohnt, sich nicht schonend, schnell in Entschlüssen, den Tod wohl kennend, nur dem Anscheine nach ängstlich in der Atmosphäre von Tollkühnheit, in der es ständig lebt, und überdies ebenso fruchtbar wie wagemutig – es ist leicht, sage ich, sich nachträglich als Retter dieses Volkes aufzuspielen, das sich noch immer irgendwie selbst gerettet hat, sei es auch unter Opfern, über die der Geschichtsforscher – im allgemeinen vernachlässigen wir Geschichtsforschung gänzlich – vor Schrecken erstarrt. Und doch ist es wahr, daß wir gerade in Notlagen noch besser als sonst auf Josefinens Stimme horchen. Die Drohungen, die über uns stehen, machen uns stiller, bescheidener, für Josefinens Befehlshaberei gefügiger; gern kommen wir zusammen, gern drängen wir uns aneinander, besonders weil es bei einem Anlaß geschieht, der ganz abseits liegt von der quälenden Hauptsache; es ist, als tränken wir noch schnell – ja, Eile ist nötig, das vergißt Josefine allzuoft – gemeinsam einen Becher des Friedens vor dem Kampf. Es ist nicht so sehr eine Gesangsvorführung als vielmehr eine Volksversammlung, und zwar eine Versammlung, bei der es bis auf das kleine Pfeifen vorne völlig still ist; viel zu ernst ist die Stunde, als daß man sie verschwätzen wollte. Ein solches Verhältnis könnte nun freilich Josefine gar nicht befriedigen. Trotz all ihres nervösen Mißbehagens, welches Josefine wegen ihrer niemals ganz geklärten Stellung erfüllt, sieht sie doch, verblendet von ihrem Selbstbewußtsein, manches nicht und kann ohne große Anstrengung dazu gebracht werden, noch viel mehr zu übersehen, ein Schwarm von Schmeichlern ist in diesem Sinne, also eigentlich in einem allgemein nützlichen Sinne, immerfort tätig, – aber nur nebenbei, unbeachtet, im Winkel einer Volksversammlung zu singen, dafür würde sie, trotzdem es an sich gar nicht wenig wäre, ihren Gesang gewiß nicht opfern.

Aber sie muß es auch nicht, denn ihre Kunst bleibt nicht unbeachtet. Trotzdem wir im Grunde mit ganz anderen Dingen beschäftigt sind und die Stille durchaus nicht nur dem Gesange zuliebe herrscht und mancher gar nicht aufschaut, sondern das Gesicht in den Pelz des Nachbars drückt und Josefine also dort oben sich vergeblich abzumühen scheint, dringt doch – das ist nicht zu leugnen – etwas von ihrem Pfeifen unweigerlich auch zu uns. Dieses Pfeifen, das sich erhebt, wo allen anderen Schweigen auferlegt ist, kommt fast wie eine Botschaft des Volkes zu dem Einzelnen; das dünne Pfeifen Josefinens mitten in den schweren Entscheidungen ist fast wie die armselige Existenz unseres Volkes mitten im Tumult der feindlichen Welt. Josefine behauptet sich, dieses Nichts an Stimme, dieses Nichts an Leistung behauptet sich und schafft sich den Weg zu uns; es tut wohl, daran zu denken. Einen wirklichen Gesangskünstler, wenn einer einmal sich unter uns finden sollte, würden wir in solcher Zeit gewiß nicht ertragen und die Unsinnigkeit einer solchen Vorführung einmütig abweisen. Möge Josefine beschützt werden vor der Erkenntnis, daß die Tatsache, daß wir ihr zuhören, ein Beweis gegen ihren Gesang ist. Eine Ahnung dessen hat sie wohl, warum würde sie sonst so leidenschaftlich leugnen, daß wir ihr zuhören, aber immer wieder singt sie, pfeift sie sich über diese Ahnung hinweg.

Aber es gäbe auch sonst noch immer einen Trost für sie: wir hören ihr doch auch gewissermaßen wirklich zu, wahrscheinlich ähnlich, wie man einem Gesangskünstler zuhört; sie erreicht Wirkungen, die ein Gesangskünstler vergeblich bei uns anstreben würde und die nur gerade ihren unzureichenden Mitteln verliehen sind. Dies hängt wohl hauptsächlich mit unserer Lebensweise zusammen. In unserem Volke kennt man keine Jugend, kaum eine winzige Kinderzeit. Es treten zwar regelmäßig Forderungen auf, man möge den Kindern eine besondere Freiheit, eine besondere Schonung gewährleisten, ihr Recht auf ein wenig Sorglosigkeit, ein wenig sinnloses Sichherumtummeln, auf ein wenig Spiel, dieses Recht möge man anerkennen und ihm zur Erfüllung verhelfen; solche Forderungen treten auf und fast jedermann billigt sie, es gibt nichts, was mehr zu billigen wäre, aber es gibt auch nichts, was in der Wirklichkeit unseres Lebens weniger zugestanden werden könnte, man billigt die Forderungen, man macht Versuche in ihrem Sinn, aber bald ist wieder alles beim alten. Unser Leben ist eben derart, daß ein Kind, sobald es nur ein wenig läuft und die Umwelt ein wenig unterscheiden kann, ebenso für sich sorgen muß wie ein Erwachsener; die Gebiete, auf denen wir aus wirtschaftlichen Rücksichten zerstreut leben müssen, sind zu groß, unserer Feinde sind zu viele, die uns überall bereiteten Gefahren zu unberechenbar – wir können die Kinder vom Existenzkampfe nicht fernhalten, täten wir es, es wäre ihr vorzeitiges Ende. Zu diesen traurigen Gründen kommt freilich auch ein erhebender: die Fruchtbarkeit unseres Stammes. Eine Generation – und jede ist zahlreich – drängt die andere, die Kinder haben nicht Zeit, Kinder zu sein. Mögen bei anderen Völkern die Kinder sorgfältig gepflegt werden, mögen dort Schulen für die Kleinen errichtet sein, mögen dort aus diesen Schulen täglich die Kinder strömen, die Zukunft des Volkes, so sind es doch immer lange Zeit Tag für Tag die gleichen Kinder, die dort hervorkommen. Wir haben keine Schulen, aber aus unserem Volke strömen in allerkürzesten Zwischenräumen die unübersehbaren Scharen unserer Kinder, fröhlich zischend oder piepsend, solange sie noch nicht pfeifen können, sich wälzend oder kraft des Druckes weiterrollend, solange sie noch nicht laufen können, täppisch durch ihre Masse alles mit sich fortreißend, solange sie noch nicht sehen können, unsere Kinder! Und nicht wie in jenen Schulen die gleichen Kinder, nein, immer, immer wieder neue, ohne Ende, ohne Unterbrechung, kaum erscheint ein Kind, ist es nicht mehr Kind, aber schon drängen hinter ihm die neuen Kindergesichter ununterscheidbar in ihrer Menge und Eile, rosig vor Glück. Freilich, wie schön dies auch sein mag und wie sehr uns andere darum auch mit Recht beneiden mögen, eine wirkliche Kinderzeit können wir eben unseren Kindern nicht geben. Und das hat seine Folgewirkungen. Eine gewisse unerstorbene, unausrottbare Kindlichkeit durchdringt unser Volk; im geraden Widerspruch zu unserem Besten, dem untrüglichen praktischen Verstande, handeln wir manchmal ganz und gar töricht, und zwar eben in der Art, wie Kinder töricht handeln, sinnlos, verschwenderisch, großzügig, leichtsinnig und dies alles oft einem kleinen Spaß zuliebe. Und wenn unsere Freude darüber natürlich nicht mehr die volle Kraft der Kinderfreude haben kann, etwas von dieser lebt darin noch gewiß. Von dieser Kindlichkeit unseres Volkes profitiert seit jeher auch Josefine.

Aber unser Volk ist nicht nur kindlich, es ist gewissermaßen auch vorzeitig alt, Kindheit und Alter machen sich bei uns anders als bei anderen. Wir haben keine Jugend, wir sind gleich Erwachsene, und Erwachsene sind wir dann zu lange, eine gewisse Müdigkeit und Hoffnungslosigkeit durchzieht von da aus mit breiter Spur das im ganzen doch so zähe und hoffnungsstarke Wesen unseres Volkes. Damit hängt wohl auch unsere Unmusikalität zusammen; wir sind zu alt für Musik, ihre Erregung, ihr Aufschwung paßt nicht für unsere Schwere, müde winken wir ihr ab; wir haben uns auf das Pfeifen zurückgezogen; ein wenig Pfeifen hie und da, das ist das Richtige für uns. Wer weiß, ob es nicht Musiktalente unter uns gibt; wenn es sie aber gäbe, der Charakter der Volksgenossen müßte sie noch vor ihrer Entfaltung unterdrücken. Dagegen mag Josefine nach ihrem Belieben pfeifen oder singen oder wie sie es nennen will, das stört uns nicht, das entspricht uns, das können wir wohl vertragen; wenn darin etwas von Musik enthalten sein sollte, so ist es auf die möglichste Nichtigkeit reduziert; eine gewisse Musiktradition wird gewahrt, aber ohne daß uns dies im geringsten beschweren würde.

Aber Josefine bringt diesem so gestimmten Volke noch mehr. Bei ihren Konzerten, besonders in ernster Zeit, haben nur noch die ganz Jungen Interesse an der Sängerin als solcher, nur sie sehen mit Staunen zu, wie sich ihre Lippe kräuselt, zwischen den niedlichen Vorderzähnen die Luft ausstößt, in Bewunderung der Töne, die sie selbst hervorbringt, erstirbt und dieses Hinsinken benützt, um sich zu neuer, ihr immer unverständlicher werdender Leistung anzufeuern, aber die eigentliche Menge hat sich – das ist deutlich zu erkennen – auf sich selbst zurückgezogen. Hier in den dürftigen Pausen zwischen den Kämpfen träumt das Volk, es ist, als lösten sich dem Einzelnen die Glieder, als dürfte sich der Ruhelose einmal nach seiner Lust im großen warmen Bett des Volkes dehnen und strecken. Und in diese Träume klingt hier und da Josefinens Pfeifen; sie nennt es perlend, wir nennen es stoßend; aber jedenfalls ist es hier an seinem Platze, wie nirgends sonst, wie Musik kaum jemals den auf sie wartenden Augenblick findet. Etwas von der armen kurzen Kindheit ist darin, etwas von verlorenem, nie wieder aufzufindendem Glück, aber auch etwas vom tätigen heutigen Leben ist darin, von seiner kleinen, unbegreiflichen und dennoch bestehenden und nicht zu ertötenden Munterkeit. Und dies alles ist wahrhaftig nicht mit großen Tönen gesagt, sondern leicht, flüsternd, vertraulich, manchmal ein wenig heiser. Natürlich ist es ein Pfeifen. Wie denn nicht? Pfeifen ist die Sprache unseres Volkes, nur pfeift mancher sein Leben lang und weiß es nicht, hier aber ist das Pfeifen frei gemacht von den Fesseln des täglichen Lebens und befreit auch uns für eine kurze Weile. Gewiß, diese Vorführungen wollten wir nicht missen.

Aber von da bis zu Josefinens Behauptung, sie gebe uns in solchen Zeiten neue Kräfte und so weiter, und so weiter, ist noch ein sehr weiter Weg. Für gewöhnliche Leute allerdings, nicht für Josefinens Schmeichler. »Wie könnte es anders sein« – sagen sie in recht unbefangener Keckheit – »wie könnte man anders den großen Zulauf, besonders unter unmittelbar drängender Gefahr, erklären, der schon manchmal sogar die genügende, rechtzeitige Abwehr eben dieser Gefahr verhindert hat.« Nun, dies letztere ist leider richtig, gehört aber doch nicht zu den Ruhmestiteln Josefinens, besonders wenn man hinzufügt, daß, wenn solche Versammlungen unerwartet vom Feind gesprengt wurden und mancher der Unsrigen dabei sein Leben lassen mußte, Josefine, die alles verschuldet, ja, durch ihr Pfeifen den Feind vielleicht angelockt hatte, immer im Besitz des sichersten Plätzchens war und unter dem Schutze ihres Anhanges sehr still und eiligst als erste verschwand. Aber auch dieses wissen im Grunde alle, und dennoch eilen sie wieder hin, wenn Josefine nächstens nach ihrem Belieben irgendwo, irgendwann zum Gesange sich erhebt. Daraus könnte man schließen, daß Josefine fast außerhalb des Gesetzes steht, daß sie tun darf, was sie will, selbst wenn es die Gesamtheit gefährdet, und daß ihr alles verziehen wird. Wenn dies so wäre, dann würden auch Josefinens Ansprüche völlig verständlich, ja, man könnte gewissermaßen in dieser Freiheit, die ihr das Volk geben würde, in diesem außerordentlichen, niemand sonst gewährten, die Gesetze eigentlich widerlegenden Geschenk ein Eingeständnis dessen sehen, daß das Volk Josefine, wie sie es behauptet, nicht versteht, ohnmächtig ihre Kunst anstaunt, sich ihrer nicht würdig fühlt, dieses

Leid, das es Josefine tut, durch eine geradezu verzweifelte Leistung auszugleichen strebt und, so wie ihre Kunst außerhalb seines Fassungsvermögens ist, auch ihre Person und deren Wünsche außerhalb seiner Befehlsgewalt stellt. Nun, das ist allerdings ganz und gar nicht richtig, vielleicht kapituliert im einzelnen das Volk zu schnell vor Josefine, aber wie es bedingungslos vor niemandem kapituliert, also auch nicht vor ihr.

Schon seit langer Zeit, schon seit Beginn ihrer Künstlerlaufbahn, kämpft Josefine darum, daß sie mit Rücksicht auf ihren Gesang von jeder Arbeit befreit werde; man solle ihr also die Sorge um das tägliche Brot und alles, was sonst mit unserem Existenzkampf verbunden ist, abnehmen und es – wahrscheinlich – auf das Volk als Ganzes überwälzen. Ein schnell Begeisterter – es fanden sich auch solche – könnte schon allein aus der Sonderbarkeit dieser Forderung, aus der Geistesverfassung, die eine solche Forderung auszudenken imstande ist, auf deren innere Berechtigung schließen. Unser Volk zieht aber andere Schlüsse und lehnt ruhig die Forderung ab. Es müht sich auch mit der Widerlegung der Gesuchsbegründung nicht sehr ab. Josefine weist zum Beispiel darauf hin, daß die Anstrengung bei der Arbeit ihrer Stimme schade, daß zwar die Anstrengung bei der Arbeit gering sei im Vergleich zu jener beim Gesang, daß sie ihr aber doch die Möglichkeit nehme, nach dem Gesang sich genügend auszuruhen und für neuen Gesang sich zu stärken, sie müsse sich dabei gänzlich erschöpfen und könne trotzdem unter diesen Umständen ihre Höchstleistung niemals erreichen. Das Volk hört sie an und geht darüber hinweg. Dieses so leicht zu rührende Volk ist manchmal gar nicht zu rühren. Die Abweisung ist manchmal so hart, daß selbst Josefine stutzt, sie scheint sich zu fügen, arbeitet wie sich's gehört, singt so gut sie kann, aber das alles nur eine Weile, dann nimmt sie den Kampf mit neuen Kräften – dafür scheint sie unbeschränkt viele zu haben – wieder auf.

Nun ist es ja klar, daß Josefine nicht eigentlich das anstrebt, was sie wörtlich verlangt. Sie ist vernünftig, sie scheut die Arbeit nicht, wie ja Arbeitsscheu überhaupt bei uns unbekannt ist, sie würde auch nach Bewilligung ihrer Forderung gewiß nicht anders leben als früher, die Arbeit würde ihrem Gesang gar nicht im Wege stehn, und der Gesang allerdings würde auch nicht schöner werden – was sie anstrebt, ist also nur die öffentliche, eindeutige, die Zeiten überdauernde, über alles bisher Bekannte sich weit erhebende Anerkennung ihrer Kunst. Während ihr aber fast alles andere erreichbar scheint, versagt sich ihr dieses hartnäckig. Vielleicht hätte sie den Angriff gleich anfangs in andere Richtung lenken sollen, vielleicht sieht sie jetzt selbst den Fehler ein, aber nun kann sie nicht mehr zurück, ein Zurückgehen hieße sich selbst untreu werden, nun muß sie schon mit dieser Forderung stehen oder fallen.

Hätte sie wirklich Feinde, wie sie sagt, sie könnten diesem Kampfe, ohne selbst den Finger rühren zu müssen, belustigt zusehen. Aber sie hat keine Feinde, und selbst wenn mancher hie und da Einwände gegen sie hat, dieser Kampf belustigt niemanden. Schon deshalb nicht, weil sich hier das Volk in seiner kalten richterlichen Haltung zeigt, wie man es sonst bei uns nur sehr selten sieht. Und wenn einer auch diese Haltung in diesem Falle billigen mag, so schließt doch die bloße Vorstellung, daß sich einmal das Volk ähnlich gegen ihn selbst verhalten könnte, jede Freude aus. Es handelt sich eben auch bei der Abweisung, ähnlich wie bei der Forderung, nicht um die Sache selbst, sondern darum, daß sich das Volk gegen einen Volksgenossen derart undurchdringlich abschließen kann und um so undurchdringlicher, als es sonst für eben diesen Genossen väterlich und mehr als väterlich, demütig sorgt.

Stünde hier an Stelle des Volkes ein Einzelner: man könnte glauben, dieser Mann habe die ganze Zeit über Josefine nachgegeben unter dem fortwährenden brennenden Verlangen, endlich der Nachgiebigkeit ein Ende zu machen; er habe übermenschlich viel nachgegeben im festen Glauben, daß das Nachgeben trotzdem seine richtige Grenze finden werde; ja, er habe mehr nachgegeben als nötig war, nur um die Sache zu beschleunigen, nur, um Josefine zu verwöhnen und zu immer neuen Wünschen zu treiben, bis sie dann wirklich diese letzte Forderung erhob; da habe er nun freilich, kurz, weil längst vorbereitet, die endgültige Abweisung vorgenommen. Nun, so verhält es sich ganz gewiß nicht, das Volk braucht solche Listen nicht, außerdem ist seine Verehrung für Josefine aufrichtig und erprobt, und Josefinens Forderung ist allerdings so stark, daß jedes unbefangene Kind ihr den Ausgang hätte voraussagen können; trotzdem mag es sein, daß in der Auffassung, die Josefine von der Sache hat, auch solche Vermutungen mitspielen und dem Schmerz der Abgewiesenen eine Bitternis hinzufügen.

Aber mag sie auch solche Vermutungen haben, vom Kampf abschrecken läßt sie sich dadurch nicht. In letzter Zeit verschärft sich sogar der Kampf –, hat sie ihn bisher nur durch Worte geführt, fängt sie jetzt an, andere Mittel anzuwenden, die ihrer Meinung nach wirksamer, unserer Meinung nach für sie selbst gefährlicher sind.

Manche glauben, Josefine werde deshalb so dringlich, weil sie sich alt werden fühle, die Stimme Schwächen zeige, und es ihr daher höchste Zeit zu sein scheine, den letzten Kampf um ihre Anerkennung zu führen. Ich glaube daran nicht. Josefine wäre nicht Josefine, wenn dies wahr wäre. Für sie gibt es kein Altern und keine Schwächen ihrer Stimme. Wenn sie etwas fordert, so wird sie nicht durch äußere Dinge, sondern durch innere Folgerichtigkeit dazu gebracht. Sie greift nach dem höchsten Kranz, nicht weil er im Augenblick gerade ein wenig tiefer hängt, sondern weil es der höchste ist; wäre es in ihrer Macht, sie würde ihn noch höher hängen.

Diese Mißachtung äußerer Schwierigkeiten hindert sie allerdings nicht, die unwürdigsten Mittel anzuwenden. Ihr Recht steht ihr außer Zweifel; was liegt also daran, wie sie es erreicht; besonders da doch in dieser Welt, so wie sie sich ihr darstellt, gerade die würdigen Mittel versagen müssen. Vielleicht hat sie sogar deshalb den Kampf um ihr Recht aus dem Gebiet des Gesanges auf ein anderes, ihr wenig teures verlegt. Ihr Anhang hat Aussprüche von ihr in Umlauf gebracht, nach denen sie sich durchaus fähig fühlt, so zu singen, daß es dem Volk in allen seinen Schichten bis in die versteckteste Opposition hinein eine wirkliche Lust wäre, wirkliche Lust nicht im Sinne des Volkes, welches ja behauptet, diese Lust seit jeher bei Josefinens Gesang zu fühlen, sondern Lust im Sinne von Josefinens Verlangen. Aber, fügt sie hinzu, da sie das Hohe nicht fälschen und dem Gemeinen nicht schmeicheln könne, müsse es eben bleiben, wie es sei. Anders aber ist es bei ihrem Kampf um die Arbeitsbefreiung, zwar ist es auch ein Kampf um ihren Gesang, aber hier kämpft sie nicht unmittelbar mit der kostbaren Waffe des Gesanges, jedes Mittel, das sie anwendet, ist daher gut genug.

So wurde zum Beispiel das Gerücht verbreitet, Josefine beabsichtige, wenn man ihr nicht nachgebe, die Koloraturen zu kürzen. Ich weiß nichts von Koloraturen, habe in ihrem Gesange niemals etwas von Koloraturen bemerkt. Josefine aber will die Koloraturen kürzen, vorläufig nicht beseitigen, sondern nur kürzen. Sie hat angeblich ihre Drohung wahr gemacht, mir allerdings ist kein Unterschied gegenüber ihren früheren Vorführungen aufgefallen. Das Volk als Ganzes hat zugehört wie immer, ohne sich über die Koloraturen zu äußern, und auch die Behandlung von Josefinens Forderung hat sich nicht geändert. Übrigens hat Josefine, wie in ihrer Gestalt, unleugbar auch in ihrem Denken manchmal etwas recht Graziöses. So hat sie zum Beispiel nach jener Vorführung, so als sei ihr Entschluß hinsichtlich der Koloraturen gegenüber dem Volk zu hart oder zu plötzlich gewesen, erklärt, nächstens werde sie die Koloraturen doch wieder vollständig singen. Aber nach dem nächsten Konzert besann sie sich wieder anders, nun sei es endgültig zu Ende mit den großen Koloraturen, und vor einer für Josefine günstigen Entscheidung kämen sie nicht wieder. Nun, das Volk hört über alle diese Erklärungen, Entschlüsse und Entschlußänderungen hinweg, wie ein Erwachsener in Gedanken über das Plaudern eines Kindes hinweghört, grundsätzlich wohlwollend, aber unerreichbar.

Josefine aber gibt nicht nach. So behauptete sie zum Beispiel neulich, sie habe sich bei der Arbeit eine Fußverletzung zugezogen, die ihr das Stehen während des Gesanges beschwerlich mache; da sie aber nur stehend singen könne, müsse sie jetzt sogar die Gesänge kürzen. Trotzdem sie hinkt und sich von ihrem Anhang stützen läßt, glaubt niemand an eine wirkliche Verletzung. Selbst die besondere Empfindlichkeit ihres Körperchens zugegeben, sind wir doch ein Arbeitsvolk und auch Josefine gehört zu ihm; wenn wir aber wegen jeder Hautabschürfung hinken wollten, dürfte das ganze Volk mit Hinken gar nicht aufhören. Aber mag sie sich wie eine Lahme führen lassen, mag sie sich in diesem bedauernswerten Zustand öfters zeigen als sonst, das Volk hört ihren Gesang dankbar und entzückt wie früher, aber wegen der Kürzung macht es nicht viel Aufhebens.

Da sie nicht immerfort hinken kann, erfindet sie etwas anderes, sie schützt Müdigkeit vor, Mißstimmung, Schwäche. Wir haben nun außer dem Konzert auch ein Schauspiel. Wir sehen hinter Josefine ihren Anhang, wie er sie bittet und beschwört, zu singen. Sie wollte gern, aber sie kann nicht. Man tröstet sie, umschmeichelt sie, trägt sie fast auf den schon vorher ausgesuchten Platz, wo sie singen soll. Endlich gibt sie mit undeutbaren Tränen nach, aber wie sie mit offenbar letztem Willen zu singen anfangen will, matt, die Arme nicht wie sonst ausgebreitet, sondern am Körper leblos herunterhängend, wobei man den Eindruck erhält, daß sie vielleicht ein wenig zu kurz sind – wie sie so anstimmen will, nun, da geht es doch wieder nicht, ein unwilliger Ruck des Kopfes zeigt es an und sie sinkt vor unseren Augen zusammen. Dann allerdings rafft sie sich doch wieder auf und singt, ich glaube, nicht viel anders als sonst; vielleicht, wenn man für feinste Nuancen das Ohr hat, hört man ein wenig außergewöhnliche Erregung heraus, die der Sache aber nur zugute kommt. Und am Ende ist sie sogar weniger müde als vorher, mit festem Gang, soweit man ihr huschendes Trippeln so nennen kann, entfernt sie sich, jede Hilfe des Anhangs ablehnend und mit kalten Blicken die ihr ehrfurchtsvoll ausweichende Menge prüfend.

So war es letzthin; das Neueste aber ist, daß sie zu einer Zeit, wo ihr Gesang erwartet wurde, verschwunden war. Nicht nur der Anhang sucht sie, viele stellen sich in den Dienst des Suchens, er ist vergeblich; Josefine ist verschwunden, sie will nicht singen, sie will nicht einmal darum gebeten werden, sie hat uns diesmal völlig verlassen.

Sonderbar, wie falsch sie rechnet, die Kluge, so falsch, daß man glauben sollte, sie rechne gar nicht, sondern werde nur weiter getrieben von ihrem Schicksal, das in unserer Welt nur ein sehr trauriges werden kann. Selbst entzieht sie sich dem Gesang, selbst zerstört sie die Macht, die sie über die Gemüter erworben hat. Wie konnte sie nur diese Macht erwerben, da sie diese Gemüter so wenig kennt. Sie versteckt sich und singt nicht, aber das Volk, ruhig, ohne sichtbare Enttäuschung, herrisch, eine in sich ruhende Masse, die förmlich, auch wenn der Anschein dagegen spricht, Geschenke nur geben, niemals empfangen kann, auch von Josefine nicht, dieses Volk zieht weiter seines Weges.

Mit Josefine aber muß es abwärts gehn. Bald wird die Zeit kommen, wo ihr letzter Pfiff ertönt und verstummt. Sie ist eine kleine Episode in der ewigen Geschichte unseres Volkes und das Volk wird den Verlust überwinden. Leicht wird es uns ja nicht werden; wie werden die Versammlungen in völliger Stummheit möglich sein? Freilich, waren sie nicht auch mit Josefine stumm? War ihr wirkliches Pfeifen nennenswert lauter und lebendiger, als die Erinnerung daran sein wird? War es denn noch bei ihren Lebzeiten mehr als eine bloße Erinnerung? Hat nicht vielmehr das Volk in seiner Weisheit Josefinens Gesang, eben deshalb, weil er in dieser Art unverlierbar war, so hoch gestellt?

Vielleicht werden wir also gar nicht sehr viel entbehren, Josefine aber, erlöst von der irdischen Plage, die aber ihrer Meinung nach Auserwählten bereitet ist, wird fröhlich sich verlieren in der zahllosen Menge der Helden unseres Volkes, und bald, da wir keine Geschichte treiben, in gesteigerter Erlösung vergessen sein wie alle ihre Brüder.